遁

【长篇历史小说】

金理新 著

1

全国百佳图书出版单位
时代出版传媒股份有限公司
黄山书社

图书在版编目(CIP)数据

遁 / 金理新著.—合肥:黄山书社,2019.10

ISBN 978-7-5461-8485-2

Ⅰ.①遁… Ⅱ.①金… Ⅲ.①长篇历史小说-中国-当代
Ⅳ.①I247.5

中国版本图书馆 CIP 数据核字(2019)第 236499 号

出 品 人　贾兴权
责任编辑　刘　春
责任印制　李　磊
装帧设计　朱日辉
出版发行　时代出版传媒股份有限公司(http://www.press-mart.com)
　　　　　黄山书社(http://www.hspress.cn)
地址邮编　安徽省合肥市蜀山区翡翠路 1118 号出版传媒广场 7 层 230071
印　　刷　安徽新华印刷股份有限公司
版　　次　2019 年 11 月第 1 版
印　　次　2019 年 11 月第 1 次印刷
开　　本　700mm × 1000mm　1/16
字　　数　1600 千
印　　张　103.5
书　　号　ISBN 978-7-5461-8485-2
定　　价　180.00 元

服务热线　0551-63533706

销售热线　0551-63533761

官方直营书店(https://hsss.tmall.com)

目录

引子

江南西道，饶州乐平县桃花石乡夏园，夏员外的女儿夏菡此时正翘着嘴。

去年上半年，请来寻访坟地的风水先生曾乙终于在翠竹湾找到了一块风水宝地。“没想到我们乐平竟然有这种宝地！曾某能发现它，也是夏家出人的时候到了。”曾乙悄悄地告诉夏员外，那地方有王气。他观察了好长一段时间，上空常出现五彩祥云。是不是确如曾乙所言，得等将来夏员外入土之后验证，找到了坟地至少了却了夏员外一桩心愿。

人总有一天会死，谁也不想死无葬身之地。夏员外真不希望自己将来断气的时候连个安身的地方都没有着落，最后只得随便找个地方一埋了事。坟地风水的好坏直接关系到后代子孙的丁财兴旺，丝毫马虎不得。可风水，夏员外却不是行家，只懂一点点皮毛，只得花铜钱请风水先生。老友乡耆华意诚建议请曾家山的曾乙。都说曾乙是乐平县名头最响亮的风水先生，可夏员外还是怕他浪得虚名，看走了眼，询问了好多熟人，经过一番考虑，最后才做出决定。花铜钱事小，选错了坟地事大。不想将来重新挖出来改葬，只能在埋进去之前先选好坟地。曾乙耗费了近一年的时间，差不多踏遍了桃花石乡的山山水水，才找到这块风水宝地。

听完了曾乙对坟地的介绍，夏员外当即决定亲自前去翠竹湾实地看一看。

从夏家庄园出发，步行十几里，从岔道向西，再沿着一条林间蹊径，翻过一个山脊，就看到翠竹湾。好地方！站在山脊上往下看，一条小溪像一条金带蜿蜒南流，将翠竹湾分割成东西两半。曾乙告诉夏员外，眼前这条如同金带的小溪名叫桃花溪。桃花溪的西岸是漫山的翠竹，东岸是数十亩平整的粮田，放眼四周到处是苍翠的树林。夏员外从站、坐、卧等不同的角度，仔仔细细地看了曾乙选的坟地，非常满意。夏员外当下决定去拜访翠竹湾的主人石安，商谈购买坟地事宜。“夏员外看上，只管做就是，也好我们将来做邻居。”夏员外原以为石安肯定会借机狠狠敲他一棍，没想到石安竟然如此大方，没向夏员外要一文铜钱。这颇让夏员外吃惊，熬不住多看了石安一眼。夏员外当时就觉得石安的眼界和胸襟非同常人，直感石安家居翠竹湾之前的身份应该大有来头。想到这几十年乾坤倒转，山河变色，夏员外也就不再将这事放在心上。不过，石安向夏员外提了一个小小的要求，希望那些个修建坟墓的工匠不要在翠竹湾安营扎寨。白天叮呤咚咙已经够吵了，至少晚上能够安静睡一睡觉。石安的要求，夏员外一口答应。一回家，夏员外就雇工匠在翠竹湾修建自己的坟墓。

夏员外做事一向很讲究，而眼下正在修建的又是自己的坟墓，总不能抛在那里任由一班工匠去糊弄。夏员外虽没有每天都到翠竹湾监督，但还是隔几天去看一看。每次去，夏员外都要去拜访一下石安。就这样来去了几次，夏员外跟石安熟了起来。

人一熟，关心的事也就多。见石安的俩儿子都已经到了成婚的年龄还是光棍一条，夏员外好奇地询问石安，是否已经给俩儿子做了亲。“就几亩薄田，一片竹林，别人看不上。”石安似乎并没为他的俩儿子至今尚未做亲而特别地担心，夏员外还为此纳闷了一阵子。别人看不上，夏员外的女儿夏菡却看上了石安家的二郎石烟。这还真是夏员外没想到的事情。

夏员外正准备出门去翠竹湾，看到女儿，打趣说：“菡儿，是不是陪爸去看看？”见在家也没什么事，而翠竹湾又不远，夏菡跟着夏员外去了翠竹湾。翠竹湾就石安一家人。到了翠竹湾，不能不去石安家坐一坐。这一坐，让夏菡认识了石安家的二郎。此后，夏员外每次去翠竹湾，夏菡总是找借口陪夏员外去。夏员外毕竟过了知天命之年，当时就意识到女儿迷上了石安家的二郎。夏员外没将它捅破，觉得坟墓一旦修好就不会再去翠竹湾，他俩就不会再有联系。坟墓确实修好了，夏员外也没有再去翠竹湾，夏菡的私情却没有了断。

新年刚一过，夏菡就缠着夏员外请媒人去向石安倒提亲。

夏员外是桃花石乡方圆数十里有名的乡绅，厚着脸皮主动请媒人去翠竹湾给女儿向石安倒提亲，面子上总过意不去。夏员外嘴上答应，可就是一直拖啊拖，拖到了今天。见夏员外迟迟不行动，夏菡越来越不满，就差私自跑到翠竹湾出丑了。

“石安家的二郎,爸承认,是方圆数十里数一数二的后生。可那翠竹湾,菡儿晓得,就石安一户人家,那么冷清!”夏员外确实不希望女儿嫁到翠竹湾去,主要是翠竹湾那地方实在太偏僻。平常时节,来了土匪强盗,连一个叫叫响的人都没有。

“爸还不如直接说不想请媒人去!”夏菡威胁起了夏员外。“再不请媒人去提亲,女儿以后谁也不嫁,养在家里侍奉爸过老!”

见夏菡摆出非石安家二郎不嫁的架势,除了答应,夏员外实在想不出其他法子应对。夏员外女儿有好几个,可对夏菡特别特别宠,甚至有些放纵。夏员外之所以如此娇惯夏菡,也是事出有因。夏菡出生还不会坐,夏菡的母亲就得病去世了。夏员外在夏菡身上倾注的心力其他几个子女根本没法比。“好,好,好,爸马上着赵媒婆去。这下行了吧!”夏菡这才露出了笑容。“女儿嫁到翠竹湾,将来给爸上坟也方便。”夏菡安慰夏员外。“不说清明,就是平时,女儿有空就可以去看爸!”还是在世的时候多孝顺一点吧。夏员外对这个女儿只有一肚子的无奈。

只过了一天,赵媒婆就来夏园表达了自己的不满。“夏员外,你没事,赶苍蝇撒撒尿也行,实在不该消遣老身!老身壮着胆子,穿过密林,去了趟翠竹湾,原来是一个没有人毛的地方!”夏员外非常诧异,赶紧问:“石安呢?”“什么石安?”赵媒婆揶揄起了夏员外。“老身倒看到一头长着獠牙的红毛野猪,差点当场吓出了尿!老身也不想说得太难听,免得夏员外说老身刻薄!”赵媒婆还没走,夏员外已经带着仆役去了翠竹湾。

到了翠竹湾,夏员外先去看自己的新坟。眼前的景象气得夏员外直跺脚。花了将近半年时间才修成的新坟已经被彻底砸烂,坟肚子也已经被刨开。夏员外气愤中又为自己感到庆幸。幸亏自己还没有埋进去。否则,岂不是要暴尸?夏员外带着仆役,离开自己的新坟,前往石安家。远远望去,夏员外记忆中幽静美丽的翠竹湾已经面目全非。茂密竹林中的茅竹断的断,折的折。石安家的竹楼已经被烧毁,只剩下台基,绝对像刚刚发生过一场战争。

夏员外回到庄园,很庆幸地对夏菡说:“幸亏爸考虑了一些时间。匆匆忙忙定下这门亲事,现在该如何是好?以爸在翠竹湾看到的情形来推测,石安和他家人多半已经被前来寻仇的人杀啦!桃花石乡的那些个外路人,谁晓得他们过去做过什么事情?本地人,终究知根知底。爸就在本地后生里面好好给菡儿找一个郎君。婚姻这种事,不是你想嫁谁就能嫁谁。这是前世早就已经定好了的事!”夏员外的话还没说完,夏菡已经嚎啕大哭了起来。

夏菡做了半年多时间的梦碎了!

第一章　梦碎

黄鹤一去不复返，白云千载空悠悠。

——《登黄鹤楼》

清晨，桃花溪西岸，漫山的竹林中不时传出叽叽喳喳的鸟鸣声。平日里就没有尘世喧嚣的翠竹湾此时显得格外幽静。背靠竹林的山坳平地上，翠竹湾主人石安居住的竹楼此时已经袅袅升起了白色的炊烟。竹楼坐西朝东，四周用疏疏的竹篱笆围绕，形成一个院落。竹楼后面用茅竹支架撑着的水笕里面流淌着清澈的山泉。山泉飞离水笕，撞击岩石发出哗哗声。

"咕咕，咕咕……"远处传来了斑鸠的鸣叫声。石安结束了晨练，拿了一条葛巾，起身前去梳洗。石安冲着冰冷的山泉洗了脸，解散衣裳擦了汗。一个时辰锻炼下来已经全身汗涔涔。家居翠竹湾的十七个年头里面，只有在刚搬进翠竹湾的头一年，早晚一个时辰的锻炼中断过几次。一来积习难改，二来也没想过要改。石安很清楚，如今这世道，强盗猖狂，土匪横行，没有强壮的体魄，没病死，想逃都逃不了。不早做准备，用到时再想着，就已经晚了。石安怕下雨天影响了锻炼，特地将竹楼两翼的屋檐向外延长了好几丈。就算遇到暴雨天，锻炼也能够在屋檐下继续进行。十几年雷打不动，锻炼成了石安一天里面必做的一件事情，正像在水笕里流淌的山泉，自从石安将它引到竹楼后的那天起，就没有中断过。

阿虎趴在步檐上，见石安从中堂走出，"呼"的一声前脚一立站了起来，跑到石安前面去开道。石安家原有一条狗，老死后，养了阿虎，至今已有五年。石安养狗完全是李同的主意。"少主，荒山野岭的，养条狗晚上守守门很有必要。"李同养狗的主意，石安的夫人尹如雪也赞同。"这地方，大白天野猪都可能来串门。养条狗，叫叫响,人也有所准备。”从未养过狗的石安养起了狗。“养人有时候真不如养狗。”这是石安养狗多年后的心得。石安出了院子,随手关上了竹门。阿虎跑了几步,见石安落在了后面,停下来等。正月山间清晨的空气让人感到一阵阵寒意,呼吸间鼻孔里不时冒出浓浓的白气。一只胖墩墩的灰色野兔听到了石安的脚步声,踏着沙沙声的满地竹叶,飞快窜入了竹林深处。阿虎一见,连忙吠叫着追了上去。“阿虎!”石安突然高声。阿虎停住了脚步,摇着尾巴跑回到了石安的身边。

“你将它们统统咬死了,看你以后还有没有伴?”

阿虎仿佛听懂石安的训斥,没有回嘴,只管低着头摇着尾巴在前开道。“喔喔……”公鸡悠长而响亮的鸣叫声从竹林深处传出,震荡着整个翠竹湾。石安背交着手,紧跟在后,踏着竹林中一条满是枯黄竹叶的蹊径,前往关养牲畜的小屋。小屋位于竹林的深处,距离家居竹楼至少有二三百步。石安将小屋建在离竹楼那么远的地方,主要是考虑异味和苍蝇。石安虽是田农,却特别爱干净。石安非常讨厌江南乡村,将如厕小屋建造在住所的边上,甚至人畜混居。翠竹湾就石安一户人家,想建在哪就建在哪。听到石安的脚步声,两只公鸡和七只母鸡已经“咯咯咯”围向了鸡圈的篱笆门。石安喂了鸡,抱起一抱青草,一把一把抛进了牛栏。石安打开了羊栏,五头山羊在芈芈声中鱼贯而出。石安拍了拍双手,拿起一把斜靠在小屋石墙上的锄头,往肩上一扛,离开小屋,穿过竹林,来到了桃花溪边。

桃花溪蜿蜒向南流出翠竹湾,汇入大溪。沿着大溪南岸的道路,向东走十几里,到夏园;向西走七八里,到桃花石村。桃花石村是桃花石乡最大的村。村口有一家客栈,名叫彭蠡客栈。彭蠡客栈虽是桃花石乡唯一的一家客栈,平常客人并不多。大年初八,彭蠡客栈的东主陶扬澜刚打开店门准备营业,意外迎来了七名客人入住。好兆头!真是个好兆头!每天都来这么多客人,今年岂不是要大赚一笔?陶扬澜更想不到,客人要包下客栈。

“客栈,我们包了。”

“好的,好的。”陶扬澜心里阵阵欣喜,连忙哈腰。

准备包下客栈的这名男子,陶扬澜直觉有四十五六光景。此男子姓邓,名少通,是梁国控鹤军左右都指挥使郢王朱友珪帐下的一名都虞候。邓少通原本是李唐桓王府的一名普通侍卫,因帮韩建剪除李唐诸王立下大功,得到韩建的重用。韩建战败,投降了朱温,邓少通跟着韩建成了朱温的手下。这些年,邓少通一直在帮朱温铲除李唐余孽。

“客官准备住多少天?”

“管我们住多少天？又不会少你住宿费。”

陶扬澜刚随口问了一句，就被和邓少通同行的一名男子呛了回来。这名男子姓胡，名忠义，跟邓少通共事至少已有二十年。胡忠义脾气大，平常说话很冲。邓少通没去理睬，拿出一枚十两银锭递给了陶扬澜。“多少天，一时还说不准。这十两银子暂做定金。最后需要多少，到时一起算。”“好的，好的。”看到这枚银锭，陶扬澜没有开口就已经伸出了手。

“店家晓得不晓得有一个叫翠竹湾的地方。”

邓少通住进客栈的当天，就向陶扬澜打听起翠竹湾的位置。翠竹湾，连本地人也未必听说过，他一个外地人怎么会晓得？陶扬澜特惊奇。邓少通不晓得，翠竹湾原本是一个无人居住的偏僻山湾，几亩薄田，石安携家带口搬进去居住后，才有了人家。邓少通更没想到，陶扬澜竟然会跟翠竹湾的主人石安熟悉。十几年前，石安一家曾在彭蠡客栈住了好长一段时间，才搬到了翠竹湾。前年，陶扬澜家里用到茅竹，去翠竹湾向石安要了几株。石安非但分文没向陶扬澜要，还叫俩儿子一起将茅竹搬出翠竹湾。翠竹湾？客栈伙计沈与浮一听，立马竖起了耳朵。陶扬澜不晓得，沈与浮来彭蠡客栈做伙计之前，已经跟石烟交往了好几年，也算得上是少年朋友了。去年，石烟出面帮沈与浮摆平了与同村陶明道之间的纠纷，使他能在桃花石村过安生的日子。桃花石村陶姓是大姓，不能解决和陶明道之间的纠纷，想继续过安生的日子，根本就不可能。沈与浮和他的家人对石烟出手帮忙都非常感激。就在彭蠡客栈开门前两天，沈与浮还和同村的陶百优、陈安溪一起去了一趟翠竹湾。

“晓得，晓得。”陶扬澜马上承认。“出村，往东走约莫七八里地，在一个名叫水碓湾的地方，往左拐。继续走约莫四五里地，会看到一条小溪。过丁步是去杜鹃坪，沿着小溪是去翠竹湾。穿过树林，翻过一个山脊，就可以看到翠竹湾。客官是外地人，对这一带的地方不熟，仆就是跟客官说，客官也未必会晓得怎么走。最好还是让个本地人带客官前去。客官不晓得，那地方转东转西的岔道特别多，又难得碰上个可以问一问路的人，陌生人很容易走错路。客官要去翠竹湾?”陶扬澜很好奇，忍不住问了一句。

“在下有一位失散多年的故人，据说现就住在翠竹湾，只是不晓得是不是真的。这次刚好凑巧来这里办事，时间允许的话，打算去看一看，毕竟二十来年没见了。”

“那是。难得凑巧来到了这里，见一见也是应该。错过了这次好机会，说不定以后再也见不着了。这些年，从外地搬到桃花石乡居住的外路人很多很多，很难说客官的故人就不在翠竹湾。倘若不是，据去过那的人说，翠竹湾风景很好看，就算去看了一趟风景。”

陶扬澜虽不能肯定邓少通下一次还会来住店，但帮别人就是替自己赚钱的道理懂，况且人家未必真需要你帮忙。尤其是那些个出门在外的客人，多说上几句暖心的话无意中拉近了距离。好听的话多说几句不会立马让人瘦掉几斤肉。陶扬澜主动提出帮忙。

“不如这样，客官什么时候想到要去，仆让伙计沈与浮带一带路。”

“多谢店家！”

“不客气。”

客人和陶扬澜之间的谈话句句记在沈与浮的心里。

桃花石村是乐平前往贵溪的必经之地。彭蠡客栈的客人平常都是南下、北上路过桃花石村的旅人。他们又不是路过，来这里要做什么？晓得翠竹湾，不管是不是说真话，他们来这之前应该已经晓得翠竹湾了。那男人怎么可能会晓得翠竹湾？翠竹湾就石烟一家人。依照岁数，那男人所说的故人应该就是石烟的父亲。是石烟的父亲亲口告诉他？不可能。沈与浮摇了摇头。我得好好想一想。沈与浮一有空，就开始想。想啊想，沈与浮忽然觉得不对头。这些人全都说北方话，肯定是北方人。沈与浮很小的时候就随父母逃难来到了桃花石村，与石烟交往已经有好几年，跟石烟的家人也熟悉。石烟的父母平常说北方话，应该也是北方人。莫非他们大老远跑到这里就是找石烟的父亲？沈与浮去给客人送汤水时，无意中发现客人左前胸有一个蝙蝠纹身，产生了兴趣。沈与浮发现正在澡堂内洗澡的每一个客人的左胸前都有一个蝙蝠纹身。沈与浮曾听人说过，黑帮成员身上都有标识身份的纹身。一看客人身上完全一样的纹身，沈与浮立马想到他们应该是同一黑帮的成员。一想到黑帮，沈与浮立马想起杀人放火、绑架勒索，顿时紧张了起来。一定得想办法通知石烟的父亲，免得措手不及。

仅过了一天，一名说本地话的人来客栈找邓少通。陶扬澜让沈与浮领这名本地人到邓少通的房间。沈与浮刚回到大堂，邓少通就跟着这名本地人准备离开客栈。

“客官想什么时候去翠竹湾看一看？”

“谢店家，不去了。”

邓少通手一拱，就带人出了客栈。

这些客人来偏僻的桃花石乡到底要办什么事？是不是对翠竹湾的石安感兴趣？有这种可能。黄巢造反以来，搬来住在这一带的外路人那么多，以前做过什么事还真是不清楚。最好是让石安来认一认。不行！绝对不行！万一发现我给石安通风报信，等于捉粒虱子放到自己的头上叮，没事找事。算了，石安不过是熟熟而已。如今这世道，能不管就不管。惹祸上身的事别去做了。陶扬澜放弃了去翠竹湾告诉石安一声让他来认一认的打算。

邓少通出了彭蠡客栈，跟着这名本地人，往东走。过了一会，沈与浮跟了出去。客栈前面是一条用溪石铺成的道路。站在道路旁，可以看到很远的地方。从走路的姿势和那名本地人的手势，沈与浮能够猜得出，邓少通一边走，一边在听那名本地人说话。他们是不是要到翠竹湾去？沈与浮站在路旁直到邓少通的身影渐渐远去。

正准备转身回客栈，沈与浮忽然改变了主意，快步前去找陶百优。"百优……"沈与浮心急，还在陶百优家外就张开喉咙高喊。"出去了！"屋里传出陶百优母亲的回应声。"去哪了？伯母。"沈与浮高声问。陶百优的母亲告诉沈与浮："很可能去陶景居家了。""我去看一看。"沈与浮立马调头，急匆匆去了陶景居家。果然，陶百优和陶景居坐在堂内闲谈。"先停一停，马上替我去办一件正事。"沈与浮一进陶景居家，就打断两人说话。"什么事？""替我去追几个人，看看他们是不是去翠竹湾。"正月时节，闲得慌，正愁没事情做。沈与浮刚一开口，陶百优和陶景居立马起身，帮沈与浮去追人。"他们一伙五个人，很好认。"沈与浮将情况以及所追之人的特征告诉给陶百优和陶景居。"走快一点，免得追不上。"双方在门口分手时，沈与浮提醒。"放心，他们跑不掉。"陶百优说着就和陶景居小跑前去追邓少通。

陶百优和陶景居时跑时走追了几里路，看到道路前方有五个人在往东去。"应该就是他们。"陶百优推断。于是，两人慢了下来喘口气。双方相隔一里路光景，陶百优和陶景居跟在后面，不即不离走了四五里。看着邓少通一行走上前往翠竹湾的岔道，直至身影最后消失不见，两人才调头返回。回到桃花石村，陶百优去告诉沈与浮："我虽没有追到底，但肯定他们去翠竹湾。"是不是去杀石烟的父亲？陶百优走后，直等到邓少通返回客栈，确定继续住下来不走，沈与浮才放下心。先盯住他们，看看他们来这里到底想做什么事。

沈与浮开始密切关注起了客人的一举一动。一边装热情，主动与客人套近乎，探听客人的意图，一边利用送茶、送水、清理房间的机会去偷听客人说话。功夫不负有心人，沈与浮终于有所收获，探听到这班人来桃花石乡果然是要找一个人。

邓少通这次带控鹤军精锐秘密潜来江南，是执行一项特殊任务，猎杀在江南已经潜伏了十几年的原李唐桓王李休。去年年底，朱珪奏报，终于找到了前朝余孽李休的藏身之地。朱温当下指定邓少通、胡忠义带人前来江南缉拿。为了确保万无一失,朱温物色将领陪同。想想十几年前,韩建不费吹灰之力就杀掉了李唐十几个亲王,朱温手下将领平常杀人就如同糜蚂蚁,个个认为这趟江南之行是美差。一旦提回李休的人头,不仅马上封王,还有一笔令人垂涎的赏金。机不可失,时不再来。碰到那么好的机会,朱温手下将领个个请缨,愿意前往江南缉拿。最后,朱温钦点了侍卫亲军马步军都虞候蔡全。想当年,蔡全协助马嗣勋率领一千多人以助葬的名义潜入魏州,杀光了魏博节度使罗绍威手下的八千多牙兵。马嗣勋重伤殒命,蔡全只受了点皮外伤。蔡全从侍卫亲军中挑选了十三人,和屠进一道随同邓少通、胡忠义前来江南。朱温相信,这次他一定能够看到李唐桓王李休的人头。"这颗人头,朕已经等了二十年。""臣一定不负圣命,取回逆贼李休的人头。"邓少通向朱温保证。然而,江南不是朱温的地盘,不允许邓少通明火执仗杀人,猎取李休人头的行动只能暗中进行。身份一旦暴露,必定出师未捷身先死。考虑到那么多人一起越境行动目标大,也不方便,邓少通和胡忠义先带人前去探明情况,蔡全和屠进随后分两批赶到桃花石村会合。

圣命在身,邓少通没有等过了年就和胡忠义一起离开了洛阳,一路风餐露宿,正月初七悄悄到达桃花石村,住进了彭蠡客栈。邓少通没有马上开始行动,而在客栈等蔡全和屠进。邓少通曾经在桓王府做了两年三个月的护卫,知道李休跟韩建当初杀的那些李唐亲王完全不一样,不能要他死就死。翠竹湾是李休的地盘,十几年生活下来,肯定非常熟悉,地利上已经占了便宜。急匆匆带这几个人硬闯翠竹湾去取李休的人头,邓少通没有一点把握。万一让李休给跑了,邓少通连考虑怎么死的机会都没有。心急吃不得热粥。邓少通反复告诫自己千万别轻举妄动,只有想好了一出手就能够置李休于死地才能出手。

邓少通跟着这名本地人,在树林中穿梭了四五里路,看到了一条小溪。没过丁步,在一个岔道口,这名本地人选择了右拐。穿过树林,再登上一个山脊,看到了翠竹湾。邓少通非常吃惊。十几年时间,李休竟然能够割断昔日的荣华躲在如此偏僻的山角落里面。翠竹湾原本是一个很偏僻的山湾,只有一条宽不到两尺的蹊径跟外界联系。方便家人出入,石安砍去阻挡蹊径的树枝荆棘,这条蹊径才有点像小路的模样。去年,夏员外修建坟墓,为方便搬运石灰、石条,又进一步拓宽了小路。翻下山脊,除了这条靠溪小路,根本没有办法偷偷摸摸地靠近石安家。邓少通远远地看到了石安家的那座竹楼。站在这里能看得清竹楼,站在竹楼里面也能看得清前往竹楼的人。竹楼前面是桃花溪,好像就是一条护城河。想接近竹楼,必须通过丁步。莫非李休一家人个个都是青光眼？竹楼后面满是竹林的后山，山顶仿佛就贴着云，让人望而生畏，只有李休才晓得翻下后山是什么地方。一旦窜进了树林，到哪找？邓少通站在山脊上，皱着眉头想了好久，就是想不出除掉李休的好办法。还是回客栈后再慢慢想吧。邓少通不想惊扰了李休，站着看了一会，调头转身，准备回桃花石村。

"大白天，一大班人携带武器大摇大摆去，肯定会引起人家警觉。"在返回彭蠡客栈的路上，邓少通一边走一边想如何进翠竹湾除掉李休。可想来想去，就是想不出好的方法。"能不能夜深人静的时候，我们偷偷地溜进去，用火箭即便不能射死他，也可以烧死他。"胡忠义向邓少通建议。"你以为李休是头猪啊！"邓少通当下就否定了胡忠义的建议。"那鬼地方就他一家人。有任何一点响动，就晓得有人冲着他去。况且，他家还养了一条狗。你还想能无声无息进去？"邓少通根本没想到，翠竹湾只有李休一户人家。"就算进去了，怎么接近他？谁会无缘无故半夜三更跑到一户人家的荒野山湾去？还没有动手，图谋已经暴露。是不是想硬拼？人家住了十几年，周围环境肯定非常熟，而我们完全陌生。地利上已经占了绝对的优势。你千万别忘了，李休还有新妇和俩儿子。俩儿子的武艺高低虽不清楚，他新妇可是凌波仙子。武艺如何，根本不需要我多说。"胡忠义顿时没了言语。"别说硬拼，就是想偷偷下毒都下不了。真没想到，翠竹湾只有他一户人家。根本不可能偷偷摸摸靠近。"

"一户人家住在一个山湾，如今的世道，土匪到处流窜，没防备，还不是找死？四处是丛林，随便一埋伏，强弩一射，我们这几个人统统得死在翠竹湾。要去也只能选择白天，白天才不会让李休那么容易产生警觉。还是在客栈耐心等蔡全、屠进他们来。到时候，再商量采取什么样的方法。现在急忙忙去，就算方才说的这些可能性统统排除，跑掉了，到哪找？"

"依行程，蔡全和屠进师兄弟这几天就应该到。"

"蔡全、屠进到之前，除了外出办事的兄弟，其他人一律呆在客栈，不得乱窜。惊扰了李休，让他给跑了，回去怎么向郢王和圣上交代？郢王说不定看在我们没有功劳也有苦劳的份上饶恕我们，圣上可不允许属下犯错。你我兄弟二人，怎么能跟王重师、李思安比？等蔡全、屠进一到，商量好了方法，一出手就捏住李休的三寸喉咙。"

时间一晃过去了两天，又有五人来到客栈。从这五人的身手以及所带的行头看，沈与浮直感，几个后生一起上都对付不了他们中的任何一个人。沈与浮越想越担心出事。一直忙到太阳落水，沈与浮才找了个借口，匆匆离开客栈，前去找陶百优，让他抓紧时间去一趟翠竹湾，告诉石烟一声。“现在去已经太迟了。”黑咕隆咚的夜晚，别说一个人，就是几个人一起去翠竹湾，陶百优也没这个胆。“这一路全是密林，野兽出没。”见沈与浮忧心忡忡，陶百优安慰说：“放心，不会有事。他们绝不会连夜摸到翠竹湾。明天一早，我和景居一起去。”沈与浮刚一走，陶百优就去陶景居家，约定明天一起去翠竹湾。

桃花溪静静地在流淌，水面上飘浮着缕缕白烟。溪滩上布满形状各异、大小不一的鹅卵石。经过无数次夏天山洪的冲刷，在旁边杂草的映衬下，鹅卵石已经白得有些耀眼。石安将锄头往溪滩上一横，蹲下身子，洗了一把手。石安半握着拳，弹了弹十指，震去了手上的水珠，重新拿起锄头，站了起来。阿虎已经窜到了小溪对岸，对着石安吠叫了两声，仿佛是招呼石安快过溪。桃花溪就一脚掌水，夏天常爆发山洪，过溪很不方便。石安当时将竹楼建在桃花溪的西岸，除了想让竹楼坐西朝东，主要考虑到安全。桃花溪东岸一片开阔，外人一进翠竹湾就能看得清清楚楚，有足够的时间回旋。万一情况不妙，往竹林里一窜，可以逃之夭夭。只有在安全得到保障的前提下，才能考虑方便。在翠竹湾住了整整五年后，石安才和李同一起花去了将近一个冬天的时间，用溪石垒砌而成这条长达三十一步的丁步。前年，发大水，丁步被冲毁，石安率家人对丁步进行了重建。石安踏上丁步，起脚前往桃花溪对岸。到了东岸，石安踏上了这条通往外界的小路。小路的一边是溪滩，一边是这些年石安一点一点开垦出来的农田。田中的小麦长势喜人。看来今年又是一个丰收年。

阿虎摇着尾巴走在前面，石安来到菜地，开始松土、拔草、间苗。看看太阳已经升上东面山坡，石安结束了早上的农事。来到桃花溪边，石安拿起一枚石片将粘在锄头上的泥土刮洗干净，再仔仔细细地洗了手，站了起来。阿虎在前面开道，石安紧跟在后，朝家走去。

石安到家时，仨孩子都已经在等他吃饭。

十七年时间过去，大儿子石云今年已经二十三，二儿子石烟二十一，连出生在翠竹湾的女儿石霞也已经十五岁了。石云、石烟个头跟石安差不多，比桃花石村的本地人，差不多高出整整一个头。远看，让人想起堂堂；近看，立马给人一种气宇轩昂的感觉。一般人只用压都会被压扁。石安清楚，俩儿子的武艺对付那些自诩为高手的流氓地痞已经绰绰有余。如今的神州，浪得虚名的多，真材实料的少。几千年，一向都是，有能耐的先死，最后庸才出面收拾残局。就算真有能耐，经过几十年的腥风血雨，也应该死得差不多了。

石安曳尾翠竹湾十七年，从未想过要俩儿子学好武艺等待机会出去跟人争一个高下。石安早就已经不是毛头后生，特殊的经历，体味更深的不是杀人的武艺而是权力。拼武艺，十个朱温都不是石安的对手，可一个朱温就杀了石安一大班族亲。如今，石安非但不能前去报仇，还得改名换姓躲在翠竹湾，不敢以真面目示人。石安重视两儿子的武艺，只是希望兄弟俩多一种把握命运的能力。石安清楚，书完全可以不读，武不能不学。没有一身好武艺，等于将自己的生死交给别人去掌管。拳头不硬，趴在地上给人舔口水都不一定能活。石云、石烟兄弟俩不管刮风下雨，农忙闲月，每天都坚持习武。石安对此备感欣慰。

夫人尹如雪，作为母亲，关心的事情跟石安不同。“我们家住在这山旮旯里面，平常人家原本就不大喜欢。不抓紧时间找媒人好好寻访，过了年龄就更难了。”看着俩儿子像上牛栏板一样，一年大一年，尹如雪急了起来。“那也要看看是什么时候，不能跟平常相比。我们家的孩子，其他都不说，光模样，人家一看就喜欢。人一生就娶那么一个新妇，又不是娶她个一千八百。张三不喜欢，还有李四。再等等。”这一等就是三四年。石安迟迟没有下决心给儿子找新妇，主要原因是石安总感觉世外桃源的梦总有一天会突然破碎。到时候，非但害了别人，也害了自己。总不能学刘邦，逃命时将妻儿推下车。石安会算，肯定不会娶新妇。石安真不希望尹如雪跟着自己躲在山旮旯里面过日子。

吃了早饭，石烟和石云兄弟俩，一个帮母亲清理灶台、厨房，一个洒扫庭院。昨晚的寒风，吹得院子里满地都是竹叶。春天来了，茅竹开始换叶子。石安决定亲自去一趟桃花石村。去年年底，锄头挖树桩不小心挖到石头，掉了一个角，需要修补。石安不是铁匠，修锄头只能去桃花石村。

“孩儿去一下就是。”石云主动要求跑腿。

“还是爸自己去，顺便打一把柴刀。爸的那把柴刀，已经缺了口，该换一把了。”石安是左撇子，用的柴刀需要定做。“爸也已经很长时间没出翠竹湾了，就是团鱼也要出来晒一晒太阳，总不能老缩在洞里面。”这些年，石安几乎缩在翠竹湾没出来。随着儿子渐渐长大，石安去桃花石村的次数越来越少，一年难得有一两次。十七年里面，石安唯一的一次出远门是去年下半年陪天清派掌门姑射真人去了一趟云锦山。石安难得去桃花石村办事，竟然会意外遇见路过此地打算前往云锦山的姑射真人。想起姑射真人十几年前的仗义帮助，石安毅然决定陪同前往。石安和姑射真人一道在云锦山逗留了两天，并拜会了紫霞观掌门玄机真人。云锦山一行结束后，石安还特意请姑射真人到翠竹湾小住了几天。姑射真人走后，石安再也没有出过翠竹湾。“爸，我陪你一起去。”石霞总喜欢凑热闹。“不用。霞儿就在家里陪你妈，爸很快就回来。”石安没有继续跟女儿啰唣，离开了家，前往桃花石村。

“叔父！”

“叔父！”

石安正低头走着，听到熟悉的声音，抬起了头。一看是儿子的朋友，石安慢下了脚步。陶百优、陶景居都去过翠竹湾，石安熟悉。“真是凑巧，我和景居正准备去翠竹湾找叔父。”石安平常不掺和孩子的事情。一听陶百优说他俩准备去翠竹湾找自己，石安还真有点惊奇。

“是不是烟儿在外面惹了麻烦？”

“不是，不是。”

陶百优连忙将沈与浮听到的情况一五一十地告诉给了石安。“我也觉得，他们要找的人应该就是叔父。昨晚，我和景居讨论了老半天，想法和与浮一样。翠竹湾就叔父一家人，除了找叔父，他们还能找谁？”山里人希望有人来访，石安却怕有人来找他。石安忽然意识到翠竹湾的日子就要结束。“具体情况，我一时也说不大清楚，让与浮自己跟叔父说。”

除了姑射真人，谁会晓得我居住在翠竹湾？石安微微摇了摇头。莫非是姑射真人泄露了我的行踪？石安一边走一边想。姑射真人不可能随便将我的行踪泄露给人。李存勖？李存勖派人前来江南寻找石安，倒真有几分可能。这倒不是因为石安是李存勖的表姐夫，而是石安可以成为李存勖手中很有用处的羊头。这些年，李存勖一直打着复兴大唐的旗号，手中最缺的就是像石安这样的羊头。将石安这个羊头在李存勖的狗肉铺的铁钉上挂一挂，肯定吸引人。到了太原又如何？我还不照样是一只待宰的鸡？为了皇权，父子、兄弟照杀不误，别提外戚表亲了。李克宁还不是死在他的手上？亲叔父都杀，还在乎我一个表姐夫？捏在人家手里面，到时想死都要哀求人。姑射真人不可能将我的行踪主动告诉李存勖。不可能是李存勖。李存勖派人来找我，就不可能去了翠竹湾不去见我。唯一的可能就是他们怕打草惊蛇。我这条蛇躲在翠竹湾十几年了，万一惊跑了，江南那么大，怎么抓？如今神州，谁怕惊跑了我这条蛇？还能有谁？只有确定我死了，他才放心。石安当场推断这个人就是大梁国皇帝朱温。

到了桃花石村，石安先不去段记打铁铺，而跟着陶百优、陶景居去陶百优家。“叔父在我家等，景居去找沈与浮。”在陶百优家的院门口，陶景居快步去彭蠡客栈找沈与浮。陶百优陪石安进院门,去堂内坐,陶百优的母亲去给石安端来了一杯热水。陶百优家离彭蠡客栈不远。不一会,陶景居就和沈与浮来了。沈与浮的话还没有说完,石安就已经肯定了自己的判断。翠竹湾苦心经营了十七年,眼看就要成了桃花源,石安真不舍得离开。

“确定他们身上有一幅蝙蝠文身?”

“确定。他们每人身上都有一幅蝙蝠文身,都在左胸前,就这个位置。”

“叔父跟你去看看,有没有叔父认识的人。”

石安出了陶百优家,跟着沈与浮去彭蠡客栈。沈与浮先从正门进客栈,石安去客栈的后门等。石安在彭蠡客栈住过很长一段时间,虽然过去了十几年,彭蠡客栈的布局还是记得很清楚。石安站在后门外没等多久,沈与浮打开了后门。石安一进客栈,就跟着沈与浮去认邓少通和胡忠义。江南正月的天阴冷刺骨。邓少通、胡忠义此时正和手下围着火盆在客栈的堂内烤火。透过窗棂,石安只看了一眼,心不禁一阵咯噔。正坐着烤火的邓少通、胡忠义果然是石安的故人!就算过去了近二十年,石安还是能够确信自己不会认错。

李唐覆亡已经好多年,石安已经不是什么亲王。昭宗还是皇帝时,石安也只是一名毫无实权的虚名亲王,仅仅是放在那里让人看的牌位。别说石安,昭宗皇帝自己,也不过是按在大凳上待屠宰的猪,宋文通、朱温等想剁就剁,想剐就剐。

没有好处,你们会千里迢迢来找我?神州这些神奇的忠义故事,石安听了后都只是淡淡地笑了笑。石安并没有完全否定忠义之士的存在,毕竟自己忠心耿耿的老侍卫李同就摆在眼前。当年跟石安一家人在亳州活着突围的只有老侍卫李同一人。三年前,跟随石安几十年的李同撒手人寰,坟墓就在翠竹湾的后山。如今神州人,谁都晓得,泄露了石安的身份不只会要了石安的性命,说不定还会让石安承受凌迟、车裂之苦。来找石安,安的是什么心?邓少通、胡忠义都已经没有任何必要,更不应该来找石安。只有一种可能,奉命来取石安的性命。

其他事情或许可以侥幸,生死这事万万侥幸不得。石安只看了几眼,就悄悄地离开了彭蠡客栈。回到陶百优家,石安吩咐陶百优和陶景居。“你俩马上去将情况报告给乡耆,想办法去县衙搬兵。无论他们要去杀谁,总不能让他们肆无忌惮地杀人。叔父先回翠竹湾做些准备,免得到时措手不及。”石安说了几句感谢的话,就跟陶百优、陶景居告辞。

石安知道不需要那么急,还是不经意地加快了脚步。用了不到平常一半的时间,石安赶回了翠竹湾。“吃了饭,我们马上出发。”如今藏身的巢穴已经暴露,已经不可能继续在这里呆下去。赶走了张三,还会有李四。走之前,石安带儿子去后山跟李同道别。在下面埋着李同的女贞树前,只呆了一炷香左右的时间,父子三人起身下了山。“云儿、烟儿去帮你妈收拾行头,爸去将关在小屋里面的牲畜给放出来。”石安撂下石云、石烟,快步朝竹林中的小屋走去。石安打开了鸡圈的篱笆门,公鸡带着母鸡嘎嘎声,走出了鸡圈。“谋生去吧!要是给这里的物事吃了,不能怨我。”石安除去牛鼻桊,轻轻摸了一摸水牛背。“这几年,辛苦牛兄了。”水牛“哞”的一声,吃草去了。“做野猪去吧,免得过年的时候挨刀。”石安打开猪圈的门,一头黑猪从猪圈里面冲了出来。石安拍了拍手,起步前往桃花溪。石安蹲在溪边洗了手,站了起来,惘然看着桃花溪,震去手上的水珠。

一片荒滩,多年的辛苦,变成了粮田。石安不禁摊开双手,看了看手上厚厚的手茧。石安一手握着一手,用大拇指磨了磨手茧。石安看着桃花溪以及桃花溪对岸这片自己辛勤开垦出来的粮田,仿佛失了神。石安心里很清楚,不能做梦。噩梦让人惊魂,美梦让人惆怅。搬到翠竹湾之前,石安一直在做噩梦;搬到翠竹湾之后,石安控制不住自己,又做起了美梦。这个美梦,石安一做做了十七年。凡是梦,一定有碎的时候。就在元宵节快要到来时,石安的美梦碎了。站在桃花溪边,望着静静流淌的桃花溪,回想这个已经做了十七年的美梦,石安心里阵阵惆怅。默然了好久,石安突然拍了几下双手,转身起步。一家人围在一起吃了在翠竹湾的最后一顿午饭。从后山一条林中蹊径,石安一家离开了翠竹湾。

“你们兄弟俩分析分析爸以前的身份。还是让云儿先来说吧。”

“能够让爸往日的侍卫变成企图刺杀爸的杀手,说明此人的能耐绝非一般常人所能比。爸即便隐居在翠竹湾多年,常年务农,仍旧无法遮盖爸昔日的气度。我们一家居住在翠竹湾已经有十几年,那时正值大唐帝国崩溃的前夕,天下格局正在嬗变。经历如此大的嬗变,如今仍旧有那么大的能耐,那么此人只能是时下称王、称帝的人。爸从北方来到江南,而北方时下称王、称帝的人有朱温、李存勖、王镕、刘守光。黄河以北的李存勖、王镕、刘守光都没有必要派人大老远跑到南方追杀爸。那么,此人只能是自称皇帝的朱温。事情已经过去了十几年,朱温仍旧要派人前来追杀,那爸只能是李唐皇帝的宗亲,而不是石家后裔。”

“没错。爸是李唐皇帝的宗亲。烟儿分析分析看。”

“爸十几年前就来到翠竹湾隐居。当时的年纪不过比孩儿大几岁而已。二十几岁的年轻人,竟有好几个侍卫,而且侍卫李同师父武艺深不可测。这只能说明爸出生于世家大族,而且还不是一般般的世家大族。一般人家,绝对不可能。过去了十几年,当初的侍卫竟然受人指派千里迢迢前来翠竹湾企图刺杀爸。这只能说明爸原先是皇室帝胄。”

“你们兄弟俩分析得都不错。以后,无论碰到什么样的问题,都必须先分析后动手。爸虽不那么喜欢孔丘,但还是赞成三思而后行。对我们一家来说,任何鲁莽行事,就有可能导致送命。像桃花溪的水潭,表面看似平静,下面却可能有吞噬你的漩涡。”

“为何不是两名侍卫因跟爸有深仇大恨而前来寻仇?”

“妹妹,爸不可能跟别人结仇。就算真的结了仇,爸还会因为担心自己的亲从侍卫报仇而跑到偏僻的翠竹湾来隐居?就算事实上对他已经毫无威胁,总是认为此人的存在就是一种潜在的威胁。有威胁,必须清除。更不用说,神州人通行的做法是斩草除根。

爸应该就是这样的人。爸仍旧活在世上,那人就会吃不好,睡不香,如同芒刺在背。这只能说明爸以前的身份非常特殊。那人认为爸身上藏有一股可怕的能量。这股能量一旦发挥出来,会威胁到那人的安全。因而,那人就一直在寻找爸的下落。找到爸,然后除去。

神州历史上又有多少小皇帝,禅位后,全都被篡位者杀死。比如说隋文帝杨坚。篡位者杨坚杀光了北周宇文皇族的人,还杀了已经将皇位禅位给杨坚的周静帝宇文阐,死的时候宇文阐还只有九岁。九岁的宇文阐,对杨坚可以说一丁点威胁也没有。不杀宇文阐,篡位者杨坚怎么可能会睡得安心?换句话说,做贼心虚。派杀手来杀爸,这是神州的传统。”

“烟儿分析得不错。爸是昭宗皇帝的弟弟。”

石云、石烟虽已经猜到父亲的身份不一般,一听还是很吃惊。住在翠竹湾十七年,石安极少谈家史,只有在孩子们问起时石安才说,老家在淮北颍州沈丘石家村,祖父讳弘,曾官拜中书侍郎。没想到,这竟然是石安用来掩盖真实身份的伪装。为了活命,祖宗都不能认。“爸真是亲王啊!”石霞惊讶之余就是兴奋,一想到自己竟然还是金枝玉叶,不禁头一仰,骄傲地说:“那我不就是郡主啦!”尹如雪微微一笑,伸手拿掉一枚沾在石霞头发上的树叶。

“只能说爸曾经是亲王。”

“吴王不是大唐的臣子吗?”

“那只是嘴上说说而已,未必一定是真的。”

“现在嘴上仍然自称是大唐臣子的又不是只有杨行愍一个,况且杨行愍已经死了。吴国的国王说起来是杨行愍的儿子杨渭，实际上却是徐温。杨渭仅仅只是徐温手中的傀儡。神州很多物事，不能仅仅根据看到，听到，就下结论，要用心去想。说是未必是，说不是未必不是，千万别被表面所迷惑。就好比云儿，实际上是爸从路上捡回来的孤儿。"

"不可能！"

"让爸慢慢跟你们说。"

这个秘密石安已经隐瞒了十八年。这两年，石安一直在找机会准备将这个秘密告诉给石云。石安不希望自己闭上眼睛的时候石云还不晓得自己的真实身世。相濡以沫，不如相忘于江湖。石安根本不晓得一家人接下来将要面临的是什么样的命运。现在是到了该告诉孩子们真相的时候了。经过一番斟酌，石安决定和盘托出隐藏了十八年的秘密。

"云儿的父亲是叫石安，但不是爸。石安是前中书侍郎石弘的儿子。

在爸的印象中，石弘是一个很有智慧的人。可能是已经料到帝国将要崩塌，爸记得好像是景福二年就已经辞官回到了自己的老家石家村。我们一家前往颍州，打算在石弘家暂时躲避一阵子。没想到，我们到达石家村时，看到的已经是一片废墟，到处是残缺的尸体。

沿着村中的道路，我们来到一座名叫'石庐'的大宅院前。石弘写得一手好字。还在神都长安时，爸曾经向石弘讨得过好几副墨宝。爸至今还清楚地记得，其中一副墨宝是'上善若水'四个大字。坍塌宅院的大门口上'石庐'两字就是石弘亲笔题写。

我们驻足石庐前，听到孩童时断时续的哭泣声，进入了大门。这个孩童就是云儿。云儿当时跪在一位年纪二十四五岁左右的女子身边，不远处还有一个已经流出脑浆的男婴。云儿告诉我们，这两人是云儿的母亲和弟弟。从云儿的口中，爸得知，云儿当时已经六岁，父亲叫石安。至于母亲，云儿只晓得姓刘，但不晓得具体叫什么名字。

石庐已经烧毁，爸和你妈，还有李同，总共找到了十一具尸体，其中就有已经胡子雪白的石弘。那些已经垮塌的房子里面可能还有，我们就没有心思去仔细翻寻了。李同找了一把锄头，在石庐边上的果园里面挖了十一个坑，一一予以埋葬，还在上面立了一个刻上石弘两字的石碑。至于石弘家的其他人，爸就没办法给他们埋葬了。根据云儿的述说，爸改名换姓叫石安。从今天起，爸干脆再改名叫石岩。云儿、烟儿就分别改名叫石柏、石斛。"

“我呢?”

“霞儿就改名叫石竹。”

“妈呢?”

“你妈就不用改了。”

当天,陶百优将事情报告给了乡耆,乡耆再将事情报告给县衙。乐平县衙还没有派兵前来清剿,邓少通已经带人离开了彭蠡客栈,不知去向。不会已经办成事吧?过了几天,沈与浮告诉陶百优:“这几天客栈又住进了稀奇古怪的外地人。看样子,好像个个是很有武艺的江湖高手。我从客人那里探听来的情报,石烟的父亲藏有一幅皇室藏宝图。”

石安有李唐皇朝藏宝图的消息迅速在江湖上传开。捕风捉影、人云亦云,反正是神州人的特点。一批又一批企图一夜暴富的采宝客蜂拥来到桃花石村,住进了彭蠡客栈,前往翠竹湾寻找藏宝图。彭蠡客栈的东主陶扬澜眉开眼笑了好长时间。随着采宝客的来来往往,原本幽静美丽的翠竹湾顷刻间面目全非。石安家的竹楼已经被烧毁,甚至小屋也不例外。只有李同的坟墓,因在翠竹湾后山远处且当时埋葬时未树任何墓碑之类的标记而幸免。

沈与浮、陶百优、陶景居等几个人,经过一番商量,决定抄小路,秘密前去翠竹湾看一看究竟。爬到山脊上,朝下一看,陶百优决定马上折返。陶百优回到桃花石村,将看到的情形告诉给了沈与浮。“为逼石烟的父亲交出藏宝图,会不会被抓了去?”沈与浮很担心。

“不会。”陶百优很有信心。“我都晓得,身份一旦暴露了,麻烦就会接踵而来。石烟就不用说了。所有朋友里面,我特别佩服石烟。可以肯定,石烟的父亲回去的当天,他们一家就已经离开了翠竹湾。只是不晓得搬到哪去了。”

“但愿从此之后就销声匿迹!给他们找着了,石烟和他家人麻烦可就大了。”

“石烟是稻田里的泥鳅,哪容易被抓住?放心,不会有事。只是这辈子,怕是见不着了。”

陶景居、沈与浮、陶百优都很伤感。

第二章　蛰伏

尺蠖之屈，以求信也；龙蛇之蛰，以存身也。

——《周易》

石岩一家连夜赶路到了鄱阳城码头。石岩雇了一条木船，没有逗留，就启程前往浔阳城。眼看就要到了的时候，石岩突然改变了主意，在彭蠡泽的东岸湖口上了岸。石岩一家步行前往彭泽。到了彭泽，正好赶上一条前往秋浦的客船。反正，走到哪算哪。转了几次船，终于在二十三日晌午到达了目的地金陵城。一上岸，石岩就带家人直奔金陵北门。

和平时期活一活都不容易，战乱时期更是难上加难。眼睛白过去之前，石岩总觉得一生中的每一时每一刻都必须面对至少一百种不同形式的死。死法看起来很不同，结果以往却只有一种，变成泥土。这几十年中，即便变成泥土，也有了新的花样。很多很多人死后先变成他人的粪便然后再变成泥土。石岩不清楚自己死后会不会也是如此。

几近二十年的时间里面，石岩一直在躲避死，更不希望自己变成他人的粪便。翠竹湾看起来清冷幽静，最后还是暴露。想将一枚鹅卵石藏起来，让人找不着，最好的办法是将它放在到处布满鹅卵石的溪滩上。谁晓得，哪一枚才是自己一直在寻找的鹅卵石？要想他人找不到，只有藏沙于沙、藏水于水。要想将自己藏起来不被人发现，只能藏到人群中去。谁晓得身着布衫的石岩是朱温要追杀的人？石岩决定，搬到江南最热闹的都市金陵去居住。

十几年前南逃时，石岩曾经路过金陵。那一次，石岩从北门进城，只在客栈呆了一宿就悄悄离开了。如今，石岩又从北门进城。两进金陵城的十几年时间里面，石岩一家依旧还是五口,多了一个出生在翠竹湾的女儿石竹,少了一个曾经陪伴了石岩数十年的李同。在石岩的记忆中,李同好像一直跟在身边。石岩没问过李同到底跟了自己多少年,李同自己也没说过。两人的关系说是主仆,又是师徒。石岩的一身武艺全是李同传授。正因为有了李同,家居翠竹湾的最初几年,石岩才能度过孩子年小的艰难期。经过几年的筚路蓝缕,眼看要成为桃花源的翠竹湾,如今只能算是石岩一家曾经呆过的地方之一。李同如今静静地躺在翠竹湾后山上,再也没有办法陪同自己的小主人过关斩将、共度难关了。值得庆幸的是,石岩的两个儿子已经长大成人。现在是到了他们兄弟两人挑大梁的时候了。

屋漏偏逢连夜雨。当一个人背运的时候,不用找,倒霉自然会跟着来。石岩一家人到达金陵北门前时,恰好碰上大理寺卿吴用筹带着兵士展开全城大搜捕。这下好了,今天能不能进城就只有天知道了。

北门外,急着要进城的人越聚越多。见急着要进城的男男女女在身边挤来推去,就是原本还有些兴奋的石竹也开始不安了起来。神州人原本就急,做什么事都急,急着往前冲,不管前面是不是悬崖断壁。眼看太阳都快要到头顶了,城门依然没有开启,站在城门前等进城的人越发焦躁不安,仿佛金陵城门从此以后不再开启,而朱温的军队马上要越过扬子江从屁股后面杀将过来。

石岩只能耐心等城门打开,如同插进田里的秧苗不能指望明天就会有收成。见站的地方人越来越挤,石岩带着家人撤到了边上去。遁逃到翠竹湾前,石岩就不喜欢凑热闹。城门外等着进城的人们开始相互询问原因,可就是没有人晓得今天城门为何到现在还迟迟不开。早在石岩一家离开翠竹湾前的一个月里面,吴国境内发生了几件大案。

先是武昌都知兵马使李列被杀。大案还没有侦破,寿州团练使王稔麾下的马步都指挥使杨雨又遭伏击而身亡。不久,左监门将军寇怀德遇刺。吴国都督、镇海军节度使徐温十分恼火,连续三次召见大理寺卿田青,责令迅速破案。仅仅过了一个月,不仅旧案未破,昨晚竟然有人夜闯都督府牙城企图行刺都督。幸亏牙内指挥使黎子风保护得力,行刺没有成功,但还是让一名刺客成功逃逸。徐温大怒,当场就革了田青的职,提原大理少卿吴用筹为大理寺卿,并给予吴用筹更多的办案方便,带领兵士连夜缉拿逃离都督府牙城的刺客。

这些事情,等待进城的普通庶民自然不会晓得,石岩也不例外。

他们只晓得,吴国的国王已经换了两任。

吴国第一任国王是杨行愍。

杨行愍,淮南庐州合肥人,出生在一个贫寒的家庭。对神州人来说,出身最重要。像杨行愍这种没有背景的人,在合肥当地仅仅填饱肚子也是一件非常困难的事情。三寸喉咙深似海。今天填满了,明天还得填。当时在庐州,像杨行愍这样的穷人,最流行的出路就是去做强盗。十八岁的男儿饿死怨不得父母。看看实在没有其他头路,杨行愍决定去碰碰运气。

人倒霉的时候,喝凉水都塞牙。没做几天强盗,杨行愍就让刺史府的胥徒给抓了。正如老子所说祸兮福之所倚,这一抓却成了杨行愍一生命运的转折点。命中注定要做国王,杨行愍遇到了庐州刺史郑棨。郑棨特相信命数,喜欢替人看相。郑棨只看了杨行愍一眼,就觉得杨行愍将来必定大富大贵。总不能逆天行事,郑棨刀下留情,当场将杨行愍给放了。你有兴趣翻一翻神州史书,就会发现这种因长相而改变自己甚至历史命运的人,杨行愍绝不是第一个。想当年,韩信本该轮到第十四个被砍头,就是监斩官夏侯婴认为他相貌奇特而保住了脑袋,最后帮刘邦打下神州而封为齐王。郑棨这一放还果真放出个吴王。

杨行愍听从郑棨的建议,去当兵。杨行愍没丁点家庭背景,一去当兵,就被军吏苗润西派往寒冷的北方守边关。杨行愍力气大,单臂能举百斤,几个后生都奈何不了他。这些个目不识丁的庐州弟兄,平素里只晓得打架斗殴。对杨行愍只有一个字,那就是服。没多久,杨行愍就被提升为队长。一年的服务期满,杨行愍带着一群穷弟兄回到了庐州老家。

去北方守边关,彻骨的寒冷就不说了,还得跟契丹人拼命,血洒边关是常有的事情。苗润西又准备派杨行愍带这群穷弟兄继续去北方守边关。杨行愍做过一会土匪,又当了一年时间的兵,已经懂了在神州守规矩永远不会有出息。于是,心生一计,前去跟苗润西道别。苗润西见杨行愍进入营帐,马上假惺惺了起来,问杨行愍:“此次前往北方,还缺点什么,我马上给你备办。”“就缺你的狗头。”杨行愍猝然冲了过去,一刀砍下了苗润西的脑袋。

杨行愍这一刀果然劈出了一条通往王位的蹊径。杨行愍一手提刀,一手提着苗润西的脑袋,迈着大步,出了营帐。这几十年中,神州下层将士最流行的做法是砍军官的脑袋,驱赶当地的县令、刺史。杨行愍自称八营都知兵马使,带领那班弟兄造反。军营发生兵变,那还了得?刚刚上任的庐州刺史郎幼复,一看情况不妙,赶紧弃城逃跑。杨行愍几乎不用吹灰之力就占据了庐州。此时正值黄巢造反,神州一片大乱。僖宗马上依照太监“以匪治匪”的主意,任杨行愍为庐州刺史。杨行愍的故事告诉神州人,刀永远比笔有用。

常言道，起得早，不如运气好。杨行愍的运气好极了。杨行愍的最高上司是李唐著名昏庸皇帝僖宗，顶头上司是对李唐崩溃负有不可推卸责任的淮南道节度使高骈。愚蠢的人执掌权柄也是皇朝即将崩塌的重要标志之一。高骈痴迷神仙，绝非正常人所能理解。高骈遇上了骗子吕用之。吕用之没说几句话，就让高骈觉得找到了神交的道友。高骈干脆和吕用之换了位置：高骈做道士炼丹纳汞，吕用之做节度使。节度使权力极大，生杀予夺随自己的意愿。吕用之做节度使还没几天时间，就动手杀起了人。这一杀差不多杀光了高骈手下主要将领。这下可吓坏了黄巢败后投靠高骈的毕师铎、秦彦等人。

毕师铎、秦彦眼看要命丧吕用之之手，不得已起兵造反。吕用之假借高骈之名慌忙上表推荐杨行愍为行军司马，带兵前来救命。可惜，杨行愍的大军还只赶到天长县，高骈已经被毕师铎活捉。杨行愍施计打垮了毕师铎的军队。今天的一切都是拜你所赐。毕师铎逃回了广陵城内，一刀砍下了高骈的脑袋。该死的人终于死了。不用亲自动手，杨行愍已经稳稳当当地将节度使收入囊中。

高骈已经掉了脑袋，僖宗只得任杨行愍为淮南道节度使。当时的淮南道，可谓是你杀我来，我杀你。秦宗衡的偏将孙儒杀了秦宗衡，再杀了秦彦，而杨行愍又杀了孙儒。经过几年的递相屠戮，杨行愍终于控制了淮南道和浙江西道、江南西道的大部分地区。文德元年，僖宗终于在被朱温杀死之前呜呼哀哉了，很幸运地成为李唐皇朝能够寿终正寝的皇帝之一。僖宗驾崩之后，太监杨复恭拥戴僖宗的同母弟弟寿王李傑当上了皇帝。这就是后来死在朱温假子朱友恭剑下的昭宗。昭宗刚即位，就派堂兄江淮宣谕使李俨册封杨行愍为吴王。

如今一切辉煌都已经成了过眼云烟，杨行愍死了。

微时就追随杨行愍造反的那些人，都是一些斗大的字不识一升的草莽。哪懂得复杂的宫廷内讧？杨行愍刚咽气，右衙都指挥使徐温和左衙都指挥使张颢就密谋发动宫廷政变，联手拥立杨行愍的二子，当时还只有十几岁的杨渭为吴王，共享军政大权。一山不容二虎，大权岂能共享？刚遣杀手夜闯王宫勒死了杨行愍的长子杨渥，张颢和徐温就矛头相向，不是你死就是我亡。最后，徐温棋高一着，经过一番筹谋，指派左监门卫将军钟泰章带领三十名壮士大白天冲进府衙，当堂杀死了张颢以及左右亲信，并顺利地将弑杀吴王杨渥的所有罪名推到了张颢的身上。经过一番清洗，徐温顺顺当当地做起了吴国的大都督，独揽大权。杨行愍从众土匪手中一点点抢回来的吴国，像一件精心缝制的长袍，穿到了徐温的身上。

眼看太阳就要过头顶了，金陵城的北门才慢慢打开。等待进城的人个个想抢先,开始推挤起了石竹。石竹急了,高声了起来。“挤什么?慢一点就不行吗?”还好,今天出城的人要全身检查,进城的人不需要。否则,今天连城都进不了。随着战争的渐渐远去,对进出金陵城的行人的盘查也已经不像以往那样严厉,只有把守城门的兵士觉得你有可能是朝廷的通缉要犯,才会拦住你问一问,拿出图像比照一下。顺利通过城门,进入金陵城时已经是午时。昨晚,一家人在船上吃了晚饭,石岩此时肚子都已经咕咕叫,仨孩子更不用说了。

“妈,肚子饿死了,先弄点吃的吃一吃吧。”

“竹儿说得没错。我们先找点吃的物事填一填肚子。”

石岩本来就疼孩子,更疼女儿。逃到金陵是为了活,吃饭也是为了活。更不晓得,金陵哪一个角落兜里面猝然间冒出控鹤军杀手,来取石岩一家人的性命。女儿说肚子饿了,那就先吃饭。石柏和石斛肩背手提着行囊,俨然像匆匆来金陵避难的难民,沿着玄武大街,左顾右盼,迤逦前行,找到一家无名面摊。面摊就一张四方小桌,一家人挤在一起吃了面。

填饱了肚子,开始寻找今晚的住宿。

还是石柏眼尖,看到玄武大街右侧一块上面写着“万安客栈”的招牌。

石岩在前,尹如雪和三个孩子在后,进入万安客栈。客栈的掌柜晓得,管你以前曾经是亲王还是皇帝,大难来头,都需要命。那些个耀武扬威的人顷刻间只能混迹在平民里面,但求活命。经营客栈是为了赚钱谋生,任何人都不应该例外,自然也不会对石岩一家人特别歧视。很快,一名伙计领着尹如雪和三个孩子到了自己的房间,两个儿子一个房间,石岩夫妇和女儿一个房间。被当作难民,也不是石岩的第一次,倒没有让石岩感到特别难堪。人到了危难的时候,脸皮自然会变厚。一切料理停当,石岩想到的第一件事情是寻找住所。

“爸和你大哥、二哥去找房子,竹儿和你妈就在客栈等。”

逃到金陵避难,总得有固定住所。又不是临时住一天或者两天,说不定还要住一年甚至可能十年。临时租用别人的房子,房主叫搬,马上得滚蛋。石岩不在乎房子的好坏,也不在乎房子的大小,但得有自己固定的住所。没有固定的住所,像浮萍一样在水上漂着,石岩着实不能容忍,即便有了固定的住所更容易遭到控鹤军杀手追杀。尹如雪和石竹呆在客栈,石岩和石柏、石斛父子仨出了客栈的大门,兵分三路,开始满大街寻访金陵以后固定的住所。

当初亳州突围南逃时,石岩的侍卫兼总管李同,身上的行囊里总有相当数量的黄金和存银凭据,虽然这些存银凭据因大唐帝国倾覆而作废,黄金却不会因改朝换代而失去光彩。再说，亲王身上随身佩带的饰物都是一些值铜钱的宝贝。万不得已，随便卖掉一件佩饰，说不定就可以稳当地过上一段好日子。更何况，石岩根本不懂享受，一生也花不了多少钱。石岩不会赌博，也很少喝酒。至于那些个神女仙子，在石岩的眼里，简直连粪土都不如。

这些年，神州最贵的物事是食粮。石岩恰恰又在偏僻的翠竹湾垦荒种田。桃花溪东岸的那片粮田每年都在变大。种出来的食粮不仅可以自给，还可以卖掉余粮换些钱。总之，石岩一家人在翠竹湾十几年，还是辛辛苦苦积累了一点铜钱。有道是，有钱能使磨推鬼。有钱在手还怕找不到房子？对其他的物事，石岩都不敢肯定，就对这一点倒信心十足。

太阳将近西沉时，石岩父子三人汇到了客栈。石柏、石斛，毕竟是后生，腿脚敏捷，已经跑了金陵好多大街小巷，看了好几处挂牌待售的住宅。听了俩儿子的描述，石岩马上摇头表示否定。这些住宅不是太热闹，就是人太多。石岩需要清静、但又不能太清静的住宅。深山老林中的茅草屋最清静，但石岩不会去住。石岩是假隐士，而不是准备终生栖息山林的真隐士。石岩有三个还没有婚配的孩子，就是最小的女儿石竹也已经十五岁，都到了可以谈婚论嫁的年龄。已经石岩不希望祖宗的血脉，断在他的手里。石岩要的是近似翠竹湾竹楼那样的房子。那些个闭着门都听得到嘈杂声音的住宅，石岩实在不愿意住。

今天找不到合适的房子，明天继续找。总之，石岩觉得应该赶快离开客栈。目前住的万安客栈再好，毕竟不是自己的家，仅住宿费就是一笔不小的开销。再说，像石岩这样的人，在客栈里面呆着也是一种危险。哪一个杀手外出杀人不住客栈？有可能，石岩真想给自己化个装，易个容。人到需要活时，哪还管得着脸面不脸面？倘若人家晓得，李唐皇朝的亲王落到这种地步，更是脸上无光，无地自容。

石岩来过一趟金陵，也只是从北门进，南门出，匆匆过客而已。金陵人生地不熟，一家人晚上就在万安客栈呆着，任何地方也不去。石岩忽然想，自己找不到，何不向客栈的掌柜问一问情况？说不定也能探听到有用的信息。有时候，一句话就值千金。当石岩前去准备询问时，掌柜正在看账簿。石岩向掌柜手一拱。“打扰店家！不才想买一处住所，店家可否提供点线索？”“不客气！”掌柜向石岩手一拱。“不瞒客官，原本金陵的房子也很多，价格也非常便宜。客官晓得，战乱之后，南下的人原本已经很多，加上都督大人好像有意思将吴国的都城从广陵迁到金陵，嗅觉灵敏的人已经在金陵购置房子。如此一来，待售的房子就越来越少了。不才经营客栈，对房子的事情不是很熟。客官不妨明天再去找一找。”

徐温政变成功，遥领升州刺史，让假子徐知诰做升州副使，治理升州。不到一年，徐温听了判官陈彦谦的建议，将镇海军的治地从润州迁到了升州，并在金陵营建了大都督府。徐温坐镇金陵，徐知训留在广陵，代徐温辅理朝政。由此，金陵渐渐成了吴国的首府。金陵的官吏也越来越多，级别也越来越高。官吏越多，对房子的需求也就越多。

掌柜经营客栈，自然希望石岩没有房子，天天住在客栈。石岩可不这样想。睡觉时，石竹问石岩。“爸，会不会找不到房子？”“今天找不到，明天再找，找到为止。爸不相信找不到房子。竹儿只管睡你的觉。”石岩信心十足。

匆匆吃完了早饭，石岩带着阿虎，跟石柏、石斛兵分三路，继续寻找住宅。

这次匆匆逃离翠竹湾，除了细软，石岩抛弃了所有家当，还是带上了阿虎。几年时间养下来，已经养出了感情，石岩慢悠悠地沿着玄武大街一边寻找，一边见人就问。忽然，石岩在玄武大街的鸡鸣巷口，看到一块上面写着“宅院待售”四个大字的木牌。依据木牌上面的提示，石岩带着阿虎，进入鸡鸣巷，然后左拐，再右拐，来到了这座位于巷内等待出售的宅院前。

刚刚一脚踏进鸡鸣巷，石岩就觉得，这地方不错，符合自己的要求，既清静，又方便。宅院前是一条直直的小弄堂。石岩向东看了看，发现这条弄堂内只有这一户人家。好地方！独门独户，不需要跟街坊邻居纠缠。抬头看一看天，石岩断定宅院应该坐北朝南。

江南的住宅，一般都是坐西朝东或者坐北朝南，特殊情况除外。东面，青龙，主生；南面，朱雀，主旺；西面，白虎，主杀；北面，玄冥，主休。以阴阳八卦主宰大脑的神州人是不会故意去面对白虎或玄冥。石岩讨厌朝西或者朝北的住宅，倒不是相信阴阳八卦，而是觉得朝西的房子夏天晒死，朝北的房子冬天冻死，一点也不舒服。翠竹湾家居，石岩不顾过水麻烦，决定将竹楼建在桃花溪的西岸，让竹楼靠山朝东就是主要理由之一。

宅院的门头并不高，窄窄的屋檐仅可以容一人贴身紧靠才能躲雨。宅院的大门此时半开着。石岩拍了拍了陈旧的木门，高声问：“有人吗？”片刻后，半开着的大门完全打开，出现一位上了岁数的仆役。仆役俯身拱手问：“贵客是否来看房子？”石岩拱手答：“正是。”

仆役赶紧跨出门槛，延请石岩进院。阿虎还没得到人家的同意，已经跳过了门槛，进了院门。东南角升起的太阳已经照到宅院内的庭院上。庭院的地用石灰和黄泥夯成。站在庭院上，石岩环视了一圈。庭院不算大，但是非常静。不错，不错。

石岩的第一感觉是,这宅院符合自己的要求。仆役俯身向石岩介绍。“这是一处五开两进的住宅。”五开两进的住宅,就五个人住,大是大了些。目前第一要务是先有自己的住处,而不是住处的大小。不管这些了,先看一看。

五开房屋大堂的两根楹柱,油漆早已经剥落。石岩踏上两级石阶,站到了步檐上。仆役在前带路,引着石岩浏览宅院。石岩走进大堂,站在大堂中央,环视了一圈。大堂的东西两墙都有一扇小门。大堂后墙上挂着三星图。石岩摇了摇头。这幅三星图的笔法太拙劣,应该是民间很一般的画匠所为。仆役推开大堂后墙边上的小门,石岩走进堂后。堂后的东西各有一扇小门,跟大堂和大堂东西两侧的房间相通。仆役轻轻地推开北向后门。石岩抬脚,再跨过后门的门槛,走进前后房屋之间的天井。长方形的天井不是很大。天井的右侧是一条连接前后两屋的游廊,左侧是厢房。厢房的前面摆放着一张配有四张石凳的石桌。石桌的两侧还有几盆已经枯死多时的盆景,里面尽一些杂草。沿着游廊,石岩走到了后屋的步檐上。仆役在前,引着石岩,经过后堂,进入后室。仆役打开后室的门,石岩跟着仆役跨过门槛,来到屋后。屋后是一个既可以种花也可以种菜的菜园,四周是一丈来高的围墙。菜园面积很大,石岩目测至少在一亩半以上,里面尽是杂草。以前,石岩想到的肯定是花。可如今,石岩想到的却是菜。那么大一个菜园,好好料理料理,一家人一年中吃的菜根本就不需要到集市上去买。菜园的西首是几间低矮的小屋。宅院看起来有些古旧,但其他附加设施一应俱全。

浏览完了宅院,石岩心里已经准备要买下这座很宁静的宅院,便给守门的仆役留下自己目前的住处。回到万安客栈,经过一个晚上的反复考虑,石岩决定买下这座位于玄武湖旁鸡鸣巷的宅院。翌日早上,没等石岩前去告知买宅院的事情,宅院的主人已经亲自到万安客栈寻找石岩。见宅院的主人那么急着要出卖宅子,石岩马上晓得其中肯定有特殊的原因。

这年头谁没有特殊原因?经过一番商谈,两人就确定了买卖事宜。想将宅院卖给石岩的是一个经营海盐生意的盐商。李唐时代,海盐本来属于官营。李唐皇朝崩塌之后,哪里还有什么官营和私营。吴王杨行愍死后,徐温也曾经想重新将海盐纳入官营范围,只是因徐温的大哥徐渊是吴国最大的盐商而没有实行。这座住宅也是从别人转手到了盐商手中。

宅院的最初主人是一位布商。布商几年前在朱雀门赌博输了钱,不得已将宅院卖给从北方逃到金陵来的原汝州刺史。刚住进去不久,汝州刺史就给不明身份的人杀死在家里。刺史大人的大公子觉得不吉利,就将宅院卖给了逃到金陵的一位员外。刚住进去不久，员外就得了病，熬了不到一个月的时间，就仙游去了。近五年内，宅子又转手了三次，已经死了七人。

眼前的盐商，也是住进这座宅院不久就死了娶进门还不到两年的继室。盐商想起了以前街坊的委婉规劝，顿时慌了，连忙搬出了宅院，到别处去居住。宅院已经空了两年，就是没人愿意接手。石岩急于买宅院，盐商急于卖宅院，两人一拍即合，达成交易。

让石岩意想不到的是，盐商开出的价格大大低于石岩的心里预想，只要四百一十缗。石岩马上想到，盐商转手给他的宅院很可能是一座死过一些人的凶宅。死过人就成了凶宅？皇宫内不晓得死了多少人，无论是自杀还是他杀。神州人却做梦都想住进皇宫。现在那些个土匪杀来杀去，还不是为了能够住进皇宫？没死人，怎么能做皇帝？死的人越多，做起皇帝来才越安稳。从某种意义上说，死人是一件挺吉祥的事。石岩才不管死人的事情。能白送，不论死过多少人，石岩都愿意。亳州突围之后，石岩就觉得自己的命很硬。

说得也是，懿宗一脉下面的其他人都死了，唯有石岩还活得好好的，而且还能生儿育女。说不定，要不了几代，石岩家又是人丁兴旺！在凶宅里面活动的那些厉鬼，哪一个有鬼胆子来骚扰亲王出身的石岩？其他的物事，石岩没有信心，但对厉鬼，石岩却信心十足。在翠竹湾没事时，石岩曾经给自己算过命，可以活到八十岁。

石岩和盐商都不想张扬。就在宅院的前堂，在几名街坊的见证下，两人匆匆签订了宅院买卖契约，按了手印。契约签订、货款两清后，石岩长长地松了口气。折腾了两天时间，总算有了自己的房子。倘若都像买房子这样顺便，以后金陵的日子也应该很顺当。石岩不禁又憧憬了起来。石岩当下带家人清理已经多年无人居住的宅院。正月二十五，石岩一家从万安客栈搬进了鸡鸣巷的宅院。石岩漂浮在半空的心终于固定了下来。

“爸，翠竹湾那竹楼都有名，这房子也应该取个名才是。”

“还是不要取好。”石岩没有接受女儿的建议。“竹儿不晓得，金陵人比蚂蚁还要多，取了名，很容易给别人记住。有道是，惹不起，躲得起。无名无号，那些个苍蝇根本不晓得，我们一家就住在这里。”

石岩非常讨厌打打杀杀，又不想被别人杀，只好躲避。石岩信道，有用还是无用，有争还是无争，目的都是为了活。能活，躲到洞里面做乌龟就做乌龟。庄子都想曳尾于涂中，况且石岩？能够在这宽敞的宅院中平安无事度过余生，石岩的目的也就达到。

常言道,坐吃山空。石岩总不能闲呆在家中直至吃光老本,最后流落街头。家中闲了一天时间,石岩开始考虑在金陵的营生。乡村务农,都市经商。石岩从未经过商。我从前还没有务过农呢,只要好好学,没有什么物事是不可以学会的。已经选择经商,那做些什么买卖呢?与其坐在家中空想,还不如到街上看一看可以有哪些营生。石岩父子三人又兵分三路出了家门。经过一天时间的考察,石岩和俩儿子都瞄上了一项冷门的生意,卖棺材。选好了行当,接着就要选择店铺。任何生意,都有自己的门道。倘若门道不熟,猝然杀进去,肯定碰壁。这是石岩不愿意看到的。石岩不会无缘无故地将铜钱丢进水潭。经过一家人的商量讨论,石岩决定接手已经经营过的店铺。运气还算不错,金陵西门有一家棺材铺因死了东主想转手。兵法云,兵贵神速,机不可失。这么好的机会,就不要错过了。很快,石岩没有什么讨价还价,几乎依对方提出的价格,接手了寿木店。

正月二十八,石岩签了名,按了指印,正式成了寿木店的新东主。

石岩成了寿木店新东主,仍保持寿木店原有的招牌。石岩非常讨厌不断地更换招牌,如同不断地更换皇朝的名称一样。今天是大秦,明天是大汉。杜工部说,国破山河在。神州照样还是神州,卖的还是同样的膏药,只不过换了一班不同的江湖骗子而已。无论更换什么样的招牌,寿木店还是卖棺材,不会因为更换了招牌,明天就改卖人肉。石岩甚至还原封不动地接收了寿木店的原班人马。原寿木店掌柜,刚刚过了不惑之年的龚宰,一名主要负责进货的时来,和一名帮工张白。这名帮工还是寿木店东主出事之前刚刚招募。

石岩只在签订寿木店转手契约的那一天露了一下面。此后,就没踏进寿木店一步。石岩将寿木店的一切事务完全放手交给石柏、石斛兄弟两人去打理,自己连参与都不参与。石岩没办法养儿子过老,不想放手也只能放手。能力是练出来的。意有所至,而爱有所亡。什么事情都包办,最终只会教出废物。有了生存能力,才能在神州这个丛林中生存。想长成参天大树,必须经历风霜雨雪。家居翠竹湾这十几年,石岩从不包办儿子的事情。如今潜伏在金陵,不晓得哪一天会被人揭穿了老底,更需要好好锻炼在丛林中生存下去的能力。

跟别人不同,石岩家至少储备了两大栋梁之材。在翠竹湾隐居的十几年中,石岩的两个儿子石柏和石斛,也是半耕半读,亦文亦武。李同在世的时候,石岩负责文韬,李同传授武艺。现在等的就是发挥能量的机会。接手寿木店后,完全不用石岩插手,石柏和石斛兄弟两人很快就进入角色,石柏主外负责进货,石斛主内负责销售。经过十几年的学习,石岩对种菜已经非常熟悉。在翠竹湾的这些年中,石岩家日常吃的菜，除竹笋外，跟桃花石乡的其他人一样，一律是石岩自己种。十几年养成的习惯，实在难以一时间改掉。石岩旋即去金陵街上开始备办种菜的行头，准备重操旧业。行头备办齐全，石岩开始动手在自家的菜园里种菜。没过多久，杂草丛生的菜园已经变成了整齐的菜畦。

家居翠竹湾时，忙完了农活，石岩有了雅兴会弹一弹琴。翠竹湾就石岩一家人，石岩想怎么弹就怎么弹，不怕吵了别人。眼下就不行了，宅院四周全是街坊邻居。怕引起注意，石岩决定不再弹琴。一个卖棺材的商人整天琴声铿锵，很容易让人猜测以前的身份。又怕整天闷在家里让街坊邻居起疑心，石岩备了钓具，有了兴趣就出门去玄武湖钓鱼。反正，一切为了遮掩身份。

就这样，时间很快就过去了十几天。清明还没有到，金陵的天气已经暖和了起来。“倘若杀手再找到我们，那房子岂不是又白买了？”刚搬进新家，石竹劈头就问石岩一个问题。石岩也想过这个问题。摸不准还要去租房居住？堂堂亲王，落到目前这种地步已经够悲惨。连个窝也没有，石岩实在无法接受这个事实。不过，女儿的话一点也没错，万一杀手又来骚扰该怎么办？石岩宽慰女儿说：“我们这次来到金陵，可以说是神不知鬼不觉。那些杀手不会那么容易就找到爸。杀手真的找到爸，爸就不跑了。竹儿，你想啊，金陵是徐温的地盘，朱温不可能派很多杀手来送死，即便真的派了很多杀手来，也无法在金陵城内活动。一大队人马跑来跑去，谁个不晓得？我们家个个都是高手，只要稍微警觉一点，那些杀手只能自认倒霉。到时候，就不晓得谁杀谁了。爸可不像竹儿的那些伯父和堂伯父，手上没丁点力气，一个普普通通的兵士也可以要他们死就死。爸这身武艺，对付朱温的大军没用，但对付几个杀手，绰绰有余。”石岩在子女面前总是表现出一副自信。

从石岩家大门前的那条弄堂，来到鸡鸣巷，再向东，步行不用一刻钟，就可以到位于玄武湖畔的鸡鸣寺。鸡鸣寺是徐温当上都督之后才修建的新寺院，虽不如法门寺宏伟，但也是一座成规模的寺院。石岩不晓得修建鸡鸣寺花掉多少铜钱，看到鸡鸣寺总为将铜钱花在修建寺院上而感到心疼。石岩的父亲，懿宗李漼，特喜欢花民脂民膏修建寺院。在位期间，不晓得修建了多少座法门寺这样的寺院。李漼的祖先李世民当上皇帝后，名字还是李世民。普天之下，谁都不能跟皇帝的名字相同。没有办法，救苦救难、大慈大悲的观世音只好改名叫观音。李漼如此痴迷佛教真是匪夷所思的事情。这跟当了几十年皇帝还觉得不过瘾想长生不老很不同，也跟李漼的老祖宗武则天不同。武则天也信佛，但她认为自己就是佛，而且是弥勒转世的活佛。李漼在法门寺迎奉佛骨时，肯定已经忘记了自己是皇帝。石岩不知道父亲痴迷佛教是不是怕死后堕入地狱，但肯定不是想借佛教稳固江山。因为，父亲心里只有李漼，没有江山。石岩总认为，父亲痴迷佛教，是佛迷心窍了。不是父亲死得早，石岩肯定会拼了命死劝。徐温信佛是希望佛祖保佑他能够早日达成人生愿望。由于都督信奉佛教，原本信道的金陵居民，信佛的也多了起来。不清楚是上有好、下有效，还是希望信佛可以死后能够避免堕入地狱，免除轮回之苦。总之，进出鸡鸣寺的香客很多。

石岩曾经说过，佛教东传以来，凡是笃信佛教的皇帝，肯定一塌糊涂。梁武帝萧衍原本是一位很有作为的皇帝，晚年笃信了佛教，不理朝政，一味热衷于做和尚，最后酿成了侯景之乱，结果遭人囚禁活活饿死。懿宗皇帝整日只晓得念经理佛，不理朝政，最终导致大唐帝国崩溃，连累子孙惨遭朱温等辈屠戮。佛祖真能保佑，岂有这样的结果？石岩对佛教以及寺院很感冒。躲避在翠竹湾的这十七年时间里面，石岩从未去过桃花石乡附近的任何寺院。鸡鸣寺就在石岩家的旁边，而且已经走到了鸡鸣寺的前面，何不进去看看？石岩夫妇刚抬脚跨进寺院的大门，远远望去，看到香烟缭绕的金箔贴身的佛像前面，跪着一群信徒。终身事佛的父亲此刻是否想到他的儿孙非但没有得到佛祖的庇护，还落得如此凄惨的下场？一股呛鼻的烟味呛入石岩的鼻孔，石岩旋即止住了脚步，退出了鸡鸣寺。

鸡鸣寺的左右两边都是用方形石块铺就的空阔场地。左手场地的中间有一个供游人歇息谈天用的凉亭。场地的北向边缘外，就是浩大的玄武湖。石岩夫妇从寺院的左手，踏上方形石块，准备站在玄武湖边，欣赏第一次可以亲眼目睹的玄武湖。石岩刚要从凉亭旁漫步走过时，几个男子正在凉亭里面谈论国家大事。高高的声音飘进了石岩的耳朵。

都督虽然亲民，但是武忠王原手下大将多不服。就像叛将缪景信，武忠王刚刚仙游，就不顾忠义投奔了逆贼朱温。帮着逆贼不费一兵一卒拿下了淮北重镇颍州。据说，逆贼朱温已经派叛将缪景信渡过淮河，开始攻打寿春。叛将缪景信对淮河南北一带的地形熟悉得很。寿春一旦被攻下，就可以长驱直入，直奔金陵。金陵就危险啦。我也听说了，都督已经亲自带大军前往支援啦。都督人谦和，治国很好，但带兵打战并一定行。你听过都督过去有什么战功？是啊，打战是力气活，没有力气怎么打战？诸葛亮有力气？还不是将司马懿打得屁颠颠的，带兵打战要靠计谋。武忠王除外，过去打过胜战的哪一个不是猛将？那还不是武忠王运筹帷幄的结果？没有武忠王，照样是输。别争啦。逆贼朱温打进金陵，杀人可以不眨眼。还是先想好怎么逃命吧。逃到哪里去？莫非往岭南道跑？那些地方到处是瘴气。你根本就不晓得哪一天会突然给毒死。那就坐在金陵等死？不等死，又能怎么样？

石岩不想继续听男子争辩，重新起脚，尹如雪陪在一旁，踱到了玄武湖边，默默地望着眼前明镜一般的玄武湖。阳光照耀下，玄武湖就好像是一张五月份的荷叶，湖中央的小岛是荷叶上滚动的水珠。倘若能够平平安安在这里过日子，买下宅院还是一项不错的选择。不要做梦！石岩警告自己。做了十几年的梦已经碎了，还想继续做下去？

“爸，倘若朱温大军攻占金陵，那又该怎么办呢？”

这是搬进新家后女儿向石岩问的第二个问题。石竹的这个问题倒真的是一个很严重的问题。因内讧，吴国实力已经大大削弱，朱温攻下吴国是很有可能的事情，虽然梁吴已经交手多次，而每次都是以吴国胜利而结束。届时，除了化为青烟，石岩没有办法保住自己的项上人头。若想保住自己的人头，只有逃跑，逃跑到流放地岭南、岭南以南的地方，抑或躲到深山老林里面，永不出来。石岩的三个子女都未婚，后者的选择绝不允许。

“容爸好好想一想。”

这个问题石岩反复想了好久好久，就是一直没给女儿答案。正当石岩苦思答案时，发生了一件意外的事情，石烟卖棺材的过程中遇到了大麻烦。石岩终于下定决心回答了女儿的问题。“我们一家兵分两路，竹儿和你大哥北上太原，你二哥和爸呆在金陵。”

不能再像以往那样一味地躲避了，积极应对才是。石岩不止一次对自己说，不要等车裂了才想起后悔。金陵不错，正如女儿所说，未必一定安全。朱温真的打进了金陵，一家人呆在一起，完蛋全完蛋。况且，一家人全呆在金陵，身份暴露，结果跟朱温打进金陵一样，只不过死法可能会有所不同。别幻想徐温跟朱温有什么差别。和尹如雪一番商量后，石岩决定让石柏带石竹北上并州太原，投奔尹如雪的表弟李存勖。

尹如雪很希望石柏带石竹去辽东投奔外婆。可惜，神都一面，尹如雪已经差不多二十年没见母亲。上次，姑射真人来家里做客，告诉尹如雪，外婆一切都好，不用担心。姑射真人告诉尹如雪，外公去世后，外婆离开了辽东。这些年，一直在外面云游。姑射真人自己都好长时间没见外婆了。总不能盲人骑瞎马，到根本不晓得情况的地方去。

相比朱温、宋文通这些人渣，外舅舅李克用已经算是一个相当不错的人了，但对权力的渴望和其他人没有什么两样。四年前，石岩才得知外舅舅李克用已经去世的消息，而接任晋王之位的是外表弟李存勖。尹如雪也是在李存勖只有十来岁的时候见过，如今李存勖都已经三十了。十几年翠竹湾隐居生活，加上战乱，李存勖目前的具体情况石岩、尹如雪根本就不清楚。石岩即便不敢以小人之心度君子之腹，但眼前的石岩毕竟是落难的人。寄人篱下也是万不得已情况下的无奈选择。不过，隐忍屈辱最起码可以留下一点火种。

从金陵到太原，有几千里路程，而且必须经过朱温控制的地盘。不像江南，行动肯定会非常不便。单单一条黄河，你就别想飞过去。总不至于从淮河开始一路杀到太原。有这种幼稚的想法，石岩一家人也不可能会活到今天。拖儿带女一同前往太原，目标大，很容易被发现。万一路上遭到朱温堵截，那可就全完了。石岩不准备孤注一掷，将所有的鸡蛋都放在一个篮子里面。更重要的是，李存勖一直打着复兴李唐的旗号，石岩亲自前往，肯定会被李存勖当肉身使用。别人的灵魂占据自己的肉身，肯定痛苦。石柏不是李氏血脉，不会被李存勖利用。石柏年纪最大，为人最为冷静，三个孩子里面武艺也最好，悄悄闯过朱温控制的地盘应该问题不大。石竹陪同前往，不仅路上能够有个照应，而且可以增加点生活经验，获得更多以后继续生存下去的能力。就目前战局看，呆在太原的安全性要比呆在金陵大。石岩经过一番斟酌，决定让石柏带石竹北上太原投亲。

总之，石岩唯一的希望就是能够留下一点香火。

第三章　少东主

千丈之堤，以蝼蚁之穴溃；百尺之室，以突隙之烟焚。

——《韩非子》

金陵白虎大街东西走向,直通西门。

长寿巷是白虎大街一条宽不到八步、南北走向的小巷。小巷青砖铺成的路面,因多年没有整修,现在已有些凹陷不平了。碰到下雨天,一不小心踩到已经松动的砖头上,定会溅人一身污水。如同树木争夺阳光,小巷两旁的屋檐也在努力扩张生存的空间,让小巷原本已经非常狭小的天空只留下一条小小的缝隙。抬头仰望,仿佛就是一线天。

就是大白天,进入小巷,也让人感到阴森森,有点怕。晚上,小巷更是黑洞洞一片,偶尔一点灯光,像鬼蜮飘动的磷火,别说进去,就是站在小巷口往里看一眼都会起鸡皮疙瘩。平常时节,只有家里碰到特殊情况确实要来买物事才会进长寿巷。陌生人不小心走错了路,抢入长寿巷,马上会发现小巷两边的店铺卖的大多是一些与死人有关的物事,心里顿时产生一种不祥的感觉,怕带来噩运,脚步不由自主地加快,迅速逃离。

无论是谁,皇帝还是庶民,总有亲人会跟自己分手,提前走了。倘若家中出现了不幸之事,不得不来买棺材,那么,从白虎大街拐进长寿巷走不了几步,就可以清楚地看到上面写着“白记寿木店”五个白色大字的黑色布制招牌。招牌在风中飘动,仿佛一面招魂幡。

白记寿木店是金陵西城最大的一家寿木店,也是西城唯一的一家寿木店。白记寿木店坐西朝东,招魂幡似的招牌就挂在寿木店南侧的小弄堂口。弄堂和长寿巷成丁字形。从弄堂口步行不到二十步是寿木店的侧门。平常搬运寿木全从这扇侧门进出。进入侧门,是一个小天井。小天井的东面是店铺,北面是厢房,西面是储藏棺材的库房,南面靠弄堂是关养马匹、存放木板车等器物的小耳房。寿木店原本有三间门面。为节省经营成本,东主白肇祺将一间靠北首的店面出租给了卖丧服的陈绾。依照当时签订的契约,今年中元节到期。

白记寿木店今天换了新主人,新主人就是刚来金陵不久的石岩。

选择卖棺材主要原因之一,石岩认为棺材行应该是眼下最值得投资的行当。这年头,其他生意不一定景气,棺材生意却非常非常红火。黄河两岸,各州各道的刺史、团练使、观察使、节度使,争夺皇权,战火纷飞,生灵涂炭。杀起人来,绝对面不改色心不跳。自黄巢造反以来,黄巢、王仙芝、秦宗权、秦彦、孙儒、朱温各路土匪在神州大地上展开了一场不能说绝后但肯定空前的杀人大赛。让刚皈依佛门不久的神州人顷刻间认识到了什么是空。为了躲避战祸,世代生活在北方的世家望族,纷纷逃到了金陵。这些素来养尊处优的老权贵、老富商,哪经得起惊吓?加上南北气候差异,就等着呜呼哀哉。江南也好不到哪里去。藩镇权臣,争夺军权、政权,此刻还踌躇满志,说不定一眨眼已经满门抄斩。前线拼杀,殒命沙场是天天都发生的事情。有死人,就需要棺材。至于因城门失火而被无辜殃及的庶民能够有一领草席葬身已经很造化了。就前几年,神都长安人肉还一百钱一斤。

石岩投资做棺材生意,除了想赚些铜钱养家,还有三个方面的考虑。

其一,棺材容易让人想起生和死之间的距离。刚刚还在棺材外好好活着,生龙活虎,就那么一刹那时间已经变成了躺在棺材里面的死人。生和死之间只隔了一层薄薄的棺材板。就算很厚,也不过七寸。明白了死之易,才会懂得生之难,才会更加珍惜生。

其二,生意人地位低下,卖棺材的生意人更加卑微。自古以来,历代帝王都重农抑商,像贾谊这种看起来还有些头脑的读书人都主张将那些商人统统赶到地里去种田,其他人就不说了。不管当政不当政,都认为,只有庶民人人去种田,有了饭吃,神州就会太平。正因为上千年的反复鼓吹,神州人鄙视生意人。卖棺材的生意人,就提也不用提了。迎面一见,赶快回避。一个笑脸,换来的可能是快点死的恶毒诅咒。无论是石柏还是石斛,只要能够心平气和地对待棺材,能够忍受街坊邻居的白眼,就能够心平气和地对待人生,毕竟自己迟早有一天会进棺材。连棺材都敢卖,还有什么事情不敢做?人想在神州活下来,最重要的不是能力,而是脸皮。脸皮越厚,活下来的可能性也就越大。卖棺材正是增加俩儿子脸皮厚度的绝好方法,远远胜过当乞丐。至少到目前为止，石岩还没想过要让儿子去做乞丐。在这个人肉比狗肉便宜的时代，就算断了四肢趴在地上爬，未必能买得到怜悯和同情。

其三，不像其他行当的生意，街上无事闲逛的行人不会随便进寿木店瞧一瞧，看一看有没有适合自己的棺材。这样就可以过滤掉很多很多不真想买棺材的闲人。谁愿意有事、无事地往寿木店跑？见的人越少，可能带来的麻烦也就越少，跟着也就越安全。

确定好了行当，石岩决定接手已经经营多年的老店铺。刚来金陵，里外陌生，突然插进一个行当，仅可以正常开门营业都不晓得要到哪个猴年马月。这种已经经营多年的老店铺，有确定的进货渠道，有一定的知名度，容易很快进入状态。主意一定，立马执行。石岩这人平常言语不多，做事却一向雷厉风行。石岩父子三人兵分三路，经过一天时间的摸底，确定金陵有五家寿木店。谁愿意在生意最红火的时候转让寿木店？生意场上，普通的商贾只有到了不见棺材不落泪的时候才不得不忍痛割肉。正所谓早不如巧，就在石岩寻找寿木店接手时，恰好碰上白记寿木店挂牌转让，原因是东主白肇祺死了。去年年底，白肇祺准备回家过小年，不巧路上遇到了抢劫。抢劫这种事情金陵城内几乎天天发生，没什么好稀奇。白肇祺不甘心辛苦赚来的铜钱被人活生生抢走，仗着自己年轻时曾经学过一点武艺，有两下子，奋起反抗。年轻二三十年，说不定还可以搏一搏，而眼下的白肇祺都过了知天命之年。没几个会合，白肇祺就被歹徒捅了数刀，当场横尸街头，案子到今天还没有侦破。白记寿木店已经关了差不多一个月时间的门。当天，石岩就主动去找白肇祺的夫人刘氏商谈寿木店转让适宜。

白肇祺没有儿子，女儿倒有三个。三个女子都嫁到了外地，一个嫁到润州，两个嫁到升州府治下的江宁。街坊邻居都认为白肇祺因贩卖棺材而绝了后。始作俑者尚且无后，烂良心的生意人个个子孙满堂，真是天没眼。在撒手人寰之前，白肇祺曾希望女婿能够继承白记寿木店。可惜，无论白肇祺怎么劝，没有一个女婿愿意接手老丈人的寿木店。三百六十行，虽说行行都重要，但总有些行当让人觉得丢脸。故此，有些行当人挤人，有些行当门前冷落鞍马稀。以从事的行当看人是神州的优良传统。刚一见面，劈头就问，兄台做什么行当？不晓得是告诉，还是不告诉。从事的行当令人向往，问者旋即投来了羡慕的眼光；从事的行当不那么光彩，答者难免自惭形秽，而问者则是一脸的鄙夷。人总希望在别人面前抬得起头，说得响话。不得已，只有扯谎。自己的屁股坐在屎上，也嫌别人臭。这些街坊邻居，虽也属士农工商四个阶层中最末的商，终究要好过卖棺材。长寿巷八十三位店主，最受鄙夷的人自然是白记寿木店东主白肇祺。三个女婿都不愿意再像老丈人一样遭人鄙夷。白肇祺死后，夫人刘氏一个女流，总不能丢尽脸面去经营寿木店，况且就是想经营也经营不好。没办法，刘氏只好将寿木店挂牌转让。这正好给了打算接手棺材生意的石岩一个难逢的好机会。

正月二十九，像神州的皇朝，白记寿木店换了新主人重新开门营业。

寿木店正式开门营业之前，石家兄弟经过一番商讨，决定采用与白肇祺完全不同的经营模式：量身定制，送货上门。神州人活着没尊严，埋葬时却讲究棺材，尤其是达官贵人、富商巨贾。实力越强对棺材的要求越讲究。从木材的选用，木板的厚度，雕刻的花纹，油漆选定以及髹漆的次数，寿木店都可以根据客人的特殊要求，量身定做棺材。这样可以替客人大大省去请工匠制作棺材的麻烦。棺材不像金银珠宝，丝绸玛瑙，没几个人搬都没办法搬。神州人又特别喜欢挑选那些不容易腐烂的实木作材料，更是重不胜负。客人从寿木店订购了棺材，非常希望店家能够送货上门。麻烦不去说，想将棺材从寿木店搬回家首先得请人。白记寿木店原东主白肇祺宁愿生意不要，也不愿送货上门。本着处处替顾客着想的经营理念，石柏、石斛兄弟经营的白记寿木店一律送货上门，不论买什么价位的棺材。

"先交保护费，再开门营业。这规矩也不懂，还想在金陵混？"

刚开门，生意还没开始做，就给石家兄弟来一个下马威。两名黑虎堂兄弟来寿木店收保护费。石家兄弟一下子明白了将要混下去的金陵是一个什么样的地方。到今天为止，保护费的事情兄弟两人还是第一次碰到。翠竹湾这些年，除了乡耆来收赋税，还没有黑帮上门收过保护费。刚来金陵，脚跟还没站稳，马上跟黑帮硬碰硬，好像不是很明智。兄弟两人握了一下手，同意吞苍蝇。"小子初来乍到，不懂规矩，请两位高抬贵手。"石斛脸皮厚，又比石柏会说话，出面跟俩混混周旋。"这还有点像人话。念你初来金陵，规矩不懂，就不跟你计较了。保护费，一月一缗。"两混混见石斛像乌龟缩头认输，没有得寸进尺，上凳上桌。

"交，小子交，只是小店刚开门，生意还没有开始做，能不能宽容一下？"

"一月一缗，一文不少。不交，店不用开了。"

"这月没两天了，能不能少一点？"

"一天也一样。要么交，要么不交，别跟我啰嗦。"

来收保护费的黑虎堂喽啰态度很强硬。交涉了几下，见无效，石家兄弟交了这月的保护费。黑虎堂的喽啰刚离开，一客人前来寿木店买走了一十七副棺材替茅昭一家收尸。茅昭为何会被满门抄斩，石家兄弟刚来金陵，不晓得，也不想晓得。

不该晓得的事情,晓得越少越安全。这点道理石家兄弟两人都懂。眼不见,心不烦。这世界没有一样事情会让你称心。寿木店的老伙计时来和张白是地道的金陵人,龚宰不出生在金陵,在金陵也已经生活了十来年。满门抄斩的事情,他们也没什么说。做自己的生意,赚自己的铜钱,过自己的日子。石家兄弟和三名伙计忙了整整一个上午才将一十七副棺材交到了客人的手上。

石岩接手白肇祺的寿木店时,店里的存货原本就不多。一十七副棺材一卖,寿木店已经没什么存货了。没有货,做什么狗屁生意?当天下午,石柏就随伙计时来去外地进货。石柏和时来这一走,寿木店就只剩下龚宰、张白和石斛三人。

一名客人进了寿木店。龚宰是老伙计,棺材门道熟,前去招呼客人。石斛刚接手,要学会,一旁陪着。进入库房,一看所剩无几的存货,客人顿时没了兴趣。“已经去进货,过两天就会很齐。”龚宰赔笑向客人解释。“总不能三天两头往你的寿木店跑吧?”客人一脸不爽,没买就走了。刚送走客人,又有客人进来。客人没什么特别要求,在剩下的棺材中选了一副松木棺材。“小子马上送。”石斛没问为什么那么急,当场答应了客人的要求。客人一走,石斛就着手送棺材。看着库房内这几副棺材,石斛真希望这两天没有客人。

一副松木棺材很快就装好。石斛屁股一抬,坐上木板车,张白鞭子一扬,木板车缓缓驶出了弄堂,前往白虎大街。石斛原本叽里咕噜会说,见张白一脸的愁云,又不晓得遇到了什么不如意的事情,只好闭嘴。两人都一声不吭,听着车轱辘的吱嘎吱嘎声,出了南门,依照客人给的地址去了余庆庄园。木板车停在庄园西侧门外,听到庄园里面传出的乐曲,石斛就知道死了人。石斛不关心死人,没去打听,交了货,拿到铜钱,就转身返回。没走多远,碰到两村民从木板车边上走过,石斛听到其中一人说:“他儿子该死。”石斛没去想,这人说的是不是余庆庄园的逝者。寿木店开门前夕,石岩再三嘱咐石斛,以后一定要装聋作哑,视而不见。石斛也准备从此潜心做一个少东主,努力赚一点铜钱,闷声不响过一过日子。

快到酉时,寿木店打烊,第一天生意在风平浪静中结束。第二天,龚宰刚打开店门,朱雀赌庄王封羽遣管事何海晏来寿木店购买棺材。一进库房,何海晏就知道选错了店。寿木店好像就要歇业,根本没有多余的货物可供客人选。既然已经来了,何海晏不想再添麻烦,就从寿木店所剩无几的存货中选购了一对单板金丝楠木棺材。这对雕刻了百寿图案的单板楠木棺材在库房里面已经搁了好几个月,今天终于找到了买家。石斛一进店,龚宰就告诉了这个喜讯。看着空荡荡的库房,石斛倒希望这对棺材再搁几天。这对棺材一卖,整个寿木店只剩下了三副棺材,包括停放在店堂里的样品。“当涂近，今明两天就能到。”龚宰宽慰石斛。无论如何，开门做生意，人家出铜钱买你的货，你不能不卖。出了库房，石斛就着手装车，准备将这对金丝楠木棺材送到朱雀赌庄去。

朱雀赌庄位于金陵南门的朱雀大街上，是金陵城名头最响的赌庄。

这年头，寿木店生意红火，赌庄的生意更可以说是火爆。不是你想赌，而是现实生活迫使你不得不赌。数千年的神州史说白了就是一部赌博的历史。大的赌命，小的赌钱，只不过赌的对象不同而已。光脚不怕湿了鞋。当你突然发现无论如何死命挣扎都无法改变个人命运的时候，极容易产生赌一把的冲动，大不了最后赌输。万一赌赢，大者称帝封王，小者发家致富。陈胜、吴广晓得，去渔阳是死，不去渔阳也是死，于是决定赌一把。你不赌，只能永远做烂泥被人踩。几千年来，生存环境就是不断地迫使神州人去赌。一代一代传下来，个个都变成了好赌、嗜赌的赌徒。正所谓，上半夜红，下半夜穷。陈胜、吴广刚开始的时候也曾经小赢了一把，可惜最后赌输。参与赌博的各路赌徒，掀翻了大秦帝国。黄巢曾经多次参加科考，可每次都名落孙山。几百年来，名落孙山的人无数，黄巢跟他们不同，决定压上身家性命狂赌一把。跟陈胜、吴广一样，黄巢也是先小赢一把，最终赌输。参与赌博的各路赌徒，焚烧了长安，摧毁了大唐帝国。黄巢死了，大唐也没了。时日曷丧，予及汝皆亡。神州人就是这样，喜欢自己死之前拉一个无辜之人做垫背。

只要是赌，必有输赢。无论是输，还是赢，赌场通行的铁律就是“认赌服输”。上吊投江，不会有同情的人。怕输，只能是不赌。自然，也有赌而不认输的人，江洋就是很好的一例。昨晚，江洋和刘山在朱雀赌庄豪赌，孤注一掷押上人头。江洋赌输而不服输。于是，两人在朱雀门赌庄当场动起了手，双双毙命。人已经死了，相互打斗的事实非常清楚，在场的证人很多。朱雀赌庄总不至于将两人用草席一卷，扔到金陵城西的乱葬岗。无论是江洋还是刘山，都是有名有姓的人。两人的尸身需要先入殓，再运回他俩的老家安葬。

朱雀赌庄不用担心两人的家属买不起棺材。就算买不起，朱雀赌庄这些年也已经从两人身上捞到了不少铜钱，替两人买副棺材也属应该。朱雀赌庄遣人从白记寿木店购买两副上好的楠木棺材先给两人入殓，再等家属前来运回家乡安葬。

“少东主，仆要离开寿木店，不做了。”张白今早一进寿木店，就向石斛提出要走人。“少东主，不是仆不想做，是那未过门的新妇死活就是不让仆做。”张白向石斛解释。“那未过门的新妇威胁说，仆继续在寿木店做，只能解除婚约。不好意思说，这门亲事也是请了媒婆横说竖说才说下来。解除了婚约，少东主晓得，像仆这种背景的人，找一个闭着眼睛过日子的新妇都困难。家母晓得这事，都急得像热锅上的蚂蚁，希望仆快点离开寿木店。”

张白打算离开寿木店，石斛倒没有特别地挽留。张白执意要走，再挽留都没用，况且石斛也找不到挽留张白的理由。士、农、工、商四类，商贾是末流，卖棺材的商贾更是末流中的末流。黄巢造反，神州大乱，原有的户籍虽已经分崩离析，但活在世上的人观念并没有马上改变。石斛不能阻碍人家上进。石斛只是一家寿木店的店主，不是靠恐吓吃饭的恶棍，更不是决定别人生死的阎罗。再说，石斛连自己的新妇是否已经出世都不晓得，更不能保证张白将来一定会讨得到新妇。孔子曾经说过，君子成人之美，不成人之恶。石斛虽不是君子，可不愿意错了张白的姻缘。不损害自己利益的前提下，别人获利应该支持。

只是这个时候走，还真让石斛为难。不送货没关系，一送货，张白这一走，就龚宰和石斛两个人，根本没办法应付。总不能生意刚刚接手，马上食言而肥，取消送货上门。“你想走，小子想拦也拦不住。你不来告诉小子，小子又能怎么样？小子只是想请你再做几天。正所谓破罐子破摔，你做这行生意又不是第一天，不在乎再做几天。等小子找到了替手，再走如何？”石斛还是决定先挽留。张白迟迟不敢答应。“小子绝不食言！”石斛向张白保证。“就几天。”张白想了想，终于同意。“只是今天仆确实要回家一趟，家里有点急事。仆绝不骗少东主。”“行！”石斛爽快答应。“谢谢少东主。”张白向石斛手一拱，匆匆离开了寿木店。

“少东主坐店，寿木就让仆来送。”龚宰自告奋勇要去送货。石斛不想，也没想过要翘着腿做少东主。“金陵小子还不熟。只有多走一走，小子才能慢慢熟悉。送个棺材，纯力气活，小子再笨应该也会。”石斛还是决定自己送。“棺材的情况小子还不熟，客人来，连介绍都不会介绍。这事还得先由老哥来。过些时候，小子熟了，再接手。”龚宰也就不再坚持，和石斛一起去装货。

一对棺材装一下倒不麻烦，不需要去请帮工，尽管这种靠卖力气糊口的帮工很多。龚宰正值壮年，石斛正后生，有的是力气。不是怕张扬，一个人都可以轻松将棺材扛出来。石斛一头，龚宰一头，两人一前一后先将棺材从库房抬到了弄堂。然后，再小心翼翼地将棺材升到一辆特意打造专门用来运送棺材的宽款木板车上，蒙上防止刮去油漆的黑布，再用麻绳捆扎实。一切都妥当之后，石斛坐上木板车，准备前往朱雀赌庄。“到了那，说说好话，请他们帮帮忙。”临行时，龚宰吩咐。“老哥放心，小子晓得应付。”鞭子一扬，木板车起动。

木板车刚要出长寿巷，就被站在白虎大街两旁的士兵拦住了去路。什么原因，石斛不晓得。石斛读过书,只晓得重要人物出行要避行人。石斛只得在长寿巷内耐心等待。等待是一件很难受的事情,尤其是事先已经约好而中途受阻的无奈等待。等了好久好久,直到石斛心中都要产生一种只管冲出去的想法时,守在长寿巷口的士兵才让石斛的木板车放行。

出了长寿巷,一看白虎大街上来来往往的行人,石斛马上抑制住了扬鞭的冲动。不小心撞上人,人家痛苦不说,光医药费就够买一副棺材。石斛一边不时高叫着"让",一边小心翼翼地赶着木板车慢慢前行。走了差不多一炷香的时间,还没到朱雀大街。

石斛乡下长大,金陵是都市,又刚来,而此刻天上偏偏盖着厚厚的云,白蒙蒙一片,真是云里雾里。得找个人问一问,免得走错了路。石斛一边赶着木板车,一边寻找问路的人。到了白虎大街和建业大街的交叉口,石斛看到一名三十多岁的男子正迎面而来,赶紧停下了木板车。屁股一挪下了车,三脚两步走上前去,拱手拦住了这名只管低着头走路的男子。

"请问这位大哥,朱雀赌庄怎么走?"

男子头一抬,心里直叫晦气。早上刚一出门就碰到了棺材。棺材,金陵人特忌讳,这名男子不例外。别说真棺材,就是像棺材的物事,金陵人看了也会莫名其妙联想到了棺材,再由棺材联想到了死。虽说活在神州连猪狗都不如,神州人还是特别怕死。听说江宁县衙的门头,就因像棺材,只好拆掉重造。入国而问俗,入门而问讳。石斛连风俗禁忌都没问清楚,急匆匆杀进棺材行,真是欠揍作死。男子看了石斛一眼,手向东一指。

"一路往东,到了朱雀大街,再往南走,第一座大宅院便是。"

"谢谢大哥!"

石斛向男子拜了拜,转身重新坐上了木板车。沿着秣陵大街,一路向东,终于看到了写着朱雀大街的路牌。依照男子的指示,向右一拐,进入了朱雀大街。果然,没多久,石斛看到了一座大宅院。宅院坐西朝东,面朝着车水马龙的朱雀大街,四周围着一堵至少两丈来高的围墙。围墙的右侧是一条两丈多宽的小巷。这座宅院应该就是朱雀赌庄了。石斛没去想那男子是不是给他指了一个错误的地方,赶着木板车钻进了小巷。石斛从小在翠竹湾长大,去过最远的地方是乐平县城,就像井底之蛙,根本不晓得赌庄什么模样。出发前,龚宰怕石斛找不着,告诉了朱雀赌庄的位置以及特征:"朱雀赌庄坐西朝东,面朝着朱雀大街,门口有一对大狮子,到了朱雀大街,很好找。"远远望着,宅院门头站着一班守门的家丁,又有一对狮子,恰好这时又没有碰到可以证实的人，石斛以为已经到了朱雀赌庄。绕着围墙整整跑了一圈，石斛颇为失望。宅院的北、西、南三面所有的便门此时都紧紧地关闭着。

中途给那些兵士一拦，已经错过了跟朱雀赌庄事先约定好了的时间。石斛不晓得，就几天前，宅院的主人徐渊听了护院主事全子尚的建议临时关闭便门。石斛看着高高的围墙实在想不出其他办法，只得无奈地赶着木板车，从宅院的左侧小巷走出，来到了朱雀大街上，调头向北。石斛不敢将木板车停在离门头太远的地方，万一马受了惊吓跑了开去，无法及时赶过去处置。马车慢慢在门头前的朱雀大街上停下。如同大牌楼的三开正门口，蹲着一对用紫铜铸造张着血盆大口的大狮子。石斛没去多看，放好车闸，挪动屁股，站到地上。刚迈出一步，就听到了高高的呵斥声。“快将木板车拉走！停在门头前，想找死啊！”

一名家丁见石斛将装着棺材的木板车停在了门头前，赶紧向石斛走了过来。石斛刚来金陵，一身乡下泥土气味，竟然没将这名家丁的高声呵斥当回事，笑嘻嘻手一拱说：“兄弟，别说得那么难听。小子不是来找死，是给你们送棺材。”那么多年来，没有人敢如此放肆。别说将装着棺材的木板车停在门头前，就是从门头前的朱雀大街上经过，金陵也没几个人有这个胆。附近市民出殡，怕冲撞了徐渊，都绕道避开朱雀门。这倒不是徐渊有多猖狂，而是徐渊的背景实在太骇人。吴国都督的亲大哥，太尉致仕，升州刺史见徐渊都要下跪磕头。黄巢造反以来，金陵已经换了多次主人。这一次次更换主人的过程中，金陵人已经充分见识了新土匪的行事风格。宅院如同蹲在朱雀大街旁的猛虎，金陵本地人要经过朱雀门时，都会很自觉地躲避，从朱雀大街的东侧过去。多年的经验告诉金陵人，想饭吃得长，就别去惹猛虎。不一定人人都亲眼见过老虎吃人，但都知道老虎会吃人。不知行情的外地人，无意中走到朱雀门前，一看站在门前的那一班彪悍的家丁，不禁一阵慌张，赶紧走下人行道躲避。今天，却出现了一个准备捋虎须的人。“真想找死！”家丁的拳头和话一起到了石斛的眼前。

石斛见家丁的拳头虎虎生风到了眼前，下意识地左手一伸，就像钳子一样钳住了家丁的手腕。这一钳疼得家丁忍不住“哎哟”叫了起来。石斛一看情势不妙，赶紧松手。或许是石斛松手太突然，或许是家丁后拉太用力，石斛刚一松手，只听“咚”的 一声，家丁一屁股坐到了地上。这下麻烦真的来了。没等石斛回过神来，已经被一拥而上的七八名家丁团团围在了中间。“哪来的杂种敢到朱雀门来撒野？”一名家丁带着粗口，冲着石斛说：“你不睁开狗眼瞧一瞧，这是什么地方？朱雀门！你小子再有能耐，也是找死！”石斛瞟了一眼，高高的门头上面果真写着“朱雀门”三个大大的篆字。要去朱雀赌庄,却到了朱雀门。现在祸闯出来薛刚似的,不晓得该如何收场了。“误会……”石斛赶紧拱手解释。“误会个鸟!”家丁粗暴地打断了石斛的话:“你小子想找死,也不应该找到朱雀门来!”

朱雀门势力大,石斛出发前就已经知晓。龚宰见朱雀赌庄来购买棺材,看到了其中的商机。石斛一来,龚宰就告诉他这条特大喜讯。“少东主,朱雀赌庄到我们店订购寿木,特大喜事啊!朱雀赌庄的身后当家徐渊,在金陵是巨擘,都督的亲大哥,太尉致仕。想想吧,无论是黑道还是白道,谁不仰仗他的鼻息!不去说黑道间的明杀暗杀,就是赌徒们之间的打架斗殴,哪一刻不死人?能拉上生意,光朱雀门一家就足够了。”如今,生意没拉上,还结了梁子。石斛拱着手扫了一眼不断围了上来的家丁,心里开始盘算。欲加之罪,何患无辞。随便罗织一个罪名,将我逮到衙门去,不死也已经皮开肉绽。别想将两副棺材一扔撒腿逃命了。石斛马上否定了自己的想法。现在都已经成了影子,就别妄想一跑了之!跑得越快,影子跟得越快,最后只能力竭而亡。眼下,只有冒一冒险竭力解释了。“误会!真是误会!”石斛还在拱着手尽力解释,家丁的拳头和脚头已经像雨点般四面八方向石斛袭来。与其直着手眼睁睁被活活揍死,还不如先自卫求活。多活一刻钟起码也是一刻钟,将来的事情将来再说。

就在朱雀门的门头前,石斛跟朱雀门的家丁打起了架。

神州人喜欢凑热闹,金陵人不例外。见有人竟然来朱雀门寻事打架,朱雀大街上闲逛或准备购物的行人,甚至包括替别人看店的伙计,仿佛忘却了朱雀门前蹲着一头猛虎,像苍蝇嗅到了咸鱼的臭味,如同八月十五钱塘潮水一般,涌了过来。不一会,朱雀大街就被看热闹的人堵死。朱雀门前黑压压全是人,个个都想挤到前面去观赏这场难得一见的斗殴。

朱雀门当家徐渊此时正在一座黑白两色的如茅斋里面品茶。

徐渊刚将茶盏放在茶几上,朱雀门护院主事全子尚急匆匆走进如茅斋。全子尚站在徐渊前面,俯身禀报:“大家,有个后生来朱雀门寻事!”自住进朱雀门以来,还没有人敢上门寻事生非。想让别人不敢上门寻事,靠威势镇而不是靠力气打。别的都不去说,单凭徐渊是吴国都督徐温的亲哥哥这一点,就足以吓傻那些企图来寻衅滋事的不识时务的豪杰。小小的鸡蛋不要去碰巨石,谁都懂。想寻事,也要看清对方是谁,再出手。神州不平事多,太多,又不是某一个人会遇上。皇帝突然想到了要族灭谁,还需要讲什么理由?三十六牙圣旨口,一句话就行。要被砍头了,还要跪地磕头说谢主隆恩。有道是,留得青山在,不怕没柴烧。就算家中被杀了九十九个，只要能够留下一口，用不了多少时间，又可以重新凑足一百。想想如今神州姓赵的人，有几个不是赵氏孤儿的后代？一冲动，马上断了香火，怨谁去？几千年来，什么荣誉、人格、尊严，在神州连狗屁都不如。到了现在，连这一点也不懂，哪还配做神州人？做人么，神智要清醒。真的到了忍无可忍，也不要做出一些让人匪夷所思的愚蠢举动。动不动拿鸡蛋去碰石头，那还不是自己脑子有问题？胆敢来朱雀门寻事，就算不将你当场打死，单凭寻衅滋事这一条，立马将你充军。到那时候，连个收尸的人都没有。谁脑袋出问题来朱雀门没事找事？全子尚话还只说到一半，就被徐渊打断。"这些事情，你处理一下就是，还需告诉我?"全子尚战战兢兢地向徐渊解释。"那个来寻事的后生实在太厉害，光用拳头实在是难以将他制服。刀剑无眼，仆担心万一伤到性命，不知该如何处置。"

万一出人命，没有徐渊首肯，哪个下人敢承担？起码全子尚不敢承担。杀人无所谓，大白天将人杀死在朱雀门前也实在太难看。徐温刚刚把持吴国权柄，就如此嚣张霸道，留给吴国人的观瞻实在太差。如今东南西北全是敌人，获得吴国庶民的拥戴尤其重要。再说，徐渊的嫡夫人信佛入迷。将人杀猪似的杀死在朱雀门前，徐渊肯，嫡夫人也不会肯。倒不是嫡夫人信佛不杀生，而是人死在门头前不吉祥。猪血洒在门头都不行，何况人血？

"走吧。"

徐渊站了起来，出了如茅斋，跟着全子尚前往大门口。听说有人来寻事，碰到如此稀奇的事情，朱雀门内甚至有女眷也站在门里门外看热闹。自住进朱雀门以来，还没有人敢如此大胆来寻事！朱雀门上上下下个个都很好奇。见徐渊前来，站着看热闹的人赶快让开。

徐渊踱着方步，出了大门。方块青石铺成的大门口，家丁横七竖八地躺在地上呻吟。这些家丁虽说不上是什么高手，但也都是有两下子的打架能手。徐渊还没想过，吴国上下谁有能耐赤手空拳将朱雀门一群家丁打趴下。事实尽管摆在了眼前，徐渊还是不敢相信，看了看躺在地上的那些家丁，再抬头看了看刚刚跟家丁打完架的石斛。活了一大把年纪，有这等能耐的后生，徐渊还是没见过。见当家徐渊前来，挣扎的挣扎，搀扶的搀扶，倒在地上的家丁纷纷爬了起来。十几名家丁，没等石斛做出反应，手持横刀，一拥而上团团围住了石斛，等待徐渊的号令。围着看热闹的人，眼睛凝视着前面，挪动脚步后退，准备迎接一场战斗。

徐渊又抬头打量了一番眼前的这个后生。寻事？徐渊心里顿时生疑。此后生外表儒雅斯文，看起来一点也不像平常寻衅滋事之人。如果不是误会，可能是有其他什么原因。说不定又是天予这兔崽子在外面诱惑了人家的妹妹或者新妇,如今找上门来了。

徐渊的四郎天予是徐渊的如夫人陈氏所生,继承了父亲徐渊高大的身材和母亲陈氏姣美的相貌。不说这些皮外的事情,单凭朱雀门四公子的身份,根本不需要天予主动出击,粘在屁股后面的娘子已经一大串。徐渊还是警告天予:“你和谁好,爸不管,前提是将你自己的屁股擦干净。”有关天予的风流韵事,早就已经让徐渊的耳朵起了老茧。还好,天予还没有做出让徐渊亲自替他擦屁股的事情。这兔崽子留下屁股要我来擦,看我不打断他的腿。

此后生身上没有怒气,也不像是来寻事出气。徐渊马上否定了自己刚才的想法。朱雀门是什么地方,金陵谁都晓得。单枪匹马来朱雀门寻事,还不是找死?这后生看起来一点也不傻。“伯父!”徐渊正准备开口询问,忽然听到从围观人群里面传来一声高高的招呼声。徐渊抬起头,徐温的假子徐知诰,身穿便服,骑着马,鹤立在围观人群的后面。

叫徐渊伯父,围观的看客一想就想到了是谁家的人,顿时一阵骚动,纷纷退后,给徐知诰让路。徐知诰迅速下马,将缰绳递给了一名亲从。徐渊示意围着石斛的家丁撤后,踏着石阶,来到了门头前的扇形门口。“多谢乡亲! 多谢乡亲!”徐知诰拱着手,在随行亲从的拥护下,来到了朱雀门前。徐知诰快步走到了徐渊的跟前,给徐渊行了礼。

“伯父,依小侄看,可能是场误会。”

围观的看客一听,个个肃然起敬。这些看客虽不认识徐知诰,但从他的年龄来判断眼前这个叫徐渊伯父的男子应该就是徐温的假子徐知诰。内外马步都军副使这么讲公道,他们还真没想着。看客不晓得,这时候正是徐家买人心的好机会,徐知诰肯定不会放过。徐知训出事后,徐家急需要修复在吴国黎民百姓面前的形象。眼前的斗殴正好提供了一个机会。石斛刚出道,又处在旋涡中,没想那么多,一听心里顿时一阵感激。“徐大当家,是误会,的的确确是误会。”石斛赶紧抓住时机向徐渊拜揖。“小子是长寿巷白记寿木店的少东主石斛,准备送一对寿木去朱雀赌庄。”石斛紧跟着向徐渊陈述彼此发生误会的原因。

以往也有人去朱雀赌庄,却来到了朱雀门。

曾经有客人向徐渊提议,是否改一改朱雀门这一名号,比如徐府、徐庐、徐宅、徐邸等等,以免引起赌徒的误会。徐渊创办朱雀赌庄在前,修建朱雀门在后。朱雀表示兴旺,宅院面朝朱雀大街,又离朱雀桥不远,徐渊认为,取什么名都不如叫朱雀门好。如今金陵,朱雀门已经人人皆知,更不能改了。赌徒不去朱雀赌庄而来朱雀门,徐渊认为这是件好事。赌徒来就意味着送钱来,好事。莫非送钱给朱雀门还不高兴?连朱雀赌庄和朱雀门都分不清楚的赌徒,徐渊特别欢迎。这种糊涂的赌徒还想在朱雀赌庄赢钱?做梦!徐渊没有接受客人的提议。

听石斛说完了双方发生误会的原委,徐渊哈哈大笑了起来。“石郎,请多包涵!”徐渊向石斛手一拱。“徐大当家如此海涵,小子十分感激!”石斛拱手向徐渊拜了一拜。“非常感谢徐大官人替小子解围!”石斛拱手向徐知诰拜了一拜。徐知诰手一拱回敬说:“一是一,二是二。不必客气!”徐渊豪爽地说:“石郎不必挂在心上。打一下也好让他们明白明白,不勤加练习,只有挨揍的份。”“小子非常感谢徐大当家的宽宏!”石斛又拱手给徐渊拜了一拜。“徐大当家,小子先去朱雀赌庄交货。小店刚刚开张,信誉第一。疗治家丁的医药费用,还请徐大当家暂时先替小子给垫付,小子定会奉还!再一次感谢徐大当家和徐大官人!”石斛拜了一拜,拱着手一步步倒退,退到了木板车边。坐上木板车,前去朱雀赌庄交货。

石斛坐上木板车走了,围观的看客在啧啧声中散去。原本想看一场精彩的好戏,哪晓得结果虎头蛇尾没看着。看客因没看到精彩的好戏而惋惜,石斛却因在朱雀门前衣裳一扒而出了名。古语云,或求名而不得,或欲盖而名章。石斛来金陵原本想藏身,没想到跟朱雀门家丁一次意外的冲突变成了金陵赫赫有名的人。石岩这段时间所付出的努力全白费。神州人喜欢,也相信,更愿意传播各种各样的小道消息。正如《吕氏春秋》所言,数传而白为黑,黑为白。石斛还在返回白记寿木店的路上,朱雀门的家丁和围观的看客就已经开始将白记寿木店少东主跟朱雀门家丁斗殴的事情静悄悄地传播了开去,浸染了金陵城。经过多次传递和反复磨损,方的变成了圆的。回到寿木店,石斛俨然已经是长有三头六臂的人物。

“今后金陵的那些个甲乙丙丁,谁不服少东主?”

石斛呵呵一声。“小子有勇气脱光衣裳,到白虎大街上跑上一圈,金陵人肯定服。老哥也认为有人服小子是一件好事?小子在朱雀门前一脱衣裳,金陵城内肯定会有人对小子感兴趣。感兴趣的人一多了,过去那些个不光彩的事情,别人也就晓得了。某某哦,我晓得,曾经吃过鸡屎。就像猕猴,一跳到了树上,马上露出了红屁股。不想出名想出名,出了名后悔出名。想当年陈涉不是怕泄露了他年轻时那些不光彩的底细,杀了故人?到时候,还真后悔当初当众脱衣裳了。老哥是不是也想在朱雀门前脱一脱衣裳?”石斛说得龚宰笑了起来。

“看来,仆还是给自己留一点脸面。像仆这种上下毛都快要白了的人,金陵人笑死了一大半,仆肯定得点天灯。赢说赢话,输说输话。对寿木店来说,少东主的这一架未必就是坏事,让许多金陵人晓得长寿巷有一家白记寿木店,生意肯定会比以前好得多。少东主,别想那么多,姑且看成是替寿木店在金陵打了一次广告。"

衣裳都已经脱了,还能怎么样?石斛不想宽饶自己,也只好宽饶自己。

事情虽最后以和平收场,可麻烦的种子已经播下,等着发芽了。石斛预先在心里给自己提个醒,以后千万要给我小心点,你根本看不上眼的草丛里面,突然窜出一条五步蛇,咬你一口。回到家,石斛就将事情原原本本地告诉给了石岩。

"都这么大了,道理应该已经能懂,就不需要爸再多说了。伸手出脚前,都应该先想好该不该伸,该不该出。朱温派到江南来的控鹤军杀手肯定到处在寻找我们,如今又凭空添加了朱雀门。不小心暴露了身份,我们一家怎么在金陵生活?"

"孩儿一定会从中吸取教训。"

"你要晓得,不是所有的事情都会有机会让你吸取教训!你一个人,打赢了朱雀门一班家丁。徐渊肯定会想,你的一身武艺从哪里学来。刨起根来,很有可能会刨到老底。你别忘了,朱雀门背后站着的是徐温。万一徐温晓得了我们的底细,你想想,我们还能不能继续在金陵过日子?就算不去刨根究底,跟土匪徐渊结了梁子,以朱雀门的势力,灭掉你还不是轻而易举的事情?你还以为自己是神仙?今天那么多人在场,徐渊放过你,可能是照顾一下颜面。徐氏兄弟刚刚从杨行愍手中夺得吴国,需要收买人心。当着那么多人的面放你一马,只会给金陵人留下好印象,说徐渊这人宽宏大度。背后呢,谁晓得。从今天起,你处处都得小心。我们面对的是如此险恶的生存环境,说任何话,做任何事情,都要事前先想清楚,该不该说,该不该做。莽撞会是什么样的结果?爸这么大岁数了,活不活,都已经无所谓了。你年纪轻轻,万一出什么差错,还不是活生生将你妈的心捏碎?"

"今天这样的事情,孩儿一定不会让它再发生!"

石斛趴在地上,给石岩拜了三拜。

这件意外的事情促使石岩下定决心让石柏带石竹离开金陵前往并州太原投亲。关系到生死的事情侥幸不得!石岩躺在床上想。徐渊有心去调查,肯定能查出名堂。到时候,再想走就已经晚了。只能是在徐渊查出名堂之前走人。斛儿刚跟他起了摩擦,马上走人无疑是此地无银三百两。要走也只能让柏儿先走。况且,柏儿岁数大,为人更加沉稳冷静,武艺也比斛儿好,加上柏儿不是李氏血脉,能避免被李存勖利用。还是让柏儿带竹儿先去并州太原投奔李存勖。金陵这地方看来已经很不安全了。石岩主意一定,就等石柏进货回来后实施。

第四章　暗查

为善无近名，为恶无近刑。

——《庄子》

果然不出石岩所料,徐渊遣总管徐福暗中调查石岩一家的底细。徐渊在江湖中泡了几十年,一眼就看出这个寿木店少东主不是一般人家的孩子。士、农、工、商四个阶层,商贾原本就让人看不起,而棺木行更是人人鄙夷的行业。眼前这个后生,怎么想也想不到跟寿木店有关系。如此强烈的反差,徐渊直感必有原因。石斛还没有回寿木店,徐福的调查行动已经开始。朱雀门势力庞大,徐福做事又雷厉风行,没两天就将石斛的蛛丝虫迹呈报给徐渊。

"那后生确实是白记寿木店少东主。据几个长寿巷街坊说,后生自己说他叫石斛。是不是假名,一时还无法确定。上月二十三,那后生才和家人一道来金陵,现居住在玄武湖旁的鸡鸣巷,房子刚刚才从三江盐行东主夏三材那买来。据鸡鸣巷街坊邻居说,是一座凶宅,已经好几年没住人了。东主石岩,房屋买卖契约上签的就是这个名字,据长寿巷那些街坊说,好像就签字那会见过。这些时间,去玄武湖钓过几次鱼,几乎不出家门。石岩这些时间一直在家种菜。"

"种菜?"徐渊打断了徐福的话。

"是,大家。他家的后花园,已经全被他开成了菜畦。据前去调查的人回来说,石岩种菜的活很娴熟。来金陵前,不是田农,就是菜农。"

"这么说来金陵前不是那些个分不出韭菜和麦子的士绅。"

"大家,石岩来金陵前到底是什么样的人还真不好猜测。石岩农活非常娴熟,依理应该是长期从事耕作的田农。可派去调查的人回来说,石岩跟平常所见的田农又不一样。仆也非常好奇,决定瞧一瞧究竟。昨天,仆终于看到了石岩的真面目。果然不像田农。"

"那像什么?"

"极像流亡江南的世族人士,朴素里面透着一股雅气。"

徐福阅人无数,这点眼力,徐渊相信,应该还是有的。

"寿木店现由石斛和他大哥石柏一起料理。两人一个主内,一个主外。打架的那天,老大跟寿木店原伙计时来进货去了。家里还有一个年纪十五六岁的妹妹。可能是陌生,据鸡鸣巷的街坊邻居说,这小娘子好像还没独自出过门。仆问过当时在场的很多人,包括所有值日的家丁。他们都说,石斛手脚极其敏捷,应该从小习武,一班家丁他面前就像老虎面前的一群狗,根本不是对手,只是他们都没认出石斛的拳脚,属于哪一派,哪一门。仆去了上元县衙,查了户籍。他们一家刚刚才登记了户籍。据他们说,原籍长安,因北方战乱逃难来到了江南。司户佐告诉仆,上元县有将近一半人跟他们家一样。这也跟他们说话的口音一致。据石斛说话的口音推测,石岩夫妇也应该是长安、洛阳一带的人。看起来,没有造假。"

"能不能晓得逃到江南后住在什么地方?"

"一时还不知道具体住在什么地方。黄巢造反后,民众纷纷逃离故土,原有的户籍崩溃。户籍登记也没有严格要求,只要求登记一下原籍。没有户籍原始凭证,说山东、山西都没办法去证明。为此,仆还亲自问了很多人,包括万安客栈掌柜张中必、宅院原主人夏三材等。他们也都不清楚石岩是什么地方人。讲当地土语还好,可他讲的偏偏是中原官话。"

"继续调查,一定要弄个水落石出!"

只过了一天,徐福又来向徐渊报告,石柏和石竹离开了金陵。"以所带的行头看,应该是出远门,只是不清楚他们兄妹俩要去哪。""是不是探听到什么风声,怕我对他不利,想分兵逃跑?"徐渊土匪出身,这种故事熟悉得很。别说得罪了像徐渊这样的大土匪,就是横行乡里的恶霸,走都是上策。"听到什么风声应该不会,所有调查都是在暗中进行。怕大家对他不利,这倒很有可能。刚来金陵,脚跟还没站稳,就跟家丁起了冲突,依照常理,不怕也会怕。"徐渊沉默片刻,吩咐徐福。"走了的就不要管了,还在金陵的盯紧点。"

张白果然遵守诺言,只请了一天假,就回到寿木店。"家里是不是出了事情?"龚宰见张白一脸沉郁,像家里死了人似的,就询问原因。"没事。"张白像一年没吃饭似的,连说话都没力气。"是不是你那未过门的新妇跟人跑了?"龚宰含笑问。

张白没脸直接回答龚宰的问题，只好沉默。堂堂大丈夫男子汉，自家新妇跟人家跑了，还有没有脸面？张白未过门的新妇杨华华颇有几分姿色，不晓得哪一天给升州府狱丞殷基鸿看上。殷基鸿几乎不费吹灰之力就让杨华华改变了注意。张白的母亲要张白请假，就是希望张白能挽救和杨华华的关系。想不到，杨华华心意已决。张白一介草民，依张白的说法，父亲又没做过土匪，斗不过殷基鸿，只好同意解除婚约。杨华华嫁给其他富家子弟，张白心里虽不好受，但还能接受。谁让我出生在贫寒的家庭？殷基鸿呢，黄泥都快要满到了脖子，而且还是小妾！我再怎么差也是一个年富力强的后生。张白感觉受到了从未有过的羞辱，差点因此跳了茅坑。若不是还有母亲需要照顾，说不定今天就已经离开这个伤心之地。

“她违约在先，聘礼应该加倍退还才是。”

“老哥今天怎么突然说出这种没水准的话？聘礼退还已经算不错了！不退还，小弟还能怎么样？就算那贱货已经成了小弟的新妇，殷基鸿将她抢了去，小弟找谁说理去？老哥总不至于让小弟去跟土匪讲道理吧？直到现在小弟才慢慢懂了这是个什么世道。小弟也是没地方出气，只好骂骂，过一过嘴瘾。”

张白心里虽然愤愤不平，但很现实。龚宰含笑说：“骂也骂了，气也出了，就在寿木店继续帮少东主做事。卖寿木虽不是名声响亮的行当，但至少饿不死你。人饿起来，不是老哥吓你，死人一不小心都会断胳膊缺腿。”张白正准备接话，石斛跨进了寿木店。

“少东主！”张白刚一开口，就支支吾吾了起来。

“没事。小子说了，就几天时间，到时只管走就是。”

“不是这个意思。”张白赶忙解释。“仆决定还是留在寿木店，跟着少东主。”

“你是寿木店的元老，愿意留下来，欢迎。”

“谢谢少东主！”张白俯身手一拱。

“不客气。”

人往高处走，水往低处流。不是万不得已，没一个人愿意来寿木店当伙计。“暂且呆在寿木店，等找到好去处，再走也不迟。”己所不欲，勿施于人。石斛从不强求别人，朋友如此，伙计一样。张白是寿木店的伙计，不是石斛的奴仆，来去自由。张白真想走，拦也拦不住，还不如现实一点，客客气气让他走。过了两天，石柏进了货回金陵。怕夜长梦多，石岩要求石柏带石竹北上太原去投亲。石柏怕石斛一时忙过来，想再和时来去外地进一船货。“刚刚进了一船货，至少可以卖几天，不用去了。卖完了，你弟弟会去进。”石柏的想法被石岩否定。“柏儿就准备准备去太原的事情。早一天离开金陵,早一天安全。土匪的地盘上,不能有丝毫的侥幸。”只过了一天,石柏就急匆匆离开金陵,北上太原。石斛原本还想张贴几张告示,怕生意太忙应付不过来只好作罢。信誉一旦失去,以后就别想做生意。

时间一晃过去了好几天,徐渊还是没将寿木店少东主石斛的底细弄清楚。石岩一家留下来的蛛丝虫迹,徐福都已经找遍,甚至还找到了石岩一家那天搭乘来金陵的帆船。“他们一家那天确实坐我的船去金陵,但我也晓得他们一家到底从哪里来。”船主濮卓著告诉徐福派去调查石斛底细的人。就这样放弃算了?徐渊不甘心。自弃政从商以来,徐渊还没有想办而没有办成的事情。“多派些人,继续查。”这件事情,徐渊坚信,也不会例外。

丹徒紫云山庄江南雄今天来拜访徐渊。两人在如茅斋品茶聊天,聊到了这件至今仍找不到答案的事情。“只要确定了他的拳脚,就可以顺藤摸瓜找到他的来路。”江南雄建议。“依太尉所言,传授少东主武艺的人肯定是位绝顶高手。江南谁是高手,就算南雄所知不全,鹰扬山庄吴庄主也应该晓得。不如让南雄走一趟,看一看能不能让这位深藏不露的少东主露一露。那么多年以来,南雄还没见过这么有能耐的后生。太尉家的那些个家丁,都是百里挑一的好手。如今江南,谁有那么大的能耐将他们打趴下?南雄真好奇。”有道理。徐渊准备试一试。当天,江南雄就在朱雀门住了下来,由总管徐福安排去会一会石斛。

晌午,石斛正陪一位客人在库房里面挑选棺材。几天时间学习,石斛总算摸到了一点门道,开始单独招待客人。忽然,石斛听到了龚宰与人争吵声,旋即向客人手一拱。“实在不好意思,客官请先看一看。小子出去瞧一瞧,马上回来。”客人手一拱。“当家只管去。”

石斛出了库房,三脚并作两步,踏进了店铺,头一抬,就看到店门口停着一辆上载着一对棺材的马车,马上明白了龚宰跟客人高声的原因。每一行生意都有自己的铁律。寿木店的铁律就是卖出去的棺材不能退回。客人要求退货,而龚宰不同意,于是出现了争执。这名正在跟龚宰争执的男子见石斛从里面走出,手一拱,向石斛解释退货的原因。

“少东主,鄙人正要找你,你那伙计实在蛮不讲理。说实话,就是想戏耍,鄙人也没有时间。耗时间,花力气将寿木运回给寿木店,是买了没有用。本来家父已经快不行了,想不到又奇迹般的苏醒了过来。如今家父醒了,没必要花一大笔铜钱买对寿木在家里空放着,铜钱多了也不应该这么多法。想了想,还是决定先退掉,将来用到时再买。”

“就说其他物事，卖出去后也不能退，更何况是寿木？客官买的时候就应该先好好想清楚。龚某在白记寿木店做了那么多年的伙计，还从未见过有人买了寿木要求退货。客官，明眼人一看就晓得，你这是明摆着故意寻事！”石斛向龚宰手一摆，封住了龚宰的嘴。“寿木这一行的规矩，客官晓得，卖出去的货物，不能退。客官这样做很容易引起误会。不过，天下没有不可以变通的规矩。客官真想要退货，那就先退还给鄙店，没事。”龚宰几乎不敢相信自己的耳朵，瞪着眼睛不知该如何开口。“老哥，帮着将寿木升回到库房。”

龚宰着实没想到，他在替石斛跟客人争，石斛非但没帮，竟然还拆他的台。“走吧。”龚宰一脸的不爽，气鼓鼓地说。男子跟着龚宰出了寿木店。龚宰在前，引着马车，到了寿木店的偏门旁。石斛从里面打开了偏门。众人一起将马车上的棺材卸下，升回到了库房里面，重新摆放整齐。回到店里，退还了货款，一行人离开了寿木店，拉着马车走了。

望着客人远去，石斛轻轻拍了拍龚宰的肩膀。“老哥，不想退也只好退啊。就像黑虎堂来收保护费，小子不想交也只好交。小子刚来金陵，人单力孤，怎么跟他们斗？小子执意不退货，吵了起来，还不是会影响到我们寿木店的生意？人家带了一班人，看架势就晓得是想来寻事。动起手来，砸坏了店铺，吃亏的肯定是小子。这次跟朱雀门家丁闹了一场误会，差一点没将小子活活吓死。这世道最缺的就是讲道理。忍一忍，吃不尽。孔子这种明知不可为而为之的圣人都晓得说‘小不忍，乱大谋’，像小子这种卑微的小生意人更应该有‘敢于打落牙齿往肚子里咽’的勇气。事情万一闹大，开不成店，甚至可能进了监牢，到时候再想同意对方退货，可就晚啰。老哥，你说呢?”龚宰不得不点了点头。“外人晓得我们店可以退货，肯定愿意来我们店买棺材。老哥想一想，有几个人吃饱了饭撑着没事可做，买对棺材回去瞧一瞧，然后再退货？如今这世道，没有靠山，出手前先想一想，能不能，行不行。好汉尚且不吃眼前亏，更何况像小子这种卖棺材的小生意人？弄不过人家，就算不想忍，也只能忍。谁让小子当初不投胎于土匪家？小子岁数虽不大，但那些个做人的道理懂。接受眼前的事实，忍气吞声过一过日子才是正道。”龚宰不想承认，事实面前，也只好承认。

跟朱雀门的过节不彻底消除，生意根本没法做。石斛决定再去一次朱雀门拜访徐渊，说几句好话。误会发生后的第二天石斛已经去过一次。石斛脸皮厚，根本不在乎人家给不给脸面。吃了饭，石斛请龚宰守店，离店去朱雀门。石斛又厚着脸皮请朱雀门家丁通报，最后还是等来了一碗闭门羹。人家不见归不见，石斛还是很有礼貌地向传话的家丁道了谢。

徐渊正坐在如茅斋和江南雄品茶聊天，家丁来报白记寿木店少东主石斛求见。“来的正是时候。”上门寻衅滋事石斛忍了，江南雄决定直截了当用拳头，当即带了两名随从从侧门出去拦截。早上在寿木店见过一面，江南雄已经认得。“来了。”石斛刚转身要从朱雀大街拐入秣陵大街，江南雄突然向石斛出拳袭击。眼看就要被江南雄的拳头击中，石斛就像一枚羽毛，拳风一吹，轻轻飘起，落到了一侧。如此轻巧地避开这一拳，出乎江南雄的意料。“果然有些能耐。”江南雄迈着方步，压着手指说。石斛看了看江南雄，不想理睬，准备走自己的路。“想走可以，但得先问一问我的拳头同意不同意。”江南雄向街道中央移动了几步，拦住了石斛的去路。两个随从迅速堵住了石斛的退路。这一架石斛不想打也只得打。

石斛还在考虑如何摆脱江南雄的纠缠，江南雄已经发起攻击。眨眼间，两人就分拆了十几手。突然，石斛的手背贴着了江南雄的脸。江南雄感到脸一烫，心一惊，还没有反击，石斛已经抽手。江南雄没有识相，继续向石斛攻击。两人又贴身分拆了几手。鬼魅似的，石斛的大拳头突然黑乎乎到了江南雄的眼睛前，几乎贴到了江南雄的眼睛。江南雄还没来得及眨眼睛，石斛戛然收手，猝然起步，从江南雄的侧翼飞速而过。当江南雄转过身时，石斛已经在两三丈开外的地方。“小子有事，兄台见谅。失陪！”石斛手一拱，转身跑了。江南雄没有追赶，怔怔地望着石斛的身影远去。过了半晌，江南雄才起步回朱雀门。

“山外有山，人外有人。”江南雄喝了一口茶。“少东主出手速度极快，南雄只有招架之功。若不是少东主故意让着，南雄今天已经鼻青眼肿了。惭愧，惭愧！”江南雄举起手在眼前挥了一挥，端起茶盏又喝了口。“不是南雄替自己辩解，江南没几个人是他对手。人都有自己的习惯，尤其是练武之人，多年甚至几十年下来，一出手就知道是哪一门，哪一派。南雄孤陋，实在看不出少东主的师承。南雄可以断定，江南没有哪一门，哪一派的武艺跟少东主有关系。南雄不禁想起十几年前的桓王。桓王十几年前亳州突围，至今下落不明。据说桓王的武艺就传自他的侍卫李同。江湖传言，李同武艺深不可测。桓王当年能够在朱贼重兵包围之下突围，足见其武艺高强。不瞒太尉，南雄好奇，喜欢搜罗神州各门各派的武艺。调查了好多年，江湖上没人见过李同，更没人知道李同的武艺。南雄不晓得，少东主的武艺是不是李同或桓王传授。太尉想弄个水落石出，只能请吴庄主出马了。”

石斛匆匆赶回寿木店时，龚宰和张白正在装一对寿木。金陵城南刁家庄刁景奇订了一对桐木棺材，要求马上送过去。石斛不在，龚宰没有将客人拒之门外，接了这趟生意。见石斛迟迟不来,怕耽误客人的时辰,就和张白一起先装货。免得出差错,龚宰将客人的姓名以及家庭地址写在一张纸上,交给石斛,让他带在身边。石斛看了一眼,将纸张折好,放进了袖袋。石斛坐上马车,张白鞭子一扬,驾车直奔刁家庄。张白以前虽很少送货,但毕竟是金陵本地人,对金陵附近的地方还算熟,石斛路上再问一问人,没有什么周折就到了刁家庄。

“你在这等,小子去找人。”

木板车在刁家庄的村口停下。石斛从袖袋内掏出那张纸看了一眼,重新放回袖袋,下了车。石斛记忆力特强,过目不忘,怕出错,还是看了龚宰写在纸上的地址和姓名。刁家庄不大,石斛问了一个村民,就问到了刁景奇。看来没有弄错。自上次跟朱雀门家丁闹了误会后,石斛送货特别小心。依照村民的指引,石斛找到了刁景奇家。一看门头的飞檐,石斛就晓得刁景奇在刁家庄应该算是土豪。“我家主人是叫刁景奇,只是我不清楚我家主人是不是从贵店订了寿木。我带你去问一问我家主人。”一名仆役领石斛去见刁景奇。

“主人,这位后生说主人从他的寿木店订购了一对寿木。”

“放什么屁!”

刁景奇端在手中的茶盏突然甩手一泼,滚烫的茶水直向石斛泼了过来。石斛不便躲避,被刁景奇泼了一脸的茶水。“岂有此理!刁某什么时候到你的寿木店订购过寿木?是谁叫你送到刁某这里来?快说!”刁景奇高声呵斥。

“小子只按照客人留下的地址和姓名送,不晓得是谁。”

“马上给刁某滚出去!再慢一步,不要怨刁某把你的腿打断。”

地址刁家庄没有错,客人刁景奇也没有错。石斛方才已经向那名应门的仆役询问了宅院主人的姓名。“对不起!对不起!”石斛俯身行了礼,退出了大堂。离开刁景奇家,石斛怕出错,又问了两个村民,得到的答案都是,刁家庄只有一个刁景奇。看来,被人戏耍了。耍都已经被耍了,棺材总不能丢掉不要,石斛只得拉着棺材返回寿木店。后来龚宰告诉石斛,原东家白肇祺不愿意送货上门,就是怕无端惹上麻烦。万一惹出祸端,一年生意白做都已经是小事。运好紫微星都挡不住。刚回到寿木店,还没有准备卸棺材,龚宰就来告诉石斛,西门外凤凰台里单德全订了一对桐木棺材,要求马上送过去。“仆正在想办法,没想到少东主就来了。”木板车上正好是一对桐木棺材。石斛从龚宰手中接过上写地址和姓名的纸张,看了一眼,放进了袖袋,重新坐上了木板车。张白在车辕上一坐,石斛驾车出发。

跟往常一样,打烊之后,石斛离开寿木店,步行回家吃饭。

石斛刚钻入狭小的新月巷还走不到几步，就发现一个人站在巷中央拦住了自己的去路。即便是在傍晚的灰暗中，石斛还是能够认得清那人的脸。看那人的着装，石斛第一感觉是今天碰到了劫匪。这些年，逃到金陵城避难的人很多，为了生存拦路抢劫也是不得已的事情。不等拦路人开口，石斛向拦路人两手一摊。“这位兄台，实在抱歉！小子今天恰好身上没带铜钱。”拦路人呵呵一声，马上接话。“那就将你身上的衣裳脱下来给我。卖一卖，说不定还可以有几百文铜钱。”话还没说完，拦路人竟然真的走过来要脱石斛身上的衣裳。

还是赶紧三十六计走为上计，免得再生事端。正当石斛准备退出小巷时，拦路人突然蜷曲右手的五个手指，如同秃鹫俯冲而下要抓猎物的爪子，闪电般向石斛抓了过来。石斛一看情形不妙，转身就是飞跑。可惜，石斛还没跑出几步路，拦路人突然腾跃而起，从石斛的头顶飞跃而过，站到了石斛的面前，拦住了石斛的去路。

此等身手，敢抢，不可能随随便便拦一个人抢一抢。就是抢，也绝不可能会去抢件衣裳去换换铜钱。只能说明我是他特意选定的目标。谁会对我感兴趣？猜都不用猜。没等拦路人开口，石斛手一拱。“打，打不过；跑，跑不过。有道是，杀人不过头点地。兄台想要小子身上的衣裳，脱了给兄台便是。”石斛慢慢解开衣带，脱下外衫扔给那人。

“兄台，小子可以走了吧。”

“还有内衣。”

石斛突然两手一拱。“告辞！”话音未落，石斛转身就是一阵飞奔，消失在夜幕里面。

徐渊正和一名男子坐在如荠斋“神乌伴日图”前喝茶。这名男子就是江宁鹰扬山庄庄主吴不明。吴不明参加过武举考试，举武进士，朝廷授以宁国军都教练使。神州大乱，各路土匪争霸，谁有力谁是皇帝，朝廷委派的官员根本不算数。面对蜂起的盗匪，江南各地的世族纷纷办团练自保。吴不明没有去宁国军上任，就在自己的庄园里办起了团练。经过吴不明多年的不懈努力，鹰扬山庄名声远播，成了江南数一数二的山庄。

“小弟装劫匪去剥一个毛头后生的衣裳，还是有生以来头一次。”吴不明笑了起来。“衣裳已经剥来了，可就是不晓得他的拳脚师承。”

“也不能说是白装了一回劫匪，至少可以感觉得到是一个什么样的后生。”

“说起来，小弟还是挺喜欢他。一般人碰到劫匪，肯定会被吓得六神无主，而他却镇定自若。这说明他原本很有能耐。这一点从逃逸中也看得出。加上夜黑，小弟去追时,已经消失不见。这些年,能从小弟手下逃脱,他是第一人。通常情况,不是他怕劫匪,而是劫匪怕他。小弟只露了一手,他就愿意脱衣裳,说明他肯定猜到小弟不是普通的劫匪,而怕跟小弟交手而露了自己的底细。这也说明人很聪明。神州大乱之后,跑到江南躲避战祸的人不知其数,他的身世还真是不那么好猜。有一点可以肯定,那就是他不希望有人晓得他的身世。一般情况,躲避仇家的人最不喜欢旁人晓得他的家世。"

"是不是从他父母着手查一查?"

"他父母深居简出,单单暗中查访还真是不容易查出底细,总不至于将他们逮到衙门去拷问。神州那么大,加之又是一片混乱,原有的身份户籍毁的毁,烧的烧。他自己不跟外人说,外人还真是不容易晓得他的身世。不像和尚、道士,需要什么身份度牒。"

"总会想到办法的。"

"那倒是。至少据小弟所知,老哥还没有想办没办成的事情。老哥只要用心,只是早一天和迟一天的差别。你我交往那么多年,突然间对一个毛头后生产生如此大的兴趣,还真是一件稀奇事。是不是准备选他做女婿?"吴不明说着就笑了起来。

"怎么样?"徐渊含笑问。

"相貌就不用小弟说了,绝对是难得的后生。几十年的腥风血雨,死的死,残的残,像样点的后生都不容易找,像他这样的后生,小弟更是多年没见过。至于能耐,据小弟对受伤家丁伤势的检查以及今晚的见面,也说得上是一等一的人物。单凭小弟的直感,应该是相当不错的后生。不去考虑为人,倒是一位值得好好考虑的人选。"

"还真是越来越有兴趣。"

"也该到了认真考虑的时候了。"

石斛以前没做过生意,不清楚是生意原本难做,还是徐渊在背后捣乱,自接手白记寿木店以来,一直麻烦不断。早上生意还没有开张,麻烦就找上门来了。"发财!"一名四十岁左右的男子大步走进寿木店,石斛拱手迎了上去。"发财!"男子手一拱。"在下杨千里。小哥想必应该是少东主石斛吧?"石斛一听,就意识到杨千里来寿木店不是买棺材,而是有其他事情。"正是小子。"不管是不是来寻事,都得先承认。"有人出铜钱请在下好好教训教训少东主。"杨千里俨然像履行公事,一副事不关己的样子。已经捅了马蜂窝,就别想不被马蜂蜇了。张白顿时为难了起来。有人主动找少东主的麻烦，伙计到底是帮还是不帮？不帮，道义上说不过去；帮，杨千里可不是好惹的种，着实没必要惹祸上身，自寻麻烦。正当张白在考虑该怎么做，石斛开口。“杨兄拿人钱财，理应替人办事。”石斛如此澹定，大大出乎张白的意料。“杨兄可否借一步说话？”石斛说话的语气谦卑而平和。“行！”杨千里倒不怕被石斛暗算。“杨兄请！”张白瞪着眼睛看杨千里跟着石斛去了库房。

“杨兄看，小店就这么一点坛场。一来杨兄要教训的是小子，又不是寿木店，二来杨兄在店里教训了小子，传扬出去，小子以后的生意根本就没法做。树靠一身皮，没了皮，怎么活？希望杨兄能多多体谅。教训，什么地方都可以，不一定非得在寿木店。小子想，不如另找一个地方让杨兄好好教训，不知杨兄意下如何？”

“只要能将事办完就行，其他就依少东主。”

“多谢杨兄体谅！”

石斛向杨千里手一拱，谦卑中透着一股自信。杨千里在这条道上走了多年，见过各种各样的人，可没见过像石斛这样死猪不怕开水烫的人。杨千里又看了一眼石斛，可怎么看也看不出来有什么过人的能耐在哪里。石斛不柔弱，也不彪悍，倒像一位极有涵养的贵胄。身上透出来的贵族气，一般人想学都学不会。不是亲眼目睹，杨千里绝对不会相信眼前这位后生是卖棺材的生意人。杨千里真怀疑徐渊是不是招募了一班废物作家丁。

前往句容的路上，有一片茂密的树林，杨兄可以在那地方好好教训小子。小子早上要送一对寿木去石埠，正好路过。杨兄意下如何？”石斛抬头看着杨千里，等杨千里表态。杨千里点了点头。

“请杨兄在小店稍等片刻，马上出发。”

“少东主真英雄！”

“杨兄何尝见过卖棺材的英雄？”

英雄不英雄与从事的行当无关。专诸、聂政、朱亥、樊哙这些杀猪、杀狗的屠夫，都是司马迁心目中的英雄。可是，杨千里没听过，也没见过卖棺材出身的英雄。杨千里似乎给石斛问住了嘴，笑了一笑。“杨兄请！”杨千里和石斛一起出了库房。

“请杨兄在店里稍等。”

“少东主请自便。”

石斛去和龚宰、张白一起装棺材。龚宰偷偷地说：“少东主，这种人可不好惹啊，还是让仆去报官吧。”“衙门会理你？做梦！”石斛当场给龚宰泼了一大盆冷水。“别说现在，就是过去，衙门全都是土匪的胞兄，还想替庶民主持正义？是祸躲不过，躲过不是祸。人家出钱要找小子的麻烦，麻烦迟早要来。小子总不能关门不做生意吧？”石斛宽慰龚宰。“以小子看，杨千里还是个不错的人。老哥放心，最多一点皮外伤，杨千里不会要小子的命。”

一对棺材很快就装上了车。“张白，你留在店里，小子一人去就行了。万一真出点什么事情，你去，小子倒反不好处置。”张白正忐忑不知该怎么好，一听立马说：“那少东主路上要小心一点。”“小子会小心！”石斛转身进店去请杨千里出发。石斛驾着木板车，杨千里坐在石斛身边，离开寿木店，前往石埠。城内行人多，石斛只得小心翼翼地驾着木板车慢慢前行。出了金陵东门，路上行人顿时减少，石斛立马加快了速度。

“看来今天受教训的不是少东主，而是在下。”

“杨兄可别这样说。已经有人请杨兄教训小子，小子还能逃到哪去？杨兄肯定晓得，小子来金陵没几天时间，连地都不熟，更不用说人了。谁会无缘无故请杨兄教训小子？小子这人一向不会后悔。说后悔，那就是小子不该跟朱雀门家丁打架。没那一架，就不会有人请杨兄教训小子。对小子来说，这已经是刻骨的教训。小子倒觉得杨兄是个正人君子。杨兄暗地里将小子给偷偷地做了，小子还真是死不瞑目。小子还得多谢杨兄！”

“少东主真是豪杰！”杨千里身子一侧，向石斛手一拱。“说起来，在下确实不该接这趟生意。少东主就不问问为何请在下找少东主的麻烦？”石斛笑了起来。“这话好像不应该是杨兄说。不透露雇主信息应该是杨兄这一行的行规。”

越走，路上的行人越少，木板车的速度也越快。石斛赶着木板车走了一刻来钟，看到一片茂密的树林。木板车在路边停下，石斛和杨千里先后下了车。石斛拉着马走了几步，将马系在路边的一棵槐树上。“杨兄，我们走。”杨千里跟着石斛进入了树林。

“杨兄，小子有一个不情之请，希望杨兄能答应。”

“只要在下能做到，少东主只管吩咐。”

“死活杨兄说了算，小子做不了主。小子只是希望，无论小子是死还是活，请杨兄不要将今天的事情说出去。”

“在下将今天的事情说出一个字，不得好死！”杨千里指天起誓。

没过多久，两人走出了树林。“杨兄不如先陪小子到石埠，交了寿木，再送杨兄回金陵。”石斛提了一个建议。“出城的时候坐少东主的车，回城自然也要坐少东主的车。”杨千里欣然接受石斛的建议。石斛驾起木板车，杨千里坐在一旁，起程前往石埠。杨千里仿佛就是寿木店伙计，帮石斛将棺材交到客人手中。拿到铜钱，启程回金陵。

“教训别人，结果得到了教训！”回到家，杨千里在堂内一坐下，就跟新妇蕲绍绍聊今天得到了教训。“千里以为，一个棺材店的少东主，能有什么名堂。哪晓得是一条潜伏在深渊里面的龙！不是人家手下留情，千里今天回不来了。教训深刻啊！”

“这是一个警示。不要说奴家心慈。被人伤了不好，伤了人也不好。每个人都有自己的亲人。被人伤了，自己感觉不到，亲人肯定很伤心。郎君出了差错，奴家只有白绫自经随郎君而去。奴家觉得，郎君就教教武艺算了，那种事情，以后不要再做了。”

“是到了该洗手的时候。”

蕲绍绍原本是溧阳无相庵一名虔心念佛的尼姑，尼姑庵呆久了，果然心善。和杨千里一起还只生活了一个多月时间，蕲绍绍就感化了杨千里。去年腊月二十三，杨千里在宣州做了一趟生意，准备赶回金陵过大年。半道上，杨千里碰到了陷入绝境中的蕲绍绍。当时，有四名流氓地痞企图凌辱蕲绍绍。路过的行人对蕲绍绍的求救漠然无视。想不到，一向取人性命的杨千里竟然会看不下去，抽剑当场结果了这四名地痞，将蕲绍绍从绝境中救了出来。正当杨千里准备事了拂衣去时，蕲绍绍决定跟佛祖恩断义绝，和杨千里一起回金陵。

“与其青灯伴古佛，不如随君了此生。”

“小师父怕再遭人袭击，千里不妨再费一点时间送小师父回庵。”

“我心意已决，君怎么说都没用，除非杀了我。绍绍念了那么多年的佛经，今天终于懂了。流氓地痞面前，观自在菩萨也是路人。”

杨千里不与蕲绍绍纠缠，继续赶路。蕲绍绍就是铁了心肠，跟定杨千里，怎么赶都赶不走。杨千里虽是冷酷杀手，对像蕲绍绍这种铁了心肠的女人却毫无办法。这些年，杨千里确实杀了不少人，可这些人里面没有一个是妇女和孩童。见蕲绍绍死跟，杨千里尽量好言相劝。

“佛祖割肉喂鹰、舍身饲虎，而千里这些年一直是像方才那样取人性命。佛祖跟千里一个是南，一个是北。倘若佛祖是善，千里就是恶。”

“绍绍是不是也要发发慈悲心，满足那几个流氓地痞的欲望，任由他们奸污去？鹰虎得以活命，森林里面的雉鸡、野兔、山羊岂不是要送命？这些年，绍绍看到不少，听到更多。佛祖何尝慈悲过？今天，绍绍第一次亲眼看到真慈悲。”

蕲绍绍跟着杨千里来到了金陵,住进了杨千里家,成了杨千里的新妇。

天祐二年,也就是朱温手下大将杨师厚攻下山南的那一年,杨千里来到了金陵。迫于生计,杨千里走上了这条路。不想引起旁人注意,最好有一个固定的职业。杨千里接受了冼廉州的建议。结合自身特长,杨千里选择了武师,传授富贵人家的子弟武艺。这十来年时间里面,杨千里先后换了四个雇主。刚不久,杨千里受聘于弘文馆,教贵戚子弟武艺,渐渐成了金陵有脸面的人。杨千里不赌,不嫖,也不大喜欢喝酒。这些年卖人头赚来的铜钱,除了喝点茶,全都用在衣食住行上。见生计已经问题不大,杨千里开始有了改行的念头。自有了蕲绍绍后,杨千里想改行的念头就更浓了。一个人死不死无所谓,两个人就不同了。

吃了晚饭,杨千里去沁心茶苑喝茶。沁心茶苑紧挨着秦淮河,一面临街,一面临河。客人可以选择陆路,也可以选择水路,去沁心茶苑。杨千里今天选择了坐船。小船靠岸,杨千里出了船篷,踏上了埠头。连接埠头的是步级很宽的石阶路。杨千里踏着台阶,来到了一个宽阔的临河台地。一名站在沁心茶苑门头前招待客人的侍儿引杨千里去茶室。

"告诉当家一声,就说千里有请。"

杨千里是沁心茶苑的老顾客,跟当家冼廉州很熟,两人认识已经有七八年时间了。一次来沁心茶苑喝茶聊天,冼廉州告诉杨千里,他原本是岭南人。冼廉州是不是岭南人,杨千里没办法去验证。杨千里只晓得,他从山南来金陵时,冼廉州就已经经营沁心茶苑。来沁心茶苑喝茶的客人里面有很多跟杨千里一样,拿人钱财,替人消灾。这些人今天还在悠然喝茶,明天说不定已经去了泥州。对他们来说,今天很可能就是此生的最后一天。

杨千里刚坐下,冼廉州就来了。"杨兄做事情就是利索。"冼廉州鞋子一脱,在杨千里对面坐了下来。杨千里将一个布包推到了冼廉州面前。正当冼廉州不晓得什么意思,杨千里开口。"还请当家另寻高明。"这话让冼廉州感到非常意外。冼廉州含笑说:"想不到杨兄也有心慈手软的时候。"做这行买卖,只认铜钱不认人。杨千里笑了笑,没有言语。"雇主又没有一定要杨兄取他性命,什么样的形式都可以是教训。杨兄没必要退还酬金。"冼廉州提起茶壶,斟了一杯。"对方只要求好好教训一下,没其他要求。"

教训白记寿木店少东主?杨千里接到生意的那一刻起,就对雇主的要求琢磨了好长时间。杨千里是取人性命的杀手而不是黑帮的打手。拿人钱财去教训一个人,这还是第一次。是训斥一下让他明白怎么做人?是惩罚一下让他知道山外有山、人外有人？还是怕太直白而说得好听些？杨千里从事这个行当已经多年，规矩懂。动手之前，先要弄清楚将要对付的是一个什么样的人。随便问一问，就让杨千里联想起了朱雀门。怕出错，杨千里又耗费了两天时间，最后确定只能是朱雀门。随便找一个借口，将他逮进衙门揍一揍就行，为何要请人教训？怕金陵人联想到朱雀门，说朱雀门猖狂霸道？有这可能。金陵人舌头又长，传扬出去肯定难听。很快，杨千里排除了这种可能。教训一下为何要出那么多铜钱的佣金？就算取他人头，一个寿木店少东主的人头能值多少铜钱？朱雀门当家是黑道老大，叫些人暗中将他做了就是，何必花铜钱雇人？朱雀门铜钱多不假，还不至于多了没地方放拿铜钱打水漂。杨千里翻过来覆过去，想了好几遍就是想不明白为什么。忽然，杨千里似乎理解了教训的含义。用我来试刀，试一试这把刀锋利不锋利。好！那我就好好试一试。杨千里决定明场大道去寿木店教训石斛。

“当家不必多言。”杨千里打断了冼廉州的话，没有回旋的余地。冼廉州想了一想。“那杨兄就在这喝茶，冼某去一下马上回。”“行！”杨千里向冼廉州手一拱。“反正，今天没其他事。”冼廉州拎起布包出了茶室。杨千里等了半个来时辰，冼廉州回来了。冼廉州将布包推回给杨千里。“莫非千里一定要接这趟生意?”杨千里瞪着眼睛看冼廉州。“雇主说了，事情已经办成，酬劳自然不能少。”冼廉州的话肯定了杨千里的判断。

过了一天，杨千里又来寿木店找石斛。“这个时候，少东主应该还没吃饭。有个地痞很想见一见少东主。不知少东主肯不肯赏脸?”杨千里邀请石斛吃饭。石斛含笑说:“地痞和流氓原本就是一家。杨兄请，正好可以省一顿饭钱。”石斛没有推三阻四，欣然接受了杨千里的邀请。望着石斛的背影，龚宰一肚好奇，而张白更是摸不着头脑。

想见一见石斛的人是荆善居，仲连堂堂主，金陵有名的地痞。

乾坤颠倒，纲纪崩塌，衙门名存实亡，每天都在上演弱肉强食、恃强凌弱的故事。金陵城内城外，任何人都有被人欺负的时候。谁愿意打落牙齿和血吞？荆善居晓得，金陵人喜欢做白日梦，希望有人路见不平拔刀相助，替自己出气。金陵人做白日梦，荆善居却从白日梦中看到了赚钱的商机，创建了仲连堂，专门帮人打抱不平。只要你给足了铜钱，仲连堂就会充侠士，想办法帮你出气。此外，调解民间纠纷，给赌徒借高利贷，也是仲连堂常做的事情。

荆善居是一个运气特差的人。年轻时，跟武忠王杨行愍一样，家里很穷很穷，除了一身力气，一无所有。见镇海军节度使周宝在招募兵士，荆善居去投军，成了周宝的兵丁。还没几天时间,镇海军内乱,周宝被浙西节度使钱镠杀了。荆善居和大部分溃卒一样投奔了张雄的部将赵晖。连一个立功的机会都还没有,赵晖就跟张雄闹矛盾,不听从张雄号令。张雄很生气,率军溯江而上,攻破金陵,赵晖在逃亡途中被杀。原先投奔赵晖的溃卒差不多全被张雄坑杀。荆善居命很硬,没有死,投奔了冯弘铎。张雄病死后,冯弘铎接任升州刺史。荆善居也由兵士升为火长,再由火长升为队正,一级一级升到了校尉。好景不长,宁国节度使田頵攻打升州,结果冯弘铎大败。冯弘铎收拾残兵慌不择路,准备逃到明州外海岛上去,最后被杨行愍收留。荆善居就是冯弘铎的残兵之一。短短的五六年时间,为了混一口饭吃,荆善居连换了四个主人。在不断更换主人的过程中,职位没什么升迁,经验却增进了不少。尤其是多次死里逃生,练就了荆善居的胆子,渐渐有一种死就死吧的魄力。田頵叛乱平息后,荆善居和几个冯弘铎的残兵一起回到了老家金陵,创建了仲连堂。

杨千里在金陵过着刀口舔血的日子,不能也不该有朋友。荆善居成了杨千里的老朋友也算是一个例外。杨千里和荆善居之间的交往从生意开始。杨千里拿人铜钱替人消灾,荆善居同样也拿人铜钱替人打抱不平。一些个仲连堂非常难办的事情,荆善居都出铜钱请杨千里办。当初,杨千里从山南逃到金陵,身无分文,差不多饥不择食,只要给铜钱就行。于是,荆善居就成了杨千里的客户。杨千里做什么事,荆善居做什么事,杨千里和荆善居彼此都清楚。时间久了,两人的关系也越来越密切了起来,渐渐成了什么事都可以敞开了说的好朋友。

多一个朋友,多一条路。荆善居靠拳头在金陵混,很需要认识有能耐的朋友。拳头打到铁板上,痛的是自己。杨千里将石斛引荐给荆善居,荆善居一听就有了兴趣,当即请杨千里约来见一见。杨千里跟石斛虽是初交,坐在木板车上聊了那么长时间,直感石斛是一个很好说话的人,就答应荆善居约石斛。白头如新,倾盖如故。荆善居和石斛像多年没见面的老朋友,两人谈得非常开心。荆善居提议:"我们仨何不也来一个三结义?"石斛没有附和。"荆兄这主意不错,只是小弟觉得,我们三人没必要跟着俗人也来一个形式。心里有兄弟,不是兄弟也是兄弟;心里没兄弟,是兄弟也不是兄弟。亲兄弟之间因一点蝇头小利都相杀,单靠三炷青香、几句誓言就能束缚得住?只要心里有兄弟,不是结义兄弟胜结义兄弟!小弟不相信,我们不结义就不是兄弟。"石斛没给面子,荆善居不好撕破脸,只好作罢。

一名侍儿进入厢房,走到荆善居身边,轻轻说:"当家,有人找。"荆善居跟着侍儿出了厢房。不一会,荆善居带着一名男子进厢房。男子二十七八光景,身材高大,一看就知道是个货色。杨千里、石斛站起来相迎。"让善居来给你俩介绍一下,张建阳，将门之后，父亲曾是镇海军节度使周宝手下大将，是善居所知金陵数一数二的好手。”“幸会！”杨千里、石斛和张建阳双方拱手互礼。“你俩别听荆兄吹。”侍儿在几子一侧摆好了碗筷，张建阳屈身就座。“小弟这只三脚猫，辱没了门风，哪配称好手？惭愧，惭愧。”张建阳手一拱。

荆善居曾是周宝的兵丁，恰好又在张建阳的父亲手下，知道一点张建阳的底细。刘浩叛乱，张建阳的父亲当晚就死于乱兵。张建阳运气好，侥幸碰到前往润州茅山火浣宫云游的白云观掌门曹全晟。曹全晟怜悯张建阳，将他带回金陵，传他武艺。曹全晟不想张建阳在白云观做一辈子的道士，成人后，就让他搬出白云观，自谋出路。经过几年的打拼，加上曹全晟暗中帮助，渐渐有了根基。前年，荆善居给张建阳介绍了新妇，一儿子刚满周岁。

“说惭愧，应该是小弟。”石斛开口。“你们和小弟一起出去，肯定给人笑。天下朋友都交绝了，也不应该交小子这种朋友。”石斛说着就笑了起来。“跟你出去，所有人都以为善居和世子一起，荣耀得很。”荆善居笑起来接话，提起酒壶给张建阳斟酒。“谁看得出兄弟你是寿木店少东主?”“白记寿木店少东主！”张建阳突然发现宝藏似的说。“金陵风云人物，荣耀得很！大名，建阳早就如雷贯耳。今日一见，果然名不虚传。”

家居翠竹湾的十几年中，石岩不用说朋友，就是熟人也没几个。跟石岩不同，石斛喜欢广交朋友。还只有十二三岁，石岩就看到石斛到处呼朋唤友。石岩对石斛与邻村小伙伴交往倒不反对。儿孙自有儿孙福，不能依照自己的喜好，强行要求儿子该如何不该如何。儿子如今已经不再是什么世子，再也不需要去担心旁人会说你拉朋结党有违逆的图谋。尹如雪原本就喜欢孩子，更是对前来翠竹湾找石斛玩的小伙伴态度友好，热情招待。石斛没有遵照孔老夫子“不友不如己者”的教诲，不管高贵还是低贱，不管富有还是贫穷，只要合得来，朋友照交不误。只是，石斛在桃花石乡交的那些狐朋狗友，如今已经不能再联系。

江山易改禀性难移，接二连三的麻烦并没有改变石斛喜欢交朋友的习性。石斛好比是一只到处吐丝结网的八脚蜘蛛。一张旧网刚被风雨弄破，马上爬到另一个地方吐丝结成一张新网。认识张三，很快通过张三认识李四，再通过李四认识王五。不知不觉中，石斛在金陵又有了一群鸡朋狗友。我果是也，而果非也邪？石岩信道，懂得顺其自然。露也是藏，或许就是藏的最好方式。不过，石岩还是忍不住提醒石斛不要忘记了隐藏在背后的凶险。

不用石岩提醒，石斛也晓得隐藏在背后的凶险。那天，石斛一回家，就将杨千里受人雇佣准备教训自己的事情偷偷告诉给了石岩。石斛晓得,告诉给石岩,石岩会担心。但是,这种生死攸关的事情不能隐瞒。人只有活着才会有担心。

“徐渊应该一直在调查,只是眼下还没有查到我们的底细。自你和朱雀门家丁起冲突以来,爸偶尔外出,有异样的眼光,但没有人骚扰。徐渊雇佣杨千里来教训你,主要还不是想挖出你的根,而是另有图谋。什么图谋,还需要好好琢磨。爸只是希望斛儿要清醒,徐渊还不清楚底细,都已经雇佣杀手来对付,晓得了我们家的底细,会怎么样?对像徐渊、徐温这样的土匪,千万不能按自己的想法来推。你不会咬蛇,不等于蛇不会咬你。”

“爸放心,孩儿一定会处处小心!”

石斛只是想安慰一下父亲。徐渊准备杀你,小心没用。马上就卷铺盖滚出金陵?石斛躺在床上想。想滚?身后肯定有很多双眼睛盯着,想滚也未必能滚得成。说不定,本来还没想着杀你,你一滚正好触动了杀机。此地无银三百两,不死也得死。澹定,千万要澹定。眼下情况不明,只能伏着不动,等待时机。可以笃定,徐渊在挖我的底细,而且还没有挖到。就算挖到了,以我现在的处境,好比猫爪子底下的老鼠,徐渊也不会马上将我一口咬死,而是看我如何挣扎。否则,也不会雇杨千里来教训我。他准备杀我,不需要衙门动手,趁我外出送货的时候,弩兵一伏,不死也得死,根本用不着费那么多周章。常言道,老虎也有打盹的时候。等他一松懈,乘机滚蛋。眼下,就让他戏耍吧。石斛打着如意算盘。

第五章　伙计

嘤其鸣矣，求其友声。

——《诗经》

寿木店原东主白肇祺出事之前，至少已经七八年了，就初一、十五偶尔来一下寿木店。其他时间，寿木店全由龚宰打理。不送货上门，龚宰外加一名帮工就已经足够了。白肇祺当时也是准备替换岁数已大的时来才招了张白。多一个人多一份薪资。白肇祺不会无缘无故养一个人白吃饭。想送货上门，就寿木店现有的这几个人，人手显然不够。时来外出进货一去就是几天时间，根本不能当一个人来使用。就算在寿木店，三天两头病，石斛也不指望他去抬那些个死沉的棺材。张白心思不定，不晓得什么时候走。眼下母亲身体不好，石斛又不好意思不让他请假。如今这世道还能有点孝心，已经非常难得了。万一请个假，就没法准时将棺材送到客人手中。棺材不是海鲜，却比起海鲜更讲究时效。酉时送到，绝不能拖到戌时。神州人讲时辰，讲吉利。错过了良辰吉日，坏了人家的大事，担待不起。运气不好碰到一个有势力的买主，砸了你的寿木店已经很客气。送货上门需要人手，送货上门带来的生意繁忙更加需要人手。要想将寿木店经营好，必须得再找一两个伙计。

时来向石斛建议取消送货上门。“只要不送货，店里现有的几个人已经够了。”亏你想得出！又想拿高薪资，又想活轻松，甚至不用做，真是没药可救。神州就你这种人多，贪吃懒做。不是我爸收留所有的伙计，早让你滚蛋！石斛断然拒绝了时来的建议。“现在生意那么难做，不送货上门，谁愿意大老远地跑到白记寿木店来买寿木？况且，说出去的话，如同泼出去的水，能收得回来？说好了送货上门，突然食言变卦，决定不送了，根本就是自己砸自己的饭碗。小子总不能带着父母到金陵北门外喝扬子江水过日子。”

“少东主,让仆到金陵流民集散市场上找几个。”龚宰建议。“抬抬寿木,送送寿木,不需要技术,只要有点力气就可以。”龚宰的建议,石斛也没有采纳。请神容易送神难,不满意,赶出寿木店,肯定红脸。“伙计的事情,你们不用担心,小子会去找。如今来金陵混饭吃的人多如牛毛,找几个勤快一些的伙计还不是一件轻而易举的事情?”伙计的事情,石斛绝对自信。果不其然,仅过了一天时间,石斛就找来一名小后生。

小后生姓吕,名夷则,属兔,乙卯年生,比石斛小三岁。吕夷则和石斛是在佑圣宫戏台下认识。佑圣宫在玄武大街金锁巷。石斛去寿木店都要从佑圣宫旁经过,所以第一次出门看戏选择了佑圣宫。石斛去时,戏台下已经挤满了人,黑压压一片。石斛个子高,又没想过要趁机捏人家小娘子一把,占小便宜,站在人群后面,准备看《灵应真君荡魔记》。这时,来了吕夷则。吕夷则见人群挡住了视线,踮了一踮脚就走开了。不一会,吕夷则双手端着一个石础,稳稳当当地放在了石斛站的边上。石斛看了一眼这个石础,又看了一眼吕夷则,颇为惊奇。“小兄弟岁数不大,力气还真不小。这个石础,至少也得二三百斤。”吕夷则拍了拍手说:“很轻的。”戏还没开始,干站着也无趣,石斛主动和吕夷则聊了起来。

“哥哥怎么称呼?”

“石斛。在城西长寿巷开了一家寿木店。”

“吕夷则。张记打铁铺当学徒,混口饭吃。”

吕夷则告诉石斛,他在张记打铁铺做下手,连头搭尾已经有半年时间了。说到打铁铺,石斛眼前马上闪现出四散的火星,耳边响起了叮当叮当的声音,旋即试着邀请吕夷则加盟。“来哥哥的寿木店帮哥哥做事怎么样?”吕夷则在打铁铺做下手,不仅活累,还天天受张铁匠的气,早就想甩手走人了。“行!”见石斛邀请,吕夷则当场答应。第二天,吕夷则就将自己那点可怜的行头搬到了寿木店。龚宰帮忙清理了厢房,又照石斛的吩咐去白虎大街买了草席和被衾。从此,寿木店成了吕夷则的家。没两天,吕夷则就给石斛带来了大麻烦。

吕夷则去城隍庙看戏,刚好碰到了汪家郎君。吕夷则站在戏台前的天井里,汪家郎君坐在楼上,两人原本风马牛不相及。想不到,两人竟然起了争执,动手打了起来。汪家郎君不将站在天井里看戏的人当人,随意往天井里面吐痰,扔松子。惹不起,躲得起。见汪家郎君依然视若无人,站在天井里面看戏的人纷纷撤离,退到横廊上。正当吕夷则也准备和大伙一道撤到横廊时,汪家郎君的一口浓痰吐到了吕夷则的头上。吕夷则仰头看了一眼汪家郎君。

汪家郎君的一句话点燃了吕夷则心中的怒火。汪家郎君将一枚松子丢向吕夷则，鄙夷地看着吕夷则。“看什么看啊，想打架啊?”吕夷则撒腿冲上了楼，击翻了汪家郎君的几名随从，痛打起汪家郎君。一时间，所有的观众都不看戏台上的三英战吕布，而调头欣赏楼上吕夷则痛打汪家郎君。吕夷则的父亲不是徐温，是徐温，就是将汪家郎君当场打死也没事。想当初，徐温的长子徐知训当场用铁鞭将吴王的亲从打死，吴国谁也不敢放一个屁。吕夷则是孤儿，父亲已经给孙儒的残兵吃了，汪家郎君的父亲汪重奇却是金陵有头有脸的人。现在将汪重奇的儿子打了，最起码应该赔礼道歉。否则，私了、公了，吕夷则都难看。

吕夷则年轻气盛，死活无所谓，让他去向汪家郎君道歉，还不如直接让他去死。如同枯槁多时的柴梗，只能断不能弯。石斛知道劝说无效，只好去荆善居，再由荆善居推荐请了平常喜欢做调解人的鲁扬声。经过多轮艰苦的谈判，说了无数多的好话，最后才谈定以一百缗结案。一百缗，可不是一个小数目，足足可以买二十个侍儿。做了那么长时间的生意，赚来的铜钱统统加在一起都没有一百缗。石斛咬了咬牙，出了一百缗，平息了吕夷则和汪家郎君之间的纠纷。为了感谢荆善居的帮忙，石斛特意在白虎大街鹿鸣酒肆设宴请荆善居。

龚宰是寿木店的掌柜，又是寿木店的杂役，第一个来寿木店开门。马匹需要喂，耳房需要清扫，雇船、雇车都需要早做准备。龚宰于天复三年进寿木店，粗粗一算已经十年了。这十年，龚宰勤勤恳恳，深得原东主白肇祺信任。天祐四年，白肇祺将寿木店交给龚宰。做了寿木店的掌柜，龚宰依旧勤勤恳恳。每天早早来，迟迟回。龚宰刚刚将杂事处理完，时来来了。张白紧随其后，进入寿木店。寿木店三个老伙计，张白日子过得最不舒服，心情像梅雨天，整天阴雨连绵。母亲身体不好需要人料理，本来决定今年年冬成婚的新妇变成了别人的小妾，给原本已经不好的心情来一个落井下石。见张白又是一脸沉郁，龚宰熬不住劝了起来。

“张白，你那未过门的新妇迟早要跑，迟跑还不如早跑。像这种女人，要的不是你张白这人，而是张白的影子。今天张三有钱有势跟张三，明天李四有钱有势跟李四。说起来，根本就是没长眼睛。你年轻不晓得，田頵红火的那时候，想做小妾的娘子比牛毛还多。可结果呢?仍活着的，哪一个不后悔?神州的事情一向瞬息万变，今天红火不等于明天也红火。就算你张白再差，至少是后生一个。不要跑了个新妇，整天像丢了魂似的。过好自己的日子很重要。你怕将来没新妇，倒不如学一学老哥，干脆什么都不要。红的、绿的，什么样的颜色都有，只怕你看不过来，晕了头。像万花阁里面的那些神女,价格都不贵。”

见龚宰老是向张白灌输这些稀奇古怪的想法,时来一旁实在看不下去。寿木店三个老伙计里面,时来资格最老,平常也最容易摆老资格。“龚贤弟,你这是在诲淫。依照我们吴国的律法,至少也得关上一年。”龚宰一听,立马就脸露鄙夷,嘲讽起了时来。

“时来兄,以小弟看,你白白活了一大把年纪。难怪你自己捏喉咙省死,却没养出一个像样的儿子。说一两句话就关一年,金陵城马上会变成监狱。如今,一般的罪早就已经不再关了,而是直接送往前线充作兵源。就地一埋,免得死后让家属出钱买棺材,只是影响了寿木店的生意。张白怎么能跟时来兄相比?时来兄你,不是小弟说话难听,连撒泡尿都要把着手,自然没了这方面的兴趣。张白年轻,需要地方撒撒火泄泄气。”

时来没去理睬龚宰的鄙夷。“张白,你不要听龚贤弟。他这个人,家是什么玩意都不晓得。你觉得真的有些抬不起头,干脆离开寿木店,另谋一份差事。胸膛像门板一样的人,还怕弄不上饭吃?”那么容易混到饭吃,你也不会赖在寿木店几十年不走了。龚宰本想再挖苦一下时来,最后还是忍住。早在张雄当刺史那会,时来就已经是寿木店的伙计,比龚宰早了至少十年,当时的东主还不是白肇祺。时来学过几年木匠,出师后因手艺太差揽不到活,因跟当时的东主孙传诚沾点亲,去了寿木店。二十几年时间过去,寿木店给的薪资尽管没有增加一文,时来还是呆着不走。年纪轻轻的时候都找不到其他头路,现在上下毛都白了,谁要?去年,白肇祺招了张白,就准备将他培养起来替换时来,只是计划还没实施,白肇祺就死了。白肇祺还活着,寿木店的伙计说不定已经只有龚宰和张白两个人。这事白肇祺曾跟龚宰细细商量过,只是龚宰这人嘴特紧没有透露半点风声。这些年,时来一直负责寿木店的采购。白肇祺怀疑时来和寿木作坊合谋,虚报棺材价格,吃了不少黑水。

“弄口饭吃真那么容易,也不会出现人吃人了。金陵多少人当牛做马,还不是为了能吃上一口饭?这世道,杀人放火容易,就混一口饭吃难。青烟楼、万花阁、逸仙居那些个神女忍受凌辱,为什么?还不是为了能吃上一口饭?要想做人,首先得做猪。连猪都做不成,还有没有机会让你做人?”

“龚老哥说的话也不是没有道理。”张白很无奈。“像我这样的人,离开寿木店,还真是不那么容易谋上一份薪资高的差事。这些年,金陵涌进了那么多的北方人,那些个不需要手艺的体力活,仅仅填饱肚子,都抢着去。三十六行,像我这样的人,能做哪一行?我也是在万般无奈的情况下,才选了卖棺材这一行。其他还好,就是那些个熟人，尤其是我母亲，总觉得像我这般岁数的人，就算薪资再高，也不应该从事卖棺材这一行当，入错了道。自从跑了新妇后，母亲老是唠叨，希望离开寿木店，另谋出路。可出路在哪呢？”

这些年，张白一直在努力谋差事，可就是找不到好的行当。张白有一哥哥和两姐姐。哥哥在田頵攻打升州那回战死，两姐姐在父亲病死之前就已经嫁了人。婆家虽不远，都在上元县，可人家都不是很好，没能力接济娘家。父亲死后，母亲身体又不是很好，日子过得相当巴结。张白曾经在建业柴行做过一段时间的伙计。金陵柴薪需求量大，柴行也多。金陵所有柴行都送货上门。张白每天做的活就是将柴薪送到客人家中。吃力而且薪资低，填饱肚子都困难。当初，也是没有其他头路，才来白记寿木店做伙计。自做伙计的第一天起，改行的念头就没有断过。一听让人心酸的薪资，张白只好继续在寿木店呆了下来。

“先填饱肚子才是真生活。你要知道，如今混口饭吃很不容易。吃喝都没办法保障，考虑什么劳什子新妇？没吃，没喝，会死人；没新妇，死不了！看看少东主，整天乐呵呵。哪像你，整天一副死不死、活不活的样子。哭丧着脸，日子不会好起来，只会越来越糟。”

张白也知道要先填饱肚子，否则也不会来寿木店做伙计。生意人的地位低下，卖棺材的生意人更让人鄙夷。旁人偶尔问及，张白只想钻茅坑。新妇跟人跑了后，张白一直在想离开寿木店，如何出人头地。可现实就摆在眼前！肚子真饿起来，哪还在乎脸面？那么多人去当兵，就是不想饿死。莫非真的去当兵？我同意，我妈也不同意。只是一想到眼前的处境，张白装笑都装不出来。皮笑肉不笑，一眼就被人看穿。张白不是不想笑，而是笑不出来。张白真怀疑石斛是不是捡了宝贝，整天一脸笑容。上次遭人戏耍，不仅空跑了一趟，还给人泼了一脸的茶水，石斛笑嘻嘻，好像没那回事。“少东主心态真好。”张白颇为羡慕。石斛呵呵笑了起来。“想想人肉都当街贩卖，心态还不好怎么过日子？像方才在刁景奇家，小子还没有开口，刁景奇已经泼了小子一脸的茶水。小子又能怎么样？是不是冲上去跟刁景奇打一架？小子滚慢一点，刁景奇都要打断小子的腿。这世道，心态不好，日子没法过。”石斛的话，张白认同，但没办法吹散笼罩在心头的阴云。眼下母亲身体不好，再难受也必须忍住。

“少东主看起来好像比仆还小。”

“二十一，壬子年生，属老鼠。”

“依少东主的岁数，也该成家了，少东主为何不找一个？”

“眼下还不是时候。新妇不是桃子,吃了一个,再摘一个。小子不是节度使,讨了李四就不能再讨王五,根本不用急。二十岁,三十岁,四十岁,什么时候都可以。和尚没讨新妇,不也活得好好的吗?如今这个世道,先想办法活下来才是正招。除此外,其他事情,不是小子说难听,统统都是狗屁。”

“怕只怕错过了年龄,你愿意,人家娘子也不愿意。”

“娘子不愿意没关系,他的家人愿意就行。娘子嫁人,没几个自己说了算。你有用,六十一岁可以娶到十六岁。小子觉得,不用急,先耐心在寿木店呆一呆,找到合适的行当,再去闯一闯。只要你有自己的天下,还怕没有中意的新妇?”

“仆无一技之长,少东主不嫌弃,已经很幸运了。对将来,仆不抱希望。”

“人切莫看不起自己。连自己都看不起自己,别人怎么能看得起你。人有没有用,跟有没有一技之长没有必然的联系。看看武忠王,看看都督,你就会明白,人有没有用,讲的就是运气。说不定哪一天好运突然来临。石头也有翻身的时候,何况人?将来的事情,谁说得清楚?看看武忠王,像你这个年龄的时候,比起你,说不定更差。没必要灰心丧气。就算这辈子真的翻不了身,自己气自己,有什么用?还不如像小子一样高高兴兴过日子。”

拐进长寿巷,快要到寿木店时,碰到了乐器店东主党鸿图。“发财!”石斛连忙拱手跟人套近乎,可党鸿图一脸的鄙夷,根本不予理睬。进入寿木店,张白说:“他也没名堂,不过卖一卖铜锣、唢呐而已。”“管它呢。小子尽了做人应有的礼数,他怎么样是他自己的事。小子总觉得,这世上好笑的事太多太多,一看到,就忍不住想笑。笑了,自己舒服,倘若再有一两个美娘子对你笑,就已经很不错了!”张白难得露出笑容。

“少东主那么英俊,娘子看了都不好意思不笑。”

吕夷则吃了早餐,回来了。吕夷则一个人,锅灶打在腿肚子上,一日三餐全在外面混。龚宰翻开挂在墙上的记事本,安排今天要送的货。怕忘记,龚宰将客人提供的信息详详细细记在记事本上。龚宰刚要将记事本挂回到墙上,石斛走进了寿木店。时来跟石斛告辞,准备前往和州乌江进货。生意特别好,上次进的一船货已经所剩不多。寿木店人手少,只能让时来一个人外出进货。“一路顺风!”石斛送时来出店,在店门口,两人拱手道别。

石斛着手送一对松木棺材到金陵城东郊的桂花村。棺材笨重,又不能一个人肩扛,寿木店一般都是两人一起运送。路程远,有时候也一个人运送,希望到时买家能帮一帮忙。大白天驮着一对棺材在金陵大街上行驶,速度慢,还会引来街上行人的目光,说不定又会惹上不该惹上的麻烦。自跟朱雀门家丁打了一架后,石斛最怕惹上麻烦。

“哥哥,听小弟的,从小巷中穿行,然后再出东门,到桂花村。”

“这个建议很不错,哥哥就听你的!”

石斛采纳了吕夷则的建议。就由吕夷则引路,前往桂花村。确实,小巷中行人稀少,木板车只管全速“滴答”前行。花不了多少时间,木板车已经穿过扬威大街,进入东城的柳堂巷。不到两丈宽的柳堂巷此时空无一人。吕夷则赶着木板车全速前进。正当吕夷则为自己选择路线得意时,突然前方巷子口闯入一对年轻夫妇,迎面而来。夫妻两人手中各抱着一个孩子。眼看木板车就要撞上这对慌不择路的夫妇,吓着了坐在身边的石斛。

“夷则,人!”

石斛慌忙叫了起来。吕夷则赶忙一手拉住缰绳,一手制住车闸。木板车在车闸拖着地面发出的吱吱声中停了下来,没有撞上这对夫妇。吕夷则非常侥幸地说:“好险啊！差一点就撞上人。”“还好险,差一点没将哥哥吓死。”吕夷则正准备放开车闸继续上路,忽然听到这名神情慌张的丈夫说:“公子能否借寿木救一救命!”

君子之于禽兽也,见其生,不忍见其死;闻其声,不忍食其肉。何况眼前是四条活生生的人命？石斛忽然有了怜悯,屁股一挪,下了木板车,一声不响大踏步去了巷子口。救人可以,但不能不计成本。万一给逮着了,自己小命没了,还会连累父母。石斛生意人,这种亏本的生意不会做。石斛朝左右看了一眼,就转身疾速折返。吕夷则古道热肠,碰到这种好事,石斛转身刚点了一下头,就开始动手解系绳。捆绑棺材打的都是活结,手轻轻一拉,就可以解开。石斛刚回到木板车旁,吕夷则已经解开了系绳。石斛和吕夷则轻轻地抬起了和棺材身子榫卯相接的盖子。“快将你新妇抱进去。”丈夫颇为强壮,将孩子往地上一放,两手一捧,就将他新妇放进了棺材。新妇怀抱孩子,迅速蹲下身子,仰面一躺。石斛和吕夷则紧跟而上,迅速盖上了盖子。石斛一手紧紧抓住木板车的底板,防止木板车翘起,一手和吕夷则一起抬起了另一副棺材的盖子。丈夫一手抱起小男孩,一手扶着棺材,迅速登上木板车,躺进了棺材。小男孩天真地问:“爸爸,进棺材去会不会死啊?”没等丈夫回答,石斛和吕夷则已经盖上了棺材盖。石斛和吕夷则相互协作,迅速勒紧绳索,仿佛一刹那间绑好了棺材。“上车!”石斛直到重新坐上了车辕,才感到今天的心脏跳得特别快,深深地吸了一口气。

吕夷则赶着马车刚刚起步,巷子口就涌进了一群手持横刀的升州刺史府胥徒。

木板车迎着胥徒前行，慢慢地从众胥徒的身旁驶过。出了柳堂巷，吕夷则立马加快速度，沿着青龙大街，前往金陵东门。把守城门的兵士见是已经进进出出好几回的寿木店少东主和伙计，没有盘查就予以放行。出了东门，路上的行人开始减少，吕夷则不断挥鞭，马匹加快了速度，木板车向东飞奔而去。

“夷则，在前面路边停。闷死了，四条人命。”在距离桂花村还有一里地左右的地方，见四下无人，石斛叫吕夷则停车。石斛和吕夷则先后下了车，解开了绳索。两人干净利索地将这对夫妇和两个孩子从棺材里面放了出来。重新系好绳索刚转身，这对夫妇和这个四五岁光景的小男孩已经跪在地上，准备向石斛和吕夷则叩谢救命之恩。小男孩跪在地上，头仰着看石斛。男孩一双乌溜溜的大眼睛，石斛侧身一看，心中顿时产生一种爱意。石斛看着男孩，微笑了起来，走上前去，伸手将男孩扶起。“活命之人杨洲，叩谢两位义士援手相救。”丈夫刚要磕头，石斛连忙说：“快起来，快起来，这里未必就安全！”一听不安全，杨洲赶紧一手抱着孩子，一手拉着新妇站了起来。石斛从袖中摸出了一个小钱袋，递给杨洲。“就这么多，珍重。”石斛的举止大出杨洲夫妻两人的意外，感激涕零了起来。杨洲抹了一把眼泪，接过石斛的钱袋，和新妇一起，沿着一条旁道，朝句容方向前进。没等杨洲夫妇远去，石斛和吕夷则早已经重新赶着车前往桂花村交货。交完货，拿到铜钱，石斛和吕夷则赶着车，返回金陵城。

还没有走多久，天飘起了雨。江南春天的雨，说来就来，说走就走。不用石斛吩咐，吕夷则已经在不断地挥鞭加快速度。可惜，无论马跑得有多快，就是跑不过雨。江南雨多，因而路边总隔一段距离有一个避雨亭。没走多远，石斛就看到前方不远处的道路边有一个避雨亭。距离还有一丈多远，石斛和吕夷则已经跳下木板车，两手捧着头钻进了只有北面有墙的避雨亭。石斛刚一脚踏进避雨亭，就看到避雨亭后墙前面的草堆上盘坐着一位蓬头垢面的流浪汉。这个流浪汉也应该是来避雨。给早春二月的雨打湿了衣裳，肯定透心凉。流浪汉看起来要多脏就有多脏。如同乱草堆的头发结成了饼，满是黑垢的脸，只有几绺地方刚被雨水淋去了黑垢。石斛从这几绺水痕中仍能猜出流浪汉原本应该白皙俊秀。就流浪汉的身材轮廓来判断，石斛认为应该跟自己的年纪相仿，只有二十光景。那流浪汉手指修长而指甲乌黑的两手放在自己的两膝上，对进来的石斛、吕夷则毫无反应。腰间一把通体乌黑锃亮的佩剑正好跟身穿黑衣、满脸污垢的流浪汉融成一体。粗略看一眼，仿佛就是避雨亭中央塑着一尊黑色的塑像，刚刚被雨淋过，脸上留下几道水痕。

石斛看到流浪汉腰间的剑，心中不由一阵悲凉。早在弑杀昭宗之前，朱温为了挖断李唐皇朝的龙脉,遣手下静胜军节度使温韬派兵公开挖掘李唐皇帝的陵墓,只有乾陵在挖掘过程中因雷雨交加而幸免。流浪汉腰间的剑名曰湛卢,来自石斛的祖先太宗皇帝的昭陵。看到湛卢,石斛不禁想到了自己尸骨无存的祖先。石斛的师父李同一生就爱好武道和琴道,以至于连娶妻生子这种事情也不感兴趣。李同爱好武道并不是想去争神州第一或称霸武林。身为石岩的侍卫,凡是皇宫里面与武有关的书籍图牒,李同都要翻阅一遍,包括记载神兵利器的图书。李同也是从皇家神剑图牒中晓得湛卢。因湛卢是五大盖世名剑之首,李同描摹最为详细,石斛记忆也最为深刻。众所周知,凡是好的物事,皇帝总是占有,而且希望永远占有,死了也要带到坟墓去继续占有。由此,衍生出一个行当——盗墓。湛卢也从楚昭王墓来到了秦武王的墓,从秦武王的墓来到汉武帝的墓,从汉武帝的墓来到魏武帝的墓,最后到了唐太宗的昭陵。自湛卢诞生的那一刻起,就一直在不同的帝王陵墓里面转来转去。

石斛不清楚流浪汉如何识得湛卢,也不想晓得流浪汉如何得到湛卢。温韬挖掘昭陵却是神州人人皆知的事情。流浪汉能够晓得湛卢足以说明有些见识,而能够盗得湛卢更说明有些能耐。一个肮脏的流浪汉腰佩宝剑,引起了吕夷则的兴趣。吕夷则正准备出手试一下流浪汉手艺,见石斛眼睛一白,赶紧止住自己的冲动。

“朝士兼戎服,君王按湛卢。”

石斛先吟诵了两句杜子美的诗,然后向流浪汉手一拱。“鬻棺者石斛,看到足下腰间的湛卢,兄弟不禁想起杜工部的诗。”没想到,流浪汉竟然有了反应,眼睛一睁。那么长时间里面,所有人都认为我拿把破剑装饰装饰。这世上竟然还有识货的英雄。“这就是传说中的湛卢?”吕夷则惊疑问。石斛没有回答,只管继续说。“兄弟想,既然神州已经没有了足下可以容身的地方,何不暂且到兄弟的寿木店做一做伙计?一来可以有口饭吃,二来可以暂时避一避风头。想当年,伍子胥逃到吴国时,不亦是穷途末路乞食为生?寿木店名声虽不那么好听,却是个隐遁藏身的好地方。足下一旦度过了难关,说不定就能寻到吴王阖庐,帮足下以雪父兄之耻!不知足下意下如何?”“哥哥这主意真不错!”流浪汉突然两手一撑,站了起来。“反正,小弟四海为家,以天为屋,以地为席,到哥哥的寿木店混口饭吃,倒不失是一个很好的注意。小弟姓李,单名一个邈。”流浪汉自报了姓名。

李邈跟石斛同祖宗。不过,那是好几代之前的事情了。李邈的父亲李继祚原是昭宗的通事舍人,与终南山太乙宫道士地根先生交情深厚。眼见李唐皇朝就要崩溃,地根先生前来神都见李继祚,希望他能够及时逼祸。李继祚不愿意离开。

“小弟也晓得留在这里必死，但不能不留下来。”李继祚的想法地根先生懂。有时候，死未必是不好的选择。地根先生在李继祚家呆了一宿，就离开了神都，李继祚将李邈交给了他。李继祚不希望李家从此绝后。到李邈这一代，李家已经三代单丁了。那一年，李邈才九岁。

地根先生没有辜负李继祚的嘱托，将李邈抚养成人，并传授李邈武艺。去年，地根先生羽化，李邈离开了太乙宫，开始做起了偷人头的营生。只要是朱温手下的将校，李邈都希望偷，尤其是朱温的人头。李邈费尽心机终于潜入洛阳皇宫，准备偷朱温的人头。朱温的人头没偷到，却偷来了一柄破剑。从此，李邈成了控鹤军追杀的对象。

春雨绵绵，想让它停下来似乎有些不可能。等雨稍小，吕夷则驾起木板车，驮着石斛和流浪汉，赶回白记寿木店。不想被绵绵细雨淋透，只能让马快走了。皮鞭驱赶之下，马只能加快速度。午时过后，三人终于回到了寿木店。

龚宰见石斛带一名跟棺材颜色十分匹配的流浪汉回寿木店，非常好奇。龚宰旋即拉住吕夷则到一旁嘀咕了两声。从吕夷则的口中晓得是石斛收留，龚宰也没说什么。毕竟人家是寿木店的少东主，想收留什么人就收留什么人。太监就是再急，总归是皇帝的事情。

龚宰是一个善于揣摩圣意的人，晓得石斛的意图。没等石斛吩咐，龚宰就离店，到白虎大街去给流浪汉买来了两件青褐色布衫。就在天井里面，流浪汉沐浴更衣。穿好衣裳，重新出现在店面时，龚宰和吕夷则都认不出原来是同一个人。龚宰手一拱。“龚宰，老光棍。”流浪汉手一拱。“李邈，小光棍。”两人都笑了起来。“原来张白还有一个未过门的新妇。张白的新妇一跑，寿木店全都是光棍。”龚宰说着就笑了起来。“还是光棍好，至少死的时候无须牵挂。”石斛轻轻拍了一下吕夷则的头，含笑说：“年纪轻轻，尽说这些个短命话。你不想讨新妇，哥哥可不希望自己卖棺材赚来的铜钱没人继承。”

没过两天，龚宰就佩服起石斛的眼力和精明。“少东主带回来的李邈不仅人勤快，还不要工钱。垃圾堆中能捡到黄金，没有犀利的眼睛根本就不可能。”石斛含笑说：“老哥这么一抬，小子肯定得心花怒放好几天。看来，卖棺材的，别人看不起，我们只好自己相互吹捧了。”李邈不要工钱，但寿木店得给他提供一日三餐甚至四餐的饭钱。李邈年轻，饭量原本就大，有了兴趣，说不定还来点小酒喝一喝。李邈每日饭前才来向龚宰讨铜钱，饭后马上将找回来的钱一分一厘都还给龚宰，自己身上从来就不留。龚宰还是老老实实地记上账，以免少东主说自己贪污。李邈来了寿木店,一下子减轻了石斛的负担,石斛也有了更多的支配时间。一条蚯蚓钓一条鳗。做生意不能不花本钱。石斛又出铜钱,让龚宰去买了一匹马,又添加了一辆木板车。自接手寿木店以来,石斛已经投进去了不少铜钱。石斛相信一定能够赚回来。不是帮吕夷则出了一百缗医药费,一月末接手到现在,石斛已经赚了不少铜钱。

寿木店来了李邈,吕夷则也高兴。“李邈哥来了,至少小弟晚上睡觉有个伴。”棺材虽取了个升官发财的好名字,但毕竟是给死人居住的房子。看到棺材,世人难免会产生一种惊悚感。谁愿意晚上一个人孤零零地睡在寿木店里面?白肇祺也曾经想招一名守店的伙计,可没有人愿意。寿木店不怕小偷,留一个守店总是百利而无一害。来了吕夷则,寿木店终于有了晚上守店的人。寿木店北首三间厢房,吕夷则占了一间,还有两间空着。李邈不愿意铺床麻烦,干脆就睡在库房内的新棺材里面。有时候,吕夷则也耐不住寂寞,跑到库房里面,睡在李邈隔壁的棺材里。两人晚上躺在棺材里面聊天,俨然就像是两个鬼魂在对话。小偷不小心进入寿木店,肯定会被活活吓死。只过了几天时间,石斛又接收了一名伙计。

大多数行业都有帮,这是神州的特点。乞丐有自己的帮,通常叫丐帮。挑夫、脚夫等等都有自己的帮。这些帮派的建立,美其名曰替帮内的兄弟服务,不受外人欺负,实际上是帮内的弟兄替帮主服务。金陵秦淮河航运繁忙,也就缺不了脚夫。跟广陵等地一样,秦淮河码头上的脚夫也有自己的帮,它的名字倒不叫脚帮或三夫帮,而是叫秦淮帮。所有想在码头靠力气谋生的脚夫必须参与秦淮帮,独自干活必将遭到秦淮帮的殴打。秦淮帮独霸秦淮河码头的搬运,除非你有力气自己搬。否则,搬运货物的价格只能由秦淮帮定。

白记寿木店白肇祺的棺材原先也都叫秦淮帮来搬运。石斛接手白记寿木店后,就由自己的伙计搬运。这主要是石斛吝啬,不舍得多花铜钱。不过,货物多的话,也会叫脚夫帮忙,但未必就是秦淮帮。石斛很不喜欢被人掐住脖子。

位于金陵城南,距离金陵城大约二十里地的仇家村,一名叫仇一仁的田主在白记寿木店购买了两对棺材。不晓得是为什么,仇一仁一定要挑楮木做的棺材。既然客人喜欢,店家也不要多管闲事。因走水路方便,龚宰雇了一条货船,准备用船运送。

木板车刚在码头停下,一名脚夫赶忙过来询问是否需要。脚夫是一名年纪十八九岁光景的后生。后生头束灰色巾帻,身穿单层葛布衣衫,脚着蒲草鞋。现在还是二月,后生衣衫如此单薄,也算硬朗。“楮木做的,很沉。不晓得小哥的肩膀怎么样?”这种槠木棺材死沉死沉,压坏了可不行。“两三百没问题。”后生很自信。“那行。”套好络绳,李邈和吕夷则一头,石斛和后生一头,很快就将两对槠木棺材抬到了货船上。

“小兄弟怎么称呼?”摆放好了棺材,石斛忽然问。“戚冷。”后生的回答很简单。“有点冷。”吕夷则插嘴。“家母取的。”戚冷解释。见已经没有大的事情,戚冷先跳下了船。石斛检查了一遍棺材的摆放,发现没什么问题,也就跟着下船,准备给戚冷付脚力钱。石斛还没从袖袋内掏铜钱,就见七八个脚夫手操家伙朝他们涌了过来。

我又惹上谁了?如今这个世道,杀人强奸都已经不足为奇,没点力气,出门在外无缘无故给人揍了,还真是给鬼打了一样。这时,一名脚夫指着戚冷,高声说:“老大,就是这个小子,天天抢我们秦淮帮的生意。”“秦淮河是你们家的?”戚冷立马应嘴,毫不示弱。“我就是抢了,你们这群癞蛤蟆又能怎么样?”话不投机半句多,石斛还没有开口劝架,一场一对多的打架马上开始,沉实的声音顿时响成一片。戚冷虽只有一人,却一点也不怯场,步伐灵活,进退有据,出拳呼呼有声,一看就晓得是一位有着多年斗殴经验的高手。

“别打了,别打了,有事好好商量。”秦淮帮一大班人,而戚冷孤身一人。几个会合下来,戚冷渐渐处于劣势。再继续这样打下去,最后肯定出人命。石斛实在不想因自己的原因致使戚冷送命。再说,真出了人命,自己也逃不了干系。石斛赶紧劝架。见石斛出手,李邈和吕夷则也加入了劝架队伍。经过一番拉扯,三人终于将双方拉开。

“今天看在少东主的面上暂且饶过你。再抢秦淮帮的生意,看我怎么收拾你!”

“你这老狗有能耐,只管来。”戚冷擦着嘴角的血丝说。

“少说两句!少说两句!”

这种冒火星的话,石斛听得多,赶紧劝阻。秦淮帮的老大赵家仁本想继续往死里揍,见石斛劝架,就决定今天到此为止。石斛刚才捏住赵家仁的手,赵家仁全力挣脱,好比被钳子钳住一样,就是挣脱不了。赵家仁顿时明白,这个寿木店少东主确实像传言那样有能耐。今天寿木店少东主在场,想继续纠缠下去,几乎不可能,说不定,还以劝架的名义将自己拉住给戚冷打几拳。万一被打成内伤,倒在床上痛苦不说,甚至连医药费都没地方找。一个小光棍,榨死了榨不出油水。赵家仁觉得应该顺势下台阶,就甩下一句狠话,率众走了。

“小兄弟这些年就一直在秦淮河码头做?”

“已经做了将近三年。”

石斛没有再问什么，从袖中掏出一枚银饼，递给戚冷。戚冷两手一摊说：“身边没带铜钱，找不开。”总不能拖欠人家工钱。石斛将银饼往戚冷一塞。“先留着，就算预先付给你的定金，反正隔三间四要送货。”戚冷接过银饼，放到袖中。“少东主……”戚冷支吾了一会儿后说：“少东主的寿木店需要不需要人？”寿木店几天前还缺，现在来了吕夷则、李邈，就不那么缺了。人手虽不缺，再招一个伙计也可以。李邈只是暂且寄居在寿木店，总不能真将他当伙计使用。石斛抬头看了一眼戚冷说：“寿木行名声很不好。小兄弟没卖过寿木或许不晓得，卖了就会明白，很容易被人看不起，说不定连讨新妇都遭人嫌弃。常言道，男怕入错行女怕嫁错郎。入行之前不能不慎重。这事小兄弟最好先跟家人商量清楚，再决定。”

第二天，石斛刚一转身，准备要进寿木店，就看到戚冷坐在寿木店里面等了。见石斛要进寿木店，戚冷连忙起身，向石斛手一拱。“少东主，小子回去跟我妈商量一下，同意小子来店里做帮工。”昨天，戚冷回家跟母亲一商量，母亲也赞成。“名声确实不那么好听，可金陵收入稳定的行当不是说找就能找到。打零工，不一定天天都有。我们家没有一文积蓄，妈身体又不好，帮不上一点忙。没了铜钱，我们母子俩就得饿肚子。妈这个样子了，饿死就饿死吧。你年轻，饿不得，戚家只剩下你一根独苗了。只要你能活下来，就会有希望。还是先去落个脚，再慢慢寻找机会转行。”戚冷从小在外面混，知道填饱肚子极不容易，想卖力气都卖不成。金陵没有头路的人多，个个都像猪一样在抢一口饭。打零工，一个月赚死也赚不到八斗，而且还要跟人拼命。戚冷决定试一试。“那行！”石斛收下了戚冷。

“这位是龚宰。”

“方才已经绍介过了。”

“吕夷则，您认识，就不要介绍了。”

“什么时候有空，小弟跟戚兄好好打上一架！”

“你还敢再打架？城隍庙的事，你已经忘了。”

“白白摆了一桌酒。”吕夷则挺冤枉似的漏出一句。

“你将人家都打得差不多断了气，想用一桌酒就摆平？真是想得美！哥哥请鲁扬声、荆善居出面，说尽了好话，最后用了一百缗才摆平。”

“一百缗！”吕夷则、龚宰、戚冷齐声惊呼。

“汪家才不稀罕一百缗！他们就要你的小命。”

“不该出的铜钱，就是出一千缗，一万缗，小弟也不会记哥哥的情。这种仗势欺人的无赖地痞,没有给小弟揍死,已算是他的造化。”

“神州无赖地痞比苍蝇还要多,你拼得过来?你有能耐,找朱温去!他可是神州第一无赖地痞。你还没见着他,小命早就已经没啦。汪家郎君这种小无赖地痞,根本犯不着跟他也来一个一命抵一命。就算真的要一命抵一命,也起码得找一个大一点的无赖地痞。天天小命有一条,听了就让人厌烦。哥哥想你记情,根本不会给你擦屁股。这事,哥哥以后慢慢跟你说。想打架,不是哥哥吹牛,不用十招,就叫你趴下。你信不信?”

“信。”吕夷则嬉皮笑脸说:“这点,小弟信。”

“别给哥哥嬉皮笑脸不当回事!以后,你给哥哥安心搬寿木,别再寻事。你不烦,哥哥烦。今天十三。工钱,就从初一开始算起吧。”

“这哪能行?”

“又不是打零工,以后日子长着,就这么定。老哥先给戚冷这个月的工钱。”

“少东主,给多少?”

“刚来,就先依每月十五斗发放吧。以后,慢慢再加。戚冷,你觉得怎么样?”

“就依少东主。”

“那就先以每月十五斗发放。老哥,上午有什么货要送。”

“谢家巷延寿药肆东主慕容丰一对松木要求上午送到。”龚宰翻开记事本看了看说。

“戚冷,你和夷则一起去,先熟悉熟悉。”

一对棺材,四五个人,很快也就装好。吕夷则驾起木板车,戚冷坐在一旁,起身前往谢家巷。石斛和龚宰最后从侧门进入寿木店,龚宰阖上木门,闩上门闩。两人起步,回到了店面。空着无事,龚宰和石斛聊起了吕夷则打架的事情。

“少东主,一百缗也太那个了。现在一百缗都可以买到二三十个侍儿了。”

“那有什么办法。人有时候还是应该多多理解别人的心情。汪重奇的儿子确实霸道,教训一下可以理解,夷则将他儿子打成这个样子。小子是汪重奇,说不定也不要钱。”

“伤得真很厉害吗?”

“小子去看了,只有惨不忍睹四个字可以形容。老哥,我们应该理解做父亲的心情。有道是,争气不争财。小子是汪重奇,也很难会理性。吕夷则人很好,可年轻气盛,看见不满就冲动。老哥晓得,如今在神州只要一睁开眼,就是不满的事情,能冲动得过来?宰杀百姓充军粮的事情,不说早年,这些年也屡屡发生。是不是要出来打抱不平？在有些人眼里，平头百姓就是猪，就是羊，就是狗，是用来吃的肉。陈记圆木作坊的张去疾冲动管了不该管的闲事，结果回家的路上，遭到围攻，当场丧命。小子担心夷则冲动管了闲事，落得像张去疾一样的结果。如今若想在金陵活下去，搞好朋友关系固然重要，更重要还是要忍。不忍，冲动行事，那就得死。以小子看，寿木店几个人里面，最能忍的人应该就是老哥。”

“少东主晓得，树木被人剪了一次又长，剪了一次又长，反反复复。人又不是树，一旦发现长了后肯定会被剪掉，就不会再长。”

龚宰话还没说完，进来了一位客人。生意要紧，闲话次要。龚宰正准备去招呼客人，石斛已经抢先。一句见面时寒暄后，石斛就陪客人去库房挑选棺材。“大白天，寿木进进出出，给人看起来总觉得有些不妥。”客人特关心送货的时间。“只要买了鄙店的寿木，客官想要什么时候送到，小子就会让伙计什么时候送到。客官只要留下具体地址和定金就可以。”

石斛没问客人要求什么时候送到，先答应了客人的要求。“这就好。”客人浏览了一遍摆放在库房内的棺材，选了一对柏树棺材。石斛陪客人出了库房。进入店铺，客人到了龚宰的柜台前，向龚宰报了姓名，地址，接货时间，付了定金，就拱手告辞。

“少东主，金田村在南门外。晚上送货，只能在城外呆一宿。”

“小弟什么地方不曾呆过？路亭、庙宇、祠堂，随便找一个地方呆一呆就是。他想什么时候送到，小弟就什么时候送到。老哥无须操心。”

“等一会，哥哥回去跟两老说上一声，和你一起去。客人订的是柏树，你一个人，万一他家人袖手旁观，还准备扛到他家去？你还没有回城，寿木店藏着一个项羽的消息早就已经传遍金陵。到时候，来看项羽的人肯定比买棺材的人多。”

太阳偏西，石斛回家告诉父母一声，就赶回寿木店。“黑咕隆咚的，小弟去，至少可以举个火把给哥哥照一照亮。”吕夷则喜欢凑热闹，也要和石斛、李邈一起去。“行！”石斛答应。刚到夕食，长寿巷就有店铺开始打烊。三人在汤记面馆吃了面，回寿木店装棺材。寿木店一班伙计都在，一对柏树棺材一下子就装好。石斛和李邈各赶着一辆木板车，从长寿巷出发。出了城门，顶着耀眼的夕阳，前往金田村。现在离客人要求送到的戌时还早，三人一边慢悠悠前往金田村，一边留意晚上过夜的地方。最后，李邈看中了一个稻草堆。

“少东主真守信！”来寿木店订货的客人见石斛依照约定的时间前来，很钦佩。“多谢客官！”石斛手一拱。“以后有乡亲用到寿木，请客官多多给绍介绍介！”“一定，一定。”将棺材停放到了客人指定的地方，拿到了铜钱，石斛谢绝了客人的留宿。三人钻进稻草堆过了一夜，第二天一早返回城内。龚宰颇为感慨地说：“都能像少东主那样做生意，什么生意不能赚铜钱？”石斛含笑说：“还是等赚到铜钱之后，老哥再去说那些个若是。”

正说着，荆善居进寿木店。“二当家齐克谐结婚，请你过去喝喜酒。”荆善居递给石斛一份请柬。这种交朋友的场合石斛很愿意去，尽管跟齐克谐刚认识不久。“克谐兄新婚，小弟理当去贺喜。”石斛从荆善居手中接过请柬。“荆兄晓得，小弟这身份去那种场合不适宜。”荆善居没想到这个禁忌，觉得石斛想多了。“鬼门关走过的人不会太忌讳。”“来贺喜的客人未必也这么想，至少会说小弟连规矩都不懂。这样吧，荆兄替小弟带一份人情给克谐兄，人就不去了。”石斛包了一份贺礼让荆善居转交给齐克谐。“荆兄替小弟说几句好话，祝克谐兄新婚快乐。”“一定。”荆善居将贺礼放进袖袋，拱手跟石斛告辞，离开了寿木店。

仲连堂当家荆善居其貌不扬，二当家齐克谐更是面目可憎。齐克谐绰号独眼修罗，一条深深的刀痕从额头穿过眼睛一直到下巴。齐克谐不仅独眼，还独耳。据齐克谐自己说，是葛山一战留下的纪念。齐克谐就因这恐怖的模样，好的不愿意嫁，不好的不愿意娶，三十六岁了还是光棍一条。二月十五，百花节，齐克谐娶了个新妇。新妇叫屈楚楚，今年十八岁，刚好齐克谐的一半。屈楚楚，人如其名，有沉鱼落雁之貌，标准的美人。齐克谐做屈楚楚的侍卫都让人觉得不配，两人站在一起真给人一种鲜花插在水牛粪上的感觉。

人一漂亮容易给自己惹来麻烦，真是红颜祸水。屈楚楚十六岁那年定了亲，郎君是南郊天正村胡懋信家的儿子胡从俭，就差完婚了。去年十月初一，寒衣节，屈楚楚一次外出被余庆庄园的少庄主毛信臣撞上。在威逼利诱之下，胡懋信主动要求解除婚约，而理由是屈楚楚不守闺范。关键的时候，夫家非但没帮上一把，还在伤口上撒了一把盐。还好，屈楚楚的父亲屈执宪相信自己女儿不会做出格的事情。毛信臣有新妇，有小妾，就缺外室。屈执宪就屈楚楚这一个女儿，夫人病亡后，父女相依为命已两年，不同意屈楚楚做毛信臣的外室。从这一天起，父女两人就没过过安生的日子。别说出门，就是在家都常遭人欺凌。毛信臣明确告诉屈执宪，眼前只有一条路可走，同意这桩好事。屈执宪虽中过解元，李唐皇朝崩塌，别说解元，连状元都已经没用。去年冬至，屈执宪从城内购置了年货准备回家，被毛信臣拦住了去路。威武不能屈。屈执宪固执，就是不屈服。屈执宪被毛信臣的家奴抛进了池塘。那天特别冷，屈楚楚家门前的小水沟都结了冰，手伸到水里刀割似的疼。毛信臣看着屈执宪快要冻死了才让家奴将屈执宪捞了上来。没几天,屈执宪就病亡了。屈执宪固执,屈楚楚倔强,死不屈服,在几个好心村民的帮助下,逃到了金陵,去江宁县衙鸣鼓告状。

屈楚楚敲了半天鼓,才有人接应。“我们会将申诉的情况如实禀报给县令大人,怎么处置,只能等过完年。”一名胥徒接待了屈楚楚。屈楚楚急,衙门不急,没办法。客栈的掌柜颇同情屈楚楚的遭遇。“娘子的事情,某觉得去衙门没用。娘子想讨回公道,找仲连堂。”掌柜提了个建议。屈楚楚还是比较相信世上有青天,决定等过完年。过了初七,屈楚楚每天都要去一趟衙门。正月廿一,县尉龚霈接待了屈楚楚。“为了这事,本尉亲自去了一趟余庆庄园。毛信臣承认确想收你为外室,但否认你父亲的死跟他有关。本尉也走访了一些人,没有证据能证明你父亲是被毛信臣推进池塘。毛信臣向本尉保证,你不愿意做他外室,以后不再打扰。本尉也警告毛信臣,以后再敢骚扰,本尉绝不轻饶。”屈楚楚开始信掌柜的话,衙门没用,决定找仲连堂帮忙。“仲连堂可以替娘子讨回公道,但得有代价。”齐克谐接待了屈楚楚。屈楚楚家不富有。当初,屈执宪携家眷逃到江南,购置了一座民宅和几亩薄田,已经没多少积蓄。这几年,又遭遇了几起不幸,先是刚弱冠的儿子溺水,接着夫人病故,家里唯一的仆人也不知去向。从不沾泥土的屈执宪不得不放下尊严,跟老农学耕种。眼下,就是能将家产变卖了也不值多少铜钱。屈楚楚能有什么?回客栈想了一夜,屈楚楚又去仲连堂找齐克谐。“能不能拿我抵给足下作代价?”屈楚楚红着脸,哆嗦着说。自仲连堂创建以来,还没有拿人作代价的先例。“父亲一死,孤女一个,毛信臣又狼似的在等着,日子怎么过?老弟光棍多年,也该成个家。她愿意做黄盖,这生意接。”齐克谐前去跟荆善居商量,荆善居同意了这桩买卖。二月十五,荆善居给屈楚楚和齐克谐举办了婚礼。

二月十八,经过一番装扮,齐克谐陪屈楚楚回娘家省亲。屈楚楚在娘家虽已没亲人,但父母的坟墓还在,何况还有帮过屈楚楚的人。鬼似的去,太不给屈楚楚面子。“郎君实际上挺英俊。”大耳朵的护耳幞头帽一戴,脸上那条深深的刀痕倒给人一种冷俊的感觉。屈执宪看了也不至于太失望。“爸,恶贼已经得到惩罚,女儿也已经有了着落。”屈楚楚跪在坟前告慰屈执宪。“克谐就缺一只耳朵,其他都不缺。爸放心,女儿会幸福。”齐克谐跪在一旁向屈执宪保证。“外舅放心,小婿一定会尽全力照顾好楚楚。”祭了坟,看望了邻里乡亲,夫妻两人就启程回金陵。“这趟买卖你觉得有没有亏?”齐克谐问。“赚了。”眼下的结果屈楚楚已经很满意。“当初,我只有一个念头,只要能惩罚那恶贼,无论做什么事我都愿意。郎君不仅帮我达成心愿,还远远超出我的预期。方才我说过,郎君就缺一只耳朵,其他都不缺。”

一次,石斛去看鲁扬声,两人闲聊,聊到了乱世中女人唏嘘的遭遇。“别说乱世,盛世也一样。”鲁扬声饱读诗书,又历经沧桑,看得透。“只要看一看‘安’字,你就会明白,一个女人想安全必须得有一把保护伞。确实,神州这个丛林里面,不乏有厉害的女人,那都是特殊产物。没有刘邦,就不可能有临朝称制的吕雉;没有李治,也不可能有改朝称帝的武则天。女人要想命运不唏嘘,既要有一个能保护她的父亲,又要有一个能保护她的郎君。不晓得你小子能给徐大县主提供什么样的保护?老哥看,徐大县主保护你还差不多。”

第六章　县主

有美一人，清扬婉兮。邂逅相遇，适我愿兮。

——《诗经》

白虎大街向西，出了金陵西门，就是秦淮河。

秦淮河是升州的交通要道，支流密布，湖泊众多。坐上船，沿秦淮河可以北上，也可以南下。北上可以到扬子江，南下可以到句容、溧水。为了水上交通，早在东吴时期就已经开凿了河渠，使得秦淮河能够连接升州治下的县城、村镇。

外地制作好的棺材，由船装载，经秦淮河运至金陵城西码头，再用木板车驮到寿木店。寿木店购进的棺材也可以通过秦淮河运送到金陵附近的升州属县。因白记寿木店不管多远都愿意送货上门，价格便宜，加之可以定做，这段时间，金陵城郊尤其是西郊和南郊来白记寿木店订购棺材的客户像涨潮似的多了起来。半个多月时间中，石斛坐着小船在秦淮河上来来回回已经走了好几趟。当今天再一次站在船头，望着秦淮河北岸林立的店铺、熙攘的人流时，石斛不禁有一种想上岸看一看的念头。随同前往的张白似乎猜到了石斛的想法。

"好像少东主还没有上岸看过一次。"

小船停靠在夫子庙码头，石斛和张白上了岸。石斛一脚踏上码头，就嗅到了多种奇奇怪怪的气味。石斛从小在翠竹湾长大，天天呼吸山间清新空气，很不习惯这些奇怪的气味，顿时踌躇了起来。既然已经来了，那就容忍一下，看一看，走一走。日后在金陵，让人难受的事情肯定很多。连金陵人喜欢的气味都无法忍受，我看就不要想在金陵混了。石斛冷笑了一声，抬脚起步，张白紧跟在后，沿着斜行向上的石级，走在了由青砖铺地的街道上。伴着来来往往的人流，石斛和张白慢慢前行，逛起了夫子庙。

街道两旁有许多小吃店,卖着许多石斛以前未见过的小吃。每家小吃店前面,临街摆着一两张小桌子。坐在小桌子旁,吃着小吃的多半是一些馋嘴的娘子。正走着,石斛突然瞟见一位模样还不错的娘子正吃着还没有孵出壳但已经完全成形的小鸡,一阵恶心感直冲咽喉。

石斛下意识地加快了脚步。金陵娘子胆子也真大,连这种恶心的物事都敢吃。神州人向来以敢吃闻名天下,只要是能吃的,还有什么物事不敢吃?不说历史上,就是前些年,神州就流行人相食、易子而食。那些逐鹿中原的土匪无一不是以老弱妇孺充当军粮?只要竖起耳朵听,吃活婴的事也会有耳闻。连活婴都敢吃,就别提未出壳的小鸡了。

张白见石斛只管快步远去,连忙追了上来。张白告诉石斛,那娘子吃的物事金陵人叫毛蛋。正当听着张白讲述有关毛蛋的故事时,石斛猛然嗅到一种让他直感到恶心的恶臭。石斛连忙屏住呼吸,立马加快了脚步,赶快逃离现场。一直到实在憋不住气的时候,石斛才慢下脚步,偷偷地吸了一口气。石斛心中嘀咕,什么物事如此奇臭?莫非金陵人是吃腐尸的乌鸦不成?见石斛突然跑了开去,张白来不及多想,慌忙撒开脚步,追了上去。

"张白,什么物事,怎么这么臭!"

"少东主",张白喘着气说,"那是臭豆腐。"

石斛一边听着张白有关臭豆腐的介绍,一边慢慢前行。好好的豆腐不吃,非要弄成奇臭无比才去吃,大概只有神州人。神州人尚美不会,尚丑倒很内行。放下手中的活,无缘无故跑到夫子庙来闻臭气,实在是不该。生存危机都没消除,竟然还有闲情逸致纨绔子弟似的带着小厮来夫子庙寻开心,真是不知轻重缓急。"回去!"突然,石斛改变了主意。张白也不好问少东主原因。常言道,吃人家的饭碗给人家扣管。张白拿寿木店的工钱,无须问少东主为什么,只须跟着做什么。石斛要回去,张白只得跟着石斛调头。

"张白,我们还是另找一条街回码头。"石斛非常怕闻臭豆腐的气味。"那种比狗屎还要难闻一百倍的气味,就不要再去随队啰嗦了。人家喜欢是人家,跟我们没关系。我们不能要求人家喜欢什么,也不能强制自己跟着喜欢。小子又不是屎壳郎。""那我们就从这走。"夫子庙张白很熟,替石斛选择了一条回码头的线路。

石斛跟着张白,从另一条小街准备返回码头。小街的两旁多半是卖丝绸、玉石、书画等的店铺。神州向来穷人多而富人少。这条小街道上来往的行人倒不多,有些冷清。两人正走着,石斛猝然间又闻到了臭豆腐那种让他恶心的臭味。

猛一抬头,石斛看到一位娘子边吃着臭豆腐边看着自己,迎面而来。石斛心里嘀咕,要我娶吃臭豆腐的娘子做新妇,还不如直接跳茅坑更干脆。石斛立马屏住呼吸,从那娘子身旁飞速闪过。见少东主急促前行,张白立马明白原因,赶紧飞奔在后,向东前行。

“我们得抓紧回去。”

不一会,两人来到码头边的平地上。石斛踩着石级,快速下行,前往埠头。忽然,石斛直感有人在看自己,下意识地抬起头。果然,石级下迎面上来的两名娘子正看着石斛在窃窃私语,边上走着一名颇威武的男子,后面跟着两名穿同一颜色衣裳的小厮。这两名娘子,石斛感觉,如同桃花溪上游两条花草丛中的小溪,形状不同,但各具情趣。石斛长这么大,娘子见过不少,像眼前两位那样清澈的娘子却从未见过。晶莹剔透的溪水,看一眼都感到全身清爽,有一种忍不住扑上去喝一口的感觉。到处弥漫着臭豆腐腐臭的夫子庙竟然有如此娘子真是一件奇妙的事情。石斛连忙以微笑赠送。一娘子张着大眼睛来不及反应,一娘子慌忙以微笑回赠。人来人往的地方,盯着英俊后生看被人瞧见,实在太尴尬。石斛笑容一敛,继续起脚下行。刚擦肩而过没走两步,石斛就听到了娘子清脆的招呼声。“公子!”石斛没想到娘子在招呼自己,只管走自己的路。“公子!”石斛刚踏下一级石级,又听到娘子的招呼声。石斛意识到可能是叫自己,停住了脚步,转过了头。果然是跟石斛打招呼,刚刚擦肩而过的两名娘子站在台阶上含笑看着石斛调头。娘子见石斛驻足调头,很兴奋,好像捡到了大田螺似的,含笑问:“公子应该就是白记寿木店少东主吧?”“是。”石斛知道自己很容易给人留下深刻的印象,旋即拱手承认。“果真如此!”石斛好像证实了娘子原先某个猜测。

娘子说着,一把拉起同伴,踏着石级,噔噔走了下来。人家娘子主动跟你亲近,总不好意思置之不理。石斛驻足等候。同伴微低着头,似乎有意回避石斛的目光。“于苓。”这名娘子刚一停下,就大大方方地向石斛通报了姓名。“我家县主。”于苓将同伴介绍给石斛。一般人家,县主跟婢女的衣裳颜色不同。于苓穿的衣裳,跟县主的衣裳,款式、颜色等几乎没什么差别。这主要是,一显示于苓的地位,二也是为了县主的安全。两人一起,乍然一眼,根本不晓得谁是县主。“能与小姐姐和县主巧遇,小子感到非常荣幸!”石斛作揖。县主很有礼貌,向石斛手一拱说:“公子客气!小女姓徐,单名一个榛,朱雀门徐当家的女儿。”

嫡庶加在一起,徐渊的儿子有九个,而女儿却只有一个徐榛。徐榛生于乾宁元年十月初一，今年已经十九岁了。依理，像徐榛这种岁数的娘子早就应该已经嫁了人，可徐榛的郎君至今仍不见影子。原因很简单，那就是徐榛的眼睛长在头顶上。这些年，当家徐渊一直在物色女婿，可就是找不着让徐榛喜欢的郎君。嫡夫人钟氏给徐渊生了两个儿子和一个女儿，后来纳的三房小妾生的都是儿子。徐渊在生意场上摸爬滚打了那么多年，很懂得物以稀为贵的道理。子女也是一样。女儿多了，儿子值钱；儿子多了，女儿值钱。更何况，唯一的女儿是嫡夫人所生。对这个宝贝女儿，徐渊一向娇惯宠爱，放任自流，随她癫狂。

徐渊的女儿！石斛非常吃惊。刚产生的一点兴趣，仿佛突然遇到了一场大暴雨，刹那间被浇得无影无踪。"那天的误会皆由小子引起，还望徐县主能多多宽饶！"石斛作揖。"公子快快免礼！"石斛刚一弯腰，徐榛就开口。"这事也不能全怪公子。那些个家丁，事情还没弄明白就动起了粗。"从他女儿身上看，徐渊好像不应该是一个很龌龊的人。别去瞎猜了，还是说一说那些无关痛痒的客套话吧。我一向胡言乱语惯了。万一说了不得体的话，稍稍添油加醋，传到徐渊的耳朵里面，那还不是火上浇油？这两天，徐渊不动声色，不闻不问，说不定已经调查清楚了我的底细，看我如何在他利爪下垂死挣扎。

"多谢县主宽饶！"石斛又拱手拜了一拜。神州人腰本就软，石斛从小练武，腰更软。见石斛一开口马上拱手弯腰拜揖，于苓和徐榛都熬不住展开了笑容。石斛没去理会，只管自己说自己的话。"那天都是小子说话不当引起贵府家丁误会。直到今天，小子还在忐忑不安。县主那么大度，小子宽心多了。谢谢县主宽饶！"石斛刚一说完，又给徐榛拜了一拜。

"公子其实不必挂在心上。可能是公子听信了谣言，说我们会仗势欺人。"

"不瞒县主，小子当时也以为自己死定了。其他都不说，就算大当家以寻衅滋事的名义将小子逮进衙门，判一年、两年的徒刑，小子这一生也已经完蛋了。想不到，大当家竟然如此宽宏大度。听到大当家宽饶小子的鲁莽时，小子鼻子酸酸只想哭。经过这次风波，就是活活打死小子，小子也绝不会相信朱雀门会仗势欺人。县主，那些家丁的伤怎么样了？"

"除一名骨折的还需要将息一段时间外，其他人都是些无关紧要的皮外伤，早就已经好了。"徐榛的专职护卫东方明代徐榛回答。"谢谢兄台告知！"石斛向东方明拱了拱手。"还得好好感谢公子当时没下重手！"下重手，我还能站在这里跟你说话？

"小子实在不敢！县主，小子出身乡下，砍柴，种地，平时做的都是一些体力活、重力活，再加上父母给的一点蛮力，手劲大，一不小心就会伤着人。请县主饶恕！那天的事情确实是一场大误会。乡下人本来就很粗鄙，而小子这人一向喜欢胡言乱语，又不晓得金陵人对寿木会那么忌讳，以致因小子出言不慎而引起贵府家丁误会。县主，错全在小子。不是遇上大当家和县主这样宽宏的人，小子还真不晓得将如此处置。”这倒是真。碰到别人，不死早已经脱了一层皮。“小子一定会从这件事情中吸取教训。恳请县主代小子转达对大当家的衷心感谢，感谢大当家给了小子一个吸取教训的机会。小子定会再择日登门拜谢！”

“我一定向家父转达公子的心意。”

“多谢县主！”石斛又向徐榛拜了一拜。

这下应该可以了。“公子天天和寿木在一起，不感到怕吗？”石斛正准备全身而退，又被于苓冷不丁冒出一句话拦住了去路。石斛知道这是于苓无话找话，但没办法，只好继续应付。石斛微微一笑。

“小姐姐有所不知，那些空寿木，通常说的椋，只是木头做的箱子，没什么好怕。”

“公子的胆子还真大。婢子看一眼，心里都发毛。”

“不是小子的胆子大，而是小子没像小姐姐那样想得那么多，只是将它看成是木头做的箱子。这些新寿木，尤其是松木、桧木、楠木等制作的那些新寿木，非常的香。小子小时候非常顽劣，就曾经躺在新寿木里面睡过觉，很舒服。”

“婢子怎么一点也想象不出，公子小时候很顽劣。”

“小姐姐看到的是小子的外表。人言楚人沐猴而冠，果然。小子就是那个楚人。”

石斛话一出口，马上意识到自己说错了话。果然，徐榛躲躲猫似的又瞧了石斛一眼。完了，又胡言乱语了，真是狗改不了吃屎。别忘了哦，前面站着的可是土匪徐渊的女儿！想活长一点，说话给我小心点。乌七八糟乱说，看你怎么死！

“公子客气。婢子还是第一次听到有人这样说自己。”

“小子确实是这样的人。”此时，埠头上来了几个行人。石斛赶紧抓住时机，准备逃离。“我们站在这里说话，挡着上上下下的人。待日后有机会，小子再跟小姐姐和县主慢慢聊。这会，还有几副寿木等着送出。就此先跟小姐姐和县主别过！再次感谢县主的宽宏！”石斛向徐榛、于苓拜了一拜，旋即转身下行，快步前往埠头。

货船离开了夫子庙码头，向东前行。

“少东主，朱雀门大县主啊！为何不跟她多说几句？”张白替石斛惋惜。

“小子今天说的话还少啊？她朱雀门大县主，小子白记寿木店少东主，还想娶她做新妇不成？这种白日梦，你放心，小子是不会做的。小子原本还有点兴趣，一听是朱雀门徐大当家的女儿，旋即想笑自己。小子叽里咕噜说了那么多废话，只是担心她回去说小子这人不懂礼数。你可别忘了，打架斗殴的事情还没结呢！徐大当家随便张一张口，光那些个家丁的医药费，整个寿木店赔他都不够。你想想，小子到时怎么活？礼多人不怪。小子低头哈腰，叽里咕噜，还不是希望徐大当家能饶过小子，可怜可怜！你晓得，金陵谋生不容易。”

徐榛望着石斛远去的背影，半晌才重新起步。原本已经计划好的逛街计划因与石斛巧遇而改变。徐榛忽然没了兴致，还只走了半条街，就决定调头回家。于苓是侍儿，没问原因，跟着调头。花船的船工很惊奇。县主平常逛夫子庙，一逛就是大半天。今天不晓得怎么搞的，没两下子就回来了。正在猜测是不是到别的地方去，听到了徐榛起航回朱雀门的指令。

徐榛刚踏上如茅斋的步檐，徐渊就含笑问，“今天怎么快就回来了？”宝贝女儿平常都逛老半天才回，今天确实是个例外。“夫子庙逛了好几遍，没什么看头，就回来了。”徐榛提起茶壶给徐渊斟了茶，退到西侧儿子后坐下。“爸，女儿今天在夫子庙，碰到了那天在门口打架的石公子。”徐榛忽然给徐渊讲了一件逛街时碰到的趣事。“榛儿又不认识，怎么晓得他就是石郎？”徐渊很惊奇。正所谓做贼心虚，徐榛怕父亲误会，连忙向徐渊解释。

“夫子庙码头上凑巧碰到。东方大哥指给女儿和于苓说，他就是那天跟家丁打架的白记寿木店少东主。于苓一问，果真是。于是，就聊了几句。”

宝贝女儿平常对后生连正眼都不屑多瞧一下，而这个卖棺材的小店主却兴趣浓浓。徐渊会心地笑了起来。“能引起榛儿的兴趣，石郎还真个是檀郎！”徐榛低下头，没有吱声。徐渊含笑说：“难怪民间传说，潘安出门，连老妪都着迷。单从长相看，石郎虽还不能说天下无双，但至少可以迷倒一班像榛儿这般年纪的娘子。”徐渊端起茶盏咪了一口。

“他请女儿代他向爸表示感谢，感谢爸给了他一个吸取教训的机会。”

“石郎这话说得倒是很实在。犯在别人身上，真的没了吸取教训的机会。金陵，甚至吴国，那么多人盯着，爸不会跟一个寿木店少东主一般见识。你三哥的事情已经闹得吴国天翻地覆，爸不会不分青红皂白就下狠手。石郎和家丁起冲突，纯粹是一场误会。就当时以及以后的表现来看，石郎也算得上是一个懂礼数的人。他来了两次，都被爸挡了回去。”

“他今天还向女儿问起家丁的伤情。”

“石郎倒是挺懂人情世故。爸请吴不明仔细检查了家丁的伤情。据吴不明分析说,若不是石郎被动防守,那些家丁非死不可。这也说明当时确实如石郎说的那样,不是故意寻衅滋事。当然,敢故意寻衅滋事,爸自然不会客气。”

“女儿第一次跟他接触,说话虽然客套,甚至有些迂腐,但看起来,决然不像是一个平常喜欢寻衅滋事的人。女儿接触的人虽不多,总感觉他原本应该是一个斯文人,而不是故意在女儿面前装斯文。那次打架,确实可能是一场误会。”

“以爸多年阅人的经验,石郎应该是一个有教养的人。人是会装。任何装的背后都隐藏着利。只要多想想,伪装自己会从中得到什么好处,或许就可以揭穿他的伪装。人的任何言行,都有它的利益。石郎初来金陵,不晓得爸是什么样的人。装一装,也可能是怕爸趁机敲他一下。这种事情神州多。在榛儿面前装斯文,是不是想博取榛儿的好感呢?榛儿是朱雀门大县主,石郎是卖棺材的少东主。依据常识,想从榛儿身上捞到好处,基本上不可能,莫非石郎真的癞蛤蟆想吃天鹅肉不成?以爸看,应该不会。榛儿面前言语斯文,也可能是怕说他无礼。不过,石郎是一个后生,看到榛儿表现一下自己也很正常。谁让我的榛儿那么漂亮呢?”

徐榛笑了起来,撒娇说:“爸老喜欢夸自家女儿。”

“爸不夸自己女儿还夸谁?话说回来,榛儿本就漂亮。爸出身虽不显赫,但人还是像模像样。你妈,也是远近闻名的美女。生个女儿,能差哪去?石郎,父母双全,上有哥哥,下有妹妹,是一个健全家庭的后生。健全家庭的后生,行为不端的可能性相对要小一些。单就言行来看,石郎应该是一个相当不错的后生。以他的能耐,躲在金陵卖寿木,可能有其他别的原因。不像以往,现在可以施展才华的机会多得是。”

“会不会是犯了案,逃到了金陵?”

“主动犯案,应该不会;被动犯案,就难说了。”

“他说自己是乡下人。是不是杀了或者打了地痞无赖,没法呆了,逃到金陵?”

“乡下那些个地痞,还真是不将外地人当人。”

“他也可以做一做其他的行当,为何选择卖寿木?”

“卖寿木也是一种行当,好比爸当初开妓院。榛儿不晓得,寿木利润好高,卖寿木其实是挺赚钱的行当。正常情况,光金陵城内一天就得死好多人,还不包括郊区和属县。不正常就另当别论了。只要卖寿木的店铺不多,赚钱那是肯定。石郎选择卖寿木也可能纯粹是经济上的考虑。当然,也可能有其他什么原因。想不到,一次不经意的打斗，透露了那么多重要的信息。遇上有心人，说不定就暴露了自己的身世。”

“是不是身世一旦暴露就会很危险？”

“应该有这种可能。”

徐榛似乎理解了石斛为何选择棺木行。否则，怎么解释也解释不通。徐榛虽是朱雀门大县主，还是理解人都有自己的难言之隐。“县主！”徐榛坐了一会，就告辞回云思苑。侍儿黄芩和白荻俯身站在由青砖砌成的圆形门洞旁，恭请徐榛回云思苑。云思苑是一个别致的小花园。主建筑是一座两层小楼。小楼的北首是一片青翠的刺竹林。向西步行五十步，就是一个周边很不规整的莲花池。莲花池边垒放形状怪异的灰白色太湖石，一条阁道连接池中央的水亭。徐榛当初搬进云思苑时，朱雀门刚造好不久。徐渊的几个庶子嘀咕徐渊偏心。徐渊当场就将几个庶子狠狠地呵斥了一通。“有本事你们自己去造。眼睛盯着家里的几间房子有什么狗屁出息！爸像你们这个岁数时，还住茅棚呢。榛儿迟早有一天要嫁人，还会在云思苑住一辈子？以后再有不满，将你们统统赶出朱雀门。”徐榛的几个庶母哥哥再也不敢嘀咕。于苓搀扶着徐榛进入苑门，沿着铺着四边不规整石块的曲径，前往位于云思阁东首的凉亭。这么好的天气，于苓知道徐榛不会闷在云思阁内跟她私语。凉亭东、西、北三面都是树冠不高的树丛和簇生寒竹。四周不时响起鸟儿唱和声，像在说笑，又像在调情。徐榛踏着台阶走进了凉亭。紫苏在凉亭内栏凳上垫上软垫，徐榛两手微提罗裙，坐了下来。

“婢子原以为言过其实，想不到比想象的还要俊。”

徐榛心里承认以前确实没见过像石斛这样俊的后生。真俊！夫子庙码头看到石斛的第一眼，就让徐榛产生一种想粘上去的感觉。长这么大，第一次对一个后生有这种感觉。当跟石斛目光接触时，一向目空一切的徐榛慌忙躲避。真个是一物降一物，寿木店少东主竟然变成了朱雀门大县主的克星。秘密不小心泄露了出去，岂不给人屁股笑冷？“你看上，我叫我爸给你一笔嫁妆，让他改行，免得外人说朱雀门大县主将服侍她多年的侍儿嫁给了一个寿木店少东主。”依照李唐法律，于苓就是想做石斛的小妾也不行。黄巢造反，神州大乱，李唐原有的户籍壁垒崩塌，严禁良贱通婚的法律也废弃。人们的观念里面，仍然坚持《唐律》“各从其类而配偶之”，但良人纳奴婢为妾，甚至娶奴婢为妻，已经不再像李唐时期那样受到惩罚。只要徐渊同意，于苓完全可以嫁给石斛。徐榛的话，于苓真相信。

“公子听县主的话就好啰！撇开婢子的身份，婢子就是很想嫁，公子也不愿意娶。婢子再笨也能感受得到，对婢子，公子根本不感兴趣。婢子自作多情，拼命留，才勉勉强强留住公子说了几句话。真的对婢子感兴趣，婢子就是不开口，他都会主动找婢子说话。县主要是主动出面说上几句，说不定就会不一样了。”

“你就别逗我了。他对你不感兴趣，对我更不感兴趣。晓得我是朱雀门县主，说话迂腐客套，句句拒人于千里之外。正如我爸说的那样，他寿木店少东主，我朱雀门大县主，莫非还想癞蛤蟆吃天鹅肉啊？说明这人很现实，不会做白日梦。我是平常人家的娘子，他说不定还感兴趣。从他看我们的第一个眼神中可以看出。不错，人确实非常俊，难得一见。体态飘逸，不知内情的人，还以为不小心撞着了一个世子。眉宇间的那股自信，真让人不敢直视。谁会将他跟寿木连在一起？可身份已经决定了，我们只能是他走他的阳光大道我过我的独木桥。莫非我去告诉他，只要你人好，就算卖棺材，我也愿意嫁。别人不笑，我都将自己笑死。”

徐榛不担心吃，也不担心穿，有足够的闲情逸致和于苓东拉西扯，石斛却不行。大哥和妹妹虽去了北方投亲，家里还有三口人。金陵距离太原有几千里远，路上耽搁难免。不说出发前的准备，光盘缠就花去了家里相当一部分的积蓄。剩下的那点家当，得用于急需。平常家里的柴米油盐等开销行用只能靠寿木店赚。没几天时间，吕夷则又揍了汪重奇的儿子。石斛咬着牙，花了一百多缗才将事情摆平。石斛这样做，石岩倒没什么反对。“伙计是你自己找的，出了事自然你要负责。铜钱的事不要放心上，会赚回来。”事已如此，石岩只能用言语安慰。忙碌了几天，寿木店来了李邈和戚冷。石斛终于腾出手跟时来去外地进货。

今天，石斛随时来，从金陵的隔壁当涂县云记棺材作坊，采购了一船棺材，准备运回金陵。货船东下，石斛站在船头，望着滔滔的扬子江。突然，远处一面峭壁，如同一道屏障拦腰直截扬子江。原本还相当平缓的水流，顿时湍急了起来。时来告诉石斛，那突兀扬子江的峭壁就是著名的采石矶。“据说当年李太白在采石矶边上赏月，乘着酒兴，扑进了湍急的扬子江，想捞起倒映在扬子江中的一轮明月。结果月亮没捞着，人却上不来了。后人为了纪念李太白，就在当时李太白站的地方上建了一座太白亭。”

石斛小时候听父亲说过李太白水中捞月的故事，也读过李太白的诗。晚年的李白一直居住在金陵，采石矶自然也是李白常去的地方。石斛猝然产生了一种想上去瞧一瞧采石矶的念头。货船缓缓靠拢采石矶码头，石斛和时来下了船。时来在前面引领，石斛跟在后面，一路欣赏，开始游览起了采石矶。两人浏览了采石矶的太白亭，瞻仰了太白衣冠冢，登上了三台阁。站在三台阁舷窗边上，只见空阔的扬子江上面，几只白鹭正在展翅飞翔。石斛俯视眼前翻滚着碧波的扬子江，心里忽然闪出一种跳入扬子江中畅游一番的欲望。

孤帆远影碧空尽，唯见长江天际流。那段快乐的日子如同不断远去的孤帆渐渐模糊，消失不见。石斛注目良久，和时来一道，走下三台阁，返回太白亭。两人再沿着悬空栈道，来到了三元洞。刚一进入洞口，石斛就听到扬子江拍打江边岩石发出的“啪、啪、啪”的轰鸣声。正当石斛低着头，准备从三元洞的上洞走往下洞时，石斛突然听到一声“公子”。听到耳熟的声音，石斛抬起了头。没想到，徐榛正好也抬头。两人目光相交，双方都笑了起来。石斛连忙拱手。“想不到，小子又有幸见到了小姐姐和县主。”徐榛和于苓的身后，跟着徐榛的专职护卫东方明。东方明拱手笑脸相迎，石斛拱手以笑容答谢。

于苓颇为兴奋，含笑说：“公子跟婢子家县主真有缘。”在采石矶跟石斛邂逅徐榛真没想到。石斛含笑说：“小子跟小姐姐也很有缘。依小子家乡普恩寺住持不寂和尚的说法，五百年的回眸才换来此生的擦肩而过。能跟小姐姐和县主两次巧遇，小子得修多少年？以小子看啊，至少得修一万年。”于苓和徐榛都笑了起来。“公子都已经修了一万年，那婢子就拉县主再陪公子到江边玩一玩。”石斛没有拒绝，手一拱，爽朗地说：“那就多谢小姐姐和县主了。”

见有两位美娇娘陪着石斛，时来知趣地停住了脚步；东方明则肩负保护县主的责任，继续跟在后面。于苓搀扶着徐榛退出三元洞，陪着石斛来到扬子江边。刚钻出三元洞，扑面而来的一阵江风就已经让石斛感到一阵清爽。碧绿的扬子江水如同一大块琉璃，拍打插入江中的峭壁后，瞬间拍碎，变成了白色的碎末。采石矶临江峭壁，经江水无数年的连续拍打，已经变得凹凸不平。紧贴着峭壁，一条由巨石垒成的丁字步道向前延伸好长一段距离。浮在扬子江上的几只白鹭随着江涛上下波动，又随着白色的水花霎时展翅而飞。

“想不到，平平淡淡的扬子江竟然还有这么一个好出处。”

“整个采石矶就这最好看。”

于苓、徐榛在前，石斛紧跟在后，踏下石级，站在了三元洞前的这条丁字便道上。“婢子和县主陪夫人来广济寺烧香。”于苓向石斛解释来采石矶的原因。“家母昨晚又做了一个梦，要来广济寺烧香、做法事。”徐榛接着补充，“小女在家闲着无事，就陪家母来了。见广济寺香烟缭绕，又轮不上小女插手，无所事事，只好和于苓玩起来了。公子呢？”

一个江浪拍打了过来，徐榛连忙躲到石斛一边。徐榛身子微微向后一斜，担心坠水,连忙伸手拉住了石斛的布衫。石斛手一伸扶住了徐榛。

“又是路过。店里的伙计时来说,这里是李太白水中捞月的地方,就来了。”

正说着,两名香客从这条丁字便道前头返回。石斛、徐榛、于苓连忙侧过身来让道。石斛听到从他眼前走过的一名香客说:“快点,免得错过了聆听玄机真人的真言妙语。玄机真人可是我们吴国真正的得道真人。”一听到玄机真人,石斛连忙对那人拱手作揖。“请问贵道友,你方才说的玄机真人是否就是云锦山的玄机真人?”石斛好奇地向这名香客打听。见石斛知晓云锦山的玄机真人,这名香客仿佛遇到了同道,连忙向石斛回敬。“正是云锦山的玄机真人。这几天,玄机真人正在采石矶玄妙观设坛讲道。我俩就是从江宁专程赶来听玄机真人讲道。”石斛手一拱:“谢谢告知!”“不客气!”那人向石斛手一拱,和同伴一道,转身离开了丁字便道。徐榛含笑问:“公子是否也想修道成仙?”

“玄机真人是家父一位至交朋友的朋友。”石斛没有直接回答徐榛的问题。“小子曾经听家父说起过。方才见两人说到了玄机真人,小子难免好奇问一问。”

“县主,反正我们闲着,何不和公子一起去听一听玄机真人的真言呢?”

“那我们就和公子一起去听一听。”

一行人旋即折回,重新踏上石级,进入三元洞。

“公子!”于苓叫了一声。“小姐姐有何吩咐?”石斛手一拱。于苓含笑问:“公子已经忘记了婢子叫什么名了吧。”石斛含笑说:“人家是贵人多忘事,小子卖寿木的,怎么有可能呢?文字同音甚多,小子还真不晓得小姐姐的姓名到底是哪两个字。”真是刁滑!于苓笑了起来。石斛记忆力超强,当时在夫子庙于苓给石斛留下了印象,名字还真没忘记。

“于是干勾于的于,苓是草头下面一个命令的令。”

“小姐姐这姓还真是不多见。苓字倒是很常见,像茯苓等等。小子记得好像《诗经》里也有这个字。”话一出口,石斛旋即意识到又说了不该说的话。果然,徐榛头一侧,看了石斛一眼。我真是狗改不了吃屎。算了,已经说出口的话已经咽不回来了。

“说来听听。”

“记得《诗经》里面好像有一首叫‘简兮’的诗。有一句是‘山有榛,隰有苓’。应该就是小姐姐芳名中的这个苓字。”

石斛衣裳简朴,有点像商贾。李唐时代,商贾不许穿丝绸的衣裳,不许穿红色、紫色的衣裳。李唐倾覆,也慢慢没了这些个旧规矩。如今穿丝绸,衙门也不会将你逮了去。上次夫子庙第一面，于苓和徐榛无论怎么联，都无法将石斛跟商贾，尤其是卖棺材的商贾联系在一起。石斛的形象颠覆了于苓、徐榛以前对商贾的判断。于苓、徐榛都非常吃惊，一个卖棺材的商贾竟然会那么熟悉《诗经》这些个只有读书人才读的书。没有好的家庭背景，从小受过良好的教育，根本不可能。如今已经开始选举，为何不去选举，却要放弃选举去做卖棺材的生意人？一连串的问题萦绕在两人的心里面。不过，于苓和徐榛都装聋作哑，没予捅破。

"婢子家县主的芳名就是这个榛。"

于苓笑了起来。徐榛抬头看了于苓一眼。石斛含笑说："这么说来，小姐姐的芳名是县主取的啰。""公子见笑了！"见被石斛猜中，徐榛微微一笑，连忙向石斛解释。"公子有所不知，小女曾经有过一业师。姓刘，讳恩，曾在感化军节度使府署做过一段时间的幕僚。流落到了南方，为家父所收留。业师一直呆在朱雀门，直至大前年才过去。小女出生时，家父请业师替小女取名，据业师说这榛字来自此诗。于苓本名容，来到朱雀门，小女好高，就依据此诗改其名为苓。让公子见笑了。"徐榛喜欢用花啊草啊给侍儿取名字。云思苑五个侍儿的名字都是这样，像文荷。"县主误会了。"石斛向徐榛手一拱，含笑说："小子倒觉得，县主和小姐姐是名副其实。"石斛说着，吟诵起了《简兮》中的诗句。

"彼美人兮，西方之人兮。"

于苓窃喜，含笑说："婢子不是美人，县主才是真正的美人。"石斛头一侧，看了一眼于苓说："小姐姐怎晓得自己就不是美人？在小姐姐眼里，县主是美人；在县主眼里，小姐姐应该也是美人。是不是美人，自己说了不算，别人说了才算。"于苓含笑问："那在公子的眼里呢？"徐榛头一侧，闪了石斛一眼，等石斛给答案。石斛头微微一抬，缓缓说："在小子眼里，一个是青山绿水，一个是蓝天白云。""公子真会说话。"于苓的话似赞扬似谦虚。石斛含笑说："这么说，小子的比方还算恰当的了。" 于苓和徐榛都笑了起来。

东方明见徐榛身边由石斛陪着，也就走到前面去开道。沿着微斜向上的栈道，石斛和徐榛主仆两人边走边说到了太白亭。时来正在太白亭旁小路上等一起回金陵。"时来兄和货船先回金陵，小子还想再看一看采石矶的风景。"

这小子定是给眼前这位县主迷住了。时来一看这位县主，既有侍儿又有侍从，肯定是大户人家的女儿，很有可能就是朱雀门大当家徐渊的女儿。徐渊的女儿，就算是只剩下一颗门牙，金陵的那些后生还不是争着娶？不错，是有些英俊。想娶朱雀门大县主，也不想想自己到底是哪一根葱？这种癞蛤蟆想吃天鹅肉的事情，一想到就想笑。一个卖棺材的小生意人,能娶上新妇,已经算你造化了。别人跟你说上几句,就不晓得一字怎么写了?

“采石矶还有不少地方值得少东主看一看,仆就先回去了。”

“小子很快就会回去。”

时来起步,石斛送至岔道口。

“到了金陵,让吕夷则去小子家一趟,告诉两老一声,就说小子在采石矶。万一今天晚上不能按时回家,请两老不要担心。麻烦时来兄了!”

“少东主放心,仆一定遵办。”

在太白亭岔道口,时来拱手告辞,石斛拱手送行。待时来远去,石斛和徐榛一起,沿着一条石块铺设的步道,迤逦前行,去往玄妙观,听玄机真人讲道。

“公子,小女好奇,你平时都游必有方吗?”

“小子来金陵还不是很久。乍然在外过夜,家母肯定很担心。”

“看起来公子还是一个孝子。”

“孝子? 远着呢。”石斛笑了起来。

“能够做到游必有方,应该算是孝子了。”

“一般人都能做到游必有方,而告诉父母去向也是子女应该做的事情。《孝经》云,立身行道,扬名于后世,以显父母,孝之终也。卖棺材的商贾,自古以来名声就臭。小子莫非靠卖棺材‘扬名于后世’?”石斛说着,就笑了起来。“请县主切勿再取笑小子。”

“小女倒不是故意取笑。三百六十行,每行总得有人做。”

“话虽这么说,那也只是自我安慰而已。谁不愿意做一些外面名声好的行当?”

“金陵可选的行当很多。公子觉得无法扬名于后世,可以选择其他的行当做做。”

“不是小子不想选,而是那些个行当小子不一定能做得好。”

“公子谦虚。”

“倒不是什么谦虚。人要有自知之明。小子知道自己有多少能耐。不像木匠、篾匠、铁匠,卖寿木根本不需要什么技术,有点力气,人勤快些就行。县主和小姐姐面前,说起来还真的有些不好意思,卖寿木名声虽难听些,利润却很高。小子家没其他经济来源,就靠小店赚来的铜钱过日子。县主和小姐姐不是生意人,可能不晓得。一个行当的名声越好听,竞争越激烈,收益跟着越少。相反,名声越难听,收益越好。小子好高,去从事那些个光名声好听的行当,小子一家人真没办法在金陵维持生计。小子卖寿木也是无奈的选择。”

“这么说来,公子选择卖寿木是不得已啰。”

“那是。谁愿意卖寿木?都是没办法的事情。县主方才说小子是个孝子,那是对小子的鼓励。小子定当好好努力。说起来,实在是惭愧。孝不孝,首先得让父母抬得起头,说得响话。小子呢?闷在寿木店里面卖寿木,想让父母抬得起头,不可能。至于告诉父母一声自己的去向,那都是一些不值得一提的枝节。小子只是做了儿子应该做的事情。小子一家刚从乡下搬到金陵。人生地不熟,小子连夜不回,父母还以为走丢了呢。县主,你说呢?”

正走着,徐榛忽然花容失色,上身后靠,脚步后挪。一只蜜蜂在徐榛的眼前盘旋。于苓慌忙说:“县主,别动!不动,就不会蜇。”徐榛旋即僵硬着身子,一动也不动。可惜,蜜蜂缠着不走,似乎认定徐榛是一朵鲜花,非采不可。突然,石斛右手在徐榛眼前一闪,蜜蜂眨眼消失不见。徐榛的眼珠子慢慢转了一圈,搜寻蜜蜂。“哪里去了?”徐榛问。于苓看着徐榛,开始仔细搜寻。石斛右手拇指和食指撮着一只腿上有一小团黄色花粉的蜜蜂,在两人眼前一亮。徐榛这才松弛了下来,长长舒了一口气。徐榛问:“你没将它撮死吧。”石斛两个手指一松,蜜蜂飞起,稍稍盘旋之后,消失不见。于苓、徐榛不是习武之人没感觉,东方明一旁暗暗称奇。这速度,这力度,金陵谁能做到?难怪上次一大班家丁都不是对手。

“不惹它,蜜蜂不会蜇人。这只蜜蜂因为围着县主飞了几圈就被小子撮死,还不晓得谁会照样画葫芦撮死小子。”

“凭公子的这身武艺,谁敢撮死公子?”

“呵呵!”石斛笑了起来。“别说小子只晓得凭蛮力打架,就是人称小霸王的李存孝,最后照样五马分尸。对有些人来说,撮死一个人,比撮死一个蚂蚁还要简单。当然啦,”石斛露了一下笑容。“像小子这种卖寿木的小生意人,根本不配那些个大人物们动手,也用不着去担心他们会撮死小子。”

“到时候,真的有人想撮死公子,公子请县主出面,给你求求情。”

“还是小姐姐想得周全。”石斛手一拱。

“无论将来需要不需要县主出面求情,小子都得先谢谢县主。”

“小女哪有那么大的能耐?”

“令尊肯定有。县主要是出面求情,令尊说不定肯帮忙替小子说两句。”

“搞起来仿佛真的有人要撮死公子似的。”

“世上的事情,谁也说不准。李斯当宰相时,没想过自己将来会被腰斩;韩信助刘邦夺江山时，没想过自己会被萧何用竹签戳死；杨广做皇帝时，没想过自己将来会被宠臣宇文化及勒死。小子这样做也是为了以防万一，未雨绸缪。待时候用到再求就已经晚了。”

“公子可不要忘了是婢子出的主意。”话还没说完，于苓已经笑了起来。

“请小姐姐放心！小子有仇报仇做不到，有恩肯定能够报恩！”

于苓顺势一逗。“公子看起来还是一个知恩图报的人。”石斛笑了起来。“滴水之恩当涌泉相报，更何况是对活命之人。套用一句别人常说的话，小子此生无力回报，来生做牛做马也当报答县主和小姐姐的大恩。”徐榛含笑说：“似乎小女已经救了公子的命。”

三人边走边聊，不知不觉中出现在了玄妙观门头前。采石矶地方虽不大，却既有佛教的寺院，也有道教的道观。佛教的寺院有广济寺，道教的道观则有玄妙观。采石矶是扬子江三大名矶之一，自然也算得上是一个好去处。众所周知，好物事谁都想抢占，坏物事谁都想嫌弃。如同英俊的后生，娘子争着要；漂亮的娘子，后生争着抢。这是人之常情。和尚、道士虽然自称是出家人，但毕竟还是人。因而，不论是扬子江南，还是扬子江北，都有一个非常奇特的现象，只要是一个好的去处，道教和佛教总是去抢占。采石矶自然不会例外。道教李唐时期曾经是国教。紧挨着金陵的玄妙观香火也达到鼎盛。凡物有开始必有结束，有鼎盛必有衰败。随着李唐皇朝的覆灭，来玄妙观的香客也开始渐渐减少。正所谓没有最糟，只有更糟。推崇佛教、贬斥道教的徐温执掌吴国的权柄后，来玄妙观的香客越发日见稀少。

进入玄妙观的大门，石斛向站在门房前的一名道士拱手作揖。“劳烦仙长，玄机真人在何处讲道？”门头抬眼一看，这名向自己问询的后生身后跟着两位娘子和几名家丁，赶忙拱手回敬。“公子，玄机真人就在三清殿前的坦场上讲道。”“多谢仙长！”石斛拱了手，起步前往三清殿。斯文懂礼，怎可能是寻衅滋事的无赖？徐榛和于苓走在一旁，迤逦前行。

不久，众人来到了三清殿前的坦场上。一位看起来年近花甲的道长，正盘腿坐在好像寿星眉毛的屋檐下面的高坛上，面对着前面一群道士和道友在讲道。这位坐在高坛上讲道的道长想必就是云锦山的玄机真人了。呆子多了，骗子不够用。神州历来骗子大行其道，就是因为呆子太多。那些个只要有些脑的人一听就想笑的物事，竟然也会有人相信，只能说是脑子有问题。不要觉得某某是名人，脑子就没问题。在神州，往往是越有名脑子越有问题。跟脑子有问题的人一起，你不表现一下自己脑子也有问题，最后肯定会被咬死。石斛站在道众的一侧，耐着性子听了一会真言就开始挪动脚步，准备离开玄妙观。

“就走了？”

“这种涉及天机的妙道真言，小子听不懂，就不要不懂装懂了。”

“不代令尊前去问候一声？”

“人家正在讲道，不能打断。现在冲上去打断玄机真人的讲道，坐在下面的道友，肯定会揍扁小子。继续站着等玄机真人讲完，不晓得到时候小子的神智是否还清醒。”

徐榛不禁哼哼失笑。

石斛、徐榛转身起步，于苓和东方明紧紧跟上，众人离开了三清殿前的坦场。徐榛向石斛提了一个建议：“那陪小女去广济寺看一看，怎么样？”“行。”石斛爽快地接受了徐榛的建议。“箴言小子听了糊涂，梵音或许能让人清醒。”顺着来时的路，到了玄妙观门口。门头见石斛这么快就要离开，连忙拱着手迎了上来。“仙长！”石斛向门头手一拱。

“公子怎么来一下就要走了？”

“小子先到外面走一走。玄机真人是家父一位朋友的朋友。适才小子在游玩时，听道友说玄机真人在玄妙观讲道，就想趁此机会问候一声。不巧，玄机真人正在讲道，小子不好打扰，只能等晚上再来问候啦。”

“看来公子要失望啦。”

“玄机真人是否马上要回云锦山？”

“那倒不是。玄机真人在玄妙观还要呆些日子才回云锦山。只是晚上，玄机真人都要在三元阁修炼，不见任何外人。公子想问候玄机真人也只能明天来。明天上午，玄机真人应该有空。”

“看来，要想见玄机真人只能等明天啦。仙长，贵观有无可以歇息的柴房？”

“实在不好意思。这段时间云游至此的道士很多，精舍恐怕已经没有了。打统铺的柴房可能还会有。这显然不适合公子。”

“那就先跟仙长别过！”

石斛拱手跟门头告辞，离开玄妙观，前往广济寺。

“公子的言行举止，一点也看不出乡下人粗鄙的样子。”

石斛笑了起来。“小姐姐还真记得小子曾经说过的言语。所以，熟人面前，千万不要扯谎。小姐姐有所不知，小子是生意人，每天都得跟不同的人打交道。不注意一下自己的言行举止，生意根本没法做。不瞒小姐姐，小子这人虚伪，善于伪装，依世人的说法,就是见面一套背后一套的伪君子。”

那么多年以来,于苓和徐榛还是第一次听人如此直白地说自己是伪君子。在神州人的话里面,有一大堆诸如道貌岸然、口是心非、口蜜腹剑、佛口蛇心、笑里藏刀、卑鄙无耻这样的语词。这些语词,无一不是用在别人身上,仿佛世上只有自己是淑女,其他人统统都是娼妓。石斛当着徐榛、于苓的面说自己是伪君子,徐榛、于苓没想到。这世上,谁敢当着朱雀门大县主的面说自己是伪君子?石斛这话一下子拉近了和于苓、徐榛之间的距离。

“那天在夫子庙,公子作揖是一个又一个,还真让人感到有些虚伪。”

“那倒还真不是虚伪。人的言行举止总有自己的目的。小子当时的目的非常明确,想必小姐姐和县主都能够理解。小子这样做,很明显是讨好县主,目的就是希望县主能替小子在大当家面前说上两句好话。不瞒县主,那几天小子真的是寝食难安。一个人人鄙视的寿木店少东主竟然敢在朱雀门前跟朱雀门的家丁斗殴,想想都感到害怕。就说小子寻衅滋事,小子不死也已经脱一层皮。前往朱雀赌庄的路上,小子就在琢磨如何求得大当家宽饶。可是,大当家太尉致仕,见着不容易。正愁找不到机会,不想碰到了县主。县主能替小子说一句,远远好过小子说一万句。小子一定不会放过这次天赐良机表现自己的诚意。看起来,小子的目的好像已经达到。说句实在话,大当家和县主那么宽宏,小子是打心里感激。”

石斛给徐榛深深作揖。

“别,别!”徐榛摆着两手,笑了起来。

第七章　玄机

梦饮酒者旦而哭泣，梦哭泣者旦而田猎。

——《庄子》

广济寺离玄妙观不到五百步。穿过两旁写着南无阿弥陀佛的大门，迎接石斛的是四大天王。这四个人，个个手持奇异的兵器，怒目看着石斛。初来广济寺，出于礼貌，石斛向四大天王拱了拱手，就紧跟在徐榛、于苓的身后，进入了广济寺。经过一个长有四棵巨大翠柏的天井，拾级而上，再沿着大雄宝殿外侧的走廊，前往位于大雄宝殿后面的观音堂。观音堂前的大门两旁站着几名朱雀门家丁。徐榛带着石斛到观音堂时，钟夫人今天的法事刚刚结束。见母亲由两名和尚和两名侍儿陪着从观音堂内走出来，徐榛连忙介绍石斛。

“妈，这位就是白记寿木店少东主石斛。”

寿木店少东主？走在钟夫人身边的两名和尚立马用诧异的眼光审视了起来。太尉致仕的女儿跟寿木店少东主在一起闻所未闻。钟夫人像挑女婿似的细细地打量了一番。不错！钟夫人不禁喜欢了起来。“小子拜见夫人！”石斛以晚辈对长辈应有的恭敬向钟夫人行礼。

石斛跟朱雀门家丁打架的那天，徐渊和钟夫人用餐时，提到了石斛。

“方才在大门口跟家丁起冲突的那个后生长得还真是俊。”

“你说俊，那肯定是真的俊。几十年来，我还没听过你夸人家俊。”

有人敢跟朱雀门的家丁打架本就是从来没有发生过的事情，更想不到跟家丁打架的后生竟然会这么俊。石斛的形象颠覆了朱雀门所有人对人的固有看法。石斛还没有离开，消息已经传遍了整个朱雀门。白获将它当作一件新奇事告诉给了徐榛。徐榛当时并没有在意。没想到,从没夸过人俊的父亲也夸俊。徐渊的话引起了徐榛的极大兴趣。于苓怕小厮眼光差,找东方明去证实。“像他那么俊的后生,以前还真没见过。”夫子庙码头一见,徐榛感觉,石斛比起想象中还要英俊。过了几天,徐榛带于苓去给钟夫人请安时无意中又聊起了石斛。

“夫人,不是卖寿木,石公子看起来还真的是一个俊后生。”

“这有什么?大家还做过海盗呢!”钟夫人见过世面,想得通。“翻天覆地的时代,谁晓得自己将来会怎样?昔日的王公侯爷个个完蛋,往日的土匪强盗人人翻身。卖棺材的商贾就算再差,至少也好过那些杀人越货的土匪强盗。卖棺材又怎么啦,楚王马殷还是一个杀人越货、专吃人肉的强盗呢!武忠王好一些,也做过盗贼。今天卖棺材,明天不卖就是。这世道谁说得清楚?”

这世上男人很多,如意郎君却很少,符合徐家标准的如意郎君更是少之又少。如今,徐家不缺钱,也不缺权,缺的是一位好女婿。不同的人家挑女婿不一样。一般人家挑女婿自然要选家境殷实或有家庭背景的后生做女婿,我们家却不同。选的是人,而不是家。只要后生能百里挑一,甚至万里挑一,即便家境不怎么样,只要大家吐出一口,够他俩夫妻吃上一辈子。女婿喜欢做官,让他做个刺史什么的还不是一句话的事情?钟夫人选女婿的标准徐渊也赞成。

“于苓陪我去三元阁玩时刚好碰到了公子也去那玩。”

“石郎今天怎么突然想到来采石矶游玩?”

“货船经过这里,店里的伙计说采石矶是李太白水中捞月的地方,小子好奇上来看一看。”

“是不是李太白水中捞月的地方,老身不晓得,采石矶确实值得看一看。”

“还没来得及仔细看。小子上来的时候就有些晚了,只粗粗看了看三元阁和玄妙观,太阳就要落山了。”

“店里的生意不是特别忙的话,明天可以继续接着看。”

“店里的生意小子在不在倒没什么。刚招了两名伙计,应该能够对付。”

“这就好,免得牵肠挂肚放不下。石郎是不是已经安排好了今晚的住宿?”

“还没。”

“榛儿和老身准备今晚住在广济寺。老身看,不如让慧空师父给石郎安排个住处,歇息一晚,明天继续玩一玩采石矶再回金陵。”

法事原本要做七天,因钟夫人呆在广济寺不安全,也不方便,最后压缩成了三天。今天还是第一天。钟夫人不想两地赶,至少还得在广济寺呆两夜。采石矶距离金陵虽然不远,但也需要一个多时辰的马程。步行走路,脚力健,也得四五个时辰。钟夫人有马,也有马车,但还是决定今晚要和女儿一起住在广济寺。来回坐两三个时辰的马车,确实太累。

“谢夫人。小子没关系,随便在哪一个柴房蹭一下就行。方才玄妙观的门头说,他那里尚有柴房可以歇息。”

“老身看,石郎今晚在广济寺将就一下算了,免得再麻烦到玄妙观去找。”

“公子就听夫人安排,反正寮房不住也是空着。”

慧空和尚见钟夫人要留寿木店少东主在广济寺过夜,连忙附和。面对像钟夫人这样一位有钱有势的施主,慧空和尚晓得轻重取舍。反正都得找地方住,石斛也就顺水推舟,俯身拱手说:“那就麻烦钟夫人了。”钟夫人含笑说:“无须客气,老身也是送个顺水人情罢了。石郎先和榛儿在寺里走走,等会就吃饭。”人英俊,又懂礼。钟夫人真有些喜欢了起来。

徐榛领着石斛,看了大雄宝殿、观音堂、药师殿、弥勒殿、罗汉堂。石斛很少去寺院,就是去也只是随便看一眼。今天是第一次细细地看了一个寺院。游览了一遍广济寺,石斛跟着徐榛去食厅吃饭。和尚过午不吃,将晚饭叫做药石,意思是治疗饥渴病。钟夫人身份特殊,又带着徐榛,这顿斋饭很丰盛。用过斋饭,钟夫人就准备回精舍歇息。

做了一天的法事,念了一天的佛经,确实累了。随着年龄的增加,钟夫人念经似乎也越来越吃劲。这些年,金陵附近的寺院,钟夫人都去做过法事,也捐了不少香火钱。钟夫人念经的目的很简单,就是希望菩萨保佑徐家平安,当然也少不了希望菩萨保佑女儿早日能找到如意郎君。临走时,钟夫人说:“榛儿还不想睡,就让石郎陪着寺内走走。”

确实,现在马上去睡觉,未免有些早。徐榛带着于苓和东方明,和石斛一起,在广济寺内随便转悠。没有了白天香客的喧嚣,傍晚的广济寺非常宁静。东方明远远地盯着徐榛、于苓和石斛一起在寺院里面漫步。几个护院和尚在寮房旁的泥地上练武。看来,广济寺的和尚也已经懂得,仅仅靠菩萨的大慈大悲没有办法感化那些歹徒。其中一个护院和尚,出拳虎虎生风,引得徐榛驻足观看。忽然,于苓问石斛:“不晓得公子和他较量一下结果会怎么样?”徐榛微微一笑,抢先替石斛做出了决定。“还是不要较量了。赢了不荣耀,输了不光彩。”

那些朱雀门家丁,在徐榛眼里,已经是相当厉害的人物了。没想到,石斛一人竟然将一群家丁打趴下。“不可能吧?”当黄芩将这条消息告诉给徐榛时,徐榛还真不敢相信。见了面,石斛让徐榛不禁想象起银鞍照白马、飒沓如流星的形象。

“还是你家县主能照顾小子的脸面。这些和尚,平常吃了饭,就练武,手段肯定非常了得。小子上去,十有八九会出丑。后生最怕在娘子面前出丑。以后再见到你和县主时,小子肯定得学穿山甲往地里钻。”石斛笑了起来。

徐榛和于苓一听,跟着石斛抿嘴而笑。徐榛第一次遇到一个晓得她身份之后仍然轻松自如的人。自三元洞巧遇到现在,石斛似乎没特别在意言语禁忌,总是搬掉陌生人之间的语言藩篱,拉近他们之间的距离。不经意间,他们已经是交往很长时间的朋友了,想怎么说就怎么说,而无须在说出去之前先思量一番,该不该说,能不能说。

“怕出丑的后生,也喜欢在娘子面前出风头。”于苓笑着打趣说:“公子是不是觉得婢子和县主不值得出风头?”石斛笑了起来。“小子现在无缘无故冲上去跟那个和尚打一架,只怕以后再别想打你的主意了。”于苓和徐榛都笑了起来。

“说句实话,上次打架,是小子近十年来的第一次。”

“倘若,婢子只说倘若,公子跟人打架肯定是赢。”

“小子天生有一股蛮力,加上人生起来骨架比一般人大,跟人打架,输倒不多。如你家县主所说,赢了不荣耀,输了不光彩。这种摸鸡屎时期做过的事情,如今提起来连小子自己都觉得有些不好意思。人又不是牛,许多事情不一定非得通过打架才能解决。”

“话虽这么说,赢了至少不会有皮肉痛。像县主,自个有力气,根本用不着一出门就需要有人护着。”

一张枯黄的树叶从树上飘落,悠悠然飘到了石斛的眼前。石斛手一伸,两指轻轻地捏住了树叶。“你想想,金陵城内有几个人能做到一出门就有人护着?”徐榛走在石斛一旁,接话说:“毕竟缺少了些自由。”石斛捏着树叶的柄,将树叶递给徐榛。徐榛不知何意,伸手接过了树叶。徐榛看了树叶的正反两面,没什么特别,就一张普普通通的树叶。

“树叶离开了树枝,是自由了,却漂泊了。在安定和漂泊两者中,一般人应该会去选择安定。”徐榛看着手中的树叶,心里称是。“如今这世上,谁不希望有人护着?可做不到。像小子一家人,生活在陌生的金陵,就是一张在风中飘的树叶。无亲戚,无朋友,做好做坏都没人管,确实很自由。可万一遇上点事情,连一个照应照应的人都没有。”

“公子将县主当成朋友,不就有朋友了吗?”

“县主实际已经将小子当成朋友了。”石斛含笑说:“否则,县主身份如此尊贵,怎么可能会跟小子说话?更不可能会在这里一起踱步。”

“婢子总觉得,公子的话语里多少带着点酸味。”

呵呵,莫非跟你像相好一样说?石斛笑了起来。徐榛头微微一侧,瞄了石斛一眼,就转了过来。徐榛想看一看石斛的尴尬,没想到石斛的脸皮比金陵城的城墙还要厚,竟然恬不知耻地笑了起来,而且还笑得很自然。“话么,就一口气。好听也好,不好听也好,一说就没了。”尹如雪一直这样教育石斛。“不要听了一句不好听的话就难过。要知道,说人家话难听的人多半是蠢人。听了蠢人的话也难过,只能说自己也是一个蠢人。”石岩一家人都不是蠢人,不会说难听的话。翠竹湾那些年,石斛好像一个长不大的孩童,每天都开开心心。

“小子说的话听起来有点酸,细细品尝,实际不酸。人与人,能够一见如故,毕竟是少数。老朋友,老朋友,突出在一个老字上。小子和你,和县主,交往毕竟不是很深,说话注意分寸也是人之常情。交往次数一旦多了,人与人之间的许多隔阂会慢慢随之消失。如同陈年美酒,越久越醇香甘甜。你和县主不嫌弃小子这个乡下人粗鄙,甚至还将小子当成朋友,一起游玩采石矶,一起在广济寺内踱步,小子想都没想到。得之若惊,失之若惊,小子的话细细品尝,真不酸。”

“公子老说自己是乡下人,婢子怎么看都看不出公子像乡下人。”

“看看小子的手,就晓得小子是不是乡下人。”

石斛伸出右手,将手掌摊到了于苓和徐榛的眼前。宽大的手掌上满是长期握锄头、握刀留下来的老茧。这些老茧虽消去了不少,但痕迹依然清晰。石斛收回手掌。徐榛忍不住又看了一眼石斛。石斛确实是乡下种田人,可身边这个石斛,言谈举止一点也不像乡下种田人。

“不是自吹,各种农活,小子都非常在行。你一时看不出小子像乡下人,主要是你我接触不多。接触多了,你就会看出小子的真面目。常言道,遮得了一时,遮不了一世,最高明的伪君子也会有露馅的时候。怎么样的人,熟人最清楚。也可能你对乡下人不熟悉。有些人,你不用张口就晓得你是什么样的人。不同生活环境中长大的人,言行举止会不一样。小时候形成的言行举止,想改变,非常难。是不是乡下人,想遮掩也遮掩不了。也应该跟小子这个乡下人有关系。自来金陵的那一刻起,小子一直在尽力改变自己原先的语言习惯以及行为举止。现在看起来非常有成效,至少已经让你看不出,小子原来是一个粗鄙的乡下人。”

于苓和徐榛都笑了起来。三人边走边聊,转了一圈广济寺。“天已经有些暗了。我们先歇息，明天有时间小子再陪县主和你聊。”天确实暗了，远远望去已经一片灰蒙蒙。点在佛陀、菩萨前面的蜡烛，向佛殿外透出金黄色的光。众人转身，准备回去歇息。

“婢子原先只晓得公子拳脚厉害，想不到公子牙齿竟然也如此厉害。”

“谢夸奖！”石斛习惯性地手一拱。“记得《诗经》里有这样一句话，巧言如簧，颜之厚矣。依孔子的说法，就是巧言令色鲜矣仁。小子就是孔子讲的这种人，表面看起来像正人君子，实际一肚子祸水。以后你要多多留心，以免被小子骗了。”于苓和徐榛都笑了起来。“从你俩的笑容里面，小子可以笃定你俩很容易会被小子骗。小子故意去遮掩，难保不会露馅，干脆主动说出来。小子明说自己是伪君子，你俩未必会相信。你俩一旦放松了警惕，小子骗起来就容易啰。”石斛微笑了起来。“这叫做阴在阳之内，不在阳之对。”

“公子真是一个奇怪的人。”

“是不是小子这人四不像？”见于苓笑而不语，石斛继续说：“说小子是田农，又不像田农；说小子是商贾，又不像商贾；说小子是文人，又不像文人；说小子是武士，又不像武士。小子是名副其实的四不像。小子之所以如此，跟小子的家庭有关系。不瞒你说，小子出生时，家里条件还不错，后来衰败了。原因不用猜也晓得，黄巢造反，神州大乱。家父为了活命，逃到了乡下。小子也由膏粱子弟变成了田农。来了金陵，要谋生，小子又从田农变成了商贾。一切都是生活所逼，无可奈何。”

男女终究有别，无论是否在空门。广济寺供男女香客居住的寮房分别在两个地方，两者之间至少隔着几百步距离。石斛跟徐榛、于苓道别，前往供男香客居住的寮房。见是钟夫人推介的人，主管寮房的无寂和尚对石斛倒是十分客气。将石斛领到今晚居住的房间，无寂和尚两手合十跟石斛告辞。足足呆了一个时辰，石斛溜出了房间，前往三元阁。

三元阁背靠野树丛生的峻峭山脊，面临浩瀚的扬子江。游人只能通过悬空栈道，再经过三元洞，才能达到矗立在扬子江边的三元阁。天上有一层薄薄的云。只有大半个的月亮，在薄薄的云层遮掩下，分外朦胧。石斛此时正站在太白亭前峻峭山脊的边沿。倘若不小心或者是故意，只要向前多跨出一步，滚下山脊，就可以很便捷地到达三元阁。石斛身子一转，如同壁虎，紧贴着陡峭的石壁，借助峭壁上的野树，缓缓向下移动。三元阁的东北两面都是由栏杆围着的悬空游廊。不久，石斛站在了三元阁东首的游廊上。透过一扇窗户的缝隙，石斛看见玄机真人和一名中年道士在喝茶说话，旋即竖起耳朵偷听。

“会引起广陵内部的混乱。”石斛一听就知道来迟了，玄机真人和这名道士之间的先前谈话已经无法知晓。“到那时，圣上再派兵南下，拿下淮南就指日可待了。”

“徐温是一个老狐狸。贫道担心，打不到狐狸，反惹一身臊。事情不慎败露，牵涉贫道进来，无论将来如何，丢了脑袋可就再也长不出来了。毕竟，贫道目前还在徐温的地盘上。”

“真人多虑了！顺天者昌，逆天者亡。真人是得道之人，难道也看不出当今圣上是紫微星下凡，真龙天子？圣上登基之前，家庙栋梁上长出五色灵芝，形状如同芙蓉，紫烟笼罩，数日不散。就在同一个月，家庙第一室神主上，五色衣自然而生。早在乾符年间，木星入南斗，数夕不退。当时通晓天文的边冈说：木星入斗，帝王之兆也。木在斗中，朱字也。天下归谁，是早就已经决定了的事。真人想想，如今的扬子江以南，马殷、钱镠、刘隐都已经臣服，就只剩下不看风头的徐温了。还不事先给自己留一条后路，将来神州平定时，真人能到哪里去？就是不为自己想，真人也应该替云锦山的未来想一想。”

玄机真人没有言语，端起茶盏，喝了一口茶。

“小可已经密切监视了徐温好几个月的时间，现在等的就是时机！”

“谁？”中年道士的话正说到一半，玄机真人忽然叫了一声。守卫在前往三元阁入口处的道士听到玄机真人警示声，赶忙提灯笼，前来环绕三元阁外的游廊巡查了一遍。玄机真人和中年道士也迅速打开面朝扬子江的前门，来到了游廊上。突然，一对白鹭“噗噗”飞出了游廊，吓了巡查的道士一大跳。中年道士和玄机真人重新回到了阁内，关上前门，继续喝茶聊天。石斛躲在游廊底下，又轻轻游过石栏，站在三元观外的游廊上，继续偷听。

“真人还真是谨慎。三元阁前是扬子江，后是峭壁，东是暗礁密布的扬子江，只有西是可以通往外面的三元洞。唯一的通道上，早就已经布满了我们的人。”

“采石矶这种上面到处长着野树的山脊，别说学过武艺的人，就是稍稍有些力道的樵夫，也可以轻轻松松地爬下来。对余孽李休来说，简直就是平地。”

“真人多虑！谁会无缘无故冒着摔死的危险爬到这里来？再癫狂也没有这样癫法。圣上特派的人马到处在找李休，李休躲到洞里去都来不及，更不会莫名其妙地来采石矶爬野树丛生的山脊。李休又不晓得是真人发现了他的行藏。否则，说不定会找真人算账。真人，小可很好奇。别人找了十几年都没找着，真人怎么会那么容易就找着了李休？”

“说来也是天数。半年前李休陪同姑射来云锦山。从年龄、相貌、气度等方面，贫道马上猜出应该就是他。姑射竟然说，是她在江南的一个道友。姑射远在亳州，在江南有什么道友？想骗人，也不该骗到贫道身上。贫道早就已经得到建王传来的情报，姑射很有可能早在圣上登基前就已经跟朱邪以清认识。朱邪以清是李休的外姑。这是人人皆知的事情。如今江湖上谁不晓得李休躲藏在江南？陪姑射来云锦山的只能是从亳州流窜到南方的李休。两人一离开云锦山，贫道马上派人盯上，找到了李休藏身的那个山角落。想不到，竟然派两个酒囊饭袋来江南。结果呢，逃之夭夭。现在可好，江南那么大，到哪找去？”

“这些年，天下有多少人在寻找李休？有企图借尸还魂的，有企图推举李休复辟的。圣上点名要邓少通、胡忠义带人前来江南缉拿，主要是要验明正身。真人没有见过李休，小可也没有，只有邓少通、胡忠义两人真正见过。怕出意外，圣上还特地派了蔡全和屠进。想想现在江湖上有几人是蔡全、屠进师兄弟两人的对手？没想到，最后还是给跑了。江南目前还是徐温的地盘，不能兴师动众。不可能派大批人马来江南，就是进得来，怎么出得去？能够来去自由，就根本不需要专门派控鹤军来江南了。只要李休还在江南，总有一天会找着。将来圣上扫平了天下，一统江山，李休还能躲到哪里去？还不是乖乖授首？”

石斛躲在三元阁的游廊上，直到不想再听的时候，才游出石栏杆，顺着峭壁，静悄悄地回到了太白亭。坐在栏凳上，手靠着栏杆，石斛凝思冥想。天上的月朦胧，扬子江中的月也朦胧。石柏北上投亲后，石斛一直想找一个机会去一趟云锦山，找一找父亲隐居地泄露的原因。翠竹湾隐居的十几年里面，父亲唯一的一次外出就是半年前陪同姑射真人去了一趟云锦山，见过玄机真人。恰巧云锦山之行结束回家没多长时间，杀手出现在桃花石村。石斛和石柏都认为泄露父亲隐居地的人最大的可能是玄机真人。自接手白记寿木店以来，石斛一直找不到理想的时机，前往千里之外的云锦山探个究竟。想不到，采石矶之行，竟然撞见了玄机真人，还验证了原先的推测，玄机真人是父亲隐居地的泄密者。

我们一家能够苟延残喘十几年，在于暂时有杨行愍的地盘可以躲一躲。躲无可躲时，能躲到何处去？杨行愍死前，因担心死后手下大将对自己的儿子不利，就开始有意识地剪除那些不那么听话的勇猛大将。杨渥继承王位后，骄横恣意，杨行愍原手下将领被杀了一批，逃了一批。徐温发动政变以来，更是只顾夺权，杀戮杨行愍手下的将领，剪除杨家势力。如今吴国的实力早就已经大大不如以前。眼下，朱温已经攻下山南，触角伸到了扬子江。割据江南的土匪，钱镠、马殷、刘岩都已经向朱温俯首称臣。依照目前的情势，朱温随时都有可能攻下吴国，而徐温也有可能被眼前的局势吓死，向朱温称臣以求自保。到那个时候，我们一家又准备躲藏到哪里去过一过与世无争的生活？就算徐温能抵挡得住朱温，继续与朱温抗衡，若是晓得了我们一家的底细，徐温会让我们一家继续活下去？

孟柯说，祸福无不自己求之者。我看纯粹是放屁！自我有记忆起，我们一家在偏僻的翠竹湾，半耕半读，规规矩矩，谨谨慎慎，不招谁也不惹谁。可就是这样，朱温的控鹤军杀手最终还是找上门来。不是控鹤军杀手出现，我至今还不晓得自己原来是太宗的子孙。父亲没有企图，也没有野心，只想过平静的生活。就是这样一种生活，也无法实现。哪里才是我安身之地？如今在金陵谋生，说白了也只是苟延残喘，谁晓得哪天会完蛋？躲来躲去，窝囊窝火不说，还做不到！不想做伪君子，也只好硬着头皮做伪君子。石斛越想越悲观。看起来茫茫的神州，已经没有了容身之地。无论是往哪一个方向去，往东、往南、往西还是往北，都是死路一条。想想我一家人也确实可怜。可怜啊，可怜！

想着想着，石斛不禁感慨了起来。

走出太白亭，捡起一块大石头，本想砸向三元阁。最后，石斛忍住，鼓足劲，远远地扔进了扬子江。石斛颓然一屁股坐到了地上。爸让哥带着妹妹北上太原投亲，实在也是不得已情况下的无奈选择。爸这样做，仿佛是在给自己安排后事！我呢？翠竹湾时，想怎么说就怎么说。现在可好，什么话都要做起来再说。谁叫我想活下去？忽然，石斛站了起来，拍了拍屁股，转身返回。石斛翻过围墙，进入广济寺。此时，广济寺非常安静。没有和尚在念经，也没有夜虫在低鸣，只有经过寮房时，听到了房间里面传出的呼噜声。

翌日，梳洗完毕，徐榛叫于苓前去找石斛，请他过来一起吃斋饭。于苓立马起身前去叫石斛。在寮房的场院上，于苓碰到了主管寮房的无寂和尚，就向无寂和尚询问。无寂和尚告诉于苓，昨晚住在寮房内的那名后生天没亮就离开了寮房。

"公子有没有说回金陵？"

"这倒没说。不过，都过去了差不多一个时辰，不见回来，很有可能回金陵了。"

于苓没有多问，就跟无寂和尚告辞，转身返回。

"县主，白白跑了一趟。那老和尚说，公子天没亮就离开了寮房，很可能已经回金陵去了。婢子那么多年来第一次尝到热脸贴上冷屁股的滋味。"

徐榛顿时感到若有所失。"不管他了。"徐榛说着就起步前往斋堂。

"公子昨天说自己是伪君子，就这事来看，一点也不像一个伪君子。世上哪有这种行事如此欠思考的伪君子？无论什么事，不告而别，肯定会给别人留下非常不好的印象。告诉一声是最基本的礼貌。看起来，不仅对婢子不感兴趣，对县主也不感兴趣。”

于苓这话点到了徐榛的痛处。你可以对别人不感兴趣，别人对你不感兴趣却是一件很不爽的事情。一天时间接解下来，徐榛有一种直感，这个让人鄙夷的寿木店少东主将是自己的命中克星。

“我朱雀门大县主，他寿木店少东主，会感兴趣？我说过，他现实，不会做白日梦。这一点，我还是挺喜欢的。枨也欲，焉得刚？只有无欲，才能挺得直腰板，说得响话。他说话有时虽然客套，但不亢不卑。这正说明他对你我不感兴趣。”

“就说你走你的阳光道，我过我的独木桥，走之前告诉一声，道个别，也是做人的最基本礼貌。打架斗殴的事情，大家还没有给一个最后的说法。公子就不怕得罪县主？公子看起来好像不笨，会考虑不到？婢子感到非常奇怪。”

“也许碰到什么急事，先走了。”确实，以他的行止看，不应该那么笨，可徐榛想了一圈想不出石斛不告而别的理由。“不像你我，整天没事可做，人家得要做事谋生。也许已经来过，见我们还在睡觉，等不及，只得先走了。我从他的言行举止中感觉得出，他不应该是一个没有教养的人。”于苓下意识头一转，看到石斛正从后面追来。“公子！”徐榛突然听到于苓叫石斛，连忙转过身，笑了起来。石斛加快脚步，走了过来。

用过斋饭，钟夫人自各到观音堂做法事去了。“家母做法事，我也闲着没事可做。还有什么地方想去，我和于苓陪你一起去看一看。”“那好啊！我们就一起再去看一看玄妙观。道士如何修炼成仙，小子非常好奇。”徐榛主仆在前，石斛侧手在后，东方明一旁陪同，离开法济寺，前往玄妙观。就在前往玄妙观的路上，一对男女迎面而来。女的靠着男的左肩，有说有笑。女的臂弯上还挂了一个绣着莲花的黄色香袋。看起来，这是一对准备去广济寺烧香的伉俪。看到这对甜蜜恩爱的伉俪，徐榛不禁有些羡慕了起来，想起了一个情字。

“石斛，你学识渊博，我有一个问题想请教。”

“学识渊博这四个字，你就别用到小子身上了。小子这个乡下人，只是在家父、家母的督导下读了几本平常稀松的书，哪配得上称学识渊博？只要不是故意考小子，你无妨说出问题，也好让小子斟酌斟酌，说上几句能起抛砖引玉用的话语。”

“我的问题是，为何南朝乐府主要是女子唱的情歌？”

这个问题石斛没想过，徐榛问了，石斛也只好依照常理答一答。

“小子对南朝乐府不是很懂。说得不对，你可不要笑。倘若，小子只说倘若，你我两人一起挑选歌来唱，谁会先挑选情歌？小子想，你会挑选情歌。”说得有理。我就很喜欢唱情歌。徐榛没有回答，以沉默表示赞同。“倘若你我两人分头去谱写一首情歌，会谱写适合女子唱还是男人唱的情歌？小子想，都应该是适合女子唱的情歌。情歌柔美，女子唱起来，总比男人好听。小子觉得，情歌和女子似乎有天然的联系。据书上说，宫廷里面那些个唱情歌的人，多半是女子。小子想，女子声音柔美，唱情歌好听，应该也是一个重要原因。

男人唱情歌，总感觉多少缺了点情味。南朝乐府中很多情歌为男人所写，像梁武帝萧衍等，他们喜欢装女子。可以说是，男人谱写，女子唱。重要的是，一些看起来像情歌，实际并不是情歌，而且借情歌的形式，述说自己的追求。还有，你我两人都去收集情歌，会收集男人还是女子唱的情歌？都应该是女子唱的情歌。更不用说，南朝乐府原本就是男人收录编纂，男人自然喜欢听女子唱情歌。你唱一首情歌，小子还不醉倒？”

“我原本还想唱一首情歌，怕你醉倒，就不唱了。”

“县主，你出题，公子回答，给人感觉，好像是在选郎君似的。”

忽然，于苓冷不丁冒出一句。死婢子！徐榛本想骂一句，石斛就在跟前，转身微笑白了于苓一眼。“于苓，倘若让你去选，你准备如何选郎君？”石斛含笑问。徐榛抿嘴一笑。于苓想了想说：“倘若，就说倘若，虽然倘若两字根本不存在。婢子选郎君，第一人要俊。这也是人之常情。无论怎样，至少看着舒服。人长得难看，就是才高八斗也不要。谁也不会主动选一个尖嘴猴腮的人。第二人聪明。聪明的人能够洞察几微，才能过上好日子。其他都不去说，聪明的人起码他懂你。婢子总觉得，懂你很重要。第三要有力气。呆在这种人身边安全。如今神州那么乱，没个有力气的人在身边，日子根本没法过。男人，当然要像男人。第四是自信。万一遇到麻烦，和这种人一起才会快乐，才有可能克服困难。第五人要风趣。这就不用说了。第六是负责任。他娶了你就要肩负起做丈夫、做父亲的责任。”

“还是别第七、第八了。你得将潘安、郭嘉、吕布、曹操等合成一个人才行。”

“以小子看啊，找到这样的郎君其实一点也不难。”

徐榛、于苓都抬头看着石斛。

“别看小子，小子不是这样的人。于苓讲的这些都没有明确的标准，唯一的标准就是于苓。于苓说是就是，说不是就不是。”

“公子说的有些道理，但婢子总不至于另辟蹊径，自设一个标准。婢子只是说说，却没有自己选的命。不像花铜钱买物事，就算选好了，人家也未必就同意。人家同意了，当家不同意，也是白搭。当家要想送婢子给小厮，婢子还不得听从？婢子没有自己的选择权。依照一般常理，婢子将来定得作为嫁妆陪县主嫁过去。”

“确实，有选择权的人还真是不多。父母之命，媒妁之言，没几个娘子的婚姻由她自己说了算。掀开盖头前，还没见过即将厮守终身的郎君一个面，想想也是挺可怜的。说是人，实际跟牲畜没什么两样。不过，你可能会不一样。将来你看上了谁，县主会去跟当家说，帮你如愿以偿。”

“其它好说，就婚姻这事难。好的不要婢子，不好的婢子不要。县主想帮忙，也帮不上忙。婢子天生是当嫁妆的命。常言说得好，人强，强不过命。上回在铜锣寺，那算命先生说了，婢子天生命不好，运气却不错。运好是婢子这生遇上了县主。婢子不是侍奉县主，早就是别人的侍妾啦。不说别的，那些个七十八老的人，光臭都将婢子活活臭死。”

“那你以后就好好给你家县主把把关。”

“公子说得很对。县主好，婢子这个嫁妆自然也好。”

“你家县主将来肯定会找到一个如意郎君。”

“谢谢公子。”

石斛忽然湾下腰，徐榛、于苓跟着停住了脚步。石斛中指一沾，沾起一枚绣花针，站了起来。“磨制一枚绣花针不容易。丢了可惜不说，还容易戳到人。”石斛两指抿着绣花针，递给了于苓。于苓插好绣花针，放进了荷包。众人重新起步，前往玄妙观。

仿佛刹那间，众人已经站在玄妙观的门头前。石斛放慢了脚步，跟着徐榛和于苓，来到了门槛前。等徐榛和于苓跨过门槛，石斛紧随其后，进入了玄妙观。门头一见石斛，拱手迎了上来。“公子，玄机真人今早应该有空。”“多谢仙长！”石斛向门头手一拱，转身起步。前往三清殿的路上，石斛遇到了两名说本地土语的道友，旋即拱手作揖。

“道友贵姓？”

“免贵，姓张。”

“请问张道友，玄妙观那些外来的云游道士道行如何？”

石斛向这两名张姓道友询问。这两名张姓道友立马翘起了大拇指。张一神秘兮兮地告诉石斛：“不才曾亲耳听到千年狐狸精向云游道士求饶的声音。”“田东兄说的句句是实话。”张二怕石斛不相信，连忙替张一作证。张一说：“那些个云游道士的道行已经很高很高。”

石斛向张一和张二拜了一拜。“道友能否引荐引荐，让小子也能学一点道行?”张一和张二顿时为难了起来。张一赶紧推托。“他们来玄妙观不久，不才跟他们还不是很熟。”石斛问:“那玄妙观的其他仙长是否可以引见?”“这?”张一摇摇头说:“不才不是很清楚。”石斛见没什么噱头，就跟张一、张二道别，和徐榛、于苓、东方明一起，前往三清殿。

“石斛，你真的要想学道行?”

“不瞒你说，小子确实想学这种腾云驾雾的道行，只是一直找不到师父。有了道行，就算不能纵横神州，随心所欲，起码可以让小子能睡个安稳觉。”

“你平时睡得不安稳吗?”

“小子也想睡安稳，可就是没办法。一家人乍然来金陵谋生，靠的就是一家小小的寿木店。不是小子在你面前故意哭穷，家一安，店铺一买，差不多耗尽了家里的积蓄。生意亏了本，还不晓得该如何在金陵生存下去。不进货不行，货进过多了又不行。以前没感觉，现在才明白，铜钱很难赚。小子每天都在琢磨赚铜钱的事情。”

“确实应该如此。听家母说，家父刚弃政从商时，也常常睡不安稳。”

“成了神仙，小子就无须为这些俗事烦恼。”

“你说这世上是否真的有神仙?”

“这还真不好说。说有，小子没见过;说没有，为何有那么多人去修仙?”

“这倒是。修仙的人还真多。据说，原淮南节度使高骈就特痴迷。”

“县主成了仙女，还需要人保护?”

“你家县主本来就是仙女。再配上彩云，别人不敢说，小子定认为就是天仙临凡。”

徐榛丹唇微张，含笑说:“真会哄人!”于苓附和徐榛，含笑说:“公子肯定是一个哄娘子的高手。”“为何小子至今还没哄到一位娘子，小子想想，也觉得有些纳闷。肯定是其中某一环节出个岔子。”石斛笑了起来。徐榛向石斛建议:“回去后，好好想一想。”

“是不是有人嫌弃公子卖寿木?”

“这应该不是主要理由。世上也不是所有卖寿木的人都打光棍。帝王、士绅、官吏、医卜、僧道、士兵、田农、工匠、商贾，都有人喜欢，有人不喜欢。鄙视卖寿木的人确实很多很多，也有不在乎的人，就好比你们俩。小子卖寿木就没有什么感觉。

家父曾说过，新妇一生也就讨那么一个。有一个人不在乎就行，而不需要千万人都不在乎。”

忽然，石斛瞧见了路旁花坛上，一条毛毛虫正在慢慢爬行。石斛从小在翠竹湾竹林树丛中钻来窜去，非常熟悉毛毛虫。一旦被这种毛毛虫刺伤，定会痒痛难熬。石斛小时候就曾经多次吃过它的苦头。有一次，一条毛毛虫掉到石斛的衣领中，蜇得后背一片通红。幸亏师父李同经验丰富，用糯米团搓揉，才慢慢消除了红肿。石斛偷偷地用两指的指面轻轻撮起毛毛虫。三清殿前，两名道士正用中原官话在闲聊。见石斛一行前来，这两名道士旋即停止了说话，眼睛直勾勾地射向徐榛。石斛忽然轻轻地对徐榛、于苓说：“小子前去试一下，这些贼眼道士的道行是否真的像说的那样神！”昨晚，石斛真想逮住一个道士，剥了衣裳，看一看是不是控鹤军杀手。还是不要打草惊蛇了。明天，我总有法子测出他们的身份。

一听石斛要测试这些道士的道行，徐榛、于苓顿时好奇了起来。徐榛轻轻地问：“如何试？”“这个么，小子自有办法！你俩仔细看着。”石斛甩开徐榛、于苓，迈开大步，独自一人向三清殿走去。这两名道士此时正看徐榛、于苓入了神。石斛从两人的身旁快步走过，手指轻轻一弹，毛毛虫不偏不倚掉进了一名道士的衣领里面。

徐榛和于苓站在三清殿前看石斛如何测试道士的道行。没想到，石斛却只管朝三清殿的大门走了过去。正当两人疑惑的时候，徐榛和于苓惊奇地看到，一名道士的四肢遽然抖动了起来，一时间在三清殿前的坦场上，当着那么多人的面，解开道袍，手舞足蹈了起来。徐榛和于苓都感到非常惊奇，石斛到底对这名道士施了什么法术？

石斛跨进了三清殿的门槛，殿堂中央塑着正襟危坐的三清。石斛只看了一眼，就转身出了三清殿。石斛走到这名脱了道袍、正弯手搔痒的道士身边。“可能是让虫子给蜇了。”石斛好心地问：“能否让小子给仙长瞧一瞧？”道士点头同意。石斛仔细看了道士的后背，又看了道士的前胸。“就后背有一片红，没什么大的关系。仙长赶快回去用清水洗一洗，就会没事。”见道士准备重新穿上道袍，石斛连忙劝止。“不行，不行！这道袍不能再穿了，上面肯定到处是毛毛虫的毛。弄不好，将全身染遍。”道士光着膀子，急匆匆和另一名道士离开了庭院。徐榛、于苓、东方明站在三清殿前，惊疑地看着这两道士匆匆远去。直等到两道士的身影完全消失，三人才重新起步，走向三清殿。跨过高高的门槛，只浏览看了几眼，四人就转身。出了三清殿，走了还不到十丈远，徐榛忍不住好奇，轻轻地问石斛。

“试出来了没有？”

“试出来了。小子差一点上了方才那两名道友的大当！这些道士的道行根本就不行。”

“公子怎么晓得这些个道士的道行不行？”

“方才没看见？小子只用一条小小的毛毛虫就让那道士手舞足蹈。一条小小的毛毛虫都奈何不了，还有什么道行？”

徐榛和于苓实在熬不住，最后只得开启双唇，放出笑声，哈哈大笑。

不知不觉中，时间已经过了巳时。三人离开玄妙观，回到了广济寺。“夫人，小子先回金陵了。”石斛跟着徐榛前去向钟夫人道别。我岁数已经那么大了，倒不需要过分担心安全问题。一身老骨谁稀罕！榛儿却不同，不怕一万，只怕万一。我现在正忙于做法事，榛儿带着于苓到处瞎闲逛，还是回朱雀门安全。石郎要回金陵，正好顺便陪女儿一起先回去。

“法事还没有圆满，妈今晚就住在广济寺不回去了。你在这里又没事情，还是跟石郎先回金陵吧。”钟夫人总觉得，石斛应该是一个托付得起的人，况且石斛有一身好武艺。由石斛陪着，加上东方明，钟夫人也放心。见徐榛有些犹豫，钟夫人宽慰徐榛：“这里既有广济寺和尚，又有那么多家丁，妈不会有事。”徐榛最后同意和石斛一起先回金陵。

徐榛、于苓和石斛坐上马车，东方明和两名家丁骑着马一旁护卫，启程前往金陵。一个多时辰，马车到达金陵南门。把守城门的兵士一看是朱雀门的马车，不予检查，立马放行。马车缓缓驶过了城门。突然，石斛对徐榛说：“小子有个不情之请，想请你帮个忙。”

“何事需要效劳？”

“能否先带小子去一趟都督府牙城？”

原以为你是一只翱翔蓝天的鸿鹄，想不到也是一只钻草丛的野鸡。吃惊之余，徐榛非常失望。这些年，来朱雀门求亲的那些个人，无一不是来看朱雀门而不是来看徐榛。他们毫不关心朱雀门县主是个什么样的娘子，管她是嫫母还是西施，只要能跟朱雀门结上亲，目的就已经达成。还是徐渊直接指出他们来朱雀门求亲的意图。“敢来朱雀门向我提亲的人，一种是想给自己找个靠山。无论官多大，完蛋是刹那间的事情。跟我结亲，等于跟都督结亲。一种是借我往上爬。这种人就太多了。说起来，也算是人之常情。”

见徐榛不语，石斛亮出了自己的底牌。“请放心，小子去都督府，绝不是想借助你捞一个执事做一做。”石斛邪魅一笑。“你想想，小子就是真想借，也借不了。你只用一句话就可以揭穿小子的所有把戏。小子不会那么笨。去都督府牙城只想见一见都督，告诉他一件极其重要的事情。这件事情也是小子这次游玩采石矶时无意中发现。小子敢肯定，都督对这件事情会非常感兴趣。不是重要的事情，小子也不会劳动你的大驾！小子说的是不是真话，等会见到了都督就一清二楚。你晓得，没你绍介，见起来会很麻烦。”

“那好吧。”徐榛想了想，答应了石斛。“董大哥，先去一下都督府。”

董左石驾着马车不往朱雀大街，而是转向前往丹阳大街北首的牙城。“县主，到了。”马车停在牙城的大门口。铺好车凳，于苓、徐榛、石斛先后下了马车。徐榛和于苓常来牙城看徐温，把守城门的牙兵没见过，也听过，于苓还是从荷包内掏出一块黄澄澄的腰牌。牙兵没有盘问就予以放行，但还是拦住了跟在徐榛身后的石斛。自从刺客夜闯都督府牙城后，牙内都指挥使黎子风进一步加强了对牙城的警戒，防止出现意外。一个普通庶民想进入牙城去见一个人，已经不可能了。见牙兵拦住了石斛，徐榛转身介绍说：“我的侍卫。”牙兵一听这位后生是大县主的侍卫，予以放行。徐榛、于苓在前，石斛跟在后面，进入都督府。反正，官府衙门，石斛不熟悉，只管跟着徐榛屁股后面，带到哪里是哪里。没有多久，石斛跟着徐榛来到了一座高大的房子前。站在房子前面左右两旁的牙兵，一见是徐榛，马上进去通报。

不一会，牙兵请徐榛进去。徐榛一行三人踏上台阶，站到了大堂的步檐上。徐温坐在堂内的木榻上，身边站着牙内都指挥使黎子风。此外，还有金陵守军都指挥使朱同泽。于苓留在步檐上，石斛跟在徐榛身后，进入堂内。徐温见徐榛带一名后生前来，非常好奇。

“这位后生是？”

“公子姓石，名斛，我爸和知诰哥哥都认识。”

徐温一听，徐渊和徐知诰都认识，马上想到石斛应该是某官宦或将帅的子弟，不禁再看了一眼石斛。不错！徐温赞赏起了徐榛的眼力。这么英俊的后生还真是非常少见。谁家的后生，待会我问一问。石斛向徐温以及堂内的黎子风和朱同泽行了礼。

“坐。”

“不坐了，我们马上回去。”

“就来看一下叔父？”

“都督府，没有侄女带路，怎么进得来？公子有件秘密的事情要告诉叔父。”

“这里没有外人,公子有什么事情只管说。老夫能帮上忙,看在榛儿的分上,肯定帮。”

依照这些年的经验,来都督府想见徐温的人肯定有求于徐温。

“请都督恕罪!”石斛俯身手一拱。

“人多嘴杂。这件秘密的事情,小子只能告诉给都督一个人。”

石斛的话让徐温感到很意外。一个年轻后生有什么秘密的事情?如今的徐温已经不是当年提人头闯江湖的徐温。徐温听石斛要单独跟他说,顿时迟疑了起来。

“公子有什么事情那么秘密,需要跟老夫单独说?”

“确实非常秘密!说直白点,这件事情,对小子个人来说,甚至连小事都算不上;但对都督和我们吴国来说,却是一件性命攸关的大事。”什么事情如此重要?石斛继续说:“这件秘密,也是小子无意中得到。”徐温想了一想说:“公子,请!”“都督!”保护徐温安全的牙内都指挥使黎子风连忙提醒。徐温手一举,引石斛进入东首屋内。石斛紧跟在后,“呜”的一声关上了门。徐榛觉得时间过了老长老长,徐温和石斛还没有从屋里面走出来。徐榛甚至怀疑起石斛是不是已经在屋子里面实施了不轨的行为后遁逃。徐榛从凳子上站了起来,很想将耳朵贴在门上去偷听徐温和石斛说话。紧张的气氛中不晓得转了几个圈,徐榛才听到房门打开的声音,先后走出了徐温和石斛。堂内的几人才松了一口气,连忙站了起来。

“叔父好像一直在招揽什么人才。”

“榛儿是不是想推荐一位?”

“依照叔父的选材标准,公子算不算人才?”

徐温笑了起来。“以叔父平常的选才标准来看,公子不仅是人才,而且是俊杰!榛儿是不是想让叔父弄个执事给公子做一做?”徐榛含笑说:“叔父觉得怎么样?”“榛儿想让公子做个什么执事,只要不说得太过于离谱,叔父都答应。”“都督千万别将县主的话当真。”石斛赶紧抢在徐榛开口之前堵住徐榛的嘴,免得来一个皇帝圣旨口。

“人贵有自知之明。小子乡下种田人,根本做不了官府衙门的事情。”

“公子无须客气。榛儿可能是开玩笑,老夫却未必也是开玩笑。公子年纪不大,但心思缜密,大出老夫的意料。说起来,吴国还真是需要像公子这样的后生。”

“都督夸奖,小子纯粹就是一块卖寿木的料。”

“公子卖寿木?”

不仅徐温,黎子风、朱同泽都非常吃惊。徐温吃惊主要倒不是石斛卖棺材,而是自己的宝贝侄女竟然会跟卖棺材的人在一起。徐温做过强盗，如今是都督。世上没有比这事更令人吃惊了。世人没有将海盗和都督连在一起，徐温也没有将世子和卖棺材连在一起。“都督容禀。”见徐温诧异，石斛赶紧解释：“卖寿木名声虽不那么好听，收益却不错。小子家境不是很好。商量来，商量去，最后才决定卖寿木。都督，小子也是逼不得已才选择卖寿木。”那是。名声跟肚子比起来，毕竟肚子更重要。徐温当初也是无奈之下做了海盗。卖棺材至少好过做海盗，毕竟没有伤天害理。这点，徐温理解。

“公子能跟榛儿认识还真有些奇怪。”

“都督容禀，小子因言语不慎和朱雀门的家丁起了冲突，也算是不打不相识。今天跟徐县主一起来，纯是巧遇。都督，小子先告辞。”

“那好。公子什么时候想换一换口味，告诉榛儿一声就是。”

“同泽，代老夫送一送公子。”在你手下做官，还不是给你活活捏死。我来找你，不过是想借你的刀杀人。石斛这小子幸亏手中没有权。否则，必定是徐温第二。“多谢都督！”石斛拜了一拜。朱同泽陪同石斛前往牙城城门。石斛等刚走，徐温就对元从傅道彰说：“马上去叫吴用筹过来见我。”当天，吴用筹带着兵丁秘密前往采石矶。

三天后，玄机真人的首级悬挂在金陵西门的城头。

第八章　老乡

吾守形而忘身,观于浊水而迷于清渊。

——《庄子》

石岩真想给石斛一耳光，最后还是忍住。

“茅坑只会越淘越臭。你只管潜心卖你的棺材，谁会有闲心去管你？就算想借刀，也不能自己去借。为什么？你又不是侠士。徐温就不会怀疑你的动机？别忘了，徐温是从土匪窝里出来的老狐狸。你这点小伎俩还想瞒得过徐温的眼睛？徐温都像你想象的那么笨，怎么可能会是徐温？控鹤军杀你，还可以逃一逃；徐温杀你，往哪逃？如今神州已经只剩下这块地方可以躲了！还真希望爸带你跑到李存勖哪去？千万不要认为自己聪明。神州比你聪明的人多得是。爸真的给你活活气死。这二十年，白白教了。就算你想借徐温的手，也可以有很多种形式，根本用不着将自己暴露在徐温面前。实在没想到，你会这么笨！在神州，尤其是我们这种身份的人，做任何事情，首先应该想到的是，会不会给自己带来危险。”

石斛从小修炼无道，原本应该清楚，当你出手攻击别人的时候，正好露出空档让别人攻击。人就是容易被眼前的利益蒙住了眼睛而忘记了危险。石斛理解父亲的失望。“孩儿牢记在心！”石斛意识到自己做了一件蠢事，伏地给石岩拜了三拜。“孩儿保证，以后出手前定会先想一想。”儿子毕竟嫩，看不到隐在身后的危险很正常。“灵人无须多祷告，响鼓不用重锤擂。这么大了，应该懂。还不懂，再怎么说也没用。”石岩教训了几句，就不再啰嗦。

石斛不晓得，早几天前，徐福已经嗅到了他的踪迹，现在正在前往乐平县的路上。金陵虽距离乐平有一千多里路程，但都是吴国的地盘。石岩选择卖棺材，目的是想让石斛少露些面。石斛接手白记寿木店后,偏偏要送货上门,抛头露面。抛头露面的次数越多,碰到熟人的机会就越大。果然,石斛送了货在回寿木店的路上,碰到了一个老乡。“石烟!”石斛一听名字就晓得碰到了老乡,假装没听见,只管走自己的路。“石烟!”老乡追了过来。石斛的老乡叫华家鑫,杜鹃坪人,一家三代都是木匠。徐温准备将镇海军治地从润州搬到金陵,开始在金陵大兴土木。吴国境内的工匠纷纷前来金陵讨生活。华家鑫的父亲也是在这种情况下前年举家搬到了金陵。果然,活一天接着一天,做不断。经过一家人一年多时间的努力,有了自己固定的居所,俨然成了金陵人。石斛还是当作没听见,继续走自己的路。可是街上行人多,木板车很慢,石斛想逃避都逃避不掉。“石烟!”在金陵遇见石斛,华家鑫很兴奋,非认这个老乡不可,追到了石斛的身边。“张白,停!”张白停下了木板车。石斛坐在木板车上跟华家鑫只聊了几句就走了。没想到,就这几句,彻底泄露了石斛的身份。当天,徐福就将情况报告给了徐渊。“你明天亲自带人前往乐平,让乐平县令着人仔细查一查。要注意保密,千万不要让旁人知晓。”第二天一早,徐福带着十几名家丁离开朱雀门,前往乐平。

石岩差点被石斛气死,徐榛却被石斛稀奇古怪的行止弄得晕乎乎。想来想去,徐榛就是想不出一个究竟。在都督府,徐榛话一出口就怕石斛顺着自己这根杆子爬上去。没想到,石斛当场拒绝了徐榛的好意。这让徐榛感到很意外。别说官,就是小小的牙吏,也好过卖棺材的小生意人。莫非以退为进?好像也不是。机会一旦失去,岂能再有?脸皮薄,不敢当面直说?堂堂大丈夫,连这点心理压力都承受不起,有何用?是不是怕我说他故意拒绝?好像不是一个死要面子的人。为什么?到了朱雀门,徐榛还没想明白。

出了都督府牙城,石斛本想马上跟徐榛告辞。转而一想,还是决定先陪她到朱雀门。出了什么事,责任无法推卸。石斛也不想将徐榛当作通行证来使用。三人一上马车,董左石就驾起马车,径直前往朱雀门。徐榛忍不住又看了石斛两眼,似乎要看穿石斛的心思。“是不是小子的脸上有什么物事?”石斛伸手摸了摸自己的脸,含笑看着徐榛。徐榛避开了石斛的目光。徐榛一向傲视群雄,主动避开别人的目光,以前没有过。“公子回去后照镜子看一看就晓得了。”于苓笑了起来。这些时间,石斛明显感到自己已经引起不少人的兴趣。

“斛儿那么闪亮,放到哪都会被认出。”尹如雪更懂石斛。石岩也越来越觉得,当初挑选卖棺材不是一个很好的选择。不卖棺材,三十六行里面,能做些什么?隔行如隔山。不懂门道根本进都进不去。等晓得了门道,黄花菜都已经凉了。敲锣卖糖,各干一行。已经选择了棺木行,就不要再费心思去想其他的行当了。况且,无论什么行,都只是道具而已。

到了朱雀门,下了马车。守门的家丁见大县主和寿木店少东主一起,只能用结舌瞠目来描述。大县主是天上的星星,怎么可能会跟卖棺材的小店主混在一起?当天,朱雀门上下就晓得了这个惊人的消息。"让董大哥送你去吧。"徐榛这句客套话多少带有几分实意。"已经打扰很多了。小子走几步就是。"石斛向徐榛、于苓和东方明手一拱,转身迈开大步,前往寿木店。徐榛站在门头前,直等到石斛远去,才进朱雀门,前去如荠斋见徐渊。

"法事这么快就做好了?"

"还没呢。妈让女儿先回来。"

"你妈怎么敢让东方明一个人陪你回来?"

"不是东方大哥一个人,还有白记寿木店少东主石斛。"

"石郎?"徐渊更是惊奇。"他怎么会和榛儿一起?"

"女儿在采石矶游玩时,恰巧碰到了他。他正好也要回金陵,妈见女儿在采石矶也没什么事,就叫女儿和他一道先回金陵。有东方明,又有赶车的童左石,再加上他,安全应该不会有问题。"徐榛赶紧向徐渊解释。"女儿想想,就同意先回金陵。"

"多注意安全没有错。"徐渊知道,夫人想问题不像自己那么极端,不容易看到隐藏在背后的危险,再说女儿已经安全回朱雀门,也就不再多言。"我们家不同,背后有很多眼睛盯着,而你又是女儿家,更要注意安全。其他事情马虎一点没关系,就安全不能马虎。爸走了几十年江湖,明白就安全不能有侥幸。出了事,不会给你有后悔的机会。"

回到云思苑,徐榛越想越好奇。"他留下来,不是对我们感兴趣,也不是采石矶风景优美,而是另有图谋。"徐榛是朱雀门大县主,都督徐温的亲侄女,身份决定了徐榛只能碰到巴结、讨好、奉承。徐榛第一次碰到一个对她不感兴趣的观赏石。

"玄机真人!"

"是玄机真人。"虽不能肯定是翱翔蓝天的鸿鹄,但可以肯定不是钻草丛的野鸡。确定石斛确实有秘密要告诉给徐温,徐榛开始为自己感到庆幸。陪一只野鸡说了那么多话,徐榛实在无法容忍。"肯定是听到两道友说到玄机真人,他才决定留下来。"徐榛将当时的情景细细回想了一遍,终于发现了端倪。"纯粹是撒谎。我当时还以为被我吸引住了,给自己找一个借口。真是自作多情!"徐榛苦笑了起来。“还是他自己说得好,表面一套背后一套的伪君子。阴在阳之内,不在阳之对,给他骗了都浑然不知。他名上是在陪我们玩采石矶,实际是在查玄机真人。我现在可以笃定,今天去都督府跟我叔父谈的肯定也是与玄机真人有关的事情。想不到,我叔父对玄机真人也很感兴趣。叔父从房间里出来,一脸的笑容就看得出来。弄得我还紧张得要死,怀疑他图谋不轨。他俩怎么都对一个道士感兴趣,真让人感到非常奇怪!据他说,玄机真人是他父亲朋友的朋友。他俩人怎么会都对一个道士感兴趣?从玄机真人入手去查,说不定就能追查到他的身世。”这块观赏石,徐榛越来越好奇。

“实际,婢子觉得,也没什么好查。在采石矶,公子虽隐瞒自己的真实意图,但说的都是真话。来金陵前,肯定是长年从事耕作的田农。他那双手就是最好的证据。不是一个勤快的田农,不可能有这样一双手。做田农之前,应该如公子自己说的,身世肯定好。没有一个好的家庭,就不可能有公子这样的人。至于为何跑到金陵来做寿木生意,肯定有不可与外人道的原因。很多美景只能远观,不能近玩。县主,公子的事情,我们别去管了。”

“我忽然对他感兴趣了起来。”

“不用去调查也能感觉得出来,公子的身世肯定非常非常特殊。普通家庭怎么可能有这种人?一肚子墨水,又有一身好武艺。普通人家算生得出来也教不出来。”也是。这点徐榛承认。运气好,说不定还可以生一个。那一肚子墨水和一身武艺生不出来。可以笃定绝不是祖辈种地的农家。“跑到金陵卖棺材,肯定有不可告人的原因。家道衰落原本就多,何况现在的世道?说不定方才还好好的,此刻已经活不下去。背脊后眼睛黑,就人最难说。”

徐榛含金汤匙出生,脑子里面没有生存,只有生活和生息。生活需要情趣,生息需要恩爱。当一个人还无法生存时,没有时间,也没有机会考虑情趣和恩爱。徐榛要的是情趣和恩爱而不是衣食住行。那么多年来,徐榛第一次碰到了一个让她倾心的人。以往,徐榛遇到一个后生,还没有回朱雀门都已经忘记了。这个卖棺材的少东主上次夫子庙一面就完全吸引住了徐榛。采石矶再次邂逅,于苓总感觉,徐榛对石斛毫无抵抗力。离开都督府坐上马车,于苓预感,只要徐渊不阻挠,这位坐在身边的英俊后生将是自己的姑爷。

“至于公子是一个什么样的人,婢子觉得,没必要花心思。大家知道县主今天和公子一起从采石矶回来,肯定会派人去调查公子。公子若是一个人渣,大家说不定找个借口将他给灭了,免得县主交了不该交的人而受到了伤害。过两天,大家没说什么,公子人品肯定值得信赖。到时候,县主想继续交往,只管大胆地交往。婢子只是觉得,像公子这样人,生存肯定非常不容易。不是情况特殊,怎么可能会来金陵卖寿木?想想,蛮值得人同情的。”

“这倒是。像他这种要文有文、要武有武的人,流落金陵卖寿木,确实值得同情。”

黄巢造反,李唐皇室都在惨遭族灭的边缘,官宦人家能活下来已经是侥幸。想想扬子江两岸,李唐时代的刺史、团练使、观察使、节度使,有几个能寿终正寝?仅仅家境从天堂堕入地狱,已经是非常侥幸。这叫做,三十年河东,三十年河西。

“哎哟!”一星血出现在徐榛的指尖。徐榛刺绣时,不小心绣花针戳到自己的指头。徐榛捏着自己的手指,嘴吁吁地吹着指头。“别锈了,县主。这几天县主好像已经被绣花针戳了两三回了。”于苓劝止徐榛。徐榛不需要纺纱织布,可喜欢描花刺绣,裁衣缝纫。眼前黄鹂差一只就成一对。于苓撕下一段白绢小心翼翼地将徐榛的手指包了起来。

“不晓得是怎么回事,老走神。”

“婢子去给县主拿本书,走神也不会戳到手指头。”

“去将那本《王右丞集》拿来,走神了说不定还更能体会诗意。”

于苓起身前去云思阁。不一会,于苓拿来了《王右丞集》。“差不多了。”于苓轻轻地解下包在徐榛手指上的白绢。白绢上留下一点红。看到这点红,徐榛突然来了奇思妙想。

“上面绣一朵花,肯定很漂亮。”

“别了。”

“听我妈说,有人还特意用针戳破手指,用血抄录《金刚经》。”

“婢子看,心虔诚就行,没必要用这种形式。县主,告诉你一个消息,上次我们在采石矶碰到的玄机真人被处死了。”

“犯了什么事?”

“告示说玄机真人妖言惑众,肯定是借口。背后肯定有我们不晓得的原因。”

“我爸肯定晓得,只是我不好去问。他费那么大的心思借我叔父的手除去玄机真人,只能说明玄机真人一定晓得他的身世。于苓,你说是不是怕玄机真人泄露了他的身世而借我叔父的手杀了玄机真人?”

“我们去三清殿看过玄机真人讲道。玄机真人并不认识公子,而公子好像也不认识玄机真人。公子为何无缘无故要杀一个完全陌生的人?只能说明,玄机真人认识公子的父母。婢子记得公子对都督说过这是一件性命攸关的大事!”于苓开始分析了起来。

“造化!”徐榛突然打断了于苓说话。

“幸亏那些道士不晓得我的身份。想不到,身处狼群竟然一点也不知觉。”

“东方大哥说,西门挂了一大排首级。”

“他们应该都是玄机真人的同伙。”

“县主,婢子突然想起来了,公子说用毛毛虫试那些道士的道行,实际上就是验证他们的身份。婢子当时粗瞭一眼,那名道士的身上有一个文身。好险啊,那些道士挟持县主,该怎么办?”于苓感到非常侥幸。“县主,会不会是公子出于道义将事情告诉给都督?”

“不可能。”徐榛的问答很肯定。

“他又不是仙人,怎晓得玄机真人会对我叔父不利?很显然,他无意中发现了玄机真人也是我叔父的敌人。于是,借我叔父之手,除去玄机真人。这是借刀杀人。真是笑里藏刀的伪君子。”徐榛笑了起来。“不过,能做这种伪君子的人都很聪明。”

“那只能是公子的父母为了躲避那些人的追杀,才带着公子逃到金陵来避难。”

“应该如此。他无意中得知玄机真人在玄妙观讲道,临时决定留下来调查。依理,那些人是我们吴国的敌人,吴国的敌人为何要追杀他父母呢?”

“以婢子看,公子的父母很有可能就是吴国敌人的通缉要犯。”

“于苓,他父亲逃到江南,躲在乡下之前,会是什么样身份的人?”

“县主,黄巢造反,北方大乱以来,逃到南方来的人很多很多。一般情况下还真是不容易猜。公子情况有些不同。我们就这样去分析。首先,那些道士是吴国的敌人。如今的年代,普通人不用说杀个把人,就是杀一百人,一千人,吴国的敌人也不可能会专门派人前来缉拿。像原湖州刺史高澧,杀的可不是一千人,逃到我们吴国,武忠王还让他当上了淮南节度副使。不是都督,说不定,至今还逍遥自在。以婢子看,公子的父亲很可能曾经是节度使、亲王这样的人物。只有这样的人,才有可能派人到吴国来缉拿。”

“有道理。”

“龙生龙,凤生凤,老鼠生儿打地洞。匏瓜的藤上,县主想,能不能长出一个西瓜?不是婢子将他们看扁了,一般家庭不用说是培养,就是让他生,也生不出来。这些年,县主见的人多,金陵城内那些个翘头翘尾的后生,哪一个不是草包?这些人能有荣华富贵，还不是凭借自己的父亲或者祖父帮武忠王打过江山，流过血，拼过命？跟县主久了，婢子的眼界也变高了。倘若有得选，说实话，就是娶去做夫人婢子也不愿意。这些后生，除了说是人，还能有什么？要相貌没相貌，要人品没人品，要能耐没能耐，就仗着自己有个替武忠王卖过命的父亲、祖父，颐指气使，旁若无人。这种人，县主会愿意？人总不能跟铜钱、脸面过一辈子。县主跟别人不同，这些物事，根本就不需要。婢子是县主，嫁人肯定会嫁公子。"

过了几天，徐福从鄱阳返回，就将调查到的情况报告给了徐渊。

"大家，现在完全可以断定此石岩就是彼石安，此石斛就是彼石烟。饶州到处流传着桓王李休化名石安这十几年一直隐居在乐平县桃花石乡翠竹湾的传言。民众议论纷纷，还有许多痴心妄想的说法。翠竹湾，仆去看过，极其偏僻。在这么偏僻的翠竹湾一住十几年，只能说明怕暴露身份，跟石安传说的身份也吻合。不是桓王李休，朱温的控鹤军不会千里迢迢去那偏僻的翠竹湾。朱温帮我们证实了石安就是桓王李休。这次去乐平，还晓得，石安原先还有一个老管家，三年前去世了。这个老管家应该就是桓王的侍卫李同，而且石斛的武艺极有可能就是李同传授。翠竹湾就他们一家人，而且又是一户极普通的人家。仆还特意问了桃花石村的村民有没有武艺特别厉害的人。他们说附近就他们村的陶明义最厉害。仆让陈遁天去约他切磋，就一三脚猫，没什么名堂，而且陶明义也没收过徒弟。石斛的武艺只能是他父亲或者老管家传授。乡村普通人家的后生，懂一点武艺不稀奇，怎么可能让像江南雄这样的人物都坦言不是对手？只有李同传授的武艺，江南雄才认不出石斛的师承。"

徐渊根本没想到，一时的好奇，竟然挖到了已经挖了多年没挖着的李休。

"除了你我，还有没有其他人会晓得？"

"不会有。乐平县衙、饶州刺史府都不晓得石安逃离翠竹湾后去了什么地方。乐平县衙早就将这件事情写了一个简报呈给了都督府，可至今还没有派专人去调查这件事情。现在只有大家和仆晓得居住在鸡鸣巷的石岩就是曾经居住在翠竹湾的石安。江南那么大，没有千里眼，又没有顺风耳，怎么找？不是机缘巧合，我们也不会晓得寿木店少东主竟然是世子。"

"隐姓埋名在山角落躲了十几年时间，不是控鹤军找上门，现在还在山角落里面。来到金陵，开棺材店，让儿子去卖棺材，目的也是不想让人知道。个人野心没有可以肯定。如今就在我们的眼皮底下，好比是钵盂里面的蛐蛐，跳不到哪去。我们还是暂且假装不知道，看一看他想翻什么跟斗。有什么动静，再动手也不迟。这事就暂时到此为止,就不用再花功夫了。可盯的人,你好的找几个,免得到时候逃走了连人毛都找不着。”

果然,徐渊决定咬死这头老鼠前先玩一玩。

当天,徐福就依照徐渊的吩咐更换了盯梢的人。

石斛长这么大,第一次给父亲臭骂,心情不好,今天到寿木店时已有些迟。

“少东主!”石斛刚踏进寿木店,就听到龚宰高高的声音。“鹰扬山庄来订购寿木,还真是没想到。仆在寿木店呆了那么多年,这种事情以前还没出现过。”鹰扬山庄庄主吴不明今天遣总管吴生非前来寿木店替他和夫人以及如夫人订购了三副单板柏树棺材。神州人撒泡尿都要讲禁忌,购买棺材更要讲吉日良辰。吴不明要求上午就送过去。“来订购寿木的吴生非说,他们的庄主久闻少东主大名,希望正好趁这个机会能见上一面。”卖棺材,有什么狗屁大名?为何执意要见我?莫非就上次在朱雀门前脱光衣裳?还真有可能。自与朱雀门家丁起了冲突以来,奇事不断发生。人家指明要我去,躲得过初一,躲不过十五。

“小子一定会让他好好瞧一瞧,说不定想选个女婿。”石斛笑了起来。

“是不是选女婿不晓得,这趟生意做好了,寿木店一年的寿木多卖它几十副。鹰扬山庄再绍介绍介,一年多卖一百副肯定没问题。”

“老哥也可以多去几次逸仙居。”

“那坛场一年去几次就行了。他们几个都已经在码头,少东主送完货回来,再跟仆唠叨。”

石斛手一拱就转身离店,快步赶往秦淮河码头。寿木店外送到郊县的棺材,水道便就走水道,陆路便就走陆路。考虑了鹰扬山庄的位置以及棺材的数量,龚宰不等石斛回来,就自行决定雇货船运送。到了码头,石斛看到,张白、吕夷则正和两名船工一起在装船。昨晚下过雨,码头上的石级很滑。在前面抬的一名船工突然脚底一滑,跌倒在地。棺材瞬间倾斜过来,眼看就要压到了身上。正当石斛想叫“糟糕”时,吕夷则的右手已经托住了棺材。石斛冲了过去,伸手托住棺材减轻了吕夷则的负担。还好,船工没什么事,重新站了起来。石斛关切地问:“有没有事?”“没事。”船工拍了拍屁股,抬住了竹杠。石斛松开了手。

“哥哥,反正埋在土里面迟早要烂掉,为何要选这种木头做棺材,而且要那么厚。”

“这你就不懂啦。就是不想烂掉,才选千年以上的柏树做棺材。当年,孔圣人制定的规矩都是四寸厚的棺和五寸厚的椁。你想想看,是不是想烂掉?”

“时间再长，也会烂掉。”

“都像你那样想得开，哥哥还能靠卖棺材过日子？正因为有人想不开，才有人靠别人想不开过日子。你看看这些棺材，全都雕花。一副棺材，一个工匠得花多少时间才能雕好？埋在泥里面，死人看不见，活人也看不见，可哥哥赚铜钱。”

三副单板柏树棺材很快就装好，石斛带张白前往鹰扬山庄。不到一个时辰，货船就顺利停靠在了鹰扬山庄的私家码头。“小子前去告诉他们一声。”石斛下船，去山庄通知货已经运到。“请稍等，小人去告诉总管。”一名家丁跑去通报。石斛在山庄大门口只等了一会，就见一中年男子拱着手带了一班人快步出大门迎接。这名男子就是去白记寿木店订货的鹰扬山庄总管吴生非。

“寿木他们会升，仆先带少东主去见庄主。”

“那就劳烦了！”

石斛跟着吴生非进入山庄，前往山庄的大堂见吴不明。两人没多说，一心走路。“快到了，就前面。”没走几步路，就看到了鹰扬山庄的大堂。通往大堂的甬道两旁各站着一排紧衣人。莫非也想教训一下我？吴生非在前带路，石斛紧跟在后，沿着两边镶嵌石条的甬道前行。远远望去，庄主吴不明坐在堂内榻上。石斛觉得这个男子好像在什么地方见过面，忽然想起，就是那天傍晚小巷里面碰到的那个劫匪。企图剥我衣裳的人竟然是鹰扬山庄庄主吴不明？石斛心里暗吃一惊，倒吸了一口气，继续跟着吴生非往前走。名动江南的鹰扬山庄庄主为何要拦劫我？石斛疾速脑子一转。鹰扬山庄真想找我的麻烦，我还能安然无恙？更不可能让我出现在鹰扬山庄。还需要诱我来山庄做了我败坏自己的名声？绝不可能。鹰扬山庄真如此不堪，早就已经在江湖上绝迹了。石斛抬起头，朝大堂走去。

“欢迎，欢迎！”吴不明拱着手走出了大堂，下台阶站在步檐前迎接。吴不明降阶迎接石斛真没想到，连忙加快脚步走了过去。“老朽吴不明，那天多有得罪，请公子体谅！”“还得谢谢先生！”石斛站在吴不明身前，如后生见长者，拱手拜了一拜。

石斛不晓得，吴不明认识石斛的父亲石岩。

李休好武，当年与兵部尚书主持了吴不明那届武举考试。李休的相貌，吴不明记得很清很清。有江南雄的事先提醒，尽管那天傍晚有些昏暗，石斛的相貌看得不是特别清，但还是能让吴不明联想起了年轻的李休。吴不明去鸡鸣巷窥视石岩的第一眼，就确定眼前这个中年男子就是李休。事关重大，吴不明决定请石斛来山庄，再好好看一看。吴不明坐在堂上，看着石斛一步一步走来，脑子里浮现出了二十年前的李休。当时李休的年龄与石斛不差上下。简直就是一个人。吴不明从石斛的相貌中肯定了原先的推测，石岩就是李休。

“免礼！快免礼！”

寒暄礼毕，吴不明请石斛进大堂。石斛跟着吴不明，踏着台阶，登上步檐，进入了大堂。“公子请！”两人在鹰扬山庄的大堂中分宾主坐下。不一会，侍儿送来了茶水。总管吴生非递上棺材钱。石斛起身接过，一眼也没看，就放进了袖袋。

“谢谢先生那天手下留情。小子没了内衣，光屁股，肯定给金陵人笑死。”

“见谅，见谅！”吴不明手一拱。

“小子今天才明白，那天先生受人之托准备称一称小子的重量。”

“幸亏没称成。否则，就不晓得是谁称谁了。”

“先生客气！秤在先生手上，真想称，还怕称不成？小子就是怕被先生称出了重量，才像小猪一般，钻进小巷赶快逃遁。”

吴不明笑了起来。

“没让公子冻着吧。”

“小子皮厚，冻着不会。一件旧衣裳换来到先生堂上坐一坐，很值！”

“公子客气！衣裳一直放在老朽的书房内。常安，快去大家的书房，将折叠好放在书架上的那件衣裳拿过来。书架上就一件衣裳，很好找。”

“是。”一名小厮转身跑去书房拿衣裳。

“老朽那天确实是受人之托。”

“不瞒先生，小子起初以为碰到了抢劫，听先生说要剥小子的衣裳，马上明白有人请先生称一称小子的重量。小子那件旧衣裳，就算有人要，也不值一缗。小子当时就想，谁会对白记寿木店少东主感兴趣？想来想去，小子只想到了朱雀门。”

“公子是否晓得为何要让老朽出手？”

“不晓得。”

“公子一点也不好奇？”

“请先生亲自出手，自有大当家自己的道理，小子还是不猜为好。”

“公子猜猜老朽为何事请公子莅临山庄？”

“先生要小子猜，小子就猜一猜。早上出发前，小店的伙计告诉小子，鹰扬山庄庄主想借送货的机会见一见小子，小子在想名动江湖的鹰扬山庄庄主为何要见一家寿木店的少东主？小子刚来金陵不久，人生地不熟，又是一家寿木店的少东主，无名小卒，不可能会引起鹰扬山庄庄主的注意。小子想来想去，只想到一件事，就是上个月在朱雀门前脱光衣裳，轰动了整个金陵城。没那件事情，肯定不会有人对小子感兴趣。小子想,大不了也像上次在新月巷一样想称一下小子的重量。小子怀着一分侥幸,动身来鹰扬山庄。见到先生,才晓得先生就是鹰扬山庄庄主。很显然,先生不是想借此称一称小子。那先生为何要指名小子来山庄?只能是小子这个人先生感兴趣。小子一个毛头小后生,不可能会引起鹰扬山庄庄主的兴趣。小子想,小子这个人让先生想起了一个人。先生,小子猜得有没有道理?”

吴不明含笑不语。家丁已经拿来了衣裳。吴不明接过家丁手中的衣裳,递给了石斛。石斛起身双手接过,挂在了自己的臂弯上。石斛手一拱说:“看得出,今天先生事忙,小子就先告退!”鹰扬山庄今天确实出了点意外的事情。事情虽急,但跟石斛已经事先约好,吴不明只好在鹰扬山庄等。“那老朽也就不留公子了,日后定当拜访!”吴不明跟着站了起来。“先生请留步!”石斛站在步檐上,俯身拱手请吴不明止步。“老朽不多送,就送到大门口。”吴不明说着就踏下了台阶。客气了几句,见吴不明执意要送,石斛只得和吴不明并行前往大门口。

“公子真是金漆家私粗用。”

“小子不是金漆家私。七八岁放牛起,做的全是田农、樵夫的活。”

“有没有兴趣换个行当做一做?”

“眼下还没有。医卜、僧道、田农、工匠、商贾,能选的也只有商贾。”

“如今军队人才奇缺,以公子的才能,无须多少时间,就将是威震一方的藩镇诸侯。”

“先生说笑了。拼死沙场,还不如卖棺材。先生见识广,这些年,征战一生的将领,有几人得善终?先生愿意,小子相信早就已经是威震一方的藩镇诸侯了。为何先生不选,小子想,利弊先生肯定权衡过。前些时间,小子听店里的伙计讲田颟的故事。这种故事实际跟以往的故事相似。小子在老家,农忙之余,无事读书。读啊读,终于明白了一个道理,其他什么都可以碰,就是不能碰权。父杀子,子杀父,兄杀弟,弟杀兄,都是为了权。”

“卢生黄粱一梦,梦的还是权。公子如此透彻,老朽自愧不如啊!”

“先生栖居鹰扬山庄才是真正的透彻。”

就在鹰扬山庄的大门口,石斛拱手与吴不明告辞。吴不明望着石斛远去的背影,直至消失。处理好山庄的事情,吴不明离开山庄,前往朱雀门拜访徐渊。见到徐渊,吴不明毫无保留地将这些日子调查到的结果以及自己的推断告诉给了徐渊。吴不明的报告更进一步确定了徐福的调查,此石岩就是彼石安,李唐皇朝仅存在世上的亲王,桓王李休。

“这个秘密小弟确实不想说,可老哥交代的事情,小弟就是不想说也只能说。瞒别人可以,不能瞒老哥。生存不易,老哥和小弟都懂。想想,不是父兄昏庸,怎么可能会落到这种地步?真个是拔了羽毛的凤凰不如鸡。小弟还是希望老哥暂时将这秘密藏一藏。”

“我们哥俩已经好久没有一起喝酒,晚上好好喝几杯。”

刚回寿木店,龚宰告诉石斛一件事情。“少东主,一个自称鲁南阳的人来过寿木店,说他家主人今晚在唯心茶苑请少东主喝茶。他没说他家主人是谁,仆也不好问。”“这老进士怎么突然心血来潮想着去茶楼喝茶。”龚宰猜应该就是鲁扬声。

鲁扬声是金陵有名的大人。邻里乡亲遇到红白喜事,少不了鲁扬声。在金陵,鲁扬声人脉极广,又喜欢搜集贩卖各种奇形八怪的信息。神州大乱,什么进士、退士全作废。各路土匪杀来杀去,杀得鲁扬声一家最后只剩下了鲁扬声夫妻两人。秦裴任升州刺史那回,想请他入幕,被鲁扬声谢绝。老伴去世后,鲁扬声没有兴趣续弦,光棍到今天。鲁扬声虽鳏夫一个,家里却养着仆役、侍儿和嬷嬷。吕夷则殴打了汪重奇的儿子,石斛想太平,找人调解,结果找到了名声在外的鲁扬声。石斛不晓得,鲁扬声此时正在竭力搜集他的资料。在石斛与朱雀门家丁起冲突后的第二天,朱雀门总管徐福派人来找鲁扬声请他搜集石斛的情报。对石斛,鲁扬声未见其人,已知其事。鲁扬声没想到,石斛真像糯米糕,见什么,沾什么,只一面就被石斛给粘上了。吕夷则跟汪家郎君之间的纠纷还没有摆平,鲁扬声和石斛就像是交往了很多年的好朋友。鲁扬声住在昭明巷,跟石斛家只隔了一条贞观大街。白天做生意赚钱养家没时间,晚上无事,石斛常会去鲁扬声家坐一坐。鲁扬声有铜钱,提供茶水。两人或坐在堂内,或坐在书房,品茶谈天。鲁扬声发现跟石斛特别投缘,一些不属于他们谈的问题,两人常有相似的看法。

回家吃了饭,洗了澡,跟父母说了一声去向,起身去唯心茶苑。石斛的父母是贵族,而石斛却在偏僻的翠竹湾长大。石斛可以很雅,也可以很土。金陵是古都,虽经多年战乱,原有的风气依旧。不仅秦淮河两岸,就是城内也遍布着各种各样的乐坊。喝茶、听琴、看歌舞都可以是会朋友的形式。唯心茶苑门口站着两个侍儿。进入大门,石斛报了一声鲁扬声的名号,一名侍儿就引石斛前往竹苞茶室。茶室一边是寒竹,一盏淡黄的灯笼照着茶室,幽静清雅,真是喝茶的好地方。石斛一进茶室,手一拱,就在鲁扬声的对面坐了下来。

“老哥今天怎么想着要来茶楼喝茶?”

“在世的时间已经不多,总得换一换味道。老哥已经点了阳羡紫笋,是不是想改?”

“就阳羡紫笋。老哥在世时间都不多了,小子总得让你。”

“老哥就让你一次,说吧,想换就换。”

“还是阳羡紫笋算了。小子一向让人,让一让老哥无所谓。”

“别笑老哥。现在的鬼头刀锋利得很,断头的可不一定是像老哥这般岁数的人。”

“要断头了,还想靠铁皮包?从小在道家的药水中泡大,想得开。”

“蝼蚁尚且贪生,你小子真连蝼蚁都不如。”

“这世界不是贪生就有用。人家想糜死你,跑哪去?逃到洞里去,也只用一壶开水。这时候你会明白,实际死起来更加痛苦,还不如当时就被糜死干脆。”

茶博士送来了阳羡紫笋,给两人各斟了一盏茶,退出了茶室。

“这真是喝茶的好地方。”

“进出唯心茶苑的都是金陵有铜钱的人。不好,谁来?”

“这么说,老哥也是金陵有铜钱的人。”

“老哥在世的时间都不多了,还想将铜钱带到阴间去花?”

“放心,不想出铜钱,小子给出就是。小子其他想不通,就铜钱想得很通。那些个捏铜钱像捏命一样的人,现在怎么样?孙儒、刘建峰的大军以来,捏命一样捏下来的铜钱还不是白白替孙儒、刘建峰捏?小子原本只求温饱,现在连温饱都不求了。昨天,被家父骂得狗血喷头,现在心情还不好。说实话,长那么大,心情不好第一次。”

“给自家父亲骂一下就受不了,真是没出息。”

“小子只觉得自己这么大了,实在不该惹父亲生气。越想越觉得自己是个不肖子。”

“你都说自己是不肖子,这神州看来是没有孝顺的人了。”

“自己行为不端,连累父母遭殃,老哥说说,是不是不肖子?”

“谁会料到无缘无故被灭门,连累九族?”

“唉!”石斛叹了一口气。“现在想撤身都不可能了。”

“好像已经不可能了。前些时间,老哥得知有人对你很感兴趣,特别好奇。一个寿木店少东主,谁会感兴趣?也就特意搜集这些情报。老哥也晓得,你躲在长寿巷卖棺材,肯定有特殊的原因。不像乡下,孤零零住一户人,谁理你?金陵不同。你放一个屁,说不定隔着八条大街的人都能听得到。你不是卖棺材的人。言谈举止，一看就晓得，你出身在什么样的家庭，从小受的是什么样的教育。除非你一开始就装疯卖傻，否则迟早有一天会露馅。你太特别，太与众不同，用鹤立鸡群都不足以形容。不要说老哥对令尊不敬，当初令尊就不应该给你选择这个行当。不过，以老哥看，选什么样的行当都没什么用。鸿鹄小时候可以混在小鸭里面，长大了怎么混？种已经决定。老哥无聊，在想，你混在哪里合适？想了老半想，想不出来。老哥倒觉得，既然已经是鸿鹄的种，就以鸿鹄过日子。这两天，老哥得知，突然对你不感兴趣。老哥估计已经得到了想得到的物事。果然，老哥得知监视你的人换了。”

“小子自作聪明，好端端地给自己的脖子勒上一条绳索。两手轻轻一勒，根本不需要力气，一命呜呼。别人晓得，小子无所谓，他不能晓得。结果呢，不能晓得的人晓得了。小子原以为，东南西北中，还有一个中可以躲一躲。现在，连这个中都不能躲了？莫非躲到哪个洞里去？小子现在就像是在石板上爬行的蚯蚓，无所遁形。小子这人做事原本从不后悔，这次可真的后悔。小子只恨自己不该自作聪明。算了，起码小子眼下还活着。”

“还是你小子豁达。”

“不豁达又怎么样？不是想豁达，而是不想豁达也得豁达。实际，像小子这种豁达是假豁达，老哥才是真豁达。像老哥这种鳏夫，别说金陵，就是整个吴国都找不出第二人。”

“老哥也一样，不想豁达也得豁达。再过两年，老哥死了，也不算短命。已经看了几十年，根本看不到任何希望。现在充其量是活一天算一天。先妣将老哥生下来，含辛茹苦将老哥养大，老哥总不能拿把刀往自己的脖子上一抹。身体发肤，受之父母，不敢毁伤，孝之始也。不瞒你小子，老哥有一段时间，真想抹一下脖子算了。活在这世上确实无聊。

一次，老哥看到一群鸭子在秦淮河里戏水，那种快乐劲，连老哥都被感染。老哥站在岸边看着看着，忽然想通。活着就不要去想那些个与活着无关的事情。高高兴兴过日子，明天被宰是明天的事情。不能因为明天被宰今天就不过日子。这几年，老哥还真是过得自在。喝喝茶，听听琴，兴致来了咪点小酒。那些家国的事情，老哥轮不到管，也不想管。

年轻时，老哥也有匡时济世的图谋。现在想想，连老哥自己都觉得想笑。坐在庙堂里面的全都是土匪，你还想替土匪料理家务？什么国之大事，什么泰山鸿毛，骗骗人可以，骗不了老哥。老秀才罗隐隐居九华山，日子过不下去了，跑到杭州投奔了土匪钱镠，帮钱镠料理家务。一辈子愤世嫉俗，都行将就木了，还要摧眉折腰事土匪，着实无奈。”

“小子看，老哥还是没想通。你不听听，小隐隐于野，中隐隐于市，大隐隐于朝。土匪也好，强盗也罢，都是过日子。何必在意他是朱温还是徐温、钱镠？摧眉折腰也好，阿谀奉承也罢，过日子而已。像老哥这种读书人，总将自己看成是不食人间烟火的神仙。罗隐不像老哥你，先后考了十几次都没考上进士。不是个官迷，就不会像狗一样爬了一次又一次。黄巢造反，罗隐跑到九华山隐居，实际是躲避风险。眼看局势慢慢稳定，罗隐跑了出来，投奔钱镠，稳当稳当做起了官。看来，比起老哥，罗隐想通多了。”

“你这小子真是以小人之心，度君子之腹。”

石斛回到家时，父母仍坐在堂上等自己。石斛实在不愿父母替自己担心。自己在父母心中的位置比父母自己重要，石斛懂。石岩一家都是敢于直面现实的人，从不掩耳盗钟。石斛向父母行了礼，站在一旁，向石岩讲了自己的猜测。

“徐渊多半已经晓得了孩儿的身份。徐渊晓得，徐温也会晓得。”

“事情已经至此，只能想好应对之策。爸原本就没什么想法，更谈不上有什么野心。平常种种菜，钓钓鱼，弹弹琴，在翠竹湾闷声不响住了十几年，依理徐温不可能想不到我们一家来金陵没什么特殊的图谋。可事情不能按常理来讲，尤其像我们这种身世的人。只有剪草除根，徐温才会彻底放心。徐温晓得，如今神州想借我们肉身的人，至少还有李存勖。在李存勖借走我们的肉身之前，徐温肯定会先毁掉我们的肉身。实在没有其他头路，我们只能选择逃。柏儿和竹儿已经北上，我们三人瞧准时机，杀出一条血路，应该不是很难。”

“想不到一次不起眼的打斗，会演变成这样的结果。”

“是祸躲不过，躲过不是祸。很多事情不是人所能左右。跟朱雀门家丁打斗也不完全是你的错，借徐温之手除去控鹤军意图也没错。错就错在忽略了背后的眼睛。眼下，千万不要主动靠近朱雀门。斛儿稍稍有些主动，无论是徐温还是徐渊都会认为你有企图。自己做惯了小偷，总是认为他人也是窃贼。一旦认定你有企图，那徐温兄弟俩自然会毫不客气。看看这些年被族灭的人就晓得。怕就怕，到时候，无论是主动还是被动都由不着你。想不到，爸自己做几十年的畜生，还连累孩子做不成人。”

“爸放心，孩儿都这么大了，一定有办法活下去。”

“吉人自有天相，斛儿不会有事。”

尹如雪这话像是安抚石岩,更像是安抚自己。

已经暴露了,那又能怎么样？明天被凌迟,今天还得先过去。石斛很快就将心中的担子放下,继续过起吃喝拉撒睡的日子。第二天,跟平常一样起床,跟平常一样在自家天井里活动筋骨,跟平常一样吃饭,跟平常一样离家去寿木店。到了寿木店,生意还没有开始,老乡华家鑫进寿木店。一见石斛,华家鑫高兴地说:“果然是白记寿木店!”

华家鑫和石斛虽不是什么故知,但终究是来往过的熟人。华家鑫的老家杜鹃坪和石斛的老家翠竹湾就四五里路程,在桃花石乡已经算是邻居。金陵街上邂逅相逢,华家鑫还真有些兴奋。石斛没问华家鑫,华家鑫却问个不停。石斛不想说,又不想扯谎,只好简单地告诉华家鑫他在金陵卖棺材。石斛驾着马车刚走,华家鑫就被一陌生男子拦住去路询问。

“兄弟认识石斛?”

“石斛?”

“就是方才那个后生。”

“石烟,认识,我们是老乡。”

两人就这样聊了起来。从男子的口中,华家鑫晓得,石烟现在叫石斛,是白记寿木店少东主,是一个二郎真君这样的人物。前些日子,石斛一个人赤手空拳将一班朱雀门家丁打趴下。男子说得是活灵活现。华家鑫也将自己晓得的情况一一告诉给了男子。华家鑫在老家时就耳闻石斛鬼点子多,很有办法。见实在没有头路,华家鑫就来找石斛。

“你怎么晓得我在这家寿木店?”

“一个认识你的人告诉我的。”

华家鑫就将他怎么会晓得石斛在白记寿木店的原因讲给石斛听。华家鑫话还没说完,石斛就已经意识到真正的麻烦来了。是徐渊,那是老虎,想到吃我,一口;不是徐渊,那是豺狗,一口咬不死我,但想在金陵安生已经不可能了。

“今天来找你,是有件事情请你想想办法。我晓得,你办法多。”

“什么事情?”

华家鑫的未来丈人秦伯瑀在白虎大街上开了一家胭脂店。秦伯瑀是谁,石斛根本就不认识。秦伯瑀家里有一件已经传了好几代的金丝袄。不晓得是什么原因,让张鹿鸣晓得了。张鹿鸣仗着自己的姐夫是左龙武统军柴再用手下的左押牙,强行索取秦伯瑀的传家宝。

“有什么办法将金丝袄给弄回来？我那丈人找我，我哪有什么办法？问了好几个，都想不出办法。想来想去，想到了你。”华家鑫就差说死马当活马医了。

石斛想了一想，就去柜台，提笔给张鹿鸣写信，告诉他，不将金丝袄还给秦伯瑀，定叫他给鬼打了一样。不一会，书信草就。“老哥，找一个双鱼过来。”龚宰给石斛找来了一个双鱼。石斛将书信装进双鱼，封好后，交给华家鑫。

“叫个人将这封书信交给那个张鹿鸣。”

“张鹿鸣会听吗？”

“听不听，过两天就晓得了。你只管叫人将书信交给他就是。”

华家鑫半信半疑地接过书信，拱手跟石斛告辞。忙完了上午的生意，石斛趁空离店去找张建阳，请他帮忙雇一班邋遢乞丐，死守在张鹿鸣家。石斛又出铜钱，请杨千里帮忙雇几名偷盗好手。华家鑫当天就将书信送到张鹿鸣的手中。张鹿鸣读了书信，根本不当回事，对石斛的警告置之不理。翌日，张鹿鸣刚一出门，迎接他的就是雨点般的砖块、石头。当夜，盗贼潜进张鹿鸣家，偷走了张鹿鸣卧室内的贵重物品，唯独剩下金丝袄。过了一天，华家鑫来寿木店告诉石斛，张鹿鸣已经亲自上门将金丝袄送还给了秦伯瑀。

“我现在还弄不明白，张鹿鸣会那么听你的话。”

“这你就别管了。有件事情先跟你说一声。”

“什么事情？”

“以后没什么特别的事情不要来寿木店找我，也不要跟人说你我是老乡。”

“怕我再麻烦你？”

“不是怕你麻烦我，而是怕我麻烦你。你不晓得现在有很多人想找我的麻烦，晓得你我是老乡，难保不会牵连到你。这两年，你没我这个老乡，日子还不是照样过得有滋有味？没必要将自己好好的日子搞砸。金陵就你一个老乡，我不会害你。”

“是不是朱雀门？”

“这你就别管了。总之，你我越像陌生人，你越安全。无论谁问你，你都说不认识。不是我吓你，现在金陵有很多人要杀我。晓得你我是老乡，会怎么样？就算拿你来威胁我，你已经遭了殃。再说，你还有父母，还有未过门的新妇。万一真出事，怎么办？从今天起，你我就当不认识。我现在是马蜂窝，千万不要靠得太近。”

“想不到，你竟然会遇到那么大的麻烦。”

“只管安心过好你自己的日子。我命大，不会有事。”

华家鑫刚走,金陵守军都指挥使朱同泽遣一兵士来寿木店请石斛今晚去子城看戏。上次朱同泽遵徐温的吩咐送石斛出都督府牙城,总感觉走在自己身边的石斛不应该是卖棺材的少东主,对石斛说的话半信半疑。朱同泽跟朱雀门也算是亲戚。朱同泽的夫人谢悠然是朱雀门大县主徐榛的大嫂谢宛然的堂妹。朱同泽不敢相信徐榛会跟一个卖棺材的少东主交往,还一同前来都督府找徐温。一回子城,朱同泽就让自己的牙校元成武去证实。想不到,石斛确实是卖棺材的少东主,也确实跟朱雀门家丁起过冲突。元成武告诉朱同泽:“属下怕传言不可信,还亲自去朱雀门向家丁证实,确实句句属实。”朱同泽一想到石斛的模样,马上明白朱雀门大县主已经喜欢上了这个卖棺材的少东主。这次名伶门宁来慰问守城的兵士,朱同泽想到了石斛。石斛本就喜欢看戏,朱同泽也不能得罪,立马爽快地答应。

第九章　谢宛然

好人提提，宛然左辟，佩其象揥。

——《诗经》

徐渊今天坐在荷花池边的水榭中，听女儿徐榛弹琴。

徐渊海盗出身，发迹后，没有将做海盗的看家本事传授给自己的孩子，却重金招聘那些穷书生给自己的孩子传授实际上根本不能赚钱的物事。早在李唐皇朝崩塌之前，众土匪争抢地盘，读书人的唯一出路科举渐渐被堵死。现在这个时候读书，等于饿死。徐渊自然不用担心饿死，徐渊的孩子，只要不做特别出格的事，喜欢做什么就做什么。至于女儿，徐渊不仅重金聘请穷书生传授诗书，还特地请了流落江湖的前皇家乐师传授女儿琴技。徐榛的琴技虽不能说是金陵名媛里面排行第一，但起码应该是屈指可数。还好，徐榛学琴并不是想去跟金陵的那些个名媛争它个第一，而只是想多一种可以消磨时间的途径。人么，就说是权力无边的皇帝，也有不称心的时候，弹弹琴，自我倾诉倾诉，总是有利无害。

徐渊猝然看到，尚子全和两名家丁，急匆匆朝水榭跑了过来。出事了！徐渊好像有不祥预兆似的站了起来。这两人刚刚护送儿媳和长孙去江宁县扫墓，这么快就回来了？见徐渊突然站起，徐榛“铿”的一声双手放在琴弦上，停止了弹琴。

人总是喜欢自己没有的物事。徐渊有钱，读书却不多。因而，徐渊发迹后，希望找一位出身书香门第的娘子做自己的儿媳。经过众多媒人的反复寻找，徐渊最后终于如愿在升州下属的江宁县找到了自己的亲家。亲家翁姓谢，据亲家翁自己说是谢安的后裔。亲家翁在僖宗朝曾经中过进士，放派到常州下属的义兴县做知县。亲家翁运气非常差，任期不到一年，神州就大乱了。十年寒窗才拼回来的知县就这样没啦。庆幸的是，毕竟留住了老命，逃回老家江宁。或许是为官清廉，或许是还没当上一年知县就丢了官，亲家翁家里并不十分富裕。见媒人替徐渊来求亲，亲家翁当下就同意了这门亲事。

亲家翁有两个女儿，准备做徐渊儿媳的女儿叫宛然。定下这门亲事的那年，谢宛然刚满十七岁。亲事确定后的当年，谢宛然就成了徐渊的长子徐天赐的新妇。徐渊不仅给了亲家翁大笔的聘礼，还在谢宛然跟徐天赐成亲的第二年，让徐温起用亲家翁，前往杨行愍的故乡庐州任推官。可惜，运气很差，刚上任不到一年，亲家翁不幸病死了。

徐渊又通过徐温，委派谢宛然的哥哥谢岸然任当涂知县。谢宛然十九岁那年，生下了徐渊的长孙徐定城。徐定城的诞生让徐渊咧嘴笑了足足一个月。谢宛然二十二岁那年，又生下了徐渊的长孙女，可惜还没来得及取名，就夭折了。跟着女儿夭折，谢宛然的丈夫徐天赐意外被绑匪撕了票。徐天赐死后，徐渊对长孙徐定城疼得让人受不了，就是对儿媳谢宛然也是疼爱有加，爱之如女。很快，经徐渊推荐，谢岸然前往池州，出任副使。

一般情况下，徐渊不会让谢宛然冒着风险带着徐定城前往娘家。可谢宛然的娘家就在隔壁，不仅路不远，而且这一带地方也算比较安全。眼看清明节就要到了，谢宛然准备回娘家给自己的父亲扫扫墓以表自己的孝心。谁希望自己百年之后，坟头杂草丛生？自徐天赐出事以来，谢宛然一直闷在朱雀门，还没有回娘家给父亲扫过墓。谢宛然乘这次清明节给父亲扫墓的机会，看一看年迈的母亲，也是一件儿女应该做的事。亲家翁死后，亲家母的身子就一直不是很好。就目前情况来看，谢宛然尽孝的时间已经不多了。

徐渊亲自挑选了几名家丁护送儿媳谢宛然前往江宁扫墓。想不到，老江湖徐渊还是阴沟里翻了船。谢宛然在前往江宁的途中，遭到了土匪的绑架。家丁哆嗦着身子，站在徐渊的面前，等候发落。尚子全递上一封书信。徐渊拆开双鱼，拿出微黄的信纸看了起来。

朱雀门徐当家，你的孙子和儿媳现已落在不才手上。首先，不才提醒徐当家，千万不要报官，也不要指望家丁或江湖朋友，否则徐当家就莫怪不才心毒、手狠。撕票的事情，想必徐当家也听说过不少。不才要求不多，仅希望徐当家提供黄金一千两，依照下面的指示，派一人，不才重复一遍，派一人，前来领取徐当家的孙子和儿媳。倘若徐当家违约，那不才只能希望徐当家的其他儿子替徐当家再多生几个孙子了。不才钱迷顿首。

徐榛紧张地问徐渊:“出了什么事？爸。”徐渊没有言语,将信纸递给徐榛。

这些亡命之徒的话不能不信,也不能全信。宛然母子在他们的手中,稍微出点差错,那可悔之晚矣。时光可以倒流,那些已经化为尘土的英雄好汉,会让那些现在听来滑稽可笑的故事重演？那些亡命之徒的刀子可不认人,出了事,全杀了他们,再杀光了他们全家,也已经没有用。那些亡命之徒的话自然也不能全信。徐渊不禁想起自己最看中的长子徐天赐。徐天赐就是前往苏州途中遭绑匪绑架,最后沉尸大海,踪迹全无。人生一世,就后悔两字千万不能出现。万一像上次那样言而无信,绑匪拿了钱财再撕票,问题可就严重。徐天赐就是活生生的殷鉴。徐渊紧握拳头,暗暗对自己说:绝不能再发生！现在的时代,做强盗,都已经没有了以往的道义。必须派一名特别的人物前去跟这群亡命之徒换人。

朱雀门有一大班家丁。徐渊肯定不会再从他们中挑选一名家丁去换人,就是护院主事全子尚徐渊也不放心。自己么,已经几十年没有拼杀了,根本不行！请朋友出手,远水解不了近渴,根本来不及。撕票时间,这些熬油刮脔的亡命之徒定得那么紧,一点也不给人有丝毫回旋的余地。自己的几名护卫,像琅琊崔彻、崔达两兄弟,也是很有能耐的人。请谁去？徐渊一边像秋千似的在荷花池水榭中来回荡动,一边在考虑前去换人的人选。

“爸,可否请石公子出手,前往交换?”

“对!”徐渊突然右拳重重一砸宽大的左手掌。

“爸怎么没有想到他呢？真是越活越糊涂。榛儿,马上让东方明陪你去一趟长寿巷白记寿木店,务必请石郎出手救你大嫂母子两人。到了白记寿木店,你一定使出自己的绝活,让石郎出手。眼前,只有他出手,你大嫂母子两人才能平安回家。”

“爸,石公子武艺确实比朱雀门那些家丁好,不知是不是能行?”

“石郎的武艺不仅仅比家丁好,甚至江南都很难找出对手。”

“爸不会因为求他帮忙办事,故意抬高他吧。”

“榛儿,你怎么这么啰嗦!”徐渊还是第一次在女儿面前表现出有些不快。“爸怎么会随便拿自己儿媳母子两人的性命开玩笑？你大嫂说是谢家的人,定城却是爸的心肝宝贝,哪容得半点闪失？石郎,爸早就已经派多路人马详细调查过啦。他的底细,爸比你清楚。赶快让东方明陪你去,只要能请他过来就行,无论用什么方法。”

“晓得了,女儿即刻前往。”徐榛带着于苓,匆匆离开朱雀门,前往长寿巷。

董左石技术高超,不一会,马车就到了长寿巷口。徐榛不等于苓来搀扶,罗裙一提就已经下了马车。踩着长寿巷高低不平的青砖路，几乎跑着前往白记寿木店。“石斛！石斛！”刚到寿木店门口，徐榛就高喊了起来。“两位县主，少东主就在后面。”龚宰连忙前来招呼。“快叫他出来，我找他有急事。”龚宰刚转身，就见石斛快步出库房，走了过来。

石斛快步出了店门，还没有开口说话，徐榛不顾男女授受不亲，一把拉起石斛，就往长寿巷口拖。石斛不好用强，莫名其妙地被徐榛拖到了马车旁。常言道，强扭的瓜不甜。这一次，徐榛偏偏准备来一次强扭。不管石斛同意不同意，徐榛只管将石斛往马车上推。朱雀门大县主，石斛哪敢反抗？无论如何，徐榛肯定没想过要将石斛拉到屠宰场。石斛晕了头，稀里糊涂地被徐榛推上了马车。直到马车启动，徐榛才开口。

“没征得你同意就拖你上车，就是想请你赶快前去救人！”

“请小子前去救人？”

“县主的大嫂和侄儿被绑匪劫持，再不去救，就要撕票了！”

“这次你不想去救，也得去救！”

“就婢子所知，县主求人还是第一次。这个面子应该给吧！”

徐榛请他前去救人，石斛不同意也只得同意。马车到达朱雀门时，徐渊已经站在门头前等候。徐渊看到石斛下马车，心里一喜，手一拱说：“谢谢石郎仗义相助！”石斛拱手回敬。“能够用得上，那是小子的荣幸。徐大当家不用客气。只是小子有个小小的要求，恳请徐大当家能够替小子保守秘密。不要因小子给家父和家母带来令人意想不到的麻烦。”“谁敢泄露秘密，老夫亲手剐了他。”徐渊豪爽地答应。“谢谢徐大当家！”石斛拱了拱手。“小子立马前往。”

见石斛两手空空，徐渊问：“给石郎备什么家伙？”石斛想了一想说：“那就来一把匕首吧。”全子尚就将绑在自己手上的护身匕首解下来给了石斛。石斛拔出匕首瞧了一眼，重新插回鞘内。“极锋利。”全子尚一旁帮忙，将匕首绑在了石斛左前臂内侧。石斛向徐渊、全子尚等手一拱，跃马出发。“千万不要惊动那些个匪徒坏了大事！”全子尚俯身站在一旁听候徐渊的吩咐。“石郎一旦得手，你们马上包抄过去，将那些个匪徒全给我杀绝！”

谢宛然遭土匪绑架纯属意外。路上，不巧碰到了一股流窜作案的土匪。土匪人多，几名家丁根本保护不了谢宛然。经过一番厮杀追逐，谢宛然成了土匪砧板上的肉。一看形势不妙，家丁为了自救泄露了谢宛然的身份。这班土匪已经猜到谢宛然的身份不一般，没想到竟然会是朱雀门当家徐渊的儿媳。这可让这班土匪喜出望外。于是，演绎出拿铜钱赎人的故事。

两名家丁引路，石斛前往土匪指定赎人的地方。石斛抬眼望去，差一点笑出声来。这些土匪实在不应该选择竹林跟自己交换人质。竹林石斛实在太熟了，五岁开始玩，头尾一共玩了十七年。“你俩在这里等着，小子去交换人质。”石斛一手拿着缰绳骑着马，一手牵着一匹马，前去赎人。到了竹林边，石斛下了马，将马匹系在一株茅竹上。绑匪绑架，目的是想得到赎金。神州的绑匪，可以分为三种。拿到赎金，马上放人，吴王式绑匪；拿到赎金，立马撕票，越王式绑匪；拿到赎金，已经撕票，梁王式绑匪。不晓得竹林里面的是哪一种类型的绑匪。现在的世道，吴王式的绑匪已经不多了，最多的是越王式的绑匪。现在贸然进竹林换人，万一碰到越王式的绑匪，人质会非常危险。石斛想了想，决定主动出手。

石斛突然向前一冲，窜上了一株茅竹，像一只长臂猿猴，上下跳梁，霎时间消失在了竹林里面。左手握着茅竹，石斛不断向下俯视眼睛前面的竹林。通过换一株茅竹换一个景的办法，不用多长时间，石斛就找到了那群绑匪。石斛仔细数了数，总共有三十八名土匪。谢宛然母子分别绑在两株相邻不远的茅竹上。两名土匪守在谢宛然母子身边。一人距离人质不到两丈，一人距离人质不到一丈。大概是土匪觉得，一个小孩和一名女子，很容易解决。三名土匪拿刀在通往竹林外的路上游走警戒，其他人全都聚在一起赌博。神州人好赌，兄弟姐妹平时聚在一起都要赌几把，强盗土匪更不用说了。听到赢钱时的欢呼声，这几名负责警戒的土匪早已经按捺不住，只想前去赌一把，根本没有心思去警戒。

还是先解除人质的最直接危险再说，免得出问题。

石斛手一松，猿猴似的，一手一竹向前俯冲下去。手一伸，捏住了土匪的咽喉，将土匪提了起来。土匪挣扎了一下，就伸直了腿。石斛疾速下了茅竹，将土匪轻轻放到地上。石斛身子一腾，窜到了另一名土匪的身边，猝然往土匪的脖子上一击，土匪没来不及叫喊就晕了过去。石斛一手托着土匪的身体，慢慢将他放到了地上。见对人质的最直接危险已经解除，石斛松了口气。脚尖一点，土匪掉在地上的横刀弹了起来，伸手握住了刀柄。石斛手持横刀割断了捆绑在谢宛然和徐定城身上的绳索。突然，徐定城“哇”的一声哭了起来。正在聚精会神赌博的土匪调过头一看，大吃了一惊，赶紧放下手中的活，手持家伙向石斛逼了过来。

“识相一点，立马给我放下刀。否则，别怪我出手太重！”

石斛的话似乎有了一点效果。个个持刀观望，人人担心自己出风头，变成了出头鸟。见众土匪个个犹豫，一人高声说：“哟呵，你当自己是谁啊，兄弟们上。”石斛确定了这班土匪的头目。猝然，石斛左脚一钩，地上一块石子跳起，右脚顺势一扫，石子飞出。"啊唷！"匪首手中的横刀"哐当"一声掉在了地上。众土匪霎时一怔，立马停下脚步，将目光投到了匪首的身上。"我不想杀你，只是想提醒提醒你，千万不要最后到了阎王殿才想起后悔。"

石斛拿着横刀，在手中晃了晃。竹林中漏下来的阳光照在雪白的横刀上，闪耀着晃眼的光。石斛突然手一挥，只听"嗤"的一声，一株青里透黄的茅竹已经被斜面切断。石斛一把抓住茅竹，向土匪掷了过去。茅竹如同一枚羽箭，射向土匪。众土匪个个趴在地上，躲避直射而来的茅竹。只听"啪啪"声，这株茅竹插裂一株茅竹，破竹而过。"你们这些蠢猪，有些脑袋也会想得着，没些能耐，徐大当家会请我？还不识相，我就像切茅竹一样，将你们的六斤四个个切下来，当鞠踢。"石斛俯身一手将徐定城抱起了。"我们走。"突然，石斛将手中的横刀一掷。几个土匪刚从惶恐中站直身子，横刀擦过匪首的发髻，破开了匪首身后的一株茅竹。匪首两眼发直，身体僵在那里不敢动。石斛不管有没有将匪首吓出尿来，抱着徐定城起步。谢宛然回过神来，紧跟在石斛身边，准备离开竹林。

石斛转身没走上两步，一名土匪手持横刀，向石斛飞扑过去，企图偷袭。"想找死！"石斛忽然身子一转，飞起一脚踢向了土匪的上腹。只听"砰"的一声，土匪的身子两头向中间一屈，向后飞将了出去。土匪撞到一株茅竹上，身子向前一弹，掉在了地上。竹叶如同腊月的雪花悠悠而下。土匪躺在地上抽搐几下，就不动了。石斛出脚之快，力道之大，众土匪见所未见。这下真的镇住了众土匪，个个站在原地不敢妄动。"自己不想活，怨不得别人。我们走。"石斛鄙夷地看了众土匪一眼，重新起步，谢宛然走在一旁，顺着竹林中满是枯黄竹叶的泥土小道，慢慢走向竹林的边缘。"滚两人过来！"石斛走了几丈远，甩下一句话。犹豫了半晌，终于出来了两名土匪，惶遽惶恐，亦步亦趋跟在石斛后面。

徐定城双手搂着石斛的脖子，头靠在了石斛的身上，俨然已经将石斛当作是保护自己的父亲。谢宛然就像温顺的新妇，一声不响地跟在石斛的身边。踩着"沙沙"作响的竹叶，向竹林外面走去。出了竹林，石斛来到了系着马匹的竹子前，从马背上提起那袋黄金，甩手一扔。只听"砰"的一声，布袋砸在了两名土匪跟前。两名土匪惊愕万分，双膝一软，跪在了地上，怔怔看着摆在眼前的那个布袋，不知所措。"拿去分了，足足够你们改行谋生！"两名土匪如获圣旨，赶紧从地上爬了起来，一起抬起布袋，溜进了竹林深处。

石斛不予理睬，只管去解开系在茅竹上的缰绳，牵着马，交到谢宛然手中。谢宛然接住缰绳，石斛转身去解另一匹马的缰绳。当解下缰绳转身时，石斛发现谢宛然仍旧站在原地不动，马上意识到谢宛然不会骑马。“我们走。”谢宛然牵着马匹起步，石斛一手抱着徐定城，一手牵着马，前去跟等他们的家丁会合。远远望去，仿佛一家人来此郊游踏青。猝然，竹林里面传来了喊杀声。徐定城紧紧抱住石斛的脖子。“没事。”石斛步履依旧，慢慢前行。

徐渊忐忑不安中足足等了一个多时辰，才见石斛骑着马重新出现在朱雀门前。看到孙子徐定城、儿媳谢宛然平安回来，徐渊的喜悦根本不能用喜出望外来形容。当转过身寻找石斛时，徐渊看到的已经是石斛远去的背影。已经走了，就不必再勉强了。空口说白话，只是听起来让人感到舒服。如同大热天突然间吹来了的一阵冷风，吹过之后，天照样还是热，人还是照样感到闷热难受。放心，只要没有偷天换日的野心，老夫一定会记得你的情，给你提供一个可以乘凉的地方。“大父！”徐定城高喊着向徐渊扑了过来。徐渊一手抱起孙子，在众人的簇拥下，走进了朱雀门。没过多久，全子尚就来如荠斋向徐渊汇报战果。

“凡是能看到的都已经杀了，只是不清楚还有没有余党。”

“你暂且放下手中的事情，多带几名家丁，和江宁县衙的胥徒一起，挖掉他们的根！不灭绝这群绑匪，老夫还能在金陵呆下去？”

石斛离开朱雀门，快步往寿木店走。走到一条小巷口，巷子内突然窜出一个娘子，眼看就要撞到了石斛的身上。石斛赶紧止步，向后一宿，避开了这个慌不择路的娘子。石斛抬眼一看，一名衣着华丽的后生带两名家童尾随其后。这世道，想做一做人都不容易。石斛本想继续前行，一看情形，就站了下来。后生没有理会石斛，只管继续追击那名娘子。石斛手一伸，拦住了他们的去路。石斛最恨欺负妇孺的流氓。在老家，碰到这种事情肯定给他一个耳光。来到了金陵，石斛怕惹来麻烦，一直在做缩头乌龟。想到如今已经露了身份，石斛忽然莫名其妙有一种破罐子破摔的勇气，准备学一学流氓，也来一个寻衅滋事。

早上，石斛得知徐榛来请他过去救人，立马确定华家鑫嘴里的男子是朱雀门的人。徐渊怎么可能会想到请我去救人，难道就因为上次打架赢了朱雀门家丁？可笑，这怎么可能？徐渊让女儿亲自出马请我去救人，只能说明两点：一是已经万般无奈，二是我的身份已经调查清楚。吴不明、杨千里这些人的背后都是徐渊。现在徐渊晓得我的身份，可以将我一家直截了当地抹去，也可以将我一家作为与朱温交换的筹码。真是连死都不晓得怎么死。石斛暗暗地叹了一口气。现在成了捏在别人手里的木偶，只能随着线动了。石斛第一次为自己的行为感到后悔。爸说得对，这世上根本没有给你后悔的机会。

肯定是多年以来第一次遇到有如此胆大如卵的人,后生停住了脚步。“快将你的狗爪拿开,想找死是吧?”石斛没跟他啰嗦,猝然出手,“啪”的一声就是一耳光。后生的头就像陀螺,刚转了过去,紧接着又是“啪”的一声,另半脸又重重地挨了一耳光。响亮的声音所有驻足围观的看客听得清清楚楚。两记耳光抽得后生眼冒金光,半晌没能回过神来。脸火辣辣地痛,连手都不敢重摸。“这两耳光教一教你怎么做人。”后生这时才抬眼看石斛。石斛身高马大,不怒自威,打架,没动手,已经让人有几分怕。石斛眼睛一轮,后生不由自主地向后退。“你两个家奴替狗咬人,也该打。”石斛快步上前,“啪”“啪”两声,抽了两个家童每人一记耳光。两个家童瞪着眼睛,怔怔地看着石斛。好汉不吃眼前亏,三人尝过了耳光的滋味,已经晓得眼前这个后生是一枚生锈钉。“白记寿木店少东主石斛”,石斛亮出了自己的牌子,“不服气,来找小子。滚!”石斛一声呵斥,三人调头连滚带爬朝小巷另一头跑去。

石斛不晓得,这个被他抽了耳光的人是黑虎堂堂主葛图共的儿子葛不畏,在金陵是一条狼狗。普通市民看到他,避之唯恐不及。葛不畏今天带着家童逛街,经过打铁巷时,看到了一名颇有几分姿色的娘子,准备好好调戏一番。哪晓得今天那么倒霉,娘子还没好好调戏就给石斛抽了两耳光。石斛没去理会看客,也没去管那娘子走了没有,起步往寿木店赶。回到寿木店时,太阳都已经过了头顶。店里只有龚宰一人,其他人吃饭的吃饭,回家的回家。龚宰没问石斛早上为何突然不见了踪影,只告诉石斛早上寿木店的生意情况。

“城南凤来里一客人订了一只寿木,要午时前送到,少东主不在,李邈已经送去了。”

“老哥,我们还是先去吃饭。生意的事情,边走边说。”

“等夷则吃完回来吧。”

“别等了。”

石斛和龚宰刚跨出店门,吕夷则回来了。“来了正好。守住店,别让人给扛走了。”石斛撂下一句,就起步前往白虎大街吃饭。“老哥,我们今天吃好点,去鹿鸣酒肆。”来到了白虎大街,石斛提议。“行。少东主想去哪吃,就去哪吃。”龚宰立马附和。到了鹿鸣酒肆,石斛点了清蒸鲤鱼、红烧猪脚、鸳鸯鸡、淮南豆腐四个菜,还要了一壶秣陵烧春。

徐榛目送石斛前去赎谢宛然母子。石斛走后,徐榛站在朱雀门外一边眺望,一边默默祷告,祷告石斛能将谢宛然母子平安赎回。石斛是一块很好看的观赏石,是不是中用,徐榛没有底。徐榛在不安中熬过了一个多时辰。当看到石斛和谢宛然母子出现在朱雀门前时,徐榛甚至感到有些晕眩。徐榛本想去跟石斛打声招呼,那么多人在场,不敢妄动,只能目送石斛远去。进入朱雀门,徐榛带着于芩送谢宛然去她的住处清扬楼,说几句闲话压一压惊。

"奴家当时吓昏了头,连句感谢的话都忘记了说!"

"以后少夫人见到他时,再向他说感谢也来得及!"

"只怕是以后没机会啰!"

"他又不是神仙,还怕以后没有机会?"

"过后说总不如当场说。奴家晕乎乎,傀儡似的,就是没想起说。"

"大嫂真想说一说,表示感谢,什么时候让爸去请他过来就是。"

"这不好。要谢也只能登门道谢。请人过来,不够尊重。只是奴家一个妇道人家,又守寡,登门道谢,不方便。"

"道谢的事,爸应该会有安排。"

"这倒是。只是依理,最起码应该去看一看。"

"大嫂无须放在心上。人家说不定就是根本不在乎这些的侠客。"

"真是侠客!十步杀一人,千里不留行。有他在你身边,就算老虎在你面前也不需要担心。不是救了奴家,奴家就说他好。那后生不仅武艺超群,风格高尚,而且相貌堂堂。那后生,真是俊!"忽然,谢宛然说着就自言自语了起来,仿佛犯了痴心疯。"真没想到,这世上竟然有这么俊的后生。奴家一直以为,像檀郎这样的后生只是一个传说。想不到,真有这样的人。金陵那些个后生走在他的身边,以奴家看,简直就是活受罪,心情肯定很差。"

"真有大嫂说的那样俊吗?"

"奴家为何要哄小姑?奴家相信,那后生走在金陵街上,十个女人至少九个会回头,一个不回头是她的夫婿在身边,不敢。那后生全身上下,你找不到一处让你不舒服的地方,总感觉是女娲娘娘亲手捏似的,没有比这更好的样子。"

"英俊固然重要。婢子觉得,还是懂得疼最重要。不懂疼,最英俊的后生也只能摆着看一看,根本就没用。"

"你怎晓得那后生不懂疼?奴家倒晓得那后生好像特别会疼女人。"

"大嫂还是第一次见。怎晓得那后生对女人特别疼?"

"这只是奴家的一种直感吧。"谢宛然说着就微笑起来。

"嫁给他,大嫂觉得怎么样?"

“哪有那么好的事情?”

“少夫人,嫁人可是过日子哦。那后生有钱吗?”

“像他这样有能耐的后生,钱不会是问题。”

“是不是救了大嫂,大嫂故意说他好?”

“不是奴家说他好,而是奴家以前没见过。”

“大嫂喜欢,我让爸着媒人去给大嫂做媒。”

“小姑就别逗奴家了。人就是这样,不属于你的物事,常常就是故意让你眼馋。”

“少夫人,县主嫁给他怎么样?”

“那后生愿意,那是县主的福气!”

“还要他愿意?”

“少夫人也太夸张了吧!朱雀门大县主还怕找不到比他好的后生?”

“不错。小姑确实很漂亮,也非常讨人喜欢。这样的后生却没有。小姑,你说到哪里找去?朱雀门确实很有钱。问题是,奴家感觉,那后生根本就不稀罕什么钱。只是奴家不清楚那后生喜欢不喜欢做官。那后生喜欢做官,那好办,用个官位哄一哄,就能办成。

不喜欢做官,奴家看,没多大的戏!凡是不喜欢做官的后生,想法往往也奇特,就像那些个躲在深山老林里面的隐士,官帽、金钱、美色都难以劝得动。那些个自认为姿色出众的娘子,身边打转的总是那些小流氓。哪有好后生愿意围着她们转?真正的好男人,躲避美娘子都来不及。只有那些个小流氓,能耐全无,只好围着美娘子,靠坑蒙拐骗哄人。小姑就算外面的世界没见过,至少也读过不少书,神州史上,最漂亮的娘子是谁?那是神女。奴家虽没见过,听说金陵城内最漂亮的娘子是逸仙居的玉真仙子。我们家那些个唱歌跳舞的,还不是个个美若天仙?自古红颜皆薄命,讲的就是这些人。请恕奴家乱说,小姑想想,就算是金陵城,小姑是不是最漂亮,最温柔,最讨男人喜欢?就说小姑样样都是,那又怎么样?奇妙的是,与众不同的好后生,偏偏不选择美娘子,而是外人看来相貌平平的普通娘子。人家讲究的是,身无彩凤双飞翼,心有灵犀一点通。那后生却不同了。那后生……”谢宛然想了想继续说:“好比就是一群鸭子里面突然闯进来了一只鸿鹄,让人乍然眼亮,谁个不喜欢?谁个不倾慕?在金陵,小姑找谁去?小姑说句实话,看到这样的后生,小姑一点也不动心?不用说小姑啦,奴家都动心死了!男人多不假,好男人却少,像那后生,更是看不到。奴家是过来人,又是朱雀门长媳,至少晓得什么样的男人才是好男人。不是奴家说话难听，没有了身后的家庭，那些平常里颐指气使的官宦后生，什么物事都不是。”

“婢子跟着县主走了那么多趟金陵的大街小巷，还真的没看到过这样的后生。”

“不是你看不到，根本就是没有。男人看男人，怎么会跟女人看男人一样？你到金陵街上去看一看，满眼都是千篇一律的男人，没一点味道。不是矮就是胖，不是黑就是瘦。找了半死，说不定能找到几个油头粉面的小生。这种既不中看又不中用的粉面小生有何名堂？充其量绣花枕头而已。哪像那后生，面对那么多的绑匪，根本不屑看一眼。这种气度，就是常山赵子龙奴家看也不过如此。那种凛然，奴家真正领略到了什么才是男子汉大丈夫。说话的震慑力，不用动手，土匪已经吓服。不是奴家话说难听，金陵那些后生跟那后生比，简直就是一条毛毛虫。奴家是过来人，看到那后生马上怦然心动。”

“快要吃饭了，小妹先回去。”

徐榛没有继续跟谢宛然多聊，起身告辞，带着于苓离开了清扬楼。送走徐榛，谢宛然吩咐侍儿去准备沐浴香汤。人虽已经平安回到了朱雀门，早上吓出来的冷汗还留在身上。谢宛然决定先洗澡，再吃饭。备好了香汤，侍儿倪素素、余青青服侍谢宛然脱去罗裙。谢宛然看了看自己小腹上的妊娠纹，抬起脚，踏进上面漂浮着花卉的木桶中，蹲下身子。

当初父亲定下这门亲事时，谢宛然连徐天赐这个人长成怎么样也不晓得。在江宁县众人的羡慕、嫉妒中，谢宛然成了徐天赐的新妇，徐渊的儿媳。父亲也正因为谢宛然成为徐渊的儿媳，由愁眉苦脸变成笑容满面。谢宛然的娘家由江宁的中等偏上，顷刻之间变成了江宁第一家。江宁人无不以能够巴结上谢家为荣。徐定城出生后，谢宛然在家中的地位几乎可以跟徐渊的宝贝徐榛媲美，谁敢不对她恭维，即便自己的夫婿徐天赐也是如此。

可惜，徐天赐在前往苏州的途中遭到了绑架，被撕了票。本来挂在谢宛然脸上的笑容也跟着徐天赐一起沉到海底，陪伴徐天赐。谢宛然守丧一年后，徐渊就开始给谢宛然物色新婆家。徐渊确实说过，找到合适的婆家，徐渊愿意以女儿的身份让谢宛然出嫁。自从谢宛然要嫁出去的消息传开后，就不断有媒人到朱雀门给谢宛然说亲。可是，不用说金陵就是整个吴国，哪里还能找到像徐渊这样的婆家。不用说谢宛然自己，就是谢宛然的母亲、哥哥都一致反对。谢宛然不是徐榛，离开徐家之后，肯定不再是徐家的人。离开朱雀门，娘家的一切荣华富贵就会是重午节的菖蒲，一天的事情。再说，谢宛然肯嫁，徐渊心里也确实不想谢宛然再嫁出去。不用说谢宛然，就是徐渊也不忍心自己的长孙徐定城已经没有父亲，再没有母亲。找个外人入赘，这是徐渊万万不会同意的。徐渊家中有的是儿子，不会贸然引白眼狼入室。可是，谢宛然今年才二十五岁，正值青春年华，就这样守一辈子寡？

谢宛然坐在木桶中，轻轻搓揉自己的身体，陷入沉思。

正如孟老夫子所说，鱼，我所欲也，熊掌亦我所欲也；二者不可得兼，舍鱼而取熊掌者也。倘若生活有了鱼，才会想到熊掌。谢宛然现在已经有了鱼，需要的是熊掌。徐天赐沉入海底后的日子，只有谢宛然自己晓得。当媒人涌入朱雀门时，谢宛然确实曾经有过走出朱雀门的冲动。不过，谢宛然很快就抑制住这种冲动，一一谢绝了媒人。见谢宛然态度非常坚决，徐渊也随即顺水推舟不再提起此事。

谢宛然坐在木桶中，热水轻揉着身子，眼前浮现出上午的情形。谢宛然牵着马，和石斛一起前去跟朱雀门家丁会合。两旁是满眼的青翠，二月和煦的阳光照在身上正好舒服。马蹄踏着小路，如同轻轻敲打节鼓，和着两人的脚步声。徐定城搂着石斛的脖子，靠在石斛的肩膀上，没走几步，就睡着了。谢宛然脱下身上的短襦给徐定城包上，以免着凉。走在乡间小路上，谢宛然幻想他们是一家人，省亲后往家走。我当初能遇上他，就好了，也不至于像现在这样独守空房。谢宛然几乎已经无法再忍受守寡的日子。

谢宛然想起了卓文君，觉得自己跟卓文君非常像，有貌，有才，年轻守寡。除了没有一个像卓王孙那样的富豪爸爸，谢宛然自认为没有一点比卓文君差。出阁前，谢宛然是江宁闻名的大美女。媒人走马灯似的，都快要踏破门槛。就是现在，谢宛然对自己的相貌依然非常自信。其他人，谢宛然很自信，不要展现过多的魅力，就能勾引上。那后生呢？谢宛然顿时泄了气。不要说别人，小姑肯定已经被迷上了。谢宛然忽然想到，一个小后生舅舅怎么可能会贸然派他前去搭救？我虽是谢家人，城儿却是舅舅的心肝。显然，已经知道了他的底细。说都不用说，舅舅派人调查过他。为什么要调查他？还能为什么，选女婿呗。想当初，舅舅为了宝贝儿子天赐，也曾经派人调查过我好几次，什么相貌啦，才艺啦，人品啦。我去跟小姑争？还是先死了这条心吧。谢宛然顿时泄了气。既然那后生即将成为舅舅的女婿，自然不会轮得到我去享受这等美味佳肴啦。舅舅让我作陪嫁，送给那后生做小妾，也是让人羡慕的美事。起码吃不到主菜，吃吃边菜也不错。可惜啊，这种痴人说梦的事情，不用说舅舅，就是小姑也不会同意。谢宛然坐在木桶中，长长地叹了一口气。

徐定城受了惊吓，晚上睡不安稳。谢宛然让徐定城到自己床上睡觉。“妈妈，他是我爸就好了。”徐定城躺在身边说了一句让谢宛然只想哭的话。谢宛然将徐定城紧紧搂在自己的身边,眼泪滚滚而出。“城儿的爸爸也很好。”谢宛然一手掏出手绢擦了擦眼泪。

“那为何都不来看我?让我受坏蛋欺负。”

“城儿的爸爸出远门了。城儿乖,先睡,好吧。”

谢宛然轻轻地拍着徐定城的后背。谢宛然怕徐定城晓得她哭,竭力忍住。徐定城在谢宛然轻轻拍抚下终于睡着。谢宛然轻轻地下了床,连衣裳都来不及披,就出了房间。天上是一轮明月。谢宛然就在清扬楼前的假山后,手绢蒙住嘴,嚎啕大哭了起来。直到情绪得到了发泄,谢宛然才蹑手蹑脚地回到房间,重新躺在了徐定城身边,仰面看着眼前的一片灰黑。人就像纸糊的稻草龙,摆在那里看看。捅破了,你才发现原来里面全是垫牛栏的稻草。

吃了饭,石斛没来得及洗澡,就离家去找荆善居,准备摆平戚冷与秦淮帮的纠纷。下午有寿木急需送,没时间,只好拖到晚上。到了仲连堂,石斛还没开口,荆善居就问:“你今天是不是在打铁巷抽了人家耳光。”石斛一听,立马意识到已经捅了马蜂窝。

“荆兄的信息真是灵通。”石斛马上承认。“小子确实抽了人家两耳光。”

“你晓得不晓得被你抽耳光的人是谁?”

“小子问清楚他是谁,就不会抽他耳光了。抽都已经抽了,管他是谁。”

“全金陵只有你敢这样说。别人,别说抽他耳光,看见他都哆嗦。”

“小子一不小心又惹上了麻烦。”

“朱雀门家丁,你都敢打,还怕惹麻烦?”

“不是敢,是保命。小子总不能直着手给他们活活揍死吧?”

“今天呢?葛图共的儿子没有主动出手打你吧?善居看你,好像都很澹定,怎么也想抽人?善居在这个道上行走多年,每天看到的全是不平之事。仲连堂能够在金陵混得下去,就靠有那么多不平之事。你不会想不通吧?”

“小子也不晓得今天那根筋抽着了。”

“你抽着没关系,却让善居第一次单口回绝了一趟生意。”

葛不畏一口气跑回了家,向葛图共搬是非去了。岂有此理!听了儿子的哭诉,葛图共不由怒火中烧,手用力一挥,茶几上的茶盏被挥了出去,“咚”的一声直撞到堂壁上。“不留名号也还罢了,竟然敢说不服气去找他。根本就不将黑虎堂放在眼里。不灭了他,老子怎么能咽得下这一口气!”“当家先请息怒!”黑虎堂内号称赛诸葛的武统劝葛图共。“这个石斛,上次一个人赤手空拳将一班朱雀门家丁打趴下，应该有手段。”看了儿子乌青的脸，葛图共开始相信这个传说。石斛将朱雀门一班家丁打趴下的消息传到了黑虎堂。是不是继续收白记寿木店的保护费，两喽啰去问葛图共。有能耐的人多交一个，对黑虎堂只有好处。现在去收他的保护费，等于给自己树了一个敌人。“不用去收了。”葛图共决定交一交石斛。不过，葛图共没将石斛放在心里，转身就将石斛给忘记了。今天打了儿子，葛图共才重新想起。

“让人惊奇的是，他将一班朱雀门家丁打趴下，竟然一点事也没有。当初放一马还可以说将人打死在门头前太难看，过了那么久依然平安无事就稀奇了。这里面定有大文章。小弟也很好奇。有兄弟看到他和金陵守军都指挥使朱同泽有说有笑，好像关系很好。种种迹象表明，公开动他不得。就算动得了，也必须要付出很大的代价。要动也只能暗中动。一个寿木店少东主，多一个少一个无所谓，关键是站在他背后的人到底是什么态度。万一失手了，怎么办？小弟觉得，反正要出气，花几缗铜钱让仲连堂替我们去做。当家觉得怎么样？”

武统这么一分析，葛图共冷静了下来。沉默了半晌后，葛图共同意武统的处理意见。“铜钱多几缗就多几缗，下手得恨一点。”吃了午饭，武统亲自去仲连堂拜访荆善居。荆善居一听，立马转变角色，成了调解人。“荆某先替石斛道个歉！”荆善居向武统手一拱。“三当家有所不知，白记寿木店少东主石斛是荆某的兄弟。”一听荆善居说石斛是他兄弟，武统真不敢相信自己的耳朵。“荆某这个兄弟，据荆某所知，一般不会自恃武艺高强欺负人。今天为何动手打人，荆某要好好问一问。打已经打了，大当家准备怎么做才算出了气。”武统来时的要求统统咽到了肚子里。还想荆善居拿自家兄弟给葛图共出气？“冤家宜解不宜结。荆某觉得，石斛和黑虎堂的恩怨还是和平解决为好。不是荆某替他吹嘘，荆某这个兄弟是人中龙凤，徐大当家非常欣赏。传言，徐大当家有选他为女婿的意图。荆某不敢说是真的，但可以肯定，前几天就有人亲眼目睹朱雀门大县主和荆某的这位兄弟一同在朱雀门前下马车。这不等于告诉人家大县主已经选定了女婿？三当家不相信，可以直接去询问朱雀门的家丁。民不与官斗。徐大当家是太尉致仕，毁掉一个帮会，还不像毁掉一窝蚂蚁？又不是出了人命，到了非死不可的程度。”“武某回去跟当家说说看。”武统跟荆善居告辞，起身回黑虎堂。荆善居降阶送武统到大门口。

“过两天，小子亲自去一趟。”

“不需要。人家在这条道上混了那么多年，懂得很。死缠烂打下去，没有任何好处。你现在像树林里的老虎，一点身影就让人吓破了胆。人家现在根本摸不透你到底是什么人。朱雀门家丁都敢还手，他那些流氓还不是欠揍？唯一的选择就是暗地里。你武艺太好,想得手不是那么容易。万一失手,怎么办?别说咬出黑虎堂,就说你猜是黑虎堂,只要朱同泽带几个兵士,黑虎堂还不是一锅端?金陵市民不算人,衙门怕得很,何况跟土匪根本没有两样的兵士?得饶人处且饶人。如今给了一个那么好的台阶,聪明人都会顺势走下来。"

武统一回去,就将荆善居的建议转告给了葛图共。葛图共敲了半天手指后说:"武公马上带黑虎堂所有弟兄搜集他的情报。无论怎么做,都要先弄清楚他到底是谁。打狗也要看主人。葛某不会让自己的儿子白白给人抽了两耳光。"武统还在带黑虎堂兄弟调查石斛,一名手下前来向葛图共禀报,朱雀门大当家徐渊有请。什么事情?葛图共脑子一转,就想到了棺材店少东主石斛。徐渊曾经是海盗,现在却是太尉致仕,朱雀门大当家,弄死葛图共真的只需要一壶开水。在徐家的地盘上,徐渊叫你去,已经看得起你了。葛图共当下就随朱雀门家丁邵康强去了朱雀门。葛图共果然没猜错,徐渊叫他去,是为了石斛。

"听说石郎打了你儿子两耳光,不晓得有没有这事?"

"有这事。"葛图共本想否认,又不好否认,只好如实说。

"你儿子不三不四,迟早有一天会被人断着。石郎替你教训一下,也是为他好。"

"仆回去定亲自登门拜谢!"

黑虎堂手下兄弟多,石斛活动又都没有遮掩,不到一个下午,武统就搜集了一大堆石斛吃喝拉撒的故事。武统吃过晚饭,去向葛图共汇报搜集到的故事。武统还没有汇报,葛图共就说:"多亏武公劝兄弟冷静,此刻才还有黑虎堂。明天,武公去一下仲连堂,就说葛某感谢少东主代葛某教一教逆子。请他什么时候引荐一下好让葛某能亲自登门拜谢。"

第十章　采花贼

力田不如逢年，善仕不如遇时。

——《史记》

吃饭时,徐榛向父亲建议请石斛来喝茶。“打斗的事情到今天还没给人一个说法,请他来喝茶,也好让他将事情放下。也算对他仗义出手的感谢。”徐榛知道,她对谁有意思,父亲肯定会派人去调查他,免得女儿看错了眼,交上了一个人渣。徐渊会心同意。第二天,徐渊派遣小厮向福来寿木店请石斛去朱雀门喝茶。理由是对上次的误会表示歉意。徐渊风雨江湖几十年,人情非常懂。神州人看你是谁,更看你身后站着的人是谁。徐渊请石斛来朱雀门做客,是想告诉金陵人,朱雀门是石斛今后可以遮风挡雨的凉棚。徐渊这样做,既是感谢帮忙赎回谢宛然母子,也是要看一看石斛有了这个凉棚会做什么事情。

石斛没去猜测徐渊请他去朱雀门的意图,而是盘算该不该去。石斛确实想去朱雀门好好跟徐渊说一说,希望化解与朱雀门家丁之间的误会。不过,锣不能杂在鼓里打,要去也只能另抽时间。人家随便一请,马上屁颠颠地前去,姑且不说有攀附的嫌疑,还让人觉得我贪功自傲。像我这样的人,越默默无闻烂在民间,徐渊越放心。跟朱雀门靠得越近,越会容易引起徐渊的联想。如今徐渊已经晓得我的身份,再让徐渊联想起我有什么企图,那真的离死期也就不远了。主动退避,更能让徐渊明白,我只是想在他的地盘上活一活,没有企图。神州人讲脸面,而徐渊又是土匪出身。不去么,有可能会说我不给他脸面,看不起他,毕竟我是李唐世子。这种土匪出身的人容易自惭形秽,最在意自己的身份。去?还是不去?石斛左右为难。石斛权衡再三,最终以寿木店生意忙为借口婉言谢绝了徐渊的邀请。但愿以后他走他的阳光道,我过我的独木桥。别想的美！不想死,给我抓紧时间找地方！

“少东主应该去啊!”龚宰对石斛不去朱雀门表示惋惜。

“朱雀门徐大县主,正待字闺中,少东主能娶上她,还要起早摸黑卖寿木？想做富翁就做富翁,想做大官就做大官,随少东主选择。徐大当家请人去朱雀门做客,仆敢肯定是朱雀门的头一回。金陵人就是做梦也梦不到碰到这等美事。”

“老哥,小子常年在外面混,懂得些有关人的事情。你越不重视,你越重视,越容易被人攥在手里受人操纵,别人偏偏越重视。这就是有些医师故意自抬身价的原因。随便派个人来就去,说明自己脚地不重,人家自然不重视。你一假正经,人家还真的将你当回事,抬肩舆过来上门请了。实际还是那么点医术。再经那些个不明事理的街坊邻居这么一鼓噪,就变成赛华佗似的神医啦。”

“仆还真服了少东主啦。经少东主这么一说,还真的是这么一回事。上元的东郭彦,都是人家抬肩舆去,才肯出门就诊,而且诊金是一次一百缗,少一文钱也不行。”

“小子准备学一学小流氓的欲擒故纵钓一钓朱雀门大县主。”

“少东主能钓上朱雀门大县主,仆说不定也能跟着少东主享几年福。”

“只要将来老哥不揭小子的老底就行。老哥见识广。台蒙平定田额叛乱以前的那些豪门望族,如今还有几家活在金陵?”

“要算有,也只剩下钱家啦。其他的如崇敬门慕容家、思恩庐陈家、静思庐刘家等这些个家族,说不定现在连人毛都没有啦。现在城内的那些新豪门,几乎清一色是武忠王手下的那些人。不想还罢,一想还真的是富贵荣华就是雨后的彩虹,挂不了多久!”

龚宰说着说着,就感慨了起来。

“老哥,我们还是安心卖我们的棺材吧!”

“少东主不去,会不会得罪徐大当家?”

“小子总感觉徐大当家好像不是这样的人。”

“人很难从面上看得出来,尤其像徐大当家这样身份的人,肯定是喜怒不形于色。”龚宰岁数大,生活阅历终究丰富,光见过的人脸都比石斛多得多。“一些言行举止,普通人总认为大人物不会做,实际也一样。史上多少皇帝就因一句话杀了臣僚。”

“得罪都已经得罪了,小子总不至于无辜搬块石头压在自己的身上吧。”

一般常理,肯定是帮徐渊做了什么事情。否则,徐渊不可能遣小厮来寿木店请。一个寿木店少东主能帮朱雀门大当家做什么事？龚宰真有些好奇，但不好问。平安无事过去了两天时间，就是寒食节了。徐榛派东方明来寿木店请石斛去看金陵城一年一度的蹴鞠大赛，并送来了棉菜饼。龚宰不仅更加肯定了原先的推测，还想到了曾跟石斛说过的玩笑。看来，已经不是玩笑了。石斛收下棉菜饼，谢绝了徐大县主去看蹴鞠大赛的邀请。

真是焚琴煮鹤，石斛将徐大县主送的棉菜饼一个个分给了寿木店的伙计。“仆不要。”分到张白时，张白立马推让。“拿着吧。”石斛给张白硬塞了一个棉菜饼。“我们现在是有福同享，有难同当。小子得罪了朱雀门，你也没好果子吃。”张白接过了棉菜饼。龚宰吃着棉菜饼，开玩笑说：“看来，朱雀门大县主已经上钩，就等少东主提竿收线了。”石斛虽不像石岩那样喜欢钓鱼，可钓鱼的门道晓得，顺水推舟含笑说：“千万别急。这时候更要松线，慢慢地遛鱼。慌慌张张强行收线，鱼很容易脱钩逃跑。想再将它钓起，就难了。”

石斛倒不是故意不去，而是寒食节这一天寿木店生意特别忙。随着战火渐渐熄灭，有人准备给已经埋葬的亲人移坟。除了龚宰守店，寿木店所有人外出送货。因寒食节要送的货太多，石斛不得不让龚宰临时雇佣了八名帮工，租赁了四辆木板车。直忙到酉时，才将客人订购的棺材送完。寿木店打烊之前，时来、张白、戚冷三人同时向少东主石斛告假。

时来和张白的理由是要去给父亲扫墓，戚冷的理由是母亲身子欠佳。这全都是孝顺的表现，石斛同意了他们的请求。自逃到翠竹湾隐居的那一刻起，石岩就一直没有祭祀过自己的祖先，也没有在自己的家中设诸如祖宗的牌位。石岩一家人，仿佛就像他的姓一样，是从岩石里面蹦出来的，既无父来也无母。见龚宰没有告假，石斛问：“老哥，小子和夷则、李邈就是很想去扫墓，也没有坟墓可扫，为何老哥也不去扫墓？”龚宰告诉石斛：“仆不过早一些时间逃到金陵罢了。田頵叛乱那回，仆就已经来金陵，算起来也有十几年时间了。祖宗的坟墓在蔡州，去扫一次还不晓得要花多少天时间。算了，金陵城内不能扫墓的人多了去。”

“还是不要将坟墓留下来好！免得子孙扫墓麻烦。”吕夷则向龚宰要铜钱，准备和李邈一起出去吃饭。“留不留下坟墓，自己说了不算。”龚宰将铜钱交给吕夷则。“想留下坟墓不容易，不想坟墓还不容易？”吕夷则立马跟龚宰抬杠。“别啰嗦！抓紧时间去吃饭。你今天还饿得不够啊。”石斛从凳子上站了起来，向龚宰一拱，起身离开寿木店。

“发财！”路上撞见一个街坊，石斛拱手行了礼。出了长寿巷，沿着白虎大街，一路往东，前往玄武大街。石斛原先喜欢钻小巷，走捷径。自上次在新月巷遭到吴不明拦截后，就不再钻小巷。石斛知道，在大街上走的时间越多，看到不平事的机会也就越多。不过，活在神州，不愿意看，也必须看；不愿意听，也必须听；不愿意说，也必须说。人总不能老是障目、掩耳、闭嘴。能够做到视而不见、假装聋哑，也是一种修为。还只走了几十步，石斛就发现有人在后面护送。反正，只要在金陵城内，无论走到哪都有人护送，石斛早就已经习惯了。石斛不晓得，为了能全方位盯住他的一举一动，时来都已经成了朱雀门的线人。

到了玄武大街，刚好碰到兵士押着囚车在游行。追着囚车围观的人比坑虫还要多，囚车上挂满了垃圾。石斛漠不关心，只管集中精神走自己的路。石斛不晓得，关在囚车里面游街的人就是葛图共父子以及黑虎堂主要骨干。就几天前，葛图共还是金陵人人忌惮的黑虎堂堂主，如今已经沦为囚车里面的犯人。真是虎落平阳被犬欺，龙困浅滩鱼虾戏。葛图共的故事告诉世人，千万不要觉得自己有什么了不起，辣蓼有辣蓼的虫，弄死你，刹那间的事情。别说葛图共只是一个黑帮的帮主，就算是节度使又如何？李遇、朱瑾、米志诚等等，都是摆在眼前的例子。葛图共被抓的当天，长寿巷的店主个个兴高采烈，卖陶俑的司空平甚至买了糖果分发给过路人以示庆贺，似乎从此之后不用再交保护费。

大大前天，也就是石斛抽葛不畏两耳光的那一天，葛图共还没有离开朱雀门，就决定咽下这坨狗屎。石斛的巴掌打在葛不畏的脸上，痛的是葛不畏而不是葛图共。葛图共能忍，葛不畏不能忍。当晚，葛不畏没有告知葛图共，就去找了黑虎堂的令狐邦和令狐国兄弟，准备一报还一报，也要石斛当众受辱。令狐邦和令狐国是黑虎堂数一数二的好手，出道以来，未曾遇到过真正的对手。这些年，黑虎堂遇到难缠的对手，大都由令狐兄弟摆平。一个寿木店少东主，真有那么大的能耐？令狐兄弟不相信。一是黑虎堂少堂主，二是铜钱诱人，令狐兄弟答应替葛不畏出气，明天在玄武大街让石斛尝一尝当众受辱的滋味。保险起见，令狐兄弟决定先偷袭，赏石斛一个下马威，然后再当众予以侮辱。人不能太高估自己。石斛五岁开始训练，早就已经眼观六路耳听八方，令狐兄弟的偷袭甚至连石斛的衣裳都没沾到。

葛不畏不晓得，不是所有的仇都能报。葛不畏就是想报两耳光之仇而将自己以及整个黑虎堂逼上死路。葛图共刚一走，徐渊就吩咐徐福盯住黑虎堂，防止葛图共出尔反尔，玩阴使诈。第二天，徐福向徐渊报告，黑虎堂的令狐邦和令狐国兄弟在白虎大街袭击了石斛。“岂有此理！真将我说的话当屁。”徐渊非常生气。“仆觉得应该将黑虎堂铲除。黑虎堂为害金陵多年，铲除黑虎堂，金陵市民肯定拍手称快,对都督凝聚人心非常有好处。”如今的吴国已经不再是杨家的吴国,而是徐家的吴国。徐渊不希望还有黄鼠狼咬死徐家的鸡,采纳了徐福的建议。怕夜长梦多,当天就调用金陵守军捣毁了黑虎堂。葛图共父子以及黑虎堂骨干游街三天,再斩首示众;黑虎帮喽啰杖三十,统统充军。纵横金陵多年的黑虎堂灰飞烟灭。

“葛图共猖狂了十几年,金陵谁不怕他?”葛图共的故事,鲁扬声告诉给石斛。“就因为你小子好高,徐渊眨一眨眼睛就将他灭了。你想想吧,徐渊想灭你,会怎么样?不要觉得自己有两斤半力气。”一个庞大的黑帮,刹那间没了。石斛第一次直感徐渊的势力。“小子会那么笨?别说小子,就是项羽再世,下场不见得比葛图共好。万人操弓,共射一招,招无不中。这么浅显的道理都不懂,老哥会叫小子来喝茶?老哥放心,小子懂丛林法则。”

“老哥也希望你懂,不懂法则被吃,怨不得别人。”

二月二十三日,清明节,晴空万里,艳阳高照,好像上天故意在调节世人的心情,走出悲伤,消去哀痛。反正,这些年死于非命的并不只有自己的亲人,吴国上下,灭门、灭族的比比皆是。无论想开想不开,都必须想开,毕竟活人还需要继续过日子。

石斛到寿木店时,吕夷则正在跟龚宰聊近期发生在金陵的采花大案。

不要说进入花园,就算偶尔看到路旁的一朵花,总有人熬不住,动手摘了好好长在那里的鲜花。捏在手上,把玩两下子,鲜花就枯萎了。随手一扔,一朵原本煞是好看的鲜花顿时变成了弃物,化为了尘土。即便在满山遍野到处是野花的翠竹湾,石岩也总是教育自己的孩子不要见花就采,要学会爱惜。长在那里的花,不论是没有结果而枯萎,还是结成果实而掉落,那都是花自己的事情,与石岩一家人没有关系。石岩总是说,要学会赏花,而不是去采花。经过石岩夫妇的言传身教,就是特别爱花的石竹,看到让人垂涎的鲜花,也不会轻易伸手。石柏和石斛两兄弟就是连碰,都感到有些胆战心惊。

“夷则”,龚宰故意撺掇,“你能抓住采花贼,将来讨新妇的铜钱可就有啰。”

“老哥也太看不起小弟了。”吕夷则人小志大,对龚宰的建议很不屑。

“讨个新妇还需要铜钱,小弟干脆不要。天底下娘子无数,哄一个娘子做新妇的能耐也没有,还讨什么狗屁新妇?”

“有志气,这才像哥哥的夷则。”石斛赞许。

“只怕人家父母,没铜钱,不肯。”

“不肯,就不会找个肯的?下下策还可以哄一个一起私奔。没有新妇,真是笑话！小弟只觉得，我们能将他抓住，也算替金陵人除去一害。那采花贼实在太猖狂了！”

人家自愿，想怎么着就怎么着，谁也管不着。就是依照儒家的规矩，也是仲春之月，男女幽会，奔者不禁。现在正值仲春，会一会，做一些愿意做、也喜欢做的事情，不仅仅是需要，也是应该。强行采花确实可恶。可在神州谁何尝自愿过？押上肩舆，抬到男方，跟被采花贼采了花，又有什么差别？说白了，金陵城内有几个不是采花贼的种？

“少东主，以仆看，还是别去管狗咬耗子的事情。抓采花贼原本就是衙门的事情，普通庶民没必要掺和。一千缗赏钱确实不少，多多努力还是能赚得来。采花贼能在金陵城内屡屡作案，肯定很有能耐。万一失手，倒霉不说，还伤了身体。”

“老哥其他都好，就是平常喜欢认输这点不好。”

“不是老哥想认输，是不得不认输。不要说老哥倚老卖老。你年纪小，很多事情，你不懂。吃够了苦头，你就会明白，该不该认输。有时候，该做乌龟，还是要做乌龟。”

“比小弟有能耐的人是多。这一点，小弟承认。小弟还是相信家师的话，真正有能耐的人，不会做那些个下三滥的事情。”

“有没有能耐别去说，问题是抓住抓不住。”石斛插话。“这种没有固定作案目标的采花贼如同是躲在地底下的鼹鼠，你根本不晓得会从哪个洞里面钻出来。”

“小弟就不相信，逮不住它。”

“怎么逮？采花贼昼伏夜行。亥时前，城内已经宵禁。你违反宵禁，好高去抓什么采花贼，碰上巡逻，那真被当作采花贼了。到时候，你真个是百口莫辩了。是不是需要哥哥去衙门将你捞出来？不是我们不想管，而是管不了。”

“以哥哥的说法，岂不是让采花贼继续嚣张下去？”

“采花贼再嚣张，我们也拿他没办法。哥哥是白记寿木店少东主，不是金陵守军都指挥使。好高倒擂台。哥哥被拉到菜市场腰斩，两老还不是要哭出血？别说你不知道采花贼藏在哪，就是站在你面前，你又怎么样？撞上有权有势的主，你就是想跟他拼命都不行。看看金陵，有多少人遭到污辱，忍气吞声？大鱼吃小鱼，小鱼吃虾米。江湖上，拳头说了算。”

石斛懂，吕夷则懂，金陵人也懂，只是有人不甘心。家住白虎大街思贤巷的罗朱城就是其中之一。罗朱城是个篾匠，每天挑着担子走街窜巷讨生活，靠手艺过半饥半饱的日子。罗朱城弓形的背让人明白活着非常不容易。寒食节前一天，石斛去寿木店的路上碰到请他来家里做过半天的活。建康药肆东主王正义的儿子大白天闯入罗朱城家,奸污了他的女儿。罗朱城告了一年的状,衙门都置之不理。罗朱城没力气,又没铜钱。有力气还可以直截了当去找王怀德讨公道;没力气,有铜钱,也可以请他人帮忙讨公道。看来,想讨回公道只能等下辈子了。“反正已经山穷水尽了,不妨请他试一试。”罗朱城的朋友卢惟平提议。昨晚,石斛正准备出家门去仲连堂看荆善居,罗朱城来石斛家,请石斛拔刀相助,替他讨回公道。

两人在前堂一坐下,罗朱城就开门见山说明来意。“小人所有办法都试了,就是没办法替女儿讨回公道。听小人一个朋友说,公子仗义,不怕恶人,替受欺负的人抱打不平,他亲眼见公子在打铁巷掌掴黑虎堂葛图共的儿子。小人想,公子也一定会帮小人出气,替小人的女儿讨回公道。”今天替你撑腰,明天帮他站台,最后死都不晓得怎么死。罗朱城见石斛沉思,当即许诺。“只要公子能够帮小人的女儿讨回公道,小人愿意将女儿送给公子做侍妾。”反正破罐子破摔,已经掌掴了葛图共的儿子,还在乎再帮老篾匠的女儿讨回公道?“侍妾不需要,小子可以帮你试一试。”石斛答应帮忙。“不过,无论事情成还是不成,你都不能跟任何人说,是小子帮了你。若是泄露出去,不要怨小子用同样的手段对付你。”罗朱城赶紧跪在石斛面前起誓。“只要公子能替小人的女儿讨回公道,小子愿意自断舌头。”“小子没要你割舌头。”石斛扶起罗朱城。“只是希望你晓得厉害。”罗朱城弓着腰说:“小人懂。”“小子有点事要出去一下,还有没有其他事情?”石斛准备送客。“没其他事情。”“那小子以后有空再聊。”石斛送罗朱城出家门,起身前往仲连堂,顺便将罗朱城的事情托付给了荆善居。荆善居二话不说,接下了石斛的生意。

“活着越来越感觉自己像太监。”吕夷则垂头丧气。

“太监再差,好歹还是活人。这世道,唱高调,太监都不一定做得成。”

“还是老哥说得对。你以为哥哥那么喜欢唱高调?只是哥哥运气差,不想唱高调,结果却唱了高调。哥哥哪里想得到,自己交的那些狐朋狗友会遇到麻烦?总不能先算好不会有麻烦才跟他交朋友吧?人家遇到了麻烦,就像你,哥哥又不能不伸手。结果好,唱了高调。朋友又会有朋友,遇到麻烦,向哥哥的朋友求助。又落到哥哥的头上。人家请你帮忙,能拒绝?推不开,只好出手。”

“主要还是少东主交的朋友太多。像仆,没有一个亲朋好友,谁来求仆帮忙?”

“小弟也不晓得怎么一回事,到一地方就是朋友一大串。家父心里,小弟也清楚,不希望小弟滥交。可小弟就是狗改不了吃屎,心里感觉不错,就好上了。有一点老哥也晓得,小弟这人一向不将铜钱当铜钱。人家在铜钱上遇到困难,小弟能助肯定会助上一把。小弟根本不当一回事，而他们却认为小弟这人仗义疏财了。”

“这倒是真。寿木店赚来的铜钱，仆也不晓得少东主有多少花在别人身上。”

“不像老哥，小弟没什么特殊爱好。一个肚子，填饱就行了。”

好像清明节不死人似的，寿木店的生意特别清淡。店门打开后，就不见有客人进店。石斛倒没有像一些生意清淡的店主，听到街上行人走动的声音，旋即朝店外望过去，希望匆匆路过的行人进店看一看，买些物事。寿木店少东主老盯着过往行人，人家肯定说白记寿木店少东主心如蛇蝎，巴望着别人死。石斛和龚宰、吕夷则枯坐在店内无所事事，只好闲扯过时间。等了老半天，才有一位客人进店，要求定做一对单板楠木棺材。经过长期的砍伐，这种能够做单板棺材的楠木还真的不容易找着。石斛答应，就算是翻遍了江南西道，也会满足客人的要求。一个上午没做什么生意就已经过去。石斛连店门都没关，就和龚宰、李邈和吕夷则一起吃饭去了。返回寿木店时，石斛看到寿木店门口左右各站着一名兵士。

“少东主这段时间没在外面跟人有过节吧？”

“活都不容易了，还敢跟人有过节。”

“那应该是有生意上门了。”

到了店门口，石斛一看是金陵守军都指挥使朱同泽，手一拱，含笑说：“原来是金陵城的守护神，小子还以为生意上门了呢。”石斛、吕夷则、龚宰、李邈先后进入寿木店。

“出去连个店门都不关一关，就不怕有小偷进店搬了物事去？”

“小弟这店，唯一的好处就是不怕小偷。不用说不要，就算要，个把人也搬不大动。坐！”

朱同泽和石斛在凳子上坐下。

“今天怎么突然想着来寿木店看一看小弟？”

“前天，同泽陪都督巡视金陵城。都督问起老弟，要同泽抽时间过来看一看。方才巡视到西门，就顺便过来瞧一瞧。”

采石矶控鹤军的窝点被吴用筹捣毁，徐温感谢石斛及时提供了可靠的信息，准备予以嘉奖。反正，徐温手中有的是官帽。徐温当时以为，石斛当面谢绝是一种策略。推一推，也是人之常情。一说给马上伸手，印象肯定差。徐温倒没有怀疑石斛会提供假信息欺诳他。如今吴国境内，谁都可以欺诳，就徐温不能欺诳。提供可靠的信息，应该是想得到好处。徐温知道，像石斛这种岁数的后生，想法单纯，容易热血。不过，徐温还是决定予以奖赏。授人以鱼，不如授之以渔。徐温没想奖赏石斛一点铜钱。当了官,就会有铜钱。徐温做了那么多年土匪,如今又是吴国都督,这道理很懂。况且,徐温准备用一用石斛。过了两天,朱同泽去都督府,将调查来的情报报告给了徐温。“看起来,没有撒谎。”“都督面前也不敢撒谎。”寒食节前,徐渊来牙城和徐温商量有关今年祭祖的事情,徐温顺便问起了石斛。

“听说前些时间有人到大哥府上打架,是否真有此事?”

“还真是成全了这小子,弄得连吴国的都督都晓得了。”

“如今大哥家有什么响动,金陵城内谁个不晓得?”

“是啊。所有人的眼睛都盯着,不得不注意自己给人的观瞻。后生说话可能有些嬉皮笑脸,家丁以为找茬,就打起来了。正所谓不打不相识,大哥前天还请他帮了点忙。”

“大哥请他帮忙?”

朱雀门大当家请寿木店少东主帮忙,好比皇帝向乞丐求助,徐温感到很奇怪。“当时情况非常紧急,想来想去想不到一个合适的人,大哥看他拳脚不错,又没其他办法,只好死马当活马医,请他前去赎人。想不到,竟然让宛然儿媳和城儿安全回到了朱雀门。大哥还没有好好感谢他。”徐渊向徐温简单地说了一下石斛去赎谢宛然母子的事情。

“打架的事情大哥放他一马,也算得上是感谢了。”徐渊不由地点了点头。“落到其他人的手上,可就难看了。如今刺史、观察使、节度使个个都是武将出身,桀骜彪悍,这种事情不管有理无理,自动找上门来,肯定很难看。大哥真想感谢,就由弟弟替你办。以他的岁数和能耐,做个都虞候应该没有问题,也好发挥发挥他的才能。现在军队里缺的就是有能耐的人。原先的一代老的老,死的死,现在再不好好培养后生,将来谁替我们守江山?从卑微时提拔起来重用的后生小子,让他们接班守江山,至少不会挖我们的坟。”

“还是让他卖他的棺材去。卖厌了,你再出手,肯定比现在主动出手要好。饿够了才觉得饭香,现在就给他安排个执事,他未必觉得稀奇。大哥当时请他,那是情况紧急。对你来说,就算是节度使,也只是一个节度使,没什么名堂。”

一个节度使确实没什么名堂,徐温想,随便设一个就是。徐温的长子徐知训就特地设了一个静淮军,想让朱瑾去当这个节度使。眼下,徐温正盯着淮北的朱温,没心思去管一个寿木店少东主。朱温南下才是严重的问题。其他,小事。徐温就将这事撂在了一边。

“都指挥使,采花贼在城内屡屡犯案,你为何不出把力,将他缉拿?”

“夷则，你可不能冤枉同泽。你不晓得，都督府内现在有多少人说同泽没有好好履行职责，以至于采花贼屡屡犯案。这两天，同泽差不多都没合眼，带着兵士整夜在城内巡逻。再不抓紧时间逮住那采花贼，同泽看来只能到寿木店和你做伴了。”

其实，采花贼早就开始作案，只因受害人都是民间女子，没有引起重视，而且衙门怕引起恐慌，从第一个受害人开始就一直在捂。直到连严可求的女儿严央央都成了受害人，衙门才开始重视，全城抓捕采花贼。可是，采花贼就像鬼魅，找了好长时间找不到踪迹。

“夷则，晚上闲着没事，帮同泽去抓。抓着了，奖励加倍。”

“夷则，遂你愿了。”石斛取笑说，“两千缗哦，足够娶新妇需要的铜钱了。”

朱同泽笑了笑，从袖袋内掏出了一块令牌，递给了吕夷则。

“免得碰到巡逻的兵士，将你当作了采花贼。”

“谢谢！”吕夷则接过令牌，看了一眼，手一拱。

“有这物事，万一晚上有事出去也方便。”

“老弟是不是也来一块？”

“不要了。越自由越容易出问题。小弟还是宵禁前回家比较安全。”

“同泽就不再跟老弟聊了，先回去睡一觉，晚上还要整夜巡逻。”

朱同泽起身告辞，石斛送朱同泽出寿木店，前往白虎大街。吕夷则一腔热血，对抓采花贼产生了浓厚的兴趣。石斛回到寿木店。“就是不晓得被采的都是哪些娘子。否则，可以问一问，采花贼是什么模样。”吕夷则真准备抓采花贼。

“被采了花会高声嚷嚷我被采花了？就是谁也不愿高声嚷嚷，捉采花贼才难。”

“这可难说了。说不定就有人愿意被采花。”

石斛含笑轻轻地拍了一下吕夷则的头。

“哥哥虽是男人，可没这方面的经验，还真的不晓得。不过，被字总是不好。被杀，被打，被抢，被骗，谁愿意？你仔细琢磨琢磨，就会明白，神州人特别讲主动和被动。人人都希望去操纵别人。前些年，像狗争骨头似的，相互咬来咬去，还不是为了能操纵别人？操纵别人的言行举止！你不愿意被人操纵吧？金陵的那些娘子，哥哥想，也应该一样。金陵娘子不敢高声嚷嚷，主要应该还是怕说出去，有点不好意思。就算真的是主动，哥哥猜，也不会有娘子将这种事拿出去炫耀，高声嚷嚷，某某采了我的花啦。哥哥的话可能有些绝。想想神州，像黄盖这种愿意被人操纵的人，真的不少。就像是陀螺，不打一下，根本不转。就像长寿巷那些店家，老想将摊子摆到路上，弄得走个路都没法走。”

“少东主的话说得还真有些道理，神州就黄盖多。武忠王平定江南过程中，江南东西两道上蹿下跳的人，说起来哪一个不是像黄盖这样的人？都是不见棺材不落泪，到了最后实在没办法了才肯罢休。普通庶民，仆连提都懒得提了。”

“黄盖也好，周瑜也罢，反正小弟不懂。”李邈从库房里出来，插上一句。自到寿木店以来，李邈几乎不管石斛的闲事。每天除了送货，就是吃喝拉撒睡。路程较远的地方，李邈总是主动请缨。一回寿木店，吃了饭，洗了澡，浆洗好衣裳，就守着寿木不出，好像寿木店就是曾经生活了十多年的太乙宫。“这些年，杀人放火、打家劫舍、绑架勒索，小弟倒做过一些，就是没采过花。说起来，也算是人生一缺。娘子，到现在为止没认识一个，不晓得她们心里到底在想些什么。女人的事情，小弟就不去妄猜了。”

“老哥这方面经验丰富，可否绍介绍介？”

“仆这一生，经手的女人，还真不少，但都是花了铜钱的神女。这种事情，少东主，仆不是怕阉割而故意隐瞒，说老实话，还真的没做过。那方面的事，以仆多年积累的经验，男人明，女人暗。闷在肚子里面，看不出来，实际猛得很。”

“老哥是不是怕啦。”

“老哥出铜钱，有什么好怕？想歇息就歇息，想结束就结束，想继续就继续。想上面就上面，想下面就下面，想前面就前面，想后面就后面，随老哥的便。最猛的神女，奈何得了老哥？有什么不满，老哥下次不去就是，无须强迫自己。明明不行还要假装行，吃什么仙丹，装什么英雄好汉，以鼓气的皮囊吓人。就像仆隔壁的甄唐杉，天天吹嘘自己行。越吹嘘，越不行，就是怕露了底。铜钱在手，神女还不是得满脸笑容侍候老哥？这种事情，将来老弟自会明白。现在跟老弟说，根本就不懂。”

“难怪老哥宁愿打光棍！看来，这里头的名堂多。”

“名堂未必一定有，遮羞的噱头肯定不少。就像委婉语一样，龌龊的事情也可以说得很动听。少东主感兴趣，可以去查一查那些个书籍，淫妇一词到处都是，淫夫却难以见着。以仆多年的经验，未必一定就是歧视女的，自有他的道理。只不过女的喜欢拿一块遮羞布将它遮掩起来而已。就像绣花枕头，谁晓得里面塞的全是稻草？这些物事，少东主将来成家后自会明白。采花这种事情，仆在武忠王那回，见得多，听得也多，简直就是不将花当花，纯粹是当菜吃的物事。乱得很！现在想想，那时的情景真的有点一王出世百花谢的味道。”

枯坐了将近两个时辰，废话说了不少，可就是没做一趟生意。“看来，今天的生意就这样了。”石斛站了起来，准备回家。“哥哥，晚上徐氏祠堂有名伶门宁的戏。”吕夷则告诉石斛。“好，哥哥晚上陪你一起去看。”石斛向龚宰、李邈、吕夷则手一拱，离开寿木店，起身往家走。

“今天生意有些清淡，孩儿就早些回家了。”

“早就该歇息歇息。能弄口饭吃吃就行了，我们又不是想赚钱变富豪。”

“妈还别说。孩儿再折腾折腾一段时间，说不定还真的变成了富豪。”

“努力赚钱，没错，至少可以消除某些人的担心。丛林中，只要有足够大的力气，不怕没肉吃。这是他们的信念。眼下越努力去赚铜钱越安全，赚到赚不到铜钱不要太在意。俗话说，人怕出名，猪怕壮。成了富豪，未必就是好事。朱三还没咽气之前，我们只能夹着尾巴在金陵混着。这段时间，控鹤军以及寻找宝贝的各路神仙，说不定就在金陵一带转悠。露了马脚，我们又得跑到什么地方躲了去。如今这世道，找个躲的地方不容易。”

“爸放心，孩儿也只是说说。”

“想在金陵继续混着，任何事情都得似是而非，似争非争。”

“孩儿谨记。”

石斛吃了饭，洗了澡，准备去看戏。“爸，有人来找孩儿，就说孩儿到徐氏祠堂看戏去了。”石斛到徐氏祠堂时，吕夷则已经站在徐氏祠堂的大门口等。没想到，李邈也来了。李邈不喜欢热闹，更不喜欢看这些咿咿呀呀的变文戏。一碰面，李邈就向石斛解释。“强不过他，只好舍命陪君子了。”吕夷则不晓得哪根筋被抽着了，就是死缠李邈一起去。“好吧。”想想来寿木店那么久了晚上都没出过门，同意陪吕夷则去看戏。二人从侧门出了寿木店，前往徐氏祠堂。石斛家离徐氏祠堂较远。吕夷则和李邈站在徐氏祠堂的大门口等了好久，才看到石斛前来。戏此时已经开演。徐氏祠堂内是人山人海。与其说看戏，还不如说看人头。金陵人一听说明伶门宁登台，纷纷前来看她的芳容。石斛看了好几次戏，还没见过像今晚这么挤。戏台下面，黑压压全是人。“就不用挤进去了。”李邈一看到人挤人就不想进去了。“都已经来了，总得进去看一看吧。”吕夷则从后面推着李邈往里面挤。

李邈怕挤，又不喜欢嘈杂，戏还没有散场就不想看了。石斛也想溜之大吉，向几个熟人拱了拱手，和吕夷则、李邈一起出了徐氏祠堂。“哥哥，现在时辰还早，不如我们四处巡视巡视，说不定能逮着那个采花贼。”吕夷则心里老是念念不忘那个采花贼。

“采花贼又没有在额头上写着字，金陵人挥汗如雨，谁晓得哪个是采花贼？”

“就四处巡视巡视,又没有要你割肉。”

“那好吧,反正时间还早,哥哥就陪你玩一玩。晚上,徐氏祠堂的主角是明伶门宁。我们三人分头盯着门宁,说不定还真逮着采花贼。”

“哪有那么凑巧?”

“这可未必就是凑巧。采花贼准备采哪一朵花,总得先看一看哪一朵花好看,哪一朵不好看。莫非那采花贼蒙着眼睛瞎采?我们虽然没采过花,但起码晓得采花贼是男人。男人肯定会喜欢那些个鲜艳的花,而不会特意喜欢那些难看的花,除非有病。看看宗祠里面人山人海,还不是都想看一看门宁的芳容?这些人里面说不定就有采花贼。”

“哥哥,那不是门宁吗?”

果真是名伶门宁!原来门宁怕散场后被戏迷阻拦,连妆都没来得及卸,就准备坐肩舆回宜春教坊。门宁不穿王昭君的衣裳,吕夷则还未必晓得她就是门宁。穿王昭君的衣裳,不用猜也晓得她就是门宁,方才在戏台下看王昭君在戏台上咿咿呀呀唱着。

“夷则,你的机会来了。我们三人装作不认识,分头紧盯门宁。”

真个是瞎猫碰上死老鼠,这一盯还真盯上一个对门宁很感兴趣的黑影。鬼做多了,羹饭肯定会吃到。猖狂金陵多时的采花贼猖狂到了头。四名小厮抬着坐着门宁的肩舆过了扬武大街,拐入了长章巷。小厮好像也感觉后面有人跟踪,旋即加快了步伐。

肩舆刚刚出了长章巷,李邈拦住了跟踪者的去路。李邈一步步逼向跟踪者。敢主动拦截肯定不是好惹的种。跟踪者迅速转身,撒腿向小巷的另一头逃遁。一场猫捉老鼠的游戏旋即展开。跟踪者没命奔跑,快到长章巷口,石斛突然窜出,脚一伸,跟踪者来不及收脚,向前一扑,摔倒在地上。这一跤可摔得不轻。石斛听到了沉实的声音,只是不晓得跟踪者是不是已经摔断了门牙。跟踪者一骨碌爬起,继续逃命。可惜,跟踪者无论怎么跑,天煞孤星就是紧紧跟着跟踪者的后面,无论怎么甩,就是甩不掉。跟踪者都差一点要跑虚脱了。

从长章巷开始,跑街窜巷,一直跑到了半腰巷,跟踪者实在跑不动,准备不跑了。不杀人,想逃离已经不可能了。跟踪者抽出了剑。石斛看到了剑闪烁着银光。刚刚过了一招,石斛就晓得,跟踪者连握剑的力气都差不多已经没有了。月夜下,石斛只听到跟踪者重重的呼吸声。过了三招,跟踪者虚晃一剑,调头准备继续逃跑。还没有跑上几步,吕夷则和李邈已经逼了过来。石斛看着李邈、吕夷则前后夹攻跟踪者。不久，跟踪者手中的利剑离手。吕夷则忍不住哈哈大笑了起来，笑声在夜晚的半腰巷内震荡。

“夷则，你扛着，我们走。”

石斛解下跟踪者的腰带捆住他的手。吕夷则扛起跟踪者，走在前面，前往北门内子城找朱同泽。抓到了采花贼，了却了心愿，吕夷则步履特别轻松，不一会就到子城。石斛请守兵前去通报。三人站在子城外只等了一会，朱同泽就出来见石斛。“抓到了？”见吕夷则肩上扛着一个人，朱同泽连忙问。“抓了一个，到底是不是就只能由你来辨。”“快进来，待我仔细辨别。”朱同泽在前引路，吕夷则扛着跟踪者，李邈、石斛紧跟在后，进入子城。

不一会，到了一座房子前面。三人跟着朱同泽，踏上台阶，进入房间。“将门关上！”牙兵关上了房门。“就绑在这株柱子上。”两名牙兵拖着跟踪者，将他反手绑在柱子上，嘴上勒住绳索，蒙上了眼睛。朱同泽端着油灯，上前仔细辨认。“将他的衣裳扒开！”一名牙兵迅速扒开了跟踪者的衣裳。跟踪者的左胸上文着一幅蝙蝠图，心口有一颗黑痣。控鹤军？石斛暗暗吃了一惊。真是江南无男人，太监充丈夫。想不到，吴用筹竟然会无能到这种地步！“就是他！据一名受害的娘子描述，采花贼心口有一颗黑痣。”朱同泽将油灯递给一名兵士。

“辛苦老弟了。”朱同泽向石斛手一拱。

“说辛苦，也是夷则和李邈辛苦。”

“辛苦两位！”

朱同泽手一拱，吕夷则和李邈手一拱。石斛靠到朱同泽身边，贴着朱同泽的耳朵，轻轻地说：“朱兄，此淫贼非常重要！小弟曾见过淫贼身上这种模样的文身。依小弟推测，此淫贼应该就是朱温派到江南来的控鹤军杀手。”“这淫贼是控鹤军杀手？”朱同泽非常吃惊，顿时高声了起来。“小声一点！”石斛贴着朱同泽的耳朵继续说：“朱兄将他交给徐大人，肯定是破获近期大案一条非常重要的线索。”抓到的采花贼竟然是一个控鹤军杀手！朱同泽怎么想也想不到。石斛继续贴着朱同泽的耳朵提醒说：“这事朱兄可千万不能大声嚷嚷哦。”

“老弟放心，同泽懂。外人只会晓得金陵城内疯狂作案的采花贼已经被抓。淫贼固然重要，但也不能完好无损地就将他交给吴用筹。这也太便宜他啦。雁过都拔毛。淫贼如今落到同泽手上，交给吴用筹前，总得留下点物事才行。”

“程保！”朱同泽叫了一声，一名牙兵跑了过来。朱同泽吩咐：“你马上去找一个阉猪行家，就说有大生意要照顾，请他带行头马上来子城。”“是！”一名牙兵应了一声,转身跑了开去。“同泽要求也不多,就一对卵。帐下牙兵感兴趣,就送给他们。同泽可以肯定,这物事他们没吃过。”朱同泽说着就笑了起来。“至于能不能从他口中掏出点有值钱的口供,就看吴用筹了。吴用筹整天做这活,还不至于撬不开他的嘴吧。”吕夷则问:“都指挥使,会不会将他弄死了哦?”“哪有猪去了卵会死了的?依你的说法,神州岂不是没了太监?”朱同泽开心地笑了起来。“小弟就先回家睡觉去了。”石斛决定告辞。

“也行。赏金,明天同泽送到寿木店。”

“真当回事?”

“那当然了。又不是同泽的铜钱。功劳归了同泽,再吞赏金总不好吧。”

石斛回到家,赶紧去洗澡。方才抓采花贼没感觉,现在全身冰冷。见石斛又要找衣裳洗澡,尹如雪问:“斛儿,你晚上不是刚洗过澡吗?”“孩子方才和李邈、吕夷泽抓贼,出了一身汗。”石斛只是将采花贼换成贼。尹如雪一边找衣裳一边说:“狗逼急了都会跳墙,何况是贼?以后逃走了就算,不要去追。”石斛晓得母亲怕他出事,旋即回答:“孩儿晓得。”

采花贼的事情闹得全金陵沸沸扬扬,也传到了徐榛的耳朵里面。“县主,采花贼会不会流窜到云思苑来?”于苓这么一问,徐榛还真的神经兮兮了起来。“真是怕死鬼!朱雀门那么多家丁,那采花贼来还不是送死?”徐榛嘴上虽这么说,心里却毫无底气。神州人就好比鸟,早已经被吓怕了,有点风吹草动,顿时惊慌失措。我常在外面疯,真的不敢说自己是不是已经被盯上了。警觉点,总不会有害处。徐榛第一次关上窗户睡觉。第二天,徐榛起得晚,匆匆梳洗后去向父母请安。看到徐榛眼桃肿肿,徐渊询问原因。徐渊一听,就笑了起来。

“朱雀门家丁多,房子也多。就算采花贼真的越墙进入,怎晓得榛儿住在哪里?退一万步说,就算真晓得榛儿住在哪里,采花贼能来去自由?那些个家丁,个个都是死猪啊?不弄死采花贼,采花贼也得死命逃跑!在朱雀门,安全得很!都像榛儿那样整夜不睡觉,爸还不得弄个铁网将榛儿给网起来。放心!没事。”

徐渊这么一宽慰,徐榛总算放宽了点心。吃了饭,徐榛亲自挑选了一篮子棉菜饼让东方明送去给石斛,并请他一起去看蹴鞠大赛,结果碰了一个软钉子。石斛以寿木店生意忙为借口,谢绝了徐榛的邀请。这些年,徐榛一直手握着选择权,是还是不是,甲还是乙,徐榛来决定。第一次,有人抢了选择权,徐榛很不爽。不过,石斛还算照顾徐榛的面子,收下了棉菜饼,徐榛勉强还能接受。

“推一推,婢子觉得很正常,县主没必要在意。县主一叫,马上屁颠屁颠来,他可能觉得县主会认为他想攀附朱雀门。”于苓给石斛找理由，舒缓徐榛心中的不爽。“他不怕别人鄙夷，卖寿木，有他特殊的原因，也说明他这人比较清高，不在乎世人的眼睛。县主请不动，也很正常。”

不爽归不爽，总不能让人去砸了石斛的寿木店。不过，蹴鞠大赛不看了，转去金陵东郊打马球。马球原本只能帝王、贵族玩，土匪如今变成了官匪，也有了资格。徐温将都督府从润州搬到金陵，马球也开始在金陵流行了起来。徐榛野，徐渊又放纵，成了金陵第一个敢上马持棍击球的娘子。痛快打了几场马球，终于将不爽击溃，凯旋而归。

徐渊刚进如茅斋，徐福就前来告知，这些时间横行金陵的采花贼昨晚给金陵守军抓住了。徐渊决定，亲自去云思苑告诉宝贝徐榛。刚回云思苑，黄芩跑来告诉徐榛，徐渊前来。徐榛小跑前去迎接。徐榛挽着徐渊的手问：“爸，什么事啊，让爸亲自来。”徐渊轻轻拍了拍徐榛的手说：“一来爸啊，好久没来云思苑看榛儿啦，二来爸告诉榛儿一件事。那采花贼昨晚已经给抓了。榛儿以后可以安心睡大觉啦。”压在徐榛心上的石头顿时消失。

“爸，谁抓的啊？”

“据说是朱同泽带手下兵士抓的。不管是猫，还是狗，抓了就好。”

“方才女儿还在跟于苓嘀咕，准备请石斛去抓呢。”徐榛笑了起来。

“前次将你大嫂和城儿救回来，爸还没有好好谢谢他呢。”

“女儿看就算了。爸客气请他来朱雀门，说不定又会推三阻四。”

“不居功，难得，真是难得。”

“人家是俊杰么。”

“不会是石郎自己说的吧？”

“他哦连谦虚都来不及呢，还敢自吹自己是俊杰？是叔父说的。”

“你叔父见过石郎？”

“广济寺回来那天，石斛请女儿顺便带他去见叔父。两人在屋子里面关着门叽里咕噜说了老半天。出来的时候，叔父说石斛是俊杰。”徐榛讲了当时的情况。徐渊一听，恍然大悟似的说：“原来如此！”这些时间，徐榛一直想找一个恰当的机会问徐渊证实自己的猜测。今天恰好碰上这么好的机会，徐榛连忙问徐渊。“爸，莫非还有玄机？”

“事情已经过去，爸也不妨给榛儿讲一讲。”徐渊告诉徐榛。“采石矶那些个假道士是朱温派到江南来企图行刺你叔父的控鹤军杀手。”“控鹤军杀手？”徐榛常陪徐渊喝茶,曾听过控鹤军这个名字。一听徐渊说那些假道士是控鹤军杀手,徐榛心里直念阿弥陀佛。“他们已经做了好几起大案,就是一直找不到他们的踪影。想不到,竟然是石郎发现了他们。”

“榛儿啊,有些事情,榛儿不晓得。晓得了,说不定会跟爸有同样的想法。俗言,时势造英雄,还真的一点也不假。不是那个时代,也就没有今天的爸。可惜啊,石郎晚生了二十年。就这么简单的二十年时间,人的命运就完全不同。没有人提携,石郎只能是埋头在寿木店卖棺材,而且还必须一声不响。没有办法啊,谁叫石郎是石岩的儿子呢！争出世,就是争一个好爸爸。没有一个好爸爸,行走神州这个大江湖还真的是件不那么容易的事。倘若偷懒睡过了头,世上的好爸爸早就已经给人抢光了。”

“女儿肯定是起得早,抢了个好爸爸。”

徐榛为自己能够抢到徐渊这样一个好爸爸,颇为得意地笑了起来。

第十一章　入错行

王子搜非恶为君也，恶为君之患也。

——《庄子》

清明节刚过，石斛就和时来一道前往鄂州进货去了。

死人多，需要棺材自然也多。黄巢造反后，北方世族纷纷逃到江南，连带江南的名贵树木跟着遭了殃。真如杜弼所说，楚国亡猨，祸延林木；城门失火，殃及池鱼。因制作棺材的需要，江南东道那些名贵树木能砍的都差不多给砍光了。像金丝楠木之类的名贵木材，即便就是碗口那么粗都已经不见了其踪影。于是，人们开始将目光从江南东道转向江南西道。从衡、郴、邵、永等州县砍伐树木，再通过湘江、洞庭湖，运到扬子江边的鄂州等地制作，然后将成品卖给淮南道、江南东道的客商。白记寿木店的名贵棺材大多从鄂州进。

鄂州有自称天下江山第一楼的黄鹤楼。石斛能背诵崔颢的《黄鹤楼》和李白的《黄鹤楼送孟浩然之广陵》。货船明早起航，今天纯粹无事。石斛忽然来了兴致，准备去看一看自称天下绝景的黄鹤楼。一问棺材作坊当家施庆宗，原来黄鹤楼离码头不远。时来说自己腿脚不灵便，不想去。鱼找鱼，虾找虾，乌龟找王八，石斛没有强求。石斛独自一人步行去黄鹤山登黄鹤楼。反正没什么事情，石斛看完了黄鹤山上的名胜已经到了午饭时间。

石斛下了黄鹤山，走进了离黄鹤山不远的黄鹄酒肆。想不到，这时来黄鹄酒肆吃饭的客人很多。算了，什么地方都一样。一张方形桌子已经相对坐着一老一少在吃饭，老者的年龄看起来跟鲁扬声差不多。石斛见还有两位置空着，走了过来，来到桌子旁。石斛向老者手一拱，询问："老伯，这位置有人坐吗？"老者抬头一看石斛，一表人才，且颇有礼貌，顿时友善了起来。“没人。”“打扰。”石斛手一拱，就在老者的一侧坐了下来。

这名老者现名倪虎，原名蒋奇，是鲁扬声的老朋友。蒋奇原本是岳州司兵参军。黄巢造反，土匪如蝗虫席卷神州，原李唐官僚比普通庶民下场还要凄惨。以前是官逼民反，如今是民逼官做土匪。蒋奇见没地方可以去，改名倪虎，在岳州和复州之间的那片水泽落草，走上了邪路。倪虎今天带一喽啰来鄂州办事，突然来了雅兴，想看一看这个一直在边上却一直没有看过的黄鹤楼。几乎跟石斛一样，倪虎看了黄鹤山，看了黄鹤楼，来黄鹄酒肆吃饭。

“这地方怎么也像金陵的酒肆一样人挤人。”见酒肆攒动着人，石斛自言自语。正在吃饭的倪虎一听金陵就有了兴趣，随口问：“小哥金陵人？”

“小子在金陵混日子。老伯金陵人？”

“老哥一个朋友是金陵人，只是已经几十年没见面了。”

“金陵小子认识的人特多，说不定就有人认识老伯的朋友。”

“他叫鲁扬声，齐鲁的鲁，飞扬的扬，名声的声。”

“小子认识一个老进士，正好也叫鲁扬声。”

“老进士？”

倪虎还真不敢相信，张着眼睛，老半天没眨一眨。不用说，这个老进士鲁扬声就是倪虎的老友鲁扬声。石斛将鲁扬声的情况一点点介绍给倪虎，并向掌柜借了毛笔，讨了一张纸，给倪虎留下了鲁扬声在金陵的住址。倪虎兴奋异常，一定要石斛带口信给鲁扬声，过些时间，专门来金陵看他。石斛当场许诺，一回金陵，就将他的口信带给鲁扬声。

回到金陵，寿木还没卸，就先去了鲁扬声家。鲁扬声听了石斛带给他的口信，只说“奇”。“已经三十多年没有音讯了。老哥以为他早死了，他也肯定认为老哥早死了。想不到，竟然都还没死，真是奇迹！像老哥，一家人都死光了，就老哥没死，连老哥自己都觉得命特硬。”倪虎也守诺言，特意抽时间来金陵看鲁扬声。

石斛忙碌，石岩清闲。见风和日丽，石岩从菜园里挖了几条蚯蚓，拿起钓竿，准备去玄武湖垂钓。半路上，碰到了一名街坊。街坊准备去玄武湖洗涤器具，跟石岩正好一路。街坊主动跟石岩搭讪。石岩不喜跟人家交往，人家主动搭讪，总不能置之不理。街坊自称是宗树林的父亲。宗树林是谁，石岩根本不晓得，宗树林的父亲更别提了。石岩偶尔礼貌性地插上一句，其余时间全都由街坊说。街坊对石岩让自家二郎卖棺材表示惋惜。

“田頵叛乱平定以来，金陵没发生过大的战乱，看起来天下太平也应该不会太远。常言道，女怕嫁错郎，男怕选错行。卖棺材可能会赚钱，终究不是体面的行当。二郎那么好的后生，一辈子卖棺材着实太可惜。当然了，二郎，能干，英俊，找个新妇倒不难，只是好人家不容易找。”宗树林的父亲向石岩建议，“趁二郎年轻，还有翻身的能力，石公应该考虑让他改行。”

“谢谢宗公！某回去考虑考虑。”

石岩实际早就跟尹如雪聊过这件事情。“最荒谬的事情是行当规划。人的前途像天上的云，瞬息万变，根本不晓得下一步会怎么样。石头原先还希望他们兄弟俩安安静静卖棺材过一生，现在竟然已经演变成这副模样。寿木店都差不多变成了黑帮的总堂了！”

石岩的话虽夸张，来寿木店找石斛的人，确实不只是来买棺材的人。神州人神奇，讨厌棺材，需要棺材；憎恶黑帮，又想跟黑帮有关系的人熟。一来不会给黑帮欺负，二来给人欺负了，也好找黑帮给你出气。仲连堂堂主荆善居说：“如今整个衙门都是一个大黑帮，黎民没办法，只好找小黑帮做靠山。”小黑帮自由竞争。黑虎堂不能给你提供保护，就去找白虎堂。大黑帮垄断。不管提供不提供保护，你都必须交保护费，没有选择。石斛的寿木店也不例外。每月初，龚宰都要去一趟衙门交这个月的税金。寿木店生意越做越红火，营业额也越做越大。衙门的消息毕竟灵通，倒没有要求白记寿木店增加税金。“少东主，以眼下的营业额，至少也得再交三倍的税金。”“这等于交了投名状。什么时候只要说偷税漏税，就可以整死小子。”石斛又给龚宰泼冷水。石斛怕衙门这个大黑帮，不怕民间这些小黑帮。

吃完饭正准备洗澡，街坊芮子富的新妇和一名伙计来到了石岩家，请石斛帮忙。芮子富在玄武大街上开了一家酒肆。因经营有方，酒肆生意相当不错。如今神州，从事酒肆、茶楼餐饮行当，如同赌庄、妓院，没点黑道背景，想平安很不容易。芮子富不晓得从哪得到的消息，石斛跟金陵五花八门的黑道有关系，请石斛去酒肆吃饭已经好几次。石斛都没有去。酒肆的生意大抵集中在晚上。刚营业不久，两名流氓就去酒肆捣乱，扬言要砸毁酒肆。芮子富清楚，酒肆给黑帮瞄上，不解决想安生过日子根本就不可能。怎么办？思来想去，想到了石斛。芮子富一边稳住这两名流氓，一边遣一名伙计从后面溜出，让自家新妇去石斛家向石斛求救。芮子富的新妇跪在地上，流氓在酒肆里面。常言道，低头不见抬头见。芮子富毕竟是街坊。“有用，斛儿就去说一下。”尹如雪终于开口。石斛跟着伙计去了酒肆。

“哥哥，叫小弟来，有何事？”石斛一进厢房，手一拱。

“这两人执意要砸了哥哥的酒肆，只好劳动你石斛老弟的大驾。”芮子富手一拱。

白记寿木店少东主金陵黑道圈内早就如雷贯耳，鹤立鸡群的相貌，认识的人也不少。就几天前，石斛在玄武大街遭令狐邦和令狐国突然袭击，竟然丝毫未损，而令狐兄弟倒反被石斛揍得满地找牙。当时看的人茅坑虫似的，很多原先不认识石斛的人都认识了石斛。

芮子富怕两小流氓不认识，故意将“石斛”两字高声说出。一听芮子富说出“石斛”两字，一小流氓一骨碌就滚了下来，四脚趴在地上。一小流氓反应慢些，石斛紧跟而上就是一脚。凳子翻倒在地，小流氓四脚朝天，后脑勺“咚”的一声撞在地上，摔得确实不轻。酒肆的一名伙计端来一张四方凳，石斛衣裳微微一提，在四方凳子坐了下来。

“哥哥，叫伙计去拿把菜刀来。”

不会真准备剁了俩小流氓吧？万一事情闹大，他身后有朱雀门徐渊在撑腰，我却牵连其中无法脱身。芮子富顿时紧张了起来，看了石斛一眼。胆子像老鼠，又不愿承担责任，流氓才会猖狂。石斛一肚子的鄙夷，没去理睬。“毕松去厨房拿一把快一点菜刀过来。”芮子富见石斛非逼母猪上树不可，只好依石斛的要求让伙计去拿菜刀。

“快钝无所谓，厚一点就行。”

毕松正准备转身，石斛连忙提醒。毕松跑去厨房拿来了一把剁肉刀，递给石斛。石斛伸手接过剁肉刀，看了看刀锋。“哥哥的酒肆，你们也敢讹诈？剁左手，还是剁右手，自己选吧。”石斛收起笑容，说话的声音穿透人心肺，丝毫不像只是吓唬吓唬。不想，俩流氓真被石斛的架势吓着，一边哆嗦，一边磕着头。

“请公子高抬贵手，饶过小人。”

“你俩也配称人？”

“不是人，是虫子。”

“是虫子，还不赶快从这爬出去？莫非等捏？”

大流氓叫小流氓爬，小流氓不想爬也得爬。这是丛林通则。酒肆的伙计以及来酒肆吃饭的顾客，看着俩小流氓慢慢地爬出了酒肆。芮子富去安排酒菜。“刚吃过。小子马上要回家洗澡，已经跟人约好。”石斛手一拱，转身离开了酒肆。

尹如雪告诉石斛，有一个自称鲁南阳的人来过，说他家主人请石斛去他家一趟。“孩儿去鲁扬声家看一下。”石斛冲了个澡，离家去看鲁扬声。见石斛前来，鲁扬声问:“是不是又行侠仗义去了?”“老哥看看,小子像不像一个行侠仗义的人?”石斛脱去布鞋,在堂内筵席上坐下。“依理,像你这种光屁股的人,不能也不应该行什么侠仗什么义。可就是像你这种光屁股的人偏偏喜欢行侠仗义。哑巴喜欢说话。自己没有,人就是喜欢。这些个原本属于衙门的事情,无权无势的人偏偏喜欢管。”侍儿翕然给石斛斟了茶。

“今天找你来,是想告诉你一个好消息。”

“什么消息那么重要,非得老哥亲口告诉小子不可?”

“祸兮,福之所倚;福兮,祸之所伏。”鲁扬声端起茶杯喝了一口茶。“据老哥得到的情报看,某人已经看上你,有准备选你做女婿的势头。是不是好事?”

“祸兮,福之所倚;福兮,祸之所伏。老哥,你说是不是好事?”石斛也端起茶杯喝了一口。“别人或许是飞黄腾达的机会。小子呢,说不定就是堕入深渊的开始。小子来金陵卖棺材,不过是想曳尾涂中而已。哪晓得小子最后会没了龟壳出现在朱雀大街上?一切跟预想的相反。话又说回来,无论是好事还是坏事,小子都得先谢谢老哥。”

“别在老哥面前装君子!老哥这一生伪君子见得够多了,不想再多一个。神州这地方君子出不了,伪君子却像茅坑头的苍蝇,见了都感到恐惧。老哥关注,只是你小子特别。如今这世道,死容易,活很难。说实话,老哥还不想突然少了一个能够说说话的人。”

“这点老哥大可以放心。”

“你小子还真是自信。”

“人家都准备选小子做女婿了,阎王还敢来要人?”石斛笑了起来。

“这世上最说不清楚的就是人。旦为朝云,暮为行雨,朝朝暮暮,阳台之下。”

“老哥想了好久,想不出好办法。走,以你的身份,东南西北都去不得。留不是,走也不是。人家上通三十三天,下通十八层地狱,如今身份已露,留在吴国,无论什么地方,迟早有一天会找着。真个是走投无路。莫非真准备学介子推躲到哪个岩洞里面去?要知道当下已经不是介子推的时代。想想,老哥还真蛮同情你这小子。”

“还是同情同情老哥自己吧。小子其他想不通,就生死能想通。家父崇道,小子从小潜移默化,也差不多。一岁是一生,一百岁也是一生。不会一百岁就变成了一百生。不是小子自戕,而是别人不想让小子活。小子已经努力了,没办法改变,只能坦然面对。小子总不能因为明天会死,今天就不吃饭。生命的长度小子左右不了,那就好好增加生命的厚度。”

“你小子,老哥越来越喜欢。”

“老哥喜欢,就多想想办法让小子多活一点。死了,就没了。”

“你放心,都想让你做女婿了,不会轻易让你死。老哥么,会盯着。”

回到家,向父母问了安,石斛就去房间。今天不去想明天的事情。坐着看了一会书,就脱衣睡觉。一觉醒来,已经是第二天。跟昨天一样,在天井里活动了一个时辰左右筋骨,去屋后梳洗。梳洗完毕,将木盆放回盥洗室,去餐室吃饭。石岩刚刚雇来的刘妈给石斛做了蒸饼,煮了芝麻粥,还煎了鸡蛋。吃了饭,石斛跟父母道了别,离家步行去寿木店。路上,石斛看到采花贼已经被抓获的安民告示,只扫了一眼,继续走自己的路。

徐榛吃了早饭带着于苓坐花船游玩去了。

徐榛自在是有徐渊这样一个好爸爸。徐榛是朱雀门大县主,吴国都督徐温的侄女。这还不是金陵城内名媛个个羡慕徐榛的最主要原因。徐榛的堂姐妹对徐榛既羡慕又嫉妒,是徐榛对自己的个人问题有决定权。这一点,就是徐榛的堂姐妹也做不到。早在徐温当上吴国都督之前,徐榛的那些个堂姐都已经嫁给了徐温认为应该嫁的人。不想嫁也只得嫁是神州娘子的命运。几千年来,神州的娘子没有选择权。说奴隶不是奴隶,说不是奴隶是奴隶。就算有选择权,神州的娘子也总是在情郎和郎君之间痛苦徘徊。徐榛的郎君和情郎却是一个人。徐榛根本不需要考虑郎君出身在什么样的家庭,做什么行当。徐榛选的是人而不是行当。只要人看上,就是做丧夫也没关系。“榛儿,你放心,爸么就你一个女儿,不会将你当白菜一样卖掉！只要你看得上,爸也满意,什么行当的后生都行。将来你想让他做什么事,爸给他安排就是。”正因为有徐渊给徐榛的定心丸,这些年挑夫婿虽然挑花了眼,徐榛依旧只看人不看行当。一辈子郎君只有一个,万万草率不得。慎重,慎重,再慎重。选错了,再想起后悔,就已经晚了。几年时间找下来,徐榛感觉,似乎已经找到了人。这个人就是寿木店少东主石斛。

阳光明媚,天上飘着几朵白云,花船悠悠来到了金陵西门外。“县主,不晓得公子是不是在店里面？这么好的天气,一起游一游秦淮河倒是一件很惬意的事情。”于苓最能摸准徐榛的心思,知道徐榛此刻在想什么。徐榛笑了起来。花船慢慢地靠岸,徐榛下了花船。东方明带着两名家丁护着徐榛去寿木店。朱雀门大县主带侍儿去寿木店看一个后生,确实是一件很失脸面的事情。到了长寿巷口,于苓让家丁卜腾达先去寿木店看一看。不一会,卜腾达跑回来了。“县主,公子到外面送货去了。店里的伙计说，和我们只差一步。”徐榛非常失望。

“公子真是好奇怪。只要能够攀附上朱雀门，根本不需要再卖寿木，可公子偏偏死脑筋。依理说，公子不可能是一个笨头笨脑的人。可公子好像就没那么一回事。大家请他来朱雀门做客，公子说腾不出手拒绝了。其他人肯定是想攀附都来不及。”家丁卜腾达不懂，这种人，就是相貌胜潘安百倍，徐榛也未必看得上。你越在意，她越不在意；你越不在意，她偏偏越在意。女人的世界只有流氓懂。“仆一直搞不明白，公子肚子里到底怎么想的。权势、金钱、美女，哪一样男人不向往？可公子这些好像都不要。仆总感觉，公子好像不是神州男人似的。莫非公子是隐居在金陵闹市中的隐士？横看竖看，公子还真的有点像隐士。”

徐福隔一段时间就会将石斛的情况报告给徐渊。

“卖棺材原本是被人很看不起的行当，可公子在金陵却如鱼得水。真是一件奇事。”

“这就是人与人的不同。神州是一个靠人脉生存的世界。就是做僧道，没有人脉，不懂交往，也无法活。其他能耐强一点弱一点，无所谓，唯独不能缺与人交往的能耐。平常过日子，还是谋大业，都需要朋友帮衬。你只要远远盯住就好了，不要干涉。”

“会不会有什么不良企图？”

“应该不会。”徐渊摇头否定。“他很聪明，晓得有企图等于将绞索套上自己的脖子。不敢靠近朱雀门就是明证。真有什么不良企图，不会跑到金陵卖棺材，而是挤进军队。这些年，杨行愍手下的那些草莽，死的死，逃的逃。就因树着一杆耀眼的旗帜，四面八方的人都跑到这里来，尤其是那些文士。这些人心里依旧思念着李唐皇朝。以石郎的能力，很快会变大。到时候，身份一亮，响应的人肯定比蚂蚁还要多，就控制不住了。他跑到金陵卖棺材，说明没有企图，只是想躲避控鹤军。好交朋友应该只是他的本性。单靠几个鸡朋狗友根本翻不了天。我们别去管他，他想怎么过，就让他怎么过。多想想办法，如何将他的影子抹去。”

徐榛坐花船游秦淮河，徐渊却正在如茅斋应对前来求亲的客人。

武昌节度使李简利用前来金陵拜见徐温的机会，亲自登门向徐渊替自己的二郎李彦信求亲。李简上蔡人，是杨行愍手下三十六英雄之一。李简凭借显赫的战功，杨行愍死时已经是马步都指挥使。徐温宫廷政变成功，李简被调到了常州任刺史，愤愤不平那是很正常。盗跖说过，顺吾意则生，逆吾心则死。宣州观察使李遇遭徐温族灭。李简开始意识到，不效忠徐温，将是和李遇同样的下场。于是，李简也就见风使舵，改换门庭而向徐温效忠。为了安抚李简，徐温让二郎徐知询娶了李简的女儿为妻，两人结为亲家。不久，徐温提升李简为武昌节度使，镇守鄂州。得知李简登门拜访，徐渊亲自出大门迎接。两人在如茅斋分宾主刚一就座，李简就直截了当地说明自己的来意。听完了李简的话，徐渊婉言拒绝。

"贤弟是老哥昔日跟随武忠王起事时期的老友，如今又是舍弟的亲家。两家能够结亲，也算得上是亲上加亲。彦信贤侄，不像那些个只晓得逞强使狠的后生，斯斯文文，老哥也非常喜欢。犬女能嫁过去，也应该会得到珍惜。彦信贤侄曾随同贤弟的爱婿知询侄儿来过朱雀门好几次，犬女也认识。这门亲事老哥理当应允。"忽然，徐渊话锋一转。"贤弟晓得，老哥儿子有九个，虽然后来不幸大郎出了意外，现在还有八个，至于孙子和孙女就不用说了，连老哥自己也说不清到底有多少个。女儿却只有一个，也算有些缺憾。因老哥溺爱，犬女从小就不受约束，一向由她自己决定。老哥曾经说过，只要她喜欢谁，老哥就选谁做女婿。正因如此，犬女的婚姻才拖啊拖，拖到了现在。像平常娘子，老哥早就已经做外祖父了。老哥不会自行选一个女婿强行压给她。毕竟女婿要和她生活在一起。据老哥所知，犬女好像不大喜欢彦信贤侄。以老哥看，这门亲事没戏。"见徐渊婉言谢绝，李简也只好跟徐渊聊了几句就起身告辞。"一句话，只要犬女喜欢，老哥定会同意。说得直白一点，我们两家能结亲，也算是门当户对。"徐渊起身，亲自送李简出了朱雀门。

花船悠悠前行，徐榛靠在船舷出神。

今天风柔日暖，原本是游秦淮河的好日子，可徐榛此时却已经没了游玩的心情。这段时间，徐榛突然发现自己不称心，也不如意。逛街游玩的兴头也已经不像以前那样足，常常是刚一出门就想到回家。于苓清楚，不是徐榛没有了游玩的兴趣，而是一起游玩的人无趣。想见的人迫于生活压力见不着，不想见的人却像苍蝇似的老在眼前飞。"还是回去！"花船离开西门码头，沿着秦淮河悠悠前往金陵南门码头。秦淮河上来来往往的船只，见是朱雀门的花船，纷纷避让。东方明进船舱对徐榛说："县主，四公子的花船就在前面，是不是跟他打声招呼？"徐榛几乎连想都没想就说："只管走，理也不要去理他。"东方明退出了船舱。花船继续悠悠前行。徐榛坐在几子旁，侧身看着波光粼粼的秦淮河，好像在想什么事情。

"公子忙于生计四处奔波，四公子游手好闲到处寻花问柳。真是比也没办法比。"

"我爸说了，争出世，就争有一个好爸爸。谁叫他是寿木店东主的儿子？他家的所有开销全靠寿木店赚来的铜钱维持。没了生意，他肯定睡不着觉。对他来说，生意忙肯定比生意清淡要好过得多。我虽是朱雀门大县主,但还是能懂一点。”

“努力赚铜钱过日子没错,但也不能整天钻到铜钱眼里不出来,做任何事情都应该有张有弛。”于苓给徐榛找了一个很合理的借口。“我们晓得公子的去向,也可以趁他有空闲的时候,约他外出走一走,也不至于过分打搅他的生意。”

“莫非还想派人去监视他?”

“县主不晓得,自打架那天开始,大家就已经派人手在监视他了。”

“我爸派人监视他?”徐榛知道父亲调查过石斛,也知道石斛不是人渣;否则,父亲肯定会告诉徐榛,阻止她跟石斛交往。派人监视石斛,徐榛还真没想到。“他晓得了,心情肯定会很不好。”人就是不同。石斛的心情徐榛很能体谅,别人未必。武昌节度使李简的二郎李彦信来朱雀门,徐榛就没给过什么好脸色。这些年,徐榛一直照自己的喜怒哀乐去做事。

“公子肯定晓得。或许公子认为,反正每天就卖寿木,又没做其他什么不好的事情。实际上,监视和不监视没什么两样。说不定,监视还起着保护的作用。”

“这倒是真的。如他自己说的那样,自由是自由了,但漂泊了。”

“回去后,婢子先去打听打听是谁在监视公子,让他将公子的动向先告诉婢子,就不会出现像今天这样扑个空。大家不再派人监视公子,县主也可以派一名小厮继续监视就是。县主也只是想晓得公子的动向,没有其他的意图。”

“可不能让他晓得是我派人去监视他。我嫁给他八字还没一撇,就派人去监视,他晓得了,肯定很反感。我可不想去做这种蠢事。就像我妈说的那样,男人拦是拦不住的。心不在你这里,铁链都没有用。你还真准备跟一块冰冷的石头过一辈子?”

“啊!”徐榛突然一声惊叫,慌忙躲闪。秦淮河里跳上一条鲤鱼,差点砸到了徐榛。听到徐榛惊叫,东方明冲进船舱。船舱的地板上蹦着一条红红的大鲤鱼。徐榛坐游船上下秦淮河多次,鲤鱼跳进船舱还是第一次,徐榛这下可惊喜不已。“县主,鲤鱼跳船是喜兆啊。”徐榛一听,原本灰蒙蒙的天突然间拨开云雾,露出青天,顿时阳光灿烂了起来。东方明两手将这条滑溜溜的鲤鱼从地板上抓了起来。“县主,是放回去,还是带回去?”徐榛看着东方明手中这条自寻死路的大鲤鱼,心里忽然产生了一丝怜悯。“放回去,放回去!”鲤鱼抛进了秦淮河,尾巴一摆就不见了踪影。徐榛心里突然又产生一丝惋惜。

花船悠悠前行,徐榛靠在船舷出神。

石斛和张向一起坐船送一对寿木去程家庄园。昨天,程家庄园的少主人程冉升让总管来寿木店订购了一对单板柏木棺材，并要求今天午时之前送到。石斛不问远不远，方便不方便，只要给铜钱就行。程家庄园有几十里路，而走水路又慢，龚宰怕错过了客人定的时辰，石斛到寿木店时，已经吩咐李邈、吕夷则装好了船。果然，交了货，从账房成大业手中拿到棺材钱，离午时已经只差一刻钟左右。石斛手一拱，转身就离开程家庄园，坐船回金陵。

货船到达西门码头时，太阳都已经过了头顶。石斛此时肚子已经贴到后背。一脚踏上码头，就想着去汤记面馆吃面条。“张白，我们先去吃饭。”进入西门，石斛放开脚步，张白小跑追上，直奔汤记小面馆。汤记面馆就在白虎大街上，距离长寿巷口不远。经营面馆的是一对年轻夫妇。丈夫叫汤成东，新妇叫张翠兰。张翠兰掌厨，汤成东烧火、端面、打杂。石斛这人恋旧，自接手寿木店以来，常去汤记面馆吃面，跟汤成东夫妻俩早就已经混熟。

见石斛带张白前来，汤成东迎了上来。“老样子，两碗。”石斛手一拱，就和张白从摆在面馆门口的锅灶旁进入面馆。面馆很小，只能容纳两张小桌。此时已经过了吃饭时间，面馆里面没有其他客人。石斛和张白在里面一张桌子旁坐下了下来。没等多久，汤成东就端来了一碗肉丝面。石斛将肉丝面推到张白面前。“少东主先。”张白马上谦让。“什么先不先。你这人就是少一点流氓气。”张白已经熟悉石斛的脾气，不再言语，拿起筷子先吃了起来。仅一会，汤成东端来了一碗肉丝面。肉丝面还没有吃几夹，汤成东夫妇慌里慌张来到了石斛身旁。“公子，你一定得救仆！”石斛吞下嘴里的面后问：“天塌下来啦？”

“比天塌下来还要糟。”汤成东刚说了一句，张翠兰马上跟着解释。“半个月前，两个后生到面馆吃面，说吃到了一只苍蝇。虽然天气还冷，但不能保证一定没有苍蝇。无论我们夫妻俩怎么道歉，两人就是不肯，一定要砸了面馆。没办法，我们不仅不要钱，还倒赔了他俩各一碗面钱。从那时起，就隔三隔四来面馆吃白食，越吃人越多。面馆利本就薄。天天这样吃下来，面馆根本无法开。公子一定得替仆想个法子才行。这些个地痞无赖，我们夫妻两个外地人，根本惹不起。这不，又有几个要来小店吃白食了。”“这世道，安生开家店确实不容易。好吧。你们搬走了，小子可没得面吃。”石斛放下筷子，站了起来。

石斛走到面馆门口，站在锅灶和墙壁之间。面馆的门面实在太狭小，锅灶一占，两人并排都没法进入面馆。石斛问：“哪几个啊？”汤成东向东首一指。“公子，就那几个。”石斛顺着一看，五个年纪二十来岁的小痞痞朝面馆来啦。不久，小痞痞来到面馆前。不知谁说了一句“五碗肉丝面”，就准备进入面馆。见石斛站在门口,走在最前面的小瘪瘪准备从石斛身旁挤进去。无论怎么挤,石斛就是站在小瘪瘪前面。这样来回了三四次。

“你想寻事啊你!”小瘪瘪伸出双手推石斛的胸膛。

“小子就寻事了,又怎么着?”

石斛右手一黏小瘪瘪的胸膛,轻轻一推,小瘪瘪飞出一丈多远,“碰”的一声,屁股坐在了地上。石斛起脚迈出了面店,一步一步走向小瘪瘪。

“你也不睁开狗眼瞧一瞧,小子是谁。也敢到这里来吃白食?”

小瘪瘪坐在地上,盯着石斛,屁股拖地向后退。其他四名小瘪瘪被石斛的威势震慑,瞪着眼睛,下意识地挪动脚步准备作鸟兽散。没等他们做出反应,石斛突然身子一蹲,横腿一扫,三名瘪瘪在咚咚咚声中四脚朝天翻仰在马路上。石斛腿一收,站了起来。“今天先警告你们,下次还敢来面馆吃白食,小子将你们一个个塞进棺材!”石斛一声呵斥:“滚!”五名瘪瘪忽然意识到什么,连滚带爬一溜烟跑了。石斛没理看客,转身走进了面馆。

“公子,是否还会来捣乱?”汤成东依旧忧心忡忡。

“放心！这些小瘪瘪最大的特点就是柿子挑软的先吃,欺软怕硬,外强中干,跟小子是一路货色。谁狠,谁猛就服谁。心中不服,又怎么样?他们就算不晓得,也会去打听小子到底是谁。白记寿木店少东主！再给他们几个胆,也不敢。衙门,小子不敢惹。小瘪瘪,小子捏他,就像捏软柿子一般。对付流氓最好的办法就是你更流氓。你是文质彬彬的君子,肯定会被流氓、小瘪瘪欺负。好汉怕赖汉,赖汉怕死汉。死汉怕什么,怕菜刀。你捡起菜刀剁死他,就是那些个摆出一副死都不怕的流氓,看到你已经下决心要剁死他,他也只得跑。经过这么一番折腾,这些小瘪瘪哪敢再来?敢再来,小子真的会将他们塞进棺材。你放心开你的面馆吧。神州人就喜欢赌,赌谁敢首先动刀。你早一点拿起菜刀,他们就不敢来了。”

“公子说得很对,这些小瘪子下次还敢再来,仆就用菜刀剁了他。”

“小子也只是说说,别当真。怕没必要,但要看风头,识时务。”

石斛拿起筷子,吃起了肉丝面。“面都胀了,小妇给公子再烧一碗。”石斛吞下嘴里的面条说:“不用啦。肉丝面到了肚子里面还不是一样胀?”一碗肉丝面很快就下了肚,石斛站了起来,张白也紧跟着站了起来。石斛掏出一缗用剩的铜钱,递给了汤成东。

“仆哪好意思收公子的面钱。”

“小子也吃白食,跟那些小瘪瘪还不是半斤八两?”

汤成东接过铜钱。“多的就先存你这，下次来时，一起算。”石斛卖棺材死命赚钱，可一向不将钱当钱。朋友遇到铜钱上的麻烦，石斛总是慷慨解囊。“好嘞，仆先记着。”汤成东一枚枚数起了石斛这缗用剩的铜钱。石斛刚要出面馆，忽然停住了脚步。

“汤老哥，哪家店的酒既价廉又物美？”

“公子自己喝？”

“不是。西门的几个守兵，小子已经答应要请他们喝酒，说话总得算数。”

“田记酒坊的酒不错。面店用的酒都从那买。”

“张白，你去田记酒坊买一些酒，送过去，不要太多，意思意思就行了。”

石斛掏出一两银饼一枚，递给张白。

“万一因酒误事，说不定还会连累寿木店。”

“晓得。”

张白接过银饼，前去田记酒坊买酒。

踏进寿木店，龚宰告诉石斛一件蹊跷的事情。“早上少东主走后，仆叫戚冷送寿木去江宁县洞桥村。结果，半路上送了一只寿木给人。”石斛接手寿木店以来，倒给人赊过一副棺材。就这月，石斛给家住复国大街振兴巷的司空建业赊了一副棺材。司空建业死了父亲，又不忍心将父亲草席一卷埋葬了，来寿木店向石斛赊买棺材。司空建业的心情石斛理解。谁也不希望将自己的父亲草席一卷就草草埋了。“少东主放心，仆一定尽快将寿木钱还上。”司空建业没有多说，石斛就同意赊给他一副桐木棺材。“戚冷说，半路上，碰到一位小娘子举着卖身葬父的牌子，觉得挺可怜的，就送了一只寿木给了她。这些年来，金陵和周边属县，草席一卷埋了的人不知其数。没铜钱买寿木，草席一卷也就行了，何必来一招卖身葬父？真是多此一举。仆看，多半是戚冷看上小娘子，动了心，拿寿木店的寿木做人情。”

故事虽蹊跷，也不是不可能。这世道，没铜钱买棺材，单金陵就有一大把。不忍心将父亲卷席筒，来一个卖身葬父，也能理解。况且，父亲一死，养活自己都是件难事。戚冷看到一个可怜兮兮的小娘子动了恻隐之心，也不奇怪。龚宰和石斛都没有怀疑戚冷杜撰一个故事欺骗。这种事情只有一次，不会有第二次。再说，石斛心一冷铜钱还得戚冷自己出。

“肯定听了董永的故事，受到了启发，也来一个卖身葬父。”吕夷则插嘴。“堂堂男子汉大丈夫，父亲死了连棺材都买不起，已经够蠢了，还来一个卖身葬父，更是蠢上加蠢。做了人家的仆役，永世不得翻身。董永的父亲地下有知，岂不是给这个蠢蛋活活气死？”

“少东主，是不是从戚冷的工钱里面扣铜钱？”

“工钱，老哥不要扣他了，就当戚冷替寿木店行了一次善。老哥晓得，戚冷家原本就非常穷，他母亲身子又不好。上次，小弟预先给的一枚银锭，戚冷说，差不多全花在他母亲的医药费上。说来，戚冷也很不容易。断然扣他工钱，他和母亲的生计会成问题。莫名其妙的朋友，小弟都给，戚冷起码是寿木店伙计。”事已如此，还想将他逼进死胡同？小弟能帮上一把，就帮一把。”

“看到没铜钱买棺材的就送棺材，哪有那么多棺材可以送？”吕夷则不赞成。“金陵周边属县的人晓得白记寿木店有棺材可送，还不个个学着董永的样子，举着一块卖身葬父、葬母、葬夫、葬妻这样的牌子，到白记寿木店门口，要求送棺材？哥哥，此风万万不可长。戚冷想送，那是戚冷的事情，跟寿木店毫无关系。卖棺材的看到没棺材送棺材，卖粮食的看到没粮食送粮食，卖丝绸的看到没丝绸就送丝绸，不说普通生意人，就是皇帝都得破产。最好的办法是什么生意也不做。天下没有白吃的饭，这是通理。”

“理确实是你说的这个理，可戚冷的情况你又不是不晓得。就算是你，也不会让戚冷和他母亲到金陵北门外去喝西北风吧。”

“那也不能拿寿木店的寿木送人。幸亏还是柏木，单板楠木，怎么办？是不是也送？戚冷一年的薪资也不够买一只寿木！戚冷自己有铜钱，无所谓，想怎么送就怎么送，想送给谁就送给谁，但不能拿寿木店的寿木充好人。小弟最讨厌这种人！”

“你还真希望哥哥扣戚冷的铜钱？”

“小弟将来死了，就算扔到茅坑里面，也无所谓。”吕夷则不再继续纠缠。“小弟的父母都被孙儒的残兵充作军粮吃了，还不是化作粪便？能卷席筒埋葬已经是造化了。”

“还是夷则想得开。”龚宰接话。“当年，扬子江两岸被孙儒充作军粮吃掉的人，比如今一个金陵城的人都要多。当时扬州、润州、池州这些地方，差不多被孙儒的部队吃光，许多还被活烤。现在想想，能够卷席筒埋葬确实已经算造化了。”

“家师曾经对小弟说过，他羽化后，要小弟将他剁成块，扔在主峰喂鹞鹰。”

“有这种境界的人神州没几个。看来，夷则老弟的师父是一个化外高人。”

“可惜，小子没有按照家师的意思去做，最后还是埋了。”

“可惜什么？还真想将令师剁了喂鹰？让你剁，你也下不了手。”

“差点说忘了。”龚宰忽然说，“一名朱雀门家丁来找过少东主。”

“有没有特别的事情?”

“没什么特别的事情。家丁说,他们县主的花船刚好经过西门,让他来店里看一看。见仆说少东主送货去了,也就走了。”

“朱雀门女婿,哥哥看来是做定了。”吕夷则含笑说。

“朱雀门女婿”,石斛翘脚扫了一下吕夷则,“你以为那么好做?”

正说着,后院传来了推门的声音,不久响起了马的叫声。不一会,戚冷站在了石斛的前面。石斛还没有开口询问,戚冷低着头说:“仆当时确实是冲动了些。”确实冲动。平常外出送货都是两个人。吕夷则昨天搬运棺材时不小心崴了脚,虽不是很严重,石斛还是特意吩咐今天呆在寿木店休息,不许乱动。这给了戚冷一个冲动的机会。“驾木板车前往洞桥时,见路旁围着一群人,仆好奇,就停了下来。原来是一名小娘子跪在路边,挺可怜的。有人见木板车上刚好有一对寿木,提议说,小娘子,求这位小哥送你一副寿木,我们帮着埋了不就得了么！这小娘子竟然真的哀求起仆来了。看到小娘子哀伤的样子,仆确实有点心软。正当仆处在不知是送还是不送的犹豫中时,一人对小娘子说,小娘子,别求卖棺材的。卖棺材的良心本就坏,整天巴望着人快点死。求他送棺材,还不如直接求阎王让你爸重新活过来。仆一听,就火了,当下答应送小娘子一副寿木。”戚冷刚将话说出口就后悔了。少东主要是扣我的薪资,怎么办？薪资一扣,我和我妈就得饿肚子。可说出去的话如泼出去的水,现场又有那么多人,堂堂一个男人说话怎么能像放屁？少东主大方,我诚恳跟他说一说,应该不会扣我薪资,又不是我贪墨了铜钱。只能这样了。“不过,送一副寿木可以,人我不要。”戚冷开出一个条件。不同意,不能说我不愿意送。铜钱多,说不定发发善心。眼下这点薪资,母亲身体又不好,戚冷实在不愿意再养一个非亲非故的外人。“这位小哥不想要,来当安康的女儿吧。过两年,给你找一个人家,嫁出去。就当出两年的粮食,做一件善事。”青石村的陈安康收留了这个小娘子。“仆只好将另一副寿木也抬下,返回寿木店,再提走一副寿木。回到原地,请几名田农帮忙重新装好,送往洞桥。交完寿木回来,哪晓得那小娘子竟然真在路上等。无论怎么横说、竖说,小娘子死活要跟着。仆实在是想不出其他办法,只好让小娘子坐上了木板车,送到白鹭村。家母见仆突然带一名小娘子回家,旋即问原因。小娘子就站在眼前,仆只好一五一十地将实情告诉给了家母。差一点将家母给气晕了过去。当那小娘子的面,狠狠地训斥了仆一顿！”戚冷将谎言掺杂在实话里面。

交了货,戚冷启程返回金陵。路过张家庄时,戚冷看到有人在路边举牌卖身。

这种事情戚冷见过好多次，而金陵城内就有人市。这名准备出售的小娘子颇有几分姿色。戚冷真想将她买下，可惜没有铜钱。戚冷从小苦过来，最懂铜钱的重要，心里暗暗发誓，长大后要赚很多铜钱。这世道，没铜钱，做人真不如做狗。戚冷暗暗叹了一口气，没有多看，继续走自己的路。忽然，戚冷想起了自己的相好熊安如。戚冷俊秀端正，力气又大，原本是娘子争抢的好后生。戚冷和熊安如去年认识，两人相好也已经有很长一段时间了。戚冷家穷，熊安如家更穷。熊安如和她父亲熊桐圭父女相依为命居住在莫愁湖南的凤凰里。今年正月，病了多时的熊桐圭终于撒手人寰，丢下了熊安如。熊安如没有像戚冷碰到的小娘子一样也来一个卖身葬父，在几个邻里的帮助下，草席一卷将父亲埋在了秦淮河西乱坟堆。孤身一个小娘子，如今这个世道，就是想卖身，都难以活命。这段时间，戚冷瞒着母亲，挤出一点铜钱，接济熊安如。熊安如想跟着戚冷，戚冷也想将熊安如搬过来一起住，可就是找不到能说服母亲的理由。母亲卧病在床，再增加一个吃白饭的小娘子，日子怎么过？戚冷一路想啊想，忽然想出了一个主意，准备用卖身葬父的故事打动母亲。到了金陵，戚冷先去见熊安如。戚冷将自己的主意跟熊安如一说，熊安如立马赞同，跟着戚冷去了白鹭村戚冷家。

“这十几年时间里面，谁同情过妈?”戚冷将自己杜撰的故事跟母亲一说，母亲劈头就是一句。“妈跟你说过多少次，你就是不听。”戚冷的母亲一激动就气喘了起来。戚冷赶紧从地上爬起来，准备去扶母亲。母亲高声呵斥:“你给我跪着别动。”戚冷只得跪回到地上，听母亲教训。“寿木又不是你的，你怎么能随随便便就将寿木店的寿木送人？妈真给你活活气死。妈跟你说了多少次，做事还是那么冲动。做什么事情都要量力而行。自己都已经摔下悬崖，还惦记着别人会不会摔下去？同情别人只显示自己比人家好。你看，我最差了吧，想不到还有人比我更差。这些年妈可是看透了。越是那些个最不应该同情别人的人越容易同情心泛滥。朱温同情过谁？朱温有同情心，朱温也就不会成为朱温。”

戚冷的父亲戚继威原是昭宗身边的一名备身。朱温的儿子宿卫都指挥使朱友伦打马球坠马摔死。朱温以此为借口清洗了昭宗一朝文武，昭宗皇帝身边原本就已经为数不多的侍卫全被朱温所杀。戚冷的母亲带着戚冷和戚冷的姐姐戚寒向南逃窜，来到了吴国。

经过将近一年时间的颠沛流离，三人最后在金陵城西白鹭村落脚。金陵举目无亲，又没有稳定的收入来源，一个妇道人家实在无法将两个年幼的孩子养大。不得已，戚冷的母亲将戚寒送了人。呆着白鹭村的这些年，戚冷的母亲什么样的活都做过。因多年劳累过度,落下了病根,如今最多只能算半个人。戚冷的母亲歇了一口气,继续教训。“妈什么样的苦都尝过,懂得人心的冷。金陵每天都有人饿死,你同情去？有同情心,我不反对。任何同情心首先要考虑自己的实际。”“孩儿晓得了。”戚冷磕着头说。“晓得,晓得,只怕最后又忘记!”戚冷的母亲看看熊安如实在太可怜,自己家又穷,讨个儿媳也不容易,收留了熊安如。

“以老哥看,主要还是对方是一个小娘子。对方是一个小弟弟,你未必也会这样。男人么,很容易被可怜兮兮的娘子弄晕了头。”龚宰揶揄了戚冷一通。“倘若你当时没寿木,又没有铜钱,还能怎么样？最后还不是只得垂头丧气地离开！在神州,想帮忙,无力帮忙的事多着呢。别说你戚冷,就是武忠王,也没有办法。”

“就算是金做的,已经送人了也不能再要回来。事情都已经过去,现在想反悔也已经晚了,总不至于将已经埋到土里面的寿木重新挖出来。那我们就让它过去。以后遇上类似的事情,冷静想一想后再决定也不迟。寿木的事情就不要去想了,下不为例就是。”

“仆以后决不会让这类事情再发生。真是光屁股鸡替鸭愁,瞎操心。”

石斛笑了起来。“好啦！话又说回来,有位小娘子在你母亲身边,也不错,起码可以照顾你和你母亲的生活。再说,用一只棺材给你换来一个媳妇,也值。”龚宰戳了一下戚冷的额头。“真是让你小子得了便宜!”“今天的生意就这样了,早点回家。母亲身体不好,身边坐一坐也感到暖心。”“谢谢少东主!”戚冷拱手告辞,起身离开了寿木店。

“夷则,是不是也想哥哥用棺材给你换一个新妇?”戚冷刚一出寿木店,石斛就含笑逗起了吕夷则。石斛的话一出口,吕夷则就哈哈大笑了起来。“哥哥还是留着给老哥用来换小妾吧。”“还小妾?”龚宰抬头接话。“光棍还没做出头呢。少东主可怜见,将来能送仆一副棺材,不要让仆卷席筒,才是莫大的恩德。”“这个老哥大可以放心!”吕夷则对此显得信心十足。“哥哥不舍得送,小弟给老哥买就是。”

“你?”龚宰对吕夷则很不屑。“已经卖了棺材,也无须过分忌讳。如今这个世道,老哥虽说还只刚刚过不惑,能够活到老哥这个岁数已经是奇迹。想想景王,二十多一点已经薨了,何况那些个平头百姓？那些年不去说,就是这些年,还不照样不晓得哪年死？如今神州人最难的就是不晓得什么时候突然没命。看看葛图共的黑虎堂,上个月还来我们寿木店收保护费,现在呢？已经灰飞烟灭。你想给老哥买棺材,首先得活到老哥眼白去的时候。”

“夷则,你听到了没有？要想将来给老哥买棺材,就不能动不动小命有一条。

就算为了方才的诺言,你都得护住自己的小命。”

正说着,荆善居进入寿木店。石斛连忙拱着手,从胡床上站了起来。

“听说金陵还有小瘪子不认得你,善居好奇,过来瞧一瞧。”

“流氓做成人人都认识,可不容易。就算是朱温,也未必人人都能认识。坐!”

“这倒是真。”荆善居在凳子上坐下。“善居也算得上是在金陵混了多年的老流氓了,上次在朱雀桥差点被几个小喽啰揍。”荆善居说着就笑了起来。“你不同,就一个多月,已经是金陵名头响亮的人物了。据说,昨晚两小流氓差点被你吓破了胆。”

“人怕出名猪怕壮,剥皮褪毛迟早的事情。葛图共就摆在眼睛前面。”

“这倒是。葛图共纵横金陵至少已经有十年,善居筹建仲连堂时就已经有黑虎堂。这些年,善居碰都不敢碰葛图共的老虎须。想不到,灰飞烟灭只用一天的时间。黑虎堂的下场让善居看到了仲连堂。善居总感觉,黑虎堂的今天就是仲连堂的明天。葛图共的事情给善居提了个醒,稍不留心就会被人捏成粉。金陵这地方,流氓地痞无数,想生存不容易。”

“荆兄见过谁容易?刺史,团练使,观察使,节度使,想生存也不容易。”

“也是。别人还是说说,善居却是亲眼所见。像周宝,威风凛凛,简直就是皇帝。善居当初觉得他厉害,才去投奔他。像田頵,善居差点要去投奔他。后来,善居渐渐明白,这世界只要还是大鱼吃小鱼,迟早有一天会被吃。你托的事情,善居已经叫人给办了。”

“谢谢荆兄!”石斛手一拱。

“你的铜钱善居实在不该收。”

“这铜钱,荆兄不收也得收。不错,你我兄弟,但也要看什么事情。小子说过,荆兄不做这事,小子只得去找别人,照样出铜钱。跟小子不同,荆兄的铜钱用人头换来。每一枚铜钱上面都沾满了鲜血。世上最难赚的铜钱就是正义的铜钱。想正义,又不愿意花代价,怎么可能?天下没有免费的正义。说句实话,若能得到正义,小子愿意倾尽所有。荆兄用自己的人头替小子买来了正义。荆兄想想,小子能不出这铜钱?”

荆善居正要开口,见一名客人进入寿木店,连忙站了起来。石斛跟着站了起来。“有几个朋友,想见一见你。善居约了他们,准备今晚在金陵酒肆聚一聚,能不能赏个脸?”“认识几个人,真有兴趣,只是得先向父母请示一下。”“来得了,尽量来;来不了,没关系。善居在金陵做了那么多年流氓,能懂。还有一个朋友,善居去跟他说一声。"荆善居拍了一下石斛的肩膀,就起步。龚宰招呼客人,石斛送荆善居出寿木店。

寿木店都已经上了店堂门,李邈才回来。

"今天怎么晚?"

"倒霉透了!"李邈将葛巾往窗棂上一挂。"碰到了都督在栖霞苑狩猎。都督的那些牙兵一看小弟木板车上装的是一对棺材,就死活不准小弟前行了。没有办法,只好调头绕道紫金山前往。"倒不是都督狩猎封道,而是都督特忌讳,牙兵怕棺材冲了都督而不让通行。石斛含笑说:"卖棺材的,哪有良心好?你拉着棺材前去,不是诅咒都督吗?"

第十二章　猴王

霸业没荆棘，雄图成古丘。
——《登章华楼》

今天,金陵北门提前打开。

守门的兵士原以为有战事,一看牵黄擒苍,才晓得有大人物要出城狩猎。今天要出城狩猎的大人物是吴国都督徐温。历代帝王多喜欢狩猎,徐温虽名义上还不算帝王,但也喜欢狩猎。自搬到金陵以来,江南的栖霞苑、雨花苑,江北的叠嶂苑,徐温都去狩猎过。因担心影响观瞻,有损都督的光辉形象,徐温外出狩猎,没有像历代帝王那样,摆出宏大的场面。徐温土匪出身,行事却一点不像土匪。每次外出狩猎都悄悄去,静静回。金陵的普通庶民很少有人晓得都督有狩猎嗜好。当兵士将两扇厚厚的城门推开时,东方太阳还没有升起。出了城门,亲从卫队护卫着徐温,一路向东飞驰前往栖霞苑。

栖霞苑位于紫金山东麓,离金陵城有一个时辰左右的马程。自黄巢造反以来,栖霞苑已经换了好多个主人。直到新近,栖霞苑的主人才由武忠王杨行愍换成了都督徐温。吴王杨渭封徐温为齐国公,兼任两浙招讨使,以升、润、常、宣、歙、池六州为齐国。至此,栖霞苑正式成了吴国都督徐温的私人园囿。不过,栖霞苑倒没有因此而成了百姓不敢碰的禁区。周边的百姓仍然可以去栖霞苑割草,砍柴,打猎。徐温虽做过海盗,但不会跟普通庶民争一捆青草,一把柴火,一头野兽。徐温要的是人心,而不是青草,柴火,野兽。百姓多一把弓箭对着野兽,就少一把弓箭对着衙门。这个浅显的道理,不用别人教,徐温也懂。

时辰早,路上行人很少。不到一个时辰,徐温和他的卫队就到了栖霞苑。“都督,真凑巧,栖霞苑的这群猕猴正在争猴王。”一名见过猕猴争王的亲从告诉徐温一件听说过却从没有见过的事情。栖霞苑离金陵城近,徐温来过好几次。几年前,徐温就已经晓得苑内有一群猕猴,因猕猴不是狩猎对象,没去过多关注。徐温看惯了战场上的拼杀,可从来没见过猴王争霸;听厌了战场上的厮杀声,可没听过猕猴撕咬时发出的尖叫声。徐温顿时产生兴趣,轻轻一夹坐骑,步马前去瞧它一瞧。果然,眼前这片空地上正在进行一场猴王争夺战。徐温当场决定改变原先已经定好的狩猎计划,与卫队一起欣赏眼前这场难得一见的猴王争夺战。

在众猕猴上下跳梁以及唧唧喳喳的尖叫声中,形体硕大的老猴王跟一只体格健壮的雄猴展开生死拼杀。它俩的身后各有一班呐喊助威的猕猴,像两军在对垒。真是奇了!徐温大呼意外。猕猴之间争夺猴王竟然也是如此惨烈。徐温骑在马上,不断地移动观赏的位置,不放过每一个精彩的场面,盯着看。经过半个多时辰的拼死搏斗,老猴王渐渐显露败像,调头逃窜。一大群紧盯着眼前局势变化的猕猴,一见老猴王败逃,不再骑墙,旋即对老猴王展开全方位的追击。徐温只见眼前这片丛林里面到处是猕猴四处窜动的影子,凄惨的尖叫声是不绝于耳。最后,身疲力尽的老猴王被众猕猴活活撕碎。刚刚登基的新猴王旋即对老猴王的猴子猴孙进行一番血淋淋的清洗。当一阵阵哀号声过去后,猴群恢复了以前的平静。

一群猕猴,不去管它,自然而然就会产生猴王。只要有猴群,就会有猴王。如何选拔猴王,万能的造物主制定了一条规则,自由竞争。造物主没有规定哪一头猕猴当猴王。谁力气大,谁当猴王。有力就有理。没有力气,歇一边去。想当猴王,只有通过撕咬、打斗,没有其他途径。一旦当上了猴王,就可以获得其他猕猴根本无法享受的权利,可以与猴群里的所有母猴交配的权利,可以优先享受吃食的权利,可以有领地占有的权利,等等,等等。猴王的权利足以诱惑猕猴不惜冒着丧失生命的危险,去拼一拼,搏一搏。

自由竞争必然会产生猴王,而猴王的产生又会损害自由竞争。为了维护自由竞争,万能的造物主制定了第二条规则,吐故纳新,能者居之。阴阳之和,不长一类;甘露时雨,不私一物;万民之主,不阿一人。从当上猴王的那一刻起,造物主已经替他准备了继任者。谁是继任者?谁有力气谁就是继任者。在老猴王被替换之前,会有很多猕猴不断地向老猴王发起挑战,证明自己是当之无愧的继任者。挑战者输了,跑得不快,死。挑战者赢了,老猴王无论逃到哪,结果一样。猕猴的世界只相信力气,不相信眼泪。随着时间的推移,新猴王也会变成老猴王。于是,新猴王会重演老猴王的故事。如此翻来覆去,轮回不休。通过新老猴王的不断轮换更替,使猴群越来越强大。这是猕猴没有办法逃脱的宿命。

猴想当猴王，人想当人王。诗云：普天之下莫非王土，率土之滨莫非王臣。一朝当上了神州的人王，阎王不得不时时站在你的身边，能够及时修改生死簿；月老不得不刻刻跟在你的屁股后面，能够随时给神州的娘子系红线。人王的权力足以诱惑神州人不惜粉身碎骨去争夺。自盘古开天以来，神州人争人王的故事和猕猴争猴王的故事基本相同，只是情节稍有差异。猕猴单挑，人群殴。一群一群的神州人，为了他人的人王事业，抛头颅，洒热血，拼死厮杀。神州人会生，特会生。韩非说过，今人有五子不为多，子又有五子，大父未死而有二十五孙。都这么生下去，一人到一万人，用不了两百年时间。神州人越来越多，参与人王争夺战的人跟着越来越多，因此而死的人也越来越多。从黄帝和炎帝争夺人王时的几万，慢慢增加到几十万，几百万，几千万，甚至几亿。眼前的这场人王争夺战已经持续了几十年，夺去了几千万神州人的生命，让后人看了，不禁感慨，生还不如不生。

人王争夺战一旦在神州开演，不论高贵还是卑贱，富有还是贫穷，荣华还是落寞，得志还是落拓，高尚还是卑鄙，优雅还是猥琐，美丽还是丑陋，躲避不及时，十之八九会被践踏成了泥。这时候，三界最拥挤的地方，肯定就是通往阴界的入口处。猕猴争夺猴王的打斗往往随着老猴王的死亡而告结束。争夺人王的战争，却会随着老人王的死亡而越演越烈。真可谓是惊天地泣鬼神！直到新人王踏着挑战者的尸体，看着跪在前面的臣服者，听着响彻云霄的“万岁、万岁、万万岁”呼喊声，这场旷日持久的人王争夺战才告结束。

神州的历史就是人王争夺史，也就是为了争夺人王而展开的杀人史。

翻开已经发霉了的神州史书，神州的人王争夺战一幕幕浮现在了我们的眼前。

周赧王五十九年，秦国的国君秦昭襄王嬴则灭周，原有的格局打破，神州开始进入人王争夺时期。经过三十四年的反复撕咬，嬴政胜出，成为神州史上第一个真正意义的人王。嬴政驾崩后，儿子胡亥即位。胡亥头尾只做了三年人王，就被太监赵高勒死了。早在胡亥断气前，争夺人王的战争就已经在扬子江以北的神州大地上开始。经过四年时间的拼杀，刘邦战胜了项羽，成为新一代的人王。刘邦和他的子孙做了将近三百年的人王，出现了新一轮的人王撕咬战。这场人王撕咬战持续了将近六十年，直到司马懿的孙子司马炎成为新一代人王。可惜，好景不长，仅仅过了十一年，司马氏的子孙马上陷入了人王争夺战。这场人王争夺战持续十六年时间。早就已经虎视眈眈的外族看到司马家族已经精疲力竭，乘虚而入，咬得司马家族体无全肤，落荒而逃。司马家族带着残部逃到了江南，而扬子江以北的神州陷入漫长的人王撕咬战,史称五胡十六国时期。参与这场人王撕咬战的不仅仅只有炎黄子孙,还是外来者。咬啊咬,扬子江以北的炎黄子孙差不多被外族咬死个精光,只有小部分逃到江南才得以存活。据事后好事者研究,剩下的炎黄子孙大概只有三百来万人。两百多年的时间里面,黄河两岸的神州大地就一直不停地在上演人王撕咬战的大戏。扬子江南北的情况也好不到哪去。炎黄子孙陷入泥潭无法自拔,盼星星,盼月亮,终于盼来了杨坚。开皇九年,杨坚活捉了陈叔宝,成了神州新一代人王。可惜,只仅仅平静了三十多年时间,神州又陷入人王争夺战。经过一番拼杀,李渊最后胜出,成为新一代人王。李渊和李渊的子孙做了将近三百年时间的人王,又开始了新一轮的人王争夺战。

从黄巢造反开始算起,目前这场争夺人王的撕咬战大戏已经上演了将近四十年!何时结束,谁也不晓得。经过将近四十年的惨烈撕咬,神州人已经死了几千万,老人王昭宗已经被朱温弑杀,朱温树起来给人看的李柷也已经被朱温毒死。老人王昭宗的嫡系,被宋文通、韩建、朱温等人,你咬几个,我咬几个,已经只剩下隐遁在民间的李休一脉。可是,直到目前为止,得到公认的新人王不晓得是否已经出世。朱温以新人王自居。李存勖、王建,甚至连侏儒宋文通也以新人王的架势设置官署,而且口口声声要剿灭朱温,复兴李唐。

扬子江以南,就不说了。各路土匪各占一块地盘自称人王。这几十年时间里面,反正是今天彼王占上风,明天此王完蛋;昨晚彼王春风得意,今夜此王灰飞烟灭。自黄巢造反起到现在为止,称王、称帝的土匪比感染了麻疹时身上的红斑点还要多。

决出新人王看来还需要时间,直到个个咬得精疲力尽时,会突然间冒出一个人,成为新人王。依照神州的传统,第一个对老人王发起挑战的挑战者都不可能成为最后的胜利者。陈胜、吴广不是,张角、张鲁不是,黄巢、王仙芝也不是。就以往的情况看,新人王往往是臣服于某一人王争夺者的人,悄悄地潜伏在神州丛林里面,等待时机。刘邦是,司马炎是,杨坚是,李渊是。徐温能不能成为新一代人王就看徐温的决心和运气了。

“徐温,字敦美,海州朐山人。年轻时,贩过私盐,也做过海盗。”

在翠竹湾时,石斛仅知道徐温是吴国的都督。随父母来到金陵,石斛准备潜心卖自己的棺材。没想到,脚跟还没站稳,就和朱雀门起了冲突。石斛不想关心也得关心,起码要晓得徐温是一个什么样的人。徐温的故事都是石斛结交了鲁扬声之后鲁扬声告知。

“杨行愍在庐州起兵，招募天下英雄，试图借机翻身的绿林好汉纷纷前去合肥投奔。徐温和大哥徐渊也是在这种背景下抛弃旧业，操家伙投奔了当时还是庐州刺史的杨行愍。因没有特别的战功，长期以来，徐温仅是杨行愍手下一名很普通的将校。土匪时期，荣华富贵没有捷径，除了运气，只有靠力气去拼。杨行愍手下号称三十六英雄里面，徐温排在最后一名，远不如徐渊。徐渊排在第二十九名。许多机密的军政事务，徐温连参与讨论的资格都没有。眼看大江南北战火渐渐平息，徐渊退出军界，着手经商。兄弟两人呆在一起，很容易遭人猜忌，难有作为，而此时的大江南北人少铜钱多，纲纪崩塌，百废待兴，正是赚铜钱的大好时机。徐渊很快就聚敛了大笔财富。徐渊一面给徐温提供铜钱广播人脉，招揽人才做宾客幕僚。没有铜钱，谁愿意替你出主意？一面出铜钱帮徐温疏通各种关系。神州是遍布关系的地方，匪窝里面也不例外。徐温终于被杨行愍提升为都知兵马使。头几年，徐渊赚来的铜钱绝大部分都花在徐温身上。不久，杨行愍染病在身，开始安排后事，屠杀起了将来可能会威胁到杨氏江山的将领。徐温得到幕僚严可求的指点，帮杨行愍出点子，除掉了朱延寿等人。事成之后，杨行愍提拔徐温为右衙指挥使，可以参与军政大事的讨论。

至此，徐温开始向权力中心迈进。

杨行愍咽气的当天，徐温听了严可求的建议，乘杨行愍旧部大将刘威、陶雅等人全部在外打战、守卫的大好时机，和左衙指挥使张颢密谋，控制了王府，拥立杨行愍的长子杨渥为吴王。杨渥毕竟年轻，当上吴王还没两天时间，就想摆脱徐温、张颢的控制，用自己的亲从替换了原先守卫王府的兵士。这一露骨的举动招徕了杀身之祸。杨渥不晓得欲速则不达，也应该懂得心急吃不了热豆腐。想摆脱徐温、张颢的控制，也得慢慢来。等根基扎实了，想杀谁就杀谁，谁也奈何不了你。杨渥犯了曹髦等年轻帝王曾经犯过的错误。

徐温和张颢密谋，弑杀杨渥，两人平分杨行愍的地盘，臣服朱温。天祐五年端午节，张颢派党羽纪祥带一班杀手，伪装成盗贼深夜潜入王府，绞杀了杨渥。杨渥死的时候连头搭尾才只有二十三虚岁。花还没有开，果还没有结，就死了。杨行愍地下有知，肯定气死。杨渥刚一死，张颢的野心立马膨胀。森山没老虎，猕猴称大王。不是猕猴不想称大王，而是老虎在，没有机会。现在机会来了，还不赶紧抓住？张颢免去徐温右牙指挥使的职务，将他调离广陵，前往润州任浙西观察使。明眼人一看就晓得，张颢支开徐温，企图独揽大权。严可求提醒徐温。‘现在舍弃亲从而去润州，马上大祸临头。’不需要严可求提醒，徐温也晓得。徐温一旦去了润州，张颢必定会将弑君的罪名按在徐温的头上。到时候,等待徐温的只有族灭。

生死关头,徐温找他大哥徐渊商量。徐渊很清楚,只能趁现在根基未稳除掉张颢,一旦根基稳了,那是哪一天死的问题。徐温一死,徐渊一定会跟着死。如今不想搏,也只得搏一搏。‘我们兄弟俩当初做海盗时,哪想到能活到现在?’徐渊做事一向比徐温果断。

徐温不再犹豫,就跟严可求商量如何除掉张颢。严可求向徐温推荐了当时担任左监门卫将军的钟泰章。钟泰章原是徐渊的手下,能当上左监门卫将军,徐渊花了不少力气。徐温怕自己出马会引起张颢的怀疑,让心腹将领彭城人翟虔前去找钟泰章。翟虔一说,钟泰章一口就答应帮徐温除掉张颢。徐渊出铜钱,徐温许官,请了三十名壮士。钟泰章与这三十名壮士歃血起誓,大白天冲进左衙指挥使牙堂,当场杀死了张颢和他的左右亲信。眼见已经死无对证,徐温当下对外公布了张颢派遣纪祥等弑杀吴王的真相。徐温再以弑杀吴王的罪名车裂了纪祥等人,然后假借史夫人之手,拥立杨行愍的二子,只有十几岁的杨渭为吴王。徐氏兄弟两人一暗一明,大施拳脚。徐渊一面大撒铜钱收买将领支持徐温,一面出铜钱请杀手帮徐温搬掉绊脚石。徐温则以追究张颢逆党的名义,对扬州将吏进行了一场大清洗。杨渭任徐温为左、右牙都指挥使,行军司马,军府事务全部由徐温裁决。徐温终于盗取了吴国的军政大权。吴国从此进入仆人当家、主人受虐的时期。

徐温靠盗窃的办法窃取吴国军政大权,杨行愍手下旧部肯定不服。

抚州刺史危全讽公开反叛,自称镇南节度使,率领抚、信、袁、吉之兵号称十万攻打洪州。徐温以周本为西南面行营招讨应援使,带兵前往平叛。周本在象牙潭生擒危全讽,乘胜攻克袁州,俘虏了刺史彭彦章,进攻吉州。歙州刺史陶雅派儿子陶敬昭和都指挥使徐章带兵袭击饶州和信州,信州刺史危仔倡请降,饶州刺史唐宝弃城逃走。行营都指挥使米志诚、都尉吕师造等在上高击败了马殷派来助阵的指挥使苑玫。吉州刺史彭玕率众数千人投奔了马殷。平息了危全讽,徐温的地位开始稳固了下来。徐温趁势追击,剪除杨行愍的旧势力。

镇南节度使刘威,歙州观察使陶雅,宣州观察使李遇,常州刺史李简,都是武忠王杨行愍旧部大将,为杨行愍当上吴王立过大功。见徐温仅仅从一个牙将爬到他们的头上,执掌起了吴国权柄,心里愤愤不平,尤其是宣州观察使李遇,非常不服。‘徐温算哪个鸟,我怎么连面都没见过,竟然能在一夜之间执掌吴国大权?’李遇不服,有底气,单从宣州观察使这个职位就可以看得出。早先的宣州观察使是几乎可以跟杨行愍平起平坐的田頵。田頵叛乱兵败死后,宣州观察使换成了吴国储君杨渥。杨行愍病重，派使者前往宣州召回杨渥，宣州观察使就换成了李遇。杨行愍的三十六英雄，要么自己死了，要么被杨行愍、杨渥杀了。想想如今还活在世上的将领里面，功勋还有谁能跟李遇比？李遇毕竟是个草莽，根本不懂，功勋越卓著，死得越快，历朝历代都如此。土匪世界，做不了匪首，你就得夹着尾巴做土匪，说不定还有一丝机会可以活一活。如此张狂，还不是送死？朱延寿跟你比一比，怎么样？你不服，就到阎王那不服去。徐温准备对李遇动手，杀鸡儆猴，告诫杨行愍旧部给我老实点。否则，李遇就是你们的榜样。徐温主意一定，就开始筹谋如何除掉李遇。

李遇是很早就跟随杨行愍一道起家的旧部将领，功勋众所周知。要杀他，也得找一找理由。徐温先派准备出使越国的馆驿使徐玠转道宣州，去见李遇，告诉李遇抓紧时间去广陵朝见刚登上王位不久的杨渭。李遇起初同意去广陵朝见新王，但旋即被徐玠的话激怒。"李公不去广陵谒见新王，别人会说李公想造反！"李遇果然中计，顿时大怒，高声质问徐玠："说李某要造反，难道杀吴王的人不是造反吗？"徐玠得到了借口一回广陵，徐温当下任淮南节度副使王檀为宣州制置使，谴责李遇不朝见新王、企图造反的条条罪状，派遣都指挥使柴再用，升州副使徐知诰为副手，带领升州、润州、池州、歙州的军队护送王檀到宣州代替李遇。李遇不接受替代，柴再用攻打宣州。李遇是杨行愍手下三十六英雄之一，玩手腕不行，指挥打仗却是个好手。柴再用攻了将近一个月都没有办法攻下宣州。

柴再用没办法，徐温很快找到了李遇的罩门。李遇的幼子李唐毕在淮南节度使帐下做牙将。徐温下令将李唐毕抓了起来，押到宣州城去胁迫李遇投降。李遇出身草莽，纵横沙场多年，死在他刀下的人根本无法计算。徐温倒要看一看李遇有没有置儿子生死而不顾的勇气和魄力。李遇没有告诉徐温，追随杨行愍以来，他杀的这些都是跟他无关的外人，而不是他一向娇宠的儿子。自己的儿子，别说杀，就是打一下屁股，李遇都心疼。

李唐毕从小靠在李遇怀里长大，见到李遇，以为见到了救星，痛哭流涕地对站在城楼上面的李遇高声喊叫。"爸，快救我啊！爸，快救我啊！"哭声如同箭一般射进李遇的心窝，李遇就不忍心再打了。徐温派典客何荛进入宣州城内。何荛假造吴王的命令劝说李遇："你真想谋反，就杀了何荛公开宣示；不想谋反，就随何荛出城投降。"李遇自视功劳大，又没有真想谋反，就打开城门投降。李遇刚一出城门，就被柴再用砍掉了脑袋。柴再用遵照徐温的指令，进城杀了李遇的全家，自然包括方才还在城楼下哀求的李唐毕。

神州史清清楚楚告诉你，要想活命，心要冷，要硬。真是淮南无大将，让李遇成名。李遇是刘邦，肯定不会投降。当初，项羽也曾经拿刘邦的父亲刘太公威胁刘邦，不投降，就马上烹了刘太公。刘邦没有上当，让使者回去告诉项羽，啰嗦了，这事你熟。刘邦这一招不仅救了自己的命，也救了刘邦父亲的命。就几年前，宣州节度使田頵叛变，偷袭升州，抓了当时升州刺史李神福的妻儿，胁迫李神福投降。李神福不为所动，结果大败田頵。李遇终究是李遇，缺少的就是神州人所崇尚的无毒不丈夫的气度，死了一个儿子可以再生的魄力。结果可好，徐温毫发无损而李遇一家老小已经死于非命。

徐温族灭了李遇，杨行愍手下的旧部将领开始发慌。眼看不效忠徐温就是死，已经剩下为数不多的杨行愍旧部将领，像刘威、陶雅、刘信、李简等，摆在眼前只有一条路可走，就是向徐温投诚。识时务者为俊杰，刘威等纷纷来广陵表示效忠。徐温又会做人，对刘威、陶雅等人，面上客客气气，谦恭礼让。经过一系列的动作，杨渭成为傀儡，徐温却变成了吴国真正的主人。徐温知道，杨行愍手下那些旧将，口服心不服。这些年，徐温一方面继续以各种借口清除杨行愍的旧势力，一方面立法度，禁强暴，大施仁政收买人心。神州的百姓徐温懂，只要能让他可以吃喝拉撒睡媾，就会温顺地躺在栏里面。徐温生活俭朴，为人谦卑，勤政亲民。这一招果然奏效。随着时间的推移，徐温越来越得到吴国百姓的支持。”

“小子总感觉故事人物变一变，内容跟史书上说的没什么不同。”

“猕猴只能以猕猴行事，能玩出什么新花样？”

徐温带亲从卫队去栖霞苑狩猎，徐榛则带着侍儿于苓坐花船游秦淮河。徐温看到了精彩的猴王争夺战，徐榛却没有看到想看的人。徐榛感到很无趣，只游一会，就掉转船头。花船在码头靠岸，徐榛下了花船。坐在马车上等候的董左石，见徐榛的花船缓缓向码头靠拢，下马车放好车凳，等候徐榛。于苓搀扶着徐榛上了车，马车缓缓起动，驶向朱雀门。徐榛今天不是很开心。原因于苓晓得，本想见却没见到人。徐榛没有多少言语，进朱雀门后，就径直回云思苑。在文荷服侍下，徐榛梳洗完毕，去了花亭。紫苏焚着了沉木香，徐榛在琴凳上坐下，开始弹琴。将心集中在琴上，心中的不快就会消除。琴声、鸟声和燕子的呢喃声，交响回旋花亭的四周。一首曲子刚罢，文荷告诉徐榛一个消息。

“县主，好奇怪唉，燕子今年竟然跑到云思苑来搭窝。”

“是吗？”

这可是从来没发生过的事情。徐榛心中的一丝不快霎时抛到了九霄云外。今年，也不晓得是怎么一回事，燕子在云思苑的屋檐下搭起了窝。徐榛在前，一群侍儿在后，去看燕子搭窝。果然，燕子在云思苑的屋檐下已经搭了个燕窝的雏形。早几天前，徐榛就看到燕子在云思苑内飞动，只是这些时间心思不在云思苑，没有想到燕子来这里搭窝。

“县主今年肯定有喜事。”

徐榛有什么喜事？不外乎嫁人。嫁人虽说是喜事，但未必一定就是。没嫁人之前，在娘家，是父母眼中的珍珠；嫁人之后，在夫家，则可能就会变成了沙砾。这世界，只要有灿烂的阳光，肯定会有阴暗的影子，甜蜜过后就是苦涩。见被夫家人活生生的欺负，眼泪只好往肚子里面流。不能因嫁人有风险就不嫁人。像朱雀门大县主，就是嫁给魔王，都不会受到欺负。只要看一看高阳公主马上会明白，娘家的势力决定了嫁出去之后在夫家的地位。眼下的吴国，还没有人敢得罪朱雀门，至于将来，谁晓得。朱雀桥边野草花，乌衣巷口夕阳斜。旧时王谢堂前燕，飞入寻常百姓家。读了刘梦得这首诗，徐榛试图找乌衣巷。找到了乌衣巷，徐榛看到的却是一片废墟，很失望。徐榛一脸失望去看徐渊。徐渊劝慰说：“就像人，不可能长生不老，家族兴兴衰衰，很正常。不衰，怎么有朱雀门？”今年，王谢堂前燕子来云思苑搭窝，徐榛真的有喜事。于苓这么一说，徐榛顿时喜上眉梢。

“莫不准今年还真有喜事。”

徐榛的话里带着憧憬。一只燕子叼着湿土飞到了屋檐下开始搭建燕窝。紧跟而来又是一只燕子叼着湿土飞到屋檐下筑巢。燕子来来回回了四五趟，站在云思阁前，直仰得脖子发酸，徐榛才舍得转身离开，前往花亭。徐榛踏上石级，进入花亭，重新坐到了凳子上，准备弹琴。徐榛双手放在琴弦上，沉思了好长一会，才拨动琴弦，弹奏了一首名曰《上邪》的曲子。

“日子过得真快，好像还没什么感觉，就已经要到上巳日了。”

“好像只转了个身。”

“今年的上巳日，县主准备到什么地方去踏青？”

“那还用说，踏青自然是去紫金山。”

“是不是请公子一起去？”

“只怕人家又说忙，没时间，给你来一个软钉子。”

“上巳日，一年也就那么一天。”

于苓给徐榛鼓起勇气的理由。徐榛是一个娘子，是朱雀门大县主，主动靠近一个卖棺材的店主，无论如何有些心不甘情不愿。可现实却是，皇帝也有不愿意跟他交往的人。徐榛清楚，要石斛主动靠近朱雀门绝对不可能。究竟为什么？徐榛想了好久也想不出原因。莫非舍弃？徐榛总感觉已经有一根线吊住了自己的心，想舍弃都舍弃不了。想来想去，徐榛终于鼓起勇气，决定主动出手。错了这次机会，就是主动去找他也难以找到合理的借口。

“就由你来安排吧。”徐榛同意了于苓的建议。

徐温好像从方才那场猴王争夺战中想到了什么，抬头看了一眼天，突然决定回金陵。以往，徐温外出狩猎，至少也要安营扎寨过一夜，况且正是春蒐的时候。回到都督府，徐温刚准备吃中饭，假子徐知诰特意从广陵来金陵看望。两人先后相隔时间不到半个时辰。从政以来，无论怎么忙，徐知诰总是抽时间看望徐温。想到明天是上巳日，徐知诰就来了。

“徐知诰，徐州人，生于光启四年，属猴，比你大不了几岁。看看人家，如今已经是吴国第二号人物。而你呢，一家寿木店少东主，一粒虱子。只要将你小子跟徐知诰比一比，就会明白，一个人命好，不如运气好。金陵著名相师吕虚曾经替徐知诰看过相，说徐知诰这人命不好，运特好。这点徐知诰相信，养父徐温相信，老哥我也相信。徐知诰出生时，恰好碰到神州大乱，父母不知所终。很小的时候，徐知诰就在濠州、泗州一带流浪。依照常理，像徐知诰这种状况的孩子，必死无疑。而事实呢，徐知诰非但没死，如今还成了内外都军副使。

八岁那一年，徐知诰碰到了杨行愍。徐知诰的人生走向发生了根本性的改变。

徐知诰从小流浪，比同龄人早熟，社会阅历绝非同龄人可比，人情世故早就已经了然于胸，知道怎样讨人喜欢。这点，你这个混混应该懂，杨行愍见徐知诰乖巧，相貌出众，收他为假子。杨行愍的儿子杨渥见杨行愍将一个流浪儿带回家，又哭又闹，死活不肯。杨行愍见杨渥容不下徐知诰，只好将这个流浪儿交给了牙将徐温。杨行愍要他收留，徐温不想收留也只好收留。

徐温养为假子，取名为知诰。比起徐温的亲子，徐知诰更勤快，更孝顺，也更懂得如何讨大人欢心。杨行愍曾对徐温说：‘知诰是俊杰，你那些个儿子都不如知诰。’杨行愍跟宇文泰一样，其他还好，识人的眼睛不行。眼睛好，就不会落到长子被杀，次子成了被人戏耍的傀儡，辛苦一辈子白白替徐温辛苦，一族人的生死还得看徐温的心情。胆战心惊过日子，真的还不如猪圈里面等屠宰的猪。人不仅仅看他笑，更要看他对谁笑。温良恭俭让，先要弄清楚对谁。对老哥，还是对杨行愍，不一样。要知道，阳光灿烂才会有阴影。你以后跟他打交道，清醒一点。不过，你小子也不是省油的灯，不给人吃迷魂药就烧高香了。”

“就别挖苦小子了。小子有给人吃迷魂药的能耐，就不会来向老哥求良方了。”

“徐知诰侍奉徐温肯定是非常谨慎,非常用心。徐温偶尔有头痛感冒,徐知诰都是衣不解带在徐温身旁服侍,端茶送水,周到细致。徐知诰非常讨徐温欢心。徐温的亲子,尤其是长子徐知训,抱怨徐温偏心。徐温很不高兴,责问徐知训:‘你侍奉我能像知诰吗?’伪君子徐温被另一个从小就经过社会长期训练的伪君子徐知诰击败。成人后,徐知诰被徐温任为楼船军使,屯兵金陵。不久,因协助柴再用清除李遇有功,提升为升州刺史。

什么样的生长环境出什么样的人。徐知诰出身贫寒,从小流浪,被杨行愍、徐温收为假子又遭排挤,决定了徐知诰只能盯着锅里而看不见外面的世界。润州司马陈彦谦劝徐温将镇海军治地从润州迁到升州,并在金陵营建大都督府。徐温接受了陈彦谦的建议。徐温决定将徐知诰调到润州,任润州团练使,徐知诰很不乐意。吴国当时占据的江南诸州,就宣州最为富庶。徐知诰多次向徐温请求去宣州做观察使,可每次都被徐温拒绝。徐知诰心里不爽。幕僚宋齐丘偷偷地对徐知诰说:‘三郎,就是徐温长子徐知训,在从兄弟里面排第三,骄横放纵,很快就要完蛋。润州和广陵仅隔着一条扬子江,此天授也。’徐知诰根本没想着,一听立马喜上眉梢,听从徐温的安排,屁颠颠前往润州上任去了。没想到,徐温的长子徐知训真如宋齐丘这乌鸦嘴说的那样完蛋了。

匪一代的父亲是良民,多少有点像人。匪二代的父亲是土匪,有娘生没娘教,根本不是人,也不将人当人。杨行愍的长子杨渥骄横跋扈,徐温的长子徐知训更是肆无忌惮,年纪轻轻当上了昌化节度使、内外马步都军使,代徐温镇守广陵。徐知训连吴王都不放在眼里,就别提其他将吏了。得知威武节度使李德诚有数十名花花绿绿的家妓,徐知训立马遣人要李德诚将家妓送来给他享用。搜集这些个家妓费了不少功夫,李德诚真不舍得。怎么办?李德诚派使者前往广陵告诉徐知训,那些家妓,有些年龄已经大了,有些已经有了孩子。这些残花败叶怎么能侍奉尊贵的都军使?下官正在物色年轻漂亮的娘子给都军使送去。岂有此理!徐知训勃然大怒,对李德诚的使者说:‘你马上滚回去告诉李德诚,我定会杀了他,将他的那些个妻妾奸个遍!’稍稍想一想就晓得,徐知训平常骄横跋扈到了什么样的程度。

徐知诰离开金陵前往润州上任没多久,徐知训就被朱瑾给杀了。润州京口跟广陵只有一水之隔。在徐温得知消息之前,徐知诰率领军队,渡江进入广陵,控制了王府,帮徐温稳住了阵脚。当时,徐温的其他几个儿子都还是嘴上无毛难堪大事的小后生。没办法,徐温只好让徐知诰代替徐知训,坐镇广陵,成了摄政王。除了特别重大的事情由徐温亲自定夺,其他军政事情全部交给徐知诰去处理。徐知诰由此开始执掌权柄,成了吴国实际上的第二号人物。”

徐知诰一上台执政,就开始收买人心。严可求一眼就看穿了徐知诰的把戏,劝徐温除去徐知诰。“主公,二郎君是外姓人,不是徐家的孩子,却一面招揽人才为他卖命,一面用小恩小惠收买人心。野心勃勃。不趁早将他除去,将来必定会成为祸害。”还是严可求老谋深算,晓得徐知诰必将会是占据鹊巢的斑鸠。徐温没有采纳严可求的建议。都督府长史柳似汀建议徐温用徐知询代替徐知诰。“常言道,血浓于水。知询毕竟是都督亲生,知诰再亲也是别人生。都督将江山交给知询,至少不会挖都督的坟。”徐温也觉得有理,但没有行动。严可求和行军副使徐玠也屡屡劝说徐温用亲子徐知询代替假子徐知诰,而徐知询自己也主动向徐温提出,希望能够替徐温镇守广陵。徐温原本就很多疑,别人的话听多了,开始有了用徐知询替换徐知诰的想法。徐温从徐知诰八岁时开始养起,养了十几年,晓得这个假子目光短浅,只看到眼前的蝇头小利,看不见大千世界。尤其是三番五次要求去宣州,徐温很不爽。将来接任都督,能将业守住就不错了,难以有大的作为,希望他能将基业光大根本不可能。徐知询徐温虽也不满意,但终究是自己亲生。深知徐温为人的如夫人陈氏替徐知诰向徐温求情。“我们家贫贱的时候就收养了知诰,现在富贵了怎么能不要他?”换不换,徐温犹豫不决。

“你来了正好,明天陪爸一起去开善寺进香。”

“孩儿也正好利用这个机会,许个愿,祝爸身体安康。”

吃了饭,依照老惯例,徐知诰去朱雀门看望徐渊。权重要,钱也重要,徐渊手中有满把的铜钱。徐知诰知道,所有人里面,徐渊是唯一一个徐温绝对信任的人。将来助一把,就能翻过看似不可逾越的高墙。眼下都督继承人未定,更不能有丝毫的怠慢。去了如茅斋,恰好徐榛也在。又不谈什么秘密的事情,礼罢,徐知诰就坐在一侧一起闲聊。

“明天上巳日了,妹妹准备去哪踏青?”

“打算去紫金山。”

“天气好,紫金山是个踏青的好地方。一眼的苍翠,看一看都觉得舒服。四哥在金陵那段时间,去过好几次。”徐知诰没有告诉徐榛明天他要陪徐温去开善寺进香。都督徐温的出行是个机密。身为吴国内外都军副使,徐知诰知道厉害,不会泄露。“四哥不是有事在身,真想陪妹妹一起去。”

翌日,徐知诰陪同徐温早早离开了都督府。牙内都指挥使黎子风带领三十六名经过精心挑选的亲从侍卫,护送徐温前往位于紫金山东南坡的开善寺进香。徐知诰有自己的侍卫,怕引起徐温的嫌疑,没有带。徐知诰一人一骑,紧跟在徐温身边,如同一名侍从。

徐温这次去开善寺进香,还是跟往常一样轻车简行。进香前,柳似汀建议徐温多带些人。“开善寺离雄武军和龙武军的驻地虽都不远,但仍有十几里路。万一有歹徒想在开善寺图谋不轨,临时再去搬兵恐怕来不及。臣以为应该多带一些侍卫前往。”柳似汀的建议没有被徐温采纳。徐温不想没坐上王位之前,就僭越行事,摆出一副国王架势,带着仪仗队浩浩荡荡地前往开善寺进香。意图过于明显,外人看了,观瞻肯定非常不好。如今耳语原本就多,僭越行事无疑对外公开宣示,徐温准备抛开吴王杨渭。现在刚刚坐稳,人心未齐,远还没到拿掉羊头的时候。开善寺是佛门圣地,佛祖自会保佑。带成百成千的兵士去佛门圣地进香,也太不吉祥。就算有人企图不轨,也只能是个别人,已经由黎子风和数十名侍卫一旁护着,不会有问题,徐温毕竟见过风雨。悄悄前往,更加安全。没必要大张旗鼓,就不应该大张旗鼓。去开善寺进香又不是第一次。况且,开善寺就在金陵的边上。

徐温非常相信黎子风的能力。作为亲从侍卫牙内都指挥使,黎子风跟随徐温多年。就在前年,徐温从广陵谒见杨渭回金陵的途中,遭到张颢余党劫杀,就是黎子风依仗手中的三尺,力保徐温安全回到金陵。这些年,黎子风仿佛就是徐温的影子。徐温到哪,黎子风就跟到哪。开善寺黎子风虽去过多次,在进香前两天,还是带着几名亲从,换上便服,偷偷前往开善寺,仔细考察了寺院周边环境,想好了万一出现情况的应对之策。为了保证做到滴水不漏,黎子风精选了五名亲从先以普通香客的身份住进开善寺,及时汇报开善寺的情况。防止泄露消息,直到昨晚,黎子风才将都督要来开善寺进香的消息告诉给住持智同和尚。考虑到吉祥,黎子风从亲从卫队里面挑选了三十六人,以像杨行愍手下的三十六英雄。

刚出金陵青龙门,就是一阵喳喳的喜鹊声。徐温听到喜鹊的喳喳声,心里就是一喜。徐温很讲究这些兆头。徐温给长子徐知训做亲的那一天,不小心打碎了一个碗。徐温认为兆头不好,将所有人都认为是门当户对的亲事退掉。徐温驻马,饶有兴致听起了喜鹊鸣叫,直到喜鹊受到惊扰而飞走,才重新上路。早上金陵城东空气清新,徐温并不急着去开善寺跟人抢上第一炷香。住持智同和尚会拦阻前去烧香的香客,今天开善寺有贵客登门。

道路两旁的树木越来越茂密,开善寺越来越近。一部分亲从在前开道,黎子风走在徐温身侧,一部分亲从殿后,前后护着徐温前往开善寺。在距离开善寺不远的一个岔道口,已经有亲从在守候。黎子风天刚亮就派出一个什的亲从先去开善寺封锁岔道口，拦阻前往开善寺烧香的香客。怕有意外事情发生，在都督出发前，黎子风派三名斥候先去侦察，随时报告发生的情况。不调遣雄武军封锁整个紫金山，小范围布防还是很有必要。今天是上巳节，不让金陵市民到紫金山踏青，肯定怨声载道。黎子风想封锁紫金山，徐温也不会同意。黎子风留下两名亲从守候，其他跟着徐温、徐知诰继续前进。徐温一行的身影消失后不久，树林里面突然射出了弩箭，两名把守岔道口的亲从倒在了路上。有人已经在开善寺设伏，就等徐温前去自投罗网。看来，青龙门外的那只喜鹊不是报喜，而是告凶。

你杀人多，想杀你的人也多。这一点，徐温一直头脑很清醒。自与张颢合谋弑杀杨渥以来，到底杀了多少人，徐温不晓得，想杀徐温的人也不晓得。这些年所杀的这些人里面，有多少是无辜的生灵，徐温没想过，也不会去想。就算李遇是徐温的眼中钉，李遇一家老小也不会对徐温构成真正的危险；就算怀疑米志诚跟朱瑾合谋，徐温也根本用不着株连米志诚的家人。徐温海盗出身，又在匪窝呆了几十年，最懂想生存下去，什么物事都可以有，就是不能有妇人之仁。徐温要杀人就一家端，一族灭。只有斩草除根，才不会留下隐患。徐温确实信佛，但不等于不能杀人。佛教东传以来，越信佛的皇帝，越喜欢杀人。梁武帝如此，武则天也是如此。徐温去开善寺进香，就是希望佛祖保佑他平安。徐温清楚，境外、境内想他死的人很多很多。自坐镇金陵以来，徐温隔三间四会去开善寺烧香拜佛。这次是第几次，徐温已经记不起了。只是没料到，有人已经在开善寺设下了陷阱。

来到了通往开善寺的石级路前，众人先后下了马。斥候向黎子风报告一切正常。谨慎起见，黎子风还是亲自带了十一名亲从再仔细勘察了一遍开善寺四周的安全情况。觉得确实已经没有丝毫纰漏，黎子风才留下两名亲从把守路口，自己则和其他亲从一起，簇拥着徐温和徐知诰，踏上连接开善寺的石级路，前往开善寺。

开善寺的住持智同和尚已经站在门口等候多时，见都督前来，快步下石阶路迎接都督徐温到开善寺大门口。都督是开善寺的大香客，一次捐献的香火钱就够开善寺一年的开销。佛祖尚且要著衣持钵入舍卫大城乞食，何况肉体凡胎的开善寺住持？从京口搬到金陵后，徐温专门拨款修缮了开善寺，给佛祖重塑了金身。就算不是开善寺的大香客，都督能来开善寺进香也是一件很值得在其他住持面前提起的荣耀事。佛法也离不开弘扬。智同和尚说了几句阿弥陀佛，就俯身在一旁开道，来到了开善寺的大门前。

“都督请！”在众人的簇拥下，徐温跨过高高的门槛，前往开善寺主殿无量殿。开善寺和尚列着整齐的队伍，迎接都督。徐温从两行和尚组成的人墙中间穿过，前往无量殿。徐温进入无量殿，站在佛陀高高的塑像前。智同和尚亲手点燃三支大大的清香献给徐温。

就在此时，路旁的树林里面又射出弩箭，结果了黎子风布置的两名亲从。一班蒙面人突然冲出树林，沿着石级路迅速冲向开善寺。在开善寺大门外警戒的斥候见状赶紧转身跑进开善寺向徐温报告。正当徐温手捧三支大清香准备跪在佛陀前黄色蒲团上时，开善寺内突然莫名其妙地响起了“当、当、当”的钟声。在场的众人还没有明白到底是什么一回事，三枚飞镖射向了徐温。黎子风迅速出手打落了飞镖。遗憾的是，还是有一枚飞镖击中了徐温肩胛。万幸的是，飞镖没有淬毒。徐知诰、黎子风和元从亲兵竭力护着徐温迅速撤出了无量殿。早就埋伏在树林里面的杀手，听到信号，纷纷越过围墙，从四面八方杀进了开善寺。

这几十年来，徐温从事的行当就是杀人。出手稍慢，或者心肠稍软，就有可能被杀，只是这些年徐温出手总是比竞争对手快一点，也狠一点。徐温晓得有很多人想杀他，可就是没想到有人会在佛门圣地杀他。面对突如其来的杀手，不清楚徐温是否想到了报应。

开善寺位于紫金山东南坡，无论是往西还是往东去搬兵，都已经是远水救不了近火，来不及了。眼下只有奋力拼杀，或许还有活路。弩箭用尽，黎子风只得率领亲从卫队跟这些个身着黑衣的蒙面杀手肉搏。佛门圣地开善寺一时间成了杀人的战场。兵刃交接声、惨叫声响彻整个开善寺。训练有素的杀手，见神杀神，见佛杀佛。平常吃素念经的和尚狼奔豖突，杀手利剑轻轻一捅，就提前到了西方极乐世界，告诉佛祖，若想在神州长期传扬佛法，还得传授一点武艺。光有慈悲心，没张口，利剑已经捅进了心窝。几个护院和尚，杀手面前，简直就是豆腐，连像样的反击都没有。没多久，开善寺已经是一地的臭皮囊。智同和尚更是惊慌失措，在两名和尚的搀扶下，逃到开善寺山门外，就晓得两手掐着佛珠念阿弥陀佛。

打斗中，徐温的左臂又中一剑，黎子风和徐知诰也受了伤，幸好只是皮外轻伤。徐温不小心踩到一个滚到他脚底下的头颅差点摔倒在地。护卫都督的亲从全是都指挥使黎子风亲手挑选的精干，前来企图刺杀都督的杀手也是经过一番一番筛选的高手。双手就在开善寺相互消耗着。黎子风多次组织人手护着都督突围，可每次都被杀手逼了回去。

也许是杀手的人数更多一些，也许是杀手技高一筹。总之，黎子风带来的这支象征武忠王麾下三十六英雄的亲从卫队以及事先预埋的五名亲从、三名侦察敌情的斥候，只剩下了一名叫南吕的亲从。最后，还有七名实力最强的杀手将徐温、徐知诰、黎子风和南吕围困在无量殿前的广场上。佛祖,佛祖,快快显灵!快快显灵……除了向佛祖祷告,徐温已经没有办法能活命。眼看就要命绝开善寺时,佛祖真的显灵了!石斛救了徐温的命,也救了徐知诰和黎子风、南吕的命。阿弥陀佛!阿弥陀佛!徐温在心底里感谢佛祖救命之恩。正当徐温庆幸自己躲过一劫,匆忙撤离开善寺时,半道上一名白衣女子向徐温的脑门射来了一箭。

第十三章　郊游

惆怅春归留不得，紫藤花下渐黄昏。

——《三月三十日题慈恩寺》

三月初三，上巳节，郊游踏青的节日。

免得又像上次那样来一个前后步，徐榛早早就带着于苓来到了白记寿木店。张白见徐榛出现在寿木店门口，惊讶得几乎不敢相信自己的眼睛。一名县主那么早带着一名娇媚玲珑的侍儿，到寿木店来，本就是一件稀奇的事情，更何况这位县主是朱雀门徐渊的女儿。

“千万别误会！”见张白一脸的惊讶，徐榛连忙解释。“我是来找你家少东主。”张白陡然一阵不爽，难道我是傻子不成？徐渊家里死了人，还需要掌上明珠亲自出马到寿木店买棺材？就是徐渊本人死了，也不需要。张白心里虽这么暗暗诅咒，但嘴上还是客客气气。“少东主在后院陪客人在看寿木。县主不怕的话，仆带县主过去。”“有什么好怕的？”徐榛一边含笑高声说着，一边抬脚踏进了寿木店。“你只管忙你自己的事情，我自己去就是。”张白赶紧退到一旁让路。徐榛没有停步，穿过店铺，径直前往库房。

“县主，不要进去了。婢子站在门口叫一声就是。”

走到库房前，于苓停住了脚步。徐榛没有理睬，右脚一抬，踏进了库房。于苓就算一万个不情愿，也只好硬着头皮紧跟着徐榛赴汤蹈火。就是在大白天，库房里也有些昏暗。一排排摆放整齐的棺材映入徐榛的眼帘，让徐榛想起停尸房。一种阴森感不由从心里涌起，徐榛不禁停住了脚步。远远望去，石斛身着白色衣裳站在一副玄色棺材边，和一个身着黑色衣裳的顾客，正抬头看过来。这一场景让徐榛骤然联想起小时候听人说起过的黑白无常鬼，手臂上细细的毛孔顿时竖了起来。于苓见徐榛迟疑，更是不敢再向前再迈出一步。

“恕失陪！”

石斛连忙向客人手一拱，快步朝徐榛走了过来。看着石斛距离越走越近，徐榛的胆子忽然间大了起来，抬起左脚，踏进了库房。龚宰紧随其后，迅速前去招呼客人。石斛向迎面而来的龚宰手一拱，风似的吹到了徐榛的身边。徐榛环顾一眼整齐地摆放在库房里面的一排排棺材问：“石斛，那么多棺材得装多少死人啊。”石斛含笑说：“这世上有多少活人，就会有多少死人。所有死人都能够有一副棺材，小子就是再开几家寿木店也不行。我们到前面去，这里不是你应该呆的地方。”石斛陪着徐榛、于苓，出了库房。

“幸亏外人不晓得你的真实身份。”

“你都已经说了，人家又不晓得我是谁。大不了，说我是少东主的新妇。”

石斛笑了起来。方才在库房，石斛抬眼一看来者是徐榛，非常意外。原本以为有什么像上次那样的急事，看徐榛一脸的悠然，好像也不是。“想想也是。那么早跑到寿木店来，除了少东主的新妇，街坊邻居着实想不出还有其他什么人？”寿木店的伙计此时正在装车，从侧门进来，看到石斛和徐榛、于苓从库房内出来，都不敢主动跟石斛打招呼。

“以后有什么事，你让仆役、家丁来告诉小子一声就是，无须亲自跑。”

“今天是上巳节，天气又那么好，想请你陪我一起去紫金山郊游踏青。”

徐榛提出一个石斛没想到的要求。“今天确实是交游踏青的好天气。小子送寿木常从紫金山边上经过，就是没去走一走。只是紫金山好像有些远，走路肯定不行，坐马车去嘛又不能尽兴……”石斛很委婉地推托。“公子，婢子已经让家丁牵来了三匹马，就在长寿巷口等着。我们骑马去。”看来，石斛这回是非去不可了。“好吧。”朱雀门大县主开罪不得，石斛当下答应。“你俩稍等，小子先去跟龚老哥说一声。”石斛手一拱，就转身。徐榛和于苓站在天井里等了一会，石斛就来了。“走吧。”三人出了寿木店，起步前往长寿巷口。

“生意也不是一天两天能做得完。小子来金陵那么久，紫金山还没去玩过。”

“哪有什么心思想到玩。”

“那也看生计问题是否已经得到解决。吃喝不用去愁，小子实际也很会玩。”

“那就祝你早日赚到大钱。”

“多谢金口！”

“今天去紫金山踏青，县主第一次不带家丁。”

“就不怕万一碰到流氓？”

“有你在我身边，哪一个流氓敢动？”

“多谢信任！”石斛手一拱。

“听口气，今天好像是特意请小子做侍卫啰。”

“我还真希望有一个像你这样的侍卫。”

“不晓得公子愿意不愿意？”

“那也得看工钱高低。”

“只怕公子开不出口。公子愿意，工钱有人会出。”

“有这等好事？”

“那是自然。”

“你还真将石斛的话当真？”

“这可就很难说啰。做生意赚铜钱为了谋生，做侍卫也是赚铜钱谋生，就看哪一样赚铜钱多。做侍卫赚铜钱多，小子很有可能也会选择做侍卫。问题是，你身边随便带一个家丁就足够。小子还想不出来，金陵还有哪一个人敢对你不敬？”

“我家大嫂的事情，你最清楚。弄得我，现在都有些不敢出门了。”

“这倒是。身份暴露，有绑匪；不暴露，有流氓。像你这样漂亮的娘子，这世道出个门还真不能让人放心。可人又不能将自己锁在家里不出门。出不是，不出又不是，两难。想想还真需要个有些能耐的人在身边。”

徐榛含笑说：“有你这样的侍卫在身边，就不用怕了。”

石斛含笑说：“那今天在紫金山就放开心胸，痛痛快快地玩。”

三人上马后一路东行，出了金陵东门，眼前就是紫金山。太阳高悬在紫金山东南首的肩膀上面。装点着各种色彩的紫金山，倒像一头盘踞在金陵东面的斑斓猛虎，张着大口，随时准备吞噬金陵。沿着一条两旁长着高高低低、疏疏朗朗树木的宽敞泥土路，三人骑着马，慢慢进入紫金山。阳光明媚，轻风如絮，树木葱郁，青草漫布。各种野花，满眼都是。弥漫在空气中的淡淡草木清香和树林中传出的阵阵鸟鸣声，足以涤尽金陵凡人沉积在心中的一切俗尘。金陵东郊，紫金山麓，虽然不是水边，但树旁，路上，草边，花前，也是丽人满眼。

“今天，确实是来紫金山郊游踏青的好日子。天气好，阳光明媚，暖风拂面；树木刚换了新装，满眼青翠；百花绽放，姹紫嫣红。更重要的是，三月三，娘子衣衫已薄，更能展现其身姿。金陵的娘子，应该比杜工部所说的丽人，肌理更为细腻，身姿更加妩媚动人。”

“公子看到那么多美娇娘,动心啦。”于苓含笑打趣说。

“那是自然。春天来临,草木尚且萌动,何况小子? 可惜啊!”

“可惜什么?”徐榛紧接着问。

“可惜小子选了卖寿木的行当。”

“莫非卖寿木的人就不能动心?”

“还真别说,卖寿木的生意人确实不能动心。记得《春秋繁露》说,以春生人,以秋杀人。娘子与春天相伴,生机勃勃;棺材与秋天匹配,杀气重重。像小子,全身上下充满着肃杀之气,怎么能跟春天的娘子匹配上? 如此看来,小子还得改行。”

“想博取娘子欢心,不想改行,也只能改行。”徐榛笑了起来。

“春秋相对,生死相连。就算公子卖寿木,未必就没有娘子喜欢。”

“听你这么一说,好像已经喜欢上小子啦。”

于苓哑然,徐榛忍俊不禁。

“小子只是开个玩笑,切莫在意。”

“倘若婢子真喜欢上了公子,公子你说该怎么办?”

“还真是不好办。”

“公子不喜欢婢子?”

“小子记得,你在采石矶说过,你是县主的嫁妆。”

“这很好办啊! 公子娶了县主,岂不是拥有了婢子这件嫁妆?”

徐榛侧目看了一眼石斛,等石斛回答。“这就更难啰。就算县主同意,还得问徐大当家是否也同意。假设啊,就假设徐大当家也同意,想要朱雀门大县主得拿出多少聘礼? 撇开这些不去说,小子一个寿木店少东主怎个养? 你还想单凭一家小小的寿木店能让朱雀门大县主过上在娘家一样的日子? 看来啊,小子要想娶到朱雀门大县主,并让她过上跟娘家一样的日子,只有两种方法。”

“哪两种方法?”徐榛和于苓齐声问。

“第一种方法是做梦!”

徐榛和于苓都笑了起来。

“第二方法呢?”

“第二种……”

石斛的第二种方法还没有说出,左侧灌木丛中突然“噗噗”窜出一对雉鸡,从石斛和徐榛的马前飞过。徐榛的坐骑受到了惊吓,前蹄离地,人立而起。徐榛刹那间身子后仰，身体顿时失去了平衡，感觉自己就要从马背上跌落下来，慌乱中死命拽住缰绳。“县主！”于苓见状大惊，心跳疾速加快，高叫大喊。就在不晓得该怎么办时，石斛已经两腿夹着马身，身子眨眼间向左侧一斜，伸手扶住了徐榛。受到惊吓的马匹似乎意识到只是一场虚惊，重新放下了前蹄。于苓紧张得快要吐出来的心终于放回到了原位。徐榛长长舒了一口气，轻轻拍了拍马背，含笑说：“一对雉鸡都吓成这样，见到老虎还不是要吓死？”

“县主，没吓着你吧。”

“怕什么？你没看见我身边有侍卫吗！”

“小子这个侍卫倒差点吓出了魂。”

“又不是你要摔下去，为何要吓出魂？”

“小子摔下去，才不怕。别说马背，再高一点，也没事。你摔下去，小子才吓出魂。第一次做侍卫，主人摔下马背，别说受伤，光脸面就受不了。受伤了，就不晓得怎么办了。千金之躯，交到小子手上，结果受伤，你想想吧。就算碰破一点皮，也是侍卫失职。想想，当侍卫很不容易。”

“公子，你还没说第二方法呢。”

“第二种方法也是梦。”

“那还不如说只有一种方法。”

“说相同又不同。这一种方法是小子意外在紫金山发现了一个宝藏。”

“这倒很有可能。”

正说着，两名香客迎面从三人的身旁匆匆走过。

“好奇怪！”于苓乍然说：“这些香客怎么快就烧完香回来了？”

“这又有什么好奇怪？听我爸说，常来朱雀门赌博的吴殊乾，想能烧上第一柱清香，保佑赌博能赢，干脆在开善寺过夜。就是要赶第一柱清香。”

“怎么说来，谁对菩萨好，菩萨就对谁好啰。”

“那是自然。谁不都是这样？”

“看来，小子也要对菩萨好一些，献他一个猪头，求他能保佑小子生意更加红火。”

“你这不是希望多死人么？”

“那怎么办啊？小子还想多赚些铜钱，娶不到徐大县主，于苓，小子就不去想了，反正是徐大县主的嫁妆，也要娶到过一过日子的新妇。小子总不至于打一辈子光棍。”

“那就改行。”

“有没有好的赚钱头路,给小子介绍介绍?”

“不如到朱雀门当县主的侍卫。”

“这还不如专心卖寿木。工钱高,小子开不了口;工钱低,小子不做。”

“工钱无须公子开口,肯定不会低于公子卖寿木的收入。”

“别小看小子的寿木店,收入高得很!”

“这公子可以放心。这点铜钱,婢子相信,大家还是能出得起。”

“小子也相信大当家出得起。问题是,一侍卫的工钱等于甚至高于小子卖寿木的收入,大当家就是愿意出,小子也不敢收。很显然,侍卫只不过是拿铜钱的由头罢了。外人晓得,不仅县主给人笑,还会说小子纯粹是个吃软饭的废物。卖寿木虽遭白眼,起码自食其力。小子脸皮再厚,也不晓得这张脸应该往哪搁了。莫非小子还想靠当侍卫赚铜钱娶到徐大县主?娶到徐大县主,侍卫在别人面前肯定很风光,而徐大县主可就不能出门啰。”

“只要喜欢,嫁给侍卫又怎么了?”

“还怎么了?你晓得,神州人的舌头本就特别长。侍卫跟在县主身边,外人会说,县主肯定早就已经跟侍卫勾搭上了。尤其是像朱雀门大县主,难听的话肯定是一下子散布到整个吴国。徐大当家不说,甚至连都督都觉得脸上无光。”

“大家还没有反对,都督已经出来干涉。如此一来,县主想嫁给侍卫也就不可能了。”

“说得是。小子要想娶到朱雀门大县主,只能靠自己的努力。”

“还是公子考虑周全。”

“衷心希望你能早日娶到朱雀门大县主。”

三人时而骑马,时而步行,时而采花,时而摘叶,仿佛短短的一会儿功夫,就已经看到了耸立在前方茂密树丛中的白色宝塔。远远望去,在四周苍色的浓密树丛和寺院内苍劲松柏相互掩映下,宏大的开善寺建筑群只漏出了几小片黑色的屋顶,仿佛一处远离人世喧嚣的秘境深藏在原始树林里面,引诱人们去探秘。

石斛正行走在道路右侧,突然勒住了马。徐榛正想询问原因,猛然瞧见前面道路的左侧躺着一个身着赭色兵士衣裳的死人,脸色旋即一变。这时,落在后面的于苓已经策马来到了石斛和徐榛的身旁。于苓刚一抬头,马上脸色苍白。

“县主,我们快回去吧。”

于苓说话的声音听起来都有点颤抖。“死人不会骂你,打你,害你,有什么好怕？可怕的是让活人变成死人的人。”可人偏偏不怕活人，怕死人。为了给徐榛和于苓壮胆，石斛继续说：“有小子这个侍卫在你们身边，怕什么！”石斛眼里，只不过看到了死人，徐榛却不同。

徐榛猝然想起路旁死者穿的是都督府亲从平常穿的衣裳，心不禁就是一阵打鼓。莫非叔叔出事了？徐榛立马否定了自己方才的想法。不会，绝对不会，叔叔保护那么严密，又有黎子风在身边，不可能会出事。那这名都督府的亲从怎么可能会死在这里？徐榛又否定自己方才的想法。徐榛晓得，徐温信佛，常到寺院烧香。今天是上巳节，叔父来开善寺进香很有可能。无论是还是不是，我都得先去看一看。

“还是先到前面去看一看。”

石斛在前，徐榛和于苓紧跟在后，骑着马，慢慢地向开善寺方向前行。沿着这条两旁树木茂密的泥土路，还没有走出几丈远，石斛又发现一个穿同样服装的死人。死者身上插着弩箭，鲜血漫了一地。看来真的是出事了。徐榛越发紧张了起来，心跳不断地加快，似乎已经听到自己心脏咚咚咚的跳动声音。围绕在徐榛和于苓周围的空气似乎已经凝固。

“快一点，这些兵士看起来都是叔叔的亲从。”

石斛忽然意识到了什么，可已经不能抽身，只能硬着头皮往前走。三人抽鞭，迅速前往开善寺。驰行中，徐榛听到了从开善寺里面传出兵刃交接时发出的打斗声。佛祖保佑！菩萨保佑！徐榛心里默默祷告。在石级路前，三人迅速下了马。“别紧张！就算天塌下来，小子给撑着。”石斛尽量消除紧张的气氛。徐榛不晓得哪里来的力气，牵着马，一口气爬上了这条长长的石级路。

两旁黄色墙壁上写着南无阿弥陀佛的拱形大门的前面，站着几个六神无主的和尚，地上横七竖八地躺着好几个死人。见石斛三人来到，一个和尚哆嗦着说：“快进去帮都督。”徐榛一听“都督”，霎那间脸色苍白，慌忙对石斛说：“石斛，快去帮我叔父。”

石斛手中缰绳一甩，冲进了开善寺。地上到处是尸体，有和尚，有兵士，有杀手。顺着打斗的声音，石斛飞速向无量殿方向飘去。无量殿前是一个用方形石板铺成的广场。广场中央，七个脸蒙黑布、身穿黑衣的人，正持剑围攻四个人。地上横七竖八地躺着侍卫、黑衣人和一大群和尚的尸体，到处是殷红的血迹，刀、剑、钩各种兵器散落一地，一看就让人明白一场惨烈战斗的刚刚过去。被围在中间的四人，正是徐榛的叔父徐温、堂兄徐知诰、都督徐温的牙内指挥使黎子风和亲从南吕。已经多年没拿剑的徐温重新拿起剑保命。黎子风、徐知诰和南吕三面护着徐温构成防御。四人都受了不同程度的伤,只是伤势不是特别重。

一向派遣杀手刺杀别人的徐温此刻正遭到别人派遣的杀手劫杀。眼前的黑衣杀手,让徐温仿佛刹那间回到了手提人头的从前,顿时明白,多年苦心经营的一切原来仅仅只是一个梦。正在绝望中,身穿白色布衣的石斛如鬼魅,如恶魔,如神仙,如佛陀,出现在了徐温的眼前。石斛的突然出现,让徐温骤然间如同从子夜的黑暗中看到了黎明的曙光,让围攻徐温的杀手感到眼看成功的希望转眼间幻化成破裂的气泡。开善寺无量殿前广场上,徐温四人和七名蒙面杀手之间的僵持局面,因石斛的突然出现而迅速出现逆转。

"爸,我们已经没事了。"

"不晓得石郎武艺如何。"

"孩儿见过,很有能耐。"

徐知诰充满底气的声音顿挫了蒙面杀手的锐气,围攻徐温四人的杀手开始分神。徐温也陡然产生了能够活命的希望,心里不断念阿弥陀佛。石斛含笑说:"大白天,蒙着脸在佛门圣地杀人,着实亵渎了神圣。小子先将你们的面纱揭下来,瞧一瞧,你们是何种妖魔。"石斛先用言语干扰蒙面杀手,给徐温四人一个喘口气的机会。徐温死了,石斛跟着死。

杀手蒙着脸去杀人仅仅只是担心被人认出才不得不蒙着脸。这些蒙着脸的杀手不是真正想杀徐温的人,而是有人要让这些杀手去杀徐温。倘若是强者,何须蒙着脸去杀人?可以光明正大地杀,可以理直气壮地杀,可以名正言顺地杀,可以毫不犹豫地杀,可以史无前例地大屠杀。黄巢可以杀光一城长安人,朱温可以屠尽一城青州人,照样脸不改色心不跳。朱温族灭平卢节度使王师范时,依照长幼次序排好队,一个个杀。莫非朱温需要蒙着面纱?就这一点而言,杀手也是弱者,尤其是蒙面杀手。不想蒙着脸,也只好蒙着脸。

"小子别多管闲事!坏了我们的大事,没你好果子吃。"

"有没有好果子吃,小子都得先揭了你们脸上的尿布。"

石斛还没有揭下蒙面黑衣人的面纱,一名黑衣人手中的剑却已经到了眼前。只见白光闪动,黑衣人眨眼间向石斛攻出了三招。石斛如同一头捕蛇好手獴,或侧,或仰,或闪,轻巧地避开了黑衣人的攻击。黑衣人真没想到眼前这个英俊的年轻后生确实像徐知诰说的那样很有能耐,不禁暗暗吃惊,心里徒然有了恐惧。

石斛和石柏的武艺主要传自石岩的侍卫李同。皇宫内有许多江湖人士梦寐以求的武艺典籍,皇室成员又没兴趣去修炼这些稀奇古怪的武艺。李同是一个武痴。

石岩从小受李同的影响，跟皇室其他沉醉于声色犬马的成员不同，也喜欢练武。黄巢造反以后，石岩更是勤练武艺，希望能够用自己的武艺保卫江山社稷。石岩武艺确实学成了，李唐皇朝却崩塌了。李同博览与武艺有关的书籍，结合自己数十年的习武心得，创立了一门武艺，将它命名为无道。修炼这门武艺可以达六种境界。李同将这六种境界称作：偃鼠饮河、螳臂当车、庖丁解牛、列子御风、子綦隐机、庄周梦蝶。只要学到第二种境界，就可以凭借敏捷的身法应对比自己武艺高出数倍的高手。石斛眼下的武艺境界早就已经越过第三种境界庖丁解牛。

黑衣人出剑快，石斛鬼魅似的，总比他快半拍，一剑使到一半不得不回抽自保。几招之后，黑衣人就心急了起来。心越急，越容易露出破绽。正当一道白光从左上角成弧形准备划向石斛左肋时，石斛猝然身子一侧，左拳击中了黑衣人的腋下空档。黑衣人一声闷哼，飞了出去。就在出拳的同时，石斛顺势抓起地上一把横刀飞掷过去。黑衣人还没有落地，横刀已经直直插进了前胸。围攻徐温、徐知诰、黎子风和南吕的六个黑衣人，来不及惊愕，一边向徐温四人发起猛攻，一边迅速撤出两人，前后夹攻石斛。你这小子，坏我大事，不灭你，灭谁？地上兵器虽多，石斛来不及捡，只得徒手跟两黑衣人拼搏。

伴随着两道晃动的白光，石斛仿佛在无量殿前的广场上翩然起舞。一阵微风带着一枚淡黄色的樟树树叶，悠悠然飘到了石斛的身边。石斛的右手轻轻一夹，夹住在空中飘荡的樟树叶子，没做任何的停留，对着紧随而来的黑衣人就是一掷。左手往里一缩，一枚一两银饼已经在手。黑衣人以为是暗器，赶紧收剑，身子一侧。黑衣人正想说“你想要我”，石斛左手的银饼已经紧随飞出。银饼穿过黑衣人的右侧脖颈。黑衣人闷声倒在了地上。另一名进攻的黑衣人还在惊愕之时，石斛刹那后仰，捡起一把横在地上的利剑直插黑衣人的胸口。黑衣人就像皮影戏中的皮人，手一松，软瘫着跪在了地上。石斛没去理会，迅速杀入了包围圈，站到了徐温的身边。“都督小子护着，徐大官人和这两位兄台只管放开手脚杀。”

三名杀手一死，无量殿前广场上的双方攻防形势顿时发生了逆转。石斛护着徐温安全脱离了包围圈。黎子风再也无须分心旁骛，旋即放开手脚对蒙面杀手展开反攻。紧随着一声惨叫，围攻徐温、徐知诰的蒙面杀手又有一人死在黎子风的剑下。剩下的三名黑衣人眼见功败垂成，再也已经无心恋战，继续缠斗，难保不会殒命当场。一人向同伴使了个眼神，三人疾速逃离广场，迅速消失在无量殿东首的弥陀殿后面。石斛没去追，看着三人逃遁。黎子风此时如同耗尽灯油的油灯，也已经没有力气追。硕果仅存的南吕更糟糕，石斛再晚一会出现必定跟其他亲从一样殒命开善寺。或许是命运之神的垂青,或许是无量殿佛陀的保佑,徐温又躲过了一劫。石斛向徐温、徐知诰、黎子风和南吕手一拱,转身飘然离开了开善寺。

徐温蹒跚着走到跪在地上的黑衣人跟前。黎子风撤下了蒙在黑衣人脸上的面纱。徐温不禁一惊,眼前这人是昔日同僚张颢的大儿子张克定。徐温和张颢在因利益矛头相向之前,分别是武忠王杨行慜的左右衙都指挥使,平常相互来往,关系一向很好,两人差一点结成儿女亲家。张颢的几个儿子都叫徐温叔父。钟泰章带三十名壮士冲进府衙,当堂杀了张颢以及左右亲信,徐温以弑杀吴王杨渥的罪名族灭了张颢,只有当时任淮南左都押衙的大儿子张克定因一名牙兵事先通告而侥幸逃脱。这些年,大理寺一直在追捕。前年,徐温遭伏击,而伏击者的头就是张克定。今天再次见面,昔日的贤侄已经成了控鹤军杀手。徐温脸色苍白,一言不发,似乎就要摔倒。徐知诰、黎子风赶紧过来扶住徐温,慢慢走向开善寺大门。

正当徐榛、于苓站在开善寺门口心急如焚时,石斛乍然出现在了开善寺的大门口。"都督怎么样了?"一个和尚忙问。徐榛没有问。徐榛只感觉,眼前的石斛比几天前的石斛更值得品味。徐榛只想旋即扑了上去,咬上一口,品尝品尝石斛的味道。面对着面,徐榛站在石斛的前面,眼睛一动不动地凝视着石斛,仿佛就像父亲徐渊,半闭着眼睛,正在品一种绝品新茶叶。"直直看着小子,是否正在给小子这个侍卫估价?"徐榛这才回过神来,灿然而笑。

"肯定比白记寿木店值钱。"

"这也太便宜了! 当初小子接手寿木店时,总共花了还不到三百缗。"

"那也看是论天还是论月。"

"论天算还差不多。不过,专职不行,兼职临时做一做差不多。"

"回去后,我马上叫我爸以三百缗一天的价格付定金。"

"公子说话可要算话哦!"

"那当然,吐出去的口水,哪有从地上重新舔回去的道理?"

徐知诰和黎子风扶着徐温从开善寺大门走了出来。南吕一瘸一拐,紧跟在三人后面。看到徐温受了伤,徐榛赶忙过来搀扶。徐温身上紫色袍衫撕开了好几个口子,两手满是鲜血。徐温低头看了看侄女徐榛,惨笑看了石斛一眼。

"妹妹,四哥和你叔父先回去了,你和石斛也早点回城。"

"四哥只管陪叔父先走,妹妹和石斛就回去。"

住持智同让两名和尚帮忙,和石斛一起去开善寺旁的系马桩那解下马匹,牵给徐知诰和南吕。侥幸死里逃生的四人都受了伤,急需回去处理,黎子风也怕再出什么意外，只盼着快一点回城。几十个护卫都已经死在开善寺里面，现在就南吕一个残兵，黎子风知道单靠他一个人根本保护不了已经受了伤的徐温。黎子风没有停步，搀扶着徐温继续前行。徐知诰、南吕接过缰绳，没有跟石斛好好道别，牵着马匹紧紧跟上。四人踏着石级，一步一步走下这段连接开善寺前马道的石级路。到了马道，就可以上马，迅速脱离危险。

猝然，前方马道右侧的树林里，闪出一名身穿白衣的女子，仿佛就像索命的幽灵，突然出现在了徐温的前方。眨眼之间，这名白衣女子已经拉开了一把只有像米志诚、安仁义这些吴国射箭高手才能拉得开的三石弓，弓弦上搭着两竿羽箭，箭头对着从石阶路上下来的徐温，大喊一声。“徐温，拿命来！”羽箭应声离弦，直飞走在石阶路上的徐温。

站在石级上面，徐温如同惊弓之鸟，大吃一惊，猛然抬头。石斛走在徐榛身旁，跟徐温已经有一段距离，见状随手捡起路旁花坛中的一个大石块，甩开身旁的徐榛，飞扑过去。一竿箭如同闪电一般飞向徐温的胸口，搀扶着徐温，走在身旁的黎子风抽剑格挡已经来不及，徒手去格挡，手不够长，又不敢等箭到了再伸手，仓促之间只得用自己的身体抵挡扑面而来的这竿箭。黎子风刚扑到徐温前，只听“嚓”的一声，弓箭射穿了黎子风的身体。黎子风的身子向前一挫，趴在了徐温的胸前。还没等受了伤的徐温反应过来，跟在后面的第二竿箭，已经来到了徐温的眼前。徐温脑中一片空白，不知所措。亲从南吕受的是腿伤，一瘸一拐地跟在徐知诰的后面，即便有心给徐温挡箭，都已经来不及，只能看着羽箭射死徐温。

石斛一边跑一边将手中的石块掷了出去。就在徐知诰惊愕得都快要掉出眼珠子时，石斛掷出的那个大石块，如同一颗飞驰而来的流星，不偏不倚击落了飞行中的羽箭，再一次救了徐温的命！徐温身子一软，眼看就要瘫倒在了石级路上。徐知诰手中缰绳一扔，三脚并成两步，扶住了徐温。石斛从徐温、徐知诰身旁飞奔而下，紧随着白衣女子的身影，消失在了泥土路旁的树林里面。

徐榛甩掉手中的缰绳，两手提起罗裙，从石级路上飞跑而下，来到了徐温的身边，去搀扶徐温。“县主！”于苓嘴里喊着，紧随着徐榛，跌跌撞撞地飞奔下来。徐知诰和徐榛从两旁搀扶着徐温，南吕牵着马，迅速来到了平坦的马道上。“爸，我们得赶快离开！”

徐温身体柔软似面条，徐知诰和南吕两人费了很大的劲才将徐温扶上了马。徐知诰从徐榛手中接过缰绳，踩着马镫，跃上马，坐在了徐温的身后。这时，徐温才慢慢缓过神。“榛儿，石郎回来，告诉他，救命大恩，叔父不会忘！”“榛儿晓得。叔父和四哥赶快先回去,这里不安全。”南吕随后也上了马,紧跟着徐知诰和徐温,驰离了开善寺。

望着远去的背影,徐榛双手合十,嘴里默默念着,阿弥陀佛。

猝然,树林中又闪出一个白影。看到这个白影,徐榛扑了过去,紧紧一把抱住,仿佛担心突然间白影又消失不见。徐榛仿佛突然间明白有石斛在人生路上同行是多么的重要,护着你穿过丛林,牵着你渡过险滩,激励你爬过高山,陪着你横越草原。徐榛快速起伏的胸脯撞击着石斛厚实的胸膛,让石斛晓得徐榛快速的心跳。

石斛轻轻地拍了拍徐榛的后背,两手捧着徐榛的左右两臂,向前一推,含笑看着徐榛。两人目光触及,徐榛顿时羞怯,低下了头。于苓哆嗦,哭泣着说:“公子,杀手再突然冒了出来,县主和婢子该怎么办哦?”石斛松开了徐榛,伸出右手食指,轻轻地划了一下于苓的脸颊,笑了起来。“一点也不觉得难为情！人家是胆小如鼠,你竟然干脆就没有胆。”于苓破涕为笑,紧张的情绪顿时消除了一半。“去牵马,我们马上回城。”三人转身起步。

“婢子方才脑子里面一片空白,只晓得哆嗦,出冷汗,现在心还在咚咚猛跳。”

“雇小子当侍卫,第一天就吓成这副模样。回去后,小子还是安心卖棺材。”

“有公子在身边,根本不用怕。婢子也不晓得为什么,莫名其妙地哆嗦起来。”

“是不是准备将吐出去的口水舔回去?”

“可你想过没有,小子这人实际根本不适宜做侍卫。”

“婢子想不出,还有比公子更好的侍卫。”

“这你就不懂了。他是在给自己不想舔口水找借口。”

“倒不是故意给小子找借口。小子不顾你俩的安危,只管去追那个杀手,你说鲁莽不鲁莽?谁晓得树林里面是不是还埋伏着杀手?”

“公子可不要再吓婢子。”

“这可不是小子想吓你哦。所有人都以为危机已经过去了,树林里怎么会突然冒出一个杀手?不怕一万,只怕万一。做侍卫考虑问题首先必须极其周详,绝不允许出半点纰漏。事情都已经过去了,小子才敢斗胆说一说。小子方才差一点就要追上了杀手,突然想着,赶紧调头。不瞒你俩,小子现在想起,心都抖动。这种事情绝对不能出现万一。”

紧张的气氛慢慢缓解。开善寺和尚帮忙牵来了马匹。石斛先扶徐榛上马,然后再去扶于苓。徐榛坐在马背上,含笑说:“虽有不足之处,你这个侍卫我感到很满意。”石斛从和尚手中接过了缰绳,跃上了马背。“你满意就好。我们先出发。以后用到,欢迎雇佣。”鞭子一扬,马匹奋蹄朝金陵飞奔而去。

回到家,石斛跟石岩说了几句,就去洗澡。尹如雪只当石斛在做生意,没有多问。洗好澡,石斛准备趁天还没有黑先将马送还给朱雀门。还了马,转身回家。经过一家烧饼店,闻到空中飘逸的烧饼香味,肚子顿时咕噜咕噜了起来。一摸袖袋,才意识到刚换了衣裳,一文铜钱也没有。石斛恢复原先的步履往家走。黄了一天的生意,还饿了一天的肚子。石斛边走边笑了起来。回到家,石斛没叫刘妈给他烧吃的,而是等到夕食和父母一起吃了饭。

“上次,老哥就给你讲过,你命好,运气差。”石斛去鲁扬声家,将今天发生在紫金山开善寺的事情悄悄地告诉给鲁扬声。“这种事情,连老哥都不应该告诉。少一个人知道,少一分危险。好的是,当事人不会说,不仅仅是尊严问题。问题是,会将目光集中在你身上。这就危险了。像你这种人,最好的处理办法是‘早除之’。想想你小子,年纪轻轻,就像哀帝一样,死于非命,真让人唏嘘不已。事已至此,老哥也没办法,只好帮你盯着。谁让老哥撞上你这个天煞孤星?你么,老哥觉得,只管睡自己的觉。风触霉头两隔壁,未必是坏事。”

“这点老哥放心,小子不会将明天的事情放在心上,肯定酣睡到天亮。”

石斛就像关在笼子里的鸭子,根本不去想马上被宰,啄着羽毛,怡然自得。回到家,梳洗后,就回房间睡觉。石斛做了个梦,梦见自己长出羽毛,变成了一只翱翔蓝天的鸿鹄。“我也和卢生一样尽会做梦!”石斛醒来,笑着对自己说。

自石斛接手寿木店以来,龚宰发现寿木店总是出现让人惊奇的事情。流氓地痞、黑帮杀手来寿木店,将军官吏也来寿木店。昨天朱雀门大县主徐榛来寿木店,今天吴内外马步都军使徐知诰也来寿木店。石斛拱着手前去迎接。

“都军使来小店,小子都不好意思说请。”

“平常来你店还真容易引起误会,今天确实有生意要照顾。”

“这种生意都军使还是不要照顾的好。”

“生老病死,人一生谁也逃不掉这四个字。轮到了死,总不能赤条条就埋了。”

徐知诰拱着手进入了白记寿木店,龚宰等人拱手迎接。“都军使不忌讳,那就请!”石斛在前引路带徐知诰浏览寿木店。看了看店面,两人跨进了天井。

“谢谢都军使上次说了句公道话,帮小子解了围。”

“说起来帮你解围,现在看来是替自己解围。”

“正因为有昨天的彼,才有今天的此。”

“此亦彼,彼亦此。你不嫌弃,以后就以兄弟相称。”

“都军使就不怕外人笑?”

“哪里话?你不嫌弃,我已经很荣幸了。”

“都军使这么说,小子都不晓得该如何开口了。”

“我虚长你几岁,以后就叫我哥哥。”

“小子再说就太虚伪了。哥哥在上,请受小弟一拜。”

就在天井里,马厩旁边,石斛向徐知诰拜了一拜,徐知诰回拜。

“那些个俗语,小弟就不说了。”

“不用说。利益面前,岂是几句誓言能束缚得住?哥哥小时流浪,人哥哥很懂。”

“哥哥这话说得好。常言道,亲兄弟明算账。嫂嫂是嫂嫂,弟媳是弟媳。混淆了嫂嫂和弟媳之间的不同,哥哥和弟弟最后只能刀上见。”徐知诰笑了起来。“兄弟再亲,当分清还得分清。哥哥请!”石斛陪着徐知诰,踏进了库房。徐知诰看了一眼摆放在库房内的棺材,石斛向徐知诰一一介绍了这些棺材的制作材料,制作工艺,进货渠道等等。

“说了老半天,哥哥还不晓得生意怎么样?”

“小弟生意红火,哥哥不喜欢;清淡,小弟饿肚子。”

“不如去广陵帮一帮哥哥的忙。”

“不是小弟不愿意,只是小弟要一份自在。”

“哥哥能懂。随贤弟心意。想到了,随时欢迎。”

两人出了库房。“还有很多事情正急着等哥哥去处理,只能以后再找机会和贤弟慢慢聊了。”徐知诰跟石斛告辞。“那小弟就不留哥哥了。”进入店堂,徐知诰向龚宰手一拱,就径直朝店门走去。石斛送徐知诰出了寿木店,前往长寿巷口。

徐知诰刚走,一名随同前来的中年男子递给龚宰一枚万通钱庄的凭据,要马上提走四十四副上好棺材。大买卖!石斛接手白记寿木店以来最大一桩买卖,差不多买空了寿木店的存货。龚宰兴奋地连连说:“马上,马上。”当石斛送走徐知诰返回白记寿木店时,龚宰仍然还拿着万通钱庄的金质凭据站在那里等石斛。

“少东主出去后,仆一直在犹豫,是不是要逃之夭夭。”

“能让老哥都想逃之夭夭,看来出手还是挺烫的么。是不是退还给他?”

“卖出去的寿木不能退,是寿木行的铁律。收了人家买寿木的钱,也不能退。只是以后少东主想卖就卖,不想卖就关门,轻松过日子。”

“小子都卖出味道来了。”

“那就好。也不至于少东主突然关了门，像老哥这般岁数的人，没得事做，只得在金陵街头喝西北风。”

“呵呵。”石斛笑了起来。“老哥年轻得很！昊明说，他在万花阁好几次撞见老哥。”

“老光棍，总得找一个地方撒一撒火。”龚宰苦笑了一下，退到柜台后，将凭据放进抽屉，锁上锁，去库房帮忙搬寿木。“那种地方，衣衫一穿，立马拍屁股走人，无牵无挂，谁也不欠谁！少东主，四十四副寿木一卖，店里已经没什么存货了。”

“过两天，小子去鄂州。”

三月初五，都督府隆重安葬在紫金山殉职的侍卫和牙内指挥使黎子风。

三月初六，石斛启程前往鄂州进货。

第十四章　女神

仁者见之谓之仁，知者见之谓之知。

——《周易》

石斛低着头，跟徐榛和于苓一道，踏着石级，缓缓下行。

突然间，石斛听到一名女子的喊声，猛然抬头，当即甩下徐榛和于苓，飞扑了过去。即便距离有些远，石斛从那女子的身影中还是能认出她就是从燕子矶上强行拉回家中的"望江女神"。石斛正准备出声制止，"望江女神"搭在弓上的箭已经射出。"望江女神"的第一枝羽箭被黎子风用身体阻挡，第二枝羽箭恰好被石斛掷来的石块击落。"望江女神"企图刺杀都督徐温的计划破产。

见石斛猎犬般飞扑而来，"望江女神"来不及继续搭箭，转身闪入了路旁的树林中。石斛紧随其后，消失在了茂密的树林里面。开善寺四周的树林很茂密，但树林中杂草却不多，地上只有一些枯枝和一层厚厚枯叶。两人开始了猎犬追逐猎物的游戏。

石斛从小在翠竹湾长大，非常熟悉树林情况，而"望江女神"却有些生疏，更何况"望江女神"穿的是罗裙。石斛眼看就要追上了"望江女神"。忽然，"望江女神"停下了脚步，好像是故意要让石斛追上。"望江女神"这一非常诡异的举动让石斛心里倏地有了一种很可能中了"望江女神"调虎离山之计的感觉。在敌情未明之前，谁晓得"望江女神"是什么样的角色？稍有不慎，伤着了交予看管的徐榛主仆两人，看石斛以后怎么能在金陵混？就算现在将"望江女神"生擒，石斛也实在不忍将她交给徐温。到时候想放，都已经晚了。与其将来后悔，还不如现在放手。石斛决定放弃追逐，急忙折回。匆匆闪出树林，石斛看到徐榛有些晕乎外，其他一切正常，才将刚才提着手里的心放了下来。和有权有势的人套近乎，可以让你瞬间升上天堂，也可以让你转眼坠入地狱。石斛终于救了自己！

徐榛早就已经谋划好的上巳日紫金山踏青计划，就这样活生生地被该千刀万剐的杀手给搅黄了。徐榛、于苓在前，石斛殿后，一路飞奔进入金陵东门。就在金陵城东，徐榛连自己的安全都来不及考虑，仅在马背上向石斛拱了一下手，连言语都来不及没说上一句，就带着于苓扬鞭而去，要赶往都督府探望叔父徐温的伤情去了。出于安全考虑，石斛还是策马紧跟在后，陪徐榛去了都督府牙城。万一出事，石斛死定。等徐榛和于苓进了牙城，石斛这才掉转马头回长寿巷白记寿木店。一路上，“望江女神”的身影总是出现在石斛的脑海中，挥之不去。莫非那天我拉回家的是一位女杀手？我的眼睛真的被屎粘住了？

石斛每天宵衣旰食，早早离家，迟迟回家。上月二十九日，二月最后一天，石斛刚从鄂州进货回来，突然心血来潮决定给自己告一天假，不去白记寿木店。就算真的日进斗金，也不能老是一头扎进寿木店拔不出来。人么，总要对得起自己。天天跟自己过意不去，实在是不该。像我这种人，谁晓得哪天会突然呜呼哀哉。能够痛快过一是天，远胜过活十年。“有道是，做不完的生意，赚不完的钱。不想去就别去。赚钱固然很重要，开心总是第一。就你这些日子赚来的铜钱，已经够我们家花上好几年的时间。”尹如雪总是顺着石斛。

“要不，到附近走一走。”石岩建议。“爸知道，天天遭人白眼，心情容易弄不好。去散一散心。”石斛倒不是遭人白眼而心情不好，而是每天做伪君子。想说的话不能说，想做的事不能做。“还是陪爸去钓鱼，好长时间没陪爸钓鱼了。”石斛小时候也挺喜欢钓鱼，为了一条称心的实心钓竿，曾翻了几座山。大约十六岁那年，钓鱼的兴趣淡了去。不过，石岩还是不时带石斛去钓一钓，以增强定力。“二郎今天怎么有空陪你爸钓鱼?”到了玄武湖，已有几个上了岁数的老者蹲坐在湖滨垂钓。“天天跟棺材打交道，烦了，钓鱼散散心。”石斛笑着随口应了一句。回到家，刚放好钓具，刘妈就来告知可以吃饭了。吃了午饭，石岩又向石斛建议：“今天天气好，又是春天，到附近走一走吧。”石岩知道，儿子通常不会无缘无故不去寿木店。今天猝然决定不去，心里肯定不痛快。这几天，石斛确实心里堵，仿佛被人捏着脖子塞进了笼子。想了想，石斛决定接受父亲的建议，去燕子矶看扬子江。

石岩一家人，在翠竹湾时，也不会在大白天睡觉。宰予大白天睡午觉，被孔子痛骂。子曰，朽木不可雕也，粪土之墙不可圬也。石岩反对午睡并不是因为孔子反对。记录孔子言行的《论语》，石岩虽然也读过好几遍，但都是石岩还是小皇子时被逼的。逃到江南躲藏在翠竹湾,石岩也曾经准备读一读《论语》,可读不到几页,石岩就感到阵阵恶心。作为伪君子的祖宗,竟然被后世神州人捧为圣人真算得上是比秦始皇的长城还要伟大的人工奇迹。难怪神州会出那么多的伪君子!石岩原本想让石斛拿去丢到茅厕里面,但转而一想就马上放弃了原先的想法,叫石斛将《论语》拿回去塞到很长时间没有打开过的抽屉里面。不能因自己的想法而给孩子留下先入为主的印象。如今生活在伪君子扎堆的神州,孩子们不学上两招,还真的不好应付。不是故意要做伪君子,而是现实迫使你不得不做伪君子。石岩反对午睡,只是石岩认为,睡和夜晚联系在一起,醒和白天联系在一起。大白天睡觉,违反了天地之道。翠竹湾这十几年,石岩一家一直日出而作,日入而息,白天不睡觉。

石斛出了鸡鸣巷,没有停留,就向北门走去。路上碰到一个熟人,仅打了个招呼,就分手。到了北门前,石斛向守门的兵士咨询了去燕子矶的路线,步出了北门。石斛多次听过燕子矶,出门送货也曾从旁边经过,就是没特意上去过。来金陵后,忙于谋生,没有时间,也没有闲情逸致游玩金陵的著名景点。就是在家旁边的玄武湖,石斛也没有特意去看一看。石斛今天想站在燕子矶上看扬子江。沿着前往润州的官道,石斛不急不慢朝燕子矶走去。

石斛沿着一条游人走出来的蹊径,登上了燕子矶。石斛发现,一位看起来年纪跟自己相仿的娘子,正站在燕子矶的悬崖边上,一动不动地凝视着扬子江。东南风吹着娘子的披肩、腰带、多幅罗裙在空中舞动,让石斛想起了望江女神,不禁多看了一眼。石斛信步走到了燕子矶临江的峭壁边缘。燕子矶真是一个看扬子江的好地方。眼前的扬子江浩淼,脚下的扬子江幽深。石斛低头一看,目测站的地方离江面大概有十一二丈高。悬崖的缝隙中疏疏朗朗长着几株不晓得名字的野树,最大的一株也就拇指那么粗。碧绿的江水幽深不见底,恐高者一看就会手脚发软。石斛抬起头,凝望着扬子江。两条小帆船正扬帆缓缓从前面过去。一段黑黑的枯木正漂浮在江面上。石斛盯着它慢慢朝下游远去。石斛仿佛感到自己就是一段水上漂浮的枯木,毫无挣扎的力气。扬子江汤汤东去,太阳慢慢西斜。石斛抬头看了一眼天,准备起身回家。一转身,石斛发现女神依旧站在不远处一动不动。一个年轻娘子,孤身一人,来这游人极少来的燕子矶,在悬崖边站了那么久……石斛突然想到了自杀。

燕子矶是扬子江三大名矶之首,也是金陵著名的自杀圣地。

就几天前,张白告诉石斛有娘子在燕子矶跳江的故事。石斛心中忽然闪出一种怜悯,仿佛看到那娘子忧郁的眼神。我走了,她跳下去死了,岂不等于见死不救?

她自己想去死，关我何事？我自己都自身难保，还想伸手救人？还是救一救吧，父母将她养大不容易。这么漂亮的娘子，人生还没有正式启程，就香消玉损，着实让人惋惜。女人么，一时想不开，没什么好稀奇。石斛直感，自己跟那站在燕子矶悬崖边沿的娘子有某种不可言传的相通之处，两人仿佛就是一路货。石斛一边忖量，一边慢慢往回走。走了几步，侧目看了女神两眼，决定出手。

燕子矶是扬子江边的一块巨大的岩石。就是一块岩石，燕子矶的背上也长有几棵干黄的松树，非常矮小。这几棵松树的种子，可能是飞鸟叼来，也可能是狂风吹来。假若落到肥沃的土壤上面，或许就能长成参天巨松。可惜，偏偏落到燕子矶上。已经落到光溜溜的燕子矶上，就算是非常贫瘠，只要有一点长年风化出来的泥土，只能生长，没有选择。松树不能怨恨命运之神的不公。命运之神晓得，肯定会说，我就这样了，你还能强到哪里去？命运之神已经做了这样安排，只能接受。参天巨松是一生，矮小松树也是一生。

石斛穿过低矮的松树和几蔟灌木，一声不响地站在望江女神的身边。石斛希望望江女神先走，再跟着走。望江女神没说话，也不回头，好像一点也不担心这个后生有不良的企图，只管自己凝视着扬子江，仿佛燕子矶上就只有她一个人在欣赏风景。望江女神在凝视什么？石斛眼前，只有浩淼的扬子江，迎着夕阳的帆船和展翅飞翔的白鹭。

石斛在望江女神身边站了好久，望江女神不拒也不迎。石斛瞥了一眼，望江女神脸色凝重，没有一丝笑容。石斛更加确信，此娘子准备寻短见。寻短见固然不好，没有头路的情况下，寻短见未尝不是一种好的解脱。当凌迟的刀割开肉体的时候，投江、自经、服毒肯定是明智的选择。让别人替你选择死法，还不如将死交给自己处置。当无法忍受苦痛的煎熬，自杀还真是不错的选择，一了百了。不是想死，是不得不死。石斛没想过死，却能理解想死的心情。猝然，望江女神身体一晃，眼看就要变成了凌空仙子。石斛急忙伸手一把拉住了望江女神。望江女神侧目看了石斛一眼，记起曾见过面，只不过当时她易了容化了装。望江女神化装成商贩推着独轮车在贩卖日常生活用品，碰到石斛送了货回城。石斛买了一个板刷，一个筅帚，一把梳子，一枚顶针，五枚不同型号的针。时间虽过去了差不多半个月，石斛的长相望江女神还是记得清清楚楚。石斛若是知道她就是那个商贩，肯定会冒冷汗。望江女神面无表情，既不言，也不语；既不笑，也不哭。石斛搀扶着望江女神，退后坐到悬崖边的一块大石头上。无的放矢的话还是留着给自己吧。石斛本想劝慰几句，想想最后还是放弃。

船舶从眼前的扬子江上扬帆而过，太阳缓缓西沉。

石斛猛然想起，日沉之时，也将是城门关闭之时。赶快回家，迟了就进不了城了。“先跟小子回家，没想通，晚上再慢慢想。活着虽然痛苦，至少还有希望。”石斛猝然伸手一拉望江女神。望江女神好像没有用力抽手，抗拒石斛的无礼，竟然顺着石斛站了起来。石斛拉着她，似乎夹着她，飞奔到了金陵北门。还好，守城的兵士正准备关闭城门。有道是，铁打的营盘，流水的兵。把守城门的兵士，今天是甲，明天是乙。今天把守北门的兵士，除了有点面熟，石斛一个也不认识。还是不认识的好，否则还要问三问四。守门的兵士没什么盘查，就放石斛和望江女神进入北门。一名兵士倒很友好，朝石斛和望江女神笑了笑。

进入城门，望江女神默默无声地紧跟在石斛的身后，如同刚刚拌了嘴的小夫妻，前往鸡鸣巷。一名衣裳褴褛的小女孩拦住了两人的去路。小女孩举着一个破碗，仰头看着石斛。这种事情，石斛已经遇到过多次。对孩子，石斛天生有一种喜欢。今天又带了望江女神，石斛更不好意思拒绝。石斛蹲下身子，伸手从袖袋内摸了好一会，摸出袖袋内的十几枚铜钱和两枚银饼。石斛将铜钱和银饼放到小女孩手中的破碗内。小女孩张着大大的眼睛看石斛，不敢相信眼前的事实。“银饼先藏好，免得给别人抢了去。”小女孩飞速将银饼藏到了捆在身上的腰带内。“可别掉了哦。”石斛提醒。小女孩摸了摸腰带，信心十足。“不会掉。”“银饼带回家，这几枚铜钱拿去弄点吃的。”小女孩点了点头。“快去，其他人看见，向小哥哥要。”石斛站了起来。小女孩将碗内的铜钱一抓，向石斛鞠一个躬，转身就跑了开去。

“小子的家就在前面，很近，走几步就到。”

望江女神一声不响跟着石斛来到了石斛家的大门前。石岩刚雇来不久的佣人陆荣封见石斛带着一名陌生的娘子回家，连忙站在大门边俯身迎接。作为下人，陆荣封不能也不敢问石斛带回家的娘子是谁，只是说了声“二公子你回来了”。“回来了。”石斛随口应了一声。“大家和夫人在后堂等二公子吃饭。”“晓得了。”石斛和望江女神跨过门槛，进入家门。“我们先去后堂吃饭。”石斛向陆荣封手一拱，就带着望江女神前往后堂。

刚穿过前堂，跟陆荣封同一天请来的女佣刘妈，快步前来引望江女神，前往后堂。尹如雪见石斛带一名娘子回家，非常惊奇。惊奇归惊奇，尹如雪还是表现出应有的热情。尹如雪端详了一下望江女神，虽经风霜，但健康。身材丰满而婀娜，站姿优雅而文静。尹似雪立马断定这位娘子绝对不是一位贫寒家庭出身的娘子。尹似雪含笑，轻轻地将望江女神拉到了自己的身边。这一拉，尹如雪意识到，眼前的这位娘子有些武艺底子。一位有武艺根基的绝色娘子会遇到怎么样的难事而如此忧心忡忡？莫非她也有特别的遭遇？

乾坤颠倒，原本没故事，也有了可以博取女人眼泪的故事。

石岩家吃晚饭的时间比其他人家要迟。这主要是石斛从长寿巷回到鸡鸣巷需要时间。今天没去店，石斛回到家中确实有些迟。即便如此，石岩夫妇还是很有耐心地等待石斛回家后再一起吃饭。不清楚是为何，石斛不回家一起吃饭，尹如雪总会感到不安。

望江女神应该真的饿了，默默地和石岩一家人一起吃完饭。等所有人都放下饭碗，石斛这才向父母解释来龙去脉。“孩儿下午去燕子矶那看扬子江，看到这位娘子站在燕子矶悬崖边，一动不动站了好长时间。孩儿想，她可能会做出傻事，想等她先走，然后孩子再回家。眼看太阳就要西沉，又怕妈担心，只好先强行带她回家啦。”石岩本就很少责备石斛，更不会在外人面前。尹如雪拉着望江女神的手，语气温和地说：“小娘子，你能否告诉我你家在哪里，好让斛儿送你回家？”望江女神低着头，既不言，也不语。“小娘子，晚上不回去，你父母会很担心。”望江女神依然低着头，还是既不言，也不语。尹如雪对刘妈说：“先带这位小娘子去梳洗，晚上就让你陪着她睡。”刘妈拉着望江女神，离开了餐室。

“这娘子看样子是受到了极大的打击。等晓得了她的住址，再送她回家。”

“孩儿晓得了。”石斛应了一声，跟父母道别，回自己的房间。早上，石斛和家人惊讶地发现，望江女神不告而离开了石岩家。“大清早，小娘子就自己打开院门走了出去。”作为下人，陆荣封也不好随便拦阻二公子带回家的娘子出门。

当石斛站在开善寺前面的石阶上看到望江女神拉开三石弓时，石斛就意识到自己粗心。当时在扬子江燕子矶上，拉住望江女神的手时，石斛已经明显感到望江女神的手刚劲有力，绝非手无缚鸡之力的那种。显然，当时就应该想到望江女神肯定练过什么武艺。没有最蠢，只有更蠢。神州男人的愚蠢之处就是看到美貌娘子而忘记男人的愚蠢。老以为自己是在戏耍女人，而根本不去想自己正在被女人戏耍。幸亏，望江女神的目标不是自己。

那天，望江女神意外走后，石斛颇感遗憾。石岩宽慰石斛。“爸虽不大出门，但毕竟岁数大些。看得出来，小娘子有些底子，不会是一般普通人家的孩子。小娘子不言不语，不哭不笑，爸单凭直感，也可以确定不会有事。形固然可以像槁木，心未必就是死灰。她之所以能够做到不言不语，不哭不笑，很可能跟她的命运发生了巨变有关系。几十年里面，这种人爸见得多。当一个原本嬉嬉闹闹、欢声笑语的家族，突然间只剩下自己孤身一人时，他的心情岂是外人所能理解？爸翠竹湾时在想你七伯父，所有族亲被杀，自己又被人囚禁，岂能以泪洗面就能洗去心中的痛？这种痛爸能体会得到。斛儿放心，不会有事。”有事无事，都已经发生了，还能怎么样？石斛也就将这件事情放下，不再去理。

已经淡去的事情，今天又在紫金山被重新记起。石斛一想起望江女神，马上想起了燕子矶。石斛忽然有一种去燕子矶的冲动。“老哥，店交给你了。小弟出去一下。”“没事。少东主只管去。”石斛离开寿木店，直奔燕子矶。就在燕子矶脚，石斛看到一辆独轮车。石斛没去理睬，下了马。牵着缰绳，将马系在路边的一株枫香树上，沿着步道，登上了燕子矶。眼前的景象让石斛简直不敢相信自己的眼睛。望江女神此刻竟然就站在燕子矶的悬崖边望着扬子江。好像已经晓得来者是石斛似的，望江女神转过身子，朝石斛凄然一笑。这一笑里面的带有哀怨，带有绝望。望江女神仿佛就像玩偶，惘然转过头，继续面朝扬子江。

望江女神现名米栗，原名米沃，是原泰宁军节度使米志诚的女儿。

倘若感兴趣，查一查书籍中有关命运描述的语词，多半与命途多舛意义相近。这清楚地告诉你，几千年来，神州人多半命运多舛。米栗做过很多梦，就是没有梦到自己有这样的命运。方才还在悠然射箭，此刻已经是亡命之徒。米栗没想到，米栗的父亲米志诚也没想到。

米志诚从小擅长骑射，从杨行愍手下牙校，累积战功，最后官至泰宁军节度使。打手的下场卖身之时就已经注定。在神州，不能当上匪首，武艺再高、功劳再大都没用。杨行愍宾天之后，米志诚还在帮徐温平息叛乱，稳固江山。米志诚没有跟徐温争权，也没有企图帮杨行愍的儿子夺回被徐温抢去的权柄，可最后还是被徐温族灭了！米志诚不过只是一个区区节度使，当年李唐皇帝昭宗还没死，韩建都可以毫无理由杀光了李唐十几个亲王。在神州，只要你手中有权，可以杀你想杀的人。无须理由，只凭兴趣。如今神州跳梁的匪首，哪一个不是？徐温族灭米志诚不是毫无理由，而是徐温的长子内外马步都军使、昌化节度使、同平章事徐知训被杀。杀徐知训的人虽不是米志诚，可米志诚跟杀人者朱瑾有交情。

徐温坐镇金陵，让幕僚严可求辅助徐知训镇守广陵。匪一代已经够狠，想不到匪二代更狠。吴王杨渭在徐知训眼里都是用来戏耍取乐的乞丐，其他广陵将吏更是可以随时捏死的蚂蚁。徐知训甚至当着杨渭的面，让手下用铁鞭将杨渭的亲从活活打死。原杨行愍手下将吏无一人敢说一句，而严可求对徐知训的胡作非为更是听之任之。副都统朱瑾遣如夫人秦氏前去问候，徐知训见秦氏貌美，立马来一个霸王硬上弓。于是，朱瑾和徐知训接上了梁子。

朱瑾年轻时，也很有神州人所崇尚的鸿鹄之志。兖州节度使齐克让非常欣赏朱瑾，准备将自己的女儿许配给他。齐克让的女儿朱瑾要，齐克让的地盘朱瑾更想要。朱瑾挑选了壮士冒充舆夫，将兵器藏在肩舆里面，前去兖州迎亲。夜里到了兖州，朱瑾突然发动袭击，杀了齐克让，自称节度使留后，夺取了兖州。不过，朱瑾毕竟只是一个有点小聪明的莽夫。十几年时间，朱瑾非但没有壮大，反而被朱温赶出了河南，而投奔了杨行愍。杨行愍上表朝廷，任朱瑾为东南诸道行营副都统、领平卢军节度使、同中书门下平章事。

徐知训忌恨朱瑾的地位太高，依严可求的筹谋，在泗州设置了静淮军，外放朱瑾出任静淮军节度使。想想自己风云一生，如今一乳臭未干的晚辈后生骑在头上撒尿拉屎，朱瑾的心情可以理解。于是，朱瑾有了除去徐知训的想法。可惜，莽夫终究是莽夫，就像三国时的吕布。朱瑾缺少深谋远虑，就晓得逞匹夫之勇。常言道，杀人容易善后难。朱瑾还没有想好杀了徐知训接下来该怎么办，就已经匆匆忙忙动了手。朱瑾根本不去想得用多少人给他垫背。

朱瑾提着徐知训的人头竟然单骑前去王府见杨渭，希望杨渭这个傀儡给自己撑腰。朱瑾颇为得意地对杨渭说："仆已经替大王除去了祸害！"当场吓得杨渭四肢发抖，连忙用衣袖遮住脸，跑进了内室。"这种贱种怎么能成大事?"朱瑾非常失望。想想当初，张颢列白刃，当庭呵斥杨吴诸将，自吹十六七岁就横戈跃马的朱瑾，还不是照样吓得不敢放一个屁？朱瑾能成大事岂会落到这种地步？杨渭是废物，你朱瑾能好到哪里去？王府上下全是徐温的人，朱瑾单枪匹马来王府，无异于自投罗网。朱瑾将徐知训的人头往柱子上一砸，拔剑准备逃离王府。可惜，此时朱瑾想到后悔已经晚了。

徐温的心腹子城使翟虔已经关闭府门，带兵前来缉拿。眼看后有追兵前有堵截，若想逃出王府，朱瑾面前唯一的出路就是跳墙。朱瑾没办法，只好眼睛一闭，跃下了站在边上都感到恐慌的吴王牙城的城墙。朱瑾没学会飞，这一跃，跃断了腿。眼看无法逃脱，朱瑾只得自刭。自刭前，朱瑾还对追兵大言不惭地说："我替万人除害，现以命承担这个责任。"朱瑾为何不想一想，会有多少人给你垫棺材？好友米志诚就是其中之一。

米志诚得知徐知训被杀，旋即带领骑兵赶往广陵天舆门缉拿朱瑾。匆匆赶到天舆门，守卫王府的兵士告知朱瑾已死，米志诚见无事，转身返回。徐温认定米志诚与朱瑾合谋，决意将他除去。徐知训做了那么多恶事，徐温竟然一无所知，奇也怪哉。严可求晓得难辞其咎，赶紧向徐温献策，现在派人去抓，恐怕难以如愿，说不定还来一个鱼死网破。都督可以诈称袁州大捷，召米志诚前来庆贺，然后伏兵杀了他。好计！徐温点头。一切依计进行，米志诚如期而至。待米志诚进入议事厅，甲兵不慌不忙地关上大门。米志诚还没有弄明白怎么回事，就已经死了。米志诚的人头还没有被砍下，府兵已经团团围住了米宅。女儿米沃刚好凑巧带侍儿柳依依去南门外射击场射箭，成了米志诚家躲过这场飞来横祸的唯一幸存者。

"县主……"

米栗正瞄准靶心拉开弓弦，家里的老仆人米时济边喊边跑了过来。柳依依见米时济急匆匆跑过来，连忙问："出了什么事？时济叔。"米栗手一松，羽箭射出，直中靶心。"大家出事了。""轰"的一声，米栗拿在手中的三石弓掉到了地上，手不禁颤抖了起来。米时济大口喘着气说："府兵已经包围了府邸。夫人叫老奴将这包袱给县主。里面是县主平常穿的一件男装和一点点碎银。依依，快去帮县主化成男装……"米时济气急得说不出话。

米栗仿佛被惊雷震傻，脑袋一片空白，晕乎乎地跟着柳依依跑到射击场的休息室更换衣裳。方才还是阳光灿烂，此刻却是乌云滚滚，电闪雷鸣。米栗深深地吸了一口气，如同拉开一把三石弓，两手用力紧握，试图控制颤抖的身体。柳依依迅速解开包袱，抖开男装，帮米栗换上。急匆匆出了休息室，米栗跑去拿弓箭。"弓箭就不要了。迟了，命就没了。"米栗就像没有听见，只管背上三石弓，别好箭菔。"县主快走，迟了，就来不及了。"米时济一旁催促。米栗从柳依依手中接过包袱，往肩上一挂，伸出双手，抱住了柳依依。"县主……"柳依依鼻子一酸，熬不住哭了起来。"县主只管走，依依老奴会安排。"米栗松开柳依依，向米时济手一拱，转身就跑离了射击场，后面传来米时济、柳依依"县主保重"的声音。

米栗急匆匆地跑到了码头。还好，来往扬子江两岸的小渡船很多。没有多等，就坐上了一条小渡船，渡过扬子江，来到了润州治地京口。在一家小客栈熬过一夜，米栗起程前往金陵，准备转道去洪州，投奔镇南军节度使刘威。祸不单行。在前往金陵的路上，不巧碰到了土匪。土匪可不管你是不是已经惨遭族灭。该抢还是抢，该杀还是杀，该奸还是奸。米栗善远距离射击，不善近身格斗。好的是，十几年时间的不间断训练，米栗的臂力惊人。米栗与土匪边打边退，终于退到了可以施展射技的地方。米栗一箭射毙匪首，才镇住这班围堵的土匪。到了金陵，米栗改变了主意，准备在金陵呆下来，寻找机会报仇雪恨。

想报仇，首先得活下来。初来金陵的这段时间，米栗曾做过多种活，甚至还以麦子这个艺名在宜春乐坊做过一段时间的琴妓。米栗琴技高超，经过一段时间的打拼，生活开始稳定了下来。米栗离开了乐坊，换上了男装，改名换姓，做起了商贩。每天推着一辆独轮车在金陵走街串巷，贩卖各种日常用品。目的只有一个，那就是寻找报仇的机会。

想杀徐温不容易。徐温不是普通人，吴国的都督，实质上的国王。高高的都督府牙城让人望而生畏，亲从十二时辰不间断的巡逻盯着环绕都督府的牙城。就算你有本事飞得进都督府牙城，也未必有本事杀得了徐温。黎子风带着侍从日夜守着徐温。唯一的机会就是等徐温走出牙城。可惜你不是神仙，根本就不晓得徐温什么时候出，也不晓得什么时候回，而且进出牙城都围着一大班亲从。只要功夫深，铁杵磨成针。米栗相信有志者事竟成，一定能报仇雪恨。

时间一天天过去，来金陵粗粗一算也有一年时间，徐温的寿命又长了一岁，米栗真怕徐温会寿终正寝。怎么样才能杀得了徐温？米栗正站在燕子矶悬崖边苦思良策，稀里糊涂被石斛当作寻短见的忧郁女强拉回家。米栗第一次感到跟这位后生很亲近，也愿意让他陪在自己的身边。米栗没想到，流氓石斛竟然拉着她，甚至夹着她，跑到自己的家。到了石斛家，石岩和尹如雪对米栗也很友善。吃了饭，刘妈带她去梳洗后，米栗就上了床。虽是个小家，却是一个温馨的家。我能有这样一个家，生活再艰辛也愿意。如今只能偷偷梦梦。一切都拜徐贼所赐。父亲帮着武忠王打江山，创建吴国，战功累累，岂是徐贼能比？朱瑾杀你该死的儿子，灭他族尚且可以说一说。我父亲跟此事毫无瓜葛，竟然无缘无故遭你设计杀害。非但如此，还杀了我的全家。不杀了徐贼，亲人怎么能合上眼？米栗越想越气，辗转难眠。

躺在身边看护米栗的刘妈说："看得出，小娘子肯定是遇上了特难的事情。遇到难事，就算是想不通，也要想得通。老天原本就无眼，不可能有公平的事情。"刘妈叹了口气，继续说："就像老妇吧，年纪轻轻就守了寡。盼望着儿子长大后能有出息，能够过上一两天舒坦的日子。尿一把、屎一把辛辛苦苦将儿子拉扯大，想不到却是如此不孝顺。家产给赌了个精光不说，还需要老妇一把年纪出去做佣人来养活。可公子呢？公子起早摸黑出去做生意，一人承担起家里的一切开销行用。大家在家里，种一点菜外，不是钓鱼，就是和夫人下下棋。老妇有这样一个儿子，那该有多爽啊！哪还需要老妇外出给人做佣人？真是没法比的事情。晚上你好好想一想。明天起床后，就将住址告诉公子。不愿意，告诉老妇也行，就由老妇再告诉公子，让公子送你回家。无论怎么不愿意，毕竟是自己的家。"

天刚蒙蒙亮，米栗就已经起了床。即便再好，终究还是别人家。米栗一阵惆怅。对别人来说,我纯粹就是祸根。在这里呆多了,自己安全不说,说不定还会连累他们。我家已经非常不幸,实在不应该让一个原本温馨的家庭无缘无故跟着不幸。米栗没有梳洗,就偷偷地离开了石岩家。

这两天,米栗发现,牙内指挥使黎子风秘密去了几次紫金山,当下猜测徐温即将去开善寺烧香。果然,今天早上,徐温带着侍卫悄悄前往紫金山。机会来了!米栗推着独轮车出了城。就在城东树林里面,米栗换上白色的衣裳,仿佛就像给父母戴孝。系好箭菔,拿起米志城用过的三石弓,以茂密树林作掩护,尾随徐温一行人来到了开善寺。

当布置好守卫,黎子风护着徐温进了开善寺的大门。米栗突然发现密林中竟然还藏着一大批蒙面人。这些人解决了守卫在通往开善寺道路上的亲从,并杀向开善寺。这可真的让米栗感到非常非常意外,竟然有杀手先她而动手。米栗的兴趣是杀死徐温,而不在乎是谁杀死徐温。如今已经有人出手,米栗觉得就不需要再凑热闹了。于是,米栗躲在开善寺无量殿前广场旁的观音阁内静看这批蒙面杀手如何杀死本该由她杀死的徐温。

眼看徐温就要命归黄泉时,石斛的突然出现挽救了徐温的命。米栗虽懊恼,但不气馁。那些杀手决定要将徐温留给我,那么就让我来解决徐温吧。米栗迅速撤离了观音阁,从西手侧门离开了开善寺,回到寺院周围的密林里面。开善寺只有门前的一条石阶路通往金陵。徐温受了伤,势必会急着返回都督府治疗。徐温早上带来的几十名侍卫几乎全部给那批蒙面杀手解决,现在正是取徐温性命的绝佳时机。米栗稳稳当当地选择了最佳射击地点,上了两竿箭,耐心等待徐温的出现。果不其然,黎子风搀扶着徐温匆匆离开了开善寺。

米栗迅速闪出密林,站在了泥土路中间,大喊一声。徐温原本就已经被蒙面杀手吓破了胆,顿时吓得僵住了身子。走在一旁搀扶着徐温的黎子风反应还算敏捷,赶紧用自己的身体挡了米栗射来的第一箭,顿时成了徐温的替死鬼。米栗已经搭在弓弦上的第二支箭,眼看就要射穿了徐温的脑壳时,恰好被该死的石斛击落。

米栗的复仇大计就这样功败垂成!眼见射出的第二支箭被飞驰而来的大石块击落,米栗的心顿时感到一阵剧痛。见石斛直扑而来,米栗下意识地闪进了密林。米栗发现,石斛似乎非常熟识密林追逐,而且追赶的速度明显要比自己快。米栗明白,被石斛追上了,肯定不是对手。米栗脑子里只想着,徐温还没有死,我不能先死。米栗边跑,边抽出一枚羽箭,搭上弓弦。米栗确实不想射死石斛,但想摆脱石斛不得不射。猝然转身,急速拉开弓弦,向石斛射了一箭,转身继续逃跑。树林里到处是挡着视线的树，而石斛像貂鼠，射中不容易。这一箭，非但没有射中石斛，倒反让两人之间的距离越来越近。米栗又抽出一枚羽箭。今天，想摆脱这个鬼魂是不可能了。米栗感到绝望。前景茫茫，石斛又没命似的追赶，米栗干脆放弃了逃跑，两手一直，停了下来。就在米栗直着手等石斛来捉拿，石斛突然折回。等了半晌不见动静，米栗转过身，已经只能看到石斛迅速远去的背影。这让米栗感到非常迷惑。米栗抱着对未来的一线希望，穿过树林，回到了原处。米栗迅速更换了衣裳，推着独轮车，来到了燕子矶。站在悬崖边，望着东去的扬子江，米栗越想越觉得前途茫茫，复仇无望。

米栗没有回头，仿佛没石斛这个人，只管站在悬崖边，茫然面朝东去的扬子江。想起复仇希望成了泡影，米栗更不想转过头看一眼。想抓只管来抓，米栗已经不在乎。像一只飞了一年的孤雁，米栗感到很累，很累，现在就想闭眼休息。

徐榛急匆匆赶到都督府时，徐温的伤口已经处置完毕。

“叔父只是受了点皮外伤，不碍事。榛儿先回去，叔父这里还有事要处理。”

徐温着指挥副使麻志明亲自护送徐榛回朱雀门。徐榛前脚刚走，吴用筹后脚就到。徐温勃然大怒。“不是你串通杀手，怎么可能?”徐温当场杖杀了吴用筹。徐温当天就调黑云都都指挥使李慎肇代吴用筹，接任大理寺卿，专门主事清剿控鹤军杀手事宜。

徐温给李慎肇的指令是：“宁可错杀一万，绝不放过一个。”

徐榛一回朱雀门，就去如荠斋，将事情悄悄地告诉给了徐渊。徐渊没来得及细问，就起身前往都督府看望徐温。徐榛和于苓离开如荠斋，返回云思苑。徐榛一进云思苑，立马吩咐文荷、紫苏准备香汤。徐榛坐在浴桶中泡着热水，心中暗暗地说：就算卖棺材，我也非他不嫁。徐榛刚刚更换了衣裳，紫苏、文荷就送来了热气腾腾的姜茶。“你俩先出去一下，我和于苓有点事要说。”“是!”紫苏和文荷俯身退出了云思阁。徐榛喝了一口姜茶，暖了暖心。

“真的将我吓傻了。到了朱雀门，才感到全身冰冷。”

“婢子原本胆子就小，差一点要晕厥在紫金山。”

“什么胆子小?”徐榛含笑说：“石斛说得对，你根本就没胆。”

“公子浑身是胆，自然会说婢子没胆。”

“我原本胆子挺大，长这么大，还没真正体会过什么叫做吓。今天这一吓真是刻骨铭心。我终于明白，什么物事都不重要，只有命才是最重要。命没了，什么物事都是空。有他在身边，至少安全。我们私下说说，我叔父在我心中是何等的英雄！可今天在紫金山，吓得成什么样子？人只有到了非常之时，才能看得出是英雄还是狗熊。他呢，那一脸的笑容，看了都让人嫉妒。和他一起，总感觉就是天塌下来，他都会给你撑着。”徐榛说着笑了起来。

于苓含笑说：“县主终于承认公子不只是一个观赏石了。”

石斛具有观赏价值，夜宿采石矶广济寺的那个晚上，徐榛就已经承认。徐榛捏着树叶跟石斛道别，带着于苓回寮房歇息。二月的天，夜长日短。徐榛和于苓一边烤着火炉，一边闲扯。扯什么？扯刚刚还一起在广济寺内踱步的石斛，一块特漂亮的石头。这块漂亮的石头确实让徐榛赏心悦目，只是不晓得是不是像花瓶仅仅摆在那里看。好看固然重要，太尉致仕徐渊的女儿，看人的眼界高，不会只看外表。

“不单是漂亮的石头。只要稍稍雕琢，就将是一块美玉。”

“那就等等看，是不是真的像你说的那样。”

“婢子一直弄不明白，卞和为何不将玉璞上的石头凿掉之后再献给楚王。”于苓忽然话题一转，扯到了千年之前的卞和。“现在想想，只有两种可能。”

“哪两种？”

“一种可能是卞和是一个白痴，一种可能是故事纯粹是编的。”

“有些道理。”

“编这个故事的人只想告诉人们一件事，想识得玉璞中的美玉不是一件容易的事。公子好比是一块玉璞，就看有没有人识得了。没人识得，玉璞就会被当作一块普通的石头，无人理睬，甚至有可能被庸人拿过去筑石墙，铺路面。婢子担心，县主将来再想起这块玉璞的时候，说不定已经落入了庸人之手，砌进了石墙，铺到了路上，让人踩。婢子觉得，这么一块漂亮的石头，就算作为观赏石，放到家里面，看着也让人舒服。”

石斛是一块观赏石，而从那天起徐榛就有收藏的意图。

“死婢子！”徐榛嗔斥了一句于苓，端起姜茶喝了一口。“他是人，不是观赏石。这还不是最重要，重要的是你不能将他买回来。官帽、铜钱、美女，这些物事，好像都不感兴趣。想想我还能有什么？我曾怀疑是不是欲擒故纵。现在再回过去看，也不是，是真的对我不感兴趣。”

“公子真是一个异类。”

“他是一个异类。你不主动靠近他，他好像一点感觉也没有，仿佛是一个白痴。你主动靠近他，他又突然像是你的知心。完全投入，心里没有一丝芥蒂，言行举止潇洒自然。让你开心去，开心回。只有他，弄得我一点脾气都没有。”

"还是大家说得对,县主不用急。婢子曾听先生说过,言为心声。公子在紫金山上说的那些话,听起来好像是在开玩笑,未必就不是公子的心声。婢子从公子的言行举止中,还是能够看出公子喜欢县主,只是总感觉公子有着种种不能与外人言的顾忌。怕人家说公子企图攀附朱雀门?看起来不像。莫非公子与朱雀门有仇怨?不可能。婢子一直在想公子为什么会顾忌。"

"他心里确实有顾忌。今天去请他一起到紫金山踏青,就可以清楚看出他的顾忌。他不敢公开拒绝,应该是怕;不敢靠近我,也应该是怕。前一点,好理解。很多人不敢惹朱雀门大县主生气。后一点,就不好理解了。莫非我真的那么让他讨厌?青青子佩,悠悠我思。纵我不往,子宁不来?他让我理解了这首诗。"

"县主可不要害相思病哦。"

"再继续这样下去,就很难说了。说实话,只有他弄得我一点信心都没有。"

"县主不应该没信心。公子那么聪明,县主的心思,应该能懂。好雨知时节,当春乃发生。随风潜入夜,润物细无声。到时候,就会瓜熟蒂落,水到渠成。"

"但愿吧!"徐榛叹了口气。

石斛没去惊扰,只管信步向米栗走了过去。不一会,石斛走到了米栗的身旁。米栗没动一下身子,就像老僧入定,忘记了周围的世界,站在燕子矶褐黄色的峭壁边沿,惘然看着眼前。石斛低头看了一眼脚下,像三四个月孕妇肚子的峭壁直直插进幽深不见底的扬子江。江水碧绿,如同翡翠,几只野鸭在上面浮动。忽然,石斛有了一种跳下去爽一爽的冲动,不禁想起和石柏一起去潜龙潭跳水的往事。美好的时光一去不复返。石斛抬起头,叹了一口气。

随石岩逃离翠竹湾之前,除了特殊天气,比如下暴雨,石斛几乎每天都和石柏去潜龙潭洗澡、游泳、跳水。出了竹楼,穿过竹林,沿着溪滩,逆着桃花溪,走一千步光景,就到了潜龙潭。潜龙潭三面峭壁,一面是开阔的溪滩,形状如同簸箕。一条小瀑布紧贴着挂在环形峭壁的中间。瀑布的出水口离水面虽没有燕子矶的峭壁高,但至少也有六成。因长年山洪冲刷,潜龙潭很深,从瀑布出水口跳下来都摸不到底。李同将它取名为潜龙潭,大概因水潭深又是石斛、石柏洗澡、游泳、跳水的地方,希望兄弟俩有朝一日能飞龙在天。沿着峭壁攀爬到瀑布出水口,再一头扎进碧绿的潜龙潭,石斛总有一种说不出的快感。

一群白鹭停歇在不远处的杂树上,鸣叫声惊扰了燕子矶此时的宁静。几只白鸥正在峭壁上建巢搭窝。春天来了,鸟雀又进入了一个繁殖季节。石斛看着一条帆船缓缓东去。一阵清风吹过,米栗身上的罗裙风中轻轻地飘动。猝然,脚下的石头断裂，骨碌坠落。米栗还没从入定中醒来，身体已经跟着石块坠向扬子江。惊魂中，米栗急忙伸手，企图抓到一根救命稻草。可惜，够得着的地方只有空气。一种死亡的恐惧突然袭来，米栗不禁一声惊叫。石斛惊出一身冷汗，一箭步过去，眼快手紧，倾身向前，伸手一抓，差一点点。望江女神眨眼变成了飞天仙女，继续向扬子江坠落。米栗知道求生无望，没了恐惧，闭上眼睛，等待死神降临。想到复仇美梦成了泡影，人生理想破灭，米栗一阵懊悔，眼泪从眼角流了出来。

石斛急忙两腿向后用力一蹬，像苍鹰俯冲而下，疾速朝米栗飞扑了过去。石斛就像抓猎物，右手用力一扣，将米栗紧紧地扣在了怀里。“别怕，就是直直摔下去也不会有事。”米栗屏住呼吸，伏在石斛胸前，不敢乱动，第一次直接感受到了有继续活下去的欲望。石斛的左手如同鹰爪，猝然一抓，抓住了一株长在悬崖缝隙中的小野树。小野树承受不住两人下坠的重量，石斛一抓就断。刚一下坠，石斛又抓住了一株小野树。一连断到第四株，两人才停止下坠，挂在了半空。石斛低头一瞧，悬崖上已经没有了可以抓的野树，而离水面大约还有四五丈左右。随着几声咯咯响，小野树折断，两人重新向下坠去。石斛眼疾手快，左手向峭壁疾速一搭，攀住了一处凸出的岩石。“吸一口气，小子要跳了。”石斛停了一会，松开手。

只听“砰”的一声，两人就像两根木头，直直地插进了扬子江。嘎嘎声中，野鸭受惊飞起。石斛左手迅速划水，两腿一缩一蹬，像羽箭一样冲上了水面。石斛一手搂着米栗，一手奋力向岸边游去。燕子矶外水很深，离岸却很近。不一会，就将米栗拖上了岸。米栗不习水性，呛了水。石斛轻轻拍打米栗的后背，好一会，米栗才停止咳嗽，站直了身子。石斛掏出手绢，趟进扬子江，搓了一把，挤干水，上岸递给米栗。米栗接过手绢，擦了擦嘴，递还给了石斛。

“其实，你不应该救我。”

“莫非小子站在上面眼睁睁看着你摔死？”

“你救了他，等于杀了我。我活着的目的就是要取他狗命。不是他，我还需要在金陵苦苦挣扎？他能平平安安地老死，我只能跳扬子江。我原以为上天仁慈，见我可怜，给了我一次机会。没想到，上天会这样残酷，跟我开了一个玩笑。这生若是杀不了他，我活在这世上又有什么意义？”

“你从上面坠下来有什么意义？小子看，意义是将小子的手活生生割了一条口子。”石斛摊开手掌，血在滴。“扎一下。”米栗掏手绢。“不用。过一会，它自己会冻住。”石斛收回手掌。“就算你觉得杀了他是你人生的全部意义，只要你还活着，今天不成有明天，总有一天会成。你今天没成，只能说你今天运气不好，碰到了小子。说句实话，早晓得会碰到你要杀他，小子肯定不会去。没撞上，你杀一万人，也与小子无关，小子也不会管。撞上了，你还想叫小子站在一旁看你杀不成？况且，他恰好又是小子一位熟人的叔叔。你想想，小子冷眼旁观，被你给杀了，小子会怎么样？不用小子告诉你，你也知道，小子死，小子的父母跟着死。你说说小子是救还是不救？小子不是在救他，小子是在救自己。你无须太伤心。失去一次机会，不等于没有机会。失去这次机会说不定恰好是人生转机的开始。

眼下，最重要的是别钻牛角尖，先让自己活下去。只有你能活下去，你就会有机会。小子不清楚你是故意，还是忘记了，没有蒙着脸。其他人距离你站的地方还很远，你的长相可能没看清。他父子两人距离你最近，小子就不敢保证了。万一记住了你的长相，通缉榜文一出，你将往哪逃？万一给逮了去，你肯定会恨小子将你从鬼门关拽了回来。莫非你还要再跳一次？到时候，就是想跳，都已经没有机会了。对你来说，死容易，活却很难。你的梦由小子惊醒，小子得先找个地方，将你安顿下来，让你继续做梦！”

“这地方是不能呆了。”石斛准备挟持米粟离开了江边。“小子敢保证，他还在回城的路上就已经开始在盘算着如何将这些企图要他命的人杀个干净。”当初，徐温得知长子徐知训被杀，急忙赶往广陵，怀疑所有将吏都与朱瑾有关联，准备大开杀戒。直到知情人向徐温陈述了徐知训条条罪状以及最后招致被朱瑾所杀的原因，徐温的怒气才慢慢消退，没有将广陵的将吏杀绝就收手。只是那些辅佐徐知训的将佐，运气就不那么好了。除了刁彦能，其余全部处死。米粟来到金陵，也不想投奔父亲生前的朋友。一来怕连累别人，二来怕别人受连累而将自己交给徐温。利害面前，谁晓得别人怎么想？这一年，米粟的人生目标非常简单，那就是要提前送徐温去西方极乐世界。如今刺杀失败，米粟还真没有想过离开金陵之后，到何处去将自己藏起来。“虽说哪里最危险哪里最安全，那也是毫无头路情况下的赌博。小子看，你完全没这必要。过一两天，小子要外出，你就随小子一同前往。那地方现在是多方势力的交叉口。向西是高季昌的地盘，向南是马殷的地盘，渡过扬子江北上就进入了朱温的地盘。你可以根据形势的变化，随机应对。胆子大，你可以去朱温的梁国；胆子小，你可以去马殷的楚国。马殷的湘西，那些个蛮荒之地，谁也不晓得你是谁。你放心，小子坏了你的大事，不会就此置之不顾。等过了风头，你可以继续你的宏图大业！小子知道，像你这样的人多。今晚，小子先送你去一个地方，像你这么标致的人，谁也猜不出你是谁。小子相信，你只要多想想自己未竟的宏伟壮志，就有足够的勇气继续活下去！人生在世上，千万不要做傻事。”

石斛搂着米栗，沿着江岸逆水上行，找到了一条行人踩出来的蹊径，来到了系马的地方。“你先站着。”石斛松开手，不管米栗同意不同意，推着独轮车就上了燕子矶。石斛快步将独轮车推到悬崖边，再用力一推，将它推进了扬子江。石斛拍了拍手，下了燕子矶，解下系在枫香树上的马匹。“上马，小子先送你去白云观。”石斛扶米栗上了马，然后一跃，坐在了米栗的后面，两腿轻轻地一夹。马匹起步，离开了燕子矶，前往位于秦淮河东岸的白云观。

第十五章　隐

北风其凉，雨雪其雱。惠而好我，携手同行。

——《诗经》

金陵码头在秦淮河和扬子江的交汇口。早在几百前，打输了群架的北方贵族，眼看在北方已经没了落脚之地，纷纷逃到了金陵，让本来已经很繁荣的金陵更加昌盛了起来。二十年前，金陵虽被孙儒狠狠地刺了一刀，但伤口很快就愈合。在以水运为主的扬子江流域，此处也算得上是一个交通要道。于是，秦淮河的西岸有了法云寺，东岸有了白云观。

白云观的掌门叫曹全晟，何方人氏石斛没有问。如今生活在金陵的人来自五湖四海，谁关心你的祖籍是关东还是关西？不过跟石斛熟了后，曹全晟还是告诉石斛他祖籍河南。石斛是千人粘，第一次随时来外出进货就跟曹全晟熟上。进了货，返回金陵时，已经是夕食时间。今天卸货显然已经来不及了，金陵的城门不会特意为石斛开。从北门进城回家要近得多，货船靠岸，石斛率先下了船。

前往北门的路上，石斛突然心血来潮，趁北门还没关这个空隙，进白云观看一看。李同和石岩都信道，无意造成石斛从小就对道观有一种亲近感。一看气势恢宏的门头，石斛就知道白云观很有来头。白云观始建于唐贞观六年，再过二十年，正好三百年时间。这近三百年时间里面，白云观一直在建啊建，以致观内殿堂阿房宫似的，一座挨着一座，密密麻麻。一进山门，石斛就感觉好像进了迷宫。这座殿堂瞧一瞧，那座殿堂看一看。正在逛西窜东，石斛忽然看到了一个胡子雪白的老道，来了兴趣。这老道就是白云观的掌门曹全晟。神州人的寿命原本短，这些年更短。那么多年以来，石斛还是第一次看到胡子雪白的人。

“道长！道长！”

石斛高声叫了起来。曹全晟一听有人叫他，停下了脚步。石斛见曹全晟停住了脚步，连忙跑了过去，俨然像突然看到了老朋友。曹全晟一看石斛，心里暗暗吃惊，石斛让曹全晟想起了一个故人。曹全晟不露声色，手一拱说：“无量观，小哥叫住贫道，不知为了何事？”石斛拱手说：“道长贵庚？”曹全晟没想到，这个后生叫住他，就问他的年龄。

“虚度七十又三。”

“高寿，高寿！”

“一家兄弟的阳寿全都折给了贫道，七十又三又有什么好稀奇？”

“按道长的说法，如今的金陵人都将长命百岁。”

石斛马上跟曹全晟抬起了杠。就这样你来我往，石斛跟曹全晟熟了起来。此后，石斛经过白云观，有时间总进去看一看曹全晟。曹全晟历经雪雨风霜，阅历丰富，而石斛又喜欢跟阅历丰富的人交往。两人只接触了几次，就成了忘年交。一次，张建阳来看望曹全晟，师徒两人坐在缮意房聊天，曹全晟提及刚结交了一个有趣的后生。“后生叫石斛……”曹全晟一说名字，张建阳惊奇不已。“在长寿巷开了一家寿木店。”“这个石斛，弟子认识。”这会轮到曹全晟惊奇。“金陵新近冒出来的传奇人物。”张建阳向曹全晟介绍。“黑虎堂令狐兄弟想偷袭都不成，被揍得鼻青眼肿。”“从他的步姿看，应该是一个从小习武之人。”曹全晟马上意识到石斛极可能与自己的故人有关。怕旁人引起不必要的联想，曹全晟没去惊扰。

石斛将马匹交给门头，带着米粟去见曹全晟。曹全晟见石斛带着一名年轻美貌的娘子来访，捋着雪白长胡子，含笑问：“来找老哥是不是有什么紧急事情需要帮忙？”石斛走到曹全晟的身边，贴着他的耳朵轻轻地说：“此娘子早上在紫金山差一点就刺杀了徐温。”

“啊？”曹全晟非常惊奇，抬眼看了看米粟。“小子想请曹公帮忙安排她今晚在观里过夜。”没有事先征得同意，石斛就将这件关系生死的大事压给了曹全晟。“过两天，小子亲自送她去三不靠边的鄂州。这两天就麻烦曹公了。”“没问题，一切包在老哥身上。”曹全晟当即豪爽地答应。“千万别让观里的闲杂人员晓得，以免走漏了风声。”石斛啰嗦了一句。

“放心，出事，老哥就亲手割下自己的人头送给你。”曹全晟给石斛打保票。石斛含笑说：“曹公的人头不值铜钱，小子不要。小子只要她安全。”“你小子也太小看老哥了。”曹全晟高声了一句，靠着石斛的耳朵说：“老哥可是跟神州各种妖魔打过交道的人。这点小事也办不好,老哥就不会在白云观做掌门了。放心,不会有事。”

“那就多谢曹公了。”

“别给老哥也来这一套。”曹全晟一手将石斛的头搂了过来,压低声音说:“你小子将自己的身家性命交给老哥都敢,还谢什么谢?老哥谢谢你才是。”

“这可不是让曹公替小子藏个相好。掉脑袋的事情,说句谢谢应该。”

“老哥今年七十又三,早就应该死了。你不行,花还没开。”

“还是不要开好,免得留遗憾。”

“别给老哥说死话!”

石斛没有多说就准备回家。临走时,石斛托付曹全晟。“麻烦曹公让人弄件衣裳先给她换一换。”“老哥马上去叫蒙相盈给她找衣裳。”就在缮意房前,两人拱手道别。

回到家,石斛将发生在紫金山的事情偷偷地告诉给了石岩。生死存亡的大事,石斛不想隐瞒。只是怕母亲担心,石斛没有将事情告诉给母亲。石斛晓得,父亲比自己更理性。石岩果然很体谅,没有责备石斛。“只能说斛儿运气不好,碰到了不该碰到的事情。你不出手不是,出手也不是。徐渊已经晓得你的能耐,你不出手,徐渊肯定不会放过你。你一出手,等于彻底暴露了你的身份。从此之后,徐温随时都有可能想到杀你。

皇朝一旦倾覆,皇帝嫡亲与之具亡。谁让斛儿出生在皇家?徐温实际上完全可以置之不理,让我们一家烂在民间。可徐温未必会这么想。朱温为何要将你的堂兄杀光?只有斩草除根,朱温才能安心。现在就看徐温能不能看在斛儿救他一命的份上饶斛儿一命。

那几个逃逸的控鹤军杀手怨斛儿坏了他们的大事,肯定找斛儿的麻烦。爸晓得,这些个控鹤军杀手什么样的绝代事都做得出来。爸是你,都不晓得是出手还是不出手。当来的自然会来,当去的自然会去。想当年,爸还不是眼睁睁看着大唐三百年江山一点点崩溃?不要将这事放在心里,该怎么过就怎么过。祖宗的血脉注定要断在这里就让他断在这里。

这不是斛儿的错。这是命!顺其自然吧。任何事情强求不得,求生也是如此。螳臂当车的事情就不要去做了。爸年轻时一直想跟命斗,结果头破血流。这事斛儿暂且不要跟你妈说了,免得担心无法睡觉。你妈跟着爸受尽了苦,斛儿就不要再烦她了。”

三月初五，寿木店打烊前，石斛对时来说：“这次去鄂州，小子还准备带一位朋友一同前往。时来兄晓得，货船的船舱狭小，人多了，晚上没地方可睡觉。时来兄就不需要陪小子一块去了。这些时间生意忙。小子一走，龚老哥他们几个人，肯定忙不过来。鄂州小子已经去过两三次，跟施当家也已经混熟，不会有问题。”寿木店的伙计，包括时来，都晓得石斛鸡朋狗友多，也不去猜测石斛是否心怀鬼胎。来往鄂州和金陵，不仅有翻船的可能，说不定还会遇上水匪。时来见石斛要他别跟，倒喜欢。没丁点好处，跟个屁。店里懒散一点，龚宰他们几个还会说我？况且，石斛是东主，叫时来不要跟，时来只能不跟。“就依少东主。”时来当下同意。石斛从龚宰手中接过一个钱橐，就离店回家。

“孩儿这次去鄂州，有些事情，可能会晚那么一两天时间。爸妈不用替孩儿担心。”石斛第一次没有将自己的真正意图告诉自己的父母。“出门在外，哪能每一刻都算得准。”石岩对石斛一向很信任。“三月的天，时冷时热的，要特别注意穿衣裳，万一有什么风寒，总是不好。”跟往常一样，尹如雪免不了就是一番叮嘱。石斛含笑说：“妈晓得，孩儿最会照顾好自己。”“你和你大哥，妈还真的没什么特别操心过。倒是你妹妹，老让妈惦念。时间过去了那么久，音讯全无，还真有些让妈放心不下。”说啊说，尹如雪又想起了北上投亲的石柏和石竹。兄妹两人离开金陵后，尹如雪就一直挂在心上。石斛立马宽慰母亲：“大哥比孩儿老练，人又比孩儿沉着冷静，走个路，不会有任何问题。”真出事，还能有什么办法？

“斛儿说的是。走个路都不会走，我那么多年的心血岂不是要白费？不会有事。” 石岩除了宽慰还是宽慰。

“问题是走什么路。”

“你放心好了，肯定不会有事。”

三月初六，清晨，石斛肩背着行囊，出了家门。“出门去？”在鸡鸣巷，石斛碰到一个街坊。“是。”石斛向街坊手一拱，就朝玄武大街走去。大街上这时只有几个准备出城的人。在前往北门的路上，石斛听到从北门城楼上传来的钟声。出了北门，石斛去白云观找曹全晟。石斛到缮意房时，曹全晟和米栗已经在等候。

“是不是换个男装？”

“面纱一遮就行了，总不能永远穿男装过日子。”

“找不到地方，送到李家庄去。”

“到时候再看，小子会随机应变。”

米栗黑色面纱一遮，就和石斛离开了白云观。时辰尚早，前往码头的一路上只碰到几个行人。白云观离码头很近,不一会,两人就到了金陵码头。见石斛带一位身材婀娜的娘子一同前往,船主还真没想到,连忙笑脸相迎,请石斛和米栗上船。

石斛扶着米栗,踏着宽宽的跳板上了船。船工王国人收起跳板,解开缆索,货船缓缓离开了码头。时值暮春时节,东南风已起。从金陵到鄂州的扬子江水流平缓,船主不需要花钱雇纤夫拉纤,任由船帆推动木船前行。石斛租赁的是一艘双帆木船。前后两头的甲板下面各有一个小小的船舱。这几次外出,石斛和船主都睡在船头船舱里面。

货船的主人姓周,名胜殷。周胜殷对石斛非常客气。“船头的船舱,就给少东主夫妻两人歇息、睡觉用,仆就跟船工在船尾的船舱里面挤一挤。”真是难舍难分啊,去鄂州进次货都带夫人。周胜殷见这名跟随石斛前往鄂州的娘子虽遮着面纱,看起来跟石斛年龄相近,旋即猜测应该是石斛的新妇。“那小子只能谢谢了。”石斛没有否定,含笑向周胜殷手一拱。“还得好好谢谢少东主照顾生意才是。”周胜殷连忙拱手回敬。“仆原以为少东主还是老样子,和时来兄一起去,想不到带了夫人。”周胜殷说着就笑了起来。

“船舱里面脏兮兮的,少东主带夫人先在甲板上站一站,仆马上去清理清理。”“那就有劳周兄了!”石斛手一拱。“不客气!”周胜殷手一拱,转身前去清理船舱。石斛和米栗在船头甲板上没站多久,周胜殷就前来请石斛和米栗进船舱坐。“谢谢周兄,我们先站一会。”鄂州还远着,石斛不想早早挤在船舱里面闷。等太阳晒到身上感到烫了,两人才进了船舱。

早上从金陵出发,太阳下沉之时,货船就已经过了义安。吃饭时,石斛以夫人不愿意跟陌生男人挤在一起吃饭为借口,将饭菜送到船舱。吃了饭,船工在木船的前后两头挂起了灯笼。货船的四周一片漆黑,石斛和米栗站在船头,听到的只有江风吹着船帆的哗哗声。夜幕降临后不久,气温很快就凉快了起来,吹在身上的江风已经让人感到有点冷。

“外面冷飕飕的,我们还是下去吧。”

石斛搀扶着米栗走下一段很陡的舷梯,从一扇小小的木门钻进船舱。船舱左侧的木板墙上挂着一盏小小的灯笼,两边各有一扇小小的舷窗。船舱的舱板上垫着草席。石斛推上船舱的门,弯腰脱去布鞋,踏上草席。“船舱虽小,但至少可以躲一躲夜里的寒风。暂且将就一下,一两天就能到达鄂州。”石斛身子向后一仰,双手枕着头,躺在船舱的草席上面。

米栗盘腿坐在石斛身边,看着石斛。“你这人特奇怪。自燕子矶到现在,你都没问过我家在哪里，父母是谁。甚至连我姓啥名谁，也都不问一问。”石斛压低声音说：“周胜殷已经将我们当成夫妻，你不想让他们听见，就躺在小子的身边窃窃私语。”

米粟躺了下来，手撑着头，靠在石斛的身边。

“小子为何不问？你想告诉小子，自然会告诉；你不想告诉小子，小子是问好还是不问好？如今的神州，每人都有不希望外人晓得的秘密。你说，小子问了是不是强人所难？”石斛低低的声音，好像是在自言自语。米粟没有出声。“就像你问小子的身世，小子还真的不晓得该如何回答。说真话，小子不愿意；说假话，小子又不愿意。别人未必一定晓得，你肯定很清楚。小小寿木店的少东主竟然会有如此厉害的武艺？说不定，连你自己也不敢相信。”

“不是亲眼目睹，我根本就不会相信，那人竟然就是你。”

“你也就明白了小子为何不问。小子有个脾气，跟人交往从来不问他的过去，看重的是他的现在和将来。小子江湖上的朋友，各色各样的人都有，说不定还杀过人，放过火，都在意过去，怎么交往？小娘子，你姓啥，名谁，你说可笑不可笑？就上回，小子将你拉回家，事后想想，确实有些莫名其妙，肯定是小子癫了。这么莫名其妙，长那么大以来，好像还是头一次。来金陵，小子还真做了不少发癫的事情。”

“我想问你一个问题。放心，不涉及你的身世。”

“丑话说在前头，先得看小子能不能问答。”

“自然能答。”

“答不出来，不要说小子不答。”

“上次，将我强拉到你家，是担心我跳崖自尽。这次，将我胁迫到鄂州，是担心我千刀万剐。是不是喜欢上了我？”

石斛笑了起来。

“笑什么？是不是不能回答？”

“说句肉麻的话，小子看到你的第一眼还真的是怦然心动。”

“我早就晓得你不怀好意。”

石斛依旧看着眼前单调的甲板，没有开口。

“是不是被我说中就不敢说话了？”

“还是不说的好，免得说了让你生气。”

“你说，我不生气。”

“还是不说的好。”

“你说吗！”想不到，米栗竟然推着石斛的身子，撒起娇来。

“你已经晓得了小子不怀好意，依旧跟着小子，说明你也希望小子不怀好意。”

“你！”米栗已经举起了拳头。

“小子说过，你会生气，你却偏偏要小子说。”

“我说你不过。”米栗丧气地放下了拳头。

“人啊，说真话不喜欢听，说假话喜欢听。是不是不怀好意，小子没想过。不过，你一提醒，说不定真的有可能不怀好意。小子不是君子，不讲什么道义。小子之所以这样做，很难说不是见色起心。什么时候小子有空了，好好想一想。以小子看，是不是不怀好意，你就别去管了。如今事情已经是这样，你总得先找个地方将自己藏起来。你藏哪？你想过没有？藏说不定还容易些。问题是，还要活下来。徐温的眼皮底下，以你的身份，活下来容易？

小子做事一向只对自己的行为负责，无关他人。说给别人听，别人也未必会相信。说实话，小子也不希望别人相信。小子为何要送你去鄂州，可能有三个方面的原因。首先，小子直感，你应该不是一名冷血的杀手。你走上这一条路，肯定有你的特殊原因。这只是小子个人猜测。对不对，小子不晓得。你要杀的可不是寿木店少东主，而是特殊人物。没有顽强的意志，像你这种岁数的娘子，不可能坚持下来。小子非常佩服。

如今的世道，没有顽强的意志，连活都不容易，就不用说其他了。小子还真不忍，年纪轻轻就死于非命。小子凑巧碰上，能帮不帮，着实不该。无论你有什么样的动机，都是小子坏了你的大事。小子得负起这个责任。你说不定会认为小子这人虚伪。随你这么说，反正小子就是这样的人。小子只希望能过上坦然的日子，不想为自己的行为而睡不好觉。

小子可不是什么路见不平拔刀相助的侠士。说白了，小子这样做纯粹是为了自己。不是为了自己，小子根本不会出手。他死了，说不定对小子更好。可是，小子在场的时候，他不能死，除非小子死了。他死了，小子还活着，就有人要小子死。小子为何冒险将你送到鄂州去，就是想求心安。是小子为了自己坏了你的大事。

说起来，小子这次送你去鄂州，显然是自己光着身子站在雪地里还担心别人冻死。谁让小子碰到不该碰到的人，看到不该看到的事情？已经碰上了，小子只能接受。万一你被凌迟处死，小子这一生怎么能过得安？防止出现这种事情，小子只好早做准备。

小子可不希望自己以后一想起就难受。小子明白，这世界只有流氓才能过上坦然自在的日子。可惜，家父和先师都不是流氓。小子一直想做流氓，可就是做不成。说起来，也算是件挺遗憾的事情。第三个原因，你已经说了，小子也就不再啰嗦。

小子先跟你说清楚，小子不会也不愿去协助你实现你的愿望。你可不要说小子这人没有正义感。在神州，越有正义感的人死得越早。小子还想继续活下去。没办法，只能退而求其次，帮你暂时躲过风头，将来由你自己再创造机会去实现。”

“我已经横想竖想，想了两天时间。这么好的机会，以后怕是不再有了。”米粟非常沮丧，手一软，头靠到了草席上，眼眶内滚出了泪珠。“不是小子泄你的气，确实非常难。叫小子赔给你，绝不可能。小子只能让你暂时摆脱目前的困境。小子这人喜欢胡说，你不必当真。有道是，退一步，海阔天空。你实际未必只有一条路可以走。”米粟掏出手绢，擦去了眼泪。“事已至此，我就将我的故事讲给你听。”米粟开始给石斛讲起了自己的故事。石斛像冷酷无情的刽子手，听完了故事，没有一点点同情，照样拿起屠刀割开了囚徒身上的肉。

“不能说冤枉了你父亲。你要清楚，他不是一个大笨蛋。否则，也不可能会成为吴国都督！你父亲真准备和朱瑾合谋，怎么会那么轻松就要了自己的命？就根子上说，已经想到了要你父亲死。神州史上，哪一个打手最后不是像你父亲这样的命运？主人想到杀你，你必须得死。唯一解救的办法就是更换身份做主人！朱温、马殷、王建等等不是从打手更换身份做了主人？顽固不化，那只有死，根本不在乎你忠不忠，而在于你的主人觉得杀你合算还是留你合算。湖州刺史高澧曾经召集州吏商量，我准备杀光湖州百姓。州吏说，全都杀光了，赋税从哪里来？挑选可以杀的杀一杀。州吏的这句话就是历代帝王治理神州的准则。不是不想杀，而是留着有用。在有些人的眼里，人就是猪。留着你，是要吃你的肉。

不错。你的故事确实非常凄切。你不要说小子这人说风凉话，比你的故事凄切得多的故事，神州多得是。那些被族灭如今连尸骸也不晓得在哪里的将领，有谁替他们报仇去？李遇连种都没有留下一个！有谁替他们报仇去？朱瑾，平卢节度使、同平章事、诸道副都统，利害吧。绝了种不说，连尸体都被抛进了雷塘。谁替他报仇去？宣谕使李俨更是跟这件事情八竿子也打不着，还不是被杀？你家，至少还有你一条血脉。你不懂得去珍惜，那可真是让你米家绝了种！莫非令尊将你养大就是为了将来能替父报仇？不信，你晚上做个梦去问一问令尊。以小子看，倘若令尊地下有知，可真是气吐血。你的行为无疑是暴虎冯河，自寻死路！”

“按你说，这仇就算啦？”米粟非常地不满，声音高了起来。

“轻点,小子听得见。”石斛依旧冷酷地说:“不是算不算的问题,是能不能的问题。能,有谁会如此宽宏放弃复仇?这种人,至少小子没见着!这种鸡蛋碰石头的事情,只能是壮志未酬身先死。你能躲得过追杀已经是造化啦。”

“都怨你!否则,我早就已经报了仇。”

米栗说着,突然身子一侧,一拳重重砸在石斛的肚子上。大蒜拳,打着穴。石斛着实没有料到米栗会突然来那么一拳。还好,石斛从小习武,拳头一碰到肚皮,马上自我防护,不至于受伤。米栗一愣,慌忙去抚石斛的肚子。石斛推开了米栗的手。“得!就算给你打翻肚了,也是小子自找,纯属活该。小子真是活该。”石斛揉了一下肚子。

“你应该懂,有些事情,不是靠力气,也不是靠意愿,就能办得成。神州史上有多少报仇雪恨的故事不是满足人们的愿望瞎编的?这些年,台上的土匪,哪一个不杀人无数?你有没有听人说起过,有哪一个土匪最后死在仇人之手?小子承认,你的故事确实凄厉,只是小子不愿意说自己的故事罢了。小子非但不能报仇,还给仇人追得满天飞。小子为何要躲在金陵卖棺材?还不是为了躲避仇人的追杀?”沉默了片刻,米栗问:“你的仇人是谁?”“朱温啊。”“朱温”两字,立马让米栗闭不上嘴。良久,米栗问:“就是那自称皇帝的朱温?”

“是,神州还能冒出第二个朱温?你说,小子是否要跑到朱温的地盘上找他报仇去?”米栗不想承认也不得不承认,这仇报不了。“不是小子吓你,不用朱温攻下江南,小子一家人随时都有可能死无葬身之地!不是所有的仇都能报得了的。什么君子报仇十年不晚啊,那纯粹是一厢情愿地自我安慰,骗骗自己。别说十年,小子给他一万年,看看报得了报不了。现实就是残酷无情。

报不了仇,雪不了恨,人们只好瞎编一些离奇的故事,骗一骗自己。说白了,这些故事就是神州人自我麻痹的毒酒。神州史上,无缘无故被族灭的有多少?怕你就是数上一生,都数不完。他们的冤仇有谁替他们报去?你有兴趣去翻一翻《史记》、《汉书》、《后汉书》,小子保证你会哭。那些个报仇雪恨的故事,多半是骗骗人的白日梦。钱镠、马殷、王建、宋文通、朱温等等,哪一个手下没有千万个冤魂?将来,你看看他们会不会死在仇人之手?小子现在就可以告诉你,不会。神州人善于骗人,也善于骗自己。你想想,几千年来,有几个不是在自欺欺人?眼前的残酷事实宁可视而不见,也要闭上眼睛做白日梦。

以小子看啊,你得先将自己过好了。倘若有机会,再动手也不迟;倘若没有机会,只能算了。大不了,拿冤冤相报何时了自我安慰。令尊地下有知,肯定会同意小子的看法。做人不能死板,更不能去钻什么牛角尖。”米栗沉默不语。“你固执己见,一定要报什么仇,雪什么恨,小子随你的便。想改变人的想法,以小子的看法,那是绝对不可能的。小子不相信你会是一个异类。给自己找个借口,那是仁至义尽。只是小子认为,人不能将自己搞得那么沉郁,应该笑！就算是要报仇,也应该笑。小子这人,天塌下来,照样一脸的笑容。”

石斛呼的一声挺起身子,吹熄了挂在船壁上的灯笼。“听不听随你的便,睡觉!”石斛有些绝情。石斛坐到草席上,拉过被衾给米栗盖上。“夜深会有些冷。”石斛躺下后,拉过被衾的一角盖到自己的肚子上。米栗忽然开口。“我原本很会笑,只是家里出事后,才失去了往日的笑容。”“那就恢复往日的笑容。不论是被杀还是杀人,都应该笑。说遭遇,小子说不定比你更差。天天愁云满面,自己不舒服不说,别人看了也不爽快。”

米栗拉开被衾盖到石斛身上,长长叹了一口气。

“不要唉声叹气！疯子接舆曾经说过,往者不可谏,来者犹可追。你咬牙切齿也好,以泪洗面也罢,都不可能让时光倒流。就算时光可以倒流,那又如何？小子觉得,还是多想想接下来该如何过好日子。到鄂州后,说不定会遇上湘君,做一做湘夫人。闻佳人兮召予,腾驾兮偕逝。”“湘夫人？”米栗急了起来,高声说:“你将我骗到鄂州去,就是想让我从今以后隐姓埋名,去委身于乡下那些老光棍？如此,那还不如干脆一头钻进扬子江,说不定还痛快些!”“轻一点！小子听得见。”石斛轻轻地说。“你想一头钻进扬子江,小子更想钻进去,只是钻进去,告诉你,根本淹不死。将你这朵鲜花插到水牛粪上,还不如插到小子这坨狗屎上,说不定看起来还更凄厉一些。”米栗不禁扑哧一声。

“你不喜欢做湘夫人,将来就做一做吴夫人。”

“吴夫人？如今吴国能露面的人,就是粘上我,都是死路一条。像我这种人这一生还能成为谁的妻,谁的妾？自从家里出事后,我真的懂了什么叫世态炎凉。家父生前为数不多的几个故人,见我如同瘟疫,避之犹恐不及。你胆大,色胆包天。”

“小子胆小,色胆更没有,色心就难免了。谁让小子是人而不是神仙。”

“流窜金陵这些日子里,无色心的人至少我还没见过。你承认自己有色心,说明你这人还算真诚,值得信任。这世上我已经没有亲人,也没有朋友,更不清楚自己哪一天会突然命丧贼人之手。献身给你这个英俊后生,也不至于空在人世间走一回。”米栗侧身一靠,向石斛靠了过来。

献身个屁！你献身给我,我献身给谁？

“千万不要将小子当作你的救命稻草！”石斛轻轻一推，将米栗推开。“无论是谁，只要跟小子粘在一起，动来荡去已经算是造化了。像小子这种人，还是光棍一条的好。将来变成枯骨之后，无须世上还有活人为小子牵肠挂肚。常言说得好，光溜溜地来，光溜溜地去，洒脱自在。”

“粘上你不行，粘上我也不行。你和我正好是一对绝配，谁也不怕谁。反正都是瘟疫！”

瘟疫？我还真是瘟疫。石斛颇有些伤感。一个好好的人无缘无故变成了瘟疫！

“别这么悲观好了！当你坠下山崖时，说不定恰好有一棵挡你的松树。你能说得清楚明天鄂州到底是晴天，还是下雨？说不定，鄂州码头上刚好跟你的范蠡邂逅。”

“哈，哈……”米栗不禁一阵大笑，伸手摸了摸石斛的额头。

“没有发烫，我还以为你说胡话呢！”

“小子说的是汉话。人一生就是由许许多多个巧妙构成。没有朱城，就没有了朱温。没有朱温，小子也就不会平白无故跑到金陵来买棺材。自然也就不会莫名其妙去燕子矶，肯定也不会邂逅上你。无限往上退，小子能和你遇上，是一万前已经定好的事情。杜子美说，天上浮云如白衣，斯须改变如苍狗。未来的事情，谁也说不清楚，你还是小子。”

“未来的事情真是谁也说不清楚。我没想到会碰上那么好的机会，更没想到最后竟然会是这样的结果。自从离开广陵的那天起，我就已经做了好死的准备。对我来说，多活一天就是多一天的赚头。砍头之前也要先吃饱饭。我听你的，复仇大计能不能最终实现，那都是将来的事，我得先过好今天的日子。”

“就这句话，小子特别喜欢听。就算要报仇，那也是将来的事。人不能为了将来而过着像枯叶一般的生活，今天飘到哪里是哪里。人迟早会死，但不能因为将来会死就不活。尤其是如今这样的世道，过好眼前的日子特别重要。你根本就不晓得下一刻会怎么样。笑着死总比哭着死好。小子已经决定将你带到鄂州去，就不会将你在码头一扔就了事。小子会将你的生活安排妥当。你就暂且安下心来过一过日子。漂泊了那么久，是该停下来歇歇脚。养足了精神，想好了进退，再着手你的宏伟计划。睡吧，已经晚了。”

平静中过去了一夜。石斛没问周胜殷到哪了，很耐心地等货船到鄂州。货船狭小，又没什么事情可以做。除了吃喝拉撒睡，石斛粘着米栗不是在船舱就是在船头悄悄地说废话。足足说了两天两夜的废话,三月初八清晨,货船平稳地靠在了鄂州码头。

就几天前,在鄂州西面的扬子江上,武昌节度使李简刚刚率领水军跟马殷的水军都指挥使杨定真打了一架。双方互有伤亡,不分胜负。既然还没有最后分出输赢胜负,这架肯定还得继续打下去,直到决出雌雄为止。如同两头公牛在菜园里面打斗,种在菜园里面的菜,自然已经被踏成烂泥。石斛根本不晓得李简和杨定真打过一架。

石斛在船上吃了早餐,带着米栗准备上岸。离船时,石斛对周胜殷说:"小子万一有事耽搁,不能按时启程,周兄不用担心。所有因小子耽搁造成的额外开支,到金陵后,小子定会给周兄补上。"石斛每次外出进货,都事先给周胜殷付了来回的运费。依照双方事先约定好的君子协议,应该空船前往。可是,周胜殷却常常利用空船装了许多货物。现在谋生那么困难,石斛一向是睁一只眼闭一只眼,随周胜殷自便。这次来鄂州进寿木,周胜殷也带了不少货。"少东主无须记挂。作坊装好货后,仆一定会在船上等少东主来。"

不像金陵,乍然来到人生地不熟的鄂州,别说娘子,就是后生,一时间也有些迷茫。石斛走到哪,米栗就跟到哪。不久,米栗跟着石斛来到了鄂州城外的施记棺材作坊,见到了作坊的主人施庆宗。还好,施庆宗没有因为打架而慌了手脚,逃之夭夭。安置在哪呢?石斛昨晚在船上就开始盘算。李家庄情况不明,而且我一个人都不熟。曹全晟有面子,我未必也有面子。送到李家庄,意图太明显。不怕一万,就怕万一。旅店?一天两天可以,久了肯定不行。千万人走的地方,一个娘子莫名其妙住那么久,肯定起怀疑。送到倪虎那,一个年纪轻轻的小娘子,怎么能往土匪窝里送?真个是将羔羊扔进了狼窝。就算米栗愿意,石斛也不放心。两人寒暄之后,石斛向施庆宗询问的不是棺材而是宅院田产。

"施当家,鄂州哪有置业绍介?"

"少东主想在鄂州置业?"

"是。"石斛如实回答。"小子想在鄂州购置一处宅院安家。"

一听石斛要在鄂州购置宅院,米栗和施庆宗都非常吃惊。米栗没料到石斛会以这样的形式安置她,施庆宗没想到石斛会在这里买宅院。鄂州如今是朱温、马殷、高季昌、徐温你来我往的地方。全天下,眼下就鄂州最不安全了。傻帽天天有,只等时间凑。现在鄂州是人人都在为如何逃命的事发愁,想不到这傻小子竟然要来鄂州购置宅院安家!

施庆宗抬头再看了一眼站在石斛身边的这位脸遮面纱的娘子,似乎明白了石斛为何要在鄂州购置宅院。穿着草鞋走过你的肚子,肯定是金陵家中的夫人是个大醋缸,不容这傻小子纳妾,只好来鄂州安家啦。石斛上前走了两步,对着施庆宗的耳朵一阵嘀咕。“她是小子的表妹,恶霸想强纳,没地方躲,小子只好找一个远离金陵的地方将她藏起来。没办法,如今这个吃人的世道,无权无势,不想被吃掉,只能做乌龟找可以藏身的洞。”石斛怕施庆宗起疑心,撒了个谎。“仆在老家倒有一处不错的宅院。无论是从陆路还是从水路前往都十分方便。仆的妻舅去年已经搬到岭南去了,仆也想前去。是否让仆带少东主去瞧一瞧?”

施庆宗的老家在武昌县幕北村。天复元年,施庆宗离开老家,来到鄂州城,开了一家制作棺材的作坊。从湖南运来上好木材,制作成棺材,再卖给鄂州一带的寿木店,或江南东西两道、淮南道的客商。经过几年的打拼,施庆宗如今已经是幕北村的有钱人。

这份准备卖给石斛的宅院也是施庆宗从一名施姓族亲手中转来。施庆宗原以为捡了一个大便宜,想不到接手不久,先是朱温大军攻克了山南道的襄州和随州,前锋直逼鄂州,紧接着马殷攻陷岳州。鄂州其他物价飞涨,只有房屋、田地这些不能随身携带的不动产一跌再跌,惨不忍睹。施庆宗原本想摔掉田产,逃到岭南去打拼。鄂州的局势实在让人担心。施庆宗这样想,别人也这样想。正当施庆宗为田产脱手发愁时,突然遇到石斛,不禁喜从心来。

石斛一听施庆宗有宅院出售,马上意识到弄巧成拙了。石斛本只想打听一下,没想到施庆宗有宅院要出售。早知道施庆宗有宅院要出售,就不向他打听了。将米粟安置在这里,多一个知道的人多一份危险,石斛着实不想买施庆宗的宅院。眼下,找借口拒绝而去买别人的宅院显然不妥。这无疑会给米粟增添了一份危险。石斛同意随施庆宗去看一看。施庆宗旋即雇了一辆马车,带石斛、米粟前往离鄂州城相当一段距离的幕北村。

不像石斛的老家乐平县,鄂州到武昌一路平坦。两个时辰不到,就到了施庆宗的老家幕北村。幕北村是武昌县南部最大的一个村。多少户,石斛没有问施庆宗。四邻八乡的乡亲嫌武昌城远,就来幕北村购买日常生活用品。一条长约三百步的街道,两旁都是卖各种日常生活用品的店面。施庆宗曾经有过两间店面,后来卖掉了。一下马车,施庆宗没去弟弟家看一看,就先带石斛去看准备卖给他的宅院。当施庆宗告诉石斛就是眼前这座一宅院时,石斛心里已经同意了这桩买卖。宅院依山而建,离幕北村大约一里地左右,既免除喧嚣,又离村不远,生活方便。“少东主请!”施庆宗打开了院门,领着石斛查看宅院。“锅碗瓢盆这些日常生活器用全都齐备,马上可以住进来。”石斛跨过门槛,进入院内。宅院成凹字形,正面五开,两厢三开。米粟一个人住,宅院确实有些大。石斛没考虑那么多,先安顿下来再说,大不了铜钱多几个。粗粗浏览了一遍这座宅院,石斛就同意买下施庆宗的田产。

“施当家出个价,看看小子能不能承受得起。”

施庆宗也不敢狠命加价,只是报了一个比鄂州的田产稍稍高一点的价格,一百八十缗铜钱。石斛也不晓得这些田产到底值多少钱,没有讨价还价就接受了施庆宗报出的价格。见石斛同意,施庆宗旋即去叫弟弟施庆崇准备酒席,自己则去请村里几个有名望的人作证人。就在施庆崇家,双方签订了田产买卖契约。契约签订之后,施庆宗告诉石斛,将这份田产转手给他时,已经比当时买进时亏了将近三成。石斛从袖袋内掏出两张面值一百缗的万通钱庄可以即刻兑现的纸质凭据,交给施庆宗。施庆宗没带那么多现银,准备去向弟弟施庆崇借。

“小子看,施当家就不必麻烦了。亏的铜钱,施当家负一部分,小子也负一部分。这二十缗就算小子负的那部分。”

“这哪行?”

“田产现在已经归了小子。小子当初买,岂不是亏得更多?你我结交已久,也算得上是朋友了。朋友买卖亏了本,小子有能力,赞助一点,也是应该。这二十缗仅仅只是表示小子的一份心意,就当中午这顿饭由小子请吧。望施当家不要有其他想法。”

“少东主那么客气,那就等到了鄂州再说。反正,货款还需要结算。”

好人做到底,送佛到西天。已经购置好了一份田产,石斛干脆再给米粟买一两个侍儿陪着。不说紫金山回来后,就是回来前,石斛也可以养得起。米粟一个人呆在这里,生活起居都需要自己料理,不能不出门。出门的次数越多,身份泄露的可能性也就越大。有个侍儿在身边,正可以跑跑腿,说说话。孤身一人住在这里,肯定孤单。人一孤单,就容易乱想。一乱想,就容易出事。有事的时候,有个侍儿在身边,可以相互照应;无事的时候,也可以说说话,聊聊天。人总不能每天对着自己的影子说话。一个娘子孤身一人,幕北村那些个不三不四的人难保不会感兴趣。这种不三不四的人,到处都有,幕北村不会例外。一感兴趣,没事情,也会有事。有个侍儿在身边,就俨然像一个完整的家,起码多了一个叫叫响的人。

石斛就将准备买侍儿的想法告诉给了施庆宗。施庆宗含笑说:“这年头,只要能够给一口饭吃,侍儿就是白送。少东主要买,就让仆带少东主去集市挑两个,大的、小的，随便。”在施庆崇家吃了中饭，施庆宗带石斛前往武昌县城买侍儿。

金陵有人市。石斛没有特意去过，却曾经路过。人市上，男男女女，老老少少，什么样的人都有。如同马市，随你挑选，讨价还价。两人刚近人市，就有一男子询问要买什么样的人。石斛随口告知，准备买一个侍儿。听说这位英俊的公子想要买侍儿，刹那间武昌县城自发形成的侍儿交易集市上，就有一大群等着新主人的小娘子围了过来，争先恐后地要卖给石斛。看着眼前这一大群营养不良的小娘子，石斛突然觉得做人有时真的不如做禽兽。

就算和平时期，在神州这地方，填饱肚子就是一件非常不容易的事情。家里多一个侍儿等于多消耗一份口粮。连自己的肚子都填不饱，哪有多余的粮食来养活侍儿？跟着主人或县主身边，活不重。万一给家里的男主人看上，说不定还可以成为男主人的通房，甚至收为小妾。再不济，主人也往往会将跟随自己多年的侍儿许给自己手下的小厮做妻。无论哪一种结局，都强过嫁给吃了上一顿就不知下一顿在哪的男人做妻。对很多人来说，填饱肚子才是真生活。不过，侍儿等同猪狗，神州行止像畜生的人又多，受虐待是常有的事情。不是心甘情愿做别人的侍儿，是没有办法只好做别人的侍儿。

看着这群小娘子得寸进尺步步向前逼，石斛不得不摆出老虎威，连吓带唬才让她们向后退去。最后，石斛挑了一名眼睛水灵、模样标致而且猜测手脚应该灵巧的小娘子。这名小娘子叫萧竹，今年十五岁。就在人市的一张破桌子上，石斛花铜钱请一名靠代笔过日子的精瘦老者写了一份卖身契约，卖家按了手印。加上老者的代笔费，总共花去了石斛七缗铜钱。支付了铜钱，石斛带着萧竹和施庆宗一道，离开了武昌县城人市。

“少东主，已经买了侍儿，总得给她取一个顺口的名吧。”

依照大唐律法，侍儿是主人的财产，有名无姓。取什么名，全凭主人喜欢。石斛没有接受施庆宗的建议。“不麻烦了。名字就一个记号，阿猫、阿狗分得清楚就行了。”石斛没心思动脑筋给侍儿改名字，只想抓紧时间将米粟安置好。“还是麻烦施当家领个路，去给她们买几件换洗的衣裳。”石斛陪米粟和萧竹买了几件衣裳，就起身回幕北村。

石斛是施庆宗的大客户，买了施庆宗一直想卖却卖不掉的庄园，又给了施庆宗一笔可以买两三个奴婢的铜钱，总不能袖手旁观，看着石斛一个人安家。施庆宗叫来了好几名自己熟脸的雇工，帮着石斛购置了枕席、衣被、柴米、油盐之类的生活用品，甚至还抬来了一瓮烧春。反正，铜钱不用自己付。这些雇工帮着石斛清理已经多年没人居住的宅院，清洗家中已经上满了灰尘的灶台、器物。酉时还没到，米栗在幕北村就已经有了一个整整齐齐、干干净净、像模像样的家。“辛苦！辛苦！”石斛付了工钱，拱着手，客客气气地送走了雇工。

“家也已经安置好了，仆就先走一步了。”雇工走后，施庆宗也准备告辞。“小子还有一事想请施当家帮一帮忙。”

“什么事少东主说，只要仆能帮得上。”

“请施当家帮忙引一引路，拜会一下村里的大人，请他们多多照顾。”石斛知道，一个年轻貌美的女子孤零零住在幕北村，想不受骚扰根本不可能。同族人都欺负，更何况非亲非故的外路人。好人做到底，送佛送到西。石斛花铜钱，费时间，只是想给米栗买安宁。“表妹一个人呆在这里，没一个人庇护，小子着实不放心。”

“行。”施庆宗迟疑了半晌后说。“明天吧。”施庆宗起步，石斛、米栗一旁陪同，向院门走去。“一个客户今天要来，仆也得先回去招待一下。”生意人，客户大似天。石斛自己也是生意人，懂。“少东主就在这等，仆明天来找少东主。见一见，也是礼数。”

“让施当家来回跑那么远的路，实在是过意不去。”

“没事。刚搬去头两年，仆常两头跑。不用送，不用送！”施庆宗拱手请石斛留步。

“家能顺利安置，多亏施当家帮忙。”

“客气，客气！”

石斛真不是客气。虽说有钱能使鬼推磨，这么短的时间内能顺顺当当地安置好米栗，石斛还是打心底里感谢施庆宗。没有施庆宗帮忙，安置起来肯定得费周章。花几枚铜钱，石斛不会心疼。死了手上还有一大把铜钱，那才叫痛苦。花铜钱能够办成事，石斛很乐意花。石斛是生意人，晓得铜钱买不到及时雨。早上踏上鄂州码头时，石斛还预想会比较棘手，没想到只过了几个时辰，就已经将事情办得妥妥当当。“就到这，就到这。”出了院门，施庆宗拱手请石斛和米栗留步。“那施当家好走！”石斛和米栗站在院门前，拱手目送施庆宗远去。

送走了施庆宗，石斛和米栗转身回到了院内。石斛阖上院门，闩好门闩，重新起步向大堂走去。“过来一下。”登上步檐，石斛撂下一句，就只管朝大堂西首的房间走去。米栗没问石斛什么事情，跟了过去。“请进！”石斛轻轻地推开房门，站在房门旁让米栗先进。米栗罗裙一提，抬脚进入房间。石斛紧随其后跨过门槛，然后转过身，推上了房门。

“什么事？”

“给你营生的道具。”

石斛从袖袋里面掏出几张万通钱庄的存银凭据，连同从金陵带来的钱橐，一并交给了米栗。“留在这里给你平时花费用。出门在外，不能光靠抢、靠偷。”米栗在金陵漂泊了一年来时间，晓得了铜钱的重要。没有铜钱，那个凄惨，只有经历过的人才能感受得到。

“不会是偷的吧？”

“偷也是小子偷，不是你偷。”

米栗接过钱橐和存银凭据，环顾四周，寻找存放的地方。

“分放几个地方。万一来了个窃贼，也不会一下就偷了个精光。”

“乌鸦嘴！”

“给窃贼偷了，你就会晓得小子是不是乌鸦嘴了。铜钱多了是瓦砾，没铜钱日子可无法过。你在金陵漂泊了那么久，应该懂。这些现银应该够你花。你和一个小娘子，呆在乡下根本就花不了什么铜钱。发现风向不对头，马上开溜。散银放在抽屉里，方便取。那些凭据，不放心，你就将它压在柜子的衣裳下面，也可以放在枕头套内，不容易碎。可以夹一部分在那本《论语》里面。破破的，人家一般不会想到这本破《论语》里面竟然有铜钱。”

“你也来帮我放一放么。”

“还是你自己放。小子放，你用到，找不着，等于没铜钱。”

第十六章　表妹

若夫藏天下于天下而不得所遁，是恒物之大情也。

——《庄子》

石斛在安置米粟，刚刚接任大理寺卿的李慎肇却在搜寻米粟。

徐温调李慎肇接任大理寺卿，一是看重李慎肇的能耐，二是晓得李慎肇一定会珍惜这个机会，努力办案。当初，孙儒兵败宣州，杨行愍在孙儒降兵的基础上组建了黑云都。这支身穿黑缯黑甲的黑云都后来成了杨行愍的亲兵。黑云都第一任指挥使是马殷的弟弟马賨。杨行愍晓得了马賨是马殷的弟弟，让马賨去了湖南。第二任指挥使是吕珂。吕珂死后，吕珂的儿子吕师周成了第三任指挥使。吕师周叛逃去了湖南，李慎肇成了黑云都的第四任指挥使。这时的黑云都已经不是杨行愍时代的黑云都。自徐温当上都督以来，黑云都一直被徐温晾在了一边，得不到重用。李慎肇正愁没有施展才能的机会，徐温给了他那么好的机会，肯定分外珍惜。果然，李慎肇没让徐温失望，任职的第二天就将杀手的情况报告给了徐温。

听了李慎肇的报告，徐温倒没有惊奇。徐温痛恨吴用筹，那么多控鹤军杀手潜伏在金陵竟然一无所知。况且，徐温早就已经将石斛告诉他的情况告诉给了吴用筹。徐温到现在还怀疑，吴用筹和控鹤军杀手合谋。不是佛祖保佑，这条老命已经丢在了紫金山。徐温感谢石斛相救，更感谢佛祖保佑。当天，徐温就在都督府的佛堂内烧了香，许了愿。

逃逸的四名杀手，三人蒙着脸，只有一名女杀手没有蒙脸。翌日，李慎肇就找来了画师钟离川给企图刺杀徐温的杀手画像。当时，距离杀手最近的人是徐温和黎子风，而黎子风为了保护徐温已经殉职。紧跟在徐温和黎子风后面的是徐知诰，而南吕腿部受伤,走得慢,离徐知诰都有相当一段距离。李慎肇接任大理寺卿的当天就去找南吕,南吕躺在床上。在紫金山开善寺,南吕几乎是耗尽了全部力气。不是求生本能支撑着,早就已经死了。南吕告诉李慎肇,一来距离远,二来当时失血过多,晕乎乎,就看见前面白堂堂一个人,根本没看清那女杀手的长相。徐温和徐知诰尽力回忆那女杀手的相貌。当时,那白衣杀手距离徐温至少有三四十步,五官本来就不是特别清晰。徐温只仓促一眼,留在脑中的五官非常非常模糊。徐知诰根本没来得及看杀手一眼,缰绳一扔,飞扑过去,准备将徐温按倒在地,躲避女杀手那夺命的一箭。不过,那女杀手的整体形象,徐温仍能细细描述。

钟离川画了改,改了画,折腾了差不多一个上午,才画出徐温满意的图画。这根本就不是通缉罪犯的肖像画,而是一幅以山水为背景的人物水墨画。钟离川甚至怀疑是不是都督准备纳妾。都督遇刺事关重大,又不好大肆张扬。与都督秘密交流后,李慎肇决定等石斛从鄂州回来,再让钟离川去画杀手的肖像。李慎肇同时派人手加紧明查暗访杀手的线索。徐温给李慎肇下了死命令,挖地三尺,也要挖出紫金山逃逸的杀手。有了徐温的保证,李慎肇四处张贴告示,搜寻左胸前有蝙蝠文身的人,只要提供有效线索,赏钱一百缗。

"小子先去屋后洗个澡。"

"天还有些凉,叫萧竹烧些热水到屋里洗吧。"

"小子冬天都洗冷水,没事。"

石斛一直保持冬天洗冷水澡的习惯,此时的井水倒在身上已经不像冬天那么刺骨。先洗了头,然后再洗澡。就船上两夜没洗,身上没什么污垢。随便摸几下,将身上的皂角泡沫冲冲掉,也就结束。擦干身子,换上了衣裳,披头散发,出了院门。

沿着院子前的这条小路,石斛一边慢慢踱步,一边品味着西边的彩霞。风吹在身上,感到阵阵清爽。在这个远离尘世喧嚣的地方,石斛多少有点回到翠竹湾的感觉。翠竹湾时,石斛胸无大志,没有宏伟的人生理想,没想过要做官,也没想过要发财,只晓得做一天和尚撞一天钟。农忙时,忙于耕作;闲暇时,读书,弹琴,会友,逍遥于天地之间而心意自得。没想到,这种田园生活因控鹤军的出现戛然而止。如今想重过这种日子,已经不可能了。

路旁有一个大岩石。石斛选择一处干净的地方坐了下来,两手拄着两腿,漫无目的地看着西边。路上没有一个行人,只有鸟儿在鸣唱。倘若神州太平,这地方还真是过日子的好处所。石斛有这样一种感觉。可什么时候才能太平?只能做梦!

米栗身穿粉红色罗裙，外套一件鹅黄短襦，出现在小路上。

石斛站了起来，下了岩石，来到了路上。米栗嫣然一笑，朝石斛跑了过来。一头乌黑齐腰头发就像黑骏马的长尾巴在左右摆动。听了石斛几天的废话，米栗和金陵出发时已有很大的不同。不一会，跑到了石斛的身边。米栗手一伸，挽住了石斛，俨然就像是挽着自己的郎君。两人沿着这条乡间小路继续前行。

“这些田地，从今天起都已经归你啦。”石斛指着小路南边的一片田地说：“只是施庆宗已经将这片地租给了别人，租金已经收了。麦收后，你还住在这里，就去收租。最好还是免了，花点钱买安全，值得。”米栗含笑说：“田地是你出钱买的，房子是你出钱买的，物事是你出钱买的，侍儿是你出钱买的，吃的，用的，都是你出钱，我自然也是你的。”

“有铜钱还是爽。小子有几个铜钱，办起来才这么顺利。”

“原先，我没什么感觉。漂泊金陵，才体会到重要。饭吃，穿衣，睡觉，每一样都需要铜钱。乐坊的琴伎、舞妓、伶人、俳优，有些并非乐籍，忍受屈辱，就是为了能够赚几枚铜钱。想几枚铜钱，非常不容易。我在金陵卖针线，一天都赚不了几枚铜钱。看看来乐坊寻欢作乐的那些人，颐指气使，想怎样就怎样，就是仗着手中有铜钱。想想，有铜钱很重要。”

“是啊。小子做生意的时间虽不长，已经体会到了铜钱的魅力。老家时，用到铜钱的地方不是很多，再加上家里多少还有一点积蓄，小子倒没有感觉铜钱特别重要。一到金陵，就完全不同了。柴米油盐，样样需要铜钱。没有铜钱，那种苦，真是有钱人无法体会。”

“真想不到，你卖卖寿木会有那么铜钱？”

“别小看卖寿木，利润高着呢。不是小子自夸，因经营得道，朋友又多，小子的寿木店金陵几家寿木店里面生意最好。只有小子的寿木店三天两头到外面进货。一船寿木进到金陵，十天八天就可以卖光。接手白记寿木店到现在，小子确实赚了不少铜钱。到底赚了多少铜钱，小子没去算。反正，赚铜钱不是小子的目的。当徐温想到要取你性命时，赚再多的铜钱也没用。铜钱在无权者面前为所欲为，在有权者面前唯唯诺诺。庶民争不到权，只好争钱。可就是不明白，争个半死最后替别人争。不管它。菜园，现在空着，小子带你去瞧一瞧。”

沿着一条已经只有痕迹的蹊径，石斛和米栗走进了菜园。菜园里面长满了杂草，一株李树独然耸立在杂草丛里面。石斛和米栗踏着枯黄的杂草，慢慢走到了李树前面。石斛在李树前面停住了脚步。树叶底下，已经长满了小小的李子。

“小子住在这，就会自己种些菜，自己吃，免得去集市上买，又不新鲜。”

“到处杂草丛生，我又不会种菜，只能等你来种。”

“小子还真想种，只是已经做不到。我们出去。”

石斛和米粟转身，起步向菜园外走去。

“万一外人问起，该怎么说比较好？”

“这就看你自己想怎么说了。”

“那也得看哪一种说法比较合理。”

“夫人，可能会引起人们的怀疑。光溜溜一对年轻夫妇突然间来到了幕北村居住，很容易引起人们的兴趣。搞不好，甚至有可能会怀疑你是否犯了案，没地方躲了，小子只好将你藏到这里来。”石斛笑了起来。“以后的时间里面，小子来了，在金陵的时间肯定会比在鄂州的时间多。幕北村那些好事者，见小子三天两头在外，说不定就会怀疑小子是否诱拐了人家的县主私奔到幕北村来。”石斛又笑了起来。

“说不定有人想领赏钱，向衙门报官。一旦追查下去，麻烦就大啰。”

“这两种可能性都不能排除。无论是哪一种可能都会对你的安全构成威胁。看起来，说夫人似乎难以让人信服。当然，这些年，逃到江南来的人很多。据施庆宗说，鄂州现在超过一半以上的人是从北方逃过来。个个都像是无根的浮萍，根本就不清楚从哪里漂到鄂州。情况特殊的比比皆是，人们早就已经见怪不怪了。

这地方，吴楚交界，战事频繁，地方衙门形同虚设，普通百姓想着的是如何逃命，谁还有什么心思去管这种闲事？别说拐人家县主，就是抢人家县主，也没人管。随便编个谎言说一说，也许就能说得过去。问题是谎言这物事，好编难圆。你对江北的情况一点也不熟，圆起来也不是很容易。一旦出现了漏洞，可能就会麻烦。小子看，你就不用花心思去编了。

小子在这里购置了田产，家中又有侍儿侍候，一点也不像穷光蛋的样子。这里的人很有可能会怀疑小子诱拐了人家的县主，怕家中夫人或者父母知晓，而将诱拐来的县主安置在幕北村。好的是，幕北村人晓得小子跟施庆宗很熟，也就大大消除了小子诱拐人家县主的可能性。小子这人，别说小子脸皮厚，长起来还是能够见一见人，诱惑人家县主，可能性也说得过去。

小子诱拐了人家的县主安置在幕北村，几乎就等同于在幕北村安置了外室。外室又不是正式关系。如今有几个铜钱的男人，到处有外室，尤其是那些长年在外面跑的生意人。小子是生意人，来鄂州安置一房外室，人家也会理解。

那些个最喜欢探听别人秘密的好事者可能会想，小子为何要将外室安置在偏僻的幕北村来，这样走动起来肯定会很不方便。外室的说法，人家未必就会相信。当然，幕北村人不晓得小子是哪里人，比如说武昌县、永兴县等等。外室的说法勉勉强强也能说得过去。

人人都晓得，如今只要家境殷实些的男人，都纳几房小妾。别说婚后纳妾，就是婚前有侍妾的人也不少。小妾自然要呆在家里。但有一种情况下，可以是例外，那就是家中的夫人是个醋缸子，容不得小妾，尤其是男人喜欢的爱妾。为了家庭安宁起见，男人只好偷偷地将自己的爱妾藏在偏僻的外地，免得给夫人找着而坏了大事。这种故事反正神州多。”

“以后有人问起，我就说是你的爱妾。至于为何要躲在幕北村，我就说，你家的夫人是一个比刘谦的夫人韦氏还要厉害的妒妇。”米栗笑了起来。“夫人、外室、侧房、如夫人，你想说什么就说什么。小子买了房子，买了田地，又买了侍儿，幕北村人眼里，你肯定是与小子关系非同一般的人。小子想了想，幕北村人问起，你还不如说是小子的表妹。小子长这么大，还从未跟亲戚来往过。你就当是小子的表妹吧。”夫人、外室、侧房、如夫人不一定就是表妹，而表妹可以是夫人、外室、侧房、如夫人。不过，石斛倒没有将米栗变成夫人、外室、侧房的企图。

当初，石岩准备以真充假将石斛藏在金陵白记寿木店，就是想用寿木店这个烂泥涂抹石斛的真身。就算世人再会想，也想不到白记寿木店少东主原来就是李唐世子。石岩清楚，皇朝一旦崩塌，皇室宗亲唯一出路就是剔除龙骨，湮没民间。石岩不希望祖宗的血脉断在石斛这一代。结果事与愿违，石斛如今在金陵等着徐温什么时候来取他性命。现在，石斛又准备学父亲石岩的样，将米栗藏在鄂州。非亲非故肯定不行，至少也得沾亲带故，表妹是恰当的选择。

离开翠竹湾后，石岩才给石斛他们兄妹三人讲述家史，说到亲戚。“依理，你们应该有很多很多表妹。”石斛原先有八个姑姑。十几年时间没有联系，石岩也不晓得石斛的这八个姑姑，现在已经死了，还是仍活在这个人世。“爸离开神都时，七姑姑的女儿都已经能够叫舅舅。现在如何，爸就不晓得了。大树被暴风连根拔起，哪有枝条还能活的道理？爸看，你们的那些表妹多半跟你们的堂兄弟一样的下场。”哎！石岩说着就叹起了气。

在神州人心里，表妹意义丰富，容易引起联想。石斛想了又想，决定认米栗为表妹，遮人耳目。石斛清楚，徐温决定动手，难保不会累及这个表妹。好的是，表妹是外亲，单单族灭没事。来一个九族，那就只能一起死了。到时候，米栗连否认的机会都没有。想活命，唯一的办法就是亡命。反正，鄂州这个地方，亡起命来也容易。米栗已经亡命了一年时间,继续亡命又如何?就这么定!石斛一厢情愿地做了个决定。

“是不是都给朱温杀了?”

“完全有可能。小子的族亲不是死在韩建之手,就是死在朱温之手。亲戚的命运也应该差不多。小子家肯定有很多很多表妹,只是还有没有活的,小子就不清楚了。你的岁数,正好可以做小子的表妹,也好让小子有个表妹可以叫一叫。小子眼下的身份是前中书侍郎石弘的孙子,颍州沈丘石家村人。据家父说,石家村已经被土匪屠村,而淮北经土匪屠戮已经十户九空,离江南又是千山万水。说你是小子的表妹极安全,不会被人揭穿底细。

在幕北村眼里,小子这样做也合情合理。倘若碰到问小子为何要将自己的表妹安置在这里,你就这么说,不幸碰到有权有势的恶霸,没地方可去,小子只好偷偷将你藏在这里。这种恶霸强抢他人妻女的故事,神州本就多,何况现在土匪当道的时候。表妹的说法,比较合理。你放心,幕北村人不是衙门的胥徒,不会问得那么细,你也没有义务一定要告诉他,笼统说两句就行了。你都漂泊了那么长时间,不至于连这两句话也不会说。”

“这种子虚乌有的谎言,我还真不大会编。”

“那我们就一起编这个子虚乌有的谎言,争取做到天衣无缝,以免露出破绽。”

石斛混迹于江湖,见多识广;米栗在金陵走街串巷多时,人生百态见过不少。经过一阵推敲,一个看似天衣无缝的谎言也就编成。石斛非常希望,这生不要启用这个谎言。可是,未来的事情谁能说得清?不是你想说谎,是生存环境迫使你不得不说谎。几千年来,一直就是世道已经给你做出了选择。

“先叫一句二表哥。”

“二表哥。”

“多叫叫,慢慢就会习惯。”

晚霞消去,薄暮降临。村民原本就极少有到户外去踱步的习惯,而施庆宗卖给石斛的这座宅院离幕北村隔着一个山坡。宅院前面的这条小路上此时没有一个走动的人。宅院后面的山坡全是树。飞鸟傍晚时刻已经归巢。偶尔的虫鸣声让宅院前的这条小路越发让人感到幽静。

“这地方环境真是不错。”

“主要还是看心情。心情不好,就是再好的环境,人也不会舒服。”

“心情主要靠自己去调整。小子心情一向好,很难有情绪低落的时候。”

“我还真是羡慕二表哥总是一脸的笑容。”

“人应该想开,没必要将自己弄成愁眉苦脸。小子总是将任何事情当作是自己喜欢的事情来做。你将它当作自己喜欢的事情,心情自然就会好,至少不会让你有厌烦的感觉。就说卖棺材,小子也是迫不得已,原因小子就不说了。已经选择了它,自然就得喜欢。事实摆在眼前,只能接受。除此之外,根本没有其他办法。任何事情,小子总是先面对现实,然后才想办法去解决。

解决掉就解决,解决不掉,小子就不解决,任其自然。小子不会去做夸父,不会去做精卫,更不会去做刑天。可能是受了家父的影响,小子不会用诸如天下无难事只怕有心人这种蠢话来激励自己。记得小时候,有一次在家朗读陶渊明‘精卫衔微木,将以填沧海。刑天舞干戚,猛志固常在’时,家父听到后哈哈大笑。小子现在想起,也想笑。

刑天就是连螳螂都不如。事先不摸摸自己有多少重,就去跟天帝争帝位,结果被砍掉了脑袋,还舞干戚,你说可笑不可笑?不是猛志,而是愚蠢。做任何事情,都要先想一想,有没有可能,而不是光凭个人意志和一腔热血就行。否则,也不会有那么多人去寺院祷告。神州几千年来就是鼓吹只讲个人意志的蛮干。小子只是希望,你在这里,先安下心过日子。报仇不报仇,都是将来的事情,先别去管它。”

“我晓得。二表哥将我安置在这里,已经是冒了极大的风险。无论出于什么样的目的,都需要极大的勇气。我晓得,这是生死的选择,尤其是像二表哥这样的人。我只是有些担心,万一徐温晓得,二表哥将怎么办?”

“这你就不需要担心了。小子敢将你安置在这地方,自然已经考虑到了风险。小子这人,你放心,不会意气用事,更不会赤膊上阵,做赴汤蹈火的事情。小命只有一条,丢了就没了。做任何事情,小子都要讲能不能,而不是敢不敢。能,小子就敢;不能,小子就不敢。这世道,不平之事实在太多,小子没这个能力。真有能力,小子也不会躲在金陵卖棺材。

小子大摇大摆地将你带到这里来,有十足的把握才敢。徐温就是想破了脑袋,也绝对不会想到,他的救命之人此刻竟然正和企图杀他的人在一起。徐温不会,其他人更不会。小子将你安置在这里,不是盲目的冒险。大不了花几枚铜钱而已。明天,小子会让施庆宗出面牵一牵线,跟幕北村的头面人物碰一碰,消除人们的猜疑,让你在这里生活更安全。”

“二表哥绝对是异类。这生能遇上二表哥,是上天给我的恩赐。”

米粟说着就热泪盈眶了起来,靠到了石斛的胸前。“别想那么多。”石斛轻轻拍着米栗的后背。“人最需要的是在艰难时期伸出手,而不是顺风顺水的时候套近乎,唱赞歌。你应该能懂,小子已经跨出一步,就意味你越安全,小子也越安全。你在这里度过了艰难时期,小子尽量想办法,给你找一个更加安全的地方,过一过日子。常言道,天无绝人之路,你将来的日子肯定会越来越舒坦。天已经很暗了,我们还是回去吧。”米栗轻轻一推石斛,转身起步。“歇息一段时间,你还想着复仇宏图,完全可以重新将它展开。只要是不让小子凑巧撞上,小子肯定不会去阻拦。说起来,徐温也是该杀的人。只不过,神州该杀的人实在是太多太多,根本就杀不过来。你也不需要将自己的筹划跟小子透露,以免小子做梦的时候给别人听了去。那天,不是情况特殊,小子才不会去管自寻死路的事情。小子只是提醒你,千万不要学要离、荆轲那些个刺客,孤注一掷,一心只想着杀徐温,却将自己的小命给弄没了。以小子看,不用说是区区一个徐温,就是十个徐温,也不值得你拿自己的命去抵。你要晓得,一条命和十条命,都是命。徐温死了,大不了少活几年,其他丝毫不受影响;你没了,你家可真的绝了种。值不值得去跟他拼命,你完全可以利用呆在这里的时间好好掂量。人最怕就是钻牛角尖,想不开。换一个角度,说不定就会豁然开朗。当说的话,小子已经说了很多,小子自己都觉得啰嗦,你总不至于希望小子再从头开始唠叨一遍。一句话,复仇可以,只是别忘了代价。”

“二表哥放心！我会暂且将复仇的事情搁到一边,先安心过日子。复仇的事情等我平静下来之后再慢慢考虑。一年时间下来,我知道不是想复仇就能复仇。这世上我已经没有其他亲人。上天可怜见,让我遇上二表哥,有了一个可以依靠的人。我一定会好好珍惜。我辜负二表哥的一片苦心,着实不该。”

“只要不辜负你自己就行了。”

“有件事情,我昨晚没跟二表哥说。”

“什么事情?”

“万一船主发现二表哥家中另有夫人,将事情告诉二表哥的金陵夫人,不会为难吧。”

“小子好像已经说过,小子至今还是光棍一条。”

“都和二表哥一起同游紫金山了,应该很快是二表哥的金陵夫人。”

“有些道理。”

“金陵夫人真有福气。”

“徐榛有福气不假,但不是有小子。你不晓得,徐榛是徐温的侄女。”

石斛语气平静,米栗感到晕眩,半晌没反应过来。徐贼的侄女,怎么可能?走了不下十步，米栗才开口。“二表哥岂不是徐温的侄女婿？”米栗带着怀疑的语气问。“是，还是不是，小子都无法回答。徐温说是，小子不想说是，也只好说是；徐温说不是，小子想说是，也只能说不是。小子说过，人在世上，不是自己说了算。是不是徐温的侄女婿，小子做不了主。生活在神州，人就是牲口，想关进牢里就关进牢里，想拉出去宰杀就拉出去宰杀，左右不了自己。”米栗默然。

徐温的侄女婿费心思将企图刺杀徐温的人偷偷安置在武昌乡下，而两人又非亲非故。米栗甚至怀疑自己此刻正在做梦，不禁伸手重重拧一拧自己的手臂。米栗横想竖想，就是想不通。寿木店少东主，金陵夫人，徐温的侄女婿，无论怎么连也连不起来。色迷心窍？还在船上，米栗已经确定不是。当两人装夫妻共处一个船舱时，米栗真有献身的企图。两夜时间里面，除了低低私语，就是各睡各的觉。米栗第一次承认世上确实有柳下惠这种真君子。莫非鬼迷心窍了？怎么可能？米栗碰到了不能用常理来解释的异类。

“二表哥是不是准备卸掉心上的包袱，将我在这里一扔，拂袖而去？”

“不拂袖而去，你想想，小子还能怎么样？小子不是侠士，不会路见不平就拔刀相助。这世界不平的事情太多，太多，小子就是真想拔刀相助都助不过来。重要的是，小子没这个能力。发生在小子自己身上的不平事都一箩筐，哪有什么能力帮助别人？小子不会去做白日梦。小子之所以将你到这里来，原因已经说过了。小子觉得，你暂且在这里过一段时间。”

“我确实不该这样想。在金陵漂泊的一年多时间里面，靠着一个替亲人报仇的念头，我坚持到今天。我渴望有人陪着我，给我勇气，给我温暖，哪怕说一说心里话也行。我只能在心里偷偷对自己的影子说。就在我感到快要崩溃时，二表哥出现在我的身边。”米栗说着掏出手绢，捏了捏鼻子。“我已经感到很幸运，今生能遇到二表哥。但愿我以后能和二表哥再见上一面。”

“别伤感。小子只要能活下去，一定会来看你。”

“都快要成徐温的侄女婿了，谁还敢杀二表哥？”

“唉！小子正为能活着在努力。想杀小子的人实在太多。朱温想杀，徐温也想杀。”

“莫非徐温不想他侄女嫁给二表哥？”

“你想多了。徐温想杀小子，是小子的身份。像小子这样的人，在徐温眼里，死人肯定比活人好。农夫为何要斩草除根，就是担心明年萌芽再发。几千年来都如此，徐温这样想没什么特别。家父就是怕突然给人一锅端，才让家兄带着舍妹前往河东投亲,你想想吧。

你在金陵浪迹了那么长时间,应该晓得如今这世道活着不容易。小子现在就好比是被人捏着脖子的鸭子,根本不晓得哪一刻死。小子还曾想过学一学孙膑,来一个假痴不癫,出没青楼。一来本非小子所好,二来突然如此,等于此地无银三百两。小子才决定依照本性过日子。紫金山那些准备杀徐温的控鹤军杀手是小子明的敌人,徐温是小子暗的敌人。徐温还没有杀小子,可能一时还不晓得小子的真实身份。晓得了,像小子这种身份的人,只有死人最安全。

你说,小子怎晓得哪天会死?你这里不行,还可以跑到湖南或者山南。小子呢,东南西北中,到哪都是死。小子现在是做一天和尚撞一天钟,能活一天就活一天。十步杀一人,千里不留行。事了拂衣去,深藏身与名。李白想,小子也想;李白不敢做,小子也不敢做。谁能书阁下,白首太玄经?这世界不是你愿意不愿意,而是别人允许不允许。

小子曾经跟你说过,紫金山小子没办法,只好出手。不出手,徐温一死,徐渊会不会对小子客气?肯定会要小子的命;出手,等于告诉徐温小子的真实身份,随时准备着让徐温来捏死小子。像小子这种身份的人,只有躲在洞里不现身才可能安全。小子救徐温,等于将命交给徐温。小子现在是泥菩萨落水,自身难保。不是放不放,而是小子有没有能力不放。你我现在就好比旋风中飘扬的两张树叶,机缘巧合碰在了一起。谁晓得明天又被旋风吹到哪去?”

石斛说着说着,伤感了起来,手一搂米粟的肩膀,停下了脚步。“你放心!你是小子的表妹,只要小子能,一定不会弃你不顾!”这时,夜已经很黑。那颗亮亮的天狼星出现在了高高的天顶上。石斛抬头看了一眼夜空,搂着米粟的肩膀,重新起步。不一会,前面路上出现了灯光。萧竹提着灯笼,前来接石斛和米粟回家。

闩好了大门,石斛和米粟起步前往中堂。踏着台阶,进入堂内。“现在马上就睡稍早了些,小子弹首曲子给你听一听。稍等,小子去搬琴。”石斛快步去西首间,搬出了古琴。石斛今天去武昌县城备办家居用品时,不经意间看到地摊上有一张古琴待售。如今神州到处响彻着兵刃交接声,谁还有雅兴弹琴。逃命时,巴不得剃光身上的毛。经过一番讨价还价,石斛花了一十六两白银买下了这张古琴。施庆宗惊奇说:“少东主真是舍得花钱!这种破琴就是白送,仆也不要。”那是。不同的人需要不一样。石斛较了一下音,就准备弹琴。

“今天是住进新家的第一天,小子就先弹一首《乔迁》贺一贺。”

牙内都指挥使黎子风和在紫金山殉职的亲从刚安葬,徐知诰就动身返回广陵。

这次金陵之行,徐知诰虽经历凶险,却加固了在徐温心中的位置,打消了徐温试图让徐知询代替徐知诰的念头。徐知诰的职位也由内外马步都军副使升至内外马步都军使。对徐知诰来说,这是一件根本没料到的意外之喜。紫金山遇刺,逢凶化吉,对徐温来说,也是一件大喜事。徐温特地在都督府设宴庆贺。避免张扬,与宴的只有徐渊、徐温夫妇、徐知询、徐知诲、徐榛等几个自家人。徐渊的夫人钟氏因身体欠佳没去。徐温父子这件喜事的促成者是石斛,徐温原本想请石斛,最后还是改变了注意。如今的徐温不是昔日的海盗,而是吴国都督。

“大哥这杯酒给弟弟压惊。一祝弟弟这次逢凶化吉,平安无事;二愿弟弟从此不再有这种心惊肉跳的事情。”徐渊端起酒杯先给徐温压惊,庆贺平安脱险。得知徐温脱险,徐渊打心底里感到庆幸。徐温不仅是徐渊的亲兄弟,局势尚未完全稳定之前,徐温的平安直接关系到徐家的荣耀。“感谢大哥生了个好女儿,引来了一只太平鸟。”兄弟两人喝了一杯。行酒吏颜和融连忙给徐渊、徐温兄弟两人重新斟满了一杯。

“叔父能够平安脱险,多亏有榛儿。”徐温端起酒杯。

“叔父,侄女哪敢贪功啊!是石斛帮叔父脱了险,又不是侄女。侄女当时都吓得直哆嗦,到现在,心里还颤颤的。”

“没有榛儿,哪引得来太平鸟?这杯酒,榛儿喝了它,不会罪过。”

“那侄女就代石斛将这杯酒喝了。”

徐榛刚喝了这杯酒,徐知询起身,给徐榛敬酒。得知是白记寿木店少东主石斛救了徐温和徐知诰,徐知询想到的却是,不是这小子多管闲事插上一杠,我现在已经是都督了。经杀手这么一折腾,父亲对这个乞丐的儿子肯定是越来越信任,代替他镇守广陵的希望会越来越渺茫。徐知询越想越恨起了石斛。一定要找个法子弄死他。不弄死他,难消我心头的气。

“不是小妹的缘故,谁愿意吃饱了饭撑着去管这种闲事?那些个杀手,外人见了肯定胆战心惊。就算是武艺超群,也没必要趟这趟浑水。刀剑无眼,谁敢开玩笑?一切还不是因为小妹?”

“小妹咪一点,意思意思。”

徐知询不肯,一定要徐榛喝一杯。两人来回攻防了好几次。“榛儿又不是后生,真的一杯一杯喝?”徐温开口发话。从开善寺出来时,看到徐榛连忙来搀扶,徐温这个见惯了杀戮的人顿感一阵温馨。看到徐榛不顾自己的安危,从石级路上飞奔前来救助,徐温感到十分欣慰。比起自己的几个儿子,榛儿不晓得好哪去。方才徐榛来都督府,一见到徐温,第一句话就是询问徐温的身体恢复得怎么样。这个侄女,徐温本就疼,紫金山遇刺脱险后,更疼。徐温开口发话,徐知询只好勉强同意徐榛咪一咪。敬好了酒,众人边喝边聊,而聊天的主题是石斛。

“最好给他弄个一官半职,也好发挥发挥他的才干。”徐温的继室李夫人提议。

“叔母,他对做官好像一点也不感兴趣。”

“真是奇了。如今还有对做官不感兴趣的人?”

“就像那些假隐士,嘴上说不想做官,肚子里盼着做官,做大官。封他一个节度使什么的,看他愿意不愿意?”徐知询暗暗嘲讽起石斛。徐榛马上给石斛辩护,好像石斛已经成了自己的郎君。“八哥没跟他接触过,对他不是很了解。小妹和他接触多些,对他还是有一定的了解。他不愿意做官,可能是觉得做官容易捆住手脚,不自在。不信,八哥可以问叔父。上次去牙城见过叔父后,他从未找侄女求叔父弄个官做做。侄女猜测,也应该没找过叔父。”徐温点了点头。“一个寿木店的少东主,就算给点小吏做一做,都会欣喜若狂。那么好的机会,一般人都会努力抓住。可他没有。据侄女身边的家丁说,他每天就晓得做生意。”

原先人们的印象里,做官就可以骑在庶民头上作威作福。黄巢造反以来,原先做官的人下场比庶民好不到哪去。淮南节度使高骈,镇海军节度使周宝,宣歙观察使窦潏,镇南军节度使钟匡时,最后无一不死于非命,凄惨收场。刺史以及刺史以下的那些官吏就别说了。前后相比,更显得下场凄惨。看一看他们的下场,不想做官完全可以理解。况且,就有人告诫儿孙不要为官。石斛不想做官也没什么特别稀奇。见徐榛说石斛不喜做官,李夫人没有多说。

“是不是人比较执拗?”

“不像。”徐榛摇了摇头。“侄女倒感觉是一个很通达的人。”

“这就好。最怕是个单条筋的人,定下主意,十条水牛去拉都拉不回来。只是寿木,叔母看,榛儿还是劝劝他不要再卖了。”

“他对侄女说过,准备改行。”

“是应该改行,再赚铜钱,说起来总不好听。”

翌日,石斛天还没亮就离开了幕北村,前往鄂州城找施庆宗。到武昌县城时,太阳才刚升起。雇了一辆马车,直奔鄂州。“少东主没必要跑一趟路,仆肯定会去。”石斛跑到鄂州来接,施庆宗很惊讶。“小子呆在幕北村也没什么事情,再说又不需要小子的两条腿跑。”施庆宗带着一名肩挂着包袱的小娘子,和石斛一起出了寿木作坊。石斛不清楚这小娘子是谁,没有多问。“早上进城,刚好碰到衙门在贩卖奴仆,见这小娘子模样标致,就买了下来,送给少东主。”施庆宗送个侍儿,石斛真没想到。“少东主刚搬入新家，总得送点贺礼。”“哪能让施当家破费？”石斛客气推辞。“少东主不嫌弃仆送的礼薄，就不用推了。”施庆宗从袖袋内拿出卖身契，递给石斛。“施当家既然已经买了，那小子就收下。”石斛接过卖身契。“只是铜钱，还是由小子来出。”石斛伸手从袖袋内掏铜钱。施庆宗一按石斛的手说：“少东主将施某当作朋友，就不要再说。”两人客气了几下，见施庆宗态度坚决，石斛最后松开了手。“小娘子她说叫茹若，今年十四岁。说句实话，能成公子的侍儿，也是她的福气。”谁晓得？施庆宗就在边上，石斛没有将心里话说出口。

到了幕北村，将茹若送到家，石斛就和施庆宗一起去幕北村唯一的酒肆开泰酒肆预定了宴席，点了最好的菜，要了最好的酒；再由施庆宗引见，拜访了幕北村的几个头面人物，并请他们吃晚饭。又由施庆宗引路，一一见了租用自家田地的田农。当拜访的都拜访了，当见的都见了，石斛和施庆宗一起早早去酒肆等候。还好，宴请的客人看在施庆宗的情面上都赏脸。石斛在金陵混，听过的故事多，见过的事情也不少。编造的故事酒桌上的人听了都义愤填膺。石斛频频给客人敬酒，直喝到个个都尽兴，才罢宴。施庆宗担心路上出问题，没回鄂州城，就在弟弟施庆崇家过夜。石斛和施庆崇一起，扶着施庆宗到施庆崇家。待施庆崇架着施庆宗进了门，石斛才拱手告辞。回到家时，米栗已经洗了澡坐在堂内等。

“又让二表哥辛苦了一天，表妹都不晓得该怎么说。”

“不晓得该怎么说，就不说。表妹的事情，不是二表哥忙，谁忙？”

石斛在幕北村又过了一夜。刚吃完早饭，施庆宗就来了。石斛袖着铜钱，空着手出了家门。“晓得少东主要回鄂州，仆特地从舍弟那牵来了匹马。”施庆宗从门口路边的树下解下马匹。“客气话小子也就不说了。”石斛从施庆宗手中接过缰绳。“少东主够客气了。”施庆宗客气地说，“光少东主给仆补偿的这份铜钱，仆一年赚死了也赚不回来。”两人先后上了马，拱手跟米栗道别，动身前往鄂州。当天，石斛就启程回金陵。走时，石斛委托施庆宗给米栗买三匹马。

“夫人怎么不和少东主一起回金陵？”周胜殷见石斛独自一人返回金陵，很好奇。还是说相好吧，免得问七问八，没完没了。“周兄误会。她不是小弟的夫人。不瞒周兄，她是小弟的一位相好。”有相好的男人多得是，更何况眼前的这位少东主是一位让娘子垂涎的英俊后生，周胜殷不再继续深究。到了晚上，睡觉时，周胜殷又提起这个问题。“少东主的相好跟少东主真是很般配的一对。还没有嫁人，仆觉得，别说做小妾，就是做夫人都可以。”再这样没完没了纠缠下去，还得了。“嫁人了。遇到不爽，跑金陵来了。”

“难怪她闷声不响。”

“周兄常年在扬子江上下跑,依理也应该有一两个相好才是。”

“曾有过相好。嫁了人,就没联系了。二三十岁靠的是青春,三四十岁靠的是铜钱。仆过几个月都要四十整了,没铜钱谁跟你相好?不像少东主,既年轻又英俊,就是让她们沾一沾,对那些个娘子来说,也是奢望。到目前为止,打造货船的铜钱还没有还清,而且都是有利息的。家里还有仨孩子,现在的物价又那么高,不俭省还真没办法养家。少东主想想,仆会不会舍得在相好身上花铜钱?”

“周兄还是一个顾家的好男人。”

“倒不是顾家不顾家,也是没办法的事。仆家原先还算殷实,在金陵有许多房产。天下大乱那会,仆夫妻俩总算逃得了性命,可那些房子全都变成了灰烬。武忠王平乱之后,仆才和新妇一起从外地回到金陵。靠带在身边的那点细软重新安家。这些年,仆做过很多事,最后才选择目前的行当。不容易啊!”言罢,周胜殷长长叹了口气。

“如今运费那么高,周兄选择的应该是不错的行当。”

“风险太大。少东主有所不知,扬子江上下到处是强盗土匪,遭劫是常有的事情。不是运棺材,说实话,仆根本就不敢夜航。那些个衙门跟土匪也好不到哪里去,说没你的船,就没你的船。其他事情,更不用说了。不像少东主卖棺材,名声难听,收益却很好。想想这几十年来,死了多少人。绝大部分人固然乱葬岗一扔就了事,还是有人能够入殓安葬。仆当时没想着,想着了说不定也愿意做这一行当。什么名声,填饱肚子才是真生活。”

“是啊。家父当初让小子卖棺材,也是考虑到了生计。小子一家特现实,不会去做好个名声苦个人身的事情。像那些个书画、乐器,如今这世道,谁去弄?想来想去,最后才决定卖棺材。冷眼、鄙视虽多,至少不会饿肚子。如今这世道,填饱肚子可不容易。看一看金陵街上衣衫褴褛的乞丐就清楚。有一次,外出送货,遇到一个妇人带俩孩子向小子讨铜钱。小子这人一向很冷酷,没什么同情心。可那两个孩子实在太可怜,还是给了一枚银锭。那妇人一个劲给小子磕头,嘴里说着谢谢恩公,谢谢恩公。”

“少东主真是大方。”

“小子当时身上没有散银。总不能摸一半,最后不给。”

第十七章　登门

忽魂悸以魄动，恍惊起而长嗟。
惟觉时之枕席，失向来之烟霞。

——《梦游天姥吟留别》

石斛刚从鄂州进货回来，家里就来了客人。

从石斛家出门，向右拐，只需走上几十步，就是一条小弄堂。弄堂南北向，南向正对着一家杂货店。石斛家日常用的生活用品，柴米油盐酱醋，除了柴，都从这家杂货店买。这家杂货店在石斛与朱雀门家丁发生冲突后的第二天换了主人。杂货店的新主人姓孔，名从臣。杂货店卖的物事虽然价格便宜，但绝对是好货。鸡鸣巷街坊，一贪便宜，二贪路近，家里的日常用品也从这家杂货店买。孔从臣见生意忙，招募了一名伙计。在石岩请佣人之前，石斛去过杂货店好几次，不是买米就是买油盐酱醋什么的物事。不过，陪徐榛去紫金山踏青回来后，石斛告诉父母和石岩刚雇来的两位下人，油盐酱醋这些吃的物事不要买了，他回家时会顺便带回来。会做生意的人，往往待人客气，主动热情，而且很会替客人着想。

"公子不需要一下子买那么多，每次买一斗就行了。江南雨多，水气重，像这种米放久了很容易发霉。仆这里，毕竟客人买得多，总要新鲜些。公子家离敝店近，随时都可以来。公子没时间，仆可以叫刘晖给送过去。"

"还是店家想得周到！这次算了。下次，小子少买一点。"

"听说公子也在做生意。替别人着想就是替自己赚钱的道理，肯定比仆懂。"

"店家客气。小子倒从店家这里学到了不少做人、做生意的道理。"

石斛原本见谁就熟谁，去了几次杂货店，和孔从臣熟了起来。石斛倒没有特意抽时间去杂货店跟孔从臣闲扯，不仅仅是因为生意忙没时间。石斛也不晓得为什么，总觉得跟孔从臣不是很投缘。白头如新，倾盖如故。人就是这样。有些人见一眼就成知己，有些人一辈子也如同路人。就在石斛前往鄂州的那一天，这间只有一间店面的杂货店转手给了一名叫董正周的江宁人。

太阳快要落山，董正周正准备打烊，忽然看到一位小娘子搀扶着一位老夫人，从杂货店前，进入了弄堂。小娘子大约十五六岁，老夫人一头银发，看起来应该年过古稀了。两人的身后紧跟着两位年约十八九岁肩背行囊的侍儿。董正周看着她们拐进了另一条弄堂。不用猜就晓得她们应该去石岩家。果然，她们走到石岩家的大门前，停了下来。

院门关着。跟在老夫人身后的一名侍儿前去叫门。轻轻的应门声过后，紧接着就听到宅院内一阵急促的脚步声。"呜"的一声，宅院的木门轻轻打开。一名中年男子出现在了大门口。小娘子惊异地看了男子一眼，抢先问："你是谁?"男子回答："小人是他们家的佣人陆荣封。"小娘子不再多问，搀扶着老夫人，起脚上前，准备跨过门槛。小娘子刚一抬脚，站在宅院大门内右侧的陆荣封，斜身向下伸出左手，拦住了小娘子的去路。

"你们是?"陆荣封轻轻地问。娘子甜甜一笑，高声说："石竹，这是我家!"陆荣封恍然大悟，连忙俯身说："原来是县主，快请进，快请进。夫人，夫人，县主回来了!"陆荣封调头高喊了几声，然后俯身引石竹她们进门。

石竹搀扶着老夫人在前，两名娘子紧跟在后，先后跨过门槛，进入了院子。陆荣封重新关上了院门。老夫人走了几步，驻足环视了一眼庭院，微微点了点头。不一会，石竹搀扶着老夫人重新起步。正准备抬脚踏上台阶，石岩、尹如雪、石斛从堂后走了出来。"妈!"尹如雪惊异地叫了一声，双膝一屈，跪在了堂内的泥地上。原来这位老夫人是尹如雪的母亲朱邪以清。石岩紧跟着尹如雪，跪在了一旁。自逃到江南以来，石岩好像没有跪过天，没有跪过地，屈膝跪地今天还是第一次。尹如雪一向如阳春三月，阳光灿烂，此刻却突然下起了淅淅沥沥的梅雨。眼泪如荷叶上滚动的水珠，沿着脸颊，滚落在双膝前。尹如雪怎么也想不到二十年没有见面的母亲会出现在眼前。外祖母？石斛看了一眼没有丝毫印象的外祖母，跪在了父母身后。只有石岩家的阿虎，好像特别兴奋，"啵"的一声跳下台阶，摇着尾巴跑到了石竹的脚边。石岩伏地顿首说："小婿不知外姑来，未能出门相迎，还望宽饶!"尹如雪忘记了说话，只顾伏地叩拜。"快起来！快起来!"朱邪以清甩开石竹，大踏步上了台阶，进入了堂内，先后将石岩和尹如雪扶了起来。石岩歉疚似的站在一旁，尹如雪起来后靠在朱邪以清的胸前，眼泪啪嗒啪嗒突眼眶而出，弄湿了朱邪以清的衣襟。

就是在最为奇特的梦里面，尹如雪也梦不到自己会在金陵的一座普通民宅里面和母亲重逢。不是在长安，也不是在洛阳，更不是在辽东，而是在千里之外的金陵。世间的奇妙之处在于人根本无法预见未来，而只能去回顾，去回顾已经消失了的荣耀或者耻辱，兴旺或者没落。当初，李唐皇朝虽然风雨飘摇，但石岩仍然是亲王，尹如雪仍然是王妃。如今，石岩是身穿布衣的草民，尹如雪则是陪伴草民的民妇。世事无常，不能妄测。

天有凄厉阴雨，绵绵小雨，瓢泼暴雨，伴日喜雨，从无形云梦泽中流出来的眼泪，有时候如同山洪，有时候如同滴泉。与已是满头银发的母亲突然相逢，不晓得是意外相逢的惊喜还是以往故事引起的伤感，尹如雪就是怎么也止不住不断涌出的眼泪。“妈不是来了么！”朱邪以清抽手从袖袋内掏出手绢，轻轻擦去尹如雪的眼泪。仿佛就像不见了母亲而啼哭的孩子，眨眼间，发现原来母亲就在身旁，由阴转阳，霎时破涕而笑，尹如雪终于重新关闭了泪闸。

“孩儿拜见外祖母。”石斛刚伏地拜了一拜，就听朱邪以清说：“行了，行了，行了！”朱邪以清跨步上前，身子一弯，将石斛从地上拖了起来。“都这么大了！”朱邪以清扶着石斛说：“想不到，神都一抱后到现在已经差不多过去了二十年。二十年啊！”朱邪以清无限感慨。

“妈，我们去后堂。”尹如雪掏出手绢抹了抹眼泪说。

在石岩一家人的簇拥下，朱邪以清来到了后堂。尹如雪扶着母亲在堂内木榻上坐下。石岩和石斛站在朱邪以清一旁侍候。刘妈端来了一盘洗脸水。尹如雪吩咐石竹，“竹儿，带她俩去梳洗。”“相和姐姐，惟惠姐姐，跟我来。”石竹带着两名娘子离开了堂内。尹如雪挤起葛巾，递给朱邪以清。朱邪以清擦了一把脸，然后撩起长袖，将手伸到木盘中洗了一把。尹如雪搓了一把葛巾，挤起后擦干了朱邪以清手上的水珠。石斛刚伸手，刘妈已经抢先接过尹如雪手中的葛巾，端起木盘，离开了堂内。不一会，刘妈送来了茶水。尹如雪吩咐说：“烧点可口的物事，先垫垫肚子。”“马上去烧。”刘妈说着，就离开了堂内。朱邪以清从尹如雪手中接过茶盏，喝了一口，放到了几上。“天上浮云似白衣，斯须改变如苍狗。”朱邪以清感慨地说：“世事变幻，真个是神秘莫测。二十年前，谁想到最后会是这样凄惨的结果？”

“小婿着实感到惭愧。雪儿跟着小婿，担惊受怕，历尽辛劳。”

“你无须觉得有什么不安。”朱邪以清打断了石岩的话。“就算当时能够预知现在的状况，外姑还是会选你做女婿。雪儿跟着你，也算是跟对了人。尽管不再是以前的身份，从雪儿脸上，外姑还是能看得出，日子看起来清苦了些，还是很幸福。幸福与不幸福，未必一定是还不是住在府邸。南华真人曾经说过，相呴以湿，相濡以沫，不如相忘于江湖。可惜啊！”朱邪以清感慨了一声。“在神州，谁能相忘于江湖？不变成鱼干就已经很不错了。做不到相忘于江湖，没办法只好退而求其次。你们俩，历尽颠沛流离之苦，仍能做到相呴以湿，相濡以沫，外姑已经非常满意了。”

“谢谢外姑宽容！”

“多亏你和雪儿还生了个女儿，外姑才能来到这里。”

朱邪以清喝了口茶，润了润喉，再慢慢向石岩和尹如雪介绍跟石竹相逢的经过。“能跟竹儿碰上，也是上天的安排。”石岩、尹如雪、石斛毕恭毕敬地站在一旁，倾听朱邪以清说话。石竹接着朱邪以清向石岩和尹如雪叙说了这次和石柏北上太原投亲路上情况。刚刚叙说完毕，刘妈前来告知可以吃了。

“先吃，等会听一听你们的故事。”

朱邪以清站了起来，前去餐室吃饭。

用过餐，稍稍梳洗，朱邪以清就坐在堂内，听石岩夫妇讲故事。

故事发生在乾宁二年，连头搭尾已经过去了十八年。这十八年里面，石岩从不去想这个已经过去了的故事。故事的起因是，昭宗听从太监的意见，任石岩为宣谕使，前往钱塘，封土匪钱镠为镇海节度使。作为李唐的臣子，石岩即便万分不愿意，也没有办法抗拒，只得禀命前往钱塘。

石岩是李唐无能昏庸皇帝之一，懿宗李漼的第九个儿子，也是李漼的最小一个儿子。依照儿子的名字都带人字偏旁的取名理据，如老大李佾，老五李儇、老八李倚等，李漼将第九个儿子取名为李休。李漼的儿子无论如何都得封王，封什么王呢？李漼想了老半天想不出好名号，问了身边几个太监，最后册封为桓王。

文德元年，石岩的五哥李儇驾崩，七哥李晔（原名傑）在太监杨复恭拥立下即位。石岩的八个哥哥里面，大哥李佾最有才能。把持权柄的太监偏偏不选李佾，而选志高才疏的老七李晔。反正每一个皇朝权臣都这么做，没什么稀奇。石岩竭力反对“以贼治贼”的办法。用这种“以贼治贼”的办法平叛无疑是饮鸩止渴，其本质是奖赏众人对李唐皇朝的反叛。造反者非但没得到应有的惩罚反而奖赏，忠臣岂不心冷？石岩多次上书，规劝昭宗改变五哥李儇的做法，可就是没有被昭宗采纳。见石岩频频上书，朝中早就有人说石岩违反祖宗规矩，干预朝政。石岩依然我行我素，好像昭宗不改弦更张就誓不罢休。

使命完成后，石岩没有心思游览钱塘美景，急忙启程赶回神都长安。石岩总感觉，三百年江山社稷马上要崩塌。为此，石岩已经焦虑了好几年。沿大运河到达广陵，石岩会晤了淮南节度使杨行愍。就在这一年，宣武节度使朱温攻陷了洛阳。在石岩南下钱塘之前，杨行愍也上书朝廷，列数朱温的条条罪状。石岩希望，杨行愍能够加快出兵北上，牵制朱温，减轻压力，让李唐皇朝有一口可以喘气的机会。杨行愍清楚，朱温一旦吞噬了李唐皇朝，对自己也是大大不利。起码在朱温羽翼未丰之前动手，肯定会比将来坐等朱温吞食自己要好。石岩和杨行愍在广陵足足密谈了三天时间。离开广陵，船队继续沿运河北上。

船队出亳州永城县不久，遭到了朱温军队的伏击。

石岩至今依然很清楚地记得那天是九月初四。睡梦中，石岩和尹如雪几乎同时被箭镞撞击船板的"咚咚"声惊醒。出事了！石岩和尹如雪迅速翻身起床。"少主！少主！"正准备穿衣裳，船舱外传来了李同的拍门声。石岩一边穿衣裳，一边去给李同开门。"少主，我们的船队遭到朱温部队的伏击，得赶快靠岸突围。"

石岩急忙将正在呼呼大睡的石斛包在甲衣内，在尹如雪、李同的协助下，再用绸缎绑在自己的背上。石岩背着石斛，急匆匆地和李同、尹如雪以及侍儿小絮等一干人冲出船舱。两岸的火箭像空中刚炸开的烟花，向桓王的船队射击，伴随火箭而来的是暴雨般的锥箭。小絮不幸被一枝锥箭射中，倒在了船板上，气绝而亡。

楼船起火，想活命得抓紧时间逃离。生死存亡的关头，不拼命也只得拼命。船工冒死将楼船慢慢向运河的西岸靠拢。李同率领随船侍卫在前面开路，掩护尹如雪和石岩弃船登岸。上了堤岸，众人刚走了几步路，追兵已经杀将过来。堂堂亲王竟然变成了被人追杀的对象。石岩、尹如雪、李同以及数名侍卫迅速从对方手中夺得战马。石岩不清楚是为了活命还是倾泻集聚在心中多年的愤恨，真是杀红了眼。脑子里面想到的只有一件事情，杀，杀，杀……

那天晚上，石岩不晓得杀了多少人。火光掩映下，看到的只是飞舞的头颅和断臂残肢。一直没用的龙吟剑擦得雪白，闪着耀眼的寒光。面对多如蚂蚁的兵士，石岩的侍卫悉数阵亡。已经杀昏头了的石岩大概被石斛的突然一声大哭惊醒，才开始意识到再继续这样拼杀下去，必将殒命亳州。石岩收起杀心，不再继续与敌人纠缠，和李同、尹如雪一起，杀出一条血路，迅速向西南方向突围。

沿着永城前往亳州的便道，石岩在前，李同殿后，夹着尹如雪，与围剿兵将缠斗了将近半个时辰，才渐渐脱离伏击圈。李同的坐骑多处受伤，倒地死亡。石岩将自己的坐骑让给李同，自己与尹如雪共乘一骑。三人驰行了将近一个时辰，直到天开始发白才到达天清观。

看见石岩满身通红，姑射真人急忙叫天清观道士备办马匹、盘缠和必要的日常用品。不论是亳州，还是天清观，都不能多呆。身上的衣裳一更换，姑射真人就派十几名天清观道士护送石岩四人离开亳州。谁都清楚，身在神都的李氏宗亲必将会有比石岩更悲惨的遭遇。不论是去神都，还是去河东，必须经过朱温控制的河南道，无异于羊投虎口。石岩心一硬，决定绕道颍州南行，前往淮南。就在南行的官道口，石岩扑通一声，失控似的跪在地上，面向神都，重重地叩起了头。石岩心里清楚，此一去必将是永诀。不是李同扶住，石岩真会将自己给活活磕死，如今额头上还留着印痕。正所谓，男儿有泪不轻弹，只是未到伤心时。石岩从来没流过眼泪，可此时却像三岁的孩童，嚎啕大哭了起来。

李同默默地扶着泪流满面的石岩上了马，起身南行。

石岩本想到石弘那呆几天，不想石弘的老家遭土匪屠村，石弘本人也死于非命。就在石家村，石岩捡到了可怜的孤儿石柏。石岩觉得，一旦李唐皇朝崩坍，寄身在杨行愍那里也难有什么好的结果。况且，朱温随便给个罪名，杨行愍很有可能将他送回神都，眼下江山名上还姓李。到那时候，昭宗被逼之下只能下旨将他处死。这种末代皇帝的凄惨故事，石岩读过不少。石岩不想再走这条一想起心就流血的老路。石岩一行五人夹杂在南逃的难民中，横过扬子江，几经转折，最后在桃花石乡翠竹湾落脚。

“都是小婿无能，只晓得东躲西藏。”

“你能藏到现在就已经是非常不容易的了。想想你可怜的七哥吧。壮志凌云，结果又怎么样？大唐帝国的皇帝，先遭宋文通、韩建囚禁，后遭朱温屠戮。你能想得到？就在你南逃那一年，他被逼准备逃往河东去寻求你外舅的庇护。半路上，被华州刺史韩建挟持，幽禁了将近三年。这三年里面，你那些兄弟、堂兄弟，覃王、延王、通王、沂王、彭王、丹王、韶王、陈王、韩王、济王、睦王等全部被杀。你还留在神都，也难保活命。

不错，你武艺好，那又能怎么样？当暴雨来临的时候，你还能保证自己不被淋湿？不是外姑说风凉话，只能是痴人说梦。你能活到现在就已经是奇迹了，不论你武艺有多高。你能够杀百人，却杀不了千人。你能够杀千人，却杀不了万人。项羽，怎么样？最后，还不是照样自刎于乌江？在蚁海中，猛虎没用。大象陷入了泥潭，越挣扎，死得越快。不是外姑故意夸你，你能在如此艰难的情况下，和雪儿一起，将孩子抚养成人，已经非常了不起。想想你的七哥吧，睁着眼睛看着李唐三百年基业在自己的手上一点一点崩塌。他也曾企图回天，可结果呢，连自己的命都保不住。你的几个子侄一天之中悉数被朱温派人勒死，沉尸九曲池。你不需自责。神州史上，结果让人悲怆的并非只有他一个人，只是像他这样勤勉的皇帝竟然也落得如此凄惨的下场，让人唏嘘不已。外姑为你感到骄傲！”

毕竟一起共同生活了二十多年，尹如雪非常了解石岩。石岩仿佛就是一个深不见底的水潭。光从表面看，水潭平静如镜、波澜不惊，至多偶起涟漪。倘若潜入水底，就会发现水潭下面，暗流汹涌、澎湃激荡。尹如雪常常发现，石岩睡梦中无声哭泣，流着眼泪。尹如雪不想因往事而引起石岩过多的忧伤，就对朱邪以清说：

“妈，你远路而来，女儿想还是先休息，以免累着。”

“那就请外姑先休息。待明天小婿再聆听外姑教诲！”

“你们一说，妈还真地感到有些累了。”

朱邪以清起身，跟着尹如雪前去梳洗，准备休息。

翌日，吃了早饭，石岩准备去玄武湖钓鱼。“斛儿，陪你外婆聊一聊，爸去玄武湖钓几条活鱼，给你外婆尝一尝。”石岩晓得，隐遁翠竹湾的十几年时间里面，尹如雪无日不在思念母亲。时隔二十年重逢是一件大喜事。石岩决定亲手钓几条鱼让朱邪以清尝一尝。“活了六七十年，能吃的也差不多都吃过。女婿亲手钓的鱼还真没吃过。”朱邪以清赞成。石岩从屋后菜园中挖了几条蚯蚓，就拿着钓竿，提着鱼篓，去玄武湖钓鱼去了。

太阳已经升起老高老高，石斛才起身，准备前往寿木店。刚一脚跨出大门，不禁就是一愣。东方明陪着徐榛和于苓从弄堂那头走了过来。徐榛来家里，石斛真没想到，连忙快步迎了上去。早上起来，徐榛感到软软的，没一点劲。自住进云思苑以来，这种情况好像还没出现过。“县主见到了公子，心情会好起来。”于苓跟了徐榛多年，两人一起在玩耍中度过了及笄之年，知道徐榛已经吞下了石斛的鱼饵，只等着石斛瞧准时机提钩，将她钓起。徐榛知道，这个寿木店少东主，你不主动靠近他，他绝不可能会主动靠近你。况且，朱雀门高高的围墙，就是想靠近都靠近不了。徐榛决定接受于苓的建议，让于苓去告知东方明准备出门。

东方明骑着马，带着两名家丁，护送徐榛去寿木店找石斛。到了长寿巷口，家丁言可复小跑前去寿木店。不一会，言可复一个人跑了回来。“店里的伙计说，可能是家里有什么事情，公子还没有来。”家里有什么事情？现在都快要到巳时了，还没来寿木店。徐榛非常失望。“县主，不如就去公子家看一看。”于苓向徐榛建议。“就算凑巧没碰上，也好趁机玩一玩玄武湖，好像已经好长时间没去了。”于苓给徐榛找了一条理由。徐榛想了想，准备接受再次失望的打击，同意去石斛家看一看。

去，至少还有可能看到石斛的机会。董左石旋即驾起马车，直奔鸡鸣巷。马车停在了鸡鸣巷口。下了马车，于苓搀扶着徐榛，东方明带着两名家丁一旁护送，前往石斛家。沿着鸡鸣巷向东前行，看到一条小弄堂。

“县主，仆去问一问。”

走到前往石斛家的弄堂口，东方明前去询问杂货店店主董正周。“直过去，右拐就是。独门独户，很好找。”董正周将石斛家指给东方明。“多谢大哥！”东方手一拱，陪徐榛、于苓进入弄堂。“于苓，还是不要进去了。”快要到石斛家大门口，徐榛突然又踌躇了起来。于苓笑了起来。“走了那么多的路，都已经到了家门口，总得进去看一看。”徐榛正在踌躇犹豫中，看到石斛出了院门，不禁一喜，心里的沉郁霎时消失，脸上露出了笑容。

“快请进！”

“县主，仆就不进去了。”

“也行。”

其他地方，东方明得寸步不离。在石斛家，又有石斛在身边，徐榛很放心。东方明跟在边上，说不定还不方便说话，徐榛当即同意了东方明的请求。东方明手一拱，转身去鸡鸣巷口，陪董左石聊天去了。董左石一个人坐在马车上等，也无聊。

“你来小子家，小子还真是没想到。”

“不请自来，不会说我脸皮厚吧。”

“不是不请，是小子不敢请。快请进！”

石斛站在大门边，请徐榛和于苓进门。徐榛和于苓跨过门槛，进入院子。陆荣封不敢造次，退到一旁，俯身侍候。徐榛站在庭院里，环视了一眼。

“别人说寒舍，那是谦虚。小子说寒舍，那是实话。”

“县主想见隐士，不是看草庐。”

“这可就要失望了。”石斛笑容一展，扯了起来。“这里只有商贾，没有隐士。想见隐士应该去终南山，听说那里隐士特多。”徐榛和于苓微笑了起来。“不过，这种不食人间烟火的隐士，你就是有心想见，也是云深不知处。小子觉得，还不如让商贾给你引引路，看一看小子的草庐。请！”石斛起步，于苓和徐榛跟上，向大堂走去。石竹听到石斛跟人说话，出了房间。“二哥！”一看来了两位娘子，石竹跳下步檐，跑了过来，挽住了石斛。

“妹妹石竹，昨晚刚从外地回来。”

“二哥，她们是？”

“二哥的雇主徐榛。”

“雇主？雇二哥做什么？”

“石竹妹妹，别听你二哥哄。”

“二哥，是不是真的哄我？”

“二哥会不会哄你，你最清楚。二哥的雇主于苓。”

“二哥”，石竹笑了起来，“这不是脚踏两条船吗？”

“这你就放心了。这是两条连在一起的船。二哥不会掉到水里去。”

徐榛和于苓都笑了起来。

“两位姐姐肯定跟我二哥关系很好。我二哥只有在关系好的人面前，才会胡扯。”

石竹透露了一个石斛的小秘密。徐榛含笑说：“真的吗？”“那是当然。”石竹揭穿了石斛的真面目。“普通人，我二哥拱手作揖，一本正经得很。”石竹挽着石斛，起步前行。石斛含笑说：“二哥的底细都给你露光了。”石竹头一翘，高声说：“事实啊！”徐榛、于苓踏上台阶，进入堂内。石斛紧跟在后登上台阶。

“小子家小，就前后两屋。将朱雀门大县主娶过来，怎么住？”

“二哥，朱雀门大县主是谁啊？”

“就朱雀门大县主呗，还能是谁。”

“现在的房子比老家那座竹楼大很多了！何况，我们家就几个人，二哥将她娶回来，还怕没地方住？我才不相信。”石竹拉着石斛的手说：“二哥，快娶回来吧。”

“娶回来，你是有了二嫂，可二哥卖寿木赚来的那点一点铜钱，怎么养？要娶，也要等二哥赚够了铜钱再娶。”

“你还不如直截了当地说，还没打算娶。”

这话点中了石斛的要穴，也说到徐榛的心上。

“人家愿意嫁到我们家，就不会只想着吃穿。只要生活能够过得去，应该就可以了。朱雀门大县主每天一定要吃山珍海味？这种女人，就是愿意嫁，我还是劝二哥千万别娶。我们家不是很富裕，也不是特别穷。我不相信会养不起。二哥别忘了自己是男人哦！你看别人家整天咿咿呀呀，哪像我们温馨？朱雀门大县主嫁到我们家肯定很舒服。”徐榛、于苓都笑了起来。“两位姐姐笑什么哦？我说的是真话啊。我爸和我妈从来就没吵过架，我们兄妹三人关系亲更不用说了。我二哥不仅人英俊，还晓得疼人。重要的是，我二哥脾气特好。两位姐姐不晓得吧，你说我二哥几句不中听的话，我二哥根本不会生气。在我的记忆里，我二哥好像还没有生过气，发过火。朱雀门大县主嫁到我们家，肯定舒服。”

“还是石竹妹妹说得对。舒服最重要。朱雀门大县主肯定愿意嫁给你二哥。”

“家母和外祖母此时正在后堂，小子带你去见一见。”

徐榛一听石斛说要带她去见他母亲和外婆，先是一阵欣喜，紧接着就局促了起来。石斛愿意带她去见他母亲，嘴上不说，心里已经默认了两人之间的关系。这段时间埋在心里的忧郁顿时一扫而空。可今天徐榛只想来看石斛，没想过要见石斛的母亲。没有丝毫心里准备，就急匆匆去见石斛的母亲，徐榛心里没一点底。石斛一笑说：“家母脾气比小子更好，好像还没有骂过小子。外祖母，舍妹这些时间一直跟她在一起，比小子更熟悉她的脾气。”“外婆很好的呀，对我疼极了，就是有时候给你唠叨那些个难懂的道理。”

横下一条心，像牛似的，决然不见也不好。徐榛犹豫了一会，还是跟着石斛起步。出了前屋中堂，来到了步檐上。石斛引路，踏下台阶，穿过天井，前往后堂。见石斛和石竹陪着两名陌生的娘子前来，尹如雪和朱邪以清站了起来，走到了步檐上。徐榛微微抬起头，偷看了一眼尹如雪和朱邪以清。石斛的母亲穿着朴素，却无法掩盖尊贵的气质。石斛的外婆，一头银发，英气逼人，让人不敢直视。徐榛直感绝非普通人，骤然有些紧张了起来。来都已经来了，徐榛只好硬着头皮，微低着头，跟着石斛向尹如雪和朱邪以清走去。

“我妈和我外婆。”石竹已经抢先介绍。

“妈，外婆，徐榛县主和她的梅香于苓。”

石斛紧跟着介绍徐榛和于苓。徐渊的女儿？尹如雪脸带着微笑说：“欢迎，欢迎。”徐榛心里虽有准备，肢体还是显得有些僵硬。这是徐榛从未有过的事情。在吴国，还没有让徐榛紧张的人，都督徐温，徐榛撒娇的对象。没想，石斛的母亲面前，徐榛竟然这么不自然。真是一物降一物，只是还没有碰到克星。于苓更是惶遽惶恐跟在徐榛身边，不敢造次。“小女见过外婆、叔母。”徐榛手一拱，膝一屈，准备给尹如雪和朱邪以清行拜礼。“不客气，不客气！”尹如雪连忙撇下朱邪以清，快步踏下台阶，伸出双手扶住了徐榛和于苓。

“不用这么客气。”

“初次见面，给叔母行了礼，应该。”

“心意有了就行，我们家一向很随便，不要太讲礼数。快请进堂内坐！”

徐榛和于苓跟着尹如雪踏上台阶。众人进入了堂内，尹如雪说：“快请坐！”石斛引徐榛和于苓到右侧就座。石斛轻轻说：“小子家真很随便，不要拘谨，搞起来真像丑媳妇见公婆似的。”徐榛白了石斛一眼。石斛忍住笑,退到了堂内一侧。尹如雪和朱邪以清在榻上坐下。石竹站在了尹如雪的身边。等尹如雪和朱邪以清就座,徐榛才坐下。于苓一旁侍奉。

“你一个大县主,能屈尊来我们家看斛儿,我们一家人都感到很荣幸。”

“叔母客气!石斛帮了小女家那么多的忙,小女理应登门,说一声谢谢。”

斛儿能帮上什么忙?尹如雪心里升起一个疑团。“叔母,小女能结识上石斛,真的感到很庆幸。”徐榛说话字斟句酌,担心说错话。尹如雪含笑说:“斛儿就卖卖寿木,能帮得上什么忙?”徐榛微抬头,看着石斛说:“石斛,你还真是侠士。帮了我家那么多的忙,也没跟令堂说一声。”石斛向徐榛笑脸一展。刘妈此时送来了清茶。“小子来。”石斛连忙起身,从刘妈端着的茶盘中双手捧起一杯清茶,将它放到徐榛的前面。徐榛抬头看了石斛一眼,轻轻地说:“谢谢!”“不客气。你是贵客,自然由小子端。”石斛向徐榛笑容一绽,就转身给于苓端茶。于苓见状,连忙站了起来。“哪能让公子端?”“小子端,不会罪过。坐!坐!”石斛双手捧起刘妈茶盘中的一杯清茶,放到了于苓前面。献了茶,石斛退回到原处。

“斛儿能够帮上点什么忙,也算是他的福气,县主不必挂在心上。”

“妈,你不晓得吧。徐榛和于苓姐姐雇二哥当侍卫。”

“真的吗?”尹如雪含笑说:“你徐榛姐姐看得上,你二哥当当侍卫也不错。”

“叔母,那是石斛跟石竹说笑。就算小女请得起,石斛也不会愿意。”

于苓两手放在身前,端坐不动,静听尹如雪和徐榛说话。

“我们家刚来金陵,举目无亲,很多方面还需县主关照,毕竟县主是金陵本地人,令尊名望又高。县主要是看得起,想必斛儿应该也会愿意。”

“妈,孩儿愿意得很!工钱一天三百缗。”

徐榛和于苓终于笑了起来。

“是吗?”尹如雪含笑问。

“叔母,石斛就喜欢开玩笑。”

“说明你们关系不错啊。交情不深的人,斛儿一般不大会开玩笑。万一会错了意,很容易引起误解。斛儿是什么样的人,做母亲的最清楚。斛儿也只有在关系很好的人面前才有可能不正经。你能来我家看斛儿,也说明你们关系不错。家居金陵不久,斛儿就有像你这样关系好的朋友,我感到很庆幸。斛儿从事的又是一般人不大喜欢的行当。你不嫌弃斛儿,也说明你是一位非常不寻常的娘子。”

“谢谢叔母夸奖。小女能够认识石斛,是小女这些年来最幸运的事情。”

“太客气了。”

“叔母不晓得，没有石斛，小女家肯定出事。小女说的都是实话。叔母有所不知，家父溺爱，从小放养，小女一直就依着自己的性子跟人交往。”

“我就是依着自己的性子跟别人交往。”石竹突然插嘴。“她家好，好她自己，跟我没关系。我又不会向她要什么物事。只要合得来就行。”

“说明你也是一个非常不寻常的娘子。”

石斛突然补上一句。徐榛赶紧头一低，端起茶杯，袖子一遮，笑了起来。

“斛儿，和竹儿好好陪县主转一转。县主是贵客，大白天着实不该坐在堂内陪妈和你外婆闲聊。初次见面，容易拘束，还是你们年轻人一起自在。”

石斛站了起来。“徐榛姐姐，我带你和于苓姐姐去转。”石竹朝徐榛跑了起来。徐榛早就盼望着快点结束，只是石斛的母亲和外婆在场，直等石竹到了跟前，才站起来。出了堂内，徐榛松了一口气。石斛走在徐榛一旁轻轻说：“实际，你那么漂亮，没必要那么紧张。”徐榛心里一甜，笑了起来。石斛家就这么一点坛场，实在没什么好看。跟金陵其他人家相比，石斛家唯一有特色的地方大概是有一个名副其实的菜园。“小子家拿得出手的，看来只有菜园了。”“徐榛姐姐，我给你带路。”石竹带路，来到了菜园。整齐的菜畦上长着不同的菜。

“这些菜都是家父所种。”

“石斛，这是什么菜啊？”

“波棱菜。还小，你还看不出来。”

“徐榛姐姐，由我给你介绍。”

石竹将菜园中的菜一一介绍给了徐榛和于苓。

“石斛，你是不是也会种？”

“小子种田人，菜自然会种。”

“我真想吃你种的菜。”

“将来吧。小子给你种一些，如波棱菜、落苏、胡瓜、萝卜、刀豆、扁豆、韭菜、葱等等。走吧，带你看看小子的窝。”

石竹领路徐榛去参观石斛的狗窝。到了卧室的门口，徐榛准备脱鞋子。“不用脱！小子这是狗窝，不是寝宫。”徐榛一看地板上一尘不染，还是坚持脱鞋子。进入卧室，徐榛站在门口，看了一眼。地板上铺一领草席，草席上叠放着一床被衾。草席边是长方形几案。南首靠墙是一个箱子和一个茅竹制作的书架。此外，只有四面墙。看起来，石斛的狗窝还是真有点寒碜。

“一向没客人来，也就没摆放凳子。”

徐榛走到书架前，浏览起书架上摆放的书籍。“没什么书。这几本也是来金陵后从地摊上买的。”徐榛从书架上拿出戴氏《琴谱》翻了一下，放了回去。离开石斛的窝，前去跟尹如雪和朱邪以清告辞，徐榛和于苓准备离开石斛家，回朱雀门。“以后有空就过来玩。”尹如雪和朱邪以清起身送徐榛、于苓到步檐上。

“请叔母和外婆留步。”

“那好。竹儿，你就替妈和外婆送一送徐榛和于苓。”

出了院门，徐榛说：“你们兄妹俩就留步。”石斛含笑说：“东方兄不在，巷子里突然冒出个流氓，咋办？小子不送你到朱雀门，至少也得送你上车。”“二哥”，石竹惊疑地说：“徐榛姐姐就是朱雀门大县主啊？”徐榛、于苓、石斛都笑了起来。

“不像你，你徐榛姐姐力气小，金陵流氓地痞又那么多，所以只好雇哥哥做侍卫。”

“徐榛姐姐，我二哥有的是力气，又喜欢广交朋友。他在你边上，肯定很安全。我二哥脾气好，又懂得疼。你嫁过来，肯定会很幸福。”

徐榛脸颊不禁就是一红。

“石竹妹妹说得是。”于苓立马推动助澜，煽风点火。

“童言无忌，童言无忌。”石斛含笑说。

“什么童言无忌？”石竹高声了起来。“我都已经十五啦！我说的都是实话。我见过的后生，哪一个比得上二哥？打架不行，文才不行，长相也不行。言谈举止就更不用说了。要文要武，随便。最重要的是，二哥脾气好，懂得疼。嫁给二哥，肯定幸福。”听得徐榛暗喜不已。

出了弄堂，杂货店董正周站在店门口看着石斛兄妹送徐榛主仆两人到鸡鸣巷口。“石竹妹妹，姐姐走了，有空来朱雀门玩。”徐榛跟石斛兄妹告辞，带着于苓上了马车。马车启动后，石斛和石竹分手，石斛去寿木店，石竹转身回家。

徐榛走后不久，朱邪以清就和尹如雪聊起了徐榛。

“徐渊女儿，看起来不错。”

“这娘子好像挺喜欢斛儿，斛儿对她也不错。”

“斛儿也大啦，早该是娶妻的时候了。”

“面对朱温控鹤军的追杀，娶不是，不娶也不是。按照斛儿的岁数，在桃花石乡早就该成亲了。还在翠竹湾时，就有好几家托媒人来给斛儿、柏儿做亲。女儿也和石岩谈论过好几次，最后还是拒绝了人家，就怕害人害己。”

“男儿娶妻,迟一点倒无所谓,但不能错过了好娘子。莫非要等到朱温死了才娶妻?这样也未免太迟了。有合适的娘子,还是先娶回来再说。以妈看,适当时候,你就去请媒人去朱雀门给斛儿提亲。单就人而言,徐渊的女儿跟斛儿也般配。”

“只是目前情况下,贸然前去朱雀门向徐渊提亲,很容易引起徐渊兄弟的猜疑。”

“这些个土匪,就只有土匪心思。徐温猜忌心那么重,手又那么毒。提亲、不提亲,徐温晓得了你们的身份,要动手,最终还是会动手。徐渊的女儿如今都已经跑到家里来了,徐温应该已经晓得了他侄女跟斛儿的关系。妈觉得,倒不如干脆光明正大地去朱雀门给斛儿提亲。徐渊同意了这门亲事,等于给斛儿的安全提供了一重保障。女婿无所谓,女儿的幸福不能不考虑。你们只要不张扬,公开宣示自己的身份,徐渊会张一只眼闭一只眼。无缘无故动了女婿,就算不考虑女儿的幸福,吴国人面前也不好看。至于亲事,单凭斛儿自己,徐渊就是提着灯笼也找不着。就他女儿的行止看,徐渊应该已经默认了这门亲事。”

“就按妈的意思,女儿到时找一媒人到朱雀门向徐渊提亲。”

石竹正要跨进院门,就见石岩一手提着鱼篓,一手拿着钓竿,从弄堂的那头走了过来。“爸!”石竹叫了一声,撒腿跑了过去。石竹拿过鱼篓,朝里面一瞧,兴奋地说:“那么多啊!”“拿过去蓟了。烧起来,让你外婆尝一尝爸亲手钓的鱼。”

徐榛回到家,泡了个热水澡。吃了午饭,全身软绵绵,就准备睡午觉。一年四季,徐榛每一天中午都要睡一觉。“长这么大,还没有像今天这样紧张过。到现在,还感到酸痛。”于苓帮徐榛宽衣。“县主紧张,婢子觉得正常。一来公子的母亲和外婆,毕竟是县主的长辈。不会像那些公主,飞扬跋扈,连自家舅舅和姑姑也不放在眼里。二来有所求必有所惧。县主怕自己在公子的母亲和外婆面前出错,婢子能理解。”徐榛躺了下来,于苓摊开被子,盖到徐榛身上。

“还是石斛说得对,根本用不着紧张,是自己吓着了自己。石斛的母亲性情温和,态度可亲,说话的语气就像二三月的风。就算我说了句不得体的话,应该不会说我什么。不晓得是什么原因,就是紧张。”

“主要还是县主在意。不在意,不会紧张。多见了几次,就不会紧张了。”

“但愿吧。想不到,我堂堂朱雀门大县主,活活地给白记寿木店的少东主给钓上了,肯定让人笑死。如今是,我只想跑去看他。外人晓得,肯定说我贱。可我就是熬不住。不见一下我心里就受不了。看来,不想嫁他,也只好嫁他了。”

“公子家虽小,但让人感到温馨。从石竹的言行中,也可以看得出来。回来的路上，婢子细细回味石竹的话，觉得还真不是童言。"

"于苓，看起来他家真不是普通人家。你看他母亲，衣着虽朴素，可根本无法遮盖那种高贵的气质。他母亲这种岁数的妇女，我见过不少，气质根本就无法跟他母亲比。"

是。于苓承认。几十年杀下来，气质高雅的女人差不多杀光了。如今吴国，把持权柄的是一群大大小小的土匪，徐榛见到的自然全是光有姿色的土匪婆。

"县主还是先睡觉。再想来想去，就不用午睡了。"

徐榛有了睡意，身子一侧，闭上眼睛。

第十八章　搜

民之从利也，如水之走下，四方无择也。

——《管子》

石斛看着三名蒙面杀手逃离，消失在广场旁的配殿之后。

三人翻越围墙，钻入了开善寺周围的密林。“不剥了他的皮，难消庞某心头之恨。”一个自称庞某的人说。此番前来江南的目的是刺杀徐温，结果变成集中精力对付石斛，真是一件节外生枝的事情。石斛逃离翠竹湾是想躲避控鹤军追杀，没想到，逃到了金陵，结果还是被控鹤军追杀。“庞副使，可他是谁？”一个同伴问。他是谁？庞副使也不晓得。相似的物事容易引起人们的联想。帮徐温死里逃生的这个人怎么联也联不上寿木店少东主，如同谁也不会想到寿木店少东主就是李唐世子。“会晓得。”庞副使肯定地回答。忽然，一人提供了线索：“这人徐温和徐知诰都认识。某听得清清楚楚，徐温问徐知诰，不晓得石郎武艺如何。”

徐温父子都认识，姓石，二十出头，会是谁？三人一回城，庞某就让合伙人寻找这个坏了他们好事的人。庞某的合伙人是柳似汀，现任都督府长史。都督府长史地位非常高，虽跟上州刺史俸禄相同，但位置在上州刺史之前。柳似汀跟大梁合作已经有好几年时间了。天祐二年，杨师厚率领大军攻克江陵，吴国朝野震恐。就在这一年，吴王杨行愍病亡。广陵朝廷有远见的人纷纷给自己安排后路。生死存亡关头，徐温准备与左衙指挥使张颢合谋，瓜分杨行愍的地盘，臣服朱温。柳似汀被徐温秘密派往汴梁见朱温，商谈臣服事宜。最后，徐温没有臣服，柳似汀倒反成了梁国的合伙人。去年，庞某遵朱温的圣谕前来金陵刺杀徐温，就一直住在柳似汀家。徐温父子都认识，应该是大将或者官宦的后生。柳似汀想了一遍，没想到姓石的人。柳似汀将寻找的事情交给了心腹池肇基。“放心！很快会找到。徐温父子都认识的后生,肯定不是一般人家的后生。”找到这个多管闲事的人,柳似汀很有信心。

当天,池肇基就向柳似汀报告,镇海军右都押衙姓石,他家有一儿子跟要寻找的后生年纪相仿。庞某决定当晚就动手。过了三更,庞某亲自带人出发,翻墙潜进了镇海军右都押衙石戎家。庞某见识过石斛的武艺,决定先用迷烟迷晕再入室杀人。杀完了人,再仔细一一瞧过,庞某才发现石戎家的二郎绝不是要剥他皮的那个后生。第二天,石戎一家被杀的案子就到了刚接任大理寺卿的李慎肇手上。李慎肇带大理正秦戎行亲自勘察现场。“大人,仆忽然感觉这案子与开善寺那案子似乎有关联。石戎姓石,石斛也姓石。会不会那班杀手杀错了人杀了石戎一家。”勘察完现场,秦戎行谈了自己异想天开的想法。“有这可能性。”李慎肇想了想说。“那说明杀手正在寻找石斛,只是还不晓得石斛在哪。盯住石斛,说不定会有意想不到的发现。”秦戎行建议。当天,大理寺张贴告示,提供线索,赏钱十万。

石岩隐居翠竹湾的这些年,江湖上就有多路人马在搜寻李休。有企图借尸还魂的人,有妄图李唐复兴的人,有希望消除隐患的人。石岩离开翠竹湾逃到了金陵,寻找李休的人又多了一种类型,寻找李唐藏宝图的人。蔡全为了彻底切断石岩的生存之路,来江南之时故意向外散布谣言,李唐桓王李休就躲在翠竹湾,他的身上有一幅皇室的藏宝图。藏宝图的传说也是有鼻子有眼睛。说宣宗皇帝晚年龙体欠安,知道自己的儿子不成器,预感江山社稷不久将会落入外姓之手。于是,宣宗皇帝派人密藏了财宝,并留下了藏宝图。万一江山真的落入他人之手,李氏子孙就用这份财宝东山再起。宣宗将这幅藏宝图传给懿宗,懿宗传给僖宗,再传到昭宗的手上。在李唐皇朝崩塌前夕,昭宗皇帝自知已经回天无力,将藏宝图交给了弟弟李休。当初朱温在亳州拦劫李休,就是想得到这幅藏宝图。

离开翠竹湾来金陵不久,石斛就晓得了这个传说。当石斛将这个传说告诉给石岩时,石岩并不在意,而是说:“斛儿现在应该明白,史书上记载的故事,有几个不是捕风捉影编造出来的？就好比项羽小时候和他叔父项梁在会稽看到秦始皇时偷偷说的那句话,‘彼可取而代也’,只要仔细想一想就会明白,项羽说的这句话只能是无中生有的杜撰。”

石斛决定依据这个子虚乌有的故事,无中生有,造一幅藏宝图。“好主意!”石斛将想法跟鲁扬声一说,鲁扬声就竖起大拇指。“这事就由老哥替你小子办。”“推荐一个,小子自己去。”“是不是还嫌脸露不够?”鲁扬声一脸的不屑。石斛不再言语。第二天，鲁扬声去找金陵赝品制作行家席几齐。只过了二天，鲁扬声请石斛去他家。

这么快？"

"这种图，对席几齐来说，吹灰的事情。"

石斛摊开这幅由羊皮制作的藏宝图。正面、反面仔细看了老半天，就是看不出这幅藏宝有什么不对的地方。"手艺确实高。"石斛不禁赞叹了起来。"你小子都能看出来，还叫什么赝品？席几齐说，就是行家都已经看不出来这幅藏宝图由他亲手制造。为了逼真，羊皮是宣宗十二年的羊皮。好人做到底，送佛到西天。下面的事，你就不用管了。"当天，鲁扬声带着这幅藏宝图，前往鹰扬山庄找吴不明。不久，江湖上就出现了这幅藏宝图。

石斛跟石竹分手，前往寿木店。刚到门口，就被两名等候多时的胥徒拦住了去路。"请少东主跟我们走一趟衙门。"官府扣个庶民，根本不需要理由。官府想给个理由，至少有一万个理由可以选。"两位兄台可否告诉小子为了什么事情？"石斛知道眼下对自己感兴趣的人很多，谨慎起见，多问了一问。"具体为了什么事情，在下也不晓得。"胥徒向石斛展示令牌。"少东主请放心，在下傅道彰，他叫顾休成，不会诓骗少东主。"石斛没有选择，只好跟他俩走。"夷则"，临走时，石斛吩咐吕夷则，"你等一会去告诉荆善居一声，就说衙门找哥哥有事情，去不了。请他谅解！""哥哥放心！"夷则答应。"寿木搬好后，小弟马上去。"

石斛跟傅道彰和顾休成远去，吕夷则问李邈。"李邈哥，哥哥不会有事吧？"李邈虽浪迹天涯，但很少正面跟官府衙门打交道。"应该不会有事。"李邈不敢肯定。"夷则，还是先将寿木搬到店里吧。"龚宰岁数大，经验丰富。"你放心，少东主不会有事。""老哥怎晓得不会有事？"吕夷则不放心。"衙门就像老虎嘴，进去后，完好无损出来，根本不可能。那些个胥徒，个个手痒痒，整天想着用什么法子揍人。弄死了，都可以找到至少一千种不同的理由。这种事情，小弟岁数不大，见过不少。""你不想想，少东主头上有那么厚的保护伞，别说是雨点，就是砖头砸下来都不会有丝毫的问题。少东主的事，不用担心，你还是先去将寿木搬回来吧。"有事没事都只能等晓得后再说。吕夷则和李邈一起先去搬棺材。

"真有事，不剐掉徐玠，小弟发誓这辈子不做人。"

"真有事，你剐徐玠，哥哥剐徐温，我们一起浪迹天涯，继续做人。"

顾休成和傅道彰带石斛不去刺史府，而是去了都督府。原来是都督府的胥徒。石斛跟徐棒来过一次，都督府认得。顾休成手中腰牌一亮，就和傅道彰一道，带着石斛进入牙城。石斛紧跟着顾休成和傅道彰,他俩去哪就去哪。到了都督府大堂前,顾休成上堂去通报,傅道彰陪石斛在台阶前等候。不一会,石斛就听到有请的声音。傅道彰陪着石斛登上台阶,进入了堂内。人家是男儿膝下有黄金,石斛却是卑躬屈膝。一见徐温,石斛就准备下跪行礼。刚迈出左脚,就听徐温连声说:“免礼,免礼!”石斛没有理睬,屈膝跪在了徐温面前。

“小子拜见都督!”

“快请起,快请起。”

“谢都督。”

石斛毫不犹豫,蛤蟆似的伏地拜了一拜。起身后,石斛像仆役一般站到了一旁,俯身听候徐温的差遣。一点也不像一个世子应有的举止,徐温也觉得从行止看石斛不该是世子。“你们全都先退下!”“是!”堂上的人都退了出去。徐温指着凳子说:“快请坐。”石斛退到一旁,半个屁股坐到了凳子上。

徐温去开善寺进香前几天,严可求向徐温报告了徐温感兴趣的消息。

“桃花石乡以及乐平县都在流传,居住在桃花石乡的石安就是桓王李休,他身上有一幅皇室藏宝图。仅过了一两天,桃花石乡还真来了一批寻找藏宝图的人。臣翻阅了各地呈上来的简报,淮南、江西、浙西都有这个传言流传。将这些信息综合起来,这十几年一直居住在桃花石乡的石安应该就是李休。如今大江南北,企图复辟的人很多很多,而且我们至今还在用天祐年号。一旦被这些人先找到,必成祸患。不如主动出手,找到后除去,以消隐患。简报上说,石安一家五口,石安夫妻俩,两儿子,一女儿。只要用心,不难找到。”

早在杨行愍时期,杨行愍就专门派人找过李休。徐温当政,严可求曾组织人马暗中寻找过李休,最后还是没找到。“就算是黄金,陷在污泥里面不去动它,谁也不晓得。你现在越去翻它,想得到黄金的人越多。再过几年,就算真有,人们也已经忘记了,我们着实没必要费人力物力去将它翻出来。现在好了,既然江湖上传言他身上有藏宝图,那些个想得到藏宝图的人肯定会死命去找。找到了,会不会借用宝藏帮他复国?那也太不了解这些人了。”

过了几天,徐温紫金山遇刺,石斛出手救了徐温。让徐温联想起这件事情。从黄巢造反到现在三十几年,一直在打。一些人不断打啊打,打出了本事;一些人防止被人打,练出了本事。石斛武艺高强并没什么让徐温感到很吃惊。从紫金山回到都督府,心一静下来,徐温联想起严可求说过的石安。错就错在石岩忘记了改姓,留下了让人联想的线索。庆贺平安脱险的宴席上,徐温顺便问了徐棒石斛的家庭情况，徐榛将自己知道的如实告诉给了徐温。莫非石斛就是桓王李休的儿子？原先沉在淤泥下面，现在翻啊翻，翻出来了。

榛儿嫁石斛似乎是开弓没有回头箭，大哥好像也很赞成这门亲事。依照以往的习惯，大哥应该已经晓得了他的身世。为何不阻止榛儿跟他交往？莫非不是李休的儿子？是不是大哥想切断他与过去的联系，让他默默无闻、庸庸碌碌过一生？时间一久，就算万一被有心人捅破，也没人相信。这还真是相当不错的主意。徐温没有将自己的猜测告诉给严可求。

"石郎需要什么，只管说，只要老夫做得到。"

开善寺无量殿前的广场上，徐温看着亲从一个接一个死在控鹤军杀手的剑下，最后身边只剩下黎子风、徐知诰和徐温当时还不晓得他名字的南吕。徐温意识到今天没有奇迹，想活着回去已经不可能了。佛祖，有人能够救我一命，只要我能做到，他想要什么我给什么。徐温在心里一个劲向佛祖默祷。想不到，奇迹真的发生了，石斛从天而降，救了徐温。落水要命，上岸要财。徐温开始担心石斛提自己难以承受的要求。当联想到石斛很可能就是李休的儿子时，徐温很好奇，石斛究竟会向他要些什么，比如恕九死的铁券。

"请都督再勿提这件事情。"

"石郎想要什么只管说，现在只有你我二人。"

"都督，就算其他人，小子刚好碰上，能不能袖手旁观？"

"不能石郎觉得天经地义，老夫就心安理得。老夫这人一向恩怨分明，有仇报仇，有恩报恩。对老夫有恩的人，老夫绝不会忘记。看看钟泰章，就晓得老夫的为人。石郎不要是石郎的事情，老夫一定得给。挂在心里，老夫怎能睡得安？"

石斛真让徐温睡不安。杀还是不杀，徐温想了好久，拿不出主意。徐温确实是一个懂得知恩图报的人。钟泰章帮徐温除掉了张颢，徐温将他从左监门卫将军一步步提升至寿州团练使。只要石斛提的要求不离谱，徐温都可以接受。可石斛不是钟泰章。提升钟泰章只能显示徐温的恩宠，使得更多的人去抛头颅洒热血。石斛是龙，是虎，一旦遇到风，碰到云，就会龙腾虎跃。对付像石斛这种人，最好的办法就是"早除之"。救命恩人不是不杀的理由，侄女痴迷也不是不杀的理由。徐温想不杀，是徐温向佛祖祷告后石斛出现救了徐温。

"禀都督，小子一生最大的愿望就是能够像小鸟，在树林里面跳来跳去。"只有李休的儿子，离衙门越远越安全。徐温又怀疑起石斛是李休的儿子。徐温坐在几案后看着石斛，不动声色。石斛俯身拱手，对徐温毕恭毕敬，言语谦卑却一点也没有低三下四。徐温能够从石斛的言行中看出石斛对他确实无要求。“都督只要不将小子抓进鸟笼里,就已经给了。”

“老夫答应你!”

“多谢都督!”还不赶快谢主隆恩?石斛屁股一抬,来到了徐温面前,像蛤蟆一般,趴在地上给徐温叩首行礼。徐温说:“快免礼,快免礼!”“多谢都督!”石斛伏地拜了一拜,站了起来。“坐。”石斛退回到了原位,半个屁股坐了下来。

“请石郎帮个忙,总可以吧。”

“只要小子能做得到,都督只管吩咐。”

“老夫请石郎协助李慎肇清剿控鹤军。一来石郎身怀绝技,都藏在身上不施展出来也是可惜;二来控鹤军也会威胁石郎和家人。那几名逃逸的杀手肯定会找石郎的麻烦。消灭他们也就等于消除了对石郎的威胁。三来石郎认得那名女杀手。石郎应该不会不答应。”

“都督面前,原本就不应该提什么条件。”

“有什么条件,石郎只管提。”

“小子只能答应协助。”

“你喜欢卖棺材,就卖你的棺材。”

徐温相信大哥徐渊的眼睛,也相信大哥徐渊不会害他,毕竟徐温好,徐渊才能好。可事关重大,不能不小心。如今吴国任用的官员里面,尤其是文官,大抵是原李唐的旧官僚,对李氏感情还在。徐温绝不允许徐氏江山重新变成李氏江南。如今吴国,名义上仍旧是李唐天下。徐温非常担心李氏复辟。这些年,朱温在寻找李休,徐温也在寻找李休。李休一旦在吴国公开亮相,徐温必将陷入被动。李渊杀杨侑,王世充杀杨侗,朱温杀李柷,都是担心复辟。

徐温一向是,有担心,消除担心。杨行愍旧将,就是徐温担心,死在了鬼头刀下。当推断出石斛可能就是桓王李休的儿子,徐温今天还没有动手,不是石斛有可能会成为侄女婿,而是徐温怀疑是冥冥之中佛祖故意安排。正当徐温在心中向佛祖默祷时,石斛出现在了开善寺无量殿广场上。这更让徐温相信是佛祖派石斛来救自己一命。徐温想到佛祖,犹豫了起来。其他人的意愿都可以违背,佛祖的意愿徐温不敢违背。杀他,也不能由我来杀。

石岩没有野心。这点徐温相信。否则,也不会躲在乡下近二十年不现身。石岩没野心,不等于石斛也没野心。徐温决定试一试这个未来的侄女婿,有没有野心。没有野心,佛祖让他出现在开善寺救我性命,也是劝我行善,饶他一命。我就当什么也不晓得,放在那里让他自生自灭去。

“石郎,你老家在哪?”

“禀都督,小子的老家在饶州乐平县桃花石乡。”徐温吃了一惊。莫非这小子不忌讳自己的身份?徐温不露声色,继续听石斛说。“肯定是讯息传递错误,说家父是桓王李休,身上有一幅皇室藏宝图。一大批企图一夜暴富的人前来桃花石乡寻找家父。没办法,家父和家母只好带着小子兄妹三人逃离老家,藏到金陵。这些事情,别人小子半句都不敢说。也不晓得怎么回事,这些事情会莫名其妙地落到小子的头上。据家父说,小子的祖父曾经做过中书侍郎,后辞官回到故乡,颍州沈丘县石家村。说起来,颍州沈丘县石家村才是小子真正的老家。小子也不晓得是哪一年,为躲避战乱,家父和家母一起,还有家里的一个仆人,带着小子兄弟来到饶州乐平县桃花石乡。据家父说,当时扬子江两岸战事不断,才选择了远离战火的乐平乡下。不是阴差阳错,小子还在乡下务农。”听起来好像没有漏洞,看气色也不像在说谎。莫非真不是李休的儿子?“神州大乱,阴差阳错的事情难免。也许是佛祖故意安排让石郎出现在紫金山救老夫。”徐温从袖袋中掏出一枚腰牌,递给石斛。

“给石郎按一个采访处置使的头衔,便于石郎将来行事。不给石郎一些办事的权力,行事肯定会很不方便,也不利于及时处理那些个棘手的事情。卖棺材,石郎拿着他,吴国境内也没人敢拦你。石郎放心,老夫不会对外宣布。采访处置使的腰牌,老夫一向不舍得给人。老夫相信,石郎是一个晓得该怎么做的人。可以根据需要,调兵遣将,便宜行事。”

“多谢都督的信任!”石斛俯身双手从徐温手中接过腰牌。

“李慎肇问起,石郎有没有看清那女杀手的长相。”

“小子只有那女杀手一点大概的轮廓,具体长怎么样,根本没看清。小子和徐榛走在都督后面,有相当一段距离。当小子追过去时,那女杀手已经窜进了树林里面。树林里面树多,那女杀手跑得又快,小子怕徐榛出事,没追到就调头。李慎肇来见都督,望都督能将当时的情况告诉一声。”

“老夫替石郎转告。当时情形,石郎做得很对。榛儿出事,连老夫都不好交代。女杀手不要紧,迟早有一天会抓着。躲到洞里,也要挖地三尺将她挖出来。错都错在吴用筹,当初没将这些潜伏在江南的控鹤军剿灭干净。”

石斛一出牙城,就迈开脚步回寿木店。石斛一边走,一边伸手进袖袋捏了捏这枚采访处置使腰牌。将这条毒蛇放在袖袋内,迟早有一天会被它咬死。抛又不能抛。怎么办?石斛边走边盘算。只有不碰它,才有可能避免被它咬。“少东主!”

见石斛从外面进寿木店,龚宰含笑上前迎接。“少东主走后,夷则一直担心少东主被刺史府衙门逮了去。”“如今的衙门权力无边,逮个把庶民还不是家常便饭?夷则担心也合情理。”石斛说着坐了下来。“刺史府说不定看在小子跟朱雀门有些来往的份上,或许不会无缘无故地逮人。”

“少东主愿意,徐大县主也未必愿意。到时候,还不晓得是谁逮谁。”

“如此看来,父母给小子生的这张脸还是一枚不错的免罪牌。”

“少东主这张免罪牌却只能靠运气。”

“所以,小子一向抱着听天由命的心态努力做事。”

石斛刚在胡床上坐下,吴不明来访。“先生!”石斛连忙站了起来,手一拱。龚宰一看是石斛的朋友,连忙退后。“今天怎么会屈尊来寿木店?”吴不明手一拱说:“今天特地来看一看你!”上次在鹰扬山庄,吴不明降阶相迎,石斛就知道吴不明已经晓得了他的身份。鹰扬山庄庄主,一个武进士,绝不可能降阶迎接一个寿木店少东主。“先生特地来看小子,小子深感荣幸!”石斛手一拱。“让小子感到卖棺材其实也不是一件抬不起头的事情。”吴不明含笑说:“白记寿木店名声远播,荣耀得很呢!”“那就让小子带先生巡视!”石斛笑来起来。

石斛陪吴不明巡视起了寿木店。穿过天井,两人来到了整齐摆放着棺材的库房里面。石斛向吴不明介绍。“楠木、桐木、栎木、桧木、柞木,应有尽有。”两人从摆放整齐的棺材旁走过。“棺材虽见过不少,寿木店还真是第一次来。想不到,还有那么多规格和品种。”“贫富、贵贱、寿夭、喜恶等都不相同,棺材自然不一样。”正说着,一副棺材中猝然跳出了一名后生。“小子的兄弟,李邈。”石斛向吴不明介绍。李邈手一拱,吴不明还礼。

“小兄弟就在棺材里面,别说人,就是鬼见了,都有三分怕。”

“小子不怕鬼,就怕人。”

“也是。将人变成鬼容易,将鬼变成人难。”

“李邈来店里也有些时间,都没有叙一叙。不知先生今天有没有时间?”

“老朽今天是专程前来拜访!没时间也有时间。”

“那我们就到白虎大街上的鹿鸣酒肆,正好可以边喝边聊。”

三人出了库房。“夷则!”石斛朝厢房叫了一声。“哥哥,什么事?”吕夷则从厢房内走了出来。“天下第一大事,吃饭。”寿木店的伙计时来、张白、戚冷三人回家去吃,龚宰、李邈、吕夷则三人常常是在白虎街上随便找一家面店、饭摊、酒肆吃一吃。石斛因家远,又是少东主,也是常在外面混。四人先后进了店铺。

“老哥,吃饭。”

“还是少东主先去。万一来个客人,也好照应。”

“来了就来了,总不至于怕客人来就不吃饭。”

“还是留个人守店。万一客人来,传扬出去,说寿木店老是人毛也没有,印象不好。等少东主回来,仆再去吃也不迟。”

“走吧。”

“还是少东主先去。已经好几次没人守店了,老没人毛,传出去不好。”

“有老哥这样忠心的伙计,生意想不兴隆都不可能。”

石斛手一拱,就和吴不明、李邈、吕夷则离开了白记寿木店,前往鹿鸣酒肆。

鹿鸣酒肆的侍从俯身引他们去羲和厢房。厢房中央摆放着一张正方形小几,四人正好每边一人。厢房窗台的一边摆放着一盆垂挂至地的吊兰。四人刚屈身在垫子上坐下,酒博士就走进厢房。询问了酒的种类,石斛要了两壶烧春,点了三样小菜、四个热菜。不一会,侍儿送来了小菜和一壶烧春。斟了酒,四人拿起筷子吃了起来。“小子总是觉得,朋友不在乎相处时间的长短。有些人终身相伴未必能成为朋友,有些人一眼就成了知音,像伯牙与钟子期。是朋友,还不是朋友,不在于能帮上什么忙,而在于会不会出卖自己。小子这人比较相信自己的眼睛。小子绝不相信,李邈、吕夷则会出卖小子,泄露消息。今天无须顾及,想说什么就说什么。”四人边吃边聊还没聊上几句,吴不明就提起了徐温紫金山遇上刺客这件事情。

“先生怎么对这些江湖传言也感兴趣?”

“好奇之心人皆有之,老朽自然不例外。”

“先生感兴趣,那就让小子慢慢说来给先生听一听。”

石斛开始讲上巳节发生在开善寺的故事。上次追击采花贼,李邈已经晓得石斛有能耐,可没想到竟然这么有能耐。李邈跟控鹤军打过多次交道,晓得是一些什么样的人。石斛刚将故事讲完,李邈就开口。“没想到,哥哥竟然一人徒手击毙三名控鹤军绝顶杀手。据小弟所知,前来江南刺杀徐温这种人的绝对是控鹤军中的绝顶高手。”

“公子是一条潜龙,李兄弟以后慢慢会明白。”

“潜龙?”石斛苦笑说:“说难听点,一条变色龙。”

“如今神州谁不是变色龙?丛林里面,到处游走着肉食者,不晓得伪装自己,只能是肉食者肚子里的食物。老朽不晓得变,岂能有现在的鹰扬山庄?老朽不想变,可不得不变。公子自称是变色龙,老朽也是变色龙,彼此彼此!”

“如今想做变色龙都做不成了。”

“他们想找哥哥的麻烦,还不是找死?”

吕夷则眼里,石斛是无所不能的神仙。

“找死?哥哥又不是大罗金仙,铜头铁臂,百毒不侵。”

“依照控鹤军的行事风格,坏了他们的大事,肯定赶尽杀绝。”

“但愿,不要连累到父母!说起来,也算小子运气差。不该撞上,偏偏撞上。人最糟糕的事情是不幸撞上恶人正在做恶事。就算你不想管,恶人也会怕你将恶事宣扬出去,只好将你一起做了。先生晓得,当时的情形下面,小子就是不想出手,也得出手。”

“那是。公子撞上了不该撞上的事情。这种情形下,公子不出手,徐大县主说不定还能勉勉强强说一说,徐大当家可就不好说了。可以确定,朱雀门跟公子的关系从此之后会从朋友马上变成敌人。徐大当家和老朽的关系,公子面前,老朽也无须隐瞒。老朽跟徐大当家有一二十年的交情,非常了解他的脾气。公子以后想继续在金陵过平安的日子,绝对不可能。风头、霉头两隔壁。公子虽然得罪了控鹤军,但赢得朱雀门。都督,老朽不敢多说。徐大当家老朽可以担保,以后无论公子做了什么事,徐大当家一定会给公子死死罩着。”

“其他人自然不敢找小子和家人的麻烦,控鹤军可就不好说了。人家连都督都管不了,朱雀门有心管也没有什么用。明枪无所谓,来就来,大不了怨自己技不如人。在神州这个丛林里面,没能耐,死正常。这一点小子想得很开。杀手,目的是杀人,肯定是背后的事情。就算背后长着眼睛,也有看不到的地方。像家父常说的那样,该来的就让它来吧。”

“不瞒公子,老朽今天来,也是徐大当家的意思,希望公子先到老朽的山庄去暂且避一避,毕竟山庄手下弟兄多,对付几个控鹤军杀手应该不是问题。等将来清剿了控鹤军,公子再露面就是。徐大当家真心不希望公子出事。”

徐渊看望了徐温回朱雀门,马上派人去鹰扬山庄请吴不明。吴不明和大理寺卿李慎肇一道查验了每一个蒙面杀手的尸体,仅凭左胸前的文身,就可以确定他们是控鹤军杀手。直忙到傍晚,吴不明才回朱雀门。吃了饭,洗了澡,吴不明和徐渊在水亭中密谈。

“救了都督,肯定会引起都督的兴趣。对别人来说,是腾飞的开始;对他来说,却意味着危险的来临。都督一旦晓得了他的身份,会怎么样?小弟真不敢想象。如今吴国,只有大哥有可能救他,其他人无能为力。据李慎肇说,有三名控鹤军杀手逃逸。他们肯定会找他算账。这些控鹤军杀手,来无踪,去无影,防不胜防。都督那么多人护着,都差点出事。他一个人怎么办?更保况都督有那么多敌人,晓得是他帮都督脱险,会怎么样?真是出手救人,反害了自己。想想,也真是冤。"

徐渊叹了口气。"过两天,老弟去看他一下,请他先到鹰扬山庄小住一段时间。等肃清了控鹤军残余,再出来。总不能自己活命了就甩手不管救命之人的死活。这边老哥会密切关注,一旦明确,老哥会去劝。这种只有死人才能安全的想法未必可取,更何况是有恩之人。绝代的做法,能不做最好不做。"

石斛去了鄂州,而吴不明又在布局藏宝图的事情,也就将事情暂且撂在了一边。鹰扬山庄势力强大,眼线众多。石斛刚从鄂州回来,就有人报告给正等着石斛回来的吴不明。不能再拖了。万一出事,后悔就晚了。吴不明决定亲自来寿木店见一见石斛。

"替小子谢谢徐大当家。"

"一定。"

"躲,根本不是办法。躲得了初一,躲不了十五。"

"最好是找到他们目前躲藏的地方,剿灭他们,一了百了。"

"李邈哥说的是,找到灭了他们。"

"不只是老朽,已经有多路人马在搜寻。"

"小子成了他们追杀的对象,连他们自己也没想到。"

"公子放心,只要避过风头,就会平安无事。那些个前来江南的控鹤军,肯定会被清剿干净。都督哪会放过他们?眼下已经有多路人马在寻找他们,迟早会找到他们的踪迹。一旦找到他们,就算个个都是李存孝,也只能是死路一条。"

"小子这人一向安天乐命,该怎么过就会怎么过。小子只是特奇怪,都督出行原本是件极机密的事情,控鹤军怎么会晓得?就在紫金山架势看,他们事先已经晓得了都督要到开善寺进香。是不是都督进香一向有固定的时间?"

"都督进香是不是有固定的时间,老朽不是很清楚。一般情况,信佛人逢年过节都要去寺院进香。那天正好是三月初三上巳节。老朽也怀疑是不是有人事先将都督的行程泄露给控鹤军。一般情况,像都督这样的人物,出行前,都要事先做一些部署。都督府内的人和开善寺的和尚都有泄露都督行踪的嫌疑。这方面,李慎肇应该会去查。"

四人喝了两壶烧春,又吃了米饭,起身离开了厢房。吴不明准备掏钱结账。"这饭钱也不让小子付,先生也太不给小子面子啦。"石斛结完账,四人一起离开了鹿鸣酒肆。吴不明沿白虎大街南下，石斛、李邈、吕夷则回寿木店。

“谁能想得到寿木店少东主竟是如此一个狠角？”

“还狠角？”石斛一声冷笑。“狠角个屁！真正的狠角根本不需要用烂泥涂在脸上将自己伪装起来。伪装本身就是一种苦痛。谁不希望自己想笑就笑，想哭就哭？伪装只是一种无可奈何情况下的痛苦选择。你愿意？我愿意？丛林里面，有些伪装是准备捕食，有些伪装是防止被捕食。我们伪装只是希望能逃脱被捕食的命运。倘若连这都需要伪装，你说是不是狠角？

当然，我们也没必要将自己弄得不舒服。董昌刚被昭宗封为陇西郡王，就自封皇帝，结果为鱼所食。秦宗权曾称霸中原，在蔡州自封皇帝，结果献上了人头。四周强敌环绕，就急急忙忙自封皇帝，等于将自己竖成众矢之的。毙命，很正常。

你就好好在寿木店呆着，耐心等待吴王阖闾替你雪耻吧。千万不能急！况且，急又有什么用？有些事情，不是单凭意志就行。以你我兄弟的这点力道跑到朱温的地盘上去，找朱温拼命，还不是笑话？力能则进，否则退，量力而行。愿望很美好，现实很残酷。

眼下想到的不应该是雪恨，而是如何存活。所存于己者未定，何暇至于暴人之所行？君子报仇十年不晚虽有自欺欺人的味道，没有其他办法的情况下只能如此。莫非我们真的要将自己变成厉鬼再去找活人报仇？你耐心在寿木店潜伏一段时间，说不定会心想事成。”

“哥哥不变成阖闾，看来只能是做梦了。”

“还是先想办法活着吧。活着起码还有梦可以做一做。死了连梦也没得做。有人说，这样活着还有什么意思。活着没意思，为何要生下来？眼下，我们首先要做的第一件事情就是如何将自己活下来。纵死侠骨香，不惭世上英。那是李太白年轻时喝醉了酒的胡言。真有豪迈气概，安史之乱，李太白也不会躲在庐山了，更不会在神州危难的关键时刻，怂恿李璘叛乱。哥哥家有一股浓浓的道家味，很懂得如何在夹缝中求生存。我们要耐心等待，等待时机悄然出现。到时候，我们就可以活出自己的天地。哥哥小时候读柳河东的《黔之驴》，只是觉得很好笑。现在想想，真是寓意深刻。技止此耳！哥哥现在是越活越有信心。”

吃了中饭，石岩夫妇和女儿一起，陪朱邪以清逛玄武湖。玄武湖，早在六朝时期就曾是皇家园林。都督徐温想，玄武湖，我一年能去几次？空着也是空着，还不如干脆开放市民游览，起码也可以多赢得一点名声。神州的庶民，温顺听话，要求低。单凭这简单的一招，都督徐温就赢得大批金陵市民的支持。湖中有五个屿洲，洲与洲之间堤桥相通。当年,宋文帝刘义隆对玄武湖进行疏浚,挖出来的湖泥堆积成屿洲,并取名为蓬莱、方丈、瀛洲。开元年间,玄武湖又疏浚了一遍,挖出的污泥又形成了两个屿洲,取名昆仑和方渚。不晓得那一任升州刺史,在五个屿洲中的瀛洲遍种桃花。此时,瀛洲上桃花正盛开,煞是好看。石岩夫妇和女儿石竹陪着朱邪以清漫步在瀛洲桃林之下。蜜蜂穿梭在花丛之中,花瓣在空中散落,确实有一种身入仙境的味道,忘却眼前正处战乱之时,忽略隐藏在桃林背后的杀机。

"神州处处是桃花,却无一处是桃花源。"

"人总要做梦,有梦自有桃花源。小婿在翠竹湾的这几年,就是将翠竹湾当成桃花源。做梦一定有醒的时候,梦醒之后,才晓得原来只是一个梦。但又不能总醒着,于是又开始做梦。来金陵已有一个多月,小婿可能又开始当金陵是桃花源。"

"贤婿做梦,外姑也做梦。外姑目前做的事情,未必就不是梦。"

"小婿梦桃花源。说不定柏儿、斛儿、竹儿他们能找到桃花源。"

一个后生满脸是血,在慌忙逃窜中差一点撞上朱邪以清。朱邪以清抬眼一看,七八个年龄从二十到三十不等的男子已经追到跟前。"怎么回事?"见朱邪以清发问,后生旋即将朱邪以清当作救命稻草。难怪徐温只有等着挨揍的份,原来金陵人个个是懦夫！有一个人出出头,这些小贼会猖狂到这个地步？正因为人人都担心挨揍,才致使这些小贼有恃无恐,不仅公开偷盗,还围攻起了人!

今天落在本宫的手里,只能怨你们运气差。

七八个小贼一看替后生出头的是一个银发老太,而和老太一起的是一对中年夫妇和三个小娘子,旋即放下了心。"想欠揍不是？识相点,赶快给我滚开!"这下可真的惹恼了朱邪以清。幸亏尹如雪及时叫了一声"妈",否则一个扑向朱邪以清的男子早就已经一命呜呼。不过,这名男子已经握着右手,鲜血直流。朱邪以清手指上已经捏着一个手指。朱邪以清随手一甩,手指抛进了玄武湖。

见碰上生锈钉,众小贼撒腿逃命。"想在本宫的眼皮底下溜走,未免也太天真了。"朱邪以清身子一闪,左右穿梭,眨眼之间,玄武湖里就多了七个手指。眼看逃命不得,众小贼只得跪在地上求饶。"本宫不是来金陵做客,你们哪还有小命?滚!"八个小贼个个握着右手,慌忙从地上爬起,逃命去了。此时,四周已经围着来瀛洲看桃花的游人,个个一言不发,眼盯着朱邪以清。朱邪以清一脸的不屑,步到湖边,蹲下身子洗了洗手。一名娘子递来手绢,朱邪以清擦了手,甩下后生只管起步前行,继续欣赏瀛洲上的桃花。

逛了一圈,回到家中早就已经是吃饭时间。"明天一早,妈就要回去了。天下没有不散的宴席。”朱邪以清知道石岩很不愿意去依附她，没有让尹如雪跟她一起走。“看到你们，妈已经心满意足了。多呆一天和少呆一天，没有根本的差别。金陵是都市，人庞杂。谁晓得会冒出个什么人？妈那地方，毕竟有大一班人守着，而且隐秘。竹儿小，在这里还不如在妈那里安全。妈这次回去，准备带竹儿一起回去。这次来金陵，妈还带来了一对鸽子。有什么紧急情况，你就让鸽子给妈传信。妈接到信息，会派些人手过来，帮你的忙。这对鸽子，很温顺，也好养。你就在菜园中的小屋中随便搭个鸽室就行啦。这件事情就让斛儿去做。”

徐渊今天由总管徐福陪同在如茅斋会见了一名客人。

客人自称姓景，名复昭，江西鄱阳县人。黄巢造反以来，各路土匪依据实力霸占一方土地。江西这块地方曾经出现过无数大大小小的土匪。这些土匪有些主动归降，有些被征服。景复昭是主动归降的一个。解甲后，景复昭回到了故乡鄱阳，建起了庄园，享起了清福。景复昭徐渊曾经耳闻，但没见过。这次景复昭前来金陵主要是想请徐渊帮忙找一个人。

邓少通、胡忠义刺杀石岩失败，朱温责令控鹤军左右都指挥使朱友珪继续派人前来江南搜寻，直到提回李休的人头为止。朱友珪听从心腹冯廷谔的建议派左都押牙郦克成前来江南。临行前，朱友珪说：“只管全力去做。万一失败，本王替你找一个替罪羊，毕竟你是本王的左臂右磅，不会轻易就砍了它。”若想成事，只能是另辟蹊径，郦克成想到了借刀杀人。郦克成以江湖人的身份拜见了景复昭。诱人的利益面前，景复昭同意联手。

“此人呆在我们吴国，迟早是一个隐患。李唐从实质上说已经崩塌，可我们吴国说起来仍旧是李唐的天下。从朱温、马殷、钱镠那里跑到我们吴国来的多半是原李唐的旧臣。这些旧臣大部分已经被都督和都军使重新启用。此人的身份一旦被人知晓，我们吴国是不是需要改姓？他偷偷地跑到了河东，李存勖马上会打出他的旗号，各路英雄肯定纷纷相应。李存勖变强，逆贼朱温固然被族灭，可也会威胁到我们吴国。到那时候，我们吴国是不是甘心俯首称臣？无论是继续呆在我们吴国，还是离开我们吴国，此人都是一个隐患。想当年，项羽杀了傀儡楚怀王，结果众叛亲离，结果死在乌江，断送了江山。不让这种事情发生，只能是在别人还没晓得他身份之前，找到他，然后除去。”

这个问题徐渊也不是没想过。不过，徐渊还是否定了这种可能。

“理确实是这个理。可江南那么大，根本不晓得藏在哪。”藏在哪呢？景复昭找不到了才前来找徐渊帮忙。景复昭也是尽了全力才找到当时将石岩一家送到湖口的那个船主。“不过,老夫一定会根据景公的描述派人找,毕竟是关系我们吴国前途的大事。”徐福送走景复昭回来,对徐渊说:“大家,金陵现已经有好几波人马在寻找。”徐渊说:“让他们找去吧。”

石斛刚洗完澡,鲁南阳前来,说鲁扬声请他去家中喝茶。石斛跟石岩说了一声去向,就离家,跟鲁南阳前往鲁扬声家。到时,鲁扬声已经煮好了茶,正坐在堂内等候。石斛脱去布鞋,踏上堂筵,在几子旁坐了下来。“刚得了新出的仙茗,一个人喝无趣,就请你来一起品尝。”侍儿辟然给石斛斟茶。“谢谢!”石斛手一拱。鲁扬声从袖袋内拿出一份简报,递给石斛。“老哥这里有各地衙门呈给都督府的简报,都是副本。”石斛一看封面,就晓得了里面的内容。“听你说在紫金山大打出手,老哥突然想起这份简报,特意找出来给你瞧瞧,说不定感兴趣。”石斛翻开简报,读了后,重新合上,递还给了鲁扬声。严可求跟徐温之间的私密谈话都能够泄密给了徐知诰,可见这世界真的没有秘密。难怪人们说被子底下吃柿子也有人晓得。

“不瞒老弟,衙门内有不少很不起眼的胥徒、衙吏向老哥卖情报。只要老哥需要什么样的情报,他们随时都可以提供。老哥得知严可求对这份简报很感兴趣,并且派了参军长孙秉明去这个地方。老哥猜测,也可能是搜集资料,验证真假。严可求晓得,那么严可求上面的人也应该晓得。老哥真替你捏一把汗。长孙秉明正在路上,你有没有想做掉他?”

“小子真这么蠢,老哥也不会愿意和小子一起喝茶。当然,如今土匪四处流窜,也不会怀疑是有人所为。没了长孙秉明,可以有公孙秉明。小子总不能去一个做一个。公孙秉明跟长孙秉明一样,没脑的人都想得出来是谁所为。真是欲盖弥彰。”

“那你准备怎么办?”

“还在紫金山时,小子就不晓得该怎么办。老哥替小子想个办法。”

“刀在别人手里,下不下手,他决定。别人想杀你好说,他想杀你,真没法,制约他的物事没有,除非他自己认为你不必要杀,或者不值得杀。范雎装死,魏齐派人用席子将他一卷,扔在厕所里。当初魏齐让左右近臣多捅范雎几刀,还有没有后来的范雎?庞涓捏造罪名将孙膑处以膑刑和黥刑,想让孙膑埋没于世不为人知。庞涓当初心狠一点直接将孙膑处以极刑,还会不会在马陵碰到孙膑?魏齐不够狠,庞涓不够毒。遇上熊,想躺到地上装死根本就没有用。能不能最终躲过一劫,只能靠运气。性命捏在别人的手里,无论如何奸诈,都没有用。老哥想来想去,只想到一招,坐以待毙。”

“小子正准备坐以待毙。小时候,小子听家父讲匠石运斤成风的故事。当时,小子听了哈哈大笑。郢人真是疯了,鼻尖上的泥土,手指一摸就摸掉,为何叫匠石拿斧子来砍。后来才明白,那是故事。匠石手中的斧子砍过来时,郢人稍微动一动,一命呜呼。现在刀在别人手上,小子动一动,同样也是一命呜呼。小子不会动,坐着等他出手。”

石斛眼下是一介庶民,不想坐以待毙,又能如何?有人杀人需要借口,有人杀人编造借口,有人杀人不用借口。徐温虽还不是杀人不用借口的人,但编个借口难不住徐温,况且徐温的幕僚门下侍郎严可求会替徐温编。想当初,徐温派朱思勍、范思从、陈璠三人跟从秦裴攻打江西,又以企图谋反为借口,派遣别将陈祐去洪州叫秦裴杀了这三人。这三人是吴王杨渥的心腹大将,怎么可能会无故谋反?真准备谋反,怎么会跟我来江西而不留在广陵?秦裴怎么想也想不通。没办法,徐温让杀,不想杀,也只好杀。杨行愍手下大将尚且如此,何况像石斛这种仅仅有点蛮力的庶民?徐温在开善寺被杀手围攻时,向佛祖祷告,结果招徕了石斛。石斛不信佛,也不信怪力乱神。除了坐以待毙,吴国境内没有人能救得了。

“不过,小子得请老哥先分析分析除此之外还有哪些潜在的敌人。”

石斛去鄂州的这几天时间,细细想过,谁会从这一事件中获利,谁又会从这一事件中受损。徐知诰保住了性命,肯定获利。徐知诰获利,跟徐知诰争夺都督继承权的人受损。石斛马上意识到,自己开善寺出手救徐温,无故增添了敌人。可谁是敌人,石斛不晓得。

“敌人的敌人是朋友,敌人的朋友是敌人。那些个对他恨之入骨的人,晓得是你帮他逃出鬼门关,还不恨死你?这种人实在太多,老哥举都没办法举。有心人将你在紫金山的故事一张扬,你想想,大江南北有多少人想杀你。根本不需要亲自动手,有人会要你的命。都督只有一个,徐知诰得到了,其他人就得不到。没有你小子瞎掺和,世上还有没有徐知诰?如今徐知诰还活着,徐知询、徐知诲他们兄弟几个自然成了你潜在的敌人。这就不需要老哥说了。此外,还有一个人也是你潜在的敌人。这个人就是徐温的幕僚严可求。”

“小子跟他风马牛不相及,怎么会成了潜在的敌人?”

“你想知道,老哥就跟你说一说。徐知诰还任润州团练使时,严可求曾经多次向徐温进言,希望徐温除掉徐知诰,以绝后患。不晓得是谁将严可求说给徐温的话泄露了出去,传到了徐知诰的耳朵里面。徐知诰代替徐知训镇守广陵,开始执政,就将严可求外调楚州去当刺史。这下可将严可求给吓坏了。慌忙跑到金陵,向徐温献策。‘唐亡已经那么多年了，而我们到现在还没有改天祐年号，可说是一点也没有辜负李唐。这些年，我们征伐四方、建立基业打的却是复兴李唐作借口。听说现在河上战事，梁军屡屡战败。李氏万一复兴，主公能俯首称臣吗？我们应该在这个时候先建国。’不用说，杨渭一旦称帝，就可以彻底堵住李唐复辟的图谋。徐温当下就将严可求留在了身边，想办法迫使杨渭僭号称帝。

严可求晓得，徐知诰继承都督之位，对自己非常不利。仿效江充进谗言，让徐温除去徐知诰，徐温又不是刘彻，而且该进的谗言都已经进了。看来，要么弄死徐知诰，要么替换徐知诰，严可求才能安全。这两年，严可求一直怂恿徐温让徐知询代替徐知诰镇守广陵。这些时间，徐温一直在摇摆，是不是让徐知询替换徐知诰。看到徐知诰为了保护自己奋力拼杀，徐温肯定不再摇摆。老哥可以说，徐知诰将是都督的继承人。严可求整天盼望着徐知诰早死，现在可好，不仅没死，还稳固了徐知诰在徐温心中的地位，你想一想，严可求会不会成为你的潜在敌人？”

徐温遇刺，天大的事情。严可求当天就晓得帮徐温脱险的人是白记寿木店石斛。都是这个短命儿害的。严可求心里暗暗恨起了石斛。一回衙署，严可求就叫手下扈国治找来了乐平县那份简报，重新仔仔细细研读了起来。姓石，一家五口……严可求恍然大悟。当日，严可求就遣参军长孙秉明前往乐平。紫金山出手救了徐温，连风马牛不相及的严可求都成了敌人。石岩失算，逃离翠竹湾时，忘记了改姓。

因外婆来了，石斛没有继续多坐，就跟鲁扬声告别回家。到家时，父母陪外婆正在堂内唠叨。石斛本想将这件事情告诉给远道前来作客的外婆，想了想，最后还是没有说。外婆就要走了，没必要给她留个疙瘩。可以感觉得出来，外婆这人说一不二。晓得了，肯定会要我们一家立马跟她一起北上。妈没什么，爸嘴上不说，心里肯定会很不舒服。再者，背后的眼睛紧盯着，跟外婆一道北上，人家肯定会认为我们要逃跑。到时候，真是百口莫辩，就是想逃跑，也逃跑不了。就算真准备逃跑，也只能等外婆走了之后。至少到目前为止，远还没有被逼到悬崖边的地步。眼下，还是静观其变为好。石斛陪外婆唠叨了一会，直到母亲要他先回去歇息，才跟外婆道别，回房间睡觉。第二天，石斛和父母一道送外婆去码头。

第十九章　投亲

而几死之散人，又恶知散木？

——《庄子》

石柏带着石岩写给李存勖的亲笔信，和石竹一起，前往并州太原投亲。

或许是年幼时的遭遇依然残留在记忆的深处，相比石斛，石柏要悲观得多。看到的常常不是灿烂的阳光，而是灰暗的阴影。石柏觉得，无论是躲在江南还是河东，都没有实质上的差别，仅是屎和屁之间的不同。听父亲要他带妹妹一同前往并州太原，石柏一开始心里有几分不愿意。多一个人也多一分力，就算死吧，也能死在一起。当初石岩将藏了十八年的秘密告诉石柏，就是怕将来父子分离时来不及说。多活一个也是一个，没必要捆在一起死。石柏理性，石岩更理性。直到离开金陵后，石柏才真正懂石岩的意图。石柏理解父亲的审慎。生活在土匪的地盘上，不能有丝毫的侥幸。徐渊真的追查到了父亲的身世，到时候再想抽身，就已经晚了。不是愿意不愿意，而是不得不。父亲不用说，石柏也懂。

阴冷的正月已经过去，春天来了。风，吹到身上，虽感到还有些冷，但金陵的樟树已经开始抽新芽。苍黄的老树叶落到玄武大街上，吹得满地都是。一枚树叶，随风而起，无声无息地落到了石柏的头上。石柏捏在手上，轻轻一弹，树叶又在风中飘舞。玄武大街空荡荡，静悄悄，只有几个出早门的人。

石柏、石竹各牵着一匹马，在家人的陪同下，前往北门。

并州太原那么远，步行前往，走到不知哪个猴年马月不说，万一路上出现意外，行动起来肯定非常不方便。这时候，马就显得特别重要。两条腿怎么跑都跑不过四条腿的马。石岩亲自去金陵马肆购买了两匹枣红马。这两匹马总共花去了石岩将近十四两黄金。对黄金,石岩一点也不心疼。石岩只希望石柏、石竹兄妹两人能平安到达并州太原。

石岩家里原本有三匹马,是当时南逃时亳州天清观姑射真人送的。家居翠竹湾,养了几年,发现实在没什么多用,卖掉了。石岩的三个子女里面只有出生在翠竹湾的石竹不会骑马。石岩当初将马卖掉时,石竹还很小。买来马匹的当天,石岩就带着石柏和石竹到金陵北门外,亲自教石竹学习骑马。石竹人小,胆大,灵巧,不用半个时辰,就已经很娴熟。

到达北门前时,晨钟刚刚敲响。城门一开,扑面迎来一阵寒风。石岩一家人跟着出城的人流出了北门,慢慢地前往过江码头。尹如雪一边走一边吩咐石柏、石竹兄妹两人路上注意的事项。这些事项,尹如雪已经吩咐过不下一遍。石柏、石竹兄妹两人从小在偏僻的翠竹湾长大,没出过远门,一出门就走那么远的路,实在不放心。在船老大"走不走啊"的催促声中,石柏和石竹登上了渡船。"路上小心!"尹如雪抓住最后这个机会临别吩咐。渡船缓缓离开码头,石柏站在渡船上,望着码头上家人越来越迷糊的身影,心情异常沉重。渡过了扬子江,登上北岸码头,石柏一言不发,就和石竹上了马。沿着前往滁州的官道,当天傍晚到达了滁州清流县。在一家名叫安达的路边客栈,兄妹两人过了一夜。

翌日,兄妹两人在客栈用过早餐,继续步马向西北方向前行。并州太原还远着,用不着放马驰骋。石柏兄妹两人如同放牧,骑在马上慢慢走。直到十三日,在再来客栈掌柜刘济业的鼎力帮助下,石柏兄妹两人才在临淮镇渡过了淮河,继续朝西偏北步马前行,前往颍州沈丘县治下的石家村。

跟石斛东西跳梁不同,石柏出翠竹湾的次数不是特别多。石柏每次出翠竹湾,总是去做正经事。石柏受父亲石岩影响颇深,喜欢青山绿水、蓝天白云,而不喜欢繁华红尘。这一路行来,石柏倒觉得,此时的淮北一点也不萧条,比淮南甚至更加繁荣。倘若所谓的繁荣仅仅指人多,石柏宁可不要这种繁荣。野鸡一对终身厮守,一旦驯化变成了家鸡,雌雄之间的关系立马杂乱。人多了,这世界就会变疯狂,不管愿意,还是不愿意。石柏宁可一个人呆在幽静的山野,而不是生活在嘈杂的都市。石柏没想到,父亲竟然会来金陵。

此时的淮北,落叶树已经长出新芽,常青树开始换新装,青草已经漫布。半球形的树冠叠翠在眼前,让石柏感到自己就在茂密的森林中穿梭。猝然间,竟然就有了一种可以忘却人间烦恼的超凡感觉。密林的疏朗处,青、苍、黄表示生命三个重要阶段的颜色错杂相间,死中包含着生,生中隐含着死。散漫在村落废墟中的桃花已经含苞，在青、苍、黄三色的映衬下，更加诱人。一切如翠竹湾一样，让石柏陶醉。石柏的心情也因环境的优美，渐渐好了起来。一路行来，石柏虽不像石斛那样唧唧喳喳，但也没让石竹感到落寞。反正，在石竹的记忆中，石柏就是这副模样，不温不火。兄妹两人坐在马背上，任马自行。

神州人就喜欢吹嘘，喜欢夸张，神州那些骚人就更不用说了。淮北地区，千里无人烟显然就是夸张，尽管人确实不多。渡过淮河，石柏这一路很少有行人，就是有人烟的自然村也只是偶尔见到。黄巢、秦宗权、朱温等人如何能将淮北杀成如此境地？看到这种景象，石柏疑惑了起来。莫非个个都自愿献上自己的人头？抑或干脆就是待宰的羔羊？将淮北杀成这种地步，没些能耐还真不行。当一个人行走在荒野茂林中时，就会感到恐惧。聚居在一起，抱团取暖，就成了弱小者可行的选择。石柏不禁联想起，桃花溪中的游鱼。小鱼成群而行，大鱼孤身遨游。石柏越来越明白，神州人为何要聚集在乡村、城邑。

淮北人不多，飞禽走兽却真的不少。淮北是鸟雀的乐园，野兽的世界。天空中翱翔着鹞鹰，成团成团的麻雀，从一丛树盘旋飞到另一丛树，蔚为壮观，声音嘈杂，热闹非凡。树枝上跳动着山雀、黄莺、白头翁，水泽里面漫步着还有北归路过的大雁、鸿鹄。不同种类鸟雀的悦耳鸣叫声在丛林中此起彼伏，让人洗去黏附在心灵上的尘垢，顿时感到一阵空灵。松鼠在树枝上跳梁，野兔在草丛中窜动，麋鹿、黄麂等在低矮的灌木中徜徉，追逐，还有一些兄妹两人都叫不出名的自然精灵在路旁树林中出没，间或还传来猛虎低沉的呻吟。

石柏忽然觉得，孤身独居在山林的隐居者才是毫无恐惧的猛虎。这些年，石柏就是隐居者。雅人所好的琴棋书画，石柏样样都会。尤其是琴，石柏很有天赋。不过，石柏不想在书画上面花铜钱。离开翠竹湾时，那些个天然石壁上就留下不少石柏的真迹。农忙时节忙农活，闲暇时读书弹琴，石柏总能找到自己的乐趣。至于武艺，自石岩一家搬进翠竹湾的那天起，李同就传授石柏无道。十几年时间下来，石柏的无道早就已经到了列子御风的境界。

常言道，新客出门带糇粮，老客出门带衣裳。石柏第一次出远门，首先想到的却是要带足糇粮，而不是衣裳。想不到，临淮镇“再来”客栈的掌柜刘济业跟新客石柏的想法竟然相同。见这对年轻男女要北渡淮河前往并州，刘济业马上好心地劝阻。

“前往并州，要经过河南、河北，几千里路，不容易。黄巢造反以来，杀死的杀死，饿死的饿死，逃走的逃走，尤其是淮北，几乎已经没什么人。有几个活人也都像小鸡一样躲在城堡里面。不小心错过路，找到地方饭吃首先就是问题。如今朱贼派重兵把守河南、河北的关隘、渡口，防止百姓外逃。你们又不是和尚、道士之类的出家人，行动比较自由，一份度牒在身，谁也不会拦住你。想在河南、河北内自由行走，必须得有过所。”

刘济业说到这，被石竹打断。

“没有过所，就过不去吗？”

“那当然，除非你变成鸟，飞过去。”

“大哥，那我们该怎么办？”

过所的事情，动身之前，石岩就已经想到。李唐时期，为保证正常的商业贸易往来，稽查行旅，防止偷漏国税、逃避赋役、拐卖人口以至查清来自境外的破坏活动，实行严格的过所制度。黄巢造反后，原有的过所制度早就已经废弃。吴国废弃，不等于梁国也废弃。石岩不清楚在朱温的地盘上是不是还实行过所制度。就算还实行过所制度，金陵衙门也没有办通过河南、河北的过所。就算有办，吴国衙门办出来的过所，梁国会承认？再说，去衙门办过所，还不等于明白告诉衙门准备投敌？“过所的事情，只能靠柏儿过了淮河再想办法了。”石岩颇为担心。石柏宽慰石岩。“爸放心，只要有过所，就会有人造过所。”

“当家，现在造一份过所需要多少铜钱？”

“淮北很贵，淮南很便宜，造一份过所只需八百文。除了几个好事者，谁愿意去淮北自讨苦吃？你们兄妹两人不晓得，淮北那是阿鼻地狱。清口一战后，两边之间大的战争虽没发生过，小的冲突一直没断过。进入淮北，既要随时堤防驻扎在颍州、亳州的兵痞，又要时刻防备流窜在淮北各地的流寇。因朱贼太过残暴，淮北到处是流寇。在朱贼的地盘上行走，稍微不小心，就会送命。如今人人都想着往淮南跑，没有过所又过不了关隘、梁津，一份过所的价格自然贵。你们兄妹两人，没有什么特别的事情，不才还是建议别去。”

“麻烦当家替小子兄妹两人弄两份过所。”

“你们兄妹两人执意要去，那不才就让殷群里给你们造。看你们确实有特殊事情，不得不北上。不才建议你们兄妹两人还是多带些干粮。这不是不才想讹两位的铜钱。否则，不是不才胡扯，两位人还没有到并州太原，都已经饿死了！”

石岩和尹如雪虽都没饿过，却都晓得黄巢之所以能掀翻大唐帝国，重要原因就是当初河南饥民遍野。就在石柏兄妹出发前夕，尹如雪特地炒了一大袋的炒米给石柏、石竹带在路上做糇粮。出门在外，要么担心饿死，要么担心冻死。石柏兄妹出发前，当带些什么物事，石岩一家人想了又想。“天气马上要转暖了，孩儿体格健壮，又是练武之人，带一大堆衣裳在身边，行动肯定是不方便。又不是走亲戚，脏点没关系。”石柏喜欢历史，而历史书上有关人相食、易子而食的故事特别多。带什么？石柏首先想到的是带吃。

尹如雪晓得，石柏从小在南方长大，对北方的冷体味不深。还没感觉已经冻坏了。“保暖还是需要。虽说春天来了，北方冷不说，突然来了倒春寒，冻着了可就不好办。只有吃的糇粮，不好多带，只能靠路上备办。”掌柜说的也不无道理。没有吃的，真会是人还没有到并州，早就已经饿死在半路上。多听别人的意见不会有错，就算是想害你的意见，也有参考价值。那些糇粮一时半会又不会发霉。现在马上统统吃光，到时需要的时候，找不到吃的，那可不是闹着玩。

“多谢店家提醒。那就劳烦店家给小子多备些麦饼，也好路上食用。”

当天晚上，刘济业就给石柏送来了两份过所和一袋实心麦饼。石柏从未见过过所，石竹更不用说。“我来瞧瞧！”石竹抢先从刘济业手中接过了过所，将重叠在一起的两份过所，分出一份递给石柏。兄妹两人各拿着一份过所，仔仔细细地看了起来。

“放心！跟真的一模一样，就是他们自己也看不出来。”

“店家，我们要到并州，上面怎么写怀州？”

“并州不是朱贼的地盘，只有到了怀州后再想办法怎么到并州。”

“这么说，我们到了怀州，还要出铜钱买过所？”

“那是当然。”

石竹的问题一个接一个，刘济业很耐心地一个一个予以解答。

“谢谢当家！”石柏收起过所，并给刘济业付了铜钱。

“你们兄妹两人运气还算不错。去年凑巧出现了日食，朱贼对河南、河北黎民百姓的管制相对宽松多了。以往，三步一岗，四步一哨，整个河南活生生是一个囚笼，黎民百姓被活活困在一个地方，饿死了也动弹不得。你们兄妹俩想在朱贼的地盘上行走还真的很麻烦。有道是，一朝天子一朝臣。当初跟着朱贼篡夺江山的那些个土匪，他们家的孩子也差不多有你们兄妹俩的岁数。单凭气色和衣着，把守关隘、梁津的那些兵士一看就会认定你们兄妹俩是富贵人家的子弟。如今河南、河北，普通黎民百姓家哪有什么马匹？

你们兄妹俩骑马在河南行走，遇到关卡，不用给他们看过所，也应该不会有过多的盘查。就算盘查，一看你们兄妹俩的行头，也应该会认为是外出春搜，缺的是没有猎犬或猎隼。现在河南人口不多,野兽却不少。以往这些见不到的物事,这些年又突然冒了出来。不才这里有几把弓箭,是几年前那些南逃兵士丢的。那么多,不才也没什么用,你们兄妹俩带一把在身边,让人看起来真像春搜的样子。想减少不必要的麻烦,不才建议,你们兄妹俩最好不要走官道。那些乡间便道,鬼都出来,哪里来的人?只是土匪时常出没,安全无法保障。话又说回来,如今在河南道行走哪有什么安全可言?安全不安全,就凭你们兄妹俩的运气!至于过河,不才叫陈老大送你们兄妹俩过去,没必要在那些凶神恶煞般的兵士前面露脸。陈老大一直在淮河两岸行走,熟得很。渡船的铜钱就看你们自己出手了。"

送石柏兄妹俩过淮河的人姓陈,具体叫什么名,石柏没向刘济业打听。看到石柏兄妹俩的一身装束,单手划着桨的陈老大立马想到了狩猎。这两年,生活在淮南的一些好事者见梁吴之间的战事有所趋缓,开始偷偷潜入淮北狩猎。

"公子此时去淮北春搜,确实是非常不错的主意。只是两位不带猎犬,也不带猎隼,来到此地狩猎,一看就晓得是新手。实际上,弄条猎犬,花不了多少铜钱。"

"不瞒老丈,小子兄妹两人准备前往并州投亲。"

石柏原本就不善于欺瞒,而且又没有故意欺瞒的必要,就照实告诉给了陈老大。假话听多了,偶尔听到真话,也会认为是假话。陈老大不相信,继续单手摇着船桨,含笑说:"公子放心,打到再多的物事,老夫也不会向公子提出要分一份。这么多年以来,老夫还从没见有人要去北方投亲。看来,公子很少出门,就是扯谎,也容易被人看穿。"石斛不想跟陈老大争辩,默认自己在扯谎。渡船靠岸,石柏从袖袋中掏出一枚一两银饼,递给了陈老大。

"公子客气,老夫就收下啦。"陈老大收下银饼,没给石柏找铜钱。"公子兄妹两人一路上要多加小心,淮北这地方人少鬼多。"

"多谢老丈!"石柏兄妹拱手跟陈老大告辞。

石柏兄妹果真听了刘济业的建议,避走官道,走便道。初来淮南,情况不熟,石柏还真担心过所有纰漏。等熟悉了这里的情况,再走官道也不迟。反正,不像江南,淮北不需要翻山越岭。石柏兄妹两人只管依着一个方向,慢慢前行。这一路,兄妹两人走得很慢,简直就是游嬉。去并州太原,又不是争着去出世,急什么?就算是争出世,谁晓得生在帝王家就一定好?事实摆在眼前,不允许争辩。有道是,运好,不用起得早。人生如同坐渡船过渡。有些人到码头,渡船恰好靠岸,上了渡船还要耐心等其他人,一起过渡;有些人到码头,渡船马上要出发,正好赶上;有些人到码头,渡船正好离岸,看着离自己远去的渡船,只好耐着性子等下一趟。一切顺其自然，急不来。现在像赶集一样，急匆匆跑到并州太原去，又能怎么样？还不清楚面临的将是什么样的日子。未必一定是阳光灿烂。

淮北鸟多，鸟窝自然就多，形式多样，形状迥异。有只用干枯树枝搭建漏着风的，有用苇草编制密不透风的。然而，能够让人临时住上一宿的客栈却难寻。慢悠悠走了将近一天的路，石柏兄妹两人发现荒村倒不少，就是找不到一间随便能住一住的客栈。偶尔碰上一个村落，村民也不会留陌生人过夜，就算你磨破嘴皮也没用。谁晓得你们是什么身份的人？万一是朝廷通缉要犯，怎么办？那可会连累一个村人跟着送命。

一时怜悯可能会招致全村送命的事情千万不要强迫别人去做。人想在这世上活着，只能多多体谅别人。见人家不愿意，石柏只好继续寻找。眼看夜幕就要降临，石柏兄妹两人只得在一个废弃村子里过夜。石柏找了一处相对好一些的房子。怕睡梦中房子突然坍塌，石柏没有进屋，就在步檐上背风安营。石柏卸下门板当床，铺上一块油布。天不可能每天都晴。出门在外，碰到下雨，没雨具不行。石岩特意去玄武大街买来雨衣、油布给石柏、石竹兄妹带上。村子无人，烤火的柴草却多。石柏若是喜欢，可以放一把火将荒村烧成灰烬。石柏垒了一堆篝火，兄妹两人烤得暖乎乎才躺到睡觉。翌日清晨，石柏、石竹随便在一条长满杂草的泥土路旁水沟边，搓了一把脸，吃了半个麦饼，继续步马向西前行。临近中午，依照石岩和尹如雪的描述和斜插在路边的路碑，石柏转悠了一天时间，找到了老家——石家村。

有了人，自然也就委靡；没了人，自然就会有生机。真的弄不清楚，造物主当时为何要造人。跟石柏一路上见到的其他地方一样，石柏的老家石家村同样生机盎然。一只羽毛乌黑铮亮的乌鸦此时正站在草丛中的一具骸骨上打盹。突然，一阵凄厉的叫声响起，石柏看到盘旋在空中的鹞鹰已经擒住一只独飞的小鸟。看到石柏兄妹两人骑马而过，这只受到马匹惊吓的乌鸦旋即拍动着翅膀从尸骸上突然窜飞，发出一阵应山脉的“啊、啊、啊”鸣叫声。杂树丛草里面不时窜动着野兔、松鼠之类的小野兽。确如陈老大所言，淮北是狩猎的好地方。

石家村的村口朝南，四周是一堵保存还相当完整的堡寨。堡寨上甚至还有射箭孔。村口倒塌在路旁刻有“石家”两字的石牌已经长满了青苔。踏进村口，是一条砖缝里面已经长满杂草的青砖路。到处是断墙残垣，没有烧尽成木炭状的屋柱、栋梁塌倒在残垣上。见缝插针的寄生植物已经爬满了石家村的断墙残垣。长在废墟上面的树木，有的已经将近一抱粗。依据断墙残垣，石柏仍能推测出石家村原本应该是一个比较富裕的村庄。

见石柏和石竹闯入村子，一群乌鸦一哄而起，“啊、啊、啊”的叫声，在石家村的上空震荡。一只母黄麂带着一只小黄麂，在石家村的废墟上徜徉。听到乌鸦突然惊叫，母黄麂抬起头，惊异地看着石柏兄妹两人，带着小黄麂离开废墟，消失在树丛里面。远处不时传来悠扬的鸟鸣声，跟马蹄敲打路面砖块发出的声音，一唱一和。

突然，马蹄扬起，一座院子的废墟中窜出一大群野猪，跨过青砖路，逃窜到另一个废墟里面。多年不见人影的野兽，早就已经失去对人类的恐惧，只抬头看了一眼，继续觅食。依照石岩和尹如雪的描述，兄妹两人很快就找到了石庐，来到一座宅院的废墟边。院子坐北朝南，只有用青砖建造的大门还算完好，残破的蛛网挂在横额上面。苍劲有力的“石庐”两个阴文仍能清晰可辨。

“大哥，到了！”

平时一向嗓门大大的石竹受到周围环境的影响不敢高声。石柏的心情如同此刻的天，非常阴沉，从进入石家村起，就没说过一句话。石柏点了点头。兄妹两人在石庐的门头前下了马。石柏终于到了家，一个完全没有印象的家。石柏将手中的缰绳往马背一放，来到了石庐的大门口，踏上台阶，跨过依旧高高的门槛，走进大门。

石柏终于看到了由破屋、瓦砾、残梁、断柱、蛛网、丛草、杂树组成的老家。长在院子中的一棵樟树，石柏感觉都已经差不多有一抱粗。石柏似乎没有兴趣进去一探究竟，回忆一下自己当时哭泣的情景，旋即转身退出了大门。这次北上，不是石岩一定要石柏来石家村看一看，石柏还真不会特意费几天时间转一个弯。自渡江北上以来，这种废弃的村子石柏已经见过不少，越往淮河靠近越多。眼前的废墟已经不能激起石柏的兴趣。昨晚，石柏就在一个废弃的村子里过夜。石柏从来都不是嫉恶如仇的人，可这一路所看到的景象还是深深触动了石柏的灵魂。直到将近子时，石柏才蒙蒙胧胧睡了一会。

石庐右手果园里面是一片桃林。此时，桃树只有花苞，没有树叶。果园的一角有一棵巨大的枣树。光秃秃的枝条上面停歇着一群乌鸦，跟枣树融合成一体，有一种乱葬岗的味道。

见石柏、石竹进入果园，这群乌鸦仍旧呆在枣树上就是不愿起身飞往他处，似乎是在监视石柏兄妹两人的举动。石柏和石竹低着头，钻进了这片桃林。年岁原因，好几棵桃树的主干已经枯死，重新抽出的新枝仍然生出无数花苞，准备绽放。透过桃林的枝条，石柏清楚地看到桃树下面一排低矮的土堆。土堆被蔓草覆盖。

石柏走上前去，抽出龙吟剑，削去了聚生在土堆上的杂草，露出了一根两尺多高的石条。石柏拨开蔓草，看到石条上面果真刻着“石弘”二字。石柏终于证实，石岩没有扯谎。石柏确实是石弘的孙子，石安的儿子。

石柏跪在土堆前面，乌鸦站在枣树上看。

“石柏兄，以我看，你实在不应该来石家村，这只会给你增加悲凉感。除此之外，毫无意义。你还能找谁报仇去？你根本不晓得到底是谁杀了你的父母。那些年，被屠的村子不计其数。就算晓得了，比如说朱温，你还能怎么样？”

“乌鸦兄，你也未免将我石柏看扁了！难说我将来不会给他们报仇。”

“啊！”乌鸦一声冷笑。

“神州有血性的人早就已经死光了！如今剩下的，不是我乌鸦刻薄，说你们是一群恬不知耻的鸡豚狗彘，那也是侮辱了鸡豚狗彘。还是你们自己说得好啊，你们是人。不错。我们乌鸦，看到食物，立马聚集争抢；受到惊吓，立马四处散飞逃命。你们人又好哪去？一个半斤，一个八两。什么乌合？明明是人合。否则，黄巢、秦宗权、孙儒、朱温这种绝品人渣怎么会猖狂到如此的地步？否则，这淮北怎么会到处散落着白骨？

你们人笑我们乌鸦，真是一百步笑五十步。稍稍有点人样，这世界会是这副模样？我乌鸦终于明白，大千世界，归阎王管的这些鸟兽虫鱼里面，就人最差。别吓我，石柏兄，我说不定还吃过你族亲的肉呢。天天挂在你们神州人嘴上的什么忠孝礼义信廉耻，什么仁义礼智信，以我看，就是连狗屁都不如。有一丝一毫的羞耻之心，秦宗权、朱温之流怎么可能会猖狂？怎么可能会主宰着神州人的生死？石柏兄，好好想想，自黄巢造反以来，几千万的神州人难道都是黄巢、秦宗权、孙儒、朱温这些人渣独自所杀？朱温身边围着的不过是不同形式的大大小小的朱温。一千年前，神州尚且还有什么不食嗟来之食的人，如今哦，统统都是一些只想依附朱温之流过一过日子的孑孓。依照石柏兄的标准，朱温或许应该活剐。那么，帮朱温之流杀人的孑孓怎么办？石柏兄准备杀，还是不杀？杀一人是杀，杀万人也是杀。就说你是异类，你也一样报不了仇。不能因杀人少而罪轻，杀人多就罪重；更不能因是朱温之流让他们杀而免罪。依照刘邦杀人者死、伤人者刑的标准，石柏兄岂不是要将原本就已经所剩无几的神州人杀光？就算你石柏兄下了狠心，杀得了吗？”

“啊！啊！”乌鸦冷笑了两声，继续说。

“我乌鸦承认，神州人个个是淳齿，人人是竖刀，残忍凶狠。剥皮抽筋，熬油刮窝,反正你们神州在行。石柏兄就算是霸王再生,你的仇还没有开始报,就已经成为我乌鸦的晚餐了。你的父亲石岩,哪一样比你差?结果,仓皇逃窜。快省省吧,看在我跟你父母是邻居的份上,劝你赶快躲到并州那个洞里去,免得石岩夫妇将你白养,让石家绝了种。想一想,石家村已经只剩你一个人了。不跟你啰嗦了,我实在不屑跟你们无耻的神州人为伍。"

乌鸦"啊"的一声,散离了枣树。

我真的就这样躲到并州那个洞里去?石柏不断地在心里问自己这个问题。忽然,石柏向下一俯,伏地叩拜。石竹跪在石柏的身边,看着眼前这个长满了杂草的土堆,见石柏伏地叩拜,跟着叩拜了起来。兄妹两人一先一后拜了三拜,挺直了身子。石柏两手放在两腿上,呆呆看着眼前这个埋着亲人的土堆,一动不动,迟迟不起。春天已经来临,天时还算寒冷。跪在地上的膝盖已经感到冰冷,石柏仍然不想起身。没有虫鸣,也没有蝉声,只有冷风吹动枯枝、枯叶时发出的"沙沙"声以及不时在远处丛树中响起的清脆的鸟鸣声。石竹见石柏静默不动,也不想去打破这种静默。

时间沙漏中的沙粒在一点一点地流失。不晓得过了多久,石柏猝然一笑,一把拉住石竹的手,左脚一抬,站了起来。石柏兄妹告别了只埋亲人、不种菜的菜园。兄妹两人就在石庐的前面,重新跨上马,离开了石家村。沿着一条乡间便道,朝西北方向而去。

临近傍晚,石柏看到道路东首有一座小庙。远远望过去,这座低矮的小庙不禁让石柏联想起一坨水牛刚拉到地上去还冒着热气的牛屎。记得还只有七岁多一点,石柏就跟石斛一起放牛。反正,翠竹湾就他们一家,石斛在前,石柏在后,坐在牛背上,随着温顺的水牛到处游走,吃饱了草后回家。看到牛屎出来,石斛总是要石柏扶着他下牛背,去踩那坨圆圆的牛屎。小脚使劲一踩牛屎,看到牛屎飞溅,石斛总是异常兴奋。石柏想着,笑了起来。

"妹妹,看来,我们今晚只能在前面这坨牛屎里面过夜了。"

石竹侧身一看,果然像一坨牛屎。在前往小庙的岔道口,两人下了马。通往小庙的是一条两旁已经长满茂密野草的泥土小路。马吃着小路两旁的野草。兄妹两人各牵着缰绳,跟在枣红马的身后,悠悠走向小庙。天灰蒙蒙一片,那坨牛屎就在前面,无须急着进去暖身。短短一里左右的路程,兄妹两人就走了将近半个时辰。

两扇木门,现在已只剩下了一扇。这一扇眼看也要倒坍。不用看就晓得,小庙已经好久没有得到了修缮。兄妹两人牵着马,石竹在前,石柏在后,跨过低矮的门槛,走进了小庙。小庙四根灰黑色柱子的前面是一块小小的空地。空地上,高高低低的杂草仍然枯黄。这些杂草的边沿,已经出现趴在地上的青草。

见有人进庙,小庙屋宇内"咕咕"飞出了两只斑鸠,似乎向石柏、石竹两人宣示它们原本想好要在这里借宿,你们两人确实不应该再来凑热闹。石柏、石竹分别将马匹拴在小庙最中间的两根柱子上。石竹卸下马背上的行囊往肩上一挂,登上两级台阶,走进庙宇。

"大哥,这坨牛屎不错。起码比昨晚那鬼地方强多了。"

"那你晚上就安心睡觉,免得像昨晚一样惊醒好几遍。"

石竹仰起头,看了看小庙的屋顶。除一处漏着天外,低矮的庙宇上面仍然盖着瓦。即便晚上突然大雨光顾,也休想让金枝玉叶带雨。庙宇的后墙前面塑了三尊已经严重褪了色的神像。想了老半天,石竹就是想不出这三尊神像塑的是那三位尊神。

"大哥,你说这三尊塑像塑的到底是谁? 土地爷? 不像。三星? 不像。城隍爷? 也不像。"

"神州的神多如牛毛,大哥猜可能是本地什么娘娘吧。"

石柏看也没看神像一眼就随口回答。

"不对。这三尊塑像不像是女人。"

神州人一向喜欢造神。神州历史又那么长,造的神自然也就多。去一趟茅厕,也有专门管茅厕的神。三尊神像的身上已经挂满了蜘蛛网,其中一尊神像已经没了头。这些个本地尊神非但保佑不了本地村民,也保护不了自己的泥身。

"大哥",盯着三尊泥神像看了老半天,石竹说:"好奇怪诶。"

"什么物事奇怪?"

"这些尊神连自己神像的头都保护不了,那些村民为何还要给他们塑神像呢?"

"当初塑的时候,村民肯定相信这些尊神能保护自己。"

上面漏天的泥地上到处散落着瓦砾,而上面仍盖着瓦片的泥地上,却铺了一层厚厚的枯草。靠近漏天的地方,还有一堆篝火烧完后留下的余烬。除斑鸠、野兔外,时常有过路行人像石柏兄妹一样在这里借宿。石柏卸下马背上的行囊,左肩一扛,右手一提,踏上台阶,走进庙宇。就在枯草边,石柏放下行囊。石柏折回,卸下了马鞍,回到庙宇内。放下马鞍,石柏顺手解开了行囊,从中取出一个麦饼。"先喝口水。"石柏将水袋递给石竹。石竹接过水袋,松开系绳,拔出木栓,仰头喝了一口。石竹重新插好了木栓,系好袋绳,递还给石柏。石竹又从石柏手中接过麦饼。石柏搬来了两个树墩。石竹蹲下身子,坐在一个像山涧螃蟹一样的树墩上。石竹将麦饼掰成一大、一小两半,将大的一半递给了石柏。

石柏兄妹两人坐在树墩上啃起了麦饼。不久,天飘起了小雨。

第二十章　篝火

人生而静，天之性也；
感而后动，性之害也。

——《淮南子》

历史由意外写成,意外改变了人生走向。

远处传来的急促马蹄声敲碎了荒野破庙的寂静。渐渐地,马蹄踏地的节奏开始缓慢了下来。没过多久,马蹄声已经在小庙外响起,紧跟着就是马匹的鸣叫声。不一会,小庙的围墙外面传来了有人下马的声音。荒野破庙来了不速之客。

灰暗中,三名娘子牵着马,走进了小庙的破门。三人都戴着一顶大大的斗笠,加之蒙蒙小雨,石柏和石竹都没有看清楚她们的脸。见竟然已经有人准备在这座荒野破庙过夜,三人顿时迟疑了起来。此时天色已晚,又下着蒙蒙小雨,除了小庙,还真没地方可去。三人在小庙前的空地上犹豫了好一会,最后才重新起步,将马拴在了小庙的柱子上。小庙前的空地原本就很狭小,突然塞进五匹高大的马匹,顷刻之间就显然有点拥挤。马匹的嘶鸣声响了好长一会才停止。人一生中总会跟陌生人相遇,不可能都躲避。三名娘子也就不去理会正啃着麦饼的石柏兄妹,先后踏上台阶,站到了步檐上,解下遮雨斗笠,甩掉雨水。

小庙泥土地上,倒有不少树干、树墩,左手步檐上还堆着一大堆干柴。这些干柴看起来已经有些年岁了。三人走进了庙内,用斗笠扇了扇树墩上的尘土,先后坐了下来。白骨露于野,千里无鸡鸣。淮北一路上,石柏见到的枯骨远远多于见到的人。想不到,此时竟然会有三名长起来还相当不错的娘子来此荒野小庙投宿。这三名娘子没有随身行囊,根本不像是外出旅人。三名娘子踏上小庙台阶时,石柏眼角粗粗一扫,发现绝不是瘦不拉几的那种。虽然相当疲惫,但长得丰润。三名陌生娘子突然出现在荒野小庙,引起了石柏的遐想,也引起了石竹的兴趣。石竹嘴里啃着麦饼,而眼睛却一直就没有离开过这三名娘子。

这种鬼地方,怎么会莫名其妙地冒出三个显然是有吃有喝人家的娘子?真让人百思不得其解。莫非是这一带地方某一小土匪头目的家眷?这种可能性很大。大土匪全如今都呆在城邑里面,他们的家眷怎么可能会在这种鬼地方出现?敢在这种鬼地方出现,神州岂不是太平盛世了?三名娘子身带佩剑,就算疲惫不堪,从走路的姿势中仍能看得出是练过武艺的行家。唯一的解释就是这三人应该是这一带某一小土匪头目的家眷。这三个土匪家眷为何要到这破庙来投宿?迷了路?不可能。比较合理的推测是,她们不巧遇到了大土匪。小土匪遇到大土匪,只能落荒而逃。无论如何,这一带小土匪确实多。小土匪怕大土匪,欺压良民像吃松糕,轻松得很。日后行走要多加注意。"出门在外,要多一个心眼。"这句话尹如雪不止说过一次。"任何人都要防着点。千万要记住,着了别人的道就没有机会。"

一名娘子就像阿虎蹲在跟前看着石竹啃咬骨头,几乎是盯着石柏和石竹坐在树墩上津津有味啃着麦饼。石竹从她的眼神中看出一种贪婪,仿佛看到娘子跟着在嚼动。不经意间,这名娘子喉头一动,咽了一口口水。让她们看着我吃确实有些不该!莫非让她们用自己流出来的口水充饥?我在她们面前慢吞细嚼地吃着麦饼,肯定会将她们活活馋死!石竹嚼着麦饼这样傻想。

南华真人云,去人滋久,思人滋深。山里人怕寂寞,孩子就更不用说了。翠竹湾就石岩一家人,多少给人冷清的感觉。石竹最喜欢走家串户。总是隔三间四缠着石斛带她去热闹的桃花石村看一看。石柏每次去桃花石村办事,石竹总要跟。石竹已经差不多一天时间没见着了人。没想到,这荒野小庙竟然还会遇上人,而且是岁数不大的娘子。石竹顿时有了前所未有的热心。

石竹看了石柏一眼,征求石柏的意见。再来客栈掌柜叫伙计给石柏兄妹俩制作的实心麦饼,既实又厚,是出门在外路上填饱肚子的好物事。让官宦人家的那些个千金来吃,一个麦饼够四五个人吃一顿。石竹的心思,石柏懂。石竹的要求,石柏能满足尽量满足。行囊中还有好几个麦饼,给了她们一个不至于让自己饿死。况且,小土匪的家眷今晚要在这坨牛屎里面饿肚子过夜,也应该算是倒了大霉。如今的世道,大土匪当道,小土匪想生存也是一件很不容易的事,更何况她们仅仅是家眷。石柏行囊里面摸出一个麦饼,递给了石竹。

石竹笑容一展,接过麦饼,从树墩上站了起来,向这三名娘子走了过去。一名青衣娘子见石竹不请自来,立马手握剑把,俨然是一副随时可以抽剑防备的架势。

石竹没有言语,将手中的麦饼,向她们一递。三人都张着眼睛看石竹,非常吃惊。

淮北这地方,最缺的就是填饱肚子的食物。三人根本没想到,这两名看起来准备在小庙过夜的旅人会给她们送一个麦饼。贫不择妻,饥不择食。“谢谢!”稍稍犹豫了片刻,一名身穿水红半臂的娘子两手接住了石竹递来的麦饼。看起来,这三名娘子已经有些时间没有物事填肚子了。况且,石竹和石柏一看就给人感觉不是坏人,而此时又坐在小庙啃麦饼,一定是远行路过此地的旅人。“不客气。”这名娘子倒很讲情义,将一个麦饼掰成了大致均等的三份,每人一份。石柏一言不发,石竹想说,但不晓得怎么开口,更何况现在正嚼着麦饼。

这三名娘子各拿着一份麦饼,啃了起来。

天下着无声的小雨。小庙此时非常静,没有鸟鸣,也没有虫声,只有啃麦饼的声音。石竹喝了几口水,刚将水袋系上,想到了这三名正啃着麦饼的娘子,站了起来,将水袋送到她们的面前。见石竹举止如此友善,全身上下没一丝邪气,三人放松了警惕。“谢谢!”一人伸手接过水袋。石竹依旧是那句“不客气”。三人忘记了不能喝陌生人酒、水的警告,各喝了几口水。一名娘子将水袋重新系好,送还给石竹。“先留着。这种麦饼,没有水配,真咽不下去。”娘子迟疑了一下,也就不在客气,拿着水袋,回去重新坐下继续啃麦饼。

麦饼还没有啃完,夜已经很暗。季节虽说到了二月中旬,淮北的天气还非常冷,夜里就更别说了。石柏速度快,开始吃的时间又早,啃完了麦饼,站了起来。石柏从行囊中摸出了火折,随手捡起一把枯草,走到了以前借宿人留下灰烬的地方。见石柏准备去堆篝火,石竹也跟着起身,去捡柴火。这三名娘子,见石柏、石竹兄妹俩准备堆篝火,也立马过来帮忙。荒野小庙麦饼没有,枯草、枯枝倒很多。步檐上就堆着一大堆。不久,破庙中出现了火光,一堆小小的篝火燃在了小庙的三尊神像前面,渐渐映红了一位尊神的脸。

邂逅相遇的五人各自搬了一个树墩、树桩,围着篝火烤火取暖。不久,三名娘子的衣袖开始冒出了白气,渐渐蔓延到胸襟。看起来,雨不大,却已经将三名娘子弄成半干不湿了。篝火暖和了这三名娘子的身子,石竹的友善暖和了这三名娘子的心。这三名娘子围着篝火,很快吃完了麦饼,跟着有了精神。人一有精神,待人就友善可亲。或许是麦饼的原因,这三名娘子对石柏兄妹俩不仅没有了应有的戒备,还热情了起来。不清楚是石竹先开口,还是三名娘子先开口。总之,她们早就已经打破了原先的沉默,开始很热情地攀谈了起来,仿佛一起远行的伙伴,围着篝火取暖。从唧唧喳喳的攀谈声中,石柏得知这三名娘子的名字,苏幽然、齐贻彤、秋雨。其中坐在石柏身边的娘子叫秋雨。石柏感觉,这三人的年龄好像差不多,应该过了二九。平常,这种岁数的娘子应该已经嫁人。石柏没有这方面的经验,也没有心思去关心,坐在身旁的秋雨是不是已经嫁了人。别人的事情,还是少关心。

石柏没去问,娘子,为何会出现在这里?从哪里来,又要到哪里去?石柏这样问,早已经给自己笑死。世上每人都有自己的秘密,石柏不例外,娘子理当也是如此。石岩隐居在翠竹湾,谁晓得他是昭宗的弟弟,曾经的亲王?不说别人,就是石岩的三个孩子都不晓得。石岩自己不说,石柏到现在还不晓得此石安不是彼石安,自己不是此石安的儿子,而是彼石安的儿子。人家不想告诉你,那等于逼迫人家说谎。许多谎言并不是自己愿意说,是别人逼他说谎。说谎不该,逼他人说谎的人更应该受到严厉地谴责。石柏和石斛,这一点完全相同。

人和人相遇,就好比天上的云朵相聚,此刻相融在一起,不晓得下一刻会散在哪里。何必去追究你是甲还是乙?娘子不会永远呆在破庙,石柏兄妹两人也是如此。过了今晚,破庙不会留在梦乡,明天一早就各奔东西。石柏兄妹北上投亲,路经此地,在破庙借宿。石柏和秋雨同来小庙借宿,纯粹是巧合。在神州的话里面,这叫邂逅。邂逅相遇,适我愿兮。石柏没想过,秋雨也一样。石柏不问,秋雨无须告诉。何况,石柏问了,秋雨也没有告诉的义务。

跟陌生人萍水相逢,你还真的以为有缘千里来相会?保持适度警惕非常必要。害人之心不可有,防人之心不可无。谁晓得你是正人君子,还是奸佞小人?善事的背后并一定就是善意,恶言的背后也未必一定就是恶意。经过上千年的驯化,神州人早就已经表里不一。什么笑里藏刀、心怀鬼胎之类的俗语比比皆是。能沉默,最好还是沉默,以免因说话不慎,露了底细,招了不必要的麻烦,说不定还会招来莫名其妙的杀身之祸。很多悲惨的故事就是一时忘记了戒心所致。给五步蛇咬上一口,只能在痛苦中死去。人活在这个世上没必要留给别人唏嘘。

就说是什么狗屁危险都没有,跟陌生人能谈些什么?无非就是一些无关痛痒的废话。跟石斛不同,石柏对这些废话毫无兴趣。就这一点而言,石柏更像是石岩的亲生儿子,而石斛不是。无论是男人还是女人,殷勤的背后肯定能找到原因。身边的娘子美还是不美,跟石柏没有关系。孟轲说,踰东家墙而搂其处子,则得妻;不搂,则不得妻。要搂就让孟轲自己搂去,石柏不感兴趣。说起来冠冕堂皇,阳光下道貌岸然,暗地里男盗女娼是儒家的传统。

石柏不想去揩人家的油,何必去献什么假殷勤?

石竹和苏幽然、齐贻彤聊得正起劲,仿佛就是认识了半辈子的老朋友。石柏没有出言阻止，让石竹和苏幽然、齐贻彤说去。邂逅相遇，彼此陌生，石竹就是说出要去北方投亲，也没什么。无害的事情，石柏不会去管。她们聊天的内容，石柏根本不去关注，偶尔一两声不小心闯进了一只耳朵，石柏会很快将它从另一只耳朵中驱逐出去，绝不宽饶。石柏静静地坐在篝火旁，轻搓着两手，一声不响。身上的寒气已经完全消除，甚至开始感到有点烫了。石柏一声不吭坐了差不多半个时辰，依旧间或搓着手，一言不发，眼睛似盯非盯地看着眼前跳跃的火焰，耳朵似听非听地听着火烧枯枝发出的劈啪声。

"谢谢公子!"

"不客气。"

石柏依旧搓着手，很漠然。不会因秋雨漂亮，石柏就粘上去唠叨个不停。石柏虽不是不响屁，却是沉默寡言人。"不客气"三个字一说完，石柏就不想再说，秋雨也不晓得该如何开启聊天的话题。就算秋雨开启了话题，石柏也不一定愿意接，秋雨只好轻搓着手继续烤火。想不到，石柏的"不客气"三个字吸引走了石竹的注意力。石竹中断了与苏幽然、齐贻彤的聊天，侧下身子，右手托着腮帮，仰面饶有兴趣地看起了秋雨。秋雨见石竹盯着看自己，抬起了头看了石竹一眼，笑了起来。

"秋雨姐姐，我感到特别奇怪。"

"为何感到奇怪?"

"我和大哥出远门，没地方住宿，只好来这破庙过夜。你们三人，身边没丁点行李，不像是出远门的样子。怎么也会来这破庙过夜呢?"

"我们不巧碰到了土匪。"秋雨苦笑说:"我们三个娘子，哪是土匪的对手? 根本就不管东西南北，只晓得死命逃窜。看看天色已晚，又下着雨。看到这里有座庙，就进来了。想不到，那么凑巧，刚好碰到石竹妹妹和你大哥准备在小庙过夜。"

"难怪你们没丁点行李。秋雨姐姐，现在不用担心了。有我大哥在，保准你没事。土匪来了，大哥手上的剑可不认人。"石竹的大话，石柏并没有制止。秋雨、苏幽然、齐贻彤第一个感觉仿佛就是石柏承认自己是十步杀一人的侠客。"谢谢石竹妹妹。"秋雨转头看了石柏一眼。石柏只管自己轻搓着手，映着火光的脸上没有一丝笑容。秋雨确实感到石柏身上有一种安全感，但并不相信石竹的话。在小孩子眼里，父亲、哥哥总是战无不胜的人。

"不客气。秋雨姐姐，我们还不算是朋友，可已经是熟人了。就算是陌生人，我总不能站在一旁看吧。秋雨姐姐，告诉你吧，一般的土匪，不是吹牛，根本用不着大哥出手，我一个人就足够。我倒要看看，我妈传授给我的若水道，到底有多厉害。"

石竹家中岁数最小。石岩不用说,尹如雪也是宠爱有加;石柏和石斛两人都顺着她,同样是疼爱过剩。石竹平常说话,言语毫无顾忌,想说什么就说什么。石岩总是说,童言无忌么。将来长大了,谁还会这么说?

石竹的话让三名娘子都吃了一惊。"你会若水道?"苏幽然不禁脱口问。石柏正低头烤火,一听苏幽然如此吃惊的语气,吃了一惊。她们怎么会晓得若水道?如此惊讶,只能说明出乎她们的意外。有名堂!石柏旋即也就注意听起了石竹和秋雨之间的对话。看起来,她们三人并不是一般小土匪的家属。

"我不会若水道,谁会若水道?"石竹有点急,将秘密和盘托出。"幽然姐姐,我告诉你吧,这世上会若水道的人只有三个人,我,我妈,还有我外婆。"石竹好像真会若水道,一点不像在说谎。莫非石竹说的若水道就是妈会的若水道,仅仅同名?怎么会这么凑巧?莫非她外婆就是我外婆?秋雨看着石竹想。"只是我长这么大,还没有见过我外婆。"看起来,石竹的外婆好像真是我外婆。"幽然姐姐,真奇怪死,你怎么会晓得若水道这个名字?"秋雨抬头看了苏幽然一眼,苏幽然马上心领神会。"我只听人说起过,这是一种很厉害的武艺。"

"那是当然啦。"

石竹高高的声音很远的地方都能听得到。

"幽然姐姐,告诉你吧,若水道是我们家的秘技。为什么叫若水道,幽然姐姐,你晓得吗?"苏幽然摇了摇头。"不晓得。""若水,若水,顾名思义,就是像水。"石竹说着,就突然出手袭击苏幽然。苏幽然吃了一惊,连忙出手抵挡。石竹忽然手势一变,四指已经点中了苏幽然的上腹。"妹妹。"石柏叫了一声。她外婆真是我外婆。

"大哥,我和幽然姐姐闹着玩的。幽然姐姐,你看到了没有。你是土匪,肯定已经被我击倒。你挡了东,我已经进攻西。我若是手上有剑,更是不得了。对方根本猜不到,我准备进攻你的什么地方。再加上,我身上这把宝剑。这可不是一把普通的宝剑,而是一把神兵利器。告诉你吧,我这把剑的名字叫凤鸣,跟我大哥的那把龙吟是一对。在家的时候,我想试一试,是不是真的那么神。我一剑砍向一块大石头,宝剑一点也没损,石头倒被剑削去了一大块。所以啊,你们根本用不着担心啦。有土匪胆敢再来找你们的麻烦,我肯定帮你们灭了他。我年岁小,练若水道的时间还不是很长。万一碰到了特别厉害的土匪,我就不一定行了。幽然姐姐放心,有我大哥在这里,就是最厉害的土匪,照灭不误。"

"那倒是。石柏大哥岁数比你大,练若水道的时间肯定比你长。"

"这秋雨姐姐就完全外行了。若水道是一种只适合女性练的武艺。"

这世界还真是年纪越小越真诚。秋雨看着石竹想。神州会若水道的人，只有外婆、我妈和姨妈。姨妈失联已经差不多有二十年时间。看起来，石竹和石柏兄妹两人应该就是姨妈的孩子。真个是芝麻落在了针眼里面，这次落荒而逃，竟然遇上了表哥和表妹。“我方才不是跟你们说了吗，这世上懂若水道的只有我外婆、我妈和我三人。我大哥练的不是若水道。反正，明天我们就各奔东西，以后再也不会见面了。我跟秋雨姐姐说说也没有关系。在老家，我才不敢说呢，怕露了底细。我大哥练的是无道。这世上，会无道的人，只有我爸、我大哥和我二哥三人。无道秋雨姐姐没听说过吧。”秋雨摇了摇头。“没听说过。”“那可是极厉害的武艺。所以，秋雨姐姐根本就不用担心。土匪真来了，我和大哥帮你灭了他们。”

夜很黑，也很静，破庙附近传来逐魂鸟的鸣叫声。破庙中央小小篝火的火花在跳跃，篝火的火光，照红烤火娘子的脸，照亮破庙里面的三尊神像，也照亮庙宇前面的围墙。石竹和秋雨等底里叨唠聊天。忽然，远处又传来了模糊的马蹄声。

不久，马蹄声越来越清晰，显然又有人来破庙借宿了。

“真奇怪，白天见不到半个人，晚上来破庙借宿的人却来越来越多！”

确实是一件非常奇怪的事情。石竹还没有想通为什么，苏幽然和齐贻彤神色已经紧张了起来，从篝火旁站了起来了，“嗄”的一声抽出了利剑，准备投入战斗。秋雨紧跟着站了起来，右手一握佩在右侧的宝剑的剑鞘，注视着小庙的门口。石柏才看出秋雨原来是一个左撇子。“看你们紧张兮兮的样子，应该是土匪追来了。秋雨姐姐，我方才说过，我大哥在，你们根本不用怕。”石竹宽慰秋雨。“几个土匪，没事。在老家时，就曾有土匪来我家抢劫。我爸和我妈都还没有动手，大哥和二哥就已经将土匪打得个个跪地求饶。秋雨姐姐，放心，不会有事。”石竹坐在树桩上，屁股已经一转，面朝向了小庙的门。

小庙门外亮起了火把的光。就一会时间，小庙门外鱼贯挤进来了十几个男子。借着火把闪烁的光，石竹看清前面几个人的脸。长着这种脸的男人，石竹不仅不喜欢，甚至还有点讨厌。一个大男人为何非要长出这种脸呢？石竹就是喜欢石岩这样的脸，威武。这些男人手里持着样子非常奇怪的兵器。这些奇怪的兵器，石竹从来就没有看见过。石竹看到土匪这些奇怪的兵器，更加放宽了心。越是依仗奇怪兵器的人，武艺自然也就越差。

石柏乡下长大，又没有出过远门。这次带石竹北上，石岩一再叮嘱要小心官府。

经过上千年的反复驯化，神州人就是相信官府，事实已经反复证明这是一种非常愚蠢而且危险的想法,还是一味地认为官府是自己的保护者,而土匪是自己的伤害者。历来只晓得提防土匪而不去提防官府。官府是已经得到神州人默认的土匪,土匪是还没有得到神州人默认的官府。官府和土匪的差别仅仅是规模的大小不同。把持一个县、一个州、一个道,也就渐渐变成了官府;把持了整个神州,自然就成了帝国。说得直白一点,官府就是大土匪,土匪就是小官府。朱温、宋文通、杨行愍、王建、马殷、钱镠等当前称帝、称王的,无一不是从小官府变成大土匪。

这两天,石柏带着石竹专走乡间小道,而不走官道,尽管道路可能有些迂远。在朱温的地盘上行走,尽量不要给自己找麻烦。就算是蚂蚁,蚁海能够逃生也绝非易事。今天石柏倒希望出现在破庙的是大官府的人。是大官府的人,我正没地方出气,肯定叫你们个个去见阎罗!石柏总感到心里有一股闷气,需要找地方发泄发泄。既然来的是小官府,就暂且不跟你们计较了,硬的还是软的,随便。这些小官府的存在,制约上面的大官府很有好处。只要你们不惹我,就算你们自己运气好。惹上了我,就别怪我不客气。

"我们追了整整一天的三只若水宫小雏原来躲在这破庙里烤火!"

走在这群人最前面的一名男子如获至宝似的说。秋雨、苏幽然、齐贻彤三人在前往桃花村的路上碰到了这班土匪。孤零零三个年轻娘子,就算长相一般,也要尝一尝。哪晓得秋雨三人不是只晓得哆嗦的弱女子。这班土匪马上明白了秋雨三人是若水宫人。如今被逼到了悬崖边,只有拼命。土匪和秋雨都这么想。三十六计,走为上计。打不过就逃。这班土匪死命追,没给秋雨三人喘气的机会。快到夜晚了,三人才渐渐摆脱了追击的土匪。眼看夜幕就要降临,天又飘起了毛毛细雨,三人发现了这座破庙。不对,不对。眼前不是明摆着是五个人吗?这名男子揉了揉自己的眼睛,向后退了两步。见这名男子后退,紧跟在身后的人也跟着后退。借着小庙内的火光,这班土匪看清了庙内一共有五个人。天那么黑,又下着小雨,先在小庙过一夜,明天再走,也是很合理的解释。况且,这五人一起烤着火。

"想不到若水宫派来了两只小雏来接应。"

石柏和石竹已经被这班土匪当成了是秋雨的同伙。尹如雪曾跟石竹说过,外婆手下有一班武艺特厉害的娘子。若水宫?若水道?石竹一听,立马联想起了若水道。说不定,若水宫跟若水道有那么一点关系。否则,为何都用若水?外婆还健在,那么这些恶心男人嘴里面的若水宫很有可能跟外婆有关系。是不是外婆现在就住在若水宫?石竹忽然感到一阵兴奋。死土匪,不给你一点颜色瞧一瞧,就不晓得不要看不起人。这名男人刚吐出"小雏"两字,石竹左手一握风鸣剑的剑鞘,

“呼”的一声站了起来，准备强出头。

石岩家本有虎啸、龙吟、凤鸣三把剑。虎啸是李同的佩剑。李同死后，陪伴了李同一生的虎啸继续伴随李同埋在翠竹湾的后山上。龙吟是石岩的佩剑，凤鸣是尹如雪的佩剑。龙吟和凤鸣是一对鸳鸯剑。石岩和尹如雪成亲的那一年，石岩的七哥昭宗，见弟弟好武，就将这一对鸳鸯剑作为贺礼，送给了石岩夫妇。幸亏昭宗将这对鸳鸯剑赏给了石岩夫妇，否则现在不是在朱温手上，就是在宋文通、韩建、张全义手上。宝剑是皇帝亲手所赐，旋即也就成了石岩夫妇的佩剑。一对鸳鸯剑，从神都跑到了翠竹湾。龙吟和凤鸣成了石家兄妹翠竹湾时练剑时用的宝剑。这次北上，石岩特地要求石柏、石竹带上龙吟、凤鸣，以防不测。

这班土匪正准备冲上台阶，收拾庙内的五只小雏，见石竹手握宝剑起身向他们走来，立马停住了脚步。老虎初次看到蠢驴，也以为神，不敢贸然靠近。行走江湖那么多年，还没见过不怕土匪的小娘子。若水宫派这两人前来接应，肯定不会派酒囊饭袋。

这些年，河南不知有多少英雄豪杰、绿林好汉栽在若水宫手上，而且全都栽在这些个不起眼的小雏手上。围堵三个小雏都已经那么狼狈，再加上前来接应的两人，就不晓得到底是谁先死了。小娘子一副初生牛犊不怕虎的架势，那后生阴沉着脸，一言不发，一看就马上让人意识到千万别轻举妄动。走在前面的这名土匪心里开始有了几分胆怯。

命只有一条，别人无所谓，自己得珍惜。“想想我们涡水帮，几十年的基业，就活活断送在若水宫的手上。他们现在只有五人，而且都是雏，我们有十几个人。让她们就这样毫发无损地回去，必定是我们的死期。”一名脸上文着朱字的男子见状，立马高声怂恿，给其他人鼓气。十几名大男人还在乎小庙里面五只小雏？这班挤在小庙庭院中的涡水帮土匪停止了后退，可人人都不敢做出头的鸟，率先冲进小庙，前去送死，僵死在小庙的步檐前。

临行前，尹如雪对石柏说：“原本去外婆家最好，只是你外婆早就已经离开了辽东，到外面云游去了。上次姑射真人来家里做客，她告诉妈，你外公去世后，就离开辽东到外面云游去了。据姑射真人所知，从那时起，你外婆就没回过辽东。你不晓得，你外婆就喜欢游历名山大川。你没有舅舅，只有堂舅舅。你外婆又很多年没回辽东了，那些个堂舅舅就算肯收留你，也会很勉强，毕竟隔了一代。辽东地方远，说不定，还要过海。想来想去，你还是带着竹儿去太原找你表舅舅。你表舅舅现在是晋王，留你和竹儿应该没问题。”外婆一直在外面云游，谁能说就不可以来淮北？这二十年中，神州风起云涌，翻天覆地。千万不能依据二十年前的事情，来推测当前的情况。外婆来了淮北，这三名我起初认为是土匪家眷的娘子就有可能是外婆的手下。让这班小土匪伤了外婆的手下哪还得了！就算她们跟外婆没有任何关系，在我的眼皮底下剁人也是太不将我当人！我不剁你们，就算是你们的造化了！

石柏站了起来，走到了石竹的身边。

“不想死得难看，快滚蛋！”

石柏说话声音低沉有力，就像猛虎在沉吟，一下子就震住了这群刚才还很蔑视他们的男子。这两天，石柏感到自己有一种强烈的杀人欲望。不是带着石竹，石柏真会从淮河一路杀到并州太原。石柏再三告诉自己，冷静，冷静，冷静。这几天不走官道走小路，也是怕碰到了官匪不冷静。小庙前的空地上已经有人开始向后挪动了脚步，准备作鸟兽散。看来，让妹妹露一露武艺，也好让秋雨晓得。秋雨真是外婆的手下，等于是给外婆送信；不是，我们明天各奔东西，就当留下传奇故事。石柏决定让石竹露一露若水道。

“妹妹，让这班井蛙见识见识一下若水道嫡传的手艺。”

“大哥就站着看我是怎么将这班不知好歹的匪徒统统戳死。”

“戳死不要了，戳戳痛就行了。”

“听大哥的。”

只听寒光一闪，石竹手中的凤鸣剑“唪”一声出了剑鞘。耀眼的寒光让人联想起鲜血从脖子上喷射而出的景象。见剑光突然闪至，站在小庙前空地上的涡水帮土匪，就像一地的枯叶突然遇到了风，慌忙向庙门撤去。最靠近台阶的那名男子来不及转身，慌乱之中，只得用手中的狼牙棒一挡。忽然，让人心寒的剑光一变，这名男子来不及避让，凤鸣剑已经无声无息地戳入男子的肩胛。“咚”的一声，狼牙棒离开了男子的手，掉在了石阶上。男子顿时明白眼前的这位小娘子可不是随意捏拿的小雏。

“大哥”，石竹含笑说：“已经戳了一个洞。”

“继续戳，多戳几个洞。”

涡水帮水匪吓得魂飞魄散。男子跌撞中倒退了好几步，觉得应该可以安全调头时，迅速转身。男子这时才发现站在身后给自己助威的同伴早就已经个个逃之夭夭。庙外响起了一阵嘈杂的马蹄声。男子迅速退出了破庙，消失得无影无踪。

“真是一群不禁打的废物。”

石竹第一次用若水道御敌就大获全胜，欣喜地笑了起来。“唪”的一声，石竹将凤鸣剑插回剑鞘，踏着台阶，登上步檐。涡水帮水匪早就已经熔进了黑夜，秋雨还站在原地死死盯着破庙前的空地。石竹踮着脚尖，如同尺蠖虫，身子时高时低，来到了秋雨身边。石竹一把挽住了沉思中的秋雨，拖到了篝火旁。

“秋雨姐姐”，石竹含笑说：“看傻了吧？”

“石竹妹妹”，坐下后，秋雨说：“你的武艺确实厉害。”

“远着呢。”石竹忽然谦虚了起来。“依照我妈的说法，我的武艺只能算是刚刚入门。我五岁那年开始学武艺，连头带尾也只有十年时间。想真正学好若水道，我还需好好学。到那时候，我根本不需要剑，甚至连一根枯枝也不需要，就可以让这些土匪跪地求饶。这些土匪吓得屁滚尿流，肯定是给人吓怕了。”忽然，石竹意识到什么似的自言自语了起来。“真奇怪，我妈从来没离开过家，更不会来这鬼地方，那些土匪怎么会一听若水道就那么怕？难道我外婆就在附近？不可能啊。”发生在眼前的事情，石竹觉得难以理解。

“石竹妹妹，你怎么会认为你外婆就在附近？”齐贻彤问。

“这你就不懂了。我方才说过，这世上会若水道的人只有我、我妈和我外婆。”

“就再也没有其他人？”苏幽然接着齐贻彤继续问。

“那是当然。若水道是一门只传女不传男的家族武艺。幽然姐姐不晓得，我外婆只有一个女儿，我妈也只有一个女儿。难道我外婆后来又生了一个女儿？这不可能啊。就算我妈嫁给了我爸后，我外婆又生了一个女儿，那也应该是我姨妈。就算真这样，时间也不对啊。你说，我外婆是不是就在附近？否则，那些土匪怎么会怕若水道？只是那么大一个地方，找到我外婆还真是不容易。”

“说不定，你很快就会找到。”秋雨安慰石竹说。

“外婆见到了我，肯定很高兴，都没见过呢。”

“从没见过，突然见着，肯定好高兴。”

“见到了外婆，我多年的心愿就实现了。”

“妹妹，时辰不早了。我们先睡觉，明天还要继续赶路。”

“秋雨三位姐姐，你们再聊一会，我要先休息了。”

“我和妹妹就先休息了，等下半夜我再来警示，防止土匪折返偷袭。”

小庙虽然三面有墙，但睡在这里过夜肯定冷。石柏先将散布在破庙地上的枯草聚成厚厚的一层作垫，再从行囊中掏出一件尹如雪缝制亲手的羊皮袭，递给了石竹。石竹将羊皮袭团团包在自己的身上，躺在了枯草上。石柏躺在石竹身旁，闭上眼睛。见石柏兄妹睡觉，秋雨也轻轻对苏幽然、齐贻彤说：“我先躺一会，你俩注意警示。”秋雨躺在了枯草上。石竹和石柏应该就是姨妈的孩子。无论是不是，明天我都得通知我妈，让她来亲自验证一下。

蒙蒙胧胧中，石柏被马蹄声惊醒，一握身边的龙吟剑，挺了起来。石竹躺在一旁睡得正香。苏幽然、齐贻彤已经离开了篝火旁，正准备叫醒石柏。“公子”，见石柏前来，苏幽然轻轻地说：“好像又有人来了。”马蹄声轻了下来，小庙围墙外面已经亮起了火把的光。齐贻彤赶紧前去叫醒沉睡中的秋雨。一会，一名中年妇女带着一班娘子进入了庙门。

“秦嬷嬷！”苏幽然惊喜地叫了起来。秦嬷嬷连忙问，“县主呢？”苏幽然还没有开口回答，秋雨已经出现在了秦嬷嬷的眼前。“谢天谢地，总算找着了。路上撞见了那班土匪，老身才晓得县主在这小庙过夜。快回去，夫人都快吓坏了。”

秋雨、苏幽然、齐贻彤带上斗笠。“但愿下次再见到公子时，秋雨能烧几个菜给公子尝一尝。”临行时，秋雨三人拱手向石柏告别。“公子保重，后会有期！”“后会有期！”石柏拱手送行。秋雨、苏幽然、齐贻彤走下了台阶，解下了马匹，和前来寻找的人一道起步，向庙门走去。忽然，秋雨转过身，手一拱说：“石竹妹妹醒来后，麻烦石柏大哥告诉一声，就说姐姐先走一步了。”石柏拱手说：“一定。”

不久，小庙外传来了一阵越来越远的马蹄声。石柏捡来枯枝，拿一些粗大一些的放在火堆上，理清篝火旁易燃杂草，离开篝火，踏下台阶，步出庭院，来到破庙门口。小雨已经停歇，小庙外是一片漆黑。西北风吹在身上，感到阵阵寒意。舒了舒筋骨，石柏转身回到了小庙内。坐在篝火旁，烤了一会火，石柏重新回去睡觉。

天刚蒙蒙亮，石竹在清脆响亮的鸟鸣声中醒了过来。坐起来一看，只看到大哥石柏站在小庙前的空地上。秋雨、苏幽然、齐贻彤已经走了。“大哥，秋雨姐姐她们走了，怎么也不告诉一声。”秋雨三人不告而别，石竹感到颇为遗憾。石柏微微一笑。

“你在睡觉。秋雨肯定不敢惊醒你的美梦。”

“大哥”，石竹含笑说：“说真的，我昨晚还真的做一个梦。”

“梦见什么啦？”

“梦见自己在皇宫里面。”

“你又没有去过皇宫，怎么晓得你梦见的一定就是皇宫？”

“大哥也没有见过，怎么晓得我梦见的就不是皇宫呢？”

“也是。”

石柏说着，拿起马鞍，走出了庙宇。“妹妹，将篝火灭了。”石柏上好了马鞍，回到了小庙。石柏肩扛、手提，将行囊放在了马背上，绑好，轻轻拍了拍马背。石竹扑灭了篝火，跳到了庭院上。“我们走。”石竹、石柏各牵着一匹马，走出庙门。小庙前面杂草丛中有一条小水沟。“妹妹，我们就这梳洗。”石柏从行囊里面拿出梳子，再从背囊中摸出水袋、葛巾。放马在小庙前草地上吃草，两人走到了水沟旁，石柏将葛巾递给石竹，准备梳洗。

“大哥，这水真冰。”

“现在还只有二月，并州太原说不定还结冰呢。”

“我们到的时候，冰正好溶化。”

“所以，我们不用急。”石柏给水袋装水。“到并州是过日子，路上走也是过日子。不要像神州人，路上急急匆匆，到了后，发现又没什么事情。这一路风景优美，我们就算是外出游玩。”

石柏将装满水的水袋挂在马鞍上，拿出半个麦饼，分一半给了石竹。

过了大约半个时辰，石竹和石柏上了马，继续步马前往太原。

第二十一章　受邀

是不是，而非不非。

——《吕氏春秋》

就上个月，晋王李存勖手下大将周德威东出飞狐口，与赵将王德明、义武将程岩在易水会合。初七，三镇军队攻下祁沟关。初九，包围了涿州。刺史刘知温开城投降。十八，周德威率领大军到达幽州城下，燕王刘守光派人来洛阳请求救援。

刘守光也算得上是有名的暴君，其行止桀纣自叹不如。与庶母罗氏通奸，囚禁生父刘仁恭，虐杀哥哥刘守文。刘守光制作铁笼、铁刷，对谁不爽，就让谁坐到笼里面去，从外面用火燎，或刷剔他的皮而死。朱温称帝，册封刘守光为燕王。

朱温决定亲自率领大军攻击镇州、定州，用围魏救赵的办法来救援燕王刘守光。朱温御驾亲征，肯定得挑选黄道吉日。哪一天？朱温的御用阴阳师阴乙挑选了这个月的甲子日。时辰呢？朱温以金德帝，阴乙选择了五行属金的巳时。

甲子，朱温从洛阳出发。随从的官员多数害怕随行。原因很简单，朱温今年比以往更加喜怒无常，随意杀戮，突然想起杀谁就杀谁。就是那些以往为朱温登上皇位立过汗马功劳的将领，说不定突然之间因芝麻大一点小事人头落地。朝中官员个个噤若寒蝉，天天担心自己的项上人头突然消失。朱氏皇朝所有人都明白，让朱温多看一眼，人头消失的机会就会增加一次。可朱温要你跟，你不得不跟。到达白马顿，朱温突然要赏赐随从的官员吃饭，结果多数随行的官员没有到。朱温派遣龙虎军骑兵前去催促，结果左散骑常侍孙骘、右谏议大夫张衍、兵部郎中张俊还是姗姗来迟。朱温雷霆大怒，当场就杖杀了孙骘、张衍、张俊三人。

这些事情，准备北上投亲的石柏不晓得。

石柏和石竹步马悠悠前行，一点也没有像赶路的样子。石柏一向不急不躁，做事有条不紊，跟石斛做事雷厉风行很不一样。再说，急什么？前往并州太原的路还远着，根本不在乎一时的快慢。走了将近两个时辰左右的路程，石柏兄妹俩看到这条并不是很宽的乡间泥土路上横七竖八翻仰着尸体。

“大哥，路上这些死人应该就是昨晚出现在牛屎里面的土匪。大哥，你看，那人脸上的文字，一模一样。”不错，就是出现在破庙里面的那些土匪。这些土匪应该是昨晚前来接秋雨的秦嬷嬷所杀。“多一事，不如少一事。管他是不是，我们走我们的路。出门在外，闲事越少管，越安全。”石柏只看了一眼，就继续步马走路。

兄妹俩听着缓慢的马蹄声前行。不久，看到了一条小河。河水清澈，汤汤南流。“妹妹，我们下来休息一下，也让马吃点草。”就在小河边，俩下了马。搓了一把脸，洗了一下手，开始啃起麦饼。啃了麦饼，洗了手，上马继续前行。路上，兄妹俩撞见一队人马从身旁飞驰而过。石柏发现，竟然个个都是娘子。这些人笃定是秋雨的同伙。石柏推断。往东北方向慢慢走了将近一个时辰的路程，兄妹俩终于见到了一个村镇。石竹顿时眉笑颜开了起来，仿佛在荒漠中行走突然见到了绿洲。“大哥，今晚终于可以不用睡草堆了！”石柏笑了笑。

镶嵌在门洞上方黄泥墙里面的一块青石上刻着“槐树村”三个阴文大字。进出村子的泥土路傍，耸立着一棵巨大的槐树。石柏、石竹牵着马，穿过门洞，走进了槐树村。槐树村是石柏兄妹两人一路过来所见到的最大一个村镇。街道两旁倒有几间正在营业的店铺。街道上行人虽然不是很多，但还不算特别清冷。石竹喜欢热闹，一见人就高兴。

人靠衣装，佛靠金装。石柏兄妹动身前，尹如雪为两人的衣装倒费了不少心思，最后还是石岩拍了板。“神州人个个势利眼，既然不怕劫贼而担心衙门，那就穿像样的衣裳出门。”石柏和石竹身上穿的衣裳虽不奢华，但绝不朴素。石竹身上一件银狐短襦，一看就觉得不是出身寒门。街上的行人，迎面撞见，见兄妹俩腰佩宝剑，都回头再瞧一眼。兄妹两人仿佛成了槐树村最为稀缺的货物。很显然，石柏兄妹两人已经被当成了翻身做了主人的匪二代。

“看什么啊看。”

“别管他。”

沿着一条青砖铺成的街道，走到一家名叫运来的小客栈前，兄妹两人停了下来。一看就觉得是权贵子弟的一男一女牵着马在客栈门前驻脚，一名伙计赶忙走出客栈，如同突然捡到了铜钱似的问：“两位客官，是吃饭，还是住店？”石竹当下笑嘻嘻地高声说:“既吃饭,也住店。”“好嘞! 客官请!”石竹和石柏牵着马先后进入了运来客栈。庭院中间一条小道通往客栈的厅堂。小道的左手空地上长着一棵小枣树。小枣树光秃秃,好像已经枯死了多年。“客官请将缰绳给小人,小人牵过去系到马厩去。”石竹和石柏将手中的缰绳递给了伙计。就在运来客栈的院子里,兄妹两人卸下马背上的行囊。伙计牵着马刚要转身,就被石柏叫住。“伙计,给马卸鞍后,多加些草料!”“晓得。客官请放心!”伙计牵走了马匹。

穿过庭院,踏着台阶,进入厅堂。因还不是吃饭时间,厅堂里只坐个一个人。“妹妹,你先坐,大哥去要房间。”客栈掌柜见石柏只要一个房间,很惊异。“客官兄妹两人就只要一个房间?”石柏向掌柜两指一伸。“一间双人间。”“住在这里很安全,客官大可放心。”连死人都不安全,何况活人? 石柏伸出一个手指,“一间双人间。”掌柜虽失望,但还是招呼一名伙计引石柏兄妹去房间。伙计在前引路,沿着走廊,来到房间前。伙计推开了没有上锁的房门,侧过身子,让石柏兄妹俩先进入房间。房间左右两侧各铺着一张床。伙计临走时,石柏吩咐,“去准备些热水,我们马上要洗澡。”“晓得。”伙计应了一声,转身离开。

石柏兄妹两人将身上的行囊放下,从中拿出沐浴用的葛巾、木梳,再拿出将要更换的衣裳,重新系好行囊,放到房间内的柜子里面。那些个盘缠,石柏都将它打在行縢里面。就算小偷突然光顾,大不了偷去了换洗的衣裳。光天化日被偷,也可以向客栈讨公道。反将一对鸳鸯剑佩带在身上,还不至于有哪个小偷敢打佩剑的主意。准备妥当,兄妹两人走出房间,顺手合上了房门。“客官这边请!”伙计领着兄妹两人,穿过走道,来到了客栈屋后的天井。

“已经有两三天没洗头了,今天要好好洗一洗。”

“随你洗,反正我们晚上住在这。”

这次北上投亲,石柏准备慢慢走。一来人轻松,二来不容易引起人们注意,三来急匆匆去太原做什么? 就算李存勖收留,别人的屋檐下,还不是要低着头? 石家兄弟俩,石斛雷厉风行,石柏和风细雨。快吃慢吃,都只是吃饱肚子,急什么?

石竹发髻还没有拆好,伙计就送来了一桶热水和沐浴用的皂角。淮北吃的物事紧张,柴火却多得是。客栈的大锅里面一直热着热水,以备客人使用。石柏试了试水温,酌满一勺热水。石竹低着头,石柏缓缓倒在了石竹的头上。石柏倒完了一勺,又倒一勺,一直到木盘的八分满。石竹开始用皂角洗头。搓来揉去,洗了好久,石竹才舍得将一盘青丝捞出。石柏端走木盘,将脏水倒进了天井的暗沟里面。放好木盘,石柏酌满一勺热水,缓缓盥洗。一连倒了三次脏水,石竹才将滴着小水柱的青丝捞出。石柏拿起葛巾，帮石竹擦干了头发。石竹抬起头，含笑说："终于洗了头，好舒服。"石柏轻轻一展笑容。

澡堂紧挨着天井。一名伙计准备好了热水，从澡堂里面走了出来。"客官，热水已经准备妥当，可以进去沐浴了。"石柏轻轻推开女宾澡堂的门，石竹跟着石柏走进了女宾澡堂。虽然是大白天，澡堂内还是点着一盏豆大灯花的青油灯。澡堂中央，摆放一个盛满了热水的大木桶。石柏仔细查看了澡堂的四周情况。

"大哥就在门外守着。"石柏转身离开了澡堂，轻轻地带上门。石柏在天井里面等了将近半个来时辰，石竹才从澡堂里面出来。"梳好了头，你先到前面厅堂里坐一坐，大哥很快就好，就一会工夫。"客栈大大的男宾澡堂里面空无一人。木桶内的热水已经有些凉，但不至于将石柏冻死。石柏没叫伙计换热水。发髻一松，行縢一解，布鞋一脱，衣裳一卸，石柏跨进了木桶。

石柏整好衣衫、发髻，走出澡堂，石竹才刚刚梳好自己的发髻。

时间还早，抓紧时间浣洗刚换下来的衣裳。见石柏去讨草木灰，伙计说："换下来的衣裳放着有嬷嬷过来洗。""不必麻烦。就一件衣裳，很快。"石柏道了谢。这种洗衣做饭的事情，石柏、石斛兄弟俩都会。离开翠竹湾来金陵前，兄弟俩的衣裳都是自己洗。石岩和尹如雪都没有灌输男人不洗衣做饭的观念。石岩知道，亡命江南，想活下来，得靠勤劳的双手。从小衣来伸手，饭来张口，下场肯定凄惨。晾晒完衣裳，兄妹两人步出了客栈。

街上可买的物事不多，价格昂贵。同样的物事，淮河南北价格相差几倍，甚至十倍。看着如此高得离谱的价格，石柏只能抑制住自己购物的冲动。身上带的铜钱本来就不多，而到并州还需要很长一段时间。一路上吃饭、住宿肯定还会花去不少钱。石柏兄妹两人只能欣赏摆在店铺门前木板上的货物，边走边看。

"秋雨姐姐！"

石柏正在槐树村小街上欣赏货物，忽然听到石竹高叫。石柏转过头，瞧见秋雨正带着两名小娘子，从不远处迎面而来。秋雨上穿鹅黄短襦，下着粉红罗裙，走在单调的街上，显得特别醒目。一听招呼，秋雨停住了脚步。再次见到秋雨，石竹很兴奋，迎面跑了上去，迫不及待去跟秋雨打招呼。

"秋雨姐姐，你怎么也会在这里啊？"

这名秋雨竟然哈哈大笑了起来，笑得石竹丈二和尚摸不着头脑。跟在秋雨身边的两名小娘子虽然不是昨天出现在小庙里面的苏幽然和齐贻彤，秋雨应该还是昨天的秋雨。可能是意识到自己在大街上狂笑非常不雅，这名秋雨赶紧掀袖子遮住了眼看就要露了底细的嘴巴。此秋雨应该不是彼秋雨。粗粗看一眼,很真容易将两个秋雨当成一个秋雨。用心感受,还是能够辨别得出是两个不同的秋雨。单凭用手习惯,秋雨是左撇子,而眼前的这位秋雨不是。很有可能,此秋雨和彼秋雨是孪生姐妹。神州长得很像的孪生姐妹很多,长得这么像的孪生姐妹,石柏还是第一次见。不用心看,还真的分不清谁是谁。两人简直就是同一模板印出来。正当石竹感到云里雾里的时候,这名秋雨拿开了袖子,含笑说:"我不是秋雨。"

不是秋雨?石竹惊讶得差点合不上嘴巴。怎么可能呢?此秋雨怕石竹认错人而尴尬,主动伸出双手捧住了石竹的手解释。"我是秋雨的孪生妹妹,秋水。我们姐妹两人,实在长得太像,别说是你,就是舒容和淑姬,我们常常在一起,也老是将我当成秋雨,将秋雨当成我。"走在秋水一旁的一名娘子,当下替秋水佐证。"县主说的一点也没错,淑姬也常常弄错。"

"我和秋雨,就好像从一个模板里面印出来,很多人认错。你我第一次见,认错人很正常。你就当我是秋雨好了。秋雨和秋水,你不晓得,向来就是什么物事都不分。秋雨的就是秋水的,秋水的就是秋雨的。你认识秋雨,等于认识秋水。"

"你们两人长得也实在太像。石竹,我大哥石柏,秋雨姐姐认识。"

石柏向秋水手一拱。秋水手一拱,微微抬了下头,侧目看了石柏一眼。

"石竹妹妹,我怎么没有听我姐姐说起过你们兄妹俩呢?"

"我们才刚刚认识,可能是秋雨姐姐还没有来得及跟你说吧。"

"这就对了。石竹妹妹,我们边走走说,站着会挡住人。"

秋水起脚,石竹跟上,石柏只得在一旁陪同。

"石竹妹妹,我和我姐姐长得那么像,你和你大哥怎么一点也不像。"

"我像我妈,我大哥像我爸。"

石竹没说石柏不是亲哥哥。石柏虽不是石岩亲生,但跟石岩还真有点神似,至少两人身材一样高大。秋水含笑说:"石竹妹妹,你爸和你妈年轻时,肯定一个像范蠡,一个像西施。"石竹笑了起来。"西施,我虽没亲眼见过,但那些画上画的,肯定没我妈好看。我觉得,我妈最漂亮。范蠡不晓得长得怎么样,我想,肯定也没我爸长得好看。我爸年轻时,应该就像我大哥那样。秋水姐姐,你看我大哥,英俊吧,面如冠玉,玉树临风。"秋水又看了石柏一眼,笑了起来。

"你是赛西施,你大哥是胜潘安。"

"我大哥不喜欢跟潘安放在一起比。"

原本想说一句好话,结果却说了一句别人不喜欢的坏话。"我爸曾说过,潘安这种人性浮躁，趋炎附势，怎能跟柏儿比呢。潘安被孙秀夷了三族，全家大大小小死光光。我大哥怎么能跟他比？”秋水连忙转移话题。“欸，石竹妹妹，你和你大哥怎么会认识我姐姐？”

石竹正准备回答，一名娘子匆匆跑了过来，站在秋水身边就是一阵嘀咕。见有人正跟秋水在嘀咕，石竹只得闭嘴。“石竹妹妹、石柏大哥，我妈叫我，就此别过。”刚嘀咕完，秋水就要跟石柏、石竹辞别。石柏、石竹正准备开口跟秋水道别，秋水已经带着两名娘子，匆匆跑开了。望着秋水远去的背影，石竹迟迟没有起步。

“秋水和秋雨长得真像，弄得我将她当成了秋雨。”

“弄错了就弄错了，反正以后不一定再见着。走吧，看看有没有我们需要的事物。”

石竹重新抬脚，和石柏一起慢慢逛起了这条前后不到一里地的青砖路。兄妹俩回到客栈时，已是傍晚。客栈的厅堂里面，已经有人坐着吃饭。石柏兄妹俩在一桌旁走过时，正坐在吃饭的文面男子，贼眼齐刷刷地盯向了石竹的胸口。

石竹脖子挂着一块玉佩，在胸前荡来荡去。这块玉佩，就是在外行人眼里，也晓得是罕世宝贝。石柏叫石竹将玉佩放到衣裳里面，可石竹就是不愿意。石竹艺不高，可人胆大。“谁敢抢？不要命了。”如今这世道，轮到抢玉佩早就已经抢人了。与其隐藏，不如招摇。这块稀世玉佩很容易让人联想起显赫的家世。这对石柏兄妹两人顺利通过朱温控制的地盘显然有利。使巧有时候要远远胜过使力。石柏见石竹执意不听，也没有强迫。

石竹不予理会，只管在一张空桌旁坐下。石柏含笑说：“今天，你终于可以不用吃麦饼了，不过只能点两个小菜。”“那好吧。”石竹从竹筒里抽出一双筷子，“我要点两个过去没有吃过的菜。”刚坐下不久，一名小伙计就走了过来。没等小伙计开口，石竹就高声问：“有什么好吃的菜？”小伙计将客栈的菜谱报了一遍，石竹点了蒜苗鸡丝和生炒山药。石柏要了两碗小米饭。

或许是在客栈吃饭的客人并不是很多，客栈的伙计很快就端上来了石柏点的小菜和小米饭。望着眼前热气腾腾的小菜，已经好几天没有吃上热菜的石竹，食欲顿时大开。石竹拿起筷子，正准备夹菜，方才那桌上的一个该死的龌龊男人，已经站起身子，左手握着乌黑的刀鞘，慢腾腾走到了石竹身旁。石竹顿时觉得一条被烫破了皮、看一眼就让人感到恶心的赖皮狗突然间闯到自己的身边，刚刚激起来的胃口顿时消失。石竹此时心中的唯一想法就是，踢死你！随着这名龌龊男人而来的是邻桌一名男子的笑语声。“‘人见笑’兄弟，小心碰上若水宫的人哦！看看人家

‘鬼见愁’孟腾彪,叱咤微山湖近二十年,一夜之间就被若水宫搬走了脑袋。让若水宫的小娘子弄走一个鼻子或一只耳朵,那可成‘鬼见笑’啰。”

厅堂内吃饭的几个客人侧目朝石竹、石柏看了过来,意识到这对兄妹要遭殃。这种故事朱温的地盘上每天都在上演,没有人准备充侠士,来一个抱打不平。这个脸上既有人字形刀疤又文了字的男人,仿佛没有听见同伴的笑语声,也仿佛是将坐在石竹对面的石柏当成了一块石头,连鄙视都不屑鄙视一眼。弄一个水一样的小娘子过一过单调乏味的夜晚,还不是一件令人流口水的事?真不会生活!只要动手解决了陪她的后生,这小娘子还不是叫她怎么玩就怎么玩?谁叫你不在家里好好呆着,到外面乱跑!怨就怨你那土匪父亲没长脑袋!“人见笑”断定,眼前这两名年轻男女肯定是外出爽心的权贵子弟。

早在昭宗被弑杀之前,朱温就已经是实际上的皇帝。新皇帝产生,自然连带产生新的权贵,新的富豪。神州不断地更换着皇朝的名称,新朝代和老朝代,唯一的不同,就是坐在金銮殿上面的皇帝和跪在皇帝面前的奴才换了人。皇帝不同,依附在皇帝身上的虱子也就会不一样。以前的低等贱人如今翻身做了主人。

这些倚仗父母抢劫发家的权贵子弟,有谁吃得了苦去练什么武?他们的父母也觉得自己做了一生的土匪,应该让孩子们好好享受。那点花拳绣腿,想骗得过我的眼睛?如今,在大梁江湖上混的那些个人,谁的脸上不文有记号?甲乙丙丁,清清楚楚。若水宫,可能吗?听到同伴的笑声,“人见笑”心里不禁鄙夷,真是没见识。“人见笑”刚将自己的脚往石竹左侧的凳子上一翘,右手已经向石竹的胸前伸了过去。石柏正准备出手,石竹已经用手中的一根筷子轻轻格住那只长满黑毛的手。“哟呵”,“人见笑”说,“还是很有脾气的么!”

“人见笑”浓浓的口臭让石竹不得不转过头去,用手捂住了鼻子。得赶快将这条赖皮狗打发走。否则,光臭都要将我臭死。这条该死的癞皮狗,脏兮兮,臭烘烘。爸总是说,坐地老虎,出门猫。出门前,石岩和尹如雪反复叮嘱石柏兄妹俩要注意的事项,诸如钱财不能露白,不住冷僻的客栈,装聋作哑等等。尹如雪还特意给石柏准备了试毒银针。无论武艺有多高,毒药到了肚子里面,马上完蛋。只要猜测身上可能有铜钱,先弄死,然后再去证实自己的猜测不迟。神州人的眼里,铜钱面前其他统统是狗屁。再说,石竹还是一位很值得冒一冒险的小娘子。从决定北上投亲,到上了扬子江渡船,千万要小心的话,尹如雪说了不下十遍。现在和大哥出门在外,暂且熬一熬,先听一听大哥的意见再决定。大哥说剥它的皮,我肯定会抽出它的筋。见石竹竟用筷子格住自己的手,“人见笑”手一转,再次出手。石竹又用筷子挡住“人见笑”那只黑手的去路。石竹还没有开口，石柏突然一握龙吟剑的剑鞘，剑镡直往“人见笑”的肚子上一撞。一声闷响，“人见笑”身子一屈，一屁股坐到了地上。这一撞让“人见笑”明白，不是自己有多厉害，而是别人让着你。

“滚一边去！否则休怪某将你剁了喂狗！”

“人见笑”的同伙站了起来，个个亮出了家伙。“人见笑”从地上挣扎着爬了起来。石竹立马高声揶揄说：“想打架啊？”“想打架，好啊。马上给某消失，否则叫你们个个变成鬼见哭。”石柏说话速度慢，声调低而语气冰冷。石柏真想杀人，似乎杀人才能消去心中燃烧的怒火。惹毛了，这些个小土匪，只能怨自己饭吃多了。石柏平常就不苟言笑，总是一脸的严肃，而此时则显得有些严厉了。给人的信息是，千万别冒险，否则不客气。

石柏震慑住了这班文面男子。一番交头接耳之后，在一名男子“我们走”声中，“人见笑”和他的同伙匆匆离开了客栈的厅堂。这班人还没有走多远，就听到厅堂响起一个妇人几近冰冷的声音。“让这种恶人留在世上只会害更多的人！”

妇人的话音刚落，厅堂里响起“砰”的一声，“人见笑”就像刚砍下来的一段木头砸在地板上似的倒在了地上。同伙一见，顿时只恨少生两条腿，个个慌忙逃遁。厅堂里面吃饭的人转眼之间只剩下两桌，一名中年妇人和两位娘子也在用餐。

这名中年妇人让石柏依稀想起昨晚小庙邂逅的秋雨。小店的后门进来了几个伙计，将死在店里面的“人见笑”抬出了后门。过一会儿，又进来两个伙计，洗擦干净血迹。中年妇人好像觉得石柏在看她，抬起头，看了石柏一眼。石柏没有回避，以笑容对她表示问候。

饭刚吃到一半，中年妇人走到桌旁，含笑对兄妹俩说：“不欢迎？”石柏、石竹连忙起身，拱手说：“请坐！请坐！”中年妇人在石竹的一侧坐下。中年妇人率先开口介绍：“娘家姓尹，名似雪。”尹似雪？石竹想起母亲的姓名，跟眼前的这位尹嬷嬷，不仅同姓而且连名字也差不多，只是两人的相貌却完全不同，而且母亲说过她没有姐姐，也没有妹妹。

“小子姓石，名柏。舍妹石竹。”

“能在这里跟你们兄妹俩相遇，真是有缘啊！”

“尹嬷嬷，你的名讳和我妈的名讳简直就是一样。”

尹似雪含笑说：“真的吗？”“当然是真。我骗嬷嬷又没有好处，为何要骗嬷嬷？”“嬷嬷相信你。”尹似雪看了看石竹的胸口。“玉佩真好看。可否让嬷嬷瞧瞧？”石竹含笑说：“就一块玉佩，没什么好瞧。嬷嬷想瞧，我就拿下来给嬷嬷瞧。”

“不用。嬷嬷瞧一瞧就是。”石竹拿起玉佩递给了尹似雪。尹似雪张开手掌托住玉佩,仔细鉴赏了起来。玉佩乳白色,镂空雕成一只凤凰,栩栩如生。尹嬷嬷含笑说:“真漂亮！是你妈给的吧?”“是我妈给的。嬷嬷怎么晓得?”石竹笑了起来。“嬷嬷瞎猜。有没有问过你妈是谁给的吗?”“我妈说是我外婆给的。”尹似雪将玉佩还给了石竹。“放好,免得给人抢了去。”石竹含笑说:“谁敢抢,大哥肯定会揍死他。”尹似雪笑了起来。“和你大哥慢慢吃,嬷嬷就先走一步了。”尹似雪说完,站了起来,石柏兄妹跟着站了起来,拱手跟尹似雪送别。

尹似雪一走,厅堂内吃饭的人就只剩下石柏、石竹兄妹两人。不一会,客栈伙计端着一壶酒来到桌子旁,含笑说:“这是本店最好的米酒。方才那位嬷嬷给你们兄妹两人点的。账嬷嬷已经结了。你们兄妹俩只管慢慢享用。”“谢谢!”石柏手一拱,收下了这壶酒。伙计刚从桌旁退去,客栈的厅堂里面来两位过夜的客人。

“大哥,我也来一点。”

“小娘子最好不要喝,变成了酒鬼将来没人要。”

“酒鬼自然有酒鬼要。”

石柏提起酒壶,先用黄酒将酒杯洗涤一遍,然后重新斟满其中的一只酒杯。石柏端起酒杯喝了一口,含在嘴里,细细品味。过了一会,将这半杯酒递给石竹。“味道还可以,只是你喝有点酸。”石竹接过喝了一口,嘘着嘴说:“什么酒,这么酸。”

伙计送来的这壶酒,石柏兄妹俩还只喝了半壶,客栈里已经点亮了油灯。反正又没有其他事情,慢慢喝。在异乡,度时间。两位过夜的客人都吃完饭走了,兄妹两人才将这小小的一壶酒喝完。饭菜吃完了,酒也喝光了,石柏去结账。伙计告诉石柏,饭钱方才那名嬷嬷已经结了。出了厅堂,兄妹两人来到了客栈的庭院上。月亮已经出现在云层里面。

“大哥,我们到小街上走一走,看一看。”

“你不怕鬼啊?”

“怕鬼？怕你这个鬼!”

石柏和石竹跨出客栈的门槛,漫步在小镇的青砖街上。夜晚的村镇非常静。街道两旁的临街店铺都已经关闭,没有一个走动的行人。月亮在云层里时隐时现。兄妹两人沿着青砖街道,慢慢步行到了村镇的入口处。通往外面的大门此时已经关闭。晚风中的大槐树,仿佛就是巨大的鬼影,四周到处是在空中飘荡的幽灵。石柏和石竹从小在翠竹湾长大,不怕静,更不怕鬼影。“大哥,你说是不是真的有鬼?”“有啊,有酒鬼,有赌鬼,有色鬼……”石柏还没有说完,石竹已经接着。“还有你这个大头鬼!”“既然有那么多鬼,那我们就回去吧!”兄妹两人从门洞前,转身折返,回到了运来客栈。

客栈厅堂,此时空荡荡。站在柜台前面的伙计,提着灯笼,含笑迎了上来。在昏黄灯光的照护下,石柏兄妹两人走上楼梯,经过走廊,来到了客房前。伙计先进入房间,点亮了房间里面的油灯,正准备退出房间,听石柏吩咐:“麻烦伙计告诉掌柜一声,让他准备十来个麦饼,我们兄妹俩明天出发时,带在身边做干粮。”“好嘞。”伙计提着灯笼退了出去。不一会,一名伙计送来了汤水。过一会,伙计过来端走了梳洗水,顺手带上了房门。

石柏跟在身后,闩上了房门的木闩。“大哥,我先睡了。”伙计刚带上房门,石竹就开始脱衣,准备睡觉。“这几天,都没有好好睡,今晚要睡个痛快。”石竹将丝绵襦袄一脱,顿时觉得冷飕飕。“哎哟,冷死,冷死。”石竹将衣裳往衣架上一挂,一骨碌就钻到被子底下去了。石柏走到床沿,将被子拉到了石竹下巴处。

“都二月了,怎么还这么冷?”

“北方和我们南方不一样。”

石柏仔细查看了一遍房间的四周,又打开看了一看柜子,轻轻敲了一下柜子里面的木板。走到窗前,推开木窗。石柏伸头看了窗外的环境,然后关上窗,闩上木闩,来到床前,脱去衣裳在床上躺了下来,准备睡觉。

一个晚上悄然过去。

“大哥,我昨晚好像听到有人打斗的声音,你听到了没有?”

“别人打斗,不管它。以后,你只管睡觉。有什么事情,大哥会照着,不用担心。”

用完早膳,客栈的伙计就送来了石柏要求制作的麦饼。一问价格,石柏暗吃一惊。价格竟然是淮南临淮镇“再来”客栈的三倍。那么高的价格,石柏总感觉被人活活宰了刀,迟迟不愿伸手。伙计向石柏解释:“现在好多了,几年前就是比现在高出十倍的价格也买不到。这些年,死的死,逃的逃,淮北人少了,价格才开始降了下来。”已经叫人家制作,总不能言而无信耍无赖,石柏只好忍痛收下了伙计手中的十二个麦饼。

一切打理停当,石柏背起行囊,和石竹一起去柜台结账。这时,兄妹俩才晓得账尹嬷嬷已经结了。兄妹两人刚要踏下台阶,石竹就看到秋水正站在客栈的门口。“秋水姐姐!”石竹高声跟秋水打招呼。秋水迎了过来,手一拱说:“石竹妹妹、石柏大哥,早!”石柏手一拱说:“早!”“大清早,就站在客栈门口,等人啊?”石竹问。秋水含笑点了点头。

“你在这里慢慢等，我们就此别过。”石竹拱手告辞，石柏也向秋水拱了拱手。见石柏兄妹要走，秋水连忙阻拦。“石竹妹妹、石柏大哥千万别忙着走。有人请你们兄妹两人前去家中做客。”石竹很惊奇，连忙问，“有人请我和大哥？为何？”

“我只是照我妈的吩咐，来请石竹妹妹、石柏大哥前去作客。为何请你俩，我真的不晓得。到了之后，石竹妹妹不就晓得原因啦？”原来是尹嬷嬷请！石竹向石柏征求意见。“大哥，是不是去看一看？”石柏没有反对。

“你想去，我们就去看一看。”

“秋水姐姐，远不远？”

“又不用你走路，我们用马车送你前去。”

“那我们的马怎么办？”

“这你完全不用担心，你们的马和行李，会跟我们一同前往。”

客栈门口的不远处，停着一辆马车。石竹没见过这么豪华的马车。马车的车厢用紫铜打造，拉马车的是四匹高头大马，每匹马的马身都蒙着黑色犀牛皮，赶马车的竟然是两位身着铠甲的娘子。马车旁的地上已经放好了垫凳。秋水站在垫凳旁，引石竹、石柏进入车厢。

马车缓缓驶出了槐树村不久，就在泥土路上飞奔了起来。石竹只听到赶车人的吆喝声和鞭子打在马身上的“噼啪”声。跑了将近两个时辰，才听到赶车人“吁吁”的吆喝声，马车渐渐慢了下来，然后停下。石竹早就已经坐得不耐烦了，马车刚一慢下，就站了起来，双手紧把着车厢，急着将身子探到了车厢外。映入石竹眼帘的是一条宽阔的河流。放好垫凳，两位娘子站在垫凳旁，伸手去搀扶石竹下马车。石竹一见，就笑了起来。已经来搀扶了，就让她们搀扶一下吧！石竹把着一名娘子的手，踏上了车凳，站到了地上。石柏紧跟在后下了马车。

石竹拉住了石柏的手，贴着石柏的耳朵，轻轻地说：“大哥，说不定秋水看上了你，要招你做女婿。”石竹说着就熬不住笑了起来。石柏含笑说：“哪有那么好的事？”“很有可能。”石竹继续轻轻地说：“这个鸡不拉屎的地方，找个人毛都很不容易，到哪里找得到像大哥这样的后生？”石柏手挡着嘴继续悄悄地说：“这样，我们就呆在秋水家，干脆不去投亲。反正，在秋水家呆着是过日子，北上投亲也是过日子。这也是随遇而安。”石柏放下手，笑了笑。

“请两位贵客起步，船已经在码头等了。”

石柏兄妹俩连忙停止嘀咕。两位娘子在前，石柏兄妹在后，起步前往码头。两人正走着,石竹突然高叫了起来。“秋雨姐姐!”秋雨正站在码头边等人。秋雨抬起头,一看来者是石柏和石竹,两手一提提罗裙朝石柏兄妹小跑了过来。“秋雨姐姐!”石竹甩开石柏,朝秋雨飞奔了过去。石柏只得加快脚步,紧紧跟上。

“石竹妹妹!”秋雨惊喜地说:“想不到,今天要请的贵客竟然是你们两位!”

“秋雨姐姐不晓得?”石竹非常惊讶。

“确实不晓得。姐姐只照我妈的吩咐来接两位特别的贵客。想不到,是你俩。”

“你妈也真是的,请我和大哥过去做客,也不告诉你一声。秋雨姐姐,真奇怪,你妈为何见一面就请我和大哥去做客?”

“我妈没有说。到时候,见着我妈,石竹妹妹亲口问一问就知道了。姐姐其实也想请你和你大哥来家里做客。吃了你的麦饼,又帮姐姐击退了土匪,在小庙就想开口,只是怕你和你大哥拒绝,姐姐不敢说请。说实话,没有你和你大哥,姐姐真不晓得该怎么办。现在好了。你可以在姐姐家多住些时间,姐姐给你捡几个特漂亮的鹅卵石。”

“特漂亮的鹅卵石?”一听鹅卵石,石竹就来劲。

“多得是。”

“实在是太好啦!,我就是喜欢鹅卵石,我乡下的卧室里有一大堆。可惜匆匆离家,只挑了一个。现在再去拿,都已经不可能了,全都白白捡了。这次北上,我妈不让带,只好留在家里。那些鹅卵石,我都挑过挑,没带回来真可惜。”

“姐姐重新给你捡几个。”

“一定要捡几个最漂亮的。秋雨姐姐,非亲非故的,你妈为什么要请我和我大哥过去作客?算了,不去想了。反正,大哥在我身边,天都不怕。”

“石竹妹妹有这样的大哥护着,就是爽。”

“那当然啦。有人敢欺负我,我大哥肯定锤扁他。秋雨姐姐不晓得,在我们老家,我可是霸王。谁也不敢惹。我只要报一下我大哥和二哥名字,还没用得着动手,乡下那些个小无赖,已经吓得手脚发抖。我大哥揍起来可不认人。我自己也感觉,做妹妹就是爽。”

“是啊。有哥哥就是爽。”

“秋雨姐姐没有哥哥?”

“没有哥哥,只有一个孪生妹妹。”

“就让我大哥也做你的哥哥算了。”

“好啊!”秋雨含笑说:“只是不晓得石柏大哥同意不同意。”

石竹一挽石柏的手说："我同意，我大哥自然也就同意。我大哥听我的。"

码头边停泊着一艘木船，比石竹上次来金陵乘坐的那几条木船大了许多。跳板两旁各站着两名娘子。四人整齐地俯身说："请两位贵客上船。"石竹率先踏上了跳板，石柏、秋雨紧跟在后上了甲板。甲板的中央是船楼。"我们到里面去。"兄妹俩跟着秋雨走进了船楼。长方形的船楼中间摆放着一张四方形小桌子。桌子的每一边各配了一张铺着白色狐皮的四方形小凳子。桌子上面，已经很整齐地摆放着两副餐具。中午要在船上吃饭了。

"石竹妹妹和石柏大哥先坐一会，秋雨去去，马上来。"

"姐姐只管自己忙去。"

秋雨手一拱，转身离开了船楼。

"大哥，看起来，秋雨应该是有钱人家的大县主。"

"好像是。"

"不管它，我们只管吃我们的饭。"

两人来到桌子旁，在小凳子上相对坐了下来。没多久，兄妹两人听到了越来越近的脚步声。一位娘子出现在兄妹两人的眼前，紧接着又进来一位。一下子，四位娘子先后进入了船楼。菜肴、酒水摆放整齐，四位娘子依次退出了船楼。

"石竹妹妹和石柏大哥先用餐。过一会，秋雨再来陪两位。"

"秋雨姐姐，你用不着那么客气。搞起来，就像办大宴席似的。"

"姐姐就随便烧了几个菜，石竹妹妹不要嫌弃姐姐烧的菜不好吃。"

"哪会啊？"

"石竹妹妹和石柏大哥请慢用。秋雨先告退。"

秋雨手一拱，离开了船楼。"菜看起来还真不错。大哥，我们吃。"既来之，则安之。石柏兄妹两人拿起筷子吃饭。用完餐，石竹拉着石柏走出船楼，并肩站在船头。楼船前行，有几只水鸟在飞翔。在中午阳光的照耀下，流速缓慢的河水闪着有些晃眼的灵光。依据太阳的方向，石柏可以确定楼船向西北行驶。

"大哥，我们进去吧，冷死了。"石竹紧紧搂住石柏的腰。石竹说进去就进去。两人转身走进船楼。桌子上的碗碟已经收拾干净，上面摆放几样瓜果。两人在原先的位置上重新坐下。石竹撮起一撮松子递给石柏。"还是你吃，大哥不感兴趣。"石柏摆了摆手。石竹开始嗑起松子。松子还没有嗑上几粒，石竹就听到一阵轻快的脚步声。不一会，船楼门口就出现了秋雨。"秋雨姐姐快过来坐。"石竹说话俨然像是主人，而秋雨倒反变成了客人。秋雨微微一笑，走到了石竹的左侧，坐了下来。石竹撮起一撮松子，递给秋雨。秋雨摊开手掌，接过了石竹的松子。两人就边嗑着松子边聊了起来。

"饭菜是否还合石竹妹妹的口味？"

"好吃！跟我妈烧的差不多。"

"石柏大哥呢？"秋雨含笑问。

"我觉得好吃，我大哥也会觉得好吃。我们兄妹三人里面，就我嘴最尖。"

石竹代石柏回答了秋雨的问题。

"这就好。姐姐还担心菜不合石竹妹妹和石柏大哥的口味。"

"秋雨姐姐不晓得，我大哥和我二哥平常都是有什么吃什么，从不挑剔。不像我，不想吃的物事，宁可饿着也不吃。今天秋雨姐姐的菜对我大哥来说肯定是王母娘娘招待客人的仙肴了。秋雨姐姐，你妹妹跟你真像。在槐树村，我差一点就将她当做是你。"

"弄错的人多啰。就怕别人弄错，一起的时候常不敢穿同样的衣裳。"

"尹嬷嬷不会弄错吧？"

"我妈不会。实际上，我们两人很不一样，比如用手习惯。姐姐长左手，秋水长右手。"

"你一说，还真是不一样。秋雨姐姐，我有一个问题想问你。"

"只要姐姐能答得出来，你只管问。"

"我只管走了，会怎么样？"

"这可真难啰。我妈说了，请不动，就将你们捆过去。"秋雨笑了起来。"石竹妹妹和石柏大哥的武艺，姐姐肯定不行。不瞒石竹妹妹说，这一地方带全是我们的人。无论你们走到哪，我们都会很快晓得。已经决定要请了，你们就算不想去，也只好去，跑也跑不掉。"

楼船突然微微一震。"石竹妹妹、石柏大哥，到了。"石柏和石竹跟着秋雨站了起来，秋雨在前，带着石柏兄妹走出船楼。甲板离码头不是很高。平常石竹肯定一跃而下，今天去别人家做客，总得斯文点。不一会，船工铺好了跳板。石竹率先踏上跳板，两名娘子站在跳板旁，扶着石竹下了船。石柏、秋雨紧随其后，站到了木建码头上。码头上已有两顶肩舆在等候。"石竹妹妹和石柏大哥请先上肩舆，秋雨随后就到。"石柏和石竹上了肩舆，放下了帘子，四名仆役装扮的女子各抬着一顶肩舆，开始上路。石竹感觉，肩舆仿佛是在空中飞。

将近酉时，肩舆终于停下，到了。石竹早就已经坐得屁股难受，肩舆刚一停下，就急忙起身,掀开了帘子。“秋雨姐姐!”秋雨和一大班人站在门头前迎接,石竹旋即高声招呼。秋雨连忙迎了上来,其他人紧跟而上。“覃夫人,山庄的主人。”秋雨向石竹、石柏介绍。覃夫人拱手说:“欢迎县主、公子光临善能山庄。”“打扰了!”石竹、石柏拱手还了礼。覃夫人客气说:“能接待县主、公子,那是老身的荣幸! 县主、公子请!”众人起步。“今晚我们在山庄过一宿……”秋雨话还没说完,就被石竹打断。“还没到了!”石竹高又尖的声音,所有人都听得清清楚楚。“明天这时候能到。”秋雨告诉石竹。石竹颇为失望。失望归失望,已经走了一天的路,只能既来之则安之。况且,大哥在身边,石竹就是去天边都不怕。

“若有怠慢之处,还请县主、公子宽饶。”

覃夫人引路,秋雨陪伴,石竹起步进山庄。走到门头前,石竹停步,抬头看了一眼写在大门上方的“善能山庄”四个大字。“这几个字还真写得不错。”石竹书法行家似的评判。覃夫人一笑。“县主明天就可以见到题字的人。”初一见面,石竹原以为覃夫人就是这次邀请她来家里做客的人。不想,善能山庄只是个驿站,临时呆一宿就走,邀请她做客的人明天才能见着。石竹一听,又抬头看了看这四个字。这四个字苍劲有力,像男人写的字。莫非请我去家里做客的人是个男人?“字看起来像是男人的字。”“县主明天见到她时就晓得了。”覃夫人没给石竹答案。那么远的地方,怎么晓得我?肯定是尹嬷嬷故弄玄虚。莫非尹嬷嬷晓得了我的身份将我和大哥骗过去送给逆贼朱温?这还真有这可能。那只能是秋雨出卖了我。不可能啊。秋雨不应该是这样的人,况且我还帮过她。石竹带着一肚子的疑惑,进入山庄。等一会,我和大哥说说,看他有什么意见。石竹胸一挺,迈开了大步。

第二十二章　若水宫

天下之至柔，驰骋天下之至坚。

——《道德经》

石柏带石竹，原本要去并州太原投亲，想不到中途改了道。人生也是如此，你根本不清楚将走向何方。朱温做土匪，杀人放火，奸淫掳掠，无恶不作，结果却成了皇帝。将来的事情，别去想，根本与你想象的完全不同。翠竹湾时，石柏没想到自己会去金陵。刚刚落脚，父亲就让他带着妹妹北上太原去投亲。还只渡过淮河，石柏又改了道。将来会去哪？石柏不晓得。还好，石柏深受石岩、李同影响，不做无望的挣扎，一切顺其自然，随波逐流。

石竹也不晓得过了多久，肩舆停了下来。帘子刚一掀开，石竹伸出头一看，发现自己置身于一个广场上。真大啊！石竹差点开口叫了出来。广场的地面全部用扇形石块铺设。尹嬷嬷、秋雨站在距离肩舆不远的广场上迎接。前来迎接的人里面，还有石竹认识的苏幽然和齐贻彤。大哥说得对，我想多了。“尹嬷嬷、秋雨姐姐……”石竹还没有跨出肩舆，就高声叫了起来。石柏刚下肩舆，石竹已经像一只小粉蝶展翅向尹似雪、秋雨飞了过去。

夕阳余晖中，秋雨在前引路，石竹和石柏紧跟在后，和尹嬷嬷等人一起，走向这座神秘宫殿的护城城门。绕着高高的城墙，是一条二十多丈宽、两壁陡峭的护城河。护城河幽深不见底。正对着吊桥的是气势宏伟的城楼。石竹抬头看了一眼城楼，就起脚踏上了架在护城河上的吊桥。刚跟着秋雨走了几步，石竹就迈开了大步，“咚咚”地超过秋雨，走到了队伍的前面。过了吊桥，石竹仰头看了一眼城楼，就起步走向城门。摸着城墙，穿过城楼下面厚达十多丈的巨大门洞，展现在眼前的是宽大的广场。广场的地面全部用磨得极其平整的方形石块铺设。石竹不清楚，这是一种什么样的石头。抬眼望去,是一座高大巍峨的白色宫殿。

夕阳余辉下,白色的宫殿有些耀眼。

石竹没有意识到是人家请来的客人,只管自己数着方正的石块,一步一石地向宫殿走去。当数到一百八十块大石块时,石竹发现尹嬷嬷落在了后面,开始放慢脚步。一直数到第二百四十块石块,石竹停住了脚步,仰望这座巍峨的宫殿。宫殿竟然全部用白色石头建造,就是基座和覆盖屋顶的瓦片也不例外。石竹想不出什么石头会这么白。石竹驻足仰头向北望去,看到宫殿大门横额上方嵌着三个巨大的纯金篆字。"你们快一点。"石竹高声喊了起来。"你只管先上去。"尹似雪挥了挥手。石竹高声说:"我有一个问题要问尹嬷嬷。"尹似雪只得加快脚步,众人随即跟上。不一会,尹似雪来到了石竹的身边。

"什么问题? 你问吧。"

"尹嬷嬷",石竹指着前方宫殿的横额问,"上面那三个歪歪扭扭的是什么字啊?"

"上善殿。"

"原来那么简单啊。尹嬷嬷,为何就不能选用一种让人能认得的字体啊?"

这个问题可真难住了尹似雪。尹似雪进进出出上善殿不晓得多少回了,好像还没有过故意抬头看一看横额上的三个篆体字,更没有想过这个问题。尹似雪想了想,含笑说:"可能想好看,或者显得典雅,或者其他什么,嬷嬷还真没想过。"

"根本没什么好看。"石竹当下就否定了尹似雪的看法。"还不如写一写行书、楷书什么的,让人看了好懂,心里也舒服一些。就像那个什么张旭,与其说是在写大字,还不如说是在画鬼符。二哥曾经从乐平县城买了一本,我看了老半天,没一个认识。字么,写出来是想让人看懂。不像符,画出来是想让人看不懂。就跟造宫殿的人一样,目的就是不想让别人认得。我看啊,神州人个个都有毛病。"等石竹说完,尹似雪含笑附和。"说得对。神州人就是有毛病。"石竹发了一通高论,转身继续数石块。当石竹数到三百六十块时,众人站在通过上善殿的石阶前面。石竹不禁赞叹,"真高啊! 头仰起来,连斗笠都要掉落。"

依山而建的若水宫坐北朝南,镶嵌在翠绿的群山怀抱中。

若水宫的建造者,依据《道德经》"上善若水"章,总共建造了上善殿、无尤宫、善物宫、善地宫、善渊宫、善仁宫、善信宫、善能宫、善时宫等九座宫殿。其中作为若水宫的主建筑,上善殿位于若水神宫建筑群的中央,建造在中轴线上。上善殿是若水神宫主人处理大事的主殿。上善殿的后面是无尤宫,是主人生活的主殿。其他善物宫等七座配殿则依山建造在上善殿的两侧,是主人丰富场所。每一座宫殿都是各自独立的单元,又通过甬道、游廊等相互联系。除了这九座宫殿,还有许多隐伏在九座宫殿四周的附加建筑。跟皇宫相比,若水宫多了花园。不像皇宫,到处看到黄色的墙壁,若水宫四处是树木,满眼是花草。

若水宫的原主人是三百年前的隋朝皇帝杨广。杨广希望南下广陵时中途有一个休憩的好去处而修建了若水宫。可惜,杨广一天也没有住过若水宫,就在慌忙南窜广陵时被宇文化及勒死了,隋朝也随之灭亡。杨广征调丁男修建若水宫,是准备好好享受一番。好物事来不及好好享受就死了,也算是一件挺遗憾的事情。好比做了一件新嫁衣,还没有穿上就已经成了寡妇,想想都让人唏嘘不已。还好,杨广的离宫多,被勒死之前,其他离宫至少也住过一两个。或许,杨广可能根本就没想到要征调百万丁男去修建若水宫,而是手下某些权臣,怂恿杨广修建。或许,怂恿杨广修建若水宫的这些权臣根本只是想借杨广的名义修建若水宫。没有一个比较好的借口,那些权臣就不可能名正言顺地大把捞钱。至于杨广住不住,不是他们关心的问题。自登基以来,十几年时间里面,已经造了一百多座离宫。这一百多座离宫,相当一部分,杨广甚至一夜都没住过。权臣这样做也只能算是萧规曹随,过去如此,将来还是如此。跟他们的主子杨广一样,捞来的钱还来不及花,就成了神州大乱的刀下鬼。

杨广没用完权就死,权臣没用完钱就死,可以说是殊途同归。

总之,作为杨广的秘密离宫,若水宫隐藏在远离都市、村镇的群山密林里面。

若水宫处在一个山洼里面,三面是重岩叠障,只有东西两条密道能够进入。当时参与修建若水宫的建造者多半被毒死、活埋。帝王修一个坟墓,防止日后有人盗墓,都必须死一大堆人,更不用说修帝王在世时的秘密离宫了。反正,在儒家的眼中,神州庶民不过是皇帝家养的鸡豚狗彘,剖腹挖心,都属正常。君要臣死,臣不得不死,是儒家要求神州人默记在心的行事准则。皇帝这样做,完全符合儒家的宗旨。总之,偌大的若水宫,从它建成的第一天起,就被废置在茂密的原始丛林里面,成为猿猴戏耍的宫殿,各种飞禽的安乐窝。

石竹踏着石级,“咚咚咚”一口气就跑完了九九八十一级台阶。“快一点啊!”石竹站在上善殿前又高喊了起来。“你只管进去就是。”尹似雪抬头回应。“不!我要和我大哥一起进去。”不一会,石柏和尹似雪、秋雨上了台阶。

“现在可以进去了。”

“尹嬷嬷和秋雨姐姐呢?”

“人家就请你和你大哥,嬷嬷就不进去凑热闹了。”

石竹迟疑了半晌,终于同意。

“好吧。大哥,我们进去看一看这个神秘人到底是谁?”

石柏向尹似雪和秋雨手一拱,紧跟着石竹,跨过高高的门槛,走进了上善殿的大门。宽大明亮的上善殿大厅,正对大门的汉白玉墙壁上镶嵌着一条由纯金打造的飞龙。飞龙张着五爪在腾飞,仿佛就要破壁而出。飞龙前面是宽阔的纯金座台。座台上坐着一位完全陌生的银发老夫人。这位银发老夫人就是令江洋大盗闻风丧胆的若水宫主人朱邪以清。

朱邪以清生于宣宗大中元年,是阴山都督朱邪赤心的长女,已故晋王李克用的大姐,桓王妃尹如雪的母亲。早在咸通十年唐懿宗赐名朱邪赤心为李国昌之前,朱邪以清就已经嫁了人。因而,朱邪以清没有随父改姓李。十六岁那年,朱邪以清嫁给了后来袭父职成了安东都护的尹东。

懿宗驾崩,便于操纵,宦官田令孜拥立当时还只有十二岁的李儇为皇帝,是为僖宗。乾符元年,僖宗李儇继位的那一年,河南发生水旱灾害,饥民遍野。这一年,朱邪以清生下了尹如雪。尹如雪之前,朱邪以清生过两个男孩,但都没有来得及取名就夭折了。只有尹如雪命贱,活了下来。乾符二年,黄巢认为,夺权的时机已经成熟,宣称自己是天均星下凡,带着一群亡命之徒,举着“抢劫有理”的旗帜,聚众造反,走上一条害人害己的不归路。黄巢造反的那一天,朱邪以清正在都护府给女儿尹如雪举办周岁生日宴会。

不像那些个河南饥民,企图通过抢夺别人口中的食物活命。黄巢家富得很,不愁吃,不愁穿。黄巢的父亲是一名走私海盐的盐商。私盐利润之高,只有行内人才晓得。通过多年走私海盐,黄巢的父亲集聚了大笔财富。黄巢只要不过度挥霍,过几辈子的奢靡生活都完全足够。没钱想钱,有钱想权。燕雀安知鸿鹄之志哉!黄巢不单单要过一过奢靡的生活,还要拥有左右神州人生死的权力。只有拥有了这种左右神州人生死的权力,埋在心中杀人的欲望才能得到满足。黄巢饱读圣贤书,非常清楚,想获取这种左右他人生死的权利,只有庙堂和草莽两种途径。黄巢一面利用父亲集聚起来的财富,广收亡命之徒;一面寒窗苦读,准备参加正规的科举考试。人算不如天算,黄巢每次考试都名落孙山。屡考不中但又渴望权力,只能舍科举而选择草莽途径,决定跟同样以贩卖私盐为业的王仙芝一起造反。

将干燥的柴堆垒好,黄巢耐心等待火星。乾符二年,黄巢抓住河南水旱灾害的时机，准备利用这些希望通过抢夺别人财富改变命运的饥民，公开造反夺权。几千来，神州一直都是如此，不是凭个人努力去创造，而是费尽心机去抢夺。权贵也不允许庶氓靠自己的努力去创造财富。一场空前浩劫席卷整个神州大地。朱邪以清亲身经历了这场剧变，一个帝国顷刻之间倒塌。朱邪以清看到的是自己以前根本无法想象的惨状。帝国三百年建立起来的人伦顷刻之间化为一阵黑烟。

大顺元年，昭宗继位的第二年，朱邪以清的独女尹如雪嫁给了昭宗的弟弟李休。光启四年，流亡在外的僖宗皇帝回到了长安。尹如雪随舅舅李克用去长安朝见僖宗，认识了大她两岁的桓王李休。一个姣美，一个英俊，两人一见倾心。促成这桩婚姻的人是李休的大哥吉王要保，其目 的是想巴结李克用，共度时艰。国丧期一过，两人就在桓王府举行了婚礼。遗憾的是，晋王的外甥女尹如雪嫁给桓王李休并没有带来结盟。因宰相张浚极力挑唆，昭宗还是出兵讨伐李克用，耗掉了李唐皇朝最后一点血本。景福元年，也就是尹如雪生下石斛的那一年，朱邪以清的夫婿尹东病逝。孀居的朱邪以清决定离开辽东，云游起神州。一件很偶然的事情触动了朱邪以清，致使她改变了人生轨迹。

朱邪以清云游经过河南兖州时，恰巧路过一个屠宰场。朱邪以清根本没想到，屠宰场里面等待屠宰的不是猪羊，而是一批孤女。这些个即将被屠宰的孤女触动了朱邪以清的怜悯之心。朱邪以清决定收留这些孤女。于是，江湖上出现了一个以前闻所未闻的神秘组织。

朱邪以清将自己创立的组织取名若水宫。黄巢造反以来，孤女如同夏天雨后的浮萍，李唐皇朝臣僚和将帅的遗孀，多如夜空中的繁星，顷刻之间遍布淮河以北、黄河两岸的神州大地。这些本来论斤论两贩卖的孤女，对朱邪以清敬若神明；依托无门，孤军奋战的遗孀，对若水宫忠心耿耿。经过朱邪以清的多年艰苦努力，由一班孤女、遗孀组成的若水宫就成了一个让江洋大盗闻风丧胆的江湖组织。朱邪以清虽自幼习武，人生理想却是做一个贤妻良母。朱邪以清和尹东的婚姻虽跟神州以往的婚姻一样多少有联盟的色彩，但夫妻两人恩恩爱爱。两人婚后游山玩水，吟诗抚琴，是一对让人嫉妒的神仙眷侣。想不到，朱邪以清最后却做成了若水宫的宫主，也是命运之神跟朱邪以清开了个小小的玩笑。

光化二年，仿佛是天意，朱邪以清前往淮渎庙时，无意中发现了山洼茂密丛林里面的若水宫。几百年时间过去，依着峭壁修建的栈道因腐烂而坍塌，一条跨越峡谷的索道也已经不见了踪影。朱邪以清派遣吴梦吟带领一批人秘密招募工匠进行了修缮。在通往若水宫的重岩叠障前原有一座山庄，因多年无人料理已经成了废墟。若水宫的建造者当初在此处修建一座山庄，既想遮人眼目，也为了若水宫内外联系。吴梦吟先在原址上修建了一座山庄，取名若水山庄，再招募工匠修缮了人工开凿的峭壁栈道，连接上了原先的石级路。当时，各路土匪正在中原争高下，天翻了也没人管。修好了栈道，吴梦吟又请工匠重修了跨越峡谷的索道。一边搬迁一边修缮，耗费了将近两年时间，朱邪以清搬进了若水宫。

若水宫由此成了若水宫的总堂所在地。总堂搬入若水宫之后，朱邪以清直接根据若水宫的布局，重新将遍布在黄河南北的若水宫属下娘子分成善物、善地、善渊、善仁、善信、善能、善时七个分堂。朱邪以清和尹似雪镇守若水宫总堂，指挥属下七个分堂的若水宫娘子做起了为非作歹的勾当。这些年，朱邪以清可说是做尽了坏事。杀人放火，敲诈勒索是家常便饭。连朱邪以清也不清楚，自若水宫创建以来，到底杀了多少人。白道杀，黑道也杀。在朱邪以清的眼里，如今这世道没有白道。弑杀昭宗、屠戮一朝文武、滥杀无辜百姓的朱温都高高坐在洛阳崇元殿上，这世道怎可能有什么合法的白道和不合法的黑道之分？

朱邪以清见石竹、石柏出现在上善殿议事大厅，坐在纯金台座上面，并没有起身前去迎接，也没有开口说话，凝视着石竹、石柏一步一步向自己走近。二十年音讯不通，乍然见到了外孙，一向心如静水的朱邪以清也起了涟漪。她是谁？石竹放慢了脚步，脑子开始转了起来。忽然，石朱从眼前这位银发老人身上似乎看到了自己母亲的影子，虽没有眼前这位老人那样威严。对，对！石竹在心里对自己说，她肯定就是外婆，绝对没有错。心中的疑惑豁然开朗。石竹心里一阵惊喜，旋即迈开了脚步，向银发老人快步走了过去。

正当石竹要开口高喊，朱邪以清猝然从台座上面，像一道乍然狂泻而下的山洪，向石竹直冲了过来。眨眼之间，这股山洪就已经涌到了石竹的眼前。石竹遽然双膝着地，身子向后一仰，像低飞的燕子，贴着汉白玉地面，从朱邪以清侧翼哧溜一声滑过。朱邪以清见一击不中，旋即像受到了河道阻挡的洪流，拐头旋回。石竹非但不惧，还含笑用自己的双掌贴住朱邪以清袭来的双掌。上善殿宽敞的议事大厅里面，仿佛忽然间涌进了一大、一小两条溪流在这里交汇融合。眨眼之间，朱邪以清已经坐回到台座上面，身边已经站着石竹。“不错，不错！”朱邪以清拉着石竹的手，欣喜地说：“如雪传授你的若水道已有一些基础。”

石柏快步走到了朱邪以清前，单手提起衫子，左脚一跨，右脚膝盖一屈，跪在了地上。“外孙拜见外婆！”石柏向前一趴，就伏地给朱邪以清叩拜行礼。朱邪以清坐在台座上，脸带着笑容，看着石柏跪在前面叩拜。直等到石柏拜了三拜，朱邪以清这才呵呵笑了起来。

“好了，起来吧。”

“谢外婆！”

石柏拜了一拜，起身走向朱邪以清，微俯身子站在朱邪以清的左前侧。

朱邪以清感慨地说：“人生天地之间，若白驹之过隙，忽然而已。想不到，还没有做什么事情，就已经过去了几十年。如雪嫁出去，好像没过几年，现在孩子都这么大了。看到孩子，就想到老，现在是到了该你们挑大梁的时候了。”

“外婆，我还小呢！”

“还小？你舅公十五岁时就已经能率军打战了。你应该有……”

“十五。”

“不小啦！你妈十七就已经嫁出去啦。”

“妈是妈，我是我。不到廿岁，我就是不嫁！”

“好，好。不嫁就不嫁，就在若水宫陪外婆。”

“外婆，我有一个问题。”

“问吧。”

“外婆怎么会晓得我就是你的外孙女呢？”

“你妈应该告诉过你吧，若水道是我们家族传女不传男的独门武艺。你会若水道，十之八九是朱邪家族的人啦。这门武艺不会传给外人。你姨妈传书说已经找到了你们，外婆开始还有些不敢相信。想不到，果真是外婆的外孙女儿。”朱邪以清指了指石竹的胸口。石竹将挂在脖子上的玉佩递给朱邪以清。朱邪以清拿着玉佩说：“这凤形玉佩，太婆传外婆，外婆再传给你妈。这是世上唯一的一块玉佩。如今这世上，能同时拥有这两样物事的人，除了外婆的外孙女，你说还没有可能是别人？这样，外婆就找到你啦。”

“我妈说了，见到外婆，就替她给外婆好好磕几个头。差点忘了。”

石竹走到朱邪以清面前，双膝一屈，就跪在地上伏地磕起了头。朱邪以清含笑说：“够了，够了！”石竹没有停下，一连磕了九个头，才站了起来，重新走到了朱邪以清身边。朱邪以清一手搂过石竹，闪着泪花说：“这么多年来，外婆第一次真正感到高兴！”尹似雪和秋雨从殿外走进上善殿。

“姨妈，秋雨姐姐！”

石竹高声喊了起来。尹似雪和秋雨加快脚步走了过来。“姨妈”，石柏跨步向前，拜手说：“请受外甥一拜。”尹似雪连忙说：“使不得！万万使不得！”尹似雪正准备走上前去扶石柏,就听朱邪以清说:"怎么使不得?"尹似雪旋即止步,接受石柏的拜礼。石柏伏地拜了一拜,尹似雪赶紧上前,俯身将石柏从地上扶了起来。"外婆,我也要去给姨妈磕头!"石竹忽然想起了礼数。"好。"朱邪以清满脸笑容,松开了手。"外甥女给姨妈磕头。"石竹跑到尹似雪面前,规规矩矩地磕了三个头。"好了,礼数已经很到啦。"尹似雪扶起了石竹。

"我就是常常忘了礼数。"

"你岁数小,礼数过于周详,就显得世故老成,也就失去了天真可爱。"

"你姨妈说得很对。岁数大了,你自然会注意。你姨妈的女儿秋雨,见过面了吧。"

"我和大哥还吃了秋雨姐姐烧的菜。"

"好不好吃?"

"很好吃,我还想再吃秋雨姐姐烧的菜呢。"

"秋雨烧的菜确实不错,外婆也非常喜欢。"

"外婆,表妹和表哥刚认识,就在他们面前夸起我,就不怕他们笑话啊。"

"自家人怕什么笑?"

"不是自家人,我也不怕笑。"

"很好!"朱邪以清夸奖石竹。"怕笑只能使自己畏畏缩缩,无所作为。自家人面前不怕笑,不是自家人面前更要不怕笑。人家笑了你,不会损了你什么。怕笑起码无缘无故给自己增加压力,自己给自己不舒服。如今这个世道,脸皮太薄不行。好了。晚上,外婆亲自给你们兄妹俩接风洗尘,庆贺我们祖孙相逢。"

一顿庆贺祖孙相逢的晚饭吃了将近一个时辰。朱邪以清平常就喜欢喝点酒,今晚一高兴多喝了好几杯。翠竹湾时,石柏很少喝酒,也陪朱邪以清喝了五六杯。晚饭结束时,石竹的脸更红得像关公。出了餐厅,洗了一把脸,石柏、石竹和朱邪以清、尹似雪、秋雨一起在无尤宫内品茶拉家常。二十年音讯不通,要说的故事特别多,只能选一些精要的说一说。

"外婆从渤海国匆匆赶到神都时,神都长安已经被一群畜生毁成废墟。你爸的那些宗亲给韩建、朱温等人差不多杀光了。说起来是皇亲,可在那些土匪眼里,根本就是栏里面待宰的猪。外婆得到消息说,你爸和你妈以及李同早在亳州就已经遭到了朱温的伏击。正当失去希望的时候,外婆遇到了姑射真人,才晓得你父母当时已经杀出重围,逃到南方去了。提在手里的心,终于放了下来。想想以你父母的能耐,加上李同,应该不会有事。再说,江南那么大一个地方,到哪找他们去?外婆也就没有派人前往江南仔细寻找。

时间一晃就过去了十几年。半年前,天清观姑射真人传书给外婆,说她在江南西道桃花石乡见到你父亲。想想神州一片混乱,朱温的控鹤军杀手遍布神州,外婆也就暂时放弃前往桃花石乡的打算。去了,说不定还给你父母带来麻烦。平安就好,不在乎见还是不见。前些日子,得消息说,蔡全师兄弟两人受朱温的指派前往江南寻找你父母。外婆立马派人手到桃花石乡寻找你父母。想不到,派去的人回来后对外婆说,你父母已经离开了桃花石乡不知去向。正当外婆在为自己不去桃花石乡看一看懊悔不迭时,秋雨飞鸽传书告诉你姨妈说,她发现了一个会若水道的小娘子,请你姨妈前去拦截证实。你姨妈前去一查,果真是外婆的外孙女。这老天还算有一点良心,外婆有生之年,还能有机会见一见自己的外孙女和外孙。外婆原本以为这生已经是见不着了。你俩也给外婆讲一讲你们父母一些情况。”

石柏主讲,石竹补充,向朱邪以清讲了一个故事。

听完了石柏讲的故事,朱邪以清含笑说:“能活下来已经谢天谢地了。外婆在心头压了几近二十年的石头也终于可以放下啦。过些时间,外婆会专门抽时间去金陵看一看。如雪将柏儿从小养大,自然是如雪的儿子,也是外婆的外孙。你姨妈不是外婆亲生,却是外婆的女儿,秋雨、秋水自然也是外婆的外孙女。这些年,还不是只听到秋雨、秋水叫‘外婆、外婆’,哪听到过柏儿和竹儿的声音?亲生的又怎么样?神州历代皇帝里面,有多少死在自己亲生儿子手里,又有多少是死在同胞兄弟的手里?只有利,没有情,亲生、不亲生一样。不是亲生的胜过亲生的,神州历史上多得是。想必柏儿也不会因为不是如雪亲生有想法。”

“就算晓得了真相,外孙还是和过去一样,一点也感觉不到自己不是亲生。”

“本来就应该如此。如雪从小将你养大,哪能因简简单单的一句话就改变?二十年时间下来,这份感情切都切不断,生一个人简单,养大一个人不容易。只看重生,不看重养,只能说他脑子有问题。和平时期养个人都不容易,动乱时期就更不用说了。竹儿,”见石竹眼睛长毛,瞌睡连连,朱邪以清说:“由你姐姐先带你去善地宫梳洗睡觉。”石竹搓了搓眼睛说:“这几天时间,我总觉得没睡够。”朱邪以清说:“你正在长身体,喜欢睡,正常。去吧。今晚睡个够。”

石竹跟着秋雨走后,朱邪以清接着说:“现在不应该急着去安排后路。就算想安排,也安排不了。如今这世道,不允许你打小算盘。你爸其他都很好,就是做人太无为。可惜,他的命不好,运气更差!偏偏生在这个不允许无为的时代。时也,命也,运也,时最重要。生在一百年前,随他无为去。可现在不行。刀子到了脖子上的时候，还看你无为不无为？不是你要争，而是人家要杀你。外婆从来没想过要杀人，可逼得外婆不得不杀。只有没了朱温，你才有无为的可能。也是件很无奈的事情。柏儿从小在江南偏远小村庄长大，没有过指挥军队打战的经验。一时间还不能马上去指挥军队打战。战争靠的是群体的力量，不是单单武艺的问题。淮阴侯韩信，虽手无缚鸡之力，却是指挥军队打战的能手。能靠单人力拼，你爸和你妈也不用逃到江南去了。柏儿的优势就是有一身好武艺。前往太原，未必就能充分发挥柏儿的优势。摧毁朱温，前方军队打固然重要，后方点滴侵蚀也少不了。大雁塔怎么样？也只需要几十年的风雨侵蚀就倒塌。只要根基松动，存勖自会将它推倒。

外婆年事已高，正所谓风烛残年。不可预测的事，谁晓得哪一天会突然发生？外婆其他糊涂，就这一点清醒得很。好人不一定能够好死，恶人最后却能善终。这是神州铁的历史事实。你姨妈岁数也不小了。柏儿来了，正好解了外婆的难题。先由你姨妈带着，慢慢熟悉各种情况，也好将来能够按时挑起若水宫这份重担，完成外婆未竟的事业。”

“外孙就依外婆的意思呆在若水宫，做一些力所能及的事情。”

石柏的人生轨迹，因在小庙跟秋雨相遇，彻底改变了走向。祖孙两人聊啊聊，差不多聊到了子时。“妈，你眼睛稍微闭一下就可以，大郎不行。后生得要有充足的睡眠时间。若水宫的事情还是让女儿以后慢慢跟大郎说。”尹似雪见时间已经不早，提议先休息。朱邪以清含笑说：“好吧。先由你姨妈带你去休息。正像孔丘说的那样，欲速则不达。慢慢来，急不得。外婆为这事，都已经做了几十年，根本不在乎一天，一个月。”

“那外孙就回去歇息。”石柏伏地给朱邪以清拜了一拜，起身跟着尹似雪前往善地宫歇息。到了善地宫，尹似雪将石柏交给辛子惠就告辞了。“已经很迟了，姨妈就不跟你唠叨了。”尹似雪走后，石柏匆匆洗了个澡，就上床睡觉。渡江以来，没有一天睡踏实过。石柏躺在床上，枕着藤条编制的枕头，不由想起今晚跟外婆的谈话，心里阵阵感慨。

“外婆创立若水宫时，总希望能替天行道，企图将这些人渣杀绝。冷静下来想一想，不可能，也没用。简单杀一个人没用，杀一万人也没用。柏乡一战，朱温都已经丧失了三万多精锐。结果又怎么样？朱温仍旧稳坐在崇元殿上，大小人渣依旧掌控着神州人生死。就算外婆不惜代价，杀了朱温，也没有用。死了朱温，还有小朱温。简单的杀根本没用。只要朱温匪帮还在，就可以不断地产生小朱温。只有摧毁了朱温匪帮,朱温才不会再出现。摧毁朱温匪帮,不能凭意气,不能靠蛮力。司马家族通过巧取豪夺,强占了神州,谁也对他无可奈何。司马炎一死,司马家族陷入内斗,外族乘机入侵。仅仅三十几年时间,司马家族就土崩瓦解。想瓦解朱温匪帮,只能内外结合。如今神州分裂,诸侯割据,个个都想当皇帝,况且存勖时时想着消灭朱温匪帮,外力已有。只要内力一配合,朱温匪帮必然崩溃。

外婆早些年过多注意靠自己的力气去侵蚀朱温,这两年这种做法才慢慢改变。也是吃了多次亏,慢慢吸取教训的结果。我们不仅要用自己的力,也要借用别人的力,尤其是朱温的力。借力打力更应该是我们以后采用的策略。摧毁一个匪帮,最好的办法是让匪帮内的土匪内斗。朱温匪帮用烧杀抢掠夺取江山社稷,必定要分赃。凡分赃,必定会存在分赃不均;分赃不均,必定要内斗。挑起他们内斗,就可以起到四两拨千斤的作用。你留在若水宫,就是做这方面的事情。外婆不会让你拿着一把破剑,一路杀到洛阳,宰了朱温。在朱温的地盘上活动,无论你愿意,还是不愿意,都必须先熄灭怒火。冷静,冷静,还是冷静。南华真人说过,先存诸己而后存诸人。所存于己者未定,何暇至于暴人之所行?只有保护好自己,才能出拳打敌人。莽撞行事,只能招徕灭顶之灾。当务之急,就是熟悉若水宫的事情和朱温匪帮的情况。只有知彼知己,才可能有所作为。”

“石云!”房外有人在喊叫。晓得“石云”这个名字的人只能是桃花石乡人,这地方怎么也有人晓得,石柏非常惊奇。是不是有人跟我同名?“石云!”石柏又听见有人在房间外喊声。声音很陌生。石柏不敢确定这人是在喊自己,也不敢惊扰石竹在隔壁睡觉,轻轻地推开了房门,走出了房间。月光如水银泻在宫前的庭院上。借着月亮的光,石柏看了一圈整个庭院,发现没有人。可能是听错了。“石云!”刚一转身,石柏又听到了有人喊叫。

莫非真的碰见了鬼?石柏迅速转过身。月夜下面,一个披头散发的人背对着石柏站在庭院上。这让石柏想起了厉鬼。“谁?”石柏问。那人转过身。月光下,石柏看到了白白的獠牙。石柏伸手准备抽剑,一摸腰间才发现刚才出来时忘记了带。正当石柏准备返身回房间拿剑时,厉鬼忽然伸出利爪向石柏扑了过来。这十个弯弯的利爪,月夜下面,让石柏想起了鹰爪。抓着了,肯定是肉裂筋断。石柏快速避闪。厉鬼一抓不着,转瞬转身。这转身的速度快得让石柏瞠目结舌。石柏施展无道与厉鬼搏斗。厉鬼飘忽,出爪的速度如同闪电。仿佛眨眼之间,石柏和厉鬼已经过了十几个来回。难道一点破绽都没有?石柏一边跟厉鬼拼搏,一边寻找厉鬼的破绽。找啊找,石柏终于找到了厉鬼的破绽,使出全力,予以致命的一击。

明明已经击中了厉鬼，可厉鬼却突然消失不见了。石柏还在寻找厉鬼时，厉鬼的利爪已经到了眼前。厉鬼出招速度越来越快，也越来越凶狠。仿佛厉鬼有使不完的力气。再这样继续缠斗下去，今晚必定死在厉鬼之手。逃吧。石柏卖了一个破绽，准备逃跑。刚一转身，厉鬼已经站在眼前。我不能让爸和妈的心血白费。石柏鼓起劲，继续跟厉鬼搏杀。石柏和厉鬼又过了几十个会合。石柏全身是汗，转身的速度也越来越慢。就在此时，厉鬼的五个利爪像五把波斯弯刀，从侧翼向石柏的脖子划过，石柏大吃一惊，身子急促一侧，醒了过来。

不是南柯一梦，我早就已经死了！噩梦虽然已经醒了，现在回想起来还是让人心惊胆战不已。石柏感到全身湿漉漉，旋即爬了起来，披上衣裳，出了善地宫。月光静静地晒在善地宫前的庭院上。石柏起步，踏着台阶，走了下来，仿佛又进入了梦境中。石柏没停留，就去了盥洗室。擦了身上的冷汗，在庭院中的石桌旁坐了一会，起身回善地宫睡觉。还好，厉鬼没有再来侵扰，石柏再次醒来的时候已经是第二天清晨。

石柏跟往常一样准时起床。十几年时间训练下来，石柏的起床时间每天几乎都一样。灰暗中，石柏看到石竹房间的房门还紧紧地关着。翠竹湾时，一向早睡早起的石竹此时还在睡觉。石柏双手推开了重重的大门，跨出了善地宫高高的门槛。站在步檐上，石柏深深吸了一口气，两手用力向外一拉，起步走下台阶，踏到了善地宫前的庭院上。二月清晨的空气，让石柏感到一阵清爽。满眼苍翠的群山，让石柏感到好像转瞬之间又回到了翠竹湾。

石柏在庭院上舒展了一会筋骨。自渡江北上以来，就没有舒展过。怕吵醒石竹，石柏动作很轻，像青草底下无声的流水。打开大门，离开了善地宫。石柏没有走远，只在善地宫附近转了转，就转身返回。站在善地宫前的庭院上，回望这座昨晚已经过了一夜的宫殿。

宫殿的屋檐很陡很陡，给人一种直泻而下的感觉。石柏不晓得，建造者为何要建造这么陡的屋檐。五处造型别致的耳房点缀在善地宫的周围。出了善地门，有四通八达的甬道通往若水宫的其他地方。连接宫殿、宫殿之间的是一条曲折别致的游廊，即便就是外面下着滂沱大雨，照样可以随意信步。庭院一角垒着假山，假山的顶上建有一座飞檐石亭。殿堂四周奇形怪状的大石头之间点缀了翠绿的树木。一对白头翁此时正停歇在善地宫的屋檐上，唧唧喳喳在互鸣。宫殿的设计者确实充分考虑到了居住者各种自然环境下的奢侈生活。

"大公子！"辛子惠的招呼声打断了石柏的思绪。"汤已经备好，可以梳洗了。"

石柏没有言语,跟着辛子惠去了盥洗室。梳洗完毕,刚从盥洗间出来,石柏就听到房门打开的声音。石竹起来了。“大哥!”石竹跨出门槛,下到了庭院上。

“昨晚睡得怎么样?”

“一躺下就呼呼大睡。已经好几天没像昨晚那样睡安稳了。”

“以后,你就在若水宫好好睡觉。”

“大哥,我们不去并州投亲啦?”

“外婆昨晚说了,叫我们不要去并州,就留在若水宫,帮着做事。”

“那我们就听外婆的。外表舅和外婆相比,自然外婆更亲。”

“那是。妈还曾希望我们到外婆那去投亲。”

“大哥,最好想办法告诉爸和妈一声,免得担心我们路上出了差错。”

“等会去跟外婆说说,有没有便捷的办法,将我们的情况告诉给爸和妈。”

“要不,我陪外婆一起回金陵看爸和妈。”

“等会,给外婆请安时,我们问一问外婆,怎么安排好。”

“妈要是看到外婆,肯定高兴得不得了。”

“那肯定。”

一见到外婆,石竹就问起如何将情况通知给远在金陵的父母。“先安心在这里过着。过些时间,外婆和竹儿一起去金陵,外婆也二十来年没见你妈和你爸了。”石柏、石竹和朱邪以清在无尤宫吃了早餐。朱邪以清建议说:“刚刚过来,还不熟悉,就让秋雨带着你俩到处逛逛。”石柏、石竹就跟着秋雨,离开无尤宫,听着秋雨,看着秋雨,转悠起了若水宫。

“若水宫真叫大,比我前天在小庙做梦时梦见的皇宫还要大。”

石竹出生在翠竹湾,从小在翠竹湾长大,就是一般豪门大院,都没有去过。跟着秋雨逛啊逛,石竹越逛越疑惑。“秋雨姐姐,就杨广一个人住,为何要造这么多的大房子?”这个问题,秋雨没有想过,石竹一问,秋雨也糊涂了起来。想了老半天,想不出一个秋雨自己满意的答案。随同一起逛若水宫的苏幽然替秋雨回答石竹。

“可能是杨广的嫔妃太多,造小了,住不下来。”

“杨广得有多少嫔妃呀! 这么大一个若水宫,几千人都能住得下。幽然姐姐,杨广到底有多少个嫔妃?”

“不晓得。”苏幽然想一想,给出了答案。

“秋雨姐姐呢?”

“杨广有多少个嫔妃,姐姐还真不晓得。”

“大哥,你常读史书,应该晓得。”

“依照定制,杨广的嫔妃有三夫人,九嫔,十二婕妤,十五世妇,二十宝林,二十四御女,三十七采女,总计应该有一百二十人。此外,还有……”

“那么多啊!”

这时,一名叫舒容的娘子匆匆跑来,告诉石柏尹似雪在上善殿等他,有重要事情要与他商量。石柏没问什么事,就跟秋雨道别,在舒容的引领下,匆匆赶往上善殿。一直到吃午饭时,石竹才见石柏和尹似雪出现。当天,石柏就跟尹似雪、秋雨一道离开了若水宫。

第二十三章　劫美

心伤则神去，神去则身死矣。

——《脉经》

石柏投奔外婆后做的第一件事情竟然是去逍遥窟劫持一名娘子。

位于涡水西岸的亳州，传说曾经是帝喾的国都。在亳州，有关帝喾的故事广为流传，但毕竟时间太过于遥远，是否真实早就已经无法稽考了。但凡传说，你说真就是真，你说假就是假，全凭心诚则灵。亳州人说，帝喾驾崩后，就葬在离亳州城不远的高辛镇。亳州的邻居宋州人不同意亳州人的说法。宋州人说，帝喾的首都确实是在亳州。不过，帝喾驾崩后，葬在宋州。为此，宋州刺史府曾专门上表朝廷，希望朝廷派员前去考察。争归争，做归做。眼前的事实却是，也不晓得是哪一朝、哪一代的亳州刺史，在高辛镇修建了一座规模宏大的帝喾陵。此后，一旦有外乡人问起帝喾陵，亳州人就会自豪地说，帝喾陵在高辛镇。

高辛镇原本是亳州辖下一个相当大的集镇。经过多年的战乱、饥荒，现在的高辛镇只能算是一个人口不多的小镇了。进入小镇，看到的都是倒塌的房屋，废弃的集市。黄巢造反之前，亳州刺史府每年都组织一年一度的官方大型祭祀活动，路过亳州的文人墨客，也常去帝喾陵祭拜。大约三十多年前，有高辛镇居民发现，夜晚时常有黑影在帝喾陵附近出没，还不时传出凄厉的哀号声。三个胆大、好奇的高辛镇居民经过一番商议，决定在一个月明星稀的夜晚前往帝喾陵探一个究竟，结果三人一去不回。第二天，高辛镇人发现，三人的五孔都塞满泥土，死在镇西乱葬岗。不久，距离帝喾陵较近的高辛镇居民，陆续死在家里面。这些人同样是五孔塞满了泥土。这种神鬼作祟的事情，这些年在河南频频发生，想查个清楚还真的不是一件容易的事情。当时的谯城县令曾组织勘查,最后只得不了了之。

自闹鬼之后,再也没有人敢去帝喾陵了,帝喾陵由此渐渐荒废。

控鹤军亳州指挥寺就设在帝喾陵的墓室里面。控鹤军原称无影门,由大齐国皇帝黄巢创立。无影门的第一任门主很自然是创建者黄巢。黄巢当时创建无影门的目的实际很简单,那就是刺杀朝廷清廉官员、忠贞将领,或协助贪官污吏和土豪劣绅收刮钱财、强抢民女、屠戮无辜,或装扮官家打家劫舍、奸污掳掠妇女,甚至做一些骇人听闻的事情。一句话,只要是黎民百姓痛恨的坏事,就去做。黄巢这样做的目的是希望能够进一步激起民愤,动摇李唐皇朝的根基,好让自己将来造反成功,登上帝位。民不畏死,奈何以死惧之。等百姓觉得,造反是他们的唯一出路时,就会跟着黄巢造反。黄巢读过圣人之书,这个道理懂。

可惜,人算不如天算。神州史上著名的杀人魔王之一大齐国皇帝黄巢机关算尽,最后被自己的外甥割走了首级,赔上了一族人的身家性命。黄巢费尽心机创建的无影门也逐步落到了原手下行营先锋使朱温的手中。朱温在无影门的基础上,组建了一支牙军。这支牙军,朱温选用武周时期一个特有的名词称它为控鹤军。江湖人士习惯上还是称控鹤军为无影门。

控鹤军作为朱温的一支特殊部队,只对朱温个人负责。朱温僭号称帝,控鹤军成了执行皇帝特殊使命的部队。控鹤军肩负着对皇朝将帅、官吏功罪稽核和赏罚的重任,并拥有自行处置权。朱温想抓谁,想杀谁,控鹤军直接越过大理寺去执行,根本不需要任何理由。几千年来,谁都晓得,你要理由,给你编一个就是,不需要费多少心思。朱温的梁国,将帅、官吏极其忌惮控鹤军。控鹤军的统领称控鹤都指挥使。现任控鹤军都指挥使是朱温的二郎郢王朱友珪。控鹤军下设地方派出机构。其头领称控鹤指挥使,也称控鹤都虞候。

依照局势需要,朱温在境内设了四个控鹤军派出机构。这四个派出机构分别设在与藩镇接壤的地区,主要目的是防止边关将吏反水。北设在赵州,西设在华州,西南设在随州,东南设在亳州。都虞候的下属则是都头。控鹤军都头手下兵士虽不是很多,但都头却是从四品的官,同宣威将军。基于控鹤军的重要性,朱温派德王朱友克、鲁王朱友恩、建王朱友徽和贺王朱友雍分别担任大梁境内的四地控鹤都虞候。不过,这已经是一年前的事情了。

担任亳州控鹤军都虞候的是建王朱友徽。

朱友徽既是朱温的儿子,又是朱温的侄儿,身份双重。这倒不是朱温跟他嫂子乱伦生了朱友徽,尽管朱温确实喜欢乱伦。跟神州史上所有著名的流氓一样,朱温性欲旺盛,即便是当年行军作战期间,一天至少要交配一次。朱温一生经手的女人虽无数,但正式归朱温名下的儿子却只有七个。这主要是朱温的儿子绝大部分生在民间。到底有多少个,朱温自己根本不可能清楚,也不需要清楚。体群臣也,子庶民也。依照儒家说法,大梁国的所有黎民百姓都应该算是朱温的儿子。所以,孔子的门生将黎民称作子民。朱温僭号称帝后,曾经有民间女子带着孩子来汴梁找朱温,宣称自己的孩子是朱温所生,结果大理寺以诋毁皇上圣明为理由而被腰斩。从此之后,再也没有人敢上汴梁或洛阳找朱温认亲。朱友徽的的确确是朱温正式的姬妾所生。这种姬妾朱温还是宣武节度使时就已经有好几百。

朱温的二哥朱存名义上有朱友宁、朱友克和朱友伦三个儿子。这三个儿子实际上都是朱温生。朱温攻打青州,王师范派人向杨行愍求救。杨行愍派了大将王茂章前去援助,大败朱温。逃命中,朱友宁坠马被乱兵踩死。朱友伦在长安伺察昭宗时,击鞠掉下马摔死。朱温以此为借口兵围开化坊,差不多杀光了李唐一朝大臣。朱友克和朱友裕,朱温正式的长子,一起攻打徐州时,不慎丢失了一副重要的器官。为了延续朱存的香火,朱温决定将朱友徽过继给朱存,能让朱存在谱牒上有红线。朱温登基称帝,册封朱友徽为建王,朱友宁、朱友克和朱友伦分别为安王、德王、密王。朱友徽调任控鹤军亳州都虞候之前,曾担任过忠武军(现已改名为匡国军)节度使。在许州任职期间,朱友徽广聚奸徒,用肆无忌惮根本就无法形容朱友徽所作所为。眼看着实无法收场,朱温将朱友徽从许州调到了亳州。

常言道,有其父必有其子。朱温那么多儿子里面,朱友徽最像朱温。朱友徽很有其父亲朱温的行事作风,性情残暴凶狠,而且喜欢以新花样杀人。不用新花样杀人,谁服你？理由极其充分。朱温就是靠杀人征服黄河两岸当上了皇帝。大梁国境内,谁能说不？原谏议大夫汤嗣甫上书劝朱温宽刑法、推恩信,减少杀戮。朱温勃然大怒,让朝臣看着如何将汤嗣甫烤熟。朱友徽出巡,好比老虎上街,根本不需要敲锣鸣道,街上行人早就已经避让。想找死也不愿意撞上朱友徽。朱友徽的行止与狗别无二致,敢在光天化日之下当众奸污妇女。去年八月初一,朱友徽外出巡视,在刺史府前的广场上,撞见了丝绸店掌柜张安施和他刚过门不到半个月的新妇。当着张安施的面,朱友徽奸杀了他的新妇。亳州的妇女一听朱友徽,胆小者会当场小便失禁。面对如此肆无忌惮的朱友徽,亳州刺史赵淮浦不敢怒也不敢言。朱友徽曾经当面对赵淮浦说:“想多活一天,就不要当着本王的面放屁。”朱友徽出手不会有所顾忌。捏死个人,朱友徽看来,如同捏死臭虫,仅脏了手而已。

朱友徽肆无忌惮,都尉刘道杰怒火中烧。刘道杰原本是天平军节度使朱宣的都虞候。朱宣兵败被杀，刘道杰没地方可去，投奔了赵淮浦。赵淮浦曾偷偷劝慰刘道杰，“朱温连昭宗皇帝都敢杀，天下还有哪一个人他不敢杀？连妃子、公主都敢奸，天下还有哪一个女子他不敢奸？现在大梁国谁有胆去追捕刺杀皇帝、奸杀公主的朱温？如此罪恶滔天之人，竟然还坐在洛阳崇元殿上！你想想，这世道还有没有王法？依照朱温去年制定的律令，朱友徽就是杀光了亳州人，也不能动他。朱友徽没杀你家和我家的人，没奸过你家和我家的女人，已经是不幸中的大幸了！何必为朱友徽的事生自己的气，安心管住自己的事情就好啦。不是我们不想为民请命，而是无恶不作的人是大梁国皇帝的儿子，建王朱友徽。莫非赵某还想动朱友徽的一条毫毛不成？”赵淮浦都不敢，亳州还有谁敢？亳州人黎民百姓眼光光看着朱友徽在亳州怙宠作威，恣意妄行。唯一的办法就是寻找机会逃离亳州。整个河南就像牢笼，逃离亳州容易，却没地方可去。常言道，天下乌鸦一般黑。只要是在朱温的地盘上，宋州、陈州、徐州和亳州一样。

就上个月，有人向朱友徽告发司士参军岳鹤翔企图谋反。是真是假还没弄清楚，朱友徽越过赵淮浦，岳鹤翔一家男丁无论老幼一律弃市，女眷充作营妓。赵淮浦清楚，朱温不在乎朱友徽在亳州杀了多少人，奸了多少人，在乎亳州稳定。只要稳定，朱友徽就是将亳州人全杀光，朱温也不会在乎。随着与李存勖之间战事接二连三的失利，朱温进一步加强对大梁境内的控制。朱温以自己的亲身经历告诉自己，神州人谁强就跟谁。过去朱温强大跟朱温，现在李存勖强大就会跟李存勖。朱温绝不允许昭宗的故事在自己身上重演。

去年柏乡之战大败，朱温责令朱友珪加速对境内企图谋反之人的清除。杀尽了大梁境内所有企图谋反之人，朱温就可以安安稳稳地做大梁国的皇帝。朱温能够从黄巢手下区区一介先锋使最后成为大梁国的皇帝，看家本领只有一招，那就是杀。服不服？不服，杀！伏尸百万，流血漂橹，根本不能描述朱温杀人之多。黄河南北，从黎民百姓到李唐皇帝，什么样的人，朱温都杀过，最后将神州人杀服！杀人永远都是臣服神州人最有效的策略。

与晋国的战事越失利，大梁境内暗杀、明杀速度就加快，暗杀、明杀的对象也在不断地增加。今天这家被族灭，明天那家被弃市。赵淮浦实在不想去碰朱温的刀子。为了大梁国的江山社稷，朱温根本不在乎杀多少人。这一点，赵淮浦心里非常清楚。儒生磕头膜拜的圣明皇帝刘彻随便一道口谕都可以杀几万人，更何况朱温？大梁的江山社稷没了，朱温还在乎大梁国的黎民百姓？只有朱温的大梁在，黎民百姓才有存在这意义。赵淮浦担心的是，朱友徽杀啊杀，最后杀到自己的头上。自朱友徽担任控鹤军都虞候的时间越长，赵淮浦处事越谨慎。

这段时间，不断有人向朱友徽报告，逍遥窟清谈厅有不少江湖人士妄议朝廷，有颠覆大梁江山的企图。以往，朱友徽肯定会当下派控鹤军士前去清剿。考虑到逍遥窟的背景，朱友徽还是暂时隐忍了好几天。毕竟逍遥窟的幕后人物赵淮浦是亳州的刺史，也算得上是封疆大吏，至少手中有好几千私兵。不到关键的时刻就撕下面皮，有些操之过急。杀了赵淮浦无所谓，逼反了赵淮浦，朱友徽着实无法向朱温交差。朱温不在乎朱友徽杀什么人，也不在乎朱友徽杀多少人，朱温要的是南部边疆的稳定。只有稳定，朱温才有可能集中精力对付李存勖的步步紧逼。这可是朱温的当务之急，是关系到梁国生死存亡的大事。朱友徽来亳州任控鹤都虞候时，朱温已经再三吩咐。今天，朱友徽实在是忍无可忍，终于下定决心。

朱友徽站在一班准备执行任务的军士面前说："这些江湖人士，罔顾官家的三申五令，非议朝廷，更有甚者，直接将矛头对准了我大梁，企图借用晋国、吴国等外部势力，颠覆我大梁政权。尤其是逍遥窟主人晋河东，开设清谈厅，放任这些江湖人士的胡作非为。真是不将本王放在眼里！今晚你们务必将清谈厅里面的所有人都给本王杀绝，一个不留！"

"谨遵钧命！"一队军士离开帝喾陵，消失在夜幕里面。

逍遥窟就在亳州谯县辖下的石榴村。石榴村东靠涡水，离亳州城仅二十来里地。走水路，走陆路，都很方便。石榴村原本是一个很不起眼的小村，由于有了逍遥窟，渐渐变成了亳州最热闹的集镇。除了寻找生计的普通庶民，来石榴村的人里面既有豪门大户、显赫权贵，也有江湖豪杰、绿林好汉。这些人来石榴村为的是去逍遥窟购买逍遥。逍遥窟给各色人提供他们想得到的各色逍遥。逍遥窟的经营原则只有一条，只要是付得起，逍遥窟一概不拒绝。

君不见高堂明镜悲白发，朝如青丝暮成雪。对酒当歌，人生几何。该乐的时候不乐，过期作废。和平年代尚且如此，何况是在朝不保夕的战乱时期？不论是为虎作伥的伥鬼，还是被这群伥鬼操纵着的芸芸众生，事实上迎来了神州史上最为平等的时期。朱温一变脸，昨日伥鬼瞬间就成了厉鬼；伥鬼一变脸，挣扎在底层的芸芸众生顷刻之间变成了无头冤鬼。任何人都不能保证明天太阳出来的时候项上人头一定还在。至尊都成为刀下冤鬼，更不用说那些即便是在太平盛世也可能遭受欺凌的乞丐妓女和贩夫走卒了。无权的死，有权的也死；无力的死，有力的也死；贫穷的死，富有的也死；丑的死，美的也死；老的死，小的也死；女的死，男的也死。例子？生活在这个时代的每一人都可以举出一大堆。及时行乐无疑是眼下最理性的选择。将长期埋在心里面的欲望完全释放出来,像孔老夫子那样随心所欲,来一个朝闻道夕死可矣。等到一命呜呼时,再想行乐,则悔之晚矣。

此时,逍遥窟清谈厅不时传出江湖豪俊高亢激昂的声音。

清谈厅是逍遥窟提供给客人相互讨论抒发自己对朝廷动向、江湖事故看法的场所。所有来清谈厅的豪俊可以自由发言,甚至允许戴面具参与讨论。无论说什么话,清谈厅装聋作哑一概不予纪录。为了提升人气,清谈厅甚至还免费给豪俊提供茶水、糕点。通常情况,混迹于清谈厅的人都是一些武艺不是很高但有一腔热血的江湖英雄。神州的事情总是这样,有能力做的人不做,没能力做的人幻想着做。自然,清谈厅也有专门替控鹤军监控舆情的人。

今晚,清谈厅各路英雄讨论的主题是如何铲除朱温。连这种主题也敢讨论,难怪建王朱友徽决定将他们清剿。说到朱温,清谈厅的豪俊个个义愤填膺,恨不得食其肉、寝其皮。自追随黄巢造反以来,黄河两岸有多少英雄豪杰惨死在朱温的手下,又有多少无辜平民变成了无头冤鬼,清谈厅的英雄谁也不晓得。清谈厅英雄豪杰无论是咬牙切齿,还是恶毒诅咒,朱温依旧安然坐在金銮殿上,毫发无损。不用去杀朱温,朱温不来杀你就已经是万幸。正当众人摇头晃脑、唉声叹气之时,一位男子浑厚的声音打破了清谈厅的一时宁静。“诸位,切勿垂头丧气,铲除朱温,实际上很简单。”清谈厅内英雄豪杰顷刻间竖起了驴耳朵。

“铲除朱温,只需一位能够让天下俊杰同心同德的人!

诸位想想,当朱温出现之时,面对如此血腥的屠戮,想让自己能够苟延残喘下去,河南的每一个人面临的只有两种选择,要么与朱温合伙,要么就是死。只有跟朱温合伙,为虎作伥,才有可能活得比别人长。当时投奔到朱温帐下的那些人,哪一个不是觉得自己要完蛋时投了朱温?正因为河南所有人都抱着这样的想法,朱温才能滚雪球一样,越滚越大,兴风作浪,肆无忌惮。这就是朱温至今仍然坐在金銮殿上的根本原因。

诸位想想,假若神州豪杰一致对抗朱温,那么朱温必定完蛋。这个道理,在座的诸位都懂。问题是,就是在座诸位英雄,也会担心自己跟朱温对着干,而其他豪杰不援手。至于脖子上包铁皮的人,就不用说了。露头的鸟儿找死。在座的诸位英雄谁敢先露头?面对朱温的暴行,想反抗的人很多,付诸行动的人少。

当然,也可能是在下小瞧了诸位英雄舍身成仁的决心。就算诸位英雄有抱着舍得一身剐敢把皇帝拉下马的决心,去做露头的鸟儿,其他人也会认为你算哪根葱而不响应。振臂一呼容易,问题是振臂一呼没有人响应。如今黄河两岸的黎民,胆子小得像小鸡,谁敢响应？没有人响应,振臂一呼等于白白送死！要想让在座的诸位能够同心协力,必须得有一位能让诸位信得过的牵头人。”那男子喝了一口茶,润了润嗓子。清谈厅只听到茶碗碰到茶几的撞击声。所有英雄豪杰都在翘首等待男子继续发高论。男子放下茶碗,高声说:“想当年,项梁借楚怀王之名,举兵起事灭了秦二世;刘秀能够恢复汉朝,凭的是皇室的身份;刘备凭借自己是中山靖王之后建立蜀国,三分天下。他们之所以能成,就是竖起了天下人响应的旗帜。李唐刚刚倾覆,黎民百姓希望复兴李唐的意愿强烈。朱温僭号称帝后,周边一圈的藩镇全部还用天佑年号。他们的目的就是想顺应民意,凝聚人心。晋王李克用,吴王杨行愍,自昭宗为朱温所弑驾崩以来,一直打着复兴大唐的旗号与逆贼朱温抗衡。他们的意图非常明显,就是想借李唐之名壮大自己。可惜,无论是李克用,还是杨行愍以及现在主掌吴国权柄的徐温,都不是昭宗的嫡亲。谁相信他们就不是挂羊头卖狗肉？这种挂羊头卖狗肉的故事,神州人听多了。只要能够找到皇室嫡亲,打出复兴李唐的旗号,朱温必灭!”

这些个满腔热血的英雄豪杰,听了此男子的这番高论,个个觉得有道理,纷纷点头。灰暗的灯光下,有人认出此男子是反朱顽固李存国。早在李存国考取进士之前,就开始反朱活动。昭宗被弑后,李存国更为铲除朱温四处奔走。二十多年过去,朱温非但没有被铲除,倒反从宣武节度使变成了梁国皇帝。残酷的现实并没有改变李存国的意志。就像一头蛮牛,驻着脚,怎么拉都拉不动。这次前往江南,经过亳州,本着多一个人也多一个帮手的想法,前来逍遥窟。坐在西侧的淮河渔夫郑畅提出疑问:“李兄的主意倒是不错,问题是昭宗的嫡亲都已经给朱温杀光了,到哪里再找皇室嫡亲去?”李存国的回答出人意料。

“有！桓王。”

“桓王已将近二十年不见,谁晓得是生是死?”不晓得哪一位插嘴。

“不是鄙人说老兄孤陋寡闻,桓王不仅没死,而且还活得好好的!”

“桓王还活着!”清谈厅的豪杰无不惊讶。

“不是说桓王遭到朱温围劫,被杀了吗?”

“按照李兄的说法,那是谣言啰!”

“桓王不活着,朱温为何还需要三番五次派控鹤军杀手前往江南寻找？很显然,朱温散布谣言,说桓王已死,目的是想让江湖英雄死了心。免得找着了桓王,动摇了朱温匪帮的根基。不像李克用、杨行愍这些人,打着复兴李唐皇朝的旗号而实际心怀鬼胎。桓王却是先帝昭宗的弟弟,哀帝的叔父,是正宗皇族嫡亲。想当初侍臣王孙贾只有十五岁，振臂一呼，都能号召市人，除去乱齐奸相淖齿。诸位想想，倘若桓王能够出来振臂一挥，天下群雄必定会云集响应，铲除朱温，复兴李唐，又有何难哉！”

“那现在桓王在哪里？”

这位豪杰的话音刚落，清谈厅的油灯突然熄灭。正当众人耐心等待油灯重新点亮时，一班身穿黑衣的控鹤军兵士从窗户进入了清谈厅。油灯刚一亮，紧跟而来的就是匕首割断脖子发出的声音。“控鹤军杀手！”清谈厅里面的英雄好汉顿时作鸟兽散，冲向清谈厅的大门，准备逃命。离清谈厅大门较近的几个江湖人士刚打开大门冲出去，随着白光跄踉倒在门口的台阶下面。整个清谈厅里面此时到处响起了利器刺进肉体声、身体倒地声、濒死之人的哀吟声。

“仔细查一查，还有没有活的。”

“已经没有活的。”

油灯重新熄灭，清谈厅归于寂静。

清谈厅是逍遥窟免费提供客人闲聊消遣的地方，其位置位于逍遥窟建筑群的外侧。就算清谈厅闹翻了天，其他厅的生意也丝毫不受影响，比如像专诸房、樗蒲厅、巫山厅等等。距离清谈厅较远、位于逍遥窟建筑群内，一座看起来有些低矮的单层房子里面，茶几后面的凳子上坐着一位正在品茶的老者。从门口往里看，在昏暗的灯光下面，老者的年龄应该已过花甲。老者姓晋，名河东，是逍遥窟的掌柜。

一位身穿灰色衣裳的男子匆匆跑进了房间，紧贴着晋河东的耳边就是一阵嘀咕。晋河东端着茶盏的手忽然猛烈一抖，茶盏里面的茶水荡出来，烫到了晋河东的手。晋河东不禁手一松。只听“当啷”一声，茶水连同茶盏倾倒在了地上。晋河东连忙站了起来，摔掉手上的茶水。仆役赶忙前去清理地上的茶盏和茶水。没等清理干净，晋河东就以命令的语气说：“马上处理干净，不能留下一点痕迹。”这名男子说：“手下已经派人清理了。”

逍遥窟，不仅要向客人提供逍遥，也要向客人保证安全。没有安全保证，即便逍遥窟倒贴铜钱，也不会有人来逍遥窟送死。倘若消息传扬出去，逍遥窟的生意还要做？逍遥窟生意确实兴隆，除货色纯正、别出心裁、服务周到等外，最为重要的是客人来逍遥窟，可以放心地玩，放肆地玩。逍遥必须保证客人的安全，绝对安全。

“你亲自再去检查一遍。外人晓得有人在逍遥窟被杀，谁还有胆子再来寻逍遥？”

“是！”这名男子匆匆跑出晋河东的房间，消失在夜幕里面。

“妈的。”晋河东骂了一句。

有人死就有人生，有人哭就有人笑。来清谈厅清谈的诸英雄正在地下恸哭，到巫山厅买笑的众豪杰却在厅中欢笑。距离清谈厅有一里地的巫山厅，此时美人笑声、众人喧哗声、欢呼声此起彼落。真是阴阳两重天，临尸高歌，为乐当及时，何能待来兹！

巫山厅是逍遥窟里面相对独立的建筑群，有多座单独的楼房，也有与这些楼房搭配的台榭、假山、鱼池，以满足俗人装雅的欲望。主楼是一座两层楼房。登上三级台阶，跨过一尺高左右的门槛，就进入主楼的大厅。宽敞的大厅有四根立柱。离门口较远的两根立柱中间是宽大平缓的楼梯。缓缓上升了四级后是一个比楼梯至少宽一倍的平台，平台的左右两面各接楼梯直通主楼的二楼。走上二楼，沿着回廊可以通往装饰各异的房间，或曲径通幽前往单独的楼房。为了确保客人安全，逍遥窟还花重金聘请了鲁班门娄万机给每一座独立的楼房设计了机关，并养了一大班极有手段的护院。一旦进入楼房，客人只管肆无忌惮地玩。

千金难买美人笑。周幽王为了能让爱妃褒姒笑，不惜烽火戏诸侯。普通的英雄豪杰、绿林好汉就不用说了。举例子，人家肯定笑你没见识。逍遥窟巫山厅，只要客人付得起，可以让这里的任何一位美人笑，而且也可以让这里的任何一位美人做你希望她做的事情，只要客人有想象力，能够想得出来。正因为逍遥窟的服务项目特别独到，很有想象力，不少富商巨贾，江洋大盗在这里一掷千金，目的就是为了能够满足各种奇特的欲望，享受一夜逍遥。

有需求，自会有人替你创造条件，满足需求，前提是铜钱在手。有道是，外公抬肩舆铜钱好。我有铜钱，想怎么花，就怎么花，管你屁事？逍遥窟关心的是铜钱，而不关心铜钱的来路。如今神州人使用的铜钱，哪一枚上面没有铜绿？逍遥窟的巫山厅，充分考虑到了客人的各种需求，无论多么奇特的需求。倘若逍遥窟还没想到，一旦有客人提出一些前无古人的要求，巫山厅马上能够组织人手给客人提供。要求前无古人，服务价格也是后无来者。

正因为替客人考虑得周详细致，加上巫山厅不时更换新鲜、上佳的货物，自逍遥窟开业以来，巫山厅的生意就一直非常红火，尽管还算不上是逍遥窟生意最红火的厅。萝卜白菜各有所爱。每个客人的偏好不同，对货物的需要也不一样。因而，巫山厅尽量储备了足够多的货物以满足不同客人的需求。问题是，即便是逍遥窟储备了再多的货物，有时候也会有因偏好比较一致而出现多位客人同时争夺同一货物的事情发生，尤其是刚进的新鲜货物。为了公平起见，晋河东向马市学样，巫山厅的新鲜货物一律通过公开竞价，谁出的价格最高，货物就归谁。客人想得到巫山厅的新鲜货物，只能通过公开竞价，巫山厅从不暗箱操作。根据新进货物的姿色、气质、教养等，巫山厅先给货物定一个基础价，再根据这个基础价，从低到高，按顺序拍卖。最后一位拍卖的美人总是新近刚到保证是处子的绝代娘子。

巫山厅今晚即将拍卖的最后一位明花就是此刻站在楼梯平台上的这位娘子。

两名侍儿从身后剥走披在娘子身上的黑色氅衣，呈现给诸位买家的是一身白色丝制薄衫。一双晶莹明眸下面遮着黑色丝绸面纱。莹白色的脖子上，挂着一块红色系线的玉锁。在白色丝绸薄衫的映衬下，红色系线就是在大厅姜黄色灯光下也显得很醒目。两名侍儿退后，主事逍遥窟拍卖的徐娘拉着这位娘子在平台上慢慢转起了圈子，让平台四周正盯着看的客人好好看货，以确定今晚他们自己的心里价格。众买家仔细看了一遍，徐娘开始发话。

“在场的诸位花坛高手，只要谁出的价格最高，这位绝代佳人就陪这位客人到逍遥窟的椒房，摘下面纱让客人一睹芳容，抚琴歌舞，与客人品茗谈心。”

坐在大厅左侧靠近平台的一位看起来像是富家公子的后生，对此非常不满。“徐娘，逍遥窟事先说过，只要付得起钱，可以满足客人的一切要求。本公子远道而来到了逍遥窟，不是想欣赏什么抚琴歌舞，更没有什么闲心跟别人品什么茗，谈什么心。本公子一向是硬木棍捅屎，直来直去。今晚来了逍遥窟，就是想好好尝一尝新鲜嫩肉的味道。”后生的主张马上得到了在场客人的支持，纷纷对逍遥窟的做法表示抗议，大声起哄说：“对，对，对……”

嘈杂的声音一时间响彻了整个巫山厅。徐娘见众买家起哄，并不慌张，拱着手，笑眯眯地说：“诸位请安静，请安静！”巫山厅内众买家终于慢慢静了下来，听徐娘放什么屁。“侍儿这么说，只是担心今晚品尝新鲜嫩肉的价格肯定非常高，在座的一些高手很有可能没带足够多的现钱。陈公子想必也晓得，巫山厅的规矩一向是只收现银。”徐娘话还没说完，就被陈公子打断。“还怕本公子没铜钱，赊账不成？”“哪啊？只要陈公子今晚能够拍得到，想品茗谈心就品茗谈心，想尝新鲜嫩肉就尝新鲜嫩肉。我们逍遥窟一向是一切为了满足客人的一切需求。陈公子，今晚来的人很多，你可要拍得到哦！她可是我们逍遥窟开业以来真正的绝品！尝一口，肯定是终身难忘。在场的诸位花坛高手都想尝新鲜嫩肉，那就开拍吧。”

巫山厅内客人顿时静了下来。

一名腰捆宽宽腰带的男子“当”的一声敲了一下铜锣，高声宣布，“拍卖开始！”

品尝眼前这位娘子的价格从起拍时的铜钱一千缗，一下子就飞速飚升到铜钱五千缗。听到有人说“五千缗”时，徐娘觉得出价的人肯定疯了。渐渐地，参与叫价的人越来越少。价格以一百缗起步不断攀升。男子“当”的一声敲了一下锣，“现在是铜钱七千缗，还有没有出更高的价？”过了一会，男子又“当”的一声敲了一下锣，重复刚才的那句话。眼看就以七千缗成交时，巫山厅内终于出现一声“一万缗”。大厅里面顿时响起一片惊奇的一声，“一万缗啊！”男子“当”的一声敲了一下锣，高声说：“现在是铜钱一万缗！还有没有出更高的价？”大厅内鸦雀无声，个个都屏住呼吸，等人出更高的价。让人失望的是，男子三声锣响过后，还是没有人出更高的价。最后，拍得台上佳人的是“独眼阎罗”尚与鹏。

人家有铜钱啊！正当巫山厅的客人怀着妒忌、羡慕、愤恨、鄙夷等心态看尚与鹏独享台上这位让人垂涎的娘子时，巫山厅的入口处突然传来了男子说话的声音。“啊哈，还真的是来得早，不如来得巧。小可虽不像诸位那么积极，却正好赶上跟这位佳人共度春宵的时间。”

巫山厅的客人方才都将注意力集中在拍卖上，压根就不晓得男子是如何进来的，是什么时候进来的。听见有人如此游戏人生，傲视群雄，巫山厅中参与拍卖的所有人霎时个个转过头，将目光从那女子身上，聚焦到刚才说话的男子身上。这位男子身高约七尺五寸左右，身着紫色袍衫，腰系一条宽宽的镶玉、金边革带，腰带上扣挂着一块玉佩，脸上带着一副看一眼就让人感到恐惧的夜叉面具。倘若除去面具，此人定是风流倜傥的再生潘安、复活宋玉。

一看此人的装束，巫山厅内几个识货的客人，已经挪动屁股，以内急为借口开始撤离。很快，巫山厅的客人个个低着头，纷纷离开了巫山厅。只有个别不知天高地厚的客人，仍旧睽睽地盯着“夜叉”。“诸位”，“夜叉”说：“别急着走么，钱么，小可还是有一文的。”

言罢，“夜叉”亮出了自己的右手。借着巫山厅的灯光，可以清楚地看到“夜叉”右手修长的食指和中指夹着一枚铜钱。没过多久，巫山厅内剩下的几个客人连正视都不敢正视“夜叉”，纷纷低着头，从“夜叉”的两旁远处退出巫山厅，仿佛“夜叉”真的就是夜叉。

尚与鹏正准备上前带走美娘子，一见“夜叉”出来跟他争抢，立刻将已经抬起的右脚收回，放了下来。尚与鹏晓得，牡丹花下死做鬼也风流只是一句花坛戏语。生命与美人不可得兼时，会毫不犹豫选择生命。尚与鹏犯不着跟他争本来就不是免费的美人。当铜锣响过三声之后，尚与鹏才开始意识到，自己刚才头脑竟然发热到连他自己也不能理解的程度。一万缗是什么？至少可以买到两千名侍儿！在这个人与人相食的年代,女子就是有力者的食物!聚积一万缗铜钱,尚与鹏又要再去杀死多少个人?尚与鹏晓得,杀人意味着被杀,杀人的次数越多意味着被杀的次数也越多。“夜叉”的突然出现,正好给了尚与鹏一个极其平缓而且舒适的反悔台阶,不至于有人说他言而无信瞎起哄。尚与鹏的脚刚一收回,调头看了一眼,立马就意识到,眼前应该采用的策略就是三十六计中的第三十六计。

“夜叉”对巫山厅内客人的纷纷退场,好像并不在意。确实,对手越多,意味着竞争越激烈。倘若世界上没有了竞争对手,自然也就不需要竞争。仿佛在眨眼间,原本挤得满满的巫山厅,此刻只剩下了疏疏落落几个人。客人还没有走尽,巫山厅门外就闯入一批人。“夜叉”依旧是一步一步地走向楼梯平台。徐娘俯身拜手拦住了“夜叉”的去路,开口询问,“请问尊驾是?”“夜叉”根本不予理睬,右手向外轻轻一格。徐娘不禁就是一个踉跄,差点摔倒在地。“夜叉”继续前行,慢慢步向楼梯平台。

刀剑无眼,不小心被伤着了,只能冤自己太好奇。参与巫山厅娘子拍卖的客人可都是些非常珍爱生命的人。眼看打斗就要发生,最后一两名胆大包天的客人不用找借口也已经撒腿逃命。这时,巫山厅内已经只剩下“夜叉”和逍遥窟的人。

徐娘实在太不识货!莫非是天天呆在逍遥窟内忘记了神州的变化?一看衣裳就该知道,眼前的“夜叉”惹不得。不想,徐娘竟然说出“上”,逍遥窟高薪聘请过来的护院竟然也听徐娘的指挥,像饿虎一般扑向“夜叉”。“夜叉”飞起一脚,一名护院被踢飞,远远摔在巫山厅的地上,连挣扎都没挣扎一下。没等护院回过神来,“夜叉”右手一伸,一名护院的脖子已经被捏住。骨头粉碎的声音传进了在场所有人的耳朵里面,听得所有人毛骨悚然。这些浪得虚名的护院个个目瞪口呆,开始向后移动脚步。命只有一条,别人不心痛,自己要珍惜。

徐娘似乎被“夜叉”的手艺惊呆了,睁着一双大大的眼睛,盯着“夜叉”一步一步走上楼梯,走向平台。“夜叉”轻轻搂着美人的腰,一步一步数着步级走下楼梯。眼见“夜叉”就要离开巫山厅,徐娘这时才回过神来。望着“夜叉”远去的背影,徐娘说:“请尊驾留下高姓大名!”

莫非是想让对方留下姓名住址,好让你徐娘前去与他幽会不成?除非像朱温一样有特殊爱好,已经有绝代美娘子在手的“夜叉”不会再对徐娘感兴趣。徐娘肯定脑子有毛病。“夜叉”没有回头,也没有回答,只管搂着美人飘然离开巫山厅,消失在厅外黑夜里面。

徐娘站在平台上,呆了好长一会,才回过神来,失了魂似的说:“一定是控鹤军都虞候朱友徽。一定是控鹤军都虞候朱友徽。”“夜叉”还没有走出巫山厅，控鹤军都虞候朱友徽劫走美人的消息就已经传到晋河东的耳朵里面。

昏暗油灯的灯光下，像无头苍蝇，晋河东一边不断地在房子里面转圈，一边不断地用右拳头砸自己左手的手掌，上下牙齿相切发出“咯咯”声。“妈的，刚才来逍遥窟杀人，现在来逍遥窟劫人，简直不将逍遥窟放在眼里。朱友徽这狗杂种，欺人也太甚！”晋河东高声骂。就欺你了，又能怎么样？控鹤军势力之强大，行事之毒辣，晋河东也不是没有见过。朱友徽根本不会将这个区区逍遥窟放在眼里，只是目前还没有必要撕下面皮。

别说朱友徽来逍遥窟抢夺一名卖笑的美人，就是抢夺晋河东的亲生女儿，晋河东又能怎么样？两年前，晋河东的三女儿晋琛琛被朱友徽奸杀，自称纵横江湖数十年的晋河东还能动得了控鹤军都虞候朱友徽的一根毫毛？神州这个丛林，就看谁处在食物链的上层。弱肉强食。你是蜻蜓、蝴蝶、蚱蜢，只能等着被吃。朱友徽面前，晋河东就一样子有点可人的毛毛虫。为了保全自己的一家老小，晋河东打落的牙齿只能往肚子里咽。晋河东晓得，如今大梁国还没有一种势力能够做到跟控鹤军正面对抗，至少逍遥窟还做不到。想到这，晋河东突然高声说：“备马！”

不久，晋河东带着侍从，骑马连夜赶往亳州城，面见刺史赵淮浦。

刺史府后院，在晋河东前面，赵淮浦一边来回踱步，一边自言自语。

“逍遥窟开设清谈厅，主要目的是让那些潦倒的江湖人士，落拓的市井书生抒发抒发郁积在心里怨气。不仅可以拓宽逍遥窟的客源，对巩固皇朝也是百利无一害。就像堰塞湖，不排泄，迟早有一天会出事。朱友徽对这些根本不成气候，也不可能真正危险大梁江山的落拓江湖人士同样照杀不误，真是岂有此理！”

“朱友徽派去的控鹤军杀手，顷刻间，杀光了逍遥窟清谈厅中的所有客人，总共四十七人。朱友徽自己则在巫山厅，众目睽睽之下，肆无忌惮地抢走了逍遥窟的花魁。姑且不去谈这些年亳州有多少清白无辜的女子死在朱友徽之手，单朱友徽来巫山厅抢夺花魁的事情一旦传扬出去，谁会继续来逍遥窟逍遥？大人苦心经营的逍遥窟很可能就会毁于一旦。”

赵淮浦毕竟读过很多儒家经典，像《论语》《礼记》《仪礼》这些书，甚至能够整部会背。跟着黄巢造反的那段时间里面，赵淮浦伤天害理的事确实也做过很多，甚至有一次心血来潮想尝一尝做皇帝的滋味，也曾做过很出格的事情。但是，无论如何，赵淮浦从来不杀自己胯下之人，更不敢在众目睽睽之下做这种事。赵淮浦跟幕僚张博缘私聊时说：“人终究是人，不是狗。像建王朱友徽，无论从哪个角度看，都不配称人。”张博缘说:“问题是,大人得小心,免得给朱友徽咬着了。就目前的态势看,朱友徽想咬大人的意图已经很明显。”

有意图,又能怎么样?想起朱友徽平时对自己的羞辱,更想起刺史府前广场上令人发指的奸杀,赵淮浦心里非常清楚,在亳州庶民的眼里,赵淮浦越来越像一条见主人摇尾乞怜而对外人狂吠咆哮的狗。在亳州做刺史的时间越长,赵淮浦越来越鄙视起了自己,怀疑活在世上的意义。堂堂男子汉大丈夫,像狗一样活着就是为了能吃上一坨屎?

赵淮浦不是碌碌无为之徒,而是一个有鸿鹄之志的人。这些年,赵淮浦也一直在为自己的鸿鹄之志努力着。可惜,岁月不饶人。早上起来,对着铜镜,看着自己花白的两鬓,赵淮浦不禁想起冯唐易老,李广难封。再照这样继续碌碌无为下去,人生夙愿成梦幻,成泡影也还罢了,连自己的项上人头成为朱友徽的玩具也只是时间的问题。伏在人家脚前做狗,谁晓得哪天突然被烹?氏叔琮,朱友恭,王重师,李思安,邓季筠,黄文靖,胡规,李谠,李重允,范居实,赵淮浦数着这些个替朱温当皇帝立下汗马功劳的人,身子不由一阵打战。

再这样庸庸碌碌下去,结果肯定一样。刀斧手举起斧头刀才想起后悔早就已经晚了。与其坐而等死,还不如奋起搏一搏。不能再这样继续下去了!赵淮浦心里不晓得对自己说了多少遍,可就是鼓不起勇气。想容易,做难。赵淮浦在心里劝自己,当初没有拚着一身剐的勇气,怎么可能有现在的赵淮浦?该拼一拼还是要拼一拼,再不拼就没机会拼了。

到时再想起拚,早就已经太迟了!王重师,李思安,邓季筠等,哪一个有好下场?邓季筠,追随黄巢造反起,就在朱温的麾下。朱温设立厅子都,邓季筠任都指挥使,是朱温的心腹将领。朱温称帝,朱温将赵淮浦从郑州调到亳州,将邓季筠从登州调到郑州。邓季筠后拜华州防御使,累官至检校司空。就这个月,因养的马朱温认为瘦而被砍了脑袋。朱温这些年杀的哪一个不是替朱温当皇帝立下汗马功劳的人?他们都杀,还在乎我赵淮浦?奋起一拼是死,苟且残喘是死,还不如拼一拼。这种浅显的道理连佣夫陈胜都晓得,我还能不懂?赵淮浦一边来回踱着步子,一边在心里对自己说。再不下决心,就没时间下了。

赵淮浦狠狠地握了一下拳头,自言自语说:“是到了该除去朱友徽的时候了。”

第二十四章　由子

能无卜筮，而知吉凶乎？

——《庄子》

太阳从地面线上冉冉升起,一条小船慢慢向码头靠拢。

一位后生身着灰白色布衫,背交着手,面朝东方旭日,站在船头的甲板上。晨风吹着后生的布衫在空中微微摆动,让人看了,不禁想起落第书生正在静听着似说似诉的琴声,思考自己前途渺茫的人生。是继续无望的挣扎,还是从此撒手放弃?

二月清晨的风吹在身上还是感到冷飕飕。

秋水站在冷风中看着眼前这条空无一物的涡水。汛期还没有来临,涡水两岸的滩涂此时很宽很宽。滩涂上的杂草已经开始返青。从破损不堪的木建码头缓缓上行,需走上至少两百多步才能到达紧挨滩涂的一条宽约一丈的泥路。站在与河面落差至少有两丈多的泥路上,就可以看到静静流淌的涡水,也可以看到涡水上面冷漠而过的船只。秋水互摸着手,翘首望着眼前这条涡水,感到整个人都要冰冷了,还是没看到一条船,总觉得有点不对头。

"妈,大表哥不会有事吧?"

"能有什么事?妈已经做了周密的部署。你明天吃了饭,慢慢去接就是。"

尹似雪显得信心十足。秋水晓得,母亲做任何事情,都会在做之前周密部署。这一次更不会例外。天还只有蒙蒙亮,秋水就急匆匆率众前往码头,去接认识还没几天时间的大表哥石柏。秋水到达码头时,天才大亮。又没说什么时候到,还是早一点来好。秋水就怕大表哥到了自己还没来。站在泥路上,没有任何阻挡,呼呼的冷风直接扫到秋水的脸上。秋水不断搓着手,轻轻地蹬着脚,眺望眼前这条静静的涡水。不会出事了吧？秋水越等越担心。就在秋水胡思乱想时，一条小船从亳州方向缓缓向码头前来。

“是大表哥！终于来了。”

秋水没跟一同前来的单淑姬、舒容等人招呼，就挥着手，嘴里喊着“大表哥”，沿着下行的泥土路，小跑前往码头。裙摆在空中舞动，还真像翻飞的蝴蝶。秋水跑到码头时，小船已经在码头上方的边沿。石柏站在船头，手一拱。

“二表妹，让你久等了！”

“等一下没事，安全回来就好。”

翟静言站在船尾，手拄着竹篙，稳住小船；臧燕燕拿着缆索跳到了码头上，沿着缓缓向上的河堤，去拴缆索。“辛苦了燕燕、静言姐姐！”秋水向臧燕燕和翟静言手一拱。“燕燕和静言只是划一划船。”臧燕燕拴好了缆索，转身去船上拿行头。“哪里？你俩整夜没睡，怎会不辛苦？”石柏脚尖一点，踏上了码头。“熬夜不说，那么黑的夜里面，将船撑到这里还真是不容易。”石柏向臧燕燕和翟静言手一拱。“大公子不熟，熟了就不会觉得很难了。”臧燕燕登上了船。翟静言插好了竹篙，等臧燕燕从船舱内拿出了行头，两人一起下了船。“大公子，二县主，静言就和燕燕先走一步了。”翟静言、臧燕燕拱手跟秋水、石柏告辞。“辛苦了！”秋水和石柏拱手送行。

“大表哥，昨晚没遇到什么麻烦吧？”

“多谢二表妹关心！就几条小虫，没什么大的麻烦。”

“我和姐姐担心大表哥遇到毒蛇猛兽呢。”

“大表哥从小在山里长大，就算遇到毒蛇猛兽，也晓得处置。”

“我和姐姐白白担心一夜。”

“真出事，担心也出事。担心，更多的时候，都是白担心。你我兄妹相认的时间还不是很长，你还不是很了解。时间长了，你就会晓得，大表哥做事，你完全可以放心。”

“我也晓得不需要担心，但还是担心，连我自己都说服不了自己。”

“以后，无论什么事，你都不要担心。”

“大表哥，你采的是朵百合花，还是朵牵牛花？”

“夜里面，那么暗，哪认得清是什么花？你自己进去瞧一瞧，到底是朵什么花。”

秋水一脚跨上小船，等小船稍稳，起步到了船舱口。右手挑起布帘，弯下身子，钻进了船舱。秋水头一抬，一名女子脸遮着黑色丝绸面纱，一动不动地坐在一个角落里面，双手交叉放在自己的下腹前。扶着小船的船篷，秋水向前走了两步，就看到白色丝绸后面高耸的双峰,淡红色的峰顶让胸前的白色丝绸呈现两粒黄豆大小的凸痕。这女子竟然没穿里衣?秋水好奇了起来。这娘子怎么会穿这种衣裳就给大表哥劫了来呢?睡觉时被劫来的?不可能。莫非穿着这种衣裳睡觉?不可能。秋水想来想去,就是想不出一种合理的解释。

秋水这时想起,石柏昨晚竟然跟眼前这位似露非露的娘子在如此狭窄的船舱里面呆了几乎一夜。秋水脑子里面忽然浮现连自己也不敢相信的情景,脸颊顿时一阵发烫。秋水连忙深深倒吸了一口冷气,平静了一下跳动加快的心。怕被石柏瞧出了端倪,秋水在船舱呆了好长一会,才静静地退出船舱,跳下了小船。"大表哥!"秋水叫住了正缓缓上行的石柏。

石柏停住了脚步,转过身。秋水小跑了过来,含笑说:"你的色运还真不错。黑暗中一出手就采了一朵百合花!"秋水走到了石柏的身侧,悄悄地问:"大表哥,你是从什么地方将她采来的?""逍遥窟啊!""这谁不晓得。故意装糊涂!我问的是你是从什么地方将她采来的?"石柏还没有回答,秋水自己倒熬不住先笑了起来。怕出声,秋水赶紧捂住了嘴。

舒容紧随而来到了秋水的身边。"去叫她们将肩舆抬到这里来。"舒容点了点头就转身小跑上了河堤。石柏没有言语,也没跟秋水招呼,就只管沿着缓缓上行的河堤,慢慢离开了码头。"抬过来!抬过来!"舒容跑了一半,开始向站在沿河泥路上等的人招呼。四名娘子旋即抬起那顶停在路上的小肩舆,向舒容走了过来。

小肩舆下了河堤,紧挨着小船,在木建码头的边沿停了下来。直到石柏的身影远去,秋水才转身重新上了船,进入船舱,扶着这名面纱遮脸的女子走出小船的船舱。单淑姬、舒容搀扶女子上了肩舆。秋水亲手放下了帘子。四名娘子抬起小肩舆,离开了码头。

石柏走到了连接码头的沿河泥路上。泥路的内侧不远处就是一片树林。这些树林都是因土地抛荒多年,渐渐生长起来的次生林。紧挨泥路的是一些高过膝盖的杂草。石柏走了二三十丈路,停下脚步等秋水。等了大约一盏茶的时间,四名娘子抬着小肩舆出现在泥路上。没有停留,继续前进。不一会,秋水和单淑姬、舒容牵着马,从小树林里面走了出来。单淑姬和舒容跨上了马,缰绳一挥,随着一阵紧促的"嘀嗒"声,很快就跑到了肩舆的前面。石柏从秋水手中接过缰绳,和秋水先后跨上了马。两人并排骑着马,紧跟在肩舆的后面,缓缓前行。秋水含笑说:"大表哥,昨晚在船上没打什么歪主意吧。"

石柏长那么大,第一次跟一个娘子单独相处。

石柏搂着那娘子的腰飘然离开巫山厅时，这位没有被石柏制住的娘子，竟然没有一点儿抵抗！倒反让人感到，她正在充分享受一种突如其来的幸福。这让初次做这种活又缺少风情的石柏非常惊奇。或许是过于恐惧。吓傻了的女人除了颤抖就是哆嗦。石柏很快就发现这娘子除了呼吸有些粗，好像并没有颤抖。为什么？石柏很快就释然。

在逍遥窟里面卖笑的那些神女，不论是自愿还是不自愿，主动还是不主动，背后肯定都有听起来让温顺的良民感到很不舒服的故事。在逍遥窟里面的那些娘子露出的灿烂笑容莫非就是蟒蛇口中野兔垂死之前的凄厉？如今生存在神州的神州人，有几个人不像这些逍遥窟中的娘子？只不过有些人木然，有些人漠然，有些人茫然，有些人愤然，有些人凄然，有些人恬然而已。当利器割断脖子时，说不定正在做春梦，就像一只正咯咯叫着求交配的公鸡，不晓得主人已经烧好了汤，准备将它宰杀。断气的时候，脸上还带着笑容。

石柏到达码头时，一条小船已经在边上等候。夜漆黑一片，石柏几乎是抱着那娘子登上小船，弯腰进入了船舱。石柏扶着娘子在船舱口的木板上坐了下来。从逍遥窟巫山厅到石榴村码头的一路上，娘子一直轻轻靠着石柏的肩膀，一声不响。肯定在做着春梦！多少神州人就是在春梦中死去。小船顺着涡水划行了相当一段距离，臧燕燕才划着火折，点亮灯笼进入了船舱。从舱板下拿出一床被子，手脚麻利地在船舱的木板上铺上麻制垫褥。

"大公子，你的布衫，换下后，只管放在船舱里，燕燕会将它带回桃花村。"

石柏没有说话，仅仅向臧燕燕手一拱，表示感谢。臧燕燕吹熄灯笼，走出了船舱，放下了布帘。船舱内一片漆黑。石柏坐在舱口木板上，脱下靴子，踏上垫褥。石柏站了起来，解开了腰带，脱掉袍衫，换上了燕燕给的布衫。小船一晃，娘子靠到了石柏的身上。既然被我绑架，那就让我好好服侍。黑暗中，摸住了她的脚。石柏感觉她的身子突然一震。不过，马上任由石柏去摆布。石柏慢慢脱去她脚上不像鞋的布鞋，扶着她在垫褥上躺下。石柏在垫褥上坐了一会儿，也就在另一头和衣躺下。

除船桨划水的声音外，万籁寂静。小船随着船桨的划动，轻轻摇动，如同母亲手中的摇篮。随着摇篮的轻轻摇动，石柏慢慢闭上了眼睛。仿佛觉得是在睡梦中，石柏感到有人轻轻碰了他一下。眼睛一睁，前面一片漆黑，石柏马上意识到，被自己劫持的娘子已经从船舱的那一头躺到石柏的这一头，柔软的身子轻轻贴着自己的背，一只手轻轻挽着自己的腰，如同自己劫持她时一样。来自身旁的一股淡淡的体香飘入石柏的鼻子。默默地，她将头枕在石柏的右手臂弯上，身子轻轻斜靠在石柏的身旁。黑暗中，石柏感觉到这娘子在用手指轻轻画自己的上腹。石柏马上明白，她是在想告诉自己她的姓名。从手指在自己上腹的划动中，娘子告诉石柏，她名叫由子以及一些有关她自己的故事。

石斛心冷，石柏心更冷。由子的故事初听起来，确实有些凄厉。这数十年里面，神州有这种凄厉故事的岂止一人？有多少人，根本没办法计算。痛苦是对以往经历的记忆。没有了对往事的记忆，就没有了痛苦。懿宗一脉下面的李氏子孙，皇帝、亲王，皇子、皇孙、王子、王孙，公主、郡主，被韩建、朱温等杀绝，这种故事难道不比由子的故事凄厉？昭宗九个儿子全被勒死，抛尸九曲池，甚至连昭宗的皇后，还被朱温栽上与人私通的罪名处死，你说凄厉不凄厉？相比之下，由子这种故事根本就不值一提。

父亲似乎也没有由子那样感到切身的痛苦，我也一样。就算我确实是石弘的孙子，石家子孙，祖父、父亲和母亲十一位亲人，整个石家村的所有族人，被至今我也不晓得是谁的人屠戮，我更多的是悲愤，而不是痛苦。莫非我真是毫无心肝的人？我没有产生一种切身的痛苦，就在于我对这些故事毫无记忆。记忆是一切痛苦产生的根源。看到一个人被杀，你或许会流泪；看到一万个死，你还会流泪？就是最软的心肠早也已经变成了铁。

神州最恶毒的咒语是不得好死。睡梦中心脏骤停是好死，多年瘫痪在床上历尽病痛折磨是不得好死。拉到菜市场上腰斩是好死，在恐惧中慢慢等待凌迟是不得好死。神州人喜欢占卜算命，就是对未来命运无法把握的恐惧。韩非子想不到自己会死在同窗好友李斯之手，李斯想不到自己会死在合谋者赵高之手，赵高想不到自己会死在自己拥立的子婴之手，子婴想不到自己会死在项羽之手，项羽想不到自己会死在自己昔日帐下无名小卒韩信之手，韩信想不到自己会死在自己竭力替他打江山的刘邦之手。谁想得到？李斯即将被腰斩时希望时光倒流，能和儿子牵黄犬到上蔡东门外打猎，听来凄切，实际可笑。

在神州，不论是谁，生死命运都被人操纵！

由子最终的命运却已经由操纵者提前告知。不论是主动，还是被动，由子都只能跟逍遥窟的其他娘子一样，最佳选择就是被逍遥窟作为垃圾埋在乱葬岗。至于会不会遇到一个客人将由子虐杀，就只能靠运气了。这种事情，自逍遥窟开业以来，已经发生过多次。客人的特殊需求，逍遥窟不得不满足。逍遥窟只要求客人付得起铜钱。只要有铜钱，想怎么做就怎么做。逍遥窟倒不会将这些娘子活活屠宰，作为食物贩卖给缺少食物的人。这一点那些在逍遥窟的娘子完全可以放心。不论是逍遥窟的掌柜晋河东，还是幕后东主赵淮浦都不会去赚这种恐惧的铜钱。难道如今真的已经到了末世啦？只不过，想要一副棺材，只能是妄想。无论是晋河东，还是赵淮浦，都不会平白无故地将沉甸甸的铜钱埋在泥土里面。草席一卷，埋在石榴村西的乱葬岗，已经是值得感激的恩德了。一旦到了阴界，见到阎王，千万不要忘记了求一求阎王，转世轮回时，做什么都可以，就是不能做人。

由子已经被命运之神宣判，在逍遥窟耐心等待凌迟的来临。仿佛就像是早已经宣判好了的死囚，无法逃避，也无法躲藏。由子欢笑，如此；由子痛苦，也如此。想不到，凌迟还没施行，由子突然被石柏劫持。这对由子来说完全是个意外。想改变自己的命运唯一的希望就是意外。意外就是马车行驶过程中突然改道。谁晓得改道后的前景就一定会更糟？就算最终以惨剧收场，那也未必一定就比在逍遥窟里面更悲惨。由于非常庆幸有了一次可能改变命运的意外。

神州人总是在害怕意外和期盼意外中度完自己的一生。正在逍遥窟刻刻、时时盼望着意外，没想到真的盼来了意外。由子全身酥麻，看着，盯着，不敢高声，也不敢动，仿佛是担心惊醒了自己的春梦，任由石柏步步向自己走来，轻搂着自己的腰，洒脱地离开了逍遥窟巫山厅。由子长长舒了一口气，仿佛得到了解救。被风度翩翩、武艺超群的石柏劫持，最糟糕的结果也不过是被凌迟。由子认为，被石柏凌迟，也强过被逍遥窟里面令人作呕的江洋大盗凌迟。与其痛苦地注视着早就已经注定好了的命运，还不如充分享受当前的刹那幸福。

还没有离开巫山厅，由子已经做出决定，放弃挣扎，任石柏屠戮。当石柏扶着她在垫褥上躺下时，由子很平静，心中没有一丝挣扎的企图，好像就是在静待排空而来的洪水，将自己淹没，最后窒息而死。当石柏和衣在另一头躺下，由子感到震惊；当石柏只管自己呼呼大睡时，由子感到恐惧。出了狼窝，又入虎穴？由子越找理由越害怕，身子不由自主地打战了起来。

由子开始意识到石柏不是一个想与她度一度春宵的采花贼。当命运之神悄悄来临时，由子决定要紧紧将她抱住，绝不能让她从自己身边溜走。由子摘去了面纱，卸下了披在身上的薄纱。由子仿佛就像是跟自己的情郎在船舱中幽会，轻轻地趴在石柏的身上。黑暗中，由子去拉石柏的手。石柏没有情场经验，也缺少风情，轻轻地将由子推了下来，身子一侧，面朝船壁。由子全身发烫，身体紧紧往石柏身上靠。由子重重的呼吸声，传入了石柏的耳朵。

想用这种方法改变已经注定好了的命运？笑话！天大的笑话！人心之冷，胜过冰;人心之硬,胜似铁。晾在了太阳底下,你马上会明白饿狼的怜悯,猛虎的慈悲。否则,神州就不会有那么多的肉刑。凌迟、剥皮、抽筋,活烤,你想想吧。是不是想在凌迟之前最后疯狂一把?有这种可能。人在绝望中最后疯狂玩一把未尝不是一种积极的人生态度?陷入绝境,我也难保会出现这种近似疯狂的举动。搞起来我真像公狗似的,一看到母狗就想到交配。我是人,眼下没这个兴致。石柏身子紧紧贴着船壁,不予理睬。见石柏像一块冰冷的石头,由子怕惹恼了石柏,不再骚扰。石柏暗中长长舒了一口气,终于歇息去了!

石柏盯着黑洞洞的船舱看了好久,才重新闭上眼睛,准备睡觉。

当黑夜和白天还在握手的时候,由子睁开了眼睛。忽然,由子好像意识到了什么,静悄悄地站了起来,重新披上这身几乎透明的白色薄纱,戴上了面纱。已经摘掉面具的石柏此时竟然只管睡觉,仿佛根本就不晓得由子已经醒来,也不担心昨晚被自己绑架过来的由子会取他性命,决然没有行走江湖应该有的警惕。船舱里面非常静,由子只听到船尾木桨划水的声音。你是我的命运之神,无论你到哪里,我都要紧紧跟着你。闪电无须雷鸣伴随。由子不晓得,眼前的这位后生即将得道成仙,不食人间烟火。晨曦中,由子竟然呆呆地看着舱板上这位后生的脸,昨夜的情形再一次在由子脑海里面浮现,脸颊不禁就是一热。由于骤然间感到遮盖在自己头上的乌云已经开始慢慢地散去,和煦的阳光已经照到了自己的身上。

就在由子看得入神之时,石柏突然睁开了眼睛。没等由子躲避,石柏身子一挺,坐了起来。石柏好像没发现船舱里面还有由子这个人,没跟由子说早安,也没看由子一眼。这倒不是石柏故意不说,而是跟一个素昧平生的娘子没必要说。石柏不想记住由子,也不想由子记住自己。人与人还是素昧平生显得自在。石柏靴子一穿,站了起来。一手扶着船篷,走了两步,无情地掀开船帘,没有回头就走出了船舱。"大公子早!""早!"石柏手一拱,来到了船头,静静地看着波澜不惊的涡水以及漂浮在水面上的白烟。

不晓得过了多久,石柏看到站在码头边泥路上等候的秋水。

太阳升到东面树梢上时,石柏一行人来到桃花村。如同这些日子石柏所看到的其他村庄一样,桃花村也是一个破落的小村。建在村口的木制大门,倘若不小心给人碰上,那一定得倒塌。大门横额上灰色的"桃花村"三字也只能通过猜测才勉强能够认得。大门左侧的房屋已经坍塌,黄土夯成的泥墙也已经坍圮。就在桃花村的村口,秋水和石柏先后下了马,手牵着马,进入了桃花村。村中大部分房子的墙壁用黄土夯成。这些房子多半已经垮塌。村中只有少数房子由木头建造。这些木建房子也很陈旧，一些房子的屋顶已经露出了瓦椽。粗粗看一眼，给人的感觉是，桃花村也是一个已经被遗弃了多年的荒村。

沿着一条两丈来宽的泥土街道，石柏来到一座宅院前。

这是一座有些破旧的宅院。宅院由一堵围墙包围。这堵用青砖砌成的围墙已经有几处坍塌。围墙不高，仅可以挡住窥探者的视线。从院门口往后退，站在远处往里望，不是很高的围墙围住三座成“品”字形的单层木屋。这三座单层平房，已经相当的陈旧，甚至可以说一点破败，但在桃花村，应该已经算是豪门大宅了。

就在宅院的门头前，四名娘子放下了肩舆。石柏牵过秋水手中的马，前去马棚。石柏拴好马返回时，宅院前的空地上已经站了一班娘子。其中好几名石柏认识。看到石柏前来，秋水低下头，将手放在嘴角，好像怕石柏听到了她的秘密似的，对着单淑姬的耳朵，就是一阵嘀咕。单淑姬点了点头，就转身跑进了大门。石柏向秋水以及在场的众人手一拱，只管独自走进了宅院的大门。石柏刚进去不久，单淑姬手捧一件黑色的大氅，走出了大门。秋水接过黑色大氅，来到肩舆前，掀开了帘子的一条小缝，钻进了肩舆。不一会，秋水扶着身披黑色大氅的由子走出了肩舆，仿佛像侍儿扶着县主，慢慢朝大门走去。

梅花刚走不久，桃花就来了。今年的桃花开得比往年早那么几天，刚二月末，桃花就已经绽放。进入院门，没有照壁，迎面扑来了一株正万花怒放的桃树。环顾四周，马上意识到自己进入了桃园。三座独立的单层木屋就隐藏在桃林里面。

沿着一条青砖铺成的小径，走了数十步，就到了十字路口，直行是宅院的主屋，左拐右转就通向东西两侧的偏房。来到了桃花村，秋雨、秋水俩姐妹住在西首，石柏住在东首。石柏轻轻推开房门，走进房间，随手带上了房门。进入卧室，坐在床前的一条凳子上，脱掉靴子，换上了布鞋。长这么大，第一次穿靴子，很不习惯。去了梳洗室，石柏发现已经有人给他准备好了盥洗水。洗了脸，梳好了头，推开了房门，走出了房间。石柏在门头前站了一会后重新起步。踏下步檐，头刚一侧，就看到秋雨站在主屋的门口。

早在几天前，尹似雪就已经准备去逍遥窟绑架人质的相关事宜。

若水宫绑架人质，不是第一次，也不会是最后一次。这些年，可能连朱邪以清自己也不清楚，到底绑架过多少人。这些被绑者里面有大梁国的官宦、将吏，也有江湖豪杰、绿林好汉。就在石柏来桃花村的半个月前，朱邪以清就绑架了许州刺史梁臧。最后，梁臧的家属不得不拿出十万缗铜钱赎回。不过，绑架女人的事情，至少据秋雨所知，还是第一次。

得知母亲准备派遣石柏去逍遥窟绑架人质,秋雨马上想到了晋河东。晋河东是逍遥窟掌柜,经营逍遥窟已有十来年时间,肯定已经富得流油。绑架了他,晋河东的家属肯定得大出血。“不是晋河东,而是一名娘子。”“娘子?”尹似雪话刚一出口,秋雨、秋水俩人齐声惊叫。“奇怪什么!”尹似雪说:“娘子就不能绑架了?”

娘子可以绑架,可若水宫至今没绑架过娘子。去逍遥窟准备绑架的娘子,肯定不会是那些在逍遥窟卖笑的娘子。劫持一名娘子,对逍遥窟毫无影响。损失了一名娘子,逍遥窟完全可以再找一名甚至十名娘子代替。想让晋河东拿铜钱来赎,无疑等于向晋河东要人头。母亲如此周密筹划去逍遥窟绑架人质,那么这名作为人质的娘子可能是晋河东的女儿,或者其他特殊人物的女儿。秋雨、秋水也就不再纠缠母亲,刨根问底。

逍遥窟的安全防范远近闻名。一般般的豪杰想在逍遥窟讨得便宜是一件非常不容易的事情。见母亲这次派刚相认的大表哥只身前往逍遥窟劫持人质,秋雨非常担心。亲戚多了或许会烦,亲戚少了则会倍加珍惜。在秋雨、秋水俩人的记忆里面,她们家就没有亲戚。尹似雪曾经有过两个义哥哥,但都因七日风而夭折。李克用虽说也是亲戚,但毕竟是远房,而且这十几年里面尹似雪带着秋雨姐妹两人一直跟着朱邪以清在河南活动,好像只陪同朱邪以清去过一次太原。李克用薨后,李存勖和李克宁为权力而火拼,结果李克宁被杀。朱邪以清虽没有断绝与李存勖的关系,但从此之后就再也不去太原。连亲叔叔都杀,我这个姑妈还不是照杀不误?都以为不再有亲戚来往,突然冒出了大表哥。对石柏的武艺根底,秋雨不清楚。倘若不慎失手,刚刚相认的大表哥马上又没有了。这肯定会让秋雨俩姐妹心疼死。

昨晚,秋雨整夜都睡不安稳。天还没有亮,秋雨和秋水就起了床。秋水甚至连早饭都没有吃,就匆匆带人去李村码头接石柏去了。秋水走后不久,这些年一直忙这忙那的尹似雪也匆匆哺了一碗小米粥,好像没有事似的就带人走了。

“好像魂没了似的,你大表哥没这个能耐,外婆就不会派他去了。”

秋雨此时才晓得派石柏去逍遥窟劫持人质的不是母亲还是外婆的主意。母亲走后,秋雨又在餐室门口等了好久好久,仍旧不见秋水和石柏回来。早上煮好的小米粥放在锅里很快就凉了。秋雨只得重新烧火给小米粥加热。坐在灶台后面添火,添着添着走了神,听到“咚咚”声,才慌忙去揭开锅盖。还好,小米粥还没有沸出锅外。秋雨连忙跑回灶台后,用火钳灭了灶肚子内的明火。重新盖上锅盖,秋雨走出厨房,站在步檐前等石柏和秋水。

就在怀疑是不是遇到麻烦时,秋雨终于看到了石柏。

石柏正要张口,秋雨已经转身走进了屋内。石柏不觉加快了脚步。过了庭院,轻轻一点台阶,登上步檐,快步走进了餐室。秋雨正战兢兢地端着一碗热腾腾的小米粥,准备将它放到几子上。石柏赶紧快步走过去接。还没来得及伸手,秋雨已经将小米粥放到了几子上。秋雨吮了一下右手的食指。“没烫着吧?”石柏关切地问。秋雨摇了摇头。“大表哥手皮厚,以后由大表哥来端。”石柏走到几子旁,坐了下来,捏起筷子。“快吃,都快到巳时了。”石柏刚拿起一块麦糕咬了一口,秋水扶着由子走进了餐室。

“姐姐”,秋水高声声逗趣说,“大表哥夜宵吃得很饱,肯定不饿!”石柏头一抬说:“大表哥什么时候跟你说过吃过夜宵? 真会造。”不像石斛,石柏缺少风趣,也缺少情趣。石柏不想跟秋水纠缠,说了一句,就只管低头吃小米粥。“快过来一起吃。”秋雨招呼秋水和由子。

秋雨看了一眼由子。秋水那套蛋白色襦裙穿在由子身上更顺眼,也更比配。看起来,襦裙找到了真正的主人。由子微微低着头,凝脂般的双颊透出红润,朱唇之间似乎让人联想起白白的牙齿。外婆派大表哥去逍遥窟绑架这样一位娘子,倒不如说外婆担心别人抢了去,让大表哥赶快去将她抢来做媳妇。秋雨不禁侧头看了一眼石柏,会心地微笑了起来。

秋水搀扶着由子来到了几子旁。由子低着头,不敢抬头看石柏一眼。秋水手一扶,由子身子一屈跪在垫子上。方才,由子进和餐室,抬眼一看,石柏正坐着吃早餐,又惊又喜。由子没想到会跟 昨晚将自己绑架过来的石柏共进早餐。“绑架你的从犯,我姐姐秋雨。”秋水向由子介绍,由子低着头没有吭声。“其他事情都先别,先吃饭。”秋雨起身去厨房给由子盛小米粥。“大表哥,不用。”石柏筷子一放,跟着秋雨去了厨房。不一会,秋雨和石柏各端来了一碗小米粥。“大表哥,我自己来。”石柏没有理睬,将小米粥放在几子上,转身就去厨房给秋雨盛。秋雨将手中的筷子递给由子,劝慰说:“无论如何,先吃饱饭再说。”由子迟疑了一会,接过了筷子,偷偷看了一眼秋雨,当作命令,低头吃起了小米粥 。石柏给秋雨盛来了一碗小米粥,就坐回到自己的位置上,吃自己的早餐。

石柏吃饭速度快,又只管一心一意吃,不一会就将一大碗小米粥完。“你们慢慢吃!”石柏不想坐着看她们吃,也不想闲扯,起身离开了座位。将碗筷放到了灶台上,出了餐室,像乡下田农,坐在步檐上歇息。

“妹妹,你带由子到院子里走走,散散心。”

“走吧。”

滚烫的小米粥,哺一小口哺一小口,最后终于哺完。秋水拉着由子走出了餐室。“大表哥,我带由子走走。”见石柏坐在步檐上,秋水跟石柏招呼。还没等石柏回话,秋水已经拉着由子,下了台阶,欣赏院子里的桃花去了。

“跟你说句实话,绑架的生意我们确实做过不少,但绑架女人,应该还是第一次。”秋水告诉由子。“我也不清楚,我妈派大表哥去绑架你究竟为了什么。你完全可以放心,我可以向你保证,你在桃花村期间肯定毫发无损。”

早在汴梁枯井里面躲避大梁国兵士时,由子已经对自己即将面临的命运做好了最坏的打算;被晋河东带到逍遥窟,由子很快就明白,已经进入了狼窝。哀求饿狼放过羔羊,由子不抱任何幻想。昨晚,被当作牲口一般拍卖时,由子已是身如槁木,心如死灰。就在由子万念俱灰的时候,石柏就像神仙临凡,带着她翩然离开了巫山厅。直到现在,由子感觉,还在梦境中。

由子低着头,轻轻地说:“谢谢。”

这些年,秋水曾经看过很多很多脸色苍白、全身打战的人质,却从来没有见过像由子这样镇定自若、全然不在乎。进入院子,秋水扶着由子走向卧室时,由子步履依旧轻盈,俨然就像县主在自家侍儿搀扶下回到了家。站在卧室的门前,秋水推开房门,根本不用推搡、拉扯,由子就主动跟在秋水的后面,进入卧室,甚至还随手关上了房门。由子的脸色,甚至比刚看到时还要红润,呼吸照样平缓,仿佛就像进入自己的闺房。这让秋水感到非常的惊奇。

莫非是自己对她过于友善,让她忘记了自己的处境?

若水宫确实一向善待人质。

“对绑架过来的人质,无论出于什么样的目的,都不必要将他搞成死不死、活不活。没进笼子之前,为了能抓到他,手段可以下流。进了笼子,就已经犯不着将自己累死。对人笑,就是对自己笑。整天紧绷着一张苦瓜脸,不仅别人看了累,自己也累。何苦呢?希望他去见一见阎王,也要客客气气地给他送行,不需要摆着脸。这些人见了阎王,也会感激你给他们饯行。神州人个个一脸的死相,尤其是那些看起来有几分姿色的娘子,欠她多还她少似的,能让人看了舒服?我们若水宫人,柔柔的,就像水,淹死人,都不应该让人家感到疼。”

自若水宫组建以来,杀人无数,却从未虐待过人。

秋水打开衣柜,想了想,最后拿出一套自己平常穿的蛋白色襦裙,准备给由子更换。秋水转身时,惊奇地发现,由子已经拿掉了大氅,脱去了薄衫,摘去了面纱。一位死猪不怕开水烫的人质?秋水原本就已经非常好奇,这下更加好奇。秋水看着由子换上了襦裙。由子根本不像刚被石柏绑架过来的人质，只能算是石柏请来家中做客的客人。换好了衣裳，秋水将自己的一双布鞋给了由子。一穿，大了一点。桃花村全是娘子，大的小的都有。秋水很快就替由子找来一双适脚的鞋子。前往餐室的路上，由子虽有些羞怯，但一点也不紧张。

秋水对由子的身世产生了想刨根的好奇，紧跟而来就是怀疑。秋水含笑说："你还真是镇定，好像早就已经猜到你家人会拿铜钱将你赎回去。""我没有家。"由子说话的声音依旧平静而细柔。"你没有家?"秋水差一点就要惊叫了起来。

我妈怎么可能会叫大表哥去劫持一个无家可归的娘子？只有一种可能，由子是逍遥窟正在卖笑或者准备卖笑的神女。秋水不禁想起，早上在船舱中由子的穿着打扮。一定是，绝对是，秋水心里对自己说。肯定是大表哥这个糊涂虫，稀里糊涂，将不该绑架过来的人给绑架过来了。想不到，真想不到，大表哥刚一出手，就犯了一个想都想不到的错误，闹出个天大的笑话。秋水旋即想起了虚有其表、绣花枕头这些表示中看不中用的语词。

我看，妈回来后，大表哥该怎么说。秋水旋即对刚刚才认识的大表哥的能力产生了严重的怀疑。真是的，这种荒唐的错误也会犯！秋水忍不住对糊涂虫石柏嗤之以鼻。由子轻轻地说："是。"一定是。"等一会，我妈回来，我问一问，可能是弄错了，将你当作绑架对象给绑回来了。"

由子一听秋水说弄错了，顿时紧张了起来，慌忙摆手说："没弄错，没弄错！"幸福的人惧怕意外惊扰了幸福，苦难的人祈盼意外消除苦难。历史就是由无数个意外构成，只有意外才能改变人一生的命运。没有意外，由子也不会出现在桃花村。已经堕入谷底的由子特喜欢这次意外，就好比绝望中突然发现谷底悬壁上长着一条粗粗的藤蔓。这条藤蔓是由子爬出山谷的唯一希望。由子不想马上放弃这条藤蔓。由子嘴上说没弄错，心里也已经开始怀疑。由子找不到任何支持自己看法的理由。除了采花贼，还有谁对我感兴趣？莫非她们将我抢回来卖给其他人？好像也不是。将我抢来做新妇？不是；抢来做小妾，更不是。她们全是娘子，还差我一个？由子怎么找都找不到支持自己看法的理由。早上踏上码头时，见前来接应的人全是娘子，由子就很奇怪。莫非绑匪也考虑到男女授受不亲而派遣娘子来接应？天下还有这样的绑匪？不可能！由子马上否定了自己的判断。到达桃花村，当看到全是娘子时，非常吃惊。真想不到，这些个穿着没什么特别的娘子竟然是女匪徒。看来，她们真的绑架错了人。由子不想承认，却不得不承认。由子不禁又想起昨晚的情形，越发自惭形秽。就是切成肉，人家也不愿意吃。由子想着想着，又绝望了起来,不由自主地流出了眼泪。

忽然,由子心里又产生了一丝希望。从码头上岸,一直到现在为止,由子直感这是一群很特别很特别的土匪。至于特别在哪里,由子也说不清楚。由子总感到她们很友善,能够亲近。她们应该有怜悯心。求一求她们,收留我。上天可怜见,让我逃出了狼窝,就无论如何都不能重新再进去了。一想到逍遥窟,由子不禁颤抖了起来。

“妈!”忽然,秋水高喊了一声,甩下由子只管跑了开去。由子抹了一把眼泪,微微抬头,看见秋水拉着一名中年妇人向自己走来。应该是她们的头了。由子非常紧张,甚至连自己的身子都有些控制不住。由子俯身拱着手,颤抖着迎接秋水和尹似雪。不一会,秋水挽着尹似雪来到了由子的跟前。“妈,这位就是大表哥绑架过来的由子。”秋水将由子介绍给尹似雪。尹似雪含笑说:“抬起头来,让我瞧瞧。”由子抬起头,不敢正视尹似雪。

尹似雪看了一眼说:“先安心在这里住下,等事情一了,我就送你回去。”由子突然间感到自己心跳骤停,如同大热天掉进了千年冰窟,全身冰冷。莫非命运之神只是跟由子开了一个大玩笑,演了一场恶作剧?由子体味到了命运之神的冷酷。

由子已经无力去撑起这片塌下来的天,毫无其他办法,只能恳求高个子用手托一托。由子不想自己的春梦这么快就轻易被人惊醒,不禁“扑通”一声跪在了尹似雪的面前,眼泪滚滚而出。还没来得及趴在地上叩头恳求,尹似雪就已经松开秋水的手,跨步上前,一把扶起了由子。尹似雪含笑说:“不想回去,就留下来和秋水、秋雨一起。”由子顿时感觉自己呼吸重新通畅,心跳慢慢恢复正常,连声说:“谢谢夫人!谢谢夫人!”

由子的行止更进一步肯定了秋水的判断,石柏这次去逍遥窟绑错了人。这些个在逍遥窟任人宰割的可怜人,还准备绑回来重新卖给逍遥窟?秋水找了很多理由,也找不到一个可以解释通的理由。秋水本想跟母亲说自己的推断,看由子在场,暂且忍住。都已经错了,也不在乎一时。况且,若水宫收留的都是可怜人,多一个由子不会多。

吃了饭,秋水带着由子先在院子里转了一圈,再去见母亲,证实自己的看法,刚相认的大表哥是一个虚有其表的大草包。免得又被母亲说,秋水想了又想,最后进了房间。尹似雪此时正靠在一张胡床上闭着眼睛养神。这些年,尹似雪一直风里来雨里去,很累。

尹似雪再过两年才到不惑,却已经守了十九年的寡。这主要得怨出生的年代不对。尹似雪原本姓霍，名祁连，出生时，刚好碰到黄巢造反。神州大乱，流离失所已经是侥幸。霍祁连也是这个时候成了孤儿，在青州一带流浪。幸运的是，霍祁连没被当羊宰杀。朱邪以清一次去青州，路上碰到了霍祁连，并将她带回辽东。霍祁连和朱邪以清的女儿尹如雪一起在辽东安东都护府长大成人。除了没传授霍祁连若水道，其他全都跟尹如雪一样。大顺元年，尹如雪嫁给了李休。朱邪以清决定，正式认霍祁连为女儿，并改其名为尹似雪。依照家族的传统，朱邪以清传授尹似雪若水道。不晓得为什么，尹似雪并没有将若水道传授给女儿秋雨和秋水。景福元年，尹似雪嫁给濮州长史秋崇文的儿子秋闵。

朱邪以清在外面云游，得知天平军节度使朱宣和宣武军节度使朱温交恶，而濮州和滑州接壤，决定将尹似雪接回娘家待产。一个身怀六甲之人，跑跑动都不方便。战事趋紧，更没办法照顾。朱邪以清将自己的想法跟秋崇文一说，秋崇文立马同意。朱邪以清本想将秋闵也一并接走，秋崇文不同意。朱宣和朱温刚刚交手，胜负未分，急匆匆离开濮州肯定会动摇军心，而且刺史朱裕也不会同意。大敌当前，军心稳定尤其重要。哪晓得这一去就成了守寡的开始。尹似雪走后不久，朱温手下大将朱珍攻破濮州。秋闵和他的家人都死在濮州城破的那一天。当朱邪以清遣人来濮州寻找时，秋闵早就已经尸骨无存。尹似雪分娩时，外面正下着秋雨。辽东秋天的雨已经非常接近冻雨了，很冷很冷。就在檐水落地的叮咚叮咚声中，房间内先后传出了秋雨和秋水洪亮的哭声。“时值秋天，刚好又下着雨，就叫秋雨、秋水吧。”朱邪以清给这对刚出生的孪生姊妹取了名字。秋雨、秋水五岁那年，尹似雪离开了辽东。

此后，尹似雪带着秋雨和秋水，追随朱邪以清在黄河两岸行走。看得越多，尹似雪越没有重新找个人的愿望。燕婉之求，得此戚施。经过近二十年的轮番杀戮，黄河两岸，找个像样的男人都难，更别说尹似雪看得上的郎君了。尹如雪不会单纯为了有个家而找一头猪。风里来，雨里去，一晃女儿秋雨、秋水都到了该嫁人的年龄。尹似雪现在连再嫁的想法都已经没有，只想竭尽全力铲掉朱温匪帮，帮母亲达成人生景愿。尹似雪知道，达成母亲的人生景愿，内忧和外患同时发力才有可能，仅靠内忧或外患都不行。一旦外敌消除，内乱会跟着平息，朱氏江山就会慢慢稳固。猪圈里面的猪，要的只是猪食和交配。宰杀几头，其他的猪不会反对。这点，尹似雪看得清清楚楚。不管会不会实现人生景愿，尹似雪觉得都不能失去这个机会，而且是唯一的机会。十几年，尹似雪整个人都扑在这事上，没一刻真正歇过。

“妈，大表哥昨晚去逍遥窟肯定是绑错了人。”

“绑错了人?”尹似雪闭着眼睛。

“不绑错了人,怎么会绑一个没家的人过来?”

“你怎么晓得她没家?”尹似雪依旧没有睁开眼睛。

“我问啦!”

“你就是好奇。妈让你大表哥去逍遥窟绑的就是没家的人。”

“逍遥窟那么多没家的人,能绑得过来?”

“神州要绑的人实在是太多,我们还想靠绑的办法去救她们?”

“那大表哥为何要将由子绑回来?”

“由子不是神州人,是扶桑人。”

“扶桑人? 我怎么一点也看不出来?”

“你见过什么扶桑人? 好啦,告诉你吧,免得你啰里八嗦,唧唧喳喳。由子是外婆一位故人的女儿,跟她父亲失散啦。外婆和妈,不晓得花了多少力气,东打听,西打听,最后才打听到她已经落入了晋河东之手。你想想,妈还会去向晋河东求? 自然只有抢啦。”

“那大表哥去逍遥窟是救人啰。”

“是!”尹似雪已经不耐烦了。“真的没事,就去外面数一数蜜蜂。妈要闭一会眼睛,这段时间事情多,忙得有些透不过气。你没看见,妈刚从亳州回来啊!”

秋水很无趣,只好退出了房间,让母亲休息。原来去逍遥窟不是绑架而是救人! 秋水原本想看石柏的笑话,结果没看着。一出母亲的房间,秋水就急匆匆去找石柏。“为何不将事实告诉我? 害得我瞎猜了大半天!”一见面,秋水就质问石柏。石柏本不想说,看秋水气鼓鼓俨然像只蛤蟆,决定去堵秋水的嘴。“你的嘴那么大,传出去,怎么救?”尹似雪怕泄露消息,一直没跟秋雨、秋水说,石柏去逍遥窟是救人而不是绑架。

“那早上呢? 为何不告诉我?”

“你又没问? 哪晓得你那么好奇?”

秋水好奇,秋雨也好奇。

秋水拉着由子去欣赏桃花,石柏站了起来,准备去餐室帮忙。石柏虽是男儿,家务活却不少做。洗衣烧饭,样样都会。只是刺绣、纺纱、织布这些女红,石岩没让他学。“就几个碗,很快。”石柏没有强行插手,出了餐室,坐回到凳子上。秋雨整理好了餐室和灶台,拿着一条小凳子走了出来。“大表哥!”秋雨将凳子往石柏身边一放,坐了下来。

“我妈叫你去逍遥窟将她绑回来,真是奇怪。”

“大表哥不是去绑架,而是去救人。”

“救人?”

“人都已经救回来了,说一说也都已经无妨了。外婆和姨妈担心人多嘴杂,才瞒着所有人。由子是外婆一位故人的女儿,不幸落在了逍遥窟晋河东的手中。外婆正在物色人手,想不到自家外孙来了。这份差事自然由自家外孙去做啦。”

“原来如此!”秋雨恍然大悟,笑了起来。

遁

【长篇历史小说】

金理新 著

2

全国百佳图书出版单位
时代出版传媒股份有限公司
黄山书社

第二十五章　花瓣

祸莫大于轻敌,轻敌几丧吾宝。

——《道德经》

石柏在桃花村又过了一宿。

昨天夜里,桃花村突然下了一场雷雨。响雷惊醒了石柏的梦,雷雨摧落桃花的花瓣。石柏又梦见了厉鬼。自渡江北上以来,这个梦石柏已经做了一次。日有所思,夜有所梦。石柏肯定想到了什么。就在石柏全力跟厉鬼拼搏时,石岩突然出现。“云儿,别怕,爸来帮你。”石柏的心里,石岩总是最坚实的靠山。“爸,快闪开!”突然,一道闪电劈天而下,“啪”的一声从头顶击向了石岩。石柏一惊,醒了过来,长长舒了一口气。

石柏从床上悄悄爬了起来,披上了外衫,轻轻地推开了房门。外面一片漆黑,雨哗哗在下着。石柏看不见雨点,只听到雨声。父亲肯定在牵挂,我和妹妹路上是否平安。不晓得现在家里情况怎么样。石柏惦记着石斛跟朱雀门的过节是不是已经解决。这种土匪,根本就不能用常理来解释。石柏忽然觉得父亲将他们兄弟两人分开很有道理。

突然,天空一亮,一道闪电撕裂夜幕,仿佛让石柏瞧一瞧狰狞的面孔,紧跟着是震耳欲聋的“啪”的一声。声音之响石柏以前从来没听过,身子不禁一颤。一阵旋风带着雨点吹到了石柏的脸上。石柏站了一会,摸了摸飘在脸上的雨星,转身合上门,拿去外衫,重新躺到了床上。离开翠竹湾以来,石柏内心就没轻松过,虽外表没什么表现。踏上淮北的土地,石柏心情更加沉重。想的都是不属于石柏应该想的问题。外面春雷“啪”的一声响过之后,紧跟着就是隆隆的闷雷。石柏躺在床上,直到雷声渐渐消失，才重新睡去。

天刚蒙蒙亮，石柏就已经起来了。多年形成的作息习惯，石柏没想过要改。轻轻地推开房门，出了房间，起步向庭院走去。忽然，石柏在步檐上停住了脚步。雨已经停止，房子前面黑黑的空地上布满了点点花瓣，就像下了一场桃花雪。一场出其不意的暴雨，让一树的桃花顷刻凋零。眼前这一地的花瓣，石斛似乎感到了一种凄美。

翠竹湾有野花，也有桃花。一年，石岩去桃花石村办事，回家时给石柏和石斛兄弟俩带来了七个桃子。兄弟两人将吃出来的七枚桃核种在了桃花溪边，不想第二年长出了五株小桃树。元宵节逃离翠竹湾时，桃树还光秃秃。石柏今天还在翠竹湾，桃花应该已经开过了。石柏站在步檐上，看着眼前的桃花，想起了翠竹湾，想起了桃花溪。

当石柏准备将桃核种在桃花溪边的想法告诉给石岩时，石岩立马赞同。“等桃树开花的时候，我们就将小溪叫桃花溪。”只过了两年时间，桃树就开花了。家前面的这条无名小溪终于名正言顺成了桃花溪。桃花溪里面有很多很多小鱼。繁殖季节，小鱼成簇成簇，密密麻麻，比眼前洒落一地的花瓣还要多。小鱼时而聚拢，时而离散。桃花溪里面，也有大鱼。石柏见过一条大鱼甚至有一寻长。大鱼没有同伴，孤零零，独自在深潭里面。石柏小时候曾坐在溪边看着小鱼想，为何小鱼喜欢和小鱼在一起，而大鱼却喜欢独自一个人游？

石柏想了好久都没想出原因，最后决定去问石岩。石岩告诉石柏。“小鱼怕，就找伙伴一起游。大鱼不怕，所以独自游。”“那小鱼怕什么呢？”石柏的问题就是多。“小鱼怕被大鱼吃了，怕孤单，小鱼怕的物事多呢。小鱼和小鱼一起游，可能还有其他的原因。一条小鱼有两只眼睛，很多小鱼在一起就等于有很多双眼睛。这样就容易发现敌人。云儿慢慢想，说不定还想到其他原因。”石柏盯着桃花溪中的小鱼想啊想，终于从眼前的事实中又想到了一个原因，找一个替自己送死的同伴。一旦碰到了大鱼，因一起游的小鱼多，自己正好可以趁机逃命。独自游，大鱼来了，逃都没地方逃。原来如此！石柏搬来了一个大石头，朝桃花溪里面的一群小鱼砸了过去。“咚”的一声，水花四溅，小鱼早就不晓得窜到哪去了。

但凡强大的物事，离群索居；弱小的物事，成群聚居。那些死在朱温手下以百万计的黎民，就算是一百抵一，也不可能有如今的朱温。现实却是，朱温偏偏活着，而以百万计的黎民却死了。当狸猫出现时，所有的鸡想到的是赶快逃命，结果一窝鸡被一只野猫咬死。群居在一起，不是共同协助对抗强敌，而是强敌来时，可以有更多的替死鬼。

唉！石柏长长叹了一口气。

没错。人不为己，天诛地灭。可有几个人懂怎么才能算真正为己？看似为己，实际却在害己，能不天诛地灭？当初跟着朱温疯狂杀人，如今又得到什么？霍存、符道昭、马嗣勋等等。几十年时间里面，有多少人甘愿为虎作伥。结果呢？跟被他们杀的人一样被杀。你不将人当人，人也不会将你当人；你不将生命当生命，也不会将你的生命当生命。莫非想死后能有一个封号？被蝇头小利遮住了眼睛，怎么能看得清世界？最后被杀，跟朱温的第一天就已经决定。只要你不是毒蜘蛛，就会分得清该不该帮朱温杀人。车裂凌迟，不亦宜乎！

石柏起脚，踏着台阶，下到了庭院上。一对早起的黄鹂站在桃树上吱吱鸣唱。见石柏前来，黄鹂惊起，翅膀拍动桃花，水珠伴着花瓣，撒落在地上。一滴水珠正好掉在石柏的脸颊上。石柏没有停步，伸手抹去脸上的水珠，继续踏着满是花瓣的小径，朝院门走去。到了院门前，拔掉木关，轻轻打开院门，跨过门槛，出了院子。

“大公子早！”

“早！”

碰到打招呼，石柏拱手还礼。几天时间下来，石柏已经熟了不少面孔。时辰尚早，临街房屋的门绝大部分此时还紧闭着。行走桃花村这条两丈多宽的中心街道上，满耳是此起彼伏的鸟鸣声。石柏听着悦耳的鸟鸣声，迈着如常的步履，朝桃花村的村口走去。

桃花村深藏在桃林里面。村内房前屋后，只要是可以种树的地方，都是大大小小、高高低低的桃树，村前更是一大片桃林。可以想像，桃花盛开时的盛况。石柏想，这可能是桃花村得名的理据。从石柏住的那座院子到村口，就几百步。不一会，石柏就出了桃花村。村前的这片桃林，因多年无人料理，已经丛草杂树遍布。它们跟桃树相互竞争，争夺阳光，使得桃园一改往日的单调，让人看了感到更加富有朝气。远远望去，桃林就是点缀着绿岛的桃花海洋。石柏来桃花村的第一天，就被这片生机勃勃的桃林所迷惑。

清晨的空气清新，雨后桃园的空气更加醉人。石柏踏上了一条荒野蹊径，走了老长一段路，找到了一块相对开阔的草地。草地上的枯草很厚，但不高。石柏踏上草地，就开始舒展起了手脚。多年养成的习惯，一时还改不了。不一会，枯草就被石柏踩到了一片。直到感觉热乎乎，才起身折回。此时，桃园里面已经来了好几个赏花的桃花村人。石柏返回院子时，秋水正在抬眼赏着桃花。

秋水一打开房门，眼前的景象就让她不禁喜从心生。满院的桃花，满地的花瓣。“真好看！”秋水忍不住赞叹了起来。舒容拿着扫把，准备清扫小径上的花瓣，秋水连忙制止。“不要扫！你看，小径上布满花瓣，多么美。”秋水不让扫，舒容只好将扫帚放了回去。步径上全撒满了花瓣，总不能老缩在屋里面不出来。没办法，只能踩着花瓣进出。秋水绕着院内青砖铺成的小路，就像这里的银喉长尾山雀，三步一停，欣赏起了雨后的桃花。

秋水见石柏从院外走了进来，好像就是一树绽放的桃花，连忙含笑说：“大表哥，你去哪儿啦？”石柏没有回答，只是微微一笑，两手拱了一拱，就转身进了自己的房间，弄得秋水了然无趣。真没劲！秋水嘴里咕哝。

“由子，快下来！”

昨晚睡前，尹似雪吩咐说：“由子初来陌生，就由秋水陪她睡。”由子也不晓得多长时间了，第一次睡得特别沉。秋水都梳洗完毕，由子才睡醒。“醒了？”由子微微一笑，坐了起来，伸了一个懒腰，仿佛即将凌迟的死囚，逃离了刑场。“我到外面看桃花去了，你快起来去梳洗。”秋水说着出了房间。由子定了定神，起床去梳洗。洗了脸，坐在铜镜前仔细梳好了头，端详了好几遍，才站了起来。已经好长时间没去关注自己的容貌了。太漂亮了！由子推开房门，不禁一阵惊喜，眼前一片灿烂的桃花。由子两手一提罗裙，踏着台阶，快步下到了庭院上。看着满地的花瓣，由子犹豫好一会，才轻轻迈出了脚步。

“等会吃了饭，我带你到村外看桃花。”

秋水喜欢花，尤其是开得热闹的花。最后一口小米粥刚刚咽下喉咙，秋水就急忙忙要去村外看桃花。“妈，我带由子到村外桃林去看桃花了。”尹似雪知道秋水只要一喜欢就容易入迷，立马提醒。“看一会，马上回来，不要看醉啦。”“晓得！”秋水随口应允。“由子，我们走吧。”秋水放下碗筷，带着由子，蹦跳着出了院子，前往村外桃林，欣赏桃花去了。“都快二十的人了，还像一个孩童一样。”尹似雪忍不住又说了秋水一句。

秋水带着由子到桃林时，已经有不少娘子在看桃花，时不时响起了小鸟的唧喳声和娘子的欢笑声。由子从小离开了扶桑，应该早就已经忘记光了扶桑樱花的模样。否则，也可以比较一下扶桑的樱花和神州的桃花，看一看到底是哪一种花更值得欣赏。秋水拉着由子穿梭在桃林中，一株株赏，一棵棵看。或许是桃花村外桃林里面的桃花过于醉人，秋水又差点将母亲的吩咐忘在脑后，一直到将近晌午时分，才带着一脸的兴奋准备和由子一起回去。

突然,听到桃林里面有人高喊:“快跑回村里去,有土匪要来抢劫了!”正在看桃花的人一听土匪来抢劫,迅速跑离桃林。跑得慢,后果只能是自负,当被杀就被杀,当被强奸就被强奸。秋水怕有人看醉了,没听见,张开喉咙高声喊叫:“桃林里的,抓紧跑回村去!”接着又有两个娘子在高喊。秋水喊了几遍正准备起步,两名娘子跑了过来。

“里面还有没有人?”

“已经没人了。”

“你们只管跑回村里去,我没事!”

这两名娘子向秋水手一拱,跑离了桃林。秋水一见由子没了响动,准备转身,叫由子快点走。秋水刚一转身,惊奇地发现,由子脸色苍白,身子不由自主地在哆嗦。“还不跑,是不是在这里等土匪啊?”秋水连忙催促。由子腿不听使唤,软在那,动不了。秋水赶紧走上前去,一把拖起由子,向桃林外跑去。由子腿又软,罗裙又长,没跑两步,“咚”的一声跌倒在地上。秋水拖的力气又大,由子这一跤摔得还真不轻。一副痛苦不堪的样子,秋水看了就想骂。秋水连忙转身将由子从地上拉了起来。可是,由子站不住。秋水手一松,由子又软了过去。还不快跑,说不定土匪就要来了。“几个土匪,竟然吓成这副模样。大表哥将你绑架过来时,俨然就像死猪不怕开水烫的样子。当怕不怕,不当怕偏偏怕,真是的!”秋水实在受不了,身子一弯,就将由子扛了起来,撒开大步,跑出了桃林。快跑到村口时,碰到了前来找她们的秋雨。秋水大口喘着气说:“活活给气死!”秋水真想将由子扔在地上,最后还是忍住。在秋雨帮扶下,秋水将由子放了下来。姐妹两人架着由子,进入了桃花村。

秋雨清理了盘碗灶台,见满院的桃花和满地的花瓣,也就搬出了小凳、琴几,坐在步檐上,开始对着桃花弹起了琴。尹似雪也难得有一个悠闲的时间,就和石柏一道,一个站在步檐下面,一个坐在步檐上面,眼看桃花,耳听琴声。这些年一直跟在尹似雪身边的几个小娘子,正在院子里追逐嬉戏。不晓得是谁一掌拍向桃树,顿时如同腊月的雪花,桃花缤纷的花瓣悠悠而下,飘满了木屋前的那片空地,也粘满了桃树下面娘子们的发髻。院子里交相响起了琴声和娘子们的嘎嘎笑声。尹似雪注目观赏起了桃树下面娘子们在追逐斗俏。

桃花让人眼醉,而桃花树下发癫的娘子更让人心醉。

吕和叔云,独卧郡斋寥落意,隔帘微雨湿梨花。

色泽苍白单一的梨花容易让人联想起寥落、冷清,色彩鲜艳多姿的桃花极其容易让人联想起繁华、火热。黎花一枝春带雨，总让人觉得可怜兮兮。桃花隐喻娘子，不单是简单的面如桃花，也在于桃花是春的产物，是生机活力的象征。桃花开时，万花齐开，热闹异常。热闹的背后隐含着的却是青春和活力。青春不再，谁还会像小娘子那样雀跃，那样癫狂？尹似雪感慨地说："桃花流水杳然去，别有天地非人间。不是如今时期特殊，桃花村还真的是很好的家居坛场。"

一名娘子沿着宅院中央布满桃花花瓣的小径跑了过来。"夫人！"这名娘子气喘吁吁地向尹似雪报告。"有一队军队正朝桃花村前来，想必是要来抢劫了。"只要是美，在神州那就意味着如同精美的水晶石已经脱手，眨眼就要砸在石阶上，顷刻之间就已经粉碎。

至少从少典的两个儿子黄帝和炎帝在涿鹿决一雌雄以来，神州军队的后勤补给供应主要靠两种办法，沿途抢劫和收保护费。在能够有效控制州县之前，土匪补给供应的办法只能靠沿途抢劫。历代御用文人编写的史书里面，这种做法叫做"略地"。稍微讲点良心，对那些后来失败了的土匪，御用文人会用上"抄掠百姓"，而"所过无不残灭"则是用到个别确实有些公愤的土匪身上。前些年，活跃在神州大地上的那些个著名的土匪，无一不是所过无不残灭。无论是桃花还是梨花，是牡丹还是菊花，是芍药还是梅花，统统都得凋零。

正因为沿途抢劫，没有固定的地盘，也就有了"流寇"的雅号。倘若能够有效控制了某一些州县，这些土匪摇身一变而成了合法的政府。于是，这些土匪，依据某一种他们自己在土匪窝里早已经想好了的标准，要求居住在这些州县的普通庶民交纳保护费。土匪心比较急，就直接杀鸡取卵；土匪心不急，就温水煮青蛙，慢慢来，还怕你不死？用这种办法给军队提供补给供应，进而控制更多的州县。

朱温原本是黄巢手下行营先锋使。攻陷同州后，黄巢任朱温为同州防御使。跟其他的流寇一样，朱温采用的也是沿途抢劫的办法。中和二年，朱温投降了李唐，被僖宗皇帝封为左金吾卫大将军，充河中行营副招讨使。中和三年，僖宗制授朱温为宣武军节度使，朱温这才渐渐改变了原先的做法，开始采用收保护费的办法给军队提供补给供应。江山易改，本性难移。朱温当上皇帝后，驻扎在各地的军队烧杀抢掠在大梁国依然是经常看到、不足为奇的事情。潞州都指挥使牛存节就因法令严整而受到潞州人爱戴。自当上皇帝以来，朱温大一部分时间花在宴席上。朱温天天吃着山珍海味，替朱温守江山的将士改善改善生活也是需要。反正，神州的庶民温顺如羔羊，宰几头，其他羔羊不会反对。

“秋雨！你马上去村外桃林里面将秋水和由子找回来！”

秋雨转身就跑出去找秋水和由子。“有多少人马?”抢劫的事情，这二十来年的时间里面，尹似雪见得多，不是特别关心。尹似雪最关心的是来抢劫的土匪人数。人数多，赶快逃之夭夭；人数少，不客气，灭了你。对付敌人要以多欺少、恃强凌弱。斥候报告：“ “一个都。”尹似雪一听，顿时宽了心，旋即指示：“再探！”

“是！”斥候手一拱，转身跑了开去。

不一会，秋水和秋雨架着由子来了。由子脸色苍白，额头全是汗珠。“没事！”尹似雪掏出手绢给由子擦了擦。“桃花村外里都是我们的人，不会有问题。”“妈不晓得，都吓倒在桃林里面了。”尹似雪狠狠地白了秋水一眼。“秋雨、秋水，你俩马上和幽然、贻彤、舒容、子惠，带由子先到村后树林里面去避一避。给我记住，一定要寸步不离地呆在由子身边。”

“妈！”秋水嬉皮笑脸说：“打架，我不一定行；逃跑，肯定比兔子还要快！”

尹似雪眼睛一轮说：“你给我正经点。”秋水做了一个鬼脸，转身就和秋雨一道扶着由子从侧门出了院子，前往桃花村后的密林躲避。“大郎，我们走。”尹似雪在前，石柏在后，向院门走去。刚跨出院门，又有一名斥候前来向尹似雪报告，“有一个都头。”“晓得了。”尹似雪已不那么在意了。“村外伺察敌情的人注意随地隐蔽！”“是！”斥候转身就跑了开去。

秦嬷嬷、袁嬷嬷带了一班娘子正准备进院子。

一见尹似雪、石柏走出了院门，旋即围了上来。尹似雪开始布置人手，应对前来抢劫的兵士。“家贝带一个伍，分散在村里面燃起炊烟，让那些土匪感觉我们正在做饭。”若水宫就像娘子军团，以五为单位进行编制。“是！”傅家贝转身离开了人群。“采苓带一个什，分两人敲锣警示，其他装作慌乱逃散的村民。”“是！”卢采苓转身离开。

尹似雪继续部署。“秦嬷嬷带三个什的人到村口前面的桃树丛里面埋伏，其余人由袁嬷嬷带领在村里布置好埋伏，我和大郎、燕羽站在村口做诱饵，引诱他们进入村庄。埋伏在村里面的人用弓弩射击。不用急，就像我们平常对付土匪的一样，瞄准点，一箭一人。进入我们的口袋只有死。有一部分没进村，或从村中逃出，埋伏在村口的人再用弓弩射击，将他们全部射死在村里面。告诉所有人，千万不要逞强好胜，能用巧一定要用巧。”

部署完毕，众人立马散开。

眨眼间，桃花村通向村外的中央街道上已只剩下了尹似雪、石柏、燕羽三人。

顺着此时让人感到有些寂寞冷落的街道，尹似雪、石柏、燕羽三人来到了桃花村的村口。桃花村只有一条石柏已经走过的泥土路，穿过桃树丛林连到外面通向亳州的大路。

不久，桃花村许多房子的烟囱开始冒烟。

三人站在村口还没等多少时间，就听到前来桃花村的小路上传来一阵杂乱的马蹄声。十几名骑兵带着一班步兵，像一群到处找食的饿狼，扑向了桃花村。直到确信已经被这群饿狼看到，尹如雪才和石柏、燕羽一起，逃命似的往回跑进了村子，嘴里高喊着："土匪来抢劫了"。桃花村里响起了铜锣的声音。"快跑，土匪来抢劫了……"

此时，桃花村内街道上出现了几个逃窜的村民。

这次来桃花村抢劫的不是土匪，而是建王朱友徽的控鹤军。不过，朱友徽不叫抢劫，而叫狩猎。自任亳州控鹤军都虞候以来，朱友徽很喜欢外出狩猎。邹君好服长缨，左右皆服长缨。朱友徽喜欢狩猎，朱友徽麾下的人自然也喜欢狩猎。

朱友徽对手下的狩猎行为非但没有约束，甚至还纵容。"人家跟你做事，没有好处，谁愿意？"朱友徽的理由非常充足。辖内的控鹤军常常以抓捕犯人为借口外出狩猎。亳州百姓怨声载道，而赵淮浦以及县吏想管也管不了。你还准备将他们抓回来惩办？人家刘守光比朱友徽差多了，去年还在幽州自称大燕皇帝呢？他们又没有去屠村，只是狩猎而已。朱温宫娥数万，每天吃着山珍海味，控鹤军兵士改善一下生活也是应该。至于那些个村姑民妇，没有像朱温那样，看见中意的就占为己有，控鹤军兵士只是临时用一用；又不像前些年，抓回来卖到屠宰场去屠宰。庶民要清楚，在河南，只要能活命，就应该感恩。相比黄巢造反那些年整村整村屠杀，好得不晓得哪里去了。朱友徽给朱温的奏章就差没写上夜不闭户了。

昨天早上，朱友徽得知有人化装成他的模样在逍遥窟抢走了一名绝色扶桑娘子，当下就下达命令，亳州全境搜寻，一定要找到这个大胆妄为的狂徒和扶桑娘子。后生在意，娘子更着心。朱友徽还为自己那么迟才晓得扶桑娘子而懊恼不已。城父都头满道正愁找不到好的机会，得到命令，立马带了一个都的人马，外出去狩猎。一路搜寻，来到了桃花村。

见有人往回逃窜，又见村中袅袅的炊烟，而警示的锣声又在村里响起，这群从早上到现在都没什么收获的控鹤军兵士个个都担心自己跑得慢，抢不到，抢得少，霎时蜂拥而进入桃花村。桃花村村口本来就已经摇摇欲坠的大门,在这群兵士的拥挤之下,顷刻垮塌。仿佛眨眼之间,这一个都的兵士已经全部挤进了桃花村,如同一桶清水突然间倒进靛青,蔓延在桃花村里面的大街小巷。都头满道和几名手下骑在马上,等待抢劫后产生的喜悦。

当这些兵士踹开房门,正欢天喜地地准备实施抢劫、强奸时,听到的不是往常他们已经习惯的凄厉哀号声,而是"嗖嗖"的弓弩射击声。紧接着一阵接一阵的弓弩射击声,涌进桃花村的这群控鹤军兵士,纷纷中箭倒地。满道和他手下的兵士做梦也想不到,这个看起来普普通通、甚至比其他村子还破旧一些的村子不是以往任由他们蹂躏的村子,而是若水宫的一个据点。村里面这些个看似随便可以凌辱的小娘子都经过至少五年以上的正规训练。

朱邪以清规定,没有经过五年以上正规训练的新人不得出若水宫。朱邪以清不希望那些个刚刚侥幸活了下来的羔羊又稀里糊涂去送死。想在河南这片丛林里面活下来,首先必须得有本领。朱邪以清指派庄琼英、叶菁菁、房蒙楚、朝美专门主事新手的训练。经过五年几近残酷的训练,这些个昔日任人宰割的小娘子,别说一个普通兵士,再多几个也不是对手。外表看起来人人可欺的小娘子,实际个个都是随时可以取人性命的冷血杀手。

一个普通的村庄竟然藏着一群夺人性命的杀手,满道真没想到。仲尼曰,君子中庸,小人反中庸。说得通俗一点,就是人家都已经跳下了茅坑,你也要跟着捏住鼻子往下跳。别以为自己很聪明,有能耐,动不动就向上司提什么意见,发表什么高论。一句话,人要俗,说话要俗,举止要俗,想法也要俗。想标新立异,看你蹦得了几时?倘若实在熬不住,就躲到被窝底下去标新立异。这十几年,朱邪以清就是靠俗在河南、河北行走。

"将自己装扮成衣衫褴褛的乞丐,肩上扛一柄破剑的游侠什么的人去杀人,简直是愚蠢透顶。真正的杀手不是标新立异,独树一帜,与众不同,而是普通得连被杀者断气之前仍旧不会相信杀死自己的竟然是你。若水宫的人就是普普通通的水,甚至看了后都提不起什么兴趣喝的水。神秘,不是她有多奇特,而是因为她太普通,太平常,太不起眼。"

单就这一点而言,朱邪以清倒不是老子而是孔子的门徒。朱邪以清率领若水宫在河南行走,靠的就是俗,看不出跟河南的庶民还有什么不同。像桃花村,就是一个村庄,甚至还可以听到鸡鸣狗叫的声音。谁也没想到,这些个衣着跟庶民无异的人会是无恶不作的匪徒。

满道很想将这里的情况报告给朱友徽，可是已经来不及了。只听“嗖”的一声，一支弩箭射进了都头满道的脑门，满道一头栽下了马。紧接着，就是一阵箭雨。和满道一起骑在马上等待数军实的军吏个个变成了刺猬，随着接二连三的“砰砰”声，坠下马匹，撞在了泥土地上。村口响起一阵马匹的嘶鸣声。原本带人出来狩猎，结果竟然成了别人的猎物。满道带着遗憾在桃花村的村口断了气。这时，桃花村里响起了凄厉的哀求声。

望着跪在地上哀求饶命的兵士，石柏默然。

这些兵士哀求别人时，是否想过自己屠刀下面无辜者的哀求？当自己在屠戮别人的父母时，是否想过此时正有人在屠戮自己的父母？当自己在强奸别人的妻女时，是否想过此时正有人在强奸自己的妻女？正因为人人都想杀人，结果才导致人人都被杀；正因为人人都想强奸别人的妻女，才导致人人的妻女被强奸。刘邦和项羽的兵士在战场上殊死拼杀之时，有没有想过他们是在为谁拼杀？为改变自己的命运而拼杀？为能够让自己活下来而拼杀？更不会是为了尊严而拼杀。好像都不是。跟石柏从小就在与人无争的翠竹湾长大不同，若水宫娘子可是一群真正看见过人世真面目的人。没等尹似雪说“剐了”，这些跪在泥土地上哀求的兵士只能跟那些曾经向他们哀求过的人一样，到阎王那里哀求去了。

桃花村突然间多出了一个都的尸体。这是建村以来从未有过的事情。桃花村仿佛刚刚下了一场从来没有过的桃花雨，大街小巷的每一个角落，到处都是桃花的花瓣。桃花粉红色的花瓣，飘撒在尸体的身旁，身上。乍眼一看，让人感到惊悚凄美，顿时明白神州的桃花是由血染红。倘若让秋雨面对染血的桃花，架起琴几，弹上一曲诸如《桃花吟》，肯定让桃花村的村民听了心醉，至少三个月内不知肉味！

战斗刚一结束，若水宫娘子就开始清理战场。

一些人在收集羽箭，一些人在拔射进兵士身体里面的弩箭。

这些弩箭，洗一洗，下次还可以重新用，虽然有人专门打造。尹似雪带着若水宫娘子在朱温兵士把守关卡的河南道游走，用到弩箭的地方很多。“好的统统都捡回来，多一支弩箭就是多一分把握。不错的弓也捡几把，免得用到时找不着。”

朱温手下大将霍存，杀人如麻，还不是给人一箭毙命？神州人有几千年的杀人经验，早就已经通晓什么武器更容易取人性命。故此，神州早期的神兵利器不断淘汰，只有弓弩一直保留到现在。冷不丁就在背后给你一箭，就算后脑勺长双眼睛，说不定也来不及躲避。

尹似雪吩咐完毕，就跟石柏一道绕过满街的尸体，回到了宅院前。几十个人聚集在宅院前的空地上。个个都是一脸杀人后的兴奋，仿佛舒了一口埋在心中很久的冤气。尹似雪向袁嬷嬷询问伤亡情况。得知只有几个人受轻伤时，尹似雪舒开了眉头，对在场的众人说："受伤者注意疗伤。我们马上着手准备撤离桃花村！"尹似雪旋即开始着手分批、分批撤离桃花村，撤到其他荒废的村子重建据点。

这种荒废村子在河南和淮南交界的地方多得是，只是交通方便又比较隐秘的村子不容易找着。正为据点的事伤脑筋时，一名叫柯冰的娘子向尹似雪报告，距离桃花村四十里地左右有一个已经荒废多年的村庄，条件跟桃花村差不多。

"淑姬，你带大郎去村后密林里面看一看。"

"晓得。"

单淑姬两手一拱，就带着石柏去看秋雨、秋水。沿着一条窄窄的屋弄，一直向前，过了三座房子，就看到一片密密麻麻的杂草丛树。几株高大的核桃树，光秃秃地点缀在杂草丛树里面。单淑姬一边在杂草丛树中穿梭而行，一边漫天胡叫。

"幽然！"

"贻彤！"

"舒容！"

顺着苏幽然的回应声，单淑姬和石柏来到了秋雨藏身的一块小空地。见石柏和单淑姬一起来，由子刚一抬头就低了回去。石柏扫了由子一眼，尽管被秋雨紧紧搂着肩膀，整个人似乎还在颤抖。神州人生在这块土地上，死就死吧。由子不是神州人，留在这里活受罪，实在是冤。希望外婆赶快想出办法，将她送回到扶桑去。

"大表哥！"秋水来到石柏的身边，挽住了石柏的手。

"我们赶快回去，免得姨妈担心。"

"我妈才不会担心呢。"

石柏一开口，秋水就跟石柏顶牛。还好，石柏一点也不好胜，没有回嘴，由着秋水自言自语说去。单淑姬和苏幽然在前开道，秋水和石柏跟着后面，起步回村。"这些场面过去又不是没见过，我妈晓得我会应付。"秋水没有因石柏闭嘴而鸣金收兵，得理不饶人似的继续唠叨。"不像大表哥的由子，一听抢劫，吓得脸比绢还要白，手脚就像摇铃似的在抖，整个人好像被钉钉住了似的……"秋雨见秋水叽里咕噜唠叨个不止，开口打断。

"就见你唧唧喳喳。人家没见过这种场面，自然就会紧张，哪像你？"

"这是无空紧张。兵痞真杀过来了，光紧张能有用？还不如先镇定下来，想办法逃。”

“说的容易，做却难。就好比尖的物事突然戳向眼睛，很多人马上会闭眼。所有人都晓得，肯定睁着眼睛躲避好，可偏偏会闭上眼。不经过训练，看你闭不闭？由子不像你，不懂武艺，又没见过场面，紧张正常。看你，听到呐喊声，脚心痒痒，只想冲过去杀几个。”

突然，一条荆棘钩住了由子的罗裙。由子弯腰将荆棘拿开，看到上面尖尖的刺，竟然畏惧了起来。“搞起来真像郡主、县主似的。”秋水又嘲讽起了由子。“别动！”秋雨过来，拿掉钩在罗裙上的荆棘。“就见你唧唧喳喳。”秋雨搂着由子继续起步。

等分批撤离桃花村的计划都安排妥当，尹似雪、秦嬷嬷这才跨进大门。舒容已经带人在清理院子里面的尸体。见由子和秋雨、秋水站在屋前的空地上，尹似雪快步走了上去。尹似雪来到由子跟前，拍了拍由子的肩膀说：“没吓着吧？”“没吓死才怪！”秋水已经抢先阴阳怪气地说了一句。“我又没有问你？整天唧唧喳喳，嘴巴就是没一刻空。吃了饭，你就和秋雨跟大郎动身前往亳州天清观。”这事秋雨和秋水都不晓得。秋雨连忙问：“妈，是不是亳州突发了紧急的事情需要马上赶过去？”尹似雪还没有开口回答，秋水就已经抢先。

“妈，我还想在这里多看几天桃花。”

“你不张开眼睛看一看四周？你还准备和尸体一起看桃花？你愿意，有人不愿意。”

“去亳州又没有什么特别的事情。”

“谁说没有特别的事情？妈早就跟天清观监院李清静约好了，你们今天去亳州。”

“那为何不早点跟我说？”

“你到桃园看看桃花去了，晌午刚回来，土匪随后就来了。”尹似雪不予理会，以命令的口气说：“不要磨蹭，马上去给我准备一下要带的物事。”

“子惠”，尹似雪招呼，“你过来一下。”辛子惠跑了过来，听候尹似雪吩咐。“你去帮大郎准备一下行头。”“姨妈”，石柏插嘴，“外甥自己会去准备。”“还是让子惠去帮你整理，女人心细。”尹似雪没有改变主意。“子惠，将袍衫也给带上。”“晓得。”辛子惠转身去帮石柏整理前往亳州要带的行头。石柏向尹似雪手一拱，也跟辛子惠走了。“外面都是尸体，我们进屋去。”尹似雪搂着由子的肩膀，离开了庭院。

吃了午饭，石柏、秋雨、秋水各背上一个行囊，动身前往亳州。尹似雪率众送三人到桃花村村口。刚迈出一步,秋水就含笑说:“大表哥,今天是不是再去劫持一名娘子?”“死婢子!”尹似雪当场呵斥。“你大表哥又不是人贩子。岁数也不小了,还天天说一些不死不活的话。去亳州,又不是去玩。让你跟在大郎身边,妈真不放心。”

“妈,你放心。”秋水含笑说:“当正经的时候,我会正经。”

“就是想不正经,也得给我正经。”尹似雪严肃告诫秋水。“万一出点漏子,害了你自己不说,还连带大郎和你姐姐跟着遭殃。到时候,你想再正经,都已经晚了。你要明白,亳州是什么地方?那是控鹤军朱友徽的狼窝!能让你不正经?大郎,我们走。”尹似雪起步,众人紧跟着尹似雪,踩着院子内小径上的花瓣,向院门走去。

“秋水不听话,大郎只管骂,狠狠地骂。”

“外甥不会骂,会打。”

“你敢?”

“有什么不敢的?”

秋水缩了回去。

“大郎先去,姨妈随后会让曹嬷嬷带舒容、苏幽然等人前去亳州做你的帮手。控鹤军在亳州的根基非常深,说起来已经几十年啦,势力非常庞大,都虞候朱友徽武艺相当了得,行事更是跟生父朱温一样,心狠手辣。大郎在亳州的行事定要千万小心。”

“外甥谨记!”

“过几天,善地分堂会派人到天清观跟大郎联系。她们都听候大郎调遣!秋水、秋雨,一切都必须听从大郎安排,千万不能给我乱来,尤其是秋水。大郎在亳州人生地不熟,你俩要照顾好大郎的生活起居。晓得了没有?”

“妈!晓得啦!”秋水嬉皮笑脸地高声说。

“怎么教都没用。”

尹似雪还真有点无可奈何。见由子一脸的茫然,尹似雪拍了拍由子的肩膀。“你只管放心呆着这里!我会叫两名武艺好一些的娘子陪着你。过两天,我亲自送你去若水宫。”尹似雪起步,向院门走去。见由子跟着不愿意止步,尹似雪说:“外面都是死人,你就不要出去了。”由子仿佛突然之间有了胆量,就是不肯起脚离开。尹似雪也就不再言语,任凭由子跟在身后。院门外,已经有人牵着马匹在等候。石柏、秋雨、秋水接过缰绳。跨过街道上密密麻麻的尸体,踏着街道上殷红的血迹,尹似雪率众人送石柏、秋雨、秋水到了桃花村口。

“具体事情,李清静会安排。”

“请姨妈放心!”石柏手一拱说:“外甥定会全力以赴!”

秋雨、秋水和石柏先后上了马,向尹似雪等前来送行的人手一拱,缰绳一挥,离开了桃花村,穿过村前的桃花林,向亳州方向飞驰而去。

第二十六章　掌门

云霞未改色，山川犹夕晖。

——《赠别河南李功曹》

石柏和秋雨、秋水抵达天清观时，天像着了火似的一片通红。

自创派掌门姑射真人羽化后，天清观一直没有掌门。蜀中无大将，廖化做先锋。天清派就算真的人才极度凋零，也可以矮子里选将军，推举一人来接任掌门。天清派没掌门，主要是天清观监院李清静不愿接任。两天前，朱邪以清的养女尹似雪来天清观，跟李清静商量有关掌门的事宜。两人协商后决定让朱邪以清的外孙、尹似雪的外甥石柏来暂时接任天清派掌门，道号若水先生。李清静亲率知客霜满地、迎宾刘若存、高功白玄静等八大执事在天清观大门口等候迎接。在白色的拱形大门前刚一下马，一阵见面时的唱名寒暄后，李清静与八大执事旋即簇拥着石柏一行三人前往天清观仅供掌门清修用的玄幽别院。

作为天清派的祖庭，天清观位于通往永城的官道北面，离涡水很近。渡过涡水，登上码头，步行不到一刻钟就可以到达天清观。为了便于道士出行和香客往来天清观，姑射真人出铜钱雇人整修了码头，平整了连接道观和码头的道路。原先，一旦下雨，泥泞不堪，根本没法走。登上停在码头上的渡船渡过涡水，上岸后步行不需多久就可以到达亳州城。天清观花铜钱专门雇了两人轮流看管渡船，方便涡水西岸的香客前来天清观做斋醮法事。姑射真人晓得，香客来天清观做法事花去的铜钱远远多于天清观请人照看渡船花去的铜钱。这种合算的买卖，不用说是天清派掌门姑射真人，就是一般的村妇也懂。况且，方便了来往涡水两岸的行人，姑射真人积了德，也为天清观买来了好名声。姑射真人很注意天清观的名声。只要世人认为是善事,而且天清观又有能力做,姑射真人一定会努力去做。

天清观原本是一座供奉财神爷的小庙。在神州,财神爷是显神,地位尊容。鼎盛时,来小庙求财烧香需要排一个时辰的队,缭绕的烟雾让求财的人都睁不开眼睛。黄巢造反后,命都要没了,哪还有时间顾得上钱财。庙里的几名道士见香客日渐稀少,纷纷离开财神庙投奔到其他道观营生去了。毕竟道士也是人,哪个道观香火旺盛就跑到哪个道观。最后,财神庙只剩下一名实在没有地方可去的道姑。唐僖宗光启四年,财神庙来了一位传奇人物姑射真人。就在姑射真人来的第二年,最后一名只剩下一颗门牙的道姑也羽化啦。

同样的物事,不同的人经手,结果会完全不同。刘备以织席贩履维生,最后变成了蜀国国君;刘备的儿子刘禅却从蜀国的国君变成司马氏的阶下囚。姑射真人来了后,财神庙改名为天清观。经过几年不懈努力,天清观重新翻修,而成现在的模样。

姑射真人创立了道教中与众不同的教派——天清教派,天清观自然也就成了天清教派的祖庭。天清派道观供奉的尊神是天神太一天尊、地祇女娲地皇和道祖太上老君,而不是神州其他道观供奉的玉清元始天尊、上清灵宝天尊、太清道德天尊。

神州人创造能力没有,胡编乱造的能力却特长。姑射真人坚信,元始天尊和灵宝天尊都是那些个半桶水的道士编造出来的虚妄之物。过不了多少时间,神州人肯定还会编造出比元始天尊道行更高的尊神。故事编造得越离谱,相信道教的人会越少。道教最终会毁在这些胡编乱造的道士手中。依照神州古人的说法,这叫做自作孽不可活。

天清派道士不穿那些色彩艳丽的道袍,也不穿黑色、褐色、青色的道袍。这些个道袍跟道教崇尚自然的教义格格不入。天清观道士头束逍遥巾,身穿象征蓝天白云的蓝白两色相间的道袍。姑射真人禁止天清派道士炼丹纳贡,也禁止天清观道士去修炼阴阳双修、采阳补阴或采阴补阳之类的神州人非常喜欢修炼的旁门左道。天清派尊重生命,崇尚自然;追求精神自由。

如今,天清派已经成了黄河两岸相当有影响力的道教教派之一。

姑射真人与朱邪以清能成为至交也纯属于偶然。数十年前,朱邪以清与夫婿尹东前往涿州,经过玉皇宫时,遇见了当时还是玉皇宫一名普通道姑的姑射真人。两人成为知交也仅仅因为《道德经》中的一句话。正在玉皇宫曲径上漫步的朱邪以清撞见正在诵读《道德经》的姑射真人,而姑射真人又恰好诵读到“谷神不死是谓玄牝"。恰好要从姑射真人身旁走过的朱邪以清马上驻足说:"应该是浴神不死,而不是谷神不死。"于是,两人就"浴神不死"一句话开始争辩,渐渐地争辩的内容扩大到《道德经》以及道教。

看来,朱邪以清再不留下来,两人肯定无法争辩出一个彼此都能接受的结论。就这样,朱邪以清特地多留了三天。朱邪以清住了三天,跟姑射真人争辩了三天。经过整整三天近乎无聊的争辩,朱邪以清与姑射真人终于取得一个两人看法一致的意见,道教中许多经典实际上都是左道旁门的伪经。当朱邪以清告别姑射真人离开玉皇宫时,两人就已经成了神交的道友。

天佑八年,姑射真人结束南方之行,回到了天清观。没想到,回观后不到一个月的时间,姑射真人就骤然一病不起。姑射真人功力极其深厚,身体硬朗,骤然卧病不起,不仅引起朱邪以清高度怀疑,就是姑射真人本人也对此感到非常奇怪。

姑射真人卧病不起,可急坏了朱邪以清。朱邪以清遍请神州名医给姑射真人诊治,但就是找不到病因无法对症下药。最后,朱邪以清费尽周折,请来了号称"黄淮病鬼"的神州第一名医颜其身给姑射真人诊治。颜其身最终找到了姑射真人的病因,但还是无法救回已经病入膏肓的姑射真人的性命。被病魔折磨了足足一个月时间,姑射真人才羽化。

姑射真人羽化正应了神州人的一句俗语,要想活得长,先得烂心肠。将来如何,谁也不清楚。至少到目前为止,还没有找到有力的证据来否定这句俗语。朱邪以清认为,所谓善有善报、恶有恶报不过是做不了恶的人准备将自己醉死的美酒。姑射真人被人下了无相毒,就是最好的证据。倘若有闲暇准备去读一读神州史,还没读上两页,心肠软的人只能合上,实在不忍再读下去!谁能猜得到姑射真人一生行善最后竟然以这种形式撒手人寰?

无相毒是一种无色、无味、无臭的毒药。中了无相毒的人一个月内毫无感觉,一旦感觉身体不适,已经是中毒已深,即便是大罗金仙临凡也无能为力。因而,中毒之人往往认为得了某一种疑难杂症,而不去怀疑曾经被人下了毒。即便怀疑被人下了毒,也无法确定到底是谁下的毒。得病之前的一个多月时间里面,姑射真人到底接触过多少人,接触过什么人,到过多少地方,连姑射真人自己也说不清楚。

确定姑射真人中了无相毒,朱邪以清抛下手中一切活,不论急还是不急,专门来天清观陪姑射真人。朱邪以清陪姑射真人一一剖析,最有可能会在什么地方、什么人给姑射真人下的毒。当局者迷,旁观者清。朱邪以清认为,云锦山的玄机真人最有可能是下毒的人。

对朱邪以清的推测，姑射真人认为不可能。姑射真人中毒之前确实去过云锦山，但不能因此就怀疑玄机真人是下毒之人。姑且不说，云锦山与天清观虽然两者教义有天壤之别，但毕竟同属道教。在道佛之争如此激烈的当前，玄机真人没有理由下手。对此，朱邪以清保留自己的意见。云锦山与天清观，相距何止千里！云锦山与天清观风马牛不相及，毫无利益冲突。朱邪以清说玄机真人是下毒之人，就是马上提走项上人头，姑射真人也不会相信。

要想让一个神州人帮你做一件事情，只能是引诱或者胁迫。淮南子云，昔者齐桓公好味而易牙烹其首子而饵之，虞君好宝而晋献以璧马钓之，胡王好音而秦穆公以女乐诱之，是皆以利见制于人也。功名利禄、金钱美女、亲情友情，统统可以成为钓人的饵料。胁迫不过是引诱的另一种形式。欲生则胁之以生，欲名则以胁之以名。反正，神州人懂。

无相毒尽管让中毒之人无法察觉，这种毒药非常罕见，一般的江湖人士不用说得到，就是听也没听过。无相毒必须和茶叶一起煮沸后，方能有效。姑射真人一般喝水，而不大喜欢喝茶。姑射真人清楚地记得，得病前的一个多月时间里面，就喝过三次茶。一次是去霍山拜会守中先生，一次是去三清山拜会观妙真人，一次是云锦山拜会玄机真人。据姑射真人事后仔细回忆，与上述三人会面过程中，只有云锦山的玄机真人特别客气。因盛情难却，姑射真人喝了一杯玄机真人亲自采摘的清茶。下毒之人，朱邪以清认为，只能是三人中的一个。

玄机真人，朱邪以清与他曾经有过一面之缘。仅凭感觉，朱邪以清认为玄机真人表面上是一位方外真人，实际上是一名方内俗人。守中先生和观妙真人，朱邪以清也见过面。无论是守中先生，还是观妙真人，朱邪以清认为都是差一步就能跨出方内的隐士。因而，朱邪以清推定玄机真人最有可能是下毒之人。

自黄巢造反以来，姑射真人得罪过的人很多，而想姑射真人死的人也很多。下毒的目的不用说是想毒死人。因而，皇宫或江湖流行的往往是那些能让人瞬间毒发身亡的毒药，如鸩酒、断肠草、鹤顶红、金牛七等等。对有些人来说，这些见血封喉的毒药却可能是良药，比如那些想离开人世的人。南华真人说过："死，无君于上，无臣于下，亦无四时之事，从然以天地为春秋。虽南面王乐，不能过也。"这种毒药可以让他瞬间摆脱活在人世间的一切痛苦，而去享受死后的"南面王乐"。无相毒却完全不同。中了无相毒的人，如同得了一种绝症，历尽病痛的长期折磨，最后才能在恐惧中死去。因而，只有那些自己深恶痛绝的人，才可能对他下无相毒，让他死，又必须慢慢受尽病痛折磨而死。

姑射真人是天清派掌门,深受万众敬仰。谁那么痛恨姑射真人?问姑射真人,姑射真人自己也不甚清楚。有一点可以肯定,朱氏皇朝很不喜欢姑射真人。天清派是很有影响力的道教教派,而且影响力还在不断地增强。朱氏皇朝不希望有像天清派这样的民间组织存在。这些年,姑射真人一直在做慈善,而朱氏皇朝名上不能公开禁止姑射真人做慈善,实际上都在给民间慈善设置障碍。一个民间威望过高的民间机构存在,朱氏皇朝认为是对皇朝的一种威胁。这一点,姑射真人和朱邪以清心里都非常清楚。朝廷既然没有明令禁止,姑射真人也就装聋作哑继续做慈善,继续扩大天清派的影响。跟朱邪以清不同,姑射真人为人慈善,非常不喜欢杀生,也不喜欢别人杀生。天清派的教义之一就是尊重生命。见有人杀人,姑射真人总是熬不住要出手制止。从姑射真人临终前的描述中,朱邪以清认为,朱友徽最有可能是引诱或胁迫玄机真人毒杀姑射真人的幕后指使者。一切纯属于朱邪以清毫无证据的个人凭空推测,更有血口喷人的嫌疑。

不过,有一点姑射真人也承认,朱友徽确实有杀她的动机。为什么不公开动手?姑射真人也想得通。姑射真人民间威望极高,公开杀姑射真人,黎民百姓面前总不好说。更重要的是,天清派势力庞大。公开对姑射真人动手,等于公开与天清派为敌。就算有能力将天清派杀绝,自己也得耗费不少力气。况且,想将天清派杀绝也不是一件容易的事情。能够很体面地解决,为何一定要撕破脸皮?朱友徽虽凶狠,但人不笨。这点道理懂。让千里之外毫无瓜葛的玄机真人动手,更容易洗涤嫌疑。朱邪以清的分析,姑射真人保持沉默。

姑射真人羽化后,天清派的事务暂由天清观现任监院李清静料理。李清静原本是河间王李筠的女儿,自幼喜爱道教,想出家。于是,李筠就将李清静送到天清欢,拜姑射真人为师。李唐皇朝时期,出家与不出家根本没有区别。不愿意呆在道观就回家,想回道观就回道观,往来自由。李唐皇朝崩溃之后,李清静就是想回家,也已经没有家可回。李清静深得道教精髓,是姑射真人的首徒,也是姑射真人最喜爱的弟子。姑射真人倾囊传授李清静武艺。加上李清静聪慧过人,在天清观里面,除了师父姑射真人,已经无人能跟李清静抗衡。这些年来,李清静尽管名义上还是天清观的监院,实际上早就是天清派的掌门。

道经云,名可名,非常名。天清派的掌门可以名为掌门,自然不是常名,迟早会被他名所替换。南华真经云,名者,实之宾也。显然,李清静也不会去要这个"宾"。神州人特别喜欢这个"宾",不管是不是真的名副其实。

早先,王就是后来的皇帝。谁不想做皇帝?所有的诸侯纷纷自称王。倘若还再称王，场面不够大。于是，人间的王也就自称本来意思为天神的帝。再后来，帝也不行了。占有芝麻大地盘的人也纷纷称帝。黄巢造反以来，曾经称过帝的人真是比牛毛还多。有些皇帝的地盘甚至还不及过去的一个州。那怎么办，只能在前面加修饰语啦，如李渊的子孙称李渊为神尧大圣大光孝皇帝，朱温也称睿文圣武广孝皇帝。道士也不脱俗，如大师、法师、宗师、天师等等。好像名头越大，道行就越高。好比一个侏儒，明明身高只有五尺，却取了一个叫摩天的名，骗不了别人，只好骗自己。李清静认为师父就是掌门，掌门就是师父。

自姑射真人羽化后，李清静就是死活不愿意接任天清派的掌门，宁愿让天清观成为神州唯一没有掌门的祖庭。道法自然，有就是有，没有就是没有，何必强求。姑射真人其他弟子也想得通。不过，缺位了这么长时间，天清派没有掌门的历史总算结束。

今天，天清派终于迎来了一名临时掌门——若水先生。

陪同石柏、秋雨、秋水抵达玄幽别院，天清观的八大执事一一拱手告辞。接待石柏的清风、明月立马陪石柏、秋雨、秋水三人去沐浴更衣，李清静一人坐在玄幽别院庭院中的石凳上等。姑射真人羽化前，李清静每天都来玄幽别院，风雨无阻。姑射真人得病那些时间，李清静更是住在玄幽别院，亲自服侍姑射真人汤药。姑射真人羽化后，李清静每天也来玄幽别院坐一坐，跟姑射真人羽化前一样。李清静从小出家，生死已经看得很透。来玄幽别院坐一坐，主要还不是长期以来形成的习惯，而是李清静觉得姑射真人依然住在玄幽别院，走的只是姑射真人的肉身。坐在这里用心听姑射真人说话，总给人一种如坐春风的感觉。石凳还刚刚坐暖和，李清静就看到石柏身着道袍，出现在玄幽别院。果然是超凡绝俗，仙风道骨。宫主的眼力确实非同一般，选弟弟做天清派掌门，真是选对了人。

"多谢姐姐鼎力支持。"

李清静虽说过两年就要到而立之年，但看起来比实际年龄要小好几岁。粗略一看，也不过二十四五光景。李清静的师父姑射真人是朱邪以清的神交道友。依照常理，朱邪以清的外孙石柏理当称李清静为师姑。李清静的父亲河间王和石柏的父亲石岩都是昭宗皇帝的同辈兄弟，虽然河间王是昭宗皇帝的堂兄。依照这种关系，李清静则是石柏的堂姐。李清静是姑射真人的首徒，而石柏是姑射真人的寄名弟子。依照师承关系，李清静是石柏的师姐。神州人看起来非常讲血统，讲辈分。一到实际，马上全乱。刘邦的儿子齐王刘肥叫自己的同父异母妹妹鲁元公主妈。大汉如此，李唐一样。武则天方才还是唐太宗的媚娘，此刻已经是儿子唐高宗的昭仪;杨玉环昨天还是唐玄宗的儿媳,今天已经是唐玄宗同床共枕的贵妃。你说乱不乱？面对有师姑、堂姐、师姐三重身份的李清静,石柏选择了姐姐。

"弟弟对姐姐都那么客气,真是离久情疏的写真。"李清静长长叹了口气,继续说:"弟弟受宫主嘱托,前来天清观,接任天清派掌门,希望能达成先师的宏愿,姐姐能不罄尽自己的全力？想想你伯父,说是河间王,一没有自己的封地,二没有自己的官职,连一般般的官宦都不如,结果呢,逝后不得入土安息。姐姐一想起,就是一阵心痛。

幸亏,姐姐早就到天清观出家,而先师又竭力庇护,才得以苟且残喘至今。你两个不那么喜欢道教的弟弟,一个被你伯父送往终南山,拜长青真人为师,一个送往云台山,拜玄虚真人为师,才能像姐姐一样活到现在。堂兄、堂弟、堂姐、堂妹,无一不惨死在韩建、朱温之手。现在想来,不得不佩服你伯父的预见。作为一名手中无一兵一卒的虚名亲王,只能做出这种当时外人看来匪夷所思的后事安排。

六亲不和有孝慈;国家昏乱有忠臣。只有国家到了危亡关头,才能看得出谁忠谁奸。像钱镠,土匪出身,先帝封他为越王,特赐其金书铁券,免本人九死,子孙三死。朱温刚刚弑君,钱镠马上忘记了自己是李唐臣子,向贼子俯首。宋文通,先赐姓,后封为岐王。就是宋文通,最后步步逼昭宗走上了绝路。李唐皇朝风雨飘摇之时,又有多少当朝官宦想起自己曾经是李唐皇朝的臣子？杀起宗室来,这些人甚至比朱温更凶狠、更残忍。"

李清静的这番话感染了一旁的秋雨。

秋雨暗暗叹了口气。当今依旧存活在世上的人,哪一个没有故事？我父亲不是也死在大魔头朱温的乱兵之手。不是母亲告知,我甚至连父亲叫什么名都不晓得。幸亏当时母亲被外婆接回娘家待产,才有我姐妹两人。神州人,只有被按在板凳上时,才意识到死期来临。猪吃睡在猪圈里面,哼哼乞食时,何曾想到过主人今天来的目的是准备将它抓过去屠宰？神州人谁会明白,朱温今天杀了张三,明天就会杀了李四？争着为虎作伥,会有好结果？

"经先师多年的安抚,姐姐才慢慢平静下来。

想想如今神州,仍苟活于世的人,很少没有让人听了心颤的故事。存者且偷生,死者长已矣。姐姐明白,过去无论如何凄惨,都已经过去,姐姐都必须偷生活下去。这些年,与其说跟着先师在天清观清修,倒不如说是为了活而挣扎。"

"姐姐还活着才会为了活而挣扎。这场天崩地裂中,仍活着的有几人？"

"是啊！有几个人能挺过这场浩劫？姐姐还能苟活至今,确实是不幸中的万幸。”

“弟弟从临淮镇渡淮北上，一路看到的全都是暴露在野外的白骨。后来，又细听了若水宫娘子给弟弟讲的故事，根本不能用毛骨悚然来形容。来天清观前，外婆给弟弟讲了姐姐的故事。这不禁让弟弟想起自己的身世。倘若不是叔父亲口告知，弟弟根本不晓得竟然还有亲生父母。应叔父的要求，弟弟经过老家，整个就是荒芜的废墟，长在院子里面的树木都已经差不多有一抱大了。当年倘若没有叔父怜爱收留，将弟弟抚养成人，弟弟的骸骨早就已经成了尘土。我们姐弟两人能够苟且活到现在，已经算是奇迹。

逝者已逝，我们可以不必再去纠缠，活者却难以长存。为了躲避朱温的追杀，叔父和叔母带着弟弟兄弟两人躲到江南的一处山角落里面隐居。与人无争，只求生存。结果，还是遭到控鹤军杀手的追杀。躲固然是一种求生的方法，前提是有可以躲的地方。到了躲无可躲，我们还能躲到哪里去？

我们没杀过人，没放过火，我们不是罪大恶极的犯人。叔父不争权，也不夺利，只想平安过一过日子。可结果呢，偌大的神州竟然已经没有了躲一躲的地方。躲无可躲！南华真人云，畏影恶迹而去之走者，举足愈数，而迹愈多；走愈疾，而影不离身。自以为尚迟，疾走不休，绝力而死。不知处阴以休影，处静以息迹。要想休影息迹，只能处阴处静。”

“休影息迹，也正是先师毕生奋斗的目标。让人抱憾无穷的是，先师壮志未酬，却遭歹人毒手。姐姐想想，不得不承认，好人命不长，恶人活在世上做榜样。狼群里而能活下来，肯定不是羊。想休影息迹，还需要加倍努力。宫主和夫人应该已经告诉了弟弟，天清派和若水宫的关系吧。”

“姨妈跟弟弟说过。”

石柏来天清观之前，尹似雪已经向他详细介绍了天清派的情况以及天清派与若水宫的关系。“天清派和若水宫好像就是一枚铜钱的两面，天清观是这枚铜钱的正面，若水宫是这枚铜钱的背面。这样做也是为了能在朱温的地盘上便于活动，办起事来更加灵活方便。天清派看起来更像是道教中的一个教派，而若水宫则纯粹是江湖秘密帮派。”听了尹似雪的介绍，石柏非常吃惊，想不到外婆竟然在朱温的地盘上建立了一个如此庞大的黑帮。

“弟弟有所不知，姐姐没答应先师接任天清派掌门，不是姐姐不愿意，而是实在没这个能力。姐姐纤弱，着实无力挑起天清派掌门这副重担。”

“姐姐谦虚。姐姐晓得，如今的神州，不是能不能，也不是敢不敢，就是不得不。

弟弟这次遵照外婆安排，来天清观接任临时掌门，也是迫于无奈！外婆一说，弟弟吃了一惊。弟弟没做过一天道士，天清派的事情更是一无所知，这掌门怎么做？没办法，明知前面是万丈悬崖，弟弟也只能闭上眼睛跳下去。根本就是没有选择的余地。在神州，想死都没有自己的选择。朱温要剥弟弟的皮，弟弟没有权利选择抽筋；朱温要将弟弟凌迟，弟弟没有权利选择车裂。外婆将担子搁在弟弟的肩上，无论有无能耐，弟弟都必须拼死命将它挑起来。一切都是情势所逼。弟弟只是希望自己不要被这副担子压垮，让外婆失望。”

“弟弟放心！已经只能一条道路走到黑，姐姐陪弟弟一起走！姐姐虽不敢去接天清派掌门之位，但定会分担弟弟肩上的担子。弟弟应该已经知晓，经宫主、先师两人多年的艰苦协作努力，天清派在黄河南北还是有自己的势力。

道教原本就重视门下弟子习武修身，我们天清派更加注重。别说天清派祖庭天清观，就是其他天清派道观中的道士和道姑，也是自卫有余。此外，黄河南北还有数以万计的天清派信徒。况且，还有宫主和她的若水宫。姐姐相信，只要众人同心协力，弟弟定会率领众人辟出一条蹊径，见到阳光！”

“听姐姐这么一说，弟弟更加信心百倍。弟弟想，只要能够有效结合若水宫和天清派正背两面的力量，再巧妙地借助第三者的力量，说不定真的如姐姐说的那样，辟出一条能见到阳光的蹊径。”

“姐姐相信弟弟一定能。兄弟齐心，其利断金；如今我们姐弟同心，恶魔必擒。”

石柏刚来天清观，明天就要接任天清派掌门，高声说几句响话壮一壮胆，看着漆黑一片的四周，也很有必要，至少自己不要给自己吓死。李清静站了起来，含笑说：“姐姐已经让典造茹小鲜准备了水酒，替弟弟和两位小表妹接风洗尘。”石柏起身，和秋雨、秋水一起，跟着李清静，前往天清观食厅用膳。

“明天，弟弟就是天清派掌门。有什么事情需要姐姐去做，姐姐一定会罄尽全力去完成，达成若水宫、天清派所有人共同的心愿。”

接了风，洗了尘。李清静说：“姐姐和八大执事去准备弟弟明早的接任大典。”石柏接任天清派掌门，需要依照一定的程序，必须举行虽不能保证隆重但一定是严肃的仪式，方算正式。李清静没有经过卜筮，也没合过凶吉，就擅自决定，掌门接位大典定在明天日出举行。就在天清观食厅前，石柏、秋雨、秋水和李清静以及八大执事相互拱手道别。

回到玄幽别院，擦了一把脸，石柏和秋雨、秋水坐在堂内歇息。

“从明天起，大表哥正式以若水先生的身份亮相了。你俩以后人前人后，不要忘了叫师兄，免得事情还没有开始做，就露了馅。”

“大表哥放心。大表哥是主犯，秋水是从犯。大表哥被抓，秋水也得法办！秋水一定会将师兄遮掩得严严实实，谁也不会晓得师兄是一个招摇撞骗的小骗子。”

“那我们明天就开始骗。”

“师兄，我们能行吗？”

“怎么不行？只要将神州人联了起来，还怕灭不了一个小小的朱温？”

“还小小的朱温！”秋雨当场就去封秋水的嘴。“说话的口气好像就是龙卷风。外婆努力了那么多年都毫无办法。朱温那么好灭，早就已经给外婆灭了。是，神州人能联起来，别说一个朱温，就是一百个朱温也已经灭了。可你有什么法子将神州人联起来？神州人信奉的是‘各人自扫门前雪、莫管他人瓦上霜’。台面上的那些大土匪个个都在打自己的鬼算盘，能联得起来？”

如何能够将神州人联起来，秋水只有摸自己的下巴。

“联起来？我看纯是笑话！神州人能联合得起来，早就不再是神州人啦！也就不会出现朱温了！神州人，看到眼前一丁点蝇头小利，就像牛虻嗅到了血腥，顿时飞扑了过去，全然不顾会不会被拍死！否则，朱温怎么可能会在河南肆无忌惮？只要有好处，根本不在乎是杀人，还是放火。看到跟着朱温屁股后面，吃香喝辣，作威作福，个个都像蚂蚁一样涌向死苍蝇 。现实是最好的老师，会教神州人怎么做。什么舍生取义，什么杀身成仁，谁信？想将神州人联起来对付朱温，只有女娲娘娘将他们统统捏碎了后重造。你将神州人联起来，还不如叫朱温身边的人不要跟着朱温杀人。没有这些人，单对单，我都不一定会输。”

“那好。我就跟着师兄去跟朱温拼一拼，杀一个算一个。”

“我最多只比你大一个字。你就一直长不大。这种幼稚的话也说得出口。外婆一向反对蛮干。外婆什么时候要若水宫人去跟人拼命？外婆让我和你陪师兄来亳州天清观，肯定不是想杀个人，或劫个人。我可以肯定，外婆肯定是有图谋，而且是远大的图谋。”

“什么图谋？”

“你什么时候回去问一问外婆。”

离开若水宫前，尹似雪就已经跟石柏谈了日后的安排。

“早在姑射真人病危之前，外婆就和姑射真人商讨过掌门的人选问题。姑射真人门下有六大弟子。接任掌门的最合适人选外婆和姑射真人都认为是李清静。李清静自觉难以挑起这副重担。这倒不是说李清静的能力不行，而是李清静这人太过于淑女，比她师父姑射真人还要像超凡脱俗的道姑。天清派掌门不能单单是一个君子。若水宫的事务又那么多，姨妈不能分身去接天清派掌门。

如今大郎来了，天清派掌门的重担自然要落到大郎身上。不管你想不想，肯不肯，愿意不愿意，大郎都必须接任天清派掌门。这副担子大郎不挑也得挑。大郎接任掌门后，姨妈会安排若水宫各分堂、天清派道观有计划、分步骤地慢慢将大郎打造成一个传奇人物。

三人成虎，十夫揉椎，众口所移，毋翼而飞。凭借若水宫和天清派在河南道的势力，经过一番推波助澜，姨妈相信，不用多长时间，大郎就将成为河南道家喻户晓的传奇人物。只有这样做，才能让大郎更好发挥聪明才智，更加方便大郎在河南道行走，才能见得到应该见的人。去天清观后，大郎完全可以放开手脚大胆地去做！"

外婆和姨妈怎么会想出这么一个拍手叫绝的主意？怪力乱神，神州人喜欢，是神州人的牛鼻桊。抓住这个牛鼻桊，才能控制住蛮牛。扳倒朱温循规蹈矩不行，必须得另辟蹊径。高骈部下猛将如云，坐拥十余万大军，谁不忌惮？吕用之轻轻松松就让他灰飞烟灭。"外甥定将全力以赴。"这一主意石柏打心底里赞同。

"只是希望姨妈不要吹得过火，免得砸了牌子，不好收场。"

"姨妈岁数比你大，按照神州人的说法，吃的盐比你吃的饭还要多。姨妈会根据实际情况去做，而不会将你吹成是法力无边的太一天尊。打造一个神奇的人物也不是一天时间就能做得到。姨妈说大郎行，不行；必须让别人说大郎行，才行。要想让别人说你行，就需要人来吹，需要人来推。没有人吹，没有人推，就算大郎真的是俊杰，在神州也会被埋没在淤泥里面。甲说你行，乙说你行，丙没见过，也会说你行。这叫人云亦云。神州史上那些个英雄豪杰有几个不是靠这种方法打造出来？那些玄虚的道行，全部靠吹！姨妈跟着外婆游走江湖那么多年，还是能懂神州人。神州人向来缺少质疑精神，就是相信这些看不见、摸不着的物事。越是翻筋斗的人，越是相信。高骈、刘巨容等无一不是被假道士骗得团团转。大郎过些时候就会发现，那些看起来像个人的人实际上跟白痴无疑。只要抓住他们的弱点，就可以办成我们想办的事情。一言可以兴邦，一言可以丧邦，言语的杀伤力远比想象的强大。大郎在前面努力做，姨妈在后面用力推，巧妙结合天清派和若水宫的力量，一定能做成靠蛮力不能做成的事情。凭我们眼下的力量，也只能用巧，而不能用力。"

"就算是赶鸭子上架，外甥也只能全力以赴，将若水先生这个角色演得逼真。"

"姨妈相信，大郎肯定会成为姑射真人创派以来独一无二的若水先生！神州史上，一根不起眼的神棍要远胜数万雄兵。这次去天清观，姨妈让秋雨、秋水跟在大郎的身边。她俩不单单是照顾大郎的生活，也是大郎扮演若水先生不可或缺的道具。这也是外婆的意思。”

朱邪以清准备将石柏打造成独一无二的神棍！石柏还没有到天清观，尹似雪就已经将若水先生接任天清派掌门的消息散布了出去，并替若水先生编了一个神奇的故事。李克用出生时虹光烛室，白气充庭，井水暴溢；朱温出生时所居庐舍之上有赤气上腾。若水先生也应该有神奇的地方，否则得道高人姑射真人不会选他做天清派掌门。听了尹似雪给自己编的故事，石柏没有表态，只是觉得想笑。从今以后，万一有人问起，石柏决定，不承认，也否认。

“西门豹说，民可以乐成，不可与虑始。话虽有点刻薄，事实确是如此。不给他们提供看得见的好处，只能用鞭子来抽。所以，神州史上百姓只能做羊。我们没办法将神州人联起来，就不要去联了。这种徒劳无功、吃力不讨好的事情，师兄不会去做。干脆，我们反其道而行之，像庖丁解牛一样，依乎天理，批大隙，导大窾。土匪朱温的皇朝，就好比是一座大房子。单凭我们目前的力量，马上去拆掉这座房子，看起来只能是一厢情愿。况且，你想去拆，人家不让拆。师兄不会不自量力，拿鸡蛋去碰石头。神州人既然都信奉‘各人自扫门前雪、莫管他人瓦上霜’的信条，那么，我们只能顺势而为之。鼓励、怂恿、挑拨、诱惑，让他们自己主动去拆朱温的房子。当房子摇摇欲坠时，自有人会来将它推倒！”

“师兄这个主意倒是一个好主意。什么嫁祸于人，挑拨离间，搬弄是非，挑三豁四，无中生有，信口雌黄，添油加醋，凭空捏造、过河拆桥、借刀杀人，等等，等等鬼主意，神州人多得是。问题是，说起来容易，做起来难。”

“容易要做，不容易也要做。如今已经只剩下华山一条道。身在鲤鱼背上，不想摔下去变成肉饼，只能咬着牙走过去。外婆、姨妈让师兄来天清观做掌门，没这个能耐，也只能硬着头皮去完成使命。行也行，不行也得行，师兄这一生已经没有了选择。就算朱温是东方太阳，师兄也要处心积虑从后羿那里借来神箭，射下它。无论如何，师兄一定要做出一番小人的事业。”

“倘若天不遂人愿，师兄准备怎么办？”

“行动还没有开始，师兄不会去想将来的结果。这种自我泄气的想法师兄不该有，也不会有。做，可能成功，也可能不成功；不做，永远不可能会成功。眼下最重要的是考虑如何行动，而不是去考虑将来的结果。好比人最终都会死，我们就坐着等死？无论将来结果如何，师兄都要尽全力去做。”

东方刚刚吐白，李清静就已经着天清观道士在玄幽别院侍奉石柏香汤沐浴，准备迎石柏至天清观太清殿举行简单又隆重的掌门接任大典。石柏抵达太清殿时，李清静已经率领八大执事和天清观众道士在等候。当晨曦出现在东方时，石柏接任天清派掌门的接位大典正式开始。接位大典由监院李清静亲自主持，石柏以姑射真人寄名弟子的身份从姑射真人的至交和其尘师姑手中接过姑射真人羽化前用过的拂尘和装在檀木匣子中的帛书道德经。和同尘师姑当下宣布石柏即刻起就是天清派掌门，道号若水先生。白玄静引石柏就座，李清静率领天清观道士向掌门行礼。当东方太阳的光辉遍布天清观时，接位大典已经结束。

石柏没想到竟然会到天清观接任天清派掌门。去年，姑射真人云游南方，在桃花石村跟石岩巧遇。云锦云之行结束后，姑射真人到翠竹湾小住了几天。石柏和石斛兄弟两人，姑射真人特别喜欢石柏，很想收他为弟子。姑射真人一生收了六个弟子，全都是女弟子。姑射真人不是不招男弟子，而是姑射真人没有发现符合姑射真人要求的男弟子。石岩见姑射真人对石柏赞赏有加，开玩笑说："真人喜欢，就让云儿拜真人为师，将来没地方去了，也好有一个落脚地。""贫道正有此意。"姑射真人还真想收石柏为弟子。"只是贫道喜欢收，云儿未必也愿意。不如这样吧，云儿先磕个头，做个记名弟子。"石柏给姑射真人磕了三个头。"什么时候想着了，就来亳州。"就这样，石柏成了姑射真人的记名弟子。

姑射真人回到亳州，就将自己在南方收了一名记名弟子的事情告诉给了李清静，并要李清静将这事情告诉给天清派其他人。石柏没来天清观之前，姑射真人的弟子以及再传弟子都已经晓得姑射真人有一名从未见过面的记名弟子。所有人都只闻其名，不见其人。石柏未登台亮相之前，就已经披上一层神秘的面纱。当尹似雪来天清观跟李清静商量让石柏来天清观接任天清派掌门时，李清静忽然感到师父当初收石柏为记名弟子是神安排。

石柏接任天清派掌门后，第一件事情就是亲率天清观的道士，前往姑射真人墓，祭拜姑射真人。姑射真人的坟墓就在天清观东南沼泽旁的皋地上。墓地是姑射真人的大弟子李清静挑选。李清静认为，这一带不仅环境优美，阳光明媚，而且还可以让喜欢白鹤的师父随时都能观赏到从南方迁徙来的白鹤。石柏以入门弟子的仪式，在姑射真人的墓前，向姑射真人行三跪九叩礼。石柏手捧三炷青香，郑重地说："希望弟子不要让师父失望！"

第二十七章　阴阳

立天之道曰阴与阳，立地之道曰柔与刚。

——《周易》

石柏原本打算前往并州太原投亲,违背了父亲的意愿,中途改变了方向,在天清观出家做了一名似是而非的道士。

说是道士,道士应该懂的最基本的常识,石柏都不懂。为了能在最短的时间晓得道士的基本常识,监院李清静让师妹高功白玄静专门辅导石柏,以免到时露出马脚,坏了大事。刚来天清观头两天时间里面,石柏学习还算用功。石柏因此还得到了白玄静的赞许。道士的最基本常识,石柏不想懂也必须懂,由不得自己。姑射真人的关门弟子不可能是一个连道士最基本常识也不懂的人。骗术一旦被揭穿,等待石柏的只能是火刑。这一点,石柏心知肚明。说不是道士,石柏却有自己的度牒。石柏的度牒上面明明白白、清清楚楚地写着若水先生的本籍、俗名、年龄、所属道观、师名以及官署关系者的连署。为了切断与过去的联系,监院李清静改了石柏度牒上的俗名,复姓南郭,双名隐机。

若水先生这份度牒,由大梁国祠部签发。神州人向来只看度牒,不看你是石柏还不是石柏,是南郭隐机还不是南郭隐机。有道是,投胎要谨慎。已经投胎到神州,想做道士,只能弄到度牒。不论这份度牒是靠时间换来的,还是花铜钱买来的。倘若没有这份证明自己分身的度牒,要想在大梁国随便走动,畅通无阻,那只能是给你一个枕头回家去好好做个梦。

天清派是不同于道教的其他教派,但总归是道教的教派。诵持功课、坐圜守静、修身习武、琴棋书画、殿堂值日,样样不能少。石柏是假道士,而外婆和姨妈也没有要求石柏做真道士。天清观道士要做的事，石柏想做就做，不想做就不做，谁也不会将他怎么样。道观虽也接受捐赠，但毕竟不是寺院，靠旁人施舍过日子，而得靠替人做法事养活。

石柏刚回到玄幽别院，李清静前来告诉石柏，逍遥窟晋河东要在天清观做解厄禳灾的斋醮法事，人都已经在天清观迎宾院，正由刘若存陪着。石柏是一名假道士，不需要去关心天清观道士的肚子，也不需要去操心那些繁杂的斋醮法事。今天来天清观做法事的是逍遥窟掌柜晋河东，在亳州名声显赫，掌门理应亲自出面招呼。既然已经挂名了，表面文章怎么着也得做一做。

石柏顿时意识到，自己马上要以若水先生的身份登台亮相。翠竹湾务农时，不像弟弟石斛，石柏不大喜欢跟人交往。耐着性子，跟那些个无聊的人说什么呢？石柏真不喜欢石斛那样跟人天上过、地下转东拉西扯。没料到，从今往后要跟各种各样的人打交道。行也行，不行也得行。真正的能耐，不会的会。只是这些个斋醮科仪，石柏完全外行。李清静看出了石柏的难处。“师弟刚接任天清派掌门，对观内的事情不是很熟悉。斋醮科仪，玄静师妹会安排，师弟无须操心。”其他嘴皮上的事情，可以应付。石柏虽不喜跟人交往，但有信心。

“道场的事情，只能有劳师姐了。师弟只是小时候在家父的督导下读过《道德经》、《南华真经》，斋醮的事情根本是一窍不通。长这么大，也只是很小的时候由先师带着去桃花石村看过一次。斋醮的事情，师弟要跟白师姐学一段时间才可能会弄明白。”

“不是特殊需要，师弟根本就不需要懂这些。”

“师弟也没想着会穿上这身道袍。”

“待时候到了，脱了便是。实际上，是道士，不是道士，根本不在于道袍。穿道袍的未必是道士，不穿道袍的未必就不是道士。只是树靠一张皮人靠一身衣，人家看你，只看你穿不穿道袍，才不去管你是真道士还是假道士。所以，像吕用之这种骗子才会屡屡得手。这些年，师姐跟着师父到处走，看到的全都用脚思考问题的人。

像师弟，不与人争权力，不与人争铜钱，也不与人争美人，道袍一穿，仙风道骨，超凡脱俗，俨然一副世外高人的模样，大出世人的想象，不被骗几乎就不可能。让师弟来天清观做掌门，宫主这招着实高！一般人根本就不可能想得出来。”李清静说着就笑了起来。“法事结束后，师弟再去跟晋河东会一会就可以了。不知师弟意下如何？”

“就依师姐安排。不瞒师姐说，师弟原本不大喜欢跟人交往。”

“看得出来，师弟只是不大愿意跟人交往，而不是不会交往。”

“谢谢师姐鼓励！”

“师弟是掌门，根本用不着师姐鼓励。”

“师弟这个挂名掌门刚接任，师姐鼓励很重要。等会，请师姐陪同，也好能及时圆场。”

“好，掌门师弟要师姐陪，师姐陪。闲话就不多说了。师姐先去张罗斋醮了。”

“那就劳烦师姐了！”

李清静刚走，亳州城内姚记绣坊的曹嬷嬷来天清观看望若水先生。曹嬷嬷今年已近知天命，也是天清观的常客。家里有什么响动，曹嬷嬷总是来天清观做做斋醮。天清观迎宾刘若存亲自迎曹嬷嬷来玄幽别院。据曹嬷嬷自己讲，刘若存是她的外甥。是外甥还不是外甥，只有曹嬷嬷自己晓得。倘若需要，陌生人马上是亲戚。到了玄幽别院，见到了石柏，刘若存就跟曹嬷嬷告辞。就在玄幽别院，曹嬷嬷跟石柏叽里咕噜了将近一个来时辰，才告辞。

送走了曹嬷嬷，石柏旋即离开玄幽别院，去天清观迎宾院等候晋河东。有些人，认识一个就够；有些人，认识千个还嫌少。晋河东不仅仅是天清观大香客，很有可能也是将来打开亳州大门的一把管钥。单就有用而言，晋河东是一个非常有用的人。身为天清派掌门，石柏不得不重视。直至晌午，祈福道场方结束。见李清静陪同晋河东前来，石柏出大堂，下台阶，快步前来迎接。

逍遥窟一向顺风顺水，可开年以来却很不顺。

以往，逍遥窟人虽说不上是虎，在亳州地界至少也算得上是豹。可今年，逍遥窟人被打已经不是一次。二月十三，外地采选的几名娘子在送往逍遥窟的途中，护送她们的逍遥窟护院全部被杀，所有娘子不知所终。更夸张的是，来逍遥窟清谈品茶闲谈的江湖人士稀里糊涂地被杀手无缘无故地屠戮，紧接着是花魁由子在众目睽睽之下遭人劫持。这两件事引起河南人对逍遥窟的声誉产生了怀疑。一向被认为绝对安全的逍遥窟，看起来并不真的安全。一些以往敢于在逍遥窟出手烫的豪客，开始转移目标，到别的地方逍遥去了。

逍遥窟的生意开始有衰落的趋势。赵淮浦绝不容忍多年苦心经营的逍遥窟就此死在晋河东的手上。这一点，晋河东行走江湖几十年，非常懂。到时候，撕下脸面就难看了。晋河东需要拿出手段挽回逍遥窟生意上的颓势。遇到麻烦，晋河东想到的第一件事情，就是去天清观做斋醮法事，请福神消灾解厄。如今在大梁国，上至皇帝下至杂役,无不如此。晋河东请福神消灾解厄,充其量不过依本画葫芦而已,谈不上有什么创见。

逍遥窟的掌柜是晋河东,而幕后东主是亳州刺史赵淮浦。

官吏挂他人的名号经商也是神州的一个优良传统。官商一人可以省去官商勾结这一重要的环节。赵淮浦相信,如今大梁国这样做的绝非赵淮浦一人。赵淮浦创建逍遥窟筹集资金不单是为了养家糊口。赵淮浦在大梁国做了那么多年的刺史,还需要考虑赚钱养家,大梁皇朝早就已经崩塌了。赵淮浦的人生目标不是生儿育女,养养家。想实现赵淮浦自己描绘的宏伟蓝图,靠做刺史赚来的这点铜钱远远不够。赵淮浦需要铜钱,大把大把的铜钱。

有道是,人比人,气死人。越王钱镠、楚王马殷、歧王宋文通、梁王朱温,哪一个不是十足的流氓无赖?这些流氓无赖,个个称王、称帝,相貌堂堂、熟读诗书的赵淮浦为什么就不能?一想到神州舞台上那些个耀武扬威的地痞无赖,赵淮浦就来气。尤其是无赖朱温,赵淮浦更是不服气。除了不会乱伦,赵某哪一点不如?为何他能做皇帝,赵某就不能?赵淮浦总是在心里鄙视朱温。可现实就这样残酷。幸好,朱温自当上皇帝以来从未临幸过亳州。否则,赵淮浦都不晓得往哪个洞里钻。向这种绝品人渣跪地磕头,赵淮浦就算再能屈也无法忍受这种耻辱。

逍遥窟不单单是赵淮浦筹集资金的场所,也是将来有机会谋图大业的人才储备基地。那些个在大梁国犯了案来投奔的人,赵淮浦都将他们暗地里藏在逍遥窟。赵淮浦利用他们做一些平日不敢做的事情。这一招赵淮浦从原大齐国皇帝黄巢那学来,也不是赵淮浦独创。

赵淮浦清醒,在时机还没有成熟之前,这些憧憬、这些规划,只能深藏在心里面,绝对不能告诉任何人。就是晋河东,赵淮浦也没有言明。究竟赵淮浦最终要做什么,晋河东只能去猜。当了那么多年的刺史,赵淮浦家不同类型的女人给赵淮浦生了不少孩子。这些个企图一旦被控鹤军都虞候朱友徽晓得,腰斩、凌迟的就不仅仅只有赵淮浦一个人,也包括赵淮浦这些年陆陆续续生的孩子,赵淮浦的妻妾以及赵淮浦家的仆役和侍儿等等。

在亳州做刺史的这几年时间,赵淮浦也算勤政爱民。这倒不是赵淮浦有心要这么做,而是赵淮浦不得不这么做。亳州百姓是赵淮浦将来成事的基础,不能不重视。遗憾的是,朱友徽的存在让赵淮浦白白勤政爱民而一无所得。因朱友徽残暴不仁,百姓不堪忍受,纷纷逃离亳州,致使赵淮浦的努力变成了泡影。赵淮浦常梦见,亳州控鹤军突然间化为青烟。当被自己的笑声惊醒后,赵淮浦拧一拧自己的大腿,才恍然明白自己又做了一个黄粱美梦。

赵淮浦因宏图大业而不希望朱友徽存在,而晋河东则刻刻、时时在想法子让朱友徽变成自己锅里的肉。晋河东一世英名全毁在朱友徽的手里面。在江湖英雄眼里,晋河东原本是敢作敢为的英雄,想不到刹那间变成了懦夫,变成了狗熊。

一年前,晋河东的三女儿外出不幸撞见了朱友徽,结果惨死在朱友徽之手。女儿的仇没报之前,晋河东不会吃得香,睡得稳!晋河东疼自己的女儿,但女儿光天化日死在朱友徽之手,晋河东闭上眼睛,就能感觉到来自四面八方的鄙夷眼光。

这一年时间里面,晋河东多次压住自己的冲动,打落牙齿往肚子里咽。没有机会时,不要出手;一出手,一定要致命。草率出手,没伤到敌人,自己先死。晋河东眼下杀不了朱友徽,就算杀得了,晋河东不得不考虑收场。圣旨一下达,晋河东家的所有人都必须死。赵淮浦想保晋河东也保不了。钦差卫队杀起人来可不管你是晋河东还是晋河西。

“未曾远迎,失礼,失礼!”

若水先生接任天清派掌门的消息,晋河东当天就晓得,可就是没见过若水先生本人。天清派是亳州最大也是最有影响力的道教教派,信众遍布亳州。早在若水先生正式接任掌门前两天,李清静就开始安排人手将消息通知给分布在河南各地的天清派道观以及有关的人和部分。庆贺新掌门上任,天清观特意在亳州城开展为期三天的慈善活动。亳州人都晓得,姑射真人一向不收男弟子。为何会将掌门之位传给若水先生?亳州人很好奇。天清观迎宾刘若存神秘兮兮地告诉人家,因若水先生禀赋异常,姑射真人才破例收了他。石柏接任天清派掌门的当天,有关若水先生的奇异故事就已经开始在亳州城流传。

晋河东见眼前这位若水先生刚过弱冠,倒没什么特别惊讶。神州的皇帝可以只有几个月大,也可以只有几岁;可以是白痴,也可以是傻蛋。晋河东晓得,天清观的掌门之位由前任掌门指定。天清派人才济济,姑射真人挑选如此年轻的若水先生接任天清派掌门,肯定有非凡的地方。晋河东认识姑射真人,也晓得姑射真人的能耐。不是有特殊能耐,姑射真人不会将天清派掌门这个重任交给一个毛头小后生,毕竟天清派是姑射真人一生的心血。

一阵寒暄之后,石柏延请晋河东进迎宾院。进入迎宾院,石柏和晋河东分宾主就座,李清静坐陪。道姑高音和献上了清茶。石柏第一次以天清派掌门若水先生的身份登场,着实不自在。石柏从小修习无道,深深吸了一口气,立马就稳住了自己的情绪。“居士请!”石柏不想说废话现在也只好说。“谢!”石柏和晋河东各捧着茶盏喝了一口。

“这些年,居士给人提供一个好去处,造福一方,功德一件,福星自会庇护。”

“掌门玉言,河东这厢谢过。河东也望福星亲临,消弭灾祸。”

“一定会,一定会。积善之家,必有余庆。福星定会亲临!然而,想做到尽善尽美,不能只靠神,也要靠人,两者缺一不可。天时,地利、人和。不能只有天时,而没有人和。居士纵横江湖多年,比贫道清楚,很多事情福星庇护只是一个方面,能不能消弭灾祸离不开人的努力,毕竟这是人的世界。道德天尊有言,天下难事,必作于易;天下大事,必作于细。倘若不趁事情还没有变难、变大之前着手去处理,原本很容易解决的小事,也会慢慢变成棘手难办的难事;原本不起眼的小事,也会最终演变成惊天的大事。合抱之木,生于毫末;九成之台,起于累土。任由易事变成难事,小事变成大事,最后想着了去解决,就困难了。”

晋河东点了点头,端起茶盏喝了一口清茶。

“遗憾的是,许多事情就是变成了难事,酿成了大事,才会想起去解决。事小、事易的时候不在乎,不当一回事,最后弄得不好收拾。想当初,黄巢、王仙芝造反之时,也不过几千人。当时的朝廷稍稍在意,岂有后来的结果? 教训不可不说惨痛。”

晋河东的曾祖父曾做过怀化大将军,此后家道虽没有原先那么显赫,但依旧不错。父亲晋宣威做过天平军排阵使,而晋河东年轻时也曾做过牙校。要不是黄巢造反,晋河东自己认为现在起码应该是将军。赵淮浦向朝廷投诚,任郑州刺史。晋河东投靠了赵淮浦。

“是啊。事小、事易的时候,看不到它会变成事大、事难。稍稍有些眼光,结局可能就不会是这样。人最怕就是鼠目寸光,看不到潜伏在背后的危机。江河堤坝决口仅仅因为有一个不不起眼的蚂蚁洞,小小的一点滑坡可能导致整座山崩塌。结果冲毁家园,掩埋房屋。就是事小、事易的时候看不上眼,不注意,没有及时解决,而最后酿成大祸。趁热打铁讲的就是趁热。错过了时机,再想解决就难了。不过,难易、强弱也是相对而言。努力去解决,难事也会变成易事,大事也会变成小事。就好比两军对垒,己强则敌弱,敌强则己弱。想击败敌人,一靠增强自己的实力,二靠削弱敌人的实力。两者相辅相成。增强自己的实力一时做不到,就只能削弱敌人的实力。削弱了敌人的实力,等于增强了自己的实力。”

石柏虽不喜欢聊,但还是陪晋河东聊了一炷香的时间。“谢谢若水先生,河东一定会铭记在心。今天还有些杂事,先跟若水先生告辞。”见晋河东要走,李清静立马客气挽留。“已经准备了粗茶淡饭,居士用完餐,再走也不迟。”晋河东婉谢。

"不瞒两位，中午河东还要宴请宾客，实在不能在此用膳了。"石柏和李清静一道，降阶送晋河东至迎宾院的大门口。"强梁者不得其死。天数早就已经注定了强梁者的命运，福星定会庇护居士。"若水先生拱手给晋河东送行。"多谢若水先生玉口！"就在迎宾院的大门口，晋河东抱拳与石柏、李清静告辞。石柏、李清静站在大门口，拱着手，目送晋河东远去。

"师姐，师弟方才没什么大的差错吧。"

"错倒没有。师姐只感觉，师弟想做口若悬河的纵横家，还需努力。"

"只要没什么大的差错就好。如今师弟公开的身份是若水先生，以后更多的是嘴皮上的功夫。我们打不过人家，只能说服打得过的人帮我们打。说服，说服，靠的就是说。说话的速度，说话的语调，语词的选用，等等，师弟都要花时间去好好练。想想当初，广野君郦食其凭借其三寸之舌游说诸侯，不晓得救了多少人的性命。三寸之舌，有时候真是强于百万之师。师弟也要好好练一练自己的舌头，希望自己的舌头也能成为三寸不烂之舌。"

想得越多，就越不开心。自从女儿被朱友徽奸杀后，晋河东因想得多而一直不开心。建王朱友徽来亳州接任控鹤军都虞候以来一直就开开心心。对酒当歌，人生几何！人活在世上就要开心的道理，朱友徽非常懂。无论是杀人还是交配，朱友徽都是一脸的笑容。昨天，因春花院老鸨余是花败了兴，弄得朱友徽不开心了差不多整整一夜。神州史上，神奇的皇帝很多。梁国的皇帝朱温就是神州史上最神奇的皇帝之一。朱友徽虽过继给了朱存，但毕竟是朱温亲生。正所谓蒲瓜的种长不出冬瓜，朱友徽也是大梁国最神奇的人之一。

朱友徽的母亲本是原汴州推官窦连云的女儿。中和三年，朱温任宣武军节度使。听人说窦连云的女儿很有姿色，朱温就让窦连云送来瞧一瞧。朱温的地盘上，窦连云不愿意，也只得乖乖服从。朱温一瞧，果真名不虚传。朱温当天就留窦氏在身边做了侍妾。窦氏运气非常不错，给朱温好了一两次，也就有了身孕。

据朱友徽自己说，他母亲生他时，光芒四射，十里以外的地方都能看得见。朱友徽自己已经说了，至少亳州境内的人不能说朱友徽撒谎。神州神奇的人物出生时一定会有异兆。朱友徽是神奇的人，有异兆很正常。跟朱友徽的其他兄弟不同，朱友徽很少以真面目示人。

任亳州控鹤军都虞候以来，在亳州官吏、庶民面前，朱友徽总是带一副夜叉面具。依照大梁的定制，控鹤军都虞候在亳州本有自己的办事牙署，朱友徽也有府邸。但是，来亳州上任的第一天起，朱友徽既没有去过牙署，也没呆过府邸，而是住在帝喾陵地宫。朱友徽不仅自己以身作则住地宫，属下的都头也要住地宫。没有地宫，也要造地宫。

当年官家打天下时，什么地方没有睡过？朱友徽说，别说是地宫，就是死人的棺材，官家都睡过。为了大梁的江山社稷，官家有好几年时间里面就一直吃睡办事全在地宫里面。像帝喾陵这样的地宫原本就是大梁江山社稷的根基。本王这次来亳州，替官家办事，自然不能忘本，要保持官家当年的传统。在亳州，就是有人敢反对，反对也没用。朱友徽加固了帝喾陵的宝墙，整修了地宫，并在地面上修建了好几座房子。如今的帝喾陵俨然就是朱友徽的牙城。

朱友徽全盘继承了朱温的优点。就这一点而言，朱友徽肯定是朱温亲生的儿子。朱温喜欢什么，朱友徽也喜欢什么；朱温爱好什么，朱友徽也爱好什么。朱友徽仿佛就是一个小朱温。大梁国的所有女人是朱温的财产。如今来亳州任控鹤军都虞候，辖下的女人，朱友徽自然拥有使用权。反正，朱温手下的那些节度使个个都是如此。身为亳州控鹤军教虞候，用几个女人，没必要大惊小怪。

朱友徽来亳州上任不久，赵淮浦以及亳州周边州县的刺史、县令很快就晓得了朱友徽的嗜好。溜须拍马、阿谀奉承本就是神州官吏的传统。这些地方官吏随即挑选了一批少佳的侍妾和家妓，供朱友徽使用。几年下来，帝喾陵已有几十名美人。朱友徽更多的时候是随性而为，就地取材，当场使用。

朱温喜欢狩猎，朱友徽也喜欢狩猎。朱友徽的亲从也喜欢跟着朱友徽去狩猎。倒不是亳州周边树林茂密，飞禽走兽多，而是村落不少。太监田令孜的养子蜀王王建都公开对手下牙兵说，只要能攻下成都，随你们抢掠。黎民百姓，本就是他们可以掠取的野兽。当今节度使手下的牙兵无不如此，大梁国皇帝的亲兵抢掠更正常。

朱友徽是夜猫子，常常是晚上丑时睡觉，早上巳时起床。

朱友徽眼睛刚睁开，亲从侍卫全蓝田进地宫向朱友徽报告，张骁有大喜讯要禀报。喜讯？朱友徽一听就高兴："让他进来说。"朱友徽躺在床榻上听张骁报告。那些在逍遥窟清谈厅里面妄论朝廷的人已经全部清除，一个也不剩。跟朱温一样，朱友徽也特别讲究顺我者昌逆我者亡。朱友徽推开床上两名美人的肉体，挺了起来，高兴地说："吩咐下去，凡是参与这次行动的人，每人赏钱一万。"张骁紧接着向朱友徽报告另一个讯息，有人趁着控鹤军行动的机会，装扮成建王的模样，浑水摸鱼，抢走了一名正在巫山厅拍卖的逍遥窟女子。

"好！倘若晓得此人是谁，本王一定赏他黄金千两。"朱友徽光着身子下了床榻，侍妾服侍朱友徽着衣。"千岁，这不是有人明摆着想借千岁的名趁火打劫吗？"

张骁不解。“真是猪头脑袋!”朱友徽说:“逍遥窟是什么地方? 说明这个人非常聪明。他晓得,只有借助本王的名头,才可能从逍遥窟晋河东手中将人抢过来。一看是本王,逍遥窟还敢拦?”张骁不断点着头。“这也间接说明本王在亳州已经树立起了绝对的权威。想让人怕,首先得有威。谁有胆量去逍遥窟抢人? 谁有胆量敢化装成本王的样子去招摇撞骗? 说明这个人胆识过人。本王手下缺的就是这种有胆有谋的人。这种人能为本王所用,办起事来岂不是更顺手? 传令下去,要求下属都头带领人马搜查此人,想办法给本王找着,切勿怠慢,敷衍了事!”

“遵命!”张骁拜揖受命,离开了地宫。

“千岁刚醒,就有两大好消息。今天何不玩点特别的?”

“千岁何不带几名侍儿到神女宫,和神女一起让千岁玩一玩?”

本王来亳州已有数年,经手的女人已经数不清。今天再去猎取女子取乐,这种游戏已经玩腻烦了。和自己的侍妾玩,花样也就那么多,也有些无聊。本王虽然喜欢玩女人,来亳州后倒还真的没有玩过神女。倘若带着亲从侍卫去玩神女,跟一般的逍遥客也没有差别。带着姬妾去玩神女,却是一件很有想法的创举。

“还是锦鹤有想法。吃了饭,我们就出发。”

梳洗后,朱友徽慢慢吃了早饭,在几名侍妾的服侍下换上了大梁国平民的衣裳,不戴面具,带着孟锦鹤、李彩翟、张绣雉三名侍妾和十几名侍从,前往亳州城内最大的神女院,位于四方大街上的春花院。站在春花院门口的龟奴,看到一群人大白天来春花院嫖妓,马上迎了上来。

当发现这队玩神女的大军里面竟然还有三名女子时,龟奴确实有些吃惊。朱友徽带着众人进入春花院,迎接他们的是老鸨余是花。还是春花院老鸨余是花见过世面,看到队伍里面有三名女子,毫不吃惊。见龟奴惊讶的熊样子,余是花差点骂出声来。真是少见多怪,春花院的面首完全可以满足三名女子的需求。

“哎哟,大家来春花院,可真是来对了地方。”

“神女花色、品种如何?”

“那还用说吗? 本院的神女花色争奇,品种齐备。”

“好,马上叫出所有的神女,来侍候本……大家的这班手下。”

“大家,是分开玩呢,还是一起玩?”

“与众同乐么,一起玩!”

“好嘞,本院恰好有一间专供客人一起玩的房间。”

留下其余人在春花院的院内、院外守候,朱友徽带着三名侍妾、五名侍从,由余是花亲自陪同，沿着一条曲径，拐弯抹角，来到一座四周是假山、花草、树木的独立房屋前。两名龟奴打开房门，俯身站在房门的两旁侍候。余是花陪朱友徽进入房间。房间内有一张可以同时容纳二十几人的大床。朱友徽看了看房间，虽不是十分满意，但勉强还能接受。余是花当即吩咐手下去准备。不一会，春花院的龟奴抬进了四个生着火炭的火盘，摆放在大房间的四角，再关上房门。毕竟天气还冷，白着身子冻得哆嗦发抖肯定不行。

一阵嬉笑声过后，房间内就挤进了数十名春花院神女。就是大房间，那么多人挤在里面还是显得有些拥挤。朱友徽亲自挑选了其中二十人留下，其他拉不到生意的神女只得怏怏地离开房间。见建王朱友徽已经展现出自己的白身，五名侍从也在一群神女侍候下，卸去了衣裳。既然是建王亲自挑选，还傻呆在这里做什么？朱友徽、三名侍妾、五名侍从和春花院的二十名神女就在大床上展开肉搏战。这是一场自朱友徽上任亳州控鹤军都虞候以来从未经历过的最为激烈的战斗，也是余是花接任春花院老鸨以来从未遇见过的最壮观的战斗。

眼看五名控鹤军侍从败下阵来，朱友徽马上叫五人出去，让站在院内、院外守候的控鹤军侍从前来替换。肉搏战是打打停停，持续了将近一个多时辰。最后，建王朱友徽在侍妾的服侍下，穿好衣裳，带着喜悦的心情准备凯旋而归。朱友徽原路返回，走出屋檐，踏上庭院。

眼看就要到春花院的门口，一名春花院的护院拦住了朱友徽的去路。朱友徽心中的喜悦瞬间被这名护院的举动化为泡影。朱友徽忽然右手一伸，只听"喀"的一声，已经捏碎了护院的脖子。朱友徽右手五指一张，护院如同稻草人一样，瘫倒在春花院的庭院上。没等朱友徽发号，亲从侍卫就已经很轻松地结果了三名神女和三名护院。"岂有此理！"朱友徽两手一拍，带着侍妾和侍从，扬长走出了春花院的大门。春花院内，原以为今天拉到大生意的老鸨余是花，愣在那里，好久还没有回过神来。庶民杀几个，就算赵淮浦向朝廷上奏，朱温无所谓。朱温不会因为赵淮浦的几句话就处罚朱友徽，况且朱友徽也可以找到很多许多名正言顺的理由，诸如企图攻击控鹤军等等。这种企图攻击控鹤军的事情又不是没发生过。朱温不会蠢到将自己栏里面的猪拉出去让别人宰。朱友徽在不快中过了一夜。

朱友徽刚刚起床，牙兵就前来禀报，副都虞候牛知丘前来。

牛知丘的父亲是牛存节。牛存节原名牛礼，改投朱温后，朱温赐名存节。牛存节战功显赫，甚得朱温宠幸，曾任左龙虎统军、六军都指挥使等职。刘知俊反叛后，牛存节调任忠武军节度使。早在朱友徽之前，牛知丘就已经担任控鹤军亳州副都虞候。朱友徽来亳州接任控鹤军都虞候，牛知丘前往颍州，主事颍州和蔡州事务，是朱友徽不可或缺的左臂右膀。

跟牛存节一样，牛知丘是大梁国难得的一个用心人。这次前来亳州，是向朱友徽汇报颍州、蔡州目前的情形。蔡州一向多变，这些年已经反复了几次，不能不重视。朱友徽连早饭都没吃就在帝喾陵地宫设宴款待牛知丘。牛知丘边吃边向朱友徽汇报蔡州的情况。朱友徽当场就叫掌书记费融写奏折，让牙兵以六百里快马送给东都留后朱友文。觥筹交错，酒宴持续了将近一个多时辰。直到将近未时，牛知丘才离开帝喾陵地宫，动身返回颍州。

突然，前面传来了勒马的声音，驰行中的队伍顿时停了下来。沿着通往颍州的官道，牛知丘驰行还不到半个时辰，发现一棵连枝大树倒在了官道上。侍从纷纷下马前去移开这棵大树。好好一棵大树怎么会莫名其妙倒在了路上。牛知丘感到很蹊跷。“不要搬了，赶快绕过去。”现在时辰已经不早，不抓紧时间就不能在天亮之前赶回颍州了。就算带着卫队，夜里行走也总是多一分不安全。牛知丘和侍从下马，准备饶开大树。就在此时，路旁的树林里面射出雨点般的弩箭。“赶快上马，撤，撤！”“轰”的一声，又有一棵大树连枝倒在牛知丘来的路上。牛知丘和他的卫队活生生被夹在两棵大树之间。除数名侍从逃离伏击圈跑回帝喾陵般救兵外，牛知丘从颍州带来的副都虞候卫队全部被歼。

一名素无谋面的年轻后生拦住了牛知丘的退路。狭路相逢勇者胜。想活路，只有拼死一搏。两人在两旁树林茂密的官道上仅过了几招之后，牛知丘马上明白了明年的今天就是自己的忌日。死也要死个明白。牛知丘不禁好奇地问：“兄台伏击牛某，为钱还是为仇？”后生回答：“小子只想借牛副都虞候的肉身钓一条鱼。”

得知牛知丘路上被歹人劫杀，朱友徽亲率控鹤军前去增援。朱友徽急匆匆赶到事发地点，还是晚了一步。歹人留下一地的尸体逃离了犯罪现场。牛知丘光着上身吊在路旁的一棵大树上。朱友徽骑着马，踏着地上那些身插弩箭的尸体，来到大树下，清晰地看到牛知丘后背自上而下被人用利器刻着“朱友徽下场”五个字。朱友徽非常震怒，用雷霆去描述都不过分。

“传令下去，叫所有人先停下手中的活，全力追查到底是谁劫杀了副都虞候。无论他是谁，一旦查实，本王一定亲手剥了他的皮，抽了他的筋。”

是谁劫杀了牛知丘？“建王”，自接任亳州都虞候以来就一直跟在朱友徽身边的行事参军马自骋说，“牛副都虞候原本武艺就高，而且离开亳州时还带了数十名牙兵侍从。亳州地界上，谁有那么大的胆子和能耐劫杀副都虞候？”朱友徽想来想去就是想不出来。“流窜作案的土匪？如今土匪确实多，但都是一些乌合之众，敢不敢对副都虞候动手？”

“仆料定，不是逍遥窟，就是若水宫。若水宫黑白两道通吃，但就这些年中所犯下的大案来看，谋财是其最终目的。如今，无缘无故劫杀副都虞候说不通，除非是有人出钱。那亳州地界，是谁在出钱？谁出得起钱？杀了副都虞候又得到了什么好处？将这些问题串联起来想，不难得出结论。逍遥窟，这些年一直在不断收纳江湖亡命之徒，其志不小。

逍遥窟的掌柜晋河东看起来跟刺史赵淮浦只是简单的朋友关系，实际并不是如此。据我们的调查，晋河东应该就是刺史赵淮浦的属下。赵淮浦这人，表面看来，唯唯诺诺，但野心极大。以前的梁子暂且不说，劫杀副都虞候既能实现对我们清剿逍遥窟清谈厅图谋分子的报复，也能起到敲山震虎的作用，警告我们在亳州地界不要轻举妄动。对我们大梁江山社稷来说，逍遥窟终究是一个巨大的隐患，迟早都必须清除。如今，河北战事频频，圣上将大军都压在了魏博。赵淮浦突然起兵叛乱，圣上必定大怒。千岁清楚圣上的脾气。仆以为，我们也可以照样画葫芦，端了逍遥窟，既可以消除隐患，又可以验证我们早期的推测，同时又能警告赵淮浦老老实实做他的刺史，否则逍遥窟就是他的榜样！”

言之有理！“你马上传令下去，调集人手，一旦确定是逍遥窟做的，立马将逍遥窟变成炭窑。让赵淮浦明白自己将要面临的下场！”

控鹤军亳州副都虞候遭人劫杀原本就是大案，加上建王亲自督办，不到两个时辰，案情就有了进展。听罢报告，朱友徽当场就决定要去逍遥窟剥了晋河东的皮。

“千岁请息怒！这不过是激将法而已。晋河东胆敢在副都虞候的遗体上用剑刻字，不过是想激起千岁前去跟他拼命。这正好中了晋河东的奸计。千岁急匆匆前去，等待千岁的还不是弓箭？千岁想想，自那件事之后，晋河东无时不想取千岁性命？逍遥窟虽不能说是藏龙卧虎，但蛆虫肯定不会少。仆觉得，千岁不如暂且压一压心中的怒火，召集散在外面的高手到帝喾陵待命。可以先派一部分人手潜伏在逍遥窟，反正逍遥窟吃喝赌嫖一条龙，不会引起怀疑。等逍遥窟稍稍松懈之后，然后突然出手，将它烧成灰烬。如此一来，不仅可以清除对大梁江山社稷存在的重大隐患，也可以彻底除去晋河东对千岁的潜在危险。”

“不是看在赵淮浦的脸面上，本王早就将他给做啰！想找本王报仇，也不看看自己到底是谁！就依马公的意见，让他暂且多活几天。召集人马，随时火烧逍遥窟！”

建王朱友徽不开心,刺史赵淮浦更烦,烦透了。

赵淮浦出身于贫寒的家庭,父亲赵吉甫曾是一名乡村穷教书先生,跟朱温的父亲朱诚一样。不论是相貌,还是力气,身高将近七尺五寸的赵淮浦都是家中的佼佼者。赵淮浦的父亲希望赵淮浦好好读书,将来考上科举,能够混个一官半职。这不仅对赵淮浦还是对赵家来说,都是一件改变命运的大事。赵淮浦自己也是这么希望,读书也非常刻苦。然而,无论怎么努力,赵淮浦运气差,连考了多次就是次次不中。整天呆在家里寒窗苦读,不仅没有任何收效,还弄得家里的日子越来越难过。就在赵淮浦进退维谷之时,同一个州的黄巢造反了。赵淮浦认为自己的境遇看起来跟黄巢差不多。于是,深陷困境的赵淮浦就跟着黄巢造反去了。

造反初期,追随黄巢造反的多半是目不识丁的贱人和散居民间的庞勋旧部,像赵淮浦这种读书识字的人很少。赵淮浦很快就得到了黄巢的赏识,成了黄巢身边的重要幕僚。随着黄巢在河南的风起云涌,赵淮浦的地位也越来越高。以往赵淮浦得不到的物事,比如金钱、美女,赵淮浦都得到了。可惜,好景不长,黄巢造反遭到朝廷各路诸侯的清剿。原来一起跟黄巢造反的手下,一看情况不是很妙,纷纷向朝廷投诚。这些投诚的造反者,非但没有得到应有的惩罚,反而得到超过他们期望的奖赏。一时间,造反也成了谋取官位的一条极其便捷的途径,许多原先默默读书的穷秀才也都纷纷投笔从造反。

任大齐礼部尚书的赵淮浦,见风使舵,也跟着向朝廷投诚,朝廷任他为郑州刺史。赵淮浦也试图利用当郑州刺史的机会一展鸿图。可惜,朱温势力发展实在太快。眼见公开对抗根本不是对手,赵淮浦见风使舵归附了朱温。赵淮浦和朱温虽然同属于大齐皇帝黄巢手下,两人却很少交集。因昭宗和宰辅崔胤等人全力帮忙,朱温控制了李唐朝廷,最后弑杀昭宗,屠杀了李唐一朝文武臣僚,僭号称帝。朱温称帝后,建了东都汴梁。赵淮浦不是朱温的嫡系。于是,朱温就将赵淮浦从郑州调到地广人稀的亳州任刺史。

人最怕比,一比就是一把眼泪一把鼻涕。跟造反之前的赵淮浦比,那可是天堂和地狱比。那时候的赵淮浦甚至连下一顿饭也不晓得在哪里,可现在呢?在亳州地界,赵淮浦可以想什么有什么。遗憾的是,赵淮浦却不是这样的人。

吃饱了饭,就想着吃鸡。没有做官之前,想做官;做了官,就想做皇帝;做了皇帝,想长生不老,做神仙;做了神仙,想做玉皇大帝。这就是鸿鹄之志。赵淮浦是有鸿鹄之志的人。赵淮浦认为,除了阴险狡诈、心狠手辣稍逊一筹,其他无论哪一方面,都比流氓朱温强。像朱温这种人渣中的人渣都能行,赵淮浦为什么就不行?

赵淮浦来到亳州后，就积极筹谋未来的大业。经过几年的不懈努力，赵淮浦终于有所建树，聚拢散落在各地的人口，休养生息，招揽江湖英雄，创建逍遥窟筹集资金。有铜钱，有人才，一旦时机成熟，赵淮浦将有自己的霸业。就在赵淮浦做白日梦的时候，朱友徽来亳州任控鹤军都虞候，一下子就束住了赵淮浦的手脚。

赵淮浦刚刚判了个官司准备退堂，春花院老鸨余是花就跑来禀报，一名男子带着一班侍从来春花院嫖妓，不仅不付嫖资还杀了春花院三名神女和四名护院。经余是花一描述，赵淮浦马上晓得这名男子是谁。妈妈的，赵淮浦在心里暗暗骂了起来，天天爬到我的头上拉屎撒尿，越来越不将我当根葱了。赵淮浦竭力忍住心中的怒火着刘道杰亲自去勘察现场，抓紧时间侦破。刘道杰走后，赵淮浦也就退堂。回到刺史府后院，赵淮浦旋即让几名侍妾陪他玩游戏。夫人张氏见赵淮浦开着门大白天在房间宣淫，就晓得赵淮浦今天心情很不好。

幕僚张博缘来找赵淮浦时，赵淮浦正在书房内喝茶。“发生了什么事情?”见张博缘神色不对，赵淮浦连忙问。“大人，副都虞候牛知丘在返回颍州的路上被杀。”赵淮浦好像屁股上突然给人捅了一针，失神似的站了起来，震落了手中的茶盏。赵淮浦定了定神，在书房内一圈一圈踱着步。暂且不去管是谁杀了牛知丘，如今牛知丘死在我的地盘上，我都逃不了干系。上报给了朱温，我该怎么办？赵淮浦见识过车裂、凌迟、火炙等等酷刑，身子禁不住就是一阵打战。怎么办？怎么办？赵淮浦不断地问自己。

“张公，现在该怎么办?”

“大人，如今还能怎么办？无论案子的结果如何，朱友徽肯定会将矛头对准大人。只怕是，大人还在想怎么办，朱友徽早就已经动手。到时候，就是想好了怎么办，都已经不晓得怎么办了。有道是，先下手为强，后下手遭殃。坐等朱友徽来动手，可就晚了。”

“现在就撕破脸皮还不是时候，还是再等等吧。”

“只怕是朱友徽不会等大人。就算所有的路都给堵死了，大人也可以像其他人一样归附吴国。这些年，与他国接壤的州，归来归去，原本就是常见的事情。”

赵淮浦还是犹豫不决。

不过，赵淮浦当天就加强了刺史府的守卫，以防出现意外。

石柏接任了天清派掌门，天清观终于有了头。监院李清静想暂时离开天清观外出云游几天。自姑射真人羽化后，李清静就没离开过天清观。石柏同意了李清静的请求。一起在食厅吃了斋饭，李清静和石柏在天清观内踱步。

“师姐明天就要走了,掌门师弟还有什么事情需要吩咐?”

“师姐想办法通告分布在河南道的各天清派道观以及若水宫各分堂加快各种各样的情报搜集。要详细,非常非常详细。师弟接下来要对付的是朱温,没有详细的情报不行。我们需要面上的情报,更需要底下的情报。有了这些情况,才能确定从什么地方入手。师弟要摸透朱温匪帮大大小小土匪他们利之所在。只有彻底摸清了他们的利在哪,师弟才能选择相应的对策。孙膑神机妙算,可就是没算到同窗庞涓会陷害自己;韩非子对人性的认识不能说不深,结果却死在李斯的谗言之下。孙膑和韩非之所以死于非命,就是两人都忽略了一样最根本的物事,那就是利。想在神州这个丛林中活下来,首先必须要弄清楚,自己眼下生存的这片树林中有着什么样的利。天下熙熙,皆为利来;天下攘攘,皆为利往。这可是亘古不变的圣言。权利,名利,财利……全是利。奸淫掳掠是利,杀人放火也是利。朱温为利,跟着朱温的伥鬼为利。遗憾的是,就是像司马迁这样的人也将利局限在财利。

像师弟,权力、金钱、名声、美女,等等,都不感兴趣,看起来没利。实际上,师弟有着很多很多的利,只是与众人的利有那么一点不同而已。比如眼下,摧毁朱温匪帮就是师弟最大的利。师弟觉得,只要明白了这一点,朱温的事情不难解决。只要有利,必然有争。已经在争的,让他们争得更猛;还没有争的,促使他们争。一旦众土匪争成一片,不用我们亲自动手,立马会有人收拾他们。”

“师弟所言极是。以天清派目前的实力,想扳倒朱温,摧毁朱温匪帮,只能采用这种策略。师姐会安排人手通知属下道观和若水宫各分堂详细搜集各种情报,尤其是那些个私密情报。师姐这次出去,会尽快赶回。有什么事情,师弟是掌门,只管吩咐他们去做。”

翌日,天还没亮,李清静就带两名道姑离开天清观,外出云游去了。功高白玄静暂时兼任天清观监院,主事起天清观具体事务。眼下,石柏的任务是抓紧时间学会做掌门。只有掌门这张皮不给人揭穿,才有可能做好阴阳人。

白天是一个道貌岸然的天清派掌门,晚上是一个为非作歹的若水宫护法。依照神州人的阴阳学说,这不过是阴阳转化而已,如同白天变成了黑夜,向阳变成了背阴。一些可以在白天进行的事,为了遮掩眼目,也放到晚上。朱温派遣左右龙武统军朱友恭、氏叔琮和枢密使蒋玄晖夜晚弑杀昭宗,是担心白天杀起来太难看。徐温、张颢派纪祥带着一班兵士装强盗夜晚弑杀杨渥,是怕公开弑了杨渥,杨行愍的旧部兴师问罪。

送走李清静,石柏到大殿做早课时,天才蒙蒙亮。早课由白玄静主持。天清观早课诵读的是《道德真经》不是其他道观的神咒，石柏熟，不至于滥竽充数。

秋水终于找到了她要的《三十六计》。目的是想从中找到可以帮石柏的计策。还只是看了目录，秋水就再也看不下去。“这么肮脏的垃圾书！”秋水一扔就扔到了地上。“你扔什么啊！”秋雨捡了起来。“白师姐找了好久才帮你找到。要找的是你，现在想扔的也是你。”秋雨拍了拍上面的尘土，翻开看了一下目录：金蝉脱壳、抛砖引玉、瞒天过海……重新将这本神州人视为瑰宝的《三十六计》合上。

“师兄，单看目录，檀道济的这本《三十六计》应该算是一本教人如何行骗的书。”

“差不多。”

“我看”，秋水立马发表自己的看法，“应该叫骗经才是。”

“依理，不应该读《三十六计》才是。这本书不仅教神州人骗，而且公开宣扬做人要阴。”

“檀道济的《三十六计》里有一计是笑里藏刀。笑里藏刀，顾名思义，就是笑呵呵的背后藏着随时准备取人性命的歹毒心肠。蛇蝎心肠没关系，只要不被人家瞧出来。其他诸如指桑骂槐、借尸还魂、声东击西、围魏救赵、暗渡陈仓、欲擒故纵、李代桃僵、上屋抽梯、偷梁换柱，实际差不多，就是人的言行举止要分阴阳。神州人是阴阳人，公开和秘密不同，人前和人后有别。檀道济的《三十六计》不过是专门归纳神州人阴面的一本书而已。所以，神州人就是不读，也很懂。”

第二十八章　水

周将处夫材与不材之间，似之而非也。

——《庄子》

天乍阴乍阳。

出若水宫西门，走上三百步左右，有一条小小的溪流。溪流的名字叫鼹鼠溪，是朱邪以清搬进若水宫后命名。朱邪以清希望若水宫娘子就像鼹鼠，白天躲在洞里面，夜晚凭借敏锐的嗅觉出来觅食。清澈的溪水在鼹鼠溪中欢快地流淌着。幽静的溪旁丛树中传来了好几种鸟雀的鸣叫声，悦耳动听。尹似雪带着由子到若水宫时，朱邪以清正站在鼹鼠旁的一块平地上督导石竹修炼若水道。空地四周蔓延点缀着黄色野花的青青丛草。将近暮春，可以点出数目来的野蜂在小小的野花上飞动。空地中央，石竹就像一只猎隼在展翅盘旋。

石竹对武艺特感兴趣。翠竹湾时，不用尹如雪督促，石竹都早早起床练武。石竹总觉得只有将武艺学好了，世界上没有解决不了的事情。"许多事情，首先还是得靠智慧，而不是光靠武艺。没有智慧，武艺天下第一，也只能算是蛮牛莽夫一个。是牛有力气，还是人有力气？自然是牛。结果呢，一个七八岁的孩童就可以轻轻松松地牵着牛走。"石岩见石竹痴迷武艺，特意劝导。"项羽和刘邦比拳脚，不会超过三招就可以将刘邦打趴下。不止武艺，项羽的基础也比刘邦不知好哪里去，两人根本不在一个档次上。刘邦的手下许多谋士、将领原先都是项羽的人，韩信就是其中一个。这些人都离开项羽，跑到刘邦那里去了。最后，手无缚鸡之力的韩信逼得力能拔山的项羽乌江自刎。就是刘邦聪明，项羽笨。你看是武艺重要，还是智慧重要？"又不是像刘邦去争皇帝做，石竹口服心不服。

不是人人都是刘邦,去跟项羽争皇帝。过日子,没点武艺,怎么过?出个门,说不定也给人揍。那些个书生,最起码应该比那些个只会拿刀砍人的土匪聪明些吧。怎么样?碰到了土匪强盗,书生个个束手就擒。土匪想宰就宰,想剁就剁。还不是因为没有武艺?稍稍有些武艺,会被杀的杀,被劫的劫?石竹有石竹的理由。有武艺的人,当然不稀罕武艺;没武艺的人,还不是天天盼望自己有一身好武艺?我还没有见过聪明的打力气大的,却只见力气大的打聪明的。争皇帝,聪明重要,反正有一班人帮你打;过日子,武艺重要。

“智慧重要,不等于说武艺不重要。”石岩每天都练武,用行动告诉石竹武艺重要。“狭路相逢勇者胜。还没等你动脑,刀剑已经到了你眼前。没武艺,怎么办?武艺很重要,尤其是现在。土匪横行、流氓猖狂,没武艺,跪地求饶都活不了。”真是弱肉强食的丛林!有力就是有理,还是人的世界?石岩不希望石竹靠武艺保护自己不被人欺负,残酷的现实面前,又不得不鼓励石竹学好武艺。“想在这个世道活下来,不能不练武。”石竹不想给别人揍,更想作红拂女,路见不平,出手揍人。只是醉心于学武,女红废了不少。

“若水道之名来自《道德经》‘上善若水’。”朱邪以清向石竹讲解若水道:“水,有形,也无形。可以有江、有海,有湖、有泽,有洼、有池,有溪、有川,有谷、有涧,有滩、有潭。形状不同,大小不一。水不会有一个固定不变的形状,而一切都依照外界的改变而不断地改变。你见到的水都有一定的形状,但水无固定的形状。用杯去盛水,水就是杯;同盘去盛水,水就是盘;用池去盛水,水就是池。你想赋予水什么样的形状,水就给你什么样的形状。这是水的第一个特点。

水,有态,也无态。水可以有不同的态,雪、霜,冰、凌,云、雾,烟、气。外面的条件不会固定不变,而是一直在变,不断在变。水根据外界赋予的条件不断改变自己的态。水依然是水,只要外界条件允许,无论是气还是霜、雪、冰都会重新变回水。

水是常态,雪、霜、冰则是水的变态。跟其他任何万物不同,水不会固守常态。正因为水既无固形,也无固态,无论采用什么样的方法,你都不能毁灭水,不能摧毁水,不能消灭水。就算你将水喝到肚子里面,水照样还是水;就算你将水烧成气,水依旧还是水。水不会因为形、态的不同而改变自己的性。

水不会依照你的喜恶而改变自己的性。水为上善,并不是《道德经》所说的‘水善利万物而不争,处众人之所恶’。万物各有所争,水也不例外。正因为争,水并非一味利,常常也会毁。水有自己的性,水有自己的利。你拍击水轻,水反弹也轻;你拍击水重,水反弹也重;拍击水的力量有多大,反弹的力量就有多大。万物自有其性,水也一样。水性就下,当然'处众人之所恶'。老子以人性推水性荒谬无理。人有人性,水有水性。水性阴柔,但其力浑厚。若水道的要旨就是修炼者做到自己就是水,无固形,无固态。"

朱邪以清张开右手手掌,接住身旁草叶上一颗滚下来的水珠。"你看,这就是水。"只见朱邪以清托着水珠的手掌左右运转,突然随手一挥,晶莹的水珠已经从手掌中飙出,霎时消失不见踪影。一枚翠绿的树叶从空中悠然飘下。

"水有无穷的力量,就看你怎么用。"

"外婆,什么时候我也可以这样呢?"

朱邪以清用手绢擦了擦石竹额头上的汗珠含笑说:"泰山之霤穿石,单极之绠断干。日积月累的结果。做任何事情,都不能太心急,慢慢来,尤其是学武。只有将心静下来,潜心去做,才能做得成。心浮气躁,急功近利,难以成气候。今天就暂且练到这,先回去吧。"

石竹挽着朱邪以清,起步离开鼷鼠溪,沿着石铺小径,返回若水宫。

"不仅是学好武艺,就是做人,也应该学会像水一样,做到无固形,无固态。做人最重要的就是不能死板,要灵活,要懂得变通。这世界一直在变,人就必须跟着世界变。这个道理千年前的古人就懂。什么刻舟求剑、守株待兔、郑人买履、按图索骥等等,这些故事讲的就是这个意思。我们还不懂,岂不是给古人笑死?

依据外界的变化而变化,不能简单地理解为是一种顺从。如同庖丁解牛,现在碰到了大骨头,就不要死命地去剁,去砍。只晓得用强使狠,肯定不会有好果子吃。不会善于不断地改变自己,孑然独立,只会给外界摧毁。明知飓风来临,还要迎上去,肯定不晓得被吹到哪里去。做任何事情都要审时度势,下雨了就要带雨伞。任何时候都要明白,自己处在怎么样的环境中。事是死的,人是活的。要根据外界的变化,考虑应对之策。切勿死脑筋,单个脑!

你现在小,迟早有一天,会步入社会,独立生活。想在这个世上生存,首先必须得让自己是无固形、无固态的水。否则,就算你是坚如磐石,最后也是逃脱不掉粉身碎骨的命运。就说你的七伯父吧,就是不善于改变自己而最后导致自己被朱温弑杀。根本不去想一想自己的处境,明知权力已经丧失,依然冲动行事,导致最后一点威严丧失殆尽。被朱温囚居在洛阳的那几年,甚至就连关在猪圈里面等待屠宰的猪都不如。想想真是既可怜又可恨。

世界是方的,只能跟着是方;世界是圆的,只能跟着也是圆。不同流合污,并不意味着一定要来一个标新立异,与众不同。你父亲虽然东躲西藏,但起码晓得会躲避。在如此艰难的情况下,审时度势,将你们兄妹养大,很不容易。外婆深感欣慰。不要逞强,不能跟人比气。赤手空拳去打老虎,有点脑的人都不会去做。”

“记得了!”

“记得了就好。不要到了关键的时候,又由着自己的性子。外婆不会叫你改变自己的天性。做人当辣就辣,当蛮就蛮。这样才能活得有滋味,有奔头。但一定要学会像水一样,看清外面的世界,一切随外界的变化而改变。不善于变化,固执己见,到处碰壁已经是很幸运的了。”

“不会,外婆。保护好自己才能打别人,这点我懂。”

黄鳝有黄鳝的路,蚯蚓有蚯蚓的路,想在神州生存,必须有自己独特的生存之道。朱温有朱温的生存之道,杨行愍有杨行愍的生存之道,宋文通有宋文通的生存之道,朱邪以清有朱邪以清的生存之道。没有自己的生存之道,最后只能被吃。神州这个丛林,弱肉强食是通则。谁让你做弱小的爬虫?被吃,怨不得别人,只能怨命,怨你自己不懂丛林中的生存之道。

朱温三十多年前只是萧县一个小流氓,如今是大梁国的皇帝,左右中原人的生死。朱邪以清三十多年前只是一个小妇人,如今是若水宫宫主,在黄河南北取人性命。没有与众不同的生存之道,怎么可能?朱温和朱邪以清的生存之道虽不同,细细琢磨,却都差不多。每株树都不一样,都相似;每张树叶都不同,都相近。他们都像水,无固形、无固态。朱温建立的梁国是个匪帮,朱邪以清创建的若水宫是个无恶不作的黑帮,一个做绝了坏事的黑帮。朱温的匪帮强大,杀人放火,打家劫舍,绑架勒索,收保护费等等,都公开进行。谁反抗,就杀谁。朱邪以清的黑帮弱小,杀人放火,打家劫舍,绑架勒索,都只能在暗中进行。朱温是滔滔洪水,朱邪以清是涓涓细流;朱温是狂奔的黄河,朱邪以清是地下潜流。

这些年,朱邪以清一直潜伏在地底下,偶尔冒出,也无声无息。若水宫就以水的形式活动在朱温的地盘上。需要以什么样的身份出现,就以什么样的身份出现。朱邪以清认为,神州史上君子和流氓的较量中,君子倒地,就在于那些自命清流的伪君子太过于计较手段。这几十年时间里面,就是因为君子顾忌太多,这也不肯,那也不行,最后被朱温这样的流氓所杀,抛在护城河里面。对付流氓,最有效的手段,就是你更流氓。朱邪以清说白了不过是另一种形式的朱温,从不计较手段。倘若需要,朱邪以清可以采用任何手段,某些手段甚至可能连流氓都自叹不如。龌龊、卑鄙等语词根本不足以形容朱邪以清。

早在朱温自称皇帝之前,朱邪以清以流氓的形象而姑射真人以君子的形象出现在世人的面前。朱邪以清凭借阴毒、凶狠、残忍让江洋大盗闻风丧胆，而若水宫以行踪诡秘闻于大梁国的江湖。若水宫人就像水，隐藏在大梁国的地底下，突然之间冒了出来，取人性命。

朱温手下大将，武义军留后张彀中被一班侍儿杀死在卧室里。朱温的开国元勋，左金吾卫上将军葛从周，返乡途中，遭到了伏击。葛从周虽留得性命，但终身致残，只能躺在床上过完余生。朱邪以清偶尔也做拿人钱财替人消灾的生意。天佑五年，朱邪以清拿了卢龙节度使刘仁恭的钱财，成功刺杀了河阳节度使张归霸。这些年，朱邪以清在大梁国做了无数起这种大案。杀的人中有朝廷大员，也有江湖英雄。若水宫如今已经是大梁国名闻遐迩的大黑帮。

佛曰：凡事都有定数。

无论朱邪以清怎么努力，都无法阻止朱温从宣武军节度使一步步爬到了皇极。凭借若水宫的实力，去挑战朱温实在是蚍蜉撼大树，可笑不自量。这一点朱邪以清心里很清楚。朱邪以清从来不相信什么有志者事竟成，而是坚持有智者事能成。无论志有多高，胆有多大，无智则一事无成。选择远比努力重要。

愚公打算去移山，已经冥顽不化，愚蠢透顶，仿佛是可以不吃不喝的神仙。没想到，神州人竟然还要去学愚公。真可谓愚上加愚。愚公活上十辈子，想移掉太行、王屋，连编造故事的人也觉得不可能。于是，神仙出现。正所谓没有最蠢，只有更蠢。正是有太多太多的人做梦，才使得朱温坐到了崇元殿上。

朱邪以清虽信奉道教，却不相信神仙。没有神仙，单凭若水宫想搬掉朱温确实是一件几乎不可能完成的任务。时间一晃就过去了十几年，朱温安然不动，只不过增加了不少冤死的亡魂而已。朱邪以清却一年一年衰老，离死期越来越近。人生七十古来稀。离七十已经没几年时间了。朱邪以清很不希望自己闭眼之时，朱温仍旧坐在洛阳崇元殿上指挥杀人。

朱邪以清是一个不择手段的人，却不是一个不问代价的人。不惜一切代价，朱邪以清一听就会发毛。朱邪以清不会带着娘子杀向洛阳，取朱温的人头。朱温的人头那么好取，朱邪以清早就取了。除了显示自己的愚蠢，没丁点用处。时光一年一年过去，朱邪以清开始意识到自己实际就是当代愚公。

“妈岁数大了，才慢慢明白，世道就是这样，当死的人不死，不当死的人偏偏要死。戕害黎民百姓的人总长命百岁。如今也只好是做一点算一点，做不成功，也只能顺其自然，强求不得。妈哪一天闭上眼睛，你就按照你自己的想法去做，不一定要像妈一样来一个愚公移山。更不能让秋雨、秋水像第一代若水宫娘子一样，虽然保住了命，却荒废了青春。很多事情，不是你想做就能做得成。依照我们祖宗的说法，事成与不成，靠的就是一个幸。”

这两年，朱邪以清渐渐淡出，慢慢将若水宫事务交给尹似雪去处理。

朱邪以清创建的若水宫跟以往的黑帮不同，除了分布在河南道的七个分堂，还有一支到处流窜的部队。这支部队的头目就是尹似雪。尹似雪率领的这支若水宫娘子军，随时可以安营扎寨，随时可以开拔出发，有着很大的机动性。或许是朱邪以清小时候在漠北呆过，从牧民那里学了这一招。尹似雪率领这支娘子军在河南流窜作案。依照大梁国去年年冬公布的《律令格式》，相当一部分罪，尹似雪都犯过。单谋反罪，就足以将尹似雪等一干人凌迟。尹似雪不是想谋反，而是一直反，只是没有揭竿为旗，公开跟朱温对着干。

带人前去考察了临茨村（村名是搬进去居住后尹似雪所取）的实际情况，燕羽和段贻香回来向尹似雪报告，临茨村许多条件确实比桃花村好。临茨村的许多房子虽然破旧，但保持得相当完好。尹似雪晓得，经过各路流寇的轮番洗劫，整个淮河流域几乎已经没什么人，到处是无人的鬼村。不是亲眼所见，尹似雪根本不会相信这是事实。村子距离涡水的一条支流茨水并不是很远，水陆交通也算便利。尹似雪率领的这支部队常年在外，吃喝拉撒睡，辎重很多。交通不便利，搬迁起来就会很麻烦。村子距离邻近的主要集镇都比较远，不容易受到流寇的骚扰。因撤村多年，土地荒芜，四周的树木已经非常茂盛。就算有流寇偶尔路过，也想不到密林中有一个住人的村落。据点不仅需要隐秘，还需进退快捷。万一苗头不对，随时可以脱身逃遁。听了燕羽、段贻香的报告，尹似雪决定亲自去一趟，对临茨村做进一步的实地考察，尤其是临茨村的周边情况。想活下来，首先要挖好藏身的洞穴。万一被猎手发现了踪迹，就算有锋利的獠牙，最终还是会成为对方的食物。

直到将近傍晚，尹似雪才回到了桃花村。连饭还没来得及吃，尹似雪就着手安排撤离桃花村事宜。尹似雪让秦嬷嬷先带领两个什的娘子到临茨村做一些必要的准备。吃完饭，尹似雪带着由子，率领这支娘子军，星夜撤离了桃花村。

原先作为一个临时据点的桃花村，现在只剩下被扒光了衣裳的尸体。尸体上撒满了桃花的花瓣，好像是祭奠后撒下的纸钱。这些丧命桃花村的亡魂，将来转世投胎，一定会有桃花运。出没在桃花村周围杂树林中的野兽晓得桃花村内有那么多美味可口的人肉，定会奔走相告，呼朋唤友，相约前来桃花村共享美餐。正如刘玄德临终时对宝贝儿子阿斗说的那样，勿以善小而不为。佛陀都舍身喂虎，一辈子没做过什么善事，死后能够让野兽饱餐一顿，也是一件令人称道的善。更何况，对有些人来说,死就是最大的善。

尹似雪又有了临茨村一个新家。连尹似雪自己都弄不清楚,到底已经搬了几次家。依照神州人对土匪的分类标准,尹似雪应该归入流寇。尹似雪率领这支娘子军,从一个村搬到另一个村,从一个县城搬到另一个县城。尹似雪从未在某一个村、某一个县城,呆的时间超过半年。桃花村是尹似雪呆过时间最长的一个村之一,至今已经差不多足足有三个月。

就像水,根据外在环境的不同,不断地改变自己的形,自己的态,尹似雪这些年一直不断地在河南游走,不断地转换自己的身份。这些年,到底换了多少个身份,尹似雪自己也不清楚。姑射真人信奉道教,朱邪以清崇尚道家,都懂阴阳消长和阴阳转化的道理。根据实际需要,两人手下人员可以时而是若水宫娘子,时而是天清派的道姑。倘若遇到不便,尹似雪甚至可以摇身一变而成河南府无尤观掌门。

牧民,随着羊群,不断迁徙,何处有水草,何处就是家。不晓得谁说过,到处迁徙的人要比死呆一地的人聪明。这也难怪,神州北边"随水草放牧,居无常"的部族,每过一段时间,就会将死呆在一个地方不动而只晓得吹嘘的神州人打趴下。

尹似雪率领的这支若水宫娘子军,就像在草原上游荡的狼群,不断地寻找着猎物。食物在哪,就出现在哪。搬到了临茨村,免不了要重新安置,尤其是布设明哨、暗哨,防止意外出现。在别人的地盘上找食,失去了警觉,就意味着死亡。见临茨村已经安置得差不多,大的漏洞已经不大可能会出现,尹似雪带着由子从临茨村出发,和一队娘子一起,前往若水宫,见朱邪以清。

亳州城南王家庄庄主王伯璞的遗孀赵夫人带侍儿亲自来天清观,恭贺若水先生接任天清派掌门。王家原本是亳州名门望族。庄主王伯璞的曾祖父王鸿钧官至太子少保,父亲王孔阳也以鸿胪少卿的身份衣锦还乡。黄巢造反,黄河两岸的豪门士族悉数遭到扫荡。王家庄没有厚实的城墙保护,又没有精良的兵丁守卫,惨遭草贼洗劫。还好,草贼只杀人,抢劫,没有将庄园一把火烧成灰烬。草贼走后,原本闻名亳州的王家庄园变成了无人的庄园。

天祐元年,赵夫人才从外地返回王家庄。赵夫人逃离王家庄园时才二十一,重回王家庄园时都已经到了知天命之年,前后相隔将近三十年。这三十年里面,赵夫人唯一的收获就是终于懂了"白骨露于野,千里无鸡鸣"这样的诗句。曹孟德没有骗人,这是真的。初回王家庄园时,庄园里面到处是森森的白骨。赵夫人终于看到了自己的郎君王百璞的白骨。见惯了白骨的赵夫人还是忍不住哭了起来。光收殓这些个白骨,就花掉赵夫人差不多一个月时间。赵夫人不想将这些白骨像猪骨头那样随便埋了就算。经过一番整修,王家庄园终于又有了人烟。

姑射真人和赵夫人关系很好,也去过好几次王家庄园。姑射真人去过很多庄园,像王家庄园那么宏大的庄园,至少亳州境内没有。王家庄园是庄主王伯璞的曾祖父王杜渐建造,算起来也已经有将近一百年的历史。王家庄园遭洗劫前,王家光男丁就有一百九十四人。如今的王家庄,连仆役、侍女都算,也只有七十一人。一说到家族的遭遇,赵夫人就抹眼泪。“想想王家也没做过什么恶事,竟然会落到这样的结局。想想真让人心酸啊。”赵夫人没给别人说,不是凑巧遇到了朱邪以清,王家说不定连人毛都已经没有了。

如今的王家庄,也算是若水宫的朋友,万一遇到不方便的时候,也可以到王家庄去住一住。河南这样的朋友,若水宫很多。依照朱邪以清的说法,杀人为了自己,帮人也是为了自己。不是冯谖早早给孟尝君挖好了洞,给齐王赶出都城的孟尝君连个呆的地方也没有。朱邪以清在河南活动,而河南到处是朱温的鹰爪,很需要有能够藏身的洞穴。不过,朱邪以清从不告诉那些曾经帮助过的人自己是若水宫宫主,更不会告诉他们若水宫是一个大黑帮。

这些年,朱邪以清一直在河南行走,杀人的同时也在救人。杀了多少人,朱邪以清不晓得;救了多少人,朱邪以清也不晓得。朱邪以清杀人前都要细细筹划,救人却是巧遇。朱邪以清从不为了救人而救人。常常是,朱邪以清没想救人,结果却救了人,比如赵夫人。只有这次让石柏去逍遥窟救由子,是朱邪以清事先筹划好。

朱邪以清挽着石竹,慢慢一步一步登上上善殿。“妈!”已经在殿门口等候多时的尹似雪快步迎了上去。朱邪以清见尹似雪带来了一位年轻的陌生娘子,笑了起来。“能从逍遥窟将人救回来,柏儿还是有点能耐。”朱邪以清点头赞许。“由子见过宫主!”由子屈膝跪在了石板地上,给朱邪以清磕头。“免了,免了!”朱邪以清松开石竹的手,快步上前,俯身扶起了由子。朱邪以清如释重负似的说:“总算没有辜负你父亲的嘱托。”

半个月前,朱邪以清有事去汴梁。在返回若水宫的路上,朱邪以清打算顺便去一趟桃花村,看一看这些时间一直在外的尹似雪,不想碰到了由子的父亲。朱邪以清至今仍然清楚地记得,那天下午刚刚过了宋城后不久,天突然乌云密布。春天还没有完全过去,突然乌云滚滚起来,真是一件反常的奇事。如同神州到处出现反常现象一样,天竟然也反常了起来。眼看暴雨就要来临,朱邪以清和三名陪同她前往汴梁的娘子,只得跑步寻找路亭避雨。朱邪以清和三名娘子前脚刚踏进路亭,就在烈风的伴奏下,迎来了一场非常罕见的暴雨。

路亭三面环墙，东面对着官道。西北角，一摊秸秆、杂草上面躺着一个全身满是污垢的人。一群黑黑的蚂蚁上上下下在这个人的身体上爬行。看来，要么是已死，要么是将死。这种情况朱邪以清看得多，也没有什么特别在意。忽然，朱邪以清觉得这个已死或将死的人好像在什么地方见过，连忙靠上前去，准备瞧一瞧。朱邪以清不禁就是一惊。

这个脸色乌青、全身污垢的人竟然是熟人，扶桑遣唐使大田。

作为扶桑驻唐使臣，大田曾经多次去辽东拜会过当时还是安东都护的尹东。安东都护府管辖范围极其宽广，下属九都督府，十四州。早在安史之乱后，李唐皇朝实力急剧下降，中央政府不再委派官员前去担任。不过，李唐皇朝并没有取消安东都护的名号，而是由当地的酋长担任这个有名无实的官职。安东都护实行世袭制，只需上报朝廷备案即可。当年朱邪赤心将自己的长女朱邪以清嫁给尹东，主要目的是为了结盟，共同对付日益强大的契丹。辽东距离扶桑近，大田来神州，常常顺道经辽东拜会尹东。正因如此，大田和朱邪以清熟悉。跟以往其他驻唐使臣不同，大田喜欢道家，故跟朱邪以清也算投缘。

乾宁元年，宇多天皇任命菅原道真为遣唐使。菅原道真不愿意去神州，就向宇多天皇建议停派遣唐使。宇多天皇采纳了菅原道真的建议。没过两年，宇多天皇就将皇位让给了当时还只有十三岁的醍醐天皇，自己则去仁和寺剃度出家了。宇多天皇出家前，把醍醐天皇托付给藤原时平和菅原道真。醍醐天皇登基后，藤原时平和菅原道真也就成了朝廷的左右大臣。

菅原道真出身平民，藤原时平出身贵族，两人之间的矛盾日益加深。藤原时平向醍醐天皇建言，由菅原道真任大使前往神州。目的很清根本没想，就是找个由头除掉政敌菅原道真。李唐皇朝风雨飘摇，又有渡海艰险，此时去神州等于去送死。这时候有人愿意代菅原道真前来神州，这人就是大田。

大田到达长安时，昭宗皇帝刚好被宋文通挟持到了凤翔，李唐皇朝摇摇欲坠，鸿胪寺早就已经没有人。大田还没回过神，朱温已经率军杀到，与宋文通、韩建为争夺昭宗皇帝在京畿大战。潼关封锁，大田现在就是想退出京畿都已经不可能了。使团多次受到冲击，大田非但提交不了国书，还差点死于乱兵之手。大田和使团跟京畿的黎民百姓一道，东躲西藏求活命，延宕滞留了整整一年时间。天复三年，宋文通不得已将昭宗交给了朱温。大田还没来得及提交国书，朱温已经将长安夷为平地，胁迫昭宗，迁都到了洛阳。囚禁在皇宫里的昭宗已经是朱温的囚徒，禁止接见外国使团。大田想提交国书也提交不了。不久，昭宗被弑，李唐覆亡。大田不愿自作主张承认土匪政权,又没办法返回扶桑,困在了神州。

元宵节那天,也就是正月甲午日,从魏州撤回河南的军队洗劫使团寄居的落日村时,大田刚好外出。由子躲藏在废弃的枯井里面逃过一劫。在这场突如其来的浩劫中,只有一名叫直原的使团成员侥幸没死,其他成员全部被杀。祸不单行。兵痞前脚刚走,逍遥窟掌柜晋河东后脚就到。不管愿意不愿意,碰到那么好的机会,晋河东踏着尸体,强行带走了由子。

"仆受了伤,无力阻拦,只好强忍等大使。"

茫茫神州,该到哪地方找由子?大田草草安置了直原,漫无目标地漂泊到了宋城。就在宋城,大田又遭到当地一群流浪汉的殴打和抢劫,身边仅有的一点铜钱也没有了。饥寒交迫中,大田已经感到自己快不行了。大田身处异国他乡,无处可去,只好借宿在路亭里面,至今已有两天。

神州人原本就冷漠,如今的年代更加冷酷无情。不说无家可归的流浪汉,就是家境殷实的人,此刻还好端端的,突然飞来横祸,下一刻横尸市井。在朱温的梁国,谁晓得是今天死还是明天死?灭家灭族的事情见得多了,神州人对死亡已经没了感觉。过路人对躺在路亭里面的大田漠然无视。这种死在路边的饿莩,神州人看了几千年,早就习以为常了。正当大田在宋城路亭里面准备静静等待死神降临时,意外遇上了以前的故人朱邪以清。

朱邪以清顾不上恶臭,俯身去扶大田。陪同朱邪以清的廖莫莫和简蓁蓁连忙帮忙,扶起了大田。大田微微睁开了眼睛。原本就很小的眼睛,此时简直就是一线小小的缝。朱邪以清紧靠在大田的身旁高声说:"我是安东都护尹东的媳妇朱邪以清啊,你还记得吧?"大田伸出不断颤抖着的手指着朱邪以清,微微点了点头,眼角掉下了意外之喜的眼泪。咽气前,能将找到女儿的重任托付故人。

朱邪以清耳朵靠着大田的嘴巴,隆隆雷声中听大田临终前的吩咐。

大田从衣襟中摸出一块乳白色玉锁,耗尽最后一点力气,用力一扯,颤抖着手将玉锁交给朱邪以清。"由子身上也有一块。寻找由子,就拜托夫人了!""放心,我一定尽全力帮你找。"朱邪以清许诺。大田紧握玉锁的右手向外一张,垂下了头。刚才那一阵暴风,驾着大田的亡魂离开神州,返回故乡。

一个堂堂遣唐使,竟然在贫病交加中死在了神州的一个路亭里面!已经多年没流过眼泪的朱邪以清不禁鼻子一酸,眼睛湿润了起来。为了个人野心,不仅害了神州苍生,还连累了八竿子都打不着的扶桑大田。害人利己,可以理解。朱邪以清不禁摇头叹息。可惜,神州数千年来,多的却是像黄巢这样的人,为了个人野心,害人又害己。父母兄弟，妻子儿女，全成了无头冤鬼，还连累了几千万神州人跟着陪葬。想想真是匪夷所思。

道经云，飘风不终朝，骤雨不终日。

这场突如其来的暴雨来得快，去得也快。朱邪以清和几名娘子一起将遣唐使大田草草埋葬在了距离宋城官道不远的土堆上，既没有棺材，也没有墓碑。“大田放心！”朱邪以清站在大田的坟前说：“只要你女儿还活在人世，我一定帮你找着。”

朱邪以清一到桃花村，就吩咐尹似雪寻找大田的女儿。尹似雪利用若水宫遍布在河南的各种眼线，经过多方搜寻，最后终于确定大田的女儿由子已经落入了逍遥窟掌柜晋河东的手中。“逍遥窟？”当尹似雪前来告知由子的下落时，朱邪以清不禁就是一阵惊喜。

“这回我们不仅要将人救回来，还要顺便给逍遥窟和控鹤军之间点一点火。”

“女儿也想过，只是不容易找着能演朱友徽的后生。”

“也怪妈前些年不大注意收留后生。找个后生容易，只是找个有能耐又可靠的后生不容易。你马上让李清静从天清派道士里面找一找，看一看有没有合适的人选。岁数上下差一点都没有什么关系，这些最后都可以装扮。主要是看可靠和能耐，尤其是可靠。”

朱邪以清清楚，控鹤军是朱温控制大梁的利器，也是若水宫、天清观潜在的危险，非除去不可。没有了这把利器，惶惶不可终日的将帅和官吏，就可以摆脱朱温的控制。走出兽笼的猛兽，在河南四处游逛，相互撕咬，无疑会要了朱温的命。

这些年，朱邪以清一直将主要精力用于如何削弱控鹤军上。仿佛是天助，天佑六年，刘知俊投奔宋文通，华州控鹤军被摧毁；天佑七年，王熔、王处直叛梁归晋，赵州控鹤军被摧毁。控鹤军四个指挥寺一下子去了一半，只剩了亳州和随州两个指挥寺。再将亳州和随州的控鹤军指挥寺摧毁，朱温的控鹤军只能等着给它写祭文了。亳州位于梁国和吴国的交界处，率先铲除亳州控鹤军的活动更容易进退有据。

自黄巢造反以来，经过多年拉锯交战，轮番屠戮，这一带地方的黎民百姓已经被杀得差不多了。原本富庶的亳州，如今已经差不多成了荒芜之地。朱温当初将赵淮浦从郑州调到亳州，主要也是这个原因。赵淮浦任刺史以来，吸引了不少外来人，这些年劫后余生的人又繁衍了一些，亳州人口才渐渐多了起来。

若水宫活动起来也不容易引起人们的注意，加上天清派祖庭天清观就在亳州。确定姑射真人中无相毒，朱邪以清下定决心要率先消灭亳州控鹤军。朱邪以清决不容忍自己的君子形象就如此轻易地消失。得知姑射真人中无相毒的当天，朱邪以清当下就想去一趟帝喾陵亲手捏碎朱友徽的头颅。姑射真人一句话熄灭了朱邪以清的怒火。

“捏碎了朱友徽，朱温还不是可以遣其他人过来？捏碎一个朱友徽根本就无济于事！”

“你放心。你肯定能够站在云端上面看着以清，如何捏碎亳州的控鹤军！这不仅仅是替你报仇，也是摧垮朱温重要的一步。以清要让朱友徽不得好死！这些个每一个毛孔都渗出鲜血的人，继续肆意杀人，老天肯，我朱邪以清不肯。”

朱邪以清捏碎亳州控鹤军的主意定下后，旋即遣尹似雪进驻亳州，跟天清观一道，开展清剿控鹤军活动。近些年来，逍遥窟和控鹤军之间的矛盾越来越尖锐，尤其是随着逍遥窟掌柜晋河东的女儿被朱友徽奸杀。晋河东一心想着如何捏死朱友徽以泻自己的心头之恨，赵淮浦只想除去朱友徽以展自己的抱负。

尹似雪来到亳州，不断给赵淮浦和朱友徽之间已经点燃的火加油。亳州控鹤军都虞候朱友徽和他生父朱温一样就是喜欢绝色女子。凡有绝色女子，朱友徽白天没时间晚上也要抢回来尝一尝。朱友徽的这一癖好，亳州人是人人皆知。自朱友徽来到亳州，有几分姿色的女子想出门都必须先将自己装扮得丑一点，以免被朱友徽或控鹤军军士看上。假若能找到合适的后生冒充控鹤军都虞候朱友徽的身份出现在逍遥窟，不仅可以救回由子，还可以进一步激起逍遥窟和控鹤军之间的直接冲突，起到火上加油的作用。

踏破铁鞋无觅处，得来全不费工夫。就在尹似雪让李清静寻找合适人选时，石柏意外出现。于是，朱邪以清就让石柏扮演朱友徽。石柏只在若水宫呆了一夜，就前往桃花村，等待恰当的时间，实施朱邪以清的一石两鸟之计。

朱邪以清的眼睛还是没有离开由子。上上下下，左左右右，打量了由子好几遍，看得由子心里发慌。朱邪以清端详着站在眼前的由子，感到既伤感又欣慰。伤感的是远道来自扶桑的使者大田竟然草草埋葬在宋城官道旁；欣慰的是大田托付自己寻找的由子终于完好无损地找到，没有辜负了故人临终时的重托。

“现在大田可以安心地闭上眼睛了。”

唉！朱邪以清不晓得，大田当初来神州时，一家三口，如今已经只剩下女儿一人。夫人藤原氏颠沛流离中病死，葬在洛水边；大田死在路亭，埋在宋州官道旁。夫妻两人连死当同穴都做不到，大田怎么能闭得上眼睛？

由子感到心头在不断向内收缩，眼泪不由自主地从眼眶里面涌出。朱邪以清伸出已经有老年斑的手，轻轻擦去挂在由子腮旁的眼泪，劝慰由子说：“你还完完整整地活着,就已经是一件非常值得庆幸的事了。”由子没有言语,只晓得含泪点头。“自黄巢叛乱以来,神州大地到底有多少含苞待放的少女化为涂泥?连造物主都在哭。过去的事情都已经过去,是喜是悲,不要再去想它了。我会尽量想办法送你回扶桑,毕竟那是你的故乡。你不是神州人,没必要跟神州人一样,历尽煎熬,流光眼泪。在我想到办法之前,你就安心呆在若水宫。”

“我觉得,姐姐应该学一学武艺。万一碰到了坏人,起码可以保护自己不受人欺负。”

“竹儿的建议不错。”尹似雪立马赞同。

“竹儿,外婆看,就由你传授由子一些逃跑的本领,起码见到恶人能跑。”

由子挂着眼泪,连忙欠身,准备向石竹行拜师礼。“不行,不行!”石竹赶紧一把拉住由子,含笑说:“我哪能做得了姐姐的师父?我们就在若水宫里面一起玩谁跑得快。”这主意不错。“拜师这种缛节就免了。”朱邪以清也支持。“竹儿年纪小小,许多事情她自己都不懂,传什么道,解什么惑。充其量只能受业而已。”石竹这种年龄,说懂有点懂,说不懂什么都不懂。复杂的家庭孩子成熟早,单纯的家庭孩子长不大。翠竹湾就石岩一户人家,原本跟人接触就不是特别多,石竹更是长不大。听朱邪以清这么说,由子也就放弃了拜师礼仪。

“我们先进去。”

朱邪以清起步,尹似雪、由子紧跟着向上善殿的大门走去。

一只可爱的山雀,不知从何处突然闯来,停在上善殿门前的平地上。山雀提起两脚,跳跃而前。石竹霎时被这只样子非常可爱的山雀迷住,悄悄地向前挪动了两步,举起手,准备跟山雀打招呼。可惜,山雀并不领情,翅膀一展,飞走了。

石竹转身,如同山崖跳回到了朱邪以清身边。朱邪以清含笑说:“那个劫持你的采花贼没有欺负你吧!”由子霎时两腮一红,微微摇了摇低着的头。石竹猛然一听朱邪以清说由子遭到了采花贼劫持,马上愤恨了起来。“下次,让我遇上这个采花贼,我一定剁了他。”朱邪以清不禁莞尔,含笑说:“那采花贼是你大哥。”大哥做了采花贼,怎么可能呢?“先在若水宫呆一段时间,我再慢慢想办法。”朱邪以清含笑说:“放心,这里绝对安全,不会有采花贼。”

第二十九章　鹤

萧条者形之君，而寂寞者音之主也。

——《淮南子》

城门刚开，石柏在知客霜满地陪同下，进入亳州城，前往施粥摊做义工。接任了天清派掌门，也应该在亳州市民面前露露相。到施粥摊时，前来吃粥的人已经排起了长长的队。有乞丐，有流浪汉，有一日三餐难保的穷人，也有来揩油的人。只要来施粥摊吃粥，天清观不问身份，一概来者不拒。为了能让更多的亳州市民认识掌门，主事施粥摊的贾万吉让石柏给来吃粥的人盛粥。天清观施舍的粥都很稠，而不是那种能照出影子的米汤。怕亳州人说新掌门不情愿，石柏脸带笑容给每一个盛粥。快到巳时，来吃粥的人才开始少了下来。

石柏返回天清观时，春花院老鸨余是花已经在等。

随着神州战火的点燃，人口的减少，原本喧闹异常的涡水，也跟着寂寞了起来。在涡水边站上一天，也只是偶尔能见到一两条小船只驶过。近二十年间，梁吴之间发生了三次大规模的战争，结果都是以朱温大败收场。正因为杨行愍三败朱温，才渐渐打消了朱温南侵的企图，保住了淮南的安宁。吴梁之间小规模的冲突依然不断，不是今天我打你，就是明天你打我。刚刚上个月，蔡州就出现了一次边境冲突。这些个小冲突，人们早就见怪不怪。事不关己，高高挂起。只要不出现大规模的冲突，小打小闹，亳州人谁也不会去关心。

人少了，涡水寂寞了，来天清观做清醮法事的香客也跟着减少。真可谓是一荣俱荣，一损俱损。德经云，祸兮福之所倚，福兮祸之所伏，孰知其极。来天清观请天清观道士去做清醮法事的香客少了，做幽醮法事的香客却明显增多。自黄巢造反以来，皇族都被杀得不剩几个，普通庶民几乎家家都有人死于横祸，只是多少而已。整族消失的都一大把，死一两个人不稀奇。一旦太平下来，请道士超度亡灵也是人之常情。在亳州地界，请道士超度亡灵，自然是去天清观请。

天清观是亳州名头最响的道观，也是信众最多的道观。观内到底有多少名道士，刚刚接任掌门的石柏不清楚，也没去问监院李清静。李唐时期，亳州境内也有好几座上了规模的道观。黄巢造反后，道观败的败，毁的毁。如今整个亳州，除了天清观，已经只有几座规模非常小的小道观。天清观名头响、信众多跟姑射真人致力于做善事有着密切的关系。

姑射真人为人慈善，特别喜欢行善。自姑射真人任掌门以来，天清观就一直热衷于做善事。天清观做善事，也得到刺史府口头上的支持。人一生难免碰上不幸的事情，尤其是在这个时代。万一不幸遇到了天灾人祸，去向天清观求助，天清观总是尽可能想办法予以适当的救济，帮你摆脱困境。亳州城内、城外受过天清观接济的人无数。天清观还在亳州城高辛大街设了施粥摊，长年施粥给急需要的人。每天来施粥摊喝粥的人太多，太多。光这一项就花去天清观大把的铜钱。不过，自开摊以来，施粥摊一直就没停止施粥。

天清观做善事，而是实实在在的善事。天清观不会免费给人做一场斋醮法事。在李清静的记忆里面，免费的斋醮法事，天清观还没有给人做过。想请天清观做法事，香火钱肯定少不了，即便是衙门的法事也一样。你将钱给天清观，再由天清观拿出去做善事，等于是你做了善事，积了德。请天清观道士做法事的人也晓得，天清观做善事的开销非常大。能多出一点香火钱，天清观道士会想办法劝你多出一点钱。天清派道士生活朴素，甚至有点清苦。这也让那些个有钱的人愿意多出一点钱。这些个香火钱实际远远不够天清观做善事。

为了能支撑天清观做善事，除了设置功德箱，还向公众募捐。即便如此，还是不够天清观做善事。天清观以及天清派的善事主要靠幕后金主朱邪以清支持。朱邪以清支持行善，目的是收买人心，让若水宫更加方便在河南从事杀人越货、绑架勒索、为非作歹的勾当。谁也不会想到，天天做善事的天清观竟然和臭名昭著的若水宫是一枚铜钱的正背两面。柳下惠自己不跟别人说，谁能想得着大贤人柳下惠的同胞弟弟是专门吃人肝的盗跖？

两面反差越大，越不能从正面联想到背面。

石柏接任天清派掌门没两天时间，监院李清静就离开天清观，外出云游去了。李清静前脚刚走，春花院老鸨余是花后脚就来天清观请掌门前往春花院做超度亡灵的幽醮。天清观迎宾刘若存当下以掌门事情很忙为借口，让观内的功高白玄静代掌门前去。可是，余是花坚持要天清派掌门亲自前往。余是花认为，只有道行高强的掌门方能超度那几个死在一群身份不明人手中的神女和护院的亡魂。这些在阳间横死的亡魂必然会埋怨春花院保护不周，会在春花院出没，穿梭在春花院楼屋之间。飘啊，飘啊，突然之间，就飘到正在干活的神女房间里面，还不将客人吓死？谁有这个胆？反正，余是花没有。

余是花在天清观等石柏做完了义工回来。

“掌门晓得，这些光天化日之下被杀的亡灵得不到超度，还有哪一个客人敢再来春花院逍遥？老身确实不放心天清宫其他道姑。超度不成，惹恼了死在春花院的冤魂，一定是吃不了兜着走。他们身上的气没地方出，只能找像老身这样的人出。无论如何，老身这次坚请掌门一定要亲自出马。掌门放心，老身一定多多给天清宫奉献香火钱。”

余是花就是坚持要掌门亲自去。

善男信女说起来也算得上是道士的衣食父母。像余是花这样的信女更是得罪不得。姑射真人已经羽化，去春花院做超度亡灵幽醮的人只能是刚刚接任天清派掌门之位的石柏。石柏答应余是花一定会亲自去春花院主持超度亡灵的幽醮法事。石柏掐指一算，幽醮法事的时间就定在后天，并让天清观的一名道姑陪同余是花先去准备。余是花跟石柏告辞，屁颠屁颠地离开了白云观。余是花前脚一走，石柏就得向白玄静学习怎么做超度亡灵的幽醮法事。

好像自从盘古开天起，神州人就认定人有灵魂，活人和死人之间的差别仅仅是活人有灵魂。灵魂一旦离开活人的肉身，活人就变成了死人。灵魂刚离开肉身不久，就好比外出旅行一趟后重新回到了家，很可能会重新回到肉身。于是，死人又变成了活人。

神州人临终之前，首先要属纩，看一看是否真的已经断气。见放在鼻孔上的丝絮确定已经不动，这才可以说卒。确定已经断气，就要招魂。只有经过一番招魂，还不能活过来，这人才叫死人，叫尸。一旦肉身腐化，灵魂再也无法回家，开始换了一个新称呼，叫鬼，或者和魂合在一起，叫鬼魂。随着阴阳学说在神州泛滥，活人和鬼魂的世界也开始分开。活人居住的世界叫阳界，鬼魂居住的世界叫阴界。又后来，受到了佛教的影响，阴界也就变成了地狱。按照南华真人的说法，人死后在阴界日子过得很舒服，是“南面王乐”。阴界很爽，哪还不吸引很多的活人搬迁到阴界居住？如此一来，居住在阳界的人肯定全搬光。于是，神州人将阳界的那一套统统搬到阴界。阴界也有了统治者,他的名字叫阎罗。自从阴间有了阎罗王,阳界的一切酷刑开始出现在了阴界。鬼也痛苦了起来,甚至比活人还要痛苦。只要能想象得出,统统搬到阴界去,要多苦就有多苦。什么下油锅,那是小意思。阴界那么苦,除了佛祖,谁愿意去?有些聪明的鬼宁愿到处游荡,就是不愿意去地狱。

这些个在阳界无辜横死的人,死得冤。如今已经变成了鬼,很自然要欺负一番阳界比自己弱小的人。这是神州人的传统。强的欺负弱的,弱的欺负更弱的,更弱的欺负最弱的,最弱的实在没有办法只好上吊后变成厉鬼。这也就是神州俗语"恃强凌弱"的意思。亳州市民张彪豹受控鹤军将士欺凌,跑回家,殴打自己的新妇。新妇赵氏有气没地方出,捏死了自己两个年幼的孩子出气,然后上吊自杀。谁可恨,谁更可恨?套用神州人一句流行语,可怜之人必有可恨之处。

原先在阳界做了一些坏事、甚至坏事做绝的人,他还活在阳界的时候,神州人拿他根本没有任何办法,眼光光看着他为非作歹,横行霸道。如今死了,机会也就来了,让他去地狱受苦,得到在阳界根本不可能得到的惩罚。巫婆会将他在阴界所遭受的一切苦传话给他的家人。反正,巫婆不吓一吓他的家人,骗不到铜钱。家里人实在不忍心看他在阴界受罪,只好通过贿赂的办法,让他离开地狱,到仙界去享福。于是,神州就出现一种生意,这就是超度亡魂。

所谓超度亡魂就是通过请客送礼等贿赂的办法,让在阴界受苦的鬼魂,离开阴界,前往仙界去享福。活在阳界的人不能随随便便去阴界,去了就回不来了。这是常识。想超度亡魂到仙界总得有人去阴界。需要这种能够用法术摄召亡魂的人,就会产生有这种能耐的人。不是先有屠龙术然后才有龙,而是先有龙然后才有屠龙术。自古以来,就有很多人宣称自己有这种能耐。余是花没有这种能耐,只好花铜钱去天清观请有这种能耐的道士。

就算去得了阴界,也不一定就能找得到亡魂。就是在茫茫的阳界,找个活人都不是一件容易的事,更何况去阴界找一个漂浮不定的鬼魂?就说运气很好,凑巧找到了鬼魂,阎罗也不一定会肯放!没有大好处,谁愿意平白无故地放掉已经关进了囚笼的人?

你到朱温的囚笼里面给我放个人看看?这点道理,余是花懂,阴界的阎罗更应该懂。想让阎罗放鬼,不请客送礼怎么行?不仅要送礼,而且要送大礼。这是神州人非常熟悉的办事方法。神州人亲手创建出来的阴界不可能会出现例外。跟在阳界一样,有些人虽然钱很多很多,但不一定有门路。这就需要掮客。谁能充当掮客?道观中的道士说,他们可以。

超度亡灵道场的各种仪式,石柏倒见过不少,就是他不会诵经。超度亡魂关键是要念超度亡魂经。石柏虽然会诵读《道德真经》、《南华真经》,但不会诵读超度亡魂经。不仅石柏不会,就是陪石柏一起来的秋雨和秋水也不会。天清观的高功白玄静,看到石柏犯难,不禁笑了起来。白玄静说:"诵经又不是叫你高声朗诵,只要嘴里念念有词就行了。谁晓得你嘴里念的是什么经?至于仪式,陪同前去的我和天清观道姑会具体安排,掌门师弟只要掌握几个规定的动作也就行了。"于是,白玄静细细地说了一遍超度亡灵道场的程序。

"人死后,一般情况,亡魂就会去阴界。超度亡魂就好比是请高手到阴界去找人。找到人,然后将他接了回来,送到应该去的地方,当然是仙界。

首先,要请帮手,帮助超度亡魂能够成功。请的帮手越厉害越好,这样可以排除超度亡魂的过程中遭到其他妖魔的干扰。

其次,就是去阴界找到亡灵。倘若阎罗不肯放,那就得说好话,请客送礼。神州哪有不请客送礼就能办成事的?阳界如此,阴界也不例外。

第三,找到接回来后,可以跟亡魂说说话、叙叙旧。当然,嫌啰嗦,这当手续可以省。

第四,要详细介绍亡魂生前的业绩,作为超度的理由。没有好的理由,仙界不一定接收。谁愿意接收这些无用的鬼魂到仙界去扰乱神仙的生活?每年超度那么多鬼魂,仙界都快挤不下了。当然,这需要请仙界厉害的人物出马,请客送礼是免不了的。

第五,超度亡魂到仙界。

第六,办完事了要谢谢前来帮助的人。

说起来就这样,只是做起来可能会比较繁琐。"

秋水耐着性子听完了白玄静有关超度亡魂的幽醮法事的介绍。莫非真要做道士?红尘世界还没好好体验体验,就出家到道观里做道士,秋水不愿意。秋水知道,母亲让她陪石柏来天清观当道士,全都是遮人耳目的权宜之计。在天清观住了两天,秋水发现,做假道士也不容易。做道士应该懂的事情,秋水全无兴趣。单每天早早起来去做早课,秋水就受不了。

"超度亡魂幽醮,还真繁琐。"

"都那么简单,那道士不是没饭吃啦。"

"白师姐说得没错,谁都会超度,还需请道士?"

"说不定,过两天就不做道士了。师兄真准备打算将道士做到底?"

“今年能做出头,师兄已经是谢天谢地了。”秋水真不希望假戏真做就这样在天清观一直做着道士。可是,不想做又怎么样?秋水来天清观之前,母亲已经反复吩咐过,一定要配合石柏,完成外婆交付的使命。“在没有脱掉道袍之前,师兄只能将道士做好。无论是摄召亡魂、沐浴度桥、炼度施食之类的幽醮,还是祈福谢恩、却病延寿、祈晴祷雨、解厄禳灾之类清醮,统统都得学会。师兄不想掉脑袋,更不想连累天清派遭殃。你不想学就不学。师兄明天让天清观道士送你回去。白师姐,别听她的,你只管教。”

“你们只管去超度亡魂,我不去就是。”秋水耍起了无赖。“就算去,我也可以站在一旁看。反正,唱主角又不是我。学不学又有什么关系?”

“妹妹,师兄叫我们做什么就做什么。”

“好吧,好吧!师兄说东,姐姐就帮着说东!还不如干脆烧一道符檄请太一天尊亲自出面,发一道函给阎王,让阎王亲自送亡魂到仙界不就得了么。繁琐死了。”

“妹妹,可惜我们请不动太一天尊!能请得动他老人家,还做什么道士?”

石柏这两天虽已经跟白玄静学了不少与斋醮有关的物事,但超度亡魂的幽醮还是第一次接触。秋雨、秋水俩人完全是门外汉,一切都得从头教起。就在玄幽别院前的庭院里,白玄静开始向三人传授济幽度亡幽醮的秘技,诸如如何持咒掐诀、如何踏罡步,如何做礼拜、如何诵经以及诵经时采用的曲调行腔等等林林总总的物事。或许是白玄静自己非常熟悉,故此教得确实比较急,弄得秋雨、秋水是云里雾里。不是石柏下了死命令,不好好学就送她去临茨村,秋水早就甩手不干了。就在此时,一名叫妙青的道姑特意前来告诉石柏一个消息。

“掌门,祖师坟前的那片沼泽,今天飞来了一群仙鹤。”

秋水正耐着性子学超度亡魂幽醮科仪,一听飞来了白鹤,顿时就有了精神,惊奇地问妙青:“有仙鹤?”妙青说:“有好多只,样子好看极了。”白玄静说:“还只有三月份,仙鹤就来了!”白鹤,不仅秋水喜欢,高功白玄静也很喜欢。

神州人,尤其是道士,喜欢白鹤,喜欢白鹤翩翩起舞。道观里面墙上挂着鹤图,画着鹤图,天清观也没有例外。天清派的创派掌门姑射真人原本是一位鹤迷。一次,姑射真人想看冬天的白鹤,专门前往千里外的彭蠡泽观赏。正因如此,李清静特意选择在沼泽旁的皋地安葬姑射真人,让姑射真人有机会欣赏白鹤。或许是姑射真人特别喜欢白鹤的原因,天清观道士,一听说道观东首水泽中出现了白鹤,个个放下手中的活,出天清观,欣赏仙鹤去了。白鹤是迁徙候鸟,每年十月下旬开始迁徙到江南越冬,次年春回大地后,飞回北方。妙青也是怕新掌门错过了机会,才将白鹤出现在道观东首水泽的消息告诉给了石柏。

“再不去看,说不定过几天又要飞走了。”

秋水早就已经停下正在进行的排演,准备跑去看仙鹤。不仅秋雨、秋水脚心痒痒,白玄静也又点自持不住。机会难得,一旦飞走,只能等来年。秋水走到石柏身边,拉住石柏道袍的袖子央求。“师兄,我们还是先去看仙鹤,回来后再演练,如何吗?”白玄静附和。“都已经好几个月没有看到仙鹤了,前去观赏观赏一下也无妨。”好男不和女斗。依照黄石公的说法,这叫做柔能制刚,弱能制强。秋水袖子还没拉两下,石柏就已经败下阵来,同意了秋水的要求。

“好吧。不过,看完了,马上回来继续演练。”

“那是当然。”

“不要又说在嘴上,到时候再找理由。”

“你将我看成什么了?师兄放心,我肯定不会将明天的戏演砸!”

四人旋即起步,秋水、秋雨、白玄静在前,石柏在后,离开了玄幽别院。

诗云,鹤鸣于九皋,声闻于野。白鹤在天青宫东首水泽一声鸣叫,当场吸引走了整个天清观的道姑、道士。水泽的皋地上,高高的杂草仍旧枯黄外,已经开始返青。天清观的众道士在水泽的西边皋地上,欣赏一群一身三色的白鹤在浅浅的水泽中悠然漫步。秋雨、秋水去数水泽中觅食的白鹤,总共有十二只,不多也不少。

石柏看一眼,就被白鹤漂亮的身姿给迷上。

纯白的身躯,乌黑的脖子和尾巴,配上一点红的头顶。白鹤对颜色的搭配确实精巧,红、白、黑三色的头。三种颜色层次清晰,着色面积大小匀称。除这么搭配外,还真想不出还有比这更好的搭配。自然天工真是不可言传的能工巧匠。什么巧夺天工,我看简直就是恬不知耻!这群白鹤,或蜿蜒抬起头颈,或婵媛低下头,或抬起鹤胫,或放下长腿,或展翅追逐,或引颈高鸣。

天清观道姑个个都沉醉在欣赏眼前的这群白鹤中,根本不去理会水泽东岸的动静。猝然间,石柏发现,水泽东面皋地的枯黄杂草中埋伏着一群兵士。没等石柏开口,已经是万箭齐发。幸好,兵士手中的弓箭并不是射向欣赏白鹤已经入了迷的天清观道士,而是射向正在水泽中觅食的白鹤。那么多枚箭射向在水泽中觅食的十二只白鹤,除一只侥幸逃离外,其余全部中箭,挣扎着倒在了水泽中。

伴随着一阵震天的欢呼声,这群兵士就像是对敌人发起冲锋,冲进了水泽。眨眼间,水泽里面,除漂浮在水面上的几根白色羽毛外,已经没了白鹤的影子。天清观道士霎时个个垂下头,长长的叹气声如同白鹤的鸣叫响彻水泽西皋。叹什么气?

这些个白鹤，又不是你家养的。就算是你家养的，我射死它，还能怎么着？神州地大物博，可偏偏缺理。

好好的，看什么白鹤，结果看回来了一肚子气。秋水和秋雨好像已经好几天没有吃饭似的，软着身子，回到了玄幽别院。从东南首水泽到玄幽别院，一千五百步以上。石柏走了至少一千五百步，还没有听到秋雨和秋水俩姐妹说一句话。石柏实在熬不住，终于开口。“好啦。幸亏这箭还只射到白鹤身上。”秋水噘着嘴，赌气说：“还是射到我的身上算了！”石柏本想说秋水几句，想想也就算了。说什么？无聊的话，很多时候，说还不如不说。

就是这群该死的白鹤，搅得原本已经耐着性子排演的秋雨、秋水再没有心思继续排演明天将要登场的超度亡魂的道场。白玄静原本认真指导，见秋雨、秋水没了雅兴，也失去了指导的兴趣。得想个办法，让两侍儿重新找回灵魂。有了。石柏想到了办法。给死在兵士手中的白鹤祭奠一番，就可以找回秋雨和秋水的灵魂。

天天在身边有说有笑的人，突然间不能说了，不会笑了，肯定会很伤心。伤心过度，就容易伤神、伤身。这就需要有一种既可以寄托哀思，又可以释放伤心的办法。因而，有了吊唁、祭奠，有了可以诵读的文章，如祭文。刚才还活蹦乱跳的一群白鹤，突然间变成了兵士拿在手中啃咬的食物，这让秋雨、秋水伤心，甚至伤感。

“仙鹤死了，举办一场超度亡魂的道场过于繁杂，那就简单点，到水泽旁祭奠一番。”

“好啊，好啊！”

果然，秋雨、秋水一听，马上来了精神，随即附和。要祭奠，就要有祭文。不需要石柏想到，秋雨、秋水已经进房间拿出了文房四宝。白玄静从水井提上井水，秋雨研墨，石柏构思，准备写一篇祭文。祭文很快就写成，就等饭后前往水泽祭祀。

匆匆用完餐，带着清香、祭品，出天清观，前往水泽。还没有出天清观大门，天清观众道姑就已经晓得掌门要去祭奠白鹤的消息。众道姑也要去祭奠，总不能厚此薄彼。石柏和一大群天清观道士，出了天清观的山门。距离早上观赏白鹤的地方还有数百步，众人惊奇地听到了鹤鸣声。秋水带头，迈开大步，朝水泽西皋走去。

一只形只影单的白鹤在曲颈长鸣。其鸣声确实让人感到有风声鹤唳的味道，一钻进石柏的耳朵，顿时让石柏鼻子发酸，有了想哭的感觉。石柏的记忆里面，好像还没有哭过。翠竹湾十几年，入眼的是青山绿水，蓝天白云。染于苍则苍，染于黄则黄。石岩怕石柏和石斛兄弟两人在翠竹湾这种环境中长大太单纯，有意识地诱导读历史，明白现实。出了翠竹湾，渡过淮河，石柏才将从史书上学到的知识和现实联系在一起。石柏倒吸了一下鼻子。白鹤见那么多人前来,仓皇展翅逃离。众人驻足在水泽西皋,遥望白鹤身影消失。

“好了,准备祭悼!”

白玄静一声令下,秋雨、秋水俩姐妹焚起清香,摆出祭品,石柏开始诵读祭文。

维天祐九年,壬申,三月庚辰,白玄静、秋雨、秋水、石柏见白鹤丧命,奠曰,呜呼白鹤!骚人之飞禽,墨客之精灵。卫懿公为尔国亡身死,曹子建因尔赋写白鹤诗。汝倏然展翅兮云际,汝遽然翕羽兮水坻。尔动、尔舞、尔鸣,悉我所效颦。尔引颈兮我心畅,尔哀鸣兮我神伤。然而,汝翩然飞至水沚,命丧于兵士之矢。

呜呼!吾辈扼腕,痛哉!哀哉!尚享!

石柏平常话不多,声音却很吸引人。短短一篇祭文读起来倒情深意切,搞得几个平常就很脆弱的天清观道士泪汪汪了起来。“一鞠躬!”白玄静一声号令,祭文诵读完毕,个个神情肃穆的道姑俯身拱手祭拜。三鞠躬之后,秋雨、秋水俩姐妹和天清观道姑向沼泽纷纷抛撒祭品。一时间,纸钱飘飞,俨然就像是天清观又走了一位得道的道姑。

待清香慢慢焚尽,众人才准备动身返回天清观。经过一番祭奠,秋雨、秋水俩姐妹的灵魂总算找回了三分。抵达玄幽别院,四人重新开始演练明天要去春花院的道场。经过一个下午的紧张演练,超度亡魂的幽蘸石柏和秋雨、秋水俩姐妹总算入门。至于登堂入室,以后慢慢熟悉就是。眼下最重要的是能够应付得了春花院老鸨余是花就行。吃了饭,夜幕开始降临。所有不能在阳光底下出现的妖魔鬼怪纷纷出来施展自己的技能。

月夜下,天清观东南首,水泽地,枯草丛。天上弯弯的月亮,不明但迷离。游荡在沼泽西岸的枯草中,望着眼前的水泽,容易让人想起鬼魂。几株无叶的枯树,站在枯草丛中如同招魂幡的杆子。枯草中间的水洼,如同一块边缘很不规整的铜镜,倒映着云朵的黑影。一只白鹤,单脚独立,站在沼泽的枯草边,引颈长鸣。其声音之凄切,石柏感到全身毛孔竖起,不禁打战。看到白鹤让人怜悯的样子,石柏不禁开言劝说。

白鹤兄啊,白鹤兄。你飞到神州本来已经是错。南迁后,又飞回北方更是错上加错!危邦不入,乱邦不居。躲避都唯恐来不及,你怎么还飞到这里来?孟子说过,知命者不立乎岩墙之下。你不该来,偏偏要来。如今丧朋失友,不亦宜乎!

石柏兄,你想想,我还能飞哪去?我出身在神州,冬天北方冰冻,我飞往南方,居住沼泽;夏天,北方解冻,我飞往北方,也居住在沼泽。我从不跟神州人为伍。无论是南下还是北上，我不去都城，不近乡村。我与枯草为伍，徜徉在沼泽。你还能叫我怎么做？你知道，神州是我的故土，我能飞哪去？我惹不起你们神州人，现在却是连躲也没有地方可躲！彭泽湖起飞时我们一群，现在已经只剩下我孤独一个！我的舞姿，你们神州人想怎么看就怎么看；我的歌声，你们神州人想怎么听就怎么听。你们神州人并不满足，一定要吃我的肉！

白鹤兄，你虽出生在神州，可对神州人却一点也不懂。神州的先哲南华真人说过，虎豹之文来田，猨狙之便执犛之狗来藉。这话听了确实让人难以接受，然而摆在眼前的事实还要糟糕。白鹤兄，你的伙伴被一群兵士射死，就是因为你们的肉可以吃。别说是那群兵士，就是其他神州人，不会去考虑你是凄美的生灵，更不会去想吃掉你后会变成一坨屎。

白鹤兄，你说的没错，你优雅的身姿和优美的舞姿很好看，你优美的歌声也很好听。但你不晓得，神州人对看和听毫无兴趣。神州人想到的就是吃，而且只有吃才能感到快乐。白鹤兄晓得，天下人的嘴都有两项重要的功能，说和吃。但神州人的嘴却不同。

至少从周厉王开始，神州的历朝皇帝都不允许神州人说，更不能乱说。聋子的眼睛特别明，瞎子的耳朵特别亮。一种功能受到限制，就会增强一种功能予以补偿。嘴不能说，那只能吃，狂吃。看和听，远远不如吃喝拉撒睡，甚至不如媾。神州人可以不看，可以不听，也可以不媾，但不能不吃。就算变成了成仙，照样离不开吃，只不过神仙吃的物事，凡人吃不到，比如仙桃。这点白鹤兄比凡人更清楚。神州有大把的瞎子、聋子和哑巴，却从来没有出现过一个不吃、不喝的神州人。几千年来，无论是哪一朝的皇帝，朱三也好，朱四也罢，统统都不准神州人说，不许神州人看，也不让神州人听。白鹤兄，你想想，结果会怎么样？

经过上千年的驯化豢养，神州人已经是猪，已经是狗，只晓得吃喝拉撒睡媾。不说现在乱世，就算是盛世，不愿意看、不愿意听、不愿意说的事，神州大多。正所谓不用则退，经过几千年的演化，神州人早就已经变成了瞎、聋、哑的饕餮。你的身姿可看，你的鸣叫声可听，你的身体可吃。总不能既看你，又吃你；不能既听你，又吃你。不得已，瞎、聋、哑的饕餮只能舍看、听，而取吃。白鹤兄想通了这一着，你就不会为自己的伙伴被神州人杀死烤了吃感到奇怪。错就错在你碰上了只晓得吃的神州人！

石柏兄，是不是将自己变成不好吃就可以在神州飞一飞？

白鹤兄，你又错了。只要你对神州来说有用，就死路一条。鸩，你的祖先应该见过。鸩全身是毒，而他的羽毛尤其毒。神州人见是鸟，抓来就吃，结果一吃就死。神州人知道了鸩有这个能耐，纷纷去拔鸩的羽毛，制成毒药，毒死那些不希望他继续活在世上的人。神州的历史如此长，地域又非常的广，想杀死的人又非常的多。没有多久，鸩就死绝了。你现在看到过鸩吗？想想鸩，你就不会哀怨，不会伤痛！说起来，你已经算是很侥幸的了。

是不是我变成毫无用处就可以在神州飞一飞？

无用也是用。天下万物，哪一样对神州人来说会没有用？南华真人所说的无用之物，在神州，你根本就找不到。你能找一样对神州人无用的物事看看？狗屎、狗屁，是吧。就是狗屎、狗屁，也有狗屎、狗屁的用处。狗屁，看不见，摸不着。神州人也能够巧妙地运用了狗屁，比如说放你妈的狗屁等等。黄巢造反大军过来时，管你有用还是无用？就算这一物事真的比狗屁还无用，神州人也不会让它存着，必须亲手一一撕毁。妹喜就特别喜欢听撕裂丝绸的声音。撕毁一样物事产生一种快感也是一种用。否则，项羽就不会火烧阿房宫，黄巢也不会火烧大明宫。这几十年里面，神州被屠了多少城？斩尽杀绝，鸡犬不留。白鹤兄这些年飞南走北，情况应该最清楚。神州人对自己的同胞尚且如此，何况异类？看看那些孩童，见蛤蟆在地上蹦着，就抬脚将它踩死。跟有用无用有什么关系？白鹤兄啊，白鹤兄，何苦留恋这个地方？你还是乖乖地飞离这个地方吧！与饕餮为伍，迟早有一天会被吃。

白鹤无言以对，展开双翅，飞离天清观东南首沼泽，消失在茫茫的夜空中。

没过多久，朦胧的月夜下，白玄静来到了石柏的身边。

“掌门，曹嬷嬷等人都已经来了。还有什么事情要吩咐！”

“留下活口，让朱友徽晓得是逍遥窟做的就行。”

“掌门放心！没其他事情，师姐就先告辞！”

“辛苦师姐！”

白玄静转身迅速离开了皋地，消失在夜幕里面。

鹿邑控鹤军驻地，远远望去，在周围朦胧一片的夜幕映衬下，瞭望台里的灯光特别的显眼，仿佛就是夜行人的指路明灯。虽没有控鹤军驻地、切勿靠近等这一类牌子，鹿邑本地人会告诉你，像今天这样的夜晚，你一靠近瞭望台，站在瞭望台里的兵士无须警告，就会给你射来一箭。给射着了，只能怨自己着实不该靠近瞭望台。

这时却有一队黑衣人悄悄向瞭望台靠近。

夜幕中，一个黑衣人手一挥，数枚弩箭悄悄射出，瞭望台里的兵士静静倒在了台内。

只见黑衣人手又一挥，所有人都猫着腰，紧跟其后，快速来到了围墙的墙脚。这班黑衣人用叠罗汉的方法，迅速将两人送进了墙内。不一会，侧门打开。紧接着，听到了暗号。这班黑衣人从侧门进入了鹿邑控鹤军驻地，旋即分成四组散开。

进鹿邑控鹤军驻地准备做什么？杀人。这点驻地的控鹤军兵士还真没想着。

这班黑衣人进入控鹤军驻地，就好像狸猫进入了鸡窝，开始悄悄地咬起了鸡来。一扣悬刀，“吱”的一声，一名控鹤军兵士倒下。动作之迅速，让人来不及反应。不到一个字的时间，鹿邑控鹤军驻地的控鹤军兵士被这班黑衣人杀了只剩下眼前这三人。黑衣人用弩箭抵着兵士的头，叫三人将手平放到几子上。一个兵士企图反抗，黑衣人一扣悬刀，弩箭射出，直直插进了兵士的脑袋。兵士身体一斜，倒在了地上。“将两手给我放平，放整齐。”这两名兵士只好将双手在几子上放平，对齐。“告诉朱友徽，叫他识相点。否则，下一次就是他。”黑衣人手中的利剑一挥，只听“啊”的一声，这两名兵士两手的食指、中指、无名指已经被切成跟小指一样长。扔下两手滴血的两名兵士，这班黑衣人从侧门悄然离开了控鹤军驻地。不一会，那两名被切平了手指的控鹤军兵士骑马离开了驻地，前往高辛镇。

石柏继续徜徉了一刻来钟，也跟着离开了沼泽皋地。

乘着朦胧月色，石柏赶往逍遥窟。石柏身穿天清派蓝白道袍，在丛林中飘行而过，如同月夜下逐白鹤。走了不到半个时辰，石柏就已经出现在了逍遥窟。逍遥窟虽然客人减少了很多，但依然灯火辉煌。今天，石柏不去巫山厅，而是去专诸厅。逍遥窟虽只来过一次，但那次为了能顺利劫走由子，石柏细细地研究了一番逍遥窟的布局。没费什么工夫，石柏鬼魅似的出现在了专诸厅对面一座房屋的屋脊上，注视着前方映出谈黄色灯光的正堂。

等了约一盏茶的时间，专诸厅里面走出一群身穿夜行服的人。石柏旋即飘下了屋脊，尾随前行。来到一个岔道口，石柏听到了一名男子说：“小弟带人去楚王陵，鲜于兄带人去桓王陵。”这群人旋即分成了两组，分头散开，消失在月夜里面。石柏无法分身，只得选择去楚王陵的一组继续尾随。走了大约半个时辰，到了楚王陵。月夜下，逐魂鸟在“噢、噢”的鸣叫，震荡着月夜下的楚王陵，似乎真的在追逐人的灵魂。

两人先越过宝墙。不一会，两人又探出宝墙的墙头，发出“噢、噢”的逐魂鸟叫声。随后，一个一个跟着越过了宝墙。等所有人进去后，石柏迅速尾随其后越过了宝墙，进入了楚王陵。石柏回到天清观时，已过了子时。匆匆来到玄幽别院，石柏发现秋雨和秋水仍然点着油灯在正堂等自己。见石柏踏上步檐，两人连忙站起。

石柏还没有问怎么那么晚还没睡，秋水已经开口。

“师兄，这段时间你夜夜外出，怎么都不带上我和姐姐？”

“那地方，别说夜晚，就是白天，也不应该带你俩去！”

“什么地方我不能去？”

“师兄刚从楚王陵回来，那么幽暗的夜晚，你觉得师兄是否应该带你俩去楚王陵？”远处传来了逐魂鸟“噢噢”声。“你想想吧，像今晚这样朦胧的月夜，楚王陵憧憧的鬼影，微风吹动树梢，树影在你的背后如同鬼魅伸出的利爪，一步一步向你慢慢逼近；再配上逐魂鸟的声音，让你一听马上会毛骨悚然。不用去，你就会想到阴森。到了楚王陵，你人还没有进去，魂早就已经飞出躯体啦！你说，可不可以带你去？”

“还是赶快睡觉，免得听多了你的话，晚上做噩梦！”

秋雨、秋水回到自己的房间，推上了房门。

第三十章　超度

魂兮归来，东方不可以托些。
十日代出，流金铄石些。

——《楚辞》

赵淮浦在刺史府后院官舍内踱步。

春花院杀人命案根本不用侦查就晓得谁是凶手。那名男子在光天化日之下杀了三名神女和四名护院，带着侍从大摇大摆离开春花院，回到了帝喾陵。目击者如此之多，让赵淮浦根本没办法遮掩。凶手气焰如此嚣张，就是压根不将刺史赵淮浦放在眼里。不需要别人指指戳戳，赵淮浦自己心里也有数。妈的，最起码做一做噱头也应该。赵淮浦是亳州刺史，保一方平安。不能保护亳州黎民百姓的人身财产安全，赵淮浦难辞其咎。刘道杰还在侦破，赵淮浦就听到亳州庶民刺耳的议论。

"大人，怎么办？"

"人家是建王，赵某还想怎么样？不来刺史府，要赵某脑袋已经是造化了。"

赵淮浦在气头上说了一句冒烟的话。刘道杰压在心上的石头终于放了下来，暗暗舒了一口气。吃人饭碗，给人扣管。案子破不破无所谓，只是千万别惹赵淮浦生气，毕竟赵淮浦直接关系到刘道杰的生计。"大人，是到了该下决心的时候了。就算不为民请命，大人再不下决心，朱友徽的刀都要架到大人的脖子上了。"张博缘劝赵淮浦。"生死攸关的事情，还是再等等吧。一旦开弓就不会有回头箭。"赵淮浦还是犹豫不决。不到山穷水尽，这一步万万走不得。事关整个家族生死存亡，做出决定前不能不谨慎。

刚才又有胥徒前来报告，有人发现离亳州不远的楚王陵被盗。这还能是谁？赵淮浦不禁就是一阵冷笑。当年黄巢创建无影门时，跟在黄巢身边的也就一群亡命之徒。想成事，不能只靠三寸不烂之舌，需要大把大把的真金白银。到哪去筹集铜钱？黄巢想着了一招既快捷又安全的方法，盗墓。一时间，关内和关外的先秦、两汉古墓全被黄巢盗窃一空。有了盗墓得来的巨额资金，再通过打家劫舍，逐渐形成势力庞大的恐怖组织。

赵淮浦正准备说不要管这些无聊的事情了，胥徒的话让赵淮浦听张了嘴。“楚王陵里面有几十具尸体，死亡时间应该还只过去几个时辰。”盗墓没什么稀奇，几十个死在楚王陵里面却不能不管。赵淮浦当下派都尉刘道杰前往楚王陵查勘。

赵淮浦在养兵上舍得花钱，而在地方治安上则非常克扣。为了省钱，赵淮浦让都尉兼管地方治安，而不再另外雇人专管。杀几个人，亳州百姓早就已经见怪不怪；打架斗殴，根本就是连理都没人去理。当前亳州最重要的是防止外敌而不是内贼。不加强对亳州城的守卫，那死的可就是一城亳州人。再者，想成大事只有靠兵。赵淮浦虽秀才出身，但懂王天下靠精兵强将，而不复仁义道德。朱温就是摆在眼前的活生生例子。刘道杰带着四名胥徒，很快就到楚王陵。

赵淮浦烦，刘道杰也烦。无论你有多么大的能耐，碰上时世不对，再努力也只能徒增烦恼。对手上的案子，刘道杰能推则推，能拖则拖，除非是赵淮浦督办。刘道杰和胥徒刚进入楚王陵宝城，就发现宝城内躺着尸体。仔细搜寻后，刘道杰总共找到了十七具尸体。依据多年办案经验，刘道杰马上断定，在他来之前，已经有人来过这里，尸体被人搬动过。一看这些尸体的脸色，就晓得是中毒而亡。刘道杰翻了一下一具尸体，发现颈项上还插着弩箭。依据这些年办案的经验，刘道杰推定，奴箭上淬了毒。刘道杰小心翼翼地拔出弩箭，看了一眼箭头，再看一看死者的伤口，断定弩箭淬了见血封喉之毒。

刘道杰没考虑那么多，就让手下点燃火把，进墓道侦查。刘道杰惊讶地发现，楚王陵早就已经被盗，而且地宫竟然成了某一神秘组织的活动场所。反正，神州神秘组织多，刘道杰弄不清楚，也不愿意去弄清楚。弄不好，惹祸上身。仔细清点墓室中的尸体，刘道杰和胥徒发现总共有三十七具。刘道杰检查死者伤口时，无意中发现死者的左胸文有一幅蝙蝠图，心中一惊。原来是控盒军据点！刘道杰让随行的胥徒撕开每一位死者的衣裳，发现每一个死者的左胸都有一幅相同的图案。谁有那么大的胆子和能耐端掉控鹤军的据点？

每一个死者的脖子上都有一道深深的刀痕。带着疑团，刘道杰和四名胥徒再仔仔细细勘察了一遍，没有发现打斗后留下的痕迹。刘道杰和胥徒得出的结论是有人先用极强的迷药将这些人迷晕，然后再进入墓室将他们一一杀死。根据死者身上的伤口,刘道杰断定是职业杀手所为。刘道杰带着胥徒,返回刺史府,向赵淮浦报告了勘查情况。

赵淮浦问:“到底会是谁杀了他们?”

张博缘说:“副都虞候被杀还没有了结,现在又出了楚王陵命案。是谁杀了他们,仆觉得,都已经无关紧要。朱友徽准备对大人动手已经是铁板钉钉的事情。大人,还是早做准备吧。不然的话,就来不及了。大人要晓得,朱友徽不是共叔段,他是控鹤军都虞候。仆可以笃定,朱友徽这些时间应该正在筹划如何动手。”

戌时,刺史府书房,赵淮浦正在跟前来拜访的晋河东下棋。

晋河东追随赵淮浦多年,深得赵淮浦信任。

自逍遥窟创建以来,赵淮浦就将一切事务交由晋河东料理。外面的人都认为晋河东就是逍遥窟的东主,而晋河东在外人面前也以东主自居。赵淮浦晓得,晋河东的三女儿被朱友徽奸杀,也想给晋河东出气。面对控鹤军都虞候建王朱友徽,赵淮浦确实没有好的法子。

这一点,赵淮浦不说,晋河东也清楚。不是赵淮浦不想给晋河东出这口恶气,而是赵淮浦对朱温的儿子朱友徽实在无可奈何。想想如今那些帮朱温登上皇位的人,无一不是敢当街杀人的人。谁都晓得,大梁能动得了朱友徽的人只有朱温。想请朱温动朱友徽,如同让黄河倒流。人都有自己的难处,无论是晋河东,还是赵淮浦。这点,晋河东没有怨赵淮浦。

逍遥窟清谈厅出事的当天,晋河东处理得不可说不及时。天下没有一堵不透风的墙。清谈厅出事以及紧随其后的由子被劫持,逍遥窟的生意明显受到了影响。逍遥窟的生意受到影响,不仅赵淮浦心情不好,晋河东也是一样。赵淮浦晓得,自女儿出事以来,晋河东的心情就没好过。晋河东虽是逍遥窟掌柜,但家却安在亳州城内。晋河东有仨儿子,都已经长大成人。晋河东的仨儿子从小在晋河东亲自调教下,武艺不错,如今都在帮赵淮浦做事。

亳州城的司关兵士非常熟悉晋河东,也晓得晋河东跟刺史的关系。因此,晋河东很晚出城,都会予以特殊照顾,开门放行。这段时间,晋河东都直到将近亥时,才离开亳州城,前往逍遥窟。更不用说,逍遥窟许多活动都在亥时后才进行。

赵淮浦心情不好,晋河东也郁闷。于是,两人就在刺史府后院正堂下棋解闷。

还下了不到三十手,赵淮浦说:“是你叫手下做的吧。”晋河东点了点头,伸手在黑方的势力范围内打入一子。见晋河东打入,赵淮浦连忙在白子下面一托。“做了几处?”赵淮浦下着棋问。晋河东对赵淮浦的托置之不理,叫吃左面的黑棋。

“做了两处,有七八十人。”

赵淮浦下一手棋还没有下,仆役赵匡国进来说,“大家,逍遥窟的家丁有急事求见晋当家。”“就让他进来说吧。”赵淮浦头也没抬,应了一句。赵淮浦刚刚下完这手棋,一名家丁气息吁吁地跑进来报告,“逍遥窟遭到了攻击,死伤惨重,快不行了。”赵淮浦和晋河东一扔手中的棋子,离开了座位。赵淮浦连忙叫牙兵赶快去通知司马,带兵前往逍遥窟。

不一会,司马王廷超带着军队,都尉刘道杰带着刺史府的胥徒,随同赵淮浦和晋河东赶往逍遥窟增援。刚出亳州城不久,众人就看到逍遥窟方向上方的天空一片通红。望着那红红的天空,赵淮浦和晋河东同时在心里说:“完了!”赵淮浦带人加快速度赶到逍遥窟时,逍遥窟的火势已经开始减弱。

在红红火光的掩映下,逍遥窟到处是横七竖八的尸体,空气中弥漫着尸体烧焦的气味。那些晋河东通过各种渠道物色来的绝世美人看起来已经葬身火海,那些来寻找逍遥快活的买春者竟然成了她们的陪葬品。赵淮浦多年苦心经营的逍遥窟完了！赵淮浦感到仿佛忽然之间被人剁去了手脚那样疼痛。望着正在燃烧的逍遥窟,赵淮浦捏紧双拳,情不自禁地说:“不将这些凶残的暴徒惩之以法,我赵淮浦誓不为人!”

“刘道杰!”

“卑职在!”刘道杰手一拱。

“仔仔细细勘察一下,他们究竟是什么歹徒!”

赵淮浦虽然心里已经晓得是谁所为,但还是让刘道杰去查勘一番。不一会,刘道杰就回来向赵淮浦报告。“大人,发现一具控鹤军兵士的尸体。”赵淮浦旋即随同前往。刘道杰亲自撕开这具身穿控鹤军兵士服装的尸体。左胸前那幅蝙蝠图映入了赵淮浦的眼帘,一股愤恨从赵淮浦心中涌起。一定要让你加倍偿还！赵淮浦咬着牙齿,暗暗发誓。

赵淮浦转了一圈,无可奈何地返回亳州城。“晋公”,赵淮浦提醒晋河东,“抓紧时间将家人安置一下。明天,朱友徽给个罪名抓人,怎么办？人家是控鹤军都虞候,完全可以不理赵某这个刺史。”当天夜里,晋河东就带着家人偷偷离开了亳州城。

昨晚,朱友徽正在帝喾陵地宫行淫。突然,侍从闯进来向他报告,有人越过宝城,企图硬闯地宫。朱友徽立马放下手中的活,手持利剑,光着身子冲出帝喾陵地宫。“抓活的,本王一定亲手剥他的皮!”刚出地宫的石门,朱友徽听到明楼前面的打斗声。两名前来帝喾陵准备找死的人好像感到自己寡不敌众,在朱友徽匆匆赶到明楼前时,已经摆脱堵截,正在翻越并不是很高的帝喾陵宝城。来到帝喾陵,还想全身而退,简直是做梦!

朱友徽立马传令镇守帝喾陵的军士,举着火把冲出帝喾陵追杀。眼看就要追上时,朱友徽和军士的眼前却出现了一条不该出现的河流。这条河流好像就是王母娘娘用头上的金钗划出似的。两名寻死者跳到河中,在月亮的照耀下,竟然在朱友徽的眼皮底下遁逃。朱友徽心中的火气无法发泄,手中的利剑漫无目标使劲一挥,身边一株榆树拦腰折断。幸好是树,不是人。正当朱友徽气急败坏地回到地宫时,眼前的情景更是让他怒不可遏。朱友徽还只交配了一半的那名女子竟然不见了,地上倒反多了几名朱友徽的侍妾。朱友徽中了调虎离山之计。

经过这么一折腾,不管采用什么样的形式,朱友徽都无法提起兴趣。

早上醒来,一名控鹤军军士得到允许,进地宫向朱友徽报告消息。这名军士还没将消息报告完毕,朱友徽马上有了一种剁掉他的冲动。床上的两名侍妾自昨晚起就已经意识到朱友徽情绪很差,尽管已经小心翼翼地使用了各种手法,都没有办法消除笼罩在朱友徽心头的怒火。今天只能赶快闭上臭嘴,不能让朱友徽发现自己的存在。自己擅自下床,或在地宫中随便走动,引起朱友徽的注意,那只能怨自己不识相,不看风头。

逍遥窟还真敢做!朱友徽一肚子火。这世道讲的就是一个敢字。看你敢不敢做,而不是看你会不会做!正因为官家敢做,才做上了皇帝。本王跟官家比起来,差的就是一个敢字。正因为差个敢字,他做皇帝,我做亲王。本王也敢剁了皇帝,本王也是皇帝。

本王只不过是宰了几名非议朝廷的江湖人士,杀了几名神女而已,你逍遥窟竟然敢劫杀副都虞候牛知丘,清除了本王设在亳州地界上的五个据点作报复!你真会以牙还牙啊。劫杀了副都虞候牛知丘,还敢明目张胆地在他的后背留字,警告本王。简直就是控鹤军史上的耻辱!昨晚竟然还有胆子来本王的驻地放肆。简直是不将本王放在眼里!老虎不发威,就当是病猫。倘若还让逍遥窟在亳州地界上留着,那本王还想继续掌控亳州和周边的州县?是应该果断出手的时候啦。朱友徽越想越火,突然"啪"的一声一掌击打床板。"吉荣!"朱友徽忽然高高叫了一声。"属下在!"一人已经跪在朱友徽面前,伏地等候朱友徽的命令。"召集人马,晚上火烧逍遥窟!"朱友徽熬了几天终于熬不住了,发出火烧逍遥窟的命令。

逍遥窟被烧的两天前,来了两位陌生人。这两位陌生人不去巫山厅找美娇娘逍遥,也不去樗蒱厅拼一拼生死,而是来找逍遥窟掌柜晋河东。晋河东听手下前来通报说,有人指名要见他,心里不禁一阵咯噔。会是什么事情?晋河东很想晓得答案。莫非正在进行的事已经暴露?晋河东有些做贼心虚。绝对不可能,晋河东马上否定了自己的想法。自从上次得到刺史赵淮浦的暗示后,晋河东回到逍遥窟就立马召集这些年投奔晋河东的江湖亡命之徒对控鹤军开始行动。现在是到了该你们出手的时候了。会不会是其他人过眼,想从我这讹一笔钱?这种可能不能排除。晋河东江湖经验丰富,见识广,这种讹钱的事情也见得多。不过,亳州地界还没人有这个胆。会不会是想跟我谈一笔生意?这种可能性很大。这些年,逍遥窟除给客人提供逍遥外,也常常替客人消灾。不去想了,见了面再说。

"有请!"

晋河东等了一会,就见家丁带着男子出现在了房子的前面。出于对客人的礼貌,晋河东连忙起身,来到门口去迎接。寒暄礼毕,晋河东引两人进入了房内。借着房内淡淡的灯光,晋河东猜测这两名男子,一人近四十,一人二十出头。

"两位请坐!"

"多谢!"

两人行了礼,就跟着晋河东在堂内就座。晋河东用眼角挑一眼,旋即感到这两人的相貌跟平常看到的中原人不大相同。晋河东脑子一转,马上猜出这两名男子应该是扶桑人。扶桑人前来逍遥窟找我,有什么事?晋河东忽然想到,他们应该是来找由子。想到了由子,再看看前面的两名扶桑人,晋河东心中不由一喜。

"上茶!"晋河东高声说。不一会,侍儿送来了清茶,退了出去。"请!"晋河东两手捧起茶盏。"谢谢!"两名男子捧起茶盏应和,各自咪了一口。"两位怎么称呼?"晋河东咪了一口,端着茶盏问。中年男子答:"在下石井,这位是谷田。我们俩来自扶桑。"

果真不出晋河东所料,这两人确实是扶桑人。

大田来神州过了很长时间,扶桑醍醐天皇才得知神州战火重开的消息。不久,李唐皇朝已经被颠覆的消息也传到了扶桑,而遣唐使大田也失去了联系。为了寻找大田和使团,醍醐天皇已经先后四次派人前来神州寻找大田。

然而,茫茫神州,加上惨烈的战争,结果每次都无功而返。抱着"活见人、死见尸"决不放弃的决心,醍醐天皇再次派石井带着一批人手前来神州寻找。或许得到上苍的垂爱,石井终于找到那名幸存的使团成员,也终于晓得大田已经南下寻找女儿由子。

石井一路追踪来到亳州。得知有一名绝色扶桑女子在逍遥窟，石井猜想可能就是遣唐使大田的女儿由子。于是，两人抱着不放过线索、即使找回的不是大田的女儿而是其他扶桑女子也值得试一试的态度，前来逍遥窟。

“两位来逍遥窟是不是要找一名叫由子的扶桑女子？”

一切都如晋河东的预料。石井和谷田一听，心里不禁一阵激动，连忙站了起来，俯身齐声说：“是！是！”晋河东摆了摆手说：“请石井君和谷田君坐下来慢慢说。”石井和谷田重新坐下。谷田从随身携带的行囊中，拿出一个方形小盒子，递给石井。石井接过小盒子，打开盖子，轻轻地将小盒子推到了晋河东前面。一盒子晶莹的珍珠呈现在晋河东的面前。石井很诚恳地说：“小小礼物不成敬意，请晋公收下！仆十分感激晋公对由子的收留。我们这次从扶桑来，就是准备将由子带回去。”晋河东轻轻地将前面的小盒子推回到了石井的前面。

“两位切莫感到奇怪。不是不才不交，而是不才交不出。”

石井和谷田站了起来。晋河东轻轻地摆了摆手说：“坐，坐，让不才慢慢跟两位说。”石井和谷田重新坐了下来。“由子是不才所救，并将她带到逍遥窟。由子到了逍遥窟，不才还特地安排人手加以照顾。就在几天前，亳州控鹤军都虞候朱友徽在大庭广众中将由子劫走了。”“被劫走了？”石井和谷田感到非常意外，方才燃起的希望之火顿时熄灭。

“是。已经是亳州人人皆知的事情了。石井君有所不知，亳州控鹤军势力庞大，劫持由子的朱友徽又当今皇帝的子侄。不瞒石井君，不才的亲生女儿都被朱友徽奸杀！可是，对朱友徽，不才也是一点办法没有。”“唉”，晋河东长长叹了一口气，继续说：“不是不才不想收你的珠子，而是不才确实交不出由子。不才还请石井君和谷田军谅解！”

话一说完，晋河东旋即起身，给石井和谷田深深鞠了躬。

“无论如何，仆和谷田都对河东君这些时间照顾由子表示感谢。”

石井和谷田向晋河东鞠了个躬。“河东君晓得，我们从扶桑来到亳州，人生地不熟。如何才能找到由子，河东君可否给仆提一些宝贵的建议？”石井态度非常诚恳。晋河东迟疑了一下说：“控鹤军都虞候朱友徽行踪一向诡秘，找着他还真是不容易。不过，也不是不能找着。”话说到半截，晋河东向石井轻轻招了招手。石井将头伸了过去，晋河东贴着石井的耳朵，轻轻一阵嘀咕。“多谢河东君！”石井连忙鞠躬感谢，和谷田一起跟晋河东告辞，走出平房，消失在夜幕里面。

石柏带着秋雨、秋水和天清观道士，来到春花院。

春花院坐东朝西,面对四方大街,是一家从事交配买卖的店铺。

交配买卖是一种非常古老的行业,虽然不晓得从什么时候开始,但是至少李唐时代就已经非常发达。繁衍后代的方法很多。造物主在创造万物时,偏偏让其中的一小部分物种通过交配的形式繁衍后代,人就是其中之一。依据造物主的分工安排,雄性动物只管交配,而雌性动物则肩负着孕育、养育后代的重任。

造物主不能像公猪的主人一样天天赶着公猪到母猪那里去交配。万能的造物主想出一种非常巧妙的办法,那就是赋予人有交配的欲望,并让人感知交配是一种快乐。这样就不需要造物主亲自督促,人就会主动交配,跟着产生了更多的后代。

世上本无快乐和痛苦,都是造物主赋予人的一种感知。造物主非常清楚,倘若让人感知交配是一种痛苦,就会对交配产生恐惧,谁还会愿意去交配?这显然不利于种群的繁衍,说不定过不了多久,造物主创造出来的人就会绝种。因此,造物主赋予男人的交配欲望驱使他不断地去寻找交配对象,完成造物主交给他必须完成的硬性任务。

造物主的任务要完成,但又不能随便抓一个人强行交配,于是也就了交配买卖。

照理来说,春花院也应该算得上是一个行善场所,起码让人完成了造物主交给他的交配任务。更何况,客人为了完成交配任务已经付出了铜钱,而不像朱友徽那样不付铜钱就强行交配。就在这个月,义昌节度使刘继威到都指挥使张万进家,强行跟张万进的妻女交配,结果被张万进砍了脑袋。一班客人跟春花院的神女交配后不付钱,等于刘继威到张万进家强行跟张万进的妻女交配。难怪余是花至今仍愤愤不平。

石柏率领天清观道士一到春花院门口,早已站在门口等候多时的龟奴连忙引他们进入春花院。一进春花院,白玄静就带着道士布置超度亡灵的道场。石柏在院子北首的一张矩形桌子旁坐下,开始画符。镇住这些不知好歹的魍魉魑魅、妖魔鬼怪!

画符难不倒石柏。石柏家乡桃花石乡挨门挨户都贴符,而这一路过来所有村镇也是挨门挨户贴符,就是那些已经成为废墟的村镇也到处是符。天下越太平,符也越少;天下越不太平,符也就越多。想贴符的人根本不会去跟道士论理,指责他符画得不正确。只要门前屋后贴上符,心里自然也就踏实。石柏字画本就好,白玄静稍稍指点一下,立马就通。

石柏接过秋雨递来的朱笔,龙飞凤舞,一下子就画了几十张像模像样的符。接过秋水递来的一柄桃木剑,秋雨捧上法水,石柏喝了一口,喷到了桃木剑上。石柏持剑在画好的符上舞弄了一番,开始念念有词。见秋水想笑,石柏赶紧白了秋水一眼。秋水连忙一脸严肃。石柏半闭着眼睛继续念念有词。不一会,石柏喝了一口法水,含在嘴里面,"噗"的一声,将法水喷到灵符上。然后,一名叫郃灵瑞的道姑拿着这些符贴到所有入口的门楣上。

想摄召亡魂首先必须得将妄图干扰摄召亡魂的魑魅给镇住,好好呆着别动,否则别怪我不客气。当然,仅仅靠这些符檄还是远远不够。有道是,道高一尺,魔高一丈。道行高的还有更高,即便创造出道行最高的神,马上会出现一个更高的魔。倘若某一道行高强的魑魅刚好路过,要来捣乱,那也没办法。这就得请道行更高强的十二祖巫来帮忙了。反正,他们闲着也无聊。来凡间帮帮忙,还能捞到一些外快,何乐而不为?正当石柏准备签发竹篆邀请十二祖巫前来助阵时,春花院门外突然响起女子凄厉的惨叫声。连神还没有回过来,天清观的道姑、道士只见一群手持横刀的兵士已经涌进了春花院。

这些控鹤军兵士见人就砍,见物就砸。站在离春花院门口不远的三名神女和一名龟奴霎时死在兵士的横刀之下。春花院里面的神女、龟奴见状,个个吓得脸色发白,身子僵硬,不知所措。还好春花院老鸨余是花毕竟吃的盐多,见过世面,赶紧叫龟奴从后面溜了出去,跑到刺史府向赵淮浦禀报。一名神女逃跑过程中不慎被长裙绊住了自己的脚,跌倒在地,后面紧跟而上的兵士正准备顺势用刀捅进。石柏急忙掷出手中的竹篆。如同强弓射出的鈚箭,竹篆直射这名杀人如切菜的兵士。后面跟上的兵士一呆,延缓了杀人的势头。

碰到这种场景,秋雨、秋水没等石柏同意就已经加入了战斗,控鹤军兵士管你是不是天清观道士,只要是人就杀。一同前来的天清观众道士不能独善其身,也只好应战。原本作为交配场所的春花院此刻变成了战场,到处响彻着打斗声和哭喊声。不到一刻钟,石柏和天清观道士制住了这班准备大开杀戒的兵士。直到石柏与天清观道士制住了兵士,春花院的护院、龟奴才缓过神来,连忙拿出牛筋绳索,捆绑这些杀人如儿戏的兵士。一名兵士一边挣扎,一边咆哮,"竟然敢暴力阻碍控鹤军执法!看你们最后怎么死。""我死之前,先让你死。"一名龟奴举起了横刀。白玄静见杀人命案眼看就要发生,赶紧捏住了这名龟奴的手。

"将他们交给衙门,衙门会处置。"

不晓得是被凶狠的控鹤军兵士吓坏了,还是被天清观道士的身手惊呆了,春花院老鸨余是花老半天才清醒过来,连忙命账房先生取来铜钱,奉献给天清观作香资。石柏和秋雨俩姐妹已经演练了大半天的超度亡灵道场看来今天只能这样匆匆收场了。余是花当场就决定过两天后再请若水先生来春花院做一场更大的超度亡灵的道场。等将十八名活着的控鹤军兵士都已经捆扎实,石柏和白玄静带着一班天清观道士离开春花院,返回天清观。反正余是花香资已经给了,秋雨、秋水也不算是白忙活。不花力气,就能赚钱,谁不愿意?

春花院的龟奴出了后门,就一路飞奔跑去向赵淮浦禀报。"大……大人,不好了!"见到赵淮浦时,报信的龟奴已经满头大汗,透不出气。赵淮浦没来得及仔细想,急忙传令都尉刘道杰,带胥徒火速去春花院。春花院是亳州刺史府经营的妓院,属刺史赵淮浦所有。跟一般的官营妓院不同,春花院的神女有官妓、营妓、家妓、民妓等多重身份。为了筹集资金,春花院也对市民开放。只要有铜钱,也可以到春花院度春宵。不过,刺史府官吏有优先权。别人的死活可以不管,赵淮浦的话不能不听。刘道杰接到赵淮浦的命令,旋即带着一班胥徒没命似的地跑到四方大街,冲进了春花院。刘道杰一看,吃了一惊。

春花院一片狼藉。地上躺着七八个死人,到处是刀枪棍棒,到处是血迹。正对着门口站着春花院老鸨余是花,身后是一群发呆的神女。左侧是一堆已经捆绑着的控鹤军兵士。春花院的几名护院手持横刀看守着这一堆兵士。刘道杰还没有弄明白究竟是怎么一回事,老鸨已经迎了上来,惊魂未定地说:"幸亏有天清观道士在,否则今天春花院的所有人都将变成冤死鬼。"余是花边说着,边弯腰从地上捡起一把横刀,走到一名兵士跟前,冷冷地说:"想杀老娘,老娘先宰了你!"余是花手中的横刀猝然已经砍在这名兵士的脖子上,鲜血霎时喷出一道血柱。刘道杰正想出手阻拦,可惜还是晚了一步。两名胥徒赶紧上前拦住还要砍第二个兵士的余是花。刘道杰安慰余是花说:"让我带回刺史府审查后,再做处置。"

赵淮浦亲自提审这十七名被刘道杰押回刺史府的兵士。

刘道杰刚一走,赵淮浦又懊悔了起来。正准备派人去将刘道杰叫回,赵淮浦又否定了自己的决定。春花院是刺史府经营的妓院,亳州谁都晓得。今天肆无忌惮去春花院杀人,明天还不是直接来刺史府杀我?是该做出决定的时候了。一边走,一边在思考对策。赵淮浦感到朱友徽一步步将自己逼进绝路。昨夜,赵淮浦几乎一夜未眠,考虑对策。可是,躺在床上想了一夜,除了拼死一搏,根本就没有其他出路。赵淮浦晓得,朱友徽还没有直接动手,是自己手上还有几千私兵。这点私兵,赵淮浦几乎是殚精竭虑。这几千私兵怎么能对抗朱温的大军?莫非真要投奔吴国?想到人生壮志,赵淮浦又心不甘。这一生就这样浑浑噩噩算了?人家会允许我浑浑噩噩过余生吗？做梦！赵淮浦的眼前出现了熊熊燃烧中的逍遥窟。多年的心血，就一把火。真他妈的楚人一炬，可怜焦土。是到了该下决心的时候了。再犹犹豫豫不做出决断，凌迟的时候再后悔已经没有时间了。赵淮浦想起了自己的前任田泽厚。赵淮浦进入大堂，在正大光明横额下的凳子上一坐，等候刘道杰的消息。没多久，刘道杰押着十七名探鹤军兵士出现在大堂前。

见到了赵淮浦，一名军官模样的人非但不跪，挺着腰板，扭着脖子，对坐在公堂上的赵淮浦表现出一脸的不屑。“赵淮浦”，这名军官竟然直呼赵淮浦的名讳，“还不快将老子给放了！莫非你还想造反不成？”都已经成阶下囚了，竟然还猖狂到这种地步！朱友徽天天爬到我头上撒尿拉屎，你这狗杂种竟然也狗仗人势，爬到我头上来了。常言道，强龙不压地头蛇。朱友徽再狠，我是亳州刺史。赵淮浦原本就已经满肚子的火，言语再一刺激，顿时火冒三丈。“大胆歹徒竟然敢冒充控鹤军兵士为非作歹，败坏控鹤军名声！给本使好好打！”

一听“打”字，两旁手持水火棍的胥徒立马就兴奋了起来。赵淮浦坐在公堂上欣赏着有节奏的噼啪声。看看所有人都老老实实地趴在刺史府公堂上，赵淮浦举起了手。依照刺史赵淮浦的要求，众胥徒上前一一撕开兵士的衣服。每人左胸前那一幅蝙蝠图一一呈现在刺史赵淮浦的眼前。看到眼前这幅蝙蝠图，赵淮浦脑中马上浮现出熊熊火光的逍遥窟。

这可是刺史赵淮浦花了将近八年时间才打造成的逍遥窟！这群狂徒让日进斗金的逍遥窟顷刻之间化为乌有。更可恨的是，赵淮浦多年搜罗并豢养在逍遥窟里面的江湖俊杰、绝色佳人一夜之间不是被这群狂徒屠戮，就是被熊熊大火烧死。

我不去找你算账，你倒反自己来找死。

大胆歹徒，朗朗乾坤，光天化日之下，竟然手持横刀，私闯民宅，杀人越货。赶快老实交代幕后指使之人和藏匿的巢穴，免得遭受皮肉之苦。面对铁证如山的犯罪事实，跪在赵淮浦面前的十七名杀手仍然有恃无恐，拒不交代。看看是嘴硬，还是皮肉硬。只听刺史赵淮浦一声“大刑侍候”，水火棍顿时如同夏天暴雨般劈头砸在这些杀手身上。

这些多年生活在刺史府的胥徒，最喜欢听的就是“大刑侍候”这四个字。听着劈里啪啦的棍棒声，胥徒们心中的快感油然而生。抓进刺史府的人，先得痛打一顿早就是神州通行的惯例。刺史府流行的一句是“老实交代，免受皮肉之苦”。几名由责任心较强的胥徒侍候的控鹤军兵士，此时已经趴在地上，只剩下呼出的气。同伴见状，赶忙说出幕后指使之人和藏匿的巢穴。随着赵淮浦一声“严加看管”，胥徒们将这些杀手拖到大牢。

当肚子里面的火气渐渐散去，赵淮浦开始意识到问题严重。事情闹到如今这种地步，朱友徽绝对不会善罢甘休。朱友徽对付赵淮浦可以采用明的和暗的两种策略。明的，依照朱温给朱友徽的权力，直接罢黜赵淮浦。赵淮浦不肯，就等于谋反。谋反的结果是族灭。前任亳州刺史田厚泽，就是有人诬陷他企图谋反，一家一百四十三口，包括未满周岁的孙子，全部弃世。暗杀是控鹤军的强项。这几年不知有多少能人善士被控鹤军暗杀。朱友徽接任亳州控鹤君都虞候以后，赵淮浦就加强了戒备和保护。赵淮浦晓得，朱友徽也忌惮自己手中的几千私兵。谁能保证赵淮浦一定就是田厚泽？束手就擒，等候凌迟处死。万一赵淮浦也来一个鱼死网破，怎么办？逼反了赵淮浦，对朱友徽也没有什么好处。公开不敢，暗地里杀人也就越发重要。这些年，赵淮浦一直招募好手，加强保护，防止出现意外。

见赵淮浦陷入沉思，站在一旁的张博缘赶紧提醒。

"大人。得抓紧时间做一些准备。今天派出去在春花院行凶的控鹤军兵士已经死了好几名。朱友徽依仗其特殊的身份以及天生暴虐乖戾的性格，肯定会召集控鹤军兵士，直接来刺史府向大人要人。大人怎么交？只要朱友徽说一句大人企图谋反，就可以族灭大人。任何侥幸，企图妥协，只能是自取灭亡，怨不得别人。古人云，当断不断，反受其乱。生死攸关的事情，犹豫不得！想想韩信，当年就是犹豫不决，错过大好时机，而最后变成刘邦砧板上的肉。大人，是到了该当机立断的时候了！大不了最后归附吴国。"

赵某不能再犹豫不决，首鼠两端，得下狠心。

早上，赵淮浦对着铜镜，看见自己两鬓的白发，感慨万千。好像还没感觉，再过几年就是六十花甲了！死了，都已经不算早逝了。想想，还能活几年？高堂明镜悲白髮，朝如青丝暮成雪。赵淮浦不禁联想起了自己的人生景愿和宏伟壮志。用不了几年，赵某就将是一堆枯骨。比赵某小一岁的李克用都已经死了！什么宏图大业，统统都是令人思之发笑的春梦。当初，要是没有豁出去的勇气，怎么可能会有今天的赵淮浦？是到了该下决心的时候了！赵淮浦越来越感觉自己身上的锐气一点一点地在消退。就算赵某什么野心都没有，朱友徽会让赵某安生，放过赵某？做梦！等到族灭的时候再想起后悔都已经完了。与其坐以待毙，还不如主动出击，死个痛快，就当赵某当初跟随黄巢造反失败被朝廷族灭。赵淮浦开始部署。

"王廷超马上调集军队，秘密进入亳州城，布置在刺史府周围，加强对刺史府的保护。赵忠甫和刘道杰带着刺史府胥徒加强对刺史府的警戒，同时加强对亳州城的巡视，以防不测。要做到外松内紧，切勿让人引起怀疑。倘若朱友徽攻击刺史府，马上予以歼灭。”赵淮浦决定，绝不像田厚泽那样伸长脖子等人来砍。

等一切都安排妥当，赵淮浦动身前往天清观。

亳州人都晓得，天清派是河南有影响力的道教教派。大大小小的天清派道观几十座，道士上千人，信众数以万计。这些年，创派掌门姑射真人致力于慈善事业，天清派在民间的威望极高。姑射真人神通广大，上通庙堂，下通江湖，仿佛就是吃着人间烟火的神仙，没有她解决不了的事情。在亳州，除了控鹤军、刺史府，就天清观最有实力。

赵淮浦跟姑射真人很有交情。以往，赵淮浦遇到什么难解的事情，总是去天清观找姑射真人商量，而姑射真人也总是能给赵淮浦找到解决的方法。姑射真人虽然已经羽化，但天清观和天清派还在。眼下已经到了生死存亡的紧要关头，赵淮浦很需要支持，在亳州这个地方能使得上力的也只有天清观和天清派。

“那些控鹤军兵士也太肆无忌惮了！”

渡过涡水，刚踏上码头，秋水就说起发生在春花院的事情。白玄静接话说：“师妹不晓得，这种事情不是今天才第一次发生。亳州城人早就已经见怪不怪了。你去阻拦，轻则说你犯了妨害公务罪，重则说你犯了暴力阻碍执法罪。师妹不晓得，朱友徽全是先杀人然后再给你按一个罪名。不是掌门师弟先动手，师姐还真不敢动手，免得给天清观带来麻烦。”

“那也不能看着他们杀人。”秋水给石柏找理由。

“是啊。”白玄静接话。“看着他们杀人，既自私又冷酷。就是因为自私、冷酷，才使得今天你被杀，明天我被杀。当初人人都能够伸一伸手，就不会发生今天这种不分青红皂白杀人的事情。可就是怕，最后缩手。自私、冷酷更多的时候是害人害己。”

“师兄，会不会有麻烦？”秋雨颇为担心。

“一时还无法说。师兄方才也是仓促之间出手，没想那么多，总不能直着手看他们杀人。没有我们，他们肯定杀了人扬长而去。现在就不同了。烫手的山芋已经到了手上。孙子说，投之亡地而后存，陷之死地然后生。人有时候很贱，没有退路了，才想起反击。师兄倒觉得，不管有没有麻烦，今天都应该出手。这世界，一点麻烦都没有的事情还真没有。就像师姐方才说的，当初出手帮一帮，哪会有今天这种事情。没麻烦实际隐藏着大麻烦。”

“师兄说得对。就好比人与人之间，凡事都闷在肚子不说反而不好。有什么不痛快的事情说出来就好了。既要顾脸面又要顾屁股,怎么顾得过来?”

“师父羽化前也得罪过控鹤军多次。”

“可今天在春花院好几个控鹤军兵士让那些打死老虎的护院给杀了。敌人,他们肯定会说人是他们杀的。现在杀的是控鹤军兵士,他们肯定会将杀人的责任全推给我们。控鹤军是亳州的老虎,刺史又不敢承担,麻烦就会很大。”

秋雨颇为担心。

第三十一章　泄恨

譬于禽兽，臣食其肉而寝处其皮矣。

——《春秋左氏传》

石柏刚到天清观不久，赵淮浦就来了。

李唐时期，道教是国教。道观自然也成了官员聚会的场所，联系的纽带。正所谓积习难改，已经形成的风气并没有李唐皇朝崩塌而马上转向。几千年来，神州的风气就像神州冬天的风，总是从西北往东南方向吹。偶尔改变一下风向，过一两天就会恢复正常。自任亳州刺史以来，赵淮浦来天清观的次数不少。与姑射真人对弈、闲聊，两人交游甚深。姑射真人羽化之后，赵淮浦还是第一次来天清观。见刺史大人亲临天清观，门头滕若缺一边让跑腿的道童先跑过去告诉石柏刺史大人来访，一边亲自引赵淮浦到若水先生的修道之地玄幽别院。苍松翠柏掩映中的玄幽别院，是天清观最为清幽的去处。姑射真人羽化之前，赵淮浦曾经来过多次，非常熟悉。沿着曲径，赵淮浦来到玄幽别院。

石柏根本没想到去春花院做个法事竟然会遇到如此尴尬的事情。出手不是，不出手也不是，连一个回避的地方都没有。石柏真怕朱友徽将矛头直接对准天清观，而赵淮浦为了自保让天清观来背这个黑锅。这个世道没有是非，只有利益。回天清观的路上，石柏一直在考虑该如何化解危机。得知刺史赵淮浦来访，压在石柏心上的石头霎时化为清风。

见前来迎接的是一名二十出头的年轻道士，赵淮浦惊异不已。赵淮浦跟姑射真人交往多年，晓得姑射真人是非常之人，不可能将天清派掌门这个职位交给一个平庸之人。十七名控鹤军军士被众胥徒押回刺史府，刘道杰对赵淮浦说：“幸亏正在春花院做超度亡灵道场的若水先生与天清观道士出手,及时制住了这群杀手。否则,春花院肯定无一人能够幸免。"赵淮浦没想那么多,以为很正常。没想到,接任天清派掌门的若水先生竟然是一位二十出头的毛头后生。真是自古英雄出少年啊！赵淮浦心里除了羡慕还是羡慕。

"人称英雄出少年,赵某还有些不信。见到若水先生,赵某方知此言不虚!"

"惭愧！惭愧!"石柏手一拱。"使君有所不知,贫道能够接任天清派掌门,全凭先师偏好。王羲之喜欢白鹅,先师喜欢白鹤,仅仅是偏好不同。贫道不能因此而说先师比王羲之高雅。先师当初选贫道而不选其他同门,不是贫道有什么特别的能耐,仅仅是先师喜欢。正因如此,贫道直到前几天才敢接任天清派掌门。使君请勿见笑!"

石柏延请赵淮浦进入玄幽别院堂内就座。

秋雨奉上刚刚煮好的香茗。

"这是阳羡雪芽。煮的时候,贫道只叫观中的道姑加了一点生姜。"

"好茶。"品了品,赵淮浦点了点头。"赵某先得感谢若水先生上午及时出手制住了那些控鹤君军士。否则,治下良民必遭毒手。"赵淮浦向石柏手一拱。

"使君着实无须感谢贫道。使君治下良民能够躲过此一劫难,只能说明他们的寿数还未满。不是贫道的功劳,贫道万万不敢贪功!"

"若水先生客气!"

"这倒真不是贫道故意客气,贫道只是实话实说。生死,命也。人的寿数未满,就是想死都死不了;一旦寿数到了,想不死也必须得死。冥冥中安排贫道在场,只不过是神明晓得贫道能够及时出手替他们挡灾。就算没有贫道,他们也会平安无事。想当初,刘邦被项羽团团包围,眼看就要送命。突然间,狂风骤起,白天顿时成黑夜,刘邦得以乘机逃脱。使君晓得,当年朱温使诈宴请李克用,准备乘他酒醉之机,将他烧死。正当朱温以为李克用必死的时候,突然间来了一阵大暴雨,不仅浇灭了大火,还浇醒了李克用。没有这阵暴雨,神州是否还会是现在的神州？这些故事使君肯定听说过。"

赵淮浦点了点头。

"为何后来背上生了一个小小的痈,就要了李克用的命？这是李克用的寿数到了。生死有命,富贵在天。人的寿数,还没出娘胎之前,早就已经定好。那些控鹤军军士,平日杀人如切菜。这次落到使君手里,贫道算中是他们的寿数到了。"

石柏呷了一口茶,继续说:"使君晓得,人的阳寿何时终结全由北斗星君掌管。

说起来控鹤军军士杀人也不过代北斗星君终结人的寿命而已。这一切都是天数，冥冥之中已经注定好了。寿数到了，铁皮都包不住；寿数没到，想死都死不了。命中注定有八十，就是刀子架到了脖子上，也会有人出手相救。这也是那些控鹤军军士杀他而不杀别人的根本原因。"

赵淮浦又点了点头。

"德经云，夫代司杀者杀。杀人者必然为他人所杀。这是杀人者早就已经决定了的运数。使君现在就去处死那些个杀人的军士，也不过是无意中依照北斗星君的意图行事罢了，没什么特别，只是人自己不晓得而已。使君杀了这些军士，只能说这些军士的寿数已经到了。这些年，控鹤军军士杀人无数，都虞候朱友徽更是无恶不作，无法无天。这是亳州人人皆知的事情。德经云，天网恢恢，疏而不失。这次撞上使君，也只能说是朱友徽的寿数到了。使君能够除去朱友徽，说起来，也算得上是大大的功德一件！天之道，损有余而补不足。使君是替天行道。"

"不过，德经云，夫代大匠斫者，希有不伤其手矣。控鹤军在亳州的人数众多，而且都虞候朱友徽武艺了得。只怕到时，反伤了自己的手。"

"不能怕伤了手，就不斫。使君不信问问，哪个木匠没伤过手？别说木匠，就是那些闺阁内的县主，也常常不小心被绣花针伤了手。关键在于这些都是些无关紧要的皮外伤，最多留点疤痕而已。人不会因噎而废食，木匠也不会怕斧头伤了手而不斫。使君请！"

赵淮浦端起茶盏，喝了一口。

"伤点皮自然无所谓。弄不好，还不单单伤及个人性命的问题。不是赵某不想为亳州的百姓请命，而是朱友徽根本就得罪不起。得罪了他，掉脑袋都是小意思。不瞒若水先生，赵某这些年一直装瞎子，装聋子，装哑巴，只希望祸害不要降到赵某的头上。结果呢，还是一步一步被逼到绝境上。赵某是亳州的父母官，总不能对治下黎民的生死不闻不问。就像春花院这种事情，实在是太肆无忌惮了！说句实话，赵某现在是骑虎难下。"

赵淮浦轻叹了一口气，微微摇了摇头。

"以贫道愚见，使君叹气倒不那么必要。控鹤军在亳州的人数就算再多一些，但总不能多过使君的军队。只要部署合理，何须担心朱友徽的控鹤军？朱友徽之所以肆无忌惮，不过仗着他是皇帝的侄儿以及控鹤军的特权。贫道以为，控鹤军倘若真的敢放肆，使君大军在手，还不是轻轻松松地就让他灰飞烟灭？清除朱友徽，对使君来说，倒不是一件非常困难的事。恕贫道妄猜，使君可能不会为此担心，而是担心清除了朱友徽之后该怎么办。朱友徽的背后有朱温，大梁国谁都晓得。

朱温之行事，使君比贫道清楚。使君毕竟跟朱温打过多年的交道。黄河两岸仍还活着的父老乡亲提到'朱温'两字无不咬牙切齿。使君在朱温手下为官，外人无疑会认为使君在为虎作伥。贫道说得露骨点，这很容易会折去使君的阳寿。

春秋左氏云，人非圣贤，孰能无过！过而能改，善莫大焉。就算使君不考虑这些，使君也难保平安。朱温阴险狡诈，喜怒无常，众所周知。使君根本就不晓得朱温何日翻脸，取人性命。使君与朱温为伍，岂非与虎同床而眠？不说使君仅仅只是亳州刺史，即便是节度使又能如何？右金吾卫上将军王师范、佑国军节度使王重师，不是照样被族灭？仅今年，朱温就杀了左散骑常侍孙骘、右谏议大夫张衍、兵部郎中张俊等一大批臣僚。在朱温手下多做一天臣僚，就多一分被杀的危险。这种不知何时大祸突然临头的日子，使君愿意过？

倘若使君如今仍是郑州刺史，贫道倒要劝使君苟延残喘算了，反正大梁国所有人都在苟延残喘。问题是使君如今是在与吴国接壤的亳州做刺史。一旦发现苗头不对，至少还有一条后路。这也是大梁与周边藩镇接壤的州反水不断的根本原因。

称帝以来，河东战事频仍，朱温一直败退。今年，朱温更是将所有家当押在魏博。就算朱友徽被杀，朱温也难以征调精锐来对付使君。否则，李存勖必定会趁机挥师南下，来要朱温的命。别说是小小朱友徽的命，就是朱温手下所有人的命加起来，在朱温的眼里面也不如朱温自己的命重要。可以说，眼前动手是天赐良机。错过这次机会，不是贫道吓使君，使君就等着抽筋剥皮吧。

古语云，夫天与不取，反受其咎。所有的祸殃都来自没有抓住机会，亳州与吴国接壤，隔壁泗州就是吴国的地盘。倘若真的有事，使君遣一使者前往金陵向吴国求救，吴王定会派兵帮助使君。吴梁一旦交火，晋人必定会乘虚而入。真能如此，朱温休矣。朱温向来以狡诈著称，会算不到这一步？连这一点也想不到，朱温怎么可能会成为朱温？使君实在无须为朱温出兵亳州而担心！"

"赵某担心的是朱温孤注一掷而吴国冷眼旁观，看着赵某被朱温吞食。"

"使君做事还真的想得周详！问题是朱友徽磨刀霍霍，马上要来取使君的人头。使君准备怎么办？使君是不是准备伸出脖子让他来砍？就算事实真如使君所言，那也只有先解决了眼前火烧眉毛的事情，才能考虑将来的事情。贫道觉得，只有一种办法可以化解眼前的危机，那就是使君一家人的人头。使君愿意不愿意？肯定是不愿意。使君晓得，朱温因一顿饭不够丰盛就杀了大梁国的开国功臣李思安。使君自揣自己的重要性能不能跟李思安比？

朱温晓得使君杀了控鹤军军士,使君自揣还能不能活命?贫道听说,控鹤君亳州副都虞候在使君的地盘上被人杀害。使君能不能推卸责任?朱友徽不是不想动使君,而是认为时机未到。再前怕虎后怕狼,贫道真替使君捏一把汗。说句实话,不是使君与先师交情深厚,贫道哪敢如此直言?

还是常言说得好,饭要一口一口吃,事要一件一件做。三尺孩童都晓得,只有活人才有机会和时间去担心将来可能发生的事情。使君你说呢?既然使君都那么担心,难道朱温就一点也不担心晋王李存勖要他的命?退一万步讲,就算朱温果真孤注一掷,使君照样可以投奔淮南吴王。一旦使君携众弃朱温投奔吴王,吴王必定欣然接纳,且可以洗尽使君往日为虎作伥的恶名。贫道觉得,还是先解决眼前的危机再去担心那些个实在不应该担心的事情。

将来朱温真的孤注一掷,使君信得过,贫道不妨替使君做一做说客,劝说吴国出兵帮一帮使君。使君一旦站住了脚跟,对吴国是百利无一害。倘若使君是吴国的都督,使君会不会伸出援手?敌弱则我强,是黄口小儿都懂的道理。使君脱离朱温,等于帮了吴国。贫道不相信,吴国都督徐温竟然连这个道理也不懂。贫道觉得,使君确实多虑了!倘若使君还放心不下,不如说一字,让贫道测一测吉凶。贫道自从一异人那学了这门手艺,一直没用。"

"就选由吧。"赵淮浦想了老半天,终于选出了一个字。

"朋友的友?由衷的由?还是有无的有?"

"朋友的友。"赵淮浦犹豫了半晌说。

"这倒跟使君眼前的处境很像。"

"若水先生此话怎说?"

"使君看,朋友的友像不像反?"

"像。"

"友很像反,说明此时使君很想反。友不是反,说明使君又不想反。反,还是不反,使君犹豫不决,左右徘徊。到底选反,还是不反,使君所选的字已经替使君做了选择。只有反出头了,才是友。此字告诉使君,想有出头之日,只有反。"

"选由衷的由呢?"

赵淮浦原本选由衷的由,怕由衷的由不吉,连忙插话问。

"使君真是巧了。朋友的友和由衷的由暗含相同的玄机。由,田出头。使君不论是选朋友的友,还是由衷的由,都以为着使君从此有出头之日。倘若使君将由字反过来,就变成了甲。由字告诉使君,想居于首位,只有反。穷则变,变则通,通则久。只有敢于打破老的框框,才能有所建树。就使君所选的由字来看,摆脱困境,唯一的办法就是将他反过来。造反是反,拨乱反正也是反。使君真希望朱友徽将长出来的芽给剪了,变回到田去?”

“有无的有呢?”

“一个字,使君选了三遍。一而再,再而三。这说明使君一直在犹豫不决。古语云,当断不断,反受其乱。贫道以为,使君还是早做出决断。字可以选几次,生死却不能让使君反复选。贫道不晓得朱友徽会不会让使君选。”

十七名控鹤军军士刚被都尉刘道杰押回刺史府不久,朱友徽就接到了手下的报告。“什么?竟然敢扣留本王的人!”手下话还没说完,朱友徽已经勃然大怒。“本王还没有找他好好算一算账,竟然先动起手来了?马上召集人马,随本王去刺史府向老匹夫赵淮浦要人。”行事参军马自骋旋即劝止。“千岁,使不得,千万使不得。”

“赵淮浦想谋反的意图已经非常明显。千岁现在去要人,岂不是逼他马上谋反?赵淮浦晓得放还是不放,结果相同,肯定会死之前拼一拼。赵淮浦身边围着一班牙兵,又有一群胥徒,仅靠指挥寺的宿卫亲从,根本不足以应付。千岁这一去岂不等于是自投虎口?狗急了尚且会跳墙,更何况是手握数千私兵的赵淮浦?赵淮浦一声令下,城门一闭,千岁怎么办?”

朱友徽高声说:“难道还想让本王逃离亳州不成?”

马自骋怕朱友徽突然暴怒,马上安抚。

“千岁,赵淮浦现在是想谋反,又不敢谋反。不敢谋反,是担心圣上遣大军前来平乱,势必会被碾成齑粉。千岁正可以利用赵淮浦此时徘徊犹豫的大好机会,率先出手将他除去,彻底消除隐患。仆觉得,千岁可以修书一封,遣人送给赵淮浦,告诉他,那些个被抓的军士若有过错,赵淮浦只管秉公处置。先稳住赵淮浦,不至于铤而走险。同时,召集控鹤军所有将士,分批分批进入亳州城,反正控鹤军府署就几个人驻守。将士们就在府署里面等千岁。然后,千岁再亲率十三太保和宿卫亲从进亳州。待千岁一到,已经在府署里面等候多时的将士就可以和千岁带来的人马一道,包围刺史府,废了赵淮浦。

对付像赵淮浦这种人,只有靠实力,决不能玩虚。以千岁的身份,驻守亳州的守军哪个敢动?就算个别死忠赵淮浦的将领想动,千岁只要将赵淮浦的人头在他们的眼前一亮,这几个人见自己的主子已死,还不是得乖乖缴械投降?千岁跟随圣上多年,肯定还记得,河南的许多城邑当初圣上就用擒贼先擒王的办法拿下。千岁以为如何?”

“马公言之有理!”朱友徽旋即转怒为喜。

“清除赵淮浦的具体事宜,就由马公来安排。”

过了一天,刺史府请若水先生去主持解厄禳灾祈福道场。刺史府以往的道场也都有天清观操办,这次也不例外,只是主事道场的人由姑射真人换成了若水先生。当天,高功白玄静就带一班天清观道士去刺史府广场布置道场。第二天,解厄禳灾祈福道场正式开始。

道场间隙,录事参军事魏经营来找石柏。录事参军事从级别来说,从五品下,已是一个不小的官。平时监督亳州的各级官吏,威风得很。可在朱友徽的眼里,什么都不是。今年元宵节,魏经营的女儿魏椒兰去看花灯,不幸被朱友徽撞上。保护魏椒兰安全的两名仆役,一死一伤,而伤者至今还躺在床上起不来。魏经营很后悔,大白天,疏于防范,出了事。亳州地盘上,谁也对朱友徽无可奈何。文不行,武不行;君子不行,流氓也不行;公开不行,背后也不行。亳州最大的官是刺史赵淮浦,正四品下,建王朱友徽正一品,差了好几级。赵淮浦根本没资格管朱友徽。控鹤军虽在亳州地界,但直接对大梁皇帝负责。朱友徽有权管赵淮浦,赵淮浦没权管朱友徽。魏经营原本办事很简单,谁都卖他面子。如今碰到了建王朱友徽,魏经营无论如何东西跳梁,都没有用。动用了所有的关系,都没办法让朱友徽放人。魏经营第一次体味到了什么叫做无助,有了一种以前从未有过的幻灭感。最后,刺史赵淮浦经不住魏经营的哀求,跑到帝喾陵劝说朱友徽放了魏椒兰。人是放回来了,可被朱友徽虐待得不能看。魏经营虽是从五品下的官,可控告无路,申诉无门。魏经营将自己的故事一讲完,就直截了当地问石柏:“怎么样做才能雪耻?”

“实际上,居士比贫道更清楚有没有可能。每一个神州人都好比水中游的鱼,会不会被鱼吃了,全凭运气。大梁境内,谁能管得住建王?只有一个人,那就是圣上。不晓得圣上愿意不愿意替居士雪耻。其他任何人都没用。别说御史大夫,大理寺卿,就是相国都没用。俗话说,自己栏里面的猪不会拉出去让别人宰。贫道觉得,居士很清楚,有没有可能。”

魏经营沉默。和尚,和尚,终于轮到自己的头上。魏经营从未想过这种倒霉的事情会发生在自己的身上。自女儿被劫走后,魏经营终于晓得了没有为民请命的人,自己不是,别人也不是。大梁上下,谁会为了一个魏经营而去得罪朱友徽?魏经营第一次尝到了被欺凌的痛苦。女儿被放回后,魏经营咽不下这坨狗屎,向司宪府控告朱友徽。没想到,仅过了几天时间,朱友徽就遣人来告诉魏经营:“先警告你！再敢败坏千岁的名声，定杀了你全家！”朱友徽说杀你全家就杀你全家。从此，魏经营不敢再轻举妄动。

“不如这样，居士选一个字，让贫道看一看，有没有可能雪耻。”

战乱时期，亳州城早上开门的时间比以往要迟，关门的时间则比以往早。晨钟敲响，司关的兵士打开城门。随着城门的缓缓打开，急着要出城办事的亳州市民涌向城门。城外已经等候多时要进城的人见吊桥放下，也涌向城门。两路人马将整个城门挤得水泄不通。把守城门的兵士倒没有像往常一样用栅栏拦住那些急着要进出城的人，高声说：“急什么，一个一个来。”无论是进城的人还是出城的人都觉得自己今天特别庆幸，没有被把守城门的兵士盘查老半天。进城和出城的人心里都在想，是不是战要打完了？

你做梦啊！

一名把守城门的兵士给一名好奇者泼了一盆冷水。进出城的人感到反常，把守城门的兵士隐隐约约感到其中肯定文章。他们发现这两天有不少形迹非常可疑的人进城。依照以往通常做法，他们要对这些可疑的人进行一番仔细的盘查。可是，刺史赵淮浦却传令，所有进出城的人都予以放行，不得拦阻。刺史大人这种违反守城常规的做法，他们根本无法理解。

莫非真的天下已经太平？管他呢，反正亳州城是刺史大人的。好处也不去想了，只要不摊上祸事就行了。屠起城来，可不管你有没有享受过好处。祸事想躲也躲不掉，还是别去想了。别抱怨了，刺史大人给的饷银已经够高了。担心祸事，赶快躲到乡下去！乡下？乡下更糟糕！城内至少还有城墙可以护一护。乡下往哪躲去？别说大部队，几百兵马，都可以横扫一片。别想那么多，还是趁这个空，好好放松放松吧。战一旦打起来，你们想想吧。平时绷着弓弦的守城官兵顷刻之间松弛了下来。这些守城兵士，有的聚成一团听消息灵通的人讲一讲朝廷故事，有的围在一起赌博，有的干脆什么事情也不做，枕着头，看着空无一物的天。

大约到了辰时初，天清观的若水先生带着白玄静等一班道士进亳州城。这段时间，几乎都是这个时候，若水先生进亳州城。把守城门的兵士见是天清观的若水先生，心想又要去刺史府广场做祈福道场了。一名好事的兵士，看到若水先生，连忙上去跟若水先生搭讪。

“若水先生，刺史府的解厄禳灾道场什么时候结束啊？”

石柏笑了笑，没有回答，仅拱了拱手，就跟这名好事的兵士告辞。来天清观后，石柏一边在天清观跟白玄静学习，一边跟着白玄静到现场观摩如何做道场。外人的眼中,功高白玄静是石柏的手下,而实际上白玄静是石柏的师父。

经过几天时间观摩学习,石柏对道士的活也渐渐熟悉了起来。这几天是受刺史府邀请举行宏大的解厄禳灾清醮法事。法事已经进行了四天,依照事先的规划,还需要三天时间才告结束。若水先生一进入亳州城,就率领天清观道士直奔刺史府广场。

辰时一过,进出亳州城门的人就已经非常少。正当守城的兵士考虑今天应当安排玩些什么的时候,一队身着控鹤军服装的人马冲进亳州城门。站在城门后的兵士见状纷纷后退,免得被冲进来的马匹踩到。一名细心的兵士粗略算一算应该有几百号人。

时间只过去不到半个时辰,一名传令兵骑马跑了过来,对守城军官高声大喊:"传刺史命令,马上关闭城门,不准放出一人,违者一律格杀。"守城的兵士突然紧张了起来,司关的四名兵士急忙跑去关上城门,负责吊桥的兵士也连忙升起吊桥。亳州城的居民听到戒严的锣声,赶紧跑回到家中,匆忙关上门窗。

法事的坛场就设在刺史府前的广场上,围观法事的市民人山人海。考虑到若水先生做法事中间的休息和法器的存放,赵淮浦特意将府前巷的一座小院留给若水先生和天清观道士使用。从小院到刺史府广场也不过几百步,非常近。

若水先生还没有登坛,围观的市民突然出现了一阵慌乱,紧接着就出现了相互践踏。天清观道士搭建起来的坛场被慌乱的市民推倒,香支蜡烛撒落一地。哭天喊地的声音一时间响彻了整个刺史府前的广场。解厄禳灾法事不仅没消灾,倒反带来了灾祸。今天的法事是做不成了。亳州市民也顾不上叫苦连天的被踩踏者,只顾自己四处逃命,如鸟兽般散离了刺史府广场。仿佛就是眨眼间,一片狼藉的刺史府广场上站着的只有控鹤军将士。

朱友徽身穿紫袍,骑着一匹高头大马,正在听行事参军马自骋的报告。

朱友徽和分批潜进城内、驻扎在控鹤军府署的将士一汇合,马上率领控鹤军包围了亳州刺史府。这回,本王看你这个乌龟还能跑哪去?马自骋向朱友徽报告,控鹤军将士已经将刺史府团团围住,赵淮浦就是插翅也难飞,控鹤军将士正严阵等待建王的命令。刺史府看门的胥徒一看形势不妙,慌忙退进刺史府内,关上了大门。

朱友徽正准备下令冲进刺史府,活捉赵淮浦,不晓得从哪里冒出来的羽箭雨点般向包围刺史府的控鹤军射来。控鹤军将士裸露在广场上,没地方躲避,纷纷中箭倒地。朱友徽没想到,赵淮浦早就已经在刺史府周围布上重兵,就等朱友徽自投罗网,来一招瓮中捉鳖。日你祖宗的,赵淮浦竟然已有准备。朱友徽原本想突然袭击,一举拿下赵淮浦,哪晓得结果却遭到了赵淮浦的伏击。包围刺史府的控鹤军被赵淮浦的私兵反包围。朱友徽抽剑砍掉了好几名企图逃命的控鹤军兵士。“只有攻下刺史府,抓住赵淮浦,才可能活命。后退,就是死。将士们,冲!”朱友徽亲率控鹤军将士向刺史府发起进攻。

羽箭像打破了巢的马蜂向朱友徽率领的控鹤军飞扑而来。刺史府围墙的墙头,密密麻麻布满了弓箭手。赵淮浦早就警告他们,一旦朱友徽率领控鹤军攻下刺史府,等待他们的不仅仅只是死。想活命,只能全神贯注拉弓射箭。射人先射马,擒贼先擒王。跨下坐骑纷纷先于控鹤军将士倒地而亡。此时刺史府门头前的广场上,死人越堆越多,但并没有阻挡控鹤军的进攻。朱友徽率领着控鹤军一步一步向刺史府大门逼近。赵淮浦此时正坐在外面布满三层弓箭手的公堂里面,两腿发抖。赵淮浦明白,朱友徽一旦攻破刺史府,局势立马扭转,到那时抽筋剥皮的人将是赵淮浦。就在此时,只听“嗖”的一声,马自骋咽喉左侧中了一箭,连人带马跌倒在地上。控鹤军将士一个接一个倒地,但都没有阻挡朱友徽进攻。朱友徽一边用剑格挡飞驰而来的羽箭,一边向大门靠近。几个动作敏捷的控鹤军将士已经开始砸门。

杀啊,杀啊……

就在这时,震天的呐喊声响起。连接广场的大街小巷突然涌出亳州守军,紧跟着就是近乎疯狂的冲杀。朱友徽向刺史府发起的进攻被阻止。呐喊声,兵刃交接的打斗声,响彻了整个刺史府广场。王廷超带领的亳州刺史府兵士和晋河东带来的亡命之徒企图活捉朱友徽。被朱友徽称为十三太保的亳州控鹤军骨干悉数阵亡。朱友徽这才开始意识到,明年的今天将是自己的忌日。一名面带钟馗面具的后生,武艺超出朱友徽的想象。朱友徽忽然想起,此后生应该就是自己让手下寻找的人。朱友徽连应对都觉得吃力,更别想轻易脱身。

看着四周不是被弓箭手射死就是被杀死的控鹤军兵士,一向只欣赏别人临死之前恐惧的朱友徽,听到“活捉朱友徽”的呼喊声,感到一种从来没有过的恐惧。激烈的打斗中,朱友徽刚刚一分神,屁股就挨了重重的一腿,身子斜飞了起来,远远坠落在广场的另一侧。

朱友徽忍着疼痛,尝试站起来。

朱友徽发现,雪亮的宝剑架在自己白白的脖子上。

现在,赵淮浦可以命人打开刺史府大门了。那些躲在刺史府围墙后面两腿发软、全身发冷的刺史府胥徒突然像活了过来似的,个个生龙活虎,开始忙碌了起来。刺史府胥徒大显身手的时候终于到了!他们用牛筋将朱友徽的双手牢牢捆死,再用牛筋将朱友徽五花大绑地捆死，押着他来到刺史府公堂上，面对高高在上的亳州刺史赵淮浦。

两旁手握水火棍的胥徒高声喊道："跪下！"

朱友徽是条硬汉，大义凛然地说："本王是大梁皇帝的皇子，堂堂建王，岂会向赵淮浦这种小小的四品刺史下跪？"依照儒家的尊卑君臣礼仪，应该是赵淮浦跪朱友徽，而不是朱友徽跪赵淮浦。这些年，朱友徽偶尔来刺史府，都只有赵淮浦跪朱友徽，还没有见朱友徽跪过赵淮浦。想想薛贻矩、张文蔚等等这些个饱读圣贤书的孔丘门徒还不是一个个跪流氓无赖朱温？跪有糖吃，不跪挨揍，三吃孩童都晓得应该跪。早在昭宗被朱温弑杀之前，作为昭宗臣子的薛贻矩、张文蔚等等就已经跪朱温。薛贻矩之流有一点廉耻，早就该自裁了。不愿意跪朱温的翰林学士韩偓不是跑得快，早就已经死在朱温之手。朱友徽虽是流氓朱温的种，也没读过什么圣贤书，却是威武不能屈的大丈夫。

"你以下犯上，谋反作乱，该夷九族！赵淮浦，你应该非常熟悉官家的手段。现在马上收手，本王尚且还能保证给你一个痛快。等到凌迟时，再想到后悔就迟了。赵淮浦，本王劝你，赶快收手吧。"站在刺史府公堂两旁，众胥徒正准备舒一舒自己往日受朱友徽鄙视的怨气，见赵淮浦举起了手，才很不请愿地将手中已经举起的水火棍缓缓放下。

"谢谢千岁！下官定会好好款待千岁。"

赵淮浦异常冷静，说话的声音不高，也不急。赵淮浦清楚，一旦出手，就有可能会被夷九族。自朱友徽来亳州接任控鹤军都虞候的那一天起，赵淮浦就开始考虑这个问题。朱友徽不晓得，赵淮浦为此熬过了多少个不眠之夜。如今已经开弓，就没有回头箭。赵淮浦就是想后悔，都已经没有了机会。将捕获的毒蛇放生，毒蛇会幻化成美人报答你的不杀之恩？赵淮浦不抱这样的幻想。眼下，赵淮浦只想发泄淤积在心中多年的怨恨。

大梁皇帝朱温的儿子，建王朱友徽现在就被铁链绑在广场中央的旗杆石条上。刺史府胥徒此时正在亳州城大街小巷、四方城门张贴告示。一个略懂些文字的男子正在读告示上面的文字。凡是家里有人曾经遭控鹤军朱友徽奸杀、屠戮过的亳州百姓，即日起都可以到刺史府前广场上咬一口，以泻心头之恨。刺史府的胥徒告示还没有张贴完毕，刺史府广场已经被亳州民众围得水泄不通。站在旗杆石四周的胥徒，拦住生怕咬不到朱友徽的亳州市民说："不要急，一个一个来。"望着四周黑压压的人潮，朱友徽此时才真正感到什么是恐惧。

逍遥窟的晋河东第一个上前，狠狠地咬下朱友徽脸上的一块肉。

朱友徽刻骨疼痛时非常后悔，当宝剑架在脖子上时，为何不直接抹宝剑而死？朱友徽恨自己没有自杀的勇气。围着的亳州市民见晋河东已经咬了第一口，担心自己咬不到，不顾刺史府胥徒的阻拦，一拥而上咬起了控鹤军都虞候朱友徽。

未时一刻，纵横亳州的控鹤军都虞候朱友徽已经变成了一具骸骨。午后，得到消息，从城外急忙赶到亳州城、准备狠狠咬一口朱友徽的百姓，望着刺史府前面广场中央旗杆石上的铁链，只好重新带回满腔的仇恨离开了刺史府广场，垂头丧气地离开了亳州城。

为国家者，见恶，如农夫之务去草焉，芟夷蕴崇之，绝其本根，勿使能殖。熟读儒家经书的赵淮浦非常懂。赵淮浦绝不允许在亳州还有一个控鹤军活口。朱友徽刚被众胥徒推出刺史府大堂，赵淮浦就下令清剿亳州控鹤军余孽。王廷超带领亳州军士，都尉刘道杰带领亳州刺史府胥徒迅速对隶属于亳州府的各县展开肃清控鹤军余孽的大搜捕。这些平时躲在陵墓里面的控鹤军军士，现在终于都可以以死人的形式从黑暗走出，见到了光明。

王廷超和刘道杰忙，石井更忙。这些时间，石井率领所有从扶桑带来的人手，翻遍了所有分布在亳州的控鹤军据点，不漏掉任何一个。可是，所有人回来向石井的报告都让他感到沮丧。这种沮丧早在朱友徽死前的那个晚上就已经开始。

冒着生命风险，作为诱饵，谷田和另一名扶桑人河口引开了朱友徽，石井带着几名扶桑人终于闯进了帝喾陵地宫。灯光昏暗，又没时间细辨，石井就让手下用朱友徽的一件大氅将那位刚被朱友徽奸污过的女子一包，扛着她，急匆匆地离开了帝喾陵地宫。回到驻地，仔细一看，石井发现费了九牛二虎之力带回来女子根本就不是扶桑人。

经过再三询问，那名嘴唇发白的女子才不得不告诉石井，她叫艾莹娘，是距离此地大约有一百来里路的杨树村人。午后在杨树村前的小河边洗衣裳时，遭朱友徽的侍卫劫持。既然已经救错了人，只能将错就错，石井指派谷田、河口，护送艾莹娘回杨树村。望着渐渐远去的谷田、河口、莹娘，石井决定再去拜访晋河东。

经过多次打听，石井终于晓得了晋河东在亳州城内的家。

石井前来拜访晋河东时，晋河东刚刚去看了女儿的坟回来。仇报了，耻雪了，晋河东要将喜讯告诉给女儿。为了这一天，晋河东苦熬了两年多。刺史府广场上，晋河东使出浑身解数拼杀，既是对赵淮浦知遇之恩的报答，也是泄恨。赵淮浦知道晋河东恨不得将朱友徽食肉寝皮，特意让晋河东第一个上前咬朱友徽一口。若不是后面有那么多人等着，晋河东只想活活将朱友徽咬死，单一口还不足以解心头之恨。当仆役告知有名叫石井的扶桑人求见，晋河东想都没想就说："有请！"见面寒暄后，石井直接说明了自己的来意。

"由子被朱友徽劫持时，当时在场的人很多。不才不需要骗石井君。在亳州地界，遭朱友徽奸杀的女子无数。石井君随便问一问亳州人，就会晓得不才说的不是假话。石井君找不着由子，很可能是已经遭到朱友徽奸杀，弃之荒野或者埋到什么地方去了。"

石井一听，心顿时冰凉。这些时间，石井担心的就是这件事情。寻找了那么长时间，石井也由起初时的不理解慢慢懂了，在朱友徽的眼里，人根本就是蝼蚁，想捏死就捏死。晋河东见石井脸色很难看，连忙安慰说："这也只是不才的推测，说不定事实不是这样。"两人继续坐在堂内便聊了一会，石井就跟晋河东告辞，垂头丧气地回到了客栈。还是再找找吧，已经呆了那么长的时间就不在乎呆一两天时间。真找不着了，再动身回扶桑也不迟。可究竟要到哪去找由子，石井想了一天也没有想出一个头绪。

第三十二章　角逐

有国有家皆是梦，为龙为虎亦成空。

——《上元县》

李清静在外云游了几天,返回天清观。路上,李清静就已经听到了朱友徽的事情。一回到天清观,连一把脸都没洗,李清静就来玄幽别院找石柏。见到石柏,李清静问的第一句话就是,“怎么这么快?”石柏说:“其兴也悖焉,其亡也忽焉。当你发现就要崩塌时,已经是轰然崩塌。一切都会是意料之外、情理之中。师弟现在有信心多了。”看到石柏一脸的自信,李清静也有了信心。

李清静给石柏带来了很多情报。光这些情报,就够石柏消化好长一段时间。石柏需要从这些情报里面发现自己有用的物事。李清静还告诉石柏,他要找的幻术师已经找到,已经有人护送前来天清观,过一段时间就能到。“好极了! 师弟一定要好好学一学。”

只要还有一线希望,就绝不放弃。石井在心里已经不晓得说了多少次。石井派出所有人手,从一个密窟到另一个密窟寻找,可找回来的却只有失望。眼看希望越来越渺茫,出发时信心十足的石井也慢慢没了信心,心情也跟着沮丧了起来。别说暗暗给自己鼓气,就是大声高喊都已经没用。石井开始和谷田等在一家名叫“地一”的酒肆喝起了闷酒。

见石井勾着谷田的肩,软着手,红着脸,摇摇晃晃回客栈,掌柜包长运肚子里就是一阵嘀咕,真有铜钱。酒原本就是奢侈品。盐税、茶税、酒税是朝廷财政的最主要来源。这个时候,酒更是奢侈品中的奢侈品。饿殍遍野,哪有多少粮食去酿酒?就是想借酒浇愁,也得先摸一摸自己的钱囊饱不饱。包长运不晓得,为了这次神州之行，醍醐天皇特地拨给了一笔专款。喝几次酒根本不是什么大问题。重要的是别只顾着喝闷酒忘记了这次来神州的目的。

石井三人今天又去“地一”酒肆喝酒。

一踏进“地一”酒肆，石井发现，还是跟昨天一样，照样只有三名顾客。热闹的店不一定赚铜钱，赚铜钱的店不一定热闹。人生就像开店铺，有些人整天忙忙碌碌，连饭也吃不饱；有些人一生只做一趟大买卖，妻妾成群，终身喝香吃辣。

石井三人坐在酒肆一角，刚刚喝了一斗酒，就发生了一件稀奇事。三名客人也来到“地一”酒肆喝酒。看到有陌生人进入酒馆，石井立马使眼神暗示谷田、河口，注意警惕，以免言语不当，泄露了身份。三人旋即低下头，只管吃自己的菜，喝自己的酒。

有道是，怕鬼有鬼。让石井感到很意外的是，刚进酒馆的三名客人却偏偏选中了石井的邻桌。一番客套之后，三人先后坐了下来。石井没兴趣关心这三人到底喝什么酒，又点了什么菜。待侍儿送来了酒菜，石井听到这三人开始边喝酒边聊天。

聊啊聊，就聊到了当前最热门的亳州刺史赵淮浦剿灭控鹤军事件。石井听见一人说：“连兄、许兄，你俩不晓得吧，这次在刺史府广场上生擒朱友徽的那个蒙面人实际上就是前次在逍遥窟劫持扶桑娘子的那个蒙面人。”

石井、谷田、河口三人一听“扶桑娘子”霎时个个竖起了驴耳朵。

“陈兄，不会乱说吧！”

“陈兄，你的消息可靠吗？”

“不瞒两位，那采花贼劫持扶桑娘子的那一天，小可恰好就在逍遥窟巫山厅里面参与拍卖。小可清楚地记得那采花贼，身穿紫色袍衫，脸戴夜叉面具。几个自以为识货的大老还以为是控鹤军都虞候朱友徽，吓得所有在场的人，还没有晓得后事如何，就溜之大吉了。”紧接着就是陈兄的一阵呵呵窃笑。“现在想来，真是笑破了肚皮。”

“小弟晓得，陈兄就好这口。”

“不是小可好这口，而是扶桑娘子难遇。”

“那天去过逍遥窟巫山厅的人都这么说。”

“可是，生擒朱友徽的那位侠客，身穿白色袍衫，脸戴钟馗面具。”

“告诉你们吧，那天小可刚好前往刺史府，看望在刺史府任参军的小舅子。刚进刺史府不久，就出事了。小可躲在围墙里面，既紧张又兴奋，盯着观看了发生在广场上的那场惊心动魄的战斗。不论是身高体形，还是身手，小可可以明确地告诉两位，那名侠客就是逍遥窟劫持扶桑娘子的采花贼，尽管两人衣裳不同，面具也不一样。小可现在换了一件衣裳，戴上一副样子恐怖的面具，连兄不会就认不出是小可了吧！面具什么的，只能哄哄陌生人，能骗得了像你我这样的熟人吗？说起来，那名侠客也可以算是小可的救命恩人。若不是那侠客出手，小可说不定就不能陪两位喝酒了。等生擒了朱友徽，赵大人才叫人打开刺史府大门。小可也急忙出刺史府看热闹。可惜，等小可匆匆跑出刺史府时，那名侠客已经走了。"

"小可一直想不通，既然是侠客，怎么又做采花贼？"

"侠客也是人，说不定那侠客就好这口。"

"许兄真个是贼的眼里面都是贼。"

"那侠客肯定英俊，哪像我？"

"这倒是。那侠客身高七尺五左右，摘掉面具，肯定会迷死小娘子。"

"被这样的侠客采了花，也是娘子的福气。"

"那就让那侠客来采许兄妹妹的花。"

"也有可能是家境富有人家的公子。"

"有这可能。很有可能是外地人，游玩来到亳州，刚好碰上。"

"小弟有他那样的能耐，定带侍儿到外面去采几朵鲜艳的花。"

三人说啊说，又转回到了采花上面。这些个采花的风流逸事，石井不想继续听，就向谷田、河口白了一下眼。三人先后站了起来，结账后离开了"地一"酒肆。

石井心中狂喜，感到自己好像就是大热天被晒得唇干舌燥的人，突然喝上一大碗冰凉的井水，爽快舒服。控鹤军被剿灭之后，石井原本像雾天在大海上漂泊，霎时看到了海岸。既然是被侠客劫持，那么由子不仅活着，而且应该还活得好好的。

回到客栈，真是太好了，石井不禁用扶桑语脱口而出。

"依照那三个花肠子男人的说法，那侠客应该还在亳州。我们只要找到那侠客，也就找到由子。我开始感觉，我们这次肯定不会再像其他人那样最后空手而回。生擒朱友徽的消息应该会很快传到汴梁，他们的皇帝朱温肯定派控鹤军追捕那侠客。这等于帮我们找到那名侠客。我们只要紧盯控鹤军，就可以找到那侠客，也就找到了由子。"

石井忽然间对找到由子信心十足了起来。

石井在部署寻找由子，朱温则在部署如何平定亳州刺史赵淮浦的叛乱。

酒鬼阮籍登上广武城，看着眼前这片当年楚霸王项羽与汉高祖刘邦交战的土地，感慨地说，时无英主，使竖子成名。常言道，现成话好说。可阮籍有没有想过自己？怕被司马昭所杀，整天酣醉不醒，做缩头乌龟。比起朱温，阮籍的对手司马昭更应该算是竖子。朱温好歹靠自己的能力白手起家，而司马昭充其量不过是倚仗父兄荫庇的匪二代。

山中无老虎猕猴称大王，深山无大树蓬蒿做栋梁。一个人的能力强弱实际并不重要，重要的是你出生时碰到了什么样的竞争对手。天时、地利、人和，三者里面天时最为重要。时机不对，碰到了强悍的对手，就算你本事飞天，也只能哀叹壮志难酬。朱温最后抢到了肉骨头，不是朱温有多大的能耐，而是朱温的竞争对手实在太愚蠢。时溥、秦宗权、朱瑾、朱宣等等，无不如此。依照阮籍的说法，朱温肯定又是一个竖子。

太监本来就是蚂蟥，靠吃皇帝的血才能得到生存。都快要天崩地裂了，太监刘季述竟然想起要废黜昭宗。这下将昭宗和宰相崔胤搞慌了。刘季述刚刚被杀，宋文通自以为翅膀硬了也想做皇帝，和太监韩全诲挟持了昭宗。这导致愚蠢的宰相崔胤和既无谋略又不敢承担责任的昭宗引朱温入关，企图借朱温之手击败宋文通并杀尽太监。宋文通固然被击败，太监也被杀，但崔胤、昭宗跟着也被朱温杀了。竞争对手一连串的愚蠢举动使得朱温从区区一个汴州刺史一跃而成为了梁王，紧跟而来的就是僭号称帝。

阮籍可能给酒喝糊涂了，神州这地方，几千年来，总是让竖子成名。

当死的不死，不当死的偏偏要死，活活将人气死。

跟竞争对手比拼，不单单只是比能耐，更要比身体。三国时期，曹操有郭嘉，刘备有诸葛亮。郭嘉才策谋略，旷世之奇士，岂是山野匹夫诸葛亮可比？可惜，郭嘉短命死了。诸侯征战中，身体特别重要。杨行愍身体不行，早早就病死了。李克用也好不到那去，比杨行愍稍微晚一年也病死了。依理，像朱温这样的人本应该早死，可上天偏偏让他活着。

早在杨行愍病死前，吴国就开始内耗。杨行愍病死后，徐温、张颢哪还管得上朱温杀不杀昭宗，当不当皇帝？先夺取吴国的权柄再说。晋国虽好一些，也好不到哪里去。继承王位的李存勖和叔叔李克宁争权，空耗着内力。朱温利用这个绝佳的时机，僭号称帝。

这一切都已经过去。

风水轮流转，今朝到我家。好运气不能永远属于朱温。朱温称帝不久，晋国的运气好了起来。随着内讧的结束，国内的局势也慢慢稳了下来。这可是朱温多年的心病。早在朱温还是宣武节度使的时候,朱温就开始费心思要灭掉晋国,可就是灭不了。

朱温弑昭宗,昭义节度使丁会归附了晋国。朱温命令保平节度使康怀贞率领八万大军和魏博军一道攻打潞州。康怀英跟晋人战于夹城,结果大败,仅将领就死了三百多。只过了一年,朱温怀疑赵王王熔、北平王王处直心怀二意,任宁国军节度使王景仁为北面行营招讨使攻赵。李存勖派周德威、李嗣源带兵救援。两军在柏乡决战。结果,梁军大败,精锐全部被歼。夹城之站还只伤到朱温的肉,柏乡之战可就伤到了朱温的骨头。

经此一战,朱温丧失了河北的大部分地区,只好退守在黄河边沿狭长的魏博,梁晋之间的强弱攻守发生了根本性的改变。朱温清楚,一旦魏博失守,大梁必定完蛋。自去年柏乡之战以来,朱温多次前往魏州。生死攸关的事情,朱温不能不重视。

就这个月,朱温又一次前往魏州督战。

朱温任命天雄军节度使杨师厚为北面行营招讨使,河阳节度使李周彝为副使率军围攻枣强,朱温自己则带着亲从卫队从魏州出发,昼夜兼行,前往贝州,不巧在路上碰到了正带领数百骑兵外出巡逻的赵将符习。符习不晓得在此扎营准备登观津冢的人就是大梁国的皇帝朱温,旋即带领骑兵追击。亲从向朱温报告,“晋国的大军来了!”朱温慌了手脚,赶紧抛弃营帐逃命。因紧张过度,朱温崴了脚。朱温马不停蹄,连夜逃命。慌乱中,朱温迷了路,足足多跑了一百五十里冤枉路。到了枣强,跟杨师厚的大军会合之后,朱温这才定下了心。“陛下,八百里加急!”就在指挥大军攻打枣强时,朱温得知赵淮浦剿灭亳州控鹤军,杀死朱友徽的消息。朱温当场就像突然间被雷电震傻,呆了老半天都没有回过神。

别人不晓得,朱温最清楚自己是什么人。

秦舞阳凶悍,少年杀人,人们不敢正眼看,以为是不怕死的英雄。跟着荆轲去咸阳刺杀秦王,走到殿前台阶下,秦舞阳脸色雪白,吓得直发抖。朱温和秦舞阳一样,都是色厉而内荏的人。一个人的表和里相加正好等于零。外表强硬,内心脆弱;外面彪悍,里面畏葸。

想当初,朱温替昭宗系鞋带时,全身颤抖,一身冷汗。可惜,朱温的对手以及手下被朱温表面的凶悍所震慑。从萧县开始,朱温就用凶狠来遮掩自己的怯懦。朱温还没开口,这些人已经吓得直哆嗦。依照阮籍的说法,朱温是竖子,而朱温的对手则是竖子中的竖子。

朱友徽在亳州被市民咬死,朱温很惊讶,但不感到特别奇怪。

朱友徽任忠武军节度使期间,蔡州就曾经出现过多次叛乱。不是朱温及时将他调到亳州,朱友徽早就已经死了。朱温的儿子多。自追随黄巢造反以来,朱温生在外面的儿子,到底有多少个,连朱温自己也弄不清楚。反正,依照儒家的说法,神州人都是朱温的子民。多一个朱友徽少一个朱友徽实在是无关紧要。不说过去年富力强的时候,就是现在,朱温照样还能生它个一千八百。反正,朱温皇宫里面有数万宫娥随时准备替朱温生。

朱温感到错愕的原因有三。

第一,如今朱温将大梁国的所有精锐都押在魏博。

调主力南下平定赵淮浦,李存勖正可以乘机南下,拿下魏博,直取大梁,岂不是直接端了朱温的老巢?那可不是仅仅只死一个朱友徽的事情,朱温的所有儿子都将白白生。赵淮浦这个节骨眼上叛乱无疑是给朱温已经流血的伤口上撒了一把盐,直接将朱温逼到了进退两难的境地。调动大军前去平叛不是,任由赵淮浦在亳州放肆也不是。

第二,朱温的记忆里面,赵淮浦不过是一个唯唯诺诺、吓得满头大汗的书呆子。

朱温根本就没想到,这种书呆子竟然也敢造反。当初,将赵淮浦调到亳州,也考虑到了一点。连书呆子赵淮浦都敢反朱温,那大梁境内还有谁不敢?朱温顿时觉得自己这些年树立起来的威严在丧失。朱温晓得,老虎只能隐在树林里面给人瞧一瞧。这些年边疆州县叛乱不断,朱温开始感到内外交困。不剿灭赵淮浦,大梁境内还不是纷纷效尤?

第三,李唐倾覆后,宋文通、王建自设官署,开始称帝。

宋文通、王建这两个小土匪,朱温并不放在心上。朱温在意的是李存勖和杨行愍以及实际继承者徐温。这两人,至今仍保留着天祐年号,仍称是李唐臣子,都对外宣言要消灭乱臣贼子,复兴李唐。如今,朱温将所有家当放在河北,而临淮州县极其空虚。倘若赵淮浦引吴兵入境,那就长驱直入,直捣汴梁。李存勖一旦趁机南下,南北一夹攻,按照朱温的话,那必将死无葬身之地!朱温不断派控鹤军南下寻找李休,主要就是怕李休促成晋吴联手,南北夹攻朱温。更甚者,李存勖挂出李休这个羊头,各路诸侯相应,朱温的梁国完蛋。

经过一番盘算,朱温身在营帐中一边指挥大军围攻枣强县城,一边星火下旨,任宣武节度使留后梁定兴为南面行营招讨使、匡国节度使韩建为副招讨使征调河南道宋、郑、许、陈等州的兵力,前往亳州,平息叛乱,准备将赵淮浦吓死。

圣旨以八百里加急分别送到梁定兴和韩建的手中。去年,朱温升宋州为宣武军,以侄儿朱友谅为节度使。哪晓得朱友谅当上节度使没两天就被朱温罢免了。朱温升右千牛卫上将军梁定兴为宣武军节度使留后。梁定兴原名梁祖奇。朱温当上梁王后,赐名定兴。

接到了圣旨,梁定兴旋即征调地方部队,组建了一支号称五十万的大军,前往亳州平定赵淮浦的叛乱。跟神州史上所有号称多少万、多少万大军一样,梁定兴这支号称五十万的大军实际上连五万人马都没有。这五万人马甚至还包括驻扎在蔡州、颍州的军队。

如今朱温手下哪有那么多军队?自朱温称帝以来,跟晋、岐、吴、赵的战争就一直没有停止过。就算朱温的梁国人都像老鼠那样会生,都不够这样死。经过多年的屠戮,加上饥荒逃亡,河南的人口密度已经非常稀疏。有些县甚至走一天也见不到一个人,就是一见男丁就抓也抓不到。可如今却是朱温最需要兵的时候。西边跟流氓宋文通大大小小的冲突就没有停止过。州县城邑就像转动的水车在不断地换着手,今天是你,明天是我。朱温需要兵。南边好一些,但根本不晓得大冲突什么时候发生。朱温也需要兵。

不过,朱温就是靠号称几十万大军,通过讹诈、哄骗慢慢成了大梁国皇帝。

这些年,李存勖曾经多次派遣使者到吴国,要求吴国能够和晋国一道南北夹击朱温。徐温也曾经作出响应,派大将米志诚渡过淮,差那么一点就可以攻下颍州。为了防止赵淮浦引吴兵入境,直捣汴梁,朱温密令蔡州、颍州的军队原地驻防。这次前往亳州平叛的军队实际上只有宣武节度使梁定兴和匡国节度使韩建的部队。能而示之不能,不能而示之能。兵不多,场面一定要宏大。梁定兴摆开阵势,率领军队浩浩荡荡向亳州前进。

面对气势汹汹的五十万大军,赵淮浦的手脚倒没有发抖。早在动手之前,赵淮浦就已经想清楚,一旦杀了朱友徽,就必须面对朱温前来平叛的大军。朱温面前,不能心存丝毫的侥幸。赵淮浦虽出身贫寒,却不是目不识丁的莽汉,一冲动,杀人放火什么事情都做。当年追随黄巢造反也是反复考虑的结果,只是这个决心很不容易下。赵淮浦一面加紧对亳州城内外控鹤军的清剿,一面加速部署军队抵御梁定兴来犯。

经过多年的招兵买马,赵淮浦手中的私兵差不多已经有一万人。不是恰好处于梁国和吴国之间,凭借这一万左右的私兵,赵淮浦早就已经是割据一方的诸侯。追随黄巢造反的那些年里面,赵淮浦毕竟还是见过一些战役。

在朱友徽被咬死的第二天，赵淮浦就已经命令司马王廷超率领七千多人的军队，渡过涡水，在距离亳州城北三十里的地方，修筑营寨、挖掘壕沟、陷阱，抵挡来犯的梁定兴。命判官赵忠甫率领刺史府胥徒，加强对城内的巡逻。赵淮浦自己则吃睡在亳州城楼上面，亲自指挥守城将士镇守亳州城。赵淮浦一再告诫亳州城官兵和市民，要想活命，只有同心协力守住亳州城。一旦城破，面临的只有灭顶之灾，青州、徐州的殷鉴就摆在眼前。同时，赵淮浦派遣自己的心腹幕僚张博缘前往吴国金陵，向都督徐温求救。

仅仅今年，晋王李存勖就多次派人前来吴国，希望吴国能够出兵淮河。徐温都是嘴上答应，而没有采取具体的行动。徐温不喜欢朱温马上死去。徐温不希望朱温灭掉李存勖，也不希望李存勖灭掉朱温。他们彼此相互牵制，相互消耗，徐温就可以稳做自己的都督。什么复兴李唐皇朝，统统是挂在狗肉铺铁钩上的羊头。

不过，见亳州刺史赵淮浦派使者前来求救，徐温心动了起来，而幕僚严可求也赞成出兵支援。帮赵淮浦跟朱温耗着，可以确保淮南的安全。见身体已无大碍，徐温离开了金陵，前往吴国的前线寿州，视察防御情况。到达寿州，徐温就住在霍邱军营里面。听了行军司马陈逢吉的汇报，徐温旋即犹豫了起来。

吴国重兵驻扎霍邱，主要是防止朱温颍州和蔡州的军队。双方前几次大战都在这一带进行。亳州固然跟吴国的地盘泗州接壤，但从泗州进入亳州，势必绕道。直接前往亳州，则要越过颍州。驻扎在颍州的正是杨行愍原手下大将缪景信。如今强行渡过淮河前去亳州支援赵淮浦，势必要跟如今任大梁颍州团练使的缪景信决战。姑且不说输赢，就算攻下颍州，吴国一定也会损兵折将。徐温不能不好好考虑。兵力投放过多，钱镠势必乘吴国后方空虚之时，攻打常州；马殷也有可能趁机偷袭鄂州。倘若东西两面夹攻，那吴国势必危险。当初，朱温遣庞师古率领七万大军南侵时，钱镠就趁机攻占苏州，直逼常州。任由朱温和赵淮浦在亳州死拼，朱温攻克亳州也必定元气受伤，而吴国正可以隔岸观火。这样，既可以保存自己的实力，又可以消除朱温对淮南的威胁。

经过一番考虑，徐温决定，屯兵淮河，摆出一副要渡过淮河的架势，牵制缪景信。看来徐温准备隔岸观火啦！张博缘见已经无法说服徐温，只好动身离开霍邱返回亳州，向赵淮浦汇报。莫非真的只能弃亳州逃到淮南去投奔徐温？听完了张博缘的汇报，赵淮浦旋即动身前往天清观见若水先生。

假之以便，唆之使前，断其援应，陷之死地。

石柏不想上屋抽梯，而准备给已经登高的赵淮浦找梯子。

“使君莫急。徐温重兵压在霍邱,实际上已经帮了使君的忙。缪景信肯定担心徐温偷渡淮河,突然袭击颍州,不敢贸然调兵前来亳州。河东战事紧急,不用缪景信向朱温禀报,朱温都不敢调用颍州的部队来对付使君。如今的朱温已经不是当年的朱温。对朱温来讲,迫切需要的是南线稳定,这样才有可能让他集中精力对付李存勖。万一徐温渡过淮河和使君一起直逼汴梁,朱温将怎么办?朱温肯定会考虑。朱温残暴无道,但人绝对不笨。否则,朱温也不可能会在狼群混战中胜出而成为头狼。使君担心缪景信会不会和梁定兴一起南北夹击,贫道倒觉得使君正可以借助缪景信的军队解亳州之围。”

“请若水先生明示。”

“使君晓得,缪景信是原杨行愍手下大将,对吴国感情很深,跟宁国军节度使王茂章一样,当初投奔朱温也是万不得已。倘若能够劝缪景信重新归附吴国,既可以消除使君南北夹击的忧虑,又可以借助他的军队化解亳州当前的危机。”

“只是不清楚能不能劝得动缪景信。”

“生死面前,缪景信应该会有抉择。不如这样,使君马上让张博缘再辛苦一趟,前往霍邱,探一探徐温的想法,贫道前往颍州,替使君做一做说客。”

“那就多谢若水先生了!”

赵淮浦刚走,石柏就准备动身前往颍州做说客。“不晓得能不能行。”石柏没做过说客,能不能说服缪景信,秋雨心有存疑。“能不能行,到了颍州见着缪景信后才晓得。”颍州在毫州的隔壁。骑马前往,两个多时辰就可以到。天清观是亳州一带著名的道观,而姑射真人更是闻名遐迩的传奇人物。仗着姑射真人的高足、天清派掌门的身份,石柏如愿见到了的缪景信。

“掌门远道而来,不知有何见教?”

“贫道昨晚夜观星象,发现将星暗淡,掐指一算,大吃一惊。将军不日将有大祸临头!”

缪景信一听,哈哈大笑了起来。

“掌门此番前来颍州不是想替缪某禳解吧。”

“还真是给将军说着了。不是看在将军曾经是武忠王手下大将的分上,贫道也不会走那么远的路,来到颍州。至于需不需要禳解,其实将军心里比贫道更加清楚,旁人根本不需要置喙。”提到武忠王,缪景信顿时缄默。

“这二十年间,当初投靠朱温的人还有谁能活到现在?王师范如何?结果族灭。王重师如何?结果族灭。往年的都不说,仅前个月朱温就杀了司宪大夫卢安本,兵部郎中张俊,谏议大夫张衍等。缪将军想一想,你的身价跟王师范、王重师相比,怎么样？将军想一想,那些年替朱温卖命的人,如今还有几个活在世上？朱友恭、氏叔琮、蒋玄晖、李思安等等,真个是数都没办法数。没有他们为虎作伥,哪有朱温？将军自揣自己对朱温的忠诚跟这些人相比如何？跟他们相比功勋又如何？这些人朱温都杀,朱温是否在乎将军？与朱温沆瀣一气的人,就算现在没死,不久的将来也是死。柳璨、张廷范帮朱温杀了李唐那么多重要大臣,结果怎么样？挫骨扬灰,死无葬身之地。将军,你说是不是大难临头？”

石柏封住了缪景信的嘴。“杀他们的人可以是朱温,也可以不是朱温。朱温之所以能让将军活到现在,也可能还没有想着,也可能是目前梁晋战事吃紧,还不到动手的时候,使得将军尚能苟延残喘罢了。与虎同床而眠,谁能保证老虎不会吃将军？贫道不去说朱温杀不杀将军,单就目前梁晋的战果来判断,将军认为朱温的大梁还能活多久？一年,还是十年？无论将来朱温是被晋灭，还是被吴灭，将军又准备去投奔谁？到那个时候,谁来救将军的性命？将军可否想过？”缪景信依旧默然。“将军追随武忠王创建了吴国,是武忠王帐下的元勋,战功显赫,吴国无人不知。将军离开吴国,投靠本是敌人的朱温。寄人篱下的滋味,将军肯定比贫道清楚。莫非将军愿意过受人白眼、夜不能安眠的日子？将军手下的将士,原本就是淮南人,跟随将军投靠了朱温。将军是否想过这些兵士跟将军一样思慕故乡？”

“哎!”缪景信长长叹了一口气。“如今已经是覆水难收!”

“只要有意,贫道有法术将已经倒在地上的水重新收回。将军当初投奔朱温,也是迫于无奈,不得已。不是景王骄横奢侈,放纵亲信欺压元勋旧臣,武忠王手下一等一的大将周隐也不会被杀,王茂章将军也不会逼得走投无路,只得投奔了钱镠。黑云都都指挥使吕师周也不会投奔马殷。这些故事,都督应该非常熟悉。不错。都督确实杀过人,可武忠王手下一等一的大将刘威、陶雅、李简等,不仅毫发无损而且还加官晋爵。如今正值用人之际,贫道相信都督定会既往不咎。古语云,机不可失,时不再来。倘若错过这次机会,真的是覆水难收了。将军以后想起,可就不再有了。将军有意,贫道愿意替将军禳解。”

霍邱营帐里面,徐温在跟行军司马陈逢吉商量军事。

一名牙兵前来报告,缪景信的牙将柳震和一名后生急着要见都督,说有要事须跟都督本人当面商谈。徐温心中不由就是一喜,连忙说:“有请!”不一会,牙兵就带着石柏和柳震进入徐温的营帐。徐温请石柏和柳震就座。

“两位夤夜前来要见徐某,不知有何见教?”

“小可受人之托，前来谒见都督，只是想当面问一问，倘若缪景信将军重回吴国，都督将何以处置？”

哪有那么好的事情？徐温不禁大喜。“缪将军是先王手下战功赫赫的大将，当时投靠贼寇朱温也是被逼无奈。其中缘由，徐某就不再提了。景王薨后，缪将军没有重回吴国，一可能是覆水难收，二可能是听信了谣言，好像徐某准备将武忠王手下的大将杀绝似的。李遇谋反，徐某也是不得不痛下决心。如今想想，真是让人惋惜。徐某当初这样做，纯粹也是为了武忠王辛苦创立的基业。创业难，守业更难。想当年，为了基业，武忠王也不得不对昔日好友田頵、安仁义、朱延寿忍痛动手，而朱延寿还是武忠王的妻舅。这些旧事，缪将军应该很清楚。一切都是形势所逼，不得已啊。如今强敌环绕，个个张着老虎嘴，随时都准备吞食吴国。徐某心慈手软，如何能守得住武忠王拼下来的基业？当着在座所有人的面，徐某保证，缪将军倘若能够重回吴国，即刻恢复原职。回到金陵，徐某一定上表吴王，予以嘉奖。缪将军手下的将领，一律恢复原职，已经过去的事情就让它过去。”

“空口无凭，难以让人相信。”见柳震仍旧犹豫，徐温说：“铸造铁券时间不允许，徐某先给缪将军留下白纸黑字作凭证。”徐温当下让身边的掌书记写下口谕，盖上都督大印，交给石柏。“倘若徐某食言，缪将军可以将它公之于众，让吴国的臣民看一看徐某是一个什么样的小人。”柳震就在营帐里面，屈膝下跪，叩拜徐温。

因事情紧急，石柏和柳震夤夜赶回颍州。当天夜里，缪景信的大军就更换了旗帜，火速行军北上，屯兵与陈州接壤的鹿邑，牵制韩建，协助赵淮浦，共同抵御梁定兴。

平叛大军刚刚出发，赵淮浦就接到探子传来的消息，梁定兴率领宣武军的两万来人准备进犯亳州。两万多人，还不至于应付不了。赵淮浦的心安了许多。这些年来，赵淮浦为谋求大业，早早就已经在亳州城内囤积了大量的粮食。亳州城墙又高又厚，加上城东、城北有涡水这一天然的护城河。梁定兴包围亳州一年半载，亳州仍然会固若金汤。我耗得起，就看朱温是否也耗得起。赵淮浦唯一担心的是，梁定兴、韩建和缪景信南北夹击，速战速决，还不晓得亳州是否能守得住。但愿，若水先生能说得动缪景信。

赵淮浦不慌，赵忠甫却慌了。赵忠甫跟赵淮浦是老乡，也是当时一起随同黄巢造反的同伴。赵淮浦迁任亳州刺史时，就向朱温推荐了赵忠甫做自己的判官。赵淮浦要跟亳州城一起死，我多年努力打拼下来的家小，却不能也跟着赵淮浦，成为赵淮浦的陪葬。赵忠甫开始谋划如何趁赵淮浦一时不注意，带着一班跟了自己多年有些交情的手下，准备割下赵淮浦的人头，向朱温投诚。这样既可以保全性命，说不定还可以加官晋爵。

可惜，赵忠甫还是棋错一着。赵淮浦经营亳州多年，哪能如此轻易地掉脑袋？一向善于观颜察色的赵淮浦，在得知梁定兴即将来犯的那一天，就发现跟在自己身边的赵忠甫神色不对。赵淮浦旋即起了疑心。这些年，死在自己亲信手下的事，赵淮浦听过，也见过。我总不至于像黄巢那样死在自己外甥的手下吧。赵淮浦心中不禁就是暗笑。赵淮浦当下就命自己的心腹晋河东将赵忠甫监视了起来。过不了多久，晋河东就向赵淮浦报告监视的结果。

果真如此！没等赵忠甫动手，紧跟在赵淮浦身边的牙兵就已经提前动手。

牙兵拖着赵忠甫来到赵淮浦面前。赵淮浦站在亳州城楼上，一边看着城外的情况，一边对赵忠甫说："你我既是同乡，又是同族，赵某不会杀你。你决意要向朱温投诚，赵某也只能满足你的愿望。"赵淮浦手一挥，牙兵抬起赵忠甫，远远地抛到了城墙的外面。只听见"咚"的一声，赵忠甫身子一阵抽动，就再也没有站起来。

怪不得朱温这种人渣都能在神州称帝！赵淮浦叹了一口气。

第三十三章　克敌

兵者，诡道也。

——《孙子》

就在胥徒涌出刺史府大门之时,石柏乘着一片混乱之际,迅速离开了广场,悄然返回府前巷。石柏本想坐山观虎斗,可赵淮浦非常怕朱友徽,希望若水先生能出手帮一帮。朱友徽杀人的能耐赵淮浦见识过。赵淮浦不希望一个小小的细节出了差错而坏了大事。生死存亡的紧要关头,多一分防备让人多一分放心。姑射真人武艺深不可测,亳州人妇孺皆知。被姑射真人从虎口救下来的人可以给你讲传奇故事。姑射真人的关门弟子,天清派掌门人,竟然手无缚鸡之力,赵淮浦打死也不相信。石柏同意出手帮忙,但只同意他个人出手帮忙。佛曰,我不入地狱,谁入地狱?天清派掌门能为救民于水火之中出点微薄之力,也应该。赵淮浦晓得,天清派不止一座天清观。帮赵淮浦叛乱的消息一旦传扬出去,天清派根本就没办法在如今的河南生存。这一点,赵淮浦能理解。小巷此时很静很静,没有一个走动的人。

石柏轻轻敲了一下院门。还没等,院门就打开。石柏左右看了一眼,就闪进了院门,仿佛做了一件见不得人的亏心事。“师兄,怎么样啊?”石柏刚一进门,秋水就急忙问。“回去后,师兄再慢慢跟你说。”石柏快步进入了堂内。秋雨已经给石柏拿来了道袍。石柏接过道袍,进房间更换。换好了道袍,石柏只在堂内坐了一会,就起身折回天清观。石柏和天清观道士到达亳州城南门时,城内的打斗声音才刚刚歇止不久。一名守门的兵士说:“若水先生请稍等。我们还没有接到重新开门的命令。”这一等就等了差不多一个时辰。城门终于重新打开,石柏手一拱,就和天清观道士一起,出了亳州城。

第二天,魏经营特意来天清观找石柏。魏经营虽只是个录事参军事,但在亳州也算得上是大官了。“请稍等! 小道前去通知掌门。”滕若缺手一拱,就离开了门屋。不一会,石柏由滕若缺陪着,亲来门头迎接。“若水先生!”一见石柏,魏经营拱手快步上去,赞叹说:“神啊!”早上在刺史府广场,魏经营用尽全力张大嘴巴,从朱友徽身上咬下一块肉,顿生一种从来没有过的痛快淋漓之感。不是想咬朱友徽的人太多,魏经营还想再咬几口。“请!”石柏宠辱不惊,脸色依旧,请魏经营去玄幽别院叙话。

“某以为,这生是不可能雪耻了,想不到结果竟然真跟若水先生说的一样。”

“不可能中孕育着可能。当初,谁会想到大唐皇朝会轰然倒塌?”

“是啊!”魏经营无限感慨。“真是不可能中孕育着可能。”

“所以,人不能太悲观,也不能太乐观。”石柏说了一句完全正确的废话。自接任天清观掌门以来,石柏已经说了不少这种废话。“这世界没有绝对的事情。居士最清楚,河南这块地方,黄巢造反以来,曾经风云过多少人? 结果呢? 灰飞的灰飞,烟灭的烟灭。北风刺骨的时候要想到春天已经不远了,烈日炎炎的时候要想到秋天马上要来临。全则必缺,物极必反。任何时候人都应该保持一分清醒。”

过了一天,赵淮浦亲自来天清观请若水先生前往颍州做说客。若水先生虽刚刚接任天清派掌门,但毕竟是天清派掌门。天清派在亳州周边州县威望极高,而原掌门姑射真人更是传奇人物。缪景信就算看在姑射真人的面上,也应该卖给若水先生一个人情。至少在亳州这块地方,再也找不出来比若水先生更适宜做说客的人了。石柏没有过多的推托,答应帮忙。石柏当天就带着秋雨和秋水,以云游的名义,离开天清观,前往颍州。

颍州距离亳州近,就两百多里路。过了两天,石柏就和秋雨、秋水回到了天清观。刺史赵淮浦来天清观看望若水先生时,若水先生正在玄幽别院弹琴。自离开翠竹湾以来,石柏一直就没有机会坐下来好好弹一弹琴。再不好好弹一弹,手指说不定都要变僵硬。今天有空,又有雅兴,石柏准备多弹几首曲子。秋雨和秋水坐在一旁半闭着眼睛如痴如醉聆听。

刚刚弹了这首《月夜鹤影》,赵淮浦就已经来了。

早上刚起床,幕僚张博缘就来告诉赵淮浦一则特大喜讯,缪景信的部队已经驻扎在鹿邑,协助赵淮浦抗击梁定兴。这可真是救星到了。赵淮浦决定亲自去天清观对若水先生表示感谢。“掌门昨晚刚从外面云游回来。”肩舆刚在天清观山门前停下,门头滕若缺出山门来迎接。

赵淮浦让牙兵在天清观山门外等候，由门头滕若缺在前引领，带着军使秦承理和两名牙兵，前往玄幽别院。赵淮浦让秦承理和两名牙兵在玄幽别院外的曲径上等候，自己跟着若水先生进入玄幽别院堂内。两人分宾主就座，秋雨献上清茶。

“实在是太难为若水先生了。”

“就跑一下路，没什么，使君无须过意不去。”

“若水先生不仅帮赵某消除了南北夹击之困，还带来了一万多人的援军！”

“使君无须客气！贫道只是做一做说客而已。使君请！”

石柏端起茶盏请赵淮浦喝茶。

“今年新出的龙井，是一位南方的居士送的。”

“谢若水先生！”赵淮浦端起茶盏喝了一口。“确实清香满口，好茶。”

“没有若水先生帮忙，赵某还真不晓得该如何应对！”

“贫道只是尽一尽贫道应尽的责任罢了。使君最清楚，贫道帮使君实际上就是帮亳州的黎民百姓，也就是帮天清观。亳州百姓人人都晓得，朱温自称皇帝之前，像青州这样被屠的城邑，根本就无法计算。倘若梁定兴攻破亳州，亳州必将是血流成河。没了亳州城，使君试想一想，天清观还有没有继续活下去的可能？皮之不存，毛将焉附？亳州存，天清观存；亳州亡，天清观亡。这种浅显的道理，贫道应该能懂。”

“若水先生客气！赵某在亳州，虽没做出什么事，但也没做过伤天害理的事情。城内百姓一听梁定兴来犯，不管男女老少都来协助赵某守城。赵某从中也明白了待人自待自、害人自害自的道理。只要能躲过了这一劫，赵某定当更加珍惜难得的机会！”

“能有使君，也是亳州庶民的福气。道经云，皆知善之为善，斯不善已。善与不善相较而言，百姓明白了朱温之不善，自然会晓得使君之善。明白了使君之善，自然会晓得朱温之不善。朱温手下的将领个个狂杀，滥杀，唯独时任潞州都指挥使的牛存节与众不同。朱温准备攻打宋文通，征召牛存节。得知牛存节要离开潞州，前来送行的潞州人排起了长队，个个嚎啕大哭。原本就应该不狂杀、滥杀，如今不狂杀、滥杀却成了恩德。神州百姓，只要你不滥杀，狂杀，就会对你感恩戴德，感激涕零。神州百姓就好比是牛羊，只要能够实现吃喝拉撒睡媾，就已经心满意足了。因此，自古以来才将治理神州叫牧民，而官吏也叫牧民。使君只要稍稍善待，必定会深受百姓的爱戴。朱温不会以使君为师，却可以成为使君之资。”

石柏端起茶盏喝了一口，询问赵淮浦：“梁定兴大军即将来到，使君可否想好了退敌之策?”赵淮浦这段时间只想到如何守城,倒没有想过如何退敌。赵淮浦咪了一口茶如实说:“不瞒若水先生,赵某还真的没想过这个问题。若水先生可否有退敌良策?赵某洗耳恭听。”

“使君是想坚守亳州让梁定兴疲惫,自动退却;还是想跟梁定兴拼一拼,主动击退梁定兴?有道是,攻城容易,守城难。一旦梁定兴围城,无论亳州城内粮草多多,也难以维持多久。使君是否想过,城内不仅只有使君的兵士,还有百姓。这种因围城而出现易子而食、杀老弱妇孺充饥的惨状,神州历史上比比皆是。使君熟读史书,肯定非常清楚。

远的不说,就拿近的来说,时溥坚守徐州,最后还是城破身亡。宋文通在凤翔,坚守一年多时间,最后还不是因粮草短缺而屈服?更要命的是,使君面对的是朱温而不是土匪。梁定兴想攻城,什么丧尽天良的事会做不出?

想当初,朱温派子侄朱友宁攻打博昌,朱友宁竟然驱赶十多万百姓背石头、挑泥土、扛木头在城外构筑土山。使君想想,那场景该有多惨。百姓凄惨哀号声数十里外都能听见。朱友宁就用这些无辜百姓的尸体和土木构成的土山攻陷博昌,屠杀光了博昌城内人!

梁定兴仿效当年朱友宁的做法,驱赶亳州周边的百姓垒土石,无论使君有多少弓箭,光尸体就可以垒成城墙那么高,然后再踏着无辜百姓的尸体,就可以轻松攻破看似又高又厚的亳州城。在朱温的眼里面,那些庶民根本就是朱温攻城陷地的垫脚石。使君,你说呢?”

“若水先生,那该如何是好?”

“守城不行,就只能准备跟梁定兴拼了。防守的最有效办法是进攻。此番前来亳州的大军号称五十万,依照朱温以往的实际情形来看,应该没有那么多的人。”

“没那么多。据前方探子探来的消息,梁定兴的宣武军两万多人。不过,匡国军韩建手中也有将近一万人。”

“倘若缪将军愿意,以目前使君和缪将军的兵力,合在一起,通过死拼,击败梁定兴应该不难。不过,这也是杀敌一千,自伤八百。死拼之后,就算全歼了梁定兴的大军,使君自己的实力必将大大受损。使君目前只控制一个亳州,朱温则起码还有河南。有道是,瘦死的骆驼比马大。使君的实力一旦受损,朱温万一再调军队前来攻打亳州,使君能否抵挡?”

“赵某这点家底真给伤着了,朱温再动手,赵某看来只能逃到淮南去了!”

“那使君就不让它伤着就是。缪将军已经北上屯兵鹿邑,既可以拦阻韩建前来亳州与梁定兴会合，又可以时刻威胁着韩建的巢穴陈州。如今，使君只要集中精力对付梁定兴便是。孙子云，兵者，诡道也。对付梁定兴唯一的办法只能是用奇计歼灭他。”

神州人心中渴望诈，只要是能诈就行，不管是诡诈、狡诈还是奸诈，可惜不是人人都能诈。不晓得如何诈的人，还没准备去诈一诈，就已经露馅。因而，一切带诈的语词在儒家的经典里面统统用到小人身上，而君子则只能用智。不过，打架的时候，神州人可以理直气壮地说出自己的心声，不诈，怎么能打败敌人？诡诈就是智慧。孙武在《孙子兵法》里面开宗明义，兵者，诡道也。想取胜，就得要流氓。不要觉得自己人多力量大，神州史上以少胜多的故事很多。朱温玩阴使诈，仅凭一千多人就杀光了罗绍威的八千多牙军。

“若水先生准备用什么奇计？”

“任何计谋只能针对实际情况而定，否则就变成了纸上谈兵。这就是赵括兵败长平的根本原因。同样是置之死地而后生，韩信胜，马谡败。有一点可以肯定，必须乘梁定兴立足未稳之时，出奇兵歼灭他。乘两军还没有真正交锋之前，使君可以先派胥徒到亳州道观、寺院等凡是可能有铜鼓的地方搜集铜鼓，越多越好。”

“铜鼓对击退朱温有何作用？”

“铜鼓不仅仅可以虚张声势，也可以骚扰梁定兴的部队，让他们不得安息、不得安食。这样就可以做到以逸待劳。”

“赵某马上派人去搜集。”

“曹刿曰，战则请从。”

“到时赵某亲自送来将军服，让若水先生穿上，指挥大军作战！”

“这事还得请使君慎重考虑！”

石柏只想帮赵淮浦出点力，可没想过指挥军队打仗。手持龙吟剑，杀杀人可以，指挥军队打仗未必也行。兵者，国之大事，死生之地，存亡之道，不可不察也。指挥一旦失当，一群狼也会变成一群羊。赵淮浦的要求，石柏没有单口答应。

“赵某回去再考虑考虑。”

送走了赵淮浦，石柏回到了玄幽别院。

“都是赵淮浦，害得我没得琴听。”

“秋雨陪了那么时间，听了那么多废话，才是不该。”

“我倒很喜欢听师兄说废话。只是想不到，师兄竟然那么会说废话。”秋雨笑了起来。

“师兄也是不得已。能够不说,师兄根本不想说。这些话不仅是废话,而且是脏话。好了,师兄弹一首《高山流水》给你俩洗一洗耳朵。”

石柏坐到琴几前,准备弹琴。

“禀告主帅,缪景信已经改换旗帜投奔到了吴国,现已在亳州城西的鹿邑扎寨。”

梁定兴率领平叛大军刚刚出了宋州治地宋城,斥候就给梁定兴报告了一个坏消息。听罢斥候的报告,梁定兴心中不由就是一阵打颤。现在是死定!赵淮浦和缪景信联手,已经超过本帅从各州调来的军队,这仗该如何打?现在皇帝派本帅去亳州平乱,万一吃了败战,可真不晓得面临的将是什么样的后果。可这是圣旨,就是死,也只得前往。一路上,梁定兴不断告诉自己,倘若韩建能够牵住缪景信的军队,凭本帅手中的两万军队,攻下亳州应该没有问题。梁定兴抱着侥幸心理,率领平叛大军缓慢向亳州前进。

赵淮浦在积极备战。亳州和亳州附近的百姓,一听刺史府要搜集铜鼓用于击退朱温,不用督促,纷纷捐献。一时间就搜集了数百面大大小小不同类型的铜鼓,甚至还有市民亲自抬着铜鼓前往前线。赵淮浦颇为感慨地说:“到今天本使才真正明白同仇敌忾的意思。”

今晚的月亮特别圆,也特别亮。石柏换上都知兵马使服装,和刺史赵淮浦一起出现在距离亳州城三十里来地的亳州守军营寨里面。为了不让人瞧出身份,石柏请人易了容。一小撮山羊胡子,脸上一道深深的疤痕,一看就是一个饱经风霜的人。都指挥使王廷超,都押衙游国文,都虞候广禄,行军司马宗朝常,以及亳州守军众指挥,站在主帅营帐口迎接。

进入营寨主帐内,赵淮浦请石柏升帐。

石柏本只想学一学曹刿,可赵淮浦打定了主意,一定要请石柏指挥大军抗击梁定兴。追随黄巢造反那会,赵淮浦也没有亲自指挥过军队打仗。这些年,招募了一些将领,但很多是没有好出路的败军之将。生死攸关的一战,赵淮浦还不放心让他们来指挥。白头如新,倾盖如故。几天时间接触下来,赵淮浦觉得只有若水先生指挥大军,他才放心。上次回去,赵淮浦又细细想了一遍,最后下了决心。赵淮浦非常敬仰姑射真人。当初孤身一人来到亳州,凭借一个小小的道观,创立了天清派。在赵淮浦的眼里,简直就是神迹。姑射真人敢于将天清派掌门这副重担交给他,肯定是非同凡响的人物。这几天的交往,也证实了这一点。赵淮浦拿出当初刘邦拜韩信为大将军的气魄,将亳州一战的指挥权交给石柏。

昨天,赵淮浦又来天清观找石柏。石柏答应赵淮浦,但有一个小小的要求,那就是天清派掌门的身份不能泄露。“请若水先生相信赵某!赵某正因还晓得一个耻字,才到今天还只是个刺史。”今晚赵淮浦来天清观请若水先生时,若水先生刚刚易容完毕。

“诸位,这位是赵某请来的石将军。”赵淮浦呈上刺史印信。

“石将军战功显赫,但因得罪了朱温,投奔赵某。如今,赵某已经跟朱温撕破了脸,让石将军露脸也就无所谓了。诸位心里都清楚,亳州一战关系到赵某生死,也关系到在场诸位的生死。梁定兴一旦攻破亳州,赵某肯定死,诸位同样也难保活命。青州、兖州的事实就摆在眼前。赵某和诸位如今已经是一条绳上的蚂蚱,有福同享,有难同当。望诸位千万不要心存侥幸!赵某镇守亳州城,城外抵御梁定兴大军的事情赵某交由石将军全权主事。”

“谨遵钧命!”

“承蒙赵大人信任,将抵御梁定兴的重担交付石某,那石某就丑话说在前头。如有违抗,休怪石某不客气。”只见寒光一闪,石柏前面的厚达三寸的几案已经拦腰切断。帐下将领个个眼睛一瞪。石柏手一提,“呲”的一声,龙吟剑已经回到了腰间的剑鞘内。

“谨遵钧命!”

“王廷超!”

“在!”

“游国文!”

“在!”

“广禄!”

“在!”

点完将,石柏抽调了一个指挥的兵力,组织了一个铜鼓队,队长是指挥牛历山。铜鼓队依照编制,分成五个组,分别由各自的都头调遣,轮番上阵。当天夜里,铜鼓队就开始操练。“无论进还是退,都要做到有序、迅速。否则,送命的是你们自己。”这是石柏给铜鼓队的要求。

梁定兴的大军终于来到宋州与亳州的交界。在距离亳州城还有一百来里、四周都是树林的旭日湾开始安营扎寨。营寨还没有完全安扎完毕,突然鼓声震天,一队骑兵从树林中的一条蹊径杀将出来。伴随着铜鼓声、呐喊声,火箭、羽箭纷纷射向梁定兴的营寨。一些刚刚才扎好的营帐开始起火,兵士中箭的中箭,逃窜的逃窜，梁定兴的营寨顿时乱作一团。

等梁定兴慌乱中组织将领应战时，这些人又消失不见。刚松一口气，铜鼓声又响起。一队骑兵又从旭日湾的一条岔路杀出。正在安营的兵士又不得不停了下来，应对偷袭。“真是流氓！”梁定兴顿时生气了起来。“有能耐就正面交手，没能耐就自刭。”

神州人从君子慢慢进化成了流氓，战争自然也就由君子战过渡到流氓战。随着流氓战的不断推广，个人武艺在战场上所起的作用也越来越弱。纵然是个人本领飞天，面对蝼蚁般的兵士，突如其来的箭雨，唯一的结果就是死。这才导致那些个穷秀才，躲在帷幄里面，让那些武艺超群的将士去送命，美其名曰运筹帷幄，让武一字完全失去了它原有的意义。

大梁国皇帝朱温就是流氓战的高手。自任宣武节度使以来，朱温就是用流氓战一一消灭了时溥、朱宣等对手。石柏准备学一学朱温，用流氓战对付梁定兴。整个晚上，旭日湾，铜鼓声、呐喊声、嚎叫声、救火声就是持续不断。

这样来来回回一直折腾到了天亮。梁定兴征调过来的两万多兵士个个疲惫不堪。火头兵刚要生火做饭，该死的铜鼓声又响起。梁定兴的将士正准备对铜鼓声置之不理时，营寨周围霎时又冒出多股骑兵，又是横冲直撞。兵士急忙灭火出去应战，对方自知实力不够似的又匆匆撤退到树林里面。再这样折腾下去，不用打，兵马都已经累死了。

一直折腾到快要过巳时，梁定兴手下的将士才慌里慌张吃了早饭。梁定兴命令步履蹒跚的兵士，赶快出发。昨晚几乎一夜没睡，个个萎靡不振。直到申时正，梁定兴的军队才拖着沉重的脚步到达亳州城北距离亳州五十里地左右的唐家桥。梁定兴吸取昨晚的教训，命令部队在唐家桥官道两旁空阔的地方安营扎寨。

捉生将史登裕前来报告梁定兴准备在唐家桥安营扎寨。可不能让他轻轻松松扎营！石柏命都虞候广禄带着了五百骑兵，指挥牛历山带着铜鼓队，提前秘密前往梁定兴将要驻扎的唐家桥营寨前埋伏。石柏命令都指挥使王廷超和都押衙游国文带领主力跟在后等待，一旦鼓声想起，随后杀到。四人接令走后，石柏亲率带着五百步兵深入到梁定兴营寨前探察。

梁定兴将要扎营的地方是一片非常空旷的平地。营寨将以南北走向迤逦而设。军队外出作战，只有一样物事不随军携带，那就是烧饭用的柴火。所有军营烧饭用的柴火都是到了驻扎地后临时砍取。这主要是柴火易得，而且携带不便。果不其然，军队还在安营扎寨，就有兵士手拿绳索去营寨东南树林砍柴。机会来了！

石柏将带来的五百兵士分成五组，各由一名都头率领，前去活捉这些砍柴的兵士。石柏下了死命令，“一个也不能放过！”

前去营寨东南砍柴的兵士，砍够了柴草，捆好后准备背回军营生火做饭。数百名砍柴的大梁兵士没等明白过来，就稀里糊涂成了俘虏。如今落到我手中，哪会客气？“留几个做种，其他全砍了！”石柏一声令下，这些个砍柴的大梁兵士，只剩下十三个活人。

石柏带来的五百兵士背起柴火，押着十三名哆嗦的大梁兵士向梁定兴的营房进发。除外出砍柴的兵士外，营寨前面还有外出砍树搭建营寨壁垒的兵士。梁定兴的兵士以为是自家人砍柴回家，置之不理。到了正在搭建的营门前，石柏突然下令释放这十三名兵士。“让你们回去告诉梁定兴，吴王的大军取他狗命来了。”

“杀！”

“杀！”

石柏抽出龙吟剑，一声号令，五百名兵士迅速抛掉柴草，和石柏一道，呐喊着冲进了梁定兴的营寨。早就已经埋伏在营寨前的都虞候广禄，见石柏已经动手，带着五百骑兵拍马杀到。这一千零二人东奔西突，到处杀人、放火。石柏手中的龙吟剑，如同一条游龙，在梁定兴的营寨内摆尾前行，摧枯拉朽，所向披靡。侯广禄和一千名兵士，见主帅为士卒先，更是勇敢异常，拼死杀敌。埋伏在营寨前的铜鼓队见呐喊声一起，擂响铜鼓前进。一时间，铜鼓声、呐喊声、嚎叫声响彻云霄。毫无防备的梁定兴军营霎时一片大乱，狼奔豕突，相互践踏逃命。听鼓声响起，王廷超、游国文带领主力随后杀到。霎时间，烟尘蔽天，几千名亳州守军如入无人之境，摧枯拉朽，势如破竹。真可谓是天崩地裂，山塌石滚。那些被释放回来的砍柴兵士，一边跑，一边高喊说：“不好了，吴王大军杀来了。”一听吴王大军杀来了，梁定兴的兵士更是惊恐万分，脑子里想到只有赶快逃命。

到天黑时，梁定兴两万军队已经伤亡过半。正当梁定兴惊慌失措时，手下告知是吴国的主力部队，更是惊恐万分，连忙命令烧掉营房，带领残兵败将，连夜向北拼命逃遁。亳州守军乘胜追击，沿路百姓一听梁定兴败逃，手拿锄头、木棍协助亳州守军一路追赶。真可谓是饥不择食，慌不择路。梁定兴乘着月夜，不顾狼狈，继续没命逃跑。一口气狂奔了一百五十多里后，梁定兴才敢歇住脚。因被杀、走失、逃离，梁定兴带来的两万多兵士，现在已经只剩下几百。梁定兴眼见大势已去，只得带着几百名残兵，逃回了宋州，等候朱温处置。

梁定兴败逃的消息当夜就传到亳州城。亳州百姓兴高采烈，连夜庆祝胜利。

赵淮浦吃了晚饭，就站在亳州北门城楼上等待军队凯旋，得知消息，蹦起来就像三岁的孩童。一直到过了亥时，赵淮浦才看到，如同夏天萤火虫般的火把出现在涡水上面。不久，就听到是震天价响的铜鼓声。赵淮浦旋即命守门兵士打开城门迎接。

方才击鼓呐喊的亳州百姓和兵士，擂着铜鼓进入城门。铜鼓队沿着亳州城的大街小巷游行，后面跟着的队伍越来越庞大。见亳州城百姓兴高采烈，赵淮浦也与民同乐。亳州全城狂欢直到翌日上午才渐渐停止。石柏下令王廷超打扫战场，清理梁定兴的残兵。见已没有大的纰漏，石柏连夜赶回天清观。一到天清观，秋雨、秋水嬉笑着准备香汤，让石柏沐浴。当天晚上，都虞候广禄就将刺史印信转交给了刺史赵淮浦。

翌日上午，不等亳州市民欢庆结束，赵淮浦来不及合眼，就由军使秦承理陪同，带着数名牙兵，乘坐肩舆前往天清观。赵淮浦让军使秦承理和牙兵在天清观山门等候，在门头滕若缺引领下，独自一人进入天清观。赵淮浦到玄幽别院时，石柏刚沐浴完毕，披着头发，坐在玄幽别院的石桌旁歇息。见滕若缺陪赵淮浦前来，石柏连忙起身前去迎接。

“没来得及整装，请使君见谅。”

想不到，赵淮浦竟然不顾天清观门头在场，准备屈膝施礼。“万万使不得！”石柏连忙跨步上前扶住了赵淮浦。“若水先生不但救了赵某，也救了亳州一城的百姓。若水先生的大恩大德，赵某不知如何感谢。”石柏一手扶着赵淮浦到石桌旁就座。

“使君千万不要记在心里。贫道也只是想救天清观而已。贫道曾经跟使君说过，帮亳州就是帮天清观，也就是帮天清派。贫道只是自救而已。这次亳州一战，胜负的关键在缪景信将军。关键时候，缪景信将军归回吴国，并援助使君抵御梁定兴。一进一出，使君才能如此轻松地击败梁定兴！至于贫道，只是借用他们的力而已！”

秋雨已经送来了清茶。

“谢谢！”赵淮浦向秋雨手一拱。

“赵某已经派人前往缪景信将军的营帐犒劳。梁定兴虽然已经败走，但朱温肯定不会因此善罢甘休。赵某这次来，既是对若水先生的感谢，也是想听一听若水先生的箴言。”

“使君那么客气，贫道也就不妨多说几句。使君熟读史书，刘邦和项羽这种故事肯定很熟。今天是朋友，明天就是敌人；今天是敌人，明天就是朋友。朱温如今人在魏博与晋人作战,使君完全可以修书一封遣人送与朱温,表示愿意重修旧好。眼下朱温分身乏术,岂有不同意之理? 这至少给使君积蓄力量提供了时间。使君也可以派人前往霍邱,与吴国都督徐温媾和。徐温掌权时间还不是很久,需要稳定,也会同意使君的请求。如此一来,使君就可以在梁吴之间求得生存。倘若使君用心亳州,说不定就像刘邦那样,成就一番千古伟业!"

"若水先生所言极是,赵某马上去办。"

回到刺史府,赵淮浦马上遣人撰写奏折以八百里加急送往河北魏州,同时又派人前往霍邱。缪景信归附并带来了一万多兵士已经是一件出乎意料的大喜事。亳州一战,淮北形势霎时由阴雨转向晴天。赵淮浦介于梁国和吴国之间,正可以起到缓冲的作用。徐温也就同意了赵淮浦媾和交好的请求。缪景信带领大军,渡过淮河,驻扎在霍邱。

赵淮浦乘机出手,不费一兵一卒就拥有了颍州。

只有大梁境内局势稳定,朱温才有可能腾出手应对晋人越来越重的压力。梁定兴兵败亳州,朱温正慌得不知如何出手应对,接到了赵淮浦的奏折。听完了奏折,朱温长长松了一口气。造化,赵淮浦没有乘胜引吴兵入境! 朱温最怕就是晋吴联手,南北夹击。等魏博战事稍稍稳定之后,再出手收拾赵淮浦也不迟。再继续这样胡闹下去,就不好收场了。在目前逆贼步步进逼的形势下,能安抚就先安抚。最可恨的就是奸贼韩建,竟然按兵不动,睁着眼睛看梁定兴的军队被赵淮浦歼灭。看朕会怎样收拾你! 朱温当天就遣人送密旨给侄儿朱友能,要他注意监视韩建,防止韩建效仿赵淮浦。朱温不允许亳州的故事在陈许重演。

朱温顺水推舟同意了赵淮浦的请求。没过几天,朱温的圣旨就来到了亳州,擢升赵淮浦为颍亳观察使,下辖亳州、颍州。这让赵淮浦想起昭宗的故事。当年,昭宗受尽了宋文通欺压,想不到,不仅不惩治宋文通,竟然还册封宋文通为岐王,最后就因为宋文通而死在朱温之手。想到昭宗的这个故事,赵淮浦不禁笑了起来。当年,朱温弑昭宗,弑皇后,杀哀帝的所有兄弟,哀帝却不断给朱温加官晋爵,最后实在没有官爵可以封,只好让出皇位,送上性命。不在乎你对他有多坏,而在于你有没有实力。有实力,你就是爷。

亳州之战后,颍亳观察使赵淮浦放开手脚,招兵买马,准备大展鸿图。

都督徐温几乎不费一兵一卒,就消除了让吴国人整天忧心忡忡的淮北边境危机,还让大将军缪景信反正,带来一万多兵士。消息传到了吴国,朝野欢呼。待事情安排落结后,徐温也离开霍邱,返回金陵。因协助击败梁定兴有功,缪景信升为镇北大将军,兼淮南道四面行营都指挥副使。回到了金陵,徐温开始依严可求的建议,怂恿吴王杨渭称帝。

李清静手捧三支清香,站在姑射真人的墓前,告诉姑射真人,朱友徽已经被亳州市民活活咬死,亳州控鹤军指挥寺也已经被亳州刺史赵淮浦摧毁。“师父放心,弟子一定会倾心协助师弟实现师父的愿望。”李清静没有告诉姑射真人,朱邪以清和尹如雪定下的神棍计划取得了巨大的进展。亳州之战还没结束,天清派新任掌门若水先生就已经声名鹊起,成了亳州家喻户晓的人物。若水先生就像一锅水,在石柏接任天清派掌门的那天起,尹似雪就带人开始烧。水越烧越热,等到亳州之战结束,这锅水已经完全烧开。若水先生道行高强、神机妙算的名声四处传播,从亳州城扩散到了亳州属下的县,再从亳州传到附近的州县,甚至传到了东都和西都,就是想盖都已经盖不住。不用多少时间,经过传递加工,添油加醋,若水先生也越来越玄乎神秘了起来。坊间开始流传这样一个有关若水先生的故事。

故事说,若水先生小时候曾巧遇南斗星君。南斗星君当时正化作全身脓疮的乞丐来到人间。小时候的若水先生见乞丐可怜,全然不顾恶臭,端水给变成乞丐的南斗星君喝,弄饭给南斗星君吃。南斗星君见小时候的若水先生心地善良,就收若水先生为徒儿,面授仙技。但因时机未到,南斗星君让若水先生暂且在凡间修炼一段时间,以待来日列入仙班。

此外,还有其他神奇的故事。对这些故事,天清观既不肯定也不否定。

若水先生出了名,对天清观带来极大的影响。不仅来天清观请道士前去做祈福斋醮、超度亡魂斋醮的人络绎不绝,更有不少人慕名前来天清观请若水先生算命看相,解决生活中遇到的各种疑难问题。“他们想见掌门师兄,首先得过我这一关。我说不见,就不见。”那么多人慕名来天清观,秋水既感到奇怪又想笑。若水先生脚地很高,一般人根本就见不着,请不动。没有特殊关系,随便前往天清观,天清观道士肯定会推托而不让你见到若水先生。天清观的推托进一步增强了对若水先生的信心,似乎只要见到若水先生,难题就迎刃而解。

石柏决定暂且避开纷扰,回金陵一趟。离开金陵至今已经有一个多月的时间,家人肯定思念,石柏也想看一看家人。“师弟想去金陵一趟,已经两次梦见家人了。”石柏将想法告诉给李清静。“是应该向家人报个平安。”李清静支持石柏去金陵看一看家人,报一声平安。“师弟到了金陵,替师姐向叔父和叔母问一声好。”

当石柏告诉秋雨、秋水,准备带她俩一同前往江南金陵时,尤其是秋水几乎兴奋地都快要跳了起来。秋雨和秋水,长这么大,还没有去过江南。“江南佳丽地,金陵帝王州。”秋水含笑说:“我倒要看一看,江南有什么样个佳丽。”秋水准备跟金陵佳丽比一比高下。

三月廿一清晨,石柏、秋雨、秋水三人启程前往金陵。

石井很想见一见若水先生,可就是没有见着。石井本想让控鹤军帮他找到那名侠客,再从侠客那里找到由子。可是,亳州一战之后,控鹤军突然消失得无影无踪。这一招守株待兔之计马上失效。石井原有的计划眼看就要破产。正在绝望中,河口向石井建议去天清观请天清派掌门若水先生指点一下迷津。

石井忽然由天清观联想起了大田。大田好道,作为遣唐使,难保在神州没有道友。由子落入逍遥窟,说是被晋河东所救,实际等于一头羔羊被晋河东扔进了狼窝。如此看来,很有可能是大田的道友出手救了由子。谁都晓得,逍遥窟是一个狼窝,平常去救肯定很难保证成功,化装成亳州人人惧怕的控鹤军都虞候朱友徽前去劫持,就容易多了。人家就是想拦,都已经吓得屁滚尿流。对,应该就是这样。那个劫走由子的侠客应该是大田的道友。

被大田的道友救走,由子眼下应该安全。石井就怕被朱友徽弄死埋没无尸了。朱友徽已经尸骨无存,再到哪去找由子。确定被侠客劫走,石井宽心多了。就算推测有误,请若水先生指点迷津也是不错的好主意。毫无头绪的情况下,说不定有意想不到的收获。石井决定去拜访若水先生。石井连饭没来得及吃,就带着谷田前往天清观。到了天清观,石井就向天清观门头说明自己的来意,希望能见上若水先生一面,有事要向若水先生求教。

“实在不巧,掌门刚外出云游去了,要过好几天才能回来。”

第三十四章　养鹰

借问酒家何处有？牧童遥指杏花村。

——《清明》

石柏带着秋雨、秋水动身前往江南时,朱邪以清正在阅读尹似雪遣人送来的书信。朱邪以清阅罢书信,不禁哈哈大笑起来。石竹好奇,连忙问:“什么事啊?外婆,这么高兴!”朱邪以清含笑说:“你姨妈写的,说你大哥。”朱邪以清将书信递给石竹。石竹接过书信,仔细阅读了起来。读着读着,石竹也哈哈笑了起来。

“外婆,大哥怎么会变成了南斗星君的凡间弟子呢?我怎么没听大哥说起过?”

“若水宫还没有着力营造就已经如此。”

“外婆,是你让人编造散播的?”

“这倒不是外婆让人编造的。从这事中,外婆倒相信了三人成虎的故事。你父母这辈子唯一值得自豪的是养了两个儿子!”

“那我呢?”

“竹儿也很棒!只是现在还小,将来肯定会成为巾帼英雄,女中豪杰!”

“外婆,在翠竹湾时,爸和妈早晓得大哥这么厉害,还跑什么啊!”

“正如毛遂所说,不将铁锥放到囊中,怎么能脱颖而出?人要展现出自己的才华,需要一个合适的平台。韩信没有刘邦提供的平台,最终肯定是默默无闻含恨而终。神州人才多得是,就是因没有施展才华的平台而淹没在茫茫人海之中。当然,能脱颖而出的前提是他本身是铁锥。如今你大哥就好比是放在若水宫这个囊中的铁锥!”

倒不是有没有施展拳脚的平台,而是神州人没有发挥自己能力的机会。皇家园囿里面的草木还没有开始长大就已经被那些个管理园囿的仆役剪去了枝条，甚至连根拔起。一切看园囿仆役的嗜好。生长在园囿里面的草木，全都长成畸形。

“还是外婆厉害，大哥只是外婆袋子里面的铁锥！”

“你这孩子，说话怎么越来越让外婆喜欢。后生小子，要青出于蓝而胜于蓝才是。处处仰仗长辈的鼻息，岂不是成了碗里面的虫子？能有什么出息？长辈充其量只能给他提供一个平台，成不成，一切得靠他自己。一代不如一代，最后只能退化成虫子。”

朱邪以清给了石柏一个平台，石柏利用若水宫这个平台施展拳脚。徐渊纵横神州江湖几十年，很懂在神州想做出点名堂必须得有一个可以施展拳脚的平台。龙游浅水遭虾戏，虎落平阳被犬欺。徐渊也想给石斛提供一个施展拳脚的平台，可犹豫再三，拿不定主意，下不了决心。那么多年以来，徐渊第一次遇到下不了决心的事情。

人心难测。徐渊行走江湖几十年，非常懂。今天没这想法，不等于明天没这想法。野心也不是一开始就有。田頵微贱时就追随杨行愍，哪想到日后会兵戎相见？徐温当初和哥哥徐渊一起去庐州投奔杨行愍，也没想过有朝一日会成为都督。人心不足蛇吞象。野心会一点一点变大。提供一个施展拳脚的平台会不会最后成了放虎归山，徐渊没有绝对的把握。只有死人才能让他彻底放心，言语说说根本就没用。经过一番思索，徐渊决定，在给石斛提供一个平台之前，先想办法切断石斛与过去的联系，剔除石斛身上的龙骨。

徐渊这样做的目的有二。

第一就是想让徐温放心。石斛的身世，瞒得了一时，瞒不了一世，徐温迟早有一天会晓得。石斛是一个普普通通的寿木店少东主，就没必要下狠手。这种非常手段只能对非常人用用。第二，也是要消除石斛身上的隐患。假可以当真，真也可以充假。当所有人都认定石斛是寿木店少东主时，就算石斛宣称是李唐世子，也不会有人相信，甚至认为石斛脑子出了问题。如此一来，就算石斛真成了朱雀门女婿，朱雀门也不会成为石斛可以兴风作浪的平台。

女婿虽亲，毕竟是外姓人，仓促不得。白眼狼的故事，徐渊不仅听过，也见过。徐渊需要时间慢慢感受石斛究竟是什么样的人。听其言不行，观其行也不行，需要用心感受。杨坚和杨广的故事，徐渊听了一遍又一遍。徐温开善寺遇刺脱险回都督府，徐渊终于下定决心，准备选择一个恰当的时机让吴国人晓得石斛是徐家人。

石斛刚进寿木店，还没来得及跟龚宰打招呼，隔壁陈记丧服店东主陈绾紧随石斛走了进来,拉着石斛往店铺后面的天井拖。莫非陈绾要买棺材?石斛有点莫名其妙。进入天井,陈绾轻轻地说:“少东主,鄙人有点小事想请你帮一帮忙。”陈绾肯定是被石斛光鲜的外表给迷惑住了。陈绾不晓得,此时的石斛正需要人去救他。“请小子?”石斛很惊讶。真个是蛤蟆觉得青蛙好看。石斛自己都准备坐以待毙,想不到陈绾还向石斛求助。

“鄙人的妻舅因养鹰,被江宁县都头逮进了衙门。”

“衙门为何不许百姓养鹰?”

石斛没养过鹰,也不晓得衙门为何不允许百姓养鹰。

不许养狗是衙门担心狗咬了人。莫非衙门担心鹰啄伤了人?

“鄙人也不晓得,可都督府贴出榜文,禁止百姓养鹰。鄙人的妻舅违反禁令,被抓了。”

这世道没理由可讲。石斛后问了鲁扬声,才晓得禁止百姓养鹰的原因。吴国将校常放出猛禽抓猎物,骚扰了百姓。自黄巢造反以来,所有的大土匪对手下小土匪都百般宠幸,徐温不愿意严惩这些放鹰骚扰百姓的将校。怎么办,严可求给徐温想出了一条两全其美的法子,禁止各地百姓养鹰。反正,历朝历代都是以保护百姓的名义损害百姓的权利。

“鄙人的妻舅又没做什么大的坏事,就养了一只鹰。”

“养个鹰确实不是什么大的坏事,可衙门不让你养,你养了,肯定对你不客气。”

“妻舅那只鹰,禁令发布前,就已经养了多年。鄙人也说过,快将它放了。可那只鹰都已经养熟了,一放出去就飞回来。妻舅养出感情来了,不舍得杀。结果,有人告发,给衙门逮了个正着。妻妗来找鄙人,想办法将妻舅捞出来,可衙门中的人鄙人一个都不熟。”

“民间小子认识的人倒不少,衙门小子也不熟。”

“少东主跟徐大人熟,出面通融一声,江宁县衙肯定放人。”

“徐大人小子也只有一面之缘。人家是都军使,淮南节度副使,高高在上,小子跑到广陵,说不定连面都见不着。陈当家晓得,那些个衙门全由兵士把守着,想进去见一个人,非常难,况且人家是都军使。就算愿意见小子,也愿意卖小子的情,也不会为这点对他来说芝麻大的事情亲自跑一趟江宁。大不了,让小子带个口令,或拿个纸条,到江宁找县衙。这样一折腾,没有半个月时间根本就不行。到时候,陈当家的妻舅早就已经被充军了。衙门这张嘴一旦张开,想让它改过来,为了给人衙门永远正确,只好将错就错。”

“就因为养个鹰,被充军,真是冤。”

“小子帮陈当家找找有没有跟江宁县衙熟的人。”

“那就多谢少东主了。”

“不客气。小子只能尽力而为,找着找不着,小子不敢保证。”

只能请人家帮忙,但不能要求一定帮忙。这点道理陈绾懂。见石斛答应帮忙,陈绾也就不再啰嗦。两人出了天井,进了店铺。石斛拱手送陈绾离开寿木店。待陈绾远去,石斛才转身。龚宰轻轻地问:“少东主,陈当家是不是谈店铺续租的事情?”白肇祺当初租给陈绾的店面很快就要到期。龚宰曾向石斛建议,不要再续租。现在生意那么好,自己都缺店面。是不是要扩大规模,石斛还没考虑。莫非真的准备卖棺材赚铜钱娶朱雀门大县主?

“不是。陈当家的小舅子养了只鹰,违反了禁令,被衙门逮了去,请小子帮忙。”

“小弟看,衙门肯定会发布法令,禁令养狗。”吕夷则插话。

“你还真别说,老哥就听人说起,刺史府准备颁布法令,禁止金陵城内养狗。”

“小子还真得想办法处置阿虎,免得违反禁狗令,给衙门逮了去。”

阿虎跟了那么多年,已经成了家人。杀下不了手。让别人杀,这种易子而食的伪君子行为,石岩肯定不会。送没人要,赶赶不走。不让养狗,石斛还真不晓得该如何处置。

龚宰翻开记事本看了看,就开始安排今天要送的货。李邈和戚冷送一对松木棺材去南门外的彭家湾。彭家湾离金陵城有二十多里路。石斛不管远近,是生意就接。反正,合理的脚力钱已经算在棺材里面。李邈和戚冷走后,石斛和吕夷则着手送一对楠木棺材去司录参军陈乔家。这对楠木棺材昨天寿木店打烊前一名自称是陈家总管的人订购。生意人,只认铜钱不认人,只要能将货物卖出去就行,不管买家是谁。金陵跑了那么长时间,大街小巷已经非常熟悉。避免麻烦,石斛选择了一条偏僻的路线。吕夷则驾着马车,石斛坐在车辕上,慢悠悠前往陈乔家。快到陈府时,石斛听到了喜气洋洋的鼓乐声。

“夷则,哥哥先去看看,苗头好像有点不对。”

“是哎,哥哥,好像是成亲的声音。”

石斛下了木板车,出了小巷,去陈府探了究竟。果然,陈府大门张灯结彩,宾客进进出出。熟悉石斛的人太多,出现在这里场合,容易给人联想。瞧准机会,快步前去,将一名陈府的仆役拉到了一旁。“麻烦你去告诉你家总管,就说白记寿木店石斛找他有点事。这种喜庆场合,小子进去,不合适。”不一会,仆役就陪着总管陈豪栋出了大门。

陈豪栋一到跟前，石斛就拉着他到僻静处，对着陈豪栋的耳朵嘀咕了起来。“谢谢少东主！”陈豪栋向石斛手一拱。“不客气。”石斛手一拱。刚要转身，就被陈豪栋拉住了手。“少东主等等，今天是二公子大喜的日子，喜钱怎么能省。梁冀，过来一下。”门口的一名仆役跑了过来。“去向陈中平要一份喜钱，就说我要的。”梁冀转身跑进了大门。

“少东主晓得不晓得是谁到贵店预订？”

“人家准备捣乱，肯定不会留下真名。”

“那倒是，仆等会和大家琢磨琢磨，到底是谁。”

还没说上两句，梁冀就拿着喜钱跑了回来。陈豪栋将喜钱递给石斛。“铜钱虽不多，可会给少东主带来喜气。”石斛接过喜钱，手一拱，就跟陈豪栋告辞。“夷则，我们回去。”回到小巷，石斛坐了木板车。

“哥哥，出了店的棺材不能运回店，这是规矩。”

“走吧。莫非将棺材扔在巷子里？”

吕夷则驾起木板车，返回寿木店。见石斛将棺材重新运了回来，龚宰连忙询问原因。“棺材根本不是陈府预订，是有人想借我们的手去捣乱。正好小子要去找荆善居，顺便让他查一查到底是哪个王八蛋。不揍一下，真是皮账。”刚将寿木升回到库房，荆善居前来请石斛去吃饭。“知道你中午不回家，善居想想还是请你一起吃午饭方便。”石斛没有推辞。“小子正要去找荆兄。”两人出了寿木店，准备前往逸香楼小酌。“这顿午饭江宁县尉龚霈定。他让善居约你一起吃饭，肯定跟上次你托善居的事情有关。”荆善居果然没猜错。

王正义有八个女儿，却只有一个儿子。如今儿子被阉，意味着王正义从此绝了后。王正义能不恨？王正义发誓，就是倾家荡产也要找到阉割他儿子的凶手。当天，王正义就向县衙报了案。错就错在荆善居只阉了王怀德，而没有一了百了，给王正义留了一条线索。县尉龚霈一接案子，马上断定应该跟王怀德造下的风流债有关系。王怀德造下多少风流债，王正义也不清楚。不过，死顽固罗朱城告了一年的状，白虎大街所有人都晓得。那就一个一个来。龚霈决定，先从清楚的罗朱城查起，当即遣胥徒逮来了罗朱城。

罗朱城得知王怀德被人阉割，决定割掉舌头，可下不了手。拿着刀找新妇，要新妇帮他割。“不割掉舌头，怕违背誓言，泄露了消息，害了恩人。”罗朱城的新妇也下不了手。“只要你不说，谁会逼你说？”当断不断，反受其乱，逮到衙门，就来不及了。一番严刑拷打之后,罗朱城坦白曾去求过白记寿木店少东主石斛。罗朱城不愿意说,酷刑之下,说了。

龚霈认识石斛,上次荆善居请客一起吃过饭。求过石斛不等于事情就是石斛做。无凭无据,莫非还想逮罗朱城那样去将石斛逮回来询问?人家朱雀门未来女婿,将来升迁还得靠他提携。无凭无据去抓他,疯了?这事多半是仲连堂所为。王怀德被人蒙住脸,根本不知道行凶人是谁。说仲连堂,只是推测,没有一点证据。龚霈和荆善居是酒桌上的朋友,这些年两人之间多有勾兑。莫非为了一个药肆东主几缗铜钱无凭无据将罪名加在仲连堂身上?我有病啊?如今又突然冒出朱雀门未来女婿。想想黑虎堂吧,我都忌惮三分,一下子灰飞烟灭。一番斟酌之后,龚霈放了罗朱城,并遣人约了荆善居,请石斛一起吃饭。

石斛吃了午饭,刚回寿木店,陈绾就进店打探消息。

"少东主,有没有帮鄙人找一找与江宁衙门熟的人。"

"小子让人找了,晚上会回小子的信。陈当家别急。江宁衙门不是小子开,捏在人家手里,小子也没办法。"石斛打发走了陈绾。

"哥哥要我别管闲事,你自己还不是一样?"

"哥哥自身都难保,哪有闲心管闲事?人家主动找哥哥帮忙,哥哥又可能帮得上忙,总不能一口将人家回绝吧。陈当家是隔壁邻居,低头不见抬头见。就像上次城隍庙的事情,你不是哥哥的兄弟,哥哥会管吗?不是不得已,哥哥才不会主动出手。"

徐榛早早就带着一群侍儿和家丁,代母亲钟夫人去法云寺许愿。挑选随行家丁时,于苓特意向全子尚要了常孝悌。在法云寺的山门前,于苓碰到一名年约四十左右的男子。常孝悌偷偷地告诉于苓:"此人就是常替公子运货的周胜殷。"徐榛前来法云寺是替母亲的身体向佛祖许愿,周胜殷则是替自己出入平安、生意兴隆向佛祖许愿。于苓记住了周胜殷。"这位大哥!"于苓告诉徐榛一声,前去跟周胜殷搭讪。男追女隔座山,女追男隔层纱。周胜殷见一位年轻美貌的小娘子主动跟自己搭讪,也就和于苓聊了起来。

"小娘子这么早来法云寺,是替自己求还是替家人求?"

"大哥面前,侍儿还真不晓得该如何开口。说来,侍儿与一后生也算是情投意合,家人不那么赞成。来法云寺就是希望佛祖保佑,将来能够喜结良缘。"

"看衣着,娘子的家应该比较殷实。是不是家人嫌弃后生家里不富?"

"后生家富说不上,穷也不是。家人不赞成,主要是后生从事的行当不好。"

“莫非后生卖棺材不成?”

“真个给大哥说着了。后生在长寿巷开了一家寿木店。”于苓笑了起来。

“白记寿木店少东主石斛?”这还真让周胜殷感到非常意外。

“石斛,大哥认识?”于苓故作惊讶。

“天下还真是小啊。”周胜殷感慨地说。“少东主进的寿木基本上都交由在下运。少东主能干,勤快,人长得英俊,而且又没有不良嗜好。好后生,绝对是个好后生。”周胜殷夸起了石斛。“难怪少东主的相好都……”周胜殷原本想说都追到金陵来。忽然,周胜殷发现自己说漏了嘴,连忙转口说:“那么漂亮。”周胜殷笑了起来。

“听大哥的口气,石斛好像还有其他相好。”

“在下没听少东主说过有相好。”周胜殷连忙替石斛隐瞒。“娘子回家去,直接跟家里人说,还不赞成,这样的好后生就是别人的郎君了。”周胜殷跟着给于苓讲一些有关石斛的鸡毛蒜皮的事情,以补救自己方才可能的漏嘴。看看也已经聊不出什么名堂,于苓也就跟周胜殷道别。“法云寺很灵,娘子许个愿,肯定心想事成。”周胜殷提了个建议。

许完愿,回到朱雀门,于苓将探听到的信息告诉给了徐榛,但保留了石斛有相好这一条重要情报。于苓第一个想法是不要添乱。公子那么大岁数,人又英俊,有相好也正常。有相好,也只能是来金陵前的相好。现在有相好,大家盯得那么紧,早就晓得了。公子很不希望旁人晓得他过去的底细。我贸然去查,万一公子晓得了,对我的看法很可能就会发生根本性地改变。县主嫁给公子已经是离弦之箭,有没有相好都一样。我跟在县主身边,希望公子疼我,就不可能。我所以有今天,全是县主恩赐,晓得了,不告诉县主一声也是不该。还真有些左右为难。周胜殷说漏了嘴,说明公子有相好是事实。于苓想了老半天,最后决定亲自去向石斛求证。我亲自去向公子求证,一来可以知晓公子会不会撒谎,二来也是奴婢应该的本分,以免生出不必要的事端,三来也可以试一试公子对我的态度。

趁徐榛午休时,于苓坐上马车,前往长寿巷。于苓晓得徐榛什么时候睡醒,只要在徐榛睡醒之前赶回来就行了。下了马车,于苓径直去寿木店。看到于苓出现在店门口,吕夷则高声喊了起来。“哥哥,你的侍儿找你来了。”于苓笑了起来。石斛一听,快步出店门迎接。

“你家县主呢?”见只有于苓一人,石斛颇为好奇。于苓含笑说:“只要县主,不要侍儿啊?”“谁说的?”石斛笑了起来。“红花还需绿叶衬,蓝天没有白云怎行?”石斛走到了于苓的身边。“小子的印象里，你俩总是形影不离。一个人来，小子挺奇怪。”

“有点事情，想和公子单独谈谈。”

“那我们就去天香茶苑。那地方，小子去过一次，既优雅又安静。”

“远不远?”

“不远，走几步就到。”

两人起步前往白虎大街。此时虽是中午，金陵暮春的阳光晒在身上还不是特别烫。出了长寿巷，于苓吩咐董左石先去天香茶苑等，自己和石斛步行前往天香茶苑。

“公子平常喝茶多不多?”

“不常喝。小子寿木店赚来的铜钱，哪够喝茶?”

李唐时期，茶税、盐税是朝廷最主要的税收来源。大土匪时期，茶税、盐税更是支撑大土匪争战的基础。买一斤茶叶的铜钱足足可以买四个侍儿。

“以公子的能力，用不了多少时间，就不需要去考虑铜钱。”

“小子也这么想，只是不晓得能不能实现。”

“公子都不能实现，谁还能实现? 别人不敢说，对公子，婢子很有信心。”

“谢谢!”

天香茶苑真不远，没走几步就到了。进入大门，迎面一条甬道直通天香茶苑的大堂。块石铺地的甬道两旁低矮的竹篱笆内全是花草。一株高大的白茶花正在绽放。一名侍儿下台阶前来迎接。“找一个环境优雅一点的茶室。”侍儿引石斛和于苓去茶室。天香茶苑的侍儿都晓得，能来天香茶苑喝茶的都是有几个铜钱的人，怠慢不得;而像石斛这样英俊的后生，一看就愿意侍候。出了大堂，穿过一条摆满花草的走廊，走了一段曲径，到了茶室前。侍儿轻轻地推开排门，站在门旁，俯身请石斛和于苓进茶室。进入茶室，脱了布鞋，踏上筵席，两人在小几的左右坐了下来。于苓抬头环视了一下茶室说:“真是一个喝茶的好地方。”“第一次请朱雀门二县主喝茶，档次自然要高一点。”石斛含笑说。

“婢子可不是什么县主。”

“你身份不是县主，实质却是县主。小子只好说二县主。”

于苓笑了起来。一名侍儿给石斛、于苓摆茶具。茶博士来到了茶室，询问石斛要喝什么样的茶。“春天马上要过去，就喝刚上市的阳羡紫笋。”石斛点了茶，没多久，就送来了炭炉等器具和阳羡紫笋。茶壶里的水原本已开，加之放在红通通的炭炉上，不久茶壶就吱吱地响了起来。石斛和于苓跪在筵席上欣赏侍儿复杂的茶艺。足足摆弄了将近一炷香的时间，可以喝的茶才摆放在了石斛和于苓的面前。“喝一下子，弄还真是费时间。”侍儿微微一笑。“公子有什么事，只管吩咐。”“谢谢！”石斛手一拱。“不客气。”侍儿向石斛、于苓行了礼，俯身退出了茶室。“请！”石斛端起茶碗示意，于苓端起茶碗应和，两人先后喝了一口。

“今天特意来找小子，肯定有什么事情。”

“没事情，就不能来啊？”于苓含笑说。

“自然可以，但你不会。”

“还是公子懂。”

于苓不会，不能，也不敢。相比石斛，于苓真是一个完全丧失了我的人。于苓是徐榛的侍儿，不归于苓所有。没有行动的自由，没有言语的自由，没有不行动、不言语的自由。可于苓又不能有自由。离开朱雀门这棵大树，离开徐榛这支树枝，于苓将是一张枯黄的树叶。

“其实也没什么事情。只是不来亲口问一问，搁在心里，总是有些不舒服。”

“那是自然。小子乡下那会，有什么就说什么。到了金陵，有些话就是很想说，也不敢说了。原先离开别人没关系，现在可不行。没办法，只好忍。这茶室，就我们两人。小子干脆剥掉伪君子这身伪装，来一个想说什么就说什么。请！”石斛端起茶碗又喝了一口茶。

“小子真希望能和你一起喝喝茶。”

“公子有此心，将来一定会有机会。”

“现实总是与希望走的方向相反。”

“难保不会绕了一个圈，最后重新碰上。”

“妙！”石斛含笑向于苓竖起了大拇指。

“天下同归而殊途，一致而百虑。”

“早上陪县主去法云寺许愿，婢子凑巧碰到了周胜殷。”

“是不是周胜殷的话引起了你的好奇？”

“周胜殷也没说什么，婢子也就不好告诉县主。可能是婢子妄猜，事实未必如此。”

“小子进出货物大抵由周胜殷来运。”石斛喝了一口茶，扯了起来。“船上无聊，常一起躺在船舱里东过西转闲扯。周生殷取笑说，小子这人长得特会哄娘子。想想，周胜殷说的或许还真是事实。乡下那会，就有不少娘子迷上小子。”

“那公子为何不从中选一个?”

“主要是家父不那么赞成。跟陌生人说,肯定死也不会相信。做父亲的,谁不希望自己的儿子讨上好新妇?你肯定可以感觉得出来,小子家比较特殊。如何个特殊法,小子想,你最好还是不要好奇。对小子,还是对你,只有好处,没有害处。别人面前,小子连提都不敢提一声。说实话,小子的身份一旦泄露,杀手马上会站在小子的周围。”

石斛的话让于苓不禁眼睛一睁。“这事,小子倒觉得,你可以偷偷告诉你家县主。无论谁跟小子,都是一件非常危险的事情。小子好比一个马蜂窝,谁靠近谁遭殃。这应该是家父不赞成小子急忙忙娶新妇的一个主要原因。人不能只考虑自己而不考虑别人。自己都不晓得明天能不能醒来看太阳,怎能让另一个无辜的人跟着受罪?”于苓早就已经有预感,听了石斛的话,还是惊诧不已。于苓抬头看着石斛,全神贯注地听石斛说。

“小子的家族原本是一个很庞大的家族,人很多,光家父兄弟姐妹就有二十多人。黄巢造反后,一个庞大的家族顿时分崩离析,家族的绝大部分人死于非命。家父带着小子和家兄逃到乡下,才躲过这场浩劫。今年正月,杀手追到了乡下,家父只好带着小子兄妹三人逃到了金陵。家妹乡下出生。一个很偶然的机会,小子遇上了一位娘子。结果,你猜,那娘子竟然是小子的表妹。一个辉煌的家族竟然落到如此凄惨的地步,让人唏嘘不已。

不是杀手追到乡下,小子至今也不晓得自己的身世。姑父的家族原本也是一个显赫的大家族,如今整个家族已经被杀得只剩下表妹孤零零一人。唉!”石斛长长叹了一口气。“想想真是凄惨。家中一名老仆人在危难之时伸手,帮表妹躲过灾祸,表妹才活了下来。表妹也是避难逃到了金陵。你不晓得,家父当初担心被杀手一锅端,让家兄带着家妹北上投亲。杀手四处寻找,一家人呆在一起,一旦被找到,全都得死。别看小子整天笑容满面,背后实际杀机重重。不晓得你有没有想到,如今想杀小子的人不仅仅只有小子原先的仇家。想要小子死的人实在太多太多。小子根本不晓得哪天突然死于非命。”

“公子肯定不会有事。”

“不是你希望小子没事,就没事。说句不好听的话,小子现在是每天在享受着人生的最后一天。所以,小子整天乐呵呵。继续留在金陵,肯定会出事,小子只好悄悄将表妹安置到偏僻的乡下。小子又不好将她的真实身份告诉给周胜殷。你晓得,小子带着一位娘子一同前往鄂州。不说点关系,周胜殷肯定会死也不信。小子无妻无妾,只好说是相好。”

石斛向于苓摆了摆手,倾身过去,于苓靠了过来。石斛手遮着嘴,靠着于苓的耳朵轻轻地说:“你千万不能有任何好奇。与小子有关的任何事情,一旦追查下去,就会要了小子的命。在紫金山,小子不仅坏了他们的大事,还杀了他们中的三个人。你想想,他们会轻易放过小子?迟早有一天,他们会找到小子。这些人连都督都敢杀,还有谁不敢杀?你面前,小子直说,当时出手救人,也是不得已。小子真不想救。你不晓得,小子和家人正是那些杀手要追杀的对象。那些杀手一旦晓得了小子的身份,肯定会蜂拥而来。家父当初就是为了躲避这些杀手的追杀,才带着小子兄妹三人逃离乡下,跑到了金陵。他们暗,小子明。小子只能死定。到时候,你想让小子活,都已经是不可能了。”石斛重新坐正了身子。“你现在应该明白了小子为何不讨新妇。不是小子不想讨,而是不能讨。这件事情你也可以偷偷告诉你家县主。小子相信,她不会将这种事情泄露给其他人,而是希望她慎重。”

“公子放心,婢子一定会将此事告诉给县主。”

“人活在世上有着诸多的不得已。刘禅说,此间乐,不思蜀。谁晓得刘禅是真傻还是装傻?小子总感觉刘禅的话里面藏着一种无奈。孙膑不装疯卖傻,庞涓不会放过他。刘禅装痴呆,正好给了司马昭一个宽厚仁慈的好名声。说实话,能有选择,小子决不会来金陵卖什么棺材。别看小子整天笑嘻嘻,心里却藏着诸多的无奈。”

“婢子终于有所明白。”

“无奈归无奈,活还得活。活二十岁是一生,活一百岁也是一生。小子一家崇道,过好每一天最重要。不能因为明天会死,就不过今天。小子不会因无奈就消沉。小子就像一颗树种,无论掉在什么地方,只要可以长,只管长,长大长不大,随便。喝茶!”

石斛和于苓端起茶盏喝了一口。

“婢子先回去了。”

“那我们下次再聊。”

“婢子就盼有这种机会。”

“机会有的是,只要用心找。和你喝喝茶,聊聊天,小子也很愿意。南华真人说,物物而不物于物,则胡可得而累邪!过日子不能没有铜钱,可铜钱毕竟是铜钱,而不是日子。有其他可能,小子根本就不愿意去钻铜钱眼。小子要的是优雅自在的生活。”

“婢子相信,公子想要的日子很快就会到来。”

两人出了幽兰室,石斛付了茶钱,离开了天香茶馆。

于苓坐上马车,一路想啊想,想到了朱雀门。

回到云思苑,徐榛刚刚睡醒。待徐榛梳洗完毕,于苓就将石斛的话传给了徐榛。徐榛似乎找到了石斛不敢靠近朱雀门的原因。“公子其他什么都好,可如今得罪了那些个刺杀都督的杀手,麻烦就大了。那些杀手,我们在紫金山就已经见识过,实在太可怕了。面对面,公子自然不怕。可人家在暗,公子在明。万一有个三长两短的,县主那该怎么办啊?”于苓颇为担心。“哪能有什么万一?”徐榛瞪了于苓一眼。“你这死婢子,比乌鸦嘴还臭。你没听法云寺掌门色空和尚说过,本县主将来定会称心如意。”于苓“啪”一声狠狠地抽了自己一嘴巴。“婢子真是乌鸦嘴,臭死,臭死。”于苓这一巴掌还真抽得重,霎时脸上留下了四个红红的指印。“佛祖一定会保佑公子平安无事。”话虽如此,徐榛还是为此事询问父亲。

“有没有控鹤军都危险。眼睛背后墨黑。人不能将未来的事情都算清楚。吕太公将女儿许给刘邦,人家都说吕太公有眼光,可就是因为吕后导致吕家被族灭。事后再去看,有人会说吕太公毫无眼光。可吕太公怎么能算得到吕家会被族灭?将来的事情谁也算不到。

你叔父不会有控鹤军就不做都督,销声匿迹。做上都督的一路来,有多少人想要杀你叔父?茅闻韶深得你叔父信任,竟然也会跟朱温合谋!杨渥想你叔父死,张颢想你叔父死。只有爸才懂你叔父猜疑心为何那么重。不小心,根本不晓得哪一刻会死。爸当年提着人头跟着杨行慜,谁晓得哪一刻会突然间掉了人头。爸当初怕这怕那,有没有如今的朱雀门?爸还不是照样平平安安地活到现在。爸当时就掉了人头,哪会有榛儿你!

做事情,小心谨慎需要,但不能老是前怕虎,后怕狼。不能因为有了控鹤军我们就不吃饭。日子该怎么过还是怎么过。如今的年月,能不能躲过灾祸,一看人,二看运气。榛儿福气好,无论和谁在一起,一定都会平安无事。认识榛儿,说明石斛这小子运气好。控鹤军只是一时的阴影,不用多久就会过去。”

徐渊一番劝慰,徐榛也就将忐忑的心安了下来,打定了主意。稳妥起见,徐榛还特意去了一趟法云寺,跪在佛像面前,替石斛的平安向佛祖祷告。

刚出大雄宝殿,徐榛碰到住持慧心和尚。

慧心和尚双手合十说:“县主心地慈善,佛祖定会保佑县主心想事成。”慧心和尚的这句话像拨开云雾的佛手,徐榛头上的天空顿时晴空万里。“真的吗?”徐榛笑了起来。“老衲感觉,县主是菩萨转世,一身吉祥。县主的心愿,佛祖定会帮县主达成。”

徐榛高高兴兴地离开法云寺,回到云思苑,继续过起了无忧无虑的日子。

石斛的屁股刚坐下,就见朱同泽拱着手走进寿木店。“我的都指挥使大哥!”石斛连忙起身,拱手上前迎接。“今天怎么想到,来瞧一瞧小弟?”“一直想来,可就是没时间。”石斛提来一条凳子,放在过道边,请朱同泽坐。

“不坐了。”

“这么急?”

“临走之前,总得跟老弟道个别。”

“临走? 到哪去?”

“徐大人调同泽到常州任防御使。”

“喜事!”石斛向朱同泽手一拱。

“小弟先得恭喜大哥升官! 走之前,小弟给大哥饯行!”

“不用啦。同泽明天一早就得动身前往常州。今天晚上,同泽在子仁斋定下宴席,请老弟聚一聚。你我二人,再加上舍妹,就三人。舍妹很想见一见老弟。同泽晓得,老弟是一个大孝子,都是在家陪令尊和令堂吃饭。今晚就破个例,如何?”

“大哥高升,送个行,庆贺以下也是应该。小弟定去跟大哥好好喝上两杯。”

“那同泽就先告辞了。”

石斛起身,送朱同泽离开寿木店,直至长寿巷口,才分手。

石斛来金陵需要别人庇护,想不到竟然有人来寿木店向石斛寻求庇护。

石斛刚送走朱同泽回寿木店,一名小娘子慌里慌张窜了进来。这名小娘子是鸡鸣巷的街坊。进进出出鸡鸣巷次数多了,虽不晓得姓名至少脸也熟。石斛却晓得这名街坊的名字。她叫曲柯。曲柯晚上无事的时候总是来石斛家找石斛玩,或独自,或和她的大父一起。曲柯的大父是石岩的钓友。石斛认识曲柯是因为她的大父。

曲柯是一名街头艺人。或许是怕碰见熟人,曲柯总是要到远离鸡鸣巷的南门或者西门卖艺。石斛碰到几次曲柯和她大父在街头卖艺。因大父这段时间身体越来越差,曲柯只好独自外出卖艺。石斛晓得,如今混饱肚子不容易,尤其是街头卖艺人。石斛没问是不是需要接济接济,一来可能是不吃嗟来之食的人,二来曲柯乐呵呵,不像是一个衣食有忧的人。

见曲柯跑进了寿木店,一群追赶的人止住了脚步。曲柯在白虎大街卖拳脚。

一名白虎堂兄弟准备上去调戏一把,想不到被曲柯打掉了门牙。随喜的白虎堂兄弟一哄而上。曲柯只有一个人,而对手却越打越多。眼看就要先于大父命丧街头,曲柯就跑到寿木店求庇护。

"怎么了？怎么了?"石斛连忙问。

"白虎堂的人那么多,我一个人打不过,没办法,只好跑到哥哥这里来了。"

曲柯的话让石斛感到骂不骂都不是。武忠王时,吴国禁武。徐温当上了都督,为了应对日益猖獗的匪寇,废除了武禁,武馆也得以重新开张。白虎堂是金陵著名的武馆之一。据白虎堂的当家薛沙门自己说,他是薛仁贵的第十四世孙。是不是真的,石斛没去翻薛沙门的家谱。这世道,没点能耐,想靠街头卖艺生存真是非常的不容易。石斛没向曲柯询问打架的原因,就准备跟白虎堂兄弟去白虎堂。

"老哥,店就交给你了。小弟去一下白虎堂。最深的冤也总能找到解决的办法。"

没等龚宰回话,石斛已经向店门口走去。曲柯连忙跟上。"你给哥哥在寿木店呆着!"石斛跨出店门,手一拱。"无论谁对谁错,小子都得先去向薛当家赔个礼,道个歉。"石斛跟着这群白虎堂兄弟去了白虎堂。石斛是伪君子,礼数肯定非常周到。

"薛当家,确实不是小子好管闲事,而是那小娘子的大父跟家父有交情,平常时节她和她大父常到小子家串门。小子来白虎堂请薛当家宽饶也是无奈。无论谁对谁错,小子先向薛当家道个歉。"石斛旋即给薛沙门折腰拜了一拜。碰到石斛这种比丝絮还软的人,你还真不好意思发火。"你们几个给我讲讲到底是怎么一回事。"当着石斛和薛沙门的面,几个白虎堂兄弟就叽里呱啦将事情的来龙去脉往自己有利的一面说了一遍。

石斛晓得,这世界没有理。你觉得自己有理,希望有人替你住持公道,那只能到阎罗殿去找阎王。"望薛当家给小子卖个人情,这事就此了结。赔礼道歉就由小子来做。薛当家不晓得,那小娘子素来死强,让她来向兄弟门赔礼道歉肯定不肯。堂堂大丈夫,何必在乎一个小娘子的几句话？兄弟的医药费小子替她承担。薛当家意下如何?"

"如此能屈能伸,薛某见所未见。少东主真让薛某开了眼界。薛某佩服,佩服!少东主亲自前来白虎堂替那小娘子向薛某道歉,已经给足了薛某的面子。那小娘子报一声她大父和令尊有交情,白虎堂兄弟谁敢上去和她较量？那小娘子和白虎堂兄弟的打斗,就好比是兄弟之间的武艺切磋,偶有伤损也很正常。同门之间谁会记仇?”

石斛终于摆平了曲柯和白虎堂之间的纠纷。

回到寿木店,曲柯已经等得有些不耐烦了。

曲柯抱怨说:“我一个下午没讨到一枚铜钱呢。”

石斛没去理睬,只管跟龚宰说话。“老哥,小弟就先回去了。现在有铜钱,吕夷则、李邈晚上吃饭,老哥多给一些。”“少东主放心!仆晚上和他俩一起出去吃。菜仆亲自点,吃得少东主心疼为止。”“原先人肉吃不起,现在就人肉便宜。走吧。”石斛手一拱,和曲柯一道离开寿木店回家。路上,石斛碰到了一名自称郁田的街坊。两人说了几句就分了手。看到郁田勤劳巴结的样子,石斛不禁一阵感慨。神州何尝给勤劳的人提供一个可以致富的机会?回到家,石斛匆匆洗了澡,就准备去子仁斋赴约。

“爸,金陵守军都指挥使朱同泽要调到常州任防御使,在子仁斋设宴,请孩儿去。”

“答应他了没有?”

“孩儿已经答应啦。”

都已经答应人家了,还说什么。石岩也就闭口不再言语。

“还是先吃点物事垫肚子再去吧,酒肆的物事,你不一定吃习惯。”

“妈,先吃了物事再去,就只吃半肚回来,亏大啰。”

尹如雪不禁扑哧一声。

“我的斛儿生意还没做几天,就已经是生意精了!你平时不大喝酒,要注意一些。”

“都那么大了,还不晓得?”石岩冷不丁冒出一句。

子仁斋位于丹阳大街的颂德巷内。酒肆的东主应该有些力道,才使得金陵有些脸面的人常常在子仁斋宴请客人。子仁斋的掌柜是一位年纪大约三十出头的女子,名字叫陶阳阳。一见石斛在一名侍儿引领下进入子仁斋,陶阳阳旋即迎上来。

“不用猜,阳阳就晓得是石公子。”

“姐姐”,石斛含笑说:“小子的额头上又没有文上字,何以晓得就是小子?”

陶阳阳甜笑着说:“公子一声姐姐已经让阳阳软了身子。公子的相貌就是字号,身材就是招牌,气度么,自然就是那吹动招牌的清风啦。阳阳一直纳闷,什么样的后生会入大县主的法眼?阳阳今日一看,不得不佩服大县主的眼力!”

石斛含笑说:“人看了不说,光阳阳姐姐的话听了就让小子感觉像大热天在玉泉宫泡了个澡，一身舒服。”陶阳阳摄魂似的一笑，兰花指一指石斛，边说边在前引路，带着石斛前往子仁斋的归德厢房。“这张甜嘴阳阳敢肯定金陵没一个娘子能抵挡得住。”“夸奖！”陶阳阳步履轻盈，不一会就到了厢房的门前。陶阳阳轻轻敲了两下，去推扉闼。“多谢阳阳姐姐亲自引路！”石斛手一拱。陶阳阳神秘兮兮地说：“烧香烧在前头。阳阳还不是为了以后万一公子做了子仁斋的东主先做些准备？”石斛含笑说：“事情真的如阳阳姐姐所说的那样，那小子就继续请阳阳姐姐执掌子仁斋。”陶阳阳眼带桃花说：“那阳阳就先谢过公子！”

听到敲扉闼的声音，朱同泽已经起身，走向扉闼。正准备伸手，扉闼已经推开。“阳阳就不打扰公子和都指挥使用餐了。”陶阳阳拱手退后离开，朱同泽、石斛拱手送行。石斛进入厢房，朱同泽推上扉闼。果然，只有三人。“舍妹寒莓。”朱同泽将妹妹绍介给石斛。

“寒莓见过石公子！”

“寒莓妹妹不必多礼。”

“妹妹无须拘束，老弟这人很好说。”

厢房内，中间放了一张正方形的几子。三人先后选择了几子的东、北、西三面，而留出南面。石斛含笑说：“想不到，大哥还有一位那么漂亮的妹妹。”朱寒莓一阵羞涩，微微低下了头。侍儿上了开胃小菜和一壶特酿烧春，就退出厢房。朱同泽提起酒壶，先给石斛斟了一杯，再给自己斟了一杯，然后拿起筷子说：“我们边吃边聊。”石斛也跟着拿起了筷子。

“同泽明天就要带舍妹去常州了，以后我们兄弟俩见面的机会就少了。”朱同泽端起酒杯示意了一下，石斛端起了酒杯。两人酒杯一碰，各自喝了一口。“舍妹当时曾说过，无论是谁，乞丐也行，只要抓住了那淫贼，就嫁给谁。老弟已经有徐大县主等着，同泽也不好意思再将舍妹硬塞给老弟。就算同泽真想硬塞，徐大当家会让同泽塞？舍妹很想见一见你这个她原先准备要嫁的人。马上要走了，同泽就满足一下舍妹的愿望。”朱同泽的妹妹要嫁给抓住采花贼的人，石斛真是始料未及，马上意识到肯定有特殊的原因。

朱寒莓不是有一个可以依靠的哥哥，真不敢想象会过什么样的日子。朱寒莓出生的当年就死了父亲。前年，伴随她长大的母亲也去世了。朱寒莓还没有从悲伤中回过神来，又遭遇更大的不幸，被这些时间流窜作案的采花贼奸污了。朱寒莓要朱同泽向外公开宣布，只要能抓住采花贼，无论谁，她就嫁给谁。朱同泽怕影响朱寒莓的名节没有公开。“妹妹放心，淫贼无论躲到哪个洞里，哥哥一定会将他挖出来。”朱同泽向朱寒莓保证。从朱寒莓出事的那天起，朱同泽全扑在抓采花贼上。可是，无论如何用心，朱同泽就是抓不住采花贼。采花贼被抓的那一天，石斛刚走，朱同泽就急匆匆回家将这个重大消息告诉给了朱寒莓。

采花贼是李邈和吕夷则抓。如今是福是祸，只能由我这个少东主来承担了。朱寒莓欲言又止。“这里没有外人，妹妹想说什么就说什么，无须忌讳。”朱寒莓微低着头，似乎不敢正视石斛。犹豫良久，朱寒莓终于开口。“寒莓自觉着实不配。公子肯接纳，寒莓愿意以小妾的名分侍奉左右。”朱寒莓的话一出口，石斛的心不禁哆嗦。这该如何是好？祸事来了。石斛正要开口，厢房外响起了敲门声。扉闼轻轻推开，侍儿送了热菜，俯身退出了厢房。

“如今只有你我兄弟两人，同泽也就不再隐瞒老弟。妹妹出事时，同泽刚好不在家。老弟有所不知，先母生了六个孩子，可长大成人的只有同泽和舍妹两人。先母临终时，反复叮嘱同泽要照顾好舍妹。想不到竟然出了这等事。同泽着实不孝，辜负了先母的临终嘱托。这事对舍妹影响却极大。老弟抓到淫贼的当天，同泽就将事情告诉给了舍妹。舍妹愿意以小妾的名分追随老弟，哥哥也不好反对。舍妹说，老弟不愿接纳，至少也得看上一面。明天，同泽就要带舍妹前往常州就任。故此，同泽才请老弟前来，让舍妹见上一面。”

石斛没想到，会那么凑巧碰到采花贼；更没想到，那采花贼竟然是前来金陵执行刺杀徐温的控鹤军杀手。一出子城，石斛就偷偷地警告吕夷则。“千万别让其他人晓得那采花贼是我们抓。万一走漏风声，以后想继续在金陵过一过安生的日子是不可能了。看起来，抓了采花贼，好像为民除了一害，实际上等于抓了一只马蜂叮自己。到那时候，引来一群马蜂，连躲的洞都没有。哥哥不是不让你管闲事，而是有些闲事管不得。”

石斛真想将自己眼前的处境告诉给朱同泽。不过，这只是想想而已。

人么顺着他就舒服，逆着他就难受。在这个节骨眼上，贸然拒绝起来，伤人也是无形的刀。说不定，就因简单的一句话，让同泽的妹妹陷入泥潭，或者坠落悬崖。让一朵鲜花还没结果就枯萎，实在是罪过！问题是，可怜见就纳为小妾，还不晓得最后会如何收场。莫非我将她推给李邈和夷则？石斛端起酒杯，一碰朱同泽的杯子，闷了一杯，拿起筷子夹了菜肴吃了起来。扉闼又响起，侍儿又上了一个菜。还得先用一招声东击西，缓一缓。

“那采花贼最后怎么样啦。”

“当天晚上，就摘了。天一亮，同泽就让牙兵将他送到吴用筹那里。过了两天，同泽见到吴用筹,问起此事时,他说,手下人用力过猛,还没有撬出什么,就给打死了。同泽真的怀疑,吴用筹是不是担心那淫贼说出了不应该说出的话,下狠手灭口。否则,那么重要的人物到了他手里怎么突然就变成了废物?”

“至少出了一口恶气。大哥可能不晓得,小子最恨就是违背一个人的意愿。来到金陵的第一天起,小子几乎每天都违背自己的意愿在做事。寒莓妹妹的心情,小子特能理解。寒莓妹妹晓得,小子尚未婚配,似乎不应该考虑纳妾。小子想不想纳妾,至少先征得新夫人的同意。这点寒莓妹妹也应该理解。小子的新夫人还是画在岩石上的捣臼,不能随口答应。总不至于让小子有新夫人前,先纳妾。寒莓妹妹,你说小子说得对不对?”

朱寒莓微微点了点头。

“小子老家,有一条清澈透底的小溪。家父给它取了个名,叫桃花溪。下暴雨时,溪水也会变浑浊,但不会因突然下了一场暴雨就永远混浊不清。过那么一两天时间,溪水又会重新清澈透底。每个人心中都有自己的阴影,小子也不例外。寒莓妹妹这次跟大哥去常州,新的环境,必定会有新的心情。小子只希望,寒莓妹妹在常州,调整心态,不用去多想,开心过日子。人都会变,坦荡面对,切勿钻牛角尖。今天的想法未必就是明天的想法。倘若将来新夫人能够同意,且寒莓妹妹想法未变,小子肯定达成寒莓妹妹的愿望。”

“妹妹,你觉得石斛的意见如何?”

朱寒莓又点了点头。

“寒莓妹妹有所不知,小子来金陵卖寿木,实际包含诸多无奈。小子总觉得,一生里面充满着无奈。谁也一样。我们不能有无奈就不过日子。该怎么过,就怎么过。都督当初跟武忠王起事时,怎晓得将来有一天会是吴国的都督?做人就得先过好眼前的日子。我们着实不应该将已经过去的无奈带到现在,更不能将过去的无奈带到将来。”

石斛端起酒杯一碰朱同泽的酒杯,两人齐声说:“干!”刚举起酒杯准备喝,就听朱寒莓说:“大哥,就为公子的诺言,小妹也喝一点。”朱同泽提起酒壶给妹妹斟了小半杯。喝干了酒,朱同泽提起酒壶斟酒。“大哥,不要说小子这人老气横秋。小子觉得,大哥到常州任职后,不要一味趴在公务上。公务,哪一天能忙得完?应该多抽些时间陪陪寒莓妹妹。”

“老弟说的很对。同泽就妹妹一个亲人,定会吸取教训,照顾好妹妹。”

“寒莓妹妹到常州后,要多接触接触不同类型的人。人么,跟猕猴是兄弟,喜欢成群结队,需要交往。像小子,什么样的朋友都有,僧道、医卜。交往多了,心情自然也会好。独自一个人闷在家里,越闷越糟糕。人活在这个世上,要的是快活,不是郁闷。走出去,看看山,看看水,看看人。以快乐的眼光看世界,你会发现世界实际上很快乐。就算是最烦心的事,倘若以欣赏的态度去欣赏,就会发现实际上很可笑,人就会变开朗。”

三人边喝边聊,直到快要宵禁才离开子仁斋,分手道别。

翌日,石斛经过陈绾的店铺前,就被陈绾拦住了去路。“少东主,怎么样了?”催命似的。“小子已经替陈当家找到人,他愿意帮陈当家活动活动。跟陈当家同姓,名处格,曾在江宁县做过主簿,家住永宁巷。陈当家可以直接去找他。小子特意问了一下,像陈当家妻舅这种事情,可以以罚代刑。罚多少,看具体情况。他说,可以帮陈当家融通融通,能少,尽量帮陈当家少罚一点。陈当家,脚力钱,多少应该给一点哦。”

“少东主放心,鄙人懂。谢谢少东主。”陈绾向石斛作揖。

“免,免!”石斛急忙作揖回敬。

石斛一脚刚踏进寿木店,龚宰就告诉说:“少东主,隔壁陈当家已经来过好几回,问少东主来了没有。”“晓得了。虱子千万不要无故往自己的身上抓,痒起来可难受。小子也是面子过不去,答应帮忙。”石斛刚要坐下,进来了一位客人。

第三十五章　搭船

鹎鶋群游，终日不休；乱举聚跱，不离蒿茆。

——《潜夫论》

徐知诰亲自来白记寿木店买了一次棺材，给石斛带来了不少生意。这让石斛明白了一个道理，在神州就是做死人生意也必须得跟衙门搞好关系。这不，扬州刺史府从白记寿木店订购了一批棺材。徐榛得知石斛要去广陵送货，就以看外祖母为由，准备搭货船一同前往。尹如雪开始意识到，不出意外，徐榛将是自己的儿媳。

“石头，看起来，徐渊的女儿真的迷上了我们家斛儿啦。”

尹如雪晓得，撇开其他，儿子相貌堂堂，肯定会有很多人喜欢。在鸡鸣巷住下不久，就有人想跟尹如雪结亲。卖棺材名声虽不那么好听，可一看就晓得，石岩家家境殷实。尹如雪王顾左右而言他，予以回避。没想到，徐渊的女儿会迷上自己的儿子。尹如雪告诉自己，要做好接受这个儿媳的准备。

“只要不是斛儿主动去接近徐渊的女儿就行。新妇次要，活命要紧。斛儿喜欢，娶土匪的女儿为妻也不是不可以。”

“你可是逃犯。我看，土匪的女儿和逃犯的儿子正般配。”

“也是。那天到玄武湖钓鱼去了，否则正好可以看一看。算了，反正是斛儿讨新妇，又不是我讨新妇，斛儿自己喜欢就是。”

“只是这次斛儿去广陵送货，徐渊的女儿实在不该找借口跟着去。这个世道，土匪强盗到处都是，万一碰上，怎么办？斛儿独自一人，好腾挪；徐渊的女儿跟在身边，肯定缩手缩脚，等于给斛儿戴上一副镣铐。原本一船棺材没兴趣，现在突然多了徐渊的女儿，说不定就有了兴趣。万一磕碰了徐渊的女儿，怎么办？拒绝不是，答应也不是。”

“别想多,站在树上的鸟雀不会摔下来。”

石岩安慰尹如雪。徐渊的女儿要跟,你不能让她不跟。人,最怕拒绝。弄个不爽,找你个麻烦,怎么办？如今把柄在徐渊手上,更开罪不得。石岩越想越替儿子难过。至于土匪强盗倒不怕,谁想到大土匪徐渊的女儿会搭乘运送棺材的货船？你就是告诉他,他也不会相信。

徐榛已经好长一段时间没去广陵看外祖母了。这主要还不是广陵距离金陵较远,而是这一路强盗劫匪横行。淮北人原本谋生就已经非常困难,背井离乡逃到淮南,人生地不熟,想活下来更是难上加难。活不下去的情况下做强盗也是很无奈的选择。说起来,做强盗也算是神州的一个优良传统。依照神州人的行事原则,这叫权。如今称王、称帝的人哪一个不是强盗出身？谁能料定他们中就不会再出一个王,一个帝？做了强盗,尝到甜头,自然就有人喜欢上这种无本买卖。有多少人通过做强盗而成为富豪？数肯定是数不清。反正,神州人不关心财富的来源,也不关心你获得财富的手段,只关心你有没有财富,有多少财富。南华真人曾说过,诸侯之门,仁义存焉。依照神州人挂在嘴边的说法,那就是胜者王侯败者寇。王侯和强盗名号不同,实质一样,区别仅在于胜了还是败了。胜了,就会有人赞颂,崇拜。谁敢去细细调查你过去做过什么？就算真的有人吃了豹子胆敢去调查底细,那又能怎么样？那些个杀人放火、绑架勒索还不是某王、某帝打江山时的丰功伟绩？

徐渊确实请江湖豪俊教过徐榛武艺。徐榛没学两天,就不想学了。朱雀门大县主学武艺有什么屁用？准备跟别人打架,自会有人代劳,无须亲自动手。旁人敢碰一个指头,只能怨自己活得不耐烦。就算学了点三脚猫的武艺,又能怎么样？花拳绣腿,碰到真正的好手,跟没学完全相同。不学就不学,用到它那还了得？还是学一学娘子应该学的女红。

徐渊心里明白,朱雀门的那些家丁也只是摆设,应付、应付金陵城的花花公子而已。徐渊万万不会允许让女儿带着几个破家丁前去广陵冒险,无论是走水路还是走陆路。让徐榛冒无谓的安全风险,千里迢迢去一趟广陵,就为了看一看年迈的外婆,徐渊想都没想过。想不到,徐榛要搭石斛的货船去广陵看外婆,徐渊竟然会答应。

徐榛进来时,徐渊刚刚煮好茶。徐渊喜欢茶,不喜欢酒。茶使人清醒,酒使人糊涂。做海盗那回,徐渊也是能不喝酒不喝酒。发迹后,其他一切生活杂务都由仆役代劳,徐渊从不亲自动手,只有煮茶除外。徐渊总能从煮茶中找到自己的乐趣。

徐榛提起炭炉上面的紫砂茶壶,给摆放在徐渊前面的茶盏斟了半盏茶。放回紫砂壶,徐榛坐在了徐渊的身旁。

“爸,听东方大哥说,石斛明天要去广陵送货。”

“榛儿是不是想跟他一起去看外婆?”徐渊纵横江湖数十年,什么样的人都见过,况且徐榛在自己的身边长大,徐榛的心思徐渊懂。徐榛希望将来能嫁的郎君徐渊很满意。徐温紫金山遇刺脱险回都督府,徐渊敲定了未来女婿的人选。徐渊理解石斛为何不敢靠近朱雀门,也曾想亲自去见一见,消去石斛心中的疑虑,最后还是放弃。揣摩心思是神州人生存的最基本要求。石斛不是笨蛋,徐渊相信石斛会懂。万事急不得。慢慢磨合比急匆匆定下这门亲事更有利于女儿以后的日子。徐渊端起茶盏,咪了一口,直接挑明了徐榛的意图。

“已经好久没去看外婆了。”

“那可是一条送棺材的货船哦。你一个大县主不怕脏啊?”

“不过一个上午的时间,再说可以将船舱弄干净些就是。”

“要不爸给你派条船?”

“搭货船,谁晓得女儿是朱雀门县主?专门派一条船,反而不安全。爸觉得呢?”

“还是榛儿考虑周全。”徐渊会心笑了起来。徐榛低头不语。“向福!”徐渊忽然高高叫一声。如茅斋外就进来一名小厮,俯身站在徐渊面前,听候差遣。“你马上去告诉东方明一声,让他去一趟鸡鸣巷石公子家,告知石公子,请他明天去广陵时务必能带上县主。”

“是,大家。”向福转身退出了如茅斋,消失在夜幕中。

第一抹晨曦刚刚光顾石斛家的庭院,徐榛就在东方明的陪伴下,带着于苓,来到了鸡鸣巷,出现在了石斛家的门头前。见院门紧闭,东方明前去叫门。陆荣封快步前来开门,一看来者是徐榛,心里暗暗吃惊。这小娘子,想郎君都快想癫了!“早!”陆荣封问了安,俯身延请徐榛和于苓进院子。“请县主稍等片刻,仆去告诉公子一声。”陆荣封手一拱,转身快步前去告诉石斛。石斛刚刚梳洗完毕,一听连忙前来迎接。“这么早啊!”石斛从堂后出来,朝徐榛笑容一展,快步出堂内,踏下台阶,走了过去。于苓笑着说:“鸡还只叫第一遍,县主就醒啦,看天还黑才再睡了一会。”“只管安安心心睡,慢慢来就是。”石斛拱手跟东方明行了礼。“先到堂内坐一会。”徐榛和于苓起步,向中堂走去。

“我怕睡过了头,让你等。”徐榛两手微提罗裙,登上台阶,踏上步檐。

“到广陵是歇息，在金陵也是歇息，都一样。迟一两个时辰，根本无所谓。”

“怕我是累赘，就说等不及了，怎么办？”

“有大钱赚不去赚，脑袋肯定有问题。一天三百缗哦！”

徐榛扑哧一声笑了起来。“原来不是官迷而是钱迷。”石斛含笑逗趣说：“不贪污受贿，薪资不够开销；贪污受贿，被抓死定。还不如做生意舒坦。”石斛走在徐榛和于苓身后，登上台阶，踏上步檐。陆荣封搬来了凳子。“你俩在堂内稍坐片刻，小子先去吞它几口，以免路上饿肚皮。”石斛微微一笑，手一拱，转身前往后堂。屁股还没坐暖和，徐榛就见石斛从堂后走了出来。“好了？”徐榛几乎和于苓同时站了起来。

“走吧。”

“有没有吃哦？”

“小子喉咙直，倒下去就是。”

出了院门。东方明在前开道，石斛一旁陪伴，前往玄武大街。董左石已经放好车凳，正坐在车辕上等。徐榛、于苓一上马车，董左石就驾起马车，前往码头。“县主，到了。”石斛脚一踮，下了马车。于苓掀开车帘，徐榛出了车厢。见石斛伸手搀扶，徐榛笑了起来。把着石斛的手，抬脚踏上车凳，站到了地上。于苓紧跟在后，下了马车。董左石从车厢内提出了一只藤箱。“给小子吧。”石斛从董左石手中接过藤箱。“县主一路顺风！”东方明、董左石抱拳道别。于苓肩挂着包袱，搀扶着徐榛，石斛手提着藤箱走在一旁，慢慢下石级。

货船昨天就已经装好了货，因石斛家在鸡鸣巷，早上从西门码头出发，在北门码头临时停靠，等候石斛。船主周胜殷已经站在跳板旁迎接。见和石斛一起来的一名娘子竟然就是上次在法云寺坦言喜欢石斛的于苓，周胜殷感到非常意外。周胜殷正准备开口，见于苓使来了一个眼神，立马心领神会，假装他们是初次见面。

“徐县主和她的梅香于苓。”石斛向周胜殷介绍。“打扰周大哥了。”徐榛和于苓拱手屈了一屈膝。周胜殷手一拱说：“哪里，哪里！快请上船。”石斛站在跳板旁扶徐榛、于苓上了船，也紧随在后和周胜殷一起上了船。船工收起了跳板，解开了缆索。

货船缓缓离开码头，船工升起了船帆。

徐榛见满满一船棺材，好奇地问：“石斛，那么多棺材，谁买的？”石斛如实回答：“扬州刺史府。”徐榛继续问：“刺史府为何要买那么多棺材？给准备砍头的犯人用？”石斛含笑说：“小子生意人，只晓得卖掉棺材赚铜钱，不去问买主有什么用。

就算有人买过去劈成木柴烧，小子也愿意。我们还是到船舱去坐，那地方宽一些。”

石斛引徐榛、于苓去船舱。船舱和棺材之间只留下舷梯的空隙。“小子先下去。”石斛侧着身子下了舷梯。石斛放下藤箱，高举着两手以防万一。舷梯很陡，徐榛有些胆怯。石斛给徐榛鼓励，“放心好了，你就是跳下来，小子也捧得住。”徐榛鼓起勇气，一手提着罗裙，一手扶着舱板，下舷梯。“县主小心！”于苓的话刚出口，徐榛就已经扑向了石斛。石斛赶紧一把将徐榛抱住，含笑说：“你还真是相信小子，抱不住怎办？”“那你就去舔口水。”徐榛搂着石斛的脖子笑了起来。“免得舔口水，下次小子说话小心些。这里太挤，先进去。”石斛放下徐榛，侧身推开了舱门，徐榛钻进了船舱。石斛举着双手，仰着头说：“于苓，反正小子已经说了，你也跳下来吧。”于苓摆了摆手说：“婢子不敢跳，还是走下来感到安全。”

于苓一步一步下到了舱底，就和石斛进入了船舱。三人先后在草席上坐下。“真是有福不会享，没福撞屏墙。这哪是你坐的船？”徐榛几乎高昂着头说：“我愿意，我高兴。”徐榛一直以高兴不高兴为准去做事。“有条件，为何不去做自己喜欢的事情？”只要不出格，徐榛做的事情，徐渊不仅支持，甚至还怂恿。这些年，来朱雀门求亲的人都快要踏破门槛，徐榛没选上，徐渊也没有逼徐榛嫁人。“婚姻是一辈子的事情，慎重考虑，没错。”徐渊坚信他的女儿就是再大十岁都能嫁得出去。当管事韩吉告知徐榛陪石斛去了都督府，徐渊预感徐榛看上了这个卖棺材的后生，当即要求韩吉抓紧时间考察石斛的人品，免得选上了人渣。

“她也是女人。女人都是别人的母亲。说女人准备找一个郎君，还不如说准备替孩子找一个好父亲。哪个女人不想挑一个出类拔萃的人杰作孩子的父亲？可惜，事情往往跟女人的愿望反着来。造物主要女人选择一个人杰作孩子的父亲，结果偏偏选了一个人渣。其他都没什么，有权势没权势，有铜钱没铜钱。选了人渣，一辈子完蛋。我女儿嫁了个人渣，别说给人笑死，我都活活给气死。仔细考察，言行举止，多从细节看他的人品。”

管事韩吉只用了两天半的时间，就将石斛来金陵后的吃喝拉撒调查得清清楚楚。“就眼下能调查到的事情看，人品没问题。”徐渊正准备放任女儿跟石斛接触，徐福从乐平回来告诉徐渊一件徐渊没料到的事情，石斛极有可能是李唐桓王李休的儿子。正当徐渊在考虑是不是允许女儿跟石斛继续接触，儿媳谢宛然和孙子徐定城遭土匪劫持。石斛安全赎回了谢宛然和徐定城，徐渊决定就当不知道，继续跟往常一样，放任女儿，不干涉。

石斛一旁陪着，就是在茅坑边，徐榛都不觉得臭。坐在船舱里还没感觉到乏闷，货船已经在广陵城南门码头靠岸。派来接货的扬州刺史府胥徒已经在码头等候多时。石斛请了好些在码头上找事做的脚力，将棺材装上了马车。在胥徒的带领下，棺材队浩浩荡荡地朝广陵城进发。行驶了大约两刻钟，棺材队到达了一座牙城。

接待他们的是扬州录事赵是仁。棺材交接完毕，余款付清，石斛拱手跟赵是仁告辞。赵是仁连忙挽留。“请石公子和徐县主稍缓一缓。今晚，刺史大人在明月楼设席，亲自给石公子和徐县主接风洗尘。待用过餐，再去徐县主外婆家也不迟。”

石斛开始时认为是赵是仁晓得徐榛的身份后临时起意。地方官吏碰到那么好的机会，正好可以拍一拍，徐榛毕竟是都督的侄女，都军使的堂妹。石斛转而意识到今晚请客的人也有可能是徐知诰。石斛是江湖上混的混混，晓得神州的官吏都有两副面孔。外人眼里，徐知诰生活简俭，公开设宴，形象不好。如今我来广陵，请我吃顿饭都不请，面子上过不去，况且还称兄道弟。赵是仁说：“都快过酉时了。到徐县主外婆家，还得重新安排，麻烦。明月楼这边都已经定好了。就一顿便饭，徐县主和石公子就不用推了。”你想遮掩，那我干脆当作不知道。“县主来广陵，理应去外婆家吃。去明月楼吃，怎么说都说不过去。徐大当家晓得了，肯定会说县主不是。只能请录事替小子谢谢大人了。”见石斛还是不同意去，赵是仁只好亮出底牌。“不瞒公子，今晚请公子的是都军使徐大人。”请我吃顿饭，都要那么遮掩，肯定是很讲脸面的人。这种讲脸面的人，必定面上一套，背后一套，千万不能得罪，况且人家如今是都军使，就算眼下捏不死我，那也会透不出气。如今生活在别人的屋檐下，不能不低头。亮出底牌了，不想去也只好去。石斛答应赵是仁去明月楼。

外婆虽家居广陵，但徐榛对广陵城并不熟悉，石斛就更不用说了。坐在小肩舆里面，任由脚夫摆布，抬到哪里算哪里。也不晓得过了多少时间，小肩舆停在了明月楼前。扬州刺史李镇昌早已站在明月楼前等候。寒暄礼毕，李镇昌请石斛和徐榛主仆进明月楼。明月楼的东主都鸿通亲自引路，前往摆宴席的地方，江天一色。“前面就是。”东主都鸿通告诉石斛和徐榛。不一会，看到了江天一色。几个带刀侍从站在厢房的门外。看来，已经有大人物在厢房内等了。“四哥！”果然，徐榛的堂兄，吴内外马步都军使徐知诰已经坐在厢房内等。

徐温儿子多。死了长子徐知训，还有五个。徐知诰被徐温收养后，徐温六个儿子中排行第二，从兄弟里面排行第四。徐温的长子徐知训和次子徐知询从来不认徐知诰是兄弟，两人暗地里都叫徐知诰是乞丐的儿子，是野种，只有老三徐知谏叫徐知诰哥哥。徐知诰人情世故特懂，平常时节，总来看徐渊。在金陵做楼船军使、升州刺史那会，徐知诰几乎就将朱雀门当作自己家，徐渊还特意给徐知诰安排了休息的房间。从很小的时候起，徐榛就一直叫徐知诰四哥。

一起吃饭的人，只有五位。作为徐榛的侍儿，于苓也上席陪坐。徐榛的外婆得知外孙女在明月楼吃饭，早就已经派人在明月楼前等候。见时辰也已经不早，且徐榛的外婆又已经派人在明月楼外等，晚宴才得以提前结束。徐榛、石斛也就跟徐知诰、李镇昌告辞。

仆役抬着肩舆，飞快地前往徐榛的外婆家。

钟夫人跟徐渊同是海州朐山人。年轻时钟夫人也是朐山有名的美人，可偏偏喜欢长得不赖而家里却很穷的徐渊。钟夫人的母亲并没有死命反对，见钟夫人执意，也就同意了这门亲事。成婚还不到一年时间，为了填饱肚子，徐渊去做了海盗。钟夫人的娘家人都认为钟夫人嫁错了郎。想不到，时来运转，昔日的海盗竟然会成为朱雀门当家，钟夫人也跟着成了诰命夫人。

发迹后，徐渊非但没有嫌弃钟夫人，还特意将她母亲一家从朐山迁到了广陵。随着生意越来越大，徐渊先后替钟夫人的母亲购置了上百倾良田，并将设在广陵的分号托给两个小舅子管理。知晓真相的人都说徐渊有良心。随着徐温渐渐控制了吴国的军政大权，成了吴国都督，徐榛的二舅舅也开始弃商从政，今年已经升任和州刺史。

不过，钟夫人一再告诫娘家人，要夹着尾巴做人，没必要张牙舞爪，将自己树成众矢之的。男人一旦富贵，抛弃糟糠之妻也没有什么特别值得大惊小怪。自己的娘家人在扬州犯下不可饶恕的错误，不仅娘家人自己的富贵化为云烟，还会连累钟夫人在徐家的地位。钟夫人的娘家人在扬州倒没有做出特别惹民怨的事情。

一炷香左右，肩舆到了徐榛的外婆家。徐榛的外婆和大舅舅率家人已经站在大门前翘首盼望。一出肩舆，众人就簇拥着徐榛三人进了大门。堂内坐定，徐榛先将母亲要她带给外婆的一支玉如意和送给大舅母的一对手镯分别给了外婆和大舅母，也将自己从金陵带来的礼物一一给了表兄弟和表姐妹。千里送鹅毛，礼轻情意重。大老远从金陵来，多少总得带得礼物。路途原因，已经好长时间没见面了。徐榛刚将礼物分送完毕，外婆就她向询问路上的情况。

“一路顺风顺水，我还没感觉累就已经到了。”

“榛儿，连家丁都不带一个，你爸怎么敢让你来？”

徐榛的大舅舅晓得，姐夫绝对不敢轻易冒险让外甥女来广陵。

刺史府的胥徒来告知，徐大县主由白记寿木店少东主石斛陪同在明月楼用餐。

寿木店少东主？大舅舅知道徐渊曾经做过土匪，初听徐榛由寿木店少东主陪同，还是不敢相信自己的耳朵。大舅舅问："还有谁陪大县主？"胥徒如实告诉："就一侍儿。"大舅舅带着一肚子的疑惑派遣家中的仆役抬着肩舆去明月楼接徐榛。等所有人都出了肩舆，大舅舅才敢确定胥徒没有说假话。陪伴徐榛来广陵的只有侍儿于苓和寿木店少东主石斛。姐夫怎么会让一个卖棺材的后生陪榛儿来？大舅舅一肚子的纳闷。空城计一旦被人识穿，哪还得了？

"大舅舅，我爸放心得很。我一说要搭石公子的货船来广陵，他马上同意。"

"你爸胆子真是大，大舅舅根本就不敢。"

"大舅舅不晓得，偷偷搭石公子的货船来广陵实际更安全。况且，有石公子陪着，安全不会有问题。"徐榛向大舅舅解释。石斛多嘴，插了一句。"大当家可能觉得，一般人根本不会想着，和白记寿木店少东主一起搭乘货船的人会是朱雀门大县主。"

"说是这么说，但毕竟还是有很大的风险。"

大舅舅又看了一眼石斛。人倒还真是一表人才。在堂内一班娘子的映衬下，显得特别魁梧。来者都是客，况且陪徐榛一起来。虽是寿木店少东主，大舅舅倒没有另眼看待。外婆看到跟外孙女一起来的后生，相貌俊秀端正，风度潇洒，更是笑得合不上了口。

"大舅舅还不晓得吧，晚上四哥请的客人原本不是我。"

"不请你，还请谁？"

"四哥就没想到我会来广陵。"

"知诰原本想请谁？"

"石公子啊！"

内外马步都军使在明月楼单独设宴请寿木店的少东主？大舅舅百思不得其解。想起姐夫素来出人意表的举动，肯定有他的理由。大舅舅开始意识到眼前这位寿木店少东主不单单只是一位英俊的后生，还是一位需要有慧眼才能看清的超凡才俊。神州人虽多，但有慧眼的人却很少。就是母亲有慧眼，才同意将姐姐嫁给下一顿还不晓得在哪里的徐渊。

"他才是我四哥原本要请的客人。外甥女只是凑巧蹭上了饭。"

徐榛笑了起来。石斛原本就吸引人，徐榛这么一说，更引起表妹钟莹好奇，连忙探听石斛的故事。"榛儿今天坐了整整一天的船，也累了，你们都散去吧。"外婆的一句话解了石斛的围。徐榛的表兄妹一听祖母发话要他们散去，也就跟着告辞，纷纷离开了大堂。外婆破例将石斛和徐榛安排在后花园内的一座独立小楼里面休息。大舅舅亲自领徐榛和石斛前去。到了小楼,大舅舅再三吩咐了家里的侍儿用心伺候,才跟徐榛和石斛道别,离开了花园。

梳洗完毕,于苓提着灯笼,照着石斛、徐榛在花园里面的通幽曲径上漫步。大大一个花园,就三人在漫步,显得有些空荡。花园周围楼阁里面亮着灰黄的灯光。远远望去,让人有一种置身幽冥的感觉。天上飘着一层薄薄的云,侵蚀了边沿的月亮在云朵里面时隐时现。花园里面的小路有些昏暗。漫步在花园曲径上,花木和假山给人有一种憧憧的惊悚感。不是石斛在边上陪着,徐榛一人带着于苓还真不敢走。水池四周反复演奏着蛤蟆单调而且冗长的乐曲,一曲刚罢,又来一曲,似乎不晓得疲倦,也不顾听众的厌烦。间或还传来鱼池里面鲤鱼的跳跃声,和哈蟆跳进鱼池的扑通声,如同是编曲者有意编排进来的鼓声。

"到广陵,陪外婆吃饭才是。"

"是啊。就是坐一坐,笑一笑,也是一种温馨。小子长这么大,还是外婆这次来金陵,才有机会陪她老人家吃了两顿饭。小子实在不该,让你陪着小子去明月楼吃饭。"

"我也只是说说,你千万不要放心上。能和你一起,我已经很高兴。"徐榛高兴,石斛看得出来。"跟了你一天,总算有点晓得,你是怎么做生意。从货船靠岸起到交完货,我见你就没一刻闲过。至少让我多少有点明白,赚几个铜钱还真是不容易。我谢谢你才是。"

"你真是一位非常不寻常的娘子。"

"不会是故意说起来哄我开心吧?"

"小子说的是心里话,你确实是一位非常不寻常的娘子。你不是普通人家的娘子,愿意搭乘小子的货船来广陵,说明你对小子绝对信任。就算这一路都平安,看看敢不敢?如今这世道,最难得的物事就是信任。小子不想毁掉你对小子的这份信任。"

"听了你的话,带我到什么地方去都愿意跟。"

"以婢子看,公子带县主私奔,县主也愿意。"

"死婢子!"徐榛侧身嗔骂。

私奔徐榛没想过,石斛到哪徐榛愿意跟到哪,倒是真。这个问题,徐榛翻来覆去不晓得想了多少遍。每一次答案都一样。徐榛的心思,于苓最懂。"县主何时坐过这种货船?"徐榛也常坐船游秦淮河,可那是雅致的花船。"货物又是让人发毛的寿木。这种货船县主都敢坐,公子带县主私奔肯定愿意。”

“小子倒觉得,带于苓私奔比较合适。”

“说说理由。”

“于苓是你的侍儿,只是你家的财产。小子带于苓私奔了,最多会说小子偷了你家的物事。你和于苓感情又那么深。小子带于苓私奔,你自然会为于苓获得自由和幸福而高兴。小子充其量不过背负一下小偷的骂名而已。小子就算再笨,也应该晓得厉害轻重。”

“想起县主以往对婢子的恩德,单单带婢子私奔,婢子必定不肯。”

“还是于苓讲情义。”

“想想父亲的养育之恩以及对自己的疼爱,照样不会同意。”

“县主根本就用不着私奔。只要公子遣一媒人来提亲,大家肯定会同意这门亲事。”

“说来说去,还是石斛不愿意。”

“朱雀门大县主愿意下嫁,小子做梦都梦不着,哪会不愿意?人活在世上,不是愿意说了算。”不是我不愿意,而是你不是我。石斛感到很无奈。人生在世,不是自己怎么想。米志诚从未想过准备谋反,而徐温认为米志诚有谋反的企图。鸡苏一战,刘守光大败。义昌节度使刘守文单马立于陈前,哭着对手下众将士说:“请不要杀我的弟弟!”刘守光可就不这么想了,乘机抓了刘守文,活活将他折磨死。这世道,不是自己决定未来,而是别人决定你的生死。千万不要认为自己不喜欢别人也不喜欢。“就以寿木店少东主的身份迎娶朱雀门大县主,说实话,小子还真是不愿意。小子总不能只想到自己,而不顾朱雀门的颜面。”

“公子抓紧改行啊。”

“看来,小子就是不想改行也只能改行。”

“玩笑归玩笑,我忽然想着有件正经事想跟你说一说。”

“有什么事情只管吩咐。”

“这些话,压在心里已经有些时间了。一直不好意思开口,今天晚上都已经说到私奔了,也就乘个方便说一说。武昌节度使李简是我堂兄知询的丈人,他的二郎李彦信好像对我很感兴趣。好几天前,李简亲自登门向我爸求亲,被我爸婉言谢绝了。我叔父脱险后在都督府办了一桌宴席,我去了,我堂兄知询也在。李彦信很快也会晓得你我之间的关系。于苓和我谈起这件事情。我也觉得很有可能。他说不定就会将身上的怨气出在你的身上。告诉一声,就是希望你以后小心些。公开既没这个能耐,也不敢,叫些人找一找你麻烦应该很容易。”

石斛根本没有想到,大吃了一惊。真是腋下突然长出一只手。米栗现在就生活在李简的地盘上,李简对我产生了兴趣,那还得了！必须抓紧时间想办法将她送到湖南去。再继续呆在鄂州,必定会出问题。明天一回金陵,就去做这件事。石斛突然有了一种马上赶回金陵的紧迫感。生死存亡的事情,绝对不能有任何的侥幸。早一刻处置,早一刻安全。

徐知询要李鲲寻找石斛的把柄,而李鲲将这事交给了幕僚顾尝胆。顾尝胆得知石斛常外出进货、送货,想到了把守金陵四门的兵士,看看有没有值得怀疑的举动。北门司关兵士蒙叔勋告诉顾尝胆,三月初三那一天,他亲眼看见寿木店少东主和一女子两人共骑从北门前经过。“不到半个时辰,寿木店少东主一个人回来。不清楚是不是送那女子去码头。”“那女子长什么样还记得吗?”“少东主骑着马从北门前呼一声就过去,那女子的相貌没看清,只是少东主的形象记得深,后来又从北门进城,才晓得他就是少东主。”顾尝胆觉得找到了一条重要把柄,围绕这个女子追踪了起来。石斛不晓得,这几天,顾尝胆遣人在找这个女子。从东往西,朝码头方向前去。顾尝胆决定要查一个水落石出。

“谢谢你告诉小子这些。小子一定会小心应对。”

“都是我给你带来不应该有的麻烦。”

“话怎能这样说？真有麻烦,也不能算到你的头上。”想不到我不断在化解麻烦,新麻烦却源源不断地来。“只要不公开动用衙门对付小子,小子晓得该如何应付。这些年,小子一直在跟流氓周旋。要流氓,小子不怕。现在更不会有事,小子有伯父和都督在身后撑腰,万一给小子抓住了把柄,怎么办？他们不能不考虑。你放心,小子不会有问题。”石斛尽量宽慰徐榛。

钟府的侍儿,已站在步檐下面等候。

小楼坐北朝南,中间客厅后面贴墙是盘旋而上的楼梯。一楼客厅东西相对的两个正是晚上徐榛和石斛休息的房间。徐榛住在左手,石斛住在右手。石斛和徐榛道了别,双方各自进入房间。服侍好徐榛睡觉,于苓也回到了自己的房间,脱衣上床。

刚睡去不久,朦胧中听到徐榛大叫石斛的声音,于苓连忙坐了起来。翻下了床,吹着火折,点亮了灯笼。忽然,房间外传来石斛的叫声。“徐榛！徐榛!”于苓提着灯笼进入徐榛的房间。徐榛此时呆坐在床上一动不动,好像还在梦中。于苓提着灯笼,走到房门前,拔出门闩,推开了一条小小的门缝。石斛赤着脚,站在外面。

“没什么事吧?”

“没事。县主刚才做了一个梦。”

石斛手一拱旋即转身。于苓高高举起灯笼,照着石斛回房间。等石斛进入房间,于苓阖上房门,闩上了门闩。于苓提着灯笼,来到了徐榛的床前。“婢子还以为是公子突然闯了进来,图谋不轨,吓了一跳。”“他敢?”徐榛醒了似的高声说。高高的说话声,不晓得是不是已经被石斛听到。于苓挂好灯笼,打开柜子,取出一条葛巾,上了床。

“我做个梦,你也要告诉石斛?”徐榛笑了起来。

“县主梦中叫公子好像有好几回了,只是不像今天那样高声。”

“真的吗?我自己怎么不记得?”

“有几个人会记得自己曾说过梦话?只是婢子睡在县主的边上,自然晓得。”

“你肯定骗人。莫非你都一直不睡觉?”

“县主晓得,婢子一向睡得不深。”

“梦一醒,就不想睡了。”

“婢子陪县主说几句悄悄话。”

天还只是蒙蒙亮,石斛已经依照往常的习惯起了床。在金陵,石斛都要在天井里活动活动筋骨。这里不行。在花园中慢慢走了一圈,石斛回到了小楼。徐榛房间的门仍然紧闭。石斛牵挂着米栗的事情,只想快一点回金陵。转身离开小楼,慢慢到了水榭。石斛坐在水榭的栏凳上,看了一会鱼池中的鲤鱼。徐榛还在睡觉,石觚只得耐心等待。见太阳升起,石斛离开水榭回到小楼。一名侍儿已经在等候。石斛认得,这名侍儿就是昨晚那名侍儿。侍儿服侍石斛梳洗完毕,徐榛房间的门依旧还是紧闭。徐榛和于苓昨晚叽里咕噜聊到了三更半夜,早上起不来了。第一次让石斛真切体会到等娘子实际上是一件非常难受的事情。

“公子是不是先去吃?”

“还是等她俩起来后一起吃吧。你只管自己忙去,小子靠在床上等。”

直到过了辰时,于苓才打开房门。等徐榛、于苓梳洗完毕,时辰已经是巳时三刻了。石斛肚子都饿得咕咕叫,才开始吃早餐。三人吃完早餐,早就已经是午时了。再不抓紧时间动身,今天想回金陵已经不可能了。徐榛的外婆很希望徐榛能多留一天,可是石斛已经是铁定了心要回金陵。徐榛见石斛执意要回金陵,只能跟着石斛回去。徐榛的外婆见没有回旋的余地,只得放行。大舅舅让家里的仆役驾马车送三人前往广陵码头。

到达南门码头时，周胜殷已经等得很不耐烦了。

从金陵到广陵是顺流而下，从广陵到金陵则是逆水而上，船的速度几乎差一半。加上周胜殷贪心，载了满满一船货，帆船航行速度更慢。过了瓜州，转向扬子江西上还没过多久，天就已经开始发黑。将近亥时，周胜殷发现麻烦来了。

扬子江面火光照天，十几条舢板船慢慢向货船靠了过来，扬子江的劫匪出现了。货船吃水深，速度慢，眼看就要被十几条舢板船包围了。水中要命，上岸要财。周胜殷现在就是选择弃货都已经来不及了。周胜殷此时的心情只能用早知如此何必当初来描述。

石斛正准备躺下，听说有水匪，连忙出了船舱。“周兄，莫慌！这个时候更慌不得。”石斛上了甲板，绕着船舷，看了一圈货船四周的江面，想出了对策。“小子保准平安无事。”石斛安慰周胜殷。有事无事，先得挣扎。周胜殷掌舵，船工王国人和王公人一人拿起长矛，一人拿起长钩投入战斗。“周兄将货船向那条舢板靠过去。看清楚了没有，就那一条。”石斛站在周胜殷身边指给他看。“少东主，那条舢板上站的人看起来好像是水匪头目。逃都来不及了，还要靠过去？”周胜殷疑虑重重。“现在我们是同坐一条船上，小子不会害自己。擒贼先擒王。只有将水匪头目给抓住，我们才平安脱险。周兄只管靠。”周胜殷听从了石斛的建议，掌着舵慢慢向舢板靠了过去。石斛转身离开了给舵手遮风挡雨的凉棚。

货船还没有靠到舢板，飞钩绳的钩头已经钩住了货船的船舷，扬子江劫匪准备攀船。一时间，“扑通”的落水声音已经在货船的周围响起。“赶快放弃抵抗，我江腾蛟保证饶你们不死。否则，休怪我江腾蛟心狠。”舢板上那名男子用沙哑的声音高声喊道。

江腾蛟的话音刚落，由缆绳做成的活绳套突然从天而降，套住了江腾蛟。石斛猝然用力一抽，活绳套死死套住了江腾蛟。石斛手一提，瞬间将江腾蛟扔在货船的甲板上。缆绳很粗硬，江腾蛟身子一挣，活套也就松开。江腾蛟见状，赶紧从绳套中抽身，向船舷外一扑，准备跃进扬子江。江腾蛟上身的一半刚刚离开船舷，石斛已经抓住江腾蛟的左脚。江腾蛟觉得自己的左脚被人狠狠向后一拉，整个人就像蛤蟆一样重重地摔在了甲板上。王国人和王公人已经回过神来，手中的长矛、长钩整齐地对准了趴在甲板上的江腾蛟。

石斛这时才开口。“叫所有的手下马上退去。否则，也别怪本公子心肠毒。”现在受制于人，只好依石斛的要求去做，江腾蛟趴在甲板上，高声喊道：“兄弟们，都给我退下。”正在登船的劫匪听到江腾蛟痛苦的声音，马上明白了是怎么一回事，松开钩绳，纷纷退去。

捆好了江腾蛟，周胜殷和两名船工跪在甲板上，叩谢石斛的救命之恩。

“周兄，我们现在是同舟共济。船被劫了，小子怎么办？别忘了，船舱里面还有两位娘子呢！”石斛将周胜殷、王国人和王公人扶起。“说是这么说，没少东主，今晚完蛋。”王国人起身后狠狠地踢了江腾蛟一脚。石斛连忙拦住了王国人。“杀人不过头点地。人家已经绑得严严实实，还踢他，是不是不够英雄？”确定货船真正脱离了劫匪包围圈。“周兄，你好好看住江腾蛟，他可是我们能否安全返回金陵的保证。小子先下船舱去看一看，她俩肯定已经吓坏了。”没等周胜殷回答，石斛就转身前去船舱，看徐榛和于苓。

石斛走下舷梯，来到了船舱前。“于苓！”石斛担心吓着徐榛和于苓，没去推门，先叫了一声。“公子。”船舱内传出于苓的回应，紧接着就是舱门推动的声音。石斛跨进了舱门。石斛轻轻地一把抱住了站在船舱口的于苓，咬着于苓的耳朵。

“相好，水匪已经走啦！”于苓原本心就已经噗噗跳得很快，这下更加快了速度。于苓长长倒吸了一口气，定了定神。于苓举起右手放在胸口上说：“吓死婢子了。心头就像捣谷一样，咚咚咚。不信，公子摸摸。”流氓石斛咬着于苓的耳朵轻轻说：“将来再慢慢摸。”于苓霎时脸颊一阵发烫。幸好是在灰黄的灯光下，徐榛没有瞧出端倪。

石斛松开于苓，转身抱住了徐榛。朱雀门大县主，愿意坐这种破船，只不过是想和我一起多呆些时间。如今又遭惊吓，实在是有些不该。石斛不禁紧紧将徐榛搂在自己的胸前。石斛一手揽住徐榛的腰，一手在徐榛的后背轻轻地抚摸了起来。

“别怕，别怕。”石斛安抚徐榛说：“有小子在。”徐榛温顺地紧贴在石斛的胸前，闭着眼睛，好像陶醉在幸福和甜蜜之中。很久很久，石斛这才松开了手。石斛捧着徐榛左右两臂说：“几个小小蟊贼，就能翻船，小子以后在金陵还怎么混？”石斛开始吹起了牛。

徐榛眼睛一眨，笑容花似的绽放。

“这几个小小蟊贼，怎能跟紫金山那些个控鹤军杀手相比？你不晓得吧，那些个控鹤军杀手，那才叫厉害。小子灭他，如同灭毛毛虫，手指轻轻一弹，就飞出了几丈远。”石斛继续吹牛。“一切都已经平安无事。小子先陪你扯几句，舒缓舒缓紧张的气氛。”石斛拉起徐榛的手，走到草席边，脱去布鞋，踏上草席。三人在草席上坐了下来。

“你不晓得,小子的胡扯本领一点不比手艺差。”

“这本领是学的,还是传的?”徐榛笑了起来。

“小子也弄不清楚。”

“真像鬼跟着似的,已经两次吓得魂都没了。”

“小子是灾星,跟着小子,有的是吃惊吃吓。”

“我才是灾星,老给你添麻烦。”

“你是福星!有你的庇护,无论遇到什么样的凶险,小子都能逢凶化吉。小子越来越怀疑,你很有可能是天佑星转世。”

“肯定又是你瞎掰。”徐榛又笑了起来。

“小子可是有根有据的哦!”

“你又不是南斗星君,怎晓得我是天佑星转世?”

“小子确实不是南斗星君,却晓得你是天佑星转世。谁跟天佑星转世的人一起,肯定会得到她的庇护。你想吧,自认识你以来,小子的日子一天好过一天。就算偶遇凶险,小子都能平安无事。你不是天佑星转世,怎么可能?”

“我看啊,我是扫把星转世,你是簸箕星转世。别人碰到扫把星肯定倒霉,簸箕星却跟扫把星是一对。我将物事统统扫到你的簸箕里面,所以你越来越有。”

“原以为,这世上只有小子会扯。想不到,你比小子还会扯。”

“婢子倒觉得,县主是陵光仙子转世,公子是执明神君转世。所以,一个住在南边的朱雀门,一个住在北边的玄武湖。”

“你还不如这样瞎掰来得干脆。你家县主原本是南斗星君的女儿丹凤仙子。你很自然是丹凤仙子身边的玉女孔雀。当然啰,故事没有男的肯定不行。这个男的就由小子来做。小子是北斗星君家的仆役。名字叫佞人。佞人其他能耐没有,嘴却像搽了油似的,特别会扯。机缘巧合,丹凤仙子认识了佞人。佞人么很自然就是掩其不善,而著其善。丹凤仙子也就被佞人的外表所迷惑,芳心暗许了。就在南斗星君前往瑶池参加王母娘娘蟠桃大会时,丹凤仙子经不住佞人花言巧语的哄骗,带着孔雀准备私奔到人间。南斗星君突然打了一个喷嚏,旋即掐指一算。佞人的阴谋由此也就败露。佞人本该腰斩处死,但因北斗星君护短,仅仅除去仙籍,流放到人间,投胎做人,饱尝生老病死、七情六欲的煎熬。丹凤仙子因触犯了天条,被贬来到了人间。”石斛撑着两腿,头一侧问,“小子掰得怎么样。”

“掰得还算有鼻子有眼睛。不过,这个仆役名字应该叫胡诌。”

“还是叫佞人好。巧言令色,鲜矣仁!花言巧语的人,三损友中,最值得警惕。”

“可就喜欢听好话,怎么办?”

“不想听好话的人还真是不多。小子常年跟流氓地痞混,那些个打架斗殴,就是因为说了几句不好听的话。说你几句好,未必真的就好;说你几句不好,未必就不好。还是家母说得好,话么就是一口气,说了就没了,根本没必要在意。小子也弄不明白,人为何要听好话。小子倒觉得,听管听,信管信。你就将他看作是猕猴在自己的面前翻跟斗。你看,丹凤仙子,经不住佞人的哄骗,结果被贬来到人间,惨了吧。”

“有道是,只羡鸳鸯不羡仙。丹凤仙子被贬来到人间,和胡诌一起正是她的心愿。七仙女还偷偷跑到凡间来呢。”

石斛笑了起来。

“不和你扯了。再扯下去,晚上就不用睡觉了。”石斛说着站了起来。

徐榛和于苓跟着站了起来。“不要搞起来像千里送君似的。明天,小子叫你。”石斛穿上布鞋。“安心睡!”石斛退出了船舱,轻轻地推上了舱门。石斛正准备转身离开,舱门突然推开,徐榛探出身子说:“晚上有人闯了进来,怎么办?”石斛安抚说:“绝对不会!还要不要命?小子的耳朵比狗还灵,一有响动就晓得。闩上木闩,只管安心睡觉。”

石斛刚刚躺下,周胜殷进入了船舱。

“不要让江腾蛟给跑了哦。”

“不会。已经吩咐公人和国人今晚轮流看守。”周胜殷草鞋一脱,躺了下来。

“没有少东主,仆就要喂鱼了。”

“周兄这人其他都好,就是啰嗦。”

“救命大恩怎么能忘记?”

“那以后运费少一点。”石斛开了个玩笑。

“以后少东主运棺材,仆一律免费。”

“得!当多少还是多少。不瞒周兄,小子现在有的是铜钱。”

“少东主如此能耐,难怪美娘子追着来。”周胜殷又转到女人身上。

“这两位,周兄觉得怎么样?”

“哪还用说?以仆看,少东主还是娶过来算了,免得又像上一个那样嫁了别人。”

“都像周兄那样东说说西说说,小子还能娶得上?”

周胜殷好像被蛇咬到了似的,突然“呼”的一声坐了起来。

“少东主,天地良心,仆还真没有跟任何人说起过少东主的事情。仆也已经是数十的人了,嘴一向就很紧,更不会将少东主的事情随便告诉别人。仆发誓,将少东主的事情告诉别人,仆就掉进扬子江去喂鱼。”

“快躺下,小子相信周兄。”

周胜殷躺回到草席上。

“小子也只是说说,开句玩笑,想不到周兄还当真。周兄晓得,没几个相好,还真算不上是一个好男人。回金陵,小子抽时间问一问,看看她愿意不愿意。不愿意,还怕小子找不着其他美娘子?周兄,你说呢?”

“以少东主的能耐,想要多少就有多少。”

“多小子不想,但不能全没有,起码有一个伴。”

“不是少东主已经有了,仆还真希望自己的女儿能嫁给少东主。”

“周兄就不要想乘机揩小子的油了。”石斛立马一本正经了起来。“你我兄弟相称,你女儿嫁给了小子,周兄岂不是成了小子的丈人?小子生意人,这种便宜周兄占不了。”

“仆真不是诚心想让少东主的便宜。仆确实有这种打算,只是女儿没那福气。”

“有周兄这样父亲,谁说你女儿没福气?”石斛转了一个身。“睡觉!”

天刚蒙蒙亮,货船停靠在了金陵码头。石斛拍了拍船舱的木门,叫醒了徐榛和于苓。站在船舱门口,等了将近一刻钟,石斛才见徐榛睡眼惺忪地推开木门,蹒跚走出船舱。

“这么快就到啦。”

“莫非还想在船上等水匪?”石斛笑了起来。

“想睡,等会回到了朱雀门,痛痛快快地睡。”

“公子,那水匪呢?”于苓跟在徐榛后面出了船舱。

“你上甲板看就是。”

于苓在前,徐榛在中,石斛殿后,上了舷梯,站到了甲板上。江腾蛟正五花大绑地捆在货船的桅杆上。三人只看了一眼,就起脚准备离船。“稍等,小子先下去。”石斛跳到了码头上,站在货船边,先后扶着徐榛、于苓,踏着轻轻摇动的跳板,站到了码头上。

不一会,周胜殷和王国人押着江腾蛟上了岸。“少东主,这水匪怎么处置?”石斛一把抓过江腾蛟,去解他身上的绳索。别说江腾蛟,在场的所有人都感到十分意外。江腾蛟更是瞪着大大的眼睛看着石斛,不知所措。“生活艰难,做什么都很不容易。说不定换个行当,风险会小一些。”石斛刚解开绳索,江腾蛟突然屈膝,准备跪地。石斛赶紧一把托起。“别折腾！边上的人看到,还说小子私通土匪。”江腾蛟默然不语,仅手一抱,转身快步离开了码头。石斛、徐榛、于苓也跟周胜殷以及船工道别,离开码头,前往金陵北门。

第三十六章　人情

礼尚往来，往而不来，非礼也；
来而不往，亦非礼也。

——《礼记·曲礼》

到达北门时,城门还没有开。三人只得站在城门外耐心等待。等的时间总比走的时间要长。直等到脚都快要站麻了,城门才缓缓打开。徐榛没有亮出自己的身份,规规矩矩地通过守门兵士的盘查,进入北门。暮春的清晨已经让人感觉很清爽。大街上没几个走动的人,两耳只听到鸟雀清脆的鸣叫声。空阔的街道比起平常感觉要宽得多。徐榛忽然觉得,此刻才是逛街的好时间。于苓搀扶着徐榛走在石斛一旁,就像小夫妻带着一个侍儿刚从外地返回。一个行人抬头看了他们三人一眼。“早!”石斛好像碰到了老熟人,拱手招呼,弄得这位行人慌乱不已,老半天做不出反应。徐榛心里不禁一阵暗笑。三人慢慢步行,到了鸡鸣巷口。

“你俩先陪小子进去一下。待小子去跟父母说一声,再送你俩回朱雀门。”

就算是金陵城内,如今这世道,石斛也不放心让徐榛、于苓站在巷口子等。像徐榛、于苓这种手无缚鸡之力的娘子,说出事就出事。石斛常在外面鬼混,与金陵黑帮也有交往,听过不少让人毛骨悚然的邪恶故事。于苓搀扶着徐榛,石斛走在一旁,进入了鸡鸣巷。小巷此时非常静。董正周的杂货店好像刚刚打开店门。三人没有停留,继续向左拐进了弄堂,再右拐,就到了石斛家的大门口。院门关着,石斛轻轻地拍了拍门。

“陆大哥!”

“来了! 来了!”

石斛只叫了一声,就听到了陆荣封的回应声。不一会,院门慢慢打开。“请!”

石斛站在一旁让徐榛、于苓先进门。徐榛已经晓得石斛这个伪君子一向客气，没有谦让，就和于苓一起，跨过门槛，进入院门。“天还早，你俩在堂内稍等，小子进去一下，马上出来。”石斛将徐榛和于苓撇在了堂内，独自一人向后屋快步走去。就一会，石斛又出现在了徐榛和于苓面前。“走吧，小子送你俩回朱雀门。”石斛向陆荣封手一拱，就和徐榛、于苓出了院门。

天时还早，巷弄又小，三人都怕惊扰了邻居，没有说话，静悄悄走自己的路。三人刚出弄堂，碰到了一名街坊。这名街坊见石斛那么早带着两名娘子出来，睁着眼睛。“早！”石斛手一拱，高高一声。“早！”街坊终于醒了起来，慌忙拱手回敬。石斛没有跟街坊啰嗦，只管和徐榛、于苓前往玄武大街。不久，三人出了鸡鸣巷。

“小子家没有马车，只能让你俩走路了。”

“我也常出来逛街，应该能走得动。”

“现在是走不动，也得走。我们边走边看，遇上一辆，再坐车。”

于苓搀扶着徐榛，石斛走在徐榛一旁，顺着玄武大街，朝南慢慢前行。

“石斛，你真孝顺。”

“将来，你的孩子也会很孝顺。”

“去！”徐榛嗔了石斛一眼。

“小子是真心希望你幸福。”石斛含笑说，“人一生幸福不幸福，孩子孝顺不孝顺非常重要。就算家里金山银山，孩子不孝顺，光气都给气死。大清早，小子这么说，就是希望你将来幸福。不信，你问问于苓，小子有没有说错？”徐榛笑了起来。“有其父必有其子。公子那么孝顺，县主将来的孩子肯定也会很孝顺。”于苓接话。“想不到，小子手中的套马索，一不小心套住了自己的脖子。”徐榛和于苓都笑了起来。“不过，小子还是要谢谢于苓，大清早说了一句吉祥话。言传身教。孩子孝顺不孝顺，父母还是关键。”石斛话还没有说完，于苓已经抢先。“有公子这样好父亲，在一旁做榜样，潜移默化，孩子肯定孝顺。”

石斛正要张口，就听到一声“二郎”，迎面驶来的一辆马车停在了身边。“般若兄！”石斛手一拱，惊喜说：“真是太巧了，小弟正在找马车。”田般若手拿缰绳，拱手说：“我先将两位客人送到码头，马上过来。”“驾！”田般若挥鞭赶着马车远去。

“石斛，你认识的人还真多。”

“小子认识的三教九流还真不少。我们慢慢走，他应该很快就会过来。”

“连土匪，公子都能够体谅，人家自然愿意跟公子好。”

“倒不是小子能体谅人，而是小子觉得每个人都有自己的难处。体谅别人实际是求得自己心宽，消除心中没必要的芥蒂。就比如般若，他不来，应该想到他可能遇到他自己也不愿意做的事情。小子常在外面混，如今在金陵，身不由己的事情很多，控制不住自己。”

三人没走上多少路，田般若的马车就来了。石斛将徐榛和于苓搀扶上了马车，屁股一抬坐在了田般若的身边，准备出发。“说吧，去哪里？”田般若问。“朱雀门。”“朱雀门？”田般若颇为惊疑。“好像星星掉进你的手心里似的。走吧。”田般若没有再继续追问，“啪”的一声，马鞭一抽，就赶着马车前往朱雀门。“二郎，能不能先借点铜钱？”忽然，田般若开口向石斛借铜钱。“多少？”石斛没问用途。“三十缗。”石斛没有言语，从袖袋里掏出一张一百缗的存银凭据递给田般若。田般若接过凭据，放入了袖袋。

“谢谢。”

“你我兄弟，不用客气。”

“当初，东凑西凑买了这辆马车。”田般若向石斛解释。“从陈信义那借了三十缗，月息五厘。现在他自己用到铜钱向我要回去。问了几个人，月息要一分，每月赚来的铜钱还不够付利息。我正为这事发愁，想不到碰到了你。剩下的，交给你还是交到店里？”

“留着吧，就算小弟暂时借给你。将那些个借来的铜钱都还了。就算月息五厘，也是一笔不小的钱，等于给人做苦力。利滚利，更是泥坑，陷进去，拔都拔不出来。不欠铜钱，人才抬得起头，说得响话。小弟现在有铜钱，你想什么时候还就什么时候还。”

“那兄弟就不多说了。”

“我们兄弟，还是不说的好。”

“二郎，仲连堂昨天给李慎肇捣毁，堂主荆善居也被抓走了。”

“李慎肇以什么理由？”

“有人诬告仲连堂与近期活动在金陵的歹徒相勾结。”

严刑拷打之下，没事也会变成有事。荆善居看来是凶多吉少了。

荆善居在民间大拇指翘翘，可在大土匪眼里不过是只叫得响亮的蟋蟀。正所谓新官上任三把火，李慎肇刚接任大理寺卿，就带领大理寺胥徒对金陵以及周边属县进行了拉网式大搜捕。一时间，风声鹤唳，人人自危。荆善居收人钱财替人打抱不平。就好比买卖，货款两讫之后，买家不会觉得自己欠卖家人情。荆善居尽管不会明火执仗，做的事多了，知道的人只会越来越多，而且荆善居也需要半遮半掩。

荆善居赚的铜钱越多,敌人跟着也越来越多。有人抓住这个千载难逢的大好机会,向李慎肇诬告仲连堂窝藏控鹤军杀手。不管是不是,李慎肇亲率胥徒前去搜查。仲连堂兄弟一向趾高气扬惯了,见大理寺这些胥徒个个像凶神恶煞似的,就跟胥徒起了冲突。李慎肇还会客气？最后还是荆善居识相,放弃了抵抗。

“小弟想想办法能不能将他弄出来。”

天时还早,街上人少。田般若赶着马车飞奔。不久,马车也就到了朱雀门。石斛对着田般若的耳朵一阵耳语。田般若点了点头。“放心！兄弟懂得做人的道理。”石斛拍了拍田般若的肩膀,站到了地上。“二郎”,田般若指了指朱雀门,“他能出面,保准没事。”石斛笑了笑,去搀扶徐榛和于苓下马车。“兄弟就先走了。”见于苓和徐榛先后下了马车,田般若拱手告辞。“行,什么时候有空我们再叙。”石斛拱着手,目送田般若驾着马车远去。

“快进去,小子也该回了。”

“都已经送到门口了,也该进去坐一坐才是。”

“下次吧。”

“昨晚,牛吹得震天价响,今天怎么就全然没有一点大丈夫的气度。就算进去后,被生吞活剥了,也应该大义凛然一回！你当朱雀门是龙潭虎穴啊。”

“好吧。”

“这样才方显公子英雄本色。”

“小子本就不是英雄,哪来英雄本色?”

“那公子觉得什么样的人才是英雄?”

“曹操早就已经说了,天下英雄,唯使君与操耳。其他人,统统都是狗熊。”

于苓和徐榛都笑了起来。“你啊！就嘴油。”“县主!”站在门头的家丁俯身恭迎。石斛向家丁手一拱,就和徐榛、于苓并肩而行,踏着台阶,从三扇大门的右手偏门进入朱雀门。迎面就是正面镶嵌太阳神乌图案、上带有飞檐的照壁。大,确实大,太大！绕过照壁,石斛看到,一条宽达四五十步的甬道直通朱雀门的正堂。甬道两旁是两个大花园。错落有致的房屋就点缀在花园里面。园中有亭台、水榭,假山、鱼池。石斛甚至还看到一大片若竹林。石斛翠竹湾长大,没见过世面,第一次亲眼目睹如此豪华的大宅。徐榛带着石斛,沿着一条曲曲折折的游廊前进。见徐榛前来,路上碰到的仆役、侍儿,连忙俯身退到一旁让路。

“朱雀门还真的如镜机子口中的宫馆。”

“我家人多。父母一双,姨母三个,兄弟姐妹十人。大哥不幸过去后,还有大嫂和子侄定城。其他兄弟都已成亲。只有九哥好像还没有纳妾，其他哥哥都是妻妾成群，仆役侍儿一大堆。总管一人，管事数人，家丁上百人，还有侍儿、仆役等，连我这个主人都不晓得到底有多少人。此外，还有几十名弹琴、唱歌、跳舞的。那么多人住在朱雀门，没有这么多的房子，怎么住得下？家父都嫌当时建造时，局面不够大，才导致眼前的拥挤。"

"小子家就两房屋，平时都觉得空荡荡的。"

"将来，你到我爸的岁数时，说不定连朱雀门都住不下。"

谁晓得？能不能活到那个岁数还是一个天才晓得的问题。不过，石斛没有说出口。第一次来朱雀门，且是大清早的，就说这种丧气话，徐榛听了会不高兴。让娘子高兴，也是男人一生中痛苦的目标之一。"托你的福，将来就是建不起像朱雀门那样的豪宅，小子也至少得盖几间草庐，大堂上一挂'君子居之，何陋之有'的字句，一来可以自我安慰安慰，二来可以堵一堵外人的嘴，让他侧目侧目。"徐榛、于苓都笑了起来。

"这倒是一个既省钱又可以保住自己面子的好主意。"

"能力差，又要面子，只好用这种 塞耳盗钟的法子骗一骗自己。"

"婢子看啊，公子说的话倒有点罔顾事实的味道。"

"小子倒不是罔顾事实。陈琳说过，微物不可欺以得志。小子还想靠卖寿木造出一座像朱雀门这样的豪宅不成？别人不笑，小子自己都会将自己笑傻。真有这种企图，真个是掩目捕雀，自欺欺人。不过，小子还是会尽最大的努力。"

三人出了游廊，踏着石级，沿着由青砖铺地的曲径，前往如茅斋。"县主！"见徐榛带着石斛前来，家丁、仆役、侍儿纷纷俯身施礼。"大家呢？""县主，大家就在里面。"一名侍儿俯身回答。于苓逮着一侍儿，耳语了几句，快步跟上徐榛，前往如茅斋。"爸！爸！"继续走了几十步，徐榛突然漫天高喊。清脆的声音，如同号令，传向如茅斋。石斛跟着徐榛，刚刚踏上用方形石块铺地的庭院，步檐上出现了徐渊。

听到徐榛高高的声音，看到徐榛脸上的笑容，徐渊晓得徐榛这次广陵之行很开心，含笑问："那么快，就回来了？""石斛有事，女儿只能一起回。"徐榛向徐渊解释。"小子见过徐大当家！"石斛拱手俯身拜了一拜。"石郎不必客气。"徐渊手一拱，含笑说："以后啊，就叫伯父。徐大当家，徐大当家，总感觉太见外。"徐榛含笑说："石斛嘴甜得很。"

"嘴甜一点，才显得可亲。绷着脸，鼓着嘴，谁喜欢？尤其是后生，创业时期，嘴响一点，很重要。很多的时候嘴响可以拉近人与人之间的距离。人家说你懂礼貌，有教养。”徐渊俨然像自家长辈，话语中有赞许又有教诲。“小子谨记伯父教诲！”石斛俯身拱手。“榛儿不是说了么，石郎嘴甜得很。”徐渊笑了起来。

“榛儿，这么早，还没有吃饭吧。”

“刚一进城，石斛就送女儿来朱雀门啦。”

“喻义，去告诉坑饪一声，县主回来了。”

“是！”

“等等。”喻义刚一转身，就被徐渊叫住。“别忘了告诉坑饪还有客人！”

“晓得！”喻义转身，跑去通知坑饪做饭。

“榛儿，带石郎先去梳洗一把，等一会就有吃。”

石斛没有推让，默许了徐渊的安排。石斛知道，徐渊应允徐榛搭乘自己的货船前往广陵看望外婆，就默认了徐榛的选择。方才一脚跨进朱雀门，实际等于向外宣布了朱雀门女婿的身份。婚姻关系都确定了，就不在乎吃一顿早餐了。石斛拱手跟徐渊道别，和徐榛一起离开如茅斋。朱雀门石斛第一次来，亦步亦趋跟着徐榛前往云思苑。天时还早，朱雀门的主人们都还在睡觉。几个下人见徐榛和一个后生一起往云思苑而去，急忙退到路旁低头避让。一个侍儿实在熬不住偷偷瞧了一眼，疾速低下头。徐榛没有回避，跟石斛走得很近，边走边私语着走向云思苑，似乎有意告诉别人，这个后生就是朱雀门女婿。徐榛的侍儿在云思苑拱形门洞前站成两排俯身迎接徐榛和未来的姑爷。白荻和黄芩得知徐榛从广陵返回且带了未来的姑爷，急忙通知云思苑的侍儿和嬷嬷洒扫迎接。“县主！公子！”侍儿个个低着头，不敢抬头正视。“早！早！”石斛拱着手，紧跟着徐榛，从侍儿的中间走向拱形门洞。进入云思苑，紫苏和文荷就安排徐榛和石斛梳洗。

梳洗完毕，石斛离开盥洗室，踩着云思苑的小径，慢慢向一个花亭走去。听见四处啾啾的鸟语，闻到散发在空气中的阵阵清香。石斛进入花亭，在栏凳上坐了下来。足足坐了有一刻钟，依旧没见徐榛出现。石斛走出花亭，沿着亭前一条花径，三步一停，五步一歇，慢慢耗时间。直到阳光照射到云思苑，石斛才看到徐榛和于苓朝花亭走了过来。

“昨晚在船舱，头像蓬蒿似的，梳了一下。没让你等烦吧。”

“哪会？你还不是很清楚。小子这人，最大的特点之一，就是天被人捅了大窟窿，也不急。小子好像曾经跟你说过，乡下那会，小子常在水潭边一坐就是一个上午。”石斛跟在徐榛的身后，踏上台阶，进入了花亭。石斛环顾了一圈四周说：“难怪小子总觉得你如同林间一股清泉。”“为何？”徐榛笑容特别灿烂。“鸣鸟与清泉相配。云思苑，如同人间仙境，到处鸟语啾啾。你自然就是林间石上的清泉啦。”徐榛忍不住低头扑哧一声笑了起来。

“我的石斛，现在夸人的水平是越来越高了。”

“云思苑有鸟语，又有清泉。公子为何不常来弹一弹琴，做一做都市隐士呢？”

“小子还真想来云思苑，听着清泉的声音，弹一弹琴，做一做隐士，只是做隐士前先得填饱肚子。小子不会肚子饿着还有心思弹琴。当然啰，小子来云思苑坐在清泉边弹琴，伯父肯定不会让小子饿肚皮。一天两天马虎马虎还可以，一年两年就不行啰。小子盼望有那么一天，建造像云思苑一样的居所，坐在清泉边，弹琴品茶，做一名真正的隐士。”

“那我多去给你祷告祷告，愿佛祖保佑你发财。”

“千万使不得！小子眼前做的可不是一般生意。等改行后，再去祷告也不迟。”

正说着，一名侍儿已经提着食盒进入花亭。侍儿打开食盒，端上三碗银鱼粥，放到石桌上。两小碗，一大碗。三人坐在花亭石桌旁，吃起了银鱼粥。“喜欢不喜欢？”石斛刚吃了一口，徐榛就问。“小子这人最好打发。”石斛又哺了一口。“有什么吃什么，好的、不好的都吃。”“这样就好。”于苓总是将石斛往这条路上拉，弄得石斛用强不是，不用强又不是。“婢子将来侍奉起来，就不用担心自己侍奉不好。”石斛含笑说：“先吃。食不语，寝不言。”石斛终于让于苓松手。石斛嘴皮厚，不怕烫，一大碗银鱼粥很快就已经吃完。石斛正想掏手绢，徐榛已经放下了筷子，从袖子里面掏出一方手绢，递给石斛。石斛没去接。

“还是用小子自己的吧。”

“是不是嫌我擦过？”

“小子是怕自己的嘴太臭，擦了后就没法再用。”

石斛接过手绢。徐榛一笑，拿起筷子继续吃粥。石斛轻轻擦了擦嘴，将手绢递还给了徐榛。石斛坐在一旁，看着徐榛吃。“你还是先到花亭外面走走吧。坐在这里看得我都有些不好意思起来。”石斛两手一撑大腿，站了起来，走出了花亭。石斛没有走远，就在花亭附近走了走。“爸还是等我们去呢。”石斛还同转多久，徐榛就带着于苓来了。

石斛跟着徐榛前往如茅斋。三人到达如茅斋时，徐渊正站在庭院里面。“大白天，就闷在伯父的茶房里面，肯定会不习惯，不如我们一块到水榭里面，边品茶，边谈天。”徐渊迈出了脚步，石斛和徐榛紧跟在后，沿着荷花池边的一条小路，踱步前往水榭。荷花池的一大半已经铺满了荷叶,只是还没看到菡萏。水榭中央是一张配了四条石凳的石桌。徐渊就在石凳上坐了下来。石斛跟着徐榛在一条石凳上坐下,于苓站在徐榛身后侍奉。不一会,侍儿献上清茶。

“伯父就用这盏茶向石郎平安送榛儿回家表示感谢。”

“还平安呢,没有石斛又要出事了。”

“出了什么事?”

“回来的路上碰到了水匪,女儿汗都吓出来了。”

“这一路水匪确实很多。不过,有石郎在榛儿身边,爸很放心。”

“主要是徐榛福气好。”

“榛儿是很有福气,她出生之后,家里就蒸蒸日上。”

“有福气的人,无论遇到什么样的凶险,总是能化险为夷。”

“那也得有石郎这样的侍卫在身边才行。榛儿其他都不缺,就缺像石郎这样的侍卫。石郎喝茶。到伯父这,就像到自己家一样,用不着客气。”石斛端起茶盏,袖子一遮,喝了一口。“石郎,想一直做寿木生意呢,还是有其他的想法?”徐渊喝了口茶问。

“寿木生意毕竟不是长久之策,将来必定是饿不死,吃不饱。想赚大钱,不大可能。小子想,将来可能会不再卖寿木,但还是会继续做商人。神州历来看不起商人,小子倒觉得做做商人还不错。相比官吏、医卜、士兵、田农、工匠,商人有更大的自由。”

石斛这话说到徐渊的心坎上。几千年来,神州人喜欢铜钱,可偏偏讨厌生意人。

“是啊!伯父当年弃政从商时,就有很多同僚规劝过伯父。”

“将来准备做什么生意,小子有一些还不是很成熟的想法。上次去鄂州进货,寿木作坊当家和小子聊天,聊到湖南稻谷的价格,小子一听,吃了一惊。想不到,湖南稻谷的价格竟然会那么便宜。不考虑运费,至少有翻倍的利润。浙东尤其是钱塘,丝绸、海盐便宜。就是我们吴国,同样的货物不同地方贵贱也不一样。能够相互转卖,肯定赚大钱。”徐渊边听边点头。“有铜钱赚,金陵那么多商人为何不去赚?小子想,或许是,一来怕劫匪,二来需要船队,成本大。因战乱,如今扬子江上到处是劫匪。一旦遇到劫匪,血本无归。劫匪,小子邀请几个武艺好些的朋友,说不定还能勉强应付。只是成本,小子家底薄,没有办法。”

“石郎打算怎么办?”

“目前,小子只能先做好寿木生意。等有了一定的资本,再考虑。”

“只怕等石郎有了资本,生意早就给人抢光了。”

“那也没办法。树上满是果子,明知会被人摘走,小子够不着,也只能望果兴叹。”

“要不,资本暂且先由伯父给石郎垫上,赚到了铜钱,再还给伯父,怎么样?”

“无论将来是否需要,小子都得先谢谢伯父。”石斛向徐渊手一拱。

“石郎无须客气!”徐渊喝了一口茶。“什么时候需要,告诉伯父一声,助你一点铜钱没问题。过两天,就是伯父五十七岁生日了。伯父想叫几个朋友过来聚一聚。伯父想请石郎也来。到时候,伯父介绍你认识认识,对你将来做买卖,肯定会很有好处。”

“姑且不说别的,伯父华诞,小子定当前来庆贺。”

“石郎人能来就行,物事就不用操心了。说实话,凡是能够用铜钱买得到的物事,伯父都不稀罕。石郎人能来,伯父就已经很高兴。”

“小子一定来庆贺。”忽然,石斛话锋一转。

“伯父,小子有件事情想请伯父帮个忙。”

“只要伯父能帮上忙。什么事情?石郎说。”

“小子有个朋友,给大理寺卿李慎肇抓去了,说他与那些杀手有勾结。小子可以向伯父保证,这是不可能的。肯定是遭到诬陷。”

“李慎肇这次是有些过火,搞得好像金陵人人都是杀手。”

“竺福!”徐渊叫了一声。声音刚落,竺福跑进了水榭。“去叫徐福过来。”“是!”竺福转身退出了水榭。“等会,让徐福陪石郎去。”石斛手一拱说:“多谢伯父。”“对伯父,用不着客气。”不一会,徐福就来了。“你陪石郎去一趟大理寺,叫李慎肇将石郎的朋友放了。不想一想,石郎的朋友怎可能与那些杀手相勾结?”听完徐渊的吩咐,徐福就起身陪石斛去见李慎肇。“榛儿替爸送送石郎。”石斛跟徐渊告辞,和徐榛一道离开了水榭。出了朱雀门,就在门头前,石斛拱手跟徐榛、于苓告辞,和徐福一起,坐上马车,前去见李慎肇。

到了大理寺,徐福没有硬闯,让守门的兵丁前去通报。不一会,李慎肇出牙署迎接。寒暄了两句,徐福就和石斛一起,跟着李慎肇进入了大门。甬道两旁的每个木桩上举手绑着一个人。经过荆善居前,石斛看了一眼,没有言语。荆善居光着上身,条条血痕,让人不忍多看一眼。进入大堂,李慎肇请徐福、石斛就座。众人坐定,徐福向李慎肇介绍石斛。

“寺卿可否认识这位公子?”

“请总管给小吏绍介!”

“这位就是和大县主一起去紫金山踏青的那位公子。”

“久仰,久仰!”

李慎肇连忙站了起来,向石斛手一拱。石斛,李慎肇真是久仰。勘察了开善寺现场,李慎肇准备去拜访石斛时,石斛已经去了鄂州。石斛鄂州回来,李慎肇又去了宣州。当李慎肇从宣州回来,石斛又去了广陵。李慎肇不仅晓得石斛将是朱雀门大当家的女婿,还晓得石斛是都督的秘密采访处置使。这个秘密,徐温只告诉给李慎肇一个人。

“大人客气。小子石斛,请大人以后能多多关照。”

“只要能用得上小吏的地方,公子只管吩咐。公子,快请坐!”

“谢大人。”

“公子有几位朋友,被寺卿请到了大理寺。大家遣仆陪公子来见寺卿,就是想让他们回去。在寺卿这里呆久了,总是不好。”

“公子的朋友?”

“是小子的朋友。他们可能觉得小子是无名小卒,就不好意思跟大人说了。”

“小吏确实不晓得是公子的朋友,怠慢之处,还请公子恕罪!”

“大人无须记挂!”

“常言道,一回生,二回熟,三回四回是朋友。下次碰到,就不需要引见了。”

抓了采访处置使的朋友,李慎肇真没想到。李慎肇旋即离开中堂,和手下一道,解开了荆善居以及仲连堂兄弟身上的绳索。“他们个个都像喝醉了酒似的,寺卿至少派几个人送一送吧。”徐福提醒李慎肇。“那是,那是!”李慎肇旋即吩咐寺丞去准备马车。仲连堂兄弟相互搀扶,李慎肇指令大理寺胥徒帮忙,出了牙署大门。“麻烦总管亲自跑了一趟。”石斛向徐福手一拱。“公子客气。大家吩咐,仆就是不想跑,也得跑。”徐福拱手回敬。不一会,马车鱼贯停在了牙署门头前。

“小子送他们去。麻烦总管回去后告诉伯父一声。”

“一定,一定。”

就在门头前,石斛拱手跟徐福和李慎肇告辞,坐上牙署的马车,前往仲连堂。说你有罪就有罪,说你无罪就无罪。石斛感受到了权力的威力。徐温要我死,还不是照样?我还想靠这两斤半力气杀出一条血路?对这些个土匪,不能抱丝毫的幻想。“多谢!多谢!”石斛下了马车,先拱手向大理寺胥徒致谢,然后转身去搀扶荆善居。“不用。还不至于如此不堪。”石斛走上前去，撕掉了贴在大门上的封条，众人相互搀扶进入了仲连堂。

仲连堂一片狼藉。荆善居颇有些懊悔。“也算兄弟这几年地痞白白做了。想当然，以为没事。给他一个鱼死网破，大不了最后一死。”一名兄弟抱怨说：“都是元庆安，没什么打就承认了子虚乌有的罪状。”“不要埋怨了。”石斛接话说：“人毕竟是人，酷刑之下，没罪也会变成有罪。想当年，来俊臣诬陷狄仁杰谋反，将他逮捕下狱。没有用刑，狄仁杰就认罪。后来，武后问狄仁杰，你为什么承认造反？狄仁杰说，我不承认造反，早就死于酷刑了。当人家准备要你死的时候，认罪是死，不认罪也是死。小弟倒反觉得，没有机会，还不如干脆认罪，至少死之前，不受皮肉之苦。诸位兄弟就不要相互埋怨了。荆兄的话还是有些道理。拼是死，不拼也是死，还不如拼一拼。束手就擒真是死路。”

众兄弟先后进入了堂内。一名兄弟摆正翻仰在堂上两张凳子，请荆善居和石斛坐。两人刚一坐下，石斛就掏出一枚银饼，对两名正在清理大堂的兄弟说：“等会慢慢清理，先去给兄弟们弄吃的。”一名兄弟接过银饼，和另一名兄弟一起，离开了堂内。石斛从袖袋里拿出铜钱，交给了荆善居。“荆兄暂且先用一用。小弟广陵刚回，先去店里看一看。”石斛站了起来，手一拱。“荆兄和诸位兄弟保重！”石斛转身起步，离开了大堂。

石斛刚一转身，就看到一名妇人带一侍儿在店内。“这位就是少东主。”龚宰一见石斛进店，就向妇人介绍。妇人连忙屈膝，要给石斛下跪行礼。“使不得！”石斛快步上前，双手托住了妇人。“有什么事情夫人慢慢说，只要小子能帮得上忙。”石斛松开手，妇人说：“请少东主务必想办法救一救善居！”“夫人放心！”石斛告诉妇人：“荆兄已经没事，小子刚刚从仲连堂回来。”写在妇人脸上的焦虑顿时退了去。“夫人一回去，就可以见着荆兄。此刻应该在吃饭。”“那小妇就先回，日后再来拜谢。”妇人向石斛道别。“夫人不用客气。”石斛站在店门口，拱着手给妇人送行。待妇人远去，石斛才转身。“她说是荆善居的新妇，一定要在店里等少东主回来。仆不好意思赶她走，只好让她等着。少东主不认识？”“不认识。”石斛头微微一摇，坐了下来。龚宰给石斛报告了一个不好的消息，吕夷则在外面闯了祸。

吕夷则凑巧碰到几个乞丐调戏一名小娘子。你小子以为自己是谁啊？要你多管闲事！吕夷则跟这几名乞丐打了起来。幸亏这几名乞丐都是好汉，不吃眼前亏，撒腿跑了，才不至于被吕夷则打死。吕夷则这下可捅了马蜂窝。自纲纪崩怀以来，金陵帮会林立，而丐帮也算是其中一个比较有实力的帮会。金陵人，对丐帮如同他们身上发出来的气味避之唯恐不及。他们眼目众多,最清楚金陵城内谁可以惹,谁不可以惹。

“店门还没开,他们的帮主韶仰民就带人来了。不是仆急忙出来圆场,吕夷则差一点又和他们打起来了。别看这些乞丐,衣裳褴褛,蓬头垢面,可怜兮兮,这些年做过的坏事却不少。仆还听说,前些年他们还专门吃人心肝,吸人脑髓。他们无家无业,常常摆出一副贱命有一条的架势。直到武忠王扫平江南,他们嚣张的气焰才有所收敛。吕夷则惹上他们,真不好处置。仆提议,等少东主广陵回来,再去与他们商量,看看如何解决,才将韶仰民一行打发走。”这些乞丐确实可恶!不管看不下去,管么自找麻烦。“夷则碰到了这种事,依他的脾气,想让他不出手根本就不可能。等吃了午饭,小子去找他们,看他们怎么说。”

石斛向后一靠,靠到了胡床上。“少东主,张白来了,说他母亲身子很不好,只得先请假在家侍奉着了。说实话,张白这小子,就没来几天寿木店。”几天前,由龚宰引路,石斛和吕夷则一起去了一趟张白家。母亲生病躺在床上,两姐姐有自己的人家,只能来看一下就走。张白没办法,只好请假在家照顾。石斛慰问了几句,送点铜钱表示心意,就走了。“张白有张白的难处。新妇么变成了别人的小妾,母亲现在身体又不好。”石斛颇理解张白。接手寿木店以来,尽管张白老请假,石斛并没有要龚宰扣张白的薪资。

“一个后生独自一人照顾卧病在床的母亲极不容易。”

“据张白自己说,他母亲是给那新妇气的。”

“眼看就要成为儿媳的人突然间变成人家的小妾,生气也是正常。老哥怎么说?”

“仆还能怎么说。仆说,少东主回来后会同意。家家有本难念的经。就说时来,三个儿子,没一个有些出息。时来平时捏喉咙,省死。省下的钱,全部用来给儿子讨新妇。”

“金陵的那些个后生,有几个不是依靠父母省吃俭用下来的钱讨新妇?人么,往往就是最需要铜钱的时候却偏偏没有铜钱。”

“那像少东主,只要张口,徐大当家肯定倒贴。”

“老哥,人有时候根本不是自己的,做不了主。不是自己想怎么做就能怎么做。以小弟看,对人来说,最重要的一个字就是‘不’字。纵观神州历史上,有几个人能痛痛快快地使用‘不’字?别说普通庶民,就是皇帝也做不到。小弟发现老哥很少用‘不’字。”

“仆几十年来习惯了，总是顺着别人。”

“小子家乡的说法是顺着毛捋。这跟自己愿意不愿意、喜欢不喜欢毛关系也没有。倒贴的日子，未必一定就好受。一个后生，靠自己那点物事吃软饭，该有多窝囊就有多窝囊。跟养个宠物，老哥你说有什么不同？反正，小子不会让旁人当宠物养着。主人心情好可以，主人心情不好，虐杀起来可就不好受了。所以，有那么多人怕娶公主。他们的心情，小子可以理解。张白工钱，老哥就不用扣他了。母亲多病又唠叨，张白也不容易。这倒不是小子同情他，而是他的心情，小子能理解。上次小子狠狠地说了他一通，着实有些不该。”

正说着，隔壁陈绾进入寿木店，石斛连忙站了起来。石斛知道陈绾不喜欢将妻舅的事情张扬出去，跟着陈绾去了店后天井。“事情怎么样了？”石斛轻轻询问。陈绾告诉石斛：“当天就放出来了。谢谢少东主！”“放出来就好，铜钱不要心疼。留得青山在，不怕没柴烧。只要人没被充军，铜钱多努力努力会赚回来。”石斛本想安慰一下，结果白说了一通废话。“少东主，不用罚款。”陈绾告诉石斛：“丁县令一听说托办人是少东主，不用罚款，就让都头将仆的妻舅放了，只是警告以后不许养鹰。”朕即是法，有罪无罪一句话。“陈主簿告诉仆，像仆妻舅这种事情，平常至少得罚一百缗以上。妻妗要仆转告少东主，想请少东主吃饭。”“饭就免了。”石斛实在不想费时间去吃这顿饭。来回客套了几下，见石斛执意不去，陈绾只得暂且告辞，离开了寿木店。送走陈绾，石斛又靠回到了胡床上。

“就为了这点铜钱，弄得两天都睡不安稳。”

“少东主，广陵这趟买卖赚头可大了。”

“老哥，赚那么多铜钱，对小子来说，根本没什么用。小子不像老哥，没什么爱好，吃简单，穿简单，又不赌不嫖，花不了钱。正如老哥所说，如今想歇息就歇息。只是门面要维持，不得不外出进货。东奔西颠，小子就像钻进钱眼里面似的。小子不会像其他人，在金陵郊县购一些田产，做一做田主。想想当初的那些个捏喉咙省钱买田产的田主，还有几个活在世上？小子更不会在金陵修造豪华宅院，招蜂引蝶，在金陵人面前摆显。没铜钱，没饭吃；有铜钱，没处花，照样是让人不爽的事情。堆在那，跟瓦砾没什么不同。存放到万通钱庄，万一眼睛一白，统统成了万通钱庄的铜钱，真是老鼠生儿替猫生。这或许是小子不把铜钱当铜钱的根本原因。依小子看，还不如让老哥多花铜钱些在逸仙居仙子身上。反正，万通钱庄的当家是徐大当家，逸仙居的当家也是徐大当家，殊途同归，结果相同。老哥也算是替小子花铜钱，只是要花得值，不要求奢华乱花。人么，能乐就乐，能率性还得率性。”

“差点忘记告诉少东主。昨天,好几拨人来店里找少东主。那个杨千里也来了。仆告诉他,少东主去广陵了,也就走了。有一名叫柏常青的后生来店好几趟,仆告诉他少东主去广陵了,就是不相信。仆问是什么事情那么急,说话吞吞吐吐。问了老半天,他只告诉仆是仲连堂的人。什么事他没说。少东主,仲连堂的堂主是不是荆善居?”

“是。”

吃了饭,石斛没回寿木店,就在白虎大街上,跟龚宰分了手,直奔城东李氏宗祠。黄巢造反以来,金陵在不同的土匪之间换了好几次手。李氏宗祠也就变成了乞丐的宗祠。见到韶仰民,两人在祠堂步檐的石条一坐,石斛没有过多啰嗦就挑明主题。

“这些个小摩擦,韶帮主就不要再继续纠缠下去了。”

“打了兄弟,至少应该赔礼道歉吧。”

“事情韶帮主也应该晓得,无须小子多说。小子看还是算了。夷则是小子的兄弟,他做的事小子担当。小子给韶帮主赔礼道歉如何?事情闹大了,小子可以有明的、暗的两种方法应付。明的,小子可以让衙门将你们统统轰出金陵城;暗的,小子可以叫兄弟将韶帮主的弟兄揍个半死。这可不是小子威胁韶帮主。常言道,得饶人处且饶人。何必为这一点小小的摩擦伤了和气,最后撕破脸皮呢?如今这个世道,保持一张脸面很不容易。”

石斛伸出手,韶仰民张开手一拍石斛的手掌。“就依少东主。”

石斛总算将吕夷则跟丐帮的纠葛摆平。离开李氏宗祠,石斛又去了趟仲连堂。直到过了申时,石斛才汗涔涔地回到了寿木店。吕夷则和李邈送完货早已经回来。此时,两人正在店后天井里洗澡。“拿过来先让哥哥擦一擦。”吕夷则挤起葛巾,递给了石斛。

“哥哥不能让你不出手。下次碰到这种事情,能文尽量文一点。”

“不是小弟不想文,而是那些个邋遢的乞丐根本不让小弟文!仿佛不是他们而是小弟在为非作歹。那种嚣张的气焰,小弟真想将他们个个都揍死。看看那些金陵人,谁敢管?无缘无故抓一把虱子放到自己头上,谁愿意?眼光光看着那小娘子受那群乞丐欺负!不是小弟出手阻止,那可怜兮兮的小娘子还不晓得有什么样的后果!哥哥晓得,小弟能忍多了。不是实在看不下去,小弟能不管肯定不会去管,免得哥哥又要替小弟擦屁股。”

“大流氓,小流氓,大大小小的流氓在光天化日下逍遥,普通庶民不晓得该如何活！哥哥常想将他们统统杀了！杀不了不说，就算杀得了，还会继续产生新的流氓。过这种鬼一样的日子心里确实很难受。没办法，活在神州这个地方，能忍还是忍着点吧！”

这时，鲁南阳走进寿木店。龚宰一看是鲁南阳，晓得是来找石斛，就叫了起来。“少东主，有人找！”石斛将葛巾递给吕夷则，离开了天井。“公子，大家让仆来找你，说有事要跟公子说。”老哥办事就是利索！石斛没问什么事，就跟着鲁南阳，去鲁扬声家。

荆善居的新妇匆匆赶回仲连堂时，医师正在给荆善居涂药膏。看着荆善居身上那一条条血痕，新妇两手紧捏着手绢滴眼泪。荆善居拍了一下新妇的手说：“不用哭。没死已经很不错了。”荆善居一说，新妇才回过神来，拿起手绢擦了擦眼睛。

露上膀子直到将近申时，荆善居才穿上衣裳前去看杨千里。荆善居晓得，这个时候杨千里肯定在家。见荆善居进来，夫妻两人站了起来。杨千里和荆善居在凳子上坐了下来。不一会，蕲绍绍就拿来了茶盏。将茶盏摆在了木几上，蕲绍绍提茶壶给荆善居斟茶。“头发已经长得差不多，可以摘掉帽子了。”说得蕲绍绍低下了头。

“本想去看你，想想还是让你先休息，就不去了。”

“一点皮外伤，没事。都是善居无能，害得你无端跑了一趟广陵。”

“千里实在没其他办法，才跑到广陵去。就怕他迟迟不回，而李慎肇这边又下狠手。”

“不是你引见认识，善居和仲连堂兄弟的命今年都到了尽头。”

“千里何尝不是如此！你不是别人，千里也无须隐瞒。千里原本以为一个寿木店少东主，有些武艺也不过如此。哪想到，武艺之高超出千里的想象。不是他，千里早就已经死了。出道以来，千里遇到高手无数，只有他让千里真正心服。就因他，千里才下决心洗手。”

“人家没有的物事，他想要，统统都有。善居想还上这份人情真是不那么容易。”

“还不上，就不用还了。他帮你做事，根本就没想过要你回报。”

第三十七章　预兆

溪云初起日沉阁，山雨欲来风满楼。

——《咸阳城东楼》

暮春三月，阳光明媚，草木葱郁，鲜花怒放，真的是处处如画。

石柏带着秋雨和秋水，不紧不慢，前往金陵。三月廿三日，太阳偏西，三人出现在了金陵城北门前。穿过北门，沿着玄武大街，没有逗留，径直前往鸡鸣巷。到了鸡鸣巷口，石柏率先下了马。“就前面。”石柏牵着马在前引路，走到宅院的门头前，停了下来。

“这就是师兄的家。”秋水抬头看了看门头，含笑说：“师兄家看起来不是很穷么。”石柏笑了笑。院门虚掩着。石柏一手牵着马，一手轻轻地推开了院门。陆荣封见有人推门，赶紧走了过来。一看是三名衣着稀奇古怪的道士，陆荣封连忙询问：“三位仙长，有什么事情吗？”石柏倒不惊，手一拱介绍说：“石斛的大哥，石柏！”“原来是大公子！”陆荣封没想到石岩家里竟然还有人是道士，很惊奇。“小人是刚来家里不久的陆荣封。”家里都已经雇了下人，状况应该不错。“陆大哥好！”石柏手一拱，紧接着向陆荣封介绍秋雨和秋水。“这两位是我的表妹。”陆荣封连忙向秋雨和秋水俯身作揖。“县主好！”“陆大哥好！”秋雨、秋水拱手还了礼。“大家和夫人正在后堂下棋。”陆荣封推开大门，石柏率先牵着马跨过门槛，进入院门。见秋雨和秋水两人仍站在门外迟疑，石柏连忙催促说：“快进来啊！” 秋雨、秋水先后跨过门槛，进入院内。“马匹仆牵到后院马厩去。”“谢陆大哥。”陆荣封牵过三人手中的缰绳。石柏在前，秋雨和秋水紧跟在后，穿过前堂，前往后屋。

家里突然来了三名道士，石岩和尹如雪都感到很奇怪。忽然，石岩夫妇齐声惊呼:“柏儿?”两人都没想到,儿子北上投亲结果投成了道士。上次朱邪以清来,夫妇两人得知儿子一切安好就没有多问。夫妻两人只求儿子平安,不求做什么事。再说,由朱邪以清安排,夫妻两人很放心。仿佛喜从天降,石岩和尹如雪连忙站了起来,走出了堂内。

“爸,妈!”

石柏加快脚步,连走带跑,来到了步檐上。还没等石柏跪下,尹如雪已经一把捧住了石柏,含笑说:“免了!”秋雨、秋水随后赶上。“不用,不用!”石岩正要阻止,秋雨、秋水已经屈膝跪在了步檐上。“外甥女秋雨、秋水,给姨父、姨妈请安!”尹如雪赶紧撂下石柏,转身前去扶起秋雨和秋水,笑容满面地说:“快快起来!快快起来。”“谢谢姨妈。”秋雨、秋水站了起来。尹如雪左右打量着秋雨和秋水,看得厚脸皮的秋水都不好意思起来。尹如雪含笑说:“就像是一个人!”刘妈见家里来了客人,赶紧送来了茶水。

见父母身边跟着一位身穿孝服的娘子,石柏问:“爸,这位是?”“曲柯。”石岩给石柏介绍。“爸一位钓友的孙女,现在和我们一起过。曲柯,叫大哥。”曲柯行走江湖多年,基本的礼节懂。“大哥!”曲柯虽在给刚去世的大父戴孝,还是很有礼貌地叫了一声,双膝微屈给石柏行了礼。

石岩现住的这这座宅院既不临街也不靠巷,大门前是一条窄窄的弄堂,除了前面房子里的住户,一天中也难得有几个人从大门前走过。当初,石岩一眼就看上这座宅院,一个重要原因就是不想引起别人注意。可惜,事与愿违,鸡鸣巷的街坊都晓得石岩。

石岩买后才晓得,他买的这座宅院是鸡鸣巷最大的一座宅院。其他街坊住的房子一间紧挨着一间,密密麻麻,真可以用鳞次栉比来形容。宅院大,又是凶宅,才轮到准备来金陵落脚的石岩。普通庶民根本买不起,而买得起这么大宅院的人又不愿意买凶宅。皇宫王府都住了二十几年,眼下的这座宅院在石岩的眼里不过是一处极其普通的民宅。这才使得石岩想都没什么想就买下这座对普通庶民来说已经是豪门大宅的宅院。

智者千虑,必有一失。没住进去前,鸡鸣巷的街坊已经个个都晓得有一个大傻蛋买下了这座凶宅。签订契约的那一天,街坊纷纷来宅院满足好奇心。搬进宅院,石岩家更是街坊闲谈的话题。让街坊更想不到的是,石岩家竟然做棺材生意。原本想隐身,如今却成了鸡鸣巷所有人注目的对象。

鸡鸣巷尽头,靠近鸡鸣寺,有一个凉亭。街坊无事常聚在凉亭闲谈,谈天,谈地，谈朝廷。“正因为做棺材的生意，他们家才无事。”一位名叫曹咸清的街坊提出了自己的高见。言之有理，卖棺材的人煞气重，还怕煞神？正当曹咸清为自己的高见得意时，宅院死了人。这个人是石岩的钓友，一位鸡鸣巷的街坊，曲柯的大父曲震庭。

石岩在翠竹湾住了十几年很少有熟人，更不用说朋友。想不到，去玄武湖钓鱼竟然钓上了一个钓友。石岩结交的这个钓友，据钓友自己说，再过一年就是古稀之年。和平时期能活七十已经十分少见，如今的岁月有人竟然还能活到七十岁只能用凤毛麟角来形容。石岩的钓友姓曲。叫什么名，钓友自己说叫震庭。石岩平常称钓友曲老哥。

钓友是一位街头卖拳脚的艺人。

从钓友的步姿中，石岩看出钓友年轻时应该很有能耐。从钓友的身上，石岩仿佛看到了晚年客居他乡的廉颇，也仿佛看到自己的将来。钓友就住在鸡鸣巷。据钓友说，房子是租人家的。一月多少租金，石岩没有问。石岩这人，你自己不主动告诉他，要他问，下辈子的事情。两人熟了后，钓友常常晚饭后来石岩家里坐一坐。钓友的孙女曲柯，据钓友说，再过三月刚刚满十六岁。曲柯随钓友一起在街头卖艺，活泼可爱，尹如雪很喜欢。曲柯来石岩家的次数甚至比钓友还多，几乎是吃了晚饭就会来石岩家。石岩看得出来，曲柯来石岩家主要是找石斛。“将来老哥死了，就让她做令郎的侍儿。”钓友的话似真非真。“他啊不是有侍儿的命。”石岩没有答应。石岩这人冷酷，好几天钓友没来家中坐一坐，也不去钓友家看一看。

早上起来，石岩发现天气不错，又没有其他事情，想到去玄武湖钓鱼，就去菜园挖了一小竹筒蚯蚓。自从花园被石岩开辟成菜园，有的是石岩钓鱼用的蚯蚓。吃了早饭，石岩一手拿着钓竿一手提着鱼篓，出家门钓鱼去了。

石岩坐在玄武湖边的一块大石头上已经丢回了十几条鱼，钓友还没有出现。石岩去玄武湖钓鱼并不是因为孤独想找一个可以闲扯闲扯的伙伴。石岩只管钓自己的鱼，小鱼扔回玄武湖，大鱼放进鱼篓。石岩有个脾气，鱼不到一尺长不要。石岩正提着钓竿，看着浮漂，曲柯跑到了身边，上气不接下气地说：“伯父，我大父快不行了！他让我来找你。”

石岩站了起来，匆匆收起了钓竿，去湖边提起半浸在水里面的鱼篓，跟着曲柯几乎跑着到了鸡鸣巷钓友家。钓友租住的房子前面此时围着一群人。曲柯用力拨开了人群。石岩看到钓友趟在木板上已经气息奄奄。

忽然，曲柯飞起一脚将一名男子踢翻在地。有些能耐。石岩担心出人命，赶快上前，一把拉住了曲柯。“我大父都病成这样了，竟然还将我大父抬出来，放到外面吹风受冻。简直就不是人。我今天非把他踢死不可！”曲柯试图挣脱石岩的手，冲上去踢死这名男子。石岩的手就像镣铐，曲柯无论怎么用力挣扎，就是挣不脱。

看客见打架，纷纷散开。男子从地上爬将起来，高声说：“要死死到外面去，就是不能死在我房子里面！”神州人讲忌讳，连家里人尚且都不让他死在家里，外人门也没有！如今人人朝不保夕，留得一条性命已经算是侥幸。想想李唐一朝文武差不多被朱温杀绝，更何况一老头！“这位兄台就请人将他抬到我家。死在光天化日之下总是不好。”石岩当场决定收留钓友。两位街坊见石岩主动要求收留钓友，马上主动帮忙将钓友往石岩家抬。

石岩去钓鱼竟然抬了将死的钓友回家，尹如雪虽然感到很惊奇，但没问原因。尹如雪马上吩咐刘妈、陆荣封收拾房间，将石岩的钓友安置在前屋的西二间。石岩的钓友当夜就要不行了。钓友临终时，将孙女托付给石岩：“老哥从小苦练武艺，既保不了家，又护不了国。不是老弟怜悯，定是死在街头。孙女从小失父失母，孤苦伶仃。老哥死后，望老弟能够收留，就让她做令郎的侍儿吧！”“老哥放心，某有吃，她就有吃。”石岩满足了钓友的愿望。

钓友预感难以熬过今晚，准备给孙女留下遗嘱，轻轻招了招手。曲柯俯下了身子，耳朵对着钓友的嘴。钓友咬着曲柯的耳朵留遗嘱。这场景石岩还是第一次见。曲柯一边流着泪，一边点着头。“记住了！记住了！”钓友到底给孙女留了什么遗嘱，石岩一家人都没问钓友的孙女。钓友留完了遗嘱就只剩下呼出的气。就在当天的寅时，钓友安详地躺在床上断了气。

石岩一家给钓鱼送了终。

天一亮，石斛就去寿木店，和李邈、吕夷则一起弄来了一副上好的楠木棺材。

当天，寿木店关门，仿佛是石岩家里死了人。石斛狗屁朋友多，办起事倒容易。鲁扬声替石斛请来了一班吹打，雇了丧夫；曹全晟替石斛包办了道士的活。荆善居叫了几名仲连堂兄弟来帮忙，和寿木店伙计一道，很体面地将石岩的钓友葬在金陵的城西。

安葬了钓友回家，石岩就让石斛陪曲柯去将家当搬到了自己家。从此，曲柯成了石岩家的一员。“以后卖艺就不用去了。寿木店现在生意好，还不至于养不起你。你就当是斛儿的表妹，这样外人万一问起也好回话。”翠竹湾时，石斛没有亲戚。到金陵还没多久，石斛单表妹就已经有了两个，米栗和曲柯。

没过多久，石岩收留钓友的故事就传到了徐榛的耳朵里面。

“如今做官的人心肠都很硬。否则，也不可能有那么多无家可归的人。”夫君也者，将牧民而正其邪者也。在为政者眼里，黎民百姓都是牲口，而且还是别人家的牲口，当然不会心疼。“他父亲流落在了金陵心肠还那么软，依照一般常理来推，不应该是做过官的人。我真搞不明白，他来江南之前是什么样的身份。”

“县主，依婢子看，我们就别去管来金陵之前是什么身份了。县主想想，倘若公子的父亲身份很差，大家虽不会明着阻止，但肯定会婉言规劝县主不要和公子来往。大家现在不反对，甚至还有赞许县主跟公子来往的味道。说明公子的父亲来江南之前的身份肯定不差。人就心肠最难说了。心肠最硬的人也有软的时候。说不定，那卖艺老头真的是公子的姨父。只是不想引起人们的注意，故意不认。江山崩塌，什么事情能说得清？”

这还真说不定。骨肉也因需要不能相认。不过，这个想法连于苓自己也否定。

一天，尹如雪和石岩聊天时，聊到了曲姓钓友。

“无论如何打击，同情心就是无法消除。

“一次在玄武湖钓鱼时，老哥和石头瞎扯时扯到了他的过去。他的故事让石头想起了自己。白白拥有一身好武艺，非但保不了家护不了国，甚至连维持生计都困难。石头不是当初在翠竹湾倾心经营，如今这世道，走正道，怎么活？

老哥是在朱温屠杀文武朝臣那时候逃离洛阳，一路卖拳流浪来到了金陵。前些年老哥还可以卖卖拳勉强维持生计，这两年连卖拳都力不足了。他孙女从小练武，有些能耐，越来越有鼻子有眼睛。流氓地痞肆无忌惮，土匪强盗明火执仗。他孙女性格强，不认输。万一出了人命，再有能耐，也是一条死路。想想过去，老哥着实不想让他孙女在街头卖弄武艺过一辈子。当初一厘一厘积攒起来的铜钱不舍得花，主要用来交付房租。他真的不希望，他那孙女和他一起露宿街头。真是英雄末路！想想石头自己，何尝不是如此？”

钓友的孙女曲柯吃着石岩家饭碗，心不安，准备去寿木店做石斛的帮手。曲柯的话刚一出口，石斛马上反对。“一来你大父刚去世，守几天孝总是应该。二来带着你外出给人家送寿木，人家还不是要奇怪死？等将来哥哥改行做了其他生意，你再跟着哥哥，如何？”尹如雪给曲柯提了个建议，“就留在家里帮姨妈烧饭。没事的时候，让你姨父教你下棋。”石岩闲，教曲柯下棋正好可以打发时间。没想到，曲柯对这种只有黑白两色的棋入了迷。

关了一天的寿木店重新开门营业，一切照常。“发财！发财！”店门刚打开，就迎来了三名客人，石斛拱手前去迎接。一名客人好像就是将石斛当成了棺材，盯着仔仔细细打量了好几遍。是来买棺材,还是来看我?

“小哥是否就是寿木店少东主石斛?”

“正是小子。”

“在下向沙泥,久仰少东主大名。”

“向公客气。”

“白记寿木店名头响亮,在下早就耳闻。我们也是慕名特地从句容来购买棺材。”

客人嘴里的棺材两字引起石斛的兴趣。金陵周边的人,来寿木店买寿木,从未听过说棺材的。莫非这位说中原官话的客人不忌讳棺材两字?看来,有名堂。

“是否让小子带向公去看一看?”

“不麻烦少东主了,我们自己看看就行。”

“那好!向公就请随便看。”

石斛看着客人出店铺的后门,前去库房挑选。从步姿中,石斛看出这三名客人都是习武之人,而其中一名客人的武艺更是不可小觑。客人在库房呆了好长一会,才回到店铺。“客官选中了哪一款?”石斛迎上前去问。向沙泥说:“今天不买啦。”“无妨!”石斛送客人出寿木店。“向公好走!”石斛站在店门口,拱手送行。三位客人正要跨出店门口,跟李邈撞了个照面。客人出了店,径直前往白虎大街。

“哥哥,这三位是来买寿木的?”

“好像不是。”

“这段时间总有莫名其妙的人来寿木店。”

“看来,应该是有人要找麻烦,你在店里要小心!”

如今已经是山雨欲来风满楼了。还在紫金山,石斛就知道那几个逃逸的蒙面杀手会找他麻烦。没过两天,石斛看到悬赏告示,大理寺征集杀害石戎一家的线索。石斛马上意识到杀手已经开始行动。不久,石斛发现寿木店附近几家店铺又换了主人。这引起了石斛的注意。跟他们打招呼时,石斛从他们友善的眼神中断定已经有人盯住了自己和寿木店。

“小弟没关系,哥哥才要小心。”

“哥哥会小心。他们找哥哥的麻烦,那是想找死。哥哥现在好像是光屁股站在金陵的白虎街上,所有的眼睛都盯着。谁在背后捅哥哥一清二楚。”

“螳螂捕蝉,黄雀在后。蝉还是要小心哦。”

“那是。螳螂虽死,蝉完蛋。”

李邈和戚冷刚送货出门，石斛一个狗党史根植前来寿木店，告诉石斛一条非常不幸的消息，田般若给人杀了。石斛不禁心一沉。田般若心地善良，人勤快，没想到年纪轻轻就死于非命。“有人以雇马车的名义，骗他去城外，杀了田般若，抢走了他的马车。”几天前，石斛还坐过田般若的马车。石斛一想起，一个活生生的田般若一下子浮现在了眼前。

田般若的父母一辈子虔心信佛，是老实巴交的金陵人。这样的结果至少出乎田般若和他父母的预料。家里没什么经济来源，全靠血汗钱勉强过一过日子。田般若懂事，很小的时候帮父母做事，维持一家的生计。世界是恶，想善无路；世界是善，想恶没门。石斛呆了好长一会，才回过神来。

“我们一起去看看。”石斛忘了跟龚宰打招呼，就和史根植匆匆去田般若家。田般若的尸体躺在木板上，田般若的母亲坐在地上一边哭一边烧着纸钱。看到这种情形，不晓得该如何安慰。石斛蹲在田般若母亲身边，默默烧起了纸钱。

“二郎，你是般若的朋友，想想办法，逮住凶手，让般若瞑目。”

田般若的母亲一边哭一边说。石斛去过田般若家，田般若的母亲认得。这事不用田般若的母亲说，石斛也有这个想法。“小子一定会用心。”此时不能说丧气话。石斛蹲在一旁烧了几张纸钱，站了起来，拿出一张一百缗的存银凭据给田般若的父亲做赙礼。这么大的存银凭据，田般若的父亲见过，可没拥有过。田般若的父亲先推让，最后还是收下了这张存银凭据。

“以后遇到什么困难，来找小子，小子会尽力帮忙解决。”

石斛给了田般若的父亲一个许诺。从田般若父亲口中，石斛得知田般若的棺材还没有着落，匆忙回寿木店，拉了一只棺材送到田般若家。刚回来，一名上元县衙门的胥徒进入寿木店。石斛不怕流氓地痞，就怕衙门。衙门胥徒来寿木店又有什么特殊事情？

“请问，哪位是石当家？”胥徒两手一抱问。“小子就是。”石斛手一拱说。“官爷来小店不知有何指示？”“有人见扬子江上漂浮着好几副空棺材，来向衙门禀报。经查是一艘运棺材的货船在采石矶沉没。大人关心，想打听一下贵店是否曾派人去运棺材。”“糟了！”龚宰脱口而出。“肯定是啦。时来去当涂进寿木，本来早应该到了，现在还没有来。”“老哥跟官爷去看一看。麻烦官爷了。”石斛向胥徒两手一拱。龚宰跟着公差，离开寿木店。

“夷则，你守店，哥哥再去一下般若家，看看还有什么需要帮忙。”

“小弟又不会做生意，客人来怎么办？”

“你自己看着办。”

石斛离开寿木店，去了田般若家，和田般若的父母商量安葬的事情，又去了一趟江宁县衙门。石斛不相信衙门，但多一条渠道总有好处。衙门答应尽快破案，将歹徒绳之以法。又去了大理寺，李慎肇当即指令立案侦察。直忙到快近午时正，才返回寿木店。龚宰已经回来，将打听到的情况告诉给石斛。

“采石矶那一带地方水流非常急，翻船的事常常发生。原东主经营寿木店时，就曾翻过船。货船沉没，时来肯定是不行啦。扬子江这么深，怎么捞？”

“现在只能等了。今天还没回来，只能认定是溺水身亡了。”

“少东主，时来真的已经溺水身亡，我们该怎么办？”

“还能怎么办？时来是白记寿木店的老伙计，又是去帮寿木店运寿木，寿木店只能以因公而亡来处理。老哥，这次去当涂，雇的是谁的船？”

“肖正钦的船。”寿木店的货物多半由周胜殷来运。这次龚宰去联系周胜殷时，周胜殷已经外出运货去了。龚宰定了肖正钦的船。“仆去了肖正钦家，他家人说还没回来。见仆询问，他家人也很着急，担心路上出事故。想想，货运生意确实难做。遇上劫匪不说，还要冒翻船的风险。依照他们的行规，货船一旦出现意外事故，船主应该赔偿货主货物的损失。他们没有其他办法，只好抬高货运价格，化解可能存在的危险。利润虽高，风险太大。”

“如今每样生意都难做。就算一切都平平安安，光税金就让你越做越死。都一半以上的税金，生意怎么做？不偷税死，偷税等于交了投名状。衙门一般般的牙吏让你死就得死。此外，还有各色保护费和变相的保护费。长寿巷的那些个东主，有几个脸上有笑容？”

“少东主是个例外。城东的高记寿木店快撑不住了。少东主是不是想将它盘下来？”

“还真希望小弟卖一辈子棺材？小弟肯，徐大县主也不会肯。”

田般若是金陵底层人，穷朋友有一些，但不多。买石斛的面子，前来送葬的人不少，荆善居和仲连堂的兄弟也来了。石斛付了铜钱，将田般若的棺材停措在金陵城南高座寺的厝屋里面。石斛返回寿木店时，已经差不多申时正。李邈、戚冷也送了货返回寿木店。

“时来溺水身亡已经是铁板钉钉的事。卖寿木的天天看到别人死，想不到自己也是说走就走。”龚宰颇为感慨。“我们等会一起去时来家，就算时来已经溺水身亡。”石斛一靠就靠到了胡床上。这时，一名客人进入寿木店。

“李邈,你陪老哥去钱庄提三百缗铜钱来。”

“少东主,为何提那么多铜钱?”

“这次进货出现意外,也应该属因公而亡。现在只能多给些铜钱了。”

石斛吩咐完毕,就陪客人去库房看棺材。客人披麻戴孝,一看就晓得刚死了亲人。客人问了一下各种规格棺材的价格,最后选了桐木。“侍儿的丈夫临终时要侍儿来少东主这买寿木。他说少东主仗义,同情受欺负的人,侍儿求求情,能便宜会便宜给侍儿。”客人一进店,石斛从客人露在外面的着装就知道客人的家境不是很好,开出的价格已经没有赚头。“小子方才报的价格已经是最低的价。”“少东主能不能再便宜一点?”客人还是希望石斛能再便宜些。“侍儿的丈夫一个篾匠,平常至多只能糊口,又为女儿的事情告了一年的状,单讼师就费了不少铜钱。”石斛一听,就想到客人的丈夫是老篾匠罗朱城。

“夫人家远吗?”

“不远。就在白虎大街思贤巷。”

石斛确定死者就是罗朱城。罗朱城凭手艺讨生活已经非常艰苦,平常有点病都熬着。女儿的事情如同飞来横祸,奔波了一年时间。罗朱城的身体已经相当差。不动他,也已经活不长。被县尉龚霈抓过去一殴打,放回来就卧床起不来了。今天凌晨咽了气。“说起来小子和夫人也是邻居。这样吧,小子就收夫人一文钱,表示一下夫人的心意。寿木白送,说起来总不好。”“谢谢少东主!”客人俯身一拜。“不用客气,我们是邻居。”石斛拱手回敬。“只是小子眼下正有点事,夫人是不是要马上送过去?”“已经定好明早出殡。”客人告诉石斛。“那小子将事情一办完,马上就送过去。反正,思贤巷离这没几步路。”石斛掏出一张存银凭据递给客人。“这点铜钱是小子的赙礼,请夫人收下。”客人愣半晌,没反应过来。“人都有三灾四难的时候,夫人请收下。”客人一抹眼泪,收下了存银凭据。客人前脚刚走,又一个客人后脚就到。客人已经来了,不能置之不理,石斛只好强打精神招待。

“听说,只要是买了贵店的棺材,一律送货上门,不知可否真有此事?”

“没错,敝店一律送货上门。”

“离金陵有一百来里地的溧水,不知当家是否愿意送?”

“路程确实远了点。不过,客官也应该酌情给小店一定的脚力钱。”

“这好说。脚力钱肯定是少不了。”

“好像贵店的存货不是很多了。”

“过一两天,小子就去进货。需要什么样的规格,小子定会去帮贵客定做就是。”

“这倒不必那么讲究。在下就想买一对棺材给家父压寿，没有其他的意图。”

客人没有细挑，选中了一对桐木棺材。

“贵店最好能在二十六日那天送来。”

“小子会按时送到府上。”

客人付了定金，留下了详细地址和送货时间。送走了客人，石斛靠在胡床上等。戚冷则坐在小矮凳上，拿出三枚铜钱开始测算起自己未来的运气。石斛相信运气，戚冷也相信运气。没过多久，龚宰和李邈提了铜钱回到了寿木店。李邈高喊一声“夷则”，后屋马上传来吕夷则的一声“来了”。五人一起上了店堂门。等所有人都出了寿木店，龚宰再合上店门，上了铜锁。

“少东主，万一有啥客人来呢？”

“没有白记寿木店，就不能死人啦。今天，寿木店关门。”

“有没有可能有人死在少东主的家里，兆头给弄不好了。”戚冷突然冒出一句。“什么兆头弄不好了！胡说八道的事情，你也相信？”吕夷则冷哼一声，狠狠地说了一下戚冷。这些事情，戚冷真相信。“谁家不死人？只要是人，都会死。”自从戚冷将棺材送给别人之后，吕夷则就看不起戚冷。“送人没关系，但不能拿别人的物事送人。送了人好几天，吱都不吱一声，就不准备付铜钱了。”吕夷则跟李邈闲聊聊到戚冷时满是鄙夷。“那是自己家的亲人！谁会让外人死在自己家里？”戚冷替自己辩护。确实，除了石岩，金陵还真没有让外人死在自己家。事实面前，吕夷则牛似的驻着脚，丝毫不退让。“什么亲人、外人。今天是亲人，明天说不定就是外人；今天是外人，明天说不定就是亲人。争夺家产，连亲兄弟都杀呢！你说他们是亲人还是外人？哥哥是我的亲人还是外人？”吕夷则咄咄逼人，戚冷哑然。

原本是人命关天，可如今人命却像草菅。众土匪争夺地盘死他个万把人是司空见怪的事情，更何况时来是死是活到现在还搞清楚。常言道，得饶人处且饶人。时来的儿子早就从时来的嘴里面得知石斛跟朱雀门关系非同一般。“就目前情形看，这小子将是朱雀门徐渊的女婿。”石斛一个子儿也不给，还让时来的儿子向天要去？莫非让一丘之貉的金陵衙门替你主持公道？时来的几个儿子，尤其是三郎虽有些胡搅蛮缠，见石斛拿出那么大一笔抚恤金，也就见好就收。

匆匆往家赶时，天已经昏暗。经过玄武大街，石斛碰到一个后生正在市民废弃的垃圾中找食物。这世道，谋生确实不容易。石斛从后生身边走过，将一枚银饼往后生手中一塞。后生一惊，一看，握住了银饼。石斛没有言语，好像没发生任何事，只管走自己的路。石斛第一次感到疲惫,吃了饭,洗了澡,跟父母道个安,就回屋睡觉。这两个多月时间里面,石斛所交的朋友已经死了两个。一个是胡骏义,一个田般若。胡骏义大白天在街上被一癫人稀里糊涂砍了一斧头,结果一命呜呼。人生这一路上,根本不晓得下一刻会发生什么事。石斛本来想去田般若家看一看,最后还是决定不去。除了徒增伤感,没一点好处。石斛睡了将近五个时辰才起床。"斛儿,是不是不舒服?"尹如雪很关心。"没。孩儿这段时间比较忙,就多睡了一会。"吃了饭,离家去寿木店,又开始忙碌、乏味的一天。

"爸、妈,孩儿北上后,家里情况如何?"

"爸钓钓鱼,种种菜,和你妈平时下下棋,比在翠竹湾时还清闲。你弟弟刚刚从广陵送货回来。你走后,你弟弟将店铺经营得有声有色。家里一切都好,柏儿不用牵挂。柏儿,快跟你妈说说,你在亳州怎么样? 你走后,你妈总是挂念你的情况。"

"爸、妈,孩儿在亳州一切很好。在外婆和姨妈的周密安排下,孩儿做起了天清派的掌门。日常生活起居,秋雨和秋水照顾着。"

"姨父、姨妈请放心!"秋水先替石柏介绍近况。"大哥在亳州是传奇人物。前段时间,摧毁了亳州控鹤军指挥寺,擒获朱温侄儿朱友徽。前几天,大哥还指挥大军击败了梁定兴。"想不到的事情还真多。"柏儿还指挥大军击败了梁定兴?"石岩还真不敢相信。"姨父",秋雨补充说,"秋水说的一点也没错,大哥确实刚亳州守军击败了梁定兴的大军。正因亳州一战,让亳州刺史赵淮浦当上了颍亳观察使。"石岩听后,不禁颇为得意地笑了起来。

"柏儿有此能耐,爸和你妈还担心什么? 正所谓,龙一条就够,泥鳅万条都没用。"

"都是爸教导有方!"

"你就用不着哄爸开心了。教好孩子,是父母应该的责任。"石岩说着站了起来。"爸去告诉陆荣封一声,让他去长寿巷一趟,叫你弟弟回来。"

"爸,还是孩儿去。秋雨和秋水第一次来金陵,正好顺便带她们在城内看一看。"

"这样也好。"

石岩、尹如雪起身,陪石柏、秋雨、秋水前往院门。"金陵没来过,就让柏儿带你俩好好看一看。"尹如雪向秋雨、秋水建议。"姨妈放心,第一次来金陵,一定要好好看。"秋水笑了起来。出了院门,三人跟石岩、尹如雪道别,前往玄武大街。"我们先去找石斛,见到后,再慢慢看,怎么样?"到了玄武大街,石柏向秋雨、秋水建议。

秋雨、秋水第一次来金陵,完全陌生,只能一切听从石柏的安排。石柏带路,三人目不旁视,一心走路,经过一番穿街窜巷,最后到了白记寿木店前。

石柏没有停步,就带着秋雨、秋水跨进了寿木店。龚宰一看石柏身穿道袍,带两名姣美的道姑前来,惊奇得都做不出反应。石柏向龚宰手一拱。"老哥,是不是认不出来了?"龚宰这才回过神,拱手还礼。"大少东主什么时候做起了道士,仆还真没想到。二少东主就在后面库房里陪客人在挑寿木。""谢谢老哥!"石柏手一拱,就起步前往库房,秋雨、秋水紧紧跟上。"那么多棺材啊!"秋水一脚踏进库房,就惊叫了起来。

石斛正在库房陪客人挑选棺材,突然耳朵里面飘进了秋水惊奇的声音。石斛头一抬,心里就是一阵惊喜。"哥!"石斛向客人两手一拱,拔腿就跑了过去。两人忘记了秋雨和秋水在场,紧紧抱在了一起。好久好久,石柏重重拍了一下石斛的肩膀,两人才重新分开。"哥给你介绍,大表妹秋雨,二表妹秋水。""大表妹！二表妹!"石斛向秋雨和秋水拱手行礼。"没想到,原来还有两位这么漂亮的表妹!"秋水含笑说:"我也没想到,二表哥比大表哥还要英俊!"石斛含笑说:"表妹不会故意说起来哄二表哥开心的吧。"

"是不是这段时间没有娘子哄你开心了?"

"不是没有娘子哄,而是哄我的娘子太多,还真有些不开心。哥晓得,我就像是一条烂鱼鲞,扔在任何地方,都会引来一大堆苍蝇。"石斛笑了起来。"哥和两位表妹先到前面店里稍等片刻,我马上过来跟你们一起逛街。"

"这里有仆,少东主只管去陪大少东主。"

龚宰已经前来招呼客人。石斛手一拱,转身快步追上了石柏。四人出了天井,踏进了店铺。"哥哥,我们在这里稍等。"见少东主来了客人,客人很快就选好了棺材。不一会,龚宰招待好了客人,与客人一起来了。客人付了定金,留下地址,就离开了寿木店。"老哥去弄些现银给小子。"龚宰去柜台给石斛拿来一袋碎银。石斛接过钱袋。

"老哥,店就交给你啦！李邈、夷则应该很快会回来。"

"少东主只管放心去便是。"

石柏向龚宰手一拱,转身就和秋雨、秋水一起出了寿木店。

"两位表妹长得几乎一模一样。二表哥还真认不出哪个是大表妹,哪个是二表妹。"

"认不出来,就不要认。就叫表妹,有一个应就行。"

“大表哥”，秋水说，“你是不是都这样蒙混的？”秋雨走在一旁微笑。“大表哥熟，就是不看，唧唧喳喳的那个是二表妹。”秋水还没有接话，石斛已经抢先。“二表妹，你二表哥也一样，整天唧唧喳喳，你姨父都嫌烦。哥，想到什么地方走走？”

“金陵你熟，随你带。”

“那好，就由我带路。两位表妹，我们一边走一边看，看到什么你俩喜欢的物事，只管放心买。现在你二表哥寿木店生意兴隆，有的是铜钱。”

石斛起步，石柏、秋雨、秋水紧跟在后，前往白虎大街。

金陵街上店铺林立，行人如织。许多物品，秋雨、秋水俩人见所未见、闻所未闻。石斛带着石柏和秋雨、秋水三人，走了一条街，又走一条街；看了这家店，又看那家店。还没有走几条街，秋雨、秋水所买的物事已经是两个大包了。还好，身边的两个表哥力气大，买更多的物事也提得动，拎得起来。见秋水不分青红皂白买啊买，秋雨劝说：“妹妹，我们还是少买一点吧，带这些物事回亳州也没有用。”石柏怂恿：“没有用就放着。天清观有那么多道姑，送一点给别人，也说明你俩已经来过金陵了。”石斛旋即应和：“反正不用表妹背，你俩只管买。”秋水赞成：“不花自己的铜钱，又不用提，为何不买？”四人边走，边看，边买，一直到秋雨、秋水俩姐妹脚麻腿酸，才决定回家。将近酉时，四人才回到家中。

刘妈安排秋雨、秋水洗澡，石柏和石斛一起去玄武湖游泳。自离开翠竹湾以来，石斛还没下水游泳过。暮春的湖水虽还有些冷，对冬天就下水游泳的兄弟俩来说，此时的湖水正舒服。回到家，天上的红霞已经褪去。在热热闹闹中吃了晚饭，一家人坐在堂内闲聊。离家已经差不多两个月，很多想法需要跟家人交换。再过一天就要去，不晓得什么时候能再见。石柏先讲述了这些时间所做的事情，再说一说自己的想法以及打算。

“没离开翠竹湾之前，孩儿因对外界情况不了解，总觉得朱温非常强大，仿佛就像一座不可撼动的大山。实际上，朱温并不像原先想象的那样强。神州的那些个土匪，肯定是让朱温这个庞然大物给吓着了。朱温非常脆，如同瓷器。看起来很硬，轻轻往地上一扔，就会打得粉碎。确实，神州史上，真不容易找到一个像朱温这样暴虐凶残的人。这一个多月的时间里面，孩儿看到的是没有掩埋的骸骨，听到的是令人毛骨悚然的故事。朱温之所以能够肆无忌惮地杀人，主要是神州庶民碰见狼时马上是羊，碰见羊时马上成了狼。当一头狼闯进羊圈内时，所有羊想到的不是用角去捅死狼，而是只顾逃命。结果，羊圈内的羊统统被一头狼咬死。孩儿听了别人讲的故事，总是摇头不愿相信，但事实就是如此。淮北走了一躺后，孩儿对神州的庶民已经不再感兴趣,也不再抱希望。想打碎朱温这个极其笨重的瓷器,用丝絮去砸它,毫无用处。最好的办法就是拆掉摆放瓷器的几案,自己掉到地上打碎。

那些依附朱温的刺史、节度使,跟朱温根本不是一条心,大多是出于自身利益而归附朱温。他们都有自己的利益盘算,根本谈不上有什么忠义两字。他们不过是不同形式的朱温而已,咬起人来同样不会含糊。这些人一旦看到朱温转衰,马上会离弃朱温。这些刺史、节度使彼此之间又各打自己的算盘。朱温的几个儿子,正为未来的皇位展开争夺,不是你死就是我亡。根本不需要花多少力道,就可以挑起他们内讧。这正是孩儿接下来要做的事情。

这次孩儿在亳州就是利用亳州刺史赵淮浦剿灭控鹤军,诛杀朱友徽,再借助赵淮浦和缪景信的力量,击败梁定兴。孩儿已经跟一个月前离开金陵时的想法不一样。孩儿就是要充分利用自己的才智,依托外婆的若水宫,借用各种力量,拆掉摆放朱温这个瓷器的几案。"

"皇朝的兴衰,就像是潮起潮落,来得快,去得也快。看到胜,神州人纷纷依附,势如破竹,排山倒海;看到败,神州人旋即背叛,土崩瓦解,轰然倒塌。朱温也应该到了潮落的时候。爸年轻时就因片面理解道家的无为,最后才导致无所作为。空有一身武艺,而逃匿到翠竹湾,还要遭到控鹤军杀手的追杀。现在爸不再对你们提爸自己的想法,以免你们以后的行动受到爸想法的影响。你俩都已经长大成人。神州历史上,像你们这般年纪早就威名赫赫的人多得去。不论你俩做什么,即便就是杀人放火,爸都支持。你俩已经晓得该怎么做,不该怎么做。这般年纪还不晓得该怎么做,那还能指望你们将来能做出辉煌的业绩?"

"妈倒不指望你俩将来能做出什么样的辉煌业绩。那些个帝王事业,你俩就不要去折腾了。妈只希望你俩平安,过得快活就行。前次,外婆来时,就提起你俩的婚事,希望能够早日成亲。外婆说,不能等朱温死后才成亲。妈觉得有道理。"

"妈,堂堂男儿还怕没新妇?这件事,妈就不用去担心了,你俩儿子都不是废物。哥想到要成亲,美娇娘还不是跑着过来?别说一个,娶十个都有。哥这样,孩儿也是如此。孩儿倒是担心,将来妻妾成群,妈又嫌孩儿妻妾太多。"尹如雪含笑说:"连妻都没娶,就担心起自己将来妻妾太多了。反正,无论有多少妻妾,妈都不会嫌。"秋水说:"姨妈,你不晓得,外婆的若水宫几乎清一色是美娇娘。姨妈担心表哥讨不到新妇,外甥女回去后,向外婆要一个美娇娘给表哥做新妇就是了。"石柏含笑说:"妈,你担心孩儿讨不到新妇,那孩子回去后就叫姨妈将两位如花似玉的女儿嫁给孩儿不就得了嘛。"秋雨、秋水都白了石柏一眼。

“见你俩信心百倍的样子,妈也就不去操这份心啦。”

“妈不需要你操心,你儿子都晓得处置。孩儿在亳州,看起来很凶险,实际上弟弟比孩儿更凶险。如今在亳州是敌明我暗,而且敌我之间的界线非常清楚。弟弟则不同,我明敌暗,而且敌我之间的界线非常模糊。今天是朋友,说不定明天就是敌人。身份一旦不慎暴露,很可能就是四面环敌。”

石斛心里再苦,说出去的话也甜。看着他的笑容,你真不晓得他心里有着许多不爽。这倒不是石斛不信任别人,而是石斛觉得着实不应该将自己的不爽带给别人。这一点石斛很像他的父亲石岩。石柏就要返回亳州,着实不应该带着牵挂离开。如同包袱,牵挂越多,行事就越不自由。狼窝里面不允许有丝毫的分神。同样,石斛也不想牵挂远在亳州的石柏。天天想这想那,怎么能跟各种豺狼虎豹、魑魅魍魉周旋?石斛好,石柏好;石柏好,石斛好。

“这一点,我肚子里面清楚地很,哥无须担心。正因为敌我之间界线不明,我会尽量将潜在的敌人化为朋友,也会依托朋友、可能的朋友来抵挡敌人和可能的敌人。哥放心,我绝对不会乱来。今天的我跟翠竹湾时的我已经很不一样。要想在金陵生存,不能不做出点牺牲,由不得性子。依照神州人的说法,叫做断尾求生。我明白目前的处境,晓得该怎么做,不该怎么做。来金陵后的这段时间里面,我体味非常深。在神州,不论是在乡村还是在城市,不论是在和平时代还是在战乱时期,生存都非常困难,只是在战乱时期更能体现出这种困难罢了。

现在哥在北方挑动朱温内部自相争斗残杀,我在南方先理好家。连家都理不好,哥在北方也不会放心。我在理家的同时,也要充分利用外部力量,协助哥消灭逆贼朱温。倘若内外结合,正如哥所说,一定能够消灭朱温。消灭了朱温,只要审慎一些,说不定就可以过一过不是隐士的隐士生活。至于皇位,就让那些个土匪去争去吧。神州已经有几千的历史,死了不晓得多少个皇帝。那些个土匪,为做皇帝,连累神州死了多少人?妈放心,孩儿从来没想过做什么皇帝。况且,想做皇帝也不是一件容易的事。贤明吧苦,荒淫完蛋。

孩子只是不希望自己将来过着人不像人、鬼不像鬼的生活。只要能堂堂正正做人,就算再清苦一点,孩儿都愿意。哥哥现在依托外婆若水宫的力量,借手赵淮浦,大展宏图。孩儿一定能从外面多方协助哥哥,实现爸多年以来一直无法实现的心愿。到时候,我们一家人就可以到一个阳光明媚的地方,过着其乐融融的生活。”

第三十八章　书生

争利者，未尝不穷也。

——《淮南子》

吃了早餐，石斛准备去朱雀门给徐渊庆生。临走时，将一个钱囊交给石柏。“哥带表妹再到街上好好逛一逛，说不定还有什么新奇的物事没有看到。也可以带表妹看一看金陵附近的风景。徐大当家今天生日，我已经答应要去庆贺，就不能陪哥啦。”石柏接过钱囊。

“只管你的事。有些事情，别人不懂，哥懂。”

“两位表妹，好好玩。”石斛跟秋雨、秋水拱手告辞，快步离家，去了寿木店。

人家正式邀请你，你不能不严肃对待。送什么？昨天陪秋雨、秋水逛了大半天的街，没有备办。石斛想来想去，想不出什么名堂。石斛虽是一个千人粘，可送礼却很不内行。石斛准备问一问龚宰，一进寿木店，发现有一陌生的中年男子在店内等。

“在下肖正钦。”龚宰还没有开口，男子已经向石斛自我介绍。

货船经过采石矶时，一条行驶中的帆船突然拦腰撞了过来。货船顿时倾覆。采石矶这一带水流急，漩涡多。肖正钦和船工邱月钟仗着水性，躲过一劫，而时来和船工陈地就没那么幸运了。肖正钦和邱月钟爬上岸，连夜赶回金陵。死了还好，一了百了。现在活着，离金陵越近，肖正钦越步履沉重了起来。肖正钦一边走，一边想着怎么办。

石斛是寿木店少东主，背后站着朱雀门当家徐渊，金陵江湖无人不知。石斛从当涂进的一船棺材，肖正钦不晓得值多少铜钱。如今一船棺材没了，还搭上一个伙计。石斛来一个血盆大开口，趁机敲诈，对已经损失了一条货船和一名船工的肖正钦来说，意味着倾家荡产都没办法赔。肖正钦一到金陵，衣裳都来不及换，就来寿木店见石斛。

“久仰，久仰！”石斛手一拱。“肖当家请坐。”石斛挪了一挪一条凳子，肖正钦跟着石斛在凳子上坐了下来。“少东主，货物的事情……”肖正钦刚开口，就被石斛打断。“货物的事情，这样吧，肖当家就暂且不要去考虑它。人一生，谁都有个三灾六难，免不了。等肖当家将来发了财，肖当家自己出手就是了。这一船从当涂进的寿木价格都不是很高，平常也就两百来缗。具体花了多少，时来现在活不见人，死不见尸，就不晓得了。至于卖出去值多少铜钱，小子就不跟肖当家说了。不瞒肖当家，小子有铜钱，肖当家这次沉了船，损失大，着实不该向肖当家索赔。只是行有行规，小子不能坏了规矩。”肖正钦不禁一阵激动，屁股一提，双膝一屈，就跪了下来。石斛赶紧伸手，一把将肖正钦托了起来。

“少东主！”肖正钦眼泪婆娑哽咽着说。石斛问：“肖当家是不是还有其他事情？”肖正钦掀起衣袖擦了擦眼睛说：“没其他事情。在下这次就为此事特意来找少东主。”石斛马上要去朱雀门给徐渊庆生，不能在这里再跟肖正钦扯下去。“没其他事情，那小子改日再登门拜访。不瞒肖当家，今天小子有点事情，不能陪了。”铜钱多几枚少几枚无所谓，就是不能错过给朱雀门当家徐渊庆生的时间。石斛赶紧将肖正钦打发走。

送走肖正钦刚转身，南吕来寿木店拜访石斛。“坐！坐！”石斛请南吕坐。南吕就在刚才肖正钦坐过的凳子上坐了下来。“南吕一直想来表示自己的感激之情，因行走不便，未能成行。”南吕石斛紫金山见过面，人有印象，可不晓得名字。通报了姓名后，南吕就向石斛说明了来意。南吕原以为要命丧紫金山开善寺，想不到不仅还活着，而且一步登天，由一名小小的牙校被徐温破格提升为侍卫亲军副都指挥使。“那么长时间不来说一声谢谢，南吕真是忘恩负义之人！”南吕说着准备下跪给石斛磕头。“使不得！使不得！”石斛向前一倾，双手一伸就托住了南吕。“坐！坐！”石斛扶着南吕坐下后，重新在凳子上坐了下来。

“南兄无须感谢小子。小子当时只想着救都督，没想过要救南兄。”

“公子如此坦荡，南吕非常钦佩。当时在紫金山，南吕竭力拼杀，也是想活命。南吕不竭力拼杀，只有死。正因南吕竭力拼杀，才等到公子出现，救了都督和都军使。公子虽没想过要救南吕，南吕却因公子而活命。谁能说公子不是南吕的救命恩人？”

“南兄客气！南兄还有没有其他事情?”

“今天特意为这事来表示南吕的感激之情。”

“不瞒南兄,今天小子有点事情。南兄没其他事情,改天我们再聊。”

南吕一走,石斛立马向龚宰咨询。“徐大当家今天生日,请了小弟。老哥替小弟参谋参谋,该送点什么物事好?”这件事还真难住了龚宰。龚宰蹙眉说:“能买到的物事,徐大当家肯定不喜欢。给他送贺礼,还真的有点难。要不,就什么也别送,空手去。反正,少东主去,他已经很高兴。”“说是这么说。只是空手去,总觉得有点不好;送物事,又没有什么物事可送。小弟卖棺材,总不至于送棺材吧。”石斛说着笑了起来。“小弟原本就不擅长送礼,给徐大当家就更不晓得该送什么物事了。”

铜钱买得到的不稀罕,那只能亲自动手了。石斛琢磨了老半天,准备写一副对子送给徐渊。可家里文房四宝不齐。干脆去装裱店,写好后马上装裱。

“老哥,附近哪有比较好的装裱店?”

“牧记装裱店就在白虎大街上。”

“东首,还是西首?”

“东首。出长寿巷,步行就一个字左右。”

“店就交给老哥了,小弟去朱雀门给徐大当家庆生去啦。”

“少东主朱雀门女婿这回真是当定了。”龚宰笑了起来。

“放心,有好处,不会忘了老哥。”

石斛手一拱,就离店去牧记装裱店。刚出长寿巷,石斛又被一名叫戴伯城的人拉住。站在路上说了几句,石斛只得匆匆跟戴伯城告辞。一边看着白虎大街两边的招牌,一边快步朝东走去。果然走了一个字左右,看到了一家装裱店。牧慎身见客人进店,连忙迎接。

“请店家马上给小子装裱一副对子。”

“好嘞！不用半个时辰就完成。公子的对子呢?”

“小子还没写呢。”

“公子前去拿来,仆马上给装裱。”

“就在店家这里写。”

“就在敝店写?”

牧慎身虽心中颇感疑惑,但还是端来了笔墨,用刷子刷了刷装裱台,然后摊开一张白中带黄的孔丹纸。石斛站在装裱台前蹙眉沉思,给徐大当家的对子应该俗一点才是。但什么寿啊福的,送的人肯定很多,不说徐当家,就是我自己看了也无趣。

沉思片刻,石斛提笔挥毫,一气呵成写下上联,叱咤江湖风云人物。

牧慎身站在一旁,微俯着身子,看石斛写字。石斛笔一提,一笔下去,牧慎身就感到会写字。物字最后一笔刚写完,牧慎身不禁说:“好字！人字这一捺简直就是力透纸背。”石斛抬头看了牧慎身一眼。“是不是想下次再照顾店家生意?”牧慎身连忙说:“公子,仆可不是故意要夸你。像公子岁数的人,写出这么一手好字,仆那么多年来还真的没见过。”

牧慎身两手轻轻地捧着上联,放在装裱台的一边,再摊上孔丹纸。

石斛不管店主是否故意拍客人的马屁,提笔在砚台中浸了浸墨汁,画了画笔毛,继续书写下联,纵横商海唯我独尊。石斛将笔阁在砚台上。

“马上装裱,小子即刻带走。”

“公子先坐,仆马上装裱。”等墨迹干燥,牧慎身开始着手装裱。“不仅字好,对子的意思也好。”牧慎身一边装裱,一边说。“只是仆觉得,对子太霸气了一点。挂出去,可能会让人暗地里认为主人太狂妄。”

“写都已经写了,店家只管装裱就是。主人觉得太过于狂妄,烧掉就是。”

“那也得看是谁。像朱雀门徐大当家,挂上这样的对子,方能显示出他的霸气。”

石斛闭口不言,看着牧慎身在装裱。见客人在一旁等候,牧慎身也就加快了速度。不到半个时辰,一对装裱精美的对子已经到了石斛的手中。付了装裱钱,石斛提着装着对子的葛布袋,出了装裱店,没回寿木店,就直奔朱雀门。

此一时,彼一时,眼下的石斛朱雀门上下没几个人不认识。一见石斛,典谒闻四海就让一名仆役引领石斛前去大堂。“快进来,待伯父替你一一介绍。”徐渊见石斛前来,中断了说话,招呼石斛。堂内众人一听徐渊自称伯父,纷纷起身迎接。石斛瞟了一眼,发现堂内这一堆人里面只有吴不明一个人认识。石斛站在堂外,向堂内的诸位拱手行了礼。

石斛起步进入堂内,将葛布袋往空座位上一放,站在一旁听徐渊介绍。“吴不明,就不用介绍了。陈璋,池州团练使,伯父多年老友。”石斛从小就在外面混,这些个虚文缛礼非常懂。徐渊话一停,石斛立马俯身拱手说:“久仰将军威名,今日一见果然威武超凡。”陈璋拱手还礼,含笑说:“再说一句,伯父中午肯定是大醉。”

徐渊继续给石斛介绍。“骆知祥,掌管吴国的赋税。做生意,不能不跟他打交道。”石斛俯身拱手行礼。“日后请骆大人多多照顾。”骆知祥回敬。“只要能用得上老朽，公子只管吩咐。”“严可求，我们吴国的诸葛亮，以后有什么难事，去找他。”石斛俯身行礼。“等会，就有一件事情要叨扰严大人。”严可求回敬，含笑说：“好，希望老朽能答得上。”“徐知询，老二家的三郎，别看他年纪轻轻，官大得很，行军司马，忠义节度使。”果然年纪轻轻，石斛觉得比自己大不了几岁。“请三哥以后能多多关照！”石斛拱手行礼。

谁是你三哥？你小子也配！别得意洋洋，看我怎么收拾你！

徐知询已经指令金陵豪门置业当家李鲲去收拾石斛。李鲲本只是徐知询手下的一名普通兵士，因打得一手好马球而得到徐知询的赏识。解甲后，李鲲创办了豪门置业。依靠与徐知询的关系，李鲲强拆民宅，巧取豪夺，如今已经是金陵城数一数二的置业商。“先找一找把柄，然后再想办法。”幕僚顾尝胆向李鲲建议。李鲲觉得有理，让顾尝胆秘密调查石斛。

周胜殷刚从广陵回到家，就有人前来家中拜访。来访者是一名三十多岁的男子。叫什么名字，周胜殷在外面混了那么多年，晓得造个假名根本就不需要什么力气，并不在意。周胜殷原本以为是找他谈生意，没想到是来向他打听石斛的消息。周胜殷警觉了起来，以免说错话。上次说漏嘴的事情，周胜殷至今还没有完全释怀。

“在下家的县主对白记寿木店的少东主很感兴趣。周公晓得，婚姻是一辈子的事情。万一嫁错了郎，再后悔就已经晚了。”周胜殷点了点头。“大家遣在下摸一摸少东主的为人。据说少东主常租用周公的船，故此在下特意前来问一问。”

“少东主好后生啊！”

周胜殷怀疑此男子是搭乘货船去广陵的那位县主家里的人。圣人都晓得说，君子成人之美，不成人之恶，更何况老江湖周胜殷？石斛是周胜殷的大客户，上次广陵之行没有石斛还有没有周胜殷都是一个问题。周胜殷自然尽说石斛的好话。

“少东主不赌，不嫖，不嗜酒。少东主坐仆的船好多趟了，从未见过有什么不良嗜好。”

“听周公这么一说，少东主还真是一个相当不错的后生。”

“那是。”

“周公，少东主坐你的船外出，都一个人吗？”

“偶尔一个人，大部分和他的伙计时来一起。”

“带过女人吗？”

“带过。一次去当涂，就带了一女人。上船一介绍才晓得，是少东主邻居的新妇,去当涂娘家看父母,想省点铜钱,请少东主带她一带。当天,就坐仆的船回到了金陵。少东主人很好。原本已经包了船,客人搭船的船资应该归少东主,少东主没收过一文。一次去鄂州进货,带了五名客人。仆都觉得不好意思,分一半给少东主,少东主一文也不要。除了那次去当涂,其他全是仆带的客人。仆带几个客人,也是想多赚点铜钱。”

“大家遣在下来主要也是摸清楚少东主的为人,不要嫁错人。在下虽没有亲见,据说少东主貌如潘安。这样的后生,后面追的娘子必然会多。在下家的县主想必也是被少东主的貌给吸引住。自制力稍稍不强,很容易越墙。到时候,在下家的县主嫁给他就苦了。人在家中心在外头的故事,周公肯定听过不少。周公,据你所知,少东主在外头有没有相好?”

“仆没听说过。”

男子掏出一枚银锭推给周胜殷。“此事天知,地知,你知,我知。在下发誓,绝不会将周公的话传给外人。”看到眼前这枚银锭,周胜殷心动了一下,准备将石斛的事情告诉给男子。转瞬间,周胜殷改了口。从少东主那赚到的铜钱岂止一枚银锭?少东主生意越好,我从他身上赚到铜钱自然越多。捡芝麻丢西瓜的事情不能做。

“仆确实没听过少东主有相好。”

男子见实在问不出什么名堂,起身跟周胜殷告辞。

石斛金陵朋友多,而过一天说不定又多了新朋友。花了一大把时间,搜集到很多石斛的逸闻,除了北门司关提供的石斛三月初三曾经和一女子共骑从北门前经过,其他全是鸡毛蒜皮,根本不足以将石斛赶出金陵。北门外住户原本就少,黄巢造反后更少,而且又过去了那么长时间,想查个水落石出真不容易。经过一番秘密查访,顾尝胆确定,石斛很喜欢去白云观,跟白云观掌门有交情。那天石斛一个人返回,要么送那女子去码头,要么送那女子去白云观。送白云观去做什么?顾尝胆怎么想也想不出一个合理的理由。顾尝胆化装成香客去了几次白云观。白云观有乾道,也有坤道。莫非是白云观的坤道?顾尝胆去询问门头。“居士描述的后生小道见过几次。三月初三……”门头想了半天说:“那一天来观里进香的香客很多,进进出出全是人,小道没有特别留意那后生是不是也来了。时间过了那么久,小道真想不起来了。”看来,只能是送人去码头坐船。可人又去了哪里?费了不少心思,却弄不出一点名堂。无中生有造?满金陵都是徐渊的眼睛,怎么造?徐知询让他办的事又不得不办。白道、黑道都不怕,寻衅滋事还不是找死?

顾尝胆建议没必要费那么多心思,干脆来一个一了百了。这可不是闹着玩的。

万一失手死都不晓得怎么死。徐渊绝不会对你客气。李鲲决定去见徐知询。不是徐知训这个殷鉴就在眼前，徐知询早就已经动手了。徐知训出事后，设局除掉徐知诰的图谋跟着败露。徐温严厉警告其他儿子，再出现兄弟相残的事情，绝不轻饶。他儿子多，侄儿多，不会在意一个。千万别想靠杀兄弟而成为他千秋之后的继承人。可火闷在肚子里面实在是太难受。李鲲还只是谈了自己的看法，徐知询就点头赞同。“不过”，徐知询提醒李鲲，“一定要绝对隐秘。”

得到了徐知询的首肯，李鲲立马着手实施。顾尝胆给李鲲参谋。“自己人肯定不行。不怕一万就怕万一。万一失手，追查下去，司马是自家人可以饶过，我们就成了替罪羊。只有让外人去做，即便万一失手，也不会牵连到我们。这世道，只要肯出铜钱，就会有人帮我们达成心愿。况且，只有这种专门从事这一行当的人，才能办成事。”李鲲接受顾尝怕的建议找职业杀手。李鲲自己不怎么样，却很善于听取别人的意见。“这事就托给顾公操办。”

杨千里好长一段时间没去沁心茶苑喝茶。今天，沁心茶苑的当家冼廉州亲自来拜访杨千里。夫人蕲绍绍虽从小就出家做尼姑，但男人的事情不要掺和的道理懂，给杨千里和冼廉州沏了茶就退了去。两人坐在堂内还只喝了一口茶，冼廉州从袖袋内掏出一张对折的白纸递给了杨千里。还真将我当成了冷血的杀手。杨千里摊开白纸只看了一眼，就将它重新对折，退还给冼廉州。“当家还是另物色一个吧。”杨千里喝了一口茶。“好吧。”冼廉州接过白纸，重新放回到了袖袋内。冼廉州来找杨千里之前，已经想到这个结果，只是冼廉州跟杨千里交往多年，知道杨千里的为人，不会将消息泄露给徐渊。冼廉州清楚，徐渊晓得他接了这趟生意，肯定当天会被埋没无尸。杨千里善意提醒冼廉州：“鬼做多了，羹饭迟早会吃到。不慎被逮着了，追查下去，难保不会牵连到当家。看起来只是一条小蚯蚓，实际是鱼饵。千里觉得，这趟生意当家还是不接为好。”冼廉州做市侩多年，从未出过事，看到雇主诱人的酬金，准备赌一把。冼廉州曾经耳闻杨千里和石斛已经成了朋友，后得到了证实。雨伞骨，往外戳，朋友最容易得手。冼廉州从石斛那些个狐朋狗友里找，最后找到了杨千里。

“某也是考虑再三，才决定请杨兄做。”

“千里血还不够冷。千里为人做事的原则，当家晓得。”

冼廉州喝了一会茶，就跟杨千里告辞，起身回茶苑。冼廉州走后，新妇蕲绍绍问：“看郎君脸色，是不是出了什么事？”“没什么事。只是一件事情，千里一时拿不定主意。”杨千里如实告诉。“可否说来给妾听一听？”“千里在琢磨到底是江湖规矩重要,还是朋友情义重要。”“郎君认为哪个重要就哪个重要。”杨千里翻来覆去整整想了一天时间,最后还是决定去找石斛。当杨千里去寿木店时,龚宰告诉杨千里,石斛已经离开了金陵,搭乘周胜殷的货船前往鄂州。杨千里拱手跟龚宰告辞,带着懊悔离开了寿木店。

徐渊含笑说:“自家人,用到他时,不帮忙,看伯父怎么收拾他。”伯父如此关爱,又是我爸的救命恩人,想将他撵出金陵,看来只能是暗中进行了。徐知询连忙拱手说:“伯父说得对,自家人,用不着客气。”徐渊继续绍介说:“王易道,楼船军使。”徐渊将堂内诸位一一介绍给石斛,石斛一一行了礼,说了句屁话。礼毕,石斛拿起葛布袋,坐了下来。

“说过不要买物事,怎么又去买物事了?”

石斛不晓得徐渊庆个生摆那么大的场面。早晓得,肯定不会好高写什么对子。现在写好了,想不露都已经不行。石斛起身拱手说:“伯父华诞,物事不送点总觉得不对劲。小子琢磨了老半天,最后决定写一副对子送给伯父做贺礼。望伯父不要嫌弃小子的字难看。”一听石斛送自己一副对子,徐渊兴趣浓浓,连忙说:“快打开来看一看!”两小厮进入堂内,接过石斛手中的葛布袋。一名小厮从上而下慢慢垂下卷子。“老夫虽是粗人,但看了这字,让人感到舒服!叱咤江湖风云人物。好,真是老夫一生的写照。”一名小厮也从上而下垂下了下联。骆知祥看着对子,不断点头。“纵横商海唯我独尊。霸气十足,有气势。”吴不明说:“这副对子最适合老哥了。字好而意也好。就将这对子挂在堂上。”石斛连忙接话说:“将小子的字挂出去,让人看了后,是不是觉得我们吴国真的没人了。这副对子,还缺个印章。”

“当年,伯父起事那回,还不都是像石郎这样年纪的后生?只要字好意好就行,管它是后生还是先生。没有印章,这好办,让徐福叫人刻一个后加就是了。反正,就一个印,谁那么仔细贴着眼睛看?装一下样子就行,主要在字和意。”

这时,徐榛带着于苓前来。“榛儿,这副对子写得怎么样?”徐榛只看了一眼就说:“好字!单字结构和整体大小搭配,一看就让觉得很舒服,很有王羲之的神韵。爸,谁写的?”“你看字,怎么不看落款?”徐榛这才转过身子,看对子的落款。“石斛?”徐榛甚是怀疑,盯着身旁石斛看了看。

“你喜欢,小子鄂州回来后,多写些字,将你的云思阁挂满就是。”

“想不到,你不仅打架内行,写字也很内行。你还有什么没有露出来,赶快露一露!”

“以后让石郎慢慢给你露,先去喝两杯。”

徐渊站了起来。众人随后站了起来，跟着徐渊出了大堂。

朱雀门大大的食厅坐满了人。徐渊引着石斛，将客人一一介绍给石斛，一种准备让石斛闪亮登场的架势呼之欲出。杨渭还没有僭号称帝，吴国已经按照皇帝的排场设立百官。什么参知政事、门下侍郎、中书侍郎、内枢密使等等，官名太多，石斛不想记，也记不住。除了达官，还有徐渊的江湖朋友。"多多关照"之类的屁话说了一遍又一遍。还好，石斛原本善于应付，又不想攀附，倒是脸带笑容，澹然来，坦然去。酒宴从午时初开始吃到未时正才结束。客人散去，石斛又在朱雀门大堂陪徐渊聊了差不多一个时辰，才告辞。

将近巳时，石柏带着秋雨、秋水离开家，继续逛街。秋水正优哉游哉走着，突然看到一名书生打扮的男子手持一枝大大的毛笔迎面而来。这枝毛笔长达三尺左右，笔杆竟然有一把粗。这么大的毛笔，秋水还从来没有见过，忍不住盯着看男子手中的这枝毛笔。男子见秋水盯着看自己手中的毛笔，抬头随便看了一眼，继续走路。男子晓得，自己手中的这枝毛笔一向吸引人的眼球，早已经见怪不怪了。突然，男子发现走在秋水一旁的这位娘子，相貌几乎跟秋水一模一样，旋即引起了兴趣。孪生姐妹相似的多，如此一模一样还是第一次见。无论是身高、身材、脸型，加之穿同样的衣裳，根本就是同一个人。男子不禁多看了一眼。两人身旁走着一名相貌很英俊的后生。男子马上意识到，那名后生应该就是若水先生。

在距离还有四五尺远的地方，男子拱手招呼："若水先生！"金陵竟然也有人认识，石柏颇为吃惊。已经被人认出了，就不要强行否认，石柏旋即拱手还礼。"请恕贫道眼浊。居士是？"人家称自己为若水先生，石柏旋即以天清派掌门的身份与男子寒暄。道士出门，有时为了方便，穿便服也是常有的事，没必要大惊小怪。

"在下妙笔书生李存国。"

"久仰！久仰！常听天清观道士说起。"

"若水先生怎么突然云游到金陵来了？"

"贫道的俗家就在金陵。这次前来金陵主要是看一看父母。"

"原来若水先生是金陵人。李某正有事要见若水先生。今日如此巧遇，正好请教。"

"不敢！不敢！"

"那李某就请若水先生去一茶馆，可以边喝茶边讨教。不知若水先生意下如何？"

"就依居士。"

没走几步,李存国就看到街旁一家名叫“清雅”的茶馆。四人进入茶馆,临窗坐下。一名茶博士旋即过来,问要什么茶。见石柏三人都说随便,李存国也就跟着说随便。不久,茶博士就送了清茶。茶博士退去后,李存国说:“李某这次前来金陵,原本意图是想游说江南的诸侯一起联手剿灭朱温。可是,事不如愿,又是白跑一趟。朱温在黄淮之间暴虐杀戮,天下英雄竟然都如此熟视无睹,让李某不能不感到心寒。多年以来,李某到处奔波,总是得不到支持。一个多月前,李某在逍遥窟清谈厅,还差一点被控鹤军杀手杀死。幸亏,李某还算机灵,迅速躺在地上装死,才躲过一劫。李某想请教若水先生如何才能达成心愿。”

“恕贫道直言,这主要是居士对神州人了解不够所致。

作为神州人,居士应该非常非常清楚,神州人精于内斗。这种精于内斗的特性也不是一朝一夕形成,有着非常漫长的历史。正因为精于内斗,乐于内斗,神州才会出现如此多的阴谋家,而且对阴谋津津乐道。司马懿是一个内斗高手,凭借阴谋逐渐窃取了曹魏政权。司马懿的孙子司马炎干脆一脚踢开曹魏建立了晋朝。居士晓得,司马炎死后,司马懿的八个子孙陷入皇权争夺战,足足打了十六年。结果可好,外族来了,灭了司马皇朝,导致中原华族九成死于夷族之手。神州华族败于北方游牧部族,还不是司马皇朝内斗的结果?

真所谓城门失火,殃及池鱼。

李唐皇朝最终败于黄巢、朱温宵小之辈,同样也是内斗的结果。其内斗之复杂,千古未有。倘若他们能够像居士所希望的那样联合起来,黄巢、朱温这等宵小岂能翻天?不说和平时代内斗,越是战乱时期,内斗越厉害。就是到了临死之时,仍然是内斗不断。明知房屋已经失火,两兄弟还在为谁是房屋的继承人而明争暗斗。

河中节度使王重盈死后,四周个个虎视眈眈,连自救都已经嫌晚。事实呢,王重盈俩儿子王珂和王珙醉心于争夺节度使之位。节度使这个官位没有了,连自己的命也没有了。黄淮之间的刺史、节度使一一败于朱温还不是彼此内斗的结果?神州人好比就是一堆沙,即便用水将它们暂时粘成一团,轻轻一碰马上崩塌;更不说水一干,自然分散。

居士游说诸侯藩镇,希望他们联合对抗朱温,岂不是缘木求鱼?”

“李某真是枉为神州人!”

“居士游说这些诸侯藩镇,想必一定言之以忠义。

不是贫道说居士,这岂不等于对猪弹琴?当今神州,何来忠义?自古以来,神州就没有忠义。真的有忠义，皇朝怎么可能会更替？单单从秦始皇开始算起，神州已经换过了多少个朝代？秦、汉、魏、晋，以后的小朝代，数也数不清。真有所谓的忠义，李唐皇朝会如此快崩塌？春秋以来，有多少君王死于非命？这一点就无须贫道去一一列举啦。

单凭李唐崩塌几年中的事实就足以说明，说难听一点，忠义不过是肉食者用来骗人的把戏。意思就是说，你必须要既忠又义，听我的话，替我去死；而我却可以不忠不义。人人都希望别人对我要忠义，怎么可能会有忠义？那些个嘴上高唱忠义的儒生，连他自己都不会相信。蒋玄晖、柳璨、张廷范、张文蔚、薛贻矩，等等，等等，这些个为虎作伥的人，哪一个不是儒生？这种儒生的故事，贫道相信，居士至少可以讲几天几夜。

真有忠义，昭宗皇帝怎么会被弑杀？德王等亲王会被勒死，尸沉九曲池？宋文通，僖宗皇帝赐姓名为李茂贞，字正臣。就是这个宋文通，逼迫昭宗最后走上被朱温所杀的绝路。朱温，昭宗皇帝还不是赐他朱全忠吗？无论居士如何动之以情、晓之以理都没有用。

居士应该晓之以利。六韬曰，天下攘攘，皆为利往；天下熙熙，皆为利来。神州人鼠目寸光，就看得到眼前的一丁点蝇头小利。想当年，宰相张浚收受朱温的贿赂，竭力怂恿昭宗讨伐李克用，败光了李唐皇朝的最后一点家底。最后导致昭宗被弑，帝国覆亡。

张浚自己呢，被朱温所杀。真个是害人害己！张浚根本就不懂，自己和李唐皇朝是一荣俱荣、一损俱损。朱温之所以愿意贿赂张浚，是因为张浚作为李唐的宰相有用。一旦没了李唐，张浚一百多斤的肉身，卖不了几枚铜钱。这些故事，居士肯定比贫道熟悉。

神州有的是张浚这种人。坐船的都想着如何将船板挖下来偷回家，根本不去思考，挖了船板，船会不会沉。什么同舟共济，那只是言语。利字前面，儒家的忠孝礼仪信廉耻，统统跪下磕头朝拜。居士应该让那些人明白自己的利在哪里。喜欢权，居士就说权；喜欢钱，居士就说钱；喜欢女人，居士就说女人；喜欢名，居士就说名；喜欢什么，居士说什么。居士先应该晓得这些人的利在哪里，紧紧抓住这些人的利，然后再进行游说。

这样，或许可以达到居士希望达到的目的。否则，无论居士如何唇干舌燥，贫道认为都是对牛弹琴。要让他们明白，不按照居士的想法去做，他们的利就会受损。他们一旦明白利受损，才有可能愿意依照居士的意愿去做。即便就是如此，也没用。

每个人的利益都不同。同样的物事,不同人的喜好也不一样。有道是,萝卜白菜,各有所爱。王建喜欢,马殷不一定喜欢;李存勖喜欢,徐温不一定喜欢。这些诸侯藩镇,彼此利益差别非常大,甚至可以说‘君处北海、寡人处南海’。以贫道来看,居士难以将‘风马牛不相及’的人联合起来,更不用说能让他们一起剿灭朱温啦。当初朱温弑昭宗时都没有联起来,现在就更不可能了。不是贫道说居士,那是白日梦!”

“依照若水先生的说法,就只能任朱温屠戮生灵啰!”

“那也未必。

居士的心愿只是想消灭朱温,阻止朱温对生灵的进一步屠戮。摧毁一个政权,如同攻破一个城堡。居士完全可以从两个方面着手去做,内部和外部。外部强攻,固然可以成功。外部强攻,实际等于你剁掉人家一条手臂,人家咬下你一只耳朵。问题是,居士一个人,怎么攻?别说一个人,就算晋王李存勖借居士一万将士,也摧毁不了朱温。去年柏乡一战,朱温丧失了三万多精锐,今年还不是照样坐了崇元殿做他的皇帝,屠戮无辜?

兵法云,上兵伐谋,其次伐交,其次伐兵,其下攻城。攻城之法,为不得已。方才贫道不是说了嘛,神州人精于内斗。大梁更是如此。刺史、节度使之间,诸皇子之间,全都是矛盾重重,都是你死我活。朱温所杀戮的不仅仅只是普通庶民,还包括手下臣僚。

朱温手下臣僚谁会诚心臣服?慑于朱温的淫威,不敢动而已。他们不是忠于朱温,而是怕朱温。这些年,死于朱温之手的臣僚,单节度使级别的人就一大堆。这一点居士肯定比贫道还要清楚。千丈之堤以蝼蚁之穴溃,百尺之室以突隙之烟焚。如今朱温的大梁,如同是堆积干柴的柴寮,居士只需要用一点小火星就可以将它点燃。

一旦点燃,朱温的大梁还不是被烧成灰烬?

上兵伐谋,居士也学着要要阴谋。这种阴谋诡计神州多的是,孙子兵法还专门有《用间篇》。居士不能联络各地诸侯一致消灭朱温,那居士何不从朱温的内部着手,挑起内讧,自相残杀?居士完全可以让朱温的大梁陷入像司马炎的晋朝一样的新八王大战。

朱温的大梁看起来坚固,实际上非常脆弱。这一点贫道在亳州的这段时间深有体会。居士只要稍微花一些力气,肯定会有意想不到的作用。这种作用会远远大于居士游说诸侯联合对付朱温所起的作用,况且居士不可能将方镇诸侯联合起来,更不可能让他们同心协力去对付朱温。这些个方镇诸侯整天在盘算着怎么将对方弄死。像王建和宋文通,居士有没有可能劝这两人联手对付朱温?这种吃力不讨好的事情,贫道觉得,就不要做了。据天清观的道士说,居士言词犀利,才智过人。居士何不将这种言词和才智用到鼓动、怂恿、唆使朱温的内讧上?朱温政权一旦陷入内讧,自然无暇顾及外敌。到时候,不用居士游说,黄河以北的李存勖或者淮河以南的徐温还不乘机替居士剿灭朱温?这样,居士的心愿也不就达成了吗。"

"李某已经晓得如何去做了。李某游说诸侯联合剿灭虽然欠缺,但是挑拨离间的本领应该还是有的。正如若水先生所说,神州人原本就精于内斗,只要稍稍用力,就可以让夫妻反目,父子相残。这种故事,李某确实非常熟悉。李某原本用这种故事,劝说各诸侯藩镇要精诚团结一致对抗朱温。现在,李某正好用这种故事,挑拨朱温内部的臣僚、皇子之间要勇于内斗,敢于内斗。正如若水先生所说,利字出口,必然心动。"

"居士觉得贫道已经解了难题,那贫道也就先告辞了。"

"李某也马上动身北上。"李存国叫茶博士过来结账。李存含笑说:"这茶钱就让李某来出,也算是李某请若水先生解惑的报酬!"石柏说:"但愿居士茶钱付得值。"结完茶钱,四人离开"清雅"茶馆。就在茶馆前面,石柏、秋雨、秋水跟李存国抱拳告辞。

石柏带着秋雨和秋水继续游玩金陵。

"大哥,挑拨离间容易吗?"

"神州历史上,有多少挑拨离间的故事,大哥确实不晓得。究其原因在于人和人之间缺乏最基本的信任,父子、夫妻关系也是如此。刘彻不是因别人挑拨离间,杀了太子刘据全家吗,甚至还包括太子刘据的儿子刘进,刘彻自己的嫡孙。想一想就明白,这是一种什么样的父子、亲情关系?父子之间尚且如此,何况其他关系?只要一句话,就可以反目相向。加上神州人不用脑,感觉、意气用事,挑拨离间更容易成功。"

"那大哥在亳州这段时间是不是一直在干挑拨离间的事?"

"似是而非,似非而是。"

将近午时,石柏手提两包物事,和秋雨、秋水回到了家。见父母不在后堂,石柏将物事放在房内,就和秋雨、秋水穿过中堂,来到屋后。石岩端着一木盘,尹如雪拿着扫把,正在清洗步檐。见石柏三人前来,尹如雪将扫把靠在了墙上。"方才杀了个鸡。见一地鸡毛,就清扫一下。我们进去!”尹如雪撂下石岩,就和石柏三人进入屋内。

“姨妈,你和姨父真好,扫个地都一起。”秋雨带着几分羡慕,也带着几分憧憬。尹如雪含笑说:“不是好,而是你姨父闲着没事做。夫妻相濡以沫了那么多年时间,早就已经成了一张叶子的正反两面,分不开了。你俩先去坐,姨妈去洗把手。”尹如雪洗完了手,来到了中堂。见石柏三人要起身,尹如雪连忙说:“坐,坐!”尹如雪一边说一边在一张凳上坐了下来。秋水问:“姨妈,你和姨父有没有吵过架?”尹如雪含笑说:“姨妈和你姨父这些年连相互照应都来不及,哪还有什么闲工夫吵架?”秋水不那么相信。“人家都说,舌头和牙齿最好也有相碰的时候。”尹如雪给秋水解释。“夫妻吵架,说白了也是因为利。你想一想,还有没有比李唐江山更大的利?因一句话、一件事而吵架,你姨父不笑你姨妈,姨妈自己都觉得有些难为情!一句难听的话,就一口气而已,不用风吹,就没了。大事、小事,只要好好商量就没事。对姨妈和姨父来说,这世上根本不存在有什么大不了的事。”

这时,飘来了一阵扑鼻的香味。

石柏不禁说:“真香!”尹如雪说:“中午,你和秋雨、秋水就多吃一点。”

石斛去了一下寿木店,就回家。刚进家,石斛就听到隔壁裘嘉庆的新妇咿咿呀呀声。石斛家距离裘嘉庆的家虽有些远,裘嘉庆的新妇高高声音还是能听得见。自住进宅院以来,这已经不是第一次。秋水刚来金陵作客,听到这种咿咿呀呀声很不舒服。

“一个男人就是没地方出气,也不应该打自己的新妇。”

石斛没有言语,甩手就出了家门,直奔裘嘉庆家。

裘嘉庆一边嘴里骂骂咧咧,一边打着自家新妇。几个街坊邻居在劝,可没有人前去拉一拉。石斛快步走进了屋子,一把扭住了裘嘉庆的手,扇了他一个耳光。一看打起了自家的夫婿,裘嘉庆的新妇赶紧一把抱住石斛,替裘嘉庆求情。石斛松开裘嘉庆的手。

“狗都不会咬自己的母狗。简直就是人渣!这世道,除了你新妇,还有谁会帮你?下次还敢打自家新妇,看小子怎么收拾你。”石斛是什么样的人,街坊邻居早有耳闻。裘嘉庆捂着脸不敢吱声。石斛从袖袋摸出两枚银饼。“算是小子打你夫婿一巴掌的赔偿。”

石斛将银饼只管往裘嘉庆新妇的手里一塞,转身快步出了屋子。

石斛回到家里,秋水说:“二表哥劝架还真是有一手。”“二表哥不会劝,只会打。这些个人渣皮胀,不打一下,就是不舒服。”吃了饭,澡还没洗,李慎肇就来找石斛。一来新官上任,企图做出点名堂;二来刺杀都督事关重大,不允许拖。自接任大理寺卿以来,李慎肇没日没夜忙于侦破事宜。三来荆善居的事情,李慎肇怕石斛不爽。别人不晓得,李慎肇晓得石斛是采访处置使。在前屋谈了足足一个时辰,李慎肇才离开。

“是不是有什么重要事情?”尹如雪关切地问。

“没事。”石斛在母亲面前总是表现出一副决胜千里之外的样子。

第二天,石斛和石柏、秋雨、秋水到达北门前时,晨钟正好咚咚响起。司关的兵士缓缓打开了城门。出了城门,四人就前往金陵码头。跟石斛道了珍重,石柏、秋雨、秋水坐上了渡船。直到渡船远去,石斛才踏上周胜殷的货船,前往鄂州进货。

傍晚,龚宰前去万通钱庄存钱的路上,遭到歹徒的袭击。幸亏有李邈陪同,歹徒抢钱的图谋没有得逞。遗憾的是,龚宰还是活生生中了一刀。这一刀虽不是致命,但龚宰也只能躺在家中将息了。龚宰一躺下,张白母亲病危请假在家,白记寿木店就只剩下李邈、吕夷则和戚冷三人。既要陪客人又要送货,三人是忙得焦头烂额。

三月二十六日,李邈准备独自一人前往溧水。“李邈哥,还是小弟跟你一起去。听说溧水一带劫贼很多。”“这一带劫贼多,还吞了一个送棺材的人不成?”李邈没有同意。“你再去,戚冷一个人根本忙不过来。我一个人去就行了。”出于安全考虑,李邈第一次送货带了湛卢。有歹徒不识相,就让他尝一尝湛卢的味道。

一对桐木棺材装上了木板车。李邈腰挂湛卢,出了金陵东门,前往溧水。早上卯时正出发,直到将近午时,李邈才按照客人事先留下的线路,抵达指定的地点——天生山庄。就在山庄门头前,李邈下了木板车。一名家丁打扮的男子好像是在等李邈。这名男子说:“棺材我们自己会搬,你先进去取钱就是。”人家愿意出力,李邈也就不客气,拿起装了一个麦饼的小布囊,手一拱,就起步向山庄的大门走去。路途远的地方,怕错过了午饭,出门送货都带干粮。山庄异常宁静。李邈进门还没走出几丈远,就听到身后山庄大门关闭的声音。准备关门打狗,看来他们要打我这条狗啦。李邈停住了脚步,转身看了一眼。家丁关好了门,见李邈停了下来,快步走了过来,告诉李邈:“庄主就在正堂上等你。”

“山庄大白天的怎么这么静!”

“大部分人都已经走了,就留下我们几个在等你送货上门。”

家丁带着李邈前往山庄的正堂。一名年约四十岁的男子,见李邈随着家丁前来，从堂内走了出来。家丁站在台阶前，俯身拱手说：“庄主，货已经送来了。”这名男子说：“席某在山庄等棺材店自己送货上门。想不到，席某订了一对棺材，棺材店只派来了一位伙计。既然送来了一位，席某就收下一位。”李邈握着剑柄，无声无息地抽出剑镡、剑柄、剑格、剑体全都乌黑锃亮的湛卢。“寿木店伙计用的剑怎么跟棺材的颜色一样？黑乎乎的。”男子嘲讽了起来。“那么远亲自送来了棺材，席某也就卖个人情，和你手上的剑一起，将你埋在天生山庄的后面，跟山庄的原主人一起。”话音刚歇，围在李邈四周的人发起进攻，恶斗开始。

行家一出手，便知有没有。只过了一招，站在步檐上观战的席某就知道李邈不是可以嘲讽的人。李邈手中的湛卢已经好长时间没有喝血了，今天要好好喝一喝。见李邈的剑闪电而来，一名家丁急忙用横刀抵挡。就在这一刹那间，堂上、堂下的家丁仿佛都中了邪，个个睁着大眼睛。李邈手中的剑碰到横刀，好像碰到了泥，“嗤”的一声削去了横刀一大半段。家丁来不及躲闪，被湛卢削去了一大半个头。席某还没感到时间消失，庭院上已经躺着三位被湛卢剑削去了一部分肢体的家丁。打斗不能因为有人缺胳膊少腿就停止。李邈手持湛卢与席某以及席某手下周旋还不到一刻钟，天生山庄正堂前的庭院里面已经只剩下持剑的人。湛卢剑横面切过家丁的身体，仿佛就是在切胡萝卜。李邈说：“想留下我，也应该多留些人手在山庄。”席某现在真的后悔，应该多留一些人手在山庄。见识过石斛武艺的副都指挥使庞某提议要多留些人手对付寿木店伙计时，席某竟然说：“留一两人就行啦。连寿木店的一两个伙计都对付不了，仆的头早就已经没啦。”庞某提醒席某说：“别小看那小小的寿木店！石斛在紫金山开善寺一人独手连杀宋禹童、魏家吉、项道远贺王帐下三大高手。这可是庞某平生见所未见。庞某就是想死，也想不到在紫金山出手拯救徐温性命的后生竟然会是一家寿木店的少东主！店主如此厉害，店里的伙计也应该不弱。”慎重起见，庞某还是留下七人。别说席某没想到，连李邈自己也没想到，在终南山太乙宫学了十几年的剑，竟然会在金陵一家棺材店当伙计。当初，李邈不顾严冬酷暑，专心练剑，是希望有朝一日能替父亲雪恨。李邈确实学成了，手中的湛卢也是削铁如泥的神兵利器，可李邈却成了寿木店的伙计。

李邈意到，剑到，意剑合一，已经好长时间没有像今天这样酣畅流利使过剑了。双方继续缠斗了一刻多钟。现在，山庄正堂前庭院上已经只剩下两人，李某和席某。李邈提醒说：“现在想起来了没有?”席某两眼紧盯着石斛手中的湛卢。李邈继续说：“李某手中的这把可是温韬进献给朱温的佩剑哦!”席某此时才想起眼前的人是谁，只是不曾见过。

“你就是控鹤军一直在追捕的李邈?”

“正是在下。你是不是也说一说其他同伙的下落?”

“就让席某手上的剑告诉你吧。”

话音未落,席某已经向李邈发起进攻。李邈没有躲避,直接用湛卢横面格挡。席某忽然意识到什么,迅速抽剑避让。可惜,已经太晚了。人虽没事,手中的剑已经被湛卢剑切去了三寸。“现在是不是可以说一说其他同伙的下落了?”“让阎王告诉你吧。”席某手持残剑继续顽抗。“有骨气! 在下赏你一个痛快。”李邈追击,席某躲避,两人在天生山庄大堂前的庭院上开始了猫捉老鼠的游戏。最后,李邈遵守诺言,一剑切下了席某的头颅。

李邈插回湛卢,从庭院一个角落捡回布囊。拉开囊口,抽出麦饼,咬了一口。李邈一边咬着麦饼,一边向山庄的大门走去。山庄外面空无一人,只有一辆马车和一对棺材。李邈卸下这对桐木棺材,驾着木板车,返回金陵。半路上,李邈停着马车,站在路旁清澈的河渎边查看了一下自己的身上是否有血迹。直到酉时,李邈才回到了寿木店。

“夷则呢?”见只有戚冷一人在寿木店,李邈问。

“夷则说有点事,出去一下,应该很快会回来。”

“明天,你就不要来寿木店啦,等当家回来后再说。”

戚冷起身,跟李邈告辞回家。李邈就在寿木店等吕夷则回来一起出去吃饭。这小子,这么晚还不回来,莫非出了事? 一直等到将近戌时,早就已经肚子咕咕叫的李邈才见吕夷则回寿木店。李邈一瞧,吕夷则身上的布衫已经撕开了好几个口子,血痕依然清晰可见。

“哥哥不是再三叮嘱,不要打架斗殴,怎么又去打架斗殴了?”

“李邈哥可不要冤枉小弟!

今天不是打架斗殴,而是有人要小弟的命。你看,全是血痕。金陵还没有小流氓能将小弟弄成这样。刚进阜陵巷,就遭到一伙人的围攻。一名精瘦的中年男子武艺了得,决然不会是金陵普通的流氓地痞。小弟年岁不大,但打架斗殴的次数可不少。今天还是第一次遇到如此强劲的对手。过了十几招过后,小弟晓得能不能回寿木店就靠天数了。他们人多而小弟就一人,而金陵的狗屁人站得远远的看着小弟挨揍。缠斗了好久,小弟终于找到一个绝好的机会,逃出围堵。真可以说用落荒而逃来形容。幸亏小弟对金陵非常熟悉,否则,李邈哥只能到刺史府衙门去认领小弟的尸身了。你看小弟身上的血痕,都是那中年人抓的。”

吕夷则裸出上身给李邈看。

“鸡爪手。”李邈仔细查看了吕夷则身上的抓痕。

“自称神州第一鸡爪手的匡骏臣，竟然抓不走夷则的小命，应该自剁鸡爪才是。”

“李邈哥，什么鸡爪手，小弟好像没听人说起过。”

“当然，匡骏臣不会自称鸡爪手啦。”

吕夷则嘻嘻笑了起来。

“什么鹰爪、龙爪、虎爪、狗爪、猫爪，统统就是鸡爪。”

“我们哥俩先去吃饭，弄壶酒，好好庆贺一下，我的小蚯蚓夷则逃离匡骏臣的鸡爪。”

吕夷则去更换身上这件撕了好几个口子的衣裳。李邈从柜台抽屉里面拿了铜钱，从天井小门出去，前往白虎大街吃饭。两人来到一家小酒馆，喝了一壶，还真的吃了一份鸡爪。

吕夷则回到寿木店，就准备去洗澡。李邈立马劝阻。“身上的血痕，水泡了不好，澡就不用洗了。”吕夷则扭了扭身子。“不洗很难受。”“烂起来，看你还难受不难受？我也不洗，陪你一起难受。”李邈从店铺拿来了两条凳子，放在天井里。没有点灯，两人坐在黑洞洞的天井里面闲聊。吕夷则忽然问李邈，“李邈哥，那些乌龟会不会去找哥哥？”“这还真难说。我们在这里，就算乌龟真要找哥哥，也帮不上忙。无能为力的事情就不用去想了。”

虽说没用，吕夷则睡觉时还是想了很久才朦胧睡去。

李存国当天就离开了金陵，渡江北上。渡船行至江中央，李存国突然用力一扔，手中那支连李存国自己都算不清到底扛了多少年的毛笔，在空中翻了好几个跟头，最后扎进了扬子江里面。毛笔没入水中仅一会就浮出了水面，慢慢向下游漂去。全渡船的人个个都用奇异的眼光看着李存国。一满脸皱纹的老者颇为惋惜，开口说：

“那么大一支毛笔，仆还从未见过。就这么扔了，着实可惜。”

“穷酸扛了它很多年，今天突然觉得手臂酸得很，就扔了。像穷酸的这支毛笔，一不宜用于日常写字，二不宜用于战场打斗，纯粹装样子唬人，没什么用处。扔了也没什么好可惜。”

“有时候，当装还是要装一装。就像那些个平常祭奠用的纸糊偶人，还不是用一下就烧了？装一装有装一装的必要。老农早晓得先生扔了，就向先生要回去拿给家里的孙子玩。这么大一支毛笔，孙子肯定很喜欢。他心里，笔大，学问一定大。”

李存国抬眼搜寻了一下江面，毛笔已经随江水远去，江面上已经不见了踪影。除了给人提供笑料，毫无用处。李存国一点也不觉得可惜。“这种装样子唬人的物事，穷酸觉得还是别给孩子玩。从小玩习惯了，长大了说不定会像穷酸，只会装样子唬人而做不了正事。”渡过扬子江，李存国一路北上。经过霍邱时，李存国从寿州团练使王稔那弄来了一把剑。腰间一别，渡过淮河，直奔洛阳，投奔一直要杀他的人，控鹤军都指挥使郢王朱友珪。

第三十九章　岔路

山木自寇也,膏火自煎也。

——《庄子》

李简替自家二郎李彦信登朱雀门向徐渊求亲遭到拒绝，心里非常不痛快。李简怎么想也想不通。吴国还有谁比我的儿子更配得上徐渊的女儿？一脚跨进朱雀门时，李简依然有十成的把握，觉得遣一媒人来就行了，没必要亲自出马。李简也是尊重徐渊起见，才亲自向徐渊求亲。李简已经跟徐温结了亲，没必要叠床架屋，再跟徐渊结亲。这些年，李简一向是有求必应。堂堂武昌节度使，都督的亲家，还怕找不到如意的儿媳？不是家里的王八羔子痴迷徐渊的女儿，李简根本不会厚着脸皮去。没想到，一张老脸活生生丢在了朱雀门。“不要放心里去。”徐温安慰李简。“向我大哥求亲遭到拒绝，又不是只有你一个人。我大哥对你，至少还留有很大的余地。一般人，我大哥一口就回绝。这些年，光我晓得的，就不下十人，向我大哥求过亲，一一遭到拒绝。正因我那侄女，这也不喜欢，那也不愿意，直到今天还没有嫁出去。”李简见徐渊找借口拒绝，当时真想将朱雀门杀他个鸡犬不留！

想归想，做归做。徐渊是徐温的大哥，李简又能怎么样？眼不见，心不烦。李简不想继续在金陵煎熬，只呆了一天，就匆匆离开了金陵。回到鄂州，忙于战守，李简慢慢将这件事情给淡忘了。毕竟是脸面问题，而不是自己求亲。

今天，李彦信告诉李简，徐渊拒绝求亲是因为徐渊的女儿已经喜欢上了白记寿木店少东主石斛。这可真是揭了李简刚刚才愈合的伤疤。李简顿时火冒三丈。得知石斛曾经几次来鄂州进过货，李简决定在鄂州做掉石斛。

“只要他一来鄂州，马上做了他。”死无对证，谁也拿我没办法。鄂州那么大，我又没有保护他的责任。况且，徐渊的女儿又没嫁给他，眼下只能算是外人。难道我儿子还不如棺材店的少东主？外人晓得，我这张老脸还不晓得往哪搁。

确实，一个节度使杀一个庶民如同捏死一只蚂蚁，不费吹灰之力。李唐建国以来，节度使的职权之一就是杀人。只不过，石斛情况特殊，大鸣大放杀，万一传到徐渊耳朵里面，不好交代。李简将这件事情托给牙将唐祚昌去办。“去告诉棺材作坊当家一声，金陵白记寿木店少东主下次再来进货，就请通知一下。理由嘛，你自己编。请记住，千万不要打草惊蛇，让人瞧出什么端倪。别看他只是一个寿木店少东主，背后可站着两个巨人。万一打蛇不死，咬你一口，就不好玩啰。”李简托办的事情，唐祚昌没有拖延，当下起身去施记棺材作坊。问了路，依照路人的指引，唐祚昌找到了施记棺材作坊。作坊一位中年男子接待了唐祚昌。

“在下湛建旗，不知将军有何吩咐？”

“事情是这样。末将有一位小老乡，姓石，在金陵开了一家字号为白记的寿木店，进的全都是贵作坊的寿木。末将昨天听一老乡说，才晓得。下次来当家这进货，当家能够及时通知一声，末将也好尽一尽地主之谊。”

“将军，真是不巧。在下刚刚才接手作坊，连招牌还没来得及换。”

“当家可否晓得作坊原当家今在何处？”

“禀将军，原当家施庆宗将作坊转让给了在下，据说携家眷去了岭南。”总不能带几个兵士跑到金陵去杀他。见唐祚昌一脸失望，湛建旗安慰说：“请将军放心，白记寿木店少东主下次再来敝作坊进货，仆一定及时告知将军。”唐祚昌道了谢，留下联系地址，就跟湛建旗告辞，离开了施记棺材作坊。

唐祚昌回到牙城，就向李简汇报了情况。“节帅，一头等，还不如两头并进。晓得他什么时候从金陵出发，也就晓得了什么时候到。”有道理。李简接受了唐祚昌的建议，马上让幕僚岑居封写信给徐知询，要他将石斛从金陵出发的准确日期，让兵丁快骑预先告知。李简绝不相信，堂堂一个节度使还弄不死一个寿木店的少东主。信使当天就携带书信前往金陵。李简在鄂州耐心等待石斛的死期。

早在李彦信来金陵看姐姐之前，升州副使徐玠就曾经劝徐知询促成李彦信和徐榛之间的婚姻。“倘若司马的二外弟李彦信能够娶到司马的堂妹，那么司马的伯父自然会在司马和都军使两人中选择司马，司马毕竟是亲侄。司马的伯父能够使上一把力，都督很有可能会下决心让司马代替都军使镇守广陵而成为都督千秋之后的继承人。司马的堂妹真像传说的那样准备嫁给白记寿木店少东主石斛，依照目前石斛和都军使的关系，很可能就会作壁上观。”被子底下吃柿子都让人晓得，徐玢早就晓得紫金山遇刺之后徐知诰和石斛之间的关系。

自石斛在紫金山出手救了徐温和徐知诰那天起，徐知询就开始恨起石斛多管闲事，一直在筹划怎么弄死石斛。徐知询确实没有想过要弑杀徐温。就是想，徐知询也没这个胆。控鹤军杀手能够在紫金山刺杀了徐温，徐知询根本不需要承担良心上的谴责。就因为石斛横出一只手，致使徐知询还需要付全力与徐知诰争夺未来都督的继承权。

“彦信是我的外弟，又那么喜欢我的堂妹，做姐夫的理应促成他们的婚姻。”

“要想促成他们之间的婚姻，首先得让白记寿木店少东主离开金陵。”

“我会慢慢想办法让他离开金陵。”

“司马千万不能使强用狠。”徐玢提醒徐知询。“石斛绝非等闲之辈，只要想一想牙内都指挥使黎子风就晓得。动不了不说，就算动得了，万一闹到都督或者司马的伯父那里，司马想取代都军使的希望就将更加渺茫。昌化节度使的故事，都督很不喜欢再听。只要出了金陵，司马到时想怎么做就怎么做。”

这一点徐知询晓得。没过几天，李彦信就来到了金陵。徐知询将自己晓得的事情以及对策告诉了李彦信。“姐夫慢慢挖他的根，让他滚出金陵。你自己再用心努力一下，徐榛就是你的了。”李彦信带着满腔的希望离开了金陵。

李彦信回到鄂州，被李简臭骂了一通。

“堂堂武昌军节度使的儿子竟然还争不过一个卖棺材的小店主！我这张老脸都给你丢尽啦！传扬出去，看我还有没有脸面见人。我是你，早就捏鼻子钻茅坑死了。”

你有出息，也不会只是在人家的手底下做一个节度使。你厉害，何不当都督去？人家在三十六英雄里面排最后一名，跟你相差二十三名。现在人家一跃成了都督，你呢？不是跟人家结亲，你连这个节度使也做不成！

李彦信嘴上不说，肚子里非常不服气。

“能吸住徐渊的女儿，肯定很英俊。这种后生追的人越多风流韵事也就越多。能够找到那小子在外头的风流韵事，说不定就会被徐渊的女儿厌弃。到时候，信儿就有机会了。”李简的夫人替儿子思考对策。“连卖棺材都愿意嫁，还在乎一些个风流韵事？说不定风流韵事越多越喜欢。你想想，这世上还有没有比卖棺材更卑贱的行当？眼下只有一种办法，那就是杀了那小子。”确实是一了百了的好办法。杀别人好说，杀徐渊的准女婿得掂量掂量。“怕只怕万一走漏了消息，传到徐渊的耳朵里面去。”李简的夫人有些担心。“在鄂州的地盘上，让一个人无声无息地消失,还不是件极简单的事情?如今土匪横行,鄂州又是前线,谁能保证来鄂州就能一定平安回去?随便翻个船,都不可能活。这事你就不用操心了。"

无声无息弄死石斛,李简有十足的把握。

李简准备弄死石斛,石斛却打着如意算盘,准备将米栗送到湖南去,交给马殷的都指挥使吕师周。石斛从徐榛口中得知李简对自己感兴趣,马上意识到米栗继续呆在幕北村已经不安全。藏到哪去安全?想来想去,只想到马殷的湘西。

上次,石斛送米栗去鄂州时,从米栗口中得知米栗的父亲米志诚与原黑云都指挥使吕师周很有交情。"据先父说,师周叔父投奔马殷也是万不得已。武忠王在世时就已经怀疑师周叔父的忠诚。武忠王死后,继承王位的杨渥对他更是嫉恨。师周叔父担心最后落得像节度判官周隐一样的下场,逃奔到了湖南。"吕师周是杨行愍手下难得的智勇双全的大将。投奔马殷后,深得马殷的器重,如今已经是马殷的都指挥使了。就算吕师周是一介庶民,如今老友惨遭族灭,他女儿前来投奔,也应该收留。退一万步说,吕师周就是翻脸不认,在马殷的湖南,也比呆在鄂州安全,起码马殷不会遣人搜捕。只要铜钱在手,以米栗的身手,活下去应该不会有问题。等风头过去,完全可以从湖南潜回金陵,继续报仇雪恨的伟业。

石斛从广陵回金陵,处理完几件意外的事情,就去寻访能够联系上吕师周的人。鲁扬声消息灵通,给石斛推荐了一个人。这人姓束,名泰安。这些年,束泰安一直在秘密从事走私活动,将海盐等物品偷偷运到楚国贩卖,将楚国的茶叶偷偷运到金陵等地贩卖。束泰安湖南人头熟,只要米栗愿意,就将她送到湖南,交给吕师周。束泰安跟石斛约好,让米栗在武昌城城外的达则客栈等,再搭乘束泰安的货船偷偷前往湖南。到了马殷的湖南,她安全,我也安全。这世界不是人格,不是尊严,更不是荣誉,而是活。有了活,才有资格选择死。如今连活都做不到,有什么狗屁资格去死!先求生吧。石斛打着如意算盘动身前往鄂州。

到了鄂州,石斛发现一直向他供货的作坊主,已经不是施庆宗。石斛要的是棺材,不在乎是施庆宗提供或不是施庆宗提供。石斛付了货款,告知了装货时间,就手一拱,转身离开了作坊。刚走出大门,就被唐祚昌带来的一群兵士拦住了去路。

"小兄弟是不是金陵白记寿木店少东主石斛?"

"小子是石斛。不知将军有何见教?"

"节帅有请!"

唐祚昌估算石斛可能到达的时间,带了几名兵士前来寿木作坊瞧一瞧。李简亲口交付的事情,唐祚昌很用心。见从作坊内走出一名后生,跟自己想象的样子非常近，唐祚昌随便拦住问一问。没想到运气那么好，竟然就是石斛。李简请我？石斛马上想起了徐榛的警告。准备将我骗到军营里面去做掉，还真是好主意。老虎入了笼，只能俯首贴耳，摇尾乞怜，求活命。石斛一阵暗笑。"将军，小子今天有点事，下次有机会再去看节帅。"唐祚昌见石斛找理由拒绝，没有动粗。已经进了鸟笼，还怕飞了不成？唐祚昌倒很像个文士，不急不躁。

"节帅的钧命，好像还没有人敢违抗。"

"将军，小子给你看一样物事。"

石斛从袖袋内掏出金灿灿的采访处置使腰牌在唐祚昌眼前一亮。徐温给的这块腰牌，石斛没用过，今天决定用一用，看看有没有威力。采访处置使？唐祚昌虽出身行伍，采访处置使五个字还认识，顿时慌了手脚，扑通一声跪在地下。随同前来的兵士一见唐祚昌跪下，明白眼前这一后生大有来头，慌忙跪在唐祚昌的屁股后面，低着头，不敢仰视。

"将军，你说小子需要不需要去？"

"不需要，不需要。末将有眼无珠，冲撞了大人，还请恕罪。"

"不知者不罪，将军请起。"

"谢大人！"

唐祚昌和兵士磕了头，爬了起来。石斛手一招，唐祚昌走到了石斛跟前。石斛对着唐祚昌的耳朵轻轻地说："今天暴露身份，也是万不得已，请将军务必要保密。"唐祚昌频频点着头说："一定，一定。"石斛继续轻轻地说："将军回去请务必转告节帅一声，他跟本使办的大案没有牵连，就不要紧张。本使既受都督委派，自会秉公办事！"石斛将一块大石头一压压到了李简的身上。"谨遵钧命！"唐祚昌俯身拜揖后，带着兵士，急匆匆回节度使牙城向李简报告。

李简一听，大吃了一惊。朱思勍、范思从、陈璠、李遇、米志诚……想起昔日和自己一起追随杨行愍打江山的旧部大将的下场，李简不禁捏了一把冷汗。真是阴诈！让采访处置使化装成卖棺材的少东主，谁能想得到？如此出人意表，不得不让人佩服！难怪轻轻松松地就将不可一世的张颢除去。行事莽撞的李遇怎么有可能斗得过？族灭必然。

"徐渊怎么可能会将自己的宝贝女儿嫁给一个寿木店少东主？稍有些脑袋也应该想到其中必有蹊跷。要晓得，如今的徐渊早就已经不是昔日的徐渊。还以为徐渊在偷偷贩私盐？知询不知真相，肯定是听了狗头军师徐玠的馊主意。幸亏他亮出了身份，否则都不晓得该如何收场了。"

“末将还真是吓出了一身冷汗！动了他，那死的可就不是几个人。”

“他有没有说过在查什么案？”

“没具体说，只说是查件大案。”

“赶快收手吧。单凭手中便宜行事这一项权利，杀了我，等于白杀。”

佛祖舍身喂虎等于杀生，石斛救徐温等于杀人。徐温紫金山脱险回都督府，马上派严可求协助李慎肇彻查谁泄露了自己的行踪。徐温身边的人以及开善寺和尚都有可能。一批怀疑可能与控鹤军相勾结的将吏被惩治。一时间，整个金陵风声鹤唳，人人谈控鹤军变色。李简也是从女婿徐知询的信中得知徐温在紫金山差点遇刺的消息。

徐温的脾气，李简清楚。徐知训被杀，徐温都准备将广陵的将吏杀尽；想杀徐温，真不晓得徐温要杀多少人。那小子只要说我和控鹤军有牵连，死都不晓得怎么死。想到李遇、米志城等杨行愍旧部的下场，李简不禁打颤。李简当下就让掌书记起草书信，派牙吏连夜赶往金陵，告诉徐知询事实真相，望他马上收手，免得引火烧身。李简还特意叫掌书记在信里面写上汉武帝刘彻因江充几句谗言杀太子刘据的故事，以示警戒。“你告诉他，倘若有人向都督进谗言，说他与岳丈内外勾结，假借控鹤军之手，企图夺取都督之位，那我们翁婿两人都将死无葬身之地。”

唐祚昌带兵士走后，石斛继续起步。忽然，石斛仿佛像夜晚行走在茂密的森林中，看到了憧憧的黑影，慢下了脚步。上次，广陵回来，鲁扬声特意让鲁南阳来寿木店找石斛，就是要告诉石斛，要特别注意阴暗处的凶险。“老哥也不晓得你上辈子造了什么孽，那么多路人想要你小子的命。”鲁扬声不晓得，石斛竟然花铜钱将紫金山白衣女刺客藏在幕北村。李慎肇一旦查到石斛藏匿了女刺客，十个徐渊都保不住石斛的小命。真是天作孽犹可恕，自作孽不可活。在李简的地盘上，多一天就多一天危险。不注意堤防，死都不晓得怎么死。神州人心肠原本就毒，李简更不会例外。只有彻底消除隐患，才有可能安全。这事侥幸不得！万一出了点纰漏，悔之晚矣。不能再等了！得尽快将她转移到湖南去，交给吕师周。

正想着，迎面驶来了一辆马车。石斛手一拱，拦住了这辆马车。“城南码头！”石斛屁股一抬，坐上了马车。车夫没有言语就扬起了鞭。“尽量快一点，小子还有些急事。”马车没有进鄂州城，直接选择了城外一条道路，飞驰城南码头。

鄂州的北面是扬子江，南面是星罗棋布的湖荡。武昌县城在鄂州城的下游。石斛不走扬子江，偏偏从鄂州城南的湖泊坐船前往武昌。到了城南码头，石斛包了一条小木船。小木船很慢，很慢。石斛知道已经上了船急也没用，只告诉船工挑选一个交通比较方便的地方靠岸。小船停靠在距离鄂州有二十里地的潘家湾。石斛付了船资,登上了码头。码头上停着好几辆揽活的驴车。石斛本想租一辆,最后还是决定先走一走,反正腿脚健,直接走路去也行。刚出潘家湾不久,后面就来了一辆驴车。石斛拦住了驴车。驴车正好要去武昌,跟石斛同路。车夫没有跟铜钱过不去,搭载了石斛。驴车不快,到武昌西门时都已经过了午时。

先吃饭。这是石斛下驴车后的第一个念头。刚付了车钱,就看到了离城门不远的地方,一面在风中飘荡的酒帘,望湖酒肆。吃了饭,出了望湖酒肆,没有进城,往南来到一个岔道口。石斛向一个行人问了路。"这位大哥,郑家湾朝哪个方向走?"郑家湾跟幕北村同一个方向,离幕北村有十来里路。石斛上次来,从施庆宗口中晓得。这名行人很热情地给石斛指路。"从这一直往前不需要走多久,就是一条大路。然后,沿着大路,只管一直往南,走二十里左右的路就到郑家湾。就一条路,很好走。"果然,没走多久,石斛就看到一条大路。

快要到家时,石斛听到了宅院里面飘出轻轻的琴声。依韵律,石斛听出弹的是《梅花落》,不过已是尾声。院门虚掩着。石斛轻轻推开了院门,跨进院子。院中原有的杂草都已经清除得干干净净。长在院子西首的那株一抱多大的樟树,仿佛就是特意建在院子里面的锥形凉亭。天气热的时候,坐到樟树下乘凉倒有些惬意。摆放在石砌围墙边的瓦盆,里面的杂草已经清除,重新种上了多个品种的兰花。郁郁葱葱的兰花,让原本有些单调的庭院增加了不少的色彩,增添了生气和活力。萧竹正在给兰花洒水,一听有人推门进入院子,连忙转过身子。"公子!"萧竹将木盘往地上一放,朝石斛跑了过来。米栗头一抬,粲然一笑。石斛来,米栗没想到。米栗以为,石斛将她安置在幕北村,从此撇清关系,各走各的路。米栗站了起来,出了堂内,两手一提罗裙,踏下了台阶,翩然向石斛飞了过来。

"想不到还养起了兰花。"

"施当家的弟弟施庆崇来,见瓦盆里的花草没人料理都死了,去山上挖了几株兰花。"

"栽几株花草,院子看起来确实有生气多了。"

"以前没种过花,只怕会被我种死。"

"这种兰花看起来很容易种,只是浇水不要太勤快。"

两人踏上台阶,进入了堂内。

"我先带二表哥看一看这家理得怎么样。"

"行。"

屋子收拾得一尘不染。石斛走后这段时间里面,米栗还增添了不少家当。看起来,米栗真的将这里当成自己的家了。米栗告诉石斛:“施当家将马送来了。”石斛上次离开鄂州时,委托施庆宗购买三匹马,目的是想给米栗提供逃命便捷。没有马,一旦遇到情况紧急,行动肯定不便。施庆宗很守信用,没有携带买马款逃跑。石斛跟着米栗去马厩看马匹。

“施庆宗买来的马看起来好像还不错。”

“施当家说,二表哥给他的铜钱买三匹马差一点,他垫了一点。我说差多少,我给。施当家又不肯说具体多少,只说不多,就一点点。想想反正二表哥跟他有生意来往,我就不再问了。前两天没事,跑了几下,好像脚力还不错。”

石斛不是伯乐,只能表面看一看,就离开了马厩。来到水井边,石斛提起一桶井水,冲了一把手。茹若递来了葛巾,石斛擦干了水珠。“茹若,你和萧竹早点准备烧饭。”米栗说着就挽起石斛的手起步,离开了天井。

跨过门槛,从右侧门,进入了中堂。出了中堂,踏着台阶,来到了庭院上。庭院中的太阳光此时已经阴去了一大半,西斜的太阳照在了东厢房的步檐上。石斛抬头看了一眼天,几朵轻云在蓝天上飘。

“这家料理得是否让二表哥感到满意?”

“小子只是没想到,一个会拉三石弓的人竟然能将家料理得这么好!”

“二表哥满意就好!小时候拉弓射箭,只是看家父天天拉,好奇学样。大了些后纯粹是将它当成一种娱乐。不是被逼不得已,我根本就不拉。谁愿意去拉那硬绷绷的三石弓?成了手段就失去了往日的兴趣。金陵那会,我担心失去臂力,晚上在房间内咬牙对着锁孔拉一个时辰的弓。一有机会,我都要到金陵北郊燕子矶附近的树林里面射一射箭,担心自己的箭失去准头。”

“毅力可嘉。”

“没办法,我不能不拉。”

“小子还是希望你能不拉最好不拉,毕竟不是娘子应该做的事。”

“是不是再拉,我还要好好考虑考虑。马上要我放下,我总是心不甘。”

“心不甘又能怎么样?不是心不甘,而是不甘也得甘。

小子说一说家史,至少女人都落泪。怎么样?小子是不是找朱温报仇去?不给朱温灭了已是万幸了。家父在山角落里躲了十几年,朱温的杀手还是找上门。没办法,只好逃。防止给朱温一家端,家父让家兄带着家妹去了北方。小子的能耐跟你比比如何?

赵氏孤儿的故事你应该听过。谁替赵氏孤儿报了仇？晋景公。又是谁使赵氏孤儿成为孤儿？世人肯定会说屠岸贾。不是。背后没有晋景公支持，屠岸贾敢？赵氏孤儿报了仇吗？没有。真正的仇家晋景公安然。晋景公利用屠岸贾除去赵氏，又利用赵氏孤儿除去屠岸贾。赵氏孤儿报什么屁仇？成了晋景公的杀人工具而已。你的仇家是屠岸贾或许能报仇，你的仇家是晋景公难。想报大仇，只能学伍子胥。伍子胥帮公子光成为吴王阖闾，再借阖闾之手报了仇。你有伍子胥的意志，小子承认。你有没有想过，你有没有伍子胥的能耐。吴国的北面有朱温，东南有钱镠，西南有马殷，都想灭徐温，可就是灭不了。灭得了，他们早就已经动手了。你有伍子胥的能耐，说不定能借助他们的力量报仇雪恨。要报仇，你想简单用自己的三石弓根本不可能，只能是另辟蹊径。比如说，忍辱负重，做侍妾、侍儿等等，进入内部取他性命。不过，这种可能性几乎也没有。一句话，对付晋景公，弓箭没用。"

"我会好好考虑。如今不是能不能报得了仇，而是我能不能活命。"

"你能这样想，小子感到很欣慰。自己都给弄死了，还报什么屁仇。南华真经云，所存于己者未定，何暇至于暴人之所行？君子报仇十年不晚，虽有自欺欺人的嫌疑，但起码告诉人，时机没成熟之前千万不要莽撞。小子这次来是有件重要的事要跟你商量。"

"二表哥那么远跑来这里是有事要和我商量？"

"小子已经联系好了人，只要你同意，小子就送你去湖南。"

"不去！"

米粟想都没想，就给了石斛明确的答复。"不去"两个字让石斛这些时间的所有努力都白费。石斛一直在琢磨如何将米粟送到湖南，就是没想过米粟愿意不愿意。真是单个脑。石斛一向不会强行要求别人做什么，也不会强行要求别人说什么。子曰，己所不欲，勿施于人。石斛最讨厌强迫，更不能强迫米粟依照石斛的意图去做。石斛不晓得该怎么说，闭着嘴，慢慢走向院门。米粟走在一旁，两人并肩跨出了院门。石斛抬头看了一眼西斜的太阳，沿着屋前的小路，背对着太阳，信步前行。

"小子觉得，你最好还是再考虑考虑。"

"二表哥是不是准备甩掉我这个累赘？"

"小子准备送你去湖南，纯粹出于安全考虑。你越安全，小子也就越安全。你呆在这里不晓得，外面风声越来越紧。小子只能告诉你，呆在这里已经非常危险。万一发现你就是那个人，小子和父母能不能逃离金陵都是问题。怎么着，小子都要保证你的安全。”

“一根绳子上的蚂蚱。”米栗笑了起来。

“差不多。”

“早知如此，二表哥当初就不应该送我到这里。我是谁？罪犯的女儿，企图刺杀徐温的凶手！二表哥是谁？吴国都督的侄女婿。真相一旦捅破，荣华富贵没了，脑袋掉了，父母就因二表哥的愚蠢丢了性命。现在是不是后悔了？”米栗又笑了起来。

“小子的脑子里面好像没有后悔两个字。”

“那只能说明二表哥愚蠢。”

“这倒有可能。”

“不是有可能，而是愚蠢透顶。这世上没有像二表哥那样愚蠢的人。为了一个素昧平生的女人，竟然做出如此匪夷所思的事情。只要有权有铜钱，无数美人随二表哥选。武忠王手下的将领，朱瑾、柴再用、刘威、陶雅、李简、李遇、李德诚，哪一个没有一大班侍妾、家妓侍候着？二表哥冒着风险，花了那么多心思，又花了大把的铜钱，得到了什么？”

“可能是小子不想为自己的行为一辈子心不安。”

“徐温疯狂杀人怎么就心安了？”

“徐温是徐温，小子是小子。”

“刘威、陶雅、李简、周本、柴再用等等这些武忠王手下旧部大将，看着徐温将弘农王玩于股掌之上，怎么就心安了？”米栗说着说着，激动了起来。“看着徐知训淫暴，将弘农王当猕猴耍，当众鞭杀弘农王的亲从，谁放过一个屁？看着我家无缘无故被屠戮，谁仗义说过一句话？武忠王手下那些个所谓叱咤风云的悍将，在徐温面前，还不是唯唯诺诺？能像二表哥那样敢担当，徐温怎么能为所欲为，肆无忌惮？他们缺的就是二表哥那样的担当！个个都是懦夫！

二表哥不晓得，就差一个月又三天，我就要成了刘威的儿媳，嫁妆都已经办齐。得知我家被徐温族灭，刘威当天就宣布跟我家义绝，并将在他手下当牙将的三哥押到了金陵，送给了徐温。我亲眼看到我的三哥被处死。当时，我差一点就咬断了舌头。我发誓，一定要报这个仇。”

早在宣州观察使李遇被族灭前，就已经有人向徐温诬告刘威企图谋反，徐温正准备遣兵征讨。刘威听从了幕僚黄讷的建议，轻舟前来广陵觐见，消除了徐温的嫌疑。几千年来，无辜被冤杀的人，上至皇帝下至庶民，谁能数得清？金陵集市上，又有多少人在围观杀人？骨子里面，似乎人人都有杀人的冲动和欣赏杀人的癖好。

“我不恨他。他这样做，也是迫不得已。否则，他也会被徐温族灭。不是他愿意做，而是不得不做。二表哥却不同。那天在燕子矶，二表哥就算不想将我交给徐温去邀赏，也完全可以置之不理，更没必要冒着被株连的风险将我安置在这里。

我懂了二表哥要安的是什么样的心。至少漂泊金陵的一年时间里面，我从未遇到过像二表哥这样敢担当的人。我不幸，遇到二表哥却是不幸中的大幸。二表哥大可放心，我不会草率行事，过去不会，以后更不会。我会珍惜大难不死的机会！

我晓得，在神州，人就好像是天上的那朵云，方才还像仙女，转眼间就变成了拔光了毛的鸡。看看我，就一年前，节度使的女儿，也是光彩夺目得很。仿佛就是眨眼之间，已经是化做了青烟，顷刻消失不见。活在神州着实难。

经历了家庭变故和一年时间的漂泊，我现在已经能想得开，看得透。什么缠绵，什么恩爱，哪个娘子不喜欢，不向往？问题是，缠绵、恩爱也要有一个可以缠绵、恩爱的地方。孙儒吃人大军一到，统统都变成了拿在手中撕咬的肉。在天愿作比翼鸟，冷不丁就是一箭；在地愿为连理枝，猝然间就来了一刀。我曾经想过，愿望能够达成，接下来的时间里面，想怎么过就怎么过，是熬油刮脔，还是挫骨扬灰。眼看我的愿望就要达成，二表哥手中一块小小的石头就让我的愿望泡了汤。你说气不气，恨不恨？我真想一箭将二表哥给射死！”

米栗突然食指一钻石斛的胸口，石斛赶紧向后一缩。

一个樵夫挑着一担柴迎面而来。米栗和石斛连忙退到路旁避让。“县主”，樵夫停住了脚步，拄住肩上的柴问，“公子来了？”米栗说：“来了。”樵夫问：“县主柴要吗？”米栗看了一眼樵夫肩上的柴。“你挑过去放到小屋里，铜钱向我的侍儿要。”“晓得。”“等等。”樵夫正要转肩起步，石斛叫住了樵夫。石斛从袖袋内掏出一枚银饼，递给了樵夫。樵夫很为难。“身上没带铜钱，找不开。”“就算预付吧。”樵夫接过银饼。“谢谢公子！”“劳力所得，无须客气！”石斛手一拱。樵夫转过肩，挑起柴快步前往石斛家。樵夫远去，两人重新起步。石斛边走边琢磨如何游说米栗去湖南。这世道，能够像乌龟一样在滩涂中爬已经很幸运了。

“恨归恨，做归做。我是二表哥，当时情形下也只能这么做！我愤恨的是这种杀人如麻的人偏偏活在世上！真个是天无眼。家里出事前，我总相信善有善报、恶有恶报。现在才明白，那是恶人拿来骗人的谎言，就是要好人伸长脖子等着恶人来砍！神州是野兽的丛林，不是人的世界，不讲善恶，只讲强弱。吃还是被吃，就看你是狼还是羊。金陵漂泊了一年，我越想越清楚，我要的是安生的日子。可这世界却偏偏不让我过，让我拿起弓，走上一条到处是豺狼虎豹的复仇之路。我是后羿，肯定要射瞎苍天的眼睛。”

“愤世就不需要了。你憎恨也好，喜欢也好，这世界已经是这样，想变都变不了，没必要因无法改变世界而将自己弄得很难受。囚笼里面的死囚，明天死，今天还得过日子。不能明天将被腰斩，今天就将自己给吓死。神州历来都是死容易，活着难。一举止，一投足，都得小心。看起来没事，说不定夺命杀机就隐藏在里面。你清楚，如今还活着就已经是奇迹，理所当然更应该小心。小子希望你去湖南，只是你继续呆在这里已经不安全了。”

“哪地方会安全？”

“那也是。这几十年，整个神州都被土匪霸占，确实没安全的地方。不过，安全不安全也是相对而言。对你来说，湖南显然要比这里安全。在湖南，就是发现你的真实身份，马殷也不会将你送给徐温，又有吕师周庇护，只要湖南不被徐温吞并，你的安全不会有问题。这里就不同了。李慎肇一直在寻找你的下落，找着了，怎么样？眼下情形，应该先到湖南避一避。”

“二表哥无论怎么说，湖南我都不会去。死就死吧。”

都已经说出死就死吧，还能说什么。总不能强行绑到湖南去。有时候想想，像鸡鸭一样活着，还真是死就死吧。石斛决定放弃早就已经定好的计划。

“小子还有一件事情想问一问。”

“二表哥还有什么事？”

“万一你被李简看到了，会不会被他认出？”

“是不是武昌节度使李简？”

“就是这个李简。”

“家父还是泰宁节度使那回，李简曾来过我家一两次，见过我。那是好几年以前的事情了。女大十八变，就算现在见到我，李简也未必会认得出。二表哥为何突然间说起了李简？”

“小子是怕李简认出你过去的身份。”

“二表哥多虑了。李简不可能晓得我此刻就住在鄂州乡下。”

“不是因为你而是因为小子。”

“我都有些糊涂了。”

“小子早上刚离开寿木作坊，就被李简手下的一名将领拦住了去路，说李简请小子。”

“二表哥是强盗徐温的侄女婿,李简请二表哥去吃顿饭很正常啊。说起来你俩还是亲戚呢。”米栗笑了起来。“二表哥应该去。二表哥不去,李简肯定认为二表哥不给他面子。神州人原本就很讲面子,尤其是像李简这种人。在鄂州颐指气使惯了,二表哥不给他面子,嘴上不说,肚子里肯定恨二表哥。李简请二表哥吃饭,二表哥应该去。”

“不是请小子去吃饭,而是要子的命。”

“李简要杀二表哥?”

“应该是。”

“都马上要成亲戚了,李简为何还要杀二表哥?”

“可能是小子不该抢了他的儿媳。”石斛说着就笑了起来。

“二表哥又没有将金陵夫人娶进门,李简只管去向金陵夫人的父亲提亲就是。”

“那是。徐榛不是小子的新妇,李简着实不该将气出在小子身上。李简不懂,小子是亡命之徒,朝不保夕,哪有心思娶新妇?李简有点脑就会明白,徐渊的女儿想嫁给小子,就算是母夜叉,小子也只好娶。小子没有任何选择的自由。说得难听点,小子纯粹就是一只在大街上翻跟斗的猴子。主人叫小子翻,小子就是不想翻,也必须翻。小子想让你暂且去湖南避一避,是李简要找小子的麻烦。你想想,就算李简认不出你,拿你出气,怎么办?流氓的行止不能用正常人的想法却推测。正因如此,小子才约了人,准备送你去湖南。”

“湖南我不会去。”米栗态度非常坚决。还能说什么?石斛不再啰嗦。沉默了半晌,米栗开口。“二表哥放心,我不会有事。这里离武昌有几十里,武昌离鄂州又有一百多里,唯一知道我住在这里的施当家已经携家去了岭南。施当家数十的人,知道厉害轻重,不会轻易将我住在这里的信息告诉给作坊的其他人。住在鄂州牙城里面鄂州土皇帝李简不会知道我住在这里。更为重要的是,李简又不晓得你我的关系。二表哥多虑了!我只是感到奇怪,在鄂州这个地方上,李简是土皇帝。他想杀你,二表哥一个寿木店少东主怎么还能没事?”

“他今天没被小子吓傻,就已经算是造化了。”

石斛从自己的袖袋中掏出一块腰牌递给米栗。“采访处置使!”米栗惊叫了起来。“小子正在到处搜捕,准备将你缉拿归案。”石斛将腰牌放回袖袋。“小子当初将你安置在这里根本没有料到会跟风马牛不相及的李简扯上关系。真是人算不如天算。恨一个人,连他家的狗都恨不得踢它几脚。小子说是徐温的秘密采访处置使,可不能保证你在这里就安全。”

"当年徐温、张颢就由纪祥带人装成盗贼夜闯王府弑杀了弘农王。李简真准备杀我,只要派人装一装强盗就行了。如今神州强盗原本就多,而这里又地处吴楚边境。就算将来二表哥问起,李简可以堂而皇之地说是强盗所为,将罪名推得一干二净。"

"小子才想到要将你送到湖南去。"

"我不想去湖南,也有多个方面的原因,希望二表哥能懂。

师周叔父现在是马殷的都指挥使,我呢?就算师周叔父愿意收留我,寄人篱下的日子怎么能舒服?我投奔了师周叔父,等于将自己一生的命运交给他。嫁给张三李四,还不是师周叔父说了算?我不愿意。我再也不想将自己的命运交给别人去掌控。死就死吧。反正,我一家人已经死了只剩下我一个人。猪狗一般活着,想想还真不如不活。

当初家庭突遭变故我都能活下来,更何况是现在?我的生存能力强得很,晓得该怎样去应付。大不了离开这里到外面躲几天时间。不像过去,担心吃饭,担心住。如今二表哥留给我的铜钱又多,带着两侍儿出去,随便找个庵堂寺院,体面得很。肯定没事!"

"小子也希望没事,可有事没事都不是自己说了算。你不愿意去,多说也无益,总不至于拿根绳子将你绑到湖南去。小子只是希望你晚上再好好考虑,毕竟湖南不是另一个世界。去湖南,并不一定在湖南呆一生,等风头过了,你完全可以重新回来。太阳快下山了,我们先回去。"

去容易,再回来就难了。米栗想了一夜,还是决定不去湖南。"据说附近的雷公山很漂亮,我倒想二表哥陪我去看一看,已经一年多时间没玩了。"天天为活命而操心,迟早有一天会操心死。"行。小子陪你去瞧一瞧。"石斛改变计划,陪米栗去游玩雷公山。

暮春三月,是春天最后一个月,也是最浪漫的一个月。

丘迟云,暮春三月,江南草长,杂花生树,群莺乱飞。漫山翠绿的雷公山,到处点缀着正在盛开的鲜花,而群花中的主角是杜鹃花。杜鹃花红有粉红、桃红、洋红、品红,紫有紫苏、雪青、青莲。各种色彩让米栗应接不暇。还没有进入雷公山的主景区,身着罗裙的米栗就已经身处绿色的蕨草丛中手捧一大簇杜鹃花。

山涧中的瀑布,如素色绫罗漫不经心地飘落在玄青的石壁上。瀑布的两旁是随意散布的青翠丛草、杂树。绫罗飘落而下,消失不见,只剩下水坑中粒粒可数的淡黄色山石。米栗脱去了麻鞋,撩起罗裙,踏进了水坑。撩起一把水,泼向站坑旁看着她的石斛。

坑中水底下有大小不一的山石。“这些石头底下应该有蟛蜞。”石斛翠竹湾长大，挖蟛蜞的事情不少做。“真的啊？”米栗立马有了兴致，卷起袖子，开始了搬水坑里面的山石。大约搬了五六个山石，竟然真的搬到了一只大蟛蜞。米栗惊奇地说：“二表哥，真的有欸！”“在那啊？”萧竹、茹若围着看。米栗正要伸手去抓，蟛蜞已经爬行到另一个山石的底下。

“不要抓它了！”

“二表哥说不抓就不抓，放它一条生路。”

米栗走出了水坑，站在水坑边的大石块上。石斛俯下身子，米栗手撑着石斛的后背，提起脚，让石斛给她穿上了麻鞋。四人离开了水坑。带着萧竹和茹若，石斛、米栗在群鸟鸣叫声的陪伴下，穿过一片翠竹林，来到了雷公山的混元道观。下了马，将马匹系在混元道观山门前的杉树上，石斛前去请道观的门头照看马匹。门头倒很爽快地答应了石斛的请求。石斛拱手与门头辞别，带着三名娘子开始攀登雷公山。石斛和米栗脚力好，萧竹和茹若没爬几下就已经气喘吁吁。走走，停停，四人最后终于来到了千钧一发巨石旁。

米栗笑容灿烂地说：“二表哥，你别动，让我来推推看。”这个名曰“千钧一发”的巨石就搁在悬崖的边沿，一看不用说推，即便是风，一吹都有可能将它吹动，滚下悬崖。米栗站在巨石的旁边，先轻轻一推，不动；再用力，竟然还是不动。最后，三名娘子一起上，用上了吃奶的力气，巨石依旧是巍然不动。有些看起来摇摇欲坠的物事，却安如泰山；有些看起来稳如磐石的物事，轻轻一碰就轰然倒塌。米栗走到石斛身旁，石斛掏出手绢擦去米栗额头上的汗珠。石斛含笑说：“既然推不动它，我们就回去吧。”欢笑中，离开了雷公山。

回到混元道观，已经是吃饭的时间。总不至于空着肚子上路。石斛决定先在混元道观吃了饭再走。石斛道观熟，嘴又响，加上铜钱铺路、银两搭桥，很快就找到了吃饭的地方。吃了饭，游玩了混元道观，就启程返回。将近申时正，回到了幕北村。

“萧竹、茹若，你俩先将马牵回去，我和二表哥再走一会。”

萧竹、茹若牵着马走了，石斛搂着米栗的肩膀，沿着淹没在麦田中间的小路，慢慢向家中走去。晚风吹过麦田，沙沙作响。米栗猝然间驻足，看着两旁夕阳下的麦田。麦田里面的麦子一片苍翠，晚霞中的夕阳闪着耀眼的金光。

“这地方有点像小子的老家翠竹湾，让人感到悠然，坦然。”

“只可惜，二表哥呆一呆，就要返回金陵。”

“是啊！小子现在就像是牵在人家手中的木偶，左右不了自己。”

“如今的神州人，谁能左右得了自己？我原先不大懂，现在懂了。这次二表哥回去，就不要再来了。看似安全，实际隐含着极大的风险。不小心给人盯了梢，后果不堪设想。就算人家不晓得我是紫金山企图刺杀徐温的那个人，金陵夫人晓得了二表哥将自己的表妹藏在这里，二表哥在金陵的日子也不好过。万一刨起根来，想都不敢想。”

“来不来，小子心里有数。小子不会忘乎所以，稀里糊涂地将自己置于死地。小子明白神州就像是沼泽，上面长满了青草，零星点缀着野花，看了让人感到心旷神怡，一旦忘乎所以，纵情奔跑，那离死期就不远了。小子起步前，会先探一探。”

“二表哥能不来，就不要来了。我不是不愿意去湖南，只是不愿意一个人去。”

“你不愿意去湖南，小子不能去湖南。

东面钱镠，南面刘岩，西面马殷，北面朱温，无论往哪个方向去，都一样。只有呆在徐温的地盘上，还有一线生机。马殷晓得小子的真实身份，马上会将小子送给朱温，最后肯定是凌迟。小子就像是网内的猎隼，根本没地方可以飞。

如今只有耐心等待，慢慢创造机会，飞出罗网。

前些时间，小子还去过一次，防备之森严，见也没见过。以小子看，你的机会渺茫。不过，先不要泄气。做任何事情，都得要先保住性命。人死了，还能做什么屁事？将来有机会，展一展你的宏图，没机会就只好偃旗息鼓。说好听点，自我安慰；说难听点，自我欺骗。活在神州，何时不在自我欺骗？没办法。”

远处传来了一阵凄厉声，一只鹞鹰叼住了一只逃窜中的麻雀。

第四十章　雷池

莫见乎隐，莫显乎微。

——《礼记》

施庆宗的棺材作坊在鄂州城外，离码头不远。当初，施庆宗将棺材作坊安置在离码头不远的地方，主要是考虑运输方便。棺材以及制造棺材的木材都很笨重，运输方便就显得尤为重要。安全起见，外地的客商通常都是下午装船，第二天早上出发。石斛也是如此。周胜殷从金陵到鄂州，通常都要带些货，自然希望晚些时候装船，也好有充足的时间卸货。

这次不同，石斛跟周胜殷说好，要在鄂州呆两夜。周胜殷猜测，可能会相好去了。货昨天就已经卸好。依理，船早就应该装好。可是，快到酉时了，还不见有人前来装船。周胜殷顿时急起来，准备去作坊催促。“国人，你和公人守船，我前去催一催。不去催，看来是不晓得装船了。”去了棺材作坊，一名年约三十来岁的男子招呼周胜殷。

男子宽慰周胜殷。“船家不要急，肯定能让你明天准时出发。”得到了许诺，周胜殷也就与男子告辞，回到了货船。和国人、公人吃了饭，周胜殷还不见作坊有人来装船，又去作坊催促。“马上着人装。”周胜殷只好返回货船，耐心等待。直等到快要过了戌时，依旧不见有人来装船，周胜殷可火了。“你们准备装不装?”周胜殷又去了一趟棺材作坊。这名男子已经没了开始时候的客气，说话的声音也高了起来。“老兄，你没见我正在着人装船吗? 不是我不想快点装，而是没有人装。到现在，我才临时叫了一些人。”

周胜殷不再继续跟他理论，免得起冲突吃亏，毕竟自己出门在外，人单力孤。

天早就已经是一片漆黑。在火把的照耀下，作坊开始遣人装船。动作慢腾腾，千年没吃饭似的，气得周胜殷没话好说。让你们自个装去！周胜殷气呼呼回船舱去睡觉。嘀呖东隆，一直吵到快要过子时了，一船棺材才最后装好。

石斛一到码头，周胜殷就将昨晚装船的事情告诉给了石斛。

“仆都差一点给活活气死了。”

“有什么好气的呢？小子看周兄真是气错了地方。我们只要求将寿木装好，第二天能够按时出发，我们又没说必须在某一时辰前装好。只要他们没耽误我们出发的时间，管他什么时候装。他们耽误了我们出发的时间，周兄肯，小子也不会肯。想不到，周兄过了不惑，火气依旧还那么猛。”石斛轻轻拍了一下周胜殷的肩膀，笑了起来。“周兄别生气，下次小子叫他们早点装。小子说话应该比周兄管用，毕竟小子是他们的大客户。”

正准备起锚，来了两名客人要搭船。“周兄，生意来了，船资你自己跟他谈吧。”周胜殷和客人为船钱讨价还价了老半天，最后才谈拢。客人刚一上船，又来了一名客人。货船出发时，加上石斛来之前周胜殷已经收了两位，一共带了五位客人。一位客人去彭泽，两位去池州，两位去当涂。一个客人一个客人的铜钱，周胜殷巴不得多带几位。这种事情常有，石斛没去多管，只要晚上有地方睡就行。货船缓缓离开了鄂州码头。一上船，这五名客人就挤在船尾的船舱里面。周胜殷没地方去，就来船头，躺在草席上和石斛闲聊。

两人东过西转，聊啊聊，又聊到女人的身上。

“上回搭船去广陵的那位娘子，少东主回去后问了没有？”

“广陵回来后，就一直忙，还没来得及问。”

“仆觉得上回那娘子不错。不仅人漂亮，而且肯定是殷实家庭的娘子。人家带着这么姣美的侍儿，能和少东主一起坐仆这条货船，说明对少东主也真诚。少东主这次回去，还是问一问。看少东主岁数也不小了，是该到了成家的时候了。再晃下去，也不是办法。人年轻的时候不知觉，当知觉到的时候，岁数就大了。”

人越老越容易搬出了自己的老经验。仿佛觉得这世上，年轻人做的总是不对。

“谢谢周兄。”石斛这个伪君子就喜欢说谢谢。“回去后，小子定会好好斟酌斟酌。不瞒周兄，对方家庭倒很殷实，对小子也很真诚。周兄晓得，小子卖棺材，配不配暂且不说，总觉得有些不该。人家毕竟是有头有脸的人，就算街坊邻居不说，父母出去也觉得自己脸上无光。周兄，假若你是她父亲，会不会同意这门亲事？”

“这就得看她出身在什么样的家庭了。倘若像仆这样的家庭，仆看得出来，她家应该比仆家好得多,仆应该会同意这门亲事。卖棺材,名声确实不那么好听,但这世道过日子毕竟是第一。如今想过上一个安稳的日子,非常不容易。倘若出身在像朱雀门这样的家庭,就难说了。通常来说,个别例外就另当别论。家庭越殷实的人家,越不会同意自家女儿嫁给卖棺材的人。就算少东主将来在丈人的支持下,改行搞其他行当,人家也会说他天下男人都死绝了,为何要找一个卖棺材的做女婿。少东主想娶到她,父母这一关不能不过。"

周胜殷咳了一声,继续说:"很多姻缘,就是因父母反对而没结成。仆隔壁的秦阔,就死反对女儿嫁给张楚艺的儿子,嫌他做泥水匠,收入不高,而强行要将她嫁给玉器铺陈出征的儿子,结果酿成了女儿上吊自尽的惨剧。嫁给再差的人家,至少还有一个女儿在,现在可好,什么也没了。少东主怕她父母反对,可以叫人给她父母举些例子说一说,就不会凭空反对。父母提一些建议还是需要,全都包办了很容易出乱子。"

"周兄肯定是个非常通情的父亲。"

"把关,仆还是要把一把。毕竟岁数少,很多事还不懂。女儿坚决不同意,仆不会像秦阔那样强行要将女儿嫁给谁。毕竟是她嫁人,又不是仆要嫁人。"

"可惜,许多父母却不是这样想。就像皇帝准备将自家女儿嫁给藩王,根本不去考虑女儿的幸福不幸福。皇帝都如此,平头百姓更不用说了。有些为了权,有些为了钱,总之是为自己。当然,考虑考虑门当户对还是需要。生长环境、生活背景完全不同的人一起生活,一个说天一个说地,说不定连沟通都困难。更多的是,父母将女儿作为自己的财产来卖。"

"这倒是真的。男方财礼少一文钱也不肯让女儿上肩舆出家门。"

"所以,小子说周兄开通。"

周胜殷忽然想到什么似的坐了起来。"仆先去替国人掌一会舵。昨晚吵死,两人肯定没睡好。"周胜殷出了船舱,前去船尾替换王国人掌舵。为了省钱,周胜殷只雇了王国人和王公人兄弟俩。碰到长途航行,周胜殷也做一做替手。

货船过武昌时,周胜殷前来叫石斛去吃早餐。石斛已经吃过早餐,不想饿肚子,还是吃了几个馒头。石斛坐过多次周胜殷的船,晓得周胜殷跟自己的习惯不同,一日两餐。等到了晡时再吃,肚子都不晓得饿到哪去了。几个客人都自备了干粮,周胜殷没去叫。上船时,周胜殷已经跟他们谈好,他们想搭伙,得另外付铜钱。货船活动空间原本就很小,又载了满满一船棺材,实在没地方可去。初夏来临之前的太阳已经开始猛烈,更不会主动站在外面晒太阳。这几个客人,除了方便出来一下，其余时间全呆船舱里面不动，弄得国人和公人想休息也只好靠在甲板上休息。吃了早餐，周胜殷继续帮王国人掌舵，石斛回船舱耗时间。

顺流而下，加上有风，速度很快。王国人准备做晚饭时，货船就已经过了浔阳。石斛在船舱里已经闷了差不多一天时间，出了船舱，上了甲板，来到了船头。江风又渐渐变小，扬子江的江面却在渐渐变宽。江面上有不少船只，甚至还有渔船在撒网。货船速度非常慢，简直就是在原地不动。周胜殷想利用东南风，沿乡字形，不断地往左前方前行。石斛站在甲板上，向右望，已经分不出是牛还是马；向左望，白茫茫一片，根本就看不到边。

“少东主，外面热，进船舱坐坐吧，饭还要等一会。”

“不了，小子先在外面站一会，大白天就闷在船舱里面还真有些不舒服。”

石斛谢绝了周胜殷的好意。石斛实在不想再跟周胜殷聊有关相好的事情。言多必有数短之处，聊得越多越容易出乱子。忽然，石斛感觉一条帆船和几条舢板渐渐向货船靠近。就在这时，那条帆船射出一枚鸣镝，仿佛像水军就要开战的前奏。周胜殷听到鸣镝的声音，赶快出船舱。周胜殷怕土匪，更怕战争。两军正在对垒，傻乎乎闯进去，那是自寻死路。正准备做饭的王国人也跑到船舷，看看到底是怎么一回事。一直躲在船舱里的那五名客人也纷纷出船舱，准备看个究竟。鸣镝声音刚歇，又响起一支鸣镝。周胜殷来到船头，问石斛：“少东主，怎么回事？”石斛看着雷池说：“小子还没搞明白到底是怎么一回事。”周胜殷看了老半天，没看出有什么特别的地方。这时，离货船不远的一条帆船又射出一枚鸣镝。“真是吃饱了饭没事撑着难受。”周胜殷话音刚落，石斛听到了货船内罐子砸碎的声音。

石斛转身一看，才明白了鸣镝的意义。

去年，郢王朱友珪受朱温圣意，挑选了一批精干杀手，由贺王朱友雍统一指挥，分批前往江南，刺杀吴国都督徐温。刺杀计划还没有展开，采石矶据点就被吴用筹捣毁。正所谓狡兔三窟，主事这次刺杀任务的都指挥副使庞震东没将所有人手留在采石矶。吴用筹以为控鹤军主要人员已被剿灭而疏忽了防范，结果导致被徐温杖杀。说冤不冤，说不冤很冤。

庞震东这次刺杀目标是徐温。没想到，徐温的假子都军副使徐知诰陪同徐温一起来开善寺进香。真是天要亡吴！庞震东不禁大笑了起来。眼看徐温和徐知诰就要命丧开善寺时，庞震东没有笑到最后。该死的石斛突然冒了起来，庞震东几个月的心血顷刻化作东流水。参与了紫金山刺杀徐温活动的控鹤军最后只剩下马惟品、匡俊臣和庞震东三人。

还在紫金山,庞震东就发誓要让这个使他们功败垂成的人不得好死。这人是谁?池肇基将吴国姓石的将领和官僚查了一遍,就镇海军右都押衙石戎的二郎有点像。直到开善寺住持智同和尚来找柳似汀帮忙,才确定此人就是白记寿木店少东主石斛。李慎肇接手大理寺,开始追查谁泄露了都督的行踪,开善寺和尚是怀疑重点。智同和尚是开善寺住持,又跟都督有交情,暂且网开一面,其他和尚就不客气了,统统被李慎肇逮了起来。一番严刑拷打,几个和尚承认向控鹤军泄露了都督的行踪。智同和尚为了救开善寺和尚来找柳似汀。智同和尚知道柳似汀是都督近臣,又是都督府长史,出面跟李慎肇说一说会有用。柳似汀正在找出手救徐温的人,顺势向智同和尚询问了当时的情况。真是得来全不费工夫。智同和尚一走,陪同柳似汀见智同和尚的池肇基马上去问庞震东这人的长相。根据庞震东对相貌的描述,池肇基亲自去了一趟寿木店。仅一眼,池肇基就认定他们要寻找的人就是这家寿木店的少东主。为此,庞震东还让马惟品带人以订购棺材的名义来寿木店证实。恰好石斛已经送货出门,没有碰到。庞震东怕引起怀疑,又让匡俊臣去了一趟寿木店,结果跟时来外出进货去了。庞震东让池肇基派人秘密盯住白记寿木店,石斛一回来,就向他报告。确定这人就是石斛后,庞震东当下决定:“无论采用什么样的手段,必须让这小子明白多管闲事的后果。”

在金陵等了几个月的时间才等到这次机会。得知徐温要去开善寺烧香,庞震东几乎跟黎子风同时开始部署。没想到,结果竟然会是这样。刺杀徐温的图谋已经败露,怎可能还会有这么好的机会?不成功,朱温会让庞震东成仁。石斛救了徐温,毁掉了庞震东打拼一生才得到的荣华,截断了庞震东回家的路。有可能,庞震东定会将石斛千刀万剐。庞震东企图故伎重演,用对付镇海军右都押衙石戎的方法对付石斛,结果发现根本就行不通。夜半三更,庞震东发现金陵守军时不时从石斛住的宅院旁经过,意识到徐温已经盯住了这座宅院。石斛从紫金山回来,徐渊怕杀手对石斛不利,指示金陵守军夜晚加强对石斛家巡逻。避开巡逻,庞震东刚翻过围墙,准备进屋,石岩已经点亮油灯。想到开善寺,庞震东赶紧撤退。

“我们这次受圣命前来江南的任务是刺杀徐温,而不是这小子。”马惟品对庞震东的决定不是很赞同。“这小子在金陵人脉极广,与朱雀门当家徐渊关系非同一般,而徐温此时又在到处追查我们的下落。庞副使不能不考虑。想打人,必须得先将拳头收回来。这小子确实该剁,只是眼下还不是时候。等避过了风头,再剁不迟。眼下还是先忍一忍。”

“想让本副使放过这小子,绝不可能。没这小子,会落到眼前这种狼狈的地步?”

“马公的想法,庞副使还是考虑考虑。”匡俊臣也表示担忧。“仆在紫金山曾经跟他过了两招。不是仆有意长他威风,正面想得他便宜根本就不可能。这小子不晓得从哪学的这身邪门武艺。仆那龙爪手,到了他手上,简直就像跟丝絮过招,根本吃不到力。你想软,比你更软;你想硬,比你更硬。不是我们三人及时撤退,就不晓得结果如何了。

紫金山一战,仆才真正明白什么叫做武艺。想想项道远,效力贺王多年。据仆所知,好像从未遇过敌手。这小子,就像是在要猴一般。单凭我们几个人,别说正面,就是想偷袭成功都不可能。就算杀,怎么杀;就算杀得成,怎么退。金陵城内人多,仆可以肯定,如今金陵城内每一个角落里面都有李慎肇手下那些身穿便服的人。他们就等着我们露出行踪,好一网打尽。万一失手,等待我们的就只有死。庞副使不能不慎重。”

“城内不行,就城外;陆上不行,就水上。本副使就不相信,这小子岸上是虎,水中也是龙。”庞震东一意孤行,决意一定要让石斛不得好死。经过一番斟酌,庞震东决定利用石斛外出进货的机会,在雷池上设伏。怕打草惊蛇,庞震东没有去惊扰周胜殷和王国人、王公人。庞震东在柳似汀家耐心等待,等石斛离开金陵前往鄂州进货,只要寿木店继续开着,就要去进货。庞震东准备布一张天罗地网,等石斛送死。石斛乘坐周胜殷的货船刚出金陵,带着信函的信鸽飞离金陵,前往鄂州。

潜伏在鄂州的控鹤军,确定石斛已经到达鄂州,依据石斛的出发时间,解决了刚刚才接手棺材作坊的湛建旗,控制了棺材作坊。他们先给货船做记号,让在路上等候的人能够认得出。昨晚弄得那么迟,就是不想让周胜殷晓得他们在给货船做记号。他们将火油和兵器藏在棺材里面,再精选了五名杀手求搭乘的形式上船。怕被周胜殷拒绝而坏了大事,先后分三次来搭乘。哪晓得来一个周胜殷收一个。依照航速,他们约定在雷池动手。一听到信号,搭乘货船的人立马动手,点燃火油烧死石斛。石斛想活命,只有跳入雷池,水里面等待石斛的将是夺命水鬼,水上面是等着石斛出现的鱼网和弓箭手。庞震东认为,计划天衣无缝,该死的寿木店少东主这次必将成为水鬼。只有将来找到替死鬼,才能重新投胎做人。

叠放在货船中间的棺材,两副棺材的盖子已经被掀开。“嘭”的一声,一名杀手从棺材中捧出一个油罐砸向船尾。油罐砸碎,里面的火油洒了一地。周胜殷正在惊愕中,一个油罐砸了过来,赶紧一旁躲避。油罐砸碎在船头,溅了周胜殷一身火油。紧接着油罐,就是三枚飞镖。石斛袖子一挥,三枚飞镖“哒”“哒”“哒”插在了船墙上。站在这里,不仅危险,还碍手碍脚。“周兄,快下去!”石斛一边高声,一边手一甩,一枚铜钱已经出手。一名杀手跌倒在船舱内的棺材上,手中的油罐掉在棺材盖上,咕噜咕噜滚到边上的缝隙里面。周胜殷连滚带爬下了舷梯,退到了船舱底,躲进了船舱。刹那间,货船只听到劈里啪啦的声音。

货船中间叠放着一排排棺材,狭小的船舷走个人都需要小心翼翼,只有首尾两个甲板可以站人休息。一大班人实在不应该选择在这种场地打斗。前门一封,根本就用不着担心后门遭到黑手。几个油罐一砸,货船已经被撒满了火油,就等着点火。两名杀手持剑从左右船舷向石斛逼了过来。石斛迅速身子一弯,左手捡起一块油罐的碎片,甩手向杀手一掷。左舷的杀手脚一滑,跌进了雷池。右手一甩,一枚铜钱出手。铜钱就像一面飞轮,无声无息飞向站在右舷上的杀手。狭小的船舷,一不小心就会踩空。不晓得被铜钱击中了,还是杀手自己踩空了,向后一仰,跌进了雷池。随船而来的五名杀手一下子少掉了两名。

石斛正准备扑进船舱,右舷飞上了飞钩绳。船首有两条,船尾多少条,被货船的船帆挡住视线,石斛看不见。石斛身子一弯,迅速捡起一枚碎片。一人刚要爬上船,石斛右手用力一甩,跌回到雷池。一人一跃,站上了船头。石斛忽然向这人一扑,一把抓住他手中的飞钩绳,一脚飞射将他踢出货船达几丈远,只听“砰”的一声砸进了雷池。石斛手持飞钩绳,如电光一闪,从船头直扑站在棺材上的一名杀手。杀手连避让都来不及避让,飞钩绳一转就勒住了他的脖子。只听“喀”的一声,飞钩绳一瞬间勒断了他的脖子。

“快点火!快点火!”

杀手个个慌了手脚,准备快速点火逃离。石斛一握帆索,飞身一脚就将那名吹火折子的杀手踢进了雷池。一名杀手举起王国人已经生着火的锅灶准备扔过来。石斛手中的铜钱已经出手。铜钱击中了杀手的膝盖,杀手腿一软,跪了下来,锅灶砸到了杀手眼前的甲板上。石斛紧跟着一枚铜钱已经出手,击中杀手的咽喉。锅灶中的炭火洒落一地,碰到火油,微风一吹,立马着火。石斛自己将货船给点着了火。剩下的杀手一看已经着火,慌忙跃入了雷池逃遁。此时,那条射出鸣镝的帆船已经跟周胜殷的货船靠得很近,火上加火,接连不断地射来了火箭。货船已经洒满了火油,加上火箭点火,火势迅速蔓延了开来。

“周兄,周兄!”石斛一边高叫,一边踏着棺材,迅速来到船尾,捏了一捏王公人、王国人的鼻子,都已经断气。石斛立马转身起步,一跃跳到了船舱内的棺材上。周胜殷正不知该怎么办,听到石斛叫声,慌忙打开舱门,出了船舱。火已经蔓延到了船舱，火势也越来越猛。周胜殷探出了头，一看眼前的情景，顿时六神无主。“少东主，现在该怎么办？”“快进棺材！”石斛一边说，一边抱起一副棺材抛进了雷池。见周胜殷还在迟疑，石斛高声说：“快进棺材啊！”周胜殷虽人到中年，还算敏捷，上了舷梯，猫着腰，身子一翻，迅速进了一副棺材。石斛盖上盖子前，吩咐说：“双手向上一托，就可以打开盖子。”没等周胜殷回话，石斛已经盖上了盖子，一把抱起棺材，将它远远地扔进了雷池。石斛没有停下，继续扔了三副棺材到雷池作掩护。货船已经不能再呆了。石斛翻身跃出货船，“咚”的一声，坠进了雷池。一进入水下，两脚一搓，搓掉了布鞋，开始手脚并用，顺着水流向下游游去。潜泳了一段距离，偷偷地钻出了水面，吸了一口气，马上又潜入水中。直到实在需要换气，才重新钻出水面，浮在水面上透气。水面上漂浮着棺材，着了火的货船如同扬着红旗，缓缓向下游漂去。

石斛环顾了一下江面，转身向南岸游去。江面一片平静，又是大白天，石斛最后还是被发现。浩淼的雷池，流速慢，又没什么风。大船慢，小船快。一条舢板船载着好几个水鬼向石斛死命追了过来。为了节省力气，石斛突然改变方向，顺着水流，向南岸斜了过去。他们很清楚，石斛一旦登岸，计划泡汤。三人划着舢板死命追赶。南岸看得见，但还很远。现在死命游，未必能逃得了。将力气都耗尽了，到时候还真是死路。石斛慢了下来，躺在水面上休息，让水流自己漂。石斛准备以逸待劳，将追击的人击毙，然后逃命。

距离石斛大约还有十来丈，舢板上的紧衣人纷纷钻出船篷迫不及待地跃入雷池中，准备前来取石斛的性命。石斛不急，先深深吸了几口气，再长长吸了一口，突然向下一沉，沉到了水里面。碧绿的雷池水中，石斛环顾四周，看清了总共有六名紧衣人。这六名紧衣人也看到了石斛。其中五名紧衣人似乎感到机会来了，兵分几路向石斛游了上来，手中的利刃闪着白光。

石斛像是在水中追逐着鱼群的黑鲤，从一名紧衣人身旁疾速滑过。一手抓住紧衣人握着利刃的手，一手四指一并，直插黑衣人的腋下。紧衣人身子不禁一软，手中的利刃已经插入自己的腹部。紧衣人松开了握着利刃的手，而碧绿的雷池水，在阳光折射下，顿时升起一缕红烟。石斛一把拔出插在紧衣人腹部的利刃，摆动身体追向正如石斛希望的那样朝自己游来的紧衣人。石斛手持利刃，摆动双腿，来回穿梭，开始了鱼逐鱼的游戏。石斛一口气还没有用完，已经割断了两名紧衣人的脖子。一名紧衣人憋不住气，想蹿出水面吸气。刚刚露出水面，就被石斛拖回水中，一口雷池水直冲他的气管，石斛顺势割断他的脖子。石斛这才蹿出水面，看到雷池水面上浮着两个人头。深深吸了一口气，又潜入雷池中。透过清澈的雷池水，石斛清楚看到两个人的身体。石斛快速地潜游到其中一人的身边，抓住那人的脚，一把拖到水里面，轻轻地割断那人的脖子，踢开他的身体。

石斛在水中仰面仔细察看了水面，突然窜出了水底。环视四周，石斛看到那名紧衣人已经在一艘舢板上准备逃命。石斛瞄准方向，深深吸了一口气，迅速潜入水中，朝舢板的方向潜行。不久，石斛已经在舢板的底下。石斛看着水中不断划动的木桨，猝然从水中钻出，窜到舢板上面，站在舢板的船头。石斛飞起一脚，踢掀了舢板船的船篷。两人意识到无论打斗还是跳水逃命都没有任何希望，跪在舢板上请求石斛饶命。

“小人也是奉了都指挥副使的指令，在此设伏，准备取公子性命。”

“你们的都指挥副使叫什么名?”

“庞震东。”

“藏在什么地方?”

“我们也不晓得藏在什么地方?”

“不揍一下，就不会说实话。”

“真的不晓得!”

两人慌忙用磕头来证明自己没有扯谎。没办法去验证，谁晓得是不是在扯谎?神州人扯谎能力原本就极强，还想控鹤军杀手说实话? 死命硬逼，也没有用。“回去传话给那个狗屁庞震东。下次让小子给碰上了，小子一定亲手捏碎他。快划船，送小子到对岸。”石斛站在船头，看着两人惊恐地划着木桨，慢慢向雷池南岸靠拢。

离江岸还有一丈左右，石斛忽然两手一拱。“多谢两位! 小子就此别过。”石斛脚尖轻轻一点舢板，登上了雷池的南岸，头也不回就走了。两人望着石斛渐渐远去，呆了好长一段时间，才重新划动木桨，离开江岸，消失在浩淼的雷池里面。

石斛赤着脚，上了堤岸。乡下山头后生脚板硬，赤脚走路的时间多。踩着柔软的黑泥一直走到了通往池州的官道上。石斛两面一瞧，看到了通往浔阳方向的官道旁有一家小店。还是先吃点物事再说。石斛一摸袖袋，才意识到有点麻烦。那些万通钱庄的纸质凭据，方才跟那些杀手打斗时，早就已经变成了一堆纸末。袖袋内已经只剩下了一块腰牌、四枚铜钱。石斛将袖袋内的纸末摸出，扔在了路边。无论如何，先填饱肚子再说。石斛绝不是被一枚铜钱难倒的人，从小起石岩教石斛要懂得权变，况且现在手中还握着腰牌。石斛两指捏着一枚铜钱想了想，决定今天赊账。至于人家同意不同意，吃了后再商量。

说是店，实际是一间上盖茅草的小木屋。小木屋的旁边是一间只有四根木柱支撑的茅草棚，很简陋。茅草棚内左右摆放着两张破旧的桌子。一张桌子旁此时已经坐着三名客人在吃饭。石斛进入茅草棚，在一张摇摇晃晃的桌子旁坐了下来。不一会，一名二十七八左右的女子来到了石斛的身边。这名女子叫姜云苏，是饭店的主人。“有面条、米饭，也有炒菜。小哥想吃点什么?”姜云苏含笑问。“给小子弄一份最便宜，又能填饱肚子的物事。”正在临桌吃饭的三名客人都转过头看了石斛一眼。石斛向三名客人手一拱，笑了笑。石斛的脸皮原本就很厚，现在更是连铁钉都钉不进。“有馍馍，刚刚做的。”石斛看着姜云苏说:“只要能填饱肚子，糠饼也行。”“小哥请稍等。”姜云苏转身离开了茅草棚。

“小哥缺饭钱，这顿饭就由老哥给你付。”

石斛正在等馍馍，听到一名男子的声音，连忙转身手一拱。“多谢大哥的好意。小子金陵长寿巷白记寿木店石斛。大哥以后来金陵，不忌讳，就来寿木店，好让小子能尽一尽地主之谊。”一名客人手一拱。“在下韩朱柏，有机会去金陵，一定去拜访小哥。”韩朱柏客气了一句，继续吃自己的饭。不一会，姜云苏送来了三个大大的黑馍馍。“小哥慢慢吃，在下先走一步。”韩朱柏吃完了饭，跟石斛辞行。“顺风!”石斛拱手送韩朱柏三人出茅草棚。

石斛不顾斯文，抓起黑馍馍大口啃了起来。姜云苏一看石斛赤着脚，全身泡水的痕迹明显，问石斛:“小哥是不是碰到了水匪?”雷池水匪横行，劫持货船的事件频频发生。上上下下的船舶真是不敢越雷池一步。石斛啃着馍馍说:“还真给店家猜着了。”“小妇前去给小哥打一碗米汤。放心，不要铜钱。”姜云苏笑了起来。“多谢!”石斛向姜云苏手一拱。“不客气。”姜云苏离开了草屋，去给石斛盛米汤。不一会，姜云苏端来一大碗米汤。“多谢!”石斛从姜云苏手中接过米汤。三个馍馍在米汤的配送下，一下子就到了肚子里面。

“麻烦店家再给小子弄两个，好像三个馍馍还没吃饱。”

“小哥稍等，小妇马上去拿。”

“谢谢店家!”

石斛手一拱。姜云苏一笑，转身去了店内，再拿来了三个黑馍馍。石斛吃了两个，剩下一个。“店家!”石斛叫了一声。不一会，姜云苏就来了。石斛抬头看着姜云苏说:“店家，小子身边就剩下几枚铜钱，应该不够馍馍的钱了。先赊账，小子下次来再还，怎么样?”石斛要赊账，姜云苏没想着。

“不晓得小哥会不会再来。”

“就算小子不会再来了，店家也不必太在意这几个馍馍的铜钱么。”

“行！”

姜云苏倒没有死坚持，很爽快地同意赊账。后生一英俊，总容易得到女人的帮助。像石斛这种一脸笑容的英俊后生，女人想拒绝，都不容易。姜云苏在这开饭店多年，像石斛这样的落难后生还是第一次碰到，真想给石斛提供点帮忙。“凭这几枚铜钱，想回金陵看来是不可能了。”石斛从袖袋内摸出仅剩的四枚铜钱在手心内向上抛了一下，放回了袖袋。“是否让小妇赞助点盘缠？”姜云苏试探了一下。“店家的好意，小子心领了。”石斛手一拱，站了起来。石斛的行止颇让姜云苏感到意外。“谢谢店家。只要小子还活着，一定会回来，还店家的馍馍钱。”石斛向姜云苏手一拱，出了茅草屋，快步向西走去。“小哥，小哥……”姜云苏从草棚内追了出来，叫住了石斛。“方向走反了，金陵应该在东面。”

“多谢店家！这回小子先不去金陵。”

石斛向姜云苏手一拱，转身撒开脚步，朝浔阳方向飞奔而去。

太阳快要下山时，石斛踏上了一条前往浔阳的渡船。“请问老丈，从浔阳到鄂州还有多少路？”石斛询问船老大。船老大告诉石斛。“还有三四百里吧。具体多少里路程，某没去过鄂州，不清楚。”看来，想今晚赶回武昌只能动用采访处置使腰牌了。船老大见石斛赤着一双大脚，只收他两文铜钱。渡过彭泽湖，石斛问了一个当地人，去了浔阳驿站。驿长周去疾一见采访处置使腰牌，赶紧去备马，并派了驿站的两名徭役护送石斛去武昌城。三月底的夜特别黑，尤其是子夜，简直就是伸手不见五指。两名徭役一人举个一个火把，一前一后照着官道，还是没法驱马奔驰。用了将近五个时辰，才到武昌县城。

“辛苦两位了！”

“职责内的事情，大人无须客气。”

在一个岔道口，石斛拱手跟护送他的两名徭役道别。天此时虽已经不像子夜时那样伸手不见五指，但还是黑蒙蒙一片。石斛一手举着火把，一手拉着缰绳，中速前行。到达幕北村时，雄鸡正好在喔喔啼鸣。看家狗见有人三更半夜闯进村，赶紧狂吠示警。一条看家狗见石斛对它的警告声置之不理，跟在后面吠叫，直到连它自己都觉得无趣才怏怏止步。

在蟋蟀的吱吱声中，石斛到了自家的院门前，右脚一抬，下了马。“米栗！”石斛拍了拍院门，又叫了一声。“米栗！”“二表哥？”石斛刚要举手再拍，听到了米栗的回应声。“是二表哥。”石斛将火把往宅院围墙的石缝里一插，纵身一跃，翻过了围墙。打开院门,将马匹牵进了院子。石斛重新关上门刚转身,就见米栗端着油灯,出现在了堂内。

“出什么事了?”

“小子都回来了,还能有什么事?”

“说的也是,二表哥能平安回家就行,管它出什么事!”

石斛没去系马,就快步朝堂内走去。米栗出了堂,站在步檐上等。摇晃的灯光中,米栗见石斛衣衫不整,赤着脚,含笑说:“谁将我的二表哥弄得这么狼狈?”石斛登上步檐,含笑说:“吃饱了肚子再跟你说。晚上几个馍馍,早就不见了踪影。现在肚子饿得咕咕叫。”“萧竹!茹若!”米栗高高地叫了一声。不一会,隔壁响起了萧竹、茹若的回应声。

“我先照二表哥过去洗个澡。等一会萧竹、茹若起来,马上去烧。”

“小子自各去就是。外面冷,你只穿里衣容易着凉。”

“二表哥一说,还真觉得有点冷。”

米栗将油灯递给石斛。“你拿着,小子看得见。”天快要黎明,已经不那么黑。米栗端着灯回房间,石斛起步去屋后洗澡。石斛刚打开后门,萧竹和茹若端着油灯来了。石斛踏下步檐,抬头看了一眼天。启明星已经出现在了东方。米栗穿好了罗裙,找好了石斛要更换的衣裳,出了房间。“茹若服侍公子洗澡,萧竹跟我去厨房烧吃的。”米栗将衣裳递给了茹若。萧竹跟着米栗,去厨房准备给石斛烧吃。石斛洗了澡,还在系腰带,米栗就来了。

“就烧了碗清水面,不晓得好吃不好吃。”

“小子现在就是麦麸饼,都觉得好吃。”

石斛系好了腰带,从更换下来的布衫袖袋内掏出了采访处置使腰牌,放到了身上的袖袋里面。“衣裳就放在那里,明天洗就是。”石斛提起一桶井水,冲了冲脚,穿上木屐。茹若端着油灯在前引路,前去餐室吃面。石斛含笑说:“不错,还有两个蛋。”一碗面,三夹两夹也就吃完。石斛站了起来。米栗掏出手绢给石斛擦了嘴,一起离开餐室,去了卧室。米栗从柜子里拿出一条干葛巾,给石斛擦头发。

“什么蟊贼那么大胆,竟然敢动我的二表哥?”

“小子是神仙啊,能动小子的人多了去!路上遭到伏击,狼狈得很。”

“紫金山那些杀手?”

“是。”

“谁叫你多管闲事?”

“小子从来就不管狗屁闲事。被杀，被抢，被奸，被打，只要是跟小子没关系，小子统统不管。小子去紫金山交游踏青，怎会想到刚好撞上？算得着会碰上这种事，小子肯定会找出一万个理由拒绝，也可以哄徐榛去南郊高座寺。如今撞上了，怎么办？不管，先不去管是不是男人，徐渊一定不会放过小子。小流氓前面，小子是条龙，是头虎；大流氓面前，小子是条虫，是头鼠。小子就算不想管，也只好管。就算是油锅，也只能下。小子坏了庞震东的好事，还杀了他手下三名干将，庞震东不杀小子杀谁？说起来，庞震东杀小子名正言顺，合情合理。不该看的看见了，不该听的听见了，不该碰的碰到了，统统都不是好事。”

“弄得我报不成仇。”

“小子这是害人害己。”

“害人不是，害己倒真。”

“还不害人？害得庞震东杀不成人，也害得你报不成仇。”

“仇这次报不成，下次可以再报。”

“这话小子喜欢听。”

“倘若真的报不了仇，我不会一条道走到黑。”

“怎么突然想通了？”

“想不通，也要想通。”

“这才对。这世上有多少事人能想得通？认死理，人真没办法在这个世上活。从小家父就教小子做事不能认死理，钻牛角尖。将来报不了仇，你就拿自己努力了自我安慰安慰。你尝试了，努力了，做不成，不是你的错。这一年多时间里面，小子相信你不会一无所获。”

“这倒是真的。经过一年多时间的磨砺，我早就已经不是原来的我。”

“这叫做失之东隅，收之桑榆。”

“只是失去的是沧海，得到的却是一滴水。”

“沧海失去不是因为你，一滴水却可以折射出太阳的灿烂光辉。一多年时间，一个由侍儿伺候下长大的县主，你能坚持下来，小子非常佩服。自暴自弃，破罐子破摔，你想想，最后只能收获碎片。大难不死，必有后福。你将来肯定会幸福。”

“我幸福，那是因为我有一个好表哥。”

“你那表哥，小子看，就像蟪蛄，夏生秋死，你就别指望了。”

“瞎说！”米栗轻轻拍了一下石斛的头。

“什么瞎说？小子被杀的可能性非常大。项羽最后还不是往自己脖子上剑一抹？神州百姓没脑子，整天就想着狗咬狗，才会觉得力气大好。遇上大流氓，力气有狗屁用？你还想大流氓亲自跟你动手？甚至连嘴都不用张，就有人会将你捏死。无论如何，这回小子是捅了马蜂窝，麻烦大啦。他们已在雷池伏击小子，肯定找小子的父母去啦。”

“那舅舅和舅妈岂不是很危险？你又在这里，那怎么办？”

“麻烦是有，危险倒未必。徐温正在死命找他们，他们还敢在金陵城内明目张胆，这不是找死？他们就是想明目张胆，也明目张胆不了。不像小子，家父、家母平常很少出门，就算偶然出去，也只是去玄武湖钓钓鱼。他们连小子都对付不了，想找家父、家母的麻烦，还不是自讨苦吃？只是家父，想过宁静的生活，看来是不可能了。小子真是不孝！一人之辜，殃及室家。”

“事情说不定跟二表哥想的不一样！”

“是不是这样，只能到金陵后再说。”

“二表哥可以借用采访处置使的身份，调用兵马将他们杀掉。”

“采访处置使，小子将来说不定会用，眼下肯定不会多用。一旦多用，徐温照样会要小子的命。你不晓得，小子身份非常特殊。朱雀门徐大当家很有可能早就晓得小子的身份，擅自调用军队自然会引起警觉。到那时候，不用控鹤军动手，徐温也会让小子死。”

“二表哥的身份，我也不好多问。”

“你感兴趣，小子就告诉你。小子的祖父是皇帝，两个伯父也是皇帝。”

“二表哥岂不是世子？”

“早就不是什么狗屁世子了。如今是白记寿木店少东主。”

“吴国都督徐温的侄女嫁给二表哥，还真是门当户对。”

“泰宁节度使的女儿嫁给李唐王朝的世子，也是门当户对。你可能还没想过，像小子这种身份的人，其实最危险。晋王李存勖，虽然这些年一直打着复兴李唐的旗帜，可他本身是沙陀人，很难得到中原人的信任。他很需要家父或小子这种有特殊身份的人出面给他撑腰做门面，凝聚人气。只有这样，人家才会相信李存勖复兴李唐的意图是真，而不是为了一己之私。朱温就是因担心家父可能会被李存勖利用，才不断派人来江南追杀。

朱温如此，徐温也也一样。徐温这种生意人，算得比小子还要精。徐温就是希望朱温和李存勖相互耗着，才能稳坐淮南，当一当土皇帝。徐温既不希望朱温吃掉李存勖，也不希望李存勖吃掉朱温。神州人就晓得盯着碗里，不看锅里。徐温就是神州人的典范。

目前,吴国说起来依旧是李唐的天下,家父名正言顺是李唐亲王,徐温更怕像家父和小子这种身份特殊的人。小子以世子身份在吴国公开露面,徐温将怎么处置?你还希望徐温会将吴国的江山让给小子?小子为皇帝复兴帝国?徐温竭力怂恿杨渭称帝,以皇帝的架势设置官吏,就是怕李唐复辟。徐温让小子做没有薪资的采访处置使,小子还真不晓得徐温是不是在故意试探小子的企图。危险得很!目前小子绝不能随便动用采访处置的权力。

那是毒药,喝了就是死。徐温是什么样的人,你最清楚。小子出不得任何风头。夹着尾巴做人是小子唯一的选择。小子没有任何企图,徐温未必也会认为小子没有企图。说难听一点,小子现在就是求徐温可怜可怜!比起控鹤军,徐温才是小子真正的威胁。

这几个控鹤军,徐温在找他们。他们追杀小子,等于给自己挖坑。这些个笨蛋,心太急了。小子料定,过几天,庞震东就会肠子悔青。徐温才真正可怕。杀小子根本就不用借口。小子还想靠自己的两个拳头杀出一个血路?就算杀得出,也没地方去!"

"唉!"米粟叹了一口气。"像家父,这么忠心耿耿,徐温都毫无客气。像二表哥这种身份的人,徐温怕都已经怕死。二表哥在吴国生根发芽,那还了得?徐温肯定会在二表哥生根之前动手。徐温刚刚从武忠王手中抢得吴国,绝不会允许旁人再从他手中抢走。贼总是用贼的眼光看人。看来,我的危险在明,二表哥的危险在暗。二表哥千万要小心!"

"父母从小教到大,小子肯定会小心。离开老家,我和大哥才明白父母的良苦用心。像小子这种人,稍微大意,连死都不晓得怎么死。放心,不会有事。别看小子年纪轻轻,人家的想法很懂。明天一早,小子就得赶回金陵。你的安全真让人担心。这地方,肯定已经很不安全,必须得重新找一个地方。安全的地方真不好找……"

"二表哥只管安心回金陵。我的生存能力极强,肯定不会有问题。"

第四十一章　白地

吞舟之鱼荡而失水,则制于蝼蚁,离其居也。

——《淮南子》

天刚大亮,石斛乘坐的船舶停靠在了金陵码头。

总算回金陵了。石斛长长舒了一口气。家里有没有出事,待会就可以晓得。石斛见时辰尚早,金陵城门未开,决定先去白云观,到曹全晟那坐一坐。这也是这些时间每次从外面进货回金陵的习惯。石斛从前门进入白云观,径直去曹全晟的缮意房。观内的道士,刚做完了早课,或闭目盘腿打坐,或舒展筋骨。石斛没多去关注,只管低头走自己的路。刚刚拐过祖师殿,眼前的景象立马让石斛意识到担心的事已经发生。石岩、尹如雪此时正和曹全晟站在缮意房前面的坛场上说话。见父母平安,石斛心中的担忧消去了一大半。

"斛儿!"一见石斛前来,尹如雪顿时一阵轻松。这两天,尹如雪嘴上没说,心里一直牵挂着儿子的安全。只要平安,任何事都不是事。阿虎"啵"的一声扑过去迎接,引石斛前去见石岩和尹如雪。"斛儿,路上出了什么事?"尹如雪问。"没事,妈。"石斛含笑说:"中间耽搁了一下,所以晚了一两天时间。"尹如雪追问:"真的没事?"石岩虽没将自己的担心跟尹如雪说,尹如雪还是直感儿子遇到了麻烦。石斛含笑说:"妈,你看,孩儿哪会有什么事?"石斛说着就脚尖一踮,在尹如雪面前转了一圈。"路上遇到几个控鹤军小喽啰,难不住孩儿。爸和师父教的那些武艺,不会白教。"母亲面前,石斛总是显得胜券在握。"控鹤军又不晓得你的身份,怎么会找你的麻烦?"尹如雪非常惊异。石岩替石斛向尹如雪解释:"应该是控鹤军怨斛儿多管闲事,找斛儿的麻烦。"

“现在真是惹祸上身啰。”曹全晟捋着胡子说:“当初你不出手相救,控鹤军杀手就可以顺顺当当地杀掉徐温。如今可好,你一出手,惹祸上身了吧。徐温有一大群人保护,不用担心;你孤身一人,还真让人放心不下。控鹤军杀手的手段,你见过。关键是这些杀手,就像当初起的名一样,来无影,去无踪,你根本就不晓得他们躲在哪里。”

“无影无踪,那就不用去找。”石斛嬉皮笑脸插了一句。

“你可别嬉皮笑脸的不当一回事。万一出点差错,那可就不好玩啰。老哥已经年纪一大把,无所谓。你可是朵还没开的花,闪失不得。”

“谢谢曹公!”石斛向曹全晟手一拱。“小子一定会注意防范。”

“上次徐榛来我们家,说你帮了她大忙,是不是就指救徐温的事?”

“孩儿哪想帮? 是不凑巧碰上。”

“这些控鹤军牛虻似的,真不晓得什么时候咬你一口。”石岩插了一句。曹全晟接着石岩的话说:“只要能找到他们藏身的老巢,或许就可以灭了他们。”石斛含笑说:“曹公,他们的老巢就在汴梁,怎么灭?”曹全晟握紧拳头狠狠地砸了一下自己的手掌。“是啊。老哥拼了几十年的命,别说灭,没给别人灭,已经很侥幸了。哎!”曹全晟无奈地叹了一口气。

“曹公,我们不能灭,不等于别人也不能灭。这些个控鹤军就像是秋后的蚱蜢,蹦来蹦去,蹦不了几天。小子相信肯定会有人灭了他们! 我们无须自寻烦恼,瞎操心,费精神。这时候城门应该还没有开,妈和爸怎么能这么早就来白云观找曹公?”

“多亏曹老哥收留,妈和你爸才没有露宿街头!”

“王妃,切莫这么说。”曹全晟先向尹如雪两手一拱。“眼前的状况只是一时。祸兮,福之所倚,家被烧未必就是坏事。”

石岩正在给菜浇水,李邈和吕夷则来告诉说,寿木店遭歹徒纵火。

李邈从天生山庄平安回到寿木店,大大出乎庞震东的意料。怎么可能呢? 庞震东立马派两人去天生山庄看一看到底是怎么回事。两人回来的报告让庞震东张着嘴半天没合上。更让庞震东想不到的是,匡俊臣袭击吕夷则又失了手。

“副使,现在看来只有趁他们熟睡之时,放火将他们烧死。这些房子全是木头,再浇点油,很容易得手。就算烧不死,烧了房子也可以出一口恶气。”纵火烧人家的房子出气极常见,连累不连累旁人不是考虑的内容。庞震东采纳了马惟品的建议。

“真是奇怪,一家普普通通的寿木店,怎么会变成了藏龙卧虎之地?”庞震东一肚子的疑惑,捏着下巴想不出个究竟。“看来,这小子一家人身份肯定特殊。会不会就是一直寻找不着的李休一家?”庞震东没见过李休,可李休这名却很熟。

“仆觉得还是别管吧。”马惟品委婉劝阻庞震东。“邓少通和胡忠义任务失败回洛阳,圣上龙颜大怒,当场就拿去喂了洛水的鲤鱼。现在是多一事不如少一事。万一不是李休,圣上说副使欺诳,怎么办?欺诳圣上,轻者腰斩,重者族灭。副使有没有必要捉一粒虱子放到自己头上叮?就说真是李休,圣上派谁前来?说不定还是副使。”

眼下的事情已经是一锅粥,能不能平安回洛阳都已经是未知数。这些年,随着上升通道渐渐被堵死,庞震东办事也已经没有了往日的主动积极。做死了,也不可能升到都指挥使。庞震东也就放弃了探究石斛身份的打算。还是先解决石斛,不解决,如鲠在喉,难受。

李邈睡梦中听到马匹急促的鸣叫声,从棺材内坐了起来。窗棂格外面映入了火光。李邈迅速从棺材中跳了出来。“夷则!”李邈推开库房的门,高喊一声。眨眼间,吕夷则冲出了厢房。见李邈在解耳房内的马匹,吕夷则赶紧上去帮忙。两人放出了马,打开了侧门,冲出了寿木店。火光此时已经照亮了寿木店西首弄堂,想扑灭已经不可能了。李邈和吕夷则看到弄堂远处有几个逃窜的黑影。两人就像眼前着了火的寿木店,忘记了穷寇莫追的道理,追了过去。歹徒疯狂逃窜,李邈和吕夷则没命追赶。外面很黑,巷陌又多,两人都没有追上纵火的歹徒。没办法,只得调头回寿木店。前来救火的人越来越多,连金陵守军都指挥使也带兵士前来援助。经过分割,寿木店的大火才没有蔓延。石斛来金陵后苦心经营的寿木店就这样没了。直到大火被扑灭,李邈和吕夷则才重新碰上面。马也不见了踪影。寿木店都已经烧了,根本不在乎再丢几匹马,李邈和吕夷则没有再去寻找。

“哥哥走时,将寿木店托付给你我兄弟。现在可好,全给歹徒烧了。哥哥回来,我都不晓得该怎么跟哥哥说。”

“都是我不好,睡得像死猪似的,竟然不晓得歹徒来放火。李邈哥叫我时,我还正在做梦,而且还梦见熊熊大火。”

李邈和吕夷则都颇为自责。现在天还墨黑,寿木店都已经烧了,去通知石岩也已经没有用。李邈和吕夷则直熬到天快亮才去鸡鸣巷,告知石岩。想不到石岩澹定得出奇,丝毫没有责备李邈和吕夷则。“烧都已经烧了,还能怎么着?现在急匆匆去也已经没用。你俩就在伯父家吃了饭,慢慢再去,来得及。”自亳州突围以来,石岩将任何事都看得很淡。“曲柯,我们去看看。”用过早餐,石岩夫妇带着阿虎,和曲柯一道,跟着李邈、吕夷则,好像外出逛街,离家前往长寿巷。在鸡鸣巷,一名街坊跟石岩打招呼，石岩还很礼貌地回敬，决然没有将寿木店被烧当一回事。横过玄武大街，走金锁巷前往寿木店。

石岩不晓得，有人正等着他出门。石岩的身影消失在金锁巷不久，两男子鬼鬼祟祟地出现在石岩家的大门口。见门关着，一人叫了门。门刚一打开，一人突然将早就握在手中的匕首直直往陆荣封的心窝就是一捅。陆荣封根本没防备，当场着了道。还没来得及出声，就已经被捅了两刀。两人紧跟着闪进了院子。一人将两手中的物事放到地上，转身去关门；一人蹲到陆荣封的身边，用匕首割陆荣封的脖子，确定死尽。闩上院门，两人将陆荣封的尸体抬到了堂内，然后去后堂解决了刘妈。不一会，两人就开始在石岩家的前屋、后屋墙壁、窗棂上洒火油。等洒完了火油，两人进卧室翻箱倒柜，将细软偷盗一空。看看时辰也已经差不多了，两人开始点火。等到火势稍猛，两人才从石岩家的侧门慢悠悠溜了出去。

螳螂捕蝉，黄雀在后。正当两人自以为得计时，套绳从天而降，紧跟着就是劈里啪啦的棍棒。两人不晓得，董正周早已经在石岩家布下天罗地网。两人还没进石岩家，董正周就已经晓得这两人冲石岩家去。原本不管，可两人从石岩家出来时肩上的布囊太诱人。这叫做贼打贼，劫打劫。这一生难以碰上一次机会，再不抓住，就没了。董正周和几个监视石岩家的大理寺胥徒一商量，决定提前动手。反正，董正周已经将他们的行踪报告给秦戎行。董正周和监视者都是秦戎行挑选过来的胥徒，力气大。不一会，这两个纵火者就翻白鲞了。石岩家的火已经很猛烈，黑烟冒天，到处人声鼎沸。董正周和监视者将地上的布囊拿了起来，拉开囊口看了一眼，就扔下这两个等着断气的杀人纵火者，逃之夭夭。

石岩夫妇一到长寿巷，马上被白眼包围，一时间夫妇俩成了千夫所指。刻薄的话像箭一般射进了夫妇俩人的耳朵。石岩晓得，任何争辩都无力。闭口不言让他们说去。这时，有人看到东北角黑烟冲天，又有人家失火了。几个老金陵人依照黑烟升起的方位推测应该是玄武湖附近。石岩夫妇根本没有联想到是自己家失了火。给长寿巷的街坊邻居围攻了差不多一个时辰，石岩夫妇才在李邈、吕夷则的护卫下准备折回鸡鸣巷。

“你俩不如先到伯父家中暂且住下，等斛儿回来，再做打算。”石岩建议。“反正四海为家惯了，也不在乎呆在哪里。”见李邈、吕夷则迟疑，石岩催促说：“走吧。莫非住在天下？”李邈和吕夷则也没地方可去，就跟着石岩夫妇前往鸡鸣巷。到达鸡鸣巷口时，鸡鸣巷的大火刚刚烧完。

石岩感到一股热浪扑面而来，空气中到处弥漫着火后的焦炭味。

儿名升州府的胥徒正在用水浇灭余火。

一名妇人瘫坐在地上嚎啕大哭。妇人的夫婿叫郁田,是一名小商贩。郁田认识石岩,而石岩不认识他。这些年,夫妻俩捏喉咙省吃俭用,再向亲朋好友借了一点铜钱,在鸡鸣巷买了一间房子,欠人家的债到现在还没有还清。郁田家跟石岩家只隔着一条小弄堂。这些房子,除了盖在上面的一层瓦,其他全是木头,烘一烘就着。着火时,郁田正挑着箱笼在金陵街头做生意。看到金陵东北角冲向天的黑烟,匆匆赶回家时,房子已经是一片火海。不是好心人死死拖住,郁田肯定烧死在屋子里面。可是,郁田可怜的儿子却烧死在了房子里面。

郁田的儿子去年失踪。今年,郁田做生意时听到有人叫爸爸。郁田抬头一看,这个叫他爸爸的人是一个在地上匍匐爬行的残疾小乞丐。这个小乞丐脸像自己的儿子,声音也像自己的儿子,人却完全不像自己的儿子。原本肢体健全的儿子,已经少了两条腿,一只手的手指也只有三个,头皮多处被烫掉。说是人,却一点也不像个人。郁田后来才晓得,有人活活将他的儿子剁掉了两条腿,弄成残疾,让他爬行乞讨赚钱。这种人神共愤的事情,到了这个时候,郁田才相信。郁田向上元县衙、升州府衙报案,结果都石沉大海。郁田耳闻街坊石斛有门道,就来求石斛。听了郁田的诉说,又看了郁田的儿子,石斛答应帮忙。石斛出铜钱请仲连堂。“倒不是小弟多管闲事”,石斛告诉荆善居,“这么邪恶的人本就不应该存在。”荆善居带着两名兄弟随同石斛去郁田家看郁田的儿子,向他儿子详细询问了情况。临走时,石斛对郁田说:“哥哥有什么要求只管说。”郁田还没有开口,新妇已经接话说:“我只要求,一报还一报,他将我儿子弄成这样,也要将他弄成这样!”只过了五天时间,荆善居就找到了残害郁田儿子的团伙。从犯交给上元县衙处死,主犯依事先的约定处置,荆善居帮郁田的新妇实现了愿望。

郁田的儿子行动不便,没能从房间里出来。着实不该连累无辜之人。石岩心很硬,听到妇人撕心裂肺的哭声,还是阵阵不安。石岩真想拿出铜钱弥补因儿子过失给他们造成的巨大损失,可身边却没有分文。这一辈子里面,石岩最不愿意的事情就是欠别人的情。

这些日子,石岩发现有鬼鬼祟祟的人在宅院的附近徘徊,并不以为意。昨晚,石岩听到阿虎吠叫的声音。“石头,好像又有人闯进家里了。”石岩披上衣裳出了房间。石岩晓得,自石斛跟朱雀门家丁打架后,宅院附近就布满了眼线。石岩并没有去探究,他们到底是朱雀门还是都督府布下的眼线。监视就监视吧!我还能怎么着?但愿仅仅只是监视!

徐温遇刺脱险回到都督府，徐渊撤离了监视石岩的眼线。代替他们的是李慎肇派来的人。李慎肇一接任大理寺卿，就部署缉拿潜伏在江南的控鹤军。可是，没有任何线索，到哪去缉拿？“是白记寿木店少东主坏了他们的大事，而且还杀了他们的人。找少东主的麻烦那是肯定。”大理正秦戎行向李慎肇建议，死盯石斛。“经过紫金山一战，他们潜伏在金陵的人应该已经消耗得差不多了。都督府防备森严，朱雀门也有大把高手在镇守，他们不会自投罗网。只有坏了他们大事的白记寿木店少东主没有人护着，可以下手。眼下没有其他头绪，我们只能紧紧盯住白记寿木店和少东主的家，说不定会有意想不到的收获。”石戎一家被杀后，李慎肇一边积极寻找线索，一边依秦戎行的建议开始部署，准备来一个守株待兔。

李慎肇派了一大班人，化装成贩夫走卒，流民乞丐，盯住每一个来寿木店的客人。一出寿木店，就有人擂鼓传花一直跟踪到底，确定从哪里来，是真买棺材，还是假买棺材。盯了半个来月的梢，一无所获。就在李慎肇觉得应该放弃时，秦戎行向李慎肇报告，逮住了狐狸的尾巴。“继续盯，不要惊动他们。等他们动手后，我们再动手也不迟。一定要摸清他们的底细，最后来一个一网打尽。”李慎肇大喜过望，指示秦戎行增加了盯梢的人，并且扩大了盯梢的范围。不仅寿木店东主、少东主，只要是跟寿木店有关系的人都要盯。过了几天，鹰扬山庄吴不明来牙署拜会李慎肇。吴不明刚一走，李慎肇马上加派人手监视柳宅。

昨晚，盯梢的人跑来向秦戎行报告，控鹤军杀手火烧寿木店。秦戎行正准备动身去见李慎肇，监视石岩家的董正周也派人前来报告。有人昨晚翻墙进入石岩家企图纵火，被石岩赶跑。协助秦戎行的梅迪德建议：“反正天亮之前他们会回巢。仆觉得还不如早些动手，免得让他们继续为非作歹。”秦戎行采纳了梅迪德的建议，就去见李慎肇。“还是等明天吧。”梅迪德的建议没被李慎肇采纳。“都督正在睡觉，不便打搅。那些破房子烧几间就烧几间，没什么名堂。我们的职责是彻底清剿这些控鹤军，那些房子烧不烧跟我们没关系。他们累了一晚上，肯定要回去睡觉。明天动手正好可以将他们一网打尽。毕竟那是都督府长史的家，请示都没请示都督，我们能随便动？”李慎肇不在乎，秦戎行再怎么在乎都没用。不过，李慎肇还是要求秦戎行做好部署，明天一禀明都督，马上行动。

石岩夫妇在鸡鸣巷街坊的白眼下，踏着还在冒白烟的瓦砾，来到还只住了两个月时间的宅院前。寿木店已经烧了，刚刚买下的宅院也烧了。几年艰苦积存起来的一点家底以及这些时间石斛赚来的铜钱在这场突如其来的大火中被烧得干干净净。石岩再豁达，也意识到问题很严重。姑且不说将来会怎么样，应付眼前的窘境已迫在眉睫。石岩是普普通通的人，而不是神仙，也需要衣食住行。难道真的让曾经是李唐亲王的石岩去做那些偷盗、抢劫、杀人的勾当？敢做这种勾当，石岩还会是眼前的石岩？怎么办？石岩一边走，一边想。

石岩夫妇冒着扑面而来的热气，来到菜园前。菜园里面的菜倒安然无恙。菜园边上的几间低矮的小屋还好。石岩夫妇走进菜园，来到马厩、猪圈前。已经变成鸽舍的猪圈里面，一对鸽子发出“咕咕”声。进入鸽舍，石岩提着鸽笼走了出来。这时，一名在火灾现场搜寻起火原因的胥徒，前来告诉石岩，有两名已经烧焦了的尸身。一人比较完好，一人已经无法辨认。石岩也就只问了男女性别。胥徒跟石岩说，比较完好的一人系男性。石岩告诉胥徒，此人是自己刚刚雇来不久的佣人陆荣封。胥徒还问了其他一些问题，只要石岩晓得，石岩都如实回答。家里此时根本就没有用火；真的着火，两个大活人不至于被烧死在里面。胥徒想都没想，按照一般常理就断定应该是有人进宅院杀死两人后，再放火焚尸灭迹。没有多久，胥徒就带着仵作来验尸。跟胥徒猜想的一模一样，陆荣封是被杀死之后再扔进火场。

到底是谁？徐温想对付我，根本用不着如此暗昧。甚至连个罪名都不需要编造，就可以完事。看来，已经被人瞄上了。控鹤军？控鹤军瞄上了我，那远在鄂州的斛儿也可能已经被盯上。如今，我就是马上插上翅膀，飞到鄂州，也不一定就能找到斛儿。就算找到，要出事早就出事了。相信斛儿能靠自己的聪明和武艺渡过难关。石岩长长吸了一口气，平静了一下心绪。石岩一手提着鸽笼，慢慢离开苦心经营了两个月的菜园。

石岩刚刚还悠闲惬意，没想到，突然之间就变成了无所归依的流浪汉。这正应了一句常言，人有旦夕祸福。现在身无分文，金陵又没有熟人，能到哪里去？石岩深思了起来。放倏然或倜然前去给朱邪以清送信？石岩没想过。翠竹湾十几年都过来了，石岩不会因眼前一点小事情让老人家担心。就算去告诉朱邪以清，派人前来金陵也不晓得是哪个猴年马月。起码，石岩得解决今天的吃饭和睡觉问题。莫非夫妻两人去睡鸡鸣寺旁边的凉亭里面？

石岩不是颜回，穷得叮当响，还跟在孔子的屁股后面学圣人治世之道。石岩也不是朱买臣，不治产业，不顾妻儿饿肚子，只管读书，饥寒交迫，最后还不得不厚着脸皮靠改嫁他人的新妇可怜，才没有饿死。子曰，君子谋道，不谋食。耕也，馁在其中矣；学也，禄在其中矣。君子忧道，不忧贫也。正因为孔子竭力推崇，神州历来就赞颂这种不谋生而谋禄的寄生虫。能去哪暂时渡一渡难关呢？熬过后，再做打算也不迟。石岩陷入沉思。石岩确实不是那种被一枚铜钱难死的人，搞急了，说不定会撕掉最后一块遮羞布，不顾身份，不管道义，去偷、去抢。不过，石岩宁愿做土匪，也不会低下头颅寄身在土匪徐渊的屋檐下。

还是先到金陵附近的那些个道观、寺庙先救一救眼前的急。哪呢？石岩猛然想起了儿子曾跟他提起过的白云观掌门曹全晟，一个胡子雪白的老道。道士、和尚，都是出家之人，没有家眷产业牵累，天下为家，行踪漂浮不定。不像世俗人，曹全晟难以成为控鹤军追杀的对象。就算真的遭到控鹤军杀手追杀，大不了最后到其他道观做道士。退一万步，不幸被控鹤军杀了，七十多岁的人，也没有什么大不了。权衡利弊，石岩决定前往白云观救急。

"现在你俩没地方呆，伯父也没地方呆。那我们就一起去投奔白云观。白云观的掌门是斛儿的朋友，呆几天应该没有问题。"石岩向李邈、吕夷则建议。"阿虎！"石岩叫了一声正在火灾现场嗅什么犯罪嫌疑人踪迹似的阿虎。"我们走去投奔曹全晟。"石岩刚要起步，几个陌生人纷纷请石岩夫妇到他们家暂时住一住。看来是斛儿的朋友了。"不麻烦了。还是去白云观住好。"石岩谢绝了这几个陌生人的好意。石岩一行刚出北门，把守城门的兵士就慌张地关上了城门。石岩也没心思去关心到底是什么原因，也只管前往白云观。

曲柯跟着大父闯江湖多年，经验丰富，去向门头打听掌门曹全晟的住处。依照门头的指点，曲柯领路，李邈、吕夷则殿后，石岩夫妇带着阿虎前往缮意房。曹全晟此时正在缮意房堂内看书，无意间一抬头，看到了石岩的身影。奇遇！曹全晟放下书，站了起来，出了缮意房。在步檐上停留了一下，曹全晟起步走下了台阶。

"无量观！无量观！"

好像看到多年没有碰面的故人突然来访似的，曹全晟拱手前来迎接。石岩觉得好像在什么地方见过，只是一时想不起。石岩也没想那么多，连忙拱手回敬。

"今天有事来求掌门。"

"无论什么事，请先进堂内坐！"

石岩将手中的鸽笼在缮意房前的一株小树上一挂，就和尹如雪一起，跟着曹全晟，进入堂内。后墙上横挂着上书道法自然四字的字幅，字幅的下面是一小竹榻。"请坐！"曹全晟站在一旁请石岩夫妇在小竹榻上就座。"这哪行？"石岩连忙谦让。"客人总不能去抢主人的位置吧。"曹全晟虽说是儿子的忘年交，但毕竟年长。"曹全晟最放肆，也晓得上下尊卑。这竹榻你俩不坐，谁也不敢坐。"石岩一惊，李邈、吕夷则更为曹全晟的话摸不着头脑，等着曹全晟继续往下说。"曹掌门何出此言？论岁数，掌门年长；论尊卑，曹掌门是道士，远在商贾之前。无论是尊卑还是主客，这竹榻都应该曹掌门坐。”“今天,你俩不坐也得坐。”曹全晟不像道士,很固执,非要夫妇坐不可。“好,好！只不过一个座位而已,没什么名堂。”这些个世俗礼仪石岩想得很开。“客随主便。雪儿,我们坐。”石岩夫妇坐了下来。“贫道岁数再大也大不过千岁,掌门地位再尊也尊不过亲王。这竹榻不是你俩坐,谁坐?”

不像那些处优养尊的官宦、富豪,人还没到不惑,肚子外凸已经超过将要临盆的孕妇。南逃翠竹湾的这些年,石岩半耕半读,半文半武,除了出现了几根白头发,身材依旧。跟桓王李休相比,只是少了焦虑,多了淡定;少了风华,多了恬静。过去了十几年时间,曹全晟还是能够一眼就能认出石岩就是昔日的桓王。

白云观掌门曹全晟竟然认识自己,石岩暗吃了一惊。李邈听了更是目瞪口呆。李邈没想到,白记寿木店的东主竟然就是亡命江南的桓王李休。这一年多时间里面,李邈一直在寻找桓王,希望追随其后,复兴李唐。李邈根本想不到自己找了那么长时间的人就在眼前。就几天前,李邈还躺在棺材里跟吕夷则聊到了桓王。“很可能,桓王已经死了。否则,那么长时间,怎么可能会影踪无迹?”李邈虽不愿意相信,但不得不接受这个事实。

“惭愧！惭愧!”

石岩此时才突然想起,白云观掌门曹全晟原来就是天平军节度使兼东面副都统曹全晸的弟弟曹全晟。石岩南逃之前,曾经跟曹全晟在神都见过两次面。“人越来越贱,记忆也越来越差。掌门这么说,羞死愚了。”“恕罪！恕罪!”曹全晟道袍一撩,身子一屈,准备下跪。石岩急忙站了起来,跨步上前,一把扶住了曹全晟。“掌门不要再羞辱愚了！愚今天前来是想请掌门暂且收留,走投无路啦!”

李唐皇朝倾覆,皇族嫡亲只有李休也就是石岩一人活着是神州江湖人人皆知的事情。曹全晟认出了石岩,也就晓得石岩落难。石岩夫妇突然间带着两后生流窜到白云观,曹全晟虽然非常惊奇,但依旧没去向石岩追问原因。问什么呢?越问还不是越让人感到凄厉?

“千岁不嫌弃,就住在白云观,待日后再慢慢图谋。”

“那就多谢掌门收留了!”石岩向曹全晟手一拱。

“千岁!”曹全晟拱手说:“仆终究还是曹全晸的弟弟!”

“多几个曹全晸,李休会流窜到白云观?”石岩哼哼冷笑了几声。“过去就让它永远过去。愚今天来投奔掌门,也是犬子曾经多次提起。”曹全晟只觉得像,但没问石斛。石岩言罢,一阵苦笑。“人家是父亲栽树,儿子荫凉,愚恰恰相反。”

“世子能栽树,也是千岁培养的结果。千岁,这两位郎君是?”

“李邈、吕夷则，犬子请来的帮手，应该也算是犬子的朋友和兄弟。这些日子，他俩一直借宿在寿木店。如今店被人放火烧了，也只能跟愚一起来投奔掌门了。”

“祸兮，福之所倚。这一次意外变故未尝不是契机？仆相信，一切会改变。”

“但愿吧。勇于敢则杀，勇于不敢则活。还是先求活吧。”

家被烧了，什么物事都已经没有。曹全晟虽半路出家，但崇尚自然。吃了中饭，曹全晟就让知客蒙相盈陪尹如雪、曲柯、李邈、吕夷则进城去购买更换的衣裳，总不能老穿身上的一件。尹如雪在翠竹湾呆了近二十年，从里到外早就已经是一个会过日子的民妇。尹如雪一走，曹全晟怕石岩一个人闷得慌，准备陪石岩在缮意房堂内下棋。哪晓得，前来慰问的人如同成群结队的蚂蚁。直到暮鼓响起，才没人再来。石岩这才真正清楚儿子狗屁朋友多。白云观房子多，有普通的寮房，也有供居士住的精舍。方便照应，曹全晟将缮意房的卧室让给石岩夫妇。曲柯就由蒙相盈带走，李邈和吕夷则去跟曹全晟的弟子章毅一起睡。寮房空阔，再铺两张席子就是。就这样，石岩和尹如雪在白云观住了下来。

正说着，李邈和吕夷则来了。“哥哥！”吕夷则这两天一直在担心石斛出事。一看石斛竟然在缮意房前的庭院上，高喊了一声，跑了过来。石斛听到吕夷则喊叫，转身迎了上去。“哥哥什么时候到的？”吕夷则很兴奋。“刚刚。”石斛告诉吕夷则。“见城门还没开，就来曹公这坐一坐。不想，出了那么多事情。”“都是小弟没用。”吕夷则颇为歉疚。石斛拍了拍吕夷则的肩膀，宽慰说：“你能平安，已经很了不起。其他的，都是小事。”李邈拉了一下石斛。“哥哥，小弟跟你说一件事。”石斛跟着李邈走到了一旁，李邈偷偷地告诉石斛一个很不幸的消息，戚冷的母亲和新妇遭人袭击身亡。石斛心顿时一沉。

戚冷跟李邈告辞，离开寿木店，准备回家。

戚冷的家在金陵西门外的白鹭村。

黄巢造反后，金陵换了好几个主人。不断更换主人的过程中，民众死的死，逃的逃。直到杨行愍平定了田頵叛乱，离散的民众才又重新聚集。当时，白鹭村废弃的房屋不少。戚冷的母亲就从这些无主的房屋里面选了一处。戚冷住的房屋虽破旧，但前有庭，后有院，只是太长时间没有维修，房子已经开始倾斜。破屋四处透着风，冬天在破屋内刺骨的冷。戚冷来寿木店做了伙计后，见有了稳定的收入，向石斛预支了铜钱修缮了房子。

戚冷出西门时，西边的太阳离地面已经只有几丈高。戚冷每天都在城门快要关闭的时候出城，很有规律，只是今天稍稍早了一点。戚冷回到家中还只一会，三名歹人突然闯进家里企图行凶。这三人就是马惟品和他的两名手下。依照计划,席弘期带七名手下在天生山庄等李邈入瓮,匡俊臣带人袭击吕夷则,马惟品对付戚冷,只有张白因母亲生病早早就请假在家侍候而没有引起庞震东注意。否则,又会多一个冤鬼。戚冷根本没想到大白天会有人入室行凶。慌乱中,戚冷的母亲替戚冷的新妇挡了歹人一剑。"快来人啊!有人要杀人啊!"戚冷的新妇杀猪高声嚎叫,戚冷操起白栎棍抵御。马惟品没想到,一个寿木店小伙计,竟然将棍棒舞得呼呼做声。见一时半会还难以拿下戚冷,怕到时无法抽身,马惟品只得带两名手下匆匆撤离。不过,戚冷的新妇就没那么幸运,被马惟品一名手下割了喉,倒地而亡。

戚冷的母亲含辛茹苦十几年时间将戚冷拉扯成人,还没享一天福,就死在了陌生人的手中。新妇熊安如从小苦到大,成了戚冷的新妇,以为幸福生活从此开始,结果惨死了。真个是,天有不测风云,人有旦夕祸福。一个刚开始乐融融的小家庭,眨眼间只剩下戚冷孤零零一个人。戚冷颓然坐在地上,木然看着倒在血泊中的母亲和新妇,心里想着的就是杀了那三名歹人,替她们报仇。

这三名歹人是谁?戚冷不断地想。这些年,戚冷跟人小冲突有,但不至于到了要戚冷命的地步。真正算得上的冲突,就是一两月前跟秦淮帮的冲突。应该就是他们雇的人。就是他们!戚冷想了一遍又一遍,确定这三名歹人是秦淮帮雇来的人。先将母亲和新妇安葬,再慢慢收拾你们!第二天,戚冷早早就在西门前等候进城,准备去寿木店拉两棺材给母亲和新妇入殓。城门一开,戚冷急忙进城去寿木店。眼前的景象让戚冷惊愕得合不上嘴巴。戚冷想起了李邈,立马改变了看法,一定是石斛连累了母亲和新妇已经被歹人杀害。戚冷非常后悔当初来寿木店当伙计。不来寿木店当伙计,母亲和新妇就不会受连累被歹人杀害。想起母亲这些年为了将他养大成人所遭受到的苦难,想起跟新妇之间的恩爱,戚冷恨石斛连累了母亲和新妇遭歹人毒手。我一定会让你血债血偿。戚冷咬着牙,暗暗下决心。

戚冷家在金陵城西白鹭村,而白鹭村归江宁县管辖。戚冷没有在寿木店废墟前逗留,转身就去江宁县衙报案,并向江宁县令丁华荣述说了自己的看法,是石斛连累了他母亲和新妇遭歹人毒手。仵作也已经验过尸,现在就等慢慢破案,抓住凶手。李邈和吕夷则白云观一住妥,去白鹭村找戚冷,准备告诉戚冷一声,免得戚冷找不着他俩而担心。到了戚冷家,李邈和吕夷则才晓得戚冷的母亲和新妇已经遇害。一见李邈和吕夷则,戚冷就向李邈、吕夷则逼问石斛是不是得罪了人。事已至此,李邈没有隐瞒,如实告诉戚冷,石斛确实得罪了控鹤军。

"吾虽不杀伯仁,伯仁因我而死。"

“哥哥无须过多自责。”

“自责没用，哥哥懂。”

“怕伯父责骂，没将戚冷的事情告诉给伯父。”

“责骂无所谓，怎么责骂都是希望哥哥好。不告诉他，就是不想让他心不安。”

“想想这些年流浪途中所见所闻，这世道真让小弟有些心冷。”

“心冷也好，心热也好，都必须活。”石斛拍了一下李邈的肩膀。“只要人还活着，就会有希望。人死了，才叫真完蛋。眼下重要的是如何让自己活下去。哥哥已经有些想法，以后再慢慢跟你说。等会，哥哥去向曹全晟要点铜钱先买副棺材安葬戚冷的母亲和新妇，尸体晾在那总不好。”

戚冷家原本就很穷很穷，又修了房子，而在寿木店做事的时间又短，戚冷确实没有多余的铜钱。不过，石斛预支给他的铜钱还剩下一点，给母亲和新妇买棺材的铜钱还是有。确定是石斛连累了母亲和新妇，戚冷想好，安葬母亲和新妇的一切费用全由石斛出。为了遮掩想法，戚冷向李邈、吕夷则借铜钱。吕夷则身边或许会或多或少留一点铜钱，而李邈一向不留一文。“还是让小弟去哪借一点。”不想偷，不想劫，只能借。吕夷则朋友几个，而石斛的朋友吕夷则也认识好几个，弄点铜钱买棺材应该不会有问题。吕夷则的建议，李邈不赞同。“先别急，等哥哥从鄂州回来再说。”戚冷顺水推舟默认了李邈的建议。

天下本无事，庸人扰之而烦耳。徐榛就是这样的庸人。徐榛是朱雀门大县主，无须担心吃，也无须担心穿，也无须为荣华做白日梦。想想如今神州，多少人靠做白日梦过日子。徐榛要什么物事，有人会给她买；想什么事情，有人会替她做。人就是跟自己过不去，无事生非，自寻烦恼，徐榛要找一位徐榛喜欢的王子。这世上王子原本就稀少，而徐榛喜欢的王子更不晓得有没有。还好，徐榛有父亲在背后作靠山，不怕。找啊找，终于找到了一位徐榛喜欢的王子，卖棺材的王子。人啊，就这么莫名其妙。在乎你的人你不在乎，不在乎你的人你在乎。这位卖棺材的王子除了无端给徐榛带来烦恼，其他什么也没有。

早上，于苓给徐榛梳头时，徐榛自言自语似的说：“好几天了，一点音讯也没有。”徐渊庆生那天，石斛随口告诉徐榛，明天他要去鄂州进货。话一出口，石斛就知道多事，好端端地将牵挂带给徐榛。“路上一定要小心。”徐榛不好让石斛不去进货，只好叮嘱。“小子一定会小心。”石斛告诉徐榛，货船上去空船，下来一船棺材，水匪不感兴趣。“小子机灵，水性又特别好，你放心，一定会平安平安回金陵。”广陵之行路上的遭遇告诉徐榛，扬子江上水匪多。第二天，徐榛特地去法云寺上了香，请佛祖保佑石斛一路平安。

“公子实在不该将自己的行程告诉给县主。”

“我也不晓得是怎么回事，就会莫名其妙地想他。”

“公子这次鄂州回来，县主不劝，婢子劝。以后就不要再卖什么寿木了。”

“实际根本不用我劝，他也不一定会继续卖。我爸、叔父等都会让他搞其他行当。男人不能像碗里虫似的躲在家里，应该趁年轻时候外面多跑跑，就是随便看一看，也是一种人生练历。只是扬子江上土匪那么多，万一出点事总是不好。”

“只有这事，县主大可以放心。土匪碰到公子，肯定倒大霉。”于苓说是这么说，其实心里也担心。石斛运送的是棺材，可卖棺材的人有铜钱。如今这世道，霸王在外面的时间多了也会失手。“公子只要手指轻轻一弹，肯定飞出好几丈远。”

徐榛扑哧一声笑了起来。

“你也信他吹牛？”

神州人说话半吞半吐，意思主要靠揣摩。朱温一次外出巡守，在一棵柳树下遮荫。朱温自言自语，“这树做车轱辘真不错。”左右以及游人纷纷附和。朱温很生气。“柳树怎么能做车轱辘？该死！”那些附和朱温的人统统被杀。主人的话揣摩错了，下场如同那些游人。

“公子可不是吹牛。”

“你对他那么有信心，为何还要吓得直打哆嗦？”

“可能是小时候吓怕了。公子不卖寿木，就可以早些将县主娶过去了。”

“急了？”

“婢子还真急了。县主早嫁过去，婢子也就不需要叫人去探听公子的消息。”

“死婢子！你这还不是绕个圈子说我急了？”

“婢子不敢！梳好了头，婢子去叫东方大哥去看一看。”

虽已经不像众土匪抢夺江南的那些年，平头百姓缺的依旧是安全，年轻女子根本不敢出门。徐榛却是一个很喜欢抛头露面的人。徐渊没有禁止徐榛出门，而是给徐榛找了出门能保证安全的人。徐渊替女儿的贴身护卫选择颇费了一番心思。没有家眷，锅灶打在腿肚子上的家丁，徐渊肯定不会要。武艺不好，根本不在徐渊考虑之列。倒散烂、不顾家的人自然也不会入徐渊的法眼。徐渊斟酌再三，最后挑选了东方明来保护徐榛。东方明活轻松，薪金却奇高。除了按月领到一份一等家丁的薪金，徐榛还从自己的零用钱中拿出同样数额的钱给东方明。徐榛对东方明也好，常常买一些物事让东方明带回去给自己的新妇。朱雀门其他家丁非常羡慕东方明。“你可晓得,我的责任有多重? 金陵街上的流氓碰了县主一个指头,我就死定。”“什么死定?”一名宫姓家丁说:“我还想不出金陵有哪个流氓胆子大到不怕死而动一动县主的一个指头! 你能谋上这份差事,那是你命好。”“你就没听过色胆包天?”宫姓家丁当场就闭上嘴。不怕一万,只怕万一。出了乱子,东方明真死定。怕出意外,徐渊还让全子尚挑选两名家丁交给东方明差遣。

“东方大哥,县主叫你去看一看公子是否已经回来。”

东方明骑着马前往鸡鸣巷。一到鸡鸣巷,东方明就被眼前的鸡鸣巷惊呆。原本一条长长的鸡鸣巷,现在已经只剩下半条。东方明踩着瓦砾,来到石斛的宅院前,看到的只是大火烧过之后剩下的废墟。东方明尽职尽责,在废墟四周仔细找一遍,不见石斛,也不见石斛的父母。东方明立马前往长寿巷。到达长寿巷,东方明看到的景象比鸡鸣巷更糟,整条巷都已经消失,到处是断垣残壁,和成堆成堆的瓦砾。踩着“喳喳”响的瓦砾,东方明站到了白记寿木店的废墟上。原本摆放在库房里面的棺材,不是已经被大火烧焦,就是烧毁或者烧掉了一半。废墟的空气中依然弥漫着一股浓浓的焦炭气味。公子的家和寿木店都已经被火烧了,县主竟然一无所知,真是奇怪! 东方明带着一肚子的疑惑赶回朱雀门。

东方明一赶回朱雀门,就将看到的情况报告给徐榛。“全烧了?”徐榛非常吃惊。东方明如实汇报。“全烧了。”徐榛连忙问:“石斛和他父母呢?”东方明说:“仆找遍了地方,就是没找着公子和他的父母。”肯定是遭到了控鹤军杀手的报复! 房子烧了无关紧要,石斛出事可不得了。徐榛一胡思乱想,马上慌了起来。

“东方大哥,赶快叫董大哥备车马,我要亲自去找一找。”

“县主,别急。出了那么大的事情,大家应该早就晓得,为何都不说一声?”

“说不定我爸怕我担心,故意瞒着我。”

“真出事,早就已经出事,县主去也没用。还不如先去问一下大家。”

徐榛急匆匆前往如茅斋。到了如茅斋,侍儿仇可贞告诉徐榛,徐渊早早带着徐福外出办事去了。早不去,晚不去,偏偏这个时候去。徐榛心急如焚了起来。不能等了。徐榛决定亲自去看一看。徐榛刚要出朱雀门,徐渊办完事回来了。“榛儿!”徐渊见徐榛步履匆匆,神色紧张,连忙叫住了徐榛。一见徐渊,徐榛跑了过来。“出了什么事啦?”徐渊急忙问。“石斛家和寿木店被火给烧了。”原来是这事。徐渊刚端起来的石头放了下来。

“烧了就烧了,没什么大不了的事情。”

“石斛没事?”

“没事！没事！哪会有事？石斛那么容易出事，怎么能成为爸的女婿呢？”徐渊说着就笑了起来。徐渊一笑，徐榛顿时宽心了许多，轻松了起来。“爸已经让徐福去看过了。就怕你平白无故地乱担心，才没将事情告诉你。”

“那他的父母呢？”

“没事。石岩夫妇都在白云观，跟掌门曹全晟一起，好得很。”

“县主，仆昨天亲自去看了。”徐福证实说：“石岩夫妇倒好像没发生什么事似的，跟白云观掌门曹全晟有说有笑。”

早在白记寿木店被烧的那个早上，徐福去如茅斋告诉徐渊白记寿木店昨晚被烧的消息。房子失火的事情，也不是没有。不会因为寿木店是石斛的就不能失火。“烧了最好，也不至于再卖什么棺材。”徐渊铜钱多，根本不在乎一家寿木店。还没过去两个时辰，徐福又跑来告诉徐渊，石斛鸡鸣巷的家也给烧了。这下徐渊马上意识到问题严重。天下凑巧的事虽多，但不会那么凑巧。肯定是石斛这小子紫金山一出手，惹祸上身啦。

“石岩夫妇呢？”

“据回来报告的人说，石岩夫妇刚好去长寿巷查看寿木店火灾情况，回到鸡鸣巷时，家已经给歹徒放的火烧光了。胥徒问完了火灾情况，石岩夫妇就朝北门去了。县主踏青回来的第二天，安置在鸡鸣巷的眼线就已经撤了。仆也不清楚石岩夫妇去了哪里。”

“徐福！”徐渊略一沉思，就吩咐徐福。“你马上去办两件事情。第一件事情是派出目前还在金陵的家丁和仆役，就是翻遍整个金陵城，也要找到石岩夫妇；人手不够，你就去刺史府，叫副使徐玠多派胥徒帮着寻找，找到为止。第二件事是你亲自去一趟万通钱庄，仔细查一查，石斛接手白记寿木店后，在万通钱庄存了多少钱。”

“是！”徐福退出了如茅斋。

徐福走后，徐渊一人坐在如茅斋品茶。还没喝几口茶，全子尚跑来向徐渊报告，李慎肇率领黑云都围攻都督府长史柳似汀家，打斗非常激烈。“晓得了。”徐渊随口应了一句，似乎早就已经预知会发生这种事。全子尚退去后，徐渊突然来了兴致，遣侍儿去叫家妓井之霜来弹琴。徐渊半闭着眼睛直听到吃饭才结束。吃了午饭，徐渊才见徐福额头上都是汗水，出现在如茅斋。“大家！”徐福向徐渊报告：“找到了石岩夫妇的下落了。两人去白云观，投奔曹全晟去了。北门关闭，差不多等了一个时辰，才重新打开。见夫妇两人都好，仆没问具体情形，就匆匆赶回来了。”找到了就好,眼下石岩夫妇可不能出问题!

“那就让石岩夫妇先在白云观呆几天吧,等石斛回来再说。还有多少存钱?”

“依据寿木店来往万通钱庄的款项来看,公子存银应该有一万四千八百二十缗。其中一万缗是徐大官人上次去白记寿木店,购买棺材时,支付给寿木店的钱。这笔钱,当天就由寿木店的账房转到了寿木店的账上。”根本是答谢人家救命之恩。徐渊没有插话,继续听徐福说。“其他的都是寿木店陆陆续续存到万通钱庄的钱。”

“石斛这小子还是赚了不少钱么。”徐渊笑了起来。

“公子很会做生意。小小一家寿木店,短短的时间里面赚了那么多铜钱,非常不容易。”

“是块做生意的好料。”

“公子人也勤快,只要他能做,都不雇人。”

“铜钱还没赚到手就翘着脚做东主的人,有几个最后能成事?”

“那是。这些都是账上的。”

“你再去一趟万通钱庄,整数以石斛的名重新存过,存钱的凭据拿回来给我。”

第四十二章　善后

投我以木瓜，报之以琼琚。
匪报也，永以为好也。

——《诗经》

城门刚一开,荆善居就来白云观。

上次仲连堂被抄,荆善居的所有家当被洗劫一空。石斛刚一离开仲连堂,李慎肇就亲自带人将从仲连堂抄来的家当悉数还给了荆善居。荆善居跨出府署的大门,在府署外伺察动向的仲连堂兄弟就将荆善居已经获释的消息传播了出去。当初逃散的兄弟开始返回。仲连堂每一个兄弟都明白,没了仲连堂,如今这世道,就是小鸡,随时都可能会被人踩死。荆善居到达仲连堂时,就已经有一大班兄弟在大门外等候。没多久,仲连堂就基本上恢复了元气。

这些年,荆善居为了生存一直在尽力拉拢与官府衙门的关系。没有白道的背景,仲连堂没办法在金陵活。谁都知道,黑道的背后是白道。神州大乱,衙门官吏像走马灯似的更换,仅升州刺史都不晓得已经换了第几任。今天刚刚有点熟悉,明天就换了陌生人。原先的努力全白废,一切又得从头再来。何况,费尽心思也拉不到大人物。攀附,需要门道,也需要机会。随着吴国首府从广陵渐渐迁到金陵,连刺史都已经是小官。可想攀上真正的大官,却很不容易。

没想到,莫名其妙结交上一个可以直通天庭的人。回到仲连堂,不用荆善居自己主动去宣传,金陵人就晓得仲连堂堂主荆善居跟朱雀门未来女婿石斛是好兄弟。石斛虽是一个很让人鄙视的寿木店少东主,可身后却站着都督徐温和朱雀门当家徐渊。江宁县尉庆幸自己没有为了几缗铜钱得罪仲连堂。其他都不说,光仲连堂那么多兄弟就足以让龚霈睡不安宁。想过好日子,需要黑道兄弟帮衬。一场风波过后,如今的仲连堂甚至比以前的仲连堂更硬,差不多成了影子衙门。棘手的民间纠纷,仲连堂出手总是能摆平。

荆善居那么早来白云观,只想看一看石斛是否已经从外地回来。见缮意房一大班人,两人站在庭院里聊了一会,荆善居就准备回去吃早饭。石斛送荆善居出白云观山门。“晓得不晓得这火是何人所为?”荆善居顺便向石斛征询。“应该是朱温派到江南从事刺杀活动的控鹤军。”石斛将自己的推测告诉给荆善居。“只能说自己运气不好,遇到不该遇到的事情,得罪不该得罪的人。不是小弟有两下子,荆兄说不定连人都见不着了。”“善居和仲连堂兄弟的命是你救的。只要能用得上,无论什么事,说一声就是。”分手时,荆善居给了石斛一个诺言。“小弟心里有数,需要荆兄帮忙,会说。”在白云观的山门外,荆善居向石斛手一拱,转身走了。荆善居没想到,石斛眼下急需要的是铜钱,一笔解燃眉之急的铜钱。

石斛这次回金陵,只从米栗那要了一点铜钱,以为够川资就行。哪晓得连老底都烧了一个干净!吃了早餐,石斛向曹全晟要一点铜钱,准备去高记寿木店买棺材,安葬戚冷的母亲和新妇。正准备动身,街坊陈绾来找,石斛只好让李邈和吕夷则先去。火灾前,陈绾刚刚进了货,这场大火将所有的货物烧了个一干二净。陈绾来找石斛,倒不是要石斛赔偿损失,而是要石斛退还四个月的租金。“仆也知道少东主刚刚烧了店铺,可这场火一烧,仆马上就要揭不开锅。来找少东主,也是实在没办法。”白肇祺已经收了租金,而寿木店又已经转手给了石斛。这四个月的租金只能由石斛来付。“总共多少?”多少租金,石斛没去记。“一个月八千五百文,算四个月,多半个月,就不算了,总共三十四缗。”石斛身上没有铜钱,人家又说要揭不开锅了,只好去向曹全晟借。“实在不好意思。”石斛将铜钱交给陈绾。“理当如此,陈当家不必在意。陈当家数一数。”送走陈绾,石斛正准备动身去白鹭村,官府衙门的人来了。两名上元县衙的胥徒来白云观找石斛商量陆荣封和刘妈的善后事宜。

胥徒给石斛讲了赔偿情况。平常杀人命案的民事赔偿金是一人一百三十四缗,相当于九品官吏三年的俸禄。因战乱、灾荒等原因,现在一百三十四缗,只能购买四十斛米。非杀人命案,赔偿金最多只有七十四缗。像石斛家这种情况,赔偿四五十缗就够可以了。现在天气渐渐炎热,尸体不宜久放。早日了结,早日安葬。两胥徒的话还没说完,石斛就开始琢磨向谁借点铜钱救一救急。

“老哥去范双龙那弄点铜钱,先将善后的事情给办了。”

“曹公将铜钱都拿给小子了,是不是想让白云观那么多道士到外面喝西北风去?”

发达时,到处是朋友;穷困时,什么朋友都没有。石斛在江湖上混,这点道理懂。金陵城早就已经传遍,徐渊准备将女儿许给石斛。一家寿木店,一座宅院,对徐渊来说,根本是不值一提的小事。吹红,吹红。徐渊眼下正红,不吹他,吹谁?

富没用。在神州,今天富甲天下,明天有权之人就可以让你顷刻之间变成穷光蛋。铜钱是权力的奴仆。想纵横驰骋神州,你不仅需要钱,更需要权。徐渊不仅富,而且有权。吴国境内,除了徐温,还没有人敢动徐渊。就算有人想动徐渊,有徐温这座泰山挡着,想动也动不了。在神州,不是犯没犯事,而是上面有没有人想动你。徐渊的上面直接连着天。徐温的儿子个个是节度使、观察使、团练使、刺史,徐渊也有五个儿子在帮徐温做事。平时根本没有合适的借口,现在碰上那么好的机会,聪明人肯定会乘机拉拢关系,以备将来需要。

不过,这个朱雀门未来女婿却让很多聪明人想接近又不敢接近。寿木店,宅院,任何一处被烧,都可能是天灾。现在,两处相隔遥远的寿木店和宅院先后只差几个时辰被烧,就不是天灾了。聪明人马上联想到,很有可能这个朱雀门未来女婿得罪了最不应该得罪的人。万一被牵连上,找谁去?只有不怕被牵连的人才敢公开亮出身份来白云观慰问石岩夫妇,像鹰扬山庄庄主吴不明。

宅院被烧后还不到两个时辰,庄主吴不明就坐船来白云观看望石岩夫妇。吴不明请石岩夫妇前往鹰扬山庄居住。“吴当家的心意,石某只能心领了。白云观就在码头边上,犬子从鄂州回来,就能找得着。”吴不明见石岩不愿意,也不好意思强行将夫妇两人硬拉强拖到鹰扬山庄去居住。“令郎回来,就烦请石公告诉一声,需要什么,只管来山庄,不才定会竭尽全力帮忙。”吴不明跟石岩夫妇告辞,离开白云观,返回鹰扬山庄。

老进士鲁扬声倒没有来白云观看望石岩夫妇。鲁扬声不想见石岩夫妇,只是不知道见到了之后应该说些什么。安慰几句?江山社稷都丢了,烧了一间寿木店又有什么好安慰?鲁扬声怕自己见到石岩夫妇徒生伤感。孤身一人活到现在,已经够伤感了。鲁扬声实在不想再生出无端的伤感。至于石斛懂不懂,鲁扬声并不关心。懂你自然会懂你,不懂你怎么强求都没有用。不过,鲁扬声还是决定,石斛鄂州回来,再去白云观看他。

两名胥徒告知,倘若石斛暂时没能力承担两名佣人的善后费用,衙门也可以先用公款给垫上,待日后有了铜钱再偿还。确实,石斛开寿木店也是按时交纳税金,只是石斛实在不想跟刺史府衙门扯上什么关系。与其说是公款,还不如说私款。

有道是,人情大如天。石斛实在不愿意因这笔钱出卖自己的人情。可仓促之间到哪去弄这么一笔铜钱?这时,李邈和吕夷则回来了。“不够!”吕夷则将铜钱还给石斛。“不够?”石斛非常惊奇。石斛不晓得,高记寿木店东主一听白记寿木店被火烧了,棺材的价格立马翻倍。“还是让老哥去叫范双龙拿点铜钱出来。白云观不富,这点铜钱难不住。”“别了。”石斛不同意。“金陵哪地方铜钱最多?朱雀门。弄到铜钱的地方很多,问题从哪弄。铜钱的事情,曹公不用操心。”

石斛正在考虑向谁伸手借时,朱雀门总管徐福送铜钱来了。

徐榛跟着徐渊,回到了如荠斋。寿木店烧了,石斛以后也不会再买棺材,终于可以堵住了石斛的借口。徐榛心底里还真是感到高兴。忽然,徐榛又想到了另一个问题。寿木店烧了,宅院也烧了,石斛和父母又该如何在金陵生活?说不定,就是因生活无着落,拉远了石斛和她之间的距离。任何伸手援助,都容易被当作是施舍。刚刚露出的太阳又被云给遮了去,天又灰蒙蒙了起来。

“石斛现在跟他父母在白云观,慰问的人多死。你现在挤来挤去,还不影响石斛跟人家言语?几句无关痛痒的话就不要去说了。石郎聪明,还不会晓得你的心思?只有那些个不理解别人心思的人才希望别人来安慰。你只管在家呆着,有什么实质性的事情,爸会替你去做。”

徐渊从袖袋中掏出一枚存银凭据,递给徐榛。

“石郎在万通钱庄存的铜钱。”

“想不到石斛在万通钱庄还存了那么多的铜钱。这一笔铜钱已经足足够他一家舒舒服服地过一辈子。女儿还担心他缺铜钱,要到北门喝西北风呢。”

“寿木店烧了,家也烧了,这些时间赚来的铜钱又全在这里,眼下石郎肯定缺铜钱。那些存银凭据,爸料定,烧毁了。没了凭据,石郎怎么证明他曾经在万通钱庄存过铜钱?以石郎的脾气,肯定不会要这笔铜钱。这笔铜钱,就由榛儿来处理。”

“还是爸来处理吧。”

徐榛接过凭据,看了看凭据的正反两面,递还给了徐渊。徐渊接过徐榛手中的那枚存银凭据,捏在手中,轻轻地敲打。徐渊毕竟是江湖经验老到的过来人,跟徐榛的想法自然不一样。钱这物事,多的时候吧,就跟石块、瓦砾这些物事没什么差别。只有到了确实需要它解困的时候,方才真正显示出它诱人的魅力。当一个人陷入窘境而孤立无援时,突然来了那么一笔铜钱,帮他摆脱眼前的窘境,说不定会抱着钱嚎啕大哭。这笔铜钱反正是石斛的,我何不做个顺水人情?我就乘机利用这笔铜钱看一看石斛这小子是如何渡过难关,如何翻本。人真正的能耐不是顺风顺水的时候，如何凯歌猛奏，而是在跌进谷底的时候，如何翻身。

“徐福，你再亲自去一趟白云观，带一千缗铜钱给石斛。就说是县主向她父亲借的，希望他能够利用这笔银子解一解眼前的困境，走出低谷，东山再起。”

“晓得。”徐福退出了如茅斋。

“爸，反正都是石斛自己的铜钱，为何不将他存在万通钱庄的铜钱还给他?”

“给他一万缗，说不定就只能做一万缗的事情。一千缗只是暂时救救急。救完了急，石斛没了钱，肯定会想办法谋生。人只有什么都没有的时候才敢放开手脚拼一拼，搏一搏；只有彻底消除了前怕虎、后怕狼的顾虑，才会充分展现才智。当初有什么可以谋一谋生的破手艺，武忠王也就不会成为武忠王。爸也一样，当初还有其他什么头路，怎么可能是朱雀门当家？石郎，爸虽没有你接触多，却比你了解。他有他的头路。”

“他在金陵就几个江湖朋友，有什么头路?”

“真是狗担心猴从树上摔下来。有没有头路，过几天就晓得。你要不陪爸喝茶，要不回云思苑去，弹弹琴。石郎的事，你根本不用担心。人一生中难免会受挫。轻轻一碰就萎靡不振，这种后生爸还是劝你三思。现在正是考验石郎的时候。凭爸这双阅人无数的眼睛，石郎应该不是这样的人。无路的时候，他会竭尽全力辟出一条路。”

想想还是先回去。徐榛跟徐渊告辞，带着于苓回云思苑。

“大家说得对。”于苓宽解徐榛。“县主根本不需要替公子担心。像公子这样的人，无论丢在什么地方，只要想做，都能做出大事。就算真的走投无路，做做盗贼，日子都会过得有滋有味。”

“你还真的希望我去做盗贼婆?”徐榛终于露出了笑容。

“婢子只是打个比方。公子身上有一大把筹码可用。”

“他有什么筹码?”

“公子身上的筹码可多着呢。朱雀门未来女婿，都督的侄女婿，又是都督和都军使的救命恩人，无论打出哪种筹码，公子想要什么就有什么。婢子相信，这几天肯定有很多人给公子送铜钱了。县主晓得，一年里面有多少人死命给大家送铜钱。大家肯收的话，根本不用去做生意。只要公子喜欢铜钱，想要多少就有多少。”

“这倒是真的。”

“县主就不要去管是什么样的筹码。婢子倒反觉得，县主离嫁出去的时间越来越近。”

徐榛终于心宽了下来,恢复了原样。

徐福坐上马车,前往白云观给石斛送铜钱。马车停在白云观的山门前,专门替徐福赶车的万朝海放好车凳。徐福踩着车蹬下了马车。徐福上次来看过石岩,没有向门头问路,径直前往缮意房。徐福到缮意房时,上元县两名胥徒正在堂内跟石斛商量刘妈和陆荣封的死亡赔偿金。"两位稍等!"石斛见徐福前来,出了堂内,拱手迎接。礼毕,徐福见有两名衙门胥徒,就向石斛询问原因,石斛如实相告。

"原来是这样。县主刚刚才晓得公子家出了事。县主想,公子或许需要一笔铜钱,解一解燃眉之急,就向大家要了一千缗铜钱,暂借给公子使用。大家原本也有这样的想法,只是还没有说出口。大家见县主开口,也就爽快地答应了。大家担心公子就要用到铜钱,就让仆给公子送来。"徐福从袖袋中掏出一枚银质存银凭据递给石斛。

一千缗,对徐渊来说,不过是万牛身上的一条毛!白记寿木店存在万通钱庄的铜钱肯定不止一千缗。具体是多少,得去问龚宰。石斛不会去问。虱多不痒,债多不愁。已经欠了人情,多欠一点就多欠一点。石斛不再客气,毫不犹豫地接过徐福手中的存银凭据。等石斛将存银凭据放进袖袋,徐福将徐渊的话原封不动传给了石斛。

"烦请总管告诉伯父一声,小子一定不会辜负他的期望。"

"公子放心,仆一定会将话传给大家!"

徐福手一拱,就跟石斛告辞,返回朱雀门。

上元县衙的两胥徒就在缮意房等着,石斛只得改变计划,先给陆荣封和刘妈善后。曹全晟给他牵来了一匹马。石斛骑着马,和两名胥徒一起,先去万通钱庄取钱。这两名胥徒,一名叫伍克仁,一名叫厉行德。到了万通钱庄前,石斛和伍克仁、厉行德下了马。

"两位稍等。"

石斛将手中的缰绳递给了伍克仁,起步进万通钱庄。走到柜台前,将早就握在手中的银质存银凭据递给钱庄伙计。"提取四百两现银,其余六百两给小子凭据就行了。"万通钱庄只认凭据不认人,伙计接过凭据就去给石斛换现银。此时钱庄客人不是很多,又有好几个办事的伙计,很快就给石斛换成四百两现银和六张百两的纸质存银凭据。计伙计拿出账本,请石斛签字画押。石斛见钱庄给的现银都是十两银锭,要求换十两每枚一两的银饼。不一会,伙计就按石斛的要求换好银饼,并装成两个麻布包,放到了石斛面前的柜台上。

石斛向钱庄伙计两手一拱，一手抓起一个麻布包，转身出了钱庄。石斛一语不发将将抓在右手中的麻布包往厉行德怀中一塞。厉行德慌忙两手接住。石斛腾出右手，接过伍克仁手中的缰绳。石斛将抓在左手中的麻布包往伍克仁怀中一塞，抬脚一踩马蹬上了马。“两位仁兄在前带路，小弟跟着，先去刘妈家。”伍克仁、厉行德在前，石斛在后一起前往刘妈家。

伍克仁边走边向石斛介绍刘妈家的情况。刘妈育有三女一男。三女已经出嫁，儿子刘家珍至今光棍一条。刘家珍是独子，自小宠爱。不知何时起，刘家珍染上了赌博。刘妈的丈夫刘得宝前年病逝后，家中一点薄产给刘家珍赌了个精光，而且还欠了一屁股赌债。刘家珍现在就靠母亲做佣人养活。

三人在一条无名巷弄前先后下了马。巷弄非常小，两人并行都显得拥挤。厉行德走在最前，石斛走在最后，一手牵着马，一脚高一脚低，来到一处房子前。巷弄小，房子也小，就像石斛家菜园中的小屋。厉行德牵着马前去叫门。厉行德一连叫了五六遍，才听到回应声。

“谁啊?”

“上元县衙。”

肯定是县衙两字起了作用，一扇钉着木板的小门打开，里面走出了一名男子。男子正穿着衣裳，睡眼惺忪的样子，一看就知道刚刚被叫醒。依脾气，一枚铜钱也不给。这种人，反正多，都一般见识，还不将人活活气死！石斛刚一拱手，准备开口，刘家珍就散着衣裳冲了过来，好像准备要跟石斛打架。神州就君子做不得。今天看起来太君子了。石斛正准备摆出流氓的架势，厉行德已经出手，拦住了刘家珍。“不想付赔偿金就完事，没那么便宜。老子要到衙门去告你！”刘家珍冲着石斛咆哮。石斛懒得说话，任两胥徒去处理。

伍克仁慢慢蹭到了石斛身边，轻轻地说：“随便给一点铜钱，结案就是。”石斛真不愿意给这种人铜钱。不过，石斛还是接受了伍克仁的建议。伍克仁、厉行德拖着刘家珍进入了小木屋。两人软硬兼施，终于将刘家珍说服。伍克仁从小木屋中出来，走到石斛跟前。

“已经谈妥了，三十三两。”

“就按两位仁兄的意思做。”

伍克仁解开布包，取出了三十三两纹银，重新系好了布包，走进了小木屋。

不久，伍克仁、厉行德拿着刘家珍签字画押的文书走出。

三人一出巷弄，旋即上马，前往陆荣封的家。

当初,石岩得知徐渊晓得了石斛的身份,雇佣了陆荣封和刘妈,主要目的是想消除逃遁的企图。陆荣封来到石岩家,石岩倒很通融。“晚上就回家陪陪新妇和孩子。早上来时,就让刘妈给你开开门。”不过,陆荣封为人忠厚,还是常常在石岩家过夜。

伍克仁骑在马上,向石斛介绍陆荣封的家庭情况。

“陆荣封原本滁州人,来金陵讨生活已经有很多年了。六七年前,陆荣封跟金陵的一名小寡妇虞氏成了亲,现育有一男一女。虞氏平时给绣坊绣绣花,陆荣封则做过很多活,只要是能养家的活都愿意做。家里虽然不能说宽裕,但还能维持。现在,陆荣封死了,一绣花寡妇养个自己都已经很难,再养两个年幼的孩子,就难上加难了。”

三人骑马进入一条大约两丈来宽的小巷,来到了陆荣封的家。这是一座带有围墙的独立小院。三人下了马,伍克仁前去叫门。院门半开,里面探出一位披麻戴孝的妇人。这妇人就是陆荣封的新妇虞氏。虞氏眼睛红肿,眼泪似乎仍在腮边。见来访的人是两名衙门胥徒,虞氏打开了院门。不一会,院门口出现了两位披麻戴孝的孩子,睁着大眼睛,依附在虞氏的身边。石斛感觉,俩孩子,大的五六岁,小的三岁光景。孩子衣裳破旧,但干净。石斛天生就喜欢孩子,看到这俩个孩子,就怜悯了起来。石斛俯身手一拱说:“陆大哥是在小子家中遭遇不幸,小子理当承担一部分责任。小子这次跟两位官爷前来,就是想跟嫂子商谈,如何了结此事。”一提起陆荣封,虞氏眼泪婆娑了起来。“未亡之人命中克夫。只是先夫走后,两孩子让奴家揪心。”虞氏话还没说完,就哽咽了起来,拿起捏在手中的手绢低头擦起了眼泪。

伍克仁将手中的缰绳交给厉行德,进入院内向妇人介绍官府规定的赔偿情况。

没多久,伍克仁就走出院子。“陆荣封的新妇无甚要求,只说以官府规定赔偿就是。”四百两现银,已经用去了三十三两。石斛闷声不响地解开了布包,取出十两银锭四枚,和剩下的其余七枚一两银饼一起,放入袖袋。“四十七两,是否少了一些。”伍克仁提醒。石斛没有理会,只管重新扎好布包,递还给厉行德,和伍克仁一起进了院子。院内的房屋是两开小平房,没有中堂。庭院很干净,除了两块用来做凳子用的石段,空无一物。

石斛拱手来到了虞氏跟前,从袖袋中拿出刚刚才放进去的四十七两纹银,交给虞氏。七枚一两银饼,虞氏一一从石斛手中接过,放入袖袋。“给妈拿着。”四枚银锭,虞氏一手拿不住。孩子很听话,虞氏一说,就摊开了小手。虞氏先将两枚银锭交给孩子,再从石斛手中接过两枚。银两交接完毕,虞氏俯身答谢,石斛俯身回了礼。伍克仁从袖袋中拿出一张已经写好的文书，让妇人画押。虞氏花好了押，伍克仁收起文书，放入袖袋。“仁兄先到外面稍等，小子跟嫂子说几句话。”伍克仁手一拱，退出院子。“嫂子，我们进屋里说。”虞氏不知石斛有何意图，惊疑地看了石斛一眼，犹豫了一会后说：“贺儿，我们进屋去。”

虞氏一手牵着孩子，起步向屋内走去。

进入屋内，石斛从袖袋中掏出万通钱庄折好放在里面的存银凭据。摊开后，石斛抽出两张，重新折上，放回袖袋。“这是几张万通钱庄的存银凭据，嫂子拿着。”妇人一愣，不敢伸手去接。“这点铜钱虽不多，嫂子省吃俭用点，还是能将俩孩子抚养成人。小子晓得这些铜钱不能赎回陆大哥的性命，眼下只能这样了。”妇人犹豫了一阵，最后还是伸手接过了石斛手中的存银凭据。忽然，妇人腮边眼泪一滚，准备屈膝。石斛赶紧伸手一托。“嫂子，万万使不得！”虞氏这才放弃给石斛下跪。“小子先走了。”石斛手一拱，转身出了屋。

石斛快步出了院子，伍克仁、厉行德将包着银两的布包交还给了石斛。石斛解开一个布包的一角，先后抽出四枚银锭，一一交给了伍克仁。伍克仁虽不明白石斛的意图，但还是接过石斛递来的银锭。“望两位仁兄能买副棺材，好好给刘妈安葬！其中二十两，是小弟给两位仁兄的脚力钱。”二十两，相当于伍克仁、厉行德两人一年一个月的俸禄！两人虽不好意思，但还是爽快接受了石斛的银两。“公子请放心，鄙人和厉兄肯定给刘妈好好安葬。”

匆匆吃了饭，石斛就和李邈、吕夷则一起进城，前往高记寿木店买棺材。高记寿木店东主高田真没想到白记寿木店少东主会到自己的寿木店买棺材。棺材虽然埋在地里面迟早会烂掉，石斛还是买了两副楠木棺材。高田亲自将这两副棺材送到了白鹭村。“李邈，你帮着把寿木卸下，哥哥先进去问候一声。”石斛推开篱笆门，进入院子。“有人来了。”一后生见石斛进院门，告诉正跪在地上的戚冷。戚冷转头一看，见是石斛，呼地站了起来，疾速从屋内跑出，公牛似的向石斛扑过来。石斛刚要开口，戚冷的拳头已经到了眼前。石斛手一格，吕夷则赶紧跑过去拉开戚冷。“别拉我，今天一定要让他先吃我几拳。”戚冷一边用力挣，一边高声说。李邈正在帮高田卸寿木，听到声音，连忙停手，进入院子。“不是他，我妈和安如怎么会死？”虽然没有直接的证据，石斛心里也承认是自己连累了戚冷的母亲和新妇，没有跟戚冷辩驳。亲人眨眼之间死于非命，戚冷的心情，石斛能理解。

“先将令堂安葬，其他事情以后再说，如何？”

“账我以后会慢慢跟你算，我妈和安如不会白死。首先，所有丧葬费用全由你出。”

“没问题。”

“第二，必须给我妈和安如披麻戴孝，在她俩灵前磕头谢罪。”

“没问题。”

“第三，出一千缗死亡赔偿金。”

这一条件戚冷已经想了好久。在寿木店做伙计，一辈子能有多少铜钱？他，朱雀门未来女婿，没铜钱可以向朱雀门伸手。想翻身，这是一次绝好的机会，千万不能错过。戚冷突然张开了血盆大口，在场的所有人都吃了一惊，吕夷则和李邈更是没想到。戚冷让吕夷则和李邈懂了什么叫做翻脸比翻书还快。就是石斛当着戚冷的面杀了戚冷的母亲，也不需要那么高的死亡赔偿金。今早，石斛还刚刚支付了刘妈和陆荣封两人的赔偿金。

“没问题，只是要过一些时间。寿木店刚烧，一时拿不出那么多。”

“死亡赔偿金你还想赖账？”

吕夷则和李邈一旁都看不下去，正准备插嘴，就听石斛说：“小子还没赖过账。你那么想铜钱，小子等会就给你拿。没其他什么条件，先办令堂的丧事。”戚冷的母亲带着戚冷孤身来到金陵，没有亲戚也没有朋友。戚冷有几个朋友，多半是没有成家立业的小后生。石斛朋友多，可这次决定不叫朋友。李邈去白虎街雇零工，吕夷则去请丧夫，石斛去法云寺买墓地，并请法云寺和尚去给戚冷的母亲、新妇念经。零工、丧夫容易，墓地稍稍有些麻烦。铜钱在手，再麻烦的事情也好解决。买好了墓地，请了念经的和尚，石斛顺道去白云观请曹全晟挑选了出殡的时间。刚日死，柔日下葬；柔日死，刚日下葬。戚冷的母亲、新妇二十六被杀，曹全晟挑选了四月初一下葬。跟曹全晟告辞，匆匆进城去了鲁扬声家。

“老哥正想选时间去白云观看你，没想你却先来看老哥了。”

“老哥岁数比家父大，小子自然应该先来看老哥。”

“你小子就不要哄老哥了，有什么需要老哥帮忙只管说。”

“先借点铜钱给小子。”

石斛壮着胆子，厚着脸皮，向鲁扬声借铜钱。石斛非常不愿意伸手向朋友借钱。长这么大，石斛还没向人借过钱。石斛总觉得，一旦跟金钱扯上关系，朋友很可能就会变味。随便伸出手，人家是给还是不给？给吧，不一定愿意；不给吧，伤了朋友之间的感情。神州历史上，许多朋友就是因金钱而反目成仇。没到山穷水尽之前，不会向人借铜钱。

“多少?”

“一千缗。”

鲁扬声没问用处,就给石斛拿来了一枚一千缗的万通钱庄存银凭据。

回到戚冷家,灵堂已经设好,和尚也已经入驻。石斛将刚从鲁扬声那借来的铜钱交给戚冷,规劝说:“铜钱固然重要,但人不能将眼睛盯在铜钱上。”话还没说完就被戚冷打断。“你的屁话你自己留着吧。我盯不盯铜钱是我自己的事情。”石斛忽然想起小时候师父李同跟他说过的话。千万不要跟愚蠢的人争辩,也不要给愚蠢的人提建议。跟愚蠢的人争辩,给愚蠢的人提建议,只能说明你更愚蠢。石斛在心里对自己说:想不到,你越来越蠢。

戚冷收起铜钱后又要求石斛请戏班来唱戏,说他母亲平常喜欢看戏。石斛答应,立马去请了一个当地的土台班,在白鹭村搭台唱三天的戏。当天晚上,戏就开演。戚冷叫了所有白鹭村的村民来帮忙。名曰帮忙,实际吃饭。没办法,石斛只好请坑任烧饭给他们吃。这可又是一笔不小的开支。石斛原本不在乎铜钱,可眼下却是缺铜钱的时候。戚冷又要求石斛请吹打,石斛也同意。还好,戚冷从小在白鹭村长大,没见过大的场面,还不晓得如何奢靡。否则,这趟丧事办下来,不晓得花掉石斛多少铜钱。小殓后,石斛披麻戴孝跪在戚冷母亲和新妇的灵柩前,磕头谢罪。在众人的注目下,在和尚单调的南无阿弥陀佛声中,石斛磕了九个头。直忙到将近亥时,石斛才和李邈、吕夷则离开白鹭村,回白云观。

“戚冷这人怎么这么差!”吕夷则越想越不满。“不要说戚冷了。”石斛劝吕夷则:“都是哥哥的错。不是哥哥,他母亲和新妇也不会死。你想一想,这个好好的小家庭,现在呢,孤身一人,想问题怎么能理性?他想在哥哥身上出点气,很正常。别说他了。”四月初一,辰时初一刻,石斛将戚冷的母亲和新妇安葬在法云寺的公共墓地。“有什么事想着了,到白云观找小子。”“你放心,我会慢慢找你算。”算清账,付清铜钱,石斛留下话语,和李邈、吕夷则一起离开白鹭村。

“夷则,你帮哥哥到周胜殷家看一看,回来了没有。”

“好的。”

“哥哥现在已经搞怕了。一次好高,已经害了十几条人命。”

“不能全怪哥哥,那些个控鹤军杀手心肠也忒毒了。”

“哥哥不跟他们接上梁子,再毒也毒不到他们。你问一问就是,不用多说。”

“晓得。”

就在白鹭村的村口,吕夷则和石斛、李邈分手,吕夷则去周胜殷家,石斛跟着李邈去龚宰家。龚宰家的门关着。“老哥!”李邈拍着门高叫。李邈叫了好几声,才听到屋内龚宰的回应声。房门打开,出现了龚宰。龚宰光着膀子,身上打着绑带。“少东主,屋里杂乱。仆去穿件衣裳,到外面走走。”龚宰转身回去穿衣裳。不一会,龚宰就穿好了衣裳,出现在了石斛的面前。出了屋子,带上房门,上了锁。龚宰引路,沿着屋前的小巷慢慢前行。小巷此时很静,一眼看过去,没有一个走动的人。“是小子这人管了一些不该管的事,连累老哥挨了一刀。实在抱歉!”石斛向龚宰手一拱。“少东主或许可以说管了不应该管的事,仆这十几年中可是什么事都不管,为何也会被连累到?活了四十年,终于看清了一个残酷的事实,活在神州,不论管还是不管,结果完全相同。仆可是见过秦宗权、孙儒杀人。只要是人,管你是好人还是坏人,是男人还是女人,是老人还是孩子,一律杀戮充作军粮。这些人谁连累谁了?”石斛轻轻地拍了拍龚宰的肩膀,好像不是石斛而是龚宰烧了寿木店。

“老哥一向乐呵呵的,为何寿木店一烧,就感慨了起来?是不是寿木店一烧碰到了老哥的记忆闸门,让老哥想起一些不开心的事?过去的事情已经过去,何必再去想它?算了,不要去想那些不开心的事!倘若小子能够东山再起,再来帮帮小子。”

“仆命硬,只怕会伤了少东主!”

石斛哈哈大笑了起来,一点也不忌讳被路人听见。

“老哥放心,小子命硬,老哥就是想伤都伤不着。烧了一家寿木店,叫做破财消灾。老哥看,小子人还不是好好的吗。铜钱么,只要人还在,总会重新赚回来。老哥,你说呢?小子其他能耐没有,赚些钱糊糊口还是不难。”

上次,龚宰中了一刀,李邈要护送他去医馆包扎。龚宰本想拒绝李邈的好意。可受伤的地方在左肩后背,龚宰找不到拒绝的理由,只好让李邈护送。问了一个路人,得知附近就有一家济世医馆。李邈扶着龚宰,走了不到五十步,就看到悬挂在医馆门口的大葫芦。进入济世医馆,李邈帮龚宰脱去衣裳。龚宰壮健的身上有好多处伤痕。这些伤痕由不同种类的兵器留下。医师见怪不怪,李邈吃了一惊。李邈马上晓得,龚宰曾是一个久经沙场的人。

医师检查了龚宰的伤口,宽慰龚宰说:“就一点皮外伤。不要紧,养两天时间就可以恢复。”三折肱为良医。几十年的打打杀杀,医师处理外伤的经验很丰富。不到一刻钟,医师就已经处理好龚宰的伤口。李邈从小习武,又长期流浪,对伤口的处理原本也很在行。怕被龚宰瞧出端倪,才送龚宰来医馆,由医师包扎。“谢谢医师!谢谢医师!”李邈帮龚宰穿好衣裳,龚宰付了医药费,两人就跟医师告辞,离开了济世医馆。

“老哥领路，小弟送老哥回家。”

“不用送，不用送！仆自各回家就是。”

“万一半路再冲出一个歹徒，怎办？哥哥鄂州回来，发现少了一个伙计，还不将小弟的头骂到肚子里面去？走吧。”

龚宰也就不在言语，起步回家。

回到家，龚宰将房门一关，连身上满是血污的衣裳都不脱，就趴到了床上。藏在白记寿木店差不多已有十年了。这十年时间里面，龚宰除了去青楼，几乎不跟人交往。寿木店一打烊，随便找一找饭店、面馆吃一吃，不是去青楼，就是家门一闭，坐在房间里喝茶。龚宰不去想将来，也不去想过去。我是什么？纯粹就是一头只会吃喝拉撒睡嫖的公猪。白天去寿木店做事，晚上有了兴趣就去万花阁、逸仙居找神女修仙。太阳东升西落，日子一天一天悄然过去。

龚宰，原名任重，字道远，河南陈州南顿人。龚宰出生在官宦世家，父亲龚时范本是僖宗朝蔡州刺史。许州大将周岌驱逐忠武军节度使薛能，周岌手下牙将秦宗权趁机驱逐蔡州刺史龚时范，占据了蔡州。龚宰那一年刚刚满十岁。时值河南一片大乱。龚时范见已经无处可去，带着家眷和几个跟了自己多年的仆役逃到了新蔡县。新蔡县的县令左吉甫收留了龚时范。

秦宗权专门杀人腌制充军粮，所过之处无不屠尽杀绝，但对老巢蔡州境内的县城、村落倒没什么骚扰。龚宰在新蔡县平静地度过了八年时间。文德元年，朱温围攻蔡州。朱温的窝在汴州，来到蔡州，跟秦宗权一样，也是无不焚杀掳掠。龚时范和左吉甫皆死于朱温大军的劫掠。龚宰命很硬，没有死。渡过淮河，投奔杨行愍的同乡好友、手下大将田頵。从此，龚宰一直跟随田頵南征北战。田頵升至宁国节度使，龚宰也凭借自己的战功，从一介兵士步步升迁为宁国行军司马，成为仅次于田頵的第二号人物。

随着地盘的扩大，实力的增强，田頵与杨行愍的矛盾也日益尖锐了起来。天复三年，田頵准备反叛，龚宰顿时感到心灰意冷。龚宰本想劝，看到康儒等人的下场就放弃了。田頵派杜荀鹤秘密前往汴梁，跟朱温联手，准备南北夹击，瓜分淮南。朱温正愁想不出办法消灭杨行愍，立马率大军屯兵宿州，接应田頵。田頵乘刺史李神福不在升州的时机，和润州团练使安仁义一起出兵进攻升州，公开反叛。就在田頵和安仁义联合攻打升州前，龚宰突然离奇失踪。没多久，杨行愍的手下大将李神福、台蒙、米志诚等击败了田頵，平息了叛乱。龚宰正因提前离开了田頵，才到现在还没死。否则,龚宰只能跟田頵手下数万将士一样,随田頵到泥州去了。田頵死后不久,龚任重化名为龚宰消失在了白记寿木店。

龚宰也曾经有过自己的妻妾,也有过两个儿子和一个女儿。

乾宁四年,龚宰将家安置在苏州。事后想想,这是没有深思熟虑的愚蠢错误。正因这一愚蠢的错误,龚宰从此变成了一个鳏夫。乾宁五年,朱温派葛从周、庞师古攻打寿州,杨行愍率领大军支援,两军在寿州决战。田頵此时率领军队在宣州略地。钱镠抓住这个时机,派兵攻打苏州,与当时的苏州守将周本战于白方湖。结果,周本大败,苏州由此变成了钱镠的地盘。周本这一败,丢了苏州,也让龚宰丢了家。龚宰的女儿若是还活着,今年都十七岁了。

每天吃喝拉撒睡,过去了一年又一年。龚宰突然发现,寿木店来了不该来的人。自石家兄弟出现在龚宰眼前的第一刻起,龚宰就意识到,如今的白记寿木店已经不再是从前的白记寿木店。龚宰感觉得出,见到龚宰的第一眼,石家兄弟就已经认出龚宰是借寿木店这个壳的借居蟹,而不是海螺。让龚宰感到很意外的是,石家兄弟好像什么也没发现,就将龚宰看成是一名勤恳的老伙计。仿佛就像是两只借居蟹路上相遇,彼此都心照不宣。既然人人都需要这个壳,何必相互拆台?如今这个世道,找一个可以容身的壳非常不容易。

不久,寿木店来了吕夷则、李邈、戚冷三个小后生。龚宰至今还没弄明白,少东主怎么将他们找来。有了他们三个,原本一家平淡无奇的寿木店仿佛突然间变成了龙潭虎穴。龚宰不去管,就当自己是一头只晓得吃喝拉撒睡媾的公猪。白天去寿木店做事,晚上有了兴趣就去万花阁、逸仙居找神女修仙。太阳东升西落,日子一天一天悄然过去。

龚宰家离寿店有好几条大街。着火的那天晚上,龚宰正闷在被子底下呼呼睡大觉。

这十年时间里面,别说烧了一家寿木店,就是烧光整座金陵城,也与龚宰无关。龚宰不关心谁,谁也不关心龚宰。龚宰的那些神女相好,也不晓得龚宰到底家在哪里。整整闷了三天,想了三天,龚宰决定到寿木店做事。

早上起床,拖了一把脸,在临时摆在街道旁的一家早餐店吃了早餐,龚宰步行来到长寿街,看到的已经是一片废墟。寿木店被烧已经过去了整整一天的时间。龚宰已经呆了十年的壳不见了。面对一大片废墟,没有人驻足凭吊。仿佛就是在寿木店做事,龚宰呆到平常打烊的时间才回家。

"少东主这么想得开,还真的有点出乎仆的意料。"

“烧都已经烧了，小子还能赖天去？捶拳、蹬脚，已经不可能让寿木店变回来。”

“少东主如此豁达，仆也宽心多了。说实话，这十来年时间里面，还是第一次替自己的东主担心。这些年，仆虽呆在寿木店，但耳不聋，眼没瞎。单凭借少东主的智和力，无论做什么事都能成，更别说赚钱这种区区小事。少东主明有都督府和朱雀门两张王牌。凭这两张王牌，就足以让少东主在金陵做到黑白两道通吃。仆没去窥视少东主背后的影子。以仆的直感，少东主背后的影子足以让如今浪迹在江南的李邈们肝脑涂地！只要少东主不嫌仆老，仆愿意继续跟着少东主！就是杀人放火、打家劫舍也行。”

“老?”石斛笑了起来。

“老哥四十刚出头，正值壮年，可谓是林中伏虎。有老哥这等伏虎相助，何愁大事不成?”

“少东主夸奖!”龚宰手一拱。

“小子说的可是句大实话。以老哥的身手，不是有特殊原因，怎么会隐遁在寿木店那么多年？不是特殊原因，小子怎么会来金陵开寿木店？如今的金陵城内，有几个人没有奇特的影子？人与人的交往，要的是现在和将来，何必去关注过去？老哥，你说呢?”

“就单凭少东主的这几句话，就足以让仆铁定了心，跟着少东主继续做!”

“好！客套话，小子就不再多说，就这么定！在寿木店那么长时间里面，小子只晓得钻铜钱眼，都没有静下来跟老哥好好吃一顿饭。看老哥的样子，好像还没有吃饭。不如在附近找家酒肆，我们好好喝上一杯，顺便聊一聊，我们以后该怎么过日子。”

“心夷酒肆，离这不远，仆常去。”

“那我们就去心夷酒肆。”

“看不出来”，李邈插话，“老哥还是一个很会生活的人。”

“纯粹是一头公猪，就晓得吃喝拉撒睡嫱。”

“能吃喝拉撒睡嫱，毕竟还是很健全的生活，小弟连健全的生活都做不到。这些年，有一顿，没一顿，饱一顿，饿一顿。破庙，凉亭，哪里可以睡就睡在哪里。”

“至少还活着。只要还活着，就有机会谈其他事情。”

石斛、李邈跟随着龚宰进入心夷酒肆。“坐哪吃?”掌柜和万兴问。“就去水亭吃，那地方清静。”龚宰来过多次，比较熟。一名侍儿带三人前往水亭。水池中零星点缀着荷叶，大小不一的一群红鲤鱼四处游窜。三人踏着木建阁道，进入水亭。

“小子和李邈已经吃过了,老哥点一点自己喜欢物事就行。”

“也好。吃什么实际都无所谓,重在和谁吃。”

龚宰开始点菜。进店时早过了用餐时间,酒肆里面已经没有客人。没过多久,侍儿送来了一壶江南春和几样小菜。“稍等片刻,热菜马上好。”很多酒肆,马上两字的意思就是不清楚需要多少时间,可以是一刻,也可以是一个时辰。心夷酒肆马上确实是马上,屁股还没坐暖和,热菜就端上来了。石斛提起酒壶,给三人斟酒。

“老哥先吃点热菜填一填肚子。”

李邈吃了一夹菜,一杯酒下肚,开口说话。

“不是小弟故意抬哥哥,哥哥具备做事的条件。以小弟的理解,这世道想做出点事,只有才智不行,只有力气也不行,必须智、力兼有。仅有才智,面对黄巢、秦宗权、孙儒、朱温这种大土匪,只能死。仅有力气,四肢发达,头脑简单,充其量做一做大土匪、大流氓的打手。这种公牛似的打手,朱温、王建、马殷、杨行慜手下都有一大班。哥哥才智、力气兼备,小弟又晓得哥哥还有一个特殊的身份。据小弟所知,如今神州有这种身份的人只有一人。那就是哥哥。

现在就看哥哥敢不敢做。只要敢,哥哥必定就是阖间。小弟浪迹江湖的这些时间,反复想,终于想明白一件事情,杀一个人容易,但无用。杀了一个节度使,正好让想当节度使的人占了便宜。杀了朱温,正随了朱温儿子的愿。朱温的个个儿子都等着有人杀了朱温。小弟需要的是鞭尸!哥哥能够成为阖间,小弟就有了掘坟鞭尸的机会!”

石斛端起酒杯跟李邈一碰,喝了一口。“鞭尸会有人去鞭,不需要我们去凑热闹,也轮不上我们去凑热闹。”石斛一开口就给李邈泄气。“学勾践,准备也来一个卧薪尝胆?就算学得成,胡须早就已经雪白了。陈霸先最经典了,拼搏一生,当上皇帝头尾只有三年,就呜呼哀哉了。这种帝王事业从来不是一蹴而就,需要时间磨。我们是不是也准备学陈霸先?其他还行,就陈霸先学不了。没有人性,视生命为草芥,我们三人都做不到。放眼神州看一看就清清楚楚,只有视生命为草芥的畜生才有可能会成为陈霸先。朱温就是例子。再说,哥哥就是真想学,会不会让哥哥学?薪还没有卧,胆还没有尝,人头早就已经没了。”阁道上响起了脚步声,侍儿又端来了一个热菜。“韭黄炒肉丝。”侍儿上了热菜,退出了水亭。“哥哥不会做白日梦。”待侍儿远去,石斛才开口。“自己生的儿子杀起来都不含糊,还会在乎一个可能会威胁到自己的外姓人?”石斛端起酒杯,跟李邈碰了一下,喝了一大口。

“哥哥现在身份已露,许多陈霸先能做的事情,哥哥都已经不能做。生死捏在别人手里面，由不得自己。况且，哥哥还没想过准备隐忍数十年，就是想实现什么大志。还是先赚铜钱养活自己，再考虑其他事情吧。这话听起来容易给人鼠目寸光，胸无大志的感觉。人不能凭自己的个人意志去做事。谁不想一步登天？可登不了。还是老老实实做一些自己能做的事情吧。天下同归而殊途，一致而百虑。实现你的宏伟壮志并非只有一条路。如今早已经不是凭力气厮杀的时代了，我们是不是还想继续打打杀杀？有了铜钱，就可以做很多我们不能做的事。我们已经错过了靠力气拼杀的时代，再错过赚铜钱的时期，必将一事无成。不是哥哥这人喜欢铜钱，而是铜钱能改变哥哥的命运。外祖父抬肩舆铜钱好。铜钱能帮你办成许多事情。只要手中有足够多的铜钱，会有人帮你实现梦想，摆脱被人操纵的命运。

对老哥，小子也已经用不着再隐瞒。确实，小子的世子身份是有些特别，可眼下却成了取小子性命的利器。还希望徐温看在小子曾经救他一命的份上留小子一命？这种梦，小子不会做。像钟泰章那样出身，那没问题。可小子不是。小子是什么人？李唐世子。小子，朱温要杀，徐温也要杀。小子现在还活着，只是徐温还没有下手而已。徐渊可以笃定已经晓得小子的身份，徐渊是不是已经将小子的身份告诉给徐温，看起来还没有。徐温的地盘上，小子还能肆无忌惮？说白了，小子现在是戴着镣铐跟人搏斗。不想被人活活揍死，只能靠脚步灵活腾挪躲避。世子这块招牌，千万不能用，一用就是死。徐温正找不到杀小子的理由。

不是小子不想，而是小子不能。”

石斛端起酒杯，咕噜一声，喝了个干净。李邈提起酒壶，将石斛斟酒。

“不用世子这块招牌未必就不行。能成大事未必就是世子，世子未必能成大事。想想黄巢造反以来，有哪个李唐亲王、世子能成气候？处尊养优，龟缩在神都的皇宫王府里面，等同废物。说是祖宗规矩，可哪有活人会被如同僵尸一般的规矩捆死？在神州，不懂得经权两字，怎么能生存？家父逃到江南隐居，看起来确实很窝囊，但最起码懂得权变。

小子不是世子，就一定坐着等人家来揍？杀人犯成汭都能依托被杀得只剩下十七户的荆南，招揽流亡人士，励精图治而成为拥有十州的荆南节度使。莫非龚宰、李邈、石斛还不如成汭之流？吞舟之鱼，砀而失水，则蚁能苦之。如今，我们都是失水的吞舟之鱼。

眼下最重要的事情是我们得先活下来！

只有活下来，才有机会谈将来。从鄂州开始，小子就一直在想这个问题。思来想去，小子准备筹建一个商社，从事货运、贩运等事务。如今吴国所有人都晓得，扬子江流域土匪横行。商船要想顺利通过，必须得招募一班有力气的人。况且，大商社也不可能像寿木店一样只有几个人。商社越大，需要的人也就越多。这样一来，手下弟兄就算多些，也不会引起徐温的联想。组建商社，徐渊肯定会鼎力支持。如此一来，就可以一举两得，赚了钱又发展了实力。小子在江湖混了那么多年，懂得一个道理，做任何事情没有一班脚手不可能做成。更重要的是，小子只有一心扑在铜钱上，才能不会触动某些人的杀机。”

阁道上又传来了脚步声，侍儿送来了一盘热菜。“葱花鲤鱼。”侍儿退出水亭。龚宰吃了好些菜，垫了肚子，开始喝酒。龚宰端起酒杯说：“为能有一个好的开端干一杯！”李邈、石斛端起酒杯。三人酒杯一碰，各自干了一杯。

“筹建商社需要大把的铜钱。铜钱从哪里去筹？小子想到了一个人，那就是朱温。朱温这些年一直从马殷那里购买粮食。粮食装船后，经过作为复州和鄂州交界线的扬子江，再经汉水到达山南东道襄阳，然后辗转去洛阳。这些情况曹全晟已经摸得非常清楚。

主事粮食购买和运输的是山南东道节度使朱友信。防止被武昌节度使李简抢劫，朱友信化整为零，几船或十几船一起，通过扬子江。数百船一起，李简就有了兴趣。这正给我们钻了空子。我们去抢几次，筹建商社的铜钱就够了。眼下控制这条咽喉通道有三股土匪，鄂州的李家庄，复州的白鹰堂，和洞庭湖北部岳州的鸱枭帮。李家庄只要曹老哥一句话就可以敲定，白鹰堂的倪虎，小子也有把握可以将他拿下。再借助李家庄和白鹰堂的力量，吞并鸱枭帮。这样，我们就可以掐住扬子江的咽喉。到那个时候，朱温的运粮船还想飞过去？”

“好主意！好主意！”龚宰当下赞同。

“如此一来，就可以通过卖掉粮食筹集到大把的铜钱。少东主突然离开金陵，等于明确告诉徐温，不会与徐温争权，消除徐温心中的猜疑。徐大县主，一见少东主突然离开金陵，肯定是急得像热锅上蝼蚁，迫使徐大当家到处寻找少东主。等到差不多了，少东主可以华丽现身。利用卖粮食得来的铜钱，筹建商社。

有脑的人都晓得，在神州，先有权后有钱，而不是先有钱后有权。徐温不担心谁赚了他的钱而担心谁夺了他的权。你赚了他最多的钱，徐温想到要时，随时都可以要回去。权就不一样。失去了权，就不可能再要回来。徐渊支持，徐温放心，少东主就可以施展拳脚。想赚钱，赚大钱，你首先得是他们的人。外人，最多只能捡一捡银末。少东主将成为朱雀门女婿已经是木板钉钉的事情。根本用不着过多的张扬，吴国上下都会晓得少东主是徐家人。凭着徐家女婿这一身份，想赚多少钱随少东主自己喜欢。真是一举多得的好主意!”

“哥哥无论做什么,小弟都支持,就是真的杀人放火、打家劫舍。”

第四十三章　离开

若驱群羊，驱而往，驱而来，莫知所之。

——《孙子兵法》

离开心夷酒肆，石斛跟龚宰、李邈分手，独自一人去鲁扬声家。还在院子外，就听到院子里面隐隐约约的琵琶声。石斛听出是《十面埋伏》。跨进大门，鲁南阳告知，鲁扬声正在堂内听翕然弹琵琶。石斛半欣赏半前行，去看鲁扬声。等一曲《十面埋伏》结束，石斛才恢复如常的脚步。鲁扬声见石斛前来，手一挥，翕然俯身退出了堂内。石斛进入堂内，脱去布鞋，踏上筵席，在鲁扬声的左手坐了下来。

石斛掏出一张百缗存银凭据递给鲁扬声。"这是什么意思?"鲁扬声接过存银凭据。刚借走一千缗，还回一百缗，鲁扬声不懂。石斛向鲁扬声解释:"老哥人头熟，找一找小子的那些个街坊。人家不像小子，房子一烧说不定连衣食都没地方着落。这事就拜托老哥了。"鲁扬声颇感意外，调侃说:"老弟是自己没米下锅，还担心别人饿死。好吧，老哥帮你办。"鲁扬声将存银凭据放进了袖袋。

"跟小子无关，小子才懒得去管。"

"有关、无关都是你说了算。你说有关，无关也有关;你说无关，有关也无关。"

"说随老哥说，做随老哥做。"

"就只有这件事?"

"老哥是不是准备将小子的事都办了?"

"说说老哥能办的。"

"老哥叫人广发消息，说半个月前在江州遭遇控鹤军袭击，桓王和他家人全殒命。"

“老哥再想办法,这种毒咒就不要用了。”

“诅咒有用,小子天天诅咒。问题是人家会不会相信。”

“这你放心。说故事自然要说得有板有眼。”

“只要有人相信就行。烂在民间,总比化作泥强。”

“那是。在神州,想不死于非命,还真不是件容易的事情。”

“不容易,才需要拼命。”

“你的影子,老哥也是晓得晚了。早一些,完全可以找一个更合适的地方。”

“别打歪主意了。还是让小子多活几天吧。小子有件事情想听一听老哥的意见?”

“说。”

“小子想趁机离开金陵一段时间。”

“好注意!房子烧了,寿木店也烧了,你要吃饭,你要住宿,到外面营生正常。正好可以告诉某些人,你只想过一过日子,没有其他想法。老哥的传言再散布出去,就算某些人依旧怀疑你就是他要找的那个人,也会减轻疑虑,觉得没必要下狠手,允许你过一过日子。无论怎么说,你是他救命之人。没你,他早就已经没命了。别人多一个少一个无所谓,你毕竟救了他的命。可以不杀就不杀。再者,你一离开,正好可以趁机测一测你在她心中的重量。有心寻找,以她父亲的能量,无须多少力气,你就可以顺势返回。这样也好给某些人有一个合情合理的借口。无心寻找,老哥看,就算了。以你的能耐,根本不怕没地方,正好可以摆脱控制,过一过你自己的日子。这地方确实没有什么好依恋。”

石斛没有将自己的如意算盘告诉给鲁扬声。李简、徐知询、庞震东都在暗中找他麻烦的时候,米栗一人呆在武昌已经很不安全。米栗出事,极有可能会连累父母。现在突然带父母悄悄前去武昌和米栗一起住,至少可以相互照应。石岩夫妇和米栗一起生活,承认了米栗的假身份,实际化去了藏在米栗身上的风险。无论是米志诚的女儿,还是白衣女杀手,都会给石斛招徕杀身之祸。石岩的外甥女,怎么可能会是企图刺杀徐温的杀手?石斛又打起了如意算盘。

“不过,有一漏洞。”

“小子也想过。在外面散走,不受控制,毕竟不放心。好长时间以来,小子想消去人家的杀机,可就是找不到好的机会。如今天赐良机,再不抓住就没了。想来想去,小子还是决定先离开金陵。生死捏再人家手里面,做不了主。说起来,活到今天,已经很造化了。”

“一般常理，在某些人眼里，只有死人才安全。你有些不同。救命之人，有关系，但关系不大。不说别人，就说你家，你可不要说老哥揭你家的丑，权字面前，其他统统折腰。你不同主要是没这必要。寿木店少东主，只要剔去你的龙骨，就是条泥鳅，掀不起风浪。如今你自己要求剔去龙骨，正合某人之意。这段时间，有很多人在四处找你。老哥正想跟你说，你要走了，已经没这个必要，你自己小心一点就是。准备什么时候走？”

“打算明天就走。”

“老哥去码头送你。”

“老哥是不是想在码头给小子弹上一曲？”石斛笑了起来。

“又不是永别！老哥晓得过不了多久，就会再见，还是送一送。”

“翕然那首《十面埋伏》弹得特别好，小子还没听全。”

“老哥看你，眼下跟十面埋伏差不了多少。”

“放心！小子不是项羽，不会也来一个乌江自刎。所有的路全都堵死了，还可以到倪老哥那去落草。”

“你要是去落草，祖宗肯定活活给气吐血。”

“老哥真别说，小子还想去倪老哥那落草一段时间。”

“翕然！”鲁扬声高高叫了一声。不一会，翕然出现在堂前。“去将琵琶拿来，给这小子弹一首《十面埋伏》。”“是。”翕然退去拿琵琶。“你愿意做项羽，老哥就愿意做范增。”“论岁数，称老哥一声亚父也未尝不可。别的梦，小子还是劝老哥别做了。小子不是项羽，没有彼可取而代的图谋。想凭两只空手，去跟群狼搏，太自不量力了。人最重要的是看清自己是谁。最后也来一个自刎而死，壮烈是壮烈，但可笑。”翕然拿来了琵琶。“弹得不好，请公子不要笑。”翕然俯身向石斛行了礼。石斛含笑说：“想不让小子笑，就用心去弹。”翕然低头一笑，在凳子坐下，准备弹琵琶。石斛正襟危坐，倾听翕然弹奏《十面埋伏》。

听完了这首《十面埋伏》，石斛就跟鲁扬声告辞。鲁扬声第一次送石斛出院门。等石斛远去，鲁扬声转身叫鲁陬邑备马车，前往朱雀门拜访徐渊。那么多年来，鲁扬声第一次拜访徐渊。鲁扬声是金陵名士，徐渊久闻其名，而且知道他跟石斛交往甚密。今天来拜访，肯定有特殊事情，徐渊就请鲁扬声去怡然亭品茶。两人亭中一坐，不需要避下人。

“今天来朱雀门，想请太尉帮学究办成一件秘密的事情。”一口茶下肚，鲁扬声没有吞吞吐吐，直接说明来意。“什么秘密的事情，可否说来听一听？”徐渊眯了一口茶,笑来起来。"制造死亡现场,再告诉世人,亡命江南的桓王李休一家已经殒命。"

自徐温专政后,徐渊就开始秘密筹划,如何让吴国朝野相信,亡命江南的李休已死。李休早一天死,早一天让那些企图借李休复辟的人死心。这些时间,总管徐福一直在向徐渊报告江湖争夺李唐皇室藏宝图的故事。听了这些神奇的故事,徐渊心里阵阵欣喜。鲁扬声话一出口,徐渊马上意识到藏宝图的事情是鲁扬声所为。当初,徐福向徐渊报告石斛跟鲁扬声交往甚密,徐渊还猜测这个老进士会不会怂恿石斛复辟。徐渊现在明白,鲁扬声不是在怂恿石斛复辟,而是在想办法削去石斛身上的龙骨。徐渊和鲁扬声殊途同归,不谋而合。只不过两人的目的不同,徐渊怕石斛将来兴风作浪,而鲁扬声是想让石斛能活下来。

"不才让总管徐福去帮鲁公。需要什么,鲁公只管吩咐。"

离开鲁扬声家,石斛起步去白云观。跟往常一样,石斛走小巷到了鸡鸣巷。眼前的鸡鸣巷已经只剩下断垣残壁。何时想过别人?石斛微低着头,到了玄武大街。石斛目无旁视,出了北门,径直去白云观。进入山门,石斛就直奔缮意房。石岩和尹如雪此时正坐在堂内等石斛吃饭。见石斛前来,吕夷则跑过来告诉石斛,周胜殷还没有回家。那么多天了,还没有回来,看来已经遭遇不测。"我们先进去。"石斛和吕夷则离开了庭院,踏上了步檐。尹如雪一看石斛脸色凝重,猜测又出了事情,熬不住问:"斛儿,是不是又出什么事情了?"

"没什么事。孩儿方才经过鸡鸣巷,看到一地瓦砾,心情不好。"

"好好的家,这样无缘无故地连带遭了殃,真是飞来横祸。"真是光屁股鸡替鸭愁,自己都寄居在白云观,倒考虑起街坊邻居起来了。"家一烧,没有亲朋好友,搬到什么地方去住?曹掌门你正好熟,我们才有道观呆一呆;不熟,寺院道观未必就肯。什么普度众生,慈悲为怀,都是说在嘴上,给人听的。如今,生存原本已经很不容易,我们家就更难啦。任何鲁莽的举动,带来的可能不仅仅是简单的房子被烧。这件事情,也给自己提个醒,任何缺少前思后想的举动,不仅会伤到自己,也会累及他人。"石岩又熬不住教训起了石斛。

"孩儿会谨记教训!孩儿一次好高,害了十几条人命。鄂州棺材作坊主湛建旗一家,时来、戚冷的母亲、肖正钦手下的一名船工、周胜殷的船工王公人、王国人,不是孩儿,根本用不着送命,周胜殷到今天还没有回家,不知道是死是活。孩儿回湛建旗的棺材作坊查看时,那些工匠死的时候,嘴里还塞着破布。孩儿仔细数了数,棺材作坊大大小小加在一起整整十三条人命。一人闯祸,殃及无辜。以后孩子做事一定会多用用脑,多考虑考虑后果,尽量避免这种事再发生。人死不能复生。如今孩儿只能待日后赚了铜钱,好好补偿了。”

赚到铜钱是十八个捣臼画在岩石上的事情。眼下,石斛只能用言语安抚父亲。

第二天,城门一开,鲁扬声就出了城。这是自鲁扬声回到金陵后的第一次。到达白云观时,石斛正准备动身去码头。鲁扬声将一封书信交给石斛。“这是给蒋奇的信。碰到什么麻烦,你就去找他,会帮忙的。”石斛将书信放进袖袋。刚出白云观大门,石斛碰到了杨千里。

杨千里向众人手一拱,一把将石斛拉到一旁,告诉石斛上次想告诉没告诉的事情。“雇主是谁,千里不晓得。从那诱人的佣金看,千里推测不是一般的人。”会是谁?现在想杀我的人多,还真不晓得是谁。不是一般的人,那是谁?不去想了。石斛向杨千里手一拱。

“谢谢杨兄。如今想杀小子的人多,个别杀手奈何不了小子。”

“老弟准备去哪?”

“小子准备离开金陵,杨兄来了,正好送一送。”

“老弟要离开金陵?”

“走吧。”

“最起码也得告诉善居他们一声,前来送一送。”

“送有此一别,不送也有此一别。有时候,不送还少一分伤感。”石斛轻轻拍了拍杨千里的肩膀。“世事难料,小子悄悄来,伤心走,难保有一天,会重新回来。”

一条帆船停泊在码头。石岩、尹如雪、曲柯、李邈、吕夷则先后上了帆船。“阿虎!”石岩叫了一声。阿虎跳上了帆船。“这里就交给老哥了。”石斛向龚宰手一拱。龚宰拱手说:“少东主放心,仆一定会罄尽全力。”石斛登上帆船,站在船舷,拱手跟送行的人告别。在“保重”声中,帆船慢慢离开了码头,扬帆溯扬子江而上。

杨千里将事情告诉荆善居时,又懊恼一件事情,忘了问石斛,准备去哪。荆善居听扬千里一说,立马起身去白云观问曹全晟。荆善居这人讲朋友情谊,也很现实。石斛在金陵,对仲连堂大有好处。这些时间,人们那么卖仲连堂面子,就是看在荆善居跟石斛的关系上。

“他的老家在哪,贫道还真不晓得。”

“有没有其他人晓得。”

“不瞒堂主,贫道还真不晓得。”

荆善居只得跟曹全晟告辞,快快地离开了白云观。不过,荆善居相信,石斛绝不会一走了之。荆善居纳闷的是,石斛为何这时突然离开金陵。荆善居一从白云观回来,杨千里就将有人想暗杀石斛的消息告诉了他。这让荆善居将很多传闻串联了起来。

“是谁,千里不晓得。这事,千里看,只能靠荆兄请人好好调查了。”

“想杀他的人多。潜伏在吴国的控鹤军想杀他。昨天早上,善居去白云观看他,他也猜测放火烧了寿木店和他家宅院的人应该是控鹤军杀手。他亲口告诉善居,回金陵的路上遭遇控鹤军的伏击。善居耳闻,他在紫金山出手救了都督。现在看来,传言是真的。控鹤军杀手应该会亲自动手,而不会出铜钱雇杀手。前些时间,有兄弟向善居报告,有人在调查他。善居让兄弟去调查他们是谁。一查发现,是豪门置业李鲲的幕僚顾尝胆派他们去调查。顾尝胆和他毫无恩怨,为何要调查他?那只能是豪门置业东家李鲲指使。众所周知,李鲲是行军司马徐知询的马前卒。据说,武昌节度使李简的儿子对朱雀门大县主很感兴趣。就眼下情形来看,想得到朱雀门大县主,只有将他除去。李简和徐知询都有可能是雇主。善居派人好好调查调查,虽不能除掉李简和徐知询,除掉顾尝胆这种人还是容易。”

“只要查清是谁,千里就做一会雇主,请自己将他除去。”

荆善居一边派人去调查,一边去向鲁扬声买情报。鲁扬声跟荆善居打过多次交道,而这一次鲁扬声不收铜钱帮荆善居搜集情报。只用了一只手的时间,荆善居就弄清楚了雇主。就在这时,仲连堂二当家齐克谐失手打死了忠义军掌书记武穆的儿子,仲连堂受到了牵连。荆善居自身难保,分身乏术。再说,石斛眼下又不在金陵,先集中精神解决了仲连堂遇到的麻烦再去处置来得及,毕竟是取人性命,急躁不得。荆善居也就将事情暂且放在了一旁。

石斛搭乘皮明的帆船,溯扬子江而上,前往武昌。皮明胆小,不敢夜航,傍晚靠岸,天亮出发,走了三天,才到达武昌。登上武昌码头,那天的太阳都已经落山。石斛决定先在武昌过了夜,明天再走。那天晚上,一行人就住在离武昌码头不是很远的通达客栈。翌日,太阳还没出来,石斛就已经动身。武昌县城到幕北村,不急不慢就一个半时辰左右的路程。那么早上路,主要是原本就起得比较早,而在武昌又没有什么其他事情。早到早了却一件事情。

同住在通达客栈的三位客人跟石斛同路。前往幕北村的这条路又不是石斛所有,石斛不能让别人不走。“小哥准备去什么地方?”刚出客栈的大门,客人问。“幕北村。”石斛如实回答。“哥哥呢?”石斛原本不喜欢问,礼尚往来问了一下。

“和小哥同路。”

“也去幕北村?”石斛饶有兴趣地追问。

“幕北村再过去一点。”

“哪一个村?”石斛特别多嘴,继续追问。见客人支支吾吾,石斛说:“哥哥放心,小子不会到哥哥家去蹭饭!”石斛说着笑了起来。“小哥真会说笑。”客人竭力装出笑脸说:

“在下真请小哥,小哥都不会来。”

“这可就难说了。哥哥不晓得,小子这人脸皮厚,哥哥请,说不定就赴约。”

“那什么时候亲自来请小哥。”

“先谢谢哥哥!”石斛手一拱。“听哥哥的口音,好像不是本地人。”

“老家河南,秦宗权叛乱那会,逃到这里。说起来,都二三十年了。”

石斛会扯,和客人边走边扯,不急不慢扯到了幕北村,才相互拱手道别。三名客人沿大路继续南行,石斛带着父母、李邈、吕夷则、曲柯以及阿虎,从岔道进入幕北村。

“爸,妈,我们到了。”

吕夷则、李邈和石斛一起那么长时间,都不晓得石斛在这里竟然有个家,就好比不晓得石斛是李唐世子一样。金陵出发时,石斛向吕夷则、李邈简单介绍了这里的情况,免得到时见面让人感到太突兀。不过,石斛没有将米粟的真实身份透露给李邈、吕夷则。石斛推开了虚掩着的门。众人跨进院门,进入院子。

“县主,公子来了。”萧竹和茹若站了起来。米粟正坐在堂内缝制衣裳,头一抬,不禁一愣。没想到石斛会带那么多人来,更没想到会带石岩和尹如雪来,一时间不晓得表示出亲近,还是恭敬。“舅舅! 舅妈!”猝然,米粟想起和石斛一起编撰的谎言,连忙站了起来,快步出了堂内,下台阶,前来迎接。距离还有一人左右,米粟两手罗裙一提,双膝一屈,就跪在了庭院上,伏地给石岩和尹如雪行礼。尹如雪跨步上前,俯身去扶米粟。

“心意到就是,礼免了。”

今年的事情,就像坐在院子里看天上的云,方才还像鸡,眼下已经像狗了。就一个多月前,儿子从燕子矶强拉回家的娘子,现在竟然跪在自己的眼前叫自己舅妈。一个月后会怎么样,尹如雪不清楚。这些年,尹如雪一直努力过好眼前。将来,将来再说。

“舅舅和舅妈大老远来看外甥女,行个礼,很应该。”

“免了,免了。”

“谢谢舅妈。”米栗站了起来。

“舅舅和你舅妈过来准备和你一块住。”

石斛没有说,米栗就猜到出事了。到底出了什么事情,刚一见面,不便问。直到所有人都安顿好了,石斛才告诉米栗出了什么事。“这样最好。外甥女独自在这里,孤零零的,还真有些怕。二表哥,这几位怎么称呼?”吕夷则、李邈、曲柯分别拱手自报了姓名。“快请到堂内坐。”礼毕,米栗扶着尹如雪起步,众人紧跟在后,前往堂内。

“斛儿造的这个窝还真不错。”

“边上有一个大菜园,正荒着。爸在这里,无事,正可以种种菜。”

“怎么能刚到就要舅舅种菜?”

“你舅舅天生是种菜的命。”

“但愿不要再像金陵那样,最后白白忙活。”尹如雪一旁插了一句。

“这可就很难说了。”

世事难料,只有未来谁也无法确定。石岩哪想过,那么短的时间,就会离开金陵?以后会怎么样,石岩真不晓得。没有办法预测,又没办法左右,只能随遇而安。不是石岩墨守成规不想变,而是想变也变不了。石岩总觉得,与其无望地挣扎,还不如认命接受。上天之所以这样安排,肯定有他的理由。没必要跟上天作对,给自己带来无端的痛苦。

石斛突然离开金陵的消息很快传遍了整个金陵城。“确实不晓得。”这句话曹全晟不晓得已经说了多少遍。面对蜂拥来白云观打探石斛消息的人,曹全晟真的很无奈很无奈。“去什么地方,贫道真的不晓得。他在这里已经无根无叶,很可能回老家去了。”

过了几天时间,桓王李休在江州遭控鹤军袭击一家殒命的消息开始在吴国流传。严可求正想将调查情况呈报给徐温,得到了这个消息。阳谋!严可求手拍几案,脱口而出。李休一家都已经遭控鹤军袭击殒命,这世上哪还有李休和他家人?果然,徐温要中书侍郎骆知祥发文告,对桓王一家遭控鹤军袭击殒命表示哀痛,严词谴责逆贼朱温的暴行。谁出的主意?徐温一向信任严可求。徐知训被杀,徐温没有惩治严可求,心中开始对严可求不满。徐知训在广陵做了那么多恶事,徐温竟然一点也不晓得。作为徐知训在广陵的辅佐重臣,严可求难辞其咎。如今已经不是当年争雄的时代,严可求将原本想报告给徐温的话悄悄咽了回去。

石斛突然走了,有人高兴,有人痛苦。徐知询高兴,终于如愿将石斛赶出了金陵。徐知询又纳闷。石斛是采访处置使,怎么说走就走?辞职了?还是到外面去办事?寿木店伙计也跟着走了。一个采访处置使身边,多少也应该有几个侍从。为何带父母一起走?可能真的已经辞职回老家。不管他了,总而言之,石斛已经离开了金陵。

李简晓得石斛是采访处置使后准备收手,李彦信可不这么想。

徐榛不喜欢李彦信,未必跟石斛有关。李彦信却认定是石斛吸引走了徐榛,让他遭李简臭骂不说,人前人后都抬不起头。自有记忆起,李彦信不曾遇到过不顺心的事,一向是有求必应。徐榛让李彦信尝到了痛苦。李彦信下决心准备将与石斛有关的物事统统撕毁,以泄心头之恨。这种恨,只有李彦信自己能懂。李彦信去找李简的幕僚祝唤声出主意。祝唤声给李彦信提了一条建议,不妨从棺材作坊着手找一找有没有不利于石斛的事情。人在外地难免会孤寂,一孤寂就容易出事。棺材作坊当家湛建旗已死,原当家施庆宗已举家迁往岭南。正当李彦信一筹莫展时,牙吏张复提了一条建议,到作坊当家的老家去查一查。

可施庆宗的老家到底在哪?晓得施庆宗老家的那些工匠已经全被控鹤军杀了。武昌离鄂州有一百五十来里路,普通人走路一天都走不到。平常人家问施庆宗的老家,施庆宗会告诉他自己是武昌人,可武昌什么地方,就是告诉他,对方也不晓得。

"少帅没必要在这上面费精力,费时间。男人在外能有什么事?不在乎女人的事情。少帅需要,出点铜钱,鄂州任何一个窑子都可以指证那小子来逛过,就是证据不容易。找到施庆宗,也不外乎从他身上找到那小子逛过窑子。鄂州窑子清清楚楚,有还是没有,叫几个人去问一问就知道。问题是,谁逛窑子会留下证据?没有铁的证据,扳不倒他。小吏觉得,少帅心慈,找一个机灵点的窑姐,去金陵直接给他设套,无中生有,让那小子有口不能辩;心狠一点,找几个吃这碗饭的杀手,神不知鬼不觉做了他,就什么事情都没有了。"

鄂州镇遏使冯泽民得知情况向李彦信建议。就在李彦信全力部署时,李简狠狠抽了李彦信一个耳光。"你想死啊你!你真的以为他只是一个寿木店少东主?"李简不希望一个刚刚生根发芽的家族毁在儿子之手,当下下令,谁也不许帮李彦信对付石斛,违令者斩!

李彦信决定去一趟金陵,一来散散心,二来听一听姐夫的意见,三来了解一些有关石斛的事情。没想到,一到金陵,李彦信就得到兴奋的消息,卖棺材的石斛已经离开了金陵。现在呢?李彦信重新燃起了希望。徐知询说:"这事不能急。你先回鄂州在家慢慢等。过一段时间,姐夫再着人去给你提亲。现在那卖棺材的已经离开了金陵,没有人跟你抢。”绵绵不断的梅雨终于停止,太阳露出了脸。李彦信决定带仆役去紫金山赏玩。

徐福匆匆前来如茅斋,在徐渊耳边嘀咕两声,徐渊惊讶得合不上嘴巴。

怎么会这样?我还准备给他提供一个可以荫凉的地方。如今,不仅没有荫凉的地方,还要在烈日下暴晒。真个是帮了别人害了自己。只要稍稍想一想就会明白,金陵这个地方还能不能呆?人心隔肚皮,谁会相信谁?徐渊理解石斛,也理解徐温。敌人要杀他,敌人的敌人也要杀他。迟早要跟她说,还不如早点跟她说。徐渊起身离开如茅斋,前往云思苑。

“大家!”

应门黄芩、白荻见徐渊匆匆前来云思苑,慌忙跪地迎接。“县主呢?”徐渊驻足问。“在花亭。”徐渊抬脚跨进苑门。白荻连忙起身,引徐渊前往花亭。六月就要到了,徐榛此时正在花亭给自己缝制换季衣裳。“爸!”见徐渊前来,徐榛起身,像蝴蝶飞出花亭迎接。

“爸告诉你一件事。”

“什么事啊?爸。”

“石郎今早和他父母离开了金陵,走了。”

徐渊说得很轻松,徐榛问得也很轻松,徐渊的回答却大出徐榛的意外。怕鬼有鬼,果然是石斛出事了。徐榛连忙问:“去哪啊?”徐渊摇了摇头说:“不知去向。”肯定是石斛逃之夭夭去了。“砰”的一声,徐榛吹了那么长时间的郎君气泡刹那间破裂。

徐榛顿时觉得好像从天堂突然间坠落到地狱,不禁感到一阵晕眩,身子摇晃了一下。徐渊慌忙手一伸,扶住徐榛。徐榛控制不住了自己的情绪,当场嚎啕大哭了起来。徐渊扶着徐榛慢慢在栏凳上坐下,劝慰说:“榛儿,别急!别急!”徐榛靠在徐渊怀里伤心哭泣。徐渊记忆里面,从未见过女儿如此伤心哭过。徐渊不禁心疼了起来,轻轻抚摸徐榛的后背。

“爸想办法给榛儿找着。”

“神州那么大,到哪去找?”徐榛哽咽着说。

“肯定在我们吴国,其他地方石郎去不了。”

“为何去不了?马殷、钱镠、刘岩,都可以去。女儿不行,他行。”

“榛儿放心,石郎不会。”

徐渊找了好几条理由，可是没有一条理由能真正将徐榛说服。徐榛东南西北不能去，只能呆着；石斛没事，此处不留人，自有留人处。徐渊不想告诉徐榛，石斛是皇侄，哀帝的堂弟，没地方可去，只能死呆在吴国。“寿木店烧了，宅院烧了，积蓄没了，觉得无法继续在金陵过下去了和父母一起回老家，也可以理解。”徐渊思来想去，最后用生活常识来说服徐榛。“其实呢，这些根本不是什么问题，爸还会让他饿肚皮？可石郎，你知道，他喜欢靠自己的双手养活自己，而不愿意让人像宠物一样养着。这次带父母离开金陵，没其他原因。过几天，石郎还不出现，爸肯定帮榛儿找着。”徐榛终于止住了眼泪。“别想多，你只管像往常一样过日子。石郎，爸会给你找着。”徐渊见徐榛情绪稳定，起身离开云思苑。

“这种负心郎找什么找。”徐渊刚走，徐榛赌气说。

“县主，我们还是分析分析公子为何要悄悄离开金陵。”

于苓希望找着石斛，又担心找着石斛。上次，于苓从天香茶馆返回朱雀门，细细品味石斛的话，终于品出了味道。节度使、观察使跑到吴国，肯定会去投奔武忠王，根本不需要躲到乡下。唯一的可能就是皇室嫡亲。隋炀帝被宇文化及缢死，子孙无一活命。杨侑被李渊扶为皇帝，后被逼退位，年仅十五死于非命。杨侗被元文都拥立为皇帝，禅位给王世充，最后被王世充缢杀。杨暕、杨杲、杨倓、杨慜，统统被杀。唯有皇室嫡亲，朱温要杀，杨行慜要杀，都督也要杀。活着就是威胁。于苓终于明白了石斛不敢靠近朱雀门的根本原因。不容易！想不到，一个有如此能耐的人，就因为身世，活一活都要这么艰难。

“上次我们分析了，公子的父亲至少是节度使以上身份的人。公子的父亲带公子躲在乡下一直不现身，因控鹤军追杀才来到金陵。当初，公子的父亲为何不去投奔武忠王而要躲在乡下？如今来到金陵，又为何不去投奔都督，而是让公子从事最受人鄙视的棺材生意？目的为何？婢子觉得，就是不让人家晓得他们的真实身份。唯一的可能就是公子的父亲曾经是亲王，皇帝的嫡亲。县主，婢子分析得对不对？”徐榛点了点头。“历来皇朝倾覆，皇帝嫡亲与之具亡。宋、齐、梁、陈、隋，朝朝如此。前些时间，婢子翻翻史书，不禁为公子胆战心惊。县主想一想，公子的父亲真的是亲王，想杀他的岂止只有朱温一人？公子在紫金山开善寺出手救了都督，等于暴露了自己的身份。肯定是公子觉得在金陵实在呆不下去了，才会悄悄离开金陵。县主想一想，公子在金陵朋友无数，何须悄悄走？”

徐榛没有言语，起身前去如茅斋。见徐榛突然急匆匆前来，肯定有事要问。“你们都先退下。”侍儿、仆役纷纷退出了如茅斋。“爸，你能不能告诉女儿，石斛的父亲是不是大唐亲王?”徐榛问。“可能是,也可能不是,眼下仅仅只是推测,还没有确凿的证据。”徐渊迟疑了一下后回答。“如果是,叔父是不是一定要杀了石斛和他父亲?”徐榛继续问。徐榛这个问题,徐渊还真不好回答。莫非真的只能杀吗?徐渊也曾问过自己。“这得看石郎自己有没有企图,石郎会不会被人利用。”迟疑了半晌后,徐渊回答徐榛。

“石斛卖棺材,有什么企图?原先女儿不大懂,现在终于明白了,就是怕有人说他有企图才不敢靠近朱雀门。石斛不出手救大嫂和城儿,不出手救叔父和四哥,谁晓得他是什么样的人?在紫金山,石斛不出手救叔父,爸肯定要他的命,救叔父,叔父要他的命。紫金山救了叔父,不仅控鹤军想要他的命,连叔父都想要他的命。女儿要是石斛,干脆撒手不救,逃离金陵,浪迹江湖。不救是死,救也是死,为何要救?”

徐榛说着说着就激动了起来。徐榛第一次在徐渊面前说话如此激动,也是第一次将徐渊说得无话可说。徐榛本想要蛮,最后还是忍住。可无论如何努力,还是控制不住,哭了起来。“说来,都是女儿害了他。谁让他没法拒绝女儿呢?”

“爸去跟你叔父说一说,能不能找到合理的解决办法。”徐渊劝慰徐榛。

还能说什么?一回到云思苑,徐榛熬不住又哭了起来。你说没企图,谁会相信?就是将心挖出来,人家也不会相信。“婢子觉得,这事还是县主去找都督说有效。”徐榛没有言语,就带着于苓,去都督府见徐温。一看徐榛前来,徐温已经猜到徐榛来访的原因。

火灾的当天下午,徐温在亲从护卫下巡视了鸡鸣巷和长寿巷火灾现场,并派判官陈彦谦替他本人去慰问受灾的民户,帮这些个民户解决眼前马上要遇到的实际问题。自发动宫廷政变以来,徐温杀了无数杨行慇的旧部,独揽大权,却深得民心。这跟徐温为人谦卑,生活简朴,勤政亲民分不开。徐温踩着嘎嘎响的瓦砾,看着眼前这片废墟,忽然想到石岩可能会利用宅院和寿木店被烧的机会,逃离吴国。徐温绝不希望石岩父子成为李存勖手中的旗帜。还没有返回都督府,徐温就密令牙将平北城带人盯住石岩一家。石斛刚一上皮明的船舶,平北城一边派人急速前去禀告徐温,石斛和他的父母搭皮明的船舶离开了金陵,一边去找楼船军使王易道,调遣船舶追随。不过,平北城只告诉王易道要去追人,没有说要去追石斛。

徐榛踏进大堂,徐温问:“今天脸色不对,遇到了不爽的事情?”这个侄女徐温原本就很疼,紫金山回来后更疼。徐榛一边向徐温走去,一边说:“侄女心里闷着几句私话想向叔父透一透。”徐温手一挥说:“你们都先下去。”堂内所有人都俯身退了出去。

“现在就我们俩,有什么私话榛儿只管跟叔父说。”

“侄女只为石斛救叔父感到冤。在紫金山开善寺,石斛不出手救叔父,我爸肯定会要他的命;出手救,叔父要他的命。”

“谁说的?”

“叔父不想要他的命最好,侄女就等叔父这句话。石斛千不该万不该,侄女觉得,就是不该陪侄女去紫金山。不去紫金山,就是翻了天也跟他没有关系,我爸不会找他麻烦,叔父也不会找他麻烦。出手帮了别人却给自己带来麻烦,想想真是冤。那些杀手怨石斛出手救了叔父找石斛麻烦还情有可原,叔父要是也想找石斛的麻烦,那真是冤透了。侄女来见叔父之前,问我爸,石斛的父亲是不是亲王。我爸说,可能是,也可能不是,没有确凿的证据。我们不能依自己的推测就平白无故说人家的父亲是亲王。就算是,石斛也没有野心,只想赚点铜钱安生过一过日子。石斛有野心,也不会来金陵卖棺材,更不会不碰官。石斛的父亲是亲王,而石斛又有野心,侄女是他,就会改名换性去投军。以他的能耐,很快会步步高升,从指挥使到都指挥使,从都知兵马使到节度使。最后,身份一亮,谁能不服?”

这话还真点到了要害。真有企图为何要来金陵卖棺材?

上次,石斛走后,徐温派都督府录事参军栗吉甫调查石斛,验证石斛有没有说谎。栗吉甫的调查结果让徐温吃了一惊,石斛没有说谎。“为了查个水落石出,还专门派了两人偷偷潜入淮北去验证。颍州沈丘县确实有一个石家村,只是已经完全荒芜了。据现场看,应该是多年之前遭到了屠村。现在将调查到的各种资料综合起来,石斛没有撒谎,应该是前中书侍郎石弘的孙子。”莫非真的阴差阳错将石弘的孙子当成了桓王李休的儿子?

猜测石斛可能是桓王的儿子,徐温让人请相师吕虚去看一看石斛。这种根据人的相貌推断寿夭、荣枯、吉凶、祸福的做法春秋时期就流行。相师由此也成了决定神州历史的重要人物之一。帝王面前,说你有反相,刀斧手等着了。北周皇帝宇文邕对杨坚不放心,派人请相师赵昭给杨坚看相。赵昭和杨坚关系好,告诉宇文邕说:“充其量做一做柱国罢了。”宇文邕终于放下了心。赵昭偷偷地对杨坚说:“将来要做天子,一定得大开杀戒,然后才能成。”宇文邕驾崩,杨坚当上了柱国大将军、大司马。不久,杨坚真的大开杀戒,将北周宇文皇族杀了精光,改国号为隋,篡位当上了皇帝。徐温也非常信看相算命。

吕虚见有人花重金请他去给白记寿木店少东主石斛看相,立马想到有人准备要嫁女儿。这种做亲前请人算命看相的故事吕虚很熟。相师三教九流的人都接触,消息灵通。白记寿木店少东主?吕虚一猜就猜到了朱雀门。除了朱雀门,谁还那么无聊花那么多的铜钱请他去给寿木店少东主看相?朱雀门大县主看上了寿木店少东主的故事,吕虚早就耳闻。

经过一番装扮,吕虚以普通客人的身份来寿木店给石斛看相。石斛不晓得是吕虚,也不晓得吕虚是谁。“吉祥!吉祥!”石斛一见吕虚进店,立马笑脸相迎。吕虚就像丈母娘看女婿上下打量了石斛一番后问:

“后生是少东主?”

“是。”

“传言果然不虚。”吕虚头微微一摇说。“像少东主这样的英俊后生,某多年未见。”“见笑,见笑!”石斛手一拱,含笑说:“绣花枕头,里面塞的全是稻草。”石斛手一伸说:“先生请!”吕虚跟着石斛,起步前往库房。

“以少东主的相貌,跟少东主从事的行当确实不匹配。”

“先生觉得小子应该做什么事比较合适?”

“以少东主的相貌,应该去读书。一旦选上,就是人上人。”

“现在太迟了,家里也不允许。柴米油盐,样样都需要铜钱。”

“这倒是,那么大岁数去读书也不现实。少东主有没有想过改行?”

“想过改行,也有人劝小子改行。”

“少东主为何不改?”

“想改,只是改行的条件还不成熟。”

“条件会成熟起来。就像建造七级浮屠,一级一级来,不急。”

“谢先生。”

“少东主是不是还没有成家?”

“先生眼力真好。小子没成家。”

“有没有说了亲事?”

“没。”

“少东主相貌堂堂,成个家不难。”

两人边走边说,进入库房。石斛陪吕虚看了停放在库房里面的棺材,不厌其烦地回答了吕虚提出的问题。眼看买卖都谈得差不多了,吕虚突然改变了主意,拱手说:“少东主,抱歉,抱歉。某突然想到,暂时不买了。”石斛脸色如故,态度依旧,含笑说:“不碍事,不碍事。小子就当陪老朋友看看。”石斛送吕虚出了寿木店。

过了一天,花铜钱请吕虚给石斛看相的人来了。吕虚将自己的推断告诉给了他。“有没有帝王之相?”出资人轻轻问。这可不能乱说。一个寿木店少东主还想将来做皇帝?吕虚无论怎么给石斛说好话,也不想给自己留下臭声。如此英俊的后生,一旦被人看上,想不富贵都难。依据石斛的相貌以及言行举止,断定石斛将来富贵,吕虚还是有把握。“帝王之相虽没有,别看他眼下卖寿木,将来必定富贵。”当天徐温就晓得了吕虚给石斛看相的结果。都快要成了朱雀门的女婿,能不富贵?只要没有帝王之相就行。徐温将吕虚的断语和栗吉甫的调查结果一结合,渐渐倾向于接受石斛的说辞,张冠李戴,石岩错成了桓王李休。

徐温静听着徐榛唧唧喳喳将话说完,含笑说:“榛儿放心,叔父心肠再毒,也不会无缘无故杀了榛儿的郎君。回去告诉你爸,只要石郎还在我们吴国,就让他留在你爸身边,做一做生意,过一过富裕的日子吧。”徐榛带着满意的答案返回朱雀门,将徐温的意思告诉给徐渊。“爸晓得你叔父是什么样的人,榛儿就不要埋怨了。不是你叔父不懂得知恩图报,而是石郎的身份太过于特殊。石郎爸一定帮榛儿找着,榛儿放心。”徐榛得到了徐温和徐渊的双重保证,渐渐地消除了焦虑,暂且安下心来,等待徐渊将石斛找回。

当天,徐渊让徐福找来了金陵著名画师钟离川给石斛画像。石斛的形象已经深深烙在徐榛脑子里面。一幅形象逼真的肖像画不用多少工夫就画好。徐福再请了金陵的画师,根据肖像画进行誊写。一天时间,画师就已经画了上百副石斛的肖像画。朱雀门势力大,很快就晓得石斛乘坐皮明的船只。徐福没有等皮明回来,就遣人带着画像逆着扬子江寻找。

“怕宝贝急了,我特地来告诉一声。”

过了几天,徐温来朱雀门告诉徐渊石斛的下落。当初,徐温给平北城下了一道密令,一旦发现石斛一家渡过扬子江北上,企图投奔李存勖,立马调用当地军队拦截,不听劝阻,格杀勿论。徐温实在不希望石岩父子成为李存勖手中的羊头。平北城确定了石斛的下落,旋即回金陵向徐温汇报。听完了汇报,徐温决定去一趟朱雀门。

“女大不中留。一个石斛搅得心神不宁,癫了似的。”

徐温一走,徐渊就让徐福亲自带人前往武昌。

武昌距离金陵一千多里路程,况且安全考虑,上下船舶一般都是停停靠靠。过去了一天又是一天,依旧没有石斛的消息。徐榛实在熬不下去,前去如茅斋找徐渊。“爸只要能将石斛找着,女儿愿意和他一起远离金陵,到一个小县城,开家寿木店过日子。”徐榛态度很坚决。真是女心外向！徐渊安抚说：“武昌远，不是去一下就能回。安心等待，过两天就有消息。”果真过了两天，徐福就回来了。“怕人多引起旁人注意，只带了克明一人陪仆一起去幕北村。”徐福没有歇息就去如茅斋将情况告诉给徐渊。“到了幕北村，仆直接去幕北村里长施庆崇家打听。开始时，施庆崇矢口否认有这么一个人，仆一再说是公子家的亲戚，施庆崇才愿意领仆去公子的表妹家。公子不在，家里只有公子的父母和他表妹。公子的父亲说，公子到外面赚铜钱去了。仆让其他人拿着公子的肖像画继续找，怕大家记挂，就先赶回来。”

“可贞，去告诉县主，就说公子已经找到。大家有些事要出去一下。”

“是。”仇可贞退出如茅斋，前去云思苑，将消息告诉给徐榛。

“人还没嫁过去，心早给石斛这小子哄走了。”

“县主，县主……”白荻飞奔而来，喘着气说：“公子找着了。”徐榛正在云思阁内，站在佛祖的雕像前默祷。“找到了？”徐榛迅速转过身，半信半疑问。“找到了。”白荻给了徐榛肯定的答案。等啊等，终于等来了好消息，压在心里的沉郁终于消失。一想到从此以后再也没有了石斛，徐榛好像突然之间找到了藏在心中的孤独和寂寞。行走在无人的旷野，有个即便可能会和你拌嘴的同行人，也好过一个人独行。徐榛跪在佛祖面前，希望佛祖保佑石斛平安回来。佛祖还真是灵，许了愿还没多久，就找到了。明天，就去还愿。这是徐榛的第一个念头。“人呢？”徐榛踏着轻快的步伐出了云思阁，问白荻。

“大家得知消息，正好有事要出去，就让仇可贞前来告诉婢子，再转告给县主。”

“县主，找到了就行。过几天就会出现在县主眼前。”

果然只过了几天，石斛就出现在了徐榛面前。徐榛靠在石斛的胸前，哭了起来。石斛掏出手绢，帮徐榛擦眼泪。

“没有及时告诉你，让你担心，先说一声抱歉。”

“人家都说你偷偷跑了。”

“那是误会，大误会。”石斛笑了起来。“小子还能跑哪去？家被火烧了，家父和家母没地方住，小子得找个地方先安置他俩。实在没办法。让家父和家母寄居在白云观，外人的话不能听，小子自己心里也过不去。想来想去，还是送他们到乡下表妹那。”

“你还有表妹？”

石斛用手绢点了点徐榛脸颊上的泪痕，将手绢放进了袖袋。

“小子姓石，可不是从石头缝里面蹦出来，自然有表妹。小子家原本人丁很兴旺，可如今活在世上已经没几个人了。家父、家母带着小子兄弟姐妹躲在山角落里面，就是怕被人家赶尽杀绝。至于原因，什么时候小子慢慢跟你讲。

表妹一个人，孤苦伶仃。你不晓得，表妹也是被逼走投无路，小子才偷偷地将她安置在乡下。离开老家以来，小子越来越懂了生存不易。家父、家母搬过去和她一起，一来有个地方可以住一住，二来正好可以相互照应。表妹一个人住在乡下，如今这世道，也不安全。再出事，小子一辈子就别想心安了。家烧了，寿木店也烧了，小子不名一文，总得先赚点铜钱过日子。小子总不能厚着脸皮伸手乞讨过日子。上次，不是你借给小子一千缗，小子狼狈得真不晓得该怎么办。就是靠这一千缗，小子才将善后的事情办妥。小子先说声谢谢。”

“你自己的铜钱，用不着谢。”

“谁的铜钱不重要，你的心意最重要。”石斛轻轻拍了拍徐榛。“小子总不能靠这一千缗过日子，而这一千缗也已经给小子花得差不多了。这半个多月时间里面，小子一直在买卖粮食。几天前，小子有几船粮食准备卖给池州粮商濮树本，得知你在四处找小子。小子稍做安排，就赶来了。”石斛低下头，颇为柔情地说：“实际，根本不用找。小子不会跑。”

石斛没有告诉徐榛去鄂州做土匪去了。

第四十四章　土匪

物物而不物于物，则胡可得而累邪？

——《庄子》

家居翠竹湾时,石岩教孩子读书识字,教到了一个匪字。“匪就是非,就是坏人。什么样的坏人呢? 抢劫人家物事的坏人。”石岩这样解释。“爸爸,什么是抢劫?”石斛没碰到抢劫,也没听过抢劫。抢劫,石斛还真不懂。“抢劫就是将你的物事抢走。”石柏代石岩回答石斛。“是,又不完全是。”石岩补充解释。“这只是抢。抢劫不只是抢,还有劫。劫,就是吓唬,就是威胁,威胁你交出物事。不交出,就揍你。”

翠竹湾是饶州乐平县桃花石乡的翠竹湾,不是世外桃源,也需要向衙门交纳田粮。“我们自己辛辛苦苦种的粮食为何还要交给他们?”石柏愤愤不平。“不交,他们就会将我们抓过去坐牢。”这是李同给石柏的答案。“力气很大吗? 师父。”石斛就喜欢刨根问底。李同回答石斛:“不是力气大,而是他们人多,我们打不过。”

石柏和石斛兄弟俩终于明白,神州有两种匪,一种是藏身江湖的土匪,一种是高居庙堂的官匪。土匪主要靠抢,官匪主要靠劫。神州几千年,一直是土匪和官匪轮流坐庄。土匪做成功了就成了官匪,官匪做失败了被赶下台就成了土匪。依照神州人的说法,这叫做成者王侯败者寇。翠竹湾务农时,石斛没想过要做官匪,也没想过会做土匪。正所谓世事难料,仅过去两三个月时间,石斛就落草为寇,做了土匪。

陪徐榛紫金山踏青回来,石斛预感极有可能某一天会去做土匪。茫茫神州,能躲到哪里去? 东西南北中,好像都已经没有了可以容身的地方。自古以来,没了容身之地，只好落草为寇，做绿林好汉。不是石斛想做土匪，是没有头路了只好去做土匪。倪虎的故事触动了石斛准备做土匪的心机。莫非就乖乖地束手待毙？石斛不愿意。死之前总得挣扎挣扎，石斛给自己准备了一条后路，学倪虎，落草为寇。落草前，总得先要弄清楚哪草深，哪草浅。石斛出铜钱请鲁扬声帮忙搜集从洞庭湖到金陵这一路土匪的情报。这个忙，鲁扬声同意帮。

“老哥帮你搜集这一路土匪、黑帮信息，不过铜钱你自己出。”

“铜钱老哥只管撒，小子只想活，不喜欢铜钱。”

“有铜钱就好说。藏得最深，老哥也有办法将它挖出来。”

只过了几天时间，鲁扬声就向石斛提供了这一路土匪、黑帮的详细情报。石斛拿着一叠厚厚的纸翻了起来，忠义堂、智信社、鸱枭帮、仁义门、白鹰堂、仁德堂、苏家寨……“无名的老哥都已经不要了。”鲁扬声提供的这份名单，漏了最大的几个土匪。

“老哥，怎么没有马殷？”

“马殷如今已经不算土匪了。你想晓得，老哥说给你听。”

“当然想听，他可不是一般的土匪。”

“那老哥说给你听。马殷原先是孙儒手下的一名喽啰。孙儒死后，众土匪推举刘建峰为匪首，向西逃窜。这群土匪就像遮天蔽日的蝗虫，一路烧杀抢掠，杀到豫章时，人数已经有数万人。乾宁元年，这群土匪进入了湖南。不久，攻下了潭州，杀了刺史邓处讷。刘建峰自称留后，在湖南立住了脚，渐渐有了官匪的模样。原本像刘建峰这种杀人如麻、喜欢吃人肉的土匪理当凌迟处死，可把持朝政的太监偏偏封赏那些土匪，企图以匪治匪。于是，僖宗封刘建峰为湖南节度使，马殷为马步军都指挥使。一道圣旨，这群土匪摇身一变成了官匪。

土匪终究是土匪。刘建峰见手下喽啰陈赡的女人颇有几分姿色，没征得陈赡的同意，就将她给睡了。这种事情稀松平常，没什么好奇怪。你读过历史，应该懂。只要你的权力足够大，想睡谁就睡谁。南朝皇帝刘骏就特别喜欢睡大臣的女人，朱温也一样。自追随黄巢造反以来，朱温就不晓得睡了多少别人的女人。谁能对朱温怎么样？

老哥混到今天这把年纪，终于明白，在神州你有权力就可以为所欲为。”

“这个道理，连小子都懂，真是越活越糊涂。”

“老哥年轻时就糊涂，又不是现在才糊涂。刘建峰疏于防范，让陈赡给杀了。刘建峰手下那群土匪当然不会肯，当下将陈赡剁成了肉酱。刚在湖南立足，四周又是众匪环绕,没了头,肯定会被其他土匪吞食。弱肉强食是匪界的通则。这群土匪共同推举行军司马张佶做他们的头。张佶骑着马,准备去接受这群土匪的叩拜。快到主寨时,莫名其妙地从马背上摔了下来。这一摔,将胯骨给摔裂了。这肯定是不详预兆。张佶觉得自己不是当匪首的命,躺在床上对那群围在床前的土匪说,我命中注定不能做你们的头！马殷英勇,你们可以推举他做头领。这群土匪马上推举姚彦章前往邵州请马殷。就这样,马殷成了这群土匪的头。

果然,马殷是当匪首的命。乾宁三年,昭宗拜马殷为潭州刺史。马殷开始拓展地盘,派遣手下将领秦彦晖、李琼攻下连、邵、郴、衡、道、永六州。乾宁四年,昭宗拜马殷为武安军节度使。马殷做梦也不会想到,吃人肉的土匪竟然会在湖南做起了土皇帝。朱温弑杀了昭宗自称皇帝,马殷旋即改换门庭遣使者向朱温称臣。马殷非常清楚,称臣都是名义上,马殷不需要跑到洛阳去向朱温下跪。就算在路上碰到了朱温,马殷也未必认识。朱温拜马殷侍中兼中书令,封楚王。马殷心甘情愿向朱温俯首称臣,就是想借朱温这个大石头压一压隔壁邻居杨行愍。朱温也乐意充当马殷的保护人。朱温荒淫残暴,人却不笨。杨行愍一旦吃掉了马殷,对朱温肯定是大大不利。这些事情,老哥不说,你也懂。这些年,马殷一直在向南拓展地盘。拓展地盘需要招兵买马,而招兵买马又需要铜钱。马殷奏请朱温,希望能在汴、荆、襄、唐、郢、复等州设置回图务,就是商行,将湖南的货物运到河南、河北等地去贩卖。朱温同意。马殷也希望吴楚是商业伙伴而不是天天兵戎相见的敌手。马殷曾多次遣密使前来吴国,希望恢复中断了多年的贸易,每次都遭到拒绝。老哥说那么多,口都干了,你好奇心满足了没有?"

"今天就是老哥想说,小子也已经没时间再听了。"

"那好,今天就说到这。什么时候还想听,老哥在给你讲。"

过了一天,石斛又去鲁扬声家,请鲁扬声讲另一个大土匪高季昌的故事。"是不是真想去蒋奇那落草做土匪?"见石斛对湖南、湖北的土匪那么感兴趣,鲁扬声含笑问。"小子还真有这个企图。"石斛含笑说:"昨晚,小子在家对照地图将老哥给的资料好好研究了一番,发现那地方真是做土匪的宝地。荆南的高季昌,湖南的马殷,和江西的徐温,谁都不管,又是进出洞庭湖的咽喉。在这种地方做土匪,能不逍遥？要是能将白鹰堂、李家庄、鸥枭帮合在一起,就可以轻轻松松地掐住扬子江的咽喉。到那个时候,小子的财富肯定超过石崇。"鲁扬声对石斛的想法嗤之以鼻,嘲讽说:"石崇再富,也没有你小子的祖父富。结果怎么样？这一家的财富还不是败了个精光?"鲁扬声开始以为石斛开玩笑,哪晓得石斛竟然玩真?

石斛在幕北村只呆了一夜，就和李邈、吕夷则一起走了。走之前，石斛仅告诉石岩和尹如雪准备去鄂州李家庄，拜访里长皇甫子。什么事情，石斛没有说，石岩也没有问。今年都已经二十一了，石岩相信儿子能管好自己。天之亡我也，非战之罪。真管不好自己，石岩也已经没有办法。赶时间，石斛决定骑马前往。

前年，曹全晟以云游道士的身份，前往人文始祖八卦创始人伏羲氏的发祥地雷公山。到了雷公山，不能不去看一看伏羲庙。伏羲庙前的广场上镶嵌着一幅巨型太极八卦图。站在离卦方位上的曹全晟看到站在坎卦方位上的郝鹤鸣，两人不禁相视而笑。就在混元道观，两人通宵达旦谈了一夜。郝鹤鸣邀请曹全晟到李家庄做客，曹全晟毫不客气地接受了郝鹤鸣的邀请。到了李家庄，曹全晟完全抛下白云观，在郝鹤鸣家一住就是半个多月。

“郝鹤鸣原本是山南东道都指挥使皇甫江麾下一名牙将。黄巢造反时，山南东道节度使刘巨容想通过养寇从朝廷那捞取更多的好处。李唐江山就活活断送在刘巨容、高骈这种人手里。皮之不存，毛将焉附？好像谁都懂，一遇到实际情况，就没几个人懂了。皇甫江反对刘巨容养寇，认为应乘黄巢羽翼未丰之时予以歼灭，否则必受其害。皇甫江遭刘巨容贬斥，从都指挥使降为都虞候。不久，山南西道叛将鹿晏弘攻打襄阳，秦宗权派手下将领赵德諲带人前去协助。刘巨容一看守不住襄阳，就不管百姓死活，弃城逃到成都去了。最后，因不愿意交出炼金术，被太监田令孜族灭。这种人死得太迟了。早点死，很多人就不用死。老哥活了七十多年才明白，这世界之所以这副模样，就是该死的人不死，不该死的人偏偏死了。

皇甫江和胞弟皇甫河都死在了襄阳。郝鹤鸣拥立皇甫江的儿子皇甫人做主帅继续跟赵德諲周旋。没多久，皇甫人也死了。眼看继续留在山南等于送死，郝鹤鸣就跟老哥一样，只好带着皇甫子和残部南渡扬子江来到了鄂州，在如今的李家庄住了下来。没几个月时间，皇甫子的母亲平氏就染病去世。据郝鹤鸣说，皇甫子当时还只有两岁。是郝鹤鸣一把屎一把尿将皇甫子拉扯大。郝鹤鸣一个武将，将一个还要吃奶的孩子带大确实不容易。

从山南逃到鄂州的一些将校和家眷闻讯也搬过来一起住，渐渐有了村庄的模样。李家庄是郝鹤鸣所取。全村九十六户人家里面，只有一户人家姓李。当初，郝鹤鸣为何将村子取名李家庄，老哥也没有问。李家庄紧挨着扬子江，离鄂州城又不远，水路交通都非常便利。江边又有茂密的芦苇，地理位置非常隐秘，重要的是附近没有村镇。在那地方做任何事情，都没人晓得。郝鹤鸣选择在这里安家，可能也有这方面的考虑。”

这些皇甫江帐下的将士脱下了戎装，开始过起了半渔半匪的日子。他们平日里捕鱼，游走扬子江、洞庭湖水域。一有机会，他们就偷抢军资，杀人越货，摇身一变，变成了土匪。

郝鹤鸣在鄂州做土匪，曹全晸在金陵做黑帮，也说得上是臭味相投。况且，两人都是李唐皇朝的遗老。去年，郝鹤鸣前来金陵看望曹全晸时不幸染疾。七十不留宿，八十不留饭。曹全晸亲自送郝鹤鸣回李家庄。回到李家庄，郝鹤鸣在床上只躺了一天，就去世了。郝鹤鸣死后，皇甫江的孙子皇甫子成了李家庄的里长。

石斛当天就到了李家庄，见到皇甫子，呈上曹全晸写给皇甫子的亲笔信。"皇甫参见世子！"皇甫子刚看完书信，一手拿信双膝一屈就跪在了地上。曹全晸泄露了石斛的身份。"皇甫兄使不得！"石斛跨步前去，俯身将皇甫子扶了起来。"小弟这次来，是有事想请皇甫兄帮忙。""皇甫听候世子差遣。"石斛还没说出要皇甫子帮什么忙，皇甫子已经一口答应。石斛当下在皇甫子家写了一封书信，请皇甫子想办法尽快将书信送给白鹰堂堂主倪虎。

皇甫子安排人给倪虎送信，石斛三人住在皇甫子家等回音。一时没什么事情，就听皇甫子夫妇讲故事。来金陵前，稀奇古怪的故事石斛多半从书本得来，笑一笑也就完事。到了金陵，石斛那些个狗屁朋友人人都有故事，而且又喜欢讲给石斛听。听多了这种稀奇古怪的故事，石斛已经没了刚来金陵时的兴趣。这些故事只不过人物换一换，故事内容都差不多。

皇甫子的新妇罗湘是一位蒙人。吕夷则第一次如此近距离跟蒙人接触，对蒙人的故事很感兴趣。罗湘满足了吕夷则的要求，讲了几个蒙人的故事。石斛陪着听了几个故事，感觉蒙人的故事跟汉人的故事其实也差不多。卢龙节度使刘守光在幽州，武贞军节度使雷彦恭在郎州，两者之间距离几千里，一个是汉人，一个是蒙人，故事却几乎相同。俗话说，一方水土养一方人。都生活在神州，能有什么狗屁差别？别说同一时期，就是不同时期，故事也一样。神州貌似有几千年历史，实际上一直原地踏步，没什么变化。汉如此，唐也一样。

"嫂嫂，有没有你自己的故事？"

"嫂嫂哪有什么故事？"

"比如嫂嫂怎么嫁给皇甫哥哥。"

"你想听，嫂嫂就给你讲一讲。嫂嫂的父亲原先在雷彦恭手下当兵。"

黄巢造反，纲纪崩塌，洞庭湖周边地区也是战火纷飞，大大小小的土匪争夺地盘。雷满杀了刺史崔翥，占据了朗州，上书李唐朝廷，愿意听命。依照惯例，昭宗以澧、朗为武贞军,任雷满为节度使。雷满死后,继承人雷彦恭归附杨行愍。朱温下诏削去雷彦恭的官爵,命高季昌和马殷讨伐。高季昌派倪可福会合楚将秦彦晖围朗州。最后,马殷攻破了朗州,雷彦恭不知去向,兄弟雷彦雄等七人被擒,押到汴梁斩首。澧州、朗州由此变成了马殷的地盘。

"郎州城破,不少蒙人逃离朗州,沿着沅水进入了黔中。也有一些蒙人躲避到洞庭湖的岛屿上,以打鱼为生。嫂嫂的父亲带着嫂嫂的母亲和嫂嫂逃离郎州来到了洞庭湖的一个无人岛上。打鱼,种地,日子虽辛苦,起码活了下来。岛屿无人,岛屿外面却有人。不幸,一天一班土匪上岛来抢劫……"

年前,皇甫子办完了事情,起航返回李家庄过年。当船队从一个岛屿旁滑过时,岛上突然冒起了黑烟。所有人都认为应该是岛上的渔民家失火了,突然听到了呐喊声。一名蒙人娘子划着木船在前,后面紧追着两条木船。这名蒙人娘子就是罗湘。皇甫子和李家庄的兄弟围了上去,掀翻了后面追赶的木船。皇甫子陪罗湘登上了岛屿。罗湘的家已经化作了青烟,随风而去。父亲和母亲也已经闭上了眼睛,抛下了尘世间的一切痛苦,随着这一阵青烟,冉冉升起,跟青天融为一体,变成了夜晚的星星。罗湘的眼泪滚落到洞庭湖中,跟以往娘子滚落到洞庭湖中的眼泪融成一起,汇聚成扬子江水,流向东海。

"嫂嫂孤身一人,家也已经没了,只好乘着你皇甫哥哥的木船来到李家庄,在你皇甫哥哥家住了下来。嫂嫂和你皇甫哥哥年龄相仿,相貌么也般配。况且,嫂嫂和你皇甫哥哥两人都是孤儿,何不住在一起相互有了依托,彼此有了照应?就这样,嫂嫂和你皇甫哥哥在一起了。"

"想不到,嫂嫂花似的笑容背后还有一个让人心酸的故事。"

"嫂嫂运气好,活了下来,还碰到了皇甫哥哥。"

过了一夜,皇甫子送石斛、李邈、吕夷则去投奔白鹰堂。

岳州以北,鄂州以西,有一大片湖泽。这片湖泽连着复州、荆州,面积极其宽广。白鹰堂就在这片湖泽活动。自黄巢造反以来,荆南这个地方,光节度使都已经死了十几个,谁也没有精力和能力去管盘踞在这片湖泽中的土匪。海阔任鱼跃,天高任鸟飞。就是有精力,也找不着出没在这片水泽的土匪。复州、荆州、岳州,甚至鄂州的百姓,为了躲避战火,纷纷躲进这片广漠的水泽求活命。几十年过去,白鹰堂也从倪虎当初落草时的八十九人,慢慢壮大,变成拥有好几百名弟兄的匪帮。如今的白鹰堂已经是这片水泽名副其实的衙门。白鹰堂虽也征收保护费,但比起强盗衙门征收的赋税要低很多。竭泽而渔的事情,倪虎不会做。生活在这片水泽的百姓,因有白鹰堂保护倒也安居乐业。倪虎俨然成了他们的保护神。

四月的天,湖泽已经是一片荷叶,零星的菡萏夹在荷叶之间。这尖尖露水的小荷让人联想起绽放的荷花。穿过田田的荷叶,帆船慢慢向码头靠拢。倪虎带了几名白鹰堂兄弟已经站在码头上等候。看了石斛写给他的亲笔信,倪虎大呼意外。没想到,上次一句戏言竟然变成了真。莫非也已经到了山穷水尽的地步?这些个谜团以后再慢慢解吧。倪虎当下写了一封书信让使者带回,明天巳时正亲自到码头接石斛来白鹰堂落脚。

上次在黄鹄酒肆,得知老友竟然还活着,倪虎异常兴奋。回到白鹰堂,只呆了一夜,就带了两名喽啰,坐船偷偷来金陵看鲁扬声。老朋友经历这场浩劫,三十年后重新聚首,牵线人是石斛,鲁扬声特意请石斛过去作陪。倪虎完全不忌讳石斛在场,畅说自己这三十年的土匪生涯。倪虎甚至还打趣说:"将来真没地方去了,就来老哥的白鹰堂。老哥还有一个女儿没嫁人,就给你作新妇。""先谢谢倪公!小子到时候真走投无路了,就去倪公那落脚。"这世道,谁晓得将来会怎么样。石斛顺水推舟给自己留了一条后路。连鲁扬声都以为那只是一句戏言,想不到仅仅过去了一个来月时间,石斛真来白鹰堂落草做土匪。

帆船刚一靠岸,倪虎拱手含笑高声说:"是不是想到要做老哥的女婿了?"石斛呵呵一笑说:"走投无路了,只好来投奔倪公。""没事。"倪虎宽慰说:"这地方虽不大,呆一个你没问题。"石斛、李邈、吕夷则等登上了岸,皇甫子拱手道别,返回李家庄。一番寒暄绍介之后,倪虎起步,领着众人前往主寨。"鲁老哥的信。"石斛从袖袋掏出一封书信递给倪虎。"鲁老哥一定要小子亲手交给倪公。"倪虎心急接过书信,一边走,一边拆开书信读了起来。倪虎侧身看了石斛一眼,继续读书信。两页书信还没读完,已经感慨万千。倪虎停下脚步,长长吸了一口气,平静了一下自己的情绪,一边将书信放进袖袋,一边说:"想要老哥怎么做,只管说。""小子想借倪公的白鹰堂用一段时间。"石斛提出一个出乎倪虎意料的要求。

倪虎当初走投无路,来这里做土匪。原本以为只是暂时避一避,不想一晃就过去了三十多年。这是倪虎当初准备做土匪时根本没想到的事情。做了三十多年的土匪,倪虎已经做腻了。不做土匪,还能做什么?可是,岁月不饶人。倪虎的嫡夫人滕氏没有留下一子半息就病亡了。滕氏死后,倪虎纳滕氏的侍儿诸氏为妾,诸氏给倪虎生了一个女儿。沔阳县土豪冉安跟倪虎结盟,倪虎娶冉安的妹妹为继室。冉氏生了一个女儿。倪虎纳了冉氏的陪嫁侍儿颜氏为妾,颜氏倒替倪虎生了一个儿子,可惜夭折了。第二年,颜氏生了一个女儿。后来,倪虎又纳了监利县谭家湾村谭永阳的妹妹谭氏为妾。谭氏也只给倪虎生了两个女儿。没儿子,倪虎倒不在意。说实话,倪虎还真不希望自己的儿子子承父业继续做土匪。这些年倪虎一直在物色继承人。上次去金陵看鲁扬声,从鲁扬声口中倪虎得到了一些石斛的情况。鲁扬声虽没有跟倪虎多谈石斛,但对石斛是赞不绝口。虽分别了三十多年,倪虎还是相信鲁扬声的眼睛。

"别说借,就是白送,老哥都愿意。老哥在这片湖泽做了三十多年的土匪,可以说是地地道道的老土匪了。没有能耐,想在土匪界混日子根本就不可能。老哥愿意,手下弟兄未必也愿意。尤其老二端木乔双一向自视剑术精湛,看不起白鹰堂其他兄弟,甚至连老哥都已经不好控制。老哥不晓得你有没有能耐将他们镇住。他们什么都不服,就服能耐。"

"只要倪公愿意就行。其他人,小子有绝对的把握将他们镇住。"倪虎侧过头,看了石斛一眼。"鲁老哥和小子接触比较多,他晓得一些。小子其他未必行,就拼力气,有十足的信心。无论是谁,单对单,没问题。倪公若是不放心,可以先找个僻静的地方试一试。小子敢来这里向倪公借白鹰堂,不会让倪公下不了台。小子岁数虽不大,但懂这种事情绝不能开玩笑。再说,小子只是借一段时间,有倪公在一旁帮扶着,兄弟们即便心不服,也不至于会翻了天。多则三月,小子完璧归赵。至于小子为何要跑到这,待会慢慢向倪公禀明。"

"那老哥就去安排,明天你就接任白鹰堂都指挥使。"

倪虎一边着人安排石斛等人住处,一边派人告知各寨指挥,明天集中主寨商议大事。中午,倪虎设宴给石斛接风洗尘。宴后,倪虎亲自划船带石斛去了一个小岛。小岛离白鹰堂主寨有四五里路,倪虎将它取名为孤鹰。岛上建有草屋,草亭,是倪虎静思的地方。一个月里面,倪虎总有几天时间在孤鹰岛上度过。两人在岛上呆到太阳快要落水才离开。两人说了些什么话,做了些什么事,倪虎没有告诉任何人。晚上,倪虎设私宴请石斛三人。

第二天,将近午时,号角响起,倪虎亲自来带石斛去大堂。到达大堂时,白鹰堂各指挥使已经在堂内等候。白鹰堂以军队编制,设什、都、营,各寨首领叫指挥使,倪虎称都指挥使。石斛拱着手和李邈、吕夷则一道,跟着倪虎登上台阶,进入了大堂。堂内的指挥使虽不晓得倪虎带来的这位后生是谁,但非凡的气度已经让他们侧目。那么多人在场,几个私底下可以说几句玩笑的兄弟也不好问倪虎是不是准备推介自己的女婿。五个女儿已经嫁出去四个,只有小女儿倪萌还待字在家。白鹰堂兄弟都晓得老大倪虎准备招一个倒插门女婿。倪虎迈着方步,走到了主位前,转过身，对着堂内的各指挥使说："诸位兄弟请坐！"倪虎在主位上一坐，各指挥使随后纷纷在堂内两旁坐下。"先让倪某介绍一下身边的这三位后生。这位姓石，叫石斛；这位姓李，叫李邈，这位姓吕，叫吕夷则。"石斛和李邈、吕夷则向堂上的各指挥使手一拱。"想想三十多年前，倪某走投无路，不得已来到这片水泽落草。他们三人没地方可以施展才华了，前来投奔我们白鹰堂。"

"大哥"，指挥使咸复明说，"白鹰堂靠能耐吃饭。不知这三位有何能耐？"

"老三，你千万别小看他仨！不是大哥故意替他仨吹嘘，你根本不是对手。"

"真的吗？那三弟倒要看一看，是不是真像大哥说的那样。"

"李邈，到堂下较量较量，免得说我们来白鹰堂混饭吃。"

石斛准备让李邈显一下身手，好好镇一镇这班土匪。咸复明站了起来，准备给李邈来一个下马威，没想到李邈比咸复明想像的还要狂妄。"哥哥"，李邈将湛卢递给了石斛，"对付这种废物，小弟空手就行了。"真是不把人当人。咸复明气得五孔生烟。"大哥，到时你可不要说三弟手狠。"倪虎还没有接话，李邈就已经呵呵笑了起来。"三岁孩童在大人面前说自己手狠，岂不是要笑死人？"

"那就去死吧。"咸复明话音未落，就已经向李邈发起进攻。众兄弟还没有退后，一场打斗已经开始。果然是一头猛虎！咸复明持刀，李邈空手，几个会合后，非但不落下风，还渐渐占了上风。突然，众喽啰"啊"的一声，咸复明的刀已经到了李邈的手中。"住手！"正当李邈准备抹咸复明的脖子时，石斛开口。倪虎以及白鹰堂各指挥使都没想到这个年纪轻轻的毛头后生竟然有那么大的能耐。在白鹰堂众弟兄侧目中，李邈手一拍，走到了石斛身边。"不是杀的人太多，无地方可去，根本不会来白鹰堂。"石斛将湛卢递还给了李邈。

"都指挥使这个位置，能者居之。倪某今年已经五十八了，再过两年都要到花甲了，是到了让贤的时候了。今天，倪某将诸位兄弟召集过来，就是要告诉诸位，倪某准备将白鹰堂都指挥使这个位置让给倪某身边的石斛小兄弟。"堂上的各个指挥使都大吃了一惊，根本没想到倪虎要将都指挥使让给一个从来没见过的陌生人。"众兄弟同心协力几十年，倪某依理不该将都指挥使这个位置交给一个诸位都没见过面的陌生人。倪某这么做，就是考虑了白鹰堂的前途，众兄弟的前途。诸位和倪某能够在这片水泽平安度过三十多年，既是造化，也是悲剧。诸位想想，还能不能在这片水泽继续三十多年？谁也不敢说。倪某今年五十八，在座的好几位也过了半百，是到了交给晚生后辈的时候。诸位不晓得，石斛来投奔白鹰堂是倪某给他留了话。倪某可以明确无误地告诉诸位，只有他有能耐带领白鹰堂走向辉煌！"

倪虎刚一说完，白鹰堂内被称为天煞星的都指挥副使端木乔双手拿剑鞘一举说：“只要端木手中这把剑答应，端木就同意由一个外人来接任白鹰堂。”堂上、堂下的白鹰堂兄弟顿时将目光投向倪虎，等候倪虎的态度。倪虎还没有开口，李邈已经抢先。“端木公可要先想好哦！刀剑无眼，给伤到了，后悔就晚了。”端木乔双持剑站了起来。“死了，只怨自己技不如人，总好过将辛苦打拼下来的江山给了外人。”石斛右手一挡李邈。“端木公是主人，又是白鹰堂都指挥副使，还是让哥哥来吧。”李邈将手中的湛卢递给石斛。石斛右手轻轻一推湛卢。“不用。”李邈退后，端木乔双已经走到了大堂中央，等石斛。石斛手一拱说：“小子是客，先让端木公三招。”这小子还真是自负！端木乔利剑出鞘，向石斛发起进攻。

端木乔双已经过了知天命之年，蛮力不如年轻人，但剑术精湛。几十年来，还没有在剑术上败过。对剑术，端木乔双很自负。白鹰堂兄弟惊讶地发现，就像毒蛇用锋利的毒牙对付蛇獴，端木乔双平常神鬼莫测的剑招在石斛身上无效。石斛就像一枚在空中飘动的羽毛，端木乔双的剑别说伤到石斛，连石斛的衣裳都碰不到。石斛避让了三招，然后开始反攻。白鹰堂的兄弟几乎屏住呼吸，观看两人在堂上打斗。石斛总是从端木乔双诡异的剑招中找到进攻的缝隙，使得端木乔双不得不抽剑自保。石斛的双手如同眨眼变形的兵器，或拳，或掌，或指。端木乔双手中有剑，却一直在招架，出剑的速度也越来越慢。端木乔双越打越吃惊，白鹰堂兄弟越看越心惊，石斛身手之快见所未见，如同鬼魅在堂上闪动。猝然，端木乔双手中的剑被石斛震飞。石斛手疾速一伸，握住了剑把。这把陪伴了端木乔双三十多年的利剑到了石斛的手上。“承让！”石斛飘然退后，向端木乔双手一拱。“惭愧！”端木乔双行走江湖数十年，还没有人能空手夺了他的剑，今天输得心服口服。“都指挥使这个位置公子坐得。”端木乔双双膝一屈，准备伏地给石斛叩拜。石斛连忙将剑递给吕夷则，跨步上前，俯身将端木乔双扶了起来，高声说：“端木公如此宽宏大度，让人钦佩。”端木乔双俯身拱手，连连说：“惭愧！惭愧！”“端木公英雄，何来惭愧？”石斛松开手，俯身捡起地上的剑鞘，从吕夷则手中取回剑，重新插好，双手呈还给端木乔双。倪虎高声说：“还有谁想试一试？”

大堂上下没有人出声。“从今天起，都指挥使这个位置就由石斛来坐。”倪虎刚将屁股一抬，就听石斛说：“倪公稍等！”倪虎重新坐正，听石斛说。“承蒙倪公厚爱，将都指挥使暂且借给小子，小子理当行个礼。”倪虎连忙站了起来。“这使不得！尊卑不能乱了次序。”堂内的白鹰堂兄弟一听，疑惑了起来，开始怀疑背后有他们不晓得的原因。“倪公请坐！”石斛双手将倪虎按在座位上。“倪公的岁数比家父大，小子行个礼，符合礼仪。”石斛走到倪虎前面，屈膝跪地，伏地拜了三拜。礼毕，倪虎起身，将主位让给石斛，自己则站在身边。“诸位给都指挥使行礼！”倪虎一声令下，白鹰堂的兄弟离开座位，准备给石斛行礼。

石斛狼子野心，其志不小。做了白鹰堂的老大还没几天时间，就准备吞并与白鹰堂紧挨着的鸱枭帮。白鹰堂占据复州东面的湖泽，鸱枭帮占据岳州洞庭湖北部湖区，两者多年以来虽有吞并的觊觎，但一直是井水不犯河水。白鹰堂在扬子江西，李家庄在扬子江东，虎视眈眈地注视着过往扬子江的船舶。吞并了鸱枭帮，白鹰堂，李家庄三脚一撑，就可以紧紧掐住湖南到山南的咽喉。船舶想从扬子江通过，首先得问石斛开口。

石斛将吞并鸱枭帮的企图告诉给倪虎时，倪虎大赞石斛有雄才大略。“老哥当初有都统这样的雄才大略，眼下至少已经是荆南节度使了。”倪虎曾经想过，可就是不敢去实施。经过一番筹划，石斛准备联手李家庄，搞突然袭击，拿下鸱枭帮。约好了时间，白鹰堂和李家庄两路人马从各自的驻地出发。倪虎坐镇白鹰堂，石斛亲率李邈、吕夷则、章毅出征。石斛来鄂州做土匪，曹全晸让弟子章毅带五十名收留在白云观的假道士前来帮忙。帆船航行不到半个时辰，双方就在前往洞庭湖的路上会合。

不到午时，船队已经进入洞庭湖。扬子江、湘江、沅江从上游带下来的泥沙，不断沉积在洞庭湖，日积月累形成了形状不一、大小不等的岛屿。帆船如同一条在一片大绿叶上爬行的尺蠖，蜿蜒前往已经树木成荫的田螺岛。停歇在碧绿湖面上的水鸟，见帆船驶来，霎时展翅飞翔。随之而来的鸣叫声震荡着静静的洞庭湖。船队在离田螺岛大约还有四五里地的地方分开。依照出发前已经拟订好的突袭计划，石斛带一班兄弟从东面登岛，吸引土匪注意，李邈带着一班兄弟从西面登岛，企图两面夹击，一举拿下田螺岛。

鸱枭帮老大胡天罡也算得上是洞庭湖的老水匪了。早在黄巢造反时，就已经是水匪。常言道，命长皇帝轮到做。胡天罡从一个喽啰当上了鸱枭帮帮主，人生已经到了顶点。马殷被封了楚王，当地的水匪、山贼纷纷前去投靠，胡天罡不为所动，依旧做自己的匪首。胡天罡虽没读过书，但非常懂做别人的打手最后都没有好果子吃。在这里当匪首，有酒肉，有女人，有自在，根本不需要被人捏着喉咙。

或许是长期以来没有其他土匪跟胡天罡争地盘，水寨防御非常简单，仅仅在距离木建码头不远处设了两个瞭望台，连简单的木栅也没有。石斛感到有些意外。帆船靠上了码头。石斛跳下帆船，踏上了田螺岛。吕夷则等紧跟其后，下了帆船。

瞭望台上,一名手持弓弩的水匪高声叫喊:“来者是谁,快报上名来。”石斛似乎没有看见,就像是来田螺岛游玩,不予理睬。吕夷则手中铁弹弓弹出,左手瞭望台上的水匪身子一软,瘫倒在瞭望台上;右手瞭望台上的水匪,则从瞭望台上坠落了下来。转眼之间,码头前面的空地上出现了一群面面相觑的水匪。“滚回去告诉胡天罡,就说这地盘,本都统要了,叫他马上卷铺盖滚蛋!”

胡天罡此时正准备喝酒吃饭。听完喽啰的报告,胡天罡心中虽火,但不急。散布在洞庭湖中大大小小的岛屿,如同天上的星星,他们怎么晓得这个岛屿就是我的窝?很可能是借我的名头在此讹诈一通。这种活不说别人,我胡天罡也玩过。

至于自己的名头么,肯定晓得的人很多。如今的年代,树个名头可真的是一件不容易的事。胡天罡是一名有道义的劫匪,死命顽抗的除外,只要钱,不要命。每次劫持货船时,胡天罡都会大声喊,老子胡天罡,只要钱,不要命。叫的次数多了,自然会有人记得。

如今有人指名道姓叫他滚出田螺岛,还真是让胡天罡感到很意外。谁要抢我的地盘?马殷?不可能。高季昌?也不可能。胡天罡东想西想,想了老半天也想不出是谁来。“看看是哪个鸟蛋敢如此口出狂言!”胡天罡拿起飞钩绳,带着几十名水匪出了主寨。

码头边上有一株稠李此时正万花绽放。石斛背交着手,踱步到稠李旁,抬头观赏。吕夷则、章毅如同黑帮的两名打手,两手相交相互握着臂肱站在石斛的身后。不多时,长着络腮胡子的胡天罡和几十名手持各色兵器的水匪出现在了码头。胡天罡旋转着飞钩绳说:“是你小子叫老子滚?”一阵稠李花的花瓣飘下,一片花瓣刚好掉到石斛的鼻沟上,石斛伸出右手食指轻轻摸了摸。石斛没有调头,也没有回答,只管仰头看着只见白花的稠李。“你就是胡天罡?”石斛带几分怀疑的语气问。“正是老子。”胡天罡说话语气充满了豪气。

“老子?看在你我无冤无仇的份上,滚吧!”

“哈,哈,哈,那还得看你小子有没有这个能耐。”

不错,这世道就看能耐。胡天罡手中的飞钩绳,如同狂风中飞快旋转着的风车,步步逼近了石斛。那些个水匪,赶紧后撤。猝然间,胡天罡手中的飞钩绳出手,如同矰缴,直射石斛。眼看就要射穿石斛的头颅时,章毅猝然手一伸,抓住了飞钩绳的钩头。胡天罡大吃了一惊。两人就在码头边举行一场单对单的拔河比赛。水匪个个瞪着眼睛站在一旁观看。胡天罡手上的青筋根根暴胀,使劲向后拉手中的飞钩绳。胡天罡无论如何用力,章毅好像铁铸似的站在原地纹丝不动。突然,章毅右手用力向后一拽，胡天罡卷在拳头上的绳子，来不及松开，向前一踉跄，趴在地上。章毅随手一抖，飞钩绳已经转到了章毅的手中。

“夷则，不要手软，狠狠地将他们揍一顿。”

吕夷则将铁弹弓往腰带上一插，和众兄弟一道开始跟鸥枭帮水匪在码头上打起了群架。嘈杂的兵刃交接声、喊叫声顿时响彻了整个田螺岛码头。强中自有强中手，毒草也有吃毒草的虫。打斗还持续不到一刻钟，这群土匪丢下了七八条性命缴械投降。此时，岛上响起了呐喊声和打斗声。李邈已经率领那一路人马登上了岛。有道是，识时务者为俊杰。不能在这里等死！这是胡天罡的唯一想法。胡天罡瞧准时机，突然提腿飞窜到田螺岛边沿，飞身一头扎入了洞庭湖，消失不见。没等石斛下令，站在帆船上面观战的皇甫子“吱”的一声一头扎入洞庭湖。刚入水时震荡的水波消去，洞庭湖只有微风吹动时泛起的涟漪。猝然，距离码头几十丈远的地方，蹿出了人头，快速向田螺岛码头游了过来。

“请都统饶命！仆愿意归降！”胡天罡趴在地上叩拜。

自黄巢造反以来，江湖铁的规矩就是谁有力，谁占有。洞庭湖以及湘西地区，跟木匠出身、又是河南人的马殷沾不上一丁点边。然而，马殷倚仗着刘建峰的几千名残兵败将夺取了洞庭湖和湘西地区。谁不服？倘若不服，那就放马过来啊！现在，石斛靠自己的实力争抢胡天罡的地盘，也是天经地义。即便胡天罡不服，又能怎么样？别忘了，这里是神州！

“刚才本都统叫你滚，你不滚。现在想起归降，已经晚了！”

石斛手一挥，章毅手中的飞钩绳出手，钩头直飞胡天罡，插入胡天罡的脑门。胡天罡身子后仰，倒在地上。几十名水匪顿时个个脸色苍白，哆嗦着身子，伏在地上。

“本都统的话只说一遍。以后谁敢对本都统的话说个不字，胡天罡就是榜样！”石斛土匪的做法早就已经将这班鸥枭帮土匪吓着，伏在地上齐声说：“一切遵从都统吩咐！”“起来吧。”水匪赶紧从地上爬了起来。“前面带路，到主寨。”

水匪在前带路，希声社兄弟簇拥着石斛前往田螺岛主寨。穿过一片树林，来到由碗口粗圆木围成的堡寨前。水匪惶遽惶恐地在寨门两旁站成了两排，俯身让石斛和希声社兄弟先入内。石斛率吕夷则、章毅、敖江等进入堡寨的中堂。石斛当仁不让，在主位上坐了下来。“褚可师率鸥枭帮众弟兄归顺都统！”石斛一改平常可亲的笑容，摆出一副匪首的模样，拉着一张威严的脸，看着一名自称褚可师的男子率领众水匪在堂下整整齐齐地磕了三个头。

“诸位兄弟请起。”

“谢都统!”众水匪磕了头,站了起来。

“请褚兄弟上来说话。”

褚可师快步踏上木头台阶,进入堂内,来到石斛前面。褚可师衣裳一提,双膝一屈,伏地给石斛拜了一拜。“褚兄弟请起。”“谢都统!”褚可师磕了头,起来退到一侧。此时,李邈和章毅押着一名四十多岁的男子前来中堂,推着男子,来到石斛跟前。“哥哥,小弟费了些手脚才将他擒住。”章毅一声呵斥:“见了都统,还不跪下?”男子就是不跪,很有骨气。章毅用脚在他的膝弯处狠狠一扫,男子扑通一声重重地跪在了地上。“报上名来。”男子硬着头,就是不说。“阮己任,帮内排第二。”褚可师代阮己任回答。

“阮兄弟,别不服气!朱温、宋文通、王建、马殷、杨行愍、钱镠、刘守光等等,哪一个不是凭借自己手中的实力拼来的?远的本都统不说,单洞庭湖边的荆南,陈儒、张瑰、成汭、赵德諲能够成为节度使,哪一个不是凭实力?只有赵匡明是从他父亲手中继承了节度使的位置。结果呢?就因为实力不行,赵匡明才落得像丧家之犬,灰溜溜逃到了成都,投靠王建去了。大鱼吃小鱼,小鱼吃虾米,虾米吃蜉蝣。本都统其他人吃不动,恰好可以吃你。你不服,又能怎么样?不是你服不服,是你有没有实力。你骨头再硬,没实力,没用。

本都统看在跟胡天罡前世无怨今世无仇的份上,叫他滚蛋,胡天罡不服。本都统吃不动马殷,吃不动高季昌,却可以吃得动胡天罡。不服的结果,就是倒在了码头上。凭阮兄弟这点能耐,在本都统面前,想翘什么头?像你这种人,多你一个不多,少你一个不少。别以为自己有什么了不起,捏死你就像捏死条虫。本都统今天不杀你,放你一条生路,走吧。”

黄巢造反以来,神州到处是杀人场。作为南北交通要道的荆南也是各路土匪杀人的好地方。不说平头百姓,光荆南节度使就已经杀了一大把。杀人必须有杀人的人。褚可师也是应招募加入赵匡明的水军。褚可师力气大,水性好,从兵士慢慢升为一个指挥。好梦还没有开始做,杨师厚来了。神州历来有坑杀降兵的优良传统。朱温如此,马殷也如此。荆南的隔壁是郎州。当时的节度使是以贪婪残暴闻名的雷彦恭。看看实在没什么去路,褚可师投奔了胡天罡。过了快八年时间,褚可师在鸱枭帮还是老七。如今碰到新主人,为何不主动归顺?阮己任在鸱枭帮内能耐好,排行老二,与胡天罡关系好,突然间来了新主人,怎么能服?可不服又怎么样?骨头再硬,没实力,没用。阮己任伏地拜了一拜,起身离开了大堂。

“现由李副都统宣布帮规。”李邈开始宣读新帮规：“泄露秘密者斩，抗令不遵者斩，临阵脱逃者斩，调戏妇女者斩……”李邈帮规宣读完毕，石斛说：“都记住了没有？”堂下水匪齐声说：“记住了！”“本都统宣布，任褚可师为鸱枭帮帮主！”

“众兄弟快恭喜褚可师接任帮主之位！”

“恭喜帮主！贺喜帮主！”众水匪齐声高唱。

“多谢都统提携，仆一定不会辜负都统期望！”褚可师跪在石斛面前，叩头行礼。

“褚帮主快快请起！”石斛起身前去扶褚可师。

“多谢都统提携！”褚可师行了礼，站了起来。

“像褚帮主这样的英雄，理应有机会好好施展自己的才华，实现自己的抱负，而不该埋没在淤泥中，一辈子浑浑噩噩，无所建树。本都统请褚帮主掌管鸱枭帮，就是希望能充分发挥褚帮主的才华。同样，也希望褚帮主能多多提拔有能耐的人，让他发光。”

“谨遵钧命！”

“有道是，兄弟齐心，其利断金。只要我们兄弟齐心协力，同舟共济，定能闯一番不同的天地来。本都统相信，褚帮主总不至于像胡天罡一样满足于做一个小小的无名帮主！现在就由褚帮主对众兄弟说两句。”

“仆就算能力有限，都统的钧命不得不服从。”土匪的世界，表忠心很重要。“当着众兄弟的面，仆保证绝不辜负都统的期望，和众兄弟一道努力，让我们鸱枭帮威震洞庭，兄弟们能喝香吃辣，过上好日子！为有一个好的开头，仆叫水寨坑饪准备酒宴，岛上的兄弟都要开怀畅饮。”

水匪一听有吃有喝，顿时欢声雷动。

“都统是不是让他们先散了去？”

“褚兄弟是帮主。帮内的事情自然由褚兄弟来决定。”

“钱应洪、庄阔远、呼延东留下，其他兄弟都散了去！”

水匪一个一个向石斛、褚可师行了礼，离开了主寨。等水匪走完，石斛转身返回堂内就座。李邈随着石斛也在堂内坐下。吕夷则站在石斛身边，俨然就像大土匪身边的贴身侍卫。褚可师依旧站在一旁，不敢坐。石斛手一指座位说：“褚帮主请坐！希声社不是土匪黑帮，坐个位置也要讲究排行大小。坐！众兄弟坐！”褚可师在原来鸱枭帮老五坐的位置上坐下。

“褚帮主，鸱枭帮如今到底还有多少弟兄？”

“禀副都统,仆投奔胡天罡时,有三百来号。这两年招募了些,现在有五百多号。”

“怎么看不到那么多人?”

“禀副都统,主寨有一百多人,其余人分布在其他岛屿上。”

“看得出,鸥枭帮弟兄有些蛮力,但拳脚不是很好。这对以后办事不利。小弟想,让有些拳脚的敖江带几十名兄弟,来协助褚帮主办事。不知褚帮主意下如何?”

“一切遵从都统吩咐。”

“以后要多招募一些个有能耐的人,切勿让那些个无能之人在鸥枭帮滥竽充数! 人数固然需要,但更要讲究精干!”

“这是形势逼迫,不得不做。一定会按照都统的意思去做!”

“正如小弟方才所说,如今在江湖上能说得响话,靠的就是实力。没有实力,只有挨打的份。赵匡明带着一群乌合之众逃到成都,还不是他的实力不如杨师厚?鸥枭帮的事情,褚帮主只管放开手脚去做。小弟不会过多干涉!”

“多谢都统信任! 仆一定加倍努力增强鸥枭帮的实力。不怕都统见笑,仆就是赵匡明手下的一名小指挥。赵匡明逃走,仆也是万般无奈之下,才投奔了胡天罡。”

“褚帮主原来还是有些故事。”

“惭愧! 只能说是仆无能,堂堂男子汉连自己的家人也保护不了。”

“褚帮主无须惭愧! 那些年,皇帝都不能保护自己的家人,何况褚帮主! 褚帮主有所不知,希声社兄弟多多少少有些故事。过去的都已经过去,现在就看我们将来如何。像褚帮主这样的英雄,总不至于躲在洞庭湖做一辈子遭来往客商唾骂的水匪。小弟组建希声社,就是希望能改变命运。想改变命运,光靠嘴上高唱没用,得靠实力。招募到有能耐的人,铜钱是必不可少的道具。铜钱从哪里来? 不能像以往那样依靠简单地打家劫舍,要靠做大买卖来筹集。希声社要做的却是别人看不上眼的大事。具体情况就由李副都统向褚帮主介绍。”

“打希声社旗号的是我们自己的运粮船,褚帮主定要确保这些运粮船完好无损地离开洞庭湖。打建昌宫旗号的是我们对手的运粮船。褚帮主要设法统统劫持,不能漏掉一艘船。劫持船之后,马上换上希声社旗号,驶往李家庄。如此一来,进出洞庭湖的运粮船就只有我们一家。我们通过买劫相结合的办法,就可以筹集到大笔的钱。用这些钱,不仅可以招募到有能耐的人,自然也就可以实现褚帮主方才说的两条愿望。”

“妙极! 妙极!”褚可师不由脱口称赞。“仆一直看到挂着建昌宫旗号的运粮船进进出出洞庭湖。食粮笨重，即便就是劫持来，不仅搬运麻烦，储存困难，而且也没有地方可以一次性销赃。所以，胡天罡不感兴趣。如今劫持运粮船，送到李家庄；换上旗号后，从李家庄出发，直接运到金陵、广陵等地卖掉。都统，这真是人家根本看不上眼的大买卖。如此一劫一卖，铜钱自然就像洪水一样滚滚而来。劫持建昌宫的运粮船，既不会招徕过往洞庭湖客人的诅咒，又可以筹集大把铜钱增强自己的实力！仆一定会完成都统交付的使命！”

一名喽啰前来报告，阮己任鼓动几名兄弟正准备逃跑。“让他们去吧。”褚可师还没有表态，石斛已经开口。“不一条心，留在这里也是祸患。田螺岛不是囚笼，岛上的兄弟也不是囚徒。这些年，被杀的人够多了，放他们一条生路，养大一个人不容易。褚帮主，你带几个人去送送他们，兄弟一场，不容易。”

“是！”褚可师手一拱，退出了大堂。

第四十五章　希声社

有术则制人，无术则制于人。

——《淮南子》

石斛准备招揽混迹于扬子江南北的亡命之徒组建希声社。

早在年仅十二岁的李儇当上皇帝之前,李唐皇朝就已经被太监牢牢地把持。整天只晓得吃喝玩乐的李儇当上皇帝后,从小陪李儇一起玩的太监田令孜更是垄断了朝廷所有的重大决策,成了实际上的皇帝。见不得人家好是神州人的特点,太监就更不用说了。

这些个少了一副重要器官的太监唯一的爱好就是凡是人间一切美好的物事统统予以摧毁。原本已经被昏庸无能的懿宗糟蹋得一塌糊涂的大唐帝国,更是急剧而下,风雨飘摇。最后,弄得李儇也只好带着田令孜逃到西蜀打马球去了。李儇驾崩后,太监杨复恭拥立了李儇的同母弟弟寿王李傑当皇帝,是为昭宗。昭宗人长得不赖,却是一个眼高手低、志大才疏的大草包。没几年时间,李唐皇朝就变成了挂在狗肉铺铁钩上的羊头。

秦失其鹿,天下共逐之,疾足高材者得焉。各路土匪逐鹿中原最直接的结果,就是产生了神州史上迄今为止最多的孤魂野鬼,导致大批原本有家有业的人瞬间变成了浪迹天涯的流亡人士。这些年,就算是有些能耐的狠角,漂泊来到了吴国,等待他的,也只能有红、黑、白三条可选的道路。红路是参军,去跟朱温、马殷、钱镠、刘岩拼命,赚阎王的铜钱。黑路是加入黑帮,敲诈勒索,欺行霸市,收保护费,分赃过日子;或者干脆做土匪,拦路抢劫,打家劫舍。倘若觉得这样做有违道德,只有走白路,到作坊卖苦力,咬牙维持生计。

无论是哪一条道路，这些流亡到吴国的流亡人士都只能无奈的摇头接受。只要是生活在神州这块土地上，等待你的不是愿意还是不愿意，而是接受还是不接受。石斛准备给这些有能耐的狠角提供第四条道路，似红非红、似黑非黑、似白非白的灰路。

“孩儿准备组建一个帮会。”组建一个帮会？石岩想都没想过。一听吃了一惊，但没有打断，让儿子将话说完。“经营寿木店的这些时间里面，孩儿沿着扬子江上下也跑了不少地方。大江南北的三教九流，孩儿也认识了不少，也结交了不少朋友。组建一个帮会已经有一定的基础。现在流落在扬子江南北的好汉很多，就差有人出面将他们组织起来。一旦将他们组织起来，定能形成一股强大的势力。孩儿昨晚想了好久，准备建一个帮会，另谋出路。”

“千岁，世子的这个主意，仆觉得非常不错。”石岩还没有表态，曹全晟已经对石斛组建帮会的主意非常赞同。“有道是，一个篱笆三个桩，一个好汉三个帮。想做点事情，没一帮人协助可不行。单凭个人的力量，如今这世道，很难有作为。要想不挨揍，甚至可以揍别人，只有建帮会一条路可走。这也是没有办法的办法。其二，世子组建了帮会，可以吸纳仆这些年收留在白云观的这些人。仆一直在替这些人谋出路，就是找不着。没有其他办法，只好暂时呆在白云观。目前情形下，让他们加入帮会可以说是一举两得的事情。其三，散落在扬子江两岸的狠角，许多人如今甚至连温饱问题都难以解决，东一顿西一餐。力气再大，也需要吃饭。他们中不少就是忠良之后，看到他们如此艰辛的生活实在有些不忍。世子成立的帮会正可以提供一个可以谋生的机会。可以说是一举多得的事情。”

“组建一个帮会并不难，满金陵都是亡命之徒，流亡人士。不做偷鸡摸狗、绑架勒索之类有悖道义的事情，养活一个帮会却不是一件容易的事情。确实，如今想做出点名堂，规规矩矩地去做肯定不行。想了几十年，爸终于想通。只是像我们这样身世的人，还不至于去做那些为人所不齿的事情。”石岩对石斛组建帮会还是不很赞同。“况且，只有默默无声，才有可能消除徐温的杀意，像猪狗一般活一活。就是再隐秘的帮会，徐温最终还是会知晓。如今是隐藏都怕来不及，你怎么还反其道而行之，大肆张扬？”

“孩儿组建的与其说是帮会，还不如说是商会。不是那些打打杀杀的黑帮，而是规规矩矩的商会。帮会，只是一枚铜钱的另一面。赚钱过日子，无论如何都是第一位。爸放心，孩儿不会建一个帮会去做偷鸡摸狗、绑架勒索的事情。单纯做田农，有人头税，田税，日子会非常难过。就是愿意做田农，也不是说做田农就可以做田农。到哪去做？况且，孩儿就是想做田农也未必能做得成。现在只剩下商贾一条路。小商贩是商贾，大客商也是商贾。孩儿推着独轮车，挑着箱笼，做小商贩，也做不成。孩儿就是不想做大客商，也只能做大客商。孩儿组建一个商会，光明正大地做生意，更能消除徐温的猜疑。商人地位低下，徐温眼里，不怕有人赚他的钱，就怕有人夺他的权。帮会也只能等商会成形后慢慢组建。”

“只是组建一个商社，需要很多很多铜钱。”

“铜钱不是问题，孩儿有办法筹到铜钱。”

“爸已经帮不上什么忙，只能给斛儿的商会取一个名号。”

石岩默诵《道德经》，忽然开口说：“大方无隅，大器晚成，大音希声，大象无形。小音噪噪，大音希声。斛儿要成立的商会就取名为希声社。”

石岩一同意，几个人就在缮意房商量筹建希声社的具体事宜。曹全晟建议，未来的希声社以曹全晟设在白云观的秘密帮会为基础，通过公开招兵买马，慢慢扩大。眼下除了一班鸡朋狗友，身无长物，需要一个施展拳脚的平台，石斛接受了曹全晟的建议。像经营白肇祺的白记寿木店一样，石斛准备将曹全晟的黑帮事业发扬光大。“总社就设在迎宾馆好了，没必要再花冤枉钱另找地方。一来紧挨着道观，可以直接进进出出。二来离码头又不远，货物运来运去也方便。三来在城外，夜晚活动起来也方便。”当晚商定了希声社的框架。翌日，石斛带着父母、曲柯、阿虎，和吕夷则、李邈一起，悄悄地离开了金陵。

四月初八浴佛节。仲连堂二当家齐克谐准备陪夫人屈氏楚楚去法云寺放生。齐克谐是江湖中人，非常清楚这是什么世道，不放心夫人一个人带一侍儿去法云寺放生。果然，碰到了武润生。武润生是谁？武穆的郎君；武穆又是谁？忠义军掌书记。说起来，武润生也是依附在徐家身上的一粒虱子。吴国的地盘上，只要跟徐家沾上点关系，就让人侧目。武润生虽不像徐知训那样肆无忌惮，看到不顺眼，敲人家栗凿、扇人家耳光的事情时常发生。一个鬼一样的男人竟然有一个花一样的新妇，武润生看了很不舒服，又不晓得眼前这个鬼男人就是仲连堂的二当家，当众调戏起了屈楚楚。“娘子，天下男人都死绝了，也不要跟这种王八。爷给娘子提个建议，找个窑子做窑姐去。凭娘子的姿色，生意肯定好。”齐克谐一直在替别人出气，今天却要保护自己的尊严。“后生，奉劝你嘴巴放干净一点。”齐克谐只回敬了一句，文攻立马变成了武斗。齐克谐看起来让人感到有点怕，毕竟只有一人。“这王八，爷不揍他一下，真不晓得自己是龟孙子。”武润生狼似的朝齐克谐扑了过来。齐克谐怕伤到屈楚楚，身体刚一接触，双手用力一推。武润生噔噔噔疾速倒退，脚跟不上，身体向后一仰，后脑勺不幸撞到了放生池的石栏杆上。只听到一声实响，武润声抽搐了几下，就起不来了。武润生的两个家奴一看主人死了，撒腿跑回去向武穆报信。齐克谐遇到了麻烦。

齐克谐并不是没杀过人。天复二年，葛山一战，齐克谐就杀了很多人。见武润生已经没有鼻息，齐克谐没有留在现场等衙门过来抓，决定走人。齐克谐扶着屈楚楚坐上了停在寺旁林阴下的马车，带着侍儿离开了法云寺。齐克谐知道，方才打死的那个后生衣裳奢华，又带了两个家奴，肯定不是一般的流氓，没让马车进城，直接去了乐水庄园。到了乐水庄园，齐克谐遣一庄客进城告诉荆善居。去法云寺烧香拜佛的人原本就多，浴佛节更多。荆善居正准备动身去乐水庄园，升州推官周世宽就亲自来仲连堂要荆善居交出齐克谐。荆善居肯定不会交。组建仲连堂以来，荆善居从未出卖过朋友。身为仲连堂堂主，荆善居敢于肩担责任。周世宽走后，荆善居就开始活动。武穆是忠义军掌书记，深得忠义军节度使徐知询器重，而升州副使徐玠又是徐知询的人，荆善居的活动根本无效。不过，升州府知道荆善居跟朱雀门未来女婿石斛关系密切，只是竭力追捕齐克谐，而没有查封仲连堂，免得最后尴尬收场。

石斛在复州只做了几天时间的土匪，得知徐渊到处在找他，像旋风一样旋回金陵。“荆善居等你回来都要等哭起来了。”曹全晟一见石斛，就笑着讲了齐克谐的事情。为了齐克谐的人命案，荆善居跑了好几趟白云观，可每一次都失望而归。曹全晟见荆善居跑来跑去，跟荆善居说：“堂主就不用这样辛苦跑了。石斛一回来，贫道就让他去找堂主。”幸亏死的不是徐家人！徐家人死了，神仙都没办法救。急归急，事情还得一步步来。石斛先去朱雀门拜访了徐渊，去云思苑看了徐榛，再去仲连堂找荆善居。两人一见面，就聊齐克谐的事情。

“先将克谐兄送出金陵，一旦被武穆找到就麻烦了。到时候，窝藏包庇犯人这个屎盆子往荆兄头上一扣，仲连堂想不关门都难。只要克谐兄不给找着，其他事情，小弟去帮荆兄办。”

“地方有，安全可靠的地方不容易找。”

“安全可靠的地方有，只是不晓得克谐兄愿意不愿意去。”

“都到了这地步了，还什么愿意不愿意去。”

齐克谐曾是冯弘铎手下的水军校尉。冯弘铎兵败，归附了杨行愍，齐克谐就是追随冯弘铎的残兵之一。田頵叛乱平息后，齐克谐随荆善居来金陵，一起创建了仲连堂，成了仲连堂的二当家。有祸躲不过，躲过不是祸。上一次，齐克谐凑巧出门在外躲避一劫，没有遭皮肉之苦。这一次齐克谐却不得不逃离金陵，去复州做土匪。真是在劫难逃！

怕荆善居被人盯梢，石斛乘坐送他来金陵的这条帆船前往石家埠。自浴佛节到现在，齐克谐已经换了四个藏身的地方。当夜，齐克谐就和夫人乘坐石斛的帆船离开了金陵，前往白鹰堂。齐克谐一走，石斛一面请鲁扬声出面帮荆善居打官司，一面依鲁扬声开出的名单拜访人。经过一番努力，石斛撇清了荆善居、仲连堂跟齐克谐命案的关系，化解了危机。

石斛一边帮荆善居化解危机，一边忙希声社筹建。这几天，石斛走马灯似的在拜访人。今天，石斛早饭一吃就进城去都督府见徐温。都督府石斛来过两次。一次是主动来，一次是徐温请。神州人喜欢权，也善于用权。那些个门卫千万不能得罪。石斛客客气气地向门卫自报家门，并请通报。牙兵将石斛求见的意愿传给了监门校尉，层层递报，最后传到了徐温的耳朵里面。徐温感到很意外，连忙说："有请！"石斛由左监门卫将军车子胤亲自陪同前来见徐温。石斛登上台阶，行了礼。

"请坐！"石斛退到一旁就座。

"石郎手中的腰牌一亮就可以进来，为何还要通报？"

"禀都督，小子不敢因私事动用腰牌。"

"老夫给了石郎腰牌，亮不亮石郎自己便宜行事。"

"谢都督。"

"这段时间，石郎跑哪去了？"

"房子烧了，家父和家母没地方住，小子只好送他俩去了乡下。"

"回老家了？"

"不是。去了鄂州乡下，和小子的表妹一起。"

徐温微微点了点头。上次，平北城得到徐温的指令，一路跟石斛到了幕北村。石斛从岔路进幕北村后，平北城继续走了几百步，就掉头返回。到了武昌，平北城持令牌去见武昌县令章易之，章易之以视察民情的名义带人前往幕北村证实。回到金陵，平北城就将情况如实报告给了徐温。这小子倒是一个很诚实的人。徐温将几件事情一串，渐渐相信起了石斛。

"听你伯父说，找到你时，你正在池州卖粮食，是不是真的？"

"是真的。房子烧了，寿木店也没了，只好找头路过日子。"

"是不是让老夫将那腰牌变成一块名副其实的腰牌？"

"小子还想在笼子外面飞一飞。"

“是不是卖粮食遇到麻烦，需要老夫帮忙？”

“小子想跟都督合作一起做生意。”

“跟老夫合作做生意？”徐温先是一阵惊异，接着就笑了起来。

“小子确实想跟都督合作做生意。”石斛一本正经，一点也不像开玩笑。

“好。”徐温含笑说：“那么多年来，还是第一次有人要跟老夫合伙做生意。做生意么当然要讲好处。石郎就先说一说，跟你合伙做生意，老夫将有什么好处。”

“小子想先问都督一个问题。”

“什么问题？”

“吴国百姓最关心的应该是什么事情？”

石斛问得一本正经。徐温不禁一愣。这是哪门子生意？徐温想了一想说：“吴国百姓关心的事情可就多了，比如国家安稳，社会治安，物价等等。不过，眼下最关心的应该还是粮食价格。人都需要吃饭。多年的战乱，土地抛荒，粮价原本就已经很高。这些年，又有不少人从北方逃到南方来，无意中又推高了粮价。”

“都督最关心的呢？”

“老夫最关心的自然是国家安全，社会稳定。”

“都督和小子合伙做生意正好可以解决这两个问题。”

“说来听听。”

“国家，国家，既是国，也是家。想安全，得消除内忧和外患。眼下，北面朱温、东面钱镠、西面马殷，南面刘岩，个个虎视眈眈。尤其是北面逆贼朱温，亡吴之心不死。想消除外患，就需要更多的人去当兵。想保证国家安全，至少也得养十万大军。一万人的军队，一年得消耗四万多斛的粮食。十万大军，一年就得消耗四十多万斛粮食。”

猛兽可怕，毒蛇更让人恐惧。隐藏在草丛里面的毒蛇，突然钻出咬上一口，看看毙命不毙命？石斛晓得，徐温在土匪、官匪圈内跌打滚爬了那么多年时间，肯定懂得，最值得警惕的是那些不露锋芒的人。这种人，一旦露出了牙齿，肯定是致命的一口。徐温奸诈多疑，他面前更不能遮遮掩掩。石斛去都督府前就决定，今天不遮掩，不躲闪。

“如今田农的日子原本就很不好过，再增加赋税从田农手中收取粮食，肯定引起不满。如此一来，势必威胁到了社会稳定。大批食粮用于军队，自然就会进一步抬高原本已经很高的粮价。粮价一高，生活在金陵和广陵等城邑里面的市民肯定又是抢天哭地。

这又威胁到社会稳定。外患未除，内忧来了。当兵的人一多，种地的劳力也就少了。种地的劳力一少，产出的粮食就会不够吃。粮食不够吃，可就不是简单的粮价问题。万一有水灾、旱灾，百姓的肚子一旦填不饱，社会稳定就会出问题。几十年前出事，就是百姓无饭吃。可见，都督关心的两个问题说到底就是一个问题。那就是粮食问题。粮食问题，也就是当前百姓最关心的问题。"

到目前为止，江南还没有真正消停过。不说早年，就说武忠王平定江南以来，田頵、安仁义、危全讽叛乱是彼伏此起。宣州观察使李遇还刚刚被族灭。与楚国、越国交界的诸州更是战火不断。田农个个朝不保夕，哪有安心种田的机会？粮食紧缺不紧缺，徐温最清楚。

"石郎说得很有道理，继续说。"

"常言道，手里有粮，心中不慌。其他都可以省一省，就是粮食不能省。粮食是必需品，少不得。可是，食粮不是说有马上会有，需要有人去种。粮食不仅需要人去种，也需要时间。连年的战乱，土地抛荒，就算制订好的政策鼓励百姓积极开垦，都需要时间。那怎么办？"

"怎么办？"徐温打断了石斛的话。

"减轻赋税，鼓励农桑，是解决粮食问题的根本，可不能解决眼前的粮食短缺问题。解决燃眉之急的唯一办法就是到马殷、钱镠那里买。就算当作土，运到吴国来也让人放心。都督晓得，洞庭湖原本就是产粮区。经过几年的恢复，粮食价格已经下降了很多。

可都督不能派官方船队前往洞庭湖去购买。姑且不去考虑土匪马殷会不会扣留都督的船队，都督派船队去洞庭湖买粮食，等于承认土匪马殷强占湖南合法，承认逆贼朱温弑君篡位合法。要去洞庭湖买粮食，只能以普通商人的身份去。金陵那些商人，肯定有这个想法。前次，小子去朱雀门看望伯父时，就跟伯父谈起过买粮食这件事。伯父说，他也曾经想做，最后还是决定放弃。伯父的身份特殊，派船队去洞庭湖买粮食等于给马殷送船队。

扬子江这一路劫匪非常猖狂，根本不将商船放在眼里。小子其他未必行，但对付这些劫匪应该不成问题，也认识些懂点拳脚的朋友。小子想，从洞庭湖马殷那里购买粮食，再运到吴国来贩卖。这样就可以平抑吴国目前的粮价，可以大大消去百姓因粮价而引起的不满。"

"好主意！"

"小子将运来的粮食，以低于金陵市场的价格卖给都督作军粮，既可以保证了军队的粮食供应,又可以大大减少都督的军费开支。军费开支一减少,都督就可以招募更多的人,扩大军队。这样就可以解决都督的问题。小子也可以从这趟买卖中赚取利润,有了铜钱,就能在金陵继续混下去。小子觉得,无论是对都督还是对小子都大有好处。”

“石郎希望老夫能做些什么事?”徐温真同意跟石斛合伙做生意。

“小子希望都督能先预支购买粮食的铜钱。”石斛拐了一个弯才说出这次来都督府见徐温的意图。“单只是铜钱的问题,石郎只管放心。对别人,不要说老夫这人多疑,未必会相信。对石郎,老夫完全可以放心。倘若石郎还不起铜钱,老夫就到朱雀门向你伯父要去。还怕你伯父不还钱?”徐温笑了起来。“需要多少?”

“小子希望都督能先预支十万缗。”

石斛去向徐温借铜钱,徐温面前装穷也是重要原因。原先身无分文,怎么突然间冒出来那么多铜钱,谁不怀疑?石斛向徐温借铜钱也是希望不要让徐温生疑。想想,不是出手救徐温,能落到这种地步?多一分怜悯心,也多了一分存活的保证。

“十万缗,好说。老夫先向石郎预订十万斛粮食。”

“多谢都督!”

“石郎不必客气。坐,坐!粮食买卖,我们双赢。具体如何操作,等会让傅道彰带石郎去找骆知祥。石郎,老夫有一疑问,铜钱的事情,你完全可以去朱雀门,为何要找老夫?”

“先请都督恕小子乱说。”

“石郎只管说,老夫这点肚量还是有的。”

“找都督是合作,找伯父是人情。找都督合作不成,万不得已的情况下,小子只好去朱雀门找伯父。黄金有价,人情无价。有办法解决的前提下面,小子不会轻易动用人情。”

“看起来,老夫也得还石郎一个人情。”

“都督本就不欠,何来还字?当时情形下,不是都督,小子也会出手,更何况都督是徐榛的叔父。都督想想,小子袖手旁观,欠徐榛的人情,可就修炼十辈子也还不清。小子这样做,只是不想欠徐榛的人情,也不想欠自己的人情。小子只是想求得心安。再者,小子袖手旁观,伯父会对小子客气?生意不单只是买进,还需要卖出。有时候,卖出比买进更难。有固定的买家,做生意才放心。小子将买来的粮食直接卖给都督,可以省去卖出的时间,加快了周转的速度。周转的速度越快,小子赚到的铜钱就越多。这也是小子找都督不去朱雀门找伯父的一个重要的原因。”

“石郎真是一块做生意的好料。”

当天,石斛就从骆知祥那预支了十万缗铜钱,希声社筹建事务正式启动。

石斛刚刚去鹰扬山庄拜访了吴不明返回白云观,门头前来告诉说:“公子,有一个自称戚冷的人找你。”这两天,石斛一直在拜访金陵的各路尊神。吕夷则一听戚冷,马上替石斛做出决定。“告诉他,不见!”石斛手一举说:“小子跟你去看看。”

“这种人有什么好见?”

“你想想,不是哥哥,他母亲和他新妇会不会被人害死?”吕夷则不说话。“一天时间失去两亲人,心情完全可以理解。任何人碰到戚冷这样的遭遇,心情都不会好,说不定会做出想不到的蠢事。戚冷确实不地道,但根源在哥哥。走吧。”吕夷则跟着石斛,去山门见戚冷。“戚冷!”见戚冷袖着手站在山门口,石斛拱着手,快步走了过去。见戚冷脸上无一丝笑容,石斛想到可能有什么事情。“快请进!”快到戚冷的跟前时,石斛慢下了脚步。突然,戚冷抽出藏在袖子内的匕首,朝石斛疾速捅了过来。“哥哥小心!”眼见风云突变,吕夷则的心都要吐出嗓子眼,不禁一声惊叫。门头睁着眼睛,老半天没回过神来。

冼廉州在物色人,顾尝胆也在物色人。得知寿木店伙计戚冷的母亲和新妇被杀,顾尝胆立马前来找戚冷。“无论事成不成,都先付你黄金一百两。事成,黄金千两。”顾尝胆要取石斛的命完成李鲲交付的任务,戚冷要取石斛的命替母亲和新妇报仇,两人一拍即合。生意谈好,付了定金,石斛却久久不回金陵。都以为不用做时,顾尝胆得知石斛返回。当天,顾尝胆就去找戚冷,并给他带来了一把匕首。“这把匕首已经淬了毒,只能碰破一点皮,就会见血封喉。”顾尝胆一走,戚冷就开始筹划。石斛是朱雀门未来女婿,杀了他,不可能继续在金陵生存。戚冷先去万通钱庄将一千缗铜钱兑换成黄金后提出,再雇了一条小帆船。无论成功与否,都要离开金陵,逃往钱塘。如今铜钱在手,不怕不能过上好日子。

戚冷觉得一切都已经准备妥当,去与顾尝胆约定碰面的地方。戚冷将插在鞘内的匕首绑在了左手内侧,带上行囊,坐上帆船,沿秦淮河来到了扬子江。到了与顾尝胆事先约好的地点,帆船靠岸,戚冷在船上等待石斛的消息。将近午时,才见一名后生前来向顾尝胆悄悄禀报,石斛已经回到了白云观。“祝出手得卢!”顾尝胆拱手给戚冷送行。戚冷吸了口气,起步去白云观,到了白云观,戚冷请门头前去通报。门头走后,戚冷站在山门前,袖着手等。这些年,架打过很多,杀人还是头一次。当石斛出现在眼前时,戚冷握匕首的手,手心都已经是汗。在距离一剑左右的地方,石斛停下了脚步。戚冷抽出匕首,憋住气,朝石斛捅了过去。

石斛反应疾速,向外一倾,手一伸,就捏住了戚冷的手腕,一扭就将戚冷的手扭到了背后。出手速度之快,戚冷想象都想象不到。石斛用力一捏,戚冷张开了手。就像对付一个手持利器的孩童,石斛轻轻松松地夺下了戚冷手中的夺命匕首。上次,黑虎堂令狐栋和令狐梁兄弟俩想偷袭石斛都没有成功,像戚冷这种仅靠蛮力的非专职杀手,想偷袭成功,几乎就不可能。戚冷没见识过石斛的武艺,以为那么近的距离,又是突然袭击,没有人能逃得过自己的致命一击。戚冷低估了石斛,高估了自己。"等学好了武艺,再来找小子。凭你这点能耐,就不要来出丑了。"石斛松开戚冷的手,轻轻地向前一推。吕夷则已经赶到了前面,两手一伸,拦住了戚冷。"让他走!"吕夷则很不请愿地让开了路。

戚冷只走了几步,就跑了起来。过了金陵北门,一路向东,跑了四五里,戚冷才慢了下来。顾尝胆怕被戚冷牵连,将碰面的地方定得离白云观很远。无论事成不成,石斛都是不能惹的人。两条小帆船并排停靠在扬子江边,岸上站着三人。戚冷下了江堤,快步走到了顾尝胆跟前,摇了摇手,喘着气说:"没成!"顾尝胆手一拱说:"那我们就后会有期!""后会有期!"戚冷手一拱,登上了船。老大解开缆索,跳上了帆船,竹篙一撑,帆船离开江岸。

帆船缓缓向东前行。戚冷毕竟嫩,不知道死亡陷阱已经在前面等着。快到燕子矶,帆船不小心撞上了一条货船,开始倾覆。戚冷有几分蛮力,水性却很差。没什么挣扎,就像秤砣似的沉到了扬子江底。石斛给戚冷作为死亡赔偿金的一千缗铜钱和顾尝胆付给戚冷作为辛苦钱的一百两黄金,最后统统到了顾尝胆的手中。

龚宰得知消息时,石斛已经回缮意房。"吓了仆一大跳!"龚宰赶来看望石斛。"小子一向小心,不会师还未出身先死。"石斛说着笑了起来。"别嬉皮笑脸!"曹全晟插嘴。"你是所有人的希望,出不得半点差池。方才老哥看了一下,那匕首淬了毒。划破一点点皮,武艺再高强都没用。""掌门,拿来让仆瞧瞧。"曹全晟将匕首递给龚宰。龚宰瞧了瞧匕首说:"戚冷依理不应该有这种匕首。""这事小子请荆善居去查,我们还是先忙我们的正事。"石斛不想节外生枝将精力耗在与筹建希声社无关的事情上。况且,查到了背后的黑手又如何?

"爸,白记寿木店少东主石斛前来拜访,见还是不见?"

石斛前来看我,不知为了何事?因石斛没有逼他马上赔偿,肖正钦终于度过了难关。上次,石斛家失火,肖正钦想去,又不敢去。人家碰到了麻烦,去看一看也是人应该有的常情,可肖正钦又不好意思去。肖正钦非常怕石斛提起那些棺材。肖正钦想了想,起身前去迎接。

“少东主!”肖正钦远远地拱着手向石斛走了过来。

“少东主来看某,某确实没想到,快请进!”

“叨扰,叨扰!”石斛手一拱,进入了肖正钦家的大门。“少东主客气。”肖正钦在前引路,两人前往中堂。“少东主,请!”肖正钦站在台阶边,请石斛先上。石斛和肖正钦先后踏着台阶登上步檐,进入堂内,分宾主就座。肖正钦的女儿肖如兰献上苦茗。

“少东主今天来看某,不晓得有何指教?”

“小子一直想找机会来跟肖当家说,可一直找不到合适的机会。”

“什么事情?”

“上次沉船的事情。”

“少东主,请再给某一些时间……”

“肖当家误会。今天来,不是向肖当家要赔偿。”

肖正钦终于放下心。上次货船沉没之后,肖正钦为了度过难关,辞退了下人,卖掉了侍儿。货船一沉,伤到了肖正钦的筋骨。如今气还没有完全缓过来,这时让他赔,肖正钦着实赔不起。别人尚且可以耍耍赖,可石斛是什么人,肖正钦清楚。

“这件事情一直就像鱼骨头卡在小子的喉咙里面,非常难受。”

“就是上次沉船的事情?”

“正是。小子起初也以为是天灾,直到寿木店和家被烧,小子才意识到可能是人祸。”

“人祸?”

“可能是,是不是一定是,小子不敢肯定。小子猜,可能是小子连累了肖当家。”

就算真是,也可以承认不是。谁晓得?这种只有天知、地知的事情,根本没必要跑过来跟我说。上次,石斛没要肖正钦立马赔偿,肖正钦对石斛感激涕零;这次,石斛主动承担沉船事故的责任,肖正钦对石斛五体投地。难怪在金陵有那么响的名气!石斛说着从袖袋内掏出一叠万通钱庄的存银凭据,双手呈给肖正钦。肖正钦不知石斛何意,接过了存银凭据。

“这些个铜钱,就算是小子给肖当家的补偿,请肖当家收下。”

肖正钦一听,赶紧将存银凭据推还给石斛。

“就算是因少东主导致沉船,这铜钱某也不能收。”

“这不是铜钱的问题,而是应该谁承担责任的问题。小子应当承担这个责任,就应该由小子承担。不是小子的责任,小子不会无辜去承担责任。小子这样做,只求心安。"

"那也不需要那么急。少东主还刚刚出了事,应该需要铜钱。"

"肖当家不晓得,小子昨天刚从都督府预支了十万缗,不缺这几缗。"

"十万缗?"

"十万缗。"

"就算少东主有铜钱,某也不能收。"

石斛将存银凭据压回到肖正钦的手心,肖正钦又推回给石斛。"肖当家晓得,小子虽卖寿木,背后却有人。说实话,多几缗铜钱不多,少几缗铜钱不少。肖当家就不同了。听人家说,肖当家为了度过难关,连侍儿都卖了。再说,又不是肖当家的错。肖当家收下铜钱,起码可以不用捏喉咙,小子也可以少点不安。肖当家用不着客气。"石斛又将存银凭据压回到肖正钦的手上。"谁的责任就是谁的责任。"肖正钦终于将存银凭据放进了袖袋。

"小子正在筹建一个从事贩运、货运的商社。"

"少东主在筹建从事贩运、货运的商社?"

"正是。一旦建成,小子跟肖当家就成了竞争对手。"

"某哪是少东主的对手?"

以他的背景,筹建一个从事贩运、货运的商社,我怎么跟他竞争?肖正钦正准备卖掉家财重新购买一条货船。如今看来,这计划得重新考虑。

"也未必。贩运、货运,小子毕竟是新手,需要像肖当家这样的行家引路才行。"

"少东主不嫌弃,某愿意效力。"

"肖当家说的是哪里话?小子就是十顾茅庐都请不到像肖当家这样的能人。"

徐福踏着台阶,登上了步檐,俯身前行,站在了徐渊的前侧。"按照大家的吩咐,这两天仆派人紧盯公子的一举一动。"徐福俯身向徐渊报告:"大家,就目前的情形看,公子好像真准备筹建一个从事贩运、货运业务的商社。""向福!"徐渊突然叫了一声。话音刚落,向福已经出现在了徐渊眼前。"你马上去叫费宣侯来这里一趟。""是!"向福退去,转身离开了如茅斋。没过多久,费宣侯和向福快步来到了如茅斋。费宣侯甩开向福,一人踏上台阶,进入堂内,跟徐福相对,俯身站到了徐渊的另一侧,听候徐渊的吩咐。

"先放下手上的事情!和徐福一起,暗中协助石斛筹建商社。只要想怎么做,你们就依照他的意图帮他做成。筹建一个贩运、货运商社不会特别困难,大不了购买一些船只,雇佣船工,租用办事用房,联系客户等,关键是看以后如何经营。朱雀门需要托运的货物,也可以先交石斛的商社运运看。只是,你们千万不要让石斛猜出是我在帮着他。明白吗?”

“明白!”徐福、费宣侯退出如茅斋。

石斛回金陵,徐榛心情大好,来如茅斋看徐渊。“爸,石斛不会受到这次打击,一蹶不振吧?”见到徐渊,徐榛第一件事情是向徐渊询问石斛的情况。“还一蹶不振?”徐渊呵呵笑了起来。“轻轻一碰就一蹶不振,这种人还能成为我的女婿?我的宝贝女儿怎么能看上这种人?告诉你吧,他正在筹办航运商社,忙得很。”

“石斛在筹建商社?”徐榛非常惊讶。

“依理,石斛筹建商社,应该出点铜钱支援一下才对。”徐榛回云思苑,还在想石斛筹建商社的事情。“反正,寿木店存在钱庄里面的铜钱还有一万多缗。为何不趁石斛需要铜钱的时候还给他。还想存在钱庄里面吃利息啊!”

“县主,还是别管了。”于苓劝徐榛。“公子,说好听点,就是有骨气;说难听点,就是死强。县主给他铜钱,公子还真不晓得如何是好,收还是不收?收违反了自己的意愿,不收县主的脸面难看。婢子看,就别管了。以公子的能耐,又有大家在背后撑腰,要人有人,要铜钱有铜钱,筹办一个商社没丁点问题。可以肯定,公子改行筹办商社,意味着县主嫁出去的时间已经越来越近。婢子觉得,县主最好到什么寺院,给公子烧一炷香,请佛祖保佑公子商社生意成功。公子生意越成功,县主嫁出去的时间就会越快。”

“无论怎么说,都要祝愿他生意成功。他落到这个地步,跟我家有直接的关系。他不出手救我叔父,也不会惹上那些个杀手,也不会招致家和寿木店被烧。”

“这也是祸福相依的事情。不出手救都督,也不可能得到大家如此厚爱。那些杀手不烧了寿木店,公子说不定还在乐滋滋地卖棺材。县主劝他不卖棺材,公子未必就会同意。虽不会当面拒绝,但肯定会找到数也数不清的借口。如今寿木店烧了,公子没其他头路,也只好改行筹建商社。那些控鹤军杀手岂不是帮了县主一个大忙?说是坏事,也可能是喜事。”

“那就到法云寺去烧香吧。”

自己帮不上忙,只能请佛祖帮忙,徐榛接受了于苓的建议。这也难怪寺院里面烧香拜佛的人里面总是女人多。第二天,东方明挑选了几名家丁,护送徐榛前往法云寺烧香。

“真看不出来,公子有那么广的人脉。如此交际能力,用在其他方面,可不得了。”

徐福来如茅斋向徐渊报告石斛希声社筹建情况。石斛有争权企图,徐渊兄弟两人的儿子都不是对手。女婿再好,毕竟是外姓人。女婿鹊巢鸠占的故事,徐福听过,徐渊也听过。神州多少人打拼一生结果全替白眼狼打拼。徐福很委婉地提醒徐渊。

"只是到目前为止,对其他物事,公子好像不感兴趣。"

"这也可能跟他的兴趣有关。就好比大家我,对权就不是很感兴趣。权一来难争,二来权越大,看起来越自在,实际越不自在。你天天要提心吊胆防着人家夺你的权。在神州,权命相连,稍稍不小心就可能人头落地。不要人家告诉,一个个故事看了,自然就会懂。一个普通百姓,有时候还可以躲一躲,刺史、节度使怎么躲?刽子手的斧头刀等着。不争有时候也是生存之道。石郎是个聪明人,晓得哪些物事可以感兴趣,哪些物事不可以感兴趣。不能争,那就退。这也是聪明人的生存之道。你不看,那么长时间以来,不敢靠近朱雀门,就是怕我怀疑他有争的企图。聪明人才会明白,这世上不是什么物事都能争。涨潮了,还去赶海只会被海水淹死。对他来说,就好比戴着镣铐跟人家打架,能做到目前这样,已经非常不容易。他广交朋友,也可能像我一样,只是天性。我还是相信自己的眼睛,石郎应该是一个晓得分际的人。你还是抓紧和费宣侯一道帮他将希声社建成。"

"希声社的事情应该差不多了。河西那座废弃多年的陈家大院工匠已经进去整修,仓库也有了。这段时间,公子和几名骨干一直在与金陵的客商洽谈业务。费宣侯也已经让万通钱庄给希声社提供担保。现在就等开业后,公子如何通过扬子江将货物运进来、运出去。"

"包一时,不能包一世。这就看他自己的能耐了。"

石斛忙得不可开交,李慎肇偏偏还要给石斛添忙。石斛还没有出白云观,就让李慎肇给堵上了。见实在没有地方可去,两人就在白云观的花坛找个地方坐了下来。石斛发现,李慎肇比上次在牙署见面时瘦削多了。为了控鹤军,李慎肇操了不少心。

徐温从寿州返回,见案子还没有侦破,狠狠地将李慎肇呵斥了一通。"将整个金陵城搞得鸡飞狗跳,怨声载道,可那些杀手呢?无辜之人抓了不少,可到现在,杀手的影子也没抓着。是不是想尝一尝杖子的味道?"吓得李慎肇趴在地上连屁都不敢放。"进出城门不管男女扒上衣检查,有没有比你更蠢的?那些杀手就不会从城墙出入?或者呆在城内不出城,或者呆在城外不进城,岂不是空耗力气白白查?这个主意不会是严可求出的吧?"

“卑职出的主意。”

“马上将这条检查制度给本督废了。本督都快成了千夫所指了!”

“尊钧命!”

“再不抓紧时间找到那些杀手,本督先将你给废了。”

就在李慎肇不晓得该怎么办时,秦戎行向他禀报有可疑之人。李慎肇旋即让秦戎行加派人手继续盯梢。不久,鹰扬山庄吴不明来牙署拜访李慎肇,并将控鹤军杀手藏身的巢穴告诉给了他。吴不明一走,李慎肇立马派人监视。果然,这些控鹤军杀手就藏在大都督府长史柳似汀家。已经紧张了好长时间的李慎肇这时才松弛了下来。

柳似汀家的战斗刚结束,李慎肇就去向徐温汇报战果。

“那名逃逸的杀手是男的,还是女的。”

“是男的。”

“那女杀手呢?”

“卑职不晓得里面有没有那名女杀手。”

“本督亲自去辩一辩。”

徐温跟着李慎肇去了柳似汀家,一一辨认了九十八具尸体,都感觉与留在脑中的印象不合。徐温看着地上这一大排尸体,摇了摇头。“这些好像都不是那女杀手。”徐温问,“还有没有?”李慎肇如实汇报,“没有了。”徐温说:“继续查,一定要将那女刺客缉拿归案。”可到哪去查?李慎肇感到自己已经是黔驴技穷。

“上次,多亏公子提供了消息,前任大理寺卿得以摧毁了控鹤军设在采石矶的据点。实话实说,由于疏忽大意,导致围剿采石矶控鹤军据点时,多名控鹤军狠角逃脱,差一点酿成惨剧。这一次围剿藏在柳似汀家中的控鹤军杀手,还是让一名杀手逃逸。小吏翻遍了金陵城内的每一个角落,就是找不到他的踪迹。都督责令,一定要抓住这一名杀手。小吏前来就是想了解一些情况,也想听一听公子的意见。”

“逃脱的那人有什么特别之处,比如武艺招式。”

“实际上,我们已经盯住他好久了,只是怕打草惊蛇而没有动。一手鹰爪非常了得。寿木店着火前,他曾经带着手下在阜陵巷袭击公子的小伙计吕夷则。还是盯梢的南门知善故意叫了一声巡逻队来了,吕夷则才趁机脱身。”

“请大人先替小子好好谢谢他。过些日子,小子再去拜谢。”

“小吏定将公子的心意转给南门知善。”

“据小子的伙计李邈说,此人叫匡骏臣,原是洛阳老君山紫极观道士。”

“小吏回去后，根据公子提供的线索再仔细追查。”

“有一个地方，大人不妨再暗中派人去查一查，那就是采石矶的玄妙观和三元阁。采石矶的控鹤军据点被捣毁后，查办控鹤军杀手的那些胥徒或许就根本不会去想，控鹤军会重新进入采石矶的玄妙观和三元阁。况且对方是道士，对道观也觉得亲切。”

“小吏回去后，马上派人去暗查。”

“遇上匡骏臣，定要小心。大人要的是控鹤军，而不是跟人比武争神州第一。能够用箭就尽量用箭，无须亲自上阵与人死拼。”

“多谢公子提醒！秦戎行就是想生擒他而遭到暗算，受了重伤。此贼尚在采石矶，小吏一定让他变成刺猬！还有就是那名女杀手，是生是死，到现在都无法确定。小吏这次来也想问一问公子，那女杀手，除射箭外，还有没有其他特征。”

“当时距离远，又没有跟她交过手。小子实在说不出她有什么特征。”

“公子忙，小吏也就不再啰嗦了。”

终于到了己巳日，希声社都统石斛率领副都统龚宰、李邈以及希声社总社的主要骨干在希声社总社门头前，欢迎前来参加希声社开业典礼的贵宾。淮南节度副使、内外马步都军使徐知诰果然遵守诺言，前来替希声社开业剪彩。“哥哥！”徐知诰一出肩舆，石斛高高一声，拱着手快步迎了上去。“发财！发财！”徐知诰拱手，含笑说：“就在希声社开业之际，愚兄预祝贤弟的希声社生意兴隆，赚大钱。”石斛拱手高声应和：“多谢哥哥金口！”

徐知诰昨晚就已经来到了金陵。吃了饭，徐知诰陪徐温在花园中踱步时，聊到明天要去给石斛希声社开业剪彩一事。

“人只有学会了知恩图报，人家才会情愿死心塌地地跟着你。忘恩负义的结果只能是众叛亲离，遭人厌弃。石郎对我们有恩，出手帮他赚点钱，也是应该。他去洞庭湖买粮食，实际上等于替我们去洞庭湖向马殷买粮食，自己赚一点点脚力钱。至于粮食的重要性，你应该懂。想当初，爸随武忠王攻破赵锽时，所有的将领都去抢金银珠宝，只有爸要那一点点剩余的粮食，煮成粥分给那些个差不多要饿死的人。粮食的重要性，那些将领不懂，爸懂。你要好好帮一帮石郎将马殷手中的粮食顺利买回来。帮石郎就是帮自己。”

“孩儿晓得。”

“石郎说他是前中书侍郎石弘的孙子，爸曾派人调查了一下，好像没有撒谎。事实是不是真如石郎说的，爸就不晓得了。反正，你伯父肯定已经细细地调查过。

别说是准备选作女婿的人，就是一般人，你伯父都会调查。很小的时候起，你伯父就一直让着爸，护着爸，帮着爸。爸做了都督后，你伯父非但没有仗着自己是都督大哥的身份插手军政事务，还处处帮着爸，搬掉绊脚石，解决棘手的事。别人，爸未必一定信任，只有你伯父，爸绝对信任，他不会害爸。石郎，爸也接触了几次，确实是一个晓得该与不该的人。

帮石郎赚点钱，既是对石郎救命之恩的一种报答，实际也是帮自己。

石郎要去洞庭湖买粮食，一定要经过李简管辖的地方。石郎担心他的船队出入洞庭湖，会引起李简的怀疑，而遭到不必要的盘查。石郎这种担心说起来也是合情合理。无论是去还是来，船队遭盘查也是在所难免。你就替爸写一封信给李简，就说是爸说的，希望他不要干涉。凡是希声社出入洞庭湖的船舶一律放行，不准盘查。”

“孩儿等会就去写，明天去剪彩的时候，让石郎带着它亲手交给李简叔父。”

进入堂内，徐知诰、石斛两人以兄弟长幼之序就座，副都统龚宰、李邈作陪。两名侍儿分别给大堂内的四人献上刚刚煮好的清茶。徐知诰从袖袋内掏出书信递给石斛。

“这是给武昌节度使李简的书信。贤弟带着它亲手交给李简。”

“谢谢哥哥！”石斛双手接过书信，放进了袖袋。

“愚兄也是按照家父的意思写。”

“小弟也是担心，船队出入洞庭湖，容易引起节使的怀疑，而遭到盘查。路上耽搁的时间越长，成本也就会越高。不说其他，光人工费就不少。哥哥晓得，小弟筹建希声社的这一点铜钱，还是向都督预支。小弟耗不起。请哥哥代小弟向都督说一声谢谢。”

“这也是合伙人应该做的事情。”徐知诰笑了起来。“愚兄看，贤弟眼下要做的就是如何抓紧时间，将粮食买回来，兑现贤弟对家父许下的承诺。”

“哥哥牌子一揭，小弟马上去鄂州。小弟不仅要兑现自己许下的承诺，还要好好利用这次机会，咸鱼翻身，发家致富。孔子说，邦有道，贫且贱焉，耻也。在我们吴国，小弟还穷得叮当响，肯定给孔子笑死。”石斛顺势拍了一下徐知诰的马屁。

“愚兄相信，贤弟肯定是富且贵。”

“哥哥这样鼎力支持，还不能富且贵，小弟真是扶不起的烂泥了。”

这时，门头解应宗前来告知，朱雀门徐大当家和徐县主已经前来庆贺希声社开业。众人起身，前去迎接。“趁希声社开业之际，愚兄也表个态，只要是对我们吴国有利的事情，贤弟只管大胆去做，愚兄都会鼎力支持。”“谢谢哥哥！有哥哥这句话，小弟做起来也就有了底气。哥哥放心，小弟不会让哥哥失望。”两人刚走到步檐上，就见徐榛笑容满面，挽着徐渊，走了进来。众人踏下堂前石级，陪同徐渊父女两人进入堂内。石斛请徐渊在主位就座。

“伯父，石斛的希声社开业，准备拿什么物事做贺礼？”

“伯父的贺礼是替石郎和你爸之间的粮食买卖做个担保，石郎不能按时履行契约，伯父给你爸买上。”

“伯父这份礼物还不如不送。我爸还会担心石斛不能按时履行契约？”

“难说哦！你爸的心思伯父会不懂？煮熟的鸭子说不定都会飞走。”

“爸，石斛还没开业诶，怎么能说这种丧气话？”

“这你就不懂了。伯父说这话的意思是小子只管大胆去做。就算受到了挫折，伯父也在后面给小子撑腰！”

徐渊和在场的众人都笑了起来。

“贤侄可不能一揭牌匾，拍拍屁股就走人哦。”

“伯父在后面给石斛撑腰，小侄也在后面给石斛撑腰。只要是有利于吴国的事情，只管放开手脚大胆去做。”

“好！贤侄这份贺礼拿得出手。做生意最需要没有后顾之忧。”

正说着，迎宾陪着鹰扬山庄庄主吴不明前来。石斛连忙出堂应接。

“恭喜！恭喜！”吴不明拱着手向石斛道贺。

“先生亲临，小子十分感激。”石斛拱着手迎了上去。

“公子的希声社开业，老朽能不来？”

石斛陪着吴不明踏上台阶，进入堂内。

“吴公的贺礼呢？”徐渊含笑问。

“有地痞找希声社麻烦，鹰扬山庄替希声社撑腰做硬。”

“这礼还不如不送。希声社如今跟吴国都督合伙做生意，吴国哪个流氓地痞敢找希声社麻烦？这礼，老哥看，还不如不送。”

那是当然。如今的石斛已经变成了徐家人，别说流氓地痞，就是官府衙门动之前都得好好掂量掂量。石斛特意请徐知诰出席希声社开业典礼，目的就是想公开告诉吴国人自己的背景。千万别打希声社的歪主意。否则，休怪我石斛不客气。

“小弟避免出丑，留了一手。小弟特意给公子送上一把扇子。老哥，你看！”吴不明将扇子递给了徐渊，徐渊接过手中，展开一看，然后将扇子递给徐榛。“识货不识货?”徐渊问。“这扇子怎么这么沉?”徐榛将扇子还给徐渊,徐渊再递给了石斛。“扇骨是乌金的,自然沉。”主事希声社开业大典的狄生商前来告知众人,揭牌的时辰马上要到。众人纷纷起身,离开大堂,前往希声社门头前,准备开业仪式。

鹰扬山庄庄主吴不明亲自上阵擂响铜鼓,徐知诰轻轻一拉红绸,蒙在总社驻地大门上方匾额上的红绸缓缓飘落,露出由内外马步都军使徐知诰亲笔题写的希声社三个镏金大字。伴随着希声社三字的渐渐露出,在金陵众商家的见证下,太尉致仕徐渊亲自将一面竖写着“希声社”三字的镶边旗帜缓缓升起在总社前面的旗杆顶端。看到旗帜升起,在扬子江上等候的希声社的十六条大帆船,在震耳欲聋的鼓乐声中,缓缓离开金陵,分别驶向扬子江上游的鄂州和下游的苏州。石斛筹建的希声社终于在金陵成立。

就在开业的当天,骆知祥代表都督府跟希声社签订了代购十万斛稻谷的契约。

昨天白记寿木店的少东主眨眼之间摇身一变成了今天希声社的少当家。

第四十六章　清障

治人如治水潦，养人如养六畜，用人如用草木。

——《管子》

石斛从湖南潭州回来，曹全晟告诉他，一名叫韩朱柏的人来找过他。

韩朱柏有事来金陵，不料盘缠被偷。金陵举目无亲，怎么办？如今这世道，伸手向人讨也讨不到。身陷绝境中，韩朱柏想起了石斛。问了几个人，终于问到了长寿巷。韩朱柏沿着白虎大街找了好几遍，就是找不着长寿巷。是不是骗我？韩朱柏带着怀疑问了一个人。原来眼前这片废墟就是长寿巷。哪有什么寿木店！韩朱柏不愿意接受被骗的事实，去问蓑笠翁雨具店东主百里闻。蓑笠翁雨具就在离长寿巷不远的白虎大街上。那天寿木店着火的时候，百里闻差点吓没了魂。还好大火被扑灭，没有烧到蓑笠翁雨具店。“被火烧了。”百里闻告诉韩朱柏。骗看来没被骗。刚烧了店，我就去向人家借铜钱……韩朱柏犹豫了一会，继续问：“店家晓得不晓得少东主石斛现在的下落？”“在白云观。”百里闻告诉韩朱柏：“据街坊说，少东主正在筹建一家商社。”韩朱柏确定没有被石斛骗。“店家，白云观怎么走？”眼下只能这么做，总不至于眼睁睁饿死在金陵街头。韩朱柏想了一想，决定去白云观。百里闻倒没有不耐烦，给韩朱柏指路。“很好走。出了北门，往码头那首走，一盏茶左右的路程。”

白云观进进出出都是人。没想到，韩朱柏只问了一下门头，就问到了石斛。门头带韩朱柏前去见曹全晟。曹全晟问韩朱柏有什么事。韩朱柏抱着一线希望向曹全晟说了来意。曹全晟告诉韩朱柏：“石斛到外地去了。”正当韩朱柏失望时，曹全晟说：“盘缠的事情，你不用担心。今天迟了，去彭泽的船已经没有。晚上就在观里住一宿，明天再走。”韩朱柏松了一口气，今晚的食宿起码有了着落。韩朱柏顺水推舟接受曹全晟的建议。曹全晟将韩朱柏交给了照客夏侯寒，由他来照应。第二天清晨，夏侯寒陪同韩朱柏前来跟曹全晟辞别。

“石斛回来，烦请掌门转告一声。”

“他一回来，贫道就告诉他。”

石斛去湖南潭州是去跟稻谷收购商雷富山谈生意。潭州有好几家稻谷收购商，经过一番权衡，石斛最后选择了跟雷富山合作。石斛要买的粮食数量极其庞大，总不能到了湖南再一斛一斛去收购。希声社刚有一点模样，石斛就将事情抛给了龚宰，启程前往潭州。为了赶时间，石斛骑马走陆路先到李家庄，再坐船南下洞庭湖去潭州。

洞庭湖周围土地肥沃，原本就是产粮区，加上这些年没有大土匪进洞庭湖去跟马殷争抢地盘，粮食年年丰收。生活没有粮食不行，只有粮食也不够，需要金银珠宝、丝绸绫罗改善生活，也需要刀剑弓弩加强防御，拓展地盘。百姓也需要提升生活品位。这就得用粮食跟人家换，或者先换成金银，再用金银去换自己需要的物事。只要不来抢，任何人拿金银来洞庭湖区换粮食，马殷全都支持。只有将洞庭湖区的粮食换成了其他物事，才可能减少在洞庭湖区不断增加的存粮，适当维持稻谷的合理价格，让种地的人有种地的热情和希望。只有种地的人热心种地，读书人热心考试，商人热心做生意，马殷才可能安安稳稳做匪首。

石斛和雷富山谈定，以每斛三百文的价格收购雷富山从洞庭湖四周收购来的稻谷。这一价格高出当地市场价将近一成。合作条件是，雷富山必须保证，希声社的货船一到潭州，就必须有稻谷可以装船。石斛最怕无辜耗时间。一来时间就是金钱，二来在洞庭湖的时间越长越危险。在潭州，石斛和雷富山签订了契约。货源有了保证，现在就看石斛如何将稻谷安全地运到金陵。雷富山觉得，眼下这个世道，这几乎是不可能的事情。雷富山也是抱着有当无的心态跟石斛签订了契约。马殷都成了湖南王呢，说不定还真能成。契约签订后，雷富山特意提醒石斛注意运输安全。一旦运输过程中遭土匪抢劫，他们之间的生意就不可能长久。再愚蠢的人，也不会蠢到拿铜钱千里迢迢来洞庭湖打水漂漂。

雷富山在潭州从事稻谷收购生意已经多年。雷富山从洞庭湖四周的田主、农户手中收购稻谷，再以相对较高的价格转手卖给外地前来潭州购买稻谷的客商，赚取差价。以前，外地客商购买食粮的数量都不是很大，而且收购的价格压得非常低。洞庭湖区稻谷连年丰收，稻谷的价格已经由原先的一斛三百文，一跌再跌，跌到现在的二百来文。直到建昌宫出现,洞庭湖区稻谷的价格才勉强维持二百八十文左右。雷富山也曾想自己雇船外运稻谷贩卖。仔细一算,雷富山马上打消了这个念头。外地客商压低价格的原因,是运费着实太高。

出洞庭湖,必须经过作为鄂州、复州交界线的扬子江。当前,徐温、马殷、高季昌三大势力就在这个三角地区相互拉锯周旋,战争时时发生。遇到战争,船说没了就没了。运费高的另一个重要原因是这一路遍布着大大小小的土匪。杀人越货是经常发生的事情。别说普通货物,就是木材、缸罐,都听说被土匪抢劫过。没什么抢,抢走货船都值不少铜钱。断头的生意有人做,亏本的生意没人做。商人精明,运费不高,谁愿意冒这个险?

希声社贩运,也代客货运,赚取运费。路障越多,运费也就越高。众所周知,如今仅运费一项就占去了许多物品市场价格的五成,甚至七成。希声社对外声明,客人的货物万一遭土匪抢劫,不仅不收分文运费,还以到岸地的市场价格对货主进行赔偿。为让客户能够信任希声社的承诺,石斛请万通钱庄出面做担保。同时,大宗货物的运输,运费可以面谈;零担保证以最低的运费送到目的地。石斛变相等于在扬子江上设关卡收取各地客商的买路钱。石斛自己想想都想笑。希声社正式开业之前,已有大批客户要求托运其货物。

想发家致富,在神州规规矩矩一步步走肯定不行。石崇靠抢劫远行商客发家,石斛准备靠土匪猖獗致富。一回金陵,石斛就动用人脉与各路英雄协商洽谈。合作肯定有好处,石斛不会让人白做。逐鹿神州争做官匪是过日子,杀人越货做土匪也是过日子。自己吃肉别忘了给别人喝汤!希声社正式挂牌前,龚宰忙于筹建,石斛忙于清障。神州人都晓得,最大的路障是官匪。石斛成了朱雀门当家徐渊的女婿,都督的侄女婿,直接帮石斛搬掉了衙门这一大路障。自希声社正式筹建以来,风调雨顺,一路畅通。如今吴国有头有脸的人都晓得,昔日白记寿木店少东主将是都督的侄女婿。现在给希声社方便,就是将来给自己方便。这道理村妇都懂。石斛起身前往潭州时,除了雷池,其他地方的路障都已经清理完毕。

雷池不清理,其他地方白清理。雷池是石斛绕不过去的一道坎,必须清理。“水都泼不进去。”使者何时翔回来后向石斛摇了摇头。曹全晟准备亲自前往,当面就被石斛制止。“买曹公的面子,不去也买,曹公没必要跑到雷池去丢张脸给陈宜青。小子另想办法。”石斛通过鹰扬山庄吴不明的穿针引线,联系上了与雷池水匪陈宜青颇有关系的奚院主人奚其正。

奚其正原是田頵手下的一名牙校,后成了司库。田頵兵败被杀,全军崩溃。当时,宁国军治地宣州一片混乱,军民四处逃散。府库里面金银财宝堆积成山,平时看到只能眼馋,这个时候就是搬光了也没人管,更不会有人去追究。逃命之际,奚其正顺手牵羊带了一部分金银财宝偷偷逃回到了老家彭泽。利用这些意外得来的钱财,奚其正购买田地,建造宅院,明接衙门暗交江湖,成了彭泽当地一名响当当的人物。

石斛希望通过奚其正,疏通雷池。奚其正也认为他能够说通陈宜青。庶民怕官匪,土匪也怕官匪。在还没有足够的实力跟官匪抗衡之前,惹恼了官匪,派兵清剿,怎么办?陈宜青再固执,也不能不考虑。这些时间,江湖英雄、绿林好汉望风而靡,跟石斛是都督徐温的未来侄女婿有很大的关系。然而,事与愿违。石斛赶回金陵时,雷池这一路障依然没有清除。原因很简单,准备给石斛做说客的奚其正意外死了。彭泽路途遥远,得到消息已经过去了好几天。龚宰还在找说客,石斛回来了。石斛不想在雷池再翻一次船,只好去跟陈宜青谈判。

"原本最好是从他们中物色一个可以结盟的人,做掉陈宜青,帮他当上匪首。这样既一劳永逸地解决了雷池的问题,又多了一股可以利用的势力。只是眼下时间已经不允许。想以最快的速度解决雷池的水匪,少东主可以请池州团练使陈璋派水军予以清剿。"

"放在那里还是一股力量,灭了他们可就没了。小弟会尽量去说服他们。真不行,再灭。老哥晓得,如今想赚钱,靠的就是路障。没了路障,我们还有没有铜钱赚?只有我们通,别人不通,才有可能赚钱。路障越多,赚铜钱的机会就越多。老哥可不要认为小弟没有什么正义感,满脑子只想到赚钱。老哥想想,你可见过有什么正义感的英雄好汉活在世上?至少小弟没见过!神州奇怪的事情是,越应该有正义感的人偏偏没有正义感,越不应该有正义感的人却偏偏有正义感。你说可笑不可笑?徐温有正义感,会是都督吗?小弟不是清道夫,没必要去瞎掺和。原本是他们应该做的事情,小弟一请,白白卖了个人情。这些个人情只能是关键的时候用一用。小弟不会傻到用自己的人情替金陵商人清路障!"

石斛不想让陈璋派水军拆除路障,只好亲自出马,前往雷池,游说陈宜青搬掉路障。石斛又请了荆善居做伴。荆善居常年跟江湖上的人打交道,是一个谈判能手。这些时间,荆善居一直陪石斛外出与各种各样的土匪、黑帮谈判。一路谈判下来,石斛结交了不少朋友。三人在池州秋浦驿站过了一夜,启程前往彭泽,来到了石斛上次赊买馍馍的那间小店。

姜云苏见有三名客人走进茅草屋,连忙赶来招待。"小哥!"姜云苏一看,很兴奋,连忙招呼。“店家!”石斛拱了拱手,含笑说:“久违了!”姜云苏含笑说:“小妇还以为再也见不着了,想不到突然出现在了小妇的面前。”见石斛和女店家竟然像熟人似的招呼起来,吕夷则一脸的惊奇。“小哥上次在小店吃过饭。”姜云苏连忙向吕夷则解释。

“谢谢店家!”

“小哥客气!几个馍馍就几十文,小哥不必太在意。”

“馍馍确实不值多少铜钱,没店家的馍馍,小子那天肯定饿趴下!店家这份情,小子不会忘。小子说过,只要小子还活着,定来还欠店家的馍馍钱。”

“小哥是当今守信第一人。”

“夸奖,夸奖!”石斛含笑向姜云苏拱了拱手。“店家不晓得,几天前,小子前往鄂州办点事,就从店家的饭店前经过。”“小哥是不是怕小妇讨馍馍钱?”姜云苏笑了起来。“那天时间紧,又恰好没看到店家,想想以后还有机会,就没下马。”石斛向姜云苏解释。

“店家,今天不吃馍馍,给小子弄几个好吃些的菜。”

“小妇去给小哥拿菜单。”

“不用。店家替小子选几个就是。”

“好嘞!小哥和两位兄弟稍坐,很快就好。”

姜云苏手一拱,转身离开了茅草屋。吕夷则很好奇,熬不住问:“哥哥怎么会到这里吃馍馍?”“也罢。”石斛说:“反正坐着也没事,哥哥满足一下你的好奇心,给你讲一讲到这里吃馍馍的故事。”石斛将事情的来龙去脉给吕夷则讲了一遍。

庞震东以为石斛必死,协助庞震东在雷池设局的陈宜青也认为石斛必死。为了确保计划顺利完成,陈宜青挑选了帮中武艺最好的刘德宏、毛福寿、郦豫鲁、周见深、朱建成五名兄弟登船协助控鹤军杀手。哪晓得最后惨淡收场。陈宜青亲眼目睹郦豫鲁被踢飞。郦豫鲁飞离货船、坠落水中的情景陈宜青至今没有忘记。当手下兄弟将郦豫鲁从水中捞上来时,已经断了气。五名兄弟,死了三名。自出道以来,陈宜青从未遇到过这种事情,真是张着嘴巴半天合不上来。货船最后终于起火。陈宜青清楚,不想被活活烧死,只能跳船。陈宜青一边让手下兄弟张着鱼网等候,一边要弓箭手紧盯水面,一发现目标就射击。盯着水面等了好长时间,不见动静。就在所有人都怀疑是不是已经沉到了水底时,一名兄弟发现很远的水面上有浮动的人头。陈宜青来不及思索就让弟弟陈宜黄带领六名水鬼追赶。不是石斛手软,陈宜黄现在已经变成了鱼屎。回到雪梨岛,陈宜青整整呆了三天时间没说一句话。

“武艺说有用，没用；说没用，很有用。想想杨行愍手下的旧部大将李遇、朱瑾、米志诚，无一不是武艺超群。结果怎么样？一一被族灭。李存孝，武艺厉害吧，五马分尸。武艺更多的时候是无用之物。对付一些小流氓，一般的无赖、地痞，武艺确实很有用；对付朱温这样的大流氓，大地痞，武艺根本没用。大流氓、大地痞面前耍武艺，如同猕猴在江湖艺人面前翻跟斗，独给人取乐而已。”

“能让大流氓、大地痞看上眼的有几个人？绝大部分人跟小流氓、小地痞打交道。门头官司拳头硬。你拳头硬，连吱声都不敢吱声。你武艺高强，小流氓、小地痞统统拜倒在你的脚下。那些懦弱的庶民，你想让他怎么着就怎么着。他们什么道理都不懂，就懂拳头。一个人，在神州这个江湖行走，武艺特有用。没点能耐，有时候真是寸步难行。”

姜云苏送来了一个菜，听石斛三人正在谈论武艺，旋即驻足，饶有兴趣地听了起来。姜云苏熬不住自己的嘴，插了一句。“这位兄弟说得不错。乡村邻里，全都是拳头说了算。不瞒你们说，幸亏家父传授了一点武艺，小妇才能在此处开一家小饭馆营生。倘若小妇是一位手无缚鸡之力的女子，还不是给那些流氓地痞吃啦？”

石斛嘴油，抬头看了一姜云苏一眼，逗趣说：“幸好小子还算是个正人君子，否则，今天就不能再来这里吃饭啦。”姜云苏含笑说：“小妇在此处开饭店已有多年，还没有见过像小哥这般英俊的流氓。”“店家”，石斛含笑说：“小子去做流氓，也不会让人怀疑啰。”姜云苏再看了石斛一眼，含笑说：“小哥做流氓，肯定不会有人相信。”

“看来要想做一个成功的流氓，不仅武艺要好，长相也很重要。”

“那就小弟最不适宜做流氓啰。”

“这位小哥年岁虽然尚小，看起来有些稚气，但阳刚之气十足。”

“我们三人里面，只有善居不能做一个成功的流氓。外人眼里，善居真的有些獐头鼠目的样子。人家一看，旋即严加防范，想要流氓，难。善居这副死相，人家一看马上想到恶棍。难怪善居无论怎么努力就是不成功。天生就不是做流氓的命。”

“荆兄，别泄气！宋文通，据说就獐头鼠目，但还不是照样成为大流氓？不像小弟，荆兄在金陵呆了那么久，也说得上是地头蛇了。那些阿猫、阿狗什么的，在荆兄的地盘上，还不是要向你叩拜？就算做不成流氓，荆兄至少在金陵做成功了地痞。”

“还成功的地痞呢。不是你及时出手，这世上早就没有了活善居。经过这几件事情，善居总算明白，自己根本就是一粒虱子。有人想到掐死你，‘嘣’的一声就完事，根本不需要多少力气。这世道，良民难做，做地痞也不容易。”

“依小弟看，荆兄干脆跟小弟一道做土匪算了。”

“这还真是不错的主意。做土匪，至少不受约束，逍遥自在。”

“那些个小流氓、小地痞的活，小弟觉得，荆兄还是别做了。确实，没有一个地方没有不平事，想请人打抱不平的也多。一般情况，遭人欺负的人铜钱不会特别多。有铜钱请荆兄打抱不平，那欺负他的人肯定更厉害。想从他们身上捞点铜钱极不容易，万一失败，直接关系到仲连堂的生死，无异过刀头舐血的日子。荆兄拿人铜钱替人打抱不平，实际等于抢了衙门的权。荆兄知道，让衙门去管，衙门不管；你若是去管，衙门就会管你。神州的衙门宁可到处是不平之事，也不会允许旁人管。荆兄做的事情白道、黑道都不讨好。小弟觉得，人不能老将眼睛盯住一点。多看看，说不定能找到更好的头路。人往往被死脑筋逼进了绝路。这年头，流氓不如土匪。看看神州就晓得，真正赚到大钱的人，哪一个不是土匪？”

“善居回去好好考虑考虑。”

“石斛兄弟！”

三人正边吃边聊着，草棚前面一人跃下了马。石斛一听有人招呼，抬头一看，是上次在这里遇到的韩朱柏，连忙站了起来，拱手说：“巧遇！巧遇！”“我特地赶来看你。”韩朱柏边说边将马牵过去系在树上，进了茅草屋。“快请坐！”韩朱柏坐了下来。姜云苏给韩朱柏拿来了碗筷。“谢谢告诉一声！”韩朱柏向姜云苏手一拱。“不客气！”姜云苏手一拱，转身就离开了草棚。曹全晟帮韩朱柏脱困，韩朱柏非常感激。从金陵返回彭泽，一次前往湖口经过姜云苏的饭店，韩朱柏立马想起了石斛，就给姜云苏留了话，石斛来饭店，能告诉一声。“好的。”姜云苏虽觉得不可能，但还是答应了韩朱柏。想不到，石斛真来了。姜云苏遵守诺言，马上让伙计骑马去通知韩朱柏。韩朱柏正在吃饭，一听就放下筷子赶来了。

“这次是特意来，还是路过？”

“特意来。上次回去，寿木店和家都被人烧了。想活下去，只得找点事做一做。考虑来考虑去，决定筹建一个商社，从事贩运、货运生意。这次来就是谈生意。”

“不晓得我能不能帮上忙，彭泽我熟的人特多。”

“雷池陈宜青不晓得哥哥认识不认识？”

“认识。”

“关系怎么样？”

“等一会我陪兄弟去。”

能不能帮上忙是一回事，愿意不愿意帮又是一回事。“那就先谢谢哥哥！”石斛向韩朱柏手一拱。“别客气！”韩朱柏手一拱。“上次金陵，不是借你的名，定会饿死在街头。只要我能帮得上，肯定尽力。”姜云苏送了一个菜，又送一个菜，直吃到杯盘狼藉，四人才将这顿饭吃完。石斛没问多少铜钱，从腰间钱囊内拿出十两银锭一枚，递给姜云苏。

“这么大一枚银锭，小妇可找不开。”

“找不开，就先存在店家这里，下次有机会再来吃。”

“这不好吧。”

“馍馍还不是先赊给小子？爽快一下吧！”

“还是由我来付。”

“哪能由哥哥来付？店家，爽快一下吧！”

“好吧！”姜云苏接过了石斛的银锭。“店家，麻烦你替小子传个话，小子有笔生意想跟他们谈一谈。”姜云苏一听，心里暗暗吃惊。小哥又不是行内人，怎么会晓得我的身份？莫非也是这条道上的人？姜云苏装糊涂，反问石斛：“小哥想让小妇给谁传话？”

“店家还能给谁传话？”

“他们来小妇的店里吃过饭倒很有可能，传话人可做不了。”

“店家客气。小子想请店家做传话人，也是有人绍介。”

“我替你跑一趟。”韩朱柏毛遂自荐。“我跟他常有生意来往，信得过。”

“还是我去，哪能让大哥跑？”石斛正准备感谢韩朱柏帮忙，姜云苏已经开口。

“小哥就在店里等，小妇去给小哥传话，愿意不愿意见，小妇不能保证。”

“小子相信店家一定会有办法让他愿意跟小子谈生意。”

“当家不想见，你就说我认识。”

“晓得。”

姜云苏从店后牵出一匹马，前去传话。饭店的伙计给四人提来了一壶本地草茶。四人坐在茅草屋下边等边聊。等了将近半个时辰，姜云苏回来了。姜云苏将马匹在茅草屋旁的树上一系，风尘仆仆地走进来告诉石斛：“当家愿意跟小哥谈一谈。”韩朱柏跟陈宜青熟，又愿意一起去，那就一起去。姜云苏是中间人，当然要陪同一起前往。

雷池的湖神庙位于雷池南岸。由于扬子江多年的淤积，湖神庙外面的沙洲越来越大，将本来临雷池而建的湖神庙步步推离雷池，眼看就要变成山神庙了。沿着通往池州的官道驰行了一段路程,上了一条前往江滨的岔道。只骑行了几里路,就进入了一片茂密的树林。太阳此时照在身上已经很烫人。茂密的树木刚好遮住头顶上的太阳,让人感到清凉。

“小哥可否告知谁告诉你小妇是他们的中间人?”

“按照规矩,谁告诉小子,店家似乎不应该问。”

“那是。小妇也只是好奇。怎么看,小哥都不像这条道上的人。”

“小子过去确实不是,今后就是了。至于是谁告诉小子,小子只能请店家谅解了。人家不想暴露,小子不好泄露。店家是不是姓姜,名云苏?”

“是。”

“云苏姐姐,真看不出来你会是他们的中间人。”

“小妇做他们的中间人是继承父业,家父去世前曾是他们的中间人。不瞒小哥,小妇做他们的中间人,也是希望给自己找一个靠山。身后没一点黑道背景,根本不能在这条官道旁开饭店。没一把火将饭店给烧了已经很造化了。黑道中人晓得小妇是他们的中间人,至少不会无端骚扰。做中间人也是生活所迫,没办法。小哥不会来找当家谈棺材生意吧?”

“小子已经不做棺材生意了。”

湖神庙荒废了多年,青砖砌成的山门已经坍圮。众人在湖神庙前的空地上下了马。在庙前站岗放哨的水匪一见姜云苏带人前来,旋即跑进湖神庙向陈宜青报告。众人将马匹系到了庙前的榆树上,起步向庙门走去。走到通向庙门的石级前,吕夷则左右看一眼说:“这哪是什么湖神庙,根本就是山神庙。”石斛没有接话,只管跟着姜云苏踏上长满杂草的石级,进入了湖神庙的山门。穿过天井,前往后殿。石斛抬眼望去,看到雷池湖神塑像的前面坐着一名男子。这名男子就是雷池匪首陈宜青。

陈宜青正准备回雪梨岛,姜云苏前来告知,有人要找他谈生意。姜云苏告知,这人韩朱柏认识。一听韩朱柏认识,陈宜青就同意谈一谈。陈宜青一直跟韩朱柏合作,晓得韩朱柏的为人。况且,眼下还没有衙门要清剿雷池水匪。姜云苏走后,陈宜青就在湖神庙等。

一名水匪走到陈宜青身边,侧着身子嘀咕。突然,陈宜青蹦了起来,一边抽剑,一边高声说:“宽仁,宽义,拦住他们。”湖神庙内的水匪赶紧亮出家伙围了上来。祸事了!姜云苏和韩朱柏都想到了石斛。石斛停住脚步,双手一举说:“误会!陈当家误会!小子今天来找陈当家,不是没事找事,而是有生意要跟陈当家谈。”陈宜青迟疑了半晌，插回了利剑，高声说："兄弟们先退到殿外。"水匪们纷纷收起家伙，陆续退出湖神庙。陈宜青下了台阶，前来迎接。石斛这才重新起步，姜云苏、韩朱柏跟着向陈宜青走了过去。

"小子这次来是找陈当家谈生意，不是来寻衅滋事。"

"请公子饶恕！不是在下有意想害公子。"

"谁都有难言之隐，小子懂。陈当家不必在意。"

"谢公子宽饶。"陈宜青俯身手一拱。"在下原本是景王牙将陈璠帐下的指挥，做水匪，也是迫于无奈。"

张颢和徐温准备发动宫廷政变，哄骗杨渥将朱思勍、范思从、陈璠三人调离广陵，跟从秦裴去江西攻打洪州。傻乎乎的杨渥不晓得，朱思勍、范思从、陈璠是自己保命的利器。三人一离开广陵，徐温即刻派别将陈祐秘密前往江西见秦裴，诬陷三人谋反。秦裴请三人前来喝酒，就在营帐里面杀了三人。确定三人已死，张颢和徐温发动政变。杨渥的亲从以及意见不同的将领悉数被张颢和徐温所杀，张颢和徐温控制了王府，共享权柄。

"在下自知性命难保，为了活命，带一班弟兄逃到雷池落草，做起了水匪的营生。前些日子，控鹤军副都指挥使庞震东来找在下，希望能协助他杀一个人。这个人就是公子。庞震东说，眼看就要结果徐温，是公子突然出手，致使刺杀徐温的计划功败垂成。公子清楚，在下对徐温这个奸贼恨之入骨。不是他，在下哪会在雷池做水匪？不用多说，在下当场同意庞震东协助控鹤军在雷池劫杀公子。想不到，不但没杀掉公子，倒反赔上好几条人命。"

听得姜云苏和韩朱柏睁大了眼睛，侧目看了石斛好几遍。

"如今的神州，真个是人人都有与众不同的影子。"

"赫连晖自知返回随州，朱友雍一定不会轻饶，也就留了下来，跟在下一起在雷池做水匪的活。公子，恕在下多嘴，今天由云苏引路前来找在下，不知是为了何事？"

"陈当家要生存，小子也要生存。就是庞震东设局要杀小子的那一天，控鹤军烧了小子的家。要想活下来，只能找些事做一做。如今，小子筹建了一个商社，名叫希声社。商社的货船，在扬子江上来来往往，又不能飞过去，只好找陈当家帮忙了。"

"想不到希声社的当家就是公子！恕在下不知，还请公子宽饶。"陈宜青手一拱，俯身向石斛拜了一拜。石斛连忙拱手回敬。"陈当家不必在意，现在晓得了就行。”陈宜青手一拱说:“在下保证希声社的货船顺利通过雷池!”“爽快!”石斛手一拱。“只要陈当家能够帮忙,让希声社的货船顺顺当当地通过雷池,小子绝对不会让陈当家白帮忙。正所谓,此山是我开,此树是我栽,要想过此路,留下买路财。希声社的货船要经过陈当家的雷池,留下些买路的铜钱也是应该。”

“在下吃了豹子胆,也不敢收公子的买路钱。”

“陈当家觉得买路钱难听,那就叫酬劳。小子绝不会让陈当家白帮忙。陈当家以后会慢慢明白跟小子合作,比陈当家在雷池单独干水匪的营生肯定有出息。说起来,陈当家的经历,跟小子倒有几分像。说不定,我们会成为好朋友。”

“在下的经历跟公子像?”

“有几分像,但不完全一样。具体情况,待日后有时间,小子再跟陈当家慢慢聊。希声社正在筹建,杂事多,小子要马上赶回金陵。事情就这么定,不知陈当家意下如何?”

“在下保证公子的货船顺利通过雷池!”

“陈当家毕竟是景王账下的虎将,说话就是爽快!”

陈宜青回雪梨岛后就下令,以后凡是碰到希声社的船舶,一律放行,不得骚扰。当初一起来雷池落草的宓无疾很不解,向陈宜青询问原因。陈宜青将自己在湖神庙许下的诺言告诉给了宓无疾。宓无疾说:“希声社的货船通过雷池,我们依然可以我行我素,照劫不误。雷池水域广阔,屿洲众多,还能将我们怎么着?一想到徐温就来气。”陈宜青说:“我不是怕旁人说我说话不算数,而是感激他留我弟弟一命。想当初,张颢、徐温不准备将景王的牙兵赶尽杀绝,我们会逃到雷池来落草?以他的能耐,不是有像你我一样难言的苦衷,会在金陵卖棺材?我们在雷池做水匪,他在金陵卖棺材,其实一样。说得不错,每个人身后都有跟人家不一样的影子。棺材都可以卖,跟徐温合作又有什么关系?他可以跟徐温合作,我们也可以跟他合作。死愣着钻牛角尖,连水匪都会做不成。几十年混战下来,地方诸侯死得死,投得投,没几个了。迟早会有一天,想起清剿土匪。给自己找条后路吧。”

跟陈宜青告辞,离开湖神庙。“陈当家不说,怎么看都看不出兄弟竟然会这么厉害。”众人先后上了马。“哥哥过奖,小弟真厉害就不会成了落水狗。真正厉害的人,根本不需要亲自出手。”回到姜云苏的饭店,石斛以希声社事务繁忙为理由谢绝了韩朱柏的盛情邀请,和吕夷则、荆善居一起赶回金陵。路过池州,石斛拜会了池州团练使陈璋。陈璋盛情款待了石斛三人。宴后,三人住进了馆驿。洗了澡,三人坐在馆驿的院子里喝茶闲聊。

“办了那么久都办不下来的事情结果竟然那么容易。”

“荆兄在金陵混了那么长时间,应该很清楚,积德实际上就是替自己积。善确实未必有善报,恶也未必有恶报。神州史上,真正遭报应的恶棍并不多。但是,小弟总觉得,有能力扶别人一把,尽量扶一把。扶别人实际上就是扶自己。谁也不能保证将来一定不会跌跤?到时候谁扶你?雷池的事情那么容易就办成,应该是小弟当初心一慈,手一软,积了德。”

石斛回到金陵,还没歇息,李慎肇就来拜访。

“大人此番前来,不知有何赐教?”

“都统客气!小吏还是为了控鹤军的事。”

“不知大人是否探出了什么特别的消息?”

“小吏先得感谢都统!确如都统猜测的那样,匡骏臣竟然真的在三元阁。清剿采石矶控鹤军,将近三十名兵士殉职。聊以自慰的是,匡骏臣终于变成了刺猬。只是还不能断定潜伏在金陵的控鹤军已经清剿干净。那名射杀牙内都指挥使的女杀手至今还没有找着。”

她给你们找着还了得!

“死在柳似汀家中的那些女人,都督一一辨认,都不像留在都督脑中的印象。都督责令一定抓着这一名女杀手替牙内都指挥使黎子风报仇。小吏和鹰扬山庄庄主吴不明查验了牙内都指挥使黎子风的箭伤,那种力道不是一般人能做得到。吴庄主认为极有可能是训练有素的职业杀手。小吏询问了开善寺的那些和尚、徐大县主以及她的侍儿于苓,都没有看清那女杀手的长相,甚至连那女杀手的样子也很模糊。都督也只有那女杀手的模糊形象。”

“现场就没有其他人吗?”

“还没发现有其他人。那些准备去开善寺烧香的香客看到路上的尸体,就不去了。早在都督进香前一天,开善寺知客空相和尚就已经找借口劝走了所有留在寺院里的信男信女。小吏派了大批人手暗中查访,没发现当时还有其他人在场。”

“不是担心徐榛和于苓出事,小子就可以逮着她。”

“小吏前去朱雀门找徐大县主征询时,徐大县主还嘀咕都统鲁莽。都督一回都督府,旋即派兵士封锁了紫金山,找了两天时间,根本就没找着个女杀手的人影。根据都统提供的线索,小吏亲自去了一趟鄂州。在武昌节度使李简的协助下,小吏只找着了棺材作坊当家湛建旗和棺材作坊工匠的尸体。女杀手很可能已经渡江回到了随州。”

“控鹤军都虞候朱友雍就在随州,想什么时候再派人来就什么时候再派人来。大人不捣毁随州控鹤军的老巢,就不可能彻底消除控鹤军对吴国的危险。”

“那是。可惜,随州又不是我们吴国的治地,不可能派大批兵士进去。派进去了,在他们的地盘上,但难以发挥作用。小吏手下的那些将士,有几名武艺还不错,对付像匡骏臣这样的控鹤军狠角,从采石矶一战的结果来看,说起来还真是有些难度。”

“控鹤军是我们吴国潜在的危险。只要能清剿那些危害吴国的歹徒,大人任何时候差遣,小子都会竭力配合。能够逮着女杀手,也就能替牙内都指挥使报仇。”

“牙内都指挥多次帮都督脱险,深得都督器重。这次又替都督挡箭殉职。都督责令小吏不舍一切代价要替牙内都指挥报仇。可到哪找?小吏想破了头,也不晓得去哪找。就前几天时间,有居民反映,一直在都督府附近卖杂货的商贩怎么突然不见了。引起了小吏的兴趣。经过一番调查,小吏终于找到了那商贩的住处。房东和居民都说那个卖杂货的商贩是一个长有山羊胡子的男人。可砸开锁进房间仔细一查,发现里面有女人用品。小吏怀疑那商贩很可能就是射杀牙内都指挥使的女杀手。假装商贩,目的就是监视都督。”

“小子在采石矶无意中发现控鹤军,到现在……都已经两三个月时间了。”

“正月就有几个控鹤军杀手夜闯都督府,企图行刺。”

“大人可否想过,控鹤军歹徒,无论如何凶残歹毒,那么长时间潜伏在金陵,还是要衣食住行。没有庞大的活动资金在支持,怎么可能越过扬子江来到吴国境内为非作歹,戕杀无辜臣民呢?抽薪止沸,剪草除根。小子认为,控鹤军固然要彻底清剿,但不能不同时摧毁在背后给控鹤军提供活动资金的人。众所周知,提供给控鹤军杀手活动资金的是建昌宫。只要建昌宫仍旧在给控鹤军提供资金支持,那么控鹤军再来金陵是不可避免的事。”

“都统言之有理。只是建昌宫远在山南,想捣毁,难那。”

“不能因难捣毁就不捣毁,至少应该有这方面的打算。小子认为,派人进入随州摸一摸清控鹤军的情况,就不能不摸一摸建昌宫,也好为将来做一些准备。大人觉得不便派人进入山南,小子或许可以替大人做一做这方面的事情。”

“那就有劳都统了!”

“大人无须客气!这事大人得去跟都督说一声,以免引起误会。”

“那是自然。”

雷池路障被清除,希声社的航线终于能够畅通无阻。万事俱备,就等定下时间揭牌。石斛没叫曹全晟挑选一个黄道吉日,急急忙忙就定在已巳日开业。石斛启程前往广陵,请徐知诰题写商社名号,并邀请徐知诰出席定于已巳日举行的希声社开业典礼。徐知诰就在都军使府衙挥毫题写了商社的名号,并许诺一定会来金陵参加希声社开业典礼。石斛没有在广陵过夜,当天就带着徐知诰的题字返回金陵。

已巳日,举办了一个既简单又隆重的仪式,对外宣告希声社正式开业。

开业仪式一结束,石斛就和李邈一道走陆路前往鄂州。到了鄂州,石斛先去武昌节度使牙城拜访李简。石斛秘密身份是采访处置使,公开身份是希声社都统,李简还不至于敢在节度使牙城动他。见到李简,石斛提交了徐温授意徐知诰写的书信。两人客客气气聊了半个来时辰,石斛就以希声社刚开业事务繁忙为理由,谢绝了李简的午宴,离开了节度使牙城,前往李家庄。当天,石斛和李邈去了白鹰堂。过了一夜,石斛启程赶回金陵。

踏进总社还没几个时辰,鲁扬声就遣鲁南阳前来邀请石斛晚上一起去天籁乐坊听琴。东奔西颠了那么长时间,石斛准备放松放松,接受了鲁扬声的邀请。鲁南阳一走,石斛立马准备去洗澡。希声社总社在金陵城外,方便石斛为非作歹,进城却很麻烦。洗了澡,梳好头,浆洗完衣裳,已经差不多要到酉时。进城后,石斛没走玄武大街,而是从已成废墟的鸡鸣巷前往鲁扬声家。鸡鸣巷已经不能算巷了。石斛踩着瓦砾发出嘎嘎的声音。一群在找食的鸟雀见石斛前来轰然飞散。鲁扬声家的大门洞开着,石斛跨进了大门。见石斛前来,鲁南阳连忙迎上来说:“大家已在餐室等公子吃饭。”石斛进入餐室,鲁扬声果然已经坐着等。

“晓得你不讲究,没去准备什么菜。”

“那也不能因为小子不讲究,随便弄几个破菜怠慢小子。”

“老哥就怠慢了,还看你怎么着?”

那倒是。希声社开业的那天鲁扬声都没有去。

翕然给鲁扬声、石斛斟酒。“小子先吃饭。”两人吃了饭,又喝了几杯酒。“由辟然陪你在花园喝茶,老哥去洗个澡。”鲁扬声的花园不大,花却很多。薄暮下面,有花等于没花。不久,鲁扬声就洗好了澡。两人起身前往天籁乐坊听琴。

自杨行愍造反成功以来,地方衙门都由草莽控制。这些人根本不懂什么琴,脑子里面只想到两件事情,捞铜钱,搞女人。今天晚上前来乐坊听琴的也是一些装雅的俗人。凑巧,碰到了沈颜。沈颜中进士的时间比鲁扬声晚,如今替徐温起草官员任免及其他命令。石斛对这种书呆不感兴趣,拱个手仅表示一下礼数。琴妓的琴技倒挺不错。好长时间没听过那么好的琴,石斛入神欣赏。弹好了一曲,鲁扬声和石斛交头接耳悄悄说起了话。

“此女子的身世跟老弟一样，也特别。”

“是不是动了恻隐之心？”

“老哥能动得过来？”

“老哥不如收她为女儿，一随时听琴，二使她摆脱受歧视、欺凌的命运。”

“不仅是铜钱，还有乐籍。不像以前，如今改籍越来越不容易。”

“别忘了，小子是什么人。改个籍，吹灰的事情。”神州是人定的世界，设立制度对人不对事。同样的事情，有的人行，有的人不行。徐温杀人都不需要理由，更何况人定的制度法令。鲁扬声难办的事情，石斛未必也难办。“老哥在官场上混了那么久，最清楚，只要有权和钱两样物事，什么样的路障都会有人替你清除，何况就改个籍？小子虽没做过官，但晓得官场通则，你明天能帮我，我今天就帮你；你明天不能帮我，我今天就不帮你。小子是什么人？都督的侄女婿。卖给小子一个人情，将来帮他请托请托都方便。”

“你这小子应该去做官。”

“真话，还是假话？小子活到今天已经不容易。老哥去做官倒不错。”

“呵呵，老哥会帮这些草包做事？帮人，也要找一个值得帮的人。看一看台上的那些土匪，哪一个斗大的字能认识一个？全是文盲！老哥再差也是一个进士，总不至于去给这些个文盲端尿盆吧？像这个，”鲁扬声指了指沈颜，“打招呼都觉得是侮辱。撇开这些不说，帮文盲做事，实际等于让文盲给自己的脖子套上一条绞索。这些个文盲，做人没有底线，翻手为云覆手为雨，你还没明白过来，已经两脚一蹬，被勒死了。老哥还想多活几年呢。”

琴声响起，两人停止嘀咕，倾听弹奏。两人时听时聊，一直到弹奏结束。石斛做事一向干净利落，刚谢幕就去找乐坊使上官绮丽。都督的侄女婿亲自出马，没得说，上官绮丽当即同意。又征求了李君惠的意见，当晚就将李君惠带到了鲁扬声家。当仆役关上院门，鲁扬声才告诉石斛，李君惠是原左金吾将军、江淮宣谕使李俨的女儿。石斛着实被这惊人的消息吓了一大跳。

“不会吧？”

“老哥的话哪有假？”

“中计，中计！”

“你自己的堂妹，中什么计？”

当年，昭宗任李俨为江淮宣谕使前来广陵，拜杨行愍东面诸道行营都统、检校太师、中书令，封吴王。使命是完成了，可人回不去了。李俨纳了个小妾，生了李君惠。李俨是昭宗的堂兄，爵位远在徐温之上。杨行慜一死，徐温就将李俨晾在一边，断了李俨的俸禄。李俨寓居海陵，贫困潦倒，甚至连饭都吃不饱。内外马步都军使徐知训被杀，跟李俨实际丁点关系也没有，徐知诰以李俨与朱瑾合谋的名义，杀了李俨，将李君惠没入了乐籍。

"徐温追查下去，还真不好办。"

"徐温早就应该忘了。光因徐知训被杀受牵连而没入奴籍、乐籍的人，没有一万，至少也一千以上。那么多人没入奴籍、乐籍，徐温还记得她就是李俨的女儿？人家愿意和你同流合污，等于和你是同一条船上的人，肯定只能同舟共济。"

李君惠无论怎么说也是自己的堂妹，石斛决定冒一冒险。翌日，石斛去找户部员外郎张乘驹。果真不用吹灰之力，销毁了李君惠的乐籍，以鲁扬声养女的身份立了良籍。跟鲁扬声告辞时，石斛说："这等好高的事情，以后千万别做。""你今年好高的事情做得还少？"鲁扬声堵住了石斛的嘴。石斛没跟鲁扬声纠缠，告辞回希声社。

刚坐下，林森寒前来告知，杨千里带新妇蕲绍绍前来拜访。石斛连忙起身离开大堂，去门头迎接。杨千里没有直闯，和蕲绍绍站在门屋内等。"杨兄，嫂嫂。"石斛拱手快步迎了上去。杨千里手一拱，和蕲绍绍起步，出了门屋。

"老弟组建希声社，千里想帮都帮不上一点忙，真是惭愧。"

"初创时期，那些个杂物事，无须杨兄出手。需要杨兄帮忙的时候，小弟会说。"

"总感觉，只有千里需要老弟帮忙。"

"兄弟不在乎谁帮谁，只在乎帮不帮得上。是不是遇到能用得上小弟的地方？"

"这个忙千里想来想去也只有老弟能帮得上。"

那么多年里面，杨千里做了多少趟生意，杨千里自己也不晓得。技术最娴熟的木匠，也有斧头砍破手的时候。杨千里也不例外。杨千里从事这一行多年，嗅觉特别灵敏。近期，杨千里嗅到了危险。原先光棍一条无所谓，可如今却变成了一个有新妇的人。人最怕牵挂。牵挂就好比是捆住手脚的绳索。如何安置蕲绍绍，杨千里想了好久就是想不出好办法。蕲绍绍如今是杨千里的新妇。杨千里死，蕲绍绍必定跟着死。没有蕲绍绍这条绳索，杨千里伸一伸四肢，或许还可以拼一拼。眼见着实没有其他办法，杨千里带着蕲绍绍来找石斛。

"不如这样。"石斛想了想说，"小弟叫曹全晟在白云观找个房间给杨兄夫妻俩住。住在这里，绝对安全。黑道杨兄根本就不需要小弟说。无论是公开还是背后，来这里找麻烦,那是找死。衙门没有铁证,小弟帮杨兄挡。等忙过这阵子,杨兄的事情,小弟帮你摆平。至于杨兄,就来帮小弟算了。”如今有了新妇,继续干老本行当已经不适宜。杨千里接受了石斛的建议,准备去弘文馆辞掉了武师的职事,帮石斛做事。

弘文馆象征性的挽留了一下,也就同意杨千里辞职。

第四十七章　合作

刚柔分动而明，雷电合而章。

——《周易》

徐榛的堂兄徐知询前来希声社总社拜访石斛。

李君惠是天籁乐坊琴技的佼佼者，人又长得漂亮，离开乐坊肯定引起注意。其中就有徐知询的心腹周廷望。常言道，饱暖思淫欲，饥寒生盗心。周廷望得志后，常在金陵的教坊寻欢作乐。突然发现李君惠不见了，周廷望就去询问乐坊使上官绮丽。周廷望也算得上是金陵最有权势的人之一，上官绮丽只好如实相告。真是踏破铁鞋无觅处，得来全不费工夫。周廷望听罢，心里大喜，终于找到了石斛的把柄，消除徐知询心中因李鲲愚蠢而造成的不快。

李鲲得知石斛家的宅院和寿木店被烧，立马去将这特大消息报告给徐知询。就在李鲲来见徐知询前，徐知询接到了丈人李简送来的书信。拆开一看，徐知询顿时感到冰凉。还是丈人说得对，赶快收手吧，免得引火烧身。刚写了回信让送信人带回去给李简，李鲲来了。徐知询劈头将李鲲狠狠地骂了一通。“以后不了解情况，你不要给我出馊主意，差点给你害死。你以为他仅仅是一个寿木店少东主？告诉你吧，他是我爸的采访处置使！”

“他是采访处置使？”

李鲲张着嘴巴差点合不上来。李鲲听说过徐温委任了采访处置使秘密监视将帅和官吏的举动，但不晓得谁是采访处置使。石斛是徐温的秘密采访处置使，李鲲怎么想都想不到。怎么可能呢？李鲲横想竖想就是想不通。什么叫攻其无备，出其不意，就是你没想到。

“给我闭嘴!”徐知询狠狠地呵斥了李鲲。“他的采访处置使身份是一个秘密。泄露了秘密,追查下去,你我都吃不了兜着走。原先的那些筹谋都收起来。你还想将采访处置使逐出金陵?已经进行的计划,你统统给我中止。万一出纰漏,我灭你族。”

已经开始实施的计划怎么中止?李鲲遇到了大麻烦。

这个一了百了的计划由宾客顾尝胆提出,李鲲去向徐知询征求过意见。得到了徐知询的首肯,李鲲才敢让宾客顾尝胆去找人实施。让谁去做?冼廉州选了杨千里。冼廉州相信杨千里的能耐。这些年,杨千里做了好多起别人不敢做的生意。冼廉州耳闻,杨千里已经跟石斛交上了朋友。朋友下起手来,肯定更容易成功。杨千里没接这趟生意。已经收下了客人的酬金,不好退,冼廉州也不想退。这份佣金太诱人。物色了几天,物色到一个人。

“大人放一万个心,绝对不会出现纰漏。就算万一失手,也不会牵涉到大人。”

得到李鲲的保证,徐知询同意计划继续进行。

人是物色到了,可石斛已经离开金陵不知去向。过了半个月期限,这份丰厚的酬金退还到了冼廉州的手上。冼廉州依照雇主留下的联系地址,去找雇主。冼廉州得到的答复是契约依然有效。这时,石斛回到了金陵。石斛组建希声社,三天两头在外面,行踪漂浮不定。杀手决定守株待兔,在金陵等。白云观是藏龙卧虎之地,石斛又不是吃素的货。杀手还没还没动到石斛的一根毫毛,已经成了瓮中之鳖。“不用逼了。他们这一行的行事准则,谁都清楚。我们做生意为了活,他们拿人家铜钱杀人也是为了活。放了他!”石斛放走了杀手。

想不到,杀手感激石斛不杀之恩,前去警告冼廉州,望他转告雇主,好自为之。冼廉州这才想起杨千里的警告。想了好久,冼廉州决定退还定金。李鲲想的可没那么简单。万一泄露出去还了得!只有死人才能保证不开口。李鲲遣手下绑架了中间人。酷刑之下,中间人只好说出从哪请杀手。就这样一路追踪,追到了冼廉州。在秦淮河花船上,李鲲的护卫马跃涧勒死了冼廉州,沉尸扬子江。杀手不晓得,自己一次好意警告,害死了四条人命。

李鲲杀了不该杀的人。沁心茶苑的幕后东家是徐渊,冼廉州不过是徐渊的手套。徐渊当初秘密组建了这个杀手组织,主要不是要赚钱而是替徐温登上权力巅峰清障。徐温如愿当上都督,成为吴国实际上的国王,但是杨家的根基仍在。就算成了徐家江山,也一定会有觊觎的人。像养蜂人,在蜂王没羽化出王台之前,将会成为蜂王的幼虫割去。好些事情不宜让衙门公开出面,而只能秘密进行,悄悄铲除更有利于吴国的稳定。这一点甚至连冼廉州都不晓得。冼廉州失踪的当天,徐福就将情况报告给了徐渊。"岂有此理!"过了两天,徐福去请徐知询来朱雀门。徐知询回去后,马上派人去叫升州副使徐玠。徐玠一回刺史府,就找了一个借口,查抄了李鲲的家。李鲲以及所有手下的人头很自然挂到了金陵的城门上,其中就包括李鲲的幕僚顾尝胆。杨千里还没有动手,徐渊已经轻轻松松地将李鲲除去。

周廷望连欢都没寻,匆匆离开天籁乐坊,前去将情况报告给了徐知询。

"是条好把柄。可如今谁能动得了他?徐玠?陈彦谦?严可求?都不行。他是采访处置使,身后又站着我伯父。就算徐知诰翻脸不认人,我伯父不让动,他敢动?"

"都督可以。"

"那也看我爸愿意不愿意。我爸不愿意,天塌了也没事,看看钟泰章就晓得。乞子(徐知诰)还想将他抓起来治罪,可我爸不同意。我爸非但没让乞子治钟泰章的罪,还让乞子跟钟泰章结为亲家。只要我爸不同意,什么事都不是事。"

徐知训在广陵用铁鞭将吴王身边的亲吏活活打死,没有一个人敢放一个屁。不是你做了什么事,而是谁做了什么事。犯法不犯法,不看什么事,而看什么人。这道理,徐知询年纪虽然不大,却很懂。徐知询脑子没问题,不会相信王子犯法与庶民同罪。事情就这样放过去算了?徐知询又心不甘,情不愿。想了几天,徐知询最后决定将事情告诉给徐温。

什么时候去将事情告诉徐温,徐知询想了好几遍。以下级见上级的形式见,还是以儿子见父亲的形式见。想起徐知诰平时在徐温前的言行举止,徐知询决定以儿子见父亲的形式将事情告诉给徐温。等徐知询将事情描述完毕,徐温说:"你堂妹嫁给李彦信,你是姐夫;嫁给石斛,你也是姐夫,没哪一个特别亲。不要老想着扒开石斛的头发找疤。你现在年轻,更要跟各种人搞好关系。下面没有一班忠于你的脚手,爸就是将都督这个位置交给你,你也守不住。你要学会用人。那个琴妓,石斛又不是弄来给他自己,就算弄来给他自己,也不过一个琴妓,也犯不上大惊小怪。想想你自己,现在已经养了几个琴妓、歌妓?任何事情,出手之前,各种利弊关系都要先想清楚。凭借自己的好恶去做事,怎么能行?"

徐知询决定第二天就去拜访石斛。多个朋友多条路,多个冤家多堵墙。像徐知询这样的冤家,更不能有。石斛不想攀附徐知询,也不想跟徐知询结冤。得知徐知询来访,石斛快步走出总社大门迎接。"八哥!"石斛拱手含笑说:"今天怎么有空?"

满脸的笑容,甜甜的声音,让人感到彼此关系很亲很亲。石斛原先叫徐知询三哥,叫八哥,是跟着徐榛。石斛跟徐知询认识是在徐渊庆生的宴席上。当时,徐渊说:“自家人,用到他时,不帮忙,看伯父怎么收拾他。”徐知询只比石斛大两岁,如今已经是行军司马,忠义节度使。不过,江湖经验却远不如石斛丰富。见石斛一脸笑容,就放松了下来,徐知询拱手说:“八哥哪一天有空?今天是特意来。”“谢谢八哥!”石斛手一拱。“快请进!”石斛引路,两人进入中堂,在榻上分左右就座。燕微子献上清茶,退出中堂。

“让八哥先来看小弟,着实有些不该。”

“不主动来,想让你主动去看八哥,好像是不可能了。希声社组建以来,八哥一直想过来看一看。可惜,晚上不方便,白天又抽不出时间。八哥去看伯父,说起你。今天,八哥特意来看看,能不能帮上点忙。”

“谢谢八哥!”石斛手一拱。

“不用客气。只要八哥能帮上忙,你只管说。”

“眼下还没什么事情,将来遇上,小弟肯定会说。我们吴国没几个人不晓得希声社都统的背景。公开还不至于有,暗地里就难说了。前几天,有个杀手企图行刺小弟。”

“有人企图行刺妹婿?”徐知询故作惊异说。

“生意场上,公开竞争不过,暗地里下手,非常正常。谁指使,小弟也没费心思考问。小弟晓得,这些个拿人钱财替人消灾的杀手,嘴都很硬。问了也等于白问。小弟自作聪明,将杀手给放了,企图来一个顺藤摸瓜,找到幕后指使者。想不到,如泥牛入海,音踪全无。八哥面前,小弟都有点不好意思再提起。”石斛说着就笑了起来。“小弟这人真是四肢发达头脑简单。幸亏,晓得此事的人没几个。”

“最聪明的人有时候也会犯糊涂,妹婿不必在意。”

“小弟聪明,就不会做出这种蠢事。八哥别将此事告诉叔父,免得给他笑。”

“妹妹晓得了没有?”

“哪敢告诉她?她晓得,小弟这脸皮真没地方搁了。”

石斛的嘴像抹了油特会扯,又善于依据你说话的语气以及表情揣摩你的喜怒哀乐,专门挑选你喜欢的话题使劲扯。仿佛就像交往了多年的老友,两人坐在大堂不知不觉扯了一个多时辰。直到徐知询屁股都坐疼了,才跟石斛告辞,带着满意的笑容,离开了希声社。

李彦信本以为石斛从此消失,在鄂州耐心等着徐知询的好消息。不想,等来的却是石斛返回金陵的消息。更让李彦信咬牙的是石斛还筹建了希声社。石斛还没有离开牙城,李彦信已经下了狠心。筹划了几天,见有了眉目,李彦信起身前往金陵,向徐知询征询。“你真的是不要命了。”徐知询高声说:“他在帮我爸查案!”徐知询恢复原声说:“查案的时候,你还想别人晓得自己的真实身份?你知道不知道,他的真实身份是采访处置使?”

“采访处置使?”李彦信惊讶之余,顿时就泄了气。

“你是我小舅子,姐夫才跟你说。他在外面的身份似真似假,他做的事情,你说能是真的吗?这事千万别给姐夫传出去,懂吗?”李彦信点了点头。“姐夫早就准备做了他。一听说是白记寿木店少东主石斛,没一个人愿意接这趟生意。姐夫花了重金才请来了聂克勤。结果怎么着?没动到他的一条毫毛,自己倒反先成了人家瓮里的乌龟。姐夫已经下令通缉,不除去,必成祸根。姐夫伯父的脾气,姐夫最清楚。晓得有人企图打他女婿的主意,他那张老虎嘴,可不认人。强起来,我爸也拿他没办法。右龙武统军钱镖的女儿钱润玉,姐夫见过一面,一点也没比徐榛差。姐夫去给你做媒。”李彦信愣着,半晌开不了口。

钱润玉是钱润玉,徐榛是徐榛。就算真娶了钱润玉,也不会饶过这龟孙子。李彦信打定了主意。没必要丢一张脸皮给她。本来想去朱雀门,最后还是放弃。李彦信心情不好,决定去秦淮河猎艳。秦淮河,想要什么样的妓就有什么样的妓。李彦信包下一条花船,挑了几个美姬佐酒,醉了一夜。酒一醒,李彦信就启程回鄂州,实施他那出铜钱买心安的计划。

送走徐知询,石斛准备抓紧时间还掉心债。无论如何,心债背在身上太沉重,早一天甩掉早一天轻松。石斛先让高媒部主事狄生商去了解一下具体情况,也好确定提供些什么样的帮助。过了几天,狄生商将调查情况报告给了石斛。“王公人、王国人是从外地来金陵的一对兄弟。老家在哪,就不清楚了。现在两人一死,家里有亲人,也没办法联系。”自从被周胜殷雇佣,公人和国人兄弟一直将货船当成自己的家,吃住全都在船上。虽然不是石斛杀了他们兄弟俩,可他们兄弟俩却因石斛而死。如今国人和公人兄弟俩已死,又不晓得有没有亲人活在人世。石斛想求心安都已经不可能。当初在雷池,石斛的一切努力都白努力,周胜殷没有回家。被雷池水匪逮住杀了?棺材盖没打开闷死了?棺材进水或倾覆溺死了?或者上岸后路上碰见了土匪?到底什么地方出了差错,石斛不晓得。

石斛和狄生商一起,离开总社,前往周胜殷家。“原先靠条货船扬子江上下跑一跑,家境还马马虎虎。货船沉没,金陵开销大,日子也就捉襟见肘了。”狄生商将周胜殷家的情况告诉给了石斛。到了周胜殷家，介绍寒暄完毕，狄生商向周胜殷的新妇说明了来意。

“都统这次前来，看看夫人，顺便了解一下夫人家里的情况，看能否帮上点忙。”

“当初他要搞货运，小妇就不那么赞成。如今不仅货船没了，连人也没了。这条货船是当初举债打造，到现在还没有全部还清。就在你们的前脚，一名债主刚走。”周胜殷的新妇立马向狄生商诉起了苦。

“还有多少债没还清？”

“还有将近两百来缗没还。利滚利，根本没办法还清。为了还债，小妇卖掉了原来的房子。现在只剩下这间破屋了。见小妇无力还债，已有债主打起了小妇女儿的主意，要小妇将女儿卖给人家做小妾或者家妓。”说着，李氏眼泪汪汪了起来。

“债还清了，是不是还好些？”

“至少不会有人逼着小妇卖女儿。”

“今年几岁了？”

“连头搭尾才十七。”

“说来也算成年了。”

“原本跟甄记瓷器行的甄会俊有结亲意向，她爸一死，就没有再提了。”

“夫人舍得不舍得让女儿出去做事？”

“日子都到了这个份上了，还有什么舍得不舍得。原本一家全靠她爸跑货运维持。她爸一没，立马就断了经济来源。三孩子，光吃饭，都得花不少铜钱。小妇一个妇道人家，到哪里弄去？能赚点铜钱，也可以顾一顾这个家。”

“夫人，你看，这样行不行？夫人欠的债由都统给还了，你女儿就到希声社，做一些端茶送水的事情。薪资肯定不会低。”

李氏内心一阵激动，赶忙屈身准备下跪给狄生商和石斛叩拜。狄生商连忙伸手一把扶住李氏。“万万使不得！都统也是看在故人的份上才这么做。”狄生商从袖袋内掏出三百缗存银凭据交给了李氏。李氏就是将自己卖了也不值几缗。三百缗，买侍儿都可以买几十名。李氏虽不敢相信世上有这么好的事情，还是泪眼汪汪地接过狄生商的存银凭据。

“这是三百缗凭据。其中两百缗夫人用于还债，一百缗暂时用于家里开销。”

“都统的大恩，小妇只能来世再报。”

“夫人不必放在心上，这都是缘！夫人，令爱马上跟在下走，还是过些时间再到希声社？”

“马上跟狄主事和都统过去。静儿,你去收拾一下行头。”

“无须带行头,希声社都有。”

狄生商和石斛起身跟李氏告辞,带着李氏的女儿周静离开周家。“狄兄先回,小弟顺道去拜访一下李慎肇。”石斛跟狄生商分手,前去看李慎肇。说明了来意,李慎肇说:“都统稍等,小吏派人去叫。”“这样不好。”石斛说:“还是让小子前去找。”

没办法,李慎肇只好陪石斛一起去找南门知善。南门知善原本是黑云都一名牙校。李慎肇调任大理寺卿,南门知善跟着来了大理寺,现为大理司直。见大理寺卿李慎肇陪石斛前来找他,南门知善真是受宠若惊。石斛当面对南门知善表示感谢。

“都统客气。仆只说了句话,连举手之劳都不是。”

“夷则当时被围攻,其他人不说,唯有南门兄说,说明南门兄心关切而不冷漠。”

“都统过奖! 过奖!”

“南门兄行伍出身,杀戮原本就比普通人见得多。面对杀戮,竟然还能不漠视,小子非常佩服。南门兄,小子说的可是实话。想想神州人,就喜欢看别人杀,喜欢看别人被杀。当地痞流氓猖狂时,谁说过话? 南门兄说呢?”

上了战场,不是你死,就是我死。谁想过自己在杀人?“就要到吃饭时间了。小子想请南门兄吃顿饭,不晓得南门兄肯不肯赏脸?”寺卿李慎肇就在一旁,南门知善赏了脸。三人起身前往子仁斋吃饭。

转眼到了端午节。

生意人喜欢节日又讨厌节日。节日繁忙的生意可能会带来丰厚的利润,但碰到节日生意人又不得不厚着脸皮去拜访客户,希望以后能多多照顾生意。希声社成立的时间不长,更需要跟客户搞好关系。为此,石斛特地组建了一个专门主事公共关系和情报搜集的高媒部。主事狄生商曾在镇南节度使危全讽家做过典谒,这次投奔希声社由鲁扬声引荐。

石斛今天准备拜访的客人里面,第一位要拜访的客人就是朱雀门当家徐渊。“先去朱雀门。”石斛坐上了马车。车夫孔木铎驾起马车,前往朱雀门。石斛到达朱雀门时,于苓提着篮子正准备上车。一见石斛前来,于苓对车夫董左石说:“董大哥,不去了。”于苓朝石斛迎了上来。石斛向孔木铎手一拱,起步向于苓走了过去。

“准备去哪?”

“还能去哪? 县主特意叫婢子给公子送粽子。”

石斛还真没想到。翠竹湾时,尹如雪端午节也压粽子。今年端午节,尹如雪在武昌幕北村，就算压了粽子，石斛也吃不到了。不过，石斛早上在希声社餐室还是吃到了粽子。希声社毕竟大部分是没有家室的后生。林森寒怕没有过节的气氛，叫坑饪汤成东、花常红、凌招弟压了粽子。石斛连忙说："谢谢你家县主。"于苓含笑说："要谢，公子自己去向县主谢。"石斛向门前的家丁拱了拱手，和于苓一道，踏着台阶，进入了朱雀门。

"先去看一下伯父。"

"大家看龙舟去了。"

"你家县主怎么不去？"

"县主不想看。"

"除了想看黑哑哑的人头，龙舟确实没什么看头。"

石斛跟着于苓前往云思苑。门内仆役、侍儿路上碰到于苓和石斛两人，退到路旁俯身让道。石斛这个乡巴佬，一看他们俯身避让，连忙拱手回敬。两人边走边聊，一会就到了云思苑拱形门洞前。白荻和黄芩俯身站在门的两旁迎接。石斛向白荻、黄芩行了礼，和于苓一起穿过门洞，进入了云思苑。此时的云思苑，除了偶尔响起的鸟鸣声，非常静。沿着花径，石斛跟着于苓前往水亭。苑中的树木苍翠，池中的莲花已经绽放。绿中点红，一眼就让人感到心旷神怡。徐榛头一抬，见石斛前来，起身出水亭迎接。

"公子陪县主在苑内走一走，婢子先将粽子拿到阁内去。"

"小子先吃一个。粽子只是个粽子，心意重要。"

沿着阁道，三人进入水亭。水亭中架着绣床。石斛站在一旁，看着上面的刺绣。徐榛含笑说："绣得不好，可不要笑。"石斛身子一转，在栏凳上坐了下来。徐榛紧跟着坐在了石斛的一侧。石斛手一伸，拿起了徐榛的手，手心手背看了一遍。"想不到，你一个大县主还有这么一双巧手。"徐榛抽回手，含笑说："就会哄人。"于苓拿出一个粽子，准备剥粽若。"小子说的是真话。"石斛说着站了起来，拿过于苓手中的粽子，解开了棕绳。"好吃。"石斛剥开了粽若，咬了一口。"还没吃过那么好吃的粽子。"石斛吃着粽子说。

"那就多吃几个。"

"刚吃过饭，肚子再大，也吃不下。"

徐榛和于苓看着石斛吃了一个粽子。"公子陪县主，婢子先将粽子拿到阁里去。"于苓一手提着小食盒，一手拿着粽若，离开了水亭。"陪小子走走。云思苑，小子还没好好走过。"两人起身，出了水亭。阁道两旁的水池中白色的莲花点缀在层层莲叶上。水池边的树木一片青翠,一株紫薇正在绽放。石斛一边走,一边欣赏着云思苑。

“这么漂亮的云思苑,造一个还真是不容易。”

“不容易就不造。”

石斛会心一笑。“容易要造,不容易也要造,不能不容易就不造。你住惯了云思苑,现在叫你换环境,去住那些个四周全是污水垃圾的民宅,会是什么样的心情?小子怎么着都不应该改变你已经习惯了的生活。铜钱,现在不同了。希声社开业以来,生意还算不错。不出意外,一个云思苑应该能造得起。”徐榛身子一斜,碰到了石斛的肩膀。石斛伸手轻轻一搂徐榛,沿着花径,继续踱步。“衣食住行不是生活的全部,但是生活的基础。小子真希望你永远开开心心,舒舒服服。现在如此,将来更应该如此。”

徐渊去看划龙舟,碰到了严可求。开始时,严可求也对徐渊准备选卖棺材的石斛做女婿也有些不解。自徐渊庆生那天见了石斛一面,以及随着调查的深入,严可求也慢慢理解了徐渊准备选石斛做女婿的原因。不是利益需要,石斛确实是一个难得的女婿人选。当初,严可求做徐温的宾客,也是徐渊引荐。说起来,严可求有今天离不开徐渊。

“有几句话想跟徐公私下说一说。”

“好。老哥也正想跟老弟聊几句。”

找了一个凉亭,四周兵士岗哨一站,两人聊了起来。

“徐公晓得不晓得后生的底细?”严可求单刀直入。

“江湖翻转,阴阳颠倒,没底细也有了底细。”徐渊没有回避。“老哥当年贩私盐,做海盗。谁还会去翻老哥这些老底?杀人放火等这些个为非作歹的事情,有几个没做过?过去的都已经过去,我们何必将这些陈年旧事放在心上?老哥的看法是,跟过去一刀两断。”

“别人可不一定也这样想。项梁借楚怀王翻江倒海。小弟怕的就是这个。”

“老哥历史不是很懂,总觉得老弟想得过远了。真能翻江倒海,也不会崩塌。蝈蝈叫得再响,可没用。让人湮没,可以杀了沉尸,也可以置之不理。老弟没人理睬,是不是到现在还是默默无闻的一个胥徒?芈心替人放羊时,谁晓得他是楚怀王的孙子?老哥听说桓王李休遭控鹤军袭击,一家殒命。老哥相信这不是传言。老弟为何不相信?所有人都相信,自然就不会有老弟担心的事发生。茅坑只会越掏越臭。还是不管他为好。老弟和知诰侄儿的那点过节,老哥帮老弟调解。老弟向家弟的建议是忠贞的表现,知诰侄儿应该懂。老弟不希望,老哥也不希望,养一个白眼狼。那后生就放在那吧。卖棺材的人没必要跟他一般见识。”

自徐温专政以来,严可求确实做了不少吃力不讨好的事情。徐温让严可求辅助徐知训镇守扬州,主持朝中政务。严可求说了许多话,徐知训根本就不理。结果可好,徐知训被朱瑾所杀。徐温虽没有惩治严可求,但已经不像从前那样信任。严可求劝徐温让亲生儿子徐知询代替徐知诰镇守扬州。徐温非但没听,还泄露了他们之间的谈话内容,得罪了徐知诰。

“徐公的话,小弟已经听懂了。徐公放心,这事上,小弟从此是聋哑人。”

时间在一天天过去,生命在一天天缩短。云思阁屋檐下的燕窝一天天在成形。如今燕窝里面的小燕子已经长满了羽毛。用不了多久,小燕子就会飞离燕窝,开始新的生命轮回。什么时候徐榛离开云思阁,徐榛在等。徐榛站在步檐上,仰头盯着看燕子给小燕子喂食。一阵吱吱声中,小燕子个个伸长脖子乞食。

“真不容易。只一会儿工夫,两只燕子来回七八趟了。常言道,生儿才知父母亲。没做过父母,哪晓得做父母不容易。燕子没多长时间就会长出羽毛,自己飞去找虫子吃。人跟燕子又不同,养大至少也得十几年时间。”

“家境不好,自己能力又差,如今世道,想将孩子养大都不可能。所以,娘子希望找一个家境好的夫婿,也是为了将来养孩子的需要。”

“他的家境可不那么好。”

“姑且不说县主找什么样家境的人都无关,公子现在家境不好,不等于将来家境也不好。单凭朱雀门女婿、吴国都督侄女婿这些名头,想做什么样的生意都能做得成。更何况,以公子的能耐,就算没有这些名头,辉煌也只是时间问题。据婢子得到的消息,希声社的生意现在就像天气一样,越来越热。不到半个月的时间,希声社俨然就像是吴国最大航运商。帆船的数量,也由原先的十六条,迅速增加到数十条,而且数量还在不断地增加之中。婢子甚至怀疑,用不了多少年时间,公子都有可能超过大家,成为金陵首富。”

徐榛不禁想起铜锣寺无相和尚的话。“县主福气很好。将来就是选一个乞丐做郎君,用不了多少时间,乞丐就是富豪。”无相和尚的话,徐榛相信,钟夫人相信,徐渊也相信。只要人不错,做富豪只是时间的问题。

“总不能像蚂蟥一样一辈子黏附在老丈人身上吃饭。就说娘家再好,终究是娘家,也得自己的郎君有能耐才行。你还希望自己将来看兄弟脸面吃饭?大哥对我最疼,可惜走了。二哥热衷于官场,家里的事情都由三哥在料理。他和我毕竟不出自同一个娘胎。我是女儿,就说我爸最疼我,还希望将来回娘家争家产啊?我想都没想过。”

“婢子也只是打个比方说一说。”

徐榛看厌了燕子喂食,离开云思苑,前往如茅斋看徐渊。刚踏上庭院,徐榛就看到总管徐福站在父亲一旁说话。徐榛走过庭院,两手微提着罗裙,踏上石阶,站到了步檐上。徐榛挪动脚步,来到茶几旁,提起紫砂壶,给父亲前面的茶盏添茶。

“榛儿,坐下来听听石郎希声社生意怎么样。”

徐榛在徐渊下首几子后就座,于苓站在徐榛一旁侍候。

“县主,公子的希声社生意好得不得了啊,用日进斗金根本不能形容。从开业到现在短短的半个来月时间,希声社通过万通钱庄来往的款项已经多达三四十万缗。据掌柜倪寿农猜测,希声社开业以来,至少已经赚到了二十万缗。希声社滞留在万通钱庄的铜钱至少有八万缗。仅这八万缗,就可以让万通钱庄一年赚得将近一万缗的利息。”

“以爸看,过不了多久,首富的位置就可以让给他了。”

“爸舍得啊?”

徐渊端起几上的茶盏,呷了一口清茶。

“有什么舍不得?爸还真的准备活一万年?石郎真成了首富,那也是榛儿的福气。”

“希声社开业的当天,都督府从希声社订购了十万斛军粮。没多少时间,就将十万斛军粮交齐。都督府又向希声社订购五十万斛军粮,支付了五十万缗定金。金陵的米价,跟去年相比,已经下降了很多,还是需要两千一百文一斛。希声社卖给都督府的军粮比市价便宜竟将近三成,只要一千四百文一斛。看来,公子从洞庭湖进来的粮食非常便宜。”

“金陵的商人谁不晓得洞庭湖粮食便宜?就是没办法去运回来。去年,钱记米行东主钱通渠来找我,希望能和李筒融通融通,让他的粮船能顺利进出洞庭湖,利润四六开。粮船还没出鄂州,就给水匪劫走了。所有的铜钱丢进了扬子江。”

“仆还真佩服公子的胆识。”

“赤脚不怕湿了布鞋。不搏一搏,怎么可能有发家的机会?”

“那是。希声社金陵分社准备在金陵开米行,店面都已经选好了。只要米价比其他米行便宜一成,就会抢光生意。前几天,仆凑巧碰到胡记米行东主,谈到此事,已经忧心忡忡起来了。这几天,米行的生意特别清谈。金陵还有余粮的市民就等希声社米行开业。有人担心金陵米行会结盟一起对抗希声社。”

“哪又能怎么样？难道捣了希声社的店铺不成？”

“那些米行东主就是给他十个胆也不敢。他们想活下去，只能向希声社屈服，跟希声社合作，分得一杯羹。希声社成立后，公子选择去洞庭湖买粮食作为希声社的头号生意是英明选择。希声社眼下的生意比六月的太阳还要猛。据仆派去打探消息的人回来报告说，希声社的帆船已经有七十六条，而且这些帆船全部都不是租来的。依照目前的打造成本，像希声社的这种帆船，一条帆船至少需要四五千缗。想想，光七十六条帆船，得花多少铜钱？”

“爸，石斛是不是在做土匪干抢劫的勾当？”

“你以为那么好抢啊？去哪抢？怎么抢？”

“县主，光军粮这一项，五十万斛就有七十万缗。一个兵士一年吃两斛，一万人就要用两万斛！通常情况，一万大军一年中至少需要消耗掉粮食四到五万斛。如今吴国有数十万大军，一年就得吃掉一两百万斛食粮。五十万斛粮食只够十万兵士吃一年。只要公子能够顺利通过劫匪这一关，光靠粮食一项就够他赚大钱了。像金陵、广陵，最贵的物事就是粮食。那些个大户人家不敢多养侍儿，就是因粮食太贵。大家也曾经想到洞庭湖购买粮食。县主不晓得，去洞庭湖必须要经过作为复州和鄂州交界的扬子江。复州是高季昌的地盘。高季昌不会为了几船粮食得罪贼寇朱温。大家就不同了。再下去，就进入洞庭湖。大大小小的土匪盘踞在那些岛屿上，边上岳州现在又被大土匪马殷占据。大家去洞庭湖买粮食，等于给土匪高季昌、马殷的水军送船舶。考虑来考虑去，大家最后决定放弃。”

“这些年，你叔父一直为粮食的事情伤透了脑筋。石郎能够从洞庭湖运来粮食，对吴国大大有好处。粮食一便宜，吴国百姓都得实惠。”

“爸，那些种田人岂不是气死？”

“普通佃农，交了公粮，还有多少粮食剩余？那些大田主，说不定还真会给气死。粮食一多，百姓都吃饱了饭，自然就不会闹事。神州百姓，平时欺负一下无所谓，前提是肚子得吃饱。肚子一饱就不会造反。黄巢为何能率众造反？就是很多人没饭吃。”

“爸这么一说，石斛不仅赚了钱，还是我们吴国的大功臣了。”

“那是当然。”

“爸，女儿有件事情一直很纳闷。”

一名小厮前来禀告，希声社都统石斛有事请见。徐渊没想就说：“有请！”小厮俯身退出如茅斋前去门头通告。“大家没其他事，仆就先退去。”徐福也请告退。徐渊说：“行。”得到了徐渊的同意，徐福俯身退出了如茅斋。

“是不是说来给爸听一听？”

“石斛创建希声社的资金，为何不向爸借，而向叔父借。莫非在他眼里爸还不如叔父亲？”

“石斛这小子鬼得很。”

“借个铜钱还有什么玄机？”

“那是。”徐渊不晓得，石斛去都督府借铜钱，是故意哭穷，而不是真穷。几代人辛苦积攒起来的财富，不用一天时间就可以将它抢劫一空。真正想一夜暴富，最便捷的方法就是抢劫。希声社挂牌之前，石斛在鄂州就是做抢劫的勾当。“以爸推测，可能是考虑到自己身后与众不同的影子吧。爸那么大岁数，见过世面，他的心思，爸懂。石郎和爸还远没有到推心置腹的程度。害人之心不可有，防人之心不可无。将心交给人家，轻轻一捏，就死了。想在如今这个世道生存，求发展，没有一定的警惕，肯定不行。爸感到很欣慰！”

小厮领着石斛出现在如茅斋前。徐渊站了起来，走到了步檐上。石斛就在庭院上，屈膝下跪，伏地给徐渊行礼。徐渊踏下石级，俯身伸手说：“石郎请起！”“谢伯父！”石斛伏地拜了一拜，爬了起来。端午节刚过去不久，金陵的天已经够热。“如茅斋里面闷热，年轻人不习惯，我们还是去水榭聊吧。”徐渊起步走在前面，石斛、徐榛紧跟在后，众人一起前往荷花池边的水榭。荷花池里面，荷花的菡萏已经绽放，点缀在高高低低的荷田中，微风轻轻一吹，摆动着柔美的身姿，真像凌波微步的仙子。石斛拉了拉徐榛的手，低低问：“你喜欢不喜欢荷花？”徐榛反问：“你呢？”“小子老家在山里，没有荷花。荷花留给小子的印象，多半是书本给的。上次去鄂州才看到真荷花。”石斛抬眼看了看荷花池中的荷花。徐榛说：“书上的荷花多半是夏天的荷花。夏天的荷花看了让人陶醉。秋天的荷花，看了让人感到凄凉。”徐渊见女儿和石斛走在后面低头私语，头一转，含笑问：“榛儿，在跟石郎在嘀咕些什么？”徐榛头一抬，含笑说：“女儿在和石斛聊荷花。”

“夏天，尤其是眼下的荷花好看，秋天的荷花难看。不过，秋天的荷花下有莲藕，上有莲子，也不错。春天莲藕会重新发芽，掉在淤泥里面的莲子也会发芽。这个荷花池，刚开始的时候，只有零零星星几片叶子，现在都差不多要布满整个荷花池了。人何尝不是荷花，每天起早摸黑折腾了一辈子，还不是为了莲藕和莲子？”

“伯父一说，小子感到一生还真是如此。小子平时不那么注意，昨天突然发现家母的头发竟然有好些已经白了。”

“反过来，正说明石郎已经长大成人，也应该有自己的莲藕和莲子了。”

徐渊在前引徐榛、石斛进入了水榭。三人先后在石桌旁的石凳上就座，于苓站在徐榛身后侍候。石斛从衣袖中摸出一枚存银凭据，双手捧着呈献给徐渊。“多谢伯父在小子紧要关头，伸出援手，让小子渡过了难关。”徐渊伸手接过了存银凭据。“榛儿都已经要让伯父出手了，莫非石郎还要伯父冷眼旁观？伯父出手帮石郎一次，理所当然。真的要谢，以后好好谢谢榛儿。”石斛侧身看了一眼徐榛说：“徐榛小子一定会好好谢，但伯父更要谢。伯父不想出手，徐榛再怎么想出手也没用。关键在于伯父想拉小子一把。”徐渊笑了起来。

“除了还钱，石郎今天来应该还有其他事情吧。”

“小子今天来，还真的有一件事情要和伯父商量。”

“什么事情？”

“小子想借助伯父的销售渠道将运来的货物销售出去。”

“这倒是可以商量。”

“伯父晓得，普通商家从别处运来货物，需要支付运费。如今，运费所占的比重最高甚至多达七成。这一点，小子卖寿木时就深有体会。一副十来缗的寿木，运费一加就已经是十五六缗。伯父面前，小子也无须隐瞒，小子的运费主要是支付船工的薪金以及来回路上的开销。因而，即便再低一些，小子照样有赚头。由伯父代销的方式可以有多种。小子想，不如以低于朱雀门平常进价二成的价格直接交给朱雀门来销售。不知伯父意下如何？”

徐渊没有马上答复，而是沉思了起来。

“伯父，现在你我是在谈生意，其他物事抛在一边不要去管。

一般情况，商家的货物进价是个机密。希声社肯定不会去打听朱雀门的进货价格。小子相信，伯父不会报一个离谱的价格，毕竟任何货物都有一个合理的盈余空间。断头的生意有人做，亏本的生意没人做。利润空间越大，愿意做这门生意的人也就越多。人越多，竞争越激烈，利润就会越少。朱雀门跟与不跟希声社合作，都必须要去进货，跟希声社合作却可以白白获得二成的利润。普通商家面对这么好的事情，小子想，很难会断然拒绝。伯父晓得，小子直接开店销售，店面的租赁、人员的雇佣，都得投入大笔的资金。更重要的是，时间不等人。这也是小子直接找伯父合作的主要原因。至于货物的价格，伯父不满意，小子还可以让出五分。”

“就以百中取二十五，由朱雀门负责销售。”徐渊沉思片刻，轻轻一拍石桌说。

“就依伯父的条件定。”

“具体事宜，石郎回去后就派人跟伯父的管事费宣侯直接联系。”徐渊喝了一口茶，继续说：“石郎，你怎么能断定伯父一定会同意跟希声社合作？”

“伯父比小子懂，商业合作讲的是一个利字。朱雀门跟希声社之间的合作，不止对希声社有利，对朱雀门也有利。只有双赢的合作，才能成功。希声社给朱雀门让利空前，朱雀门难以拒绝。跟其他合作不同，朱雀门和希声社的合作还有一个情字。

正如伯父所说，人生在世还不是为了莲藕和莲子。有些事情，伯父不说，小子也明白。不是伯父暗中鼎力协助，小子的希声社也不会那么快就能顺利开业。单凭这一点，小子料想伯父不会拒绝。小子虽未做人父，但能体会到父母的良苦用心。小子的父母没躲到深山老林里面，肯定考虑到小子的未来。心肠最硬的人，也会被自己的莲藕和莲子困住手脚。朱雀门和希声社之间的合作有利有情，伯父怎会不同意？伯父，小子说的是否在理？”

徐渊伸手一拍身旁石斛的肩膀，不断点头。

“听说石郎准备在金陵城内开米行？”

“小子还准备在其他县城开米行。具体如何操作，都由龚宰在主事。”

“是不是石郎卖的米价格比别人低？”

“肯定低。”

“其他米行的东主可就恨死你小子啰。”

“小子不会只管自己肚子饱，不管别人锅漏。初步想法是以军粮的价格卖给米行，再以低于市场价一成的价格卖给市民。目前正在和米行的东主谈判，结果怎么样还没法说。”

“应该能够谈成，否则他们只能喝西北风。”

“小子也希望能谈成。”

“石郎，据说希声社已经有六七十条帆船，不晓得是否是真的。”

“禀伯父，希声社确实已经有数十条帆船。这些帆船主要用于洞庭湖区的粮食贩运。不瞒伯父，粮食生意特别好。刚运到码头，就被各地的客商抢走。这些运粮船几乎没有什么休整，卸货后旋即返回洞庭湖。生意那么好，连小子当初都没有预料到。”

“石郎也可以利用这些帆船，做一些代客货运的业务。”

“小子正在拓宽这方面的业务，准备以扬子江为主线，将洞庭湖区、彭蠡泽区和具区串联起来。小子的朋友,江湖上多,商界少。小子这次来,就是希望伯父能多多介绍吴国其他地方的商家能将货物交由希声社来运。运费么,肯定比其他人便宜。”

“这事好办。伯父以后多给石郎绍介绍介。只要运费便宜,又安全,实际上无须伯父绍介,他们都会找希声社。各地衙门之间的货物运输,比如粮饷贡赋,石郎都可以去拉一拉。此外,石郎也可以开展客运业务。只要能保证安全,不坐石郎的船,坐谁的船?航运业实际很有前途,可以说是利国利民的大事。吴国的商人不敢做,是担心水匪。这些年,水上,陆上,到处是土匪。正是出于保护家园的需要,才取消武禁。像客运,万一出事情,光人命赔偿,都可能导致倾家荡产。安全,无论如何都应该是石郎首先考虑的事情。”

“小子谨记。”

“于苓,你先出去回避一下,大家有几句话要问一问石郎。”

“爸,女儿是否也需要回避?”

“也行。”

“女儿还是走远点,免得听见。”

徐榛笑着站了起来,和于苓一起出了水榭,沿着游廊远去。石斛没去猜徐渊到底要问什么秘密的事情。徐渊做过海盗,打家劫舍的事情肯定能理解。况且,石斛以流氓对流氓,以土匪对土匪。徐渊手端茶盏,品着茶,看她们三个走远。

“跟伯父说句实话,希声社突然冒出来的那么多帆船是从哪弄来的?”

“禀伯父,小子的帆船是劫来的。”

“伯父就推测是劫来的。从哪劫的?”

“小子组织了一批人劫了朱温运往山南的运粮船!粮食交给都督充作军粮,或买给金陵、广陵等地的客户,帆船留给自己用于贩运和货运。”

石斛的话刚一说完,徐渊就哈哈大笑了起来。

“这还真是一条发横财的便捷途径!真亏石郎想得出来。”

“都督晓得了,会不会有想法?”

“朱温的粮道一旦中断,对我们吴国的压力自然就会减轻。这事对他来说也是大大有好处。就算晓得了,他应该不会有什么特别的想法,石郎劫的是朱温的运粮船。石郎放心,就算有什么想法,只要不做出格的事情,伯父也会帮石郎开脱开脱。伯父相信石郎不会滥用伯父的信任!”

石斛起身,作揖说:“多谢伯父信任!”徐渊摆一摆手说:“坐,坐!这么多年来,伯父这么信任的人,石郎还是第一个。”突然,徐渊高声了起来。“榛儿,爸跟石郎的事已经说完了。”徐榛和于苓回到了水榭。“这么快就说完了?”徐榛笑着在石桌旁坐了下来。

“又不是念什么大乘经,念起来念个不停。”

“希声社刚刚开张,乱哄哄的事情特别多。小子这几天就不能来看伯父了。”

“石郎只管放心忙希声社的事,刚刚开张,事情肯定很多。”

“伯父,小子就先回去了。”

石斛跟徐渊辞别,徐渊、徐榛跟着石斛站了起来。“榛儿,替爸送送石郎。”“还是让徐榛替小子陪伯父喝茶。”就在水榭口,石斛跟徐渊拜别,转身离开了水榭。徐榛挽着徐渊站在水榭口,目送石斛远去。“爸,你这么狠啊,都二十五啊!”徐渊挽着徐榛的手,起步重新坐到了石桌旁。徐渊含笑说:“那是你的,爸先给你留着。”

石斛回到了金陵,改行做起了希声社的都统,徐榛飘在空中的心终于落到了地上。心一踏实,日子就过得快。还没有感觉,太阳就要西沉。手中的香囊看来还得明天继续绣。“吃饭。”徐榛站了起来,伸了个懒腰。云思苑的侍儿都会绣,徐榛坚持自己来,弄得站在一旁侍候的侍儿比徐榛还要累。这个香囊,徐榛已经做了好几天。材料、款式、图案等,徐榛都想了又想。徐榛做香囊送给谁,不用猜都晓得。早上一起来,徐榛突然决定今天暂时不绣香囊,先到法云寺还原,原因是徐榛昨晚做了一个梦。梦的内容,徐榛没有告诉于苓。

“县主给佛祖许了什么物事?”

“愿望能够达成,我将请人重塑金身。”

“县主,给佛像贴满金箔,那得用多少金啊?”

“没见识! 铜锣寺都是我妈出资造的。”

“问题是县主自己没那么多铜钱。是向大家要,还是向公子要?”

“我还没嫁给他,自然是向我爸要。”

“人家说女心外向,还真的一点也不错。县主拿大家的铜钱,给公子许愿。”

眼前铜镜里面的徐榛露出灿烂的笑容。梳好了头,徐榛带于苓前去给父母请安,顺便说起了还愿的事情。“这有什么好担心的? 你先去法云寺烧炷香,告诉佛祖一声。具体该怎么做,爸着徐福来操办。”吃了饭,徐榛带着于苓去法云寺,告诉了佛祖过几天由徐福来操办曾经许下的诺言,就准备返回朱雀门。家丁常孝悌忽然提起,以前常给石斛运货的周胜殷船覆人亡。徐榛不禁有一种去周胜殷家看一看的冲动。经打听,找到了周胜殷家。以什么身份去? 周胜殷的新妇问起,话都不好回。到了周胜殷家门口,徐榛突然调头返回。

“还是东方大哥有空替我去看一看,送点铜钱慰问慰问。”

第四十八章　地痞

盗跖横行以掠杀，而良善端拱以待祸。

——《抱朴子》

陆荣封的遗孀虞氏来希声社找石斛。虞氏这次来找石斛是想请他帮忙摆脱街坊彭近庸的骚扰。虞氏是江宁县虞家楼人，初嫁金陵裁缝邹章甫。不料，成婚不到一年，邹章甫就得病亡故了。守了三年的孝，虞氏再嫁滁州人陆荣封。陆荣封不幸遇害，虞氏又成了寡妇。虞氏觉得自己是克夫之命，决定不再嫁人，全心全意将俩孩子养大。哪晓得，陆荣封去世三七还没过，住在同一条巷上的彭近庸就对虞氏进行骚扰。“寡妇门前是非多，奴怕张扬出去外人说奴不是，一直隐忍。可那彭近庸上凳上桌，越来越不像样，昨晚竟然翻墙进来，若不是奴拼死抵抗，高喊救命，肯定遭他污辱。奴今天来找公子，只是想请公子帮帮忙，让那彭近庸不要再来骚扰。”石斛江湖上混，晓得神州就像彭近庸这样的种猪多，像虞氏这种有几分姿色的寡妇不遭人渣骚扰根本不可能。虞氏将想法刚跟石斛一说，石斛就一口答应。“嫂子放心回去，小子今天就将事情给摆平！”石斛送走虞氏，就去找荆善居。

石斛将虞氏的事情托付给了荆善居，再去见龚宰。石斛决定扩大希声社的经营范围，做客运生意。神州越乱，土匪强盗越多，行走也就越不方便。当年，朱温包围凤翔，昭宗遣使者四处救援，经过武昌，全部被杜洪所杀。如今这世道，没有人护送，真的不敢出远门。龚宰以及协助龚宰的肖正钦都看到了商机，建议石斛拓宽希声社的营运范围。经商量，石斛决定成立客务部，由杨千里主事。希声社对外宣布，客人有需要，可以护送到目的地。杨千里没想到，杀了那么多年的人，竟然改行做起了护送的生意。为了保证路途安全，杨千里招揽了一批好手。开业以来，生意远超预期,光官吏上任护送、使者往来就做了好几趟生意。见生意已经正常上路,石斛准备进城看一看虞氏是不是已经摆脱了光棍彭近庸的骚扰。刚要动身,接到一桩特别的生意,要石斛越俎代庖亲自护送客人前往歙州。

石斛要护送的客人是池州团练使陈璋的女儿陈殷殷。“日子都挑没了,也不能挑那么热的天成亲。”吕夷则嘟囔。“人家的事情,管什么?”石斛只管铜钱,不管人。倒不是歙州判官何荛故意选那么热的天,而是何荛希望在断气之前能看到儿子何其仁拜堂成婚。否则,死不瞑目。神州拿别人的女儿给自己的病鬼儿子冲喜都多的是,何况何荛只是希望自己闭眼之前能够看到儿子成家。陈璋答应了何荛的要求。陈璋正在岳州跟马殷决战,无法亲自护送女儿去歙州。陈璋左思右想,写信给老友徐渊,请徐渊帮忙将女儿陈殷殷护送到歙州。

“珍珠玛瑙转一下手无所谓,就要做新娘的人可不能随便转手。那些个兵丁家奴,跟土匪没什么差别。万一出差池,伯父根本无脸再见陈璋。”

神州良民都不关心别人的幸福和痛苦,就别奢求那些个强盗了。为了瞬间的舒服,可以撕毁别人终身的幸福。这些年,有多少还没有开的花莫名其妙地枯萎,石斛不晓得。原本依照江湖规矩,婚丧嫁娶非仇不抢。黄巢造反后,连人都宰了吃,还谈什么江湖规矩?单今年就发生了好几起送亲路中被强盗抢劫的案子,以至地方稍远都不敢做亲。

“伯父就不怕转到小子的手上。”石斛含笑说了一句死话。徐渊笑了起来。“伯父的眼睛这么拙,也不可能有朱雀门。”徐渊脸色一改。“别说笑,前往歙州走的全是陆路,你要特别小心。伯父不希望陈璋的女儿出事,更不希望你出事。这一路,要经过好几个县。你到一县就停下休息。这些县令会擂鼓传花似的一路护送到歙州。你只要盯住陈殷殷就行。”

石斛回到总社,就开始安排人手。见石斛要亲自护送,杨千里说:“哪能让都统亲自出马?”石斛苦笑说:“不是小弟想去,而是小弟的未来丈人千吩咐万吩咐。小弟不想去,也只得去!杨兄不晓得,小弟的未来丈人只相信小弟,其他人,哼哼,就是托塔天王李靖也不行。”确保万无一失,石斛带了杨千里和七名兄弟,随同陈家的一班送亲兵丁一起护送陈殷殷前往歙州。这种万一的事情,石斛想都没想过。

车队浩浩荡荡出金陵前往歙州。天气炎热,车队走得很慢,走了整整四天才到宁国。县令彭磊得知石斛要护送池州团练使陈璋的女儿前往歙州跟判官何荛的儿子成婚,派都头带县兵护送至绩溪县,并吩咐都头一定要交到绩溪县令手中才返回。池州团练使、歙州判官都是值得彭磊攀附的官员,万一在宁国境内出事,彭县令也担待不起。这几天,晚上石斛、杨千里、吕夷则轮班守护;白天石斛骑着马与陈殷殷的马车同行。

一出宁国县城,头顶就是一轮烈日。透过薄薄的车帘,陈殷殷看到石斛一脸的汗珠。"公子。"石斛听到招呼声,头一转。陈殷殷拉开车帘,将一方素色绣花手绢递给石斛。石斛微微一笑,向陈殷殷手一拱,就转过头继续前行。陈殷殷不懂,石斛此时需要的不是擦汗,而是赶快安全将她送到歙州。到了绩溪,县令胡万庆杀牛款待送亲队伍。

翌日,胡万庆亲自护送前往歙州。将近午时,石斛亲手将陈殷殷交给了何府,肩上的重担终于卸下。石斛没去关心何荛会不会闭上眼睛,让送亲兵丁在歙州休整,匆匆吃了饭,连红包都没向何府要,就和杨千里、吕夷则等兄弟启程返回金陵。

石斛刚进总社,气还没有缓一口,曾邦善就来向他禀报一条坏消息。

"浔阳分社遭到当地黑帮打砸抢。"

"兄弟伤损如何?"

"兄弟倒没有什么大的伤亡,店铺和仓库遭到砸抢,损失较重。"

"对方是什么帮会?"

"乌沙帮。帮主姓周,名汤皮,绰号刁阎罗。乌沙帮在浔阳已经横行了差不多十年,谁也不敢动。这些流氓地痞,一边威胁恐吓商家,欺行霸市,收取保护费;一边孝敬衙门的胥徒,过年过节献钱送物。正因有那班胥徒给他们罩着,给他们提供庇护,他们才敢在浔阳肆无忌惮。浔阳的商家百姓,都吃尽了他们的苦头。"

浔阳是进入饶州、洪州、抚州、袁州、吉州、虔州等州县的必经之地,交通枢纽,商家云集。希声社就是考虑到了浔阳地理位置的重要性,而在浔阳设立分社。石斛晓得,衙门中的胥徒,吃喝嫖赌主要靠当地的商家、百姓提供。除衙门给的正规薪俸外,当地黑帮的贡献是他们主要的收入来源之一。黑帮可以说是衙门胥徒的衣食父母。没有黑帮,黎民百姓谁会给衙门胥徒进贡?就是由于胥徒的存在,才能有黑帮。没有他们的庇护,何来黑帮猖狂?那些个庶民就是不懂,衙门才是真正的大黑帮。乞求衙门保护,岂不是笑话?

"只要是哪个地方流氓地痞猖獗,就一定是有衙门胥徒在背后给他们撑腰。"

"进驻浔阳之前,我们就已经了解了当地的黑帮情况,也曾经试图请当地人跟乌沙帮疏通。考虑到江州希声社众兄弟的能耐,来自江州本地的穆成、黄明轩等都认为希声社没有必要跟这些浔阳人人厌恶的地痞服软,就没有去疏通了。"

"显然是穆成、黄明轩太将自己当个葱。往往就是太将自己当个葱,最后出了事。想想刺史新上任都要搞好跟地方各种势力的关系,更何况我们希声社? 浔阳分社出事,也算是起教训。是我们希声社兄弟,还是乌沙帮的人先动手?"

"那班地痞,来希声社收保护费,浔阳的兄弟肯定不会给。于是,他们就天天来店铺骚扰,打砸希声社的店铺,抢夺货物。希声社的兄弟实在没有办法,只得跟他们动手。他们人多势众,兄弟哪能护得过来? 结果店铺就被他们砸抢了。"

"事情原本不应该发生。现在已经发生,只能处理。荆善居晓得了没有?"

"刚刚才晓得,正准备带人去浔阳处理。"

"曾兄马上去告诉荆善居,叫他先不要去浔阳,等小弟从广陵回来。"

石斛没有直接去都督府找徐温,而是先去找广陵徐知诰,只是不想让徐知诰难堪。徐知训被杀,徐知诰身上的职务越来越多,淮南节度行军副使、内外马步都军副使,通判府事,兼江州团练使。说是兼任,徐知诰人在广陵,一年内难得去一次江州。浔阳黑帮横行,徐知诰难逃治州无方的嫌疑。越级向徐温报告,徐知诰肯定不好看。为了赶时间,石斛骑马走陆路先到京口,然后渡过扬子江,再到广陵。见到徐知诰,石斛将浔阳的事情叙说了一遍。传到我爸的耳朵里面,肯定会说我治州无方。这些流氓地痞真是该死!

"哥哥说过,只要是对吴国有利的事情哥哥都支持。这种事情贤弟自行处置就是,根本不需要大老远地跑到广陵来向哥哥请示。以后碰到类似的事情,贤弟只管便宜行事,无须禀报。这些个地痞流氓不处置,江州的百姓还以为哥哥放任不管。贤弟就代表哥哥去浔阳处置这件事情。打屁股,坐牢,流放,弃市,腰斩,贤弟想怎么处置就怎么处置。"

石斛带着徐知诰的手谕回到金陵。进入总社时,天已经昏暗。吃了饭,冲了澡,没跟龚宰碰头,就和吕夷则一起坐船连夜赶往浔阳。无论如何,先了解情况,再决定怎么处置。石斛知道天下乌鸦一般黑,浔阳和金陵没什么两样,还是先看一看。到了浔阳,石斛没有先去看浔阳分社,虽然分社距离码头不到一千步,而是带着吕夷则走南串北逛街。直到准备回金陵时,才去浔阳分社了解情况。穆成拱手说:"这么一点事让都统千里迢迢跑一趟,仆真是无能。"确实无能! 一个小小的地方黑帮都摆不平。石斛不想当着那么多兄弟的面斥责穆成和黄明轩。石斛慰问了受伤的兄弟,看了浔阳分社的店铺和仓库,询问了具体情况,就动身去码头,准备返回金陵。到了码头,船工池震策告诉石斛,有人来收停泊费,已经交了。

回到金陵,石斛告诉曾邦善:"麻烦曾兄去叫荆善居挑选一班精干弟兄,明天一早就出发,小弟要亲自去剁掉那班地痞。"土匪和官匪可以光天化日之下杀人,而希声社起码面上是正规的商社。如此光明正大去杀，浔阳衙门总不能睁一只眼闭一只眼。“都统，就是真要灭他们，也不需要大张旗鼓地去。仆觉得，还是叫荆善居带一班弟兄偷偷潜入浔阳，让那些个地痞个个不能醒来看太阳。这样就可以做到神不知鬼不觉。江湖一向是杀个人容易，葬个人难。”曾邦善婉言劝谏石斛。调用江州的团练或者江州衙门的胥徒，还是让希声社兄弟去对付这些地痞，石斛考虑过。

“小弟就是要选择光天化日去剁。只有这样，才能真正起到震慑作用。”

“只要狄生商的高媒部适度放一放风，照样也应该能起到震慑作用。”

“曾兄说得没错。”石斛固执己见，一定要亲自动手剁掉乌沙帮。“只是希声社刚成立，更需要竖立起做事光明正大的形象。这对我们希声社以后的生意很重要。刚开始就偷偷摸摸，人家肯定会将希声社归到黑帮一类。到那个时候，想洗都洗不掉。这对我们希声社的生意很不利。当光明正大就光明正大，当偷偷摸摸就偷偷摸摸。能坐到中堂吃，为何要坐到屋角去？曾兄大可以放心，小弟不考虑好了收场，怎敢这样做？曾兄看看，小弟是不是一个意气用事的人？”

曾邦善不再言语，旋即转身，前去通知荆善居。

石斛离开中堂，前去见龚宰。

“没有点黑白两道的背景，在神州想安生做点生意根本不可能。”龚宰颇为感慨。“还没做大，时时受到小流氓敲诈；做大了吧，衙门中的那些个人就开始打起你财产的主意。说不定白白辛苦了几十年，统统变成有心人的盘中肉。蔡横河就是经典的例子。几十年时间一厘一厘积累起来的财产说没就没了，还掉了脑袋。希声社早早挂了徐家这张虎皮，这些当地黑帮还敢动手！真个是山高皇帝远，我就是天王老子。少东主，都军使怎么说？”

“全权交给小弟处置。”

“少东主准备怎么处置？”

“小弟亲自去剁了他们。”

“少东主为何不让江州衙门去做？”

“小弟也想过让江州衙门去做，想想还是自己动手。让衙门去做，前门刚进去，后门已经出来了。他们原本就是一伙，衙门不过是挂着牌的黑帮。只有小弟亲自动手，才能彻底铲除乌沙帮。其他的都不去考虑，这些流氓地痞也不应该在太阳底下存在。他们就像稗子，不拔掉，稻子怎能长得好？土匪强盗固然让人憎恨，也没有他们更让人感到极端厌恶。老哥不晓得，小弟最恨的就是这种地痞流氓。小弟没能力，有能力，肯定会将他们杀绝。

确实,希声社不是衙门,不应该狗咬耗子多管闲事,可地痞已经冲着希声社来了。他们撞上矛头,只能怨自己命苦。小弟要充分利用这次机会,让江南东西两道的地痞流氓看一看希声社如何对付他们,起到杀鸡儆猴的作用。告诉那些流氓地痞,以后再有人想在希声社身上打主意,乌沙帮就是他们的榜样。想打希声社的主意,简直就是做梦！更重要的是,也该让那些个没见过世面的兄弟见一见世面,增加他们的胆识和魄力。神州地痞流氓无数,打打杀杀难免。小弟只是担心传到都督的耳朵里,说小弟肆无忌惮,恣意妄为。”

“这倒不必担心。出了丑事,衙门一般都是死命捂。所以,冤案总是石沉大海。一级瞒一级,一级骗一级,神州衙门的特点。乌沙帮在江州横行十来年,只能说明江州衙门出了问题。江州衙门捂都来不及,根本不敢张扬。仆敢肯定,江州衙门那一班官吏,全都是都军使的人。传到都督耳朵里,都军使肯定落得个治州无方的嫌疑。都军使固然权力大,各种政务全归他管,都督想将他拿掉,连反抗一下的机会都没有。眼下,谁是都督的继承人还没有最后定局。少东主打着都军使的旗号去浔阳,手上有都军使的手谕,就算捅破了天,都军使也只好暗中修补。无论剁了多少人,江州衙门只好疯狂替少东主洗地。少东主去浔阳剁掉的是百姓恨之入骨的流氓地痞,没人敢站在他们身后替他们说话。就算他们有心想帮流氓地痞说话,也不敢跟都军使叫板。万一说他们是这些个流氓地痞的保护伞,怎么办？衙门那些人最会识风头,推责任。同僚被冤枉都不敢吭一声,流氓地痞更不会嚷嚷。”

石斛天没亮就到了餐室。汤成东和几名坑饪已经准备好了早餐。吃了饭,立马动身前往码头。到达码头时,天才刚刚蒙蒙亮。为了这次浔阳之行,荆善居精选了三十名弟兄。加上船工、坑饪,已经超过了四十人。众人一上船,旋即扬帆出发。

夏天来临,卯时初,天就已经很亮。众人吃了早饭,等帆船靠岸。辰时正,石斛看着帆船慢慢靠拢在浔阳码头。船工系好缆绳,众人准备下船。荆善居留下几人和船工一起看守帆船,带着其余兄弟随同石斛进浔阳城。

刚要起步,看到两名中年男子大摇大摆地前来码头。停泊在浔阳码头的货船的船主,见这两名男子前来,连忙强笑着递上一缗铜钱或一枚银饼。收保护费来了！徐温要收我的保护费,我没办法。你们也敢来收我的保护费,那是找错了人。今天我要让那些个铜钱将你们个个咽死！石斛停下脚步,等待两名男子前来收保护费。等了一会,这两名男子来到石斛的前面。见石斛身后站了二三十个携带家伙的人,两名男子先一愣,接着就镇定了下来。

“只要是进入乌沙帮的地盘,任何船都不例外。”

“这么说来,小可也不例外啰。”

“你算什么物事,只要是进入‘乌沙帮’的地盘……”

男子话还没有说完,石斛猝然出手,一把抓住男子的手,像掷蛤蟆一样,向后就是一掷。男人顿时腾空而起,转了一圈,“扑通”一声,砸在彭泽湖中。荆善居第一次见识了石斛出手的力道。另一个男子一看情形不妙,刚要转身,石斛已经伸手捏住他的耳朵,向后一扯,鲜血顿时喷涌而出。周围站在船舶上的船工和货主看到石斛的举动,都傻呆在那里,谁也不敢出声。

“快滚回去告诉刁阎罗,小可来收他的保护费啦。”

“你等着瞧!”

男子捂着耳朵,指缝里流着鲜血,撒腿跑了。

石斛不予理会,只管带人前往浔阳分社。石斛原本只想单独行动,最后想想还是带上浔阳兄弟,壮一壮他们的胆。浔阳分社离码头近,石斛又曾来过一次,不一会就到。石斛见到穆成,没有寒暄,劈头就指令:“穆兄,叫兄弟们操上家伙,马上跟小弟去剁掉他们。”穆成怀疑是不是听错,连忙问:“都统,真的要剁了他们?”石斛没有发火。

“小弟何时说过假话?”

“都统,剁了后,该如何收场?”

“这事无须穆兄操心,小弟自会处理。”

荆善居、吕夷则一旁实在忍不住,先后插嘴。

“胆子怎么比老鼠还小!”

“哥哥叫你剁,还不赶快操家伙去剁?前怕狼后怕虎,真是窝囊废!”

穆成硬着头皮,临时召集了分社的二十三名兄弟,操起家伙,跟在石斛身后,前往浔阳城。把守城门的兵士,见一名年轻后生带着四五十名手操武器的后生,快步流星要进入浔阳城,连忙拦住了去路。正当跟在石斛身后的兄弟不知该如何应对时,石斛从袖袋内掏出徐知诰的手谕,亮在拦路兵士的眼前。一看手谕上团练使的印鉴,兵士旋即退后,跪在一旁。穆成等向石斛投来了惊异的目光,而心里顿时有了充足的底气。石斛根本不予理会,只管迈开大步,进入了城门。见石斛只管飞快前行,众兄弟紧跟在后,眨眼通过浔阳城门。

浔阳兄弟带路,前往乌沙帮。石斛率领众人刚到乌沙帮的大门口,刁阎罗左手捏玩着两颗白色铁球,率领一班手持家伙的人,气势汹汹地走出大门。双方就在大门前对垒。“不用到码头找了,小可自己来啦。”看到石斛的气派,刁阎罗嚣张气势顿挫。大流氓面前,小流氓只有哆嗦的份。石斛走在最前头,摇着扇子,一步步逼着乌沙帮地痞退进了大院。石斛瞭了一眼大院,马上确定,加上刁阎罗,眼前的乌沙帮总共有六十七人。刁阎罗带着揶揄的口气说:“你想怎么样?”石斛冷冷地说:“每人自剁一手,小可或许可以考虑放你们一马。”刁阎罗就像走夜路吹口哨壮胆,高声说:“你以为本阎罗是吃奶的孩童,吓大的啊。”

“那你就认命吧。”

“散开,本阎罗要亲自收拾这个不知天高地厚的小子。”

“对付这等地痞不烦哥哥亲自动手,小弟应付一下就可以啦。”

荆善居正想说,已经被吕夷则抢先。石斛右手一挡吕夷则。“夷则,你没听见,人家选的可是哥哥。对马上要去见阎王的人,起码也应该给一点面子吧。”“好!本阎罗就让你死得好看些,免得说本阎罗连死人也不放过。”话音刚落,刁阎罗就向石斛直扑过来。

石斛没有回避。突然左手一伸,没等刁阎罗做出反应,已经捏住了他的右手腕。石斛左手往下用力一压,右脚已经踢出。仿佛在眨眼之间,刁阎罗已经像田鸡一般飞出几丈远。握在刁阎罗左手中的两枚铁球脱手飞出。石斛一跃,两枚跳球稳当当地停歇在石斛右手中的扇面上。扇子一震,铁球握在了石斛的左手中。石斛站在青砖地上,右手扇着扇子,左手把玩着两枚白色的铁球。别说是乌沙帮的那些喽啰,就是荆善居,也被石斛的武艺惊呆。荆善居只是从杨千里口中晓得石斛武艺了得,但没有亲眼见过。今天一见,比想象的还要厉害。石斛把玩着一对铁球,一步一步走向刁阎罗。

“现在后悔都已经迟啦。你不想想,没点能耐,小可还能做希声社都统?都军使徐知诰怎么可能会跟小可结义称兄弟?要流氓,也要先想清楚在谁身上要。在浔阳市民、商户身上要一要可以。想在小可这个流氓身上要,那只能是自寻死路。”

刁阎罗真个后悔了。当乌沙帮兄弟去希声社在浔阳的店铺收保护费时,刁阎罗已经听到传闻,希声社的都统是团练使徐知诰的结义兄弟,很有背景。一名手下说,老大,我们就不要去希声社了,以免惹怒团练使,那可不是闹着玩的。

希声社可以不交保护费,其他商户岂不效仿?到时候,谁会交保护费?坊间的传闻未必一定是真。团练使怎么可能跟一个商贾结义?希声社只不过借团练使这张虎皮给自己壮壮声威而已。就算是真,团练使人在广陵,哪管得着?事情真的闹到团练使那里,团练使也不会为一个小小的黑帮专门来浔阳。大不了,责令江州府衙来处理,那还不等于不处理?

只要在浔阳的地盘上面，就算是天王老子也得归我刁阎罗管。乌沙帮的兄弟去了，结果不但得不到分文保护费，还差一点被希声社的兄弟揍。怎么办，就这样算了？刁阎罗采用了流氓战术，派出兄弟天天到希声社店铺闹场，让希声社无法进行正常的生意。穆成实在忍不住气了，就跟乌沙帮动起手来，伤了乌沙帮几名兄弟。

这还了得！竟然有人敢在乌沙帮的地盘上打伤乌沙帮的兄弟！刁阎罗立马带着一大班兄弟大闹希声社的店铺、仓库。面对乌沙帮的打砸抢，穆成缩手缩脚，一味防守，不敢主动出击，担心出了人命，无法收场。结果可好，人没被伤着，店铺、仓库给乌沙帮砸、抢了。不过，自乌沙帮组建以来，刁阎罗第一次没有讨得什么大便宜，至少四名兄弟被揍得鼻青眼肿。

刚才一名去码头收保护费的兄弟，捂着耳朵跑了回来。刁阎罗火啦。希声社的事情还没有彻底摆平，竟然已经有商户效仿希声社了。这还得了！倘若浔阳的所有商户都效仿，我刁阎罗哪是这些商户的对手？刁阎罗很清楚，收保护费，靠的就是商户自己的恐惧而不是乌沙帮的实力。真有实力，刁阎罗早就已经做郡王去了。硬的暂时不碰，先抓住个别弱小的，狠狠地揍，往死里揍，树立榜样，让其他商户自愿交上保护费。刁阎罗还没有问清对手是谁，就召集散在浔阳的兄弟准备前往码头，剁了他们，以儆效尤！

刁阎罗刚刚踏出大门，就给石斛给堵上啦。

看着浔阳一霸刁阎罗被对方像田鸡一般戏耍，刁阎罗手下的那班原先不可一世的乌沙帮兄弟，站在距离石斛不到二丈远的地方一动不动，心灵遭到了重创。在浔阳猖狂了十几年的乌沙帮碰上了生锈钉。刁阎罗经过一番挣扎终于从地上站了起来。刁阎罗呆住了，忘记了叫手下人动手。猝然间，石斛手中的一枚铁球飞出。铁球如流星，击碎刁阎罗的一口牙齿，钻进了刁阎罗的嘴巴。刁阎罗身体向后一仰，重重地砸在地上。

“守住门口，剁了所有乌沙帮地痞，不许放走一人!”

“哥哥，你只管站着看，剩下的事情就交给小弟了。”

乌沙帮众人眼见死亡来临，只得拼死一搏。石斛扇着扇子，站在一旁，观看手下兄弟打架。打斗持续了一炷香左右，所有在场的乌沙帮成员已经全部毙命。满院子是横七竖八的尸体。荆善居亲手挑选的兄弟果然厉害，无一受伤。石斛正准备走出院子，大门口拥进了一班胥徒。

一名看起来像都头的人说：“光天化日私闯民宅杀人，还不赶快束手就擒!”石斛就当是放屁，只管迈步向前。平常江州庶民一见他就发软，眼前的这个后生不仅不予理睬，还一脸的鄙夷，都头刚进门时的气焰霎时没了踪影。见石斛仍旧步步向前，衙署胥徒开始发慌，步步后退。乌沙帮那么多兄弟都已经躺在了那里，胥徒还不是送死？就在大院的大门口前，几个胆大些的胥徒手拿着横刀，心打颤着堵住了大门。依照脾气，连这班庇护乌沙帮的衙门胥徒也统统得杀。神州不缺人，缺的就是能够杀死这些替地痞、流氓做伥鬼的人。去掉了这些害群之马，神州自然太平。只是希声社刚成立，闹得太大，徐知诰肯定说我出手太重。石斛从袖袋里掏出手谕，在这班胥徒面前一亮。"不是本使今天事情急，连你们这些个流氓地痞也一块剁！"这班胥徒赶紧放下横刀，跪在庭院上。

"躺在地上的那些个是没有贴标签的流氓地痞，你们是已经贴了标签的流氓地痞。只有不明事理的浔阳庶民才会将你们这些个流氓地痞看成是保护他们不受流氓地痞欺负的保护人。可笑，实在是愚蠢得可笑！真正应该剁的恰好是你们这些个靠庶民鲜血喂养的蚂蟥。本使真想让你们个个马上去见阎王。好好收敛吧！一旦想到后悔，就已经太晚啦。今天暂且饶过你们一次，再敢为虎作伥，欺压良民，本使定不轻饶！"

众胥徒趴在地上不敢吱声。石斛率领众人，头也不回地走出了大门。大门外面，道路的两旁已经站满了人。不等那些人围拦，石斛拱着手，快速离开。见石斛急匆匆带着一班身染血迹的人要出城，把守城门的兵士连拦也没去拦，就放行。出了城，石斛依旧疾速前行，走到通往浔阳分社的分岔口，停下了脚步。众兄弟跟着停了下来。

"浔阳的事情，你们只管去做，大胆去做。以后倘若再碰上像乌沙帮这样的黑帮，兄弟们只管剁了他，后果小弟自会担当，只是众兄弟千万别做出像乌沙帮这样的事情。丑话说在前头，有兄弟也像乌沙帮地痞，小弟定让他跟刁阎罗一样。"

"悉尊都统吩咐。"

"兄弟们稍等片刻，小弟和穆兄单独唠叨几句。"

石斛搭着穆成的后背，离开了众人。唠叨了将近半刻来钟，也就结束。石斛抱拳说："兄弟们，就此留步。"石斛率众兄弟跟穆成等浔阳兄弟告辞，前往码头。当希声社众兄弟来到码头时，石斛发现码头上已经被人围得水泄不通。众人一见石斛率领兄弟出现，旋即响起锣鼓声、鞭炮声，甚至还出现了一支舞狮队。

众人让开道路，让石斛等希声社兄弟们登上帆船。

"乡亲们！"石斛站在甲板上，拱着手说，"是都军使徐大人遣小可前来浔阳惩治这班地痞流氓!"一听都军使,围在帆船前面的浔阳庶民纷纷跪在地上,一边叩拜,一边高声赞美徐知诰。这些恶心肉麻的言辞,石斛第一次亲耳听到。"谢谢乡亲们!"石斛没有多说,就拱手与前来送行的人告别。荆善居带人返回金陵,石斛带着一万两千两白银启程前往鄂州。

帆船上行速度慢,直到第二天快到中午时,才停靠在了李家庄的木建码头。石斛下了帆船,登上了码头。几天不见,距离码头不远的树林里面,出现了数十顶帷幄。"都统!"石斛还没有走下码头,章毅已经抱拳来了。石斛一边走下码头,一边吩咐说:"叫兄弟过来抬两个箱子到帷幄中去。""晓得!"章毅转身去叫兄弟,来抬箱子。石斛下了码头,踱步前往皇甫子家。没走几步,章毅就跟来了。

"李家庄真是家居的好地方。"

"家师就特别喜欢李家庄,上次来这里住了半个多月还舍不得回金陵。"

"像李家庄这样适宜家居的地方,神州很多。可惜,大大小小的土匪横行,不晓得哪天烧了你的家,杀了你的人。小土匪用快刀杀人,痛快;大土匪用钝刀杀人,难受。等赚够了铜钱,我们得找一个没有土匪的地方家居,过一过舒坦的日子。"

"神州怕是找不到没土匪的地方了。"

"会找到!"

石斛拍了拍章毅的肩膀。找都还没开始找,石斛不想马上给章毅泄气。何乡为乐土?石斛也问过自己。东西南北中,好像都没有。无论如何,眼下先要赚到铜钱。没有铜钱,别说找乐土,就一口饭也弄不到吃。五月初四,石斛去鲁扬声家还铜钱。这一千缗已经有一个多月时间了。"不要像南宫一人一样辛苦一辈子,白白替别人辛苦。"鲁扬声没有客气,收下了石斛的铜钱。"一直呆下去,就难说了。老哥有没有好地方,推荐一下。"鲁扬声捏断了好几根胡须也解答不了石斛的难题。"就是首阳山,也已经成了土匪的地盘。不过,只要你脑袋清醒,会找到地方。"鲁扬声没有泄石斛的气。"就怕入了迷,忘乎所以。"

吃了中饭,石斛离开了李家庄,前往白鹰堂主寨所在地——监利县大湖村。

石斛从倪虎手中接任白鹰堂都指挥使,对白鹰堂的人事原封不动,仿佛没发生过任何事情。石斛要这个都指挥使,主要是想借白鹰堂的力量吞并鸱枭帮,然后联手白鹰堂和李家庄掐住洞庭湖的咽喉。这样,希声社的船队进出洞庭湖安全就有了保证。正式接任都指挥使前,石斛就将自己想法告诉给了倪虎。倪虎叹服石斛异想天开有想法,又觉得石斛的想法有画饼充饥的味道。"你是都指挥使,想怎么做,老哥协助你做。"刚吞并了鸱枭帮,石斛就准备将这个都指挥使还给倪虎,而倪虎却不肯。“这位置还是你来坐，老哥想休息几年。再不好好休息几年，就什么都没了。胡子都全白了，已经没几年好活。”

倪虎不愿意重新接任都指挥使，石斛就尊倪虎为督军，并任命了两名副都指挥使。一人是李邈，一人是原白鹰堂二当家端木乔双。吞并了鸥枭帮，石斛掐住了洞庭湖的咽喉，就着手抢劫朱温的运粮船。倪虎早就晓得朱温从洞庭湖购买粮食，但对粮食不感兴趣。倪虎霸占的这片水泽，因多年没有其他土匪进来骚扰，粮食丰收，百姓根本不缺粮食。倪虎就是将粮食抢来了也没地方销售。倪虎倒是抢过马殷从朱温换回来的货物。不过，随着白鹰堂越来越衙门化，倪虎抢劫商船的兴趣也越来越淡。石斛在池州销售粮食时，得知徐渊在寻找他，临时决定提前返回金陵组建希声社。走之时，石斛将白鹰堂的事务交给了李邈。

第二天，石斛和李邈乘坐一条帆船，南下洞庭湖。帆船起航不久，迎面碰到希声社从潭州购买粮食的船队，石斛不由一阵喜悦。站在帆船上，抱拳行礼。站在运粮船上的希声社兄弟纷纷抱拳还礼。船队迤逦从旁边经过。石斛数一数，总共有十八条载重不等的帆船。

“一趟下来，至少有两万斛。一斛赚一千文，一趟就可以赚它两千万文。”

“有了铜钱，就可以做很多事情。有些事情，原本要我们自己动手，有了铜钱，就可以让别人去做。如今这世道，拿人钱财替人消灾的人多。你去随州，也要舍得花钱。”希声社走上正轨，石斛开始布局山南。“神州人说，人为财死，鸟为食亡。命都不要，就更不用说其他了。我们只要手中有足够多的铜钱，就可以利用神州人的特性，替我们做些事。借用别人的力量，更安全，也更容易做成大事。肆无忌惮地招兵买马，徐温还不是要哥哥马上死？”

帆船航行了一个时辰左右，到达荸荠岛。荸荠岛在扬子江西，地属复州，因形状像荸荠而得名。荸荠岛附近米粒般的小岛无数，到处是成片成片的芦苇。因成岛时间较早，荸荠岛的面积比较大。岛上现有蒲南和蒲北两个小村庄。多少户，刚来荸荠岛做岛主的齐克谐没有问。从荸荠岛出发，再往南航行几十里路就可以看到岳阳楼。进出洞庭湖的船舶必须从荸荠东面这片广阔的水域经过，地理位置相当重要。石斛决定在荸荠岛上增设一个据点。齐克谐来到白鹰堂不久，李邈就让他来荸荠岛做岛主。得知石斛和李邈前来，齐克谐偕夫人屈楚楚前来迎接。石斛叫兄弟抬下一箱银两。齐克谐引领石斛、李邈巡视荸荠岛。

“这岛主齐兄做得是否还满意？”

“比在金陵做地痞舒服多了！金陵压着你的佛多，一不小心就得罪了某一尊佛。”

齐克谐带着夫人屈楚楚和侍儿馨馨乘坐帆船连夜离开了金陵。“都是我给郎君带来了灾祸。”帆船逆着扬子江前往复州。夜幕下,夫妻两人站在船头吹江风私语。“跟你没关系。只要是一个强可以欺弱的世道,迟早有一天会出事,跟善居做这生意的第一天我就知道。别想多,碰到这事跟你没关系。只是以后的日子,我就不敢保证了。”“将来无论怎么差,只要有郎君在身边,都不会去做恶贼的外室遭他蹂躏差。”离开金陵时天还下着雨,到白鹰堂时阳光灿烂。上了岸,随船的尉迟至诚带齐克谐去见李邈,提交了石斛写给李邈的亲笔信。在大湖村只呆了两天,齐克谐带夫人乘船去了荸荠岛,做了岛主。

“这里克谐是真正说一不二的岛主。”

“金陵的佛确实多,看得见,数得着。这地方看起来佛确实没有,过路的神仙肯定不会少。齐兄可不要太大意哦。”

“请都统放心,惨痛的教训,克谐铭记在心。掉过一次茅坑,应该不会再掉。克谐在金陵呆了那么多年时间,见过世面,最懂恃强凌弱、仗势欺人的道理。克谐会随意注意过往荸荠岛的各路神仙。法力高强的神仙这地方宽广,克谐会随时注意躲。法力小的神仙,以及那些个修行还不到家的妖怪,克谐就不客气了。”齐克谐说着就笑了起来。“请都统放心!这岛主克谐不做出个样子,也要做出个样子。否则,也让克谐白白活了一趟。”

在齐克谐的陪同下,浏览了一番荸荠岛,石斛跟齐克谐告辞,前往田螺岛。

“恭请都统!”褚可师、敖江带一班弟兄站在码头上迎接。上次石斛走后,刚接任帮主的褚可师马上加强了田螺岛的守备,完善了水寨,增加了巡逻。帆船慢慢地靠稳码头,站在帆船前后两头的两名兄弟跳下帆船,牵着缆绳,将它拴在了码头的木桩上。随褚可师、敖江一起来迎接石斛的一班弟兄上去将两只装满银两的箱子抬下帆船。或许是箱子太沉,两名弟兄抬着箱子,刚刚踏上泥地,就跌了一跤。箱子重重地砸在地上,只听“砰”的一声,原本整齐排在银格中的白花花银锭撒满码头边的泥地上。褚可师一脸的尴尬,准备前去抽两弟兄每人一个耳光。石斛手一举,褚可师止住了脚步。

“不是都统宽容,早抽你俩耳光。如此毛毛草草,行动败露不说,也是枉送了性命。双方交手,哪容得下半点闪失?快捡起来,装好后抬进主寨。都统,请!”

褚可师、敖江在前带路,引领石斛等人前往主寨。

“褚帮主治帮有方,小弟甚是欣慰!平时不注意细节,一旦跟人交手,真是如褚帮主所说枉送了性命!”

“多谢都统夸奖!”

“自褚帮主接任帮主以来,帮众之间打架斗殴已经基本杜绝!”敖江插话。

“好! 再经褚帮主一段时间的整治,鸥枭帮将是一只名副其实的鸥枭!”

“鸥枭帮能有这副面貌,离不开众兄弟的共同努力,更离不开都统、副都统对鸥枭帮的支持以及对仆的信任。上回都统走后,副都统为鸥枭帮的事情,还特地跑了几趟。仆和副帮主、齐克谐、林汉州、薛范等岛主共同商量,制订了新的帮规。依据所犯帮规的轻重进行处罚。做水上营生,没有严明的纪律,自己送命不说,还可能坏了大事。都统晓得,鸥枭帮要对付的不是孤零零的商船,而是建昌宫运粮船队。仆和副帮主一起,依照都统的吩咐,一边招募能人入伙,一边踢出了一批滥竽充数之辈和自由散漫、不守纪律的害群之马。依照新制定的帮规,鸥枭帮兄弟重新歃血盟约。经过整顿,鸥枭帮现有兄弟四百一十六人,分别驻扎在田螺岛、荸荠岛、菱角岛、橘子岛、泥鳅岛、野鸡岛上,分工协作。如今鸥枭帮人数虽说比原先少了两三百人,但整体素质和实力已经跟以往有明显的不同。仆任帮主以来,都统人财两方面都给予了大力支持。没有都统的大力支持,鸥枭帮就不可能有今天。”

“平时帮众操练进行得怎么样?”

“遵照都统的钧命,仆以水军的要求训练帮众。”

“不愧是指挥出身! 鸥枭帮由褚帮主掌舵,小弟也就放心了。常言道,台上一分钟,台下十年功。只有训练有素,帮众到时候才不会白白送了性命。”

褚可师、敖江陪石斛,边走边将鸥枭帮这些时间做过的事情一一汇报给石斛和李邈。石斛和李邈两人边走边静听褚可师、敖江的介绍,不时插上一两句话,提一些中肯的意见。进入主寨,褚可师、敖江请石斛和李邈堂内主副位置上就座。

几个水匪将箱子抬到堂内,俯身拱手退了出去。

“都统,上次的银两还没用掉一半!”

“让人多带些银两放些在这,由褚帮主处置,就是希望褚帮主能有更大、更多的回旋空间。那些个立功兄弟的奖励,兄弟们生活的改善,外出办事的需要,买些武器,添加一些设备,甚至包括对洞庭湖周边水军的贿赂等等,都需要银两。有银两不一定行,没银两一定不行。巧妇难为无米之炊。就算褚帮主能力再大,没有银两有时候难以成事。此外,只晓得做事,不晓得享受,兄弟们也会对鸥枭帮失去兴趣。起码要让兄弟们觉得加入我们鸥枭帮是一件值得向往的事情。谁也不希望过那些个单调乏味的生活。保证安全的前提下,也可以增加些生活情趣。兄弟们的生活如今过得怎么样?”

“增加了月钱,还改善了伙食。归顺希声社之前的生活根本没办法跟现在比。仆感慨得很,跟都统做事就是不同。不需要像以往那样风吹雨打、起早摸黑;也不需要去抢那么一丁点可怜的财宝。如今只要盯住运粮船就完事。真是又轻松又赚钱。”

“目前顺风顺水只能是一时,接下来可能会有些麻烦。”

“都统,此话怎讲?”

“鸱枭帮猝然出手,建昌宫没料到。已经劫了那么多的运粮船,肯定会想办法应对。接下来的时间里,鸱枭帮要特别注意安全。千万要防止中了他们设下的圈套。”李邈插话。

“小心行事还是第一。人的命只有一条,丢了,就没啦。”

“多谢都统、副都统提醒,仆定会小心行事。”

吃了饭,石斛就准备离开田螺岛。褚可师、敖江率众送石斛一行人前往码头。穿过茂密的树林,众人来到了码头。阳光耀眼,火辣烫人。石斛站在烈日底下,吩咐敖江说:“要跟褚帮主和谐相处,切勿因一点芝麻大的事情,伤了感情!”褚可师说:“都统,请放心,仆和敖江贤弟相处甚好,许多方面都是敖江贤弟让着仆。”“这样才好!”石斛拍了拍褚可师和敖江的肩膀。“兄弟之间什么事情都可以摊开来说。倘若帮主和副帮主因一点可笑的事情闹起了别扭,帮众怎么看?”褚可师、敖江齐声说:“请都统放心!”石斛和李邈向送行的人手一拱,转身登上了帆船。

回到金陵,刚进总社,龚宰就来告诉石斛一件事情。

黑帮收保护费,衙门也收保护费。衙门收的保护费换一个名称叫赋税。神州都一样,所有百姓都必须要交人头税。大大小小土匪杀来杀去,神州人口大减。为了维持开销,占据州县的大土匪不断增加人头税。鸡鸣巷好几户街坊,平时日子就非常不好过。房子被烧,连温饱都已经难以保证,更无力交人头费。这世道就是想讨饭都没地方讨。徐温确实派判官陈彦谦慰问过这些受灾的庶民,那纯粹是形式,送几斤米走走过场。人头税,该交还是要交。黑帮收保护费还能提供保护,衙门收保护费提供什么保护?衙门不是说理的地方,不交,衙门不会客气。没办法,鸡鸣巷的街坊找郁田请石斛帮忙。

希声社正式挂牌之前,郁田得知希声社在招募人手,就前来应聘。石斛收下了郁田,并让他带话给那些老街坊,愿意来希声社,欢迎。郁田话带到了,还是有很多街坊不愿意,像宗树林的父亲,就死活不让宗树林去希声社做事。人各有志,石斛没有强求。

“少东主不在，仆叫范双龙去替他们交了丁口钱。”

“幸亏老哥帮他们交了，真被逼卖妻、卖子、卖女，小子的心债肯定是利滚利。”

“仆晓得少东主的心思，才敢自作主张。”

“以后碰到什么事情，老哥只管做，无须先问小弟。”

“据夷则说，少东主亲手将刁阎罗给宰了。”

“小弟有能耐，肯定会是另一个黄巢，将这些个流氓宰光。人人痛恨地痞流氓，人人又希望别人替自己出头，伸张正义。正义有没有可能得到伸张？没有人敢站出来替自己伸张正义，才导致地痞流氓肆无忌惮。人人都敢于替自己伸张正义，何来地痞流氓？”

“问题是谁也不敢。”

“是啊！”石斛颇有感触。“小弟也是自己做娼妓，却说别人骚。来金陵后，小弟还不是不敢才穿上厚厚的伪装？没有办法，只好梦侠士，梦青天。民不畏死，奈何以死惧之。现在再仔细想想，这句话不晓得欺骗了多少人！”

“不怕死，大江南北怎么会有那么多人被孙儒的部队杀了充做军粮？”

“是。小弟常年跟流氓地痞混，体会很深。任何时候，以死来恐吓人总是最有效。拳头到了眼前，不屈服也得屈服。不怕死，只是还没有感受到死而已。感受到了死，自然会产生对死的恐惧。只是神州人的脑袋有问题，感受得到的死，极度恐惧；感受不到的死，还真的有些视死如归、大义凛然。这才使得刀捅进去后才感到恐惧。”

“直到这些年，仆才有些明白，神州人就是那些个一团团的小鱼。密密麻麻的一团，随便一枚小石子一扔，顿时仓皇失措，不管东西南北，猝然逃散。看到食物，一拥而上；发现危险，一哄而散。所以，仆非常赞同利力两字来对付那些土匪。”

“小弟实际上最讨厌力利两字，可又不得不讲力利。丛林里面，豺狼虎豹，什么样的虫都有。准则只有一条，谁有力气谁就是老大。小弟很清楚，今天我有力气灭你，明天你有力气就灭我。老哥最清楚，这几十年，神州上演的何尝不是丛林故事？没办法，小弟只好讨厌归讨厌，用还是要用。想想也是可怜，都已经几千年了，还没有走出丛林。”

石斛特意进城去看虞氏，询问彭近庸是不是还在骚扰她。“没了。”虞氏告诉石斛。石斛不晓得，荆善居当天就带两名兄弟去将彭近庸挟持到御苑街那处一进去就想恶心的公共茅房内，先痛打一顿，再让兄弟打开茅坑板，将彭近庸的头强压到了茅坑下，警告彭近庸。“这次暂时饶你一命。还敢骚扰虞氏，老子定将你沉坑！”所有的痞子都清楚，欺负可以欺负的人。彭近庸吃了豹子胆也不敢再去骚扰虞氏了。从那天开始，虞氏重新太平。“这就好。”石斛没去关心荆善居是不是将彭近庸给杀了，只关心彭近庸是不是还骚扰。石斛跟虞氏只聊了几句，就告辞。返回总社，石斛去找狄生商，请他去给虞氏物色一名嬷嬷。“一寡妇，俩孩子，身边真需要有个人陪一陪。小子已经不能将陆荣封还给她，只能尽力帮一帮。”只过了一天，狄生商就亲自将一名嬷嬷送到虞氏家，一来给虞氏做个伴，二来帮虞氏做一做洗衣烧饭的杂物。虞氏没想到，陆荣封一死，竟然过起了像少夫人一样的日子。

第四十九章　田园

归去来兮，田园将芜胡不归。

——《归去来兮辞》

翠竹湾头尾十七年时间里面，石岩从来没主动跟孩子们讲过自己的家史。石岩仿佛像天上的云，你根本不晓得从哪里来，也不晓得到哪里去。就算孩子们偶尔问起，石岩也是告诉假信息，祖父讳弘，曾官拜中书侍郎，老家在颍州沈丘县石家村。石岩怕旁人刨根而孩子们又说不出个一二。直到逃离了翠竹湾，石岩才跟孩子们讲了让人听了唏嘘不已的家史。

"你们姑妈有八个，只是爸也不晓得她们现在是不是还活着。看情形，下场多半跟你们的伯父一样。最后落到这种地步，想想也够凄惨。怪都怪你们的祖父昏庸，五伯父幼冲，七伯父无能。所以，爸特别强调，做任何事情都要先想好后果再出手。要知道不是所有的事情都会给你吸取教训的机会。天下买不到的药就是后悔药，死了不能重新活过来。"

覆巢之下岂有完卵乎？具体情况虽然不明，石斛相信父亲的推测。石斛读过史书，熟悉这种皇朝倾覆后皇室宗亲凄惨下场的故事。石岩假托的中书侍郎石弘家也好不到哪去。除了石柏一人，也已经没了其他人毛。李家、石家如今都已经只剩下了一丁。石岩给石斛讲的这一点真假家史成了石斛壮胆编撰谎言的依据。上次，石斛带父母来幕北村时，将自己杜撰的故事讲给了石岩听。石岩听了惊讶不已。石岩一直教育孩子，任何事情都要早做准备，不要屎到肛门口了才想到去找茅坑，可没教孩子事先编撰谎言做准备。

"灵人不用多祷告，响鼓不用重锤擂。这种事情原本不需要爸说。人不应该无谓将自己置于死地。无辜将自己逼到悬崖边，不应该。事情已经发生了，只能接受事实。表妹之说倒不会引起徐温怀疑。神州一片混乱，亲戚离散正常，尤其像我们这样的家庭。"

"孩儿也是担心万一出事，先编个谎言预备。临时杜撰，容易出差错。"

多说无益，点到为止。石岩晓得自己的儿子是什么样的人，也就不再多说。石岩早就学会了不强求。已经无法改变的事实，捶胸顿足，痛不欲生，都没有用。这个道理，已经过了不惑之年的石岩懂。从亳州突围的那一天起，石岩就随遇而安。不随遇而安，又如何？石岩没有能力直面抗争。家居翠竹湾的十七年时间，石岩一直将翠竹湾当作桃花源，澹定过着日子。日出而作，日入而息，逍遥于天地之间而心意自得。不是控鹤军杀手惊醒了美梦，石岩今天还在翠竹湾乐滋滋种田。带着家人逃到金陵，目的本是想借金陵都市的繁荣来藏身。没料到，那么快就因石斛出差错而暴露了身份。四月初二，石岩空着两手离开了金陵。

到了幕北村，石岩发现事情竟然出奇的顺利。石斛买来的粮田租给了田户，屋旁的菜园还空着。住下没两天时间，石岩又拿起锄头。铲除杂草，焚烧草灰，菜园重新种上了菜。没想到，石岩转了一圈，又重新过起了田园的生活。尹如雪取笑石岩说，你就田农的命，投胎时投错了人家。石岩虽不晓得是不是田农的命，但确实喜欢翠竹湾这种田农日子。李唐皇朝已经崩溃，石岩的理想也已经随之而破灭。家居翠竹湾这些年，石岩没有螳臂当车的勇气，从未想过凭借一己之力让李唐皇朝死而复生。石岩只想能靠勤劳平静过一过田农的日子。

石斛离开幕北村前往鄂州做土匪不久，李休遭控鹤军袭击一家殒命的消息传到了徐温的耳朵里面。徐温不清楚，是真事，还是有人故意制造的假象。无论是真事，还是人为制造的假象，殊途同归，结果相同。骆知祥得知消息就向徐温建议以吴王的名义诏告天下，一来打消有人借李休复辟的企图，二来彰显对李唐的忠诚。三来骆知祥没有说，徐温的心思，骆知祥懂。徐温当下就采纳了骆知祥的建议，并让骆知祥起草文告。骆知祥将文告读给徐温听过，就以吴王的名义发布。

李简听了掌书记读了由石斛转交的徐知诰写给他的亲笔信，心里只称徐温阴诈。既购回来了军粮，又能够以商人的身份到处游走，监视各道州县官吏、将帅。李简让掌书记写信给徐知询注意自己的言行举止，免得留下把柄，后悔莫及。

所有人都不管，正是石岩的心愿。石岩幕北村的家，后面是树林，前面是一眼粮田。清新的空气根本不是金陵能比。翠竹湾十几年过来，如今的石岩更喜欢幕北村。石柏在亳州天清观做掌门，不用石岩担心；石斛，石岩想管也管不着。自去了鄂州,至今没见影子。

“已经好长时间没有斛儿的消息了,不晓得现在怎么样了?”

“斛儿是土匪的未来女婿,又有一大班狗屁朋友,不会有事。”

说曹操,曹操到,石斛来了。院门大开。石斛抬脚跨过门槛,走进了院子。米粟正坐在堂内低头看书,萧竹、茹若坐在一旁玩挑花绳。日子悠闲着。“公子!”萧竹、茹若慌忙停下手中的活,站了起来。米粟头一抬,笑容一展。“哥哥!”曲柯从厢房内冲出,朝石斛飞奔了过来。石斛向前走了几步,驻足在厢房前笑着等曲柯。曲柯跑到了身边,手一伸就挽住了石斛。

“哥哥,你怎么这么长时间才来?”

“是不是想哥哥了?”

“当然想了!”

“哥哥不是不想来,是事情拖着来不了。”

“我去菜园告诉姨父和姨妈。”

“哥哥将包放下,和你一起去。”

石斛摘下斗笠,交给萧竹。米粟已经出内堂,站在步檐上迎接。石斛没上台阶,就站在步檐下,从肩上取下布包,递给了米粟。“小子先去菜园看一看。”石斛笑了一笑,就和曲柯一起,快步出大门,去菜园看石岩和尹如雪。菜园里面的杂草已经铲除干净,一垅一垅的菜畦整整齐齐。“姨妈,姨父,哥哥来了!”尹如雪转过身,笑了起来。石岩停下手中的锄头,身子一直,两手拄着锄头,看着石斛。“爸!妈!”石斛松开曲柯的手,快步走进了菜园。阿虎吠叫了两声,跑了过来。石斛腰一弯,摸了摸阿虎的头,就直起身,继续向前。踩着窄窄的田垄,向石岩走了过去。走到了石岩的跟前,石斛伸手去拿石岩手中的锄头。石岩将石斛的手一推说,“去,去,爸马上好了。种菜,爸比你内行。”确实,石岩种田的时间比石斛长得多。石斛向后退了两步问:“都种了什么?”石岩一手拄着锄头,一手指给石斛看。

“那一垅是九月豆,那一垅是胡瓜……”

“种子呢?”

“向这里的田农讨。听说爸要种菜,他们送来了好多种子,萝卜、冬瓜、空心菜,什么种子都有。还有件事。”

“什么事?”石斛最怕事,一说事,连忙问。石岩告诉石斛说:“乡耆来家里,说县里已经催了多次,可那些田农实在无力交。问爸能否免除他们一部分田租,帮那些田农出一部分田亩税。”铜钱的事情,好说。石斛顿时宽了心。

“给他们交了，就当买人情。”

“已经替他们交了。种田，田亩税；种茶，茶叶税；还有人头税。日子真不好过。”

“先回去冲凉，全身是汗。等吃了饭，再跟你爸慢慢扯。”

“曲柯，你陪姨父和姨妈，哥哥先去洗澡。”

石斛转身离开了菜园，回家洗澡。这几天都在外面跑，已经好长时间没好好洗了。石斛虽从小务农，却很爱干净，平常时节天天洗澡。“二表哥先去洗，我去给二表哥拿衣裳。”米栗去房间给石斛找更换的衣裳。就在堂内，石斛换上木屐，起身出了后门。踏下天井，走到洗衣台旁，开始脱衣。米栗选好衣裳出后门时，石斛正在洗头，萧竹和茹若站在一旁侍候。

“今天来的路上，又碰到有人求小子买侍儿。”

石斛刚上武昌码头，就被一名衣衫褴褛的妇人拦住了去路，哀求将她的女儿买下。石斛虽没见过当初人吃人的情景，饿殍倒见过不少。眼前这对母女一看就不像是骗子。“小子先给你俩弄点吃的。”石斛没说买，也没说不买，将这对母女带到一个馒头摊前，给两人买了几个馒头。看两人狼吞虎咽的样子，石斛赶紧说：“慢慢吃，没人跟你抢。吃坏了，小子担当不起。”等两人各吃了一个馒头，石斛边走边问了几个问题，妇人一一回答。石斛从妇人的口中得知，小娘子的父亲着实无脸见人，才让她将小娘子带出来卖。从早上饿到现在，问了无数个来来往往的行人，都没人要。见石斛衣裳洁净，就拦住了石斛。石斛从钱囊中给妇人数了五枚银饼。“就当小子买了，人小子不要，你带回家去。就算当猪养，养那么大也不容易。”妇人手里拿着沉甸甸的五枚银饼，一脸惘然。石斛手一拱，转身起步。

“卖儿鬻女历来就有，这些年更多。”

“明知养不起，为什么还要生那么多？”萧竹自言自语似的插了一句。萧竹的母亲确实很会生，一共生了九个，萧竹排第七。这九个孩子，最后有四个养成人。还在随州时，萧竹的父母养活这一班孩子就已经非常困难。光屁股的光屁股，流鼻涕的流鼻涕，猪吃狗睡，萧竹的父母几乎就没管过。不料，朱温的大军又来了。随着难民逃到江南，萧竹的父亲萧金爵靠蛮力根本没办法养家，准备将萧竹卖给武昌城内的蔷薇馆。得知情况，萧竹决心以死抗拒父命。萧金爵见萧竹真准备死，才改变了主意。“就像我爸，既然准备将我卖给青楼，当初为何还要将我生下来？”萧竹到现在还恨她父亲准备将她卖给青楼。

“看看猪，怎晓得自己生下来的猪崽将来会被人宰了吃？人也一样，根本就没想过生下来养得起,养不起。只有等孩子生下来了的时候,才可能会意识到养不起。生都已经生下来了,没办法,只好卖的卖,扔的扔,溺的溺。”

“猪狗再差,我还没见过猪狗将自己的孩子溺死。人真不如猪,不如狗。”

“不是人不如猪,不如狗,而是猪狗不晓得溺杀自己的孩子。”

“这些人将来肯定下地狱。”

“将来,还远着,谁在乎?”

萧竹见石斛老跟她抬杠,不敢再接嘴。石斛抬起头,走到水井边,打起一桶水。“你俩先到步檐上去。”萧竹和茹若迅速站到了步檐上。石斛举起水桶,劈头就哗哗倒了下来。自家井水,不花铜钱。石斛倒了一桶又一桶。“差不多了。”米栗含笑说:“人家说了,这辈子浪费水,下辈子会坐水牢。”石斛一抹脸上的水珠说:“这辈子不要坐水牢就行。下辈子,谁晓得一定会做人?”石斛从水井提上一桶水,倒了一盆,开始搓葛巾擦头发。

石斛洗好了澡,刚进房间更换了衣裳出来,石岩扛着锄头和尹如雪回来了。石斛打了一桶水,提着水桶帮石岩冲洗手上的泥土。石岩洗完手,放好锄头,就准备洗澡。“先带米栗到外面走走,等会我们吃饭。”尹如雪原本担心儿子讨不到新妇,现在考虑的是准备娶哪一个了。这还真是件让尹如雪感到很意外的事情。幕北村一段时间生活下来,石岩和尹如雪都接受了这个假外甥女。上次徐福来幕北村找石斛,尹如雪明白,在徐温的地盘上,儿子将来娶新妇,只能娶徐榛。那这个假外甥女怎么办?找户人家将她嫁出去?

“你总是凭空担心水牛会淹死。当初在翠竹湾,你担心儿子讨不到新妇,现在又担心新妇太多。只要能活得下来,新妇这种小事斛儿自己会解决。”

“可惜你儿子不是皇帝,否则就是妾,人家也很愿意。”

“不是皇帝更好办,只要给两人都按上夫人的头衔就行了。”

“那也得人家愿意不愿意。”

“不是愿意不愿意,而是你儿子究竟是什么人。”石岩毕竟亲王出身,皇宫王府里面呆过二十多年,新妇这种事情见得多。“你儿子有用,多娶一两个新妇根本一点也没事。别说男人,就是在女人眼里,女人的事情,都不算什么弥天大事。”

“那也得看什么人。别人没关系,人家可是朱雀门当家。他女儿,决定嫁给你儿子,嫡夫人铁板钉钉,动都动不了。”

“动不了就不用动。将来的事情,最好不要去想,结果不会跟你想的一样。就好比一只在地上爬啊爬的苍蝇,你根本不晓得,什么时候会突然飞起,又会朝哪个方向飞。石头初到金陵时,怎晓得会跟土匪徐温扯上关系？人的眼睛能看得见前面,却看不见将来。车到山前必有路,船到桥头自然直。石头总觉得,斛儿的事情,你再操心,也没用。”

“那倒是。他的事情就像山洪,来了,挡都挡不住。”

尹如雪渐渐不再去想这些想也白想的事情。就好比西边的太阳要下沉,用竹竿根本不可能将它撑住。徒劳无功的事情,能不做,尽量不做。翠竹湾住了十七年,早就已经习惯了宁静。这地方很像翠竹湾,没人叨扰。几天时间下来,尹如雪似乎忘记了潜在的危险,有田园风光,有米栗、曲柯和两侍儿帮着做事,下棋、弹琴、踱步,日子又悠闲自在了起来。

夕阳快要下沉,晚霞点缀着天空。石斛和米栗漫步在自家前面的小路上。一群麻雀刚刚还在空中追逐盘旋,伴随着一阵喳喳声,霎时又消失在了远处的树丛里面。一对红嘴白鹳漫步稻田中觅食。稻田中的水稻已经生根分芽。“真快啊!”石斛颇为感慨。

“上次走时麦子还没割,这次来田里的秧苗都已经分芽了。”

“是啊！感觉还没感觉到,离开金陵都已经有两个来月的时间。就两个月时间,我从逃犯,杀手,变成了县主,郡主。”米栗笑了起来。“真可以用云谲风诡来形容。我推着独轮车在金陵贩卖针线时,根本没想到,自己会是这样的命运。真是天上浮云似白衣,斯须改变如苍狗。一年前,我在射击场,悠然射箭时,没想到自己会突然之间由节度使的女儿变成逃犯。这一年多时间里面,我体会最深的就是谁也无法把握自己的命运。”

“一只毛茸茸的小鸡,很可爱。一不小心,就被人踩出肠子。”

“二表哥是雄鹰,不会被人踩着。二表哥,前面就是护国寺。”

“你什么时候信起佛来了?”

“我妈信佛,常去寺院,我不大信。我一次带萧竹去了护国寺,住持给了我一本《金刚般若波罗蜜经》。住持说,每天受持读诵至少三遍,可以消除无数业障,可获无量功德。里面全是须菩提,就是不晓得到底叽里咕噜说了什么。”

“寺院里的和尚也是叽里咕噜,外人根本不会在意到底念些什么。”

“可能是我这个俗人,智慧不够,无法理解。”

“谁不是俗人？那些个不俗的人已经到西方去了。”

米栗笑了起来。沿着小路,两人边走边扯,慢慢前往护国寺。快走到的时候,护国寺传来了暮鼓的声音。“我们还是回去,寺院要关山门了。”石斛和米栗转身返回。

“二表哥,希声社生意怎么样?”

“开局还不错,将来不清楚。”

“以二表哥的能耐,将来肯定越来越好。”

“这可就很难说了。小子在外面混的时期越长越明白,如今这个世道,能耐次要。胜者王侯败者贼,胜者不一定比败者有能耐。就好比刘守光,能够擒杀自己的兄长义昌节度使刘守文,并非比刘守文有能耐。放眼整个神州,朱温,徐温,马殷,王建,钱镠等等,能够猖狂恣睢,并非他们有能耐。成还是不成,跟能耐有关系,又没关系。神州的事情,你很难用正常的眼光去看。一个常见的事实是,越是人渣,越可能心想事成。就像鱼,只有会吃小鱼的鱼才有可能成大鱼。顾忌越多,越有可能被吃。就是想搭一间草庐,过与世无争的日子都不可能。你舅舅就是摆在眼前的例子。希声社做生意仅仅只是一个方面,到底想做什么,你晓得了,也帮不上什么忙,还是不去管它为好。杂物事就像苍蝇,你越赶越往身上飞。你暂且在这里呆一段时间。过些时候,小子再想办法转移到其他地方。小子的手脚在不断延伸,找到一个躲一躲的地方会越来越容易。能找到乐土,小子就带你去乐土。”

“不管将来找到找不到乐土,遇上二表哥我这生已经感到很幸运。我原本好像是被人抓在手中的鱼,想不到突然间又重新回到水中。这份舒坦只有我自己能体会。我原先的梦想是今生能够杀死仇人。如今看起来真是梦。那么多人想杀,怎么可能会将机会留给我?这些时间,我有空就想这个问题。越想越觉得,单凭我个人的能力,根本没有机会。”

“唉!”米栗说着,长叹了一口气。

“这仇看来不想算也只能算了。就算当时一箭射死了徐温,也已经不能改变我父母以及家人被杀的实事。正如二表哥所说,只不过让徐温少活几年而已,其他丝毫不会改变。想来想去,还是算了,不报这个仇了。家父地下有知,应该不会骂他的女儿不孝。”

“小子曾经说过,这世上不是所有的仇都能报得了。你看小子,还能怎么样?死的可不止是宗亲。小子非但不能报仇,连活都需要处心积虑,挖空心思。你能侥幸活下来,已经是不幸中的大幸。你将自己弄没了,可真让你父亲无脸见祖宗。”

“我为二表哥也要将自己活下来。否则,真是枉走了一回。”

“你要活下来,倒不是为了小子要活下来。身体发肤,受之父母,不敢毁伤,孝之始也。父母将你生下来,就必须好好爱护。不懂爱护,不珍惜自己的生命,是大不孝。任何时候,人应该想到的是,如何让自己活下去。生存、生活、生息,首先是生存。活都活不下来,志向再远大也没用。就算不放弃报仇雪恨,也得先活着。只有活着,你才有报仇雪恨的可能。越王勾践兵困会稽时,不先求生,怎么可能会有后来的故事?"

"二表哥有没有考虑什么时候迎娶金陵夫人?"

"还没考虑过。"

"反正迟早要娶,还是早些娶回来。"

"再等等吧。这件事情主动权不在小子手中,小子左右不了。徐渊好说,徐温难讲。小子要充分利用徐温犹豫之时,集中精力赚铜钱。想在神州生存,没有铜钱,就没有回旋的余地。小子总不至于躲到深山老林里面,开垦几亩薄田,过着与世隔绝的日子。

自己是过了,后代子孙怎么办?小子不可能打一辈子光棍,就不能不考虑子孙。没几个人懂,自己就是祖先,自己的行为决定着子孙的前途。就像小子,之所以如此,跟小子的祖父昏庸有直接的关系。管它洪水滔天的绝代做法,只能是让子孙用痛苦给你还账。祖父要是圣明,小子会这样?希声社成功与否,直接关系到将来的生活,也关系到子孙的生活。小子不仅要赚到一大把铜钱,为将来的生活提供保障,还要消除将来生活的隐患。小子不希望每天过着提心吊胆的日子。小子不会像你舅舅那样随便找到一个乡下躲一躲。就在小子以为万事大吉的时候,有人背后突然射来一箭,结果很自然是一命呜呼。"

"大难不死,必有后福。"

"不管有没有后福,小子都得消除隐患,好好活着。"

"不仅要好好活着,而且要长寿。"

"长寿不长寿,小子可做不了主,一切得听老小子南斗星君。小子不清楚,南斗星君给小子多少寿元。给少了,到时候小子肯定对这个老小子不客气。为何给其他流氓多,给小子这个流氓少。莫非老小子嫌弃小子还不够流氓?"

"就冲着这句话,也得多给。少给了,二表哥还不要扯光他的胡子?"

"够六十就行,少了多了都不好。"

"长命百岁是神州人的梦。"

"那是别人的梦,不是小子的梦。"

"二表哥的梦是什么?"

"小子的梦是能够做一只自由自在的小鸟。"

“可惜二表哥已经做了人。”

“是啊！就算做人，连名副其实的人都做不成。名字叫人，实际上是猪。小子不想再继续做猪。”石斛弯腰从地上捡起一枚小石子，朝眼前广袤的稻田用力掷了过去。小石子像一枚响镝，一闪不见了踪影。“小子全力创建希声社，目的就是想改变自己做猪的命运。”

“我去护国寺给二表哥祷告祷告。”

“还是别去祷告了。小子家乡的慈恩寺，几个和尚不小心，烧了个精光。祷告有用，寺院自己就不会被大火烧。能不能成，不是靠祷告，而是靠智慧和努力。像小子的七伯父，你只要看一看年号就晓得，当上皇帝后做了些什么事情。景福、乾宁、光化、天复、天祐，将希望统统寄托给了上天。可结果呢？自己凄惨死在朱温之手不说，祖父名下的子孙，如今只剩下小子一根独苗。这根独苗，还得靠挣扎才能活得下去。真是绝顶庸才。梁武帝萧衍最信佛了，最后被侯景囚禁，活活饿死在台城，还连累百姓死了几百万。事实明摆在眼前，神州依旧不信，还是将自己的希望寄托在神佛身上。神州人的脑袋，真是花岗石。”

“我妈平常也没少去寺院烧香拜佛，还在家里设了佛堂。出事后，我就不信了。二表哥说得对。能不能成，不是靠祷告，而是靠智慧和努力。我相信，二表哥一定能成。”

“成还是不成，小子都得努力。只要还有一丝希望，小子就不会躺下认死。就算将来真的不成，小子至少努力过，无怨无悔。神州的事情，不是凭顽强的意志就能成，也跟个人的能力没有必然的关系。就算你三头六臂，身陷狼群也是必死。

小子读了那么多书，少年开始就在外面鬼混，直到这两年才渐渐明白，成与不成跟道德素养有关系。道德素养越差获得成功的可能越大，道德素养越好成功的可能越小。你越龌龊无耻，你越有可能在神州取得成功。事实一个个摆在眼前，任何争辩都无力。

家父曾经是亲王，长期的潜移默化，小子的道德素养即便就是再差也差不到哪里去。这实际紧紧束缚了小子的手脚，致使小子有些事情即便想做也做不出来。好的是小子这人脸皮特厚，心理承受能力特强，不会硬头颈，当低下头颅就会低下头颅。将来没有头路了，就像家父一样找个角落兜苟且。不是小子想苟且，是不得不苟且。父母隐居在翠竹湾逍遥自在，偏偏控鹤军来了，打乱了一家人的生活。不得已，小子兄妹三人只得跟着父母离开了翠竹湾，来到金陵。本来么，买卖棺材也挺好的，偏偏控鹤军杀手烧了小子的寿木店，还烧了小子的家。没办法，小子只好另寻出路。一步一步，将小子逼成现在的样子。”

“哥哥，吃饭了。”曲柯跑了过来。

吃了饭，石斛端着木盆到水井旁擦汗时，天上的红霞已经褪尽。擦了汗，石斛将靠在西厢房步檐上的竹床搬到了院子里面，准备乘凉。天气热，竹床暖烘烘。石斛去提井水冲洗了竹床。没等竹床完全干燥，石斛就已经躺在了上面。天慢慢昏暗了下来，星星陆续出现。青蛙开始鸣唱，蟋蟀陆续低吟。不一会，石岩扇着蒲扇来了。父子两人一左一右，躺到了竹床上。石斛看着天上的星星，听着嘎嘎的蛙声，等待不晓得什么时候来的晚风。

“爸，孩儿真想回翠竹湾去看一看。”

“算了。江山再美好都已经过去，何况一个山湾？爸倒希望你能早一点重造鸡鸣巷。到时，爸就搬回去住。对某些人来说，爸好比就是人质，只有在眼皮低下才放心。放在外面不受控制，万一爸亮出身份四处活动怎么办？爸在金陵，对你生意很有好处。爸想来想去，还是觉得搬回去住好。上次，爸在白云观缮意房与曹全晟闲聊，聊到了这次火灾。爸说，无论如何，某总感到心不安。虽然不是某不慎引起火灾，但因某而着火。不是某，那些街坊邻居的房子也不会无缘无故被烧。一些街坊邻居，就鸡鸣巷这点房子。如今突然没了房子，在金陵谋生实在有些不容易，光房子的租金就是一笔不小的开支。某只想自己有能力给他们重新建造房子。这倒不是存己和存人的问题。这样做，只是想求一个心安。爸知道，以爸的身世和能力，已经没有办法让自己心安了，只能让斛儿来完成爸的心愿了。况且，出钱重建鸡鸣巷那些民宅，也给某些人一个印象，我们准备安下心在金陵呆下去不走了。某些人怕我们亮出身份，也怕我们突然离开吴国，去了李存勖的太原。只要我们还有被人利用的价值，某些人就不会放心。出铜钱重建鸡鸣巷那些个民宅，也是为了我们一家的安全。在没有找到安全的地方之前，首先得活下去。我们一家，某些人的眼里，活着就是祸害。”

石斛正在听石岩说话，忽然听到尹如雪的脚步声，身子一挺，坐了起来，一套木屐，下了竹床。“妈坐！孩儿去拿凳子。”尹如雪在竹床边沿坐下，石斛快步前去堂内提来了两条竹凳。石斛将两条竹凳在离竹床不远的地上并排一放，在一条竹凳上坐了下来。“孩儿回去跟刺史府商量商量，想办法重建鸡鸣巷和长寿巷。”石岩求心安，石斛还心债，两人一拍即合。

“只是不晓得造价大不大。造价大，也就算了。到时候，寄居在白云观就是。”

“这些普通民宅，想必也花不了多少铜钱。”

“行就行,不行就不行,千万不要难为自己。”

“妈放心！孩儿不会为了让别人能穿上衣裳,自己光屁股。”

“爸晓得你不容易。每天见人说人话,见鬼说鬼话,心里累。”

“孩儿已经习惯了。刚来金陵时,有点不适应。现在已经没问题。”

“东南西北都没地方可去。爸真想找一个可以安生的地方。”

“已经很安生了。离开翠竹湾时,我还真有些担心,不晓得接下来会怎么样。现在不那么担心了。再这么差,也不会差到哪去。我要求不高,日子能过得住就行了。”

“妈,孩儿的希声社生意红火得很,日子肯定会越来越好。”

“斛儿,给妈讲讲你的希声社。”

石斛开始讲希声社。希声社的事情还只讲到一半,米栗来了。两个多月时间一起生活下来,在石岩、尹如雪心里,米栗已经成了一家人。石斛也不忌讳米栗在场,继续讲希声社的事情。不一会,曲柯也来了。石斛怕母亲担心,没讲抢劫朱温运粮船的事情。

“哥哥,这次你回金陵,我和你一起去。”

“你在这里陪姨父、姨妈。这里看起来很平静,实际危险多多。茹若、萧竹,连粒虱子都掐不死。你在这里也多一个帮手。等哥哥将鸡鸣巷重新修好了,你再一起回金陵。”

“那得等到什么时候?”

“很快就可以修造好。哥哥现在有铜钱,多请一些工匠,日夜轮班,很快。”

“斛儿”,尹如雪忽然问,“鸡鸣巷重新修好,大概需要多少铜钱?”

“具体多少,孩儿也不清楚。回金陵,孩儿会请人先概算。承受得起,孩儿就做;承受不起,孩儿不做。妈晓得,死要面子活受罪的事情孩子绝不会做。”

茹若、萧竹洗完了衣裳,也来乘凉。一下子,时光逆转,又回到了翠竹湾。那时候,一家人就像现在一样,或坐在竹凳上,或躺竹床上,看着星星,听着虫鸣,讲着故事。叨唠了将近一个来时辰,石岩下竹床,准备回屋睡觉,众人跟着石岩站了起来,准备撤离。

“斛儿,下半夜凉,回屋里去睡觉。”

“舅妈放心,等回外甥女叫他。”

“舅舅看你舅妈,这辈子想放心是不可能了。小时候担心,现在还担心。都已经是二十几岁的人了,这种事情还需要你吩咐?二三十年前,斛儿这年龄,孩子都快要三四岁了。曲柯，时辰已经不早了，别管你哥哥，回屋去睡觉。”

石岩起步，曲柯也和石岩、尹如雪一起离开了庭院，回屋去睡觉。待石岩和尹如雪进入屋内，石斛在竹床上一坐，向后一仰。刚躺下，石斛就听到了米栗的脚步声。不一会，米栗来到了竹板床边。石斛身子向边上一挪，米栗将薄被在床上一放，躺到了石斛的身边。

“二表哥是不是在想牛郎、织女的故事？”

“傻啊！小子怎么可能会去想这些瞎编的蠢故事？只有没脑的人会去想。这种故事蠢得不能再蠢了。牛郎织女这些故事都是一些自身无一技之长、讨不到媳妇的傻蛋想出来的白日梦。这些个傻蛋，别说讨不到像米栗这样的娘子，就是想讨母夜叉做媳妇，母夜叉都不愿意嫁。讨不到，怎么办？只能想啦。不是仙子，就是田螺、蛇、狐狸这些个牲畜。外出种地看到田螺、蛇、狐狸等等，马上想，若是变成米栗，嫁给我，那该有多好哦。

就这样朝思暮想，胡思乱想，美丽的故事也就产生啦。

神州这类故事就是这样想出来的。只要你喜欢，你愿意，照样可以编造出一个美丽的故事，可以是畅快的，也可以是凄美的。故事么，要吸引人，自然要编得离奇一些，比如织女的母亲不同意啊，等等。谁会愿意将自己的女儿嫁给这种傻蛋？别说王母娘娘，就是普通村妇，也不愿意将自己的女儿嫁给这种傻蛋。人家母亲不同意，怎么办？于是乎，傻蛋得到了帮助，比如神牛啊，或者得到比傻蛋还要愚蠢的神仙，比如太白金星的帮助。倘若米栗是玉帝大帝的女儿，你说米栗愿意嫁给牛郎呢，还是愿意嫁给小子？”

“那还用说。自然愿意嫁给二表哥啦！织女是仙女，铜钱、房屋等都没有用，她想变就可以变出来。武艺也没有用，织女是仙女，谁还敢欺负她？也不会有人敢欺负她的郎君和孩子啦。只是织女不能变出个郎君！否则，织女就可以变个石头、树桩、蛤蟆、泥鳅做自己的郎君啦。牛郎，怎么能跟二表哥比？除了会放牛，还会什么？织女自然也不能将牛郎变成像二表哥那样聪明又能干的人，更不会将牛郎变成像二表哥那样有情趣！能变，织女岂不是犯了痴心疯大老远地跑到凡间嫁给一无是处的牛郎做媳妇？二表哥说是吧！”

“不是说牛郎心肠好吗？”

“神州心肠好的人多了去！二表哥，你说是吧。二表哥心肠不好？说来，也没人相信。我也说不上来这是为什么，神州人似乎总认为穷人心肠好，富人心肠坏。可能是神州人容易得红眼病，总是嫉妒富人。那些个穷书生，看到那些个富人妻妾成群,自己饿着肚子,就说富人心肠坏,自己心肠好。神州穷人心肠坏的人多了去,即便不能说比富人更坏。

眼前就有大把的例子,比如朱温。朱温做皇帝之前够穷了吧。家里穷死,靠母亲做别人的佣人养活。神州还有谁比朱温更坏?做皇帝后胡杀人不说,就是做皇帝前,朱温在萧县就是远近闻名的无赖地痞。打架斗殴、敲诈勒索、恃强凌弱,什么坏事没做过?整个萧县的人都讨厌朱温。心肠放在肚子里面,谁晓得是好还是坏?只有拿出来瞧一瞧,才晓得是好还是坏。可能是像二表哥说那样,那些个傻蛋,觉得自己能拿得出手的任何物事都不如人家,没有办法,只好跟人家比反正谁也看不见的心肠啦。谁晓得我的心肠是好还是坏哦!"

"那是。谁晓得小子肚子里面是什么样的屎!"

米栗伸手去挠起了石斛的腋窝,石斛不禁哈哈笑了起来,声音响彻整个庭院。石斛怕惊扰了父母睡觉,拼命忍住,喘口气说:"别动。小子最怕挠痒痒。""怕痒的男人怕新妇,二表哥将来肯定怕新妇。"是不是怕新妇,只要等将来讨了新妇再验证,至少石斛小时候母亲也这么说。石斛的肩膀不巧碰到了米栗,将身子向边上一挪。

"二表哥,我忽然怀疑柳下惠坐怀不乱的故事是有人杜撰的。"

"柳下惠,孔丘、孟轲心目中的圣人,为何要怀疑?"

"坐怀不乱的故事是柳下惠自己亲口告诉别人,还是别人知晓?倘若柳下惠自己告诉别人,充其量只能算一个沽名钓誉的伪君子。那有君子告诉别人这种事情?那女子怎么晓得将她抱在怀里的人是柳下惠?除非是柳下惠自己说,娘子,我就是那大名鼎鼎的柳下惠。"米栗说着就熬不住嘻嘻笑了起来。等笑意慢慢消去,米栗继续说:"就算那女子晓得将她抱在怀里的那人真是柳下惠,是不是会告诉别人昨晚发生在城门的故事?就算告诉给别人,别人会相信女子的话?此其一。柳下惠是大贵族,怎么可能会夜宿城门?就算城门已关,那么冷的天,柳下惠怎么可能不带保暖的物事?像柳下惠这样的大贵族肯定有狐裘,给女子包一包就是,根本就用不着将她抱在怀里。是不是心怀不轨,故意抱?此其二。人家女子都快要冻死了,你柳下惠还要去乱?这种人连畜生都不如,还称得上是圣人?此其三。我怀疑柳下惠有没有乱的能力。此其四。"米栗正准备说其五,其六,突然,一颗拖着长长尾巴的扫帚星,从中天偏北方向划过。长这么大,米栗、石斛都是第一次看到这么明亮耀眼的扫帚星。石斛本想叫父母来看,可扫帚星跑得太快了,没有开口。

"二表哥明天就不要回金陵了。"

“走与不走，跟看到扫帚星没有丁点关系。”

“可人家都说，看到扫帚星出门会倒霉。”

“那都是胡说。真的要倒霉，出门就倒霉，不出门就不倒霉？今天晚上，看到扫帚星的肯定不止我们俩，小子肯定，一万人都不止。莫非他们都要倒霉？依照神州的传说，扫帚星出现，神州大乱。神州大乱，有人喜欢，有人不喜欢。黄巢喜欢，小子不喜欢。

神州那些史书，有关扫帚星的记录，多了去。小子没见过扫帚星跟大乱有什么关系，而神州大乱时候，却没有出现扫帚星。这种物事，见多了，相信的人就越来越少了。只要是能证明的物事，一旦被证明是假的，就会发生怀疑，除非你根本无法证明，就像柳下惠是否真的坐怀不乱一样。一千年前的事情，不能证明有，也不能证明没有。

越是无法证明的物事，相信的人就越多。

小子就听你的，呆在这里，看一看会有什么灾祸。来一个风雨同舟，休戚与共。”

睡到将近夜半，一滴冰冰的雨点打在石斛的脸上。石斛睁开了眼睛。天上的繁星渐渐隐去，看起来，就要下雨了。石斛轻轻拍了拍米栗的脸。米栗眼睛一睁，赶紧坐了起来。

“小子去将竹板床搬回到堂内，免得被雨淋湿。”

米栗刚跑进厢房，石岩已经下了中堂。“爸，孩儿搬就是。”石岩没去理会，只管扛起竹板床往中堂走。父子两人一会工夫就将竹凳搬进堂内。这时已经听到了雨声。

第二天，田农童颜早早就送来了瓜秧。好久没下雨了，这场雨正好给移栽提供了绝好的机会。吃了饭，石岩就穿上蓑衣要去移栽。石斛要去，给石岩制止。“种菜是爸的乐趣，又不是种起来卖铜钱。”尹如雪撑着雨伞，陪石岩移栽去了。

雨有些缠绵，淅淅沥沥下着，丝毫没有准备停止的意思。米栗坐在堂内继续绣翠竹鹧鸪图，石斛从柴房内拿来斧头，开始劈柴。粗粗的树段，经过石斛之手，变成了又薄又细的鱼片。曲柯、萧竹、茹若帮着累叠柴垛。

“没想到”，萧竹说，“这些粗活，公子都做得那么好。”

“小子现在是生意人，过去可是种田人。牛郎会做的活，小子肯定都会做。”

“二表哥，你说，碰到像今天这样的下雨天，牛郎在家会做些什么事？”

“这就看牛郎勤快还是懒惰了。懒惰就不说了。勤快，可做的事情就多了，就是闲月也一样。比如说劈柴，不利用闲暇时多劈一些，用到时没柴火，就只好拆门窗了。小子不晓得牛郎会不会弹琴、读书。会弹琴、读书，闲月下雨时，也可以找点事做一做。”

“肯定不会。否则，岂不是就成了对牛弹琴?”米栗头一抬，笑了起来。

“依照传说，牛郎好像就晓得放牛种地，跟桃花石乡的普通田农一个样。这也是一种生活，只是这种生活过于单调乏味。或许是父母的原因，小子不喜欢这种单调乏味的生活。勤人懒不得，懒人忙不得。不瞒你说，有人将小子囚禁了起来，什么事情也不让小子做，结果肯定会疯。闲着还不如忙着。不做点事，坐了那发呆，一两天可以，长期不行。曲柯，去将柴房里的树段全都搬过来。已经劈了，就全都劈了，不要留一半到下次。”

曲柯前去柴房搬树段，石斛继续垫着树桩劈柴。“萧竹”，石斛劈着柴，忽然问，“你家在鄂州什么地方?”萧竹将家庭住址告诉给了石斛。“将你的父母名讳说一说，小子让名兄弟去送点铜钱，也好过一过日子。”萧竹连忙要叩谢，石斛劈着柴说：“免了。”萧竹将自己父母的名讳告诉给了石斛。“茹若，你还有没有亲人可以联系上?”如若想了想，说：“婢子不晓得。”“小子叫人给你找找看。”石斛搬来一个树段，摆正后，继续劈。“像茹若这种不晓得亲人在哪的人多的是。”米栗插话。“砰”的一声，石斛一斧头下去，树段劈成两半。

移栽好瓜秧回来，见石斛正在劈柴，尹如雪赞许说：“斛儿就是勤快。”石斛含笑说：“言传身教，孩儿勤快都是从妈和爸那学的。”尹如雪笑了起来。“你爸人勤快，就嘴没有斛儿响。”石岩接话说：“所以你不用担心，你儿子肯定万事亨通。”

一堆树段很快就劈好。放好了斧头，搬走了树桩，石斛去屋后洗手。石斛洗了手回到中堂时，石岩说：“现在离吃饭的时间还早，又没什么特别的事情，爸和你下盘棋，已经好长期间没和你下棋了。”一说下棋，石岩没有吩咐，曲柯就去房间端棋。

“孩儿也好长时间没下棋了，棋艺肯定退步了不少。”

“就娱乐而已，退步就退步。”

石斛和石岩在幕北村下棋，徐温在法云寺进香。只要徐温心里想，肯定有手下向徐温建言。国子祭酒侯尚义建议做一场消灾度厄法事，徐温赞同。金陵各级衙门做法事，徐温则亲率百官去距离金陵城最近的法云寺进香。进完香，徐温和主持慧心和尚在方丈室闲谈。谈话的起头是大雄宝殿内正在贴金箔的佛祖塑像。徐温信佛，可不会读佛经。就是叫和尚将佛经念给徐温听，徐温也听不懂。慧心和尚晓得，和徐温闲谈，都是说白话。

“我只晓得家嫂虔心信佛，没想到侄女也如此虔诚。”

“徐大县主常来法云寺献香。这次愿望达成，重塑佛祖金身还愿。”

“不晓得许了什么愿。”

“什么愿，老衲没问。徐大县主，老衲一眼就看出，一身的福气。老衲总感觉，徐大县主是菩萨转世。她无论许什么愿，佛祖定会帮她达成。将来谁娶了她，一定是无灾无难，一帆风顺。前些时间，她母亲来法云寺献香，与老衲闲聊。她母亲说，曾有一先生算了徐大县主的八字，说徐大县主将来的郎君会是位世子。”

这事情，徐温听说过。莫非真是世子？徐温特相信看相、算命。年青时，曾有一算命先生给徐温算过命，说徐温将来会大富大贵。徐温就当是吉祥话，没有放在心上。后来投奔杨行愍，那么长时间里面，也不过是区区一个牙将。没想到，突然旱地拔葱，一下子就变成了吴国都督。邻里乡亲不相信，徐温自己都怀疑。这些年，徐温越来越相信，富贵在天生死有命。回去我再找一个人仔细调查调查。对别人可以撒谎，对我绝对不行。

“确实，也只有世子这样身份的人，才能跟徐大县主的身份般配。前几天来法云寺，老衲正好撞见。老衲问，女施主这次准备许什么愿？徐大县主说，希望佛祖保佑我父母，我叔父身体安康，多福多寿，一切顺利，还有不告诉师父，只告诉佛祖。老衲当时就笑了。老衲问，是不是求佛祖帮忙找个好郎君啊。徐大县主笑而不语。从她的笑容中，老衲总感觉，徐大县主好像已经找到了她自己称心的郎君。”

“找到就好啊。这几年，我看，就差打灯笼了。”

遁

【长篇历史小说】

金理新 著

3

全国百佳图书出版单位
时代出版传媒股份有限公司
黄山书社

第五十章　朱友信

有为则谗生，有好则谀起。

——《淮南子》

就在彗星出现在灵台之西的那天，随州城内控鹤军都虞候牙城前的广场上，出现了一辆马车。马车由四匹骏马拉动，驾驶马车的是一名身穿甲衣的兵士。两队身穿甲衣的骑兵护着马车的左右两旁。华盖下面的方形车舆内坐着一名过了知天命之年的男子，两旁各站着一名握剑随时准备出击的随从。明眼人一看就晓得此男子的身份不简单。

这名男子就是山南东道节度使，朱温的假子兖王朱友信。

随州城内也有瞎眼人。那就是控鹤军都虞候贺王朱友雍帐下的牙兵。牙兵见车队向牙城驶来，马上握剑上前阻挡，大声呵斥，“来者何人，速速下车！”在本王的地盘上竟然也如此放肆！朱友信肚子里顿时滚烫了起来，热气冒出了朱友信的鼻孔。不将本王放在眼里又能如何？朱友信转而一想就将热气冷了起来，手一举，马车在牙城城门前停了下来。两名亲从跳下了马车，铺好车凳。朱友信把着亲从的手，踩着车凳，走下了马车。亲从护着朱友信，向指挥使牙城前行。朱友信才刚刚抬脚，把守城门的牙兵拦住了朱友信一行的去路。

“你胆敢阻拦兖王，看我不骟了你！”

“兖王就大？这是山南控鹤军牙城，管你兖王不兖王。”

朱友信的亲从正要骟了这名拦路的牙兵，见朱友信举起手，才将抽了一半的剑插回。朱友信的随从没跟牙兵言语，递上了拜帖。“等着。”牙兵单手一接随从手中的拜帖，转身前去向朱友雍禀报。牙兵说话语气傲慢，根本就不将朱友信放在眼里。堂堂亲王，在自己的地盘上，都要忍气吞声吃狗屎。狗就不用跟它一般见识了。朱友信在心里劝慰自己。朱友信阴着脸，站在牙城门口等了很久，才见一名牙兵前来通告。“贺王说了，你可以进去。”朱友信一言不发，带着亲从，准备进入牙城。没料到，站在牙城门口的牙兵拦阻了朱友信的亲从。

“你们止步。牙城是控鹤军重地，还想进去图谋违逆不成？”

朱友信实在想调头，长长吸了一口气，最后还是硬忍，忍住。小不忍则乱大谋，还是忍一忍吧。还怕狗崽在牙城杀了本王不成？这还真难说。就调头回去？这一趟随州之行岂不是白跑？朱友信迟疑了半晌，重新迈开了脚步。“兖王！”朱友信手一举，撂下亲从，独自一人走进了牙城。

山南东道节度使朱友信兼建昌宫山南东道制置使。

自陈涉以来，凡造反者造反之前先得制造谎言、谣言，编造离奇的故事。

翻开神州史书，那些个本纪、世家，编撰者没有一个不编一通谎言。越后来，谎言越离谱。神州人会骗，也好骗。不编造一些离奇的故事骗一骗，想让神州人死心塌地跟着造反还真不是一件容易的事。制造谎言、编造离奇故事的成本低，花的力气小，但所起的作用以及产生的效果却很大。真可谓是一言倾一城，一语毁一国。这个道理，读过不少圣贤书的黄巢懂。出于散布谎言、谣言以及离奇故事的需要，黄巢专门设立了一个机构。这个机构就是子虚宫。

于是，一个神奇的故事就这样诞生。黄巢原本是天均星，专管天下不平之事。这次来到人间，就是要拯救神州黎民百姓于水火之中，创立一个人人平等、个个平均的富裕世界。原本谎言重复了那么多次，神州的黎民百姓应该清醒才是。奇特的是，神州的黎民百姓一听美好的前景，就忍不住又憧憬了起来，顿时个个心潮澎湃，抛起了头颅，洒起了热血。

朱友信本姓昌，单名仁，字乐山，一名已经考了三次都没考上进士的秀才。广明元年，黄巢攻陷京师，断了昌仁应举之路。这一年，黄巢的东南面行营先锋使朱温攻陷了同州，成了同州防御使。昌仁见机行事，投奔了朱温，成了朱温的谋士。当时，朱温身边正缺少替他出主意的谋士，而昌仁从小就读圣贤书，很快就得到了朱温的赏识。第二年，昌仁拜认朱温为义父，冒姓朱，朱温赐名友信。由此，朱友信成了朱温的重要幕僚。眼看各路诸侯发兵讨伐黄巢，朱友信识风头，当即向朱温进言向李唐皇朝投诚。朱温接受了昌仁的建议，归顺了河中节度使王重荣。僖宗诏授朱温为左金吾卫大将军，充河中行营副招讨使。不久，僖宗制授朱温为宣武军节度使。朱温的帝王事业终于迈上了正途。黄巢兵败狼虎谷，被外甥林信砍掉了脑袋,原手下那些人,眼见无处藏身,纷纷投奔了朱温。黄巢的子虚宫旋即变成了朱温的子虚宫。朱温任昌仁为子虚宫使,继续为朱温的帝王事业制造舆论,编造谎言,散布谣言。

称帝前,子虚宫替朱温编造了不少的故事。其中两则故事流传最广。子虚宫编造一个谶辞,首尾三鳞六十年,两角犊子自狂颠,龙蛇相斗血成川。然后,散布谣言说,两角犊子是牛八,就是朱,上天早就已经注定朱温要当皇帝。唐乾符中,木星入南斗。子虚宫请了著名骗子边冈解释这一天文现象。边冈说:"木星入斗,帝王之兆也。木在斗中,朱字也。以此观之,上天已经预示了将来当皇帝的人应该姓朱。"子虚宫有组织、有预谋地将上天的预兆迅速向四周扩散。称帝前,黄河南北到处流传着朱温要代唐当皇帝的各种预兆。

朱温称帝,朱友信被册封为兖王,任礼部侍郎。

自追随黄巢造反以来,朱温先后收了八个假子,分别是朱友文,朱友信,朱友谦、朱友恭、朱友俭、朱友让、朱友顺和朱友逊。朱友恭、朱友让在朱温称帝之前已死,其他六个分别册封为博王、兖王、冀王、济王、洛王和颖王。这八大金刚,如今已经只剩下博王朱友文、兖王朱友信和冀王朱友谦三人。

济王朱友俭与忠武军节度使刘知俊交厚,而且结亲。刘知俊叛逃,朱友俭担心受到牵连而服毒自尽。洛王朱友顺因朱温的宠臣寇彦卿控告有企图谋反,而被朱温族灭。亲子杀起来都不眨眼睛,假子更不在话下。颖王朱友逊,因保护皇陵不力,大逆不道,刚刚被朱温族灭。每当想起当初追随朱温的八大金刚的下场,朱友信总是对自己说,每次都不是本王,这次终于要轮到本王了!

山南东道的前一任节度使是王班,再前一任节度使是杨师厚。

朱温准备攻打潞州,调杨师厚为潞州四面行营招讨使,任兖海节度使留后王班为山南东道节度使。王班刚上任还没多久,就被受不了王班侮辱的王求割掉了脑袋。王求推举指挥使李洪为节度使留后,依附蜀国。朱温任左卫上将军陈晖为行营招讨使,攻克襄州,活捉了李洪,山南叛乱被平息。山南东道跟蜀国、楚国、吴国接壤,地理位置重要,又是朱温的粮道。于是,朱温调假子兖王朱友信到山南,任山南东道节度使兼建昌宫制置使。

朱温的亲子根本看不起那些个假子,尤其是贺王朱友雍。来山南那些长时间里面,朱友雍从未去襄阳拜访一下朱友信。朱友雍曾公开扬言,这孙子也配做本王的兄弟?朱友信被朱温册封为兖王,朱友雍非常不服气。这孙子仅是一名毫无战功,仅会挑拨离间、阴险使诈的奸佞小人。除会动嘴皮制造谎言、散布谣言,还会什么？朱友雍甚至无法理解，朱温为何那么器重这个废物。朱友雍总觉得，昌仁玷污了朱家高贵的血统。

朱友雍轻蔑朱友信，朱友信鄙视朱友雍。

不错，本王确实就会编造谎言、散布谣言！没有我编造谎言、散布谣言，朱温能坐上洛阳皇宫的龙座？朱温是什么物事？不过乡间一流氓地痞而已。能有今天，还不是靠全我昌仁的谎言和谣言？没有我昌仁，你那些朱家草包能依仗自己姓朱而称王？这些年，朱友信压在心里的火越压越大，总觉得自己已经无法控制，要爆发出来。当年帮朱温做上皇帝的人，死的死不瞑目，活的怨自己瞎了眼睛。朱友信只想将自己的眼睛挖出，扔进茅坑。

朱友信由一名牙兵带路，沿着甬道，来到衙署大堂的台阶前。朱友信正准备踏上台阶登上步檐，就被一名牙兵拦住了去路。"你站着，我去给你通报。"朱友信心中的怒气在不断上涌。怕爆发，朱友信重重咬住自己的舌头。本王今天受到的羞辱，总有一天会让你连本带利一起偿还。朱友信站在台阶前等了好久，才见朱友雍出现在大堂内。

"王弟刚刚在拉屎，没办法出牙城迎接，恕罪，恕罪！"朱友雍本想给朱友信吃闭门羹，掌书记满令名劝朱友雍还是见一见。"贺王，昌仁一般情况不会亲自来随州。今天来随州谒见贺王，肯定有特殊事情。仆觉得，贺王还是见一见。"朱友雍这才同意让朱友信进门。

朱友信一声不响踏着台阶，登上了步檐，进入大堂。堂内只有一张坐北朝南的榻座。朱友雍没请朱友信坐，只管一屁股往榻座的中央就一坐，没给朱友信留位置。见堂内没有其他凳子，朱友信又不好强行挤在朱友雍边上，就好像是朱友雍的下人，站在朱友雍的右前侧。

"王兄不是一向鄙视王弟，今天怎么想着来随州看王弟？"

"小王奉父皇的圣谕前往马殷贩运粮食。"朱友信决定不跟狗一般见识。"小王所记没错的话，父皇要求贺王负责保护船队的安全，而小王负责贩运。现在已经有几十条帆船遭到洞庭湖水匪劫持，粮食与帆船都不知去向。这应该归贺王管的吧。父皇怪罪下来，可不能说小王没有派人去运。"

这些时间，不断有人向朱友信报告，前往洞庭湖的运粮船遭到了洞庭湖水匪劫持。开始的时候朱友信并不在意。洞庭湖水匪多，是众所周知的事情，偶尔失手也很正常。朱友信只是要求运粮船加强戒备。接二连三的失手就有些不正常了。朱友信觉得洞庭湖水匪已经盯上了自己的运粮船。朱友信旋即要求运粮船白天通过洞庭湖。想不到,白天照样遭劫。

不将这些个洞庭湖水匪清除干净,想继续运粮食已经不可能了。粮食运输一旦中断,朱温交付的任务势必不能按时完成。朱友信清楚,任务不能按时完成的后果。砍头、腰斩那已经是客气。洞庭湖不是朱友信的地盘,朱友信不能遣兵前去清剿。就算朱友信能派兵,也不行。运粮船被劫的那片水域,是马殷、高季昌、李简都不管的三角地。

朱友信一面遣使者前往潭州,希望马殷能够派兵护送运粮船,一面派人到随州,要朱友雍保护运粮船。可朱友信连派了三次使者来随州,都吃了闭门羹。不得已,朱友信亲自从襄阳赶到随州找朱友雍。朱友雍再不理睬,朱友信也就只能将事情上奏给朱温,看看朱温是如何处理自己的狗崽,毕竟负责运粮食的是朱友信而不是朱友雍。

"王弟同意王兄派军队去灭了他们就是!"

"怎么灭?"朱友信揶揄说:"贺王可别忘了,洞庭湖是马殷、高季昌的地盘!"

这还真让朱友雍为难了起来。

马殷确实是朱温封的楚王,可朱温的话马殷根本不用听。这些年,马殷一直在跟朱温封的南海王刘岩打架。朱温还专门派和叶使前去劝架,可架照打不误。你还希望马殷会帮朱温去清剿土匪?就算马殷听朱温的话派水军去清剿,奏章递到朱温手中,再由朱温派使者去潭州告诉马殷,然后再派水军去清剿。来回一折腾,就不晓得是那个猴年马月了。

洞庭湖的北面是复州、荆州,如今是高季昌的地盘。粮船通过作为复州和鄂州分界线的扬子江,再顺着汉水,到达襄阳。马殷、刘岩给朱温的贡品都被高季昌抢劫,你还希望高季昌能出兵保护运粮船?朱友信就是担心运粮船被高季昌劫走,才不敢大张旗鼓地派大船队前往洞庭湖去运。每次最多也就二三十条帆船,而且彼此分开,以免说没全没。小土匪不感兴趣,像高季昌这样的大土匪正缺粮食。

明目张胆派水军前往洞庭湖,那还不等于征讨?高季昌肯,马殷也不肯。更何况,还必须得到敌人徐温的同意。朱友雍就是怎么想也想不出如何去清剿洞庭湖的水匪。

山南直到天祐二年才落到了朱温的手中。杨师厚在山南东道只做了一年多的节度使就被调离。没多久,山南就发生了叛乱。打了差不多半年的仗,行营招讨使左卫上将军陈晖才平息了李洪的叛乱。朱友信和朱友雍几乎是同时来到了山南。

为了防止故事重演,朱温限制了朱友信的权力,明确规定,没有得到朱友雍的首肯,朱友信不能擅自调用各州的私兵。朱温为了能让朱友雍有更大的说话权,特意口谕控鹤军左右都指挥使朱友珪从各军中挑选了一部分将士组成一支一千人的控鹤军,由朱友雍带到了山南。

“那王兄说应该怎么办?”

“本王只负责运粮,保护粮船安全是贺王的事。”

“保护粮船安全是本王的职责。别忘了,见运不到粮食,父皇可不一定只怪本王!兖王可不能将所有责任都推到本王身上。掉脑袋的时间,本王相信,一定比兖王晚。连父皇都说兖王是赛诸葛,办法由兖王来想。”

“治标派人保护,治本清剿水匪。”

“三岁孩童都懂,还需兖王说?兖王是不是准备将山南的水军送给高季昌?”

“贺王就不能让他们偷偷去?”

“兖王不会认为高季昌和李简是瞎子吧?”

“贺王是不是想派大军前去征讨?一个指挥都已经多了。本王不相信,贺王就不能让几百号人偷偷去洞庭湖。本王只是提醒贺王,去洞庭湖不是去看风景,是去剿匪。山南所有军队里面,谁手下的将士最厉害,贺王最清楚。”

“本王从控鹤军里面挑选将士前去。”

“贺王挑选出的将士,先去潭州,等随后到的帆船。”

“也可以随空船去。”

“怎么去,是贺王自己的事情,本王不敢管,也不该管。装好了粮食,将士装扮成普通船工,埋伏在这些帆船上。路上没有劫匪,粮船也就可以顺利回到襄阳;遇到劫匪,就可以将这些劫匪杀个措手不及,直接端了他的老巢。”

“只是不晓得到底派多少人去比较适合。”

这个草包,若不是你妈和朱温睡了一觉生了你,简直就是一头猪!

“本王准备派三四十条帆船去。贺王准备派多少人,自己定。”

“本王给每条帆船配一个什的人。”

“这是贺王的事情,与本王无关。”

朱友信话一说完转身就离开大堂,朱友雍没有起身送行。

看到朱友信重新出现在牙城的大门口,站在牙城门口左右徘徊的两名侍卫,旋即跟在朱友信的身后,前往停在牙城前广场上等候的马车。朱友信快步来到马车旁,踏着车凳,迅速登上马车。等朱友信一坐定,两名贴身侍卫旋即跳上了马车。坐在车头的两名车夫,挥动缰绳,马车缓缓启动,离开控鹤军牙城。过了一天,兖王朱友信回到了襄州。

见是兖王朱友信的马车,把守大门的牙兵,赶紧打开牙城的城门。车夫驾着马车直接驶入牙城。朱友信下了马车,一声不吭就径直走向节度使府衙大堂。一路前来,朱友信对向他俯身施礼的牙兵和仆役根本不予理睬,只管闷声前行。府衙的牙兵、仆役就晓得,今天兖王心情很差。朱友信登上台阶,站到了步檐上。不做任何停留,就进入了大堂。

朱友信就像一袋沙砾,身子一转,一屁股坐到了南向的王榻上。朱友信终于找回了一丝尊严。得典谒通知兖王返回,侍儿迅速去准备茶水。朱友信在王榻上坐下不久,侍儿就已经在跪在朱友信前,举着茶案,献上了一杯清茶。朱友信从茶案上端过茶杯,仅喝上一口,就将茶杯放回到茶案上。朱友信右手一挥,侍儿俯身退出了大堂。这种狗过的日子什么时候才能有出头?大丈夫岂能这样蝇营狗苟一辈子?朱友信不止一遍问过自己。朱友信又想起了这次随州之行。

朱友信没有逗留,就带着卫队离开随州,返回襄阳。马车一路摇晃,朱友信坐在华盖下面冥想。自到山南以来,我受尽了这狗崽的羞辱。在这狗崽的眼中,我纯粹就是一只供他戏耍的猕猴!不错,没有我,就没有朱温。朱温能够在黄巢造反队伍里面崭露头角,还不是全靠我昌仁筹谋?朱温投靠李唐,还不是我出的主意?为当皇帝需要编造的谎言、谣言还不是我昌仁编造?想靠这些,能保证朱温不灭我的族?做梦去吧!朱友信一阵冷笑。

朱友信想起了朱友恭。朱温秘密授意朱友恭去刺杀昭宗,结果反以弑杀昭宗的罪名,族灭了朱友恭。和朱友恭一起弑杀昭宗的氏叔琮,更可以说是杀人如麻。没有氏叔琮的大肆屠杀,等于没有朱温。结果呢,朱温以弑杀昭宗的罪名族灭了氏叔琮。氏叔琮被五马分尸的时候竟然还有脸高叫“天理何在”,岂不是笑掉大牙?想啊想,朱友信想起了朱温的爪牙蒋玄晖,想起了当初为虎作伥的一个个爪牙。

蒋玄晖替朱温做绝了坏事,结果照样被朱温五马分尸,尸体还在城门外当众焚烧,并称蒋玄晖为凶逆百姓。柳璨身为昭宗的宰相,却帮着朱温清洗了李唐一朝朝臣,摧毁了李唐的基础,结果怎么样?族灭!想想吧,活生生的例外就摆在眼前!我将来的下场还能好到哪里去?族灭说不定已经很客气。想想吧,朱温八个假子如今已经只剩下三个!等将来被族灭的时候,再想到喊“天理何在”,肯定会被氏叔琮笑死!我算什么物事?朱温当上皇帝后,就更不用说了。杀了多少重臣,反正我已经算不清。朱温没有想到让我死,不是我的新妇陪他睡觉,而是朱温认为我昌仁还没到死的时候。替朱温殚精竭虑的这些年,随着时溥、朱宣等对手一个个被击垮,朱友信渐渐由出谋划策的幕僚变成舐痔吃屎的奴隶。每日朝请,趴在前面,倾听朱温骂十八代祖宗。朱友信感到自己的尊严就像身上的衣裳一件件被朱温剥掉,直至最后赤裸裸站在稠人广众面前,遭贱妇耻笑。我还有脸皮活着?朱友信多次问过自己。

神州史上,老子抢儿子新妇的事屡见不鲜。李唐皇朝的玄宗就抢了儿子寿王李瑁的新妇杨玉环。像朱温一样与儿子共享新妇的故事,神州史上倒不多。朱温真子、假子一大堆,新妇自然多。朱温想到哪个新妇就召哪个新妇进宫陪他睡觉,朱友信的新妇不会有例外。

朱友信想起朱温临幸兖王府在兖王府过夜的情形,忍不住就在心里狠狠地痛骂自己。妻女在床上被恶棍奸淫,昌仁狗似的趴在床前侍候。昌仁就是乌龟王八蛋!遭到了如此奇耻大辱,我竟然还有脸活在这个世上,简直是恬不知耻!无耻之尤!朱友信只想冲上去活活将朱温掐死。这种无耻的事情,朱温登基后已经有好几次。在他眼里,我已经不再是奴隶,是一条狗,一条吃主人屎的狗。大梁国所有女人都是朱温的女人,昌仁的女人当然不例外。几千年的神州史上,像朱温这种皇帝也并非只有朱温一个,没什么稀奇。

朱友信很快就安慰自己,陪朱温睡觉的人又不是只有我新妇一个。朱友文、朱友珪的新妇,哪一个不是?朱友贞的新妇,甚至在跟朱友贞成婚之前,朱温就已经要她进宫侍寝。我再差,新婚之夜,新郎是我而不是朱温。朱友信想到这,心宽了许多。五十步笑百步?五十步当然可以笑百步。五十步看到百步的人逃了,不得已只好也跟着逃。可悲的是,世人不去笑百步,而去笑五十步。我再差也只能算五十步。直不百步耳,是亦走也。真是乞丐也说自己的米比别人的米白。朱友信冷笑。我得好好想办法去做个节度使,离恶棍越远越好。

经过一番筹谋,终于有了成效,朱友信被朱温派往山南任节度使。

别看我昌仁,人模狗样是兖王,山南东道节度使,在朱温眼里甚至连狗屁都不是。名义上我是山南东道节度使,执掌山南东道军政事务,却弄了个狗屁朱友雍放在我身边,控制我的行动,甚至调个兵都需要朱友雍首肯。帐下将吏怕朱友雍远远超过怕我。在山南,朱友雍这个狗崽才是真正的主人!如今朱温还没见阎王,朱友雍对我就如此轻蔑。见了阎王,无论是朱友珪、朱友贞,甚至朱友孜,只要是朱温的狗崽当皇帝,等待我的只有剐肉熬油,剥皮抽筋。莫非真的要像朱友恭一样,耐心地等待五马分尸?

能自救的唯一出路就是去夺皇位。夺皇位,别做梦啦。不错,朱友裕是死了。

我？一个假子，轮上轮下就是轮剩了也轮不到我昌仁！就算朱温的所有狗崽都死光，还是假子朱友文在等着。人家如今是东都留后，开封府尹。我呢，一个远离权力中心的节度使。朱友雍当着我的面肆无忌惮，还不是因为我只是朱温养起来作狗使唤的假子？这种作狗用的假子，朱温多！朱友俭，朱友恭，朱友顺，朱友谦，朱友让……就算杀了我的九族，朱温的眼睛也不会眨一眼。如今人为刀俎，我为鱼肉。还能怎么样，等死吧！

朱友信想着想着，仿佛觉得朱友恭、朱友逊个个血淋漓地坐在了自己的身边。

“停！”朱友信突然叫了一声。马车在官道上停了下来。朱友信一声不响踩着一名侍从的脊背下了马车。在侍卫的陪同下，朱友信沿着官道慢慢踱起了步。朱友信抬头看了看西边的天，残阳马上要下沉。朱友信不禁想起李义山的诗，夕阳无限好，只是近黄昏。朱友信一阵感慨。

莫非我真的只能在山南慢慢等死？妈的，我当初怎么会瞎了眼选这么一个人渣做自己的主人，倾心辅佐，出谋划策？当初可选的人那么多，我偏偏选他，真是瞎了我的狗眼。真的是一生机会只有一次，失去了就没有。现在后悔，都已经没办法回头。唉！朱友信长长叹了一口气。

堂外进来了行军司马诸葛再生。

诸葛再生原名诸葛白，字晰，因敬仰诸葛亮，将自己的名字改为诸葛再生。据诸葛再生自己说，他是诸葛亮的第廿七世孙。诸葛再生非常敬仰自己的祖先诸葛亮，也非常相信自己的才华。诸葛孔明能够让只会打草席的刘备成为蜀国先主，诸葛再生为何就不能让已经拥有山南东道的朱友信成为神州皇帝？诸葛再生常这样问自己。朱友信一旦成了皇帝，诸葛再生就将是名留青史的一代名相！诸葛再生就是怀抱凌云壮志替朱友信出谋划策。

诸葛再生有志要成诸葛亮第二，可惜岁月不饶人，直奔花甲而去。诸葛再生的好友，襄阳名士司马流云劝说诸葛再生说：“你我交往多年，看着诸葛兄的头发在一根根地变白。再这样无所作为，诸葛公的凌云壮志很快就会是一江春水。”“是啊！”诸葛再生长长叹了口气。

“事实如此，兄弟又能如何？谁让兄弟生在这个时代？武侯在兄弟这个年龄，都快要薨了。兖王也不是没有大展宏图的想法，只是一直前怕狼后怕虎，不敢。”

“兖王的岁数应该也不小了吧？”

“过知天命都已经好几年了。”

“人越老越胆小怕事。对兖王来说，束住手脚困在山南，老死已经算造化了。

兖王会明白,再毫无作为,等待的只有死路。假子朱友恭、朱友让、朱友顺、朱友逊,事实个个就摆在眼前。到时候,诸葛公想学蒯通装疯卖傻,好像是不可能。梁王毕竟不是汉王。”

“那是。谢文涛不过说了一句笑话,自己凌迟,一族人全活埋。”

“流寇终究是流寇。项羽再狠也只能乌江自刎。秦昭王讨厌说客,范雎却抓住秦昭王的弱点游说成功。诸葛公为何不琢磨琢磨兖王的弱点,瞧准时机进行游说?只有松开绑在身上的那些个绳索,才有施展拳脚一丝希望。”

“弱点不难找,只是时机不容易把握。有些话只能是在一定的条件下才起作用。否则,还可能起到相反的作用。兖王有雄心,却缺少搏一把的勇气。鸟雀知道,一旦被人抓住就会被吃掉,一见人靠近就跑。人没地方可跑,只好屈服。长期下去,就渐渐失去了勇气,成了听话的奴才。猛虎在深山,百兽震恐,及在槛阱之中,摇尾而求食,积威约之渐也。兖王非常清楚,在这样庸庸碌碌继续下去,命运将跟其他几个假子相同。这些年,惨痛教训就摆在眼前,可就是一直下不了决心。在山南,给蠢材朱友雍玩于鼓掌之上,却无能为力。

兄弟有时候想,读书人还真只能做一做谋士,难成大器。司马兄想一想,自秦失鹿以来,哪一个能成大事的人是读书人出身?至少兄弟没有发现。那么多年以来,兄弟一直在寻找明主。可放眼当今天下,哪一个有王者之气?王建、宋文通、马殷、徐温、钱镠等等,无一不是胸怀狭窄的忌才妒能之辈。就算不是,也是目光短浅鼠类。兄弟就听司马公,找一个恰当的时机,说说看。”

诸葛再生耐心等待,终于等到朱友信从随州回襄阳。

“主公,不要郁闷。”

“本王只是郁闷,用心替皇帝办事,还要遭像朱友雍这种畜生的羞辱。来山南道后的这几年里面,这畜生已经给本王掺了多少次沙子。就是因为皇帝,本王才一直隐忍。说句大逆不道的话,甩开皇帝,本王何来郁闷!”

“山人觉得主公就应该甩开朱温,自谋霸业!”

朱友信何尝不想自谋霸业?来山南之前,朱友信就是有鸿鹄之志,也没有实现鸿鹄之志的机会。到了山南,看着高季昌、马殷,朱友信羡慕不已。古语云,临河而慕鱼,不如归家结网。羡慕归羡慕,朱友信想东想西,一直不敢付诸行动。

“更何况,现在正是天赐良机。”

“此话怎讲?”

“主公想一想,只有朱友珪或者只有朱友贞,主公会怎么样?”

“无论是朱友珪还是朱友贞继承皇位,本王最满意的结果大不了就是跟现在一样。”

“主公英明。眼下却完全不同。朱温各种各样的儿子一大堆。这一堆儿子里面,全是没有尊卑之分的庶子。朱友珪是庶子,朱友贞也是庶子。朱友珪继承皇位,其他儿子不服;朱友贞继承皇位,其他儿子也不服。朱温自己也弄不清楚到底让哪一个儿子继承皇位。

神州几千年历史里面,哪一次皇位争夺不是血淋淋?主公熟读史书,无须山人举例。权力的背后是暴力,没有暴力哪来权力?世上只要有权力,必然有暴力。皇帝的权力无上,想获得这无上的权力,只能使用暴力。谁愿意拱手让出这无上的权力?只有使用暴力,迫使他不想让也只得让。看一看朱温怎么得到这无上的权力,就清清楚楚。温良恭俭让,下场只能跟王师范一样,一族人依照尊卑长幼次序排好队等刽子手砍头。主公晓得,当年太子申生在内,被杀;公子重耳在外,平安度过灾祸,而成为晋文公。主公只要稳稳守在山南,做出一副不参与他们争斗的架势,就可以保证平安无事。两虎相争,必然两败俱伤,更何况眼下一群老虎在撕咬。主公正可以坐镇山南东道观虎斗。只要在山南养精蓄锐,瞧准最佳时机,就可以兵出山南,长驱直入,收拾残局,重演晋文公的故事。

主公,是不是天赐良机?”

朱友信以沉默对诸葛再生的看法表示赞同。

“主公和马殷相比,哪一个痛快?”

“确实,马殷是楚王,本王是兖王,同为王爵。然而,马殷有自己的地盘。虽然名义上是王爵,实际上却是皇帝。朱温的话,马殷根本就不用听。本王则完全不同啦,朱温说废就废,说杀就杀。诸葛公说说看,谁痛快?”

“荆南节度使高季昌和主公统辖的地盘谁大?”

“高季昌仅仅统辖土地贫瘠的三个小州,哪能跟本王比?”

“那主公跟高季昌比,谁爽?”

“高季昌地盘虽小,但跟马殷一样,都是在自己的地盘上说一不二。”

“主公晓得,高季昌不过是朱温假子朱友让的一名家奴。连家奴高季昌都能做得到,主公为何就做不到?”跟高季昌一比,朱友信怦然心动。一名家奴,凭三个小小的州,都能做得到南面称孤,我为什么做不到?主公只要牢牢把握目前的山南,慢慢壮大自己的实力,不断蚕食,完全可以做到,进可以取神州,退可以守山南。想想三国时期的刘备,一介草民,无一寸土地,仅仅靠从东吴借来的荆州,最后三分天下。连刘备都可以，主公为何就不可以？

想想当今天下，宋文通、王建、马殷、钱鏐等等，哪一个能跟主公比？全都是草包！可就是这些草包，却个个称霸一方，成了名副其实的皇帝。山人觉得，主公需要的只是横下心来的决心。不要想得太多，想得越多，越丧失豁出去的勇气。只要能横下心来，何愁霸业不成？主公完全可以不理朱温那一套！

莫非是忠义两字？在我们大梁，还提起忠义两字，岂不会被人耻笑？朱温的历史，主公清楚，原本是黄巢手下，反黄巢投唐。投唐，又反唐，刺杀昭宗。叛臣逆贼都成了皇帝，想想这世道还有没有忠义？难道仅仅是主公是朱温的假子？死在朱温手下的假子岂止是朱友恭一人！与其坐而等死，还不如放手一搏。”

“本王也不想等死，可实力不行。不等死，也只能等死，没办法。朱温是什么人，本王非常清楚。朱温面前，你不能玩虚，讲什么忠信礼仪，只能靠实力。只要本王兵多将广，实力强大，何须忌惮朱温？没有实力，当做龟孙子，还得做龟孙子。原山南东道节度使赵匡凝的例子就摆在眼前。常言道，门头官司拳头硬。神州历来都是刀剑说了算。自己没有实力，又不想做龟孙子，只能是自寻死路。好死不如赖活。本王眼下只求多活几年。”

“不错，神州排在第一的字是力。可实力不是从天上掉下来，想有实力，首先得经营。不用心经营，哪来实力？任何人都不可能一开始就有实力。项羽也有自己的童年。纵观眼下的神州，王建、马殷、徐温、钱鏐，哪一个不是如此？赵匡凝为何丢掉了他父亲赵德諲留给他的基业，最后惶惶如丧家之犬，投奔了杨行愍？就是他呆在山南这几年没有好好经营。机不可失，时不再来。等到后悔时，哪还有机会？主公想想，错过这次机会，以后还有没有？山人可以替主公回答，没有。如今大梁，那么多节度使里面，只有主公的山南地域最广。就算朱温已经将邓州和唐州分割了出去，眼下还有襄州、随州、均州、房州、郢州。这五州，土地肥沃，只要稍稍休养生息，就可以获得足够的兵源。主公完全可以借周边强敌环绕的名义，招兵买马，组建自己的牙军，不断壮大自己的实力。”

“本王也不是没有想过，只是如今朱友雍呆在身边，根本就不可能。本王现在招兵买马，等于壮大朱温的实力。圣旨放在那，本王还能怎么样？只要朱友雍向朱温说一声，本王有任何割据的企图，还没有动手，本王已经完蛋。”

“主公有没有想到，眼下的形势已经跟以往完全不同。如今朱温将全部精力都用于对付李存勖，根本无暇顾及山南。虽鞭之长，不及马腹。眼下正是天赐良机。主公正可以利用这次天赐良机机有计划、有步骤的压制、消灭朱友雍以及控鹤军。

天与弗取,反受其咎。一旦没有了朱友雍,主公完全可以在自己的地盘上说得响话,才有可能放开手脚。高季昌为何可以在自己的地盘上说一不二,就是他的地盘上没有朱友雍,也没有控鹤军。没有了朱友雍,没有了控鹤军,高季昌之流岂能跟主公相提并论?

主公晓得,柏乡之战,朱温的精英损失殆尽,实力已经不能和当年赵匡凝时期相比。河东战争的前景至今还没有明朗,谁生谁死,过些时间才能晓得。等到胜负已分,主公哪还有机会去壮大自己的实力?山人以为目前是绝佳时机。这个机会错过了,就不再有。主公正可以充分利用朱温和李存勖在河东拉锯的绝佳时机,不动声色地在山南壮大自己的实力。有了足够的实力,要软要硬,朱温都得掂量!黄口小儿都懂,靠实力说话。时机一旦成熟,就可以出邓唐,直捣洛阳。机不可失,时不再来。错过了时机,将来再想到,就已经是噬脐莫及了。"

"诸葛公说的不错,可清除朱友雍和山南控鹤军却不容易。本王没有调兵权。擅自调用山南军队,那些个将领未必一定会服从。诸葛公晓得,那些个将领怕朱友雍都怕死,还想让他们去杀朱友雍?唯一能动的就是本王的亲从牙兵。当然,本王的亲从牙兵清除朱友雍以及控鹤军也许会成功。问题是本王亲自动手,消息迟早会泄露。天下没有不透风的墙。山南控鹤军那么多,想完全封闭消息几乎是不可能。本王在还没有足够的实力应对朱温之前,消息一旦泄露,朱温肯定派邓唐节度使孔勍带兵前来山南镇压。孔勍的大军一旦来犯,虎视眈眈的高季昌肯定打着帮朱温平息叛乱的旗号趁火打劫。南北一夹攻,等于宣判本王的死期。

看起来,本王只能是慢慢等死。"

"杀鸡焉用牛刀?清除朱友雍根本不需要主公亲自动手。主公只需借助他人之手就可以办成此事。猛虎之犹豫,不如蜂虿之致螫;骐骥之跼躅,不如驽马之安步;孟贲之狐疑,不如庸夫之必至也。主公需要的是决心。有了决心就能办成大事。高季昌、马殷名义上是朱温属下的藩王,徐温不是。早在自封都督之前,朱温三番五次派控鹤军杀手潜入淮南,刺杀淮南的将帅。去年年底,朱温还特意派了一支控鹤军前往金陵刺杀徐温。只是到现在,还没有传来徐温被杀的消息。看来,多半跟以往一样失败了。朱温清楚,不会只允许他派杀手去刺杀徐温以及徐温手下的将帅,徐温也可以派遣杀手去刺杀他以及他手下将领。这些年,双方暗地里派杀手杀来杀去一直就没有断过。据山人所知,这次前往金陵刺杀徐温的行动由朱友雍主事。主公正可以借徐温之手除去朱友雍以及朱友雍的控鹤军。"

朱友信做梦都想除去朱友雍,可就是没想过借徐温之手除去朱友雍。

“主公希望控鹤军在山南消失，徐温也希望控鹤军消失。主公和徐温利益一致。就算没有控鹤军，在时机未完全成熟之前，主公同样需要跟徐温暂时媾和。高季昌名义上是朱温的藩王，却交通吴、蜀，而且常常进犯山南。今天是朋友，明天是敌人。谁不如此？主公完全可以借徐温之手除去朱友雍以及控鹤军。就算朱温知晓，也与主公毫无关系。朱温让主公前来山南任节度使，掌管的是山南的军政事务，没有义务保证朱友雍以及控鹤军的安全。”

“这件事情本王就交给诸葛公来具体操办！”

“山人明天先派人去金陵，见一见徐温。”

朱友信走后的第二天，朱友雍就准备从控鹤军里面挑选两三百名精锐由别将党捍城带领前往襄阳。行军司马璩宗良向朱友雍提议还是从襄阳军队里挑选人手。“贺王，仆觉得还是从山南军队里面选人手比较好。庞副指已经挑选了一班人去了江南。这一班人里面好些是追随贺王多年的将校。当初，圣上从控鹤军里面挑选了一千名将士让贺王带到山南。贺王来到山南，又有不少绿林好汉、江湖豪杰前来投奔。在山南，实力谁都不敢小觑。不过，这两年消耗了不少人。这次庞副使带到金陵去的这支队伍，可以说是我们山南控鹤军的精锐。再这样无休止耗下去，迟早有一天会将山南控鹤军耗尽。对昌仁，贺王绝不能相信。很难说昌仁一定不是借剿匪的名义，消耗控鹤军的实力。没有实力，连皇帝都是废物。”

差一点上了这头狐狸的当！朱友雍顿时醒悟了过来。

“这种满肚子祸水的人，还真是不能相信。几十年，昌仁什么时候说过一句真话？本王怀疑甚至连出生年月都可能是假。满嘴的谎言。本王只是弄不明白，神州的庶民竟然会相信他传播的谎言、谣言。不能不让人相信，都是没脑袋的苍蝇。本王就让党捍城去襄阳驻军那里挑选两三百应付一下。”忽然，朱友雍想到那些抢劫运粮船的水匪。“璩公，官家怪罪怎么办？”

“圣上眼里，昌仁怎么能跟贺王比？粮船必须要经过复州、鄂州中间的扬子江。谁都晓得，这地方战争频繁。食粮运输中断很正常。连进贡给圣上的贡品，高季昌都敢抢，粮食怎么不敢抢。大不了，向圣上说，是高季昌抢了粮食。高季昌还敢到洛阳自辩去？条条罪状摆在哪，高季昌不是笨蛋。山高皇帝远，高季昌也只能在荆南放肆放肆。

仆觉得，食粮运输一旦中断，还不如直接上奏，说高季昌抢了粮食。圣上下决心征讨高季昌，贺王正好可以乘机将山南的将领更换一遍，将自己的亲信换上去。如此一来，贺王在山南谁还敢说不？圣上不征讨，一切还是目前这个样。

粮食运输中断，昌仁比贺王更急。他谎言多，编故事能力强。他肯定会编出故事欺瞒圣上。贺王一旦找到昌仁欺瞒圣上的事实，一纸奏折就可以让昌仁满门抄斩。仆觉得，想除去昌仁，偏偏要让粮食运输中断。昌仁一死，贺王想想，圣上还能派谁来山南任节度使？到时候，在山南这块地盘上，谁还能跟贺王抗衡？

一个有实地的亲王怎么能跟只有虚名的亲王比？”

“有理！有理！有理！这段时间，龙胜巳给本王讲南朝的历史，本王听了很是感慨。宋武帝刘骏将兄弟杀了光。刘骏狠，刘子业、刘彧也狠。官家一驾崩，谁晓得他们也学一学刘骏、刘子业将兄弟杀个光？皇权面前，根本就没有父子兄弟的道理，本王才有点懂。

人为刀俎，我为鱼肉。本王原先不大懂。听了龙胜巳给本王讲了历史，终于明白。没有实力，只有等待被人宰割。本王有实力，他们谁敢动？说不定，本王还可以半路杀出个程咬金，到洛阳弄个皇帝做一做。”

“贺王英明！只要有实力，圣上千秋之后，这皇位谁跟贺王争？”

第五十一章　打手

飞鸟尽，良弓藏，狡兔死，走狗烹。

——《史记》

端午节,李慎肇没有去看龙舟,而去看望秦戎行。这次能够挖出柳似汀、捣毁控鹤军在金陵的巢穴,秦戎行功劳第一。一个多月时间过去了,李慎肇一心扑在侦破案子上,秦戎行一次也没去看过。调任大理寺卿之前,李慎肇是黑云都都指挥使。黑云都是杨行愍的亲军,地位尊荣。杨行愍死后不久,原黑云都都指挥使吕师周投奔了马殷。徐温虽没有借此机会解散黑云都,可地位已经今非昔比。李慎肇知道这是改变自己命运的一次绝佳机会,办案非常用心,几乎是废寝忘食,以夜继日。可惜,李慎肇行伍出身,对破案不是很在行。李慎肇一方面从善如流,听取内行人的意见;一方面利用大理寺卿的权力,招募了很多李唐时期的衙门旧吏,协助侦查。可是,一个月时间过去了,女杀手的下落依旧是一团迷雾。

李慎肇今天去看望秦戎行,也是想听一听秦戎行的意见。李慎肇很担心自己最后会像吴用筹那样遭到徐温的惩治。劳心劳力还要惩治,真是冤。经过一个多月的调理,秦戎行虽还不能下床自由行走,但躺在床上说话已经没有问题。问候过之后,李慎肇坐在床边和秦戎行聊起了女杀手,希望从秦戎行那得到点有价值的建议。秦戎行做过专职杀手,经验丰富。

“有没有可能那女杀手跟控鹤军根本就没有关系?和控鹤军同时出现只是巧合。”

“这种可能不能完全排除。说不定,我们考虑问题时被控鹤军带入了泥潭。”

“假设成立,那么只有两种可能性。一,女杀手是职业杀手,受人雇佣;二,女杀手刺杀都督是报仇雪恨。除了这两种可能,好像再也找不出第三种可能。"

秦戎行不相信这世上有女侠士,李慎肇也一样。

"无论是哪一种可能,背后都隐藏着与都督的利益冲突。问题是,与都督有利益冲突的人,国内、国外实在是太多了。不只是朱温,实际钱镠、马殷、刘岩都有这样的动机。那女杀手是钱镠或者马殷派来的人,我们根本没办法查。"

"那我们就从有办法查的地方开始查起。"

"国内想杀都督的人太多太多,根本就办法查起。撇开活着的,单死了就有张颢、危全讽、李遇、朱瑾、米志诚等等,等等,他们的余党谁不想杀了都督? 这些还是大人物,小一些的人物更是数不胜数。前年,张颢的余党就差点刺杀了都督。"

"想都督死的人实在是太多了!"

"根据画像,找了几个有点像的,手无缚鸡之力,根本就不可能是女刺客。弄得有人向都督进谗言,说我故意栽赃,想敷衍塞责,草草结案。那个失踪的商贩,应该就是那个女杀手,可已经易了容。案发的当天,左骁卫大将军陈绍就带兵将紫金山搜了遍。女刺客蒸发了似的,不见了踪影。我现在唯一的希望就是不要因为不能破案而遭到都督的责罚。"

"眼下只能先报告,那女杀手已经回到了随州。将来女杀手再出现,就说朱友雍再派她来金陵。都督总不至于去随州向控鹤军都虞候朱友雍证实。"

好主意! 李慎肇采纳了秦戎行的意见,去向徐温汇报。徐温听到一半就问,"那女刺客呢?"怎么回答,李慎肇已经想了好几遍,倒不慌。"就目前侦察来看,女刺客很可能已经偷偷潜回了随州。"李慎肇真后悔当初在柳似汀家只想着杀,而忘记了留活口。"都督!"李慎肇赶紧将话题岔开。"随州控鹤军巢穴不端掉,朱友雍随时随刻都有可能再派控鹤军来江南做恶事。只有端掉随州控鹤军老巢,才能彻底消除隐患。"

"想到了什么办法没有?"

"仆已经委托希声社石斛派人以商人身份前往侦察,先摸清情况,再想办法端掉它。"

"先摸一摸情况很有必要,起码可以做到心里有数。"

实际,李慎肇只是嘴上说说而已。心里明白,这是不可能的。有能力铲除随州控鹤军,山南都可以拿下来了。李慎肇只想找一借口搪塞,而徐温真考虑如何铲除随州控鹤军。徐温一想到紫金山开善寺,就有端掉随州控鹤军老巢的决心。紫金山遇刺脱险后,徐温特地为此事咨询过严可求。

“派人偷偷前去山南,杀几个人可以,剿灭控鹤军不容易。”严可求虽不敢说徐温异想天开,但明确告诉徐温去山南剿灭控鹤军是不可能完成的任务。“山南不只有控鹤军,还有数万将士。一旦暴露,马上成了水缸里的甲鱼。可行的办法是,激化朱友信和朱友雍之间的矛盾,让朱友信去消灭控鹤军。我们不希望控鹤军存在,朱友信也一样。我们和朱友信这一点利益相同。山南没了控鹤军,朱友信就可以称大王。只是据我们对朱友信的了解,朱友信没有割据山南的胆子。主动还是请我们去剿灭朱友雍,可能性都不是很大。”

自任都督以来,控鹤军杀手刺杀吴国将领的事情已经发生了好多次。今年上凳上桌,竟然企图刺杀徐温。这个隐患无论如何都得消除。从寿邱返回金陵,徐温专门召集幕僚商量这件事情。陈彦谦建议,应该主动派人前去山南,而不能坐在金陵被动挨打。“就算不能彻底铲除控鹤军,骚扰骚扰也可以使朱友雍有所收敛,不至于肆无忌惮地派控鹤军杀手来江南杀人放火。想从根本上解决控鹤军的危险,只有从根上解决。朱友雍自顾不暇了,就不会派控鹤军来江南为非作歹。自己家着火了,才不会到别人家打劫。”徐温海盗出身,这些个道理懂。陈彦谦建议徐温赞同。五月十三,徐温去朱雀门看望徐渊,兄弟两人聊天,聊到了山南的控鹤军。徐渊也赞成陈彦谦的建议,不能坐在金陵被动等着控鹤军出手,要主动出击。

“朱友信请外人帮忙消灭朱友雍,也不是不可能。这种故事历来就有。当年宰相崔胤召朱贼入关企图诛杀宦官,结果演变成了引狼入室。朱友信不会担心我们会变成朱温,毕竟去山南的不是上万的军队。只要朱友信不担心引狼入室,请外人消灭朱友雍就有了可能。朱友信不是不想除掉朱友雍,而是没这个胆。那就想办法给他壮胆,给他鼓劲。没胆的人,一怂恿,就会有胆。山南大哥有几个熟人,应该能找到合适的人去怂恿朱友信。只要能满足他的诉求,他肯定会尽全力帮我们办成此事。面对死亡,老妇人都能掐死一头豹子。”

正当徐温在考虑派谁去山南时,朱友信的密使来了金陵。

人往高处走,水往低处流。谁都希望做老大。黄巢造反以来,想做老大的人无数,有的成功,有的失败。杨行愍、马殷、刘隐、王审知、钱镠、高季昌做成功,刘汉宏、董昌、杜洪、成讷、田頵、危全风失败。朱温的假子朱友信也想做老大。看着隔壁王建、高季昌、马殷、徐温个个做老大,朱友信既羡慕又忌妒。想想朱友让的家奴高季昌都可以做成老大,为何朱友信就不能?在诸葛再生的游说下,朱友信终于下了决心准备做老大。要想做老大,首先得铲除山南的控鹤军。如何铲除?诸葛再生仿效当年罗绍威诛杀魏博牙兵的故事,借用徐温之手。

正所谓时难得而易失,诸葛再生第二天就派遣代表朱友信的使者秘密前往金陵。

徐温亲自接见了使者,并达成秘密协议,同意派人前往山南帮朱友信除去朱友雍以及控鹤军。使者刚走,徐温就派傅道彰来请石斛。石斛没去猜徐温叫他去是为了何事,只管跟着傅道彰来到了都督府。等见到了徐温,石斛才晓得要他去山南。"由谁来做,老夫想到了你这个采访处置使。人员由石郎自己物色,以希声社都统的身份,潜入山南,将事情办了。工钱么,他们会给。也算是老夫给石郎拉了一趟生意。"徐温笑了起来。一切都在意料之中,石斛并不感到惊奇。

"小子一定竭尽全力。"

徐温面前不能说不,石斛也知道徐温的意图,接受了徐温交给他的使命。身不由己,石斛特别懂。想完成使命,又能全身而退,石斛只能全力准备。悄悄去山南剿灭控鹤军,无异于呓语。将不可能变成可能,关键是人,怎么样的人,多少人。去山南剿灭控鹤军,等于荆轲去咸阳刺秦王,胆量特别重要。石斛一离开都督府,就去找李慎肇。石斛话还只开了个头,李慎肇就推托了起来。

"都统应该理解,就算小吏愿意去,小吏手下的兄弟也不会愿意去。有道是,坐地老虎出地猫。在吴国,我们想怎么样,就怎么样;在山南,他们想怎么样,就怎么样。我们现在偷偷去山南,等于到老虎洞里找老虎。这跟战场上两军对垒完全不同。万一不受节制,后果不堪设想。战场上还可以置之死地而后生,拼一拼,在山南怎么拼?就像囚笼中的囚徒,再有能耐也没用。

经过这次大挫败,他们应该再也没这个胆敢来江南了。就说敢来,我们地盘上,也可以张开布袋等他们。来一个,收一个;来一双,收一双。再说,潜伏在江南的控鹤军还没有清剿干净。据小吏得到的可靠消息,又有一股控鹤军偷偷潜来江南。小吏只能先将江南的控鹤军清剿干净之后才能腾出手来处理山南的事情。望都统能多多体谅。"

"大人,小子觉得你应该去。"见李慎肇准备张嘴,石斛手一举说:"别急,让小子慢慢给大人分析。这次去山南,是都督的使命。大人不去,怎么向都督交代?此其一。风头霉头两隔壁。一旦消灭了山南的控鹤军,大人肯定大功一件,转正升迁是指日可待的事情。就算不能消灭控鹤军,大人能去山南,都督肯定非常赞赏。为了自己的前途,大人也值得冒一冒险。此其二。说实话,小子还真不放心大理寺胥徒。小子不会让大人带着一班胥徒到山南最危险的地方去。说不定成事不足败事有余。小子留个好吃的肉给大人吃。难啃的骨头,小子会去啃。此其三。大人,你觉得怎么样？机不可失，时不再来哦。”

“小吏去。”李慎肇经过一番考虑同意去山南。

“山南总共有郢州、随州、襄州、均州、房州等五个州。随州是朱友雍的老巢，襄州是朱友信的窝。这两地方大人就不用去了。均州、房州远离吴国，有点深入敌营的味道，大人也不要去了。郢州离鄂州最近，大人就去郢州。够义气了吧。”

“都统够义气！”李慎肇手一拱。

“那好，请大人帮个忙，从黑云都里面招募两百名死士。”

“这好说，只要酬金诱人，一千名死士都能够招募得起。”

“小子冒昧问一句，大人现在俸钱多少？”

“小吏现在的俸钱是四万三千。”

“那就这样，大人以兵士五十万、校尉八十万的酬金招募两百名死士。”

“如此高的酬金，连小吏都心动。”

“大人得先告知将士，此番要去的地方是龙潭虎穴，很可能有去无回。”

“都统放心，现在的将士个个是人精，小吏骗不动他们。”

“大人招募完毕，小子会派人前来操练，免得到时白白送死。”

“都统，两百名死士怎么够？”

“当然不够！小子得找不同类型的人，尤其是那些善于背后捅刀子的杀手。”

离开大理寺衙署，石斛去鲁扬声家蹭饭。

“一个堂堂希声社都统，连口饭都需要来老哥这蹭？”石斛来鲁扬声家时，鲁扬声和李君惠已经在吃饭。石斛在鲁扬声对面坐下。“县主，婢子去。”辟然前去给石斛拿来了盘碟和筷子。石斛拿起筷子说：“什么堂堂希声社都统，人家的打手。”鲁扬声咪了口酒说：“为何不叫老哥做？不是所有人想做打手就能做得成。让你做打手，已经是你的荣耀了。”

“幸亏小子脸皮特厚，损一损无所谓。薄一点，小子只能找个麻绳悬梁自尽。”

“选你做打手，真是选对了人。死在山南，正好省去杀，而且自己动手难看。你自己好高死在山南，大哥、侄女面前都好交代。况且，动手杀自己的救命之人，于情于理都说不过去。这样好了，什么麻烦都没有了。高，着实高！”

上次，徐温去法云寺进香回都督府的路上就开始想石斛的事情。一家人十几年前就住在孤零零的山角落，身世的事情只能父母告诉他。莫非他父母怕泄露真实身份招来杀身之祸故意告诉他假的身份？有这种可能。聪明人晓得，身份一旦泄露只有死。他那么聪明，他父母也应该不笨。就上次说话的情形看，这种可能性极大。我得找个人再调查一下。这个侄女婿,徐温不放心。

回到都督府,徐温就将调查的事情交给了镇海军推官高仲超。过去了半个月时间,高仲超将调查结果汇报给徐温。“就调查的情况看,没有证据可以证明石斛是世子。据原门下录事杜德平回忆,石弘确实有个儿子名叫石安,曾经做过秘书郎。石弘辞官后,也跟着石弘回老家石家村。石弘的儿子石安跟石斛的父亲石安年龄相仿。就能调查到的情况看,没有证据可以证明石斛撒谎。臣还特意去了一趟江州。这是桓王李休的私人玉印。”徐温接过玉印仔细看了看,递还给高仲超。“这是桓王妃的私人玉印。”徐温也看了看,递还给高仲超。“死在江州的这个李休应该就是桓王李休。主事此案的陈柏萧告诉臣,死者对外的名字叫石安,跟石斛的父亲石安同名,他们也是通过私人用品才知道他叫李休。据陈柏萧调查,李休原先一直居住在江州的隔壁饶州乐平县桃花坞乡,跟桃花石乡只有一字之差。”

莫非真的被张冠李戴当成了桓王李休?徐温知道,算命先生喜欢用好话取悦人。听完了高仲超的调查报告,徐温大抵已经相信石斛是石弘的孙子。不过,想彻底让徐温安心,只有石斛是个死人。别人无所谓,石斛就不同了,佛祖派来的救命恩人。徐温还在跟幕僚商量前往山南清剿控鹤军的可行性,就已经确定好了前往山南的人选。死在山南,可不能说是我杀了他。

“匹夫无罪,怀璧其罪。谁叫你小子不是一个傻蛋?有那么大的能耐。几千年来神州人特别推崇深藏不露,就是活不容易。大智若愚,就是教人要装糊涂。当然,你能量再大,毕竟只是一介小后生,眼下要弄死你是反掌的事情。人家是怕你日后慢慢变大,而自己的后代又不是你的对手。想想魏王曹操,拼了一生,最后白白替司马懿拼。

这世界,只有死人最安全。

不错,人家的侄女痴迷你。那又有什么用?雍姬的母亲说过,人尽夫也。张三死了,有李四。为了家族的千秋大业,去死都应该,何况嫁人?几千年来,神州的女子就是按照父兄的利益嫁人。人家相信,自己的侄女通情达理,能够理解。”

“真是以小人之心度君子之腹。”

“你比老哥好不到哪去。说不定,你想的比老哥还毒。准备选些什么人去?”

“有人担心祖传秘方泄露,在单方里面加了许许多多吃了没什么大碍的药物,并将这些乌七八糟的药物研成粉,制作成黑糊糊的药丸。人家拿到药丸,根本就不晓得药丸里面有什么成分,也不晓得哪一样药有效。小子就准备在祖传秘方里加药,制作黑糊糊的药丸。”

“好是好，可将他们搓成药丸不容易。”

“老哥晓得，这些黑糊糊的药丸一般都用蜜糖作黏合剂。想将这些细沙一般的药粉粘在一起，没有黏合剂肯定不行。天下熙熙皆为利来，天下攘攘皆为利往。利就是神州人的黏合剂。小子准备用利将细沙一般的药粉粘在一起。”

“老哥是徐温，也不会留你小子。你小子太聪明，留在那，总是个隐患。”

“聪明个屁！小子真聪明，也不会陷入眼下这种进退两难的境地。去山南，等于孤身走进狼群，就算小子真是猛虎，稍稍不慎，尸骨无存。倘若小子完成使命，全身而退，见识了小子的能耐，还不是更要弄死小子？老哥是不是要小子违命？”

“清醒就好。”

吃了饭，石斛没有坐，就跟鲁扬声告辞，起身返回总社。进入总社大门，石斛直接去找杨千里。碰面后，石斛要杨千里立马着手寻找从事拿人钱财替人消灾行当的好手。冼廉州不见了还只过去一天，一名叫尉迟果敢的人接管了沁心茶苑。昔日以芹心茶苑为落脚点的人因与尉迟果敢不熟纷纷另寻中间人。杨千里正准备向石斛建议，将这些人收入麾下。

“需要多少人？”

“小弟已经让李慎肇招募两百名黑云都死士。一配二，也应该需要一百名。”

“没问题。人很多，就是狠手需要选一选。”

“神州人特别怕死。此番去山南，刀山火海，武艺重要，胆量同样重要。”

“敢伸手从油锅里捞铜钱，胆量肯定大。都统放心，千里会亲自筛选。”

制作黑糊糊的药丸，需要很多种药。当天，石斛就坐船去了鹰扬山庄。一是向吴不明征求意见，二是向吴不明借用制作药丸的药物。为此，石斛还特意去了一趟白鹰堂。在返回金陵的途中，石斛顺路去雪梨岛拜访了陈宜青。

谈完了正事，石斛顺便向陈宜青问起了姜云苏。“仆马上着人将她叫来。”陈宜青准备派人去找。“不用麻烦了。”石斛倒没有一定要看。“仆方才刚看到，应该还在雪梨岛上。”陈宜青一边遣人去找姜云苏，一边向石斛绍介姜云苏的情况。

“姜云苏的父亲姜运照，原是李遇手下的一名录事。

李遇被杀，姜运照不愿意归顺，又不希望被杀，就来到彭泽。或许是我们彼此之间有些相似的地方，姜运照也就成了仆的中间人，帮仆销销赃什么的。去年，姜运照去世后，姜云苏就代替她父亲成了仆的中间人。因跟仆联系较多，她的情况也比较熟悉。

她父亲姜运照在彭泽通往宣州的官道上开了一家饭店。父亲走了，她找了一个叫张怀庆的男人,继续经营。张怀庆并不是她的郎君,只是用来遮人眼目。姜云苏十六岁那年,她父亲将她许给了田靦手下牙将陈笃诚为妻。还没有成婚,田靦就起兵反叛了。过了两年,她父亲将她许给自己的好友方容州的四郎方兴吴为妻。两人还没有成婚,方兴吴就在吴梁冲突中战死了。从此之后,谁也不敢跟姜云苏做亲。来到彭泽,她父亲又偷偷地将她许给了彭泽县录事古洪做继室。同样还没成亲,古洪就死了。至于有没有相好,仆就不晓得了。人不是自己做了什么,而是别人做了什么改变了自己的走向。姜云苏的故事真让人唏嘘不已。"

"小弟和她也就几面之交,但感觉人很不错。"

"都统感兴趣,不妨将她带到金陵去,她能烧得一手好菜。"

"都统!"姜云苏笑容满面,气喘吁吁。姜云苏刚开口,石斛含笑说:"还是叫小哥,听起来让人感到舒服。"姜云苏含笑说:"那小妇就恭敬不如从命,以后就叫小哥。""都统,就由云苏陪你走走。"陈宜青提议。"不了。"石斛说着就站了起来。

"小弟马上回金陵。见一见,只是想看一看云苏姐姐日子过得怎么样。"

"谢谢小哥记挂!"

"云苏姐姐都记得,小子怎么能忘记?走吧,就当是陪小子走走了。"

三人离开主寨大堂,前往码头。

"有没有兴趣嫁人?"

"小妇就是有兴趣嫁,人家也没兴趣娶。"

"小子看啊,云苏姐姐以后就不要自称小妇小妇了。你名上嫁了人,实际上没嫁成。就算嫁成了,目前也没有郎君。天天小妇小妇,人家还以为你有郎君似的。"

"就听小哥。"

"定好亲事没嫁成的人多得是。再说,又不是云苏姐姐拿刀子杀了他。好好一个人,突然掉下一块石头给砸死。这事跟云苏姐姐没有任何关系。单金陵总社,跟云苏姐姐岁数相配的人就有好多。小子回金陵后,好好替云苏姐姐物色一位郎君。"

"说句不吉的话,万一又成不了婚,怎办?"姜云苏笑了起来。

"就这事真不好说。饭店还想不想继续开?"

"饭店原本就不想开。家父去世后,就更不想开了。千万人走的地方,就算有些拳脚,终究不安全。"

"金陵总社有个食厅,已经有三名坑饪。不晓得云苏姐姐愿意不愿意?跟路边开小饭店不同,安全就不用说啦,至少简单,就几顿饭,不需要忙里忙外。薪资么,小子保证高于云苏姐姐开饭店的收入。中间人,小子就让陈当家重新找一位。”

“愿意去!”姜云苏含笑说:“至少可以看到小哥。”

“那好。小子就在金陵等云苏姐姐。”

“还不如直接跟都统去金陵算了。”陈宜青提议。“家里的那些个物事,根本不值几缗铜钱。这些年积累起来那点铜钱,云苏不舍得,都统给就是了。平常用的物事,到了金陵,什么都有。正所谓旧的不去,新的不来。还不如干脆跟过去来一个一刀两断。”

“陈当家的主意,小子觉得相当不错。”

“好吧。”

姜云苏还真爽直,干脆利落接受了陈宜青的建议。就这样,姜云苏抛弃了饭店,不带任何物事,跟着石斛登上帆船,准备前往金陵。石斛和姜云苏站在帆船上,拱着手望着陈宜青渐渐远去。“我们去船头坐。”石斛领着姜云苏来到船头,在胡床上坐下。

“到金陵,先在食厅和汤老哥一起做一段时间,小子给云苏姐姐慢慢物色人。等小子物色到了人,云苏姐姐就离开食厅,相夫教子去。”

“小哥,我还真有些担心会将人家给克死。”

“放心好了!小子找一个跟你命一样硬的人,云苏姐姐就是想克也克不了。铁扫帚也有铁畚斗跟它相配。”石斛喽了一口茶。“云苏姐姐,小子倒奇怪,你经营饭店多时,应该比那些满脑子全是幻觉的娘子多一个心眼。云苏姐姐怎么就不怕小子将你拐卖给金陵的青楼?”

“跟先父开了那么多年的饭店,见过千万人。小哥第一眼就让我感到一种安全。”

“先谢谢云苏姐姐信任。小子总觉得,女人的直感未必就正确。否则,也不会有那么多凄厉的故事。这种故事层出不穷,就是女人太相信自己的直觉。不晓得,这世界到处是吃人的陷阱。就算不是江湖中人,翻翻书籍,也会发现里面到处是安字。依据神州吃什么补什么的说法,马上会明白,几千年来,神州这个地方缺的就是安。”

汤记面馆汤成东,也是出于安全考量,投奔了石斛。希声社刚成立,汤成东听说要招募坑饪,就来总社找石斛。石斛恰好外出,龚宰接待了汤成东。

“开面店不是很好的吗。”

“夫妻两人来到金陵,没有背景,又没有人脉,受流氓地痞欺负是常有的事情。

思来想去,还是跟着公子好,至少不受地痞流氓欺负,安全总有保障。”

龚宰答应了汤成东。考虑到家庭,龚宰将汤成东安排在总社食厅。

“我敢跟小哥去金陵,不单只凭直觉。希声社都统还不至于无耻到将熟人拐卖给青楼的地步。就算我真长起来像西施一样,如今这个世道,能卖几枚铜钱?上次小哥给我的那枚银锭足够买像我这样的女人好几个。早上我来雪梨岛,又碰到挂希声社旗帜的船队。我会不会担心希声社都统将我卖到青楼去?”姜云苏说着笑了起来。

“世上的娘子都像云苏姐姐那样用脑想,还会被人骗?”

“谢谢都统夸奖!孤身一人在千万人走过的地方开一家饭店,想想都怕。我找张怀庆做伴,一是告诉外人,我是有夫之妇,减少麻烦;二是有了男人在身边,也多一分安全。我跟小哥去金陵,主要也是出于安全考虑。小哥不晓得,孤身一人晚上睡在饭店里,怎么能睡得安?我实在不想再继续提心吊胆过日子。跟着小哥还不安全,我看就没有安全了。”

到了金陵,石斛亲自给姜云苏安排了住宿,特意吩咐林森寒找了一个人陪姜云苏挑选要换洗的衣裳。“需要什么就去买。”临走时,石斛给姜云苏留下了零用的铜钱。

翌日,石斛去食厅吃饭,碰到了姜云苏。

“云苏姐姐真是勤快。歇息几天,又没人打你。”

“歇着也歇着,就来熟悉熟悉。想吃什么,我去给都统烧。”

“小子一向不那么讲究,面条、年糕、米粥都可以。”

经过几天时间的东过西转,山南的事情渐渐有了眉目。制作药丸需要的药物也已经有了着落。石斛的药丸必须有这样几味药。希声社兄弟,这是君药。职业杀手,这是臣药。黑云都将士,这是佐药。江湖死士,这是使药。石斛还特意持采访处置使腰牌,从徐温那弄来了两百多斤的火药。这可是闻所未闻的秘密武器。石斛准备将这火药作药引。

吃了面条,石斛回到总社。看了置业商廖豪雄提供的概算,石斛就让林森寒备马,准备去升州刺史府。石斛跟廖豪雄熟悉已经是好久以前的事情了。当时,廖豪雄很想拿下乌衣巷那片废墟,而争这片废墟的置业商有好几个。廖豪雄找熟人找到了寿木店少东主石斛。事情办成,廖豪雄许给石斛十万缗铜钱。众所周知,金陵眼下就地皮贵。石斛去朱雀门给徐渊庆生,建议徐渊将兴趣转一转,和廖豪雄一起开发乌衣巷那片废墟。徐渊含笑说:“伯父帮廖豪雄拿下那块地,铜钱让廖豪雄自己给你。”徐渊果然帮廖豪雄拿下了乌衣巷那片废墟。让徐渊吃惊的是，石斛竟然没要廖豪雄的铜钱。“也行。”廖豪雄说：“就算由在下替少东主投资。”这次石斛要重修鸡鸣巷和长寿巷的民宅，请廖豪雄做概算。几天时间，廖豪雄就拿出了概算。石斛在刺史府门口两侧的系马桩上系好马，来到大门前，递上自己的名刺。

刺史府兵丁持石斛的名刺进去通报副使徐玠。因在铲除李遇过程中立了功，徐玠也由区区馆驿使升至行军副使兼升州副使，辅助徐温的次子行军司马徐知询。徐温名义上仍是升州刺史，身上的职务太多，管不过来。徐温就让徐玠主持升州的日常事务。石斛因希声社业务需要，跟升州副使徐玠见过好几次面。石斛站在衙门的血盆大口前没等多久，徐玠就出现在了石斛的眼前。寒暄礼毕，徐玠引路，石斛跟着进入刺史府。来到刺史府后堂，徐玠和石斛分宾主就座。石斛就直奔主题开始讲述自己想请徐玠帮助的事情。

“徐大人晓得，鸡鸣巷和长寿巷，现在仍是一片废墟。火灾原因，刺史府早已经派人调查得清清楚楚，歹徒也已经伏法。小子想重建鸡鸣巷和长寿巷。徐大人请放心，小子不会叫刺史府出钱！不是小子话说得难听，希望刺史府出钱修建这些个普通民宅，那是挟泰山以超北海，绝对不可能。话又说回来，没有刺史府帮助，想重修也是困难重重。”

作为吴国未来的都城，金陵有两片废墟实在也太难看了。火灾后不久，徐温就曾提醒副使徐玠想办法重建鸡鸣巷和长寿巷。这些地基都是私人所有。徐玠原先想，刺史府出面征购地基，重建后将民宅卖给原先的住户。

“徐公还是三思。征购地基原本就非常难。就算征购顺利，建好后卖给原住户，肯定会有人说徐公从中得到好处。清者自清，徐公可以不予计较。问题是，据仆所知，好些住户根本无力购买，除非徐公建好后白送。倘若强制出售给他人，原住户肯定会到刺史府甚至都督府喊冤，自焚服毒，影响肯定极坏。万一由此诱发庶民聚众闹事，就不晓得该如何收场了。”

宾客夔不友的话马上打消了徐玠的这个主意。

“小子按原样重建鸡鸣巷和长寿巷。建好后，还给原先的那些住户。自然，小子不会要那些住户出一文钱。徐大人想必不会认为小子铜钱多了没地方花。说实话，小子只想买一个心安。大人晓得，不是小子，他们的房子不会被烧。原先鸡鸣巷和长寿巷有那些住户等细碎的事务需要刺史府派胥徒去做。另外，徐大人也晓得，那些住户，不建也罢，一旦有人出面修建，就有一些人会因墙基、小屋等问题吵翻了天，死不相让。这些事情只有刺史府出面才能协调。小子晓得，这些人就怕官府。一旦刺史府出面，就可以镇住他们。”

“小吏会让司工贝明家专门负责鸡鸣巷和长寿巷的重建事务。既然你愿意出钱，招集工匠等细碎的事情也由贝明家去做。这些普通民房，就几根木头、几块砖头和几张瓦片。小吏保证，不出一个月，就让公子看到焕然一新的鸡鸣巷和长寿巷。”

“不过，有一点小子必须跟徐大人说明，对外只能说铜钱由都督府出。”

“出铜钱买权，出铜钱买名，小吏见过。出铜钱买心安，小吏第一次。”

“大人不晓得，就心安难买。就这么定，小子会派人直接跟刺史府联系。”

“公子大忙人，小吏也就不挽留了。”

就在刺史府门头前，石斛骑在马上拱手跟徐玠道别。

石斛讨厌做事拖拖拉拉，婆婆妈妈。回到希声社，石斛就召集了希声社的三名兄弟，梅盛林、莫不敌和耿弘达，让他们三人专门负责鸡鸣巷和长寿巷的重建事务。“你们三人就是死盯。人手不够，可以再叫些兄弟帮忙，也可以去发动鸡鸣巷原住户一起监督。反正，这些房子造好以后，是他们自己住，应该会很积极。”就算不是明眼人也晓得，凡是官府承建的工程，一定会出现谎报造价和偷工减料、以次充好等等问题。倘若铜钱由官府出，石斛不去管，也管不着。如今，重建鸡鸣巷和长寿巷的铜钱石斛出，不能让他们乱来。

徐玠当天就将事情报告给了徐温。“他是怕有人说他拿铜钱买人心。地基有大有小，都督府出铜钱倒反给人一种不公平的感觉。你就这样说，有铜钱的自各出铜钱，没铜钱的暂时由都督府垫上。”事情总算顺利。第二天，刺史府就雇民工开始清理鸡鸣巷和长寿巷的废墟。

曾邦善来告诉石斛：“刚接到鄂州分社消息，皇甫兄要都统即刻前往鄂州一趟，说有要事要跟都统商议，具体到底是什么事情，鄂州分社没有细说。”什么事情非得让我亲自跑一趟鄂州？石斛马上叫林森寒去备船。“曾兄，去告诉夷则一声，让他带件换洗的衣裳，马上跟小弟去鄂州。”“晓得。”曾邦善去通知吕夷则，石斛也去准备准备。经营寿木店那会，石斛出门要带的行李多半由母亲替他准备。现在母亲在武昌，身边又没有侍儿，出门要带的行李只得自己准备。巳时，送石斛、吕夷则前往鄂州的帆船离开了金陵码头。

帆船像鸟笼，也像囚笼。吃了中饭，吕夷则不断在甲板上转圈。

“夷则，你就没见过鸟笼里面的鸟？不断地跳过来跳过去，有用吗？还是省点力气吧，等有机会出鸟笼时，能飞远点，免得又给人逮住。”

“哥哥,坐了船,小弟才理解了鸟笼中小鸟的心情。小弟是鸟,真想不活算了。”

“鸟笼足够大,小鸟就不会感觉自己被关在鸟笼里面,肯定活得有滋有味。牢笼谁都明白,神州就不一定有人明白了。就像哥哥,何尝不是被关在鸟笼里面?徐温站在笼外看着哥哥,逗着哥哥。高兴的时候,添点水,加点食;不高兴的时候,伸手一捏,就死了。”

“小弟也慢慢理解了哥哥的心情。什么时候,啄破鸟笼,带小弟一起飞。”

“要想啄破鸟笼,先要将喙和爪磨锋利。躺在那里做梦没有用。”

关了二十多个时辰,石斛才出了鸟笼。

石斛踏上码头时,章毅正前来迎接。见章毅光着膀子,胸绑绷带,石斛连忙问:“怎么回事?”章毅边走边说:“打斗弄的,一点皮外伤,不碍事!”石斛查看了一遍章毅的伤。“一切均如都统所料,他们准备埋伏在运粮船中伏击鸱枭帮。”朱友雍准备应付,朱友信可不怎么想。还没有足够的实力跟朱温抗衡之前,朱友信需要太平。朱友信让自己的都押牙洪双忠从襄阳驻军里面挑选了三百名精锐随空船前往潭州。“扬子江就在我们的眼皮底下,上上下下那些属于谁的船,我们早就已经了如指掌。他们刚一经过,我们就派小船尾随盯上。经过一番商量后,决定在离李家庄不远的铜锣湾设伏。全歼了这批埋伏在运粮船中的兵士。不幸的是,打斗中,七名兄弟阵亡,十八人重伤,二十三人轻伤。据褚可师事后统计,鸱枭帮近百名兄弟伤亡。简直不可思议,豆腐做似的。”石斛心一沉,吕夷则一听打架就兴奋。

“可惜啊,这么好的机会小弟没碰上。”

“你来,没淹死就算造化了。凑热闹,也要看一看地方。”

“仆和皇甫兄商量之后,决定派分社的贾大正带十几名兄弟前去帮忙,补充血液。”

“人手不够,可以从浔阳分社调一些。”

“鸱枭帮应该可以应付。”

“注意善后。别让兄弟们冷了心!”

“都统放心!自家兄弟哪会不疼?事情还刚过去,善后事务正在进行。”

“鸱枭帮善后也要做好。不能将他们当作别人的母亲生似的,置之不理。”

“这方面的事,褚可师和熬江、林汉州他们会去做,请都统放心。”

“白鹰堂情况怎么样?”

“白鹰堂主事堵截,没什么伤损。”

走到一座房子的大门前,章毅停下了脚步。“都安排在这里养伤。”石斛跨进大门。两名医师正在处理伤员的伤口。石斛看望了受伤的希声社兄弟,并向医师了解了伤情。还好,十八名重伤的兄弟已经没有性命之忧。看完了伤员,石斛和章毅前往皇甫子家。出了大门,章毅说:"事情过去还只有几天时间,山南就来了一位使者,说有一位神秘人物,要求见都统一面。具体情况,待会到了皇甫兄家,由皇甫兄慢慢向都统介绍。"

"顺便问一下,萧金爵、王素凤家去过吗?"

"都统走后第二天,就去了。每家给了二百缗。让他们自己去赚,恐怕一辈子也赚不回来。本想让武昌的劳仲躬去,安全起见,仆最后还是决定自己去。尤其是那个王素凤,缠着仆问是谁给的铜钱。仆说,你再问,铜钱拿回来。这才不再追问。"

"章兄看起来像是粗人,想不到考虑问题会那么细。"

"都是世道这个好先生教的。"

见到皇甫子,聊了一炷香左右的时间,石斛就由高尚事陪同前往鄂州城。

通过城门,高尚事带着石斛前往位于西都大街的贻香院。安排在贻香院跟我见面,真是一举两得,照顾到了安全又满足了需求。石斛摇着折扇,跟在高尚事身后,进入贻香院。贻香院这个时候却很静。忙碌了一个晚上的勾栏美人刚刚起床开始梳洗。一名勾栏美人连忙含笑迎了上来,挽住了石斛的手臂。

"奴家这朵花,是否值得公子伸手一采?"

"值得采!这样姣美的鲜花,谁不想采?只是先劳烦带小子去香蓼房见一位客人。"

勾栏美人挽着石斛的手,沿着曲径,走过游廊,来到香蓼房。勾栏美人松开了手。"多谢神女引路!"石斛手一拱。勾栏美人勾魂一笑,拱手膝一屈,俯身退去。站在香蓼房前的一名小厮进去通报。不一会,走出一位头束青色巾帻、身穿灰色布衫的男子。

"小子希声社石斛。"石斛手一拱。

"听说先生有事见教,小子特意从金陵赶来受教。"

"不才诸葛再生。"诸葛再生手一拱。

"想不到,公子如此年轻,就执掌希声社,真是江东周郎啊!"

"诸葛先生谬赞!"石斛手一拱。"小子乡野匹夫,岂敢与周郎并提?想当年,周郎在小子岁数时,早就已经是东吴三军统帅。小子呢?哼!"石斛冷哼了一声,笑了起来。"先生约小子前来鄂州,显然不是为了能当面夸奖小子几句吧。"

诸葛再生呵呵一声。“公子请!”诸葛再生起步,石斛随行,前往荷花池中的水亭。荷花池中荷花绽放,清风轻轻吹拂,正是一个密谈的好去处。吕夷则、高尚事和诸葛再生的随行小厮停住了脚步。诸葛先生在前,石斛在后,沿着一条弯弯曲曲的阁道,进入了水亭。两人刚在水亭中央的石桌旁就座,诸葛再生就挑明这次会面的目的。

“不才此番前来,是想借公子这把刀用一用。”

当年朱温听了朱友信的建议,杀了监军严实公开背叛黄巢;如今朱友信也想背叛,可眼下马上公开又没这个胆。辛垣衍云,十人而从一人者,宁力不胜,智不若耶? 畏之也。几千年来,恐怖策略总是有效。难怪朱温在神州如此肆无忌惮!朱温不愧是流氓中的流氓,如此谙熟流氓之道!威,畏也。朱友恭、氏叔琮、蒋玄晖等杀人不可谓不狠,可朱温让他们怎么死就得怎么死。寇彦卿、杨师厚等不可谓不彪悍,见到朱温却如同老鼠见了猫。

老子说:若使民常畏死,而为奇者,吾执而杀之,孰敢? 看起来,还是老子懂。朱友信想做老大,却怕朱温。不仅朱友信怕,山南东道的将领、官吏个个都怕。带一班心里充满恐惧的人去杀以贺王朱友雍为首的控鹤军,说不定还没动手,就已经有人向朱友雍告了密。更何况,铲除分布在山南各州的控鹤军需要周密部署。朱友信,诸葛再生,都晓得军队、衙门中有朱温安插在山南的奸细,却不晓得谁是奸细。你还在部署,奸细都已经将消息泄露给了朱友雍。到哪个时候,死的可就不是朱友雍了。思来想去,朱友信只能是仿效罗绍威借刀杀人。

“小子是生意人。生意人,只讲一个利字。只要利足够诱人,其他都好说。”

“爽快!天下攘攘皆为利往,天下熙熙皆为利来。没有利,谁去做? 至于生意人,谁不是? 有人拿命,有人拿脸。公子是生意人,不才同样也是生意人,只不过拿出去跟人交换的物事不同罢了。不才有脸来鄂州张口向公子借,佣金肯定不少。”

“这就好说。只要佣金合理,小子不会在意借给谁。”

“好!只要肯借,佣金多点少点,可以说。”

“小子这把刀割鸡没问题,不知能不能用来宰牛。”

“只能割鸡,不才也不会跑那么远的路来向公子借。明人不说暗话,找公子前总要先了解了解,不能听人一面之辞。神州人人皆知,朱雀门徐大当家是当今吴国通吃黑白两道的神人。想不到,他的未来女婿更是青出于蓝而胜于蓝!”诸葛再生哈哈大笑了起来。

“见笑,见笑!”石斛手一拱,含笑说:“未来女婿,诸葛先生可说不得!”

“是不是未来女婿,根本不需要不才说,江湖上有些脸面的人都晓得。不过,公子觉得猛虎已经不再需要借虎皮宣扬,不才从此也就不提。”

“小子倒不是不想借朱雀门这张虎皮宣扬,而是小子这人比较讲究心安。诸葛先生应该晓得,小子人头挂在腰带上过日子。万一有个三长两短,岂不毁了大县主的清誉?”

“公子真乃君子!”诸葛再生手一拱。

“惭愧!惭愧!”石斛手一拱。“小子每天想着如何杀人越货,何君子之有?”

“公子客气!”诸葛再生手一拱。“纵观时下称王、称帝的人,哪一个不曾做过杀人越货之事?不才的价码是黄金十万两。不知公子意下如何?”

“诸葛先生是不是觉得朱友雍的人头太便宜了点?”

“公子不满意,不才今天就自作主张,再加黄金五万两。公子言语坦率,不才也就不绕弯子。不才的条件是,朱友雍那些个虾兵蟹将,公子也得清除清除。不才没要求公子将山南控鹤军一网打尽,至少不能漏掉朱友雍派到各州的指挥使。”

“没问题。小子接下生意,自会依照雇主的要求去做。诸葛先生那么在意那些个虾兵蟹将的人头,小子割来给诸葛先生就是。割几个人头,小子还是有十足的把握。诸葛先生信得过小子,不妨先付十万两,剩下的五万两事成之后再付。不知诸葛先生意下如何?”

“以公子的身份,不才相信公子不会因区区十万两黄金言而无信。二十三酉时,不才亲自押送十万两黄金到鄂州樊口码头,交付公子。”

“有件事得先跟诸葛先生说清楚。小子此番去山南不是杀一个人,重要的是,要杀的是一些什么样的人,诸葛先生比小子肯定要清楚。小子需要时间筹划。诸葛先生不能要求小子在一天时间内就办成。”

“那当然。不才给公子一个甲子的时间,公子觉得怎么样?”

“拿了诸葛先生的铜钱,就算时间紧了一些,也只能由诸葛先生来定。”

“到了山南,公子需要,我们也可以提供一些必要的信息。”

“那小子就先走一步。”

“预祝公子顺利!”

“多谢!”

石斛拱手与诸葛再生告辞,率先离开荷花池水亭。出了贻香院,没有逗留,就启程返回李家庄。生意谈下来了,想做成,需要时间部署。回到李家庄,石斛先向皇甫子、章毅介绍了与诸葛再生的会面情况,再与皇甫子、章毅讨论了部署。吃了中饭,皇甫子陪同石斛南下洞庭湖。石斛不仅看了田螺岛、荸荠岛,还看了鸱枭帮设在其他岛屿上的水寨。直到第二天吃了午饭,才动身返回。二十六日,石斛带着十万两黄金回到了金陵。刚进总社,林森寒就引一名客人来谈生意。客人和孟轲同姓,名舍生。寒暄绍介后,孟舍生就直奔主题。

“在下想请都统帮忙找个人。”

“找人的生意,希声社还真没做过。小子好奇,孟公怎么想到来希声社?”

“在下也是在没有头绪的情况下,想到了希声社。”

“孟公有他的画像吗?”

“没有他的画像。”

“没有画像,神州那么大,找着他,还真是不容易。”

“都统放心!脚力钱我们会付。”

“孟公有没有其他线索,诸如姓名什么的。”

“在下要找的人名原叫石安,只是不晓得现在叫什么名。”

“这人,小子曾听说过。”

“都统听说过?”

“江湖传言,他身上有一幅皇室藏宝图。不瞒孟公,小子曾经也产生过兴趣。继而,小子就对自己的想法感到想笑。小子一向自认聪明,想不到差点上了骗子的当。李唐皇朝将近三百年的江山社稷,怎么可能会事先埋藏财宝以备将来不测?不可能。皇室三百年累积起来的财宝,早就已经分散在黄巢、朱温、韩建等人的手中。就算真有宝藏,肯定埋在关内和关外,而不会将财宝埋在大江南北。如今,关内外都是朱温的地盘,小子还能去挖掘不成?很显然,有人故意设局,引诱人们前去送死。小子不晓得,孟公找他,是不是为了藏宝图?倘若是,小子奉劝孟公还是别找了。小子可以笃定,是一个有人故意制造的骗局。”

“都统言之有理。都统,你有没有想过,为何要散布谣言?”

“以小子愚见,肯定是有人想借江湖英豪之手,除掉石安。至于为什么,孟公应该比小子更懂。小子就不再啰嗦了,免得给孟公笑。倘若为了藏宝图,孟公也不应该来找小子。孟公就不怕小子独吞了藏宝图?小子早就晓得这个江湖传说。小子没去寻找,就是不想被江湖豪杰笑死。小子堂堂希声社都统,这点脸面还是有的。”

石斛终于打发走了这位跟孟轲同姓的掏宝客。

第五十二章　探路

假舆马者，非利足也，而致千里；
假舟楫者，非能水也，而绝江河。

——《荀子》

鲁扬声告诉石斛，有迹象表明，徐温企图派人去山南清剿控鹤军。“你得小心哦，徐温很可能会想到你。”鲁扬声提醒石斛。孙子云，知彼知己，百战不殆。事先不了解情况，稀里糊涂一头扎进山南，就算能够有去有回，肯定也是遍体鳞伤。石斛决定让李邈带兄弟先去山南探一探路。五月十六，希声社副都统李邈，带着九名弟兄，以商人的身份，乘坐一条帆船，从鄂州出发，沿着汉水的一条支流涢水往北上行，经过淮南道安州，到达随州。

李邈准备在随州城内开店做生意。李邈流浪经验丰富，可就是没有做过生意。躲在白记寿木店的这些时间，也是遵照石斛、龚宰的吩咐，送送货而已。还好，李邈挑选随同前往的兄弟时，特意挑选了曾经做过买卖的莫孤烟和西门宁俭。

开店，自然要选店面。

客流量、营业额、租金等等，都得开业前考虑清楚。急不得，慢慢来。

李邈一行一进入随州城，就住进了随州城东一家名叫“平安”的客栈。

李邈虽不迷信，但心里倒希望此番随州之行能够平平安安。一看平安两字，李邈和众兄弟就有了兴趣，决定住在平安客栈。平安客栈的主人锺离少康脸带笑容，亲自安排李邈和众兄弟睡觉的房间。得知李邈准备在随州开店做生意，钟离少康很惊奇。钟离少康是地道的本地人，已经有很多年没听说过街上开店做生意的不是随州人。倒不是随州黑帮特别猖狂，天下乌鸦一般黑，这世道哪地方都一样。钟离少康不想离乡背井，又不想饿死，才经营这家客栈。取名平安，与其说希望客人平安，还不如说祝愿自己平安。随州这一地方赋税重，层层盘剥，不是自己的店面，一年下来，不亏本已经算你造化了。钟离少康真想跟李邈说，回去吧，别做赚钱的美梦了！不要到最后，亏光了本金，光屁股滚出随州。

入住平安客栈的当天，李邈就向钟离少康咨询随州当地白道黑道的厉害人物。想在一个地方立住脚，并且还能赚到铜钱，必须得先去拜当地的佛。得罪了，看怎么在随州混？这个道理李邈懂，况且李邈来随州的目的不是想赚钱。钟离少康尽其所能将自己听说过的人说给李邈，像控鹤军随州都虞候贺王朱友雍、随州刺史申屠阳等等。钟离少康还告诉李邈，城东省私庄园的庄主糜不器是一个特厉害的人物，随州的头面人物，他几乎都熟，好像没有他办不成的事情，无论是白道还是黑道。大概是好久没有人如此全神贯注倾听他说话了，钟离少康眉飞色舞，直说到二更天才结束。第二天，李邈和九名兄弟分头寻找店面。足足花去了三天时间，李邈总算看上一家位于仁寿大街上的木器店。三天时间里面，李邈熟悉了古随国都城随州有哪些路，哪些街，甚至有哪些小巷、弄堂。

随州是炎帝的故里，也是杨忠受封、杨坚发家的地方。按照司马迁《史记》的说法，炎帝也是在阪泉这个地方被黄帝打败而失去皇帝的位置。司马迁并没有说黄帝是不是也将炎帝的子孙赶尽杀绝。过了不晓得多少年，随州成了杨忠的封地。杨忠死后，杨坚袭父爵。大定元年，杨坚逼迫北周静帝宇文阐禅位，篡位称帝，改国号为隋。

刚当上皇帝还不到四天，杨坚就杀光了北周宇文皇族诸子，包括年仅九岁刚刚将皇位禅位给自己的北周静帝宇文阐。新皇帝登基，自然要杀绝老皇帝的子孙。这是传统。杨坚不过是依照传统行事而已。北周太祖宇文泰也是通过对原北魏皇族的屠杀控制实权。说起来，只能算一报还一报。果然，杨坚被儿子杨广弑杀，而杨广没当几年皇帝就被宇文化及勒死。杨广死后，杨坚子孙的命运跟宇文家子孙的命运相同。神州就是一朝杀一朝，杀到今天。

杨坚变成了随皇朝的皇帝，随州就成了发祥地，跟着出现了不少建筑，尤其是隋炀帝时期。随州几乎成了隋朝的首都。隋炀帝游江南，好几次就是从随州出发。可惜，好景不长，隋皇朝没有多少年就灰飞烟灭了。随州也随之而清静了下来。

多年之后，那些宫殿也因失修、失火等种种原因化为乌有。

现在，再去随州，只能偶尔看到宫殿的石础了。

隋皇朝覆亡已经将近三百年时间，随州城内仍有一条开皇大街和一条仁寿大街。开皇大街南北向，仁寿大街东西向。两条大街交叉成丁字形。控鹤军牙城在仁寿大街，刺史府衙署则在开皇大街。李邈看上的木器店就在仁寿大街上，正对着距离不远的控鹤军牙城。站在木器店里面，李邈就可以清清楚楚地看见牙城的正门。

据木器店东主范树道说，他的木器店在随州城也算得上是一家百年老店。范树道开始的时候不愿意转让，见李邈开出的价格越来越诱人，最后还是经不住诱惑同意将自己的百年老店转让给了李邈。李邈给新店铺起了名，叫“大音南方珍品店”。李邈亲自去省私庄园请庄主糜不器题写店名。经过一番软缠硬磨，以一字一万文的价格，糜不器给大音珍品店题写了店名。一万文写一个字，随州人真是闻所未闻。就是用黄金造，一个字也用不了一万文。李邈的大音店还没有开业，仅仅这一件事情，就已经引起了不小的轰动。

经过一番装修，大音南方珍品店终于在随州城开业。开业当天，李邈请了随州当地最有名的吹打班，并请随州刺史申屠阳替大音店开业剪彩。为了能够请到刺史申屠阳，李邈以酒桌为媒介，以铜钱为桥梁，几乎使出了浑身解数。开业前这段时间，与其说李邈在为大音店开业做准备，还不如说李邈在死命拉关系、接人脉。到今天大音店开业为止，李邈已经差不多拜遍了随州城内外的主要庙宇。诸如“请多多照顾”的话，李邈说了不下百遍。李邈终于懂了，神州的官吏看起来人人都是淑女，实际个个都是娼妓，只要有铜钱就行。

大音南方珍品店卖的都是随州一般不容易见着的珍品，像琉璃、珊瑚、珍珠等等。就是丝织品，也是出产于苏扬等地的精品。许多货物，随州普通市民没见过，就是随州的达官富商也没见过。大音店的货物价格昂贵得令人咋舌。开业的当天就因昂贵的价格引起轰动，其中一只制作精美的琉璃杯标格是黄金万两。

常言道，人怕出名猪怕壮。大音店这只标价黄金一万两的琉璃杯，当天就引起随州很多人的兴趣，其中之一就是控鹤军随州都虞候贺王朱友雍。第二天，大音店刚刚打开店门，贺王身边的两名元从暴正昌和贡霈就来大音店找李邈。“哪位是当家?”“鄙人就是。”李邈拱手说。“请当家马上将琉璃杯送过去给贺王瞧一瞧。”随州所有人都晓得，这一瞧肯定就会瞧没了。李邈不舍得也只好舍得。谁让你在随州炫耀? 伙计庄谷和乌焦一起轻轻地用丝绸将琉璃杯包好，放进一个精致的方形紫檀木盒内。盖上盖子，再用一块葛布十字包裹。李邈提在手上，跟着暴正昌和贡霈，离开了大音店，前往不远处的控鹤军都虞候牙城。大音店的伙计以及几个来大音店欣赏奇珍异宝的顾客看着李邈从老虎嘴似的城门进入牙城，消失在了牙城里面。所有顾客都认为李邈拿一块肥美的肉送到虎口里面，肯定是有去无回。

李邈亦步亦趋,来到了大堂。“贺王殿下,大音店当家已经将琉璃杯送来了。”暴正昌前去向贺王通报。“叫他呈上来让本王瞧瞧。”李邈慢慢地解开了葛布包,将盖子打开,双手捧着紫檀木盒,将这只晶莹剔透的琉璃杯呈现给了贺王。贺王手一伸,将琉璃杯从盒子里拿了起来。贺王看着这只琉璃杯,啧啧称奇,爱不释手。

“贺王,杯子先放在这里,过两天,小子再来拿如何?”

“好,好!”

朱友雍只管把玩着琉璃杯,看也没看李邈一眼。

李邈虽然做了那么长时间偷人头的活,但识风头。见贺王放不下手,李邈只好主动要求留下琉璃杯。惹贺王生气,琉璃杯没了,人也说不定没了。李邈来随州的时间虽不长,贺王是什么样的人,多少听到一点。李邈俯身拱着手退出大堂,到了步檐上才转身。

返回大音店,莫孤烟非常担心。

“副都统,朱友雍强占琉璃杯意图很明显。小心将我们给灭了。”

永远占有的最好办法是杀人。莫孤烟担心,李邈也担心。翌日,李邈带了一枚镂空雕花指环前去牙城,孝敬贺王。贺王在山南任控鹤军都虞候这些时间,地方将吏送物事是平常稀松的事情。贺王的地盘上,谁不想攀附?能够攀附上贺王,李邈再赔上一个琉璃杯都值。世人都晓得,能钓上贺王,琉璃杯就是一条小蚯蚓。到时候,还怕赚不回成本?

“这琉璃杯……”

李邈刚说出琉璃杯,朱友雍头一抬,虎眼一睁。李邈晓得,坐在榻上的贺王就是吊睛白老虎,给吃了,只能怨自己不识相。李邈识风头,立马小心翼翼地说:“贺王喜欢,就留在这里。”紧张的气氛才慢慢散去。李邈巴结说:“下次,小子去江南进货时,再带一些贺王可能敢兴趣的物事。”“好,好!”贺王非常高兴。大音社的货物太新奇,朱友雍爱姬孟氏也很感兴趣。大音店女人喜欢的物事太多,孟氏决定亲自去挑选。

“有什么新奇的物事,小子给王妃送去就是,无须王妃亲自跑一趟。”

孟氏走时,李邈特意嘱托孟氏在贺王面前替大音店说说好话,免得一只琉璃杯给贺王带来不爽。孟氏爽快地答应了李邈。只过了一天,大音店到了珍珠粉。李邈特意挑上一份,亲自进牙城,孝敬贺王的爱姬孟氏。为此,孟氏在贺王面前替李邈说了不少好话。

不久,李邈在控鹤军的牙城旁买了一座宅院。看起来,李邈准备在随州根扎。

时下的随州，就房子最便宜。杀的杀，逃的逃，跟鼎盛时期相比，随州的人口已经不到四成。这还是这些年生育的结果。见房子便宜，李邈又花铜钱在牙城附近买了两处带院落的住宅，仿佛准备等房子涨价后再卖出赎铜钱。

每天，店铺打烊后，李邈总是从控鹤军牙城前经过，带一班人回到自己家中。来来往往的次数多了，牙城内也有好些牙兵认得了李邈。李邈出门，身边总是带着人。不用李邈自己告诉别人，外人一看就晓得，他们是李邈的护卫。随州人谁都晓得，像李邈这样有钱的大客商，没有护卫根本就不敢出门。李邈希望平安，偏偏不平安。没多久，李邈遇到了麻烦。

"副都统，不好啦！"刚要打烊，大音店一名叫庄谷的伙计匆匆跑进珍品店，仿佛控鹤士要来砸店。"我们的货船遭到野鸡山土匪的抢劫，货物被抢，货船被烧，两名随船的兄弟被杀。"大音店的货物刚刚进入随州境内就遭到土匪的拦截。运送货船的是一条希声社小帆船。"副都统，现在该怎么办？"莫孤烟急忙向李邈征求对策。"先别急，容我先好好想一想。我们现在身在随州，千万不能急！"就在大音店内，李邈思考起对策来。

如今的年月，大土匪坐庙堂，小土匪守江湖，要想躲过土匪的抢劫绝对不可能。

李邈第一次以普通生意人进入随州，开始明白生意难做。光赋税就有随县、随州、山南和朝廷四种。所有的利润说不定都不够支付这四种赋税。收走赋税就完事，那还好。店铺还需要应对县衙、州衙等一帮人的吃喝卡拿。吃喝卡拿后，帮你应对无赖黑帮那还不错。大音店开业后，李邈就明白，有这种想法的人简直就是愚蠢。要应付流窜在随州城内各种的地痞流氓还得自己想办法。要想不生事，只能是交保护费或变相交保护费。

这还不包括店铺的租金和伙计的工钱。外人看起来，李邈的店铺生意红火，实际上根本就赚不到什么钱。这也难怪神州人都不愿意做生意而愿意做官。李邈终于豁然开朗。规规矩矩做吧，赚不到钱；不规规矩矩做吧，等于交了投名状。到时候，衙门想你死，就得死。

不过，这还是假定一切平安。战乱时期，自生意人从带钱出门的那一刻开始，就必须做好人财两空的准备。一路上，那些土匪和官匪能让生意人平安回家就已经是一件谢天谢地的事情啦。因而，这几十年来，普通庶民，不去做土匪、强盗，就只剩下能做两件事，要么种地，要么当兵。谁也不愿意尝试做生意！

李邈来随州不是来剿匪。如今凭意气用事，带几名弟兄去跟土匪斗上一斗，实在是不明智。不论是斗赢还是斗输，都跟来随州时的目的不一致。说不定，这种节外生枝的事情恰恰闯了大祸。难道事情就这样算啦？这是李邈所不能容忍的。通知希声社派人手来替两名希声社弟兄报仇，李邈也不愿意。况且，如今在遥远的随州。倘若真的在随州做生意，碰到这种情况，我该怎么办？请其他土匪去清剿，则需要花大把的钱。这次前来随州，虽也带了不少钱，但没有那么多钱。到随县或者随州刺史府报案，请他们去清剿土匪，那是不可能的。随县或者随州刺史府衙门愿意清剿土匪，早就没有土匪了，除非土匪伤到了他们。

"兄弟都可以白死，那还来随州做什么？"

"副都统，可我们人手不够。"

"来时，都统一再吩咐，能用智的时候千万别用力。"石斛晓得李邈不会意气用事，但还是特意强调了一下做事千万不要冲动。身在蛇窝，稍不小心，就会送命。"为何要我们亲自动手去清剿那班土匪？莫兄，你提几样物事，马上和我一起去看刺史申屠阳。"

"副都统，来随州后，我们已经送了不少物事啦。"

"都统叫我们送的，只管送。"

莫孤烟挑选了几样物事，打成一个包，提在手上，跟着李邈，前往刺史申屠阳的馆舍。大音店距离申屠阳的馆舍有相当一段路程。到了馆舍，应门的仆役说："大人正在用餐，请两位在客厅稍等片刻！"仆役引李邈和莫孤烟前往客厅。坐了大约一刻钟，申屠阳剔着牙走进客厅。见李邈又带来了物事，申屠阳含笑说："又叫石公子破费，连申屠都觉得有点不好意思起来。有道是，吃人家的嘴短，拿人家的手软。有什么事情，只要申屠能做得到，石公子只管说。"李邈来到随州，就将自己的姓改成石，故刺史申屠阳称李邈为石公子。神州的官吏都明白，你送物事过来，是黄鼠狼给鸡拜年。拜年的礼物让人流口水，手中的权力不用就会过期，官吏还是很乐意接受你拜年的礼物。

"刚刚从南方进来一些新物事，小可想大人说不定会喜欢。"

"物事，哪个不喜欢？只是申屠老白拿石公子的物事，着实有些不好意思。"

"这些物事，小可从南方进来时原本不需要多少铜钱。只是到了大人的随州，这里赋税那么重，不高点卖出去，根本就赚不到钱。小可总不至于赔钱赚吆喝。不是小可说大人，随州的赋税确实太重。"

"赋税重也是没有办法的事。"申屠阳感到颇为委曲。"石公子不晓得，今年将士的饷银到现在还不晓得在哪里。石公子有石公子的难处，申屠有申屠的难处。"

"不会吧？大人今年将士的饷银还没有着落？"

“申屠骗石公子有何好处？申屠是实话实说。是不是有办法帮申屠筹集一部分？”

“小可虽不能帮大人筹集饷银，但可以帮助大人解决饷银。”

“如何解决？”

申屠阳顿时感到喜从天降。

“大人先不用急，待小可慢慢说。希望朝廷发饷银，那是不可能的。”

“不向申屠身上抽大血就谢天谢地啦。”

“增加赋税，说句实话也不可能。经过前些年的你来我往，随州的人已经不多。就算大人进一步加大赋税，也榨不出多少油水。再说，大人一增加赋税，原先呆在随州的人都会跑了个精光，跑到安州、光州去，想拦也拦不住。”

“去年，申屠就派胥徒、州兵去逼过，都没有用。这些庶民就是死也不交赋税。到现在都已经是五月了，收上来的赋税还不到计划的三成。”

“现在，只剩下到能拿得钱的地方去筹集饷银啦。随州，现在谁有钱？”

“谁？”

“厉戎狄。”

“厉戎狄？这人，申屠怎么没听说过？”

“野鸡山寨的寨主。”申屠阳还真没想着。“野鸡山寨的寨主厉戎狄盘踞在野鸡山已经有很多年了。大人晓得，盘踞一个地方的时间越长，抢来的物事也就越多。”当了那么多年的刺史，这一点申屠阳懂得很。在一个地方做官的时间越久，捞到的油水越多。到新地方，熟熟脸面都需要时间，况且刚来做官，人家还不熟悉你的爱好脾气。送什么，怎么送，都需要时间摸清楚。“前些年，神州大乱，豪门富户灰飞烟灭，多年积聚的财富统统到了众土匪的手中。厉戎狄原是秦宗权的手下，一路烧杀抢掠，逃到野鸡山做了寨主。大人想想，这一路过来厉戎狄到底抢了多少豪门富户的财富？做了山寨寨主后，厉戎狄继续抢掠过往客商和附近的富户。刚刚昨天，小可的一船货物就给野鸡山寨抢了去。野鸡山寨好比是一个吃进不吃出的乌龟。如今的野鸡山寨，不等于是大人的府库？野鸡山寨就几百号人，只要大人随便挥一挥指头，不就可以拿下野鸡山寨？那大人的饷银问题不就解决了一大半了吗？野鸡山寨一旦被大人给拿下，来往商路自然畅通，来随州做生意的人自然也增多。生意人一增加，不等于给大人提供饷银？随州周边的田民一听大人清扫土匪，自然也愿意来随州居住。这些人不是给大人提供饷银？这些人不仅给大人提供饷银，也给大人对付外来的窥视者提供兵员。”

“好主意,这真是一举多得的好主意！石公子就干脆不用做生意,跟着申屠算了！有石公子这样的赛诸葛在身边,何愁大事不成!”

“大人还是先解决迫在眉睫的饷银问题。一旦饷银得不到按时发放,兵士定会哗变,那可不是闹着玩的！要让山南东道节度使大人派兵前来,就来不及了。”

“明天,申屠亲自带兵清剿野鸡山寨,再一一端掉随州境内的所有山寨。这样既可以解决眼前的饷银问题,也可以解决兵员缺乏的问题。”

“小可有一不情之请!”

“石公子,什么事情需要申屠帮忙?”

“小可只是希望大人绝不能对野鸡山寨的那班土匪手软,小可手下的两名伙计不能就这样白白死啦!”

“这些杀人越货的土匪就该死！申屠绝不放过野鸡山寨的一个土匪。”

“多谢大人！事成之后,小可再来拜谢!”

“石公子就等申屠的好消息。”

李邈、莫孤烟起身,拱手跟申屠阳告辞。“请大人留步!”出了客厅,李邈驻足向申屠阳手一拱。“就权当是饭后踱步。”申屠阳一定要亲送李邈到馆舍门口。申屠阳那么客气,李邈不好违逆。李邈和申屠阳并肩在前,莫孤烟紧跟在后,前往馆舍大门。

“石公子埋在生意堆里面着实可惜!”

“大人是小可,想法可能就会不一样。大人最清楚,生意难做,这点小可承认。大人是否觉得官就一定好做?”申屠阳真没想到,顿时沉默。“士农工商,做官当然第一。小可总觉得,眼下这个世道,官比生意应该更难做。生意做不好,大不了亏了本;官做不好,亏的可能就是命。至少小可认为,命总是比铜钱更重要。”申屠阳继续沉默不语。“常言道,官大一级压死人。做得不好,撤个职,贬个官,无所谓。可如今却是官命相连。丢官往往就意味着丢命。不像大人,小可没有做官的经验,不想冒这个险。”

“想想也是。”申屠阳终于开口。“像申屠这样的刺史,真是提着人头过日子。随州边上就是吴国淮南安州和申州。就像两头老虎,整天盯着随州。谁也不晓得哪一天打了过来。谁都晓得,城一破,先死的是刺史。没办法,申屠只好拿出大部分的铜钱养兵。”

李邈和申屠阳边走边聊,就聊到了馆舍的大门口,李邈、莫孤烟和申屠阳拱手道别。“副都统,申屠阳会去清剿吗?”莫孤烟这个问题,李邈还真不好回答。“申屠阳不去清剿，我们再想办法。无论如何，李邈绝不会让希声社的兄弟白白死在厉戎狄的手上。”

第二天，申屠阳带着三千多人的军队前往野鸡山清剿厉戎狄。

厉戎狄原是秦宗权手下的牙将。秦宗权兵败蔡州，厉戎狄带着小股残兵向西南逃窜，来到野鸡山，占山为王，做起了山大王。这些年，山南东道节度使都已经换了好几茬，谁还有什么心思去管盘踞在野鸡山上的这股土匪？随县的县令和随州刺史连自己的人头都没办法管，就更不会管这些与自己毫无关系的土匪。反正，神州那些个官吏整天揣摩着圣意，而不会去关心普通庶民是活还是死。厉戎狄就这样平平安安在野鸡山做了十几年的山大王。

正所谓福兮祸之所伏，厉戎狄的好运到头。或许太过于平安，厉戎狄甚至连普通防御也没有。当手下报告官军来清剿时，厉戎狄还以为是土匪在开玩笑。几乎就没用什么艰苦战斗，厉戎狄的手下包括厉戎狄的三位压寨夫人全部毙命。

申屠阳满脸笑容，押着厉戎狄十几年抢夺过来的金银财宝和厉戎狄凯旋回随州。

当天下午，刺史申屠阳下令敞开刺史府大门，让随州的市民在大堂前面旁听对厉戎狄的公审。刺史申屠阳当堂判厉戎狄死刑，明天午时三刻进行。公审结束后，胥徒押厉戎狄进入牢房。翌日，刺史府胥徒押着坐在囚车里面的厉戎狄游街示众。

午时三刻，一天中阳气最盛的时刻，在刺史府前广场上斩首。不仅要用刽子手的虎头刀砍掉厉戎狄的脑袋，也要让一天中最盛的阳气消灭厉戎狄的灵魂，让厉戎狄的灵魂不能有机会投胎做人，再一次危害人间。

厉戎狄人头落地只能怨自己不思进取，不能学朱温，至少也应该学王建、马殷、宋文通等有鸿鹄之志的人。或许，厉戎狄受到秦宗权掉头的刺激。有鸿鹄之志的秦宗权太急。羽翼未丰就急急忙忙称帝，导致人头落地。这些年，匆忙称帝的哪一个不是提前死亡？朱温稳扎稳打，等所有等不及的人都死光，才最后动手杀了昭宗，做起了皇帝。

厉戎狄在刺史府前广场被当众砍头的当天傍晚，李邈又带着莫孤烟前往刺史馆舍拜访申屠阳。申屠阳刚吃过饭，见仆役带着李邈和莫孤烟进来，连忙迎上去。

“今天，申屠应该先去拜访石公子才对！确实像石公子说的那样，野鸡山寨真个是申屠的府库！黄金、珠宝、翡翠、玛瑙，什么都有。光金佛就有五尊！这些金佛重新熔化，就足够今年的饷银啦！石公子的主意实在是太好啦，不仅轻而易举地解决饷银问题，还博得为民除害的好名声。”申屠阳说着就笑了起来。“石公子的那些个货物，申屠都已经用马车给运回来啦。明天，申屠就叫刺史府的胥徒归还给石公子。”

“先谢谢大人！”李邈向申屠阳手一拱。“小可只要厉戎狄人头落地，给小可的两名伙计报仇。货物，大人就留着吧！倘若没有大人，小可向谁要去？大人就将这些货物奖励给今天清剿土匪的将士，也好让他们以后更能替大人冲锋在前。”

“将士们的奖励已经给了，倒不如让申屠对将士们说，是石公子给将士的奖励！”

“大人如此客气，那就按大人的意思办！”

“申屠还希望石公子以后多给申屠出出主意。不瞒石公子，申屠这人书读得不多。不是世道变了，申屠也不可能当上刺史。”

“这倒不是世道变了。大人有所不知，真正成大事的人没几个读过书。王建、马殷、宋文通、徐温，哪一个读过书？当今圣上据说连写得文绉绉一点的奏章都听不懂。哪些个读过书的人呢？不是死，就是跪在地上给人磕头。小可倒觉得，大人不是书读少了，而是书读多了。倘若大人一个字都不认识，说不定早就是节度使了。书只会让人越读越笨。”

李邈和申屠阳在馆舍客厅说了一通废话。看看礼数已经很周到，李邈、莫孤烟起身，跟申屠阳告辞。申屠阳清剿野鸡山尝到了甜头，乘胜追击，一一剿灭或招安随州境内的土匪。

日子一日一日地过。李邈总是忙于做生意以及各种各样的应酬。

自大音社开张以来，李邈已经去了三次控鹤军牙城给孟氏送物事。李邈常常忙到随州城宵禁前，才回家。吃完饭，李邈和众兄弟先后在屋后天井里冲凉。大热天的，井水冲一冲主要是图个凉快。全都是后生，又关上院门，耿满弘、庄谷、乌焦他们几个冲凉后干脆就在天井里换衣裳。乘着天还没黑，众人就在天井里浆洗衣裳。李邈对外大手大脚，对内却克勤克俭。来随州也有些时间，李邈不请侍儿，甚至连烧饭洗衣这种杂务都自己做。晾好衣裳，众人搬出木板，拿出草席，铺在院子里，坐的坐，躺的躺，开始歇息。

今晚很热。众人在院子里扯啊扯，直扯到三更才开始睡觉。朦朦胧胧中，李邈听到隔壁牙城内有打斗声，身子一挺，坐了起来。布鞋一套，光着膀子，跃出围墙，直奔隔壁的控鹤军牙城。李邈纵身向上一跃，两手一贴城墙，壁虎似的爬上了牙城。李邈趴在牙城上观察了一会，猫着身子快速移动，突然一扑，踏上了牙城内一座房子的屋脊。牙城内屋连屋，对李邈来说，很方便。顺着打斗的声音，李邈迅速移动,趴在一座房子的屋脊上。

一群控鹤军正举着火把围攻三名黑衣人。

李邈听见一名男子说:“别弄死了,要活的。”听说话的声音,李邈晓得此男子就是控鹤军都虞候朱友雍。不援手,说不定真的被活捉了。有道是,敌人的敌人就是朋友。李邈轻轻地抓起屋子上的瓦片,对准举着火把的控鹤军士“呼、呼、呼”像打水漂似的掷了过去。刹那间,庭院顿时暗了下来。三名黑衣乘慌乱之际,脱离包围圈,迅速窜向牙城。“别让他们跑了,快追!”李邈抓起瓦片,掷向追击三名黑衣人的控鹤军士。

牙城内顿时一片大乱。三名黑衣人迅速窜上了牙城,顺着攀城索,溜到了城墙底。李邈踩着屋脊迅速撤离,紧跟着三个黑影,出了牙城。“多谢壮士援手。”黑暗中,李邈听到了一名娘子说话的声音。仿佛刹那间,三个黑影消失在了黑夜里面。李邈迅速返回宅院,翻身跃过围墙,进入院内。重新躺下还只一会,外面响起了砸门声。

“来了!来了!”李邈呵欠连连地前去打开宅院的大门。“军爷,半夜三更的,发生了什么事?”一看是只穿着里衣的大音店东主李邈,一名控鹤军兵士说:“东主,有没有陌生人跑进院子?”李邈连打着呵欠,说道,“军爷,我们都在睡觉,不晓得!还是军爷自己进去仔细查一查吧。”几名控鹤军兵士举着火把,进入了院子,屋里屋外仔细搜寻了一遍。见只有没穿外衣的大音店伙计,离开了宅院。“军爷好走!”李邈慢慢关上门。

朱友雍派出控鹤军兵士几乎翻遍了随州城还是没有找到这三名夜闯牙城的黑衣人,勃然大怒。到底是何方神圣,竟然如此胆大,敢来控鹤军牙城企图不轨?随县、随州刺史府别说没这个胆,就是有这个胆也没有这样的人。夜晚原本就黑,加上蒙着脸,根本就没看清是什么样的人。山南道的土匪、黑帮自然也不会想到来控鹤军牙城送死。唯一的可能就是如今手下高手如云的山南东道节度使昌仁。昌仁杀本王的理由很多。杀了本王,山南就变成了昌仁的天下。

昌仁杀了本王,控鹤军里面现在还有谁能镇得住昌仁?官家自然不会派友珪来山南。昌仁现在是小畜生康勤的得力干将,而小畜生深得官家宠爱。争夺皇位的斗争已经开始。友克完了,友恩完了,友徽完了,控鹤军四大指挥使如今已经只剩下本王了。

小畜生倘若当上了皇帝,本王死定。

本王得赶快将原先派往江南的人手统统调回来,千万不能再空耗着自己的实力。万一将来情况有变,本王派人剁了昌仁,自各在山南称王。朱友雍不晓得,由庞震东带领前往金陵刺杀徐温的控鹤军,除像郝连晖这种不敢回山南的人外,已经全军覆没。

第二天,李邈挑选了几样新奇的货物,打成一个包,由莫孤烟提着,前往就在隔壁不远的控鹤军都虞候牙城,送给朱友雍的爱姬孟氏。在牙城门口,李邈刚好碰见灰头土脸的申屠阳从牙城内走出。“大人!”李邈连忙手一拱。申屠阳一把拉着李邈离开了城门口。

“申屠正想找公子。”

“什么事需要小可效劳?”

申屠环顾了一下四周,悄悄地说:“昨晚有刺客来牙城企图行刺贺王。贺王责令申屠半个月内将刺客缉拿。控鹤军都抓不着,申屠到哪找去?申屠想请公子想想办法。”

神州官员最强大,也最虚弱。此刻在黎民百姓面前还是不可战胜的神,上司的一句话马上让你变成人人都可以踢上一脚的丧家之犬。申屠阳在随州是老大,可在朱友雍眼里不过是呼之即至、挥之即去的家奴,不爽快了,说不定还来一个抽筋剥皮。

“大人莫急!”李邈连忙宽慰申屠阳。“小可正好要去给贺王的爱姬孟氏送货物。小可请孟氏在贺王面前给大人说一说,尽量免除大人这趟苦差事。”

“那就有劳公子了!”

“大人无须客气!”

李邈向申屠阳手一拱,转身起步,和站在城门边等候的莫孤烟一起,进入了城门。侍儿紫玉带李邈前去穆德轩见孟氏。李邈今天送来的物事,尤其是额黄,孟氏很喜欢。孟氏没有告诉别人,李邈这个后生,她特喜欢。像李邈这样英俊的后生,一生可遇不可求。虽缺少成熟,但全身透着一股英气。受人之托,终人之事。临走时,李邈请孟氏劝说贺王免除申屠阳的差事。“放心,过几天,我想办法跟贺王说一说。”孟氏许诺。将近中午,趁着客人少的空隙,李邈去看申屠阳,准备将托办的事情告诉他,免得牵挂。就在馆舍门口,李邈碰到了两名娘子。李邈仅看了一眼,就进入了馆舍的大门。只过了一天时间,这两名娘子出现在了大音店。大音店除了卖珍珠玛瑙,也卖妆粉、黛粉、胭脂等化妆品。随州官宦、富豪家的女眷是大音店的主要客源之一。进大音店的都是客人,不分贫富贵贱,李邈亲自招呼。

“县主想要点什么?”

“先看看。”

娘子的话一出口，李邈吃了一惊。这娘子应该就是前天夜闯牙城的黑衣人。那天夜里李邈没看清她的相貌，但她说话的声音留在了李邈的记忆里面。李邈殷勤了起来，主动向她介绍大音店的商品，尽量掏她说话。不错，她就是那天夜闯牙城的黑衣人。李邈一边陪她看大音店的商品，一边和她攀谈。通过攀谈得知，这两名娘子，一名叫燕羽，一名叫段贻香，都是若水绣坊的绣娘，而名叫燕羽的娘子就是那天夜里说“多谢壮士援手”的人。

“不晓得绣坊的娘子手艺怎么样？”

“她们从小绣花，手艺肯定好。耳听为虚，眼见为实，公子来绣坊看一看晓得。”

“若水绣坊在城内什么地方？”

“就在仁寿大街的羽衣巷，离这不远。”

“什么时候去看看。在下正有一批服饰要绣，手艺好就让燕娘的绣坊绣。”

“手艺肯定好，只是工钱比其他绣坊要多一些。”

“手艺好就行。一分铜钱一分货，手艺好工钱多一点应该。”

李邈很好奇，一个拿绣花针的娘子竟然夜闯控鹤军都虞候的牙城。吃了中饭，李邈第一次没带兄弟，独自一人去找若水绣坊。燕羽没有骗李邈，若水绣坊果然在羽衣巷。院门正开着。李邈拍了拍门，进入了大门。燕羽一看是大音店的李邈，下台阶前来迎接。李邈看了绣坊绣娘的刺绣，当场就决定让若水绣坊来绣要绣的服饰。双方谈好了工钱，燕羽和段贻香跟着李邈来大音店拿李邈要绣的服饰。过了一天，李邈来若水绣坊找燕羽。

“控鹤军都虞候贺王的爱姬很想有一条百鸟裙，不晓得绣坊会不会绣？”

“什么样的百鸟裙？”

“什么样的百鸟裙，在下也不是很清楚，可能是安乐公主有的那种。”

“只要有材料，应该能。绣坊有好几位刺绣高手，像姬芙舒，最难都能绣。”

“那好。你马上跟在下去牙城见孟氏，具体情况由她亲口跟你说。”

真是得来全不费工夫！燕羽一直在想方设法进牙城瞧一瞧，可就是进不去。不得已，才带着段贻香、朱花殷夜闯牙城。想不到，刚进去还没开始瞧就被发现。不是李邈出手，三人想不被凌辱，只能刎颈了。一听李邈要带她进牙城，燕羽马上答应。

“小女去跟段贻香说一声，马上跟公子走。”

燕羽不晓得李邈究竟是一个什么样的人，多年的江湖经验告诉她，不能不小心。怕引起牙城内的人联想，燕羽决定独自一人跟李邈去。明晓得是龙潭虎穴，燕羽也准备走一走。自来到随州城的那天起，燕羽就想进控鹤军牙城看一看。李邈站在庭院中只等了一会，燕羽就来了。两人离开若水绣坊，前往控鹤军牙城。燕羽发现，李邈好像跟守门的兵士很熟，只说明了缘由，兵士就予以放行。燕羽跟着李邈进入了控鹤军牙城。

果然，李邈带燕羽去见贺王朱友雍的爱姬孟氏，而孟氏确实想有一条安乐公主拥有的百鸟裙。李邈好像没有包藏祸心，想将燕羽诓进牙城。"前些日子听人说安乐公主有两条特漂亮的百鸟裙，我也很想有一条。听李公子说，若水绣坊的绣娘绣技非常高超，就让他请你过来问一问，会不会绣。"这种用百鸟羽毛绣成的百鸟裙，燕羽听说过，却没有见过。

"只要有材料，能够绣成百鸟裙，绣坊有好几个绣娘会羽毛绣。"

"会绣就行。千岁得知我很想有一条百鸟裙，已经让人搜集了百种珍禽羽毛。我就怕那些笨手不会羽毛绣，白白糟蹋了很不容易才搜集齐的珍禽羽毛，才没有仓促叫人去绣。"

"绣坊的绣技，不是民女自夸，随州无人能比。像甘嬷嬷和覃嬷嬷，年轻时就给皇帝绣过龙袍。"燕羽说着从绣袋内掏出一方手绢，由侍儿紫烟转递给孟氏。"这方手绢就是绣坊的绣娘詹丹霞绣。"孟氏仔细看了这方手绢就决定由若水绣坊绣百鸟裙。双方商定，就在孟氏居住的葆春堂腾出一个房间，燕羽着绣娘来牙城绣这条百鸟裙。这样能让孟氏看着百鸟裙的进展情况，也能及时听取孟氏的意见，使得这条百鸟裙能够好上加好。

出了牙城，燕羽长长舒了一口气。进牙城前，燕羽已经做了最坏的打算，结果却毫发无损出了牙城。虽没有特意瞧一瞧，也已经看到了很多想看的物事，况且已经留下尾巴。一条百鸟裙也不是一天能绣好，以后有的是看的时间。什么时候想看再慢慢看。

"谢谢公子给小女介绍了一桩大生意！"

"先别忙着谢在下。这桩生意，不仅只赔不赚，很可能还有危险。"

"请公子赐示！"

"绣成一条百鸟裙肯定得费很多功夫。万一不给工钱，向谁要？绣得不中孟氏的意，这百鸟的羽毛，到哪去弄？这客人不是别人，是控鹤军都虞候贺王朱友雍。山南就控鹤军都虞候万万不能得罪。你说一说，这是不是一桩很危险的生意？"

"公子明知这桩生意有危险，为何还要将它推荐给小女？"

“在下见你很想进牙城,才将这桩生意推荐给你,好让你能实现愿望。”

他怎么会晓得我的心思? 燕羽非常吃惊。“公子怎晓得小女想进牙城看一看?”李邈转了一下头,见离城门已远而广场上四周无人,才轻轻地说:“你不想进去,几天前就不会夜闯牙城。”燕羽睁大眼睛看着李邈。半晌,燕羽才问:“那壮士就是公子?”李邈笑了笑。

第二天,燕羽早早就带着覃嬷嬷、姬芙舒、公孙紫云等去牙城给孟氏绣百鸟裙。依照昨天燕羽跟孟氏的约定,中午回若水绣坊吃了饭,稍休息后再去牙城绣百鸟裙。孟氏不缺这几个人的饭钱,燕羽还是要求回若水绣坊吃。盯了一个上午的眼睛,也需要休息休息,毕竟绣这种百鸟裙很耗眼神。返回若水绣坊时,燕羽特意去大音店看看李邈。“姐妹几个商量了一下,想请公子过去吃顿饭,感谢公子照顾生意。”不想让自己的行藏败露,最好的办法就是杀人灭口。这点道理,李邈流浪江湖一年多时间,应该懂,但还是同意赴约。李邈告诉一声莫孤烟自己的去向,就跟着燕羽和姬芙舒去了若水绣坊。

第五十三章　阚虎

女心伤悲，殆及公子同归。

——《诗经》

石柏从金陵返回亳州，就积极筹划，准备到真源县阚虎山庄迎亲。

石柏根本没有想过自己离开金陵后，家里竟然会发生翻天覆地的变化。否则，石柏肯定会在金陵呆下去而错过了到阚虎山庄迎亲的时间。这门亲事是石柏委托亳州城姚记绣坊的曹嬷嬷经反复寻访后确定。确定了对象，曹嬷嬷亲自去临茨村见尹似雪。尹似雪对这门亲事非常满意。只是由于前段时间，石柏一直忙于应对亳州的事情而没有确定具体的迎亲日期。什么时候？尹似雪在临茨村等石柏从金陵回来再定。没有新郎，就是定下日期也没用。

从金陵返回亳州的途中，石柏没有回天清观，而是直接去了临茨村与尹似雪商量有关迎亲的具体事宜。到了临茨村，一见面，尹似雪就含笑说："放心，新娘帮你满意！"两人经过一番仔细斟酌，决定在浴佛节的前一天，也就是四月初七，石柏亲自到真源县阚虎山庄迎亲。确定了具体的迎亲日期，尹似雪就着手挑选陪同石柏前往阚虎山庄迎亲的人员。因路途遥远，又靠两条腿走，能够四月初七准时到达阚虎山庄，迎亲队伍早早就已经出发。

四月初七，鼓乐声中，迎亲队伍出现在官道上，浩浩荡荡前往阚虎山庄。

真源县往东是亳州城，往西北是枳城，往西南是鹿邑。出了鹿邑，继续往西南走，就是陈州宛丘城。连接亳州和陈州的官道从真源县城南经过，而县城紧挨着涡水，距离茨水也只有十来里地，水路交通都十分方便。真源县原本叫谷阳县，因传说圣祖大道玄元皇帝李耳是谷阳县人，唐高宗将谷阳县改为真源县，武周时期改称仙源县。新名还没用多久,中宗李显复位,恢复唐国号,仙源县重新改回真源县。反正,神州地名一直就是改来改去。自古以来名字从来不改的地方还真不多。读古书的时候,还真弄不清楚,书中所说的地方,如今究竟在哪里。懂行的人说,甲地原来就是乙地,还真让不熟悉此门道的人大吃一惊,我老家原来还叫过这个名字!真源县人至今依然骄傲,唐高宗、唐玄宗都曾经多次临幸过。

神州历史上是否真的有李耳这个人,并不重要。重要的是李唐皇帝认为李耳是自己的祖宗。倘若较真,就不难发现李耳这个人肯定是神州人杜撰,甚至连《道德经》也不过是东拼西凑的伪作。反正,神州人没几个真,书就更不用说了。

正因为李唐祖宗李耳的原因,亳州附近州县无论是官吏还是庶民,信道之风特盛,稍有名气的道士往往就是当地官吏的座上宾。真源县的地位尽管随着李唐皇朝的崩溃而一落千丈,信道之风依然兴盛。当利剑刺来时,是神仙就不需要担心会被刺死!能够寿终正寝而不死于非命是神州人几千年做了破、破了做的梦。

这些年,修炼成仙的故事听过不少,得到过神仙帮助的人,一个也没有。否则,前些年也不会出现遍地尸骸的现象。你可能会嘀咕,此种拂一拂的事都不愿意做一做,只能说明世上没有神仙。蠢材!人不利己天诛地灭。修炼成仙,是为了我自己,还想我出手救你?你死不死、活不活,管我屁事!不为我,修什么炼,成什么仙?质疑神仙的人只能哑口无言。神州人神奇!越是尸骸遍野,越相信神仙,希望神仙能拯救自己。说来也是没办法的事情,自己救不了自己,只能靠神仙。修炼成仙是将来的事情,在没成神仙之前总得过日子。真源县的普通庶民,除了时刻关注谁成了神仙,也非常关注阚虎山庄以及庄主尚与鹏。

阚虎山庄隐没在真源县城西南的茂密树林中,如同藏身树林里面的一头阚虎。从真源县城出发,沿着连接亳州和陈州的官道,走大约十来里路,看到一个上面横写着阚虎山庄四个镏金大字的牌坊。穿过牌坊,北行四里左右就到阚虎山庄。阚虎山庄如同一只阚虎,蹲在官道的北面,虎视眈眈地注视着官道上来来往往的行人。真源人来往于这条官道上,路过阚虎山庄的牌坊时,往往会下意识地加快脚步。阚虎就在边上,还慢悠悠,给吃了,真源县人不会说阚虎不好。别说君子,就是一般人都晓得要远离危险的地方。

阚虎山庄的庄主尚与鹏号称“独眼阎罗”。

外地人想见识一下阎罗,真源县百姓就会告诉他,直接去阚虎山庄叫一声尚与鹏的名讳就可以啦。尚与鹏称霸真源县,别说真源县县令凌云志见到尚与鹏如见到鬼,就是刺史赵淮浦也非常忌惮。这主要是尚与鹏有一个同胞兄弟尚与鸿。

尚与鸿因帮朱温筹集军资立下汗马功劳,而被朱温收为假子,改名朱友逊。朱友逊现任右龙虎统军,威风显赫。你想找尚与鹏的麻烦,等于找尚与鸿的麻烦。这点道理刺史赵淮浦懂,县令凌云志也懂。赵淮浦来阚虎山庄的次数虽然不多,但凌云志一般情况过年过节都要到阚虎山庄拜访尚与鹏,送点物事,鞠个躬,磕个头。

尚与鹏富有,非常富有。真源县周边的几个县,没有一个人敢跟尚与鹏比富。尚与鹏虽不能说富可敌国,至少可以富可敌州。有道是,马无夜草不肥,人无横财不富。想发财,需要天时、地利、人和相配合,而这三者里面,天时最为重要。一旦天时来临,就是不想发财都难。如今梁国的新富豪,无一不是靠天时发了家。黄巢造反,神州大乱。各路土匪在河淮之间纵横驰骋,世家大族灰飞烟灭。趁这一千载难逢的大好时机,尚与鹏跟在宣武军节度使朱温后面,对汴、宋、亳、颍四州豪门望族公开抢劫,聚敛了不可胜数的财富。让尚与鹏觉得有些美中不足的是,在颍州洗劫当地豪门谷艮家时,被射瞎了一只眼睛。正因这一箭,让尚与鹏获得独眼阎罗的美称。尚与鹏对这个美称甚至有点沾沾自喜。原因是梁国的江湖称朱温是活阎罗。活阎罗,独眼阎罗,都是阎罗。尚与鹏为自己能跟朱温平起平坐而自豪。

尚与鹏是一个很懂得享受的人。尚与鹏说,这一生为了铜钱已经浪费了前半辈子,再不抓住机会好好享受,牙一掉,鸟一垂,后半辈子也跟着浪费了。拼死拼活赚铜钱,目的就是为了享受。不享受,为何要赚那么多铜钱?莫非脑子有问题不成?这些年,尚与鹏一直在享受着生活。

一个月前,尚与鹏听说,逍遥窟来了一位绝色扶桑娘子,不禁心动了起来。这辈子经手过的娘子确实无数,就是没有经手过扶桑娘子。说起来,也算是这一生的一大遗憾。我总不能将这个遗憾带到棺材里面去吧?尚与鹏不想这一生留下遗憾。铜钱?你没听人家说,生不带来死不带去。尚与鹏决定,无论如何都得经手经手。尚与鹏去过逍遥窟好多次,也算得上是逍遥窟的座上宾。如今神州,能否成为别人的座上宾,看的是铜钱与权势。这两样尚与鹏都不缺。尚与鹏缺的是这一生没有经手过绝色扶桑娘子。

尚与鹏不会因扶桑绝色娘子稀缺就到逍遥窟动刀动枪。晋河东经营的逍遥窟毕竟不是普通青楼。尚与鹏早就耳闻晋河东跟亳州刺史赵淮浦关系非同一般。对尚与鹏来说,刺史也没什么名堂。尚与鹏的胞弟如今是亲王,小小的刺史根本就没法比。不过,尚与鹏觉得,能用软尽量用软,没必要像那些个小流氓一味地使强用狠,如今的尚与鹏毕竟过了这个阶段。再说,如今江山已经打定,明火执仗带人到逍遥窟抢人显然已经不合时宜。

尚与鹏定下主意，带着一大班家丁，骑着尚与鹏心爱的宝马，带足铜钱，准备不舍一切代价拍下扶桑娘子。乘兴而去扫兴而归，心里肯定会非常不痛快。人一生拼死拼活就为了痛快两字。哪晓得，来自宋州的新贵陈公子跟尚与鹏死拼。值得庆幸的是，最后还是陈公子认输，尚与鹏如愿拍下了扶桑娘子。跟我独眼阎罗抢，也不看看自己到底是谁。

尚与鹏抬起脚正准备踏上楼梯时，突然听到身后传来一名男子说话的声音。这名男子的声音，至今仍在尚与鹏的耳边回响。尚与鹏现在重新想起，还是胆战心惊。一旦不小心，撞上枪头，再让胞弟去替自己报仇，就已经太晚了。没有了扶桑娘子，神州娘子也可以勉强代替，掉了项上人头却不能用别人的人头代替。世上人头虽多，自己的人头只有一个。

尚与鹏晓得，这辈子做下了不少大事，红眼的人肯定很多。红眼的人一多，看不见的危险跟着也就多。拿人家铜钱替人家出气的人，尚与鹏就认识不少。况且，亳州是控鹤军都虞候朱友徽的窝，到处是控鹤军杀手。尚与鹏决定连夜赶回阚虎山庄，毕竟阚虎山庄是自己的地盘。前脚一跨进阚虎山庄，尚与鹏就感到一种踏实。至少真源县还没有一个人有胆来阚虎山庄摸尚与鹏的屁股。年轻时不晓得生命的可贵，总是喜欢去冒险。年岁一大，晓得继续活在人世的时日不多，越怕死。尚与鹏早就已经到了该怕死的年龄。过了几天，当管家将打听到的消息告诉给尚与鹏时，尚与鹏当下就对自己的英明决断感到很庆幸。

三月初三，上巳节，尚与鹏带着一班家丁准备去踏春，寻找寻找好看的鲜花。一名叫翁甘努的家丁建议尚与鹏去看桃花。翁甘努给尚与鹏提供了一条重要信息，真源县城外的那片桃林正在开花，非常漂亮。上一次看到桃花，到现在已经有一年的时间，再不去看的话，又要再等一年。人一生有几个一年？真所谓看一次少一次，还是抓紧时间去看一看吧。

果然，桃花好看极了。眼前一片粉红，真是花的海洋。别说娘子，连尚与鹏这种见惯了桃花的老男人都心动。尚与鹏叫阚虎山庄家丁死命摇桃树，欣赏桃花花瓣飘落的美妙。就这样，尚与鹏在桃林中足足欣赏了一个时辰。等到满地是花瓣和桃枝，尚与鹏才准备离开桃林。刚一出桃林，尚与鹏看到一朵鲜艳的桃花。

桃林的小径上一名娘子带着一名侍儿和一名仆役来桃林欣赏桃花。妈的，这才是真正的桃花！这么好看的桃花尚与鹏已经多年没见着了。尚与鹏第一个念头就是将她摘下来插到自己的花瓶里面。这么好看的桃花插到牛屎上实在是太可惜。

尚与鹏是文明人，有修养。跟朱友徽不同，尚与鹏不会一看到鲜花，立刻上前动手。属于我的桃花，想跑也跑不掉；不属于我的桃花，一伸手可能就会被剁。真源县周边的州县还是有些能人。有道是，千年道行只一拂。做事情千万别莽撞，在如今的大梁国，嚣张嚣张可以，就是不要忘了自己是谁。万一眼前的这朵桃花跟某一能人扯上些关系，鲜花虽采，性命已无。尚与鹏已经上了岁数，特珍惜自己的生命，不会乱来。兵法云，知彼知己，百战不殆。先摸清楚对方的底细再出手决不会嫌迟。留下两名家丁看护桃花，尚与鹏骑上马，返回阚虎山庄。

前后还不到一个时辰，两名家丁就回阚虎山庄将情况报告给了尚与鹏。桃花是真源县录事宁符的女儿，今年一十又六，已经许给宁符的同僚陈方涣的儿子陈秉蔺为妻，婚期定在今年十二月廿三。尚与鹏不关心桃花是否已经许给了别人，只关心有没有与能人有联系。

要么不做事，做事就做大事。一个小小录事哪会跟能人扯上什么关系？能扯上关系自然就不会是一个小小的录事了。尚与鹏猜测无论是宁符还是陈方涣都不可能跟能人有联系。猜测归猜测，需要进一步验证。尚与鹏很谨慎，又派出人马继续打探，务必要弄清楚对方的底细。直到最后确定宁家和陈家确实跟大梁国的能人没有任何关系，尚与鹏才考虑采取行动。

尚与鹏吩咐侍从荣升："你马上去告诉司韶乐，叫他带两名家丁，送一些财礼到录事宁符家，就说他的女儿，阚虎山庄的庄主尚与鹏要了。财礼嘛，要多送一些，不要让宁录事觉得我尚与鹏那么吝啬。"只考虑了一天时间，宁符决定让女儿宁昕成为尚与鹏的第十六房姨娘，并将在四月初九，亲自送女儿到阚虎山庄。尚与鹏做事一向干脆利落，也不希望别人婆婆妈妈。亲事确定后，尚与鹏就阚虎山庄等着，准备再好好做一次新郎。

就在尚与鹏等做新郎这段时间，亳州发生了几件重大事件。

亳州控鹤军都虞候建王朱友徽在亳州刺史府前的广场上被亳州市民活活咬死。这件事情大大刺激了阚虎山庄庄主尚与鹏。朱友徽平常就像一座泰山，耸立在尚与鹏的眼前。没想到，泰山竟然也会轰然倒塌。尚与鹏惊出了一身冷汗。建王朱友徽被咬死不久，带兵前来亳州清剿的梁定兴竟然败在赵淮浦之手。尚与鹏万万没想到竟然会是这样的结果。

梁定兴败走，亳州真正变成了赵淮浦的地盘。尚与鹏即刻感到势头不对，顿时收敛了起来。还是夹着尾巴做人吧。就算是胞弟尚与鸿也无法跟朱友徽相提并论。稍不凑巧，碰上火头正猛的赵淮浦，近二十年的努力就将白费。朱温在洛阳远着，赵淮浦却近在眼前。

宁符虽只是真源县衙门的一名录事，但毕竟也是衙门中人。万一宁符到赵淮浦那里告我强纳，我尚与鹏可不那么好回答。宁符的女儿，到时不送来，也就算了。神州红眼的人向来就多。赵淮浦想到我的财富，找一个借口将我给灭了，还真的不知如何应付。有道是，我的地盘，我做主。谁叫我生活在赵淮浦的地盘上？这些年，生活在朱温地盘上给朱温灭了人还少？王青山、李翰明、张鸿运、白子富、陈……统统被灭族。尚与鹏掰着指头越数心里越发慌。常言道，妻妾成群，也只是一夜之欢。况且，已经有十五房姨娘，够尚与鹏忙了。尚与鹏准备做第十六次新郎的心思也渐渐淡了下来，开始静待在阚虎山庄避风头。

申时，阚虎山庄的一名家丁急匆匆跑来向尚与鹏报告，一大队人马抬着肩舆朝阚虎山庄来了。今天还只是四月初七，录事宁符就将女儿送来啦！尚与鹏一时真摸不着头脑。既然人家已经提前送来，那我就提前做新郎吧。明天浴佛节，正好带新娘到莲花寺烧香。

尚与鹏连忙吩咐总管司韶乐安排阚虎山庄的仆役、侍儿装扮山庄，准备迎接。虽然不是正式娶妻，毕竟是新婚，装扮一下山庄也是应该。宁符的女儿又不是青楼女子，纳她为妾，体面风光。司韶乐一面安排人手抓紧时间装扮山庄，一面安排人手出山庄迎接。

送亲的队伍非常庞大，场面不亚于亲王嫁女。走在队伍最前的是由十六名娘子组成的鼓乐队。八杠肩舆的前后各有十六名着装相同的娘子，娘子的身后跟着一群人数不详、肩挑箱笼的挑夫。当家丁将送亲队伍的详细情况告诉给正在装扮的尚与鹏时，尚与鹏惊愕。送亲队伍就在来山庄的路上，尚与鹏来不及细想，一面吩咐司韶乐指挥山庄的家丁、仆役抓紧时间装扮，一面派遣家丁大开中门迎接。对方那么大的排场，开一开中门也是应该。

送亲队伍还没到，就已经听到了嘹亮的鼓乐声。伴随着鼓乐声，八杠肩舆缓缓抬进了阚虎山庄，送亲的队伍也随后跟着进了山庄的大门。走了好久好久，送亲队伍才全部进入了山庄。八杠肩舆抬到了阚虎山庄正堂前的庭院上，朝北放下。

尚与鹏披红站在步檐上，一看如此庞大的送亲队伍，心中顿时明白自己碰上钉子了。正堂前面有些见识的家丁、仆役也开始明白，这一行人不是送新娘到阚虎山庄，而是来阚虎山庄接亲。神州奇事多，竟然会出现这种奇事，接亲接错了地方。

尚与鹏正准备叫总管司韶乐前去解释，两名伴随而来的娘子已经轻轻地掀开八扛舆的布帘。果然没有猜错。八杠肩舆内走出的不是宁符头戴红盖头的女儿，而是一名头戴皮弁，身穿紫色袍服，腰别三尺的后生。看到眼前的这位后生，尚与鹏不由自主地后退了两步。

尚与鹏一怔，简直太像了！不，就是他！没等在场的人回过神来，这后生开口说："听真源县人说，尚庄主有一女儿，今年刚满十六，花容月貌，胜过西施。小可今天特地前来迎娶。"阚虎山庄的家丁、仆役、侍儿立马窃窃私语了起来，这不是明摆着来抢亲吗？

"尊驾肯定是听信了真源县人的误传。"尚与鹏这话让所有在场的阚虎山庄人都吃了一惊。尚与鹏绰号独眼阎罗，行事一向像阎罗。今天竟然如此怯弱！堂上、堂下的人都怀疑说话的人是不是独眼阎罗尚与鹏。"在下确实有两个尚未出嫁的女儿，一个刚满十四，一个刚满十三，却没有尊驾所说的年满十六的女儿。"

"哦！想不到，原来尚庄主还有两个女儿未出阁。已经来了，那只能将错就错，请尚庄主将这两个女儿叫出来，让小可带走吧。总不至于让小可白跑一趟。"

后生已经摆出了今天要强抢的架势。如今在大梁国，我就强抢了，你又怎么着？这种故事，又不是没有发生过！尚与鹏的家当就是尚与鹏一点点抢过来的。看来，今天不交出女儿是不行了！不是有恃无恐，敢这样猖狂？尚与鹏不禁联想起自己年轻时的丰功伟绩。

阚虎山庄确实有两三百名家丁和仆役，可那些个仆役，都不大会武艺，架一打，肯定像麻雀一样一哄而散。让他们做一做杂事没问题，打架肯定不行。尚与鹏忽然后悔当初不多招募一些懂武艺的家丁。那小子带来的人也有一两百人。别看是娘子，我感觉得到，都不是好惹的货色。这小子应该就是韩巽的弟弟韩离了。我还以为是朱友徽。这小子的武艺，我是见识过。谁敢在逍遥窟众目睽睽之下抢扶桑娘子？对付那些只有钱财没有武艺的人，不需要花多少力气。眼前的后生就是十个尚与鹏也不是对手。说不定，还没有正式动手，就已经死在他的手下。拼一拼？就算拼赢，一家人有几个活着就不清楚了。这事不能赌运气。如今遇到大敌，只有暂时咽下这坨狗屎啦。女儿么，将来再生几个便是。到时候，再叫与鸿到朱温那里告他的状，让朱温收拾他。好汉不吃眼前亏，当忍就忍。

"尚庄主，你可得抓紧些时间哦，小可还得要赶回去，免得错过了时辰。"

"成虎、麋豹，你们两人马上去将县主带来，交给公子带走。"

尚与鹏的话一出口，在场的阚虎山庄人更加明白了一个道理，千万不要跟比自己硬的人对着干，要学会欺软怕硬。有道是，山外有山，人外有人。不小心碰上比自己强、比自己硬的人，最明智的办法就是忍，忍做乌龟。正因为乌龟会忍，所以乌龟长命。小不忍，则乱大谋。道家教你忍，儒家也教你忍。尚与鹏没读过《论语》，这句话却听过多遍。现在冲上去跟他拼命，肯定是鸡蛋碰石头。尚与鹏可不想也来一个以卵击石。尚与鹏准备忍，忍做缩头乌龟。你能忍，神州人肯定还会称你是能屈能伸的大丈夫！神州史上多的是这种能屈能伸的大丈夫。要阴使诈能够解决的事情不应该明着动刀动枪，要来也不能明着来。

尚与鹏号称“独眼阎罗”，称霸真源县。对面站着的可不是称霸一个县，一个州。大梁皇朝，朱温想要谁的女儿就要谁的女儿，你还想强？神州比的是谁手中杀人权力的大小，而不是公道。朱温弑杀昭宗，处死何皇后，抢夺李唐江山，谁又能怎样？神州讲的是谁有力而不是谁有理。弱肉强食的丛林法则尚与鹏很懂。尚与鹏当初就是靠抢夺聚敛了这万贯家财。入室抢劫是犯罪，入国抢劫则是打江山。前者人人得而诛之，后者人人敬仰，名垂青史。

一名站在正堂步檐上的家丁，确实不会看风头。突然，藏在袖子里面的一只手掷出一枚飞镖射向了后生。只见后生手一扬，飞镖已经夹在食指和中指之间。后生没等停歇，反手一掷，家丁“砰”的一声倒在步檐上。在场的家丁霎时向后退了几步，终于明白千万不要轻举妄动。人家敢大白天敲锣打鼓来阚虎山庄，肯定有恃无恐。后生对家丁倒地没有在意，也没有责备尚与鹏放任家丁暗箭伤人。

“尚庄主准备嫁女儿，嫁妆应该不会太少！”

“那是自然。”

“其他的家私，小可也不想要。搬起来麻烦不说，就算是搬回去也没用。小可这次带来了一百八十七个箱子，尚庄主就用金银珠宝将它装满，让小可带回去做嫁妆。”

后生张开血盆大口。尚与鹏富可敌州，但要想用金银珠宝将一百八十七个箱子装满也不是一件容易的事。我不答应，肯定是明抢了。这小子敢这样有恃无恐来阚虎山庄明抢，肯定是有绝对的把握。尚与鹏首先想到的不是去县衙搬救兵，而是自己的弟弟。县衙那些个救兵还没来，山庄早就已经鸡犬不留。如今之计，看来只能是先答应，然后再叫弟弟到朱温那里告他。到时，朱温一声令下，还不让你灰飞烟灭！那些抢去的物事就会重新回到我的手中。

“好说！好说！”

“尚庄主毕竟是亳州第一富豪，确实大方！那就让庄主快点着人去装吧。”

庭院上，已有家丁和仆役、侍儿意识到态势严重，开始挪动脚步。“嬷嬷，吩咐下去，谁敢擅自乱动，一律格杀！”“是！”一位将近知天命的嬷嬷拱手得令。堂上堂下所有阚虎山庄的人个个僵住身子，开始感到一种恐惧。

“尚庄主嫁女少不了伴娘。”后生不断挑战尚与鹏的底线。“听真源人说，尚庄主的姨娘个个如花似玉，而且风骚得很。尚庄主，快去叫你的姨娘出来，让小可瞧一瞧，选几个好的带回去经手经手。半老徐娘，经手起来应该更有情趣。”

子曰，是可忍也，孰不可忍也。那么多年以来，真源县人人都忍，只有尚与鹏没忍。尚与鹏的存在让真源县人懂得了什么叫嚣张，什么叫跋扈。狗屎尝一尝可以，整坨都吃下不容易。阚虎山庄庄主尚与鹏终于忍不住，露出了英雄本色。

“那就请连老子的人头也作为嫁妆一并拿去。”

“尚庄主也太客气了！那小可就动手来拿啦！”

后生右手一扬，腰间龙吟剑“嘎”的一声出鞘，寒光晃住了周围人的眼。尚与鹏慌忙后退逃避，阚虎山庄的家丁像水一般渗透过来，企图拦阻后生的去路。阚虎山庄的家丁在真源县平头百姓面前是老虎，后生面前立马成了病猫。眨眼间，庭院上已经躺着七八名家丁。见主人动手，后生带来的娘子也亮出武器跟阚虎山庄的家丁交手。一时间，兵刃交锋时发生的叮叮当当声响彻了整个阚虎山庄。尚与鹏企图逃窜，后生的龙吟剑已至。当尚与鹏身子噔噔噔后退时，后生手中的龙吟剑已到了尚与鹏的眼前。

“尚庄主方才已经说好将人头送给小可，怎么能这样出尔反尔呢？”

尚与鹏来不及回答，赶紧提剑封住了龙吟剑的去路。当两剑摩擦发出的火光消失时，尚与鹏的人头已经离开了身体。不到半个时辰，除个别逃逸外，阚虎山庄的所有家丁全部遭到了杀害，尚与鹏一生聚敛起来的财富被洗劫一空。

天快将黑时，这群歹徒抬着八杠肩舆，从阚虎山庄的中门浩浩荡荡地出了山庄。鼓乐队在前开道，十六名娘子在前，十六名娘子在后，夹着八杠肩舆，后面鱼贯跟着驮着重重箱笼的马队。队伍出了阚虎山庄的牌坊，到了连接陈州和亳州的官道上，向西继续前进，俨然就像接了亲。

真是胆大包天！

行走了将近一个时辰，天已经很黑。鼓乐手停止了吹奏，点起了火把。远远望去，好像一支军队在静悄悄地夜行军。过了鹿邑县城，队伍继续前行。就在前往项城的岔道口，他们与前来接应的人汇合。若水先生从八杠肩舆中走出，将手中的龙吟剑交给苏幽然。两名娘子上了八杠肩舆，放下了布帘。片刻之后，八杠肩舆中走出身穿天清派道袍的秋雨和秋水。

石柏、秋雨、秋水三人跟众人就在岔道口拱手道别。石柏背背古琴，右手持着拂尘;秋雨右肩挂行囊,左手拿洞箫;秋水左肩挂行囊,右手举白幡;继续往西前行。秦嬷嬷带着若水宫娘子,抬着八杠肩舆,牵着背驮箱笼的马匹,往项城方向前行。

录事宁符向县令请假在家,默默无语地听着女儿宁昕和夫人邴氏抱着在哭泣。侍儿站在一旁不断地拧着自己的衣裳,默不作声。他们四人谁也不愿意打破眼前的静默。“大家”,外面传来了到仆役裘荣的高叫声,声音里面透着一种喜悦。

余音未消,裘荣已经跑到了堂内的庭院上。“大家,阚虎山庄遭到一群不明身份的人劫杀。阚虎山庄的家丁跑到县衙,请县令派人增援啦。”裘荣幸灾乐祸。宁符一听,连问都没有问,就起身跑向县衙。在路上,宁符就见县令带着县尉以及众胥徒,和几名阚虎山庄的家丁一起,正准备赶往阚虎山庄。宁符也就跟了过去。

约半个时辰前,凌云志听见有人击鼓的声音,起身前去上堂。杀得好,杀得好啊!凌云志坐在大堂上听完了阚虎山庄家丁气喘吁吁的报告,心里不禁又喜又惊。从阚虎山庄跑到县衙来报信,现在赶去早就已经杀光了。增什么援!阚虎山庄那么多家丁都被劫杀,本县的几个胥徒哪是他们的对手?大白天敢去阚虎山庄杀人抢劫,肯定有恃无恐。急匆匆赶去,说不定正好路上撞上那班人,搞不好还要陪上自己的老命,太不值!我不去,让县尉去,万一尚与鸿追究起来也不好交代。“你们不用急,本县马上去招集胥徒,跟你们一起去增援。”凌云志立马离开大堂,装模作样去调集人马。阚虎山庄的家丁等了好久,才重新看见凌云志。“都外出办案去了。本县东找西找,才找了几个人。”凌云志向他们解释。

凌云志估计不可能跟劫杀尚与鹏的歹徒撞上,才带着胥徒出发。刚出衙门不久,凑巧给宁符碰上。在前往阚虎山庄的路上,凌云志拦住了两名手提布包、步履匆匆的阚虎山庄侍儿,探问阚虎山庄的具体情况。侍儿慌忙跪在地上向县令禀告。“禀大人”,侍儿哆嗦着说,“阚虎山庄所有成年男丁都已经被杀。婢子见其他人都跑了,也就跟着跑了。”仆役、侍儿一听杀声四起,像蜂窝打破了似的,四处逃散。对这些个逃散的仆役、侍儿并不在意,歹徒一点也不担心去县衙搬救兵。对阚虎山庄的家丁,歹徒好像比较在意。好些家丁企图逃逸而被弩箭射死。谁都晓得,神州人身份不同,穿的衣裳,不说款式,就是连颜色都不同。

“成年男丁都被杀啦?”

“禀大人,都被杀了,包括大公子、二公子、三公子……”

“你们怎么还活着?”

“禀大人,说来奇怪,那帮人没有杀阚虎山庄的一个女眷。”

盗亦有盗,此话还真的一点也不假。不过,本县还没有见过这种有道之盗。凌云志没有特别为难,叫胥徒放开了两名侍儿,带着胥徒继续赶往阚虎山庄。

凌云志带着胥徒,不急不慢地赶到了阚虎山庄。天上虽有一弯新月,但地上还是相当昏暗。凌云志旋即命胥徒点起火把。阚虎山庄门头前躺着数具尸体。凌云志进入大门,门内更是尸体横陈。踏着血迹来到了山庄的正堂。在正堂内,凌云志看到尚与鹏的人头。见此情景,凌云志不禁喜由心生。死得好!善有善报,恶有恶报。不是不报,时间未到。时间虽晚了些,终于遭到报应。

凌云志命胥徒寻找活人。不一会,一名胥徒前来报告,发现活人。凌云志赶紧跟着胥徒前去。在阚虎山庄的后院正堂,凌云志看到抱成一团的尚与鹏的夫人黄氏、八名小妾和七个孩子。这七个孩子中还包括尚与鹏的两个尚未出嫁的女儿。

阚虎山庄到处是尸体,只能暂时安排尚与鹏的女眷和孩子到县城馆驿过夜,明天再详细询问情况,追查真凶了。尚与鹏毕竟是朱友逊的胞兄,千万轻慢不得。现在天下多变,应该多给自己留条后路。凌云志征询了尚与鹏的夫人黄氏,就和胥徒一起,带着尚与鹏的女眷、孩子离开阚虎山庄。

回到县衙,县令凌云志当下就作出两方面的安排。第一,县尉负责抓紧时间侦破阚虎山庄命案。第二,等案情稍有眉目后,再由县丞汪傅亲自护送尚与鹏的家小到汴梁,交付尚与鹏的胞弟朱友逊。不求有功,但求无过。戌时初,录事宁符喜气洋洋地回到了家。宁昕和邴氏早已不再哭泣,此时正急切等待宁符回来。看到宁符一脸的喜悦,重新露出已经消失了二十多天的笑容。

"一名后生带着一群人到阚虎山庄要强娶尚与鹏的女儿。"

"真是种瓜得瓜,种豆得豆。尚与鹏到我们家要强纳昕儿为妾,现在竟然有人到尚与鹏家要强娶尚与鹏的女儿为妻。真是应了善有善报、恶有恶报这句话。待浴佛节,我们全家到莲花寺好好烧几炷香,感谢佛祖保佑,终于让尚与鹏碰上了生锈钉。"邴氏满脸笑容,双手合掌含阿弥陀佛。"大家,你在衙门做事多年,亳州谁家有那么大的势力敢到阚虎山庄强娶尚与鹏的女儿为妻?"

"亳州,除了刚上任的观察使赵大人外,没有谁有这么大势力。隔壁陈州倒有一家,那就是匡国节度使韩建。不过是不是匡国节度使韩建做的,就不晓得了。这种能公开抬八竿肩舆到阚虎山庄强娶、强纳的人,朝中肯定有非常骇人的背景。否则,谁敢?"

"尚与鹏最后是否也献出了女儿?"

"那还用说。尚与鹏见来者不善,只得乖乖地献出自己的两个女儿。后生仍然是不依不饶,要一百八十七箱金银珠宝作陪嫁,还要尚与鹏的妻妾做伴娘一并献出。没有办法，尚与鹏只好拼死一搏。结果，阚虎山庄所有家丁、仆役，除逃逸的几个外，全部被后生所杀。真个是不怕你狠，就怕你更狠。”

“这后生也太霸道了！要了人家的女儿，还要外姑。”

“爸，独眼阎罗尚与鹏呢？”

宁昕只关心尚与鹏，毕竟关系到自己是做陈秉蔺的妻子还是做尚与鹏的小妾。尚与鹏有权有势有铜钱，可毕竟少了一只眼睛，而且家里妻妾成群。你能确定自己一定会受宠？那么大岁数了，做宁昕的父亲还差不多。最重要的是受到虐待，娘家人还没办法出来给自己讨还公道。陈秉蔺不同，跟宁昕岁数般配，而且家里也不穷。陈家和宁家门当户对。宁昕对这门亲事非常满意。

“爸看到了，人头掉在正堂上，睁着两眼。”

宁昕一听尚与鹏已死，跳起来扑到宁符怀中。这些时间，宁昕心里盼望的就是尚与鹏突然暴毙。这样，宁昕就不要做尚与鹏的小妾了。宁昕还特意带侍儿去莲花寺许愿，希望佛祖能让恶人尚与鹏死于非命。想不到，愿望那么快就达成。“我不要送给尚与鹏做小妾？”宁昕说话的语气里面依然还带着几分疑虑。尚与鹏是真源县的阚虎。就一个时辰之前，宁昕都不敢相信世上还有谁会猎杀这头阚虎。“那是当然。”宁符给了宁昕一个肯定的答案。

“说来也奇怪，山庄所有女眷和孩子都活着，包括尚与鹏的两个女儿。”

“那后生没有带走尚与鹏的女儿？”

“没有。只是尚与鹏多年抢过来的金银珠宝，全被那后生带来的那一班搬走了。”

“只要昕儿不送给独眼阎罗做第十六房姨娘就行。其他事情，我们就不用再去管啦。”

忽然，街上传来了锣鼓声。裘荣跑进家中对宁符说：“大家，真源县城到处在庆祝尚与鹏被杀，是不是出去看一看？”“好！”宁符心情特别舒畅，说话的声音也比平常高。“感谢那后生杀了独眼阎罗尚与鹏，让我的昕儿躲过了一劫。”宁符和夫人邴氏、女儿宁昕、侍儿鲜于纯，走出家门，带着喜悦的心情，如同过浴佛节一样，参与真源县城居民的庆祝。

“快看！”

“快看！”

在大街上欢庆的真源县城人纷纷仰头，县城西南方上空一片通红。人们纷纷推测应该是阚虎山庄。宁符见女儿好奇，就和真源县城人一道赶往阚虎山庄。走了近半个时辰，到了阚虎山庄。宁符一家和众多真源人一起观看熊熊大火中的阚虎山庄。

浴佛节，原本计划陪夫人去莲花寺进香的真源县尉习怀仇只得带着胥徒侦察阚虎山庄尚与鹏被杀的大案。习怀仇决定从迎亲队伍开始查起。迎亲队伍如此庞大，证人无数，根本就不需要花时间。习怀仇带着真源县胥徒一路追踪调查，追到了真源县的边境。案件重大，习怀仇带着胥徒走了几十里无人的树林，来到了匡国军节度使韩建设在路上的关卡前。

通过关卡，就进入了宛丘县。宛丘县归陈州刺史府管辖，而陈州是匡国军节度使韩建的地盘。万一跟韩建有牵连，能让我活？捏死我一个比芝麻还小的县尉，比捏死一只蚂蚁还要简单。眼下种种证据都已经指向了韩建。到陈州去查，不是自寻死路？说案情仍然不明，县令大人肯定不高兴，尚与鹏的胞弟尚与鸿肯定不会饶过我。去是死，不去也是死。我还不如说，就是匡国节度使的人所为。韩建是赫赫的匡国节度使，谁敢惹他？就是尚与鸿也不会去问韩建，我大哥是不是你家人杀的？如此一来，既可以避免尚与鸿说我办案不力，又可以避免前往陈州办案被韩建捏死的风险。尚与鸿右龙虎统军，韩建匡国军节度使，他们相互一咬上，我就可以平安无事。县令大人也不会斥责我办案不力，说不定还能得到重用。主意已定，习怀仇旋即返回，向县令凌云志报告这几天来的案情调查情况。

“大人，劫杀阚虎山庄尚与鹏的后生世子装束，迎亲队伍这么庞大，就是整个亳州，也没有人有这样的排场。确实，真源县周边盗贼很多，可哪有盗贼敢这么猖狂？就算盗贼这么猖狂，也没有这么大的排场。迎亲队伍里面还有二三十名如花似玉的伴娘。盗贼所为的可能性完全可以排除。唯有节度使以上的人，才有可能在家里养着一大班娘子拱自己取乐使唤。

据末吏调查，整个迎亲队伍人数不下两百人。大人想想，附近州县，谁家能摆得出这种阵势？匡国军节度使韩建的子息众多，据说就有一子跟出现在阚虎山庄的后生年纪相仿，相貌一般。前年韩大人的儿子曾经跟阚虎山庄的尚与鹏有过过节。末吏推测阚虎山庄的命案很有可能就是韩建儿子所为。只是陈州属匡国节度使的地盘，末吏无法去查案。就算去了，能查出什么名堂？再说，人家的地盘上，能让我们放开手脚去查？”

尚与鹏被杀，凌云志首先想到的不是抓紧时间破案，而是如何推卸责任。尚与鹏在我的地盘上被杀，尚与鸿肯定会找我麻烦。赵怀浦虽然曾经跟朱温交过恶，但已经妥协。尚与鸿追究责任，赵怀浦不会为了我一个小小的县令，得罪尚与鸿。如今只有说杀尚与鹏的人太厉害,我才可以推卸责任。既然已有证据表明是匡国军节度使韩建的子息所为,岂不是正好给了我一个顺当的台阶?何必一定要弄出个究竟?当含糊得含糊!凌云志沉思良久后说:"你就将案情的侦办情况写成卷宗,交由县丞,跟尚与鹏家小一起,送到汴梁交由尚与鹏的胞弟朱大人,由他最后定夺,应该如何处置阚虎山庄的命案。"凌云志一面安排人手送尚与鹏的家小去汴梁,一面遣人前往亳州,将阚虎山庄的命案呈报给了观察使赵淮浦。

第五十四章　云游

民众而奸邪生。

——《商子》

天上虽只是一弯新月,但还不至于走路踢断脚指头。不过,此时沿着两旁都是树木杂草的官道前往陈州,还真的感到特别冷清。白色的幢幡在朦胧的月夜中,让人粗粗一看,马上会联想起插在坟茔上的幡旗,自然也就联想起出没于这一带的厉鬼。生地怕水,熟地怕鬼。本地人晓得哪地方有鬼,鬼还没有出现,就已经是一身冷汗,自己将自己吓死。这条路石柏、秋雨、秋水第一次走,倒不需要因为走夜路怕鬼高声说话给自己壮胆。寂静的夜晚,轻轻地说,彼此都能听得清清楚楚。急的是得抓紧时间找到地方过夜。跟秦嬷嬷分手走到现在,别说碰到个人,就是亮着灯光的地方都没有。真担心,走到天亮还没找到过夜的地方。

踩着沙沙响的泥地,直走到将近亥时,三人才看到了光。盛宅的族长盛夏正带着村民在巡逻。石柏赶紧迈开大步,朝火把的光迎了上去。再错过这个村,就再也没这个店了。听到有人前来,借着火把的光,盛夏看到三名身穿天清派道袍的道士,一名道姑手举一面上写着“上善若水”四个大字的白幡。“若水先生。”盛夏惊奇地叫一声,就朝石柏三人迎了上去。

“若水先生怎么会出现在这里?”

“贪走了路,过了住宿。”

“就到老农家睡去。”

石柏不再客气,手一拱说:“那就打扰了!”盛夏手一拱说:“若水先生哪里话?其他没有,睡个人的地方还是有。”石柏、秋雨、秋水跟着盛夏,和几名村民一道,穿过寨门，进入了盛宅。“继进，将寨门关好，二伯先带若水先生去家里。”“二伯只管去。”盛夏撂下盛继进和一起巡逻的村民，领着石柏和秋雨、秋水往家走。

“这一路，村子还真是少。贫道一路边走边找，走了差不多一个多时辰，就是没找到一个可以过夜的地方。看到火把的光，就不顾脸皮，赶紧来了。”

“看来，若水先生对这一带不熟。老农这盛宅是前往宛丘一路上的最后一个村子。再过去，一直到边境关卡，几十里地没有一个村子。若水先生再不在老农这里过夜，只能走到天亮。这条路，也只有若水先生才敢走夜路！附近州县的人，就算很急很急，也会在日入之前想好了投宿。老农本地人，晚上都不敢出门。”

“神州不太平，各种鬼魅都出了洞。”

“老农那么大岁数，鬼魅倒不怕。老农就怕活鬼。”

当初，朱温任宣武节度使时，实行了一条严酷的军法。将校战斗中死亡，所带的军士一律斩首，叫做跋队斩。那些丧失将校的军士纷纷逃亡。朱温下令，凡是军士一律文面，标上军号，派人严守关隘、渡口。军士逃亡，一旦抓获，一律斩首；家乡胆敢收留，同罪连坐。这些逃亡的军士眼见死路一条，只得聚集在山林、湖泽做起了土匪。直到朱温自称皇帝，才下诏赦免这些军士的死罪，允许返回乡里。不愿回乡的军士依然无数，到处流窜作案，杀人抢劫、焚烧庐舍的事情每日都有。

“贫道云游时曾遇到过。”

“若水先生应该收了他们的魂。”

“生死天定，贫道不能逆天行事。”

“上天真是没眼，将这些害人精出世来害人。”

“也算是报应了。丛林里面窜来窜去，家也没个家，人不像个人。”

“那是他们罪有应得。不是这帮害人精帮着逆贼，日子能是这样？好好的江山被这些害人精糟蹋成这副样子。老农这盛宅比较偏僻，受到的冲击相对要小一些。像离盛宅几十里的王台、安庄、李宅，都已经没一个人毛。”盛夏说着就“唉”的一声长长叹了口气。“惨状老农想象都想象不出来。”

盛宅不大，走几步也就到了盛夏的家。门虚掩着，盛夏推开了门。“若水先生，请！”石柏没有退让，率先进了院门，秋水、秋雨随后跟上，进入了院子。三人驻足等盛夏关上院门后重新起步。进入堂内，盛夏将火把插到打在柱子上的架子上。

“若水先生走了那么多时间的路，应该饿了。老农去叫山妻起来，烧点吃的。”

“不麻烦了。”

“老农申时吃了到现在也饿了。若水先生和两位道姑坐，老农去叫山妻。”

盛夏说着就推开堂内侧门走了出去。石柏解下背上的古琴，秋雨将白幡往正堂的墙上一靠，拿下了肩上的行囊。秋水拿下行囊，提在手中，看着堂内正墙上的云图。不一会，盛夏就从侧门走进了堂内。“山妻已经起来去烧了，很快就好。”盛夏在堂内坐了下来。

“这条路上，白天都很少有人走，晚上根本就没人。”

“贫道只晓得这一带人不多，想不到会那么少。”

“比起前些年，人多多了。那些年，走上一天，也看不到一个人影。你杀过来，我杀过去，人再多也会杀光。老农活了这个岁数，都想不到会这么杀。亳州城附近几乎杀得不剩一个人。盛宅偏僻，周围又是丛林。老农的季父带着族人连躲带藏了好长时间，才躲过了那场劫难。季父走后，老农带族人又躲了好几次。自己的土地上，活得像老鼠。”

两人直聊到盛夏的新妇来叫吃。见盛夏又在发牢骚，盛夏的新妇插嘴。

“又叽里咕噜，就不怕被外人听了去？”

“还怕若水先生和两位道姑将我的话传给逆贼？盛宅都是我们盛家人，我死，他们都得死。道理，还不会说话，就已经教起，会不懂？”

盛夏不以为然。盛夏的新妇带路，盛夏、石柏、秋雨、秋水前往厨房。进入厨房，石柏见在离灶台不远的桌子上已经摆放着四大碗面条。盛夏的新妇说：“烧了碗清水面，不晓得若水先生能不能吃得下。”石柏说：“贫道常常外出云游，只求填饱肚子。据贫道所知，能吃到清水面的人，亳州附近还真不多。”“若水先生说的是实情。”盛夏一边说一边在桌子旁坐了下来。“多少人，还面条，麦麸都没得吃。”秋水、石柏、秋雨先后坐下，准备吃面。

吃完了面条，喝光了面汤。盛夏的新妇就安排石柏三人梳洗、睡觉。

真源县向西就是鹿邑县，鹿邑县再向西就是陈州治地宛丘。鹿邑到陈州宛丘城的路程稍远一些，但步行一个上午就可以到达。这一路除了树林还是树林，路上难得碰到一个人，各种各样的鸟鸣声倒是此起彼伏，很响亮。将近巳时，石柏和秋雨、秋水到了设在陈州和亳州交界线上的关卡前。隶属于匡国军的兵士见是天清观道士，也就搬开木栅栏，允许石柏三人进入匡国军节度使韩建的地盘。午时还没到，石柏和秋雨、秋水已经抵达宛丘城的东门。石柏干脆就拱着手，向跟他打招呼的陌生人行礼，通过城门，进入宛丘城。

宛丘曾经是古陈国的都城。不过，现在就是翻遍整个宛丘城，也不一定能翻到一点跟陈国有关的古迹。只有陈灵公、孔宁、仪行父三人与共同情人夏姬的故事，宛丘人至今仍津津乐道。你随便在宛丘的大街上拉一个人,都愿意给你讲这个故事。

这可是神州最著名的情人故事之一。神州有的是偷偷摸摸的男女关系,而很少有情人关系。其他都不说,想从汗牛充栋的古书里面,找到情人这个词还真是一件非常不容易的事。神州的男女关系,变啊变,往往就会变成妻妾关系。

陈灵公、孔宁、仪行父和夏姬却是陈国人人皆知的情人关系。故事以悲剧收场,仅仅是几句戏谑的言语。陈灵公、孔宁、仪行父三人到夏姬家去娱乐。陈灵公说:征舒像你俩。夏姬的儿子征舒,别说是陈灵公,就是夏姬自己也弄不清楚到底是谁生。孔宁、仪行父当场同声说:也像你! 完了! 这几句戏谑的言语恰好被征舒听到。娱乐结束后,三人刚准备离开,征舒射来的一箭要了陈灵公的命。神州史上最值得颂扬的情人故事,就在征舒的一箭中结束了。从这个情人故事中,后人不难理解为何《诗经·陈风》都是一些热情奔放的情诗。时至今日,陈地民风依然如此。

进入宛丘城,石柏、秋雨、秋水倒没有去打探夏姬的故居,寻觅夏姬的芳踪,也没有去那些传闻男女杂乱的庙宇学习双修,而是去太昊庙,看望监院水守静。姑射真人的四弟子水守静如今是太昊庙的监院。

姑射真人一生收了六个弟子。大弟子李清静,二弟子尤希静,三弟子柳若静,四弟子水守静,五弟子姚夷静和六弟子白玄静。姑射真人的六个弟子人称天清六静。如今,天清派门下弟子不是姑射真人的徒孙就是徒玄孙了。此外,姑射真人还有两位寄名弟子秦妙静和甄柔静。倘若石柏也算一位的话,寄名弟子则有三位。

除了李清静、白玄静在天清观,其他四个弟子都已自立。秦妙静和甄柔静原本分别是洛阳老君庙和怀州十王殿监院,后经朱邪以清绍介,而成为姑射真人的寄名弟子。石柏成为姑射真人的寄名弟子,也算是朱邪以清牵线。不是朱邪以清,石岩也不会认识姑射真人。姑射真人南下云锦山,也不会去翠竹湾做客,也不会跟石柏见面。姑射真人一次邂逅,改变了石柏的命运。

进入太昊庙,石柏就足不出户,一直呆到太阳落水。

“现在,师弟走到哪,人就跟着哪。”

“还不是同门给害的? 弄得我,这次来宛丘,拱手都拱得手臂发麻。”

“同门偶尔说说是有,但关键还是靠师弟自己。没些能耐,使劲吹未必就有用。”

“这可就很难说了。神州史上多少名声如雷贯耳的人,还不是靠吹吹出来? 比如说儒家的祖宗孔丘,刘彻之后名声突然鹊起,还不是那些个儒生吹嘘的结果? 那本门下弟子编撰的《论语》,有什么值得特别称赞的深邃思想在里面?纯粹是一些奉劝别人做奴才的教条。神州人没脑,那些个空洞无物的言语,有人一吹嘘,就相信。又好比刘彻,神州史上最愚蠢的皇帝非他莫属。为何会成为圣明的贤君?还不是因刘彻独尊儒术,历代儒生使劲吹嘘的结果?可以这么说,没有刘彻,就没有孔丘;没有孔丘,就没有刘彻。神州人没有独立的想法,个个是唯唯诺诺的跟声虫。张三说某某厉害。李四根本就没见过某某,一听张三说了,也就跟着说某某厉害。一传十,十传百,某某也就成了神仙。至于颠倒黑白,搬弄是非,就更不用说了。有心追究,那些神奇的故事,没一个不是瞎掰掰出来的。"

水守静笑了起来。

"无论如何,因师弟的缘故,太昊庙香火比以前旺盛多了。"

吃了晚饭,石柏和水守静一起秘密拜会了上乘教教主母乙和副教主董乙。一进上乘教的总坛,石柏就为眼前的景象感到震惊。一排排人极其整齐地趴在地上撅着屁股在祷告。从后看去,只见一排排的屁股不见人头。当头的位置被屁股占据了时候,人是否还是人?想到当神州所有人都撅着屁股趴在地上祷告时,石柏由震惊转变成了恐惧。你不撅起屁股趴在地上,就会被咬死。

热情奔放的陈州百姓喜欢神奇玄虚的故事,信仰各种奇奇怪怪的神灵。

依据陈州人的特点,陈州人母乙、董乙借用摩尼教的壳,创立了上乘教。波斯人摩尼所创的摩尼教,武后时期开始在中土公开建寺传教。信奉道教的唐玄宗曾经下诏禁止李唐臣民信仰摩尼教,后又因武宗禁止,摩尼教渐渐由公开转入地下。

任何物事,要想生存,必须要有生存之道。摩尼教的生存之道,就是加速本土化。传入中土的摩尼教依托道教,渐渐形成一种有严密教团组织和宗教制度的神秘宗教。因信徒称他们的神为明尊,摩尼教也被神州人称为明教。

摩尼教原本禁欲,但是母乙、董乙创立的上乘教却是纵欲的宗教。母乙非常清楚,凡是禁欲的宗教,随着时间的不断推移,总是慢慢萎缩,而最后消亡。纵欲的宗教却不断壮大,蔓延泛滥。在灵与肉你来我往、反反复复的搏斗中,肉狠狠地将灵摔在地上,踩上一脚,一脸的踌躇满志。嘴上道貌岸然,而背地里男盗女娼。母乙替男盗女娼找到了一个冠冕堂皇的借口。

上乘教搬用南华真人的主张,认为现世之人应该任其性。那些束缚人天性的一切社会伦理都是上乘教需要摧毁的黑暗势力。摧毁这些黑暗势力是上乘教信徒伟大、光荣的使命,也是明尊要求上乘教信徒必须做的伟大事业。在跟黑暗势力的争斗中献出肉身,灵魂就可以升入玄界,享受无与伦比的解放。玄界有一批玄男、玄女在等着你去挑选。这种似摩尼非摩尼的宗教跟陈州热情奔放的民情正好合拍。以往认为苟且、龌龊的事情,如今都变成了高尚的事业。束缚行为的人伦纷纷崩塌,男女杂陈成了陈州人的风尚。

母乙宣称,自宇宙产生之时起,宇宙内就存在光明和黑暗两种对立的力量。在与黑暗的争斗中,光明终究要战胜黑暗。不信仰上乘教,其灵魂将会坠入地狱。不想在来生遭受火狱之苦,唯有皈依上乘教。母乙自称是现世明尊。上乘教信女争着和母乙合体修炼,以期将来灵魂能升入玄界,免除堕入地狱之苦。

母乙设置了只会让上乘教变大的圈套。上乘教如同鱼笱,只进不出。信奉了上乘教中途改变主意就犯了叛教罪。所有上乘教徒都有责任和义务处死那些犯了叛教罪的人。与上乘教教徒通婚,必须皈依上乘教;上乘教教徒生的孩子天生就是上乘教教徒。一句话,生是上乘教的人,死是上乘教的鬼。

母乙认为,人嘴上仁慈,善良,文明,而骨子里残忍,歹毒,野蛮。起码母乙晓得自己是什么样的人。母乙给人的残忍找一个合理的借口,并且给人提供一个残忍的机会。上乘教宣称,世上的一切都是明尊创造,所有人必须皈依明尊。上乘教教徒有权杀戮、奸淫那些个不信奉上乘教的异教徒,迫使他们皈依明尊,建立一个只有上乘教教徒的光明世界。母乙给陈州那些还没皈依上乘教的异教徒,提供了非此即彼的选择,要么皈依,要么死。对异教徒的奸淫掳掠不是犯罪而是上乘教教徒应尽的义务。母乙给世人犯罪找到了合理的借口。一时间,没有皈依上乘教的陈州、蔡州人甚至整村整村遭到了上乘教教徒的残杀。就像滚雪球一样,没有多长时间,上乘教就变成了陈州、蔡州一带信徒最多、势力最大的宗教。

听完水守静有关上乘教的介绍,石柏不得不佩服上乘教教主母乙聪明。一般的宗教都鼓吹善,而上乘教直接释放人心中的恶,给所有的恶,杀人放火,奸淫掳掠,找到了一个合理的借口。人们不再为自己犯了奸淫掳掠而有负罪感。所有的罪恶,在上乘教那,统统变成了正义,是上乘教教徒为了光明事业应该做的事情。这世上有多少人想奸淫掳掠?不想奸淫掳掠却怕被奸淫掳掠,没办法只好加入上乘教。如此一来,上乘教想不壮大都不可能。

“原本人最应该向往自由,似乎没有自由就不能活。谁都希望自己做主人,而不是做人家的奴仆。可实际上,人就是像躲避瘟疫一样躲避自由。人总是造那么一个人神出来,让自己跪在神的面前,做神的奴仆。几千年来,人不晓得已经造了多少神。如此以往,人越来越失去自由,越来越失去独立的思考。别说质疑,就是稍稍有一点怀疑,都被认为是对神的不虔诚。最后,一个个都变成了一具没有自我的僵尸。想一想,真是僵尸的世界。

为何会这样？师弟觉得,这跟人像猕猴一样群居有关系。一个人生活,完全不受别人牵制,想说什么就说什么,想做什么就做什么。在深山老林独居的人是最自由的人。可是,很少有人愿意自己居住在深山老林里面。别说住,就是走上一圈,都没这个胆。他怕深山老林里面的猛兽吃了他。于是乎,他希望能够跟他人一起居住,能够来一个相互照应。一代一代下来,不居住在一起就会感到孤独,就会产生一种恐惧。这种恐惧,既可以理解为是对孤独的恐惧,也可以理解为是对自由的恐惧。说白了,人就是愿意做别人的奴仆,神的奴仆。这个神,都是一些像母乙、董乙这样的有心人所造。为了一己之利,造出控制人灵魂的神。有些人造成功了,有些人造失败了。利用神州人的愚蠢,谋取个人私利,还真是优良传统。

像张角之流,不过是因所谋之事太大,而被记入史册。民间那些个小张角,简直就可以用多如牛毛来形容。母乙、董乙不过是其中两人而已,没什么稀奇。只要民智不开,这种人不可能彻底消除。子又生孙,孙又生子;子又有子,子又有孙;子子孙孙无穷匮也。他们造的这些神吞噬人的灵魂,让人变成僵尸。孰知神之毒,有甚是蛇者乎？原本信什么神都无所谓,可人毕竟是人,已经被神吃掉了灵魂的僵尸,怎么还能称人？师弟渐渐明白了神可怕。”

上乘教在陈州、蔡州迅速蔓延,也跟陈州刺史朱友能有很大关系。

朱友能的父亲朱全是当今大梁国皇帝朱温的大哥。朱全老实守旧,没跟朱存、朱温一起追随黄巢造反,和母亲王氏一起,在萧县刘崇家做帮工。朱温自称皇帝的当天,朱全借酒兴狠狠地呵斥了一通朱温。当上皇帝还不到一天的时间,就遭到了呵斥,惹得朱温只能掀酒宴拂袖而去。

朱全有朱友谅、朱友能、朱友诲三个儿子,都没给朱温当上皇帝出过力。朱友谅、朱友能、朱友诲虽也分别被封为衡王、惠王和邵王,但一直没有在大梁皇朝担任重要的官职。直到去年,朱温升宋州为宣武军,让朱友谅出任宣武军节度使。可惜,朱友谅拍错了马屁,上任还没几天,就给朱温免了,并软禁在东都汴梁。

朱友能曾担任过宋州、滑州留后,如今是陈州刺史。每到一个地方任职,朱友能就做一些有违皇朝法律的事情。朱温如今是皇帝,自然有一些要求手下臣僚注意吃相的法律,尽管这些法律绝大部分只是吓一吓屁民的摆设。一到一个地方,朱友能就成了当地恶势力的保护伞。朱友能到陈州任刺史后,更是对上乘教采取放任的政策。正因如此,母乙、董乙创立的上乘教,没有多久,就开始蔓延泛滥。残杀无辜百姓之事,石柏早就已经知晓。

翌日，石柏紧跟着水守静从太昊庙的后门溜出，坐上马车，前往陈州刺史府拜会刺史惠王朱友能。有道是，人在屋檐下，不得不低头。太昊庙在陈州，监院水守静不能不与刺史衙门搞好关系。别的都不去说，光刺史府衙门一年中五花八门的斋醮就是一笔不大不小的收入。

刺史府不远。水守静决定坐马车只是想不被人撞见。马车在刺史府门头前停下，水守静和石柏先后下了马车。水守静吩咐了车夫等候，就和石柏一起走向刺史府大门。就在刺史府门口，水守静请一名胥徒帮忙转告。"烦请这位官人转告一声，太昊庙监院水守静陪同天清派掌门若水先生前来谒见惠王。"

朱友能虽是个刺史，但爵位却是亲王。一切排场都按亲王来。跟朱温一样，朱友能斗大的字不认识两个。陈州境内下属要禀明的事情都得有刺史府掾属、胥徒读给他听。自朱友能接任陈州刺史以来，刺史府倒节省了不少笔墨纸张的钱。

"天清观若水先生？"

"正是。"

"快快有请！本王正要去天清观拜访若水先生，想不到却来到陈州。"

朱友能准备网罗天下奇才而用之，像若水先生这种俊杰更不会例外。胥徒刚一转身，朱友能就站了起来，出大堂，走到了步檐上。朱友能一边不时翘头仰望，一边来回踱步。本王应该亲自去门头迎接。这样才能显示出本王的真心诚意。就在此时，朱友能看到水守静陪同一名身穿天清派道袍的道士从外面赶过来。这名道士应该就是若水先生啦。朱友能踏下台阶，快步前去迎接。

"若水先生，真想不到能来陈州看望本王！"

石柏快步上前，估算朱友能正好可以赶到，突然身子一屈，做出下跪拜见的姿势。

石柏刚一屈身子，朱友能已经快步上前，扶住了石柏。

"若水先生，这可使不得！"

"多谢惠王！惠王既然已经开了玉牙金口，那贫道的这一拜就留到将来再用。"

"若水先生，此话怎讲？"

"贫道是说，将来见惠王时，免不了会用上这一拜。"

"到这一天，本王免若水先生下跪！快请若水先生和水监院到里面坐！"

"多谢惠王！"

朱友能、石柏和水守静，踏上台阶，进入中堂，分宾主就座。刺史府的侍儿献上香茗和瓜果、糕点。朱友能端起茶盏说："就以此茶感谢若水先生来陈州看本王。"

朱友能从小就在江湖上混，江湖经验却非同辈兄弟可比。到陈州任刺史，朱友能开始有意识地结交江湖上三教九流人物，很像造反之前广收亡命之徒的黄巢。石柏端起茶盏喝了一口。

“贫道接任掌门后，一直想来陈州谒见惠王，最后都因杂务缠身没有成行。这些年，全靠惠王的庇护，太昊庙才能在陈州这个地方生存。贫道以天清派掌门的身份，十分感谢惠王多年来对太昊庙的庇护！多谢惠王！”石柏两手一捧。

“若水先生客气。本王是陈州之主，理应要保护好太昊庙。”

“贫道来陈州之前，早就听人说过，惠王喜欢广交天下英雄豪杰。今日一见，惠王果然是一位爱才惜才的贤王！”石柏先轻轻地拍了一下朱友能。“像贫道这种方外无用之人，惠王都愿意予以理睬，其他英雄人物就更不用说啦。”

“若水先生此话倒真的符合本王实际。本王跟其他王兄、王弟不同，只要本王认为是个人才，本王就愿意跟他交往。本王不会计较他过去做过什么，也不会在意他在做什么。孟尝君都有数千门客，本王理应比他多。”

“那是当然。孟尝君仅仅是当时齐国的贵族，惠王却是我们大梁的亲王，如同泥鳅和白龙，他怎么能跟惠王比。常言道，英雄不问出处。能成为英雄，不会像那些普通庶民一样规规矩矩，唯唯诺诺。背后有些故事，很正常，很正常。就像专诸、聂政、豫让、荆轲，哪一个不是背后有故事的人？像替汉高祖打下江山的重臣，后来被封为留侯的张良，也是背后有故事的人！

没有过人的胆识和超凡的魄力，惠王会给这些非同凡响的英雄提供庇护？惠王这种胆识和魄力，岂是他人能比？像张良这种背后有故事的人，不是碰上汉高祖，谁敢收留？只有能成大事的帝王才有这种胆识和魄力！贫道思来想去，只有汉高祖能跟惠王比一比。”

“只可惜，本王镇守的只有一个陈州！”

“以贫道看，一个陈州，虽然不大，但也不小。汉高祖刘邦只是泗上一个小小亭长，蜀国先主刘备连比芝麻还小的亭长都不是，结果还不是照样成就霸业！他们两人怎么能跟惠王比？不过，无论是高祖刘邦还是先主刘备，有一点跟惠王相同，那就是广交天下贤才。

惠王看，刘备手下的人，关羽负案在身的逃犯，张飞杀猪的屠夫，诸葛亮南阳的道士，马超樵夫马腾的儿子，黄忠刘备收留他时已经是一个胡子雪白的老头，赵云按照现在的说法是乳臭未干的小后生。刘备就是依靠这些别人根本看不上眼的英雄好汉，最后三分天下，成为蜀国先主。挑精拣肥，这也不要，那也不行。神州哪有那么多现成的人才?”

“若水先生真是句句说到本王的心坎上！刘备比起来,本王的陈州确实还真的不小,下面有六个县。经若水先生这么一点拨,本王顿时信心百倍!”

“当然,再有几个州,比如加上许州、蔡州,行事肯定会简单得多。”石柏这话说到朱友能的痛处。想起自己的兄弟、堂兄弟个个都是节度使,而自己却只是一个刺史,朱友能非常不满。可又有什么办法?“惠王身为亲王,只做一个刺史,也与身份不匹配。如今外姓人都是节度使,像惠王这样的皇室嫡亲,做一做比如匡国军节度使,实际很正常。”

“没办法,这事本王做不了主。”

“常言道,事在人为。只要惠王多多努力,这事应该不难。”

“若水先生有什么高见,可否说来听听?”

“贫道确实有一些想法。不过,一句话也不大说得清。”

“昨晚,掌门与小道聊了他的想法。惠王想听,过些时间让小道讲给惠王听。”

“一些不那么成熟的想法。惠王听了可不要笑。倘若,贫道只说倘若,惠王已是匡国军节度使,做起事来会方便得多。不过,惠王至少有陈州可以施展拳脚。刘备也只靠从孙权那借来的荆州起家最后三分天下而成为蜀国的先主。除了有可以施展拳脚的地方,惠王还有刘备等辈根本不敢奢求的优势。那就是陈州有大批忠实的上乘教信徒。为了光明的事业,他们敢于上刀山,跳火海;抛头颅,撒热血。

他们为了光明的事业赴死的决心绝非招募来的兵士可比。有道是,就算冬至的夜最长,也有天亮的时候。光明最终必定要战胜黑暗。惠王手下的英雄好汉,和陈州上乘教的忠实信徒一结合,天下还有什么办不成的事情?套用一句别人常说的话,那就是囊中取物!”

“那还得请若水先生多多协助才行。”

“多谢惠王！惠王看得上贫道,那是贫道的荣幸！跟山野匹夫诸葛亮不同,贫道是天清派掌门。贫道撂下天清派不管,来陈州做起惠王的掾属,那也太过于张扬,惠王的意图岂不是早早暴露?圣上一旦责问起来,惠王将如何回复?惠王总不希望自己像衡王那样,被软禁在汴梁吧！准备尚未充分之前,惠王只能隐忍。惠王,你说呢?”

那些个王八蛋上奏官家,说本王企图谋反,本王肯定是吃不了兜着走。

“若水先生言之有理！看来,本王只能等官家千秋后,再请若水先生出山!”

“贫道说的正是这个意思。家师驾鹤西去,留下一大堆的杂务事等着贫道去处理。仅仅天清派道观走个遍，都不晓得要多少时间。无论如何，贫道总得先将家师艰苦创立的天清派发扬光大了，才能考虑其他事情。贫道甩下天清观不管，家师站在云端哪会饶过贫道？地上的人，贫道可以不管；天上的仙，贫道可不能不理。对惠王，还是对贫道，贫道至少目前都应该呆在天清观。"

"本王就依若水先生。"

"多谢惠王玉成！"石柏向朱友能手一拱。

"贫道曾听人说，广王妃怀惠王时，梦见一颗星星坠入广王妃怀中。"神州的帝王出生必有奇异的事情发生。这一点史书白纸黑字写得清清楚楚。朱友能如今是王，将来能够坐上皇位，肯定有神奇的事情。"惠王，不晓得是不是真有此事？"

"确有此事。"

"与贫道掐算的一点也不差。天意如此，天意如此啊！"

"康王朱友孜天生重瞳子，人称是天子的命。不知若水先生怎么看？"

几千年来，三尺孩童都晓得，谁做皇帝上天决定。刘邦大骂替他治病的医师，吾以布衣提三尺取天下，此非天命乎？历代土匪，造反前，总是先将上天的旨意散布到神州的各个角落。黄巢如此，朱温也是如此。朱友能已经不再是简单的憧憬，而是在心中默默祷告上天能够让他早一点坐上龙座，以免突然改变了主意。

"重瞳子确实是天子的命。惠王晓得，当一天天子也是天子，当一年天子也是天子，当一辈子天子也是天子。项羽重瞳子，最后乌江自刎；高洋重瞳子，没当几年皇帝就暴毙。重瞳子的人，下场都不是很好。惠王何曾听过史上还有重瞳子的人是皇帝？至少圣上不是。不足为虑，不足为虑。"

"依若水先生的说法，重瞳子的人下场岂不是都不好？"

"应该如此！只是重瞳子的人容易兴风作浪。哪像梦的预示？想当初，薄姬梦见苍龙生文帝。薄姬的儿子，谁也看不上眼的代王，后来竟然登基称帝。太后，天子的母亲，自然晓得天意！现在太昊庙需要惠王的庇护，将来天清派更需要得到惠王庇护。贫道希望，惠王将来千万不要像前朝武宗皇帝一样，一竿子打死佛教、摩尼教。贫道纵使有些道行，终究受制于天庭。天清派是先师毕生的心血，贫道着实不想让它毁在贫道的手上。"

"请若水先生放一万个心！到那一天，本王定会允许天清派在神州各地传教！"

"贫道等的就是这句话！"言罢，石柏起身，向朱友能拜揖。

"若水先生快请坐，快请坐！本王用到天清派的地方肯定很多。"

"太昊庙就在惠王的地盘上，惠王有事找水守静就是。"

“贫道在这里已经骚扰了惠王不少时间,也就先跟惠王告辞!”

“亳州离陈州不远,本王以后有问题就去请教若水先生。”

“只要惠王用得上,贫道愿效犬马之劳!”

“有若水先生的帮助,等于老虎有了翅膀!”

朱友能说着也站了起来,准备亲自送若水先生。石柏再三清朱友能留步。

“惠王不留步,贫道都不敢起步啦。”

“那好,就让王傅送若水先生和水监院!”

掾属王傅送石柏和水守静从后门出了刺史府。石柏和水守静向王傅说了道谢,坐上了马车。马车行驶了一刻多钟,就到了太昊庙的后门。两人下了车,水守静叫了门。不一会,后门打开。水守静和石柏进入太昊庙,就去客堂。

“狼子野心不小啊!”

“都一样。一个在疯狂蛊惑信众,一个在拼命招纳亡命之徒。”

“起身来陈州之前,师弟还觉得有些难以把握。今天见了面,总算放心了!有手不动生毛狗。我们不去惹它,让他们彼此去咬去吧。师弟这次外出云游,目的就是想让更多的生毛狗去争骨头。等咬得筋疲力尽时,自然会有人出来收拾。”

关于争的问题,石柏曾与李清静聊起过。

“《道德真经》云,夫唯不争,故天下莫能与之争。祖师爷看似讲不争,实际还是在讲争,只是要后人注意策略。师姐从小就跟着师父走南闯北,而平时又喜欢读书,总感觉世人的一切故事完全可以用一个‘争’字来概括,只不过各自所‘争’的对象不同而已。”

“师姐说的没错,神州史就是一部‘争’的历史。师弟常想,不是人想争,而是造物主让他争。草木不争,很可能就会被淘汰。草木尚且如此,何况人?争应该是造物主赋予人的天性。只是人既然是人,总不能像狗一样见骨头就争。”

“可现实却是,人比狗争骨头有过之无不及。”

石柏晓得,只要有抢劫,就一定会有赃。凡是有赃,必定有分赃;凡是分赃,必定有不均。早在朱温自称皇帝之前,朱温手下喽啰对赃物的争夺就已经开始,明抢暗杀的事情屡有发生。有不均,必定有争抢。石柏就是要朱温皇朝的人去争。只要他们争,就有希望。到时候,无须动手,朱温皇朝的大厦就会轰然倒塌。

“师姐只是希望师弟以后小心些,站得太近,容易给生毛狗咬到。”

“师弟一定会小心,出不得差错。好的是,师弟的身份是道士。在世人的眼里,道士企图争抢的只能是名声、官位、铜钱,当然也包括美女。官位、铜钱和美女,师弟不要，剩下只有名声以及专属于道士的道行。相对而言，不像那些个实的物事，世人会留点情。”

“一笑一颦都可以是杀人的理由，何况为了名声?”

“那是。稍稍有点心，前些年的事情就不会发生。”

“原先总不相信，直到亲眼目睹了，才晓得比史书上说的还要邪恶。这种残忍看了总怀疑是不是人。师姐想了好久，实际只有人才能做得出来，豺狼虎豹都不可能。人最怕就是以己之心，度人之心。自己做不出来不等于别人也做不出来，自己下不了手不等于别人也下不了手。你不会咬狗，不等于狗不会咬你。师弟要晓得自己接下来准备打交道的人是谁，时刻防范才是正道。攻其无备，出其不意。师姐现在才懂，只有自己的举措别人没想到，你才有可能在神州生存。”

刚吃完饭不久，太昊庙的门头通玄前来说，节度使府衙的牙吏胡公后有事想见若水先生。这下可真的不能再像昨天一样阻挡了。不怕官，只怕管。太昊庙身在陈州，再不识相，以后看太昊庙如何在陈州这块土地上混? 假正经，也要看对象。就是石柏也觉得不应该再拒绝。没等石柏开口，水守静已经同意。“有请!”不一会，通玄带着一名男子来到正堂。

“在下胡公后，刚听人说若水先生来到陈州宛丘，就来太昊庙找若水先生了。”

“居士有何事需要贫道效劳?”

“府上或有不祥之物盘桓，想请若水先生前去帮忙消去。”

“贵府远否?”

“不远，一刻钟不到的车程。”

“好吧。已经来了宛丘县，贫道不妨见识一下是何不祥之物。倘若能搜集一些标本，也好带回去留作纪念。请稍等，贫道去收拾一下行头。”

石柏起身和秋雨、秋水去收拾行头。

“时间不允许，师弟就不再回太昊庙跟师姐道别了。”

“陈州的事情，师姐晓得了。师弟只管忙自己的事。”

水守静送石柏和秋雨、秋水到太昊庙门口。

第五十五章　驱鬼

物死不为鬼，人死何故独能为鬼？

——《论衡》

石柏、秋雨、秋水三人跟水守静拱手告别，坐上节度使府署的马车，前去节度使行辕驱鬼。"若水先生，到了。"确如胡公后所说，节度使行辕不远，马车行驶没有多久，就停了下来。石柏和秋雨、秋水下了马车。石柏向前只走了几步，就停了下来。石柏站在匡国节度使行辕的大门前，手中的拂尘在空中拂了一拂，然后煞有介事地举起左手，放在自己的右眼前，从右到左慢慢一拨。仿佛就是拨开迷雾，看清被迷雾笼罩着的真相。

原本眼见为实，神州人偏偏喜欢相信看不见的物事，陈州人尤其如此。石柏一脚踏进陈州，就发现淫祠林立。各种有名、无名的神祇来陈州都可以有用武之地。正因陈州人喜欢相信看不见的物事，母乙才能有上百名妃子，数万名虔诚的信众。任何旁门左道，就是摸准民众的心理，兜售他的膏药。民众理性，懂得用脑思考，旁门左道就是当街呐喊，也难以引得注目。人人都信邪，不许旁人不信邪，想生存下去，不邪也只得邪。更何况，石柏原本就心怀鬼胎，图谋不轨，就算原本无鬼，也要装神弄鬼。胡公后站在一旁心颤颤，不敢乱动。

"如此威严的匡国军节度使行辕，大白天竟然如此阴气弥漫，杀劫重重。"

石柏说得胡公后毛骨悚然。石柏手持拂尘，单掌一立，自言自语说："这是何等不祥之物！生前不是王侯将相，哪得能如此猖狂？"胡公后轻轻地告诉石柏："不瞒若水先生，韩大人好长一段时间常常半夜惊叫，嘴里高喊饶命救命。搞得整个许州节度使牙城，个个紧张兮兮，人人终日惶惶。不得已，韩大人才悄悄离开了许州节度使牙城,搬到陈州行辕,就是想摆脱恶梦困扰！想不到,结果还是跟在许州时一模一样。”

“韩大人为何不去请上乘教教主母乙?”

“早就去请过了。做了好几场法事,没什么效果。”

“母教主有什么看法?”

“母教主说,这是韩大人今生造下的孽障。”不错,是孽障。这一生做了多少丧心病狂的事情。母乙已经说了孽障,也省得我再啰嗦了。“想消去,只有韩大人请当今圣上亲自出面向明尊祷告!”石柏不禁想笑,别说韩建,就算是朱温的爸朱诚也请不动。

“那韩大人为何不想些办法请圣上出面祷告?”

“这等于叫圣上改信上乘教。若水先生,这可能吗?”

石柏微微一笑,没有言语。“若水先生请!”石柏跟在胡公后的后面,进入行辕。饶过照壁,眼前就是一条两旁站着牙兵的青石甬道。秋雨和秋水亦步亦趋紧跟在石柏后面,来到了正堂前。正堂两侧的步檐上各站着两名身穿军服的侍卫。

胡公后站在台阶一旁,俯身说:“若水先生请!”石柏、秋雨、秋水先后踏上台阶,站到了步檐上。石柏抬眼前望,看到榻座上坐着一位身材有些消瘦、正闭目养神的老者。石柏不用猜就晓得,此人就是匡国军节度使韩建。

韩建,看我怎么收拾你这条恶狼。“若水先生稍等。”胡公后起步进入正堂,来到了韩建身旁,俯身一陈低语。韩建慢慢地睁开眼睛,有气无力地说:“快……请若水先生进来。”胡公后快步前来,请石柏三人。石柏、秋雨、秋水离开步檐,进入正堂。若水先生是天清派掌门,又是节度使特意请来的客人,简单行了个礼,就秋雨、秋水一起去正堂东侧就座。不一会,节度使行辕的侍儿送来了清茶。石柏手捧茶盏咪了一口。

“大人何以认定行辕出现了不祥之物?”

“自住进匡国军节度使牙城后不久,老是噩梦连连。”韩建歇了一口气,继续说:“常常惊醒,扰得老夫无法安寝。若水先生道行高深,老夫早有耳闻。今听下人说,若水先生恰在宛丘,老夫就让公后请先生前来,驱逐那些不祥之物,让他们不要再来纠缠老夫。”

韩建连歇了三次,才断断续续将话说完。石柏端起茶盏又咪了一口。

“贫道看看是哪些个不祥之物。常言道,不做亏心事,不怕鬼敲门。大人以往所做之事,都是为了大梁的江山社稷着想,何亏心之有?哪一朝的开国元勋不杀一些人？为了江山社稷，杀些人，根本不是什么孽障！一切都是江山社稷的需要。大人既没做过什么亏心之事，也没有什么孽障，何须担心厉鬼侵扰？即便那些厉鬼不服，也不能来纠缠大人。”

“若水先生说得是。”韩建终于宽了一点心，抬起了头。“确实，死在老夫手上的人很多很多。老夫当年杀他们，自有杀他们的道理，而不是无缘无故杀人。”韩建歇了一口气，继续说：“老夫当年心慈手软，岂有如今的大梁江山？”

“大人说的是。兵士靠首级多少行赏，这是通则。正因如此，曹梦徵才说，一将功成万骨枯。为了江山社稷杀人，根本不叫杀人。不杀人，何来功业？何来江山社稷？那些厉鬼应该懂，所有的江山社稷都必须由尸骸砌成。秦汉魏晋，宋齐梁陈，朝朝如此。前来府署找大人，着实是找错了地方，也找错了人。贫道倒要瞧一瞧到底是什么样的厉鬼，如此蛮横，不讲道理。”

“请若水先生仔细查一查到底是哪些厉鬼，让它赶快离开行辕，别再来纠缠老夫。”

“大人宽心，贫道一定会查明厉鬼的来路，想方设法请它们走。”

方便起见，胡公后将石柏和秋雨、秋水安排在距离韩建卧房不远的两个隔壁厢房内居住。韩建请石柏来，不是白吃饭。将随身携带的行头一放妥，石柏、秋雨、秋水就忙碌了起来。胡公后差遣了一大班兵士、仆役前来帮忙。那些个重活、粗活，无须若水先生亲自动手，但得指挥他们怎么做。前来行辕驱鬼，设坛、画符、念咒之类的事情是免不了。秋雨、秋水指挥兵士布置坛场，石柏开始画符。整个节度使行辕，韩建的卧房除外，其他地方，只要有门，一律贴上若水先生亲手画的符檄，并通告行辕内的孕妇不要靠近法场。

一切都布置妥当，石柏开始坐坛做法驱鬼。

一直忙到下午申时，石柏才叫一旁帮忙的牙兵和仆役将坛场撤去。凡是用过以及用剩的物事，一律在坛场前的铁锅里面烧毁。“实在是辛苦了若水先生和两位道姑。大人让在下略备水酒，请若水先生和两位道姑。”坛场清理停当不久，胡公后就前来请石柏、秋雨、秋水前去用餐。用过晚饭，节度使行辕就已经有人安排石柏三人去沐浴。更衣完毕，看看时辰尚早，石柏和秋雨、秋水就在节度使行辕的花园内踱起了步。

“节度使行辕的仆役、侍儿还真多，来来往往到处是人。”

“你没见，刚换下来的道袍，就有仆役前来拿去浆洗。光节度使行辕换下来的衣裳，就得需要很多人去洗。可惜啊！”石柏说着叹了一口气。

“可惜什么？师兄是不是想自己拿去浆洗？”

一名仆役迎面碰到石柏三人，连忙退到路旁，俯身让路。石柏向他手一拱继续和秋雨姐妹两人走自己的路。石柏侧身靠向秋雨、秋水，轻轻地说：“族灭的时候，未必管你是上人还是下人。你说可惜不可惜。”“是啊！”秋雨说：“有福不能同享，有祸却要同当。”依照李唐以来的律法，仆役无须跟着主人一起死。可族灭的时候，还管你是不是仆役。石柏感慨说：“所以，神州人做梦也想往上爬。就算最后被凌迟，至少也有人陪着。”三人在行辕内随便逛了逛，就回厢房。

“晚上，师兄可能会有些事，你俩只管自己睡觉。”

“只要师兄多捉几个鬼玩玩就行。”

“但愿吧。”

石柏微微一笑，向秋雨、秋水手一拱，就推开了厢房的门。进入房间，石柏轻轻地推上了门。脱去布鞋，踏上草席，盘坐了下来。石柏冥思不久，脑中就出现了李清静。“事情已经过去了那么多年，师姐实在不该再提。”朱友徽死后，石柏考虑再三，决定选择韩建作下一步行动的突破口。“就说杀了他，也没办法改变家父已死的事实。就算最终能寿终，说不定也已经不在人世。只是一想到韩建无辜夺去家父的性命，师姐心中总是有些愤恨。”

“只要还有心，都会这样。”石柏特理解李清静。“师弟来了后，也见了不少人。亲人被杀的，十个里面都有十一个。像韩建这种披着人皮的狼，用罄竹难书根本没办法形容。杀手之多，手段之残忍，亘古未有。这种披着人皮的恶狼不除，所有人都可以放过，师弟还没有这么大的肚量。宽恕也应该有一个度，而不能无端宽恕。师弟总觉得，宽恕韩建就是犯罪。”

“人固然都有一死，但其生、其死，皆是自然所为，不需要韩建动手。然而，家父却是无辜遭祸，送了性命。当年，韩建杀的，不是一个一个，而是一府一府。师姐每次一听人提到韩建，眼前总是出现淋漓的鲜血，耳边响起凄惨的叫声。师姐就有一种杀人的冲动。先师羽化前，师姐曾和先师谈论过这事，先师劝师姐放下。每一次改朝换代时，经历的事情确实都是相似。韩建夺家父性命违背了适来适去的自然之道，师姐去夺他性命也是违背了适来适去的自然之道。经过反复思量，师姐最后还是放下了仇怨，让他去吧。”

“师弟还没有像师姐这般通透。刚来的时候，师弟真想好好杀一杀。这种想法，现在正慢慢消除。但想根除，还需要时间，至少眼前还做不到。如今横行神州的，无一不是每个毛孔都渗着鲜血的恶狼以及这些恶狼的子孙。朱温的梁国就更不用说了。师弟渐渐明白,神州就是一个只要有力就可以吃人的丛林。想走出这个丛林,看起来几乎是不可能。

师弟每想到这一点,总有些心不甘,企图挣扎挣扎。

可是,事实如此,心不甘又能如何?师弟总是想,能实实在在地做一些事情,让后代子孙明白明白,生活在神州应该做人,而不该做狼。不做狼,不做狐狸,在丛林根本没有生存的可能。师弟心里还真是矛盾。师弟慢慢消弭心中杀人欲念,可能有两方面的原因。一来如师姐说的那样,我们无权也无力去掌控韩建们的生死。二来神州丛林里面到处是狼。即便就是手艺高超的猎手,也不可能将狼杀绝。朱温、韩建、张全义、李振,等等,无一不是该杀的恶狼。甲乙丙丁,师弟不可能只杀甲而不杀乙。师弟这次准备从韩建入手,倒不是纯粹想报私仇。韩建不过是师弟连环套中的一环。"

石柏盘坐在草席上冥想,心中不禁就是一阵怅然。神州人真的没办法走出丛林了?没办法!石柏给出了答案。石柏想起了秦始皇,想起了焚书坑儒。为什么秦始皇当初没将儒生杀绝?杀绝了,说不定神州人已经走出了丛林。石柏想起刘彻,想起了董仲舒的独尊儒术。齐鲁儒生,为了自己的利益,大肆鼓噪儒教,本无可厚非,偏偏哮喘碰到咳嗽,恰好碰到了愚蠢皇帝刘彻,才使得鼓吹神州人做恶狼忠实伥鬼的儒教在神州大行其道,泛滥成灾。如今已经是深入骨髓,不可救药!

石柏刚走,韩建的元从劳斯人送来了一封书信。内容差不多的书信,仅今年韩建就已经收到过四次,只是写信人不同而已。韩建看完书信,一言不发,将书信放回信封,递给了心腹幕僚冷景嵘。侍妾桂姬给韩建擦了额头的汗。

"写封信给信使带回去。"

"仆马上去写。"

"多说些好话。如今没有忘记韩某,已经是非常感激了。"

依照韩建吩咐,冷景嵘起身前去写回信。

韩建坐在榻上,又想起自己的故事。

韩建是摧毁李唐的最后一个人。韩建解散了随驾殿后军二万人,杀了捧日都头李筠。从此之后,昭宗变成了没有宿卫的皇帝。昭宗派延王戒丕到山西,图谋兴复。戒丕刚回,韩建就和中尉刘季述诬陷诸王谋反,通王以下十一王全部被韩建杀死在石堤谷。

韩建为人狡诈,善于诬陷。朱温攻打神都,韩建兵败投降了朱温。朱温责骂韩建为何要背叛。韩建说,是判官李巨川出的主意。朱温杀了李巨川。昭宗被朱温挟持,东迁洛阳。到了洛阳,昭宗请韩建和朱温喝酒,何皇后亲自给韩建和朱温敬酒。韩建暗中踩朱温的脚。朱温假装喝醉,离开了皇宫。韩建跟着出来,偷偷地对朱温说,天子给宫人使眼神,幕下有兵仗的声音,某担心公有不测。朱温对韩建非常感激,任韩建为平卢军节度使。

朱温当上了皇帝,在皇宫里面游荡,来到当时昭宗请他喝酒的地方,不禁想起了那件故事。当时皇宫里面全都是我的人,怎么有可能会设伏杀我?朱温意识到韩建骗他。朱温当天就罢免了韩建知政事,改任匡国军节度使、陈许蔡观察使。

韩建也意识到把戏已经被朱温看穿。韩建来到了许州,根本无心料理军政事务,整日在想,朱温什么时候对自己动手。越想越多,越多越想。韩建常常整夜无法入眠,一入眠就做噩梦。请了巫师,也请过和尚念过经,做过法事,但都没用。韩建越来越不安,越来越烦躁,仿佛马上被朱温拉出去凌迟。

吃了午饭,石柏在节度使行辕做道场,韩建侧躺在榻上半睡半醒想着对策。真蠢。当时也只有这招才能赢得朱温的信任。实在不该忘记了昭宗身边已经全是朱温的人。韩建越想越后悔。韩建想啊想,又想起了自己昔日的辉煌。

随驾殿后军被解散,李唐诸王被杀,昭宗的亲信太子詹事马道殷、将作监许岩士等悉数被杀。李唐一朝文武,韩建想到杀谁就杀谁,连昭宗都不得不拍韩建的马屁,疯狂给韩建封官,册拜太傅,进封许国公,并赐铁券。韩建踌躇满志,带着亲从前往神都南郊狩猎。不经意间,来到了兴教寺。主持慈心大师陪着韩建巡视。慈心大师说:"兴教寺是玄奘法师长眠之地,施主不妨来此清修,以消身上的戾气。"韩建没说一句话,抽出身边的佩剑,往慈心大师身上就是一捅,并下令烧毁了樊川八寺之首的兴教寺。一想起兴教寺,一想起火中活活烧死的和尚,身子不禁一颤,韩建仿佛感到大火烧到了自己的身体。莫非真有报应?无须旁人提醒,韩建也晓得如何化解罢相后的危机。韩建只求朱温早点死。可朱温不是昭宗,让他死却不容易。韩建一面暗中攀附朱温的近臣,一面积极寻找新主人,希望朱温死后能够东山再起。韩建在榻上直躺到石柏法事结束。

"若水先生,大人又做噩梦,惊醒啦。"

子时刚过,石柏正在房内打坐冥想,刚听到韩建一声凄惨的惊叫,紧接着门外就传来了叫门声。石柏赶忙穿上布鞋,轻轻推开房门,跟着一名侍卫来到了韩建的卧房。此时,房内灯光辉煌,一群侍儿正在给床上的韩建擦汗。

"快去拿一个草垫过来,其他人等先退到门外。"

一名仆役拿来一个草垫。石柏脱去布鞋,盘腿坐在草垫上。"吹熄房内的所有灯光，离开房间，带上门，站到门处，诸位千万别出声。让贫道看一看是何种厉鬼。”听若水先生说有厉鬼，卧室内原本就怕鬼的侍从、侍儿，立马个个鸡皮疙瘩了起来。“确定了什么样的厉鬼之后，贫道再想方设法驱逐这些不知好歹的厉鬼。”

韩建轻轻挥了挥手，卧室内的侍从、侍儿，赶快吹熄蜡烛，退出了房间，关上了房门。顿时，房内一片漆黑，一片寂静。石柏盘坐在草垫上，都可以听到韩建急促的呼吸声。卧室幽深空大，似乎真的有不祥之物在游动。站在卧室门外侍候的侍从、侍儿，听到了不知在牙城何处的一只逐魂鸟的“噢噢”声，顿时竖立了毛孔。

“大人，现在你再去仔细回顾一下方才的梦境。”

今年开春以来，不断有朱温准备要对自己动手的言语传到韩建的耳朵里面，韩建越发紧张了起来。官位步步变小的韩建终于看到了自己的死期。依照朱温的传统，凡是贬官，紧跟着就是死。这些年，朱温族灭了多少当初投奔他的人，连韩建自己也已经算不过来。看到这些人的下场，韩建想到自己的将来，越发惶恐不安，坐卧不宁。眼看就要死在朱温的手下，原本就已经睡眠极差的韩建更是无法入眠，一闭眼，脑子里面就出现让韩建打颤的惨状。

韩建靠在床上，根本不敢再去回想方才的梦境，又身不由己地去想这些个让人恐惧的梦境。莫非真是我将来的下场？自追随秦宗权以来，就像梦境中出现的景象一样，韩建总是手一撮，雪白的匕首轻轻一割，就像割羊肉，割下活人身上的肉。李唐睦王就是这样给韩建活活割死。韩建又喜欢烤活人，原太子詹事马道殷、吏部郎中张近中就是被韩建活活烤死。韩建忽然觉得好像又听到了凄厉的哀号声，不禁打颤了起来。两手紧握拳头，还在发抖。过了大约令人窒息的一刻钟，石柏开口高声说：“点灯！”一名胆大的侍从推门进入卧室，点亮了蜡烛。靠在床上的韩建挥了挥手。侍从退到门外，重新推上卧室的门。

“若水先生，都是些什么样的厉鬼？”

“大人，你想想，能来节度使行辕的厉鬼，自然都有些来头。生前职位小于节度使的那些幽魂，哪敢踏足节度使行辕？大人身上的豪光足以将他杀死。”

韩建默不作声。

“大人，每个人身上自有星宿，都有豪光，只不过不同的人豪光大小会不一样。有些人的豪光大，有些人的豪光小。豪光大的人，别说是一般的妖魔，就是法力不高的尊神都拿他没办法。厉鬼更是不敢近身。就算是同一个人，豪光也会有大有小。这得看这个人处在什么时候。有时候豪光大，有时候豪光小。想当初，大人风头正盛，光芒万丈，就是被大人无辜冤杀，哪个冤鬼敢近大人的身？这就是为什么历代开国皇帝杀人如麻而无厉鬼缠身的根本原因。大人试想,哪个厉鬼敢去接近风头正盛的开国之君?自从大人被圣上罢了相,豪光也就跟着开始减弱。那些起初不敢靠近大人的冤鬼现在敢来纠缠大人啦。”

“若水先生”,韩建心惊肉跳了起来,急促地问,“能否让那些冤鬼不再来纠缠?”

“唉!”石柏无可奈何地长长叹了一口气。

“贫道适才询问了一下。这些冤鬼都有些来历。他们原本是天上星宿下凡人间,但突遭变故,结果归不得仙班,只好游窜阴阳两界。后得玉帝恩准,待人间恩怨了结后,再重归仙班。贫道实在无能为力。不过,这些冤鬼也只能骚扰大人,其他无损。只是……”

“只是什么?”韩建急切地问,“若水先生但说无妨。”

“早在圣上登基之前,大人就已经是两镇节度使。大人辅助圣上登上皇位,是大梁的开国重臣。可以说,没有大人,就没有大梁的江山社稷。凭借卓著功勋,大人位列司徒,官拜同中书门下平章事,成为大梁堂堂的宰相。可惜,大人未能得到圣上的信任,如今却变成了区区匡国军节度使。依照圣上以往的惯例,凡是贬官,后必下旨处死。王重师、李思安都是摆在眼前的例子。

这种故事,大人应该非常熟悉,毕竟大人曾经辅助过圣上。常言说,伴君如伴虎。但凡皇帝,赏罚都在覆手之间。当今圣上更不会例外。人的豪光随着人的职位变化而变化。职位越低,豪光越小;职位越高,豪光越大。豪光越小,厉鬼越会骚扰;豪光越大,厉鬼越不敢近身。这就好比一个人官越小,找你麻烦的越多;官越大,找你麻烦的人越少。厉鬼胆敢来节度使行辕骚扰大人,正说明大人目前的豪光正在逐渐逐渐变小。这事大人千万不能大意。晋景公一生辉煌,梦见厉鬼后不久就得病死去。究其原因,在于晋景公的寿数已经到了。从近期厉鬼骚扰之事来看,贫道认为,大人倒要特别当心当今圣上突然对大人下手。大人,圣意难测啊!贫道推算,大人近期或有不讳之事发生。”

突然,韩建手一软,晕厥了过去。石柏高声说:“韩大人晕厥过去了!”卧室的房门倏地推开,外面涌进一大班人。韩建晕厥在床上,若水先生一手正贴着韩建的胸口。侍从连忙亮出兵器,准备冲上前去对付图谋不轨的若水先生。

这时韩建睁开眼睛,无力地说:“多谢若水先生!”言罢,韩建挥了挥手。侍卫退出了卧房。不一会,韩建的家人就出现在韩建的卧房。

“大人身体健朗,方才只是一时紧张晕厥,无甚大碍。”

见韩建无碍，家人也都松了一口气。韩建说："多谢若水先生及时提醒！老夫想问若水先生，能否有办法躲过这一劫？"石柏迟疑地说："这……"韩建又挥了挥手，卧室内的人都退了出去。等重新推上房门，石柏说："劫数难逃啊！"

"此本天机，告诉大人，只是希望大人早作安排，以防仓促之间无法抽手应对。想想平卢节度使王师范，就是不及堤防，导致最后被灭族的惨剧。一家二百多口，眨眼之间就全部没了。原匡国军节度使刘知俊，因早做准备而举族投奔岐王，封为检校太尉、中书令。只要大人能度过这一关，重塑昔日威严，豪光自然增强。到那时，哪个冤鬼敢来纠缠？意志一旦消沉，豪气自然不在，威严也就跟着消失。人殃殃如病鬼，冤鬼、厉鬼纠缠也就免不了。大人，厉鬼敢来节度使行辕纠缠，仅仅只是一个征兆，提醒大人注意即将来临的凶险。"

"老夫晓得该如何做！"

"大人注意将息，贫道也就先回去歇息了。"

"送若水先生到厢房休息。"

一名胥徒手提灯笼，送石柏回到厢房。石柏脱去布鞋，靠到了床上。早知如此，何必当初。可谁能早知如此？韩建一生丧心病狂，可何时想过自己有这样的下场？韩建如此，朱温何尝不会也是如此？彼亦一是非，此亦一是非。人和泥鳅自然有不同的是非，但人应该有人的是非。韩建、朱温这些个人渣，屠城狂杀时，何尝有过人的是非？可惜，神州的历史偏偏就是由这些个人渣来操纵！说起来，真是个悲剧。石柏下了床，脱去道袍，准备睡觉。

"神州这地方，让人想得清楚，就不是神州了。"

翌日，刚吃过饭，胡公后就来找石柏。

"大人身子欠佳，不能亲自前来给若水先生送行。特吩咐在下送上黄金百两，作为路上用的盘缠。"

"贫道四海为家，能糊口就行，要这些黄金有何用？"

"大人说了，请若水先生务必收下。"

"节使大人执意，贫道就收下。"

石柏让秋水将黄金收起。

有些案子可以一拖再拖，有些案子则必得快速利落。这是县衙办案的基本原则。阚虎山庄命案仅过去三天时间，真源县县令凌云志就着县丞带着案情卷宗，护送尚与鹏妻小前往汴梁。为了能尽快将尚与鹏的妻小交到尚与鸿的手中，凌云志决定选择坐马车。四月十二，县丞汪傅将尚与鹏的妻小安全护送到了大梁国的东都汴梁。尚与鹏的夫人黄氏曾经来过叔叔尚与鹏家,不需要再向人打听,也就来到颍王府。

守卫王府的牙兵一听是颍王朱友逊的大嫂,就让尚与鹏的妻小和县丞进入了王府。在典谒的引领下,众人来到正堂前,站在台阶下。朱友逊坐在正堂上,见大嫂黄氏带着一队娘子军和几个孩子前来,感到非常吃惊。人还没有出堂迎接,朱友逊已经想到胞兄出事。

黄氏一见朱友逊起身前来,就跪在地上嚎啕大哭。"叔叔,你一定要替奴家做主,严惩那些杀人的歹徒!"跪在黄氏身后的娘子军和几个孩子更是哭声震天。朱友逊下台阶,扶起黄氏。"大嫂,快先起来,慢慢说。"县丞汪傅跪在黄氏身边,开始战战兢兢地向朱友徽介绍情况。还没说上两句,朱友逊就一脚将汪傅踢翻。"真源县衙是如何保护治下百姓的?来人,先拖出去,痛打一顿,以示警告!"一旁侍候的王府侍从立马冲过来准备拖走汪傅。

"请颍王恕罪!"

吓得汪傅一个劲跪在地上向朱友逊叩拜。"叔叔!"黄氏开口替汪傅求情。"看在亲自护送奴家一班人来汴梁的份上,请暂且饶过县丞。不是真源县县令和县丞的收留,奴家还不晓得该如何是好。"朱友逊手一举,侍从松开了手。

黄氏泣声说:"叔叔,你一定要严惩那些杀人的歹徒。"

汪傅从袖子中掏出卷宗,递给朱友逊。朱友逊打开卷宗,细看了起来。打狗也要看主人。我朱友逊即便再差,也算是一个亲王。就算尚与鹏不是本王的胞兄,仅仅只是本王的一名仆役,也不应该如此猖狂!竟然在光天化日之下,敢率众到阚虎山庄杀人抢劫!要想人不知,除非己莫为。烧毁阚虎山庄,本王就找不到证据?

"你马上回真源,要县令继续侦办阚虎山庄命案,找到证据,严惩杀人放火的歹徒。"

"谨遵钧命!"汪傅如获大赦,连忙顿首。

"起来吧。"

"谢颍王!"汪傅伏地拜了一拜,起身后,俯身退出颍王府。

"大嫂放心,弟弟一定会追查到底,严惩那些杀人恶魔!"

黄氏带领尚与鹏家小,趴在地上给朱友逊叩谢。朱友逊扶起黄氏。"大嫂和小侄安心呆在王府,弟弟一定会报这个血仇。"黄氏抹着眼泪说:"就全靠叔叔了。"王府太监带着黄氏等人,前去王府后院安顿歇息。望着远去的黄氏等人,朱友逊站在庭院中,拳头紧紧一捏说:"看本王怎么将你捏碎!"

太监带着黄氏等人刚离开，王府参军詹顾諟看完了卷宗，向朱友逊献策。

“千岁，让衙门去侦办此案几乎不可能，就算有确凿的证据也不行。还能到匡国军节度使行辕去将韩巽给抓起来？别说是偷偷摸摸，就是光明正大地杀，能奈何得了手握重兵的节度使？如今的节度使就是在闹市横走的老虎，只要不触犯龙颜就是。确实，我们大梁刚制定了律令，可何时执行过？都指挥使张万进杀了节度使刘继威，非但没有得到惩治还官升节度使留后，更何况节度使杀别人？能够惩治节度使的人只有圣上。其他人，别说惩治，就是连碰都不敢碰。回头一口就会将你咬个粉碎。千岁也可以通过御史司宪崔沂直接弹劾韩建，说韩建纵容儿子杀人。这种方法，离开了圣上在背后支持，根本没用。千岁晓得，崔沂就曾经弹劾过左金吾卫大将军寇彦卿，迫使圣上将他降了职。没过两天，圣上旋即升寇彦卿为河阳节度使。连最基本的眼目都不遮一遮。圣上不点头，谁也动不了身为节度使的韩建。

尚与鹏是千岁的胞兄不假，但如今千岁已经是圣上的假子，不再算是尚家人。圣上很难会为了一个外人去惩治一个手握私兵的节度使。大敌当前，稳定第一，圣上更不会动手握数万私兵的节度使。逼反了，怎么办？圣上不得不考虑。就算圣上认尚与鹏是千岁的胞兄，堂堂龙虎统军的胞兄，竟然因一个伶人导致被杀，圣上晓得了，仆看，肯定会非常不高兴。虽然最后可能处置了韩巽，但也影响了千岁在圣上眼中的形象。

仆觉得，千岁不应该亲自跑到魏州去面圣陈明事实希望圣上惩治韩建。如今圣上御驾亲征，心情肯定会随战事而起伏。万一碰到圣上心情不好该怎么办？说不定圣上还说千岁因为私事而擅离职守。据前方传来的消息说，魏博的战事并不是很顺利。仆以为，千岁应该让别人出面请圣上去惩治韩建。这样可以避开很多无法预测的风险。摆在眼前的人中，只有均王可以替千岁出这口气。均王要想在诸皇子中胜出，只能仰仗像千岁那样手握兵权的大臣。找均王帮忙，说不定就能轻易达成千岁的心愿，而且正好可以乘机测试一下均王的诚心。先试一试，总没有错，权且就算是兄弟之间叙话。均王不愿，千岁再想其他办法也不迟。”

朱友逊沉思片刻，接受了詹顾諟的建议，坐上肩舆前往均王府。不错，只有得到圣上的首肯，才能讨还血债。坐在肩舆上，朱友逊又在脑中将如何雪恨盘算了一遍。朱友逊是颍王，又来过均王府多次，王府典谒席唯品一边遣人告知朱友贞，一边出均王府迎接。一进大门，席唯品就引朱友逊前去书房。

“看王兄脸色不对，是不是碰到什么难解的大事？”

“原家兄尚与鹏的阚虎山庄，大白天突然遭到一伙人抢劫，家兄以及所有男丁被杀。”

“谁有那么大的胆子和能耐?”

“真源县附近,有这种胆子和能耐的人,猜都不用猜只有匡国军节度使韩建和颍亳观察使赵淮浦。据真源县衙的侦察结果,很可能就是真源县隔壁韩建家兔崽子做的。”

“此事有些蹊跷。”

“说来话长。原家兄尚与鹏有一个特别的嗜好就是美娘子,跟韩建的兔崽子韩离嗜好相同。去年三月十八日,真源县举办盛大的伶人节。附近有名的伶人纷纷赶到真源县参加伶人节。陈州就在真源隔壁。韩离自然不会错过。韩离带着几名家丁,身穿便服来到真源。

这种热闹的场面,原家兄尚与鹏自然也少不了。结果就不用说了。两人为了争夺一名伶人当场就大打出手。幸亏,韩离很有能耐,否则就不晓得该如何收场了。当天,原家兄尚与鹏就晓得闯祸了,马上派人快马前来汴梁向小王求救。小王当下动身前往真源。否则,原家兄尚与鹏就不用等到今天了。韩建这个人,均王也清楚,纯粹是一个笑面虎。就因曾辅助父皇登基有功,官拜同中书门下平章事,炙手可热,权力熏天。不是父皇看出韩建野心勃勃,罢免了他,至今仍然是当朝宰相。”朱友逊不晓得,朱温免去韩建知政事的原因。这件事情连当时请朱温和韩建喝酒的昭宗皇帝都不晓得。朱友逊继续说:“即便如此,父皇还任他为匡国军节度使。均王晓得,韩建心狠手辣,心肠之毒,我们大梁哪一个能比得过?最后,还是小王厚着脸皮,亲自到陈州登门向韩建道谢,才让原家兄尚与鹏活到今年。”

听完了朱友逊的述说,朱友贞想到的倒不是因争夺伶人引起的仇杀,而是韩建觊觎尚与鹏的财富。尚与鹏可以从别人那里抢回来,人家当然也可以从他手中抢过去。人怕出名猪怕壮。尚与鹏的财富已经是富可敌州,谁不觊觎?

“王兄放心,只要有确凿的证据,王弟一定会想办法帮皇兄出这口恶气!”

均王当场就答应帮忙。见朱友贞跟马慎交有事商量,朱友逊也不再打扰,起身跟朱友贞告辞。朱友贞亲自送朱友逊到均王府门头前。朱友逊上了肩舆,朱友贞目送朱友逊远去。不能将全部希望都寄托在朱友贞身上。朱友逊坐在肩舆上,想来想去,想到了朱温的宠臣河阳节度使寇彦卿。寇彦卿是朱温宠臣,深得朱温信任,而且跟韩建有仇怨。扳倒韩建,寇彦卿肯定很愿意。回到王府,朱友逊旋即写了一封亲笔信给寇彦卿,遣一心腹前往孟州。

朱友逊走后,咨议参军马慎交说:“均王,这可是一件好事情啊!”

确实是一件好事。朱友贞会意一笑。当前的形势,朱友贞想过想。

朱友贞清楚,康勤如今凭借新妇王氏的手艺,深得朱温宠信,现在是要风得风,要雨有雨,仅官名就是一大串。前些时间,从太监周承启那得到消息,朱温已经有意识地放出风要将皇位传给康勤。朱友贞一听,心里就是一阵打鼓。得抓紧时间部署,朱友贞不希望朱温宣布将皇位传给康勤时自己一点动静都没有。朱友贞晓得,韩建被罢相后,早就已经瞄上了康勤,勾勾搭搭。能够成功铲除韩建,也就等于削弱了康勤的实力。争夺皇位,最终靠的就是实力。只要有足够的实力,就算将来朱温真的将皇位传给康勤,朱友贞也可以照样能够从康勤手中重新夺回来。单凭朱友贞是朱温的亲生儿子而康勤是异姓这一点,大梁朝野上下有谁敢不服?朱友贞反复掂量过,谁会是自己将来争夺皇位的对手。朱友珪,朱温不是呵斥就是揍。朱温将皇位传给他,根本就不需要考虑。不错。朱友珪目前是控鹤军都指挥使,威风凛凛,但靠的是朱温赋予控鹤军的特权。失去了这种特权,控鹤军根本经不起龙虎军一拳。朱友孜乳臭未干,又跟朱友贞是同母兄弟,根本不在考虑之列。

算来算去,本王真正的对手只有康勤。如今尚与鸿是右龙虎统军,对本王将来争夺皇位意义重大。本王帮他出了这口恶气,自然就会靠向本王。既可以削弱康勤在朝中的实力,又可以增加本王的实力。这一出一进,效果肯定非同一般。西瓜偎大边。朝中那些脚踏两条船的人,就会选择本王做他们的主子。人越老,越容易东怀疑、西猜忌。这些年,官家就是因为猜忌,杀了不少重臣。只要让官家身边的人,稍稍说上几句,就可以轻松将韩建除去。

“这件事情就由仆去做,无须均王亲自出面。”

稳妥起见,朱友贞派人秘密前往陈州见朱友能。朱友贞晓得,这个草包堂兄只做个刺史很不甘心,总希望能够尽快代替韩建做一做匡国军节度使。朱友贞希望要的物事,朱友能会给。朱友贞不晓得,朱温早就下密旨给朱友能秘密监视韩建。

第五十六章　朱温

小人贫斯约，富斯骄；约斯盗，骄斯乱。

——《礼记》

朱温绝对是神州史上一个敢作敢为的俊杰。

自通过王重荣投唐以来,那些个对手一一死在朱温之手,就在于朱温敢作敢为。什么下三烂,上三烂,只要有效,什么手段朱温都敢用。所有人都认为朱温不会这么做,朱温做了。朱温敢于指使朱友恭、氏叔琮弑昭宗,敢于以弑昭宗的罪名杀朱友恭、氏叔琮。

朱温得知昭宗被弑,趴在地上嚎啕大哭,捶地自责没有保护好昭宗。谁不在心里给朱温竖起大拇指?朱温急忙赶到东都洛阳,趴在昭宗的灵柩上恸哭流悌,听者无不为之动容。朱温当场向哀帝发誓一定要将逆贼碎尸万段。果然,朱温当天就将弑杀昭宗的朱友恭、氏叔琮挫骨扬灰。当初,朱温指令左龙武统军朱友恭、右龙武统军氏叔琮弑杀昭宗,两人没什么细想就执行。朱友恭、氏叔琮没想到,朱温那么快就过河拆桥,卸磨杀驴。朱温忘了给朱友恭活烤之前先割喉,让朱友恭说出弑杀昭宗的幕后真凶。刚才还在为昭宗被弑嚎啕大哭,一转身,朱温就以与人私通的罪名弑杀了何皇后,又派蒋玄晖将昭宗的儿子个个勒死,沉尸九曲池。蒋玄晖还在等封赏,朱温已经以违逆的罪名将蒋玄晖车裂处死。

这几十年,朱温就是踏着朱友恭们的尸骸一步步爬到了顶峰。"朱温是流氓,又不是一般般的流氓。"尹似雪告诉石柏。"朱温身上找不到可以要挟的人性弱点。无所顾忌、肆无忌惮,根本不足以形容朱温。神州流氓原本就特别多,绝大部分流氓的行止终究有一个度。朱温的行止没有度。那些个忠孝礼仪信廉耻,在朱温眼里,甚至连狗屁都不如。朱温从小流氓起家,最懂在神州有力就是有理。你说出去的话有没有人听,不在乎你说得有没有理,而在于你的拳头够不够硬。中和三年,拜宣武节度使以来,朱温所犯的罪恶罄竹难书,却偏偏从小变大,做上生杀予夺的皇帝。朱温的故事深深地教育了神州人,将儒家那一套花拳绣腿用于实战,只有死路。"彼且为婴儿,亦与之为婴儿;彼且为无町畦 ,亦与之为无町畦;彼且为无崖,亦与之为无崖。对付朱温,只能用朱温的手段。

朱温抛弃了营帐,连夜赶往枣强跟杨师厚的大军会合。万一碰到李存勖的大部队,几十年的辛苦白费。翌日,太阳快到头顶了,才赶到枣强。直到住进主帅的营帐,朱温才敢松一口气,终于安全了。北面行营招讨使杨师厚向朱温汇报枣强的战况。"妈妈的全是废物! 一个小小的枣强县城,十几万人马攻打了那么长时间,伤亡了一万多人,竟然还没有攻下。废物!"朱温听了战报,勃然大怒。"再不攻下枣强,你给朕亲自上。"

杨师厚不想自己上,只好指挥大军日夜攻城。死多少人无所谓,反正几十年来一直都是如此,只要能攻下枣强县城。守城的赵人,箭尽石绝。杨师厚终于踏着叠起来已经差不多跟城墙一般高的尸体攻下了枣强县城。朱温下令,全城男女老幼一律格杀。整个枣强县城血流满地。自从追随黄巢造反以来,连朱温也不晓得这一生到底屠了多少座城。

朱温踏着人血巡视了一遍枣强县城。看着街道上横七竖八的尸体,闻着弥漫在空气中的血腥味,朱温顿时觉得自己好像年轻了几十岁,仿佛手持横刀在与人搏命拼杀。朱温特别喜欢横刀斩下头颅、鲜血喷涌而出的情景。凄厉的声音一钻进朱温的耳朵,朱温就会产生一种快感。乾符二年追随黄巢起,从河南杀到岭南,又从岭南杀到河南。三十几年,每一天都在杀人。一天不杀人,闻不到血腥,朱温都感到难受。乾宁三年,朱温跟朱瑾交战,突然遇到大风扬起尘土,遮云蔽日。朱温火了,指天大骂:"上天是不是嫌我杀人不够多?"朱温下令将刚投降过来的将士统统杀了个精光。朱温不仅杀战俘,也杀替朱温卖命的将士。朱温规定,将校一旦阵亡,手下兵士一律斩首。三十多年时间里面,光自己人,骸骨垒起来都已经高过泰山。朱温狂杀,滥杀,却偏偏越杀越多,杀服了黄河两岸,杀成了大梁国皇帝。朱温用食指划了一下溅在墙垣上仍然鲜红的人血,放到鼻子前闻了闻,继续走路。

"哥哥,为何叫他们去杀,他们就去杀。"

"你不去杀,别人会去杀,而你会被人杀。"

"所有人都不去杀,那些个暴君想杀人就杀不成了。"

“别人去杀,你怎么办?你去杀,不仅不会被人杀,还有奖赏,保险起见,还是去杀。”

“今天暴君叫张三杀李四,明天暴君叫王五杀张三,后天暴君叫赵六杀王五。这样杀来杀去,暴君将所有人都杀光。真搞不清楚,反正都是死,为何要帮暴君杀人?”

石斛带着疑惑慢慢长大。翠竹湾虽只有石斛一家人,周边的村落倒不少。山里人,隔十里八里都是邻居。跟石柏不同,石斛喜欢出翠竹湾到四邻八乡去串门。串门的次数越多,越容易认识人;认识人越多,越认清人。逃离翠竹湾,来到金陵,兄弟两人晚上闲扯,扯到神州人,又扯到了朱温。“神州人一个最大的特点就是贱。”这是石斛对神州人的看法。

“遇到君子,就是流氓;遇到流氓,就是君子。黄巢造反以来,谦谦君子一个一个命丧黄泉,就是不晓得以眼还眼以牙还牙。否则,神州的舞台上不可能只有土匪。四周一瞧,全都是土匪,只不过大小不同。这些土匪里面,朱温最懂神州人。所以,也只有他敢光明正大做皇帝。朱温杀人之多,超过神州以往任何一位有名的暴君。就是闻名天下的秦始皇,跟朱温比一比,连吮脚指头都不配。朱温,无忠,无义,无信。为何能横行中原?靠的就是血淋淋的屠杀。这几十年中,死在朱温手中的人数,计算单位是百万。

嘴上高唱行侠仗义的狗屁英雄都躲到哪个洞里去了?我终于将他们看透。路见不平、拔刀相助的这类故事统统都是懦夫的白日梦。浸泡在人血中的朱温最清楚,神州人贱,只有血才会让他服。替朱温卖命的贺瑰就是一个经典例子。朱温是流氓,最懂,想在神州风云,只能靠力和利。力是能在神州立身的根本,其他忠孝礼义全是骗人的狗皮膏药。秦汉魏晋宋齐梁陈,哪一次朝代更换不是靠力?要是有忠义,七伯父也不会像虐狗一般被朱温活活虐待死,更不会出现改朝换代。上至皇帝,下到奴婢,朱温杀一个遍,谁奈何得了他?朱温将满嘴仁义道德的神州人杀得服服帖帖!朱温清楚,神州人脑子里面只有两个字,力和利。

胜者王侯败者贼,讲的是力;人不为己天诛地灭,讲的是利。我们不说俗人,反正全身充满着铜臭,就说神州人眼里的圣人孔丘。只要看一看怎么对待少正卯,就晓得孔丘是一个什么样的人。孔丘不去反思学生为何会跑去听少正卯的课,而是整天想方设法拔掉这枚眼中钉。将这种人捧为圣人,只有神州人。

孔丘当上鲁国大司寇没几天,就杀了少正卯,暴尸三日。杀了少正卯尚可,孔丘还给少正卯编造了子虚乌有的罪名。孔丘说,听其言而观其行。我们从他言行中,就可以晓得孔丘是一个什么样的人。倘若墨子、庄子、阳子、韩非子他们是跟孔丘同时代的鲁国人,还不是个个给孔丘杀光?满脑子想着的是力和利,嘴上挂的却是动人心弦的礼和义。"

朱温天生暴戾,从不将人当人,又喜欢杀人,可为何那么多人供朱温驱使?难怪石斛坚信神州人贱,你越狠,他越服。朱温当上皇帝,证明了石斛的观点。

巡视了枣强县城,朱温返回贝州。在贝州,朱温举行了盛大的阅兵典礼,并封赏攻克枣强的将士。朱温特喜欢阅兵,以彰显皇帝的荣耀。称帝以来,阅了几次兵,朱温自己都已经忘记了。阅兵刚结束,义昌都指挥使张万进派遣使者奉表请求归顺。节度使刘继威闯到了张万进家,奸淫张万进的妻女。是可忍,孰不可忍。张万进杀了刘继威,自称留后,以大将周知裕为左都押牙。朱温不在乎谁当节度使,只在乎是不是归顺朱温。张万进愿意归顺,朱温立马满足了张万进的要求,任他为义昌留后。只过了两天,朱温将义昌军改为顺化军,任张万进为顺化节度使。朱温怕顺化军坐大,又设置了归化军,以周知裕为指挥使。

在贝州歇息了几天,朱温摆驾返回汴梁。经过济源县时,县令共经世上奏大旱,朱温下诏追查谁犯忌冲撞了天庭,同时要求魏州差官到龙潭去求雨。县令共经世办事利索,很快就找到了犯忌之人。燔烧犯忌冲撞之人求了雨,依旧艳阳高照。"济源县你是老大。肯定是你犯忌冲撞了上天,上天才没给济源县下雨。""陛下……""燔烧济源县县令向上天谢罪。"朱温打断了县令共经世的话,并下诏,要求魏州的所有官员,都要到所有庙宇去祈祷求雨。

朱温没等天下雨就离开了济源县。刚刚到魏州,太监前来禀报,司天监袁精数有事要启奏。自称帝以来,朱温有一个习惯,无论走到哪,司天监袁精数和阴阳师阴乙带到哪。天有不测风云,两人进跟在身边,才能及时做到避凶趋吉。袁精数禀告:"陛下,昨晚太阴星遮住了心宿大星。"朱温准奏,叫侍诏起草敕命,东都、西都以及宋州、魏州四月、五月禁止屠宰,并在各地寺院庙宇开建道场,禳灾祈福。这下又要忙坏了和尚和道士。

子不语怪力乱神。朱温最喜欢谈的恰恰就是怪力乱神。正因为朱温相信力,崇尚力,朱温才能有今天。年轻时,朱温凶又狠,跟人打架斗殴时,就怕没能将人打成终身残疾。黄巢造反以来,王仙芝死了,黄巢死了,秦宗权死了,而朱温非但没有死,还慢慢变大,最后吞食了时溥、朱宣、朱瑾、王师范等等,而成为河南老大。靠什么?朱温靠的不是假惺惺的仁义道德,靠的是力。看看王师范,为人文雅,喜欢文学,又有统治手腕,军纪严明,辖境内黎民百姓安居乐业,邻居也颇称颂。结果怎么样？败后投降朱温被族灭。

朱温虽没读过书,却看清了神州这个丛林,找到了自己的生存之道。

石柏接任天清派掌门,了解了朱温的情况,不禁就是一阵感慨。正当追随黄巢造反的匪徒眼看就要断头时,是朱温给他们提供了庇护。说白了,朱温不过是以另一种身份出现的黄巢。黄巢以自己身家性命为代价,经过多年的努力,替朱温缝制了一件精美的黄袍。

四月初七,浴佛节的前一天,假子朱友文从东都汴梁赶到魏州朝见朱温。

朱友文,字德明,本姓康,名勤,年轻时风姿绰约,能言善语,还会写几句诗。朱温当上了宣武、宣义、天平、护国四镇节度使,任朱友文为度支盐铁制置使,征赋聚敛给前线作战的军队提供补给。朱温称帝,封朱友文为博王。韩建罢相,朱友文由副职升为建昌宫都制置使。如今,朱友文是东都留后,兼任开封府尹。朱温临幸西都洛阳,就将东都汴梁交给朱友文处置。大梁朝野早就风传,朱温准备立博王朱友文为太子。

朱温年轻时,跟着母亲王氏到萧县刘崇家做佣人,根本没铜钱娶新妇,这才使得朱温到今天还没有立太子。朱温宠爱王氏,爱屋及乌,也喜欢王氏的郎君朱友文。朱友文跟了朱温几十年,非常熟悉朱温的脾气,喜怒无常,翻手为云,覆手为雨,下一刻怎么样想连神仙也算不到。朱友文非常清楚,今天喜欢不等于明天也会喜欢。不充分利用眼前的大好形势,趁热打铁,抓紧时间让朱温立他为太子,一旦恩宠失去,到头来只能是竹篮打水一场空。

朱友文没等多久,太监巫仲侯就含笑出来引朱友文至行宫花园见朱温。这些年,朱友文在内侍身上花了不少铜钱和心思。还好,朱友文是建昌宫使,有的是铜钱。巫仲侯在前,朱友文在后,来到了御花亭前。朱友文伏在地上行九叩首礼,嘴里高叫“万岁、万万岁”。朱温阴诈一生就是为了能听到“万岁、万万岁”的赞颂声。朱温露出了笑容,张开金口。

“文儿平身!”

“谢父皇!”

朱友文从地上慢慢爬了起来,俯身拱手,毕恭毕敬地站在御花亭的台阶前面。

“儿臣听说父皇拐了脚,就从汴梁赶回来看父皇。”

“难为你了。脚已没什么事。”

朱友文俯身登上台阶,进入了御花亭。身子一屈,双膝跪在了朱温脚边。“哪只脚,父皇可否让儿臣瞧一瞧?”朱温抬起左脚。朱友文双手捧起朱温的左脚,轻轻扭了扭脚板。

“父皇是不是还感觉疼?”

“已经没感觉了。”

朱友文将朱温的左脚轻轻放下。

“有道是,儿孙再亲,不如自己的手脚亲。脚好了,儿臣这下也宽心多了。父皇御驾亲征也有些时间了。儿臣还想请父皇早些返回东都。长期劳顿在外,也该好好歇息歇息。眼下河东逆贼未灭,淮南贼臣未平,一统江山的重担还得靠父皇来挑,龙体安康就特别重要。祝父皇龙体安康,万寿无疆!”

朱友文伏在朱温的脚边,拜了一拜。

“还是文儿孝顺。大老远跑到魏州来看父皇,难得,实在难得。赐食!”

朱友文在魏州陪朱温过了浴佛节,就起程返回东都汴梁。四月初十,朱温摆出皇帝的阵仗,从魏州起驾,返回东都汴梁。路上,朱温接到了朱友能的奏折。前来迎接朱温回东都汴梁的太监武礼海,选在一个他认为已经是非常合适的机会,向朱温禀告了一件事情。

“圣上御驾亲征来魏州的时候,韩建大人来汴梁宴请臣僚。韩大人在席上说了些非常不得体的话。小卧隐忍至今,一直不敢告诉圣上,以免圣上听了很不高兴。”

“什么话?”

“小臣不敢说。”

“赦你无罪,只管说。”

“韩大人说,韩某杀人虽多,但杀的却只是亲王,不像某人杀的可是皇帝!”

“岂有此理!”朱温勃然大怒,“啪”的一声,将手中的茶杯摔碎在了地上。

“李晔是李彦威、氏叔琮弑杀,天下人人皆知。韩建私自宴请臣僚,结党营私,企图违逆,死罪!朕命梁定兴前去亳州平息叛贼赵淮浦,韩建竟然按兵不动,最后导致梁定兴兵败亳州,损失了两万来兵马。马上拟旨,派人送往东都,遣龙虎统军朱友逊前去族灭韩建。”

朱温当上皇帝,韩建官拜司徒同中书门下平章事,不久加官侍中。朱温脾气暴躁,喜怒无常,手下臣僚无一敢说一个不字。逆了龙鳞,轻则腰斩,重则凌迟,而且朱温特别喜欢用酷刑。韩建为了显示自己的忠诚,每次谒见,总是直言不讳,俨然像一个诤臣。朱温心里虽非常不爽,看在对自己忠诚的面上,总是给予宽容,况且朱温也要装出圣明君主的模样。

天复元年,韩建与宦官韩全诲密谋,将昭宗挟持到了凤翔。朱温得知消息,率领大军从河中一路向西。前锋到达同州,判官司马邺投降。眼看就要完蛋,韩建请求投降。面对朱温的斥责,韩建趴在地上说:“冤枉,冤枉。这全是李巨川的主意。”

韩建找了判官李巨川作替罪羊。正所谓落井下石,韩建刚被罢了相,就有人捅出韩建当初将昭宗胁迫到凤翔并不是李巨川的主意而是韩建自己的主张。朱温可以不忠不义,却绝对不允许其他人对朱温也不忠不义。听了奏折,朱温当时就准备下旨族灭韩建。

暂时忍一忍,看一看这老狐狸还有什么鬼把戏。河阳节度使,朱温的宠臣寇彦卿给朱温送行时说:“陛下如今亲征魏博,不能不防着韩建一点。韩建这人,自视功劳大,根本不将别人放在眼里面。如今罢了相,更是愤愤不平,仿佛宰相必须他当似的。匡国军辖地,地处边境。一旦突然生变,陛下又远在魏博,就难办了。陛下应该做些准备才是。”

有道理,这种笑面虎不能不防。昭宗就是太相信韩建,才落得这样的下场。这事别人不晓得,朱温清清楚楚。朱温下密旨给陈州刺史侄儿朱友能加强监视韩建,以防不测。朱温当初刚决定让韩建去许州当匡国军节度使就后悔了。不过,话说出口了,一时不好收回。为了防患于未然,朱温将侄儿朱友能调到陈州当刺史,监视并牵制韩建。寇彦卿接到朱友逊的信函,以慰劳的名义动身前往滑州见朱温。在朱友逊陈述事实的基础上,寇彦卿进一步润色加工后禀告给了朱温。

“韩建图谋不轨的意图已经非常明显。现在是到了该除去隐患的时候。如今太原逆贼气焰如此嚣张,万一韩建和太原逆贼里通外合,那大梁就危险了。像韩建这种人,就是杀一万个,对江山社稷丝毫没有影响。韩建仗着自己过去那点根本不值得一提的破功劳,在大家面前说三道四。活着的人不去说,就是像庞师古、霍存、符道昭等等,这些个当初战死沙场的将领,哪一个功劳不比韩建大?这种笑面虎还继续留在大梁,将来必定是个隐患。况且,韩建就在赵淮浦的隔壁,两人一联手,南线危殆。干脆趁早动手,以除后患。”

密旨以八百里加急送往汴梁,交到朱友逊手中。朱友逊接到密旨,不禁阴冷一笑,旋即调集龙虎军,当天就动身前往许州。可惜,还在前往许州的路上,就接到了急报,匡国军出现了兵士哗变,杀死了韩建。许州兵士哗变的情报以八百里加急送到了朱温手中。朱温任马步军都指挥使张厚为匡国军节度使留后。眼下,陈州、许州不能再乱。

兵士哗变,节度使被杀,匡国军一片混乱。过了七八天,张厚才允许朱友逊率领龙虎军进入韩建的故乡许州。朱友逊带着龙虎军,迅速前往节度使牙城。还没有进入牙城,朱友逊就已经闻到一股腐尸的恶臭。进入牙城,到处是已经高度腐烂的尸体。这几十年,已经闻惯了腐尸的恶臭,朱友逊才没有呕吐。

朱友逊一面命龙虎军清点人数、抄没家产,一面带着龙虎军奔赴陈州。

到达陈州,张厚献上了韩建的人头。人头装在木匣子里面,已经模糊不清。节度使陈州行辕,更是一片狼藉,到处是已经腐烂的尸体。龙虎军兵士在节度使行辕大堂上找到了韩建的尸体。就在身穿节度使朝服的无头韩建前面,朱友逊宣读圣旨,奉天承运,皇帝召曰,朕自登基以来,克勤于邦,克俭于家,不遑将息。然贼子韩建,自视有功于朕,无中生有,对朕恶言诽谤,罪当族灭。今着龙虎军,夷其族,抄其家,家产充作公帑。钦此!圣旨简单,不用宣诏官,朱友逊就可以将它读完。

生砍头,死戮尸,不能死了就放过。龙虎军兵士手起刀落,切下这些死人的头颅,准备枭首示众。动作干脆利落,行动迅速敏捷。不久,行军参谋贯韶就向朱友逊汇报战果。使命完成,朱友逊带着一腔的喜悦,开拔回汴梁。刚贴完告示,将这一堆人头挂上城墙,朱友逊得知朱温已经返回汴梁,旋即前去皇宫向朱温复命。复完命,朱友逊就决定去见朱友贞。

不一会,肩舆就停在了君王府门头前。王府典谒一边派人前去告知均王,一边引领朱友逊前去见均王。得知朱友逊来访,朱友贞降阶快步前来迎接。“多谢均王帮小王出了这口恶气。”两人一见面,朱友逊就拱手对朱友贞帮忙表示感谢。“王兄这么说就有些见外了。你我兄弟,不帮王兄,莫非要帮外人不成?”

“均王这话让小王感到暖心。”朱友逊向朱友贞诚心地拱了供手,朱友贞拱手回敬。“小王也说一句见外的话。以后均王有事需要小王效劳,尽请吩咐。”朱友贞含笑说:“有事,不找王兄,找谁去?王兄请!”两人起步,向大堂走去。

“兄弟之间理应相互帮忙照应。王弟有事,王兄能帮上忙,当然找王兄。”

“均王让小王明白了什么是兄弟情谊。均王的话,小王定会铭记在心。”

两人并肩踏着台阶进入王府大堂,分宾主就座。侍儿献上香茗。朱友逊手一挥,跟随前来的一名亲从捧着一个匣子快步登堂,来到朱友逊跟前,打开匣子。朱友逊从匣子内取出一尊玉佛,呈给朱友贞。朱友贞接过玉佛,粗粗一看,就晓得是由稀世美玉雕琢而成。“抄没韩建家财产时,小王看它比较漂亮,就私自留了下来,拿过来给均王装饰一下书房。”这次抄没韩建家,张厚告诉朱友逊,哗变后,韩建聚敛的金银珠宝、翡翠玛瑙被那些个哗变的兵士洗劫一空,只有兵士认为不值钱的物事才留了下来。“据抄没韩建家产的一名录事说,这尊玉佛是昔日西域番国进贡给前朝懿宗的贡品。小王是个粗人,对玉完全外行。”

“王弟就花些时间好好研究一下，看一看是什么玉雕成。待研究清楚后，王弟再遣人送到府上，交给王兄。待时候，王兄再呈给大家。”

“这种物事又不是金银珠宝，不值多少铜钱，均王留着便是。”

族灭了韩建，朱友逊消去了心中的恶气，神清气爽。朱友贞花了一点小钱就买到了朱友逊，心情舒畅。两人从东边太阳聊到西边月亮。朱友贞特地设了私宴，直喝得朱友逊眼红耳赤才舍得告辞，打道回府。朱友逊一进王府，就去向尚与鹏的夫人黄氏报喜。

得知朱友逊前来，黄氏连忙率尚与鹏众小妾跪迎。朱友逊虽是尚与鹏的胞弟，然而成为朱温的假子改姓了朱，名义上已经不再是尚与鹏的兄弟。一个是民妇，一个是亲王，尊卑不能乱了顺序。尚与鹏被杀至今已有十几天，黄氏原有的伤心也已经慢慢淡化。该面对现实还得面对现实。尚与鹏死了，多年辛苦聚敛的家财也没了，黄氏的未来只能靠这个叔叔。“大嫂快快请起！”直到朱友逊走到跟前，黄氏依然趴在地上不敢抬头。朱友逊俯身去扶黄氏，春风得意地说：“大嫂，小弟已经杀光了韩建一家，替大哥报了仇！”黄氏伏地磕头感谢。

朱温走两步，停一步，到达滑州。休整了两天，朱温从滑州出发，启程返回汴梁。朱温抵达汴梁时，已经是四月十七日。文武百官出城迎接朱温凯旋。看到前来接驾的朱友珪，朱温心里就涌起想杀人的念头。跪在朱温前面接驾的文武百官怕被朱温看到，个个低着头，鼻尖都差不多贴到了泥地，心里在不断地打颤。过了好久，朱温才松开紧拽着的双拳。

死罪可免，活罪难逃。不揍一揍，实在难消朱温心头的这团怒火。“将朱友珪重打三十棍。”朱温闷了好久，才开金口。左右亲从立马开始行刑。霎时，噼啪声响起，朱友珪屁股开了花，血肉模糊。听到棍棒打在朱友珪身上的声音，前来接驾的官员有人暗喜，有人心惊。

中和三年，李唐僖宗皇帝任朱温为宣武军节度使。有了这张王牌，朱温聚集黄巢手下走投无路的兵将，像葛从周、霍存等等，以平叛的名义，拉大旗作虎皮，开始拓展地盘，壮大实力，完成黄巢未竟的事业。中和四年，朱温一直在宋州、亳州一带攻城略地。一天，朱温饥渴难耐，让手下牙兵赶快去找人解渴。找了老半天，朱温的牙兵只找来了一位年纪都差不多快四十岁的客栈掌柜的新妇。见着实找不到合适的人，朱温只好将就将就。

哪晓得，客栈掌柜的新妇竟然怀上了朱温的孩子。到了预产期，掌柜的新妇生下一个男婴。这个男婴就是朱友珪。掌柜的新妇派人送信告诉朱温。最后，还是朱温的姬妾张氏,朱友贞的母亲,将这个男婴接回到了汴梁。掌柜的新妇不会再要,但儿子毕竟是朱温的种,更何况当时正式归朱温名下的儿子还只有一个朱友裕。这个男婴还在送往汴梁的路上,朱温暗中派去的人已经杀光了所有可能晓得这段故事的人,包括掌柜的新妇,朱友珪的母亲。至于将朱友珪抱回的张氏是不是死于朱温之手,就不晓得了。大梁朝野只晓得早在朱温登基称帝之前,后被朱温封为魏国夫人的张氏年纪轻轻就莫名其妙地病死了。几千年来,病死一直是非正常死亡的遮羞布。朱温绝不允许这个有损自己圣明的故事被外人知晓。

常言道,新妇别人的好,儿子自己的亲。从友珪这一名字上,也可以看出,朱温当初对这儿子确实很疼。朱温弑昭宗自称皇帝,朱友珪被册封为郢王,任左右控鹤军都指挥使。朱温从萧县一地痞,最后变成了皇帝。朱温玩的女人,档次也跟着不断地提高。正所谓此一时彼一时,朱温做皇帝的时间越来越长,对朱友珪,越看越不顺眼,越来越讨厌。堂堂大梁国皇帝连这种破女人都要玩,朝野晓得了,朱温的颜面何在? 杀人放火,绑架勒索,那是丰功伟绩。玩女人不稀奇,放眼四周无不如此。玩得越多,越有炫耀的资本,可玩的女人档次不能太低。档次低,只能说明一个男人没品位。朱温真希望这世上没有朱友珪这个人。朱温一看到朱友珪,肚子里就是一团火。这些年,朱温从未给朱友珪好脸色。朱温原本就凶暴,整天摆着老虎威,对朱友珪呵斥责骂更是隔三间四的事情。

朱温阴着脸看着亲从打完了三十棍,两指轻轻一点,丢下朱友珪,起驾回宫。

朱友珪趴在汴梁城门外的官道上,咬着牙齿,抬头看着朱温的大驾玉辂和仪仗队浩浩荡荡地进入了汴梁城门。朱友珪心中的恨远远超过了身上的痛。直到朱温的大驾玉辂、仪仗队以及迎接朱温的臣僚都进入了城,朱友珪的侍从才敢将朱友珪轻轻地抬到了临时找来的木板门上,抬回王府,让医师疗治。朱友珪一到王府,早就在等候的医师开始处理伤口。

“去拿葛巾给郢王咬着。”

“你只管疗治,这点痛本王还是能受得住。”

伤口很快就处理完毕。

“郢王真乃关羽再世。”

“关羽个屁! 人家刮骨疗伤是英雄,本王屁股涂膏药是狗熊。”

自今年开春以来,朱友珪一直感到今年流年不利。顺手的时候样样顺手,不顺手的件件不顺手。不顺手的时候容易打击人的情绪,容易让人意志消沉。在兄弟里面,朱友珪排行老二。朱温的长子朱友裕死后,朱友珪理应是皇位继承人。可惜却因生母的原因,朱友珪得不到朱温的疼爱。朱友文博才多艺,岁数又比朱友珪大,加上朱友文的新妇王氏手艺好,朱温喜欢。朱友珪在大梁国的地位远不能跟朱友文比。朱温去了洛阳,朱友文就是汴梁留后,替朱温镇守汴梁,成为大梁国变相的皇帝。依照目前的情形发展下去,别说继承皇位,保命都成了难题。朱友珪躺在木板上,心灰意冷了起来,感到前途茫茫。

医师走后,朱友珪的心腹冯廷谔真心佩服地说:"打到这种程度,郢王不吭一声,天下谁能做到?至少在仆的眼里,郢王是真英雄。""如此窝囊,本王真希望被打死算了。"朱友珪赌气说。"说实话,本王当时心里有的只是恨,而不是痛。本王恨,赔上自己的新妇,还要打屁股。你想一想,本王还有什么脸皮活在这个世上?如今大梁国,谁不在鄙视本王?就是乡村匹夫,也会要这张脸,本王的脸呢?活着比吃狗屎还要难受。打死干脆!"

正说着,朱友贞来看望朱友珪。朱友珪屁股开了花,朱友贞当时就在场,无须隐瞒,加之是自家兄弟,也就没有了家丑不可外扬这桩事。没等朱友珪请他进来,朱友贞就已经闯进了朱友珪的卧室。朱友贞亲自端过一张凳子,坐到了床沿,跟伏在床上的朱友珪说话。

"多谢三弟,不避嫌疑,来看我。"

"自家兄弟避什么嫌?二哥又没有做错什么事!也太狠了,竟然将二哥打成这样。二哥立下汗马功劳尚且如此,我,就算不死,也必定落得个终生残废。"

"不喜欢,做得再好,也没用。"

"我一直就是弄不明白,官家心里到底是怎么想的。大哥没了后,这皇位轮上轮下也轮到二哥。常言说,手肘子烂了也往里弯。可事实呢,官家偏偏那么宠信康勤。我们兄弟就是再差,也毕竟是官家的亲生子。莫非我们朱家的江山要落到外姓人的手里?这样,官家为何要将我们兄弟生出来?难道就是为了将来能让康勤拿我们兄弟来试刀?真是想不通。"

"还不是康勤的新妇手艺好!"

"不是我大胆,自寻死路。以我看,官家是越老越糊涂啦。官家真的准备将皇位传给康勤,朱家江山也就到官家手里结束。那还打什么江山?真是让人越说越气愤。好啦,我也回去了。再说下去,还不晓得我会说出什么大逆不道的话。"见朱友珪挣扎,朱友贞劝阻。"不要逞强了,就趴着养伤。过意不去,就让冯廷谔送我就行了。"

冯廷谔将均王朱友贞送到王府大门口,也就转身返回。

“郢王，均王说的没错，再这样下去，康勤肯定继承皇位。”

“本王还能怎么样？”

“郢王，你不能未得绝症就认死。”

“不是本王认死，而是实在没办法。老贼权力无边，想传位给谁就传给谁。大梁朝野谁能阻止得了？就算本王的大父复活也没有用。老贼不要本王的命，就已经是谢天谢地了。老贼只想将本王弄死，又怕人家说他毒胜老虎。本王其他都先不想，就希望别给老贼弄死。”

“就算是已经被按到大凳上等待屠宰，也要挣扎一下。”

“怎么挣扎？”

“仆觉得，事情还远没有到这一步。”

“以你的说法，是不是还有救？”

“郢王，官家这人，谁能猜得透他肚子里面到底在想什么。前些年就是许多人猜错了他的想法而枉送了性命。官家的事情不能简单从表面看。官家既然准备传位给康勤，为何又要族灭好像要投靠康勤的韩建？如此看来，官家还没有真的已经下决心准备将皇位传给康勤。”

“老贼反复无常，跟在他的身边迟早都是死路一条。谁晓得是今天死，还是明天死。一只脚在门槛里面，一只脚在门槛外面，是退进去，还是出来。就算是肚子里面的蛔虫，也未必猜得着。有道是，早死早投胎。韩建死了，康勤可要气死了。韩建曾经当过一年左右的宰相，朝中毕竟有些人脉，这对康勤将来登基肯定大有好处。对本王来说，最重要的是别再惹恼了老贼。惹恼了老贼，不用说本王只是他儿子，即便本王就是他祖宗，也是死路一条。老贼嫌本王的母亲出身卑微，竟然派人杀死本王的母亲和所有亲人。本王祖母就是平时唠叨了些，还不是照样死在老贼之手？这种畜生人世间到哪里去找。本王即便就是再心狠手辣，也不及老贼的一条毛。本王何时想到过要杀朱友贞？康勤却不同，他本就不是本王的亲兄弟。”

“郢王，万一真的到了山穷水尽，你要狠下心才行！”

“逼急了，不下狠心，也只好下狠心。狗逼急了，也要咬人。本王就算是婊子生，至少也是人。性命攸关的事情，由不得人。当初先母可怜见没将本王捏死，现在本王总不至于将本王自己捏死。先给本王的屁股再涂一些膏药，阵阵钻心疼。”

晴空万里，阳光明媚。在外征战了那么长时间，朱温带着宫女侍官到九曲池游湖。御舟缓缓离开了码头。突然，阴风骤起，御舟倾覆。朱温掉进了池中。朱温感到好像有人将他往水里拖，嘴一张，一口水呛进了喉咙，朱温差点咽了气。宫女侍官连拖带拽,才将朱温拖到了岸上。朱温站在岸上,整个人都在颤抖。心里不断地说,不是我,是蒋玄晖。我已经将他挫骨扬灰,替你们报了仇。颤抖了好久,朱温才将惊魂定了下来。明天,就启程回洛阳。

朱温坐着大驾玉辂,离开汴梁返回洛阳。所过州县的官吏,得知朱温要从他们的州县经过,无不胆战心惊,小便失禁。赶紧罄尽全力,提供好酒好菜,好娘子,供朱温享用,以免落得像开国功臣李思安那样的下场。李思安是朱温手下大将,黄巢造反那会就已经追随朱温。几十年,李思安南征北战,朱温手下战功能跟李思安匹敌的将领没有几个。就因两月前贡献的物事没让朱温满意,李思安被朱温下旨赐死。命没了,酒菜再好也没用。

朱温一路慢慢前行,进入了魏王张全义的地盘。朱温决定在张全义的地盘上好好放松放松,以解旅途劳累。"会节园颇像朕的皇宫。"张全义陪同朱温进入会节园。"张爱卿,你家的女人留下来侍寝,男人搬出去。朕总不至于将你和你家男人都净身了吧。""遵旨。"张全义磕头谢恩。张全义留下家中的所有女人,男人统统搬出了会节园。朱温的亲从迅速将会节园团团包围,会节园顿时成了朱温的临时行宫。谁敢擅闯会节园,格杀勿论。

会节园内女人极多,光张家女人就有几十名,真的像朱温的皇宫。早在还是宣武节度使那会,朱温已经有数百名姬妾。称帝后,皇宫里面的嫔妾更是数万。数万嫔妾里面,朱温比较喜欢昭仪陈氏和昭容李氏。朱温最宠幸的人是博王朱友文的新妇王氏和宰相敬翔的新妇刘氏。朱温有一个特别的癖好,就是喜欢睡别人的新妇,尤其是敌手的新妇。这一癖好在朱温还是萧县小流氓时就已经有。朱温这一生不晓得睡了多少别人的新妇。每当跟敌手的新妇进行像鸟一样孳尾时,朱温心中就不禁涌起一种征服神州的快感。朱瑾被击败投奔了淮南杨行愍,他的新妇成了朱温孳尾的对象。还是朱温的张氏明白事理。"倘若不幸汴州失守,妾亦如此矣!"不是你同意不同意,而是不同意也得同意。朱温用了一段时间,就将朱瑾的新妇送到寺院削发为尼了。内侍将会节园内的这些个临时嫔妾召集过来让朱温选,朱温留下了张全义的小妾彭氏、彭氏的女儿、张全义的儿媳李氏和李氏的女儿。

十多天的时间里面,老的,小的;胖的,瘦的;高的,矮的,朱温统统孳尾一遍,连张全义刚过门不久的继妻储氏也不例外。张全义的儿子张继祚气得嘴唇发紫,操起家伙准备冲进会节园跟朱温拼命。张全义一把紧紧抱住张继祚。"别冲动!别冲动!千万别冲动!"张全义非常平静。"女儿、侄女、孙女,反正将来要嫁给别人;自己的妻妾,不满意,再娶、再纳。你为何那么冲动?你冲进去根本杀不掉圣上;即便你杀得了圣上，那是弑君，接下去怎么办？灭九族！”还是老爸说得有理。张继祚火气也就褪去，放下了手中的家伙。

“人家可是皇帝！全神州所有女人都归他所有，我们家的女人自然不例外。哪个皇帝出巡时，地方官吏的新妇、女儿不是要去侍寝？我们家的女人去给皇帝侍寝，那是我们家的荣幸。爸都像你这样冲动，岂能有今天？你就想想人家李思安吧，你爸哪能跟他比，跟了圣上几十年，就是因侍奉不好，结果赐死。莫非你想让你爸跟李思安一样？有道是，识时务者为俊杰。大丈夫该吃屎的时候就吃屎！想不到，几十岁的人了还那么没脑。”

朱温敢作敢为，张全义能屈能伸，两人都是俊杰。

儒家和道家，许多方面完全不同，有一点完全相同。那就是告诫门徒要见风使舵，随机应变。子曰，危邦不入，乱邦不居。天下有道则见，无道则隐。孔子说得非常非常清楚。还不明白，只能说明这人是木鱼脑袋。有道，还是无道，统统是别人的事情，跟自己一点屁关系也没有。道义不道义，说给别人听，又不是要求自己。大肆鼓吹道义的目的，让那些没脑的傻蛋能替我们拼死卖命，抛头颅洒热血。有利可图，赶快去抢；无利可图，赶快开溜，躲得越远越好。什么知不可为而为之，都是说笑用的戏言，千万别当真。

张全义就是这样一位深得儒家处世要旨的俊杰，是值得神州人学习、模仿的楷模。几十年来，无论神州风云如何变化，张全义就是靠着自己敏锐的嗅觉，见风使舵，日子过得越来越好，越过越风光，如今是大梁国的魏王，食邑万三千户。

张全义，本名张居言，世代种地的田农。一个种地的田农混到张全义这样，得有多大的能耐？黄巢攻陷长安，张全义投奔黄巢，做起了大齐国的吏部尚书。黄巢造反失败被杀，张全义投奔了河阳节度使诸葛爽，任泽州刺史。光启二年，节度使诸葛爽寿终正寝。以人肉作粮食的李摩云拥立诸葛爽的儿子诸葛仲方，与刘经争夺洛阳渑池。刘经派张全义抵抗李摩云。张全义却联合李摩云反攻河阳。

李摩云得到李克用的帮助，攻下河阳，任张全义为河南尹。文德元年，趁李摩云攻打河东晋州、绛州的机会，张全义攻占河阳，自任河阳节度使。李摩云又得到李克用的帮助，围攻河阳。眼见情况不妙，张全义投靠了朱温，昭宗赐名全义。朱温称帝，封张全义为魏王。

朱全忠、张全义用自己的实际行动诠释了儒家晦涩的忠和义。张全义成功的故事告诉了神州人，大丈夫当吃屎就吃屎，当舐痔就舐痔。

张全义罄尽所能款待朱温，并以皇帝临幸为理由，趁机大肆搜刮民脂民膏，强征治下民女。这些个民女送到会节园,和自家女人一起,供朱温享用。一时间,张全义的会节园真成了皇宫。除了一群随行太监,会节园里面,只有朱温和一大群女人。具体人数,连张全义自己也弄不清楚。朱温走后,吃剩、用剩的,全都成了张全义家的财产。团团围着会节园的是保护朱温安全的亲从侍卫。有人企图靠近,格杀勿论。朱温在会节园,临幸了张全义家大大小小的女人。过了整整十几天,朱温才心满意足地离开张全义的会节园,起驾前往洛阳。

张全义率领一家男女老小跪送朱温。朱温在下博摔了一跤,又在汴梁游九曲池时掉进了水,受到了过度的惊吓,加上在张全义的会节园花了不少力气,在返回洛阳的途中,头晕目眩,病倒了。面对病魔,朱温对未来突然之间悲观了起来,想到了死。看来,石柏想将朱温这个人魔击败只能靠病魔了。随行的御医给朱温仔细地把了脉。"圣上龙体安康,定能万寿无疆。"朱温听御医说没事,宽了心,喝了点御医给他配制的汤药,病情舒缓了许多,也渐渐有了一点力气。晃悠了两天,朱温终于回到了西都洛阳。

好长时间没上朝了,朱温歇息了一天,决定上朝听政。朱温的屁股刚坐下,户部尚书李振启奏,光禄卿赵世铭的孙子用弹弓将圣上的圣像弹了一个洞,理当族灭。"陛下开恩!"李振还没说完,赵世铭趴在地上颤抖说:"逆孙年幼无知,受人怂恿,用弹弓弹破了圣像。老臣晓得后,已经杖杀了逆孙。望陛下开恩!"岂有此理!不灭你族,朕灭谁的族?朱温阴沉着脸说:"有人怂恿你家孙子用弹弓弹朕,岂不是也要弹?就依李卿所奏。""拖出去!"赵世铭嘴里"陛下"两字刚吐出就被朱温打断。亲从上前将赵世铭拖出了崇元殿。

朱温早就已经没有心思继续听政,当下就宣布退朝。回到禁中,朱温马上遣太监召阴乙进宫卜卦。"阴爱卿,快给朕卜一卦,看看会不会破了朕的金身。"阴乙焚香起卦,得小畜之乾卦。阴乙掐指一算,告诉朱温,"陛下,无碍,无碍。"朱温虽阴诈多疑,可阴乙的话朱温还是很相信。听阴乙说无碍,朱温心中的疙瘩才消除。

第五十七章　珍珠

笃隘者执束于滓涅，达妙者逍遥于玄清。

——《抱朴子》

石柏一脚刚跨出节度使行辕，就被一大群人团团围住，说是有事找若水先生。这些事情不外乎驱鬼、禳灾、祈福、却病、延寿、摄召、度桥、破狱、算命、看相等等。胡公后一看形势不妙，赶忙一把将石柏拉回到节度使行辕内。

"若水先生，还是让节度使的马车送你出城保险，免得让这些无聊之人纠缠。"

"今天要想渡过奈河，看来只能借助节度使的舟船啦。"

未等多久，节度使的马车就停在了石柏的身边。

马车驶出节度使牙城，前往宛丘城北门。出了城门，行驶了将近十来里路，确定后面不再有人追随纠缠，胡公后才叫赶车的仆役停下了马车。有道是，千里送君，终须一别。胡公后与石柏、秋雨、秋水三人告辞，登上马车返回宛丘。

石柏、秋雨、秋水朝枳城方向前去。宛丘往北到壅丘，往西到郾城，往南到项城，往东到鹿邑，往东北则到枳城。从宛丘到枳城有一百来里地，步行需要一天时间。时值孟夏，天气还不是特别热，马马虎虎也算是远行的季节。

三人不急不慢，以平常的行走速度前行。有道是，远路无轻担。秋水手提着那包百两黄金，走了几里路，就感到手臂发酸。"师兄，扔掉这包黄金算了，提在手中重死了。"吃尽味道盐好，走尽江湖钱好，没铜钱可走不了江湖。"铜钱难赚。赚你手中的铜钱，师兄走了多少路，说了多少话，做了多少事。拿来给师兄吧。"石柏边说边走到了路边，停了下来。石柏拿下肩上的行囊，装入那包黄金，重新扎好，往后一甩背在了肩上。

“那招魂幡也由师兄来拿。”

“不用,师兄。”

“拿来吧。”

秋雨将白幡递给了石柏。跟那些行走江湖的方士不同,石柏那面白幡的杆子不是空心的竹竿,而是又硬又韧的棍子。看似一面普通的白幡,实际是石柏防身用的武器。在朱温的河南行走,就是出家人也应该带点物事在身边。“走吧。”三人重新起步,前往玄清观。秋雨突然空出手来,好像少了件事,举起竹箫,吹了起来,似乎想边走边吹,学一学那些悠然吹箫的道姑。好高倒擂台。石柏见状,赶忙提醒秋雨。“边走边吹,踢到石头,摔倒在地,撞破了门牙,嫁不出去,不要怨箫。”秋雨赶紧从嘴边拿开竹箫,抿嘴笑了起来。“这还不好办? 嫁不出去,就嫁给师兄,反正师兄光棍一条。”秋雨脸颊一红,嗔了一眼秋水。

“嫁给师兄? 秋雨就是被师兄卖了还在帮师兄数钱! 师兄来亳州后的这段时间里面,做了多少坑蒙拐骗的坏事,你俩亲眼目睹。师兄啊,就是正宗的奸佞小人一个。表面上道貌岸然,一本正经,人模鬼样,号称若水先生;背地里偷鸡摸狗、杀人越货。像师兄这种人,套用神州人的话来说,就是罄竹难书、死有余辜。”

“师兄,常言说,男人不坏,女人不爱;男人越坏,女人越爱。就像爬灰佬朱温,可以说是坏到家了,喜欢他的神州娘子多得是。这倒不一定朱温是皇帝的缘故。这叫做一个馒头搭个饼。这世上就是女人的事情最搞不清楚,没理由解释。”

“师兄不是女人。女人的心情不懂,也不想懂。”

“师兄叽里咕噜就不怕路上有人听见,揭了你的老底?”

“秋雨说得对。这路上虽难得见上一个人,但不能绝对保证就没人听了我们的话去。我们还是说点别的,解一解路上的乏闷。”

宛丘到枳城,一路上没什么大的村镇,官道两旁的树木倒十分茂密。大约又走了二十来里地,石柏看到前面道路上摆放着木栅栏,栅栏前站着几位持刀的男子。石柏又碰到了剪径客。石柏北上亳州以来,遇到过好几次剪径客。

没等持刀的剪径客开口,石柏已经上前拱手行礼问:“生意怎么样?”做了那么长时间的生意,还没碰到过这种客人。剪径客顿时被石柏这一拱手搞得有些云里雾里,不知该如何应对。幸好,一名剪径客机智,答话说:“生意不好,今天第一趟生意就碰到道长。”

突然,剪径客看到石柏身后跟着两名相貌一样的绝色道姑,顿起色心,贼眼一转。“千万别打出家人的主意,不然会后悔的。”石柏告诫剪径客。“真的吗?”剪径客有些叛逆。我的地盘我做主。剪径客没将石柏的话当话，起步向秋雨和秋水走去。刚踏出两步，石柏手中的白幡已经压到了剪径客的肩上。剪径客伸手准备将白幡撩开。可惜，就是撩不开。剪径客含笑说："道长还有两下子的嘛。"话刚说完，剪径客的笑容骤然消失。白幡如同有千斤重担压在肩上，任凭挣扎，最后还是跪在地上。几名同伴个个手握横刀不敢上前。

"是不是让你后悔一次？"

剪径客痛苦地点了点头。石柏这才收回了白幡。剪径客肩上的千斤重担顿时消失，站了起来。这时，一名消息比较灵通的剪径客已经猜出今天他们碰到的人是谁。这名剪径客刀头朝下，拱手行礼说："莫非道长就是天清派掌门若水先生。"石柏拱手说："正是贫道。"众剪径客一听是若水先生，连忙收起横刀。刚才被白幡压肩的剪径客向石柏手一拱。

"多谢若水先生手下留情！"

"无须客气。长时在外，见色起心，人之常情。贫道身边的两位师妹秀色可餐，不想去尝一口还真的不是男人。不是贫道有些道行，还不是跟诸位一样？"

"还是若水先生能够理解我们！"

剪径客搬来了树桩，就在官道边，请石柏、秋雨、秋水过来歇脚。已经走了将近两个时辰，石柏也不客气，就和秋雨、秋水一起坐在树桩歇脚。石柏和剪径客聊了起来。

"不打出家人的注意，应该算是你们这一行的规矩。"

"也怪两位道姑太过于漂亮。仆也是见色生心，忘记了规矩。"

"坏了规矩，就会乱来。乱来了，想做这行生意就更难啰。"

"这种事情，下次仆绝不会再犯。如今生活原本就难，乱了规矩，更难生存。若水先生来得正好，请替我们算一算运气。"

"你们运气差，只是你们当时跟的主帅是一个短命鬼。否则，说不定你们现在都可能是刺史、节度使啦。"

剪径客纷纷点头称是，一名剪径客接嘴。

"同乡尚与鸿现在都已经是右龙虎统军啦。听说上次回家，威风得很那。他家原先比我家还要穷，就是他跟的头活到现在。我们当时在前拼命，就因为头死了，要替他陪葬！操他十八代祖宗的朱温，订出连阎王都想不出来的规则。"

"英雄也是真源人？"

"若水先生见笑，什么英雄！他妈都是狗熊。"剪径客有些难为情。"我们这一班都是真源、鹿邑县人。朱温当上了皇帝,虽下诏赦免了我们的死罪,就算文面也可以返回家乡,可若水先生你想,朱温这种远胜阎王的人,谁晓得哪天突然肺里想到要我们的脑袋。就算真的没事,回去,要田没田,要地没地,还不是照样饿死?想一想真源县,尚与鹏一人就差不多占了一半田地。真他妈多!没有活路了,只好继续聚在这里,众兄弟一起讨口饭吃。"

"讨这口饭吃不容易啊!"

"还是若水先生理解我们。"

"打了那么多年的战,真源、鹿邑、宛丘和枳城等,哪还有几个人!就算这些年生了几个,都是一些年轻后生,哪有什么油水。偶尔遇上一个,说不定比我还要穷,根本榨不出什么油水,说不定还要赔本。若水先生,你看,这两位,就是遇上后入伙的。不过,若水先生,仆不吃这口饭,还能做什么?"

"头路还是有的。不用多,你们一年内能劫上一次官府衙门的饷银,或者那些刺史什么官吏每年向朝廷进贡的赋税,就可以足够你们吃好几辈子。也可以考虑敲一敲这些年跟朱温屁股后面发财的那些个人的竹杠,反正他们有的是钱。何苦天天蹲在树林里傻等呢?只要你们摸准情报,仔细筹划,小心行事,还怕大事不成?人手不够,你们完全可以多叫些个穷朋友。反正,都没有出路了。有道是,事是死的,人是活的。大活人总不会被尿憋死!"

"若水先生的这个主意不错!"一名剪径客立马赞成。"我们回去后就好好筹划。做成了,日子好过不去说,也不会有人骂我们伤天理,被人诅咒不得好死。"

"非但不会有人说你们伤天理,还说你们是江湖豪杰、绿林好汉,难保将来不会再出一个卢国公程咬金。人就是要多换换脑筋,不能总将眼睛盯着过路的几个过往行人。像贫道一样,这世道,出门身上带几个铜钱?就是杀了作人肉卖了,也没名堂。眼下,只有衙门有铜钱,一年从平头百姓身上剐走多少?都是不义之财,抢了它,乡亲肯定拍手叫好。铜钱多了还可以帮一帮那些个穷人,说不定还做出一番意想不到的事业。贫道也要走了。"

言罢,石柏站了起来。剪径客连忙前去搬开木栅栏。官道旁的剪径客个个拱手给若水先生送行。石柏拱手,带着秋雨、秋水,和众剪径客告辞,继续向枳城方向前去。走了将近一个多时辰,石柏才看到一个小村子。出门在外,又是道士,脸皮自然要厚。石柏、秋雨、秋水分头寻找,终于找到了吃饭的地方。主人姓张,名伯衡,已经过了知天命之年,李唐时期是当地一名乡绅。吃了饭,总不至于屁股一拍就走,石柏和张伯衡聊了几句。

“贫道一路行来,像居士这么岁数的人还真是不多,说明居士很有福气。”

“只能说仆运气比较好,躲过了劫难。我们这个村有仆这个岁数的也就三四个人,都是当时躲到周边的树林里面才活了下来。活到那么大岁数,仆终于弄明白了,神州就是给那些个没脑的人活活拖死。若水先生想,天天晒太阳,捉虱子,怎么可能富得起来?经黄巢这些个歹人一哄,就跟着造反去了。人人都希望通过抢劫别人的财产发家致富,结果变成人人无。将不想造反的人统统拖了泥潭,跟着他们陪葬。富人确实死了,但穷人也死了。”

“是啊!不会凭空掉馅饼的道理看似人人都懂,可一到实际却纷纷犯糊涂。造反就像是洪水,不会只淹没河滩,也淹没良田。只有等洪水退去,惨状才会显露出来。”

“只淹没良田还好。问题是连村子也一并冲走,不死光已经算运气了。侥幸活下来的几个人,没地方住,只好花一辈子的心血重新建造房子安家。如此一轮一轮反复,还不如干脆不用建造,等待下一轮洪水。可惜,活着的人还得继续活,就像拉磨的驴子一样,继续转圈子。过不了几年,新出生的一代就将祖先做过的蠢事统统给忘记了,继续做祖先曾经做了不晓得多少遍的蠢事。警世的故事很多,经验教训也很多,可就是没有人会吸取教训。就像父母说,孩子别去,那有个坑。孩子总是不听,直到掉进了坑。从坑里爬出来后,孩子又对孩子的孩子说父母曾经说过的话。如此反复,用无休止。像前些年的事情,神州史上并不是没有发生过。结果呢,依然还是发生了。看看惨状,真让人心疼。”

“神州人都像居士那样想得透彻就好了。人有五脏六腑,决定人生死的不是最强壮的器官而是最脆弱的器官。比如六腑中的膀胱,看起来不是很重要,就用来盛尿,一旦膀胱坏死了,人也跟着膀胱而死去,其他器官最强壮也没用。皇朝也是如此。居士应该看得很多,决定神州人生死的,往往就是神州人中的人渣。这些人渣活活拖死了神州人。”

“是啊!若水先生这么一点,确实如此。如今想想,真是人渣决定了神州人的命运。不是若水先生,仆还不敢说。像朱温,无恶不作的人渣。可偏偏就是这种人渣决定着神州人的生死。仆就弄不明白,这种人,竟然会有那么多人跟着他。”

“在他们的眼中,有奶便是娘,没有对和错、是和非。有对和错、是和非,就不会这样了。看到好处,就像苍蝇闻到腐尸的臭味,飞扑过去,管它杀人还是放火。正因如此,秦宗权才有可能将中原烧光、杀光、抢光。没有他们,秦宗权一个人,放开让秦宗权杀,也杀不了几个人。秦宗权如此,孙儒也是如此。人一旦没了是非观,什么坏事都做得出来。只是一个人没了是非观,目光就会变得短浅。当初跟着秦宗权烧杀抢掠的人,如今有几个活着?像蒋玄晖这种人,还不是被挫骨扬灰?天网恢恢,疏而不失。这些人最终会被惩处。”

离开了张伯衡家,石柏和秋雨、秋水继续赶路。申时左右,石柏到达玄清观。玄清观位于枳城城西十几里地的玄武村,也是天清派道观。柳若静年纪比李清静大,但拜在姑射真人门下的时间比李清静迟。依照先入门为长的原则,柳若静是李清静的师妹,但也算是石柏的师姐。门头蒋无欲看到一名道士和两名道姑朝玄清观方向前来,马上猜出是天清派掌门若水先生。早在三天前,监院柳若静就曾说过,这两天祖庭天清派掌门要来玄清观。蒋无欲连等了两天仍不见若水先生的影子。当石柏和秋雨、秋水来到玄清观山门前时,玄清观的山门两旁已经站着道士和道姑迎接若水先生和秋雨、秋水。石柏和秋雨、秋水拱手一一见过玄清观众道士和道姑。等跟众人见过面,玄清观迎宾秦玄莹引石柏和秋雨、秋水前往客舍。还在前往客舍的路上,玄清观监院柳若静带着一班道姑和道士前来迎接。寒暄礼毕,柳若静陪同石柏和秋雨、秋水前往客舍。进入正堂,柳若静请石柏、求雨、秋水坐。

“因中间有点杂事耽搁,时至今日才来玄清观,实在抱歉。”

“掌门师弟能来已是玄清观的一件大喜事。师姐还能要求哪天来。”

石柏解开行囊,拿出那包百两黄金,递给柳若静。柳若静不知是何物,旋即接住。一拿到手上,沉甸甸的,柳若静就晓得是金银。“这百两黄金给玄清观,用于弘法传道。”“掌门师弟给了,师姐就是不想收,也只得收下。玄莹,去叫正音过来。”迎宾秦玄莹向石柏、秋雨、秋水手一拱,离开了客舍,前去叫都管乐正音。

“是昨天师弟给匡国军节度使韩建做驱鬼法事的酬劳,带在身边也不方便。”

“这些年,朱温手下的那些节度使、刺史等什么,搜刮的钱财根本无法计算。一百两黄金,对匡国军节度使韩建来说,提都不屑一提。”

“南华真经云,世俗所谓知者,有不为大盗积者乎?用不了多久,旁人就会发现苦心经营了一生,实际上是在替别人经营。韩建如此,朱温一样。”

“离玄清观不远的两个村子,前几天正在争一片林地发生械斗。他们请师姐去调解。师姐原本不想去,推托不开,只好去了。师姐说,你们谁晓得你们的村子明天就一定还在。不用说黄巢造反那回,就是这几年,亳宋一带灭村的有多少,你们怎么都不想一想。人都没有了,还要林子干什么?还是安安生生过几年吧。这几天不来找师姐了,看来不再械斗了。”

玄清观不大,石柏和柳若静还没聊几句,秦玄莹就和都管乐正音来了。

“这是掌门师叔送给我们玄清观的百两黄金。”

“多谢掌门师叔!”

“我早上提着它,走了十多里路,手都提麻了。”

“等晚上,就让师侄给小师姑揉揉。”

“早上师叔来时,路上碰到了剪径客。”

“师叔将他们杀了?”乐正音和秦玄莹齐声问。

“没。师叔又不是黄巢、朱温,怎么可能会随随便便乱杀人? 春秋云,匹夫无罪,怀璧其罪。百两黄金虽没什么,但万一露白,就会伤到身子。”

“师侄会记住掌门师叔的教诲,小心防范那些剪径客。”

“掌门师叔,那些剪径客根本不是我们的对手。”

秦玄莹话刚说完,石柏突然拿起放在旁边的白幡,“呼”一声,向秦玄莹的左肩压了过来。秦玄莹一惊,下意识地躲避。不想,白幡忽然改变了方向。秦玄莹来不及避闪,白幡已经压住了右肩。秦玄莹赶紧用右手托住白幡,试图挪开压在肩膀上的白幡。可是,压在肩膀上的白幡似乎有千斤之重,秦玄莹怎么挪也挪不开。秦玄莹身子渐渐蹲下,最后只得双膝跪在了石柏的前面。正堂中的柳若静、乐正音等,个个都睁着眼睛看着手握白幡的石柏。石柏突然收回了白幡。秦玄莹用左手揉了揉自己的右肩,然后站了起来。

“倘若师叔是剪径客,你们该怎么办?”

“倘若有师叔这样的武艺,就不会做剪径客了。”

“和平时期或许不会,战乱时期就很难说。胡国公秦叔宝、卢国公程咬金也做过剪径客哦! 当时瓦岗寨上的哪一个英雄好汉没做过剪径客? 以你的武艺,倘若碰到这些剪径客,即便不杀你,你的百两黄金不就没有了吗?”

“师侄记住师叔的教诲。”

“道经云,古之善为士者,妙静玄通,深不可识。这里的士,也可以指道士。现在师叔问你们,深不可识的‘识’,是谁‘识’? 是道士自己呢,还是其他人?”

“师叔,自然是其他人。”

“那不就行啦。我们道士要做到妙静玄通,但是其他人却看不到你到底有多深。现在可好,人家一看就晓得了你的底细,岂不栽跟头? 武艺也是一种修行,也要做到妙静玄通、深不可识的境地。自己武艺平平,就藐视那些剪径客,就很容易碰上钉子。

有道是,一时失足成千古恨。到时候,想后悔,还能来得及? 你们说呢?

道经云,知人者智,自知者明。胜人者有力,自胜者强。不说我们道士,就是普通人,也应该知人和自知。常言道,人心隔肚皮。知人说起来容易,做起来却是一件非常困难的事。这不仅仅需要有一双慧眼,也需要有一颗灵心,用心去知。

自知,看起来很容易,实际上很难。人总是被自己的情绪所控制,喜时容易放大自己,悲时容易缩小自己。不容易看清楚真我。倘若用知人的眼和心去自知,就容易看清自己。春秋左氏传,照临四方曰明。这就需要我们道士像太阳照临四方一样,照遍心灵的每一个角落,不故意去回避、遮掩。只有知人和自知,玄清观才能壮大,才能为天清派弘法,阐扬大道。

胜人者果然有力,但胜人靠的不一定就是力,心也重要。让一个人心悦诚服,更多的时候靠的是心而不是力。靠力可以将一个人压服,但不一定能让一个人诚服。现实中,尤其对我们天清派道士来说,要多用心而不是用力。我们要用心让更多的人信奉天清派。人往往为自己的情绪、杂念所控制而不能自拔。这种故事,神州很多,不需要师叔列举。只有战胜了自己才能说是强者。所以,我们天清派道士,要做到知人、自知和胜人、自胜。

以后要千万别轻敌！明白了吧。”

站在堂内的道姑拱手齐声说:“掌门师叔,师侄明白!”柳若静微笑说:“掌门这一番言传身教,不用说她们,师姐也受益匪浅。这也难怪师弟来天清观没有多久,亳州以及周边州县的人,听到师弟的大名,都已经是如雷贯耳。”

“师姐见笑!”石柏手一拱。“南华真人云,至人无己,神人无道,圣人无名。师弟方才的行为只能说是卖弄,根本不是天清观道士应该有的行为。师弟也只是想让她们明白,才卖弄。师姐见笑!”石柏又向柳若静手一拱。吃饭的鼓声响起。

“我们先去吃饭。”

柳若静说着站了起来,石柏等跟着起身,前往食厅吃饭。斋饭简单,很快就吃完。一离开食厅,秦玄莹就安排石柏、秋雨、秋水三人沐浴。沐浴完毕,柳若静请石柏给玄清观的道姑讲道。姑射真人羽化前,也常到下面的道观去讲道,甚至是非天清派道观。走了那么远的路,也应该讲几句。讲道完毕后,石柏解答道姑的疑惑。秦玄莹率先向石柏提问题。

“师侄有一疑惑想问一问师叔。”

“有疑惑只管问。”

“道经云,是以圣人,为腹不为目。为何不为目,只是因为五色令人目盲。五色令人目盲,五味照样令人口爽。依照祖师爷的说法,是否连饭也不要吃呢？无论是什么样的饭,都有味,就算味同嚼蜡,也是味。既然饭可以吃,为何不为目?”

“这主要是师侄忽略了这句话中有‘是以圣人’四个字。祖师爷是说圣人,不是说师叔我,也不是说师侄你。德经不是说了嘛,使民甘其食、美其服、安其居、乐其俗。道德经中有圣人和民两种人。像师叔这种人,应该甘其食、美其服。既然是‘甘其食、美其服’,自然就是为腹,也为目啦。为何祖师爷说要圣人不为目呢？是因为‘不见可欲,使民心不乱’。现在,你背一下道经第三章。”

“师叔,要背一下道经第三章?”

秦玄莹见石柏点了点头,也就开始背诵。“不尚贤,使民不争。不贵难得之货,使民不为盗。不见可欲,使民心不乱。是以圣人之治,虚其心,实其腹,弱其志,强其骨;常使民无知、无欲,使夫智者不敢为也。为无为,则无不治。”秦玄莹背诵完毕,石柏说话。

“这一章里有‘是以圣人之治’六个字。祖师爷说‘圣人’,不是说师侄你,也不是说师叔我。祖师爷这些话是说给圣人听的,不是说给师叔我,也不是说师侄你听的。神州百姓都呆头呆脑,只晓得吃饱了饭就睡觉,圣人治理天下还需要花力气?如此一来,神州自然就会太平。‘为腹不为目’是祖师爷叫圣人治理神州时要采用的办法。”

一名不晓得叫什么名字的道姑说:“那祖师爷不就是叫圣人像养猪一样治理神州?”讲经堂内听石柏讲道的玄清观道姑像炸开了锅,顿时议论纷纷了起来。话虽土了一点,但说的却是这个意思。个个都是没脑的猪,给一点猪食也就太平无事。

“信言不美,美言不信。这位小师侄说的是一句信言。祖师爷主张‘少私寡欲’。南华真人曾经说过,五色乱目,五声乱耳,五臭薰鼻,五味浊口,趣舍滑心。道经云,是以圣人去甚、去奢、去泰。”石柏话刚说完,秦玄莹马上提出质疑。“师叔,祖师爷是说圣人,不是我们道姑。”石柏道家的书极熟,倒没有慌乱,解释说:“圣人是‘去甚、去奢、去泰’,我们道士,则要‘少私寡欲’。‘寡欲’不等于是‘无欲’。能够‘无欲’,就成神仙啦。”

“师叔,不对欤,神仙的欲望好像更大。”

秦玄莹倒是好问的道姑。不过,这样没完没了的问下去,还不晓得何时才能结束这次讲道。这时,柳若静开口。“师叔已经讲了大半天,也应该休息。今天,就到此结束。”见柳若静发话,玄清观道姑也就散了去。秦玄莹还是不肯离去。石柏、柳若静、秦玄莹三人最后走出传经堂。“玄莹”,柳若静吩咐秦玄莹,“你陪师叔去客舍,师父先离开一下。”柳若静就在传经堂门口,向石柏手一拱,就离开了。待柳若静远去，秦玄莹陪着石柏前往客舍。

“师叔，既然祖师爷这些话是说给圣人听的，为何我们要将它作为最高经典来背诵呢？”

这还是一个不好问答的问题。那些追求长生不死、得道成仙的道士视希望成为君主治国准则的道德经为最高经典，也算是神州一大奇葩。这就好比练剑的人照着琴谱来练剑，抚琴的人看着剑谱来抚琴。石柏想了一想，开口给秦玄莹解答。

“道教选择《道德经》作为自己的最高经典也是有原因的。东汉末年，不论是张鲁和张修，还是张角，为了能够妖言惑众，发展信徒，而创立了米道、太平道等。这些是道教的雏形。早在西汉，刘姓皇帝特别喜欢黄老之学。这种传统一直延续到了东汉末年。正所谓上有所好，下有所效。那时佛教刚刚从西域传入中土，还不成气候，整个神州也是风行黄老。若想妖言惑众，必然有一个羊头。否则，如何能妖言惑众？这些妖言惑众的骗子自己的水平又非常差，不会写经书，也就只能选道德经做羊头了。除了我们天清派，如今神州道教的其他教派都是方术、阴阳家和黄老的杂糅，什么也是，什么也不是。”

“披着道袍的骗子那么多，原来是有传统的。”

“你晓得珍珠是怎么形成吗？”

“不晓得。”

“一粒沙子不小心掉了珍珠蚌的身体里面，时间长了就形成了珍珠。”

“这么说珍珠的核心是沙子啰？”

“没错。很多看起来很美的物事，其里面可能很丑。当然，我们不能因为珍珠由沙子形成的就不要珍珠。我们天清派，就是要淡化道教的方士成分，讲究个人修身。所以，天清派的道士，都要求练武，强身健体，做到内外兼修。”

两人说着说着，就来到客舍前的庭院上。石柏抬眼一看，秋雨和秋水正坐在堂内。“师兄！”一见石柏前来，秋水和秋雨先后站了起来，出堂内迎接。石柏和秦玄莹踏上台阶，登上了步檐。“师姑！”秦玄莹俯身给秋雨和秋水行礼。刚行了礼，柳若静就来了。

“师兄去跟师姐说些事情，你俩就早些睡觉。明天，我们就回天清观。”

枳城到亳州有一百多里路，万一中途耽搁，到亳州会很晚。就算道行再高，走夜路也不好。第二天，石柏和秋雨、秋水早早就离开了玄清观，经真源县，返回天清观。三人到达真源县时，已经是午时正。已经来到真源县，应该去看一看太清宫，况且太清宫又恰好在通往亳州的官道旁。三人在老子故里吃了饭，起身去游览太清宫。

真源县尉习怀仇忙于侦办阚虎山庄命案时,杀人主犯石柏正带着秋雨、秋水悠然游览玄元皇帝的诞生地太清宫。李唐皇朝尽管崩溃多年,但来太清宫的人仍然不少,尤其来自神州各地的道士。在众多道士中,石柏和秋雨、秋水仿佛就是鹤立鸡群,特别引人注目。石柏三人引人注目的原因有三,一,天清派与众不同的蓝白色道袍;二,秋雨手中上面写着"上善若水"的白幡;三,一个风华绝代的道士配一对相貌几乎相同的道姑。当石柏和秋雨、秋水出现在太清宫前面的广场上时,人们似乎不在看太清宫而是在看石柏、秋雨、秋水。这种场面,石柏、秋雨、秋水已经见过多次。见怪不怪,其怪自败。面对从四面八方偷偷射过来的眼箭,秋雨、秋水仿佛已经炼成了金刚不坏之躯,笑脸相迎。"若水先生?"面对不断向他招呼的人,石柏不得不拱着手,一一予以回复。

太清宫前面是一个巨大的广场,广场的中央有一块巨石,巨石上刻着一部道德经。石柏三人在巨石前面驻足,观看由王羲之手书字集成的道德经。石柏默读着刻在巨石上面的道德经,又想起昨天秦玄莹问的问题。神州奇葩多。那些追求长生不老的方士,竟然选择通篇讲治国谋略的道德经作为最高经典真是奇葩中的奇葩。石柏想着,不禁笑了起来。"走吧,我们到里面去看看。"不到半个时辰,石柏、秋雨、秋水离开太清宫,启程返回天清观。

"师兄问你们俩一个问题,看看能不能答得出来。"

"姐姐,我先答。答不出来,你再来答。"

"我们天清派说是道教又不是道教,自然除外。师兄的问题是,道教中哪个神最大?"

"元始天尊啊!师兄,你也太小看我秋水了,连这问题也问得出口。"

"那祖师爷呢?"

"排老三,老二是灵宝天尊。"

"你来看道教里面的三清,玉清元始天尊,上清灵宝天尊,太清道德天尊。玉清、上清和太清,三个清里面自然是太清最大啦。"

"玉清,上清,太清……"秋水顿时迟疑了起来。"师兄,你这么一说,我还真觉得有些乱。太清道德天尊又叫太上老君,依理最大才是。姐姐,你说哪一个最大?"

"就让师兄告诉你吧。"

"师兄,那你说谁最大?"

"当然是太清道德天尊。"

“那为什么人家说元始天尊最大?”

“那是人家不晓得太清道德天尊在他们三人中岁数最大。”

“不可能吧?”

“怎么不可能?太清道德天尊出生至少一千年后,元始天尊才出生。”

“师兄就是会瞎掰。”

“师兄可不是瞎掰。你晓得不晓得元始天尊的父亲是谁?”

“师兄,你先说,元始天尊的父亲是谁。”

“告诉你们吧,元始天尊的父亲应该就是东晋道士葛洪。”

“肯定是师兄瞎掰,我不信。”

“信不信由你。那应该有母亲吧?”

“师兄,元始天尊就是盘古啊,哪有母亲?”

“师兄,人家说,开天辟地的盘古真人,是天地之精华,自号元始天王。”

“天地都没有,哪来天地之精华?你想想,肯定比师兄还要瞎掰。祖师爷应该有母亲吧。”

“有啊,谁没有母亲!祖师爷的母亲是先天太后。”

“那元始天尊为什么就没有母亲?”

“师兄,你说元始天尊的母亲是谁?”

“就是那些瞎掰的人啊!没有那些瞎掰的人,哪有什么元始天王、元始天尊?可见,那些瞎掰的人就是元始天尊的母亲。这叫做无中生有!神州史上唯一不缺的就是这种无中生有的人。我们以后要多做一些化有为无的事。这叫做有无相生。”

“最会瞎掰的人,我看就是师兄。”

“师兄跟他们比起来,还远着呢。比如说江充,瞎掰几句,就让刘彻杀掉数万人,其中包括刘彻的儿子和孙子。”

“师兄,你可千万不能学江充,自己腰斩,还夷三族。”

“夷三族就无所谓了,反正师兄被夷了九族都已经不止,只是千万不要连累两位师妹跟着师兄一起腰斩。”

“会连累我姐妹两人被腰斩,师兄,你的瞎掰能力也太差了。”

“所以,师兄回去得好好学。”

石柏和秋雨、秋水回到天清观时,太阳刚刚西沉。

石柏要找的幻术师已经在天清观等了两天时间。接任天清派掌门后,石柏就希望学一学幻术。石柏学幻术的动机不良，是想用幻术去骗人。石柏晓得，只要是把戏总有一天会被人揭穿。能不用，尽量不用，但必须要懂。神州的一些方士多少懂一点幻术。看起来，简简单单的一点幻术却可以骗钱，骗人，骗权。这种故事不说过去，眼前就有一大把。

幻术师汉名叫穷奇。据穷奇自己说，是悦般国人。穷奇是哪国人石柏不感兴趣。石柏感兴趣的是穷奇变幻多端的幻术。于是，石柏有了两位老师。穷奇教石柏幻术，白玄静教石柏斋醮科议。白玄静白天教，穷奇晚上教。幻术的精妙之处，给人学了去，那可不行。所有人都会了，幻术也就不成为幻术。

穷奇变幻多端的幻术，秋雨、秋水俩姐妹惊叹不已。“原来如此！”惊叹声不时在玄幽别院响起。石柏从小学武，手脚特别快。经过穷奇将近半个月时间的亲手指点，加之石柏潜心学习，俨然已经有幻术师的味道。石柏常常是无中生有，手里面突然冒出一枚铜钱。

“有了这一招，师兄以后就可以骗遍神州。”

“那也需要你配合。独角戏怎么唱？”

能教的都已经教得差不多，剩下的就靠石柏自己练习和琢磨，穷奇拿了一份丰厚的薪资离开了天清观。这份薪资，只要不碰上土匪强盗、官府衙门，足以让穷奇返回悦般国。

第五十八章　挖坟

君子劳心,小人劳力,先王之训也。

——《国语》

韩建昨晚整夜在盘算如何脱身。

是啊。如今我怎么能跟当初相比。那时,名上不是皇帝,实际比皇帝还要皇帝。李晔捏在我手里面像把粽,要他做什么就做什么。现在呢,人家手下一个小小节度使。就算是节度使,也说说好听,跟刺史没什么两样。如今朱温手下节度使无数,一个节度使算什么?能有什么豪光?厉鬼不来纠缠才怪。我得先想办法脱身,然后再考虑东山再起。人头落地了,还谈什么东山再起,还是西山再起。

神州人每天必做的事情就是算计,算计如何挖坑、使绊子,掺沙子等等。流年不利的匡国军节度使韩建在盘算如何抽身。飞鸟尽,良弓藏;狡兔死,走狗烹。韩建忽然想到了这句古语。当初替朱温卖命时,就应该想到今天的结果。现在才想到,已经晚啦。韩建是朱温的手下败将,一见朱温就怵。韩建没想过用手下这点私兵跟朱温拼一拼,只想到逃。

能逃到哪里去?无论往北还是往南,都只有死路一条。晋国?吴国?这两个至今还打李唐旗号,会收留我这个置李唐于死地的逆贼?就算他们不计前嫌,肯收留,如今我身在陈州,拖儿带口怎么逃?真的是天作孽犹可违,自作孽不可活。

效仿刘知俊逃到岐王宋文通哪里?那也太远了。一家子人,还没到关内就已经完蛋。就算逃得去,宋文通也不是什么好鸟,跟朱温相比,甚至更差。侏儒宋文通根本就是成不了大事的竖子。想想当初,不是他像疯狗一样逼急了李晔,哪会有如今的朱温?我韩建会有这种下场?一切都拜宋文通这个侏儒所赐。现在没办法了，只有在朱温派人动手之前，韩建已经死了。韩建想啊想，想到了三十六计中的金蝉脱壳之计。朱温就是再怎么狡诈，哪晓得我韩建已经死了。只要能安全躲避眼前的灾祸，朱温一死，就可以东山再起。

石柏离开节度使牙城的第二天，韩建就撤离了设在官道要隘处的关卡。翌日，许州兵士哗变的消息就开始不断传到了汴梁。韩建遣一心腹偷偷前往许州。当天，韩建的儿子韩离就陪同夫人和孩子前往鄢陵省亲去了。无毒不丈夫，要做就必须做得逼真！韩家的其他人，反正都要跟着我死。早死，迟死，迟早都要死。

确定韩离已经离开许州前往鄢陵，韩建当晚就带着儿子韩震、韩巽、韩艮离开节度使行辕。一切安排妥当，韩建耐心等待消息。圣旨还没有交到朱友逊手中，匡国军内部出现了兵士哗变。许州节度使牙城、陈州行辕内的所有韩家人都被杀。这种兵士哗变，一直就屡出不穷，没什么好稀奇。黄巢造反以来，人们早就见怪不怪。直到匡国军马步都指挥使张厚平息了兵变，朱友逊才持朱温密旨来到许州，然后再去陈州。按照程序执行了圣旨，朱友逊返回汴梁复命。

密旨送到颍王朱友逊手中的当日，博王朱友文就已经得到朱温要族灭韩建的消息。朱友文来不及细想，当即遣心腹分头赶往许州和陈州。当他们赶到许州、陈州时，兵士哗变已经发生。幕僚亲王傅崔从卿不时提醒朱友文，千万别被眼前的表面现象所迷惑。“单单从表面看上，圣上确实准备将皇位传给千岁，可谁都不是圣上肚子里面的蛔虫，怎晓得圣上的真正意图？圣上这人根本没办法从平常的言行来推测他的真实想法。真将圣上的话当真，那就危险了。想当初，张浚、崔胤就是被圣上所迷惑，结果掉了脑袋。”朱友文默认。“千岁千万别因自己是圣上的假子而心存侥幸。圣上需要拿出去祭旗，根本不会在意你是谁。朱友恭、氏叔琮、蒋玄晖、柳璨都竭力帮圣上做事，结果五马分尸的五马分尸，挫骨扬灰的挫骨扬灰。朱友恭、朱友让，跟千岁一样，也是圣上的假子。殷鉴不远啊。

朝野都推测圣上将要传位给千岁，千岁就成了众矢之的。朱友珪、朱友贞、朱友璋、朱友雍、朱友徽、朱友孜等，谁不想将千岁置于死地？万人操弓，共射一招，招无不中。更糟的是，这仅仅只是众人的推测而不是圣上的真实意图。口惠而实不至，怨灾及其身。没有实质性的好处，却平白无故成了众人攻击的对象。谁都晓得，争夺皇位，靠的是实力，拼的是力气。没有效忠自己的军队，就算圣上真将皇位传给千岁，照样守不住。昭宗皇帝的例子活生生摆在眼前。结果呢，像关在笼子里面的鸟一样，想捏死就捏死。”

这一两年，朱友文开始有意识地利用自己东都留后、开封府尹的身份，拉拢大梁皇朝的将领和官吏。一些将领和官吏,也依照目前接班的态势,有意识地向朱友文靠拢。朱友文的实力跟两年前相比已有明显的提升。朱友文原本想拉拢韩建,搭建自己的势力;韩建也想借朱友文东山再起。于是,两人相互利用,结成了同盟。朱友文万万没想到,朱温几乎不费吹灰之力就灭了韩建。

一个准备除去,一个希望除去。本王再不动手,岂不是坐着等死?朱友文坐正在书房内胡思乱想,亲从康勍进入书房,递上了一封信函。朱友文拆开信函阅读。"好!"朱友文猝然说:"你马上带他来书房。"不一会,康勍带一名男子进入了书房。男子还没来得及坐下,就开口说:"韩大人目前一切都安好。怕千岁挂念,大人遣仆前来告知。"

"本王修书一封,你带回后亲自交给韩大人。"

朱友文当下提笔修书。朱温这些个儿子、假子里面,独朱友文有些文才。正因此,朱温赐名友文。片刻,一封书信已经草就。朱友文放下毛笔,折好书信,装入双鱼,递给了俯身站在案前的男子。男子接过书信,放进怀内。朱友文叮嘱说:"千万不要让书信落入他人手中。""明白!"客人刚一走,朱温不禁就憧憬了起来。

能够得到杨师厚的支持,将来争夺皇位就有了力气。

韩建金蝉脱壳,死里逃生,第一个想到的人是他的父亲韩叔丰。

韩建不是泛泛之辈,也是一个很有鸿鹄之志的人。当年,韩建将昭宗哄到华州,解散殿后诸军,杀光李唐诸王,控制了朝廷。韩建准备废掉昭宗,拥立德王当皇帝。韩叔丰晓得韩建的意图,一把眼泪一把鼻涕地对韩建说:"你算什么物事?就一个只会种地的农夫!凑巧碰到天下大乱,才有今天。你想要的天子都给了,还不知足,妄图凭借两州地盘做皇帝!我实在不忍心看到韩家被灭族,还不如死了干脆!免得将来陈尸街头,辱没列祖列宗!"

棋错一着,满盘皆输。不是死老头拼死劝阻,我韩建会落到这种地步?时至不行,反受其殃。我韩建就是典型的例子。给你机会,不豁出去拼一拼,能怨谁?真后悔当初为何不心狠一点让死老头去死?反正都是死。想成大事,牺牲亲情是理所当然的事。这世上,哪有为亲情所困的人能成大事?这也难怪朱温做皇帝,而我韩建被族灭!韩建越想越后悔当初不豁出去拼一拼。机会啊,一闪而过,不抓住,现在没了。

第二个想到的人是石柏。不是若水先生及时提醒,韩家可真的是断香火了!朱温要断我的香火,我何不率先断了朱温的龙脉?朱温的祖坟修成,韩建去过。当时,随同韩建一起前去的还有堪舆师许乙。许乙曾私下对韩建说,确实是一块千年难得的风水宝地。保护好,不受外人侵扰,至少有三百年江山。我挖了朱温的祖坟,不仅断了朱温的龙脉,还可以借朱温的手族灭掉朱友逊!

龙脉这种事情,神州人都相信,韩建自然也不例外。

韩建决定来一个一箭三雕。龙脉一断,朱氏江山很快就会断在朱温手上。谁会继承朱温的朱氏江山?那些个大大小小的节度使都不可能。唯一能够继承朱氏江山的就是朱友文。朱友文姓康,不姓朱。这正跟眼下的局势完全相同。这可真是天意!韩建差点说出口。

神州人喜欢造坟,喜欢造规模宏大的坟墓。某人当上了皇帝,一件事情就是耗费民脂民膏修造一座气势恢宏的坟墓。这种替自己修造坟墓的历史在神州已经有数千年。倘若是第一代皇帝,还需要替自己的父亲、祖父等重新修造坟墓。

神州人特别相信风水,总是请风水先生到处寻找龙穴。自己做不成皇帝,儿孙做成皇帝也不错。遗憾的是,翻遍神州史,没有发现神州皇帝的父亲是风水先生,也没有发现风水先生阻止了皇朝崩溃。神州人不管,依旧相信风水,几千年不变。

能够当上皇帝,说明父亲的坟地是出皇帝的龙穴。擅自搬迁父亲的坟墓,肯定破坏了龙脉,江山也跟着动摇。替已故父亲修坟,总是在原坟的基础上加修。朱温的父亲朱诚,是个乡村穷教书先生。早在朱温追随黄巢造反之前就已经亡故,葬在故乡砀山县午沟里。午沟里朱家,朱诚这辈没什么有出息的人,朱诚的父亲这辈也没什么有出息的人,而朱温却成了大梁国的皇帝。足见,朱诚刚好葬在龙穴上。午沟里人这么认为,梁国人也这么认为。朱温在洛阳登基自称皇帝后,立马派人替朱诚翻修了一座气势雄伟、规模宏大的陵墓,并称作咸宁陵。

有龙脉,就有人要断龙脉。挖人家祖坟、断人家龙脉也算是神州的一个优良传统。这种故事在神州史上数不胜数,秦始皇做过,隋炀帝做过,朱温也做过。朱温当初着温韬挖掘李唐历代皇帝的坟墓,就是为了断李家皇朝的龙脉,阻止李唐皇朝死而复生。防止有人学样,企图破坏朱诚的陵墓,断了朱家皇朝的龙脉,朱温擢升故乡人,朱温的族亲朱皋为护陵官,并责令右龙虎统军朱友逊派出一支三个都的军队前往午沟里专门把守朱诚的陵墓。护陵官管辖的虽只是一个坟墓,却是从五品的官,比砀山县令足足大了两级。朱皋捉了一辈子的虱子没想到临老时候竟然碰上那么好的运气。真可谓是一人成仙,鸡犬飞升。

众所周知,守护陵墓,确实不需要跟敌人死拼,却是一件极其无聊的事情,而且极难有立功的机会。那些个有鸿鹄之志的兵士很不愿意去守陵。砀山午沟里位于大梁的境内,哪个村民敢冒灭族的危险去动朱温父亲陵墓内的一草一木?依照《唐律》,别说毁坏皇陵,就是有此谋划,都是谋大逆,十恶不赦,腰斩弃世。依照朱温刚定的律令,族灭。

跟朱温替自己修建的陵墓不同,因忌讳动土,埋葬朱诚的那个土包子,翻修陵墓时根本就没有动过,只是围绕这个土包子向四周扩张而修建。这种陵墓只是表面恢弘,下面没有帝王陵墓的地宫,也没有什么让人垂涎的随葬品。就是傻到家的盗墓贼也不会去光顾这种陵墓。别说把守陵墓的兵士,就是大梁的臣民,想都没有想过有人会去盗挖朱诚的陵墓。大千世界,什么事都有,就怕想不到。

就在朱友逊离开陈州返回汴梁复命的途中,韩建派长子韩震带着换上庶民服装的牙兵分批分批前往砀山,准备去挖掘朱诚的陵墓。到达砀山,韩震带几名牙兵先到午沟里,摸清朱诚陵墓的具体位置以及进退路线,然后确定动手的具体时间。

四月的天本来就暗得早,加上是阴天,戌时还没到,天就已经很黑。守陵的兵士吃了饭聚在营房内找乐子耗时间。韩震带领数百名牙兵出现在朱诚的陵墓。那些平时无所事事的守陵兵士现在有事情可做了。可惜,平时疏于操练的守陵兵士,面对突然袭击,根本来不及做出反应,就已经成了刀下冤鬼。

望着手持横刀杀人如切菜的黑衣人,护陵官朱皋早就已经瘫倒在地。这些个牙兵不管是不是已经吓死,还是砍上一刀以防万一。清理完把守陵墓的兵士,天已经是一片漆黑。借助火把的光,韩震带着牙兵,兵分两路开始动手。

“毛仁带部分人去挖掘朱诚的坟茔,毛杰带部分去砸神道两旁的石象生。”

这数百名牙兵充分发挥出了神州兵士的破坏能力。用不了一炷香的时间,朱诚夫妇的骸骨就已经被挖出,神道两旁三十二对雕琢精美石象生也已经不是断头就是断腿。就在朱诚的坟茔旁,那些牙兵开始垒起篝火准备焚烧朱诚的骸骨。

有一个牙兵向韩震建议留下朱诚的头颅做纪念。

韩震觉得这个建议非常有创意,用剑刺入骷髅的眼窟窿,挑起了朱诚的头颅。其余骸骨统统扔进篝火。在焚烧骸骨的同时,韩震让牙兵将方才被他们杀死的守陵兵士统统扔进配殿等附加建筑里面,点火烧毁。等这些附加建筑起火后,韩震才带领牙兵离开朱诚的陵墓。

砀山县县令姬寿通正准备脱衣睡觉,突然听到打门声。姬寿通最讨厌的就是晚上的打门声。听到打门的声音,姬寿通的心跳就要加快。坏了！肯定又有什么突发事情。姬寿通推开门,仆人张胜昔说:“县尉带着两名胥徒,有急事要见大家。”

“怎么晚了来见本县,除了急事,还能有什么事?”

姬寿通刚跨出房间的门,县尉闻沃利就已经擅自闯了进来。见到姬寿通,闻沃利慌里慌张地说："大人，出大事啦！"肯定出大事。不出大事，你这时候会来？姬寿通倒不急，开口问："晋兵打进来了？""不是。"闻沃利说："砀山皇陵被人烧毁啦！""啊"的一声，姬寿通晕厥了过去。张胜昔一手扶住姬寿通的身子，一边用拇指死按姬寿通的人中，一边高叫。

"夫人，大家晕过去了。"

姬夫人一咕噜滚下了床，抓过床边的罗裙往身上一披，冲出了房间。姬夫人跑到姬寿通身边，一边拼命拍打姬寿通的脸颊，一边叫："大家，大家！"过了老半天，姬寿通才苏醒了过来。"胜昔，你赶快帮夫人收拾行头，我们连夜逃往亳州。再拖一下，就没命啦。闻县尉，你也赶快通知衙门的所有同僚，抓紧时间逃命！"

县尉一听，来不及跟姬寿通辞别，撒腿就离开县衙馆舍。不到半个时辰，一队车马出了县衙馆舍，朝南前往隔壁亳州永城县。不清楚是谁泄露了消息，还是消息传递过程中出现了错误，姬寿通发现跟着他前往永城的竟然是一支庞大的队伍。

朱友逊终于晓得砀山朱诚陵墓被毁。纸包不住火，这事隐瞒不得。朱友逊不顾全身的冷汗，咬紧牙关坐上八杠肩舆，由牙兵抬着，前往均王府见朱友贞。"快一点！"朱友逊不断催促牙兵加快速度。牙兵几乎是跑着，将肩舆抬到了均王府的门头前。一下肩舆，朱友逊没经通报就跑进了王府。守卫均王府的牙兵不好阻拦，只得飞奔过去通报朱友贞。一定是重大事情！朱友贞没问原因，慌忙出来迎接。一见面，朱友逊不顾礼仪，扑通一声，跪在了朱友贞面前。朱友贞一见朱友逊下跪，方才还紧张兮兮的心顿时轻松了下来。朱友贞明白，朱友逊前来是有事求他，自己不会有什么事情。朱友贞跨步上前，俯身去扶朱友逊。

"王兄，这是演的哪出戏啊？有事起来后慢慢说。"

"均王不答应，小王就跪在这里！"

朱友逊这种样子，肯定已经出了大事啦。朱友逊充其量不过是本王将来夺取江山的工具而已。万一他出大事，岂不是会连累上本王？

"那王兄说来给王弟听听，看看王弟能不能帮上忙。"

"砀山烈祖的陵墓被歹人挖掘了！"

朱友逊的话刚出口，一股无名的怒火顿时在朱友贞心中烧起。朱友贞猝然举起手，准备给朱友逊一巴掌，手刚举到一半就停了下来。毒啊！真毒！挖了我家的祖坟，想断了我朱家的龙脉。真亏能想得出，真了不起啊！让本王给逮着，定叫你抽筋剥皮！

朱家龙脉一断，得益的自然是朱友文。祖坟被挖事件，不用本王报告，很快就会传到大家的耳朵里面。到时候，暴怒起来，废掉的不仅仅是朱友逊，甚至会因跟朱友逊有关系，连累本王跟着遭殃！得赶快将祸水泼到朱友文那里。

朱友贞轻轻放下手，平静地说："博王是东都留守，官家临幸西都，东都的事情由他来管。王兄还是赶快找博王商议才是。"朱友逊顿时冰凉。人与人之间只有利用和被利用，此话还真的一点也不假。博王如今深得官家宠信，且本王原本就是博王手下，由他出面向官家求情，事情或许还有通融余地。再说，本王毕竟是官家的假子。朱友逊怀着侥幸从地上爬了起来。原本想袖子一甩就走人，想想现在是本王危难时期，少一个敌人毕竟对自己有利。"事情紧急，小王就先跟均王别过。"朱友逊俯身向朱友贞拜了一拜，转身离开了均王府。

八杠肩舆旋即启程，赶往博王府。接任右龙虎统军前，朱友逊一直是博王府的常客。接任右龙虎统军后，朱友逊来博王府的次数开始减少。今天的朱友逊毕竟已经不再是昨天的朱友逊。不过，朱友逊还是抽时间来博王府看朱友文。

未来的皇帝不是均王就是博王。从表面上看，博王确实得朱温宠信，但毕竟不是朱温亲生。神州历史上还没有皇帝会传位给假子，朱温也不会例外。以朱温狡诈的个性，谁晓得葫芦里面卖的是什么药？多少年来，有多少人曾经被朱温的表面现象所迷惑，连李唐皇帝李晔和宰相崔胤也不例外。本王在朱温手下混了那么多年时间，还不晓得他的奸诈？

朱友裕已经死了。朱温的儿子里面，朱友璋、朱友雍、朱友恩、朱友孜这些脓包，根本不会在朱温的考虑之列。只剩下二郎朱友珪和三郎朱友贞有继承皇位的可能。朱友珪在兄弟里面岁数确实最大，可惜朱温极其讨厌，自然也应该排除在外。算来算去，朱友贞将来继承皇位的可能性最大。正因如此，原本作为朱友文下属的朱友逊开始慢慢靠向了朱友贞。

朱友逊一下肩舆，就快步前往博王府大堂。或许是走得比较急，朱友逊登上台阶时，已经额冒汗珠。朱友文见朱友逊跌跌撞撞前来，就已经料到朱友逊肯定出了大事。在大梁，不出点事才叫奇怪。不过，朱友文还是起身迎接，毕竟两人曾经共事多年，而且朱友文将来需要朱友逊支持。朱友逊的话还没有说完，就听到朱友文大吼一声。

"将朱友逊给本王绑了！"

"你！"

这个"你"字刚从朱友逊的口中吐出，堂上、堂下的牙兵一拥而上按住了跪在地上的朱友逊，刀剑已经架到了朱友逊的脖子上。眨眼之后，朱友逊已经是五花大绑。看来,颍王朱友逊远没有砀山县令姬寿通有眼光。

绝了!朱友文不禁心中一阵暗笑。断了朱家龙脉,将来的江山还能落到谁的手里?朱友文忽然感觉自己就是上天注定了的真命天子,眼前浮现身穿黄袍坐在崇元殿上的形象。朱温的儿子确实不少,可像朱友雍、朱友恩、朱友孜,就算坐上皇位,也会滚下来,朱温根本不会考虑。朱友珪,朱温极讨厌,不可能。朱友贞,这小子很有朱温的阴诈。不过,朱温对他不讨厌但也不喜欢。父子关系冷冰冰,朱温会将皇位传给他?

朱温让朱友逊保护朱诚的坟墓,如今坟墓被挖,依照朱温暴虐的个性,朱友逊笃定是死罪难逃。别说盗挖皇陵,就是损坏皇陵一草一木,都是谋大逆罪,十恶之二。父母妻子,兄弟姊妹,不问老少一律弃市。神州史因牵累而被腰斩的人就不计其数。倘若本王站位稍微不正,必定受到牵连。这种事关生死的事情,岂能有半点迟疑?

"小王暂且扣住颍王,只是担心颍王一时想不开,割了自己的脖子。事情会怎么样,只能由官家圣裁。颍王确实负责守卫皇陵,但又不是颍王亲自带兵把守。倘若颍王亲自带兵把守,皇陵被挖,小王想颍王肯定不会到小王府上来了。想想颍王,功勋显赫,朝野哪一个不晓得?颍王跟小王一样,都是官家的假子。小王想,官家或许会宽饶颍王的过错。颍王暂且在小王的府内,小王哪敢动颍王的一个小指头?颍王和小王共事多年,手足之情总是有。颍王,你不要有过多的想法,先告诉小王详细情况,写成奏折,呈给官家。"

朱友文执笔,朱友逊讲述,写成奏折。朱友文派人以八百里加急火速送往洛阳。

博王奏折送抵洛阳时,朱温正在崇元殿听大梁群臣奏议。见是博王八百里加急奏折,专门负责诵读奏折的田国荣旋即读给朱温听。奏折还没有读完,朱温已经勃然大怒。朝堂里面的大梁朝臣个个手脚发软,趴在地上,用颤抖的声音说:"陛下息怒!"朱温更是怒不可遏,一脚踢翻了身旁一位全身哆嗦的太监。"祖坟给人挖了还要朕息怒?真是你妈的岂有此理!"大梁朝臣个个闭嘴,朝堂顿时鸦雀无声。朱温平息了一下怒火,开始口授圣旨。

"护陵官朱皋保护皇陵不力,导致皇陵被人损毁,抽筋剥皮,刮腐熬油,一家老小枭首示众。罢去尚与鸿的爵位,其现任职位右龙虎统军由博王朱友文兼任。尚与鸿千刀万剐,挫骨扬灰,灭其族,废为庶民;诛砀山县令及县衙所有衙吏,一个不留;宋州刺史张逸久贬为砀山县令,责其重新修建烈祖陵墓,将功补过。"

朱温的圣旨以八百里加急传递到东都汴梁。朱友文和袁象先接到圣旨,旋即执行。那几个在石柏剑下留住了性命的尚与鹏妻小,却没能躲过这次灾难。他们统统被当作尚与鸿的家人被诛杀。真源县煊赫一时的尚家刹那间灰飞烟灭。圣旨执行完毕,朱友文连夜赶往洛阳复命。朱温的外甥袁象先带兵来到砀山,包围了县衙。袁象先惊奇地发现,仿佛走漏了风声似的,县衙里面只有几个胥徒。袁象先杀了这几名胥徒,也急匆匆赶往洛阳交差。

朱温的怒气渐渐消去,雷霆终于停止。

"陛下!"宰相敬翔开口。"尚与鸿负责看守皇陵,而皇陵如今被歹人毁坏,圣上只是族灭已经是很宽饶。否则,此种罪行理当灭其九族。"

"敬爱卿,好好查一查,大梁朝野有没有人跟尚与鸿涉及生死的利益之争。"

"遵旨！陛下,杀死那么多护陵的兵士,毁坏皇陵,不是几个人就能做得到,需要一大班人。那些护陵的兵士,就算是豆腐,一下子全杀死也不容易。能做到这一点,只能是一大班训练有素的军士。宋徐一带的驻军不可能会做这种谋大逆的事情。天下没有不透风的墙, 一旦泄露出去,轻则族灭,重则夷九族。因此,只能是不怕天威之人。据臣所知,尚与鸿与韩建有过节。韩建大逆不道而遭族灭。臣以为,毁坏皇陵的人多半应该是韩建的余孽。韩建的余党这样做,既可以毁坏皇陵,又可以借圣上之手杀了尚与鸿,可谓是一箭双雕。"

"敬爱卿说的很对。这件事情就让敬爱卿派人秘密侦察。"

"遵旨!"敬翔跪地叩拜后,退出朝堂。

敬翔跟韩建关系不好,暗地里一直相互捅刀子。当初,韩建将责任推给李巨川,一是自保,二是怕朱温用了李巨川冷落了自己。韩建晓得,朱温身边已有敬翔,再加上李巨川,自己就没了位置。侏儒身边不允许出现高个子。韩建当上宰相,一直在想办法疏远朱温和敬翔的关系。敬翔也一直在想方设法搬掉上升途中的绊脚石。如今机会到了,肯定往死里整。

敬翔回到相府,旋即遣右丞魏费前往许州。见到张厚,魏费说:"圣上已经猜到,毁坏皇陵是韩建余党所为。老虎受了伤,虎威还在,千万别将老虎当病猫。倘若圣上发现节使与韩建余党有牵连,老虎发起飚来,灭灭节使还是绰绰有余,毕竟魏博的战事已经结束。相国此番差下官前来许州,就是希望节使能自行处理韩建余党。节使清剿了韩建余党,一来可以洗清跟韩建之间的关系,毕竟节使是韩建的旧部;二来清除韩建余党肯定会得到圣上的封赏。圣上巴不得剥了那些毁坏皇陵之人的皮！节使总不至于顾及旧情而毁掉自己的前程。"

现在韩建在大梁境内已经是过街老鼠,能成什么大事？能成大事,韩建也就不会落到这种可怜的地步。韩建等人挖掘朱家祖坟,朱温肯定追查到底,绝不罢休。朱温的子侄朱友能在陈州任刺史,肯定会协助朱温追查咸宁陵被挖的事情。万一朱温查到我跟韩建之间的背后关系,那我张厚可真的要挫骨扬灰。清除韩建,既可以洗清我跟韩建之间的关系,又可以得到奖赏。我张厚何乐而不为？我如今已经是匡国军节度使留后,岂能再听韩建的摆布？除去韩建,正可以摆脱韩建的控制。韩建啊,韩建！这都是你自己挖坑自己埋,怨不得我！

"魏大人就在许州牙城休息,下官亲自前去督办此案。只要韩建余党还在匡国军管辖的地盘上,相信不出三日,定会有结果。"

"那魏某就在许州,等待节使的好消息。传说陈许一带民情奔放,男女杂陈。既然已经来到许州,魏某不妨亲自去体察一下,看一看是否真的如传言的那样!"

"下官离开许州前,会亲自安排人员陪同魏大人去体察原汁原味的陈许风情!"

魏费在许州体察男女杂陈的风雨民情,张厚则带兵去清剿韩建余党。

大康县城东,正在夏家庄园外巡视的韩建牙兵见气势汹汹的匡国军突然杀将过来,赶紧调头跑进庄园,去大堂向韩建报告。金蝉脱壳后,韩建就躲在夏家庄园。夏家庄园离涡水不远,原主人是太康士绅夏云何。黄巢造反,秦宗权的大军横扫中原。夏云何识风头,携家带口逃到宛丘避难。侥幸的是,夏家庄园没有被烧毁。秦宗权被灭,夏云何回到了夏家庄园。夏云何死后,夏家庄园的主人就变成了夏云何的儿子夏靖邦。天祐五年,夏靖邦病故,主人换成了夏云何的孙子夏可畏。韩建,许州人,很小的时候就听说过夏家庄园。接任匡国军节度使后,韩建就以谋大逆罪族灭了夏家庄园主人夏可畏。夏家庄园由此成了韩建的秘密私宅。夏家虽躲过秦宗权的屠戮,但还是逃不出最终被族灭的命运。"不好啦,匡国军杀来了!"怎么可能呢？韩建从来没想过,自己亲手一步步提拔上来的张厚会背叛自己。韩建还在犹豫时,庄园外面就已经传来了打斗和呐喊声。韩建这才相信牙兵的报告,站了起来。片刻之后,庄园的四周都已经响起打斗和呐喊的声音。

今天想逃出夏家庄园已经是不可能的事了。

"爸,现在该怎么办?"

"如今,只能是去跟张厚说一说,碰一下运气了。"

韩建起身离开大堂,带着两名牙兵,前往庄园门口。"将门打开!"牙兵打开大门,韩建怀着一分侥幸走出了庄园。张厚骑在马上,见大门突然打开,命令兵士暂停进攻。韩建走了几步,停了下来。"张厚,看在以往对你的恩情上,请放韩某父子一马!”别说张厚,就是韩建自己都觉得这根本不是韩建说的话。

“韩大人,张某今天放过你,明天谁放过张某?不错。没有韩大人,就没有张某。张某纳闷,韩大人当初为何要背叛李唐,逼昭宗走上绝路?没有昭宗,哪有你韩大人?韩大人着实不应该说恩情两字,免得传扬出去给人笑掉大牙。看在韩大人以往对张某有恩的份上,张某今天只想取韩大人父子的首级,而不会将韩大人交给圣上。将韩大人交给圣上,不用张某说,韩大人也应该想得到圣上会用什么方法对付韩大人!”

韩建见游说张厚无效,赶紧往庄园撤,准备拼死一搏。未等韩建撤回庄内,张厚已经举剑一指说:“杀进庄园,无论老幼一律格杀!”匡国军兵士紧跟在韩建身后,如同蝼蚁,随着一阵呐喊声,杀进庄园。四周围攻庄园的匡国军将士,见杀声再起,用木头撞塌了围墙,也跟着杀进了庄园。匡国军将士,如同踏咸菜一样踩踏夏家庄园。不到半个时辰,张厚已经持剑来到夏家庄园的正堂。张厚刚坐下,就见手下牙兵押着韩建站到了堂下。一名牙兵上堂,俯身向张厚报告。

“大人,除了韩建外,藏身夏家庄园里面的韩建余党都已经毙命。”

“好!回到陈州后,个个重赏!”

牙兵退出了堂内。张厚起身,踱步出了堂内,站到了步檐上。“韩大人,你是希望张某将大人交给圣上,由圣上裁决呢,还是……”张厚的话还没说完,韩建已经扑通一声跪在了地上。韩建见过朱温用什么方法对付人,韩建自己也用过这些方法对付人。韩建虽没有尝过这些酷刑的滋味,可看过别人遭受酷刑,也给别人施过酷刑。韩建不喜欢将人一刀杀了,而是今天割几刀,明天割几刀,慢慢割死。就在去年,企图违逆的原左都押衙刁逸民割了七七四十九天还没有死。韩建来了兴趣,还会用烙铁将人的皮肤一块一块烫熟。韩建非常清楚,朱温会用什么手段,抽筋,剥皮,凌迟,炮烙……一想到这些酷刑,不禁打颤了起来。

“请张大人看在以往交情上,赐韩某一个痛快!”

“张某不像韩大人,不会恩将仇报。”

张厚起身,踏下了台阶,来到了韩建跟前。张厚抽出剑,看押韩建的牙兵退开。张厚及时提醒韩建说:“韩大人千万不要忘了向阎王求情,能让大人继续投胎做人!”张厚技术非常娴熟,手中宝剑一挥,韩建的首级刹那间离开了脖子。

“带着韩家所有人的首级和韩建这些年搜刮来的金银重宝,返回陈州。”

这时,一名牙兵跑过来向张厚报告。

“大人,在一间卧室里发现一个骷髅。”

“骷髅?”

“是骷髅。手下觉得奇怪,就带来给大人瞧瞧,看看有什么特别没有。”

“真是意外发财了!”张厚惊喜说:“弟兄们赶快去找一方丝绸和一个匣子过来。”

不一会,张厚的牙兵就找来一方丝绸和一个原先装珠宝的小木匣。张厚从牙兵手中捧过骷髅,用丝绸包好,装入了木匣,再用绸布扎紧木匣,提在手中。张厚的牙兵非常好奇,不禁问:“大人,骷髅多得是,看不出来这骷髅有什么特别之处。”张厚说:“你有所不知。这是烈祖皇帝的骷髅。”牙兵不禁“啊”的一声,连忙提醒说:“圣上晓得大人将烈祖皇帝的骷髅装入木匣,还不晓得圣上会怎样对待大人。”

张厚一听,惊出一身冷汗。谢天谢地!否则,还不晓得我张厚怎么死。如何将朱诚的骷髅运回陈州,张厚绞尽了脑汁,想不出好办法。最后,还是一名牙兵聪明,提出了很好的建议。将朱诚的骷髅放到床上,再盖上被子,如同人在睡觉似的,抬着床一并回陈州。

“好注意!”建议当下就被张厚采纳。

张厚带着牙兵,离开夏家庄园,启程返回陈州。不久,队伍来到一条河流边。张厚不晓得这是什么河,猜猜应该是颍水的一条支流。张厚在河边驻马,解下了挂在马腰上的韩建首级,用力一扔,首级就像一个鞠,斜飞过去,坠落在河流里面。首级随着水流,一浮一沉漂向下游。一群鱼见好物事来了,围着首级开始撕咬。

魏赀看过了烈祖皇帝的骷髅和韩建家眷的头颅,立马以八百里加急将消息告诉给宰相敬翔,宰相敬翔旋即入宫朝见朱温。一向阴沉着脸的朱温终于难得露出一丝笑容。虽然已经只剩下一个骷髅,但重新埋回龙穴,起码可以保证朕一生平安,朱温多少找回了一点宽慰。至于儿孙,自求多福吧,朱温没想那么多。

“传朕旨意,张厚寻回烈祖皇帝遗骸、清剿韩建余党有功,擢为匡国军节度使,赐黄金千斤。烈祖遗骸直接送往砀山,由博王朱友文主事,打造金身,重新安葬。重新安葬烈祖的那一天,就用韩建余党的人头来祭奠烈祖。”

接到朱温的圣旨,张厚想到的第一问题倒不是庆贺自己升任匡国军节度使,而是赶紧派人用海盐腌制韩建一家人的首级,以免到时头颅腐烂了无法交差而受罚。头颅腌制停当,张厚亲带牙兵抬着烈祖的骷髅,拉着载有腌制人头的马车,前往砀山午沟里。

东都留后博王朱友文招集工匠连夜打造金身。张厚经过一天一夜的跋涉,到达了砀山县午沟里。被贬为砀山县令的张逸久以及那些跟着倒霉的原刺史府官吏早就已经在迎接烈祖的遗骸。现在等金身打造完毕，重新安葬。

就在圣旨送往许州的当天，这些年一直给朱温挑选黄道吉日的阴乙掐指一算，定下五月初一，子时三刻重新安葬烈祖。博王朱友文带着能工巧匠，来到砀山，就在皇陵内造炉，打造朱诚夫妇的金身。能工巧匠连夜赶工，五月初一，朱诚夫妇的金身终于打成。骷髅装在金身上，俨然就是一个整体。经过小敛，朱诚夫妇的金身装入金丝楠木棺材里面，等待吉日良辰到来。

一切按照帝王的下葬程序进行重新安葬。五月初一，子时三刻，地上漆黑一片，天上繁星满眼。皇陵内蜡烛闪耀的烛光却远多于天上的繁星。遗骸重新安葬完毕，紧跟着就是举行盛大的祭祀。朱温的风水师阴乙还曾担心韩建一家和砀山县胥徒的首级不够一百单八个之数。没想到，张厚运来的首级远不止这个数。

谢天谢地，总算暂时保住了自己的脑袋！砀山县令张逸久和众胥徒以及能工巧匠都长长舒了一口气。得知准备用生人头祭祀，个个都怕自己的人头成了摆在祭坛上的祭品。阴乙亲自动手，从中挑选了一百零八个像样点的首级，整齐地摆放在朱诚夫妇的坟茔前面。东都留后朱友文率领大梁国的将帅、臣僚跪在朱诚夫妇的坟茔前，祭祀大典开始。

一切都已经尽善尽美，朱友文启程前往洛阳复命。

第五十九章　龌龊

小人自龌龊，安知旷士怀鸡鸣。

——《代放歌行》

张厚带着韩建的首级刚走，夏家庄园就来了几名拾荒者。这几个拾荒者，不走正门，从倒塌围墙的缺口处进入了庄园。庄园内到处是无头的尸体，满眼是已经变黑的血迹。拾荒者没去理睬眼前让人感到恐怖的景象，只管在庄园里面寻找自己需要的物事。

不久，她们就来到韩建的书房前面。书房的木门已经倒塌在一边，地上有两具无头的尸体。书房内的书摊了一地，上面到处是踩踏者的脚印。一名拾荒者从地上捡起一本书，一看是《孟子》。翻着的一页，上面刚好是《孟子·梁惠王上》中孟轲虚构的与梁惠王之间的对话。孟轲对曰，杀人以梃与刃，有以异乎？曰，无以异也。以刃与政，有以异乎？曰，无以异也。拾荒者不感兴趣，随手扔回到地上。

紧接着，拾荒者在韩建的书房内翻箱倒柜搜寻了起来。

突然，一名拾荒者说："找到了！"其他人连忙停下手中的活，围了过来。原来，拾荒者感兴趣的是旧信札。信札很多，散落在地上，上面压着一大摞满纸之乎者也的书。拾荒者扔掉压在上面的一本本书，捡起每一封信札，放在带来的袋子里面。再仔细翻了一遍，发现地上已经没有遗漏，拾荒者站起身子，离开书房，再从围墙缺口，离开了夏家庄园。这些旧信札有什么用？拾荒者准备用它来敲诈写信的人。有这些个把柄在手，还不乖乖献上铜钱？否则，交给朱温，等着灭族。

"师兄！"秋水终于晓得，这些时间石柏在挖人阴私做一些见不得人的事情。"我们这么做是不是太龌龊了一点。做什么事情，都应该有一个底线。我总感觉，我们这么做,跟那些流氓、无赖没什么差别。一边骂流氓无赖,自己做事却像流氓无赖。堂堂天清派掌门,若水先生,做这些个下三烂的事情,总不应该吧?”

石斛曾跟石柏聊过君子和流氓的问题。

“神州人,嘴上个个是君子,骨子里人人是流氓。只不过想彰显自己是君子,用一些看起来很华丽好听的词来装饰自己的行为而已。我高尚,你卑鄙;我纯洁,你龌龊,等等。翻一翻史书,马上会明白,神州史实际上就是一部流氓奋斗史。像朱温,将来肯定会有人将他的事迹写出来,让人学习,朱温如何通过奋斗而称帝、成王。神州人在乎的是他们称帝、成王的事业,而不在乎他们是不是流氓以及采用的手段是否卑鄙。后人读了这些史书,肃然起敬,对他们的杀人事业产生由衷的敬意。像宋襄公这样的人还不给神州人耻笑?

多一些宋襄公这样的正人君子,以后怎么可能会出现像朱温这样的人渣?孔丘说,人而无信,不知其可也。大车无輗,小车无軏,其何以行之哉?不是不可,而是不知其可。孔子明白无误地告诉神州人,信只是实现自己个人野心的手段。诚信早就已经成了傩戏中吓人的面具。几千年来,谁真讲信?宋襄公讲信,死了;尾生高讲信,死了。野兽不可能讲信。今天歃血为盟,明天矛头相向。想想横行神州的那些土匪,哪一个不是靠欺诈、耍流氓慢慢变大?没了信,就没了君子。一句话,遇到流氓,我绝对是流氓;遇到君子,我绝对是君子。”

这种空荡的问题,也只能石柏和石斛兄弟两人之间聊聊。反正,忙完农活,又没什么事。兄弟两人,性格很不一样,爱好也很不同,但对很多问题的看法很一致。石柏晓得,石斛比自己偏激,但这看法,石柏赞同。在流氓的世界里生存,你不流氓,怎么活?不是想做流氓,而是必须做流氓。

“哟呵!”石柏一听笑了起来。

“龌龊?这就不懂啦!龌龊,在神州就是智慧。神州所谓的智慧,核心就是龌龊。你没看三十六计,借刀杀人、趁火打劫、笑里藏刀、无中生有、隔岸观火、浑水摸鱼、偷梁换柱、指桑骂槐、上屋抽梯,光一听名称就觉得龌龊。说白一点,神州人将垃圾当成了宝贝,将肮脏看成是纯洁。纯粹是一个颠倒黑白的世界。”

“师兄现在天天睡在垃圾堆里面,将来哪个娘子愿意做你的新妇?”

“过些时间,师兄将自己洗得白白的,光看师兄金玉外表,就有娘子愿意啰!”

“只怕到时候就是洗白了,还是有一股臭烘烘的垃圾味。”

“与恶人居,如入鲍鱼之肆,久而不闻其臭,亦与之化矣。与师兄呆久了,慢慢会习惯。”

朱友文洛阳复命返回汴梁，身上的官衔也越来越多。朱友文对诸如金紫光禄大夫、检校司徒、检校太保之类的虚衔一点也不感兴趣。朱友文感兴趣的是他终于兼任右龙虎统军。这告诉人们，朱温有意让朱友文执掌军权。朱温离开汴梁，朱友文是东都留后，能够便宜行事，将来继承皇位的架势已经摆开。

大梁朝廷没有一个人懂朱友文此时的心情。朱友文在接受大梁将帅、臣僚庆贺时，心里大骂自己：妈的，没有最蠢，只有更蠢。我真是没脑的猪！自接到朱温圣旨之时起，朱友文过的是什么日子，只有朱友文自己最清楚。朱友文既关心韩建是否已死，又要关心自己写给韩建的信函是否仍在人世。光今年，朱友文就已经给韩建写了好几封信，有两封，只是普通问候，没什么大关系。有一封，朱友文记得，谈的是朝政。朱温晓得朱友文和韩建私信妄议朝政，朱友文的皇帝梦做到头了。尤其是最后一封信，明知韩建已经金蝉脱壳了，不仅隐瞒不报，还私下跟他勾勾搭搭。书信一旦落到有心人手中，将信函的内容抖给了朱温，就算朱友文身上的官衔再多一倍，也是死定。这些信函就像厉鬼，纠缠着朱友文。

朱友文不敢，不能，也不愿向朱温坦白他跟韩建私信来往的事情。事情到了这个份上，朱友文只好有事当无事，一面招集能工巧匠打造烈祖皇帝的金身，一面遣自己的心腹潜入匡国军节度使的地盘寻找信函。烈祖终于重新入土。朱友文硬着头皮前往洛阳见朱温。朱友文没想到，朱温当着众大臣的面，不舍言辞大大赞扬了他一番，还给他封官进爵。这些时间一直处于极度紧张中的朱友文终于松了一口气。写给韩建的信函，或许已经被韩建烧毁。张厚手下那些目不识丁的牙兵，感兴趣的是金银珠宝，而不会是书信。朱友文这样宽慰自己。无论如何宽慰，只有拿到书信，朱友文才能彻底放心。

朱友文返回汴梁，在忐忑不安中做起了平常的事情。暗中派往匡国军节度使的地盘寻找信函的人，回来的报告都让朱友文很失望，没有找到朱友文要找的信函。这该死的书信，弄得朱友文坐立不安。朱友文正准备去升堂理事，掾属章吉林送来了一封朱友文希望得到又害怕得到的信函。

“一名二十来岁的女子说，此信非常重要，请仆务必亲手交给博王。”

“二十来岁的女子？”

“正是。”

会是谁？朱友文竭力想了一遍，在民间好像没有相好的女子。莫非又是告密信？接任开封府尹后，朱友文倒收到不少告密信。神州人喜欢告密，朱友文也喜欢收这种告密信。这种告密让朱友文晓得许多他人不晓得的机密。其中不少是涉及贪污受贿的秘密。大梁朝廷,不贪污受贿才是奇迹。朱温都要手下臣僚进贡丰厚,更何况其他人。

自称皇帝以来,朱温慢慢意识到,普天之下莫非王土,率土之滨莫非王臣,开始警告臣僚注意吃相。你贪污,等于贪墨了朱温的铜钱。为此,朱温还抓了几个贪污腐败之人。大梁朝野明眼人都清楚,这几个不过是朱温想抓而已。没给好处,谁愿意替朱温卖命?朱温以贪污腐败的名义杀你已经是很看得起你了。

一般情况朱温杀人根本不给理由,甚至连企图谋反这个罪名也不给。几千年来,杀人尤其是族灭,皇帝最喜欢用的罪名就是企图谋反。谋反,不是你已经反叛,而是你想反叛。枭首、腰斩、车裂、凌迟之前,你连替自己辩驳的机会都没有。

朱友文拆开双鱼,掏出书信刚瞧了一眼,心跳顿时加快了起来。

博王殿下钧鉴

小女拾荒时无意捡到殿下写给匡国军节度使韩建的信函一封。

朱友文吸了一口气定了定神后继续看下去。

想想殿下温文尔雅,任开封尹这些年,也没有主动杀过很多人。小女不忍将信函交给郢王,以致博王的人头落地。小女今天以拾荒为生,皆拜朱温所赐。希图博王割下朱温的狗头替小女复仇,未免有些强人所难。即便博王有意替小女复仇,也难以做到。这种不现实的事情,小女不敢奢求。小女只得退而求其次,以神武统军葛仁遇的狗头来交换信函。

葛仁遇如今跟均王勾搭紧密,存在这个世上,对博王也没有什么好处。对小女而言,不让葛仁遇死在朱温的手上,难以泄心头之恨。像葛仁遇这种渣滓,死在朱温的手上,起码会让世人明白为虎作伥的下场。这种伥鬼,死在朱温手下的已经很多,根本不在乎再添加一个葛仁遇。朱温杀人早就已经成瘾,博王只需略动嘴皮就可以办成,无须花多少力气。五月底之前,小女还没听到葛仁遇伏诛的消息,那小女只好将信函交于郢王或均王。博王应该晓得厉害轻重。小女虽为女流,但绝非贪得无厌之辈,对此博王大可放心!

拾荒女顿首拜上。

朱友文手持书信,怔了半天没有回过神来。悔不该当时没有三思,而草率给韩建写了一封书信,以致把柄落在他人手上,真是枉读了《论语》。朱友文又想到了猪。信函无论是交给朱友珪还是朱友贞,不是人头落地,皇帝梦破灭就不用说了。

族灭一个神武统军倒不是一件难事,随便编一个罪名就行。正如拾荒女所说,朱温早就已经杀人成瘾。本王也想剁了葛仁遇的狗头,正好顺水推舟。这个拾荒女先应该族灭。言而无信、贪得无厌,那该怎么办?今天要本王杀这个,明天杀那个,迟早会出问题。杀个人无所谓,怕就怕深陷进去无法脱身。

"那个送信的女子呢?"

"递给手下信后,就走了。"

"再次看到,能否还认得出来?"

"认得!"

"你马上带几个人暗中寻找,务必找到此女子!"

"遵命!"

章吉林退出了书房。

这种无名无姓的人,到何处找去?否则,也可以扣住,逼她交出信函,剐了她。如今只能依照信上的要求去做了。这种关乎生死存亡的事情侥幸不得。本王得先拿回信函再说。这事绝不能有侥幸心理。跟饿虎同行,心存侥幸,只能是死。

现在离五月底还有些时间,倒可以轻松地办成此事。万一言而无信,捅到朱温那,问题就会很严重。现在把柄在人家的手里,还能怎么办?只能按照她的要求去做。等本王做了皇帝,天大的事都会变成没事。到时候,我就是给韩建平反,谁会反对?朱友文在书房内静坐了好长一会,才去升堂理事。

朱友文又碰到有人犯了大不敬罪。汴梁士绅周济世和一班朋友聚会,无意中说了一句"皇上过去也做过土匪"而被人告发。朱温做过土匪是事实,但在大梁国这是禁忌,只能放在肚子里不能说出去。在场的都是朋友,周济世当时并没有在意,没想到被人告发了。说出去的话如同泼出去的水,想收都已经收不回来了。事关一族人的生死,周济世只能死死咬定没有说过,而是被人诬陷。这难不住朱友文,马上派衙役去将聚会的那一班人请过来当面对质。面对大堂两旁手持水火棍的衙役,个个都不敢替周济世隐瞒。"大人,冤枉那!"周济世还是死不承认。"为何冤枉你,不冤枉本王?先押到大牢去,本王会让你签字画押。退堂!"开封府大牢里面有的是能让人开口的刑具,朱友文很有信心。刚离开大堂,朱友文忽然想到,为何不给葛仁遇也按一个大不敬罪?酷刑之下,没有也有。只有这罪,证据简单,空口无凭的一句话就行了,而且谁也不敢说情。谁都晓得,玉皇大帝可以不敬,老贼不能不敬。对老贼不敬,不将你千刀万剐仅仅族灭已经很客气。

朱友贞点了点头,加快了脚步。

石柏很忙。各种人蜂拥前来天清观找若水先生把脉前途。门头就是想拦也拦不住。不得已,门头只好违反自己的心愿,开始扯谎。不是特殊人物,门头给客人只有一句话，云游去了。石柏会见客人忙，还给自己添乱，学习幻术和方术。

方术内容庞杂，真是无所不包。有一些，石柏已经学过，比较熟，诸如天文、历法、五行等；有一些石柏仅仅懂点皮毛，如医术、占卜、堪舆术等；有一些完全陌生，如相术、占星术、房中术和炼丹术。其中一些内容，姑射真人完全反对，但作为天清派掌门，不能不懂。李清静以掌门清修为名，特意给石柏安排了一间密室，学习方术。这样好，外人来找若水先生，一句话就可以将他们打发，掌门在闭关修炼。

秋雨和秋水根本不晓得石柏在跟人学这些个乌七八糟的方术。

刚用过斋饭，赵淮浦带两名侍卫，在天清观迎宾刘若存的引领下，来到玄幽别院找若水先生。看来，今天的计划又得落空。这几天，石柏刚想做一点事，就被不速之客打断。石柏请赵淮浦进玄幽别院就座。

"是不是棋瘾来了，想找贫道来一局？"

"能闲下来和若水先生下下棋，还真是不错的主意。今天来，是有件事想找若水先生商量、商量。"

"什么事还能让大人亲自跑一趟？"

"说重要，则可能有些无聊；说不重要则可能隐含危机，很重要。"

"贫道还真猜不出是什么事情。"

"昨晚，朱温的祖坟被人挖了。"

"这还真是一件让贫道感到意外的事情！挖祖坟，可是重罪，何况是皇陵。这下必定有一批人的项上人头要落地。大人何以能这么快就晓得砀山的皇陵被挖？"

"昨晚，砀山县令和胥徒跑到了永城，才晓得朱温的祖坟被挖。"

"想不到，砀山县令还真是一个甚有眼光的人，晓得继续在砀山呆下去，肯定熬油剐脔。不过，逃到永城未必就是安全。倘若大人对砀山县令心存怜悯，那得让他继续南行，前往淮南。到时候，朱温向大人要人，大人到底准备是给，还是不给？"

"若水先生言之有理。赵文成，你马上去派人前往永城，告诉砀山县县令和胥徒赶紧离开亳州前往淮南。否则，不要怪赵某将他们交给朱温！"

"得令！"赵文成离开了玄幽别院。

"砀山县令说起来跟赵某也有几面之缘，真不忍看他被抽筋剥皮。"

"皇陵被挖，负责把守皇陵的人肯定受牵连。"

"朱友逊刚得意了两天，根本没想着会摊上这桩事情。真应了人有旦夕祸福。"

"所以，祖先老告诫后人，居安思危。就在自以为太平无事的时候，不晓得从哪里突然窜出来的疯子，一刀要了自己的命。"

“是啊。跟朱温共住在河南,真不晓得什么时候会给你一刀。赵某前来就是想请若水先生推测一下,朱温会不会怀疑此事是赵某所为。祖坟自然不是赵某派人挖掘。问题是,砀山距离亳州那么近,而且跟赵某有过节,朱温怀疑是赵某派人所为,也不是不能理解。思则有备,有备无患。对付像朱温这样的疯子,不提前做些准备,仓促应对肯定吃苦头。”

“砀山离亳州近,离徐州也近。说怀疑,感化节度使康怀英理应也在怀疑之列。”

“康怀英被周德威打得找不到北,本该掉脑袋。运气不错,恰好碰上天狗吃月亮,救了康怀英一命。”

“天狗吃月亮还能救人,也算是奇事。大人跟朱友逊是否有过节?”

“赵某一个小小的刺史,哪敢得罪颍王朱友逊?”

“朱友逊的胞兄尚与鹏在真源。依照常理,大人正可以通过尚与鹏结交颍王朱友逊。杀了朱友逊,对大人毫无用处。单就挖掘祖坟的动机来推论,朱温应该不会怀疑是大人派人所为。大人早就已经跟朱温讲和,向他称臣。就目前而言,大人还远远不够资格跟朱温分庭抗礼,也算不上是朱温眼中的真正对手。就算真的是大人派人挖掘,朱温应该也不会怀疑到大人的头上。朱温阴险狡诈,不会认为大人会做出这么愚蠢的事。只有等朱温认为大人已经成了足以跟他抗衡的对手,才有可能怀疑是大人所为。大人现在马上调兵布防,真的会让朱温认为大人做贼心虚。大人关注朱温的动向倒是十分必要,以防无中生有,乱加罪名。”

“若水先生所言极是。许多事情,弄假倒反成真。不过,对朱温这种人,不能用常理来推论,什么时候发癫,谁也不晓得。”

“大人说得是,对待朱温就应该像对待癫人,随时提防发癫。万一不留神,石头已经砸到你的头上。大人,你是不是像贫道一样过一过眼前的日子算了呢,还是有其他考虑。”

“若水先生这种神仙生活,赵某哪能过得上?有道是,树欲静,而风不止。赵某就是想过都已经过不了。朱温哪一天不想着将赵某弄死?”

“这倒是真的。”

“事已至此,赵某已经是骑虎难下,只能继续骑着虎背走下去。目不识丁的陈涉尚且有鸿鹄之志,赵某最起码也读过一些书。”

“大人应该晓得同州刘知俊吧。”

“神州风云人物,哪个不知?”

“最后竟然跑到狭小的西岐去了，投奔了岐王宋文通，真是英雄末路啊。说起来，也是没有鸿鹄之志的结果。刘知俊稍稍有一点鸿鹄之志，能是当前的结局？在神州，没有鸿鹄之志，就不会长大，只会变老，也会逼你有鸿鹄之志，形势逼人啊！没有鸿鹄之志，结果只能被大鱼吞食。只是如今神州格局已经基本形成，想在他们的缝隙里面开拓一点地盘确实不是一件容易的事。”

“是啊！赵某也曾为此事想过好久。卧榻之侧，岂容他人鼾睡。太平无事，不仅是难以成事，而且肯定非常危险。只有动荡，才能孕育出机会。”

“神州难得像大人这样清醒的人。那大人不让他太平就是。这次，大人不是利用蔡州哗变，天衣无缝地将地盘拓展到蔡州去了么。神州人多得是这方面的智慧，什么趁火打劫、浑水摸鱼、顺手牵羊等。自己家的房屋着火了，哪还有心思去关注大人？大人有兴趣，说不定还来一招趁火打劫。”

“只是趁火打劫的机会不多。”

“有机会，抓住机会；没有机会，创造机会。就眼前情况而言，比较便捷的办法，只能是主动去放火。大人坐在亳州家中，等待人家的房子起火，不是贫道说难听，可能有些一厢情愿的嫌疑。说不定劫还没打成，自家的房子就给人烧了。主动出击，起码比被动等待要有作为。这些年，朱温杀的人也够多了。如今朝中大臣人人自危，应该是放火的大好时机。”

“若水先生面前，赵某才敢说一说。这些年，赵某一直在做方面的事。说起来容易，做起来难。放火有时候也不是容易的事。”

“那是。不过，还是看在什么地方点火。一座房子，也是有些地方容易着火而有些地方不容易着火。选对了地方，烧一座房子还是挺容易。如今那些大宅院，一屋联着一屋，一旦着火，想扑灭很不容易。想当年，朱温大肆贿赂宰相张浚，怂恿昭宗皇帝讨伐李克用。结果昭宗最后一点家底被张俊全败光，李克用也受损，而朱温却顺利代唐当上了皇帝。张俊最后怎么样？还不是死在朱温的手中？说不定，朱温贿赂张俊的那点铜钱又回到朱温手中。要想钓上大鱼，没有鱼饵不行。单就收益而言，朱温当时贿赂张俊的那点铜钱只能是鱼饵。能够成功，大人还怕这点赚不回来？不要心疼！孔夫子不是说了么，见小利则大事不成。要想成大事，哪能斤斤计较这点蝇头小利？有道是，舍不得孩子套不住狼。起码这点铜钱的收益应该比大人花在养军上的铜钱少。大人，是不是如此？”

赵淮浦点了点头。

“确实如此。”

“直接去度一个人，未必能度得了。有时候略施计谋就可以轻而易举地度掉他。想当年，李存孝勇猛，神州无人能敌。朱温不是巧妙地利用李存信和李存孝之间的矛盾，再通过李存信借李克用的手除去李存孝？有时候，借刀杀人比直接杀人管用。这倒不是贫道劝大人一定这么做。只是如今朱温想杀的人实在太多，只不过顺着杆子往上爬而已。表面上，是刘捍几句话族灭了佑国节度使王重师；实质上，是朱温本就想族灭王重师。眼下，梁晋在河东交火。朱温日夜担心手下大将通晋而要自己的命。只要有人在朱温的耳边嘀咕几句，就可能要了这些手下大将的命。邻之厚，君之薄也。朱温手下那些个能够带兵打仗的将领都化作青烟了，大人就可以赢得时间，成大事的机会自然就大大增加。依照神州人的说法，成大事者不拘小节。宏图一旦造成，谁还会在意这些小节？说不定，这些小节都成了伟绩。”

“每次来跟若水先生聊天，都有收获。看起来，要想做点事情还得依照若水先生的方法去做。这些年，赵某在亳州，毕竟还积攒了点钱。现在还像过去那样舍不得用，说不定就变成了别人的钱。想想这些年，哪一个不是如此。赵某目前仅仅是个观察使，漫无边际的许诺，别人未必会相信。铜钱毕竟看得见，摸得着。至于嘴皮子，神州精于此道的人多。说人坏话，进谗言，恶意中伤，无中生有，向来就是神州人的强项。按照神州人的说法，这叫做成事不足、败事有余。赵某晓得该怎么做了。”

赵淮浦和石柏在玄幽别院聊得秋水都感到厌烦了才起身告辞。

送走赵淮浦，石柏折回到院子。

“师妹，木盘拿出来，师兄洗一下手。”

秋水拿出木盘，放到石桌上。石柏从井里提上一桶水，倒在木盘里面，准备洗手。秋水含笑说：“师兄，我要洗一下耳朵才行。”石柏一边洗着手，一边说：“你洗耳？师兄的嘴怎么办？是不是应该割了？你认为师兄是在污言秽语，别人可能当成是金玉良言。古人云，狂夫之言，圣人择焉。每人偏好不同，需求也不一样，自然选择也会不同。你还别说，师兄还真的是为他人着想。办事情，每每从自己的好处出发，难以办成。”

石柏接过秋水递来的葛巾，放到木盘中搓了一把，挤起葛巾，擦干了手上的水珠。石柏倒了脏水，一手拿着葛巾，一手携着木盘，踏上玄幽别院步檐。秋雨前来接走石柏手中的木盘和葛巾，放回到梳洗室里面。不一会，秋雨回到了堂内。

“好了，还趁有点时间，师兄给你们弹一曲《行路难》。”

“师兄，还是换一首吧。”

“换什么，你定吧。”

“就弹一首《幽涧泉》吧。”

“幽幽的。姐姐喜欢，就弹《幽涧泉》。”

一曲《幽涧泉》刚罢，秋雨说：“师兄，像王师范这种人，当初不依附朱温，与朱温拼死一搏，最差的结果也要好过族灭。”

“是啊！做了那么多年的走狗，帮朱温咬死了那么多人，最后被族灭，看起来有点让人哀怜。倘若没有王师范这种走狗，能有如今坐在崇元殿上的朱温？想想王师范，当时吃了几次败仗，手下至少还有十余万兵。投了朱温，等于助了朱温。说得冷酷一点，像王师范这种走狗，也应该是罪有应得，根本不值得哀怜。王师范如此，王重师未尝不是如此。

那些当年与朱温合谋，大肆拆毁李唐大厦的昭宗臣僚，最后一一死在朱温之手，不亦宜乎。这种人，如今的大梁朝中还很多。师兄可以断定这些人最后的结果也只能是不亦宜乎。像柳璨之辈，可以说丧尽天良，坏事做绝，临死的时候高叫，‘负国贼柳璨，死其宜矣。’连他自己都觉得罪有应得。

神州人有的是阴谋诡计，奸诈狡猾，缺的却是智慧。道经云，夫乐杀人者，则不可以得志于天下矣。人没有智慧，依旧鼠目寸光，只顾眼前的利益，只能是害人害己。像朱温这种滥杀无辜的人渣，竟然会替他卖命，想来真是笑话。要卖命，也要想一想，你准备替他卖命的是什么样的人。朱温，又不是王莽，什么样的人，清清楚楚。有点眼脑，也不会去做朱温的伥鬼。

今天能杀他人，明天必然会杀你。就算是一名白痴，也应该想到这一点。像柳璨这种死在朱温手下的人渣，这些年能数得清？神州人还是这样，就是灭了朱三，明天必定还会来朱四、朱五。难怪主张轮回的佛教能够在神州大行其道。

师兄当前也只是尽尽作为神州人应该尽的义务罢了。想想自己的行为，真有点螳臂当车的味道！这种极端无聊的挣扎，你以为师兄愿意做？”

“师兄，以你的说法，是否神州人真的没救了？”

“差不多没救了！说得难听一点，就是病入膏肓，不可救药。以后充其量在不断重复着无法逃避的轮回而已。师兄可以活千年，就可以看到这种轮回。师妹有兴趣，可以翻一翻史书，就会算出轮回的时间。生为神州人确实是一件令人感到悲哀的事啊！好了，就不说这些让人丧气的事情。别人是做一天和尚撞一天钟，师兄现在是做一天道士念一天的咒！长风破浪会有时，直挂云帆济沧海。师兄的人生愿望是有一天能‘直挂云帆济沧海’。”

不经意中，石柏弹起了《行路难》。

燕羽来天清观看石柏时，石柏正好在做姑射真人冥寿法事。等了将近一个时辰，燕羽才见石柏和秋雨、秋水出现在前来玄幽别院的曲径上。“燕羽！”人未到，秋水已经高声叫了起来。秋水小跑，石柏、秋雨只好跟着加快脚步。双方在玄幽别院的庭院上碰了面。

“子惠说好久没见大公子了，这次来天清观，就带她来了。”

“谢谢子惠惦记！”

“她们让子惠来，向大公子问好。”

“谢谢！回去后，请子惠替大哥向姐妹们问好。我们到里面去坐。”

石柏起步，众人紧紧跟上，进入堂内。“坐，坐！”石柏请燕羽、苏幽然、辛子惠坐。秋雨、秋水前去给她们倒茶。“写给朱友文的书信也已经叫汴梁的善能宫送给朱友文，只是不晓得是否如愿。”一坐下，燕羽就给石柏讲了书信的事情。

“放心，会如愿！”石柏很有信心，跟当初刚渡过淮河时已经很不同。“区区葛仁遇的性命，怎么能跟朱友文自己的性命相比？考虑自己的性命和摆在眼前的皇位，朱友文肯定会将你的事情办妥。朱友文晓得，他不替你办，朱友珪、朱友贞也会替你办。朱温手下的那些个人，哪一个没给朱温交过投名状？更何况朱温想到杀他们根本不需要什么特别的理由。一个呵欠、一个喷嚏，一个响屁，足以成为朱温杀他们的理由。朱温现在是，三十六牙圣旨口，想杀谁就杀谁。”

“不是葛仁遇，家父也不会死在河北。这狗贼，不晓得杀了多少青州人。”

“朱温手下大部分都是这种人。韩建那些信函肯定会起到意想不到的作用。每一个人都跟他人多多少少有些关系，都有不想让别人晓得的秘密。朱温每杀掉一个人，我们就紧盯住这个人，寻找与他有关系的人，找到证据，抓住把柄，通过恐吓、威胁、勒索，反正是能用的手段，让那些人替我们办事，这样做肯定要省去大量的力气。我们要多花一些力气在这方面上，完全可以起到事半功倍的效果。”

秋雨、秋水已经给燕羽、苏幽然、辛子惠、石柏端来了清茶。

“有些事情，我们自己去做说不定会遇上意想不到的麻烦，而且也未必就能做得成。让能做的人去做，就轻松方便多了。我们也不能逼得太急，逼急了倒反难办事。我们将书信交到朱友贞手上，朱友文性命难保。这一点朱友文心里十分清楚。

以我的推算，你的心愿肯定能达成！反正，朱温喜欢族灭，爱好车裂、凌迟和烧炙。如今，朱温最担心的事情就是手下将领的叛乱和通敌。官越大，朱温越不放心。杀多少人，朱温无所谓。我们要多关注这些事情，搜集情报。想造反的，怂恿鼓励造反;想通敌的怂恿鼓励通敌。我们不仅要搜集情报和证据,还要制造证据,散布谣言,捏造事实,无中生有。这些招数反正朱温常用,我们不过是以彼之道还施彼身而已。流氓能做的事情,我们也能做。"

"师兄,你现在是越来越像流氓啦!"秋水含笑说。

"像流氓?这么说师兄还不是流氓。看来,师兄还得好好努力。下流、卑鄙、肮脏、龌龊、无耻,只要有效,师兄都要学会用。能用这些手段,按照神州人的说法,那是智慧。神州就喜欢用这些手段,只是换一种说法而已。这就好比是一头猕猴穿上华丽的衣裳。"

"这叫沐猴而冠。"

"说是人,实际是猴。看一看朱温,在汴梁做起皇帝后,还改信佛了呢!你不听听,放下屠刀立地成佛。人家一辈子信佛做善事,成不了佛,而每个毛孔里面都沾满血的人,一放下屠刀就成了佛。难怪人渣朱温一边族灭,一边念阿弥陀佛!"

"师兄",秋雨插话,"这还真奇怪,像朱温这种杀人的人竟然也会去信佛!是不是朱温担心自己死后会下地狱?"

"朱温不下地狱,谁下地狱?"秋水接嘴。

"这你就不懂了。像朱温这种人渣,绝对不可能会下地狱!"

"那谁下地狱?"

"大哥啊!地狱鬼魂太多,根本就没有地方了。朱温去了地狱,阎王还不得让位?这事阎王哪会肯?阿育王不是一个杀人如麻的暴君?你没见现在到处是阿育王庙。说不定,佛祖见朱温传播佛教有功,被招到西方极乐世界享福去!武后杀人虽不能跟朱温比,但也是神州史上算得着的人。重用酷吏,将异己杀光杀绝。武后也信佛,甚至还说自己是弥勒佛转世。

武后一生不晓得杀了多少人。是不是弥勒佛特别喜欢杀人?想一想,不禁让人想起了笑里藏刀。要明白,在神州,杀一个人是杀人;杀一万人就不是杀人。那是他们可以拿出来炫耀的丰功伟绩!别管它了!过一段时间,大哥就要离开亳州,前往汴梁,然后转往洛阳。如今,前期该做的事情,也已经做得差不多了,是该去看一看朱温啦。"

燕羽含笑说:"那大公子可要小心,千万别让朱温看到大县主和二县主!大梁朝廷每个人都晓得,朱温就嗜好美娘子。"秋水含笑说:"叫阉猪的去阉了他!"石柏说:"莫非师妹叫师兄改行学阉猪?"秋水、燕羽、辛子惠等不禁都嬉笑了起来。

"夫人准备要撤离临茨村,返回若水宫。我已经好长时间没回若水宫了。回若水宫休息几天后，我就要前往随州。夫人让我来问大公子一声，想听一听大公子的意见。”

“曹嬷嬷先呆在亳州，说不定还有些事情需要协助。”

“大县主和二县主，如今是大公子的记号，就跟在大公子后面，招摇撞骗去就是。”

“想骗成功，也需要有一班合伙人。没有一班人帮衬，想骗成功可不是件容易的事。随着骗局的一步一步变大，涉及的人也会越来越多，档次也会越来越高。所以，合伙人的选择也会越来越重要。常言道，放长线钓大鱼。这种事情千万急不得。惊扰了大鱼，想再将它钓起，就几乎不可能了。再过一两天时间，大哥会去一趟临茨村，跟姨妈好好商量一下。选用什么样的钓竿、钓线、鱼钩、鱼饵，都要事先好好商量。争取过完端午节就动身去汴梁。”

第六十章　归

魂兮归来，西方之害，流沙千里些。

——《楚辞》

死要见尸，活要见人。

由子已经离开了人世，还是仍旧活在世上，石井都没有办法回答。线索就断在亳州，马上终止寻找返回扶桑，石井实在是心不甘情不愿。继续找，到哪里找，如何找，石井一点头绪也没有。"石井君不妨去天清观问一问天清派掌门若水先生。"见石井整天借酒浇愁，谪仙客栈的掌柜澹台刚中给石井提了一个建议。"若水先生料事如神，未卜先知，亳州城无人不知，无人不晓。他应该能算出石井君要找的由子在哪。"有理！石井马上赞同。天清派是亳州势力最大的道教教派，信众无数。若水先生能帮忙，肯定比我瞎找好得多。就这么定。石井主意一定，带着谷田兴冲冲跑到天清观，结果扫兴而归。若水先生云游去了。

这些时间，除了喝闷酒，石井每天要做的事情，就是去天清观打探若水先生的消息。每次得到的答案都是，若水先生云游在外。怕滕若缺故意不让见，石井央求说："我们两位来自异国扶桑，道长能否破例一次?"滕若缺仔细看了看石井和谷田，发现两人的长相确实跟神州人有所不同，哪里不同一时还说不上来。"掌门确实云游在外，贫道有心想帮忙，也无能为力。"滕若缺不是不帮忙，而是帮不上忙。石井和谷田只得又怏怏地返回客栈。

将近午时，河口急匆匆跑来告诉石井："有人过眼，若水先生已经返回天清观。"石井没有说就带着谷田赶往天清观。滕若缺告诉石井："掌门确实已经云游回来，只是此时正在做祈福清醮，实在无暇会见两位。还是请两位等掌门有空的时候再来。”

“请问,掌门何时有空?”

“掌门非常忙,今天做祈福清醮,明天做禳灾清醮,小道也说不准掌门哪一天会有空。”

“求求道长,无论如何让在下见一见若水先生。”石井差不多要哭出来。

“好吧! 两位远自扶桑,小道就破例一次,特为引见。”

“多谢道长! 多谢道长!”石井和谷田不断给滕若缺哈腰。

石井和谷田进入了天清观,跟着滕若缺前往玄幽别院。快要到玄幽别院时,滕若缺看到石柏做完祈福清醮,正返回。“掌门!”滕若缺叫了一声,跑了过去。石井和谷田赶紧跟上。石柏一听滕若缺招呼,停了下来。“这两位来自扶桑的客人已经多次来天清观要见掌门。小道就破例带他们来了。”滕若缺连忙拱手向石柏解释。扶桑人? 石柏手一拱说:“已经来了,那就请两位到柴房说话。”“多谢掌门!”石井、谷田又是一顿哈腰。“不客气!”石柏手一拱。“掌门,那小道先告退了。”滕若缺拱手告辞。“劳烦道兄了。”石柏手一拱。滕若缺拱着手,退后几步,转身离开。就站在玄幽别院的大门口,石井、谷田拱着手,目送滕若缺远去。

“两位请!”

“谢谢若水先生。”

两人鞠了躬,跟着石柏进入玄幽别院。石井、谷田微低着头,不敢左右张望,紧跟着石柏进入堂内。“两位请坐!”石柏和石井、谷田分宾主就座。秋雨、秋水送来了清茶。石柏端起茶盏说:“两位请!”“谢谢若水先生。”石井、谷田喝了口茶后就自报了姓名。

“两位前来,不知有何事需贫道效劳?”

“在下和谷田君此番特地从扶桑前来神州,寻找一扶桑女子。”这个扶桑女子多半就是由子了。从遥远的扶桑前来神州寻找由子,此种行为确实值得推崇。都能这样珍惜,何来人吃人?“东过西转,已经找了好几个月,就是没找着。眼见实在没有其他头路了,在下才来天清观,请若水先生帮一帮忙。天清观是亳州附近最大的道观,信众多。若水先生能帮忙找一找,肯定比在下在亳州瞎找要好得多。”

“贫道在亳州走动时,曾听人说起过,逍遥窟当初出事前,就有过一位名叫由子的扶桑女子,不晓得这名由子是否就是两位要找的人?”

“就是她! 就是她!”石柏一提到“由子”,石井、谷田一齐起身。“她正是在下要找的人! 不知若水先生可否晓得她的下落?”果然如此! 如今亳州是赵淮浦的地盘,万一消息走漏,让赵淮浦晓得那天劫持由子的人是我,毕竟不好。失意的时候不能灰心丧气,得意的时候更不可忘乎所以。如今表面看来顺风顺水,但一个小小岔子就可能前功尽弃。石柏暗暗提醒自己。

“贫道也只是逍遥窟被烧毁之前听人说起过。”石柏端起茶盏喝了一口。“逍遥窟被烧毁之后,贫道就再也没听人说起过由子这个人了。还在亳州,一个扶桑人,肯定多少会传到贫道的耳朵里面。以贫道推测,由子还在亳州的可能性不是很大。请!”石柏端起茶盏又喝了一口。

“在下也是这样想。若水先生,会不会已经遭遇了不测?”

“贫道不敢妄猜。就请石井君写一字,让贫道测一测她目前的情况,是吉还是凶。”

秋雨拿来一方白纸,放到堂内的几案上。石井起身,提笔在白纸上写了“由”字,双手将白纸呈给石柏。石柏接过白纸,只看了一眼。

“由,下面是个凵。凵也者,坎也。说明石井君要找的由子陷入坎中。”

“若水先生!”石柏说得石井和谷田神经兮兮。

“会不会有生命危险?”

“这只是过去。”

石井长长舒了一口气。石斛端起茶盏喝了一口茶,又看了一眼白纸,慢条斯理地说:“由,田字出头,说明由子已经走出险境,一切安全。春秋左氏传云:今在析木之津,犹将复由。树木已经重新长出新枝。两位不用担心,已经没事。”石柏将手中的纸张倒了过来。

“石井君请看。这方白纸,可以从两个不同的角度去看。贫道将白纸倒过来,由字自然也就变成了甲字。甲,天干第一,五行属木。现在,贫道再将白纸倒回了过去,甲也就变成了由。由字就如同木在田中。木长于田中,自然生机盎然。由子没事,石井君大可不必替由子担心。”

“若水先生,那如何才能找到由子,将她带回扶桑?”

“贫道方才说了,由子曾经陷于坎中,如今已经田字出头。由此看来,由子眼下已经不在亳州。由字像田不是田,像申不是申,像甲不是甲,像毌不是毌,真正四不像。由字似西不是西,似东不是东,似中不是中。石井君主动找,未必能找得到。”

“若水先生,那在下该如何是好?”

“由是田字上面出头,说明已经安全,石井君没必要过分担心。由字下面再出头,就是申字。申,伸也。到那时,由子就可以跟石井君回扶桑了。就由字来看,石井君想找不一定会找着,有人自会跟石井君联系。由也者,道也;道也者,导也。子曰,民可使由之,不可使知之。这事的主动权不在石井君的手中,找与不找结果完全一样。贫道以石井君所写由字来推测,应该会有人直接来找石井君,再由石井君将她带回扶桑。

以贫道来看,石井君和谷田君无须着急。亳州现在暂且太平,石井君不妨在亳州多玩些时间。子云,欲速则不达。石井君不要急,急也没用。该出现的时候,自然会出现,石井君只管耐心等候就是。石井君不放心,贫道也让天清派道士帮石井君寻访寻访。”

见想要的答案已经得到,石井和谷田不便过久打扰,就起身告辞。石柏亲自送石井和谷田出了玄幽别院。等两人远去,石柏转身返回玄幽别院,回到了堂内。

石柏刚坐下,秋雨就问,“师兄,听你说起来,好像真是有那么一回事似的。”

“哪有这么一回事?只是师兄往这个方面说而已。你随便拿什么字,只要师兄准备往哪个方面说,肯定能出个道道来。这种骗人的把戏,完全根据自己的需要而定。给师兄钓上,只能说明自己笨。师兄这些时间一直忙其他事情,差点将由子给忘了。师兄还真没想到,扶桑已经有人来找由子。这样正好可以让他们将由子带回扶桑。师兄不过是告诉石井少安毋躁!”

“师兄,说起来,被你劫持过来的由子已经在若水宫呆了好长一段时间,总不能老呆在若水宫,还是让石井带回扶桑为好。别的都不说,光年龄,由子今年都已经十八了。再不回扶桑去,错过了黄金年龄,寻找如意郎君就难了。毕竟人家扶桑太平,不像我们神州,战火至今不熄。是不是见由子貌美,师兄有点舍不得?”

“舍不得?天下美娇娘比天上的星星还要多,莫非师兄要将她们统统弄过来来做新妇不成?这一点就算是隋炀帝杨广都做不到,更何况是师兄我?你不看看,师兄现在是有名有姓的道士,说不定将来还能成仙。将来成了仙人,肯定要到天上去找仙子。凡界娘子,师兄怎么能看得上眼?你就是会以师妹之心度师兄之腹!”

“师兄,我看,你最好还是不要成仙,哪有神仙能有媳妇?”

“神仙怎么就不能有媳妇?”石柏喝了一口茶。“玉皇大帝不是也有王母娘娘吗?玉皇大帝可以有,为何就不允许其他神仙有?”

“可从来没听说过赤脚大仙、太白金星有夫人欤!”

“凡界的神州人还不都是这样?夫人主内,谁晓得?查查神州史书,上面也没说那些个英雄人物的夫人是谁。就算真要告诉人家,也只说某氏而已。你将来嫁了人,也只能说夫人秋氏,而不是夫人秋水。神仙神秘,不允许肉胎凡人晓得他们的夫人。”

“这倒是真的。玉皇大帝有王母娘娘，太白金星也应该有夫人才是。”

“妹妹，你是否想出好的办法，将由子移交给石井，带回扶桑。好人做到底，送佛到西天。在亳州地界，将由子交给石井，显然是不行。万一赵淮浦、晋河东晓得了，我们的把戏就会被看穿，甚至连由子都无法从亳州安全离开。”

如何神不知鬼不觉地将由子交给石井，秋水没有办法。

“这样吧。先让师妹去姚记绣坊，叫曹嬷嬷派人前去跟石井取得联系，然后想办法通过淮河到广陵，再从广陵出发到扶桑。这样，就不会让赵淮浦、晋河东晓得我们的鬼把戏。这种事情根本不需要急。师兄已经将她救出来，让她在神州多呆一会也没有什么关系。师妹担心师兄跳栏，具体事情就由师妹去安排，如何？”

“师兄啊，我发现你这段时间好像越来越俗。”

“师兄从来就俗，怎么能说越来越俗？”

“师兄怎么能用跳栏呢？”

“不用跳栏，那用发情？你说哪一个文雅一点？当然是跳栏。诗云，有女怀春，吉士诱之。人么，说猪、牛是发情，说自己是怀春。玉川子诗云，妾本怀春女，怀春不自任。说得明明白白。那么浅显的诗句，总不至于要让师兄解释一遍。”

“不跟你说，就晓得强词夺理！”

“师兄是道士，遵循的是信言不美。不跟你啰嗦了，做功课的时间也该到了。”

返回天清观，少不了繁琐的斋醮科仪。

只要是宗教，都有它自己的科仪。通过一定的科仪捕获教众，加强教众对本宗教的信奉。每天在地上多趴它几次，就算不相信也会相信，不虔诚也会虔诚。这一点上乘教创教教主母乙最懂。母乙创立的上乘教明文规定，每天必须五次以上祷告，只要时辰一到，无论身在何处，水坑泥潭，都得趴在地上，向明尊祷告一通。趴在地上的次数多了，不用外力强制，这些个善男信女，早就已经变成了时刻盼望能为明尊上刀山、下火海的僵尸。晚坛功课由高功白玄静主持。石柏、秋雨、秋水和天清观众道士一起在上殿做了功课。

石柏和秋雨、秋水步出天清观，前往位于天清观东南的那片沼泽。

沼泽原本是涡水的一部分，由上游带下来的泥沙渐渐淤积而成。沼泽沿涡水边向下游延伸，来天清宫那么久，石柏也不清楚到底有多长。如今石柏天天处心积虑想着做恶事，没有心思去丈量沼泽的长度和宽度。吃了饭，能随便走一走，就已经足够了。有了泥土，也就有草，也就有了树。石柏叫不出是什么草，也不清楚是什么树。自上次白鹤事件后,石柏呆在天清观,隔三间四来这里走一走,看一看,坐一坐,躺一躺,呆一呆。

沼泽地中有一个很不规整的湖泊,石柏将它命名为不中湖。踏着绿茵,石柏、秋雨、秋水前往不中湖。没走多远,三人就来到不中湖边。层峦叠嶂般的树木,倒影在不中湖中,如同一副水墨山水画。多时未来,原先被石柏踩出来的有些像步径的步径早已经重新漫上青草。石柏三人放慢了速度,沿着不中湖的皋地漫步。

"傍晚的沼泽真是漂亮,远远望去,就像一幅水墨画,人在里面,就像在画中。结庐在人境,而无车马喧。真的想在沼泽边搭一小木屋,坐在木屋前的临水阳台上,看看天,看看云,看看水,看看花,看看草,看看树,过一过悠然自得的简单生活!"

"这哪能说是一种简单的生活?"石柏马上打击秋雨。

"这种生活就是神仙的生活。说起来简单,实现起来却非常难。

姑且不说怎么活,在神州的地方,你想这么过,别人可不允许你这么过!你没看见,那群仙鹤,它们惹谁了,结果还不是照样一命呜呼!你搭个小木屋确实跟别人没有关系,但就有人要烧你的小木屋,杀你的人。师兄的翠竹湾,比这地方漂亮多了,青山绿水,翠竹苍树。不像这地方,这些草,这些树木,一看就让人感到一种颓废,没了精神。师兄的翠竹湾,就是冬天,也给人蓬勃的生机。

结果怎么样?控鹤军来了。你姨父苦心经营的翠竹湾瞬间就没了。师兄跟控鹤军有什么关系?说难听点,屁关系也没有,从未碍着他们什么。君处北海,寡人处南海,唯是风马牛不相及也。不虞君之涉吾地也,何故?杀你呗!走了朱三,就会来一个张三;杀了张三,马上又有李三、王三。在神州,那真的是个梦。

况且,人不能餐风饮露就行。是不是也想朝饮木兰之坠露兮,夕餐秋菊之落英?人不仅需要吃,还需要穿。王摩诘也向往田园,每次辞官在自己的别墅住一段时间,马上回去当一段时间的官。不做官没有铜钱,过不了悠闲的日子。"

"师兄,按你这么一说,岂不是只能像猪一样活一天算一天啰?"秋雨有些丧气。

"不像猪一样活一天算一天,还能怎么活?在神州,只有傻子最幸福!吃毒药还以为在吃美食,无须考虑明天会不会被抽筋,被剥皮。所以,神州历史上有多少不傻的人将自己弄成傻子,天天买醉!比如说竹林七贤。醉了后像死猪一样,就不用去想,不用去看,不用去听,不用去闻。所以,南华真人说,人死后最幸福!"

"师兄,都去不想,儿孙不是越来越笨?"

"师妹真是人生不过百,常怀千年忧。连郎君还不晓得在哪里,倒想起什么儿孙来了。”

“谁说连郎君在哪也不晓得？已经有一个候选人在身边。万一将来找不到如意郎君,那就委屈自己下嫁给师兄就是。”

“怪不得,你急着要赶由子走,原来是怕由子抢了你的郎君!”

“你!”秋水“你”字刚出口,一拳已经打在石柏的身上。

“幸亏师兄练无道已经练了十七八年,你这点掐虱子一样的力道,师兄根本不在乎。其他人哦,非死即伤。”

“我是担心打伤师兄,所以没用上力。我来重点。”

秋水旋即摆出一副将要重拳出击的架势。

“师兄又不是你练拳用的沙袋。人就怕想。杞人就是怕天塌下来,弄得自己吃不下饭,睡不着觉,结果被神州人笑了上千年。神州多一些杞人,会不会是如今这种境地？这也难怪佛教会在神州迅速蔓延。看来看去,只能看到一个空字。明明不该笑的人被神州人笑了,该笑的人却变成了神州人膜拜的偶像。好像自秦始皇起,神州人突然间就不会想了。

个个都变成了人云亦云的传声筒。查一查古书,你就会发现,早些时候的一个故事,被甲乙丙丁传来传去,不晓得传了多少遍。没有创意,只会抄袭。究其原因,就是那些个皇帝不许神州人说,也不许神州人想,只能跪在孔丘的泥像前面,诵读那些摄走神州人灵魂的语句。真个是其出弥远,其知弥少。去仔细琢磨,那些个皇帝才是害人又害己的蠢猪！不是师兄说得难听,在神州,能够做到猪吃狗睡已经非常不容易了。不管它,也管不上。只要不去傻想、瞎想、乱想,秋雨要的这种坛场还是能找得到,江南就多得是,师兄给你找。”

“只怕还是跟师兄的老家一样,没住多久,杀人放火的人就来了。”

“那没办法,只要在神州,这是迟早的事情。大明宫时间长了吧,最后也是一把火。皇宫尚且如此,何况一般的民宅。运气好的长一些,运气差的还没造好就变成了灰烬。想眼不见心不烦,只好将家安在深山老林里面,不知有汉,无论魏晋。”

“这还不是掩耳盗铃?”

“想改变却改变不了,怎么办？总不能不活,又不想同流合污,只好掩耳盗铃。这样做最起码比阮籍、刘伶们好,不伤自己的身体。你姨父和你姨妈,最看重身体。无论什么样的情况下,首先是不自伤。世道已经这样了,还自伤,怎么行?”

天渐渐暗了下来。

三人在水泽边一出空阔的地方站住了脚。秋雨挑选了一个青草较为茂密的地方,道袍垫地,坐了下来。秋水、石柏跟着秋雨坐在一旁。秋雨将古琴平放在腿上,拨动琴弦,弹起一曲《夜坐吟》。月亮从东方树梢头慢慢升起。不中湖对面是簇簇朦胧的树影,水面上泛着鱼鳞涟漪,闪着银光。湖边坐着三个似乎不吃人间烟火的天清派道士,消遣时光。

一曲刚罢,秋雨又弹起一曲《乌夜啼》。一个音符钻进了石柏的耳朵,箫声依照韵律响起。随着琴声、箫声,秋雨讴歌,秋水起舞。没有观众,无人欣赏,纯粹是石柏三人自娱自乐。歌声悠扬,舞姿婆娑。倘若刚好给人看到,还以为是天上仙人踏月来到人间,专做些让凡人嫉妒的事情。曲罢舞歇,石柏身子往后一靠,仰面躺在草地上,头垫着两手,看天。

子曰,饭疏食,饮水,曲肱而枕之,乐亦在其中矣!秋雨弹起了一曲《关山月》,秋水依照韵律,放开歌喉只管高唱。琴声、歌声,依着草地,贴着水泽,穿过树丛,在沼泽地的四周回旋。突然,石柏听到嗞的一声,紧接着就是秋水的惊叫声,“蛇!”

石柏一个鲤鱼打挺,挺起了身子。

月夜下,石柏看到一条黑乎乎的蛇从三人的不远处游过。

“师兄,我们还是回去吧。这里有蛇!”

一个夜晚就这样被一条蛇给糟蹋了。蛇进入不中湖,竖着头贴着水面,蜿蜒游向不中湖的对面。忽然,一个黑影冲向水面,“噗”的一声,一只鸱枭已经抓起水面上的蛇,拍动翅膀,掠过水面而远去。秋水、秋雨都已经被发生在眼前的情景震慑住了脚步。

半晌,秋雨和秋水还没有回过神来。

“秋水怕蛇,蛇怕鸱枭。”

“鸱枭怕师兄,师兄怕秋水。”

石柏突然听见秋雨“噗嗤”一声。“卤水点豆腐,一物降一物。秋水看到蛇立马吓得惊叫,鸱枭看到它,却将它当点心。有些看似不可战胜的物事,只要能找到克制它的物事,就能降服它。师兄要多花心思琢磨琢磨相生相克,想办法尽快降服这头魔兽。我们先回去。”石柏接过秋雨手中的琴,三人起身,准备返回天清观。

“明天,你俩留在这里,师兄去一下临茨村。”

“我也要去!”秋水立马反对。

“师兄很快就回。”

“已经好久没见我妈了。这次不去,一拖就不晓得什么时候。”

“好吧。”

从陈州回天清观后，石柏一直在潜心狂学方术、幻术和斋醮科议。天天将这些个乌七八糟的物事往脑袋里塞，迟早有一天会将脑袋塞坏。石柏决定暂时将这些物事放一放，先去一趟临茨村。一来由子要解决，二来要跟尹似雪好好商量接下来要采取的行动。

翌日，做完早课，出太清殿，石柏就将准备去一躺临茨村的想法告诉给李清静。“师弟只管去就是。”李清静同意。“观内的事情，师弟放心，师姐会料理。”临茨村不远，又没有特别紧急的事情，石柏准备吃了再动身。刚吃了饭，李清静有事找石柏。谈完了事，还在回玄幽别院的路上，刘若存就前来告知，有客人来访。

客人姓蔚，名闻道，亳州城父人，现在均王府做幕僚。蔚闻道原是昭宗朝官僚，曾任国子助教。国子助教官位不高，又是没有实权的官，才侥幸没有被朱温清洗。朱温弑君后，养家糊口需要，蔚闻道投奔了均王。这次父亲去世，蔚闻道扶灵至老家城父安葬。久仰若水先生大名，返回汴梁时途径亳州，特上岸来天清观拜访。蔚闻道早就听说过家乡天清观掌门若水先生神机妙算、未卜先知。城父又是亳州属下的县，离亳州城不远。这次安葬父亲，请的就是天清观道士。老家人对若水先生个个啧啧称奇。蔚闻道决定回汴梁时顺路拜访一下。前途难测，多听一听高人的意见有益无害。蔚闻道实在不希望再一次靠侥幸来决定生死。

见不见，门头滕若缺不好自作主张，就去通告迎宾刘若存，由他决定。早在梁定兴兵败亳州之前，大梁国将帅、官吏的各种情报每天都源源不断地汇集到了刘若存的手中。刘若存先将这些情报进行分门别类，经过一番整理，再呈报给石柏阅览。来天清观的客人，只要在大梁国算个人，一报姓名，刘若存就已经知道甲乙丙丁。哪些客人见，哪些客人不见，刘若存自各决定。只有一些无法决定的客人，刘若存才去征求掌门石柏的意见。

汴梁到亳州路途遥远，又服丧在身，石柏同意见一见这位蔚闻道。石柏跟着刘若存去了迎宾院。一番客套之后，就进入主题。蔚闻道不问前程，而是问离开汴梁回老家还是继续呆在汴梁。回老家，就准备到赵淮浦那谋一份差事。在神州，什么地方不是都一样？“贫道不好凭空给居士出主意。居士不如选一字，贫道给拆拆看。”蔚闻道选了一个“归”字。

“朔风动秋草，边马有归心。看来，居士已经动了归心。”

“真给若水先生说着了。人情怀旧乡，客鸟思故林。在下客居他乡已久，一直想回老家城父。随着岁数的增加，想回故乡的感觉越强烈，只是一直下不了决心。倒不是有什么前程值得期待，能保住项上人头已经非常侥幸了。在下来，就是想问一问,到底归不归?”

“居士有没有问过夫人?”

“夫唱妇随。在下归,内子自然随在下,好像不需要问。”

“归,从止,从妇省。就居士所选的归字来看,居士归不归,跟夫人有很大的关系。夫人不想走,居士想走也走不了。这倒不是说居士怕夫人,而是居士不忍违逆夫人的心意。想归不归这种大事,居士还是先问一问夫人的意见为好。万一夫人不愿意,而居士执意要回亳州,很容易会伤了夫妻的感情。如今这世道,夫妻和睦尤为重要。”

“内子通情,只要晓之以理,应该会同意,毕竟平安过日子比什么都重要。”

“那就看看归字。”

石柏拆了“归”字,又以“归”字起卦,一簧两舌,直说得蔚闻道不断点头。两人直聊到将近晌午,石柏才送蔚闻道出迎宾院。石柏回到玄幽别院时,秋雨、秋水正在练习踏罡步斗。石柏吩咐:“收拾行头,吃了饭,马上去临兹村。”

秋雨立马停了下来,进房收拾行头。“吃了饭后收拾,来得及,慌什么。”秋水喜欢跟石柏顶牛,将石柏的话当耳边风,只管像猿猴似的练习踏罡步斗。石柏进入堂内,在凳子上坐下。“妹妹,你将自己的物事整理一下,我去帮师兄整理行头。”隔壁传出秋雨的声音。“急什么啊?”秋水特不喜欢被人批逆了龙鳞,脚一蹬,起步向卧室走去。“就两件衣裳,弄一下,根本不需要什么时间。”秋雨从房间内走了出来。

“师兄,带些什么物事在身边?”

“不要忘了带上自己就行。物事,师兄自会整理。”

秋雨没有理睬石柏的话,只管前去卧室,整理将要携带的行头。

吃了饭,一回玄幽别院,石斛就准备换衣出发。穿道士的衣裳,又带着秋雨、秋水,前往临茨村,万一路上给人瞧见,总是不好。朱温的地盘上活动,当小心就得小心。石柏本想独自去,可秋水就是不肯。石柏换好了衣裳,在庭院里等。“姐姐,我觉得自己还是穿道袍有味。”秋水换好了衣裳站在铜镜前,看着铜镜里面的影子,就是不愿意离开。

“别有味无味,快走吧,师兄在外面都等急了。”

“急什么急?我再看一看。”

“走吧。还看什么看?”

秋雨一把拉起秋水,走出了房间。见石柏拿着斗笠站在庭院上等,两人快步出堂内，踏着台阶，下到了庭院上。石柏递了一个斗笠给秋水，再递了一个给秋雨。秋水、秋雨戴好了斗笠，就跟着石柏离开了玄幽别院，前往天清观门头。

“师兄，你说我穿道袍还是穿平常衣裳有味？”

“有味和无味跟人有关系，跟穿什么衣裳没什么关系。有味的人穿什么衣裳都有味；无味的人穿什么衣裳也无味。南华真人讲过一个如今叫东施效颦的故事。故事内容，神州人都晓得，师兄就不啰嗦了。南华真人说，学西施皱眉头的娘子只晓得西施皱眉头好看，却不晓得西施皱眉头为什么会好看。这世上，西施只有一个，学西施皱眉头的娘子却无数。

今天西施露大腿，纷纷露大腿；明天西施裸背，马上裸背。很少有娘子用心去好好想一想，自己的美究竟在何处。还没有找着自己的美究竟在什么地方，想也不想，就去学西施皱眉头，说得难听一点，根本就等于拿一块尿布做面纱。”

“真恶心！”秋水含笑捂住自己的嘴。

“秋水有味就在秋水本身，而不是穿或不穿道袍。不信，秋水剃了光头，穿上件尼姑的海青，肯定是人人见了都觉得有味，纷纷来一个东施效颦。”

“就算神州人人都东施效颦学我的样，我也不会做。师兄说的肯定是假话。”

“这还用你说？肯定是假的，师兄何时曾经说过真话？”

“假就是真，真就是假。秋水认为是真就是真，秋水认为是假就是假。这就看秋水怎么看待师兄说的话啰。”

“师兄对别人说假话，对我肯定说真话。”

“脸皮厚得连针都刺不进。”

刘若存已经备好了马匹在山门前等候。三人跨上马，手一拱，就离开了天清观。将近酉时，三人到达了临茨村。石柏呆了一夜，就准备和秋雨、秋水一道返回天清观。三人还没有走出临茨村，秋水就熬不住好奇心，问石柏。

“大哥，昨晚跟我妈叽里咕噜讨论了那么久，应该差不多了吧。”

“这只是筹划。有没有效果，以及效果如何，还得看实际运行。”

“张子房运筹帷幄之中，决胜千里之外，你也可以做到。坑蒙拐骗反正是你的强项。”

“大哥不仅要处心积虑、费尽心机去害人，还要赤膊上阵去杀人。能容易？好的是，目标已经很明确，那就是让狼去咬狼。”

“狗咬狗用骨头，狼咬狼，大哥准备用什么？”

“常言道，舍不得孩子，套不住狼。狼咬狼，用人肉。”

“人肉?”

石井数着日子过了整整五天。

石井来到亳州,就在谪仙居客栈包了一座独屋,供石井从扶桑带来的人手居住。刚吃过饭不久,见客栈伙计班吉平带着两名二十岁左右的娘子前来,石井马上想到了由子。石井上次半信半疑从天清观回到客栈。不管是不是真像若水先生说的那样,石井还是吩咐客栈掌柜,若是有人指名道姓来找他,就请客人直接进来找他。见客人已经带到,班吉平拱手告辞。石井和两名客人拱手送行。“两位请到里面坐!”班吉平走后,石井请客人进堂内坐。客人跟着石井进入堂内,双方分宾主就座,一名扶桑娘子献上清茶。

“小女姓郑,同伴复姓公羊。”一位岁数稍大一点的客人主动向石井介绍。

“来亳州那么久了,贵客登门还是第一次。如有不周,请多多包涵!”

“石井君客气!我家主人得知石井君来亳州已经好久。都是小女无能,一直未能找着石井君。故此,事情一拖再拖到现在。”

石井以及一旁陪同的谷田一听,顿时惊奇不已。没想到,若水先生竟然真像传说的那样神奇。一定要想办法再见一见若水先生,还有很多谜团需要靠若水先生来解。

“烦劳郑娘前来,石井感激不尽!”石井给客人连鞠了三个躬。

“石井君无须客气!”客人拱手还礼。

“石井君可能会好奇,我们为何会出手又为何会愿意将她交给石井君。将来石井君见到她时,就会明白其中的原因。小女在此就不啰嗦了。就在亳州,交给石井君,肯定不妥。小女家主人非常担心安全。主人考虑再三,做出如下安排,石井君以为是否妥当?”

“快快请讲。”

“石井君可否晓得瓜洲?”

“久闻其名,只是未曾去过!”

“这样甚好!石井君先将所有人手撤离亳州,前往瓜洲,就在瓜洲高旻寺等。主人会在端午节这一天,送她到瓜洲,交给石井君。石井君就可以带着她,从瓜洲出发,沿着扬子江出海,前往扶桑,重走一遍鉴真法师东渡扶桑的路线。”

“太好啦!实在是太好啦!石井还真想走一走鉴真法师东渡扶桑的路线。”

“既然石井君同意,那我们就在瓜洲见!”

石井与谷田等人,送客人到客栈门口。客人一远去,石井就吩咐,“马上动手整理,准备前往瓜洲!”石井去向客栈掌柜这些时间的照顾表示感谢。“掌柜说的一点也没错,天清观掌门若水先生果然是个神人。谢谢掌柜!谢谢掌柜!”石井向掌柜连鞠了三个躬。石井当天就带人离开了亳州,前往登州。依照石井的计划,先到登州,然后再搭船前往瓜洲。

端午节,辰时三刻左右,一条花船停靠在瓜洲码头。一班娘子下了船,其中一人就是扶桑娘子由子。到若水宫后的这些时间里面,由子一直跟石竹学逃跑。想不到,逃跑技能还没有完全学到手,由子就回扶桑了。

“我一直想不出办法如何送你回扶桑。如今有人来接你,正好。扶桑毕竟是你的故乡。”

当得知朱邪以清要派人送她到瓜洲,再由石井接她回扶桑时,由子心里可真的是五味杂陈。日夜盼望着能回扶桑,如今真的要回扶桑,由子又不想回去。

“神州留给你的多半是痛苦的回忆,没必要留恋。回到扶桑,好好成个家,过自己的日子。就算是鹰,也不可能永远独飞。”

从离开若水宫的那一刻起,由子唯一的希望就是能够见上石柏一面。看上那么一眼,由子也愿意。由子没有将自己心愿告诉朱邪以清。由子非常清楚,就是将自己的心愿告诉给朱邪以清,朱邪以清也未必会帮她达成。走之前的那一天,由子在善地宫弹了一天的琴。曲子只有一首,叫什么名,由子没有告诉石竹。“由子姐姐,这首曲子,来到若水宫,你已经不晓得弹了多少遍了。我每次听到这首曲子,总感觉想哭。”由子固执,就是继续弹这首曲子。石竹不想听,可以选择不听,但不能不让由子弹。“没什么物事好送,就将这张琴送给你作礼物,带回扶桑去,闲的时候弹一弹。”走之时,朱邪以清选了一张琴。

就算帆船已经停靠瓜洲码头,由子还在幻想,一登上码头就能看到石柏。可惜,由子上了码头,见到的都是没有一点像石柏的人。晏子云,橘生淮南则为橘,生于淮北则为枳,叶徒相似,其实味不同。所以然者何?水土异也。由子虽出生在扶桑,但在神州成人。

神州娘子可怜,没有我,嫁人前归父亲所有,嫁人后归夫婿所有。我是你的人,是一句早就已经听厌了的言语。就算生了个孩子,也以为是在替别人生。虐待、残杀孩子作为对自家夫婿负心报复的离奇事情,神州也常有耳闻。由子心里,早就认定自己是石柏的人。

看到送她前来瓜洲的娘子,个个脸上带着灿烂的笑容,由子越发想哭。由子拖着极其沉重的脚,走了两步,就已经不想走了。在若水宫期间,照顾由子生活的祝茵，扶着她登上了码头。“走吧！再不好好看一看，回到扶桑就没得看啦。”确实，这很可能是由子最后一次看神州一眼。由子却没有一点想看的心情。这个让她伤心的地方，有什么物事值得留恋？

由子如同木偶，祝茵拖着她跟在众人的后面，走在瓜洲的地上。在高旻寺山门口，由子碰到了早就在此等候多时的石井。几乎不用绍介，石井一眼就认出了由子。大概是历尽千辛万苦终于找到了由子，石井竟然当着那么多娘子的面热泪盈眶。见故乡人石井流泪，由子的眼泪更像是缠绵不断的春雨。石井如同捣蒜一般不断地给陪由子来的娘子鞠躬。

是到了该分手的时候了！由子跟祝茵等若水宫娘子一一拥抱辞别。遗憾的是，由子此时最想拥抱的人却不在。码头边，停靠着两条悬挂扶桑旗号的帆船。两名扶桑娘子向若水宫娘子鞠躬后，搀扶着由子登上其中一条帆船。石井、谷田等人俯身拱手跟若水宫娘子辞别，登上了帆船。帆船缓缓起航，两名扶桑娘子搀扶着由子，站在甲板上望着渐渐远去的若水宫娘子。由子突然放声嚎啕大哭了起来。这是由子懂事以来的第一次。

第六十一章　讼

阴阳不测之谓神。

——《周易》

外面淅淅沥沥下着雨,石柏在玄幽别院跟白玄静学斋醮科仪。道教的斋醮科仪极多。石柏几乎是一有空隙就向白玄静学。“师姐能教的都已经教完了,掌门师弟也都已经学会。”中间歇息时,白玄静含笑说:“现在就算是一个人出去,已经不会有人怀疑师弟是天清派掌门了。”“依我看啊”,秋水插嘴,“师兄以后就做道士骗饭吃算了。”“你还别说。”石柏在木榻上一坐。“师兄还真想做道士。”秋雨端来了两杯清茶,一杯给白玄静,一杯给石柏。

“妹妹,你要不要?”

“不要。下雨天,喝什么茶?”

“做道士还真是不错,清雅自在。将来神州太平了,师弟带着我们找一优雅处所,弹琴下棋,品茗论道。”

“师弟也想。”石柏喝了口一茶。“上次,师弟跟玄清道观的同门讲了俭欲。师弟跟同门说,欲也要省吃俭用,不能浪费。罪莫大于可欲,祸莫大于不知足,咎莫大于欲得;故知足之足,常足。口欲、目欲、鼻欲、耳欲、体欲、心欲,这六欲里面,师弟觉得,唯有心欲开销最大,最难满足。神州太平,那是大欲,师弟不敢奢望。能将眼下要做的事情办妥,师弟就已经很知足了。到时候,或许就像师姐说的那样,找一优雅处所,满足满足小欲。也符合祖师爷见素抱朴、少私寡欲的要求。至于使民无知无欲,那是圣人自己的事情。”

“弄了老半天,师姐原以为只是小欲,想不到竟然是大欲。”

正说着,颍亳观察使赵淮浦来访。

“客人来找师弟,师姐也就先告辞了。”

白玄静起身跟石柏告辞,撑起雨伞走了。

赵淮浦如今成了天清观的常客,而石柏好像是赵淮浦的山中宰相,碰到什么事情总来天清观坐一坐。石柏站在步檐上拱手迎接。“大人冒雨前来,是不是有特别事情,想让贫道效劳?”赵淮浦拱手说:“天下着雨。赵某想,若水先生应该不会外出,正好趁这个难得的机会找若水先生聊聊天。”牙兵撑着雨伞,遮着赵淮浦,踏着台阶,登上步檐。“贫道正愁找不到聊天的人。大人,快清进!”两人分宾主在木榻上就座。

“大人今天怎么突然有了闲情?”

“赵某这些年一直就想有闲情,可惜这世界不允许。若水先生最清楚,周围个个虎视眈眈,稍不留神,赵某就成了别人的盘中餐。这些年,战战兢兢,如临深渊,如履薄冰。赵某想闲情也闲情不起来。赵某比若水先生虚长几岁,当时的情形至今仍然是历历在目。

不是想不想做,而是让不让你做。

朱温僭号称帝后,赵某更是如芒刺在背,寝食难安。不怕若水先生笑话,赵某有一段时间,真是夜夜失眠。说来也算造化,朱温从未来过亳州。若水先生想,稍稍招待不周,赵某怎么办?南华真人说:鹪鹩巢于深林,不过一枝;偃鼠饮河,不过满腹。看起来很简单,但在神州却非常难。神州到处是罔罟机辟,像赵某这种鹪鹩、偃鼠之辈能活下来,真是不容易。”

“大人都尚且这么说,贫道就不晓得该怎么办了。外人眼里面,贫道与世无争,逍遥自在。可他们不晓得,朱温突然发癫,说贫道传播异端邪说,贫道还不是要腰斩?”

“真是这山见那山高。想不到,若水先生和赵某原来是彼此彼此。”

“此种隐情,不足为外人道也。”

秋雨给赵淮浦送来了清茶。

“孔子说,攻乎异端,斯害也已。大人晓得,神州史上,多少人就是被认为在传播异端邪说而被腰斩。天清派是道教,但跟一般的道教又有不同,很容易被当作异端邪说。贫道看起来与世无争,实际随时都有可能被腰斩。不瞒大人,贫道每天如坐针毡,芒刺在背。

贫道不能担心被腰斩,而忘记了先师的遗命。常言道,黄鳝有黄鳝的路,泥鳅有泥鳅的路。天清派想在大梁国继续生存发展，只能寻找生存的缝隙。那些个杂草在墙头瓦缝里面尚且都能生存，更何况是人？只要能够找到缝隙，还是能够在大梁国苟且苟且。”

“虽窝囊了点，但不失是一种很好的生存之道。”

“还没成仙之前，生存总是第一，根本顾不上窝囊不窝囊。韩信忍受不了胯下之辱，早就给那班恶少给杀了。尺蠖之屈，以求信也；龙蛇之蛰，以存身也。没有办法，只能屈节以求伸。记得孔子说过，可以屈则屈，可以伸则伸。故屈节者所以有待，求伸者所以及时。是以虽受屈而不毁其节，志达而不犯于义。生存，发展。先生存，然后才能发展。”

“赵某前些年不忍气吞声，早就已经给朱温碾成齑粉。谁不想扬眉吐气？”

“对大人来说，扬眉吐气只是时间问题。贫道读过大儒荀子的书，有几句贫道至今还记得很清楚。假舆马者，非利足也，而致千里；假舟楫者，非能水也，而绝江河。君子生非异也，善假于物也。有些事情，自己直接去做，未必就能做得成。

倘若能够善于借助别人的手，就容易做成功。江充直接杀不了戾太子刘据，借汉武帝刘彻之手，就轻松实现了自己的愿望。江充虽被神州人归入佞臣，却是善假于物的高手。常言说，一物降一物。造物主只要造出一样物事，一定会同时造出一样物事去克它。只要用心思考，定能找到克它的物事。一旦宏图得以实现，大人还怕不能扬眉吐气？”

石柏正准备借别人的手办一件大事。

端午节，石柏带着秋雨、秋水离开天清观，前往涡水码头观看龙舟大赛。

亳州原本都会举行一年一度的龙舟大赛。黄巢造反后，神州人连打仗都来不及，哪还有时间和心思举行龙舟比赛。龙舟大赛跟着停办了。没想到，一停就停了三十几年。今年，正春风得意的颍亳观察使赵淮浦决定重新开办龙舟大赛。

就在石柏呆在天清观内学方术的这段时间，发生了两件与赵淮浦有关的事情，一是赵淮浦出兵蔡州帮朱温平息叛乱，一是针对赵淮浦的刺杀阴谋被王道杰挫败。颍州隔壁蔡州，民风彪悍。自成为朱温的地盘以来，蔡州反叛已经发生过多次。隔壁有样，不用上账。朱温原本就对刺史张慎思不放心，担心仿效赵淮浦。只要皇帝想做什么，朝中肯定有人会满足皇帝的欲望。不久，就有人向朱温上奏，张慎思在蔡州贪污腐败，吃相很差。大梁国上上下下有些权的人都在贪污腐败。不给人家好处，谁愿意给朱温卖命？这一点朱温不需要宇文泰等前辈教导。况且，朱温需要大梁国的将帅、官吏贪污腐败。将帅、官吏贪污腐败等于给朱温交了投名状。到时候,朱温想杀谁,名正言顺。只是,吃相不能太过难看。

朱温当下以蔡州顺化军指挥使王存俨暂代刺史之职,召张慎思到西都洛阳。朱温日理万机,竟然将这件事情给忘记了。过了好久,朱温就一直未任命谁去蔡州当刺史。右厢指挥使刘行琮抓住机会,乘虚作乱,准备带领兵士渡过淮河,投奔吴国。机不可失,时不再来。赵淮浦迅速抓住时机,出兵蔡州,和顺化军指挥使王存俨一起平息了叛乱,收编了刘行琮的军队。赵淮浦奏报朱温,推举王存俨为蔡州刺史。这时,朱温才想起忘记了派人去接任张慎思走后留下的刺史空缺。匡国军刚出现兵变,顺化军再兵变,南线顷刻崩塌。朱温准奏,擢升王存俨为蔡州刺史,赵淮浦撤兵回到了颍州。蔡州事变后,赵淮浦的实力得到了加强。

赵淮浦很清楚,无论怎么做,都不可能赢得朱温的信任,但表面文章不能不做。赵淮浦上书,恳请朱温派人来亳州,接任朱友徽死后控鹤军都虞候位置的空缺。朱温同意了赵淮浦的奏请。至于派谁去亳州接任控鹤军都虞候,朱温还没有确定。

得知颍亳观察使赵大人要重新举办龙舟大赛,治下的州县踊跃响应。

石柏和秋雨、秋水还在前往码头的路上,就已经听到了阵阵锣鼓声。没多久,石柏就看到涡水两岸站满了准备观看龙舟大赛的人。看来,因三十几年未举办,这场龙舟大赛确实吸引了不少亳州人。看到若水先生前来,赵淮浦的掾属旋即引若水先生和秋雨、秋水前往码头。

石柏拱着手到了码头,看到赵淮浦已经在牙兵簇拥下等。赵淮浦高声说:"龙舟大赛今年重新举办,点睛的事还是有请若水先生。""大人是一方之主,点睛自然由大人来。"石柏连忙推让。相互来往了一番,赵淮浦拿起朱笔给龙舟点睛。

点完睛,龙舟离开码头,划到比赛起点,准备一争高下。石柏和秋雨、秋水随赵淮浦前往观礼台上观看。观礼台上坐的都是赵淮浦属下的将帅和官吏。看到赵淮浦和若水先生,赵淮浦属下将帅、官吏纷纷起身,俯身拱手行礼。石柏和秋雨、秋水向众人拱了拱手,就在观礼台上坐下。不一会,呐喊声响起,龙舟大赛开始。

宽阔的涡水水面上,参差排着八条龙舟。在喧天的锣鼓声中,听到的只有极节奏的"呵哈"声。时而此龙舟在前,时而彼龙舟在前。如同尺蠖,一伸一缩,煞是好看。渐渐地,两条龙舟跟其他龙舟拉开了距离。只听见站在河岸上的观众叫喊着"谯县"和"城父"。

龙舟沿涡水逆水而行,靠的是群体,凭的是力气。

插有"谯县"、"城父"小旗的两条龙舟离观礼台前面的终点越来越近,在距离不到五十丈的地方仍然是紧咬不放,不分伯仲。眼看就要到终点时,意想不到的事情发生啦。两条龙舟上数十名桨手不是去用木桨划水,而是用木桨来相互打斗。打斗之惨烈如同兵士持长槊在交锋,砸的,砍的,刺的,捅的,要什么就有什么。

赵淮浦坐在观礼台上观看龙舟决胜负,见此情形顿时脸色发白,眼睛一动不动地注视着发生在涡水上面这场别开生面的打斗。见赵淮浦实在有些把持不住的样子,坐在一旁的石柏对着赵淮浦的耳朵轻轻说:“莫非大人没见过这种场面?大人应该晓得两女争桑的故事吧。仅仅几张桑叶,最后引发吴国和楚国打了十几年的战。按照神州人的说法,那可是僵尸满野,流血千里。他们因争夺状元,使诈斗殴,不是很正常吗?更何况他们斗殴绝对不会导致‘伏尸百万,流血漂橹’。大人为何不和贫道一起心平气和地欣赏他们打架斗殴呢?龙舟大赛是欣赏,打架斗殴也是欣赏。只要静下心来去欣赏,定会发现事情很有趣。”

“若水先生真不愧是得道的真人啊!”

赵淮浦心中的怒气渐渐平息,心平气和地欣赏起打架斗殴。站在河岸上支持不同龙舟的观众似乎受到龙舟打斗的感染,也开始斗殴。紧接着,就是有人落水的声音。负责现场治安的谯县胥徒赶紧去分开“谯县”和“城父”的支持者。就在这两条龙舟在打斗时,后面的龙舟已经赶了上来。一不小心,又有一条龙舟撞上他们,打斗队伍一下子就增加到了三支。其他龙舟不理打斗,继续在“呵哈”声中划向终点。

龙舟大赛决出了胜负。

石柏、秋雨、秋水向赵淮浦以及将帅、官吏拱手告辞,返回天清观。方才见石柏和赵淮浦交头接耳叽里咕噜,秋水很好奇。碍于赵淮浦在场,秋水没有问。刚一起步,秋水就问石柏:“师兄,方才你跟赵淮浦在嘀咕些什么?”又没什么秘密,石柏如实回答。“师兄在跟赵淮浦讲两女争桑的故事。”秋雨接嘴。“这个故事,我好像听说过。”一听秋雨说好像听过,秋水立马央求石柏讲这个两女争桑的故事。

“师兄,快给我讲讲。”

“好吧。师兄就给你讲讲。”

“春秋时期,吴国的边境小城卑梁和楚国的边境小城钟离接壤。卑梁的一个小娘子和钟离的一个小娘子,在边境上采桑时,就因为几张桑叶,吵嘴、打架。打架肯定有输有赢,自然也就有伤损。打输一方的家人不肯,打赢一方又自认为有理而不肯认错。于是,两个小娘子之间的打架,就演变成两家人之间的打架。

钟离一家可能人比较多,也可能请了帮手,杀了卑梁小娘子的全家。楚国人跑到吴国来杀了人,卑梁的父母官顿时大怒,旋即派卑梁的守兵攻打钟离。这还了得,侵犯楚国来了。楚王听到后,派大军灭掉卑梁。楚国竟然出兵灭掉卑梁!吴王听到后,派公子光攻打楚国,灭掉钟离。就这样,你来我往,吴国和楚国持续打了十几年的战争。到底死了多少人,根本无法计算。战争的起因就是几张桑叶。为了几张桑叶,两位小娘子死了,两个小娘子的家人死了,两个小娘子的家乡人死了。"

"两个小娘子能预测到会是这样的结果,肯定是不会争了。"

"可惜,人不是神仙。忍一忍,吃不尽。平常的打架斗殴,很大一部分就是一句话引起。小小的物事可能会带来严重的恶果,为何不忍一忍呢?神州人嘴上都会说,可一旦碰到实际情况,马上会变了味,最后酿成大祸!"

"现在好了。就争一个冠军,有没有死不晓得,伤那是肯定。师兄,让人人晓得两女争桑的故事,明白了可能会产生严重后果,说不定就会忍一忍。"

"这种故事天天发生,谁会从中吸取教训?能从中吸取教训,那就不是神州人了。正因为不会吸取教训,故事才会一遍一遍重演。"

端午节刚过去,一艘豪华的花船从柘城方向前来,停靠在天清观码头。

沿着涡水,从亳州出发,经柘城、睢县、杞县,可以到汴梁。柘城和亳州城之间的直线距离也就六七十里的路程,不论是走水路还是走陆路都很方便。

两名侍儿左右两旁搀扶着一位穿着奢华的富贵妇人下了花船。两名侍卫在前开道,后面跟着两名侍儿、两名侍卫和四名抬着两个箱子的仆役。赵准浦跟朱温虽闹过别扭,但仍然是朱温属下的观察使,而且早就已经跟朱温修好,不会对来自大梁的船舶进行刁难。

这名雍容富贵的妇人就是大梁国控鹤军都指挥使郢王朱友珪的夫人张氏。

张氏,娘家名清涟。嫁给了朱友珪,也就成了有姓无名的人。神州姓张的特多,而朱温家的女眷姓张的也多。朱友珪的夫人姓张,朱友贞的母亲姓张,夫人也姓张。没名,你还真弄不清楚是哪个张氏。还好,朱温家的女眷本就弄不清楚。朱友珪的夫人张氏是朱温的侍妾,朱友贞的夫人张氏也是朱温的侍妾。朱温要的是陪他睡觉,不在乎是哪一个张氏。朱友珪的夫人张清涟是宋州柘城人。

张清涟的父亲张朝炎,李唐时期的旧官僚,因跟朱温结亲,朱温自称皇帝后,官拜司农寺少卿。和平时代,司农寺主事农田水利兴修,很是重要。战乱时期,司农寺纯粹只是一个摆设。没过几年,年事已高的张朝炎也就乞骸骨回到了柘城。

眼看端午节就要来临,张清涟回柘城娘家省亲。张清涟的母亲姚氏对张清涟说:"听说隔壁亳州天清派掌门若水先生道行高深莫测,未卜先知。妈原本想自己去,你来了正好,可以去看一看。求他想一想解一解眼前危机的方法。天天陪老不死的不说，摸不准还要送命。你摊上事，我们一家人都得跟着完。”母亲的想法，张清涟赞同。

“这次省亲，老畜生已经同意我在娘家多呆几天时间。等过了端午节，女儿去看。”

“这样也好。我们母女俩也长时间没见着了，正好趁这个机会聊一聊。天底下竟然有此等人，皇宫里面有那么多宫娥，还长期霸占自己的儿媳。”

“他根本不是人，是畜生！妈没去过皇宫。去过皇宫，就会明白，女儿说他是畜生，有没有说错。女儿在妈面前，连说都没脸说。”

“上天真是没眼，竟然让这种畜生下到人间做皇帝。”

趋炎附势，天清观也不例外。见一班人护着一位尊贵的夫人前来，门头滕若缺一看架势旋即去告知刘若存。问明来意后，刘若存引夫人一行人前去玄幽别院见若水先生。石柏一看张氏，年约三十一二，虽强作欢颜，但眼含忧虑。“请!”石柏拱手延请张氏进玄幽别院堂内就座。

“请!”

“谢若水先生!”

进入堂内，两人分宾主在木榻上就座，秋雨献上清茶。一口清茶入口，妇人率先开口。“听人说若水先生神机妙算，小妇特来天清观，想请若水先生替自家夫婿问一问前途。”“神机妙算不敢!”石柏向妇人拱了一拱手。“夫人既然都已经亲自登门了，贫道还推三阻四，难免会让夫人觉得贫道这人过于虚伪，自视清高。贫道就替夫人的夫婿卜上一卦。请夫人稍候。”石柏手一拱，起身出了内堂。踏着台阶，快步来到了庭院上。打起一桶新鲜的井水洗净了手，转身快步回到了堂内。秋雨帮着焚起清香，石柏起卦，得讼之困卦。过了半晌，石柏仍然轻敲着指头，没有开口。见石柏迟疑，妇人说:“若水先生有话但说无妨。”

“此乃讼之困卦。”石柏停了一会，开始说卦。“或锡之鞶带，终朝三褫之。鞶带者，三公王侯之带。依卦象看，夫人的夫婿应该是身份非常尊贵之人。以夫人的年龄以及神色来推断，夫人的夫婿应该是亲王级别的人物。”

石柏话还未说完，妇人已经脸露惊讶。

“然而，鞶带会在刹那间被人夺走。福兮祸之所伏，鞶带之三褫也。夫人的夫婿，表面上看确实很尊贵，背后却潜伏着一场极其危险的大灾祸。”张氏一听，睁大了眼睛。“讼之困卦，坎在下，乾在上;坎为体，乾为用。夫人的夫婿是坎，夺走鞶带之人是乾。乾为天，为君，为父。那么，夺走鞶带之人不是别人，就是夫人的舅舅，即当今圣上。”

妇人站了起来，慌忙说：“若水先生，是否有解？”“这个……”石柏说话吞吞吐吐。妇人高声说：“所有人等都退到院外。”妇人带来的侍儿、侍卫纷纷起身向院外退去，秋雨、秋水也跟着离开了玄幽别院，免得听到了不该听到的秘密。“既然若水先生已经算到了小妇的身份，那小妇也无须再加隐瞒。”等所有人都离开了玄幽别院，妇人承认了自己的身份。“不错，小妇是郢王的夫人张氏。”这些时间的努力终于没有白费。石柏为此而感到欣喜。“王妃理应让下人先来天清观通知一声，也好让贫道有所准备。怠慢之处，还请王妃宽饶。”石柏手一拱。“若水先生客气！”张氏手一拱。

“小妇这次特意前来，就是希望从若水先生这里讨得化解危机的方法。”

“化解郢王的危机，说难很难，说容易很容易。”

“若水先生有话直说无妨。”

“容贫道好好想一想。”

石柏沉思了半晌后开口。“方法不是没有，只是贫道着实不能说。”石柏手一拱。“还望王妃能体谅！”从柘城特意来天清观，目的是想从若水先生这讨得化解危机的良方。见石柏吞吞吐吐不肯说，张氏旋即起誓。

“小妇泄露是若水先生告知，不得好死！”

“王妃晓得，如今生存在这个世界上，稍有不慎，就可能招徕灭顶之灾。”

“小妇完全理解。小妇也是万般无奈的情况下，来天清观向若水先生讨教。若水先生放心，小妇虽是妇人，但绝非小人，懂得些轻重。”

“夫人都这么说了，那贫道就斗胆说一说。化解郢王危机只有革命。”

“革命？”

“革命。汤武革命。”

“若水先生”，张氏沉思良久后问，“除此之外，真的没有其他方法了吗？”

“说实话，旁人若得此卦根本就无解。

王妃应该听过鬼侯的故事。鬼侯有个女儿很漂亮，献给纣王。纣王却认为很丑，就将鬼侯剁成肉酱，做成了肉汤。鄂侯拼死向纣王劝谏，结果被纣王晒成了肉干。文王看到同僚的下场，不禁叹了口气，结果被纣王关进天牢，足足折磨了一百天。不是文王的家人拼命贿赂狱吏，早已经被折腾死。鬼侯、鄂侯、文王，虽位列三公，却都只是纣王手下的三公。没办法，君要臣死臣不得不死。武王即位，来一场革命，彻底消除了隐患。武王跟他父亲文王一样，就不晓得哪天会被纣王弄死。纣王是天子,弄个人死还不是像捏死一只蚂蚁? 王妃,你说呢?"

"这些年,小妇就一直亲眼目睹那些毫无瓜葛的人被凌迟处死。"

"王妃可不是毫无瓜葛的人。郢王一旦出事,一定会累及王妃以及王妃的娘家人! 族灭这种事情,王妃肯定非常熟悉。"张氏点了点头。"天子要杀人,不会只杀一个,要杀就杀一族。几千年都是如此。王妃应该听过汉武帝的故事吧。汉武帝仅仅因奸臣江充几句谗言,就将戾太子一族杀光,因此连累被杀的人多达三万。圣明的汉武帝尚且如此,当今圣上,贫道就不敢多嘴了。王妃认为,会不会因为郢王是圣上的亲生儿子,圣上不舍得?"

张氏摇了摇头,叹了一口气。

"帝王之家,历来只有君臣,没有人伦。话都已经说到这个份上,贫道也就不再需要讳言。若有人伦,哪会有舅舅要儿媳进宫侍寝的事情?"

张氏满脸通红,羞愧难当。

"圣上的种种故事,王妃一定比贫道晓得多,也更加详细。"

"朱温之荒淫,小妇着实难以启齿。提到朱温,小妇只想亲口咬死他。"

"王妃想,如今还有没有改变圣意的方法? 贫道愚钝,确实想不出来。想改变郢王目前的窘境,化解危机,唯一的办法就是汤武革命。扬汤止沸,莫若去薪。化解天威,只有汤武革命,将自己变成天子。这是王妃所得之卦给王妃指出化解危机的方向。"张氏倾听石柏说卦。"讼之困卦的变卦就是困。易曰,困,亨。穷则思变,变则通。此卦明确告诉王妃,只有变,才有可能走出困境,化解危机。化解了郢王的危机也就化解了王妃自己的危机,也就化解了王妃娘家人的危机。所以,此卦的断语是亨。通俗点说,就是顺利,化险为夷。

困,坎下,兑上。《说卦》:坎,陷也。坎是坑,是洼,是沟。坎中干枯无水,也就没有了鱼,也就失去了生机。想有生机,必须得有水。《说卦》:兌为泽。泽,水泽。因此,看起来陷入困境,一旦有了水,如同久旱的庄稼来了一场甘霖,立马有了生机,走如困境。倘若郢王能够果决做到变乾为兑,就可以逢凶化吉,贵不可言。若想摆脱困境,唯一的一条路就是变乾为兑。王妃,是否明白了贫道的意思?"

张氏点了点头。

"王妃替郢王所占之卦,上乾下坎。乾,于五行,属金。金生水,水克火。倘若郢王能够化金为水,不仅可以摆脱了当前的困境,而且还可以获得不可言传的生机。贫道说,除了革命,没有其他化解危机的方法,也跟郢王目前所处的情势相符。

大梁朝野都晓得,均王为魏国夫人所生,而魏国夫人生前为圣上所倚重。均王虽不是嫡子,可在圣上眼里几近嫡子。圣上的眼里,魏国夫人比其他嫔妃尊贵。博王虽非圣上亲生,但深得圣上喜爱。就眼下情形而言,轮上轮下,都轮不到郢王。坊间传言,圣上有意将传位于博王。不知有否此事?”

“朱温确实有传位朱友文的意图,只是还没有挑明。”

“这样就更不需要贫道提醒了。单就眼下而言,无论是均王还是博王继位,轮上轮下都不会轮到郢王。郴王薨后,郢王兄弟里面排在第二。无论圣上是传位给博王,还是均王,肯定会想到郢王是一个障碍。依照长幼、亲疏顺序,继承皇位的人都应该是郢王。无论是均王还是博王,若想能够顺利登上皇位,都必须搬掉郢王。

王妃想想,无须均王、博王亲自出马,只要他们的夫人在圣上耳边嘀咕一下,郢王的性命就难保。不像普通黎民百姓,皇子之间争夺皇位的结果只有生和死。这是神州几千年来的传统。不说现在,就是几百年前,太宗皇帝为了皇位,发动玄武门之变,杀死了自己的长兄皇太子李建成和四弟齐王李元吉。玄宗皇帝发动政变,杀死姑姑太平公主。退一万步,就算圣上对郢王不舍得动手,最起码也应该剥夺郢王目前手中的权力,将郢王赶出京城,以免威胁到博王或者均王。郢王一旦被圣上赶出京城,新皇登基之后郢王准备到哪去?郢王就变成了砧板上的肉,任由博王或者均王宰割。到时候,随随便便一个借口,就可以除去郢王,以消隐患。

如此看来,郢王不是一般的危险,而是非常非常的危险。这也就是讼之困卦所隐含的玄机。当今圣上的性格,王妃肯定熟悉。再迟疑不决,郢王危矣!作为王妃,自然也危矣!到时候,不是贫道妄言,死的可不是只有郢王和王妃,而是郢王和王妃有关联的一大批人。所以,贫道才会说,除了革命,没有其他方法,可以化解郢王的危机。”

“若水先生,事情能否成功?”

“方才王妃从何处而来?”

“娘家柘城。”

“柘城在亳州北面。北方,水;南方,火。水克火。如此看来,王妃此番来天清观已经预示,王妃大事将成。按方才之卦,郢王为水,水也克火。圣上微时讳温,登基后讳晃,全都为火。郢王为水,水克火。如今时令刚刚进入仲夏,仲夏之月,其帝炎帝,其神祝融。于五行,属火。今天是辛巳,时辰是午时。巳,属阴火;午,属阳火。贫道认为郢王的大事必成,而且推定应该就在夏天。倘若过了夏天,到了秋天,秋天属金。郢王之水就不能克金。金生水,郢王之水必多。水多了就泛滥成灾,伤人跟着就多。到那个时候,郢王非但不能化解危机,祸害早就已经降临。天干辛，属金；金生水。此乃助郢王克火之水。郢王大事成功，还须王妃帮助。离开王妃，郢王即便想变，也大事难成。”

“若水先生，小妇能起什么作用呢？”

“王妃所起的作用可大着呢。

无论王妃愿意还是不愿意，圣上想让王妃入宫侍寝，王妃还得侍寝。王妃何不干脆用心宫中事情，忍辱负重，关注宫中的任何变动，随时通告郢王。这不等于圣上替郢王在宫中安排了王妃做内应？王妃在宫内，郢王在宫外，相互配合，等待时机。一旦时机来临，大事成矣！凡事成与不成皆在一念之间。倘若当时尚有一念之仁，岂有当今的圣上？”

石柏这一通胡扯就像一阵狂风，吹散了笼罩在张氏头上的云雾。

“多谢若水先生帮小妇指点迷津。将来郢王登基后，小妇定叫郢王封若水先生为国师。”

“将来的事将来再说。贫道只是希望，贫道今天说过的话王妃很快就忘记！”

“若水先生放心！外人晓得，先凌迟的应该是小妇以及小妇的族人。若水先生，小妇先告辞。”张氏向石柏手一拱，站了起来，石柏跟着张氏起身。“以后说不定还要叨扰若水先生。”石柏以客套应客套。“以后，王妃一定万事如意！”两人出了堂内，站到了步檐上。“赫威！”张氏叫站在庭院外等候的仆役抬进箱子。

“此次前来不曾带礼物，就这一千两纹银权作小妇献给天清观的香资。”

“夫人客气了。这些香资夫人已经带来了，那贫道也就替天清观收下。”

“小妇先跟若水先生告辞。”

“夫人走好，贫道就不远送了。秋雨、秋水，你俩替师兄送一送夫人！”

“多谢若水先生替小妇指点迷津！”

“实际上，人本无迷津，只是人都不愿正视而已。贫道想，夫人应该也是一样。人总是到了危急关头，才想到动手。可惜，此时动手往往已经为时已晚！敢于直面，自然就能拨云见日，看清河津，过河到彼岸。”

“小妇就是不愿正视，也得正视。到时，若水先生定要来洛阳。”

“有时间，贫道定去。”

就在玄幽别院的庭院上，石柏拱手给张氏送别。

送走张氏，秋雨、秋水返回玄幽别院。

“师兄，你来天清观突然玩起了五行八卦，搞得神乎其神。你说这物事是否真的很灵？”

“灵?”石柏呵呵笑了起来。

“那纯粹是骗人的道具。神州文化的精髓,用一个字来概括,那就是骗。陈涉骗,刘邦骗,统统都是骗。师兄骗别人,别人骗师兄,相互骗。就看谁的骗术高明了。”

“师兄,你的骗术够高明的了。”

“高明? 远着呢,跟大骗子相比,师兄只是小骗子而已。就说五行八卦,从它产生的时候开始起,就是骗人的道具。既然你感兴趣,师兄就给你讲一讲。”

“师兄这些个奇奇怪怪的物事,我还真没听过。”

“早在邹衍提出阴阳五行学说之前,当时的齐国已经开始流行五行学,只是邹衍总括其他人的种种说法而已。当时齐国国君是吕太公姜尚的后代,姜姓,他们宣称自己是炎帝的后代,崇尚火。陈敬仲的后代田和,也就是后来的齐太公,想夺权。想夺权,首先得制造舆论,编造故事。这是神州最常见的现象。当时那些拍马屁的书生纷纷给田和编造故事,制造舆论,如同黄巢编造故事一样。他们说陈敬仲的祖先是舜帝。于是,他们开始编造说,舜帝的祖先是黄帝。神州历史上原本只有炎帝,经过他们的编造,就出现了代替炎帝的黄帝。

这么一来,田氏代替姜齐就理所当然的啦。田氏就是陈氏,妫姓。物事燃烧之后,就变成了灰,也就是土啦。他们编造出来的祖宗黄帝就是土啦。于是,黄帝就配土啦。这样,土代替火,不就名正言顺了嘛。也就是说,吕太公姜尚的齐应该交给陈敬仲的后代田和。

齐太公当上国君没有几年就死了。儿子田剡刚继位不久就给自己的弟弟田午给杀了。田午没当几年国君,也就呜呼哀哉了。不过,就是这个时候,姜齐的根基还在,还没有完全掌控在田氏手中。齐桓公田午死后,田因齐又杀了自己的哥哥自立国君,这就是齐威王。齐威王为何将自己的名改成因齐,就是说继承齐国。齐威王觉得邹衍这套理论很管用,就大肆宣扬。于是乎,阴阳五行说就在神州流传开来,变成万能的理论啦。师妹,你有几个手指?”

“师兄,这你也要问,不五个吗!”

“这不就对了嘛。古人觉得手指、脚趾都只有五个。什么五谷、五音、五脏等,即便不是五个,也要分成五个。比如四方,要凑成五方;四季,也要凑成五季。于是,世界万物万事也都分成五类啦,金、木、水、火、土。这是只有五行,没有四行或六行的根本原因。可是,世界万物很多不能归到这五种里面。因此,许多物事到底应该归到哪一行就乱了。比如说肝,你说一说应该归哪一行?”

“肝？师兄，是不是心肝的肝？”

“是心肝的肝。”

“金、木、水、火、土，好像都不是。”

秋水想了老半天，还是没办法将肝归到哪一行里面。

“师兄，还是你说吧。”

“师兄哪晓得？肝，许慎说是木藏，高诱说是金藏。心脏，高诱一下子说是土藏，一下子说是火藏。既然任何物事都分五行，那天干、地支也得分五行。天干，十个，好分，十除以五，正好两个天干配一行；地支，十二个，可就不好分配了。这就看谁有名啦。张三有名就听张三，李四有名就听李四。木会着火，这就叫做木生火。火烧后，变成灰烬，这叫火生土。土里面有金银铜铁锡，这叫土生金。金银铜铁锡熔化后会变成水，这叫金生水。

水生出什么？水生出鱼？不行。五行中没有鱼。树木没有水肯定会死。这叫水生木。这叫五行相生。金见火会熔化就叫火克金。火碰到水会熄灭，就叫水克火。水来土掩，就叫土克水。倘若碰见洪水，土还不是给水冲走？道经云，天下柔弱莫过于水，而攻坚强者莫知能胜。五行中其他四行都不能克水。没有办法，既然要克了，也只能选土啦。拿一个木棍捅一下土，地上马上是一个洞。种子在土壤中会长出来，这叫木克土。这叫五行相克。”

石柏起身，出了堂内，从院子中折来一根草茎。

“秋雨、秋水，各抓住一头，掰开草茎。”

秋雨、秋水接过石柏手中的草茎，各自慢慢掰开。结果，草茎没有掰成两半，而成了中间仍旧连着的两半。

“你俩现在手中的叫阴爻。”

“难怪两横。那刚好掰成两半，不就叫阳爻啦？”

“是。三爻一组，就搭成八组，这就叫八卦，乾、坤、震、巽、坎、离、艮、兑。再将八卦两两搭在一起就是八八六十四卦。从它产生时候起，就是那些个巫师，用来骗人的道具，也不是什么特别高明的骗人道具。不弄复杂，弄玄虚，像师兄这样的骗子还有饭吃？当时，那些靠骗国君的巫师更没有饭吃了。就像刚才来找师兄卜卦的张氏，不是让她懂，而是让她相信。乾代表天，坤代表地。春雷震震，震自然是雷啦。离是传说中的太阳神鸟，三只脚，就让它代表火吧。坎，就是坑，坑里面一般有水，代表水。易彖曰，艮，止也。不动的物事有什么？易于反掌，安于泰山，那就代表山吧。巽表示顺，就用它来代表风。兑，实在找不出什么物事，就代表泽吧。现在，你们两人就用五行给八卦分分类。”

“坤土，离火，坎、兑水，艮土，震火。师兄，乾、巽放到哪一行好像都不对头。”

“震应该放在水一行。”秋雨提出异议。

“坤、艮土，坎水，离火，没有问题。树欲静而风不止。风吹树木不会动嘛，巽木；春天来了，树木成长，不就打雷了嘛，震木。现在就缺金啦。乾代表国君，国君嘛，肯定有武器，有钱啦，那就配金吧。艮是山，山下面自然是水泽了。那么，艮和兑就相对啦。

说卦，兑，正秋也，万物之所说也。兑本就是喜悦的悦。你没见，兑字下面是个人，上面是人高兴时候笑哈哈的样子。秋天，作物收成，人喜悦，个个都笑哈哈啦。”

“难怪我总是笑哈哈。”

“师兄姓石，岂不是像石头。”

“我看也差不多。”

“说远啦。兑配上了秋，五行就是金啦，金秋嘛。”

“兑是水泽，又配金，不是乱来嘛。”

“师兄就这么配了，看你能怎么样？你还要打死师兄啊，力气不行！”

“师兄，我现在懂了，八卦就是过家家，闹着玩。”秋雨恍然大悟似的说。

“师兄，那你这段时间不是一直在蒙人？”

“师兄是在蒙人。不过，来天清观让师兄占卜的人肯定无法把握自己的前途。谁能够把握自己的前途还会来占卜？只有前途渺茫了，不知所措了，才希望听一听别人的意见，像那个匡正邦。这些人根本不懂这些玄虚的物事。不故意弄得让所有人都不懂，谁会相信？神州人么，越玄虚，越离谱，越相信。你胡乱说一通，他们也不会去追究。占卜不是光靠这些物事，而是要察言观色，洞悉来占卜的人在想什么，准备做什么。他们来天清观主要还不是占卜，而是希望师兄帮他们出主意，想办法。这实际上比占卜本身更重要，也就是要帮人家解惑。希望听到想听到的话。师兄只是偶尔借助这种连师兄自己也不相信的物事，作为出谋划策的道具而已。对熟人，师兄何时用过这些道具？你俩就不用说啦。”

第六十二章　幾

君子见幾而作，不俟终日。

——《周易》

张氏急着要回汴梁,将占卜情况告诉给朱友珪。

花船在柘城码头临时停靠,张氏遣一仆役回娘家告诉母亲一声,就直接沿着涡水,前往汴梁。家族的兴旺昌盛远比见一面重要。清晨,张氏的花船到达汴梁码头。下了花船,张氏乘坐辇车,前往郢王府。一下辇车,张氏就径直前往寝宫。

一名站在寝宫前值勤的太监,见来者是张氏,连忙俯身帮张氏推开房门。踏进寝宫,来到卧室门前。"郢王还在睡觉。"一看王妃的手势,太监轻轻推开了卧室的门。床上躺着郢王朱友珪和几名裸体的娘子,看来昨晚娱乐有些过度,所以现在还没有起床。郢王就这一点可以跟朱温比一比。看到眼前的景象,张氏心里想。

朱友珪睁开眼睛,见张氏进来,身子一挺,坐了起来。床上的娘子慌慌张张滚下床,个个光着身子,低着头,跪在地上。张氏轻轻一挥手,这些娘子才敢抱着衣裳从后门跑出了卧室。值日太监合上卧室的门。张氏解开衣带,朱友珪一旁帮着脱去衣裳。还没有上床,朱友珪已经捧起张氏双臀开始孳尾。不久,两人也上到了床上。张氏一边在享受朱友珪年轻有力的孳尾快乐,一边开口说:"昨天,奴家请一名奇人给郢王卜了一卦,说得是句句在理。奴家没回娘家,直接来汴梁告诉郢王。"

"奇人怎么说?"

"奇人说,郢王想摆脱目前困境只有一种方法。"

"什么方法?"朱友珪立马停下了孳尾,连忙问。

张氏搂过朱友珪王的头,咬着朱友珪的耳朵,轻轻说:"杀了他,自己当皇帝!"

张氏的话刚一出口,朱友珪突然做起了以前从未有过的猛烈孳尾动作,连扎扎实实的床榻都发出了轻微的嘎嘎声。“郢王,轻一点,当心床塌了。”朱友珪依然我行我素,猛烈的孳尾动作一阵接着一阵。差不多过了半个字,朱友珪才慢了下来。

“本王以前怎么没有想到呢?真笨!”朱友珪重重拍了一下自己的脑袋。

“郢王现在想着了就行。”张氏继续咬着郢王的耳朵说:“奇人算准,今年夏天,郢王就能登基做皇帝。再迟迟不动手,不出秋天,郢王必将大难临头!奇人说,只要奴家和郢王一起,宫内、宫外配合,瞄准时机。一旦机会来临,大事必成!”

“看来,只能让你继续呆在宫中了。”

“不是郢王想不想让奴家呆不呆的问题,而是必须呆。奴家在宫里面紧盯着他的一举一动,再将消息告诉郢王。郢王得抓紧时间在宫外好好布局。郢王登基做了皇帝,天下的女人都归郢王,想要哪一个美娇娘,还不是郢王一句话?别说王氏,就是郢王的姐姐、妹妹,侄女、外甥女,郢王想让谁进宫侍寝,她还不得乖乖进宫?

而现在呢,尽管皇宫里面有数万天仙一样的宫娥,他一个人吃都吃过来,可郢王若是看上一个美娇娘,还没有吃,就已经到了他的手上。吃不到别的美娇娘也罢了,弄得连自己的新妇还要进宫去陪他睡觉。堂堂大丈夫,这是奇耻大辱!稍有点血性的男人都忍受不了这等耻辱,只能白刀子进去,红刀子出来。现在已经是五月,加上今年的润五月,夏天也只有三个月时间了。郢王,一定要抓紧时间。否则,别说美娇娘,就是自己的人头很快会没有。”

“好!”郢王高声说:“就这么着!”

紧接着又是一阵猛烈的孳尾。

刚起床,什么事都没开始做,冯廷谔就给朱友珪报告一条让他非常生气的消息。

“郢王,康勤的人这两天一直在王府附近转悠。”

“岂有此理!本王不盯他还罢,竟然先盯起本王来了。”

“起初仆也不信,手下兄弟一跟踪才发现,他们原来真的是康勤的人。仆只是不晓得,康勤为何要派人盯王府?康勤建昌宫使,建昌宫原先是子虚帮,无中生有是他们的特长。突然之间派人盯住王府,肯定不是什么好事。所以,仆先告诉郢王一声,心里有个准备。”

“本王迟早有一天会将这畜生弄死!先就当没这么一回事,悄悄看着。叫王府的侍卫加强戒备,防止贼人偷偷溜进王府。这小畜生现在仗着老贼宠信,越来越想爬到本王的头上拉屎撒尿起来了。暂且忍一忍,将这里的事情料理停当,立马去洛阳。”

一件意外的事情使得朱友珪提前去了洛阳。

赵淮浦幕后操纵、晋河东前台演戏的逍遥窟准备在亳州城东面的永城重新开张。永城的东面是徐州，北面是宋州。逍遥窟选择在永城，显然有利于吸引徐州和宋州的客人。赵淮浦的意图不用跟石柏明说，石柏也清楚。亳州之战后，赵淮浦控制了亳州、颍州，又利用了军队哗变控制了蔡州。赵淮浦很想将触角伸到徐州和宋州。一旦如愿，赵淮浦就有了跟朱温说话的底气。开张之前，晋河东亲自前来天清观请掌门若水先生挑选黄道吉日。斟酌再三，若水先生最后选了五月初九酉时初刻，希望逍遥窟能够比以往更能日进斗金。

晋河东恳请若水先生，在逍遥窟开业前的一天，能够亲自到永城，举行一场宏大祈福谢恩清醮。见实在难以推托，石柏就答应了下来。初八，石柏带着秋雨、秋水、白玄静以及一班道士，离开天清观，前往永城。当晚，就住进了永城驿馆。祈福谢恩清醮结束后，高功白玄静率领天清观道士返回天清观，石柏则带着秋雨、秋水俩人离开永城，前往离永城不远的芒砀山。

芒砀山是两座位于宋州和徐州之间非常低矮的山丘。从汴州经宋城前往徐州的官道就从砀山和芒山之间的峪口穿过。刘梦得云，山不在高，有仙则名。低矮的芒砀山出名，倒不是有仙，而是物以稀为贵。河南的东部到处是山，河南的西部也到处是山，唯独河南的中部千里平原。走好几天也见不到一座山。一辈子生活在平原的人没见过山，突然看到芒砀山，肯定兴奋。

石柏从小在山沟沟长大，在亳州呆长了，刚看到芒砀山，也禁不住心中的喜悦，更不别提那些个没看过大山的人。驰骋在千里沃野上，早就已经昏昏欲睡，看到芒砀山，那种兴奋劲就像光棍多年突然时来运转，稀里糊涂拣了一个新妇。神州的事情跟刘梦得所说的恰恰相反，往往是山有名之后才有仙，而不是有了仙山才有名。

芒砀山是河南道中部独一无二的一座可以直接看得见石头的“大山”。作为李唐国教的道教自然不会轻易放弃抢占。信道入迷的玄宗皇帝，拨出专款，派人在距离官道约三里左右的芒砀山东面的山脚，修建了一座相当规模的道观，并取名为“修真”。唐玄宗曾经临幸过修真观，并留下了墨宝。修真观的道士请宋州著名的刻工邱革将墨宝刻在石壁上，以供游人瞻仰。可惜，李唐皇朝倾覆后，玄宗皇帝的墨宝早就已经被采宝客凿走。

修真观现任监院是姑射真人的二弟子尤希静。

早在李唐皇朝崩溃前，修真宫就已经凋零。连续不断的水旱灾害，饿殍遍野，紧跟着而来的是如风卷残云一般的黄巢造反。能够在这场风暴中活下来的人已经算是奇迹。经过这场狂风暴雨的清洗,修真观周边的州县顿时宁静了下来。

没有了广大信众的支撑,修真观就像断了水源的山潭慢慢干枯。跟天清观一样,最后只剩下几个上了年纪的道姑。没有地方可去,只能呆在修真观等死。昭宗景福元年,经过几年的反复搏杀,朱温终于如愿攻克徐州,时溥携妻小自焚而亡。自此之后,徐州和亳州之间的战争才渐渐平息了下来,终于迎来短暂的和平,给修真观带来了生机。

人是头一条虫。造物主制定的通则是,位于食物链顶端的虫数量少,而位于食物链底端的虫数量众多。道理很简单,位于食物链顶端的虫数量太多,肯定会吃光位于食物链底部的虫,结果导致位于顶端的虫相互残杀而消失。人是饕餮。天上飞的,地上爬的,水里游的,无论是位于底部的虫还是位于顶端的虫,人都照吃不误。依照造物主制定的通则,人的数量不能太多。事实却是,人的数量非常庞大,而且繁殖力超强。难怪除了人鸟兽虫鱼越来越少。

战争一旦远去,人立马开始大肆繁殖。不到二十年的时间,徐亳一带已经繁殖出了不少人。姑射真人慧眼如炬,早早派自己的弟子尤希静带着两名道姑来到修真宫。常言道,强将手下无弱兵。尤希静不负众望,经过一段时间的筚路蓝缕,修真观渐渐恢复了人气,香火开始重新盛了起来。

石柏三人从永城县出发,步行了一个多时辰,到了一个卜字形的岔路口。宏伟的牌坊告诉石柏,修真观就在前面。秋雨、秋水在前,石柏在后,踏上了前往修真观的岔道。穿过用青石雕琢的牌坊,沿着这条两旁树木茂密的石块铺地的甬道,到了修真观的山门前。

石柏头束逍遥巾,身着白色道袍,手握柄长达三尺的拂尘。秋雨和秋水头束逍遥巾,身着蓝色八卦图案镶边的白色道袍。秋雨举一面白幡,白幡微斜,但仍能猜出白幡上面写着"上善若水"四个黑色大字。修真观门头贲不拔一看就引石柏三人去见知客卓希。知客卓希一面延请石柏三人进入堂内就座,一面让贲不拔前去告知监院尤希静。刚刚寒暄了几句,尤希静就来了。一名道姑送来了清茶,尤希静和石柏坐在堂内叙话。

"师弟接任天清派掌门后,师姐一直想抽时间去天清观看师弟,可就是抽不出时间。三月二十五,师姐特意抽时间去了一趟天清观,大师姐说师弟去南方了。"

"让师姐白跑了一趟了,实在是不该。"石柏向尤希静两手一捧。"师弟去南方,纯粹是个人俗事。只呆了一天时间,就回来了。几天前,师弟去了一趟太昊庙和玄清观，看望了三师姐和四师姐。恰好，逍遥窟的掌柜晋河东请师弟去永城做开业前的祈福谢恩清醮。永城离芒砀山又那么近，师弟也就顺道来看望师姐。”

“谢谢掌门师弟！”

“师姐客气！师弟接任掌门，肯定要到各个同门那走一走，了解一些具体情况。至少同门之间脸要熟，不至于路上碰到都不认识。”石柏喝了一口清茶。“师父孤身一人来亳州，艰苦创立了天清派，我们做弟子的有责任将天清派发扬光大。师弟自知愚钝，能力有限，已经接下了掌门，也只能尽全力去做。能不能实现师父的弘愿，师弟就不敢夸口了。”

“师姐相信师父的眼睛，师弟一定能实现师父的弘愿。短短的几个月时间里面，师弟就已经让我们天清派名声远播。想想谁能做得到？况且，我们天清派所有人都在为实现师父的弘愿而在努力。这几年，师姐也是依照师父的教诲努力经营修真观，希望弘扬我们天清派。师姐相信，师弟一定会带领我们天清派实现师父的弘愿。芒砀山，风景优美。师弟和两位师妹就在修真观多住几天，也好多指点指点师姐，如何能更好地弘扬我们天清派。”

“指点不敢，但还真想多呆几天。这一路前来，风光确实迷人。据大师姐说，修真观原是破败的道观。经过师姐的几年努力，如今已经是远近闻名的道观，光艰辛，不是当事人，根本无法体会。玄之又玄，众妙之门。跟同门相比，师弟不过多一些哄人的噱头罢了。说得难听点，只能是傻瓜太多，骗子不够用。碰到‘不知悦生、不知恶死’的真人，师弟焉能在亳州立足？”石柏莞尔一笑。“天清观离亳州城较近，香客比较多。这次逍遥窟晋河东请师弟去永城做法事，给了一百两黄金做香火钱。这次前来修真观，带在身边，给师姐用于弘扬天清派用。”

秋雨从行囊中拿出一个布包，递给尤希静。

“修真观收入尚可以自给，师弟自各留着吧。”

“提到钱，确实马上有一股铜臭味。我们道士，又不能像和尚，靠人家施舍过日子。种几亩地，填填肚子可以。没有钱，想做点事情还真的是不容易。师姐，还是留着吧。”

“那师姐只能代修真观说声谢谢。”

“再说，不仅师姐俗，连师弟也一块跟着俗。”

“只要我们还吃着人间烟火，都只能说是俗人。师弟和两位师妹，晚上就尝一尝师姐和修真观道姑自己种的菜。”尤希静说着就站了起来。“就由师姐带师弟和两位师妹看一看修真观，具体情况，我们边走边说。”

众人离开堂内，尤希静带路，游览起修真观。

用过斋饭，歇息片刻，尤希静陪同石柏去讲经堂给修真观道士讲道。石柏这次讲的题目是身与真。讲道结束，尤希静陪石柏在修真观内踱步。

“当年在通济渠伏击桓王船队的军队，据师姐的调查，应该是朱温手下庞师古的部队。朱温攻下徐州，杀了时溥，就上表庞师古为徐州刺史留后，军队当时就驻扎在距离永城不远的地方。没过多久，朱温派遣庞师古带领徐州、宿州、宋州、滑州七万军队，攻打杨行愍。在清口遭到杨行愍、朱瑾的夹击，庞师古掉了脑袋。手下的军队在清口这一战中已经全军覆没。据师姐的调查，当时在通济渠伏击桓王船队的朱温部队早就已经化为尘土。”

“人真的就是弄不清楚自己究竟在做什么，为何要这么做！如今回过头去看，真让人唏嘘不已。看来冥冥之中真的有一种力量在左右人，让他去做他自己也不清楚为何要这样做的事情。这几十年中，跟随朱温，被他人所杀，或被朱温所杀，真是无法用数量来计算。师弟一直在想，人晓得将来的结果，那会怎么样？”

“问题是人恰恰就是无法预知将来的结果。晓得了结果，肯定会选择另一条路。另一个路，又会产生另一种可能是截然不同的结果。正因为一生中路太多，结果也太多，周边来修真观问前途的人特别多。”

“不说他们，师弟现在身为天清派掌门，有时候都想问一问将来的结果！”

“师姐相信，师弟定能带领天清派实现师父的宏愿。”

“多谢师姐鼓励！师弟既然已经接下了担子，只能尽全力将它挑起来。师姐晓得，不行也得行。好的是，目前已经有了些成果，也明确了接下来行动的方向。”

“看来，师父的宏愿达成已经是指日可待了。”

“就算真的如愿，用不了多少年，这种故事还会重演。”

“眼看流血不止，只能是先包扎伤口再说了。”

“内伤不抓紧时间治疗，伤口就算包扎得再好，还是无法挽回性命。”

“万物有生必有死，师弟就不能太在意了。”

“师姐所言甚是。”石柏沉默了片刻。“看来，师弟还是没有跳出窠臼去思考这个问题。放到更远的历史长河去看，就算死了，也没有什么名堂。不说别的，光西域就不晓得死了多少。”

“师姐老家就在离芒砀山不远的徐州。二十年前，庞师古攻下徐州时，被杀得差不多只剩下一座空城。上个月，师姐再去徐州时，城内人已经不少了。神州人好比就是草，野火烧不尽，春风吹又生。人如此，家族如此，皇朝也如此。生生死死，死死生生。师姐的家族原先也是徐州的望族，如今好像已经只剩下师姐一个人了。可这几十年里面，被灭族的何止师姐一个家族？跟了师父后，师姐也慢慢想通了。煌煌一个皇族，如今有几人活在世上？正如师弟说的那样，放到更远的历史长河去看，就算死了，也没有什么名堂。能做一做尽量做一点，不能做就不要强求。希望猪过狗的日子，不应该。"

翌日，吃了早饭，知客卓希带路，尤希静陪石柏、秋雨、秋水游览芒砀山。

"芒砀山是汉高祖刘邦斩白蛇的地方。"卓希向石柏介绍。"传说汉高祖刘邦曾经躲在芒砀山，并杀了化作白蛇的白帝之子。"卓希还没有介绍完，秋雨已经插话。"陈涉好像也用过这一招。"当年，陈涉先让人用朱砂写好"陈胜王"的帛书，塞到鱼肚子里面，然后叫亲信将鱼肚子剖开，让众人相信陈胜是天授的王。又叫吴广装狐狸高叫"大楚兴，陈胜王"，让那些相信鬼的苦役，跟定自己。陈胜这么做，目的是鼓动那班苦役跟他造反。"陈涉、刘邦的骗术也太低级了！"秋水接话。"要么当时的人够笨，要么太诚实，竟然会相信这么低级的谎言！为什么看起来这么低级的谎言都会有人相信？简直是不可思议。"

"你没听过当局者迷，旁观者清？"

"这倒是真的。"尤希静接话。"有些旁观者看来根本不可能会有人相信的谎言却让无数人上当。师姐走南闯北，这种事情见过不少。民智不开，受骗必然。实际好好想一想，就不会上当。古之善为道者，非以明民，将以愚之。民智一开，就不好骗了。所以，历代皇帝都希望封闭民智。可惜，人算不如天算，到头来，只能是搬起石头砸自己的脚。大骗子正好钻了皇帝的空子，利用了百姓的愚昧，来实现自己的野心。张角和张宝，黄巢和王仙芝，哪一个不是这样？张角自称天公将军，黄巢自称天均将军，两人连称谓也差不多。

孔丘说，不患寡而患不安，不患贫而患不均。

要穷一起穷，要富一起富，只要平均就行。神州那些个黎民百姓一听'均'字马上怦然心动，不受骗上当怎么可能？一些人受骗还罢，偏偏这少数受骗的人会将其他人害死。受黄巢、王仙芝骗的人一百万也就是一百万，可就是这一百万却将整个神州拖入地狱。死了数千万不说，活着的人如在炼狱，永世不得翻身。"

"进地狱容易，出地狱难。当初跟着黄巢准备上天堂的人，谁晓得会进了地狱？现在进去了，还想那么容易就出来？天作孽，犹可违；自作孽，不可活。人要是不用脑袋想，最终只能害己害人。就像师姐说的，皇帝偏偏不希望你用脑袋想，个个猪似的，最喜欢。"

“这就是夫子避雨处。”

所谓“夫子避雨”处,实际就是一块大石岩上面有一条石柏不弯腰直接进去都要碰到头的缝隙。“没见过真正大山的人也是挺可怜的。”石柏弯下了腰,和秋雨、秋水姐妹一起走进这条大石岩下面的缝隙。

“师兄,夫子从官道跑到这里,早就给雨淋透啦!”

“夫子是圣人,雨还没有下之前,就已经躲在这里啦。”

“没有下雨,从大老远地跑到这里,不就白跑啦!”

“夫子是圣人,没有下雨,就不会跑到这里啦。”

“这只能说明什么夫子避雨,纯粹骗我们。莫非孔子就像狗一样,走到一个地方,看见一棵树,都要撒一泡做个记号?吾再逐于鲁,伐树于宋,削迹于卫,穷于商周,围于陈蔡之间。当初的孔子就一没落的贵族,谁理?只是过了好些年后,这个没落的贵族才被别有用心的人吹成天上的星星。骗,到处是骗!稍微不慎,就会落入骗子设下的陷阱。在神州行走,能不慎!”

出了“夫子避雨”处,沿着一条石缝里长满杂草的小路,前往张飞山寨。传说,张飞被曹操打败之后,逃到芒砀山,在山上修筑山寨。站在张飞山寨的废墟上,俯瞰从两座山丘中间穿过的这条官道。这条官道是宋州前往徐州的咽喉。神州以往的许多战役就发生在张飞山寨下面的官道上。秋水登上山寨的残墙,俯视了一眼下面的官道,含笑说:“师兄,张飞还真会想,从这里扔石头,即便没砸死,头上砸个洞是免不了的啦。”

“等一会,朱友克从下面走过时,师妹就在这里扔石头。”

朱友克确实将要从眼皮底下的峪口经过。

鲁王朱友克名义上是朱温的侄儿,实际是朱温的儿子。朱温兄弟三人,老大朱全,老二朱存,老三朱温。朱存和朱温都是萧县闻名的流氓,而朱温更以凶残闻名。造反是流氓翻天的绝好机会。如大齐国皇帝黄巢宣传的那样,跟着天均将军去造反,要铜钱有铜钱,要娘子有娘子。千载难逢的好机会,朱温绝对不会错过。于是,朱温和朱存跟着黄巢造反去了。

乾符五年,黄巢南下经过福州。抢杀郑员外家时,朱存抢来了郑员外年仅十六岁的小女儿做自己的新妇。自追随黄巢造反以来,兄弟俩奸淫无数,从来没想过留一个当新妇。郑员外家的这个女儿实在太漂亮,朱存就将她留在了身边,主要是当时有了条件,朱存已经是黄巢手下的折冲都尉。可惜,好景不长,朱存追随黄巢攻打广州时,送了性命。睡在郑氏身边的男人也就由老二朱存换成了老三朱温。第二年，郑氏生了朱友克，后来又生了朱友宁和朱友伦。朱温称帝后，封朱友克为鲁王，友宁为安王，友伦为密王。

鲁王朱友克，接任徐州控鹤军都虞候前，迄今为止经历了两次大的意外。景福二年，朱友克和朱友裕一起攻打徐州时，不慎失去了一副器官。这次意外改变了朱友克的爱好。朱友克不久发现自己的身体发生了变化，嘴唇上面的那一点绒毛跟着没有了，声音也变得跟原先不一样。当一个人的一种兴趣失去时，就会产生另一种兴趣去补偿。失去了一副器官，朱友克的兴趣就是让其他男人也要失去一副器官。反正没这副器官，照样能活得像模像样。

朱友克的第二次意外是根本没有料到忠武军节度使刘知俊竟然会背叛梁国而去投奔岐国宋文通。神州皇朝第一代皇帝对帮凶历来是爱恨交织。没当上皇帝之前，需要帮凶充打手，帮他杀人，争夺皇位；当上皇帝后，又怕帮凶心存不轨，夺了自己的皇位。自古以来，一旦当上皇帝，就开始对帮凶进行清洗。他人如此，朱温尤甚。谁能保证不会是朱温？

这些年位高权重的节度使一个个被朱温清除。佑国节度使王重师一骗到洛阳，就被朱温贬为溪州刺史。王重师刚去溪州上任，朱温的圣旨已到，赐其自尽，然后族灭了王重师。忠武军节度使刘知俊意识到下场必将跟王重师相同。果不其然，朱温故伎重演，准备除去刘知俊。刘知俊智勇双全，朱温极不放心。朱温以任刘知俊为河东西面行营都统准备与晋作战的名义，召刘知俊入朝。

刘知俊的弟弟，右保胜军指挥使刘知浣在洛阳陪朱温。得知内幕消息，刘知浣旋即暗中派心腹偷偷地告诉刘知俊千万别来洛阳："一到洛阳就得死！"刘知浣向朱温请求，允许他带侄儿前去迎接刘知俊。朱温不知是计，同意了刘知浣的请求。于是，刘知浣带着家族逃离了洛阳，前往同州。刘知浣一到同州，刘知俊立马起兵公开反叛朱温，袭击雍州和华州，摧毁了控鹤军华州指挥寺，活捉了刚接任佑国节度使的原左龙虎统军刘捍。控鹤军都虞候朱友克很幸运地躲过了被刘知俊大军清剿的命运，带着三十多名亲兵，逃回了洛阳。

刘捍被刘知俊装在囚笼里面，送给了宋文通。宋文通哪会客气？让刽子手来对付。刘捍是谁？朱温最宠信的三大宠臣之一。想当初，朱温派刘捍去哄昭宗，结果傻蛋昭宗被刘捍哄得屁颠屁颠。昭宗对刘捍既赐物，又封官，还御赐"迎銮毅勇功臣"的封号。刘捍被杀，朱温真是伤心不已。得知刘知俊反叛、华州控鹤军指挥寺被摧毁、刘捍送命的消息，朱温一面急调杨师厚为西路行营招讨使，带领侍卫马步军都指挥使刘鄩等前去征讨，一面追究刘知俊叛逃事件的责任。发生那么大的事件，作为监管机构控鹤军竟然一无所知，还真的是岂有此理。

刘知俊背叛前的一个月，还带兵攻克了延、鄜、坊三州。仅仅过去了一个月，刘知俊就背叛梁国，投奔了宋文通。朱友克怎么想也没想到。朱温希望刘知俊死，可不希望刘知俊成了宋文通手中的利器。朱友克惶惶如丧家之犬，逃到了洛阳。一进洛阳城，朱友克就意识麻烦来了。眼看已经失去一副器官的儿子又要失去一个人头，母亲郑氏只好去向朱温求情。死罪可免，活罪难逃。朱友克被朱温敲了三十军棍。差不多趴了一旬，朱友克才可以下地走动。

赵淮浦叛乱后，朱温感到南部诸州存在着巨大的隐患。

如今晋国步步进逼，南部诸州配合晋国伺机叛乱，大梁危险。朱温绝不允许感化军节度使康怀英学刘知俊、丁会等人的样。康怀英原本是朱瑾的牙将，后背叛朱瑾，投靠了朱温。昨天可以背叛别人，今天也可以背叛我。朱温对感化军节度使康怀英越来越不放心。康怀英摸准了朱温的意图，主动上奏，希望能够派人前来徐州，重振控鹤军昔日雄风。

自黄巢造反以来，今天归附明天背叛是司空见惯的事情。朱温怀疑康怀英正常。这些年朱温手下已经有好些人背叛。去年，镇州王熔、定州王处直背叛朱温，归附了晋国，控鹤军四大都虞候之一，德王朱友恩被杀。朱温以宁国军节度使王景仁为北面行营都招讨使，潞州副招讨使韩勍为副手，相州刺史李思安为先锋使，带兵前去征讨。北伐大军出发后，出现了月食。司天监启奏："月蚀，不宜用兵。"朱温赶紧派人去追北伐大军。可惜，追来的却是柏乡大败的消息。河北的精锐被晋王李存勖歼灭殆尽。正因为这次意外月食的帮忙，从柏乡败逃回来的王景仁等将领才没有被朱温处死。柏乡之战后，朱温非常担心边境州县出事。怕出事，偏偏出事。赵淮浦杀了赵友徽，摧毁了亳州控鹤军指挥寺，临淮的州县失去了控制。朱温还没有从魏博回汴梁，就已经开始考虑将康怀英调离徐州。

当初，朱温弑昭宗，昭义军节度使丁会投奔了李克用，朱温任康怀英为招讨使，前往潞州平叛。面对周德威的进攻，康怀英不敢出击。朱温以李思安代替康怀英，降康怀英为都虞候。李思安也没建树，朱温大怒，临阵罢免了李思安，以同州刘知俊为招讨使。

刘知俊还没来接任，朱温亲自到了泽州，作为康怀英的后援，并督促他抓紧时间攻下潞州。就在这时，李克用病亡，李存勖召周德威回太原。朱温得知李克用病亡，周德威离开了潞州，以为太平无事，也离开泽州，返回洛阳。哪想到，周德威突然调头，攻破夹城。康怀英大败，光大将就阵亡了三百多。康怀英仅仅带了一百来骑逃回。康怀英自己都以为这次难逃一死，结果因战前出现月食救了康怀英一命。

“占者认为不宜出兵，朕不听劝告而招致失败，不是你的错。”

朱温赦了康怀英的罪，任为右卫上将军。刘知俊背叛朱温投奔了宋文通。朱温任康怀英为保义军节度使、西路副招讨使前去平乱。康怀英功取宁、庆、衍三州，回到升平时，遭刘知俊伏击，结果大败。康怀英原以为这次必死无疑，想不到朱温竟然没杀他，只是将他调到徐州任感化军节度使。康怀英晓得，现在是到了表忠心的时候了。康怀英趁机派使者上书朱温。朱温同意了康怀英的请求，启用闲赋在家的朱友克，前往徐州创建控鹤军指挥寺。

朱友克很不愿意去徐州接任控鹤军都虞候。对朱友克来说，徐州是一个伤心地。圣命难违，朱友克不想去，也只得去。为了讨个吉利，朱友克特意请风水师阴乙挑选黄道吉日。五月初九，也就是石柏给晋河东举办祈福谢恩清醮的那一天，朱友珪以三十六天罡、七十二地煞之数，抽调了一百零八人，组成一支控鹤军都虞候卫队，护送朱友克前往徐州任职。

朱友克万万没想到，此去徐州竟然是不归路。

五月初九，朱友克按照阴乙定的时辰，卯时正，准时出发，前往徐州。路上的行人本就不多，偶尔有个别行人，见扬尘而来的马队，早就已经躲到官道两旁的茂密树林里面避让去了。朱支光是鲁王，不回避，被马踏死活该。将近酉时，朱友克顺顺当当地到达宋城。刚刚接任宋州刺史的洪再荣亲自款待。酒宴直喝到亥时才结束。第二天，朱友克直到快过了辰时才从宋城出发，前往徐州。

昨晚酒足饭饱，又休整了一夜，出了宋城，就一路飞奔。马队驰行了将近一个时辰，官道旁的树木越来越茂密，却不见一个人影。朱友克已经好久没来伤心地徐州。见此情况，朱友克甚至怀疑当初是不是已经将这一带的人给杀光了。朱友克不知，路上的行人见一路飞奔而来的马队早就已经躲到了路旁的树林里面。

突然，官道上出现了拒马。真是大胆妄为，竟然大白天在官道摆放拒马。

队伍停了下来，两名兵士下马去搬开拒马。拒马还没有被搬开，朱友克已经惊愕得合不上嘴。官道两旁密林里面竟然埋伏了杀手对控鹤军进行劫杀。杀手们常用的暗器、兵士们常用的弓箭，从官道两旁的密林里面射向聚集在官道上的队伍。

朱友克身边的卫兵纷纷中箭落马。得赶快冲出埋伏圈，否则死定了。两名兵士急忙忙搬开了拒马，朱友克手中的马鞭一抽，胯下骏马扬蹄冲出了伏击圈。朱友克不敢歇气，足足驰行了将近半个时辰，才慢慢缓了下来。朱友克回头一看，发现跟在自己身后的控鹤军兵士已经只剩下三人。朱友克在前往徐州的官道上遭到了杀手的围杀。这种事情,在亳州已经发生过一次。这一次是故伎重演。正在地府的朱友徽没有告诫朱友克要注意警惕。现在可好,重蹈覆辙啦！回去是死路一条,埋伏在官道两旁的杀手在等我去迎接雨一样的箭。眼下只有赶快到徐州。只要能顺顺利利到达徐州,朱友克就可以重新招兵买马,反正身为控鹤军都虞候的朱友克手中有的是权。有了权,就有钱,立马有愿意替你卖命的人。

朱友克抬头一看,官道从两座低矮的山丘中间穿过。眼前的这两座小土丘大概就是所谓的芒砀山了。过了芒砀山,再驰行一个时辰左右就可以到徐州。朱友克手中的鞭子一抽,骏马重新加速,朝芒山和砀山之间的峪口驰去。

眼看就要进入芒山和砀山之间的峪口,朱友克猛然看到三名穿着稀奇古怪的道士站在前面的官道中间。这三人正是石柏、秋雨、秋水。朱友克没有叫“闪开”,也没有勒缰绳,只管继续抽鞭子。你们自己要站在路中间,踩死你们,不要怨本王。朱友克策马飞驰前进。

想着自己胯下的骏马就要撞倒官道中间的三人,朱友克心中不由涌起一阵愉悦。这回至少可以撞死一人。朱友克不清楚自己什么时候起有这个癖好,至少在失去一副器官前,就已经开始用飞驰的骏马撞人。好狗不挡路。谁叫你挡在路上不避？突然,不晓得从哪里冒出来的绊马索绊住了马腿。朱友克的坐骑一个踉跄,跌倒在地。朱友克毕竟是英雄,在胯下马匹猝然倒地之前,遽然像一只鹞鹰腾空跃起。别人,早就已经摔到地上,来一个狗啃泥。

朱友克还没有站到地上,石头从峪口两侧的山上,黄蜂逐人般向朱友克和两名护卫砸了过来。峪口两侧是光秃秃的石壁,朱友克躲无可躲。一块大石头不偏不倚砸中了朱友克的脑袋,栽倒在官道上。一名躲过一劫的兵士赶紧调头。兵士还没有跑出多远,就听到骤然而来的马蹄声,眨眼之后就看到前面官道上迎面而来一支飞驰的马队。

这支马队的人数比护送朱友克前往徐州的控鹤军侍卫还要多。这支飞驰的马队,人人扬鞭,马马奋蹄。兵士正想躲避,就已经被迎面飞驰而来的马队挤下了马,无数只马蹄踩在兵士的身上。马队对官道上被马蹄踩碾的控鹤军兵士毫无理睬,继续奋蹄前行。朱友克刚刚悠悠转醒,睁开眼睛,飞驰而来的马蹄,踩到了朱友克的胸口,紧跟而来的是无数马蹄。朱友克还没有到徐州接任控鹤军都虞候,就已经在前往徐州的官道上,被铁蹄活活踩死。对鲁王朱友克来说,这是他一生中最重要的一次,也是最后一次意外。

朱友珪等朱友克的消息,可等了好几天,音讯全无,不禁蹊跷了起来。不能再拖了,朱友珪派人前往徐州。朱友珪现在最怕就是出意外。康怀英等等朱友克没来,也派人来汴梁问讯。一听朱友克还没去徐州,朱友珪意识到问题严重。当天,朱友珪调遣控鹤军兵士沿路寻找。刚接任宋州刺史的洪再荣一听朱友克不见了,也慌张了起来。在宋州的地盘上出事,有洪再荣好看。两路人马找了一天,终于在树林里面找到了朱友克被野兽啃剩的残肢。

得知朱友克死在前往徐州的路上,朱友珪就像失控的石头,一屁股瘫坐在了榻座上。过了好久,朱友珪才回过神来。只要本王能度过这次难关,就没事。朱友珪跟冯廷谔琢磨了一个晚上,最后决定和夫人张氏一道第二天动身前往洛阳向朱温汇报。万一朱温真要动手杀朱友珪,夫人张氏也可以一旁替朱友珪哀求哀求。眼下没有其他办法,只能靠侥幸。

果然,朱温听后怒不可遏,厉声说:"拉出去,砍了!"

大梁朝野谁都很清楚,朱温想杀,根本不会在乎你是朱温的什么人。君叫臣死,臣不得不死;父让子亡,子不得不亡。朱温杀朱友珪完全符合儒教的教义。死在父亲之手的儿子,几千年来谁数得清?帝王就更不用说了。圣明皇帝唐太宗十四个儿子就有十二个死于非命。朱温杀个儿子,大梁朝野所有人都会认为这很正常,更没必要为此大惊小怪。

朱友珪听到朱温说"拉出去砍了"时,丝毫没感到惊奇。你哪天不想杀了我?朱友珪突然想起同父异母哥哥,朱温的长子郴王朱友裕。当年,朱温遣朱友裕带兵攻打徐州,大败朱瑾于石佛山。朱瑾只带着少数残兵败将逃走。朱友裕自认为攻取徐州是重点,而不是擒获朱谨,就没有派兵去追。朱温得知消息后,雷霆大怒,马上要亲手剁了朱友裕。

朱友裕跟在朱温的身边时间最长,也最熟悉朱温的脾气。朱温不是严父,而是暴父。刚好碰到气头上,你给朱温逮着了,必死无疑。在神州父亲的眼里,儿子就是听话的奴才。荆南节度使成汭,认为自己的儿子不孝,全都亲手杀死。成汭如此,何况朱温?千万不要认为你是朱温的儿子,朱温会饶过你。

况且,朱温心中一向只有霸业。跟霸业相比,儿子根本就不值得一提。有时候,霸业成不成,就看你忍不忍杀自己的儿子。杀一个儿子所起的震慑作用远远大于杀一百将领,百万庶民。这些年,连朱温自己也不晓得丢了多少儿子,又有多少个儿子生在别人家。只要霸业能成,将来想生多少个就生多少个。这个道理,朱温根本就不需要人教。

朱友裕一看形势不妙,赶紧带着几名心腹骑兵,躲到砀山朱全家中。最后,还是魏国夫人张氏出谋划策，让朱友裕化装成平民，偷偷遛进汴梁。到了汴梁，朱友裕大清早就去见朱温。朱温勃然大怒，马上叫侍从拖出去斩首。张氏听到消息，连鞋子也来不及穿，光着脚丫跑来替朱友裕向朱温求情。“看在你从母替你求情的面上，暂且饶你一命。”朱温心中的怒火此时已经消去大半，又见张氏跪在朱友裕身边替他求情，这才饶了朱友裕。

朱友裕尚且如此，朱友珪算什么物事？

“夫人，不好了……”

迟了就没命了！当侍儿怀玉气喘吁吁跑来告诉张氏朱温要杀朱友珪时，张氏一边嚎啕大哭，一边跑去见朱温。张氏晓得，以朱温暴虐的脾气，迟早有一天会杀了朱友珪。朱友珪每次进宫朝见朱温，张氏都心惊肉跳，默念佛祖保佑，菩萨保佑。“陛下……”一见朱温，张氏扑通一声，双膝着地，向朱温跪了过去，一把眼泪，一把鼻涕，趴在了朱温的脚前。“陛下……”张氏杀猪似的苦苦哀求朱温宽饶朱友珪，让他戴罪立功，将功补过。

朱温怒火这才慢慢消退，饶了朱友珪的死罪。

朱友珪回到洛阳衙署，还没坐下，就一脚将前面的几案踢飞。

“妈的，越想越窝火！屁股开了花刚刚好一些，跟着就要砍脑袋。堂堂大梁国亲王，天天挨骂、挨揍，还要献上自己的夫人，过的简直就是猪狗不如的日子！”

“猪狗不如！”朱友珪突然高喊了起来，俨然就像一匹独狼在旷野上长嚎，声音响彻了整个控鹤军衙署。朱友珪狂骂了一顿，心中怒气才慢慢消去。“简直是奇耻大辱！翻遍了神州史，也未必能找得到这种奇耻大辱。奇耻大辱！奇耻大辱！”冯廷谔一旁示意，两名牙兵前去重新扶正几案。朱友珪坐了下来。

“郢王，先喝口茶消消气。”

侍儿献上茶水，朱友珪接到手中，喝了一口。

“不是夫人低声下气地苦苦哀求，本王的六斤四早就已经没了。堂堂大梁国亲王，要靠夫人低声下气地苦苦哀求才能活命，你说窝囊不窝囊？本王当时真想一剑将自己给骟了。本王根本就不配做男人！”

“郢王，不能光发火，你得想些办法应对才是。”

朱友珪本想说，只有杀了他，本王自当皇帝。见堂上有牙兵在场，朱友珪只得转口。

“什么办法？鸟毛也没有！本王身为控鹤军都指挥使，过的都是刀头舔血的日子。大梁将帅、官吏个个都怕本王。稍稍有些脑的人都晓得，怕的背后就是恨。如今朝野上下个个都巴不得本王早点死。而康勤呢，身为建昌宫制置使，那些个将帅、官吏，都有求于他，希望从他身上大捞油水。那些铜钱，又不是康勤的。康勤又不是傻子，用别人的铜钱买自己的人情。你没听见，朝野上下到处是对康勤的赞美声音。新妇手艺又高，在耳边嘀咕两句，等待本王的只有挨骂、挨揍、挨刀的份！如今只有另辟蹊径，本王还有活路！”

“仆认识一个前朝进士，很有谋略。”

“前朝还有进士活着？”

“还没来得及封官，前朝就已经垮了。”

“你去将他带来，本王和他见一见，看看有没有高见。”

第六十三章　借

夫易彰往而察来，而微显阐幽。

——《周易》

五月十一日，石柏带着秋雨、秋水，离开了修真观。三人没回天清观，就直接外出云游去了。石柏准备借这次云游的机会到汴梁看一看姚夷静。姑射真人六大弟子中，大弟子李清静和六弟子白玄静人在天清观，天天见面，二弟子尤希静、三弟子柳若静、四弟子水守静，都曾前去拜访过，只有五弟子姚夷静至今仍未曾见过面。

姚夷静现在是幽通观的监院。幽通观的原监院慕同尘是朱邪以清神交多年的好友，跟姚夷静的师父姑射真人也有不薄的交情。可能是这两方面的原因，慕同尘改换了门庭。现在算来应该是十年前，姚夷静听从朱邪以清的建议，离开天清观前往幽通观。一来是原监院慕同尘的有意提携，二来是姚夷静自己努力，姚夷静从一名普通道姑升座为幽通观监院。

端午节一过，天气就骤然热了起来。还好，外出云游，又不是赶集，不必要急促。石柏倒是早出晚归，中间休息，一路晃悠悠，经宋城、睢县、杞县，五月十七日才到陈留。因县令游笃权的邀请，石柏在陈留呆了一夜。五月十八日，三人到了幽通观。

这一路上，大梁臣民最热门的话题是那颗彗星。遗憾的是，石柏和秋雨、秋水都没有亲眼看见那颗彗星。坊间纷纷传言，今年定有天大的事情要出。陈留县令游笃权邀请若水先生到家里来做客，就是为了这颗彗星。石柏刚进入陈留县城，还没有走上几步，就被一名陈留县胥徒拦住了去路。“若水先生，县令大人有请！”石柏吃惊地问：“差官何以晓得贫道就是若水先生？”胥徒指了一指秋水手中的幢幡，含笑说:“在下字虽认得不多,但幢幡上的这几个字,还是能认得。”石柏说:“官爷就不怕有人借此名招摇撞骗?”胥徒含笑说:“若水先生身后的两名道姑却难以冒充。”石柏和胥徒在街道上还没说上几句,四周驻足围观的人已经是密密麻麻。石柏含笑说:“还不走,说不定就被当作了猕猴。”胥徒含笑起步,在前带路,引着若水先生、秋雨、秋水,前往陈留县令馆舍。

游县令手端茶盏,含笑说:“昨天就听说,若水先生要前往汴梁。本县想,与其前去万一错开,还不如守株待兔。果真,若水先生来了。本县请若水先生来,一是久仰大名,想看一看若水先生,满足一下好奇心;二是有一疑惑想请若水先生帮着解一解。”游笃权原本是曹州济阴县一名差役,懂点文字。朱温当上宣武节度使那会,游笃权投奔了朱温。朱温当上了皇帝,水涨船高,游笃权来陈留当了县令。游县令说了几句客套话,就直奔主题。“本县想问一问若水先生,你否能透露一点点这次彗星出现所隐含的玄机?”

石柏诡秘一笑,端起茶盏,袖子一遮,喝了一口。“彗星谪见,原本就是极其异常的天象。想想一生能看到几次?”石柏将茶盏放回到了几子上。“随便翻一番书也会晓得这是明显的危亡征兆。记得袁彦伯在《后汉纪》中说,孛星者,恶气所生,谓之彗星。说明人间已无法容纳这股恶气,上冲至天庭凝聚而成形成彗星。彗星俗称扫帚星。扫帚的用处,众所周知,是扫除污秽。

《春秋左氏传》云,天之有彗也,以除秽也。如今彗星谪见,等于上天明确告诉凡夫俗子,人间污秽不堪,需要好好清扫。游县令肯定已经晓得,彗星从西南朝东北直冲太微垣内的灵台。其中的意味,不用贫道提醒,游县令也会明白。就昨天,贫道无事夜观天象,看到荧惑犯心宿大星。说不定,此时司天监正向圣上启奏此事。彗星谪见虽然可怕,但远没有荧惑守心那么让人心惊肉跳。荧惑星是灾星众所周知。荧惑守心的事情,游县令说不定比贫道还熟。心宿大星是帝王之星。秦始皇、汉高祖、汉成帝都是荧惑守心后驾崩。其中的含义,游县令根本不需要贫道言明。游县令,你说呢?”石柏邪魅一笑,端起茶盏喝了一口。

“那么多冤魂到了地府,怎么能容得下?”

“地府容得下还是容不下,十殿阎罗自会考虑。游县令和贫道就是想管,也轮不上。以贫道谬见,游县令倒要考虑何处容身的问题。像游县令这样的官,即便像开封府陈留县这样的县令,也是与庙堂较远,与江湖较近。贫道鼠目,庙堂的事情想管,也轮不到管。只要选中一棵树,能够乘凉乘凉就行。没有大树可以乘凉,那么热的天,肯定晒破头皮。”

“若水先生所言极是。只不过,如今树那么多,还真的有些不好选。万一选错了树,倒了下来还不是要压死人?这种树倒压死人的事情,不是天天发生,隔一天那是肯定。若水先生可否替本县选一棵树?也好将来让本县安心乘凉乘凉!”

石柏微笑不语。良久,石柏慢慢伸出了右手的中指和食指。

“老二?”

石柏依旧微笑,端起茶盏,喝了一口。

“此乃天机,点到为止!”

当晚,游县令热情款待石柏和秋雨、秋水三人。

翌日,石柏跟游笃权在陈留县北门拱手告辞,带着秋雨、秋水,离开陈留,前往汴梁城南幽通观。石柏到达幽通观时,幽通观道士正忙得焦头烂额。所有的道士都已经被请去做解厄禳灾的清醮。那么兴隆的法事生意,石柏还真没想到。

幽通观的知客聂道冲将石柏、秋雨、秋水三人安排在虚静院居住。

虚静院是幽通观单独的一个小院,离幽通观的主要殿堂有相当一段距离。前任监院慕同尘羽化后,虚静院一直锁着门。虚静院的四周都是树木,仿佛就是林间别业。就算经过仔细的清扫,刚进虚静院时,还是闻到一股重重的霉气。不过,住了几天之后,石柏慢慢习惯了房子里面的霉气。

清晨,石柏还没有起床,就已经听到清脆的鸟鸣。

天清派掌门若水先生来了,总得出场出场。

考虑到若水先生的特殊身份,姚夷静只挑选了其中一场由东都留后、开封府尹朱友文代朱温向天祷告的斋醮由若水先生亲自前去主持。其他一些无关紧要的斋醮,姚夷静不会轻易去打搅若水先生的清静。此后,石柏就没出过幽通观半步。从彗星出现开始算起,过了七天七夜,幽通观道士才返回幽通观。门头劳宓发现他们个个眼睛通红,好像传染了红眼病。

自接任天清派掌门以来,石柏见了不少像陈留县令游笃权这样的人,加之又在天清观学了巫术,终于明白,神州人表面上信佛或者信道,骨子里面却信巫。不提历史上,就是这些年,像刘巨容、高骈、王处直这种信巫的头面人物真是数也数不清。

石柏的七伯父信巫,被朱温的假子弑杀的那一年,还将年号改成天佑,将李唐的命运交给了上天。朱温也特信巫,尽管朱温隔三间四去寺院烧香。今年,朱温最想见又最怕见的人就是司天监。每当见司天监上朝说有事要向朱温启奏时,朱温心里就直发毛。阿弥陀佛,肯定又出事情了。

天上已经警告了一次又一次;地上,跟晋人的战争一败再败。刚刚过完大年,司天监启奏,荧惑冲撞了房宿第二星。二月,司天监启奏,天狼星光泽异常,今年应有兵祸。三月,司天监启奏,流星孛入了大角。四月,司天监启奏,太阴星遮住了心宿大星。五月,司天监启奏,彗星谪见。没过几天,司天监又启奏,荧惑冲撞了心宿大星。

朱温不禁想起自己的大哥朱全。就在登基庆典宴会上,朱全喝多了酒,醉眼斜看着朱温高声谩骂:朱三,你就砀山一无赖,跟黄巢做了强盗,天子没将你凌迟处死,竟然还任你做节度使,不止一镇,还四镇。人生富贵已经到了极顶。想不到,你这无赖一点良心都没有。你非但不感恩,还弑君夺位。你这种绝代做法能不绝后?朱三那,你这逆贼,怎么能顷刻之间毁灭大唐三百年的江山社稷?你这逆贼,该灭九族!莫非真的要灭族?

彗星出现,竟然划过太微垣向东北而去。朱温想到的第一件事情就是赶快下诏书命丞相及三省官群望祈祷,第二件事是下诏书给犯人减刑,第三件事是禁止大梁黎民百姓杀猪宰羊。当然,杀人例外。今年,大梁最幸福的人是关押在监狱里面的囚徒。不时听到让他们喜出望外的好信息,不是减刑就是释放。走出监狱的囚徒总是对狱吏说:“看到了没有,天都看不下去啦。你们还是赶快给自己找后路吧。”

整个大梁国,其他人可以找后路,朱温已经没有后路可找。朱温一生就像攀崖,冒着摔死的危险,一步步向上攀爬。如今到了崖顶,四周全是悬崖峭壁,已经没有了下去的路。上去不容易,下来更难。朱温这一生已经注定要死在崖顶。眼下,朱温只能依照袁精数和阴乙的要求向上苍、神灵祈祷,请道士、和尚祈福禳灾。

辰时刚过,知客聂道冲就带着两名男子来虚静院。一人的年纪跟石柏相仿,一人的年纪跟石岩相仿。两人虽都穿着普通人的衣裳,但从走进虚静院的先后顺序以及气色神情、走路姿势等,可以看出他们是主仆关系。

这两人就是均王朱友贞和他的心腹马慎交。

“这位就是掌门若水先生。”聂道冲向朱友贞和马慎交介绍石柏。“有什么疑难的事请若水先生慢慢跟你俩解答。小道还有些事情,就先走一步了。”“多谢道长引路!”朱友贞和马慎交向聂道冲手一拱,聂道冲拱着手离开了虚静院。

“两位居士,请。”聂道冲一走,石柏请两人坐。朱友贞和马慎交在虚静院前的石桌旁坐了下来。秋雨献上了清茶,也就只管离开了。“听坊间传言,若水先生是南斗星君在凡间的弟子。小可听后,只是笑笑。得知若水先生在幽通观,故特地来一探究竟,看一看是真是假。”朱友贞摆出一副怀疑的架势。石柏微微一笑。“坊间传言,亦真亦假。贫道从一异人那里学了点小把戏倒还真不假。不如这样吧,请居士写一字,让贫道猜一猜。”

后生看了一眼虚静院四周,想了一想,然后伸出右手食指,蘸上茶水,在石桌上写了一个“林”字。“林”字最后一笔刚刚写完,石柏已经起身,俯身拱手说:“原来是亲王,请恕贫道无状!”后生眼睛情不自禁地一睁,脸部肌肉一动。转瞬间,朱友贞含笑说:“小可有这么好的命?”像你这种岁数的后生,不是有些特殊背景,知客聂道冲怎么可能会亲自将你带到我这里来?石柏动身来汴梁之前,朱氏皇朝主要人物的情况早就已经了然于胸,甚至包括他们的长相。朱友贞刚进虚静院,不用聂道冲暗示,石柏就已经猜出他是谁。

“若水先生凭何断定我家公子是亲王?”

“贫道已经算错,若水先生这块招牌早就应该丢到茅厕里面去了。如今还枉费口舌去解释一番,你俩是不是还想继续看一看贫道的笑话?虚静院是贫道清修的地方。两位已经来了幽通观,不妨到其他地方看一看。秋雨,送客!”

秋雨赶紧从虚静院堂内走出。

“两位,请!”

“若水先生并没算错。”

见石柏真要送客,马慎交连忙说:“在下只是好奇,若水先生怎么能单凭一个‘林’字就能猜出我家主人是亲王。”凭借一个“林”字,就能猜出身份,后生也是一脸的惊奇。聂道冲打了招呼就走,怎么会晓得本王的身份?莫非真的像传言的那么神奇?怪力乱神,朱温相信,朱温的儿子朱友贞相信,大梁国朝野都相信。

朱友文在洛阳朝见了朱温,建昌宫使、金紫光禄大夫、检校司徒、开封尹、博王朱友文还加封了特进、检校太保,在大梁朝中的地位越来越隆,已经摆开了继承皇位的架势。更要命的是朱友文还兼任右龙虎统军。这下让朱友贞有些把持不住。再以目前的势头发展下去,朝中大臣很快就会靠向朱友文。朱友贞得尽快想办法终止这种势头。

“皇陵事件后,均王仍旧只是左天兴军使、东京马步军都指挥使,康勤却步步高升,已经是势不可当。正所谓西瓜偎大边,还按部就班,将来康勤继承皇位,均王想扳倒他也已经是不可能。现在,只有出奇招,方能挽回败局。”

什么奇招?朱友贞一直在想,可就是想不出来。

“想改变目前的局势,好像只有杀康勤一条路可走。问题是怎么杀?是不是想假传一道圣旨杀了他？先不管杀得了杀不了，矫诏杀了康勤，那死的可不只是本王一个人。本王那几个没几岁的孩子，统统都得跟着死。这种事情神州历史上多如牛毛。汉武帝，杀了儿子，还杀孙子。汉武帝，哪能跟官家比？一条毛也没有。本王岁数虽不是很大，但在皇帝面前只有君臣没有父子的道理还是能懂。这种纸包不住火的事情，不说本王，就是跟本王沾上一点关系的人都得死，自然包括你啦。连三岁孩童都懂，皇位争夺时，只有生死。况且，人家东都留后，开封府尹，右龙虎统军，怎么矫诏杀他？他不矫诏杀本王，就好了。

派杀手去杀，不一定杀得成，就是杀得成，官家让控鹤军去追查，结果跟矫诏一样，本王照样是死路一条。无论怎么杀，本王都是死路一条。杀了康勤，然后嫁祸给朱友珪；或者杀了朱友珪，嫁祸给康勤；或者干脆两人一起杀。这三种方法，无论是哪一种实行起来都非常困难。你还真的将他们当成猪，想杀就杀？

康勤是东都留后，现在又兼任了右龙虎统军，想杀他已经不大可能了。朱友珪是控鹤军都指挥使，不杀别人就已经是造化了。万一失手，那我们还是赶快自杀吧。蛊惑官家杀朱友珪，可能不是特别难，去杀康勤可就不那么容易了。无论是进谗言，还是陷害，现在都不那么行。我们在这里说说，官家手虽辣，可人不糊涂。官家一旦警惕，蛊惑的人凌迟不说，康勤的地位会更加稳固。康勤的地位一稳固，等待本王的就是选择什么样的死法。

任其发展，本王或许还可能活长一些，起码还可以活到康勤登基。康勤登基之后，是车裂，是腰斩，是白绫，是鸩酒，就由康勤定了。”

朱友贞和马慎交筹划了好久，就是想不出好的对策，只能看着朱友文一步步走近皇位。开封府禳解法事还没结束，幕僚蔚闻道就向朱友贞建议去幽通观拜访一下天清派掌门若水先生。“天清派掌门若水先生，旷世奇士。这些时间恰好云游来到了幽通观。千岁不妨去见一见，听一听若水先生的意见，说不定能有意想不到的收获。”若水先生朱友贞早听人说起过，决定择日去看一看。

朱友贞日子不好过，朱友文这些时间，过的也不是人过的日子。朱友文肚子里的苦，就像茶壶煮饺子，有口说不出。当朱友文费了一番心思以大不敬罪族灭了葛仁遇，拿回来的不是朱友文最想要的那封书信，而是朱友文和韩建之间的其他旧信札。朱友文竭力回想，自己到底给韩建写了多少封书信。朱友文反复想，终于可以确定，只有两封书信要命，其他无关紧要。可是，朱友文已经按照对方的要求杀了三人，并支付了一万两黄金，还是没有要回自己写给韩建的最关键那封信。自收到那封匿名信以来，朱友文差不多给那女子弄癫了。这封书信继续捏在人家手里面，朱友文总感觉有人捏住了自己的卵。稍稍一用力，朱友文立马疼得叫哎哟。这只黑手不剁掉，朱友文没办法过日子。

端午节前的一天，章吉林终于将那名传递信息的中间人给逮了起来。这下看交不交出信函。哪晓得这中间人硬软不吃，还威胁朱友文说："敢动我一根毫毛，马上让你朱友文死无葬身之地！"朱友文堂堂大梁亲王，他的命肯定比眼前这个小女子的命重要。将她杀了，等于迫使对方不得不将信函交给朱友贞他们中的任何一个人，朱友文千秋伟业立马变成一枕黄粱。那没办法，朱友文只好放了她。放只管放，总得从她身上捞点名堂出来。只要找到背后的黑手，在大梁地界，肯定剁了她。东都留后，开封府尹，朱友文有足够的信心。

中间人刚一出博王府，章吉林亲自带人暗中盯上。汴梁街头，看你往哪跑？中间人只管以正常步履行走，也没有特意要甩掉尾巴的企图。不久，中间人来到郢王府前，竟然径直进了郢王府。章吉林张着嘴巴，站在郢王府外面，愣了好久才回去向朱友文禀报。

"你们没有盯错？"

"没有。我们一直跟在她后面，没想到，竟然理都不理，就进了郢王府。"

这可不知如何是好了。还想带人到郢王府去搜？黑手肯定藏在朱友珪家，幕后黑手肯定不是朱友珪。是朱友珪，本王早就已经死了。真是藏对了地方，藏在他家，本王碰不得。现在，只能满足她的要求，想办法取回信函。还好，朱温离开汴梁时，给朱友文留了便宜行事的圣谕，凡是企图脚踏两条船的人，一经发现，立马族灭。对这种有二心的人心慈手软，就是让人家放手捏碎自己的卵。杀几个人倒不是特别困难，朱友文毕竟是东都留后，有便宜行事权。朱友文心中的苦，没有吐给朱友贞。朱友文更不晓得，自己的手下到郢王府转悠，立马就引起郢王府侍卫的注意，并将此事报告给了冯廷谔。敢到郢王府转悠，背后肯定不是一般人。冯廷谔立马派人手进行跟踪。朱友珪是左右控鹤军都指挥使，手下个个都是精兵强将。当天，冯廷谔就晓得了前来王府盯梢的是朱友文手下的人。于是，冯廷谔就将情况报告给了朱友珪。朱友珪原本心里就很火，一听冯廷谔的报告，无疑火上浇油。

"这么说贫道没算错？"

"若水先生没算错。"

"没算错，千岁驾临虚静院，贫道想翘脚都不应该翘了。千岁，请！"

石柏张手一伸，重新在石桌旁坐下。赫赫天清派掌门，总得有一点肚量吧。若水先生是修道之人，跟普通庶民一样，一句话不顺耳，袖子一摔，实在太不符若水先生的身份。况且,朱友贞是大梁国亲王,如此目中无人,也太放肆了。

秋雨等石柏重新坐下,手一拱,退回到虚静院堂内。

"贫道讲给千岁听了,就不觉得稀奇了。命乃天定,这一点自不待言。一个人无意中的音容笑貌、言行举止,都会透露出这个人的先天之命。方才贫道让千岁写一字,千岁巡视一眼,就写下了'林'字。现在让千岁再写,就不灵了,因为天机已经泄露。两位请看!"

石柏食指蘸起茶水,朱友贞和马慎交微倾着身子,眼睛盯着石柏的食指在石桌上一笔一画写"林"字。等石柏写完林字,朱友贞和马慎交才重新坐正身子,听石柏讲解。

"'林'字两个'木','木'由'十'和'八'组成。两个十八就是三十六,九四三十六,跟九五只差一个九。两位想想,除了亲王,还能有谁?"

"原来如此!"朱友贞和马慎交恍然大悟。

"诗云,百礼既至,有壬有林。林字原本就有君的意义。贫道从千岁透露出来的这些细节里面推断出千岁先天注定应该是亲王。昨天也有两位客人来这里,可没有一位客人写一个林字给贫道测。贫道要他写一个字,不同的人会写出不同的字。就算是同一个字,性别、年龄等不同,透露出来的玄机也会不一样。这些个玄机,点透了没什么名堂。"

"若水先生,是不是本王命中注定只是个亲王?"

"这倒未必。"

朱友贞等的就是这句话。只要是亲王,都想当皇帝,朱友贞不例外。命中注定只是个亲王,这一生岂不完蛋?朱友贞文德元年生,属猴,只比属狗的石柏大两岁。朱温当上了宣武军节度使之后,就弄来了几百个姬妾。这些姬妾给朱温生了一大班正式的儿子。朱友贞是朱温正式的儿子之一,众兄弟里面排第三。按照接班次序,根本就轮不到朱友贞。

一听石柏说未必,朱友贞顿时有了精神,竖起耳朵听石柏讲解。

"人的命如同一辆马车,出发前就已经准备好了。然而,能不能到达终点,就要看行驶过程中的具体情况。出发后,没有路,或者路况很差,不是坑洼就是泥泞,再好的马车也难以到达终点。相反,马车虽不那么好,但是路很好,一路顺风,行驶路上说不定还遇上一大班帮手,帮着推车,就算是再差的马车,最后还是能够顺利到达人生的终点。这就是命和运的关系。马车就是命,行驶过程中的具体情况就是运。正因如此,有些人命很好,最后还是穷途末路;有些人命不那么好,最后还是飞黄腾达。这种例子,无须贫道列举,两位都可以举出一大堆来。命重要,运也很重要,光命好没用。"

朱友贞和马慎交频频点头赞同。

"那若水先生就替本王算一算,本王的运如何?"

"千岁的运好得很啊。两位再来数一数,'林'字共有几画?"

"八画。"

"'林'字共有八画,差一画就是九画。倘若再加上'林'字的两个十八,跟九五仅仅差一。这说明千岁未来跟九五仅仅差一。有了这个一,贫道敢断言,圣上千秋之后,千岁就将是九五至尊!"这下可点着了朱友贞和马慎交的要穴。

"若水先生,如何才能得到一?"

朱友贞已经迫不及待了。来幽通观也就是希望从若水先生这里得到神示,走出困境。虽然跟九五只差一,两者之间的距离还是十万八千里。九千九百九十九岁跟万岁只差一岁,一个不是皇帝一个是皇帝。不过,朱友贞还是从稻桶那么大的一粒米中看到了希望。

"德经云,天得一以清,地得一以宁,神得一以灵,谷得一以盈,万物得一以生,侯王得一以为天下贞。"石柏先卖了个关子。"千岁能得一,自然就是大梁余一人。一可以是一个人,一样物,一件事,等等。"石柏端起茶杯喝了一口茶,迟疑了老半天没有开口。

"若水先生有什么话只管直说,只要小王能做得到。"

"千岁误会!贫道只是觉得,这些话不那么好说。"

"无论是什么样的话,若水先生一说出口,风一吹,就消失了。"

"千岁都那么说,那贫道就斗胆说一说吧。千岁缺一,可以借。"

借?朱友贞想了那么长时间,就是没想到。

"如何借?请若水先生明示。"

"有些物事,直接去要,不仅要不到,可能还会置自己于死地。既然自己直接去要,要不到,那就只能借助他人去要了。这样,就可以让他人来承担未知的风险。"

朱友贞不禁频频点头称是。

"这就好比某人晓得,一个深不见底的龙潭里面居住着一条凶狠的恶龙,恶龙的嘴里含着一颗令人垂涎的龙珠。某人晓得,自己下到龙潭里面拿龙珠,说不定刚一下去就已经让恶龙给吃了。莫非就不要这颗龙珠了?

某人决定,唆使、协助、甚至是迫使别人,比如水性特别好又非常讨厌恶龙的张三，下到龙潭去拿龙珠。等张三拿到了龙珠，某人再向张三要回龙珠。对付一个张三要比对付一条恶龙轻松得多。龙珠在张三手中还没玩几天，就已经到了某人的手上。这就是借，借别人之力办成自己想办而办不成的事情。张三也很想得到龙珠，但不一定会下得了决心去偷。某人简单地设一些局，引诱、胁迫张三不得不去偷。千岁缺一，完全可以借助张三的手，凑足九五之数。贫道想，千岁总不至于让张三去偷的法子也想不出。千岁，你说呢？"

"妙！秒！秒！"灵人不用多祷告。朱友贞聪明，一点就醒。

"任何人，只要是生在帝王之家，哪一个亲王不是九五差一？唐玄宗，兄弟里面排行老三。正常程序接班，轮上轮下也轮不到唐玄宗。当时，想当皇帝的人不止唐玄宗一个。这个故事，千岁应该比贫道熟悉。

唐玄宗先和他的姑姑太平公主联手，除去企图学武后做女皇的韦皇后和安乐公主。没过多久，唐玄宗再除掉也企图做皇帝的姑姑太平公主，最后顺理成章地坐上皇帝的宝座。当上皇帝后，迎来了开元盛世。如今，谁敢说唐玄宗不是一个好皇帝？

贫道举这个例子只是想说明，有时候，借用他人之手比自己亲自动手去做要好得多，也安全得多。不仅如此，对有些人来说，借他人之手的方法是唯一的方法。尺有所短，寸有所长。每个人都有自己的不足，应该充分借用别人的长处，办成自己办不成的事情。"

"若水先生所言极是。请问若水先生，借一的过程中应该要注意哪一些事项。"

"单就千岁所选之字所透露的玄机来看，应该注意金和火。"

"注意金和火？"

"'林'于五行属木，这就不用说了，谁都晓得，要注意金和火，尤其是金。金克木。乾，为天，为君，为父，为金。"石柏抬起右手，扣着指头数。"凑巧的是，圣上恰好以金德王。对千岁来说，当今圣上是集天、君、父、金为一体。金克木。借一的过程中最需要提防的自然是金啦。就千岁所选'林'字来看，圣上命中就是千岁的克星。贫道斗胆妄言，希望圣上能将皇位传给千岁，那是不可能的。"

朱友贞心里称是。朱温生性凶暴。儿子见朱温，如同老鼠见到猫。朱友贞在朱温面前更是不敢多言一句，免得挨骂、挨揍。父子关系一直就很冷漠。朱温称帝后，朱友贞任左天兴军使、东京马步军都指挥使，多年以来，一直未得到提升。依照长幼顺序，皇位应该由朱友珪继承。如今，朱友文地位日隆。朱友贞更不可能希望朱温将皇位传给自己。

“木怕金,也怕火。这是常识,就不需要贫道说了。除了注意防金,也要注意防火。一点不起眼的小火星,不在意,不当回事,最后就会变成了熊熊大火,烧毁整个森林。若火之燎于原,不可向迩,其犹可扑灭。防患于未然就显得尤其重要。借之前,事先要做好周密的安排,能够及时出手,熄灭那些个可能会出现的星星之火。

这些个三岁孩童都懂的道理,千岁面前说,贫道自己都觉得不好意思。贫道觉得,千岁能够做到这两点,顺利借到一应该不是很难。”

“那什么时候能够借到一?”

“秋属金,夏属火,千岁属木。这两个季节肯定不行。木,春旺、冬相、夏休、秋死。倘若筹划得当,千岁应该在明年的春天借得一,凑足九五之数,成就大事。”

“就依若水先生金口!”

“命乃天定,运由人为。”

“谨记若水先生箴言。”

“今天就暂且说到这,不知千岁意下如何?”

“谢谢若水先生替小王指点迷津!”

“千岁将登极顶,何来迷津?”

“哈哈……”朱友贞大笑了起来。

马慎交从袖袋中掏出一枚建昌宫存银凭据,递给了若水先生。

“此点银两权作酬劳,请若水先生收下。”

“千岁实在过意不去,就交予幽通观便是,说不定他们需要用它来维生。”

朱友贞和马慎交就在幽通院跟石柏告辞,石柏拱手,就站在石桌旁,目送两人远去。

“若水先生果真是神人！不过,这计是不是太毒了一点!”

还在返回均王府的路上,朱友贞和马慎交谈起了这条妙计。

“均王,这不能说是毒,而是妙,简直就是妙极了。就目前情形看,想让圣上将皇位传给均王已经完全不可能了。康勤一旦登上了皇位,正如均王所说,那是车裂和腰斩之间的选择。均王莫非真的做好了车裂和腰斩的准备?

就算均王准备好了车裂和腰斩,要车裂和腰斩的肯定不会是均王一个人！均王所有兄弟族亲,立马变成砧板上的鱼肉。生死只有捏在自己手上才能放心。神州历史上,哪一个异姓做了皇帝后不是对原皇族宗室杀光屠尽？宋齐梁陈隋,哪一朝不是如此？像杨坚,几乎将宇文皇族杀了光精光。为了江山社稷,神州历史上,子杀父,父杀子的故事,就是数都数不过来。唐太宗总算圣明了,照样杀兄杀子。

更何况,又不是均王自己去动手!否则,还有可能让均王背上弑君夺位的骂名。到时候,均王再出手,收拾张三。大梁朝野谁还会说均王为了夺位,杀了自己的亲哥哥?大梁朝野肯定人人都称颂,均王清除了逆贼,肃正了朝纲。均王定然是受万民拥戴。均王不仅顺利登上皇位,而且消去了所有的骂名。

真可谓是一箭数雕!"

"只能这样,那本王也就依计来进行了。"

"均王在王府运筹帷幄,具体繁琐的事情就交由仆去做。仆一定会想出办法迫使张三去盗龙珠,再借张三的手除去康勤。就眼下的态势看,应该不是特别难。到时候,均王再出来振臂一呼,就可以轻轻松松地从张三手中拿回龙珠,名正言顺地登上皇位。"

送走朱友贞和马慎交,石柏起身回到了堂内。

"我担心受不了师兄的话,怕笑了出来,露了马脚。见两人前来,早早就躲起来了。师兄,我见你一本正经,说得头头是道,是不是真的那么一回事。"

"这是一种游戏。这种游戏神州人已经玩了无数年。玩的人一旦多了,游戏就会越来越复杂。游戏么,玩玩而已,千万别当真。比如算命人常用的旺相休死,春天木旺,夏天火旺,秋天金旺,或许有一定的道理。冬天水旺,就没有道理了。"

"师兄",两手的手背托着下巴,秋雨说,"冬天到处是冰雪,为何不可以说冬天水旺?"

"依你这么说,春天雨水最多,也可以说春天水旺。这都是编游戏的人为了游戏的需要编的。不过,神州编的算命游戏确实是一个很复杂的游戏。最完满的游戏,要想玩好还是要看人。会玩的人会把游戏玩得淋漓尽致,不会玩的人肯定会玩残游戏。你把游戏当成真,岂不是愚到家?神州历史上愚人多,就是名人也不例外。比如说会写诗作文的韩昌黎,就是一个愚到家的人。神州愚人多,主要原因就是读书人愚。读书人愚,普通庶民还不跟着愚?要说根源,就如前次去玄清观时师兄讲的那样,皇帝喜欢愚民。"

正说着,姚夷静前来虚静院。石柏、秋雨、秋水起身迎接。姚夷静拱着手,快步登上步檐。石柏、秋雨、秋水陪着姚夷静进入堂内。"坐!"姚夷静率先,石柏随后坐下。

"聂道冲方才告诉师姐,师弟又替幽通观接了一趟生意。"

"谈,谈了一下,买卖能不能最后做成,就没法说了。"

"原本就已经有些想法,再经师弟这张嘴一说,肯定成交。否则,也不会留下那么多香火钱。师姐也不晓得，师弟这张嘴是怎么练成的。”

秋雨送来了清茶，姚夷静接过清茶，喝了一口。

“没日没夜，都忙得像散了架似的。师姐都没空来陪一陪师弟，将师弟和两师妹晾在虚静院。遗憾的是，师姐和整个幽通观道士忙了七日七夜得到的香火钱，还比不上师弟坐在虚静院耍了不到半个时辰嘴皮得到的香火钱多。这就是能人和非能人之间的差别。”

“连师姐都这么说，难怪神州人的眼里赚钱多就是成功。”

晓得了黑手就藏在郢王府，朱友文真的要抓狂。朱友文急着要毁掉那封书信。连等了几天时间，对方就是没有任何指令。只有毁掉那封书信，朱友文才能睡得安。这段时间，朱友文希望朱温死又希望朱温活。朱温一死，那封信函就不再是威胁自己的利器。可是，朱温马上咽气，单单凭借假子的身份，朱友文未必能争得过朱友珪或者朱友贞，毕竟他俩是朱温的亲生儿子。构建自己的势力需要时间。朱友文很希望朱温立自己为太子后再咽气。

“博王应该到了着手解决郢王的时候。”朱友文的掌书记南以明向朱友文建议。“圣上虽很讨厌郢王，可郢王毕竟是圣上亲生。神州人极其重视血缘，圣上应该不会例外。否则，圣上也不会给自己兄弟、侄儿封王。郢王任左右控鹤军都指挥使多年，多存在一天就是多一天的危险。只有趁眼下大好时机，趁热打铁，将他除去，既消除了隐患，也少掉一个有力的竞争对手。博王精通历史，应该晓得亲兄弟都相互残杀，何况没有血缘之亲的挂名兄弟？”

那是。这种事例，单眼前都可以举出一大把例子。一点蝇头小利亲兄弟都白刀子进红刀子出，更别说争皇位了。朱友文还没见过，有皇子像孔融那样，来一个礼让皇位。等本王将来坐稳了皇帝，再将他们一个个杀光。这些年，本王受够了他们的气。眼下，朱友珪确实是最大的危险。朱友裕死后，朱友珪最大。朱温对朱友珪，又骂又打，朱友珪未尝不是骂之深爱之切？我还见过朱温对其他儿子有多好，朱友贞？朱友雍？个个都冷冰冰。如今朱友珪是左右控鹤军都指挥使，麾下杀手如云，真是多存在一天就是多一天的危险。倘若将他家全给端了，那藏在他家的黑手就跟上完蛋，对本王构成的危险也就自动消除。

“南公觉得，应该用什么办法将他除掉为好？”

“仆觉得应该借阴乙之手将他除去。”

“阴乙？”朱友文真怀疑自己的耳朵是不是听错。

“阴乙。子不语，怪力乱神。为何子不语？就是怪力乱神都能取人性命。力乱取人性命好理解,怪神取人性命容易被误解。怪神取人性命不是怪神本身,而是相信怪神的人。阎王要你三更死,谁敢留你到五更?除了阎王,巫师、命师、相师等都能取人性命。往往是一句话就能决定一个人的生死。因巫师、命师、相师一句话而家破人亡的故事,博王肯定读过不少。圣上很相信阴乙的话,阴乙的话就能决定一个人的生死。”

“明白!”

第六十四章　媒

知君开馆恒爱客，樗蒱百金每一掷。

——《送费子归武昌》

可以为媒的物事很多，如花草、虫鱼。

大梁太傅刘捍的女儿刘湜湜嫁给朱温的外甥袁象先却是由于樗蒲。

樗蒲这种游戏，传入中土已经有些时间了。李唐时期，樗蒲就已经很盛行，至今仍未显示出式微的迹象。那些不晓得何时死的兵士尤其喜欢，当五个骰子掷出卢时，那种兴奋的程度丁点不亚于在战场上割下对手的头颅。

大梁皇帝朱温喜欢樗蒲，也是玩樗蒲的高手。早在征战时期，朱温常跟属下将领玩樗蒲耗时间。皇帝喜欢，大梁朝野自然个个喜欢。不少人整天沉迷于樗蒲而将樗蒲当饭吃。通过樗蒲，可以实现财富在不同人之间的转移。秋水和秋雨跟石柏来天清观出家前也喜欢玩樗蒲。姐妹俩无事时就玩一玩樗蒲。

刘湜湜来幽通观虚静院请若水先生出谋划策时，秋雨、秋水恰好在玩樗蒲，石柏手拿着书坐在一旁看。难得没人打搅，正好落得个清静。刘湜湜一见樗蒲，一股无名之火陡然涌上了心头，一声不响，快步踏上步檐，猝然间出其不意地一手就掀翻了樗蒲。五个骰子滚落一地，不知去向。秋雨、秋水惊愕，瞪着眼睛看着这个不速之客。鱼处恶更是尴尬在旁，不知所措。“这些害人的物事，都得统统烧毁。没想到，幽通观的道士也玩这种害人的物事。更想不到，若水道士坐在一旁，对这种害人之物事熟视无睹。我刘湜湜真是找错了人！”刘湜湜的侍儿欧明珠晓得自家县主脾气火爆，赶紧俯身向秋雨、秋水道歉。

“两位道姑，实在对不起，婢子给你俩捡起。”

自做上掌门以来，石柏一直在给人测吉凶，可就是没测到会有此等意外的事情发生。不等欧明珠俯身去捡樗蒲，刘湜湜甩头就要离开虚静院。秋水不是好惹的种，站了起来，前去跟刘湜湜论理。“掀了樗蒲，不道歉就想走？”刘湜湜根本不予理睬，踏下台阶，快步来到了院子上。掀了就想走，没那么便宜。秋水提脚跳下步檐，拦住了刘湜湜的去路。

石柏将视线移开了书本，看了这名娘子一眼。“娘子，请留步！”刘湜湜停住了脚步。本想说，想怎么样？吃了我不成？有屁快放！最后，刘湜湜还是熬住，没有说出口。“娘子说得真的不错，这种害人物事都得统统烧毁。”难得碰到这么有趣的事情，石柏只想笑。秋水正在气头上，马上高声了起来。“师兄，你怎么也顺着这种人这么说？樗蒲害谁啦？我和姐姐常玩樗蒲，怎么就没有害了我和姐姐？简直一派胡言！大梁的皇帝最喜欢玩樗蒲，有本事就去皇宫掀皇帝的樗蒲，就有能耐来掀我的樗蒲？莫非我就好欺负？简直就是蛮不讲理。师兄再去帮她说话，以后就不要再理我！我和姐姐在玩樗蒲，好好的，又没有碍着她什么，竟然莫名其妙地掀了我的樗蒲，我都差不多就要赢了。”原来如此！石柏一阵窃笑。

刘湜湜头一翘，傲视群雄。“我已经掀啦，那又怎么着？你还想动手打我不成？”想想在汴梁还没人敢。刘湜湜本想搬出自己的真实身份压住秋水，最后还是忍住。没有郡主这个名号，我就不行？一看情况不妙，秋雨赶紧拉住秋水。“师妹，少说两句，你是道士，怎么也跟人家一般见识！”秋水气呼呼地说：“见自己要输了，他人突然掀了樗蒲，你自然高兴。道士就不是人了？什么一般见识！都是不要跟人一般见识才搞得遇到什么事情都忍。我今天偏偏要跟她一般见识。”这位娘子从小娇宠，脾气火爆；秋水从不认输，得理不饶人。两人真的摩擦起来，还不晓得该如何收场，说不定又是一个两女争桑的故事。那还得了！

石柏会心一笑，将书本一放，站了起来，踏下台阶，走到了秋水身边，含笑说：“师妹还说不是樗蒲害的？不是因为樗蒲，这位娘子就不会掀了樗蒲，师妹也不会说这么重的话。这么重的话，师兄好像还是第一次听到。师兄不理师妹，准备理谁去？你自己说说，是不是樗蒲害的？”石柏的话似乎点着了穴，秋水火气开始消去。

“妹妹”，秋雨一旁劝秋水，“人家娘子肯定是因为在樗蒲上栽了一个跟头，才会一看到樗蒲，就掀了它。我们做道士的，更应该多多体谅人家。你是道姑，跟人不一样。否则，还出家做什么道士？等你还俗之后，再跟人一般见识也不迟。”

欧明珠此时已经捡好樗蒲的五个骰子和樗蒲棋盘，放在了凳子上，走到了秋水身边，给秋水赔不是。“道姑，请息怒！”鱼处恶赶紧说：“都是小道不好，不该让她进来。”秋水怒气这下才慢慢消去，而刘湜湜似乎也意识到自己实在过于火爆，凶巴巴的秋水又是那样的不饶人。摩擦起来，自己人单力薄肯定要吃亏。给凶巴巴的道姑给揍了，再剁了她，也已经是吃亏在眼前。早晓得是这样，本郡主定多带几名家丁，不扁你到趴下才是怪事！

“与道兄没有关系。人不爽的时候，想问题容易出现偏差，钻牛角尖也在所难免，行为不能依照常规来评判。师妹毕竟是修行之人，火气出一出很快就会消去。总不至于再来一个两女争桑吧。你说是吧，师妹！”石柏看着秋水，笑了起来。秋水看石柏笑，忍不住扑哧一声，嗔了石柏一眼，怪难为情地低了一下头。“娘子，你对贫道还有一丝信心，不妨将你的事情说来让贫道听听，看看有没有解决办法。倘若没有，只能请娘子自便。”

今天赶到幽通观，还不是要若水道士帮一帮忙？既然已经来到幽通观，不妨听听坊间吹得神乎其神的若水道士到底放些什么屁。刘湜湜默许，跟着石柏登上台阶，进入堂内。待刘湜湜在堂内一坐下，堂门头鱼处恶赶紧拱手告辞，逃离这个是非之地。

刘湜湜给石柏讲述自己的故事。

刘湜湜的父亲是朱温的三大宠臣之一刘捍。天佑六年，同州忠武军节度使刘知俊起兵反梁，分兵袭击雍州和华州，设计活捉了刘捍。刘捍被刘知俊关在囚笼里面，作为投名状送给了宋文通。很自然，刘捍被砍了脑袋。朱温哀痛惋惜，追赠刘捍为太傅。作为恩宠，朱温封刘捍的爱女刘湜湜为永昌郡主。

刘捍的儿子刘在武，现任左龙骧军使，玩樗蒱入迷。朱温另一个宠臣河阳节度使寇彦卿的儿子义成军都虞候寇成邑可以说是樗蒱精。刘在武和寇成邑用樗蒱赌博，结果刘在武不仅输掉了田产，还欠了寇成邑一大笔赌债。

寇成邑对刘湜湜早就觊觎很久，多次遣媒人到刘府求亲都遭到刘捍拒绝，主要是寇成邑跟他父亲寇彦卿一样乖张暴虐。刘捍很担心女儿嫁给寇成邑会遭到虐待。面对刘在武无力偿还赌债的情况下，寇成邑给刘在武提了一条很好的建议，刘在武能成为自己的大舅哥，赌债就可以不用还了。眼看实在没办法偿还赌债，在寇成邑的紧逼之下，刘在武也就同意了寇成邑的建议，答应成为寇成邑的大舅哥。嫁给寇成邑？刘湜湜不同意。

秋水坐在一旁，一听马上开腔。“你不是很横吗，杀了他，就不需要嫁给他啦！”想不到刘湜湜竟然高声说：“这还用你说？我早就想杀了他。寇成邑像寇彦卿一样，人高马大，为人彪悍，又奸诈阴险，那么容易杀啊！我尝试了很多方法都无效。我能杀得了他，为何还要大老远地跑到幽通观找若水道士出主意？本郡主今天专门来找若水道士，就是让若水道士给本郡主想出一个巧妙的主意，让本郡主可以轻松地杀掉寇成邑！人家都将若水道士吹到天上去了！这种芝麻大的事情，若水道士还能想不出？”

刘湜湜话一出口，在场的所有人都吃惊，石柏自然也不例外。刘湜湜的话当场就封上了秋水的嘴。不怕狠，就怕更狠。秋水想不到，刘湜湜竟然是一个将杀人看作是芝麻大事情的人。石柏自做起天清派掌门后，咨询过他的人很多，很多，但还是第一次听到，有人这么明目张胆地向他咨询有关如何杀人的问题。

朱温宠臣刘捍的女儿要我出主意如何杀朱温宠臣寇彦卿的儿子，听起来确实是一件非常有趣的事情。有心在刘捍的女儿身上做一些文章，确实可以做成大文章。如今教唆一个娘子去杀人，无论以什么的借口，总是有些不应该。

杀一个人，杀十个人，甚至杀一万个人，对大局根本不起任何作用，除非杀了寇彦卿的儿子马上改变目前的局面。杀人重要，也要看杀谁。教这种粗暴毛糙的娘子去杀人，就算最周详的计划，也一定会露出破绽。一旦闯出祸来，牵涉到我，定是一个教唆犯，那麻烦可就大了！就因杀一个无用的人，全盘计划崩溃！到时，就算气吐血，又有什么用？这么愚蠢的事，我会做？要做，也得围绕主题来做。这些事情根本不需要白刀子进红刀子出。杀人真的就那么刺激？

“看来郡主还没有杀过人……”

“废话！”

石柏的话还只说了半句，就已经被蛮横的刘湜湜狠狠地打断。刘湜湜马上语带讥讽地说：“我杀过人，还来幽通观向你讨教！”还真差点让石柏闭嘴。

“郡主不一定要非杀他不可！”

“赢了本郡主家那么多的地产，又逼迫本郡主嫁给他，长怎么大，汴梁城内还没人敢这样做！这种人不杀，那杀谁？我问你，那杀谁？”刘湜湜咄咄逼人地问石柏。该杀的人多着呢！“本郡主非杀了他不可！无论用什么样的手段。”

一条蒲瓜藤上的种。刘捍的女儿那么横，从一个侧面看出刘捍生前霸道。一听刘湜湜说寇成邑赢了她家的田产，石柏心里一阵冷笑。你家哪有什么狗屁田产？还不是刘捍从别人那抢的？只不过现在被人骗了去而已。这种黑吃黑、贼打贼的事情，我还巴不得天天有呢。

“莫非郡主真的非杀了他不可？”

“那还用说。”

刘湜湜高高的声音说不定连门头鱼处恶都能听得到。

“只有杀了他方能泄本郡主心头之恨!”

“杀人很容易。问题是,杀了他,郡主是否想到了脱身?”

“简直就是废话！本郡主晓得了脱身,还会跑到幽通观来？莫非是吃饱了撑着？没事找事！看来若水道士,跟我推测的一样,徒具虚名。”

你是什么样的命,就有你自己来选择吧。

“贫道实在想不出好办法解决郡主的问题。贫道没办法,不等于别人也没办法。贫道可以向郡主推荐一个人。这个人说不定能够帮郡主解决难题。”

“谁?”

“均王。”

“他？能行?”

“郡主没有其他方法,不妨试一试。”

刘湜湜或许是不屑,或许是忘了,没有跟石柏、秋雨、秋水三人打声招呼,转身就向堂下走去。欧明珠一见自家郡主刘湜湜要离开,匆匆说了声“打扰了”,小跑着跟在刘湜湜的后面,离开了虚静院。

“师兄,你为何不教一教这个刁蛮的女人如何杀人?”

“有些事情,师兄不能做,不好做,也不愿做。他人未必就不能、不好、不愿做。朱友贞应该会找到更巧妙的解决办法。师妹是不是觉得师兄是一个很喜欢杀人的人?”

“师兄,方才我火气确实大了一点。”

“这跟师兄是不是喜欢杀人好像没有丝毫瓜葛。你刚才说话的语气,师兄听了心里面只想笑。着实没想到,师妹也会因人家掀了你的樗蒲而如此大动肝火。白白跟了师兄那么久的时间。”

“我也想不到自己会发那么大的火。”秋水有些不好意思。

“师妹现在想一想,两个小娘子会不会因一张桑叶大打出手?”

“当时情形下,不是师兄哄,刘湜湜肯定会给我打趴下。”

“这种因一张桑叶、一枚绣花针、一粒芝麻而打架的事情,在神州随时都能见到。你将刘捍的女儿打趴下,那该如何收场？我们是不是要卷铺盖逃跑？师兄这几个月的努力白白作废,还要连累幽通观。他们内斗,开封府管不着;他人动手,开封府肯定是不客气。我们还可以逃之夭夭,幽通观的道士怎么办?

万一师妹出手重一点,幽通观的道士都得掉头！可真应了孔子的话,小不忍乱大谋。从这芝麻大的事情，师兄想到，每个人心中都有一股戾气，师兄也一样，只是师兄还没有仔细去想过而已。做起天清派掌门已经有些时间了，好像是越做越糊涂，摸不着头脑了。”

“不会是因为我刚才说的话吧。”

“师妹刚才说了什么，师兄早就已经忘记了。仅两句话，师兄就承受不了，那真的要砸了若水先生这块招牌。这块招牌，师兄还得靠它混一阵子。好啦，不说这些，师兄就和你俩玩樗蒱，看看谁最先到达终点。”

“好，可不许耍赖！”

石柏正准备坐下跟秋水玩樗蒱，姚夷静来了。“师姐着实没想到，刘捍的女儿也会来师弟这凑热闹。”姚夷静从鱼处恶那得知刘捍的女儿大闹虚静院，过来看一看。“她来找师弟，是不是要师弟帮着解决婚姻大事？”“哪啊！她来请师兄帮着杀人！”秋水已经替石柏回答。“杀人？”姚夷静很惊讶。秋水就将事情跟姚夷静简单地叙说了一遍。

“师弟将人情送给朱友贞，是不是会引起朱友贞对师弟动机的怀疑？”

“这种可能性不能排除。不过，确实也是，朱友贞可以杀得了寇成邑。师弟让刘湜湜去找朱友贞，没有找错。朱友贞没有办法，倒真会怀疑师弟的动机。师弟推荐刘湜湜去找朱友贞，不过是帮刘湜湜实现自己的愿望而已。朱友贞应该晓得，师弟只帮别人达成愿望。

别说朱友贞，普通人的猜疑心就很重，想完全没有怀疑，看起来也不大可能。好的是，朱友贞想到了师弟的动机，就不会怀疑。朱友贞眼里，师弟不是笨蛋，天清派掌门若水先生，不可能会做出让人怀疑的事情。当然了，这也只是师弟的推测而已。朱友贞真怀疑，就让他怀疑去吧。”

“师姐让门头鱼处恶看紧一点，免得让闲杂人员闯进来惊扰了师弟的清静。”

“师弟就是想清静，也清静不了。当顺其自然，还是顺其自然吧。强行阻拦，更多的时候，起着相反的作用。吃力不讨好的事情，能不做，尽量不去做。就像刘湜湜，师姐就是想拦，都拦不了。想聊聊，就聊聊，没大不了的公事。有时候，看似无关的事情，说不定，却起着关键的作用。何必自寻烦恼，将没事变成有事？我们虽说不上是出家人，但至少已经跟出家人结缘。”

当天下午，驸马都尉赵岩来虚静院拜访石柏。大梁将帅、官吏要找大树，赵岩也需要从那么多的小舅子里面选一个。吕不韦将在赵国当人质的子楚打造成了秦庄襄王，才变成专断朝政的秦国丞相。赵岩也想学吕不韦，从那么多小舅子里面选一个，打造成梁二世。

当初，赵岩父亲赵犨，看中朱温，早早就归附了朱温，以朱温帮陈州解围的名义，替朱温立了生祠，朝夕拜谒。赵犨还替自家儿子赵岩向朱温求亲，娶了朱温的长女为妻。赵犨不仅保护了赵家富贵，还间接给陈州人提供了二十年的安宁。

赵岩不像朱友贞那样遮遮掩掩，刚一见面就直接挑明了自己身份。

“赵某这次来，是想请若水先生帮赵某算一算，哪一个可能会是秦庄襄王？”

“驸马都尉帮，就是秦庄襄王；驸马都尉不帮，就是子楚。”

“赵某的道行还不够高，只能起到推波助澜的作用。”

“那驸马都尉就选一个字，贫道给测一测。”

赵岩跟朱友贞一样，也是伸出右手食指，蘸上茶水，在石桌上写了一个“林”字。

“首尾三鳞六十年，两角犊子自狂颠，龙蛇相斗血成川。这个谶辞，驸马都尉应该听说过吧？”

“赵某听说过。”

“这个谶辞，直到圣上快要登基时，人们才慢慢理解。”

“若水先生，这跟赵某选人有关系吗？”

“有关系。让贫道慢慢跟驸马都尉说。这条谶辞的表面意思是牛八，隐含意义是朱。圣上正式的儿子，有八个，正跟牛八吻合。这八个里面到底要选哪一个呢？林字已经告诉驸马都尉应该选谁？”石柏说着说着，赵岩身子靠了过来。

“林，树林，很多树。所以，林指多，普通。《白虎通》云，林者，众也。圣上正式的八个儿子里面，最特殊的是郴王朱友裕，已薨，排除在外。剩下的七个儿子里面，博王朱友文最特殊，因为只有博王朱友文是养子。

“若水先生，等等，可博王最有希望继承皇位。”

“贫道只是就字论字。驸马都尉晓得，只有辅助不可能的人，才有可能获得超过预期的回馈。吕不韦为何要选择子楚？只有子楚愿意和吕不韦共享秦国。世人都喜欢锦上添花，可谁会记得那些锦上添花的人？雪里送炭就不同。道理，贫道也就不说了。”

“已经剔掉了两个，剩下六个里面应该选谁？若水先生，是不是要选老二？”

“林字已经告诉了驸马都尉。”

“讯息就在林字里面？”

“不错。木星入斗的故事，驸马都尉应该听过吧？”

“如今连三岁孩童都已经晓得，木星入斗，帝王之兆。”

“木在斗中，朱字也。实际上，术士边冈没有真正理解木星入南斗的意义。”

“边冈解释错了?”

“错了。看来大名鼎鼎的边冈也是半桶水啊。不晓得驸马都尉熟不熟篆文?”

“赵某无事刻刻字，篆文很熟。”

“这样贫道就不需要再解释了。朱，篆文写法不过是一木。南斗，一名鈇钺。《礼记·王制》，诸侯赐弓矢，然后征。赐鈇钺，然后杀。鈇钺象征帝王赐予的专征专杀之权。木星入南斗是上天告诉凡人，朱姓不久将掌握鈇钺。驸马都尉，木和斗能不能合成朱?”

赵岩合了半天说：“有点像朱，又不完全是朱。”

“南斗主爵禄。谁能主爵禄？天子。这是告诉凡人不久天子将姓朱。”

“这里面原来有那么多玄机。”

“朱是木，林也是木。朱，一木；林，二木。驸马都尉应该已经猜到选谁了吧。”

“郢王朱友珪?”

石柏只是笑笑，没有回答。

“十年之计，莫如树木；终身之计，莫如树人。无论是树木还是树人，考虑的都是将来的事情。我们不会无故栽一棵死树，希望十年之后能变成一棵大树；也不会将自己的终身寄托在一个死人身上。已经死了的，不应该是驸马都尉考虑的事情。驸马都尉，你说呢?”

“哈，哈……”

吕氏春秋云，墨子见岐道而哭之。

有了歧路，就面临着选择。有了选择，就有了路，也就有了不同的目的地。一脚踏出虚静院，就因刘湜湜的选择，改变了她的人生走向。离开虚静院，前往幽通观门口的路上，刘湜湜做出决定。死马做活马医，不妨去见一下朱友贞。就这么定！刘湜湜出了幽通观，坐上马车，径直前往均王府。听牙兵前来通报，刘捍的女儿刘湜湜前来拜见，朱友贞很惊奇。

刘捍的女儿怎么会突然想到了来看本王？刘捍生前深得官家宠信，现在虽已经见了阎王，但手下旧部将领众多，而且刘在武如今是左龙骧军使。这些资源，对本王来说，倘若能用上，虽不能说如虎添翼，但肯定是大有帮助。

“有请!”

话刚出口，朱友贞就已经看到王府的牙兵追着刘湜湜，朝王府正堂飞奔而来。朱友贞赶忙起身，走出堂内，站在步檐上，迎接快步流星的刘湜湜。“快请进堂内坐!”朱友贞拱手延请刘湜湜。刘湜湜手随便一拱,没等朱友贞引领,就已经踏上了台阶,站到了步檐上。刘湜湜快步向前,朱友贞紧跟其后,进入堂内。两人分宾主就座,王府侍儿献上了清茶。

“三娘今天怎么突然想起来看小王?”

“无事不登三宝殿。幽通观的那个道士推荐我来找均王,说均王能帮我解决问题。”

“是若水先生?”朱友贞很惊奇。

“就是那个道士。”

“均王认识?”刘湜湜好奇地问。

“小王去幽通观游玩时,曾见过若水先生一面。”

“我一提到他的名字,均王怎么好像很惊奇似的。”

“幽通观的那些道士都对小王说,若水先生是一个神人。”

“神人?”刘湜湜哈哈大笑。

“我看是徒具虚名!我去问他如何杀一个人,他马上黔驴技穷,毫无办法!还神人呢!”

“你们都退下!”

“是。”堂内的下人纷纷俯身退去。不一会,就只剩了下朱友贞、刘湜湜和心腹马慎交三人。朱友贞开口问:“三娘想杀谁?”“寇彦卿的兔崽子寇成邑。”刘湜湜一点也不忌讳。朱友贞含笑说:“被欺负了?”刘湜湜喝了口茶说:“目前暂且没有,将来却难说。”刘湜湜接着就将已经讲给石柏听的故事重新讲了一遍,而且更加详细。

“均王能帮我杀了寇成邑,我愿意将人献上。”

早在朱温自称皇帝前,刘湜湜就已经认识朱友贞,只是因跟朱友贞差了好几岁没有成了朱友贞的新妇。刘湜湜的父亲刘捍和朱友贞的丈人张归霸很有交情。张归霸原本是黄巢手下将领。黄巢败后,张归霸和弟弟张归厚、张归弁投靠了朱温。张归霸战功显赫,在诸将里面首屈一指。朱温称帝后,张归霸拜右龙虎统军、左骁卫上将军。第二年,张归霸拜河阳节度使。在任期间,不幸遇刺身亡。朱友贞的夫人张氏很希望叔叔张归厚能够接任节度使之职。朱友贞通过刘捍向朱温建言,也一度得到朱温首肯。朱温的另一个宠臣相州防御使寇彦卿也希望能接河阳节度使这个职务。最后,朱温任寇彦卿为河阳节度使。

朱友贞呵呵一笑。“小王已经有了张氏,收你做姬妾也太委屈了你。三娘是谁?太傅的女儿,官家特封的郡主,要嫁一个门当户对的人。”朱友贞脑子一转,想到了一个人。“寇成邑这种坏蛋，跟他父亲一样，确实该杀。他父亲寇彦卿大白天杀人。不是官家见他有功，早就已经枭首。我们大梁毕竟还是有王法的嘛。大梁满朝大臣都学他的样，那还得了！

你漂亮，又年轻，身份又尊贵，当然得嫁给跟你相配的人。令尊不幸遇害后，小王的表哥袁象先接任左龙虎统军。袁象先丧偶多年，至今还没有娶新夫人。小王给你保媒，嫁给袁象先如何？他可是官家的外甥，皇亲国戚，配得上太傅的女儿吧。只要你一同意，马上成为袁象先的夫人，官家的外甥新妇。寇成邑还敢打你的主意？

你大哥欠寇成邑的那些个赌债，也就一笔勾销，赌输了的田产理所当然会还给你们。寇彦卿天不怕，地不怕，也怕官家。大梁朝野上下，有哪一个人胆敢动官家的外甥新妇？就算寇彦卿有十个胆，谅他也不敢。你觉得小王的这个主意如何？”

还有比这更好的解决办法？

“只要袁象先帮我杀了寇成邑，我就答应嫁给他。”

“你先答应嫁给袁象先，人家才会帮你做事。神州哪有无故帮外人的人？”

“就依均王，我答应嫁给他。”

“毕竟是太傅的女儿，爽快！小王马上通知袁象先，帮你解决难题。”

交易已经谈成，刘湜湜没有多聊，起身回家。朱友贞亲自陪刘湜湜出了均王府。“三娘只管在家静候佳音，很快就会如愿。”朱友贞送刘湜湜上肩舆。“只要我如愿，他肯定如愿。”刘湜湜含笑坐上了肩舆。待刘湜湜的肩舆远去，朱友贞才和马慎交转身。马慎交含笑说：“均王，真是一箭双雕啊。”

“寇彦卿长期紧跟在圣上身边，根本没有显赫的战功可言。这些年，做了许多别人不愿意做的阴事而得到圣上的宠信。怙宠作威，嚣张霸道，不将人当人，动不动就恣肆杀戮，不晓得开罪了多少了。一旦失去圣上的依托，根本就是一个废物。

刘捍生前曾担任过左天武指挥使、元从亲军都虞候、左龙虎统军，都是官家的牙军，军中光刘捍亲手提拔的将领就不晓得有多少。儿子刘在武如今是左龙骧军使，对将来灭火极其重要。如今刘在武落难，均王在关键时刻出手帮他一把，肯定感恩戴德，将来还不死心塌地地替均王做事？

左龙虎统军袁象先是将来均王灭火的关键人物之一。均王保媒，将水汪汪的刘湜湜嫁给他，袁象先还不心花怒放？不久的将来，在均王兄弟两人中，袁象先选谁？说都不用说。龙虎军和龙骧军，内外一配合，其他军队随队啰唣，大事定矣。

若水先生，怎么能想到送均王如此大的礼物？真是神人也！”

朱友贞晓得，自己的表哥袁象先贪财好色。如今将年轻美貌的刘湜湜介绍给他，将来再用钱财诱一诱，肯定靠向自己。朱友贞一听，呵呵一笑。“不是神人，谁能想到其中有如此玄机？朱友珪和康勤，就算晓得本王替袁象先保媒，他们也会认为很正常。刘湜湜是太傅刘捍的女儿，袁象先是官家的外甥，门当户对。总不能让袁象先娶一个民间女子做夫人吧。本王给袁象先和刘湜湜搭桥牵线，只能说明本王对自己的表哥很关心，也是对刘捍不幸遇害的哀愍。官家晓得此事，肯定也会赞许。至于条件么，很容易满足。”

马慎交恍然大悟似的说：“债主都没有了，何来债务之有？刘湜湜提出的三个条件实际上只有一条。如今康勤是开封府尹，汴梁城内发生那么大的事情，能推卸掉责任？那只能找替死鬼了。康勤眼中的替死鬼，不用猜就晓得是谁，而且也可以留下点物事给他，总不能让他平白无故地冤枉好人吧。寇彦卿晓得家里出了那么大的事情，还不在圣上的肚子里面拼命翻卷。两人内外一鼓吹，原本已经烧得很旺的火，还不更旺？张三这下得抓紧时间哦。均王，仆分析得是否在理？”

朱友贞会心一笑。

“马公马上派人去洛阳，告诉袁象先喜事，人家可是急着要做新郎的人。”

“仆马上去！”

仅仅过了两天，袁象先向朱温告假回汴梁定亲。一到汴梁，袁象先就先来均王府拜访朱友贞。咸宁陵事件后，袁象先由马步军都指挥使调任左龙虎统军，可谓是春风得意。朱友贞见牙兵跑着前来通告袁象先前来拜访，旋即起身，前去迎接。

半路上，朱友贞看到袁象先迎面大步而来。大老远，朱友贞拱手含笑说：“表哥，这么快就来汴梁，是不是急了点？”“能不急？”袁象先迈着大步，拱手说：“表哥一听表弟派来的人说是太傅的女儿刘湜湜，巴不得马上飞到汴梁。”

“表哥不会也觊觎很久了吧！”

“哈，哈……”袁象先大笑。

“表哥年轻二十岁，说不定还真会觊觎。如今这个岁数，还打她的主意，真是不晓得自己是谁了。牛有多少力，马也有多少力，人家毕竟是太傅的女儿。”

朱友贞和袁象先并肩前往王府后殿大堂。两人踏上台阶，进入堂内，并排坐在榻上。王府的侍儿献上香茗，俯身退出中堂。

“表哥先得好好谢谢表弟，给表哥物色到了这么一门亲事！”

“我们是自家人，谢什么？遇到这么好的事情，只能说是表哥运气好。做表弟的，不想到表哥，还能想到谁？只是可惜了寇成邑，白白流了那么多的口水，最后还是吃不着。刘湜湜人不错,可以说是万中挑一,要什么就有什么,相貌、门第样样俱全,只是人辣了点,千万别辣着了表哥就好。表哥,请喝茶。”

袁象先端起身旁几上的茶盏,喝了一口,手里端着茶盏说:“还是辣一点好,家中那一大班人,没有一个辣一点的夫人哪能镇得住?表哥只是没想到,如此奇特的婚嫁条件。在神州婚史上,除了刘湜湜,还真的难以找出第二人!听派来的人一说,表哥还真的吃了一惊。”

“不是条件奇特,她会肯?”

“那是。继室不说,表哥至少大她二十岁。带她出去,人家说不定还认为是女儿。没想到,表哥到了这个岁数,还能吃到这样的嫩草。只是条件,得花一些心思。”

“这事不需要表哥操心。好人做到底,送佛到西天。表弟肯定会让表哥舒舒服服、开开心心地做新郎!表哥就请阴阳先生定日期就是了。到时候,表弟要好好喝上几杯。”

“表哥只能说声谢谢啦。”

“又来了!表哥不要忘了表弟这个媒人就行。”

袁象先呵呵一声。

“就算表哥忘了,刘湜湜也忘不了。”

当天,朱友贞就以媒人身份亲自前去刘府替袁象先提亲。均王亲自上门提亲,刘府当场同意了这门亲事。雷厉风行,在一天时间里面,就过了六礼中的纳采、问名、纳吉、纳征四道礼,现在就等袁象先回洛阳后,请阴阳先生确定日期,再来汴梁迎娶。袁象先心急,只呆了一天,就返回洛阳,请阴阳先生确定婚期。

又过了一天,朱友文刚到开封府,少尹茅成武就向朱友文禀报一件入室杀人案。“昨天夜里,一伙身份不明的人进入宣威将军寇成邑的家,杀死了一家七十一口,家里的财物被洗劫一空。现场留了几名歹徒的尸体。经仵作验尸,都是打斗中受利器所伤而死。”朱友文真怀疑是不是自己昨晚酒喝多了,现在还没醒。

寇彦卿晓得情况,肯定暴跳如雷,到官家那里告黑状,说本王治府无能。看起来巍峨壮观,却是沙上楼阁,说崩塌就崩塌。老贼喜怒无常,万一主意改变,一切努力不仅白费,还将死路一条。况且,给韩建的信函至今还没有毁掉。

“七十多人被杀,昨晚巡逻的龙虎军怎么一点也不晓得?”

“寇成邑家的宅院大,四周还砌了一堵两人多高的围墙,里面就是翻天了,外人也不晓得。汴梁那么大,龙虎军未必刚好在寇府外面巡逻。”少尹突然放低声音说："千岁，那些个歹徒，身上有控鹤军的标记。不用去猜，就晓得是控鹤军冒充盗贼做的。千岁，虽说是夜深人静，但要杀掉那么多人，肯定需要一大班人。如今能够一大班一起做，只有兵士。那些兵士，尤其是牙兵，倚仗圣上用人之际，就是晓得乱来。平时赌博、嫖娼，没钱了，就抢劫杀人。不给寇彦卿一个合理的解释，肯定对千岁不利。如今证据确凿，何不趁热打铁？"

"继续找一些确切的证据，免得让人感觉我们无中生有、血口喷人！"

"仆晓得。"

茅成武当天就写成卷宗，并抄录了一个副本。朱友文派一使者持卷宗的副本前往孟州交给河阳节度使寇彦卿。掌书记南以明带着卷宗正本以及朱友文呈给朱温的奏折前往洛阳，交给相国敬翔，再由敬翔呈给朱温。完事之后，南以明再去拜访阴乙。

"你将这颗珠子带给阴乙，表示表示本王的一点心意。"

朱温任宣武节度使时，朱友文为度支盐铁制置使。朱温在外征战，朱友文征赋聚敛保证军队的供给。朱温称帝，朱友文出任建昌宫副使。韩建罢相后，朱友文升任建昌宫使。这些年，朱温抢来的奇珍异宝，无一不经过朱友文之手。朱友文平常玩玩的都是和平时期价值连城的宝贝。朱友文特意挑了一颗大大的夜明珠由南以明带着送给阴乙。

阴乙晓得，朱温迟早有一天会登假，而且现在看来也已经不远了，想继续保持眼下的地位必须找明主。朱温对朱友文的宠信，阴乙看在眼里，记在心里。南以明代朱友文向阴乙保证，博王将来继承大统，阴乙身份地位依旧。"仆愿为博王效劳。请南公回去告诉博王，仆明天就进宫面圣。"阴乙很爽快地答应了南以明。

过了几天，南以明返回汴梁，将具体情况汇报给朱友文。

"敬翔，阴乙，寇彦卿三路人马现在全集中在朱友珪身上。朱友克遭劫杀，圣上原本就已经满肚子的火。偏偏这时候出现了彗星谪见，荧惑守心，三路人马集中攻一攻，朱友珪这回不死也得死。朱友珪一死，所有的隐患都会自动消除。其他人，谁还敢出来跟千岁争？"

更让朱友文意想不到的是，那封折磨了朱友文那么长时间的信函终于回到了朱友文的手中。这封要命的信函一到手，朱友文这些时间紧绷着的神经终于松弛了下来。当天，朱友文高高兴兴地在博王府一边喝酒一边欣赏家妓的歌舞。朱友文喝着喝着，情不自禁就唱了起来。

人生得意须尽欢，莫使金樽空对月……

朱友文趁着酒兴，当场将两名搂在手中的爱姬赐给了南以明。

朱友贞此时正在东京马步军都指挥使牙堂内跟行军司马戴泰宁商议事情。

“那些珠宝，本王也没什么用处，司马拿回去给自己的妻妾玩玩。这些物事，女人说不定感兴趣。那些金银，司马分发给参加昨晚行动的将士。累了一夜，也辛苦他们了。本王能如愿，司马和天兴军将士的富贵岂是金银珠宝可以计算？”

“仆愿为千岁赴汤蹈火！”

幽通观门头鱼处恶见刘湜湜带着一名侍儿又出现在门头前，连忙俯身说：“娘子，你是不是来找若水先生？”刘湜湜头一仰说：“是啊！怎么样？”

“不巧得很，若水先生已在今早离开幽通观，云游去啦！”

“你想骗谁啊！是不是上回的事，弄得你左右、里外不是人？监院姚夷静难为你啦？”

“那倒没有。”

“那就是若水先生啰。”

“若水先生是方外高人，怎么可能呢？”

“那是你不想让我进去啰！”

“小道确实没骗你！你不信，自己进去瞧就是。”

刘湜湜带着欧明珠进入幽通观山门，径直前往虚静院。虚静院很静，仅听到鸟鸣声。刘湜湜和欧明珠站在院子里面，确实感到有些冷清。院子很干净，却没有人。刘湜湜踏上了步檐，看到中堂左右两侧的房门都上了锁。

看来，幽通观门头鱼处恶并没有骗刘湜湜，若水先生确实走啦。

有眼不识泰山，说得还真的一点也不错。不是若水先生指点迷津，我还真的不晓得如何是好！如今，心中的恶气也已经透了，田产也回来了，原本天天吵吵闹闹的家也乐融融了起来。不说其他人，就是原先在家中自视一家之主，呵甲斥乙的哥哥，如今见我如见救命恩人！就是若水先生的一句话，改变了我的命运！

刘湜湜很失望地踏下台阶，离开了虚静院。

“郡主，若水先生怎么会晓得均王能帮郡主解决问题呢？莫非若水先生跟均王很熟！”

“均王说他只见过若水先生一面，应该不会骗我。若水先生来幽通观，我也只是新近才听说。若水先生跟均王应该不熟。可能真像传言的一样，若水先生会神机妙算！”

刘湜湜站在幽通观门口，突然一改往日的傲慢，对门头鱼处恶客气了起来。

“道长,若水先生会到何处云游呢?”

“这个小道真的不晓得。若水先生来幽通观只呆了半个月时间就离开了,肯定是因来找他的人太多。这半个来月的时间里面,来找若水先生的人像蚂蚁搬迁似的。不是监院一再吩咐,不要打扰若水先生清修,小道连哄带劝,若水先生想睡一个安稳觉都不可能。上次,见到若水先生,还闹了个别扭,实在是错过了一次听若水先生箴言的机会。可惜啊!小道在门头最清楚。每一个低着头进来见若水先生的人,都抬着头离开幽通观。可惜啊!”

听门头鱼处恶连连说“可惜”,刘湜湜也跟着可惜了起来。不过,已经过去了事情,可惜又能如何?刘湜湜第一次跟幽通观门头鱼处恶有礼貌地告辞,走出幽通观,坐上马车,带着欧明珠返回刘府。若水先生会到哪去云游?

第六十五章　琴

巧笑倩兮，美目盼兮，素以为绚兮。

——《论语》

就在刘湜湜掀翻樗蒱的第二天，石柏在虚静院见了相国夫人刘思予。

朱温在汴梁呆几天，在洛阳呆几天，弄得手下臣僚疲于奔命。既是效仿也是应对，朱温手下的臣僚往往分别在东都汴梁和西都洛阳安家，只是主次不同。有些臣僚，夫人在洛阳，爱妾在汴梁；有些臣僚，爱妾在洛阳，夫人在汴梁。朱友文跟其他臣僚不同，朱友文的夫人王氏却要陪着朱温东西两头跑。还好，朱友文姬妾多，夫人王氏不在身边，活动起来更自由。

朱友文风姿绰约，能诗善赋，能说会道，不仅深得朱温喜爱，也是大梁国妇女愿荐枕席之人。这些年到底有多少妇女主动来博王府进献了枕席，朱友文自己也不晓得。不过，也有例外。开封府组织的解厄禳灾清醮刚一结束，刘思予遣心腹请朱友文来相府做客。朱友文一到相府，刘思予就请朱友文去了密室。刘思予将一个用羊皮包裹的物事递给朱友文。

“一名江湖朋友，托我将它转交给你，说这物事对你很重要。”

朱友文接过包裹，打开一看，心中不由一喜，仿佛肩上的千斤重担霎时放了下来。朱友文终于要回了那封写给韩建的书信。

“还得谢谢夫人。”

“举手之劳，不足挂齿。彗星出现，扫除人间污秽，需要扫除几个为非作歹的人答复天上的警示。你要的这几个人，列入名单内，不会有人觉得有什么不妥。事情不是很轻松地就解决啦？这么点小事，都吓成这样。以后碰到更大的事情，岂不是要吓出尿来?”

刘思予嘴里说着,手则伸过去摸朱友文的物事。朱友文含笑说:“骆观光云,贾余勇以求荣,效轻生而报施。还有一点余勇,就统统卖给夫人算了!”刘思予欣然接受朱友文的建议。不过,卖余勇之前,先得将书信处理掉。朱友文下了地,将这封夺命书信焚烧在焚香炉里面。看着书信的灰烬由黑变成白,跟焚香炉里面的香灰完全融合,朱友文才彻底放心。

“听说这次主持开封府解厄禳灾清醮的那名道长就是天清派掌门若水先生。”

“夫人感兴趣?”

“天清派掌门,我当然感兴趣。交结交结,也是一股强大的势力。想办事容易,不能单有皇亲贵戚,藩镇诸侯,也要有江湖朋友。有些事情官府衙门不方便出面,最后解决还得靠江湖朋友帮忙。况且,若水先生是异士奇人,我早就多次听过。”

“人倒是仙风道骨,一看确实给人一种异士奇人的感觉。只是这些年像李应之这样的方士骗子多,夫人可不要像王处直那样被骗就行。”

“我广交英雄,什么样的人没见过?骗子,无赖,流氓,地痞,土匪,强盗……我也不能说你谨慎过度。老虎边上,不谨慎,还真不晓得什么时候吃了你。过犹不及。谨慎过度人会畏首畏尾,会失去很多机会。实际上,就算是骗子,自有骗子的用处,关键看怎么用。想骗我,只能等下辈子吧!”

刘思予自信,非常自信。

“夫人叱咤则风云兴起,鼓动则嵩华倒拔。还是我胆小多虑!”

“我再厉害,还不照样是你的胯下坐骑,任由你翻手作云、覆手作雨?”

一辆豪华的四驾马车在幽通观门头前停下,车前、车后八名美娘子和八名身材魁梧的侍卫下了马。放好车凳,两名娘子搀扶着坐在华盖下面的一名穿着奢华看起来只有三十四五岁的女子走下了马车。门头鱼处恶一看来者是相国夫人刘思予,来不及招呼,连忙小跑前往告知知客聂道冲。侍从在门头前方东侧系马桩上系好马,刘思予就在众人的簇拥下进入幽通观的大门。刚刚跨进大门,刘思予就看到幽通观的监院姚夷静和知客聂道冲前来迎接。

刘思予可以说是神州史上虽不能说后无来者但肯定是前无古人的奇女。

刘思予原本是大齐国第二号人物尚让的新妇。她如何成为尚让的新妇,已经没有办法考证,除非刘思予自己亲口说出。黄巢被朝廷清剿,尚让投降了武宁节度使时溥。刘思予也由尚让的新妇变成了时溥的爱姬。景福二年,朱温攻破徐州,时溥携妻小自焚而亡,刘思予由时溥的爱姬变成了朱温的宠姬。敬翔投奔朱温,朱温仿效神州主子送宠姬给自己部下的故事，将刘思予赐给敬翔做新妇。于是，刘思予变成了后来大梁宰相敬翔的新妇。

刘思予成了敬翔的新妇，朱温还是时常召她进宫去服侍。就算敬翔当上了宰相，刘氏依旧去服侍朱温，出入内宫跟平时一样。一般男人都难以接受，何况堂堂宰相。敬翔颇为自己老做乌龟感到不爽。这下可惹恼了刘思予。女人，经手的男人越多，也就越有了可以比较的对象。谁尽兴，谁扫兴；谁舒服，谁难受。刘思予肚子里面清清楚楚。刘思予立马嗤之以鼻，讥讽起了敬翔。

"你不想想自己是什么物事？简直就是一个窝囊废！能力，我就不说啦，免得你捏鼻子钻茅坑。单门地而言，跟我上床的那些人，你这个废物能跟他们相提并论？尚让，黄家的宰相；时溥，国家的忠臣。他们中哪一个不比你这个废物强？你是什么物事？连一个进士也考不上的废物！不是朱温杀光了李唐一朝文武大臣，能让你这个废物做宰相？你就是连一根蓬蒿都不是！朱温将我赐给你，做你的新妇，简直就是侮辱了我。让我自己选，我会选你这个废物？你不满意我陪朱温睡觉，请从此后，你走你的阳关道，我走我的独木桥！"

这下可真吓坏了宰相敬翔！大梁国皇帝赐给新妇竟然敢不满意？不用刘思予在枕头边向朱温嘀咕两句，朱温都已经不客气。朱温赐给一头母老虎，也只能陪着一起睡。直到敬翔跪在地上，再三向刘氏道歉，才让刘思予改变了原先的主意。

刘思予车马服饰骄侈，还专门设置典谒，交结藩镇诸侯。在大梁国，无论是人气还是威望，刘思予都不在宰相敬翔之下。许多敬翔办不成的事，刘思予只需要简单的一句话。大梁的权贵纷纷攀附，刘思予早就已经成为大梁权贵效仿的典范。

姚夷静拱手含笑说："没有去山门外迎接，不会说小道怠慢吧。"刘思予呵呵一声。"监院是方外之人，就算怠慢了我，我也无可奈何。要不拆了你的幽通观？"幽通观是汴梁一座相当规模的道观，在汴梁也算得上是赫赫有名。监院姚夷静也是汴梁地界很活跃的人物，与汴梁的名流多有交往。姚夷静和刘思予虽算不上是莫逆，也是认识多年的朋友。"这可使不得！"姚夷静假痴不癫了起来。

"那就快带我去看若水先生吧。"

聂道冲在前引路，姚夷静陪在刘思予身旁，一行人前往虚静院。一条两旁树木成荫的小路。时光尚早，知了还没有开始鸣唱。一路上，只有偶尔叽喳的鸟鸣。

"真是幽静！来幽通观多次，好像都没有来过这里。"

"慕真人羽化后，虚静院就一直关着。这次掌门前来，才重新打开。掌门喜欢清静，住在这里最合适。"姚夷静向刘思予解释。

快到虚静院时,刘思予听到从虚静院方向飘来了轻柔飘忽的琴声。刘思予不晓得弹琴者弹的是一支什么曲子,以前好像没有听过。这琴声让刘思予感到一阵心醉。刘思予继续走了几步,就驻足静听了起来。忽而,飘忽的琴声让刘思予感到心酸,有了一种想哭的感觉。直到琴声在虚静院完全消失,刘思予才重新起步。姚夷静在后赶紧跟上刘思予。

刘思予手一举,跟在屁股后面的侍儿、侍卫停住了脚步。

刘思予一脚刚踏进虚静院,就见一位头束逍遥巾,身着白色天清派道袍的道士正襟坐在石桌前,焚香弹琴。石柏微微抬了下头,见姚夷静带一名穿着奢华的妇人前来,就从石桌旁站了起来。又有一条大鱼要上钩了!

"是不是师弟的杂音惊扰了客人?"

浑厚、低缓、微含沙哑的男人声音冲进了刘思予的耳朵。我一生阅人无数,想不到神州竟然还有此等后生!能够陪上一夜,还真是此生不虚。刘思予不禁想入非非了起来。"惊扰了掌门才是。"姚夷静手一拱。"此等天籁,人间哪能处处闻?师姐的一位老友,听说掌门在幽通观,特地前来拜访。掌门吃住在幽通观,总得给师姐一个面子吧!"

"有道是,吃人饭碗,给人扣管。师姐快请客人坐!"

刘思予、姚夷静、石柏先后坐下。秋雨正准备抱走摆放在石桌上的古琴,姚夷静说:"师妹稍等。方才在院外,只听了一半,掌门师弟何不再来一首,让师姐听一听?"刘思予旋即委婉附和。"若水先生方才弹的是何曲子,听起来让人戚戚然。"

"贫道方才弹的是《荒冢抒怀》。贫道弹琴,纯粹是自娱。师姐不怕自家师弟在方家面前出丑,那只能恭敬不如从命。就弹一首师弟自谱的《胡骑入塞》。"

石柏身子一整,两手一震,伸出一双手指修长的手。男人竟然也有这么好看的手。琴声悠然而起。刘思予将自己的思绪拉回,倾心听石柏弹琴。忽然,刘思予感觉来到了广漠的塞北。一眼沙海,空寂无人,一缕轻风滑着高低起伏的沙波蜿蜒而行。猝然,琴声骤起,黄尘扬起,千骑、万骑夺关而入。霎时间,马蹄声、呐喊声、杀戮声、哀嚎声,交融嘈杂,响彻云霄。渐渐地,声音开始消停了下来,胡骑扬尘远去。一轮明月从东方升声,朗照边关。一个游子路过,月夜下看着似清非清的疮痍。声音哀艳凄厉,让人鼻酸不已。"精彩!"过了好长一会,刘思予才想起鼓掌。

"真是天籁。掌门师弟竟然有此等琴技还真的是大大出乎师姐的意料。"

"师姐带客人前来,是不是想夸奖一番,再让师弟翻几个筋斗?"

姚夷静和刘思予都微笑了起来。

“还真不是说笑，若水先生的琴技确实高。”

“夫人谬赞！”

“师姐就不说废话了。夫人前来幽通观，肯定是有事要找师弟。师姐也就跟两位师妹到屋子里面去，让夫人跟师弟慢慢谈。”

姚夷静起身，秋雨抱着琴，秋水紧跟在后，前往屋内。

“人家都说若水先生神算，小妇也想请若水先生算一算。”

刘思予直接挑明次番前来幽通观的目的。

石柏两指轻轻一掐自己的手背。

“夫人，你看贫道仍旧是肉身，最多只能说是人算。

人一生的凶吉贵贱自由天定。可惜，自李虚中以来，神州那些凭借生辰八字测人吉凶的命师实际全是混饭吃的骗子。贫道这样说，并不是口出狂言，而是事实如此。玉钤云，主命原由，人之吉凶，制在结胎受气之日，皆上得列宿之精。

早在出娘胎之前，人的命就已经定好了。然而，神州有几人能晓得自己是何时何刻在母亲的肚子里面结胎受气？就是他母亲也未必晓得。正因为没有办法晓得人结胎受气的准确时间，那些命师只好用生辰八字来代替。

想准确算出一个人的命数，命师不仅要晓得此人何时何刻结胎受气，还要晓得结胎受气时的天象。就算晓得一个人结胎受气的时刻，而天象瞬息万变，哪一个命师会晓得结胎受气时的天象？斗转星移，每一刻的天象都不同。倘若一个人结胎受气的那一夜天下着雨，或者天有云，或者干脆在白天，此时天上列宿隐而不见，又何以晓得列宿的运行情况？夫人，你说，这些用八字测人命数的命师是不是混饭吃的骗子？”

“若水先生言之有理。不用八字，若水先生又怎么能算得出一个人的贵贱夭寿？”

“人出生后，自有初禀。这种初禀是人所不晓得的。但人往往会在无意之中泄露了这种初禀。也就是我们平常所说的泄露了天机。这种物事非常繁琐，贫道也就不再啰嗦了。方便起见，夫人不如随便选一个字，让贫道测一测吉凶贵贱。”

“小妇前来院子时，若水先生正在弹琴，那小妇就选‘琴’字让若水先生测一测。”

刘思予没什么想就选了一个琴字。“恭喜夫人！”石柏向刘思予手一拱。“夫人乃天生富贵。”刘思予心中不由一喜，含笑说：“这一个‘琴’字怎么就能看出小妇天生富贵？”“玄机就在夫人选的‘琴’字里面，待贫道慢慢跟夫人解释。人一生多少会有一些机缘巧合。这些机缘巧合全都由命数定好。夫人今生命中注定会遇上两个王。"刘思予一愣,连忙好奇地问,"若水先生可否给小妇说一说理由?""'琴'字上面两个'王',下面一个'今'。这不正说明了夫人命中注定今生要遇上两个王吗?夫人,贫道有没有说错?"石柏解释。哦!刘思予顿时豁然。一生中遇见两王的人多了去,若水先生未必不是瞎猫碰到死老鼠。刘思予心里虽这么想,但还是轻轻地点了点头。"若水先生说的没错,小妇这一生确实遇到过两个王。"

"夫人,贫道万一妄言,请夫人恕罪!

"若水先生直说无妨。"

"夫人这一生中有过亲密关系的男人不止一个!"

一个'琴'字里面真能透露出玄机?真的有些不可思议。刘思予开始有点吃惊。

"一个'琴'字能看出玄机?"

"不能说'琴'字看出玄机,而只能说夫人选的'琴'字能看出夫人的玄机。这就是夫人为何不选其他字而选'琴'字的原因。恕贫道放肆,夫人一生男人远不止两人。等会,贫道慢慢跟夫人解释。一山难容二虎。一王要杀掉一王。这是极其正常的现象。也就是说,如今一王已死,一王尚在。这些男人里面有两个是王,而不是夫人一生中遇到过两个王。贫道说的是不是符合夫人的实际?"

"若水先生说得一点也没错。"刘思予沉默了一会,点头承认。

"莫非若水先生认为小妇是王妃?"

一王杀死一王,一王的女人就变成另一王的女人,跟猴群中发生的故事一模一样,这是神州常见的故事。一个女人,一生侍奉过两个王,而且一王已经杀掉一王。这种女人,别说在朱温的皇宫里面,就是朱温手下那些土鳖的王府里面也多得是。像你这样满面笑容,妩媚动人,穿着奢华,行动自由,甚至还由幽通观监院姚夷静亲自带路,神州只有一个人,那就是大梁宰相敬翔的夫人刘思予。"夫人不是王妃,却胜过王妃。"此话一出,刘思予不由有些心惊肉跳的感觉。"一个人一言一行,一举一动,都会透露出连自己也不晓得的玄机。这种玄机一旦被捅破,当事人自然会恍然大悟。夫人的所有玄机就在'琴'字上。"

"小妇选的'琴'字有什么特别吗?"

"夫人选的'琴'字,也就是很多很多的字里面的一个很普通很普通的字而已,没什么特别。夫人从那么多的字里面偏偏选了'琴'字,就不同了。为何夫人选'琴'字而不选其他字?玄机就在里面。夫人再仔细想一想'琴'字就会明白。"

“明白,‘琴’字上头是两个王。”

“夫人说得不错！可夫人注意到了没有,这两个‘王’字都处在‘今’字的上头,而不是位于‘今’字的左边,与‘今’字平起平坐。上下和左右不同反映了‘今’与‘王’之间的关系。夫人虽然一生中注定会遇上两王,但都不会成为夫人的郎君。这两个王既然不是夫人能够与之平起平坐的郎君,那么贫道也就可以断定,夫人的真实身份并不是王妃。”

“看来,字里面确实有若水先生所说的玄机。”

“人无意中展现出来的言行举止都有可能透露了自己的玄机。这种玄机不是所有人都能参得透。参透了,就不稀奇了。所以,吕太公只用一眼就看出刘邦将来会做皇帝。当天,就将宝贝女儿吕雉许给刘邦。夫人,贫道方才是不是胡说?”

“若水先生说的与事实分毫不差。请若水先生测一测小妇应该是什么的身份。”

“方才贫道已经说过,一王杀掉一王。‘琴’字头上去掉一个王,就不成字了。夫人请看!”石柏伸出手指醮茶水,在石桌上写起‘玲’字。刘思予伸过头,看着石柏写完“玲”字。“玲者何,美石次玉也。可见夫人地位是仅次于玉的美石,但不是玉。贫道说错了,请夫人不要责怪。”

“小妇是过来人,毕竟见过一些世面,若水先生但说无妨。”

“夫人不是玉,却是爱不释手的美石。由此,贫道可以断定,夫人应该是王的宠姬。”

“小妇未来幽通观之前,对若水先生的大名还仅仅只是将信将疑。如今一见,若水先生真乃神人也！若水先生有什么话,只管直说,无须忌讳。”

“那贫道就只管直说了。”石柏喝了一口茶,含笑说:“贫道师姐交游广,竟然能高攀上像夫人这种地位如此尊贵的人!”刘思予颇为好奇地问:“若水先生认为小妇是谁?”石柏含笑说:“这也需要贫道去捅破?”刘思予两眼带笑,挑逗说:“若水先生不妨捅破了看看,说不定会看到想看而看不到的物事。”“夫人非要贫道捅破这一层窗户纸,那恭敬不如从命。夫人的郎君应该是当朝宰相!”刘思予虽然心里已经早有准备,但还是一颤。

“小妇所写的‘琴’字中能看出此等玄机？真是有点不可思议。”

“字中的玄机多多,只是非一般人所能洞彻罢了。贫道也是受异人传授,学会了如何洞彻。‘琴’字上头有两王。两王者,梁王也。夫人当时遇上的梁王,岂不就是当今圣上?”

“没错。但若水先生不能由此说,小妇就是相国夫人啊!”

“呵呵。实际上,夫人只要用心去揣摩、揣摩‘琴’字,也一定能测得到这一点。”

“‘琴’字,两王下面一个人……”刘思予不禁揣摩了起来。

“梁王下面一人和一人之下的人,除了相国,夫人觉得还有谁?”

“传言若水先生是南斗星君的凡间弟子,如今看来还真的一点也不虚!若水先生说的没错,小妇确实是相国夫人刘氏思予。”

“夫人是女中豪杰,巾帼英雄,神州第一奇女。”

“若水先生过奖!说难听一点,小妇不过是那些男人手中的玩物,像播鼓传花似的,从一个男人手中传到另一个男人手中。”

“这是夫人命当如此,无法改变。”

“小妇命当如此?”

“不错。这是夫人出娘胎之前就已经注定好了的命!正因为夫人天生富贵,就算换了男人,依旧得到宠幸。夫人,你想想,整个神州,除了夫人,还有谁能有这等幸运?”

“确实,神州还没有第二人。若水先生,你何以说小妇命当如此呢?”

“这还需要从夫人方才所写的‘琴’字说起。贫道以‘琴’字,卜上一卦,可以得‘复之颐卦’。易曰,复,亨。出入无疾,朋来无咎。夫人晓得,复,就是一而再,再而三。就卦象而言,夫人一生中注定有四个非凡的男人,而且是一个之后紧跟着一个,一而再,再而三。不同的是,对夫人而言,即便男人换了,仍旧是‘出入无疾,朋来无咎’。

复,行故道也,就是走老路。夫人原本是王之人,如今又回到过去。依据此卦象,贫道甚至敢断言,这些年来,夫人一直就陪在圣上身边,从未离开过圣上。在外人的眼中,夫人是相国的新妇,实际上从来就是圣上的宠姬。也就是说,如今的夫人至少有双重身份。”

石柏此话一出,刘思予顿时感到心惊肉跳,从石桌旁猝然站了起来。这种如此机密的事情,远在宫外的若水先生竟然都能算得出来!石柏故意问:“夫人,贫道说错了吗?”刘思予重新缓缓坐了下来,迟疑半晌后说:“若水先生说得没错。”

刘思予非常清楚,自己能在大梁国叱咤风云,不单只是因为自己有能耐,而是背后有大梁的皇帝朱温。然而,随着岁月的消逝,如今的朱温已经不再是当年猛如公牛的朱温。虽然兴趣依旧,刘思予还是能明显感觉得出来朱温已经有些不行了。

这不是仅仅靠仙丹神药就能弥补得了。驾崩已经是迟早的事情,谁也拦不住。能拦得住,这皇帝还能轮到朱温做?

现在是到该安排朱温之后的事情了！经过一番思量,刘思予做出决定。将来仓促应对,只能重蹈像前些年那样任人宰割的覆辙。境内,诸皇子争夺皇位的战争已经是风起云涌,硝烟弥漫;境外,与晋国的战争是一败再败。这两件事情直接关系到刘思予的生死存亡和荣华富贵。彗星谪见以及紧随而来的荧惑犯心,让刘思予心惊肉跳了起来。刘思予觉得安排朱温之后的事情必须提前。当年还可以委一委身,现在就是想委身也已经没人要。

听典谒说,这段时间名声突然鹊起的若水先生就在幽通观,顿时引起了刘思予极大的兴趣。刘思予早就已经听说过若水先生。“去幽通观见若水先生的人就像蚂蚁搬窠一般,但绝大多数人是吃了闭门羹回家。只有几个连幽通观都不敢阻拦的人最后才见到若水先生。据他们的门客说,回来后对若水先生是赞不绝口。”刘思予觉得去幽通观一趟,见一见,说不定还真的会遇上一个奇人。有时候听上一句有用的箴言,比盲目行动好上十倍都不止。

“看来,事情是满不过若水先生。连这等如此隐秘的事情,若水先生都能算得到。若水先生算得没错,小妇这些年一直都在圣上的身边,服侍圣上。”

朱温的荒淫,神州人人皆知。说一句朴素的话,朱温就是一头无时不发情的种猪。没有这种跟朱温说不清、道不明的关系,就算你本领飞天,哪能在大梁翻云覆雨?

“夫人的经历让人感慨,又让人嫉妒！圣上后宫佳丽无数,但像夫人这样嫁给别人为妻之后,仍旧得到宠幸还真的是绝无仅有！这应该是夫人的荣幸。”

“虽说如此,圣上要小妇进宫去侍寝,小妇还敢违抗圣命?说是荣幸,实际何尝不是一种无奈?小妇这次前来幽通观,是想请若水先生测一测,这次彗星谪见之后,小妇将来的吉凶,也好做一些必要的防范,以免仓促间来不及应对。”

“夫人真是深谋远虑。夫人,贫道言语有唐突之地方,请不要太在意。”

“若水先生,是否是凶兆?”刘思予紧张了起来,连忙追问。

“夫人可能有所不知,贫道很少替人预测吉凶。只是有时候,别人碰到了一些疑难的问题,贫道可能会帮着参谋参谋。”

“这一点,小妇早听人说起过。若水先生脚地高,就算是王侯将相未必能请得动,一切都凭若水先生自己的兴趣。”

“这倒不是贫道脚地高,只是有些玄机不该捅破。谁都晓得,泄露玄机必遭天谴！夫人是贫道师姐多年的好友，那贫道就不妨直言。夫人之卦为‘复之颐卦’，动爻在上六。爻辞是，上六，迷复，凶，有灾眚。用行师，终有大败，以其国君，凶。至于十年，不克征。迷复，就是行军过程中迷了路。夫人想，行军途中迷了路，肯定是凶兆，有灾祸将要降临。倘若强行行军作战，必将会导致全军覆没，最后国君被俘虏或者被杀。结果元气大伤，至少十年内都没有办法恢复元气。单就卦象而言，夫人未来会生活在暗潮汹涌的危险中。”

刘思予红润的脸顿时苍白，有些不稳的手，端起茶盏喝了一口茶。“秋雨师妹！”石柏叫一声。秋雨小跑走出了虚静院堂内，来到石柏身边。秋雨给石柏倒上茶。“夫人”，见刘思予茶盏仍满，秋雨说，“小道给你换上一杯新的。”刘思予点了点头。秋雨倒掉冷茶，重新换上新茶，离开了院子。刘思予毕竟经过风雨，见过世面，喝了一口热茶，缓过神来。

“若水先生，那有没有办法解？”

“有些话，贫道真不好说。有人说贫道妖言惑众，甚至就有可能会牵连到幽通观。贫道还是不说的好，以免因言惹祸。”

“倘若小妇长舌，哪能在大梁做到言出必行？现在，天知，地知，你知，我知。”

“那贫道就直言了，夫人姑妄听之。不讳的事情，看来是想躲都已经没办法躲掉了。至于大梁，十年以内应该没事，十年以后就难说啦。江山倾覆，想挡都挡不住。这都是上天注定好的事情，非人力所能为。就夫人之卦的卦象看，夫人得赶紧给自己找后路。”

“多谢若水先生！”刘思予向若水先生手一拱。“既然天命当如此，小妇会给自己留条后路。毕竟，小妇已经不再是当年的小妇，任人宰割！”

“夫人所言甚是。以夫人在大梁的人气和威望，给自己找条后路还不是手到擒来？夫人之卦看起来确实凶险无比，但却可以变。”

“若水先生，是不是还可以逢凶化吉？”

“夫人说的没错，可以逢凶化吉。”

刘思予一听可以逢凶化吉，长长松了一口气。

“复之颐卦，一变就成了颐卦，化险为夷。颐，贞吉。观颐，自求口实。这是此卦的卦辞。口实，通俗点说就是口粮。此卦明确告诉夫人，夫人以后的事情，得靠夫人自己动手去解决。能帮夫人的人只有夫人自己了。只有这样，夫人才能躲过灾变发生时的危机。十年以内，夫人应该平安无事，虽然不同的人登基可能会对夫人产生一些影响，但无关紧要。以夫人的聪明和智慧，应该会找到一种让自己平安度过危机的方法。”

“若水先生能否告诉小妇不讳会在什么时候发生？”

“此乃天机，恕贫道不能告诉夫人。这种事情，一旦泄露，不单单是掉脑袋的事情。看在夫人跟贫道师姐多年交情的份上，贫道可以透露一点，很快就要发生。夫人只要稍稍关注一下天象就晓得。彗星谪见刚过去没两天，荧惑又犯心宿大星。心宿大星是帝王之星。这一点司天监应该早就已经向圣上启奏过。正因如此，圣上才下诏大赦和禳灾祈祷。

这种事情，夫人应该比贫道更清楚。彗星谪见、荧惑犯心，是上天给凡人的警示，想禳灾祈祷躲避几乎没什么用处。一般普通人下了决心，尚且不容易劝他改变主意，更何况是帝王、上天的意志。夫人阅历丰富，应该比贫道更清楚。

一千多年前，齐国也出现彗星。齐国国君也准备禳灾祈祷。晏子就说，没有用的，只不过自我欺骗罢了。贫道觉得，夫人不应该去打听会在哪个月发生不讳，而是要在发生前已经做好准备。否则，就像夫人说的那样，匆忙对应，肯定进退失据。”

“若水先生能否给小妇提一些建议？”

“贫道还能提出什么建议？”石柏微微一笑，喝了一口茶，想了一想说。“夫人是神州第一奇女子，根本不需要贫道提什么建议。不过，夫人那么客气，贫道也就依夫人的命理说几句吧。单就命理而言，夫人这一生里面应该有四个半男人。”

“四个半男人？”刘思予简直就是惊愕。石柏看到刘思予突然睁大眼睛，心里不禁一阵暗笑。吃惊什么！我要钓你这条鱼，不彻底弄清楚，怎么能钓得上？刘思予或许感到自己有些失态，连忙含笑说：“若水先生可否说来给小妇听一听？”

“玄机还在夫人方才选的那个‘琴’字上面。夫人看，‘琴’字上头是两个‘王’，下面是一个‘今’。方才已经讲了这两王就是夫人这一生中遇到的两个男人。这个‘今’就是坐在贫道面前，今年、今日、今时的夫人。夫人看一看，这‘今’字由几笔写成？”

刘思予伸出素手，捏着兰花指，在空中画动了起来。

“四笔。”

“不错，四笔。夫人注意到没有，其中一笔是复笔。这就告诉了贫道，夫人一生中看起来只有四个男人，但还有一个男人跟夫人关系匪浅。因此，贫道说夫人有四个半男人！”

刘思予已经完全降服，拜倒在了若水先生这个神棍的脚下。这种事情，别说敬翔，就是到处是耳目的朱温，也不晓得。事实面前，刘思予不得不服。“不是亲耳所闻，就算像当年那样，将小妇强行按倒在地，小妇也不会相信！若水先生说的一点也没错，确实有一男人跟小妇有暧昧关系。”刘思予终于鼓足勇气承认了她不敢也不能承认的事实。

“不过，可不是小妇去找他而是他找小妇。”

“如今在大梁，哪一个不是有事求夫人？夫人稍稍施上一点力，那人还不是终身感激？贫道觉得，夫人应该为十年后的事情多做一些准备。反正，交结藩镇诸侯是夫人的强项。有道是，敌人的敌人就是朋友。以夫人的聪明，根本不需要贫道啰嗦提醒，应该跟谁结交。单就眼前而言，夫人那半个男人也不错。夫人能帮他成就大业，他还不是对夫人感恩戴德？这样，在未来的十年内，夫人还不是照样风云？”

这话挠到了刘思予的痒处，可不敢相信。

“若水先生能算到这半个男人是谁？”

石柏呵呵轻笑了起来。“世人就缺少一双能够洞悉玄机的眼睛，看不到而已。夫人你请看！”石柏蘸起茶水，在石桌上轻轻写了一个“今”字。刘思予斜身靠在石桌上看着石柏写字。石柏写完了字，刘思予重新退回身子，坐下。“夫人，你没感觉到‘今’字下面隐隐约约隐含着一个字？”“文！”刘思予恍然大悟。

“夫人，是不是还需要贫道说出？”

“他还真的是名副其实，温文尔雅。”

“夫人为何不使上一把劲，推他上位？”

“若水先生真是点中了小妇的要穴！”

“他能顺利上位，夫人何须为将来发愁？”

“若水先生可否给小妇提一些建议？”

若水先生又呵呵笑了起来。

“夫人怎么说，贫道还真感觉到有点当局者迷、旁观者清的味道。夫人应该比贫道更清楚，直接去推他上位或许会引起怀疑，说不定还起到相反的作用。很可能还会推测起夫人跟他之间的关系，结果弄巧成拙。夫人，农夫种田，是拔掉长势好的禾苗还长势差的禾苗？”

“那还用说，自然拔掉长势差的禾苗。”

“应该怎么做，已经很清楚了。眼下地里的禾苗一大堆，这些无用的禾苗长在地里，占了空间，又吸取了地里的营养。夫人为何不乘机拔掉那些长势最差的禾苗？帮助那些那些长势好的禾苗，快快成长，到时还不是会结出硕大的谷穗，来报答夫人？你说呢，夫人！”

“若水先生一语惊醒梦中人啊！”

“实际上，夫人是巾帼英雄，女中豪杰，根本不需要贫道多嘴。单就‘琴’字所透露的玄机来看，今后十年里面，夫人富贵照旧。至于十年以后的事情，只能靠夫人自己好好筹划了。诗云，迨天之未阴雨，彻彼桑土，绸缪牖户。早些做好准备，总好过仓促应对。譬犹渴而穿井，斗而铸锥，不亦晚乎？就算事情最后不随人意，毕竟努力过。夫人，你说呢？”

“若水先生所言极是。”刘思予若有所思地点了点头。

“师姐和两师妹在屋子里面也等久了。夫人，我们今天就此打住，如何？”

“小妇还想听，也只能等下一次机会了。”

刘思予跟着石柏站了起来。坐在虚静院堂内等候的婵娟连忙跑了出来，前来侍候。姚夷静、秋雨、秋水也跟着出了中堂，来到了庭院上。临别之时，刘思予拱手说：“再一次感谢若水先生！过些时日，小妇定再来请若水先生到家中去做客！”

“免！”石柏向刘思予手一拱。“贫道山野之人，闲云野鹤，去不得夫人的家！夫人请慢走，贫道就恕不远送啦！”石柏拱手送刘思予离开虚静院。

姚夷静陪着刘思予离开了虚静院。石柏转身，秋雨、秋水跟着回到了堂内。“师兄，本来早上就想好准备听你弹琴，现在可全给砸啦。”秋水又撒起了娇。“你以为师兄愿意？说了那么多废话，累都累死了。快去将师兄的茶盏端过来！”秋水还没有起步，秋雨已经转身前去给石柏端茶盏。“从早上一直忙到现在，连尿都没来得及撒。”秋雨、秋水都扑哧一声，嬉笑开来。

第六十六章　云

君子善谋，小人善意。

——《吕氏春秋》

九曲池这一吓真将朱温给吓着。回到洛阳不久，龙体欠安的消息就传出了皇宫。

大梁国的将帅、臣僚纷纷给自己安排后路。

小部分人，像魏王张全义，开始暗中派心腹前往太原，和晋王李存勖联系。万一李存勖灭了梁国，照样可以享受荣华富贵。吃喝拉撒睡媾是人生的终极目的，根本不需要去考虑什么忠不忠。今天你得势，我就跪在你的前面；明天他得势，我就跪在他的前面。不晓得见风使舵，逆水行舟，结果船覆身死，只能怨自己没有好好听孔圣人的话，自行其是。

忠孝礼义信廉耻，忠字排在第一，孔子嘴上也常挂忠。一说到忠，石岩心里就是一阵冷笑。凡是叫得最响，使劲鼓吹，神州最缺。忠如此，信也一样。只有那些个不开窍的人才会受骗，稍稍开窍的人都明白，早就看穿了这个骗人的把戏。朱温要求别人忠，而不是要求朱温忠。朱温忠谁？昭宗皇帝还赐名朱全忠呢。朱温永远忠于某某，说在嘴上，那是戏言。从黄巢造反到昭宗被弑，有几个忠过李唐？真有忠，昭宗也不会被弑，李唐也不会倾覆。倘若真忠，朱温永远只能是刘崇家的仆役，而不会成为如今大梁国的皇帝。李唐倾覆后，石岩才真正懂。

大部分人，像陈留县令游笃权，开始着手挑选可以乘凉的大树。大树就摆在眼前。不用说，朱友文这株树下站着的人最多，朱友珪这株树下站着的人最少。别人好选，而县令游笃权却不晓得选哪一株。倘若假子也算，兄弟里面，朱友文是老二。

倘若假子不算,朱友珪是老二。倘若死掉的不算,算上假子,朱友珪是老二;不算假子,朱友贞是老二。是哪一个老二还不好选。神州人目光短浅,只看到眼前看不到将来。游笃权想,大梁国朝野上下都晓得朱友文将要继承皇位,这种事情,若水先生还需要跟我打哑谜?朱友文肯定不是。正因为朱友文不是,若水先生才说天机不可泄露。神州史上至今还没有出现过一个皇帝会将皇位传给假子。朱温肯定也不会例外。如此一来,只剩下朱友珪和朱友贞。我看啊,就不要选了,免得选错。干脆在朱友珪这株树下荫一荫,朱友贞这株树下荫一荫。

面临歧路,大梁的将帅、臣僚在选择。不同的路,前往的地方不同,一路的风景以及可能遭遇的人和事也会不一样。谁也不晓得是鲜花还是荆棘在你前方等着。一脚跨出去前,不能不慎重。面对将帅、臣僚的选择,朱友贞越来越急。朱友贞非常清楚,倘若驾崩之前,朱温宣布将皇位传给朱友文,凭借眼前的实力,根本没办法从朱友文手中将皇位夺回。如今龙体欠安,朱温肯定会在驾崩之前确定皇位继承人,而这个皇位继承人肯定不是朱友贞。

“想不到,身体那么快就不行了。”

想朱温主动召朱友贞到洛阳,朱友贞自己也晓得这是不可能的。朱友贞甚至怀疑,朱温是不是已经忘记了还有朱友贞这一个儿子。耳听为虚,眼见为实。无论如何,总得亲眼看一看。朱友贞考虑了好久,准备以谒见朱温的名义,向朱友文告假,前往洛阳见朱温。

朱友文没有阻拦,同意了朱友贞的请求。到了洛阳,朱友贞通过太监武礼海最后总算见到了朱温。躺在床榻上的朱温,跟朱友贞心目中的朱温已经是两个人。朱友贞终于亲眼证实了龙体欠安的消息。然而,朱友贞非常失望。朱温没有交代一句后事,就将朱友贞打发回汴梁。

朱友贞还没有离开洛阳,就已经抛弃了幻想。

“如今官家已经被王氏弄晕了头,对王氏言听计从。官家驾崩之前,肯定会将皇位传给康勤。皇位一旦确定要传给了康勤,夺回皇位已经是不可能了。本王眼下的实力根本没办法跟康勤抗衡。唯一之计是在必须在确定皇位继承人之前,迫使张三抓紧时间动手。再不抓紧时间,就没有机会了。

形势逼人,什么事情都必须提前进行。目前形势下,康勤现在肯定是按兵不动,耐心等待驾崩。就算突然驾崩,以眼下的身份,皇位也会落到他的手中。登上了皇位,再慢慢清理我们兄弟也不迟。我们想活命,不想抓紧时间,也只能抓紧时间。”

翌日，马慎交前往幽通观拜访若水先生。

门头鱼处恶告诉马慎交："早几天前，若水先生就离开幽通观，云游去了。"

云可以聚，可以散；可以停，可以走。云游、云游，自然像云一样游，飘忽不定，不知所往，不知所终。云游到哪里去，就不晓得了。鱼处恶不晓得若水先生会聚在哪里，又散在哪里。马慎交回到王府，也就将情况告诉了朱友贞。

"若水先生真像是云，飘到哪里是哪里。"

"像若水先生这种得道高人，自然明白，掺和皇权之争，只能给他带来祸害。赢，他不要；输，他必死。何苦来着呢？云游神州，逍遥自在，正是若水先生这种得道高人的终生追求。一般人，他们的行为，根本无法理解。"

天气非常炎热，石柏、秋雨、秋水，就像天上的云朵，时而出现，时而消失。

这一路，三人上午卯时正出发，巳时正就已经歇息；下午申时正才出发，戌时未到就已经歇息。像水推的树桩，搁在哪就在哪。农户、驿站、山庄，有住就住。反正，三人都不想让火热的太阳晒破头皮。闰五月初三，三人从幽通观出发，慢悠悠慢悠悠，直到初九才渡过黄河，到达怀州武陟县。

就在渡口，津吏要石柏、秋雨、秋水出示度牒。神州史上，黄河渡口管制一直就非常严厉，大梁国更是史无前例。管制越严厉，发生在渡口的故事自然也就越多。神州人喜欢做白日梦，不喜欢面对现实。能够流传下来的都是一些结局喜洋洋的故事。"若水先生？"真个是久闻大名，如雷贯耳。津吏打开度牒一看，很惊讶。"正是贫道。"石柏手一拱。津吏将度牒还给石柏，手一拱。"方才多有冒犯，请若水先生海涵！"石柏将度牒重新收起。"何冒犯之有？官爷把守梁津，防止歹徒偷渡流窜，事关大梁庶民安宁。官爷肩上的责任重啊！"石柏手一拱，跟津吏告辞，和秋雨、秋水一起，前去坐渡船。

渡石柏、秋雨、秋水三人过黄河的是一位只有一条手臂的老丈。老丈单臂摇着桨，眼睛就一直没离开石柏三人。秋水很好奇，连忙问："老丈是不是觉得我们穿的跟神州其他道士的道袍有些不一样？"秋水一问，老丈这才回过了神。

"想起来了，你们应该是天清派道士。"

"老丈说的没错。我们是天清派道士。"

"老儿常年往来于黄河两岸，倒见过天清派道士，只是不熟。"

"老丈常年行走在黄河两岸，肯定听过不少新鲜事。"

"新鲜事，老儿倒还真听过不少。你们想听，老儿就说一件。寝宫大梁折断，差点压到正在睡午觉的圣上。不是一旁侍奉圣上的昭容李氏及时拉圣上起身躲避，如今都要变天了。这件事情，道姑听过吗？”

“别的什么，小道不晓得。这事，小道还真听说过。”

“人家都说，大梁断，大梁断。道长，你怎么看？”

“凡是传言都有它的道理，背后自有它的玄机！”

“道长说得是。这几十年时间的传言还真的是都一一应验了，像‘两角犊子自狂颠，龙蛇相斗血成川’这类一听不晓得说什么的谶辞。大梁断，大梁断，看来也会应验。老儿有一事一直弄不明白，今天碰上道长，正好借机问一问。”

“老丈有何事，不妨说来听听。”

“道长，你说，神州何时才能太平？”

“黄河清，神州平。什么时候黄河变清了，神州也就太平啦。”

“说都是这么说。看来这辈子是休想看到黄河变清啦。老儿对岸武陟县人，运气好，仅断了一条胳膊，否则早就已经死了。据长辈说，黄河好像曾经清过。是不是真的，就不晓得了。从小到现在，老儿没有看到黄河清过。”

“师兄，是不是真的只有黄河水变清，天下才能太平？”

“你就跟着师兄慢慢修炼，一旦成仙就可以看到黄河水变清。”

“老儿这辈子看来是见不着了。”

渡船靠岸，秋雨付了船资。石柏三人拱手与老丈告辞，登岸前往武陟县城。石柏持拂尘，背着古琴，秋雨举幢幡，秋水捏洞箫，慢慢前行。“师兄，以你的说法，就算我们真的将事情做成，神州也不可能有太平。”秋雨也慢慢相信神州不可能会太平，可不希望自己的理想将来破灭。人看不到一点希望，活着会很痛苦。

“那是自然。

有道是，来了一个太阳都姓太。形式可能会有所不同，但本质一样。今天你可以用刀杀别人，别人也可以用刀杀你。怎么可能会有太平？只不过和平时期杀人少一些而已。现在往上一直追溯到黄帝，神州哪一天不在杀人？师兄忽然遐想，神州人为何那么会生，大概就是造物主怕被杀尽，绝了种。想想那些鱼，一次产那么多卵，还不是担心自己绝了种？”

“师兄不等于说外婆这些年做的都是无聊的事情。”

“无聊不能说。外婆做的事情还是非常有意义。没有外婆，那么多娘子怎么有机会活到现在？就像师兄，生在此地、此时，只能做此事，没有任何办法。只是从长远来看，不走出丛林，就只能生生杀杀，不会有太平的一天。”

“师兄老是泼冷水，搞得人跟着师兄也觉得无趣。”

“师兄泼冷水，只是师兄的祖先很有可能是那个老担心天塌下来的杞人。”

“我看很有可能。”

刚到武涉县城的城门，石柏马上意识到这一趟武陟之行是白跑了。县城的城门口悬挂着一排装着人头的铁笼子，城门旁边的城墙上张贴着告示。入境而问禁，入国而问俗，入门而问讳。石柏、秋雨、秋水驻足告示前开始阅读了起来。

石柏在亳州时，曾经追查过当年屠戮石家村的凶手。经过一番追查，石柏认为最有可能是庞师古、霍存等人所为。庞师古、霍存早就已经死于非命，石柏决定乘这次前往洛阳的机会，问一问郭璠。当年，秦宗权手下大将申丛，抓住秦宗权，打断了秦宗权的腿，将他关在囚笼里面，派人向朱温投降，朱温任申丛为蔡州留后。

秦宗权手下的另一名大将郭璠杀了申丛，将秦宗权押送到汴梁，告诉朱温说，申丛想拥立秦宗权，企图东山再起。朱温任郭璠淮西留后。郭璠从此紧跟朱温，在淮北地区帮朱温扫荡虾兵蟹将。石家村的事极有可能就是郭璠所为。

朱温称帝后，郭璠官拜左卫上将军，后迁镇国军节度使。镇国军距离亳州很远，石柏没有时间专门跑一趟。想不到，郭璠今年流年不利，从镇国军节度使被贬到武陟当县令。

“道长，前往何处？”一名中年人拱手拦住石柏问。

“贫道四海为家，云游路过此地。”石柏拱手还礼。

“县令大人正着在下找道士做超度亡魂法事，正好碰上道长，道长说巧不巧！”

“法事一做，会耽搁不少时间，是否另找高明？”

“在下安定辞。道长已经来到武陟，做场法事，耽搁不了道长多少时间。再说，道长到别处去，还不是照样要吃饭、睡觉？”

“看来还是居士懂得处事真谛，随遇而安，顺其自然。”

三人跟着安定辞，前往武陟县馆驿见县令钮敬之。钮县令刚于昨天走马上任。刚死了那么多人，马上住进县衙，钮县令觉得不吉利。钮县令着主簿安定辞出去找道士，先替死者做了超度亡魂的法事，然后再搬进县衙居住。通过安定辞的介绍，石柏晓得钮县令原是中牟县丞。郭璠被族灭后，钮敬之来武陟当县令。

在安定辞的带领下，石柏一行三人进入馆驿。钮县令正坐在馆驿中堂，见石柏三人前来，旋即想起了若水先生。钮县令起身走出中堂，拱手说：“莫非道长就是天清派掌门若水先生？”石柏拱手承认：“正是贫道。”

钮县令一阵惊喜，连连说：“想不到，真想不到，快快请里面坐！”见安定辞一脸茫然站在一旁，钮县令一脸的鄙夷。“真是孤陋寡闻，连若水先生这等神人都不晓得!”安定辞顿时一脸的尴尬。石柏连忙给安定辞圆场。

“贫道从未来过武陟,安居士不晓得极为正常。”

“若水先生请!”

石柏、秋水、秋雨跟着钮县令进入就座,侍儿献上清茶。

“来武陟任县令前,钮某也曾经专程去了一趟幽通观。可能是钮某人微官卑,未能见上若水先生,真是遗憾。想不到,刚来武陟,就见到若水先生。真是奇缘哪!”

“可能是幽通观门头,怕打搅贫道清修,未能通报!”

安定辞忽然手一拱说:“请若水先生暂且在馆驿稍等,小吏就到河神庙再请一些道士,前来协助。”石柏向安定辞手一拱。钮县令说:“多请些道士来。本县正好趁这个机会跟若水先生聊几句。”安定辞跟众人告辞,前去河神庙请道士。

“想不到,贫道刚经过贵县,就遇到这等事。”

“连若水先生都算不到,真是奇啦!”

“如今的事情,如同天上的云,风还没有吹就已经变形,一切都不按常规,贫道还真的不清楚会怎么样。”

“是啊！郭璠不久前还是威风凛凛的镇国军节度使,想不到如今已经被族灭。原因听说仅是招待不周,怠慢了圣上。”

郭璠招待朱温倒是很周到,进献的物品也很丰盛,错就错郭璠进献一名娘子有狐臭。去年,朱温临幸镇国军,郭璠进献了一批娘子供朱温享用。没想到,郭璠进献的娘子里面竟然有一名娘子狐臭。朱温大怒。这名娘子当场死于非命不说,朱温还没有离开,郭璠已经从镇国军节度使被贬到陕州任判官。上任不到一月,郭璠再贬来到武陟当县令。石柏本想利用这次去洛阳的机会,顺道武陟拜访郭瑀。不想郭瑀已经死了,石柏扑了个空。

“本州刺史段大人,圣上来两次,招待一次比一次丰盛,而且还献上自己的妹妹巴结。圣上虽然龙颜大悦,但段大人至今仍只是个刺史,并没有提升。郭璠却因为一点小小的过失,被贬到武陟,最后还被族灭。想来想去,如今做个官还真是不容易。”

“官没大的时候,看到天天被别人欺压,只盼望着自己的官能变大。爬啊爬啊,爬到山顶时,才发现山顶蹲着吊睛大老虎。这时候才明白一生的努力都是为了给老虎当点心。这世上没几个人能懂。普通人招待不周,心里也会不痛快,更何况是天子？不痛快也罢,但怠慢了天子,那可是不忠,不孝。招待天子可不是儿戏。”

“是啊！来到武陟后，钮某还真的有些后悔。武陟离西都洛阳那么近，而且河东战事频频。万一圣上突然临幸武陟，招待不周，钮某还真不晓得如何是好。”

“钮大人实在是多虑了。圣上来武陟，段明远肯定已经出面招待，根本轮不到钮大人去操心。神州为官的宗旨是揣摩上意。圣上的嗜好，钮大人为官多年，就是不去打听，也会知晓。钮大人只要满足了圣上的嗜好，还不龙颜大悦？”

“据说，圣上嗜好当地官员的妻女侍寝。”

“圣上真是非常之人，连此等嗜好也完全不同于常人。”

石柏掐指一算。

“自彗星谪见、荧惑犯心宿大星后，钮大人不用再去操这份心了。”

“若水先生，此话怎讲？”

“日后会明白！”

石柏和钮县令在馆驿继续聊天，一直到河神庙道士前来。

石柏和秋雨、秋水就在县衙内设醮坛，布置超度亡魂法事的事宜。县令钮敬之陪同在馆驿吃了中饭，石柏、秋雨、秋水就前往县衙主持超度亡魂的法事。法事当天就结束。石柏、秋雨、秋水三人在武陟县馆驿过了一夜。

翌日，石柏跟钮县令告辞，启程前往怀州十王殿。

石柏、秋雨、秋水三人又在十王殿呆了一天。翌日，石柏、秋雨、秋水三人才跟监院甄柔静告辞，启程经孟州，渡过黄河。经过偃师时，石柏特意去访晤右卫上将军葛从周。在葛从周的庄园过了一夜，翌日早上起程，前往洛阳。

直到十五日，石柏三人才到达位于洛阳城东南的老君庙。

李唐时期，老君庙曾经盛极一时。凡物有兴盛，必有败落。黄巢造反后，老君庙和李唐皇朝一并败落，差不多只剩下了残垣断壁。几年前，朱邪以清秘密出资对它进行了重建，姑射真人挑选寄名弟子秦妙静去执掌老君庙。秦妙静本名叫秦瑶，是前左威卫将军李佑祚的遗孀。经朱邪以清的推介，成了姑射真人的寄名弟子，并改名为秦妙静。有姑射真人和朱邪以清在人力、物力上的支持，老君庙就像一株就要枯死的树木重新焕发了生机。

李唐时期，虽然很多皇帝信佛，像武则天，可国教还是道教。朱温称帝，不能再捧道教为国教。泉州和尚智宣，献上辟支佛骨和梵夹经律。朱温开始有意识地崇佛抑道。朱温颁发诏令，天下所有道观即日起不得称宫，只能称观或者庙。老君庙本称紫极宫，依照朱温的诏书要求被迫改成现在的名称。朱温倒没有马上禁止道教活动，官方的大型斋醮祈祷还得由道士来执行，同时也请寺院的和尚来念经。随着时间的推移，官方法事生意，寺院占的份额越来越多，已非朱温自称皇帝时的初期可比。无论是朱邪以清还是秦妙静根本就在乎老君庙在政府衙门中的法事生意，而只要求老君庙能够在洛阳存活。

若水先生既是方外高人，又是天清派掌门，云游至老君庙，理应特殊照顾。监院秦妙静让知客李虚将石柏、秋雨、秋水三人安排在距离老君庙不远的夷希精舍居住。夷希精舍位于伊水的东岸，隔着伊水，就是龙门石窟。石柏对这种石窟毫无兴趣，也没有去看一看的打算。石柏不忍心去看那些石像曾经的辉煌。不论是否雕在石头上或塑成金身，当注定要破败的时候，佛法无边的佛祖也无法阻挡。看着那坍塌的石窟，无头的佛像只能增加一分凄凉而已。

石柏准备在茂密树林中的夷希精舍坐看将要发生在洛阳的大火。反正，神州历史上，洛阳已经被烧过很多回，根本不在乎再烧一次。说起来，洛阳的历史好比就是神州的历史，烧了重建，重建后再烧，反反复复，永无休止，只是洛阳附近的参天大树已经没有一株。石柏在夷希精舍还没住两天，就有人来打搅了。

这个人就是朱友贞的心腹马慎交。“幸亏王府眼线多，加之若水先生特征明显，在下没化多少力气就找到了若水先生。”上次马慎交从幽通观回来，朱友贞就让王府司马朴莅渊寻找石柏。到了三岔路口，朱友贞极想石柏能指一指路。

“绝迹易，无行地难。居士来老君庙找贫道，不知又有何事需要贫道效劳？”

“上月月底以来，在下就一直在洛阳帮主人筹划大事。如今，事情看起来已经安排得差不多了。得知若水先生在老君庙，在下特地前来看一看，听一听若水先生的建议。若水先生置身事外，容易看到我们局内人不容易看到的纰漏。”

“贫道乃山中之人，不晓得山顶发生了什么大事，也不晓得山脚闹翻了天。就算真有什么纰漏，贫道也未必看得见。居士请！”石柏两手捧起茶盏。两人喝了一口，放下茶盏。“道经云，将欲歙之，必固张之。将欲弱之，必固强之。将欲废之，必固兴之。将欲取之，必固与之。贫道总觉得，说起来容易，做起来难。没有魄力和胆识，谁敢兴之，与之？”

“在下相信主人应该有这种魄力和胆识。目前情况下，这也是得到龙珠的唯一方法。否则，恶龙肯定会将龙珠交给李四。倘若李四得到龙珠，主人再去向李四要龙珠，那只能是痴人说梦了。既然叫张三去偷，自然会让张三先玩一会。这点气度，主人应该会是有的。此番受主人差遣前来洛阳，一来帮张三偷，逼张三偷。就目前情形来看，再不抓紧时间，就偷不到龙珠了。二来预先做一些必要的安排，防止张三偷到后玩上了瘾，而不交出龙珠。不出意外，不是这个月就是下个月张三就可以偷得龙珠。”

“贫道祝居士心想事成。”

“谢谢若水先生!”

“想顺利得到龙珠,蒙上眼睛、堵上耳朵,那是必须。”

“张三早就已经来洛阳,正在安排这方面的事情。”

“恶龙肯定知道很多人觊觎这颗龙珠。防止被极讨厌的人偷走,比方说,恶龙让人抱着龙珠,偷偷离开洛阳,前去汴梁交给李四,那张三可就偷不到龙珠啰!”石柏想要的是朱温的儿子兄弟相互残杀,一旦朱温将皇位平稳地交给儿子,那怕是朱友贞,计划破产。石柏最怕朱温突然驾崩,而遗诏在崇元殿公开宣读。

这招还真没想到。“多谢若水先生提醒!”马慎交手一拱。“李四率先得到龙珠,张三和在下的主人都得死!在下得马上去安排这方面的事情,万一出了差错,再想后悔就没有时间啦。若水先生,告辞。”“居士好走!”石柏拱手送行。“事成之后,在下再来向若水先生拜谢!”马慎交匆匆离开夷希精舍,返回洛阳城。

太傅刘捍的女儿刘湜湜嫁给了大梁国皇帝朱温的外甥袁象先。

“统军是想快一点,还是慢一点。”

“自然要快一点。”

袁象先去找阴乙定日期,阴乙掐指一算说:“快一点就是下个月初九,慢一点就十二月二十三,这两天是今年成婚的最佳日子。错过这两天,只能是明年。不像今年,明年适宜成婚的日子多。”袁象先急,急着做新郎,就选了初九。

确定了成婚日期,袁象先火速遣人备办婚礼。袁象先虽已经成过婚,也纳过妾,刘湜湜却是头一回做新娘,千万马虎不得。在婚期确定后的几天里面,刘府,袁府,统统放下手中的活,集中一切精力备办婚礼。时间短,只得日夜赶工。刘湜湜是皇帝特封的永昌郡主,又为了家族嫁给大一轮还要多的袁象先,十里红妆至少得要。婚礼在汴梁举行,场面宏大,光前来贺喜的宾客就超过了一千人。刘湜湜终于不用违反自己的意愿嫁给寇成邑。

第二天,袁象先就带着新婚夫人刘湜湜离开汴梁,返回西都洛阳。夫妻两人坐着马车刚出城门,刘湜湜就要袁象先帮她找着若水先生。“没有若水先生,我怎么会嫁给你?”没有若水先生,她只得违逆自己的意愿嫁给寇成邑。长这么大,刘湜湜还没违逆过自己的意愿。成婚的前一天,刘湜湜特意去了一趟幽通观,表示感谢。不想,若水先生已经离开幽通观,云游去了。

“只要若水先生还在大梁,象先肯定帮夫人找着。”

“我不管若水先生是不是还在大梁,你都必须得给我找着。”

袁象先岁数比刘湜湜大一大截,足足可以做刘湜湜的父亲,老夫对少妻原本就宠。袁象先是再婚,刘湜湜是初婚,对新婚夫人刘湜湜,袁象先更是宠上加宠。刘湜湜就是要袁象先去摘星星,袁象先马上会去架天梯。刘湜湜的横蛮要求,袁象先没有违逆,旋即着身边两名随从先赶回洛阳,安排人手寻找,自己则和刘湜湜坐着马车,慢悠悠,直到十六才到达洛阳。

住进龙虎统军府邸还没一天,袁象先告诉刘湜湜一条好消息。

“夫人,若水先生已经找着了,就在洛阳老君庙。”

“我马上去老君庙看他。”刘湜湜性子急。

“夫人先别急。老君庙距离洛阳城有二三十里地。你刚来洛阳,地方又不是很熟。过两天,象先和你一起去看望若水先生,如何?”

刘湜湜见袁象先说得有理,也就按耐住去看望若水先生的冲动。事情顺起来特别顺,仅过去了一天,作为刘家的嫁妆,欧明珠告诉刘湜湜一条消息。

“郡主,府邸的几名牙兵说,他们发现了若水先生,叫婢子前来告诉一声。”

“他们发现若水先生就在洛阳?”

“正是。”

刘湜湜旋即坐上肩舆,和欧明珠一起,带着侍卫,前去看望若水先生。

刘湜湜要去的道观名叫栖霞观,位于清化坊内。

清化坊的西面是洛阳皇城的东城,朱温大梁国行政机关三省六部所在地。李唐时期,洛阳城内道观林立。李唐崩溃后,洛阳城内的道观虽然烧的烧,毁的毁,但大大小小的道观仍旧还有十几座。栖霞观也曾经在洛阳的大火中被烧毁。秦妙静接任老君庙监院后,出资重新兴建了栖霞观。

肩舆停在栖霞观门前,刘湜湜带着欧明珠和侍卫准备进入观内。刚说明了来意,栖霞观的门头就说:“夫人,若水先生刚送客人出去,很快就会回来,让小道带夫人进去见一下若水先生的两位师妹,如何?”刘湜湜稍一犹豫后说:“好吧。你们几个出去四周看看。”侍卫出去寻找若水先生,刘湜湜跟着门头前去见秋雨、秋水。

秋水正坐在堂内跟秋雨玩樗蒲。“真是冤家路窄!”见门头带刘湜湜和欧明珠前来,秋水惊呼。“想不到掀樗蒲掀到了洛阳。”秋雨随手将骰子一撒,站起来招呼刘湜湜。“师兄刚出去,应该很快就回来。请夫人进来稍等片刻!”秋雨见刘湜湜的发髻已经跟上次不同,推断刘湜湜应该嫁了人,所以称呼用了夫人。

“想不到,真的给你哥哥拿去抵赌债啦! 啧啧,也太可怜啦!”

“不是碰到若水先生,说不定还真的拿去抵赌债。”

“这么说,那个寇什么的已经给你剁啰?”

“小妇哪有这么大的能耐?”刘湜湜笑了起来。

“给那些入室抢劫的盗贼杀啦。”

“这些盗贼是不是帮你的人装的哦?”

“谁有那么大的胆子? 是真的给盗贼杀的。小妇不骗你。”

“说都不用说,肯定是有人帮你杀的。想起来了,应该就是那个均王。”刘湜湜眸子一转,含笑看了秋水一眼。“你不用看我,我不会去衙门告发。一个亲王,一个郡主,我就是去告发,也没用。这种人剁一个少一个,是好事。”

“至少小妇不用嫁给他。”

“别站着,快进里面坐!”

秋雨请刘湜湜到堂内坐,刘湜湜进入堂内,在凳子上坐下。

“你今天来找我师兄,是不是又要去杀人?”

“现在谁敢惹小妇,就叫夫婿去杀! 今天来是想谢谢若水先生替小妇做了大媒!”

“这么说,你现在硬得很啰。”

秋雨给刘湜湜送上清茶。“谢谢!”刘湜湜接过秋雨手中的清茶。“硬不硬,洛阳公开惹小妇的人还不至于有。明珠,你出去观外看一看,若水先生是否已经回来?”“是!”欧明珠走出了堂内,前去栖霞观门头,看若水先生去了。

“不要到时候再找我师兄出馊主意帮你杀人就行。”

三人正说着,门头飞奔过来说:“夫人,不好了!”刘湜湜、秋雨、秋水连忙站了起来。“出什么事啦?”秋雨抢先问。“夫人的侍儿刚一走出山门就被恰好经过的一队骑兵给劫走了。”在场的人个个瞠目咋舌。刘湜湜高声顿足说:“岂有此理,简直就是岂有此理! 光天化日竟敢抢人!”刘湜湜语气一转问门头:“他们是谁?”“是控鹤军的骑兵!”门头告诉刘湜湜。秋水抓住机会,狠很冷讽刘湜湜。

“夫人,现在就看你的那个夫婿有没有能耐了。”

刘湜湜嘴上没有说,心里已经打定主意,不弄死他誓不罢休。“就算小妇的夫婿有能耐,等将人救回来时,早就已经给那些个王八蛋糟蹋掉了。”刘湜湜转着圈圈自言自语。“这可如何是好。现在只能等若水先生回来想办法啦。”

“我师兄就一道士,还想从控鹤军手中将夫人的侍儿救回来? 还是赶快回去找你的郎君想办法! 再不去,就真的晚了!”

正当刘湜湜进退失据时，刘湜湜带来的几名侍卫，和石柏一起回来了。原来石柏和客人出去后竟然站在街角，聊天忘记了回来。幸亏一名侍卫眼尖，才将石柏叫回了栖霞观。刘湜湜、秋雨、秋水连忙迎了上去。门头将事情跟石柏讲了一下。

“若水先生，请赶快想办法，迟了就给糟蹋了！”

“夫人，请你的一名侍卫马上脱下衣裳，让栖霞观的道士穿上，让他带侍卫前去救人。邢至，快去将曹逢找过来。”

邢至转身跑了开去。眨眼间，邢至就带着曹逢前来。石柏对着曹逢的耳朵一阵嘀咕，而曹逢则不断地点着头。

“人要冷，心要狠，明白吗？让他们还没有明白过来就已经得手。”

“明白，肯定不辱使命！”

曹逢和一名侍卫在栖霞观的一个厢房内，匆匆互换了服装，和护送刘湜湜前来的其他侍卫一道，抬起肩舆，迅速前往控鹤军都指挥使府邸。

护送刘湜湜前来的是龙虎军兵士，而龙虎军是朱温的侍卫亲军，直接负责东都和西都的安全。承袭李唐旧律，龙虎军主帅的办事地就在皇城内，位于宫城的南首。神州史上，神州越乱，兵士越吃香；兵士越吃香，神州越乱。作为大土匪的侍卫亲兵，牙军恃宠而骄，桀骜难制，无法无天。牙军翻手为云，覆手为雨，连主帅都不放在眼里。自黄巢造反以来，有多少刺史、节度使死在牙军之手根本无法计算。至于那些个杀人放火、强奸抢劫，更是家常便饭。肩舆没有坐人，四个原本力气大得没处出的侍卫抬着，简直就等于没有。仿佛眨眼间的工夫，八人已经到达都指挥使府邸。肩舆停下，四名抬肩舆的侍卫在门头前等候，曹逢等四人则走向控鹤军都指挥使府邸的大门。守门的牙兵见曹逢带龙虎军兵士只管往府邸闯，赶忙出手拦阻。曹逢猝然抽剑，出其不意地削去了一名牙兵的一条手臂。这一剑当场就吓着了府邸前的牙兵。个个目瞪口呆，惊愕着不晓得该如何应对。

“岂有此理！某今天奉圣谕前来，也敢拦阻！难怪你们控鹤军不将我们龙虎军将士放在眼里。”曹逢非常生气，高声呵斥：“还愣着想找死啊！快带某去见你们的都指挥使。”守门的兵士当场被曹逢的气势活活镇住。一名兵士赶紧过来带路，径直前往都指挥使郢王朱友珪的卧房。都指挥使府邸内的牙兵见侍卫前来，无人敢出来阻拦。曹逢没等牙兵前去敲门，已经飞起一脚踹开了房门。朱友珪此时已经撕碎了欧明珠的罗裙，正准备干活。

朱友珪见房门突然被踹开，大吃了一惊，赶紧放下手中的活，转过头来。朱友珪正准备开口呵斥，就听曹逢有恃无恐地高声说：“带走！”两名跟在曹逢身边的侍卫拿起床上的一条被衾包裹欧明珠,带着她离开卧室。朱友珪怔在那里,不知所措。曹逢连招呼也不打,转身出了卧室,跨着大步,走出府邸。两名侍卫将包裹着被衾的欧明珠塞进肩舆,放下帘子,四名侍卫旋即抬起肩舆启程。曹逢带着三名侍卫,护着肩舆,朝皇城方向慢慢前去。待离开都指挥使府邸有些距离,曹逢旋即叫众人加快速度,拐进一条大街后,开始走起了迷宫。

刘湜湜此时正在栖霞观紧张地等着曹逢他们的消息。刘湜湜在堂内坐下还没一分钟,就站起来,要去门头打探消息,简直可以用热锅上的蚂蚁来形容。"若水先生,能行吗?"这个问题,曹逢走后,刘湜湜已经问了不下十遍。

"一点也不像当初来幽通观的样子!方才不是说了吗,谁惹恼了你,就让你的夫婿去剁了他!你赶快回家,叫你夫婿去剁啊!"

"你还真别说,回到家后,不将他剁了,本郡主肯定跟他吵了底朝天!"

"秋水,你给师兄少说两句。夫人,千万不要听贫道师妹怂恿,不能意气用事。人家可是郢王,左右控鹤军都指挥使,不好惹。"

"左右控鹤军都指挥使又怎么了?光天化日之下,竟然敢抢走小妇的侍儿!简直太目中无人啦!就说家父已经捐躯,小妇的夫婿毕竟是右龙虎统军。"

"心急吃不得热粥。就算你真的要出这口恶气,也一定要慢慢来。像失了水的泥鳅,左右蹦跶,能成事?袁统军肯定会想出绝妙的办法,替夫人出这口恶气!"

"就听若水先生!他想不出办法,小妇再来找若水先生。一定要剁掉这个该死的畜生,以泄我心头之恨!"

众人正在说话,邢至跑进来说:"谢天谢地!人救回来了!"

刘湜湜大喜,赶忙从堂内走了出来。一名侍卫包着欧明珠从外面匆匆走了过来。秋雨和秋水赶紧迎了上去,从侍卫手中接过欧明珠,将她搀扶到房内更换衣裳。曹逢也和那名侍卫去房间互换衣裳。刘湜湜就像河豚,忍着一肚子的气,站在堂前等。石柏一声不吭站在一旁陪着。不一会,欧明珠身穿道袍,在秋雨、秋水的搀扶下走出了厢房。见到刘湜湜,欧明珠"扑通"一声跪在刘湜湜面前,嚎啕大哭了起来。刘湜湜连忙扶起欧明珠,咬牙高声说:"本郡主对天发誓,一定给你出这口恶气!简直就是岂有此理!"

"人救回来就行,其他事情夫人回去后再说。你们几个马上抬着肩舆前往皇城,反正夫人的夫婿是右龙虎统军,进入皇城应该畅通无阻。控鹤军的眼线很多,免得让人起疑,露出破绽!你们走后,贫道再用观内的小肩舆直接送夫人回府邸。"

四名侍卫抬起肩舆,和四名护送前来的侍卫一起,迅速离开栖霞观,前往皇城。

估计大概已经进了皇城，石柏让栖霞观道士用肩舆送刘湜湜、欧明珠回府。

“夫人千万不能急。有些事情，欲速则不达，要从长计议才是。”

石柏看着刘湜湜、欧明珠上肩舆，看着肩舆远去。

曹逢刚一离开控鹤军都指挥使府邸，朱友珪就已经怒不可遏掀翻了卧室内的几子，踢倒了卧室内的凳子。已经包扎好伤口的牙兵，跪在面前向朱友珪哭诉。“郢王！龙虎军也太不将人当人啦。仆只是拦一拦，一条手臂没啦。这也未免太狗仗人势啦。”朱友珪咬着牙狠狠地说：“本王不剁了这老贼，誓不为人！到时候，你们想怎么出气，就怎么出气！”

听了侍从的禀告，袁象先顿时怒火中烧。

竟然敢在光天化日之下抢我袁象先的侍儿！也太不将我袁象先当人啦。我袁象先最起码也是皇帝的外甥！这等狗屎能咽下去，还有什么屎不能吃？既然你不将我当人，我也无须对你客气。等着吧，看我怎么弄死你！袁象先拳头紧紧一捏，急匆匆赶回府邸。进家门还没来得及坐下，家中的仆役跑来禀告夫人回府。袁象先急忙出去迎接，刘湜湜摆着脸根本不予理睬。新妇的贴身侍儿都保护不了，还有什么脸面？袁象先小心翼翼陪着刘湜湜来到中堂，亲自端茶给刘湜湜赔不是。“夫人放心，象先肯定会替夫人出这口恶气！”

第六十七章　梦

方其梦也,不知其梦也。

——《庄子》

天气炎热，又没有一丝风，秋雨、秋水俩人的额头上已经汗涔涔。

“这鬼天气怎么这么热。”

“心静自然凉。”

石柏拿来一把蒲扇，递给秋水。

“就是心如死水，也凉不了。”

秋水伸手接过蒲扇，狂扇了起来。石柏在一条小木凳上坐了下来，随手端过小几子上的茶盏，喝了一口，颇有感悟似的说：“还是应该让朱温多做几年大梁皇帝才对。”

“师兄，这种灭绝人性的乌龟王八蛋，你还想让他多当几年大梁皇帝？”

“没错。师兄问你，是胡亥当皇帝好，还是扶苏当皇帝好？”

“那还用说，当然是扶苏当皇帝好。”

“师兄相信，绝大部分神州人的想法应该和你相同。师兄是异类，看法跟你不一样。扶苏当了皇帝，秦皇朝的寿命可能会长得多。长痛不如短痛。要想秦皇朝快点崩塌，肯定是胡亥当皇帝好。朱温当皇帝，用不了几年，朱氏皇朝就将崩溃！让朱友贞来当，朱氏皇朝的寿命会长得多。现在想来，师兄这几个月一直在帮朱温。”

秋水扇着蒲扇，没有出声。

“说起来，杀朱温实际上就是帮朱温。看起来有些不可理喻，事实却是如此。

像朱温这种人多活几年,朱氏皇朝自动会崩溃。倒不是庶民会造反,而是朱温手下大将领会造反。朱温看起来是朱氏皇朝的缔造者,实际上又是朱氏皇朝的掘墓人。

师妹晓得,如今想当皇帝的神州人那么多,看到朱氏皇朝摇摇欲坠,立马会有人去将它推倒。朱友贞上来后,肯定不会像朱温那样自残。杀几个人没关系,关键是不能自残。秦皇朝之所以没几年就完蛋,主要是自残的结果。胡亥杀光了自己的兄弟姐妹,不问青红皂白屠杀皇朝忠臣,等于是自残。宋孝武帝刘骏也一样,一登基,就大肆屠杀皇室宗亲,刘骏的儿子刘子业差不多就是另一个胡亥了。没几年,宋皇朝就是在自残中死了。

朱温已经成了神州的皇帝,卸磨杀驴也没多大关系。说不定卸磨杀驴更能巩固皇朝。问题是,四周一圈全是敌人。这种情况下连自保都来不及,哪还能自残?朱友贞上台,恰恰延长了朱氏皇朝的寿命。对一个皇朝来说,杀人不要紧,要紧的是千万别自残。你俩说一说,师兄是不是在帮朱温?这一点而言,皇帝暴虐、荒淫未必就不是好事。反正都是秦皇朝,何必一定要扶苏当皇帝?"

"师兄,别想得那么多,先杀了朱温再说。"

"妹妹说得对。朱温还没杀,哪管得了那么多?"

"到时候,自会有人替师兄出手。"

"谁啊?师兄。"

"到时候,你就晓得是谁了。不是什么事情都需要自己亲手去做。想想韩信,是不是需要上前线去冲锋陷阵?事必躬亲既是对别人不信任,也是对自己没有信心。眼下的事情一切都依照预先想的那样走,有没有师兄实际已经不重要。你只管安心等消息就是。"

曹逢护送刘湜湜回到了龙虎统军府邸,没有逗留,就跟刘湜湜辞别,返回栖霞观。见石柏在堂内喝茶,曹逢提了一条凳子在步檐上坐下。秋雨给曹逢端来了一杯茶。

"谢谢!"曹逢向秋雨手一拱。

"路上没碰到什么可疑之人吧?"

"他们没那么勤快,都热死了。"曹逢端起茶杯,喝了一口。"来到洛阳,我发现,这里所有人都是得过且过,就是控鹤军兵士也一样。"

"谁也不晓得哪天死,只能得过且过。"

曹逢带着十几名希声社弟兄到达天清观时,石柏已经前往汴梁。

"掌门师弟在这里主要不是跟人拼力气。能够拼力气,就不会等到今天。不像淮南，朱温的地盘上到处都是关卡哨所。十几名后生一同前往，哪那么容易过得去？就算分批走也不行。”李清静提议：“不如这样，你们都换上道袍，住在天清观里面，曹逢带二三个人，携带度牒直接去老君庙。万一遇到盘查，就说天清观派你们去老君庙帮着做斋醮法事。”

确实，朱温的地盘上，硬拼等于送死。曹逢依照李清静的安排，挑了龙在田、阎慎，带着天清观的度牒，由天清观道士云在天陪同，以前往老君庙协助做法事的名义，前来洛阳。他们几人早石柏几天到达老君庙。监院秦妙静将他们安排在栖霞观。

“石斛在金陵的事情多得很，正需要人。你在这里根本派不上用场。”

“就听师兄，明天就回去。来到洛阳已经好几天了，好不容易等到今天才派上点用场，都快要闷死啦。呆在道观里面，最多搬搬供器法器，拿拿香纸蜡烛什么的，纯粹是无聊。这种看不见的物事，只能由师兄来做。我就是很想插手，也插不上。”

“那就明天回去。师兄在这里，不是跟人比拳脚。像今天这种事情，完全是个意外。师兄心毒一毒，正好可以做成大文章。只是于心不忍，才让你出手。师兄会让云在天陪你先回天清观。在朱温的地盘上走动，需要特别注意安全。”

“会注意。来时几个，回去也是几个。”

“明天，师兄也走。”

“我都想今天就走。”离开栖霞观的主意秋水非常赞同。

“这地方整天蒸笼似的不说，连洗个澡都不方便。”

曹逢因太闲准备离开栖霞观，石柏却因太忙准备离开栖霞观。听说天清派掌门若水先生来洛阳，就在栖霞观，来请若水先生预测前途、指点迷津的人，多得让栖霞观的道士着实无法接待。这些人的心思，石柏能懂。数千年来，神州人的命运就像是天上的云朵，尤其是动荡时期。好端端的，突然来一阵狂风，人模狗样的云朵被吹得七零八落。前途越可期，越不会花心思去预测早就已经确定好的未来；越无法捉摸，越希望能够事先预知，也好规避规避将来可能会遇到的凶险。不事先弄清楚陷阱，到时候连喊救命的机会都没有。

洛阳皇城内的那些官吏，自己白天要去皇城撞钟，也委托自己的夫人前来栖霞观请若水先生算一算。为了应付这些人，栖霞观的道士弄了两顶肩舆摆放在门头前，装作已经有达官贵人前来请若水先生算命，来阻吓那些个珠光宝气的人骚扰。此招虽有些效果，但依旧难以阻挡络绎不绝的来客。刚刚送走了户部侍郎杜晓的夫人，刑部侍郎张策的夫人唐氏就前来栖霞观，请若水先生测算自家郎君的未来。

“张大人如今掌管他人生死,夫人何须冒酷暑前来让贫道测算?”

“若水先生,不瞒你说,小妇还真的担心自家老头的前景。再稀里糊涂,自以为很安全,那就不是开玩笑了。喜怒无常,真不晓得,什么时候天威降临。山南东道节度使朱友信,圣人的假子,好好的,突然遭到族灭,行刑马上要开始。”

朱温遣使者前往襄州,征召兖王朱友信为北面行营招讨使,准备伐晋。朱温的使者到达襄州时,朱友信刚刚从汉江的滩涂上被前来追寻的牙兵寻回还不到一天的时间。使者被安置在馆驿歇息,行军司马诸葛再生旋即劝阻朱友信切莫接受任命,前往洛阳。

“主公,朱温这一招已经差不多用烂了。这些年手握重兵的节度使无一不是被朱温骗到洛阳或汴梁,然后被族灭。主公此番前往洛阳必将凶多吉少。就算朱温果真任命主公为北面行营招讨使,伐晋照样是前途难测。这些年,康怀英、王景仁无一不是大败而归。”朱友信犹豫不决,下不了决心。“主公不去洛阳,大不了说主公抗旨不遵。朱温如今将重兵押在魏博,根本无力抽兵来对付主公。忠武节度使刘知俊弃梁奔岐,俘虏了刘悍,大败保义军节度使康怀英。山南东道的西北面已经不足忧虑,只要注意邓唐节度使孔勍的动向就行。以山南眼下的兵力对付孔勍应该不是问题。就算最后被朱温打败,也好过到洛阳自投虎口。”

正如司马流云所说,朱友信毕竟是读书人,缺少搏一把的勇气。

“朱温手下不止一个孔勍,单杨师厚手下就有十几万人马,只要抽出一半,就足以对付我们。这几年,虽在河北损兵折将,实力仍然不能小觑。现在马上抗旨不遵,等于是公开宣布叛乱谋反。时机还没有完全成熟之前,马上跟朱温撕破脸显然不妥。朱温固然阴险狡诈,这次征召本王,未必就是要除掉本王。河北战事吃紧,正是朱温用人之际。去年柏乡之战后,李存勖的军队已经逼到了家门口。此刻仍对手下重臣无辜杀戮,岂不是冷了所有将帅的心?”

朱温从黄巢的东南面行营先锋使背叛黄巢投了李唐,又从李唐的汴州刺史、宣武军节度使背叛李氏皇朝而成了李氏皇朝的掘墓人。雨伞骨里往外捅。外敌,内贼,朱温更怕朱梁皇朝也出现像当初朱温那样的内贼。为防止反叛投敌,朱温以消除后顾之忧和优待边关主帅的名义,将主帅的家眷统一安置在洛阳或汴梁,并提拔他们的成年子息在洛阳或汴梁任职,成了变相的人质。朱温就是因中了刘知浣的计,才导致刘知俊的家眷平安离开了洛阳。刘知俊反叛投奔宋文通后,朱温更是下旨禁止已在洛阳或汴梁任职的后辈前往驻地探望,影响主帅处理军机要务;要想探望,也只能由主帅到洛阳或汴梁来探望。

“主公太不懂朱温了！朱温心里想的是攘敌必先安内。主公想一想，朱温一旦认定某人心怀二志，会怕冷了将帅之心而手软？朱温就是怕将帅心怀二志而下狠手，杀鸡儆猴，防止他人学样。不错。主公的子息确实被朱温变相作为人质扣在洛阳。有道是，无毒不丈夫。哪有顾及儿女私情能成大事？正所谓皮之不存毛将焉附，万一主公出现差错，何儿女子息之有？

大业能成，神州的娘子随主公挑选，要封后就封后，要封妃就封妃。主公青春富有，想生多少就生多少。想成宏伟大业，主公怎么能受制于儿女之事？主公，就听山人一句，别去洛阳了。如今事业刚刚起步，就因一时心软而葬送，岂不可惜？”

别人的物事，不会心疼。这也是神州人易子而食的原因。朱友信的妻妾是朱友信自己的妻妾，而不是诸葛再生的妻妾；朱友信的儿女是朱友信自己的儿女，而不是诸葛再生的儿女。

“诸葛公不用多说了。明天一早，本王就和使者一起前往洛阳。”

“主公可要三思啊！去就是死。”

“本王也不想去接任北面行营招讨使，但不得不去。诸葛公晓得，本王来山南接任节度使时，刚刚平息了此起彼伏的叛乱。单凭本王目前的实力根本无法跟朱温抗衡。山南战事一起，虎视眈眈的高季昌肯定乘机以帮朱温平乱的名义出兵房州，进逼襄州。唐道袭也会趁乱浑水摸鱼，进攻均州。高季昌、唐道袭、孔勍三面一夹攻，本王还能有活路？况且，山南的将帅多半不是本王的亲信，公开反叛，他们一定会听本王？”朱友信长长叹了一口气。“恨就恨在朱温给本王的时间太少了。人算不如天算。本王没有其他头路。本王前往洛阳，或许还有一丝希望。明天一早，诸葛公就陪本王随使者一起前往洛阳。”

朱友信心意已决，诸葛再生无可奈何，除了叹气还是叹气。当夜，诸葛再生就去找司马流云。“兄弟晓得，此去必死，但不得不去。兄弟巴结一生，想不到最后是这样的结果。兄弟走后，家小只能托付给司马兄了。”司马流云许诺：“兄弟定会照顾好诸葛兄的家小。”

朱友信、诸葛再生带着节度使卫队和使者一起前往洛阳朝见朱温。刚进入邓州，朱友信、诸葛再生就成了邓唐节度使孔勍的瓮中之鳖。几乎没有经过什么战斗，节度使卫队就被悉数歼灭。在邓唐节度使孔勍大军的护送下，使者带着朱温的圣旨和朱友信、诸葛再生的人头重新回到襄州。使者宣布朱友信违逆已经伏诛，孔勍接任山南东道节度使，即刻上任。

司马流云遵守诺言，诸葛再生刚随朱友信一出襄阳，就带着诸葛再生的家小，和自己的家小一道，前往金陵，投奔朱雀门徐渊。经徐渊引荐，司马流云做了蕲州刺史。

“圣人的假子尚且如此，更别提像小妇的夫婿了。整个皇城内的人，就算是相国敬大人，小妇想，也在整天担心自己的项上人头。这些天，小妇听说，圣上准备拿相国敬大人应当。若水先生还是好好测算一下小妇夫婿的吉凶，也好提前防范。”

“那夫人就将张大人的八字报给贫道，让贫道好好算一算。”

送走张策的夫人唐氏，石柏告诉秋雨和秋水：“明天一早，我们也出发，再呆这里，师兄真的会变成算命先生。”无聊但忙碌的一天终于结束。吃了饭，还没有沐浴，石柏就见门头邢至带着一名中年男子前来客舍。借着油灯的灯光，石柏认出了是妙笔书生李存国，起身拱手迎接。“居士，久违，久违！”石柏延请李存国进堂内就座。“久违，久违！”李存国拱了拱手，跟着石柏进入堂内。客人来了，曹逢等人也起身告退。“请坐！”石柏和李存国在几子两旁坐了下来，秋雨给李存国斟了一碗茶。“谢！”李存国向秋雨手一拱。

“得知若水先生在栖霞观，李某就来了。”

“这次前来洛阳，贫道已经非常谨慎，想不到最终还是露了馅。”

“那要怪若水先生身边的两位道姑。”

“这怎么能怪我和姐姐？”

“没你两位小道姑，李某未必找得到若水先生。”

“按你这么说，都是我姐妹两人，让师兄露了馅啰。”

“差不多可以这么说。没了两位道姑，李某相信不能说十成，至少九成的人不会认识若水先生。谁都晓得，两位道姑跟若水先生形影不离。别说是大梁，就算是在神州，也找不出相同的搭配来。人家一提到若水先生，就想到两位道姑；一提到两位道姑，就想到若水先生。”

“那不等于说是我姐妹两人害了师兄？”

“话却不能这样说。应该是两位道姑成就了若水先生！李某不晓得，姑射真人怎么会想到挑选这么两位道姑来协助若水先生。这也难怪姑射真人能创立天清派。天清派是道教的教派，但又不同于神州常见的道教。李某曾经研读过天清派的教义，为姑射真人的智慧折服！”

“李居士这么喜欢天清派，不如加入天清派，也好跟我师兄一起切磋教义。”

“李某还真的想加入天清派。只是一来加入天清派要拜师，若水先生未必一定会收李某为徒，二来朱温尚坐在崇元殿上，还没有闲心静下来思考教义。”

“居士如今在何处高就?”

“金陵别后,李某总算开了点窍。一来要混口饭吃,二来也想做点事,反正做起了李某原先最讨厌做的事。那就是挑拨离间,搬弄是非。目前,正在帮想杀我的人做事!”

“人能够做自己最讨厌做的事,确实是一种境界!贫道在大梁,就发现有不少人做着自己最讨厌做的事情。不想拍马的不得不拍马,不想吹嘘的不得不吹嘘,不想扯谎的不得不扯谎,不想贪污的不得不贪污。其心里的承受能力确实值得赞叹!有时候,贫道这个出家人都自叹不如。”

“每个人都想活。没办法,不想做也只好做。这种无奈,李某游走江湖那么多年,非常懂。生死捏在别人手里,想活命只能奴颜婢膝。陷进泥潭,只好趴在涂泥上爬。出了许多馊主意,慢慢得到了赏识,李某如今已经是朱友珪的重要幕僚。今天前来,主要是想看看若水先生。”

“谢谢居士记挂!贫道刚来洛阳也没几天。贫道的师姐在老君庙当监院,贫道作为天清派掌门免不了来看一看。洛阳又是故都,没有来过,也想看一看。”

“若水先生看到的洛阳已不是当时的洛阳,只是名字没有改。唉!”李存国长长地叹了一口气。“想不到已经过了二十多年!将这二十多年浓缩一下,发现竟然是一片空白。有这二十多年,和没这二十多年,完全相同,只是李某人老了二十多年而已。满头的青丝,如今已是斑斑的白发。满腔的热血,就这样不知不觉中慢慢冷却干涸。李某这二十多年是怎么过来的,自己都感到莫名其妙!似乎真的如南华真人所说的那样,方其梦也,不知其梦也。”

“贫道也与居士皆梦也。贫道虽比居士年轻几岁,但何以晓得贫道此时不在做梦?贫道又何以晓得此时不在梦中与居士说话?觉而后知其梦也,且有大觉而后知此其大梦也。贫道如此,朱友珪也该如此。”

“而愚者自以为觉。像朱友珪,只能说是呼呼大睡了。都已经到了这个节骨眼上,竟然还有心情让手下在洛阳给他物色娘子,跟狗根本没有一点不同。今天刚刚物色到一位娘子,不晓得哪里冒出来的朱温侍卫给抢了去。若水先生想想,狗会不会在这种情况下想到交配?一旦朱友文登上大位,下场还不如狗,肯定抽筋剥皮。牙兵来告知此事时,李某正在跟朱友珪的心腹冯廷谔商量事情。见朱友珪暴跳如雷,李某不怀好意地说,千岁,请息怒!人家敢如此放肆,就是因为大梁境内还有人比千岁大。千岁登基之后,大梁境内谁还敢如此放肆?千岁想想,大梁境内哪个地方美娘子最多?那自然是远在天边、近在眼前的皇宫了。千岁一旦成为皇宫的主人,那里的美娘子,每一个轮轮遍,都需要好几年的时间。经李某这么一说,朱友珪终于平息了下来,当下要求冯廷谔和李某想办法。

若水先生,有什么好的办法可以神不知鬼不觉地进入房间。”

“唯一的办法就是让守门的人偷偷地放居士进去。”

“这种办法,李某也想过。问题是事关生死性命,万一守门的人将事情私下告诉给主人怎么办?如此一来,房间还没有进去,早就已经断了脑袋。”

“居士多虑了。人的言行举止,其背后都有着利害盘算。守门人告诉给主人,能得到什么好处?至少贫道想不出来,甚至有可能会招致主人的怀疑。忠义,居士就不用去考虑了。有,神州会是如今这副模样?生死关头,想到的只有如何活命。居士熟读史书,这种里通外合的故事,肯定非常熟悉。

居士可否想过,为何会有那么多的故事?肯定是守门人觉得里通外合对他更有利。神州人个个善于计算,精于计算。这一点,根本不需要贫道啰唣。守门人自然不例外。居士只要让守门人明白,跟居士里通外合是一条通往天庭的路,该多诱人就有多诱人;不跟居士里通外合则是一条通往地狱的路,该有多恐怖就有多恐怖。守门人明白了利害,贫道想,肯定会跟居士里通外合。凭借居士三寸不烂的舌头,还不能说动?这一点连贫道都有些怀疑。

再下流一点,居士也可以无中生有的制造一些故事,逼迫守门人只能跟居士合作。依照神州人的说法是拉他下水。很多事情,不是自愿要做,而是受胁迫不得不做。如今这世道,编造一点故事应该不是一件很困难的事情。生死关头,肯定是以眼前的生代替眼前的死。至于将来死不死,很难算计到。

就目前情形来看,居士根本不用编造故事,只要跟守门人摆摆眼前的事实,守门人应该会跟居士里通外合。在利益的引诱下,不能说全部,至少九成,会替居士打开房门,让居士进去。想一想,前些年有多少人跟朱温里通外合,打开李唐大厦各种各样的门。比如说洛阳的宫城,如今想进去,唯一的办法就是里通外合,守护宫城的人同意让居士进去。

居士总不会带几个人去攀墙送死吧!

如今守护宫城大门的是侍卫亲军都指挥使韩勍。去年,韩勍作为北面行营都指挥招讨副使,在柏乡被晋国大将周德威、李嗣源打败,朱温的天武军、神捷军、龙骧军精锐全部被歼灭,只有韩勍几十个人逃回来。幸亏出现月食,救了韩勍的命。

这些年,比韩勍功勋不知显赫多少倍的人无缘无故地死在朱温手下。想想王师范,因一粒陈年烂芝麻被族灭。韩勍背负柏乡战败的罪责,肯定过着芒刺在背、寝食难安的日子。贫道换成是居士，就拿这个故事说一说，韩勍还不吓得满头大汗、屁滚尿流？从韩勍这个事例中，贫道不难看出，想让人家跟居士里应外合，关键在于抓住对方的要害。看看对方需要什么，是金钱、娘子，还是名誉、权利，也包括安全。民不畏死，奈何以死惧之？问题是，这世上不怕死的人难找。"

"李某和若水先生梦中相见时的对话，但愿醒后已经完全忘记！"

"谁会记得师兄这些梦话？天天就晓得如何暗箭伤人，含沙射影，做事一点也不光明正大，纯粹就是一个小人！又是卢！姐姐，你又要输啦，"

"李某就先告辞了。但愿李某也能掷一把卢。两位道姑，李某告辞！"

"姐姐，师兄会去送。"

秋雨刚一起身，就被秋水一把拉住。石柏起身送李存国出了栖霞观。站在门头前，看着李存国的马车消失在夜幕中，石柏才折回。秋水、秋雨依旧全神贯注在玩樗蒱。"来让师兄替你掷一把。"石柏忽然也来了兴趣。"好吧。"秋水同意。石柏捡起骰子，撒手一掷，是个秃彩。秋水打了一下石柏的手背。"师兄的手也太烂了！连秃彩都能掷得出来。"石斛没有言语，退到一旁，坐到了凳子上。秋雨捡起骰子，掷出了一个雉彩。

"师兄是君子。"

"还君子呢，纯粹是小人一个！"

"君子也好，小人也罢。我们很快就要回若水宫。"

"真的？我已经好很一段时间没看到妈啦。师兄，你准备不做小人啦？"

"不做了。"

"不做了好。做小人多累。见面一套，背后一套，见人一套，见鬼一套，累都将人累死。"

"做君子更累！甲不能做，乙不该做，丙不敢做，丁不忍做，还不更累？"

"小人不行，君子也不行，那师兄准备做什么。"

"师兄准备不做人。"

"师兄不做人？做狗啊？照样不行，给人踢，给人打，给人撵。"

"师兄要做神仙。"

"我看那师兄早就已经是神仙了。看看这些天来栖霞观找师兄看相、算命、卜卦、禳灾的那些个男男女女，哪一个不将师兄当成神仙？我从师兄身上，也明白了一些道理。神州所谓的神仙，实际就是骗子，只不过手法高明些而已。"

"还是秋水想得明白啊。"

“终于得到了师兄的表扬。”

“但愿事情快点了结！免得师兄这个小骗子，给你露了底细，最后腰斩收场。”

“这一点师兄放心！我已经被骗上了师兄的贼船，只能同舟共济。”

翌日，众人早早就离开了栖霞观，前往洛阳东门。都是道士，守门的兵士看了看图牒就放他们出城。出了东门，曹逢、龙在田、阎慎拱手道别，策马赶往亳州。石柏、秋雨、秋水站在官道旁目送曹逢三人远去，起步前往老君庙。到了老君庙，三人住进了夷希精舍。秋雨刚刚煮好一壶茶，相国夫人刘思予风尘仆仆地前来夷希精舍看望石柏。石柏连忙出夷希精舍，前去迎接。刘思予让侍从在夷希精舍外的树荫底下等候，跟石柏进入夷希精舍。

精舍内很简单，除了一张几子和几把小竹凳，没其他杂物。三面木墙上就后墙挂着一幅上写“顺天休命”四个字的字幅。“请坐！”刘思予一边坐一边向石柏解释。“第二天，小妇就离开汴梁来洛阳。得知若水先生也来了洛阳，小妇就想来看一看。因杂事多，一直抽不出空，只好作罢。忙到现在，事情终于有了一些眉目。早上去栖霞观才得知，若水先生刚好离开，来老君庙了。这不，小妇也就随后追来了。”秋雨送来了两杯清茶，放到了刘思予和石柏的前面。“谢谢！”刘思予向秋雨手一拱。“不客气。”秋雨退到一旁陪坐。“夫人请！”刘思予捧起茶盏，喝了一口。

“清香可口，好茶。”

“夫人除了看贫道，是否还有什么事情需要贫道效劳。”

“既然已经来了，少不了向若水先生问一问，事情的结果会怎么样？”

“夫人要办的事情，不用预测就应该想到，定是马到成功。”

“小妇想办的事情至少到目前为止还真的没有办不成的。”

刘思予说着还真春风得意了起来。在大梁，刘思予上通三十三天，下达十八层地狱，真的没有刘思予想办而办不成的事情。别说布衣白丁，就是大梁的权贵都纷纷攀附，目的就是希望刘思予能帮他们办成他们自己办不成的事情。

“不过，如今的事情，就是神仙都无法晓得结果。”

“神仙都无法预测，贫道就更没办法了。”

“神仙没办法，说不定若水先生有办法。”

“夫人那么看得起贫道，那贫道就胡测胡测，万一测错了请夫人能够宽饶。”

“若水先生客气。”

“方便起见，还是请夫人选一个字吧。”

“上次见若水先生时，小妇选了一个琴字。这次，小妇还是选琴字。”

“上次夫人无心，这次夫人有心，就完全不同了。琴下有今，如今有心，正好是一个念字。这说明夫人近期所念之事，应该是两王之间的事情。然而，无论是一王还是两王，有心之琴，都难以成字。单就字而言，夫人所谋之事，似乎难以如愿。”

“不会吧，若水先生。圣旨都已经在草拟了，应该很快就会下来。”

“贫道昨天在栖霞观听人说，山南东道节度使朱友信被族灭了。”石柏没有顺着刘思予的话往下去，一转转到了朱友信被族灭这事上。“不晓得传言是不是真的。”

“那不是传言。”

“朱友信是圣上的假子，被族灭，大梁朝野上下谁能想得到？贫道可以肯定，连朱友信自己都没有想到。真如夫人说的，如今的事情，就是神仙都无法晓得结果。方才还是阳光灿烂，此刻已是倾盆大雨。山南东道节度使，兖王朱友信的故事活生生地告诉人们，做任何事情千万不要心抱侥幸的心理。天有不测风云，人有旦夕祸福。有备无患。做一些准备应该很有必要。以为不可能，偏偏就发生；以为必定如此，偏偏不这样。现实和人所想一定有不同程度的距离。想当初，所有人都认为李克用必死无疑，结果怎么样？”

“看来小妇得盯着点，千万别让煮熟的鸭子给飞了。”

“事先准备很必要，但也要坦然面对结果。常言道，人算总是不如天算。人有时候如何怎么努力，就是强不过天。孔子说，小人不知天命，而不畏也。贫道看，不知天命的未必只有小人，君子也是如此。正因为不知天命，人才会拼命挣扎。像孔子这样的圣人，五六十岁了，还周游列国，游说诸侯，企图能被重用。结果呢，到处碰壁。天命不可违啊！事情即便真的不能如愿，贫道希望夫人也能泰然处之。命运就像是一条套索，越挣扎，勒得越紧。”

“是不是真的难以如愿？”

“《诗》云，窈窕淑女，琴瑟友之。古来琴瑟相连。有心之琴，只能是瑟。《释名》云，瑟，施弦张之瑟瑟然也。瑟为秋风之声，故有萧瑟之意。《楚辞》有言，萧瑟兮，草木摇落而变衰。秋风一来，万木凋零而萧瑟。万木如此，人在寒风中自然会发抖。由此，瑟有发抖的意思。单就夫人所选的字来看，夫人所谋之事，若想如愿，还得再加一把劲才行。”

刘思予端起茶盏喝了一大口，秋雨提来茶壶给刘思予斟茶。

“倘若事情的结果真的如若水先生所言，那该怎么办才是？”

“贫道乃山野匹夫，方外之人，能提出什么值得夫人一哂的建议？”

“狂夫之言，圣人择焉，更何况是若水先生。”

“夫人那么看得起贫道，那贫道就说几句，谨供夫人参考。记得上次在幽通观，贫道好像已经说过，夫人将来暗藏凶险。不过，那也是十年以后的事情。十年之内，夫人定当平安无事，一切照旧，无论是什么王继承皇位。贫道觉得，夫人实在不必过于讲究到底是哪个王最后继承了皇位。至于十年以后的事情，贫道曾经说过，一切只能靠夫人自己，任何王都帮不了夫人的忙。别人贫道不敢说，夫人贫道才敢直言。据贫道说知，夫人纵横捭阖、交接诸侯的能力，放眼神州，也是无人能及。夫人将这等能耐用于交接诸侯上，多给自己铺一些后路，还怕将来有什么事？狡兔尚且有三窟，何况是人？这都是不得已情况下的求生策略。不是贫道故意哄夫人，自贫道出山行走江湖以来，贫道还没有遇到过像夫人这般阅历的人。溪云初起日沉阁，山雨欲来风满楼。不用贫道多言，夫人应该可以看得出未来的趋势。”

“谢谢若水先生赐示。小妇不会将自己捆在一个人的腰带上。不替自己做准备，最后只能受尽他人凌辱而死。这几十年，上至天，下到地，什么样的风云人物小妇都见过。方才还是威震八方的猛虎，转瞬之间就是虎落平阳被犬欺。无论是成王还是称帝，刹那间就可以灰飞烟灭。小妇还没明白过来，早就已经是山河变色。一切真的就像是在梦中。眼睛一眨，所有辉煌已经成了泡影。年轻三十年有可能，小妇如今不会将梦境当现实。”

“也只有像夫人这样经历的人才不会被眼前的虚华所遮盖。”

“不经历过，很容易被一时的辉煌所迷惑。想当初，很多贵家女子见黄巢春风得意，纷纷投奔黄巢做了姬妾。而结果呢？个个被押到长安腰斩。好几个，小妇还真认识。不是亲身经历过，小妇也不会懂，彩霞再漂亮也不可能挂一天。敬翔当上宰相，有人向小妇庆贺，小妇心里想，黄巢，时溥，煊赫着呢，现在呢，连骨头都已经找不着。有什么好庆贺！小妇经风经雨，不是那些个在暖阁中长大的小娘子，不会将沙丘当成靠山。”

“夫人真是非常之人，难怪旷世英雄到了夫人面前就折腰。”

“小妇口无遮拦，让若水先生给笑了。”

“贫道说的是事实。经历，贫道就不说了。就说见识，贫道横走河南那么长时间，没见过像夫人这样见识深远的人。贫道现在终于懂了，夫人为何总是能逢凶化吉。贫道记得孔子曾说过，鸟则择木，木岂能择鸟？神州绝大部分人都是木，而不是鸟，根本没有自己的选择权利和机会。倘若给了他们自己选择的权利和机会，神州还会不会是现在的神州？没有办法啊！长在这块土地上，只能是任人砍伐。撇开人为砍伐，放任滋长，一株树要想在树林中活下去，就必须得跟其他树争夺阳光，不争都不行。树长得直，还是长得弯，都是生存需要。人的许多行为未必一定是自己想做，而是环境逼人不得不去做。范雎不是被魏齐逼得走投无路，也不会从魏国跑到秦国，最后成了秦国的宰相。许多辉煌的背后隐含着无奈。”

“若水先生的话说到小妇的心上。大梁朝野人人只看到小妇眼前的风光，却就是没想过小妇昔日的酸楚。唉，不提这些也罢，提起来让人心酸。自上次在幽通观听了若水先生弹的琴声，也已经好些时间了。不如趁这个机会，听一听若水先生弹的琴声。”

“秋水，去将琴拿来，就在精舍前的树荫下，师兄给夫人弹一曲。”

秋水起身去拿琴，秋雨去搬琴几，石柏前去梳洗。沐浴更衣时间不允许，梳洗一下以示敬重应该。不到一盏茶的工夫，精舍前的树荫下面，已经摆放好了琴，焚起了沉香。石柏坐在琴前，微掀长袖，开始给琴校音。

“贫道就给夫人弹一首前来洛阳途中谱写的曲子，名曰《方其梦也》。”

琴声响起，刘思予听着听着闭上了眼睛，用心去感受这首《方其梦也》。琴声绕着树林在飘荡，刘思予恍惚就在梦境中。待到一曲《方其梦也》的最后一个音符消失在精舍四周的树林里面良久，刘思予才慢慢地睁开眼睛。

“若水先生，此曲低音甚多，听来让小妇感到一种无限的寂寞。”

“夫人听出琴声中的寂寞，一来可能是贫道的心中原本就有寂寞，二来可能是夫人心中的某一角藏有寂寞。是人都有寂寞，夫人有，贫道也有，只是在喧闹中没感觉到，或没去感觉。只有在某些特定的环境下，人才能感知自己有寂寞。或许，人只有寂寞时，才能听到自己的声音。贫道的琴声，和藏在夫人心中的寂寞产生了共鸣，于是让夫人感到寂寞。”

“如曲名，小妇可能真的是方其梦也。”

“取其名曰方其梦也，是贫道不清楚，此时的贫道是不是梦中的贫道。贫道前来洛阳的路上，经过偃师，访晤了右卫上将军葛从周。看到全身瘫痪在床上的右卫上将军，贫道非常感慨。右卫上将军的功勋，无人能出其右。不说普通将领，就是刺史，右卫上将军自己都不晓得杀了多少。可如今手脚皆残，差不多变成了惨遭吕后毒手的戚夫人。右卫上将军拼搏一生，莫非就是要想得到这样的结果？想想真是方其梦也，不知其梦也。”

第六十八章　禳

荧惑，天罚也；心，宋分野也。
祸当君。虽然，可移于宰相。

——《论衡》

荧惑是天上的一颗星，早在有神州人之前，就一直在天上运行。

不清楚从什么时候开始，神州的皇帝就特怕荧惑星。荧惑星在天上走啊走，不巧来到了心宿家。这就是广见于神州史书里面的荧惑守心或荧惑犯心。心宿有三颗亮亮的星，分别代表了太子、天子和庶子。灾星来到了皇帝家，哪还了得？预示着皇帝就要驾崩。华阳国志云，荧惑犯帝座则有大臣枉诛。没有办法，权力至高无上的皇帝只好拿他人来应当。

荧惑犯心的当天晚上，大梁国将帅、朝臣可以说是惶恐万分，不是担心朱温死，而是担心自己成了禳解灾祸的祭品。人们不禁想起天祐二年的那次彗星出现。为了应当，朱温听从占星师的建议，杀了门下侍郎独孤损、尚书左仆射裴枢、吏部尚书陆扆、工部尚书王溥、太子太保致仕赵崇、兵部侍郎王赞等一大批人。比对那次彗星出现，这次荧惑守心肯定得杀一班人。朝中重臣个个担心自己被朱温选上。

原先是人人都希望往上爬，如今是人人都希望往下走。替皇帝挡灾当然得是一个像样的人，至少得从三品以上吧，而不能随随便便找一个替罪羊。子曰，吾谁欺？欺天乎！莫非上天是瞎子？天在上面，看得清清楚楚，想欺瞒，休想！大梁国朝臣里面最紧张的人就是一人之下、万人之上的宰相敬翔。宰相替皇帝去死，既有先例，也最正常。

荧惑犯心刚刚过去不久，敬翔的幕僚韩文承就将睡梦中的敬翔叫醒。

韩文承警示敬翔说："汉成帝的丞相翟方进，赵武帝的中书令王波都是荧惑守心代责的先例，相国可要小心应对哦！”敬翔虽考了几次进士，都没考中，但毕竟读过一些书。回到卧室，敬翔颓然坐在榻座上。好久，好久，敬翔才缓缓回过神来。刘思予见敬翔这副失魂落魄的熊样子，旋即嘲笑起了敬翔来。

“你是大梁国堂堂的当朝宰相，竟然如此惶恐惶遽，实在让小女子都觉得匪夷所思。你是他的宠臣，还担心他拿你来挡灾？杀了你，还有什么人能给他出杀人的主意？难怪这些年来，他做了那么多遭天谴的事情，你连个屁都不敢放！”

哪像你啊，朱温的宠姬，疼得很。我走狗，杀了我还不如杀头狗。

敬翔原本想顶上几句，但还是忍住。

“你总不能让你家郎君为了放个屁就送条命吧。”敬翔柔声细语地说。“以他暴虐的性格，我放个屁，没屁用不说，还白白送了性命。上次彗星出现，他听了柳璨、李振的话，几乎将一朝大臣杀光，尸体全部抛进了黄河。你想想，我放屁，照杀不误。想来想去，还是求你去跟他嘀咕一下。”

刘思予不予理睬。敬翔央求说：“求你啦。如今大梁朝野上下，只有两人敢在他面前有说有笑。一个是朱友文的新妇，一个是敬翔的新妇。其他人，朝野上下哪个敢？跪在朝堂上的那些人，哪个不像老鼠见了猫？别人求你，可以不理。你郎君求你，总得理吧。阴乙一旦说应该用诛杀来应当，你郎君很可能会被列入应当的名单。你晓得，李振这人最喜欢借他的手杀人。这次彗星出现在灵台之西，已经杀了好些人应当了。荧惑守心，更不得了，李振肯定会给他拟定一分应当的名单。你郎君一死，李振正好可以做崇政院使。”

还好，刘思予不会得寸进尺，像泼妇，同意进宫见朱温。敬翔拉过去做了应当，对刘思予又没有什么好处，况且一日夫妻百日恩呢。见朱温，要选晚上去。大白天宣淫，无论如何总有些不妥。翌日傍晚，刘思予就进皇宫去侍寝。

“陛下，倘若让敬翔来挡灾，会不会就能消去荧惑犯心预示将要降临的灾祸？”

“你是不是担心，朕拿敬翔来挡灾？”

“婢子的心思，陛下总是一猜就中。”

“敬翔跟了朕三十多年，一向忠心耿耿。倘若能挡得了灾，也是敬翔作为臣子应该做的事情。不过，还有很多事情，得靠敬翔替朕想法子，出点子，尤其是当前太原余孽步步进逼的情况下。你放心，朕不会听人随便说一下，就毛毛糙糙地拿敬翔来替朕挡灾。敬翔一旦死了，就活不过来了。至少目前还没有找到比敬翔更让朕放心的人。你只管替朕摸身子，朕暂时还没有想到要让敬翔去替朕挡灾。”

要救敬翔，唯一可行的办法是让朱温相信，用敬翔来挡灾根本无效。

回到家,刘思予嘲讽起敬翔来。

“你是宰相,手中有的是权。像阴乙这种人,你一个堂堂宰相还摆不平?想权给权,想钱给钱,想娘子给娘子,就完事了。害得我进宫累了一晚上。蠢材就是蠢材。刚一踏进禁宫的门,我马上想到自己怎么也会像你一样笨?不管男女老幼,用刀子猛杀一通很容易。管好梁国可不是那么一回事。上下都是你这样的蠢材,用不了几年,梁国必将完蛋!”

话虽有些刺,刘思予还是帮着敬翔逐步消除了朱温拿敬翔来挡灾的企图。

“你以为走狗那么好当啊!”刘思予挖苦敬翔。“平时帮着主人到处咬人,说不定能得到主人的一块骨头。一旦主人想到要吃狗肉,不会因为你曾经帮着他咬过人,就舍不得将你剥皮抽筋!你还是多花一分心思好好想一想自己接下去该怎么活,而不是去想怎么帮着主人咬人!”

我是走狗,没错。你能比我好哪去?不过是他的宠物狗而已。

“已经做了走狗,只能是按照主人的要求去咬人。”

“怕就怕你这走狗也当不成!”

走狗好当不好当,敬翔最清楚。邓季筠从黄巢造反那时起就追随朱温,今年就因养的马瘦而被朱温砍了脑袋。黄文靖、李说、李重允、范居实……敬翔掰着指头数数都数忘了到底已经是第几个了。敬翔坐在堂内惘然失神,掰了一天的指头。

石柏正和刘思予聊着,朱温派殿中监巫盛明前来夷希精舍请石柏入宫。外人眼里,石柏是个半仙。朱温派使者前来夷希精舍请,石柏没想到。想亲手宰了朱温,这是绝佳的机会。错过了,可能就不会再有。石柏是天清派掌门,不会以天清派为代价图一时之快活。石柏想过亲手宰了朱温,可不想偷偷摸摸宰了朱温。这样宰了朱温,等于宰了一头猪。石柏不仅要让朱温死在合适的人手里,而且朱温之死能够撼动朱梁皇朝这一座大厦,加速崩塌。

朱温是疯子,是癫人,切勿用常理来推断。这些年,有多少人以常理来推断朱温,结果腰斩、车裂、凌迟、烧炙。任何假正经,朱温面前统统得破产。希望朱温手软,还不如直接去向阎王要。跟这种疯子打交道,必须考虑到任何可能。人毕竟是人,怎么考虑,都会有纰漏。朱温请他入宫,石柏踌躇了起来。不去,那是欺君,肯定会连累老君庙在洛阳的生存;去,石柏实在不愿意,说不定还会因不给朱温跪而遭罪。跪别人,无所谓,而跪朱温,就算再能屈能伸,石柏心里也有些难以承受。将这些缛节剔除,进宫见了朱温,说不好听的话不行,说好听的话,石柏不愿意。莫非石柏真的是曹商的后裔?神州人无疑会生,而曹商更会生。

几千年来,带有曹商血统的人早就已经遍布了神州的每一个角落,分布在神州的每一个领域。石柏很有可能也带有曹商的血统。在朱温面前,没有说话的自由,也没有不说话的自由。看来,今天只能是做一做曹商了!

“见圣上固然要跪,但总有人可以例外。”刘思予很懂石柏的心思。“像若水先生这样的得道高人,见了圣上,无须跪拜。小妇已经打扰了若水先生不少时间,不如由小妇陪同若水先生一起进宫去见圣上。”石柏不得不去,刘思予又愿意陪同石柏前往,正好一起。“那就多谢夫人!”石柏手一拱。“有夫人在贫道的身边,就算贫道不慎说了一句不得体的话,夫人也可以在一旁帮贫道在圣上面前圆圆场。”石柏准备用一用刘思予这面挡箭牌。

“秋雨、秋水,你俩就在夷希精舍等着,师兄应该很快就能回来。”

“两位道姑,无须担心,小妇定会将若水先生完好无损地送回。”

石柏去朱温的皇宫,秋雨、秋水非常不放心。可眼下,再不放心,秋雨、秋水也只能任石柏一个人去。秋雨、秋水给朱温瞧上一眼,不在她俩身上留下一点物事,岂肯罢休？巫盛明引石柏至肩舆旁,请石柏上肩舆。刘思予随后也坐上了肩舆。秋雨、秋水站在夷希精舍旁的道路上,望着一班皇宫侍卫抬着肩舆慢慢远去。

神州癫人很多。石柏见过不少癫人,可就是没跟癫人打过交道。此番去洛阳皇宫见朱温,石柏没有绝对的把握。自接任天清派掌门以来,石柏读过、听过朱温的许多故事。石柏尽力从朱温的角度去理解朱温的言行举止。然而,对朱温的理解依然不是很深。石柏还是觉得自己无论如何设身处地,跟朱温总隔着厚厚的一层。石柏是石柏,朱温是朱温。

过了伊水上的望洛桥,行走了将近半个多时辰,进入洛阳南城。

过了天津桥,来到洛阳皇城的南门。

朱温称帝,第一件要做的事情就是将洛阳皇宫凡是横额上有字的地方统统改一遍。跟史上当上皇帝的其他土匪一样,朱温特别迷信。洛阳皇城宫殿和大门的名字统统得改成吉祥如意的,如下马门改成升龙门,滴漏门改成启运门等等。

此外,凡是跟朱温十八代祖宗名字相同的,包括读音,统统得改。

朱温的曾祖叫朱茂琳,祖父叫朱信,父亲叫朱诚。于是,城门郎就改为门局郎,茂州改为汶州,桂州慕化县改为归化县,潘州茂名县改为越裳县。那些个投靠朱温的曹商们更是推波助澜。朱温登基的那一年,大梁朝野上下掀起一股改名的热潮。正当人人都认为改得差不多时,司天监袁精数又来启奏,天干里面还有戊字,请改为武字。朱温当下同意了请求。幸亏朱温祖宗的名字不叫什么天啊地,否则连天地都得改。

已经印在书里面的字怎么办？很简单，烧，统统烧，一本也不留。于是乎，朱氏皇朝在建国之初展开了一轮轰轰烈烈的烧书、铲除匾额、捣毁古迹活动。黄巢造反后侥幸活下来的古迹这次就没那么幸运了。名字改完了，朱温紧接着要做的第二件事情就是对前朝遗老遗少的杀戮和流放。凡是朱温登基之前，没有投靠朱温的前朝官僚，不是杀戮就是流放，不管有能耐的还是没能耐的。

这些李唐的遗老遗少统统都是企图复辟的种子。不铲除，谁能保证将来不会再生根发芽？当砍头的砍头，当凌迟的凌迟，当烧炙的烧炙，当活埋的活埋。弄得朱温的牙军在朱温当皇帝的头两年统统在做刽子手的事情。为了彰显皇恩浩大，那些个与李唐皇朝关系疏远的人，朱温也赦免了他们死罪，编入奴籍，做牛做马，万世不得翻身，尝一尝被人奴役之苦。几年时间，除了个别漏网之鱼，朱温差不多将跟李唐皇朝有过关系的人铲除干净。大梁皇朝的衙门，换上了目不识丁的流氓地痞，建立了神州史上第一个名副其实的流氓皇朝。

把守城门的龙虎军兵士没有阻拦，就让两顶肩舆从左掖门进入了皇城。沿着宽阔的笔直甬道，继续前行，停在了宫城的明德门前。刘思予和石柏下了肩舆。巫盛明在前开路，石柏和刘思予紧跟在后面，前往禁中。把守禁中的侍卫亲军一看是殿中监巫盛明、相国夫人刘思予两人在旁，连询问都没有询问一下，就让三人从明德门进入了禁中。

“天气炎热，此时圣上应该在浴龙池。”

巫盛明带路，前往浴龙池。刘思予走在石柏身边，悄悄地说：“圣上风流倜傥，有些行为，俗人看了，可能会认为有碍观瞻。”石柏说：“多谢夫人提醒。圣上是万民之表，岂能用俗人的眼光来看？”好像就是来到自己家，刘思予带着石柏走起了便道。巫盛明只好依着刘思予行走的路线，跟着刘思予和石柏，前往集仙殿。

浴龙池在集仙殿。皇宫石柏没来过，只管跟着刘思予。巫盛明在一旁，刘思予也不好跟石柏边走边唠叨，也一心走路。走了将近两个字，来到了集仙殿。殿内侍候的一名太监微低着头从里面走出来，请三人入内。太监在前引路，来到紧挨着浴龙池的水榭。

石柏抬眼一看，心中顿时感到一阵悲哀。自己的对手竟然是这样一个男人，而这个男人却掌控着无数人的生死。如今神州，真个是人被猪左右！个人的命运由时代决定，时代的命运又由个人决定。石柏不禁感慨，神州的命运何尝不是由眼前这样的人渣决定？石柏不愿意承认，又不得不承认，人渣决定着神州的命运。石柏突然有了一种悲凉感，暗暗叹了口气。

在石柏的眼中，斜靠在玉榻上光着身子，仅胯部盖着一条白色苎麻浴巾的朱温，好像就是一头已经多次生过小猪的母猪侧翻在那里，极度松弛的肌肉带着一个向外凸出的肚子，随着母猪的呼吸一伸一缩。脑门连着已经秃光头发的头顶，好像就是一个漂浮在水面上的老葫芦。一张分不清到底是男人还是女人的脸，好像就是一坨面团按上了大手印。

石柏原先不想以天清派为代价换朱温的性命，现在上去杀掉躺在玉榻上的这个男人都感到脏了自己的手。可就是这样一个猪一样的男人，张文蔚、薛贻矩、张策、杜晓等孔丘的门生替他舐痔。石柏现在觉得，当初外婆就不该杀张文蔚，让他活在世上等族灭。

几个身上不遮一片树叶的女子正在给朱温搓揉着身体。石柏没去关注，她们中有没有王氏。无论王氏、李氏、张氏、陈氏等等，都是用来满足朱温交配需要的母猪。

"陛下，巫盛明带若水先生来了。"太监低声向朱温通报。

朱温轻轻一挥手。几名女子退出了水榭。看来，她们中没有王氏，而是数万名宫娥中的几位宫娥。刘思予朝石柏看了一眼，就一人来到朱温身边。朱温伸手，一把捏住了刘思予翘翘的屁股。刘思予挪动脚步，站到了玉榻旁，开始伸出一双雪白的手，代替宫娥，给朱温揉起身子。朱温举起手，指了指要刘思予去揉的部位。刘思予旋即轻轻揉起了朱温要求揉的地方。

"陛下，若水先生已经带到。"

巫盛明在距离玉榻几丈远的地方就已经趴在了地上向朱温禀报。朱温前往魏博督战时，在下博县被赵将符习追击，吓得差点丢了魂。游船时，莫名其妙游船倾覆，掉进九曲池，朱温吓得灵魂出了窍。在会节园，幸遍了张全义家的所有女人；回到洛阳，皇宫里面的宫娥又太多，朱温做了过多男人的事情。没多久，朱温已经让人嗅到了一股棺材板的气味。"下去吧。"朱温轻轻挥了一下手。"遵旨！"巫盛明趴在地上叩了头，起身退了出去。

"贫道若水，见过陛下！"石柏手握拂尘，紧跟着向朱温手一拱。"朕也是听思予多次提起，就是这里，你的手一贴到朕的身子，朕就感到全身舒服，才晓得若水先生。赐坐！"一旁侍候的太监搬来一张小凳，放在朱温的对面，请石柏坐。"谢陛下！"石柏手一拱，坐了下来。"陛下"，刘思予试探性问，"婢子是否需要回避一下？""你只管揉你的，朕正舒服着呢。今天请若水先生来宫中，就是想听一听禳解荧惑犯心宿大星的方法。”朱温侧着身子没动。

朱温刚在龙座上坐下，司天监启奏，昨晚亥时三刻荧惑星犯了心宿大星。朱温一听司天监解释，惊出了一身冷汗。司天监刚将话说完，还没从地上爬起来，朱温就决定退朝。回到禁中，朱温躺到了卧榻上，内侍过来给朱温擦汗。朱温躺在卧榻上想啊想，想到了死，想到了戮尸，想到了枭首示众，想到了挫骨扬灰。朱温越想越悲观，对内侍监丁癸末说：“朕经营天下三十年，想不到太原余孽的势头比当初还要猛！朕看逆贼李存勖的野心不小。上天又要夺朕的寿元。朕死之后，朕那些个儿子，都不是逆贼李存勖的对手。没想到，最后竟然真落得朱全当初说的那样，朕死无葬身之地啊！”朱温说着说着，哽咽了起来，竟然昏厥了过去。

幸好，御医抢救及时，朱温才缓过气来。

自从彗星出现，尤其是荧惑守心以来，朱温每晚都出冷汗。

因敬翔的再三恳求，就在石柏来洛阳的第二天，刘思予进宫去谒见朱温。进了宫，服务少不了。刘思予给朱温吹了箫。刘思予口技高超，就是连博王的新妇王氏也不如。刘思予在洛阳，朱温总是召她进宫吹箫。刘思予可以说是技压群芳而赢得朱温宠爱。正因如此，就算已经送给敬翔，朱温还是舍不得放手。

“圣上，若水先生如今在洛阳，可否让他前来给圣上想一想禳解的办法？”

“你说的若水道行真的那么好？”

“婢子哪敢欺君？坊间传说，若水先生是南斗星君的凡间弟子。”

“那好吧。朕派巫盛明去召他入宫。”

朱温眼见身子越来越虚弱，决定请若水先生来出一出禳解的方法。

石柏准备学曹商，也来一悟万乘之主而从车百乘。“贫道先得恭喜陛下，贺喜陛下！”石柏向朱温手一拱。搞起来好像朱温扫平太原似的。果然，朱温身子向外一侧，阴冷地说：“大祸都要临头了，你怎么还要恭喜朕？”

刘思予一听，不由就是一阵心惊肉跳。

“有神明一直在帮着陛下躲开荧惑犯心的灾祸。”

“若水先生，有神明在帮着圣上？”

“正是。”

朱温语气一缓说：“若水先生，继续说。”

“陛下是上天派到人间来治理神州的天子，而不是普通凡人。汉高祖刘邦说过，凭布衣的身份，手持三尺之剑，最终取得天下，这是天命。只要是真命天子，上天就会派六丁六甲前来保护。因此，陛下起事以来，无论遇到什么样的凶险，都能化险为夷。”朱温微微点了点头。确实如此，朕一生每次遇到凶险，最后都能没事。朱温忽然觉得心宽了许多，呼吸也顺畅了起来。“陛下离开东都汴梁，来到西都洛阳，本身就是一种荧惑犯心的禳解。”

“若水先生，给朕仔细说说。”

“陛下，天上每一个星宿在凡间都有它对应的地方。荧惑犯心的心宿对应凡间，是春秋战国时的宋国，就是汉代的豫州，现在的宋州。离开心宿对应的地方越远，也就越安全。陛下这次主动离开东都汴梁，实际上就等于远离灾祸。”

“陛下这次那么急急地来西都洛阳，真是来对了。”

“这种事情，一千多年前也曾经出现过。秦始皇三十六年，出现了荧惑守心。当时，就有一位神仙给世人留话说，今年祖龙死。为了避祸，秦始皇离开咸阳，外出巡视，寿命整整延长了将近一年，直到第二年才驾崩。陛下这次主动离开汴梁前来洛阳，从中不难看出，无时无刻不在身边护着陛下的六丁六甲仍旧在陛下身边，还在帮陛下避开灾祸。这说明陛下在位的时间未满，上天还没有真正下决心准备将陛下召回天庭。第二，薛大人这月刚薨，显然是薛大人替陛下当了灾，分了难。”朱温微微点了点头，肚子上的肥肉如同泥火山一样一伸一缩。“荧惑犯心宿大星确实是大凶的征兆，也只是征兆而已。贫道从这些征兆看，上天还是希望陛下继续在凡界日理万机，操劳国事。贫道从汴梁前来洛阳途中，夜观天象，发现经荧惑冲犯之后，心宿大星依旧明亮，光芒四射！”

“若水先生，朕是不是也只能像秦始皇那样再有一年的阳寿？”

“陛下万岁，万万岁，一定是万寿无疆。”

“先听听若水先生怎么说。”

“贫道言语上万一有不妥当的地方，还请陛下能够宽饶。”

“恕你无罪！”

“谢陛下！”石柏手一拱。“荧惑犯心是上天对陛下的警示，不是普通天象。贫道希望陛下能够慎重对待。此等大事开不得任何玩笑，大意不得。神州史上，荧惑犯心曾经出现过多次。汉朝开国皇帝汉高祖时也曾出现过。汉高祖倔强，没有禳解，两月后驾崩。”

“上天那么快就召回了天子？”

“可见大意不得。此番荧惑犯心跟当年秦始皇和汉高祖时的荧惑犯心更是不同。”

“有何不同？”

“陛下以金德王，秦始皇以水德王，汉高祖以火德王。荧惑是炎帝之子，火之精。水不怕火，火也不怕火，金却怕火。土生金，火克金。陛下以金命得江山，火是金的克星。此其一。此番荧惑冲撞的不是心宿次星，而是心宿主星。心宿主星，恰好是帝王之星。此其二。五月十九出现的荧惑犯心应该说是神州史上最为凶险的一次。这些事情，司天监应该已经禀告给了陛下。”

“袁精数、阴乙都跟朕说起过。”朱温的肚子又是一伸一缩。

“不过，凡是灾祸，就有禳解之法。此番荧惑犯心虽然极度凶险，但不是不能禳解。”

“如何禳解？”

“这就要看陛下的想法了。”

“看朕的想法？”

“不错，要看陛下的想法。”

“没想到，还要看朕的想法。”

“当年荧惑犯心，汉高祖平息黥布叛乱时刚好被乱箭射伤。汉高祖说，我从布衣手提三尺宝剑，夺取江山，岂不是天命？能成为开国帝王，肯定是上天所定。这就是在群雄纷争中为何有人脱颖而出一统江山的根本原因，而真命天子出生时一般都有异兆。”朱温十月二十一日夜出生在砀山县午沟里。这一天夜里，朱温家的房顶上红光四射，红气上腾。“朱诚家着火了！”同村人纷纷跑到朱温家去救火。到了朱温家，同村人发现房子好好的，根本没有着火。怎么回事？方才明明看到红光四射。进了朱温家，朱诚告诉同村人，他新妇王氏刚生了个儿子。故事是不是真的，朱温刚出生，不晓得；朱温的母亲王氏、朱温的父亲朱诚，也不晓得。朱温跟着母亲在萧县刘崇家讨生活时，老家午沟里也没有人说起过。朱温当了宣武节度使之后，这个神奇的故事开始在河南流传了起来。朱温相信这是真事。

“现在就看陛下的意思，是返回天庭，还是继续在人间操劳国事。”

“当然是继续替神州百姓谋福祉。”

“陛下的意思是？”

“太原余孽未灭，朕岂能就此罢手？”

“陛下希望继续为天下苍生操劳国事，那就只能是有人替陛下代责。”

“张天师和阴乙已经多次跟朕说过。”

“若水先生，由谁来代，又怎么代？”

“有道是，人在做，天在看。神州就在上天的眼皮底下，任何敷衍塞责、欺瞒使诈，都难逃上天的眼睛。对上天的警示，一定要诚心严肃对待，丝毫不能马虎。孔圣人说过，什么人都可以骗，就是不能骗天。神明在上，想骗也骗不了。汉成帝绥和二年，也曾出现了荧惑犯心。当时的占星师认为应该让相国来代责。成帝召见相国翟方进，将占星师的想法告诉了他。翟方进回到家，马上自杀。成帝嘉奖翟方进的一片忠心，加赠恭侯，亲自前去吊唁，并且大赦天下。可惜，只过了一个月，一向身体强健的汉成帝突然驾崩！”

“是不是只能由君王自己来承担？”

“这也未必。汉成帝之所以没有继续留在人间，是因为当时的占星师确实不该用外人来替汉成帝代责。心宿三星分别代表太子、天子、庶子，是皇家的事情。仅用外人相国来代责，显然不行。贫道言语若有不当之处，还请陛下能够恕罪！”

“若水先生有什么话只管直说，朕一概不予追究。”

“贫道认为，陛下可以从两个方面，予以禳解。”

“哪两个方面？”

“第一，陛下应该抓紧时间确立储君，甚至可以将皇位先移交给储君。这样做，只是明确告诉上天，陛下只是希望能够有足够的时间扫平余孽，一统江山，使百姓早日免除战争之苦，而不是贪恋帝王之位。第二，得有一个人代陛下受过。陛下不忍将他废为庶民，至少得贬官，赶出京城。有一点贫道需要禀明陛下，父子一体，代陛下受过的人只能是亲子。贫道先禀明陛下，那人必须是亲子，其他外人都无法代替。这也是青、齐、河朔那么多军人百姓割股疗亲的根本原因。血脉一体，骨肉相连。至于由哪一个亲子来代陛下受过，就看陛下自己的选择了。”

“除了这两点，若水先生，还有没有其他的方法？”

“其他的，诸如禁屠、祷告等等，以贫道浅见，都是一些无关紧要的枝节问题，对禳解荧惑犯心这种大灾祸所起的作用不大。贫道以为，倘若陛下能做到贫道方才说的两点，在洛阳皇宫内平静度过这个夏天，应该就可以化险为夷，太平无事。贫道方才说过，上天还没有真正下决心要将陛下召回。至于龙体，陛下放宽心，注意将息，自然也就安康。”

“这两桩事，也正是朕准备做的事情。”

“陛下没有其他事情，可否让贫道先回老君庙？待将来用到贫道时，再来宫中？”说了那么多恶心的话，是该到了结束的时候。石柏实在不想再继续跟猪一样的朱温言语，准备撤退。

“若水先生是世外高人，对朕的赏赐肯定不屑。过些时间，朕要在洛阳举行一场宏大的禳解法事。到时候,请若水先生来主持。”

“贫道愿意效劳。”

“思予,你就替朕好好送一送若水先生。”

“陛下,贫道先告辞!”

石柏起身,拱手向朱温告辞。

刘思予在前带路,离开了水榭。

出了宫城,就算外面热浪滚滚,石柏也感到外面比里面舒服。

“若水先生,是否到小妇家先用过膳,再到老君庙?”

“谢谢夫人！贫道还是先回老君庙,免得贫道的两师妹等急了。”

石柏坐上肩舆走后,秋雨、秋水就没做事情,坐在夷希精舍前的树阴下傻等。看看时辰快要接近午时,仍旧不见石柏回来,秋雨、秋水都坐立不安了起来。秋水一下子出树林,一下子出树林,去看石柏是否已经回来。秋雨虽不像秋水那样窜来窜去,心里也是一阵比一阵紧张。

“姐姐,师兄这么长时间还没有回来,是不是给朱温给扣下了。”

“不会。朱温扣留了师兄,我们早就已经被朱温扣了。朱温不可能只扣师兄,不扣我们。就算不坐,来回一趟都要两时辰。况且,师兄肯定会跟朱温讲些事情。再等一会,师兄就会回来。这样像热锅上的蚂蚁一般,弄得姐姐也心魂不定了起来。师兄不会有事的,至少有朱温的老相好刘思予在身边护着。”

“朱温要扣,有没有人护着都扣。”

“放心,师兄不会有事。”

秋雨要秋水放心,可自己心里的紧张却无法消除。

直到太阳光差不多直接从头顶照下来时,石柏一行人才出现在了精舍外面的道路上。“师兄！师兄!”秋水和秋雨跑去迎接。下了肩舆,刘思予打发侍从抬着空肩舆返回皇宫,留下早上带来的侍从,准备和若水先生一起到老君庙用膳。

“小妇说过,定会将若水先生完好无损地送回。如今已经完好无缺地送回,放心了吧。”

“谢谢夫人！小道方才还在担心师兄被圣上扣了去,让天清观从此没了掌门。”

“圣上这几年看起来信佛,实际信道。不会随便扣留道士,何况是若水先生。”

“伴君如伴虎,皇帝边上还是少呆为好。”

“有多少人就盼望着做近臣。”

“有胆靠近老虎,谁不服？可一眨眼,已经被老虎咬死。”

“秋水！”

“话粗理不粗。跟老虎靠得太近，真容易被老虎咬死。可是，你不跟老虎靠近，豺狼不会怕你，一不留心就会被吃。丛林里面，不止豺狼，什么样的猛兽都有，不敢吃你，是你身边有老虎。真是两难，太靠近老虎，不靠近老虎，都不行。几十年，小妇看得清清楚楚。”

石柏不禁点头赞同。相国夫人刘思予要在老君庙吃饭，监院秦妙静亲自去安排饭菜。用过膳，刘思予见烈日如火，决定暂时不回去。这么热的天，坐在肩舆里面，还没到洛阳，就已经蒸熟。刘思予就请秦妙静安排她的那些侍从在老君庙内歇息，自己和石柏去精舍品茶闲聊。

精舍四周树林茂密，且邻近伊水，倒不是特别闷热。“先得感谢若水先生帮了小妇一个大忙。”刘思予喝一口清茶说：“说实话，是小妇设局特意让圣上请若水先生入宫。”意料中的事情，石柏并不感到吃惊。荧惑犯心之后，张天师就已经向圣上建议拿小妇家敬翔来挡灾。”刘思予又喝了一口清茶。“敬翔是圣上的宠臣，许多物事需要敬翔出谋划策。圣上举棋不定，不晓得该怎么下。

有道是，一日夫妻百日恩。小妇毕竟陪了敬翔十几年的时间，总有点感情。经若水先生这么一说，圣上肯定会打消拿敬翔挡灾的念头。可以这么说，若水先生救了敬翔的命。圣上非常讨厌朱友珪，一直想将他除去。可无论怎么说，朱友珪都是圣上的亲生儿子。只要是人，总有护犊之心。小妇可以肯定，圣上此时肯定会叫敬翔去商议这件事情。”

“夫人千万别这么说。荧惑犯心是一件很难化解的天变，仅仅用相国来挡灾，事实已经反复证明，根本就没有用。贫道不过是说了句实话罢了。不是担心老君庙和天清派受到牵连，贫道根本不会进宫面圣。夫人晓得，贫道在宫中说了许多本不该由贫道来说的话，也是一件有违心愿的事。君王是人，庶民也是人。说实话，贫道还真的觉得有些不该。”

“若水先生心慈，没叫圣上杀人。”

“杀人有用，贫道说不定会让圣人杀人。据史书记载，荧惑犯心时企图通过杀人来禳解灾祸的帝王，像秦始皇，篡汉夺位的王莽等，最后都没有禳解成。不瞒夫人，荧惑犯心这档子事，杀几个人根本不可能化解。倒不是贫道心有多慈，贫道不过依事实说了一句实话而已。”

“将来登上皇位，小妇让他来好好谢谢若水先生。”

“这，贫道看，就大可不必了。无功不受禄，人不能贪天之功以为己力。登不登得上皇位，贫道的话没用，得看上天。他是上天选好的天子，贫道不说也是。”石柏说着，似乎想到了什么，突然会心笑了起来。

“若水先生，是不是想到了好笑的事？”

“夫人有所不知，贫道这人常常会莫名其妙地笑。”

秋水提来茶壶给石柏和刘思予加茶。

“师兄莫名其妙地笑，我就是喜欢笑。”

“小妇也喜欢笑。就算是经历了那么多的风风雨雨，小妇还是喜欢笑。笑如此，哭也如此，还不如笑。可能会觉得小妇这人有些恬不知耻。或许是小妇这人会笑，喜欢笑，那些个草莽，总是喜欢小妇，也得草莽的宠爱。男人大概是喜欢女人笑。常言道，人最强，强不过天。哭没用，愁没用，怨没用，还不如笑。”

“夫人的修为，贫道自叹不如。”

“一切掌握在别人的手里面，毫无挣扎的余地，说白了，不过是一种无奈而已。”

“人在无奈的面前，夫人想，有几人能坦然面对？”

刘思予默认。就在夷希精舍，石柏和刘思予聊天。聊天的内容无所不包，天文地理，后生娘子，什么也有。从东过西转的聊天中，石柏猜得出刘思予读过不少书，只是没去猜刘思予成为尚让的新妇之前是什么样的身份。从刘思予的身上，石柏似乎隐约看出神州女子一生的命运，刘思予不过更加突显了命运面前的无奈。就算死命挣扎，又能如何？除了接受，只有接受。

果然，石柏刚一离开，朱温就召敬翔入宫，商量禳解事宜。

敬翔自荧惑守心以来，一直心惊肉跳，无法安寝。低声下气卖了三十多年的命，最后还是替主子无辜去死。这三十多年里面，替朱温做绝坏事的人，有几个能够善终？敬翔一听朱温召他入宫，心不禁咚咚跳了起来。是不是跟我商量要我学一学翟方进？敬翔特怕朱温让他去应当。

敬翔忐忑不安进了宫。朱温一开口，敬翔长长舒了一口气。白白吓了一通。朱温召他入宫是商量禳解的事情，而不是要敬翔学翟方进去应当。荧惑守心，需要让一个亲生儿子去应当。长子朱友裕已死，剩下的儿子里面，让谁去应当，朱温一直是犹豫不决。膝下这一大班儿子里面，朱友珪最讨厌，可就是这个朱友珪，朱温最不愿意让他去应当。

早几天前，阴乙以朱友珪貌有反相为理由建议朱温除掉朱友珪。

朱友珪的母亲确实很卑微，可朱友珪出生之后，朱温的事业蒸蒸日上，由宣武军节度使封沛郡侯，再进爵王，封吴兴郡王。就在这个时候，朱温败秦宗权，成为河南的霸主。朱温还由此给朱友珪取了个名字叫遥喜。朱温认为是朱友珪给自己带来福气,而当初一命师就也这样给朱友珪算过命。“此子与节帅八字相生,会给节帅带来福运。”正因如此,朱温尽管很讨厌朱友珪,可还是没有下狠手。

这些时间,很多人向朱温进言,要朱温除掉朱友珪,朱温都没有采纳。朱温不是不忍心杀朱友珪,而是怕杀了朱友珪影响到了自己的福气。“不早铲除,将来必受其害。就相貌而言,朱友珪有助陛下得江山,却是一个会弑君夺位的人,陛下不得不将他除去。”朱温还是不愿意杀朱友珪。朱温决定采纳若水先生的建议,将朱友珪逐出京城。

“罢去检校司徒,免去控鹤军左右都指挥使、诸军都虞候等身上现有的职务,挑一个偏远一些的郡,立马将他赶过去上任。”

“莱州,陛下觉得怎么样?”

“就莱州。那地方离汴梁、洛阳都远,叛逃又不方便。”

“祈祷的事情,于兢到中岳,杜晓到西岳,精切祈祷。京都附近灵庙,就交给河南尹张宗奭,五帝坛、风师雨师、九宫贵神,由中书省派差官祈祷。陛下,这样安排行不行?”

“依敬爱卿。荧惑守心禳解是大事,马虎不得。”

“遵旨!”

第六十九章　弑

危邦不入，乱邦不居。
天下有道则见，无道则隐。

——《论语》

梁国争夺皇位的角逐正在地底下紧锣密鼓地进行。石柏与此事无关，只管自己在夷希精舍读书、品茶、弹琴。来拜访的客人，当见，石柏还是见。今天，李存国来夷希精舍拜访。夷希精舍前树木茂密，又透着风。石柏没请李存国进精舍热，而从精舍内搬出了一条小凳子，放在了不漏一点阳光的树阴下，请李存国坐。

“那么热的天，居士怎么想着来看贫道？”

“天热，人更热。李某今天特意来先生这里乘凉。这些时间，李某一直在替别人忙。直到今天，总算有了点空闲。守门人已经说好，只等选择时机进门。”

秋雨送来了清茶。“谢谢！”李存国向秋雨手一拱。“不客气。”秋雨送了茶，重新坐下跟秋水玩樗蒱，不去管石柏的闲事。李存国一口清茶润喉，就开口。

“人重要的还是开窍不开窍。窍一开，很多事情随之而变。不是在金陵聆听了若水先生的教诲，想做成，只能是痴人说梦。李某小时候，刻苦读书。现在想想，就是给那些书读坏了脑子，尤其是那本《论语》，根本就是一本害人之书。”

石柏倒没有因为父亲叫石斛将《论语》塞进抽屉就不读。不清楚是哪一天，石柏抱着浓浓的好奇心理，从满是灰尘的抽屉里面掏出那本《论语》开始阅读起来。反正，大人不喜欢的事，孩子偏偏喜欢。石岩见了后，也没有反对。

“人都按照孔丘说的那样去做人，累都累死。暗地里做小人不难，只要依照自己的性子去做就行。光亮着做君子不容易，往往是一不小心就露了馅。骨子里面原本就是小人，却装出一副道貌岸然的样子，痛苦不说，而且难。没些能耐，还没遮掩就已经被人看穿了。

就比如你方才读的那两句，马上露出了孔丘的本性，十足小人一个！爸还没有见过像孔丘这样无耻的人！神州人将这种如此无耻的人奉为圣人，作为自己学习的楷模，你说能不无耻吗？就说无耻也罢。反正，人家无耻，就让他无耻去。

问题是什么叫危，什么叫乱。没有大智慧，根本不可能分得清。许多看起来危乱实际上并不危乱，看起来不危乱实际上才是大危乱。凭自己这么一点小聪明，怎么分得清什么是危，什么是乱？今天跑到这里，明天跑到那里，你说累不累。只有透过迷雾才能看得清事物的真相。这种能耐不是人人都有。像孔丘这种愚蠢的人，哪会懂什么道？云儿要读只管读，但切勿将它当回事。”

既然石岩没有竭力反对，石柏就将《论语》读了好几遍，终于读出了味道。要想从《论语》读出孔子无耻来，还真的需要一些能耐才行。妓女不想做了，可以临时做一做淑女；淑女却不能偷偷摸摸去做一做妓女。神州人极容易被光鲜的言语所迷惑，而不将人的所有言语联系起来看。将人前后说过的话串在一起，就很容易透过言语本身窥见言语者到底是一个什么样的货色。

“李某现在再仔细想一想，全书要么是无病呻吟的废话，要么是冠冕堂皇的鬼话。开篇第一句，学而时习之，不亦说乎？有朋自远方来，不亦乐乎？人不知而不愠，不亦君子乎？除了无病呻吟，有谁会说这种无聊的废话？书里面到处充斥着利，竟然还大言不惭地说子罕言利。功名利禄是利，贫富贵贱也是利。像‘危邦不入，乱邦不居。天下有道则见，无道则隐’这种话，根本只有曹商才说得出口。”

“居士今天怎么突然跟《论语》较上了劲？”

“李某也是有感而发。”

“富而可求也，虽执鞭之士，吾亦为之。这几句话，孔子已经明白无误地告诉居士，他自己的人生目的。耕也，馁在其中矣；学也，禄在其中矣。孔子反对种田，反对种菜，就是种田、种菜收益差，没出息。不像做官，不仅薪资高，黑水多，还可以左右他人生死。一个小小的七品县令都可以让人死就死。

每个人都有自己的利。孔子有孔子的利，居士有居士的利，只不过你们利不同而已。依照孔子的标准，大梁应该算是一个危乱之邦。居士呆在大梁，显然有居士的目的。贫道说得不好听点，居士是不怀好意，希望将原本就已经够危乱的大梁弄得更危乱。贫道不晓得居士是不是想趁乱打劫、浑水摸鱼？

孔子还活在人世，肯定会离开大梁。到什么地方去，贫道就不晓得了。如今神州，好像没有不危乱的地方。黄河两岸如此，扬子江两岸也一样。呆在危乱的地方，就是富且贵，也是浮云。皇族都灰飞烟灭，就更别提豪门世家。这点道理，孔子懂。所以，孔子的再传弟子孟轲主张，君子不立于危墙之下。"

"李某也不晓得自己哪里缺了一根筋，竟然选择了这种利。说来说去，都是李某受了骗而不知。张文蔚、薛贻矩、张策、赵光逢、苏循、杜晓哪一个不是晓得李唐要亡早早就开始卖主求荣？为何李某就不？李某确实是一个不知变通的死顽固。值得庆幸的是，李某这人识风头。否则，李某早就被朱温杀了扔进了黄河。

李某不是不吃人间烟火的神仙，生活在神州，每天受世道的熏染。小时候，先父希望李某成龙，督导李某去读孔丘以及孔丘门徒的书。李某没成龙，倒养成一个不好的习惯，一有空就读书。浪迹天涯的岁月里面，身边总带着书。写这些书的人，多半是孔子的门徒。潜移默化，根本不自觉。当李某有感觉时，已经是病在骨髓。这时候再想起用汤熨、针石、火剂治疗，已经晚了。"

"贫道看，晚了就晚了。用汤熨、针石、火剂治疗，都是很痛苦的事情，况且已经病在骨髓，想治疗都已经没用。夫得者，时也，失者，顺也。强行治疗，如同给中央之帝浑沌凿七窍。日凿一窍，七日而浑沌死。何苦自己折腾自己呢？"

"若水先生说的是。明明无救，偏偏瞎折腾，纯粹是自虐。"

石柏在夷希精舍呆了好几天时间，多次准备动身走，但每一次都没有走成。

洛阳热，远没有江南闷热。老君庙的夷希精舍四处丛林密布，又紧挨着伊水，跟洛阳城内相比要凉快得多。其他的都不用去说，光每个人呼出的热气，都足足可以提高洛阳城内的气温。看起来，石柏真的准备在老君庙的夷希精舍避暑。

石柏没走，秋雨和秋水两姐妹自然也只能跟着。就这样，闰月五月很快就要过去。袁象先向朱温告假，陪同夫人刘湜湜前往汴梁省亲。没想到，刚离开洛阳不久，大梁国的首都洛阳就发生了惊动朝野的大事，博王朱友文企图违逆而伏诛。

清晨，朱友珪的夫人张氏坐着八杠肩舆离开了洛阳皇宫，返回自己的府邸。那么早就回家，全府上下都惊奇。肩舆刚一停下，不待侍儿前来扶持，张氏就已经跳下了肩舆。大概是太过于慌张，张氏没有注意自己的脚底下，腿一软向前一倾，差一点摔倒在了地上。幸亏抬肩舆的侍卫非常机警，赶紧伸手扶住了张氏。肯定是出了什么大事，否则不会这样慌张。在场的人心里都这样想。

王府的西閤祭酒王致远一见王妃大清早慌里慌张地回到了王府，连忙飞奔过去向郢王通报。自上次意外被王妃逮了正着后，朱友珪就告诉王府的东、西閤祭酒，一旦王妃回府，要先于王妃前来通报。王致远对站在寝宫前的侍卫说："快通报千岁，王妃回府啦！"侍卫立马前去通告值勤的太监。太监一听，慌忙去敲卧室的门。“千岁,千岁,王妃回府啦!”敲门声惊醒了朱友珪的梦。朱友珪一听夫人回家,从床上蹦了起来。

夫人那么早回家,肯定是出大事啦！菩萨保佑！菩萨保佑！老贼千万不要在这个节骨眼上就咽气了。朱友珪一直盼望着朱温死,又不想朱温这个时候就死。老贼的那几个心腹,这几天一直围着老贼在转,肯定在起草遗诏。让敬翔那些老混账事先晓得了老贼遗诏的内容,朱友文一旦当上了皇帝,本王可就只能等着伸脖子了。凭本王手下那几个残兵,想夺回皇位不可能。朱友珪翻身下了床,匆匆一套靴子,一披袍衫,就出了卧室。

“马上去叫冯廷谔、李存国来一趟,就说有重大事情需要商量。”

侍从刚跑开,朱友珪已经看到夫人张氏跑着过来。朱友珪一见夫人脚步匆匆,神色极其紧张,连忙跳下了步檐,朝夫人迎了过去。张氏一跑到朱友珪跟前,不顾有人在场,扑到了朱友珪的胸前,靠着朱友珪的肩膀,嚎啕大哭了起来。朱友珪虽心里发毛,但毕竟是男人。

“夫人先别哭,先将事情说了后,再慢慢哭。”

张王妃抽泣着说:“官家都已经将传国玉玺交给了朱友文的新妇,让她揣着前往东都汴梁去了。妾再不哭,就没机会哭啦。”朱友珪一听,立马两手紧紧抱住张王妃,跟着嚎啕了起来。一想到株连,站在庭院里面的牙兵侍从,嚎啕的嚎啕,抽泣的抽泣,哽咽的哽咽,顿时形成了哭的乐曲。所有人都晓得,朱温杀起人来才不管你是上人还是下人。

乐曲还只进行到序曲,冯廷谔和李存国已经出现在了庭院里面。李存国见朱友珪等一班人在庭院上哭成一片,连忙问原因。“怎么回事?怎么回事?”问了好几下,一名方听了张氏说话的侍从才将情况告诉给了李存国。真是废物！李存国连忙提醒朱友珪。

“千岁,你哪还有时间哭啊?火都烧到了屁股,还不赶快想办法,真的是没机会再给千岁哭啦！现在机会来了,得赶紧抓住,再不抓住,还能有哭?”

朱友珪和张氏立马停止了哭泣。

“传国玉玺都已经交给了朱友文的新妇了,还能有什么机会?”

“皇帝还不是仍在皇宫里面吗?没了皇帝,传国玉玺有什么用?千岁可曾听过谁拿了传国玉玺就是皇帝?依千岁地说法,传国玉玺丢了,是不是神州就没了皇帝?传国玉玺,那只是一个印,有什么用?”李存国差点骂废物。“没了,大不了再叫人刻一个就是!”

“本王也真是慌了头。快进堂内商议。”

朱友珪、张氏、冯廷谔、李存国进入堂内。

早在几天前,朱温就召敬翔来禁中密谈了这件事情。昨晚,朱温又将敬翔召到禁中,起草实际上早就已经起草好的圣旨。圣旨盖上大印,由敬翔交由宣旨官今天去崇元殿宣读,免去郢王朱友珪左右控鹤都指挥使之职,贬为莱州刺史。

当张氏晓得情况时,时间已经太晚。张氏昨晚一夜一眼没合,就等着天亮。

凡贬官,跟着就是赐死。先贬官,后赐死。这是朱温弑杀昭宗、登基做皇帝以来的老套路。裴枢、独孤损、崔远、陆扆、王溥、赵崇、王赞、裴贽、王重师、李思安……无一不是如此。先贬官,后赐死,朱温已经给了一个改过自新的机会。没抓住,罪有应得。

“李公,敬翔先在崇元殿宣读圣旨,怎么办?”

“都已经决定要一了百了,还管他宣读不宣读。况且,千岁晓得,衙门办事效率一向拖拖拉拉,而且到最后执行也需要一个过程。皇帝的圣旨要交付相国,再由相国交付相关的部门去办理,说不定一搁就是半个月。到那个时候,千岁早就已经坐在崇元殿上接受大梁朝臣的朝拜了。又不是紧急要务,非马上执行不可。

臣已经跟韩勍谈妥,他愿意协助千岁成就大事。现在,千岁只须去见一见韩勍,摆一摆眼前的事实就行了。今天千岁开始布局,明天晚上千岁动手,千岁就是皇帝了!皇宫里面的印章多得是,只要用其他印章盖个印,传国玉玺会有人送回到千岁的手上!”

“本王马上去见韩勍!”

“只要千岁下了决心就不急。又不是用大军去攻一座城,有几百号人就行了。千岁吃了饭,换上亲从侍卫的衣裳,和王妃的亲从侍卫一道,跟着肩舆,进皇城去见韩勍。”

李存国说不用急,朱友珪却心急,连饭都没吃,就准备动身。

“别急!别急!吃了饭来得及。”

“哪还有心思吃饭?先将这件事办妥,再回来吃饭。”

朱友珪不吃,李存国只好也不吃,两人换上普通兵士的服装,夹杂在护卫张王妃的亲从侍卫里面,抬着八杠肩舆,前往皇城。从左掖门一进皇城,亲从侍卫只管抬着八杠肩舆前往禁中,朱友珪带着两名贴身侍卫,和李存国、冯廷谔一道,前去侍卫亲军都指挥使牙署见都指挥使韩勍。冯廷谔和两名侍卫持剑在房间外守候,朱友珪和韩勍、李存国到房内闭门商谈。

李存国在栖霞观跟石柏谈了进入大门的方法，翌日就去找韩勍商量大事。没说几句，韩勍就同意跟朱友珪合作。这些年，韩勍亲眼目睹当年追随朱温打江山的功臣宿将，仅仅因一点芝麻大的事情，一个个被朱温族灭。韩勍掰指头数，越数越害怕。

韩勍不禁想起自己的老友李思安。一代猛将，从朱温还只是宣武节度使时就开始追随朱温，帮朱温登上皇位立下大功。就因为朱温临幸时，进贡不满意，先贬为柳州司户，再流放崖州，然后赐死。柏乡之战后，韩勍战败逃回来，更是芒刺在背，夜不能眠。虽因月食意外的帮忙，韩勍没有被追责，大梁国内谁都晓得，朱温随时都有可能变卦。

王师范不是因朱温当皇帝之前的一粒陈年烂芝麻而被族灭？想安全，唯一的可能就是朱温突然之间见了阎王。朱友珪不仅可以拿走架在韩勍脖子上、时时刻刻威胁到他性命的利剑，还可以因协助朱友珪登上皇位而被重用。这岂是目前区区侍卫亲军都指挥使可比？

密谈了不到两刻钟，朱友珪就迈着方步走出了房间，后面跟着韩勍、李存国。

冯廷谔见朱友珪满脸笑容，总算放了心。

权这物事，没尝过，不晓得味道；尝过后，立马上瘾，以至于咽气了，还紧紧捏在手心里。从小流氓起家，一步步爬到顶峰，前后一比较，朱温更不会松手。如不是上天逼迫，朱温也会让宣诏官宣读遗诏。不晓得想了多少次，想了多少天，朱温就是下不了决心。上天的意思已经很清楚，不需要再跟凡人啰嗦。眼看身子一天不如一天，石柏离开禁中后，朱温终于下了决心，准备放权，将皇位暂时移给朱友文。有命才有权，朱温懂。

昨天，朱温让人将朱友文的新妇王氏叫到寝宫。“明天，你带着玉玺前往东都，叫友文来，朕要跟他交代一些具体的事情。”王氏等了那么久，就等朱温的这句话。王氏还没有动身，张氏早早就已经出皇宫，回家将事情告诉给了朱友珪。

如今已经到了生死存亡的关键时刻，不想动手也必须动手。惨痛的教训就摆在眼前。无论是在莱州等朱温使者赐死的圣旨，还是待朱友文登基后等朱友文使者赐死的圣旨，只是时间不同。天堂和地狱，朱友珪毫不犹豫地选择天堂。夜长梦多。早一天动手，早一天安全。朱友珪不想拿自己的身家性命去赌明天。还在皇城，朱友珪就和韩勍约定今天动手。

韩勍送朱友珪出皇城。一回府邸，朱友珪命府邸坑饪设宴，给参加今晚行动的控鹤军将士壮行。酒宴上，朱友珪举碗给将士们敬酒。“兄弟们，只要今晚的大事一成,天下就是我们的了。”朱友珪声音高亢,将士们情绪激昂,个个看到了辉煌的前景。

张氏一想起今晚的行动就心慌。在自己的府邸,房门一闭,喜怒哀乐全写在脸上,也没事。张氏怕被人瞧出端倪坏了大事,在禁中没呆多久,就带着亲从侍卫,坐上八杠肩舆,启程返回府邸。张氏回到府邸时,酒宴还没有结束。“千岁,王妃回来了。”冯廷谔过来向朱友珪报告。“兄弟们慢慢喝,本王先去一下。”朱友珪手一拱离开了食厅。张氏太过紧张,见朱友珪前来,就直扑了过来。靠在朱友珪胸前,整个人都在抖。个人的前景,家族的命运,全都在今晚一搏。一旦失败,张氏以及整个家族跟着毁灭。朱友珪抱着张氏,安抚说:“夫人无须紧张,本王是做皇帝的命,肯定成功。”只能成功,不能失败。

“妾等会去向佛祖祷告,求佛祖保佑千岁大事成功。”

“夫人只管在家呆着,等本王的好消息。”

过了申时正,朱友珪换上普通控鹤军兵士的服装,混在五百名控鹤军将士里面,由都押牙骆谷豪带领,离开府邸,排着整齐的队伍,浩浩荡荡前往皇城。进入皇城,守卫宫城的都指挥使韩勍亲自带着这只五百人的控鹤军精锐,进入宫城。

朱友珪虽得不到朱温的宠信,但终究是朱温的亲生儿子,大梁国检校司徒,左右控鹤军都指挥使,诸军都虞候。宫城的布局,朱友珪非常熟悉。朱友珪在飞香殿随便找了个房间一呆,等待夜幕的降临。此时的朱友珪,最大的愿望倒不是当上皇帝,而是自己的寿命能短一天。“今天的太阳,怎么这么慢!简直比虱子爬,还要慢十倍。”朱友珪一下子出来看一下太阳,一下子出来看一下太阳。“千岁,别急,当下山终究会下山。”无论李存国怎么说,朱友珪像没头的苍蝇,在房内不断地转圈。李存国没去阻止,让他转着吧。谢天谢地,西边的太阳终于下了山。负责把守禁中城门的兵士关上了大门。朱友珪长长地松了一口气,感觉自己正向皇帝的宝座慢慢前进,憧憬着自己做皇帝后的种种情形,不禁搓起了手。

朱友珪、冯廷谔、李存国等人就在禁中吃了饭。反正,神州所有人都饿死了,呆在皇宫里面照样有吃有喝,根本不需要担心会不会饿肚皮。几百年前,神州发生大面积灾荒,百姓又重演起人相食的悲惨局面。有臣僚向皇帝奏本:“陛下,百姓没饭吃,都饿死啦!”晋惠帝反问:“为什么不吃肉粥呢?”皇宫大,房子多。一个钦犯,没地方躲了,就应该想到来皇宫,直躲到皇朝覆灭。皇宫如此,禁中就更不用说了。

时间一刻一刻,一个时辰一个时辰过去。

到了三更半夜,朱友珪一声令下,训练有素的控鹤军兵士开始向寝宫发起进攻。万春门的大门此时紧闭着。想凭借一根木头就能阻挡朱友珪,朱友珪自己都觉得可笑。朱友珪还没有开口,手下控鹤军将士已经劈断了万春门的木关。朱友珪手持利剑,进入了寝宫。

侍寝的宫女、太监,没等朱友珪进入,都只恨父母少生了两条腿,如同一群蝙蝠,早就已经打开后门窜逃。朱温从睡梦中惊起,好像是在询问自己的手下,朦朦胧胧地问:"造反的人是谁?"想当初,朱温就是派朱友恭、蒋玄晖半夜三更弑杀了昭宗。这个时候闯进寝宫只能是造反了。一种以前没有过的恐惧从朱温的心中涌起。"不是别人。"朱温听出是朱友珪的声音。平常,在朱温面前,朱友珪的声音甚至有点哆嗦,而今天却很高亢。"早就已经怀疑是你这个逆贼! 恨只恨没早些杀了你。"朱温鼓起劲,厉声呵斥。"如此悖逆,天地岂能容你?"看来,朱温真的已经忘记了自己是如何的悖逆! 想当初,朱温派朱友恭刺杀昭宗,以通奸的罪名处死何皇后! 派蒋玄晖勒死了昭宗的九个儿子! 如今朱友珪杀你就是悖逆? 有道是,和尚,和尚,终于轮到自己的头上。朱温已经信了佛,应该已经懂得因果报应。

朱温毕竟是乡野鄙夫,没读过什么神州史。难怪敬翔会说一些让朱温听得懂的乡间俚语竟然能成为大梁国的宰相,朱温的辅臣。荧惑犯心后,朱温确实想到过会死,可就是没想到过自己会这样死,而且是死在亲生儿子之手。真是乡野鄙夫! 儿子杀老子而登基做皇帝的故事,神州多得是,又不是你朱温一个! 根本没有什么稀奇,还是让你儿子给个痛快吧!

以往,见到朱温,如同突然撞见了猛虎,朱友珪身子不由颤抖;此刻,朱友珪对朱温已经没有了恐惧。如同猫捉老鼠,朱友珪不急不慢地向朱温一步一步走了过去。看到朱友珪和冯廷谔手持利剑,一步一步向自己走了过来。朱温忽然意识到死期来临,全身颤抖了起来,想逃但身体却不听使唤。朱温这一生,杀了不下千万神州人,见惯了死,理应气壮如虎。朱友珪没想到朱温竟然会是这种熊样,顿时明白了什么叫做色厉内荏、外强中干。朱友珪懊悔,我以前为何要那么怕他。

朱温内心极度恐惧,禁不住眼泪汪汪,嘴里呼喊着的不是有些文雅的"救驾"而是粗俗的"救命啊,救命啊"。可惜,没有人前来寝宫。此时的寝宫已经被朱友珪带来的控鹤军将士团团包围。"老贼,我要将你碎尸万段!"朱温绝望中听到朱友珪高高的詈骂声。

汗水慢慢湿透了朱温身上的单衣,小便沿着朱温的大腿慢慢流到脚上。朱温睁着极度恐惧的眼睛,看着冯廷谔手中的利剑刺进自己的肚子。三尺一寸的利剑刺穿了朱温膨凸在外而且下垂的肚子,剑尖透背而出。朱温似乎没感到剧痛,双手死命握住插在肚子上的利剑,试图将它拔出。冯廷谔用力一抖,抽出了插在朱温肚子上的利剑。朱友珪紧跟着冯廷谔,朝朱温狠狠一捅。朱温没来得及做出反应,朱友珪手中的利剑已经捅进了朱温的肚子。朱友珪疾速向下用力一按,抽出了利剑。朱温肚子里面的肠子,连同没有拉掉的屎,统统骨碌碌地流了出来。朱温僵住不动,渐渐地没了知觉,没有了恐惧。朱温身子一斜,倒在了龙床前。朱友珪倒握着剑柄,连捅已经倒在地上的朱温,嘴里喊着"老贼、老贼"。泄够了气,朱友珪才俯下身子亲手用床前的地毯,将朱温的尸体一卷,一脚将它踢进了龙床下面。

神州史上绝品流氓朱温死了!

像朱温这样的流氓,应该万岁、万万岁,万寿无疆,永远活上世上,让神州以后的流氓地痞有可以直接学习的榜样,而不是翻史书才能找到朱温。经过文人的加工文饰,朱温如何从一个小流氓变成大流氓的细节统统已经被删除。

后代的流氓,要想学习仿效,也只能依据史书上的黑字,经过自己的想象,才有可能大致看到朱温的模糊轮廓,但依旧不能看到朱温清晰的音容笑貌。不过,也不需要对朱温死去感到过分的惋惜。神州是创造流氓的地方,肯定会创造比朱温还是朱温的流氓。

这一点,石柏得知朱温死讯后,深信不疑。

朱温的一切都值得神州以后地痞流氓学习和效仿。朱温出生在宋州砀山县午沟里。父亲朱诚是一个乡下穷教书匠,朱温很小的时候就死了。家里穷,没办法为生,朱温的母亲王氏带着朱全、朱存、朱温三兄弟到隔壁萧县刘崇家做佣人。

王氏历尽艰辛将三个孩子拉扯成人。王氏做佣人,根本没有时间管教。朱温由此成了萧县有名的流氓。朱温成为流氓,父母有着不可推卸的责任。朱温这人极其凶悍,出拳只怕没将人打死。萧县当地的地痞流氓,见朱温无一不是毛孔悚然,心惊胆战。然而,朱温毕竟是一个见不得世面的小流氓。

在萧县,能够让朱温趴在地上爬行的人很多很多。刘崇就常常因朱温在外斗殴而不做事鞭笞朱温。和平时期,像朱温这种流氓只能烂在民间。想不到,朱温碰到了数百年才一遇的大好机会,真是天助朱温。朱温和他二哥朱存离开了刘崇家,追随黄巢造反。广明元年,黄巢攻陷长安,朱温被任命为东南面行营先锋使。

眼看黄巢就要完蛋,朱温听从昌仁的建议,杀死了黄巢的监军使严实,向河中节度使王重荣投降。王重荣当天就飞章上奏。僖宗皇帝就像是青光眼,看了王重荣的奏章,竟然大喜说:"此天助朕也!"下诏封朱温为左金吾卫大将军、河中行营招讨副使,并赐名全忠。中和三年,僖宗皇帝任朱温为汴州刺史、宣武军节度使。

黄巢死了，秦宗权称帝，横扫河南，派将领秦贤、卢瑭、张晊带兵攻打汴州。这给了朱温壮大实力的一个绝佳机会。朱温一面派大将朱珍去招兵买马，一面向兖州朱瑾、郓州朱宣求救。朱宣、朱瑾帮朱温击败了秦宗权刚回去，朱温立马过河拆桥，进攻朱宣、朱瑾，攻取了曹州、濮州。朱温就是用三十六计逐步吞食了整个河南，成为宣武等二十一军节度使。难怪像三十六计这种如此肮脏的书会被神州人认为是瑰宝，是祖先留给我们的宝贵遗产。朱温成功的故事告诉神州人，忠孝礼义信廉耻，什么都可以没有，就是不能有耻。

随着秦宗权、时溥、朱宣、朱瑾、王师范等对手一一被朱温击败，朱温渐渐变成了黄河两岸这片土地上的皇帝，越来越自由。朱温准备做皇帝了，先派假子朱友恭、氏叔琮弑杀了昭宗，搬走了摆在那里遮人耳目用的傀儡；再派蒋玄晖杀了昭宗诸子。称帝前，朱温借彗星谪见的机会，差不多杀绝了李唐一朝搢绅，不管是否已经致仕。杀光皇室宗亲，这是神州几千年的传统。杀绝一朝搢绅，朱温开了先河。

称帝后，朱温想做什么就做什么，想怎么做就怎么做。别人杀人要找一找借口，朱温杀人根本不找借口。想杀就杀，想杀谁就杀谁，想怎么杀就怎么杀。没有人能束缚住朱温的言行。可惜，只要是活人，就无法获得真正的自由。姑且不用说吃喝拉撒睡，就是想不呼吸都做不到。从今以后，大梁国皇帝朱温奋斗了一生，以千万神州人的生命为代价，终于获得了绝对自由。

朱温的灵魂，离开朱温的躯体，在神州上空自由飘荡。

李存国几乎不眨一眼，看着朱友珪和冯廷谔杀朱温，而没有上前去帮一帮忙。此刻，李存国手中握剑而不是笔。也前去刺上一剑，神州御用文人编写的历史书中肯定会记载李存国弑君，而不会说是朱友珪左右，弄得自己没名没姓。

李存国失去了一次青史留名的机会，着实让人扼腕可惜！

此时的朱温早就已经不是彼时的朱温。三十年前，作为黄巢的东南面行营先锋使，朱温如同一头山豹，李存国就是持剑也未必是朱温的对手。眼前的朱温，充其量不过是一头产过多次崽的母猪，已经有朱友珪和冯廷谔，确实不再需要李存国去插手，凑热闹。李存国没有上前去帮一帮忙，让自己在神州史上留名，是因为李存国看着自己为之奋斗了二十多年的理想终于实现而忘记了动手。为了这个理想，李存国抛弃家庭足足奋斗了二十多年。

二十多年的时间，李存国已经从血气方刚的青年变成了两鬓斑白的中年。这二十多年时间里面所经历的艰辛和困惑只有李存国自己能懂。李存国站在寝宫内，眼睛没眨一眨，盯着朱友珪和冯廷谔如何将朱温杀死，仿佛担心错过任何一个细节。直到朱友珪用寝宫内的地毯将朱温的尸体裹好，踢进了龙床底下，李存国才惊醒过来。

“诸位还不快跪下叩见圣上?”

李存国连忙提醒冯廷谔、都押牙骆谷豪以及在场的控鹤军将士。在宽大高敞的寝宫内，冯廷谔率众人立马齐刷刷跪在地上，高声呼喊：“陛下，万岁，万万岁!”此时正直夜深人静。众人高高的声音撞击着李存国的耳膜，感到一阵嗡嗡声。

“众爱卿，你们助朕登基有功，朕定将重赏，平身!”

“谢陛下!”

“哈哈哈……”

朱友珪仰天一阵狂笑，笑声震荡着寝宫，只是不晓得有没有传出禁中。众人刚从地上爬起来，韩勍来到了寝宫。韩勍趋步上前，双膝一屈，跪在了朱友珪面前。

“臣韩勍，叩见陛下!”

“韩爱卿，助朕登基，立下大功，朕定会重重封赏！韩爱卿，加强对禁中的戒备，以防歹人图谋不轨！凡擅自出入禁中者，斩!”

“遵旨!”韩勍伏地拜了一拜，退出了寝宫。

“李爱卿，请你马上起草圣旨。遣人连夜送往东都让朱友贞除去康勤！此贼不死，朕这个皇帝哪能做得心安!”

朱温虽斗大的字不识一个，寝宫内文房四宝却齐全。就在寝宫里面，冯廷谔研墨，李存国坐在朱温从没坐过的凳子上，提起朱温从未用过的御笔开始起草圣旨。刚写了几句，李存国就问朱友珪：“陛下，朱友文的夫人王氏应该如何处置?”朱友珪连想都没想，就马上回答。“抓回来！老贼那么喜欢她，是不是有什么特别的味道。”李存国重新提笔，继续书写。不到一刻钟，圣旨就草拟完毕。

“臣给陛下读一遍，看看是否妥当。”

“请李爱卿，读来给朕听一听。”

“朕闻圣人畏天命，帝者奉天时。”李存国开始朗读起圣旨。“博王朱友文，不对，应该是康勤。”李存国提起御笔划掉博王朱友文，并在边上写上康勤。“对，就这样。”李存国再看了一遍，放下御笔，继续朗读圣旨。“朕闻圣人畏天命，帝者奉天时。康勤谋逆，遣兵突入殿中，赖郢王朱友珪忠孝，将兵诛之，保全朕躬。罢黜康勤王爵，废为庶人。命均王朱友贞，缉杀逆贼康勤，夷其族。康勤之妇，王氏，潜伏禁中，盗取传国玉玺，逃归东都，欲献于康勤。着均王朱友贞，遣人缉拿，械至西都，交于郢王朱友珪亲审。钦此。”

“很好，就这样。李爱卿，械至西都，是不是还没有送到西都，就已经给弄死啰！”

“那就改一改。”

李存国提笔改了改圣旨。

“着均王朱友贞，遣人缉拿，舆至西都，交于郢王朱友珪亲审。”

“就这样。”

“李爱卿，只是圣旨里面好像没有提到叫朱友贞将玉玺送回来。是不是需要补上一句？”

“陛下，不用写，朱友贞也应该会将玉玺送回。不送回，朱友贞还想谋反不成？”

“那就这样。”

李存国将草拟好后的圣旨重新抄写了一份，盖上朱温私用印章。朱友珪旋即着冯廷谔找来供奉官丁昭溥，由他手持圣旨，连夜带人飞驰东都。

“陛下，还得再起草一份诏书，明天一早，众大臣上朝时宣读。”

“李爱卿不说，朕差一点还忘了。那些个大臣一致反对，朕的皇帝还当不成。”

李存国又提起御笔开始边写边读给朱友珪听。

“朕艰难创业，逾三十年。托于人上，忽焉六载，中外协力，期于小康。岂意康勤阴畜异图，将行大逆。昨夜三更，甲士突入大内。赖郢王朱友珪忠孝，领兵剿戮，保全朕躬。然朕疾因震惊，弥致危殆。郢王朱友珪克平凶逆，厥功靡伦，宜令郢王朱友珪权主军国之务。”

“就这样，明天一早马上交由宣诏官前去宣读就是。哎，累死了。朕得找个地方睡一睡。”

“陛下”，冯廷谔说，“这是禁中！你想到哪里睡就到哪里睡，到处是美娘子。”

“冯爱卿、李爱卿，走！你俩帮朕顺利当上皇帝，功劳第一。今天晚上，禁中里面，你俩想睡在哪就睡在哪。骆谷豪，你和兄弟们也辛苦了，也去找个地方歇息。过些时间，等朕正式登基做了皇帝，定会重重封赏！”

“谢陛下！”

李存国没去某个殿、某个宫找一个朱温的嫔妃睡一睡。朱友珪、冯廷谔等走后，李存国不怕被栽上弑杀朱温的罪名，继续留在寝宫内。寝宫内灯火通明。李存国很想去将龙床下面的朱温重新拉出，看一看朱温的死相。最后，李存国还是抑制住自己的冲动。

李存国步出寝宫，坐在寝宫台阶上，等待天亮。望着眼前黑洞洞的夜空，李存国想起自己这一生走过的历程,想起死在朱温手下的亲朋好友,想起死在朱温手下的皇室宗亲,想起死在朱温手下的李唐一朝文武,想起死在朱温手下的千万黎民百姓,忽然突发奇想,将朱温制作成腊肉让神州人世世代代看,烂掉了实在是太可惜。

康勤的夫人王氏还在路上,供奉官丁昭溥手中的圣旨已经到了均王朱友贞的手上。

拿到了圣旨,朱友贞心中不禁一阵狂喜,立马调集天兴军,进入汴梁城,兵分两路,包围了开封府和博王府。还没等博王府的人反应过来,奉旨行事的天兴军兵士,可就不那么讲究了。博王府内的老老少少、大大小小,统统诛杀。

只是,康勤需要验明正身。天兴军兵士在开封府内找到了康勤。圣旨宣读完毕,还没来得及回顾自己到底错在哪里,天兴军兵士已经切下了博王的头颅。博王朱友文以及朱友文的家小已经诛杀,但圣旨要办的王氏还没有找到。

朱友贞亲自带领天兴军,沿着洛阳来汴梁的官道开始寻找。王氏乘坐舆车,半路上,就被朱友贞的心腹马慎交扣留。直过了郑州,朱友贞才找到了王氏。既然圣旨上要求"舆至西都",就不需要再回汴梁了,在半路上等供奉官丁昭溥前来就是。

供奉官丁昭溥连夜赶路,人也差不多累垮了。使命已经完成,也就不再那么急匆匆地赶回洛阳。在汴梁歇息了一天,丁昭溥才启程赶回洛阳。六月初四,朱友贞才等到返回洛阳的丁昭溥。望着丁昭溥慢慢远去,朱友贞终于忍不住畅怀大笑。六月初五,供奉官丁昭溥带着王氏和传国玉玺回到了洛阳。朱友珪得知朱友文已死,旋即发布皇帝驾崩的消息,当着众大臣的面,宣读由李存国起草的遗诏。在大梁众大臣"万岁、万岁、万万岁"的高呼声中,朱友珪坐上了位于洛阳皇宫崇元殿的皇帝宝座,成为大梁国的第二任皇帝。

朱友珪做了大梁国皇帝后的第一天,就任皇弟均王朱友贞为东都留后,开封府尹。

第七十章　彩虹

多其爱而少严，厚养生而谨送终。

——《春秋繁露》

曹全晟来找石斛，只在耳边嘀咕一声，石斛就和他一起去了白云观。

原来石岩在幕北村种的菜又白白种了。石岩正在菜园给胡瓜搭瓜棚，佃户施长良急匆匆跑来告诉石岩，有人在村里打探他的消息。神州人的舌头原本就长，石斛当初在开泰酒肆请的人又多。米栗遭衙内逼婚的故事早就已经传遍了整个幕北村。谁的衙内，幕北村人纷纷猜测。这些年，匪一代和匪二代霸占人家妻女的故事，幕北村人已经听得很多。虽然已经不像刚开始那样义愤填膺，可在米栗和恶霸之间，幕北村人还是站在米栗一边。在幕北村人的心目中，石岩他们一家还是相当不错的人。石斛不仅没有收那些佃户的田租，还帮村里好几户无力交人头税的佃户交了人头税，其中就包括前来给石岩通风报信的施长良。说起来，也算是石岩种瓜得瓜，种豆得豆。

“他们有几个人，一看面相就觉得不善。石公是外姓人，施姓人又不好出面帮。石公还是先到外面避几天，等过了风头，再回来也不迟。”

到哪去避？石岩想了起来。“石公还是抓紧走。家不用担心，我帮石公照看几天。”见石岩一声不响，施长良一旁催促。“那就谢谢施公了！”石岩接受了施长良的建议，先到外面避几天。“千万别这么说。石公是我的大恩人，帮忙看几天家应该。”石岩将家托付给施长良打理，离开幕北村，走间道到了武昌县。

石岩鸡鸣巷的房子被烧的那一天，看热闹的人人山人海。冤生孽结，这些看热闹的人里面恰好有邴克成。当时，石岩夫妇正带着李邈、吕夷则和曲柯离开鸡鸣巷,前往白云观。一对夫妇,两男一女,正好跟石岩逃离翠竹湾时人口相同,而且年龄接近,引起了郧克成的联想。郧克成以好奇者的身份向围观的人打听,得到了让郧克成浮想翩翩的答案。

姓石,今年正月才从外地搬到金陵,开寿木店……

石岩的年龄,气色,步姿……郧克成越想越觉得就是李休。经过一番调查,郧克成得出结论,石岩十之八九就是李休。就在这时,石岩突然离开金陵不知去向。这更进一步让郧克成肯定了自己的推测,石岩就是李休。正当不晓得该到哪找石岩时,郧克成得到消息,朱雀门在四处寻找石斛,决定让朱雀门替自己去找。朱雀门找到了石斛,石斛也回到了金陵,却不见石岩。郧克成意识到石岩很可能不回金陵了。费了不少周折,郧克成才从一名朱雀门家丁口中打探到石岩躲在幕北村。郧克成决定亲自到幕北村一探究竟。

幕北村不是特别大,但也不小。总不能像鸡走错了家门,郧克成向幕北村人打听。这一打听,马上打草惊蛇。郧克成还在打听,石岩已经遛了。郧克成问了好几个人,得到的结果都是摇摇头。莫非弄错了?正当一筹莫展时,郧克成碰到一群正在嬉耍的孩童。郧克成刚开口,得到的就是七嘴八舌的"晓得"。该死的幕北村人,不是本都押牙所带的人不多,定将你们杀得一个不剩。郧克成忍住怒火。人是找到了。可怎么处置,郧克成决定先回武昌去再慢慢想。幕北村毕竟是徐温的地盘,直接冲过去杀,就算杀得了,逃掉逃不掉也是问题。郧克成不想打草惊蛇,没去宅院一探究竟,万一跑了,又前功尽弃。郧克成知道,江湖上很多人在寻找李休,只要传出消息,李休化名石岩隐藏在幕北村,那些个希望得到藏宝图的人肯定蜂拥而至,到时候不怕石岩不死。郧克成决定还是借刀杀人。

郧克成没有多呆,离开幕北村,返回武昌。到了武昌南门,郧克成看到一大班人在围着看告示。入境而问禁,入国而问俗。郧克成上去一看,原来是讨朱檄文。檄文严词声讨逆贼朱温派遣杀手弑杀桓王李休和他家人。耗费了那么长时间,那石岩竟然不是李休?进入武昌城,郧克成决定先吃饭。幕北村来回五六十里,肚子都已经饿到背脊后了。不久,就看到了一家酒肆。郧克成没有挑剔,进了酒肆。邻座客人在谈论桓王李休遇刺的事情。"桓王隐身江南十几年,没想到还是没逃过逆贼的毒手。""两儿子、一女儿和桓王夫妇一并遇害,先帝一脉至此断了,真是苍天无眼啊。"郧克成听到客人阵阵叹息声。我还在冒着掉脑袋的风险傻傻地想借刀杀人,人家早就已经提着李休的脑袋请功领赏去了。檄文张贴到了武昌,也应该已经传到了洛阳。李休都已经死了,世上哪还会有李休?就算幕北村的石岩真的是桓王李休，有谁会相信？郈克成决定，明天一早就离开武昌，返回洛阳。

郈克成不晓得，如今金陵对谁都可以感兴趣，就是不能对寿木店少东主石斛感兴趣。石斛就好比是一只石蛙，一条五步蛇在草丛中盯着。为了剿灭潜伏在江南的控鹤军，李慎肇派大理正江万涛带一班人盯着石斛的一举一动。石斛晓得有人对自己非常感兴趣，就出铜钱要鲁扬声搜集谁在关心自己的情报。谁搜集石斛的情报，谁却成了鲁扬声搜集的情报。原本藏在阴暗中的郈克成一不小心露出了真身。就在郈克成前往幕北村打探石斛的消息时，一个陷阱已经在武昌城等着。几乎不用什么战斗，郈克成就死在了李慎肇的伏兵之手。

石岩准备返回金陵，呆在徐温的眼皮底下，至少会给石斛带来一份安全。这个很有可能是儿媳的人不能不管。石斛没将米栗的故事告诉给石岩，石岩也没有问。单凭直感，石岩觉得米栗有奇特的遭遇。斛儿偷偷将她安置在这里，肯定有特殊的原因。金陵有徐渊的女儿缠着斛儿，将她带回金陵，无疑于给斛儿捅出天大的窟窿。所有人呆在一起肯定不行，必须得分开。我不能将危险带给她，况且斛儿将她安置在这里肯定费去不少心思。

“舅舅只管和舅妈回金陵，外甥女先到附近哪个寺院呆一呆。”

这主意不错。石岩平常首先想到的都是道观，虽然石岩的父亲信佛入迷。米栗道观很少去，寺院倒去过不少，对寺院的情形比较熟悉。寺院不仅有拱香客临时住一住的寮房，也有拱富贵人清修用的精舍，呆它一年半载一点问题都没有。“舅舅和舅妈送你去。”石岩从不去寺院，今天决定破例，亲自送米栗去寺院。

寺院多，也得先选一选。石岩随便问了一个武昌人，立马晓得附近著名大寺院，武昌有弥陀寺，对岸黄州有护国寺。石岩替米栗选择了护国寺。当天，乘船渡过了扬子江，来到了黄州。以给先父做超度亡魂法事的名义，住进了护国寺。

石岩和尹如雪陪同米栗去拜访住持圆通和尚。

“外甥女因父亲遭遇不幸长期积郁在心。某想请大师收留她在护国寺清修一段时间，以涤红尘俗念。”石岩从袖袋内掏出一枚存银凭据，双手呈给圆通和尚。

上次，石斛去幕北村，给了几枚存银凭据，以备急需。

“这一千缗献给护国寺用于弘法，谨表某的谢意。”

石岩虽在金陵尝过没铜钱的滋味，可铜钱在石岩眼里依旧是粪土。再说，这铜钱是儿子赚的，用在米栗身上，石岩一点也不心疼。

石岩气度非凡，出手如此阔绰，圆通和尚没什么想，就接过存银凭据，转交给了身旁侍候的一位和尚。“世间纷扰，皆因贪、嗔、痴引起。佛曰，勤修戒定慧，息灭贪嗔痴。施主的外甥女在护国寺清修一段时间，就会消去心中积郁。心若简单，世间纷纷扰扰皆成空。”圆通和尚当场着都管准备将米栗安置在心空精舍清修。

看米栗已经安排妥当，石岩和尹如雪带着曲柯起程前往金陵。

“斛儿能抽得出时间，最好还是亲自去看一看，也好让她安心。”

“等手上这点事一忙完，孩儿马上去。”

不久，东方明就来总社找石斛。解应宗将东方明的马系到了系马桩，引东方明去总社客厅。都快成了朱雀门的差役了。“东方兄真是不巧得很，都统去鄂州还没有回来。”林森寒接待东方明。“东方兄，事情是不是很急？”“公子没回来，再急也没用。仆先先回去跟大家说一声，让大家另想办法。”东方明准备转身返回。“东方兄不如先在厅里稍坐片刻，待小弟出去，叫名兄弟到白云观看一看。”林森寒向东方明建议。“依事先已经安排好的行程，都统今天早上应该会回金陵。说不定，此刻已经在白云观向他父母报平安了。”东方明手一拱。“那就有劳林兄了。”“不客气。”林森寒手一拱，离开了客厅。

太后曰，丈夫亦爱怜其少子乎？对曰，甚于妇人。

东方明就是这种甚于妇人的丈夫。几上的那盏茶还没喝完，东方明就有些按捺不住。与其坐在这里枯等，还不如留下话语。万一未回，岂不是要白等？回趟家，看一看孩子的烧已经退去了没有。东方明的二郎君得了麻疹，整个人像是着了火。徐榛得知情况，不仅叫父亲请了金陵名医孙承远诊治，还特地送了他一只羚羊角。“东方大哥，我这几天不外出，你就在家好好陪陪二郎君。”见二郎的病情有所好转，东方明才到朱雀门当值。

东方明刚走出客厅，派人前去白云观打听石斛消息的林森寒已经迎了上来。

“小弟已经叫人去了白云观，应该很快就晓得都统是否已经回来。”

“不等了。公子回来，劳烦林兄告诉一声，请公子务必去朱雀门一趟，就说是大家找公子有急事商量。”

见东方明执意要先回，林森寒也不好强留，送东方明出了希声社总社。

听说徐渊遣东方明前来找他，石斛也就跟父母告辞，离开了白云观。石斛到希声社总社时，东方明已经走了。林森寒将东方明的话转告给了石斛。

“只说是急事，但没说是什么事。”

大热天，金陵街上早上人多，中午人少。过了北门，石斛步马缓缓前往朱雀门。有些事情，想了也白想，还不如晓得了结果，再做打算也不迟。倘若结果与所想不同，要么白白欢喜一场，要么无故担心一通。石柏没去想，徐渊找他到底是为了何事。反正，朱雀门人家大，事情多。石斛下了马，将手中缰绳放在马背上，手一拱，就快步朝大门走去。

徐渊此时正在跟总管徐福商量如何送徐榛和儿媳谢宛然去广陵的事宜。见石斛突然出现在如茅斋前，徐渊失落的情绪顿时又昂扬了起来。“快进来，快进来！”徐渊连心向石斛招手。石斛加快了脚步，踏上步檐，进入如茅斋。石斛刚跨步准备行礼，徐渊就说：“免了！免了！”石斛还是像平常一样，中规中矩地给徐渊拜了一拜。

“不知伯父有何事需要小子去做？”

“就一点小事。”

徐榛去广陵看望了外婆回金陵不久，外婆就染上了风寒。老人一上了岁数，说躺上就躺下，说走就走。昨天，广陵来人说，徐榛的外婆身子不是很好，希望钟夫人赶快回娘家看一看。不巧，上次采石矶法事结束后，钟夫人身体一直欠佳。徐渊怕影响钟夫人的身体，没有将外婆染上风寒的事情告诉给她。

钟夫人生过五个孩子，但长大成人的只有徐天赐、徐天奉和徐榛。其他天送、天予、天赠、天赏、天付、天遗、天贻都不是钟夫人所生的庶子。这些庶子虽然都叫钟夫人妈，但毕竟不是亲生。徐渊总不能让庶子代钟夫人前往广陵看望外婆。

徐渊最喜欢天赐。可惜，天赐英年早逝。徐渊原本春风得意，刹那间变成了白发人送黑发人。天赐遇害，徐渊差不多一年时间脸上没有笑容。因徐温是吴国都督，徐渊的八个儿子里面，就有五个在替徐温做事。旧官僚体制崩塌后，新官僚体制正在建立，徐家人想做什么官，随便。嘴上无毛的侄儿徐知询如今都已经是行军司马、忠义节度使。

依照徐渊的说法，都是些只晓得自恃父亲荫庇、不思进去的废物。

徐渊就是没想明白，他的儿子再差，也是都督的亲侄子。如今驾着马车在街上横冲直撞的人，哪一个不是靠土匪父亲荫庇的匪二代？为了能让这些废物变成有用的人，徐渊特意要求徐温，将他的儿子统统安排在地方上做官。如今呆在朱雀门内的儿子只有四郎天予和九郎天贻。这两人名义上都在协助三郎天送管理朱雀门商业事务。

“你伯母上次采石矶回来后受了凉，身子一直就不是很好。经不起广陵来回折腾，就是去了也会因外婆而影响了身子。伯父本应该亲自前往，让你伯母一人独自在朱雀门，也放心不下。天奉一家子如今又全在千里外的洪州。想来想去，还是请石郎代伯父送榛儿和她大嫂去一趟广陵，看一看外婆。不知石郎能否抽得出时间?”徐渊就差说,只能让你这个女婿代劳了。

“伯父,请放心!就是真抽不出时间,小子也得抽出时间陪同前往。”见石斛二话没说就同意送徐榛去广陵,徐渊甚是欣慰,点头赞许。“现在时间尚早,不如劳烦伯父催下人前去告知少夫人和徐榛准备。妥当后,小子即刻陪同前往码头。”

“可贞,你前去通知大县主和少夫人,就说马上送她俩去广陵,石公子在等着。”

“是,大家。”

仇可贞退出如荠斋,前去通知谢宛然和徐榛。

“上次榛儿广陵之行,幸亏有石郎,才没出什么事情。石郎不是外人,伯父才说说,从金陵到广陵这一路全是土匪,没有石郎在身边陪着,伯父根本不敢让榛儿独自一人带几个家丁去广陵。这次榛儿要去广陵,伯父第一个想到的人就是石郎。”

“这是伯父对小子的信任。”石斛含笑说:“陪徐榛去一趟广陵,看起来,只是举手之劳的小事。让别人来做,就算真的绝对安全,伯父也未必会舍得。”

徐渊笑了起来。徐榛是徐渊的掌上明珠,能轻易交给那些个毛手毛脚的人看护?万一不小心,掉进污泥里面,看徐渊是要还是不要?要么,脏兮兮;不要么,太可惜。如今的徐渊早就不是当年做海盗时无牵无挂的徐渊。石斛提起铜壶,给徐温的紫砂壶加茶。“还是石郎懂伯父。别人,伯父还真是不舍得。”石斛放回铜壶,前去给徐渊斟茶。“养了十几年”,徐渊喝了一口茶继续说,“怎舍得随随便便就交给别人?总得先选一选。”

前去通知的仇可贞回来都已经好久了,仍旧不见徐榛和谢宛然的影子。看来,一个早上的时间眼看就要给磨了!管你有事没事,女人的事就是最大的事。正当连徐渊也觉得应该遣侍儿再去催一催时,徐榛终于出现在游廊里面。徐榛进入如荠斋,俨然像回娘家省亲的女儿,连想都没想一想,就坐到了石斛的身边。

徐榛打趣说:“爸这次请石斛护送女儿去广陵,不会不付工钱吧?”徐渊笑了起来。“工钱吗,会有的。爸不会让石郎白白护送。”为了堵住石斛的嘴,徐榛用肘子推了推石斛。石斛一看形势不妙,赶快闭上臭嘴。

“石斛现在肯定是不缺钱啦!爸拿什么物事付给石斛当工钱?”

“这个么……”徐渊眉头一皱,沉思了起来。

“宅院、田地、店铺、珠宝等等物事,石斛肯定不稀罕!有铜钱,这些物事,想要多少就有多少。你的宝贝紫砂壶,石斛肯定也不会感兴趣。女儿看啊,如今你还有什么物事能拿得出手?”忽然,徐渊计上心来,含笑说:“有啦,爸就将自己的宝贝女儿送给石郎!”“爸!”徐榛霎时脸颊一红,高高地叫了一声。徐渊含笑说:“爸的这份工钱，棒儿该满意了吧！”徐榛低头不敢接话，徐渊哈哈大笑了起来。

没料到，徐渊会用这种方式轻轻地捅破这层薄薄的窗户纸。“谢谢伯父！”石斛起身向徐渊拜了一拜。我用一生来呵护你，说起来容易，做起来很难。徐榛是徐渊的宝贝，石斛要想呵护好可不是一件容易的事。徐榛抬起头，觉悟地看着石斛。

“不用谢！坐，坐。这事伯父想了好久，只有将榛儿托付给石郎，才放心。相貌、能耐固然很重要，对一个女人来说，责任才是第一。有了责任，男人才会去打拼，才不会自甘堕落，因为他懂得有责任让妻儿过上好日子。这几十年时间里面，伯父自诩还没有真正看走眼。这一次也不会例外。伯父相信，石郎是一个有担当的男人。”

“谢伯父！如今这个世道，小子只怕保护不周，辜负了伯父的厚望！”

“石郎啊！”徐渊微叹一口气。

“伯父吃了那么多盐，总算明白了，世间万物都有残缺，人也一样。外人看来，伯父光鲜照人，还不是照样有残缺？这世上，真的没有十全十美的物事。只想过一过小日子，还不至于这么悲观。车到山前必有路，船到桥头自然直。以石郎的聪明才智，伯父不相信，石郎会找不到解决的办法？

人一生不确定的事情很多，但不能因为不确定就不过日子。呆在家里不出门，说不定横梁断裂，刚好砸到了头。想当年，伯父不鼓足勇气走出朐山，也不会有现在的伯父。人有时候当搏一把还是要搏一把，总不能老把着尿桶撒尿。没有豁出去的气魄，终究难以成事。顾忌太多，活着累不说，倒反可能事与愿违。”

“谢谢伯父教诲。伯父说得没错，小子不是被逼无奈不得不豁出去，也不会想着组建希声社。考虑越多，怕这怕那，越难以有作为。伯父也知道，种种原因，小子来金陵后一段时间里面想得确实比较多。畏手畏脚，怕出事，怕给他人带来麻烦，毕竟跟别人不同，后面有人盯着。小日子要过，要过得安稳。谁都不希望自己是风中飘的树叶。”

“那是。凭借石郎的能耐，加上伯父一旁帮扶，那些个不稳定的因素很快会消除，日子慢慢会安稳起来。过些时候，伯父叫徐福物色一座宅院，让令尊和令堂搬过去住。自镇海军治地迁到金陵以来，置业商一直在建造房子。新建的宅院，有的是。”

“先谢谢伯父。小子也想过买一座宅院，可家父担心又会祸及街坊。”

“令尊的担心，伯父能理解。不过，这次经过李慎肇拉网式清剿，活动在江南的控鹤军，就算有，也只能是个别。如今到处是猫，这一两个老鼠躲得再深，迟早也会被逮着。只要再将山南的控鹤军一除,以往的故事就不会重演。”徐渊又喝了一口茶,继续说:“眼睛长在前面,就是要向前看。都回过头去看,日子怎么过?像伯父,年轻时和弟弟一起,偷偷摸摸卖点海盐,万一被抓,咔嚓砍头。这种随时掉脑袋的日子不也走过来了吗?”

徐渊正准备继续往下说,如茅斋前的庭院上出现了谢宛然。

从绑匪手中回朱雀门的第二天,徐渊派遣全子尚带了十几名家丁护送谢宛然前去江宁扫墓。防止意外,谢宛然没带徐定城一同前去。扫了墓,在娘家过了一夜,谢宛然就决定回朱雀门。走之时,母亲让谢宛然带上侍儿云蔓。母亲对谢宛然说:“你身边的那些侍儿,个个目不识丁。云蔓读过一些书,也能弹得一手好琴,跟在你身边,可以说说话。妈身边侍儿一大班,不少一个云蔓。”谢宛然同意了母亲的建议,带上了云蔓。

返回朱雀门,谢宛然悄悄请人去打探石斛的情况。当得知石斛确实是白记寿木店少东主时,谢宛然既吃惊又感慨。如今这世道,还真不是用平常的眼光去看。鸿鹄埋没在江湖卖棺材,野鸭坐庙堂掌管神州庶民生死。除了叹息,还是叹息。谢宛然原本想亲自去白记寿木店看一看石斛,说一声谢谢,最后还是很理智地抑制住了自己的冲动。朱雀门少夫人莫名其妙去白记寿木店,肯定轰动整个金陵城。到时候,就算有一千张嘴也解释不清。

谢宛然懊恼自己不是徐渊的女儿。否则,也可以凭借自己的身份改变改变石斛卖棺材的命运。过了几天,谢宛然以感谢徐榛请石斛搭救为名,去云思苑看徐榛,希望从徐榛口气中探到一点徐榛的心迹。谢宛然心若秋毫,一下子就听出了徐榛的心声。

就目前的架势看,石斛已经笃定将是自己的姑爷,平时开几句玩笑没什么大的关系,毛脚毛手,让小姑窥见了自己的真实想法,在舅舅面前说上一句,结果肯定红脸。当克制,还是克制,就当不曾见过这个人。不属于自己的,勉强也白白。

免得被人瞧出端倪,谢宛然不敢多看一眼,低着头踏上台阶,步入如茅斋。“儿媳见过舅舅!”走到徐渊面前,谢宛然微提罗裙双膝着地,给徐渊行礼。徐渊微微叹气说:“贤媳快快请起。”谢宛然刚起身,于苓肩挂行囊,出现在了如茅斋前面。

“伯父,那我们就出发了。”

徐渊没有言语,站了起来。石斛和徐榛先后起身,紧跟着徐渊,离开了如茅斋。徐渊送他们几个出大门。徐福已经安排两辆马车在门头前等候。“多余的话,伯父就不再说了,伯父相信石郎会处置。”上车前,徐渊再次嘱托石斛。“请伯父放心!”

石斛手一拱，向徐渊保证。“小子一定会将她们平平安安地送回到伯父手中。”徐榛、谢宛然跟徐渊告辞，开始上马车。进入车厢，仆役装好了行李，石斛跃上了马。“一路顺风！”徐渊手一摆，马车起动，缓缓离开朱雀门，前往北门。出了北门，沿着滨江泥路前往金陵码头。

天气热，路上行人少。没多久，就到了希声社总社门口。石斛下了马。门头解应宗一见石斛，连忙迎了上来。“应宗”，石斛吩咐说，“小子马上要护送两位客人去广陵，你去告诉林森寒一声，叫他安排一下。”“晓得！”解应宗转身小跑走了。车夫铺好了车凳，石斛先后搀扶徐榛、谢宛然主仆下了马车。“少夫人，先到希声社客厅稍等片刻，小子先去跟龚宰说一声。”石斛胆子特小，怕出事，不敢让徐榛、谢宛然坐在马车内等。快一点出发慢一点出发无所谓。谢宛然依从石斛的安排，和徐榛一道，由石斛陪着，前往希声社客厅。

“我们走。”

徐榛、谢宛然坐在客厅还只喝了几口茶，石斛就来了。出了大门，重新上马车。石斛步行在前，马车紧跟在后，前往码头。没多久，码头已在眼前。石斛刚将徐榛、谢宛然扶下马车，林森寒带船工池震策、吴来玉、彭石多、坑任向奇象和侍儿阮惟君前来。池震策、吴来玉、彭石多、向奇象一人一手抬着两篓物事，准备上帆船。“都统！”见到石斛，池震策等连忙放下手中的竹篓，向石斛拱手行礼。“辛苦你们了！”石斛手一拱。

看到眼前的情景，谢宛然忽然浮想了起来。当初我嫁给天赐，家中境况顿时改变；如今小姑看上石斛，仅仅过去了几个月，昔日让人鄙夷的寿木店少东主，如今已经变成了让人敬慕的希声社都统！离开朱雀门这棵大树，我到哪荫凉去？谢宛然不禁一阵伤感。小姑能改变公子的命运，我呢？连自己的命运都操控在别人手中！谢宛然暗暗叹了口气。

早上刚刚下过一阵雨，连接码头和滨江泥路的下行石级路，因长期没得到整修，此时是烂泥、坑洼一片。滑溜不说，长长的罗裙粘上泥巴，那是一定。一看眼前这种状况，个个都畏惧，不敢抬脚。“小子将你们扶下去。”抱起来不好看，只好扶。先主后次，先生后熟。“少夫人！”石斛走到谢宛然的身边，伸出了手。谢宛然回过神来，迟疑了一下，抓住了石斛的手。谢宛然一手紧揣着石斛的手，一手微微提起罗裙，摇晃跌撞，颤巍巍地到了码头。谢宛然松开手，礼貌性地向石斛微微一笑。石斛也微微一笑就转身快步返回，去扶徐榛下石级。

“这么差的路，修一修都不修。”

“这事得你去跟他们说。叔叔、堂哥,哪一个都行。你总不至于让小子好高骛远、越俎代庖出钱去修。你晓得,铜钱可不是那么容易赚哦。”

“下次见到叔叔,好好啰嗦他一下。”

“是该好好啰嗦啰嗦。路修好了,希声社货物进出也方便得多。”

徐榛到了埠头,石斛又去扶于苓和谢宛然的侍儿云蔓。云蔓倔强,一手提着罗裙,踮着脚走向埠头。石斛刚放下于苓,转过身子时,云蔓已经下了一半石级。免得摔倒出事,石斛快步前去接,想不到迎接石斛的却是云蔓慌张的“噢、噢”声。云蔓身子向前一倾,直扑到了石斛的胸前。石斛慢一步,一跤是少不了。“谢谢公子!”云蔓好长才重新定下惊魂,挣扎着站直了身子。轻轻的声音就像蚊子的声音,含混不清。“谢什么?摔掉了门牙,小子就不能再上朱雀门啦。”云蔓不敢应嘴,紧拽着石斛的手,战兢兢地来到了埠头。

帆船是空船,船舷跟埠头的高度相差至少有八尺以上。连接埠头和帆船的只是一条宽不到两尺的跳板。石斛站在跳板一侧,阮惟君站在甲板上,帮着四位娘子上帆船。徐榛走在摇摇晃晃跳板上,忽然身子一晃,赶紧一手撑住石斛的头,压扁了石斛的皮弁。徐榛嬉笑了起来。于苓、云蔓也先后踏上了跳板,石斛一旁护着,阮惟君上面拉,也就上了帆船。

谢宛然站在跳板的一头,就是不敢抬脚。“掉下来,小子一把抱住就是,肯定一点问题也没有。”见谢宛然还是不敢抬脚,石斛只得继续鼓励。“少夫人放心,小子绝对不是废物!”谢宛然终于鼓足勇气,紧紧捏着石斛的手,战兢兢踏上了跳板。石斛不断地抬手,慢慢将谢宛然引诱到了甲板上。石斛最后一个上了帆船。池震策抽走跳板,然后和吴来玉一起松脱套在系船桩上的缆绳。帆船缓缓离开码头。站在帆船上,石斛跟林森寒相互拱手道别。

和娘子一起出门,约定的时间只有提前,你才有可能准时出门。反复催,娘子肯定会说你猴急。从早上磨蹭到现在,时辰都已经过了巳时。此时,太阳已经让人感到很火辣。一来怕黑,二来怕烫,不用石斛提醒,四名娘子就已经跑到船头凉棚下遮荫去了。“少夫人和徐榛在这里坐,小子去盥洗室擦把汗。失陪!”方才来一趟去一趟,加上天气热,早就已经全身是汗。石斛打了一声招呼,拱手退出了凉棚,前去盥洗室擦汗。

阮惟君从壁橱中给石斛拿出一条葛巾,石斛拿起瓜瓢从水桶中给木盆盛水。“都统,婢子来。”“这点事情小子总会做。你出去时,给小子带一下门。”娘子在船上,大白天开着门光膀子擦汗总不好。阮惟君一带上门,石斛就开始脱衣擦汗。擦了汗，换了一件衣裳，石斛去了船头。“徐榛，你陪少夫人，小子去船舱靠一会，等会我们一起吃饭。”石斛不想锣杂在鼓里面打，告诉徐榛一声，就转身去了甲板下的船舱。石斛这次搭乘的是希声社用来接送贵宾的帆船。睡觉的船舱如同家居卧室，该有的都有，只是床比较简单。石斛在床上一仰，头枕着手，躺在船舱的草席上，闭上了眼睛。正当石斛觉得有些睡意时，听到了有人从舷梯而下，进入船舱。不睁开眼睛，单凭嗅觉、听觉，石斛就晓得进入船舱的是这次广陵之行的主角徐榛。石斛睁开了眼睛。还没等挺起身子，徐榛已经手撑着下巴，靠在了石斛的身边。

“你也下来了，不是将少夫人一个人晾在那了？”

“没关系。大嫂在朱雀门，就几个侍儿陪着。今天应该算是多年来最热闹的一天了。在朱雀门，她管她的，我管我的。有没有我，无所谓，你才重要。”

“小子总感觉，你话里有一丝酸味。”

“我爸将我当工钱付给你，你都不高兴，我能不酸吗？”

石斛笑了起来。徐榛撅着嘴说：“笑什么哦！”石斛伸手搂住了徐榛。“小子总不能当场手舞足蹈，癫了似的吧？”石斛含笑说：“小子就算脸皮再厚，至少也得先推让推让吧。”徐榛笑了起来，手一软，就靠在了石斛的身上。“否则，小子也就枉称伪君子了。”徐榛食指重重戳了一下石斛的额头。“温、良、恭、俭、让这五个字里面，最重要的是让。就算肚子里极想极想，也要先推让推让。”徐榛笑着说：“就不怕被人捅破？”

“聪明人个个心知肚明，何必要捅破？只有愚蠢的人才会看表面，根本不晓得你是伪君子，想捅也捅不破。白乐天说，向使当初身便死，一生真伪复谁知？这只能说，白乐天跟王莽时代的那些神州人一样也是笨蛋。无论藏得多深，怎么能瞒得过聪明人？你想想，伯父是谁？风云江湖几十年，什么样的场面没见过？小子是不是伪君子，伯父一看就清楚。小子还想瞒伯父不成？真香啊！”石斛忽然长长吸了一口气，话题一转说：“让小子好好闻闻。”

石斛说着就闻了起来，徐榛赶紧抽手按住了石斛的脸。“油嘴，不给闻。”神州娘子的话正反无定，说正是反，说反是正，就看后生自己把握。判断错误，那只能说明后生自己笨。否则，神州人的话里面就不会有矫揉造作、半推不就。

“不给闻，小子偏要闻。”

“我的石斛是正人君子，哪能像流氓？”

“流氓？小子可不是一般的流氓，而是绝品流氓。”

“何以见得我的石斛就是绝品流氓？”

“你有没有听过娘子哄了流氓?”徐榛含笑摇了摇头。“神州这个地盘上,向来只有流氓哄娘子,没有娘子哄流氓。竟然让娘子给哄了,根本不配称流氓,对不对?”徐榛点了点头。石斛含笑说:“小子哄的可是朱……”石斛嘴里的“朱”刚吐出,嘴巴就已经给徐榛封上。良久,徐榛才松开手,娇嗔说:“就喜欢胡扯!”石斛嗤嗤笑了起来。“我们上去!”石斛抱着徐榛挺起了身子。下了床榻,石斛轻轻扣着徐榛的纤腰,走出了船舱。

天气热,众人在帆船的食厅里面匆匆吃了饭,洗了一把,就急忙忙到船头凉棚吹江风去了。“石斛,你陪大嫂说一会话,我闭一会眼睛。”徐榛有午睡的习惯,又不想闷在甲板下面的船舱里面,就靠在胡床上歇息。“你只管睡。”石斛怕徐榛睡觉了着凉,去船舱拿了一条薄毯,横在了徐榛的肚子上。石斛问:“少夫人是不是也靠一会?”“奴家没有午睡的习惯,坐一会就是。”谢宛然不是没有午睡的习惯,而是不想靠在这里睡。于苓怕惊扰徐榛,坐在一旁闭口不言。谢宛然就是想说,也尽量不说,云蔓更不会主动找石斛私聊。一下子,静了下来,只听到江风吹动帆船的声音。徐榛在江风的吹拂下迷迷糊糊睡了过去。

徐榛还没有睡醒,天就已经黑了下来,仿佛夜晚突然来临,紧随而来的是狂风大作。“徐榛,快起来,下暴雨了!”石斛赶紧将徐榛叫醒,跟众人一起撤离船头,躲进了船舱。石斛还没有来得及将船舱的门推上,暴雨已经劈里啪啦地来了。狂风吹着扬子江水上下翻滚,帆船顺着扬子江的江涛开始上下波动。众人坐在船舱里面,仿佛就像有人推着屁股往上拱。

“公子,船翻了该怎么办啊?”

“小子看啊,你还是干脆改姓乌算了。”

“婢子为何改姓乌?”

“乌鸦不姓乌,还姓于啊?”

徐榛、于苓虽站不起来,但坐着和石斛有说有笑,谢宛然却眉头紧锁,难受极了。云蔓连站都站不起来,根本没办法去服侍谢宛然。谢宛然脖子一伸,赶紧用手捂住了嘴。石斛来不及出去拿木盆,连忙过来扶谢宛然摇晃着走到船舱的边上。石斛一手扶着谢宛然,一手迅速推开了舷窗。谢宛然头向舷窗外一伸,就大口大口地呕吐了起来。中午一顿饭看来白白吃了。吐完后,谢宛然脸色苍白,俨然将石斛当成了是自己的郎君,斜靠在石斛的肩膀上。突然,谢宛然又将头伸到舷窗外,吐出了一大口清水,紧接着就是略带黄色的口水。石斛不禁怜悯了起来,一手扶着谢宛然,一手轻轻地拍打着谢宛然的后背。女人没个强一些的男人在身边护着还真是不行。想想在朱雀门做了那么多年寡妇,还真是有些不容易。

过了好久,谢宛然才将头缩回,轻轻地说:“谢谢公子。”“少夫人别客气。小子终究是个大男人。”石斛手指一拉长袖,轻轻擦去谢宛然头发上的水珠,右手往袖子里一缩,从袖袋内掏出绣花白色手绢,递给谢宛然。谢宛然心里感到阵阵温馨,接过手绢,轻轻地擦了擦嘴。船舱外面雨很大,满耳是哗哗的雨声。雨点溅进了舷窗,撒在了谢宛然的脸上。谢宛然拿起手绢,擦了擦脸上的水珠,捏着手绢,依旧靠在石斛的肩膀上,站在舷窗前不动。

暴雨来得急,去得也快。天很快就重新亮了起来,暴雨停止。帆船摆动慢慢减缓。云蔓站了起来,身子有些摇晃,来到了谢宛然身边。

“难为公子了。”

“难为你才是。少夫人,我们去那边坐!”

石斛搀扶谢宛然在几子旁坐下,安抚说:“船一不摇晃,很快会舒服起来。”石斛走到徐榛的身边,轻轻捏了一下徐榛的手。“你在这里陪少夫人坐一会,小子出去看一看。”石斛出了船舱,赶紧用吊桶从扬子江中打起江水,冲洗呕吐物,免得让徐榛等看到恶心。阮惟君拿来地拖帮忙,两桶水一冲就已经干干净净。随着帆船上下激烈波动的渐渐消失,谢宛然的脸颊又重新红润了起来。“怪不得天赐在的侍候,都说小姑最有福气!”忽然,谢宛然羡慕起了徐榛。徐榛脸上挂笑容,恬然接受谢宛然的羡慕。“少夫人”,于苓接话说,“你的福气很快也会好起来。”“但愿吧。”谢宛然语气中带着几分伤感。

“徐榛,快带少夫人出来看彩虹!”船舱外面传来石斛的叫喊声。

“彩虹?”徐榛雀跃了起来,连忙说:“快去看,快去看!”

徐榛一把拉起谢宛然,出了船舱。“真的!”徐榛脱口而出。

彩虹横架在扬子江上,如同连接扬子江两岸的桥。桥边飘着几朵白云,几只白鹭在扬子江上飞翔,远远望着好像要穿过彩虹桥。扬子江上航行的帆船,在彩虹的掩映下,如同是挂着金色船帆,穿过桥洞,渐渐远去。

“好看!真是好看!”徐榛赞叹。“太好看了!”于苓和云蔓也没有看过这么漂亮的彩虹,都醉了。徐榛站在石斛身边,忘记了谢宛然在场,不知不觉中就将头靠在石斛的肩膀上,弄得谢宛然暗暗看了徐榛好几次,直感到心里阵阵发酸。

“这么漂亮的彩虹,没见过吧。”

“真没见过。挂在扬子江上,就像一座桥。我真想上去走一走。”

凭着船舷,看着横跨扬子江的彩虹,徐榛忽然自言自语了起来。

“这么漂亮的彩虹，业师怎么会说它是阴阳之乱气。真是好奇怪。”

“公子，你说是不是真的？”

“徐榛的业师说了，小子哪敢再胡说？”

“允许你胡说，看看有没有道理。”

“你可不要说小子对你的业师不敬。”

“子曰，朝闻道，夕死可矣。只要说得有道理，业师地下有知，应该不会计较。”

“那小子就胡说啦。”

“县主都同意了，公子就说吧。”

“那小子就说一说，看看有没有道理。小子可以肯定，徐榛的业师不晓得从哪本书上看来，再告诉给徐榛。为何这么说，小子曾经读到过。小子家乡的潜龙潭有一小瀑布，只要有阳光，小子总是看到彩虹，只是没有夏天暴雨后天上的彩虹大罢了。可见，彩虹跟阳光和水有关系，根本不是什么阴阳之乱气。你们说，小子说的有没有一点道理？”

“继续说。”

“记得《淮南子》上说，世惑乱而虹霓见。哪年没有彩虹？按照《淮南子》的说法，岂不是年年都惑乱？小子最喜欢胡扯。想不到，比小子还要胡扯。小子总感觉，神州人特别喜欢胡扯。乌鸦泡酒喝了可以成仙之类的话，你说胡扯不胡扯？你越胡扯，神州人越相信。”

谢宛然见徐榛和石斛只管叽里咕噜说，熬不住，插了一句。“彩虹，奴家的家乡将它叫美人虹。”石斛接住了谢宛然的话头。“美人虹，这名还真是好听。”徐榛含笑问：“是不是一听美人两字就心动？”“一顾倾人城，再顾倾人国。能不心动？”石斛笑了起来。“小子可不会明明肚子里喜欢美人，嘴上却要说讨厌美人。”

“我的石斛是肚子里喜欢美人，嘴上讨好美人啰。”

“你还没看出来？小子在你面前，说话要多甜就有多甜，声音要多动听就多动听，还不是想讨好你？”

“公子，外人听了，会不会感到肉麻？”

“是不是为了不想让外人肉麻，小子只好口是心非？”

连云蔓都熬不住笑了起来。黑云散去，天蓝了起来，挂在扬子江上的彩虹渐渐隐去，最后彻底消失。“我们到凉棚下去坐，太阳猛起来了。”众人撤离船尾，去了船头。一阵突如其来的暴雨洗去了一船的热气，江风轻轻一吹，已不像雨前那么让人感到热。阮惟君给每人送来了一杯清茶，摆了一几子的零食，有芝麻膏、酥饼、橄榄、蜜饯等。广陵还远着，有的是时间。坐在胡床上，咪着茶，吃着零食，继续胡扯。谢宛然和石斛虽不是第一次见面，两人毕竟不是很熟，只是偶尔插上一句。云蔓就是想说也不敢说，闭着嘴端坐一旁静听。

“石斛，听说你差点中了美人计，有没有这事？”

“有这事。”

“可否说来听听？”

“这破事你想听，小子就说给你听。小子和夷则准备进城去上元县衙，碰到两流氓欺负一娘子。小子还没出手，夷则就已经受不了，解救了那娘子。他这人最见不得不平事，巴望着有一天将流氓地痞灭个精光。平常碰到这种事，小子教训一下也就算了，那天刚好要去县衙，就顺路将两流氓押送到上元县衙交给了都尉卢荣。衙门么，肯定揍。一揍，两人赶紧坦白他们跟那娘子原本就是一伙，受人雇佣，设下全套，让小子来一个英雄救美。然后，再来感谢小子见义勇为，路见不平挺身而出。一来一去，机会就来了。真是一班蠢货。”

“那娘子漂亮吗？”

“准备实施美人计，肯定有几分姿色。那娘子原是名歌妓，据说能歌善舞，具体小子也不清楚。雇主答应她，只要能将小子钓上，付二百五十缗铜钱酬谢。这班蠢货怎么会想得出用美人计对付小子？其他什么计都可以，就是不能用美人计。真是一班蠢货。”

“我看用美人计对付你最合适。”

“小子脑子没毛病吧？”

徐榛笑了起来。谢宛然本想问石斛那歌妓最后如何处置，想想还是熬住好奇心，没有张口。帆船在广陵城南码头靠岸时，太阳离地平线已经只有几丈高了。船工拴好船缆。石斛吩咐池震策赶快去雇三辆马车。“晓得！”池震策跳下帆船，小跑前去雇马车。铺好了跳板，石斛站在跳板一旁准备搀扶四人下帆船。谢宛然和徐榛站在船舷谦让。

“小姑先。”

“自然是大嫂先。”

“看看天，太阳都要下去了。你们还准备让来让去不下来？”

谢宛然终于起脚，踏上了跳板。石斛先后搀扶四人下了帆船。

“说话的口气一点也不温柔，牢头似的。”

“做伪君子那么累，你也总得让小子适当露一露本色吧。”

徐榛和谢宛然都微笑了起来。沿着稍微有点斜度的石级,众人来到通往广陵南门的道路上,等候马车。“怎么还不来啊?”徐榛有点心急。石斛宽慰说:“池震策去找了,应该很快就会来。”等了将近一盏茶的时间,石斛要的三辆马车,池震策只找来了两辆。

“找了半死,就两辆。”

“算了。城门就要关了,只得将就将就。”

石斛先去搀扶徐榛和于苓上马车,然后去搀扶谢宛然和云蔓上另一辆。见谢宛然长长的裙摆搁在翘在外面的钉子上,石斛轻轻地将它撩起。云蔓撑着石斛的手上了马车。等谢宛然主仆两人坐稳,石斛右脚轻踮,登上了马车。

“出发!”

马车顺利通过广陵城门,迅速前往徐榛的外婆家。行驶过程中,只听“咚”的一声,马车的一只车轮驶进了一个坑洼,车身猛烈向右一倾斜。谢宛然突然失控,朝前向石斛扑了过来。谢宛然下意识地伸出双手准备撑住,石斛已经出手,轻轻地托住谢宛然身子的两胁。谢宛然身子不禁一震,微微一笑,把着石斛的手,重新坐了下来。

谢宛然似看非看地凝思浮想起来。有福气的人就是有福气!就是连夫婿都能碰上这样体贴入微的男人。谢宛然羡慕中带着一丝丝的嫉妒。有幸能碰上这样的男人,别说一个,就是半个,都可以幸福一生了。吃好一点,吃差一点,又有什么关系?想想老家那些个男人,贪吃懒做,不欺负自家新妇,已经算是谢天谢地了。受到欺负,负气跑回娘家,要娘家人出面给自己撑腰。娘家弱,只有被欺负的份。嫁到徐家这几年时间,天赐对我还算不错,虽说不上什么特别疼,但还没有欺负过我。想到徐天赐,谢宛然不由就伤感了起来,鼻子不禁就是一酸。谢宛然忽然意识到石斛就坐在对面,赶紧忍住。

谢宛然长长吸了口气,掏出手绢,低头捂着嘴,偷偷捏了捏鼻子。谢宛然将手绢放回袖袋,抬起头,看了石斛一眼。石斛微低着头,身子随着马车在摇动。马车在颠簸中前行。忽然,马车又是一阵猛烈颠簸,云蔓的头碰到了石斛的肩膀。云蔓抬头看了石斛一眼。石斛侧过头,朝云蔓微微一笑。“小子肩膀很硬,没将小姐姐撞疼吧?”云蔓摇了摇头。谢宛然本想接话,但不晓得该如何开口。

马车停在徐榛外婆家门口时,太阳已经西沉。

第七十一章　花园

民之多幸,国之不幸也。

——《春秋左氏传》

一进外婆家，石斛就陪徐榛、谢宛然去看外婆。

外婆躺在床上，已经不能言语，也没有睁开眼睛看一看从金陵匆匆赶来看望自己的外孙女和外孙媳妇。徐榛坐在外婆的床沿上，低下头在外婆的耳边轻轻地叫了好几声，外婆就是不睁开眼睛看一看。谢宛然微低着头，站在徐榛身边。等了老半天，见母亲仍不开口，徐榛的舅舅只好让众人先去梳洗、吃饭。钟家人此时早就已经用过晚餐，只能另外安排。石斛吃饭原本像打老虎，四位娘子吃得又不多，一顿晚饭很快就草草收场。

吃完了晚饭，随便擦了擦嘴，石斛又陪徐榛和谢宛然前去看外婆。外婆躺在床上，依旧是没有言语，也没有睁开眼睛。还是徐榛的大舅舅说得在理。"外婆不能说，也不能看，但大舅舅想啊，外婆心里应该晓得你们从金陵赶来看她。"不要说老人，就是健壮如牛的年轻人，说死就死，谁也拦不住。一个多月前，外婆还笑容满面，看来，即将脚踏祥云，奔赴天庭，前往王母娘娘家赴宴去啦。徐榛似乎被外婆感染，也变得沉默寡言了起来。一言不发在外婆的房间内坐了好长一会不愿意起身，最后还是徐榛的舅舅理智劝徐榛、谢宛然先回去沐浴、休息。石斛这才跟着徐榛和谢宛然的屁股后面离开了外婆的卧室。

石斛和徐榛、于苓、谢宛然、云蔓还是住在上次来广陵时住的那座小楼里面，只是上次三人，这次有五人。徐榛的大舅舅，将四名女眷安排在楼上，石斛一人住在楼下。钟家侍儿领着五人前去沐浴更衣。一番沐浴更衣之后，因外婆躺在床上产生的沉郁也就随之慢慢散了去。侍儿提着灯笼,先后送四名女眷上楼。石斛进入房间,梳理头发,束好巾帻,然后躺在床上闭目养神。先是一大串脚踏楼梯的声音,紧接着是一阵轻轻的拍门声。“公子,县主请你一起,到花园中散一会步。”门外传来了于苓的声音。朱雀门大县主的命令,石斛乐意还是不乐意都得执行。石斛挺起身子,穿上木屐,前去推门。

门口站着已经装饰一新的四位美娘子。一见这场面,石斛含笑说:“你们几个去走走就已经行啦,不必要让小子做跟屁虫。”徐榛打趣说:“花园那么黑,万一来了个采花贼,没有你哪能行?”“稍等。”石斛返身回房吹熄油灯,出了房间。

“你们怕别的采花贼,就不怕小子也变成采花贼?”

石斛说了一句死话,逗得徐榛四人都笑了起来。谢宛然怕自己露出牙齿而连忙用手绢捂了一下嘴。“公子不会也来一个监守自盗吧。”于苓接了一句。“这可就很难说了。”石斛跟在徐榛的身后,踏下台阶。“监守自盗那可是神州的优良传统。越是你们觉得最可靠的人,越危险!只有这种人才可能有机会下手。所以,最应该堤防的是像小子这种看起来像正人君子的伪君子。”众人下了台阶,来到了庭院上。于苓、云蔓提着灯笼在前开道,照着徐榛、石斛、谢宛然三人漫步在钟家花园的曲径上,就像花园的主人带着妻妾在花园中散步。

“监守的人偷起来确实比别人要容易。可公子不是这样的人。”

“少夫人还是先别忙着给小子下结论。世上最难说的就是人了。小子记得,大儒荀子曾经说过,君子之与小人,其性一也。没有约束,就算原本是正人君子,难保不会伸手。人心隔肚皮,不能以己之心,度人之心。小子觉得,对别人来说,其实心里怎么想并不重要,重要的看怎么做。不是小子这个流氓本质有多么好,而是不敢付诸行动。理性的人做任何事情不可能不考虑后果。小子再笨也会明白,脑袋掉了不会再长出来。”

“公子说得没错,可流氓做君子难,君子做流氓也不容易。约束确实重要,首先还是人的本质。一个人本质上是君子,没有约束,也未必能做出流氓的举动。能够坐怀不乱,他必须是像柳下惠这样的君子。公子句句说自己是流氓,奴家看来,根本就是君子。”

“大嫂肯定被他的表面给迷惑住了。他是伪君子。”

“还是徐榛晓得小子的本质。《礼记·大学》说,小人闲居为不善,无所不至,见君子而后厌然掩其不善而著其善。小子就是《礼记·大学》里所说的小人。人后乌七八糟,人前道貌岸然,一副正人君子模样。少夫人千万别被小子人前的表现所迷惑。”

“简单看一个人的表面，还真不容易看出是君子，还是小人。诚于中，形于外。接触几次，用心感受，还是能够猜测一二。奴家再愚钝，也能感觉得到公子是什么样的人。奴家只是不清楚，公子是自嘲，还是对正人君子另有所解。”

“小子哪有什么资格自嘲？能够自嘲，首先得是君子。像小子这种人，孔子眼里是十足的小人。孔子说了，君子坦荡荡，小人长戚戚。自来金陵的第一天起，小子没有一天坦荡荡过，有的只是长戚戚。少夫人，你说，小子是君子还是小人？”

“石斛，以你说法，岂不是人人都是小人了？”

“你就不是。”

“为何我就不是？”

“孔子说了，君子不忧不惧。跟你接触的这些时间里面，小子好像感觉你一直就无忧无虑。你自己说说，是君子还是小人？如今吴国，相当大一部分人，天天担心自己的肚子，肯定是长戚戚，怎么可能会坦荡荡？像小子，天天在担心生意上的事情，肯定是小人。”

“好像书上说的那些个有名有姓的君子也常饿肚子，怎么就不长戚戚？”

“孔子说过，君子谋道不谋食，忧道不忧贫。他们是君子，不会因为饿肚子而长戚戚。像孔子的得意弟子颜渊，就是家里的妻儿饿晕了过去，也不会去想办法填饱妻儿的肚子。君子考虑的是道，治国安邦平天下，而不是如何填饱妻儿的肚子。”

“这种人也配称君子？业师曾给我讲过杜甫的故事，当时我就说杜甫应该算小人。业师说杜甫心系苍生，胸怀国事，是君子，是大君子。世上哪有一个像杜甫这样的君子？孩子都饿死了，还有脸皮说不作河西尉，凄凉为折腰？杜甫想做官是杜甫的事，做丈夫就必须要肩负起做丈夫的责任，做父亲要肩负起做父亲的责任。像杜甫这种人，纯粹是没有责任的小人。”

“你要晓得，君子眼里，新妇、孩子根本不屑一提。别说饿死了，杀妻杀子的故事，翻开史书，你肯定数不清。”这种故事，刘恩曾经给徐榛讲过。徐榛一听，戚戚然。这种不顾妻儿死活的人怎么能称君子，徐榛非常不解。“像杜甫，怎么可能会像小子一样在洛阳开一家寿木店？就算杜甫真放下架子，也赚不到铜钱。世人都看不起生意人，可让他去做，未必会做。令师肯定已经告诉过你，杜甫出身士族，原本就是一个只会游山玩水的纨绔子弟。幸亏杜甫会写诗，否则就成了纨绔子弟凄惨下场的典范。赚铜钱谋生不是君子考虑的问题。

小子就不同了。孔子的道存不存，废不废，跟小子没一丁点关系。小子就是真想以天下国家为己任,也轮不到小子。只有将来真正做到衣食无忧了,吃饱了撑着没事可做,无聊了,才有可能会想一想颜渊们整天想的问题。以孔子的说法,小子是正宗的小人。”

“经公子这么一分析,像公子这样的人还真是孔子眼里的小人。奴家小时候曾在先父督导下读过《论语》。记得其中有一句,君子固穷,小人穷斯滥矣。”

“所以,妻儿饿肚子,颜渊无所谓,杜甫无所谓。饿死了,还会得到孔子他老人家的赞扬。小子就不同了,肯定会挖空心思去赚铜钱。只要能填饱肚子,什么事情都行,说不定还会打家劫舍、杀人放火。小子绝不允许自己的妻儿跟着自己饿肚子。杜甫的事,小子不会做。小子不需要像石崇那样过奢靡的日子,至少要保证温饱。小子绝不会像君子,衣不蔽体、食不果腹,还有闲心拿着破书,想着皇帝的事情,企图有朝一日被皇帝看上,治国平天下。”

今天夜晚,钟府花园中蛤蟆的声音比上一次更加响,居住在花园中的演奏家好像是正在一起演奏一首冗长的乐曲,一阕之后又是一阕,没完没了。几只大小不一的飞蛾,围绕着于苓、云蔓手中的灯笼在飞舞。一只飞蛾不知死活,竟然钻到了灯笼内,差一点扑灭了灯罩内的油灯。“真是不知死活,明知会死,也要钻进去。”于苓这一句话又转移了闲聊的话题。

“它又不晓得钻进入会死。”徐榛跟了一句。

“奴家记得鲍明远写过《飞蛾赋》,有两句好像是‘本轻死以邀德,虽糜烂其何伤’。”

“可能是鲍明远想学一学飞蛾,准备扑一扑火。”

“你是不是也准备学一学?”

“小子不是君子,不会学。君子学飞蛾,却不知飞蛾不晓得扑过去会死才会扑。飞蛾晓得会死,叫它扑,都不会扑。小子就不相信,人比飞蛾还要笨,明知是火坑还要跳。”

“你还真别说,就有些人明明晓得是火坑还要跳,就像赌徒。”

“正在做白日梦的人,怎么会晓得自己正在做白日梦?就好比一个喝醉了酒的人,你就是对着他耳朵大声叫喊,未必能将他叫醒。赌徒来朱雀赌庄,说不定就准备赢些钱回去,好讨个新妇。”

脚下曲径旁传来了一只蛤蟆低沉的“咕咕”声,紧跟着就是一群蛤蟆的轰鸣。蛤蟆的鸣叫声实在太响太响,众人不得不闭嘴,等待蛤蟆鸣叫声停歇。沉默中,走了好几丈路,蛤蟆鸣叫声才渐渐稀疏了下来。“公子!”谢宛然忽然问:“奴家特好奇,依照公子的年龄,理当应该娶妻,为何至今还独身一人?”上次于苓曾将这个问题石斛给出的答案告诉徐榛,今天谢宛然重提,徐榛依然兴趣浓浓,跟着谢宛然放慢了脚步,等候石斛回答。

“少夫人有所不知,小子乡下时住在山角落里面,一般人家都嫌偏僻,来金陵后又卖寿木,哪个县主愿意嫁给小子?”是啊!世上有几个红拂女?别人不是,我也不是。谢宛然有点沮丧。“像小子这种人,想要新妇,实在是不容易啊!不是不想娶,而是娶不到心仪的人。少夫人,小子想问一个问题。”

“公子只管问,只要奴家能答得上。”

“倘若少夫人至今仍然待字闺中,是否愿意嫁给卖寿木的小子?”

徐榛、于苓怕笑出声来,赶紧捂住了嘴。

石斛这个问题似乎点中了谢宛然的要穴,不知如何回答。不知底细,单听媒婆说,来给自己保媒的是一名卖棺材的少东主,父亲一听,肯定马上一口拒绝。舅舅就不同了,根本不用去管未来女婿眼下从事什么行当。娶了小姑,别说卖棺材,就是做丧夫,也没有关系。舅舅一句话,想做什么就做什么。谢宛然的父亲不是徐渊,也不是卓王孙。郎君跟情郎毕竟不一样,情再深,日子还得过。最后,只能抛弃情,过日子。谢宛然出嫁之前遇到石斛,肯定得挣扎,挣扎的结果只能放弃。谁晓得将来一定是杨行愍?杨行愍妻妾好几个。哪一个不是杨行愍当了庐州刺史后纳娶?人的眼睛固然向前看,可只能看到眼前的物事。真个是人强强不过命。谢宛然暗暗叹了一口气。见谢宛然好久没有开口回答,云蔓想给谢宛然解围。

“大家闺秀确实不大可能。就算她自己愿意,父母也不会同意。婚姻讲究门当户对,谁愿意将自家女儿嫁给卖寿木的少东主?贫寒家庭的女儿,多给一点财礼,就算卖寿木,应该也能成。很多人家,就将女儿当货物来卖。”

那是自然啦。石斛还是白记寿木店少东主时,曾经跟龚宰闲扯时就扯到过这个问题。

“小子看,神州的婚姻关系多半是一种买卖关系。”

“少东主还真说到骨子里面去。什么夫妻关系,就是仆和仙子之间的关系。娶新妇就是一次性付铜钱,仆去逸仙居跟仙子相会,那是会一次付一次,不会就不付。姑且不说那些个娘子自己,父母就是将自家娘子当作一种货物卖给别人。只要多出点铜钱,根本不在乎你是人还是畜生。只不过说卖难听,不得不用了其他的名称,比如嫁。必须过的六礼,跟平常买物事完全一样,实际只是名称上的不同。纳采,问名,纳吉就是去看货,纳征就是付定金,请期和亲迎就是选择时间去购买货物。没铜钱,你想买到称心如意的货物,以仆看,纯粹是做白日梦!不过,”龚宰语气一转说:“少东主不同。”

“其实一样!只是拿出去的不是铜钱而已。一无是处,谁要?”

石斛真白读了《南华真经》。若果是也,我果非也邪?我果是也,而果非也邪?

“婢子觉得,应该是公子心太高。现实一点,像公子,讨个新妇应该不是特别难。”

“小子也想现实一点,可就是现实不了。好比那些个穷得叮当响的秀才,就是死死盯着科举考试,考啊考,一直考到老都没有考中。现实一点还真不容易。像小子,眼睛长在头顶心,一般人家的县主根本看不上,不娶则罢,娶就娶像朱雀门大县主这样的县主。”

“幸亏是公子说,别人说肯定会说他癞蛤蟆想吃天鹅肉。”

“云蔓是不是觉得小子怎么看都有点像人?”石斛虽没有照过镜子,但从人家的眼睛中知道自己是什么样的人。原先鸡鸣巷一个街坊的小女儿,一次在门前弄堂碰到石斛,就直白地夸奖石斛:“哥哥,你长得真好看。”云蔓豆蔻年华都已经悄然过去了好几年,能够看得出石斛吸引不吸引人。石斛的话,云蔓不晓得该如何回答。不好回答,千万别强行回答。云蔓想了想,最后选择了沉默。“小子常在外面混,很清楚,像个人样特别重要。一般人总是根据你的脸判断你是什么样的人。像小子,哄起人来肯定比别人要容易。”

“你是不是准备靠自己这张脸哄一哄像朱雀门大县主这样的县主?”

“说真话,还是说假话?”

“谁愿意听假话?”

“这可还真难说。小子倒觉得,世人喜欢听假话。说真话,小子没想过准备靠这张脸哄像朱雀门大县主这样的县主。小子这张脸,连同小子这个人,父母给。你想想,一个靠父母吃饭的男人,会不会被人看得起?朱雀门大县主会不会喜欢?男人有出息,后面一大串娘子等你去挑选;没出息,别怪人家不要你。你可千万不要说人家势利眼。生活生活,总得有物事可以活。贪富欺贫正常,反之不正常。衣食住行,哪一样不需要铜钱?人家嫁你,不是想跟着你一起去喝西北风。朱雀门大县主至今未嫁,莫非就等一个靠父母吃饭的男人?”

“公子的话听起来让人感到有些逆耳,可理确实是这个理。谈恩恩爱爱之前,先要解决衣食住行、柴米油盐。父亲卓王孙不援手,卓文君不思前顾后,毛里毛糙就跟家徒四壁的司马相如私奔,只能像公子说的那样一起喝西北风。碰到公子,就好了。"

"少夫人肯定也被小子的表面给骗了。"

"公子还真像小姑说的那样喜欢哄娘子。奴家尽管平常很少出朱雀门,也没见过什么世面,但毕竟那么大岁数了,能看得出公子是个什么样的人。公子想哄,也哄不了。今晚我们一起同住在这花园里面,也算不上是完全陌生的外人,公子用不着那么客气。"

真能那么容易看得出,这世上也不会有那么多娘子被流氓骗了色,骗了钱!看到眼前的浮华就如蚁慕膻。否则,也不会有那么多世家县主跑去争做黄巢的姬妾。齐桓公好味,而易牙烹其首子而饵之;虞君好宝,而晋献以璧马钓之;胡王好音,而秦穆公以女乐诱之。不是骗不了,而是没有摸准你的脾气,了解你的嗜好。

"少夫人,小子倒不是什么客气。少夫人晓得,如今神州人,表面和内里往往不一致。富人看起来像穷人,穷人看起来像富人。越没铜钱,越容易在别人面前显示自己有铜钱。真正有铜钱的人,谁会说自己有铜钱?有铜钱没铜钱,从外表上看不出。有些人有豪华马车,游船,肩舆,还带着一班小厮,却欠着一屁股债。小子不相信,少夫人会不晓得。"

"这倒是真。"

"小子原本是一乡下种田人家的孩子。"

"公子家原先种田?"

"是。云蔓家也种田?"

"云蔓说起来也是出身官宦人家。"谢宛然代云蔓向石斛介绍身世。"因父亲犯事没入奴籍,充做军妓。家父见云蔓年幼可怜,买了下来,留在家中做侍儿。"云蔓原名沈子揖,庐州人,祖父沈北海曾做过江淮转运副使。黄巢造反,沈家开始衰败。乾宁二年,昭宗加封杨行愍检校太傅、同中书门下平章事。云蔓的父亲沈作孚投奔杨行愍,做了幕僚。云蔓七岁那一年,沈作孚犯了事。云蔓到现在也弄不清楚父亲到底犯了什么事。总之,云蔓由别人侍奉的县主变成了侍奉别人的奴婢,名字也由沈子揖改成云蔓。云蔓不晓得她的主人,谢宛然的父亲为何要将她的名字改成云蔓。云蔓愿意也好,不愿意也罢,就这么叫。

"虽说不幸,但不幸中又有大幸,遇到了少夫人的父亲。"

"人的一生幸与不幸还真是眨眼间的事情。"

"所以,眼前的不幸将来未必一定就是不幸。这世上只有未来无法预测。窦姬哭泣的时候怎晓得自己将来会是窦皇后?卫子夫在平阳侯家做歌妓时怎晓得将来会是卫皇后？正当所有神州人都在羡慕卫子夫时，不幸来了。一块白绫，一只小棺。谁晓得最后会是这样的结果？祸兮福之所倚，福兮祸之所伏，孰知其极？过去的不幸都已经过去，谁晓得将来一定不好？”

“公子真会安慰人。”

“小子说的事实。往者不可谏，来者犹可追。少夫人的不幸早就已经是过去的事情，小子觉得，着实没必要放在心上。小子很不喜欢天天嘴上少夫人少夫人。少夫人不晓得，小子有哥哥，有妹妹，就是没姐姐。少夫人比小子大那么一点，正好可以做小子的姐姐。”谢宛然正想插话，石斛已经接着往下说。“待将来，伯父以女儿的身份将少夫人嫁出去，小子就可以名正言顺地叫姐姐了。”

“奴家没福分做公子的姐姐。”

“少夫人千万别这么说。看看小子，卖寿木的少东主，眼看就是朱雀门女婿了。”

徐榛手一伸，拧住了石斛的腰，石斛握住了徐榛的手。徐榛在石斛身边一靠，石斛也不忌讳谢宛然在一旁，扣着徐榛的手，仿佛两口子在陪自家姐姐，在花园曲径上踱步。这时花园响起一阵响亮的蛤蟆鸣叫声。走了好几步，蛤蟆的鸣叫声才停歇。

“朱雀门女婿光嘴说不行，得有信物。信物呢？”徐榛向石斛伸出手。

“信物容易，就看送什么。”

“公子准备送什么作信物，可否事先透露一二？”

“小子生意人，自然是买一样特别的物事作信物。”

“公子准备买什么物事？”

“小子准备向伯父买下于苓，送给你家县主！”

“于苓？”

“其他物事，奴家相信，只要出得起铜钱，就能买得到，只有于苓难。”

“就算公子出最高的价，县主不让卖，公子怎么可能买得到？”

“不要说买，只要小子敢开口，伯父肯定会立马将于苓白送给小子！”

“公子真的有这样的自信？”

“那是当然。”

“公子敢张口，朱雀门内其他侍儿，可能也包括于苓，别说买，就是白送，舅舅也会愿意。小姑不让舅舅卖，公子未必能买得到，更不用说白送了！”

“反正伯父开赌庄，小子就跟你们赌一把！谁愿意？”

徐榛、谢宛然、于苓纷纷表示愿意跟石斛赌。只要生活在神州，人生就是赌博，全凭运气和勇气。台面上那些个张牙舞爪的土匪不过是坐在神州这张大赌桌前赌赢了而已，没有什么值得骄傲。朱温赌赢，秦宗权赌输；杨行愍赌赢，孙儒赌输。各种作弊手段应运而生。神州人呱呱落地时，父母就琢磨如何教他赌博，如何作弊，如何使诈。人生如此，婚姻就更不用说啦。谁晓得自己嫁的夫婿将来会怎么样？就算夫婿人不错，很疼自己，也猜不到会不会突然间呜呼哀哉！谢宛然就是摆在眼前的活生生例子。徐天赐不出意外，谢宛然会是站在石斛身边的谢宛然？当初出嫁时，谢宛然何尝想到会是这样的结果？呜呼哀哉还好些，至少可以用泪洗完脸后就可以再嫁。倘若得了疑难杂症，不死不活地躺在床上，活守寡不说，还要做一辈子没有薪资的仆役。打骂受虐更是家常便饭。至于夫婿中途变卦、移情别恋、抛弃新妇，更是多得像聚集在死鱼身上的苍蝇，看一眼就让人感到阵阵恶心。

娘子如此，后生也一样。说不定，自家新妇还跟相好合谋，来一招谋杀亲夫，连死都不晓得自己是怎么死的。不要那么恶毒么，毕竟还是好的多！这还不是要看南斗星君？南斗星君心情好，赔大吃小；南斗星君心情差，大小通吃！就算能够白头偕老，夫妻之间如同两军对垒，大小冲突是累年不断，《孙子兵法》以及数千年累积起来所有诈术统统用上，不是你死就是我亡；好一点，就像合伙开店做生意，天天防着对方侵占了自己的利益。园丁反复修剪之下的草木，岂能没有病态？

“要赌就赌狠点。豁出去了！小子将人押上，跟你们赌。”

“婢子愿意跟公子赌。”

“于苓，你不行，你是伯父的。无论是赢还是输，小子都是输。”

“那奴家跟公子赌。反正奴家是自己的。赌输了，奴家归公子。公子觉得有些亏，奴家将云蔓一块押上，反正是娘家送来的侍儿，不归朱雀门。”

“大嫂都愿意跟你赌，我也豁出去了。”

“丑话说在前头，小子赌输了，你俩各分一半，是切，是割，是剁，商量好了，再做决定。小子赌赢了，你俩归小子。不论将来是做夫人，做小妾，做侍儿，小子自己决定。当然啰，小子手头紧，就卖到青楼去。”石斛笑了起来。“这样的美娘子，肯定卖很多铜钱，能让小子花上一段时间。你俩可要想清楚哦。不要到时赌输了反悔。”

“那当然，愿赌服输是赌场铁律。”

“我的徐大县主，你可要想清楚哦！”

“不用想了，就这么定，和你赌了。等回金陵，看一看谁输、谁赢啦。”

“不用回金陵，你俩已经输了。”

“公子，宝还没有开，你怎么晓得自己已经赢了呢？”

“伯父连宝贝女儿都送给了小子，于苓还不得一块搭上！”

于苓哈哈大笑，徐榛粲然，谢宛然莞尔。

“我姑嫂两人都已经输给你了，你准备怎么办？”

“赌输了好办。如今赌赢了，可不好办啰。”

“公子，如今你赌赢了，统统收下便是。这又何难办？”

“小子希声社还刚刚开张，哪有那么多的铜钱造两座金屋？”

“没有铜钱造金屋，就造两座茅草屋。”

“这下可完了。小子得天天唱茅屋为秋风所破歌。”

“茅屋为秋风所破还能唱歌，也是一种境界。陶渊明好像还专门写过咏贫士的诗。”

“真搞不懂。想尽办法努力改变生活状况才是，却偏偏拼命去歌唱安于贫困。”

“孟子说过，贫贱不能移，富贵不能淫，威武不能屈，此之谓大丈夫。刘存、陈知新宁死也不投降，讲的是节气。”话说到一半，谢宛然忽然闭口。

“贫贱不能移，也可以富贵不能移，富贵和意志并不矛盾。莫非想办法填饱肚子，让妻儿不受冻挨饿就改变了意志？业师当初教的时候不明白，现在还是不明白。就像颜渊，除了会跟在孔子后面死读书，还有什么能耐？孔子还说，贤哉，回也！什么贤哉，根本就是脑袋有问题的笨蛋。太宗皇帝还尊他为先师。真搞不懂，神州怎么老是鼓吹这种一无是处的废物。石斛，你给我解释解释。”

“颜渊是君子，就算饿死，不会去做农工商。孔子的弟子樊须向孔子学种田，遭到了孔子的鄙视。小人哉，樊须也。你听听。想做生意，当天就会被逐出师门。小子老家有一秀才，名字不要管了。家里很穷，跟颜渊家差不了多少，可就是不愿意下地，生意就不说了。选举重开后，还是按照老规矩，工商不能参加选举。”

“这规矩是谁定的？”

“老规矩小子不晓得。现在我们吴国的选举由骆知祥掌管。不去做生意，可能是怕失去选举的机会。可他连地也不种，整天拿着书，足不出户。他家的那点地全是他新妇抛头露面去种。这些年又不太平，青黄不接是常有的事情。小子一次去卖家里多余的粮食，他新妇向小子赊买，说得小子都心软了。直到小子离开老家时，他家欠的粮钱还没给呢。对这些人来说，要么做官，要么饿死。堂堂君子，岂能去做小人的事情？饿死了也不下地，方能显示出他们顽强的意志。颜渊就是靠穷到死而被世人赞颂。”

“都快要饿死了，还不肯放下自己的架子。”

“会读点书外，又无一技之长，如今的年代想混饱肚子可不容易。再不歌唱贫贱不能移自我安慰安慰，那真的只想上吊自杀了。都督去年恢复了选举考试，就是给想做官的人提供一条缝隙。所有人都安于贫困，倾心去挤这条做官的缝隙，神州自然太平，都督也就高枕无忧。你是都督的侄女，应该帮着都督死命鼓吹安于贫困。”

“我看一点用都没有。有用，神州也不会大乱。我倒觉得强兵富国最重要。上次，叔父和我爸闲谈时，我很想插几句。怕叔父说我小娘子家家的管什么政事，才闭口不说。”

“听小子胡扯也扯得差不多了，还是陪你和少夫人再去看一看外婆。”

众人起身前去看外婆。外婆的卧室里站着许多人，但很静。“姑姑，榛儿来看你了。”见徐榛前来，坐在外婆身边的大舅母说了一句，站了起来，将位置让给徐榛。徐榛坐在床沿，石斛站着徐榛身旁。大舅母说：“外婆说了，一定等到喝了榛儿的喜酒。”外婆已经只有呼出气。看来，想喝徐榛的喜酒已经不可能了。

在外婆身默默边坐了两刻来钟，大舅舅让徐榛回去歇息。

原本好好的心情，看了外婆，顿时坏了起来。“石斛”，返回花园的路上，徐榛问，“是不是不行了？”石斛一搂徐榛说：“好像不是特别好。人都有这么一天，你就不用想那么多了。大舅舅说了，外婆唯一的遗憾就是没有喝上你的喜酒。这点遗憾根本算不上遗憾。喜酒喝上喝不上不要紧，要紧的是你将来幸福快乐。你福气好，天生已经注定。小子相信，你将来肯定会幸福快乐。”石斛轻轻拍了拍徐榛。

天刚蒙蒙亮，石斛就听到有人下楼的声音。依据脚步声，应该不是徐榛和于苓。看看天色尚早，石斛就在床上赖了一会。等天大亮，才穿上布衫，推门走出房间。石斛站在小楼的屋檐下，看到一抹阳光已经照射到小楼前面的花园上。踏下石阶，石斛来到庭院上。花园的空气清新醉人。石斛出了庭院，漫步在一条花径上。花园此时已经是花少叶多，几只蝴蝶在假山边的花草丛中飞舞。鸟儿在花园的树木上“唧唧喳喳”鸣叫，偶尔传来一两声鲤鱼跳跃的“扑通”声。谢宛然见石斛出现在花园曲径上，起步朝石斛走了过来。相互问了安，谢宛然、云蔓在前，石斛在后，顺着曲径踱起了步。谢宛然打趣说：“昨晚既然赌输，奴家理应归公子所有。不知公子如何处置奴家主仆两人？”石斛呵呵笑起来。

“少夫人不会看不出来吧？小子这人一向喜欢胡扯，行事毫无方圆规矩可言。少夫人，上次回家，定城怎么样？定城这孩子，小子一看就喜欢。”

“起初几天都睡不安稳,后来慢慢好了。奴家来时,他还唠叨起公子呢。”

“有空,小子去看看他。”

“奴家总感觉,公子好像特别喜欢孩子。”

“少夫人说的没错。小子确实喜欢孩子。无论是什么样的孩子,小子一看就喜欢。孩子可爱不说,小子总觉得,他们身上存着一股希望。谁晓得将来会是什么样的人?大了,索然无趣。定城其他都好,就是少了些活泼。”

“大父虽然很疼,毕竟缺少了父爱。上次回家,他还说,公子是他父亲就好了。”

“定城也是挺可怜的。小子常在外面跑,像定城这样缺少父爱的孩子很多,很多。说起来,也是很无奈的事情。如今神州,无奈的事情实在太多,太多。看看金陵城内那些流浪儿就清楚。幸运的是,定城出生在朱雀门,而且是伯父的嫡长孙,家中地位尊荣。眼前的状况只是一时,用不了几年,一切不快都会消失。小子倒觉得,好好培养最重要。”

“城儿的培养,他大父倒很用心。前些时间,他大父刚刚给他找了位先生。奴家真希望,城儿将来像公子一样有能耐。”

“定城比小子有能耐才是。”

“说是这么说,真正做到却不容易。其他都不去说,城儿有一身像公子一样的武艺,好像就不可能。”

“少夫人晓得,真正的能耐不是武艺好。朱雀门家丁武艺比伯父好的人肯定不少,但伯父是主人。像定城,少夫人总不希望他亲自上阵跟人动手吧?”

“那倒是。不过,有公子这样的武艺,也就不会出现上次这样的事情。”

“上次只能说是个意外。”

“这几年时间里面,奴家老跟意外打交道。”

“人一生中难免有意外。少夫人有过意外不幸,肯定也会有意外之喜。”

“但愿吧。听说公子家给人纵火烧了,不知是否是真事?”

“确实给人烧了。”

“奴家初一听,根本不相信。没想到,是真的。歹徒抓着了吗?”

“据说已经正法了。”

“公子晓得他们是谁吗?”

“据大理寺卿李慎肇说,是控鹤军杀手。”

“奴家没听过。他们为何要烧公子的家?”

“小子也是意外跟他们接上了梁子。”

“想不到，意外的事情还真多。公子买了自己的房子了吧？”

“还没呢。”

“那公子现在租别人的房子住？”

“小子现在寄居在白云观。”

“不会吧？”

“小子也想买一处可以栖身的房子，即便简陋一些也好。最后想想，还是算了。”

“为什么？”

“说不定有人等小子不在，烧掉房子。烧掉小子的房子尚可，还会连累邻居。”

“那公子也不能总是寄居在白云观。”

“眼下只能先住一住，将来的事情将来再说。”

“朱雀门空房多，公子也可以考虑搬过去住。”

“少夫人说笑了。伯父有九个儿子，肯定不会再招女婿上门啦。少夫人换成小子，是不是愿意呆在自家丈人的身边，看丈人家人的脸色过日子？小子倘若是这样的人，就算貌如潘安，徐榛是否还会喜欢这种吃软饭的人？即便徐榛待小子依旧，小子是否还会像现在言无禁忌，行事放纵？人啊，只有不靠别人，才能说得响话。”

石斛的话似乎封住了谢宛然的嘴巴。云蔓又企图出来救主。

“理确实是这个理，可不是所有人都像公子这样有能耐。没有能耐，想过好日子，也只能改性子，低低头。想想，也是不得已。”

“确实，为能活下去，低低头，像苍蝇一样到处钻，可以理解。想过好日子，就不是很应该了。小子虽然寄居在白云观，但不至于过不下去日子。住在哪里实际都只要一张床，根本无所谓。小子老家有个名叫贾行德的田农，农活一忙完，就带着家人到外地去乞讨。据小子所知，他家的日子并不难过。说不定，比小子家还好。有些人，不是吃不上饭，而是想吃肉，跪在路边装可怜，乞讨。云蔓说说，贾行德乞讨是不是没有其他头路？”

云蔓顿时默然。

“人与人最大的差别实际是想法。想法不同，人的行止就会不一样。贾行德带着一家人到外地去乞讨，不是家里穷没饭吃，而是贾行德跟别人有不一样的想法。人就怕用自己的想法看别人。看人，光看表面根本看不出来。许多表面光鲜的物事，背后不一定也光鲜。就好比一条擦过物事的手绢，粗拿出来在人的眼前一亮，肯定会让人产生错觉，以为是一条雪白的绣花手绢。哪晓得手绢的另一面实际上是乌黑一片。小子就是一条擦过物事的手绢。"

"公子不提起手绢,奴家都差一点给忘了。说句心里话,昨天多亏公子拿方手绢给奴家遮丑,才让奴家不至于十分狼狈。说起来,奴家得好好谢谢公子才是!"

"少夫人说的是哪里话?此种情形下,少夫人是否想要小子冷眼旁观?不说少夫人是徐榛的大嫂,就算是别人,有能力呵护,也应该出手呵护。"

"只是有公子这种想法的后生不多。"

"以小子看,可能是少夫人不那么了解后生。愿意呵护娘子的后生实际上很多,只是怕遭人家拒绝或说你心怀不轨而不敢伸手。小子只不过拿一方手绢,让少夫人擦一擦而已。此种区区小事,少夫人切勿放在心上。"

"上次那么大的事情,公子都不屑一提;拿方手绢给奴家遮丑,在公子眼里,就更不算事了。只是在奴家的心里,却是大事。可惜,公子的手绢却让奴家给弄脏了。奴家自知,奴家绣制的手绢肯定不敢拿出手。待回金陵后,洗涤干净,再还公子。"

"少夫人不必太在意。就一方手绢,没什么名堂。"

"手绢是没名堂,绣制一方手绢却得花不少心思。有道是,针针见真情,线线心连心。奴家将它给糟蹋了,实在是对不起绣制手绢的人。奴家这人容易胡思乱想。总感觉,手绢很可能是一名美娘子送给公子。"

"少夫人说得没错,那方手绢确实是一名娘子绣制。"

"公子!公子!"忽然,身后传来了于苓的呼喊声。

"少夫人,徐榛叫人啦。"

石斛转身向小楼走去,谢宛然不好继续追问,只好跟上。见到徐榛,石斛发现徐榛眼角有红丝,好像刚抹过眼泪。石斛一问,才晓得,外婆早在四更左右就已经咽气,舅舅怕惊扰徐榛她们,没有当下告知。人家母以子贵,而徐榛的外婆却母以女贵。外婆这一生重要的是生了一个女儿钟夫人,钟夫人重要的是嫁了一个丈夫徐渊。有道是,女人水牛辈,就看嫁给谁。这种故事,神州还真不少。有兴趣可以翻一翻诸如司马迁的《史记·外戚世家》。

"石斛,时间长,我看,你就先回金陵去,等办完了丧事,再来接。我呆在舅舅家里,安全不会有问题。"

徐榛倒非常体谅石斛。可山南的事情又不是一天两天就能办成。什么时候办成,还是个未知数。莫非半个月或一个月后再来广陵接?总不能也来一个靡不有初、鲜克有终?

“还是先看看舅舅怎么安排。”

“我将你拖在这里,心里总感觉有些过意不去。”

“傻话！不是刚好有点事等着小子去做,你呆多少时间,小子都愿意陪。你只管安心呆着,别想多了。先看看舅舅安排。丧事很快就办完,小子就在广陵等几天。山南的事情已经安排就绪,小子去就是。几天时间,没什么要紧。依我爸的说法,天塌下来,也要淡定!”

徐榛只能算是外亲,本就不需要穿那种只有内亲才穿的麻衣丧服。谢宛然更是外亲的外亲。不是嫁给徐渊的儿子,跟钟夫人的娘家人八竿子也打不着。石斛是外人,即便将来成为徐榛的夫婿,那也是将来的事,自然不需戴孝。

钟府的一名侍儿讨取了徐榛和谢宛然的八字。正准备去梳洗,侍儿前来告知,钟府请来的道士合了徐榛、谢宛然的八字,发现老太太的忌日跟徐榛的八字犯冲。徐榛不仅不能穿那种厚厚的麻布丧服,还必须挂红绸。大热天,穿那种厚厚的丧服确实热。两名侍儿给徐榛的手腕系上一束红线,腰间束上红绸,肩上再披着红色绫罗。徐榛给外婆的死冲着了,那可不是说着玩。谢宛然不犯冲,侍儿给她套上一件灰白色的缌麻。

刚刚梳洗完毕,在一名钟家侍儿的引领下,前去餐室吃饭。刚放下手中的碗筷,大舅舅穿着斩衰,手拄着哭丧棒,前来餐室。大舅舅告诉说,因天气炎热,遗体不容易保存,道士横选竖挑,最后决定不停丧,明天直接出殡。

“大舅舅只管忙。等所有事情都完满了,小子再和徐榛、少夫人一起回金陵。”

“又让公子在广陵空耗了一天时间,实在不好意思。”

“大舅舅不必在意！小子来时,已经将事情安排妥当,不会有大的问题。”

“大舅舅,没关系的。石斛答应我爸陪我和大嫂来广陵,自然要陪我们回去。”

“那你们就照顾好自己,大舅舅忙去了啊。”

大舅舅没有多说,起身告辞,忙丧事去了。石斛送徐榛一回花园,就准备离开钟府。“徐榛,你和少夫人只管安心在花园呆着。小子趁这个机会,去看一看希声社广陵分社。自组建以来,小子这个都统一直就没去过。”“我没事。你只管去忙你的正事。”徐榛很通融,没有执意要石斛留下来陪。“没特别的事情,小子很快就会回来。”

石斛拱手告辞,离开钟府,前往希声社广陵分社。

第七十二章　姑嫂

红烛秋光冷画屏，轻罗小扇扑流萤。

——《秋夕》

少夫人谢宛然是一个闲人，是一个可以坐着发呆的闲人。

忙得不可开交的人渴望闲，闲得无所事事的人盼望忙。原本生活在丛林中的人，如同忙碌的小鸟，四处寻食填饱肚子，男的打猎，女的采集，忙得很。也不晓得是谁出了一个馊主意，走出丛林，开始放牧、农耕。于是，有了固定的食物来源，也就有了闲。

凡事都有两面。忙，身累，心不累；闲，身不累，心累。手脚一停下来，脑袋就开始胡思乱想。忙人，尤其是那些个整天为填饱肚子而发愁的大忙人，哪有时间去无聊、空虚、寂寞、孤独？木匠一分神，难保不剁掉手指。只有一觉醒来就要考虑今天要做些什么事打发时间的闲人，才有足够的时间去享受、去品味无聊、空虚、寂寞、孤独。如同美酒，这些绝妙的感觉，很容易让人醉，也容易让人上瘾。想戒除，最好的办法就是找忙，乱忙，空忙，瞎忙。整个朱雀门，最闲的人就是少夫人。

别说现在，就是徐定城刚出生那会，徐定城的事情就不用她管。家里的杂务，她不该管，也轮不上她管。唯一需要她亲自去做的事情是吃、喝、拉、撒、睡，甚至连这五件大事情她也只需要亲自做一半，另一半由别人来完成。少夫人一直是衣来伸手饭来张口。如今徐定城渐渐长大，更不需要少夫人去操心。孤枕难眠熬过一夜，慵懒起来，坐在梳妆台前，侍儿素素、青青帮她梳洗、编制发鬟。看着铜镜里面的谢宛然，少夫人想要做的第一件事情就是砸烂铜镜。发鬟还没有编制完，少夫人必须先考虑今天应该做些什么事情。少夫人无聊，无聊极了！

天赐过去后，少夫人每天都感到手无所措。跟姑姑钟夫人不同，少夫人不想在家虔诚念那些枯燥乏味的经，也不愿意去寺院烧香拜佛，度过无聊的一天。少夫人还没有想过要伴随青灯耗青春。一想到这，少夫人就莫名感到恐惧。随着时间的不断推移，少夫人发现自己可做的事情越来越少，而且越来越乏味，也越来越无趣。

绣花？连清扬楼都差不多放不下啦。缝衣裳？已经缝制了多少种款式的衣裳，连少夫人自己也已经不晓得。再说，缝制得再漂亮，还得面临那个根本无法回答的问题，“谁适为容”。还想穿起来出去给朱雀赌庄的赌徒看？你还别说，少夫人真想这样做。不过，少夫人毕竟出生在书香门第，脸皮薄。这种不仅可笑而且无聊的举动，让少夫人做，少夫人也不敢做。原本还可以给夫婿徐天赐缝制几件衣裳，自天赐过去后，缝制得再精致，天赐也不能穿了。一想到天赐，少夫人就想哭。少夫人常常一个人关在卧室内偷偷抹眼泪。纳鞋底，这种粗活，根本就轮不上少夫人动手。真闲着没事，就赶苍蝇撒尿。还真别说，少夫人做过这种活。姑且不说，一年中不是每个季节都有苍蝇，即便每天都有苍蝇，这种耗时间的活也只能偶尔做一两次，适可而止，总不能整天赶着苍蝇到处跑。

少夫人喜欢夏天。夏天固然会让少夫人更加妩媚，却不是少夫人喜欢夏天的原因。少夫人喜欢夏天是夏天可以让她做很多事。一件非常重要的事情，就是夏天的晚上可以让少夫人提着油灯寻找躲藏帐子里面瞧准时机叮一叮少夫人的蚊子。蚊子不小心闯入清扬楼，少夫人肯定追得它无处逃身。或许，生活在朱雀门的蚊子都已经晓得，少夫人居住的清扬楼最好不要去。即便是夏天，清扬楼的蚊子也很少。每天，少夫人会和侍儿们一起，将清扬楼清扫得干干净净。就是掉下一张树叶，少夫人都要亲自去将它捡走。少夫人喜欢做的事情就是坐在清扬楼前，看着楼前树上跳来跳去的鸟发呆。一对白头翁让少夫人足足羡慕了一季。

少夫人身材婀娜，舞姿优美。除了偶尔夜深人静时发泄发泄，少夫人舞也不跳了。原本还有一件事情可以让少夫人忙活，那就是弹琴。跟其他碧玉一样，少夫人嫁到徐家之前，也喜欢弹琴。或许是家庭原因，或许是原本天资聪颖，少夫人的琴技在江宁的众碧玉里面，虽不能说是无人能敌，但起码也可以说是屈指可数。少夫人喜欢演奏的曲谱非常多，但少夫人最醉心的则是南朝乐府《西洲曲》。嫁到了朱雀门，少夫人弹琴的兴趣仍旧不改。不过，后来因演奏《西洲曲》断了琴弦就不再弹琴了。清扬楼的琴声随徐天赐一起消失。

自去娘家扫墓返回朱雀门的第二天，倪素素、余青青就发现少夫人在变。倪素素吃惊地发现少夫人竟然对着铜镜欣赏起了自己的脸，并问：“素素，我是不是有点老了?”倪素素已经服侍了少夫人整整三年时间。这三年时间里面,少夫人从没关心过自己的容貌,也从未关心过自己的年龄。更让倪素素、余青青吃惊的是,少夫人亲自动手续好鹓雏的琴弦。

这张鹓雏,作为嫁妆,由少夫人从谢家带到徐家。续好琴弦,少夫人重新弹起都已经生疏了的《西洲曲》。就在清扬楼前的庭院中,少夫人身着丁香罗裙,肩披素色长绫,坐在名曰鹓雏的七弦琴前,舒开素手开始弹琴。三彩香炉中沉香木块燃烧冒出的白烟,倘若阳光朗照,真有点像李太白诗句“日照香炉生紫烟”中的紫烟。少夫人兴到意至,甚至还随着悠扬的琴声,吟唱起《西洲曲》。不清楚是少夫人体验了死亡的恐惧后晓得活着不容易,还是其他什么原因,总之少夫人对自己的未来又了新的希望。少夫人的变化由余青青告诉马蔺,马蔺告诉白荻,再由白荻告诉于苓,最后传到朱雀门大县主徐榛的耳朵里面。

少夫人是个闲人,徐榛也是个闲人。洗衣烧饭这类杂务事根本不需要她管,也轮不到徐榛的贴身侍儿管。朱雀门养着一大班做这种杂务的仆役。还好,徐榛喜欢逛街,喜欢游山玩水。一旦闲下来,徐榛就带着于苓、东方明逛街购物,纯粹瞎逛,游览金陵附近的名胜风景。

自出了谢宛如被绑架事件,金陵城外的风景,徐渊建议徐榛不要去看啦。徐榛倒是很孝顺,常常去如茅斋陪徐渊品茶、聊天。随着徐渊年岁的增加,徐榛陪徐渊品茶、聊天的次数也在增加。反正神州的娘子都会刺绣,徐榛自然也不例外。徐榛的云思苑堆了一大堆逛街时买的绫罗绸缎。裁剪下来,绣上自己喜欢的花,自己喜欢的鸟。徐渊喜欢品茶,徐榛则喜欢缝制衣裳。徐榛自己穿的襦衣、罗裙都是徐榛亲手缝制,甚至连鞋子也不例外。徐榛的这门手艺是母亲钟夫人亲自传授。钟夫人年轻时,家里穷,没铜钱请裁缝,自己穿的衣裳只能自己缝。成家之后,不仅要缝制自己的衣裳,还要缝制徐渊的衣裳。后来,生活渐渐改善,不再需要钟夫人亲自动手,徐渊以及孩子的衣裳,钟夫人还是坚持自己缝。

和金陵那些个官宦、富商家庭的娘子一样,徐榛也看书、弹琴。遗憾的是,可以让徐榛看、徐榛自己也喜欢看的书籍确实不多。徐渊收留的前感化军节度使幕僚刘恩传授徐榛的都是一些儒家书籍。《书》太奥,说不定连刘恩自己也读不懂,也就不教了。《礼》太烦,刘恩也就不教了。《易》太玄,刘恩教了老半天,徐榛还是不懂,等于白教。《春秋》太燥,某年某月某日,刘恩怎么说,都引不起徐榛的兴趣。

刘恩实际上只给徐榛传授了三本书:《诗》、《论语》和《道德经》。刘恩去世后,徐榛倒还读了不少汉赋、唐诗。不过,因弹琴需要,徐榛越来越喜欢上了乐府诗。

或许因生活在吴地,徐榛特别喜欢南朝乐府诗。跟少夫人一样,徐榛也喜欢弹《西洲曲》,也喜欢吟唱《西洲曲》。这可以说是姑嫂之间的一个共同爱好。今天徐榛很有空,但不能吟唱《西洲曲》。如今外婆过去了,徐榛竟然还去弹琴吟唱《西洲曲》,也太不合时宜了。徐榛虽在徐渊的疼爱中长大,基本的礼仪懂,更何况去世的是徐榛的亲外婆。

早上,舅舅来告知外婆去世的消息。徐榛乍然一听,不禁抹起了眼泪。到了现在,徐榛的鼻子一直在酸。徐榛真想去外婆的灵前哭一通,给外婆烧些纸钱。徐榛来广陵的次数虽不多,但和外婆还是很合得来。烧些纸钱给外婆不仅应该,徐榛也愿意。可是,徐榛的八字跟外婆的忌日犯冲,徐榛只能呆在花园里面,不能出去一步。

今天,不仅徐榛,连于苓也感到闲得很无聊。陪同谢宛然前来的云蔓,刚刚不久前才从娘家来。或许昨晚谢宛然说了什么话,今天早上起来就抿着嘴。石斛走后,徐榛和谢宛然姑嫂两人起步去水榭。水榭四面透风,又紧挨着鱼池,肯定比闷在小楼里舒服。进入水榭,姑嫂两人在水榭中央的石桌旁相对面坐了下来。

“公子应该呆在这里陪小姑才是。”

“他出去,又不是闲逛。他放下手中的活,特地陪我们来广陵,已经很难得了。还要将他困在这里,胡天瞎扯,我可说不出口。”

“公子平时很忙吗?”

“我看他就没一刻空过。过去如此,现在也是如此。”

“舅舅有帮过他吗?”

“暗中帮一帮应该会有,主要是靠他自己的努力。”

“县主,那些行头都是公子靠自己努力备办的吗?”

云蔓终于开了口。姑嫂两人聊啊聊,将云蔓也聊了进去。徐榛反问:“是不是认为是我爸送的?”见云蔓不语,徐榛继续说:“就算我爸白送,以他的脾气,不敢当面拒绝,肯定会婉谢。”谢宛然虽不那么相信石斛靠自己的本事,但没有质疑。红脸的事情,谢宛然不会做。一个寿木店少东主靠自己的本事摇身一变成了腰缠万贯的巨贾,谢宛然不敢相信。

“昨晚,我叫你跟公子私奔,你不私奔,现在后悔了吧。”

“于苓姐姐,你别笑我。我就是再笨,也看得出,公子笃定是大县主的姑爷,岂会跟我私奔?我没有这么好的命。”

“已经很不错了。据我妈说,当时光充作军妓的就有五六十人。我爸不伸手,你会怎么样?不说其他,能不能活到现在都成问题。有道是,人比人,气死人。你比上不足，比下有余。想想眼下像你这般岁数的娘子，有几个能有你这样自在。”

云蔓被谢宛然克了一通，慌忙俯身说：“婢子谨记。”

正说着，徐榛的舅舅亲自陪同徐知诰来看徐榛和谢宛然。徐榛和谢宛然连忙起身，于苓和云蔓紧跟着，出水榭迎接。“外面有太阳，快进去！”时辰虽还早，太阳已经很猛。众人进入水榭，徐知诰和徐榛的舅舅先后在栏凳上坐了下来。

“四哥，石斛没去看你啊？”

“来了。没聊上几句，就到希声社分社去了。”

“怎么不多聊几句？”

“还是做正事重要。兄弟之间多说几句少说几句，没什么要紧。妹妹是不是怕他在外面做那些不三不四的事情？”

“我又不是他什么人。”

“这可是妹妹自己说的哦。石斛下次再来广陵，妹妹可不能说四哥将他带坏。”

“石斛已经是土匪了，再染上官场习气还得了。”

“石斛又不是妹妹什么人，管他染上什么习气。”

徐榛给徐知诰问张了嘴。“四哥看妹妹啊，就晓得嘴硬。”徐知诰说着站了起来。“牙署有些事要回去处理，就不陪大嫂和妹妹聊了。”徐榛的舅舅、徐榛和谢宛然跟着徐知诰起身。“一个忙衙门的事情，一个忙希声社的事情，都一样。”徐榛含笑调侃。“至少他在为你忙。”徐知诰回应。见徐榛和谢宛然要送出水榭，徐知诰连忙拱手。“大嫂，妹妹，留步，留步！”徐知诰转身，和徐榛的舅舅一起，匆匆离开了水榭。徐榛和谢宛然站在水榭入口处，直看着徐知诰和舅舅远去，才转身回到了石桌旁，重新坐了下来。

“知诰叔叔好像跟公子关系很好。是小姑绍介他们认识的吗？”

“四哥认识石斛好像比我还早。”

“这么说来，知诰叔叔认识公子那时候，公子还在卖寿木。步马都军使和卖寿木的少东主交上朋友，真是稀奇。”

“大嫂可能还不清楚，石斛的狐朋狗友多死了。好的，坏的，什么样的人都有。”

“朋友多，生意才好做。”

“太多了就滥。害死人的，往往就是朋友。人最怕交错了朋友。他那些朋友，好些就是想从他那捞好处。说起来仗义疏财，救困扶危，其实就是乱花铜钱。上次和他一起从广陵回金陵，碰到一朋友向他借铜钱，一出手就是一百缗，比我这个朱雀门大县主还要大方。存在钱庄一万多缗，可能是房子被烧了后凭据没了，问都不问一声。我总感觉，在他眼里，铜钱根本不是铜钱，而是瓦砾。幸亏他会赚，否则肯定北斗朝南。说难听点，他那些朋友，很多就是吸血的蚂蟥。他有一点好，就是没什么不良嗜好，不赌也不嫖。”

“一个男人，这点实际很重要。小姑，那歌妓公子最后怎么处置了？”

“这事，我也是从徐福那听来。那歌妓见石斛将她的两个同伙扭到衙门去，哪还敢来缠他？一阵痛打，两同伙当场供出了那歌妓。徐福说，那歌妓其实也挺可怜。父亲出于义愤杀了人结果被判故杀而斩首，家庭从此败落。这些年一直在夜莺画舫做歌妓。对一个在画舫唱歌的歌妓来说，钩上希声社都统本就是一件令人神往的好事，而且还有铜钱酬谢，雇主找她一谈，立马一口答应。他们在北门通往希声社的那条路上放鱼饵，等石斛上钩。两同伙杖三十给放了。那歌妓，细皮嫩肉的，哪禁得起打？石斛替她求情，饶过。大嫂不知道，他对女人也特怜悯。那歌妓是不是去向石斛表示感谢，继续演绎美人计，我就不晓得了。”

姑嫂两人坐在水榭里面，天上地下瞎扯，扯到侍儿送来了饭菜。就在水榭中，徐榛、谢宛然用完了午餐。于苓、云蔓分别服侍徐榛和谢宛然梳洗。徐榛年轻，还没有养成涂这个脂抹那个粉的习惯，这些年一直都是素面朝天。显见的现象，人越是对自己没信心，脸上抹的脂、涂的粉也就越厚。徐榛对自己很有信心。谢宛然不老，天赐过去后，就戒掉了刚刚才养成的习惯。如今外婆去世，更不应该浓妆艳抹。梳洗完毕，刚坐下，钟府侍儿就给两人送来了糕点、话梅、松子。徐榛和谢宛然嗑着松子，开始新一轮瞎扯。于苓和云蔓不愿意听，也只能一旁侍候。没过多久，两人前面的石桌上已经是一大堆松子壳。

午后的太阳开始发威，让人不敢离开水榭半步。徐榛本有午睡的习惯，外婆去世，不哭还罢，还去睡觉，实在是不应该。徐榛只好熬着，和谢宛然一起坐在水榭的石凳上，倾听花园中知了此起彼伏的嘹亮鸣叫声。还好，水榭边的水池很大，一亩地都不止，而且透风，坐在水榭里面并没感到特别的闷热。大热天，又吃了那么多零食，谢宛然觉得有些口渴。“于苓，你带云蔓到外面拿一个西瓜过来解解渴。”于苓是徐榛的侍儿，不是谢宛然的侍儿，看了徐榛一眼，征求徐榛的意见。“去抱一个，我也有点口渴了。”徐榛点了头。

云蔓知道，谢宛然将于苓打发去抱西瓜，肯定有私话要单独跟徐榛说，就和于苓顶着烈日，前去抱西瓜。于苓、云蔓刚走，谢宛然就从袖袋内掏出一方手绢递给徐榛。徐榛正感到奇怪，忽然想起了这是一方昨天船上石斛给谢宛然擦嘴用的手绢，旋即伸手接了过来。

“昨晚,奴家已经将它洗过了。”

“石斛回来,大嫂自己还给他就是。”

“手绢上的花绣得还真不错。”

徐榛摊开手绢看起了手绢上的刺绣。白色的手绢上绣的是荷花。

“石斛还真是喜欢荷花。难怪前次问我喜欢不喜欢荷花。”

“小姑觉得,上面的荷花绣得怎么样?”

“绣工的技术很不错。那么细的针脚,就像是织上去一样。石斛回来,我得问一问,他是从什么地方买的。”

谢宛然忽然心里又是一阵懊悔。

“小姑想要这种手绢,回金陵,奴家叫素素给小姑买一叠。”

“小妹也只是说说,未必真的要问。说起来,小妹应该给他绣几条手绢才是。人家娘子还给自己的情郎送手绢呢。”徐榛笑了起来。

“小姑应该给公子多绣几条。奴家相信,小姑的手艺肯定比公子手绢的绣工好。”

“大嫂就不要给小妹戴高帽了,小妹还是有点自知之明。人家以绣花赚钱过日子,小妹怎么可能会比她们好?”

“很难说哦。卖出去的物事,肯定不会很用心,不像给……”谢宛然本想说情郎,但马上觉得非常不妥,连忙改口。“自己绣手绢。绣工赚钱主要靠的是数量,而不是靠质量。小姑,公子昨晚说他没有姐姐,是不是有妹妹?”

“大嫂感兴趣,小妹就告诉你吧。他有一个妹妹。”

“今年有多大了?”

“具体岁数,小妹也没问。看起来,有十五六岁光景。”

“小姑见过?”

“见过一面。”

“这么大的岁数应该也是绣花的好手了。”

“他妹妹性格很豪爽,绣花手艺如何,小妹不清楚。”

“通常情况,性格豪爽的人,往往做不了细活。”

“难怪小妹绣花的手艺就是不如大嫂。”

“小姑就是喜欢开奴家的玩笑。”

“小妹说的是真话。大嫂绣花手艺,朱雀门还真没人比得过。”

“小姑夸得奴家都不晓得该如何回答。小姑,除了父母,公子家还有没有其他人?"

"有一位哥哥。"

"成婚了吗?"

"是不是让小妹给大嫂做做媒?"

"小姑别误会。奴家也只是随便问一问。"

"大嫂能嫁给他大哥,还真是不错。"徐榛笑了起来。

"小姑就喜欢取笑奴家。"

"小妹想,他大哥应该也很英俊。"

"小姑这就说错了。同胞兄弟,相貌相差天地的,多的是。"

云蔓拿着一把西瓜刀,于苓抱着西瓜,朝水榭小跑了过来。见于苓和云蔓前来,徐榛将手绢折叠后放到袖袋内。谢宛然看着手绢,心里又是一阵懊悔。于苓将抱在怀中的西瓜放到了在石桌上。"热死了,热死了。"拿起放在石桌上的一把团扇,狂扇了起来。谢宛然看了看西瓜说:"样子挺好看,只是不晓得味道咋样?"于苓一边扇着扇子,一边说:"给婢子抱西瓜的仆人说,味道很好。只是不晓得是不是真的。"云蔓开始切西瓜。"好瓜!"云蔓轻轻一刀,"嘭"的一声西瓜绽裂。

花园中一阵知了鸣叫声刚刚停歇,跟前传来了喜鹊的"唧唧"声。"真是不知好歹的喜鹊,家里都走人了,还来报喜!"天气炎热,谢宛然的腮旁都渗出汗。"外婆过去,说不定真是一件喜事。"谢宛然脱下了缌麻,走到一旁,挂在水榭的栏杆上。外婆此时过去,确实是一件很值得庆幸的喜事。

能平安寿终,太平盛世都是一件很不容易做到的事情。对许多人来说,这就是一个不可祈求的梦。徐天赐年纪轻轻,却意外先走了。黄巢造反以来,多少人,花未开,果未结,就已经枯萎,化成了泥土。外婆不仅活了下来,而且还翻了身,成了太夫人。就在人家最完美的时候,外婆带着幸福闭上眼睛。

"大嫂,多好几年了,就不要再去想那些不开心的事了。"

谢宛然伤心不是因为徐天赐死了,而是谢宛然的郎君死了。说起来,谢宛然心底里还有些恨徐天赐。徐天赐不是谢宛然的郎君,死他一千个徐天赐,谢宛然也不会以泪洗面。娶了谢宛然,就不应该只管自己一人去极乐世界享受。

"小姑,奴家早就越过了那个坎啦。"

"少夫人,说不定很快就会有自己的意中人,待时候再嫁出去就是。"

"还不如说你自己已经有了意中人。"

于苓选了一块西瓜递给了徐榛,又选了一块递给了谢宛然。"少夫人,婢子就算真有自己的意中人，那也是水中捞月，空欢喜。”谢宛然张开小嘴，咬了一口西瓜，轻挪嘴唇，吃了起来。

“是不是水中捞月，就看你家县主舍得不舍得了。”

“小妹不会让于苓做老侍儿。这瓜味道不错。于苓，你和云蔓别光站着看我们吃。”

于苓拿了一块递给了云蔓，自己也拿了一块。“看着别人吃，最容易嘴馋。”于苓心里暗笑，低头咬了一口。突然，鱼池中“砰”的一声跃起一条鲤鱼。于苓走到水榭边，凭在栏杆上，边吃着西瓜边看着池中的鲤鱼游动。“好像一天没见人来喂鱼了。”于苓将吃下来的瓜皮扔进了鱼池。大大小小的鲤鱼霎时向漂浮在水面上的瓜皮涌了过来，红的、黄的、花的、黑的，五颜六色，煞是好看。“县主、少夫人，快来看那，好看极了。”徐榛和谢宛然起身，前去看水池中的鲤鱼争食。

“真是饥不择食。就一点西瓜皮，也争得你死我活。”

“我们肚子饿了的时候，说不定也是如此。于苓，去那些糕点拿过来给我。”

“就算这世上所有人都饿肚子，小姑也不会。”

于苓拿来糕点，递给徐榛。“给你们吃好点的。”徐榛掰下一小块糕点扔进了鱼池。“公子！”徐榛、谢宛然正伏在栏杆上逗鱼，忽然听到于苓高叫。两人连忙抬起头，看到石斛出现在花园的曲径上。整天心里想着他，人影刚一出现，就已经瞧见了。谢宛然心里嘀咕。徐榛扔掉手中的糕点，拍了拍手上的糕点粉末，转过身子，起身走向水榭的入口。谢宛然心里嘀咕归嘀咕，人还是马上转身，跟着徐榛，向水榭入口处走去。云蔓也跟了上去，四人站在入口处迎接石斛。

石斛回到钟家，见钟家正忙得不可开交，就不去烦劳仆役、侍儿，径直前去花园。向看门的嬷嬷手一拱，进入了园门。石斛看到徐榛、谢宛然和于苓伏在水榭的栏杆上逗鱼，立马快步朝水榭走了过去。水榭入口处，一排站着四位如花的娘子。石斛手一拱，于苓身子向后一退，让出一个缺口，石斛踏上台阶，进入了水榭。

“小子在外面，倒了将近一天时间，没将你们闷坏吧？”

“整天呆花园里面，不闷坏才怪！”

“公子一回来，就不闷了。”

“那小子得好好胡扯几句，解解闷。”

四位娘子簇拥着石斛，好像皇帝突然临幸，来到石桌旁，重新坐了下来。这也难怪妻妾成群的人倒反舒心畅快而只有一妻的人却焦头烂额。人人各自争风吃醋都来不及，根本没有时间说你的不是。云蔓削下几块瓜瓤，放在盆子里面。徐榛用竹签挑上一小块瓜瓤，递了过来。石斛刚伸出手，徐榛轻轻地拍了一下石斛的手背。石斛张开嘴，徐榛挑着西瓜，直接送到石斛的嘴中。石斛刚咽下，徐榛又递来了一块。石斛又张开嘴，吃了一块。

“是不是想用这两块西瓜给小子当护送工钱算了？”

徐榛刚要开口，谢宛然忽然起身，走到栏杆旁，拿过缌麻，重新穿了起来。徐榛一抬起头，见大舅舅穿着斩衰、手持哭丧棒，向水榭走来。“大舅舅来了。”众人旋即起身迎接大舅舅。大舅舅一见徐榛出水榭迎接，连忙加快了脚步。

“大舅舅有什么事？”

“没什么大事。刺史请大舅舅转告公子一声，明天能不能去一趟刺史府。”

老夫人的女儿是徐渊的夫人，徐渊的弟弟徐温现今是吴国都督。老夫人仙逝，刺史李镇昌身为地头蛇不能不亲自前来吊唁。到了钟府，李镇昌忽然想起了石斛。上次明月楼吃饭，李镇昌耳边老听到都军使徐知诰一下子一句“贤弟”一下子一句“贤弟”，而石斛时不时叫一声“哥哥”。李镇昌总感觉，他们两人才是亲兄弟。吊唁完毕，李镇昌随口向大舅舅询问石斛是否已经前来吊唁。大舅舅告知李镇昌，石斛昨天就已经和外甥女一起前来给外婆送终，昨晚就住在家中。李镇昌没想到，立马请大舅舅转告石斛，明天他在刺史府等候他的大驾。

“谢谢大舅舅！小子明天定去拜会刺史大人。”

“就这点小事，大舅舅让下人告诉一声就是。大舅舅坐。”

“大舅舅也是给自己透口气。”大舅舅在栏凳上坐下。

“你外婆走了，来吊唁的宾客人多，大舅舅从早上一直忙到现在。”

“小子无事，可就是插不上手。”

“公子陪榛儿和宛然来，大舅舅已经非常感激。大舅舅也只是接待接待宾客，杂务事总管会带下人去做。大舅舅先过去。”大舅舅站了起来。见石斛、徐榛起身送，大舅舅说：“别送了，外面太阳火猛。”谢宛然就算不愿意送，石斛、徐榛要送，也只好陪同。五人恭送大舅舅，出了水榭。一直到了花园的门口，大舅舅坚请他们止步。站在花园的大门前，看着大舅舅走出了大门，众人才陆续转身，返回水榭。

“奴家有些好奇，公子跟这里的刺史很熟？”

“仅仅一面之缘。刺史大人邀小子前往，定是猜想小子可能会成为徐家的女婿。”

“这就怪了，刺史又不是生意人。”

“伯父是生意人，伯父的弟弟却是吴国都督。攀附上伯父，等于攀附上都督。

这么浅显的道理，刺史肯定懂。有钱能使鬼推磨，有权能使磨推鬼。在神州，权是大老，钱是老二。”

“那你为何不做老大，而甘愿做老二。”

“小子已经是老二，想做老大只能再投胎了。”

“诡辩！”徐榛笑着拧了一下石斛的脸。

“你不晓得，铜钱象征着自由，买不买，卖不卖，自己决定。此其一。铜钱上面没写人的名字，谁都可以拥有，小子做生意至少还有希望做成首富。做官，小子就是拼命爬，也不可能爬到老二的位置。此其二。权力隐含着奴役，意味着暴力，欺行霸市，强买强卖，谁大谁说了算，自己做不了主。官大一级压死人。小子可不希望一辈子就给人压着。小子不想压别人，也不希望别人压小子。此其三。有点烫，我们还是抓紧先进水榭。”

石斛加快了脚步，四名娘子随后跟上。“六月还没到，怎么这么热了！”“早就已经是六月了，今年有个闰月。”石斛接嘴。进入了水榭，谢宛然就要脱掉身上的缌麻。云蔓服侍谢宛然脱下了缌麻。“挂在水榭的栏杆上就是。”云蔓前去挂缌麻，谢宛然走了几步，就在石斛身旁的石凳上坐下。

“奴家见公子今天特别高兴，是否摸到了双天？”

石斛今天就好像是来朱雀门赌博的赌徒，看到手中一张有六个红点、六个白点的天牌后，全身哆嗦着用食指去不断探摸另一张骨牌。突然间，一种喜悦涌到赌桌上，冲毁了其他赌徒的防御堤坝，忍不住心中的激动，高叫一声，“天！”

“少夫人，小子今天摸到的是丁三配二四，至尊宝。”

“你赌去啦？”

嫁什么样的男人都可以，就是不能嫁给赌徒。徐渊开赌庄，有关赌徒的故事，徐榛听得也特别多。赢了铜钱，花天酒地挥霍；输了铜钱，卖妻卖儿什么样的恶事都做。就算你富如陶朱，一会儿功夫就是穷光蛋。见谢宛然和石斛谈论赌博，徐榛不禁就是一愣。

“这些小赌，小子一向不赌；要赌就赌大的。”

“那什么样的赌才是大赌？”

“自然是像昨晚那样的赌。”

“可公子又不算。”

“赢家是小子，小子自然可以不算。”

“公子不要奴家也罢。奴家将云蔓送给公子做侍儿，总不会拒绝吧？”

云蔓不禁眼珠子一转，看了石斛一眼。“好啊！小子正缺个侍儿。”石斛逗了一下谢宛然，旋即语气一转，“只是目前还不行。就算是羊栏、猪圈，小子一躺就是一夜。少夫人总不能让小子带着一个侍儿睡羊栏，睡猪圈。”徐榛不禁扑哧一声笑了起来。云蔓低下头，继续提刀切西瓜。徐榛拿起一枚竹签，挑去一小块西瓜上的瓜子，再插上竹签，送到石斛嘴里。石斛嘴唇稍动，西瓜已经进入到石斛的肚子里面。石斛摇了一下手。“够了。再吃，就要省出一顿晚饭了。”徐榛含笑说：“生意人就是生意人，就晓得算。”徐榛说着掏出手绢贴了贴石斛的嘴唇。就算是新婚燕尔，也不能搞得那么亲密。谢宛然心里一阵发酸。

“不算，怎么做生意？小子今天一直跟两朋友在酒肆喝酒。”

“这两个一起喝酒的朋友是不是都是富贵之人？”徐榛说着就笑了起来。

“说出来肯定吓着你。”

“放心，就算是弘农王也吓不着我。”

“弘农王吓不着你，他们可会吓着你。”

“有那么厉害？”

“两人中有一个，你和于苓认识。”

“我和于苓认识？”

“公子，是谁啊？”

“就是上次在扬子江上差一点将你吓出尿来的江腾蛟。”

“说话怎么越来越粗俗！”

“那以后专说雅词，看你酸不酸。”

“奴家看啊，主要还是公子晓得，现在小姑想逃都逃不掉。”

“主要还是小子这人狗改不了吃屎。”

“还是别说，越说越恶心。”

“小姑，江腾蛟是谁？”

“就是上次从广陵回金陵路上碰到的扬子江水匪。”

“他现在已经改行做航运生意了。”

“这么说来，你们两人现在是同行啰。”

“你想不到吧？”

“土匪改行做买卖，也不是什么特别新鲜的事情，神州多了去。”

这倒是真的。徐大当家就做过海盗。当前光鲜的那些人从前无一不是土匪。就算自己不是，父亲、祖父肯定做过土匪。谢宛然疑惑地问。“公子方才说的至尊宝竟然就是江腾蛟?”“正是!”石斛的回答出乎谢宛然的意料。

钟府的侍儿已经送来了饭菜,站在水榭的入口处。

“小子跟四位美娘子先吃饭。吃了饭,再慢慢聊。”

石斛说着站了起来。徐榛、谢宛然、于苓也跟着石斛站了起来,退离石桌。侍儿提进食盒,将食盒中的饭菜摆放到石桌上。摆好了饭菜,侍儿说:“请慢慢用,婢子告退。”石斛拱手,一声“劳烦”,送侍儿退出水榭。用完饭,天上的红霞已经消去。五人离开水榭,步回小楼。没有多久,侍儿请五人前去沐浴。

洗了头,侍儿引石斛进入房间。房间里面已经摆放着一只大木桶。“这是大大家给公子买的衫子,不知是否合身?”侍儿将放在几子上的一件衣裳拿了过来。石斛此时才想起,身上的衣裳昨天就没有换了。今天再不换,自己难受不说,那股汗酸味肯定会熏晕围在身边转的四位娘子。还是徐榛的大舅舅想得周到,见石斛依旧穿着来时的衣裳,猜到应该是匆匆来广陵没带衣裳,特地叫下人去买了一件。侍儿拿着衣裳,在石斛的身上比量一下。

“稍微小了那么一丁点,勉强还可以。”

“还请小姐姐代为小子谢谢大舅舅。”

“婢子一定代公子转告。”

侍儿头一抬,触及石斛的目光,赶紧低下了头。

“小姐姐怎么称呼?”

“婢子姓薛,小名霏霏。公子以后就叫婢子霏霏。”

“是不是雨雪霏霏的霏霏?”

“是。”

昔我往矣,杨柳依依。今我来思,雨雪霏霏。“有意思。”石斛会心笑了起来。薛霏霏误解了石斛的笑意,连忙说:“公子见笑了。换下来的衣裳,公子只管放在房间里面,会有人过来拿过去浆洗。”薛霏霏退出了房间,带上了房门。石斛脱去衣裳,抬脚踏进木桶,开始沐浴。沐浴完毕,换上衣裳,石斛出了房间,摇着折扇,踏下台阶,来到了庭院上。石斛没有停步,出了圆形院门,漫步在花园的曲径上。天还不是特别黑,但是花园中已经出现了夜虫的鸣叫,蛤蟆也开始来凑热闹。过了大约半个时辰,石斛才看到于苓提着灯笼,照着徐榛出现在花园的曲径上。

“公子!”听到于苓喊叫声。石斛提起脚,向灯光迎了上去。

“还想让小子做一回侍卫?”

“那是自然。”

众人沿着花园曲径,起步前行。

“公子,你的衫子好像窄了点,哪一位娘子给你缝制的?”

“小子匆匆前来,忘带换洗衫子,是大舅舅买的。”

“要不回金陵后,让奴家给公子缝制几件?”

“谢谢少夫人!小子有衫子,只是这次前往广陵过于匆匆,忘带了。”

“大嫂在朱雀门也闲着没事,闷得慌,给你缝制几件衫子,正好可以打发打发时间。再说,昨晚打赌,大嫂连人都已经输给你啦。你想她做什么,她都得服从。更不用说只是缝制几件衫子。我看啊,就让大嫂替我给你缝制几件衫子也好。”

“那好吧。常言说,恭敬不如从命。”

“可不要怨奴家的手给公子带来晦气哦!”

“少夫人再这样说,小子可真的不敢让你缝制了。”

“那奴家就依小姑,给公子缝制几件。”

“大嫂的手艺比我好,肯定帮你满意!”

“只是……”

“大嫂就在这里量一量尺寸。”

谢宛然款款然来到石斛面前,头碰着石斛的下巴,伸出双手轻轻抱住石斛的身子,测量石斛的腰围、胸围,然后测量石斛的肩宽和臂长;再蹲下身子,抱住石斛的臀部,测量自己的臀围,然后张开右手手掌,从石斛的腿根测量到脚踝。谢宛然走到了石斛身后,抱住石斛的腰,测量石斛的腰宽、肩宽;再蹲下身子,抱住石斛的胯部,测量臀围。谢宛然轻轻地从腿根测量到脚踝。量完了尺寸,谢宛然默记了半晌,站了起来。

“大嫂”,徐榛提醒说,“你可不要忘记了,再叫石斛去量哦!”死婢子,抱一下,都不舍得。谢宛然回想了一遍,将记得不牢的尺寸又重新测量一下,并将数据报给云蔓,帮着记忆,以免出错。折腾了足足有两个字的时间,众人才重新起步。

“石斛,跟江腾蛟喝顿酒,怎么会让你如获珍宝?”

“江腾蛟真是珍宝,小子未必一定会喜出望外。小子高兴,是江腾蛟开了小子的窍。”

“莫非你也有不开窍的时候?”

“你就别捧了!小子没开窍的地方多着呢。问道百,以为莫己若者,我之谓也。很多时候,人就是没开窍,弄成痛苦难受。开了窍,许多看起来根本无解的难题立马迎刃而解。小子前些日子老觉得心头压着一块大石饼,就是没开窍。”

“江腾蛟开了你什么窍,可否说一说?”

“请允许小子暂时保密。说出来,你或许会说小子笨。后生么,最忌讳人家说他笨。”

“那以后我就说我的石斛聪明。”

“你还真别说。自己明明是笨蛋,听到说自己聪明,嘴上说哪里哪里,肚子里像大热天喝冰水那样舒服。所以,权力越大,铜钱越多,听到的好话就越多。”

众人在花园溜达了将近半个时辰,准备回去歇息。于苓、云蔓提着灯笼照着徐榛、谢宛然、石斛三人返回小楼。到了小楼前,石斛停下了脚步。“你们先进去睡觉,小子代表徐榛和少夫人去灵堂守一会灵,表示一下应有的孝心。”徐榛赞许:“还是我的石斛有孝心。”石斛厚着脸皮说:“小子是朱雀门的未来女婿,应该。”徐榛伸手轻轻拧了一下石斛的手臂。“这里有侍儿,就让于苓照你过去。”徐榛的提议,石斛没有反对。于苓提着灯笼正要转身,徐榛忽然说:“差点忘了。”徐榛从袖袋内拿出一条手绢,递给石斛。“匆匆前来广陵,我看你什么物事都没带。万一擦个汗什么的,需要。”石斛从徐榛手中接过手绢,放进了袖袋。石斛拱手与徐榛、谢宛然、云蔓告别,于苓提着灯笼照着石斛前往灵堂。

见石斛前来,徐榛的大舅舅起身迎接。

“怎么能让公子前来守灵?”

“大舅舅,小子权且代徐榛和少夫人尽一尽应有的孝心。”

未来女婿,守一下灵也应该。大舅舅不再多说,亲自拿了两个垫子放在灵床旁。石斛和于苓套上丧服,跪在垫子上开始守灵。灵堂里面,一大班和尚在念南无阿弥陀佛。单调、凄婉的南无阿弥陀佛一遍又一遍撞击着于苓的耳朵,心里顿时产生一种凄凄然,鼻子一酸,竟然抽泣了起来。石斛不会哭,也没去阻止于苓抽泣,默默跪在垫子上,听单调的南无阿弥陀佛。将近一个时辰,两个舅舅都劝石斛先回去歇息。石斛才和于苓脱去丧服,离开灵堂,返回花园。

夜已经很深,石斛和于苓都不敢高声。到了花园的门前,石斛叫了门。看护院门的嬷嬷披着衣衫,摸索着开了院门。石斛说了感谢,就和于苓进入了花园。于苓走着走着就下意识地向石斛靠了过来。石斛抬手搂住于苓的肩膀,于苓斜靠着石斛,走向小楼。

“那么黑的夜,家里恰巧又去了人。公子不在身边,婢子着实不敢走。”

“你不去想,就不会怕。想着想着,人就会想出许多莫名其妙的物事出来。人实际是给自己吓着。小子的老家,夜晚别说人,鬼都不愿意来。小子兄妹三人,很小的时候，就常在竹林、树丛中窜来窜去，从未怕过。夏天就更不用说了。举着火把，沿着家门前面的那条小溪，捉螃蟹、对虾、石蛙等等。我们兄妹三人不怕，主要是家父和家母从来不会给我们讲那些妖魔鬼怪的事情。在我们兄妹三人的脑子里，这世上根本就没有什么妖魔鬼怪。小子总感觉，这些物事都是大人杜撰出来吓小孩用。小时候吓怕了，大了后，旁人一提自然就会毛孔悚然，心惊胆战。小子想，你应该也是这样吓大。”

“应该是。现在婢子还记得当时大人讲的这种故事。”

“大人吓一吓小孩，小子觉得，主要还是想让小孩有禁忌，不要乱窜。一个没有保护能力的小孩，百无禁忌，到处乱跑，很容易出事情。大人事情又忙，不能时时刻刻跟在小孩身边，没办法，只能让小孩畏惧。只是没去想，用恐吓的手段只能让人的胆子越来越小。”

两人边走边说，到了小楼。踏着台阶，登上步檐。“你先上去。”“还是婢子先照公子去房间。”“不用。”石斛站在楼梯前看着于苓上楼。等于苓上了楼，石斛转身去了房间。推上房门，昏暗中脱衣睡觉。早上，石斛起床推开房门，看到谢宛然站在步檐上面对自己。

“昨晚天有些黑，奴家想早上再看一下公子的身材。”

谢宛然走到石斛跟前，仔细打量石斛的身子。见谢宛然伸出双手要举起石斛的双手，石斛旋即自动向两旁张开双手。谢宛然张开手掌，一手一手庹量石斛的臂长。站在谢宛然前面的石斛闻到一股女子体味。过了一会，楼上响起声音，看来徐榛起床了。

“麻烦公子啦！”

“少夫人哪能这么说，是小子麻烦少夫人才对！”

石斛拱手送谢宛然上楼。过了一会，钟府的侍儿前来服侍石斛梳洗。梳洗完毕，石斛就在小楼的步檐上等徐榛三娘子。一名侍儿打开楼梯下面的储藏室。石斛跟了侍儿过来，一手提出一张小几子，放在两房之间的凹字形步檐上。又过了一会，楼梯上面才出现徐榛、于苓和谢宛然。就在凹字形步檐上，石斛陪徐榛、于苓、谢宛然用餐。

早餐后，石斛跟四位娘子暂时告别，离开钟府。

第七十三章　井蛙

井蛙不可以语于海者，拘于虚也；
夏虫不可以语于冰者，笃于时也。

——《庄子》

“井蛙啊！”

“什么井蛙啊？公子。”

“没什么，小子自言自语。”

“公子突然一声高叫，吓了婢子一大跳。”

“是不是以为小子癫了？”

洗澡时，石斛坐在木桶里突然莫名其妙一声高叫。这声高叫刚好给经过房间外的于苓听见。没多久，石斛在房间内突然高叫的事情就传到徐榛的耳朵里面。踱步时，徐榛忽然向石斛问起这件事。“想到什么有趣的事情，是不是也让我分享分享？”石斛含笑向徐榛解释：“我常觉得别人是井蛙，没想到自己也是井蛙，情不自禁，就叫了一声。”

别以为自己是伯夷、叔齐就不会杀你。简单一句话就可以让你死无葬身之地。杀不杀你他说了算，跟你是什么人没屁关系。还想凭借希声社这个茅坑跟徐温争一争？还没有开始做梦，希声社就已经消失。朱雀门女婿？笑死人。我爸还是亲王呢！亲生儿子都无所谓，还在乎你一个外姓人？徐温今天不杀，不等于明天不杀。这次去山南，还不是希望你死？

完成使命，平安回来，更会找借口弄死你！现在就缺一个可以安身的窝。能够像蜜蜂一样，飞到海外建一个新窝，起码有一个确定的安身之处。不能解的难题立马迎刃而解。我以前怎么没想到？真是井蛙！隐忍，隐忍，再隐忍！想办法将这个窝先给搭成。

不走？等死吧。别忘了，徐温后面还有朱温！朱温死了，不就好了。真是白痴！神州是产朱温的地方。死了一个老朱温，马上会来一个新朱温。要晓得，做什么事都可以，就是别给我做梦。不敢直面现实，就等着死吧！躲过初一，躲不过十五。剐刑的时候再想到痛已经晚了！不是朱温又怎样？猪圈里面的猪，什么时候屠宰，看需要。到那时候，你才明白争了一辈子的猪食实际替他人争。再不换一换脑筋，最后只能是被人屠宰。屎拉到了肛门口，再找茅坑就迟了。总不至于像猪一样吃着猪食等屠宰。还是抓紧时间搭窝准备开溜！

直到手皮都差不多泡胀了，石斛才从木桶中出来。

石斛又做了一个噩梦。这个噩梦石斛已经做了好多遍。石斛梦见自己陷入鼠海，四周密密麻麻全是老鼠。石斛手捏，脚踩，四脚并用，全力搏杀，试图逃离这个老鼠的世界。可老鼠实在太多，多得让人毛骨悚然。石斛一边全力搏杀，一边死命逃跑。杀啊杀，跑啊跑。石斛感到四肢发软，筋疲力尽。这次肯定会给老鼠咬死。石斛感到了恐惧。

这个噩梦，翠竹湾时也曾经做过。石斛曾将这个噩梦告诉给了尹如雪。尹如雪轻轻地摸着石斛的头说："烟儿属鼠，是鼠王，老鼠不会也不敢咬烟儿。"已经多年没做这个梦，想不到昨晚又做上了。石斛伸手摸一摸自己的额头，全是冷汗。必须得抓紧时间走。没办法，这是唯一的活路。否则，在这个硕鼠猖獗的地方，迟早有一天会被撕碎，吞食。

石斛离开钟府，前去都军使府衙拜访徐知诰。石斛不想跟徐知诰打交道，可来到了广陵又不能不去看一看。两人没聊多久，石斛就跟徐知诰告辞，起身前往希声社广陵分社。自希声社开业以来，石斛还没来过一次。当初创建希声社时，除了总社，各地分社只确定主事和副主事，调拨铜钱，由主事和副主事自己招兵买马。广陵分社是名副其实的曹家帮。主事是曹全晟的儿子曹其宸，副主事是曹全晟的侄孙曹逢。问了路，石斛步行前往分社。路上，石斛看到有马车来来往往。石斛一边走着，一边看着，来到了广陵分社驻地。

"这位客官，是否需要在下效劳？"一名站在门头旁的后生拱手前来招呼。

"小子想见一见贵社的曹主事。"

"实在是不巧，主事刚刚有事出去。可否引客官去见一见副主事？"

"那就有劳兄台了。"

"客官请！"

石斛摇着扇子，跟在后生的后面，走进了分社的大门，踏上了青砖铺地的庭院。庭院呈长方形，南北宽，东西窄，目测至少有一亩地。希声社挂牌之前，石斛曾经来过一趟，也就没有特别去关注。庭院上停着好几辆马车，很多人正在装卸货物。

“兄台怎么称呼？”

“姓卞，小名齐康。客官叫齐康就是。”

“卞兄，贵社平常生意都像今天这样忙吗？”

“敝社挂牌以来，生意一直都很忙。敝社的大米还没出碾米坊，就已经被人预订了。客官肯定晓得，敝社的粮食比市场价至少便宜百有十五以上。大客户敝社便宜两成以上，甚至可以百有二十五。其他货物敝社的货船一到码头，当天就给商家抢光。因敝社运费便宜又给客人提供货物安全担保，选择敝社托运的客人越来越多。在我们吴国，只有我们希声社敢给客人提供货物安全担保。他们现在装卸的都是客户托运的货物。”

卞齐康一边走一边介绍，引着石斛，进入了宗祠。

二十年前，经毕师铎、秦彦、孙儒等人的轮番杀戮，加上饥荒相互残杀和逃亡，广陵以及附近州县几乎空无一人。现在广陵城内、城外的人都是后来杨行憨平定孙儒后，慢慢从四面八方陆续搬来的居民。这些年，又生了些，人才渐渐多了起来。

将广陵分社设在李氏宗祠，是主事曹其宸的主意。当初，曹氏一家从北方南逃时，就寄居在李氏宗祠里面。曹其宸将分社设在李氏宗祠，主要还不是图省钱，而是这个地方，一来刚好在扬子江和运河的交叉口，不论是北上东去还是西往不仅方便，可以做到人不知、鬼不觉；二来坦场很大，附属建筑多，便于安排兄弟门住宿和堆放货物。正式开张前，曹其宸请工匠修缮了宗祠以及宗祠边上的几座房屋。这些房子已经多年无人居住。

宗祠很大，为三进建筑。沿着宗祠的廊屋，前往祭祀大堂。

曹逢正在大堂上跟两名兄弟在议事。“都统？”听到脚步声，曹逢抬起头，很惊讶。一听曹逢说“都统”，两名兄弟几乎跟曹逢同时站了起来，快步前来迎接。“曹逢、秦泰、栾杰恭请都统来广陵巡视！”都统？卞齐康着实没想到听自己说了大半天的人竟然就是都统，连忙双膝一屈，跪在了地上。“快请起，快请起！”石斛赶紧伸手将卞齐康扶起，再快步走过去将曹逢、秦泰、栾杰一一扶了起来。

“齐康，去将外面的兄弟都叫进来，参见都统。”

“是！”卞齐康手一拱，转身跑了出去。

“都统，请！”

曹逢引领，秦泰、栾杰陪同，前往宗祠的祭祀大堂。

踏上台阶，进入祭祀大堂。大堂很高大，也很宽敞。中间的立柱一抱多粗。石斛环视了一眼大堂，走到了祭台前。祭台后面的牌位倒的倒，翻的翻，仰的仰。宗庙都已经毁了，地方祠堂破败很正常。石斛没有细看，就转过身。这时，卞齐康带着一班兄弟从外面向祭祀大堂走过来。希声社挂牌前，石斛来过广陵，却只见了曹其宸等几个骨干。分社大部分兄弟只晓得石斛这个名而不认识石斛这个人。一听卞齐康说都统来分社巡视，留在分社的兄弟立马放下手中的活跑进了宗祠，一来拜见，二来也想看一看都统的风采。见一名器宇轩昂、丰姿潇洒的后生手持折扇正面站在大堂上，立马加快了脚步。

“参见都统！”声音响亮又整齐，在祭祀大堂内震荡。

“诸位兄弟，快快请起！”石斛拱手回礼。

“谢都统！”众兄弟行了礼，先后站了起来。

“小弟只想说，兄弟们辛苦了！其他感谢的话，小弟就不再多说了。一句话，希声社不单是小弟的希声社，也是兄弟们的希声社。诸位兄弟都晓得，小弟组建希声社的目的，不仅仅是希望能吃上一口饭，也是希望我们能够凝成一团，彻底摆脱任人宰割的命运。小弟不单是为自己打造将来，也是为兄弟们打造将来。小弟希望希声社众兄弟齐心协力，经过一段时间的努力拼搏，希声社能闯出一条属于我们自己的路，做出一番属于我们自己的事。”

“谨遵钧命！”

“曹逢，给小弟绍介绍介！”

“遵命！”

曹逢手一拱，就向石斛一一介绍在场的兄弟：“王谨信，许如己，和归厚……”石斛一一行礼。介绍完毕，曹逢说：“兄弟们各忙自己的事，仆带都统巡视！”众兄弟纷纷跟石斛拱手告辞，石斛拱手送行。待兄弟一一散去，曹逢引领，秦泰、栾杰陪同，查看广陵分社。

石斛边走边看，边听曹逢介绍。陪同曹逢的秦泰、栾杰偶尔也插上一句。“希声社运来的货物，先存放在祠堂里面，再从陆路、水路送到各据点或直接送到客户手中。客人托运的货物也先运到这里，再转运往客人制定的地点。所以，祠堂里堆了那么多货物。”除了摆放在祠堂里面的各种货物，石斛看了兄弟们的住所，分社厨房，食厅，还看了马厩。一圈下来已经半个多时辰。看看心里已经有数，石斛准备离开分社，去谪仙酒肆见曹其宸。

“这里还有些事情需要安排，仆叫一个人送都统去谪仙酒肆。”

“没事，引个路就行，毕竟正事重要。”

曹逢去找了一名叫马伯强的兄弟，送石斛去谪仙酒肆。石斛拱手跟送行的兄弟道别，曹逢、秦泰、栾杰陪同，和马伯强一起出了大门，沿着一条铺满木屑的道路，前往码头。上了舢板，石斛拱手告辞。马伯强划着舢板沿着运河悠悠北上。

石斛站在舢板上，运河两岸的景致映入了眼帘。运河的东岸是密密麻麻的坟墓，有高大豪华的，有低矮荒芜的，还有成堆的乱葬岗。石斛没有在清明节去上坟的概念。就算是师父李同的坟墓，也没有特意选择清明节去。李同去世后，石岩将他深埋在翠竹湾后山上，没有坟墓，也没有立墓碑。石岩在深埋李同的地方栽上一株女贞。石岩一家人逃离翠竹时，这株女贞已经碗口粗。没有离开翠竹湾前，一旦有空，石斛就会去树下坐一坐，如同小时候坐在李同的肩膀上一样，由李同驮着去桃花石村看李同认为值得一看的物事。有一次，李同甚至驮着石斛，带着石柏去几十里外的乐平县城看花灯。

运河的西岸是高大的广陵城墙。建造城墙防御，应该也算是一种智慧。讽刺的是，神州史上至今没有一堵城墙能够真正防住来犯之敌。当年，杨行愍曾和毕师铎、孙儒争夺过广陵城，每一次都是攻城者取得胜利。别说广陵城，就是万里长城，何时起到拦阻游牧民族入侵的作用？更多的时候，城墙不是防护屏障，而是勒死城内市民的一条巨大绞索。自黄巢造反以来，神州不晓得多少城市就是因城墙被黄巢、秦宗全、孙儒、朱温等大土匪屠了城。神州人就是不明白，只有乌龟才需要一个壳。

舢板在广陵城东码头靠岸。“谪仙酒肆离这不远，用不了多少时间。”系好舢板，马伯强引领石斛前往谪仙酒肆。沿着凹凸不平的青砖街道，两人步行了将近一刻钟，马伯强将谪仙酒肆指给石斛。“那就是谪仙酒肆。”石斛看到了上写着谪仙酒肆的酒帘。快要到酒肆时，酒肆里面突然窜出一个男子，朝石斛飞奔过来。石斛抬眼一瞧，原来是水匪江腾蛟，马上意识到江腾蛟冲着自己而来。还没等石斛弄明白江腾蛟的意图，江腾蛟已经双膝一屈，重重地跪在了石斛的面前。江腾蛟的行止弄得马伯强和从酒肆中出来的曹其宸都晕了头。“腾蛟给公子叩头！”江腾蛟两手一伸，准备伏地叩头。石斛赶紧跨步上前，俯身去扶江腾蛟。

“江兄，使不得，万万使不得！”

“不叩三个头，公子怎么拉，仆就跪在地上不起来！”

江腾蛟没想到石斛会放了他。离开金陵，直到将近未时才回到京口。手下的小头目还聚集在江神庙商量对策。他们昨晚就已经开始商量,可商量到现在还没有商量出一个结果。这些年,全在江腾蛟的带领下,他们才在与众多土匪的争竞中胜出,存活至今。

江腾蛟,徐城人,出身名门。祖父江道远,曾官至工部侍郎;父亲江图淮,曾做过盱眙县令、楚州判官。后得罪了淮南节度使高骈,罢官回到老家徐城。黄巢造反,强盗蜂起。眼看无法在徐城继续呆下去,江图淮准备举族南迁至润州。途中,江图淮不幸遭遇孙儒的军队,族人死的死,伤的伤,一点家产也被抢夺一空。

君子有勇而无义为乱,小人有勇而无义为盗。

靠山吃山,靠水吃水。淮河边长大的江氏族人干脆落草为寇,当起了水匪。

石斛突然释放江腾蛟时,江腾蛟正为昨晚让兄弟退去懊悔。水上营生那么多年,江腾蛟想也没想过竟然会如此莫明其妙地成了人家的俘虏。金陵到京口的这一百多里路程,江腾蛟想了一百多里。幸亏碰上了他,交给衙门,不死,也是残废。神州的大富有几个是干净出身?我做水匪固然没错,何必一定要死脑筋老将眼睛盯着水匪这一行当?凭借这些年打拼下来的基础,我完全可以做点其他事情。

公子说的没错!水匪行当看似无本万利,实际风险很大。这些年,有多少绿林好汉的人头挂在城墙上。鬼做多了,羹饭定会吃着。做水匪终究不是长久之计。眼下暂时太平,为什么不从事一些与扬子江有关的一些买卖?当初那些个土匪,如今都已经坐了庙堂。我此时改行,正好可以洗白身份,化去不必要的风险。

这些年,我一直在扬子江上混,哪儿水深,哪儿水浅,谁都没有我清楚。扬子江下游的同行,个个都是铁血兄弟。倘若从事水上买卖,这些贼皮能不给兄弟一个面子?真的不给面子,我还怕他们?商家怕水匪,我不怕。这些年的水上营生,多少集聚了一些钱财,加上一条帆船和几条小船,已经够本。江腾蛟决定弃匪从商。

江腾蛟将弃匪从商的想法跟大伙一说,江氏子孙拍手赞成。做水匪也是迫于无奈,有可能还不抓紧时间转身从良?于是,江腾蛟率手下兄弟在润州、常州、苏州沿扬子江、大运河做起了买贱卖贵的生意。江腾蛟土匪出身,胆子大。别人不敢去的地方敢去,别人不敢做的事敢做。江腾蛟只做了一趟生意就尝到了甜头。

路上的行人开始驻足,围了上去看热闹,仿佛像围观要猴。不让江腾蛟磕头,今天是不行了。眼看看热闹的行人越来越多,石斛不得不松开了手。江腾蛟好像没看见有那么多围观的看客,恭恭敬敬地给石斛磕了三个头。江腾蛟刚一抬头,石斛就一把将他扶了起来。

“江兄这三个头至少折去了小弟三年的阳寿!”

“三个头,就是三百个头,公子都承受得起。公子不仅没要仆这条贱命,还改变了仆一生的命运。公子的大恩,没齿难忘!公子快快请进!仆今天一定要好好敬公子三杯!”

江腾蛟不理会街上围观的看客,一把就拉起石斛往酒肆拖。曹其宸见状只得匆匆跟马伯强手一拱,带着一肚子的纳闷,紧跟着江腾蛟和石斛进入了酒肆。酒肆的掌柜见江腾蛟来了一个朋友,立马吩咐伙计去添加盘碟、筷子和酒杯。

“上次回京口,仆当天就改行做起了贩运行当。”江腾蛟刚一坐下就向石斛介绍起了自己的近况。“全托公子的福,生意相当顺当。仆不用说了,就连手下弟兄,生活也非当时可比,起码不需要像以前那样吃惊吃吓。刀口舔血的日子,真不是人过。曾有命师给仆算命,说仆的命运会遇上一贵人后而改变。想不到,仆的命中贵人竟然是公子。曹大哥,快请坐!”

曹其宸手一拱,坐了下来。“没想到江兄原来跟都统认识。”江腾蛟一听,吃了一惊,不禁站了起来。“曹大哥,公子就是希声社都统?”江腾蛟不敢相信。曹其宸含笑说:“其他物事或许能造假,希声社都统总不能拿他人来冒充吧。”“想不到,”江腾蛟摇着头说,“实在是想不到!仆只晓得希声社都统的名讳,万万没想到就是公子。”石斛向江腾蛟手一拱,“以后希声社的事情还需江兄多多帮忙!”江腾蛟向石斛手一拱,爽朗地说:“别说帮忙,都统能够接纳,仆愿意成为希声社的下属!”“谢谢江兄!”石斛手一拱。“能跟江兄联手,小弟求之不得。江兄快请坐,我们边喝边聊。”石斛和江腾蛟重新坐了下来。

“先确定合作。至于合并之事,依小弟看,还须江兄回去跟自家弟兄先商量商量,然后再做定夺。毕竟江兄手下还有一班弟兄,而不是只有江兄一个人。”

“这样也好。容仆回去跟兄弟商量好,再告知曹大哥。”

“小弟不知,江兄近期在何处走动?”

“仆最初也只是在浙江东西两道一带跑跑。后来,仆认识了一位岭南人,跟着他去了一趟岭南。去了一趟岭南之后,仆这才发现,南下岭南才是大买卖。扬子江以北,战乱连年不断,扬子江以南太平无事,越远越太平。仆现在主要从广陵、常州、无锡、苏州等地,购买丝绸、布匹等,运往福建、岭南甚至岭南以南的地方,贩给当地的客商。

不仅走俏,而且价格高。利润高就不用说了。广陵、苏州等地的普通物事,到了那儿就是珍品。去了岭南,仆才明白,天下大得很,神州仅仅只是天下的一角。那位跟仆合伙的岭南人告诉仆,岭南的南面还有很多他也没有去过的地方。

仆想，黄巢、秦宗权、朱温这些草寇，在小小的中原争什么呢？想当当皇帝，完全可以带一帮人，到其他地方去当皇帝就是了。贼寇黄巢都已经跑到了广州，再往南跑到更远的地方做皇帝，哪会掉脑袋？不仅不会掉脑袋，也不会连累上千万神州人跟着陪葬。仆终于晓得了，都是没有见识的井底之蛙。蜂王不就是这样吗？"

"江兄真是一语点醒梦中人啊！"

江腾蛟的话，就像一枚针，深深扎了一下石斛的手指，浑噩中突然清醒。石斛一直在想找一个地方，可就是没想过到海外找一个地方。东南西北中已经没有容身的地方，只能到海外去了。原先无法解的事情，仿佛碰到了利刃，霎时迎刃而解了。黑暗中摸索了那么久，突然出现了亮光，看清了前进的道路。不错，到可以容身的地方容身去！为何要死呆在这里等死？

"公子客气。仆只是认为实在犯不着跟那些井蛙争长短。"

翠竹湾就有蜜蜂，甚至还有野蜜蜂。就在石斛跟着父亲离开翠竹湾时，家里还养着两桶蜂。匆匆忙忙逃离翠竹湾已经有好几个月，也不晓得这两桶蜜蜂如今还在不在。石斛晓得蜜蜂，也见过蜂王分家。当原先的一窝蜜蜂，又孵出一个新王，就会出现其中一个蜂王带着一大群蜜蜂，搬到另一个地方建新家。好主意，绝对好主意！天下那么大，神州人完全可以像蜜蜂一样，搬到另一个地方新建家园，何苦要死守狭窄的神州拼死拼活？

"天下那么大，何必蜗居在井底跟井蛙争一寸土地？"石斛点头称是。"只要能跳出枯井，外面有的是施拳脚的天地。去了几趟岭南，渐渐明白神州之所以动不动伏尸百万，就是没有一个井蛙跳出枯井看一看外面的世界，只盯着眼前的一洼之地。眼界决定了格局，成不了大器。"

"江兄所言极是。神州人几千年就晓得窝里斗，只看着碗中的物事而不去关注锅里有没有。不仅皇帝和臣僚斗，臣僚和臣僚斗，就是宫中的嫔妃为了让皇帝能多陪一夜也斗。有权的斗，没权的也斗。争田斗，争山斗，争水斗，甚至争一句言语也斗。内斗越学越精，手段越来越狠，心肠越来越毒。他们都像江兄那样有开阔的视野，还会斗？"石斛端起酒杯，起身说："预祝合作成功，我们喝了这杯！"江腾蛟端起酒杯，曹其宸奉陪，三人干了一杯。曹其宸提起酒壶，先给石斛、江腾蛟，再给自己斟满酒。"人么，有时候就是不开窍，往往因一句极普通的话而茅塞顿开。神州人只喜欢看得见的铜钱，不喜欢金玉良言。他们就是不晓得，这一句话实际上有时候远比千金要值钱。江兄说小弟改变了江兄的命运，江兄同样也将改变小弟的命运。自希声社组建以来，今天可以说是小弟最高兴的一天。江兄，你的一句话说不定解开了小弟心中一直无法解开的死结!”

“公子这般夸奖,仆实在惭愧!仆只是觉得,跳来跳去,根本跳不出什么新花样。不瞒公子,找一个安身之地,也是仆做了那么多年水上营生、碰了无数次头后得出的想法。只是限于仆的实力,一直没办法实现。倘若由公子去做,凭借希声社目前的实力,实现起来应该不是特别难。走了那么多年的江湖,谁有能耐,仆还是晓得。如今的江南,有哪一个商社敢跟希声社叫板?只要公子愿意,仆相信定能实现!仆也就可以借公子的橹,摇一摇。”

直到申时,三人才慢慢下了酒肆,出现在复兴大街上。

在酒肆门口,石斛拱手跟江腾蛟、曹其宸告辞,向西前往钟府。曹其宸则陪着江腾蛟出广陵东门。江腾蛟、曹其宸步行到码头边时,马伯强已经一人坐在舢板上等候。两人上了舢板,马伯强旋即划动木桨,沿着运河缓缓南下。

“曹大哥,你可否告知一二,都统的神秘身世?”

“江兄,敝社都统的身世,即便是希声社内也只有家父等几人知晓。希声社故意不让旁人知晓都统的身世,也是不得已。”

“仆好奇,希声社为何不让旁人知晓?”

“是如今神州想要都统人头的人太多!”

“别说黑帮,就是普通商社,仇家也多。这很正常。问题是能不能吃得动。如今在吴国地界,无论是黑道,还是白道,小弟实在想不出,还有谁敢动都统?”

“贼寇朱温!”

“贼寇朱温?”

“贼寇朱温在中原做他的狗屁皇帝,跟公子风马牛不相及,为何要杀都统?”

“看在江兄跟都统如此投缘的份上,曹某不妨透露一二。”

江腾蛟伸过头来,曹其宸贴着他的耳朵说:“先帝昭宗的亲侄!”

“啊!”

“江兄想想,如今神州有多少人想要都统的头?”

“是啊!难怪像令尊这等英雄都投身希声社门下。”

“此等机密还望江兄绝不能透露给你我外的第三人!”

“这个还须曹大哥多说?纵使那些人奈何不了公子,但想安生是不可能了。”

“老虎也有打盹的时候,何况是人?”

“仆无须回去商量,自今起仆就是希声社的人。”

“好!明天曹某就去告知都统,让江兄负责创建希声社海外分社。”

“仆绝不辜负都统重托!”

钟府上下都在忙外婆出殡的事情,杂务事石斛想插手也插不上手。早饭刚一吃,石斛就离开了钟府,准备去刺史府赴约。出了广陵南门,石斛径直前往希声社分社。“都统。”卞齐康一见石斛前来,迎了上去。“主事就在里面。”卞齐康引石斛进门。庭院上捆着七八个人。曹其宸告诉石斛:“昨晚,闯来了一群蟊贼,叫兄弟们给捆了,正准备送到衙门去。”

好像自从有了人,就有盗窃这一行当,历史也实在太悠久了。其他别去说,光名称就已经换了好几茬了,从早先的盗、窃,到现在的偷。石斛嘴上虽没说,心里已经否定了曹其宸的主意。南华真人云,窃钩者诛,窃国者诸侯。抢夺江山的强盗坐庙堂耀武扬威,偷窃一些物事过一过日子已经够可怜了。依古人的说法,徐温是盗,朱温是贼,这些偷物事的可怜虫充其量只能算是窃。窃贼好过流氓,也好过强盗。将小偷交给强盗,还不如不交。

石斛想用一用这些小偷。三百六十行之一,偷窃也有自己的看家本领。这种本领也不是随便学一学就会,多少得花点苦功。当初筹建希声社时,石斛没考虑过这方面的能人。能够组织一群窃贼,到朱温那偷什么物事,岂不是可以充分利用这些家伙?石斛决定试一试。

“你们谁是头啊?”

石斛踱步来到这群窃贼身边。“他是! 他是!”想不到,石斛刚一开口,这群窃贼立马相互谦让了起来,甲说乙是头,乙说丙是头,丙说丁是头。没有一个人敢承担自己是头。指望这些窃贼做点有些用的事情根本不可能。

“衙门就不用送了。”石斛直接否定了曹其宸的建议。“他们哪有什么心思去理睬这些个梁上君子?就算关,也没那么多监牢关。前脚还没有进,后脚就已经出来了。凑巧遇上像朱延寿这样的人,他们只有剁手、剁脚、剁头的份。如今的年代,四肢齐全还可以偷一偷,缺胳膊少腿了,活可就不容易了。曹兄,叫兄弟们拿根小鞭子,扒开他们的衣裳,每人抽他三十鞭,让他们感到疼,但不要伤到筋骨。”曹其宸含笑说:“兄弟们,去找几根细细的鞭子,没有,筱竹子也行,狠狠地抽三十鞭,然后叫他们滚蛋! 下次,还敢再来,就剁他们的指头。”

石斛撂下窃贼,起步走向祠堂的门头。曹其宸紧随其身后,两人走出了大门。

“昨天,都统走后,仆送江腾蛟去京口时,江腾蛟决定加入希声社。没经都统同意,仆就自作主张,当场答应了他的请求。仆想请他负责成立希声社海外分社,拓展希声社的海外业务。希声社内陆布局已经很合理,眼下就缺海外这一块。”

"小弟年小,阅历不深,很多事情需曹兄自己决定。

江腾蛟从事水上营生多年,水上经验非常丰富。没江腾蛟,希声社单独创建海外分社,肯定得花很多时间。有了江腾蛟,就可以省去不少力气。请江腾蛟负责海外的事宜,对我们希声社来说,很重要。在江湖立足,没有盟友还真不行。这些事情暂且放下,今天陪小弟去拜访李镇昌,你看希声社的货物中有什么物事可送?"

"李镇昌怎晓得都统在广陵?"

"晓得了也好,拜访一下也必要,毕竟希声社在广陵设有分社。"

"希声社的货物都是些平常稀松的物事。"

"那就不用了,你我马上前往刺史府。"

"是不是直接给点铜钱?如今给官吏很少送物事,大抵直接给铜钱。"

"这不好,会开启李镇昌的贪欲。同时,也降低了我们希声社的身份。李镇昌当了那么多年的官,肯定捞了不少油水。我们送再多的钱,他也不会稀罕。往往是,有了第一次就会有第二次。这还得了。我们希声社可不能学那些商人,看起来很精明实际上很蠢,只晓得攀附官府。别说动乱时代,就是和平岁月,这些攀附官府的商人,没有一个活得长。树倒猢狲散的故事,演了一遍又一遍,就是没有商人好好吸取教训。我们希声社有徐家这张虎皮,更不能自贬身份。

昨天,李镇昌去钟府吊唁时向徐棒的舅舅提起,希望小弟跟去刺史府拜访他。这明明是他想巴结小弟,而不是小弟要去巴结他。上次小弟来广陵,徐知诰特意设宴请小弟,当时李镇昌也在场。李镇昌当了那么多年官,肯定看得出小弟跟徐知诰的关系。如今做官,能力不重要,能猜关系重要。李镇昌肯定晓得,小弟很有可能是朱雀门当家徐渊的未来女婿。那可是都督的侄女婿哦!"

石斛笑了起来。

"官场这一套物事,李镇昌精得很。我们何不趁机用一用这张虎皮呢?用得好,对我们希声社广陵分社肯定大有好处。小弟一直在外面混,世人的想法多少懂一点。不过,事情要含蓄一点,不能太过于张扬,让他感到有压力。"

"好,到时候,仆让江腾蛟弄一点海外物事,表示一下礼数。"

"礼物他不会在意。有么给一点,没有就算。小弟上次来广陵时见过一面。给小弟的感觉是,想让李镇昌帮你的忙,你身上首先得有他想要的物事。在李镇昌看来,小弟是徐温的侄女婿,徐知诰的结义兄弟,身上有他想要的物事。这也是李镇昌请小弟的根本原因。他的眼里,人与人之间只有交换,比小弟更像生意人。对了,徐棒的外婆今天下午就要出殡,就让曹逢代表希声社去吊唁,表示礼数。不至于传言流到徐大当家的耳朵里面，说小弟这人一点礼数都不懂。希声社从外地运来的货物都交给朱雀门来卖，而如今徐榛的大舅舅又是朱雀门扬州分社的主事，他母亲去世，我们希声社去吊唁吊唁也是应该。"

曹其宸含笑说："都统还说自己江湖阅历不深，考虑问题实际比仆还老到。"

"小弟也是从常理出发。告诉曹逢，叫他马上去，不要吊不及尸。"

"这一点礼数，他那么大了，应该会懂。请都统稍等片刻，仆前去吩咐一声，马上和都统前往刺史府。"

曹其宸手一拱，就前去安排。不久，曹其宸和一名叫沈寿光的兄弟赶着一辆马车停在了石斛身边。石斛登上了马车。沈寿光赶着马车，前往刺史府。

马车在刺史府大门前停下。石斛和曹其宸一下马车，就径直向刺史府大门走去。到了刺史府门头前，石斛向守门的胥徒说明了见刺史的原委。胥徒一听是刺史邀请的客人，立马转身前去通报。站在门头前没等多久，李镇昌就拱着手前来迎接。双方寒暄介绍礼毕，李镇昌延请石斛、曹其宸进府衙。石斛和曹其宸跨进了像老虎嘴的大门，跟着李镇昌前往后堂。进入后堂，李镇昌和石斛分宾主坐下，曹其宸一旁坐陪。刺史府的两名侍儿奉上了清茶。

"公子这次来广陵，拜访徐大人了吧。"

"到了广陵不去看他，还不给他骂死？来广陵，小可理应先来刺史府拜访大人才是。失礼的地方，还请大人能多多体谅！"

"尊卑有序，公子自然应该先看徐大人。"

"有道是，不怕官，只怕管。大人是扬州的父母官，希声社仰仗大人的地方更多。希声社扬州分社需要大人照顾，将来大人高升，希声社更需要大人照顾。无论现在还是将来，小可都应该先来拜访大人。失礼，失礼！"石斛手一拱。"公子客气！"李镇昌手一拱。"像大人这样勤政爱民的使君，就算在我们吴国也是屈指可数。大人高升也只是时间的问题。"

"这还需要公子替镇昌在都督和内外马步都军使面前多多美言美言。"

"那是自然。小可和徐榛一起前去看叔父时，多给大人美言。至于大哥，我们兄弟，不是他来看小可就是小可去看他，随时见着。下次小可多给大人说说。"

"那镇昌就多谢公子了。"

"大人不必客气。小可还得感谢大人能够亲自前往吊唁！"

这小子不晓得前辈子积了什么德，眼看就要成为徐渊的女婿，都督的侄女婿，徐知诰的堂妹夫。不像前些年，死命拼杀，杀出一条血路；如今神州，攀龙附凤还真是贫寒人家后生改变命运的唯一途径。成不了徐渊的儿子,成了徐渊的女婿也行。成了徐渊的女婿,飞黄腾达只是一个时间问题。上次来广陵还只是一个白记寿木店少东主,这次来广陵已经是希声社都统,前后就几个月时间。想起自己的升迁史,李镇昌越发体会到权力的威力。徐温已经将手中的权力慢慢交给了假子徐知诰,继承都督之位的架势已经摆开。徐温对我不薄,徐知诰未必也会跟徐温一样。这小子呢,亲戚加兄弟。李镇昌没想到,石斛跟徐知诰会有这么不寻常的关系。烧香要烧在前头,在还没有真正成为徐渊女婿前拉好关系,尤其重要。

“那是镇昌应该做的事,公子客气了!”

“大人不同普通人,公务繁忙,能亲自前往,足以说明大人的心意。”

“都是一些杂务,做地方官,哪一个都是这样。”

“大人将来高升,就可以总揽大局,运筹帷幄了。”

“镇昌希望有那么一天。”

“大人勤政爱民,能够总揽大局,也是吴国百姓的福气。大人晓得,那些个靠力气拼杀上来的武夫,有几个想着百姓?只晓得欺压百姓,从百姓那捞铜钱。哪像大人,处处为百姓着想。问问广陵市民,谁不说大人好?我们吴国就需要像大人这样好官。”

“夸奖!夸奖!公子准备什么时候回金陵?”

“明天一早就回金陵。大人是否有什么物事需要小可代交都督?”

“能带点什么呢?”

“金银珠宝、翡翠玛瑙,小可劝大人就不要去想了,只会给大人带来坏处。”

“那也是。孝敬都督大人的物事还真是不那么好选。”

“有啦!带西瓜给都督,让他尝一尝扬州的新鲜西瓜。大人明天早上,派人到瓜农那里挑选新鲜西瓜,送到希声社的帆船上。小可一到金陵,直接将西瓜送到都督手上。这不仅让都督看到大人清廉,又能让都督想起大人还在扬州任刺史。”

“公子这个主意好!镇昌马上派人去办!”

“大人可千万不能将不好吃西瓜给挑上哦!”

“镇昌一定让最有经验的瓜农去挑最好的西瓜,而且明天早上去摘。”

“那好!小可在帆船上等大人的西瓜。小可也就先告辞了!”

“为何不用完膳再走?”

“小可已经没有穿孝服了,再在刺史府饮酒实在不该。传到伯父耳朵里,小可连话都不好回。外婆就要出殡,小可最起码应该去送一送。”

“镇昌只好依公子了。”

“小可走后,希声社的事情就麻烦大人啦。”

“公子请放心,镇昌心里有数。”

李镇昌心里有没有数,石斛心里有数。没有多言,石斛和曹其宸出了刺史府。

马车在钟府门口停下,石斛拱手和曹其宸告辞。还没有进入大门,钟府已经是乐队鼓乐声、伶人演唱声、爆竹爆炸声、家人号哭声、和尚诵经声、亲邻嘈杂声一片。谁也不认识石斛,石斛也不认识谁。没人引领,石斛就前往后花园。看守园门的嬷嬷一看是石斛,连忙笑脸相迎。石斛向嬷嬷手一拱,进入了院门。

石斛抬眼一看,四名娘子此时都在水榭里面,徐榛和谢宛然对面坐在石桌旁,好像是在下棋。石斛加快脚步走了过去,徐榛和谢宛然连忙站了起来,和于苓、云蔓一起,走到了水榭的入口处迎接。石斛拱着手,进入了水榭。猜得没错,徐榛和谢宛然果然正在下棋,而且已经进入了中盘。石斛站在石桌旁,徐榛和谢宛然分站在石斛左右两旁,分析黑白双方目前的形势。黑方形势明显落后,倘若依照目前的下法继续下去,黑方至少输十目以上。

“谁执黑?”

“你猜猜!”

“小子跟你俩都没有下过棋,怎么能猜得出?”

“公子随便猜么!”

想不到,谢宛然说话的语气里面竟然有一股浓浓撒娇的味道。石斛想了一想。谢宛然多年闷在朱雀门内,即便原先棋艺不错,也会生疏。下棋需要心思,也费精神。一个精神恍惚的人怎么可能下好这种耗费精神的棋。自认识以来,徐榛精神状态一直很不错,而且有于苓陪着,主仆两人闲着下下棋,也未尝不可。

“那好吧。小子就瞎猜,应该是少夫人!”

“公子怎晓得奴家的棋不如小姑?”

“小子蒙对了?”石斛含笑说:“方才小子进花园时,看到少夫人坐在这首,就随便瞎蒙了。不是少夫人执黑,就是徐榛执黑,小子怎么蒙,都蒙对一半。就好比少夫人坐庄,以五五输赢跟小子赌,即便小子不会赌,小子想也不应该输。”

谢宛然微微一笑。

“什么时候,公子来朱雀赌庄,奴家愿意陪公子赌一把。”

“县主,别跟公子赌了,你会中公子的圈套。”

“看,护起自家主人来了。云蔓,你放心,赌场上,小子从来不会耍老千!”

“奴家赌输了,就将人赔给他。”

“大嫂,你已经是石斛的人啦……”

徐榛忽然感到自己的话不妥,赶紧闭住了双唇。

“奴家都已经将人输给了公子,不论输赢,反正本钱都是公子的。”

“这样吧！小子替少夫人继续跟徐榛下,看看是否能够扳回来。”

这还要问？谢宛然愿意,徐榛也愿意,连整天含着嘴的云蔓也露出笑容。于是,徐榛重新坐下,跟石斛对弈。谢宛然、云蔓站在石斛身后观战。继续按照谢宛然的老套路肯定是不行了,得想点办法。就这么定！石斛在徐榛的一片空地中打入一子,准备做活。

眼见石斛在原本应该属于自己的地盘中打入,徐榛慌乱应战。徐榛棋艺原本就远远不如石斛,更不擅长纽杀。经过来回三十多手,石斛不仅在徐榛的空地上活出一块,还侵蚀了徐榛的不少地。谢宛然紧张地盯着棋局变化,见此情景,终于轻松了下来,露出了笑容。看到徐榛面脸带焦虑,谢宛然连忙收起笑容。“还是奴家的小姑爷比小姑技高一筹。”谢宛然这话说到徐榛的肚子里面,将百结柔肠理得清清爽爽。徐榛粲然笑了起来。

“县主,以后叫公子让你,不就得了吗!”

“小姑可不要叫姑爷样样都让哦!”

“哪需要啊？下棋,徐榛想赢就赢。”

“那你也不能故意输。如此一来,棋不是越下越差?”

“棋么,就是棋,纯粹娱乐而已。为赢一盘棋,搞得面红耳赤,肯定有病。以后,小子有空,就陪你下棋,陶冶情趣。你不晓得,小子的父母没事情的时候,就下棋打发时间。一盘棋,认真下,半天的时间就没了。大嫂,小子扳回了一些,剩下的就由你跟徐榛下,如何?”

“好吧。奴家得努力将姑爷的战果守住。”

“石斛,你可不能戳棋眼哦!”

“小子没时间戳棋眼。”

“你又准备去哪?”

“小子先去送赙礼。”

“赙礼?”

徐榛没想到。神州是礼仪之邦,红喜事,白喜事,统统得送礼。外婆去世,大舅舅原本要派人去金陵讣告。一想到这次姐夫没让姐姐来而让外甥女和外甥新妇来,大舅舅立马意识到姐姐可能身体有恙。将母亲去世的消息告诉姐姐,姐姐肯定会受影响。如今,姐姐是联系徐家的最重要的一条线,万万断不得。况且,外甥女和外甥新妇已经来了。大舅舅决定不再派人前往金陵讣告。钟夫人没来,徐渊也没来,可赙礼总得送。

“依理”,谢宛然插话,“丧葬的很多开销应该由女婿来承担。”

“石斛,你怎么办?说女婿不是女婿,说不是女婿是女婿。”

“赙礼的事,你就不用去操心。”

石斛起身前去送赙礼,免得吊不及尸,失了礼数。

徐榛外婆出殡的时间定在未时正一刻。徐榛犯冲,免见,不能前去送行。谢宛然、石斛前去送行以尽孝道与礼数。未时正,谢宛然、石斛穿上缌麻,跟徐榛、于苓暂别,离开了花园,前往钟府大堂。大堂前面的庭院里面,此时已是人山人海,哭声震耳,正在围丧。看到这种场面,谢宛然不禁眼睛发红,霎时眼泪挂满了脸颊。

伴随着震耳的哭声,只听“咚咚”声,手持巨斧的丧夫砸下长长的长命钉。丧夫手脚麻利地将棺椁升上輀车,干净利落地将棺椁捆绑定当,再盖上绣工精致的五彩布。随着一名男子洪亮的一声“起行”,徐榛的两个舅舅在前,众亲友执绋,边哭边行,拉着輀车,沿着甬道,缓缓走向钟府的大门。

石斛不是钟府的内亲,自然也不需要前去护棺执绋。谢宛然、石斛身着缌麻跟在輀车的后面,慢慢走出了钟府。在鼓乐声、哭泣声的陪伴下,至少两里长送丧的队伍一路前行,前往广陵西门。就在广陵城西门口,徐榛的大舅舅跪在城门口感谢前来送丧的人。

谢宛然、石斛没有在此止住脚步,继续随着越来越少的送葬队伍,一直送到法华寺。因今年不宜直接入土,棺椁暂厝在法华寺外供广陵市民暂厝棺材的厝屋,等到来年再挑选吉日良辰下葬。见丧夫在厝里面停放棺椁,自己又不能前去帮忙,石斛和谢宛然也就脱掉了缌麻折身前往广陵城。谢宛然用手绢擦了擦眼泪。

“见人家哭,奴家就熬不住想哭。”

“说明少夫人心肠软。像小子,就是挤都挤不出来。”

“公子是男儿,不喜哭才好。”

“实际,男儿更需要哭。好好哭一哭,心中有什么不痛快,容易发泄掉,心情自然也就变好。可惜,你一哭,人家就会说,堂堂男子汉大丈夫,怎么能哭呢?怕人家笑,也就不哭了。不快压在心里面没法发泄。压得越多,人越容易出毛病。”

“接触时间虽不长,奴家总感觉,公子心里好像没什么不快。”

“少夫人不晓得，小子自制力较强，有什么不快，不大会被人瞧出来。好的是，小子不会将这些一时的不快老放在心里，很快就会忘记。小子总觉得，已经过去了的事情，无论是什么样的事情，都是包袱。没必要，也不应该，老背在身上。卸掉过去，轻装上阵，才能不累。小子总感觉，这世道，活着已经不容易，再背那么多包袱，实在太累！路远不胜轻担，一生要走那么多的路，受不了。小子不愿意自己折磨自己。这或许是小子整天乐呵呵的一个重要原因。”

谢宛然微微点了点，好像若有所思。云蔓撑着阳伞，给谢宛然遮太阳。天上太阳猛，谢宛然走得慢，石斛只好顶着太阳，依着她的脚步，慢慢地往回走。守门的兵士见石斛和云蔓各自手中拿着一件缌麻，没有盘问，就让三人进城。不用猜就晓得他们是钟府的亲戚。石斛像临风玉树，谢宛然如出水芙蓉，行走在街上，吸引了不少人的眼光。到钟府门口时，曹其宸和江腾蛟已经等候多时。“江兄来得正是时候，小弟正有点事情想找江兄商谈。”石斛将手中的缌麻递给了云蔓。“公子，那奴家就先进去了。”谢宛然准备跟石斛分手。

“烦请少夫人告诉徐榛一声，就说小子有点事要出去一下，晚饭就不用等小子了。”

“公子放心，奴家定会将话带到。”

等谢宛然和云蔓进了大门，石斛坐上马车。

第七十四章　海图

夫玉生于山,制则破焉。

——《战国策》

徐榛真想能给外婆送上一程，可惜犯冲。

石斛和谢宛然、云蔓去送外婆上山。钟家花园只剩下了徐榛和于苓以及听候差遣的薛霏霏，立马空荡荡了起来。已经被关了两天时间，看着空荡荡的花园，徐榛非常无聊，差遣薛霏霏去找一本书看一看，打发打发时间。可惜，大舅舅不出生在书香门第，家中连一本装一装门面的书都没有。明天赶快回朱雀门，否则肯定会被闷出病来。钟家花园就像囚笼，困住了徐榛。徐榛巴望着能早点脱离囚笼，返回金陵。在朱雀门，徐榛可以做也喜欢做的事情很多；在钟家花园，徐榛什么事都没得做，也做不了。徐榛无所事事，开始捡花园中的小石子扔鱼池中的鲤鱼。于苓见棋还放在水榭里面，给徐榛找到了打发时间的方法。

“不如婢子陪县主下棋。”

“好吧。打发打发时间。”

薛霏霏连忙过来帮徐榛摆好棋盘。徐榛走到石桌旁坐下，开始和于苓捡子下棋。徐榛捏起一枚黑子，落子之前说：“今天你就不要谦让，拿出真水平，也好提高棋艺，将来能够赢他。”徐榛晓得，于苓怕伤着她的脸面平常下棋总让着她。

“婢子觉得公子说得对，下棋娱乐而已。县主和公子下棋，该多有情调！县主将来想赢就赢，想输就输，目的还不是要讨一个开心？”于苓紧跟着徐榛点了一个对角星。“下棋不在乎输赢，就看到底跟谁下。跟不喜欢的人下棋，就算赢他一百目，也是无趣。”

“我爸曾经想给我换一个侍儿，我就是不肯。你能让我开心，石斛也能让我开心。说话总喜欢挠别人的痒痒。”徐榛说着又点了一个星。

狗屁话也喜欢听，不喜欢的人说什么话都觉得刺耳。石斛会说话不假，关键是徐榛喜欢听。镇海军推官史豫的郎君史乐堂也很会说话，可话还没有出口就已经被徐榛轰走。不在乎说什么，就看说话的人是谁。

过了十几手，徐榛渐渐将心思集中在了棋上。收完最后一个官子，正准备点目数，谢宛然、云蔓又出现在花园里面，却不见石斛。姑嫂两人一见面，谢宛然也就将石斛的话原原本本地带给了徐榛。徐榛一听，顿时感到一阵失望。

“具体是什么事，公子没有说。”

“还能有什么事？肯定是赚钱的事。”

“男人就是奇怪，做官想越做越大，赚钱想越赚越多。去送外婆上山回来，奴家心里就在想，高位厚禄、富贵荣华，真是空。人一生也就这么短短几十年，该享受还是要享受，该悠闲还是要悠闲。像公子，想过悠闲的日子，完全可以，根本就不需要那么辛苦。”

徐榛和于苓曾经讨论过这个问题。

“婢子想，公子肯定跟大家一样。大家如今赚过来的铜钱，别说花一辈子，就是花十辈子，都花不完。可是，大家至今还在赚钱。大家为何要拼命赚钱？肯定不是为了自己。有道是，上辈种树，下辈乘凉。不是大家赚了那么多钱，县主哪会这么爽？就像二大家，当上都督之后，家里人才个个做大官。可有谁想过，当上都督，得花多少心思。公子现在拼命去赚铜钱，肯定为县主，也为后代。像公子，又没特殊嗜好，花不了多少铜钱。好男人总是让自己的新妇过得舒舒服服，就像大家。公子不能闯出点名堂，就算县主、大家肯，公子自己也不会肯。婢子虽不是男人，但还是能想得出，不愁吃也不愁穿，谁不乐意过悠闲的日子？如今，公子就像牛一样，已经上了轭，只能用力拉着犁向前走，这也是没办法的事。后面的鞭子在催着。云思苑的两只燕子呢呢喃喃，让人羡慕，可无论刮风下雨都得出去找虫子吃。那一窝小燕子张着嘴在等着。县主总不至于希望公子向大家伸手吧。”

“我的于苓说起来总是一套一套的。”

“婢子还是想公子自己过来跟县主说说。公子过来一说，县主肯定马上通。”

“石斛这张嘴，你不通也会通。不过，理确实是这个理。常言道，坐吃山空。就算是金山银山，不去赚，也总有吃空的时候。况且，眼下离不愁吃、不愁穿的日子还远着。努力赚钱虽然有给人钻铜钱眼的嫌疑，我还是喜欢，毕竟将来的日子长。我最讨厌就是那种猪吃狗睡、贪吃懒做的男人，就像我的四哥，根本就是猪。”

“大部分男人都是如此，只是没有条件。上次少夫人说的话，婢子听了，还真是深有感触。世上男人多不假，好男人却很少很少。有可能，谁不希望自己能有一个像公子这样的郎君？以婢子选郎君的标准，没几个后生符合其中的一两条。像公子这样的郎君，就是打着灯笼都找不着。要什么就有什么。婢子倒越来越相信大家的话，县主的福气就是好！”

“你服侍了我那么多年，将来也让你分享分享好福气。”

徐榛已经将月亮当成了月饼。

“听了县主的话，婢子总有一种熬不住要伏地给县主叩拜的冲动。婢子常常想，不晓得是前世做了什么善事，上天能让婢子有机会侍候县主。婢子的妹妹，不是县主大义伸手，早就已经活活给虐待死。”

于苓的妹妹于华，比于苓小三岁。于苓的父亲于敏中当初为了还债，狠心地将于苓买给了朱雀门做侍儿，将于华卖给邻村一户钱姓田农做童养媳。想不到姐妹俩人的遭遇截然不同。于华遭到钱家新妇百般打骂，受尽虐待，过着生不如死的日子。万般无奈之下，于苓的母亲跑到了朱雀门，向于苓求助。那一年，于苓十六岁。于苓见母亲一把鼻涕、一把眼泪，只好硬着头皮向徐榛求助。想不到，徐榛当下答应帮忙。

“人的心是怎么长的？对自己的媳妇都这么虐待！”

钱家新妇的做法，徐榛当时不理解，现在还是不理解。明明是自己的媳妇，怎么会那么狠心？最后，徐渊让总管徐福去将于华赎了回来，并帮于苓的父亲还了债。徐榛用自己的零花钱帮于苓的父母置办了家产，加上这些年于苓月钱的帮衬，日子才慢慢好了起来。

“婢子一想起妹妹，就想给县主叩拜。恩德两字，婢子记得最深。”

于苓对徐榛的感激，徐榛懂。

“你不必放在心上。你名义上是我的侍儿，但你我多年生活一起，我早就已经将你当成是自己的妹妹。从你妹妹于华这件事上，我也体会到，铜钱有时候还真是重要。倘若你我换一换身份，对铜钱的感受肯定会完全不同。铜钱不单单关系到衣食住行，有时候会改变一个人的命运。一文钱逼死英雄汉。有铜钱，像你妹妹于华这样的故事就不会发生。所以，石斛努力去赚铜钱，我还是很支持。”

马车出了南门，来到希声社驻地。“这里人多嘴杂，干脆一起前往对面的瓜洲，我们边看边聊。”曹其宸的建议石斛不反对。“曹兄的地盘上曹兄做主。”曹其宸含笑高声说:“那我们就去瓜洲。”三人旋即前往码头。码头上横着一条舢板。石斛、江腾蛟先踏上舢板,曹其宸解开船缆紧跟而上。舢板缓缓离开了码头,曹其宸放下船桨,划着舢板前往瓜洲。

“仆回京口,与众兄弟商议后,众兄弟都赞成加入希声社。”

“好啊! 曹兄提议让江兄负责海外事务,小弟非常赞同。”

“多谢都统接纳!”

“兄弟之间不能说接纳,只能说是联手。昨天,江兄一席话,让小弟茅塞顿开,得益匪浅。真所谓听君一席话,胜读十年书。小弟回去后,差不多想了一晚上,终于想通了选择远要比努力重要的道理。不会选择的努力是空努力。

江兄说的没错,再也不能死盯着神州这一小小的田螺壳了。现在,土匪争夺神州的争斗什么时候结束,神仙也没办法预测。就算将来朱温被消灭,上来的仍旧会是土匪。看一看眼下的神州,台上跳来跳去的,徐温,钱镠,马殷,王建,哪一个不是? 我们还想希望土匪圣明? 这种自寻死路的梦,小弟不会做。成功的时候,就意味着失败开始。说不定还在洋洋得意,覆灭已经来临。江兄比小弟清楚,前些年扬子江南北这块地盘上,死了多少一度洋洋得意的人? 现在是到了该急流勇退的时候了。

问题是,我们退到什么地方去? 在吴国,还是在越国? 都一样,不过换了不同的鸟笼而已,雕花的鸟笼照样还是鸟笼。运气好活长些,运气差马上死。我们需要一个能够长久安身的地方。找到一个安身之所可是最重要的事情,远比赚多少铜钱重要。没有安身之所,赚再多的铜钱也是一场梦!

小弟希望江兄花些时间在海外多多寻找。”

“仆一定会用心寻找。还在做水匪那回,仆就有一个梦想,希望有朝一日,离开这个整天杀来杀去的神州。几十年前,那些个只晓得如何聚敛财物的商贾,黄巢一来,全完蛋。几代人辛辛苦苦一分一厘的财富顷刻间统统变成了黄巢的淘物。

淮南道、浙江西道,仆就晓得有多少豪门,最后毁在孙儒手中。就像扬州的王万钧、李保恩,润州的沈宽博,常州的钱豪雄,无一不是如此。这些商人看起来很精明,很精明,实际上都是缺少智慧的大笨蛋。

孔子说人无远虑必有近忧,以仆看,人无远虑必无近忧才是。

当年,家父在世的时候常常拿南华真人的猪虱寓言来教育仆以及仆的族亲。猪虱寄身在猪的身上,每天吃猪肉喝猪血,洋洋得意。屠夫一来,烟熏火烧,和猪一起全被烤焦。家父说,如今寄身在李唐皇朝身上的那些人,还不都是猪虱?

现在再回过去想想,竟然跟家父说的一模一样。

仆常想,这一辈可不能再做什么猪虱。

海外空阔无人的地方多得是,有些地方甚至比神州还要大,只是因路途非常遥远,加上风浪,前往非常不易。常言说得好,只要功夫深,铁杵都能磨成针。都统可能有所不知,仆很小的时候就开始从事水上营生,自然也就特别关注航运情况。

早在三百年前,就有人发现了东海外有无数连成一片的岛屿,取名为流虬。其中个别岛屿据说甚至比琼洲还要大。十年前冯弘铎兵败,就想逃到流虬去,最后被杨行密收留而没有去成。据老人说,流虬在明州海外,就几天时间的航程。

仆很早就想去那看一看,希望在那搭一个草庐,过一过夜不闭户的日子。仆总觉得那些地方就是传说中的海外仙山。不瞒都统,不晓得哪天死于非命的日子过怕了。仆就算开几亩荒地过清贫的日子,也很乐意。只是具体情况以及航线、航程都不不知道。黄巢造反后,神州大乱,海外航运也跟着停滞。海外航运最为重要的海图也散逸而不知所踪。不过,都统请放心,仆一定会竭尽全力前去找寻,不负都统的使命。"

"这件大事,小弟只好托付给江兄了。找到了安身的地方,将来想继续做生意可以继续做。这样就可以做到进退有据。否则,一旦事变发生,逃哪去?在神州,你不是碰到朱温就是碰到徐温。朱温和徐温的差别仅仅是姓不同,一个姓朱,一个姓徐。朱温姓朱,滥杀;徐温姓徐,挑着杀。如论是谁,统统是杀。朱温杀人不找借口,想杀就杀;徐温杀人则要找一找借口。无论碰到朱温还是徐温,都是等死。找到一个没有朱温也没有徐温的地方,比任何事情都重要。"

"仆一定会竭尽全力去找。"

"海外航运,需要海洋经验很丰富的水手,而许多经验不是靠临时学一学就会。这方面江兄比小弟懂。小弟只希望江兄在寻找居住地的同时多多物色这方面的人才,以免将来用到时找不着。另外,出海的帆船可能会跟在扬子江航行的帆船有所不同。这方面,小弟不是很清楚。也请江兄多多了解。江兄放心,小弟会让希声社准备足够资金,打造适宜出海远航的大帆船。没有大帆船,一切都是纸上谈兵。具体情况,江兄跟龚副都统商量。"

"航海经验丰富的水手,仆会按照都统的要求去招募。随着航运的停顿,有些岁数的水手,想弄饱肚子都非常困难,日子过得非常凄惨,外人根本不能想象。仆来往岭南那条帆船上的那几名水手,就是经验丰富的老水手。只要能够提供一口饭,从扬州、润州招募水手,应该不会有多大问题。不瞒都统,早些时候,仆已经请人打造两条帆船，一条过几天就可以下水，另一条这个月底也可以下水。据仆所知，航行在扬子江的帆船，只要改动一下，照样能够出海。不过，待仆问过经验丰富的船匠后，再做定夺。都统是不是想让仆再多打造几条帆船？”

“无论是眼前的货运需要，还是将来出海需要，多打造几条帆船总没有错。如今希声社的帆船多得是，放在金陵也过于显眼。江兄晓得，神州就红眼的人多。改造一下就能出海，江兄可以从总社那里先调些帆船，改造改造，也是海外生意的需要。不行，就直接打造。以小弟看，再打造个两三条运载一万斛左右的帆船，也是应该。早做准备，肯定没有错。就算我们到了新居住地，需要跟外面保持联系，需要继续做生意营生。我们又不是乌龟，将头缩到了壳里面就不准备出来。再说，南下福建、岭南也需要大帆船。至于打造帆船所需要的铜钱，就目前情况来看，完全不成问题。不用说丝绸、布匹、陶瓷、茶叶这些货物买卖，光粮食一项就可以让希声社手中有大把的铜钱。货物、客运生意都没去算。小弟又不是那些商人，赚了钱买田买地、建宅院，过一过不是皇帝像皇帝的日子。钱固然重要，但希声社最终目的还不是想赚多少钱，而是想给兄弟们找最后安身的处所。”

“正是仆多年以来的梦想！都统真是说到了仆的心坎上。没有一个稳妥的安身处所，辛辛苦苦去赚更多的钱，最后依然是竹篮打水一场空。朱温也好，狗温也好，倘若这些土匪哪天想到来取钱，还不是得乖乖地交出来？最后白忙活了一辈子，全部成了别人的嫁衣！活生生的例子就摆在眼前。浙江西道的富豪，拼了几代人，最后白替孙儒等土匪拼。现在又有人在拼，真不晓得最后替谁拼。据族谱，仆的祖先曾经搬过了好几次家，每一次最后都是凄惨收场。仆还不吸取教训，那只能是自己活该！仆找到之后，会让人做一起先期的准备事务。”

“江兄只管用心去找，不要在意铜钱。不瞒江兄，现在希声社有铜钱，就缺安全。谁晓得最后的结果不会像浙西那些富豪一样？神州是一个大苑囿，神州人就是这个苑囿里面的飞禽走兽。不抓紧时间想办法逃离这个苑囿，等苑囿主人来狩猎时才想到要逃跑，我们这些飞禽走兽最后只能成为盘中餐。教训惨痛啊！”

石斛和江腾蛟只管聊，曹其宸只管划，不晓得过了多少时间，到了瓜洲。瓜洲位于扬子江和大运河的分岔口，无论是从扬子江北上大运河，还是从大运河南下扬子江，往东还是往西，都要经过瓜洲。或许是佛教率先看到了这个胜地，早早就在瓜洲建了一座寺院——高旻寺。看到高旻寺高高的佛塔，曹其宸说：“高旻寺的掌门乌有和尚，跟仆关系还不错。”石斛旋即提议，“佛家讲究随缘。我们已经来到瓜洲，何不顺便拜访一下？”舢板靠岸，石斛、江腾蛟先后踏上了埠头。

曹其宸系好舢板，三人起步前往高旻寺。单就石建山门来看，高旻寺应该是曾经辉煌过的古刹。三人步入山门，就去高旻寺的禅房。乌有和尚此时正在禅房内静坐。得知曹其宸带客人前来拜访，乌有和尚两手合十出禅房迎接。刚一抬头，乌有和尚就是一惊，眼前这位后生让他想起了已经十几年没见面的故人。乌有和尚并不言语，只是在旁引三人进入了禅房。三人分两旁就座。一名沙弥献上清茶。乌有和尚双手合十问曹其宸："这两位施主是？"曹其宸双手合十回答："敝社都统石斛，主事江腾蛟。"石斛、江腾蛟合十行礼。

"多有惊扰，望掌门海涵！"

"施主屈驾，已使敝寺增辉，何惊扰之有？"

"都是熟人，不必客套！"

"石施主，你让老衲想起一位故人！"

"莫非小子与大师的故人长得很像？"

"那位故人与施主长得实在是太像了。"

"不知掌门的那位故人今在何处？"

"不瞒在座三人，自亳州一别，老衲也不晓得故人在何处。"

"神州沧桑，不知故人今在何处的何止掌门一人！"

"阿弥陀佛，曹施主所言极是。"乌有和沿双手合十。"别说故人，这些年，就是亲骨肉，也不晓得在不在。红尘纷扰，老衲所见还是不少。依照施主的年龄推断，老衲故人的儿子应该和施主相当。"

"小子今年二十有一。"

乌有和尚指头一掐说："正跟施主的年龄相同。""掌门，你不会认为敝社都统是你故人的儿子吧！"曹其宸的话乌有和尚不予理会，继续问："施主令堂娘家是否姓尹？"石斛一听乌有和尚一说自己母亲姓尹，非常吃惊。

"大师说得没错，家母确实姓尹。"

石斛话一出口，曹其宸、江腾蛟都惊愣。没等曹其宸、江腾蛟两人反应过来，乌有和尚已经起身，双手合十朝石斛走了过去。石斛连忙起身，两手合十，低头对着乌有和尚。乌有和尚两手合十，走到了石斛跟前。"施主正是老衲故人的儿子。"乌有和尚说话的声音不高但语气肯定。"大师认得家母？"乌有和尚欲言又止。

"都是小子兄弟，大师不妨直言。"

"老衲出家前，曾是令尊的侍卫。"乌有和尚话一出，曹其宸、江腾蛟就明白了乌有和尚为何会认得石斛。"俗家姓名，早已经忘记。当时亳州突围时，老衲左肩中箭未能登岸而坠入运河中。老衲晓得，即便登岸，也无济于事。依仗水性，老衲顺着运河逃离伏击圈。上岸后，老衲去了一趟老家泗州。到了泗州，老衲发现老家已是废墟。顺着运河，老衲来到扬州，在大明寺出家。四年前，受大明寺委派，老衲来到了高旻寺。”

乌有和尚合十低头心中默祷。良久，乌有和尚重新抬起头。

“老衲能在高旻寺见到施主，真的得感谢佛祖！”

“小子先替家父和家母向大师表示问候，同时也让小子替家父和家母感谢大师多年来的惦记！不瞒大师，家父这几年隐居乡野，主要也是想躲避纷扰。不知大师在高旻寺，也望大师能够海涵。等有空，小子定陪家父、家母前来，拜会大师，也好重叙故人之谊。”

“施主令尊、令堂安康，施主现今已经长大成人，老衲已感欣慰！至于见与不见，叙与不叙，已非老衲所求。请施主切勿记挂。阿弥陀佛！”

乌有和尚合十退回坐下。石斛向乌有和尚简单介绍了自己当前的情况。

“瓜洲是鉴真法师东渡扶桑的地方。东渡扶桑前，鉴真法师就一直住在高旻寺。老衲来高旻寺任掌门时，发现高旻寺藏经阁中有不少鉴真法师当时留下来的海图。这些海图对石施主的海运事业或许有些帮助。”

一听乌有和尚说高旻寺有海图，江腾蛟几兴奋得乎要跳了起来，连忙问：“大师，高旻寺有鉴真法师的海图？”“有，有很多。”乌有和尚说：“施主如感兴趣，不妨陪老衲去藏经阁，让了悟拿出来给施主看一看，是不是施主感兴趣的海图。”“感兴趣，感兴趣，太感兴趣了！”江腾蛟不断搓着手，连说了好几遍感兴趣。

三人旋即跟着乌有和尚前往藏经阁。负责藏经阁的了悟和尚，打开铜锁，推开房门。了悟和尚退到一旁，双手合十，俯身延请乌有和尚和石斛三人进入藏经阁。转过一个湾，了悟和尚快步走到了前面，登上楼梯。三人和乌有和尚紧随其后，到了藏经阁的二楼。了悟和尚在前引路，踏着咚咚响的楼板，到了一个房间前。了悟和尚找出一把钥匙，打开铜锁，推开了房门。进入房间，了悟和尚拉开柜门，从中抱出了一抱如同画卷的海图。了悟和尚将一抱海图搁在房间中央的长方形桌子上，从中拿出一卷海图，解开系绳。了悟将海图缓缓展开在桌子上面。石斛、江腾蛟站在了悟后面，盯着看海图慢慢展现在自己的眼前。

“正是我们需要的海图！”江腾蛟喜出望外，张开双手，惊奇地差点掉出眼睛。

“这些海图搁在这里多年，今天也算找到了用到它的人。”乌有和尚双手合十。

“多谢大师赐宝！”石斛手一拱。

“施主不必客气，今日得到它，只能说明海图与施主有缘。”

了悟和尚将一抱海图一卷一卷地放进布袋，重新捆好，交给了江腾蛟。江腾蛟接过海图，抱在了胸前。乌有和尚在前，石斛三人在后，跟着了悟回到一楼，走出藏经阁。待重新锁好门，石斛三人合十跟乌有和尚、了悟和尚告辞。见天色已晚，乌有和尚不再挽留。见与不见尚且如此，更不用说送与不送了。石斛、曹其宸、江腾蛟离开高旻寺，前往码头。当曹其宸划着舢板离开瓜洲码头时，太阳就已经西沉。石斛今晚想回钟府睡觉，已经不可能了。

“在高旻寺和乌有和尚唠叨多了，害得都统回不了钟府。”

“临走之前，已经让她大嫂告知，应该不会担心小子有事。”

“只是不晓得夫人的舅舅会不会将都统没回去睡觉的事情传给县主的父亲，说都统将县主扔在舅舅家，自己在外面倒散烂。”

“小子是什么样的人，她父亲清楚得很。别人说，根本没用。再说，就算有用，也已经不可能进城了。”石斛可以进城，但不想动用采访处置使腰牌。为这点小事，动用处置使腰牌，石斛不会做。“曹兄不晓得，不可能的事情，小子不会去想。”

返回分社，吃了晚饭，江腾蛟就独自一个人挑起油灯开始研究起海图来了。

清晨，石斛和曹其宸一起送江腾蛟去码头。估算广陵城城门就要打开，曹其宸驾马车送石斛前去钟府。天时还早，路上行人很少。不用多少时间，马车就出现在了钟府门头前。石斛一下马车，曹其宸就准备调头返回。

“仆也只能先跟都统告辞了。回去后，至少也得准备一两件换洗的衣裳，免得山南东道的人想，仆是哪里来的流浪汉，臭烘烘的。”

“臭烘烘的倒没什么。山南荆棘多，要特别注意，刺伤了脚可不好走路。”

“请都统放心！仆定会注意！”

曹其宸握着马鞭两手紧紧一抱，坐上了马车，扬鞭起步。待曹其宸远去，石斛起步进钟府。人死如灯灭。经过两天时间的热热闹闹，钟府此时非常宁静。大概是过去的两天忙累了身子，石斛进钟府时，主人还没有起床。石斛没让钟府仆役去叫，就径直前往花园。花园的门已经打开。这四位娘子今天倒起得早。果真，石斛一进花园，就看到徐榛和谢宛然各自带着侍儿两人一组先后在花园的曲径上踱步。

“公子！”

于苓甩开徐榛，小跑迎了上来。好像自己的郎君回来了似的。谢宛然就是一阵嘀咕。于苓没跑出两步，忽然意识到自己忘情，戛然停了下来。徐榛正漫无目的地踱着，一听，不觉头一抬，笑了起来。石斛正顺着曲径快步走了过来。见徐榛、谢宛然快步上前,云蔓只得快步跟上。石斛含笑说:“小子昨晚一夜未归,你们不会担心小子被无常鬼绑了去吧?”

“无常鬼倒不怕。奴家担心狐狸精诱了公子去。”

“不是狐狸精诱了他,而是他诱了狐狸精。”

“还是徐榛最懂小子。小子这人,就是猫狸精,一见也会入迷,当场晕了头。”

“我的石斛现在的脸皮是越来越厚了。”

“是不是已经到了恬不知耻的厚度?”

“公子,恬不知耻的厚度是什么样厚度?”

“就是用冲城车去撞,丝毫不动。”

徐榛笑着代石斛回答于苓。

钟家昨晚大摆宴席答谢前来送丧的亲朋好友。徐榛的大舅舅晓得自己的外甥女不想在杂乱的宾客面前随便露脸,也就特意让家里的坑任烧了几个精致的菜肴送到花园。吃饭、沐浴完毕,于苓和云蔓各提着一盏灯笼,照着徐榛、谢宛然在花园里面散步。走啊走,水榭就在眼前。云蔓提着灯笼在前引领,于苓走在最后,四人先后踏进了水榭。水榭依旧,鱼池照常,只是少了护花人石斛。花园中的蛤蟆似乎比昨晚更加热闹,几乎有点声嘶力竭的味道。蛤蟆的鸣叫声使得你想说话都不得不提高声音。徐榛、谢宛然凭在水榭的栏杆上,看着眼前鬼影瞳瞳的花园。

“小姑,你说公子晚上会在什么地方过夜?”

谢宛然跟徐榛聊起了不该聊的男人。徐榛没想过这个问题,随口回答:“肯定在广陵城外的希声社驻地。”谢宛然将捏在手中的一颗小石子,往上一抛。这颗小石子不晓得什么时候捡的,谢宛然一直捏在手上。小石子自由落下,谢宛然张开手掌接住,好像在玩小时候玩过的游戏。“石斛的希声社有分社在广陵。”徐榛向谢宛然补充解释。

“小姑何以能肯定公子不会在城内过夜?”

“在城内,依照常理,肯定会回来过夜。”

“小姑就不怕公子在广陵城内的烟花地去过夜?”

徐榛忍不住“哼”的一声笑了起来。那么好的西瓜不吃,偏偏要到外面去吃烂西瓜,肯定有毛病。徐榛似真非真地回答:“待明天见到他时,小妹问一问他,是不是到烟花地过夜去了。”谢宛然开玩笑说:“说不定公子在广陵有相好,只是小姑不晓得。”有用的男人明知相好一大把还是跟,没用的男人一个相好也没有却不愿意沾边。女人想想也是挺矛盾。

“小妹又不是他新妇，有相好也管不着。”

徐榛凭着栏杆，看着前面黑洞洞的花园，事不关己似的应了一句。谢宛然不过是实在太无聊了，找些话说说度一度晚上多余的时间。徐榛这话让谢宛然感到很无趣。“公子尚未娶妻，人又那么英俊，有个把相好实际上也很正常。”几处小楼中闪烁的灯光如同鬼火，映得花园更加昏暗曈曈。别说外人，就是说自己的夫婿，如此昏暗曈曈的夜晚，你能晓得他在外面做什么？还是荀子说得好，人之性恶，其善者伪也；生而有耳目之欲，有好声色焉。说不定，自己平常里道貌岸然的夫婿此时就在外面跟神女鬼混。

“公子英俊不假，但不能由此就说公子有相好。”

“你这么肯定？”

“是不是跟婢子赌一赌？”

“真是近朱者赤，近墨者黑。如今朱雀门个个都成了赌鬼。”

“你家县主说了，我们就暂且不赌。”

“公子又不是傻子。就说在广陵真有相好，今晚也不会睡在相好那里。”

“这倒是真的。奴家换成公子，也不会。舅舅让公子护送小姑和奴家来广陵，自己却睡在相好那里，还得了！于苓，你总不能由此就断定公子没有相好吧。”

“少夫人换成公子，会不会有相好？”

“像公子这样的后生，有个把相好，实际也很正常。”

“确实，像公子这样的后生，找个相好很容易。像四公子，喜欢哪一个娘子，还不是一句话就搞定？不去说公子英俊不英俊，单凭希声社都统的身份，愿意做公子相好的娘子也会成群结队。在很多娘子的眼里，有权势、有铜钱的男人就是成功的男人。做希声社都统的相好，至少有吃有喝。婢子觉得，实际很多女人比男人更看重权势和铜钱。”

“权势、铜钱面前，不心动的人还真不是很多。四叔叔现在正式抬进门的妾就有八位，养在外面的，就是连舅舅也搞不清楚。都说四叔叔花心，奴家看七叔叔也差不多。正式成婚以前，他的侍寝侍儿喜梅和悦竹都已经生了孩子。”

“公子人英俊，又没有娶新妇，找个把相好更不在话下。”

“于苓姐姐，可以不可以这样说，公子为了能够攀附上大县主，故意隐瞒。”

“云蔓不了解公子。了解了，你就不会这么说。”

“公子英俊不假，原先也不过是个卖寿木的乡下种田人罢了。”

徐榛忍不住扑哧一声笑了起来。“不了解情况就别张口乱说，免得让人家笑死。”云蔓话还没说完，就被谢宛然呵斥了一通。“你以为知诰叔叔是因为小姑才称公子贤弟？公子说的，都是一些似真非真的客套话，你还当真？”

“云蔓，你别给你家县主吓着。石斛确实是一个乡下种田人。我见他长得英俊，准备招他做郎君。”话刚说完，徐榛又忍不住扑哧一声笑了起来。云蔓本想帮谢宛然说话，没想到，话一出口就被谢宛然呵斥，又遭徐榛嗤笑，心里阵阵懊悔。

“婢子不晓得实情乱说乱说，请大县主体谅。”

“你没乱说，石斛原先确实是卖寿木的乡下种田人。”

“婢子只是有些弄不明白，一个卖寿木的乡下种田人，变戏法似的，一变就变成一个拥有自己游船的大当家，单凭自己的能力，怎么能做得到？”

“别说你，我也弄不明白。我可以告诉你，石斛确实主要还是靠他自己的能力。”

“你还以为公子是一个吃软饭的小白脸哦。告诉你吧，我的命还是公子救的。”

云蔓从徐定城口中晓得，谢宛然带徐定城回娘家扫墓的路上碰到了凶狠的土匪，是一个“大英雄”将谢宛然和徐定城从土匪手中救了回来。昨天早上，谢宛然和石斛花园碰面时聊到了徐定城，可云蔓没想到这个“大英雄”就是石斛。云蔓吃了一惊，石斛在她心中的形象立马就变了样。这两天，我肯定是说了不少不三不四的话，丢尽了脸。真蠢！人家逗我都不晓得，将戏言当成了真。云蔓为自己的蠢话懊恼不已。

“不是亲身经历，我根本不会晓得公子原来是这样一个人。从公子身上，我终于懂了什么叫深藏不露。就这两天公子的言行举止来看，用四户八窗明，玲珑逼上清两句诗来形容公子最贴切。我总感觉，公子就是大家，只不过年轻落拓些罢了。”

徐渊曾经是海盗，如今是太尉致仕，朱雀门大当家。谢宛然仿佛从徐渊起伏跌宕的一生中看到了石斛的未来。忽然，谢宛然感到一阵不爽。继续靠在水榭的栏杆上跟徐榛说了一会闲话，就决定回小楼歇息。云蔓帮谢宛然拆了发髻，打来清水服侍谢宛然洗了脸。“蚊帐不要放下了。”云蔓刚要放下蚊帐，就被谢宛然制止。“放下蚊帐，闷闷的，不舒服。”云蔓将解了一半的系带重新系上。“那婢子就去了。”云蔓退出房间，轻轻地合上房门。

云蔓没脱衣裳，就躺到了床上。睁着眼睛，望着黑洞洞的夜，想了起来。以后能说不能说，不说；能接不能接，不接。说不好了，县主骂我、打我是小事，将我赶出朱雀门，流落街头，就算被人收留，下场也是可悲。不是大家收留，说不定我早就已经死了。云蔓正在胡思乱想，忽然听到谢宛然在房间内走动的声音。

自天赐过去后，谢宛然就睡眠不好。除了谢宛然自己叫，谢宛然睡觉时，自家侍儿不能进去打搅。谢宛然刚躺到床上不久，耳边就响起“嗡嗡”的蚊子声。这只该死的蚊子可将谢宛然给惹怒了。不弄死你，晚上就不睡觉！谢宛然下了决心。

谢宛然下了床，开始缉捕蚊子。谢宛然一手端着油灯，床里床外，床前床后，追杀了足足半个时辰还是不能将它消灭。没有办法，只能食言而肥啦。谢宛然放下油灯，重新躺到床上。谢宛然的眼睛刚要闭上，蚊子该死的“嗡嗡”又来了。

谢宛然“呼”地一声，站了起来。赤着脚，重新端起油灯对蚊子进行追杀。最后，蚊子没有杀死，谢宛然自己却累坏了。谢宛然放下油灯，重新躺到了床上。等你喝足了血，再拍死你。蚊子好像已经晓得谢宛然想法似的，谢宛然躺在床上，沉住气等了很久，才重新听到“嗡嗡”声。谢宛然僵直着身子，一动也不动。

等了一会，谢宛然感觉脸颊一阵发痒。谢宛然偷偷举起手掌，猝然间“啪”的一声重重打在自己的脸颊上。谢宛然摊开手掌放到眼前，借着油灯的灯光，看到了手掌上面的一点淤血和一只已经被打得不成形的蚊子。终于消灭了这只该死的蚊子。可惜，没有多久，谢宛然就发现自己痛恨的不是这只蚊子。

耳边又重新想起“嗡嗡”声，而且声音比刚才还要响亮。谢宛然感到脖子一阵发痒，故伎重演，“啪”的一声拍向脖子。摊开手掌一看，谢宛然一阵失望，没打着。试了几次，再这样继续下去也不是办法，谢宛然最后只得向蚊子认输，起身放下像笼子一样的帐子，吹熄油灯。刚蒙蒙胧胧睡着，谢宛然就被梦惊醒。

朦胧中，云蔓听到谢宛然叫唤，点亮了油灯，推门进入了谢宛然的房间。“去找条葛巾帮我擦一把，全身是汗，粘乎乎，根本无法睡。”云蔓退出房间，一手提着灯笼，下楼去盥洗室打来了一盆水，跌跌撞撞端到房间里面，帮谢宛然擦汗。云蔓见谢宛然全身是汗，一边给谢宛然擦汗，一边关切地问：“县主是不是做了噩梦？”

“是不是说了什么梦话？”

“婢子没听见县主说话。”

谢宛然松了一口气。这个该死的梦，弄得谢宛然怅然到了天亮。

“抓紧时间用餐，餐后即刻出发。”

“已经用过餐了，就等公子回来。”

“那好，我们马上出发。”

仿佛石斛就是广陵之行的主角，带着徐榛、谢宛然去向徐榛的大舅舅、二舅舅道别。临别之言，肯定是一番叽里咕噜。徐榛的大舅舅、二舅舅亲自送众人到门口。钟府仆役已经站在马车旁等候。大舅舅再三吩咐徐榛：“回金陵后，暂且不要将外婆的事告诉你妈，晓得啵！”这句话，大舅舅已经说了不下五遍。“大舅舅只管放心，榛儿晓得。”众人到达码头时，刺史李镇昌已经带着几名刺史府胥徒在等候。

“镇昌早上亲自带人采摘，已经抬到帆船上去了。”

“小可肯定不辱大人使命，一到金陵，马上亲自送往都督府，让都督品尝品尝。”

“一篓给公子，一篓让徐县主带回去给太尉。”

“大人那么客气，小可也就只好从命了。”

“就一篓西瓜，公子收下，已经是看得起。”

“西瓜没名堂，大人亲自去摘，这番心意只有都督受得起。”

石斛先后扶四位娘子登上帆船，拳一抱跟李镇昌告辞。船工解开船缆，扬起船帆。石斛要赶往山南办事，徐榛受不了外婆家压抑的气氛，两人都盼望快点回金陵。谢宛然倒反希望在外婆家多呆几天。这两天是谢宛然多年以来时间过得最快的两天。帆船慢慢离开码头。石斛和四位娘子站在船头凉棚下面望着运河，吹着凉风。

“奴家发现，公子从早到现在一直笑容满面，是否昨晚有意外惊喜？”

“他这人弥勒佛似的，能有什么意外惊喜？”

“你还别说，小子昨天得到了宝贝。”

“什么宝贝能让公子如此惊喜？”

“海图。”

“海图？恕奴家孤陋。”

“就是航海用的地图。”

“这些海图有什么特别的吗？”

“海图倒没有什么特别，只是不容易找着。这些海图对普通人来说，就是废纸，而对那些个航海的人来说可就是稀世珍宝。”

“你准备将生意做到海外去啦？”

“那是。就是不做到海外，到浙江、福建、岭南，都需要海图。有了这些海图，希声社的货船才可能安全地来往这些地方。”

“公子还谦虚说自己有游船，只是装面门。奴家看啊，公子的生意是越做越大，用不了几年，就会超过舅舅。”

“超过伯父？”石斛笑了起来。“小子可想也没想过，只是希望多赚些钱。小子还在长寿巷卖寿木时，曾经对徐榛说过，要想娶到朱雀门大县主，小子就得改行。小子现在已经改行了，就得赚钱准备娶朱雀门大县主。”

“小姑就耐心在家等着公子来迎娶吧。”

“石斛要娶的是朱雀门大县主,又不是我。”

“还是徐榛最懂小子。徐榛好娶,小子甜言蜜语哄一哄就是,朱雀门大县主难。小子没有足够多的铜钱,就算伯父愿意,小子也不会愿意。小子还希望朱雀门大县主跟小子一起睡猪圈不成?就算朱雀门大县主愿意嫁,小子也不肯娶。”

石斛说着笑了起来。金陵关记瓷器行东主关吉荣的女儿关慕容跟一穷秀才私奔。因跟希声社有生意来往,关内荣请石斛帮忙寻找。“帮关公找可以。如今木已成舟,关公不妨大度一点,学一学卓王孙,毕竟是自己的女儿。”关吉荣同意了石斛的条件。经过一番努力,石斛帮关内荣找到了他的女儿。石斛和龚宰在食厅一起吃饭时曾经聊到这件事情。

“做人不能只考虑自己,不考虑别人。小子最恨那些个穷小子哄骗富家县主跟着自己私奔。倘若自己是李靖、薛仁贵,还马马虎虎可以说一说。可惜,这世上有几个是李靖、薛仁贵?绝大部分都是不值一文的草包。相呴以湿,相濡以沫,不如相忘于江湖。自己日子过得浓一样,不应该拉你喜欢的人跟你一起过。那小子,说读过一点书,实际就一人渣。你不去诱拐,人家县主怎么可能过飘荡的日子?什么两相情愿,感情深,统统是哄骗人家县主的借口。他们跟人贩子和专门哄骗小娘子的地痞流氓没有本质上的差别。”

“世人都像少东主这样想,那些个差不多就要死的人也不会弄那么多十几岁的青春小娘子做侍妾了。颜渊也不会不顾自己连温饱都无法保证,还有脸皮跑到宋国去向戴氏求婚。神州的婚姻,更多的是想从对方手上捞到好处,从来不会想,我能给对方提供什么。少东主想一想,颜渊会不会去向乞丐求亲,带着乞丐的女儿一起讨饭混日子?”

石斛差不多给龚宰问张了嘴。这世界,谁真正想过别人?

“那你就抓紧时间赚钱,人家朱雀门大县主可等不及了。”

“那也不能太心急。小子还光棍着呢,慢慢来。”

天气炎热,早上的太阳刚一出来,晒到身上就让人感到烫。没人督促,众人纷纷避开左舷,去右舷躲避初升的太阳。运河上风倒挺大,吹得人阵阵清爽。渐渐地,眼中的浮屠越来越大。“看!”石斛指着右前方的浮屠说:“那就是高旻寺。”

“你去过了?”

“小子和曹其宸、江腾蛟一起去了瓜洲。就是在高旻寺耽搁的时间太多,回来时,城门已关。只好呆在广陵城外的希声社分社过夜。”

“奴家昨晚还担心公子给狐狸精诱拐了去。”

“让少夫人替小子担心，实在有些不该。”

言罢，石斛给谢宛然拱手作揖，慌得谢宛然赶忙作揖回敬。徐榛、于苓都熬不住笑了起来。云蔓笑容刚一展开，立马强力重新收拢。

“我的石斛越看越像伪君子。”

“是有点像。”

“小子原本就是伪君子，而不是像伪君子。”

“就算是伪君子，也是一个真诚的伪君子，我喜欢。”

“少夫人、于苓、云蔓，你们以后想揭穿小子伪君子的伪装，看来是没有用啰。”

“娘子一旦被后生迷了心窍，你就是再怎么说，也已经没用。”

“小子才会这样有恃无恐。”

“公子可不能像穷小子那样哄着奴家的小姑私奔哦。”

“少夫人，小子就是想私奔也没地方可奔。”

第七十五章　无妄

岂其取妻，必宋之子。

——《诗经》

太阳慢慢向中央爬,天气跟着闷热了起来。所有人全都躲到船头凉棚下面阴凉。“待小子去看一看,李镇昌送给都督的西瓜怎么样?”石斛从胡床上站了起来,出了凉棚,前去船舱瞧西瓜。一脚跨进船舱,看到瓜篓中的西瓜,石斛不禁脱口而出。“好瓜!”带着翠绿藤蔓,大小相似,形状匀称,瓜蒂旁一小块淡黄色的瓜印。

石斛出了船舱,去厨房拿切瓜刀。向奇象正在厨房内准备午饭。“向兄,给小弟找把刀切一切西瓜。”向奇象给石斛找来了一把宽不到两寸而长却两尺多的切瓜刀。石斛拿着切瓜刀出了厨房,站在甲板上高声说:“兄弟们能歇的都暂时歇一歇,先来吃西瓜。”一听石斛说有西瓜吃,池震策旋即放下手中的活,走了过来。

“都统,还是我们拿两个过去吃,全是汗味。”

“也好。抱两个过去,吃完再来抱。”

“放开吃,一人都用一个。”

“一篓西瓜,总社那么多兄弟,怎够?先见先得,只管放开吃。”

“还是省省吧。让在总社的兄弟也尝个鲜。”

“够兄弟义气。”

石斛一手托着一个西瓜,一手拿着切瓜刀,离开了船舱。

“果然好瓜!”石斛一刀下去后脱口而出。颜色鲜红而不浑的瓜瓤,镶嵌几粒乌黑的瓜子。西瓜切成小块后,石斛放下手中的切瓜刀。不等石斛手捧西瓜送往,徐榛、谢宛然、于苓已经涌到几子旁,每人拿起一块西瓜。

“云蔓,你还细,就只能苦得你自己没吃。”

见云蔓还愣在那不敢动手,徐榛开了口。云蔓拿了一块。徐榛试着咬了一小口,品了一下味道,紧跟着就是一大口。瓜瓤脆而不腻,味清而不浑。“惟君!”石斛叫了一声。“什么事啊? 都统。”阮惟君来凉棚问。石斛拿了一块西瓜递给阮惟君。“婢子不要。”阮惟君两手一挡。“不用客气。味道很不错。”石斛强行一塞。阮惟君看了石斛一眼,接住西瓜,退出凉棚。不一会,一个西瓜已经进入五人的肚子里面。

“是不是再来一个?”

“再吃,就不用吃中饭了。”

“你们几个呢?”

谢宛然、云蔓都摇了摇头。阮惟君端进一盆洗手水。见徐榛和谢宛然又推来推去,石斛熬不住开口。“幸亏你俩不是后生,否则,你俩才是真正的伪君子。扬子江里有得是水,还怕没了不成?”谢宛然终于率先将手伸到了木盆里面。

“公子”,待谢宛然、徐榛洗了手,于苓说,“你先。”

“哎哟,又来了。小子总感觉称伪君子,实在不配。你们才是真正的伪君子。”

石斛这么说了,于苓只得先洗,接着就是云蔓。“都统,婢子再去打一盆水过来。”阮惟君准备断走木盆。“不用。”石斛将手伸进了木盆,开始洗手。“小子的手比她们的手脏。”徐榛、谢宛然笑了起来。看石斛嘴角有点西瓜滓,徐榛掏出手绢,贴了贴石斛的嘴。石斛洗好了手,阮惟君递上了葛巾。石斛擦干了手上的水。

“你们让小子想起孔融让梨的故事。小子不晓得这故事是不是瞎编的。”

“人人皆知的故事怎么可能是瞎编?”

“这可就很能难说了。神州人人皆知的故事瞎编的多着。”

“公子是不是有另类解读?”

“倒不是小子有另类解读,而是一般人只看事情的表面。孔融将小梨给哥哥行不行? 哥哥一定不肯。你年纪比我小,怎么拿大梨? 说不定将孔融手中的大梨给抢走。孔融将大梨让给哥哥,哥哥就肯了。不想让,也只得让。你有没有听过孔融的哥哥将大梨让给孔融? 孔融将大梨让给哥哥,自己拿了小梨。父母晓得了后肯定夸奖孔融懂事。融儿真乖,这么小就懂得谦让。你们说接下来会怎么样? 父母肯定给孔融一个大梨。孔融不仅得到了大梨,还得到夸奖。以后有什么好处,父母肯定会先给孔融。你们说孔融聪明不聪明? 伪君子就是那些个鼓吹温良恭俭让的人给培养了出来。看看王莽,温良恭俭让,哪一样没有?”

“我看你温良恭俭让也样样都有。”

石斛笑了起来。

东南风吹得船帆“呼呼”作响，船上就几个人外加三篓西瓜。吃了午饭没多久，帆船就已经停靠在金陵码头。石斛走出船舱，头顶的太阳晒在身上让人感到阵阵发辣，幸亏江风消除部分暑气。阮惟君送来两把小花伞。石斛撑开小花伞先递给云蔓，然后给于苓。

“快去给你们的县主撑上，晒黑了可没人要。”

“放心，你不要，人家要。”

“难说。娶得起，还不一定养得起。”

船工已经换上一块宽达三尺左右的跳板。石斛顶着烈日，扶着娘子下了帆船。池震策等两人一组抬下了三篓西瓜。“抬一篓到总社去，让众兄弟尝一尝。”沿着上行的石阶，众人来到沿江泥路。马车已经停在路边等候。石斛先后将谢宛然主仆和徐榛主仆扶上马车。“将这两篓西瓜装到一辆车上。”西瓜很快就装好，由三辆马车组成的车队随之也就出发，沿着泥路，前往北门。守门的兵士一看是希声社的马车，没有阻拦，就让马车进入北门。

天气热，行人少，没多长时间，就到了朱雀门。石斛出车厢，脚一踮，踏到了地上。谢宛然见石斛来搀扶，含情一笑，把着石斛的手，踏着车凳，下了马车。云蔓撑开小花伞，给谢宛然遮太阳。谢宛然向石斛行了万福礼，转身起步前往门头。刚一脚踏上台阶，谢宛然忽然回过头来，朝石斛微笑，刚好被徐榛看到。石斛手一拱，谢宛然转身进入朱雀门。车夫孔木铎和伏吾心已经将一篓西瓜抬下马车。“走吧。我们一起去都督府。”石斛登上马车，前往都督府。

“石斛，方才大嫂在门口回眸一笑，让我想起句诗。你猜是哪两句诗？”

“回眸一笑的诗句多着呢。你这么说，肯定是几度欲归去，回眸情更深。”

“为何不猜回眸一笑百媚生？”

石斛含笑说：“小子不告诉你，免得说了你生气！”

徐榛白了石斛一眼，娇嗔说：“不跟你说。”

“南华真人说过，荃者所以在鱼，得鱼而忘荃；蹄者所以在兔，得兔而忘蹄；言者所以在意，得意而忘言。杨玉环再怎么漂亮，回眸也定是空荡无情。刘梦得虽只是去看一看吏隐亭，但回眸有意。你要小子猜，小子肯定会猜回眸情更深。少夫人对小子真的有情有意，跟你比起来，不似礨空之在大泽乎？不似稊米之在大仓乎？”

“你就会讨人欢心。”

“伪君子自然要讨别人欢心。”

“石斛,你为何老说自己是伪君子?”

“这你就外行了吧。”石斛笑了起来。“说自己是伪君子,人家才不会认为你真的是伪君子。这叫做真真假假,虚虚实实。”

“这也太可怕了。”

“碰到像小子这种人,特别要小心。”

“那应该怎么做,才不会受骗。”

“天下没有笨蛋会说自己是笨蛋。同理,凡是自称君子的人肯定是伪君子。天下哪有君子会说自己是君子?凡是说人家卑鄙,背后的意思就是我高尚;凡是说人家虚伪,背后的意思就是我诚实。这种人统统是伪君子。”

“你还不如说自己是君子。”

“君子肯定不是。连种田人在孔子眼里都是小人,卖棺材的就更不用说了。”

“按照你的说法,孔子岂不是伪君子啰?”

“那当然。孔丘是神州第二伪君子。”

“第二伪君子?谁是第一?”

“这还用说,自然是小子啦。”

徐榛已经拧住了石斛的脸。

到了都督府牙城,石斛搀扶徐榛、于苓下了马车。石斛吩咐对赶车的伏吾心:“伏兄先回总社,孔兄在这里等小弟就行了。”于苓撑着小花伞给徐榛遮荫,石斛和孔木铎抬着一篓西瓜,紧跟在后,前往牙城的城门。到了城门口,两人放下西瓜。

“仆将马车赶到树荫下等待都统。”

“好。小弟很快就出来。”

石斛向孔木铎手一拱,然后转身。牙城门口站着好几个值日的牙兵。“麻烦你们将这篓西瓜抬过去给都督。”石斛真的像是徐温的侄女婿,不管牙兵愿意不愿意,丢下话就走。于苓撑着小花伞,徐榛、石斛并肩前行,两名牙兵抬着西瓜,紧跟在后,前去见徐温。太阳火烫火烫。想不烫晕,只能加快脚步。三人就像赶集一样赶到大堂前。徐温见徐榛和石斛冒着酷暑前来,随即招手让徐榛和石斛上堂。

“榛儿,这么热的天,怎么突然想到和石郎一起来看叔父?”

“只有热,侄女给叔父送来的西瓜才有用。”

于苓收起了花伞,徐榛踏着台阶,登上步檐。两名牙兵将瓜篓轻轻地放在堂前阶下,抱拳告辞,石斛抱拳送行。徐温高声吩咐:“抬上来。”两名牙兵连忙下了步檐，将西瓜抬进了堂内。石斛登上台阶，正准备施礼，徐温说："免了，免了。外头有些热，快进来坐。"这礼可不能省。石斛还是规规矩矩地向徐温行了礼。

牙兵将西瓜抬进了堂内，俯身退到了步檐上。

"都督，小子路上已经吃了一个，味道相当不错。"

"石郎以后还是跟榛儿叫叔父吧。榛儿和石郎亲自送来的西瓜，就算味道不好，也要吃一口。来人啊！"一名牙兵进入堂内。"挑一个去切了。剩下的抬到西厢房去，让堂上、堂下的人都来尝一尝。"堂前步檐上的牙兵进入堂内，抬走了西瓜。

"西瓜是刺史李镇昌托小子带到金陵孝敬叔父。"

"你俩刚从广陵回来？"

"还没见我爸，就先给叔父送西瓜来了。"

"就榛儿对叔父好。将来成婚时，叔父送个食邑给榛儿作贺礼。李镇昌，人不错，在地方上，确实做了一些事情，也得民心。看外婆去了？"

"外婆过去了。"

"徐榛八字跟外婆忌日犯冲，免见。"

"外婆岁数大了，家也美满，过去也算是一件喜事。别太难过。"

都督府的仆役切好了西瓜，放在食案上呈献上来。徐榛起身，从食案上挑选了一块，双手捧给徐温。徐温接过西瓜，尝了一口，马上点头。

"确实好吃，非常鲜美，好吃。你俩怎么不吃？"

"路上吃了一大个，现在还饱饱的。"

"叔父！"徐榛仰头叫了一声，看了徐温一眼。

"去吧，叫这里的侍儿带你去。"

徐榛带着于苓离开了中堂。徐温站了起来，将瓜皮连同吐出的瓜子放到食案上。徐温从食案上拿了一块西瓜递给石斛。石斛赶紧上前，双手接过西瓜。徐温又从食案上给自己拿了一块西瓜。徐温咬了一口。"这瓜味道确实不错。"

"李镇昌今早亲自带瓜农摘回来，让小子带回来孝敬叔父。"

"李镇昌在扬州还没一年，得再做些时间。将来，有合适的位置，给他换一换。如今没些有能耐的人，根本办不成事。"徐温突然话锋一转："叔父听说有很多土匪强盗投奔了石郎，不知是不是真有此事？"事实已经摆在面前，切忌抵赖。这个道理石斛懂。

"确有此事。"石斛含笑说："小子想瞒过叔父还真是不容易。"

"叔父也是随便问一问。"

“他们做土匪强盗也是不得已。谁愿意过着刀头舐血的日子?”

“是啊！甘愿做土匪强盗的人毕竟是少数。”

“小子有叔父在后面做靠山,现在希声社生意非常红火。一些个土匪强盗见小子能够提供了一口平安饭吃一吃,洗手投奔了小子。叔父晓得,扬子江一线不是很太平,帆船上上下下,需要有能耐的人护着。小子不管过去做过什么,只要有能耐,就收下。眼下几百号希声社雇员里面,什么样的人都有。小子做得不对,还请叔父恕罪!”

石斛向徐温拜了一拜。

徐温含笑说:“你等于是在帮叔父剿匪,叔父还没有好好谢谢你呢。土匪强盗一少,百姓的日子才能过得安宁,我们吴国自然也就稳定。你只管安心做生意,叔父不会责怪。”

“谢谢叔父!”

“叔父还有一事要问一问,山南的事情,准备得怎么样了?”

“这些时间一直在准备。不巧外婆过去,拖了几天时间。”

“石郎这次是深入虎穴,慎重考虑很是必要。无论如何,石郎将是叔父的侄女婿。匆匆行事,万一出差错,哪还得了？不急,慢慢来。”

“山南情况特殊,需要特殊的人。去广陵前,小子一直在招募。”

“听说你在黑云都招募死士。”

“是。不止黑云都,小子还从江湖上招募。光招募到死士不行,还要训练。去山南不是去拼杀,光不怕死不行,还需要有特殊技能。你不怕死,暴露身份,将其他人害死。训练的场地就在栖霞寺。小子去广陵前,已经开始训练。”

“石郎不是外人,有些事情叔父也无须隐瞒。能斩草除根自然最好,就算重新组建,也起码可以保证好几年的安宁。像一株树,从幼苗到成材,长得再快,也需要几年。不能斩草除根,也没多大关系。只要能狠很地打击了朱友雍的嚣张气焰,石郎这次山南之行的目的就已经达到。这些年,朱友雍太嚣张,几乎每年都派控鹤军杀手来江南杀人。被他们暗杀的将领,扳指头都已经没法算清。叔父这才决心割掉这个毒瘤。我们不希望山南有控鹤军,山南东道节度使朱友信也不希望山南存在控鹤军。一旦没了控鹤军,朱友信就可以招兵买马,实现割据山南的野心。叔父和他这一点上利益相同。不瞒石郎,叔父这次让石郎去山南清剿控鹤军,是叔父和朱友信之间的约定。石郎只管放开手脚去做,无须过多顾忌。”

“小子懂了。小子一定尽力不辱叔父的使命。”

等徐榛回来,石斛就跟徐温告辞。回朱雀门时,徐渊正在水榭内乘凉。天气热,扇到身上的风都感到烫。见徐榛和石斛前来,徐渊出了水榭,前往如茅斋。石斛和徐榛旋即驻足等候。徐渊挥了一挥手,示意石斛和徐榛先进去。石斛和徐榛起步,进入如茅斋。不一会,徐渊沿着游廊来了。石斛行完礼,三人分头在如茅斋内坐了下来。

"爸应该去一趟,尽一尽做女婿的责任。想不到连报丧都没报就出殡。不过,有榛儿和石郎去,已经可以代表爸了。"

"只是女儿连送一程都没有送。"

"去了就是送。榛儿没送上一程也属特殊,并非故意。活健康,死快便。像你外婆这个岁数的人,能静静地睡了过去,本身就是福气。巴结了大半辈子,终于有个好的结果。爸讲究的是活着要对他好,死了就不必太计较。不要活着是狗,死了才是人。方才送西瓜给你叔父,他说了些什么没有?"

"没说什么,只是说西瓜好吃。"

"李镇昌挑的西瓜确实不错。"

"他哪会挑瓜？肯定是瓜农帮他挑的。不信,爸问石斛。"

"是瓜农帮他挑的。"

"挑个好瓜非常不容易。不能只是光看瓜的外表,要亲手去摸一摸,敲一敲,还要听一听,才能确定瓜的好坏。样子好看,没有经验,不是太嫩就是太老。挑到恰到好处的瓜需要有丰富的经验。瓜农整天跟瓜打交道,经验自然丰富。叫爸去挑个好瓜可不行,挑人爸可是很内行。爸看上的人肯定是错不了。石郎爸看上,榛儿觉得怎么样?"

徐榛坐在石斛身边含笑不语,徐渊不禁哈哈大笑了起来。

确实,选错了人,到时候只能心流血。什么都可以错,就是人不能错。石斛没有听徐渊多说,起身告辞。山南的事情在等着去做,着实没时间听徐渊扯。不做好充分的准备,肯定有去无回。况且,徐温就等石斛死在山南。忙碌了十几天,石斛觉得事情已经有了足够的把握,才动身前往山南。

帆船经过黄州,临时靠岸,石斛准备顺道去护国寺看一下米粟。一下船,石斛就和吕夷则一起直奔心空精舍。这次前来山南,吕夷则不能不让他来,石斛怕吕夷则莽撞出事,决定将他带着身边。上次幕北村,吕夷则住了一夜,跟米粟认识。石斛要去看一看米粟,吕夷则就跟来了。"哥哥,看情形好像不对头。"堂内板凳仰翻一地,心空精舍已经人去楼空。石斛没有言语,转身离开了心空精舍,快步前往护国寺,找住持圆通和尚。一见石斛前来,圆通和尚马上双手合十念阿弥陀佛。“老衲刚刚遣信使前往金陵,不想施主就来了。”

护国寺虽是佛门圣地,却不是与世无争的桃花源。

从护国寺往西步行大约五六里,有一座庄园,名叫青云山庄。庄主黄安本是当地的一名无赖。黄巢造反,神州大乱,地方豪强纷纷招募兵士,组建团练。黄安也是在这个时候加入了杜洪的部队,因骁勇有力、为人凶悍,被杜洪看上而成了他的牙将。杨行密任李神福为鄂岳招讨使讨伐杜洪。黄安临阵反戈助李神福生擒杜洪,而成为李神福手下的将领。李神福死后,黄安成了鄂岳观察使刘存的部下。

乱世出英雄。说得直白一点,就是让那些个流氓无赖有一个翻身的机会,可以骑在良民头上拉屎撒尿。没有黄巢造反,朱温、宋文通、王建、刘守光,等等,不可能在神州肆意屠戮生灵。吴楚冲突中,黄安保住性命却少了一条手臂。解甲回到了黄州,黄安置办起自己的团练。如今,黄安已经是黄州一霸,呼风唤雨。美中不足的是,黄安只有一个儿子,虽然黄安给这个儿子取了百子一个名字。黄安很希望自己能像周文王那样有一百个儿子。

黄百子得知一位年轻美貌的夫人带两侍儿在护国寺心空精舍清修,带着两名家奴前来心空精舍准备调戏一番。无论有势无势,这种为非作歹的人神州原本就多,没什么好稀奇。森林里的树自由生长,自然枝繁叶茂,生机盎然;盆景里的树不断修剪,必定弯曲病态。黄百子素来横走黄州,没料到米栗不是给人调戏的弱女子。米栗手劲大,只一棍,黄百子就趴在地上起不来了。人,说顽强很顽强,说脆弱很脆弱。这么一棍就将他打死了,米栗还真没有想到。一看大事不妙,两名家奴撒腿跑回青云山庄搬救兵。萧竹、茹若两侍儿首先想到的是跑,米栗也一样。一转念,米栗就冷静了下来。这一招使不得。

“看一眼就晓得是有钱有势人家的狗崽。带着你两个跑不动又没有力气的小侍儿,怎么跑?走水路,码头上未必就有船在等,说不定人家已经料到我们会逃跑而封锁了码头。走陆路,还没走几步,就进入了人家的囚笼。跑到黄州城,只要一张悬赏告示,立马躲都没地方躲。到时候,你想死都死不成。如今唯一的办法就是去护国寺找住持商量。”

米栗主意一定,就带着萧竹、茹若去护国寺找圆通和尚。

圆通和尚开始犯难起来。黄安原本就气焰嚣张,独子被杀,肯定不会善罢甘休。不去报官而来护国寺躲藏,无罪也会变成有罪。到时候,护国寺是交还是不交?这世道不是看你有没有理,而是看你有没有力。怎么办?圆通和尚一时还真想不出好主意。

“佛祖在上,恳请大师马上遣人护送我到黄州刺史府去自首。”

米栗的建议,圆通和尚感到很意外,立马觉得米栗的做法不可取。

“如今的世道,刺史府未必会主持公道。”

“这我懂。”米栗向圆通和尚解释:“我也没希望刺史府能够主持公道。我只是想,借刺史府的监牢暂时躲一躲眼前的灾祸。”圆通和尚真不敢相信自己的耳朵。“眼下呆在刺史府的监牢里面,至少要比呆在护国寺安全。就算对方势力再强,还不至于公开去刺史府要人。我承认杀了人,刺史肯定会依照对方的要求判我死刑。反正我会死,对方也不会急于一时。只要我郎君一来,我就会平安无事。”

这份胆略和自信,圆通和尚由衷佩服。

“大师怜悯,就请帮我一个忙。”

“夫人只管吩咐,老衲竭力帮夫人办成。”

“烦请大师替我写一封信,让信使以最快的速度将书信交给金陵白云观掌门。信使要多少铜钱,我给多少铜钱。”

“老衲陪你去刺史衙门回来后马上办。”

“多谢大师!”米栗伏地向圆通和尚拜了一拜。

“罪过！罪过!”圆通和尚两手合十。

圆通和尚亲自陪米栗从侧门偷偷溜出护国寺,匆匆前往刺史府自首。米栗和圆通和尚刚出护国寺,黄安就亲自带乡兵前来要人。快到刺史府,圆通和尚对米栗说:“老衲跟刺史马业有几面之缘,老衲会请他尽量让夫人在监牢里少受一点苦。夫人不晓得,如今的监牢就像地狱,狱吏就像鬼卒,还没有行刑,就已经被折磨死了。等会到了,老衲先进去跟马业说一说。无论有没有效果,夫人一定要等老衲出来再自首。”圆通和尚真不希望米栗出事。

“想不到,我来护国寺清修竟然修来一厄。”

“阿弥陀佛！夫人随缘吧。”

到了刺史府,圆通和尚请站在门口的兵丁去向刺史马业通报来访。

不一会,就见马业拱着手亲自前来迎接。

“稀奇,稀奇！想不到大师会来看马某。”

“无事不登三宝殿,老衲今天来是有件事想请大人帮忙。”

“大师有事找马某,还真是稀奇。快请进!”

“请稍等,老衲马上出来。”

圆通和尚回头吩咐了一句米粟,就跟着马业跨过门槛,进入了刺史府。

“老衲跟大人说几句话,马上回去。”

“大师什么事情那么急?”

“人命关天的大事。”

就在通往大堂的甬道上,圆通和尚向马业简单讲述了事情的经过。

“她准备来投案自首,已经在门口等了。”

“门口那娘子就是?”

“老衲陪她前来,并不是想替她开脱。有罪无罪,只有等大人侦查之后才能判定。老衲只是希望大人能让她在监牢里少受一些苦。”

“这点请大师放心!已经自首,原本就不需要动刑。”

“这女子因父亲遭遇不幸心存积郁,他舅舅送她来护国寺清修。老衲没问出身,但肯定显赫。她夫婿更是神龙见首不见尾。每次来护国寺都只是匆匆一见立马就走人。上次来看老衲,不经意间,老衲看到她夫婿手中的那把扇子,乌金打造,上有御风而行四个字。据老衲所知,扇子的原主人应该是原淮南节度使高骈。怎么到了他手中,老衲就不晓得了。

老衲可以肯定,她夫婿的背景深不可测。她说了,就在监牢里等她夫婿,只要她夫婿一来,她就会平安无事。大人想想,没有足够的底气,谁有这么大胆子跑到黄州监牢里来?老衲陪她一起来就是要告诉大人千万要慎重!本地人几斤几两清楚,她夫婿可是不知轻重的外地人。万一撞上老虎,大人想会有什么的结果?”

圆通和尚见过世面,马业懂得这是什么世道。有权者杀人根本不需要借口,无权者被杀只能怨自己运气差。只有愚蠢的人才相信衙门内有青天。将她收监,她夫婿责怪,我该怎么办?马业一听脸色顿时凝重了起来,抚着掌,迟迟没有开口。

“黄安原本就非常嚣张霸道,如今独子死了,肯定不会放过。”圆通和尚看出马业的顾虑。“她在黄州地界出了事,老衲担当不起,一个在护国寺清修的信女都保护不了,大人也难逃责任。况且,她如今又来刺史府投案自首了,大人至少也得给她提供庇护。出了事情,她夫婿不找大人,找谁?将来她夫婿怪罪,不仅老衲,她也会替大人说话。大人现在出手保她平安,这恩能不记?”

有道理!马业终于同意将米粟收监。圆通和尚一出刺史府,就引米粟进去投案自首。做完了笔录,画了押,米粟和萧竹、茹若被送进了监牢。

米粟被送进监牢不久,黄安就前来刺史府找马业。黄安在黄州势力强大,连衙门的胥徒都害怕。这些个胥徒多半是有家有室的人,总不能老龟缩在衙门内。埋没无尸未必，暗地里揍一顿容易。听黄安说完了自己的来意，马业说："黄公先别急，听马某说。黄公现在执意将她要回去，马某这个刺史的威严必将丧尽。万一传到都督或者都军使那里，无论是对黄公还是马某都十分不利。她虽已经承认了杀人，但形式马某总得走一走。万一上头追查下来，说马某草菅人命总不好。常言道，手肘子烂了也往里拐。她只是一个外地人，与马某非亲非故，马某肯定向着黄公。到时候，黄公想让她怎么死就怎么死。反正都是死，黄公何必一定要亲自动手？马某觉得，能不动私刑尽量不动私刑。黄公觉得呢？"马业送黄安出刺史府。

圆通和尚让智远和尚给石斛引路。石斛拱手跟圆通和尚告辞，匆匆前往黄州城。护国寺就在黄州城的边上。不到一盏茶的时间，就进入了黄州城。"刺史府在前面国忠大街，离这不远。"石斛没来过黄州，也不晓得国忠大街在哪，只管跟着智远和尚前往刺史府。到了刺史府，石斛对智远和尚说："师父请先回。"石斛手一拱，起步向大门迈去，吕夷则亦步亦趋紧跟在身后，俨然就像跟班小厮。走在大门口，石斛掏出腰牌在守门兵丁的眼前一亮，就跨进大门，迈着大步向大堂走去。一名牙吏赶紧引路，带石斛去见刺史马业。

智远和尚带着一分惊讶返回护国寺，将情况汇报给了圆通和尚。圆通和尚顿时感到压在心上的石头减轻了许多。圆通和尚非常希望米栗能平安，不单单是出于慈悲心肠。纸包不住火。米栗的事情一旦传扬出去肯定会严重损害护国寺的盛誉，甚至还可能大大挫伤了人家信佛的热情。石斛带着吕夷则，迈着大步正在甬道上走着，已经迎面来了刺史马业。

马业正在后堂议事，一听牙吏说采访处置使前来黄州巡视，立马中止议事，跑过来迎接。"不知采访使大人亲临黄州，下官未能远迎，还请恕罪。"马业身子一屈就跪地给石斛行礼。

"本使原本想让你多跪一会，想想还是请你先起来说话。"

神州的官吏很强大，庶民面前肆无忌惮；神州的官吏也很弱小，上司一句话马上让你灰飞烟灭。吴国百姓也晓得，吴国有采访处置使这个官，可就是不晓得谁是采访处置使。百姓盼望采访处置使替自己伸张正义，官吏害怕采访处置使出现在身边。徐温设采访处置使，目的并不是替百姓伸张正义，而是威慑地方官吏，注意吃相，切勿忘乎所以，肆无忌惮。

马业慌了手脚，赶快爬起来，俯身一旁引路。进入堂内，马业请石斛上坐。石斛扇子一展，在案后榻上坐下。吕夷则手持宝剑站在身旁，俨然是采访处置使的侍卫。马业眼睛偷偷一斜，石斛手中扇子上果然写着御风而行四个字。"你如此治州，都督怎么能放心？”石斛将一块大石头一压就压到了马业的身上。

“黄安鱼肉乡里多年，你作为黄州刺史不闻不问，该当何罪？”

“请采访使大人饶恕！”马业慌忙下跪，伏地叩拜。

“黄安的儿子光天化日到佛门圣地为非作歹，你非但没责问黄安不教之过，还将自卫之人关进了监牢。本使问你，如今黄州的刺史到底是黄安，还是你马业？本使的夫人在佛门圣地护国寺清修尚且有如此离奇的遭遇，普通黄州良民就不晓得过的是什么样的炼狱日子！”

“卑职罪该万死！”马业一边庆幸，一边顿首。

“起来吧。”

马业从地上爬将起来，俯身站在石斛前，战兢兢地说：“请大人稍坐，卑职马上去请夫人。”石斛扇子一折。“本使随你去，正好可以看一看黄州的监牢。”马业不能违逆，只得在前引领，前往关押米栗的监牢。石斛一脚刚跨进监牢的大门，监牢内“冤枉”之声就是此起彼伏。没有冤枉，就不叫神州了。“无论有罪无罪，都不应羁押太长，理应加快侦查，及早结案。”石斛昂首挺胸，迈着方步，一副采访处置使前来视察民情的派头。马业跟在石斛一旁俯身说：“卑职谨记。”“公子！公子！”看到石斛前来，萧竹、茹若两手捧着隔离圆木，雀跃高叫。石斛没有应，只管跟着马业来到关押米栗的牢房前。透过隔离栏，石斛看到米栗没带刑具。牢房干净，而且还有床，应该是这座监狱最好的牢房了。狱吏打开了牢门。石斛跟在马业后面进入了牢房。马业身子一屈，跪在米栗跟前伏地叩拜。

“小人不知，让夫人受了牢狱之苦，实在是该死。”

“无论对方是谁，为官者都要秉公执法。不能因为知就徇私枉法，也不能因为不知就冤枉好人。”石斛说得是冠冕堂皇，仿佛为官多年的老滑吏。“你着实不该事情还没弄清楚就将无辜之人关进监牢。幸亏是本使的夫人，旁人将怎么办？”

“郎君切勿责怪马大人！当时情形，不是马大人收留，妾早就已经死在黄安之手。妾虽身在监牢，马大人对妾主仆三人甚是照顾。”米栗趁机给马业说情。

“多谢夫人！”马业伏地给米栗拜了一拜。

“像黄安这样的毒瘤不割除，黄州百姓的日子怎么可能过踏实？”

石斛掏出采访处置使腰牌，向马业一举。

“马业听令！”

“卑职在！”马业两手一抱，等候石斛的命令。

“命你马上带人前去查抄青云山庄，如有反抗，格杀勿论！派人张贴告示，让黄州百姓前来府衙申诉。依据所犯的罪状，当杀就杀，当充军就充军。”

“遵命！”马业磕了头，爬了起来。

“本使不希望离开黄州前，青云山庄还在黄州继续为非作歹。”

“那大人……”

“本使这次是私访，迫于无奈，才暴露身份。本使的事情不要你管了，你马上去将青云山庄的事办好了。敷衍了事，本使绝不轻饶。”

米栗跨出监牢的大门，长长吸了一口气。

“不进监牢真不晓得什么是地狱。”

“这只不过让你直接感受到而已。就好比茅坑，远远望过去，说不定还是美景。只有到了茅坑边，你才闻到臭。神州之肮脏，你没闻到。我们抓紧时间回护国寺，监牢那地方，不用说呆几天，就是站一下身上虱子、跳蚤马上一大把。”

“哥哥，将那牌拿来给小弟瞧一瞧，这么有威力。”

当石斛掏出腰牌亮在兵丁眼前时，吕夷则极其好奇，只想拿过来瞧一瞧。石斛从袖内掏出腰牌递给了吕夷则。“哥哥什么时候成了采访处置使，小弟怎么不晓得？”吕夷则左看右看，看了老半天，递还给石斛。“你不晓得的事情多着呢。”石斛将腰牌放回到袖袋内。“哥哥这个采访处置使身份连你伯父、伯母都不晓得。不是米栗出了事，哥哥不会暴露身份。你好奇，等会到了船上，哥哥再慢慢跟你说。这一招实在是太冒险了。小子不顺道来看一看，直接去了山南，你想想，会怎么样？”

“当时情形下，这是最安全的选择。黄安是黄州一霸，打死了他的独子，黄州地界，天上地下只有躲进黄州刺史府大牢或许能暂且多活几天。谁愿意将自己的生死交给别人？不是我想选这一招，是没有其他头路下，无可奈何的选择。”是。有谁愿意将自己的生死交给别人？石斛没有打断，继续听米栗说。“我坚信，二表哥肯定会来，大不了多坐几天牢。我倒担心，马业将你我的关系上报给了徐温，二表哥可不好应对。”

“这你大可放心。徐温又不晓得你是谁。采访需要，请个娘子临时冒充小子的夫人很正常。小子是采访处置使，总不能敲锣打鼓外出采访吧。就是跟徐温实话实说也没关系。你是小子的表妹，遭无妄之灾，小子出手，正常。只是这样的险招，再也不能用了。要知道，监牢就是地狱，一进去，不管有罪无罪，那些个衙吏先蹂躏一通再说。黄安是黄州一霸，与衙门的关系肯定好。你想想，会怎么样？不死也至少躺半年。”

“我也希望以后不再用这样的险招。黄盖也不希望无缘无故被周瑜打一通。

现在，我越发懂了，不是你想怎么样，而是有人逼你怎么样。不该发生的事情偏偏发生了。我住在心空精舍，闲着念念《般若波罗蜜心经》，哪晓得突然飞来横祸？没有二表哥，我只能随先父去泥州！就算有雄心壮志，也成了黄粱一梦。”

“哎！”吕夷则叹了一口气。

“你叹什么气？”

“天天像畜生一样活着，能不叹气？以前，我以为只要有力气，就可以替天行道，除暴安良。现在想想，幼稚可笑。跟了哥哥，见了很多原先见不着的人，我才渐渐明白，别说除暴安良，不弄死我就已经很造化了。我换成米栗姐姐，肯定已经死在黄安之手。我现在终于明白，先师为何要躲在九子山终老一生不出来。神州不平事那么多，出手还是不出手？”

圆通和尚站在山门外翘首等候。这两天，圆通和尚一直在默祷，佛祖保佑，保佑米栗平安。做了多年的护国寺住持，经历了这几十年的风雨，圆通和尚非常清楚神州最缺的就是平安。米栗一旦出事，她的家人将来向护国寺要人，怎么办？当初同意米栗去刺史府自首，也是紧急情况下的无奈选择。怕刺史马业迫于黄安的压力将米栗弄死，陪同米栗去投案。出刺史府，圆通和尚又去拜访司马柏子靖。一回护国寺，圆通和尚就写了一封，遣信使以最快速度送到金陵。圆通和尚一手捏着念珠，一手直立，心里念着阿弥陀佛！“师父，来了。”圆通和尚舒了一口气，双手合掌，嘴里念着“阿弥陀佛”，快步前来迎接。

“老衲已经让人打扫了非相禅房，让施主一家晚上住。”

“多谢大师。小子准备马上带内子走，船已经在码头等了。”

一听米栗就要走，圆通和尚立马让智远和尚去给米栗拿行头。

“原以为只是想宽慰宽慰老衲，想不到施主的背景果然深不可测。”

石斛双手合十，“佛曰，我相即是非相，人相众生相寿者相即是非相。背景就像此刻天上的云彩，灿烂夺目，等一会就化为乌有，变成昏暗，一片漆黑。眼下看似一片漆黑，用不了几个时辰，又是炫目的朝霞。古往今来，帝王将相何曾不是天上的云彩？小子和大师都是一样。”

“善哉！善哉！无所从来，亦无所去。阿弥陀佛。”圆通和尚双手合十。

智远和尚拿来了米栗的行头。“再一次感谢大师照护。”石斛向圆通和尚拜了一拜。“谢谢大师。”米栗双手合十拜了一拜。圆通和尚合十回敬：“能想到来护国寺清修也是缘，施主无须记挂。护国寺就是家，家就是护国寺。将来想着了，就来护国寺小住。”在护国寺的山门前，石斛、米栗跟住持圆通和尚以及前来送行的和尚作别，带着萧竹、茹若，起身前往黄州码头。随同石斛前往山南的兄弟，见石斛迟迟不回，都已经等急了。正当准备派人去护国寺看一看，石斛回来了。一上船，帆船旋即解开船缆，起锚离开码头。

“在监牢里呆了一天一夜，赶快除一除身上的晦气。”

“那地方，人一进去，马上全身沾满晦气。”

除掉了全身的晦气，米粟来船头，和石斛一道坐在凉棚下吹江风。

“想不到你处事竟然如此冷静，更想不到你有那么强的应急能力。”

“也是漂泊中慢慢学会了应急。这世道瞬息万变，不学会应急，慌里慌张，尤其是像我这样的娘子，根本没办法活。就算我武艺再好，也是死路。”

“随便在你的饮食里面下点药，就算是霸王再生也没用。当你醒来，发现已经在牢笼里面。流氓、地痞、无赖，满眼都是。个个都是变了形的歪脖子树，根本不会考虑别人。卖给青楼做神女，卖给光棍做新妇或大户人家做婢女，已经算好下场了。甚者被奸杀。就小子来的前一天，金陵就有一娘子不仅被强奸，还被歹徒活活挖去了眼睛。正因为人人只考虑自己不考虑别人，神州才会出现孙儒、秦彦、李罕之这种专门以老弱妇孺作军粮的大土匪。”

“家庭变故前，听到这些让人毛骨悚然的故事，我肯定不会相信，以为这世界都像我家的后花园，除了花和草至多有几个蚂蚁。现在就不同了。经过一年多时间的漂泊，我不仅相信，也亲眼见过。我在外一般情况都非常警惕。一来这里是佛门圣地，二来是大白天。想不到，有人竟然如此肆无忌惮来精舍调戏。不是我有力气，结果会怎么样？就算最后将青云山庄的人杀光，被人凌辱已经是事实。”

“天天提心吊胆过日子，日子怎么能过踏实？小子有时想，神州人死命追求权力也是不得已。一个人的力气无论多大，毕竟有限。有了权，就可以操纵别人，借用别人的力气。神州各路土匪杀来杀去，就是想获得更大的权力。追不到权力，只好追铜钱。有了铜钱，就可以卖到力气。徐榛想到来护国寺清修，他父亲肯定派一大班家丁来守护。小子不能从徐温手中拿权，只好从徐温手中拿钱。山南的事情一办完，小子马上送你到外婆那去。”

遁

【长篇历史小说】

金理新 著

4

全国百佳图书出版单位
时代出版传媒股份有限公司
黄山书社

第七十六章　暗箭

亡国不可以复存，死者不可以复生。

——《孙子》

朱温占据的山南东道已不是李唐时代的山南东道。朱温的山南东道，如同一朵六花瓣的射干花，以逆时针方向，从东南到西南分别是郢州、随州、唐州、邓州、均州和房州，治地襄州是射干花的花蕊。这七个州，又分别由两个节度使来把持。襄州、郢州、随州、均州和房州为山南东道节度使的地盘，唐州和邓州则是唐邓节度使的地盘。

山南东道地处梁、蜀、楚、吴四国交界，战争频繁。均州和房州曾多次更换过主人，今天还是朱温的地盘，明天可能就成了王建的地盘。山南东道的西边是山南西道，节度使原本是王宗涤。王宗涤这人很有能耐，深得民心，王建十分妒忌，成了眼中钉。很简单，越无能越会妒忌人。王宗涤人在梁州，鞭长莫及，不好杀，弄不好还来一个鱼死网破，王建决定先将他骗到成都。王宗涤一到成都，就像鸟雀进了笼，王建想怎么杀就怎么杀了。不过，王宗涤名声在外，无缘无故加个罪名将他杀了太难看。王建就将这件事情交给了亲信马军都指挥使唐道袭去做。杀个人难不住唐道袭。有王建在背后撑腰，别说一个王宗涤，百个王宗涤也没问题。唐道袭没什么想就决定选用很常见的方法。走了那么远的路，辛苦了，唐道袭设宴替王宗涤接风洗尘。王宗涤不晓得这是个陷阱，欣然赴宴，前脚刚迈进门槛，就被埋伏好的杀手绞死了。唐道袭很轻松地帮王建除掉了王宗涤。当然，不能白杀。作为奖赏，王建任唐道袭为山南西道节度使。朱友信晓得，唐道袭也是一个无荤不吃的种，能耐没有，却喜欢做偷鸡摸狗的事情。房州南边紧挨着高季昌的荆南。朱友信知道，高季昌做梦都在想吞下山南东道。唐道袭一旦发动袭击，高季昌肯定会趁乱进攻房州。这种事情已经出现过几次。

就这样，均州和房州成了山南防御的重中之重。

军队布防在哪，控鹤军跟到哪。面对今天归附，明天背叛，控鹤军必须及时掌握军政要员的动态，防止出现叛乱。朱温敢背叛昭宗，其他人也敢背叛朱温。人心隔肚皮。谁晓得你会不会背叛？我背后突然被人捅了一刀，只能说明我中计。防止有人背后捅刀子是朱温赋予控鹤军的特殊使命，均州和房州历来是控鹤军防控的重点。贺王朱友雍调任控鹤军山南都指挥使，更让原贺王府左右典军司马明、林木茂分别去均州和房州当指挥使。

控鹤军地位特殊，加上又是贺王朱友雍的亲信，司马明在均州当了一年多的控鹤军指挥使，一直随心所欲，顺风顺水。哪晓得，风水轮流转，今年运气突然差了起来。这段时间，司马明每天都听到噩耗！不是有人失踪就是有人被杀。整个衙署笼罩在恐怖的气氛中。人一出衙署，不晓得从什么地方突然射来冷箭。“大人，你看是不是需要让刺史府派人保护？”参军典据向司马明建议。让张敬方派人保护？司马明一声冷笑。

“让刺史府派人保护，还不等于准备将鸡交给黄鼠狼？”

“可我们衙署就那么几号人，根本无力自我保护。”

“那也不能将自己关在笼子里面去。有畏才有威。一旦威严失去，我们还能不能在均州继续呆下去？目前只有抓紧时间破案，将歹徒绳之以法，才是正道。”

“大人，那些个歹徒明显冲着控鹤军来，不将衙署内的人杀光绝不罢休。”

典据猜到了歹徒的意图，曹其宸这次来确实要连根拔除均州的控鹤军。

曹其宸跟石斛同一天离开广陵，在金陵只是临时停靠一下，就启程前往山南。为了山南这趟生意，石斛共安排了四组人马。每组一百人，一共十个什，二十个伍。深入虎穴，秘密第一，任何人不得将自己的身份告诉给他人，也不得打听他人的身份，绝对听从百夫长的调遣。石斛再三警告，若想活着离开山南，就千万不要去做光明磊落的大丈夫，只能做暗箭伤人的真小人。曹其宸以杀人多少论功行赏。自来到均州的第一天起，曹其宸就带着这一百个人全在做暗箭伤人的勾当。控鹤军将士胸前的蝙蝠文身图曹其宸已经收集了一叠。别小看这幅蝙蝠文身图，每幅价格是铜钱一百缗。半个月时间下来，曹其宸已经弄得均州控鹤军衙署人心惶惶，大白天都不敢独自一人出衙门，怕一出去就横尸街头。

今天，曹其宸带着卓南阳、乔民城正在均州城街上朝天漫步闲扯，迎面前来了两名控鹤军军士。或许双方都说得太投入,差点撞到了一起。狗眼长哪去了?这名军士非常生气,正要抽刀剁掉不长狗眼的曹其宸。军士腰间的刀还没来抽出,只听一声沉实的声音,曹其宸已经一掌震在了他的胸口。这名军士飞了两丈多远,撞在地上,挣扎着准备站起来。另一名军士,还没有反应过来,卓南阳和乔民城手中的短剑已经捅进了军士的心窝。卓南阳和乔民城剑一抽,这名军士身子一软,张着大大的眼睛,僵倒在地。

围观的均州市民没有一人见义勇为,阻拦曹其宸,真让人心冷。卓南阳和乔民城怕没死尽,又捅了一剑。两人没有理睬围观市民惊愕的眼光,也不在乎是不是会有人跑到衙门去报官,跑过去捅死了那名企图挣扎起来的军士。两人还在军士的制服上擦了擦剑上的血迹,慢慢插回了剑鞘。曹其宸手一挥,连瞧都不瞧市民一眼,带着卓南阳和乔民城,扬长而去。气焰之嚣张甚于控鹤军。

"大人,魏有能手下军士韩可强和杜胜贤遭人杀害!"

"啊!"司马明一阵惊愕。"什么时候?"

"就刚才。"

"什么地方?"

"就在诚意大街。"

"歹徒的胆子越来越大,光天化日之下都敢当街杀控鹤军军士。真是肆无忌惮!你马上带两名弟兄去县衙,叫县令郑德中马上派胥徒封锁现场,本使随后就赶到那里。"

"是!"军士转身跑离了控鹤军衙署。

"大人,对方意图非常明显,就是准备将均州控鹤军杀绝。大人应该派人前往随州向贺王通报均州的情况,不能再隐瞒了。"必须得向贺王报告,再拖下去,肯定会被杀绝。司马明接受了参军典据的建议。"卫从裴,你马上安排两名军士迅速前往随州,向贺王报告均州的情况。""是!"卫从裴手一拱,转身退出了大堂。"大人,再这样继续下去,用不了多少时间,就会被杀光。"典据感到一种前所未有的恐惧,仿佛死神的利爪在一步步逼近。

司马明没有继续跟典据啰嗦,带了几名军士,急匆匆赶往诚意大街。县尉马跃已经带胥徒封锁了现场,街道两头全是围观的市民。见指挥使司马明带人前来,围观的市民纷纷让道。街道中央躺着韩可强、杜胜贤,两人身边的地上是还没有完全干去的血迹。眼前这种景象司马明见了一遍又一遍,都已经熟视无睹了。

"武本仁!"

“在!”

“你多带几名精干,协同胥徒,展开全城搜查!”

“是!”武本仁手一拱,转身离开。

“魏有能!”

“在!”

“继续询问目击者,叫画师画出歹徒的相貌。”

“是!”魏有能手一拱,转身离开。

“本使就不相信歹徒会遁地而去。”

没过多少时间,就有人向武本仁禀报,城西房家老宅里面有一群身份非常可疑的人。武本仁旋即召集数十名军士前往城西老宅抓人。终于抓到尾巴了！司马明怀着兴奋,坐在大堂上等待胜利果实。武本仁带着人马刚走出衙署不久,典据前来向司马明报告一条不好的消息。典据附耳说:“大人,派出去前往随州送信的人,遭到袭击,尸体被抛在官道旁。”司马明刚产生出来的喜悦顿时被典据的话冲得一干二净,产生了一种不祥的预感。“究竟是哪路神仙?”司马明自言自语说。均州治地在武当县,而县城不远处就是武当山。武当山是求仙学道者的栖隐之地,倒真有不少神仙。可是,这些神仙不那么关注人世纷争。

“大人,这些人武艺高强！据仵作说,派往随州的苟有籍、万则恬是被人勒死的。苟有籍、万则恬也是衙署内武艺不弱的两位。”这还要典据放屁？几天下来,目击者就已经无数了。司马明还亲自询问过好几名目击者。一名目击者作证说:“大人,谁也没有料到,那名男子会在那么多人的眼皮底下动手杀人。刚和军士一会面,那名男子突然一手刀劈向军士的脖子。那重实的声音所有人都听得见。另一名军士还没有反应过来,那名男子已经一脚将他揣飞。和那名男子一起的一名后生,年纪约二十左右,怕军士没死,补上一刀。仆当场就吓出了尿,僵着身子,不能动弹。现场的人,谁也出敢手拦阻。男子三十多岁,四十岁应该还不到。整个过程没说一句话,不晓得是不是本地人。”

他们到底是哪路神仙？司马明翻来覆去想了老半天,就是想不出答案。

过了将近一个时辰,武本仁仍然还没有回来。“城西就这么一点路,怎么到现在还没有将人抓回来,莫非遭到负隅顽抗？不可能啊。”司马明感到很奇怪。司马明决定亲自带十几名军士前往城西房家老宅瞧一瞧究竟。院门虚掩着,门口有血迹。一同前来的军士马上踹门而入。离院门不远的地方,横着两具控鹤军军士的尸体,显然是被杀死后再拖进院子。还没走几步,司马明又发现了两具控鹤军军士的尸体。司马明的心不由一凉,心想,完了!

“仔细搜查!”司马明旋即抽出利剑。军士随后也个个亮出兵器,和司马明一道,小心向前。穿过中堂,来到步檐上,司马明看到在前后屋之间的天井里面,躺着一地的尸体。武本仁中了歹徒的埋伏!天下还没有那么大胆的歹徒,杀了人竟然还敢留在作案现场。司马明收起剑,带着手下军士下到天井去检查是否还有活人。

武本仁倒在台阶前,太阳穴上插着一枚弩箭,手下军士不是死在箭下就是死在镖下。司马明正带军士在翻检尸体,突然,两旁厢房内弩箭齐发。司马明赶紧一边抽剑挡箭,一边撒腿逃离。最后,虽捡回条命,但还是肩中一箭。就两名军士侥幸没死,其他人全都跟武本仁一样,中箭倒在天井里面。司马明带着箭伤,逃回了控鹤军衙署。

谢天谢地,总算躲过一劫!在衙署门口,司马明不顾肩插着一箭,给跑来搀扶的军士下令:“快去刺史府,叫张敬方派兵去房家老宅清剿歹徒!”衙署医师得知司马明受了箭伤,赶忙提来药箱,就在大堂上,帮司马明疗伤。医师让司马明咬着葛巾,帮司马明拔出弩箭。幸好,弩箭无毒。医师给伤口敷上药膏,再绑上绷带。

“现在大人受了伤,万一歹徒偷袭……还不如叫刺史府派人保护。”

“本使定叫这班歹徒挫骨扬灰!”

能不能将歹徒挫骨扬灰是将来的事情,眼前的安全不能不考虑。就剩下这几个人,怎么抵御得住歹徒的袭击。眼下,只能等危机过去,再慢慢地招兵买马。权力在手,不怕招不到人。司马明终于决定接受典据的建议,向均州刺史张敬方求救。司马明正准备派人去,均州司马南函中已经前来衙署,听候司马明的差遣。

“大人,一接报,仆旋即带兵前往房家老宅,发现已经空无一人。”

“撞见鬼了!回去告诉张敬方,叫他抓紧缉拿歹徒,否则本使拿他是问!另外,多派一些兵士到衙署,加强戒备,以防歹徒对衙署发动突然袭击!”

“遵命!”

南函中俯身受命,转身离开了控鹤军衙署。

南函中前脚刚走,刺史张敬方后脚来到。“下官听说大人受伤,旋即赶来看望。都是下官治州无方,让大人遭歹人袭击。还请大人恕罪!”张敬方俯身拜了一拜。

“控鹤军军士接二连三地遭人暗算,能不叫人怀疑你的治州能力?现在屁话少说,着你在……五天之内破案,否则不要说司马翻脸不认人。”

“下官马上去办。”

司马明的重压之下,果然有成效。只过了一天,案情就有了眉目。医师刚给司马明换了药，手下军士前来报告，刺史府法曹王愔有要事禀报。真是贱陀螺，不打就不转。“让他进来。”军士转身离开了大堂。司马明刚将衣裳披上，牙校高瞻远领着王愔走了过来。王愔俯身站在了司马明的前面，报告案子的侦破情况。

“大人，案情已经有了眉目。”

“是谁？”

“据抓获的一人交代，他们受吴国都督徐温派遣前来山南，清剿控鹤军。原因就是控鹤军曾多次派人前往吴国刺杀他们的人。”

那么长时间以来，司马明一直想晓得，到底是什么歹徒，跟控鹤军过不去，一定非要将控鹤军杀绝？司马明每天都磨着牙，心里暗暗发誓，一定要将这群歹徒抽筋剥皮。司马明现在知道了答案，却有点失望。派控鹤军杀手前往吴国刺杀要员的事情，司马明晓得。现在可好，人家干脆来一招釜底抽薪，以消隐患。

“继续追查，力求将这些潜伏在均州的杀手一网打尽。”

“遵命！”

王愔退出衙署大堂。

总算平安地过去了三天时间。

“啊！啊！”三更过后，一名守卫的兵士打着瞌睡。“这些控鹤军军士平时作威作福，我们中哪个没有被欺负过？现在却要我们给他们守卫。岂有此理！人都想睡死了，还不如回去睡觉！”岂有此理！“为什么要我们给它们守卫？睡觉去！”给他们守卫，真是岂有此理！就像得了传染病似的，执勤的兵士个个擅自离开了岗位，回临时按扎在控鹤军衙署前广场上的营房里面呼呼大睡去了。大约过了两刻钟，一个黑影越过围墙。不久，一大队身穿夜行服的人从侧门进入控鹤军衙署。不到一刻钟，这队身穿夜行服的人，又悄悄地从侧门离开。翌日，一个陌生人给刺史张敬方送来一个包裹。刺史府胥徒将包裹呈给了刚上堂的张敬方。张敬方让胥徒解开包裹，冷眼一看，就叫他将包裹重新系上。“马上派专人将包裹送到襄州，交给兖王！”“遵命！”胥徒提过包裹，跟着录事参军桓承基离开了刺史府大堂。

曹其宸正带人悄悄撤离山南，石斛却带人悄悄前往山南。

帆船离开了黄州码头，沿着扬子江，经涢水，前往随州。此时东南风虽急，龚宰还是特意配置了八名船工。毕竟逆水而上，帆船的速度并不是很快。第二天下午将近酉时，帆船才在随州码头靠岸。下了船，庄谷前面带路。石斛一手摇着折扇，米栗走在一旁，吕夷则挎着箭箙，背着弓，紧跟在后，带着萧竹和茹若，慢慢前往随州城南门。

进入城门，众人跟着庄谷径直前往南方珍品店。“李邈哥！”吕夷则刚一脚跨进南方珍品店，就高声喊了起来。李邈笑容一展，快步前来，一把抱起吕夷则转了一个圈。此时，店里有两名客人在购物。“这里有人，我们到隔壁去。”李邈将吕夷则放下，引众人到会客室坐。

“我知道你一定会来。”

“这种事能少得了他？哥哥知道拦不住，就将他带来了。”

众人进入会客室，李邈轻轻地推上了门。“是否都已经到了？”石斛一坐下，就向李邈询问情况。因随州情况特殊，石斛特意安排了四路人马。“都到了。最后一班人马也已经在昨天到达。”李邈高兴地告诉石斛：“哥哥肯定没想到，还有一班人马前来随州助阵，而且个个都是大美人！”这还真出乎石斛的意料。

“若水宫的人也来了？”

“来了！比小弟还早。”李邈含笑说。

“这真是太好了！”石斛颇为兴奋，含笑说。“这趟生意看起来已经只赚不赔了。”比起动身来山南时，石斛此时更加信心十足。“碰到这么好的事情，我们兄弟得找个地方喝上一杯，庆贺庆贺。”

“离这不远的鸣莺巷有一家小酒肆，地方清静。小弟带哥哥去。”

石斛初来乍到，来随州好比鸡窜错了院子，只能听从李邈的安排。李邈当即决定，南方珍品店提前打烊，众兄弟一起陪都统去酒肆吃饭。关好店门，众人步行去酒肆。李邈准备去的这家酒肆名叫闻莺酒肆，离南方珍品店确实不远，就五六百步路程。没多久，就到了闻莺酒肆。酒肆虽清静，但厢房都不大。李邈将众兄弟安排在一个厢房，吕夷则、石斛、米栗和两侍儿在一个厢房。石斛坐在厢房内等，李邈前去点菜。不一会，李邈就来了。刚坐下，酒肆的伙计就送来了一盘白切鸡和一壶随州本地的开皇春。“谢了！”李邈手一拱。伙计俯身退出了厢房，推上了小门。李邈提起酒壶依照顺序斟酒。轮到萧竹和茹若，两人连忙起身拿走了酒杯。萧竹局促地说：“不会喝。”茹若看着李邈说：“也不会。”李邈见两侍儿推辞，没有强求，越过萧竹、茹若，给石斛斟酒。李邈一边给石斛斟酒，一边说。

“来随州的这段时间，小弟就一直在陪人喝酒。”

“神州的酒桌就是生意场。想做生意，还不能不上酒桌。”

“来随州这段时间里面，小弟深有体会。”

李邈放下酒壶，举起酒杯，先给米栗敬酒。“先敬米栗一杯！”李邈喝了酒。米栗咪了一口，含笑说：“有你这样的好兄弟帮助，你哥哥的生意肯定会越来越红火。”李邈边提酒壶给自己斟酒边说：“你不知道，我流浪江南，多亏了哥哥收留。”厢房的小门轻轻推开，酒肆的伙计送来了一盘炒薯蓣。“想不到，来随州还没有多长时间，这些个人情世故倒已经学了不少。”石斛说着拿起了筷子，开始吃菜。

“人情世故小弟确实学了不少。套用一句时下流行语，都是环境给逼的。想在狼窝里面生存下去，不学着点，还真没办法。不像在江南流浪，如今的李邈是随州体面的生意人。小弟方才说的是实话。米粟也就两面，不熟悉，小弟才会说一说。

小弟流浪江南时，还真是心灰意冷。年纪轻轻，除了卖力气，根本没头路混饱肚子。有一顿没一顿，在金陵、润州一带游窜。长年不洗澡，人家从小弟身边走过都捂鼻子。所有人都认为小弟是一个癫人。个别心肠软的人，看小弟着实可怜，扔点吃的。没想到，哥哥一眼就认识小弟身边这把废铜烂铁似的破剑。小弟当时非常惊奇。这一年多时间里面，小弟大江南北走了无数地方，识货的人没一个。哥哥是唯一的一个。别说卖棺材，就是抬棺材，小弟也跟定哥哥。到了寿木店，小弟才渐渐看清了自己，不再自暴自弃，慢慢恢复了信心。小弟这杯酒敬哥哥！”

“夷则，我们兄弟仨一起来，在随州碰头，还真是难得。”

三人喝了几杯，起身去隔壁厢房给兄弟们敬酒。不到半个时辰，这顿晚饭也就结束。李邈亲自送石斛、米粟前去这几天在随州要住宿的地方。三人边走边聊到了一座小院前。李邈上前推开院门，站在门边延请石斛和米粟入内。石斛、米粟、萧竹、茹若先后进入院内。吕夷则取下身上的弓箭和箭箙交给米粟，准备告辞。

“不跟哥哥一起住？”

“不了，小弟去跟李邈哥一起住。”

“哥哥和米粟先歇息，小弟就先告辞了。”

“哥哥和你一起先去看一下兄弟。”

石斛跟着李邈、吕夷则离开了院子，前去看希声社兄弟。

米粟洗好了澡，坐在院子里面乘凉。怕吸引飞蛾，院子里虽很黑，很黑，米粟还是没让点灯。一个人的日子米粟已经很习惯。很长一段时间，米粟都在黑灯瞎火中等待睡觉。萧竹、茹若洗完澡、浆洗好衣裳，石斛还没有回来，就来院子里陪米粟。忽然，院外传来了米粟熟悉的脚步声，连忙站了起来，前去开门。石斛进入院子。“先去冲凉，全身都是酸酸的汗味！”石斛拉起前襟闻了闻。“还好。乡下那回，才叫酸。”米粟关上院门。黑洞洞中，石斛洗了澡。去房间换了衣裳，就来到院子里，和米粟一起，坐在凳子上乘凉。

“二表哥，我好奇，你带了那么多弟兄来随州，准备做什么生意？”

“你感兴趣?”

“我真是感兴趣。”

“说了,不要吓着你。”

“吓不着我。”米栗低声说:“二表哥就是杀人放火,奸淫掳掠,也吓不着我。”

“替人消灾。”石斛咬着米栗的耳朵说。

“莫非二表哥这些时间就一直在做这种生意?”

“怕了没有?”

“二表哥想奸淫谁,我一定会帮二表哥奸淫她。”米栗咬着石斛的耳朵说,石斛呵呵笑了起来。“这种事小子绝不会做。别说其他人,就是希声社兄弟,让小子给撞见了,肯定阉了他。你不晓得,小子最恨就是违背人的意愿。己所不欲,勿施于人。小子虽不喜欢孔丘,但觉得这句话说得不错。小子是正经八百的生意人。这种生意也只是偶尔做一做。小子不会不看人,随便接这种生意。小子如今有的是铜钱,不会成了铜钱的仆役。”石斛压低声音悄悄说:“小子毕竟是世子,总不至于堕落成了专门替人消灾的杀手。”石斛恢复了原声。“这趟生意已经筹划多时,而且必须做。”石斛又压低声音悄悄说:“告诉你吧,这是徐温交给小子的任务。小子不想做也必须做。”石斛恢复原声。“身不由己啊!”石斛忽而又压低声音。“让小子自己选,小子会做这种偷鸡摸狗的事情?”石斛又恢复原声。

“但愿这趟生意能够如愿以偿。”

“以二表哥的能耐,肯定如愿以偿。”

跟在金陵一样,石斛早早就起了床。打开院门,出了院子,沿着院子前的小巷,往东没走多少步,就看到了高高的控鹤军牙城。石斛慢慢踱着步,边走边看绕着牙城走了一圈,只看到一名兵士站在牙城上伸懒腰。回到家时,米栗才刚刚起床。茹若请石斛梳洗。石斛洗了脸,梳好发髻,坐在堂内歇息。过了一炷香左右,米栗出现在了堂内。“米栗,我们先去踱会步,等会再吃。”石斛准备再看一遍牙城,看一看牙城的守卫是不是已经不一样了。

东方的太阳已经高高升起,照在身上已经发烫。石斛用手遮着晃眼的阳光,了望一下牙城,发现已经没有一个兵士在牙城上走动。牙城的城墙高将近五仞,东南西北各有一扇长方形城门,四角各有一个敌台。控鹤军牙城是随州城中城。或许由于一直平安无事,牙城上没有兵士巡逻,加上大热天,似乎谁也不愿意站在牙城上晒太阳,烫破头皮,只有敌台里面有兵士看守。石斛一边观察牙城,一边思索如何攻破牙城。

石斛和米粟绕着牙城慢慢逛了一圈，回到了小院。

石斛放下碗筷，一脚踏进中堂，刚好看到李邈、吕夷则进入院门。“米粟，小子出去一下。”石斛回头跟米粟招呼了一声，就快步出了中堂，踏着台阶，下到了庭院上。我们走。”出了院子，跟着李邈，步行大约一刻钟左右，到了一家名叫若水的绣庄前。“到了。”绣庄的门此时半开着，李邈推开了木门。石斛、吕夷则、李邈先后进入了绣庄。此时，二十多名绣娘正坐在厢房的绷架旁刺绣。当家燕羽见李邈带着两名陌生的后生前来，连忙下台阶迎接。

“小子带个人来看你。”李邈手一拱。

“幸会！幸会！”燕羽拱着手，快步走了过来。

“这位是谁，是否能猜得出来？”

“是否就是李公子的哥哥？”

“正是。”

“太好了。”燕羽一脸的兴奋。“宫主金陵回来后，多次提起二公子。燕羽早晓得二公子亲自前来，就不需要再请夫人前来了。有你们这些大男人在，根本不再需要我们这些小娘子掺和。”燕羽说着笑了起来。“吕夷则，小兄弟。”李邈向燕羽介绍。“幸会！幸会！”燕羽向吕夷则手一拱，吕夷则回敬。“请堂内坐。”石斛、吕夷则、李邈跟着燕羽进入绣庄的正堂就坐。

“姨妈何时能来随州？”

“依照行程安排，夫人明天就应该能到随州。”

“有姨妈助阵，这趟生意是十拿十稳的啦。”

“只要二公子一声令下，就是真的要下油锅，燕羽第一个带着她们跳。”

“燕羽的勇气确实可嘉。真要上刀山、下油锅，也只能由后生来。不过，娘子也不能冷眼旁观，帮帮忙总是要的。小子这次来随州，已经调遣了足够的人马，事先也做了充分的准备，要娘子下油锅更不会。我们还是先听一听李邈的意见。”

“牙城，小弟进去过好几回，里面的布局已经熟悉。

牙城分三个部分。最前面的部分是朱友雍处事的地方，控鹤军的兵士就驻扎在这里。牙城的中间部分是朱友雍日常起居生活的地方，最后面就是有一个大花园，是朱友雍消遣游玩的地方。据小弟这段时间的观察，牙城东西两门很少打开，北门自小弟来随州后，就未见打开过。

牙城上也极少有兵士在巡逻，只有四角的敌台中偶尔有一两个兵士在看守。夜晚很容易进入牙城，问题是，黑灯瞎火，那么多人进去容易造成兄弟误伤。据小弟得来的情报，牙城内驻守着近六个都的兵力。正面攻击显然不现实。比较好的办法是先解决了四角敌台的哨兵后，再攀墙进入牙城，对他们发动攻击。

大白天攻击牙城，敌明我也明，就看实力了。弟兄伤亡肯定难免。大白天还要防着随州守军，好像也不现实。万一出差错，后果不堪设想。这样看来，又只能选择夜晚。小弟来随州后，一直在想这个问题。还是听听哥哥有什么好主意。”

“无论是选择夜晚还是白天，强攻牙城肯定会给兄弟带来伤亡。这种杀敌一千自损八百的方法不应该在我们考虑的范围内。朱友雍可以死，我们的弟兄不可以，小娘子就更不用说啦。再说，把守牙城的肯定是精锐，应该不是吃素的，千万别想从他们身上讨得便宜。

兄弟们对里面的情况不熟悉，至少我们在地利上已经吃亏。打斗起来，我们的优势会大打折扣。所以，无论是夜晚还是白天强攻都不可取。我们想拿下牙城，只能跳出去想其他办法。哥哥刚才转了一圈牙城。表面看起来，牙城是在保护牙城内的人，实际上也是给自己做了一个笼子。好比就是一个鸡笼，黄鼠狼一旦钻进鸡笼就咬死一窝鸡。散在外面，黄鼠狼怎么咬？这是为何黄巢造反以来几万、几十万轻易被屠戮的原因。

我们干脆利用这一小小的牙城，消灭这些蜗居在牙城内的控鹤军。我们不要牙城，只要里面的人。要想将牙城里面的控鹤军统统弄死，只能借助水德星君和火德星君了。我们不能请水德星君来淹死他们，那就只能请火德星君烧死他们。一旦起火，牙城内的控鹤军军士必定死路一条。现在天气炎热，牙城内的房子一着火，立马就变成炭窑。别说烧，就是烤，也会将这些个控鹤军军士烤死。没被烧死、烤死的，要想活命，只能跑到两旁的巷道躲避。只要我们控制了牙城，将它成为我们的壁垒，就可以居高临下将他们一个个射死。

你俩觉得怎么样呢？”

“好主意！我们就来一招火烧牙城。”

“牙城一旦起火，龟宿在里面的军士必定会向牙城外逃窜。现在重点是防止外逃，而不是去强行攻城。这次来随州，哥哥带来了两百来斤火药，正好派上用场。”

“火药？太好了！”

“这两百来斤火药只能用来点火。想快速烧毁牙城，肯定不够。确保万无一失，在姨妈来之前，我们就准备点火器材，尤其是火箭、投掷器、猪油、柴火等等。我们不仅要将牙城内的房子烧着，还要烧得猛。点火器材一旦准备妥当，我们就开始火烧牙城。

攻城的时间,我们偏偏要选择在大白天。他们做梦也不会想到,有狂徒竟然会在大白天去攻打随州人人望而生畏的控鹤军牙城。现在天气非常炎热,站在牙城上上晒下烫,肯定是如同火烤。即便有个别勤快的军士在牙城上巡逻,也都已经躲在敌台里面乘凉。我们只用四组人马登城,每组配两三名弓弩手,解决了敌台中的军士,就可以轻而易举地控制牙城,将牙城变成一条勒死他们的绳索。你和张建阳各带一组人马,姨妈来,哥哥和姨妈一起;姨妈不来,哥哥和宿松涛一起各带一组人马,静悄悄,人不知鬼不觉的解决了敌台中的收兵,然后让兄弟们登上牙城。接下来的事情就简单多了。

根本不需要派人进牙城内去点火,可以在牙城上或牙城外用火箭、投掷器点火。牙城内着了火,军士必然会跑到后花园、两旁的巷道甚至企图登上牙城避火,我们就居高临下予以射杀。所以,上牙城的兄弟,只要眼力好就行。带足火箭、羽箭,准备怎么射就是。围堵四个城门,我们也用柴火,让熊熊的大火去堵牙城的四门。先堵住南门、东门、西门,防止逃窜;留着北门。一来逃到北门,需要经过花园,我们兄弟守在牙城上面,高屋建瓴,可以清清楚楚地射杀他们。如此一来,牙城不再是保护他们的屏障,而是成为射杀他们的碉堡。现在就着手准备火攻用的材料和器械,着人将船上的火药夹杂在货物中运进城。”

“哥哥,那我呢?”

“你主事投掷。这次能不能成功,关键在投掷。不仅要投得准,还要狠。等会,让李邈将牙城内的情况画出来。根据牙城内房屋的分布情况,我们一起安排多少人投,分几组人马投,怎么投。还要组织几个人在牙城指挥投,投到要害的地方去。千万不能乱投,瞎投。这两百斤火药就交给你,跟陈成德他们一起,将它投到关键的地方,做到起火快。”

确定了策略,开始部署,直到快要到午时了,石斛才离开若水绣坊。

路过控鹤军牙城时,石斛又绕着走了一圈。

烈日下,牙城上面,没有一个看守的军士。正所谓居安思危,思则有备,有备无患。朱友雍以为平安无事,哪会想到死亡正在向他一步步逼近?朱友雍如此,我何尝不是如此。我带人在山南,忘记了危险,得意而忘形,见利而忘真,中了朱友信的圈套,后悔就晚了!徐温正希望我命丧山南呢!因而,曹其宸、穆成、杨千里进入山南之前,石斛一再吩咐,各自负责一州,不相互联系,不相互串门。无论事成与不成,过了期限,不在山南逗留,各自带人回家。石斛站在远处,盯着牙城看了好久好久,仍旧不见一名兵士在牙城上走动。

太阳火辣，绕牙城走了一圈，已经全身滚烫。看看已经没有什么大的噱头，石斛起身前往居住的地方。院门关着，石斛叫了门。不一会，茹若跑过来给石斛开了门。进入院子，石斛快步向屋后走去，准备擦一把消一消身上的热气。萧竹正在剸一条大鲫鱼，目测至少有一尺半。“公子！”萧竹一见石斛前来，连忙放下手中的活，站了起来。“管自己，管自己。”萧竹重新蹲下，继续剸鱼。米栗拿着木盆和葛巾出了后门。

“快好了吧？”

“就快好了。”

“剸好了，马上准备午饭。”

石斛从米栗手中接过木盆和葛巾。萧竹、茹若剸好了鲫鱼，起身和米栗一道离开天井去准备午饭。石斛提起井水，洗了把脸，擦了汗，离开天井。石斛去房间拿一本像账本一样用白色苎麻绳装订的《柳河东集》，坐在堂内边读书，边等吃饭。

吃了饭，石斛和米栗坐在堂内歇息。李邈、燕羽陪一名中年妇人进了院门。应该就是多年没见面的姨妈了。石斛连忙起身，踏着台阶，下到院子里迎接。太阳很猛，站在院子里面就像在炭窑里面烘烤。“快进屋坐！”石斛延请三人进屋。“哥哥”，进入了堂内，李邈含笑说，“猜猜这位是谁？”除了姨妈，还能是谁？“外甥未能远迎，请姨妈恕罪。”石斛轻轻一提衣裳，膝盖一屈，跪在了地上。“见过姨妈。”米栗一听说是姨妈，紧跟着石斛跪在一旁。“使不得，使不得！”尹似雪赶紧跨步上前，伸手去扶石斛和米栗。石斛还没来得及伏地叩拜，就已经被尹似雪双手托住。“起来，起来！”尹似雪扶起了石斛和米栗。

“让姨妈冒着烈日先来看外甥，着实有些不该。”

“姨妈晒惯了，没什么要紧。燕羽传信说二郎要来，姨妈就提前了一天。刚刚到，听燕羽说，二郎已经来了，姨妈就先过来看看。二郎很小时候，姨妈抱过，算起来都差不多二十年了。想不到，今天再见都已经是希声社都统了。”

“二十年时间里面，外甥连问一次安也没有，说来也是件遗憾的事情。”

“姨妈，快请过来坐。”

米栗上前扶尹似雪到凳子上坐。

“姨妈也是无日不在夜思梦想啊，可就是不晓得你们在哪里。姨妈曾多次想派人前往江南寻找，都被外婆阻止。你外婆说，只要平安就是，不在乎见不见。还是你外婆豁达啊。音讯全无，姨妈希望你们平安，可又不能断定。现在好了，总算能够重逢。”

堂内凳子不够，萧竹、茹若进卧室搬出了两张凳子。众人围着尹似雪坐了下来。

“依照哥哥的吩咐，已经派人买来了好几百斤火油，采购了一大批破衣、破布。这些破衣、破布已经全部浸透了火油后再用细麻绳扎好。从尚记柴行购买了十几车干柴。到时，浇上火油就可以用。还分别从永固、宝兴车行租了木板车。两百斤火药已经运进城，夷则带兄弟在包，小弟来时快要包好了。投掷器械也都已经安置完毕，现在就等哥哥决定时间了。”

“绣坊的姐妹们，从早上开始就一直在扎火箭，燕羽来时她们还在扎。现在还没有仔细数，应该已经有一千多枚了。”

“李邈，你还是先回去让弟兄们多浸泡一些破衣和破布。破衣、破布没有，就直接去购买麻布、葛布，火油要浸泡透。柴火也应该多准备一些，随时装车，随时能用。不怕多，就怕少。火油、猪油、清油、桐油、菜油，只要是能够烧得着的物事多买一些，越多越好。随州城内不够，到乡下去买。到时候，只管扔进去就是。投掷器也应该多弄几副，这样才能够同时进行。火球中间最好夹着石头、砖块，可以直接砸穿屋顶，砸到人，就更省力气。

姨妈来了，明天还是像今天这样的天气，就定在明天午时三刻。迟了，说不定会出现雷雨。到时候，人家还会说是上天作怪。具体时间，暂时不要告诉弟兄们，以免人多嘴杂泄露了消息。吩咐每个人必须记住自己做什么事情，千万不要到时乱了套。怎么样？姨妈。”

“这次，姨妈就全听二郎的安排。”

“夫人，那小子就先走了！”

李邈手一拱，离开了堂内，出了院子。

“姨妈，我大哥现在怎么样？”

“大郎，姨妈也好长一段时间没有见了。二郎放心，你大哥好得很，是大红人，达官贵人请都不一定请得动他。外婆回去后，若水宫的事情也几乎不管了，天天陪竹儿练功。姨妈岁数也不小，也到了应该交给后生的时候了。姨妈现在也只是做做帮手，主要事情由你大哥来管。前天姨妈还刚接到你大哥的飞鸽传书，说要动身前往洛阳。山南的事情，早在大郎见到外婆之前就已经确定下来，事先的人员也已经做了布置。几天前，燕羽传信给姨妈，说二郎要来随州，姨妈就提前来了。二郎要来随州，姨妈还真没想到。寿木店刚一烧，摇身一变就成了希声社的都统，不仅姨妈就是外婆都感到吃惊！现在，大郎在北方率领若水宫，二郎在南方统领希声社。有你兄弟两人助阵帮忙，外婆的梦想看来很快会实现。”

“现在，均州、房州、襄州、郢州的事情都已经解决，就剩下随州了。”

“随州的事情一解决，二郎就跟姨妈一起去看一看外婆。”尹似雪说着站了起来。“刚到随州，就先来看二郎了。姨妈也得去看一下她们，顺便看看事情办得怎么样。”见太阳非常猛烈，米栗说：“姨妈是否等太阳稍微西斜后再去？”

“姨妈多年来就是风里来雨里去，早就习惯了。”

石斛、米栗起身，送尹似雪、燕羽到小院门口。“快进去吧！太阳猛，没必要陪姨妈一起烫。”尹似雪手一拱，带着燕羽离开小院。“你先进去，小子送一送姨妈。”等尹似雪、燕羽、石斛远去，米栗才转身返回。太阳快要下山，石斛才回到小院。

吃了饭，洗了澡，萧竹、茹若在家看门，石斛和米栗外出踱步。

“大白天，是不是太冒险？万一来一招瓮中捉鳖，怎么办？”

“动手之前，小子会充分做好准备。时辰一到，小子会突然发动袭击，尽量争取能在半个时辰内解决。有些事情，看似危险，实际却安全。孙子说，攻其无备，出其不意。小子大白天发动攻击，才真正是攻其无备，出其不意。别说随州人，就是牙城内的人，做梦也想不到，竟然有人会大胆妄为到这种疯狂的程度。按照常规做事，肯定不行。大白天，还有一个好处是，看热闹的人必定会很多。万一情况不妙，兄弟们会混入人群逃遁。”

“做完了山南的生意，二表哥接下来有什么打算？”

“山南的事情一了结，小子马上着手营建日后安身的处所。没有安身的处所，无论做了什么事，到头来都会是竹篮打水一场空。”

“二表哥准备将家安置在何处？”

“肯定不会在金陵。小子几乎可以笃定是徐温的侄女婿。难保日后不会跟徐温、徐知诰来往。小子不会冒这个险。小子身份特殊。谁晓得将来会怎么样？徐温今天不杀小子，不等于明天不杀。哪一天想到，小子怎么办？无谓的冒险，小子肯定不会去做。从长远的角度去看，神州的任何地方都不安全。露骨一点，每一天都在等死。如今小子托人去寻找了，只是还不清楚结果怎么样。”

“我相信二表哥一定能找着。”

“找着找不着，小子都得努力找。小子不会坐在金陵等死。”

“徐温是不是还想杀二表哥？”

“徐温想不想杀小子，小子不会去猜。猜到要杀小子，已经迟了。生死不能寄希望于别人。韩信一世聪明，就是最后关头对刘邦抱幻想，而被族灭。幻想其他事情,没关系。就生死不能存丝毫的侥幸。否则,死都不晓得怎么死。小子一定会利用眼下短暂的安全时期,抓紧时间找到安全的地方。小子已经委托人正在找。但愿能以最快的速度找到。在神州,多呆一刻钟,就多一刻的危险。小子还不至于傻到将自己的人头交给徐温保管的程度!"

石斛和米栗又在随州城过了一夜。

将近午时,替孟氏绣百鸟裙的若水绣坊的娘子离开牙城回绣坊去吃饭。这段时间,她们每天早上都准时来,快吃饭时准备走。倒不是孟氏不舍得几顿饭,而是绣了一个上午需要回绣坊歇息歇息。谁都晓得,刺绣这活特伤眼睛。不回去好好闭一闭眼睛,谁也受不了。在她们离开牙城后半个时辰左右,米栗挂箭箙,背着弓,跟着石斛走出院门。

今天的太阳甚至比昨天还要猛,好像是太上老君的看炉童子不小心倾盆倒下了炭火。原本就行人不多的随州,此时路上几乎不见一个行人。石斛和米栗顶着烈日,前往牙城。石斛抬头看了看牙城,突然起脚跑向西北角敌台城墙和牙城城墙成直角的交接处。身子一纵,踩着两边的城墙如同壁虎,四脚并用爬上了牙城,翻过城垛,猫着身子,进入敌台。

出乎石斛意料的是,两名控鹤军军士此时竟然正在敌台内午睡。真是朽木不可雕也。石斛迅速出手,制住了这两名不晓得什么叫居安思危的军士。石斛猫着身子,出了敌台,来到牙城城墙的外侧。石斛向牙城下做了一个手势。一名兄弟飞钩绳一扔,钩住了城垛。米栗拉着飞钩绳,迅速向牙城攀登。快到时,石斛俯身伸手一拉,米栗上了牙城。两人蹲下身子,通过城垛看控鹤军府署的后花园。石斛看到一个身穿紫色朝服的人正坐在花园的凉亭中乘凉。

见石斛已经上了牙城,尹似雪、李邈、张建阳三组人马紧跟着也登上了牙城,几乎不费吹灰之力就解决了他们负责的敌台。看到登城的信号,吕夷则和管云海各率一组人马从东西两面开始登牙城。能耐好的直接借助敌台和牙城城墙的拐角上,能耐稍差的借助攀城绳。登上了牙城城墙,个个都蹲着身子散开伏在牙城东西南北四面的城墙上面,等待着石斛发号。吕夷则一定要将这两百斤火药射到最要害的地方,点着控鹤军牙城。

石斛点了点凉亭中穿紫色朝服的人。米栗会意,蹲着身子,沿着牙城朝东快速移动了两丈左右的距离,取下肩上的弓箭,拔出箭箙中的两竿羽箭,搭在弓弦上。米栗单膝跪在两个城垛之间,拉开手中那把三石弓,对准水榭中的人。凉亭到牙城至少有一百三十步左右。突然,米栗放开弓弦,羽箭直飞凉亭。凉亭中的人扑倒在地，紧接着就是一声慌乱的惊叫“有刺客”。趁着慌乱之际，石斛手中的折扇突然一展，向众人发出了进攻的信号。

顿时，火箭、火球像突然下了一场冰雹似的飞进控鹤军牙城。早已经在牙城南面广场等候的乌焦等见火箭、火球飞向牙城，旋即点着木板车上浇过火油的干柴，迅速推着木板车向牙城的南门飞奔。守门兵士见烧着熊熊大火的木板车企图冲进牙城的城门，赶快退进牙城，关上城门。木板车来到城门口，乌焦双手一提木板车的车把，车上的干柴迅速倒在城门口，拖走木板车。后面跟上的兄弟依法炮制。眨眼之间，牙城的南门就已经是炭窑的窑洞。紧接着，牙城的东门和西门也起火。牙城内此时已经是浓烟滚滚，从外面飞向牙城的火箭和火球依旧是源源不断。整个牙城就如同是一座巨型的露天炭窑，黑烟滚滚向上，随着黑烟上向的是晃眼的火光。一时间，火球撞击房子的轰鸣声，房子燃烧发出的毕剥声，控鹤军军士的哀号声，响成一片。城墙外的人不断给牙城上的人传火箭、羽箭，牙城上的人躲在城垛后，射火箭的射火箭，射羽箭的射羽箭。一下子，通往牙城的台阶下面堆满了人。

随州的市民一听控鹤军牙城着火，有油的提油，没油的抱柴，纷纷前来救火。

苏代云，抱薪救火，薪不尽火不灭。一些好事的随州市民甚至搬来竹梯，登上牙城的城墙，抛油、抛柴灭火。过了将近半个来时辰，火势依旧没有显示出减弱的迹象。眼看凑热闹的市民却越来越多，牙城上全站着人。希声社弟兄见无法继续抛掷，干脆将剩下的抛掷物以及抛掷器都扔到东西两个窑洞里面焚烧，准备烧毁犯罪证据逃离现场。

长期没有打开的北门此时也已经被随州市民撞开。随州市民纷纷冲进了控鹤军府署的后花园。不论是否已经被希声社弟兄射死，市民抬起那些企图跑到后花园躲避大火的控鹤军兵士，都一一被浇上猪油、桐油、茶油，然后抛到火海里面，仿佛就是在搞柴祭，让天上的神灵来享受人间提供的祭品。

石斛只想到看热闹的人一定会很多，却没想到会有那么多随州人热情参与。面对越来越混乱的局面，石斛下令撤离。在嘈杂的呐喊声中，尹似雪、张建阳、石斛、米栗、吕夷则、李邈以及希声社弟兄相互照应，撤离控鹤军牙城。不到一盏茶的时间，牙城上只剩下随州人手舞足蹈在呐喊欢庆。

第七十七章　探亲

君子有勇而无义为乱，小人有勇而无义为盗。

——《论语》

太阳太猛，刚才在牙城上已经晒得差一点晕了头。进了院门，石斛和米栗快步去堂内纳凉。进入堂内，身上的热气还没有消去，燕羽、尹似雪、吕夷则、李邈出现在了门口。石斛连忙起身，米栗紧跟在石斛身旁，两人快步下台阶，前去迎接。尹似雪高兴地说："二郎这一把火好啊，轻轻松松地解决了随州的控鹤军。"

"外甥总算做完了一趟买卖。"

"姨妈准备马上回去，二郎是不是跟姨妈一起走?"

"外甥正想说和姨妈一起去看望外婆。"

"那我去整理一下行李。"

米栗带着萧竹和茹若前去整理行李。

"李邈，哥哥走后，你最好这两天就带兄弟离开随州，赶回金陵。所有货物都不要，就带弟兄回去。铜钱再多，无福享受，没有用。哥哥离开金陵已经好多天了，杨千里、张建阳、宿松涛、张锡之、廖衡都来了山南，你回去，正好可以帮一帮老哥。"

"小弟会尽快带兄弟回金陵。"

"夷则，你先和李邈回金陵，哥哥过几天才能回去。"

"哥哥只管放心去。"

"酬金，先让范双龙按照签订好的契约发放，不要等哥哥回去。"

"晓得。还有什么事情?"

"酎金一发放，就各回各的地方，千万不要聚在金陵。"

“晓得。”

“二郎,撤离安排得怎么样?”

“这些来山南前都已经事先安排好。”

“这就好。进退有序很重要,不要像蜂窝打散了似的。”

“姨妈放心,不会。李邈,你和夷则不用送哥哥了,再去看一看,清点一下人数。万一出差错,落在山南,可不好。”

“那好。夫人,燕羽,小子就先走一步。”

李邈、吕夷则拱手跟尹似雪、燕羽告辞,率先离开了院子。

眼看太阳就要下山,李邈带着莫孤烟,前往刺史府馆舍去看刺史申屠阳。按常规,申屠阳此时应该已经用过饭。到了馆舍,李邈发现来早了。“石公子,今天你来早了。刺史大人前去勘察火灾现场还没有回来。”值日的牙兵告诉李邈。“那小可就坐在客厅等大人。”李邈手一拱,就和莫孤烟一起进了馆舍的大门,一名仆役带两人前往客厅等候。一盏茶还没喝完,申屠阳来了。“大人!”李邈起身,拱手迎接。

“据守门的兵士说,大人勘察火灾去了。有没有勘察出什么特别的名堂?”

“能勘察出什么名堂!不过是履行一下应有的职责而已,免得随州人说随州出了那么大的事情申屠理都不理。实际,现场人山人海,即便有什么踪证,也早就给围观的人踩得一塌糊涂。申屠带胥徒翻遍了整个废墟,才找到一小段没有烧成灰的骨头。”

进入客厅,申屠阳和李邈分宾主就座,莫孤烟一旁坐陪。

“牙城着火时,小可也在,现场的人实在是太多。那些市民哪里是去救火,根本就是火上浇油。爬到牙城上的那些市民,就像过节似的,个个手舞足蹈,兴高采烈。小可来随州不久,具体情况不是特别清楚,好像随州的市民非常恨牙城!”

“那是。这几年在随州造的孽实在太多。”

“这让小可想起战国时冯谖替孟尝君收债的故事。薛地的百姓不能阻挡孟尝君被齐王罢免,却能让孟尝君有一个地方可以躲一躲。小可想,能做善事,还是要做一做善事。刘备嘱咐儿子刘禅,勿以恶小而为之,勿以善小而不为。刘备说这话的目的就是希望儿子刘禅多多用小善来收买人心。神州庶民最容易用小恩小惠收买。这种本钱轻、利润厚的生意,小可以为,很值得去做一做。谁能保证自己一生就一定一帆风顺?”

“谢谢公子提醒!申屠以后会多加注意。申屠深受此事启迪。平时若不注意积德,到时候,就算混到庶民里面,也会被人揪出。可人啊,有时候就是狗改不了吃屎。一坐上这个位置,造孽还是只管造孽,总觉得那是别人的事情,跟自己没有关系。”

“大人说得是。刚从南方进来点新货,小可瞎猜,大人可能没见过,就带来了。”

“老带物事前来,申屠都不好意思叫仆役让公子进来。”

“大人不必太在意。”

“申屠应该给石公子一点回报才是。”

“小可能平安做生意,已经是回报了。这世道,平安最重要。大人好像还没用膳,小可就不多唠叨了。”

“是否有兴趣陪申屠喝上两杯?”

“店里有些货物刚到,需要小可回去料理。大人的好意,小可只能心领了。”

一回到大音店,李邈马上跟弟兄着手准备离开随州的事宜。

诸葛再生兴匆匆前往朱友信的书房,向朱友信报告朱友雍已死的消息。看似不可能完成的任务,竟然在那么短的时间内完成,诸葛再生真不敢相信。“主公,刚刚快马传来随州的消息,朱友雍以及手下控鹤军军士全部被烧死在牙城内。”朱友信感到非常震惊。“随州的控鹤军一清除,山南已经没有了控鹤军,绑在主公身上的绳索可以宣告解除。主公大展身手的时候到了。只要措施得力,不出半年,我们就可以在山南站稳脚跟。”诸葛再生对未来充满了憧憬。

朱友信四肢一展,吩咐诸葛再生:“诸葛公马上派人以六百里加急送信给朱温,就说山南控鹤军遭到吴国大批死士的暗杀袭击,贺王以及几名指挥使遇刺身亡。千万不要让朱温联想上本王跟这事有关系。眼下,本王需要时间。”“山人这就去办!”诸葛再生刚一转身,就被朱友信叫住。“慢! 诸葛公,想办法用好言挽留那些杀手,不愿为本王效力,就想办法将他们除去。万一有人出铜钱要本王的脑袋,那还得了!”诸葛再生要的是伟业,见朱友信卸磨杀驴、过河拆桥,没提异议。“山人竭尽全力!”诸葛再生手一拱,退出书房。

米栗和萧竹、茹若很快收拾好了行李。石斛接过米栗手中的箭箙挂在腰间,再接过弓斜背在肩上。“我们出发。”

等众人都走出了小院,萧竹带上了院门。穿过小巷,来到了仁寿大街。石斛、米栗、萧竹、茹若,跟着尹似雪、燕羽,前往随州北门。若水绣庄的绣娘已经在城外等候。尹似雪没做任何停留,率领众人沿着通往唐城的官道前行。不久,就出现了一条岔道,尹似雪选择其中一条朝东北方向的歧路,继续前进,准备到位于桐柏山区的千柏村过夜。众人步行了三十多里路,将近戌时到达了千柏村。

“今天晚上,我们就在这里过夜。”

千柏村原本是一个唐城县人也不晓得的小村,如今却是随州前往桐柏县路上最大的一个山村。这一切都得归功于千柏村的里长史鸿儒。今年已经五十一岁的史鸿儒,虽一生只读过千字文,却是一个很有想法,也很愿意替村民做事的山里人。

桐柏山西北东南走向,是淮河的发源地,也是淮河和扬子江的分水岭。桐柏山西南侧的溪水流入扬子江,东北侧的溪水流入淮河。和平时期,神州人寻求平原,需要千里沃野繁衍生息;战乱时期,神州人需要山地,乞求十万大山收留庇护。桐柏山不高,但也绵延数百里。桐柏山也是一座收留无处可去的神州人的神山之一。

经过秦宗权、孙儒、朱温等土匪的轮番清洗,桐柏山东西两侧的河南道、淮南道和山南东道,早就已经是“极目千里,无复烟火”。少许漏网的神州良民,很幸运地逃到了桐柏山区,躲在峡谷山坑里面,得以活命。

千柏村虽距离桐柏山主脉还有一段距离,但也已经是桐柏山的势力范围。为了防范土匪强盗的攻击,史鸿儒出面,召集村民出钱出力,用溪石、泥土修了一堵环村石城,并安排村里的壮丁轮流值夜守村。正因为有了这一堵石城,不仅保护了千柏村人,从山南背井离乡来到桐柏山避难的良民,都希望能够入住千柏村。

史鸿儒是一个善良的山里人,见来者可怜,也予以收留。如今的千柏村已经是一个有四五百户人家的小村镇。有了人,有了人的繁荣。千柏村也有了建村以来的第一家作坊,也就有了第一家店铺,第一家客栈。不过,大部分居民还是到千柏村的四周山地、丘陵、峡谷开荒种地。没几年时间,千柏村附近的山沟沟里面已经到处是面积大小不一的梯田。

众人到达千柏村的村口时,太阳已经下山。尹似雪手一拱,就带着众人,穿过用溪石砌成的拱形门洞,进入了千柏村。沿着村中用溪石铺地的街道,走了五六百步,然后拐弯,再拐弯,直行走了一百来步,众人来到一座小院的前面。

“这就是我们今晚要过夜的地方。”

小院四周的围墙不到一人高,全部用溪石砌用。没有门,只在围墙的南面留出一个缺口供人进出。“为了进出山南方便,两年前姨妈叫人购置了这座小宅院。现在就由芮嬷嬷和蓟子如、巫秋叶守着。快进去,准备晚饭。”朱温的地盘上到处是若水宫这样的小据点。尹似雪正说着,屋内就走出了芮嬷嬷和蓟子如、巫秋叶。“夫人”,芮嬷嬷俯身拱手问,“事情那么快就办完了?”“办完了。”尹似雪显得很轻松。

芮嬷嬷没再多问。众人从围墙的缺口鱼贯进入小院。“燕羽、贻香”,尹似雪吩咐,“多带几个人跟芮嬷嬷赶快去做饭。几十个人饭吃吃好,洗完澡,就不晓得是什么时候了。”晚饭还没有做好，外面传来了急促的铜锣声。一名声音粗犷的男子在高声叫喊：“土匪要来抢劫喽！赶快拿武器去守城！”铜锣声一阵紧一阵，男子高高的喊叫声一遍重复一遍。

“做饭的只管做饭，其他人跟我一起去看一看。能管上点闲事就管一管。”

米栗旋即将箭箙往腰上一挂，拿起弓箭，准备和石斛一起去。石斛说：“小子去一下就行了。”“米栗想去就让她去吧。”尹似雪含笑说：“说不定又能像在随州一样露一露自己的手艺。”石斛、米栗要去凑热闹，萧竹、茹若只好硬着头皮跟。“萧竹、茹若就不用跟过去凑热闹了。刀剑无眼，弄着了，就不好玩了。你俩就留在这里，帮着她们一起做饭。”萧竹、茹若这下才宽了心。出了院子，众人快步赶往千柏村的村口。虽然此时天上有一弯月亮，但还是有人举着火把。老弱妇孺正排着队不断往石城上传递石头，有些力气的壮丁全都在石城上守卫。一名村民见尹似雪带着一班小娘子要登上石城，连忙拦住了她的去路。“上去，一来危险，二来碍手碍脚。想帮忙，可以在石城下面和众人一起递一递石头。”

史鸿儒倒很有智慧，石城上和石城附近一律不准明火，以免土匪看清石城上的情形，守城的村民成了土匪的标靶。尹似雪连忙解释：“小哥误会，老身不是来看热闹，而是真想给千柏村出点力气。”“请夫人稍等，我去问一问里长。”借着远处火把暗淡的火光，这名村民发现尹似雪带来的这一群娘子竟然个个腰佩宝剑，旋即前去向里长请示。有这等事？众人拾柴火焰高。这时候最需要出力的帮手。史鸿儒亲自前来，请尹似雪、石斛和一班娘子上石城。石城上一片昏暗，千柏村的村民个个伏在石城的城垛后面，严阵以待。

看到千柏村村民如此同仇敌忾，尹似雪更有了一种准备好好帮上一把的想法。村口的那片平地此时火光照天。尹似雪估算一下，这群土匪好像有好几百人。万一攻进千柏村，千柏村几百条生命肯定一夜之间说不定全没有。

石斛还在登城时，就听到石城外土匪在高声嚷嚷。

“识相一点赶快投降，否则一旦攻下石城，定杀你们一个鸡犬不留。”

见村民置之不理，土匪准备动手。在羽箭的掩护下，土匪开始对石城发动攻击。村民伏在城墙上，连忙射箭、扔石头反击。见箭和石头像淋雨一般淋过来，土匪只得抛下几具尸体，暂时向后撤退，另寻对策。

石斛蹲在城垛后面，仔细观察敌情。忽然，石斛和米栗头对着头说：“米栗，看来不给点颜色瞧瞧是不行啦。你开弓只射骑马的。”“二表哥，你看我就是啦。”米栗抽出羽箭往弓弦上一搭，拉开了弓弦。米栗真个是箭不虚发，发即应弦而倒。米栗手一放，一名土匪旋即坠下了马背。石城这边黑乎乎，土匪那亮堂堂，真不晓得突然射来一枝冷箭。一会工夫，就已经有十一名土匪坠下了马背。米栗还没有准备射第十二竿箭，土匪就已经意识到了情形不对，放弃攻城，准备撤退。来了就想走，门也没有！燕羽手持利剑，率领众娘子，如同野猫直接跃下了两丈来高的石城，杀向土匪。村民一见有人跳下石城进攻土匪，也纷纷跑下了石城，打开了石城城门，蜂拥冲向了土匪。一时间，千柏村前面只见长矛、木棍、扁担、锄头、火把，听到的全都是震耳欲聋的呐喊声。

有道是，兵败如山倒。那些慌不择路的土匪哪里跑得过对周围环境了然于胸的千柏村人。千柏村人个个晓得家乡周围哪里是坑，哪里是洼，哪里是丘，哪里是田。不到半个时辰，站在石城上面的人就看到火把的光越来越亮，听到了越来越近的呼喊声。没等多久，尹似雪手下的那班娘子和村民就已经押着十几名土匪来到了千柏村的村口。千柏村老弱妇孺，个个兴高采烈，扶老携幼，纷纷出石城迎接村民凯旋，欢呼声在千柏村上空震荡。

“多谢夫人援手！多谢，多谢！”里长史鸿儒这时才想起感谢尹似雪帮忙。

“若不是夫人手下小娘子的帮忙，今天晚上还不晓得结果会怎么样。更要感谢这位少夫人！真是史某以前从未见过的神射手。”

“里长客气，老身说起来也算是千柏村的亲戚。”

“村里有夫人的亲戚？”

“老身有一远房亲戚住在千柏村。帮千柏村就是帮老身的亲戚。”

“夫人帮了千柏村是事实。史某替千柏村谢谢夫人！”

“里长无须那么客气。老身倒非常赞赏千柏村人，面对土匪，不是一味想到跑，而是同仇敌忾，抗击土匪。其他地方人都能像千柏村那样，黄巢、秦宗权怎么能在神州猖狂？千柏村人确实了不起，了不起！”

“人明白了只有抗击才有活路，肯定会抗击。往往是心存侥幸，最后丢了性命。”

此时，若水宫娘子已经进入城门，登上石城。

“里长，老身就先告辞了。”

尹似雪向史鸿儒手一拱，就和石斛等人走下石城，返回小院。一路上，众娘子叽叽喳喳地在议论刚才追逐土匪的事情。石斛和米栗并肩而走，只听不说，慢慢前行。远远望去，见小院外有人举着火把在等候，众人连忙加快了脚步。

“烧好饭后，等你们来吃，脚都等长起来了。”

走了大半个下午的路，方才就奋力追击土匪，此时个个肚子早就已经贴到了后背。一听蓟子如说已经有饭吃了，众娘子赶紧从缺口小跑冲进了院子。三四十个人突然间挤进屋里，确实很拥挤。还好，挤中有序，在唧唧喳喳声中，众人终于吃完了饭。

"探知夫人是芮嬷嬷的亲戚，史某就来了。"众人刚放下饭碗，史鸿儒就带两名村民前来拜访。"三间小平房，平时芮嬷嬷和蓟子如、巫秋叶三人住住，倒很宽敞。突然间，夫人带了三四十人来，肯定没地方住。史某已经跟村里几户住房比较较宽敞的人家商量了一下，他们都十分愿意暂时腾出空房间让夫人手下的这班小娘子住。不知夫人愿意不愿意？"

"老身实在不好意思麻烦邻里乡亲。不像冬天，需要被子什么的暖身。大热天，随便哪个地方躺一下就行了。反正，只住一宿，明天就走，将就一下就是。不麻烦乡亲了。"

"夫人不必太在意，他们的房子平常也都空着。"

"谢谢里长。就不麻烦乡亲了。"

"那好。夫人需要就让芮嬷嬷告诉史某一声，让史某替夫人安排。"

史鸿儒和几名村民刚一走，娘子们就在屋后天井里面轮流沐浴。瞬间，小院到处都是哗哗的倒水声和娘子们的嬉笑声。尹似雪怕米栗不习惯，叫芮嬷嬷安排米栗和萧竹、茹若在小屋西间的后室洗澡。石斛不好继续在院子内呆着，一个人出了小院，沿着溪石街道，慢慢踱步。

一弯月亮已经下沉，夜确实有些黑。石斛看到不时有人举着火把，有说有笑，在千柏村的街道上走动。石斛看到两个村民举着火把迎面朝自己走了过来。不久，就听到他们说话的声音。"想不到，那班娘子年纪轻轻，竟然那么厉害。那群逃窜的土匪，十之八九全是她们杀的。真让我长了见识。"石斛怕跟他们撞见，连忙闪入一条小巷避让。等两人走过去，石斛这才重新从小巷走出，继续沿原路慢慢踱步。黑暗中，石斛听到有人叫"公子"，旋即停住了脚步。不一会，一个黑影来到石斛的身旁。

"都已经洗好澡了？"

"还没呢，那么多人挤在小天井里面。县主好了，让我来叫公子去洗。"

"那就等一会吧。反正没什么事，等她们洗好，再洗也不迟。虽说夜很黑，小子一个男人闯进去，总不方便。"

"她们平时在若水宫弄习惯了，好像神州只有女人似的，一点也不顾忌。"

“人还是应该少一些顾忌。顾忌多了，束手束脚，反而不好。娘子怎么称呼？”

“姚瑶。姓姚，名字是琼瑶的瑶。”

“小子初听，还以为是两个相同的字呢。”

“我也不晓得先父当初为什么要取这名。”

一听姚瑶说先父，石斛旋即转移话题。“小子今晚只站在石城上看，应该出手帮一下才是。”姚瑶说：“那些小土匪，根本用不着公子动手。几个有些能耐的土匪，全都已经给县主射死了。宫里也有好几个射箭能手，比如这次一起来的岑寒泉，但根本就没办法跟县主比。回来的路上，岑寒泉还说，她都不好意思说自己会射箭。县主用的三石弓，没有一定的臂力，根本就拉不开。县主只有出身在射箭世家，从小就开始练才行。”扯啊扯，又扯到了米栗的身上，真个是掉进泥潭，四周都是泥。

“她是小子的表妹，也是小子姨妈的外甥女。”

“县主是夫人的外甥女？怎么从没见夫人提起过？”

“姨妈以前应该也没提起过小子吧。神州大乱，骨肉生死都不明。没提起，很正常。”

“是啊！若水宫姐妹没一个人晓得自己的亲戚到底是活还是死。”

“起码你们还活着。”

“能活着已经是奇迹。想想我家，能活着的也只有我一个人了。”

转啊转，又转到了让人伤心的事情上。“公子！”石斛正想转移话题，两人身后远处传了萧竹高高的叫喊声。“姚瑶，我们先回去！看来已经洗好澡了。”回到院子，石斛发现众娘子个个都挤在天井里洗衣裳。石斛不好在那么多娘子面前露白身，只得提井水到房间里面洗澡。石斛刚匆匆洗了个澡，尹似雪就来安排睡觉。

“就你一个男子汉，总不至于将你给挂起来吧。姨妈想了想，你、米栗和两个侍儿就睡在东边间，姨妈和一群娘子就睡在西边间和正堂。反正，芮嬷嬷早就已经准备了足够多的草席，铺在地上，躺一躺就是。江湖儿女，谁还在乎睡在哪？”

“就依姨妈安排。”

清晨，鸟儿唧唧喳喳声中，众人就开始赶路。

千柏村此时很安静，街道上也只是偶尔有一两个早起的村民在走动。众人来到村口，石城的门还关着。见尹似雪带人要出村，值夜守门的村民问：“夫人那么早就走啊？”尹似雪说：“还要赶很多路。”村民没有多问，就打开了石城的门。

众人出了石城，看到千柏村前的风水树上悬空挂着十几个土匪的尸体。尸体已经被扒光了衣服，望过去好像就是晒着十几条酱油肉。萧竹、茹若两侍儿不敢正视，转过了头。众人没有逗留，沿着一条朝东的林间道路，继续前行。桐柏山西南侧，丘陵、山谷交叉，树林茂密，一路行来也不至于让人大汗淋漓。三个女子一班鸭。数十个娘子穿梭在林间道路，自然热闹非凡。其清脆响亮的声音，林中的小鸟都自叹不如。走了将近一个多时辰，她们就在一条小溪旁开始歇息梳洗。石斛正蹲在小溪边洗脸，耳边响起了姚瑶清脆的声音。

“公子，一路前来，我就没听到你说一声，是不是担心说不过我们啊？”

“如同林间的一群小鸟，此声刚歇，彼声已起，哪里还轮得到小子发声？还是静静听声音为好。小子现在是身在女人堆里面。你不晓得，男人在女人堆里面，会渐渐蜕去阳刚，转为阴柔，越来越不像一个男人。想想看，那些个从小在女人堆中长大的男人，哪一个会像男人？这就是任何一个皇朝的后半节，那些皇帝越来越不像男人的根本原因。小子在若水宫呆上个一年半载，不像一个太监才怪。”

段贻香正蹲在小溪边洗脸，听了石斛的话，立马反驳。“依照公子的说法，皇朝的崩塌是因为女人啰！”米栗正蹲在石斛身边洗手，含笑着看石斛。石斛竟然含笑说：“小子说的就是这个意思啊！”石斛这话如同一滴水滴进了油锅，正在溪中、溪边洗手洗脸的娘子一听，立马劈里啪啦，七嘴八舌，议论了开来。“公子，你这不是等于说女人是祸水吗？”石斛不想锣杂在鼓里面打，一言不发，静听娘子们喜鹊般唧唧喳喳。正当所有娘子都认为石斛理亏，不敢说话时，石斛突然开口。

“先有皇朝然后才有崩塌，是吧？”

“是。”

“先有人然后才有皇朝，是吧？”

“是。”

“这不就结啦！世上没有女人，哪里会有人？没有人，也就没有皇朝；没有皇朝，也就没有崩塌！你们说，小子说得有没有道理？”

娘子们脑筋没有转过弯，刹那间静了下来。很快就有一名娘子提出了质疑。

“公子，没有男人也没有女人啊。按照公子的说法，皇朝的崩塌是因为男人啰！”

“你们说，这世上是先有女人，还是先有男人？”

娘子们还真有些糊涂。忽然，不晓得是哪一位娘子冒出一句。

“人是女娲娘娘造的。女娲娘娘不可能先造女人，后造男人。”

“说的不错。那小子问你，女娲娘娘是男的，还是女的？”

“女的啊。”

“这不就是了吗。”

石斛笑了起来。尹似雪含笑说:“我们出发,到了若水宫,你们还不服气,再找二郎继续争辩。”众人纷纷起身,离开了欢乐的小溪,继续赶路。段贻香、姚瑶等几名娘子跟在石斛身边,和石斛边走边争,非得争出胜负不可。大约午时左右,众人终于到了位于黾溪旁靠山的无名观。无名观虽叫无名,却是附近很有名的道观。长时间没走过路,原本就经不起长途跋涉;再加上这班娘子又不是普通娘子,走得又快。萧竹、茹跟在身后,已经有了一种想哭的感觉。

“再熬一熬,马上到了。”

尹似雪给萧竹、茹若鼓励。众人拾级而上,进入了道观。想不到,扬子江以北,竟然也有这等处所。不想扬名立万,到无名观清修倒是一个不错的想法。

“好地方!”

“到了若水宫,你就会明白,那才是好地方。”

一名道姑引众人来到了位于无名观后山两座石壁之间的若水洞天前。两名看起来已经年过花甲的道姑带着众人进洞。洞内越来越黑,道姑点起了火把,继续前进。石斛发现,若水洞中有洞。洞中听到的只有水滴落地时发出的滴答声。道姑带着众人洞进洞出了好几回,石斛听到了流水声。“公子,洞里面有没有妖怪?”茹若的声音在洞中震荡,发出嗡嗡声。尹似雪轻轻说:“别说话。洞顶上的钟乳石掉下来,砸到头,就坏事了。”

听着一路嚓嚓的脚步声,众人来到一条小河边。道姑拿出一枝竹哨,模仿鸟雀鸣叫,吹了几声。不一会,传来了竹篙撞击河床发出的声音。木船小,来回好几趟,才将所有人都接走。一名道姑留守木船,一名道姑带领众人继续前行。步行了大约二十步光景,道姑带着众人拐进了一个洞口。走了不到两百步,洞内传来一位年长妇人苍老的声音。“文娘,夫人回来了?”“回来了。”道姑带着众人进入石窟。石窟如同一个房间,侧旁有一张小床,床上盘坐着一位老者。“夫人,怎么还会有一名后生在里面?”耳朵真是灵。石斛很惊奇。

“吴嬷,人家都说人老耳朵背,你却越来越灵。”

“老身耳朵再不好,那真的是又瞎又聋啦。”

“这里有吴嬷,就请文嬷先回。”

“那老身先告辞。”

道姑手一拱,离开了石窟。突然,石窟内出现了一道光,渐渐亮堂了起来,听到的是震耳欲聋的水声。石窟的石壁缓缓打开。尹似雪与吴嬷言语两句,手一拱,带着众人离开了石窟。贴着石壁,沿着人工开凿的蹊径,只走了几步,迎面就扑来一阵清凉的水雾。眼前是垂挂而下的水帘。萧竹、茹若贴着石壁,出了瀑布,眼前豁然,另有一片天地。

“哇!真个是仙境欤。”

萧竹、茹若忘记了疲惫,惊叫了起来。燕羽、姚瑶、段贻香等若水宫娘子没予理睬,只管走路。到了若水宫广场,尹似雪吩咐燕羽:“燕羽,你领二郎的侍儿到善能宫,我先带二郎和米栗去见宫主。”米栗摘下腰间的箭箙,拿下肩上的弓,一并交给萧竹、茹若。“还是给我吧。”燕羽接过米栗手中的箭箙和弓。

石斛、米栗跟着尹似雪去见朱邪以清。登上九九八十一级汉白玉石级,来到了上善殿的台面上,石斛停住了脚步,环视了起来。“见了外婆后,再慢慢看。”石斛继续起步,米栗紧紧跟上,跨过宽厚的门槛,进入了上善殿。朱邪以清正坐在台座上,石竹站在一旁。“二哥!”见尹似雪和石斛前来,石竹嘴里喊着,飞奔了过来。石斛笑着一搂石竹的肩膀。

“姨妈怎么会和二哥一起来?”

“姨妈半路上碰到。”

“怎么可能会这么巧?我不相信。”

“不相信,等会你自己去问你二哥。竹儿,你先到外面玩一玩,姨妈跟外婆说点事情。”

“好吧。二哥,等会我再来找你。”

“先去玩,二哥要呆一两天。”

石斛松开手,石竹转身从后门离开了上善殿。来到了朱邪以清跟前,石斛一拉米栗的手,两人身子同时一屈,跪在了地上。“孩儿携新妇米栗叩见外婆!”当着外婆的面,石斛突然选用新妇称呼米栗,米栗没想到。新妇?选用什么身份,石斛经过了一番斟酌。将米栗安置在外婆这,总得有点沾亲带故。其他人可以瞒,外婆瞒不了。想来想去,石斛决定放弃表妹,而选用新妇。米栗顿时连手脚都感到有些发软,向前一趴,就和石斛一起,伏地给朱邪以清拜了一拜。朱邪以清呵呵笑了起来。米栗陪着石斛拜了三拜,站了起来。

“其他事情暂且搁在一边,外婆还是想先听斛儿讲一讲新妇的事。”

“禀外婆,米栗未经父母之命、媒妁之言,又没有举行婚礼,不算是新妇。”

尹似雪赶忙走到朱邪以清身边,附耳说:“妈,她是原杨行愍手下大将泰宁节度使米志诚的女儿,因企图替父报仇刺杀徐温跟二郎认识。他们两人以表兄妹交往已经有些时间了。”尹似雪还没嘀咕完,朱邪以清就已经高声打断。

“既遭族灭,哪还有什么父母之命、媒妁之言？斛儿能带你来若水宫,足以说明斛儿喜欢。战乱时期,情况特殊,理当特殊处理。米栗要讲父母之命、媒妁之言,那就让外婆亲自给你主持婚礼,岂不就有了父母之命、媒妁之言?”

尹似雪、石斛、米栗都感到非常吃惊。“谢谢外婆!”米栗身子一屈,又跪在朱邪以清前面,伏地给朱邪以清拜了一拜。朱邪以清笑呵呵,站了起来,走上前去,俯身将米栗一把扶了起来。米栗正准备说,已经被朱邪以清抢先封住了口。“你乃女中豪杰,巾帼英雄！外婆这人,最喜欢的就是像你这种快意恩仇的娘子。不容易,确实不容易。似雪,吃了饭,马上着人布置好若水宫,妈今天要亲自给米栗主持婚礼!”尹似雪一听,急了,连忙说:“妈,是不是太急了一点,连日子都还没有选呢。”“什么日子不日子。”朱邪以清马上打断了尹似雪的话。“选日不如撞日。依妈看,今天就是黄道吉日。五月十七,全都是阳数,好日子。婚礼就定在今天。”尹似雪不好直接顶撞,只好找借口。“二郎成婚,飞鸽传书告诉姐姐、姐夫一声也是应该,也不差那么一两天时间。”“婚礼举行了,再告诉他们也不迟。妈还活着,还轮不到他们说话的时候。”朱邪以清摆出了一副家长的威严,丝毫不允许尹似雪忤逆。

我虽没跟徐榛定亲,可事实等于已经定了亲。就算我真像流氓,全然不顾徐榛的感受将她抛在一边,辜负她不说,回到金陵,又如何化解危机？如今一切宏伟正处在节骨眼上,差池不得。伯父虽通达,但最难说的就是人的情绪。万一强起来,问题就非常严重。石斛没料到,一个小谎言将自己推到了尴尬的境地。

“外婆,这可使不得!”

“怎么个使不得?”

“徐渊的女儿虽还没有跟石斛定亲,但嫁给石斛已经成了离弦之箭,没有回头。”这一点,朱邪以清还真是没想到。“奴抢先跟石斛在若水宫成婚,石斛回到金陵,肯定会很难应付。”斛儿选的新妇还真是不错。朱邪以清由衷地喜欢了起来。

“外婆主意已定,你就不用再啰嗦了。外婆早就已经到了老而不死的年龄,什么道理都懂,根本用不着你来提醒。外婆虽不那么讲形式,但也看具体情况。你无父无母,孤苦伶仃,外婆再不管一管,就没人管了。徐渊的女儿跟斛儿既没定亲又没成婚,至少目前还算不上是斛儿的新妇。斛儿娶谁,徐渊管不着。徐渊就是再霸道,也要能在台面上说得过去。

徐温刚把持权柄,杨行愍旧部多不服,如今又杀了李遇、朱瑾等一大批将领,底下人心浮动。收买人心都来不及,不会因女儿的婚事做丧失人心的事情。这些个土匪眼里,女人的事情都是些芝麻大的小事,不值一提。况且是外婆定的婚。外婆是谁?晋王的姑姑,安东都护夫人,若水宫宫主,斛儿敢违逆?徐渊晓得外婆是若水宫宫主,不得不考虑自己的项上人头。将外婆逼急了,没他好果子吃。就算真的被逼上绝境,还可以来若水宫。常言道,船到桥头自然直。你放心好了,将来的事情自会有解决的办法。天塌不下来!"

"奴只是担心石斛回到金陵不好交代,毕竟生活在人家的地盘上。"

"杞人担心天地崩坠而寝食难安。天有没有崩,地有没有坠?孔丘说,人无远虑,必有近忧。恰恰相反,人有远虑,必有近忧。天天怕这、怕那,怎么过日子?人活在世上什么情况下都要保持乐观。将来的事情自有办法。人就怕想多了。正因为是徐渊的女儿,别说夫人,你才必须得马上跟斛儿举行婚礼。斛儿真的娶了徐渊的女儿,别说夫人,你就是只想做一做小妾也未必能做得成。依照神州的传统,想纳妾必须得征求嫡夫人同意。徐渊的女儿不同意,怎么办?

想想杨坚,人家皇帝,嫡夫人独孤皇后不让他纳妾,就不敢纳妾。这倒不是惧内,而是希望安宁。很多男人,就是想求安宁,顺着新妇,并不是真正怕自己的新妇。天下女人都吃醋,徐渊的女儿也不会例外。徐渊的女儿心意已坚,斛儿就是再会哄也没有用。更不用说徐渊的女儿,你还能拿她怎么样?徐渊是土匪,他女儿会不会跟你讲理?外婆让你和斛儿在若水宫成亲,也是为你好。

外婆行走江湖几十年,跟各种各样的人都打过交道,人的心思懂。人确实不能无缘无故去冒险,但适当冒一冒险也需要。金陵离这不止千里,不去告诉他,徐渊怎么会晓得?怕斛儿出事,可以瞒他一段时间慢慢试探他的态度。

不过,外婆觉得完全没这必要。马有多少力牛也有多少力。徐渊晓得朱邪以清是谁,行事就不会不慎重。退一万步说,就算所有的路都绝了,斛儿也可以到外婆这来。外婆岁数虽大,但人清醒。让你和斛儿在若水宫举行婚礼,有多方面的考虑。像你这种身世的娘子,外婆也该帮你圆一圆梦。外婆不出手,你想穿嫁衣嫁出去还真是不容易。另一方面,也是希望斛儿回金陵后有一个比较合理的搪塞借口。大不了,徐渊说外婆独断专行,蛮不讲理。那又能怎么样?"

"妈,二郎和徐渊的女儿确实没成婚,也没订婚,可二郎眼下毕竟生活在金陵,徐渊的女儿想嫁给二郎,二郎就算不想娶,也只能娶。"

"娶就娶呗。没什么大不了的事。人都成千上万杀,多娶一个新妇谁在意?"朱邪以清不将这事当会事。"斛儿,给外婆讲一讲,你买棺材,怎么会结交上徐渊的女儿？上次去金陵时忘记了问，今天刚好说到这。外婆还真是感到有些稀奇。”

“孩儿遇上徐榛也是巧合。”

石斛向朱邪以清简单介绍了认识徐榛的经过。“孩儿真没想过将来要娶徐榛，只是想在金陵活一活。徐榛是朱雀门大县主，孩儿是寿木店少东主。两人能结连理，打死人，也不会相信。徐榛来找孩儿，石斛，想请你陪我一起去紫金山玩。外婆，孩儿是去，还是不去？孩儿这人，与人交往，很会考虑别人的感受。

孩儿原本就没想过要娶徐榛，甚至倒反希望她能离孩儿远一点。所以，言行举止自然轻松，有时候说不定还有一丝放肆。她越发觉得孩儿有大丈夫的气度。加上无意之中帮了她家做了几件小事，徐榛越来越喜欢孩儿。孩儿曾试探性地告诉她，不要跟孩子靠得太近。孩儿身份敏感，很多人对孩儿感兴趣。外婆面前，孩儿不敢隐瞒，孩儿着实不想害她。又不好明说，孩儿是世子，控鹤军追杀的对象 。事情渐渐演变成了眼前的模样。直到近些时间，孩儿才最后下了决心，准备将她娶回来。孩儿不想伤害她，毕竟她喜欢孩儿是真的。”

“人的言行举止，由环境决定，常常是情非得已。不是你想做，是迫使你不得不做；不是你想说，是迫使你不得不说。斛儿能顺应环境，趋利避害，外婆很赞赏。那些个不晓得变通的顽石，在当今的时代，只有死路。做人不能只讲经不讲权，也不能只讲权不讲经。经需要，权也需要，应根据时势各有侧重。当下更要注意权。只有活下来，你才可能有机会。

徐渊的女儿斛儿喜欢，娶回来就娶回来，多一两房新妇，也没什么大不了的事情。有些问题看起来像死结，没办法解决。只要能够换一个角度去考虑，问题就会迎刃而解。莫非外婆给你俩举办婚礼仅仅是心血来潮？那也太小看外婆了！

不错。通常情况下只有一个嫡妻，有两个嫡妻的史上也不乏其人。莫非为了将来能在祠堂里放一块牌位？斛儿家的宗庙早就已经给朱温烧了！你在家中的地位，关键是看斛儿。女人就是泥巴，就看男人准备将她捏造成贤妻还是妒妇。斛儿回到金陵，不需要，也不应该隐瞒，只管将已经成婚的事实告诉她。倘若她还愿意嫁，斛儿就将她娶过来。徐渊的女儿是斛儿聘娶的新妇，米娘是外婆赐给斛儿的新妇。左右夫人，两全其美，皆大欢喜。”

“妈，女儿总感觉这事上你是一厢情愿。”

“一厢情愿就一厢情愿，哪又能怎么样？你担心的事情未必会发生，不担心的事情偏偏要发生。否则，神州就不会有意外一词了。斛儿只管直截了当地跟徐渊说，这房新妇是外婆给的。斛儿还想忤逆外婆不成？又不是斛儿不想娶他的女儿。

南人真人说过，所盗者岂独其国邪？并与其圣知之法而盗之。徐渊虽海盗出身，同样也要讲忠孝，至少面上讲忠孝。外婆没有亲见，据说徐渊兄弟两人，还是很孝顺。错不在斛儿，错在外婆。外婆已经说了，大不了徐渊说外婆这人死顽固，蛮不讲理。蛮不讲理，就蛮不讲理，又能将外婆怎么样？外婆早就已经到了老而不死的年龄了，什么样的场面没见过？

徐渊晓得外婆是存勖的姑姑，更不会多言了。

徐渊能够从狼群中脱颖而出，绝非常人。不会为这一点芝麻大的事情去麻烦斛儿。嫁不嫁，关键在斛儿，而不在斛儿是否已经有一个嫡妻。看看斛儿是什么人，岂是那些个匪土代能比？谁愿意嫁给傻蛋做嫡妻？看看斛儿是什么人，岂是那些个匪二代能比？徐渊的女儿嫁给斛儿，只不过斛儿身边多了一个嫡妻而已。摊到桌面上，没人说斛儿不是。没有什么值得大惊小怪！斛儿回到金陵，外婆可以笃定，一点问题也没有。做事情谨慎些有必要，但不能前怕虎、后怕狼，无所作为。该搏一搏，还是要搏一搏。”

“外婆，这事万万急不得。”

“什么急不得？你将米粟带到若水宫，就是你的新妇。你还想要赖不成？”

“孩儿这些时间正在筹划，准备在海外建造一个可以安一安身的居住地。”

“斛儿准备去海外建造居住地？”

“是，外婆。孩儿一直在想，没有一个可以安身的居住地，无论将来结果如何，到头来终究还是一张在风中飘的树叶！有一个安身的居住地，才能进可以攻，退可以守。生存有了保障，才能有发展。生存没保障，所有努力都是白努力。这次回金陵，孩儿要做的事情就是建造居住地。”

石斛一说要建造居住地，立马引起朱邪以清的兴趣。拼死游走黄河两岸几十年，何尝不是想有一个安身的居住地？可是，可以安身的居住地在哪呢？这几十年里面，呆在什么地方能安身？隐居地终南山都成了土匪窝。总不能让若水宫人永远做鼹鼠，昼伏夜行。

“斛儿，这个主意好啊！往日吧，外婆只担心那些娘子成不了人；现在她们成人之后吧，外婆又担心她们终身呆在若水宫。确实难啊！离开若水宫，嫁到外面去吧，现在是这样一个世道，说不定，前脚刚一离开就完蛋。呆在若水宫，还可以保住性命。现在就好了。你能够建造一个居住地，就可以将这批娘子带到居住地去，跟你希声社的后生结为夫妇，在居住地繁衍生息。那些个岁数大的人，留在若水宫，或到居住地养老，都可以。反正，青春已经晃过去了，在哪都已经无所谓。外婆老了，你姨妈年岁也不小。人不看自己的孩子感觉不到自己老。上回到了金陵，看到你妈都已经出现了白发，外婆才突然意识到自己老了。”

“外婆一点也不老，容光焕发，再加神功护体，成为百岁人瑞一点也不是问题。”

“你这孩子”，朱邪以清说着就笑了起来。

“你以为外婆是糊涂蛋刘彻啊！天天盼望长生不老，害死了别人，还害死了亲人。外婆清醒得很。阎王要你三更死，谁敢留你到五更？要走的时候，谁也留不住。就说是百岁人瑞，又能怎么样？最后照样还得死。朱温的事情，就由你大哥一人来做。能不能做成，谁也不清楚。斛儿就不用去管它了。外婆都已经做了二十来年，朱温还不是照旧好好活着？外婆这几年也慢慢想通了，别说朱温，就是梁国没了，还有栋国，一切照旧。回金陵，就只管集中精神去干居住地营造的事情。需要铜钱，外婆给斛儿弄。外婆其他物事没有，就铜钱多。”

“外婆，孩儿现在也是铜钱多。”

“那就先用斛儿的铜钱。外婆原本想死后留得她们用，有了居住地就不是很需要了。斛儿将来带到居住地去就是，毕竟吃喝需要铜钱。回金陵后，顺便抽几名有能耐些的后生去协助一下你大哥。不能多，有几名就行了。在朱温的地盘上，后生活动更不方便，很容易被当作壮丁抓了去充作兵源。你大哥手下都是一班娘子，也需要有几名后生在身边。反正，河南道到处有若水宫的据点，联系很方便。”

“他们可以直接去亳州天清观。天清观好找，而且现在天清观香火鼎盛，去天清观也不会引起人们怀疑。去了天清宫，带着度牒，以道士的身份就可以在朱温的地盘上活动。”

“孩儿回去后，马上去办。”

“斛儿就一心一意建造居住地！无论事成与不成，到时都搬到居住地去。神州的事，你们就不要去管了。外婆管了一辈子，越管越让人感到心灰意冷。”

“孩儿肯定会以最快的速度将它营造好。建造居住地，对孩儿来说，是接下来最重要的事情，出不得差错。外婆不晓得，徐温前些时间一直在犹豫是不是杀孩儿以绝后患。孩儿只有死，徐温才安心。万一徐渊动怒，孩儿或许可以杀出血路，可营造居住地的图谋顷刻就化为泡影。何必为了一个形式坏了大计？孩儿觉得，拿自己的未来去赌一个形式，太不值。外婆，你说呢？孩儿将米粟带到若水宫见外婆，已经承认是孩儿的新妇。外婆放心，孩儿一向是说出去的话等于吐出去的口水，绝不会重新舔回来。一旦居住地建成，管他是徐温还是朱温，孩儿想举行什么样的婚礼就举行什么样的婚礼。这是孩儿认为急不得的原因。”

“果然是朱邪以清的外孙！外婆依你！”

“孩儿这次带米栗来,一来看一看外婆,二来想让她呆在外婆的若水宫。”

“呆在这就是。这里人多,也热闹。”

“二郎是呆些时间,还是马上会金陵?”

“离开金陵也有一段时间了,外甥想明天就动身返回金陵。”

“听米栗说,二郎身边一直没个人跟着。没一两个侍儿跟在身边,一来生活起居无人照顾,二来跟目前的身份也不匹配。姨妈让主事善能宫的孔阳做你的侍儿,陪二郎去金陵。另外,姨妈让燕羽带几名娘子,跟二郎一起去金陵,协助你,反正她们留在若水宫也没什么事。”

“有没有侍儿倒无所谓,让燕羽带几名娘子帮助外甥,还真中外甥的意。自希声社组建以来,倒招了些侍儿,主要端茶、送水。有些事情,没有娘子确实不那么好办。只是希声社的一些活动,手无缚鸡之力的娘子根本无法胜任。找一些娘子一点也不难,但找一些有武艺根基而且又可靠的娘子却是难上加难。”

“服侍你生活的娘子也需要。孔阳在你身边跟些时间,你会喜欢的。”

“排场不一定要讲,但想做些事情又不能不讲排场。如今在神州露脸的人,哪一个没几个侍妾?你不必要故意将自己排除在外！人想在神州混,既不能一味地同流合污,也不能自恃清高孤立自己。要像南华真人说的那样,似之而非,才能伸缩自如。孔阳这孩子,不用说你姨妈,就是外婆,也喜欢。你姨妈都舍得,就带上,至少可以端端茶,送送水。”

“侍儿就不要了。孩儿身边已经有一名娘子。这次来,没带上。”

第七十八章　冷血

己所不欲,勿施于人。

——《论语》

石斛只在若水宫呆了一天，就启程回金陵，朱邪以清亲自送石斛出若水宫。三伏天，头上的太阳猛如烈火。别说人，就是马，也受不了。石斛一行早出晚归，中午太阳最热的时候投店休息。经过整整三天时间的风餐露宿，石斛一行到达金陵。

石斛亲自安排好随同前来的燕羽、明姬、安若、姚瑶的生活，留下曲柯照顾，吩咐曲柯有什么事情直接来找他，并特意让林森寒摆酒席替四人接风洗尘。酒席上，石斛、李邈、龚宰、狄生商、吕夷则、林森寒等一个个给她们敬酒。石斛那么多人，每人咪一下，都已经不少了。况且，狄生商、林森寒能说会道，劝酒能力特强。到酒宴快要结束时，四人都已经个个脸蛋红扑扑了。宴后，曲柯陪燕羽四人去迎宾馆，石斛和龚宰、李邈等回总社。

“小弟离开金陵的这段时间，希声社有没有出现什么稀奇的事情?”

“其他还好，浔阳出了点事。”

“稀奇吗?”

“说稀奇不稀奇，说不稀奇还真有点稀奇。就在穆成带弟兄前往山南办事期间，黄明轩杀了管账的卢尹正，携款逃往岭南。”

“杀了自家兄弟，携款逃跑，真是件稀奇事!”

“责任在仆。不是仆推荐穆成当浔阳分社主事，可能就不会有这种事。”

穆成的父亲穆亦肃是原宣歙观察使窦潏的部将。窦潏被秦彦所杀，穆亦肃投奔了杨行愍的同乡田頵，成了龚宰的手下将领。田頵叛乱兵败，穆亦肃并没有随田额成仁,而是携带家眷和数名亲兵回到故乡浔阳,解甲归田过起了庶民的日子。希声社成立时,龚宰向石斛推荐了穆成。杀人者黄明轩的父亲黄景也是昔日田额手下将领。黄景阵亡后,黄明轩流落街头,被穆亦肃收为假子。黄明轩和穆成一块长大,跟亲兄弟没什么两样。希声社筹建时,穆成推荐了黄明轩做他的助手。

"老哥说到哪去了?依老哥的说法,小弟最应该承担这个责任。老哥只是推荐,又没有逼小弟非得任穆成为浔阳分社的主事不可。莫非小弟也来一个自我放逐不成?就算有错,那也已经是过去的事情,现在去追究有什么用?纯粹吃饱了饭撑着,没事找事。

小弟只是没料到,穆成刚带弟兄前去山南办事,黄明轩竟然会在家里掏他的窝。希声社出这种事情,想起来,还真觉得是件稀奇事。我们在前面跟人死拼,自家兄弟在后面掏我们的老窝,还能有活路?幸好,他提前动手。否则,连穆成都有可能会死在他的手上。

自家兄弟,谁会去提防他突然在你背后捅一刀?这种人呆在身边的时间越久越危险。等到最后,你一生的心血都是在替他做嫁衣。活生生的例子就摆在眼前。杨行愍拼死拼活拼了一生,怎么样?还是走了干净,至少还只死一个卢尹正。"

"穆成从房州回来,就带弟兄追黄明轩去了。"

"这可真有些不妙。"石斛无奈地摇了摇头。"不去追还好,去追可真是要出事啰!原本还只有卢尹正一人,如今说不定又要搭上好几条人命。前次浔阳事件中,小弟已经看出穆成这人做事一点也不像将门之后,一见眼泪就心软。跟黄明轩生活了那么多年,就算能追上,像穆成这种讲面子、重情义的人,还能将他怎么样?说不定,穆成还会被黄明轩灌了迷汤,着了黄明轩的道。小弟看啊,穆成是凶多吉少啰!人不冷血,有时候根本就不行。"

"哥哥,小弟马上带几名有些跟踪能力的兄弟前去追。"

"不用去追了!要出事,早就已经出事啦。莫非穆成站在那里等你去追?"

"去总比不去要好。说不定,事情没像哥哥想的那样糟糕!"

"但愿吧。哥哥这人,任何事情总是往坏处想。叛变的人,别说过去,就是眼前比坑虫还多,老哥肯定见过很多。难道每一个都能得到惩罚?都能得到应有的惩罚,这世上早就没朱温了。追得到就追,追不到就不要追。务必尽快回来。"

"晓得。"李邈拱手跟石斛、龚宰等告辞,率先走了。

"都是仆考虑不周。依理,背叛的事情,仆见的最多,理应想到才是。可仆依旧没有引起足够的重视。早想到这一点,肯定会派人警示穆成,以防着了黄明轩的道。”

“这只能说明老哥宅心仁厚。倘若老哥是黄明轩,想法可能就会不一样。就算穆成真的出事,也跟老哥无关。穆成不是三岁孩童,不应该事事需要别人提醒。想去追,也不能自己去。只能说明穆成太不了解自己的个性,不是老哥考虑不周。事情说不定跟李邈说的那样,不一定像小弟想的那样糟糕。

小弟这人,事事朝坏处想。可能是有些悲观。就说真的不幸出了事,也不能怪老哥。老哥在金陵,穆成在浔阳,相隔千里。消息传到金陵,穆成早就已经追去了。

乡下那回,小弟空的时候就读那些个史。神州人毒,随便翻一翻神州史,就可以看得清清楚楚。今天我背叛你,明天你背叛我,是神州司空见惯的事情,没什么特别稀奇。没有背叛,说不定到现在依旧还是夏朝。正因为有了背叛,才会出现擂鼓传花似的更换朝代。就是由于背叛,李唐皇朝才崩塌。这倒不是小弟留恋自己过去的身份。忠信不过是一块无耻之徒的遮羞布。

背叛就意味着取人性命。黄明轩很清楚,他已经杀了卢尹正,回到浔阳只有死。倘若穆成追到黄明轩,摆在黄明轩面前,要么死,要么穆成死。穆成心慈手软,又讲兄弟情谊,肯定不会杀黄明轩。不像小弟,敢杀自家兄弟的人绝不会手软,当出刀就出刀。

遇上小弟,无论过去多么铁,不是他死就是我亡。对兄弟都会动手,这种人你还留什么情?对付内贼,小弟肯定比对付外贼还要狠。要小弟心慈手软,顾念过去恩情绝不可能。现在,小弟只希望穆成没追上黄明轩!早一点出岔子,起码也是一种预警,以后小心就是。螳螂捕蝉,黄雀在后。以后不防着点黄雀,那是自寻死路,怨不得别人。”

“仆只觉得,黄明轩的能耐根本没办法跟穆成比,穆成应该能够将黄明轩抓回。”

“老哥此言差矣!使诈玩阴,在神州就是能耐!其他方面不行,更会使诈玩阴。神州史上,武艺高强的人,还不是个个死在使诈玩阴人的手中?比如李存孝和李存信。单就武艺而言,李存信不及李存孝一条毛,结果呢?最后玩死了李存孝。”

“是啊。不说李存孝,光吴国,这些能够踏在他人尸体上面的都是些会玩阴的人。想想,能脱颖而出,不是他有多大的能耐。朱温、徐温都是摆在眼前的活例。仆总是没有引起足够的重视。仆这方面的能力确实欠缺。可能是仆从小受到的教育有关系。先父这方面的能力也欠缺。仆得学学。”

“老哥欠缺,小弟何尝不欠缺。不是想学就学得会。如老哥所说,跟从小受到的教育有关系。害人之心不可有，防人之心不可无。我们自己不会玩，至少得晓得人家会玩。按照神州流行的说法，鬼投胎转世才变成人。老哥想，任何人，首先是鬼，然后才是人。以小弟的鬼眼看，满世界是鬼，没几个人。老哥想想，跟鬼交往，能不小心？不防着一点，真不晓得最后怎么死。"

"不小心，真死都不晓得怎么死。田頵是武忠王光屁股长大的少年朋友，结义兄弟；朱延寿是武忠王的小舅子。依理，应该同心协力，共谋大业，而结果却是田頵和朱延寿暗中联手，遣使者杜荀鹤勾结敌人朱温，一起对付武忠王。谁想得到？田頵、朱延寿如此，武忠王一样。武忠王诈称自己眼睛有病，看不见物事了，对夫人朱氏说，我要失明了，几个儿子都还很小，准备将军府事务交给三舅处置。朱氏信以为真，亲自写信给弟弟朱延寿，武忠王也装模作样地派使者前去征召。朱延寿也中了计，前往广陵。到了广陵，武忠王亲自迎接。没等朱延寿明白过来，人头已经落地。真可谓，你阴我比你更阴，你狠我比你更狠。神州人不仅阴险，而且残忍。豺狼虎豹都做不出来的事情，神州人却可以轻轻松松地出手。这种事情，仆这几十年不晓得见过多少。如今想起来，都感到毛骨悚然。和这些人一起过日子，真是不可想象。还是少东主明智啊，不跟这些人为伍，自己过自己的日子。"

正说着，碰到了梅盛林。梅盛林听说石斛已经从外地回来，前来找石斛。解应宗告诉梅盛林，"应该在食厅吃饭。"梅盛林向解应宗手一拱，就去食厅。没走几十步，梅盛林就看到石斛和龚宰说着话走了过来，连忙加快脚步迎了上去。

"都统，长寿巷和鸡鸣巷的那些民宅已经建成。"梅盛林告诉石斛一条好消息。"因都统外出未回，刺史府没让原住户搬进去住。现在天气炎热，那些原本借住在亲戚朋友家里的住户急着要住进去，已经问了仆好几遍，都统什么时候回金陵。"

"这倒是一件值得高兴的喜事。"

"副使徐玠要举办盛大的搬迁仪式，请都统前去剪彩。"

"城门已经关了。明天早上，你去告诉他们，就说小子已经回来了。来得及的话，趁热打铁，搬迁仪式就定在明天涨潮时分，给那些住户一个好的彩凑。"

"明天城门一开，仆就去刺史府通知副使徐玠。"

"老哥，小弟先去一下白云观，跟家父和家母说一声搬家的事情。"

石斛跟龚宰等告辞，去了白云观。石岩此时正和尹如雪坐在缮意房前的庭院上乘凉。住在白云观虽远没有幕北村舒服，石岩原本就像水中漂流的树桩漂到哪就搁哪，倒没觉得住在白云观有什么特别的不自在。"爸，鸡鸣巷和长寿巷的房子都已经修建好。孩儿已经安排准备明天涨潮时分，让原来的住户住进新房。"石斛跟石岩讲了搬家的事情。终于将心债还了！石岩如释重负似的感到一阵轻松。尹如雪接话说:“斛儿了却了你爸的一桩心愿。”

“原住户都要搬回去住,我们也搬回去住。借居在白云观,不方便不说,也不自由。住在自己家,至少说话声音高低可以自己定。”

“有道是,龙窠虽好,狗洞长存。吵了曹老哥那么长时间,也该让他清静几天。”

“千岁说笑。千岁在这,仆还有个下棋的伴。”

“爸只是担心,住进去后,又连累了人家。总不至于再帮他们造房子吧。”

“只要我们小心些,应该不会有人再来烧我们家的房子了。”

“那好。爸和你妈重新搬回到鸡鸣巷去住。”

“明天,孩儿早点来接。”

刚进总社的大门,荆善居就前来在石斛的身边一阵耳语。这还真是出乎意料的一件事情。石斛含笑说:“花了那么多的时间和精力终于找到了这只狐狸。如今已经晓得它的巢穴,就不用急。等会我们慢慢去捉它。”

“是不是多带几个人去?”

“不用。你我再加上夷则就行了。我们三人还捉不住他,小弟看就不用捉了。”

“是不是将杨千里也叫上?”

“行。荆兄担心,就将杨兄叫上。”

将近戌时,石斛、荆善居、杨千里、吕夷则四人乘坐帆船,沿秦淮河,悄悄地前往位于金陵南郊的高座寺。下了帆船,吕夷则举着火把,四人步行前往高座寺。四人到达高座寺时,晚课刚刚结束。经通报,知客僧引四人前去方丈室见住持惟因和尚。石斛刚刚说明了来意,惟因和尚就替庞震东求情。“施主能否慈悲为怀予以宽恕？毕竟已经放下了屠刀。”石斛虽然非常讨厌这种不分青红皂白的假慈悲,说话还是客客气气。“大师,倒不是小子不想以慈悲为怀,而是此贼造下的孽障实在是太重。小子虽不是佛门中人,却常听佛门中人说,善恶之报,如影随形,三世因果,循环不失。善因生善果,恶因生恶果。此贼当初不种下恶因,小子也不会前来高座寺烦扰大师。”惟因和尚合十说:“善哉,善哉,阿弥陀佛。”

“种豆得豆,种瓜得瓜。佛家重报应,小子以为是警示世人注意自己的言行举止。此贼双手沾满了人血,是都督缉拿的要犯。小子特意选择晚上来,就是不想败坏贵寺的盛誉,更不想让高座寺背上收留罪犯的恶名。李慎肇晓得此贼藏匿在高座寺,大师想,会有什么样的结果？都督虽诚心理佛,可对企图刺杀都督的人绝不会手下留情。”

惟因和尚考虑再三,决定交出,即遣监寺引石斛四人前往药师殿。

昏黄的烛光从殿内照到药师殿前的庭院上。石斛手一举,众人停住了脚步。石斛踏上台阶,跨过门槛,进入了药师殿。一和尚正在药师佛前跏趺而坐。"庞副使!"石斛叫了一声。和尚头一抬,又重新低了下来。"从和尚变成庞副使,又从庞副使变成和尚,是不是大彻大悟,看破红尘?"

庞震东本是登封少林寺和尚,后加入了黄巢的无影门。庞震东根本没料到,当初前来江南刺杀徐温的一支控鹤军精锐,最后会只剩下自己一个人。这一人还是靠侥幸才能活命。若不是当时恰好内急,早就已经死在柳似汀家。返回随州,能够活命也难逃责罚。想想几十年的拼搏,结果换来的却是丧家之犬。庞震东越想越悲观,还真的有看破红尘的感觉。反正头上的戒疤还在,做和尚也方便。庞震东花铜钱买来了度牒,弄来了和尚的行头,削去了头发,以游僧的身份来到了高座寺,被惟因和尚收留。

庞震东跏趺坐在蒲团上,双手合十,没有开口。

"小子不会因庞副使出了家就手软。"

石斛话一说完,就向庞震东出手。庞震东远没有到视肉身为臭皮囊的境地,对石斛的进攻,当下就反击。荆善居、杨千里、吕夷则以及监寺赶紧上前,站在了药师殿的大门口。昏黄的烛光下,药师佛前,只见药师殿内两个身影在闪动,连荆善居、杨千里都觉得有些眼花缭乱,看得站在门口观战的监寺胆战心惊。吕夷则准备上去助阵,被杨千里伸手拦了下来。

打斗持续了将近一刻钟。"喀!"药师殿内突然响起清脆的骨头断裂声,紧随着就是庞震东身子一转,滚在了地上。石斛摇着折扇说:"想想有多少人死在了庞副使的金刚指下。"

"夷则,拿下!"石斛突然高声。

吕夷则和杨千里冲进了药师殿,拿下了庞震东。

石斛向监寺等和尚手一拱。"打扰!"石斛摇着扇子,出了药师殿。吕夷则和杨千里押着庞震东,紧跟着石斛,朝高座寺的山门走去。出了山门,柯齐家举着火把在等候。"立马回总社。"柯齐家在前引路,来到了码头。众人一上船,旋即起航返回总社。

帆船出了秦淮河。

"依照小子的脾气,真想剥下庞副使这张人皮。田般若一个老实巴交的车夫,每天勤勤快快赚铜钱,庞副使为了灭迹,竟然活活将他勒死。小子真不晓得,庞副使潜伏江南的几个月时间里面，到底杀了多少人。真个是血债累累！方才在高座寺，惟因大师希望小子慈悲为怀。小子就卖给惟因大师一个人情，给庞副使一个痛快。”

突然，庞震东开口。“少东主的身世庞某一直很疑惑。庞某死之前，少东主能否帮庞某解一解。”“庞副使的疑惑到了阎罗殿请阎王帮庞副使解。死不瞑目，庞副使就到阎王那里告小子去。”吕夷则手中的钨丝猝然用力一勒，杨千里两手用力一拧，“喀”的一声庞震东的颈骨已断。“扔进扬子江，喂一喂鱼虾也是积德。”

吕夷则松开了钨丝，将庞震东推进了扬子江。帆船在码头靠岸，众人下了帆船。

“哥哥，庞震东肯定死不瞑目。死之前，这么一点小要求都无法满足。”

“哥哥方才说了，就到阎王那里告哥哥去。这种人，哥哥会希望能含笑九泉？像庞震东这种人，哥哥更不会让他如愿。庞震东有能耐只管找哥哥，无论是明的暗的，阴的阳的，都可以，但不能伤及无辜。天生山庄男女老幼，不留一个活口。哥哥最恨就是庞震东这种人！哥哥给庞震东一个痛快，已经是非常客气了。哥哥这人你最清楚，有恩一定会报。有仇能够报，哥哥也一定会报。哥哥可不是什么以德报怨的君子。对准备杀你的人仁慈等于自杀。哥哥不会那么蠢！”

翌日，石斛去白云观给父母请安，并告知搬家的事情。“爸和妈准备准备搬家的事。”石岩从鸡鸣巷到白云观，从白云观到幕北村；再从幕北村到白云观，从白云观到鸡鸣巷，整整转了一个圈。除了白种了两次菜，石岩一无所获。“搬家有什么好准备的？空手来，空手去就是。”石岩不是出家人，却像出家人，世人要的物事石岩多半不放在心上。“说你命好，却不好；说你命不好，却又很好。这十几年时间里面，你好像没操过什么心。”二十几年一起生活，石岩是什么人，尹如雪最清楚，也最有发言权。

“我操心在孩子身上。孩子教不好，那才真让人愁白头。”

这倒是真的。自从住进翠竹湾起，除了农活，石岩将所有的心思都花在石柏和石斛兄弟俩的培养上。李唐皇朝已经崩塌，孩子如今已成了石岩的所有希望。隐居在翠竹湾的十八年时间里面，李同主武，石岩主文，倾心培养石柏和石斛。

“确实是一个称职的父亲。”

“这就够了。”

吃了饭，曲柯留下帮忙搬家的事，石斛去了总社。

“夷则，将老哥叫上，我们一起去看一下张白。”

“哥哥是不是想重开寿木店?”

“这回还真的让你给猜中了。”

石斛和吕夷则去见龚宰。两人见到龚宰,石斛将主意一说,龚宰马上赞成。“张白没什么其他技能,做生意又没资本。少东主将寿木店交给他,正给了他谋生的道具,过一过衣食无忧的日子。”三人离开总社,进城前往张白家。

“老哥,见过张白后,你去跟方平先打声招呼,小弟想让他带些人手前去申州创建希声社分社,主要是方便希声社和若水宫之间的联系。如今,铜钱也赚得差不多了,是到了该急流勇退的时候了。再赖下来,到时想收手,都晚了。”

“施永世是申州人,可以陪同方平一起前往。”

“这更有利于方平在申州马上生根。人手就老哥挑选。其他方面就随方平自己便,只是地点的选择要注意隐秘,不能像金陵那样显眼。申州分社主要还不是做生意,而是便于希声社和若水宫之间的联系,同时也是方便将来撤退。小弟走了,肯定会带走若水宫人。”

“哥哥,是不是进去看一看?”来到鸡鸣巷前,吕夷则问。

“不用。”

三人继续前行,前往钟楼巷张白家。

三人到达张白家时,张白正准备锁门外出。

“少东主,你怎么会出现在这里?”

“专程来看你!”

“多谢少东主还记得!”

“不记得,小子就不来了。”

“快进屋子坐!”

张白重新推开排门,延请三人进屋。张白提来两张凳子和一把竹椅,用衣袖挥了挥上面的灰尘,请石斛、龚宰、吕夷则坐。三人先后坐了下来。“母亲出世后,家里也就剩下仆一个人。坐吃山空……”张白忽然闭上了嘴。“长寿巷已经重建,白记寿木店要重新开张。你在寿木店也呆了一些时间,也算熟悉寿木店的事情。小子想,就让你去执掌寿木店。钱么,你无须担心,小子会出。不知你是否愿意?”石斛挑明了来意。张白频频点头说:“愿意,愿意!”

“你愿意,那事情就这么定。白记寿木店,是小子来金陵的起点。没有寿木店,也就没有今天的小子。你和老哥,跟着小子,在寿木店的时间虽不是很长,但总有些感情。我们毕竟都是有血有肉的人。寿木店,小子作为礼物,送给你。”

“少东主，这怎么使得？”

“张白，你啊，就缺少男人味。什么使得使不得，哥哥送你痛痛快快收下就是。”

“夷则说得是。小子现在不缺钱，也不会在意一家寿木店。不过，小子有一小小的条件。”

“什么条件，少东主请说。”

“条件就是请你代小子清明时给时来上一上坟。”

“一定，一定！”

“就这么定。铜钱赚多赚少，就看你经营啦。具体事情，你找老哥就是。”

“老弟！”龚宰拳头一擂张白的胸膛。“如今，你是白记寿木店的东主。好好经营，弄出像少东主一样的名堂出来！”

“仆一定会罄尽心力。”

“小子马上还要去忙搬家的事情，就不再跟你切磋了。”

石斛站了起来，张白送三人出了家。龚宰前往长寿巷，石斛和吕夷则一起去搬家。“哥哥！”经过青衣巷，一女孩笑容灿烂朝石斛跑了过来。石斛认得，是上次在玄武大街遇到的小乞丐，只是脸上已经没了污垢，身上的衣裳虽破旧但干净。看起来，已经不乞讨了。石斛笑着等小女孩跑过来。“不错。”石斛蹲了下来，看着女孩。“这才有点像女孩的样子。”女孩羞涩低下头。“能不能告诉哥哥你名字？”“我姓胡，就是古月胡那个胡；名字叫迭微。哪两个字，我写给哥哥。”石斛伸出手，胡迭微用食指在石斛的手心一笔一画写了迭微两字。

“家就这附近？”

“我带哥哥去。”

胡迭微手一拉石斛，不管同意不同意，就往家里走。石斛没有违逆，跟着胡迭微，穿过一条弄堂，来到一座小庙宇前。“我就住在这。”胡迭微拉着石斛进入庙宇。一个妇人正在扫地。见有人进庙宇，妇人停住手，抬头看了过来。“妈妈，那个给我铜钱的好人就是这个哥哥。”胡迭微将石斛介绍给妇人。妇人赶紧扫帚一放，上前一步，双膝一屈，伏地施礼。

“使不得！使不得！”石斛赶紧跑了过去，俯身扶起妇人。

“谢谢恩公！”

“大嫂客气。”

“全靠恩公给的铜钱救了小妇一家。她父亲是一名秀才，又没什么力气，就是给别人做佣人也没有人要。这些年全靠变卖那点可怜的家产过日子。最后，什么也没了。他一个读书人，又死要脸面。不想饿死，小妇只好和女儿一起外出乞讨。那几天，小妇身子恰好有点不舒服，就让女儿一个人出去乞讨。这年头，就是再不要脸，也难以活下去。金陵城内，讨饭的人比坑虫还多，市民心又冷，讨到一碗饭极不容易。就在以为必死的时候，恩公帮小妇一家渡过难关。更没想到，恩人给小妇一家带来福气，他父亲终于在司兵参军王大人家谋到一份差事，教大人家的孩子读书识字。薪资虽不高，至少小妇母女俩不用再外出乞讨。"

"日子会慢慢好起来。小子今天还有事，就不跟大嫂多聊了。"石斛从袖袋内掏出一张一百缗的存银凭据，递给妇人。"大嫂替小子给她买几件衣裳。"妇人没有伸手去接。"大嫂不要在意。小子眼里，铜钱就是瓦砾。"妇人迟疑了半晌，伸手接过存银凭据。石斛含笑一拍胡迭微的肩膀说："你着实可爱！""哥哥要走了。"石斛向妇人手一拱，转身起步。妇人和胡迭微送石斛出庙宇。"留步！留步！"石斛拱手告辞，和吕夷则一起赶去搬家。

过了两天，狄生商带了两人来庙宇找妇人，刚好秀才也在。狄生商说了来意，就从袖袋内掏出一份卖方已经签好字的宅院买卖契约，递给秀才。没想到，秀才拒绝。"人有骨气没错。有骨气指人不要卑躬屈膝，为虎作伥。一个男人，真正有骨气，就不能让自家妻儿受饥挨冻，过着体面的日子。你让妻儿住在庙宇里面，在金陵街头乞讨，是不是有骨气？这份礼不是送给你，而是送给你女儿的嫁妆。"秀才收下了契约。狄生商给买的宅院离庙宇只有一箭左右的距离。宅院不大，有一个半分地左右的院子，很适合秀才这样的小户人家居住。秀才家又没什么行头，一会就搬进了新家。狄生商随行的两人还帮着清理了一下宅院。妇人再三向狄生商询问石斛的名字，狄生商没告诉她。"不要问了，某不会告诉你。他只觉得你女儿可爱而送份礼。若是有缘，说不定会在路上碰到他，反正你和你女儿认识。"

石岩夫妇转了一圈，又搬回到了鸡鸣巷。这一个圈，石岩得到了心安。石斛不仅帮那些街坊邻居重建了房子，还出铜钱让他们自各备办日常生活用品。最后账结下来，总共花掉了石斛铜钱二万七千一百七十八缗。见郁田夫妇来家里叩谢，石岩认为这铜钱花得值。

"老弟搬入新居，老哥依理应该送点礼才是。"

"欠白云观的房租都还没有付呢！"

"房租？就存在你那里吃利息。家已经安顿好，老哥也该回去了。"曹全晟准备回白云观。"外面太阳那么猛，又没有特别事情，不如陪我爸下盘棋。曲柯，去将围棋端来。"曲柯一听石斛召唤，立马前去房间端出了围棋。"石头陪老哥下棋，我去给你们烧饭。”尹如雪起身，准备前去厨房准备午饭。吃了搬入新房的第一顿饭，石斛没急着去都督府向徐温报告山南的事情，匆忙离家，先去总社向曾邦善打探浔阳的情况。

“傍晚应该会有副都统的消息。黄明轩携款南逃，应该沿赣水，经虔州再到岭南。刘信正带大军攻打虔州，黄明轩南逃肯定会受阻，跑不了。都统放心，副都统这次带五名弟兄前往，应该不会有什么问题。”

“小弟倒不担心李邈，而担心穆成会着了黄明轩的道。”

“为几千缗铜钱，就动手杀死兄弟，真是稀奇。”

“有什么稀奇？很正常。小弟老家一邻村俩妯娌，就为一张芥菜叶，双方动起了手，嫂子和弟媳手中的菜刀如兵士在战场上拼杀，结果一死一伤。‘利’字面前，神州人立马晕了头。就像狗，一看到骨头就相咬。没办法，这是天性！”

石斛没有多扯，就跟曾邦善告辞，起身去朱雀门。太阳猛，金陵街道上只有稀稀拉拉几个行人，都可以驰马而行。做人当低调还得低调，何况没有高调的本钱。在金陵街头策马驰骋，影响肯定极差。传到徐温的耳朵里，收场都不好收场。这点自吹是伪君子的石斛懂。家丁见朱雀门准女婿顶着烈日前来，旋即跑出门头檐下迎接。石斛将缰绳往马背上一放，手一拱就快步进入朱雀门，三脚两步前往如茅斋。徐渊坐在榻上，一名侍儿站在一旁扇扇子给徐渊取凉。石斛踏上台阶，进入如茅斋，给徐渊行了礼。“去擦一把，看你全是汗。”一名侍儿领着石斛去擦汗。石斛擦了一把汗，回到如茅斋。“坐。”石斛在一侧凳子上坐下。

“榛儿缠着伯父问你去哪了，那么长时间不见影子。”

“去了一趟山南。”

“顺利不顺利？”

“顺利。小子已经端掉了朱友雍的老巢，朱友雍也已经变成了灰。”

“好！”徐渊重重拍了一下前面的几子。“石郎果然是非常人！晚上，伯父叫坑饪烧几个菜，给石郎庆贺庆贺。”徐渊的手指重重敲起了几子。

“伯父，今天不行，等一会小子就得回去。”

“有什么特别的事情？”

“浔阳分社的副主事卷款逃跑，小子得去处置。”

“这种内贼千万不能手软。”

“小子谨记。”石斛俯身两手一拱。

石斛去了云思苑。一日不见如隔三秋，徐榛想石斛了。石斛有事在身，没有多坐，就告辞。回到总社，曾邦善已在堂内等了很久。见石斛前来，曾邦善起身迎了上去，告诉石斛一条好消息。“消息传来了。大将刘信攻打虔州，前往岭南的所有道路都被封堵。穆成终于追上了黄明轩。”紧跟着就是一条坏消息。“不幸的是，穆成中了黄明轩一镖。”

虔州刺史卢光稠表面上归附吴国，暗地里却又和梁国结盟。朱温封卢光稠为镇南节度使留后，在虔州设百胜军，牵制吴国。去年，卢光稠病死，徐温遣使者任卢光稠的儿子卢延昌为虔州刺史。卢延昌通过楚王马殷秘密给朱温上表说，我之所以接受淮南官职，只是为了朝廷有朝一日攻打淮南做些准备。饶你奸似鬼，吃了洗脚水。实际上，徐温早就采纳了严可求的建议，在新淦县设了制置使，每次换人，就偷偷地增兵，准备攻打虔州。

“要不要紧？”

“镖上淬了剧毒。还没到浔阳，就不行了。”

“李邈和刘作旅他们呢？”

“现在应该就在浔阳。”

“小弟马上动身去浔阳。”

“都统，是不是明天再去？”

“不马上去，说不定就看不到最后一眼了。”

石斛匆匆哺了几口饭，枣着吕夷则，就和荆善居一起赶往浔阳。怕赶不上葬礼，在池州驿站换了马，石斛连夜赶路。翌日卯时正，石斛到达浔阳。李邈率众迎接。没有寒暄，石斛快步进入大门。正堂内，穆成躺在楠木棺材里面，脸色乌青。石斛一言不发，神情肃穆，绕棺材走了一圈，然后双膝着地跪在棺材前面。李邈和希声社兄弟跪在身后。石斛率领希声社众兄弟，拜了三拜。

“将杀害穆成兄弟的畜生给本都统押进来！”

“是！”

两名兄弟押着黄明轩来到了堂前。希声社兄弟高声呵斥说：“跪下！”黄明轩双手邦在身后，两腿一软，就跪在了庭院上面。“穆成真是瞎了眼，怎么会认你这种畜生做兄弟？”石斛手一伸，李邈递上了湛卢。“这种畜生也配死在这种剑下？”荆善居从浔阳兄弟卢孤石手中拿来一把横刀，递给石斛。石斛接过横刀，阴着脸，走到了黄明轩的面前。

“都统，请饶属下一命！”

“本都统属下？哈哈……”石斛冷笑了起来。“笑话！真是天大的笑话！”石斛说话的声音很高，很冷。“本都统属下会有像你这种畜生？你为铜钱杀卢尹正，你用毒镖偷袭穆成的时候，是否考虑过是本都统属下，穆成的兄弟？本都统没有让你生不如死，已经是对你很客气了。”

石斛手中横刀一挥，头颅已经离开了黄明轩的身子，血柱跟着喷涌而出。石斛一把抓住头发，提起黄明轩的人头，将横刀递给荆善居，迈着大步进入了堂内，将人头放到穆成的灵牌前面。希声社兄弟詹扬威递上三支已燃清香。石斛接过清香，站在穆成的灵牌前面。“穆成兄弟，你死得可真冤啊！”石斛手捧清香，俯身拜了三拜，然后将清香一支一支插在了灵牌前的香炉内。

石斛转过身子，面朝堂上堂下的兄弟。

“活着不能没有铜钱，但活着不是为了铜钱。希声社如今有的是铜钱。谁想铜钱，开个价，只要价格合理，小弟马上让你拿铜钱走人。希声社不需要像黄明轩这种铜钱高于兄弟的畜生。有道是，好聚好散。小弟这人虽然冷酷，但不会强行改变别人的意愿。”堂内鸦雀无声，希声社兄弟个个神情肃穆，倾听石斛说话。“土匪黑帮，情况特殊尚且可以退出，何况我们希声社？只要不闹到不可收拾的程度，小弟肯定让你毫发无损退出。不过，小弟丑话说在前头，谁伤到兄弟，出卖希声社，绝不留情！到那时候，千万不要怨小弟像条冷血的五步蛇，给你致命的一口。当下手时，小弟绝不会手软。黄金有价情无价。兄弟情义第一。既无情义，何来兄弟？拿这畜生去给穆成垫棺材！”

穆成安葬在浔阳城南的庐山山脚。回来的路上，石斛对穆成的弟弟穆仲浩说：“哥哥理应亲自登门慰问令堂和令妹。因担心令堂刺激，只能下次找机会了。穆成走后，家中母亲和妹妹的照顾，就全靠你了！家中的日常开销，哥哥会安排人送过去。这你不用担心。”石斛特讲究善后，让希声社兄弟无后顾之忧。“现在，最重要的事情是，要照顾好自己，千万别出岔子。”穆仲浩流着眼泪说：“都统，仲浩晓得。”石斛感叹地说：“铜钱哪，就是因为几千缗铜钱，已经断送了希声社五条人命！铜钱再多一些，岂不是五十条，甚至五百条人命？”

主事穆成死了，副主事黄明轩也死了，石斛将浔阳的事务暂且托付给了詹扬威。“小弟走后，詹兄其他事情暂且歇一歇，就摸一摸浔阳兄弟的家庭情况，有特殊需要照顾的，就给他照顾，千万不要再因为铜钱而伤害兄弟的感情，甚至性命。”“谨遵都统钧命！”詹扬威向石斛保证。“仆定不会让主事穆成的故事重演！”石斛没有在浔阳多呆，马上和李邈、荆善居等希声社兄弟启程赶回金陵。石斛在池州驿馆过了一夜，第二天亥时左右回到金陵。

石斛东一天西一天，石岩每天下棋、钓鱼，日子过得不急不躁。天塌了，就算你是飞毛腿，也躲不过。日子想得开要过，想不开也要过；放得下要过，放不下也要过。寄居在白云观的这些日子，石岩要不在观内下棋，要不就和夫人一起出观，沿着扬子江边信步。兴致来了，还和曹全晟去扬子江垂钓。两人坐在江边不言不语，一呆就是大半天。

"石头就是石头，五雷轰顶都心不惊。"

"都已经五雷轰顶了，还惊什么？石头原先还担着江山的责任。如今江山已经崩塌了，石头的担子也就跟着没了。莫非还企图复兴帝国不成？这种梦，石头绝不会做！石头知道人死不能复生。南华真人说过，鹪鹩巢于深林，不过一枝；偃鼠饮河，不过满腹。眼下柏儿、斛儿、竹儿都已经有了着落，已经无须石头过多操心。想不到，江山没了，石头才真正自在。"

石岩刚吃了饭，街坊何三省前来拜访。家被烧前，石岩基本不与街坊联络，后又寄居在白云观，根本就晓得何三省是谁。搬回鸡鸣巷后，总有街坊来看一看石岩。来者都是客，石岩总不能赶人。石岩请何三省在堂内就座。

尹如雪端来清茶，说了一声"慢聊"就离开了。

何三省原名袁道生，进士出身，曾做过滁州司马。黄巢造反，神州大乱。刺史靳定远弃城逃跑，何三省也渡过扬子江，逃到了金陵。惶遽惶恐中过了几年，直到杨行愍平定田頵叛乱。眼看渐渐安定，何三省开始置办家业，买了几顷金陵近郊的田地，修建了一座宅院。

昔日的强盗杨行愍被唐昭宗封为吴王，李唐皇朝时期的旧官僚纷纷前去投奔杨行愍以及杨行愍手下的节度使、观察使、团练使。何三省没有仿效，依旧安居在鸡鸣巷。一来岁数已大，二来也不甘心做这些土匪的走狗。就这样，何三省平平安安地过了十来年。

没想到又突然背起了运，住了先后还不到十年时间的宅院因石岩家失火而化为灰烬。万幸的是，因离石岩家稍远，宅院虽被烧，家当总算抢了出来。寄居在亲家翁家的这段时间里面，回想自己这一生的风风雨雨，何三省总有一股浓浓的幻灭感。幻灭感归幻灭感，过日子归过日子。正当准备着手造宅院，何三省得知石斛出钱重建鸡鸣巷。

"都是犬子行事不慎，连累何公的家被烧。某替犬子给何公赔罪。"

石岩两手刚一抱，何三省连忙回敬。"石公误会！老朽家被烧，并非令郎之过。老朽此番来拜访石公，一是表示感谢，二是表达钦佩之情。"何三省言语诚恳。世上没有不透风的墙，石斛出铜钱重修鸡鸣巷和长寿巷民宅的事情，那些个信息灵通的街坊终于有所耳闻。石斛将是朱雀门当家徐渊的未来女婿，石斛出铜钱等于徐家出铜钱，徐温也开始默认。

“犬子攀附朱雀门，有何值得何公钦佩？”

“石公客气！老朽虽然年迈，但常听家人说起，好像不是令郎主动去攀附朱雀门。老朽不相信，一心想着攀龙附凤的人会有令郎这样的举措。”

“不管是主动还是被动，某和朱雀门结亲已经是事实。何公晓得，犬子卖棺材。就算犬子有心，也不可能有能力重修鸡鸣巷。”

以往，何三省肯定不信。如今乾坤颠倒，何三省不想承认，也只好承认。

“无论如何，出铜钱替街坊修建房子就是一件让老朽钦佩的善举。想想老朽，过花甲都已经好几年了，何尝做过值得让自己骄傲的善举？年轻时，死命读书，一心想着功名。外放滁州只做了一年司马，还没有建树，神州已经大乱。保住老命逃到金陵，一晃就过去了十几年。现在回过头来，真不晓得自己到底做过什么？想想自己年轻时，也有着治国平天下的壮志，可结果却是庸庸碌碌的一生。唉！”何三省说着长长地叹了一口气。“看着乱成一锅粥的神州，老朽束手无策。比起令郎来，老朽自愧不如啊。”

“犬子造了几间民宅，没什么值得何公如此夸奖。就算造了大明宫，烧起来还不是只需一把火？神州走不出造毁这个怪圈，某倒觉得造还不如不造。”

“卓见！卓见！卓见！”何三省拱手连说着“卓见”。

“老朽平常闲着无事，读一读史书。后汉朱游说，今朝廷大臣，上不能匡主，下亡以益民，皆尸位素餐。老朽总感觉朱游说的不是当时。朝廷的大臣小臣，有几个不是和老朽一样的儒生？韩非子曾说过，今人有五子不为多，子又有五子，大父未死而有二十五孙。是以人民众而货财寡，事力劳而供养薄，故民争，虽倍赏累罚而不免于乱。除了浪费粮食，像老朽这样的儒生到底做了什么利国利民的事情？这些个儒生心里想着的是如何往上爬，如何捞铜钱。令郎筹建希声社，提供了上千个饭碗；又出资重建鸡鸣巷，街坊得到安居。神州百姓都能安居乐业，衣食无忧，何来大乱？现在想想，像老朽这样的儒生真是蛀虫。”

就算草木都可以吃，像蝗虫一般生，总有一天会被吃光。大乱是迟早的事。

第七十九章　绸缪

逝将去汝，适彼乐土。
乐土乐土，爰得我所。

——《诗经》

辰时还没有过,闷热的天气已经让人感到难受。金陵的市民,个个都躲在家中,不敢踏出家门一步。一辆马车从朱雀大街北首缓缓驶来,停在朱雀门的门头前。车上下了一位胡子雪白,颇有太白金星神韵的道长。道长两手各提着一只白鹅,走向朱雀门。天气太热,朱雀门的家丁都缩到门头后面的门屋中,躲避火辣的太阳。道长不请而踏上台阶,进入门屋。

"烦请前去通报一声,就说白云观掌门曹全晟有事要求见徐大当家。"

看到曹全晟如此仙风道骨,即便不愿,一名朱雀门家丁还是起身前去通报。朱雀门内不仅绿树成荫,而且屋屋相连,游廊到处都是,还不至于晒破头皮。不久,家丁出现在了绿树掩映的如荠斋庭院上。家丁快步踏上步檐,站在如荠斋的屋檐下,向徐渊禀报。

"一名自称是白云观掌门曹全晟的道士,说有要事求见大家!"

我一向跟道士没什么来往,突然来见我,不知是为了何事。白云观?不就是石岩夫妇前些日子借宿的道观吗!"快快有请!"石岩夫妇突然遣道士前来不知有何要事?徐渊手指轻轻敲击着几案想。没多久,曹全晟提着一对白鹅出现在了如荠斋庭院上。徐渊看到曹全晟手中的这对白鹅,曹全晟来朱雀门的意图,已经猜到了八分。

曹全晟踏着台阶,登上步檐,放下这对束了脚的白鹅。徐渊起身向曹全晟手一拱。"道长屈驾来访不知有何要事?"曹全晟含笑拱手说:"当家还真说着了。贫道还真有要事得跟当家商量。”“请!”徐渊延请曹全晟进如茅斋就座。“上茶!”一名侍儿献上清茶。曹全晟端起清茶,喝了一口。“贫道此番前来,是受人之托,向徐大当家当面提亲。”

徐渊呵呵一笑。“能够劳动道长大驾,屈尊前来,这份面子也够大。”

“说实话,贫道此生还是第一次替人做媒。讨新妇,没有媒人不行。他们两人说是说,一个非你不娶,一个非你不嫁;礼俗上该照顾,还得照顾。徐大当家名动金陵,门头很大,万万马虎不得。请金陵那些个媒婆前来,未免过于俗套。考虑来考虑去,只好请贫道出面!”

“男大当婚,女大当嫁。他们俩情投意合,做父母的理当成全。不瞒道长说,犬女能够找到可以托付终身的后生确实不容易。至于门庭,道长比起不才肯定见得多,识得广。数十年来,皇族尚且如此,其他世家更别提了。大江南北的豪门望族,这数十年中无不一一销声匿迹;大商巨贾,就算你富如陶公,照样个个灰飞烟灭。这门亲事不才非常满意。”

曹全晟一捋胡子,含笑说:“是否依照规矩行遍六礼?”

“纳采,石家已经托道长前来提亲了,也算已经行过。犬女跟石家后生已经认识,根本就不需要问名了。石家连宗庙祠堂都已经被毁,到哪里去行纳吉礼?道长已经提来了两只白鹅,也算已经行过纳征礼。现在只剩下请期和亲迎了。”

曹全晟哈哈大笑,慷慨说:“非常人终究是非常人!”

“竺福,你去给大家拿一张红纸过来。”

不一会,竺福呈上红纸。徐渊提起毛笔写下徐榛的生辰八字,叠成对半,让小厮向福转递给曹全晟。“日期选定道长最在行了。就由道长挑选一个日子,告诉不才就行了。”曹全晟接过红纸,放进袖内。“是否让贫道合一合两人的八字?”徐渊呵呵笑了起来。“莫非道长真的相信八字这物事?”曹全晟捋了捋自己胡子,含笑说:“难得当家不相信。”

“不过,金陵人都像当家那样,贫道肯定得饿死。黄巢、朱温大军一到,全城屠杀,还管你八字好还是不好。莫非整城人的八字都不好?至于夫妻之间,岂靠八字来维系?贫道却不能说没有八字。否则,谁还会到白云观来要贫道给他合八字?”

“不才娶拙荆时,也曾请一道士合过八字,什么冲,什么克,现在想来笑掉大牙。看看淮南节度使高骈的下场,就晓得有没有八字。道长定下日子就行,只是起码不能太冷,也不能太热。至于老天爷要刮风下雨,谁也不晓得。”

“当家通达,贫道早有耳闻。今日一见,果然名不虚传。贫道回去,跟石岩夫妇商量一下,定个日期。”

“前几日,总管徐福告诉不才,鸡鸣巷和长寿巷的那些民宅已经建好了。犬女嫁到石家,没地方居住不行,总不至于寄居在白云观。居住在鸡鸣巷,也不算非常寒碜。历朝皇宫如今还有一个存否?阿房宫、未央宫、大明宫,无不一一毁于一把火。不才当时修建朱雀门,直到近些年,不才才渐渐觉得实在没有必要。犬女嫁过去,觉得不舒服,再造一座新宅就是,石郎也不至于出不起这几个铜钱。石郎出不起,不才给出就是。”徐渊笑了起来。

“亲迎那一天,倘若犬女喜欢热闹,不才替她搞得热闹些就行。实际上,一般过过去就行了。历代帝王,豪门望族,哪一个不讲究排场?单就定都金陵的南朝而言,据说齐武帝萧赜去打场猎,要上万宫女严装陪同。结果又怎么样?亲迎那一天就看犬女自己的要求了。”

“一生不能只讲究衣食住行。耀眼的排场,更多的只是留下笑柄。当家通达,贫道这个出家人都自叹不如。回去后,贫道会将当家的意思转达给石岩夫妇。”

徐渊起身,送曹全晟到朱雀门门口。起步前,徐渊吩咐说:“向福、竺福,松开鹅脚上的绳子,抱着它,交给两名侍儿,送给县主,放养在县主的莲花池里面。”向福、竺福旋即前去松开了绑在鹅脚上的红绳,各抱一只离开了如茅斋,前往云思苑。

徐榛正坐在凉亭中一边纳凉,一边弹琴。一对白头翁在凉亭旁的寒竹林中婉转鸣唱。徐榛一抬头,见白荻和黄芩各抱着一只白鹅朝凉亭小跑前来,感到很奇怪。不一会,白荻、黄芩额头冒汗星,站在了台阶前。徐榛还没有开口询问,白荻和黄芩就已经齐声高唱。“恭喜县主,贺喜县主!”这么热的天,喜从何来?看着白荻、黄芩手中的白鹅,徐榛忽然意识到什么,笑容荡漾了开来。白荻含笑向徐榛报告喜事:“县主,石家托媒人来提亲了,大家已经答应了这门亲事。”果然是大喜事!婚姻,你没听说过?终生大事!于苓乍然一听,抑制不住兴奋,跳了起来。“公子终于来提亲啦。”徐榛猝然伸手,一拧拧住了于苓的手臂。“哎哟!”于苓一声惊叫。“疼煞婢子啦。”白荻禀报:“大家说,这对石家送来的鹅,放在县主的莲花池里面。”徐榛连忙说:“快,快,快抱过去,放到莲花池去!”

徐榛站了起来,两手提起罗裙,出了凉亭。因一心只想着快去连花池,裙摆差点拖倒琴儿。徐榛和众侍儿小跑来到了莲花池边。白荻将手中的白鹅递给了徐榛。徐榛两手捧过,轻轻地一亲白鹅的身子,再轻轻地向前一抛,雄鹅“嘎”的一声扑进了莲花池。黄芩手中的雌鹅,拼命挣扎,急着要脱离黄芩的手,跟着雄鹅下水。“急什么!”黄芩将白鹅捧给徐榛。徐榛两手接过,轻轻地一亲白鹅,又轻轻地一抛，雌鹅拍动翅膀进入了莲花池。雄鹅和雌鹅相互“嘎嘎”鸣叫，慢慢游向莲花池中央。这对白鹅在点缀着淡黄色莲花的莲花池中游弋。水波晃动莲花在青翠的莲叶中摇曳。徐榛心醉，盯着莲花池出神了老半天。

曹全晟拱手跟徐渊告辞，登上马车。回到鸡鸣巷，曹全晟就去见石岩夫妇。石岩夫妇此时正在堂内歇息。见曹全晟前来，石岩夫妇站了起来，出来迎接。“让曹老哥前去实在有些不该。”尹如雪没问曹全晟，徐渊是不是已经应允了这门亲事。

朱邪以清走后，尹如雪就开始盘算托媒人去朱雀门提亲。不料，一场突如其来的火灾打乱了尹如雪的提亲计划。尹如雪和石岩一起离开金陵去了幕北村。尹如雪想不到的是，莫名其妙多了一个外甥女。没呆多久，尹如雪又和石岩一起急匆匆离开幕北村，回到了金陵。仿佛下了一场午后暴雨，雨过之后马上是艳阳天。控鹤军似乎突然之间销声匿迹，而儿子创建的希声社却越来越红火了。尹如雪又想起了儿子的亲事。

“斛儿反正要讨新妇，就不管是不是徐渊的女儿了。”

“不是管不管，只要生活在金陵，徐渊的女儿你不想要也得要。”

“那更要争取主动。到时候不得不接受就难看了。”

“那我们就主动去朱雀门向土匪徐渊提亲。”

当石斛告知鸡鸣巷的房子已经造好，明天就要搬回去，尹如雪觉得时机已经成熟。征求了石斛的意见，得到同意，尹如雪准备正式向徐渊提亲。找一个俗里俗气的媒婆去朱雀门向徐渊提亲？这也太不尊重徐渊了。有名望的人没认识一个。尹如雪碰到了一个麻烦。石岩见尹如雪犯难，自告奋勇。“要不，石头去一趟朱雀门。反正，这张老脸早就已经不值钱了。”尹如雪不赞同。“你以什么身份去见徐渊？就斛儿的父亲？还是再想想办法。”最后，还是曹全晟毛遂自荐，帮着尹如雪解决了媒人的问题。

曹全晟含笑说：“除了仆，还能让谁去？去一下朱雀门，也只是将两人的关系公开，免得暗默默的，说是不是，说不是又是。这桩婚姻又不需要像媒婆那样，磨破嘴皮，结果早已经摆在那。事情反倒出人意料。徐当家挺通达，只要求确实日子，让他有所准备，万一女儿讲求排场的话。像朱雀门大县主这样的身份，讲一讲排场也很正常。”

“还是曹老哥给挑一个时间吧。”

“那仆就挑一个。其他什么冲忌就不用去管它啦。徐当家说不要太热，也不要太冷，那就选秋季吧。许慎云，秋，熟也。秋季万物已经成熟，是丰收的季节。七月天气尚热,九月天气已冷,那就选八月。月圆则亏,月亏则圆。今年的八月十五中秋节是庚寅日。中秋节是团圆节。王妃,你说,是先团圆,再嫁出去;还是先嫁出去,再回娘家团圆?”

“所谓团圆,自然是先缺后圆,无有先圆后缺。”

“那就将婚期定在中秋节前。八月初九是甲申。申者,舒也。万物生长,然后成熟。既然已经选了在中秋节前,那就定八月初九甲申这一天成婚。婚者,昏也。时辰就定了酉时正。”

“当初,方山真人给我挑了一个吉日良辰,结果照样东躲西藏。就这么定。”

“日子实际上无所谓,只是定个日期举行婚礼而已。太冷、太热都不行。别说新郎、新娘,就是前来贺喜的亲朋好友也不会舒服。热么满头大汗,冷么全身哆嗦,都不好。至于这个冲,那个忌,仆那么大的岁数还见不惯?统统都是骗人的鬼话。这一点,徐当家和千岁一样,也很通达。神州的那些命书啊相书里面,还没有见过被人当饭吃的说法。前些年,扬子江南北有多少人被秦彦、孙儒的部队杀了腌制起来充作军粮。显然是杜撰这些命书、相书的人根本没有想到。”

这次搬家,已经买了笔墨,可没有红纸。曲柯冒着烈日出门买来了红纸。研好了墨,裁了纸,曹全晟提笔在一方红纸上写下成婚的日期和时辰,再将这方红纸装入红双鲤。尹如雪去房间拿来一块红色丝绸,从手上取下这对戴了二十多年的羊脂白玉镯,包好后递给了曹全晟。这对白玉镯还是当初石岩娶尹如雪的聘礼。

“我已身无长物,就这对玉镯权且作为聘礼吧。”

“徐当家说,那对鹅就算聘礼了。”

“那哪能算呢!”

“好吧。仆就将这对玉镯和日期一起送给徐当家。”

曹全晟起身,向石岩夫妇俩拳一抱,离开石岩家,前往朱雀门。

一个时辰前,曹全晟刚刚离开朱雀门,朱雀门的上上下下就已经晓得大县主定下婚事的消息。躲在门屋中的家丁一见脸带笑容、雪白胡子的曹全晟又出现在朱雀门前,不用猜测就晓得,肯定是来朱雀门告知县主成婚的日期了。不用通报,家丁直接引曹全晟前去如茅斋见徐渊。徐渊拱着手,出如茅斋,站在步檐上,笑迎曹全晟。两人刚分宾主坐下,曹全晟就来到徐渊前面,掏出红双鲤和红绸包裹的一对玉镯,双手呈给徐渊。徐渊双手接过,连忙赞许说:“道丈办事真利落。”曹全晟含笑说:“徐当家如此干脆爽快,贫道能不利落?”徐渊抬头一笑,曹全晟退回,重新坐下。徐渊打开红双鲤,抽出红纸一看,重新放进红双鲤。

“这个日子,徐当家觉得怎么样?”

“很好,让榛儿先嫁出去,再回娘家过中秋!”

“徐当家觉得好就好。”

徐渊再打开红绸,不禁脱口而出。“稀世罕有的好玉!”徐渊高声说:“竺福,快让侍儿去叫县主过来。”“是。”竺福领命退去。

“这是石夫人戴在手上的一对玉镯。”

“反正榛儿要带回石家!从石夫人手上到了榛儿手上也可以说是名正言顺。”

“说的也是。一代接一代,代代相传。”

曹全晟坐着还没喝上两口茶,徐榛已经带着于苓,出现在如茅斋。

“白云观掌门曹道长。”

“小女见过道长!”

徐榛俯身向曹全晟行礼。曹全晟拱手还礼,看了徐榛一眼,含笑说:“还真是天生的一对!”徐榛含羞微笑,准备退至西向陪坐。“榛儿,石夫人送给你的一对玉镯。”徐榛走到徐渊身旁,看了一眼放在徐渊前面几子上的这对凝脂般的羊脂白玉镯。徐渊含笑说:“想好哦,带上去可就是石夫人的新妇啰。”徐榛娇嗔地看了徐渊一眼,毅然伸出了手。于苓小心翼翼地拿起一只叠放在红绸上面的玉镯,戴在徐榛的右手上。白玉镯在徐榛手上,不松也不紧,仿佛就同定做似的。于苓再拿起一只,戴到徐榛的左手上。

“看来石夫人手上的这对玉镯是该传给你。”

徐榛一听曹全晟说是石斛母亲手上的一对玉镯,准备脱下。曹全晟连忙提醒徐榛:“这对玉镯可是聘礼哦。”徐榛没有听,只管取下尹如雪送的玉镯,再取下自己的玉镯,递给于苓。于苓领会,将尹如雪送的玉镯递还给徐榛,徐榛重新将它戴在手上。于苓用方才的红绸抱好原戴在徐榛手上的玉镯,递给徐榛。徐榛款款走到曹全晟前面,像小媳妇似的说:“小女也没有什么可送,这对玉镯就烦道长转交给小女的姑姑。”曹全晟双手接过玉镯,往自己的袖中一放,手一拱说:“贫道也就先告辞了。”徐榛陪同徐渊送曹全晟到门口。

等曹全晟坐上马车远去,徐榛挽着徐渊,折身返回如茅斋。太阳似火,天气炎热。徐榛挽着徐渊,漫步在一条爬满紫藤的游廊上。阳光如同金片洒落在地上,烁烁发光。“两个月后,榛儿都要嫁过去了,石郎的身世,爸就跟榛儿说一说。石郎的父亲石岩原命李休,昭宗皇帝的弟弟,封桓王。”徐榛上次已经从徐渊口中证实石斛是皇亲,徐渊这话,还是让徐榛很吃惊。吕虚曾经给徐榛看过相,算过命,说徐榛将来会嫁给世子,连钟夫人都不相信。莫非将徐榛远嫁河东与晋王联姻?徐榛肯定不同意。抑或嫁给杨行愍的儿子?杨行愍还活着的儿子岁数都比徐榛小,不可能。况且,杨行愍的儿子都不是能够继承王位的世子。纵观如今神州,世子要么已经死了,要么就是非正宗的匪二代。想不到,徐榛真嫁给世子,而且是正宗的世子。李唐皇帝已死,李唐的旗号还在。谁说石斛不是世子?

“爸当初也只是好奇,派人查一查。没想到,一查吃了一惊。正当爸在犹豫是不是告诉你叔父时,发生你大嫂和城儿被绑架。爸虽海盗出身,可一向守信用,重诺言,就没将石郎的身份告诉给你叔父。”徐渊说着,走到一边,在栏凳上坐了下来。

“想想,真是冥冥中的事情。如今江淮表面稳定,内部浮动。你叔父一旦出事,知诰还很难掌控局面,爸这些年又远离军政,难保不会出事。石郎在紫金山不单救了你叔父,稳住了江淮。这一点你叔父也懂。可石郎终究不是普通人。如今大江南北,想找他做大旗的人实在太多,尤其是李存勖,你叔父不得不考虑。榛儿要多多理解你叔父。”

“可石斛毕竟是救命之人。”

“是啊。这种过河拆桥、忘恩负义的事情,能不做,尽量不做。石郎聪明,晓得你叔父犹豫徘徊,干脆让人放出风,说桓王李休一家遭控鹤军袭击殒命。这正中你叔父的下怀。现在好了,如今的石郎已经不再是桓王李休的儿子,而是朱雀门徐渊的女婿。榛儿都快要成了石郎的新妇了,要多多关心他的生活。不止是女子,男人也需要有人去关心,而不能只想到自己而忘记男人。石郎现在一下子在东,一下子在西。榛儿从小在侍儿的侍奉下长大,很多生活上的事情,根本不懂。许多事情可以由侍儿来做,但有些事情还需要自己动手才行。”

“女儿会慢慢学。”

“是要好好学。还像大县主翘着脚,肯定不行。”

徐榛定下亲事自然是朱雀门的大喜事。大当家徐渊当天就给朱雀门上上下下所有人发放喜钱。家丁、仆役、侍儿个个是高高兴兴,喜气洋洋。于苓更像是自己找到了如意郎君。于苓虽说比徐榛小一岁,实际上只差几个月。徐榛月小,于苓月大。自十一岁起,于苓就跟了徐榛。朱雀门的侍儿换了一茬又一茬,只有于苓一直雷打不动。朱雀门上上下下都晓得,于苓肯定是县主徐榛的嫁妆之一。徐榛找到郎君,就是于苓找到郎君。整整一天时间,于苓就是一直抿嘴笑。洋溢在脸上的幸福感,谢宛然一看就想撕烂于苓的嘴。

徐榛定下亲事,谢宛然免不了要来云思苑向徐榛贺喜。谢宛然带着云蔓、倪素素来到云思苑时,徐榛正和于苓在莲花池旁抛食喂鹅。白鹅或舒开翅膀、伸长脖子接食,或弯曲脖子钻入水中捞食,逗得徐榛、于苓以及云思苑一班侍儿笑声一片。

鸟鸣声、鹅叫声、欢笑声组成一首乐曲。"县主,少夫人贺喜来了。"白荻跑来通报少夫人谢宛然前来贺喜,徐榛停止了喂鹅。"大嫂!"徐榛拍了拍手,转身小跑迎了上来。谢宛然知道徐榛定会嫁给石斛,得知徐榛定下亲事,心里还是不很舒服。免得让人起疑,谢宛然还是强作欢颜带着侍儿来云思苑向徐榛贺喜。看到徐榛一脸的幸福,谢宛然心中情不自禁地涌上一阵浓浓的酸意。谢宛然担心自己脸色不好看,泄露了自己的玄机,故意脚踩花经石缝,向前一个踉跄。云蔓、倪素素走在谢宛然身边,吓出了一身冷汗,急忙伸手扶住。

徐榛快步来到了谢宛然的身边。谢宛然脸上堆着笑说:"只顾着想给小姑贺喜,却忘记了脚。破了门牙,奴家就是想嫁,都没人要啰!"想不到,徐榛旋即顺着谢宛然的杆子爬了上去,含笑说:"现在没破门牙,大嫂想嫁了吧。"谢宛然似真非真地说:"如今奴家就是想嫁,看上眼的郎君都已经给小妹挑走了,不晓得到哪找去?"徐榛仿佛故意逗谢宛然。

"金陵比他好的后生多得是,又不是他最好。"

"那先让给奴家,怎么样?"

"好啊,石斛同意,小妹让给大嫂。"

徐榛狠狠地将了谢宛然一军。真个是落花虽有意,流水却无情。谢宛然不止一次对自己说,不要去想不可能的事。别说有徐榛,就是没有徐榛,这事也不可能。情人怨遥夜,竟夕起相思。谢宛然总是熬不住去想。是啊,就算徐榛同意,公子也不会同意,我还是收起自己的心吧!

"日子都已经定好了,说起来只能让奴家嘴馋。好了,玩笑归玩笑,小姑应该也不会在意。听说石斛的母亲给小姑一对玉镯作聘礼,让奴家瞧瞧。"

不等徐榛同意,谢宛然已经一手握住了徐榛的手,一手掀起衣袖看起了玉镯。谢宛然一看,不禁暗暗吃惊。世上竟然有这么好的玉镯,至少一万缗以上。石斛母亲怎么会带这么珍稀的玉镯?石斛说自己是乡下种田人,他母亲怎么会有这种玉镯?

"奴家带过的玉镯虽多,但不懂鉴赏。"

"小妹也不懂。"

"懂不懂都没关系,只要将小姑号上就是。小姑就要出云思苑了,还是先向奴家学点做新妇的经验。"

“向大嫂学点做新妇的经验，还真的需要。小妹啥事都不懂。”

“广陵回来，奴家叫倪素素去买了些绸缎。奴家已经裁剪停当，就等缝制了。如今，公子已经正式成为奴家的姑爷。这事就应该由小姑来做了。”

“大嫂，小妹只会缝制自己的衣裳。后生的，小妹还真的不会。不合身，石斛不一定会说，石斛的父母晓得了，难免会说小妹这个新妇根本不会做。没正式拜舅姑前，就已经出了丑。还是大嫂来吧。”

“也好。那小姑就在一旁帮着奴家，也学着点。”

“现在就去！”

“就要吃饭了，明天吧！都已经裁剪停当，缝缝就是。真快啊！奴家来时，小姑连豆蔻年华还不是，如今就要出嫁了！真的是人一生闪电一样，一闪而过。女人的青春，更是眼睛一眨，就已经消失不见！快，真快啊！”

“少夫人这么一说，婢子也觉得时间过得真快。婢子十一岁来朱雀门，现在一想，就像是昨天。”谢宛然的话引起于苓共鸣，不经意间插话。

“你是爽过头了，不晓得了日子。衣食住行跟你家县主完全一样，甚至还敢在舅舅面前说话。其他人，试试看，连大气都不敢透。朱雀门所有侍儿都是看在眼里，嫉妒在心里。如今，小姑又找到了那么好的郎君，你么跟了过去，心里甜滋滋的，日子自然就快。”谢宛然的话里头总让人感觉有一分酸意。无意间，谢宛然微微叹了口气。

“人哪能比啊！好福气就是想偷都偷不走。”

徐榛相信自己福气好，于苓也开始相信自己福气好。卖到朱雀门侍奉徐榛以来，于苓几乎就是二县主。朱雀门上下没有人对于苓颐指气使，连徐榛的哥哥也不敢对于苓怠慢，免得惹徐榛不高兴。还好，于苓晓得自己是侍儿，没有仗着徐榛这个靠山，趾高气扬。

“婢子也不晓得哪辈子修来的福气，这生能够侍奉县主。”

晚上，徐渊在朱雀门内大摆宴席，庆贺女儿订婚。

徐温偕夫人前来道贺。徐渊、徐温兄弟俩在正堂叙话，徐榛带于苓一旁陪坐。“你叔母说榛儿那么会挑，再挑啊挑，好后生就难找了。看，还不是找着了。”徐温笑了起来。徐榛含笑说：“侄女也是怕再挑就找不着了，才选了个卖寿木的。”

“叔父还做过海盗呢。那都是过去的事。如今石郎可是希声社都统。石郎的希声社不仅平抑了粮价还带动了我们吴国的商业发展。骆知祥告诉叔父，光商业上的税金今年至少要比去年多出两成。榛儿觉得做生意不够威风，就告诉叔父，希望石郎做个什么样的官。”

“有叔父,侄女已经够威风了。”

“那就等和榛儿成婚后看石郎自己的意愿。”

徐福前来告知可以入席了。徐渊、徐温兄弟俩站了起来。“榛儿订婚,叔父晚上要好好喝两杯。”众人离开正堂,徐福一旁带路,前往朱雀门宴会厅。

石斛回到金陵,就晓得母亲已经让曹全晟去朱雀门向徐渊提了亲,徐渊也答应了这门亲事。这门亲事,秃子头上的虱子,明摆着。石斛没有急匆匆去朱雀门向徐渊表示感谢,而是跟龚宰、李邈商量如何收拾浔阳这个烂摊子。穆成死了,黄明轩死了,这次山南之行又死了好几名得力的兄弟,任其自生自灭,最后只能倒闭。谁去浔阳?昨晚在池州驿站,石斛就跟李邈、荆善居谈了自己的想法。“哥哥想让小弟去,小弟就去。做生意,山南那段时间,已经摸出了点门道。”龚宰也赞成让李邈去浔阳主事分社事务,并挑选了一班精干的兄弟去浔阳协助李邈。

第二天,李邈早早就带着三十八名兄弟,和燕羽、明姬、安若、姚瑶一起搭乘帆船前往浔阳,石斛、龚宰、吕夷则、荆善居等前往码头送行。送走李邈,一回总社,石斛就叫林森寒备马车,准备去一趟朱雀门。不一会,孔木铎赶着马车来了。六月天,街道上,上午人多,中午人少。过了北门,马车行驶的速度很慢。过了一炷香的时间,马车才停在了朱雀门的门头前。

“仆将马车赶到前面去等都统,免得挡住门头。”

“好的。小弟能快,尽量快。”

石斛向孔木铎手一拱,转身向朱雀门走去。一进朱雀门,石斛就径直前往如茅斋。快到如茅斋时,石斛看到,徐渊好像正跟总管徐福谈什么事情。石斛不想听,也不愿意听,就放慢了脚步。徐渊不经意中看到了石斛前来,很快就跟徐福谈完了事情。见徐福退出了如茅斋,石斛才恢复正常的步履。一见面,徐渊就向石斛询问浔阳的事情。石斛没有细说如何处理,只说已经处理妥当。徐渊虽然海盗出身,但毕竟是几十年前的老黄历了,说得过于血淋淋总是不好。人一老,言就长。聊了半个来时辰,徐渊才叫石斛去看徐榛。

“姑爷!”白荻、黄芩换了称呼。石斛还是老样子,脸带笑容,客客气气行了礼。

石斛一进云思苑,琴声轻轻飘进了耳朵。依据韵律,石斛听出弹的是《采莲曲》。石斛放慢了脚步,直到这首《采莲曲》结束。石斛一边加快了脚步,一边鼓起了掌。石斛的手掌原本就大,重重的啪啪声有节奏地在云思苑响起。“石斛!”凉亭那传来了徐榛的呼叫声。

石斛从凉亭后的竹林里走了出来,含笑说:“这么悠扬的琴声,小子都不敢惊扰。”徐榛粲然笑了起来。“是不是你也来一首?”“不了。小子马上要去京口。”“金山寺好像就在京口。听说那里的签诗特别灵,一直没机会去摇一支。”徐榛的心思石斛懂。只是那么热的天,能不出门最好不出门,万一中暑,真不是开玩笑。

“外面太阳火似的,还是下次吧。”

“偶尔晒一次没什么关系。”

“你什么时候晒过太阳?还是下次吧。”

“不让我去,就不让我去,不需要找理由。”

“真个是要你好,还以为害你。你不怕烫,就带你去。”

徐榛要下火海,于苓不愿意,也只好闭上眼睛跟着跳。“县主和姑爷在凉亭稍等,婢子去收拾行李。”没等徐榛回话,于苓就起身前去收拾行头。

“你都可以去,我为何就不行?”

“小子是乡下种田人,怎么能一样?”

“我都成你新妇了,自然要与你同甘共苦。”

石斛含笑说:“你还想小子带你冒着酷暑一起去插秧?”徐榛笑了起来。“同甘共苦也要看同什么甘,共什么苦。小子不去效仿那些个诱拐富家县主的穷小子。你一个人想怎么过就怎么过,但不能拖累别人。小子这人最看不起的就是颜渊这种人。颜渊没能力养活自己也就罢了,不该讨新妇,却讨了新妇,害了人家戴氏一生的幸福。摸准自己是什么样的人,然后决定讨不讨新妇以及讨什么样的新妇。像戴氏,好好一个县主,嫁给颜渊,苦了一生。吃不饱,穿不暖,还年纪轻轻就守了寡。历代皇帝还赞颂颜渊这种人,真是奇葩。”

“可谁晓得将来的事情?颜渊也不晓得自己会短命。”

“命长命短确实无法预测。但起码你娶人家为妻,至少不要跟你一起苦。看看颜渊,这短短的一生做了些什么事?就跟着孔子屁股后面学什么治国之道。上千年来,人们都在笑屠龙术。孔子那些治国之道,何尝不是屠龙术?日子过舒坦了,想学屠龙术就学屠龙术。可颜渊呢?一箪食,一瓢饮,在陋巷,人不堪其忧,回也不改其乐。简直是恬不知耻。要是准备不过日子,当初就不该娶新妇。光棍一条,想怎么着就怎么着。”

“都像你这么想,梁山伯的坟墓也不会裂了。”

“这是经典自己死也要找一个人垫背。小子不反对死脑筋。只要你不影响人家,你想怎么着就怎么着。只有这样,这世界才会精彩。小子曾经说过,神州人的那些古怪想法，早已经成了花岗石，铁凿都凿不动。想改变他们的古怪看法，只能像黄巢、秦宗权、孙儒、朱温那样，见人就杀。除此之外，真是毫无他法。无论如何古怪，就是不要找一个人垫背。”

“我越来越觉得我的石斛是个君子。”

“那是你觉得，别人未必。你喜欢小子，小子不是君子也成了君子。”

于苓收拾好了行李，三人离开云思苑，前去如茅斋。行李都已经准备在手，问徐渊同意还不如不问。女儿终究是别人的新妇，徐渊也就爽快地答应了徐榛的要求。徐渊马上让徐福亲自去备办防暑的药物，如神丹、藿香等。没等多久，徐福就拿来了一大包防暑药。

三人出了朱雀门，上了马车，孔木铎驾着马车前往北门。从早上折腾到现在，已经将近午时。这么热的天气，徐榛平时养优处尊，正当午走，肯定不行。快要到鸡鸣巷时，石斛对孔木铎说：“孔兄，先在小子家停一下，等过了中午后，再走。”徐榛要跟过去，不得不改变行程。

马车进入鸡鸣巷，停在石斛家的门前。

石斛搀扶徐榛、于苓下车。“孔兄稍等。”石斛先陪徐榛、于苓进门。门虚掩着，石斛推开门。太阳很猛，又没有遮荫。三人一进门，就加快脚步，小跑进了堂内。穿过中堂，跨出堂后门槛。“曲柯！”石斛喊了一声。曲柯正在看石岩和曹全晟下棋。一听石斛喊叫，连忙跑了过来。“你带嫂嫂和于苓姐姐过去。哥哥带孔木铎去停马车。”石斛说完就转身。

阿虎吠叫了一声，飞跑了过来。徐榛、于苓怕狗，不禁一阵发毛，顿时局促了起来。“叫什么叫？”曲柯呵斥阿虎。“是嫂嫂和姐姐。嫂嫂，姐姐，阿虎很聪明，自家人，不会咬。”阿虎就是不愿离开，竟然走到徐榛的脚边，嗅了起来，吓得徐榛直冒汗。“快回去！”曲柯向阿虎下了一道命令。“阿虎！”石岩叫了一声。阿虎这才摇着尾巴转身跑回后堂。让人恐怖的危险终于消除，徐榛、于苓都松了一口气。徐榛前来，尹如雪真没想到，连忙放下手中的活，前来走廊迎接这个尚未过门的儿媳。“姑姑！”徐榛刚准备屈膝，尹如雪快步上前一把扶住，含笑说：“这些个俗礼，不想废弃，就留到以后晨见的时候用吧。”

“就算平常时节，儿媳见姑姑，也理当行个礼。”

“不用那么讲究。将来，你会晓得，我们家很随便。”

“婢子拜见夫人！”

“免礼，快快免礼！”尹如雪松开徐榛，双手扶住了于苓。“都是一家人了，就不必过于拘泥礼数。说句实话,斛儿能娶上你家县主这样贤惠的新妇,我已经感到很荣耀。我带去见一见斛儿的爸。”尹如雪在前,曲柯、徐榛、于苓紧跟在后,来到后堂。“斛儿的爸。”尹如雪向徐榛介绍。“舅舅!”徐榛俯身叫了一声。石岩打量了徐榛一眼,含笑说:“斛儿喜欢的娘子果然非同寻常。”说得徐榛都有些不好意思了起来,低下了头。尹如雪含笑说:“我也不晓得,你这个倒了一辈子霉的人,从哪突然冒出来那么好的福气,儿子竟然能娶上那么贤惠的新妇。白云观曹掌门。”尹如雪紧接着向徐榛介绍曹全晟。曹全晟,徐榛见过一面。眼下正跟石岩在下棋,徐榛还真不晓得应该叫什么。曹全晟提议,“就叫曹大哥便是。”“就叫曹伯父吧。”尹如雪给徐榛选择了称呼。“曹伯父!”徐榛的声音很细,连徐榛自己都觉得好像变了一个人。礼数已到,尹如雪引徐榛和于苓到堂内坐。“先在堂内坐。等一会,让斛儿来陪。”尹如雪收拾行头,准备做饭。“曲柯,过来帮姨妈。”见于苓也要跟去,尹如雪立马劝止。“去陪你家县主。虽说将来是她的家,眼下毕竟陌生。烧顿饭,有我和曲柯就够了。”曹全晟将手中的棋子放进了棋盒。“新妇来了,我们也先放下手中的活,去街上买点新鲜的菜招待招待。”石岩和曹全晟刚要出院门,正好碰到了石斛和孔木铎。

“爸和曹公要去哪?”

“爸和曹老哥去菜市场买点菜。”

“还是孩儿去吧。”

“陪你新妇,看一看。过两个月,这就是她的家啦。”

石岩说着,就和曹全晟跨出了院门,前去买菜。

石斛一进院门,就快步向后堂走去。见石斛前来,徐榛和于苓站了起来。“小子带你瞧一瞧这房子。再过两个多月,你就要住在这里了。”石斛笑了起来。“瞧一瞧,有不满意的地方,小子抓紧时间叫人整改。”宅院徐榛一点也不感兴趣。不过,一想两个月后就要住在这里,徐榛还是和于苓一起,跟着石斛慢慢查看这座刚刚修建的宅院。天气炎热,只能在屋下粗粗看了一看。

“其他都好,就是缺少树木、竹林。”

“这就难了。就是移栽,要成荫也需要时间。更不用说,这田螺壳里面也变不出什么新花样。小子这次去京口,就是为将来建一个居所。”

“你准备将家安置在京口?”

“小子是去商量建造居所的事情。”

“是不是京口有什么名匠师需要你这个希声社都统亲自去请?”

“小子要建的是民宅而不是皇家宫苑，不会那么讲究。小子讲究的是家居环境。环境不优美，如同活在鸡窝里面，哪有好心情？小子上次委托江腾蛟寻找家居的地方，不晓得已经找到了没有。找到了，就马上动手建。怎么建，小子都得去跟江腾蛟好好商量商量，毕竟是我们以后过日子的地方，马虎不得。”

“姑爷要建造的居所，跟云思苑比，怎么样？”

“希望比云思苑更好，能不能做得到，则是另一回事。别的都不说，小子将你家县主娶回来，总不至于让你家县主将来住这种房子。从云思苑来到这里，小子总感觉，好比就是从天上掉到了人间。你家县主愿意，小子也不会愿意。小子总不至于像颜渊，让自家夫人住在陋巷一点也不感到羞耻。小子敢娶朱雀门大县主做新妇，一定要努力让她过上比嫁给小子之前更舒畅的日子。小子最讨厌那些个哄骗富家县主的穷儒生，就像司马长卿。”

“姑爷，卓文君私奔司马长卿的故事可是千秋佳话哦。”

“神州史上著名的骗财骗色故事而已。”石斛一棍子打死了司马长卿。

“不会吧？姑爷。”

“司马迁在《司马相如列传》里面说得清清楚楚，又不是小子杜撰。

常言道，一俊遮百丑。司马长卿辞赋出了名，发生在他身上的龌龊事情也都变成了千秋佳话。卓文君私奔前，司马长卿根本没见过。司马长卿为何要想方设法去勾引卓文君，目的很清楚，就是盯上了临邛第一富豪卓王孙的财产。笨蛋都晓得，骗财首先是骗色。人骗到手了，钱财会跟着来。司马长卿相貌出众，会写华丽的辞赋，又弹得一手好琴，卓文君守寡在家，又喜欢音乐，哪禁得起哄？司马长卿一首琴曲一挑逗，受了司马长卿贿赂的身边侍儿一撺掇，卓文君头脑一发热，就连夜和司马长卿私奔到了成都。”

于苓和徐榛都笑了起来。

“人最怕就是头脑发热。一发热，就失去了理智，什么傻事都做得出来。冷静下来，就后悔了。到了成都，卓文君才晓得衣冠楚楚的司马长卿，有车骑侍从，竟然会是一个家徒四壁的穷光蛋。如今已经上了贼船，只能同舟共济。卓文君没办法，只好使出苦肉计，逼自己的父亲卓王孙出手。卓王孙不得已，分给卓文君僮仆百人，钱百万，及其嫁时衣被财物。钱财一到手，司马长卿就和卓文君离开临邛回成都，买田宅，过起了富人的日子。你想想，卓文君的父亲不出手，会怎么样？一定又是一个富家县主被骗的凄惨故事。”

“幸亏我的石斛不是司马长卿。”

“主要是小子的心太脆弱。说你好,所有的丑事都变成美事;说你坏,所有的善事都变成居心叵测的恶事。若不是狗监杨得意推荐,司马长卿只能像王子安说的那样,抚凌云而自惜。辞赋、琴棋,有闲人玩的物事。小子眼里,蹴鞠、游猎是玩,辞赋、琴棋也是玩,没有什么高低、上下之分。填饱肚子、过好日子才是正道。”

“姑爷有没有想过,让县主过上比出嫁之前更舒畅的日子可不是一件容易的事情。”

“说得是。单衣食住行,让你家县主过上出嫁之前一样的日子倒不难。问题是,舒畅不舒畅,不单单是衣食住行,更少不了心的感受。小子就怕自己食言而肥。”

“我相信你一定能兑现你的诺言。”

“谢谢你的鼓励!无论如何,小子日后一定会罄尽全力。”

“去看看我妈饭烧得怎么样了。”看完了房屋,又去看了石斛的卧室,石斛特意带徐榛、于苓去了厨房。尹如雪此时正和曲柯在灶前、灶后炒菜。“你没见满屋子都是油烟?”尹如雪炒着菜说,“快带你新妇到堂内坐去,妈很快就烧好。”徐榛客气说:“让姑姑亲自下厨烧饭给儿媳吃,着实是不应该。”“难得一次。”尹如雪盖上锅盖说,“将来就是叫我烧,我也不烧。让斛儿带你先到堂内坐一坐,我再烧一两个菜,就可以吃了。”三人退出了厨房。

没坐多久,曲柯就前来叫去餐室吃饭。

“慢慢吃。”孔木铎率先吃好了饭,站了起来,出了餐室。紧接着是曹全晟。不久,石岩也将碗箸交给曲柯。“这么烫的太阳,就是常年泡在太阳下的种田人都受不了。等太阳火稍稍小一些,再动身也不迟。”石岩站了起来,离开餐室,准备去中堂和曹全晟继续下那盘没下完的棋。一桌人陆陆续续吃好了饭,徐榛和于苓也放下饭碗。尹如雪提议说:“让斛儿先领你去屋后梳洗一把,就到前屋去歇息,那地方清静。”

出了餐室,石斛带徐榛和于苓去梳洗。“稍等。”石斛去屋后提了一捅井水,引徐榛、于苓到盥洗室。梳洗完毕,徐榛、于苓跟着石斛去了前屋。石斛家独门独户,而家中人口又不多,前屋确实清静。怕人打扰,石斛前去关上院门。“小子去提桶水来,先擦一擦床。竹席没睡过,不干净。”石斛起步去屋后提水。不一会,石斛一手拿着一个木盆,一手提着一桶水来了。石斛手拿木盆轻轻撞开了东首房间的门,徐榛和于苓跟着进入了房间。石斛将木盆放在几子上,倒了一盆水,放下了水桶。于苓挤起葛巾,开始擦竹席。于苓晓得徐榛特别爱干净,又是刚刚卖的新竹席,擦了一遍又一遍。石斛连换了三遍水,才结束。

“你就在屋里躺一会,小子在外面给你守着。”

“你自己不躺一会?”

“小子一家人全都没有午休的习惯。”

石斛退出房间,放好水桶和木盆,拿来了一本书,靠在堂内的胡床上看了起来。没看几页,于苓从房内聂脚聂手地走了出来,转身准备推上房门。石斛赶紧放下书,走了过去,轻轻地说:“开着。那么热的天,不通风,容易中暑。”已经关了一半的门,重新打开。“你先坐,小子去一下。”石斛起步离开了中堂。不一会,石斛一手拿着茶碗,一手提着茶壶,回来了。于苓连忙站了起来,轻轻地说:“这些杂务事哪能让姑爷做?”石斛轻轻说:“这里毕竟还是小子熟。坐!”石斛将手中的茶碗和茶壶往几子一放。于苓将茶碗一分,石斛提茶壶斟了两碗凉茶。“我们坐在这里慢慢喝。等徐榛睡醒,再慢慢出发来得及。”

于苓从袖袋内掏出一条手绢,递给石斛,轻轻地说:“姑爷看看是否满意。”石斛接过手绢,摊开一看,手绢上绣的也是荷花。一支含苞待放的菡萏在两片翠绿的荷叶旁露出尖尖的角,简直像长上去一般。石斛含笑说:“想不到爱妃竟然有如此手艺!”想不到,于苓竟然煞有介事似的说:“皇上喜欢,贱妾就给皇上多绣几条。”石斛竭力忍住,嘴里的茶水才没有喷口而出。石斛将手绢收起,放进了袖袋内。

“幸好这话没给人听了去,否则,小子要押到菜市场腰斩。”

“姑爷去菜市场腰斩,婢子陪姑爷去。”

“小子真被腰斩,你也不要陪,活着比死了好。辛苦你了。”

“姑爷满意,婢子已经很幸福。哪有什么辛苦?”

“徐榛总是说小子嘴甜。实际,还是你的嘴更甜。”

徐榛午休了半个来时辰,也就起了床。石斛引领,于苓陪伴,三人一起去后屋盥洗室去梳洗。石岩和曹全晟还坐在后堂内鏖战。石斛没有惊扰,带着徐榛、于苓前去盥洗室。“稍等,小子去打桶水。”石斛从水井中提来了一桶水。天气炎热,冰冰的井水一洗,徐榛顿时感到一阵清爽,刚起床时的那点慵懒也渐渐消失。倒掉了洗脸水,三人回到了前屋。

直到太阳西斜,石斛才动身。石斛戴着斗笠,骑着马,徐榛、于苓、曲柯坐着马车,前往京口。出北门还没有走多远,天就暗了下来。要下雨啦。孔木铎停下马车,从车厢内取出油布衣,递给了石斛。石斛穿上油布衣。孔木铎赶紧加速速度,寻找避雨的路旁凉亭。

还没有到路亭,天就已经一片漆黑,天空中雷电闪耀,闷雷阵阵。几滴雨点刚落地,紧跟而来的就是倾盆大雨。石斛上身虽仍然干燥,而下半身已经完全湿透。马车一阵飞奔,终于找到避雨的路亭。路亭里面已经有几个旅人和赶来避雨地田农。马车停在路亭边,石斛跳下马,从马车的车厢里面拿出雨伞。石斛撑开雨伞,遮着徐榛、于苓、曲柯下了马车,一一走进了路亭,挤到了躲雨的人堆里面。

一道闪电,如同一条张牙舞爪的巨龙,闪现在路亭斜前方天空。石斛含笑说:"快捂上耳朵!"石斛话还没有说完,就是一声震耳欲聋的霹雳。曲柯头不禁一颤。"哥哥,这雷声好响啊!"又是一道刺眼的闪电,垂挂而下,曲柯赶紧捂上耳朵。

徐榛三人捂着耳朵一直到天渐渐放晴。

"现在好了,我们继续上路。"

下了一阵雷雨,天顿时凉快了起来。戌时左右,五人到达京口。孔木铎曾经来过,不需要打听,一路顺风顺水到了京口希声社驻地。江腾蛟带石斛一行去一家名叫花洲的酒肆吃饭。花洲酒肆离京口希声社驻地不远,步行不需要费多少时间,也就到达。花洲酒肆的圆形大门两旁各站一个颇有几分姿色的侍儿。在侍儿的俯身迎接下,众人进入花洲酒肆。

"后面还有一间雅室正够客官六人坐。"

女店家在前领路,众人紧跟在后,前往酒肆的雅室。雅室位于花园的中间,四周尽是花草竹木。雅室不大,四周却有狭小的游廊。踏上台阶,两名侍儿俯身延请众人入内就座。待石斛一行在雅室坐定,江腾蛟跟着女店家前去点菜。大热天,食物的品质特别重要。江腾蛟专挑活虾、活鱼、活鸡、活鹅和新鲜蔬菜。石斛什么都无所谓,有一点填填肚子就可以。徐榛吃遍了山珍海味,也不讲究。不到半个时辰,众人就步出了花洲酒肆。

"驻地有些杂,旅店又不安全,夫人和都统晚上就睡在仆家。"

"到了江兄的地盘上,一切听江兄的安排。"

马车行驶不到一刻钟,就到了江腾蛟的家。听到江腾蛟的声音,夫人蓬氏抱着孩子,出房间,站在步檐上迎接。江湖好汉、绿林英雄成婚迟。江腾蛟也是过了而立之年才成婚,一个儿子还不到两虚岁。江夫人的娘家原本也是青徐望族。众所周知,神州的望族如同天上的望月,没几天也就变成残月。诸土匪在中原开始争霸,蓬氏家族也由望族变成了败族。江夫人跟父亲蓬余庆逃到江南时,已经是破败人家的女儿,跟江腾蛟也算门当户对。

简单的寒暄,江腾蛟和江夫人就分头安排石斛一行前去沐浴。

天上明月姣好，屋内又有些闷热，江腾蛟决定在屋后小花园陪石斛喝茶。趁石斛冲凉的间隙，江腾蛟将竹凳搬到了屋后小花园内等待。江腾蛟知道，石斛那么热的天从金陵跑到京口来肯定有重要的事情要跟他切磋。酒肆人多嘴杂，而且饭桌上谈正事影响徐榛吃饭。石斛冲了凉，前来小花园，和江腾蛟分坐在儿子的两边，品茶商谈。

"上次广陵回来，仆马上按照都统的吩咐开始着手寻找。利用鉴真的海图，经过一番努力，仆终于不负都统的使命，找到了传说中的流虬。"

"实在是太好了！"石斛不禁脱口而出。

"从浙江东道的沿海州县出发，顺风顺水，也就三四天的时间。仆在流虬群岛附近一带转了一圈，发现大大小小的岛屿果真不计其数。有一个大岛，转了整整一天时间还没转完一圈。岛上有河流，有湖泊，到处是非常茂密的树林。时间关系，仆也只是随便看了看，还没有仔细考察。岛上气候适宜，真是住人的好地方。"

"小弟此番专程前来，就是想了解一下江兄寻找的结果。"

"刚刚找到，正准备去金陵禀告都统。都统是不是想让仆马上着人前去建造？"

"小弟正有此意。江兄不知，小弟早就想离开这个让小弟日夜不安的神州！只是一时找不到落脚地，才到现在还在这里。如今已经找到了落脚地，为何还要死赖在这里？早一刻走早一刻安宁。小弟想，江兄就将主要精力放在建造居住地的事情上来。早些建造好，早些过去住。小弟这次来，就是为了此事。"

"仆明天就去准备。"

"建造居住地的事情，小弟说几点自己不成熟的想法，仅作参考。"

"都统请讲。"

"建造前，最好请内行的工匠规划一下。糟蹋了，就不可能重来。"

"仆可以招募工匠先去看一看。"

"先让工匠看一看很有必要。这是我们日后要居住的地方，一定要建造得住在里面就有不想走的感觉。决不能跟神州一样，拥挤在一块，让人感到局促、难受；只看到房屋，看不到树木竹林。一个基本的原则就是让人感到如同身处仙都，家在桃花源。这种满眼都是黑白两色的家居环境，一看就让人烦。江兄晓得，我们不仅仅只是要找一个这辈子随便呆一呆的落脚地，还要考虑儿孙能够生息繁衍。地点的选择非常重要。作为日后居住的地方，起码要有水源，有可以开垦成良田种植的平原。我们的儿孙可以利用当地的资源能够生活，而且能够生活得很好。呆在深山老林里面，清幽是清幽，没一两分地，日子怎么过？我们总不能只顾自己的生存而不顾儿孙的将来。毕竟我们的日子短,儿孙的日子长。"

"请都统放心。确定建造前,仆会召集众人仔细讨论。"

"尽可能做到依地势而建,地势是怎么就怎样,不需要强行去平整土地,不需要砍就不砍,不需要挖就不挖,一切要顺其自然,用一些普通阁道、蹊径彼此连一连就可以。这样可以节省大量的时间,使得居住地能够以最快的速度搭建成。"

"都统这个主意好。不仅省时间,也省成本。"

"主要还是省时间。我们不能在这里空耗时间。神州的事情变化太快,稍稍不小心就可能有灭顶之灾。多呆一分钟就多一分钟的危险。希声社组建以来,小弟一直跟想杀小弟的人打交道。昨晚就有人夜闯总社企图杀小弟,原因是小弟抢了他雇主的生意。连睡个安稳觉都不可能。碰到朱温、徐温这种土匪强盗,完蛋是顷刻间的事情。早一天走,早一天安全。不是想走,是不得不走。

单个家庭住宅切忌大,三开小平房就已经足够了。能简单尽量简单,仅仅是住个人,根本不需要像神州人那样造得高大空。不说皇宫,奢靡豪华,就是普通民宅也是如此,仿佛房子越大越显示有身份。住宅和住宅之间千万不要挤在一起,彼此之间应该有相当大的距离。这样做更可以利用地形地势,节省时间。时间对我们来说比任何物事都重要。

只有安全了,我们才有可能敞开胸怀做其他事。

小弟会多派一些兄弟前来帮忙,甚至可以采用边建造边搬迁的办法,前往流虬。尽量多招集一些能工巧匠,就呆在岛上,直到居住地最后建成。生活需要的物事尽量多带,甚至连耕牛都可以搬过去。不是小弟啰嗦,常言说,夜长梦多。江兄啊,神州多变,谁也不晓得接下来会怎么样?万一出点事情,想撤离都已经来不及了。现在,不像春秋时期,想躲起来已经是非常困难的事情。不赶快着手,就会如江兄所说,我们个个都会变成猪虱。

人手不够,可以从江南东道的沿海地区招募,工钱也可以适当多给一些。便于运送人员货物,江兄也可以选择在明州外面的海岛上搭建临时基地,作为前往流虬的跳板。至于建造需要的铜钱,江兄需要多少,小弟就叫人给江兄送多少。我们不仅仅只考虑我们自己后辈子的生活,还要考虑儿孙的生活。没有一个安身之所,赚再多的铜钱也是白搭!三百年的李唐皇朝,怎么样?烟消云散,连废墟都已经找不着。不将眼睛放远,到时再流泪,没用!"

"仆明白!生活在神州,如同是关在天牢里面的囚徒,谁也不晓得哪一天会突然间被拉出去砍头。除非是傻蛋,是白痴,只要稍稍有些脑,都应该会明白,等待的只有死。建造居住地，等于是从天牢里面挖地道，随时准备逃离。如今有都统站在后面给仆撑腰，仆肯定会以最快的速度建造好居住地。都统，初期准备能容纳多少人？”

“初期的居住地至少可以容纳三四千人。江兄可以多建造几个点，也可以在不同的岛上建造，但彼此之间要有联系。初期，也不必太过于讲究，等所有弟兄到了之后，慢慢完善也不迟。关键是随时就有可以撤退的地方。等暴雨来了，再去找躲雨的地方，就迟了。”

“仆明天就动手！”

“有一个可以安身的地方是我们神州人的梦啊！”

“是啊！仆做了那么多年的水上营生，感触特别深。不是没有安生之地，仆也不会去做水上营生。想想仆的父亲、祖父，曾祖父，都是进士，先父怎想到最后会这样？”江腾蛟长长叹了一口气。“三百年的打拼，最后换来的却是一场梦。黄巢造反之前，谁想到？仆想了好几年，终于想通了。没有一个安生之地，所有努力都是竹篮打水一场空。都统放心，仆一定倾心建好居住地。”

第八十章　逆旅

君子知微知彰,知柔知刚,万夫之望。

——《周易》

翌日，吃过早饭，于苓和曲柯马上去收拾行李。天气炎热，昨晚浆洗的衣裳早就已经干了。两人一收拾好行李，石斛旋即起身。“江兄就不用陪小弟啦。建造居住地的事情远比陪小弟玩金山寺重要。小弟先跟徐榛去看一看金山寺，然后渡江前往广陵。”江腾蛟和夫人送石斛到大门口。孔木铎已经驾好马车，在江腾蛟家的大门外等候。石斛请江腾蛟止步。

徐榛、于苓、曲柯跟江腾蛟夫妇道了别，三人先后上了马车。上马前，石斛特意吩咐江腾蛟。“江兄只管放开手脚去做。需要什么，江兄只管向小弟张口就是。小弟一定会调动人力、财力、物力，全力支援江兄。”“都统放心！”江腾蛟拱手说：“仆定遵从都统吩咐，会以最快的速度将它建造好。”“后会！”石斛跨上马，拱手跟江腾蛟夫妇告辞。

江腾蛟家离金山寺不远。不到一炷香的时间，石斛一行就到了前往金山寺的码头。石斛下了马，将缰绳在马背上一搁，准备前去搀扶徐榛。此时，徐榛正把着曲柯的手下马车。石斛不再去凑热闹，牵着马匹，将它交给了孔木铎。

“小弟玩了金山寺，就直接去广陵。孔兄还是先回金陵。”

来往金山寺的是一条能容纳十几人的小渡船。渡船上已经有几个香客在等人数凑齐后过渡。待曲柯、于苓上了船，石斛拉着徐榛的手，慢慢踏上小渡船，前往位于扬子江中“树影中流见，钟声两岸闻”的金山寺。一位年纪约五十左右的老船工在船尾划动船桨。

渡船靠岸，石斛搀扶徐榛上了岸，再回过来给老船工付船资。“公子，渡船为金山寺所有，来往香客、游人都无须支付船资。公子只管前去便是。”这位皱纹满脸的老船工客气推让。石斛还是不愿意去占别人的便宜，硬塞给船工一枚银饼。船工见石斛出手极其阔绰，连忙说：“就是支付，也无须这么多。”石斛像败家子，一枚银饼根本不在乎。“剩下的铜钱给老哥买些酒喝。”今天碰到了膏粱子弟，船工也就不再客气，收下了银饼。好话总得说一句吧。船工两手一拱说：“祝公子早得贵子！”石斛两手一拱，含笑说：“多谢老哥金口。”

步行不到两百步，穿过悬挂唐懿宗御笔题字“金山禅寺”匾额的山门，进入金山寺。时辰还是辰时，前来进香的香客已经不少，到处走动着人。已经来到了金山寺，少不了要烧香拜佛。石斛请来了香枝蜡烛，交给了于苓、曲柯。

石斛扶着徐榛，沿着甬道，来到了天王殿。

天王殿里面供奉的是弥勒佛和四大天王。弥勒佛两旁的楹柱上悬挂着一副对联，石斛瞄了一眼。大肚能容，了却人间多少事；满腔欢喜，笑开天下古今愁。哼，石斛一声冷笑。“反正弥勒佛不在乎，我们就不用拜他了。”石斛说不拜就不拜。

径直穿过天王殿，抬眼就看到了大雄宝殿四个鎏金大字。在焚香炉前，于苓、曲柯一人点着蜡烛，一人点燃清香。曲柯在上面已经插了一排排蜡烛的铁架烛台上找了几个空位，插好了蜡烛。于苓点燃了清香，双手捧着递给了徐榛。徐榛接到手中，双手合十捧着清香，踏着台阶，进入大雄宝殿，双膝跪在蒲团上。

于苓、曲柯跪在徐榛一侧的蒲团上。石斛站在一旁，看着眼前的佛祖，无动于衷。徐榛伸手拉石斛的衣服，要他一并跪下。石斛不好意思忤逆，正准备跪在徐榛旁的蒲团上。石斛身子刚一屈，挂在佛陀两旁的幢幡一阵摇晃。徐榛一惊，石斛顺势直起了身子。还好，是一只胆大妄为的老鼠在幢幡上面爬动跳梁。老鼠跳上了横梁，幢幡重新静止不动。或许石斛的星宿很大，佛陀无法承受，徐榛也就不再强求跪拜。徐榛手捧清香，虔诚地叩拜，心里在默默祷告。石斛没有问徐榛祷告的内容，站在一旁护着徐榛。徐榛叩了三个头，才起身。徐榛挪动莲步，来到金色的佛陀塑像前面，将手中的一束清香插到香炉里面。

大雄宝殿的正门左侧，有一和尚坐在桌子后替人讲签。徐榛、于苓、曲柯三人就在佛陀前面各摇了一支签。徐榛摇出八十九签，上签；于苓摇出二十签，上上签；曲柯摇出六十三签，上上签。三人拿着竹签交给和尚。八十九签是黄熊入梦，二十签是状元及第，六十三是五子登科。听完了和尚的讲解，徐榛、于苓、曲柯三人个个心花怒放。石斛从袖袋内掏出一枚一两银饼交给和尚，作为讲签的酬劳。

“哥哥,你也摇一枝吧。”

“施主,金山寺的签很准,不妨也摇一枝测一测运气。”

和尚也附和曲柯。徐榛也在一旁拉着石斛的衣袖怂恿。“那好吧!”石斛拿起竹签筒,准备就在和尚面前摇。“哥哥,要到佛祖面前摇,才灵。”“还担心佛祖看不到?”可是,曲柯就是不听,非得要拉石斛到佛祖前面去摇不可。“好吧,好吧。”好男不和女斗,石斛只得同意。徐榛、于苓、曲柯三人簇拥着石斛,来到了佛祖面前。“嚓嚓……”石斛摇着竹筒,眨眼间跳出一支签,掉在了地上。曲柯弯腰捡起竹签。

“哥哥,下下签欸!”曲柯感到很意外。“看看是什么签。”众人回到和尚前,曲柯将竹签交给和尚。石斛摇的是三十六签,烂田翻石臼。和尚还没有解签就向石斛建议,“施主不妨再摇一枝。”“还摇?”石斛自己解起了签。“这是一枝上上签!你们不懂。佛祖警示,不要做烂田翻石臼这种愚蠢的事。”讲签的和尚连忙念起了阿弥陀佛。“你们认为小子会做烂田翻石臼这种愚蠢的事情吗? 走吧!”石斛拱手跟和尚告辞,走出大雄宝殿。

踏着台阶,四人回到了殿前平地上。曲柯忽然发现自己方才点的蜡烛已经不见了,走到铁架烛台前一看,发现旁边方形铁盒子里都是刚点了一下的蜡烛。“谁将我的蜡烛还没点完就拔了扔到铁桶去?”曲柯很生气,准备弯下腰捡回来重新点。

“曲柯,不用点了,佛祖晓得你已经点过就是。”

“真缺德。”曲柯鼓着腮帮说了一句。

“点了一下,重新造好可以再卖给别人。很有生意人头脑。”

穿梭金山寺萧墙间的狭小甬道,一路游玩,拾级而上,四人来到了金山寺的最高处——留云亭。石斛轻搂徐榛的腰站在留云亭前,眺望眼前一览无余的扬子江。翠绿的扬子江绕着金山向东流去,江面上成群的海鸥和海燕在飞翔。扬子江下游,就金山这么一个岛,一群很懂得享受的和尚马上来一个占山为王。忽然,石斛颇为感慨地说:“看来,小子也要到什么地方,占它一个岛。”徐榛晓得石斛心意似的,含笑说:“昨晚,跟江腾蛟叽里咕噜唠叨了半天,是不是叫他也去占岛?”石斛含笑说:“和煦的阳光,碧绿的海洋,金黄的沙滩,再配上娇妻,在树荫下面就这么一躺,那是何等的神仙生活!”徐榛含笑说:“还应该有美妾。”“哥哥,哥哥,你看。”曲柯打断了石斛和徐榛之间的对话。一群白鹭在山脚展翅齐飞。

离开金山寺,前往京口码头。

江腾蛟已经派了一条小帆船在码头等候。不到半个时辰,小帆船就已经在广陵分社的专用码头靠岸。下了帆船,跟船工匆匆道别,石斛带着徐榛、于苓、曲柯三人,径直前往广陵分社。时辰虽还没到午时,但已经很热。于苓手中的一把小花伞根本没办法挡住围绕全身的火气。不想给烤焦,只好加快脚步。连走带跑,一下子就到了分社。

石斛带徐榛来广陵分社,还真让曹其宸感到很意外。曹其宸赶紧去打井水给石斛一行四人降温。用冰冰的井水擦了好几把,身上的热气才慢慢消退。

“那么热的天,陪都统前来广陵巡视,真难为夫人啦。”

“已经决定嫁给他,他要烂田翻石臼,我也只好跟他一起翻。”

“夫人大可放心!石臼真的掉进烂田,都统也会指挥希声社兄弟将石臼给抬出来。”

卓南阳切了一案西瓜端了进来。“曹兄这话说得就不对。”石斛从食案中挑了两块西瓜,先递给徐榛,再递给于苓。“怎么能让姑爷拿?”石斛命令似的说:“拿着!”于苓接过了西瓜。石斛转身,从食案中给自己拿了一块。

“小弟身为希声社都统,会指挥兄弟抬烂田里的石臼,那希声社得抓紧时间散伙,免得白白浪费光阴!只晓得傻做、蛮做,能有什么希望?曹兄还真的希望小弟像愚公一样,带着儿孙去做移山的蠢事?蠢事就让蠢人去做。你们先在这里稍歇片刻,小子去跟曹兄说些事。”

石斛和曹其宸走了出来,就在步檐的一角说起了话。

“辛苦曹兄了。”

“应该做也乐意做的事,何来辛苦?不像都统啃骨头,仆吃肉。”

“你不晓得,骨边的肉最好吃。兄弟没伤损吧?”

“敌明我暗,哪会伤得到我们?”

“这些日子小弟悬着的心总算可以放下。”

“都统实际上大可放心,仆做事一向谨慎。”

“这次去山南不只有曹兄一组人马。虽然有些遗憾,山南的事情总算圆满完成。土匪的地盘上,土匪说了算,我们做不了主。曹兄注意对手下兄弟的赏罚。只有赏罚分明,才能凝聚来自四面八方的兄弟。”

“仆已经根据这段时间的表现,提拔了几名兄弟,也赶走了几名滥竽充数之辈。”

“这样甚好。我们希声社又不是随便可以来的难民营。”

“曹逢已经带了弟兄于前天动身前往亳州。”

“多少人?”

“十八罗汉。”

“四大金刚就足够了。眼下还有一件更重要的事需要曹兄马上去办。”

“何事?”

“建造我们日后安身的居住地。山南的事情一了,小弟已经明显感到,朱温很快就要完蛋。鞭尸的事情肯定会有人替我们去做,无须我们亲自动手。抓紧时间建造居住地比什么事情都重要。神州无论如何都不是久留之地。我们不死,儿子死;儿子不死,孙子死。轮上轮下,迟早会轮到。总不能天天被人捏住喉咙过日子。曹兄多招揽工匠,去协助江腾蛟到流虬建造居住地。广陵分社的兄弟,事情不忙,也一同前去协助,甚至可以做好以后就呆在那里的准备。这也是小弟这次前来广陵的主要目的。小弟一回金陵,马上会调一批兄弟前去协助曹兄。”

“仆明天去一趟京口,跟江腾蛟商量一下,看看具体该如何操作。”

“到时需要什么,曹兄只管遣人到总社要。早一天建成,早一天安心。继续呆在这个鬼地方,小弟还真的是寝食难安。万一土匪想到了要对希声社动手,一切努力统统都丢进了水潭。三百年打拼下来的江山,最后怎么样?曹兄看得清清楚楚。还想凭借希声社这几个人去拼一拼?蚍蜉撼大树,可笑不自量。其他事情可以侥幸侥幸,就这事,万万侥幸不得。”

石斛起步,曹其宸紧随其后,回到宗祠内。

“这些时间忙,有件事情,小弟一直没来得及跟曹兄说。”

“什么事情?”

“曹兄年纪也不很大,不能因为过去的事情而准备打一辈子光棍。”

“都统不会准备替仆保媒吧?”

“小弟真准备替你保媒!人肯定好,这点小弟敢保证。小子想来想去,曹兄最合适。”

“石斛,不会真准备保媒吧。”

“自然是真。那女子二十八九光景,具体岁数,小弟还没问。年纪跟曹兄般配,嫁给曹兄至少不会给人说老夫少妻。”

“这么大怎么还没嫁人?”

“如今嫁人可不容易。小子常在外面跑,这么大没嫁的多得是。重要的是,曹兄历尽风霜,见过世面。小弟想了老半天,觉得曹兄最合适。”

“仆相信,都统保的媒肯定不差。可都统别忘了告诉她,仆的命可是很硬的哦!”

“曹兄不怕她就行了。”

“死人堆里面爬出来的人，阎王都不怕！”

“小弟会让她过来和曹兄会一会。”

“就依都统。不过，单解决了仆一个人还不行。希声社弟兄多半过了年龄尚未娶妻。”

“到时候，小弟一定会让所有希声社尚未娶妻的弟兄都能娶上新妇！”

“希声社兄弟没有一千，至少也有八百。都统到哪里找那么多娘子？”

“这事曹兄大可放心。只要手中有铜钱，曹兄想要多少娘子就有多少。只要不像皇帝那样来几万，曹兄想要几个，小弟给曹兄弄。说得不好听，神州人讨到讨不到新妇，铜钱说了算。跛脚瘫手，只要有铜钱，新妇随你挑。更何况，这么多年战打下来，现在神州就剩娘子多。曹兄放心，小弟绝不会食言。小弟不会让希声社兄弟打一辈子光棍。”

“就冲着新妇，仆也得尽快建好居住地。”

“曹兄不妨大胆地告诉广陵分社的所有希声社兄弟，只要居住地一建成，小弟保证所有兄弟都有自己的新妇，自己的家，过上他们原先根本不能想象的生活。”

“仆一定会将都统的话告诉给广陵分社的所有兄弟。”

徐榛有午休习惯，总不能在希声社广陵分社午休。外婆虽已经去世，但舅舅还在。来到广陵，舅舅都不看一眼就调头回金陵，于情于理都说不过去。更重要的是，就是想马上回金陵也回不了。石斛决定，先到舅舅家过一夜，明早再动身回金陵。吃过饭，稍歇片刻，曹其宸就派马车送石斛一行去钟府。见来者是石斛一行，钟家看门的仆役跑去通报。服丧期间的大舅舅顶着烈日来门口迎接。匆匆寒暄了两句，石斛一行跟着大舅舅来到了厅堂。

“刚刚收到喜帖，今天离八月初九两个月都不到了。天有雷公，地有舅公。成婚的那一天，大舅舅最大。大舅舅定会去参加你俩的婚礼。依照定制，大舅舅必须要服丧三年。这些个定制也实在太不合理了。莫非让大舅舅的外甥女三年内不得成婚？”

大舅舅说着就笑了起来。

“到时，小子会派帆船来接大舅舅和二舅舅到金陵！”

“这样最好，免得再租船麻烦。石郎马上要成了榛儿的夫婿，都是自家人。大舅舅恰好有点事情要出去一下，回来可能要晚一些。你们只管住在后面的小花园里面，舅母会安排下人照顾你们。晚饭，大舅舅可能就不陪你俩吃了。”

大舅舅走后，舅母梁氏亲自陪石斛、徐榛去花园。到了花园门口，石斛、徐榛再三请舅母梁氏留步。“那就由霏霏领你们过去。”石斛、徐榛向梁氏行了礼，跟着侍儿薛霏霏进入了院门。于苓和曲柯去放行礼，石斛和徐榛前往水榭。花园依旧，只是知了比上一次来时更加声嘶力竭。进入水榭，石斛身子一屈，坐靠在栏椅上。徐榛在石斛的身旁坐下。

“石斛，可否给我讲一讲希声社的事情？”

“你感兴趣？”

“昨天起，跟了你跑了一圈，还真是感兴趣。”

“希声社的事情一两句话还真是说不清。小子就给你说个大概。希声社从事的业务，主要是贩运和货运，只是现在货运业务所占的份额越来越大，客运进展也很快。希声社总社设在金陵，这你晓得。目前，希声社在吴国境内设有金陵、鄂州、浔阳、广陵、京口和申州六个分社。分社下面设立据点。到底设多少个据点，根据业务需要而定。分社的事务由主事掌管，副主事协助。金陵分社主事吴留良，副主事是张建阳；鄂州主事是皇甫子，副主事是章毅；广陵主事是曹其宸，副主事曹逢；京口主事是江腾蛟，副主事是谢得成；申州主事是方平，副主事是施永世；浔阳主事和副主事都出事了，现在由副都统李邈在代管。”

石斛说着说着，徐榛打起了哈欠。

“还是别说这些枯燥事情，你都差不多听睡着了。”

“我还真有点想睡觉。”

“你有午睡的习惯，小子还是先送你去睡觉。”

“大热天，屋子里闷，还是在这里睡一会。”

“也行。”

徐榛头枕在石斛的腿上，躺在栏凳上，开始睡觉。徐榛刚闭上眼睛，于苓、曲柯进入水榭。见徐榛躺在栏凳上睡觉，两人都不敢出声。石斛示意曲柯前来。曲柯来到身边，石斛轻轻地说：“去将书拿来给哥哥。”曲柯转身退出水榭，于苓随后跟上。不久，曲柯端着棋，于苓一手拿着书，一手拿薄被，进入水榭。于苓将书递给了石斛，再将薄被轻轻地横在徐榛的肚子上，就去和曲柯坐在石凳上开始下棋。石斛书还没有看一页，薛霏霏送来了凉茶。石斛手一指，薛霏霏将凉茶放在石斛身边的栏椅上。花园中的知了只管自己鸣叫，徐榛只管自己睡觉。靠在石斛的腿上，徐榛很放心。石斛一手卷着书，只管看，聚精会神，一手轻轻地扇着折扇；于苓、曲柯怕惊扰徐榛，连棋子都轻轻地放。

过了将近一个时辰,徐榛才睡醒。石斛书一放说:“醒了?”徐榛靠在石斛的腿上,看着石斛。“都快睡沉过去。”石斛看着徐榛,含笑说:“太阳那么猛,跟着小子东过西转,跑累了。只是午睡多了,晚上不容易睡着。”徐榛转了一下头说:“晚上照样睡。平常一天至少睡四到五个时辰。”石斛含笑说:“小子看你还真是有福气。”“那当然啰。”曲柯突然插话:“有哥哥这样的好郎君,没福气也有福气。”徐榛笑了起来。“曲柯妹妹说得对。”石斛将徐榛扶了起来。“于苓陪你先去洗把脸,醒一醒。”“县主请!”站在水榭里面听候差遣的薛霏霏引着徐榛、于苓前去小楼梳洗。石斛拍了拍腿,站了起来,来到石桌旁坐下。

“于苓的棋艺还不如你。是不是哥哥替于苓和你下几手?”

“只要哥哥不将我杀得太惨就是。”

石斛捡子和曲柯下棋。两人下了几手,曲柯忽然问石斛:“哥哥,是不是搬到居住地后,我们就不回来了?”石斛下了一手说:“你还想回来当皇后啊。”曲柯笑了起来。当上皇后,又怎么样?神州男人梦想做皇帝,女人梦想做皇后。神州史上有多少皇后最后面对的不是白绫、毒酒、砍头、腰斩、凌迟?末代皇后就不用说了。她们凄惨的程度远不是普通民妇所能想象,有几个人想过最后会是这样的下场?

“我从来就没想过要做皇后。”

“不想做皇后,想做什么啊?”

曲柯盯着棋盘想棋,忽然醒悟了似的说:“哥哥,这招不算。”曲柯将石斛刚下的那枚白子拿了起来,又将自己方才下的那枚黑子也拿了起来。两人刚才下的这几着统统白下,又回到了起点。

“哥哥乱说乱说,分散了我的注意力,不算。”

“是你自己将自己弄死。”

“我活得好好的,为何要将自己弄死?都是哥哥乱说乱说,分散了我的注意力,才使得这条大龙被你活生生杀死。不算,不算,统统不算。”

“不算就不算。反正,赢归于苓,输也归于苓。”

“姑爷,你可不要故意将婢子这盘就要赢的棋下输哦!”

游廊上传来于苓的声音。

“还是你自己来,免得说小子故意下输。”

于苓和徐榛刚进水榭不久,薛霏霏就送来了一案西瓜。曲柯小心翼翼地将桌子上的棋盘端到栏凳上,以免弄乱了方才下的棋。四人各占一条石凳,围着石桌坐了下来。石斛从食案中选了一块,用竹签挑去瓜子,递给徐榛。

“哥哥,从昨天到今天,我发现你特疼嫂嫂,连我都有点嫉妒起来了。”

“哥哥疼你嫂嫂很正常啊。莫非叫哥哥疼别人的新妇去?”说得曲柯、徐榛、于苓都笑了起来。“你嫂嫂是真正的掌上明珠,是她父母的心头肉。嫁给哥哥,发现婚后的日子还不如婚前好,你想想,肯定是要有多委屈就有多委屈!”

“那是当然啰。我的话,干脆就不嫁!”

“所以么,哥哥没有其他能耐,只好疼啦。”

“哥哥!”曲柯笑着叫了起来。

“曲柯这一声哥哥叫得还真甜。”

“自家哥哥,自然是甜。嫂嫂,哥哥的能耐大得很。”

“说说看。”

“据明姬她们说……”

“别天天明姬她们,明姬她们。”石斛怕曲柯说出徐榛不应该晓得的事情,曲柯刚一开口,立马打岔。“这又有什么错啊?”曲柯高声反驳。“我又没有亲见,只好引明姬她们的说法。”曲柯理直气壮,石斛真不好强行辩驳。“明姬她们说,哥哥略施小计,就将整个随州控鹤军牙城烧得个片甲不留。嫂嫂想想,如今谁有这个能耐?”曲柯头一仰,一脸的骄傲。

“什么略施小计? 你也听她们瞎掰?”

“姑爷将牙城内的人统统都烧死,是不是太冷血了一点。”

“于苓姐姐怎么能说哥哥冷血呢?”曲柯立马替石斛辩护。“哥哥冷血,怎么可能会对嫂嫂和姐姐这么疼? 冷血的那是乌龟,那是蛇。缩在角落里一动不动,看起来很温顺,实际上最凶残。一不小心,就会被它咬一口。上次,我去法云寺,看到寺院前面的放生池中很多大鲤鱼身上东少一块肉西缺一块肉,全是那些个乌龟咬的。”

“那都是乌龟咬的?”不止法云寺,铜锣寺,高座寺,这种情景徐榛、于苓已经见过好多次,就是搞不明白到底怎么一回事。一听曲柯说是乌龟咬的,徐榛和于苓都非常惊讶。“不是乌龟咬的,还是鲤鱼自己掉的?”曲柯问得徐榛和于苓老半天没有开口。看起来很温顺的乌龟竟然那么凶狠残忍。

“话句实话,小子这人是有点冷血。”石斛刚一开口,就被曲柯打断。

“哥哥冷血,我也冷血;哥哥热血,我也热血。”

“你哥哥要去杀人放火,你岂不是也要跟着去杀人放火?”

“那是当然。哥哥叫我做什么,我马上去做什么。”

“你哥哥要你来杀嫂嫂,你是不是就来杀嫂嫂?”

“嫂嫂说的话根本不可能发生,哥哥疼嫂嫂都来不及。”

“嫂嫂说的是假设。”

“嫂嫂说的假设根本不可能存在。”

“好男人在外面是流氓,在家里对自家新妇疼;坏男人在外面是君子,在家里对自家新妇狠。小子就是这种在家对自家新妇疼的流氓。”

徐榛扑哧一声笑了起来,捏了一下石斛的脸说:“就喜欢往自己的脸上贴金。”

石桌上的一案西瓜,边吃边扯,全都到了肚子里面。薛霏霏很快就清理好石桌,端走了食案。不一会,薛霏霏就端来了洗手水。洗了手,薛霏霏立马端走了洗手水。曲柯和于苓重新开始那盘没下完的棋。石斛、徐榛坐在栏凳上。

“舅舅家的这名侍儿还真是勤快。”

“这侍儿确实比其他侍儿勤快。”

“小子一直在想,妈身边应该有名勤快的侍儿。小子现在有铜钱,还让妈烧饭洗衣做杂务活,总有些不该。外人晓得,肯定会说小子眼里只有铜钱,买个侍儿都不舍得。妈做了那么多年的杂务,也到了该过悠闲日子的时候了。还让妈继续做那些杂务活,小子也着实太不孝了。毕竟,妈不应该是做杂务活的人。”

“着实不该再让妈做这些杂务活。昨天,妈亲自下厨烧饭给我吃,到现在我还觉得很不该。多物色几个。买几个侍儿,花不了几个铜钱。”

“买个侍儿倒花不了几个铜钱。问题是人不可貌相,买之前,你根本不晓得她到底勤快不勤快。不勤快,小子又不可能当面呵斥、打骂。小子这人虽冷血,但绝不会在女人身上动手。到最后,重新卖掉,红脸不说,弄的自己心情也很不好。像这样勤快的侍儿还真不容易找着。小子都没有叫,她就主动来。有些侍儿,叫个老半天都不见一个人影。”

“你还不如干脆叫我张口向大舅舅要。”

“小子确实想有一个像这样的侍儿来服侍妈。她不是大舅舅家的侍儿,小子肯定会多出一些铜钱将她买回来,就算多一倍的铜钱也愿意。这样勤快的侍儿放在妈身边,至少小子放心。小子总不至于跟大舅舅谈交易。没办法,只好回金陵,小子再慢慢物色物色。”

“大舅舅家的侍儿,没有一百,也有几十。等会,我就去向大舅舅要。”

“那你也应该说得含蓄点。只要你在大舅舅面前说几句夸奖侍儿的话,大舅舅马上会听出你的弦外之音。”

徐榛轻轻推了一下石斛的头，含笑说："我的石斛真不愧是伪君子。"

薛霏霏前来水榭听候使唤。徐榛问："今年几岁了？"薛霏霏俯身说："禀县主，婢子十七。"徐榛开始向薛霏霏了解情况。"徐榛"，石斛打断了徐榛和薛霏霏之间的对话，"小子去看一下徐知诰，你是呆在这里，还是和小子一块去。""还是你独自去吧。外面热不说，我去还不方便你和四哥说话。""也行。"石斛站了起来。见石斛要走，曲柯连忙站了起来。"你就在这里陪你嫂嫂。"石斛离开水榭，前往都军使府署看徐知诰。

石斛返回钟家花园时，太阳都快要下山了。石斛去都军使府署跟徐知诰到底聊了些什么事情，徐榛不感兴趣，也没有兴趣问，只是告诉石斛："大舅母已经遣人来叫了，就等你来吃饭。""那我们就先去吃饭。"四人旋即起身，离开水榭，前去用餐。

外婆去世七七都没过，大舅舅一家正在服丧。不喝酒，不吃荤，是最基本的要求。因徐榛要求和舅母一起吃，舅母梁氏也就没有让坑饪给徐榛四人另外烧。葱蒜韭薤姜这些有刺激气味的荤菜，徐榛原本就不喜欢。石斛乡下人，荤素都没关系。

吃了饭，返回花园，就分头准备沐浴更衣。石斛洗了澡，穿着木屐，摇着扇子，走出小楼，在花园中踱步。沿着曲径，石斛进入了一个小亭，在栏凳上坐了下来。天气闷热，没有一丝风，扇到脸上的风都让人感到烫。坐了一炷香左右，徐榛出现在小亭的台阶前面。石斛站了起来，向小亭的入口出走去。石斛轻轻摇着折扇，出了小亭，踏着台阶，来到了徐榛的身旁。"我们走走。"两人起身，沿着花园的曲径，慢慢踱步。

"石斛，听说你在帮叔父办事，是不是真的？"

"小子去山南，就是替叔父办事。"

"办完了吗？"

"办完了。小子顺道将表妹送到若水宫。"

"若水宫？什么地方？"

"外婆家。"

"外婆在若水宫？"

"是。"

"为何不将表妹接到金陵来而要送到外婆那？"

"小子也想，最后还是决定送到外婆那，没办法。爸为何要让大哥带妹妹北上？

就是怕被人一锅端。小子有八个姑姑,表兄弟表姐妹几十人,现在看起来就只剩下这一个表妹了。这个表妹还全靠家里一名老仆人仗义,才活了下来。再出事,真是断人种了。想想也是够凄惨的。外婆的若水宫隐秘,相对安全,小子才想到将她送到外婆那。小子这次若水宫之行,差点出了大事。”

“路上遇到了麻烦?”

“路上倒没什么特别的麻烦。一到若水宫,外婆就强行要小子和表妹举行婚礼。”

“婚礼举行了?”

“你别不当回事,小子还真的差点跟表妹举行了婚礼。你不晓得,外婆平时说话言出必行,说一不二。小子到达若水宫的那天,已经差不多午时了。刚一见面,外婆就要小子在若水宫成婚,连姨妈说先挑选一个日子,外婆都不许姨妈忤逆。小子还轮不上插嘴,外婆就已经要姨妈去筹办婚礼,以免吃了饭来不及。小子一看形势不妙,赶紧向外婆禀明。可外婆就是不相信你将来会嫁给小子。外婆说,天翻地覆,徐大当家早就已经不是昔日海州的徐大当家了。别忘了,他是朱雀门大当家,吴国都督的亲大哥。他女儿怎么有可能会嫁给你这个卖棺材的小生意人?你小子还以为自己是世子不成?说得小子哑口无言,找不出理由。”

“你最后怎么说服外婆?”

“还是不说了,免得你生气。”

“我是你新妇,怎么会生气?”

“小子说,跟表妹在这里成亲,回金陵,伯父肯定会灭了小子。外婆这才将话收回。”

“你娶了你表妹,我肯定会极度伤心。”

“小子晓得你会伤心,才搬出了伯父。”

“石斛,外婆为何一定要你跟你表妹成亲?”

“表妹是小子七姑姑的女儿。”

“是不是仁寿公主?”

石斛有姨妈,徐榛不晓得;有姑姑,徐榛早就晓得。这些个故事,徐榛的业师刘恩跟徐榛说过。后事如何,徐榛曾问过刘恩。要么被杀,要么湮没民间,这是刘恩的结论。当于苓告知徐榛,石斛将他的表妹安置在鄂州,徐榛就问于苓,是哪一个姑姑的女儿。“哪一个姑姑,公子没具体说。”最后,徐榛还是从前往鄂州寻找石斛的徐福口中得知,是石斛七姑姑的女儿。“家中一名老仆人仗义,才没有被朱温所杀。”徐榛戚戚然,深表同情。

“是。小子在乡下长大,记忆里根本没有亲戚来往,总感觉我们一家从石头里面蹦出来似的。小子只是比你早一天见到了外婆。黄巢造反以后,小子家支离破碎,亲戚离散。能够重逢,也是巧合。外婆对表妹的遭遇非常同情,而小子家又支离破碎,很希望小子能娶表妹为新妇。你知道,小子岁数也不小了,也该到娶新妇的时候。小子一带表妹到若水宫,外婆非要小子在若水宫成亲不可。幸亏小子力争,姨妈一旁劝说,外婆才勉强同意,暂时不举行婚礼。”

“表妹你喜欢吗?”

“你是小子的新妇,直说已经没有关系。像小子这样的人,你说能不能有喜欢?自从身份泄露以来,多少人想杀小子?尤其是控鹤军杀手,像苍蝇似的盯着小子。幸亏小子有些能耐,行事又小心谨慎,才活到现在。不是小子吓你,其他人,千个都已经死了。一个庞大的家族,现在只剩下小子家几个人,想想也够凄惨的。亲戚原本无数,据小子所知,现在只剩下寥寥几个。妈派曹全晟去向伯父提亲也是鼓足了勇气。人不能只考虑自己,不考虑别人。

表妹家原本也人丁兴旺,现在只剩下表妹孤零零一个。这一个还是靠老仆人仗义才侥幸活了下来。外婆就是希望小子好好照顾这个孤苦伶仃的表妹。四周到处是饿狼,一头迷途羔羊想活下来不容易。小子在老家时,根本不晓得还有这么一个表妹。直到离开老家,爸才告诉小子家族史,这才晓得自己的身世。小子一次去燕子矶散心,碰到了一娘子。小子当时怕她跳崖自尽,将她带回家。第二天,她说都没说一声就跑了。”

这事徐榛早就晓得。见石斛带着一名娘子回家,监视石岩家的孔从臣就询问了来买米的刘妈。“可能是家里遭遇不幸。二公子怕他想不开,就带回了家。夫人担心她出事,还让侍儿陪她睡了一夜。第二天,那娘子早早就走了。”于苓将这条消息告诉给了徐榛。徐榛含笑说:“想不到卖棺材的竟然也有菩萨心肠。”

“妈说,这娘子长得跟你姑姑真像,你表妹还活在人世,也是她这个岁数。爸当时还笑妈别做梦。妈说,表妹右手手心长着像参宿一样三颗痣。小子预感,她可能真的就是小子的表妹。过了几天,小子又去燕子矶。这娘子居然也在燕子矶。万万没想到,那么不凑巧,她站的地方石头松动,脚踏空,坠了下去。幸亏小子有些手段,她才没有死。小子将她捞上来时,看了她的手心,真的有像参宿一样三颗痣。表妹当时心灰意冷,只想死。小子不敢告诉爸和妈,偷偷地将她安置在武昌幕北村。家被烧,小子身后全是刀,只得将爸和妈搬过去和表妹一起住,能够有个照应。

后面的事情，你都晓得了。外婆不晓得你我有那么深的关系，非常怜悯表妹，才要小子在若水宫与表妹成亲。小子带表妹去若水宫时，既没跟你成亲，又没有订婚，一时真找不出来可以违逆外婆的理由。情急之下，只好搬出了伯父。”

两人转啊转又转回到凉亭前。踏上台阶，进入凉亭，在栏凳上坐下。

“有你这个有情有义的表哥，真是不幸中的万幸。”

“这也是输讲输话。表妹没遭变故，何须小子这个表哥？现在孤身一人，小子再置之不理，怎么办？南华真人说，鱼相与处于陆，相呴以湿，相濡以沫，不如相忘于江湖。小子现在才真正懂了南华真人的意思。这种无奈，没有切身体会，真不容易懂。”

“你是不是想收了表妹？”

“小子确实想将表妹带在身边。”

徐榛狠狠拧了一下石斛的大腿。“哎哟！”石斛高叫了一声。“怎么了？姑爷。”于苓出现在了小亭的前面。“一只黄蜂叮了小子。”“黄蜂叮了姑爷？”于苓进入小亭。“哪地方啊？婢子给姑爷吮一吮。”徐榛和石斛一听都笑了起来。“姑爷真会哄人。”徐榛站了起来，和于苓一起，两人一前一后，帮石斛梳头。

“石斛，你那表妹叫什么名？”

“米粟。”

“除了这个表妹，还有没有其他表妹？”

“依理，小子应该还有很多表妹，眼下只晓得姨妈家还有两个表妹。”

“姨妈家的两个表妹，见过面吗？”

“小子见过一面。家被歹人放火烧毁前，她俩随大哥来过家一趟。不是大哥突然带俩表妹回金陵来，小子根本不晓得还有表妹。小子方才说了，家居乡下那会，小子根本不晓得自己有亲戚。一直到不得已离开乡下，爸才告诉小子一点家史。”

“想想你家也够凄惨的。”

“已经很幸运了！小子不仅活着，还娶了一个那么好的新妇。”

“不用哄，你想让她留在身边，我答应就是。”

“哪是哄，小子说的是实话。”

“好了。”

不一会，徐榛和于苓就梳好了石斛的头。石斛站了起来。

“大舅舅晚上吃饭的时候也没见着，现在应该回来了。”

“你这个伪君子，这方面做得还真是周到。”

“这是下辈对上辈最基本的规矩。你的舅舅也是小子的舅舅。”

“石斛,我没听说起过你舅舅。”

“小子没有舅舅。”

出了凉亭,前去给大舅舅请安。

“大舅舅,服侍榛儿的霏霏还真是既灵巧又勤快。”大舅舅含笑说:“榛儿中意,就送给榛儿。榛儿马上要出阁,大舅舅还没想好到底要送什么。大舅舅能拿出手的物事,榛儿未必喜欢。榛儿喜欢霏霏,正好解决了大舅舅不晓得送什么的难题。”徐榛还没有推辞,大舅舅就已经叫管家前去通知薛霏霏准备,明天随徐榛回金陵。

今天特别闷热,回到花园时,个个都已经是汗涔涔。于是,四人先回小楼擦汗。石斛动作利索,又是后生,最先出了小楼,站在小楼前等徐榛。不一会,曲柯出了小楼。等了将近一个字,徐榛和于苓才出小楼。四人起步,慢慢前往水榭。还没走几步,又是汗涔涔。进入水榭,四人分头在栏凳上坐下。于苓给徐榛扇扇子取凉。

“真热。动不动就是一身汗。”

“过来。”

曲柯坐到了石斛的身边。石斛缓缓扇起扇子,给曲柯取凉。

“今天好像特别热。”

“心静自然凉。”

“这么热的天,心再静,也没用。”

“石斛,你老家是不是也这么热?”

“稍稍好一些。主要是前面有一条小溪,四周是树木竹林。六月天,到处热。小子这段时间一下子东,一下子西,扬子江上下,没什么地方特别凉快一些。金陵热,广陵热,武昌也热。上次去山南,随州也热,跟金陵没什么两样。外婆那,倒真要凉快得多。”

“哥哥,是不是若水宫?”

“是。”

“不晓得什么时候能够去若水宫看一看。”

“嫂嫂什么时候去,我和嫂嫂一起去。若水宫我很想去看一看。明姬告诉我,她们中很多人是宫主和夫人,就是哥哥的外婆和姨妈,从人肉铺子救下来带进了若水宫。”

“人肉铺子?”徐榛、于苓一阵错愕,齐声惊呼。

“这有什么好奇怪的?看嫂嫂和于苓姐姐一惊一乍的样子。我就在人肉铺子差点被剁成肉卖掉。这种事情一两年前还很常见。据我大父说，横海军节度判官吕兖还专门成立宰杀老弱妇孺的宰杀务。当年人肉铺子里面，有多少像我这般岁数的小女孩被宰杀？那种凄惨的嚎叫声，至今仍留在我的脑海里面。不是我大父从屠夫手中买下了我，说不定连骨头都已经没了。”

曲柯不是钧友的亲孙女。石岩认识的钧友曲震庭，大顺元年，曾官任右骁卫大将军。随着昭宗的护卫禁军被强行解散，曲震庭也就变成了没有一兵一卒的虚名将军。朱温屠杀李唐文武朝臣的那年，曲震庭又不甘心为虎作伥，能够留得残命一条已经侥幸。曲震庭漂泊到宿州时，遇到了曲柯。曲柯当时还不满七岁。曲震庭见曲柯缩在肉铺的一角，簌簌发抖着实可怜，出铜钱从屠夫手中将曲柯买下来。从此，曲震庭带着曲柯卖艺。曲震庭耍拳脚，曲柯拿托盘讨铜钱。前年，曲震庭和曲柯来到了金陵落脚，继续靠卖艺讨生活。

“想不到，那些当街宰人的传说是真的。”

“当然是真的。嫂嫂和姐姐想一想，连人都活活宰杀了卖，还有什么事做不出来？我跟我大父闯荡江湖差不多有十年，什么样的坏蛋，什么样的坏事，都见过。我总感觉，这世界就人最坏。嫂嫂和姐姐肯定不晓得，人肉铺子里面的屠夫怎么宰杀人。说出来，嫂嫂和姐姐晚上肯定做噩梦。哥哥叫我去杀个人，我肯定是连眼睛不眨一眨。这些个坏蛋该死，不值得怜悯！没了这些个坏蛋，好人才能过安生的日子。坏蛋在，怎么能安生？”

雷声响起，水榭外掉起了雨点。“赶快回去，大雨就要来了。”众人急匆匆撤离水榭，连走带跑前往小楼。刚踏上步檐，大雨倾盆而下。就在小楼的中堂，众人告了晚安，各自回房间睡觉。石斛刚脱衣上床，就听到轻轻的敲门声。

石斛下了床，木屐一套，披上衣裳，前去开门。于苓进入房间，随手就推上了房门。“什么事啊？于苓。”石斛见于苓行动诡异，连忙问。于苓靠在石斛胸前，轻轻地说：“县主让婢子侍候姑爷睡觉。”“亏你家县主想得出来。”石斛一搂于苓的后背，往自己胸前一靠。

“我们今晚住的是舅舅家，就好比是旅店。晚上一宿，明天就走人。在旅店里面，怎么能让你侍候？将来在自己家，好好侍候，好吧。小子正在营造居住地。一旦造好，我们就搬过去住。小子将来会弄个单独的房屋给你住。小子心里，你不单单是徐榛的嫁妆。”

于苓紧紧抱住了石斛。

于苓只希望自己能够作为徐榛的嫁妆陪伴徐榛，而从来就没想过自己能做如夫人。于苓明白自己是徐榛的侍儿，是徐家的财产。没有徐榛，也没有于苓的今天。这些年与其说是徐榛在找夫婿，还不如说于苓在寻找自己将来要侍奉的男主人。主人的好坏，决定了于苓将来的命运。和徐榛一起，陪石斛游玩了采石矶，于苓就知道自己的男主人是眼前这个寿木店少东主。还在采石矶，于苓就开始有意无意地撺掇徐榛嫁给石斛。

“已经有些晚了，先回去睡觉。”石斛一手轻轻地推开了房门，于苓出了房间。

“上去吧。”等于苓上了楼，石斛推上房门。

于苓蹑手蹑脚踏着楼梯回到了房间。房间内亮着淡黄的光，徐榛侧着身子，看于苓进入房间。徐榛手托着腮，含笑问：“不要你啊。”于苓点了点，坐在床沿上。

“这种事情，就算县主打死婢子，婢子也不敢。不是夜很黑，看不大清楚，婢子哪有脸啊？婢子的脸现在还在发烫，心还在咚咚跳，紧张死了。姑爷嘴上说自己是流氓，实际上骨子里面是君子。况且，县主眼皮子底下，姑爷也不敢。”

“这倒是真的。我睡在楼上，他却在楼下私自和我侍儿相好，起码也是对我不尊重。今晚是我让你去，已经得到了我的首肯，自然不同。他说了些什么没有？”

“婢子不敢说。”

“说吧。”

“姑爷说，亏你家县主想得出来。”

徐榛扑哧一声笑了起来。

第二天，早早就动身回金陵。东南风急，又只有几个人，午时还没过就到了金陵。

于苓去云思苑放行李，石斛陪徐榛去如茅斋看徐渊。到了如茅斋，仇可贞告诉徐榛，徐渊在养心堂。石斛跟着徐榛去了养心堂。徐渊和钟夫人正坐在堂内。石斛和徐榛快步进入堂内，给徐渊和钟夫人行了礼。起身后，钟夫人说：“那么热的天你爸也舍得让你去。”“其他没什么，就是晒黑多了。”徐榛掀起袖子，将手臂露给钟夫人看。徐渊含笑说：“黑一点就黑一点。石郎不说你黑就行。”“伯父说的是”，石斛插嘴，“小子不说黑最重要。”徐渊和钟夫人都笑了起来。聊了几句，石斛和徐榛就跟徐渊、钟夫人告辞，离开了养心堂。

石斛一走，徐榛马上叫文荷、紫苏准备香汤。跟着石斛，在外面睡了两夜，都没有痛快洗澡，一回云思苑，徐榛想到的就是泡澡。徐榛泡了个澡，出了阁，去凉亭乘凉。

徐榛靠在贵妃榻上竟然蒙蒙胧胧睡了过去。于苓洗了澡，来凉亭，见徐榛睡着了，去阁内拿了薄衾，盖在徐榛的肚子上。凉亭掩映在竹林里面，有一丝风，倒不是特别闷热。于苓去阁内拿了本书，坐在栏凳上读了起来。徐榛一觉醒来，太阳已经透过竹林照进了凉亭。下了贵妃榻，离开凉亭，洗了一把脸，坐在阁内胡床上。

“方才做了一梦，梦见石斛和别人举行了婚礼。”

“人有所思，即梦其到；有忧，即梦其事。县主可能担心有人抢走姑爷。”

“有这种可能。”

“婢子觉得，县主这种担忧是无空的担忧。”

“这还真难说。石斛跟我说了，差一点就跟表妹举行了婚礼。”

“不可能吧，县主。”

“谁说不可能？他外婆强行要石斛和他表妹在若水宫举行婚礼。”

“县主，是不是姑爷最后搬出了大家才让外婆收回成命？”

“石斛如今在金陵生活，身份又那么特殊。我爸万一动怒，怎么办？”

“县主，如今已经跟姑爷定了亲，谁能怎么样。”

“刘兰芝都已经嫁给了焦仲卿，最后还不是被焦仲卿的母亲活活拆散？”

“这事绝不会在县主身上发生。大不了，县主最后分她一块西瓜。”

“分她一块西瓜倒没什么，我独占一个大西瓜也不现实。我在想，倘若我不是朱雀门大县主，岂不是眼睁睁看着人家将西瓜从我手中抢走？那种心疼肯定只有我自己能体会。早知如此绊人心，何如当初莫相识。我越来越能体会这句诗的意思。”

“县主多想了。倘若县主是姑爷的外婆会怎么想。婢子觉得，姑爷的外婆要姑爷和他表妹马上在若水宫成婚，主要是不晓得县主和姑爷的关系。朱雀门县主嫁给寿木店少东主，谁都不会相信，毕竟姑爷公开身份已经不再是世子。其次，应该是姑爷的外婆心里有着一种怜悯。一个手无缚鸡之力的弱女子，没了依靠，怎么活？只有像姑爷这样的人一边护着，才可能不会有凄惨的结局。一个郡主，落到眼下这种状况，够凄惨了。县主，你如今已经是姑爷的新妇，有什么想法可以直接问姑爷。姑爷通达，冷静，理性，他觉得可以跟县主说，会跟县主说，已经不需要再以前那样闷在心里。”

“对。坐在这里瞎猜，还不如直接去问他，至少不用费脑筋。”

石斛返回希声社，就亲自去找姜云苏。上次，姜云苏随石斛来金陵，龚宰安排她和陈湘君、阮惟君、燕微子等人一起居住在一个单独的小院。“云苏姐姐！”石斛叫了两声，就出现了姜云苏。石斛招了招手，姜云苏出了小院。

“小哥,什么事啊？神神秘秘的。”

“自然是你自己的事情。小子找了老半天,终于给你找着人啦。”

“不会是老头吧。”

“搞起来好像小子不想食言而肥随便拿个物事搪塞去似的。小子还叫你云苏姐姐呢。过几天,小子着人送你去瞧一瞧,你满意,就留下。这么大岁数就不要再像小娘子似的扭扭捏捏了。再拖几年时间,不是小子说你,说不定连孩子都生不出来了。”石斛笑了起来。

“就依小哥。小哥给我找什么,我就嫁什么,就是蛤蟆也行。”姜云苏笑了起来。

“放心,人肯定好。就不说家世了。说家世,他家显赫得很。说句俗套的话,你家根本没法跟他家比。小子给云苏姐姐挑的肯定是好货,哪会是烂的？云苏姐姐见了面,就会晓得小子说得是不是真话。跟以前不同,现在我们有铜钱。云苏姐姐想,人有了铜钱,娘子追着你来。云苏姐姐这么大,世面还没见过？好好抓住,别让人给抢了。云苏姐姐温柔贤惠,跟他正好是一对。”石斛说着就笑了起来。“以后云苏姐姐日子过舒服了,别忘了小子这个媒人就是。别给小子张开乌鸦嘴。”见姜云苏要开口,石斛马上将它堵住。“不说自己好,也不应该诅咒人家。那些个胡说八道,云苏姐姐也能听？将来肯定是白头偕老。”

只过了两天,石斛让林森寒调一条帆船送姜云苏去广陵。

第八十一章　讨债

投之亡地而后存，陷之死地然后生。

——《孙子》

谁得势，效忠谁，神州传统。山南控鹤军都虞候朱友雍遭死士劫杀的消息，早在诸葛再生六百里加急送到西都洛阳前就已经传到了朱温的耳朵里面。朱温心里早有准备，听了朱友信的奏折，已经没有格外的吃惊。朱友信和朱友雍关系不好，朱温晓得。派朱友雍前去山南任控鹤军都虞候也是看中了这一点。正因为关系不好，朱友雍才能起到监视、钳制朱友信的作用。亲生儿子都要留一个心眼，何况朱友信仅仅只是朱温的一个假子。如今脖子上的锁链没了，不能放任它在山南四处游走。咬死人了，再准备将它弄死，就晚了。

听了朱友信的奏折，朱温心里当下嘀咕，朱友信还巴不得朱友雍死呢。如今彗星从西南冲向灵台，莫非真的像阴乙所说的那样，朱友信有违逆的企图？上天的预兆不能不重视。紧接而来的荧惑犯心更让朱温有些心惊肉跳了起来。阴乙、张天师等纷纷向朱温建言，杀一批应当。户部尚书李振、崇政使敬翔等也先后向朱温建议，应该充分利用这次机会杀掉一批有异心的人，消除不稳定因素。这些人的存在，终究是千秋基业的隐患。两人的建议，朱温心里称是。攘外必先安内的道理，朱温很懂，很懂。不是像朱温这样的人背叛，昭宗也不会被弑，李唐皇朝也不会倾覆。正因如此，一旦怀疑有异心，朱温决不手软。杀错一万人，也不过一万人。朱温眼里，江山社稷不姓朱了，黎民百姓活在世上已经没有任何意义。

只是在目前逆贼步步逼进的情况下，马上大张旗鼓前去捉拿，肯定会起兵谋反。叛贼和逆贼一联手，岂不是要了朕的命？朕会选择恰当的时机，请他来西都洛阳，让他明明白白地去死。这株毒苗，迟早都得铲除。朱温越过朱友珪，直接任命挂名寿州团练使的朱友璋为山南东道控鹤军都虞候，负责山南东道控鹤军的重建事务。

山南控鹤军一清除，捆绑在朱友信身上的绳索也就随之而消失。朱友信摸了摸自己已经发麻的手脚，开始指手画脚了起来。在山南东道的地盘上，朱友信终于可以说一不二，想做什么就做什么，谁也不敢反对，谁也不愿反对。朱友信尝到了做帝王的味道。这味道，不尝则已，一尝就会让人上瘾。一旦上瘾，想戒除，除了死，没有其他法子。

"主公，依照跟希声社约定，事成之后再付剩下的酬劳。现在事情已办成，剩下的酬劳主公准备什么时候支付？"见迟迟没支付剩下的那部分酬劳，诸葛再生提醒朱友信。这部分酬劳当初是诸葛再生承诺，诸葛再生很不希望失信于人。"本王不付酬劳，莫非他们还敢来山南向本王要？"朱友信问得诸葛再生哑口无言。"本王手下的数万大军还不能对付一个希声社黑帮？真的如此不堪，本王还想成什么霸业？干脆乖乖地在山南东道等死算了。他们敢来山南，那是想不开自寻死路。来山南向本王投诚，本王欢迎。不识相，剿灭了他们，在朱温面前也是大功一件，至少可以消去朱温对本王的猜忌。在没实力跟朱温对抗前，本王需要安生。他们来还是不来，本王都只有赚，不会赔。"

"人而无信，不知其可也。"

"迂腐！实在迂腐！"诸葛再生的话还只是开了个头，就已经被朱友信打断。"本王也读过一些书，但不会像你这般迂腐。莫非本王还要像那尾生一般抱住梁柱给洪水活活淹死？本王跟希声社约定的事情，天知地知，你知我知，谁晓得？莫非他们到外面去张扬？就是去张扬，谁信？岂若匹夫匹妇之为谅也，自经于沟渎而莫之知也。"朱友信一脸的不屑。"想成大事，岂能像匹夫匹妇这般讲信？若有信，朱温也就不可能坐在洛阳崇元殿上做皇帝。具体例子还需要本王再去啰嗦？不说过去，就这些年谁讲过信？信只对庶民有用，对成就大事的人无用。本王被信字拖累，只能是经于沟渎而莫之知。任何事情都不能因循守旧，不能刻舟求剑。朱温和崔胤信誓旦旦，结果怎么样？朱温还不是杀了崔胤？朱温如此，宋文通呢？还不是一样！就算本王讲信，他人未必也讲信。对这些黑帮，本王能讲信？给这些黑帮，只有两条路可以选择，要么向本王投诚，要么是死。要本王付酬劳，门也没有！"

大量的事实眼前，诸葛再生还真无话可说。

"山人以为，主公至少也得将此事了结。公开来山南找主公麻烦自然不会。这些人玩阴使诈的手段，山人领教过。倘若不予理睬，无疑增添了安全隐患。”

“别说诸葛公，山南控鹤军短短的时间内消失得无影无踪，本王也非常震惊。背后虽有徐温撑腰，其能量也不能轻视。诸葛公派些人跟他们联系联系，游说他们向本王投诚，跟本王合作。不成，就想办法将他们除去！”

出了牙城，诸葛再生就去找好友司马流云闲聊，以消心中对朱友信的失望。

“大事未成，已经言而无信；大事成后，就只能是鸟尽弓藏、兔死狗烹。”

“兖王说的也不是毫无道理。孔子说，‘自古皆有死，民无信不立。’流云想了好久，最后才想明白。治于人者就是饿死了，也要相信治人者。所以，孔子才会说‘去食’。诸葛兄想想，就不说这些年了，秦失鹿以来，能成大事的人，谁真正讲过信？刘邦，还是项羽？刘邦杀韩信、彭越，项羽杀义帝，都一样。信跟忠孝礼仪一样，都是治人者手中治人的工具而已。诸葛兄无须为兖王失信而失望。倘若努力了，就拿时运不济来安慰吧。”

“越想越失望。”

“诸葛兄失望又如何？流云倒觉得，诸葛兄应该多替自己想一想。范蠡说越王只可与共患难，不可与共乐。不止越王一人，世上的雄主仿佛都是如此。范蠡想通活命，文种没想通赐剑而死。流云觉得，诸葛兄应该到想通的时候了。莫非一定要等到赐剑的时候？”

“兖王毕竟是读书人，跟越王这种雄主不同。”

诸葛再生失望，但还没有绝望。

石斛回到金陵，跟龚宰商量完派兄弟去协助江腾蛟建造居住地的事宜，顺便聊起了山南东道的事情。“山南的事情办完已经有好几天了。朱友信到现在还没有兑现他们应该支付的酬劳。看起来，朱友信是不想支付剩下的酬劳了。”石斛当时就已经料到可能会有这样的结果。跟这些有鸿鹄之志的人讲信义，还不如跟老虎谈交情。这些人眼里，信只是工具。猜到会有这一招，石斛才将酬劳加码到了十五万两。就算拿不到五万两，至少也可以拿回诸葛再生开出的十万两。

“朱友信不给，小子亲自去山南讨。”

“少东主准备怎么讨？”

“小子准备学毛遂，让朱友信明白不付铜钱会有什么后果。”

“这可是一步险棋。万一出现闪失，怎么办？”

“看似险，实际一点也不险。兵法云，攻其无备，出其不意。上次山南之行，朱友信见识过小弟的能耐，肯定会严密防范，以免出意外。防范越严密，越容易出现麻痹大意。小子是希声社都统，又是朱雀门女婿，会为了区区五万两黄金去山南送命？朱友信做梦也想不到，小弟会来这么一招。小弟曾用这一招对付朱友雍，现在故伎重演，用这一招对付朱友信。再说，朱友信也是潜在的客户。"

"可一定要准备好退路，绝对不能出现万一。"

"老哥晓得，小弟从不做无谓的冒险。前脚跨出去前，会先想好退路。"

石斛叫林森寒去找来曾邦善。"曾兄，你马上通知皇甫子，叫他派人给朱友信送信，就说这月二十五本都统亲自去襄阳节度使牙城拿酬劳。"曾邦善大吃一惊，双膝一屈就跪在了地上，劝阻石斛："都统，万万去不得！这是自投虎口啊！"石斛连忙跨上前去，一把将曾邦善扶了起来。"别说都统带几个人，就是所有希声社兄弟都去，也不是朱友信手下大军的对手！希声社那么多兄弟还靠都统带领。"

"曾兄误会！小弟会贸然去山南送死？小弟这次去襄阳，肯定会考虑周全，不会贸然行动。"石斛没听曾邦善劝阻，打定主意要去山南讨债。"请曾兄和杨千里去挑选一条速度最快的帆船，再挑选三十二名精干桨手，再配备经验老到的舵手、控帆手、撑篙手，跟小弟一同前往襄阳。顺便叫吕夷则来。"

"都统，为何不带狠角而带水手？"

"逃命啊！"

"晓得了。仆马上去叫杨千里配备一条在水上飞也似的帆船。"

曾邦善拱手跟石斛辞别，前去通知杨千里和联系皇甫子。

"哥哥找小弟为了何事？"

"你马上跟哥哥去襄阳！"

"带多少弟兄去？小弟马上去召集。"

"召集什么人？召集再多的弟兄，跑到襄阳去跟山南东道节度使朱友信打架，还不照样是送死？我们是去山南向朱友信讨债！我们是债主！就你我和曲柯三人。你现在就去准备一下要带的行头，马上跟哥哥出发。"

"准备什么行头？所有行头都已经带在身上了。"

"路上换洗的布衫不带上几件？"

"死了之后，谁还在乎小弟脏不脏，臭不臭？"

"你这张嘴真比狗嘴还要臭！谁叫你去死了？哥哥还没有儿子呢！现在就死了，还不给哥哥的祖宗骂死。债还没有讨回来，就说死，真是乌鸦嘴！大热天的，你自己不嫌臭，哥哥还嫌臭。快去带上换洗的布衫。"吕夷则头一抓，转身就要离开总社大堂。"铁弹弓就不用带了，太显眼。""晓得。"吕夷则应了一声就离开了大堂。

“曲柯，你也去准备一下，哥哥就在码头上等你们。”

石斛摇着折扇，离开中堂，朝总社大门走去，路上碰到了荆善居。“都统是不是重新考虑考虑？”荆善居得知石斛要去山南向朱友信讨债，吓了一大跳，赶紧前来见石斛。荆善居打心底佩服石斛的胆识，但还是觉得太过冒险了。“谢谢荆兄！山南之行，看似凶险，其实不然。荆兄放心，小弟定会安全回金陵。”石斛自信十足。荆善居见劝说无效，只好叮嘱。

“可千万要小心！”

“谢谢荆兄！命只有一条，小弟一定会分外小心。走吧。”

石斛起步，荆善居陪石斛去码头。到码头时，龚宰已经带兄弟给石斛壮行。

“三十二名桨手，四名撑篙，两名控帆，两名舵手，一名坑饪。帆船是希声社刚请人打造的双桅战船。考虑到沿途可能有快骑追赶，还专门调集了四名希声社神射手防备。只要都统能顺利登上帆船，可以保证以最快的速度脱离危险区。”

“到时就看弟兄们怎么让船飞起来，玩一场刺激的冲浪游戏。”

不一会，吕夷则、曲柯来到了码头。

龚宰拱手说：“祝少东主船到成功！”

石斛拱手说：“老哥的吉言一出，一定成功！”

石斛、曲柯、吕夷则登上帆船。船工解开船缆，升起船帆。石斛拱手跟龚宰等前来送行的兄弟告别。帆船缓缓离开了金陵码头。石斛转身，对众兄弟说：“兄弟们就在船上养足精神，到时再使出劲！”众兄弟手一拱，高声说：“得令！”

帆船沿着扬子江快速上行。

“能行吗？”

“能行不能行，到了山南才晓得。事情还没定局之前，变数很多很多。原本能行也未必行，不能行却行。你有没有听过荆人袭宋的故事？”

“曾听先师讲过。”

“楚人之所以会失败，就是不晓得澭水已经暴涨。所以，哥哥做任何事情都不会一厢情愿，想当然。到了山南，我们一定要见机行事，千万不要乱来。这次去山南讨债，不是去跟朱友信打架拼命，而是去跟他斗智，跟他斗勇。见机行事就显得特别的重要。山南是朱友信的地盘，决不能使性子，跟他硬碰硬。就像庖丁解牛，不要去碰大骨头。找到他的软肋，猝然出手，将其制服。只要我们沉得住气，肯定会找到朱友信的软勒。”

二十五日，申时正左右，帆船靠岸在了襄阳码头。“小弟离船三刻钟后再挂出希声社旗帜。”石斛吩咐停当,摇着折扇,带着吕夷则、曲柯,前往山南东道节度使牙城。此时,朱友信正坐在节度使牙城等候石斛的到来。

朱友信接到希声社使者送来的信函,一直就很好奇,希声社都统石斛到底是怎样一个三头六臂的人物。诸葛再生告诉朱友信,石斛是一个年仅二十出头的后生。朱友信总是不肯相信。年轻才俊神州历来不少,先晋王李克用就是一例。李克用十三岁随父出征,十五岁成了云中牙将,十七岁就被封为大同军防御使。稍稍欠缺的是,李克用勇武有余而谋略不足,否则,坐在洛阳崇元殿上的人哪有可能会是朱温?当石斛依照约定解决了山南的控鹤军,朱友信更加不相信。朱友信怀着一分好奇,决定会一会这个未曾谋面的希声社都统。

“千岁”,马步都指挥使张自厚说,“是不是不敢来了?”

“千岁”,宿卫都指挥使王偓说,“是不是这小子故意戏耍千岁?”

正当朱友信手下诸将纷纷推测时,外面传报,“希声社都统前来拜会!”

朱友信马上说:“有请!”顿时,“有请”声一一传递到了牙城门口。

两个牙兵过来检查石斛、吕夷则、曲柯身上是否藏有凶器。石斛、吕夷则举起双手,任其检查。仔细查了一遍,没有发现凶器,请其通过。曲柯手一举,表示没有凶器。“你想摸我,踢死你!”牙兵坚持要搜身检查,而曲柯就是不让守兵搜身。

曲柯从小走南闯北,胆子特大。石斛转身,眼睛一轮。牙兵放弃搜身,让曲柯通过。石斛摇着折扇,带着吕夷则、曲柯,绕过照壁,来到通过正堂的甬道口。宽到三十多步的甬道两旁站满了已经满头大汗的持刀兵士。看来为了迎接石斛,已经站了不少时间。石斛三人慢慢前行,快要到正堂,两排持槊的兵士,槊槊相交挡住了石斛的去路。

“想赖账也不需要这样对待债主!”

石斛俨然就是前来讨债的债主。这时,正堂里面传来一个男子的声音。“让行!”兵士收回槊,石斛摇着折扇,漫步前行,登上石级,来到步檐上。吕夷则和曲柯紧跟着石斛登上了台阶。石斛抬眼一看,正堂正面坐着一名年约五十多岁的男子。

人真是不可貌相。朱友信长起来还像个人样,做事却一点也不像人。朱友信左右两侧各站着一名手按着剑的侍卫。前面左手站着石斛认识的诸葛再生。正堂的左右两侧站着手中武器不一的山南将领。石斛摇着扇子慢慢走进了堂内,在距离朱友信两丈左右的地方停下。吕夷则和曲柯亦步亦趋,紧跟在石斛身后。“小子石斛,见过兖王千岁。”石斛没有向朱友信下跪行礼,仅仅手一拱。

朱友信看到摇着折扇悠然前来的石斛竟然真的如诸葛再生所说,只是一个二十出头的后生，心中虽早有准备，还是十分惊讶。如此青年才俊，摆在他面前只有两条路，要么为本王所用，要么就是死。能够为本王所用，无异于刘备有了赵子龙。徐温用他来对付本王，本王怎么办？本王不怕跟徐温撕破脸皮，我们本就是敌人。徐温进犯山南，等于宣战，朱温绝对不会坐视不管。朱温进犯，徐温肯定会袖手旁观。将他交给朱温，正好可以消除朱温对本王的猜疑。眼下，本王就缺时间。一旦本王在山南站稳了脚跟，还怕什么徐温、朱温？真是天赐良机。不要怨本王言而无信，只怨你自己没脑。朱友信脑子一转，计上心来。

"听兄弟说，兖王想赖账。小子想，兖王一言九鼎，还不至于如此下作。或许，是运输不便等方面的原因无法按时交付。故此，小子就带两书童亲自来拿了。"

"本王说一不二，答应了的事情从不食言。说本王欠你铜钱，不知是否有凭证？"

石斛折扇一摇。

"这么说，兖王想赖账是真的啰！原先，小子还以为只是说说。这次带两书童来襄阳讨账，真是不识时务到了家。识时务者为俊杰，夷则、曲柯，我们走。"

"大家"，吕夷则接话，"铜钱还没有讨回来就回去啊，那我们岂不是白跑一趟了？"

"大家已经很蠢，想不到你比大家还要蠢。莫非要跟他们打架不成？你没看到堂上堂下到处是兖王布置的将士。想找死，也不应该是这种找法。我们走吧。"

"慢！"

石斛刚转身，身后就传来了朱友信的声音。堂上两名将领拦住了石斛三人的去路。石斛转过身子，走向朱友信，距离一丈多远的地方停下。

"兖王，小子不要铜钱总可以了吧。做生意么，有赚，也有亏。小子认亏便是。莫非兖王想宰了小子，卖几个小钱？小子想，兖王再穷，还不至于穷到这个地步吧！"

"公子说的是哪里话。我家主公爱惜都来不及，哪还舍得杀？公子能效力我家主公，将来的成就岂是区区五万两黄金可比？"

"合作好说。小子生意人，只要有铜钱赚，和任何人都可以合作，当然包括兖王了。小子不会因兖王是敌国的亲王就不合作。不过，小子的价码很高，不晓得兖王出得起出不起。小子是希声社都统，又是朱雀门大当家的女婿，兖王总不至于拿几缗铜钱糊人吧。小子若是同意合作，兖王准备出多少铜钱？"

"千岁面前，还敢讨价还价？"

“没有好处，你们愿意跟着兖王？”

朱友信手一举，宿卫都指挥使王偓闭上了嘴。

“公子的话直白了点，说的却是一句大实话。没有好处，白做，谁愿意？能协助本王成就大事，本王许你黄金百万！”

“大家，我们替兖王办好了事，像这次一样，不给铜钱，怎么办？”

“是啊。空口无凭的话，谁敢相信？”

曲柯和吕夷则就在堂上一唱一和了起来。

石斛微低着头，用左手中指画了一下额头，陷入沉思。猝然，石斛如同一道闪电，直扑坐在木案后面的朱友信。堂上的人都没有想到石斛会来这么一着，顿时冻住了手脚，朱友信更是目瞪口呆。眨眼间，石斛已经起脚踢向木案，木案飞向朱友信。站在朱友信左右两旁的两名侍卫下意识地用手抵挡木案。“啪”的一声，木案震碎，侍卫噔噔噔疾速后退。石斛脚尖一踮，扑到了两侍卫的跟前。就在一刹那间，石斛手中的折扇在两名侍卫眼前一晃，侍卫脖子上已经是一道血痕。吕夷则见石斛动手，迅速从身上的腰带里面抽出钨丝，和曲柯一起护在石斛身后。两名侍卫闷声倒地，石斛折扇已经点住朱友信的脖颈。

“夷则！”吕夷则迅速转身，奔到朱友信的身旁，手中的钨丝勒住了朱友信的脖子。堂上的将领投鼠忌器，顿时僵住，不敢妄动。“兖王，千万别冒险哦！”石斛警告说，“夷则手中的钨丝别说勒死你，就是勒下你的脑袋也是一件轻而易举的事情。小子是亡命之徒，贱命一条，陪上兖王的这条命，值！一个卖棺材的小店主死之前竟然找到了一个亲王做垫背，非常值！”石斛哈哈笑了起来。“小子一向直来直去，百无禁忌。兖王不妨问一问自己，你的人头一旦没了，堂上这些人还会不会为你去送死？识相点，赶快叫你的手下放下兵器，免得伤着人！”

我死，你也死；你死，我也死。朱友信的命比石斛的命更值铜钱。其他都不去说，单山南东道拿出去卖一卖，就不止一百个希声社。更何况，一万条石斛的命也不可能换回朱友信的命。在死亡面前，朱友信几乎没有思考就依照石斛的要求下令堂上的将领放下兵器。石斛事后跟龚宰说，人啊，就是缺少用性命换性命的勇气。敢于用性命换性命，哪会有那么多屈死的冤魂？懦弱怕死，苟且偷生，才使得朱温能肆无忌惮地杀人。

“曲柯，去捡把剑过来。”曲柯前去捡剑。就在曲柯准备去捡剑一刹那间，一名将领企图突袭。哪晓得，曲柯身轻如燕，身子忽然一转，一脚就扫中他的脸颊，牙齿和着血喷出嘴巴。堂上将领个个目瞪口呆，想不到一个黄毛女童竟然有如此身手。

“想偷袭我！”曲柯一脸不屑地看了一眼这名企图偷袭她的将领，脚一钩，利剑到了手上。曲柯手持利剑快步退到了石斛身边。石斛刚将扇子拿开，曲柯就将利剑架到了朱友信的脖子上。诸葛再生连忙拱手恳请说：“公子，请勿伤了我家主公。”石斛折扇一展，慢慢扇了起来。

“小子一向只认铜钱不认人。没有人出铜钱要小子取兖王的性命！在场的人中有人出铜钱要小子取兖王的性命，只要价格合理，小子马上献上兖王的人头。诸葛先生是否愿意出铜钱？”

“公子请勿开这种玩笑！”

“小子此番前来山南，只想取回本应该属于小子的铜钱。不给铜钱，只能拿兖王的人头来抵债。小子方才说了，生意有赚有亏，兖王的人头不值钱，小子也只好认了。拿回去挂在金陵的城门上，也可以向金陵的市民炫耀炫耀。想赖债，门也没有！”

“好说！好说！”

“小子的帆船已经在码头上等候。”

“主公，你看？”

朱友信满头大汗，全身哆嗦着说：“快去依照公子的要求办！”

“谨遵钧命！”

“可不要耍赖哦！”

“公子放心！仆能识时务，一切会按公子的要求去做。”

“小子不怕你们玩阴使诈。小子事先提醒你们，只是想让你们明白后果！”

诸葛再生迅速退出了中堂。

石斛、吕夷则、曲柯三人挟持朱友信在堂内足足等了半个时辰，诸葛再生才返回。

“公子，你要的酬劳已经全部运到帆船上。现在，可以放了兖王了吧。”

“诸葛先生，兖王不亲自送我们一程，像兖王这种言而无信的人，还不将我们三人全给剐啰！诸葛先生大可放心，小子不做没铜钱的买卖。夷则、曲柯，好好押着兖王，他可是我们的挡箭牌！我们出发！”

吕夷则、曲柯押着朱友信在前，石斛殿后，慢慢走出牙城，前往襄阳码头。

石斛带吕夷则和曲柯离开帆船大约三刻钟，祖景通升起了希声社旗号。又过了大约两刻钟，希声社弟兄就看到一名男子带着一群兵士抬着箱子前来。东道节度使朱友信毕竟是亲王级别的人，跟普通庶民不同，还是言而有信。希声社兄弟没问什么,就帮着兵士装好了五万两黄金。男子和这群兵士刚刚离开,希声社兄弟旋即依照石斛事前的吩咐,各就各位,等待石斛三人回来。快要到戌时,希声社兄弟站在甲板上,看到吕夷则、曲柯押着一看就晓得是朱友信的男子和石斛前来,顾不上惊愕,准备逃离。等石斛最后登上帆船,司徒无名来不及解船缆,举起斧头将它剁断。石斛还没有发出逃离的命令,帆船已经离开了码头。

“兄弟们,使出吃奶的力气,赶快撤离!”

帆船离开码头,石斛就看到不远的河岸上出现了骑兵。不久,山南水军的战船开始尾随而行。帆船如同离弦之箭,顺着汉水,直线下泻。三十二名桨手每边十六人,整齐划桨,如同重午节龙舟大赛。四名撑篙,站在帆船的两头,随时撑开帆船,躲避暗礁滩涂,同时加力。两名控帆手,升起了船帆,巧妙借助风力给帆船增速。

不用多久,帆船就甩开了尾随的战船。继续行驶了一段距离,看到有战船企图阻拦,舵手掌控船舵,从侧沿直撞过去。一侧的桨手迅速抽桨,防止折断木桨。两船相擦,木屑顿时横飞。擦过之后,十六名桨手迅速下桨,重新划桨。兄弟们不敢有丝毫懈怠之心,继续全力划桨。帆船沿着汉水,向着下游,飞速前行。

“兄弟们,帆船贴岸行驶,小弟给将这言而无信的兖王扔到岸上。”舵手迅速转舵,靠向河岸。“兖王,你可以言而无信,小子可不能也学你的样。多谢兖王,送小子一程。”石斛两手拉起朱友信,如同耍杂技,顺势将朱友信放在了汉水的滩涂上。石斛站在帆船上,手一拱说:“兖王,请留步!”朱友信站在滩涂上,眼睁睁看着石斛和帆船飞速远去,消失在昏暗的夜幕里面。刚放掉朱友信,石斛说:“兄弟们,不能松气,继续全速前行。”

坑任点亮灯笼,插在船头,照着航道,两名撑篙随时避让险滩。经验老到的舵手,根据水流冲击船舵的轻重,控舵前行。过了一个时辰,帆船就来到了郢州地界。上上下下夜航的帆船开始增多。兄弟们开始放慢速度,注意避让夜航的帆船。

吕夷则此时才定下心来,开始说话。

“跟着哥哥,就是死了,也值!在这种必死的情形下,哥哥竟然能挟持山南东道节度使。不是亲历,告诉别人,谁信?真是刺激!这跟平常打架哪能相提并论?”

“没尿出来吧。”

“说真的,当时小弟确实有点紧张。”

“谁不怕死?哥哥也一样,但两人对垒时,就看谁先不怕死。只要你先不怕死,你就能最后胜利。”

“没有哥哥的胆识,谁敢?”

帆船上的希声社兄弟个个五体投地,找不到恰当的言语来表达自己对都统的崇拜之情。

曲柯挽着石斛的手,全身满是骄傲。

“哥哥敢去哪里,我就敢去哪里。”

“差一点吓出哥哥一身冷汗。万一不小心被山南那些个将领制服了,哥哥怎么办？十个朱友信也抵不上你!”

“哥哥对我也太没信心了吧！我可是大父罄尽心力教出来的哦!”

出了汉水,沿扬子江航行,帆船在李家庄码头靠岸。守夜执勤的兄弟,见希声社的帆船靠岸,马上报告给了章毅。当章毅来到码头时,石斛已经站在了码头上。吕夷则已经熬不住自己内心的兴奋,将今天发生在山南的故事讲给章毅听。

“仆和皇甫子方才还提着心,绝对想不到都统竟然用这种方法讨回酬劳。不过,仆还是恳请都统以后再也不要用这种动人心魂的方法。万一失手,后果不堪设想。对希声社所有弟兄来说,都统毕竟比五万两黄金重要。”

“多谢章兄!”石斛手一拱。“这种方法,小弟不会乱用,更不会滥用。”石斛总是自信爆棚,自以为是。“赌技再高的赌徒,也会有赌输的时候。输了铜钱,还可以赚回来;输了性命,就永远没有翻本的机会。肚子确实有点饿了,请章兄赶快烧饭给小弟和众兄弟吃。没有他们,小弟也不会那么容易脱离危险。”

章毅旋即让高尚事先去通知坑饪做饭。“还有什么好吃、好喝的物事统统拿出来,庆贺都统和众兄弟凯旋!”高尚事手一拱,就跑去通知。石斛将帆船交给李家庄兄弟处理,就和吕夷则、曲柯以及众兄弟一道,前去分社食厅,等吃饭。坑饪照章毅的吩咐,将好吃、好喝的存货统统拿出来款待。酒桌上,石斛、皇甫子、章毅给这次山南之行的兄弟一一敬酒!

“虽然这次山南东道之行,险是险了点,但也值。有了这笔铜钱,小弟就足够可以给希声社的每一位弟兄讨一名美娘子。让在座的兄弟和希声社的兄弟,过上一种神仙的生活。夷则,你少喝一点,免得等会掉进扬子江,要哥哥跳下去,给你捞。”

“小弟……溺死在扬子江,哥哥就让小弟死了……算了!”

石斛一回到金陵,林森寒就告知,东方明来了好几趟。“是不是有特别的事情?”朱雀门家大事多,有没有特别的事情是关键。“东方明没说是什么事,只说大县主找都统。”是徐榛找,应该不会有什么急事。还是先办急事,再去朱雀门。

眼前最急的事情是去都督府见徐温。这次山南之行,石斛更加觉得,应该抓紧时间去见徐温。徐温本就希望我死在山南。如今不仅没死,还办完了事安全回来了，能放心？用这一班人来对付他，会怎么样？徐温肯定会这样想。早在进山南之前，石斛已经跟龚宰说好，一旦任务完成，所有人手立马解散，避免让徐温起疑心。土匪的地盘上，得处处小心。

孔木铎驾着马车前往都督府。过了北门，石斛决定先看一下鲁扬声。去山南前一面，到现在，仔细算算，已经好长没见面了。马车在鲁扬声家大门口停下，石斛下了马车。鲁南阳告诉石斛，鲁扬声在书房。石斛进书房时，鲁扬声刚刚写好一幅字。石斛走到书案旁，看着孔丹纸上的“言隐于荣华”五个大字说：“都已经到了随心所欲的境地！”鲁扬声将毛笔往砚台一搁说：“拍老哥没用，还是省省吧。坐。”两人在书案旁的两条方凳上坐了下来。

“你小子看起来还真能耐，竟然能活着回来。”鲁扬声端起茶盏咪了一口继续说，“当陬邑将你回来的消息告诉给老哥时，老哥多少有点惊奇。老哥料定，某人肯定更没想到。老哥颇为感慨，人只有在恰当的时间生在恰当的地方才行。你早出生三十年，局面说不定就会不一样。话又说回来，你早三十年出生，也就不会是现在的你。天地人三者，缺一不可。难怪有人哀叹时也运也命也。去过了吧？”

“正准备去。”

“还是先去。老哥这，你想来就来，不想来就不来，无所谓。”

“总不至于去迟一点就掉脑袋。”

“难说。想杀你，不是因为你做错了什么，而只是想杀你。你小子太不让人省心了。人的想法，说不定简单一句话就改变。所以，谗言才有生存的空间。老哥都不清楚，现在吴国有多少人想杀你。原本就想杀你，旁人再嘀咕一下，你想，会怎么样？”

“就喜欢危言耸听。”

石斛起身，向鲁扬声手一拱，离开了书房。鲁南阳没问石斛为何这么急就走，只管陪石斛出了大门。石斛手一拱，转身就上了马车。“都统，到了。”马车停在都督府门头前。石斛下了马车。“谢谢！”石斛向孔木铎手一拱，起步前去请守门的兵士通报。希声社都统，都督的侄女婿，都督府内无人不知。只在门屋内等了一会，监门卫将军车子胤就陪石斛前去谒见徐温。见到徐温，石斛双手奉上采访处置使腰牌。“叔父，小子协助李慎肇，已经顺利除掉了朱友雍以及山南的控鹤军，也算是不负叔父的重托。现将采访处置使腰牌还给叔父。”

石斛摧毁了山南控鹤军，徐温初听，只能用又惊又喜来形容。徐温终于见识了这个侄女婿是一个非常之人，抬头打量了一番石斛。徐温从海盗一步步走到眼下的都督，世道最懂。正如王猛所说，像石斛这种人都是龙，是虎，根本不能驯服。一旦遇到风，碰到云，就会龙腾虎跃。对付像石斛这样的人，最好的办法就是早除之。只有死人才让人彻底放心。想想杨行愍，打拼了一生，眼睛一白，刚刚继承王位的长子杨渥死在张颢、徐温派遣的盗贼之手。从此之后，整个吴国拱手给了别人，儿子杨渭受人欺凌虐待。随着岁数增加，徐温每次去广陵谒见杨渭回金陵，总想起自己百年之后的将来。徐温不希望自己重走杨行缗的老路。看到眼前这块采访处置使腰牌，徐温忽然有了一个新主意。

“石郎留在身边不是挺好的吗？石郎马上是榛儿的夫婿了，叔父肯定得送点礼。叔父送枚腰牌给石郎玩玩，也是不错的主意。石郎觉得呢？”

“叔父，腰牌放在小子身边，小子总睡不安稳。小子老担心，腰牌不小心掉了，或被人偷了去，心怀不轨的人利用腰牌做一些见不得人的事情。这无论是对小子还是对叔父来说都不好。还是放在叔父这里，至少小子安心。小子想来想去，还希望能做一做林中小鸟。看到它们在丛林中跳来窜去，小子就是喜欢。叔父给小子的腰牌如同挂在小鸟脚上的铃铛，小鸟飞不高不说，也飞不快。小子觉得，叔父还是将它解下来比较好。”

“石郎娶了榛儿，就别想飞得高，也别想飞得快。给你挂一个铃铛，什么时候想到让石郎给叔父办点事也方便。石郎还是留着吧。”

“叔父是不是再考虑考虑？”

“留着吧。”

“多谢叔父信任！”

“连自己的侄女婿都不相信，叔父还能相信谁？”呵呵，石斛在肚子里暗笑。“坐，别站着。”石斛将腰牌放回了袖袋，退后，在徐温的下手就座。“叔父给石郎留一块腰牌，也是为你们夫妻俩走动方便，不要有其他的想法。”

“小子没其他的想法，只是想要一分自在。”

“国家才刚刚有些稳定，石郎就是想自在也自在不起。给你一块腰牌，等于给了石郎一分自在。放心，叔父不会天天要你办事，你只管做你自己的事情。”

“小子现在也已经没什么事情。生意的事情已经步入正轨，有小子没小子已经没多大关系。只是接下来小子准备开拓海外业务，可能会需要小子拍一下板。这次前去山南，小子招募了一支五百人的队伍，有将士，有死士，也有杀手。如今生意已经结束，需要按出发前签订的契约支付酬金，然后将他们一一遣散。为了山南的生意，小子还向人借了不少物事。现在事情办好了，小子先得将物事还给人家，免得人家怀疑小子不还。这几天都在做这件事情。”

离开都督府，石斛去朱雀门。还是老样子，石斛先去看徐渊，再看徐榛。石斛去了如茅斋，徐渊不在。料理如茅斋的侍儿告诉石斛，徐渊在鱼池喂鱼。石斛虽是徐渊的准女婿，可朱雀门不熟。侍儿领石斛去见徐渊。徐渊靠着水亭的栏杆上喂鱼，石斛站在一边陪。

“榛儿遣人去找你，希声社的人说你外出了。”

“小子到山南讨债去了。”

“去山南讨债？欠点债，还需要你亲自去山南讨？”

“小子不去，根本不给。”

“山南又不是吴国的地盘，欠你的债不还非常正常。生意谈之前，就要先想好，对方会不会赖账；倘若赖了账，能不能讨得回来。”

“小子谨记在心。”

“讨回来没有？”

“讨回来了。”

“山南事情刚做完，现在去讨债，非常危险。万一出点事情，还得了？”

“小子定会记住伯父的教诲，下次不再冒险。”

“去看看榛儿，不晓得是什么事。”

“那小子去看看。”

石斛跟徐渊告辞，前往云思苑。徐榛此时正坐在亭内刺绣。石斛一进亭内，就像狗似的蹲在了一旁看徐榛刺绣。“伯父说你找了小子好几遍，是不是想小子了？”徐榛伸手推了一下石斛的头，含笑说：“谁想你！”

“找你是让你试一试衣裳，合不合身。”

“肯定合身。”

“不试怎晓得合身？”

石斛站了起来。徐榛一插绣花针，跟着站了起来。徐榛挽着石斛的手，离开水亭，前往云思阁试衣裳。“不要上去，就在这，合上门就行了。”于苓上阁拿下了一件衣裳。徐榛接过手中，于苓去帮石斛宽衣。“紫苏，合上门。”紫苏合上了阁门。

“还是小子自己来。”

“婢子还想以后有机会侍候姑爷。”

于苓解开石斛的衣带，石斛两手一张，脱下了衣裳。徐榛呆呆地看着石斛的身体。“小子身上又没有雕花。”徐榛转过神来，挪步上前，将手中衣裳递给于苓，伸手轻轻摸了一下石斛的胸膛。石斛握住了徐榛的手，含笑说：“别摸！你的手柔柔的，一摸小子全身马上发毛。”徐榛笑了起来。“怪不得大嫂一见你就入了迷。”石斛正准备开口，被于苓抢了先。“姑爷背后还真有颗痣。”于苓说着就伸手去摸石斛的这颗黑痣。石斛手向后一伸，拿开了于苓的手。“我来瞧一瞧。”徐榛走来到石斛的屁股后面。一颗黑痣长在石斛的后背左下侧。

“看来我的石斛还真是天狼星下凡。”

“所以么，小子来人间专门做坏事。”

于苓抖开了衣裳，帮石斛穿上。石斛系好了腰带。“紫苏，将门打开。”紫苏推开了云思阁的两扇大门。阁内顿时一片亮堂。“转过身，让我瞧一瞧。”石斛转了一圈。“还真是合身。”徐榛仔细看着石斛。“就穿这件衣裳，不用换了。”言罢，徐榛起步。

“你是新妇，自然依你。”

“可惜，你的新妇这些个方面都不大会。”

“不会就不会。将来只管相夫教子就行了。那些个杂物事，会有人替你去做。”

“多少也应该懂一点。照顾好郎君的生活，是相夫的主要内容。”

“县主放心，姑爷将来的生活，婢子会照顾。”

“小子的生活，原本就简单，根本不需要花多少心思。乡下那回，小子将自己照顾很好。小子倒觉得，你日子过舒服了，才是相夫的最重要内容。”

徐榛轻轻地拧了一拧石斛的脸，含笑说：“有你这么体贴的郎君，将来肯定舒服。”石斛厚着脸皮说：“你舒服了，小子才会舒服。小子总觉得，对别人好，首先得对自己好。身体健康，精神愉快，本身就是对关心你的人好。像小子，整天愁眉苦脸，你看了，怎么会舒服？你高兴，笑容灿烂，小子在边上，也高兴。以后，只做你开心的事情。”徐榛偎依着石斛走在前，于苓亦步亦趋紧跟在后，踏着台阶，下到了云思阁前的庭院上。“你开心比什么事情都重要。”石斛拿起徐榛的手亲了一口。徐榛选择了阁前左手那条青砖铺成的小径，穿过青翠的刺竹林，前往凉亭。

“中午，我们一起吃饭。小子要和丈人好好喝两杯。”

吃了午饭，没什么坐，石斛就起身回总社。林森寒告诉石斛，一名女子一直在等石斛回来。女子说，她叫戚寒，是戚冷的姐姐。戚冷的姐姐？石斛和林森寒一道去见戚寒。戚寒一见林森寒和石斛前来，连忙站了起来，微低着头，俯身站着，恭候石斛进入客厅，俨然是被主人打骂怕了的侍儿。石斛扫了一眼，感觉眼前的戚寒就像路边千万人摧残过的小野树，没有一条树枝完整。脖子上筋脉绽出，感觉得出很瘦，身上几乎没有肉。“让戚娘久等了！”石斛手一拱。“戚娘请坐！”戚寒俯身退回原处，战战兢兢地重新坐下。

“戚娘来找小子，有何事需要小子效劳?”

“奴想问一问都统，晓得不晓得戚冷的下落。”

“不瞒戚娘，小子也不晓得戚冷的下落。”

戚寒一听，竟然呜咽了起来。听戚寒呜咽的声音，石斛感觉得出，那是真伤心。“戚娘先不要哭，小子尽力帮你寻找。”不知弟弟下落，也不至于如此伤心，石斛从呜咽声中听出戚寒似乎有其他原因。想不到，石斛越劝，戚寒越伤心，眼泪止不住滚滚而下。突然，石斛看到戚寒露出的手腕上条条乌青伤痕，似乎明白了戚寒哭泣的原因。

母亲被人杀了，弟弟失踪了，想想这十几年所受到的苦，戚寒想熬住不哭，可就是熬不住。戚寒九岁那年，母亲没办法抚养她姐弟两人，将她送给了金陵城南的厉仁义。厉仁义养了两年，将戚寒卖给了上元县和家庄和员外做侍儿。在和员外家做了四年的侍儿，和员外将戚寒卖给了句容县温睦国做侍妾，受尽了温睦国的夫人习氏的虐待。戚寒知道，不是母亲不要她，而是母亲养不活她。和母亲一起，就算饿死，也好过被虐待致死。昨天，戚寒逃出温家，来到金陵。凭着记忆，戚寒找到了小时候住过的房子。房门紧闭，锁上都有一层厚厚的灰尘，看起来已经好久没有开过。过去了那么多年，彼此没有联系，戚寒以为搬家了，就去向邻居打听。邻居告诉戚寒，母亲被人杀了，戚冷也好久不见了踪影。“少东主如今已经是希声社都统，你可以去问问他。”邻居给戚寒留了一线希望。

“戚娘有什么难处只管说，小子一定尽力帮忙。”良久，戚寒才断断续续将自己的故事以及来金陵的目的告诉给石斛。“戚娘先在希声社住下，小子帮你找戚冷。”石斛替戚寒做出决定。“找得着最好，找不着，戚娘也不用担心。希声社养一个你，根本不成问题。”过了两天，升州录事参军冀尚农拿了戚寒的卖身契约来找石斛。“温睦国跪地求饶，求放过他。尚农看看也差不多了，同意拿五百缗伤害赔偿金结案。五百缗够温睦国受了。”冀尚农将卖身契约和存银凭据递给石斛，石斛收下卖身契约，将存银凭据递还给冀尚农。“就当是给参军的脚力钱。”见冀尚农迟疑，石斛将存银凭据一塞。“争气不争财。不是咽不下这口气，小子也不会劳动参军。谢谢参军帮小子出了这口气。”冀尚农收下了存银凭据。

第八十二章　奔丧

善吾生者，乃所以善吾死也。

——《庄子》

人固有一死,不看重于泰山或轻于鸿毛,就看怎么死。是无疾而终,还是历尽病痛折磨而死;是寿终正寝,还是不得善终。乐毅说,善作者不必善成,善始者不必善终。朱邪以清一生杀人无数,堪比盗跖,最后却能在大笑声中溘然长逝。

石斛回到家,尹如雪说:“斛儿,今天中午你在家吃,妈给你烧一碗长寿面。”尹如雪一提醒,石斛才想起今天是自己的生日。石斛含笑说:“妈不提,孩儿又要将自己的生日给忘了。”石斛的记忆里面,自己的生日,每次都是母亲先提起。

“哥哥,是不是让我去告诉嫂嫂一声,也好让嫂嫂来给哥哥庆贺一下?”

“得！告诉她,她不烦,哥哥烦。生日就一个时间。庆贺不庆贺,根本没什么要紧。”

“斛儿还真没什么必要庆贺,而你妈倒应该好好庆贺庆贺。”

“姨父,母难节欸,还庆贺?”

“你姨妈要庆贺一下生了你哥哥,而不是生了个傻蛋。”

这倒是真。常言道,呆儿呆到老,败子回头是个宝。原本还希望生个儿子养老,现在变成养呆儿到老,想想也是人生悲剧。生男生女无所谓,就是千万别生一个傻蛋。几十岁的老傻儿在眼前晃来晃去,伤心不伤心?路廊亭里闲聊,也会说你前辈子造了孽。尹如雪二十一年前生了石斛确实值得庆贺。

正说着,阿虎忽然吠叫了一声,呼的跑了出去。“看来是曹老哥来了。”果然,阿虎带着曹全晟出现在了眼前。“曹老哥来得正是时候。中午,一起庆贺一下家妻二十一年前的今天没生一个傻蛋。斛儿,你在家里帮着你妈,爸和曹老哥到外面弄壶酒来,庆贺一下。”石岩话刚说完坐在凳子上还没站起来,石斛就准备替石岩跑腿。

“孩儿和曲柯去,爸在家陪曹公下棋。”

“你爸倒要好好庆贺一下,养了孝顺的儿子。”

“经过几千年的教化,孝顺的儿子倒还真不少,只是有用的儿子不多。”

“曹公也谈起有用无用,真是太阳打西边出来了。曲柯,走。”

没等曹全晟回话,石斛已经起身和曲柯一起出去买酒。去了菜市场,又有人被弃市。无头的尸身排成一排,木架上挂了一排人头。来金陵不长,陈尸街头倒看到了好几次。活在这个地方,真不晓得哪天死。想活命,得抓紧时间。石斛没问被弃市的是谁,也不去看张贴栏上的告示,只管去菜市场买自己的菜。曲柯跟着大父行走江湖多年,弃市已经司空见惯,只看了一眼,就跟着石斛进了菜市场。今天是石斛的生日,原本应该喜庆,看到死人,曲柯总感觉不是好兆头,更不敢开口说死人的事情,闷声不响跟着石斛在菜市场买菜。

石斛不仅买来了酒,还荤素搭配买来了好几样菜。午饭时,石岩、曹全晟、石斛、薛霏霏、曲柯一起庆贺尹如雪二十一年前的今天没生一个傻蛋。尹如雪平常几乎不大粘酒,为了庆贺没生一个傻蛋,还高高兴兴喝了大半杯米酒。

真个是梦饮酒者旦而哭泣。

翌日,一向笑容满面的尹如雪开始哭泣。尹如雪哭泣的原因很简单,母亲朱邪以清驾鹤西去,找多年未见的郎君尹东切磋琴技去了。适来,夫子时也;适去,夫子顺也。安时而处顺,哀乐不能入也。尹如雪哭泣显然是遁天倍情,忘其所受。

看来,尹如雪真的是忘记了自己是尹如雪。

自从白云观搬回到鸡鸣巷新宅居住,那对朱邪以清带回来的鸽子,也跟着石岩一家来到了新居。上次去武昌,石岩没有将这对鸽子带走,留在白云观由曹全晟养着。见在金陵的日子渐趋稳定,石岩也就将一张便条放在由小竹枝做成的竹筒里面,绑在鸽子的腿上,放了出去,向朱邪以清报平安。想不到,过了几天,鸽子回来了,还带回来了回复。更让石岩想不到的是鸽子腿上换上了不晓得是用什么物事做的脚环。石岩没那么好奇,只要能用信鸽来传递信息就行。石岩比以往更加爱惜这对鸽子,并将它俩分别取名为倏然和侗然。

六月初五,申时左右,石岩正在堂内跟曹全晟聚精会神下棋,听到曲柯高声叫嚷着,“姨父,侗然回来了。”石岩头也不回地说:“去将信拿回来给姨父。”曲柯跑了过去,将信拿过来递给石岩。“曹老哥,你先想一想,待我看一看,有什么好消息。”

石岩拆开一看,当下愣住不动。曹全晟连忙问:“发生什么事了?”石岩将纸条递给曹全晟。纸条上写着,母亲登遐,盼姐姐携家人速来若水宫。妹妹似雪。石岩站了起来,叫了一声,“雪儿!”尹如雪从房间里面走了出来。见石岩脸色肃穆,尹如雪连忙追问:“发生什么事了? 石头。”石岩走到跟前,抱住了尹如雪,轻轻地抚摸尹如雪的后背。

“雪儿,石岩可能真的是石头,多少有些冷酷无情。倘若我们这生没有见着,又何以晓得外姑是否已经仙去? 已经发生的事情,就是再难过都已经发生。”尹如雪靠在石岩的肩膀上开始低低地抽泣。“我们毕竟还能见上了一面。如今神州能见上一面的又有几人呢? 伤着了自己的身子,外姑晓得了,定是伤心不已。”石岩轻轻抚摸尹如雪的后背。“曹老哥,这盘棋看来只能等以后再补了。劳烦老哥,去希声社叫一下斛儿。”

曹全晟站了起来,走到石岩夫妇的身边。“外婆这么大岁数,悄然仙去,何尝不是件喜事? 王妃,节哀顺变!”曹全晟轻轻拍了一下石岩,就走了。

六月初四,太阳西沉之前,尹似雪急匆匆前往无尤宫,去见朱邪以清。尹似雪一跨进无尤宫大门,就高兴地喊:“妈,朱温死了!”朱邪以清头一抬。“死了? 自己死的还是被杀的?”朱温肯定会死,朱邪以清关心的是朱温怎么死。寿终正寝朱邪以清肯定会很失望。尹似雪踏着轻快的脚步,走向朱邪以清。“给自己的儿子朱友珪杀的。”朱邪以清似乎还是有些不大相信。

“真的还是假的?”

“大郎飞鸽传书说的。”

朱邪以清情不自禁地站了起来,连声哈哈哈哈大笑了起来。突然,朱邪以清的笑声戛然而止,而身子竟然向侧旁一斜,眼看就要倒了过去。石竹站在身边,连忙扶住了朱邪以清。“外婆,你怎么了?”石竹扶着朱邪以清坐了下来。“外婆,你怎么了?”朱邪以清丝毫没有反应。石竹这下才意识到严重,竟然慌了。石竹不断摇着朱邪以清的身子。“外婆,外婆,你说话啊! 你说话啊!”然而,石竹无论怎么摇,怎么叫,朱邪以清就是没有反应。

“妈!”尹似雪嘴里喊着,慌忙走到了朱邪以清的身旁。“妈!”尹似雪的眼泪顿时倾泻而下,嘴里则连声叫着。可惜,朱邪以清没有反应。尹似雪从石竹手中接过朱邪以清,一搭脉搏,已经全无。无尤宫内的娘子个个跪在地上,开始哭泣,哭声回荡在无尤宫。

“竹儿,你快去叫你表姐过来。”

石竹正要起身,小青低低地说:“县主,婢子去叫。”小青起身离开了无尤宫。

尹似雪没有想到招魂。“飞鸽传书,叫大郎、秋雨、秋水马上回若水宫,就说外婆过去了。”一名娘子俯身离开无尤宫。“妈!”尹似雪扶着朱邪以清在凳子上坐正,靠在朱邪以清的身上,忘记了石竹的存在,嚎啕大哭了起来。不一会,秦嬷嬷跑进了无尤宫,驻守在若水宫的娘子就从不同的方向,抽泣着跑向了无尤宫。大厅内外一下子就跪满了人,整个无尤宫此时已经是哭声的世界!若水宫的创建者朱邪以清在笑声中悄然而逝!这真的应了南华真人的一句话,死生,命也;其有夜旦之常,天也。纵然是权力无限的大梁国皇帝朱温,还是神功盖世的若水宫宫主朱邪以清,死神来临了,照样是抵挡不住!

曹全晟走后没过多久,石斛牵着马进入了院门。将马在前屋楹住上系好,石斛快步前往后屋看父母。石斛抬眼一看,看到父亲和母亲相对坐在在竹榻上。曲柯、薛霏霏低着头,站在尹如雪一旁。石斛抬脚跨出前屋的后门,没有停留,大步流星地朝后堂走去。石斛登上步檐,快步走到了石岩、尹如雪跟前,俯身叫了一声。“爸,妈。”尹如雪如同被霜打了似的菜叶,低头默默坐着,没有答应。半晌,尹如雪才抬起头。

“斛儿,去朱雀门一趟,将外婆仙去的事情,告诉徐大当家一声。依照通常的说法,他女儿已经算是你新妇。”

“那么热的天气,路程又那么远,就不要去告诉她了。你儿媳是养在家里的豆芽,哪经得起长时间的太阳晒?免得人家左右为难,去也不是,不去也不是。”

石岩总是不愿意惊扰旁人。

“去不去是一回事,告诉不告诉又是一回事。这么大的事情,不告诉人家一声总是不该。”

“孩儿看她的意愿。天是热了一些,若水宫没去过,让她见识见识也好。爸、妈,孩儿就去了。”

“去吧。”尹如雪有气无力地应了一声。

到了朱雀门,没等朱雀门家丁前来牵马,石斛手一拱就径直前往如茅斋。太阳照在人身上留下的影子虽然已经很长,但还是很烫。石斛见过徐渊,行了礼。“天塌了?”徐渊见石斛一改往日的笑容,神情肃穆,连忙问。

“外婆去世了。小子想明天和父母一起去若水宫。”

“好像还没有多少时间,怎么突然就走了?”

“具体情况，小子也太清楚。”

“远不远？”

“有些远。现在天气热，中间歇一歇，得要三四天的路程。”

“榛儿说起来也算是你新妇了，外婆去世，本当前往，只是路程确实有些远。安全倒不必担心，有你和你父母在。只是天气那么热，万一中个暑什么的。石郎还是亲自去云思苑问一问榛儿自己吧，看她愿意不愿意去。人死如灯灭，也就这么回事。”徐渊提着人头做土匪多年，对死早就已经见怪不怪。“一切要顺其自然，不能强求。外婆那么大岁数，走了也属正常。你就代伯父向你父母问个安，请节哀顺变。”

“谢谢伯父！”

石斛拱手向徐渊告辞，前去云思苑。见到徐榛，石斛说明了情况。

“主要是路途有些远，天气又热，担心你中个暑什么。”

“外婆去世，外孙新妇理当前往送上一程，以表孝心。就算万一中个暑，有你和你父母在，也不会出什么大事。再说了，不是外婆去世，神秘的若水宫，我也很想出看一看。”

“那好，小子马上回去安排一下。让于苓准备一下路上要带的物事。明天一早，小子就来接你，一起出发。”见徐榛起身要送，石斛连忙劝止说：“就呆着，外面热。小子得抓紧时间安排，城门一关就出不去了。”徐榛这才停住了脚步。

石斛向徐榛手一拱，就匆匆离开了云思苑，前往如荠斋，跟徐渊说了徐榛的意愿。徐榛愿意去，徐渊也就同意徐榛去。跟徐渊辞行，石斛回到了鸡鸣巷。告知明天徐榛一起去，石斛就跟父母告了别，匆匆出城安排明天的行程去了。

翌日，北门还没有开，石斛已经在北门外等了。

石斛到家时，徐榛和于苓已经跟石岩、尹如雪一起坐在前屋中堂等。若水宫来回需要好几天时间，鸽子留在笼子里面，回来时早就已经饿死了。石斛先写了条信息让倏然、倜然一起带回去告诉姨妈尹似雪行程路线以及可能到达的时间。

倏然、倜然飞走后，石斛接过母亲手中的行囊，众人起身，默默无言中离开了中堂。待石斛最后一个出了院子，薛霏霏带着院门，上了铜锁。石斛肩背着行囊，手牵着马，一声不响地走在尹如雪的身边，步行前往码头。林森寒已经站在希声社门头前等候。石斛将阿虎托付给林森寒，请他照看几天。那么远的路程，且去奔丧，实在不应该带阿虎去。

“路途遥远，行走不便，林兄安排霏霏在迎宾馆呆几天。”

“都统放心，仆会安排好。”

江边已经停靠着一条希声社小帆船。众人上了小帆船，渡过了扬子江。北岸离码头不远的地方，已经有车马在等候。考虑到路途和速度，石斛选择了三驾马车。石岩、尹如雪一辆马车，徐榛、于苓一辆马车，石斛和曲柯骑马随行。

三伏天，走那么远的路，徐榛原本就娇滴滴，又从未走过那么远的路，辛苦劳累自不待言。还好，马车透风，一行驶，风呼呼响，坐在里面倒不热。怕徐榛中暑，还没到正当午，见有驿站、客栈，就进驿站、客栈休息。躲避猛烈的太阳，尽一切可能利用早晚时间赶路。下午，快到申时了，才动身。徐榛没有中暑，只是真黑了不少。这条路石斛走过一趟，加上石斛记忆力超强，这一路的驿站、客栈情况记得清清楚楚。从金陵到申州，一千多里的路程，石岩一家人足足走了三天时间。

六月初八，差不多要过戌时，石岩一家才住进了离申州城大约二十来地的长昌村。希声社申州分社就设在紧靠着淮河的长昌村。石岩一家在过了一夜。翌日，天还是蒙蒙亮，就已经起床。匆匆吃了饭，石岩一家人换成骑马，继续赶路。不急不慢骑行了将近一个时辰，到达了掩映在丛林中的若水山庄。众人刚在山庄的门头前下马，石柏已经率一班娘子出若水山庄迎接。没有过多的寒暄绍介，一班娘子牵走石岩一家人手中的马，众人起步，跟着石柏进入了若水山庄。尹如雪向石柏询问朱邪以清去世的原因。

“柏儿，两个月前，妈在金陵见你外婆时，还好好的，怎么会突然间就过去了?”

“据姨妈说，外婆是突然大笑导致血管迸裂而西去。”

“什么事情会让外婆如此这般高兴?”

“朱温被杀的消息，外婆晓得后就放声大笑了起来。想不到竟然就在笑声中过去了。”

朱温被杀，石岩没想到，连忙问石柏。

“朱温被杀了?”

“就这月的初一，朱温被他儿子朱友珪杀了。”

这让石岩感到很意外。突然间，石岩控制不住自己的情绪，嚎啕大哭了起来。这世界就是这样，当死的人不死，不当死的人偏偏要死。像朱温这种人早三十年前就应该死，可偏偏活到今天才死。正因为朱温多活了三十年，李唐覆亡，石岩的族亲悉遭屠戮，上千万人死于非命。石岩的哭声听起来像控诉，更像咒骂。造物主为何采用这种残酷的形式？石柏、石斛兄弟两人的印象中，就是天塌下来，父亲也是乐呵呵。根本没料到，石岩竟然会突然失控大哭。就在石家兄弟都不晓得该怎么劝时，尹如雪一把抱住了石岩。

“哭吧！”尹如雪满脸挂着眼泪。“好好哭一场，将压在心底几十年的物事统统都哭了出来。”尹如雪的话刚一说完，石岩的哭声戛然而止。石岩从尹如雪怀中挣出，眼泪一抹。“小小孩，老小孩，我都快半百了，还像三岁孩童似的。外人看见，还以为我癫了呢。几十前的事情，你说有，都已经消逝。我又何必耿耿于怀，继续背在身上？”石岩胸膛一挺，用力吸了吸鼻子，豪爽地说：“柏儿在前引路，我们去看外婆。”尹如雪将手绢递给石岩，石岩接过手绢擦了擦眼泪。

众人继续步行，跟着石柏，向若水山庄的后面走去。沿着由方正块石铺成的道路，走了约三百来步，翻过一个小山坳，踏上一条悬空栈道。还好，悬壁都有扶手铁链，倒不是特别骇人。栈道很快就走完，众人上了一条石级路。不久，徐榛看到了索桥。索桥就像网，上面铺着一块木板。徐榛踩着木板，两手握着绳索，在石斛鼓励下，摇摇晃晃过了索桥。

徐榛一边随着队伍前进，一边像刚出洞的老鼠，不断地张望着四周的环境。众人过了吊桥，穿过城门，进入若水宫。夫游沧海者徒惊其浩旷，登泰山者但嗟其峻极。徐榛被眼前若水宫的气势和恢弘所震撼。徐榛走在石斛身边，轻轻地说：“石斛，若水宫比我想象中的皇宫，还要雄伟，还要大。”石斛低着头说：“我们要在若水宫呆一两天时间，你好好看一看。”徐榛向石斛征询：“不好吧？”石斛说：“存者且偷生，死者长已矣。日子该怎么过，还是怎么过。小子有事，就让米粟陪你。”

徐榛跟在石斛身边，与众人一道，走过若水宫前的广场，登上台阶。尹丝雪率米粟等出上善殿迎接。尹似雪最后一次见尹如雪已经是二十年前。想不到，再次相见却在朱邪以清去世的时候。今年三月，石竹陪朱邪以清来金陵，尹如雪才从朱邪以清的口中得知，尹东去世之后，尹似雪陪在朱邪以清身边，风雨与共，砥砺前行。二十年前，尹如雪是朱邪以清的亲生女儿，而尹似雪只是朱邪以清的一个侍儿。这二十年中，亲生女儿一眼没见，而侍儿却日夜紧随左右，一起出生入死。真个是，亲生女儿不如一个侍儿。尹如雪心里藏着一份对母亲的歉疚，也怀着一份对尹似雪的感激。尹如雪和尹似雪紧紧抱在了一起。

过了好久，好久，姐妹俩人才重新分开。尹似雪虽说是江湖儿女，但终究是女人。此刻除了眼泪，还是眼泪。“爸！妈！”石竹细声细语地叫了一声，就站在了尹如雪一旁。尹如雪一手搂住了石竹。“舅舅！舅妈！”米粟已经上前屈身下跪，给石岩和尹如雪行礼。

石岩、尹如雪原本跟米粟风马牛不相及，因傻儿子好高，拉在了一起。幕北村一起住了那么长时间，米栗真的已经成了外甥女。“快快请起！”尹如雪和石岩同时伸手去扶米栗。石斛的表妹？石斛还没有绍介，徐榛偷偷瞄了一眼。

“斛儿没过门的新妇徐榛。”尹如雪将徐榛介绍给米栗。金陵夫人？米栗不禁扫了一眼，拱手膝一屈，给徐榛行礼：“妹妹见过二表嫂！”徐榛正准备回敬，就听石岩说：“随便行个礼，其他等给外婆叩拜后再说。”徐榛旋即依照石岩的吩咐，不再啰嗦，随便行了个礼。米栗退到尹如雪身侧，扶着尹如雪。尹如雪起步，众人紧跟在后，跨过门槛，进入了上善殿。

高畅的大殿中央摆放一张不到两尺高的大床，四周点着一圈白色的蜡烛。大床上躺着身盖被衾的若水宫主人朱邪以清。因天气炎热，尹似雪担心坏了遗体，先将遗体移到了冰窖里面。得知石岩一家马上要达到，尹似雪才让人将遗体移出冰窖，安放在上善殿，方便石岩一家瞻仰。大床的左右两旁跪着头扎白色绫罗的若水宫娘子。

“妈，女儿不孝……”尹如雪甩开米栗，跪倒在地上，一跪一拜，拜到了朱邪以清的跟前。石岩、石柏、石斛、石竹、徐榛、米栗、于苓、曲柯给朱邪以清行三跪九叩之礼。身为石斛的新妇，徐榛照着石斛去做。伴随着哀歌声，上善殿内有人开始抽泣，紧接着抽泣的人越来越多，声音也越来越响，渐渐演变成了嚎啕。在一片抽泣、嚎啕声中，徐榛受到严重感染，也忍不住流下了眼泪。

叩拜完毕，尹似雪眼泪一抹，带着重重的鼻音说：“外婆是笑着仙去。生死，外婆早就已经看得很透。我们无须过于悲伤。姐姐，你在妈身边的时间不多，最后的沐浴就由姐姐来了。”尹如雪拱手拜了一拜，尹似雪连忙双手将尹如雪捧住。

尹如雪一边流着泪，一边说：“多谢妹妹将最后的沐浴让给姐姐做。这些年，只有妹妹陪在妈的身边，同风雨，共患难，而我呢？躲在江南，妈的事情，不能闻也不能问。若不是妹妹协助妈创建若水宫，姐姐怎么可能跟妈再次相逢？妹妹，你才是妈的女儿。”

“姐姐千万别这么说。”尹似雪继续捧着尹如雪的手不放松。“妹妹本只是妈身边的一名极其普通的侍儿。妈收妹妹为女儿，并赐姓尹，那是何等的荣幸！妹妹虽不是妈亲生，妈对妹妹跟自己亲生丝毫没有差别。单凭妈将家族秘技若水道传给妹妹就可以看得出。说到感谢，妹妹还得好好感谢姐姐和姐夫。正因为姐姐和姐夫养了一个那么好的儿子，才能帮妈顺利达成宏愿。”

“没有姨妈鼎力相助，外婆运筹帷幄，外甥怎能完成外婆交付的使命？姨妈，请受外甥一拜。”石柏迈开一脚，双膝一屈，跪在地上，伏在给尹似雪拜了一拜。石柏刚从地上爬起来，石斛就要凑热闹。“外甥也要好好感谢姨妈。没姨妈，我们兄弟俩这生不晓得能不能重逢。”尹似雪赶紧一把拉住。“等事情忙完了，你再到善渊宫给姨妈好好拜上一拜。秋雨、秋水，你俩先带姨父到无尤宫歇息，妈和姨妈先给外婆沐浴更衣。”

众人开始从后门退出上善殿。“姨父，前面那座就是无尤宫。”站在步檐上，秋雨将无尤宫指给石岩。石岩起步，众人紧跟而上。下了三层九九八十一级台阶，众人来到了上善殿和无尤宫之间的广场上。“斛儿，你就不用陪爸了。”石岩准备跟石斛分手，跟秋雨、秋水前往无尤宫。“徐榛初次来，对这里陌生。爸不同。这坛场，虽没来过，但总感觉似曾相识。”

“孩儿先带她去善能宫，安顿好后，再来陪爸。”

“不用。爸有柏儿陪着就行了。”

石斛、徐榛、米栗站着目送石岩等远去。

“二表哥，二表嫂，就由表妹给你们带路。”

“小子只来过一次，过一夜就匆匆走了，还真不晓得东南西北。”

石斛、徐榛、于苓、曲柯跟着米栗，前往善能宫。

“石斛，我觉得，你叫表妹可以，我也叫表妹不妥。”

“有什么不妥？女人水牛背，小子是二表哥，你自然是二表嫂。”

“我感觉，论岁数，应该我小。”

“你俩岁数谁大谁小，小子还真不晓得。”

“那么久了，也不问问人家多少岁。”

“就前几天，小子刚刚过了生日。不是妈提醒，小子都忘了。”

“你生日？什么时候？”

“就这月初四。爸还庆贺妈二十一前没生一个傻蛋。不信，问曲柯。”

“我还问过哥哥，是不是去通知嫂嫂，哥哥说算了，就没去。”

“每年生日，不是妈提醒，小子总是忘记。小子向来不重视这些。一岁和两岁，差别极大；六十九岁和七十岁，根本没差别。死生契阔，与子成说。执子之手，与子偕老。我们到了七十八老时，谁还能分得清，谁大，谁小？”

“属虎，甲寅年九月十一生。”米栗报了自己的出生年月。

“属虎，甲寅年十月初一生。”

“属鼠，壬子年六月初四生。以后，你不想叫郎君，就叫哥哥。”

“我就哥哥多，姐姐倒没有，现在正好让我有个姐姐可以叫一叫。”

“这哪行？你是二表哥的夫人，我理应叫二表嫂。”

“你明明比我大，别二表嫂、大表嫂了。你我还是以姐妹相称为好。”

“只怕我这个姐姐不够格。”

“够格是姐姐，不够格也是姐姐，自己决定不了。”

父母兄弟姐妹子女，自己决定不了；在神州，连夫妻，自己也决定不了。直到坐上肩舆的时候，神州的娘子都不晓得自己的郎君是不是肢体健全。人甚至还不如鸡。

刚一脚踏进善能宫的大门，还没喝上一杯茶，石斛就要走：

“徐榛，就由米栗陪你。小子去看看，有没有可以帮上忙的事情。”

“你只管去，外婆今天出殡，事情肯定多。我正想跟姐姐聊几句。”

“哥哥，我也去。”石斛刚要转身，被曲柯叫住。

“好吧。”

曲柯放好行李，就和石斛一起离开了善能宫。“妹妹，我们进里面去。”待石斛和曲柯远去，徐榛、于苓跟着米栗进入善能宫。善能宫内铺着筵席，筵席中央摆放着几子。米栗和徐榛在几子旁相对坐下，萧竹送来了清茶。“妹妹请。”米栗亲手捧过一杯茶，端给徐榛。

“哪能让姐姐亲自端？”

“妹妹初来，理当姐姐端。”

徐榛接过米栗手中的茶盏，米栗再从茶案上端来一杯，送给于苓。米栗端茶，于苓承受不起，慌忙说：“哪能让县主端？”“你是客人，理当我来端。”见米栗捧着茶盏不动，于苓只好双手捧过。“谢谢县主！”“不客气。”这时，茹若捧着茶盏送到了米栗跟前，米栗从茹若手中接过茶盏。

“这么热的天气，又走了那么远的路程，真是辛苦了妹妹。”

“不瞒姐姐说，这么远的路程，妹妹以前还真从来没走过。还好，这一路前来，石斛照顾着，倒不是特别辛苦。况且，外婆去世，就算再辛苦些，外孙儿媳也应该来送一送。遗憾的是，第一次和姐姐见面，却是在给外婆送行。”

远处飘来了一阵哀歌声，米栗情不自禁就眼泪汪汪了起来。自外婆去世以来，若水宫每天十二个时辰里面，每时每刻都响着哀歌、哀乐声。听到这声音，不想哭也会哭。听到这种揪心的声音，米栗就控制不住自己的眼泪。徐榛握住米栗的手，轻轻地抚摸。

“方才来时，听大哥说，外婆笑着过去，姐姐不必过分伤心。”

“姐姐心里也晓得，只是就控制不住自己的眼泪。”米栗轻轻抽手，掏出手绢，低着头抹去了眼泪。“姐姐没出息，只晓得哭。”自逃离广陵以来，米栗就没有哭过。浪迹金陵的一年时间里面，米栗想到的不是哭而是如何给父母和家人报仇雪恨。这几天，米栗听到的全是若水宫娘子的哀泣声。低低的哀泣声米栗听了只想哭，哭父母、家人的不幸。“想哭应该也是人之常情。妹妹性格有些像家父，心肠硬，不大会哭。加上又是独女，父母疼爱，很少受委屈，平常人的生活辛酸苦辣，体味不是很深，有时候不是很能理解他人的感受，希望姐姐能多多体谅。”

“妹妹客气！”

“以后接触多了，姐姐会慢慢清楚，妹妹就是一个想什么就说什么的人。据石斛说，姐姐遭遇了很多不幸。哀歌声，哀乐声，听了容易情不自禁地想起曾经遭遇的不幸。想哭，人之常情。妹妹想，无论遭遇了怎么样的不幸，都已经过去。妹妹相信，姐姐将来定会很幸福。”

“谢谢妹妹！”米栗低头抹起了眼泪。

“你我是一家人，姐姐无须客气。妹妹只希望，以后言语不当，姐姐能宽容。”

徐榛和米栗喝茶聊天，尹似雪率领舒容、齐贻彤、苏幽然、上官安然等人协助尹如雪开始给朱邪以清沐浴。神州讲形式而不讲内容，就是连给死者沐浴也一样。孝女扶住死者前三把后三把就匆匆完事。正如吕夷则所说，人都要烂掉了，脏不脏根本无所谓。尹如雪却仿佛觉得自己真的是在给母亲沐浴。尹如雪第一次也是最后一次给自己的母亲沐浴。

尹如雪先给母亲洗头。洗好了头发，尹如雪用干葛巾将母亲的头发擦干。然后，尹如雪用白绢将朱邪以清的头发向后束成一簇。若水宫娘子已经在上善殿准备好了香汤。尹如雪先用手测试水温。尹如雪闭上眼睛，静心感受水温的冷暖。

良久，尹如雪开始帮母亲解衣沐浴。朱邪以清去世已经有好几天，但身子依旧柔软而不僵。足足过去了两刻多钟，尹如雪才托着母亲的两胁，将母亲轻轻地撑起。尹似雪接过舒容递来的浴巾，围住母亲的身子。

仿佛担心木桶的边沿硌伤了母亲，尹如雪小心翼翼地将母亲从木桶中抱出，坐到了凳子上。尹似雪扶住母亲的身体，尹如雪从舒容手中接过干葛巾，擦干了母亲身上的水珠。这些年，一直在朱邪以清身边服侍的容静言捧上折叠整齐的一套衣裳。在尹似雪的协助下，尹如雪给朱邪以清穿好衣裳。趁尹如雪给朱邪以清穿衣之际，若水宫娘子清理上善殿。

尹似雪扶着母亲的身子，舒容、苏幽然、齐贻彤、上官安然站在一旁侍候，尹如雪站在母亲的身后给母亲绾发髻。尹如雪挂着泪，绾着发髻。朱邪以清的发髻，尹如雪足足绾了半个时辰。这时，石柏和石斛已经将一副金丝楠木棺材升进上善殿。铺好被褥，尹如雪和尹似雪一起将母亲躺到了棺木里面。从沐浴开始到小殓结束，至少花去了一个半时辰。

整个过程，尹如雪一言不发。当朱邪以清躺进了棺木，尹如雪几乎要瘫倒在棺木前，决然不像身怀绝世武艺的样子。石柏和石斛兄弟俩扶着尹如雪，离开了上善殿，前往无尤宫用餐。在石岩的耐心劝导和诱哄下，尹如雪才勉强哺了两口饭。

天气炎热，朱邪以清的遗体不能久放。尹如雪从小受朱邪以清的影响，一向不相信什么吉日良辰，尹似雪也一样。饭后，就在若水宫上善殿举行大殓。

"妹妹，弄张琴来，姐姐想弹一曲，给妈听一听。"

尹似雪着秋雨、秋水俩姐妹扶尹如雪去沐浴更衣。到了善时宫，秋雨和秋水两姐妹亲自给尹如雪准备香汤。沐浴完毕，更换了衣裳，直至梳好了发髻，尹如雪不发一言，仿佛突然之间傻了。秋雨和秋水也不晓得该怎么劝，默默地扶着尹如雪回到了上善殿。此时，躺着朱邪以清的灵柩前，已经设好了琴几。琴几上是一张名叫翏翏的古琴。这张古琴已经陪伴了朱邪以清几十年。尹如雪记得是父亲一次云游壶口时所得。琴几旁焚烧着沉香，白烟袅袅升起。

尹如雪双膝着地，跪在琴前。尹如雪默然沉思片刻，开始弹奏一首无名的乐曲。翏翏的琴弦就像是尹如雪的心。在左手的抚摸，右手的挑、拨、托、劈、剔、勾下，声音从心中跳出，蹦出，飘出，弥漫了上善殿。弹罢一曲，石竹、曲柯搀扶着尹如雪，缓缓起身。尹如雪两手捧着翏翏，将它放在了朱邪以清的身边。

朱邪以清的大殓都由石岩和石柏、石斛来完成。上善殿哭声震天，好几个若水宫娘子晕厥了过去。掐人中的掐人中，按虎门的按虎门。大殓结束，石柏手捧灵牌在前，躺着朱邪以清的灵柩由石岩和石斛父子两人前后空手抬着，尹如雪和尹似雪姐妹两人率秋雨、秋水等一班娘子扶灵，前往若水宫外的鼹鼠溪旁安葬。在哭泣声、哀歌声中，朱邪以清的灵柩缓缓出上善殿的正门，下九九八十一级汉白玉台阶，向若水神宫的护城南门前行。

前来送丧的全部是若水宫的人。送葬的队伍从若水宫一直排到朱邪以清的墓地。她们送给朱邪以清的赙赗，除了哀伤，还有忧虑和疑问。没了朱邪以清的若水宫，将何去何从，她们面临的又将是什么样的命运？尹似雪的回答是，"你们无须担忧，肯定会有好的归宿！"

朱邪以清的灵柩放进了墓穴。在震耳欲聋的哭泣声中，尹如雪流着眼泪，将一捧黄土撒在灵柩上。尹如雪和尹似雪姐妹两人,都不指望将来能够将母亲的遗骸迁到辽东跟父亲尹东一起合葬。倘若母亲阴界纵横,或者仙界逍遥,找到父亲应该不是一件难事,虽然母亲和父亲已经差不多十五年没有见面。前来送丧的人排着队,绕着墓穴,每人撒下一捧黄土。跟随朱邪以清多年的樊舒云和祁紫荆竟然跳进墓穴,要给朱邪以清殉葬。还是秋雨和秋水下墓穴将她俩强行拉了上来。“宫主当初救你俩就是希望给她殉葬?”尹似雪狠狠地骂了樊舒云和祁紫荆。“坚强活下去才是宫主的希望。”很长时间没露面的吴嬷嬷也在一名娘子的搀扶下撒上了一捧黄土。黄土一捧一捧撒在灵柩上,灵柩一点一点淹没在了黄土里面。

如同遣唐使大田的坟墓,就像终身跟随石岩的李同,朱邪以清的坟墓也没有墓碑,更没有帝王坟墓的石象生。不过,石柏和石斛俩兄弟,还是从远处搬来一个大石头放在朱邪以清坟墓的前面。石头虽大,但不能跟泰山相比,其形状却很像泰山。

尹如雪这些年,南逃江南隐遁在翠竹湾,见到的多半是青山绿水,苍松翠竹。十几年前亳州突围时的情景,就算记忆深刻,也因时间久远已经有些模糊。尹似雪却很不同。这些年,追随母亲纵横黄河两岸,见到的都是死。有道是,见怪不怪,其怪自败。见多了,自然也就麻木。朱邪以清一下葬,尹似雪旋即要求若水宫娘子将扎在头上的白绢取下,也脱下穿在身上的孝服,无论是斩衰还是齐衰,集中在朱邪以清的坟前烧毁。

尹似雪认为,笑声中仙去的母亲,应该不会赞同若水宫娘子整天都哭丧着脸。自朱邪以清去世以来,驻守在若水宫的娘子已经好几天没了笑脸。朱邪以清晓得了,肯定会非常地不爽。朱邪以清的最大心愿已经实现,但还有许多愿望还没有实现。这些愿望的实现,仍旧需要若水宫众人的共同努力。人最终都会死,但活着不是为了死。对逝者最好的怀念就是用自己的行动来完成逝者未竟的事业,而不是用服孝多少天来计算。

离开鼷鼠溪,回到若水宫,尹似雪亲自送石岩和尹如雪夫妇两人去善时宫歇息。

“姐姐和姐夫先到里面歇息,等会妹妹再来和姐姐、姐夫一起去吃饭。”

“妹妹也去歇息歇息。今天看到若水宫那么多小娘子,妹妹这些年实在是不容易。”

“容易不容易都得过。在神州,这是没办法的事。这二十来年,我们姐妹两人在不同的地方为了生存而拼命,只不过见血与不见血的不同而已。姐姐,姐夫,妹妹先告辞。”

尹似雪手一拱，转身离开了善时宫，石岩、尹如雪拱手送尹似雪远去。尹似雪觉得今天特别累，那么长时间以来，这么累好像还没有过，一点不像一个修炼若水道的人。秋雨、秋水五岁那年，尹似雪离开了辽东，伴随母亲到现在。尹似雪离开辽东是不忍母亲孤身一人拼搏，希望出一点微薄之力。朱邪以清不想尹似雪过这种刀光剑影的日子，也晓得尹似雪不愿意过，希望她回辽东。“女儿帮妈杀了朱温就回辽东。”没想到，一晃就过去了十五年。这十五年时间，尹似雪一直风里来雨里去，四十还没出头，已经是头发花白。尹似雪决定，今天什么事情都不做，先回善渊宫休息。到了善渊宫，刚抬脚踏上台阶，尹似雪突然看到眼前金星一片。尹似雪赶紧停下脚步，定了定神，然后继续起步。拖着沉重的脚步进入房间，没有梳洗，身子一侧，就和衣躺在竹榻上。不一会，尹似雪就蒙蒙胧胧睡了过去。

“妈，朱温已经死了，我们可以回辽东了。”

“谁说朱温死了？那不是朱温？”

尹似雪突然发现自己身在高敞的金銮殿内，一个身穿金色龙袍的丑陋男子正高高坐在金色的龙座上。尹似雪没时间去回想自己怎么会突然窜到金銮殿，连忙抽出剑，向朱温飞扑了过去。金銮殿内的皇宫禁卫急忙阻拦。挡我者死！一名名禁卫倒在了地上，又一名禁卫倒在了地上……禁卫倒下一批，又从金銮殿外涌进一批。尹似雪纵身跃起，踏着禁卫的头，飞向坐在龙座上的朱温。朱温此时已经站起，准备逃遁。尹似雪怕朱温逃脱，慌忙将手中的利剑飞掷过去。利剑像一枚铋箭，疾速射向朱温。利剑插进了朱温的胸膛，朱温一仰，倒在龙座上。尹似雪正想笑，突然一脚踩空，一惊，睁开了眼睛。

第八十三章　宿命

彼出于是，是亦因彼。

——《庄子》

李存国没在崇元殿见证朱友珪当上梁国的皇帝，就来夷希精舍找石柏。李存国本想在朱友珪弑杀了朱温的第二天就想来看石柏，一来宫门紧锁，只有朱友珪的手谕才能进出，二来朱友珪要李存国帮着应对可能的突发事变。李存国见夷希精舍柴门紧闭，就去老君庙找秦妙静，询问若水先生的去向。李存国还没有开口，秦妙静就晓得李存国来老君庙的原因。

"居士实在不巧。掌门刚刚离开夷希精舍，外出云游去了。"

"还是云游得好啊，浮游不知所求。虽说是见也就是不见，但还是劳烦道姑，倘若有一天见着了若水先生，就说李某在覆釜山玄元庙。"

"莫非居士要出家？"

"李某本就无家，哪来出家？"

李存国手一拱，就跟秦妙静告辞。

李存国没回皇宫跟朱友珪辞行，就直接前往覆釜山玄元庙。

上天就是喜欢跟人开玩笑。李存国志在存国，结果存不了国。石柏处心积虑地要除去朱温，结果却导致朱邪以清跟着仙逝。与其说是石柏借朱友珪的手杀死朱温，还不如说是石柏借朱温之死杀死外婆。朱温不死，外婆也不会死；朱温死，外婆跟着死。有朱温，才有朱邪以清；如今朱温死了，这世界不再需要朱邪以清！

石柏从来没有想过要弑杀外婆，结果却弑杀了外婆。

早朝，宣诏官宣读了一份让大梁朝臣既喜又惊的诏书。昨晚子夜，康勤遣兵违逆，惊吓了圣上，幸由郢王朱友珪护驾，才得以有惊无险。圣上受惊吓，病情加重，暂由郢王朱友珪主掌军国大事。诏书宣读完毕，也就散了朝。

敬翔一赶回家，就央求夫人进宫探一探虚实。

“探什么狗屁虚实？朱友珪已经将朱温给杀了！”

敬翔也猜到朱温不是给朱友珪杀了，就是已经被朱友珪控制。无论是朱温已经被杀，还是已经被控制，敬翔都需要做出相应的对策。如今不明不白，做什么对策？禁中没有朱温的诏令，敬翔进不去，只有刘思予出入禁中就像进出家门。没办法，敬翔只好求刘思予。没想被刘思予狠狠地嘲讽了一通。“朱友文明知用不了几天就可以有皇帝做，会傻到千里迢迢遣兵来洛阳违逆的程度？你啊，真是没脑的猪头！这不过是一份借朱温之名的假圣旨！”敬翔不想争辩，也不敢争辩。近三十年时间了，敬翔已经差不多忘记了人还可以争辩。

明知如此，刘思予还是控制不住自己的脚，坐上了肩舆前往皇宫。刘思予得到的是一句几近呵斥的话。圣上有旨，任何人不得入内，擅闯者，格杀勿论！这可是朱温做皇帝以来刘思予碰到的第一次。若水先生说事情难以如愿，我竟然还不信。刘思予真懊悔。怎么办？怎么办？“老君庙！”刘思予说了一句，就坐上了肩舆。侍从抬起肩舆起步，前往老君庙。刘思予到夷希精舍时，石柏正坐在夷希精舍前的树荫下读书，秋雨吹洞箫，秋水跳舞。见刘思予前来，秋雨停止吹箫，秋水收起舞姿。秋雨端来一条小凳，请刘思予坐。

“若水先生，一个师妹在旁吹箫，一个师妹在旁跳舞，你书怎么能读得下去？”

“这就得看贫道，心是不是在读书。心不在读书，就是没人叨扰，贫道也读不下去；心在读书，就是山崩地裂，贫道照样读书。秋雨想吹箫，贫道不能让她不吹；秋水想跳舞，贫道不能让她不跳。那怎么办？贫道只能读自己的书。”

“天要下雨，无法阻挡，只能由它去。”

“听口气，夫人所谋之事好像不是很如意。可否说来听听，贫道说不定能出上点主意。”

“好像是不如意。”

刘思予就将事情跟石柏说了一遍。听了刘思予的述说，石柏窃笑。李存国怎么会想得出给朱友珪起草了这么一份诏书。这不等于明白无误地告诉人们，是朱友珪杀了朱温？

“夫人说的没错，朱友珪已经弑杀了圣上，软禁的可能性不是很大。真是人有九算，天有十除。夫人，不是你计划不周详，而是博王朱友文没有做皇帝的命。朱友珪矫诏杀朱友文，贫道总感觉很像当年秦二世胡亥和相国李斯合谋，矫诏逼公子扶苏自杀的故事。”

石柏提到李斯，刘思予旋即联想起了敬翔，心里一阵怅然，心情顿时沉重了起来。李斯和胡亥同流合污最后尚且腰斩，如今敬翔和朱友文合谋，还能有什么好结果？刘思予眼前忽然闪出带着镣铐被押到菜市场腰斩的情形，身子不禁一颤。

“棋错一着，满盘皆输。如今只能是坐等腰斩！”

“夫人，事情还不至于如此悲观。”

“莫非小妇这辈子还要再做一做朱友珪的侍妾？”刘思予苦笑说。

“这倒不需要。贫道记得，曾在幽通观给夫人算过，至少十年以内，夫人照样是荣华富贵。夫人想，朱友珪可以通过弑杀圣上当上皇帝，那么他人也可以杀朱友珪夺皇位。这就看谁的实力强啦！朱友珪虽是左右控鹤都指挥使，但控鹤军早就已经遭到了重创。亳州控鹤军遭到颍亳观察使清剿，随州控鹤军被山南东道节度使朱友信摧毁，赵州控鹤军被李存勖连根拔起，华州控鹤军则被刘知俊杀得已经只剩下几个残兵。控鹤军的干将死的死，伤的伤。夫人想，朱友珪能不能靠控鹤军这几个残兵败将守住皇位？”

“问题是，坐上龙座，手中有权，就可以调动兵马。”

“已经过去的故事，夫人最清楚。昭宗、哀帝都是皇帝，结果怎么样？一个死于剑下，一个死于毒酒。是不是皇帝不重要，重要的是你说出去的话有没有人听。神州史上，死在大臣手中的皇帝，夫人数得清，数不清？捏在大臣手里的皇帝，就更不用说了。贫道听说，圣上当上皇帝之前，就有人曾经建议圣上仿照当年司马昭的故事。不晓得有没有这回事？”

“有这回事。柳璨、蒋玄晖就因建议圣上仿照司马昭的故事而被圣上所杀。”

“夫人清楚，这些年，朱友珪已经将大梁的将帅、臣僚得罪了个遍。谁会听他的话？得不到圣上宠信是朝野人人皆知的事情。朝中根基非常浅，很难得到朝野上下拥戴。如今大梁，夫人想，有多少人在等待朱友珪出错。单靠弑君这种非常手段登上皇位，必然心虚。心虚就会巴结朝中重臣。相国追随圣上几十年，向来就是圣上所倚仗的重臣，其地位远不是李振之流所能比。朱友珪如今想巴结都来不及，还怕朱友珪动手？朱友珪这个时候敢动相国，朝中之人不服不说，而且人人自危。如此一来，朱友珪这个靠非常手段得到的皇位怎么可能会坐得稳？贫道以为，夫人实在是多虑了！夫人照样可以像以往那样风雨大梁！”

“看来真的是不需要再做一做朱友珪的侍妾。”

“如此情形之下,夫人仍能谈笑风生,贫道非常佩服。”

“若水先生有所不知,小妇毕竟见过风雨。小妇只是没有想到朱友珪会来这么一招!”

“贫道可以说,大梁朝野上下所有人都没有想到,甚至包括圣上在内。”

“谁能想到朱友珪会那么毒?早晓得这么毒,无须外人多言,圣上早就要了他的命。”

“夫人没想到很正常,圣上没想到却是有些不该了。神州史上,为了皇位,子杀父、父杀子的故事已经反反复复地演了不晓得有多少遍。想想汉武帝,仅仅江充的几句话,就将太子一支杀了个精光,甚至连几个月大的曾孙也不想放过。夫人应该听过刘守光的故事吧?”

“刘守光昏庸残暴天下人人皆知,他的故事谁不晓得?”

“刘守光这个燕王是圣上封,他的故事,圣上肯定很熟悉。刘守光的哥哥刘守文心稍稍一软,结果死在刘守光之手。在神州,皇位面前,心不毒,也只得毒。太子刘劭希望早点能当上皇帝,以他父亲宋文帝的形象雕成玉人,埋在含章殿前,诅咒宋文帝早点死。宋文帝晓得了这事,准备废太子。宋文帝还在跟尚书仆射徐湛之商量废太子的事情,刘劭已经带兵杀进宫,弑杀了宋文帝。夫人想想,心不毒行不行?皇位前面,没有父子,只有你死我活。

贫道认为,以圣上的睿智,不可能会没想到。贫道觉得,圣上只是没想到,朱友珪竟然和自己的心腹牙将韩勍合谋,通过防守如此严密的禁中,弑杀自己。夫人想想,皇城有圣上自己的外甥袁象先把守,宫城有追随自己几十年的心腹牙将韩勍把守,真可谓是固若金汤。不说是人,连只鸟都休想飞进去。圣上只是没算到,皇城、宫城竟然会比菜园的篱笆还好进。

还是常言说得好,人有十算,天有九除。人无论怎么算,就是算不过天。上天总是会让人出现自己根本意想不到的漏洞。当你觉得万无一失的时候,偏偏一个极不起眼的细节导致全局崩溃!不是百密必有一疏,而是不想疏,上天要你疏。

夫人,一切都是天定,非人力所能为!

夫人无须去想已经过去的事情。天定的事情,人怎么能改变得了?天子尚且如此,更何况庶民!圣上不是不想躲,而是躲不过。就目前情形而言,贫道以为,这个故事刚刚起了个头,不会很快就结束。朱友珪弑君,其他皇子,就算是嘴上服,心里也不会服。他们此刻肯定是个个都在想办法,如何讲故事。夫人,贫道以为,只管在家弹弹琴、睡睡觉。一切等尘埃落定后,决定该如何做也来得及。陆象先云,天下本无事，但庸人扰之耳。没其他什么要紧的事情，不如让贫道弹几首曲子给夫人听听，消一消心中的不甘。”

“小妇就是不甘，又能奈何？天都已经塌了，还去管其他事情？”

“夫人，稍等片刻，贫道去洗手。”

石柏去洗手，秋雨布琴。不一会，石柏就来到了夷希精舍前的树阴下，正襟危坐，给刘思予弹一首《人间世》。石柏这首《人间世》刚一弹好，刘思予就起身跟石柏告辞。“小妇想起，吃了闭门羹后就直接来了老君庙。废物敬翔在家等小妇消息，肯定已是热锅上的蚂蚁。”

石柏不再多言，起身送刘思予出了树林，拱着手等刘思予上肩舆。待刘思予的侍从抬着肩舆远去，石柏才转身返回。树阴下面，秋雨喜上眉梢，遮盖不住内心的喜悦，秋水则早已经熬不住，一边哼着小曲一边手舞足蹈，俨然就像一个癫婆。

“师兄，赶快将消息告诉外婆和我妈，也让她们好好高兴高兴。”

“急什么？事情真是如此，根本不在乎一两天时间。迟一天，早一天，全都一样。假的呢，空快活捡个田螺壳倒次要，还可能坏了大事。做任何事情都不能将猜测当作事实。是真是假，过几天就会晓得，不用急。况且，朱温死了，又不是什么喜事。”

石柏说着，坐了下来，又拿起了书。

“朱温死了不是喜事，那什么才是喜事？”

“朱温死了，师兄倒感到有些伤心！”

“什么？”

秋水不敢相信自己的耳朵，停下了舞步，转身看着石柏。秋雨也是一脸的疑惑。

“师兄，你不会是故意说反话吧？”

“师兄说的是正话。得知朱温被杀的消息，无数神州人会欣喜若狂，说不定还会有人会笑死。不错，师兄处心积虑了那么长时间，梦想终于实现，理应高兴，可师兄一点也高兴不起来。你可能不会明白，神州未必需要师兄，却需要朱温。师兄既为神州伤心，也为自己伤心。”石柏越说，秋水、秋雨两人越糊涂。

“我看是，师兄是鬼魂附体，说胡话！”

“师兄问你，神州不需要朱温，为何会产生朱温？神州多少人咬牙切齿，对朱温恨之入骨？这些年，黄河两岸，像朱温这样的杀人狂，何止一个朱温？秦宗权不是？方才师兄跟刘思予说的刘守光，不也是另一个朱温？神州人那么恨朱温，神州为何会产生朱温?”

石柏这个问题看起来还真是一个严肃的问题。秋水从来没想过这个问题。石柏猝然问起,秋水还真不晓得答案。秋雨坐在石柏一旁,也是一脸的不解。

“师兄,神州为何需要这种杀人如麻的流氓朱温?”

“需要朱温去杀人!”

“需要朱温去杀人?想不到,天清派掌门若水先生竟然也中了邪!”

“任何事情,你仔细一想,都有它存在的理由。你对神州史不懂,懂了就不会怎么说。彼出于是,是亦因彼,彼是方生之说也。师兄不单单是为师兄而生,也是为跟师兄有关系的人比如秋水、秋雨生。没有蛇,没有猫,老鼠岂不是要泛滥成灾?没有鹰,没有狐狸,没有豺狼,兔子、山羊岂不是要将草吃光?任何一种物事都有它存在的理由。老虎、狐狸、豺狼、牛马、猪狗、石柏、朱温都一样。”

隐遁翠竹湾的那几年时间,石岩闲暇之时总是读一读《南华真经》。一天,石岩坐在自家竹林里面拿着《南华真经》读了起来。当读到《秋水》篇“计四海之在天地之间也,不似礨空之在大泽乎。计中国之在海内也,不似稊米之在太仓乎”时,石岩对四周的茅竹说:“纵观神州史,谁有南华真人这样的视野?孔丘的那些徒子徒孙,哪一个不是舐痔的曹商?用鼠目寸光四个字说他们的见识已是大大的客气。依我看,根本是有眼无珠!”

神州就是一个如同稊米一般的岛屿!

神州人会生,天下闻名,皇帝又鼓励生,岛屿上的人还不是会密密麻麻,你挤我,我挤你?岛屿就屁点那么大,能够填饱肚子的物事就这么多。这就注定了迟早会出现吃不饱、饿肚皮的一天,无论怎么样辛勤去耕种。稀里糊涂的造物主创造人时,又忘记了创造其他物事来制衡神州的人口在这个小小的岛屿上无限制的泛滥。

当物事不够填饱肚子时,怎么办?唯一的办法就是通过自相残杀消耗掉过剩的人口。

只要翻一翻神州史,每当一个朝代人口增加到一个高峰值时,动乱就要开始。动乱开始的起因就是水旱灾害。经过一段时间的相互厮杀,人口开始减少。当产出来的物事够神州人填饱肚子时,和平的曙光开始出现。神州进入另一个时代,兴起,繁盛,人口再到顶峰。

神州历史就是一部在原地不断转圈的历史。

这种轮回反复,任何人都无法改变,跟皇帝是否昏庸没有必然的关系,只不过倒霉的皇帝恰好碰上倒霉的事。先父确实昏庸,但未必一定就比百年前的那些个皇帝更昏庸。先父放到百年前，或许就可以让七哥平安度过一生。就算先父很圣明，也只能暂时推迟动乱发生的时间，却不能彻底消除动乱的根源。不解决人口膨胀和粮食之间的矛盾，迟早会有一天毁灭。

经过近三百年的时间，帝国的人口已经膨胀到几近十陪。神州地方并没有变大，填饱肚子的物事没有增加多少。崩塌是必然的，只不过先父加快了李唐皇朝的崩溃而已。想消除神州动乱，办法只能是，一减少神州的人口，二向外开拓疆土。

刘彻虽不晓得，但是通过开疆辟土的办法减少了神州的人口。刘彻死时，大汉人口非但没有增加，反而大大减少，只剩下原先的一半。说昏庸，神州历史上没有一个皇帝比刘彻更昏庸。可在神州人的眼里，刘彻是明君。杨广也喜欢，也打了几次高丽。这些小打打闹，没有从根本上减少神州人口。杨广更多的是调集丁男在神州建造大量的宫殿、开凿运河，土地荒芜，百姓苦不堪言。那些饥肠辘辘的丁男聚在一起，有心人一号召，皇朝还不倾覆？

对神州人来说，最好是让他去为皇朝去死，让他风光地去报国，去死。倘若杨广对内休养生息，对外持续开疆辟土，无论如何荒淫，都将会是神州人所追捧的明君。明君和昏君的差别就是前者让你为他死了，还感到很荣耀！

石岩边想边摇着头，没得救！就是造物主自己来了也没得救！

“韩非子说，今人有五子不为多，子又有五子，大父未死而有二十五孙。是以人民众而货财寡，事力劳而供养薄，故民争，虽倍赏累罚而不免于乱。韩非子这人虽刻薄，却点出了神州动乱的根本原因。神州人生啊生，越生越多。像老鼠一样，到处是人。我不想死，你也不想死，但偏偏得需要人死，那怎么办？只有杀！神州需要朱温杀人，朱温却被人杀了，你说师兄该不该伤心？”

“师兄，都像朱温那些狂杀一通，乱杀一气，神州人还不是会给他杀绝？”

“造物主肯定晓得。所以造出制衡朱温的人！朱温不嗜血狂杀，外婆会创立若水宫与之争斗？师兄需要处心积虑、挖空心思？师兄总感觉自己仿佛就是为杀朱温而生，而不是为师兄自己而生。杀了朱温有什么值得特别高兴？如今，朱温死了！朱温创建的大梁也很快就会崩塌。死了朱温，神州难道就会太平？”

“按照师兄方才的说法，将来还会出现朱温，甚至比朱温还要朱温的张温、李温。”

“按师兄说法，神州只能生生杀杀啰？”

“看看神州史就非常清楚，这是神州人无法逃避的命！数千年来，神州人就是不断地重复着生生杀杀的蠢事！就好比蒙着眼睛的蠢驴，不断地转着圈。李唐三百年慢慢繁衍出来的几千万人,不是顷刻之间就化为尘土?师兄见你们之前,还去颍州看了一下师兄的老家石家村。从一对夫妇,不清楚经过了多少代人的繁衍,形成一个有好几百户人家的石家村。可如今,又只剩下师兄一个人。仿佛就是一刹那间,又回到了过去,一切又从头开始!

你费尽力气将一块石头从山脚背到山顶,人家用脚轻轻一踹,石头从山顶骨碌骨碌滚到山脚。如今,师兄又准备将这块石头从山脚背到山顶,让人家揣。你说,荒谬不荒谬?你俩说一说,师兄这些时间做的有什么意义?不论今天如何辉煌,如何耀眼,光彩夺目,说不定明天就要完蛋。就算这辈子侥幸逃脱,总有那么一天儿孙注定要完蛋,谁也逃不了,只不过今天是我,明天是你。难道迟一点完蛋就一定比早一点完蛋好?

张三夫妇含辛茹苦将一班儿女养大,李四突然过来将张三夫妇的儿女杀了个精光。你俩想想张三夫妇的感受。神州就是在不断重复着这种李四一刀杀死张三儿女的故事!神州永远是一个车轮!一个不断磨损的车轮!最后破损,报废!杀不杀朱温,根本没有用!是否认为师兄很乐意做这种毫无意义的荒谬事?"

"至少已经杀了朱温!杀朱温、颠覆梁国可是外婆的终生愿望!"

"那也只是找不到高兴理由时的自我安慰罢了。"

说归说,石柏还是将朱温被朱友珪弑杀的消息告诉给了秦妙静,只是没要求秦妙静将消息告诉给朱邪以清。石柏晓得,秦妙静等朱温被杀的消息已经等了好多年。不是朱温,秦妙静也不会家破人亡,最后被朱邪以清安排在老君庙做了监院。

当天,秦妙静就决定在老君妙举办了一场法事。这场告慰在天之灵的法事由石柏主持。焚香祭拜时,秦妙静情绪失控,嚎啕大哭。法事结束时,已经差不多到了酉时。石柏去伊水洗了澡。自住进夷希精舍以来,石柏一直下伊水洗澡。吃了饭,坐了夷希精舍前聊一聊,还没知觉,又到了睡觉的时间。

夜已经很深。石柏身子一挺,坐了起来。下了床,披上了衣裳,轻轻地推开了门,走出了卧室。白天的暑气此时已经退去,让人感到一阵清爽。石柏踏下台阶,来到了夷希精舍前的空地上。夜很静,夜虫们在弹奏着一首它们祖先已经反复弹奏过的夜曲。石柏起步,沿着小路,前往伊水。小路两旁树林中不时响起夜游动物惊扰窜动的声音。借着星光,依稀看见,伊水边吊着一条小木船。石柏踏上小木船,面朝伊水,在船板上盘腿坐了下来。六月初的夜很黑,满天的星斗在眨眼。身边没有秋雨,也没有秋水。石柏觉得鼻子一酸,放开胆子,嚎啕大哭了起来。有记忆起,这是第一次。哭声穿过夜幕,在伊水上震荡。

忽然，伊水上出现了耀眼的白光。石柏一惊，立马停止了嚎啕。堂堂天清派掌门，半夜三更嚎啕大哭，实在不像样子。光晕中，一女神踏着微波，翩然来到了石柏的面前。女神向石柏伸出纤纤素手，石柏情不自禁地站了起来。女神轻轻一拉石柏的手，踩着薄雾，倏然而去。眨眼间，来到一座白色石亭前，四周白雾缭绕。石柏跟着女神，踏着石级，进入了石亭。石亭中央是一张石桌，和两条圆形石凳。“若水先生请坐！”女神伸手一指石凳，率先坐了下来。“谢谢！”石柏手一拱，坐在了女神对面的石凳上。“小神宓妃。”洛神一开口，石柏顿时一阵惶恐，连忙站了起来，俯身作揖。“请坐，请坐！”石柏似乎不由自主地重新坐了下来。女神长袖一挥，石桌上出现一把酒壶和两个酒杯。女神一撩依袖，提起酒壶斟酒。

“小神突然听到有男子嚎啕，特好奇，就顺着哭声前来瞧一瞧。”

“小子突然想哭，可没地方哭。见这地方空旷，又远离人群，小子才敢放声哭一哭。想不到，最后还是惊扰了洛神，实在不该。望洛神原谅！”

“自姬旦在身边建造洛阳两千多年的时间里面，神州人就不曾让小神过上一天安静的日子！小神听了两千多年的哭声，耳朵早就起了老茧，已经无动于衷了。若水先生哭似乎有些特别，引起小神好奇。杨子哭歧道，墨子哭练丝，子舆哭时命。若水先生哭什么？”

“小子只为自己身为神州人而哭。”

“做神州人不是挺好的吗，若水先生为何要哭？”

“神州人，说是人，实际就是小鱼。看到好处一拥而上，碰到危险一哄而散。否则，黄巢、秦宗权、朱温这种渣子怎么可能不会横扫神州？小子想了好久，才想明白，小鱼为何要成群结队。每一条小鱼都希望，碰到大鱼时，别的小鱼替自己去死，而自己正好可以趁机逃命。神州人群居在乡村、城邑，也是希望别人替自己分担危险。洛神，小子能不哭？”

“若水先生还是不懂神州人。小神看了几千年神州人，真想替神州人哭。若水先生看一看飞鸟，哪一种不怕人？一代一代教训的结果。司马迁曾说过，猛虎在深山，百兽震恐，及在阱槛之中，摇尾而求食，积威约之渐也。几千年来，和平时期小杀，战乱时期大杀，神州人已经被杀怕了，心里满是担心被杀的恐惧。

在内心充满着恐惧的情况下，神州人怎么能像正常人一样去思考，去行事？只有消除了内心的恐惧，神州人才不会再是鱼，才不会是鸡豚狗彘。可消除内心的恐惧，根本不可能。原因，若水先生应该也能懂。想摆脱生生杀杀的宿命，只有走出去。只有向外不断迁徙，才能消除人口压力，才不会继续重演生生杀杀。可谁愿意离开故土不断向外迁徙？此其一。若使民常畏死，而为奇者，吾得执而杀之，孰敢？这个道理，神州的皇帝都很懂。皇帝不希望黎民百姓内心没有恐惧。只有黎民百姓内心充满恐惧，神州的皇帝才能像管牲畜那样管神州人。小神可以告诉若水先生，神州人的内心恐惧，将来，非但不会消除，而且还会越来越加深。若水先生不要怨自己是神州人。若水先生就是想改变，都已经改变不了。已经无法改变的事实，若水先生怎么能耿耿于怀呢？南华真人云，至人之用心若镜，不将不逆，应而不藏。莫非屎壳郎会为自己是屎壳郎而哭？”

“这道理，小子也懂。小子突然想哭也是情不自禁。”

“若水先生喝了这盏酒，就不会再为自己是神州人而哭。”

“日后就安心做屎壳郎！”

“师兄！师兄！”

石柏端起酒盏，正准备喝，听到秋水的叫喊声。石柏一惊，醒了过来。没有摆脱死亡的恐惧，怎么能做人？回想梦境，石柏不禁一阵怅然。石柏身子一挺，坐了起来，下了床。穿上道袍，著上麻鞋，推开了卧室的门。天刚刚蒙蒙亮。

石柏拿起葛巾，沿着梦境中的小径，来到了伊水边。一条小木船横在伊水上。石柏右脚一抬，登上了小木船。脱掉麻鞋、道袍，石柏光着身子，走到船舷，往前一扑，钻进了伊水。伊水清澈透底，游鱼条条可数。石柏钻出水面，逆着伊水，交换着双臂，如同湍流中翻转的水车，奋力前游。直游到气喘吁吁，石柏才身子一仰躺在了水面上。看着蓝天，任由水流慢慢漂向下游。突然，石柏身子一翻，又向上游发起冲刺。上上下下，直折腾得筋疲力尽，石柏才爬上了小木船。擦干水珠，穿好道袍，麻鞋一套，披着头发，返回夷希精舍。

就在老君庙的夷希精舍，石柏跟往常一样会客、喝茶、弹琴、看书，俨然就是与朱温之死毫无关系的局外人。就是各路消息都表明朱温已经被朱友珪所杀，石柏还是没有将消息传给尹似雪。除非朱温其他儿子都死光，朱温才有可能让朱友珪暂时主掌军国大事。石柏晓得朱温已死，但不急。早一天告诉，朱温已死；迟一天告诉，朱温也已死。直到初四，朱友珪夫人张氏摆驾夷希精舍，石柏才让老君庙监院秦妙静用飞鸽传书将消息告诉给尹似雪。石舶全然没有想到，尹似雪的回信却是外婆登遐的消息。

石柏和秋雨、秋水连夜赶路，终于在六月初七的早上赶回若水宫。

没来得及梳洗，三人就急忙忙前去看外婆。外婆躺在冰窖中央的一张床上，四周摆着大冰块。一见外婆，平时笑得最响的秋水就嚎啕了起来。秋雨走到床边，去摸外婆的手心，搭外婆的脉搏。良久，秋雨又走了两步，坐在床沿，斜低下头，将耳朵贴在外婆的鼻尖上，静心去听外婆的呼吸。过一会，秋雨抬起头，伸手捏住外婆的鼻孔，紧盯着外婆的反应。外婆依旧是一动不动，既没有说，也没有笑。秋雨身子一扑，趴在外婆的身上抽泣。

冰窖中守灵的娘子，见秋水嚎啕，秋雨抽泣，也跟着嚎啕、抽泣。石柏神情肃穆，站在床边，不言也不语。过去了将近一刻多钟，两眼通红的尹似雪才开口。“外婆笑着走，你们却哭着来，还不给外婆笑？现在也该哭够了，先去梳洗歇息！”舒容和苏幽然扶着秋雨、秋水在前，石柏跟在后面，出了冰窖。秋雨、秋水第一次没有跟石柏道别就去了善渊宫，石柏一声不吭，去了善地宫。石竹昨晚守灵守到很迟才睡，石柏到善地宫时，还没起来。

石柏在殿内坐了下来。这几天连夜赶路，没有好好歇一歇。不一会，辛子惠给石柏送来了清茶。“子惠，去给大哥拿件孝服过来。”辛子惠正准备去给石柏拿孝服，尹似雪已经遣人送来了。神州人有内亲和外亲之分。就算石柏是尹如雪的亲生儿子，也是外亲，随便穿一穿小功就可以了。尹似雪没有考虑，就给石柏挑选了五服中等级最重的斩衰。朱邪以清没有儿子，只有一个女儿，石柏就成了承重孙。石柏洗了澡，换上了斩衰，离开善地宫，准备去冰窖给朱邪以清守灵。一名娘子给石柏拿来了垫子，石柏跪在了垫子上，伏地拜了三拜，挺直了身子。冰窖内，哭泣声时高时低。石柏听了将近一个字的哭泣声，秋雨披麻带孝出现在冰窖。一名娘子拿了一个垫子放在了石柏边上，秋雨身子一屈，跪在石柏身边。不一会，石柏就听到秋雨低低的抽泣声。石柏本就不会哭，习武后能够控制自己的情绪，更不会哭。满耳朵凄切的哭泣声，石柏还是忍不住鼻子酸了起来，湿润了眼眶。

朱温死了，安葬在伊阙山；朱邪以清死了，安葬在桐柏山。

一回善渊宫，尹似雪就靠到榻上歇息。这几天，尹似雪身累，心更累。秋雨和秋水坐在殿内，无精打采地靠到了几子上。没多久，两人都蒙蒙胧胧睡了过去。一觉醒来都差不多快过申时。去盥洗室匆匆洗了一把脸回来时，尹似雪已经坐在殿内喝茶。

“妈，外婆走了，若水宫接下来该怎么办？”

秋雨在母亲身边一坐，就询问起了若水宫的未来。外婆创建了若水宫，好像就是若水宫的主人。如今主人去世了，若水宫接下来怎么办？外婆一安葬，秋雨就想到这个问题。母亲肩负若水宫这个重担，还是让石柏来挑？

“这事就不用你担心了，早就已经安排好了去路？”

“什么样的去路?”

“自然是好去路。这一代若水宫人不会像上一代那样老死在若水宫。前次,你二哥来若水宫时,就已经跟外婆商量好了,准备到海外建造一个居住地。”

“二哥真的准备要建造居住地?”

一听石斛要在海外建造居住地,立马引起了秋雨的浓厚兴趣。水泽边的小别业可是秋雨的人生梦想。蓝天,白云,青山,绿水,烹茶,品茗,弹琴,读书……秋雨充满了憧憬。眼下的日子,秋雨已经很厌烦,非常的厌烦。

“妈还骗你不成?”

“姐姐,你的梦想看起来真的就要实现了耶!”

“妈,那其他人怎么办?”

“自然是一起搬过去住。”

“妈,外婆不是担心她们终老在若水宫?搬到居住地去住,没后生怎么办?”

“你以为天下后生只有你大哥和二哥啊?如今没娶上新妇的后生,比池塘里面的蝌蚪还要多。这些事情,根本轮不上你去考虑。你还是先考虑自己吧。”

“我?这事就不用妈担心啦。现成的已经在身边。姐姐嫁给谁,我跟过去就是。”

“什么事情都是秋雨帮你做,现成惯了。秋雨呢?”

秋雨迟疑了老半天,才吞吞吐吐地说:“就依妈的意思。”

“那好。吃了晚饭,妈去跟你姨妈、姨父说一声,明天就让你们成婚。”

“妈,这不行!”

“刚才还说依妈的意思,这回又突然不肯了?”

“女儿不是这个意思。女儿是若水宫人,跟其他人不同。前景未明的前提下,女儿自个成双成对,也不利于众人同心协力。再说,女儿还没有将情绪调整过来。”

“那就依你的意思。妈去跟你姨父和姨妈先将关系挑明,什么时候成婚将来再定。”

尹似雪和尹如雪姐妹两家人一起在无尤宫吃了晚饭。擦了脸,尹似雪说:“就由妹妹带姐姐、姐夫到外面走一走,看看外婆已经呆了多年的若水宫。”“姐姐正想看一看。”三人出了无尤宫,尹似雪带路,在若水宫内踱起了步。三人边走边聊,最后聊到了石柏的婚事。

“大郎娶秋雨,对秋水不好;娶秋水,对秋雨不好。无论娶秋雨,还是娶秋水,对另一个都不好。姐妹两人从小一块长大,什么物事都分享。现在两人分享一下夫婿，也没什么。秋雨静，秋水动，正好互补。外婆将两人跟在大郎的后面，也有这方面的意思。如今朱温已死，也是大郎成亲的时候了，都二十又三了。”

“柏儿的婚事是不能再拖下去了，该成亲了。柏儿无论是娶秋雨或者秋水，都是最佳的选择。妹妹，是否先征求一下两人的意见？”

“妹妹已经问过秋雨和秋水，两人都没有反对。她俩的心思妹妹这个做妈的懂。她俩和大郎一起生活了几个月时间。看得出来，他们之间的关系很不错。姐姐晓得，如今这种情形下，若水宫人到哪里找像大郎这样的郎君？无论是在朱温的梁国，还是在徐温的吴国，都不现实。江湖上面的那些人，她俩不喜欢不用说，也不可靠。眼下毕竟不是和平时期，找个好郎君，确实不是一件容易的事情。想来想去，妹妹觉得还不如她俩一同嫁给大郎。”

尹似雪的主意石岩赞同。除此之外，石岩想不出更好的安排。“秋雨、秋水，上次和柏儿一起来过金陵。就是别人，姐夫也非常满意。姐妹两人在一起，正好可以相互照应。如今这个时代，最需要的就是照应，而不是娶谁、嫁谁。”

“姐夫、姐姐都同意，那就这么定。等前景稍稍明朗后，再择日期让他们成婚。”

“反正已经迟了，再迟几天也无所谓。斛儿正集中精力在营造居住地。将来搬到居住地后，再举行婚礼也不迟。眼下最重要的事情就是要有一个可以安生的落脚地。没有一个可以安生的落脚地，四周都是准备杀你的刀，成婚有时候还是一种累赘。姐夫还是赞同，相濡以沫，不如相忘于江湖。能平安活下来，比什么都重要。不过，柏儿和斛儿都比姐夫有出息，会有一个好的未来。”

石岩、尹如雪跟着尹似雪走了，无尤宫只剩下石柏、石斛等一班后辈。

“妹妹，你是跟大哥，还是跟二哥？”

“外婆去世到现在，就没好好洗过澡。我先去善地宫好好洗个澡，然后睡觉。”

“那你和大哥再坐一会，二哥带她们在附近走一走。”

石斛带着一班娘子跟石柏等道别，率先离开了无尤宫。“妹妹，你和大哥再坐会，大姐和你二姐也先回善渊宫。”石斛刚走，秋雨和秋水也准备回善渊宫。秋雨和秋水一走，无尤宫就只剩下石柏和石竹。“妹妹，他们都走了，大哥和你一起回善地宫，先好好洗个澡，然后睡觉。”石柏和石竹也起身，离开了无尤宫。

“大哥，我总感觉二哥带着一班娘子，就好比是一只母鸡带着一群小鸡。”

“妹妹一说，还真是有点像。大哥做了若水宫的头，更像是带一大群小鸡的母鸡。你晓得，当好一只母鸡可真不容易！既要提防天上的鹰，又要注意地上的狸。更气人的是，拼了老命将小鸡辛苦带大，最后还是逃不过主人的一刀！”

“大哥,你这只母鸡为何也跟其他那些个母鸡一样,带着小鸡回家呢?为何不带着小鸡跑到外面去过自己的日子?我一直就弄不明白,那些鸡啊狗的,又没有绳子吊着,还是要跑回家,结果被主人杀了吃。不回家,只管跑到外面去,主人都找不着它了,怎么能吃它呢?这样只须防着天上的老鹰和地上的狸猫就行了。我们翠竹湾山上都是野鸡,没见被老鹰和狸猫吃了多少。”

“妹妹说得很对。”

若水宫有室内、室外浴池好几个。虽说是女儿世界,若水宫娘子大抵在室内沐浴。毕竟男女有别,石柏拿了道袍,出了宫,来到了鼹鼠溪。鼹鼠溪不大,深深浅浅的水坑不少。石柏选了一个相对隐秘的水坑,脱了衣裳,走进了水坑。到了齐胸的地方,向后一仰。石柏憋住气,整个人仰面沉在了水底下,睁眼看着树缝中的天。直到实在憋不住气,石柏才探出头,长长吸了一口气。

洗了头,石柏继续仰面靠在水坑里面享受着凉爽的山泉,听着鼹鼠溪水流淌的呲呲声和风吹树叶发出的哗哗声,看着蓝天和四周的山景。一只松鼠一个飞跃消失在树林里面,一只叫不出名字的小鸟在鸣唱。石柏忽然浮想了起来。

河流已经决堤改道,就不要梦想它能回头,依原有的路径走。倒行逆施的事情就不要去做了。不想给滚滚而来的洪流淹死,就得赶快撤离到安全的地方去。石柏原本悲观,朱温死了,依旧悲观,看不到一点希望。不是一年,不是十年,也不是百年,几千年了,非但没有向好,而是越来越坏。石柏总感觉,好像往山下走,越走路越陡,脚步越来越快。石柏告诉自己,螳臂当车的事情,就不要做了,当放下,就得放下。

石斛陪徐榛游览若水宫。“到后山,往下看,才能看得清整个若水宫。”石斛虽是朱邪以清的外孙,若水宫却只来过一次。上次来,几乎没看,就匆匆走了。“那我们就去睹一睹若水宫的芳容。”听从了米栗的建议,准备去瞧一瞧若水宫全貌。沿着一条弯弯曲曲的上行石条坡道,进入了半山腰的一处石亭。众人站在栏杆边,俯瞰群山环抱中的若水宫。

俯瞰了一会若水宫,见天上的红霞开始退去,众人准备返回。米栗出了石亭,站在石亭一旁,让徐榛先行。“二表哥扶着妹妹。这些石级,上来容易,下去难。”石斛扶着徐榛走在前面,曲柯、于苓、米栗、茹若、萧竹紧跟在后,慢慢下山。

“石斛,你家还真是神奇。”

“神奇的背后藏着故事。这个故事很凄厉,却不能告诉给别人。躲在偏僻的翠竹湾,就是不想让外人晓得这个故事。不是控鹤军追杀,小子至今仍在翠竹湾种田。”

“姑爷还在翠竹湾种田，婢子可就遇不上姑爷啰。”

“说起来，还真要感谢控鹤军。小子能遇上你们，全靠控鹤军。没有控鹤军，小子的日子肯定会是另一种样子。很有可能会在桃花石乡讨一房新妇，生儿育女，稀里糊涂地过着日子。小子一家在翠竹湾平平安安住了十七年，怎晓得会突然冒出控鹤军？就像鸡，三百六十天，都平安无事，可就在第三百六十一天，主人突然间来了一刀。意外的事实在是太多，命运更是不可捉摸。就是皇帝，也掌控不了自己的命运。像小子的七伯父，简直就是朱温笼子里的鸡，哪天想到杀就杀。至于那些达官和富商，就不用说了。方才还洋洋得意，此刻已经身首分离。想想，在神州，谁能把握自己的命运？所以，神州人特讲运气。”

“哥哥，看那只鹰。”

一只鹞鹰在碧空下盘旋。

外婆已经安葬，石岩夫妇准备启程返回金陵。石岩从自己身上解下一对玉佩，打算送给秋雨和秋水。“这对玉佩是姨父的母亲给的。说起来，挂在姨父身上已经有四十来年了。南逃这些年，一直挂在身上。现今，姨父就将它给你两人。就让姨妈给你俩带上。”尹如雪接过石岩手中的玉佩，分别系在秋雨、秋水的腰上。

“柏儿、斛儿都有了新妇。不像光棍，有了新妇，就意味着要建造巢穴，生儿育女。当初，爸南逃躲在翠竹湾，原因之一就是爸有个新妇。有新妇的男人做事，不能单凭自己的好恶，一味蛮做，乱闯。爸虽说在翠竹湾躲了十几年，但毕竟是过来人。在翠竹湾务农的十几年时间里面，爸读书多不说，想得也特别多。如今总算有些明白。呆在神州，无论是皇宫还是山野，都没有出路。自古以来，没几个人明白自己就是放养的鸡，平时自己扒土找虫子吃不说，主人想到吃你，还没地方可逃。你看，那些个公鸡，整天就想到孳尾，而从未想过母鸡生的蛋个个都到了主人的肚子里面。我们一家人，做不成凤凰，就是做做吃老鼠的猫头鹰，也比做鸡强。”

第八十四章　修仙

山家寂寞兮难久留，欲将辞去兮悲绸缪。

——《宴柳毅诗》

龚宰将自己看成公猪。

这十来年时间里面,龚宰从白记寿木店赚来的铜钱,除了维持一条肚子,绝大部分花在了仙子的身上。问龚宰这十来年时间里面到底会过多少个仙子,龚宰自己也不清楚。人家是今朝有酒今朝醉,龚宰是今夕有铜钱今夕会。至于将来会落得个什么样的下场,龚宰没有想过。管它呢,谁晓得明天会不会横死?渡淮投奔田頵后,根本不晓得哪天会战死沙场,身上的伤痕就是明证。再深一点,或者换一个位置,龚宰早就已经死了。时光可以逆流,当初不及时抽身,继续跟着田頵,现在肯定连尸骨都已经荡然无存。如今是,多活一天赚一天。死龚宰见得太多,早就已经很漠然。龚宰不会主动去找死,死真要来了,龚宰不会在乎。今天过舒服才要紧,没必要去想明天的事情。都算得到,龚宰也不会来寿木店做伙计。

龚宰无妻无妾,只好与仙子相会,以打发多余的时间。与仙子在云里雾里相会,散去之后,依然阳光灿烂,无牵无挂。仿佛就是春梦骤醒,最多只有一阵惊悸。提着人头追随田頵征战沙场,龚宰没想过铜钱;抽身隐遁在寿木店,龚宰没想过省几缗铜钱。这十年,龚宰一直是有几缗铜钱花几缗铜钱。将铜钱花在仙子身上,龚宰更不会心疼。

龚宰没想过找个新妇成一个家。愿意和龚宰过一生而龚宰也愿意跟她过一生的人,一个寿木店伙计即便打灯笼也未必找得到。龚宰也没想过找一个相好。时光若是可以逆流,愿意做龚宰相好的人多,龚宰也愿意做她相好的人梦中才能找得到。自家没了后，龚宰不愿意再跟一个女人有什么切不断的关系，只愿意出了门彼此就是陌生人。铜钱一付，衣裳一穿，走时连再见都不需要说一声。龚宰常年行走在修仙场所，从没想过仙子能够免费。人家做仙子卖肉维生，没铜钱想免费，让人家去金陵北门外喝西北风去？龚宰眼里，这世界只有仙子最率真，碰到铜钱的事情，从来就不支支吾吾。龚宰最喜欢铜钱上来，铜钱上去。龚宰最不喜欢当面不说铜钱，背后却为铜钱打得你死我活。明码标价，赤裸裸，干脆利落。行就行，不行就不行。人与人之间的关系，就像跟仙子一样单纯，这世界肯定太平。

已经好长一段时间没去逸仙居，龚宰今天决定入城去逸仙居看一看。进入北门，龚宰目不旁视，径直前往逸仙居。逸仙居是金陵城最著名的修仙场所，位于玄武湖南滨。金陵与仙子相会的地方很多，像蔷薇居、烟雨楼、昙花院、万花阁、留香居等。龚宰金陵十年时间里面，大多数这种风月场所都去过，只是逸仙居去的次数特别多。龚宰这些年赚来的铜钱相当一部分丢在逸仙居。金陵修仙客流行的一句话，要么不去，要去就去逸仙居。消磨时光，也得找一个有些情趣的人消磨。龚宰有铜钱，花得起，也愿意。龚宰经过风浪，见过世面，晓得不再好好把握，这生将倏忽不见。龚宰不会将铜钱捏到死。花铜钱买高兴，龚宰乐意。

李唐时期，神女细分有五类，宫妓、营妓、官妓、家妓、民妓，花色品种颇多。李唐皇朝崩塌，宫妓和官妓也跟着分崩离析。随着各路土匪纷纷占据了庙堂，宫妓、官妓才慢慢恢复。这些个土匪以前只能看着官匪享受，如今摇身一变成了官匪，肯定要好好享受一番。营妓，黄巢造反以来，非但没有衰微，反而比以往任何时期还要繁荣。大大小小的土匪跟人拼命，需要慰籍。逸仙居的神女具有半官妓、半民妓的性质。这主要是逸仙居的东主徐渊本身就是一个半官半民的人。眼下徐渊以太尉致仕，富贵尊荣，又是朱雀门当家。

龚宰是逸仙居常客，至少今年是。去的次数多了，熟了逸仙居的主事。主事姓宋，名如茨，再过一年就三十岁，在龚宰眼里是一个很有魅力的漂亮女人。宋如茨帮徐渊料理逸仙居多年。用人不疑，疑人不用。至少已经有四五年时间，徐渊就没有去过逸仙居，一切事务全交由宋如茨料理。引宾仆役颜家郎，见龚宰进来，连忙准备带路，前往渡仙居。

"这坛场，老哥太熟了，就无须劳烦兄弟了！"

龚宰一进逸仙居，立马露出本相，像一个男人。龚宰总觉得，只有在仙子面前，昂首挺胸，才真正像一个男人。说话像男人，行止也像男人。龚宰手一拱，就前往渡仙居。龚宰是逸仙居的老顾客，熟门熟路，像来这里赏玩，不慢不急走到了渡仙居。渡仙居像座民宅,四周围着一圈低矮的栅栏。栅栏门此时关着。龚宰推开栅栏门,沿着青砖铺地的甬道,进入堂内,在一张藤椅上一靠。渡仙居一名招引客人的侍儿前来,俯身在龚宰身旁。

“副都统先等会,婢子马上去叫主事!”

“谢谢!”

龚宰向侍儿两手一拱。龚宰虽不是文人雅士,却是一个很有修养的修仙客。按照龚宰自己的说法,盆景修剪过多,早就已经变形,没办法改变。畸形就畸形,龚宰宽饶了自己。不一会,主事宋如茨就出现在渡仙居堂内。宋如茨走到藤椅旁,屈身蹲在龚宰身旁。

“今晚是不是准备不去玉真居?”

李唐时期,仙子原本有艺伎和色妓的不同。旧官僚体制崩溃,那些个来自读书人的官僚纷纷被目不识丁的土匪代替。依附在旧官僚身上的艺伎也逐渐被色妓替代。不过,逸仙居的仙子档次较高,往往皆具艺伎和色妓的特色。玉真仙子就是色艺双馨的仙子。

龚宰包下了玉真居,不等于只能去玉真居。天天吃一样菜,也有吃腻了的时候。龚宰头一侧,对着宋如茨耳后根就是轻轻一咬。“吃醋啦?”逸仙居主事跟仙子吃醋还真是少有的事。宋如茨含笑用柔软的手轻轻推了一推龚宰的头。来逸仙居的修仙客档次固然高,但像龚宰这种人却真是非常稀少,光宽广厚实的胸脯就够宋如茨直流口水。龚宰来逸仙居的次数多了,竟然跟主事好了起来。

“去弄几个菜,老哥和你喝两杯。”

“大哥先去,我随后就到。”

龚宰的主意,宋如茨赞同。龚宰从藤椅上站了起来,没有言语就离开了渡仙居。还没有走上两步,后面就跟来了一名小仙。龚宰停下脚步,等候小仙前来。小仙见龚宰等她,小跑了起来,就像一只毛茸茸的小黄鸭。不一会,小仙跑到了龚宰的跟前,怯生生地说:“夫人让婢子先带副都统前去芳草斋,她随后就到。”龚宰起步,小仙一旁陪着,慢慢前往芳草斋。

“叫何名啊?”龚宰说话的语气颇温和。小仙依旧怯生生,只吐出“尤尤”两字。“有十七啦?”“正好十七。”尤尤说话的声音很轻。龚宰修了那么多年的仙,一眼就看出,尤尤是一名没有风月经验的小仙。“来几天了?”尤尤没有马上回答,好像在计算着时间。过了半晌,尤尤说:“已经有十七天了。”龚宰问,尤尤答;龚宰不问,尤尤不答。龚宰好像是在提审捉生将捉回来的活口,了然无趣。龚宰问了几句,就不再继续问，只管踱着步，就当独自一个人，前往芳草斋。沿着这条青砖铺地的曲径，还没走多久，龚宰就看到芳草斋。

芳草斋为歇山式单檐建筑，三面环着疏朗的树，一面紧挨着一个水池，环境很好。龚宰特喜欢芳草斋。这些年，龚宰跟宋如茨之间的私情都发生在芳草斋。不过，龚宰来芳草斋的次数并不是很多。太过于猖狂，肯定不好收场。龚宰光棍一条无所谓，宋如茨不行。龚宰就是不考虑自己，也要考虑考虑宋如茨。"龚大哥！"宋如茨从后面追来了。龚宰转过身，驻足等候。不一会，宋如茨踏着碎步，到了龚宰身边。两人相视一笑，并肩起步前往芳草斋。

"芳草斋才是真正逸仙住的地方！"

"我不给自己弄个地方歇息，也太对不起自己了。"

"如今有几人能对得起自己？"

"大哥就是因太对得起自己，才将家搬到了逸仙居！"

"老哥还真希望能在逸仙居逸老，只是连老哥自己都觉得人再疯狂也不应该痴心妄想到这种地步。想一想，不是意外灾祸降临，谁会奴颜婢膝强装欢颜当众献技？完全没有了人身自由，笑也是惨笑。她们虽是乐户，是奴婢，精神上却是不吃人间烟火的仙子。老哥只有在逸仙居，才有一种找着自己的感觉，让老哥明白，这世界不仅只有庸俗。"

杜若香听到宋如茨说话的声音，开门迎接。龚宰和宋如茨并肩进入了屋内，杜若香重新推上房门。"是先吃饭，还是先洗澡？"宋如茨问龚宰。"先洗个澡清爽清爽。"天气热，龚宰走到这已经全身汗涔涔。杜若香、花非因、尤尤马上服侍龚宰、宋如茨宽衣沐浴。龚宰光棍一条，说有家没家，说没家到处是家。沐浴完毕，杜若香拿来了龚宰上一次来芳草斋时换下来的衣裳。这套衣裳，杜若香将它浆洗后，一直密藏在自己的房间里面，怕有人突然来查找宋如茨与人私通的把柄。换上衣裳，束好头发，杜若香引龚宰来到了临水阳台。

木建阳台向外突出在水池上面，地板芳草斋几个侍儿常年擦洗已经干净得发亮。阳台中央铺着筵席，筵席中央摆着一个木几，木几的左右两侧各有一个软垫。龚宰踏上筵席，跪坐在软垫上。花非因送来了清茶。龚宰吹着晚风，喝着清茶，等候宋如茨。龚宰快将几上的这杯清茶喝完，宋如茨来到阳台，跪坐在了对面。不一会，杜若香提着食盒进入阳台。

"若香，非因，你俩先去吃饭，这里有尤尤一人就行了。"

"晓得。"

杜若香和花非因摆好了菜肴，退出了阳台。尤尤斟了酒，跪在一旁侍候。龚宰和宋如茨拿起筷子开始喝酒吃饭。芳草斋是一处独院，离最近一座房子都有几百步，又掩映在树林里面，清静优雅。宋如茨当初将芳草斋建在这里就是不想让逸仙居的莺歌燕舞惊扰。晚风吹过阳台前面的水池，吹到身上，让人感到不是特别闷热。太闷热，山珍海味吃起来也没味。吃了几夹菜，喝了一杯逸仙居自己酿造的米酒，宋如茨开口。

“这侍儿，大哥看不看上眼？”

“老哥看的次数不多，你自己看上眼最重要。”

“我准备将她送给大哥做侍妾，照顾大哥的日常生活起居。”

“你是这十年第一个给老哥送礼物的人！”龚宰知道宋如茨知道他光棍一条，却没想到宋如茨会给他送一个侍妾。龚宰举杯示意，宋如茨端起了酒杯。龚宰喝了一杯，宋如茨咪了咪。尤尤提起酒壶给龚宰斟酒。“这十年，别说送礼，就是跟老哥说一说话的人也极少，女人就更不用说了。老哥不愿意跟人家说，人家也不愿意跟老哥说。一个寿木店伙计，一个倒在花柳场的浪荡子，谁愿意跟你说？别人眼里，老哥就一坨狗屎。这十年，老哥跟女人只有铜钱上来往。方才还睡在同一张床上打情骂俏，此刻已经是陌路人。你是老哥这十年唯一真正能说一说话的女人。你送的礼物，老哥不管需要不需要，首先得接受。”

“说得粗鄙一点，大哥让我尝到了做女人的滋味。”宋如茨至今仍清楚地记得，成了龚宰的相好是那次不经意的挑逗。龚宰常年在风月场所走动，女人的心思最懂。当晚，宋如茨就在芳草斋成了龚宰的女人。从此，一发不可收拾，两人多次在芳草斋偷偷幽会。宋如茨体验到了偷情的欢愉，得到了肉体和精神上的满足。这两年，龚宰名上来逸仙居会仙子，实际来跟宋如茨幽会。“在我眼里，大哥是真正的男人！”

“这很容易会让老哥联想起面首。”

“哈哈……”宋如茨大笑了起来。

“我还没这个资格！有这个资格的人神州能有几个？高阳公主，武后，太平公主，韦皇后，安乐公主，大哥还再能举出几个？”

“看来，老哥只能接受你的礼物。”

“我没福气。否则，我将自己送给大哥！”

“老哥倒觉得，你福气很好。老哥过来人，见过的死人都比活人多。当被人烤起来吃了时候，你说福气好不好？至于人的心愿，有几人能如意？当你出现在蓬莱时，他在昆仑；当你前往昆仑时，他偏偏又去了蓬莱。这一生能够邂逅，已经是奇迹了。老哥心很平，要求不高。你也应该一样。这世界都像你想的那样，早就不成世界了。人苦不知足，既平陇，复望蜀。老哥这十年，全都是过一天算一天。将来的事情，白云苍狗，根本无法预料。"

两人还没喝多少，杜若香、花非因就吃了饭回来替换尤尤服侍。

逸仙居生意主要在晚上。"让非因陪大哥在芳草斋附近走走。"吃完了饭，宋如茨带杜若香去了渡仙居应付来逸仙居的客人。龚宰没去走，就坐在阳台上听花非因弹琴。花非因出身书香门第，父亲是李唐进士，曾经做过池州司马。土匪造反，司马做不成了。逃难路上，遭到了残兵冲击，父亲当场一命呜呼，母亲也在咽气前将花非因送给了一个张姓宣州人。没想到，养了两年，这个张姓宣州人将花非因卖给了一个陈姓江宁人。转了三四次手，花非因到了宋如茨手上。在龚宰的记忆里，认识宋如茨那一年，花非因就已经是宋如茨的侍儿。

龚宰喜欢听琴，尤其是喜欢听仙子弹琴。逸仙居的仙子，或出身书香门第，或出身官宦之家，或从小调教，琴技通常都比较高。龚宰卖了十年的棺材，棺材气越来越浓。仙子的琴声里面有一种哀怨，一种悲凉，总能让龚宰产生共鸣。

宋如茨去忙生意，芳草斋只剩下龚宰和三个侍儿。花非因弹，龚宰听，尤尤一旁侍候。花非因弹得如痴如醉，龚宰听得如梦如醒，一直到宋如茨回来才结束。宋如茨尽管提前回来，到芳草斋时，都已经快到子时了。杜若香、花非因、尤尤服侍宋如茨和龚宰梳洗，准备睡觉。龚宰虽常很晚才睡，今晚也已经不早了。

"大哥，这次无论如何一定要成全我的心愿！"

"你夫婿觉得跟他长得不像，那可不好办！"

"哪又能怎么样？还是不要像他的好。就算将来能找得到新妇，我至少得多花两三倍的铜钱。像龚大哥，我儿子肯定是一表人才。"

"一表人才没用。像老哥，将来肯定又是一个修仙客。"

"就算是修仙客，也是独一无二的修仙客。"

"终究是修仙客。说实在话，老哥还真不希望自己的儿子也是一个修仙客。"

宋如茨两手紧紧抱着龚宰的腰，过了好久才慢慢松开。

"大哥，我像不像仙子？"

"不像。仙子卖笑，卖俏，卖风骚，都离不开一个卖字。轻佻也好，放荡也罢，目的只有一个，就是希望能够将自己卖出去。卖得一个好价钱，就不能不看买家的脸色。老哥行走在修仙场所，闭上眼睛都晓得，言行举止背后藏着不得已。你是逸仙居主事,不需要卖。”

“我也需要卖,只不过希望得到的物事不是铜钱而已,我这个逸仙居主事跟逸仙居仙子没什么本质上的不同。我总觉得,人一生就是给自己卖个好价钱。沽之哉!沽之哉!我待贾者也。买进容易,卖出难,尤其以自己满意的价钱卖出去。做了那么多年的逸仙居主事,我才真正懂得,将自己顺利卖出不容易,卖个好价钱更难。士为知己者死,女为悦己者容,就是找到了买家。冯唐易老,李广难封,就是找不到买家。幸运的是,我终于找到了大哥这一买家。”

龚宰当上希声社副都统,铜钱比以前在白记寿木店做伙计多多了,可去逸仙居的次数却少多了。很多时候,龚宰一忙完希声社的事情,城门早就已经关闭。就是想去逸仙居,都已经去不了。过了好几天时间,龚宰才又出现在逸仙居。到了渡仙居,龚宰见宋如茨被客人缠住实在抽不开身,也就不叨扰了,向宋如茨手一拱,径直前往玉真居。一个修仙客,一来逸仙居就往宋如茨的芳草斋钻,传扬出去,说不定还会直接影响到宋如茨的生计。况且,龚宰付了那么多铜钱却将玉真仙子晾在一边,肯定会招徕逸仙居所有人的鄙夷。

沿着一条两边镶嵌石块、中间青砖铺地的曲径,如同来逸仙居赏玩,龚宰不慢不急往前走。穿过圆形门洞,龚宰进入玉真居。玉真居位于玄武湖滨一块像仙桃一样凸进玄武湖的湖岸上。岸边有一个树木建造的小码头。码头上停着一条小花船。客人有雅兴,还可以坐上小花船,划到玄武里面去喝酒。既可以品味仙肴和琼浆,又可以欣赏月夜下的玄武湖。

玉真居现任主人玉真仙子是田无思。今年几岁,龚宰没有问。龚宰只知道田无思跟着她母亲幸氏在逸仙居长大。田无思的母亲幸氏是名闻金陵的大美人,龚宰也听人说起过,就是没有兴趣会一会。直到幸氏自杀了,龚宰才懊悔错过了机会。今年,龚宰出铜钱将玉真居包了下来,宋如茨没向龚宰问原因。宋如茨给玉真仙子安排的侍儿姓陈,名扬猗。据陈扬猗自己说,今年已经十八岁。逸仙居的仙子多半原先有较好的家庭出身,陈扬猗也如此。陈扬猗的父亲曾是李遇的记室。李遇被徐温族灭,陈扬猗的父亲受到了牵连。逸仙居主事宋如茨从那些充作营妓的犯事家属中挑选了陈扬猗。进逸仙居后,宋如茨让她跟在至真仙子身边,既是侍奉也是学习。十三岁那年,一名孟姓客人见她姿容娇好,长有一双会传情的眼睛,给破了瓜。逸仙居不像万花阁,不讲数量讲质量,没要求仙子每天会多少客人。虽不幸,比起惨死于兵卒胯下的营妓,不晓得幸运多少倍了。陈扬猗暗暗庆幸自己当初被宋如茨选上。田无思以玉真仙子的身份开门接客,宋如茨让她过来服侍。来玉真居前，陈扬猗就听说过龚宰，见到龚宰，才发现龚宰比传言还要不可理喻。花大把铜钱在玉真仙子身上，可每次来都只是听一听琴，连夜都不过，调头就走。

陈扬猗服侍龚宰卸去衣衫，露出一身白肉。龚宰虽刚过不惑，但体型未变，比起一般的后生，甚至更健壮。一瓣一瓣的肌肉，后生看了都羡慕不已。这些年，龚宰担心自己身体退化，以至于体弱多病，特地买了一对石锁。这对石锁每只一百二十斤。龚宰每天早晚都要练一练。龚宰晓得，独身一人在金陵，生了病，后果肯定很严重。与其遭受病魔折磨，还不如自己折腾自己。接任希声社副都统后，这一习惯龚宰依旧没改。不过，吸引陈扬猗的不是龚宰这身白肉，而是白肉上那一条条不同式样的刀痕。陈扬猗曾数了数，总共有八十九处。陈扬猗直感龚宰应该是一个有特殊经历的人，但不敢向龚宰当面证实。

龚宰走到了水池边，脱去木屐，踏进了水池。水池露天，东、南、北三面都是围墙，西面紧紧连着玉真居。身子一蹲，向后一仰，头枕着用圆形溪石砌成的池舷，仰面躺在水池里面。陈扬猗卸去衣裳，前来侍奉龚宰沐浴。龚宰半漂浮在水池里面，俨然就像一头已经杀死的猪，搁在杀猪大凳上，任由陈扬猗摆布，要刮毛就刮毛，要搓身就搓身。反正，龚宰一直认为自己是公猪。“是不是这段时间特别忙啊？龚大哥。”陈扬猗搓着搓着，龚宰竟然迷迷糊糊有了睡意。“不忙没饭吃，只好忙。”龚宰睁了睁眼睛。

“那是不是先小睡一会？”

“老哥没有小睡的习惯。要么睡，要么不睡。”

陈扬猗终于洗白了龚宰的身体，龚宰起身，水淋淋地出了水池。陈扬猗将龚宰的头发和身体擦干，服侍龚宰换了衣裳。自包下玉真居后，龚宰就成了玉真居的男主人。玉真仙子倒给龚宰准备了几件换洗的衣衫。龚宰拖着木屐来到中堂，木屐一脱，踏上了筵席，走到几子后，坐了下来。玉真仙子给龚宰送来了清茶，退到龚宰下首的琴几后，屈身跪坐，准备弹琴。

玉真仙子是逸仙居的艺妓，也是色妓。给龚宰包下前，也接过不少客人。这些客人很多是不通音律的粗人，来玉真居找玉真仙子，仅仅是玉真仙子的美色。龚宰看来，玉真仙子的琴技至少跟她的美色一样动人。龚宰却将玉真仙子当作艺妓，听玉真仙子弹弹琴，一起吃顿饭就走。龚宰是包下玉真仙子的客人，玉真仙子好奇归好奇，但不好问原因。次数多了，玉真仙子也渐渐习惯了起来。

“龚大哥，想听什么样的曲子？”

“你想弹什么就弹什么。”

玉真仙子想了想，拨动琴弦，给龚宰弹起了一首《竹林听雨》。龚宰半闭着眼睛听，手指依韵律轻轻敲着腿。一连听了《浪淘沙》《解语花》《虞美人》等好几首曲子，龚宰站了起来。龚宰拖着木屐，出了玉真居。踏下步檐，沿着一条林间小径，前往花亭。花亭位于玄武湖里面，由一条曲桥和绿树成荫的湖滨连接。花亭的中央一张配有四条石凳的石桌，四周三面是带护栏的栏凳。龚宰在栏凳上坐了下来。过了一盏茶左右，陈扬猗提着灯笼，照着玉真仙子出现在湖滨。逸仙居的两名侍儿，提着食盒、手捧琼浆，进入了花亭。"请慢用！"侍儿摆好了酒食，就退出了花亭。龚宰和玉真仙子、陈扬猗围着石桌开始吃饭。陈扬猗坐在龚宰身侧，不时提起酒壶，给龚宰斟酒。酒过三巡，玉真仙子突然间感慨了起来。

"当初家父听听话，无思也不会到逸仙居做仙子。"

逸仙居的仙子大抵都有自己的故事，玉真仙子也不例外。这些故事，龚宰几十年时间里面听得太多，已经不那么感兴趣。玉真仙子的故事，龚宰晓得，主要是玉真仙子田无思是田頵爱妾幸氏的女儿，而幸氏成玉真仙子前，龚宰曾见过一面。田頵叛乱兵败被杀。武忠王杨行愍倒没有将田頵一家赶尽杀绝，只是没收了田頵的家产，所有女眷充作军妓，毕竟田頵是杨行愍的结义兄弟。

幸氏没有因田頵而自杀。这种主子死了，小妾自杀的故事神州不绝于耳。已经弃政从商的徐渊见幸氏姿色不错，加上又是田頵的小妾，就从当时的升州刺史府手中买下幸氏。田頵死时，幸氏也不过才二十四岁，花容月貌，也就成了逸仙居有名仙子。

田无思跟着母亲在逸仙居长大。一年前，也不晓得是什么原因，幸氏服毒自尽，抛下田无思，随田頵去了。母亲花容月貌，女儿闭月羞花。龚宰常在逸仙居走动，倒十分清楚这些陈年故事。去年秋天，田无思要以玉真仙子的身份登台亮相，跟前来逸仙居修仙的客人会面。龚宰没去关注跟玉真仙子初次相会的修仙客是谁，反正龚宰没有那么多铜钱。直到今年成了希声社副都统，龚宰包下了玉真居。

"这倒未必。"龚宰喝了一口酒，接过玉真仙子的话。"人的野心会随着手中的权力增大而逐步膨胀，就是想不膨胀都不可能。就好像丛林里面的树，争夺阳光是它们的天性。只是有些人获得成功，有些人失败。或者，今天成功，明天失败。令尊的野心原本就大，自立为王的图谋迟早会暴露。令尊手下大将康儒，常跟令尊意见不合。武忠王晓得了情况，擢升康儒为庐州刺史。令尊认为康儒对自己不忠，族灭了康儒。你想想，令尊是什么样的人。"

玉真仙子无语。

“就算令尊毫无野心,想活着也非常困难。武忠王担心自己千秋之后别人会抢走自己辛辛苦苦抢回来的江山,要杀人,比如朱延寿。朱延寿不仅跟田頵一样是武忠王少年时期的好友,还是武忠王的妻舅。结果呢?武忠王还是使诈将他除去。令尊不谋反,老哥觉得,也会死在武忠王之手。功高震主。令尊不死,武忠王死了也闭不上眼睛。

武忠王姑且顾念兄弟旧情饶过令尊,也难以活命。武忠王归山以来,都督到底杀了多少武忠王手下的将领,可能连都督自己也都已经记不清。想想当初跟随武忠王打江山的人,还有几个活在世上?又有几个不是死于非命?你想想,都督会不会放过令尊?绝不可能。都督一定会找借口将令尊除去。令尊活在世上,都督会睡不着觉。令尊追随武忠王打江山的第一天起,已经注定将来会死于非命,不是死在武忠王之手,就是死在都督之手。

古人说过,狡兔死,走狗烹;飞鸟尽,良弓藏。令尊帮武忠王打江山,等于帮武忠王打家劫舍。江山从别人手中抢来,肯定担心别人从自己手中抢走。你可以抢,我也可以抢。黑吃黑一点也不稀奇。武忠王就怕令尊将抢回来的江山抢走?令尊死在武忠王之手,你才有可能至今仍居住在玉真居。令尊死在都督之手,你就只能去仙界陪令尊了。无论是什么样的人,有野心也好,没野心也罢,根本不晓得下一刻项上人头是不是还在。因飞来横祸而遭灭门的故事,谁没听过?”

“看来真的是命中注定要做仙子!”

“落水要命,上岸思财。处境不同,想法不同。只有上了岸,才可能考虑钱财。如今这个世道,你能够多活一刻已经是非常不容易了。今朝有酒今朝醉,明日愁来明日愁。你伤感也好,你无奈也罢,总得过日子。今天的日子都没过好,哪有时间去想明天的事情?”

“我也晓得,将来的事情不能想,可就是熬不住要想。黑洞洞的将来,一想起就让人感到恐惧。死了就死了吧,可偏偏就是让你生不如死。家母为何要服毒,我越来越理解。现在我一天不见大哥,就发慌,担心大哥从此不来了。”

“龚大哥,你可不能不来哦。”陈扬猗剥去了虾壳,夹着虾肉递到龚宰的嘴边,龚宰张嘴一咬。“龚大哥不来,仙子只能去接待其他人。万一碰上像柴三郎这样有毛病的客人,侍儿连想都不敢想。至真仙子,被柴三郎整得三天都无法行走。一想起,人就发抖。”

“能不能来,老哥跟你们一样,做不了主。”

陈扬猗做不了主,龚宰也做不了主。只要生在神州,就成了别人手中的风筝,飞多高由线决定。想当初，昭宗准备逃奔太原，被韩建拦住了去路。昭宗最后去不了太原。堂堂皇帝尚且如此，何况庶民？朱瑾十几岁持槊纵横神州，投奔杨行愍后就毫无作为。堂堂诸道副都统竟然被一个毛头后生徐知训捏在手里。缺少大不了一死的勇气，最后都在后悔中死去。

陈扬猗提起酒壶，准备斟酒，发现酒壶已空。“龚大哥，扬猗出去拿酒。”陈扬猗离开花亭，前出拿酒。龚宰站了起来，来到了阁道上，双手拄着栏杆。玉真仙子跟着步出花亭，手拄栏杆站在龚宰身边。天上是一轮弯弯的新月，玄武湖中的月影在晃动。

“龚大哥，晚上就不要走了。”

“不。”龚宰拒绝得很干脆。“老哥等一会就走。”

“龚大哥是不是嫌无思不干净。”

“老哥差不多走遍了金陵所有风月场，会过各色仙子，你想想，干净不干净？”田元思无语。“你别想多了。老哥来你这里，只听一听琴就走，有别的原因。老哥曾经有过一个女儿，还活着，应该也有你这么大了。老哥看见你，总想起自己的女儿。你想想，老哥该不该睡在玉真居？说实话，老哥一直想将你渡出逸仙居，可老哥一个寿木店伙计，没那么多铜钱。况且，你身份特殊，老哥怎么渡？思来想去，老哥采用这种变通的办法。你明白不明白？老哥行止像一个修仙客，只不过遮人耳目，不想引起旁人联想而已。这世道，做什么样的人都难。”

龚宰确实有过一个女儿，如果还活在人世，也应该有田无思这么大了。龚宰不想留在玉真居过夜，仅仅因为田无思是田頵的女儿，如此而已。几年前，龚宰来逸仙居会仙子，无意中得知玉真仙子就是田頵的小妾幸氏。龚宰很想帮忙却心有余而力不足。杨行愍虽然已经死了，眼下吴国的主人名上还姓杨，绝不许龚宰抛头露面。况且，一个寿木店的伙计包下玉真居等于直白地告诉别人寿木店不过只是一个寄居蟹的壳。龚宰来过逸仙居好多次，就是没去过一次玉真居。一次，龚宰去会质真仙子，质真仙子感慨说起玉真仙子服毒自杀的事情。不久，龚宰得知田无思准备以玉真仙子的身份登场。龚宰游走在金陵风月场所，当年抽身时所带的那一点铜钱也差不多耗在了仙子的身上。就算咬着牙帮一时，也帮不了一世。龚宰只能眼睁睁看着田无思走上她母亲幸氏的老路，直到成了希声社副都统情况才渐渐改变。龚宰包下玉真居，变相将田无思养了起来。

龚宰望着天上一弯新月，给了一个玉真仙子一直想得到的答案。玉真仙子一阵激动，身子一屈，准备给龚宰下跪，龚宰连忙伸手扶住。“再过几天时间，老哥去跟宋如茨说一说,让你离开逸仙居。"玉真仙子曾经梦到过离开逸仙居。玉真仙子清楚,那只是梦。自龚宰包下玉真居以来,玉真仙子一直不敢启口。如今梦想快要成真,玉真仙子只感到头晕。

"不知宋主事是否会同意?"

"这事不需你操心。"

"首先是一大笔钱。"

"只是钱,好办得很。单少东主给老哥的薪资,渡几个逸仙居仙子绰绰有余。"

"这你不用操心,只要是黄盖,少东主都不会反对。从逸仙居抢走一个仙子,老哥肯定会难看。其他事情,过些时间,老哥会跟少东主说。渡你出去的事情,你暂且不要张扬,免得节外生枝。你不同,宣州节度使田頵的女儿。"

玉真仙子抑制不住满心的感激,眼泪溢出眼眶,沿着两腮滚了下来。想到母亲,想到那黑洞洞的未来,只要能将她渡出逸仙居,无论什么样的人,玉真仙子都愿意。玉真仙子实在不想跟母亲一样,痛苦挣扎了多年,最后只得选择服毒自尽。

陈扬猗提着一壶酒回来了。龚宰和玉真仙子回花亭,重新开始喝酒。

"无思虽不幸,能够遇上大哥,也算是不幸中的大幸。"玉真仙子提起酒壶,给龚宰斟酒。"想当初,先母被充为营妓时,肯定是想死都死不成。虽然进逸仙居成了仙子,但至少好过做营妓。家母服毒,也可能是想到自己一生的命运。据先母说,当年无思的外祖父也算得上宣州有名的富商,就是为了攀附先父而将自己的女儿送给先父做妾。

最后竟然是这样的结局。倘若是无思,说不定也会走上先母这条路。应该是先母可怜无思,才活了下来,直到去年。大哥,你想,女儿虽然已经养大,但等待的却是跟自己一样的命运。无思在逸仙居长大,耳濡目染,而且无思的记忆里面,生活原本就是如此,也就破罐子破摔。其他感谢的话,无思也不再多说。就以这杯酒表示无思发自内心的感激!"

"感激就免了,喝酒就是。"三个酒杯一碰,又喝了一杯。"老哥的年纪比你们大些,看到的事情也多些。这数十年中,老哥还没见过有谁能把握自己的命运。王侯将相无一不是如此。远的不去说,就说近的,看看景王,怎么样?二十三,活活给人勒死。景王都如此,何况你们这些不禁一捏的花朵?逸仙居哪一个仙子没有听起来戚戚然的故事?听多了,老哥也不想再听了。谁让你当初投胎的时候不好好想清楚?已经投胎出世,只能接受。"

"玄真仙子虔心修佛,想不到最后竟然修到了逸仙居。"

“这有什么稀奇?”龚宰一声冷笑。“上元净水庵的尼姑人都被刘建峰的兵士奸污,肉身被烤起来吃了。”

“怎就不怕下地狱?”

“地狱早已经呆不下了! 这些个惨绝人寰的故事老哥见得多,听得多。天时、地利、人和三样里面,天时第一。常言道,宁为太平犬,不做乱世人。谁让你这个时候出世? 第一错在你选错了时代。已经选错了时代,你又选错了地方。天下那么大,为何选择神州? 已经选错了两样,你还选错了家庭。倘若家庭好,说不定不用到逸仙居来做仙子。”

“肯定是扬猗前世造了孽,让扬猗出世受苦。”

“说不定还真造了孽。你俩先吃,老哥先去解个手。”

“龚大哥,就撒到湖里,反正谁也看不见。”

“猪狗都不会将尿撒在自己的窝边。”

“大哥,那让扬猗提灯笼照着你去。”

“这么点路,老哥就是闭上眼睛都没问题。”

龚宰起身,离开花亭,前往玉真居解手。

“听说宋主事已将刚买的侍儿送给龚大哥做侍妾。”陈扬猗告诉田无思一条消息。“真是运好啊! 扬猗其他都不想,只希望以后不要今天一个修仙客,明天一个修仙客。不说碰到无良客,连做正常的女人都不可能。真希望龚大哥将扬猗渡出去! 做什么样的妾都愿意。”

“谁愿意在逸仙居过完昙花般的一生?”玉真仙子端起酒杯咪了一口。“没办法! 命投胎时已经注定。当初,肯定被眼前一时的荣华所迷惑,投错了胎。宣州节度使的女儿,最后竟然会落得在逸仙居做仙子。我没想到,我母亲没想到,连我的外祖母也没想到。”

“逸仙居的仙子有几个不是如此? 幽真仙子的父亲今年还是镇海军衙推。一个坐阁楼的大县主转眼之间成了逸仙居的仙子。翻手为云,覆手为雨。连神都没有回过来,已经变成了落地的凤凰。像扬猗,胥徒前来抓捕时,正在作画。”陈扬猗说着,端起酒杯,头一仰,酒已经倒进了嘴里面。“天上浮云如白衣,斯须改变如苍狗。”陈扬猗抹了一下嘴说。

“都这么喝,再来两壶酒都不够。”

“再来两壶就再来两壶。五花马,千金裘,呼儿将出换美酒,与尔同销万古愁。”

“逸仙居的酒可是死命的贵。”

“龚大哥有的是铜钱，吃得起。今朝有酒今朝醉，明日愁来明日愁。”

龚宰出现在了阁道上。玉真仙子和陈扬猗前去阁道，左右挽着龚宰进入花亭。

“池前堪醉卧，待月未须回。老哥醉卧仙乡，恍恍惚惚，已经过去了十来年。老哥虽不是众人皆醉、我独醒，但该醒还须醒。如今希声社事务繁忙，老哥不能一味地给逸仙居仙子出钱送仙水、仙液。这种赔本的买卖，老哥不应该再做。”

“龚大哥，能不能将扬猗也度出去，跟尤尤一起侍奉你?”

“老哥不能说能，也不能说不能。原因么，你也应该懂。”

这句话，陈扬猗平常根本不敢说。今晚，喝了不少酒，似醉非醉有了胆量，陈扬猗终于说出了口。可一说出，陈扬猗马上后悔。一生已经够失望了，陈扬猗实在不希望再听到失望的回答。陈扬猗没有言语，端起酒杯，头一仰，将杯中的酒倒进了嘴里。咕噜一声，通过咽喉，进入了肚子。陈扬猗杯子一举，龚宰提起酒壶斟酒。

“都这么喝，大哥的薪资全到了宋主事的手里面。”

“想喝只管喝，阮籍醉酒为了活，扬猗醉酒为了解忧。”

“只怕是，举杯消愁愁更愁。”

龚宰去逸仙居的次数不少，却没有天天泡在逸仙居。这种既耗精力又耗铜钱的事情，虽不能不做，但还是尽量少做。过了将近一旬，龚宰才再去玉真居。龚宰到玉真居时，玉真居主人玉真仙子田无思带着侍儿陈扬猗跪在玉真居前庭院中的小径旁迎接。“请起!”龚宰伸手去扶田无思、陈扬猗。“无论用什么言语，都无法表达无思的感激之情。无思虽遭不幸，但万幸之中遇到了大哥。从今往后，无思就是大哥忠实的奴仆，好好伏侍大哥，以感谢大哥将无思渡出逸仙居。”田无思、陈扬猗伏地拜了一拜。“扬猗是不是也愿意做老哥的奴仆?”“愿意!”陈扬猗很干脆，也很响亮，给人一种斩钉截铁的感觉。龚宰扶起田无思、陈扬猗，松开了手，起步向玉真居走去，田无思、陈扬猗一旁紧紧跟上。

“逸仙居的仙子，她们的遭遇未必比你俩好。这几十年里面，老哥亲眼目睹了多少人间惨剧？老哥的血早就已经冰冷。老哥将你俩渡出来，不是老哥缺几个奴仆。想找奴仆，老哥何必来逸仙居？不是癫，肯定就是疯。别说眼下这个世道，就说从前，老哥铜钱在手，想要多少奴仆，就有多少奴仆。老哥见过风，淋过雨。老哥为何偏偏渡你们两个而不渡逸仙居其他人？这世上值得同情怜悯的人着实太多！老哥就是想同情，也同情不过来。有道是，佛渡有缘人。老哥所以要将你俩渡出去，只是你俩跟老哥有缘，如此而已。”

龚宰踏着台阶，登上了步檐，进入了玉真居。“今天老哥改一改习惯，先去玄武湖游一游，再听无思弹琴。"龚宰忽然发起少年狂，想到了游泳。小时候，龚宰很喜欢游泳。渡淮南下，龚宰征战在外，碰到江湖，一有机会就下水游一游，直到天复三年龚宰成了白记寿木店的伙计。仿佛突然忘记了游泳似的，龚宰从此就不再下水游泳。龚宰拿了条葛巾，拖着木屐，出了玉真居，前去玄武湖游泳。田无思、陈扬猗拿来衣裳，布好琴在花亭等了差不多一炷香的时间，龚宰还没上来。眼看西边红霞将要褪尽，龚宰才爬上了花亭。陈扬猗帮龚宰擦干身子，更换衣裳。"扬猗下辈子若是还能做人，发誓不再做女人。就算碰到飞祸，大不了砍头、腰斩、车裂，也不至于做营妓、民妓、家妓、歌妓受人凌辱。"田无思抖开衣裳，龚宰张开两手，先左后右，套进袖子，披上了衣裳，陈扬猗帮龚宰系腰带。

"这辈子还没有过完，就别去想下辈子的事情了。从今往后，你俩不再是仙子，更不是老哥的奴仆。你们是你们自己，日子该怎么过，你们自己决定。老哥将你俩渡出去，老哥已经说过，你俩跟老哥有缘，仅此而已。一句话，不要过多感激。明天，你俩就将自己的行头好好收拾一下。过两天，老哥就带你俩去一个新地方，过一过你俩没想到过的日子。"

"大哥，我们是不是就不回金陵了？"

"金陵这地方还没让你伤心透？"

"金陵确实是一个伤心地，但又是无思命运转机的福地。幸运的是遇上大哥！"

"遇上老哥未必幸运，一个从不去想将来的修仙客，若不是少东主，老哥这一生必定是少年凄惨，青年凄迷，中年凄清，晚年凄凉。老哥如此，你还能好到哪里去？是少东主改变了老哥，也改变了你！"

"无思还没有见过少东主。有机会，无思定要好好感谢他。"

"会有机会。"

"大哥，今天想听什么曲子？"

"还是弹那首《红尘吟》。"

"大哥好像特别喜欢这首《红尘吟》。"

"老哥自己的曲子，自己首先得喜欢。"

"这首《红尘吟》大哥创作？"

田无思、陈扬猗齐声惊问。"是。"龚宰给了两人简单却肯定的答案。田无思、陈扬猗以敬慕的眼光再看了看眼前这个将家安置在风月场的修仙客。"逸仙居教仙子弹琴的乐师胡花城是老哥这十年里面难得的熟人之一。"龚宰给田无思、陈扬猗解释。"你不晓得，胡花城曾经是令尊的乐师。令尊兵败被杀，胡花城流落金陵，投奔了徐渊,成了逸仙居教仙子弹琴的乐师。老哥常来逸仙居,碰到了胡花城。还是令尊手下乐师时,胡花城就认识老哥。

具体怎么会认识,老哥今天就不跟你们多啰嗦了。要知道,每个人都有自己的故事。老哥来逸仙居,有时也去胡花城那坐一坐。聊聊天,弹弹琴。这首《红尘吟》就是在胡花城那聊天、弹琴时谱写的曲子。胡花城觉得这首曲子有趣,就教给了逸仙居的仙子。”

“原来是这样! 想不到,大哥有那么高的琴上造诣。”

“琴上造诣高的是胡花城。你不晓得,胡花城原是给天子弹琴的乐师。”

“肚子都吃不饱,谁愿意花铜钱去听琴? 大富大贵人家不收留,活命都难。宋主事真是个好人。胡花城生病了那么久,都没有将他赶出逸仙居。我和扬猗光屁股鸡替鸭愁,担心胡花城冻死在金陵街头。不说这些了,我就弹这首《红尘吟》。”

田无思拨动琴弦,弹起了这首《红尘吟》。

第八十五章　赠曲

如云霞卷舒，出没晻霭，
千态万状，而莫可名言也。

——《新书》

世事难料，人生无常。神州的事情，变化之快，花样之多，鬼神莫测。方才还是风平浪静，转瞬间已经是江河荡潏、风起云涌。神州人就更像是在旋风中飞舞的一张枯叶，不晓得在何处落地，难怪神州人将死说成无常。谁晓得什么时候会死？怎么死？

单说狭小的两浙，今天团练使、观察使、节度使，风光得很；明天腰斩、族灭，连一个哭一哭的人都没有。兖州无赖刘汉宏投靠黄巢后杀啊杀，杀成了义胜军节度使，拥有两浙七州之地，以刘邦自诩，春风得意。宏图才刚展开，刘汉宏就已经被土豪董昌族灭。董昌自称大越罗平国皇帝还没两天时间，就被自己的手下将领镇海军节度使钱镠击败。董昌被西小江的鱼虾所食，一家三百多口统统跟着董昌到了阴界。原镇海军节度周宝，检校司空，同中书门下平章事，兼天下租庸副使，威风凛凛，根本不把人放在眼里。部下度支催勘使薛朗一作乱，惶惶如丧家之犬，连一个躲一躲的洞都没有，死在了钱镠之手。自黄巢造反以来，团练使、观察使、节度使一个接一个，又有几个最后能够寿终正寝？

大土匪如此，那些个普通庶民，早些年的屠城不去说了，就这些年，已经太平多了，上有操纵县、州、道的大土匪，下有横行乡里的豪强、土匪、流氓，只能念阿弥陀佛，希望佛祖能够保佑他们继续留在阳界过一过猪的日子。除此之外，没有他途。“小子一家都不信佛，佛祖肯定不会照顾，又不想早早就搬到阴界去居住。没有其他办法，只好抓紧时间安排后路走人。否则，只能在搬到阴界前说一说天有不测风云、人有旦夕祸福自我安慰。”石斛实在不想将生死交给徐温掌管。山南的事情一了，石斛就将精力集中在居住地的营建上。今天，石斛让龚宰带一班希声社兄弟去明州帮江腾蛟解决居住地营建过程中遇到的麻烦。

明州鄞县海外，分布着大大小小无数岛屿，其中绝大部分是无人居住的荒岛。靠数百人起家的张雄被徐约击败，带着残兵沿着扬子江入海，来到这些岛屿上。这些个杂草丛林密布的荒岛，想在上面生存可不是一件容易的事，何况一伙只晓得杀人放火的残兵。张雄纠集海盗、土匪以及失去依托逃到海岛上谋生的流民，卷土重来，溯扬子江，屯兵东塘，占领了升州。依照惯例，张雄成了升州刺史。张雄死后，部将冯弘铎成了继承人。天复二年，冯弘铎被田頵击败，走投无路了，也想仿效以前的故事跑到海岛上去。最后，杨行愍见他可怜，收留了他。大鱼吃小鱼，小鱼吃虾米。几千年，全是这种故事。徐约将张雄赶出苏州，钱镠又过来赶走了徐约。徐约没地方可去，也学张雄样，带着残兵逃到海岛上。

徐约运气没有张雄好，来到岛上没几天时间就病死了。那些跟着徐约来的残兵因地制宜，开始占岛为王，做起了海盗。这些海盗平时抢劫过往的船舶，洗劫沿海的渔村。这群海盗的头领是徐约的部将蔡昶。趁黄巢造反、神州大乱发家的土匪钱镠，重兵压在吴越边境，根本没有心思去管这些海盗。这让蔡昶倒落得个悠闲自在，俨然就像是没有吴越王封号的钱镠。

大越罗平国皇帝董昌跳进了西小江，钱镠也就成了两浙第一号土匪，被昭宗皇帝封为越王。朱温刚刚称帝，钱镠马上臣服。朱温封钱镠为吴越王兼淮南节度使。节度判官罗隐劝说钱镠兴兵讨梁。“纵然不成功，还可以退守杭州、越州，怎么能拱手事贼，成为永远无法洗去的耻辱？”钱镠和杨行愍虽是亲家，但两国之间的战争从来就没有断过。钱镠臣服朱温至少可以找到一个强有力的靠山，使得杨行愍不敢孤注一掷将宝押在钱镠身上。钱镠也可以安心做自己的土皇帝。退一万步，万一朱温真的征服了淮南，钱镠照样可以做自己的吴越王。被后人捧为地仙的罗隐根本就是书呆，连这么浅显的道理竟然也不懂，令人惊奇。至于拱手事贼，钱镠不是第一个，也绝不是最后一个，神州人根本不会在意。

钱镠就是蔡昶，蔡昶就是钱镠。两人唯一差别就是钱镠所占的地盘大，蔡昶所占的地盘小。“这种无赖能当上吴越王，只不过狗运好罢了。”说到钱镠，蔡昶都觉得有些不屑。不屑归不屑，人家占据着两浙，出场开锣鸣道，百姓跪迎，霸道得世代在两浙生活的黎民百姓连姓刘都不能姓。蔡昶再狠，也没有钱镠威风。

希声社京口主事江腾蛟做水上营生时，曾经跟蔡昶有过接触。江腾蛟管扬子江内,蔡昶管扬子江外,两人可以说井水不犯河水,彼此相安无事。江腾蛟转行贩运后,也曾经拜访过蔡昶。作为交换条件,江腾蛟将自己在扬子江下游的地盘让给蔡昶,而蔡昶保证江腾蛟货船过往安全。蔡昶突然发现江腾蛟在距离一百来里的黄鱼岛安营扎寨,引起警觉和兴趣。因距离原因,江腾蛟直接从明州、越州、杭州招募工匠,雇用人手,购买货物运到黄鱼岛,再由黄鱼岛运到流虬。蔡昶只见江腾蛟的帆船进出杭州湾,但不清楚江腾蛟要做什么。蔡昶既担心江腾蛟抢了自己的地盘,也对江腾蛟的帆船产生了浓厚的兴趣。

江腾蛟又不能将自己的真正意图告诉蔡昶,这更进一步加深蔡昶的疑虑。蔡昶非常担心徐约的故事重演。经过一番筹谋,蔡昶袭击了江腾蛟从杭州盐官县购了货后返回黄鱼岛的船队。帆船虽最后没被抢走,但蔡昶和江腾蛟之间的战争就这样拉开了序幕。

“天天这样骚扰,还能做什么事?小弟实在没料到蔡昶这人如此不地道!”江腾蛟非常恼火。江腾蛟倒不是担心跟蔡昶之间的战争,而是担心战争拖延了建造居住地的时间。“就情形看,不将他们给灭了,想过相安无事的日子已经是不可能。”曹其宸现实,对蔡昶这班海盗不抱幻想,认定不能跟土匪共存。“要灭了他们,也得向都统请个示。曹大哥镇守黄鱼岛,防止蔡昶偷袭,小弟去一趟金陵。”江腾蛟当天就乘坐帆船前往金陵,向石斛请示。

“仆做过多年的水上营生,晓得如今这个世道,能活下来不容易。能够相安无事,不能要求蔡昶不做海盗。没想到,我们没动他,他倒起我们来了。仆已经明确告诉他,我们没有要他地盘的企图。他还是铁了心要将我们赶出黄鱼岛。大大小小的冲突已经有五六次了。虽没什么大的损伤,但正常做事已经不可能了。仆不能为了躲避他们骚扰,跑到扬州、润州去进材料。价格贵不说,那么远的路程,耽搁时间那是肯定。拖啊拖,说不定会拖到明年。”

“一味避让根本不是办法。”石斛巴望着快点滚蛋,真怕工程拖到明年。“这些个流氓,你越避让,他越觉得你好欺负。想从根本上解决这股海盗,只能釜底抽薪。自希声社组建以来,跟土匪的关系一直就很好。我们做我们的生意,他们发他们的财,井水不犯河水,一向相安无事。这些海盗不让我们好过,我们也不让他们好过。让老哥带兄弟去做了他,来一个一了百了。”

石斛让荆善居挑选一班兄弟陪同龚宰前往岱山。

将近巳时,一条帆船在岱山岛码头靠岸。船上下来了龚宰、曹其宸、荆善居三人。就在码头上,荆善居向站在码头边巡逻的海盗递上了拜山帖。有道是,先礼后兵。倘若能和平解决自然好，动起武来毕竟会有伤损。就算是敌我关系，也不能永远你死我活，该妥协还是要妥协。龚宰三人等了不到一盏茶的时间，就见方才拿拜山帖前去通告的海盗回来了。

“都指挥使有请！”

蔡昶让掌书记南宫牧民将拜山帖一读，不禁得意地笑了起来。

“不给他们一点颜色瞧一瞧，根本不会将本都指挥使放在眼里。如今本都指挥使稍微动一动，他们就开始服软了。吩咐下去，叫兄弟们摆开阵势，迎接客人。”

海盗在前引路，龚宰三人前往主寨。蔡昶虽自封为都指挥使，可摆出的阵仗俨然就是节度使接待来使的派头。“有请”声从主寨大堂此起彼伏，一直传递到主寨的寨门。龚宰一行三人进入寨门，通往主寨大堂的甬道两旁站着手持兵器的海盗。

龚宰踏上甬道，看起来有些局促地走向主寨大堂，毕竟三人都不是血气方刚的青年，眼着的场景不得不发怵。龚宰在堂前甬道上，略一抬眼，就看清大堂内坐着年纪在四十上下的七个人，中间南向不用猜就晓得是蔡昶，其余六人分两排东西相对就座。龚宰一行三人踏上了步檐，还没有向都指挥使蔡昶拱手行礼，龚宰突然伸手一把拽住步檐上一名海盗手中的长槊，提起左脚踹到这名海盗的小腹上。“砰”的一声，这名海盗已经被踹出步檐两三丈远。还没等那些个目瞪口呆的海盗回过神来，龚宰身子一斜，手中的长槊已经刺穿了坐在堂内西首一人的胸膛。这一刺，龚宰顿时找到了自己昔日叱咤沙场的感觉。湮没在白记寿木店十年，龚宰已经全身长满苔藓。如同一场意想不到的山洪，冲去了龚宰身上的苔藓，露出了本色。一个卑微的寿木店伙计转瞬就变成了纵横沙场、快意生死的猛将，仿佛时光一下子倒退到了十几年前。龚宰长槊一抽，开始入堂内猎杀。蔡昶以及堂内几个海盗头目眼珠子差点蹦出眼眶，还没来得及亮兵器反击，龚宰手中的长槊已经扫中了一名头领的脖子。如同挥刀斩去春天刚长出来的草木嫩枝，龚宰这一槊活生生斩下了这名头领的头颅。龚宰如此威猛，连久经沙场的曹其宸和荆善居也没想到。

堂内的蔡昶和几个头领一边躲逃，一边抽出兵器抵挡。想逃，没门。龚宰手持长槊，如虎入羊群，所向披靡。眨眼间，又有两名头目死在长槊下。曹其宸、荆善居左右分开，护着龚宰在堂内猎杀。兵刃相碰时发出的叮当声顿时响彻主寨大堂。不到半刻钟，蔡昶手下的六名头领已经全部毙命，堂前也是尸体一片。龚宰一手持着长槊，一手提着蔡昶出了堂内，走到了步檐上。龚宰像扔蛤蟆一样，将两手注血的蔡昶扔在地上。那些蔡昶原本想用来震慑龚宰的海盗已经被龚宰震慑，纷纷弃械跪地投降。直到这时，龚宰才开口。“都统原本想让你活，可你偏不想活。”蔡昶正挣扎着准备站起,龚宰手中的长槊直直一捅。长槊插进了蔡昶的身体。龚宰一拔长槊,蔡昶离开长槊,掉到地上,抽搐几下,就僵直不动了。

龚宰高声呵斥说:“还有没有像蔡昶一样想死的?”堂前的海盗鸦雀无声,个个趴在地上一动都不敢动。龚宰手中的长槊往堂上的泥地重重一顿,眼睛一睁,看着堂前的海盗。曹其宸呵斥说:“还不快将堂内收拾干净让副都统坐!”趴在地上的海盗赶忙从地上爬起,开始清理堂内、堂外的尸体。不一会,尸体清理完毕。龚宰在主位上坐下,海盗跪在堂前听候命令。“传令下去,不想留的统统滚蛋!”随着一声“是”,海盗退出了主寨。

打斗刚结束,两条帆船靠岸。江腾蛟带着数十名希声社兄弟下了船,开始接管岱山岛。龚宰、曹其宸、荆善居、江腾蛟一起巡视岱山岛。“这下好了!”做掉了蔡昶,拿下了岱山,江腾蛟抑制不住内心的兴奋,搓着手,向龚宰滔滔不绝了起来。

“岱山岛很大,附近大大小小的岛屿有好几百个。大多数岛跟岱山岛一样,都是树林茂密,海滩金黄。藏十万人都没问题,几百人找都找不着。就是离舟山岛,岱山岛都有数十里路,而舟山离明州鄞县又有数十里路。对别人来说,岱山岛很不方便;对我们来说,却既方便,又安全。小弟早就已经看上了岱山岛,由于已经被蔡昶占据,只好在黄鱼岛搭建临时基地。想不到,就是这样,蔡昶还是不放过。现在好了,真是应了敬酒不吃、吃罚酒。小弟做水上营生多年,觉得做海盗也不容易,能放就放,想不到越是避让,越欺负到头上来。神州人就是不见棺材不落泪。事情到了没有挽回余地时,才想到叫皇天,还能来得及?这几十年时间,浙江东西两道上下跳梁的那些人无一不是如此。小弟也是看实在无法劝和,才去金陵向都统请示办了他。想不到蔡昶这么一闹,白白让我们现成得到了岱山岛这个基地。”

“这里已经有副都统亲自镇守,其宸也就可以动身了。”

“流虬那边的事就全托曹兄了。”

“副都统放心,其宸一定会罄尽全力。”

“路上以及到了流虬,需要的物事准备得是否充分?”

“足得很,够他们在那里呆它个一年半载。”江腾蛟告诉龚宰。“凡是能想到的物事,都已经加份购买。这次曹大哥带去的是三艘万斛级大帆船。每条帆船上都配备了经验丰富的水手,其中还有好几位刚刚从流虬回来。为了防止出现意外,还配备了救生筏和已经装满水的小水囊。说句不吉祥的话,就算大船出问题,照样能够漂到那里。这次前往的人较多,每艘大帆船还特地安排了一名医师一同前往,带足了可能需要的药物。为了保持联系,还特意带了十几只信鸽,免得路途遥远,信鸽坠海。至少仆看来,已经是万无一失!”

“老哥从金陵出发时,少东主一再吩咐,就算时间再紧,准备也要充分,一定不能毫无把握地去冒险。明天,江兄再仔细检查一遍,看一看还有什么物事我们还没有考虑到!”

“仆马上回黄鱼岛,再仔细检查一遍。”

江腾蛟亲自细检查了一遍,确定已经万无一失,决定明天卯时起航。龚宰、江腾蛟等希声社兄弟站在码头上给曹其宸送行。三条万斛帆船、五条六千斛帆船、十一条千斛帆船载着希声社兄弟、各种工匠和民工,总共八百一十九人,迎着朝霞,离开码头,前往流虬。

龚宰呆在岱山岛耐心等了整整五天时间,终于收到了曹其宸写来的亲笔书信,船队已经安全到达了流虬。“这颗悬着的心,这回总算可以放下。”龚宰决定先回金陵。“这里的事情就交给江兄掌管,老哥先回一趟金陵。办完一些杂事,老哥马上回来。”

龚宰留下从金陵一同前来岱山的卓其功、田子戎、魏文国、柯齐家、张锡之等三个什的希声社兄弟协助江腾蛟,镇守岱山岛,自己则和荆善居一起乘坐帆船返回金陵。扬子江下游水流平缓,加上东南风,只用一天一夜的时间帆船就到金陵。

“老哥岱山这出擒贼先擒王的大戏演得精彩啊!”

“不是仆戏演得精彩,而是这群海盗充分体现了神州人的特性。想当年,感化军牙将张雄、冯弘铎遭节度使时溥猜忌,只聚集了区区三百人,就可以轻而易举地占据苏州,自称苏州刺史。怎么可能?想想都觉得不可思议。张颢也算得上是草莽英雄。原武忠王手下将领对他是噤若寒蝉。钟章泰只带了三十名壮士,冲进衙堂将张颢一杀,张颢手下的将士马上散的散,服的服。主子一死,手下喽啰马上做鸟兽散,是神州优良传统。神州人,你是狼,他就是羊;你是羊,他就是狼。蔡昶和几个头目一死,那班海盗立马趴在地上服服帖帖了。”

“原本应该一代好一代,结果却是一代不如一代。道德经说,勇于敢则杀,勇于不敢则活。那些个有些胆量的人,在神州能留下种子?看他翘头翘尾,皇帝不宰了他才见怪。有自已想法的死,敢行的死,敢言的死。若使民常畏死,而为奇者,吾得执而杀之,孰敢?老子已经告诉神州皇帝应该怎么去做。有胆也变成没胆,有想法也会变成没想法。结果只能是人人变成唯唯诺诺的小人。太史公司马迁说,猛虎在深山,百兽震恐,及在槛阱之中,摇尾而求食,积威约之渐也。争皇位打架斗殴的时候,跑得最快还不是那些个胆怯的人?原本是留下好的蒲瓜做种,神州却留下歪瓜做种。如此一来，自然是一个蒲瓜不如一个蒲瓜。”

“确实如此。就好比仆方才说的苏州，阖闾时期的姑苏人好勇轻死，如今的苏州懦弱怕死根本是两种不同的。就算是汉、晋时期，仍旧是吴兵锐甚，难与争锋，现在哦，还没有交战，腿脚早就已经发抖。这才使得苏州根本像一个仙子。张雄带着一批喽啰袭击苏州，自称刺史以来，苏州的主人走马灯似的换。杨茂宝、徐约、钱镠、沈粲、孙儒、董昌一个接一个。好好一个苏州城被糟蹋得已经跟废墟差不多。阖闾时的姑苏，早就只剩下残垣断壁、废墟墙基。”

“眼不见，心不烦。我们很快就看不到了。”

“仆去岱山前，已经陆陆续续去了些人。加上这次去的，如今在流虬已经有一千四五百人。有了岱山岛这个基地，人员货物来来往往更加方便。尤其是木材，可以直接从明州、越州等地购买。依照目前的进度，居住地很快就会建好，到时随时可以走人。”

“早一天走早一天心安。天天芒刺在背过日子，肯定短命。小子又不是猪，光想着吃而不考虑未来。现在是到了该考虑走的时候了。万一有什么风吹草动，一大班人退到哪去？最后只能是给人一锅端。很多人，死的时候，都不明白一生的努力是在替别人做嫁衣。

不仅是润州，就是鄂州、浔阳、广陵、金陵的希声社兄弟，都可以慢慢搬到岱山去，然后再搬到流虬。边建边搬，肯定比全部建好后搬，要节省好多时间。搬到流虬终究要成家，小弟飞鸽传书跟外婆联系，先将部分若水宫娘子搬到黄鱼岛、岱山岛去，也好让他们能早些时间相互认识，看看有没有自己适合的人，将来成家。

有道是，男女搭配，做事不累。有美娘子在身边，做起事来才有劲。”

“可以考虑让他们先搬到广陵，歇歇脚，再从广陵出发搬到黄鱼岛、岱山岛。”

“这样更好。现在有大批千斛以下的小帆船停在码头，空着。可以派小帆船去接，每天一两条，慢慢搬，也不容易引起人家警觉。一天搬个二三十，十天就有二三百人。几千人几个月时间就可以搬好。突然一大班人不见了影子，真会引起旁人注意。老哥，我们手中没交给徐知诰的粮食还有多少斛？”

“将近三万斛左右。”

“小弟看，就不要卖了，留着我们自己用。趁现在小帆船空着，先将粮食运黄鱼岛和岱山岛，再一点一点运到流虬去。从开始安家到最后自足，至少也得有三四年的粮食储备。没有足够的粮食，就算到了那里，最后也是饿死！粮食储备可是命脉。当然，我们如今有大把铜钱在手，又有自己的船队，再买也不迟，但两地隔着大海,万一运输中断,怎么办?手中有充足的粮食总让人心安。小弟想,将帆船都调到岱山岛,用于搬运人员和货物。”

“仆马上去安排。”

“老哥这几天就专门安排一下自己的私事,很有可能就不再回金陵了!”

以往,龚宰都是将近戌时才去逸仙居。成了希声社副都统之后,进出城不方便,想去逸仙居,只能在太阳落山前动身。这也是龚宰去逸仙居次数越来越少的原因之一。今天申时还没有到,龚宰就已经出现在了渡仙居。侍儿任一意告诉龚宰,主事宋如茨还没来。龚宰手一拱就离开渡仙居,径直前往芳草斋。龚宰轻轻拍了拍芳草斋的侧门,杜若香前来开门。

“副都统。”杜若香见是龚宰,俯身拱手说:“主事正在阳台上弹琴。”杜若香引龚宰入内,轻脚轻手地前往阳台。透过竹帘,龚宰看到宋如茨背对竹帘正在倾心弹琴,花非因站在一旁侍候。龚宰见花非因试图告知宋如茨,连忙举手制止。龚宰停住了脚步,倾听宋如茨弹琴。曲终,芳草斋响起了如同乐曲节拍的掌声。宋如茨转过身子,含笑说:“大哥偷听,为何我的琴弦不会断呢?”宋如茨岁数已经不小,但在龚宰面前说话的语气总让人觉得岁数要小很多。花非因掀开竹帘,俯身延请龚宰进入阳台。杜若香拿来一个软垫,放在琴侧,请龚宰坐。

“这主要是你这把琴的琴弦太韧。琴弦脆,不用偷听也会断;琴弦韧,就是偷听也无恙。”

“家父临终前反复叮嘱,我实在不忍违逆弄断。”

“有弦琴总比无弦琴好,虽然弹出来不一定那么好听,但至少还可以成曲。老哥已经好久没摸琴了,就乘这个兴,给你弹一曲。”

宋如茨没想到,连忙起身,将座位让给了龚宰。“这首曲子的名字叫《梦姑苏》,是老哥去白记寿木店卖棺材前创作。”自认识以来,宋如茨从来没听龚宰谈过自己,只有包下玉真居时龚宰透露了希声社副都统的身份。不过,宋如茨出于女人的好奇,还是打听到了一些有关龚宰的事情。龚宰在琴前坐下,两手一震,伸出一双手指长、手掌宽的大手,轻轻拨弄了两下琴弦,调校了一下琴音。酝酿片刻,龚宰开始拨动琴弦弹琴。琴声哀婉凄厉,让感觉身在旋涡中顷刻就要没顶时最后发出的无望哀鸣。宋如茨听着听着,忽然忍不住鼻子一酸,眼泪在眼眶内打起了转。宋如茨从袖袋内掏出了手绢。

最后一缕琴声消散,紧随着传来了一阵悠长而响亮的知了鸣唱声。

“大哥的琴声让我的心都碎了!”宋如茨用手绢擦了擦眼睛。“没有特殊的感受，怎么能谱写得出这样一首曲子！”宋如茨知道，龚宰在白记寿木店做了多年的伙计。一个寿木店伙计会弹琴，而且有那么高超的琴技，宋如茨没想到。“大哥就要走了……”龚宰的话还只说了一半，就被宋如茨打断。“大哥要离开金陵？”宋如茨又没想到。

“老哥要去明州。走之前，总得跟你说一声，道个别。”

太阳西沉，一天的晚霞落在了芳草斋前的水池里面。四周不时响起的阵阵知了声掩盖了花非因的琴声。在芳草斋的阳台上，宋如茨给龚宰饯行，杜若香一旁侍候。宋如茨说是给龚宰饯行，还不如说是当着龚宰的面喝闷酒。宋如茨频频喝酒，杜若香频频斟酒。

“夫人”，杜若香提起酒壶说，“今晚已经喝了不少酒了。”

“醉就醉吧，人生难得有一次醉。”

果然，喝啊喝，宋如茨喝醉了。酒一喝醉，狼狈就不说了。龚宰将宋如茨抱到床上，杜若香、花非因、尤尤服侍宋如茨宽衣、擦身。宋如茨俨然就是砧板上任人宰割的白肉。龚宰常在风月场走，神女醉酒见得多，并不稀奇。料理好宋如茨，龚宰去阳台继续喝酒。喝了酒杯里的剩酒，龚宰提起酒壶斟满酒杯。宋如茨已经醉了，不能陪龚宰。龚宰坐在阳台上，一个人吃着剩菜，喝着剩酒。

“副都统，还是别再喝了。副都统再醉了，芳草斋几个侍儿根本背不动。”

这一点酒不至于将龚宰喝醉。不过，酒这物事多喝也无益。龚宰不怕死，却怕病。喝伤了身体，遭疾病折磨，真是生不如死。渡淮南下以来，龚宰就从未暴饮过。过去不会，将来也不会。这世界，爱惜你的人永远是你自己。龚宰喝了杯中的酒，站了起来。侍儿服侍龚宰去沐浴。出了浴池，杜若香擦干了龚宰的身子。龚宰衣裳一披，就去房间准备睡觉。

翌日，刚刚梳洗完毕，渡仙居的侍从任一意急匆匆跑来芳草斋，告诉宋如茨，东主徐渊要她马上去一趟朱雀门。徐渊已经好多年没有关注过逸仙居，今天突然关注起来，宋如茨一听心惊肉跳了起来。逸仙居主事这个饭碗丢了，那可马上影响到今后的日子。如今神州，并不是能力强就能过上好日子。这点，宋如茨做了那么多年的主事，非常清楚。“大哥，我只能先去朱雀门。玉真仙子，大哥准备什么时候带走，就什么时候带走。”宋如茨连早饭都没吃，皱着眉头，匆匆带着杜若香离开了芳草斋。龚宰吃了早饭，就在芳草斋等宋如茨回来。

“大家，夫人不会有事吧！”

“有事、没事，我们都在芳草斋等她回来再说。”

芳草斋临水阳台朝东，上午太阳猛烈。龚宰坐在中厅几子旁，等宋如茨回来。花非因给龚宰倒了一杯清茶，站在一旁陪。“坐。站在一旁，老哥看着都累。”花非因走到几子旁，双膝一屈，跪坐了下来。两人无言了好久，花非因忽然问龚宰一个玄而又玄的问题。

“大家，这些年你一直浸泡在仙乡里面，有没有感到过寂寞？”

“生活无着落，朝不保夕，人多半会感到凄苦。”龚宰想了想，给花非因解释。“像老哥这种浸泡在仙乡而没有家的修仙客，有，就是寂寞。老哥却既不凄苦也不寂寞。你可能还不是很清楚，仙子就是仙子，是整个神州最不受制约的人。和仙子一起，你才会感到自己是个人。美酒尊中置千斛，载妓随波任去留。现在是沉睡在温软乡里面，真可谓是乐不思蜀！”

“据侍儿所知，夫人对大家，比起对自己的夫婿，不知疼多少倍！”

“老哥是不是有点偷鸡摸狗的嫌疑？”

“按照夫人的说法，这叫两情相悦。不是夫人父亲临终反复叮嘱，夫人肯定会跟大家在一起。这些时间，侍儿跟在夫人身边，只有大家来看夫人，夫人才会露出开心的笑容。侍儿岁数不大，还是能懂，跟谁在一起远比吃穿重要。夫人的父亲为了报答当初落难时收留，将夫人许给了他儿子。他那儿子，侍儿见过，纯粹一个耗铜钱的废物。侍儿都不晓得，那么多年，夫人是怎么过过来的。在父亲眼里，女儿就是财产，根本不考虑女儿一生的幸福。”

宋如茨带着杜若香坐上马车，车夫西门通赶着马车直奔朱雀门。行驶了两刻多钟，马车停在了朱雀门前。宋如茨一年中来朱雀门好几次，朱雀门家丁大多都熟悉。宋如茨跟站在门头的家丁行个了礼，带着杜若香进入了朱雀门。宋如茨微提着罗裙，几乎小跑去如茅斋。宋如茨抬头远远望去，看到徐渊正坐在如茅斋里面。宋如茨撂下杜若香，快步走过庭院，登了了步檐。宋如茨偷偷吸了一口气，抬脚向前走几步，站在徐渊前，俯身行礼。

“如茨前来听候当家赐示！”

“快进来坐！”

“多谢当家！”

宋如茨见徐渊脸色平和，说话语气温和，来时紧张的心终于舒缓了下来。宋如茨退到徐渊左前侧，微俯身子恭听徐渊训话。“老夫叫你来，有件事要当面问你一下，希声社副都统龚宰在逸仙居是否有相好？”宋如茨心不禁一颤。逸仙居主事成了修仙客的相好，只能卷铺盖走人。这相好肯定不是我。晓得是我，根本不会派人叫我前来询问。转而一想，宋如茨马上宽了心。"龚副都统常来逸仙居，跟玉真仙子好像特别要好。"宋如茨回答。

"玉真仙子是不是田颟的女儿？"

"是。"

"回去后，就让龚宰带去。原先的那些个文书契约，统统都给烧了。"

"当家还有没有其他赐示？"

"其他没什么事。你回去将田颟女儿的事办好就行。"

"如茨马上去办！"

宋如茨告退。白白紧张了一通。直到出了朱雀门，宋如茨才敢舒一口气。西门通驾起马车，载着宋如茨返回逸仙居。看门的仆役一看是宋如茨的马车，连忙拉开大门。西门通赶着马车进入逸仙居。马车缓缓前行，在通往芳草斋的岔道口停下。

"若香，去玉真居看一看，龚副都统是不是在哪？"

"晓得。"

杜若香小跑前去玉真居，宋如茨起步回芳草斋。"非因！"快到芳草斋时，宋如茨高声喊了起来。花非因一听宋如茨在屋外喊叫，连忙开门跑出了芳草斋，像鸭子似的，摆着四肢朝宋如茨跑了过来。"龚大哥呢？"宋如茨一边走一边问。"在屋内。"花非因告诉宋如茨。宋如茨没有停步，继续往芳草斋走。宋如茨快要走到门口时，看到了龚宰从门内慢慢走了出来。一看宋如茨的神情，龚宰含笑说："看起来保住了饭碗。"宋如茨挽着龚宰，进入芳草斋。

"一路心跳到了朱雀门。舅舅去世后，家里的几个兄弟，嫌他多病，耗费家中铜钱，硬逼着分家。这些年，其他不说，光药费就花去了不少铜钱。没了逸仙居主事这份差事，日子拮据那是肯定。如今金陵，哪有那么好的差事？"

"真有这回事，老哥也只好厚着脸皮，向少东主开口。"

"谢谢大哥。可惜啊，大哥就要走了！否则，大哥以后来逸仙居，我一律免费。"

"不是什么物事都免费好！有些物事收费高一些，人才学会节制。神州的那些皇帝多半短命，就是免费的物事太多。老哥来逸仙居也只是偶尔放纵，放纵，并非天天都如此。"

"掉进酒缸而不醉，维我龚大哥！"

"别恭维了，老哥不是君子。"

龚宰和宋如茨在屋内中厅几旁坐下，花非因献上清茶。"大哥，你就在这里歇息,玉真仙子的事,我去办。”“是不是需要老哥签字画押?”“不用。”一出门,宋如茨撞见了杜若香刚从玉真居赶回来。宋如茨吩咐说:“去给我弄些吃的回来。”杜若香跑去食厅给宋如茨弄点心,宋如茨则去度仙居办理玉真仙子的事情。玉真仙子这种事情宋如茨自己手里出,很快就办妥当。“全都办好了!”宋如茨赶回了芳草斋。“先去擦把汗。”见宋如茨额头全是汗,龚宰含笑说。宋如茨一笑,去了盥洗室。宋如茨刚擦了汗出来,杜若香提着食盒来了。

“若香,非因,尤尤,你们也先去吃饭。”

杜若香,花非因,尤尤三人离开了芳草斋,前去食厅吃饭。一日三餐,逸仙居早餐时间特别迟。一些仙子直到巳时才起床,梳洗梳洗,吃早餐时,都差不多午时了。一碗瘦肉粥很快吃完,宋如茨用手绢抹了一下嘴。“当家要我将它烧了,想想还是交给大哥处置。”宋如茨从袖袋内掏出文书契约递给龚宰,龚宰接过文书契约,放进袖袋。

“铜钱呢?”

“当家督办的事情,还需要什么铜钱。”

“早上叫你去,就是为这件事?”

“弄得我一路神经兮兮,想来想去只想到坏事。匆匆忙忙赶到朱雀门,见到了当家,才晓得就为这么点小事。从当家的口气中,我感觉,当家应该已经晓得了大哥的底细。我也很好奇,就是不敢多问。当家不想告诉你的事情,问多了肯定是自讨没趣。从中我看得出,大哥确实是一个非常人。我能交上大哥这个非常人,也算是一种幸运。上次相会后,我总感觉大哥布的种应该已经发了芽。但愿能让我有一个像大哥这样的儿子!”

“非常人意味着有非常的故事,但未必一定就是好事。人还是平常一些好。吃了睡,睡也吃,肯定很幸福。所以,神州历来就是买醉的人多。老哥马上要离开金陵了,徐大当家晓得老哥的底细就让他晓得去吧。老哥帮少东主创建希声社时,就已经做了准备。老哥的故事都是一些陈年烂谷子,根本不屑一提。你想听,老哥就讲给你听。希声社的兄弟,哪一个没有离奇故事?没有离奇的故事,希声社还不一定要。老哥算不上是非常人,少东主才是真正的非常人!玉真仙子的命运说不定因老哥而改变,老哥的命运却因少东主而改变!不是少东主,老哥都不晓得今天会在哪里。老哥就要走了,只能再抱一抱你!”

龚宰站了起来,走到了宋如茨身边,轻轻地将宋如茨抱了起来。宋如茨就像是一只白色的兔子,附依在龚宰的怀里面。宋如茨抚摸着龚宰的胸膛,颇为伤感地说:“大哥这一走,我真成了只能对镜子说话的人!”龚宰抱着宋如茨,在芳草居内慢慢踱着步。龚宰轻轻地咬了一口宋如茨。

“常言道，天下无有不散宴席。就算是一百年，最终还是要散！老哥在金陵，遇到你之前，连影子都不能有。正如你所说，终究是逸仙居的主事。想想逸仙居那些仙子，你就会释怀了。老哥走之前，给你讲一个故事，免得你睡不着觉！老哥出生在蔡州……”

龚宰抱着宋如茨，慢慢走，慢慢讲故事。

龚宰将一生浓缩成了一个故事。这个故事历时四十一年，龚宰只花了不到半个时辰就已经讲完。随着时间的流逝，不仅细节就是故事梗概龚宰都已经淡忘了。如同留在龚宰身上的伤痕，连龚宰都不知道在什么时候、什么地方留下了。

“方才那一口肯定已经咬出血印。”

“老哥身上刀痕很多，留下牙印也是记号。”

龚宰抱着宋如茨在几子旁慢慢坐下。宋如茨解开龚宰的衣襟，胸前厚实的肌肉上留下一个很深的血印。宋如茨舔了一下龚宰胸口的血印，重新拉上龚宰的衣襟。

“大哥，我还想再听一听你弹的曲子。”

“想听什么曲子？”

“双燕离。”

“这首曲子过于伤感。你喜欢，老哥就给你弹。”

宋如茨离开了龚宰的怀抱。尤尤抱来了琴，放在几上。龚宰试了一下音，开始弹奏《双燕离》，宋如茨依着韵律起舞。琴声凄婉，舞姿靡丽。杜若香，花非因，尤尤站在一旁，个个屏住呼吸，眼睛不敢多眨一眨，盯着宋如茨翩跹起舞。

曲终舞罢，宋如茨就让杜若香、花非因去备酒食。昨晚，宋如茨给龚宰饯行，结果喝得酩酊大醉。宋如茨着实不想在龚宰走之前给他留下一个狼狈的模样，重新给龚宰饯行。酒宴设在玉真居，名上是给玉真仙子送行。一听说田无思要离开逸仙居，逸仙居众仙子纷纷主动前来给田无思送别。送别酒宴持续了一个多时辰才结束。将近申时，在众仙子抽泣的道别声中，宋如茨率领众仙子送龚宰、田无思、陈扬猗出了逸仙居。

龚宰到岱山岛还不到两旬，鄂州主事皇甫子和夫人罗湘以及四百一十五名希声社兄弟乘坐二十九条一千斛到一万斛不等的帆船到达了岱山岛。仅过了两天时间，两条搭载娘子的一千斛帆船到达岱山。那些个希声社的后生，如同长时间没吃到了肉，突然看到了眼前摆放一大碗红烧肉，口水只往肚子里面咽。第二天，又有两条搭载娘子的一千斛帆船来到岱山。这让原本清一色的岱山,突然之间有了多种色彩。龚宰和江腾蛟、齐克谐、皇甫子、章毅、褚可师、敖江商议后,根据需要将人员分为六组,分别主事货物运输、食品蔬菜供应,基地寮房搭建,黄鱼岛和岱山岛防务,海洋捕捞,与希声社总社和若水宫的联络以及后勤杂务。

夕阳西下,吹着凉爽的海风,龚宰陪田无思在沙滩上踱步。"叔父,来到这里后,我才明白什么是人间仙境。"到了岱山,龚宰告诉田无思,他认识她父亲田頵,而且跟她父亲田頵有较深的交情。不过,龚宰没告诉田无思,他曾是田頵的行军司马。"以后你就叫我叔父吧。"很快,岱山所有人都知道田无思是龚宰义兄的女儿。

"人间仙境,远呢!等搬到了流虬,那里才是人间仙境!"

"对无思来说,这已经是无法想象的人间仙境。无思在逸仙居,渴望的就是侠士将无思救出逸仙居。遇到了叔父,无思心里只想,叔父能将无思渡出去。叔父不仅将无思渡出逸仙居,还将无思带到了这个仙境。无思心里总是想,以后要好好孝顺叔父;报答叔父的大恩。无思小时候常听家母念着遇人之不淑矣。

一生幸与不幸,就看遇上什么样的人。家母一生由幸转为不幸,无思由不幸转为幸,就是遇人之不同。没有家父,家母就不会有这样凄凉悲惨的人生;没有叔父,无思就更不能来到这个人间仙境。正如叔父所说,叔父能够如此,就是少东主。

神州啊!一人不幸,累及一批人跟着不幸;一人幸,泽被一班人跟着幸!少东主一人带来多少人跟着幸。滴水之恩,当涌泉相报。少东主那么大的恩情,无思却没有一样物事可以拿出来报答,说来也是一种遗憾!看来,只能如平常说的那样,只盼来生做牛做马啦!"

海浪拍打沙滩,退去后,留一个漂亮的贝壳。陈扬猗弯腰将它捡了起来,似乎是在问龚宰。"这是什么贝壳,怎么这么漂亮。"什么贝壳,田无思不晓得,龚宰也不清楚。"叔父觉得,你不如趁着空闲时间,多捡几个漂亮的贝壳,做成手链,将来少东主来时,送给他作为礼物。"龚宰提了一个建议。没两天,田无思、陈扬猗、尤尤就捡回了一堆贝壳。经过反复比较,挑选出大小相近的一十七枚贝壳,做成一串手链,只等石斛来岱山。

时间一晃过去了两个多月,宋如茨带着花非因来希声社找石斛。石斛不在总社,林森寒接待了宋如茨。"这事得都统同意,森寒做不了主。"宋如茨说明了来意后,林森寒建议。"夫人不急,等都统回来,森寒将夫人的意思告诉都统;夫人急,只能亲自去问都统。都统的家在鸡鸣巷,很好找。"宋如茨没有多留,道了谢,就跟林森寒告辞,去鸡鸣巷找石斛。

果然，宋如茨问了一个街坊就问到了石斛家。院门关着，花非因去叫门。阿虎吠叫了起来。石斛此时正在后堂跟尹如雪聊八月初九婚礼的事情。“曲柯，去看一看，谁来了？”曲柯起身跑了出去。“这些个杂物事，孩儿会处理。妈只管跟平常一样过日子。”曲柯忽然在前屋高声喊：“哥哥，有人找你。”“妈，孩儿去看一看。”石斛快步来到前堂。

宋如茨带着花非因已经进入院门，站在庭院上。石斛快步下台阶迎接。“不知夫人有何事需要小子效劳？”石斛手一拱。宋如茨膝一屈，俯身拱手说：“小妇宋如茨，想请都统帮一个忙。”“请夫人到堂内坐下来慢慢说。”石斛延请宋如茨去堂内坐，薛霏霏送来了清茶。

“小妇前往希声社总社，迎宾听小妇说，跟副都统龚宰熟，告诉了都统的住址。小妇来找都统，是希望都统能引小妇见一见副都统龚宰。”

“夫人遇到什么麻烦，无须见副都统，小子也可以帮着解决。”

“小妇的事情，只有见到了龚大哥才能解决。”

“据小子所知，副都统金陵好像没什么其他亲戚。”

“不瞒都统，小妇是逸仙居主事。”

“夫人，逸仙居主事的薪资可是很高的哦！”

“有些物事好像跟薪资高低没什么关系。”

“小子晓得，副都统跟逸仙居有些关系。小子不清楚，夫人去了，副都统是什么反应。”

“都统面前，小妇没什么可以隐瞒了。龚大哥去明州前那天，小妇就和他在一起。不是小妇的那根琴弦还没有断，小妇已经跟龚大哥一同前往了。如今，琴弦已断，终于可以下了决心。所以，小妇才不顾脸面，来找都统帮忙。”

“小子懂了。夫人先回去，待小子的婚礼举行后，一同前往如何？”

“都统一诺千金，小妇就在逸仙居等候。”

“这几天，夫人可以做些准备。到时候，小子定会派人前去接夫人。”

“那小妇就不打搅都统了。”

回返逸仙居，宋如茨就开始打理行头。除了离不开的日常生活用品，其他能引起回忆的物事一律不要。宋如茨不想记住这些个不堪回首的往事。宋如茨当天就打理好行头，在逸仙居芳草斋等候这一天到来。

第八十六章　注定

有罪恶者无侥幸，无罪过者不忧惧。

——《汉纪》

石柏足足泡了一个多时辰，才从水坑中爬了出来。这一个多时辰里面，石柏天南地北想了很多问题。回到善地宫时，石竹已经睡觉。石柏将换下来的衣裳交给辛子惠去浆洗，就下了庭院。半轮月亮此时高挂在天上。石柏走到石桌旁，坐了下来。

辛子惠送来了一杯凉茶。"谢谢！"石柏向辛子惠手一拱。"大公子客气！"辛子惠俯身手一拱，离开了庭院。这杯凉茶还只喝了一小半，石斛就来了。"妹妹呢？"石斛边问边在石凳上坐了下来。"已经睡了。"石柏喝了一口茶。

"这几天坚持要给外婆守灵，累坏了。"

"哥也累，看看哥的眼睛就晓得。"

"身累没什么，歇息几天，就能恢复，最怕的就是心累。"

"呆在神州，想心不累看来是不可能了。"

"你的居住地计划进行得怎么样了？哥很想晓得。"

"一句话也说不清楚。不如躺到床上去，慢慢跟哥说。"

"子惠！"石柏叫了一声。辛子惠从厢房中走了出来。"麻烦将茶盏收拾一下。"石柏吩咐。"晓得。"辛子惠快步过来收拾茶盏。石柏和石斛一起离开了庭院。两人进入善地宫，没有点灯，布鞋一脱，就躺在了竹席上。黑洞洞中，石斛给石柏讲居住地的事情。"哥终于彻底没了后顾之忧！"石柏听完了石斛关于住地建造计划以及进展情况的介绍，好像感到突然放下了千斤重担，顿时一阵轻松，不禁长长吸了一口气。

“外婆去世后,哥这些时间一直在考虑若水宫和天清派的未来。眼下的神州,上至庙堂下至江湖,全被土匪占据着,到哪去?哥想来想去,就是想不出地方。躲在若水宫终老?就算躲得了,也不能在这个肚脐窟里过一辈子。朱温死了,洪温还在,我们改变不了它。现在好了,到时候一搬就是。铜钱的事情就别去考虑,外婆这些年不晓得聚集了多少铜钱。光前次哥从尚与鹏家劫来的金银珠宝,就足足够你建造一座城池。要多少,有多少。”

“铜钱不会有问题。哥可能不晓得,我现在就铜钱多。自到金陵以来,我做的事情只有一件,就是赚铜钱。在那些个雅士眼里,我已经变成了俗不可耐的俗人。”

“有铜钱就行,管它俗不俗。南华真人没饭吃的时候也只好去向监河侯借粮食。神州这个地方,没铜钱就意味着你要饿死。俗人、雅人,首先都得让自己不被饿死。有了铜钱,你可以雅,也可以俗;没有铜钱,你想雅也雅不起来。罗隐做不成雅人,从九华山上跑下来去投奔土匪钱镠,就是没铜钱。雅人,说白了就是有铜钱的人。徐温那不会有什么麻烦吧?”

“不会。我识时务,通机变,会根据不同的环境改变自己的颜色。”

“实际上,哥根本不要操心。从小时候起,你就很会变通,不像哥,有时候还会钻一钻牛角尖。在神州,你不晓得变通,怎么能行?七伯父就是不识时务、不知变通导致被朱温弑杀。爸不现实,哪有你我兄弟两人?祖父下面,除了爸,还有谁至今还活着?”

“是。金陵这几个月体味特别深。”

“识时务不等于去学曹商舐痔,不等于为虎作伥。像后来变成了朱温宰相的原御史大夫薛贻矩,有多龌龊就有多龌龊。还活着,大哥一定要他尝一尝剐刑的味道。这种人最后能够善终给神州人树了一个很不好的榜样。这种人不得好死才会教育神州人怎么做人。薛贻矩晓得七伯父这个主人已经失势而朱温正得势,就开始向朱温摇尾,做起了为虎作伥的勾当。所谓识时务,在孔丘门生的眼里,就是如何认准老虎做伥鬼。只要能做得成伥鬼,他们的目标就已经实现。原先还要遮羞布遮一遮,现在是干脆不要脸了。朱温皇朝上下还能找得出一个有脸的人?老虎之所以屡屡得手,就是像薛贻矩这样的伥鬼太多。”

“这种伥鬼徐温手下也是一大把。”

“像杜荀鹤这种人,想做伥鬼也做不成,只好去给老虎舐痔。这些年,有多少赞颂朱温的诗歌?那些肉麻的诗句,哥看一眼就想吐。还有没有什么耻?想想,真是可恨又可怜。我们识时务只是想找一找生存的缝隙活一活，不是学曹商去舐痔，更不是为虎作伥。不是想识时务，是不得不识时务。土匪霸占着这个世界，不识时务，想入非非，只有死路。只有那些白痴才会受那些骗子的骗，不肯去面对现实，而去做小康大同的梦。生活在神州，黄粱美梦越多，流血丧命的机会也就越多。我们兄弟俩决不侥幸过日子。莫非还将希望寄托在罪恶累累、恶贯满盈的朱温、宋文通、王建、刘守光这些土匪身上？哥做了几个月的掌门，已经没了心里原有的一丝幻想。你回金陵，就做居住地建造的事情，其他都先晾一晾。一旦建成了居住地，管他是徐温还是朱温，反正都是温。到时候，你想雅，可以拿张琴弹一弹，拿支笔画一画，写几首歪诗，做几个歪对，我们又不是不会。"

"我现在就盼望着走。"

早上起来，吃了饭，兄弟两人协助母亲和姨妈处理外婆的遗物。呆在若水宫的十几年时间里面，朱邪以清收藏的物事还真不少，光古琴就足足有十一张。朱邪以清收藏的任何一样物事尹如雪都不舍得扔。"还是放着不动吧。"当扔还是要扔，当烧还是要烧。趁间隙，石斛和尹似雪商量米栗的安排。"外甥想了想还是决定让米栗继续呆在若水宫，待时候和姨妈一起走。"石斛这主意尹似雪赞同。"目前看来只能是这样安排。其他都不去说，如今你还没有跟徐榛成婚，万一打翻了醋缸，生出个事端，真不好处置。"石斛倒没有去想，徐榛会不会打翻醋缸，只是觉得能不去金陵最好不去金陵。不怕一万，就怕万一。任何看似不可能发生的事，在神州却偏偏会发生。否则，也就不可能有飞来横祸这一说。

"徐榛打翻醋缸还不至于。外甥让她暂且留在若水宫主要还是出于安全考虑。徐温、徐知诰瞧见米栗的可能性几乎是零，但不能说完全没有。万一被认出，后果外甥不敢想象。外甥已经跟大哥商量妥当。大哥在这里协助姨妈做好走前的准备事务，外甥则集中精力去营建居住地。"

"建造好居住地，是外婆的最后心愿。二郎只管忙去。徐榛问起，你就说外婆刚去世，宫里的事情需要米栗协助处理。你不愿意撒谎，替姨妈撒个谎就是。"

"姨妈放心，你的外甥哄娘子，有一手。"

"会哄就好。"尹似雪笑了起来。"会哄娘子也是做男人的最基本要求。这样才不至于像没头苍蝇似的稀里糊涂地被娘子牵着转。"

忙了整整一个上午，终于将朱邪以清的遗物处理完毕。石斛回到善能宫时，徐榛和米栗正坐着喝茶，于苓、萧竹、茹若一旁侍候。徐榛往里一让，石斛就在徐榛边上坐了下来，拉开小布囊的口子。"什么物事？"徐榛和于苓等几个，纷纷将头伸了过来,看石斛从布囊里面能变出什么物事。“玉佩。”石斛从中拿出一枚玉佩,先递给于苓。于苓不知石斛何意,接住了玉佩。石斛又从布囊里面拿出一枚玉佩给了萧竹,然后是曲柯、茹若。

“怎么会有那么多玉佩?”

“外婆收集了很多宝贝,小子看玉佩漂亮,拿了几枚,给你们留个纪念。”

石斛从布囊中拿出最后两枚玉佩分别给了徐榛和米栗。徐榛带头,个个都将玉佩带在了腰上。“茹若,我和你换一换。”曲柯提出要跟茹若换玉佩。石斛挑的这六个玉佩形状款式都不同。茹若看了看曲柯的玉佩,同意调换。换好了玉佩,重新带上。“我们先去吃饭。”石斛说着就起步,众人离开善能宫,前去膳房吃饭。吃了饭,石斛带徐榛去跟石岩、尹如雪道别时,尹如雪说:“明天我们就要回去了,让斛儿带你再好好逛一逛若水宫。”若水宫,还只在昨天傍晚匆匆看了一看,徐榛还真想再仔细看一看。不过,只能等午休之后。

“姐姐就跟我们一块回金陵吧。”

“姐姐还是先呆在这里。妹妹不晓得,在这里,晚上就是开着门睡觉,也不会有问题。”

“那总不能就呆在这里吧。”

“还是先在这里呆一些时间。外婆刚去世,若水宫的事情肯定很多,米栗留在这里还能帮上一些忙。爸和妈肯定也不希望米栗回金陵。在这里,起码比金陵安全。不是吓表妹,二表哥在紫金山出手救了个人,结果导致二十来个人被杀。”

“石斛,不会有那么多吧?”

“小子莫非想骗你不成?小子家两个佣人,船主周胜殷和他的两个船工,戚冷的母亲和他新妇,鄂州湛建旗的寿木作坊整整十三条人命,你算算,多少了?甚至连小子的朋友田般若最后确定也是他们杀。不是李邈、吕夷则有能耐,也已经死在他们之手。他们对付不了小子,就去对付跟小子有关系的人。爸和妈不是不得不回金陵,小子也希望他们留在这里。这里其他没什么,就是安全。如今这世道,安全有了保障,人才可能做其他事情。这次回到金陵,小子会全力以赴去安排我们日后的地方。你愿意将你将来的幸福托付给了小子,足以说明你对小子绝对信任。辜负了你,小子看啊,捏鼻子钻茅坑算了。”

“你钻了茅坑,我怎么办?”

“小子愿意钻茅坑?不想将来钻茅坑,小子只好全力以赴。还是就此打住,免得你的耳朵起茧。你有午休的习惯,是继续保持,还是打破习惯,陪你外面走走。”

“你一说，我真有些困了。你还是先陪姐姐走一走吧。”

石斛起身送徐榛和于苓进入房间，等徐榛午休起床。“好好睡一觉，小子等你。”石斛抱了一抱徐榛，退出了房间。于苓紧跟在后关上房门。“我们也进房间，免得说话吵了徐榛睡觉。”米栗站了起来，跟着石斛，进入房间，等徐榛午休起床。茹若阖上房门。“一松弛下来，还真觉得有点累。”石斛在床沿一坐，张开双臂，往后一靠，靠到了在床上。米栗身子一屈，坐到了石斛的身边。

“在我的印象里，二表哥一直就忙忙碌碌。”

“这个时候不忙，老的时候就没机会忙了。有一点好，小子这人再忙也会照顾好自己的身体。这种害人害己的事情小子不会做。小子一般都会保持足够的睡眠时间，日出而作，日落而息，生活很有规律，忙一点应该没问题。你是不是也睡一会？”

“不想睡。还是和二表哥说说话，已经好长时间没说了。”

“小子这一走，说不定又要过好长一段时间我们才能再说一说。”

“能说一说，我就已经很知足了。金陵一年时间里面，我跟谁说去？每天陪伴我的只有我自己的影子。怕人听我的声音晓得我是女儿身，我只得装哑巴。我都怀疑，再这样继续装下去我真会成了哑巴。遇到二表哥，我才有了一个可以说话的人。前后一比较，我才真正明白，有一个跟你说说话的人真的很重要。二表哥这次回金陵，只管忙正事。什么时候忙完了正事，什么时候再来。我在这里实际很好，二表哥无须替我担心。这里不仅人多热闹，而且人与人之间的关系也好。这里的姐妹，个个都有自己凄惨的遭遇，很能体谅人。”

“不是情况特殊，小子也不会将你扔在这里。眼下，金陵你还去不得。小子看过通缉你的画像，推断徐温和徐知诰很有可能当时没有看清你的长相，否则画师不可能画出跟你一点也不像的画。不过，描述不出来，见了面说不定就会想起来。这种险不能冒。我们不能去做功亏一篑的蠢事。徐榛、于苓说小子冷血，就让她俩说去，反正小子脸皮厚。”

“那是不知道内情。知道了，就会明白，二表哥实际一点也不冷血。”

“说起来，小子还真有点冷血。你晓得，小子的父亲虽不是皇帝，但伯父、祖父可都是皇帝。神州人，最冷血的就是皇帝。亲情、友情，权力前面，什么都不是。”

“神州人的祖先多少跟皇帝有些关系。依二表哥的说法，岂不是人人冷血？”

“看来，神州人冷血无疑，不过程度不同而已，只是和皇帝血缘最近的人最冷血。”

“除了黄帝，米姓家族往上推，好像没人做过皇帝。”

“所以，你的血比小子热得多。不信，摸一摸小子的肚子，冰不冰?”

米粟将手伸到石斛的衣裳里面，摸石斛的肚子。“是不是冰冰的？小子没骗你吧。”米粟笑了起来：“大热天，身上有汗，皮肤自然是冰冰的。不信，摸摸我。”石斛伸到衣裳里面，摸一摸米粟的肚子。“你热多了。”米粟轻轻拍了一下石斛的脸。“就喜欢瞎扯。”

“小子可能瞎扯，比你冷血肯定无疑。”

“实际上，人还是冷血点好。热血沸腾，如今世道想不出事都难。还是像二表哥这样最好，不冷也不热。冷静判断，面对现实。跟二表哥相处了那么久，我现在也冷静多了。神州人说不上冷血、热血。当热的时候，血冷得很；当冷的时候，却热血沸腾。结果可想而知，就是想不出差错都不可能。”

“这么说，你不怨小子当初坏了你的复仇大计啰。”

“早就已经不怨了。换成是我，我也只能出手阻止。冷静下来想一想，就不会怨二表哥。就算对方不是徐温，是一个跟我毫无瓜葛的陌生人，难道就睁着眼睛看着被人活活射死？只要还是一个人，做不到。确实，让我放弃复仇真不甘心。不甘心，又如何？外婆走了的当天夜里，我还真梦见了我父亲。我父亲说，沃儿，我原名叫米沃，仇报得了就报，报不了就不报，好好过日子重要。”

“说得对，以后就好好过日子。”

米粟何尝不想好好过日子？当年，米志诚连说一声“冤枉”的机会都没有，就已经死在严可求设下的伏兵之手。泰宁军节度使米志诚尚且如此，就更不用说别人了。米志诚去牙城庆贺湖南大捷时，根本没想过徐温会在牙城设下伏兵，等自己去送死。米志诚的妻儿做梦也没想到明年的今天就是自己的忌日。就在你觉得一切都太平无事的时候，灾祸悄然降临。

“可能是我常这样想，才做这样的梦。在神州这个地方，想过上日子都不容易，就更别说过好了。想我吧，节度使的女儿，刹那间就成了东躲西藏的逃犯。别人没想到，连我自己也没想着。普通人家的女儿更是想都不敢想，生死全捏在别人手中。活在神州，就像舅舅说的那样，是待宰的鸡。方才还在四处找食，咯咯叫，此刻已经是一刀。不瞒二表哥，我越想是越怕，怕一年前一样，突然飞来横祸。”

“怕没什么必要。怕这样，不怕也这样。鸡不会因被主人杀而不活。不考虑过去，也不想将来，先过好眼前的日子。小子总觉得，容易要过好，不容易也要过好。别人说小子苟且偷安也好，苟存残喘也罢，没有其他选择的情况下，小子都要不择手段地过下去。那些个鸡鸭，被宰之前，哪一天不是过得高高兴兴，有滋有味？谁要我们投胎做人？不怨天，也不尤人。除了这样，我们还能怎么办？你看小子，整天笑。要么哭，要么笑，小子选择笑。上次，碰到暴雨，头上那顶斗笠根本遮不住。路上就小子一个人不跑。跑什么？跑了个半死，照样淋透。”

“会不会有人说二表哥是傻蛋？”

“别人喜欢说，就让他说去。说小子是傻蛋，小子不会真的就变成傻蛋。你舅妈总是告诉小子，话么，一口气，说了就没了。别人的话，听过笑笑就是。我们要在无奈之中，寻找办法。日子过好过不好，心态很重要。心一放松，最艰难的时期，我们也能高高兴兴度过。”

“和二表哥在一起，我就会忘记了将来，不高兴，也会高兴。”

“小子不在身边，你更要高兴。你留在这里也是暂时的需要。小子回去后，就会全力建造居住地。到时候，我们就可以到居住地去，过一过坦然的日子。有件事情要告诉你。”

“什么事情？”

“小子已经找到你的侍儿柳依依。”

“二表哥找到了柳依依？”米栗很惊奇。“二表哥又没见过，怎晓得就是我的侍儿？”

“碰到虽是巧合，确定倒花了不少力气。”

“还是二表哥有心。”

“你那么在乎她，小子能做到自然要做。”

“她晓得不晓得我和二表哥的关系？”

“小子傻啊？肯定不会告诉她。万一露馅，怎么办？她现在留在你舅妈身边做侍儿。这次来若水宫，没带她，就是怕出差错。将来，你就当她是侍儿慢慢熟。她不晓得，小子已经晓得你过去的故事。将来见了面，肯定装做是陌生人。恰当的时候，你跟她吱一声，就会将你的秘密藏在心里。她已经改名叫薛霏霏。她做了差不多一年的侍儿，主人都不晓得她的身世。可见，她不仅聪明，而且嘴很紧。”

“二表哥晓得不晓得时济叔的下落？”

“据逃散的仆役回忆，米时济认自己是米家人，当时就被杀了。”

“现在我才真正晓得，好人有好报纯粹就是骗人。”

“不骗你，恶人怎么办？只有好人相信有好报，恶人才能做稳当。”

翌日清晨，石斛和父母、徐榛一起离开了若水宫。

石斛一行到达金陵时已经是六月十三的下午酉时。登上金陵码头,还没走多久,石斛就被荆善居拦了下来。李邈去了浔阳,龚宰去了岱山。为应对突然事件,石斛让希声社外事部主事荆善居代管总社的事情。荆善居走在石斛边上轻轻说:“善居给都统说件事。”石岩、尹如雪、徐榛都在场,不好跑到一旁去说,石斛慢下了脚步。石斛和荆善居走在最后,边走边嘀咕了起来。

“前天得到情报,鸥枭帮遭到李简的水军袭击,损失非常惨重。鸥枭帮主寨所在地田螺岛都已经变成了下水军都指挥使归制辅的营寨。除帮主褚可师带着几十名弟兄杀出重围退到荸荠岛外,留在田螺岛上的兄弟不是被杀就是被俘。”

“敖江有消息吗?”

“副帮主敖江早两天已经带着部分兄弟撤到浔阳。其他菱角岛、橘子岛、泥鳅岛、野鸡岛上的兄弟都受到不同程度的冲击。整个鸥枭帮,现在只剩下梭子岛完好无损。皇甫子前些时间一直在安排撤离,万万没有料到李简不先去跟马殷的水军打,而是先进攻鸥枭帮。”

“鄂州分社情况如何?”

“李家庄以及分布在鄂州的几个据点都没事。”

鸥枭帮不打希声社的旗帜。鸥枭帮的主寨所在地田螺岛位于洞庭湖北通往扬子江的要冲上。早在吴楚交火前,水军都指挥使归制辅就已经晓得田螺岛上驻扎着一股水匪。归制辅决定率先抢占田螺岛,为接下来的吴楚大战做准备。于是,也就有了鸥枭帮遭袭击的故事。

“褚可师突围后,已经撤到了荸荠岛,和齐克谐一起退到了李家庄。为了躲避战火,鄂州分社主事皇甫子决定撤离鄂州。据皇甫子传来的消息,鸥枭帮的家当全没了不去说,鄂州分社光帆船就损失了十几条。战事一起,扬子江封锁,考虑兄弟们的安全,皇甫子决定抛弃帆船,先撤回到了浔阳避祸。刚刚得到消息,他们已经安全到达了浔阳。”

“命都没了,还管什么鸟蛋帆船。鸥枭帮伤亡情况具体如何?”

“具体人数不详。据传回来的消息,整个鸥枭帮,最后只有一百九十四人回到李家庄。”

“白鹰堂情况怎么?”

“白鹰堂没事。”

“想不到,还是这样的结果。真个是养大一个人要花二十年,杀一个人只用一刀。小弟明天去见徐温,先让李简将被俘的人给放了。如今西线战火已燃,东线很可能也会开始。就算暂时风平浪静,土匪钱镠肯定也会睡不着觉,根本无暇顾及原本就不管的岱山岛。我们正可以利用这个机会开始走人。

荆兄用飞鸽传书和派人前往双管齐下的办法迅速告诉李邈和皇甫子。首先,全力寻找失散的兄弟。其次,叫李邈多派几名弟兄偷偷前往鄂州,接应那些可能被李简释放的兄弟。第三,所有受伤的兄弟暂时留在浔阳养伤,其他已经撤到了浔阳的鄂州希声社分社兄弟统统走水路,离开浔阳,前往黄鱼岛和岱山岛,帮老哥加快基地建设。这鬼地方是不能再呆了。"

"善居马上去办!"

"想办法联系上雷富山,告诉他,粮食暂时就不要收购了,免得堆在那里烂。眼下吴楚交战,不可抗拒,没法运。只有等局势稍稳之后再说了。"

到了总社,林森寒已经备好了马车在门头前空地上等候。众人先后上车,前往北门。马车在鸡鸣巷巷口暂停,石斛匆匆跟父母道个别,护着徐榛、于苓前往朱雀门。一名家丁见石斛在门头前下马,连忙跑了过来。石斛手一拱,前去扶徐榛、于苓下马车。"孔兄先回,小弟先送她俩进去。"石斛手一拱,转身起步,就和徐榛、于苓一起,进入朱雀门。

"爸应该在云需斋吃饭。"

石斛跟着徐榛前往云需斋。徐榛和石斛踏上步檐,就看到徐渊、钟夫人和谢宛然、徐定城正在用餐,两旁站着一班侍儿。

自从不去寺庙烧香而在家调养将息,钟夫人身子也慢慢复原。钟夫人认为是佛祖保佑的结果。徐渊亲自陪钟夫人到许过愿的寺院去还了愿。见石斛和徐榛前来,谢宛然、徐定城站了起来。石斛、徐榛脱去布鞋,快步走了上去,屈膝下跪给徐渊和钟夫人施了礼。石斛起身后,又给谢宛然行礼。谢宛然见石斛身上穿的竟然就是自己缝制的衣裳,嫣然一笑,俯身拱手回敬。"城儿,给姑父、姑姑行礼。"谢宛然将徐定城拉到石斛、徐榛跟前,徐定城伏地给石斛、徐榛拜了一拜。礼毕,石斛单膝跪在徐定城跟前,两手握着徐定城的手。

"吃饱了没?"

"吃饱了。"徐定城轻轻拍了拍肚子。

"以后都要吃饱饭,才能长大。"

钟夫人含笑说:"看样子,石郎将来会是个好父亲。"

"姑父!"石斛正准备开口,徐定城突然叫了一声。

"有什么事需要姑父帮?"

“想请姑父教我武艺!”

“为何要学武艺啊?”

“要像姑父上次那样,揍扁那些个土匪。”

“上次不是姑父帮城儿揍了吗?”石斛含笑轻轻抚摸着徐定城的手。

“城儿以后要学会让别人帮你去揍,不一定事事都需要自己出手。”

“城儿!”徐渊含笑说:“你姑父说得很对,要学会让别人帮城儿揍！这些个会皮肉痛的事情,让别人去做,无须亲自动手。”

“城儿,姑父、姑姑还没吃饭。爸、妈,儿媳就和城儿先走了。”

“姑父有空再和城儿聊。”石斛站了起来。

“跟大父、大母、姑父、姑姑道别!”

徐定城跟众人道了别。谢宛然拉着徐定城的手,带着倪素素、余青青,率先离开了云需斋。“就由榛儿陪石郎,伯母就不陪了。”谢宛然刚走,钟夫人也准备离开。石斛、徐榛赶忙起身。“你和榛儿慢慢吃。”两名侍儿搀扶着钟夫人离开了云需斋。

“你还真是特别喜欢孩子。”

“小子是喜欢孩子。你晓得,孩子就是希望。宰相也有小的时候。一个普通的孩子,谁晓得长大后会是什么样的人？长大了,看出来了,没什么名堂。”

两旁的侍儿拿来碗筷,放好垫子。石斛和徐榛并肩在徐渊下手坐下,于苓一旁陪坐。整个朱雀门,只有于苓情况特殊,可以和徐榛一起陪徐渊夫妇吃饭。

“叫坑饪再烧几个味道有些的菜。”

“是!”侍儿廖小衡退了出去。

“外婆过去,榛儿可以不戴孝,石郎怎么也不戴孝?”

“就在外婆安葬的当天,姨妈就要求众人不戴孝了。”徐榛抢先代石斛回答。

“这样也好。爸正好可以跟石郎喝上两杯。”

侍儿叶青送来了一壶酒。“就放个杯。”侍儿颜敏在徐渊、石斛面前各放了一个杯子,斟满酒。吃点菜肴垫了肚,石斛开始喝酒。

“战事已起,希声社的生意肯定会受到影响。石郎准备如何应付?”

“伯父,小子还能怎么办!”石斛不想急匆匆就将鄂州的事情告诉给徐渊。“希声社从事贩运和货运生意。西线战事,停西线;东线战事,停东线。东西两线同时发生战事,那就只有螺丝壳内做一做生意了。天要下雨,小子无能为力,只有看。”

“神州做生意,无论是老实还是不老实,都十分的不容易。朝廷打了喷嚏,对生意人来说，就是龙卷风。没有特殊背景，捏在人家手里，要你死，就是死。一辈子辛辛苦苦打拼下来的家产，可能顷刻间就变成了贪官污吏手中的赃物。这才致使生意人死命攀附官吏。一来官府衙门的钱好赚，二来也想借这些官吏给自己遮风挡雨。哪晓得，这些官吏死得比普通庶民还要快。充作保护伞的官吏一倒台，原本无事，也就变成了有事。”

徐渊言罢，咕噜一声就喝了一杯酒。徐榛手一摆，亲自提起酒壶给徐渊斟酒。

“小子谨记。小子刚到，具体影响还不是十分清楚。待评估后，再作出相应的对策。早些时候，小子就在全力开拓海外业务，说不定会帮上一些忙。人是活的，只要肯用脑，会想到办法。伯父放心，小子会想出法子应对。”

“开拓开拓海外业务也好，可以弥补一些损失。石郎不是外人，伯父才直说。伯父那么风光，还不是靠你叔父是吴国都督以及伯父多年建起来的官场人脉？神州到处肮脏，地方上流氓地痞，满眼都是，没点名堂，想活下去都不容易，更不用想做大了。神州人，其他能耐没有，红眼背后使刀的本事却有的是。好比一棵树，大都还没有大起来，就已经被捏死了。局势不稳定，就更不用说了。神州人，官府面前，是温顺的羊。转过头，就发现个个是吃人的狼。有点家财的生意人也就变成了这些狼手中的肉。不凑巧刚好处于战地，那就谈也不要谈了。好比戏台下拥挤踩踏，踏都会将你踏死。伯父从商那么多年，体味很深。没有深厚的背景，在神州，正常的生意根本无法做。就算你很有手腕，到处钻营，辛辛苦苦将生意慢慢做大，可能就在一夜之间，让你倾家荡产，一无所有。留条性命，已经算是开恩了。在神州，靠自己的双手做事，难。”

翁婿两人边吃边聊，直至将近戌时，这顿晚餐才告结束。“伯父，那小子就先回去。”出了云需斋，石斛告辞，准备回家。“伯父送一送石郎，正好可以走一走，消化消化。”徐渊起身和徐榛一道送石斛出了朱雀门。徐福已经让车夫公冶乔备好马车在朱雀大街上等候。徐渊站在大门前，直到马车完全消失夜幕里面，才转身返回。

“榛儿去了一趟若水宫，有什么新鲜的事，说来给爸听一听。”

“没想到，外婆居住的若水宫竟然真的是皇宫。”

“皇宫？在什么地方。”

“具体在什么地方，女儿也不晓得。一路上都是石斛带着。若水宫在一个峡谷里面。又是栈道，又是索桥，这一个山，那一个坡，转来转去，女儿一个人，根本不知道怎么走。石斛告诉女儿，若水宫原是隋炀帝杨广派人修建的秘密行宫，外婆发现后进行了修缮。过了索桥，一片开阔，简直就是世外桃源，风景非常漂亮。奇峰，怪石，各种各样的树木，还有一条小溪。环境非常优美，住在里面，都不想出来。隋炀帝还真会享受！”

“会享受的皇帝往往没有好的下场。陈后主陈叔宝，隋炀帝杨广都是。无论做什么样的人，还是收敛些好。你叔父这方面就做得很好。正因如此，你叔父做了那么多年的都督，民间口碑一直都很好。过于张扬的事能不做最好不做。榛儿还看到些什么稀奇的事？”

“最希奇的就是若水宫里面的人全是女的，而且大部分是年纪不大的娘子。”

“江洋大盗一听名字就发抖的若水宫竟然全是娘子，爸还真没想到。”

“据说，这些娘子都是无依无靠的孤女。”

“石郎的外婆真是一个非常人！”

“外婆就是那些娘子心中的神。”

“爸顺便问一下，石郎的表妹，榛儿见着了吧？”

“见着了。”

“怎么样？”

“人不错。在若水宫的两天时间里面，都是她在陪女儿。”

“生活，说是就是是，说非就是非。一切全凭自己的感受。”

“女儿谨记！”

“榛儿刚回来，旅途劳累，先回去梳洗休息。爸自己逛就是了。”

石斛回家时，石岩和尹如雪已经吃了饭，坐在后堂。朱邪以清安葬已经好几天了，尹如雪依旧没有完全恢复常态。石斛还真想多陪陪母亲。石斛就在堂内一条凳子上坐了下来。聊啊聊，聊到了徐温准备趁朱温刚死的机会吞并马殷。

“就像狗争骨头，何时曾经消停过？就不提黄巢造反后的那些年，自皇帝和炎帝在涿鹿血战以来，神州哪一年，甚至哪一天没有打？《春秋》通篇就是记录不同规模的战争。还有些脸皮，谁敢理直气壮地说和平两字！查查神州史，根本找不着哪一年曾经和平过！姑且不说那些手握权柄的人，就是那些庶民也乐于打架。依理他们饱受战争之苦，最讨厌战争才是。实际则不然。仅仅一句无关痛痒的话，就动手打架斗殴，甚至殒命当场。

上面大的争，下面小的也争。它们之间的差别仅仅是规模大小不同而已，没有本质上的不同。武王打纣王是打，纣王打武王也是打，统统都是打，根本谈不上义和不义。泥石流来了，根本没地方可以躲，只能眼睁睁地被掩埋。走在街上，说不定就有人因看不上眼，揍你一顿！在神州，没有理，只有力。没些能耐，只有等着挨揍的份。就算有人看不惯,替你抱打不平,也已经是鼻青眼肿了!在神州,不可能有安宁的日子。树欲静而风不止。想破脑袋也想不出办法躲避无所不在的灾祸,多呆一天就是多一天风险。斛儿,你得抓紧时间。”

“孩儿这些日子就一直在抢时间营建。现在呆在流虬营建的人手已经有一千多人。不是考虑台风,这次从鄂州撤下来的希声社弟兄也可以直接去流虬参与建造。就孩儿去若水宫前得到的情报看,以目前的进展速度,大概不出一个月就基本成形。爸放心,孩子不是一个靠侥幸过日子的人!”

“这样爸也就放心了。自秦末陈胜、吴广以来,历代造反者哪个不是抱着侥幸的心理聚众造反。黄巢连累家族被灭,还祸及几千万神州人做了他的垫背,还不是侥幸心理在作怪?做任何事情,都侥幸不得!无论是有罪过还是无罪过,千万都不能侥幸。”

“每个人都像你这样,黄巢不会造反,朱温不会篡唐,朱雀赌庄早就已经关门歇业。有道是,一方水土养一方人。神州不确定因素多,又不讲规矩,连江山社稷都可以抢,还讲什么规矩?讲规矩,靠勤劳不能改变自己的命运,造成神州人个个都抱着侥幸的心理。正因为前途不确定,神州人才会冒险碰运气。斛儿现在是希声社都统,这些事情他懂!斛儿,别听你爸唠叨,早点去沐浴、歇息。”

吃了早饭,石斛就准备去都督府找徐温。“我也要去!”曲柯一听石斛要去都督府,就准备跟着去。“那地方有什么好去的?”尹如雪制止。“要玩没得完,要说没得说。你哥哥跟那徐温肯定是谈那些个你根本不想听的事。在家陪姨妈,我们中午一起包饺子吃。”

曲柯终于放弃了跟石斛去都督府的念头。石斛跟父母告辞,前往都督府。那些狗屁谋士竟然给徐温出这么一个鼠目寸光的馊主意!稍有些脑袋也会晓得趁朱温死后朝野一片混乱的机会,蚕食梁国。反正是徐温自己的事,跟我毫无关系。这种吃力不讨好的事情,能管也不管!石斛是采访处置使,又将是徐温的侄女婿,没费什么周折就见到了徐温。

“前天叔父去看你伯父,得知榛儿跟着石郎奔丧去了。”

“昨晚刚刚回金陵。”

“外婆多大了?”

“七十还要好几年。”

“人生七十古来稀。这么大的岁数,过去也算很正常,望石郎能节哀顺变!”

“多谢叔父!外婆原本身体很好,脸色红润,小子以为活过七十没问题。哪晓得，外婆得知逆贼朱温被自己的儿子杀死了，抑制不住高兴，哈哈大笑，不想就去世了。无病无痛，笑中去世，确实是一件幸事。这次去奔丧，幸亏叔父给的那块腰牌，路上才那么顺利。多谢叔父！”

“外婆家在什么地方？”

“申州桐柏山，金陵去有一千多里路，路上停停歇歇，至少得走三四天时间。外婆那个山沟沟，就外婆一家人，跟小子老家翠竹湾一样，极偏僻。上次去山南，事成之后，小子顺便去了一趟外婆家。想不到没几天时间，外婆就走了，想想真让人感到世事无常。”

“年纪大了，走很正常，别想多。今天来，有何事情需要叔父帮一帮忙？”

“小子窝了一肚子的火，前来向叔父透一透。”

“吴国境内还有谁敢让石郎窝火？”

“武昌节度使李简不去打马殷，却将小子的鄂州希声社分社当马殷的水军来攻击。小弟手下的一大班弟兄，十几条帆船，无数家当，全没了。叔父说说，小子窝火不窝火？”

“李简为何要这么做？”

“小子想，叔父应该晓得。李简的儿子李彦信喜欢徐榛。为此，李简还亲自上门向伯父提亲，遭到拒绝。这事叔父应该晓得。李简窝在心里的火没地方撒，就撒到小子身上了。没有吴楚交战，李简也不至于敢明目张胆。现在好了，找到了借口了。就算叔父向他问起，李简也可以堂而皇之地说是战火累及。鼻涕流到嘴里面，顺溜。小子可是哑巴吃黄连有苦说不出。遇上别人，小子还真是不客气。小子就算白天没功夫，晚上也要想办法对付他。可李简呢，手握重兵的武昌节度使不说，还是叔父的亲家。叔父，你说小子窝火不窝火？”

“叔父心里已有数，石郎不要放心里去。有什么损失叔父给你补偿补偿。”

“谢谢叔父。小子只是实在熬不住，才跑来跟叔父说一说。做人不能如此不地道！希声社开业时，小子带着四哥的信函亲自跑到鄂州去拜访他，希望他能多多照顾。后来，为了希声社的事情，小子还特意去拜访过一次。小子去洞庭湖买的都是粮食，又不是什么违禁的物事。想不到，竟然也是这样的结果。小子那么长时间的心血，眨眼没了，能不心疼？”

“真是如此，确实有些过。”

“叔父，就算小子有十个胆，也不敢诬陷李简。小子这次来，向叔父求个请，希望叔父能让李简将捉了去的希声社兄弟放回，不要拦截希声社的货船。”

“道彰!”徐温招呼。傅道彰前来堂上,俯身听候徐温的指令。“你持本督的令牌马上前往鄂州,叫李简将被俘的希声社兄弟给放了,已经扣押的希声社货船还给希声社,并告诉李简以后不要拦截希声社的货船。”徐温当着石斛的面给李简口传了命令。“遵命!”傅道彰接过令牌转身离开了大堂。石斛俯身拱手说:“多谢叔父!”石斛本想从徐温得个口谕,亲自前去。可徐温已经派牙将前往,就不好再开口,免得徐温猜疑对他不信任。

“石郎放心,只要他们还活着,李简应该马上会将他们释放。”

“谢谢叔父。叔父晓得,货运和贩运生意原本就风险极大。遇到风浪,碰到土匪,是常有的事情。小子是希声社都统,对手下兄弟漠不关心,谁还愿意替小子流血流汗?没有其他办法,小子只好厚着脸皮向叔父求助。望叔父能宽饶!”

“石郎的心情,叔父懂。”

“叔父,战事何时能歇?”

“具体时间,也说不上,叔父相信应该会很快会结束。”

“谢叔父告知!这样小子心里也有个数。如今将近一半兄弟在空等战事结束。只出不进,将来的日子会越来越难过。小子准备趁这个空,拓展一下希声社海外业务。”

“暂时搞一搞海外业务也好。石郎放心,江南统一后,赚大银的机会有的是。”

赚什么屁大银?赚得再多还不是白白替你赚。那些个笨蛋商人就是抱着这样的幻想替官府衙门、贪官污吏埋头赚钱。一条在水里到处觅食的鱼,禁不起鱼饵诱惑,而被人钓起。这个时候,无论如何挣扎,早就已经没用。小子不会是一条大笨鱼,等被你钓起后再挣扎。不跟这些土匪啰嗦,还是抓紧时间开溜。石斛没有继续跟徐温唠叨,起身告辞,离开了都督府。

第八十七章　针毡

棘生石虎殿，鹿走姑苏台。

——《相和歌辞·对歌二首》

石斛回家路过乾宁大街时，发现又有人被弃市，陈尸在路口。离上次生日那天去买菜看到弃市，一旬还没过去，又看到了弃市。还呆着不走，迟早有一天会轮到我弃市。石斛在肚子里嘀咕。石斛没去关心犯了什么事被弃市，只管低着头走自己的路。不是石斛不关心，而是关心了没用。土匪的世界土匪说了算，庶民只有跪地接受的份。忽然，石斛心血来潮想去鲁扬声家坐一坐。这段时间忙，这老鳏夫好长时间没去看了。

大门开着。石斛没有叫门，就直接走了进去。鲁南阳一看是石斛，没有阻拦。石斛向鲁南阳手一拱，就直奔大堂。没走几步，翕然迎了上来，告诉石斛，鲁扬声在书房。果然，鲁扬声在挥毫。鲁扬声抬头看了一眼石斛，继续写自己的字。石斛走到书案前时，鲁扬声刚刚写好了落款。石斛没有说，看了一眼鲁扬声写的字，遁。鲁扬声将毛笔往砚台上一放，辟然给鲁扬声拿来了印鉴。鲁扬声接过印鉴，用力将印鉴压在孔丹纸上压了好久才松手。“我们到堂上去坐。”鲁扬声将印鉴交给辟然，离开书案，和石斛一起出了书房。

“听说你的希声社被土匪抢了。”

“老哥的消息还真是灵通。”

“老哥消息不灵通，谁灵通？抢了就抢了。连江山社稷都可以抢，还有什么物事不可以抢？徐温杀杨行愍的儿子，霸占杨行愍的家产，谁能说一个不字？别说抢，就是将你千刀万剐了都很正常。老哥岁数比你大，见得也比你多，早就已经见怪不怪了。天下有道则见，无道则隐。你小子想想，连孔圣人都这么说。抓紧时间想办法走人吧。一个字，遁。”

“老哥方才写的那个遁字送给小子算了，小子将它裱起来，挂在卧室的墙上。”

“行。”

见石斛进来，曲柯叫了起来。“快来一起包。”石岩、尹如雪、曲柯、薛霏霏正围在一起包饺子。看了一眼曲柯包的饺子，石斛说：“这哪是饺子，简直就是包子。”“曲柯”，石岩包着饺子说：“别听你哥哥，我们只管包，吃到肚子里面都一样。”石斛去盥洗室洗了手，也来包饺子。“看哥哥包，就这样，你看，怎么样？这才像饺子。”石斛包了一个饺子，放到竹篱上，开始包下一个。“小娘子不会包饺子，将来还不是给夫婿嫌弃？”

“嫌弃我不会包饺子的人，我会嫁给他？”

“还是曲柯有见地！”

饺子包难，烧容易。水一烧开，滚几下就可以吃了。石斛咽喉直，没两下就吃完了一大碗饺子。“别急，别急！”无论石岩怎么说，曲柯只管加快速度。一个个饺子咕噜咕噜到了肚子里面。曲柯急匆匆跟着石斛，冒着猛烈的太阳，离家跑往总社。一到总社，解应宗告诉石斛曾邦善在大堂等候。石斛手一拱，快步前往总社大堂。

“仆已经派人连夜赶往浔阳。不出什么意外，不是今晚就是明早定能到达总社。”

“有没有弟兄曾经去过岱山？”

“有去过。这些时间一直有货船在金陵和岱山之间跑。昨天就有两条从岱山来的帆船来总社，准备今天回岱山。”

“去叫他们等皇甫子来了后再一起走，也好做一做向导，免得走错了路！”

“仆马上去通知。”

怕货船走了，曾邦善先去通知。石斛也起身去白云观。“有人找小弟，就说小弟在白云观曹掌门那。”石斛手一拱就跟林森寒告辞，出了总社大门，前往白云观。到缮意房时，曹全晟正坐在堂内一手拿蒲扇，一手拿着书。见石斛前来，曹全晟手中的蒲扇一点凳子。

“坐。”

“不坐了，小子马上走。”

“别难受。老哥当初都绝望了，还不是活到现在？以眼前的势头，很快可以自在了。”

“曹公其他不怎么样，就乐观这点，小子特喜欢。曹公放心，小子跟曹公一样，其他没什么好，就乐观。昨晚刚刚到，没来得及告知曹公。外婆去世，家父和家母的情绪明显受到影响，缺少了些笑容。曹公反正空着无事，不妨去跟家父下几盘棋，调节一下情绪！”

“已经好几天没有动棋子了，总觉得少了一件事情。去下几盘。”

曹全晟放下书，站了起来，和石斛一道离开了白云观。两人刚步出白云观，就碰到了解应宗。解应宗告知石斛，有客人在等。“小子先走一步。”石斛向曹全晟手一拱，快步赶回总社。林森寒正在客厅招待客人。刚一碰面，客人就向石斛提了一个要求。

“能不能找一个安静的地方跟都统聊一聊？”

“那我们就去船上。”

石斛和客人出了总社，沿着一条小路，来到江边。一条帆船孤零零在江边摇荡，站在帆船上，四边八方看得清清楚楚。江风呼呼声，到了边上，未必能听得清谈话内容。客人的侍从和几名希声社兄弟在一棵杨柳树下止步，石斛和客人上了帆船，在船头凉棚下就座。

“今天来找都统是想谈一桩生意。”

“小子生意人，唯利是图，只要有铜钱赚，不会计较是什么生意。”

“这就好。某想请都统帮忙杀一个人。”

“希声社是正统的商社，一般不做这种生意。”

“一般不做，不等于不做。某也是考虑了好久，才找都统。”

“小子的价码很高，杀个人，公无须找小子。”

“以升、润、宣、常、池、黄六州作酬劳，怎么样？”

“歃血为盟分国的故事，公应该听过不少，结果怎么样？”石斛想了一想，措辞拒绝。“天下最不可靠的是许诺，尤其是这种漫无边际的许诺。公不晓得，小子这人很现实，不相信这种未来才能兑现的许诺。这种十八个捣臼画在岩石上的事情，小子不会做。就算真的能兑现，捏在人家手里，随时可以拿回去。莫非想拿在手里暖和暖和？公还是另请高明。”

“某可以先付黄金五万两作定金。”

“五万两黄金确实不少，小子失去的肯定不止这个数。小子生意人，这账会算。”

“某觉得都统不会算账。夏则资皮，冬则资絺，旱则资舟，水则资车，是生意人的赚钱之道。吕不韦投资子楚所得到的收益，岂是吕不韦做做生意所能得到？蒯通说过，夫随厮养之役者，失万乘之权；守儋石之禄者，阙卿相之位。都统自称是生意人，以某看根本不会做生意。这趟生意一旦做成，再差也是国公。到时候，权势，金钱，美女，都统想什么就有什么，岂是眼下让人闲言的朱雀门女婿能比？”

石斛微微笑了笑。“做生意不能不考虑成本。小子以希声社和身家性命作代价赚取公的五万两黄金，公觉得值不值？至于那些个权势，金钱，美女，谁晓得是有还是没有？做生意考虑未来的收益并没有错，可不能不考虑成本。小子不会孤注一掷。请公另寻高明！”石斛断然拒绝了这趟生意。

“都统莫非没有一点正义感？”

“公说着了。小子有正义感，就不会有今天。”

客人见生意实在无法做成，只好告辞。将近戌时，当曾邦善告知，从鄂州撤下来的希声社兄弟已经到达码头时，石斛正在希声社食厅吃饭。“曾兄，你去告诉林森寒，叫他安排人手准备，将食厅里有的什么好酒、好菜统统搬出来，招待鄂州兄弟。小弟前去迎接。”石斛和一班希声社兄弟前去迎接。见石斛前来，皇甫子身子一屈，就跪在地上，给石斛磕头。章毅、褚可师、敖江等人也跟着皇甫子跪在了地上，褚可师更是磕头如捣蒜。

“诸位兄弟不要这样！”石斛快步上前，扶起了皇甫子。

“是仆辜负了都统的嘱托！”

“此事的责任不在皇甫兄，也不在诸位兄弟。诸位兄弟快快请起！”

石斛先后将章毅、褚可师、敖江等人扶了起来。“说到责任，责任在小弟。人的眼睛长在前面，只能朝前看。整天回头看，仅仅碰壁跌跤还是小事。已经过去的就让它过去，没必要继续纠缠。小弟已经叫林森寒去准备，我们先到食厅，慢慢聊。”石斛和众人一起前往食厅。皇甫子、褚可师分别向石斛详细介绍了鸱枭帮的情况。

“惨，确实惨。小弟今天去都督府见了徐温，他已经派使者前往鄂州。那些被李简抓去的兄弟，应该很快会被释放。小弟已经让李邈派人去接应。只要还活着，就能安全到达浔阳。诸位兄弟仔细想想，秦彦、冯弘铎、田頵、安仁义、危全讽等等风云人物，无不灰飞烟灭。他们尚且如此，其他人还能怎么活？”

“这一点善居体味还真是深刻。善居在金陵苦心经营那么多年，顷刻之间，所有基业化为乌有。不是都统出手，早就已经被扔到了乱葬岗。这种事情善居听过，也看过，可就是没想过会发生在善居自己的身上。都统让善居有机会明白自己是什么样的人。过去，善居常觉得自己张牙舞爪，厉害。现在想想，自己都给自己笑死。善居就是一只蛐蛐，咬败对手时，洋洋得意，吱吱鸣叫。可就是没去想，三岁的孩童，手一拍，肚肠都出来了。”

“造化的是，我们还有反思的机会。现在给人拍死了，那就没有机会后悔了。无论是什么样的事情，都已经成了过去。痛哭流涕也好，捶胸顿足也好，都已经没有用。在别人没动手将我们拍死之前，我们得先好好考虑自己的活路。”

皇甫子的夫人罗湘肚子凸起，看起来至少已经有六个月左右的身孕。石斛忽然一转话题说：“皇甫兄都要做爸爸了。”皇甫子谦让说：“还要好几个月。”“什么还要好几个月！”石斛含笑说：“莫非嫂夫人肚子里面孩子不是皇甫兄生？”众人都笑了起来，沉闷的气氛也就一扫而光。“现在是到了该考虑自己和孩子未来的时候了。”

众兄弟在总社食厅吃了饭，没什么停留，就继续启程前往岱山。石斛率总社兄弟前往码头送行。石斛站在码头上，高声说：“你们这次去，要营造的是你们自己的家，你们自己孩子的家。兄弟们明白没有？”众兄弟齐声说：“明白！”“出发！”石斛一声号令，船队缓缓离开了码头。石斛拱着手，望着船队，渐渐消失在月夜中的东方。

石斛睡到半夜，听到响动，醒了过来。石斛睡时警觉，从小由石岩和李同训练成。早在亳州突围之前，石岩的内心就充满着恐惧；家居翠竹湾，石岩内心的恐惧更甚。石岩总感觉朱温的杀手随时都有可能会取自己的性命。从家居翠竹湾那一刻起，石岩和李同开始刻意培养石斛和石柏，无论什么时候，都要保持一定的警觉。任何时候，忘记了危险，死都不晓得怎么死。石斛躺在床上问：“是不是想进来瞧瞧？”外面传来一名男子的声音。

“想请都统到外面聊一聊。”

“三更半夜，只怕聊到最后以后悔收场。”

“都统怕了？”

“小子还真怕。好吧，你那么想聊，小子就陪你聊一聊。”

石斛身子一挺，坐了起来。“不用急，小子穿件衣裳，光屁股聊天总不好。”石斛不慌不忙穿好了衣裳，抓了一把铜钱放进袖袋，出了房间，来到了庭院上。西边大半个月亮还没有下沉。“哥哥！”石斛正要出院子，曲柯推开了房门。

“三更半夜，干吗啊？”

“有人要找哥哥聊一聊。”

“三更半夜,聊什么哦!”

“人家想聊,又不是哥哥想聊。”

石斛应了一句,出了院子。希声社生意越来越红火,赚到的铜钱也越来越多,龚宰决定买下希声社边上的这些低矮民宅,跟石斛一商量,石斛同意。除了几户老顽固,大部分居民愿意将房子卖给希声社。不卖就不卖,石斛倒没有将几户老顽固驱赶出去。民宅买下后,林森寒给石斛挑选了一座小院子。石斛每天进出,这里的环境非常熟,也知道院子四周全住着希声社兄弟。当初林森寒将石斛安置在这里,主要考虑了安全。有人图谋不轨,只需要叫一声。天上半轮月亮不明,也不暗。石斛摇着扇子,跟着男子,慢慢来到一个空地上。

“是你一个人,还是有伴?”

“某只是给都统传话,想跟都统聊的人在前面等。”

“叫他过来吧。”

“想不到堂堂希声社都统胆子竟然比老鼠还小。”

“你让小子去跳茅坑,小子也要去跳茅坑不成?不聊,小子回去睡觉了。”

男子击了三次掌。夜半三更,掌声震荡着周围的夜空。不一会,来了七个人。这七个人慢慢散开,渐渐围住了石斛。看来,今晚非要取石斛的性命不可了。正所谓艺高人胆大,石斛一边摇着扇子,一边打量了一遍将自己围在中间的这八个人。

“看架势,想一起聊。那就一起聊,免得一个一个聊麻烦。”

夜很静,石斛仿佛听到了一声冷哼。这时,希声社方向出现了火把的光。紧接着就是一阵急促的脚步声。再不动手,就动不了手。利剑的白光一晃,聊天开始。不一会,吕夷则等兄弟出现在了一旁。“夷则,他们想找哥哥聊,你一旁仔细看着。”石斛说得轻巧,荆善居、吕夷则、冉闻道、曲柯等站着看的人却惊心动魄。曲柯更是紧握着双拳,只想进去陪石斛一起聊。

石斛好像全身长着眼睛,翻身如同手中的折扇舒展自如,出击如同猛虎搏杀猎物。刚一眨眼,只听一声惨叫,一个聊天人被踢出了场地,重重落在远处。围观的兄弟这才松弛了下来,站在一旁欣赏。不过,吕夷则还是紧握着铁弹弓,捏着铁丸子,以防有人企图暗算。参与聊天的人由开始时的八个变成了七个,再变成六个,五个,四个。“是不是还想继续聊下去?”这时,石斛开口。话音未落,一道白光映入了石斛的眼帘。石斛就像翠竹湾的一株茅竹,成弧线向后一仰,折扇就像竹枝划过那人的手腕。“当”的一声,利剑落地,掉在一个石头上。石斛身子一弹,手持折扇继续聊天。再继续了一盏茶左右,场上参与聊天的人最后只剩下三位。石斛一飘,像一只猎鹰,翅膀一收,停歇在地上。

“是不是还想继续聊下去?”

“多谢都统不杀之恩!”

四人屈膝跪地,给石斛拜了一拜,起身东去。吕夷则等正准备阻拦,见石斛手一举,停下了脚步。不一会,四人消失在朦胧的月夜里面。今晚的聊天已经结束,石斛准备回去继续睡觉,荆善居等留下来清理现场。临走时,石斛吩咐荆善居,“荆兄明天带人仔细查一查他们布的机关,免得附近居民着了道。”

翌日,荆善居来总社找石斛。

“机关五花八门,善居带人花了一个上午才清除干净。”

“抓紧时间走人啊!中了机关,想活命就难了。”

过了几天,一名叫陈明臣的人持腰牌前来希声社总社找石斛,说都督有事要找他。石斛跟着陈明臣去见徐温。“那些被俘的人,李简都已经放了。李简说,他们不晓得那些驻扎在岛屿上的人是石郎手下的兄弟。事情已经过去,就不要再放在心上。就一两百弟兄,没什么名堂。哪一次仗打下来,不死个几千上万?打完了仗,石郎再招募,费用叔父给你出。”李简杀了他们说没有抓,死无对证,石斛也没有办法。石斛除了感谢还是感谢。

返回希声社总社,一名叫王饶营的希声社兄弟前来向石斛请辞,准备前往歙州,投奔观察使陶雅。自希声社成立以来,这种事情已经发生过多次。希声社仅仅只是一个商社,对那些个希望建功立业的人来说,毕竟缺少足够的吸引力。当初投奔希声社也是无可奈何情况下的权宜选择。一旦有了喘息的机会,自然会选择高就。人各有志,出处异趣。石斛很客气地同意了王饶营的请求。石斛刚刚送走王饶营,东方明就从外面走了进来。东方明告诉石斛,徐榛的脚崴了。石斛没有多说,就跟着东方明去朱雀门。

“伯父,徐榛的脚伤得厉害吗?”

“已经请医师来看过了,没什么要紧。让东方明去叫石郎来,肯定是撒娇,女人都是这样。让石郎放下手中的活来看她,总得找一个由头吧。”

看来,还是石斛的准丈人经验丰富。这倒不是女人会撒娇而是男人喜欢女人撒娇。女人撒娇不过是投男人所好。“先坐下,伯父问你一个事。”石斛就在徐渊下首的儿子后坐了下来。“竺福,你们先回避一下,大家跟石郎说点事。”竺福等小厮和侍儿退出了如荠斋。

“听徐福说,李简的水军袭击了石郎希声社鄂州分社。不知有无此事?”

“小子心中的火气这两天才慢慢退了去。帮小子劫持朱温运粮船的三四百名弟兄,最后只剩下不到两百人。想不到,他们不是死在朱温之手,而是死在李简之手。所有家当顷刻间化为乌有。损失之大只能用一个惨字可以形容。伯父,你说,小子气不气?李简说不晓得是小子手下兄弟。谁晓得到底是真还是假?这几天,小子一直在忙于善后。几天前,小子还专门为此事去见叔父,求叔父出面让李简将抓过去的兄弟放回。”

“人应该放回来了吧。”

“人是已经放回来了,根本不能看。伤重的,没有半年时间,根本不能恢复。”

“石郎不会善罢甘休吧。”

“伯父,不善罢甘休,小子又能如何?李简若不是武昌军节度使,小子马上要他去见阎王。小子实在是忍不住这口气。秃子头上的虱子,明摆着。小子派人动了李简,到时候,伯父是帮小子还是不帮?想想最后还是忍了。”

“伯父为自己的眼睛感到欣慰。石郎放心,伯父一定会慢慢让李简明白,别人可以欺负,我的女婿可不那么好欺负。这事以后有时间我们慢慢再谈,石郎还是先去看看榛儿吧。”

石斛跟徐渊告辞,前往云思苑。

进了苑门,石斛就听到了悠扬的琴声。“县主在阁内弹琴。”紫苏告诉石斛,石斛听出徐榛弹的曲子是《月下赏梅》。石斛手一举,示意紫苏不要打断。石斛边欣赏边慢慢前行,直到琴声歇止。紫苏高声通报:“县主,姑爷来了!”“石斛,快上来。”阁内传来了徐榛的招呼声。石斛加快脚步向云思阁走去。于苓下了楼梯,正准备穿鞋前去迎接,见石斛一脚跨进云思阁,朝石斛浅浅一笑,鞋子匆匆一套,拖着鞋子快步迎了上来。

“要紧吗?”

“不是特别要紧。”

于苓在前,石斛紧跟在后,沿着盘旋楼梯,进入了徐榛的闺房。“让小子瞧一瞧。”石斛单膝跪在地毯上。徐榛微微向上一拉罗裙,将脚翘给了石斛。石斛轻轻捏住徐榛的小胫,仔细瞧了瞧。“动一动看。”徐榛动了动脚板。

“还疼不疼?”

“还有一点疼。刚崴的时候,疼死我了。”

“可能是肌肉拉伤了,很快就会好。”

石斛放下徐榛的脚,站了起来。

“大白天的，呆在房间里面有些闷，小子抱你下去，到花亭去要凉快些。”徐榛立马接受了石斛的建议，靠了过来，石斛抱着她下云思阁。石斛轻轻踏着楼梯，到了楼梯脚。“先站下来吧。”“搂着脖子就行。”徐榛搂住石斛的脖子，石斛套上布鞋，金鸡独立，先后拉上了鞋跟。于苓放下琴，跟在身后，过来给徐榛穿上花鞋。出了云思阁，石斛抱着徐榛，沿着花径，前往花亭。徐榛靠在石斛怀里，手摸着石斛的胸脯。“真想在你怀里睡一觉。”石斛低头，贴了一下徐榛的脸。“想睡就好好睡。”徐榛真的闭上眼睛准备睡觉。石斛抱着徐榛慢慢走向花亭。石斛抬脚进入了花亭，在栏凳上坐了下来。

“于苓，去给小子拿本书过来。”

“姑爷，要什么书？”

“什么书都行。”

不久，于苓就拿来了一卷《王右丞集》。石斛坐在栏凳上，怀抱着徐榛读起了书。花亭三面绿树成荫，清风吹过，还算不热。石斛只管读书，徐榛只管睡觉，知了只管鸣唱。不知不觉中，过去了将近一个来时辰。徐榛动了一下身子，伸手轻轻摸了摸石斛的脖子。石斛低下头，轻轻地亲了一下徐榛，含笑说：“麻了吧。”徐榛看着石斛，微笑着摇了摇头，身子一转，站到了地上；十指相交手心向外用力压了压，坐在了石斛身边，靠到了石斛的身上。徐榛忽然说：“更闻台阁求三语，遥想风流第一人。”石斛含笑问：“不会说小子吧。”

“嫁给小子，只能是竹喧归浣女。”

“有你厚实的胸怀可以睡觉，就够了。与君相见即相亲，闻道君家在孟津。你将来到孟津，我跟你到孟津。”

“有你这句话，小子就是将你抱到孟津都不感到累。”

徐榛嫣然而笑。

“就算是哄我，听了也让人舒服。”

“你的话，小子听了总有些情不自禁。”石斛笑了起来。“不说抱到孟津，就是抱到天津，小子也乐意。”

石斛手一搂，头一侧，就去亲徐榛。徐榛连忙手一挡，羞涩说：“连于苓都觉得不好意思了。”“有什么不好意思？”忽然，石斛含笑逗趣问：“于苓，是不是让小子亲一个？”于苓羞赧不已，低头不敢吱声。徐榛含笑轻轻地拧了一下石斛的脸。

“人家脸皮没你这个流氓那么厚。”

“小子得意之处，就是脸皮厚。人活在世上，首先得脸皮厚。寡廉鲜耻是少耻，恬不知耻是不知道耻,厚颜无耻是没有耻。脸皮厚不是无耻,也不是不知耻,而是知道耻,面不改色,心不跳。动不动就脸红,日子怎么过?脸皮厚不是不要脸,也不是死皮赖脸。想做成事,脸皮不能不厚。小子要的是厚颜而不是无耻。去洗把脸。我们去看一下伯父,免得他担心。"

石斛拉着徐榛,站了起来。两人起步,于苓跟在身,一同前往盥洗室梳洗。刚走了两步,于苓忽然想起什么似的问,"县主,你的脚已经不疼了?"这倒提醒了徐榛。徐榛小心翼翼地向前挪动了两步。"有一点点,已经不那么疼了。"石斛扶着徐榛,慢慢前行。

"小子还要东过西转一段时间,不能在你身边,要照顾好自己。对自己好,就是对小子好。再过一个多月的时间就要做新娘了,总不至于真的让小子抱着你举行婚礼。"

"我也不晓得是怎么一回事,突然分了神,崴了脚。"

"是不是想小子分了神?"石斛含笑说。徐榛伸手拧了一下石斛的脸,笑了起来。"小子做了你的郎君,说不定老在你面前晃来晃去,又觉得心烦了!"

"只怕到时跟自家表妹卿卿我我去了,不见影子。"

"于苓,你家县主是不是刚吃了李子?"

"没有啊。"

"那说话怎么这么酸。"

徐榛伸腿要踢石斛,石斛赶忙扶住。

"崴了脚,是你痛,不是小子。"

石斛来了,又愿意效劳,从盥洗室旁的水井里打来了一桶井水。那么热的天,石斛也准备趁机擦一把舒服舒服。紫苏给石斛拿来了一条崭新的葛巾。洗了一把脸,离开盥洗室,前往如茅斋看望徐渊。行了礼,石斛、徐榛并排坐了下来。徐渊含笑逗趣说:"石郎一来,榛儿的脚也就好了。石郎真的是医治榛儿脚的良药。""爸!"徐榛娇嗔地高高叫了一声。"别爸啊爸。"徐渊说:"好了就好。都快要做新娘了,总不至于拐着脚上肩舆。你俩正好都在,爸有件事正准备跟你俩说。离婚期也越来越近,依照常理,是应该准备嫁妆的时候了。那些个箱啊,柜啊,名堂没什么名堂,爸看啊,就不要啦。榛儿怎么看?"

"爸,问石斛。"

"还没有成婚,就已经夫唱妇随了。好,就听石郎。"

"这些物事,占地方,多了家里也没地方可放。前次房子重建时,应当有的都已经备齐了。还是依伯父的意见,不要啦。伯父,小子总觉得,倘若所嫁的郎君不好,再多的嫁妆也没用。不是小子自命清高,以小子看,丰厚的嫁妆只对那些个十足的俗人有吸引力。

真正的体面,是女婿好,女儿嫁出去后幸福,而不是嫁妆如何。这倒不是小子自吹自己怎么好。婚礼要办得与众不同,但又不能显摆炫耀,尤其像我们这样的家庭。想想如今整个金陵城,谁的眼睛不盯着朱雀门?该低调还是低调点比较好。徐榛出身朱雀门,地位原本就尊贵,根本不会像别人家的县主爱慕虚荣。"

"当初你还是寿木店少东主时,我都愿意嫁,更何况现在你是希声社都统。"

"你是朱雀门大县主,是凤凰,自然与众不同。去跟那些山鸡比,别人不笑,你自己都笑。婚礼固然很重要,更重要的还是,婚后的日子过得怎么样。倘若夫妻不和谐,最奢靡的婚礼也是白搭。就算婚礼办得简单一些,小子婚后多疼你一些,小子想,你应该也会满意。伯父认为小子的想法如何?"

"呵呵,伯父的女婿果真是非常人!"

"多谢伯父夸奖!"

"倒不是夸奖,石郎确实是非常人。中午,我俩好好喝上一杯。"

"伯父,请允许小子先回家。自外婆去世之后,家母情绪一直不好。家母情绪不好,影响了家父的情绪跟着也不好。若水宫回来后,小子一直在忙于希声社事务,没回家陪父母好好吃顿饭。家里就父母两人,孤零零。小子想回去陪陪父母吃顿饭。过两天,小子再来陪伯父,如何?"

"那我们就下次再喝!"

"你在这里多陪一会伯父,小子先走了!"

"还是让榛儿送一送你吧,免得榛儿说伯父这人没点人情味。"

石斛回到家,刚坐下,曲柯来告知有人来访。"哥哥,有人找你。"石斛前去迎接。来者是宗树林。寒暄了几句,两人就在前屋堂内坐。人越有用,找你帮忙的人越多。石斛早就已经习惯。宗树林见石斛还没有吃饭也就直奔主题。宗树林碰到有人准备拿他妹妹去冲喜。

宗树林的妹妹经媒人介绍许给上元洪松为妻,婚礼日期定在今年十二月初七。上上个月开始,洪松生病卧床不起,身体一天比一天差。眼看多方医治都无效,洪家准备提前迎娶宗树林的妹妹,给久病不愈的洪松冲喜。这种事情司空见惯,没人觉得有什么不对。"婚礼早几天迟几天实际无所谓,反正妹妹要嫁过去。问题是,人根本就不行了,能不能熬过这月都难说。我怕妹妹嫁过去没几天就得守寡。"宗树林来,就是想石斛帮一帮忙。

“你爸的意思?”

“我爸同意。我爸说,做人不能不讲信用。当初定亲的时候,谁晓得将来会怎么样?已经定了亲,就是他家的人,想什么时候成亲,是他家的事。”

“婚约签订时确实不晓得将来会怎么样,一切靠天数。哥哥不愿意,倒可以抓住他先毁约这一条说一说。一切按照婚约来,看看能不能熬到十二月初七。”

“他家不肯,一定要提前。”

“他家不肯,哥哥也可以不肯。为何哥哥一定要肯?小弟建议,哥哥也可以向他家提些要求。比如说,让新郎亲自来迎娶。新郎能亲自前来迎娶,说明身体健康。”

“这主意好。”

“他家不关心哥哥的妹妹,哥哥也不需要关心他家的儿子。这种拿别人女儿给自家儿子冲喜的人家不值得结亲。”

“我也想退掉这门亲事,可退不掉。房子着火,一点家当全烧在里面,拿不出双份聘礼。”

“哥哥去找一个算命先生,想办法让算命先生去他家给他儿子算命,就说当时八字合错了,哥哥的妹妹跟他儿子相冲。亲事一解除,身体就会恢复健康。这样一来,妹妹的婚约不就解除了吗?”

“这主意虽好,我还是拿不出当初他们家给的聘礼。”

“哥哥先尽力去做,铜钱的事情,小弟给哥哥垫着。哥哥放心,仅铜钱的事情就好说。说实话,小弟也极讨厌拿人家的女儿给自家儿子甚至父母冲喜。为何不将别人的女儿早一点娶回家冲冲喜?曲柯!”

石斛叫了一声,曲柯跑了过来。

“什么事啊?哥哥。”

“去给哥哥拿两枚银锭来。”

不一会,曲柯就拿来了两枚银锭,递给石斛。“先拿着用。”石斛将银锭递给宗树林。宗树林晓得,石斛有铜钱,又不计较铜钱。宗树林没有客气,伸手接住了石斛递过来的这两枚银锭。送走宗树林,石斛回后屋吃饭。尹如雪向石斛询问什么事情,石斛如实相告。

“不晓得人心是怎么长的,别人生的就不是人。”

“所以,别人也不会将你当人。最后,所有人都不是人。”

石斛一进总社大门，曾邦善和荆善居就迎了上来。石斛马上明白，肯定又出事了。

“都统，我们三条帆船，经过苏州时，被苏州刺史连货带船扣留了。”

鄂州受的伤还没完全好，又莫名其妙给人当面捅了一刀。衙门要扣你的物事，根本不需要理由，反正手上有无数多个理由在等着。想要什么样的理由就给什么样的理由。别说是货物，就是人，想扣就扣，想杀就杀。何况苏州是钱镠的地盘，徐温想管也管不着。在徐温的地盘上都已经哑巴吃了黄连，我还准备跑到杭州向土匪钱镠要去？

莫非带铜钱去贿赂？花去的铜钱说不定买三船货物都不止。人家已经扣了货船，想完好无损拿回这三船货物，根本不可能。明着跟苏州刺史府对着做，肯定不行。就是将货物抢回来了，还有下一回。如今在明州海外安营扎寨。万一事情闹大，捅到了土匪钱镠，很有可能会对驻扎在明州海外岛屿上的兄弟直接构成危险，说不定会还坏了大事。咽狗屎，确实让人感到很窝囊。问题是，生活在神州，谁不窝囊？要生存，只能扭曲身躯。

“兄弟们没什么问题吧？

“被关押了一天，都已经放回了。”

“人回来了就问题不大。三条帆船，对我们希声社来说，确实没什么名堂。只是平白无故被人扣了，实在有些气不过。可话又说回来，神州气不过的事情那么多。确实没办法，就忍气吞声算了，就当被狗叼了去。小子明天去一趟无锡，探听一下具体情况，顺便看一看常州观察使朱同泽，再决定采用什么办法。”

“都统，朱同泽出事了。”

“出了什么事？”

“常州马步都指挥使温承业作乱，攻进官署，朱同泽和他的家人遇害。”

“现在呢？”

“叛乱已经被陈祐平息，温承业也已经被斩首。”

“曾兄去将吕夷则叫来，小弟马上去常州。”

曾邦善手一拱，离开大堂，前去找吕夷则。

石斛原本还想忍一忍，朱同泽一死，突然改变了主意。

“荆兄，找几个人，将苏州刺史给做了。”

“善居亲自去剁了他。”

“不。还是花铜钱请外人去做。又不是没有铜钱，没必要承担的风险就不要去承担。铜钱多一点少一点无所谓，只要人可靠就行。要做到神不知鬼不觉，让苏州刺史见阎王。新刺史上任，情况可能会不一样。”

“善居一定将此事办妥。”

吕夷则一来，石斛就启程前往常州。匆匆忙忙赶到常州时，太阳都快要下沉。叛乱已经平息，温承业也已经伏诛，但常州城仍然戒严。还好徐温没有将采访处置使收回，否则连常州城也进不去。采访处置使亲临，接任常州观察使职位的大将陈祐亲自接待石斛一行。非常遗憾，朱同泽今天下午已安葬，石斛匆匆赶到常州已经吊不及尸了。陈祐向石斛解释匆匆安葬朱同泽的原因。“观察使受害已经好几天了，现在那么热的天气，遗体都开始变坏。”

石斛向陈祐询问了这次事变的情况，陈祐将情况详细介绍给了石斛。跟朱同泽一起遇害的有夫人谢氏，如夫人李氏和张氏，三儿子和四女儿。除了观察使朱同泽和他的家人，朱同泽家的仆役、侍儿和二十一名牙兵一并遇害。“观察使的妹妹朱寒莓虽身中数剑，但都不是致命伤，侥幸躲过一劫。”陈祐引石斛看了朱同泽遇害的地方，就带石斛去看朱寒莓。

“不晓得她能不能坐马车？”

“正常速度行驶，应该没什么问题。”

“那麻烦陈将军安排一辆马车，小子明天带她一道回金陵。”

“等一会，下官亲自去办。”

朱同泽原本是朱寒莓的唯一靠山。如今这个靠山崩塌了，陈祐真不晓得该如何安排朱寒莓。见石斛竟然主动要了这个不好抛掉的包袱，陈祐立马顺水推舟将包袱交给了石斛。侍儿常欢见陈祐带人前来，快步进屋告知朱寒莓。朱寒莓原来的侍儿在这次事变中已经被杀。朱寒莓是朱同泽的妹妹，又受了伤，陈祐就让自家侍儿常欢来临时照顾。石斛和陈祐站在门外等了一会，常欢扶着头包白色绷带的朱寒莓出屋迎接。朱寒莓抬头一看，不禁一惊，停住了脚步。石斛快步上前，不顾陈祐在场，轻轻抱住了朱寒莓。朱寒莓往石斛的肩膀上一靠，就哽咽了起来。石斛轻轻地摸着朱寒莓的后背说：“事物让侍儿帮你准备一下，哥哥明天带你去金陵。”石斛这话就像一堆篝火，一下子暖和了哆嗦发抖的朱寒莓。

石斛谢绝了陈祐的招待，在馆驿吃了便饭。洗了澡，石斛没有出去走走，向馆驿使借了把琴，弹了两首曲子，就准备睡觉。翌日，陈祐早早来到了馆驿，亲自陪石斛去朱同泽的坟墓祭奠。看着眼前一排排土包子，石斛心里只有一个念头，抓紧时间逃命。从朱同泽的墓地一回来，石斛就跟陈祐告辞，带着朱寒莓启程返回金陵。

路过润州，经过一片树林时，碰到一班流窜作案的劫匪。吕夷则正准备出手，石斛手一伸，拦住了他。吕夷则袖手看石斛如何处置。石斛从挂在马鞍上的钱囊内掏出一枚银锭，抛给了匪首。匪首手一伸，接住了银锭。石斛向匪首手一拱。“十两纹银的买路钱，够大方了吧。”匪首抛了抛银锭，慢慢放入袖袋内。“人可以不要，但物事得统统留下。”匪首话音刚落，石斛袖子一挥，一枚银饼已经飞出。银饼击中匪首的头，匪首应声倒在了路上。

遇到生锈丁了。匪徒个个目瞪口呆，僵着身子，丝毫不敢乱动。“该死！小子没要狼不吃羊，但都像你们这样贪得无厌，羊岂不是要给你们吃光？不是小子的如夫人希望小子不要冷血，小子今天就将你们统统杀光。”石斛厉声呵斥：“快将路上的拒马给小子搬开！”两名匪徒战兢兢过去，搬开了横在路上的拒马。

“夷则，曲柯，我们走。”

曲柯、吕夷则在前面开道，车夫路路通驾着马车走在中间，石斛殿后，朝西而去。常州到南京有两百四五十里路，朱寒莓身体还没有复原，不宜一路坐到底。中间休息了三次，直到晡时才到了金陵北门。石斛让吕夷则先回总社，自己和曲柯随马车进城，前往鸡鸣巷。到了鸡鸣巷口，石斛和曲柯先后下了马。曲柯牵着马在前领路，石斛跟在马车后面，护着马车，走进了鸡鸣巷。马车在家门口停下，曲柯叫了门。不一会，薛霏霏过来开了门。

“霏霏，去将侧门打开，先将马系到马厩去。”

“晓得。”

薛霏霏转身回去开侧门，石斛将手中的缰绳交给曲柯。“去将马系到马厩，哥哥将寒莓抱进去。”曲柯牵着马，离开了门头。石斛掀开车帘，进入车厢。见石斛俯身来抱，朱寒莓连忙说：“不用，我可以走。”石斛没去理会，只管抱起了她。“你身上有伤，不宜用力。”出了车厢，石斛说：“路兄稍等，小子马上出来。”路路通说：“没事。”朱寒莓怕被人瞧见，将头深深埋在石斛的胸前。石斛抱着朱寒莓踏到了地上，起步向院门走去。

石岩和尹如雪见石斛抱着一个娘子从外面进来，连忙站了起来。“爸，妈，朱寒莓。”快步进入中堂，石斛走到墙边凳子前，将朱寒莓放下。朱寒莓一脚刚踏到地，就准备行礼。石斛见状，立马说：“你有伤，不宜动。礼等伤好了后再行吧。”石斛扶着朱寒莓在凳子上坐了下来。石岩和尹如雪虽惊奇，但没问。夫妻两人清楚儿子是雄鹰，想管也管不了。这时，曲柯和薛霏霏来了。

“爸，妈，具体情况等会再跟你说，孩儿先去叫个医师给寒莓查看一下伤势。”

“你只管去,这里有妈。”

“霏霏,你收拾一个房间,让寒莓歇息。”

“晓得。”

“曲柯,我们走。”

路路通已经将寒莓的行李都已经拿下了马车。石斛和曲柯一起将行李拿进屋,放在前屋堂内。“曲柯,你将行李拿进屋里去后,就带路大哥去总社,让林森寒安排路大哥歇息,哥哥去请医师。”出了大门,石斛跟路路通告辞。

“等会曲柯会带路兄去总社,呆一宿,明天再动身回常州。总社那会有人安排,路兄不用担心。小子先去请个医师给寒莓瞧一瞧伤势。”

“都统只管忙。”

“实在不好意思!”

“没事。”

石斛手一拱就走了。

石斛不晓得金陵哪个医师医术高明,经验丰富,就去向鲁扬声咨询。鲁扬声建议找臻善医馆的房臻善。石斛带房臻善到家时,薛霏霏已经将朱寒莓安顿好。尹如雪亲自陪房臻善仔细查看了朱寒莓全身的伤口。房臻善将朱寒莓的一处伤口指给尹如雪说:“运气真好,这一剑再过来一点点,就是心脏。”尹如雪说:“大难不死,必有后福。其他都不要去想,好好在这里养伤。”房臻善重新给朱寒莓上膏药,重新包扎。花了半个多时辰,房臻善才将朱寒莓的伤口处理完毕,出了房间。房臻善告诉石斛:“没事,伤口都已经差不多愈合,再换一两次药就可以了。不过,疤痕看来是没办法消去了。”“谢房医师!人没事就行,疤痕消不去就消不去。”石斛付了诊金,亲自送房臻善出家门。石斛回来时,尹如雪已经退出朱寒莓的房间,来到了中堂。石斛就在中堂给石岩和尹如雪讲了朱寒莓的身份以及刚刚发生在她身上的故事。“孩儿想,暂且让她跟爸和妈一起过。”“没事。家里除了妈和你爸就霏霏一人,也冷清。多一个人,正好热闹热闹。”尹如雪同意收留朱寒莓。

回到总社,石斛就要狄生商尽快搜集有关朱同泽的资料。过了一天,狄生商来向石斛汇报。朱同泽和徐温同是海州朐山人,早在徐温还是都知兵马使时就追随了徐温,是徐温信得过的亲兵。徐温升任右牙都指挥使,朱同泽是徐温的牙校,是随同钟泰章去杀张灏的三十名壮士之一。徐温掌权后,朱同泽步步高升。徐温搬到金陵,朱同泽任金陵守军都虞候。老母亲前年去世,除了一妹妹侥幸活命,直系亲属已经没有人。

“都统无须伤感。这种事情,仆岁数大些,见得实在太多了。”

“小弟只是感慨,在神州,死于非命的可能性实在是太大了。”

“那是。刀子砍下时,说不定正在睡觉。朱同泽遇害,也可能是疏于防范。常州和土匪钱镠的苏州、湖州接壤。湖州刺史高沣、钱镖先后叛逃过来。叛逃到土匪钱镠那的事情也屡有发生。温承业早在武忠王时期就已经是常州马步都指挥使了。多年没有得到提升,心里非常不满。朱同泽没注意到常州的特殊性,只埋头常州的军政事务,结果出了事。在神州,不是不敢相信别人,不多一个心眼,实际是给自己无端增添了一分风险。”

吃了饭,洗了澡,石斛告诉石岩和尹如雪一声去向,就离开了家。石岩原来就不大管石斛,如今石斛成了希声社都统,更不管。尹如雪眼见儿子越长越枝繁叶茂,也渐渐没了初来金陵时的那种担心。夜幕降临,小巷几乎没有走动的人。到了鲁扬声家门口,就听到里面传出悠扬的琴声。石斛轻轻敲了敲门,鲁南阳过来给石斛开门。

“大家在堂内听县主弹琴。”

鲁扬声原本就喜欢听琴,认了李君惠这个义女,更是一有空就听李君惠弹琴,仿佛像家里雇了一个琴师,捡了一个大便宜。石斛不管会不会惊扰李君惠弹琴,径直前往大堂。果然,鲁扬声坐在堂内听琴。鲁扬声没有理睬石斛,石斛也没理睬鲁扬声,只管在堂内坐下。一曲《流水》终于结束,鲁扬声开口。“君惠,你先下去,义父与石郎聊几句。”“是,义父。”李君惠和翕然退出了堂内。辟然给石斛献上清茶,也俯身退了出去。

“你小子做不成流氓,是不是准备做一做陶朱公?”

“陶朱公?小子没那么大的能耐,做不了。逃犯,还真想做。就像关押在监牢里面的死囚,不想让刽子手的斧头刀砍掉脑袋,只好想办法越狱,至少还有一线活的希望。”

“将性命交给别人掌管,自然交给自己掌管放心。走吧。”

“这地方,祖先不管,小子都生活了二十一年。不是不得已,谁愿意?小子没能力跟他抗争,只有逃。桃之夭夭,灼灼其华。之子于归,宜其室家。担负一放下,全身轻松。”石斛紧握拳头,伸了伸两臂。“某人对小子是不是还感兴趣?”

“人家正忙大事,哪还有心思管你小子的小事。”

“这就好。老哥有没有兴趣?”

“没兴趣。夕阳无限好,只是近黄昏。傍山的夕阳马上要下沉,不折腾了。”

“天天阴沉不见太阳，终于能看上一眼夕阳，小子觉得也不错。”

“不了。君惠！”

鲁扬声突然高高叫了一声。不一会，李君惠就来了。“坐。义父给你说件事。”李君惠在琴凳的一角坐了下来。“义父岁数不小了，迟早有那么一天。义父想将你托给石郎，由他来照顾你。”李君惠离开琴凳，伏在堂筵上，给鲁扬声拜了一拜。

“女儿哪也不去，愿意服侍义父过老。”

“你不晓得，不是义父，是石郎，将你从乐坊赎出来，并改换了你的乐籍。”

“君惠感激哥哥，可哥哥不需要君惠。君惠跪在义父前认义父的那一刻起就发誓，要服侍义父过老。”

“你先下去。”

李君惠从堂筵上站了起来，退出了堂内。

“老哥不愿走，却需要一个贴心的人服侍过老。这样吧，老哥，小子给你找一个入赘女婿，怎么样？”

“主意不错。”

“老哥同意，这事就由小子来替老哥办。”

“你自己的堂妹，老哥相信你不会随便找一个烂货。”

“这可很难说。毛嫱丽姬，人之所美也，鱼见之深入，鸟见之高飞，麋鹿见之决骤。”

“老哥是人，不是鱼，不是鸟，也不是麋鹿。”

“是人就好说。别人难找，对小子来说吹灰的事情。”

“这点老哥相信。金陵狗屁朋友最多的人，老哥看，就是你了。原本还有些事要跟老弟说一说，如今要学陶朱公了，就不管它了。还是一起听一首曲子吧。君惠！”鲁扬声又叫来了李君惠。听鲁扬声呼叫，李君惠就来了。“弹首曲子给这小子听一听。”

“哥哥想听什么曲子？”

“随便弹一曲。”

“那君惠就给哥哥弹一首《梅花落》。”

听了一首《梅花落》，石斛跟鲁扬声告辞，准备回家。“稍等。”鲁扬声叫住了石斛。“辟然，你去将大家前几天刚写的那幅字拿来给大家。”不一会，辟然就拿来了字幅，交给鲁扬声。鲁扬声接过字幅，转交给石斛。“不客气了。”石斛接过字幅。

“又不是王羲之的字,不值钱。”石斛没有继续啰嗦,手一拱,就走了。第二天,石斛就着手给鲁扬声物色人选。石斛人脉广,又是希声社都统,只用了几天时间就给鲁扬声找到了一个入赘女婿。准备入赘做女婿的是原浙西推官童郎的孙子童戈。鲁扬声找曹全晟挑日子。

“石斛八月初九成婚,比他早还是比他迟?”

“哪能比石斛这小子迟?”

八月初七鲁扬声给李君惠和童戈办了婚礼。那天,石斛刚刚从广陵赶回。“南阳告诉老哥,说你跑广陵去了。”鲁扬声原以为石斛不能参加婚礼了,想不到还能准时来。“过两天都要做新郎了,不要到处乱跑。”鲁扬声规劝。“不是小子想跑,是不得不跑。”石斛苦笑。“你的事情哪一样不是不得不?”鲁扬声讥讽石斛。李君惠和童戈给石斛抬茶。石斛给新人送了一枚千缗金质凭据,并送了一句祝福语:“愿你俩是双飞双栖到老的大雁。”

第八十八章　同行

小人、君子者，未尝不可以相为也。

——《荀子》

石斛刚送走一名叫曹静娥的娘子，林森寒前来告诉石斛，副都统龚宰刚下帆船。

曹静娥来希声社找石斛，是感谢石斛帮她父亲曹仁裕平反昭雪。曹仁裕凭借父业，勤俭治家，终于成为宣州有名的富户。人怕出名，猪怕壮。推官令狐谋觊觎曹家财产，叫人诬告曹仁裕资助李遇谋反。曹仁裕家破人亡，家产统统被令狐谋等人瓜分。曹仁裕的夫人和女儿跑到金陵来告状。令狐谋派人追到了金陵，搜捕曹夫人和她女儿。曹夫人被关进黑牢受虐而死，而她女儿因很有姿色，遭轮奸后卖给了万花阁。希声社兄弟谢承绪去万花阁嫖妓，碰到了曹静娥。谢承绪非常同情曹静娥的悲惨遭遇，来找石斛，希望石斛能帮她申冤。石斛本想动用采访处置使腰牌，想想还是不嫌麻烦，专门去广陵找了徐知诰。徐知诰派心腹宋齐丘重审此案。最后，搬倒了令狐谋，曹仁裕的冤屈得到了昭雪。可惜，曹仁裕已经死了。

神州历来都是活人冤死，死人昭雪。

石斛出了大堂，快步流星前往码头迎接。龚宰见鄂州分社已经安置妥当，决定回一趟金陵，亲自向石斛汇报岱山的情况。石斛出大门没走多远，就见龚宰迎面走来。“老哥！”石斛高声招呼，拱着手迎接。“少东主！”龚宰拱着手，快步迎了过来。

“哪能让少东主亲自来接？”

“小子总感觉自己很俗，想不到老哥比小子还要俗。”

“几十年俗下来，想不俗都难。”

"还是抓紧时间到不俗的地方去。"

"依眼下的架势,应该快了。"

"小弟盼星星盼月亮,就盼着那一天。太阳猛,先进总社慢慢说。"

两人加快了脚步。不一会,就进入了总社。两人在堂内刚一坐下,龚宰就迫不及待地给石斛介绍岱山的情况。"好啊!"听了龚宰的介绍,石斛喜形于色。"平时散在外面看不出来,一聚到岱山,马上感到好像大部队在岱山岛安营扎寨,错错落落就是一片营帐。仆就像是突然间回到过去,指挥大军在行军作战。"龚宰仿佛忽然间回到了过去,俨然像血气方刚的青年,说话语气里面充满着兴奋。"老哥就是指挥作战的将军。"石斛含笑逗趣说:"如今凭借我们希声社和若水宫的力量,拿下一个州还不是轻而易举的事情?倘若有鸿鹄之志,通过招兵买马,就会像滚雪球一般越滚越大,最后做上神州的皇帝也说不定。"

"仆在岱山,就听到过有人这么说。"

"那是说笑。做不成不说,就算做得成,又怎么样?高高坐在金銮殿上,看着一班人跪在前面高叫万岁,万万岁,看起来确实很过瘾。朱温想过瘾,朱温的潜在对手当然也想过过瘾。虽有轩冕之赏弗能劝,斧钺之威弗能禁。最后,只能是累及子孙,由儿孙代你去赎罪。皇朝崩塌之时,儿孙之苦,且是旁人所能理解?可惜,神州就是没人想得通,都以为稳坐江山,千秋万代。神州几千年不晓得换了多少个朝代,短的就几年,几十年。转鹭灯似的,今天你坐,明天我坐。几千年来,为了一个'权'字,死人是前赴后继。有时想,何苦呢?猴王坐在王台上,奴役其他猕猴,最后总有一头猕猴会咬死猴王。想永远当王,只能是做梦。与猕猴为伍,肯定没有好果子吃。"

"到了岱山,仆也渐渐理解了少东主的心思。"

"小弟这次独断独行,可能会有兄弟不理解,神州好好的日子不去过,为何要跑到海外去?还有些兄弟抱着宁为玉碎不为瓦全的想法准备跟土匪拼一拼。小弟也不管那么多了,愿意跟就跟,不愿意跟拉倒。小弟不勉强。替笨蛋出主张,还不如替聪明人撑雨伞。对那些个笨蛋来说,你爱他,还认为害他。民不可与虑始,而可与乐成。话虽刻薄,却是事实。小弟去叫林森寒准备几个菜,给老哥接风洗尘。"

石斛通知了林森寒刚回大堂,金陵分社主事吴留良来找石斛有事禀报。分社一名叫张治国的兄弟在朱雀赌庄赌博输了钱,因无法偿还赌债而被扣留。张治国是金陵分社的人,朱雀赌庄的主事派一人前去请吴留良拿钱赎人。自希声社成立以来,石斛从不干涉手下兄弟的生活,包括赌嫖。石斛说过,又不是孩童,自己的行为自己负责。吴留良知道朱雀门是个什么地方，本想出铜钱将张治国赎回来，可一千缗不是一个小数目，做不了主，就来总社请示石斛，该如何处置。石斛非常冷酷，决定不去理睬，任朱雀赌庄熬油刮脔。

“就赌博这事，小弟不会丝毫同情。小弟多次说过，外人欺负了兄弟，希声社肯定会给他撑腰，替他做硬，无论对手是谁。明的不行，小子就来暗的。小弟不会让希声社兄弟无缘无故受人欺负。参与希声社活动，或者外在不可抗拒的原因，比如生了病，兄弟受到了伤害，希声社肯定会照顾他到老，包括他的家人。

赌博纯粹属于个人行为。就算是希声社兄弟也应该对自己的个人行为负责，而不能将自己的个人行为推卸给希声社。赢，赢他的铜钱；输，输他的铜钱。倘若将希声社输给了朱雀赌庄，希声社岂不成了朱雀赌庄的希声社？赌博，小弟不反对，但必须想清楚后果。自希声社成立以来，范双龙每月按时给兄弟发放薪资。这份薪资已经够他吃喝玩乐。不要管他，任由朱雀赌庄处置，该怎么着就怎么着。是死是活，跟我们希声社无关。”

“输了多少铜钱？”

“将近一千缗。”

“不还赌债，肯定非常难看，毕竟是希声社兄弟。朱雀赌庄，老哥还是有所耳闻，对欠赌债的人绝不会手软。说不定，不仅废了他，还废了他的家人。加之背景又硬，手段再狠毒衙门也会不闻不问。老哥看，饶他一次，还了他的赌债，踢出希声社。”

“都统看？”吴留良向石斛征询意见。

“就以老哥的意见处置。告诫尚在金陵的希声社兄弟，仅此一次，下不为例！”

“都统、副都统，仆先告辞了。”

吴留良后，石斛、龚宰起步前往希声社食厅。

“不还赌债确实会很难看，说不定还会连累家人遭殃，不该心软还是不能心软。个人行为个人负责，做人的最基本道理。生活在神州，没有机会给你后悔。动不动累及父兄。远的都不去提，近些年单个人原因导致家人被杀的故事发生过多少？可谓是处处是陷阱，能不小心？就比如老哥和小子，做错了事，谁会饶过？自来金陵的那一刻起，小子可谓是处处小心谨慎，免得走错一小步而遭灭顶之灾！看似简单的一句话，一个不起眼的动作，都可能置自己于死地，最后累及家人跟着遭殃。牛鬼蛇神，妖魔鬼怪，到处都是。如此险恶的环境，更要讲个人要对自己的行为负责！现在还仅仅只是赌博输了钱，其他出格的事情，希声社怎么办？那可是一千多人！不是小子心冷，小子只能丑话说在前头，个人行为个人自己负责！只有对自己的行为负责，才会考虑后果，才不会碰运气，肆无忌惮！当你将那物事举起来的时候，先要想清楚，插进去将会有什么后果。爽快是爽快了，拔出来可就后悔了。”

“很多人晓得也晓得，就是熬不住插了进去。这件事，仆有些不该。一回金陵就做了一件糊涂事。每个人都能做到对自己的行为负责，有些事也就不会发生。仆不明白，希声社给的薪资那么高，应该不缺钱，为何要到朱雀赌庄去豪赌？”

“老哥有老哥的爱好，他有他的爱好。没什么好奇怪？吃喝赌嫖，只要对自己的行为负责就行。”

“仆也应该为自己的行为负责。这一千缗就从仆的薪资中扣取。”

“这么说，是小子同意了老哥的建议，自当由小子负责。老哥就不必要勉强自己了。以后任何人，包括老哥和小子，都应该为自己的个人行为负责！只有这样才能避免吃后悔药的事发生。一句话，不是要这样，是不得不这样。小子也不忍看着断手断脚。”

龚宰只呆了一宿就返回岱山。送走龚宰，石斛就准备去浔阳。“浔阳边上就是庐山，都统正好可以利用这次去浔阳的机会带夫人看一看。”浔阳来回需要好几天时间，几天时间突然不见了，徐榛肯定会派人找。林森寒接待宾客久了，早已经摸到了徐榛的脾气。想想也是，以后机会肯定会越来越少。石斛接受了林森寒的建议。就在希声社门头前，石斛跟荆善居、林森寒等人道别，带着曲柯，坐上孔木铎的马车，前往朱雀门。

“昨晚石郎手下的一名弟兄在赌庄输了钱。”见到徐渊，徐渊就向石斛征询张治国在朱雀赌庄赌博的事情。“王封羽早上来请示伯父，问怎么办。”希声社的兄弟，王封羽才向徐渊请示，其他人欠赌债，早就扒屋牵牛。徐渊正准备派人去找石斛，石斛来了。

“石郎准备怎么处置？”

“伯父，小子还能怎么处置？每个人都应该对自己的行为负责。上赌桌前，首先得想好后果，不能一厢情愿只往好处想。赌赢了，不会将赢来的铜钱交给希声社；赌输了，希声社自然不会替他还赌债。伯父，小子会给他还赌债？”

徐渊点了点头。

“神州人，就晓得瞎同情，乱起哄。当同情不同情，不当同情偏同情。据说，黄巢造反败后，时溥遣使者将黄巢的姬妾押到长安。这些姬妾都是世受国恩的贵家子女，见黄巢得势而投靠了黄巢。这些个贵家子女当初投靠黄巢，争着做黄巢姬妾时，就应该想好将来可能面临的结果。这些姬妾在菜市场杀头时，长安的市民甚是同情，纷纷拿酒给她们喝。

长安市民不去想一想，黄巢屠戮长安，杀掉的何止一百万神州人！因黄巢造反连累而死的人更是不计其数。不当同情的，小子决不同情。小子总觉得，更多的时候，烂同情就是那些个毒药，不是救人，而是害人，甚至还害己。依照神州人的说法，那是妇人之仁。”

徐渊还是点了点。

“小子原本的想法是，赌庄该当如何就当如何，希声社一概不理。龚宰……”

“龚宰回来了？”

“今早就回去了。最后折中了一下，希声社替他还掉赌债，然后踢出去。”

“可能是龚宰常在女人堆里面混，女人气熏多了，心变软了。”

“伯父！”

曲柯坐在边上听着石斛和徐渊说话，突然叫了一声，打断了徐渊的话。徐渊看了曲柯一眼，含笑说：“是不是嫌伯父的话说得不好听？”还真是给徐渊一说就说着。曲柯含笑说：“哥哥都天天跟我一起，怎么就不会变？”徐渊端起几上茶盏咪了一口。“你哦，黄毛女童一个，还算不上是女人。”徐渊话语一转又转回到了正题。“伯父同情赌徒倾家荡产，根本就不会开赌庄。石郎说的是，上赌桌之前，先要想好结果。没想好结果，就上来赌，那是自己想找死。这种人根本不值得你去同情。不该同情的人绝不能同情。石郎还是先去看一看你新妇。”

“小子想去浔阳看一看，来跟徐榛说一声。看她有没有兴趣。”

“别说浔阳，石郎就是带她去猪圈转一转，她都有兴趣。”

徐渊言罢，笑了起来；石斛也跟着笑了起来。“知女莫若父。说到底还是伯父懂。小子去问一问。”果然，徐榛一听石斛说准备去浔阳，就来了兴趣。“白乐天的诗文里面到处是浔阳。‘今闻在何处，寂寞浔阳城。’我倒要去看一看，感受一下白乐天的寂寞，顺便还可以看一看庐山。长这么大，我只听过它的名。”徐榛替这次浔阳之行找到了一个很好的理由。

“婢子去收拾行李。”

“琴不要忘记了，路上闲的时候弹一弹。”

“不用带了。帆船里有一张，小子花重金买的。”

“还是用我自己的琴熟手。”

“就依你。让于苓慢慢收拾，我们还是先去如茅斋等她。”

“先陪我一起去跟我妈说一声。”

钟夫人一听徐榛那么热的天要去浔阳,免不了要多唠叨几句。如今这世道,男儿还说见一见世面,女儿家能不出门尽量不出门。少出一次门,少一分风险。那些个让人惴惴不安的事情,钟夫人听过不少。可徐榛要跟石斛去,钟夫人不好反对。钟夫人把着徐榛的手,含笑说:“有石郎在你身边,妈就算不放心,也只能准你去。上回若水宫那么远都去了,浔阳终究要近些,只是要跟紧一点。”

“伯母宽心！上次坐马车会有些累,这次坐自家帆船去,应该不会很累。”

“伯母,哥哥对嫂嫂疼得很。双手捧着都不舍得,只想往怀里揣。”

“自家新妇,自然要疼。将来叫你哥哥也给你找一位像你哥哥这样的好夫婿。”

“我跟着哥哥,不想嫁人。”

“不想嫁,是时候还没到。时候到了,你会想嫁人。”

听完了钟夫人唠叨,三人离开了养心斋,去如荠斋见徐渊。“天气很热,不要到外面乱窜,晒黑了不说,还可能会中暑。叫徐福给你准备防暑药。”徐渊叮嘱。“大家”,于苓告诉徐渊,“上回那些防暑药,都没有用过,婢子都已经带上了。”“那就不用再准备。”徐渊继续叮嘱。“外面不像在家里,要注意安全,就紧跟在石郎身边。”“爸放心!”徐榛含笑说:“女儿马上要嫁人,大了。”“大,大哪去?”石斛接嘴。“就算再过三十年,你在伯父眼里依旧还是孩童。”徐渊笑了起来。“石郎在边上,爸很放心。走吧,爸送一送你。”徐渊陪徐榛出了朱雀门。董左石已经放好车凳,坐在马车上等。徐榛、于苓一上车,立马出发。

“哥哥,你在这里陪嫂嫂,我去一下就是。”

“陪你一起去收拾。我还不晓得,希声社都统是怎样一个生活。”

马车停在希声社门头前,徐榛跟着石斛去整理行头。沿着希声社总社旁的一条小巷,走了不到半个字,到了小院前。曲柯掏出锁,开了门。徐榛、于苓、石斛先后进入了小院。这是一座三开小平房。青砖铺设的甬道两旁是小小的菜园。房子的地面和甬道的地面只差一级石阶。脚一抬就踏上步檐,进入堂内。曲柯指着左右两间卧室告诉徐榛。“哥哥睡这,我睡这。”卧室的门开着,曲柯带头进入了卧室。除靠墙有一个高不到一人的柜子,家徒四壁。卧室中间的地板上铺着草席,草席上面是一个藤编的枕头和一床折叠得整整齐齐的薄被。草席的边上,搁着一把颜色灰暗的琴。曲柯打开柜子,拿出折叠整齐的衣衫放入行囊。

“石斛,你这个都统生活也太简单了!”

“只能说小子的衣食住行简单,不能说小子的生活单调。小子的生活丰富多彩得很呢。人家会的,小子也会;小子会的,人家不一定会。只是小子不那么愿意做罢了!走吧。嫁给小子,不需要花那么多心思去打理小子的衣食住行。”

打理好行囊,四人转身出了院子,曲柯锁上了门。于苓扶着徐榛,石斛走在一侧,慢慢前往总社门头。刚出小巷,杨千里来找石斛有事商量。于是,两人退到一旁嘀咕了起来。杨千里告诉石斛的第一件事情是已经剁了苏州刺史俞其志,第二件事情是有客人来希声社,要求将他们护送到杭州。杨千里来征求石斛的意见,这桩生意接还是不接。抓紧时间走,再不走,将来也只能腰斩、弃市。其他事情还可以侥幸侥幸,就生死侥幸不得。

自希声社做起客运生意以来,生意一直很好。此外,希声社也做特殊客人的护送。土匪强盗到处都是,没人护送,只能蜗在家里不出门。有铜钱的人,也不希望靠自己的双脚走上几百里路。花铜钱找希声社护送,可以一举两得。除了帝王,士绅,官吏,医卜,僧道,商贾等等,希声社好像都护送过。可这次要护送的客人很特别。

客人特别之处是一旦被衙门逮着就要掉脑袋。宣州司功参军罗家圭在同僚私会上说徐温专政,纵容徐知训凌辱、虐待弘农王杨渭,被同僚告发。罗家圭被判处大逆不道罪,父母新妇,兄弟姊妹,不问老少一律弃市。罗家圭的小妾徐氏刚好带一对子女回娘家省亲暂时成了漏网之鱼。当初,石岩带家小躲在翠竹湾,一旦被朱温逮着了,轻则弃世,重则凌迟。徐氏的命运和当时石岩的命运相似,凌迟不会,弃市肯定。

徐氏的娘家在当涂县。几年前,罗家圭在当涂县做县丞时纳了徐氏。当涂县离宣州有近二百里路。罗家圭出事的那天,徐氏的父亲徐灏刚好到宣州。得知消息,徐灏立马调头,赶回当涂。将徐氏和两孩子交给衙门于心不忍;不交,罗家圭犯的是大逆罪,隐匿罪犯必受株连。徐氏是罗家圭的小妾,罗家圭犯事,徐家原本也株连不到。可罗家圭犯的大逆罪,是不是株连不到,还真难说。不将徐氏以及两孩子交付给衙门,有包庇的嫌疑。不是弃市,也难保不会充军流放。徐灏最后横下决心,匆匆处置了家产,卷起细软,举家和徐氏以及两孩子一起,逃离当涂县。得知希声社有护送这一项生意,徐灏来找希声社。

希声社通常不窥视客人的影子,只与客人谈价格。杨千里开出的价格,徐灏实在无法承担。徐灏清楚,不逃出吴国,一旦被衙门捉住,一家人全完蛋。徐灏决定冒险试一试,私底下向杨千里坦白了自己的遭遇,希望杨千里能同情同情。一大班人无缘无故因一句话牵涉而送命。杨千里虽做了多年杀人的生意,听了徐灏的故事,也颇为怜悯。可将犯了大逆罪的人偷偷送到杭州,不是闹着玩的事情。眼下的杨千里是希声社客务部主事,万一出了漏子,定会牵连到希声社。杨千里来总社找石斛征询意见,恰好碰到石斛准备去浔阳。

"有没有可能做到神不知鬼不觉?"

"应该能做到神不知鬼不觉。"

"不是应该,而且必须。只有做到神不知鬼不觉,才能做。这种买卖,一定要有绝对的把握,不能出一点差错。一旦被人逮着了尾巴,肯定非常难看。不是小弟心冷,小弟常反过来想,没有小弟会怎样?杨兄这些年拿人钱财替人消灾,应该比小弟更懂。如今这世道,每天都死上千上万人,根本不在乎再多死几个。赵氏孤儿是人,别人的婴儿也是人。不能用自己的命去换他们一家人的命。只要能做到神不知鬼不觉,生意可以接。想想这世道,能活下来确实不容易。自己还不清楚说了什么,做了什么,死神已经悄悄来到身边。"

"能够做到神不知鬼不觉。"

"只要能做到神不知鬼不觉就做。"

"千里这些年一直在做见不得光的事情,懂得怎么样才能神不知鬼不觉。这些时间,希声社的货船一直在金陵和岱山之间来往。可以让他们搭乘希声社的货船前往岱山,再从岱山到钱塘。只要将他们悄悄地弄上货船,就可以送他们去钱塘。"

"真不行,也可以将他们偷偷交给毛其琛,再由他将他们送到钱镠那。"诸侯割据衍生出偷渡。毛记鲜鱼行当家毛其琛这些年一直以捕鱼作掩护将重罪犯人偷渡到钱镠的钱塘或马殷的湘西。"出几文铜钱,就出几文铜钱,我们现在有铜钱。想想莫名其妙遭株连,确实让人怜悯。杨兄,我们边走边说。太阳猛起来了,让她们驻足等我们不好。"

曲柯在前开道,于苓撑起小花伞给徐榛遮荫,石斛殿后,一起前往码头,荆善居、杨千里、林森寒、吕夷则等送行。石斛和杨千里走在一起,一路叽里咕噜到了码头。登船时,石斛特意吩咐:"完全可以做,但一定要做得滴水不漏。不能为了救别人,将自己搭进去。我们的命没比别人的命贱。"

林森寒这次安排的是一条双桅游船。打造得虽不是十分豪华,但舒服。船尾甲板上分两层,上层是舵手的驾驶舱,操控着绞链舵;下层是歇息舱。船首到主桅之间是上面盖着凉棚的船屋。在船首的凉棚下面,并排放着四张已经撑开的胡床。

石斛和徐榛就在两张胡床上靠了下来。石斛四肢舒展,惬意地说:"真舒服!"于苓含笑说:"实际姑爷还真是很会生活。""会生活就好。"石斛两手向后一举,十指交叉，托住了脑袋。“小子还真想好好生活生活。”正说着，陈湘君送来了清茶。

“姑爷在紫金山说，要靠自己的努力娶到朱雀门大县主。婢子当时也只是在肚子里面笑笑，总觉得那是梦。想不到，姑爷真的已经做到了。”

“小子未必是靠自己的努力娶上了朱雀门大县主。小子能够娶上，主要是朱雀门大县主喜欢小子。不喜欢，小子再努力也是白搭。”

“我爸不同意也没用。”

“你不同，别人就难说啰。”

“我喜欢一个白痴，我爸肯定不同意。”

“说实话，神州这地方，喜欢白痴的娘子确实多。问题是，你不会喜欢一个白痴。伯父那么厉害，他的女儿怎么可能会喜欢上一个白痴？”

“哥哥，你这不等于说自己不是白痴。”

徐榛差一点喷出了茶水。

“曲柯说得对，你哥哥是在吹自己。”

“婢子记得，姑爷好像说过，后生最怕别人说他笨。姑爷是不是也怕别人说你不聪明？”

“这还真难说了。长那么大以来，好像还只听过别人说小子聪明。这显然不符合神州传统。依照神州的传统，说别人一般只能是白痴、笨蛋、傻瓜、蠢才、弱智、脑瘫、蠢驴、笨猪等等。如此说来，所有人都在哄小子开心。”

“主要是你没有惹人生气。”徐榛笑了起来。

“难怪孩子听话，总能得到大人的夸奖。”

徐榛喝了一口，将茶杯往小几上一放。

“是不是让湘君给你加一点？”

“不要了。喝多了，肚子咚咚响，不舒服。”

“就在胡床上靠一会，到浔阳还远着。”

石斛站了起来，将胡床挪了挪。徐榛在胡床上靠了下来。

“石斛，你说路上是不是又会遇上水匪？”

“县主放心！就算万一碰到水匪，正好显示一下姑爷的能耐。”

“嫂嫂和于苓姐姐不晓得啊！扬子江上的水匪不是哥哥的手下就是朋友！”

“曲柯，真的还是假的？”曲柯头一翘，颇为骄傲地说：“当然是真的！那还有假？”“石斛”，徐榛含笑问，“你什么时候做起了水匪的头？”石斛咪了一口茶说：“小子真的做了匪首，朱雀门大县主岂不就成了匪首的新妇？”徐榛扑哧一声笑了起来。

“这个匪首新妇还有那么多娘子争着要做!”

“人家是不是争着做,小子不管,你愿意做就行。小子是希声社都统,免不了要跟各种人打交道。扬子江沿线的重要港口,都有希声社的驻地。不跟阿猫、阿狗搞好关系,生意怎么做? 跟水匪打交道,只是生意上需要。说实话,小子现在是不怕土匪,就怕衙门。”

“你是都督的侄女婿。哪一个衙门敢惹你?”

“敢惹小子的人多着呢。李简摧毁了希声社下属的鸥枭帮,损失惨重!”

“回金陵,我找叔父去。”

“别去了! 小子已经去找过叔父。”

“叔父他怎么说?”

“小子去找叔父,也只是希望叔父叫李简将抓去的兄弟给放了。”石斛喝了一口茶。“他们为希声社出过汗,流过血,小子这个做都统的总不能弃之不顾吧。土匪,说实话,小子好得很。衙门,小子只要一看它的门头,心里就打颤。不错,小子是都督的侄女婿。神州这一地方,你晓得,不怕官,只怕管。现在是战时,将在外,君命有所不受。生意就更难了。刁难、索贿,就不用说了。宣州节度使田頵去趟广陵,武忠王左右亲信屡次向他索贿,连小小的狱吏也是如此。人家田頵节度使尚且如此,像小子这种小生意人,你自己想想吧。不再跟你说这些了,免得你听了心里不舒服。放心,小子这人不是白痴,晓得如何去应对这些魑魅魍魉。大不了,铜钱的问题。小子总不能连肉带汤一个人吃,分点给人家也正常。”

石斛说得徐榛顿时就没了精神。“江风吹得人昏昏欲睡。我真想先睡一会。”石斛站了起来,进船屋拿出了一条薄毯。见石斛手中拿着毯子,于苓站了起来。“江风大,遮一遮,以免着凉。”石斛将毯子盖在了徐榛的肚子上。

“姑爷,这些杂物事,以后叫婢子去做。姑爷做了,县主哪会需要婢子?”

“小子需要。趁你没靠下来,去将小子带来的那本书拿过来。”

“我去。”

“还是让姐姐做一做吧。”

“别不舒服。现实就是这样。皇帝也有不给面子的人,更何况是小子? 这种小事,你都不开心,小子以后真不敢跟你说了。”

于苓拿来了那本《诸蕃国记》,递给石斛。

忽然,徐榛毯子一掀,站了起来。

“还是走走,免得晚上睡不着。”

“外面很烫。要不将琴拿来，弹几首曲子给小子听听？”

“你想听，我就弹一首。”

徐榛要弹琴，于苓起身前往拿琴。一听徐榛要弹琴，陈湘君旋即前来帮忙布琴几。布好了琴，徐榛问：“想听什么曲子？”石斛还真没有特别喜欢哪首曲子。

“你想弹什么就弹什么，小子都喜欢。”

“还是你说一首，也好有个起头。”

“还是弹那首哥哥常弹的《闲月田农》。”

“这首不会。还是你来弹吧。”

“就弹其他的吧，比如《月下赏梅》。”

“我就想听你这首《闲月田农》。”

“好吧。”

石斛站了起来，徐榛将位置让给了石斛。石斛双膝一跪，伸手一摸琴。“都快要成你的郎君了，抖一下老底也已经无所谓了。”曲柯蹲坐在石斛前面，于苓站在徐榛身边，准备听石斛弹琴。石斛校了一下音，准备弹奏这首曲柯常听的《闲月田农》。手指轻轻一拨，飘出一个音符。陈湘君也蹑足前来，站在一旁倾听。清风吹拂船帆，江水拍打帆船，应和着悠扬的琴声。徐榛坐在一旁，静静欣赏。这曲《闲月田农》不长，不到一盏茶的时间就结束。

“现在由你来了。”石斛站了起来，含笑说。

“你先告诉我，这曲子是谁创作的？”

“这首曲子是先师创作，农暇时弹弹愉心。”

“你的琴艺是不是也是令师教的？”

“也可以这么说。”

“想不到，令师在琴道上竟然有如此高的修为。”

“在小子的记忆里，先师只喜欢想两件事情。”

“哪两件事情？”

“武道和琴道。”

“你都那么厉害，令师的武艺肯定是天下第一。”

“先师探究武道不是想打败谁，揣摩琴道也不是想弹好琴给别人听。在小子眼里，先师就是天上的星星，明亮闪烁，可摘不到。就不谈先师了。你有兴趣，以后小子再慢慢说给你听。小子记得你曾经问过有关情歌的事情。正好趁这个机会，唱一首让小子欣赏欣赏。小子给你伴奏。”

“好吧。”徐榛含笑说：“郎君既然喜欢，妾就为郎君唱一首《西洲曲》。”

石斛弹琴，徐榛引吭高歌唱起了《西洲曲》。曲竟音歇，众人纷纷鼓掌。

“嫂嫂唱得真是好听。”

“实际于苓唱得比嫂嫂好。”

“婢子哪敢跟县主相提。”

“别客气！小子也给你伴奏，唱什么歌，你自己说。”

于苓想了一想说，“那婢子就给姑爷唱一首《陌上桑》。”石斛不禁笑了起来。“小子给你伴奏。”石斛拨动琴弦，开始弹奏《陌上桑》。于苓唱了《陌上桑》，曲柯来了兴致，自告奋勇地说：“我也唱一首。”“你唱的歌，哥哥不会伴奏。”“我不用伴奏。”曲柯放开歌喉唱起了一首无名的歌。“曲柯的歌声清脆又甜润。”刚唱了一句，徐榛夸起了曲柯。“真的吗?”曲柯笑了起来。“还是先将这首歌唱好。”曲柯集中精神唱完了这首歌。

“哥哥，你也唱一首。”

“哥哥其他马马虎虎，就唱歌特差。你什么时候听过哥哥唱歌? 这个丑，就不用献了。”

“自家新妇面前露露丑，新妇心里也有个数。”徐榛含笑怂恿。

“新妇让小子露丑，小子就露一露。唱什么呢?”石斛捏了捏下巴。

“就唱一首民歌吧。”徐榛提议。

“都是些阿哥阿妹什么的，没什么名堂。”

“要不……”

“小子种田，就唱一首割稻歌。”

“好!”

曲柯带头鼓掌。石斛放开喉咙唱割稻歌。翠竹湾那会，石斛从未听过父亲唱过歌，也从未听过母亲唱过歌。一家人，除了妹妹石竹，师父李同偶尔哼一下。这首割稻歌也是李同闲暇时谱写。乡下人只有在红白喜事，传统节日，才可能听到唱歌。石斛也是从李同哼哼中学会了这首割稻歌。“谢天谢地，总算没将你们听晕过去。”稻子终于被石斛割完。

“相对其他，逊色些，但还是非常棒。”

“你么，小子哭，都觉得好听。”

“你还别说，我真想听你哭一哭。”

“小子真想哭一哭，就是不会哭。说起来，也是一缺。”

四人坐在胡床上还没什么扯，陈湘君就前来请过去吃饭。吃了饭，徐榛就准备午休。大热天，船舱里面滚烫滚烫。“就睡在船头。”石斛动手，陈湘君、曲柯、于苓一起打江水冲洗了甲板。铺好草席，徐榛还没有躺下，曲柯早就已经仰在了草席上。石斛愿意做仆役，于苓也就乐意袖手让石斛去服侍。“肚子盖一盖，船头风大。”石斛给徐榛盖好了毯子，盘腿坐在徐榛身边看那本《诸蕃国记》。“你也靠吧。这样坐着累。”石斛侧头看了徐榛一眼，轻轻拍了拍徐榛。“只管睡。小子练武之人，坐几个时辰丝毫没问题。”徐榛闭上了眼睛。

石斛盘坐在草席上，聚精会神看自己的《诸蕃国记》。曲柯无事，找于苓下棋。江风的呼呼声中，悄然过去了一个多时辰。徐榛睡醒，要石斛讲乡下的故事，石斛满足了徐榛的要求。徐榛在朱雀门长大，于苓十来岁就离开了乡下，乡下的生活都不熟，两人对石斛的故事都非常感兴趣。游船在水流平缓的一个江湾停泊。放下绳梯，随船的几名兄弟纷纷跳进扬子江游泳洗澡。陈湘君前来请徐榛过去洗澡。“今天就到此为止。”石斛站了起来。

“哥哥，我不在船上洗澡，要下去游泳。”

“好吧，等你嫂嫂和于苓洗完澡，哥哥陪你一起游。”徐榛一脸的羡慕。“将来到了新地方，小子带着你慢慢学。这地方看起来平静，下面都是涂泥，脏兮兮的。”

石斛一桶水又一桶水，和曲柯、陈湘君一起侍奉徐榛、于苓在甲板上洗头。洗好头，陈湘君在前，引徐榛和于苓进入船尾甲板上的一个小船舱内开始洗澡。石斛和曲柯、陈湘君一起擦干甲板。大约过了一炷香的时间，徐榛和于苓才披着发走出了船舱。陈湘君前去清理浴室。于苓含笑说：“好像姑爷是侍儿我是县主似的。”

“石斛是杂役，不是侍儿。”

“小子乡下时就常常做这种杂碎的活。”

船工厉行疾扶着绳梯探上头。“你俩先去船头，兄弟们要上来了。”徐榛和于苓连忙离开甲板去了船头。“可以上来了。”随船的兄弟扶着绳梯先后上了帆船。“曲柯，哥哥陪你游泳去。”曲柯早就已经拆完发髻，光着脚丫，站在甲板上。石斛摘掉皮弁，脱去布鞋，摸出袖袋内的物事，放在甲板上。石斛站在船舷看了看游船周围的水流，手扶着绳梯一步一步走向扬子江。脚刚触到水，只听“砰”的一声，曲柯已经从甲板上跃进了扬子江。一出水，曲柯就张开双手奋力向江中心游去。熟地怕鬼，生地怕水。石斛赶紧追上，免得出事。

石斛追上了曲柯，两人并肩仰泳而行。

忽然，曲柯说：“我真想以后都能像现在一样仰在水上看着蓝天，自由自在。”

“就在你觉得自由自在的时候,天上一只小鸟飞过,拉了一堆屎,刚刚好掉在你嘴里面。” 曲柯伸手“嘭”的一声拍了一下石斛的肚子。

“怎么可能会那么凑巧?”

“就那么凑巧,你还能怎么着?”

“哥哥!”突然,曲柯惊叫一声。石斛侧身一看,不远处飞速游过一群白鳍豚。石斛还没来得及拦阻,曲柯已经翻身奋力去追逐起白鳍豚。白鳍豚见曲柯追来,迅速散开逃遁。石斛连忙追向曲柯。曲柯气喘吁吁地说:“它们游得也实在太快了。”

“它们是扬子江的精灵,你怎么能追得上?”曲柯身子一翻,游了开去。

“哥哥!”曲柯又叫了起来。“快过来,水上漂着个人!”石斛看过去,水面上果然漂着一个穿淡黄色衣裳的人。曲柯说着就展开双臂,游了过去,石斛随后跟上。“还活的。”曲柯高声说。不一会,石斛游到了身边。一名岁数跟曲柯差不多的娘子紧紧抱着一段木头,毫无血色的双唇告诉石斛,她已经在水上漂了很久。“曲柯,我们推着木头,先将她弄上船。”曲柯在后面推着木头,石斛在边上护,不一会,就到了帆船绳梯边。“娘子松开手,小子将你抱上去。”徐榛、于苓、陈湘君,个个站在船舷看着石斛一手挟着娘子,一手拉着绳梯,上了帆船。娘子在水中泡的时间太长,腿脚酥软,几乎不能站立。“曲柯,你帮着扶过去,先找件衣裳换一换。”曲柯过来扶着娘子,跟着陈湘君前去给她更换衣裳。

石斛更换了衣裳,刚在胡床上坐下,陈湘君扶着娘子前来。“谢谢公子救命之恩!”娘子双膝一屈,跪地给石斛行礼。石斛赶紧站了起来。“是曲柯救你,不是小子。快起来。”陈湘君将娘子扶了起来。“哪是我?”后面传来了曲柯的声音。“是她运气好。没那木头,我看早已经淹死了。”曲柯来到了船头。“不是你们出手相救,有木头也没用。”娘子准备下跪给曲柯行礼,曲柯赶紧上前,一把扶住娘子。

“娘子”,徐榛问,“你是怎么落水的?”

“奴复姓南宫,小名钰。先父曾是彭泽县主簿,受奸人陷害,惨遭弃市;家母经受不住打击,悬梁自尽。”南宫钰说着就哽咽了起来。

“小子看,还是先别说。在水里漂了那么长时间,有点力气也已经耗尽了。吃了饭,有了力气,让南宫娘子再慢慢讲。”石斛提议。“那我们就先吃饭。”徐榛站了起来。曲柯扶着南宫钰,跟着众人离开船头,前去船舱吃饭。吃了饭,果然有了力气。擦了一把脸,众人坐在船头,吹着江风,继续听南宫钰讲故事。

“奴本有两哥哥。先父遭奸人诬陷,两个哥哥和先父同一天横尸街头。一家五口,一天时间只剩下一个活人。奴被没入奴籍,送往鄂州做营妓。今早,奴和一班因家人犯事没入奴籍的娘子从彭泽出发前往鄂州。帆船离开码头不久,押船的胥徒竟然畜生似的公开奸淫。想想到鄂州后的下场,奴不忍遭他们污辱,前无门,后无路,只得跳江自尽。没想到,天不让奴死,奴浮上水面时,一段木头从边上漂过。奴紧紧抱住它,随它向下游漂去。”

“这样吧。你先在船上住下。到了金陵,你再将事情详细跟小子说,看看是陷害,还是假陷害。是真陷害,小子想想办法帮你父亲昭雪。谁让小子运气那么不好恰好碰上?今天泡了那么长时间的水,也该累了。就让湘君先带你去睡觉。遭那么大的打击,身心都疲惫。”

南宫钰俯身拱手告辞,跟着陈湘君前去船舱睡觉。“怎么会这样?”徐榛很不解。“不是今天才这样,历来如此。”石斛说着向后靠在了胡床上。“你去翻一翻史书,就会明白。上不了史书的庶民更是草芥,死个一千一万,眼睛眨一眨都不眨。小子长年在外面混,就这点比你懂。这世界,满眼是土匪,背后没人撑腰,缩头做乌龟都不一定能活。”

忽然,江面上有灯光在晃动。曲柯赶紧从胡床上站了下来,走了出去。不一会,曲柯又回到了船头。“一名兄弟正在船楼上用灯笼给江上的船舶打信号。”曲柯又靠到了胡床上。徐榛问,“在给谁打信号?”“还能给谁?给水匪呗。”石斛若无其事地补了一句。

“姑爷,不会是那些个船工和水匪里通外合准备劫船吧?”

“他们来劫船,小子就将你献了出去!”

“我看啊,还是将我献出去最保险。”

“还是徐榛说的有道理。为了保住自己的命,他们只好放弃。”

“哥哥,为何要献?杀了他们不就结了吗?哥哥怕于苓姐姐说你冷血不敢杀,我杀。”

“妹妹,上次姐姐是随口出。”

“姐姐还别说是随口出。上次我和哥哥常州回来,就因姐姐的这句话,那班劫匪保住了性命。”曲柯还是忘记了石斛的告诫,泄露了秘密。“姐姐这句话保住了劫匪的性命?”于苓很惊疑。忽然,曲柯想到了什么,连忙改口说:“我也是随口说说。”

“石斛,是不是真有那么一回事?”

“小子那天没杀那班劫匪,倒真不是于苓说过什么话。小子说,不是小子的如夫人希望小子不要冷血,小子今天就将你们杀光。小子也是随口说说。未必就是于苓说了，小子就不杀。小子那天确实很想杀人，最后没杀，是朱寒莓在场。”

兄弟，去哪啊？送都统去浔阳。都统在船上？在。这时，江面上传来一名男子高亢的声音，“江豚帮钟潭惊扰了都统，请多多宽饶！”石斛高声说：“代小子向钱老帮主问声好。”“一定，一定。”江上传来钟潭的声音。徐榛和于苓站起身，走到游船边沿时，几条前头挂着灯笼的船舶已经有相当一段距离。扬子江恢复了宁静。徐榛和于苓又躺回到胡床上。

“石斛，朱寒莓是不是朱同泽的妹妹？”

“是。”

“我也是几天前在如茅斋听爸和徐福闲聊时才晓得这件事情。”

“一个观察使，都莫名其妙地惨遭灭门。平头百姓，活着真不容易。”

“他妹妹现在怎么样？”

“伤差不多好了，只是留在身上和心上的伤痕已经没办法抚平了。”

“爸听徐福一说，唏嘘不已。朱同泽深得叔父信任，年纪轻轻就做了常州观察使。谁都认为前途无量，怎晓得灾祸会突然从天而降？朱同泽这生有你这样的朋友也是前辈子修来的福气。还当观察使，趋炎附势的人肯定多；现在人没了，谁会理？还是你仗义。”

“小子哪想仗义？都是没办法。没能力，没办法；有能力，总要帮一帮。”

“无论怎么说，我的石斛就是仗义。”

“小子只出手帮一帮与小子有关系的人。与小子无关，死绝了，小子也不会管。不是小子不想管，而是管不了。小子是生意人，不是朱雀门女婿，就是与小子有关系的人，小子想帮也帮不了。像戚寒，据给她查伤的蔺嬷嬷说，身上无一寸好肉。小子不是朱雀门女婿，你想想，帮得了，帮不了？人家温睦国句容一霸，还不得眼睁睁看着被继续虐待。说起来，小子能出手帮一帮与小子有关系的人，是你在后面给小子撑腰。”

徐榛伸手捏了一下石斛的手臂。

“小子说的是实话。神州是一个权的国度。权就是过所，没有权，真的寸步难行。乡下没什么感觉，到了金陵，小子感触很深。你可能会说，权那么重要，为何不捞权？原因小子不说，你也懂。权越重要，想得到权的人越多。你想要，我想要，最后只能争，只能抢。像小子这样的人，权碰都不能碰。所以，能帮得上帮一帮，帮不上，只能冷眼看。”

“姑爷还是古道热肠。上次婢子在如茅斋听总管说，姑爷还特意去广陵请都军使帮忙替人平反。姑爷不帮忙，也不会说姑爷什么，毕竟非亲非故，而且姑爷还得请别人。婢子和姑爷接触了那么长时间，晓得姑爷实际脸皮很薄，不愿意开口求人。”

“主要还是小子这人心还不够冷。”

“我看你想冷都冷不了。”徐榛给石斛下了结论。“热不容易，冷也不容易。我总觉得，心热，心冷，跟人生长的环境有关系。热的环境中长大，想冷都冷不掉；冷的环境中长大，想热也热不起来。我和舅舅、姑姑虽只接触一两次，一看人就晓得，他俩都不是心冷的人。你想冷，难。”

第八十九章　观日

星无时而不见,我有不见之时。

——《大戴礼记》

一个夜晚悄然过去,徐榛睁开眼睛时,太阳已经从舷窗照进船舱。吃完早饭,就只能到凉棚底下躲避太阳了。刚在胡床上坐下,徐榛身子一斜,就软到了石斛的身上。自从跟石斛订了婚,徐榛的骨头好像软了许多。石斛捧着徐榛的手,轻轻抚摸。

“一个人坐那么长时间的船,我肯定不晓得该如何打发时间。”

“将心放在目的地,时间就会过得慢。看看那些个孩童,简单几个小石子,都可以乐滋滋地玩它个一天时间。”徐榛笑了起来。“我看你就是一个孩童。在我的印象里,你总是一脸灿烂的笑容。”石斛抚摸着徐榛的手,含笑说:“那是因为小子得到了龙珠。”“龙珠?”曲柯头一仰,看着石斛,征询似的说:“我怎么从未听哥哥说起过?”曲柯傻乎乎一问,弄得徐榛、于苓、石斛都忍不住笑了起来。曲柯睁着大眼睛,晕乎乎摸不着头脑。

太阳将近头顶时,帆船慢慢在浔阳码头靠岸。徐榛见太阳猛,等可以下船,才从凉棚下面走了出来。于苓撑开小阳伞给徐榛遮着太阳,下了帆船。曲柯撑起小阳伞紧随其后,踏着跳板,上了码头。石斛向厉行疾等手一拱,从陈湘君手中接过阳伞,紧跟着曲柯下了船。烈日当头,四人没有停留,立马起身前往浔阳分社。一名兄弟跑进分社向李邈报告,都统前来巡视。“终于想到来浔阳看小弟了。”李邈连忙带燕羽、卢孤石出分社大门迎接。

“太阳死猛,我们没关系,她们受不了,先到樟树底下荫一荫。”

分社门头前，这株樟树的主干至少有稻桶那么大，树冠遮天。这么大的樟树，还真是很少见。众人赶紧退到了樟树的底下。“李邈没有亏待你吧？”石斛问。燕羽笑了起来。“哥哥的指令，副都统还敢不好好款待？”“这就好。不然，看哥哥怎么收拾他。”石斛说着就笑了起来。“哥哥稍等，我去将她们叫来。”燕羽转身快步进入了分社。

“看起来，哥哥还没有吃饭。是先进去坐一会，还是就在这里等？”

“是里面吃，还是外面吃？”

“都吃过了。再叫坑饪烧，肯定麻烦，还是去外面吧，免得说小弟亏待哥哥！”

“亏待哥哥没关系，哥哥身边的人却不能亏待。”

“都不怕别人笑。”徐榛拧了一下石斛的手臂。

“李邈自家兄弟，有话直说。”

不一会，燕羽带着安若、姚瑶、明姬小跑前来。“明姬！”曲柯一见，连忙迎了上去。太阳实在太猛，燕羽带头急忙忙躲进了树荫。站在树荫底下，曲柯和明姬、安若、姚瑶旁若无人，叽里咕噜了起来。石斛本想问句好，见状也只好闭嘴。见没完没了，李邈连忙打断。

“先去吃饭。到了湓浦楼，你们再慢慢嘀咕。”

“吃过了，我就不去了吧。”

“哥哥前来巡视，你不吃，陪一陪也是应该的。”

“说得对。哥哥又没有天天叫你陪吃饭。”

“好吧。”

燕羽推了一下，就同意陪。“哥哥稍等，我先去拿几把阳伞。”“我去。”安若转身跑进了分社。不一会，安若拿着两把阳伞，跑了过来。燕羽在前陪着徐榛，李邈在后陪着石斛，众人一起步行前往湓浦楼。李邈一边走一边向石斛介绍浔阳的情况。

“已经在洪州豫章、饶州鄱阳、抚州临川、吉州庐陵四个地方设立了分支。外地的货物随时可以运到四地，四地的货物也可以运到外地。这段时间，代客货运的生意特别好。现在已经有三十一条不同级别的船舶投入货运。这个月初九，开通了浔阳豫章之间的客运。”

“哥哥就晓得，你一来，面貌肯定会不一样。”

“也跟哥哥背后全力支持分不开。”

“对哥哥都客气起来，说明神州真是培养世故的好地方。”

“这倒不是什么世故，是事实。小弟要钱，哥哥给钱；小弟要人，哥哥给人。更重要的是有哥哥这张虎皮。衙门一看，马上矮了三分。”

“扬雄曾说过，攀龙鳞，附凤翼，巽以扬之，勃勃乎其不可及也。哥哥一想，还真马上泄气。算了，哥哥就以权自慰。鄂州分社撤了，希声社以后的生意也只能靠浔阳、金陵和广陵三个分社了。建好浔阳分社，我们走了，也可以给不愿意走的兄弟继续谋生用。”

“是不是真的已经下定了决心？”

“如今是不下决心也必须得下决心！看看鄂州分社就晓得结果。现在是鄂州分社，不久的将来就有可能是希声社总社。捏在人家手里的小鸟，生死全由别人决定。说不定，原因还没有搞明白，就已经倾家荡产，身首分离。眼下是最好的时机，迟了想走都走不掉。”

“小弟曾经说过，哥哥想杀人，小弟跟着杀人；哥哥想放火，小弟跟着放火。”

“能放得下鞭尸？”

“哥哥都能放得下，小弟还能放不下？小弟又不是负板，将什么物事都背上。”

“好！”石斛拍了一下李邈的肩膀。“哥哥就喜欢听这句话。鞭尸的事情会有人替我们去做，无须我们亲自动手。还是先考虑该如何过日子。人只有在没有恐惧的情况下才可能过好日子。如今你在浔阳，老哥在岱山，哥哥在金陵，三只脚一撑，很快就可以抽身走人。”

“哥哥放心，小弟会做好准备。”

天气热，脚步快，不一会就到了湓浦楼。李邈说，“想吃点什么，只管说，反正哥哥说过，不要省。”徐榛一听，立马开玩笑说：“石斛说不要省，那就不吃鱼。白乐天说过，湓鱼贱如泥。”自来到浔阳，李邈几乎天天吃鱼。“来浔阳，不吃鱼，真没什么物事可吃。”徐榛怕李邈当真，连忙含笑说：“没事。有什么吃什么，我不会太讲究。”李邈看了一遍湓浦楼的菜谱，又征询了东主孟怀玉的意见，最后确定了菜单。

吃完饭，结了账，在湓浦楼东主孟怀玉的恭送下，离开了湓浦酒肆。回到分社，燕羽安排徐榛去午休。石斛由李邈、詹扬威陪同，看望了接到浔阳养伤的鄂州兄弟。“刚来浔阳的时候，根本不能看。”李邈将当时的情况告诉给了石斛。一名叫常守信的鸱枭帮兄弟说：“他们比想象的还要狠。”没有将你们弄死后搪塞我，已经算是相当不错了。“其他事情以后再慢慢说，先在这里静心养好伤。”还能说什么？石斛除了安抚还是安抚。离开分社，詹扬威带路，李邈陪同，石斛去了一趟穆成家。本想再去拜访原驿长周去疾，没时间只好作罢。徐榛要寻找寂寞，就是不想走也只好陪。李邈带路,众人开始逛起浔阳城。

逛啊逛,逛到一个在街道旁一棵大树底下摆摊的乞丐前。

乞丐见石斛手摇着折扇,带着一班手撑阳伞的娘子前来,旋即趴在地上讨钱。徐榛停住了脚步。乞丐前面铺着一块细葛布,布上密密麻麻写着介绍自己悲惨遭遇的文字。这种申诉自己的可怜博取路人同情的乞丐神州到处都是。遭遇不幸乞求他人伸出援助之手,也无可厚非。稀奇的是,神州很多人就是看中了这一点而假冒诈骗。乞丐见徐榛驻足,不断地展现演技,博取徐榛的同情。可怜可怜之类让人心惊肉跳的言辞如同铁钩一般钩住了徐榛。

骗别人无所谓,就是不要骗我。石斛走上前去,蹲在乞丐的身边,轻轻说:"本都统前些日子就在浔阳城亲手剐了刁阎罗。你骗别人,本都统不管。你敢骗本都统,马上让你变成太监!"石斛一诈,乞丐赶紧收起葛布逃离,慌张中正好撞上一个路人。石斛站起身子,摇着折扇,退回到了徐榛身边。徐榛忽然同情心四起,对石斛的行止颇为不满,责备说:"你没什么欺负了也不要欺负这种人!"石斛笑了笑,没有争辩。李邈自言自语似的说:"真的就是给这些个假的害死!""假的?"徐榛颇为怀疑。方才那乞丐,看不出有丝毫的破绽。"真的都给假的害死了,就只剩下了假的。"石斛答非所问。"突然来了一个真的,见满眼都是假,要想生存下去,没办法,只好跟着假。"徐榛一肚子疑惑,听石斛和李邈叽里咕噜。

"谁叫我们想活一活呢?无欲则刚说得有些道理。问题是,只要是人就不可能无欲。小弟当初流浪到江南,还不是想活?"

"还得抓紧时间到可以真也可以活的地方去。再呆下去,就算本意不想假,习惯也会成自然,结果想真都真不了。积习难改啊。"

石斛正和李邈一唱一和说着,前面传来了刀枪棍棒打斗的声音和嘈杂的呐喊声,俨然就像是两军正在浔阳城内巷战。原来是浔阳两个黑帮为争夺地盘而展开械斗。街上的行人狼奔豕突,朝石斛一行人涌了过来。石斛赶紧护着徐榛和于苓退到了街道边上避让。双方打斗很快就蔓延到了石斛等人的前面。临街的店铺纷纷关上店门准备逼祸。乱拳打死老师傅。徐榛、于苓顿时紧张了起来,担心被不长眼睛的刀枪棍棒伤到。

"不用担心,小子在边上。李邈,找条小路我们绕过来。"

"哥哥,我们为何要绕道?"

"一群狗在相咬,你是不是也想加进去咬它几口?"

"我们调头。"李邈想一想,手一指说:"前面不远就有一条小巷。"

李邈在前带路,众人紧跟在后,快步前行。不一会,拐进了一条小巷。“明刀明枪在街上打斗,浔阳的衙门都不管一管。”这时徐榛才开口说话。为了争夺地盘,大大小小的黑帮在神州都已经打了几千年呢!石斛在肚子里应了徐榛一句。正走着,两个手拿横刀、挂了彩的黑帮喽啰慌慌张张逃窜到这条小巷里来。石斛赶紧一搂徐榛和于苓退到一旁让道,免得给这两个慌不择路的喽啰撞着。不久,众人出了小巷,来到了一条名叫乐天的街上。

“那几个乞丐看起来是真乞丐,可小子不敢给铜钱。”

“为什么哦?”

“这一条街上到处是乞丐。给一个乞丐铜钱,其他乞丐马上会围了上来。到时候,小子身上带的铜钱肯定不够分。怎么走?”

“这些乞丐看起来还真可怜。”

“嫂嫂,别看他们样子可怜,实际坏透了,什么坏事都做。有些坏事,我说出来肯定会吓着嫂嫂。我在街头卖拳脚,最怕的就是乞丐。他们人多,又摆出死都不怕的样子,惹上他们麻烦可大了。这些年,我跟着大父走南闯北,就怕惹上这些邋遢乞丐。”

徐榛生活在山顶,远远望去,一切都是美景。偶尔来到山脚,也是匆匆路过。曲柯从小跟着大父在山脚走,晓得哪地方脏,哪地方臭。一个乞丐看到他们,追着乞讨。众人对追讨置若罔闻,只管走路。石斛见乞丐纠缠不休,眼睛一轮,乞丐这才停住了脚步。

走了好长一段路,徐榛没有找着寂寞,却惹来了一身汗。

“浔阳城街上到处是人,热热闹闹的,实在难以感受白乐天所说的寂寞浔阳城。”

“寂寞无闻者,宫也。去听一听寺院的晚钟,说不定能感受到点寂寞,咚、咚、咚。回音寥寥,真是寂寥之声。”

“我常陪妈去寺院,你这么一说,还真有这种感觉。什么时候再去寺院感受一下。”

“还是别去感受了!你一寂寞,小子还得了!浔阳城不寂寞,人寂寞。白乐天天天盼望着做近臣,突然莫名其妙地被贬来到浔阳,自然寂寞。白乐天说了,鸟声信如一,分别在人情。你不信,问问李邈,来浔阳已经有好些时间了,是不是感受到了寂寞?”

“小弟流浪惯了,到哪都不寂寞。这次来浔阳,哥哥还专门让燕羽、明姬、安若、姚瑶四位美娘子来陪小弟，热闹都已经过了头，何来寂寞之有？”

“不会是嫌我们扰了副都统的清静吧。”

“连孔圣人都熬不住要去看南子，小弟就更希望身边有个漂亮的娘子了。”

燕羽一旁不禁“扑哧”一声笑了起来。

“燕羽，你还真别笑。哪个正常的后生不希望身边有了漂亮的娘子陪着？李邈希望有漂亮的娘子陪着，说明李邈不是那些个坐在古佛前低着头、手捻佛珠的寂寞老和尚。”

“以仆看啊，那些个老和尚最不甘寂寞，所以才想用念经的办法来排除杂念。”

“卢兄这话说得有道理。其他人都不去说，玄奘法师的高足辨机和高阳公主私通被太宗腰斩的故事，大街上随便抓几个人问一问都晓得。”

“那是高阳公主勾引辨机。”

“燕羽，你怎么能替辨机说话？”

“哥哥，我说的是事实啊。”

“辨机可是玄奘法师的高足，四大皆空，死都不怕。辨机真的没有杂念，高阳公主怎么能勾引得上？不信，叫高阳公主去勾引一个木头看看。常言道，苍蝇不叮无缝的蛋，一个巴掌拍不响。黄盖不愿意，周瑜怎么打？”

“就晓得只想说赢。”

“李邈想说赢，一来说明他年少气盛，朝气蓬勃。老气横秋，你未必就喜欢啰。二来说明你俩关系很好。关系不好的外人，李邈会不会想说赢？”

“你也一样。”徐榛含笑插嘴。

“记得傅玄说过，病从口入，祸从口出。想想神州，多少人因言论砍头、腰斩、凌迟、车裂。结果导致神州人不能说，不敢说，只能道路以目。”

“还道路以目！你没见洵阳街上的人说得又高又响？”

“良言、真言不能说也不敢说，只好将废话、空话说得又高又响。堵在心里的不满那么多，又不能说出口，没办法只好将废话、空话说得又高又响。人心里有了不痛快，就想找一个没人的地方高声喊一喊。也是一种宣泄！不说了，免得祸从口出。”徐榛笑了起来。“在浔阳城内寂寞是找不着了。还是抓紧时间去庐山看一看。说不定，寂寞在庐山等着。”

众人立马调头，准备去庐山寻找徐榛要找的寂寞。“本地人，就算没去过庐山，还会有机会去。燕羽、安若、姚瑶、明姬，来那么久，都没去过，去一去。詹扬威守家，小弟和卢孤石就当侍从，陪哥哥一起前往。”李邈安排停当，众人旋即起身前往码头。

帆船起锚南下彭蠡湖,前往庐山。太阳猛烈,众人一上帆船就不由自主地挤到了船头凉棚下。“彭蠡湖的鸟真多。”徐榛站在石斛身边,望着湖面,看着翻飞的鸟。“这个季节,鸟大都飞走了。想看鸟,最好是冬天。冬天,北方冷,像仙鹤、鸿鹄等,都要飞到彭蠡湖来越冬。”卢孤石向徐榛介绍。石斛含笑说,“小子就是一只飞到南方来越冬的候鸟。”徐榛含笑问:“是不是越了冬就准备飞回北方?”“不了。”石斛含笑说:“小子遇上了一只本地鸟,准备和她一起飞到四季如春的地方去。”徐榛笑了起来。“都聚在这里热不说,还影响都统和夫人歇息。庐山远着,先回船舱歇息。”李邈开始赶人。众人纷纷离开了凉棚,去了船舱。石斛、徐榛在胡床上靠了下来。陈湘君送来了清茶,也就退出了凉棚。

“石斛,你当初来南方越冬的地方离这远不远?”

“是不是想去看一看?”

“想去,想去。”徐榛还没有回答,曲柯就已经抢先。

“一方水土养一方人。我一直很好奇,那地方怎么会养出你来。”

“不是地方而是小子的父母和先师教出了小子。神州的江山这么优美,为何还会养出个朱温?就金陵城内,有多少个流氓地痞?每人都有父母,而父母又有父母。倘若一代教好一代,长期下去,就会一代胜过一代。相反,自然是每下愈况,一代不如一代。物华天宝,龙光射牛斗之墟;人杰地灵,徐孺下陈蕃之榻。人杰地灵,先有人杰,然后才是地灵。人出名了,地方跟着出名。小子的故乡,离这还有些距离,就在彭蠡湖东岸饶州。”

“为何不乘这个机会去看一看?”

“太远,来回需要好几天时间。我们就要回金陵,没有时间。”

帆船在码头靠岸,众人下了帆船。卢孤石先行一步前去联系,李邈陪众人前往庐山。“慢慢走,半个时辰左右就可以到叠云别业。晚上住一宿,明天再游庐山。”庐山是一个很好的去处,除寺院、道观外,还有不同时代修建的别业。这些别业,随着斗转星移,更换着不同的主人。今年是张三,明年就是李四。看了这些别业,就会想起去庐山西麓的东林寺。

人多热闹,不知不觉中就到了叠云别业。别业的主人是原洪州判官陶景仁。自黄巢造反后,刺史、观察使、节度使都朝不保夕,就别提判官了。见做不成官,陶景仁就逃到庐山做起了隐士。陶景仁亲自接待石斛一行。宾主在堂内坐定,石斛率先开口感谢陶景仁。

“多谢陶公留宿!”

“都统高人,能留都统在叠云别业过夜,是陶某的荣幸!”

“陶公谬赞！真正的高人是像陶公这般隐遁在庐山不求名利的隐士。”

“惭愧,惭愧！陶某来到庐山,也是情不得已。不过,随着岁数的不断增加,想法自然也就和年轻时有些不同。不错,确实有不少人居住在庐山,但据陶某所知,多半跟陶某有相似的经历。虽不能说全部,人在庐山,心却在庙堂,只不过是一时无法寻得头路而已。”

“可能是陶公的要求比较高。小子想,无论是不是心在庙堂,能隐遁在庐山,不与土匪合伙,不为虎作伥,当今神州就已经是高人中的高人！陶公晓得,这些年,神州有多少是像韦庄这种恬不知耻的读书人？那些个隐居在庐山的隐士,韦庄之流岂可以与之相提并论？倘若敢于撕破自己的脸皮,拔掉自己的门牙,还怕没有头路？是不为也,非不能也。在小子的眼中,他们已经是渔父这般的人物。沧浪之水清兮,可以濯吾缨;沧浪之水浊兮,可以濯吾足。这般逍遥洒脱,小子恐怕一辈子也学不会。陶公自谦了。”

“都统那是在安慰陶某。”

“陶公,小子说的还真是实话。像小子,伸手向路人讨乞,这需要多少勇气！隐居在庐山的那些个隐士,敢于向土匪伸手乞讨,还怕得不到自己想要的物事？不在乎人心里到底想什么,或者说什么,而在乎究竟做什么。曹商不是得到了他想得到的物事吗？关键就在于他敢不敢做！所治愈下,得车愈多。这就是如今的神州。”

“都统所言极是。”陶景仁向石斛手一拱。“真个是所治愈下,得车愈多。庐山确实有治世高才,但因不愿同流合污而隐居庐山。都统多呆些日子,陶某不妨绍介认识,谈天说地,也是一种自在。”

“只可惜,小子现在仿佛连人都不属于自己,就更不用说时间了。说起来,像小子这样的人,只能算是可怜虫。”

“都统客气。为了能在神州生存,也是身不由己。”

“谢谢陶公。听了陶公的话,小子宽心多了。”

“我们是彼此彼此。山中也没有可招待,只能请都统吃顿便饭。”

“多余的客气话小子也不说了。”

“都统请!”

陶景仁起身,引众人前去用餐。因来不及备办,陶景仁只能拿出庄园有的物事款待石斛一行。相比而言,也算丰盛。用过餐,叠云别业的侍儿引女眷前去梳洗,准备过夜。石斛和李邈趁机跟陶景仁暂别，步出了叠云别业。两人走着走着就聊起了鄂州的事情。

“鄂州分社只能用一个惨字来形容。光兄弟就损失了一百八十七名之多。”

“已经如此，就是想回去，都已经是不可能了。哥哥也不想去追究原因。不是目前还呆在徐温的地盘上，哥哥就去杀了他。这个仇想报，也只能等我们走后再说了。”

“有没有可能借徐温的手做掉他。”

“可能性非常小。李简和徐温两亲家暂且不说，也得徐温信任。否则，徐温不会让他去做武昌节度使。如今吴楚交战，徐温更不会临阵换将。更重要的是，李简是徐温次子徐知询的丈人，而徐温身边的人如严可求等一直在劝说徐温以次子徐知询代替徐知诰掌权，而徐温也有这种意向。徐温一直在有意培养次子的羽翼，更不会因希声社动李简。眼下还找不出能让徐温除去李简的理由。徐温这个多疑没错，人不糊涂，想让他钻全套不容易，搞不好还会弄巧成拙。

在徐温的眼里面，鄂州分社根本就是不值一提的鸡毛蒜皮小事。无论从哪个角度看，徐温都不可能弃李简，更不会杀。如今事情已明。就算能够制造出李简拥兵自重，企图谋反的假象，徐温未必相信，甚至还有可能怀疑到我们的身上。没有办法，寄人篱下，只能是人为刀俎我为鱼肉。如今之计，只能抓紧时间走。走了后，想杀了他，动手就是。”

“哥哥，什么时候可以走？”

“下月中旬应该就可以走了。目前暂且呆在岱山，主要是怕台风。如今不趁机走，等别人逼我们走，就已经晚了。想一想，有几个神州人不在后悔中死去？鄂州分社就是摆在眼前的榜样。自己的手捏不死自己，别人的手那可一捏就死！”

“今天都差不多二十了，没几天时间了。”

“哥哥这次来就是让你做好撤离前的准备。前去生活，要带足物事，比如说临时用的营帐等等。你就想，倘若将浔阳希声社兄弟带到一个完全陌生的地方，想生存下来，应该带一些什么物事，自然是越充足越让人放心。特别笨重而且没什么用的物事，没必要带外，能带统统带上。当然，我们要带各种各样的工匠，到了后再动手造。反正，我们希声社从事的就是贩运、货运生意，现在手上有的是帆船。”

“庐山回去，小弟马上着手准备。”

“那些殉难兄弟的家属，我们走时，务必都要带走，尤其是老人。无论怎么说，他们的亲人为希声社献出了自己的生命。我们有些铜钱，给他们养老也是应该的。”

“鄂州兄弟的家属,皇甫子已经带走了相当一部分。皇甫子离开浔阳后,留下了几名鄂州兄弟正在联系,找着人应该没有问题。浔阳兄弟的家属,小弟都去看过,免得再出现像黄明轩这样的事情。这次走,小弟一定会一个不落地带走。”

“来不及,就先安排一部分人撤离。”

“小弟尽量安排一起走。”

见天色越来越暗,石斛和李邈返回了叠云别业。石斛拱手跟李邈道别,前去看徐榛主仆两人。徐榛和于苓都在帐子里面,徐榛坐着,于苓则站着在搜寻蚊子。

“石斛,庐山风景那么优美,怎么有那么多蚊子?”

“我们都喜欢风景优美的庐山,蚊子也喜欢,你说有什么奇怪?”

“你就喜欢胡扯!”

“小子会胡扯至少你才不会闷。含着嘴,踏半天,也踏不出一个屁来,又什么劲?你晓得,小子也是在要好的人面前胡扯,其他人,小子一本正经得很。”

“我和你一起出去了好多次,总感觉你在不断变换着身段。”

“这是做伪君子的最基本要求。老是一个身段,怎么能演好戏?当柔软就柔软,当刚硬就刚硬。说起来,也是生存之道。小子常跟流氓地痞混,这些物事懂。明天上山看日出,会很早就起床,就不跟你扯了。早些睡觉,明早小子来叫你。”

出了徐榛的房间,石斛马上去冲凉。虽然今年有两个五月,天气还是很热。石斛不想汗涔涔上床睡觉,而每天洗澡的习惯就像狗改不了吃屎。冲了澡,石斛马上去房间睡觉。还只是寅时初,石斛就已经叫醒了徐榛。徐榛平常起得晚,那么早起来,好像还没有过。

“那么早啊?”

“不早些去,看到的就不是日出而是日落啦。”

石斛带着徐榛、于苓前去盥洗室梳洗。匆匆梳洗一下,众人就开始吃饭。陶景仁家的仆役四更天还没到就已经起床准备早饭。吃了饭,天还是一片墨黑。卢孤石举着火把,照着众人出了叠云别业的山门。陶景仁亲自前来送行。

“那么早就扰醒陶公,确实有些不该。”

“岁数大了,原本睡眠时间就不多,都统不要记挂。山上有多股小土匪,常常拦住孤单的游人索要买路钱。你们人多,他们应该不敢要。”

“谢谢陶公提醒。”

跟陶景仁辞别,众人开始攀登含鄱岭,上庐山看日出。

攀登还不到一刻钟,徐榛就停了下来,大口喘着气。

“石斛,还要走多久啊?”

“慢慢走,总会走到。”

“都是仆欠考虑,应该弄一两架肩舆才是。”

“陡陡的,从肩舆上摔下来怎么办?”曲柯和卢孤石抬起了杠。

“那些个官宦上去看日出,都是抬肩舆上去,好像还没听说过有人摔下来。”

“摔下来的不告诉外人,自然也就没人晓得了。”

“嫂嫂,走不动,就让哥哥背。反正,哥哥力气没地方出。”

“还是免了吧。上上下下的人看到了,也太不雅观。”

“雅观不雅观倒没什么。爬爬动,流一流汗,对身体很有好处。歇一会,慢慢爬。”

稍微歇息一会,擦了一把擦汗,石斛搀扶着徐榛继续爬。徐榛含笑说:“你一扶,省力多了。”徐榛在石斛的搀扶下,中间停歇了两次,终于上了含鄱口。沿着山脊,众人来到了一个小山顶。这时,天已经开始发白。于苓突然惊奇地说:“县主,我们在云上面欸!”眼前是一片绵联无圻的云海,几缕轻云绕身飘过。徐榛站在石斛身边,望着云海,一时心醉。

“那云就像是一团团丝絮,又像是轻柔绫罗。你看,你看,从山上下来,就像是漫出来的牛乳,真想上去喝它一口。来了,来了,来了。我真的已经是仙子了,轻云绕身。”徐榛说着就转了一个圈。“石斛,这地方造个亭,坐在这里看云,肯定绝伦。”

“嫂嫂呆在这里,小弟请人造一个。”

正说着,白云开始慢慢变亮,变黄。

“快看,出来了。”

“出来了!”

一轮耀眼的旭日从云海中冉冉升起。

“那么美的景色不去欣赏,却将所有时间和精力耗在相互杀戮上,真是神州人的悲哀!”

“哥哥说的不对。对有些人来说,杀戮就是他们的兴趣。就好比有些人喜欢踢毽子而有些人喜欢蹴鞠。不能因为自己喜欢蹴鞠,就说踢毽子不好。”

“言之有理。不能因为我们不是屎壳郎,就说屎臭。”

“李邈好好的一句话一到你的嘴里面,马上变得臭不可闻。”

“嫂嫂，哥哥的话虽然俗了点，但更加贴切。神州人还真是屎壳郎。”

看完了日出，众人离开含鄱口，继续游览庐山。庐山别业多，摩崖刻字也多。庐山位于浔阳南边，而浔阳恰好又处在交道要道上。神州各种神仙来到了浔阳，免不了要去看一看庐山。到了庐山，就希望将自己的字留在庐山。

当地官员，一来是溜须拍马，二来是想提高庐山的名气，将各路神仙的字刻在庐山的石岩上，其中就有像朱温这种人写的字。庐山石壁终究有限，刻得太高，一来不容易，二来就是刻了游人也看不见。刻字，不单单是想留下字，重要的是能让游人看，炫耀炫耀。于是，那些个游人容易看到的岩石上，往往刻了凿，凿了刻。今天我有势，凿了别人的字；明天别人有势，凿了我的字。只有岩石没有权力，只好忍受伤痕。看到一块挺平整的石壁，曲柯拿了一块小石片准备跃上去，留下诸如曲柯到此一游之类的旅游留言。石斛一把将曲柯拉住。

“哥哥，你为何要拉住我啊？”

“你想上去做什么？”

“我要上去刻字留念。”

“刻也是白刻。风吹雨打太阳晒，用不了多少时间，就会没有。刻什么刻？走吧。”

曲柯放弃了留字的企图，继续上路。一班人走走、看看、停停，不知不觉就到了吃饭时间。众人在庐山谪仙酒肆用了餐。歇息一会，继续游玩。头上太阳猛。还好庐山树荫多，才不至于被烈日晒焦。“瀑布！”徐榛终于看到了那条李太白看过的庐山瀑布。石斛搂着徐榛的肩膀，站在那条瀑布前的一棵雪松的树阴下，躲避烈日。“李太白真会骗人，就这么一条小小的瀑布，竟然有脸说，飞流直下三千尺，疑是银河落九天。”徐榛颇为失望。

“曲柯，别进去！是不是淋湿才舒服？”

“到了瀑布下面，仰着头才能有水倒下来的感觉。”

“李白应该也是躺在瀑布下面才想到飞流直下三千尺，疑是银河落九天。”

将近申时，众人游兴未尽地回到了帆船上。叠云别业的主人陶景仁已经遣仆役将石斛一行昨晚浆洗的衣裳送到了船上。今天起得早，衣裳还没有全干。帆船起航，返回浔阳。到了浔阳码头，李邈、燕羽等下了帆船。已经等候多时的浔阳兄弟将好几筐物事抬上了帆船，其中还有一头装有活鱼的木桶。石斛一行跟李邈等人告辞，连夜赶往金陵。

起航后不久，厉行疾就来问石斛。“都统，是不是在水流平静的港湾先停一停，冲一冲身子?”石斛还没有回答,曲柯已经抢先。“还是停下来,先游一会。”“不了。”石斛没有同意。“等有空,哥哥再陪你游。现在停下来,又得耗很多时间。”帆船继续前行。

走了一天的山路,全身汗涔涔,澡肯定要洗。陈湘君一旁帮忙,先服侍徐榛洗澡。船上只有一个浴室,只能一个一个来。等徐榛、于苓、曲柯都洗好了澡,去了船头,石斛才和随船的兄弟一起提扬子江水冲洗。换好衣裳,就开始吃饭。南宫钰一天时间没见,脸色比昨天红润多了,已经有了娘子的人气。

吃完了饭,大伙就去了船头,自各选了一张胡床,坐了下来。徐榛轻轻摸着小腿说:“走了一天的山路,脚酸死了!”“将脚翘到小子腿上。”徐榛将两脚翘起来,搁在了石斛的腿上。“就两小腿。”石斛轻轻地给徐榛揉起了小腿。

“真舒服。”

“哥哥,等会也给我揉揉。”

“哥哥给于苓揉揉还有些道理,给你揉没道理。”

“婢子腿脚健,没问题。姑爷还是满足一下曲柯的愿望。”

“我也只听嫂嫂说舒服,心痒痒的,也想尝一尝。”

“先去拿梳子将哥哥的头梳好。散着,别人还以为是鬼。”

不一会,曲柯就去船舱拿来了梳子。“哥哥,先侧一下。”石斛屁股一抬,挪动了一下胡床,重新坐下,继续给徐榛揉小腿。曲柯站在石斛的身后,开始给石斛梳头。“哥哥,你的头发真密。”石斛的头发,在曲柯手里几乎有一捧。

“密好吗?”

“当然是密好。谁希望自己的头发只有两条?”

“哥哥倒觉得,只有两条的好。洗头、梳头方便不去说,做和尚剃头也容易。”

“没头发,哄娘子就不容易啰。”

“谁说的?辨机光头,高阳公主还不是死命要勾引他?有些人,剃光头更有味道。”

“不如哥哥也弄个光头瞧一瞧。”

“还是免了吧。弄个光头,人家还以为希声社都统想不开,出家了呢。”

“小子这段时间还真有些想不开。”

“是不是鄂州的事情?”

“倒不一定完全是鄂州的事情。你可能不晓得,小子这些年只想求心安。实际上,在神州,求心安,根本就不可能。如同晒裂了的水桶,堵住这个洞,那个洞漏水。

当然，给自己开脱，不是小子，他们说不定结果会更差。事实却是，他们送了命。命不像铜钱，说没了就没了，不可能再赚回来。”石斛说着，长长叹了一口气。

“哥哥，杀了他。”

“杀了他？说得还真轻松。杀了他，气是出了，哥哥怎么办？痛快确实是痛快了，后果却非常严重。杀人容易，善后难。都督猜都不用猜就晓得是哥哥做的。人家可不是一般的流氓地痞。哥哥就是再傻，也不会做这种没法解的蠢事。”

“那就算了？”

“不算，又能怎样？你还能动掉李简一条毫毛？那些在屠宰场被宰杀的老弱妇孺，找谁算账去？秀才遇到兵，有理说不清。没道理可讲，就看谁的拳头更硬。神州的事情不是算不算，也不是敢不敢，而是能不能的问题。”

“不跟你走一走，我还以为世上只有鲜花。”

“小子本就不该跟你说这些。你的世界本就应该只有鲜花。荆棘，小子会给砍去。”

曲柯很快梳好了石斛的头发，天也开始慢慢暗了下来。凉风吹着船帆是哗哗得响，吹得船头胡床上的人提前有了睡意。在石斛的轻揉中，走了一天山路的徐榛早就已经睡着。石斛轻轻地放下徐榛的脚，身子一斜，将徐榛从胡床上抱了起来。

徐榛朦朦胧胧中说：“唔，不吗。”“夜里外面江风凉，冻着不行。”石斛抱着徐榛进入船舱，于苓点着了灯笼。石斛轻轻地将徐榛抱到床上，徐榛两手钩住石斛的脖子不放。“一觉醒来，就到金陵了。”徐榛松开了手，石斛退出船舱，顺手带上门。

夜很静，听到的只有风吹船帆和扬子江水拍打游船的声音。石斛来到船头，靠在胡床上，四脚一伸。曲柯靠在石斛身边的胡床上，打了个长长的呵欠。

“想睡，就先回去睡。不要睡着了，也让哥哥来抱！

“睡觉！”曲柯说着，就一骨碌站了起来，离开了船头凉棚。

石斛从身边胡床上拿过毯子，盖到了肚子上。

“斛儿！”石斛忽然听到身后外婆的叫声，连忙转过身子。“外婆！”石斛惊奇地说：“外婆什么时候来的？”石斛正准备向外婆行礼，就听外婆说：“免了，免了。外婆来只想问一声，居住地建造得怎么样了。”

“正在营造，过个把月就能完成。”

“用心建造，别不当回事。”

“请外婆放心，外孙肯定会用心。”

“那就好！”

忽然，外婆一闪不见。“外婆！”石斛睁开了眼睛。石斛站了起来，回船舱睡觉。

帆船顺流而下，速度很快。吃了早饭还没过多久，帆船就到了金陵码头。“曲柯，行头放好，你独自去鸡鸣巷。哥哥先送你嫂嫂去朱雀门。”“晓得。嫂嫂，于苓姐姐，我先进去了。”曲柯告辞，转身进了总社。不一会，孔木铎赶着马车来了。石斛先后搀扶徐榛和于苓上马车。正准备动身，杨千里来悄悄地告诉石斛，已经将徐灏一家安全送到了钱塘。

“怕出差错，千里只好亲自送。只是这一趟生意，饭钱都不够。”

“救人一命，胜造七级浮屠。杨兄这一趟下来，能造多少个七级浮屠？我们这么做，说白了，也是给神州留人种。铜钱没关系，我们现在有铜钱，多几枚少几枚无所谓。不跟杨兄多说了，小弟先护送她们去朱雀门。”

石斛送徐榛、于苓进朱雀门，还没有坐，马上调头，启程赶往洪州。

袁州刺史刘崇景反叛，归附了马殷。马殷手下大将许贞率领大军援助，联手攻打洪州。这下可打乱了徐温的如意算盘。徐温连夜征调军队，由都指挥使柴再用率领，前往征讨。徐渊也是刚刚才得到消息。万一洪州失守，徐天奉可以为国捐躯，家小没必要陪伴。

徐渊抚掌在如茅斋转了几圈，最后决定遣总管徐福带家丁前往洪州，将徐天奉的家小接回金陵。至于如何接，徐渊也没有过多吩咐，反正徐福懂。想不到，徐福还没有转身，石斛就来了。“石郎来得正好。”能者多劳。一见石斛，徐渊旋即改变了原先的计划。

“没问题。”徐渊将自己的想法一说，石斛立马答应。

到了洪州，徐福引领石斛去见徐天奉。这个大舅哥，石斛还没见过面。徐天奉是镇南军节度副使，希声社在洪州又有据点，神不知鬼不觉地就将徐天奉一家子转移到了帆船上。石斛原以为一条帆船够了，没想那么多人。夫人昝如心、如夫人陈玉容、盖子椒、巩诗诗、蔚文丽。她们的名字都是徐榛后来告诉石斛。除了嬷嬷手中抱着的三个，已经能够自己走的孩子就有七个。此外，还有一班侍儿和嬷嬷。最后，只得再调一条帆船。

一上船，徐榛的侄儿定郭、定邑和侄女云岚就到处乱窜。欢笑声、喊叫声、哭闹声不绝于耳。石斛绷紧神经，紧盯着孩子，怕掉到湖里去。经过浔阳，帆船停留了约半个时辰就起航。夜幕降临，徐天奉一家子才开始陆陆续续进船舱准备歇息。唧唧喳喳的孩子一走，顿时清静了下来。石斛和徐福站在船头吹着江风。

“仆跟了大家也差不多有二十年了。士农工商，三教九流，流氓地痞，土匪强盗，什么样的人都见过。说实话，仆最佩服的人就是姑爷，能屈能伸。能屈的人神州实在太多。说好听点是能屈，说难听点是懦弱。有能耐可以伸，谁不想伸？韩信、刘邦，也来一个威武不能屈，岂能有后来的韩信、刘邦？更何况，这些人原本就出身卑微，早就已经屈习惯了。生活在底层，不屈没活路。不想屈也只能屈。仆总觉得，能屈、不能屈都不值得夸奖。关键是能伸。想想神州，能屈无数，有几个人能伸？勾践能屈能伸，刘邦能屈能伸，数来数去就这么几个。姑爷年纪轻轻，不仅能屈，也能伸。假以时日，姑爷的成就岂是韩信之辈可比？”

“总管如此夸奖，小子都不晓得该如何开口了。总管所言甚是。能屈的人无数，能伸的人绝少。倘若他是尺蠖，自然是能屈能伸。世上有几人是尺蠖？多半是没有弹性的柴梗，一屈就断。已经断成了两截，怎么能伸？至于成就，更是仁者见仁，智者见智。总管可能有所不知，权势、铜钱皆非小子所好。对小子来说，最大的成就是获得自在。”

“没有权势、铜钱背后支撑，很难有真正的自在。”

“是啊！吃喝拉撒睡，样样都不能少。连佛祖都需要到舍卫大城去乞食，更何况普通凡人。没办法，小子只好全力赚铜钱。说来也是件很无奈的事情。”

“仆看姑爷，想权势、铜钱容易，想自在却很难。”

“身不能自在，只能自欺欺人求心自在了。”

“姑爷真是想得开。”

“想不开，小子又能如何？只好想不开，也想开。就好比希声社的生意，如今两头都有战事，没办法，只好螺丝壳里做道场。鄂州分社被李简的水军摧毁，小子想不开，也只好想开。好的是，小子会自我安慰，晓得变。这些时间，小子在明州岛上建一个基地，就是希望能拓展浙江、福建、岭南的生意，弥补因战事造成的损失。只是不晓得能不能如愿。”

“以姑爷的能耐，应该能如愿。”

第九十章　没救

荷衣兮蕙带，儵而来兮忽而逝。

——《楚辞》

朱温一死，各镇诸侯如同出了笼子的猛兽，骤然间活跃了起来。河中节度使朱温的假子冀王朱友谦起兵反叛，归附晋国，袭击鄜州，杀了保大节度使徐怀玉。朱友珪任韩勍为招讨使，率领康怀英等部五万大军前去征讨朱友谦。李存勖出兵泽州、潞州驰援。双方在解县相遇，李存勖大败康怀英。李存勖乘胜追击，追至白迳岭，又败康怀英。不得已，韩勍只得撤兵。至此，梁国失去了河中和保大黄河两岸的土地，洛阳直接面对李存勖的威胁。

杨师厚拥兵自重，朱友珪根本无法控制。杨师厚抓住朱友珪刚当上皇帝的好时机，杀了魏博牙将潘晏、臧延范等人，驱逐了节度使罗周翰。朱友珪不得已，只得任杨师厚为天雄军节度使。杨师厚自设银枪效范军，俨然已经是敢于跟朱友珪分庭抗礼的皇帝。

石柏只呆了三天时间，就和秋雨、秋水一道离开若水宫前往亳州，毕竟石柏如今是天清派掌门，不能赖在若水宫不走。半路上，石柏决定带秋雨、秋水去看一看石家村。这两年，秋雨、秋水一直和母亲在淮北一带活动，对这一带地方也算熟悉，没有太多问路。在新蔡县城一家名叫定安的客栈过了一夜，第二天早早地就动身前往石家村。将近午时，三人在石家村前驻马。

“大哥，这就是你老家啊！”

“是不是大哥的老家，大哥也不晓得。你姨父说，是大哥的老家。”

“会不会是姨父故意骗大哥哦！”

“大哥也希望是你姨父在骗大哥。”

石柏真希望像秋水说的那样石岩说的不是事实。石岩和尹如雪待石柏如己出，石柏从未想过自己竟然不是石岩和尹如雪的亲生儿子。活在神州原本就已经很沉重，听了故事，晓得了真相，看了石家村，石柏无辜背上本不该背的负担。人更多时候晓得越少越轻松。

三人牵着马，进入了石家村。村中的树木此时一片葱郁。看来，用不了几年时间，石家村就会变成了丛林。沿着村中杂草丛树密布的街道，三人来到了石庐的大门前。“据你姨父说，这就是大哥家。”横额上的“石庐”两字虽然有些暗淡，但依旧清晰可辨。“就这个门台来看，原先应该是座豪宅。”秋水踏上台阶，准备钻进大门。眼前断垣残壁，杂树丛生，一张大大的蜘蛛网挡住了道路，秋水顿时局促了起来，放弃了进去瞧一瞧究竟的企图。放马在石庐前吃草，三人前往石庐旁的桃园。桃园里面此时满眼是粉红、紫红成熟的桃子。

“那么多桃子啊！”

“等会多摘一些路上吃。”

“十几年来，应该是第一次有人来摘桃子。这些桃树说不定是大父种。种了桃树，却没人来摘，也算是一场悲剧！”秋水一阵兴奋，秋雨一阵怅然。“现在不是有人摘了吗？”秋水率先进入桃园，动手摘起了桃子。“当初种桃树时，大父肯定没有想到结果会这样。能够料到将来会是这种结果，大父会不会还种，大哥就不晓得了。”

“大哥，难道种桃树时，就没有人去想过，种还不如不种？”

“人的行为多半不是自己所能控制。就像母鸡，不会因生了蛋会给主人吃掉而不生。人更多的时候，做了也不晓得自己为什么要这样做。”

“我至少晓得摘桃子是我觉得桃子好吃。”

“说的是。”石柏掀开挡路的树枝。

“好吃，就多摘一些。反正是自家桃子，没人说偷。”

石柏折断了几条挡路的桃枝，三人穿过桃林，来到一排土堆前。此时的土堆已经淹没在杂草丛树里面。说是土堆，不过比四周的平地向上凸起，形同土堆而已。插在土堆上面的石条还是隐约可见。石柏走上前去，拨开草丛，露出石条，给秋雨、秋水看了一眼。

“据你姨父说，大哥的亲生父母就埋在里面。是不是真的，大哥就不晓得了。”

“大哥的亲生父母已经很幸运，我和妹妹连父亲的遗骸是不是已经埋了也不晓得。看看这一路上的骸骨，我真怀疑我父亲跟他们是同样的命运。”

“至少你俩和大哥一样还活着。如今这世上，能活着就已经是非常非常不容易。河南尤其是淮河一带，说十室十空都不过分。大哥还真想说，活着真好。我们走。”石柏退出了草丛，转身离开了土堆。“父母地下真的有知，肯定在笑。”

“那是。大哥不仅还活着，还成了神州响当当的大骗子。只要大哥愿意，帝师王佐，随便选。那可是光宗耀祖的大事。大哥的父母肯定笑。”

“什么帝师王佐，说白了伥鬼而已。”石柏俯身钻过一株挡路的桃树。“帮朱温还是帮徐温，不过是屎和屁的不同。大哥想了好久才想明白这个问题。没有这些伥鬼，神州会如此？大哥真有能耐，也不会去做朱温的伥鬼。就算不管别人，也要考虑自己的死活。做朱温的伥鬼会有好果子吃？下场早就已经注定，像李振、敬翔，肯定不会善终。你俩先慢慢挑，大哥去拿个袋子过来。”

石柏出了桃园，去拿袋子。“姐姐，快来看啊，双联桃欸！”秋雨走了过去，一看果然是双联桃。“还真的是双联桃。不要摘了，留着吧。”秋雨话音刚落，秋水已经动手摘下了双联桃。不一会，石柏拿着一个皮囊回到了桃园。三人摘了满满一皮囊的桃子。

“满满一皮囊的桃子，吃它个三天也吃不完。”

“放心吧！好吃，哪需要多少工夫？一下子的事情。”

“好物事要慢慢吃。狼吞虎咽一下子吃完了，就没得吃。”

“起码先过瘾，熬着有什么劲？”

“神州人多半是你这种想法，只考虑眼前，不考虑将来。”

“样样都考虑将来，哪能舒服？有舒服，不舒服，那是笨蛋。”

若果是也，我果非也邪？我果是也，而果非也邪？石柏真不晓得。出了桃园，石柏将皮囊往背囊里面一塞，就跨上了马。沿着老路，三人出了石家村。策马驰行不久，看到一条水沟，石柏勒住了缰绳。三人先后下了马。石柏从背囊里面拿出那一皮囊桃子。三人放马在路边吃草，来到水沟旁，开始洗桃子吃。秋水挑了一个桃子，洗去桃毛，那着还水淋淋的桃子咬了一口。“好吃。”秋水紧跟着就嚓嚓吃了起来。石柏将皮囊中的桃子统统倒在水沟边的草地上，秋雨一起蹲在水沟旁，一个一个清洗了起来。

“不要多吃，等会就不用吃饭了。”

“我就准备当饭吃。”

“少吃几个，肚子痛没人理。”

秋水张开嘴巴，“嚓”的一声咬了一口桃子。秋水只管吃着桃子，石柏、秋雨也只管洗着桃子。石柏、秋雨将一皮囊的桃子洗干净时，秋水已经吃了三个。肯定是吃得太多了，秋水还打起一个嗝。秋雨挑了一个个头大的桃子递给石柏，自己挑了一个，其余甩掉水，放进皮囊。吃了一个桃子，洗了手，旋即上马，继续前行。

正在驰行中，石柏手中的缰绳一勒，马慢了下来。

“秋水，前面就是大哥和你姐姐第一次见面的地方。”

“我倒要仔细瞧一瞧，到底是什么样的鬼地方。”

秋水来了兴趣，缰绳一抽，踏上了前往破庙的小路。三人步马来到了破庙前。好几个月没来，小庙那扇破门也已经垮塌。三人牵着马，踩着嘎嘎响的破门，进入了小庙。秋水踏上台阶，进入庙堂内，仰头看了看那露天的屋顶，含笑说：“姐姐，被土匪逼到了这个鬼地方，是不是太狼狈了一点？”

“没有大哥，说不定你已经没了姐姐。”

“那我得好好谢谢大哥。就一个姐姐，没了可不行。姐姐和我就好比是一枚铜钱的正反两面，少了任何一面都不行。”秋水一边说，一边看着小庙里面这三尊全是灰尘的神像。“真这样，我肯定会将三尊泥神像的最后一个头也给砍了，让他们个个都无头。”

石柏抬头一看，这三尊可怜的神像果然已经只剩下一个头。

三人只呆了一会，就牵着马，出了小庙。“我们上马！”石柏一踏马蹬，跃上了马。秋雨和秋水紧随其后上了马。“这里是大哥改变人生走向的起点。今天大哥又从这里出发，再改变一下人生走向，前往无何有之乡。”言罢，石柏马鞭一扬。

石柏离开天清观这段时间，尤其是朱友珪当上了皇帝以来，来天清观想见一见石柏的人，刺史、团练使、观察使、节度使，什么样的使都有，甚至朱友珪也派使者来天清观。石柏也没算到，朱友珪竟然敕封他为若水国师，并诏告天下。

“师兄，真想不到，你这个小骗子，竟然骗到国师。”

“神州史上，国师多如牛毛，有几个不是骗子？师兄骗到国师有什么好稀奇？真正厉害的骗子，还让被骗的人顶礼膜拜，高呼万岁，心甘情愿为骗子献身送命。别说揭露骗子的真面目，就是说一句骗子不是，也认为你玷污了他们心中的神，不弄死你绝不罢休。跟这些伟大的骗子比起来，师兄远得很呢！不过么，骗到国师也不错，至少让师兄在大梁国行走自由。”

“国师一旦云游回来，请务必去一趟西都。”李清静转达了使者的话。

“肯定是朱友珪当上了皇帝，突然发现一下子应付不过来了，他夫人张氏出主意，请师兄去给他出出馊主意。我倒觉得，师兄应该去，出一些馊主意，促进它灭亡。”

“不用促进，很快就会灭亡。”

“想不到，崩塌起来都是这么快！”

“刘复愚说过，利以劝天下，利尽而天下畔。一群急于争食的乌鸦，只要稍微有点风吹草动，马上会各自逃命。崩塌快，那是必然。聚集在朱温身边的那一群乌鸦，哪一个不是为了利而去？朱温出身乡间无赖，深谙赏罚者邦之利器的道理。

朱温成事之前，归附朱温的重赏，反抗朱温的杀光屠尽，顺我者昌逆我者亡。河南、河北，管朱温杀谁，纷纷投诚。若不是成事之后，只顾着杀人族灭，弄得所有围着朱温的伥鬼心惊胆战，朝不保夕，朱温的皇朝还能维持一段时期。说不定，还会来个两三百年。跟宋、齐、梁、陈一样，朱温皇朝死于自残。

如今朱温一死，肯定马上作鸟兽散。师弟在河南游走了好几个月的时间，明白了很多事理。人人都挤到前面去争利，最后只能是人人没利。黄巢造反后，神州人只顾眼前利益的特质发挥得可谓是淋漓尽致。现在再去想想，最后谁得到了利？

普通庶民死了几千万人，那些个土匪呢？也是如此。从黄巢到朱温，光有名有姓的大土匪就数不清。可现在呢，这些个土匪早就已经变成了烂泥。利人更多的时候就是利己。所有的马车只管拼命去争先，道路肯定堵死，最后谁也过不去。

这个道理，看似谁都懂，可就是谁也不会去做。谁都怕自己抢不到利。去抢利，也没什么错，根本原因就是分不清利的大小，捡了芝麻丢了西瓜。统统都被眼前的蝇头小利遮住了眼睛，根本不去看前面的路。踢断脚指头，摔破门牙自然就难免了。看起来精明似鬼而实际上愚蠢透顶的神州人只能在匆匆忙忙、浑浑噩噩中过完一生。就像前些年，只能是在惊慌失措、进退失据中等死。说白了，只有小聪明，没有大智慧。朱温的事情，也算已经了结，剩下自会有人去处理。我们不该凑热闹就不要凑热闹。是不是去见朱友珪，不用急，过几天再说。如今正所谓机不可失，时不再来，我们正好趁这个时机，抓紧时间离开。”

一朝天子一朝臣。朱友珪刚一当上皇帝，就开始排除异己，安排自己的人马。康怀英兵败被朱友珪调到了永平军。朱友珪的好友蒋殷接任了原康怀英担任的感化军节度使。韩勍帮朱友珪当上了皇帝，论功行赏，升任忠武军节度使。那些原本投靠朱友文的朝臣，如今人心惶惶，只怕被朱友珪清洗。只有像杨师厚这样的人，重兵在握，谁都不怕。

“接到师弟的传书，师姐已经派人前往各道观通知。师姐想，实在不愿意走，就留下。愿意走的人,师姐已经要她们来天清观,再从天清观出发,前往广陵。”

“还是动员走!”

“年纪大的不一定会愿意离开,毕竟故土留恋。”

“道士,原本就应该四海为家,不能太恋故土。还像俗人,为何要离家来道观修道?什么落叶归根,我们道士还能看不透?想继续修行,到了流虬之后,照样可以继续修行。道士还故土留恋,根本就不配称道士。年纪大的更应该动员走,到了流虬后,至少还可以有一个照应,不能将他们扔在这里最后饿死。”

“师姐肯定会尽力劝。天清派原先在册的道士有一千一百二十一人。其中相当部分人有双重身份。若水宫具体有多少人,师姐就不是非常清楚了。”

“若水宫包括总堂和七个分堂,总共有一千四百九十三人。”秋雨补充。

“天清派和若水宫合在一起,至少也有两千来人。师弟,能呆得下那么多人吗?”

“这师姐大可以放心。据石斛说,那地方岛屿无数,个别岛屿甚至比琼州还要大。别说几千人,上百万人都没一点问题。石斛已经派几千人在营建,应该很快就能营建好。就算还没有最后完成,我们也可以到了那里后慢慢再建。只要能够顺利离开神州,时间就属于我们自己。在这里,就难说了。蚂蚁也不会一次性挖好洞,然后再搬过去住。我们只要将可以带走的物事带走就行。凡是涉及建造以及日后生活的物事,石斛都会着人去准备,无须我们去操心。我们现在要做的是如何将天清派弟子和若水宫人有序撤离。”

“师姐从道多年,看到神州难免让人伤感。其他人,愿意走,师姐会让师弟带他们离开。”

“师姐一定要去!到了那,师姐确实不想随俗,就呆在道观。师弟特地吩咐石斛在那里建造一座我们天清派的道观,连名字都已经取好了,叫姑射观。让那些不愿意离开道观的人继续呆在道观修道,切磋我们天清派的教义。”

“到时候我也可以从师姐那里再学一点道行!”

“师姐的道行没有师弟高,师妹还是向师弟学吧。”

“师兄那是骗术,不是道行。”

“这你就不懂了。神州的道行就是骗术。”

“彷徨乎无为其侧,逍遥乎寝卧其下。说不定到了流虬,真能实现南华真人的逍遥游。”

“逍遥游应该只能算是南华真人的梦!”

“是啊。在神州，就算真的有像南华真人所说的无用之树，照样会被斧头砍掉。黄淮之间的白骨就是明证。那些个田农，不过是种田糊口而已，又不是去争什么皇帝。师姐经历过了后才明白，南华真人为何要将无用之树种在无何有之乡，广莫之野。神州看起来很大，但就是没有无何有之乡，也没有寂绝无用之地。比如介子推，不受君禄，隐遁绵山，结果还是被晋文公烧死。如今躲在山林里面的道士，别说碰到朱温，就是节度使想到他们，变成鸟都会被箭射死。当时的神州尚且如此，现在的神州根本不可能。师姐翻来覆去，想了多年，终于搞明白，所谓逍遥游原来只是南华真人的南柯一梦！”

“所以，想隐遁也只好拿大隐隐于市、小隐隐于野来自我安慰、自我欺骗，像嵇康，竹林七贤的领袖，最后还不是照样死在司马昭之手？并不是我们不想做什么，而是有人不想让我们做什么。想做官死，不想做官也是死。只要有皇帝或变相的皇帝在，神州人只能是待宰的羔羊！无论是无用，还是有用，甚至就是南华真人所说的介于无用和有用之间，都是待宰的羔羊。我们的祖师爷说，吾所以有大患者，为吾有身。及吾无身，吾有何患。

师姐，这是什么意思。有身自然有患，无身哪来患？看来，要想在神州避患，不夭于斤斧，并非无用，只有无身。莫非祖师爷想让神州人个个都无身？祖师爷却忘记告诉我们神州人，怎么才能做到无身？是自戕还是腰斩？是服毒还是鸩杀？是自经还是绞死？是投河还是沉江？是剖腹还是凌迟？是赴汤还是烹醢？祖师爷看似箴言，实际却是骗人的谎言。

这种不夭于斤斧的无何有之乡，在神州只能是在梦里面。南华真人将这个地方称作无何有之乡，就已经明明白白地告诉了我们在神州没有这样的地方。如今我们要去的可是实实在在的无何有之乡。师姐也就可以彷徨乎无为其侧，逍遥乎寝卧其下了。”

“师姐去，还叫师姐的两个弟弟也去。”

“正是师弟的想法。出发前，师弟已经传书给若水宫分布在各地的分堂，离若水宫近往若水宫撤，离天清观近往天清观撤，分头前往广陵。转道前往岱山。这件事情，看来只能由师姐和曹嬷嬷负责了。”

“这事师姐已经和曹嬷嬷仔细商量过，并做了周密的安排，师弟无须担心。还有件事还得告诉跟你一声，赵淮浦身体不是很好。师弟不在天清观时，师姐已经替他做了场却病延寿的清醮。师弟是否去探望一下？”

“就算是熟人，也该看一看。”

“那就让玄静师妹陪师弟去。”

人强，强不过天。自上回石柏离开天清观后不久，观察使赵淮浦就感到身子不适。请了亳州当地著名的医师杜巽看过后，吃了药，病情非但不见好转，而且还加重。最后，费了九牛二虎之力，总算请来了黄淮病鬼颜其身。颜其身通过一番望闻问切，确诊观察使大人得的是阴黄病，最多只能再活三个月。颜其身劝观察使大人，这三个月时间里面，还有什么事没办的抓紧时间办，免得留下遗憾。赵淮浦没办的事情，别说是三个月，就是三年都未必能办完。赵淮浦全身不禁一软，这辈子只能是抱憾而终啦！赵淮浦不死心，遍访名医，甚至还找到了李唐太医署御医魏作人，用了各种方法，病情依然一天一天加重。

医师不行，就求菩萨，求佛祖，求南斗星君。石柏离开天清观外出云游的这段时间，赵淮浦的家人一直在烧香许愿，求神拜佛。李清静代石柏替赵淮浦做了一场宏大的却病延寿道场。赵淮浦的家人还特意请了宋州白云寺的和尚来亳州念了七天七夜的经。能做的一切都做了，可病情就是没有一点点好转。赵淮浦没有放弃，不想就此撒手。

翌日，做完早课，石柏第一次不带秋雨、秋水，而是由高功白玄静陪同前往颍亳观察使牙署去看赵淮浦。赵淮浦见若水先生前来，试图从病床上挣扎起来。石柏赶紧上前扶住赵淮浦。“大人，莫动，莫动！”石柏扶着赵淮浦，轻轻地让他重新躺回到床榻上。

仆役端来了两条凳子，放在床前，请石柏和白玄静坐。床榻上的赵淮浦和上次石柏见到的赵淮浦是两个完全不同的人。此时床榻上躺着的赵淮浦已经瘦得不成人形，让石柏联想到干枯的僵尸。石柏心中不禁一阵感慨，鸿鹄之志在病魔面前，简直就是不值一哂。难怪道家讲无而佛家讲虚。看到自己苦苦奋斗一生，最后却是这种结果，肯定想到无，想到虚。

“多谢若水先生能来看赵某。”

“贫道一直云游在外，不知大人贵体欠安，迟迟不来看望，还请节使宽饶！”

“不客气。若水先生帮赵某甚多，赵某心里非常明白。死生，命也，其有夜旦之常，天也。赵某从一介贫寒书生，最后成了颍亳观察使，也算无憾……，赵某只是觉得老天太不公平，就在赵某顺风顺水时，要夺走赵某的命。老天没眼啊！朱温、钱镠、宋文通、马殷，哪一个不是地痞无赖？老天却让这些人在神州驰骋纵横，肆无忌惮！赵某读书勤苦，做官勤政爱民，结果老天却要夺赵某寿元！若水先生，你说赵某能服？”

“大人，老天爷白天一只眼睛，晚上一只眼睛，有时是半开半闭，有时是双目紧闭。大人想，哪能看得清，看得明？冯唐易老，李广难封。这是神州最为常见的故事。大人想想，神州有几人能壮志得酬？正如大人所说，大人能从一介书生，通过自己的不懈努力，成了颍亳观察使。大人想想，神州有几人能有大人这样的伟业？单凭这一点，已经够大人自豪！说句豪迈些话，此生足矣！贫道想，大人当放宽心，静心将息，无须将事情都往坏处想。贫道原本不替熟人测玄机。贫道今天就破个例，就请大人选一字，看看大人这一生的玄机。”

“那就以赵某之名淮浦两字中的浦字让若水先生测一测。”

“甫者，男子之美称也。水旁一甫，垂钓江滨之渔父也。”

赵淮浦虽进士考过多次没考上，肚子里面还是有很多墨水。当初，赵淮浦也是对考试绝望了才跟了黄巢。许多村夫民妇面前需要解释一番的事情，赵淮浦一说就懂。接触多次，石柏感觉得出，赵淮浦年轻时在书本上还真花了不少功夫。

“沧浪之水清兮，可以濯吾缨；沧浪之水浊兮，可以濯吾足。就浦一字所隐含之玄机看，大人本当避世隐身，而不当有图谋霸业之想。强行入水，则为湿寝。南华真人云，民湿寝则腰疾偏死，鳅然乎哉？大人不是泥鳅，而是水旁一男子。”

赵淮浦微微点了点头。“赵某出身贫寒，如何隐？倘若能够有一口薄粥可以糊一糊，赵某说不定真想做一做隐士。饿殍遍野，不是黎民百姓不勤快。若水先生，赵某就算可以隐，如此神州，隐于何处？神州这口锅已经被烧开，躲到哪才能不会被烫死？”赵淮浦有点激动，说着就气喘了起来。

“大人所言甚是。含哺而熙，鼓腹而游，也得先能鼓腹。霖雨十日，子桑鼓琴而哭：父邪！母邪！天乎！人乎！天时、地利、人和，三者中天时第一。贫道与大人同庚，就不晓得今在何处了。沸水中的鱼，怎么可能会活命？真是躲无可躲，隐无所隐。此话说来容易让人伤感，还是让贫道给大人说说浦字。倘若贫道以浦字起卦，可得小过之谦。可小事，不可大事。象曰，柔得中是以小事吉也，刚失位而不中是以不可大事也。单就卦而言，大人原本不该有宏图霸业之想。如同一个人，原本只能担一百五十斤，如今却硬去担二百斤。一时撑一撑还可以，可时间一长必然累跨。象曰，弗过遇之，往厉必戒，终不可长也。”

赵淮浦怅怅地叹了口气。

“人强，强不过命！”

“大人饱读史书，应该晓得，霍去病二十四岁，孙策二十六岁，周瑜虽命长一些，也只有三十六岁。大人不至于准备曳尾于涂中吧？就算活到一百岁，也不过一百岁,迟早总有那么一天。大人所创的伟业岂是碌碌无为的渔父所能比?天之道,其犹张弓与!高者抑之,下者举之,有余者损之,不足者与之。天之道,损有余而补不足。有得有失,此乃天道。”

“赵某懂了。”

正说着,赵淮浦突然疼痛难忍。石柏身子一侧,赶紧将自己的双手伸给赵淮浦。赵淮浦那双干枯的手紧紧握住石柏的双手,一旁服侍的侍儿赶紧将葛巾给赵淮浦咬着。赵淮浦额头上的青筋条条绽露,双手使尽了全部力气,紧捏着石柏的手。幸亏石柏武艺高强,别人肯定叫哎哟。过了至少一个字,赵淮浦才松开手,软到了床上。

“贫道不再打搅大人休息。请大人放下身上的担子,不用多想,安心将息!”

“替我送一送若水先生!”

石柏和白玄静出了观察使牙署,步行返回天清观。

“神州这弱肉强食的残酷环境会逼一个人去做大事。”白玄静颇有感触。“就是原本不想做,环境也会推着你去做大事。大鱼吃小鱼 小鱼吃虾米。只有你做到了皇帝,才感到有些安全。否则,不晓得什么时候掉脑袋。不是想做,是逼你去做。”

“是啊!在这种恶劣的环境中,人都失去了自我,只能由着人潮推动慢慢前移,想后退都不可能。不想做,环境会逼你做。滔滔洪流中,任何挣扎都是枉然,只能是顺着洪流,冲到哪算哪。就像师弟跟大师姐提到的嵇康,就是因不愿意做官,结果死在司马昭之手。皇帝坐在金銮殿上,不想跪也跪,不想叫万岁也得叫万岁。不想做也得做,不想说也得说。想活下去,只能放弃‘不’。”

“这就是神州。真个是善的环境鬼也变成人,恶的环境人也变成鬼。师姐常想,如此恶劣的环境里面,怎么可能会修成仙?如今避世修行,充其量不过是一叶障目、掩耳盗铃,装看不见,听不到。这让我想起南华真人讲的单豹躲到深山老林里面修道的故事。单豹离俗弃世,躲在山洞里面修炼,神仙成不了,却成了饿虎的点心。师弟想想,如今神州什么地方会没有饿虎?

神州就像赵淮浦,早就已经病入膏肓,没法救了。彼且为婴儿,亦与之为婴儿;彼且为无町畦,亦与之为无町畦;彼且为无崖,亦与之为无崖。那是装聋作哑。不装聋作哑,又如何?南华真人都无能为力。染于苍则苍,染于黄则黄,颜料决定了丝的颜色。从神州这个染缸里面出来的人,哪一个会不是朱温?朱温是神州人,神州人就是朱温。跟他们斗,只能是螳臂当车。无数大大小小朱温组成的战车,会将你碾成齑粉。南华真人讲无用之用，是在不得已情况下的生存策略。既不想装聋作哑，又不想螳臂当车，只有选择离开。到了没饿虎的地方，师姐就有足够时间想一想玄之又玄、妙之又妙的问题，而不用担心想入神了，饿虎在你身后咬你一口。三十六计，走为上计。想改变单豹的命运，只有选择离开。

师姐愿意跟师弟一起去，就是实在不想再这样掩耳盗铃，自我欺骗。到了那地方，师姐要搭建一座草庐，开一点地，种点粮食，种点菜。就像那些个曳尾于涂中的乌龟，居不知所为，行不知所之，含哺而熙，鼓腹而游，任它自生自灭去。"

"师姐不是一个人去终南山结庐隐居，而是我们天清派一起去过逍遥的日子。将来，师姐喜欢独自住，师弟选择一处环境优美的地方，给师姐搭建一座。师弟乡下长大，这点能耐有。南华真人曳尾于涂中，那是不得已。即便如此，南华真人还是要向监河侯借粮食。师姐不需要。不要觉得亲自种地就一定光彩，也须视人而定。让南华真人去种地，本身就不对。将来，需要种地自给，师弟给师姐种。吃一点师弟种的粮食，师姐不该觉得有什么担负。"

石柏和白玄静边走边聊，到了渡船码头。渡过涡水，免得被无聊人纠缠，两人选择了一条小路，从侧门进入天清观。在自然殿前，石柏跟白玄静分了手，返回玄幽别院。真个是当着不着，额头贴膏药。就要离开天清观走人了，秋水和秋雨却在玄幽别院的庭院上练习踏罡步斗。见石柏前来，两人停下了脚步。

"还真想继续在天清观做道士？"

"当时没好好学，现在马上要走了，还真的想再好好练一练。"

"当练不练，不当练偏偏要练。"

"那当然。继续当道士，我不一定有兴趣。现在不当了，自然有些留恋。"

"难怪失去的时候，才想起后悔。"

"失去的时候，才明白它的珍贵。"

"所以，神州人就会嘴上说，早知如此，何必当初。"

"姐姐，你坐着陪师兄。以前这些事情都是你做，以后我也要学着做。"

"坐吧！"秋雨刚要起步，被石柏拉住。"也应该让秋水做一做。"

"师兄，赵淮浦情况怎么样？"

"状况很不好。看起来，最多也只能再熬一两个月。"

"外婆身子健朗，又有盖世武艺，想不到猝然间就走了，我连送终都没有送上。"

"是人总有那么一天，原本就无须伤感。外婆这么大岁数过去，很正常。"石柏拉过秋雨的手，捧在手心轻轻抚摸了起来。"更何况，外婆含笑而去，怎么能跟赵淮浦抱憾而终相比？不要伤感。”秋水端出了清茶。石柏放下秋雨的手，从秋水手中接过清茶。“赵淮浦都已经做成了颍亳观察使了，还有什么憾啊！”秋水说着就坐了下来。

“师妹的想法不一定是师兄的想法，师兄的想法也不一定是师妹的想法。每个人的想法都不完全一样，就好比你喜欢跳舞而秋雨喜欢吹箫。你觉得赵淮浦没遗憾，赵淮浦却觉得自己有遗憾。每个人的欲望都不一样。知足之足，常足矣。说容易，做起来却难。人心不足蛇吞象。否则，朱温也不会这样丧心病狂。做了节度使要封王，封了王就要做皇帝，做了皇帝还要长生不老。

欲海难填。人的欲望就像大海，万川归之不知何时止。在回天清观的路上，师兄和白师姐聊到了神州这地方，总是会自觉不自觉地将人的欲望演变成欲海。像赵淮浦这样的人，天天防备着像朱温这样人吃了他，没办法，只好想方设法先吃掉别人。弱肉强食，你一弱就会被吃。说起来，赵淮浦如此，朱温如此，师兄也是如此。只是朱温更充分地展现了神州人残忍、暴虐的一面而已，没什么特别的地方。比如刘守光，残忍、暴虐一点也不逊朱温。

外人肯定会说，心不要太高就是。说难听一点，站着说话不腰疼。这就好比是长在树林里面的树，你不努力往上长，就会没有阳光，也就意味着死亡。荀子说，蓬生麻中，不扶而直；白沙在涅，与之俱黑。神州的生存环境会逼你怎么做，根本不需要人来教。说白点，神州还是野兽的丛林，而不是人的世界。道家将一切归咎于欲。要么就是故意混淆视听，要么就是没看到本质。就像《道德经》，通篇是什么无欲，寡欲。是以圣人欲不欲。这里有两个欲。欲是欲，不欲也是欲。祖师爷是一手拿着矛，一手拿着盾，就像韩非子讲的楚人，用自己的矛攻自己的盾。弹弹琴，唱唱歌，跳跳舞，下下棋，喝喝茶，统统都是欲。只不过种类不同而已。不同的人欲的内容会不一样，而不是无欲。”

“祖师爷真的无欲，为何还要骑什么青牛？走路就不行啊！”

“师兄看，连走路都不需要。”

“走路应该算不欲吧。谁想走路啊？累都累死了。所以达官贵人都坐肩舆。”

“不欲实际也是欲。不欲琭琭如玉，落落如石。《道德经》说，故常无欲以观其妙，常有欲以观其徼。此两者同出而异名。赵淮浦有了不该有的欲，自然抱憾！不像秋雨，清心寡欲，要求简单。读书，弹琴，看山，赏水，静思。”

“师兄，你呢？”

“种地，砍柴，打鱼，扫地，洗碗，欲多呢。”

“这是师兄的不欲。”

“师姐!”

秋雨叫了一声,站了起来。李清净前来玄幽别院看望。石柏、秋水紧跟着站了起来。秋水从石柏、秋雨手中拿过茶盏,进入屋内。石柏、秋雨步出内堂迎接。李清静踏着台阶,登上了的步檐,含笑问:“师弟和师妹有说有笑,在谈些什么呢?”

“师弟在和师妹谈欲就是不欲,不欲就是欲。”

“依照祖师爷的说法,将‘欲’去掉,师姐还真的想不出,祖师爷将如何说话。将欲噏之,必固张之。还是有‘欲’。有无相生,我们还是先吃饭。”

秋水出了房间。四人动身,前往食厅吃饭,以满足人之大欲。

夜已深,秋雨、秋水都已经睡着。石柏披着道袍,出了房间。突然,石柏看到庭院上的石桌旁已经坐着道姑。这名道姑身着天清派掌门的道袍。道姑虽脸朝外,石柏从她的身材上判断应该就是姑射真人。去年,姑射真人到翠竹湾家里做客,虽头尾只有三天时间,姑射真人的样子石柏还是记得很深刻。石柏正要踏下台阶,道姑转过身。果然是姑射真人！石柏快步下了台阶,正准备屈膝行礼,就听姑射真人说:“免了！快坐到为师边上来。”姑射真人好像有一股神力,将石柏吸了过去。石柏不由自主地来到姑射真人身旁,坐了下来。

“师父今天怎么突然想起来看弟子?”

“为师刚好路过,顺便来看一看。夜这么深了,徒儿还没有睡着,是不是心中有什么解不开的疙瘩?”

“弟子心中倒没有什么解不开的疙瘩,只是有些心不甘。”

“心不甘又如何？精卫心不甘,衔西山之木石,企图填平东海。结果呢,东海依旧。刑天舞干戚,只是倒地之前的最后挣扎而已。徒儿晓得,就像为师,中无相毒已深入骨髓,怎么救？颜其身人称医道神州第一,最后也只有摇头。我们道家不做螳臂当车的事情。

已经如此,就让它去吧！意有所至而爱有所亡,可不慎邪？徒儿不晓得,神州到处弥漫着无色、无臭、无味的无相毒。不是会不会中毒,而是何时中毒。为师还在神州,就算当初玄机不下毒,迟早也有一天会中无相毒。如同浸泡在染缸中的织品,时间越久颜色越深,越不可能退色。到时候,华佗再世也没有用。为师听闻徒儿近日就要带天清派弟子离开神州前往海外,感到非常欣慰。无论将来如何,我们天清派弟子至少不会中无相毒。

徒儿,心欲如同东海,怎么能填得满？回去安心睡觉,为师也要走了。”

姑射真人忽然不见。

石柏一惊，睁开了眼睛，又做了一个梦。

师父放心，弟子一定将天清派弟子带出神州。

撤离前的准备事项有条不紊在进行，石柏在玄幽别院等撤离的那一天。早一天撤离就早一天卸下肩上的重担。石柏很不愿意挑这副本不是他挑的重担。石柏只等了几天时间，就等来了撤离。刘若存前来告知石柏，希声社广陵分社副主事曹逢来了。听到这个消息，石柏心里一阵激动。这种激动，石柏已经好长时间没有过了。真是迅速。石柏连忙站了起来。石柏特欣赏石斛做事利索，说做就做，从不拖泥带水。石柏本想亲自去山门迎接，最后还是让刘若存将曹逢带到了玄幽别院。见了面，曹逢向石柏讲了接下来的撤离安排。

"小弟主事一组人马来亳州接，栾杰主事一组人马前去申州接。这次是先来探一探路，毕竟这地方来过。以后每隔一两天就会来一至两条帆船，日落前到亳州，接了人马上走。到了广陵，稍稍呆一呆，旋即前往岱山，再由副都统安排众人前往流虬。"

"刘兄，你马上去亳州城，协助姚记绣坊前往码头。"

"曹老弟呆在掌门这，兄弟去去就回。"

刘若存向曹逢、石柏手一拱，就离开了玄幽别院，去亳州城。"由秋雨、秋水陪你，师兄去跟师姐商量一下怎么走。"刘若存刚走，石柏就准备去不争斋，找李清静。石柏见到李清静，先询问姚记绣坊的人数。

"姚记绣坊有三十三人，以道士身份呆在天清观的有五十六人。"

"就让这八十九人先走。过一两天时间，其他地方的人会陆陆续续地来，不如先将观内的部分人撤离，腾出房间让她们住，万一不能按时走。"

吃了晚饭，太阳已经落山。天清观开始做晚课。做完了晚课，天已经很黑。在火把的照耀下，石柏率领李清静、刘若存等，送姚记绣坊的绣娘去码头。她们的行头都已经放在了船上，现在走个人倒很便捷。到了码头，众人就依次上船。

"白师姐，她们就由你照看了。"

"掌门师弟放心，师姐定将她们每一个带到岱山！"

白玄静手一拱跟众人告辞，转身登上了帆船。希声社兄弟收回跳板，解开船缆。在双方拱手道别声中，帆船缓缓离开了码头，前往广陵。石柏、李清静、曹嬷嬷等人离开码头，返回天清观。曹嬷嬷说："等事情一了，老身也要带着一班老骨头回若水宫，向夫人复命。"进入天清观，众人纷纷辞别散去。李清静陪曹嬷嬷跟着石柏到玄幽别院闲坐。

“师弟终于实现了师父的宏愿。”

“师姐,不是师弟实现了师父的宏愿,是师父帮师弟实现了自己的梦想。师姐晓得,神州有能耐的人向来很多,就是缺少实现梦想的平台。你给他提供一个平台,就能实现自己的梦想,结果却因没有一个施展才华的平台,而只能抱憾而终。世有伯乐,然后有千里马。千里马常有,而伯乐不常有。就在于伯乐给千里马提供了一个施展才华的平台。师姐想,没有师父的天清派和外婆的若水宫,就算师弟真的有三头六臂,实现自己的梦想,胡子早就已经雪白。廉颇一代名将,失去平台毫无作为。廉颇如此,冯唐一样。这种故事,神州很多很多。师弟不过是在师父和外婆两人的肩膀上,越过看起来无法逾越的高墙。

有几个神州人能明白,自己就是在给后代搭建平台。鼠目寸光害的不仅仅只有自己,还有自己的后代。争夺皇权,可以父子相杀,可以兄弟相残,有没有可能会考虑后代?饥荒来临,可以易子而食,有没有可能会考虑后代?城邑被围,可以宰杀妇孺充军粮,有没有可能会考虑后代?神州人个个都崇尚只要我的欲望得到了满足,管它将来洪水滔天,才导致神州人一代不如一代。每一代都努力替下一代好好搭建平台,神州人自然是一代胜一代。神州人历来都是在吃子孙的饭。你将子孙的饭都吃光了,叫子孙怎么活?

比如说像朱温,确实通过各种看起来无法想象的手段,从一个地痞无赖,变成梁国的皇帝。朱温确实享受了朱温不应该享受的物事。自跟黄巢造反以来,朱温做了多少骇人听闻的绝代事情?可是,朱温从来就没有想过,自己绝代的做法,只能导致自己绝代。就目前形势来看,用不了多少时间,朱温家族必将被族灭。

想当初吕雉一手遮天,为所欲为,吕雉死后,吕氏被族灭。司马迁以及后来史家都认为吕雉的父亲吕太公眼光独到,将女儿嫁给当时还是一个小小亭长的刘邦。实际上,这恰恰说明吕太公考虑不周,忽略了自己女儿的个性。吕太公追求权势,将吕雉嫁给刘邦。那么,吕雉同样会竭力去追求权势。吕太公不懂,权势更多的时候实际就是慢性毒药。中毒发狂自然不可避免。吕雉不嫁给刘邦,也不会成为吕后,也不会导致吕氏家族被族灭。

朱温背叛黄巢,向朝廷投降。僖宗看了王重荣的飞章,大喜过望,竟然会说,此天赐朕也!立马下诏,授予朱温左金吾卫大将军,任河中行营副招讨使,赐名全忠。仅仅过了几个月时间,僖宗制授朱温为宣武军节度使。僖宗为何不想一想,朱温会背叛黄巢,就不会背叛朝廷?况且,朱温原本就是追随黄巢的叛贼。弄还没弄清楚朱温到底是个什么人，马上接受了朱温投降，并且还封了左金吾卫大将军，宣武军节度使。真是忠臣不如叛贼。”

“神州有几个人像师兄那样深谋远虑！”

“正因为师兄深谋远虑，才能实现姐姐的梦想！”

“还是第一次听妹妹说师兄深谋远虑，而不是阴谋诡计。”

“深谋远虑就是阴谋诡计。”

“神州人说自己都是深谋远虑，说别人就是阴谋诡计。至少自刘彻以来，神州的智慧之树已死。秋雨的梦想不是师兄而是石斛帮它实现。师兄是毁灭者，石斛是建设者。说得直白一点，师兄不过是另一种形式的朱温。差别仅是孟轲所说的杀人以梃与刃。你们想想，师兄与朱温有差别吗？神州历来不缺阴谋家，就是缺智者。智者就好比是房屋的设计者，根据环境等等情况设计出适宜神州人居住的房屋；阴谋家就好比是房屋的建造者，整天想着如何偷工减料，捞取好处。住在这种阴谋家建造的房屋里面，房屋塌下来压死人，是迟早的事情。”

第九十一章　上锁

夫所以养而害所养，譬犹削足而适履，杀头而便冠。

——《淮南子》

六月刚一过,加上今年闰五月,天气很快就凉爽了起来。

经过二十来天蚂蚁搬家似的搬迁,石柏总算就要将若水宫散布在各地的人慢慢搬迁到岱山。正当以为万事大吉的时候,最后一批从河南滑州撤回来的人中,有两人因没有度牒而被开封府扣留。幽通观监院姚夷静多次前去认领,开封府就是死不放人。不过,开封府态度倒很好。为何不放人,少尹狄懋德(现名狄少德,因避朱温的曾祖朱茂琳讳而改名)也很无奈。

“下官也相信她俩是天清派道姑,但没有证据能够证明她俩确实就是天清派的道姑。姚监院可能有所不知,近期开封府治内多次有大户人家报告,说家中走失了侍儿。只有等查实她俩确实不是大户走失的侍儿,开封府才能放人!”

“等你们查查清,得要多少时间!”

“这下官就不晓得了。”狄懋德两手一摊,无能为力。“不过,有一种办法可以让她俩马上回去。那就是国师亲自来认领。国师亲自前来,下官肯定相信一定是天清派道姑。以国师的身份,总不至于会欺诳下官。”

姚夷静见实在无法通融,只得让其他人先回天清观,并派人请掌门赶快前去领人。汴梁到亳州三四百里路,快马不用一天时间。李清静当天就晓得了。这事不能拖。李清静旋即去玄幽别院,将情况告诉给了石柏。“师弟明天一早就去汴梁。”石柏不想去,也只得去。“师姐去告诉刘若存一声,让他准备准备。”李清静一走,秋雨和秋水就讨论了起来。

“会不会是朱友贞担心师兄将他的底细泄露给朱友珪，设下陷阱，等师兄去跳?”秋雨警惕性很高，一想就想到了背后藏着的阴谋与凶险。不怕一万，就怕万一。秋雨真怕朱友贞在汴梁设下全套等石柏去钻。眼看胜利在望，绝不能出差错。

“他敢?”秋雨的猜测立马被秋水否定。

“如今师兄是国师，别人不知，至少天清派晓得去向。师兄若是出事，朱友贞还不是死定？那么笨，朱友贞也不会当上开封府尹。”在神州当什么官跟聪明不聪明没关系，晋惠帝还是个白痴呢。“说都不用说，肯定是朱友贞想请师兄去给他出阴谋诡计！找不到师兄，只好采用这种无聊的办法。”

“朱友贞确实怕师兄泄露了他的底细，希望师兄在这世上消失。可让师兄瞬间人间蒸发不容易。所以，他希望见一见师兄，一来可以探一探师兄有没有向朱友珪泄露他底细的企图，二来也可以顺便从师兄这里得到点有价值的建议。秋水说得没错，朱友贞有贼心，没贼胆。出门带度牒，这是常识。师兄不晓得了她俩是忘记了带，还是已经将度牒遗失了。

如此大大方方地过关隘，没有度牒自然不行。后生送到前线做打手，当盾牌；娘子送到达官贵人家做侍儿、小妾，在大梁国，这是常态。要想不让别人捏着，自己得先小心。汴梁那么远，你俩就在天清观呆着，没必要跟着师兄空跑一趟。”

“李存国说过，若水先生没有秋雨、秋水哪行!”

“此一时彼一时。”

“师兄是不是说，没有秋雨和秋水，若水先生照样能招摇撞骗?”

“如今没有秋雨和秋水，若水先生还真的照样能行。对若水先生来说，什么样的形已经不重要。别忘了，如今师兄可是梁国的国师。”

“师兄一人孤零零前去，肯定冷清。我和姐姐陪着，至少热闹。”

“说得是。国师出门，身边不带两人，还真不像样子。”

“那我去准备一下明天要带的行头。”

“你俩准备准备，师兄去做晚课。”

石柏做好了晚课，回玄幽别院时，秋雨、秋水也已经准备好了明天要带的行头。

翌日，石柏和秋雨、秋水，天清观做早课的时候起身。秋雨看到靠在木墙上的幢幡，忽然问石柏：“师兄，带不带幢幡?”“不带了。”石柏没有回头，只管踏着台阶，下到了玄幽别院的庭院上。秋雨和秋水随后跟上，离开了玄幽别院。

“那幢幡可是师兄的标记哦!”

“过去是想招摇，现在是怕招摇。想招摇，自然需要明显的标记给人认。名气越大,盯你的人也就越多。紧盯着你的人越多,纰漏越容易彰显了出来。就算是身上藏得最隐秘的疤痕,都会被人发现。神州多少骗子,就是因得意忘形而最后骗术被揭穿惨淡收场。

比如栾大。骗得著名的愚蠢皇帝刘彻团团转,还骗走了刘彻的大女儿。结果就因为得意忘形,骗术被揭穿而遭腰斩。师兄这个小骗子,不谨慎行事,结果可能比栾大还要惨。如今要夹着尾巴做人,千万别得意忘形!《道德经》说,生而不有,为而不恃,成功不居。夫唯不居,是以不去。讲的就是这个道理。"

"道德经跟骗人有什么关系?师兄是无限上纲。"

"大骗子未必读过什么《道德经》,却按照《道德经》的要求去骗人。善人不得圣人之道不立,跖不得圣人之道不行;天下之善人少而不善人多,则圣人之利天下也少而害天下也多。你说,骗人跟《道德经》有没有关系?神州史上,许多骗子都很精通《道德经》。"

"师兄几个月掌门做下来,越来越会诡辩。"

"蓬生麻中,不扶而直。师兄渐渐懂了一方水土养一方人的道理。"

到了山门,刘若存已经备好马在等候。三人没有多言,旋即上马,从天清观出发,沿着官道,前往汴梁。在开封府治下睢县稍做休息后,继续前行,酉时正达到了幽通观。监院姚夷静一边陪石柏三人吃饭,一边将事情的来龙去脉说给石柏听。

"琴静好和夏明晦两人不是道士,不晓得度牒的重要。"

"明早,师弟直接去找朱友贞。"

吃了饭,姚夷静送石柏三人前往虚静院歇息。"走了一天的路,掌门和两位师妹早点梳洗歇息。"一到虚静院,姚夷静就告辞。姚夷静一走,石柏三人就开始梳洗。梳洗完毕,在院子中只坐了一会,石柏回房准备歇息睡觉。刚躺下,秋水就进入石柏的房间。

"骑了一天的马,还不去睡觉?"

"腰都酸死了,想让师兄揉一揉。"

"你这么点岁数,有什么腰?"

说归说,做归做,石柏还是坐了起来,给秋水揉腰。

"真舒服!师兄,这门手艺是向谁学的?"

"师兄的秘密,不告诉你。"

"师兄的那些秘密,离开神州,谁感兴趣?"

"师兄就希望谁也不对师兄的那些个屁事感兴趣。在河南转了一圈,才渐渐体会神州人的特点，对自己的事情不关心，对别人的秘密倒非常感兴趣。想想那些个庶民，自己的下一顿也不晓得在哪，可偏偏喜欢替皇帝急。乡下那回，师兄去桃花石村办事，听到的全都是什么国家大事，谈的都是些皇帝的事情。这些事情跟他们日常生活屁关系也没有。

可他们就喜欢关心。今天哪个番邦来朝贡啦，明天哪个番邦损害了朝廷的尊严啦；昨夜皇帝临幸哪个妃子啦，今晚又将哪个妃子打入冷宫啦。个个都感觉自己就是当朝宰相，纷纷替皇帝献计献策！搞不好，彼此之间还为意见不合打架斗殴。说起来还振振有词，什么天下兴亡匹夫有责。天下是谁的？皇帝的。”

“师兄，明明跟他们没关系，为何还要死命关心？”

“你晓得，几千年来，神州人全围着争皇帝过日子。皇帝争不到，就争官。同级争，上下级争。皇帝好，官也好，背后都有一个权。权的背后就是操纵。君君，臣臣，父父，子子，说白了就是一个要操纵，一个要愿意被操纵。那些个庶民，没办法操纵别人，只能被别人操纵，可又非常想操纵别人，怎么办？只好关心那些个跟他们屁关系也没有的事情，替皇帝急，满足操纵别人的欲望。”

石柏“砰”的一声拍了一下秋水的屁股。

“屁股拍一下，还真是舒服。”

石柏又拍了一下秋水的屁股。

“真舒服！师兄，方才你说哪啦？对、对、对，皇帝，我想起来了。”

“什么皇帝，是屁股！已经揉得差不多了，早些回去睡觉。明天事情一办完，我们就回天清观。师兄再也不想跟他们打交道。”

翌日，石柏由姚夷静陪同去开封府见少尹狄懋德，领会被扣留的人质。狄懋德一听若水先生前来，出牙署跪接，行三跪九叩礼。“国师这次前来，下官不敢摆出阵式迎接，主要是希望不要张扬，望国师宽饶下官怠慢。”狄懋德伏地拜了一拜。

“不是开封府扣留了天清派道姑，贫道根本就不来。”

“让国师跑那么远的路，下官着实罪该万死！”狄懋德又伏地拜了一拜。“国师面前，下官不敢欺诳。千岁很想见一见国师，又不便去天清观。下官思来想去，才出此下策。”果然如此。“国师已经来了，那两名道姑就由姚监院带回去。下官跟姚监院也非常熟，也晓得姚监院的为人。没办法，千岁吩咐的事情，下官只能完成。请国师多多宽饶！”

“贫道虽是山野之人，但终究在人世间长大。世人的酸甜苦辣，贫道还是有些懂。狄少尹不必在意。人生存在人世间，言行举止受到诸多约束，有着许多的不得已。常常是自己想做而不能做，而不想做不得不做。贫道还是能够理解世人的无奈。狄少尹请起。”

“谢国师！”少尹狄懋德爬了起来。胥徒带来了琴静好和夏明晦。

“下官也晓得她们两人是天清派道姑。说是扣留，实际就以贵客的身份住在开封府迎宾馆里面。天清派的道姑，下官哪敢怠慢？两位道姑就由姚监院带回去，下官陪国师去一趟均王府。下官晓得国师不容易请。已经来了，还请国师多多体恤下官的难处。”

“擎跽曲拳之礼，贫道懂。”

“掌门师弟，那师姐就先回幽通观。”

“行，师弟应该很快就回。”

“狄大人，告辞！”

姚夷静拱手跟狄懋德、石柏告辞，带着琴静好、夏明晦走了。

石柏坐上开封府特意准备的肩舆，在狄懋德陪同下，前往均王府。

六月初五，朱友珪当上了大梁国的皇帝。朱友珪高兴，朱友贞更高兴。朱友文原有的职务全部转移到了朱友贞身上。在众兄弟里面，朱友贞的地位顿时凸显了出来。如今的朱友贞已经不是昔日默默无闻的朱友贞了。正当朱友贞憧憬皇帝梦时，朱友珪敕封若水先生为若水国师，让朱友贞醒了过来，仿佛给若水先生交了投名状。

朱友珪应该找过若水先生，否则不可能无缘无故敕封若水先生为国师。可以肯定，朱友珪从若水先生那得到极其有用的建议，帮他登上皇位。万一若水先生向朱友珪泄露了本王的图谋，下场必然跟朱友文相同。朱友贞顿时心惊肉跳了起来。朱友贞仔细一想，立马就宽了心。可以肯定，若水先生不曾将本王的图谋泄露给朱友珪。否则，朱友珪早就杀了本王，更不会让本王做东京留守，开封府尹，朱友文原先的职位全由本王接任。

朱友贞突然觉得若水先生捏住了自己的脖子，一用力，必将窒息而死。朱友贞又不清楚若水先生给朱友珪提了什么建议。就算若水先生不将本王的秘密告诉给朱友珪，若水先生帮朱友珪坐稳江山，那不等于本王前期的努力都在帮别人做嫁衣？朱友贞遣马慎交着人秘密调查咨询过若水先生的人。经过一番秘密调查，马慎交得出结论，若水先生不问是非，只要是找他想办法，总是从你的角度出发，寻找解决问题的途径。马慎交的报告进一步让朱友贞宽了心。“可能是我们以世俗的眼光看若水先生。别的都不说，光气度，就感觉不是凡人。”朱友贞嘴上这么说，心里却放不下。当初,不听石柏的话,就没有今天的朱友贞;石柏毕竟晓得朱友贞的图谋,朱友珪没死之前,石柏多存在一天,就多一分危险。朱友珪已经死了,石柏活在世上,有些问题还可以咨询咨询,提一些建议。

“若水先生是得道高人,应该不会干出龌龊之事。”

“就目前来看,若水先生好像不会,但不能保证将来也不会。”

“派人手,若水先生云游四海,未必找得着。就算找着了,万一失手,那所有计划都将化为泡影。”

“别忘了,人家可是天清派掌门,大梁国师。这一招千万使不得。计划就不说了,下场比朱友文肯定更惨。本王真想亲自去一趟天清观,既是对他尊敬,也可以从他那里得到本王希望得到的建议。一来天清观在亳州,太远。如今国内纷扰,本王绝不能离开汴梁。二来颍亳观察使赵淮浦敌友不明,万一将本王扣为人质,怎么办?三来若水先生行踪漂浮不定,本王就是去了天清观,未必就能见得着。”

朱友贞不断派人到亳州天清观打听,得到的全都是若水先生云游在外。就在此时,开封府扣留了两位没带度牒的天清派道姑。于是,也就有了石柏来汴梁认领道姑这桩戏。

狄懋德坐上肩舆陪同石柏去均王府前,派人先跑去向朱友贞禀告。朱友贞得到报告,让仆役大开王府中门,亲自和马慎交一道,出王府迎接石柏。石柏刚跨出肩舆,朱友贞就已经以弟子之礼跪接。“弟子未能前往迎接,失礼之处,还请国师宽饶。”石柏快步上前,一把扶起了朱友贞,含笑说:“早知均王如此凡俗,贫道当初在幽通观就应该将均王哄走。”石柏这一扶,这一笑,这一言,朱友贞心里顿时一松,脸上露出了笑容。

“想不到,国师也有失算的时候。”

“千岁不会因贫道偶尔失算,就将贫道拦在门口吧?”

“小王哪敢?国师请!”

正要起步,少尹狄懋德开言。“千岁督办的事,下官总算不辱使命。国师已经来了,下官可否先行告退?”狄懋德俯身拱手站在一旁等待朱友贞的指示。朱友贞手一拱说:“辛苦少尹了!”狄懋德俯身拱手说:“下官职责内的事情。”狄懋德告退,石柏、朱友贞拱手送行。马慎交在前开道,石柏和朱友贞并肩从中门进入了王府。

“圣上的使者来天清观时,贫道恰好云游在外。观里的道士,也不好自作主张。不是谦虚,这点道行,哪配称国师?”

“小王倒觉得国师名副其实。”

“是不是名副其实，贫道自己心里清楚。国师也好，先生也罢，说起来一个名而已。名可名，非常名。不过，贫道还是喜欢旁人称贫道先生。”

“有道是，恭敬不如从命。小王看来也只好一如既往叫若水先生了。”

朱友贞没引石柏去王府正堂，而是沿着游廊，经过一条九曲阁道，进入了一座四方形的凉亭。凉亭很大，中间是一张方形石桌。凉亭四周是满眼的荷花，有些含苞待放，有些正在绽放，有些已经结成了莲蓬。“若水先生请坐！”朱友贞、石柏在石桌旁坐下，马慎交站在一旁作陪。王府侍儿献上清茶，退出凉亭。

“小王四处找若水先生，就是想听一听若水先生的箴言。”朱友贞一坐下，就直接讲明意图。“先帝驾崩，海内纷扰。若水先生面前，小王也就直话直说。趋利避害是人的生存本能。小王稍有不慎，就可能会是灭顶之灾。别人的话，多听一句，少听一句，无关要紧。若水先生的箴言，小王不能不听！”

“千岁如此夸赞，贫道着实感到惭愧。”

“小王倒不是故意奉承。自上次幽通观一面，一切均如若水先生所言。以后的事情将如何演绎，小王得先听一听若水先生的箴言。生死关头，小王不得不慎。”

“许多事情，根本不需要贫道多啰嗦。上兵伐谋，其次伐交，其次伐兵。当一个人陷入困境之时，另一个人伸出援助之手，就会感激涕零，也容易会得到这个人的信任。可惜，很少有人会去想，帮助过自己的人会对自己下手，比如说韩信。

韩信当初走投无路时，投奔刘邦，得到刘邦的重用，拜韩信为大将军。正因如此，无论刘邦心里准备对韩信做什么，韩信都会相信。当蒯通游说韩信三分天下、鼎足而居时，韩信不忍背叛刘邦，结果被族灭。将欲废之必固兴之，将欲夺之必固与之。既然能兴之，自然也能废之；既然能与之，自然也能夺之。韩信不晓得自己仅仅只是刘邦用来跟项羽争夺神州的刍狗，用完后可以弃之如粪土。这种例子很多，就好比贫道曾经跟千岁说起过的张三吧。

正当张三陷于困境之时，是李四提供了帮助，并协助他盗得龙珠。张三肯定非常信任李四，也不会去想李四可能会对自己不利。张三十分清楚，龙珠虽然已经盗到手，想守住龙珠不被他人抢走却难。主要是张三朋友不多，得罪过的人却不少。

越是风雨飘摇，越容易信任、依靠曾经帮助过他的人。人往往不去想帮自己的动机。孤立无援的情况下，张三只好求助于曾经帮他盗得龙珠的李四。倘若李四是一个有心人，贫道只是比方说，李四只要稍稍说一说，张三杀了老龙王，盗取了龙珠。老龙王手下的那些虾兵蟹将肯定会群起攻之。

有道是，怕鬼有鬼。张三越想隐瞒事实真相，事实真相越容易向四处扩散。倘若李四准备做个有心人，随便嘀咕两句，张三还不是马上众叛亲离、千夫所指？张三孤立无援的情况下，怎么能守得住龙珠？李四还不是轻轻松松地获得张三辛辛苦苦偷来的龙珠？"

"说几句话，根本花不了多少力气，无须李四亲自出马，家中的仆役完全可以代劳。"马慎交一旁插话。

"居士说的是。贫道云游途中，有庶民斗胆，说博王冤死，先帝的遗诏是假造。千岁有没有听说过？"

"博王率兵违逆之事确实有些蹊跷。小王也确实听人说过遗诏是假造。"

"神州史上，利用假诏杀人、废人的事情还真是多。赵高串通李斯，矫诏逼公子扶苏自杀，助胡亥登基。晋惠帝的皇后贾氏矫诏废皇太后为庶人，独揽大权。说几句话不用多少力气，造一份假诏也很省力。假诏能起到四两拨千斤的效果。从以往假诏的故事中，不难看出矫诏的威力。有些看起来非常棘手的问题，用矫诏就可以很轻松地予以解决。贫道不清楚，当今圣上想过没想过这个问题。有人利用假诏置他于危险之中！"

"若水先生，历来只有他人利用假诏书排除异己，杀废别人；他人怎么可能利用假诏书置圣上于危险之中？小王还真的有些不明白。"

"诏书是一把双刃剑，弄不好就会伤到自己。先帝突然驾崩，朝野自然纷纷攘攘，出点事情很正常。有心人以某芝麻事情为借口，假造一份诏书，说当今圣上准备将他们比如说龙骧军、龙武军将士坑杀，千岁，龙骧军、龙武军将士会怎么样？"

"肯定是哭天抢地，不知所措。"

"早就已经晓得了事实真相的龙骧军、龙武军将士，得知诏书内容后肯定绝望！就在这个时候，有心人出来说，不想被坑杀，摆在你们面前只有一条路，前往洛阳擒拿逆贼。困兽犹斗。谁愿意坐以待毙？那些个龙骧军、龙武军将士肯定是跪地高呼万岁，请有心人替他们做主。他们非常清楚，只有这样才免除被坑杀的命运。如此一来，圣上危矣！"

"谢谢若水先生，让小王明白了，诏书原来是一把双刃剑。"

"贫道山野之人，原本不该管这些事，想来想去，还真替当今圣上捏一把汗！贫道虽没有接受圣上的敕封，但敕封贫道为国师却是人人皆知的事情。"

"若水先生放心，小王一定尽快抽时间去洛阳，将若水先生的想法亲口告诉圣上，防备有人利用矫诏置圣上于危殆之地。这种事情未必一定会发生，可发生了后果就不堪设想。防患于未然，尤其重要。小王一定会尽快抽时间去一趟洛阳。"

“先帝驾崩，原本事端就已经很多，再制造点事端还不是伸手拿来的事情？就在纷纷扰扰的时候，假造诏书更是一把斩乱麻的利剑！倘若再让先帝手下那些个重臣，比如天雄军节度使杨师厚这样有威望的人，出来撑撑腰，鼓弄鼓弄，有心人必定是心想事成！”

“若水先生洞若观火，一眼就看出了纰漏。小王一定会尽快将若水先生的想法上奏给圣上，及时堵住这个纰漏，免得被有心人利用了。说起来，圣上刚刚登上大位，正需要像若水先生这样的神人。上次，圣上的使者前往亳州敕封若水先生时，经过汴梁。小王从使者口中得知，圣上想请若水先生前往洛阳谋划大计。不知若水先生愿意不愿意替圣上分忧？”

“红尘世界，纷扰多多，并非贫道所好！贫道行走江湖，也是有着不便向外人启口的无奈。洛阳，不是发生像今天这样的事情，就不去了。依照贫道个人的志趣，早就已经归隐山林。将天清派发扬光大是先师终身宏愿，贫道只得在外走动。贫道虽出家，但毕竟是人，忠孝礼义不得不讲。师命难违啊！不瞒千岁，不是师命在身，贫道早就乘桴浮于海了。”

“圣上敕封若水先生国师，小王定努力帮若水先生将天清派发扬光大，成为大梁的国教。”

“贫道在此先谢过千岁！”

该聊的事情聊得差不多了，石柏实在不想跟朱友贞继续聊下去，起身告辞。“请千岁体谅，贫道还有些杂事，只能先行告辞了。”朱友贞客气留饭。“为何不吃顿便饭后再走？”“谢千岁！”石柏真不想跟朱友贞一起吃饭。“什么地方都是吃，何必一定在王府？”若水先生有吃，什么地方吃都是吃。“若水先生是方外高人，小王就不强求了。”朱友贞跟着石柏起身，离开了水亭。

朱友贞亲自送石柏到了王府门口，让亲王肩舆护送若水先生回幽通观。朱友贞和马慎交站在均王府大门前，目送坐着石柏的肩舆远去。直到肩舆消失，朱友贞这才转身从中门返回王府。均王府的侍卫重新关上了中门。

“可以肯定，若水先生不会将本王的图谋告诉给朱友珪。否则，若水先生就不会告诉本王如此绝妙的方法。”

“千岁，仆总觉得用这种半挟持方法请若水先生前来，不是十分妥当。”

“是有些欠考虑。谁愿意脖子上架着剑押过来相见？本王想见他，又找不着，只好出此下策。不过，若水先生是得道高人，能够体会我们的苦衷。有些想法没有关系，若水先生能懂，只是千万不要将事情做绝！如今朱友珪仍坐在龙座上，惹恼了若水先生,以他的智慧以及大梁国师的身份,至少有一千种以上的方法,让我们像康勤那样死无葬身之地。马公,你马上亲自去一趟幽通观,询问一下,若水先生什么时候回亳州。”

“仆马上去。”

石柏一回到幽通观,就向姚夷静询问琴静好和夏明晦的情况。

“一回到观,就和等她们的欧妙玄一起走了。”

“总算没有白跑一趟。”

“朱友贞的事情,师弟晓得太多。这种事关生死的事情,晓得越多,也就越危险。朱温的所有儿子里面,唯有朱友贞最有心机,和师弟一样,也是一条藏而不露的毒蛇。对付像朱友贞这种人,一定要多一个心眼。神州人一向缺少诚信,谁敢相信他人?

当年宰相相信朱温,不仅自己被朱温所杀,还拖累了昭宗被弑;李克用相信朱温,没有那场突如其来的暴雨,早就已经被烧成了灰。这世道,要时刻保持警惕。师弟走后,师姐随后撤离到天清观。这倒不是怕朱友贞,而是多一事不如少一事,没必要给自己添无谓的麻烦。如今朱友珪还在,朱友贞还不敢轻举妄动。朱友贞晓得,一旦惹恼了师弟,师弟马上让他灰飞烟灭!到了明年春天,朱友珪被杀,朱友贞做了皇帝,事情就很难说了!”

“幽通观已经只剩下师姐最后一班人。师姐再料理一下,明天一早就走。师弟,有一事师姐有些不明,为何不借朱友珪之手,除去朱友贞。”

“还是让朱友贞杀朱友珪吧。原计划是朱友贞杀朱友珪,为此师弟已经花了很多心思。朱友贞一旦被杀,朱友珪的地位会越来越牢固。到时候,谁来杀朱友珪?师弟还得重新花心思。说实话,师弟不想再折腾了。我们还是抓紧时间过我们的独木桥。”

石柏和秋雨、秋水刚离开幽通观,马慎交就来了。

“千岁的盛情,小道就先替掌门师弟谢过。居士有所不知,掌门师弟一向不喜红尘。这次来汴梁,也是万不得已。见事情已了,掌门师弟就和两师妹回天清观了。”

姚夷静送马慎交出幽通观山门。

离开幽通观,石柏三人马不停蹄地往天清观赶。回到天清观时,快要到亥时了。都厨阎若身亲自下厨做了斋饭。吃了斋饭,三人就回玄幽别院,准备沐浴更衣。

“匆匆忙忙赶来赶去，人像散了架似的。晚上，师兄要给我好好揉揉。”

“师兄去的时候就说过，跟不跟由你自己选择。如今散了架了，还要师兄搭。”

“不揉就不揉。”

“这可是你自己说的，不要说师兄不肯给你揉。”

沐浴完毕，时辰已经很晚，三人不再相扰，各自回房歇息。

翌日，石柏梳洗完毕，就去天一殿做早课去了。虽然快要走了，可一切照旧。一般道观寅时开静起床，卯时开始早课。天清观不同，卯时开静起床，辰时开始早课，比一般道观晚一个时辰。做完了早课，石柏回到玄幽别院时，秋雨、秋水才起床梳洗。

“师兄，实在对不起，早课忘了。”自跟石柏来天清观以来，第一次那么迟起床，秋雨挺不好意思。“忘了，就忘了。再过几天，就不用做早课了。”石柏从水井里提上一桶水。秋雨连忙给石柏端来了木盆。

“去食厅给自己烧一点吃的，不能空着肚子。”

“饿一顿无所谓。”秋水接嘴。

“什么无所谓？快去！”

石柏倒了一盆水，放下水桶，开始洗手。“快去！”秋雨和秋水听石柏的声音高了起来，连忙离开玄幽别院，前去食厅。石柏刚洗完手，刘若存前来告知，有客人来访。

来访的客人是驸马都尉赵岩。刘若存前来问石柏见还是不见。来天清观拜访石柏的客人原本就多，可一般的客人，石柏脚翘起来比头还高，根本不见。自朱友珪给了石柏一个国师的封号，石柏更有了拒见客人的底气。赵岩见天清观门头不让他见石柏，亮出了身份。

大梁朝野上下几乎一致认为朱友文会继承皇位，结果却被杀。赵岩一想起上次石柏在幽通观的那一番言语，啧啧称奇。朱友珪当上皇帝，敕封石柏为国师，赵岩感到非常意外。为什么会敕封他为国师？赵岩想出了好几个答案，可就是没有一个答案能完全让自己信服。敕封国师也可能是收买人心。赵岩晓得，朱友珪当上皇帝以来，一直在收买人心。天清派毕竟是河南重要的道教教派，有些实力。不过，这好像也不是答案。赵岩准备趁这次去老家陈州宛丘的机会，顺道去一下亳州天清观，看一看石柏，探一探答案。只有晓得了答案，才能开展下一步的行动。赵岩确实不晓得石柏的葫芦里面有什么药。

“已经来了，那就见一见。”

不一会，刘若存带着赵岩来到了玄幽别院。见人已经带到，刘若存告辞，石柏、赵岩拱手送行。“驸马都尉请!”赵岩跟着石柏进入堂内。秋雨和秋水都不在，石柏亲自给赵岩倒了一杯茶。石柏和赵岩，两人分宾主在堂内就座。

“驸马都尉怎么想着来天清观看贫道?”

“赵某要去一趟老家，顺道来天清观，恭喜荣封国师。”

“惭愧！贫道不过是给圣上卜了一个卦，想不到竟然被敕封为国师。”

“国师给圣上卜过卦?”

“都已经是几个月前的事情了。五月吧，具体哪一天，贫道记不大清楚了。皇后来天清观让贫道替圣上卜了卦。贫道推托不去，就替圣上卜了一卦。”

“国师卜的卦肯定很准很准。”

“那也只是卜个卦。国师，惭愧!”

“赵某也想请国师替赵某卜一卜前途。”

“起卦麻烦，驸马都尉不如选一字，贫道测一测。”

“赵某上次选的是林，这次还是选林。”

“驸马都尉志向远大，心比天高啊!”

“同样一个林字，国师这次和上次的说法怎么不一样?”

“驸马都尉上次选林无心，这次选林有心，肯定会不一样。林字有了心，就是惏字。贪惏无厌，不知足，岂不是说明驸马都尉志向远大，心比天高？惏就是贪。众皆竞进而贪婪兮，冯不厌乎求索。爱财曰贪，爱食曰婪。看来驸马都尉最感兴趣的是钱财和美食。”

“国师真是点到了赵某的要穴。赵某就喜欢铜钱和美食。”

“这两样物事，对驸马都尉来说，易如反掌。”

“天子随便一顿饭都上万，赵某从哪弄那么多铜钱?”

“铜钱，驸马都尉放心。驸马都尉要多少，南斗给多少。”

“南斗?”

“南斗。南斗主爵禄，手中有的是爵位和铜钱。”

“谢谢国师!”

“又不是贫道给驸马都尉铜钱，驸马都尉要谢就谢南斗。贫道不晓得，是不是已经跟驸马都尉说过乾符年间木星入南斗的故事?”

“国师说过。”

“说过，贫道就无须再说了。驸马都尉只要能帮他入南斗，立马就是吕不韦第二，还怕吃不起？这对驸马都尉来说，还不是易如反掌的事情？惏字有心和林组成。这已经告诉驸马都尉，只有林能满足驸马都尉的心愿。林，二木。贫道就不多说了。”

“国师，赵某将来会怎样？”

“不出一年，驸马都尉的铜钱就多得像茫茫林海的树叶，无法计算。”

石柏直说得赵岩心满意足，赵岩才舍得告辞。刚起身，秋雨和秋水回来了。秋雨代石柏送赵岩出玄幽别院，前往天清观山门。两人刚跨出玄幽别院，李清静紧跟着来看石柏。李清静自家人，随便。没有过多的礼数，石柏和李清静就在庭院中的石凳上坐了下来。

“怎么还有人叨扰？”

“驸马都尉赵岩。”

“难怪岁数看起来不大，人已经胖得不能看。”

“天天吃，吃，能不胖？吃喝拉撒睡，跟猪一样。”

“驸马都尉，如今又主管禁军，还怕弄不到吃？”

“师姐晓得，神州人最病态，单吃就无止境，熊掌，猴脑，豹胎，龙肝，凤胆，齐桓公吃着吃着就想吃人肉。师弟晓得他贪财，贪吃，所以特意给他拆了一个惏字。饕餮贪吃，吃啊吃，将自己的身体都吃掉了，只剩下一个大头和一张大嘴。这种人多几个，不用多长时间就会将朱温的梁国吃空。他要满足自己无穷尽的贪欲，只能去找朱友贞。如今又主管禁军，跟袁象先一合谋，朱友珪必死。至于方法，师弟已经交给了朱友贞。明年，朱友贞一登基，像赵岩、袁象先这种贪得无厌的人最后必定会控制朝政。不出十年，自然崩塌。”

过了一天，姚夷静率领最后一班幽通观道士来到天清观。在天清观只呆了一宿，姚夷静就率领幽通观道士，搭乘希声社的帆船，前往广陵。在广陵希声社分社只歇一下脚，姚夷静就和幽通观道士转坐希声社的帆船，前往浙江明州岱山。

石柏呆在天清观，送走一批又一批天清派道士，一直到七月末。这期间，石柏又去观察使府署看望了赵淮浦。见赵淮浦状态不佳，石柏没有多言，也就返回了天清观。天清观的日常活动一切照旧，包括清醮、幽醮。亳州城内的施粥摊，李清静将它交付给亳州的信众，并根据平常每日施粥的数量，支付了五个月的铜钱，不至于突然中断。

东郭庄和李庄因土地纠纷而出现械斗。双方打打停停，已经打了差不多半年多的时间。经过多次谈判，两个村庄终于决定和平相处。几年前，姑射真人在郭庄买了一顷粮田。这一顷粮田正处在两个村庄的中间。天清观决定将一顷粮田送给这两个村庄，郭庄六十亩，李庄四十亩，加上争执的二十亩，也正好六十亩。郭庄得到了六十亩，李庄也得到了六十亩，皆大欢喜。这场已经死了三人、重伤八人、轻伤几十人的械斗终于结束。

石柏是天清派掌门，李清静是天清观监院，都需要在协议上签字。签字地点在郭庄和李庄的隔壁村姜庄里长姜必知家，签字时辰是申时。签字的地点和时间都是乡耆定。石斛和李清静签完了字，没有多留，就跟诸位告辞，带着几个道士，在尊长、乡耆、里长恭送下，准备离开姜庄。正要出村，被一名村妇拦住了去路。这名村妇问李清静一个问题。

“道姑，农妇家里养的两头猪，一头老是咬另一头。天天咬得咦咦声，实在是让人受不了。道姑有没有法术，让它不咬。”

“小道听说过安槽法，可没学过。回去后问一问，观内有没有人学过。”

“国师应该有这种法术吧？”

“贫道的法术只用于妖魔鬼怪、魑魅魍魉。”

出了村，石柏和李清静拱手请尊长、乡耆、里长等留步，起身返回天清观。

“人家老说猪笨。师弟看啊，人也好不到哪里去。猪在猪圈里面吃喝拉撒睡，人在家中吃喝拉撒睡，结果相同，都是待宰。主人养你，肯定是为了自己，而不是为了猪。南华真人云，规我以利而恒民畜我，安可长久也？年关一到，只能是拉出去屠宰。

几千年时间下来，猪已经习惯了这种生活。或许，猪早就已经将屠宰看成是生命的重要过程。于是乎，该争食还是争食，该咬还是咬。人和猪只是形式不同，实质上一样。陌生人之间不用说了，就是亲兄弟，仅仅一点琐事，拳脚相向，白刀子进红刀子出来的事情，神州比比皆是。师弟越来越觉得，生活在神州的人实质就是猪。”

“所以，这些年，师姐在天清观修道，越修越感觉虚妄。本就没有我，何来物我无界？我何尝生，自然不可能有我死。孟轲说，杨氏为我，是无君也；墨氏兼爱，是无父也。无父无君，是禽兽也。只要读一读《孟轲》就不难理解，神州人为什么没有我，只有猪。

在孟轲等儒家的眼里，只有圣人是人，其他人都是猪。上次听了师弟的话，师姐回去后再仔细品味《道德经》，确实如师弟所说，《道德经》是一本教圣人如何养猪的书，只不过是采用道家的方法而已。无论从哪一个角度看，孟轲、荀况、韩非等等，本质都一样，要么是告诉圣人如何养猪，要么告诉神州人如何做猪。

横想竖想，总觉得《道德经》跟道家的精神不符。看来，真是一本后人杜撰的书，不过挂了老子的名而已。反正，挂他人之名卖自己的膏药是神州的传统。这些都是题外话。师姐说白了不过是主人圈养的猪！只有到了无何有之乡，师姐才可能找到我。"

"只要缚在脖子上的绳索一除，我们可以找到我。屈原就是没有我，才投进了汨罗江。伍子胥有我，能够逃离楚国，报了父兄之仇。一旦丧我，被夫差赐死而且尸身沉江为鱼虾所食。那些个儒家土壤里长大的御用文人就是歌颂那些个无我的笨猪。

高喊怀才不遇，实际上就是可怜自己没有遇上好主人。韩退之《马说》就直接说出了他们的心声。用句通行的话说，就是愿效犬马之劳。自孔丘独霸神州以来，何尝有过几个有我的人？说难听一点，个个都是只晓得吃喝拉撒睡的猪。"

正说着，两人看到前面路上围着一群人。

"国师？"

一人见石柏，连忙退到一旁，跪在了路边。围观的人紧跟着跪到了一旁。两个正纠缠在一起靠力气蛮打的人也赶紧松开，跪到一旁。石柏和李清静走了上去，并没有开口让跪在路边的人起来，而是在刚才死命打架的两人面前停下了脚步。

"活着都已经不容易，为何还要打啊？"

两人旋即争着你一言我一语给石柏讲打架的原因。原来两人是朋友，准备一道去亳州城办事。路上就因几句言语起了口角，打起来了。"狗争骨头，起码还有一块骨头。"石柏训斥起了两人。"你俩打架竟然为了争一句看不见、摸不着的话。这句话，你俩给贫道找找，它在哪里啊？别说人，狗看见了，肯定也会笑。"

劝了架，石柏对跪在地上的人不予理会，只管走人。

过了一天，李清静的弟弟李平川和李阔野来到了天清观。姐弟刚一见面，李清静就带着李平川和李阔野来玄幽别院看石柏。石柏见李清静前来，出玄幽别院迎接。"快请进！"见面绍介礼毕，石柏引李清静和李平川、李阔野进入堂内就座。秋雨端来了清茶。

"滔天洪水冲毁了家园，你们姐弟能够重聚，原本就是奇迹。如今又能一同前往无何有之乡，重建家园，只能用天机来解释。"

"没有哥哥，也不可能有天缘奇遇。"

"主要是当年伯父巧妙安排。没有伯父当年匪夷所思的巧妙安排，哥哥再怎么努力也是白搭。想想其他堂哥、堂弟有一人存否？前次，哥哥去洛阳时，还特意询问了秦师姐。秦师姐告知，就算可能还有个别侥幸活在世上，也都已经无法查寻了。哥哥只好放弃。哥哥真想不出来，伯父当年怎么会想出这种奇妙的安排。”

“没有师弟，再奇妙的安排，姐弟今天也不能重聚。南华真人说过，至人无己，神人无道，圣人无名。师弟觉得自己是什么样的人？”

“贪天之功，以为己力乎？师弟充其量只能算常人。朱温的事情，有没有师弟结果都一样。差别仅仅在于时间早晚的不同。师姐想想，一张桑叶都可以引起吴楚之间持续十几年时间的战争，更何况面对的是人人觊觎的皇权？师弟不过是加速了进程而已。只要神州还有皇帝，父子、兄弟相互残杀的故事就不可能会没有。套用樊川居士的话，那就是，秦人不暇自哀，而后人哀之，后人哀之而不鉴之，亦使后人而复哀后人也。”

“想没有皇帝，再过一千年都不可能。颜之推说，笞怒废于家，则竖子之过立见；刑罚不中，则民无所措手足。跟陀螺根本没有丝毫差别。没有了生杀予夺的皇帝，那些没有我的走肉怎么办？只能是继续上演后人复哀后人的故事。不说这些了。告诉师弟一个喜事，修真观两名女真，也在劝说下，撤到了天清观。现在只剩下已经撤到了若水宫的人啦。”

“师弟快悬解了。人是论个数，不是论斤称。我们走了，不能落下一个人。若水宫那边有姨妈在，加上七大分社主事，不会有问题。依照原先的计划，她们应该已经开始分批分批撤到广陵。等帆船一到，我们就可以将最后一批人撤走。”

翌日，也是将近傍晚的时候，两条帆船停靠了天清观码头。

清晨，天清观非常宁静。李清静、石柏、秋雨、秋水站着门头前，看着门头滕若缺关闭天清观大门。滕若缺拉着大门的铁环，身子慢慢退出门槛，阖上黑色的大门。见滕若缺要锁门，秋水说：“天清观都不要了，还锁什么门？”“锁上吧！反正，神州人就喜欢闭关锁门。”滕若缺听石柏说锁上，手中的巨锁一扣，锁上天清派主庭天清观的大门。

秋雨、秋水、滕若缺三人牵着马，伴随着马蹄的滴答声，跟在石柏、李清静后面，前往天清观东南水泽西皋，看望姑射真人。李清静焚着清香，递给石柏。石柏两手捧着清香，站在姑射真人墓前，默默三鞠躬。石柏上前一步，单膝跪地，将手中清香插在墓碑前的香炉里面。“师父，弟子就要走了。这是弟子最后一次来看师父！弟子相信，师父是鹰，不会喜欢弟子像小鸡一般龟缩在自己的羽翼下面，而是希望弟子能够展翅翱翔于蓝天。师父，弟子马上要走了。师父思念起弟子，就化朵白云来看弟子。弟子现在就给师父辞行。”石柏右脚一踮，站了起来，退后几步，率领李清静、秋雨、秋水、滕若缺跪在姑射真人墓前，给姑射真人叩拜。拜了三拜，众人起身，离开姑射真人墓地，前往码头。

“师姐就在广陵等候师弟！”

“过几天，师弟就会赶到广陵。一路顺风！”

李清静手一拱，和滕若缺一道登上了帆船。石柏、秋雨、秋水拱手送行。船工解开船缆，船帆缓缓升起，帆船慢慢离开了码头。石柏手牵着马，站在码头上看着帆船渐渐远去。天还很早，渡船老大没来。这倒没什么，石柏、秋雨、秋水三人都会摆渡。一人一马，先后分三趟，渡过了涡水。石柏将渡船系在了埠头的木桩上，走到了秋雨的身边，接过缰绳。太阳此时刚从东方升起，照着三人在缓缓上行的河堤上留下长长的身影。上了河堤，三人上马，向西驰去。

第九十二章　走人

夫小惑易方，大惑易性。

——《庄子》

常言道，惹不起，躲得起。说来轻巧，做起来却很难。让人沮丧的是，惹不起，也躲不起。溥天之下，莫非王土，率土之滨，莫非王臣。还能躲哪去？真是无所遁形！如今已经找到了可以躲的地方，现在还不抓紧时间逃，还等什么时候？从朱邪以清去世到现在，差不多两个月时间里面，石柏一直在有条不紊地安排若水宫和天清派撤离神州，逃往海外。

实际上，石柏不懂，他是在替神州的皇帝开疆拓土。神州的版图不断扩大，还不是祖先找出路的结果？黄河不可能活，搬到淮河；淮河不能活，搬扬子江。几千年时间，儿孙生息的地方从中原慢慢扩张到淮南，再扩张到江南，岭南，甚至岭南以南。不是想走，迫不得已，只好走。日子过得乐不思蜀，谁愿意拖儿带女远离故土？没办法，想活命，不走不行。

六月下旬开始，希声社帆船总是不规则地停靠在长昌村码头。有时是隔一天，有时隔二天，有时隔三天。这些帆船，总是日落后，离开长昌村。过了七月二十五，虽然照样有帆船停靠在长昌村码头，但已经不再是以往那样日落后就离开。七月末，希声社申州分社主事方平决定撤离。八月初一，石柏带着一名叫秦思文的若水宫娘子搭载最后一条准备离开长昌村的希声社帆船，前往金陵，参加弟弟石斛八月初九的婚礼。

石柏离开天清观，和秋雨、秋水一道，一路西行，赶回若水宫。就在石柏离开天清观回若水宫前，陈州母乙上乘教造反已经暗潮汹涌。为了减少不必要的麻烦，石柏绕道沈丘，经平舆、汝阳、郎山，回到若水宫。就在郎山，石柏意外遇上了曹嬷嬷。一询问，曹嬷嬷告诉了石柏原因。最后一批经陈州准备撤到若水宫的人员，半路遭到造反队伍的冲击，走散了一个名叫秦思文的道姑。活要见人，死要见尸，不能弃之不顾。自朱邪以清创建若水宫以来，这一原则从未变过。

“夫人派出多路人马，就是找不着这个秦思文。没有办法，只好撤回寻找的队伍，让嬷嬷留着继续找。嬷嬷带着人几乎翻遍了有可能会去的上蔡、平舆、汝阳、四房，就是死也找不着。终于功夫不负有心人，已经确定落在卧马寨胡瞻庭手里。”

“找着了就好说。这些地方到处树林河泽，找一个人还真是不容易。”

“像秦思文这种岁数的娘子，就算还活着，被人拐到乡下去卖掉，也很容易弄得影踪全无。死就别去提了。找了那么久，老身都觉得很有可能被人谋害了。就是这些年，年轻娘子被杀也是司空见惯的事情。人们听了已经连眉头都不皱一皱了。要知道神州这地方就戕害年轻娘子的人渣多。”

经过一番商量后决定，曹嬷嬷手下的水凝冰带众人先回若水宫，曹嬷嬷、石柏和一名叫朱柔荑的娘子留下来，去卧马寨要回秦思文。那么多人留下来也没用，又不是去卧马寨跟胡瞻庭打架。真要不回来，也只能等要不回来了再想办法。

“你们可不要再走丢啰！”

“嬷嬷就为秦思文转了差不多半个月的时间。”

“嬷嬷放心，郎山离我们若水宫就那么丁点距离还会走丢？”

“嬷嬷就希望不要走丢。夫人还在等你俩回去！凝冰，你给嬷嬷盯紧点。”

“嬷嬷放心！”

水凝冰拱手跟石柏、曹嬷嬷、朱柔荑告辞，带着众人率先离开了郎山。

水凝冰带人和秋雨、秋水刚一走，曹嬷嬷和石柏、朱柔荑旋即动身前往卧马寨。

“今天去卧马寨，说由大公子说，做由嬷嬷做。”

“就依嬷嬷。”

三人不急不慢，走了一个来时辰，到了卧马寨。就在寨前一片茂密的树林里面，三人先后下了马。“柔荑，你在这里等着，大哥和嬷嬷去山寨要人。”系好了马匹，石柏和曹嬷嬷起身去卧马寨。石柏手持拂尘在前，曹嬷嬷紧跟在石柏身后，前往山寨的寨门。不一会，两人就出现在了寨门前。两名喽啰手持长矛在守卫着寨门。石柏向这两名喽啰手一拱。

“劳烦英雄，前去通报一声，就说是天清派掌门若水先生有事要见胡寨主。”

“若水先生？”

“正是贫道。”

“若水先生稍等,在下马上去通报。”

这两位喽啰齐声问,语气里面充满着惊疑。若水先生,大梁国国师,怎么可能会跑到卧马寨来?想不到,石柏的回答是那么的肯定。太让人惊奇了。石柏没有多说,一名喽啰旋即转身跑进去替石柏向寨主胡瞻庭通报。“若水先生?”听了喽啰的报告,胡瞻庭也很吃惊。

“若水先生已经被敕封为国师,为何来卧马寨?”

“只说有事要见寨主。”

“带了多少人?”

“就一嬷嬷。”

“有请!”

就带一嬷嬷,纵然真有三头六臂,还能将卧马寨怎么样?寨主胡瞻庭很放心。为了什么事情,大梁国师带着一嬷嬷来卧马寨,胡瞻庭也很好奇。胡瞻庭稍稍想了一想,就同意见石柏。石柏和曹嬷嬷跟着喽啰,进入山寨。

“英雄高姓大名?”

“免高姓谭,小名崇高。”

“好名,好名!崇高莫大乎富贵。英雄将来或许能富贵。”

“多谢若水先生玉口!”

谭崇高心花怒放,手一拱。

“死生有命,富贵在天。富贵不富贵,天决定。英雄无须客气。”

“若水先生,在下可否斗胆问一声,今日来卧马寨,为了何事?”

“一远房亲戚迷了路,被胡寨主收留,贫道来将她领回去。”

“那女子是若水先生的远房亲戚?”

“正是。”

“若水先生老家是?”

“俗家颍州。”

“原来若水先生跟在下还是老乡!”

“想不到,在卧马寨也能见到老乡!幸会,幸会!”石柏手一拱。

“若水先生颍州什么地方?”

“颍州沈丘县。”

“真是巧了,在下也是沈丘县人。”

“沈丘到这挺远的，英雄怎么愿意到卧马寨来谋大业？”

说着，说着，主寨大堂就在两人的眼前。“若水先生，在下先告退！”就在大堂前，谭崇高跟石柏拱手告辞。“谢谢英雄引路！”石柏拱手送谭崇高。石柏刚一转身，寨主胡瞻庭已经出大堂迎接。“若水先生请！”进入堂内，两人分宾主就座，胡瞻庭两名手下兄弟作陪。

“若水先生今天来卧马寨，还真是一件让在下感到有些意外的事！”

“胡寨主感到意外，贫道也感到意外。今天来卧马寨，是有件事情想请胡寨主帮忙。”

“若水先生是国师，在下还能帮得上什么忙？”

“胡寨主客气！这桩事情，别人不行，胡寨主一定能帮得上忙。”

“若水先生但说无妨。能帮上忙，那是在下的荣幸！”

“有位远房亲戚不小心闯入胡寨主的地盘，被胡寨主收留了。亲戚再三央求，贫道只好厚着脸皮陪她的家人来卧马寨。这位曹嬷嬷就是贫道远房亲戚的家人。”

石柏的话一出，不仅胡瞻庭，堂上堂下的卧马寨土匪都脸色一变。这不是自己刚刚劫持回来的娘子吗？现在还真不晓得是说有，还是说没有。说有，劫持若水先生的亲戚原本就不该，如今已经用过了，怎么交？说没有，事实就摆在眼睛前面，怎么否认？承认？否认？胡瞻庭顿时进退两难起来。

曹嬷嬷起身，拱手向胡瞻庭行礼。胡瞻庭强作欢颜。

“曹嬷嬷请坐。”

“谢寨主！”

曹嬷嬷手一拱，退回到了石柏的身旁。“请胡寨主开个价，让老身将她赎回去。”见胡瞻庭久久没有开口，石柏只得开口。“胡寨主不至于否认扣留了她吧。”如今，只能是走一步算一步啦。“在下马上派人前去带回来交给若水先生。”胡瞻远脑子转了好几遍，做出决定。“老三，你持令牌前去，将她带到这里来。”听到招呼，老三站了起来，拿着令牌离开了大堂。耐心地等了足足一刻来钟，老三才带着秦思文来到大堂。曹嬷嬷起身，接回神情憔悴的秦思文。“欺负你了？”秦思文点了点头。曹嬷嬷没有说话，带着秦思文坐在石柏身边。“胡寨主，卧马寨有多少人？”若水先生突然间莫名其妙地问起山寨的弟兄，胡瞻庭还真有些摸不着头脑。

“一千多人。”

“可惜，可惜啊！那么多人，杀起来不需要一柱香功夫，养得花多少时间。”

“曹嬷嬷，我们走。”

石柏正准备起身,胡瞻庭突然“扑通”一声跪在石柏面前,伏地叩拜。“在下实在不晓得她是若水先生的亲戚!晓得了,在下就是吃了豹子胆,也不敢动若水先生的亲戚。”石柏惋惜说:“胡寨主实在是不该啊!事情已经发生,也只能找一个解决的办法。请胡寨主先起来说话!”胡瞻庭从地上爬了起来,俯身站在石柏面前。

“不知者不罪。不过,小小的惩罚应该是需要的吧。这也是希望能让胡寨主从中吸取点教训,做事情先得考虑考虑后果。”

“若水先生需要在下什么样的惩罚?”

“这位兄弟,你说,自己的妻女被人欺负了,该如何惩罚?”

堂上的张三看了一眼石柏没有出声。

“这位兄弟不晓得,贫道也不晓得。那就这样,贫道给胡寨主选。第一,最简单,那就是杀了贫道。这叫做一不做二不休。都已经埋没无尸了,谁晓得。第二,卧马寨所有弟兄的性命,当然包括胡寨主本人的性命。蔡州人彪悍,杀起人来自然也凶猛。第三,胡寨主自己选择惩罚。胡寨主选不下来,也可以让堂下的兄弟帮胡寨主选。”

“这位英雄请上来一下。”

石柏挥了挥手。堂前的一名喽啰,见石柏招呼,旋即踏着台阶,登上步檐,来到石柏跟前,拱着手说:“请若水先生吩咐。”石柏手一拱说:“这位英雄,请帮胡寨主选一选。”这名喽啰瞟了瞟胡胡瞻庭,不敢吱声。石柏高声问:“谁能替胡寨主选一选?”堂上堂下鸦雀无声。看来事情已经闹大。卧马寨大堂前已经站了不少关心自己性命的卧马寨兄弟。

“胡寨主不好选,就让贫道给胡寨主参谋参谋。反正,贫道一向喜欢给人参谋。胡寨主觉得杀得了杀不了贫道?像胡寨主这样的小寨主要是都能杀得了贫道,贫道怎么可能会成为天清派掌门?胡寨主想过没有?胡寨主杀贫道还真是一件不那么容易的事情。堂上堂下的兄弟,你们说自己的妻女被人欺负了,是不是忍气吞声算了?没办法,只能算了;有办法,肯定要讨回公道!就算胡寨主确实能杀得了贫道,如今大梁国谁会不晓得贫道死在卧马寨?

圣上还在洛阳皇宫等贫道去呢!贫道问问,堂上堂下的英雄是否愿意拿自己的性命换贫道的性命?英雄们,愿意不愿意?”堂上堂下的兄弟面面相觑,不敢吱声。“贫道根本不需要惊动圣上,就是蔡州王存俨足以将胡寨主的卧马寨踏成齑粉。贫道也就不再得理不饶人,给胡寨主一个后悔的机会,自我惩治一下吧。”

胡瞻庭抽出横刀,准备自我惩治。就在痛苦犹豫之时,胡瞻庭手中的横刀突然向石柏劈去。正盯着胡瞻庭如何自我惩治的卧马寨兄弟顿时眼珠子都要从眼眶中蹦出。胡瞻庭手中的刀还没有劈到,曹嬷嬷的腿却已经在胡瞻庭的胸口。只听“砰”的一声,胡瞻庭身体飞了出去,撞上了堂壁,落到了地上。一口鲜血从嘴里吐出,挣扎几下,身子一伸,就不动了。卧马寨的兄弟睁着眼睛,定了神,仿佛被神仙施了法,定住了身子。

“人啊,就是不识好歹,给机会,偏偏不要!西去的路上,贫道请胡寨主好好记住,以后做任何事情之前,先要想好,可不可做,能不能做,该不该做。没想好,贫道奉劝胡寨主就不要出世做人了。另选寨主的事情,只能由英雄们自己来了。贫道告辞!”

石柏向堂上堂下还没有回过神来的土匪手一抱,跟着曹嬷嬷起步。曹嬷嬷扶着秦思文在前,石柏手持拂尘,紧跟在后,踏下了台阶,不急不慢,离开了大堂。三人没去理会卧马寨那些个侧目而视的土匪,向卧马寨的寨门走去。出了寨门,步行片刻,就看到手持缰绳等候的朱柔荑。一见石斛和曹嬷嬷,朱柔荑牵着马匹迎了上来。

“还可以不可以骑马?”

秦思文点了点。曹嬷嬷扶秦思文上了马,将缰绳交到了她手上。朱柔荑给曹嬷嬷牵来一匹马,曹嬷嬷一踩马镫,上了马。朱柔荑和石柏紧随其后上了马。朱柔荑在前开道,石柏殿后,慢悠悠地离开了卧马寨。不紧不慢走了半个多时辰,见路旁有一条水流清澈的水沟,曹嬷嬷提议歇息。“我们就在这里稍稍休息一会,再走。”

四人先后下了马,朱柔荑从背囊中取出一条葛巾。就在水沟旁,洗了一下手,擦了一把脸。石柏蹲在水沟边问秦思文:“大哥的处置是否满意?”秦思文点了点头。“无论是满意还是不满意,过去的事情都已经过去。如同做了个噩梦,醒来已经是新的一天。敞开胸怀,在新地方好好过一过全新的日子。”

石柏一行到达若水宫时已经是七月三十的傍晚。夕阳下面,若水宫一片金黄。一只苍鹰在若水宫上空盘旋,叫声震荡着整个山洼。秋雨和秋水正在广场上看若水宫。

“从小在若水宫长大,现在就要离开了,我还真的有些舍不得。”秋雨看着夕阳中的上善殿,久久没有低下头。“可以肯定,若水宫的每一个角落里面,都应该散落着我和妹妹两人的笑声。我好像还听到了外婆在我后面的喊声。”

“姐姐,散落的是我的笑声和你的哭声。我的记忆里面,你总是哭而我总是笑。”

“如今回忆起来,小时候的哭泣也是一件美事。现在再找,已经没有了。”

“那倒真是。仿佛还是几年前的事情,转个身,就已经过去了。”

秋水抬起头,再一次仰视起了眼前这座以前很少仰视过的上善殿。

“大哥”,一见石柏,石竹劈头一句就是,“怎么到现在才来啊!”

“你大哥现在是天清派掌门,若水先生,国师,不能说走就走。好了,你大哥来了,明天就出发。竹儿,带舒容、悠然再去仔细看看,还有什么物事落在这里。”

“大哥和姨妈聊,我再去看看。”

“除了石头,能搬得动,全部都搬走。”

“石头好看,我也要带走。”

舒容、苏悠然手一拱,就和石竹一起去查看,看看还有没有物事遗漏。

“就是连最顽固的吴嬷都已经多番劝说下走了。现在若水宫就只剩下我们几个人。秦思文已经找着,你们也回来了,总算没有落了一个人! 辛苦曹嬷嬷了!”

“就是找很麻烦,找着了就好说。东过西转,翻了那么多地方才找着。现在才晓得这鬼婢子迷了路,窜到胡瞻庭的地盘去了。胡瞻庭见其孤身一人,就让手下弟兄掳了去。胡瞻庭的胆子也够大,明知是天清派弟子,也敢动手。”

“看来,若水先生这块牌子不够大。”

“朱温的牌子够大了吧,不买账的人多得是。胡瞻庭肯定是觉得天清派丢失个把人,不会去追寻。哪晓得我们是不离不弃,一个也不能少。想想还是心软不得。当初没将他们给灭了,只是想到,他们都是被朱温逼得走投无路的人。”

“这些年,就是这些人,做了多少伤天理的事情? 杀人放火,奸淫掳掠,绑架勒索,什么事情没做过? 秦思文还不是活生生被欺负? 这些人,越被人欺负,越喜欢欺负人。他们跟朱温是一路货色,只是还没有变大罢了。依脾气,不拿一百条命,绝不罢休。”

“我们马上要走,算了。”

吃了晚饭,沐浴完毕,秋水提着灯笼在前,石柏和秋雨紧跟在后转起了若水宫。就要走了,秋雨和秋水都想再看一看。夜很黑,飞蛾绕着灯笼在跳舞。夜虫的鸣叫声更加增添了若水宫的寂静。三人沿着上行坡道,走到半山腰的石亭前。进入石亭,朝下望去,如同是幽深的鬼蜮。几处灯光,如同是鬼蜮里面闪烁着的鬼火。

“没了人,若水宫还真有些怕人。”

“秋雨有没有这种怕怕的感觉?”

“我只看到一片黑乎乎,深深的,幽幽的,倒没感觉到怕。大哥呢?”

“你忘了,大哥是天清派掌门若水先生。”

“可惜,神州已经没了天清派,也没了若水先生。”

“还是没了好。从今往后,大哥就专心做一做石柏,娶妻生子,过一过平淡的日子。”

“大哥,多易必多难。娶妻生子,看似简单,可不容易哦。”

“难易相成,长短相形。对大哥来说,似乎并不难。新妇么,早就已经号在那里,还怕跟和尚跑了不成?”

“不先下手的话,说不定还真跟和尚跑了。”

“谁要你?现在就尼姑多,光朱温就送了不少人到尼姑庵。他的女儿,都成了尼姑。人家可是公主尼姑。”

“秋水,听到了没有?”

“怪不得大哥老神在在,一点也不慌。”

“慌什么?刚从灯光下走出来,不容易看清。适应了,才会分得清天南地北。大哥虽不是你姨父亲生,但性格脾气却比石斛更像你姨父。大哥今年二十三,在桃花石乡,像大哥这般岁数,再不抓紧讨新妇,说不定还真准备做光棍。你姨父一点也不慌,大哥也一样。鹪鹩巢于深林,不过一枝;偃鼠饮河,不过满腹。何必要对自己过意不去?”

“当了几个月的道士,大哥的道士味越来越浓。”

“还真有那么一点。大哥虽做不到大浸稽天而不溺,大旱金石流土山焦而不热,但心比以前确实静了许多。几个月道士做下来,改变了大哥看问题的角度。同样的事情,看的角度不一样,想法就会不一样。回去,和姨妈她们聊几句,明天就要走了。”

三人转身,在夜虫的伴奏下往回走。

尹似雪此时正跟曹嬷嬷、米栗、石竹坐在堂内闲聊。那么多年来,尹似雪第一次有闲心不谈正事。“反正已经没什么正事,过来陪姨妈聊一聊。”见石柏前来,尹似雪连忙招呼。石柏、秋雨、秋水进入堂内,在堂筵上坐下。

“大姐和二姐早几天来,正好可以在若水宫举行婚礼。”

“外婆安葬后的当天,姨妈就准备在若水宫给他们举办婚礼。秋雨说不利于众人同心协力,同舟共济,姨妈才只好作罢。明天就要走了,现在就是想在若水宫举办婚礼,都已经是不可能的了。如今,只能到了新居住地,再给他们举办婚礼。”

“妈,女儿当时的心情也不适合举行婚礼。除强迫出嫁的外,哭着上肩舆的人不是没有,但那是喜泪。女儿当时流的可不是什么喜泪。”

“姨妈,外甥做了几个月的若水先生,想问题跟以前很不同。婚礼只是一个仪式,举行不举行实际上都无所谓。”

“那倒是。自古以来,相好私奔就是屡见不鲜。卓文君半夜三更私奔司马相如。姨妈还从未听人说过,卓文君不是司马相如的夫人。男女结成夫妻,还真的不一定要举行婚礼。喜则交颈相靡,怒则分背相踶。马如此,人也一样。期我乎桑中,要我乎上宫。喜欢上了,呆在一起根本不需要先举行什么样的仪式。”

“只是神州,举行什么的仪式,表明什么样的关系。”

“仪式只是确定名称,但不能决定实质。神州史上,连后妃都变来变去,更不用说妻妾了。名只是路廊亭里面叫叫响。后、夫人、内子、命妇、妻,名称不同,实质相同。差别仅仅是她们所嫁的夫婿身份不一样。妻是个名,妾也是个名。不能光看它的名,要看实质上是妻,还是妾。有些人名上是妻,实际上是妾;有些人名上是妾,实际上是妻。

嬷嬷看一看神州,好多纳不起妾的人,家里的妻实际上就是妾。为了这个家,累死累活不说,还要遭自家夫婿打骂。不是妾,是什么?相当多的家庭说起来是一夫一妻,实质上却是一夫一妾,只不过是用了一个妻的名称罢了,总让人感觉有点像挂羊头卖狗肉的味道。就实质而言,某些人的妻甚至连妾都不如。”

“嬷嬷还真觉得有些人的妻比妾还不如。只不过,神州的娘子就是喜欢这个名。”

“将来无论举行什么样的仪式,举行还是不举行,秋雨和秋水都将是名副其实的妻。”

“和大表哥在一起,是妾,也是妻。”

“我看,有秋雨和秋水姐姐,已经够多,别纳什么妾了。”

“大哥从没想过要纳妾。”

“他敢?”

“还没成婚,都已经是这样。嬷嬷看啊,就算有,大公子也只能藏心里啦。”

“姨妈看啊,还是先将她俩成了妻后再去谈纳不纳妾。”

“妈!”秋雨叫了一声。

“别妈啊妈。令尹子文是私通所生,孔仲尼是野合而生。神州史上不少显赫人物,他们的父母就压根没有举行过什么正式仪式。妈也想早一点抱一抱外孙呢。”

"妈,将来我肯定生七八个,让你抱不过来。"

"将来？将来还远着呢。"

辛子惠提着灯笼,照石柏、石竹回善地宫。除了几个房间,若水宫此时已经清空。这一路,四周一片黑糊糊,只听到整齐的脚步声。平常热热闹闹的若水宫,现在已经变成了清冷的世界。到了善地宫,冲了脚,洗了脸,就跟辛子惠道别,石柏和石竹各自回房间睡觉。

半年多时间,弹指之间,已经过去。石柏躺在床上,惆怅了好久才蒙蒙睡去。秋雨、秋水昨晚没有因母亲不反对私通而跑到善地宫来。石柏没做梦,一觉醒来时已经是第二天的黎明。身子一挺,坐了起来。"大哥,大哥!"外面传来了石竹的喊叫声。"起来了。"石柏穿好衣裳,出了房间。天还是昏黑一片。

"平常是不是都起得这么早?"

"那当然。早起早睡的习惯哪能随随便便就打破?"

石竹开路,石柏紧跟在后,离开善地宫。以往挤满人的若水宫,这一路静悄悄没有碰到一个人走动。到了南门,守门的娘子刚刚打开城门。"早!"双方问了早安。出了南门,兄妹俩起步前往鼹鼠溪。此时的鼹鼠溪,除了鸟鸣声,非常静。兄妹俩分别在两个相隔近一百步左右的地方各练了一个时辰的武艺。回到善地宫,洗了一个澡,然后去无尤宫吃饭。石竹到无尤宫时,秋雨、秋水已经在等。吃了饭,众人一起将无尤宫清理干净,才起身。

离别前,尹似雪率众去跟朱邪以清道别。道完别,尹似雪率众离开了若水宫。秋雨走在最后,三步一回头,极不舍得离开。如同嫁人,再依依难舍,最后还是得上肩舆。尹似雪不急,站在对岸看着秋雨一脚量着一脚过了索桥。"舒容、淑阳、子惠,去将索桥砍断,免得有人进去打扰宫主。"索桥秋雨走过无数次,甚至是秋雨姐妹俩小时候的玩具,砍断索桥真不舍得。想不让外人进去打扰外婆,只能砍断索桥。石竹一说砍断,马上动手,凤鸣剑终于派上了用场。索桥当初建造的时候费了不少功夫,舒容、秦淑阳、辛子惠、石竹一起上,不用多少时间,就被砍断。尹似雪率众边走边毁,边毁边走,过了悬壁栈道。辛子惠、舒容又依尹似雪的吩咐烧毁栈道。尹似雪站在石块路上,看着栈道完全烧毁,才重新起步。"二县主,是不是将若水山庄烧了?"驻守若水山庄的曾嬷嬷请示。"留着吧。淮河两岸,废弃的山庄很多,不会引起过多的注意。没人住了,用不了几年时间,就会坍塌。"尹似雪突然改变了注意,决定留着若水山庄。众人出了若水山庄,曾嬷嬷锁上了山庄的大门。

将近午时,众人到达申州长昌村希声社分社。秦思文跟在分社等的陈似存等人抱头哭一通。吃了饭,众人旋即前往码头。主事方平送众人上船。“分社还有些物事要收拾一下,明天小弟也将和众兄弟一起回金陵。”双方拱手道别,帆船起航,前往广陵。

帆船就这么一点地方,转来转去又是眼前。刚上船时的兴奋,没多久就已经全耗光。石竹已经开始向石柏询问起什么时候到的问题。石柏一句“还远呢”给石竹就是闷头一击。“反正无事,就由大哥玩幻术给你瞧。这些幻术,大哥学了后一直都没有派上用场。”

石柏就在船舱里面玩起了幻术。娘子们惊奇声、呼喊声是响成一片。玩了将近半个时辰的幻术,石竹还是不让石柏结束。“总不能一玩就玩到天亮,下次大哥再给你玩。”石柏哄了好几遍,才结束了表演。众娘子散了去,各找自己的乐子。秋雨和秋水玩起了樗蒲。两人身后给站着一班人,看着姐妹两人一决胜负。惊呼声、叹息声是此起彼伏。

石柏摆脱了石竹的纠缠,前来看一看米栗。这个表妹的来龙去脉石斛走时已跟石柏交代清楚。舱门开着,米栗此时正坐在船舱里面专心织毛衣,萧竹、茹若坐在一旁玩挑花绳游戏。一见石柏出现在舱门口,米栗放下手中的活,站起来,含笑说:“大表哥,快请进来坐。”萧竹、茹若赶紧起身,退到一旁,俯身站立。石柏布鞋一脱,踏上草席。萧竹拿来一个草垫。石柏和米栗先后在草垫上坐下。

“表妹的两侍儿倒是很灵巧,人也漂亮。”

“二表哥买的。大表哥喜欢,就送一个给大表哥。”

萧竹、茹若一听,赶紧低下头,不敢正视石柏。

“免!他的其他物事大哥都可以要,就是他的侍儿,大哥可不能要。”

“又不是他小妾。就算是小妾,弟弟送给哥哥,也是常有的事情。”

“今天不是,明天可能就是。我们兄弟最好,女人的事情还是要分清楚。”石柏笑了起来。“我们从小一块长大,他这人,大哥最清楚。老家那会,到处是他的狐朋狗友。不像大哥,就跟一两个人有些来往。老家十几年,能说得出名字的也就一两个。他喜欢到处走动,大哥却喜欢呆着冥想。想一些奇奇怪怪的事情。他喜欢动,大哥喜欢静,像他那样过日子,累都将大哥活活累死。”

“喜欢了就不会。就像踢毽子,喜欢了踢它一天也不累。”

“那倒是。就好比酸甜苦辣,有人喜欢吃酸,有人喜欢吃辣,不同的人口味不一样。他和大哥,脾气,性格,爱好,都很不相同。老家那会,他做他的,大哥做大哥的。他和大哥说起来就好比是一张树叶的正反两面,很不一样,又不能分开。”

“大表哥和二表哥确实很不一样。跟二表哥不同,大表哥内敛,一看就给人一种沉稳又神秘的感觉,很容易吸引人。让人家选,很可能会选大表哥。二表哥话多,给人感觉好像一眼就看透,不像大表哥那样深沉。不是外貌引人注目,很难吸引人。”

“那是不懂他。大哥这人里外差不多,他里外可差大了。外面看起来像一间破陋不堪的茅草屋,里面富丽堂皇。真实感受,连大哥都捉摸不透。他比大哥聪明,更适宜于神州这种多变的生存环境。新环境,大哥还需要适应适应,他不需要。以后一起生活时间长了,表妹会知道。大哥和姨妈商量了一下,这样安排。过几天,帆船到达广陵,姨妈她们将搭希声社的帆船前往金陵,大哥先送表妹去岱山。若水宫的娘子都已经在岱山,表妹在那里应该会很热闹。大哥估计可能会比他早几天离开金陵去岱山。到时候,是先跟大哥去新居住地,还是在岱山等他一起走,就由表妹自己来决定。反正,过不了几天,我们就可以在新居住地相聚。”

“表妹就依大表哥安排。”

到了八月,天凉了起来,白天的时间也变短。晚饭后,没有多久,天就暗了下来。帆船就像是田螺壳,众人在甲板上转了几圈,没什么劲,也就回船舱。消磨多余的时间,就看自己的能耐。还好,人多,而且彼此熟悉。说笑话,讲故事,闲聊瞎扯,玩游戏,看书,都可以度过田螺壳里面的日子。过了亥时,吵闹声开始消去,船舱寂静了下来。

“姐姐!”黑暗中秋雨听到秋水的声音。秋水轻轻地推上船舱的门。紧接着,就是窸窸窣窣脱衣裳的声音。“苟合去了?”不一会,秋水躺到了秋雨的身边。

“怎么能说苟合?最多也只能说是野合。”

“野合?你自己去的,怎么能说是野合?强迫才叫野合。叔梁纥和颜氏之女野合而生孔子,那才是野合。叔梁纥大力士,颜氏之女手无缚鸡之力,野合啦。你现在是自己主动送上门,只能说是私通。霍仲孺和平阳公主的侍儿私通生下一代名将霍去病。”

“那也不能说苟合!”

“船舱狭小不说,还脏兮兮。隔壁么,又有无数只耳朵在听。你说是不是苟合?想私通也得找一个无人打搅、环境优美的地方,尤其是那些个蓝天白云、青山绿水的环境里面。这样,私通起来才有点情趣。哈,哈哈……”

秋水挠起了秋雨。

“幸好没去苟合!”

帆船在寿州短暂停留。石柏协助船工去置办食物等补给品，众娘子们则上岸，舒一舒筋骨，伸一伸懒腰。坐了那么长时间，也都坐累了。一个时辰左右，帆船继续起航。到达山阳后，沿运河前往广陵。八月初四，清晨，帆船停靠在了广陵希声社分社码头。

“大哥，你快一点那。”

秋水见石柏还不舍得下船，连忙催促。石柏刚一脚踏上码头，就看到了李清静。李清静到了广陵，并没有马上转船去岱山，而是依照事先跟石柏的约定，在广陵等。这一等就等了好几天。李清静从小跟姑射真人修炼，心很静。见石柏迟迟没来，李清静并不急，帮广陵分社做一些迎来送往的事务。众人上岸在希声社广陵分社歇息。吃了早饭，众人继续上路。尹似雪率领一班人乘坐一条帆船前往金陵，石柏等则带一班人乘坐一条帆船前往岱山。

“师弟记得《韩非子》中有几句惠子说过的话。”石柏和李清静站了船舷闲聊。“夫杨横树之即生，倒树之即生，折而树之又生。然使十人树之而一人拔之，则毋生杨。至以十人之众，树易生之物而不胜一人者，何也？树之难而去之易也。神州的历史，完全可以用这几句话来概括。”李清静心里非常赞同。“汉几百年辛辛苦苦建设，张角造反，紧随而来的诸侯混战，灰飞烟灭。唐几百年的苦心经营，也因黄巢造反化为乌有。就好比一座房子，造不晓得要费多少时间，烧几个时辰。真个是树之难而去之易。秦人不暇自哀，而后人哀之，后人哀之而不鉴之，亦使后人而复哀后人也。如今重温古人之言，真是让人心酸。”

“师弟虽然做了几个月的道士，但还是去不掉悲天悯人的情怀。”

“谁让师弟是神州人？血液里流着的就是这种血。没有办法。家严本就是一个悲天悯人的人，先师虽超然物外，骨子里也是一个悲天悯人的人。师弟想不悲天悯人都不可能。用不了多久，师弟就可以跳出这个窠臼，过一过新的生活。”

“师弟准备过一种什么样的生活？”

“师弟从小在环境优美的翠竹湾长大，家严和先师纯然就是隐士。师弟跟着也就有了一种隐士的情怀。有闲暇，就读读书，弹弹琴，练练武。过一过悠然自得的日子。石斛需要师弟帮，就帮一下；不需要师弟帮，就不帮，让他一个人折腾去。反正，他就喜欢折腾。”

“石斛在海外建造能住那么多人住的坛场真不容易。”

“是啊。他是善于建造，师弟是善于破坏。让师弟来做，未必能做得成。当初，家严让师弟北上，现在看来，真是冥冥之中的巧妙安排。”

“师弟有没有问过叔父,为何让师弟带妹妹石竹北上。”

“师弟没有问。家严做出的决定,我们兄弟俩都会去执行。家严让师弟带妹妹石竹北上投亲,应该有多方面的原因。师弟比石斛武艺高,为人更冷静。当时,石斛刚刚跟朱雀门起了冲突,让石斛北上,或一起北上,无疑于此地无银三百两。要北上,也只能师弟走。还有一点,石斛是李家血脉,北上投奔李存勖,容易被李存勖操纵。家严虽对师弟跟石斛没一点两样,但毕竟不是李家血脉,不容易被李存勖操纵。也可能考虑到,万一局势恶化,师弟可以跟石竹成亲。家严考虑问题,总往绝处想。家严年轻时候,悲凉的事情看得太多了。”

“悲凉的事情看多了,人确实容易悲凉。”

“家严想得最开,心胸宽广,提得起放得下。到了居住地,这些悲凉会慢慢洗去。”

“悲凉无论怎么说,总不是一种好的情绪。师姐也希望能洗去心中的悲凉。”

“师弟相信师姐能。师姐,我们到下面船舱去。”

太阳越来越高,站在船舷已经感到了热。石柏和李清静起步,离开了甲板。

“到了岱山,师姐可以等师弟一起去,也可以和其他人一起先去。石斛的手下会安排。”

“师姐还是在岱山等师弟。”

“就依师姐。自从师弟做了天清派若水先生以来,师弟在前面高声歌唱,师姐在后面默默应和。不是师姐应和,这首曲子师弟怎么可能会唱得如此顺畅?石斛的婚礼结束后,师弟会很快到岱山和师姐会合,一起唱完终曲。”

“叔兮伯兮,唱予和女。师姐都有些和过瘾了,还想继续和下去。”

“只怕师弟再也唱不出值得师姐应和的曲子了。”

“即便是《下里》、《巴人》,至少好过鸡鸣狗吠之声。唱什么歌并不重要,关键是谁在唱。师姐不是和了师弟几个月的鸡鸣狗吠之声?自师姐投身师父门下以来,还从未想过,将来会出现像师弟这样的人,让师姐去应和。能有师弟可和,已经是很幸运。”

“应该说师弟比师姐更幸运才是。说来师弟这一生还真是幸运。石家村一村只有师弟一人独活,而且遇到了家严和家慈。家严和家慈视师弟为己出,悉心培养。北上投亲,又碰到了外婆。在外婆和姨妈的安排下,去天清观,又恰好碰到了师姐。没有师姐应和,师弟怎么能够唱得出鸡鸣狗吠之声?想想,师弟真是幸运儿。等到了无何有之乡,没了笼子,没了主人,师姐就不再需要强行扭曲心意去和那些个鸡鸣狗吠之声。师弟故乡翠竹湾有高山，也有流水。师姐如有兴趣，我们将来就一起唱一唱《高山》和《流水》。”

帆船轻，吃水浅，西北风已起，酉时左右两岸渐渐消失，进入了东海。李清静见过江，见过湖，甚至还陪师父姑射真人去过彭蠡泽，可就是没见过海。李清静终于直接感受了什么叫做茫茫无垠。李清静手拄船舷，望着大海，很感慨，很感慨。

“难怪河伯看到大海，不禁望洋而叹！没见过大海，你跟他说海如何的大，根本无法理解。真的是吾非至于子之门则殆矣。看了大海，师姐也算理解了为何南华真人说，曲士不可以语于道！对那些个脑残的人谈道，只能说明自己脑残！”

第九十三章　做媒

亦既见止，亦既觏止，我心则夷。

——《诗经》

一条希声社游船，从金陵码头出发，沿着扬子江向东航行，前往浙江明州。船上搭载的乘客有希声社都统石斛，刚刚升为副都统的原金陵分社主事吴留良，朱雀门大县主徐榛和她的侍儿于苓，朱雀门少夫人谢宛然和她的侍儿云蔓，石斛的野表妹曲柯。

道德经云，轻诺必寡信。诺言好许，兑现起来却很难。想给自己留一点脸面，最好还是不要轻易许诺。石斛曾经说过，带徐榛去看海，要兑现自己的诺言。朱雀门少夫人谢宛然希望去明州祭夫，徐榛曾经说过，要带她去，也要兑现自己的诺言。

石斛带上吴留良，是想促成吴留良和谢宛然的姻缘。

从洪州接徐天奉的家眷回到金陵，石斛就提金陵分社主事吴留良为希声社副都统，分社副主事张建阳为金陵分社主事。翌日，石斛带着曲柯乘坐帆船去了岱山。返回金陵时，石斛顺道去了一趟广陵分社，顺便拜访了徐知诰。就在步马都军使府邸，徐知诰和石斛对酌。怕他们之间的谈话被人听了去，徐知诰将对酌的地方安排在后花园的水亭中。两人的谈话从上个月石斛暗中帮徐知诰挫败了针对徐知诰的刺杀图谋开始。还在徐知诰任升州刺史那回，徐知训就曾三番四次设局想除掉徐知诰，因刁彦能等人帮忙而没有成功。人算不如天算，想杀徐知诰的徐知训被朱瑾杀了。徐知诰代徐知训接任马步都军使，替徐温镇守广陵，成了吴国实际上的的第二号人物。于是，想徐知诰死的人由原先的徐知训换成了徐知询。

“你我兄弟，怎么能说欠？”

“兄弟之间确实不能说欠。哥哥出手帮一下弟弟，弟弟出手帮一下哥哥，原本都应该是很正常的事情。事实却往往不是这样。否则，世上也不会有那么多兄弟矛头相向。知训、知询是和哥哥一起长大的亲兄弟。结果呢？贤弟可以说不欠，哥哥却不能忘记这份情。”

“道理，小弟不相信哥哥不懂。知训要杀哥哥，知询要杀哥哥，都是都督这个职位太过诱人。神州史上，兄杀弟、弟杀兄，父杀子、子杀父，都是利益太过诱人。看看孔圣人，还不是因利益杀了少正卯？只看到利，看不到情，相互残杀必然。”

徐知诰是吴内外都军使，石斛是寿木店少东主，彼此没有利益冲突。石斛成了希声社都统后，徐知诰跟石斛依然没有利益冲突。徐知诰不关心石斛，也不关心石斛是谁。饶州刺史钟泰章来广陵谒见吴王时，徐知诰接见了他。聊天时，钟泰章聊到今年正月发生在饶州的故事以及江湖传闻。姓石？徐知诰预感故事里面的人物石烟可能是自己的结义兄弟石斛。钟泰章一走，徐知诰就派心腹幕僚宋齐丘去调查。宋齐丘有了徐知诰事先告诉他的线索，很快确定彼石烟就是此石斛。原本没有利益冲突也有了利益冲突。

“大人如今是内外马步都军使，通判府事，辅助吴王处理军政大事。这么重要的事情怎么可能会不晓得？那只能说明两点，一是大人不知轻重缓急，二是大人故意隐瞒。仆以为大人应该亲自去一趟金陵，将情况告诉给都督。”

同吃一锅饭的兄弟尚且如此，更何况结义兄弟。徐知诰考虑再三，决定接受宋齐丘的建议，亲自前往金陵，将事情报告给了徐温。徐知诰没有向徐温建议将石斛除去，以免徐温说他无情。徐知诰知道，只要怀疑是李唐世子，徐温会将他除去。

“孩儿觉得事情重要，就专门来金陵，请爸定夺。”

“石烟也好，石斛也好，都姓石，跟李姓沾不上边，就不要去管他了。”

徐温没有告诉徐知诰，他已经派了好几波人马调查过石斛。返回广陵，徐知诰将徐温的处理意见告诉给了宋齐丘。“放在那里，终究是个隐患。”徐知诰也想削株掘根，可徐温不想动，谁也动不了。徐知诰原本姓李，有借李唐宗室自抬身份的企图。可徐知诰这个李姓，跟李唐宗室扯上关系是几百年前的事情。石斛的存在对徐知诰将来借尸还魂是一个大阻碍。徐温多疑，徐知诰胆小。让石斛像鸟一样在吴国乱窜，徐知诰总是不放心。可眼下，徐知诰想动也动不了。想彻底消除隐患，只能等将来一个人说了算的时候。

徐知诰不晓得，石斛的身后有很多眼睛在盯着。谁对石斛感兴趣，谁就对他感兴趣。宋齐丘还没有将情况报告给徐知诰，鲁扬声已经将宋齐丘调查他的消息告诉给石斛。

“宋齐丘是徐知诰的心腹幕僚,谁对你感兴趣不用猜就晓得。徐知诰这人先被杨行愍收为养子,因不为儿子杨渥所容,杨行愍才不得已将他送给了徐温。在徐温家,徐知诰同样不为徐温家的儿子所容。姑且不说徐知诰有没有问题,这种家庭环境中长大的孩子,肯定很会做人,可是胆小慎微,缺少胸襟,没有魄力。没有利益冲突,对你可能很好;有利益冲突,肯定不会容你。

你认为跟他没有利益冲突,他未必也认为跟你没有利益冲突。错就错在你生错了人家。谁让你小子不出生在老哥家?你现在确实没有想法,可不能说将来就没有想法。谁能保证?你可不要说老哥以小人之心度君子之腹。你是他的救命恩人,可能不会直接杀,这会损坏他宽厚仁慈的名声,但会比杀更残忍,囚禁在笼子里面,让你想死都死不了。在江南,随便找个地方,给你造个笼子就是。他将来当政,而你还在吴国,日子会非常难过。”

“老哥是个君子,想法却像小子一样,是个小人。小子跟他接触多次,他是一个什么样的人,多少晓得一点。他很会做人,特别讲究观瞻。老哥说得不错,他这人胸襟狭小,格局不大,只盯着碗里,看不见锅里。说白了,就是一个穿着朝服的农夫。晓得小子的身份,还不天天担心小子亮出身份,夺了他的吴国?老哥放心,小子不会傻乎乎坐着等他动手。”

确定了石斛的身份,徐知诰一次利用来谒见徐温的机会,特意来希声社总社巡视。在谈话中,徐知诰又有意识地提起请石斛去广陵帮忙的事情。石斛还是拒绝了徐知诰的好意。“去哥哥的衙门,哪有小弟现在做生意自在?”徐知诰含笑说:“看来得给贤弟弄个安乐公做做。”

我过去曾经是世子,现在是希声社都统,将来是徐渊的女婿,徐温的侄女婿,更重要的是,我又不是笨蛋,还真是不那么让人放心。一听徐知诰说安乐公,石斛顿时毛骨悚然。关在笼子里面,找个自杀的道具都没有,说不定连咬舌自尽都不行。到最后,想死,都要向别人哀求。还是在没被关进笼子里前,抓紧时间逃命吧。

“不是故意违逆哥哥的心意,什么公啊,什么侯啊,小弟一点也不感兴趣。做惯了乞丐,皇帝都不想做。小弟现在感兴趣的是海外仙山。秦始皇当年派徐市带童男女数千人去寻找海外仙山,汉武帝、隋炀帝也派人去找过,结果都没找着。他们没找着,不等于小弟也找不着。一旦找到了海外仙山,搬到仙山那去住,才是真正逍遥自在的日子。安乐公,哥哥还是留给别人吧。”

石斛说得是一本正经,一点也不像开玩笑。

“贤弟真的要找海外仙山？”

“当然是真的。小弟什么时候骗过哥哥？”

石斛当天就离开了广陵，返回金陵。在总社门头，石斛被解应宗拦了下来。“都统，仆有件私事，想单独跟都统说一说。”“曲柯，你先进去。”石斛没去管解应宗准备跟他说什么事情，先应允。曲柯没有言语就先进了总社的大门。看着曲柯走远，石斛才开口。“什么事只管说。”解应宗娘子似的犹豫了半晌才开口。

“仆都不好意思开口。”

“说吧。你晓得，只要能办得到，小弟肯定帮忙。”

眼见不说也只得说，解应宗鼓起了勇气，将事情向石斛述说了一遍。

秦淮河是名闻神州的烟花地，聚集着不少卖唱为生的歌妓。解应宗晚上闲着无事，常去秦淮河一家名叫瀛洲的乐坊听歌妓唱歌。一位叫苏怡静的歌妓引起解应宗的兴趣。去的次数多了，两人熟了起来。苏怡静人漂亮，又有一副好歌喉，金陵城内对她感兴趣的人很多，右龙武统军钱镠的大郎钱常中就是其中之一。

钱常中准备招苏怡静为家妓，独享她的歌喉。可是，苏怡静不愿意做钱常中的玩偶。在秦淮河卖唱为生，至少自由，成了家妓，生死都捏在人家手里。歌妓的地位原本就极低，又碰到土匪坐庙堂的时期，苏怡静不想做家妓也只能做家妓。这种事情，苏怡静都见过。无望的情况下，苏怡静将解应宗当成了救命稻草。苏怡静向解应宗许诺，只要能让她摆脱做家妓的命运，愿意终身追随解应宗左右。解应宗自己没能力，只好求石斛帮忙。

“你给小弟说句实话，喜欢不喜欢。”

“喜欢。”解应宗迟疑了半晌，才敢说出口。

“喜欢就好说。给钱常中弄走了没有？”

“还没。”

“这好办。小弟也不需要卖个人情给钱镠。你晚上去将她带出来，弄条小帆船，人不知鬼不觉，偷偷将她送到岱山就是。到了岱山，什么狗屁钱常中就找不着了。”

“她还有一个老父亲。”

“她成了你的人，她父亲自然跟你有关系啦。”

“多谢都统！”

“谢什么？你是希声社兄弟。你的家属自然享受同样的待遇。为了不引起注意，你最好还是让其他兄弟去接。”

“仆晓得怎么做。”

“你可要先想清楚，送到岱山，可就是你的人啰。做夫人、如夫人，你自己定。希声社的规矩，你懂。其他非亲非故的人，希声社一律不管。”

“仆已经想清楚了。”

翌日，石斛正在食厅吃早餐，解应宗来到身边，将进展情况告诉给石斛。

“昨晚连夜就走了。怕人过眼，不敢带她来见都统。”

“送走了就好。以后，你也不要跟人讲这种故事。你晓得，希声社兄弟都有故事。”

人越忙时间过得越快。还没有感觉到，六月已经没了。

七月初一，一场特大台风光临神州。受台风影响，金陵连下了两天暴雨。石斛狠狠地替远在岱山的龚宰担心了两天时间。过了一天，石斛终于得到了岱山传来的消息。这次台风对岱山影响不是很大。石斛提在手里的心这才放了下来。过一天，都督府号召金陵市民出铜钱赈灾。受台风影响，淮河泛滥，濠州、寿州、楚州受灾严重。希声社是大商社，而希声社的都统又是都督徐温的侄女婿，至少得出点铜钱昭示。吴国都是徐家的，出铜钱赈灾，等于出铜钱给徐家。况且，贪官污吏满眼都是，出铜钱救灾等于给贪官污吏送铜钱。这些事实石斛都晓得，石斛还是出了铜钱，并委派狄生商协助衙门演戏。

吃过早饭不久，于苓前来给石斛送衣裳。临走时，于苓说：“县主让婢子顺便告诉姑爷一声，大家身子有点不适，想请姑爷过去看看，也好让大家晓得姑爷孝顺。”“小子马上和你一起去。”跟林森寒说了一声，石斛就和于苓坐上马车前往朱雀门看望徐渊。

进入朱雀门，于苓就引石斛前去养心斋。“姑爷去看大家，婢子先去云思苑跟县主说一声。”快到养心斋时，于苓跟石斛分了手，先回云思苑。一名仆役一见石斛前来，旋即引石斛前去见徐渊。徐渊坐在榻子上，正由一名侍儿侍奉喝药。钟夫人坐在一旁陪徐渊。见石斛前来，徐渊将药碗递给侍儿。石斛给徐渊和钟夫人行了礼。

“伯父，身子不要紧吧？”

“一点小风寒，没事。搞得天塌了似的，所有人都晓得。”

“那也是人家对你关心。石郎来了，就由他陪你到外面走走。”

“伯母，是不是不要到外面走了，小子坐在这里陪着伯父就是。”

“小风寒，又不是没见过，好像真个是越有钱越尊贵。以往，我根本连药都不吃。”

石斛跟着徐渊出了养心斋,沿着一条游廊慢慢踱了起来。

“稻黄一天,人老一年。今年体质明显不如去年,伤风感冒是三天两头的事情。”

“不说伯父,就是小子,年纪轻轻,偶尔也会有风寒。年纪一大,体质下降,很容易得伤风感冒。这时候身边有个人照顾就显得特别重要。万一有个头痛冷热,侍儿再多,也不如亲生女儿在身边照顾来得贴心。侍儿再好,毕竟是别人生。”

“那是当然。伯父就一点小风寒,榛儿一天不晓得了来了多少趟。”

“大嫂来看过伯父了吧。”

“看过了。你伯母担心风寒传染给城儿,叫她不要再来了。城儿岁数小,容易传染。宛然儿媳也挺孝顺。伯父这点小风寒已经闹得风风雨雨,连石郎都放下手中的活来看了。”

“小子来是应该的本分。”

“石郎还是很孝顺。”

“就算小子再孝顺,但毕竟是男人,做事肯定不会像女人那样细心。”

“那是。服侍长辈老人,男人哪比得过女人?就是因这一点,不少父母都不愿意将女儿嫁到外地去,而是留在自己身边,导致好姻缘错过。嫁鸡随鸡,嫁狗随狗。好比原本稳稳当当在金陵做官,第二天突然接到上司的调令去了寿州。女婿去了寿州,女儿只得跟着去。父母总不至于横插一杠,让女儿和女婿分居两地。就算女儿被迫同意,女婿也未必同意。弄不好还可能将一个原本好好的家庭拆散。有时想想,还真是人算不如天算。”

“还是伯父开通。”

“倒不是什么开通不开通,现实就是这个样子。你伯母嫁给伯父,先是跟着伯父吃惊吃吓,后来生活稳定了,就一直在金陵。这十几年时间里面,榛儿的外婆也没有说,叫你伯母离开金陵,去广陵照顾自己。做父母的都懂,女儿毕竟有自己的人家。”

“小子想,这应该也是如今不少人想生儿子而不想生女儿的一个重要原因。姑且不说传宗接代,有个儿子在身边至少可以养老送终。”

“嫁出去的女儿,泼出去的水。她有自己的人家,总不能让她呆在身边服侍自己。就说你伯母,自定居金陵以来,广陵好像只去过一两次。别说平常看望,甚至连最后送终都没有去。难怪世人认为女儿是别人的人,而儿子是自己的人。”

“可人又不晓得自己是生儿子,还是生女儿。”

“更多的时候是,想生儿子偏生女儿,想生女儿偏生儿子。伯父想生个女儿,结果生来生去全是生儿子。按照神州的说法,是前世已经注定的事情。既然已经投胎到了你家,女儿也好,儿子也罢,都是自己的孩子。疼爱孩子是人的天性,也是父母应该有的本分。”

“伯父疼爱女儿倒反远远超过儿子。”

“可能是伯父儿子多、女儿少的缘故吧。”

“小子虽没做过父亲,但觉得儿子需要,女儿也需要。尤其岁数大了的时候,女儿更需要。小子希望自己将来有一两个女儿。伯父其他都好,就是女儿太少。”

“现在就是让伯父再去纳几个妾,也都已经没办法生。”

“徐榛有一两个姐妹就好了。”

“石郎放心!榛儿嫁给你,自然就是你的人。伯父不会将她捆在身边。”

“伯父通达,小子晓得。小子倒有一个办法可以解决徐榛嫁出去后,万一徐榛跟着小子跑到了外地,没个女儿在伯父身边的问题。”

“说来听听。”

“实际上,伯父还有一个现成的女儿在身边,只是伯父一直没认。”

“伯父也曾经说过,只要有了新的人家,就以女儿的身份将她嫁出去。”

“小子觉得,以女儿的身份将她嫁出去和先认女儿再将她嫁出去不同。伯父晓得,大嫂不想嫁出去,一是定城还小,二是担心离开朱雀门,得不到伯父的照顾。朱雀门又不是普通的人家。常言道大树底下好乘凉。别说大嫂自己,就是大嫂的娘家人,也应该不会同意大嫂离开朱雀门这株独一无二的大树。伯父先认大嫂为女儿,大嫂的心就定,也才敢嫁出去。只有女儿,就算嫁到天边,也是朱雀门的人。大嫂怕嫁出去后,从此失去依凭。”

“宛然这样想,也是人之常情。”

“伯父正式认她为女儿,就消除了她心中的疑虑。”

“这倒是。”

“大嫂原本就很孝顺。伯父认她为女儿并将她嫁出去,大嫂肯定非常感激,肯定会比以往更加孝顺。定城有六七岁了,也已经不那么需要母亲的怀抱,只要时时在边上就行。倘若选一户合适的人家,大嫂完全可以随时来看定城。就算在朱雀门住一段时间,女儿么,也很正常。这就可以三全其美了。伯父好,大嫂好,定城也好。”

“石郎这个主意好！只是金陵找到与宛然匹配的后生还真是不那么容易。”

“眼前有一后生，小子总感觉，跟大嫂非常非常相配。”

“谁？”

“希声社金陵主事吴留良。”

“好！好！伯父怎么没想到他。他新妇难产的事情，伯父早就已经晓得，就没将他和宛然联系在一起。依伯父看，这事石郎提起，这媒还是由石郎来做。”

倪素素见徐榛带姑爷石斛来清扬楼看望谢宛然，连忙跑去通知。“少夫人，县主和姑爷来了。”前些时间，为了给石斛缝制衣裳，徐榛老往清扬楼跑。这次带石斛来，谢宛然真没想到，连想都没想就说：“快快有请！”倪素素刚转身，谢宛然慌忙对余青青、云蔓说：“你俩快看一看发髻和衣裳有没有乱。”余青青、云蔓前前后后从头到尾查看了一遍，告诉谢宛然：“很整齐。”谢宛然这下才放心起步前去迎接。一脚跨出清扬楼，谢宛然抬眼一看，石斛和徐榛已经出现在了眼前。“姑爷，小姑。”谢宛然快步迎了上去。

“大嫂！”

石斛手一拱，和徐榛一起，向谢宛然走了过来。谢宛然含笑说：“姑爷来清扬楼，真是太阳从西边出来。”莫名其妙来清扬楼做什么？孔子看了一下南子，门徒子路都不高兴。稀里糊涂跑到清扬楼来，岂止是不高兴？搞不好，连小命都没了。石斛笑了起来。

“小子也想来，只是一直找不到合适的机会。大嫂给小子缝制了那么多件衣裳，连谢谢也不来说一声，大嫂自己不说，身边的人也会说小子怎么这样不懂礼数。小子一直想来清扬楼，亲口说一声谢谢。”石斛踏着台阶，跟着谢宛然进入清扬楼。

“姑爷正好给奴家提供了一个打发时间的机会。”

“大嫂这么一说，小子连说谢谢都不敢了。”

进入清扬楼，石斛、徐榛和谢宛然对面而坐。“县主、姑爷，请用茶。”余青青送来了清茶。云蔓从茶案上端过茶盏，放到了石斛、徐榛前面的几子上。“谢谢！”石斛手一拱。“不客气。”云蔓低头退到了一旁。

“大嫂，定城呢？”

“先生带着玩去了。姑爷真是喜欢孩子，第一次来清扬楼，先问城儿。”

“不瞒大嫂，小子确实喜欢孩子。定城是内侄，小子更喜欢。有道是，内侄如子。小子今天来，是有件事情想跟大嫂商量。”

“姑爷找奴家有事商量？”

石斛头微抬，看了一眼谢宛然。

“你们都先退下去，我跟姑爷先商量一些事情。”

“是！”众侍儿退了出去。

“姑爷，何事如此神秘？”

“不是神秘，而是天机不可泄露。”

“姑爷就喜欢逗奴家。”

“小子哪敢？这事情，小子个人觉得，对大嫂来说，应该是件大喜事。”

“大喜事？什么大喜事，姑爷先说来听听。”

“第一件事情是，伯父想正式认大嫂为女儿，不知大嫂愿意不愿意？”

“愿意！哪会不愿意？媳妇再亲不如女儿亲。”

“大嫂已经同意了第一件事，紧跟着是第二件事情。女儿么，要嫁出去，总不能养在家里做老姑姑。伯父让小子来替大嫂保媒，不知大嫂愿意不愿意？”

“只是不清楚……”

“大嫂放心，人家肯定好。后生么，小子刚一提，伯父马上同意。大嫂想，伯父是什么眼睛？给他看上的人，肯定是好。当然，大嫂的眼睛，朱雀门上上下下都晓得。小子会选择时间，让大嫂和他见面、相处，最后决定同意不同意。大嫂愿意，就点个头。”

谢宛然沉思了半响，然后点了点头。

“大嫂啊！”石斛含笑打趣说：“小子说句实话，幸亏那后生年纪比徐榛大了好几岁，否则小子可就娶不到朱雀门大县主啰！”徐榛伸手拧住了石斛的大腿。石斛侧身看了徐榛一眼，伸手握住徐榛的手。“小子说的可是大实话。”谢宛然微微一笑说：“有姑爷说的那么好啊！”

“不好，小子哪敢保？”石斛笑了起来。

“小子相信，大嫂只要看一眼，保准就想嫁！”

谢宛然一直在盼望着能够嫁出去，孤枕难眠的日子实在不想再过了，可不愿意离开朱雀门。这些年，谢宛然一直在吃了它还是继续捏在手上徘徊。能保证不会脱离朱雀门，就算不像石斛吹嘘的那么好，谢宛然也愿意嫁出去，至少石斛不会随便给她挑一个烂西瓜。

“姑爷还真是激起了奴家的兴趣。”

“那小子就先跟大嫂告辞。过一两天，小子再来接大嫂。”

石斛跟谢宛然告辞，和徐榛一道离开了清扬楼。

翌日，石斛带着曲柯，和吴留良一起，前往鹰扬山庄拜会吴不明。“坐在大堂里面，说话不自由，还要避下人。”吴不明见儿子陪石斛来鹰扬山庄，意识到石斛有特殊事情要跟他商量。“那就去四方亭。”吴留良提议。“那地方清静优雅，孩儿最喜欢去。”“反正是你们家，小子反对都不行。”出了大堂，吴留良在前引路，吴不明、石斛、曲柯紧跟在后，前往四方亭。鹰扬山庄石斛虽来过好几次，但不熟，每次来都是在堂上坐一坐就走。

“哥哥，我到山庄里面溜达溜达。”

“不要走的时候，找不着你。”

“放心！”

曲柯向吴不明、吴留良父子两人手一拱，就独自去溜达了。踏上木建阁道，石斛跟着吴留良，进入四方亭。四方亭是一个四方形的小木亭，造型非常简洁。亭的中央是四方形的木几，几的四边是四条长凳。三人不分方位，各占一边，在长凳上坐了下来。

“客套话，小子也就不说了。今天来，是有几件事情要跟先生商量。”

“什么事情，公子只管直说。”

“先生这里再不直说，如今金陵就没地方可以直说了。先生应该晓得，小子的身份跟人家比起来有些特殊。谁都晓得，权字面前，没有亲情。小子继续呆在金陵，很难保证将来不会出问题。安全起见，小子只能主动走人。这是一种无奈的选择。生死面前，小子不想心存侥幸。

经过希声社众兄弟的共同努力，如今希声社有一大批家产。小子不可能将所有家产都搬走。一来像店铺、宅院之类的家产想搬也搬不走，小子也不想饥不择食将它贱卖；二来还有一批人需要继续靠它生活。这批家产，小子准备交给留良兄。

具体情况，小子已经和留良兄详详细细谈论过。小子将希声社交给留良兄，不单单是对先生的感激，更重要的是没有像先生这样的背景，根本没办法经营。先生问，小子为何不将家产交付伯父呢？主要是伯父的家产已经够多，管不过来。交给鹰扬山庄，会有时间、精力去经营。小子走后，会留下够希声社正常运行的帆船和不少于十万缗铜钱的活动资金。小子希望能够协助留良兄经营好希声社，让留下来的人能有口饭吃。

如今，想混口饭吃，可不是件容易的事。”

“不才感谢之类的客气话不说了。公子放心，鹰扬山庄肯定会全力协助留良经营好希声社，让留下来的人能在神州过一过日子。”

“有先生这几句话,小子终于可以彻底放心。小子接触江湖上的人无数,像先生那样一言九鼎的人却极少极少。希声社创建过程中,小子体味很深。这些个题外话,小子今天就不多说了。小子今天来的第二件事是想给留良兄保媒,听一听先生的意见。”

“公子保的媒肯定不差。公子不用说是谁,不才先同意。”

独自一人溜达太无趣。石斛要跟吴不明谈的事情还没谈完,曲柯就回来了。“哥哥,你扯完了没有?”真个是唯女子与小人难养也,近之则不逊,远之则怨。“先生已经同意,算扯完了。先生,让小子先陪这个香袋在鹰扬山庄内走一走。”吴不明含笑说:“地主自然是要在前面带路。”四人离开四方亭,转悠起了鹰扬山庄。中午,吴不明特地设宴款待石斛和曲柯。宴罢,石斛跟吴不明告辞,带着曲柯,和吴留良一起,离开鹰扬山庄,返回金陵。

石斛亲自去朱雀门接来了徐榛和谢宛然。跟在希声社总社门头等候的吴留良一会合,众人立马步行前往码头。石斛走在谢宛然身边,轻轻地说:“不比小子差吧。”谢宛然微笑看了石斛一眼。“更有成熟男人的味。”石斛挑逗说:“这种男人,到哪找去?大嫂,你想好了怎么感谢小子这个媒人没有?”谢宛然头一仰,对着石斛的耳朵轻轻说:“你想要什么样的感谢我都给,就是你不要!”谢宛然当场封住了石斛的臭嘴,让石斛不敢再多说一句屁话。

帆船起航后不久,石斛就将船首凉棚让给了吴留良和谢宛然。“留良兄,你陪少夫人好好聊一聊,小弟带她们到船舱里面转一转。”为了更方便吴留良和谢宛然说话,石斛早早就私底下跟云蔓说好,到时跟他一起走,不要呆在谢宛然身边碍手碍脚。曲柯在前开道,石斛扶着徐榛紧跟在后,踏着舷梯,进了船舱。众人纷纷脱去布鞋,踏上了草席。石斛扶着徐榛走到船壁前,面对着舱门,跪坐了下来。曲柯、于苓、云蔓随后坐在了一旁。

“姑爷真爽,想走就走,想去哪就去哪。”

“羡慕啦?”

“岂止是羡慕?对婢子来说,连梦都不敢做。”

“这有什么好羡慕的?只要你有足够多的铜钱就可以实现。”

“问题是不可能有足够多的铜钱。”

“就是有足够多的铜钱也不行。去不了不说,就是去得了,也不敢去。那么多土匪,还没到就已经给土匪劫了。想走就走,要容易些;想去哪就去哪,很难做到。”

“于苓说得对。都督权力大吧,不能想去哪就去哪;徐大当家铜钱多吧,也不能想去哪就去哪。”石斛掉过头看了一眼两手挂在自己肩膀上的徐榛，轻轻地拍了拍徐榛的手。“原本么，权力越大，铜钱越多，人越自由。衣食住行，权力大和铜钱多的人选择的余地大。可惜啊，在神州，这些自由大打折扣。有钱不行，有权也不行。鸟笼里面的鸟，拍死了翅膀，也飞不出鸟笼。云蔓不用羡慕小子，只不过关小子的鸟笼比关你的鸟笼大一点而已。”

“胡床给他们占了，没得躺，我先躺一会。”

曲柯向后一仰，躺到了草席上。“石斛！”徐榛柔柔地叫了一声。石斛侧头看着徐榛，含笑说：“是不是想到了什么？”“我在想，大嫂和吴公子在上面会说些什么事情？”“是不是想上去偷听？”石斛笑了起来。“你这一去，真的是惊起双栖白鹭鸶啦。”徐榛微微一笑，轻轻地拍了一下石斛的头。石斛伸手拿过身边的薄被盖到了曲柯的肚子上。

“吴公子和大嫂还真是很般配，无论是岁数还是相貌。”

“不般配，小子哪敢给大嫂保媒啊？”

“哥哥，你什么时候开始保起媒来啦？”

“说不定，哥哥很长一段时间就做保媒的活。到时候，哥哥也给你保个媒。”

“我的媒，自己会保。”

“只是不晓得成不成。”

“你大可放心，肯定成。少夫人在朱雀门守寡多年，遇到像吴公子这么般配的人，还不抓紧时间嫁出去，可就过了这个村没这个店了。只是你可要想好，说不定就是嫁妆。”

“就算是嫁妆，我也没得选。”

“不要怨命了，相比起来，你已经算很幸运了。我父亲当初将我卖给朱雀门时，我很怨恨。我后来才懂，为什么说祸兮福所倚。不是我父亲当初将我卖了，我哪有现在那么爽？人一生的命运不是一时能看得清。现在不好，未必将来就一定不好。吴公子人怎么样，我不大清楚，但无论相貌还是岁数，都相当不错。”

“可惜，能不能做得成嫁妆，也不是我说了算。”

“依我看啊，云蔓姐姐就向嫂嫂求一求，让你也做她的嫁妆。反正，横竖都是嫁妆。”

曲柯头枕着两手接话。石斛一听，呵呵笑了起来。“你还真别笑。她俩说不定还真的都是我的嫁妆。”朱雀门大县主出嫁，肯定有一班侍儿做嫁妆。上次，池州团练使陈璋的女儿陈殷殷出嫁，都有五名陪嫁侍儿。徐榛出嫁，肯定不会少于这个数。

“云蔓，你愿意做大嫂的嫁妆，还是做我的嫁妆？”

云蔓马上意识到又到了决定人生走向的十字路口。短短十六年，云蔓已经两次改变了人生走向。七岁时，因家庭变故，云蔓改名换性成了谢宛然家的侍儿。谢宛然的母亲一句话又改变了云蔓的人生走向，成了朱雀门长媳谢宛然的侍儿。经过近十年的磨砺，云蔓已经学会接受事实。随谢宛如进朱雀门，云蔓还没知觉，又要踏上一条别人替她选择的人生道路。徐榛宽厚，对下人别说动粗，连呵斥都不会有。这点云蔓早就耳闻。几次近身接触，云蔓感觉确实如此。未来的姑爷，出身虽不好，云蔓直感也应该是一个懂礼数的斯文人。随徐榛嫁出去，至少确定不会受虐待。云蔓跪坐在一旁，没有想就做出了选择。

“婢子能有选择，愿意做大县主的嫁妆，和于苓姐姐一起，侍奉大县主。”

“大嫂就将是我的姐姐。妹妹出嫁，姐姐送份礼是省不掉的。大嫂很可能会送我一个侍儿。大嫂现在身边的侍儿虽多，只有你是大嫂娘家送的。”

“婢子先给大县主磕个头。万一成了大县主的嫁妆，还望大县主多怜惜婢子一点。”

云蔓趴在席子上给徐榛规规矩矩拜了三拜。

“将来大嫂真的将你送给我，我就将你收下。起来吧。”

“谢大县主。”云蔓给徐榛拜了一拜，坐到了一旁。

“对侍儿，我一向很疼，不会故意欺负你。”

“婢子以后一定会好好侍候大县主。”

“云蔓，你的名字是哪两个字？”

“禀县主，云是云朵的云，蔓是藤蔓的蔓，就是草字头的那个蔓。”

“石斛，这名字怎么样？”

“很好听。”

“那以后就不用改了。”

“说来说去还是嫁妆。只有我，谁的嫁妆也不是。”

“谁说的？你是哥哥的嫁妆。”

“哥哥只有娶，哪有嫁？”

“这你就不懂了。嫁就是娶，娶就是嫁。没有嫁就没有娶，没有娶就没有嫁。你将嫁说成娶，将娶说成嫁，又有何不可？就像夫妻，你可以将夫说成妻，也可以将妻说成夫。名字换一换，本质还是一样。你叫不叫曲柯，照样还是你。”

“不对，不对！嫁是女方到男方去，又不是男方到女方去。”

“哥哥和你嫂嫂将来一起组成一个家。你没听人家常问，你成家了没有啊。就像有人劝哥哥，早点成个家吧。成家之前，家还没有，哪里来女方、男方？”

“哥哥诡辩。”

“姑爷这一说，婢子还感到很奇怪。娶妻叫成家，就是从未听说过，嫁人也叫成家。依理，有夫有妻才叫家。否则，为何将娶妻叫成家。难道女人就没有家吗？”

“回朱雀门后，你和徐榛有空的时候，好好讨论一下，女人有没有家。”

陈湘君前来告知，可以吃饭了。早上，石斛过了辰时才去朱雀门接徐榛和谢宛然。石斛知道，早去白白去。东抓抓，西摸摸，没一个时辰根本出不了门。没想到，石斛坐在如茅斋等了半个多时辰还不见谢宛然出现。“相亲么，总得好好扮一扮。”石斛虽没相过亲，但能理解。将好的一面展现给别人，也是对别人的尊重。直到快过巳时了，才动身。帆船离开金陵码头时，石斛呆在总社都要吃午饭了。吃了午饭，大伙在甲板上站了一会，石斛实在不想侵占谢宛然和吴留良相处的时间，拱手告辞。石斛在前，曲柯殿后，依次踏着舷梯，下到了船底。进入船舱，众人脱去鞋子，先后在草席上坐了下来。

“石斛，大嫂满脸笑容，应该大事已定。”

石斛微微一笑说：“大事已定，你高兴，小子高兴，大嫂高兴，吴留良高兴，人人都高兴。小子也不枉带他们俩来明州一趟！”徐榛含笑说：“是不是你教他的啊？”

石斛没有教，倒跟吴留良说过。

“你见了后，就会晓得，那可真是绝代佳人。那种风韵绝非一般娘子可比。船上的几名船工都是林森寒精心挑选，留良兄完全可以将船当成自己的家。小弟会及时带着徐榛和几个侍儿躲避到船舱里面。留良兄是过来人，这方面的经验肯定比小弟丰富得多。小弟已经跟谢宛然挑明，只要两厢情愿，留良兄想做什么就做什么。孤男寡女，小弟相信，肯定是干柴遇上烈火。连个娘子都服不了，希声社未来的前途，小弟还得重新掂量掂量！”

石斛会心一笑，向后一靠。

“小子教他？小子又不是什么哄娘子的高手！”

“姑爷，你根本不用着哄！”

“你看看，还说不是哄娘子的高手？哄住了大嫂，又哄住了她的侍儿。”

“不是小子哄云蔓，而是云蔓故意哄小子开心！”

“云蔓，你说实话，是不是真的想哄姑爷开心？”

"县主"，云蔓怯懦地说，"婢子说的是实话。"

"把戏马上揭穿！"

"《诗》云，燕燕之求，得此戚施。小子一个戚施，你还不给人笑晕？这说明你很有眼光，选小子做你的夫婿一点也没错，对不对？"

徐榛含笑伸手去拧石斛。"横说是你对，竖说也是你对。"石斛笑了起来。"你有午睡的习惯，小子先送你去隔壁船舱午睡。"石斛身子一挺，站了起来。徐榛、于苓跟着起身，穿好鞋子，出了船舱。不一会，石斛就回来了。游船空间狭小，又不好上甲板惊扰谢宛然和吴留良，石斛靠在草席上闭目养神。云蔓见石斛闭目，不敢惊扰，又不好像曲柯那样肆无忌惮地躺在草席上，只好靠着船舱的墙板坐着。熬了半个多时辰，徐榛来了。曲柯一听下棋，呼的一声坐了起来。不一会，曲柯拿来了围棋。坐在草席上，石斛让四子和徐榛开始下棋。曲柯坐在一侧观棋，于苓、云蔓坐在徐榛一头参谋。没走上几手，曲柯就指指点点了起来。"走这，走这"的声音就从未间断过。

"观棋不语真君子，你晓得不晓得？"

"我又不是什么君子，为何要观棋不语？"

"曲柯说得对。君子落子无悔，我们可以反悔。"

这盘棋翻来覆去，将近酉时还在缠斗中。"白天是没结果了。只能是吃了饭后，继续接着来，让你反悔到连自己也不想反悔为止。"饭后稍歇一会，众人开始分批沐浴。一切都折腾完毕，月亮已经高高挂在东半天。月夜下面，风哗哗吹在身上已经感到有些凉。"小弟和她们先下去了。留良兄和大嫂也早些歇息，明天我们一起看日出。"石斛不想煞风景，跟吴留良和谢宛然告辞。陈湘君提着灯笼走在前，踏下舷梯，引石斛和四位娘子下到了船底。

"去将那盘棋接着下完，就睡觉。明天早些起来看日出。"

天还是一片摸黑，石斛就已经敲开了徐榛、于苓、云蔓和曲柯的舱门。"快起来，快起来，迟了就看不到日出啦！"个个睡眼惺忪出了船舱。到了甲板上，东方才有一点微白。个个拄在帆船的右船舷，注视着东南方，等待日出。

"快看，快看，出来啦。"

东南方的天边出现了一块弧形红晕。眨眼间，越来越红，大海仿佛变成了血海。就在血海的边上一个金球慢慢涌出。个个屏住呼吸，看着这个金球冉冉升起。一缕阳光像金箭从金球那直射了过来，射进了眼帘。众人不由自主地眼睛一闭。

"好看！太好看了！"

徐榛靠在石斛的肩膀上，直到阳光晒在身上感到发烫，才舍得起身去梳洗。吃了饭，徐榛上甲板等着到了。坐了一天一夜的船，大部分时间又闷在船舱里面，徐榛已经疲倦了。徐榛上甲板，石斛不想上也只好上。一班人陪了半个多时辰，终于看到了岱山岛。明媚的阳光下，岱山岛像露出大海的一颗翡翠。帆船慢慢停靠在了码头。站在船舷，早就盼望着快一点登岸的娘子个个异常兴奋，连蹦带跳，下了帆船。踏上木建码头，沿着阁道，踩上了金色的沙滩。曲柯将脱下的布鞋往沙滩上随手一扔，嘴里喊着"噢噢"，沿着海边飞奔了起来。

"真漂亮！石斛，这就是你要搭建的鸟窝吗？"

"这是鸡窝，小子要建的却是凤巢。"石斛站在沙滩上，面朝大海，手指着远方。"就在海的那一边！"

"姑爷，那么远啊！"

"远才闻不到鸡屎的臭味！"

"嫂嫂，于苓姐姐，快来啊！"

曲柯高声呼喊。见曲柯癫狂，徐榛、于苓、云蔓也经不起诱惑，连忙效仿。"留良兄带大嫂到海滨走走。"石斛向吴留良建议。吴留良向石斛手一拱，带着谢宛然踱步去了。得知石斛前来岱山，龚宰和江腾蛟一起去码头迎接。

"皇甫子、章毅、储可师率领鄂州分社的兄弟已经在这月初九安全到达了流虬。"龚宰和江腾蛟一边陪石斛散步，一边向石斛介绍居住地的建造情况。"这段时间，白鹰堂以及浔阳分社也陆陆续续有人来了。如今在流虬参与居住地建造的人已经有将近四千。从传回来的信息看，八月初就可以基本完成。"

"好啊。"石斛颇为振奋。"比小弟预想的要快。"

"主要是一方面为了抢速度"，江腾蛟一旁解释，"建造材料，包括木材，都直接购买后运往，只有笨重的砖瓦，就地取材烧制。只是仆老向范双龙要铜钱。"

"小弟跟范双龙说过，只要是居住地建造用到铜钱，一律拨付。"

"另一方面是，广陵分社撤离神州，前去帮忙。这更加快了建造速度。"

"每天都有帆船来往岱山和流虬之间。人员、货物源源不断地运往流虬。现在各方向来的人一到达岱山，稍稍歇一歇脚，马上离开前往。"

"人数要点到每一个人。"

"请都统放心！人数都有详细登记。具体情况等会让元容善向都统汇报。"

"希声社现在的一千七百一十三名兄弟，能离开尽量都要离开。"

"肯定还有人不愿意走。"

“真劝不动，也只能顺其自然了。留下来的兄弟，小弟已经安排吴留良帮着照看。八月初能够基本完成，普通民工，现在就可以开始考虑将他们送回来。我们辛辛苦苦建造居住地，是为自己，而不是为他们。来不及，也可以搬去后再遣返，毕竟以后还会有往来。”

“还是等工程完工后，再慢慢分批将那些普通民工遣返。”

“就依老哥。工钱多给些。”

“已经比当地雇工的工钱贵了将近四成。”

“这就好。离家别妻，大老远地跑到那去，赚几块苦力钱，也不容易。江兄注意找一些能工巧匠，为以后生活需要做一些准备。”

“晓得。”

“老哥，应宗的相好苏怡静和她的父亲来了吧？”

“来了。”

“石斛！石斛！”远处传来了徐榛的喊叫声。

“等会我们再仔细聊。新妇照顾不好，居住地也白造。”

石斛跟龚宰、江腾蛟手一拱，转身朝徐榛走去。初来新鲜，徐榛直玩到太阳在头顶，才舍得离开海滨。刚吃完饭，龚宰就带苏怡静父女来见石斛。“他就是都统。”父女两人快步上前，双双跪在前面，准备给石斛磕头感谢。“免了，免了。”石斛一边说一边快步上前扶起父女两人。“两位快请坐。”龚宰扶苏怡静的父亲，和苏怡静一起在主寨堂内就座。

“不是都统收留，侍儿根本无法逃脱魔爪。侍儿给都统磕个头很应该。”

“苏娘不用客气。倒不见得小子有多好心。苏娘见过世面，应该晓得，如今神州需要收留的人，实在太多太多。小子不可能只收留苏娘而不收留她们。都收，怎么收？小子不是不想收，而是没这个能力。小子这次允许苏娘和令尊来岱山，仅仅是因为应宗。小子希望以后能和应宗一起好好过日子。”

“这次能脱魔爪，全靠他伸手。以后无论他做什么，侍儿一定侍奉他一辈子。”

“苏娘感恩应该，但也不必有过分的感恩之心。应宗这人，小子接触很多，是一个相当棒的后生。以他的脾气和为人，小子相信，应该也是一个很不错的郎君。小子总觉得，从离开金陵的那一刻起，苏娘的命运已经改变，将会看到不同的风景。活命用的衣食住，小子保证没有一点问题。过去靠自己的歌喉活命，往后就成了陶冶情操的道具。别人不敢说，苏娘定会过上一种没想过的日子。”

“侍儿将来定要唱几首小曲给都统听一听。”

“苏娘乐意，到时候，小子好好欣赏。”

天上的月亮已经很圆。帆船在幽黑的海上航行，徐榛和谢宛然姑嫂两人手中的纸钱散落在月夜下的海上。纸钱燃烧发出的亮光，如同一路追随的萤火，或暗或明。徐榛的大哥，谢宛然的夫婿，沉在明州外的海上，但不晓得到底沉在那里。如同这几十年中死去的几千万神州人，只晓得死在神州，但不晓得到底死在神州哪里。还是曲柯想出了主意。

“我可以肯定地说，嫂嫂的大哥早就给鱼吃了。

海里的鱼那么大，吞到肚子里面，就是再硬的骨头也都已经化啦。不如绕着岱山岛转它一圈，表示一下心意就行。嫂嫂的大哥真的晓得，嫂嫂那么远来，还能不理解？我也趁个机会看一看月夜下的大海。这种大海，我还没看过呢。”

曲柯话虽直露，却道出了一个事实：过去了那么多年，徐天赐肯定已经尸骨无存。帆船绕了一圈岱山岛，回到码头，时辰已经不早。一回营寨，立马梳洗，准备睡觉。翌日，帆船送谢宛然和吴留良返回金陵。

回到金陵的第二天，徐渊举办了隆重的认女仪式，认谢宛然为女儿，归钟夫人名下，变成了朱雀门大县主徐榛的姐姐。只过了一天，鹰扬山庄庄主吴不明遣媒人来朱雀门替儿子吴留良向当家徐渊提亲。徐渊当场答应了这门亲事。规规矩矩地走完六礼中的纳采、问名、纳吉、纳征、请期，九月十八亲迎。

搭载谢宛然、吴留良的游船刚走，一条搭载天清派道姑的帆船到达岱山。这些接待的事情龚宰、江腾蛟会去做，无须石斛操心。石斛也不想去操心，只管陪徐榛躺在草亭下面的胡床上吹海风。扑面而来的海风吹得徐榛只想好好睡一睡。

“石斛，看不出，你这个土匪，原来还真是很会生活。”

“小子会生活，才不至于让你跟在小子身边感到不舒服。”

“吹清爽的风，靠在你的身边，我只想睡觉。朱雀门大县主，如今又有你这个土匪。现在想想，真像色空和尚说的那样，我还真的很有福气。”

“哥哥!”曲柯在喊叫。

“你有福气，连带着小子也有福气。”

石斛坐了起来，招了招手。“回来，快给我回来。”石斛高声呼喊。徐榛含笑说：“万一有什么鲨鱼，你的这个野表妹，定会给吃了。”“还说不定真有鲨鱼。”石斛又高声呼喊起了曲柯。“快给我回来!”曲柯终于水淋淋地来到了石斛的身边。

“哥哥，你也下去吗。”

“等到了新居住地后，哥哥再陪你，好吧。你嫂嫂说了，这里说不定有鲨鱼。”

“有鲨鱼?”

“说不定有。海那么大,谁晓得? 你这么点肉,还不够鲨鱼一口。快去将身上的水擦一擦,穿上衣裳。回去后,再冲一冲。都这么大了,一点也不觉得难为情!”

“有什么可难为情? 这里又没有别人。”

“先将衣裳穿上,小心别冻着。”

“曲柯的身子还真是美!”

“嫂嫂,你也脱了,比一比,肯定是你美。”

“我还真想脱了。这里不安全,万一来了个人。”

曲柯拿起胡床上的一条葛巾,开始擦起了头发。于苓赤脚踩着沙滩来到石斛身边。“有没有捡到特别漂亮的?”徐榛坐了起来,瞧了一眼于苓手中的贝壳。“都一般般,没他手上的那几个漂亮。这沙滩上漂亮的贝壳应该都被龚老哥的野侄女给捡光了。”

石斛抛下希声社在岱山吹海风,一吹就吹了好几天。直到倪虎来,石斛才决定一起回金陵。倪虎去了流虬,立马宣布将名字改回蒋奇。过了两天,决定先回来,劝老友鲁扬声一起走。几十年不通音讯后重逢,倪虎不想又重新分开,各在天一方。主意一定,蒋奇搭乘往返运送货物的帆船回到了岱山。想不到,石斛正在岱山吹海风。在岱山已经吹了那么多天的海风,也该回金陵做点正事了。于是,蒋奇和石斛一起船回金陵。

到了金陵,蒋奇就住在鲁扬声家。老鳏夫一个人,大大一座宅院,空得很。鲁扬声经不起蒋奇蛊惑,最后同意和他一起去流虬。鲁扬声跟蒋奇说好,要走也只能等李君惠和童戈八月初七成婚后再走。不过,鲁扬声可不希望死的时候由蒋奇来照顾。这好说,蒋奇一口答应。八月初七都等得住,八月初九就等不住了? 最后决定,等喝了石斛的喜酒,八月十一走。

第九十四章　缘定

惟觉时之枕席，失向来之烟霞。

——《梦游天姥吟留别》

希声社悄悄撤离神州,经岱山,前往流虬。“浔阳的事情已经全部交给了詹扬威。”船队经过金陵时,李邈上岸向石斛汇报浔阳分社撤离情况。“除了文章国、江出川、谷生寒二十三人不愿意走,其他兄弟包括穆成的母亲和妹妹,都已经搭乘帆船前往岱山。现在浔阳已经只剩下了一张皮。”听了李邈的汇报,石斛很振奋,含笑说:“吾得卿,谐也。现在就剩下金陵总社了。哥哥已经安排人手在准备,随时都可以撤离。”石斛建议:“哥哥看,金陵你就不用呆了,带着燕羽直接去岱山,让老哥安排你去流虬,协助曹其宸最后扫一扫尾。”

“马上走。”

“现在有件极重要的事情需要你亲自做。”

“何事?”

“我们以后生活的家当。有了它,我们才有可能继续闯天下。前次老哥走的时候,已经从万通钱庄提走了三十万两,现在存银应该还剩下几十万两,具体数字得去问范双龙。你带兄弟和范双龙一起去万通钱庄提出三十万两,和留在总社的铜钱一起,由你亲自押送,前往流虬。这事只能由你来做,别人哥哥可不放心。”

李邈呆了一天,就离开了金陵。随后,金陵希声社兄弟也开始陆陆续续撤离金陵,前往岱山;再由岱山转往流虬。吴留良打着扩大业务需要的旗号,大肆招募人手,偷梁换柱,填补希声社兄弟走后的空缺,以免影响希声社正常业务,给人造成希声社突然消失的感觉。这也是李邈撤离浔阳时用的伎俩。戚寒和她郎君一起来总社跟石斛辞行。看到戚寒脸上有了笑容，石斛倍感欣慰。这株历尽摧残的野树总算重新有了生机。收留了戚寒后，石斛一边寻找戚冷，一边替戚寒寻访郎君。郎君狄生商倒很快找到了一个。狄生商给戚寒找的郎君叫阎家驹，今年二十七，比戚寒大六岁。狄生商怕拉郎配，让两人见了一面。石斛从明州回来，就当兄弟聚会，让林森寒在总社摆了酒席，热热闹闹地给两人举办了婚礼。寻找戚冷就麻烦得多了。不过，功夫不负有心人，经过一番寻找，狄生商还是合理推定戚冷的结果。石斛不想浇灭戚寒的希望，没将真相告诉她。"到了新地方，好好过日子。戚冷要是有了消息，小子将他接来，让你姐弟重聚。"石斛送戚寒和阎家驹出了总社。

眼见撤离得差不多了，石斛决定去老家一趟。穷不走亲，富不还乡。依道理，发迹了不应该回老家。石斛想回老家，倒不是发迹了去老家炫耀一番，而是去跟李同道个别。在石斛眼里，李同和石岩一样亲。这一走，今后很有可能再也没有机会回老家了。曲柯一听石斛说要带她去看他的老家，旋即来了一个旋空翻。"但你不能给哥哥多嘴。"石斛给曲柯提了一个条件。"一定！一定！只要能带我去，什么都依哥哥。"曲柯单口就答应了石斛的条件。

桃花石村彭蠡客栈今天来了一男一女两位客人。沈与浮见有客人进店，连忙起身前去招呼。"石烟？"沈与浮大吃了一惊。原以为这生已经不能再见一面，想不到又突然出现在了眼前。"事情三言两语难尽，住下后我慢慢跟你说。"石斛拍了拍沈与浮的臂膀。

"还是到百优家去住，至少省几个铜钱。"

"别担心，我现在有铜钱。"

桃花石村石斛朋友多。思来想去，还是决定住彭蠡客栈。客栈就在村口，极不容易碰到熟人。消失了那么长时间，又有传言，如今突然出现，肯定一下子传遍全村。"二郎？"陶扬澜非常惊讶。"没想到吧？"石斛邪魅一笑。"怕碰到熟人，只好住陶叔的客栈。"陶扬澜让沈与浮去给石斛安排房间。

"一个房间吧？"

"两个房间。"

沈与浮没有多问石斛和曲柯之间的关系，将两人分别安排在隔壁房间。

两人一进入房间，沈与浮就给石斛讲当时的故事。"衙门办事拖拖拉拉，派兵来时，那些杀手几天前就已经走了。陶百优见你没有音信，不放心，叫了陶景居、陶四海，偷偷去了趟翠竹湾，看到的却是不敢相信的景象。我一直以为再也见不着你了……"说着，沈与浮就激动了起来。"现在不是见着了吗？当时我爸决定马上走，就不能来跟你道别了，害得你替我担心了那么长时间。”沈与浮抹了一把眼泪。“我马上去告诉百优、景居他们。”石斛提醒沈与浮。“就告诉当时几个了解情况的人，其他人不用去通知了。人多不仅嘴杂，连说话也不方便。这次，我准备悄悄来，悄悄走。”“晓得。”沈与浮离开了房间，前去找陶百优。

“石烟回来了？”陶百优特惊奇，立马和沈与浮一起去找陶景居、陶四海。桃花石村虽是桃花石乡最大的村，也不过几百户人家。没多久，陶百优、陶四海跟着沈与浮来到了彭蠡客栈。果然！“石烟！”陶百优高叫一声，就跑过去抱住了石斛。“你回来，我真没想到。”两人松开了手。沈与浮告诉石斛：“陶景居田里去了。已经跟他的家人说了，过一会应该就会来。”陶四海过去和石斛抱了抱。“与浮，你去告诉陶扬澜一声，叫他准备几个菜。”

沈与浮走后，陶百优、陶四海也要回去告诉家人一声，离开了客栈。沈与浮通知陶扬澜准备菜肴后回到了房间。石斛提议，“到院子坐着，让我慢慢跟你们讲。”沈与浮提来一壶本地土茶水，就坐在院子里面的一张小矮桌旁边喝茶，边闲聊等人。还没喝完一杯茶水，陶百优、陶四海先后回来了。石斛正要开口讲故事，陶景居来了。“你来得正是时候，我的故事还没有开始讲。”石斛讲了可以讲的故事，听得沈与浮、陶百优个个张大了嘴巴。

“你现在有钱有势，为何要离开吴国去海外？”

陶四海不理解，其他几个也都一脸的疑惑看着石斛。

“具体原因，今天就不跟你们说了。我这次特意来，既想跟先师道个别，也想再看一看你们。在先师眼里，我既是他的小主人，又是他的儿子。没有先师，没有我的今天。最后道个别，着实应该。你们几个，少年朋友，再不来看一看，以后可能见不着了。古书说，苟富贵，无相忘。我今天来，是想将你们几个带走。”

“我愿意跟你走，只是还有家人。”

“要走，当然是和家人一起走。不瞒你们说，我现在有的是铜钱，就是将桃花石村所有人都养起来，一点问题都没有。晚上回去跟家人好好商量一下，明天我去一趟翠竹湾回来后马上走。带几件更换的衣裳，其他什么物事都不用带。

房子、田地、牲畜、器物等等，干脆都送给亲戚朋友算了。与浮就不要考虑了。你跟着我，再差也好过在彭蠡客栈做伙计。不过，你们可千万不要张扬。饭后，百优顺便告诉一声陈安溪。安溪家境不好，父亲身体糟糕，在桃花石村，说不定连新妇都不一定能讨上。没铜钱，谁愿意嫁给你？我这次走，准备将他也带上。说实话，其他人我真的不想带。”

翌日，天还没亮，石斛就带着曲柯前往翠竹湾。想不到，翠竹湾已经住进了两户人。竹楼原址上盖起了两座木房。住户是谁，石斛没去问一个究竟。石斛家的良田里面是一片开始发黄的水稻。石岩十几年的努力如今变成了他人的嫁衣。

在惊异的眼光注视下，石斛带着曲柯穿过竹林，爬上了山，来到了一个根本看不出来地下埋着李同的地方。石斛默默跪在女贞树前，直到膝盖前的衣裳完全湿透了才站起来。下了山，石斛原本想去潜龙潭看一看，见原先的蹊径已经淹没在杂草丛树里面，改变了主意。算了，最美好的回忆也都已经是回忆。石斛没有继续细瞧，带着曲柯离开了曾经生活了十七年的翠竹湾。出了翠竹湾，怕被熟人瞧见，石斛特意抄了一条小路，悄悄地回到了彭蠡客栈。

陶百优、陶景居、陶四海、陈安溪告诉石斛，不能随他一起走。他们四人愿意，可家人各有各的理由。“天下的锅都仰着烧，只要日子过好就行。”人各有难处，不能强求。石斛知道，很多时候人的行止由别人决定，自己做不了主。石斛给每人送了一枚千缗存银凭据作礼物。这次来，石斛怕用到，带了些铜钱。石斛从曲柯手中接过一枚金灿灿的凭据先递给陶四海，陶四海掠疑。“送铜钱最俗，可我能送的也只有铜钱了。就要走了，说不定从此以后再也不能见一面，总得表示一下我的心意。”陶四海接过存银凭据。看到存银凭据上一千缗三个字，陶四海才敢相信石斛昨天说的话。石斛递了一枚凭据给陈安溪。“鄱阳有万通钱庄的分店，可以去那提取。安溪取些出来，置办点产业，讨个新妇。”“谢谢！”陈安溪接过了凭据。石斛又分别给了陶景居、陶百优一枚存银凭据。在彭蠡客栈匆匆吃了饭，石斛、沈与浮跟陶百优、陶景居、陶四海、陈安溪惜别，带着曲柯，离开了桃花石村。走了两三里路，跟沈与浮的家人汇合，一起去鄱阳，坐船前往金陵。到了金陵，石斛不想节外生枝，特意调了一只帆船，直接将沈与浮和他的家人送到岱山，再由龚宰安排前往流虬。

送走了沈与浮，石斛准备回一趟家。“小弟先回一趟家。这段时间一直在忙着撤离的事情，又去了一趟老家，没陪家父吃饭。”石斛在希声社门头前跟曾邦善道别。“都统还是等着做新郎。剩下的那些事情，仆会协助副都统将它办好。”“有劳曾兄了！”石斛手一拱，转身东行。

天气已经不像六月那么热，石斛不急不慢到了北门。进出城门次数多了，守门的兵士也已经熟悉，赶紧搬掉拒马让石斛进门。穿过北门，石斛慢慢踱着步，到了家门前。那么长时间里面，院门破天荒没有关。石斛跨进门，薛霏霏站了起来，下到庭院迎接。石斛转身阖上院门。闩上了门闩，石斛转身起步。薛霏霏跟在一旁，向前堂走去。

“霏霏,以后不要一个人坐在前堂。”

“看后堂人多,就到这来了。”

“我们到后堂去。”

曹全晟和石岩坐在后堂下棋,曲柯坐在一旁观看。见石斛前来,曲柯几乎和阿虎同时向石斛跑了过去。阿虎在前开道,曲柯挽着石斛的手走向后堂。走到西厢房前,石斛看到西厢房的门开着,朱寒莓此时正由郁芬陪着坐在房内看书。

朱寒莓有伤在身需要人服侍,而石斛又不能指派薛霏霏去服侍。当初,石斛挖空心思将薛霏霏弄来,目的不是让她去服侍别人。石斛决定买一个侍儿,将这事交给了狄生商。狄生商办事向来利索,只过了一夜,就从宜春教坊给石斛弄来了一个侍儿。这个侍儿就是郁芬。郁芬虽然今年还只有十四岁,在宜春教坊已经呆了八年。经过宜春教坊八年的调教,郁芬的歌舞琴棋已经崭露头角。狄生商是在宜春教坊陪客人娱乐时碰到了郁芬。

“哥哥!”见石斛前来,朱寒莓放下书,站了起来。石斛跨过门槛,进入房间,上下左右仔细打量了一番朱寒莓,点了点头。“身体刚刚复原,不要将自己累着。”石斛提醒。朱寒莓微低着头说:“晓得。”“等身体强壮了,想做什么就做什么。”郁芬在几子旁放好坐垫,请石斛坐。“不坐了。小子先去跟两老说一声。”石斛一说完,就准备退出房间。见朱寒莓要送,石斛含笑说:“这就是你家,不用客气。”朱寒莓止住了脚步,石斛出了房间,去了中堂。

“曹公,过几天就要走了,你想好要带什么物事没有?”

“一把老骨头了,就不去了。”

“你不去,谁陪我下棋?总不能天天拿着钓竿去钓鱼。”

“已经造了一个座道观。曹公不喜欢家居,就住在道观。”

“看来,老哥这把老骨头只能埋在那了。”

“妈!”见尹如雪从房内走了出来,石斛迎了上去。

“斛儿,你姨妈和你大哥何时能来?”

“依照前些日子得到的讯息,姨妈和大哥他们应该是八月初动身。若水宫那么远,又是走水路,具体哪天能到,孩儿还真搞不清楚。妈放心,初九之前肯定能赶到。”

“你姨妈有没有跟你说过,多少人来?”

“姨妈没跟孩儿说起过。妈,这事你不要操心。姨妈来的人多的话,就住在希声社迎宾馆,现在那里没几个人住,空得很。”

八月初五，石竹领着尹似雪、秋雨、秋水和一班若水宫娘子进入家门。“好端端的，突然变卦了。”尹似雪给石斛带来了一条头疼的消息。初七李君惠结婚，石斛已经答应参加婚礼；而初九也已经没几天了，实在没时间。可是，再急也没用。就算出得了城，也只能走夜路。今天只有初五，肯定一片墨黑。想了想，石斛决定明天再走。翌日，晨钟一响，石斛就启程赶往广陵。为了赶时间，石斛骑马先到京口，再坐渡船到广陵分社。

帆船沿着运河，慢慢前往广陵希声社码头。米栗出船舱，来到了甲板上。看着运河右边高高的广陵城墙，想起了过去，突然有一种留下来不走的冲动。踏上码头，米栗没和大伙一起进分社，而沿着分社门头前的道路往广陵南门走去。清晨，路上间或有一两个行人。米栗没去理睬，只管走自己的路。不久，米栗看到了广陵高高的城墙以及南门上面宏伟的城楼。

看到了广陵南门城楼，米栗的心不禁“砰砰”加快了速度。一年多了，米栗再一次见到了熟悉的城楼。泰宁军的射击场就在南门外。出事前，米栗常带侍儿柳依依出南门去射击场射箭。米栗停下脚步，伫立在前往广陵南门的道路上，望着广陵南门城楼，陷入了沉思。我真的就这样放弃算了？米栗问自己。不能替父母、家人报仇雪恨，米栗心不甘，情不愿。伫立良久，米栗才转身返回。回到分社，米栗告诉石柏，她想先在广陵呆几天再走。

今天起来，米栗告诉曹逢，想去高旻寺看一看。曹逢就让秦律己、周子瑾陪米栗去。怕万一碰到认识的人，米栗遮着面纱，带着茹若、萧竹，踏上了一条小木船。高旻寺是广陵著名寺院，米栗曾经陪母亲来过好几次。昨晚，米栗整夜在想报仇的事情。这仇一定能报得了吗？这恨一定能雪得了吗？米栗忽然失去了信心。在米栗的记忆里，父亲一向豪气干云。结果呢？连累家人都死在徐贼之手。米栗决定明天一早去高旻寺，问一问佛祖。

到了瓜洲，周子瑾守船，秦律己陪米栗去高旻寺。不是米栗突然变卦，曹逢早就带两人去了岱山。进入左写庄严、右写自在的山门，米栗径直前往大雄宝殿。跨进大雄宝殿的门槛，米栗忽然想起了母亲。母亲长年礼佛，可结果呢？一家人惨遭杀戮。米栗没有跪拜，也没向佛祖求答案，就退出了大雄宝殿。就回去？米栗踌躇了起来。高旻寺，米栗熟。大雄宝殿不进了，那其他地方转一转，反正都已经来了。来到弥勒宝殿，看到弥勒佛，米栗想起了石斛。米栗抬脚跨过弥勒宝殿高高的门槛，来到了弥勒佛像前。两手合十，跪在了蒲团上。“米栗。”米栗虔诚地拜了三拜，刚抬起头，听到了石斛的叫声，心怦然一跳，转过头。石斛出现在了弥勒宝殿的大门口。米粟邪魅一笑，站了起来。石斛快步走了过去，米粟一靠就靠在了石斛的肩膀上。“我们走。”石斛扶着米粟，出了弥勒宝殿。

“我也不晓得哪根筋抽着了，害得二表哥跑一趟。”

“小子跑一趟没什么，你将自己跑丢了问题大。人难免有堵塞的时候，这没什么，只要不堵死就可以。像上次在燕子矶，小子伸手不及时，你想想会怎么样？小子做事很理智，极少有冲动。”石斛搂着米粟转过身。“你看柱子上这对楹联。大肚能容，容天下难容之事；开口便笑，笑世间可笑之人。这世道，不是想容，是不得不容。不是想笑，不能不笑。”

八月初九，石斛大婚的日子终于到来。

曹全晟换上普通衣裳，在前开导。在狄生商、吴留良等人的陪同下，石斛骑着高头大马，带着秋雨、秋水、石竹、曲柯、舒容等八名伴娘，十六名狄生商精心挑选过来的后生抬着八杠肩舆，在鼓乐声的伴随下，浩浩荡荡，前往朱雀门迎亲。

朱雀门大开中门迎接。在石斛的记忆里面，朱雀门的中门第一次打开。一切礼数都按狄生商和朱雀门总管徐福事先商定好的要求来进行，只是在给徐渊和钟夫人行跪拜礼时称呼上稍微做了一点修改。石斛非常清楚，钟夫人信佛，稍有差错，都可能会给徐榛以后生活带来阴影。该如何，不该如何，一切由狄生商和曹全晟两人说了算。他们两人懂规矩，知礼数，识吉凶。

朱雀门大当家徐渊嫁女宴席从午时初开始，一直吃到未时末。

席间，石斛在狄生商的陪同下给各位来宾敬酒，并捧上一面狄生商特意请金匠打造的朱雀门大县主徐榛和希声社都统石斛喜结良缘的纪念金牌。吴留良代表新郎家给朱雀门的下人发放喜钱。朱雀门上下个个喜气洋洋，笑逐颜开。

秋雨、秋水带着曲柯、石竹、舒容一班伴娘去云思苑搀扶徐榛出阁。上肩舆前，依照礼数，徐榛要给父母行跪拜礼。徐榛一跪三拜，行了三跪九叩礼。徐渊、钟夫人再不舍得，也只能强忍泪水看着秋雨和秋水搀扶徐榛上了肩舆。鼓乐齐鸣，十六名后生升起八杠肩舆，出了朱雀门。石斛骑着高头大马走在肩舆前面，在鼓乐声中，队伍启程前往鸡鸣巷。

操办这次婚礼的狄生商还特意请了平时只出现在大型官方活动的宜春教坊乐队。十二名身体健壮的后生和十二名身姿婀娜的娘子，举着喜牌，行走在乐队前面。两名狄生商精心挑选来的后生在队伍的最前面鸣锣开道。八杠肩舆左右走着于苓带头的朱雀门陪嫁侍儿。

八杠肩舆后面是秋雨等八名伴娘。伴娘后面是坐在肩舆里面的娘家人，和身缠红色绸带的都督府卫队。得知叔叔徐温要带侍卫来，钟夫人提出异议："大婚的日子带兵器，不吉祥。"钟夫人信佛，徐温也信佛。最后，钟夫人同意带人，即便是带兵器，也要缠上红绸或藏在衣裳里面。

娘家人后面是一大队抬着沉甸甸箱笼的佩带红绸的后生。迎亲队伍好像是一条巨大的火龙在金陵街上摆尾游行。平常人成婚，看的人就多；朱雀门大县主成婚，更是人山人海。迎亲队伍在两旁看热闹的人墙中浩浩荡荡缓缓前行。

突然，人墙中挤出了一个娘子，高声喊。"石烟！石烟！"谁啊？已经好久没听娘子叫他石烟了。石斛骑在高头大马上定睛一看，原来是桃花石乡夏员外的女儿夏菡。"夏菡！"石斛勒住缰绳，惊奇地说："见到你，还真是让人惊喜。"

夏员外从围观人群里面挤了出来，拉住了企图冲上去拦住石斛的夏菡。见新郎遇见了故人，迎亲队伍跟着停了下来。"夏员外"，石斛手一拱说："幸会！真是幸会！""幸会！"夏员外拱手说："老夫来金陵看犬子，没想到，竟然不期遇上了公子大婚！"石斛弯腰向走在身边的吕夷则吩咐了几句，回身说："小子大婚之日，巧遇夏员外和夏菡，可说是真正的意外之喜。小子请夏员外和夏菡到舍下喝喜酒！夏菡，你可一定要来哦！路上不宜多留，小子就先行告辞。"石斛向夏员外、夏菡手一拱。迎亲队伍在鼓乐声中继续前行。

夏员外、夏菡走得很慢，跟迎亲队伍渐渐拉开了距离，鼓乐声也越来越轻。突然，夏员外改变了主意。"小哥，老夫就不去了。"去喝人家的喜酒，少不了人情。夏员外伸手摸了摸袖袋内的铜钱。我跟他又不是亲戚，没必要死撑面子。夏员外踌躇了起来。"哥哥说了，让我务必请两位去。走吧。"吕夷则催促。还没走上两步路，夏员外又不想去了。

"想来想去，还是不去了。"

"夏员外，哥哥请你俩去，肯定是特殊面子。一般人想去喝，也喝不了。"

"什么特殊面子？石烟这小子有什么名堂的啊！"夏菡非常不服气。越是看着长大的人越不服气。某某哦，我晓得，就那么点名堂。"什么名堂？"吕夷则卫护石斛的尊严。"我哥哥是希声社都统！手下兄弟过千！""石烟是希声社都统？"夏菡感到很意外。希声社，夏菡晓得。这次来金陵，乘坐的就是希声社的客船。夏员外很想来金陵看一看儿子，就是因路途遥远而没有成行。希声社开通了从鄱阳到金陵的客船，夏员外多年的愿望才得以实现。夏菡和夏员外都没想到希声社都统竟然就是原以为已经死了的石烟。

"不是我哥哥还是别人？我哥哥厉害着呢！你晓得不晓得，我哥哥娶的是谁家的女儿?"

"谁家的女儿啊? 很厉害吗?"

"你就不看一看迎亲队伍? 我哥哥娶的是朱雀门大县主!"

朱雀门夏员外可听过,半晌没回过神来。我以为已经出事了,想不到竟然攀附上朱雀门徐渊。夏员外真的有些不敢相信自己的耳朵,就向吕夷则追问。

"徐渊的女儿?"

"朱雀门大县主不是徐渊的女儿,还是谁的女儿?"

"爸,徐渊是谁?"

"都督的大哥。小哥,参加婚宴的都是哪些人?"

"就娘家人和我哥哥家人。小子还是哥哥选我当伴郎,才有机会去!"

"这么说,都督会参加啰。"

"那是自然。什么徐知诰啊,徐知询啊,等等都会去。"

"就是都督徐温?"

"哎哟欸,真啰嗦! 啰嗦透了,徐温是嫂嫂的叔叔! 侄女结婚,能不去? 夏员外,我们抓紧一点时间,迎亲队伍都已经去远了! 小子还得去做伴郎呢。"

"走吧! 小哥带路。"

于是,三人加快了脚步。

三人连走带跑,终于追上了迎亲队伍。"夷则",石斛吩咐,"你将夏员外和夏菡两人带紧一点。否则,那些侍卫会认为他俩是闲杂人员不让进去。"都督府卫队早就已经对鸡鸣巷戒了严,封锁了弄堂口,禁止任何与婚礼无关的人员出入。没有石斛亲笔签发的请柬,休想混进去。石岩家小,又是宾客如云,实在没地方放这十里红妆。抬箱笼的希声社兄弟,全部抬着箱笼前往希声社总社。

八杠肩舆抬进了石岩家的院门,缓缓停在了庭院上面。秋雨、秋水、石竹、曲柯等伴娘四人一组,分站在肩舆前的两边。婚礼仪式正式开始。在狄生商安排下,婚礼中规中矩地进行。一道道手续办完,石斛终于出了婚房,给贵宾敬酒。

酒宴设在两地,鸡鸣巷和希声社总社。石斛家地方狭小,仅仅摆了十桌。这十桌,徐榛娘家人就占了将近八桌。主桌上坐的是徐榛的舅舅、父亲、叔父和哥哥。徐榛的好几个异母哥哥,石斛还是今天第一次见面,徐榛的那些堂兄弟、堂姐妹、表兄弟、表姐妹就更不用说了。石斛还特意邀请了跟随徐榛多年的东方明和董左石以及云思苑侍儿参加婚宴。

酒宴开始前,还闹了一个花絮。"头桌头位应该由都督来坐才是。"徐榛的大舅舅准备将头桌头位让给徐榛的叔父徐温。“榛儿成婚的酒宴,大舅舅不坐头桌头位,这里还有谁敢坐头桌头位? 按官位顺序排,知诰都要坐到大舅舅上面去了。今天晚上,就是连坐这一桌的份都没有。”都督都这么说了,大舅舅也就只得当仁不让,坐了头桌头位。

石斛脸带笑容,沉静应对,带着狄生商和吕夷则给每一位参加今晚婚宴的贵宾敬酒。为了应对可能出现的喝酒问题,狄生商还特意找来两位喝酒高手甘峻宇、楚之豪跟在身边。按照尊卑长幼顺序,石斛是一个一个敬,一桌一桌敬。敬好了主桌,再敬次主桌。敬好了次主桌,石斛再到堂前天井敬酒。敬酒敬到了夏员外。

“仅以这杯酒对夏员外参加小子的婚宴,表示衷心的感谢!”

“公子客气,老夫能参加公子的婚宴深感荣幸!”

“说哪里话。夏员外不来参加婚宴,小子大婚,就没一个老家人。夏员外,请!”

酒杯一碰,石斛没叫甘峻宇代,干脆利落喝了一杯。夏员外分几次喝干了酒。“跟家父唠叨了几句没有?”石斛亲自提起酒壶给夏员外斟酒。“方才令尊前来敬酒时已经唠叨了几句。”石岩坐在主桌陪徐渊,尹如雪坐在次主桌陪钟夫人,石柏忙里忙外,根本没有坐酒席。

“晚上如何安排?”

“犬子在都督府下做都事。”

“小子叫个人先去告知一声,免得员外家公子担心。夷则,你先去叫个人过来。”吕夷则点了下头,转身就走了。“等会,夏员外告诉他地址便是。夏员外只管安心坐着喝酒。夏菡,可轮到你啰!”夏菡手捧酒杯站了起来。夏菡没想到,还能再见石斛;更没想到,再见到石斛的时候,正好碰到石斛大婚。石斛和夏菡手中酒杯一碰,各自喝干。“夏菡,分别八个月,我们在金陵再次相见,竟然碰上小子成婚,真是奇缘!”夏菡手遮嘴唇,贴着石斛的耳朵,轻轻地说:“可惜,新娘不是我!”石斛贴着夏菡耳朵轻轻说:“你肯定会找到比小子更般配的郎君。”吕夷则已经带了一人前来,夏员外旋即告诉自家儿子的具体地址。

“夏菡,其他的都不要去想,今晚你就为我们能再次巧遇多喝两杯。酒宴后,小子会派人送你和你爸回去。小子先敬一敬下一位。”当石斛再次来到夏菡身边时,夏菡已经是朱颜酡些了。石斛将两面金牌递给夏员外和夏菡。“没什么送,留个纪念。”

婚宴进行了一个多时辰也就结束。石岩夫妇携家人站在院门口给各位来宾送行。“就不要再送了。”见石斛跨出院门跟在一旁,徐温说:“新娘正在新房内等着呢。”石斛还是送出了家门。“已经娶进门了，就让她慢慢在新房内等着。”徐知诰打趣说：“不要给闩了门，进不了新房，睡柴房。”“这点哥哥放心，门闩了，小弟就爬窗进去。”石斛信心十足。“哥哥不晓得，小弟属老鼠，一扇门拦不住。”

送完了宾客，石斛才去新房。徐榛带来了五名陪嫁侍儿，尹似雪又给石斛挑选了八名伴娘，全挤在新房内。石斛一进新房，秋水马上起哄。石竹、曲柯一见秋水起哄，就跟着凑热闹。闹新房的场面，石斛没经历过，却见过，能应对。一直到将近子夜，以石竹为首的闹新房队伍，在尹如雪的劝说下，才意犹未尽地离开新房。

梳洗完毕，紫苏、文荷阖上了房门。

在云蔓弹奏的琴声陪伴下，石斛和徐榛面对着面，相互解开了发髻。徐榛从于苓手中接过金剪刀，身子贴着石斛，一手捏着石斛的一缕头发，一手拿着金剪刀将它剪下。徐榛将金剪刀递给于苓，两手捧着这缕头发，放到紫苏捧着的梨花木盒内。石斛接过金剪刀，也来了一个照样画葫芦，剪下徐榛的一缕头发。徐榛将两缕头发揉在一起，石斛用刚从徐榛发髻上解下的五彩丝线将头发紧紧一系，打上死结。徐榛和石斛一起，手捧手，盖上了盖子，锁上了金锁。徐榛将钥匙交给了石斛。石斛接过钥匙，往身后一扔，落在了床背上。

石斛看着徐榛，捧着徐榛的手说：“无论将来遇到什么样的天气，烈日酷暑也好，冰雪严寒也罢，小子都会疼你。小子一定会罄尽全力，让你感到嫁给小子这一生值。”徐榛应和石斛：“无论将来是赤日炎炎还是寒风凛冽，我都将和你同行。能嫁给你，我已经感到这辈子很值。”紫苏和文荷各捧着卺柄系有红丝线的一卺酒，分别呈给了石斛和徐榛。云蔓弹起了《关雎》，石斛和徐榛相互搂着腰开始喝合欢酒。喝了合欢酒，石斛和徐榛将小瓢轻轻一合，重新组成一个葫芦。两人携手用红线将葫芦捆扎好，一起弯腰将葫芦抛到了床底下。

“于苓，你跟了我那么多年，亲如姐妹，情同手足。今晚，你陪我一起跟石斛圆房，就当是你自己的新婚之夜。”

红红的烛光，悠扬的琴声，突然得到这份想都不敢想的惊喜，于苓不由自主地手脚一抖，感动得热泪盈眶。于苓是徐榛的贴身侍儿。依照常理，只要徐榛点头同意，于苓会是通房侍儿。将来生得一子半女，于苓会升格为小妾。石斛已经许诺，要单独存放这件精美的嫁妆。不想，徐榛一步到位，越过通房侍儿，直接将于苓升格为小妾。石斛没想到，于苓也没想到。

徐榛出阁前，朱雀门上下最紧张的人是于苓。于苓紧张地等待，徐渊决定让谁作为嫁妆陪徐榛出嫁。于苓晓得，自己不跟徐榛嫁过去，将来命运如何根本无法预测。孔子说,君子不器。可惜啊,在神州谁都是器,只不过主人不同而已。于苓的主人是徐榛。于苓非常不希望自己成为被主人摔来摔去的器物。如今侥幸碰到了懂得爱惜的主人,于苓希望能继续跟着这个主人。作为器物,于苓自己做不了主,只能祈求上苍恩赐。

于苓也晓得,一般情况,自己将是陪徐榛出嫁的嫁妆之一。可一般情况外,还会出现特殊情况。于苓非常怕出现特殊情况。万一徐渊主意一改,一切都将成为梦影。于苓就是无法说服自己不要紧张。“放宽心,你笃定要陪我嫁过去。”徐榛晓得于苓紧张,宽慰于苓。于苓知道,徐榛是徐渊的心头肉,一般情况,徐渊会顺着徐榛。眼下,于苓就怕万一。

钟夫人准备选一手之数,即五名侍儿作为嫁妆陪徐榛嫁过去,但具体是谁由徐榛自己决定。于苓终于将悬了好长时间的心放了下来。云思苑有五名侍儿,毕竟她们跟了徐榛都有些时间,最短的黄芩也已经有七个多月。徐榛决定将她们都带过去。偏偏这个时候,谢宛然要将云蔓送给徐榛做陪嫁侍儿。多一名侍儿少一名侍儿无所谓,可多一名或少一名,都成了双数。双数就不吉祥了。“一只手哪有四个指头、六个指头的道理?”钟夫人没有说,双听起来像凶,不吉祥。看来,只能从中剔掉一名。这一名肯定不会是于苓。

于苓前,徐榛有过几名侍儿,只有于苓跟徐榛合而留了下来。这些年,于苓几乎就是徐榛的影子,徐榛走到哪,于苓跟到哪。剔除谁都不会剔除于苓。文荷是大哥徐天赐送给徐榛的生日礼物。如今大哥走了,文荷就成了大哥留给徐榛的纪念。紫苏比于苓晚了差不多一年进入云思苑成了徐榛的侍儿。徐温当了都督,徐渊成了太尉,衙门赠送了很多奴婢。徐福从中挑了几名模样标致的侍儿送到云思苑,徐榛只要了紫苏。这些年,紫苏和文荷服侍徐榛的日常生活起居。白荻被人掠卖而进入朱雀门。成了徐榛的侍儿后,徐榛曾帮她寻找父母,一直未能如愿。黄芩是徐榛外出游玩碰到,见其实在可怜,带回朱雀门。到底剔除谁?徐榛思来想去,最后决定从两名应门中剔除一名。这一名就是黄芩。徐榛出嫁前夕,钟夫人亲自召见了于苓和其他四名陪嫁侍儿,反复叮嘱她们以后注意的事项。

于苓心里的紧张刚刚消去,紧跟而来的就是激动。

“我嫁过去之后,让紫苏和文荷来服侍,你以后就不用再服侍了。”

“县主,大家要婢子陪县主嫁过去,就是希望婢子还能像现在那样继续服侍县主。”

“紫苏和文荷会服侍。记得我十一岁那年起,你就跟了我,连头搭尾,已经八年了。你我之间的感情如何,我心里最清楚。我不会让你做一辈子侍儿。就算你愿意,我也不忍。你的心思,我懂。我会让你称心。”

于苓曾梦过,可没想到这个梦那么快就变成现实,不禁双膝一屈,趴在云思阁的地毯上给徐榛磕头。“县主”,于苓只说出两个字,已经热泪盈眶,哽咽说不出话。“我明天就要出阁了,喜气洋洋才行,哪能哭?”于苓慌忙爬了起来,哆嗦着掏出手绢抹眼泪。“紫苏她们会默认你的身份,只是千万不要摆起架子。”徐榛叮嘱。

“婢子晓得自己的身份! 婢子心里非常清楚,如今拥有的一切,全都是县主恩赐。婢子牢牢记住,自己永远是县主的侍儿。”

“你有这份心,就行了。成婚后,石斛不买侍儿,我让白荻跟在你身边,让你也尝尝被人服侍的滋味。就日常生活起居,我身边有一两个人就够了。”

于苓再怎么努力,也止不住不断涌出的热泪。

“千万别放心里去。这也是你服侍我那么多年应该得到的奖赏。想想这些年,我每一次身体有点不舒服,你都是整夜不合眼,端烫送水,坐在一旁服侍我。那么多年以来,你一直任劳任怨,毫无怨言。现在也该到了出头的时候。你晓得,我从小在别人的服侍下长大,衣来伸手,饭来张口,许多事情根本不懂。你以后要替我多关注石斛的生活。石斛希望我婚后能过上比现在更舒服的日子,我也希望石斛婚后能够继续像现在这样高高兴兴。”

“婢子一定会倾尽心力。”

昨晚,于苓一夜没合一眼,盼望着这一夜赶快过去,仿佛徐渊会夤夜改变主意。几次起来,走到窗前,轻轻地拉开窗帘看外面的天。见天还是墨黑一片,才重新躺回到床上。睁着眼睛,心里一个劲地对自己说,一定要服侍好姑爷,让姑爷高兴,让县主舒心。直到过了四更,才有了睡意。怕睡过了头,坏了大事,继续躺了一会,就起床梳洗。

石斛默认了于苓。紫苏、文荷扶徐榛、石斛在房内榻上坐下。于苓跪在徐榛面前,行小妾见主母之礼。“县主的大恩,婢子没齿难忘! 婢子一定听从县主吩咐,辅助县主服侍好姑爷!”于苓毕恭毕敬伏地拜了三拜。礼毕,徐榛将于苓扶起。

“圆房之前,小子想,先给新娘弹一首曲子。徐榛,你想听什么曲子?”

“你弹什么样的曲子,我都喜欢。”

“那小子就给你弹一首《梦行江南》。”

石斛在琴凳上坐下,两手一抬,开始弹琴。

当《梦行江南》的最后一个音符隐逸在婚房里面,石斛站了起来,走到徐榛跟前,两手一捧徐榛的双肩,看着徐榛,浅浅一笑。"稍等一会,小子马上过来。"石斛松开手,转身起步,云蔓端着罩灯,照着石斛出了后门。石斛提起一桶新鲜井水,洗了一把手,擦干了水珠,回到了婚房。就在婚床前,云蔓、白荻服侍石斛宽了衣。紫苏、文荷掀开了罗帐。徐榛、于苓已经卸去了钿钗礼衣,胸围诃子,分坐在婚床上等候。石斛在床沿一坐下,紫苏、文荷就放下了罗帐。看到一脸的娇羞,石斛熬不住,凑了上去,两人身体一斜,轻轻躺到了床上。

"石斛,花烛点着,我会睡不着。"

"那小子去将它给吹了。"

于苓吓了一大跳,连忙制止。"这可不行啊,姑爷。夫人再三吩咐过,叫我们几个轮流剪烛花,直到这对花烛一起燃好。"出阁前,钟夫人吩咐来吩咐去,还特意请了婚姻美满的秦夫人到云思阁给徐榛和将要陪同徐榛出嫁的侍儿传授房内秘技。

"妈说点着,那就点着。"

于苓铺开了红被。石斛搂着徐榛说:"等一会,你累了,就会想睡。洞房花烛明,燕余双舞轻。优美的舞姿,花烛光下,她们才能欣赏得到。"徐榛娇嗔说:"就喜欢胡说。""是不是胡说,马上可以验证。"红红的罗帐映着徐榛红红的脸。伴随石斛轻快的燕舞,徐榛优美的莺歌开始弥漫整个婚房。陆士衡云,悲歌吐清音,雅舞播幽兰。丹唇含九秋,妍迹凌七盘。赴曲迅惊鸿,蹈节如集鸾。绮态随颜变,沈姿无定源。俯仰纷阿那,顾步咸可欢。站在婚床前侍候的紫苏、文荷、云蔓、白荻,个个是想看不敢看,想听不敢听。

"那么响亮的歌声,弄得人根本就没办法睡觉!"

舞止歌歇,窗外忽然传来了曲柯高高的说话声。"看哥哥出去打不打你屁股?"伴随着一阵"嘎嘎嘎"的笑声,正捅破窗户纸窥视的曲柯、石竹等人一哄而散。"石斛",徐榛微微喘着气说,"曲柯、石竹她们好像在外面看欸!"

"看就看呗。让她们学着点,也好将来嫁人时,有些准备。"

"就会胡说！她们传扬出去,怎么办?"

"传扬出去,只能说明你的歌声很好听。"

徐榛伸手拧住了石斛的大腿。

"别,别！新婚之夜,你就拧起自家郎君,传扬出去,名声肯定不好听。"

"紫苏!"

紫苏、文荷轻轻地掀开罗帐,白荻端着罩灯站在一旁。

"刚才那一口,都快咬出血了。"

“婢子给姑爷吮一吮。”

于苓轻轻吮了吮石斛手臂上深深的牙印。

“没关系。小子的肉铁似的,没将你的牙齿咬酸就好。”

“那我就拧。”

徐榛说着,就已经拧住了石斛的腿根。

“小子看,干脆今晚让你拧给够,也不至于以后突然来那么一下。”

“让我拧,我偏偏不拧,免得人家说我欺负你。”

“石斛”,过了半晌,徐榛说,“是不是留着,明天拿过去给妈看一看?”

“傻啊!别忘了,妈可不是一般人,见过一些世面。”

“那云蔓拿过去将它扔了。”

云蔓从于苓手中接过葛巾和白绢,紫苏、文荷重新轻轻地放下了罗帐。窗前花烛的烛花在跳跃,徐榛沉沉地睡着了。忽然,徐榛身子一侧,呢喃了一声“石斛”。“姑爷”,于苓轻轻地说,“县主正在做梦。”石斛轻轻地说:“肯定是梦行江南!”于苓捧起石斛的手,亲了亲手心。于苓感慨地说:“县主梦行江南,婢子何尝不是梦行江南?”

石斛两手一搂,于苓紧紧地贴到了石斛的胸前。

白荻、紫苏、文荷、云蔓的精心看护下,婚房内的这对花烛终于同时耗尽。两缕青烟悠悠升起,最后散去。紫苏等侍儿开始侍候徐榛、石斛梳洗。坐在梳妆台前,着着铜镜中的自己,徐榛说:“于苓,发髻是不是太高了点。我总感觉有些不顺眼。”

于苓再看了看徐榛的发髻。“婢子给县主梳低一点。”云蔓已经梳好了石斛的发髻。石斛站了起来。“你看多了,就会习惯起来。妈看了,肯定会说,小子本事大,这么漂亮的新妇怎么会哄得过来?”徐榛站了起来,挽住了石斛的手。

“只要以后别将漂亮的娘子往家里哄就行。”

“小子又不是白痴。将母鸡哄到家里来,凤巢岂不成了鸡窝?”

徐榛笑起来,拧住了石斛的手臂。两人起身,前去给石岩、尹如雪请安。石岩和尹如雪早早就已经坐在后屋堂内等候。徐榛、石斛、于苓、云蔓、紫苏、文荷、白荻给石岩和尹如雪夫妇行了礼,站在石岩和尹如雪跟前,听石岩和尹如雪训话。

“新妇是你自己哄的,爸也就不多说了。一句话,已经将人家哄过来了,就要对人家好。”

“孩儿谨记!”

“你俩,妈就不再送什么物事了。于苓、紫苏、文荷、云蔓、白荻来到我们家,应该送点物事。上次去若水宫时，姨妈给了几对玉镯，刚好给你们五人留个纪念。过来，我给你们带上。”于苓来到了尹如雪身边。尹如雪从盒子里面拿出一对玉镯给于苓带上，把着于苓的手说：“榛儿贤惠，同意斛儿纳你为如夫人，也就成了我们家的一员。不是斛儿幸运，娶上榛儿，能娶上新妇已经算是造化了，根本就没有什么资本纳妾。你虽不是斛儿明媒正娶的新妇，但在我心里你也是我的儿媳。不敢叫妈，那你以后就叫姑姑或者姨妈。”

“谢谢姨妈！谢谢姨父！”

于苓决定选用曲柯平常对尹如雪和石岩的称呼。于苓退后三步，屈膝下地，伏地给尹如雪、石岩行礼。于苓拜了三拜，石岩夫妇双双伸出手。“贤媳请起！”于苓站了起来，俯身站在一旁。尹如雪先后给云蔓、紫苏、文荷、白荻带上玉镯。

“从今后，我们就是一家人，注定我们以后要荣辱与共，休戚相关。一人好，一家人会跟着好；一人不好，一家人会跟着不好。这话一定要牢记在心里。”

“孩儿、儿媳、婢子谨记！”

“家和万事兴。我们同在一个屋檐下，同吃一锅饭，一定要和睦相处。很多家庭不和就由一句话引起。话说赢了，一句话；说输了，一句话。嘴一张，气一散，就没了。切莫逞一时口舌之快，伤了和气。我们是一家人，比起别人，更应该要相互体谅，彼此尊重。连家人都不体谅、尊重，你体谅、尊重谁？出口、出手前都要想一想，我们是一家人。这世界最关心你的人是你的家人，最值得你信任的人也是你的家人。平常，心里有什么想法多跟家人说说。多敞开心扉说一说，一家人的关系才会越来越融洽。要知道，家庭和睦温暖，日子才能过舒畅。我没希望你们能有多少辉煌的成就，只希望你们能舒畅地过好每一天。”

“孩儿、儿媳、婢子谨记！”

“第一次晨见，多说了几句，实际根本不用啰嗦。我来给你俩介绍家人。”

尹如雪接着向徐榛、于苓介绍家人和亲戚。石柏、石竹，尹似雪、秋雨、秋水，徐榛和于苓都见过面，尹如雪还是郑重其事地一一向徐榛、于苓介绍。徐榛忽然意识到自己已经成了石家的一员，今后将叫石徐氏；于苓受宠若惊，尹如雪接受了她。尹似雪是外亲，又是长辈，尹如雪第一个介绍。徐榛行了拜礼，于苓紧跟着徐榛，惶遽惶恐地伏地拜了三拜，接着是云蔓、紫苏、文荷、白荻。尹如雪介绍了平辈兄弟姐妹，也介绍了朱寒莓和曲柯。

“以后你们会知道，我们家是一个温馨的家。”

闲云潭影日悠悠，物换星移几度秋。石岩家原本孤零零几个人，石斛一成婚，增加了徐榛、于苓和四个侍儿，一下子变成了十几个吃饭。空荡荡的餐室突然间挤进十几个人，顿时拥挤了起来。十几年时间一晃过去，石岩家仿佛又变成了钟鸣鼎食之家。

吃了饭，石柏准备带秋雨、秋水外出转一转。“来金陵也好几天了，秋雨、秋水都没出去看一看。反正也没有其他事，大哥准备带她俩去金陵附近地方转一转。”“我也要去。”石竹第一个报名。“行。大哥带你去。”“大哥不妨去紫金山看看。”徐榛向石柏建议。“秋天来了，树叶变黄的变黄，变红的变红，肯定很漂亮。”石柏接受了徐榛的建议。

“姨妈是不是也一起去看一看？”

“姨妈就是想去看，也不跟你们缠在一起。”

“还有谁想去？”

“我也想去。”曲柯第二个报名。“哥哥呢？”

“你想去只管去，别管哥哥去不去。哥哥昨晚刚成婚，今天肯定有很多人来贺喜。新郎官都不守新房，怎么行？紫金山虽紧挨着金陵城，步行还是有些远。不如这样，弟弟先陪哥去总社，骑马直接从那出发，比走东门，还要快一些，毕竟城外没什么人。”

“如今你是地头蛇，听你安排。”

石斛不去，徐榛也不去，于苓、云蔓、紫苏、文荷、白荻很想去也只能不去。朱寒莓身体刚复原，不宜外出游玩，也留在家中将息。“你在家，小子去一下就回。家里爸、妈、姨妈都在，不会有事。”徐榛还没有开口接话，秋水已经催了起来。“二表哥，别搞起来新婚别似的，快一点。”“急，真急！”石斛说着起步。众人出了家门，步行前往总社。

石斛新婚，来贺喜的人成群结队，尤其是街坊邻居，更是一家子一家子来。幸亏钟夫人给了徐榛五个陪嫁侍儿，徐榛才没有手忙脚乱。于苓率领云蔓、紫苏、文荷、白荻，送茶端水，给来闹新房的妇孺分糖果。朱雀门侍儿与众不同，出手极其大方，个个兴高采烈，乘兴而来，满载而归。徐榛新婚，内心喜悦，待客热诚；石斛伪君子，待人一向客客气气。两人送往迎来，直忙到快要吃中饭了，才可以坐下来喘一口气。

快要过午时了，石柏和秋雨、秋水她们才回家。“真是漂亮！”一进家门，个个眉飞色舞地向没去紫金山的人介绍美景。“树叶红的，黄的，苍的，青的，什么颜色都有。差一点要醉了。还真想在那住下来。”尹似雪颇为感慨地说：“神州的景色是什么地方都很美，就是黄河也有黄河的味道。如此美的神州，竟然会繁衍出这么一群人，真是奇事！”“表妹”，石斛接嘴，“紫金山是神州美景，我们要去的地方却是海外仙境。”

三六九，赶猪狗。八月十三，尹似雪带秋雨、秋水以及舒容、孔阳等几名侍儿准备离开金陵。石岩一家人带着阿虎前往金陵码头送行。曹全晟已站在帆船上等候。阿虎第一个踏着跳板窜上了帆船。“看来，阿虎比我还要心急。”见秋雨、秋水站着让石岩先上，石岩说：“快上。姨父再急，也不差这一会。”秋水、秋雨紧跟在阿虎后面，登上帆船。“哥哥过两天就会赶来。”“没事。”朱寒莓拿着手绢，低头捏了一下鼻子，转身踏上了跳板。尹似雪、尹如雪、石岩、舒容、孔阳等紧随其后，陆续登上了帆船。见曲柯站在码头不动，石岩问：

“曲柯，你和你哥哥一起走啊。”

“哥哥什么时候走，我就什么时候走。哥哥留着不走，我就留着不走。”

“只要不落在金陵就行。落在金陵，纵然将来变成了皇后，也是死定。”

石柏和石斛紧紧一抱，转身登上了帆船。

船工跳板一抽，船缆一解，帆船缓缓离开了码头，扬帆起航。

夏员外在金陵儿子家呆了几天，准备返回老家。儿子家终究是儿子家，还是自己家自在舒服。临行前，夏员外决定去跟石斛辞行，对石斛盛情邀请他参加婚宴并派人护送回家表示感谢。夏员外和夏菡一起，前往鸡鸣巷石斛家。宅院的大门开着，院子里全是陌生人。夏员外怀疑是不是记错了地方。正在犹豫间，一名陌生人迎了上来，拱手询问：

“请问老丈，想找哪一位？”

“老夫记得这里好像是希声社都统石斛的家。”

“老丈没记错。这里确实曾经是都统的家。”

“小哥可否告知，石斛家搬哪了？”

“都统和他家人几天前搬到浙江东道明州去了，具体地址，仆也不是很清楚。”

夏员外和夏菡带着遗憾离开了鸡鸣巷。

“菡儿啊，人无缘，如何巧遇，终究还是无缘。”

第九十五章　临行

叔兮伯兮，唱予和汝。

——《诗经》

前来送行的人陆续散去,石斛转身返回。“中秋节,小弟要去朱雀门省亲。麻烦林兄从海外进的货物里面,准备十来份礼物,到时让小弟带去给小弟的妻舅。”婚后第一次去娘家省亲总不能空手去,石斛准备将备办礼物的事情托付给林森寒。

“礼物不需要特别贵重,朱雀门有的是铜钱,不在乎,但要新奇。”

“仆一定会用心考虑到底选什么样的礼物。”

“每份礼物要一样。免得说内子的闲话,说厚此薄彼。名堂虽没名堂,不一样了就会有人说你的话。不能要走了,给内子留下不好的名声。小弟的丈母信佛,林兄着人找一串特别些的念珠。丈母每天捏着它时,能感觉到温馨。丈人嘛,喜欢喝茶。送什么好呢?茶叶,喝一下就没了,也没什么名堂可送。丈人真不晓得送什么好。”

“要不送一套精致的茶具?”

“小弟的丈人已经有一套很精致的茶具。”

“爸就不用了。”

“物事不重要,爸又不是没有铜钱,但送还是要送。女儿出嫁后第一次回娘家省亲,无论送什么物事,做父亲的都会很高兴。总不能让你回去空口叫一声爸。要不,林兄回去替小弟好好琢磨琢磨,到底送什么物事好。”

“送礼,狄生商内行。等会,仆找他商量商量。”

“找他商量商量也好。最好弄一样物事,让丈人能看到它,能想起女儿孝顺。”

“都统放心,仆一定将它办好。”

走到总社门口,林森寒小跑进大门去叫马车,石斛和徐榛站在门头前等。

“就算送,随便送一点就行,没必要那么讲究。”

“只有爸和妈,无所谓。这次回去省亲不单要看爸和妈,还有其他人,总不至于让人家说你这个姑姑不会做。礼物虽没什么名堂,但神州人却特别讲究送礼。礼仪之邦,说白了就是送礼之邦。小子这方面也不是很懂。所以,小子请了送礼行家狄生商专门主事送礼。比如官员,就需要根据他们的嗜好,决定送什么礼。小子也很讨厌送礼。”

从希声社到鸡鸣巷,步行都不需要多少时间,马车一会工夫就到。就在鸡鸣巷口,众人下了马车。曲柯在前开道,石斛搂着徐榛紧跟在后,众人一起步行回家。“白荻,开门。”曲柯砰砰拍着门高声叫喊。“来了,来了。”门内传来了白荻的声音。

“大白天,为何关着院门啊?”

“你和姑爷都出去了,我们几个都没力气,万一坏人进来,怎么办?”

白荻给的理由非常充足。别说战乱时期,就是和平年代,神州最缺的还是安全。夜不闭户,依照儒家的说法,也只有等到了大同时期才能实现。朱雀门有高高的围墙,又有一大班家丁守着,自然感觉安全。石斛鸡鸣巷的家,矮矮的围墙,普通人费点力气都能翻进去,石岩夫妇如今又走了,万一突然闯进个歹徒,两小娘子还真不晓得该如何应对。

“哪有那么多坏人?”

“还真别说。如今神州,就坏人多。流氓、恶棍、地痞、无赖、泼皮、恶霸、盗贼、土匪,光名称就有好多种。你说多不多?这些还只是不入流的低级坏人。”

只要有人,肯定就会有垃圾。不晓得从什么时候开始,神州人的生活习惯越来越差,到处乱扔垃圾,以致神州满眼都是垃圾。常年生活在垃圾堆里面,见惯了垃圾,人也越来越垃圾。石斛接地气,跟各种人厮混,才闻到这些垃圾人身上发出的臭气,才理解邪字的真正意义。

“就喜欢胡扯。”

“小子未必就是胡扯。神州其他不多,就坏人多。像朱温这种顶级坏人不去说,稍稍有名头的坏人都可以随时要普通庶民的命。像一年前被处死的淮南节度副使高沣,突然间心血来潮准备将一州人统统杀光。不是杀一个,而是杀光!扬子江上,每天都漂着死人。谁晓得他们是怎么死的。杀了,往扬子江一扔,下游的人看到,怜悯一点,捞起来埋一埋。谁会去追究?只有将来,到了新地方,没有坏人,就是开着门睡觉,也没事。”

众人进入了院子,白荻重新关上了院门。

“姑爷,有那么安全吗?”

“不安全,我们搬什么家?”

石斛搂着徐榛,穿过前堂,前往后屋。

“吃了饭,你午睡一会,我们一起去看一看叔父。”

“今天我有点累,还是明天再去吧。”

“行。那我们就明天去。”

石斛惧内,况且又是新婚,徐榛说不去就不去。进入后堂,石斛扶着徐榛在凳子上坐了下来。石斛本想出去看一个朋友,想想还是决定不去。父母一走,家里就几个小娘子确实不安全。白天还马马虎虎,晚上让石斛将徐榛几个娘子独自留在家中,给他十个胆也不敢。“曲柯,去将琴抱过来,哥哥弹几首曲子给你嫂嫂好好听一听。”曲柯进屋,抱出了琴。石斛在后堂内弹了几首曲子,曲柯、云蔓、白荻几个人就一窝蜂前去厨房准备午饭。

“我当时怎么忘了向我爸要一两名烧饭的嬷嬷。”

徐榛的云思苑有三名嬷嬷,但都是做杂务的嬷嬷。徐榛饭来张口,连厨房都极少去。出阁前,根本没想过,饭需要人烧。早想到,徐榛说不定真会向父亲要烧饭的嬷嬷。其实,钟夫人想过给徐榛烧饭洗衣的嬷嬷。“不用了。”徐渊不赞成。“他那点地方,一大班人去,住都没地方住。还是等将来换了宅院,再说。”钟夫人想想觉得有道理,就打消了主意。

“还是不要得好。小子觉得,我们做子女的,不要老是希望自己的父母将一切事情都办妥。就说想这样,也不可能。毕竟父母最终都会老,一百岁也就是一百岁,还得靠自己。儿孙不争气,给他整座江山,也会败个精光。”

“是不是惦记着江山?”

“江山又不是小子败掉的,为何要去惦记它?小子只是说,要靠儿孙自己努力。就算爸再送几个嬷嬷给你,嬷嬷迟早还是会老。总不能过几年再回娘家去向爸要嬷嬷吧?就我们几个人,她们几个烧顿饭总会烧。说得正经点,会烧饭、洗衣也是妇德的内容哦。”

“都是我不好,嫁给你之前,没好好学一学妇德。”

石斛拿起徐榛的手,掀起了一点袖子。“你看看,这是不是一双烧饭、洗衣的手?”徐榛笑了起来。“县主亲自去烧饭、洗衣,婢子和云思苑其他几名侍儿都没得饭吃。”于苓接过石斛的话。“于苓说的是。你不去学烧饭、洗衣,才是真正的妇德。”石斛捧着徐榛的手轻轻地抚摸了起来。“你这双手,拿拿书,弹弹琴,最多也只能绣绣花,缝缝衣。”

“饭云蔓、文荷都会烧。就几个碗,几件衣裳,洗一洗根本不需要花多少工夫。”

“就是。就算你嫁了一个废物,也不需要你亲自去烧饭、洗衣。你想想,丹凤仙子会不会亲自去烧饭、洗衣?将来孩子出生了,小子会去雇。小子总不至于像那些节度使一样在家里养一班小厮,养一班家妓。说实话,不是爸坚持,陪嫁侍儿小子也想不要。”

“姑爷总不会不要婢子吧。”于苓含笑说。

“你?”石斛笑了起来。“小子想不要都不行。你和你家县主形影不离那么多年,已经成了你家县主生活的一部分。强行将你俩分开,你家县主肯定很不舒服。人一生,最难求的就是一个能够与自己和鸣的人。想想世人,有几人一生有与自己和鸣的人?有一个与自己和鸣的人,人才不会感到孤独,不会感到寂寞。对你家县主来说,心欲的满足更重要。你,小子代替不了。就好比小子,新妇需要,知己也需要。小子要想兑现诺言,没你不行。”

昨天,石斛特意陪于苓去了一趟她的老家。

自十一岁被卖到朱雀门以来,于苓就没回过老家。

于苓的老家在宣州当涂县丹阳村,离金陵不是特别远。已经卖给了朱雀门,就归朱雀门所有。于苓不能自作主张回老家看父母。去年,妹妹于华出嫁时,于苓的母亲史氏遣于苓的哥哥于感奋来过朱雀门。于苓很想去,最后还是决定放弃。于苓是朱雀门一等侍儿,月钱是三千五百文。这份月钱足够养六七个人。这些年,于苓将自己的月钱几乎全给了家里。

到了丹阳村,没向人问路,于苓凭着记忆,领石斛来到自己家的门前。院子里的那株大樟树还在,只是房子已经翻新。一个三四岁的孩童在院子里玩耍,一名年轻的女子怀抱着孩子坐在竹凳上。见于苓和石斛走进院子,女子站了起来。这女子是于苓的嫂嫂温氏。

“请问这位大嫂,这里是否是于感奋家?”

“是。你是?”

“我是他妹妹于容。”

“姑姑?”温氏旋即转身高喊:“妈,于容姑姑来了。”温氏连叫了两声,得到了于苓母亲的回应,才重新转过身子。“姑姑快请进!章儿,快带姑姑进去。妈出去叫你爸。”温氏说着，就抱着孩子跑出了院门。章儿怯生生地来到了于苓的身边。

于苓蹲下身子，正准备去抱章儿，就见母亲从堂后走了出来。于苓急忙站了起来，快步上前，踏上台阶。于苓正准备屈膝，于苓的母亲已经扑了过来，一把将于苓紧紧抱住，老泪顿时纵横。八年过去，没见一面，突然出现在了眼前，母亲此时的心情，于苓能懂。石斛蹲下身子，抱起章儿，站在院子里不动。等史氏松开了于苓，石斛才起步向堂内走去。

于苓递上手绢，史氏擦了擦眼泪。石斛踏着台阶，登上步檐，进入了堂内。于苓向她母亲介绍：“妈，县主的姑爷。”于苓不敢说姑爷。于苓是徐榛的贴身侍儿，县主的姑爷既是于苓的姑爷也是于苓的主人。于苓的母亲能听得懂。能陪于苓来看母亲，彼此关系清楚。史氏一听，慌忙屈膝，准备下跪给石斛行礼。“使不得！”石斛赶紧放下章儿，跨步向前，双手托住了于苓的母亲。“天下哪有长辈给晚辈下跪的道理。”“没有县主，哪有现在？这份恩德侍儿终身不会忘记。行个礼，名正言顺。”于苓一旁帮着，和石斛一起，搀扶着史氏到堂内木榻上坐。史氏屁股刚一着木榻，就站起来。石斛手稍稍用了点力，史氏只得坐下。“小子晚辈，给长辈行礼，是做人最起码的礼数。”石斛松开手。

“姑爷！你用强，家母肯定会终身不安。”

“那好。叔母，小子有礼了！”

石斛俯身拱手拜了一拜。“姑爷，使不得。姑爷是主子，侍儿受不起。”史氏慌忙站了起来。“叔母是长辈，小子就是磕个头，也是理所当然的事情。”石斛上前扶着史氏，在木榻上坐下。“你陪叔母好好聊一聊，小子去将物事提过来。”于苓和她母亲已经几年不见了，想唠叨的话肯定多。坐在一旁，母女两人唠叨也不方便。石斛找了个借口，主动避让。没等于苓回应，转身出了堂内，快步出了院子。

听新妇说于苓回家探望，于感奋急匆匆结束了农事，和新妇一道赶回家。不用母亲吩咐，于感奋就开始杀鸡，准备款待于苓和石斛。这些年，全靠于苓的月钱，于感奋置办田产，翻修了房子，娶来了新妇。如今，在丹阳村已经是算得着的富户。

“当初，你父亲将你姐妹俩卖掉也是万般无奈。你哥哥当时还只有十三岁，你父亲只能算半个人，根本没办法撑起这个家。将你姐妹俩留在家中，我们一家人都得饿死。卖掉你姐妹俩，我们家五口人才能活下来。你不晓得，妈当时的心如同刀割一样痛。你俩都是妈心头的肉，怎么舍得卖掉？没办法啊！你父亲觉得对不起你，临终的时候，再三吩咐，不要告诉你。总算天有眼，你遇上了县主。妈希望，你就不要再怨你父亲了。”

“刚开始的时候，还真是恨。后来，渐渐不恨了。很多事情，女儿慢慢懂了。女儿这次来就是想看一看，以后说不定就不能来了。”

“你是朱雀门的人，不是想来就能来。”

“谢谢妈理解。”

石斛在院子外转了转，觉得于苓和她母亲应该唠叨得差不多了，从马车上提了两个包裹返回。石斛进入院门，见堂内多了一名后生，猜想应该是于苓的哥哥于感奋，旋即快步穿过庭院，踏着台阶，进入堂内。于苓将石斛介绍给哥哥。“这次匆匆前来，没买什么物事。”石斛将手中的两个包裹递给了于苓的哥哥。于苓怕有人过眼，拉着哥哥到了房间内，转身关上了房门。“哥哥，小包裹是黄金二百两，大包裹是白银五百两，就由哥哥养妈过老。”于苓将母亲托付给于感奋，并特别提醒。“妹妹在朱雀门将近八年，晓得钱财不能外露的道理。”

“妹妹放心。哥哥将这些铜钱埋在地下，以备不虞。”

“妹妹家境不怎么样，哥哥可以拿出部分支援她一下。”

“妹夫家境还算不错，光田地就有三十多亩。当初是朱雀门徐大家遣人赎的，四村八乡的人也都晓得。正因如此，妹妹才找着好家庭。她受的苦，哥哥懂。不是妹妹马上要走，哥哥就去将她叫回来聚一聚。没有你，哪有她的今天。”

“全是县主的恩德。妹妹一说，县主马上答应帮忙。”

丹阳村是一个不到一百户的小村子。听说于感奋的妹妹回家探亲，前来看望的人络绎不绝，弄得石斛也赔笑脸接待。饭后，于感奋带路，于苓看望了每一户人家。依照人丁，于苓给每人发了一缗铜钱的红包。村民个个欢天喜地，赞美之声不绝于耳。

从金陵出发时，狄生商给准备了五百缗铜钱。发到最后，只剩下了三十九缗。于苓去祭拜了父亲的坟墓，就跟母亲、哥哥、嫂嫂辞别，离开了丹阳村，返回金陵。坐在马车上，于苓头靠在石斛的肩膀说：“姑爷让婢子满足了从未有过的虚荣。”

“姑爷，有人找。”

石斛听白荻说有人来访，旋即站了起来，快步前往前屋。来访者是大理寺卿李慎肇。李慎肇见后堂都是女眷，就选择在前屋堂内和石斛说话。文荷献上清茶，站在一旁侍候。两人一番客套后，李慎肇直接挑明来访的目的。

“不是都统鼎力相助，小吏也不可能那么容易就清剿了控鹤军。小吏去池州前，最起码也应该对都统说一声谢谢。”

鄂岳观察使刘存和岳州刺史陈知新大意失荆州，兵败被马殷所杀，吴国朝野上下都有复仇的愿望。徐温提升池州团练使陈璋为淮南节度副使带兵征讨马殷，准备夺回岳州。李慎肇清剿控鹤军有功，徐温任李慎肇为池州团练使，以补陈璋走后的空缺。李慎肇盼星星盼月亮盼了多年，终于盼来了自己的地盘，成了一方诸侯。

“吃饭啰！”

曲柯前来通知石斛。“都统还没吃饭，那小吏就不打扰了。”李慎肇起身告辞。石斛没有挽留，起身送李慎肇出院门。正准备吃饭，又听到有人叫门的声音。曲柯跑去开门。“哥哥，是林森寒。”传来了曲柯的声音。“你们只管吃，小子去看一看。”石斛刚迈出餐室，就见林森寒带几个人提着一堆物事前来，连忙迎了过去。林森寒含笑说：“都已经吃饭了，仆还带菜来给都统准备午饭。”“早市去买了一些。”石斛引林森寒去放物事。“以后，林兄就不用送了，去集市买也很方便。云蔓，你们几个出来挑一挑，容易馊的让林兄带回去。”

“礼物都已经备好，都统是否看一看？”

“不用看了，林兄备了就是。”

云蔓、于苓、文荷先后出了餐室，挑选了菜肴，拿到厨房去。“那仆就先告辞了。”林森寒手一拱，准备离开。石斛也没有挽留，跟了上去。林森寒手一拱说：“都统快留步！”“没事。小弟正想跟林兄说几句。”石斛送林森寒出了院门。

“螺蛳壳那么大的地方，走两步就没了。”吃了饭，洗了手，石斛又搂着徐榛转起了院子。出了后堂，沿着走廊，两人慢慢往前屋走。徐榛头一侧说：“有你在，再小的地方也舒服。”石斛含笑说：“比小子的嘴还甜，亲一口。”石斛头一低，刚亲了一口，后面就传来了曲柯的声音。“哥哥，你也遮掩点么。”石斛抬起头，搂着徐榛转过身。见石斛转身驻足，曲柯小跑了过来。“自己家，又关着门，有什么好遮掩的？”“那也应该到房间里去，不要让我瞧见。”曲柯找到了一个很好的理由。石斛逗趣说：“哥哥成婚那天，你还在新房外捅破窗户纸盯着看呢。”曲柯一时哑然，徐榛笑了起来。“找哥哥有何事？”石斛问。

“我想找哥哥下棋。我一定要下赢你！”

“你先去准备。等你嫂嫂午休后，哥哥就来和你下，肯定将你杀得片甲不留！”

曲柯马上转身去摆棋。石斛搂着徐榛，继续往前屋走。走廊短，就是一步一步量，很快就走到前屋。跨过门槛，进入堂内，两人慢慢走到了步檐上。踏着台阶，下到了庭院上。秋风已起，但太阳晒到身上还是感到烫。两人转到了一下，又踏着台阶，回到了堂内。

“这螺蛳壳，转一下，就没了。”

"已经决定要嫁给你,就想好了,你住哪里,我住哪里。我不会因你住在破兮兮的房子而觉得自己脸上无光。我想嫁给大宅院,吴国随我挑。我要的是郎君,而不是房子。就比如现在,我想大宅院,你可以买,我随便开个口,爸马上会给我买。"

"上天对小子真的是一点也不薄,让小子能娶上你。"石斛亲了一口徐榛。"小子不喜欢在城内生活,就是花园式的宅院也不喜欢。倘若让小子选择,小子宁愿住山间树林中的草庐里面。不是马上要搬走,小子会在金陵东郊修造一座别院,让你来住。清新的空气,优美的环境,优雅的生活。你么,弹弹琴,下下棋,看看书,绣绣花,散散步,都可以。"

"那地方真的很漂亮吗?"

"肯定漂亮。据传来的信息说,那地方简直就是人间仙境。"

"我还真是向往了起来,巴不得飞过去瞧一瞧。"

石斛送徐榛去午睡,前来和曲柯下棋。

"让几子,你自己说。"

"就让五子吧,免得真给哥哥杀得一子不剩。"

曲柯想了好久才做出决定,选择让五子。两人开始捡子下棋,于苓坐在身边奉陪。"这次不要后悔好吧。落子前,先想好。这样棋艺才会提高。"石斛从棋盒里夹起一枚棋子。曲柯下了一子后说:"听哥哥的。"两人下到七八十手,徐榛起了床。

于苓准备前去服侍。"姐姐陪姑爷下棋,我去就是。"紫苏已经起身。还没下两手,徐榛就来了。"姑爷!有人找。"传来了白荻的声音。"曲柯,由你嫂嫂陪你下,哥哥去看一看是谁。"石斛站了起来,将位置让给徐榛,前去招待客人。

来访者是维新木器行当家吴靖邦。后堂内聚着一班女眷,言语肯定不便。石斛就请吴靖邦在前堂内坐。于苓和云蔓送来了清茶和瓜果。吴靖邦这次前来家中是感谢石斛帮他找回了被拐的独子。拐卖孩童的事情历来有,土匪争夺地盘那些年,妇孺都成了充饥的军粮,谁还愿意花铜钱买一个累赘在身边?拐卖才渐渐没有听人再提起。武忠王平定江南,局势渐渐稳定,拐卖又重新死灰复燃。徐温接掌吴国权柄,也制订律条严厉打击拐卖孩童。只要有利可图,就会有人铤而走险。这两年似乎有越打击越猖狂的趋势。

"去了总社几次,都统都不在。后都统新婚,仆不敢再打扰了。"

"吴兄不必挂在心上。小子最恨就是拐子,为了几文铜钱,活生生毁掉一个家庭。小子总觉得,人作恶也起码有个度。这种人比朱温这些杀人恶魔还要可恨。手下兄弟将那拐子抓着时,小子当时就想将他活活捏死。担心有人说小子动用私刑,才将他交给了衙门。”

“已经判了磔刑。”

“判了就好。”

“内子一定要仆请都统到家吃顿饭,表示感谢。”

“饭就免了。小子只是希望吴兄以后看紧点。如今神州,根本不考虑人家痛苦的拐子着实太多。想法不变,单单磔刑根本不能阻吓那些拐子铤而走险。”

两人还没聊几句,有人叫门,又来了客人。石斛向吴靖邦手一拱,起身前去开门。来者是白记寿木店现任东主张白。吴靖邦见来了客人,起身跟石斛告辞。

“自家院子里的枣子,摘几个,带回来,给都统尝一尝。”

“当家没必要搞得那么客气。”

“其他物事,仆不敢带。枣子正出,又是自家院子的枣子,才摘几个,给都统。”

“当家客气了。”

“就几个枣子。都统,仆就先走一步。”

“张白,先在堂内坐,小子送一下吴当家。”

“不用送,不用送,都统只管招待客人。”

送走了吴靖邦,石斛转身快步返回。“请坐,请坐!”见张白仍站着,石斛一边快步登台阶一边请张白坐。张白很拘谨,等石斛坐下,才坐了下来。云蔓给张白送来了清茶。石斛问张白的第一问题就是新妇有了没有。

“有了。准备十二月二十六成婚。”

“不要再给人拐走啰。”

“少东主放心!这次不会。吸取上次的教训,这次仆不要相貌,就要人贤惠。”

“人总会老,贤惠还是最重要。正如老哥所说,别人说你一句好根本没用,关键是自己日子过得舒服。店里的生意怎么样?”

“生意好得很。凭着少东主创下的名头,仆还准备再开两家分店,免得送货麻烦。仆刚接手寿木店时,老哥不仅给了三百缗的启动资金,还特地派两名弟兄协助了一阵子。当初听家母的主意,离开寿木店,哪有仆的今天?”

两人扯了差不多半个时辰,张白才舍得起身。跟吴靖邦一样,张白也带来了礼物。吴靖邦的礼物是枣子,张白的礼物是板栗。已经收了吴靖邦的枣子,只能再收张白的板栗。鬼跟着似的,刚送走张白,荆善居偕夫人前来向石斛辞行。故土难离,荆善居不想离开。石斛没有强求。这么大岁数的人,石斛不能替他决定。荆善居将这事跟夫人一说,夫人很希望荆善居能跟石斛一起去海外。“人家都统,都督的侄女婿，为何也要走？肯定晓得，冰凌当拐杖，靠不住。谁晓得哪一天突然来一个天翻地覆？莫非已经好了伤疤忘了痛？不怕武穆找你麻烦？现在有都统给你罩着，你平安无事；都统一走，怎么办？你还真以为武穆就这样算了？只是眼下还找不到弄死你的机会。”荆善居决定随石斛一起去海外。送走荆善居，都已经差不多申时正了。石斛关上院门，前往后屋。此时，曲柯刚刚和徐榛将那盘棋下好。

“哥哥，我终于将你下赢了。”

“肯定是你嫂嫂下了不少臭棋。”

“是你开局不好。我已经替你挽回了不少。”

“哥哥和嫂嫂只管争吵去吧。反正，我赢了。”

“就算你赢。”

“赢了就是赢了，什么就算你赢。”

“你赢了。下次哥哥让你四子。”

“我一定要不让子也能下赢你。”

“好。但不能为了想下赢哥哥，抱着棋谱不睡觉。”

“空的时候看看总行了吧。”

“那是自然。”

不管是不是石斛下，总之是赢了，曲柯特高兴。“差不多可以准备晚饭了。”看到屋檐在院子里的影子已经很斜，曲柯起身去厨房。跟大父走南闯北这些年，洗衣烧饭的事情大部分由曲柯做。这几个人里面，曲柯厨艺最好。

“你也正好趁个空去洗澡。不要像前几天一样，到了很晚才洗。”

“前几天，姨妈和表妹都在，小子只好和大哥最后洗。”

“姑爷只管先去，婢子去拿衣裳。”

于苓起身去房间内给石斛找更换的衣裳。石斛和徐榛步出了中堂，来到屋后。这次房间重建，屋后天井的地重新用青砖铺设。石斛将布鞋一脱，光着脚，踩着台阶下了步檐，走到了水井边，开始解发髻，脱衣裳。石斛将解下的巾帻和脱下的衣裳放进搁在洗衣台上的竹篓里，将竹篓拿过来放到步檐上，开始提井水洗澡。看着石斛强壮的身体，徐榛忽然说：“难怪你一个人将朱雀门的一班家丁打趴下。你这粗壮的手臂，谁禁得起一拳。”石斛双手举起水桶，“哗”的一声，劈头倒了下来。石斛摇了摇头，甩掉头上直挂而下的水。

“小子当时根本不敢用力。将他们打死了，故事肯定就不一样了。”

“你说会演变成什么样的故事？”

“故事肯定会不一样，具体是什么样的故事，就不好猜了。”

石斛一边说一边从井里提起一桶水。“一件小小的事件就有可能完全改变人生道路。就好比旅程，选择的路不同了，一路的风景、碰到的人和发生的事都会不一样。小子这人比较相信偶然，所以做事很谨慎。”于苓拿着衣裳，跨出了门槛。“于苓，将衣裳放在竹竿上，先陪徐榛进屋里去。小子很快就好。”徐榛含笑说：“我就喜欢看着你洗。”自己的新妇，想看就看。石斛一边跟徐榛胡扯，一边洗澡，最后终于洗好了澡。紫苏来请徐榛前去洗澡、徐榛和于苓走进了屋。石斛穿上衣裳，提了一桶井水，拿起搁在井旁洗衣台上的瓜瓢，给蔬菜浇水。石斛浇完了菜园，提起一桶井水冲了脚，离开菜园。

“哥哥，可以吃了。”

“等你嫂嫂沐浴好后，一起吃。”

吃了饭，石斛搂着徐榛出了后堂，沿着连接前后屋的游廊，慢慢走向前屋。“是不是到外面去走一走？”到了前屋，石斛问。“算了。还是这样搂着我舒服。这些个街坊邻居都熟你，拱手作揖，应付也应付不了。”徐榛头一侧，石斛亲了一口。“那我们就在这个螺蛳壳里面转转。”石斛搂着徐榛转身，慢慢转悠了起来。

“石斛，是不是我们去了就不回来？”

“可以去，当然可以回。你想回来看看爸和妈，我们就回来看看，总不至于真的是嫁出去的女儿像泼出去的水。想想，爸和妈将你养大非常不容易。说句实在话，不是无解，小子也不会搬到那么远的地方去，毕竟这里是故土。”

“是不是真的已经无解？”

“还可以解一解，谁愿意离乡背井到一个完全陌生的地方去？都是没办法情况下的无奈选择。小子的身伤决定了小子的命运。人的一生就像爬一座山，到了山顶，紧接着就是下山。一旦到了下山的时候，只会越走越低。没有一个皇朝死了还可以复活，就是这个道理。任何逆着人流企图往回走，只会被人踏死。与其坐在这里等死，还不如另找一片天地活一活。”

“无论你到哪里，我这生就跟你到哪里。”

“谢谢你！”石斛亲了一亲徐榛的耳根。

“哪一天，你想到了要来金陵看爸和妈，小子和你一起来。”

“女心外向。到了新地方，我怕自己心里已经只有郎君没有父母。”

“父母将孩子养大，就希望孩子将来好。你日子过得好，幸福了，也是爸和妈的希望。只是感情上，年纪越大，越容易有孤独感，越希望子女能够抽时间来看一看。

好的是,小子走之前,基本安排妥当,就算不来,爸和妈应该没有一点问题。况且,希声社还有一批兄弟在,小子的兄弟无数,有什么事情随时能够联系。"

"还是你想得周全,我这个女儿还不如你这个女婿。"

"人总得有一点心肝。你想想,没有爸,小子哪能娶得到这么好的新妇?"

"没有爸,我也不会有这么好的郎君。"

"小子无论做了什么安排,都是很应该。小子只是感到很幸运,一个亡命之人,竟然遇到像爸这样的人。小子终于理解,朱雀门为何能在如此险恶的江湖中脱颖而出。"

"你不是也很厉害吗?"

"小子哪能跟爸比?"

"我都已经成了你新妇,就不用客气。"

"小子说的是实话。小子这只小狐狸能够吓退丛林里面的百兽,离不开站在小子身后的猛虎。除此之外,小子之所以能成,也是特殊原因造成。小子出生时是李唐皇朝的世子。李唐皇朝虽说已经覆亡,但基础还没有完全消失。先师和家父传授给了小子一身武艺。这是小子能够在如今的神州活下来的基础。有了它,小子才有可能跟流氓地痞周旋。父母给了小子独特的身世,给了聪明。小子是一个大笨蛋,你想想,有没有可能?更重要的是,父母还给了小子健康的身体和可以骗人的长相。荀子说,像小子这样的乡曲儇子,妇人莫不愿得以为夫,处女莫不愿得以为士,弃其亲家而欲奔之者,比肩并起。你说能不成?"

徐榛伸手,笑着拧住了石斛的手臂。

"小子能成,纯粹是特殊。小子的所有伯父,堂兄堂弟,堂姐堂妹,侄儿侄女,纷纷死在黄巢、韩建、宋文通、朱温等人之手。小子能活,你想想,是不是凑巧?像小子这种身份的人,就算能活得下来,也只能烂在民间,苟延残喘。不说这些,用不了多久,小子就可以到海外仙山去,和你一起,过一过神仙眷侣的日子。"

天已经很黑。石斛和徐榛转了一圈,回到了堂内。于苓她们已经沐浴、洗衣完毕,在堂内等候。刚要坐下,就听到叫门声,有客人来访。白荻提着灯笼照着石斛前去开门。来访的客人是石斛的老乡华家鑫。华家鑫听从石斛的警告不再跟石斛来往,但还是关注着石斛。寿木店被烧后,华家鑫越发相信石斛没有说假话,更加不敢向外人透露跟石斛是老乡。石斛组建希声社,龚宰请工匠改造白云观迎宾观,华家鑫恰巧就是工匠之一。华家鑫甚至还在工地上看到了石斛,但不敢相认。过了一段时间,升州刺史府要重建鸡鸣巷,雇佣大批工匠。华家鑫和他父亲都是刺史府雇佣的工匠之一。华鑫家也是从一起做工的工匠口中得知正在建造的这座宅院就是希声社都统石斛的家。华家鑫也没有向同伴透露自己是石斛的同乡。同乡来拜访，总不能拒绝，况且马上要走了。石斛请华家鑫进屋内坐。

“不是有特别的事情，也不会来找你帮忙。”

“有什么事情只管说，看我能不能帮上忙。”

前些日子，华家鑫请人择定婚期，备礼前去告知秦伯瑀，准备十二月二十一成婚。没想到，秦伯瑀不同意。倒不是秦伯瑀反悔，准备撕毁婚约，而是秦伯瑀坚持华家鑫必须要有自己的房子，没自己的房子就别想娶他的女儿。华家鑫眼下和父母一起租用别人的房子，而金陵的房子死贵，华家鑫一时间根本拿不出那么多铜钱。怎么办？新妇不能不娶，而华家鑫早就已经到了成婚的年龄。可是，华家鑫来金陵时间不长，又没有亲朋好友可以借。华家鑫想来想去，想到了老乡石斛。怕被人看到，华家鑫特意选了晚上。

“需要多少？”

“至少能帮我出三百缗。”

“你坐着，我去看一看。”

石斛起身离开了前堂。不一会，石斛就从堂后走了出来。华家鑫连忙站了起来。石斛走到华家鑫跟前，将两枚金锭递给他。华家鑫接过金锭，仔细瞧了起来。这么大的金锭，华家鑫还没瞧过。金锭上铸有万通钱庄四个字的阳文以及二十两的重量标识。“小心放好！”华家鑫将金锭放进袖袋。

“我给你写个借据。”

“不用。这点铜钱就当我送你的贺礼。”

正当华家鑫不知该怎么说时，石斛已经开始逐客：“早点回去，免得路上不方便。”石斛起步，华家鑫只得跟上。“倒不是我故意要赶你走，是我这人太特殊。你安分守己，是过日子的人。少跟我接触一分，多一分安全。”华家鑫跟着石斛下了台阶，来到庭院上。“无论什么时候，你都不要告诉别人你我认识。”石斛陪华家鑫出了鸡鸣巷，没有道别就转身返回。

石斛关上大门，闩好门闩，转身去后堂，徐榛和众侍儿正坐在堂内等。“睡觉还早，就让云蔓弹几首曲子，小子听听。”云蔓遵石斛之命弹了一首名曰《琴瑟和鸣》的曲子。

“云蔓很有弹琴的天赋。”

“谢谢姑爷！婢子以后好好练，弹给姑爷和县主听。”

“云蔓姐姐，你随便弹弹就是。哥哥不喜欢，你琴弹得再好，也没用。”

“谁说哥哥不喜欢？”石斛脸一摆，教训起了曲柯。

“我们一家人，要懂得相互鼓励。云蔓弹琴，应该为自己，不是为哥哥。云蔓弹琴，你下棋，紫苏唱歌，都是自己的爱好。我们家任何一个人，都要先将自己的日子过舒服啰。你日子过舒服了，哥哥也舒服。哥哥舒服了，你也舒服。这叫做良性循环。相反呢，就是恶性循环。你总不至于希望哥哥整天愁着脸吧。”

“哥哥整天愁着脸，我还不是要郁闷死。”

这时，外面又响起了叫门声。“云蔓，你再弹一首给县主听一听，小子去瞧一瞧。”白荻提着灯笼，照着石斛去开门。来访者是街坊司志仁。

“志仁兄，快请进！”

石斛拱手请司志仁进门。“多谢都统！”司志仁俯身拜了一拜，进入院门。“小人确实不是故意冒犯都统。”石斛阖上门刚转身，司志仁双膝一屈，准备给石斛下跪。石斛赶紧跨步上前，托住了司志仁。昨天，石斛陪于苓去丹阳返回，刚要拐进弄堂，司志仁正和他的朋友说着话从弄堂走了出来。“石斛这小子攀附上朱雀门，才有今天。”石斛想回避都已经来不及，弄得司志仁尴尬不已。比这更难听的话石斛都听过，石斛没有在意，含笑拱手行了礼。司志仁鄙视归鄙视，石斛是朱雀门女婿摆在眼前，想弄死他，分分秒秒的事情。司志仁惶恐了一天一夜，决定今晚来石斛家向石斛道歉。“志仁兄哪地方冒犯了小子，没有啊！小子倒真对不起志仁兄，成婚那天没请志仁兄喝酒。”石斛含笑说：“志仁兄不会为这事特意来找小子吧？”司志仁连忙说：“不是，不是。小人来是怕自己说了什么话让都统误会。”“小子没听到过志仁兄什么时候说过让小子误会的话。小子这次成婚，街坊都没有请。”石斛解释。“家里就这么一点坛场，摆不下。晚上城门关闭，又去不了希声社。思来想去，只好所有街坊都不请。望志仁兄能体谅！志仁兄有没有其他事情？”

送走司志仁，关上院门，石斛起步前往后屋。

翌日，吃了早饭，石斛带着徐榛、于苓去看徐温。徐温不想搞得过于正经，特意选择在平常孩子们向他请安的内堂接见石斛夫妇。徐温出身海盗，却是正宗的神州人，想到的第一件事就是送礼。“你俩婚后第一次来看叔父，礼物看来是少不了的。”徐榛成婚的那天，徐温从升州属下的江宁县划出两千户送给徐榛作采邑，兑现了曾经许下的诺言。这份厚礼，徐榛准备在中秋节回娘家省亲时，作为礼物，送给侄儿徐定城。今天徐榛和石斛特意来请安，还是要送礼。送什么礼，徐温也想不出。想了想，决定还是由他们夫妻两人自己说。

“想要什么样的礼物,只管跟叔父说。”。

“叔父能给的礼物,侄女想要,石斛也不一定想要。未嫁从父、既嫁从夫。榛儿已经嫁给了石斛,也只能听石斛。”

“那就听听石郎想要什么礼物。”

“叔父给小子的物事已经很多很多。叔父晓得,不同的人喜欢的物事会不一样。有些人喜欢玩樗蒱,有些人喜欢蹋鞠,有些人喜欢马球,都只是喜好不同。小子就喜欢自在。小子一生最大的愿望就是想做一只自由飞翔的小鸟。这个愿望,叔父已经帮助小子达成。这对小子来说,比什么样的礼物都重要。叔父觉得过意不去,就给小子和徐榛说句好话。”

徐温笑了起来。

“叔父愿你们夫妻俩琴瑟和鸣,白头偕老。”

徐榛和石斛不禁都笑了起来。

中午,徐温特意设家宴招待石斛、徐榛和于苓。

石斛和徐榛、于苓回家不久,吴留良来了。后堂内挤着一群娘子,说话不方便,石斛和吴留良去了前堂。吴留良来主要是向石斛汇报希声社兄弟的撤离情况。两人坐在前堂聊了好久,吴留良才跟石斛告辞。石斛没有挽留,起身送吴留良。常言道,良言一句三冬暖,恶语伤人六月寒。希声社是石斛一手创建,马上要走了,石斛准备留下几句良言给吴留良。

“小弟身份比较特殊,官府衙门不看僧面看佛面,不会怎么样。小子走了,吴兄更要谨慎应对。有什么事情,多找丈人商量商量。平时多去看看,人老了就容易孤独。他愿意替你办,至少吴国境内还没有他摆不平的事情。当然,格外的事情除外。小弟相信,吴兄也不会做出格外的事情。知诰和知询,要向着知诰一些。将来的都督继承人应该会是知诰。有什么事情,吴兄也可以找他帮忙。不过,人情这物事,不能多用。小弟相信吴兄会处置。”

送走吴留良返回,石斛说:“早点吃饭。吃了饭,我们就分头收拾行头,明天我们就去朱雀门省亲。省完亲,我们马上出发,不再回这里了。”吃了饭,石斛和徐榛又在螺蛳壳内转起了圈子。“今晚是我们在金陵的最后一夜了。”徐榛含笑说:“昨晚是琴瑟和鸣,今晚是不是百鸟朝凤?”石斛笑了起来,抱起徐榛。

“金陵的最后一夜,小子只想凤凰于飞!”

第九十六章　明月

凤兮凤兮,何德之衰也。
往者不可谏也,来者犹可追也。

——《论语》

中秋节终于来临。

石斛这只公猴早早就带着一群母猴到朱雀门省亲去了。徐渊和钟夫人在朱雀门大堂接受石斛的跪拜礼，这是第二次。上一次是石斛去朱雀门迎亲的时候。石斛和徐榛恭恭敬敬地跪地拜了三拜。礼毕，石斛、徐榛并肩坐在徐渊的下手，于苓站在一旁侍候。女儿婚后回娘家省亲，这礼无论如何都省不了。送什么，徐渊想不出来。还是问女儿自己吧，要什么给什么。“榛儿和石郎婚后第一次回娘家省亲，又是中秋节，想爸给些什么物事做礼物？”

“女儿要的物事石斛都已经备得齐齐的，女儿也实在想不出需要什么礼物。”

“石郎，你呢？”

“衣食住行，该有的都已经有了。孩儿看，就不用了吧。”

人家女婿心里只想着从丈人那多抠一点，石斛可什么也不想要。“多少总得给一点。”见石斛这宝贝女婿如此知情，钟夫人终于开口。“不给点物事，心里老觉得有疙瘩。好音，去将那对金刚手链拿来，就在我放佛经的紫檀盒子里面。”

“晓得！”侍儿林好音俯身退出了中堂。

“这对金刚手链，据说来自域外番邦，一大一小，正好给你们夫妻俩。你看石郎，手上身上，没一样物事，一点也不像希声社都统的样子。”

石斛笑了起来。石斛小时候曾有过一块玉佩，后来不晓得掉哪了。石岩也没想过重新给石斛弄一块。没一点值钱的物事在身上，更安全。一看就像纨绔子弟，如今这世道,只能多一份被绑架勒索的危险。不一会,林好音拿来了一对玲珑剔透的金刚手链。

“妈给你俩戴上。”石斛和徐榛走到了钟夫人的跟前。钟夫人先拿大的那只金刚手链戴在了石斛的左手上,再拿小的那只金刚手链戴在了徐榛的右手上。钟夫人一手拿着石斛的左手,一手拿着徐榛的右手,并在一起,看了看金刚手链,才松开。“谢谢妈!”石斛和徐榛退后给钟夫人拜谢。钟夫人两手一伸。“快起来,快起来!”石斛和徐榛起身,站到了一旁。

“值多少铜钱,妈不晓得,是你爸弄的。”

“我也忘记了,当时到底花了多少铜钱。”

“你们夫妻两人回娘家省亲,给哥哥、嫂嫂的礼物都备齐了吧?”

“礼物全都是石斛去准备,女儿不晓得。”

“请妈宽心!礼物都已经备齐,都是平常不大见到的物事。”

“这就好。物事不值几个铜钱,不送上一点,人家又会说你不懂礼数,看不起他们。你俩先去看一看他们,回来再慢慢聊。中午,妈叫坑饪烧个你平时喜欢吃的菜。”

“曲柯,将那念珠连盒拿来给哥哥。”

曲柯从行囊中拿出一个长方形木盒递给石斛。石斛将盒盖打开呈给钟夫人。“妈,这是一串念珠。据说玄奘法师涅槃前用的就是这串念珠。孩儿着人将它找来献给妈。祝妈身体安康,寿比南山。”钟夫人笑了起来,伸手取出念珠。

“石斛,是不是真的是玄奘法师的念珠?”

“林森寒应该不会故意骗小子吧。”

石斛白了徐榛一眼,徐榛笑了起来。钟夫人半闭着眼睛捏了一圈念珠,含笑说:“是真的。”这时,曲柯又给石斛拿来了一个正方形的檀香木盒子。“爸,这是一个翡翠玉茶壶和四个杯子。”曲柯打开盒子,石斛从盒子中取出玉茶壶,呈给徐渊。徐渊从石斛手中接过玉茶壶,细细把玩了一通后说:“看起来像是御用茶壶!”石斛说:“孩儿就不敢说来路了。”徐渊含笑说:“榛儿不管她,石郎就说来给爸听听。”石斛对玉器外行,而神州人造出来的赝品有时连行家都无法鉴别。“据给孩儿找茶壶的狄生商说,这是德宗朝时的将作监专门用西域贡玉替德宗皇帝制造的玉茶壶。是不是真的,孩儿就不晓得了。孩儿外行,根本不懂。”

“你有这颗孝心就行了,管它是不是真的。就算是真的,也值不了几个铜钱。”

“物事说不定有真假,女儿和女婿总是真的。爸以后就用这茶壶,至少看起来舒服得多。”

按照尊卑、长幼顺序,石斛得一家家来。第一家是徐榛的大嫂、现在的大姐谢宛然。谢宛然如同缺水的秧苗,突然间来了一场甘霖,顿时生机盎然。见侍儿倪素素跑来告知石斛和徐榛前来,谢宛然笑容满面,下台阶前去迎接。云蔓特意上前给谢宛然下跪行了礼。

徐榛要出阁,谢宛然果真准备将云蔓作陪嫁侍儿送给徐榛。在徐榛出阁前,谢宛然将云蔓叫到房间内,对云蔓说:“我守寡多年,没有姑爷,这辈子就只能与孤灯相伴了。这份恩德,我总得表示一下自己的意思。金银珠宝、珍珠玛瑙,姑爷不稀罕,就算勉强接受,姑爷也未必看得着。说不定一扔,扔到哪个角落里面。想来想去,我准备将你送给县主做陪嫁侍儿。”上次明州之行,云蔓已经意识到真有可能是徐榛的陪嫁侍儿。当谢宛然亲口告诉她时,云蔓还是感到很吃惊。

“你面前,我也无须隐瞒,相信你不会将这些事情告诉给姑爷。那么多年以来,姑爷是唯一让我冥梦思想的人。就是做小妾,我都愿意。可惜,就是想做小妾也不可能。我不想让你跟我嫁出去,就是希望你代我日后服侍姑爷,实现我的愿望。

对你来说,这也是最完美的出路了。你跟着姑爷,以后衣食不愁,只有姑爷,你才有可能得到疼。别人,别说你人老色衰,就是年轻美貌,用腻了,都有可能弃之如敝履,受尽虐待。姑爷是什么样的人,我那么大岁数了,能感觉得出。我将你作为陪嫁侍儿送给姑爷,无论如何,都不可能将你卖掉或者作为礼物赐给手下小厮。姑爷不会眼看着你做老侍儿荒废青春,迟早一定会收你做妾。如此一来,你的侍儿就做出头了。

想想神州,有几个侍儿最后做成妾?送给小厮做新妇已经很侥幸。你才艺好,人漂亮。可你有一个缺点,就是还不懂讨男人欢心。这可是如今做女人最重要的本领。你一定要改变,尽力侍奉好县主和姑爷,讨得县主和姑爷的欢心。像姑爷这种男人,你不讨他欢心,讨谁的欢心?”

云蔓带着喜忧参半的心情离开了谢宛然的房间。

谢宛然两手扶起云蔓,温和问:“县主和姑爷对你还好吧?”云蔓俯身回答:“县主和姑爷对婢子都很好。”忽然,谢宛然含笑说:“妹夫,大姐送的礼物,用起来还称心吧。”石斛还没有开口,云蔓已经羞怯万分,头低得更低。

“还没用过。”

“妹夫以后得多多用哦。”

“大姐送的礼物,不好好用一用,岂不是辜负了大姐的一片心意?”

徐榛白了石斛一眼，手一拧石斛的腰说："就晓得说死话。"谢宛然在前引领，石斛捏着徐榛的手紧跟在后。谢宛然含笑说："妹妹，妹夫说的可还真是句实在话。"登上台阶，进入清扬楼内。"妹妹，妹夫，坐，坐！"石斛和徐榛并肩就座，余青青献上清茶。

"我和县主聊几句私话，你们几个先出去一下。"

"曲柯，你也先到外面走走，好吧。"

"让我听，都不想听。"曲柯在喉咙里咕嘟了一句，转身就走了。于苓、云蔓跟在倪素素身后正准备离开，谢宛然开口叫住两人。"于苓、云蔓，你俩就不用回避了。我和妹妹之间的私话反正瞒不过你俩。"于苓、云蔓不想听，也只得留下陪讲陪话。

"先谢谢妹妹、妹夫。"

"大姐若想谢，就好好谢谢石斛。妹妹可什么事也没有做。"

谢宛然灿然而笑。"妹妹说得大姐是既羡慕又嫉妒。"谢宛然一直羡慕、嫉妒徐榛，尤其是徐榛有了中意的郎君。不比较没感觉，一比较就心酸。"出阁前，妹妹想要什么，还没有开口，就已经有人替妹妹做好了。如今更是连想都不用想。除了忌妒，还能有什么？两个男人决定女人一生的幸福。一个是父亲，一个是郎君。出阁前看父亲，出阁后看郎君。大姐不晓得，这世上还有没有更好的父亲和郎君？"谢宛然越想越羡慕，越嫉妒。

"姐夫也不比石斛差啊？"徐榛笑了起来。

"啧，啧！"谢宛然指了指徐榛。

"妹妹纯粹是故意逗大姐。姐夫不是燕雀，也不是鸿鹄。欣赏了鸿鹄翱翔，是否还有兴趣看家鹅拍翅膀跳跃？姐姐也是不想终生伴孤灯，不得已只好选择了你姐夫。姐姐明白，不属于你的，永远不属于你，做白日梦纯粹是给自己增添无谓的烦恼。别人不管，至少姐姐看来，这世上再也找不到像妹夫这样的郎君了。其他都不去说，单妹夫将妹妹出阁后的事情安排得如此妥当这一点，想想我们吴国，谁能够做得到？"

"大姐再这样说，小子都有些坐不住了。大姐晓得，爸对小子的关爱，朱雀门上下无人不知。没有他的庇护和鼎力帮助，小子也不可能有今天。小子做些事情也是应该。小子只是希望自己走后，大姐能够替徐榛尽一尽作为女儿应有的孝顺。年纪大了，就喜欢孩子在身边说说话。平时多去看看爸和妈，让他俩愿意疼，喜欢疼，也想疼。"

“这点，大姐一定会做到，妹夫无须担心。妹夫晓得，妹妹出嫁之前，大姐的身份是新妇，而且还守寡。就是想孝顺，说实在，也不敢老往爸那里跑，以免招徕闲话。如今身份是女儿，也就敢了。妹夫放心，大姐虽不能比妹妹更孝顺，但至少也应该做到和妹妹一样孝顺才是。最起码，大姐也要表示自己内心的一份感激。”

“这种事情小子原本就不必多说，大姐应该比小子更懂，只是小子马上要和徐榛离开金陵，去外地了。”

“妹夫要带妹妹离开金陵？”

“是。小子准备今天就走。正因如此，小子才免不了多啰嗦了几句。吴留良这人，曾经是小子的手下，小子对他还是比较了解。小子觉得，至少是一个很有责任感的男人。小子总认为，男人最重要的品质，应该是能负得起责任，能够对自己的一切行为负责，无论做错了什么样的事情。只有这样，才不会不计后果地乱来。正因小子觉得吴留良是一个敢于负责任的男人，小子才放心将希声社交到了他的手上。”

“妹夫不做都统了？”

“不做了。小子已经将希声社留下来的家产，数十条不同载重的帆船，无数宅院和店铺以及十几万两白银，全部交给了吴留良，也可以说交给了你们夫妻俩。小子之所以要促成大姐和吴留良的婚姻。这也是重要的原因之一。”

“妹夫将这些都白送给了他？”

“也不能说是完全白送。小子将这些交给吴留良，一来是希望他能继续让希声社以前的雇员和一部分希声社兄弟过一过日子，二来也是对鹰杨山庄帮助小子创建希声社的感激，三来也希望吴留良跟大姐成婚后能疼大姐。”

“大姐真不晓得该如何表示感激。”

“大姐想感谢小子，就替小子对爸和妈尽一尽应有的孝心。”

“妹夫不说，大姐也应该会尽自己的孝心。”

“小子相信大姐会。大姐，多余的话，小子就不啰嗦了。还有好多人，小子和徐榛要去看，就先跟大姐告辞。”石斛站了起来。“中秋节，团圆节，盼大姐早日圆满！这些物事，就给大姐，作为节日礼物。朱雀门有的是钱，仅仅表示表示一下我们夫妻俩的心意。”

离开了清扬楼，整整花了一个上午，石斛和徐榛将那些个哥哥嫂嫂走了个遍。石斛嘴巴甜，身段又软，脸皮厚，给徐榛这个小姑姑的脸面添足了光彩，让徐榛再一次领略到了石斛这个伪君子的待人接物之道。中午，徐渊和钟夫人专门设宴款待石斛和徐榛。徐渊特地破例让徐榛的陪嫁侍儿上桌一起吃饭。吃好饭,石斛和徐榛就在中堂陪徐渊和钟夫人聊天。

“等会石郎就带榛儿回去,毕竟也需要跟自己的父母一起过中秋节。”

“爸,孩儿就要走了,还是在朱雀门多呆一会。”

“你家就两步路,想呆明天再来就是。”

“孩儿要带徐榛去明州海外。孩儿已经在那安置好了家。”

“石郎为何要将家安置在明州海外?”

“孩儿想和徐榛过一过安定舒坦的生活,不再过着吃惊吃吓的日子。”

“有你爸和你叔在,金陵谁敢动你一根毫毛?石郎不欺负别人就好了。”

能动我的人多着呢。徐温突然想到要杀我,还管我是不是他的侄女婿?石斛本想告诉钟夫人鄂州希声社的事情,但转而一想,就将刚要说出口的话重新咽回到了肚子里面。丈母身子刚刚复原,万一动了怒,伤了身子,还真是大不孝。

“妈,有些事情,你可能不是特别清楚,爸应该会晓得。”

徐渊迟疑了一会说:“石郎都已经成了我们家的女婿,就不再需要瞒你了。石郎是昭宗皇帝的亲侄。”李唐已经崩塌,但竖在吴国的旗帜未倒。钟夫人惊奇极了,半晌才问:“那亲家翁和亲家母岂不就是亲王和王妃?”徐渊头一点。

“是。”

“难怪那天酒席上,我总觉得亲家母绝非普通妇人。”

“亲家母还是晋王李存勖的表姐。这些事情,以后我再慢慢跟你说。石郎,听徐福跟爸说,你前段时间不断地从万通钱庄提钱就是为这事?”

“正是为此事。”

“榛儿嫁给石郎了,就是石郎的人。爸只是希望石郎以后能多疼一点榛儿。榛儿从小宠惯了,经不起磕磕碰碰。”

“爸放心!孩儿一定会疼!”

“榛儿嫁给石郎,爸也放心。就这几个月的行事看,石郎是一个有能耐,一诺千金的男人!多余的话,爸就不啰嗦了。明州海外虽远,想来还是能来。想到了爸和妈,就来金陵看看。石郎既然就要去明州海外了,那我们晚上吃了饭一起赏月!石郎先和榛儿去云思苑歇息。”

石斛和徐榛跟徐渊、钟夫人辞别,起身前去云思苑歇息。

云思苑依旧,主人却已经嫁了人。院子里的秋千在秋风中微微摆动。徐榛两手拉着秋千绳坐上了秋千板,石斛在后轻轻一推,徐榛荡起了秋千。“县主,快来看哪，鹅已经下了两枚蛋啦。”文荷忽然叫了起来。“看去，看去！”石斛两手一拉秋千绳，秋千停了下来。徐榛下了秋千，小跑去看鹅蛋。石斛慢慢跟上。为这两只鹅，徐渊让仆役专门搭了一个窝。鹅见众人前来，“嘎嘎”鸣叫着向人游了过来。徐榛朝窝里一瞧，果然有两枚蛋。“想不到，没几天时间，竟然已经生了两个蛋。”忽然，徐榛想到一个问题。

“石斛，我想将这对鹅带回去。”

“你想带回去就带回去。等会，让爸叫个人将鹅装到笼子里，走时带走。”

“县主，婢子等会去找名仆役找个笼子装一装就是。”

石斛搂着徐榛离开莲花池，踩着洒满阳光的小径，前往云思阁。云思阁的门紧闭着。紫苏快步前去推开了云思苑的门。“石斛，好像你还只来过一两次。”石斛搂着徐榛抬脚踏进了云思阁，站在门槛边，环视了一眼徐榛生活了多年的云思阁。

“以前是你的闺房，小子哪敢进？”

“现在呢？”

“现在想什么时候进就什么时候进。”

忽然，石斛抱起了徐榛，向盘旋楼梯走去。

“好几天没清扫了，不晓得楼梯有没有灰尘。还是不脱鞋吧。”

“云思苑原本就一尘不染，又关着门。还是脱了布鞋，免得将外面的尘土带进了闺房。”

石斛左脚一钩，指头轻轻一舔，脱下了鞋跟，再用脚跟一搓，脱下了右脚的鞋跟。于苓站在一旁脱去了徐榛脚上的鞋子。于苓在前带路，石斛抱着徐榛踏上了楼梯，一步一级，到了阁楼上。于苓轻轻推开阁门，石斛抱着徐榛进入了阁内，轻轻地放了下来。

“小子先到阁外走一走，免得影响你午睡。”

“一到中午，我原本就想睡。加上这几天，天天汗流珠点点，发乱绿葱葱，就算天翻地覆，我也会睡得很深。”

“那小子就坐在这里看一会书。”

“不如到于苓房间去，含笑帷幌里，举体兰蕙香。”徐榛说着笑了起来。

“于苓，你家县主出阁前，就读这些诗啊？”

“哪啊？”于苓一边帮徐榛宽衣，一边一本正经地说：“县主平常读诸如王子安《江南弄》什么的。江南弄，巫山连楚梦，行雨行云几相送。”

“死婢子。”

徐榛笑着上了床，躺到了被衾底下。等于苓挂好了徐榛的衣裳，石斛亲了一下徐榛的额头，跟着于苓，出了阁。于苓轻轻地推上了阁门。阁外阳光明媚，阁内温暖如春。徐榛心原本就很宽，现在更是无牵无挂。眼睛一闭也就睡着。

午休后，徐榛在一班侍儿簇拥下，带着石斛逛起了朱雀门。石斛来过朱雀门多次，每次都是直来直去，没有好好逛一逛。徐榛虽在朱雀门长大，大部分时间在云思苑，其他地方也很少走。就要走了，徐榛也想在走之前好好看一看。

中秋节这顿团圆饭吃得比较早。还没有逛遍朱雀门，就已经开始。石斛跟着徐榛到宴会厅时，徐渊和钟夫人以及三位如夫人陈氏、花氏、连氏已经坐着等候。宴会厅内整整摆了六桌酒席。除了于苓、紫苏、白荻、文荷、云蔓和曲柯，全都是徐家人。徐渊家人丁兴旺，石斛晓得。上次，石斛来朱雀门迎亲的时候见识过。徐榛和石斛一起给每一桌都敬了酒。这顿团圆饭一直吃到月亮从东方升起才结束。吃了团圆饭，石斛、徐榛、谢宛然、徐定城陪徐渊和钟夫人坐在庭院的儿子旁边吃月饼边赏月。庭院中飘溢着八月桂花扑鼻的浓香。

“大父，为何月亮缺了又圆，圆了又缺？太阳就不会，总是圆圆的。”

“这事啊，大父还真没想过。问你姑父，说不定他懂。”

“姑父！”

“太阳红红的，月亮么白白的。”石斛给徐定城解释。“天上的星星也是白白的。姑父想啊，月亮或许就是由很多很多星星一起组成。开始的时候啊，个个都散在天上。在外面呆久了，就想到了回家。于是啊，一个一个回到了家，就团圆了。城儿看啊，天上的星星多不多？”

徐定城仰头看了一会天。

“不多，没几个。”

“星星都到哪去了？姑父想啊，都已经回到月亮这个家里去啦。团圆后，个个都要做自己的事情，又开始离开了家，跑到天的其他地方去了。月亮不又是从圆到缺啦。所以啊，月亮圆的时候，天上没几颗星；月亮缺的时候，天上星就多。那什么时候星最多啊？”

“没有月亮的时候。”

“石郎的这个解释倒是很新鲜。”

“石郎说的是。有缺有圆，有圆有缺；有聚有散，有散有聚。”

“城儿，姑父和姑姑就先走了。下次，姑父和姑姑来，再跟城儿讲有趣的故事。”

“城儿，我们去送一送姑父和姑姑。”

徐渊、钟夫人站了起来，谢宛然拉着徐定城的手，起步送石斛、徐榛到了大门外。石斛蹲下身子，拉着徐定城的手。“姑父和姑姑走了，城儿跟大父和大母先进去。”“不。”徐定城态度很坚决。“我要站在这里看着姑父和姑姑走。”“姑父和姑姑会再来看城儿。”徐定城点了点头。石斛松开了手，站起了身子。

“爸，妈，孩儿和徐榛就先走了。”

石斛和徐榛带着一班侍儿离开了朱雀门，竺福一手各提着一个装了一只鹅的笼子紧跟在后。徐渊和钟夫人站在大门前，望着石斛夫妇一行人慢慢远去。

中秋节，都督府特许打开城门，让市民前往秦淮河赏月。步行出了金陵城南门，来到了码头。码头上停靠着一艘希声社帆船。宋如茨带着杜若香、花非因已在帆船上等候。竺福将这对鹅放到了船上，拱手跟石斛、徐榛告辞。

帆船起航，沿着秦淮河，来到金陵码头。石斛下了帆船，和前来送行的吴留良、张建阳等人话别。送君千里终须一别。说了几句，石斛就回到了船上，拱手跟前来送行的人告别。帆船缓缓离开码头，沿着扬子江东行。

“我们就坐在帆船上赏月！”

帆船刚起航，徐榛突然想起了一件事。“糟糕！那放头发的盒子好像忘记带了。”其他金银徐榛无所谓，这物事可不能忘记。现在怎么办，只能先停船去家里拿了。“嫂嫂，哥哥哪会将你重视的物事忘记？还没出门，哥哥就已经拿回来放到我的行囊里面了。”徐榛松了一口气。石斛坐在一旁，轻轻地抚摸着徐榛的手。“你只管安心坐着赏月。你看看，今晚的月亮，特别的圆，也特别的亮。”陈湘君送来了瓜果、月饼。

陈湘君正准备起步，石斛拉住了她的裙摆。

“中秋节，坐下来一起赏月。”

“都统，这……”

“坐，坐！”

陈湘君坐了下来。

“你晓得，希声社都是后生。喜欢上哪一个，就选上，在新地方成个家庭。”

“可是……”

“别可是不可是了。都统在新地方，造了两千来座小院。只要是新家庭，都有一座。”

“侍儿成了家也能有一座？”

“那是自然。都统带你去，当然跟希声社其他兄弟一视同仁。你要放开心，只管大胆去选。不要像神州的娘子，扭扭捏捏，坐在家里，等别人遣媒人来求亲。不大胆去选，好后生可就全给其他的娘子选光了。到时候再想着，已经迟了。”

“是不是只要喜欢谁，他愿意就行？”

“是。新地方，奔者不禁。”

“都统，婢子选都统呢？”

“去选其他的后生。”

“那婢子就选一个像都统一样英俊的后生。”

“石斛，你可要小心哦！”

“说起来，小子好像是猴王似的。”

丈人还真是搞不懂，为何要选那么多侍儿陪嫁？石斛还真有些苦恼。纳为小妾，石斛不愿意；放在家中荒废青春，石斛不忍。只要想一想皇宫里面荒废着几万宫娥，就会明白神州的皇帝有多残忍。石斛决定亲自到朱雀门找徐渊商量。“这倒不是伯父的意思。伯父原先的意思，于苓陪过去，再带一两名侍儿就行了。可你伯母就是不肯。你伯母说，一般节度使嫁女儿，至少都有七八名陪嫁侍儿。最后还是伯父说，有五六名作陪嫁已经很好看了，她才勉强同意。石郎就不要违逆她的意思了。喜欢，选一两名做小妾；不喜欢，又不忍心将她们卖出去受苦，那就留在家中。石郎又不缺这口饭。”最后，石斛遵从了徐渊的意思。

“就算是猴王，也要肩负起保护母猴的责任。猴如此，人就更不用说了。人家愿意跟着你，无论是做妻，还是做妾，你都必须肩负起做一个男人的应有责任。要晓得，多一个人，就多一份责任。什么责任都不想负，人家愿不愿意跟你？你越负责任，人家越愿意跟你，你越负不起责任；你越不负责任，人家越不愿意跟你，你越负得起责任。再说，还不单单是一个负不负责任的问题。就算你想负责任，负不起责任，也白搭。你想想，小子这点能耐，行不行啊？担不起的担子就不要去硬担，要量力而行。死命去硬担，肯定脱膑、断脊椎。仅仅从表面上看，这是一个男人的世界。小子总感觉，男人实际比女人更难做。”

“要不，下辈子你做女人，我做男人。”

“问题是，下辈子还能不能再继续做人。”

“都统做了那么多的善事，下辈子肯定继续做人。”

“这就难说了。嫂子可能不晓得，小子这辈子也没少做坏事。”

“都统乘坐这条帆船有很多次，侍儿没见过，也没听过都统做过坏事。”

“哥哥做过什么坏事，我怎么可能会不晓得？”

“让你们都晓得了，小子还能做什么坏事？再说，一些人眼中的好事，另一些人眼中可能就是坏事。奇妙的是，小子总感觉，做善事未必能做人，做坏事未必就不能做人。像小子这种人，善事、坏事都做过，阎王都不晓得让小子出世做什么。”

“哥哥，你不做人，我也不做人。”

“曲柯说得对。你不做人，我们跟着你不做人。”

“到时，向阎王请求请求，让我们做鸟，随便哪一种鸟都行。”石斛忽然语气一转。“说了老半天，都是下辈子的事情。有道是，人生不过百，常怀千年忧。我们还是先将这辈子过好。下辈子的事情就等下辈子来了后再说。反正，我们也做不了主，得听阎王。”

“都统说得是。奴家现在就只想将这辈子过好。所以，无论如何，奴家一定要抓住。”

“嫂子有这样的勇气和决心，小子确实非常佩服。”

“人生百年内，疾速如过隙。奴家已经这个岁数，再不好好抓住，就会从指缝偷偷溜走。到时候，奴家这一生还能有什么？所以，奴家才决定豁出，去拼一拼。”

“世人没几个像嫂子那样想得通。老哥这人，小子懂。嫂子放心，以后会很幸福。”

“奴家也是冲着这一点，才下定决心，准备和他一起度完这辈子余下的时光。”

因今年多了一个闰月，中秋比往年要冷。

扬子江上呼呼响的江风吹在身上已经让人感到冷。

“石斛，冷飕飕的，还是到船舱去吧。”

“行。嫂子和两名侍儿就睡在甲板上的两个船舱里面。小子家人多，到下面船舱去睡觉。”

陈湘君提着灯笼照石斛等进入船舱。

“夫人的嫁妆都放在船头的大船舱里面。”

“晓得了。每人各自找个船舱睡一睡，明天就能到岱山。”

石斛扶着徐榛进入船舱，转身推上了舱门，宽衣歇息。

“应该由我服侍你宽衣才是。”

“这哪行？你是县主，小子是仆役，理当由小子来服侍。”

“你可是世子。”

“早就已经成陈年烂芝麻了。小子七八岁起开始放牛，稍大一点砍柴，种地，逃到金陵卖寿木做小生意，哪一样跟世子有关系？跟人说，人也不会相信。小子自己都认为要在翠竹湾种一辈子地,哪晓得结果竟然完全不同?是控鹤军杀手迫使小子走上另一条道路,路上碰到了你。元宵节小子离开翠竹湾,中秋节离开金陵,整整八个月时间。这八个月真可谓是风云变幻、神鬼莫测的八个月。”石斛亲了一下徐榛。“你真个是天佑星,庇护着小子,披荆斩棘,走出丛林。”

“你就喜欢胡扯。我既没有出力,又没有出钱,还不是你自己的努力?”

“你不需要出力,也不需要出钱,单朱雀门大县主的豪光,就可以吓退妖魔鬼怪,照着小子穿过迷雾,走出丛林。”

“你就喜欢哄我开心。”

“小子还真没有想故意哄你开心,小子说的全是大实话。遇上别人,你想想,小子就是再努力五六年,也未必会成功。在神州,做成事,努力没用,能耐也不行。舞阳鼓刀,滕公厩驺,颍阴商贩,曲周庸夫。攀龙附凤,并乘天衢。看看那些个突然拔地而起的人,谁的背后没有龙凤的影子?没有霍去病,就没有霍光;没有卫子夫,就没有霍去病;没有刘彻,就没有卫子夫;没有馆陶公主刘嫖,就没有刘彻。就像一个九连环,一环扣着一环。神州有能耐而且又努力的人很多,很多。不去攀附,就算是黄金,深陷在淤泥里面,也发不了光。神州人的努力和能耐,说白了,就是攀龙附凤的努力和能耐。其他事情,一塌糊涂。攀附,神州人非常清醒。真可谓是,生命不息,攀附不止。”

“就喜欢说起来给我听。哪是你攀我?明明是我攀你。”

“这话谁相信?小子卖棺材,娶上朱雀门大县主,就算是白痴,也认为是小子攀你。正因为小子攀上了你,才能够要风得风,要雨得雨。否则,怎么可能会那么便当?一个小小的衙门摆摆平,都不晓得要花多少力气。不光光是铜钱的问题。自希声社创建以来,小子根本没碰到大的障碍。那些地方官吏见到小子,个个点头哈腰,肯定是因为你。都督的侄女婿,一听就想巴结?说到感激,你是小子第一个要感激的人。小子没其他能耐,只能好好呵护,好好疼。诗云,投我以木瓜,报之以琼琚。匪报也,永以为好也。”

“石斛!”徐榛亲了一下石斛的胸膛,呢喃了一声。

一夜无话。徐榛上次已经看过日出,石斛没有特意将徐榛叫醒。一觉睡到太阳从舷窗照到床上,徐榛才睁开眼睛。石斛已经穿好衣裳,盘坐在一旁看书。“起来吧。”徐榛朝石斛一笑,石斛将徐榛拉了起来。穿好衣裳,推开舱门,于苓和众侍儿已经等候多时。梳洗后,徐榛去餐室准备吃饭时才发现一船人都没有吃。徐榛随口客气地说,“你们只管吃就是。”石斛含笑说,“你是主人,不来吃,谁敢吃?”徐榛笑了起来。吃了饭，众人就上甲板，到船头凉棚下歇息。徐榛跟着石斛坐了好几次船，晓得怎么打发时间。况且，靠在石斛身边，还没什么感觉就是一天。宋如茨，逸仙居主事，风月场中的人，言谈风趣。还没什么聊，就吸引住了徐榛，一个上午不知不觉就没了。吃了午饭，稍稍坐一会，徐榛就去船舱睡午觉。

中秋一过，睡意也已经不像夏天那么浓。徐榛只睡了不到半个时辰就醒了。梳洗后，徐榛准备继续找宋如茨聊天。徐榛曾见过宋如茨一面，也晓得宋如茨是逸仙居的主事。徐榛感兴趣的不是仙子的逸事，而是宋如茨的才艺。从上午的聊天中，徐榛感觉宋如茨好像琴棋书画样样都精通。徐榛曾学过画画，但没有学好。宋如茨见徐榛那么感兴趣，答应徐榛，等到了居住地，徐榛还想学，就教她画。还没到，徐榛就已经找到了一个丹青老师。两人坐在船头正聊到兴头上，帆船已经到达岱山。龚宰率众前来码头迎接，石斛跃下了帆船。

"没想到吧。"

"还真是没想到。"

徐榛、云蔓、于苓、文荷、紫苏、白荻先后站到了码头上。"你也要哥哥抱？好吧，哥哥抱你下来。"石斛两手刚一伸，曲柯就扑向了石斛。曲柯搂着石斛的脖子说："人家都是哥哥抱下来的，为何我就不能抱下来？""她们没你厉害。下来吧。"曲柯不听，搂着石斛的脖子不放。"不，我就要哥哥抱着。"徐榛含笑说："都给你宠坏了。"石斛咬着曲柯的耳朵，轻轻说："你再不下来，她们肯定吃醋。"石斛笑了起来。"好吧。"曲柯站到了阁道上，跑了开去。众人沿着阁道，走向金色的沙滩。龚宰拉着宋如茨的手，和石斛并肩前行。

"若水宫和天清派加在一起，总共一千九百一十七名，已经全部到了流虬。不包括少东主，希声社一千八百一十三人，据曾邦善确定的讯息，一百九十四人留下，其余全部跟随少东主前往流虬。不包括家属，已经去了一千四百三十九人。"

"周胜殷一家应该去了吧？"

"去了，和狄生商一起。江腾蛟也已经在前天和夫人一起前往流虬。黄鱼岛上的兄弟已经全部撤离。现在就剩下岱山岛的最后一批人了。明天我们一走，就可以说已经全部安全撤离。岱山岛这个基地已经很完善。仆觉得不应该放弃，作为我们进出神州的桥头堡，凭空抛弃，非常可惜。反正，我们日后还要继续做生意，也需要有一个补给的地方。岱山岛正好可以用。仆准备在岱山岛留几十人驻守。流虬离岱山也不是特别远，就三四天光景的路程。我们到了稳定下来，再派兄弟前来替换。少东主觉得仆的想法如何？"

“只是绝不能让那些海盗前去流虬分享我们的果实。”

“那是自然。蔡昶死后,见我们势力大,已经走了不少人。留在岱山岛的海盗也已经不像仆第一次登岛时那么多。他们替我们做事,仆都发薪资,如同我们原先的雇员一样。见我们给的薪资诱人,他们也愿意替我们办事。现在混口饭吃,很不容易。有几名海盗已经在岛上安起了家。我们将他们做雇员处理就是,反正我们也需要人。”石斛点头赞同。“我们辛辛苦苦建了居住地,不会让他们吃现成饭。少东主带领我们创建了神仙居,劳苦功高,理当过上逍遥的生活。其他杂物事,少东主无须操心,仆和众兄弟会去处理。”

“小弟过去无论做了什么,都已经过去,没必要死记在心上。我们以后的路还长着,更需要同心协力。小子原本以为,可以安安心心地离开神州,想不到仍旧是留下了遗憾。最后时刻,九十一名兄弟死在李简之手。原本和李邈商量好,准备离开神州之后,让李简少活几年,给死难兄弟出口气。吴留良说,李简一旦被杀,徐温就会怀疑是小弟派人所为,很不利于希声社以后在金陵的生存。他请小弟饶过李简,换取希声社以后的平安。土匪的山寨,只能忍。小弟答应了吴留良。”

“土匪好对付,官匪难周旋。少东主在尚且如此,少东主走了,不忍一忍,根本没办法生存。感到宽慰的是,有家属的死难弟兄,他们的家属,愿意走的,都已经去了流虬。”

“小弟只能替那些不愿意走的家属惋惜。到了居住地,我们要树一个石碑,刻上所有死难兄弟的名字,以铭记居住地的创建有他们的功劳。”

“哥哥,快一点。”

“慢慢走,又没人抢了你的饭,急什么?”石斛抬头回应。

“奴家原以为曲柯是都统的妹妹。直到今天中午,才晓得原来是都统的侍儿。”

“我看啊,比自家妹妹还要亲。”

“小子心里,还真将她看成是妹妹。”

“不单是曲柯。一路前来,奴家发现,就是对随船的侍儿陈湘君,都统也都很好。”

“依照神州人的看法,像小子这样的人,难成大器。”

“能不能成大器,事实已经摆在面前。奴家只能说,都统是非常人。”

“常言道,儿女情多,风云气少。美娇娘面前,就没了英雄气概。”

“还是夫人懂小子。小子见过不少公牛和公牛角斗,却从未见过公牛和母牛打架。”

“还打架?”徐榛含笑说:“早就已经牝牡相诱了。”

一轮明月搁在海平面上。吃饭、梳洗完毕,石斛和徐榛坐在一条停靠在码头边的帆船上面赏月。曲柯嗑着松子,看着月亮,忽然说:“海上的明月真的特别圆,特别亮。”今晚坐在帆船上赏月的所有人以前都没看过海上的月亮。今天猝然一看那搁在海面上的月亮,真感觉比平常看到的月亮要圆,要亮得多。“是感觉比以往看到的月亮更圆,更亮。”白荻、紫苏等纷纷赞同。“就好像是一颗大大的夜明珠。”众人七嘴八舌描述今晚的月亮。

“昨天是团圆节,实在不应该让姐姐独自一个人呆在这里看月亮。”

“昨晚,龚大哥一家陪姐姐吃月饼赏月,也很热闹。”

“十五月亮,十六圆。我们正好在月亮最圆的时候团圆。老哥,快上来一起赏月。”正说着,石斛瞧见龚宰和宋如茨漫步在沙滩上,旋即高叫了起来。“少东主!”宋如茨、龚宰等先后上了帆船。众人旋即散开,让出位置给龚宰等人坐。

“多谢都统将奴家带来!”

“你们原本就是奇缘！小子不会忍心将它拆散。”

“奴家一定会好好珍惜这段奇缘。”

“我们能够相聚,本身就是奇缘。”龚宰身子一屈坐了下来。“在岱山休整一两天,我们就随少东主前往居住地,继续我们的奇缘!”

第九十七章　出海

离人无语月无声，明月有光人有情。

——《明月夜留别》

徐榛站在码头上，过了好长一会，才起步踏上了跳板，石斛亦步亦趋跟在身后。走到一半，徐榛停住脚步，转过头看了一眼，似乎想再看一看前来送行的父母。可是，徐榛的眼前只有青翠的岱山岛。徐榛颇为失望地转过头。徐榛不知道，这一走什么时候才能再见父母一面。眼下的徐榛就像一株已经生长了十九年的树，被人从生根发芽的故土挖起，生死全操纵在移栽人的手中。徐榛没想过会不会被弃在一边任其枯萎，而是想到很可能从此不再回故乡看父母一眼。徐榛渐渐明白，很多情况不是不愿意，而是不得已。人更多的时候就像树，自己做不了主。徐榛重新起步，石斛紧跟在后，上了帆船。

船工收起跳板，解开缆索，帆船起航前往流虬。一群白色的海鸥追随着帆船在翻飞。岱山岛渐渐地在视野中消失，远方黑黑的海际线越来越细，海越来越大，最后茫茫一片，不见了边际。帆船就像一枚漂浮在海面上的枯叶，随着海波上下起伏。徐榛过了好久，才在石斛的拥搂下转身离开了船尾。徐榛这时发现，就像瘟疫在船上蔓延，一船人里面有好几位出现不同程度的晕船，恶心的恶心，呕吐的呕吐。米栗看起来体格比自己还要健壮，想不到竟然像遭受了酷刑，吐得连站都站不起来了。苍白的脸，徐榛看了都容易联想起不祥的事情。米栗的两侍儿，只有萧竹稍稍好一些。还好，坑任向奇象早料到有人会晕船，已经熬好了一小锅姜茶。石斛亲自给米栗喂姜茶。米栗不想喝，咬着牙，喝了一碗烫烫的姜茶。

“有没有晕船，都不要闷在船舱里，到甲板上去透透风。”连拖带扶，将晕船的人统统挟持到了甲板上。“想躺，想靠，全都躺这里，靠在这里，没有外人。”石斛一声令下，拖地的拖地，铺席的铺席，马上动手。不一会，米栗和晕船比较厉害的白荻、茹若、紫苏或靠或躺在了遮阳的凉棚下面。“有话梅什么的，吃了可能会舒服些。”船工谭弘农提供了一种缓解晕船的方法。船上带了很多瓜果，像枣子，柿子，石榴，梨子，唯独没带话梅。“话梅应该会有，只是不晓得放在哪个箱子里面。”这些个嫁妆徐榛都没有经手，放在哪，徐榛真不晓得。“有就好。只要仔细找找，总能找得着。”石斛转身又咚咚下到船舱去找话梅。

仿佛一群小鸡跟着一只母鸡到处走，一班人跟着石斛去了船舱。徐榛的嫁妆全部整齐地累叠在船舱里面。石斛将箱子从船舱内一个接一个端了出来。箱子里多半是金银珠宝，绫罗绸缎，甚至还有一整套金箸金碗。石斛含笑说：“海盗劫了这条船，就不用继续做海盗了。”徐榛笑了起来。

“你还说于苓改姓乌，我看，你最应该改姓乌。”

“小子已经随爸改了一次姓，再改一次，总是不应该吧。打开来瞧瞧。”

“反正已经改了一次，再改一次又有什么关系？”

石斛又从船舱里面端来一个箱子。“那也不能改姓乌。”“哥哥，为何不能改姓乌？”曲柯很好奇。“将这个箱子打开来看看。”于苓掏出一串钥匙，试着准备将箱子打开。“男女同姓，其子不蕃。小子还想让于苓多生几个。”徐榛忍不住“噗嗤”一升笑了起来。于苓低着头，对了好几次锁孔才将锁孔对准，最后将箱子打开。石斛一看里面没有话梅，转身进了船舱。石斛一连搬了十几个箱子，才搬到了那个专门放伴手的箱子。“这个箱子就不用再放进去了。”石斛将放伴手的箱子端到了徐榛晚上歇息的船舱里面。“于苓，拿出些分给大伙吃一吃，缓解晕船会有好处。”于苓按照徐榛的吩咐，拿出伴手，猕猴分蛇一般分给众人。

“曲柯，多拿些给米栗，哥哥将箱子放回去。”

曲柯捧了一捧话梅去了甲板。石斛搬了一个箱子放回船舱出来，徐榛还站在船舱口等石斛搬完。“先上甲板去，闷在里面容易晕船。小子很快就搬好。”石斛端起一个箱子进入了船舱。叠好箱子，石斛出了船舱。“哥哥，我来帮你。”石斛没去理会曲柯，只管端起一个箱子进入船舱。曲柯不管石斛同意不同意，搬起了箱子。箱子终于重新叠放整齐。石斛看了看每一个船舱，见已经没有人，快步登上甲板，来到船头。米栗靠在胡床上嚼着话梅。见石斛前来，众人纷纷给石斛让位。“不用，不用。”石斛布鞋一脱，踏上草席，盘腿坐了下来。

“石斛，为何有些人会晕船，有些人不会晕船？”

“这个小子还真不晓得。只是走之前，小子从水手那学了一点有关航海的知识，也问了一下如何缓解晕船，可小子自己不晕船，忘了带橄榄、柠檬、话梅这些酸酸的物事。据说这些物事吃了，可以缓解晕船，小子也不晓得是不是真的。”

“伴手里面应该有橄榄。于苓，去拿点过来给晕船的人吃吃。”

“于苓，你就坐着，小子去。”于苓正要起身，石斛已经站了起来，去船舱拿橄榄。

“哥哥真是侍臣。你不抢先，根本轮不到你去做。”

“以后，你们几个手脚快一点，不要石斛去做了，才想到动手。”

喝了姜茶，吃了话梅，嚼了橄榄，再经海风一吹，晕船的几个好受多了。向奇象做了鲜美的黄鱼汤，众人胃口大开，米栗也勉强吃了小半碗饭。过了中午，帆船渐渐平缓，几个晕船比较厉害的也开始慢慢恢复，苍白的脸终于有了血色，脸上重新出现了一丝笑容。

八月的天气已经转凉，加之海风大，除几个怕晕船的外，都到船舱睡觉去了。石斛终于落得个清静，拿了本书来到了船头。陈湘君给石斛送来了清茶。石斛靠在胡床上，边喝茶边看书。徐榛这一觉还真长。上甲板时，都差不多到夕食。米栗则一躺躺到了吃晚饭。一觉睡醒，刚一坐起，突然感到一阵恶心，干脆重新躺下不起来了。躺着就躺着，多多休息对缓解晕船很有好处，而身边又有萧竹照顾着。石斛没去打扰，和于苓、曲柯一起，陪徐榛看那波光粼粼的大海。海天一色，交融在眼的尽头，几朵白云仿佛在海上飘。

“大海真漂亮！”徐榛不禁赞叹。

“主要是我们离开了近海，已经没了从江湖带来的垃圾。像那些河渎水沟，不将垃圾污水倒在里面，浅浅的清水，游动的小鱼，实际也很好。像小子老家那条桃花溪，上游没有人家，全是天然的泉水，清澈透明，底下的溪石都可以数。像今天这样的天气，小子定会去上游的潜龙潭泡一泡。那种清爽，言语无法表达。金陵城内的河渎，水质墨黑发臭，就是你将垃圾污水倒在里面，我将垃圾污水倒在里面。小子一到边上就想吐。”

“还污水？连尿都倒在里面。”曲柯插嘴。

“河渎不是他家的，就只管倒。你也倒，我也倒。用不了几天时间，河渎水沟就臭气冲天。有没有将垃圾倒在自己房间里面？没有人明白，河渎是所有人的河渎，实际也是自己的河渎。将垃圾污水倒在河渎里面，等于将垃圾污水倒在自己的房间里面。看起来很精明，其实很笨，很笨。”

“真搞不清楚，是怎么想的，自己家门前的水沟，也乱到垃圾。”

“乱到垃圾还好了，还随地大小便呢。猪也不会将屎尿拉在睡觉的地方。”

众人正七嘴八舌说着，帆船忽然一晃，徐榛不禁一个踉跄。石斛手一伸，一把搂住了徐榛。“哥哥，船会不会沉啊?”曲柯忽然问石斛。真是乌鸦嘴！

“你才是真正的乌鸦。海又不像内陆湖，帆船偶尔晃动很正常。现在早就已经不是台风季节，偶有风浪，问题也不会很大。这些帆船都根据航海的需要打造。船上装有罗盘，又有海图，不会迷失方向。这次接我们去的是去过几次流虬的水手。船上准备了足够的粮食和饮用水，就算在海上漂它个把月都不会有丝毫的问题。”

“漂个把月，哪还了得？船晃动，就很容易晕船。别说其他，光晕就将人晕死。”

“这张嘴，真比茅坑还臭。哥哥只是说极端情况。顺风顺水，再过一两天就可以到。多注意休息，保持充足的睡眠时间，慢慢会习惯起来。”

果然，坐了一天一夜的船，几个会晕船的人也都开始适应。吃了早饭，众人纷纷离开船舱，来到了甲板上。米栗也去了船头，靠在胡床上吹海风。厉行疾向众人推荐了一种打发时间的好方法，钓鱼。

石斛钓鱼不内行，为能打发掉徐榛多余的时间，只好随喜。石斛给鱼钩扎好鱼饵，徐榛刚将鱼线扔进大海，就有一条鱼上钩。“县主，好像有鱼上钩了。”于苓见浮标突然向下一沉，连忙提醒。“不会吧。”徐榛将信将疑，轻轻地提了提钓竿，重重的。果然有鱼上钩。鱼实在太大了，徐榛担心拉断鱼线，连忙高叫：“石斛快帮我拉！”石斛慢慢拉着线，一条大黄鱼露出了尊容。黄鱼到了甲板上，徐榛跟黄鱼一样跳了起来，比钓到石斛这个郎君还兴奋。米栗听到欢呼声，也从船头过来瞧一瞧究竟。石斛拿下黄鱼嘴唇上的鱼钩。

“炖成鱼汤，肯定鲜美。”

“吃了就没了，怪可惜的。”

“那就扔回到海里去。”

吃了，徐榛不舍得；扔了，徐榛又不舍得。

“县主，新鲜黄鱼味道肯定好。”

“你钓的黄鱼，味道肯定不一样。”

“那就炖起来让众人尝一尝。”

徐榛犹豫来，犹豫去，最后终于同意吃了这条黄鱼。石斛拿着黄鱼，徐榛和一群侍儿紧跟在后，交给了坑饪向奇象。“这是活黄鱼，味道肯定特别鲜美，仆马上将它拿去蓟了。”吃中饭时，石斛喝了一口汤，咂着嘴说：“朱雀门大县主钓的鱼果然不同，味道鲜美极了。”徐榛含笑拍了一下石斛的头。“不信，你自己尝尝看。”徐榛拿起调羹尝尝汤，点了点头。锅似的一大碗黄鱼，连肉带汤统统到了众人的肚子里面，最后碗里只剩下了骨头。

徐榛有午休习惯，米栗昨天晕了船，人疲软，坐了一回，两人各自带侍儿回船舱休息去了。曲柯闲着无事，要找石斛下棋。“行，哥哥就陪你下一盘。”石斛答应。曲柯就去船舱端来了围棋。“曲柯，不要给你哥哥杀了不剩一子哦。”于苓本想留下来陪石斛，在石斛的劝说下，也准备回去歇息。“放心！哥哥没那本事。”曲柯信心十足。曲柯摆好棋盘，和石斛捡子下棋。

“云蔓不想去靠一会？”

“不想靠。婢子没有午休的习惯。还是坐在这里一边看姑爷下棋一边吹海风舒服。”

石斛和曲柯捡子下棋，云蔓坐在一旁观看。曲柯和石斛的棋艺不在同一个档次上。曲柯刚下了一手，石斛马上跟着就是一手，几乎没经过思考。没多久，棋盘的四条边已经密密麻麻摆满了棋子。石斛见曲柯陷入深思，将手中的棋子往棋盒一放，伸了一下腰。

“云蔓琴弹得好，舞跳得好，人又漂亮，可以说是才貌双馨。”

“谢谢姑爷夸奖！实际上，无论是貌，还是琴和舞，婢子都不如大县主。大县主的琴和舞姑爷未必晓得。大县主常常一人独舞。别人不敢说，至少婢子认为大县主的舞姿绝伦。有时候，婢子也和大县主一起跳。婢子从大县主那里学了不少。”

“没想到，大姐的舞技竟然那么高。”

“大县主好像跟婢子说过好几次，最优美的舞姿，没人欣赏，又有何用？”

“士为知己者死，女为悦己者容。实际讲的就是欣赏。无人欣赏，确实是一件很痛苦的事情。可世上偏偏没有欣赏你的人。怎么办？总不能学伯牙，没有了钟子期，就不弹琴。我们不应该顾影自怜，而应该学会自我欣赏。曲高和寡，没必要降低自己博取别人欣赏。”

“云蔓姐姐，到了新地方，别人不欣赏，我欣赏。”

“这句话，哥哥特别喜欢听。云蔓只管将琴弹好，舞跳好，小子一定会好好欣赏。”

“谢谢姑爷和曲柯妹妹。”

“不用谢。我不仅要欣赏，还要向云蔓姐姐学。舞我也会跳一些，可很难看。跟哥哥连说都不敢说。”

“你随便扭扭，哥哥都喜欢。”

“哥哥就喜欢哄我。”

“姑爷肯定没哄你。我跟姑爷的时间虽不是很长，但还是能看得出，姑爷对你最疼。那么多人里面，只有你想说就说，就是我，明知姑爷不会说什么，总是有些不敢。”

“那是云蔓姐姐跟哥哥不熟。哥哥这人最好说，就是骂他几句，也没关系。”

“姑爷一看就让人感到是春天的阳光，一点也看不出来是统领那么多兄弟的都统。”

“哥哥还是别摆出吓人的臭架子好。别人，我不管，至少我看了很不舒服。”

“也不是故意要摆，而是不想摆也只好摆。不摆一摆，人家还真不将你当回事。就好比是贱陀螺，不打他一下，根本就不转。”

“真弄不明白，人为何会这样。”

“主要是怕揍。你给他铜钱未必愿意去做，你一揍他，不愿意，也会去做。”

“跟牛羊真没什么差别。”

“我看差不多。好说不听，鞭子抽过去，才会给你犁田。”

“曲柯，别说醉了，免得给哥哥杀得一子不剩。”

“哥哥，这招不算。”

曲柯发现下了错招，拿回了石斛刚才下的这枚白子。“这是偷袭，不算，统统不算。”曲柯又从棋盘上拿回了黑白各三颗棋子。“好了吧。”石斛问。曲柯仔细看了盘面好几遍，发现已经没有纰漏。“好了。”曲柯和石斛继续捡子下棋。

“以后啊，云蔓姐姐想说什么，只管说。”

“姑爷是主人，哪能乱说？”

“小子在山角落里面长大，原本就不是什么主人，也不会摆主人的架子。你和紫苏自随徐榛嫁过来的那天起，我们就已经成了一家人。家人面前，摆什么主人的臭架子，别人不笑，小子肯定会给自己笑死。你愿意，就像曲柯那样，叫哥哥。”

“婢子不敢。”

“有什么敢不敢？就一个称呼而已。”

“婢子觉得还是叫姑爷好。”

“你喜欢叫什么就叫什么。”

“哥哥，不行吧？”

“怎么不行？你还想叫哥哥什么？”

“我还是叫哥哥顺口。云蔓姐姐，我看那，你以后干脆叫哥哥……狂生算了。”

“叫狂生也不错。哥哥以后不做伪君子了，就做狂生。”

徐榛一睡醒，就准备重演上午的奇迹。徐榛钓鱼就钓鱼，可要石斛陪。“曲柯，等会哥哥再跟你下。”石斛站了起来，准备去陪徐榛钓鱼。曲柯不乐意，也只能暂且中止。“婢子陪曲柯下棋，姑爷先去陪县主钓鱼。”今天运气没上午好，徐榛钓了老半天没钓到一条鱼。一钓不到鱼，徐榛兴趣就索然了起来。石斛一旁安抚徐榛。

“帆船行使了一天一夜，现在已经到了深海区，要么钓不到鱼，要么钓到大鱼。《南华真经》里说，任公子做了个大钩，用五十头公牛作鱼饵……”

“五十头公牛作鱼饵？”徐榛打断了石斛的话。“华南真人也太夸张了。”

“不是南华真人说话夸张，而是钓鱼的任公子不是普通的凡人。任公子手持钓竿蹲在会稽山上，等啊等啊，等了一年没有一条鱼咬钩。一天，来了一条巨鱼……”

话没说完，船沿出现了一条至少两丈长的大鲨鱼。

背鳍简直就像是移动的暗礁。这么大的鲨鱼，徐榛见所未见，惊恐不已。“别钓了。”石斛一手搂着徐榛，一手将鱼竿提了起来。鲨鱼蹭着帆船，蹭得帆船有些晃动，似乎想把帆船弄翻。娘子们开始发慌。谭弘农手持鲨鱼枪出来说话。“没事，没事！先到船舱去，万一帆船倾侧，掉到海里去。”娘子们慌慌张张离开甲板回到船舱。几名船工掌舵只管掌舵，控帆只管控帆，严阵以待，以防不测。鲨鱼蹭了几下游离了帆船。

“没事了，出来吧。”石斛对着船舱喊。“游走了？”“游走了。”众人纷纷出了船舱，几个方才没见着的人跑到船舷企图以睹鲨鱼的尊容。大海茫茫一片，已经没有了鲨鱼的踪影。徐榛挽着石斛，含笑说：“真是乌鸦嘴，一说大鱼，大鱼就来了。”

这条鲨鱼带给徐榛的兴奋，到吃饭时还没有消退。吃了饭，因节约用水，徐榛只是简单搓了一把脸，就带着一班侍儿上了甲板，准备看日落。徐榛站在船尾，手遮着眼睛，看着金轮慢慢沉没在了一望无际的大海里面。一抹落日的余晖就像熔化了的铁水，倾倒在天和大海的交界处。“姐姐，快过来。”甲板上响起了脚步声，徐榛转头一看是米栗，连忙招呼。萧竹扶着米栗向徐榛走了过去。“姐姐晕船，错过了好多美景。”米栗走到徐榛的身边，并肩站在船尾，观看西边落日的余晖。“美景错过了，还给别人带来麻烦。”米栗颇为遗憾。

“麻烦倒没什么麻烦，都是自己人，主要是自己难受。”

“姐姐过去也坐过船，想不到，坐海船会晕得那么厉害。”

这时，甲板上响起徐榛、米栗都熟悉的脚步声，石斛来了。徐榛、米栗同时转过身。“落日都已经没了。”徐榛含笑说。“落日没了，余晖还在。”石斛快步走了过去，三人一起欣赏西边最后一抹余晖。这一抹余晖很快就退色，天海融在一起，成了灰蒙蒙一片。“米粟昨天因晕船没看海上月出，今天好好看一看。”石斛提议。

十八九，坐着守。没等多久，月亮就出来了。“真漂亮！”米粟目不转睛地盯着一轮明月从茫茫的海面上慢慢升起。“我一直以为月亮从山那边升起来，现在才晓得月亮从海里面钻出来。”茫茫大海一片，望不到尽头，月亮只能从海里出来。

“石斛，你说月亮是不是从海里出来？”

“看起来是，实际未必一定就是。南华真人说，计四海之在天地之间也，不似礨空之在大泽乎？上次我们去彭蠡泽，觉得一望无际，已经够大了。可彭蠡泽根本不能跟海比。我们一连坐了两天一夜的船，还是见不到边。天有多少大，小子想象都想象不出来。月亮是天上的物事，海是地上的物事。依照南华真人的说法，月亮应该不在海里面。小子说得有没有道理？”

“有点道理。”

“小子读《山海经》，总觉得编书人将天地弄混。比如夸父，长得再高，跑得再快，也是地上的物事，怎么能跟天上的物事比？编书人像我们这样跑一圈海，肯定不会这样编。井蛙不可以语于海者，拘于虚也。井底之蛙肯定认为天只有井口那么大。”

“哥哥，那么好的夜晚，为何不弹首曲子听一听？”

“行。去将琴搬来，哥哥给你弹一首。”

曲柯转身前去船舱搬琴，众人继续站在船舷赏月。“哥哥，过来弹琴。”不一会，曲柯就搬来了琴。石斛转身离开船舷，来到琴几前，身子一屈，跪地而坐，准备弹琴。忽然，米粟说：“听说，云蔓舞技绝伦。明月，清风，沧海。不展现自己的舞姿，真是可惜。”云蔓这次没有客气推让。“婢子就给县主跳一曲。”众人自觉围成一圈，席地而坐，欣赏琴舞。

“哥哥准备弹什么曲子？”

“天上有月亮，又是夜晚，哥哥就弹一首《月夜》。

琴声响起，云蔓依韵律翩然起舞。月夜下，甲板上，云蔓的身影真是翩若惊鸿，婉若游龙。紫苏、文荷、白荻、萧竹、茹若、曲柯似乎忘记了琴声，只顾盯着看云蔓跳舞。曲终舞止，甲板上响起了劈里啪啦的掌声。掌声过去，米粟不禁赞美说：“云蔓如此优美的舞姿让我想起了凌空而来的仙子。仿佛兮若轻云之蔽月，飘飖兮若流风之回雪。我还没见过这么优美的舞姿，太美了。”

“谢县主夸奖。”

“云蔓舞是跳得好，无须客气。”

“幸亏你没有江山，否则说不定也是舞破江山君未知。”

“女人想想也可怜，男人败了江山还要怨女人。就好比木偶戏，自己演砸了，却怨牵在手中的木偶。徐榛，你是不是来一曲？”

“好吧。就弹一首《明月》。”

石斛起身，跟徐榛换了位置。陈湘君、阮惟君以及向奇象等也前来观看。徐榛坐在琴几前沉思了一会，然后开始弹琴。云蔓依韵律起舞。月出皎兮，佼人僚兮。舒窈纠兮，劳心悄兮。徐榛琴歇，云蔓舞止，甲板上响起了掌声。

“云蔓，先坐下歇息歇息。”

“听了妹妹的琴，姐姐只感到妹妹和二表哥只能用‘凤皇于飞，和鸣锵锵’来形容。”

“姐姐别笑。”

“米栗，你是不是也来一首？”

徐榛连忙起身，要将位置让给米栗。“今晚能够在这里一起弹琴赏月，也算是奇遇。”米栗罗裙微提，在琴几前坐了下来，想了想说：“姐姐就给妹妹弹一曲《望月》。”云蔓站了起来，准备给米栗伴舞。米栗两手一举，开始弹琴。米栗的琴声婉约，如山涧幽谷的清泉；云蔓的舞姿绮媚，如空中飘动的白绢。连跳了三首曲子，云蔓累得直喘气。

“这曲应该穿长袖舞衣才行。”

“先坐下歇息。想舞衣容易，小子叫人做一件。”

“这首《望月》，我听起来，总感觉像是《梁甫吟》。”

“海上生明月，天涯共此时。我这才想起弹《望月》。”

“春江潮水连海平，海上明月共潮生。姐姐这首《望月》正是石斛《春江花月夜》的应和，一个悱恻，一个缠绵。”

“我们一起坐上一条船，已经不再需要也来一个隐思君兮陫侧。”

“其他没有优点，就脸皮厚。”徐榛拧了拧石斛的脸。

“于苓，你是不是露一手？”

“婢子不会。”

“都是一家人，好还是不好都没人笑。好，好上加好；不好，到了居住地，再慢慢学。”

“那婢子就弹一首《轻云》。”

米栗将座位让给于苓。于苓在琴前跪地而坐，云蔓起身准备给于苓伴舞。当着石斛的面弹琴，于苓是第一次。沉静了好久，于苓才抬手拨动琴弦。从琴声中，石斛能感觉得出于苓的手在颤抖。琴声颤抖，如同天上伴月轻云，似断似连。云蔓的舞姿也像飘动的轻云，若隐若现。石斛倾听琴声，手指轻轻点着甲板，直到琴声像一缕青烟最后消失。“好！好！”石斛带头鼓掌，甲板上随着响起一阵热烈的掌声。于苓掏出手绢，低头擦了擦额头的汗。

“姑爷不要笑！”

“真的很好！先歇息一下，等会让云蔓来一首。”

云蔓一首《月下》刚结束，陈湘君前来询问需要不需要烧点夜宵吃一吃。徐榛平常没有吃夜宵的习惯，见米栗晚上只吃那么一丁点，提议说：“就给县主烧一点。”米栗同意。“那就烧一夹面条。”因晕船一直没有好好吃饭，肚子现在还真感到有点饿。“其他人呢？”石斛询问。紫苏、白荻、文荷、萧竹等纷纷说不要。“想吃只管说，脸皮薄，没得吃。湘君，给于苓也烧一点，晚上没什么吃。”于苓赶紧推让。“姑爷，婢子不要。”“什么不要不要。你脸皮太薄，小子脸皮太厚。”石斛给于苓做了决定。

吃了夜宵，石斛扶着米栗上了甲板。此时，徐榛已经带一班侍儿回船舱歇息。甲板上只有一地的月光，两耳只有风吹动船帆的声音。站在船舷，石斛一手搂着米栗，望着月夜中宁静的大海。米栗拿起石斛的手放到自己的嘴边，轻轻地亲了一口。

“是不是又想起了亲人？”

“我也不晓得是为什么。”

米栗在广陵挣扎了两天，带着一行囊的无奈踏上了前往岱山的帆船。到了岱山，曹逢亲手将米栗交给了龚宰。这些时间，岱山每天人来人往，龚宰就让田无思来陪米栗。见米栗一脸愁云，田无思企图用自己的故事劝慰米栗。米栗真想不到走在身边的田无思竟然是田頵的女儿。我还可以找徐温报仇，田无思找谁去？武忠王杨行愍？亲生父亲田頵？米栗感觉田无思比自己更无奈。几天时间的沉思，米栗定下心来，决定等石斛来一起前往流虬。

“父母将自己从酒壶那么大养起，实在是不容易。”石斛拿起米栗的手，轻轻地亲了一口。“不像狗，不像猫，养大一个人得要十七八年时间。这份艰辛，只有做了父母的人才真正懂。树欲静而风不止，子欲养而亲不待。想想真有些无奈。”

“神州就是不断地在制造这种人为的无奈。”

“出发时，月亮还那么圆，今天都已经缺了一边。到时，很可能只剩下了一半。”

“月亮要缺，想挡都不住。二表哥放心，过去的事情，我已经放下。今天的我已经不再是认识二表哥前的米栗。跟同龄人相比，我实际上很幸福。小时候有父母疼，现在有二表哥疼。如今再反过来仔细想想，我着实很幸运。我一定会珍惜神灵恩赐给我的这份幸运。”

“小子也一样。这里风大，我们下去吧。”

石斛送米栗去了船舱，又回到了甲板上。

一轮明月在轻云中穿梭。石斛站在船舷，吹着海风，望着闪着粼光的大海。石斛不是酒鬼，平常时间也很少喝酒，今天却忽然想到了酒，想对月独酌。石斛读过不少独酌的诗。王绩想显达独酌，李白想知音独酌，杜甫想轩冕独酌，杜牧想倜傥独酌，石斛想独酌而独酌。厨房黑咕隆咚的，还不晓得酒放哪。石斛不想叫陈湘君和阮惟君，稍不小心就弄成满船风雨。石斛站在船舷，看着眼前朦胧一片的大海，吹着凉凉的海风，想起一个小时候想过的问题。

石岩虽有自己的看法，但并没有规定孩子们只能看什么书。

石斛一次在阅读《孟子》时发现孟子这人特喜欢拿人和禽兽比较。这让石斛想到了一个问题，人和禽兽到底有什么不同。人之所以异于禽兽者几希……几希，不就是差不多嘛。莫非人就是禽兽？石斛想来想去，想不出人和禽兽的不同到底在哪里，决定去问石柏。“哥哥，你说，人和禽兽到底有什么不同？”石柏想了好久，没想出答案。于是，兄弟两人去问父亲。

“吃喝拉撒睡，人和禽兽无异。孟子说，饱食、暖衣、逸居而无教，则近于禽兽。孟子的这种说法肯定不对。有教、无教不能区别人与禽兽的不同。常言道，鸟有鸟路，兽有兽道。人和禽兽肯定会不一样。我们不能要求鹰读书，鹰也不能要求我们飞。所以，仁义，人伦，这些个物事肯定都不是。神州人看起来跟禽兽好像没什么不同。让爸先好好想一想，到底有什么不同。”

石岩想了一夜，又跟李同坐在竹林中谈了一个下午，都没有找到神州人和禽兽有什么实质性的差别。“牛马四足，是谓‘天’；落马首，穿牛鼻，是谓‘人’。如同鸱枭吃蛇，蛇吃蛙，蛙吃蚱蜢，落马首，穿牛鼻，也是天。人造房子，鸟搭窝，形式虽然不同，实质完全一样。吃喝拉撒、生老病死，人和禽兽相同。人之所以为人，是人不是食物。可现实呢？至少到目前为止，人无异于禽兽。人真正称得上是人，只能等将来了。”这是李同的看法。

总不能告诉孩子神州人就是禽兽。“人是人，禽兽是禽兽，人和禽兽不一样。”

石岩告诉石斛。“哪些地方不一样呢？第一，人不是鸡，不能想杀就杀。第二，人不是猪，不能想打就打。第三，人不是羊，不能想关就关。”石斛开始觉得石岩的话有道理，继续一想，发现不对，又去问石岩。“爸，皇帝想杀人就杀人，想打人就打人，想关人就关人。人和禽兽好像没差别。”石岩只好说：“烟儿自己慢慢去想吧，爸一时还真找不到人和禽兽的差别。”

在翠竹湾还没感觉，逃到了金陵，石斛直感自己根本就是一头探头探脑的老鼠，战战兢兢，惶惧惶恐，无时无刻不在担心成为蛇、猫、鸱枭、黄鼠狼的点心。当想杀你就杀你，想打你就打你，想关你就关你时，当你天天想着饿死、冻死，为了能够不饿死、冻死疲于奔命时，当你想说不能说，不敢说，不想说不能不说，不敢不说时，跟禽兽有什么差别？几千年了，何尝做过人？不过仅有人的名号而已。

正想着，忽然听到了轻轻的脚步声。不一会，徐榛的脚步声就出现在了甲板上。石斛转身迎了上去，展开衣裳将徐榛一包。

“睡不着了？”

“中午睡得太多了。”

石斛抱着徐榛慢慢来到了船舷，继续看月夜下的大海。两人刚站了一会，于苓就拿着斗篷来到了甲板上。徐榛出阁前，于苓总是夜半进徐榛的闺房瞧一瞧，徐榛是不是已经盖好了被衾。每天如此，早就已经成了习惯。一见徐榛不在船舱，想到甲板上海风大，于苓连忙拿了件斗篷送来。石斛接过斗篷，帮徐榛披上。三人站在船舷看闪着荧光的大海。

“你已经不再是我的侍儿。这些事情，你不放心，吩咐文荷和紫苏用心去做。”

“看来，小子也得多用点心。就算体贴入微做不到，用心了至少可以弥补弥补。”

“你已经够体贴了。我根本没想到你心会那么细。”

“姑爷心那么细还真是奇怪。依理，像姑爷这样的人应该心粗一些才是。”

“小子心细是从小训练的结果。随父母离开老家后，小子才渐渐明白，心不细，像小子这种身世的人只有死路。”

“到了新地方，不用担心有人弄死你了，岂不是白白训练？”

“谁说的？”石斛紧紧一搂徐榛。“小子心细才能照顾好自己的新妇！”

西北风早就已起，顺着洋流，再经过一天一夜的航行，终于看到了陆地。一船人个个兴奋异常，站在船舷等待着帆船靠岸。“那么漂亮啊！真的是仙境欤。”船队进入港湾，慢慢滑过晶莹剔透的海水向码头靠拢。

李邈、曹其宸已经率众在码头上迎接。在船上困了几天几夜，帆船刚刚靠稳，众人就急着下帆船。曲柯竟然连跳板都不走，直接跳到码头上。"是不是脚摔断了才好受些?"曲柯捂着嘴不敢吱声。石斛一脚踏上码头，感觉仿佛从空中到了地上。

"云苏姐姐亲自来接，还真是让人感到有些过意不去。"

"还是得到曹其宸的恩准，我才有机会来哦。"姜云苏笑了起来。

"否则，这码头怎么能挤得下人?"

龚宰行头不是很多，几个兄弟上去一趟就全搬下来了。"等一会，让曹兄带哥哥去白榕别院，小弟先陪老哥去青莲别院。"石斛肯定急着想知道居住地的情况，需要曹其宸第一时间向他汇报，就让曹其宸陪石斛，也好两人边走边聊。李邈决定先带人送龚宰去居住的青莲别院。"那仆就先走一步。"龚宰拱手辞别。"安顿好后，我们再抽时间好好聊一聊。"石斛拱手送别。龚宰、宋如茨一行人跟着李邈率先离开了码头。

石斛行头多，搬行头的人也多。没多久，秦泰就告诉说，已经将石斛从金陵带来的行头全都搬下了船，包括那对白鹅。"那我们就出发。"曹其宸引着石斛在前，兄弟们抬着箱笼在后，一队人浩浩荡荡前往石斛将要居住的白榕别院。

"居住地总共修建了一千九百七十一座别院，九座公共居所，一座道观，足够居住。所有别院规格一样，家中的物事相同，只是地址不一样。有几处两座或三座别院相隔不远。仆留了下来让副都统、总社和分社主事、副主事居住，毕竟他们劳苦功高。仆特意替都统在滨海港湾修造了六座相隔不远的别院，作为都统日后生活办事的地方。"

"曹兄给小弟选的肯定是好地方。曹兄，家庭组建情况怎么样?"

"按照都统制定的原则，我们完全抛弃儒家那一套乌七八糟的物事，全部奔者不禁。相互喜欢上了，告诉一声就是夫妻。希声社提供别院一座，让他们自己组建家庭。仆还没带他们来到这里，就有好几对夫妻了。到今天为止，已经组成了四百五十七个家庭。这事，都统完全不用担心，只要放开胸怀，不受束缚，今年内，大部分希声社兄弟都能组建家庭。"

"生活安排情况怎么样?"

"这些方面，龚副都统和江主事已经考虑极其周详。日常生活器物，每个别院都配得很齐;包括一整套农具。买了一千多头耕牛，生猪多少，仆还没有来得及仔细计算;其他家禽和家畜，也买了不少。大部分民工已经遣返，还留下一部分正在帮我们开垦耕地。反正，他们需要铜钱，而我们需要日后生活的耕地。仆刚来的时候，为了应对瓜果蔬菜紧缺问题，已经在离居住地不远的那片河谷开辟耕地种植。那些生长日期比较短的菜已经吃上。那片河谷平原，极其广阔，全是长年淤积起来的沃土，开一亩地根本不需要花什么力气，草除除掉就可以种。仆和众人商量了一下，众人的意见是，以后谁开垦，就归谁。”

“这主意非常好。”

“帮得了一时，帮不了一世，总不能永远依靠希声社过日子。日子过得好坏还需要自己努力。目前的安排是，已经成家的，希声社供应食物，自己在家烧着吃；还未成家，聚集在居住地食厅吃。都统准备如何安排？”

“我家会烧的人多，还是让她们自己烧。”

“仆等会安排人送来。这一带海货多。皇甫子组织一批人干起了老本行。皇甫子弄来的鱼、虾、蟹等等，根本吃不掉。”

“生存有保障至关重要。万一碰到困难，人心才不会散。以后只要我们不去干涉，任其自然，该有的物事都会有。至少刚来的四五年时间内，希声社要保证人人的生活需要。日后得慢慢靠个人自己的努力。只有年纪大的人，我们得帮他们安度晚年，尤其家兄带来的若水宫人和天清派道姑。特殊原因自然要除外。生病、意外亡故，总是免不了。我们都应该帮他摆脱生存忧虑。生存忧虑压迫下，人永远不可能是人。田要种，鱼要捕，生意也要做。我们有庞大的船队在手，继续从事我们的老本行。这样就可以有多一条以后生活头路。目前，关键是先将家安顿好。云苏姐姐，是不是同意让曹兄弄一个陪陪你？”

“那么老了，谁还喜欢他啊？”

“你还别说，奔者不禁后，还真有人喜欢我。”

“有人喜欢，我肯定不会反对。”

“还是算了，留给其他人吧，免得人家说我那么贪婪，好物事只想要。”

“这话还是留到将来再说，免得云苏姐姐说曹兄食言。”

“哪像都统，千金一诺。”

“我当初许下的诺言，还需要曹兄帮忙才能兑现。”

“都统不仅兑现了诺言，还远远超出了兄弟的期望。”

“小弟只能说，眼下已经飞出了鸟笼！以后我们就一起飞翔！日常生活安顿好后，我会一家一家去看。没有组建家庭，我们要想方设法协助他们组建。年纪特别大的除外，绝不能让希声社兄弟和若水宫、天清派娘子一个人站着。没有家庭，土匪似的，怎么能过好日子？”

“都统,这就是白榕别院。”

“姣娘们,你们快去选以后要住的地方!”

侍儿们跑得最快,赶忙前去给自己的主子找房子。见箱笼上贴着大红双喜,曹其宸对一大队搬行头的希声社兄弟说:“你们就按夫人的要求,将都统的行头放好。摆放的时候,手脚轻一点哦。”众人抬着箱笼,鱼贯进入别院。

“云苏,你带几个娘子,去帮夫人整理一下。”

“不用。一大班娘子,还怕整理不起来?今天不行,明天来。”

“也行。”

“夫人的嫁妆真是丰厚。”

“云苏姐姐可能有所不知,她的嫁妆,多得根本无法计算。曹兄先去看其他兄弟安排得怎么样。反正,我们还得坐下来,好好商量,以后该如何过日子。曹兄,云苏姐姐,我也去看一看,免得房子都给抢光了,没得住。”

曹其宸和姜云苏都笑了起来。

第九十八章　蝉蜕

岂唯形骸有聋盲哉？夫知亦有之。

——《庄子》

石斛和曹其宸、姜云苏分了手，沿着木建阁道，前往白榕别院。将在这里过一生，根本不用急。石斛踩着咚咚作响的阁道，东张西望，慢慢向白榕别院深处走去。一条清澈的泉流从港湾蜿蜒而上。这条小小的泉流宽不过一丈，水浅的地方好像不到脚踝，水深的地方也不过屁股。依照地势，根据主人吃喝拉撒睡的需要，六座三开木屋以及厨房、餐室、盥洗室等附属建筑就建在泉流的两岸。贴地木建阁道和三座低矮的木桥将各处建筑串联在了一起。“谢谢！谢谢！”路上，石斛碰到放好了行头从白榕别院出来的兄弟，拱手致谢。两只白鹅已经在阁道旁的泉流里面扑水嘎嘎鸣叫。一见石斛前来，个个都向阁道涌了过来。

“哥哥，我住这屋。”曲柯第一个向石斛报告。

“其他人呢？”

“嫂嫂住这屋……”曲柯一一指给石斛。

“房子都被你们选走了，看来，我只能住茅厕了。”

“白榕别院，那两处茅厕还真是漂亮。”

“两茅厕，我还真舍不得让你住。”

“哥哥，她们都不要你，就来和我一起住。”

“你还是独自住。过几天，哥哥让曹其宸在边上树丛里搭一草屋。”

“看可怜的样子，给房子取好名，作为奖赏，留一个地方给你住住。”

“这最简单了。你住的叫榛，米栗住的叫栗，曲柯住的叫柯，于苓住的叫苓，以此类推就是了。名字么,就一个记号,只要不刺耳就可以。"

"那也要取一个好听一点的名字。"

"哪还有比叫榛、叫栗、叫柯、叫苓更好听的名字?"

"就忘不了哄人。"徐榛笑起来。"方才,我和姐姐商量了一下。姐姐和萧竹、茹若住一屋,我和紫苏、文荷住一屋,于苓和白荻住一屋。曲柯独自住一屋。考虑以后端个茶送个水什么的,云蔓和你住一屋。你看看,是不是需要调整?"

"你是东主,我这个做掌柜的,当然听你。"

"我是东主,姐姐也是东主。以后也要听姐姐的话。听明白了没有?"

石斛收起笑容,毕恭毕敬拜了一拜。"明白了! 我以后一定听两位东主的吩咐!"见石斛如此一本正经,连徐榛也熬不住笑了起来。曹其宸遣人送来了柴米油盐、鸡鸭鱼肉、瓜果蔬菜等。于苓带云蔓、紫苏前去料理日后生活需要的物事。

"困在船上,已经几天没有好好洗澡了,现在就分头去洗澡。等会,我亲自下厨,烧一顿饭给你们尝尝,庆贺我们终于飞出了鸟笼。曲柯,去将阁道上的木栅栏给关上。"

"哥哥,为何啊? 这矮矮的木栅栏,根本防不住贼。"

"这地方哪有什么贼? 晓得哥哥来了,吕夷则、李邈他们肯定会来唧唧喳喳。关上木栅栏,只是要告诉他们,今天晚上,哥哥谁也不见!"

"姨父和姨妈来怎办?"

"爸和妈来,你总不能也不见吧。"徐榛含笑问。

"先关上再说。"

石斛手一挥,笑了起来。众人离开阁道,各自着手洗澡。石斛有每天洗澡的习惯。这几天,在船上为了节省用水都只擦一把了事,如今已经痒痒难受。侍儿们开始烧热水。石斛反正洗冷水,发髻一解,衣裳一剥,鞋子一脱,赤着脚,光着上身,走出了屋。来金陵前,石斛都在潜龙潭裸泳。翠竹湾就石斛一家人,而潜龙潭又离家远,想怎么泳就怎么泳。到了金陵,石斛将自己严严实实裹了起来。石斛今天本想光屁股洗个痛快,看盥洗室一班娘子,只好作罢。两手用力向外一张,踏下了步檐。地上铺着方形木条,一条水笕引来清泉,飞泻而下冲到木条上。扩了扩胸,活动了一下筋骨,走到了水笕跟前,开始洗头。来到流虬的第一个澡,洗来洗去,差不多洗了一炷香的时间才结束。石斛穿好衣裳,束好头发,离开了盥洗室。坐在蔓屋等了好长一会,才见徐榛、米栗来。"你们去走一走,看一看这个我们将要住一生的地方,我去烧饭。"石斛真准备下厨烧饭。"姑爷还是陪县主,婢子去烧。"云蔓第一个主动请缨去烧饭。“石斛烧的饭，我还没吃过。”石斛正准备开口，徐榛已经抢先。

“就是。不吃一吃自家郎君烧的饭，总是一缺。”

“我要看你烧。”

“厨房不是你去的地方。你和米栗去走一走，很快就好。”

石斛带着一班人去厨房烧饭。进入厨房，云蔓给石斛围上了围裙。第一天，厨房都没用过，全是新的。一切都需要好好清洗，尤其是锅。石斛去捡了几片覆瓦剩下的瓦砾，将锅细细磨了好几遍，清除上面的铁锈。花了差不多半个时辰，一班人才将厨房清洗干净。

“茹若，先将里锅烧着，我将饭煮好。”

石斛淘米煮饭，曲柯、文荷、云蔓开始洗菜。石斛刚将淘洗好的米倒进锅里，就听到云蔓“哎哟”一声。石斛赶忙盖上锅盖，转过身。原来是一只梭子蟹钳住了云蔓的手指。“别动！”石斛酌了一瓢水，来到云蔓身边。石斛两指一撮梭子蟹。“慢慢将手放到水里面。”梭子蟹一碰到水，就松开了钳子。石斛拿起云蔓的手一瞧。“没咬破。”石斛放下云蔓的手，准备烧菜。“哥哥，为何螃蟹一到水里面，就会松开钳子。”曲柯很好奇。云蔓、文荷惊疑地看着石斛，很想晓得答案。“它将你当做敌人。一到水里面，以为逃命的机会来了，自然松开钳子。哪晓得会被烧了吃。茹若，将外锅也烧着，先将咬了云蔓的梭子蟹给煮了。”

曲柯、云蔓、文荷都笑了起来。

大伙分工协作，一顿饭很快就烧好。“曲柯，叫你嫂嫂过来吃饭。”云蔓站在身后给石斛解围裙系带。“想不到，姑爷还会烧饭。”曲柯接嘴。“哥哥会的物事可多着呢。”“别给哥哥脸上贴金。快去叫你嫂嫂过来吃饭。”石斛头一低，拿下了围裙。曲柯伸手准备去撮对虾，石斛拍了一下曲柯的手。“等一会就来不及了？”曲柯笑着离开了厨房。

来流虬的第一顿饭在热热闹闹中吃了半个多时辰才结束，石斛平常不喝酒，今天特意喝了两杯。徐榛见石斛那么有兴致，也陪着咪了一口。曲柯比石斛兴头更足，喝得红面雉鸡一样才罢休。擦了一把脸，出盥洗室时，已经是满天的星斗。云蔓提着灯笼，照着大伙，沿着白榕别院的阁道踱步。除了耳边依稀响起的海涛声，白榕别院此时特别静。

“这地方，下午只粗粗看了一眼，就感到非常舒服。几座房子点缀在山湾里面，有四通八达的阁道彼此相连，有两座造型简单又别致的凉亭，走累了，随处可以坐下来休息。有一条清澈的泉流，有一个让人看了很舒服的小水池。离大海又那么近，站在这地方，仍能依稀听到海涛的声音。环境优美，空气清新。云思苑虽然优美，但还是没法跟白榕别院比。”

“米栗，你觉得呢？”

“我总感觉这地方就是神仙居。倘若有人叫我想，我也想不出这么漂亮的地方。”

“明天，我们吃了饭，到海滨去踱步，吹一吹海风，听一听海涛的声音。”

“姑爷，你已经兑现了当初许下的诺言。”

“远着呢。吃住只是一个基础。诺言想完全兑现，还须加倍努力。我不会像陶渊明之流整天只晓得做白日梦，企图找到现成的桃花源。他们根本不懂，世上没有现成的桃花源。桃花源都要靠自己的双手去营造，天天去高唱不可能唱回来桃花源。桃花源如此，神仙的生活也是如此。将自己的希望寄托于睡梦，醒后只能是失望。失望之余，只能是癫狂。仔细想一想，囚笼中的死囚做白日梦，可悲又可笑。以后，徐榛也好，米栗也好，于苓也好，云蔓也好，茹若也好，所有人都应该敞开心胸，高高兴兴地过好自己的每一刻，每一天，找一些自己喜欢的事情做一做，什么唱歌，跳舞，弹琴，读书，下棋，钓鱼，随便。”

正走着，前来白榕别院的阁道上出现了灯光，紧接着就是脚踏阁道的声音。“二哥！”不一会，传来了石竹的喊叫声。“爸和妈来了。”石斛连忙迎了上去。来访的人中，除了石岩和尹如雪，还有尹似雪、秋雨、秋水、石柏、朱寒莓、石竹以及手提灯笼的薛霏霏和郁芬。这几个人，徐榛、米栗也认识，只是都分不出谁是秋雨，谁是秋水。“爸，妈，姨妈……”石斛快步走上前去。没等石斛寒暄问候，石竹已经前来挽住了石斛的手。

“二哥，妈这几天都在唠叨你怎么还没来。”

“你妈担心你路上遇到风浪。”

“孩儿福大命大，不会有事。”

“妈也晓得担心都是白担心，还是担心。”

“爸，妈，姨妈……”

众侍儿纷纷退避，让徐榛、米栗前去见石岩、尹如雪。十几个人堵在阁道上，确实显得很拥挤，想行个礼都不方便。这时，石岩开口。“不要堵在这，万一掉下阁道不好。”石斛在前引路，徐榛扶着尹如雪，米栗扶着尹似雪，沿着阁道，前往蔓屋。不一会，众人就到了蔓屋。小小的蔓屋挤进了十几个人，根本没地方可坐。石岩、尹如雪、尹似雪坐，其他人统统站着。今天刚刚到，茶还没来得及煮。云蔓准备去煮茶,可不晓得茶叶放在哪,其他侍儿也不晓得。问于苓,于苓也不晓得。正急着找时,石岩准备回去。“爸也是听说斛儿来了,来看一眼。等斛儿都安顿好了,爸再来坐。”徐榛连忙挽留说:“至少喝杯茶再走。”“不了。下次爸再来喝。”石岩起身,出了蔓屋,众人紧跟在后,来到了阁道上。

沿着阁道,慢慢走到了白榕别院的岔道口,石岩忽然停下了脚步。“就送到这!你们都回去,都回去。”石岩正准备重新起步,尹似雪说:“二郎,上次外婆要你在若水宫跟米栗举行婚礼,你不同意。现在搬到了居住地,准备什么时候办一办仪式明一明?”这事还是由我来说吧。石斛还没有表态,石岩已经抢先。“仪式办不办倒没什么重要,能够逃离囚笼却是一件极值得庆贺的事情。几天前爸还是不敢以真面目示人的逃犯,今天已经是挣脱锁链的自由人了。亡命江南十几年,哪一天不在做这个梦?爸觉得,不如趁热打铁,明天举办一个仪式,权当庆贺我们从此之后不再受轮回之苦。”石岩的主意,尹似雪立马赞成。

“你爸的想法不错。这事就由姨妈来替二郎操办,二郎只管现成做新郎就是。”

“那外甥只能明天多敬姨妈几杯酒了!”

“爸明天倒要好好喝几杯庆贺庆贺。一是庆贺我们终于走出了丛林,这可是爸几十年来的梦想。二是庆贺外甥女找到了自己的归宿,既告慰了父母在天之灵,也让爸这个做舅舅的省心。你们都回去,爸就不再跟你们啰嗦了。”

看着石岩一行人远去,石斛一家才转身返回白榕别院。

“恭喜姐姐!”刚起步,徐榛就向米栗贺喜。

“先得谢谢妹妹。没有妹妹的大度和包容,姐姐想做箕帚妾都做不成。”

“姐姐无须谢我!你二表哥嘴上没有说,心早就已经有了。妹妹不让他如愿,心里肯定不爽。他不爽,妹妹也会跟着不爽。不是妹妹大度,妹妹这样做,也是替自己着想,不想给自己弄个不爽。”石斛轻轻一捏徐榛的腰,徐榛一缩。“我说的是实话。”

“妹妹,姐姐觉得,妹妹可能误解了二表哥。当初我们表兄妹相认时,二表哥应该没这心思。这一点,姐姐能感觉得出来。姐姐倒希望,这生能够跟着二表哥。姐姐世上已经没有一个亲人,二表哥成了姐姐这生的依靠。上次在若水宫,外婆要姐姐和二表哥马上成婚,姐姐心里也非常矛盾。当时,二表哥名上没跟妹妹成亲,也没定亲,可娶妹妹已经是铁板钉钉的事情。姐姐心里虽不很情愿,但还是希望外婆能收回成命。外婆说,现在不成亲,将来想做箕帚妾也未必能做得成。依照神州的传统,二表哥想纳妾必须先征得妹妹的同意。妹妹坚决不同意,怎么办?就是二表哥再有心，也没有办法。外婆还举了杨坚和独孤皇后的故事劝姐姐和二表哥立马在若水宫成亲。外婆这样做，只是怜悯姐姐的遭遇。姐姐确实想不到，妹妹竟然会这么大度！姐姐打心底感激。妹妹不是普通人，是朱雀门大县主。”

阁道两旁很黑，几只飞蛾围着灯笼在飞舞。石斛搂着徐榛，踩着照在阁道上的灯光，一边走，一边听米栗说。米栗说着说着，忽然觉得还是不说比较好。懂，不说也懂；不懂，说也白白说。“二表哥和妹妹再踱一会，我有些困了。”到了岔道口，米栗找了个借口，准备辞别，先回栗屋。石斛抽回搂着徐榛的手说：“那我先送你去栗屋歇息。”“还是我来送。”米栗还没开口，徐榛已经抢先。“免得你心太急，晚上就做了新郎。”石斛呵呵笑了起来。

“好吧。你送米栗，我去冲一冲，晚上我们一起庆贺庆贺。”

“还是明天再庆贺吧。”

“明天是明天，今天是今天，两码事。”

云蔓提着灯笼，照着石斛去盥洗室梳洗。谢宛然将云蔓送给徐榛做嫁妆，就是要让她来服侍石斛。自随徐榛出嫁一来，云蔓一直很用心。到了盥洗室，云蔓点亮了堂内的油灯，再去烧水间察看热水。“汤都给她们洗光了。”不一会，云蔓提着灯笼回到了堂内。

“姑爷先坐着等一等，婢子马上烧。”

“不需要。我有记忆起，好像还没洗过汤。你去将我的衣裳找来。”

“婢子一走，黑黑的，姑爷怎个洗？”

“还怕摸不到自己的身子？”

云蔓拿着石斛的衣裳和巾帻进入了屋子，去找更换的衣裳。石斛站在水笕下，冲起了身子。凉凉的清泉冲到了身上，石斛感到一阵畅快和兴奋。“啊！”石斛高高叫了一声，头发一甩，水点四射。不一会，云蔓提着灯笼，从屋内走了出来。石斛从水笕下面走了出来。云蔓拿着葛巾，踮着脚，来到石斛身边。“快回去，溅到衣裳了。”云蔓退回到了步檐上。

“姑爷，山泉很冰，还是随便冲一冲，免得冻着。”

“放心，我从小就已经炼成，不会有事。”

今晚已经洗过澡，石斛随便冲了一会，也就结束。擦干身子，穿上衣裳，进入堂内。“头发湿漉漉的，婢子帮姑爷擦一擦。”石斛在堂内坐下，云蔓拿出干葛巾给石斛擦头发。“差不多了。”石斛甩了几下头，站了起来，拖着木屐，起身前往榛屋。

夜很黑，也很静。云蔓提灯笼照着石斛来到了榛屋。“回去早点睡觉。”石斛手一拱,转身踏上了进榛屋的便道。“怎么庆贺?”石斛进入房间,徐榛问。紫苏服侍石斛宽了衣,退出房间。刚推上了房门,石斛立马来一个恶狗扑屎上了床。“姑爷!”于苓惊叫了一声。

“放心！我是无道的传人,还怕压着你?”

“是不是叫白榕别院的所有人都来一起庆贺?”

“这下我真的变成种猪了。”

“哎哟!”徐榛狠狠地拧住了石斛的手臂。“下手轻一点,拧乌青了,明天新娘瞧见,还说我无能,怕你。”

“说不定早就已经变成旧娘了。”

“谁说的？我可是碰都没碰过。”

“姑爷是君子,自然是非礼勿动。”

“我才不是什么君子！只要不用我负责,我不会去管什么礼。我生意人,懂得只有双赢的生意才能做得成。买家觉得卖家出的价格比自己预期的低,才愿意买;卖家觉得以这样的价格卖出去赚了才愿意卖。这叫两厢情愿。你想想,男女之间的事情不是如此？我愿意,你愿意,这桩买卖才能做得成。周瑜想打,对方也必须是黄盖。是不是准备学一学霸王也来一个硬上弓？这种事真做得出来,我肯定将自己给阉了。”

“一到床上说话就粗野。”

“乡下人,说话本来就粗野,你又不是不晓得。”

“别嘴上老挂着乡下人,早就已经不算了。”

“也是,七八个月蒸熏下来,已经里外全是市侩的臭味。难怪我特恨强买强卖。人没有自主选择的权利,跟猪狗有什么差别？我最恨就是违背人家的意志,不让人家说不。自主别人不懂,我懂。上次金陵那个采花贼,我一直想抓住他,给阉了。怕出事,硬忍忍住。没想到,那采花贼最后还是落到了李邈、吕夷则之手。”

“那采花贼是李邈、吕夷则抓的?”徐榛和于苓齐声问。

“我看着李邈、吕夷则抓。当时只是觉得很可疑,才动手。当下将他偷偷地交给了朱同泽。朱同泽一辨认,果然是采花贼。早晓得是采花贼,我说不定真会阉了他。不过,那采花贼最后还是给朱同泽阉了。我说了,最恨违反人的意愿。两相情愿,想怎么做就怎么做,谁也管不着。有些事情一时欢愉会带来严重后果。万一种子发了芽,怎么办？我当初泥菩萨落水,自身难保,怎么肩负责任？痛快确实痛快了,结果却严重。我不可能拍拍屁股走人,况且是自己的表妹。说难听一点,我不是种猪,也不是公狗。我是男人。”

“我的石斛说不是君子,实际是君子。”

“我是伪君子,白天君子,晚上流氓。”

石斛睁开眼睛时,徐榛和于苓还在熟睡。石斛轻轻掀开被子,蹑手蹑脚下了床。石斛穿上衣裳,拖着木屐,轻轻地推开了房门。出了卧室,石斛随手轻轻地推上了房门。文荷请石斛过去梳洗。石斛将食指往自己的嘴唇一放,轻轻地说:“我先到外面吸一吸这里的新鲜空气。”出了榛屋,清晨的空气沁人心脾,石斛踏上了阁道。清泉在无声流淌,鸟雀在唧喳鸣唱。石斛没走上几步路,就看到米栗正在阁道上踱步,旋即快步走了过去。米栗听到熟悉的脚步声,转头一看,停了下来。不一会,石斛走到了米栗的身边。

“想不到,二表哥真的找到了神仙居。”

“以后,我们跟过去一刀两断,敞开胸怀,过好日子。”

“肯定会过好日子。昨晚我躺上床,就一觉睡到大天光。”

“这就对。你就像孩童,不要去管天,也不要去管地,只管自己的兴趣。”

“二表哥,我们先在阁道边坐一会。”

两人走到阁道边,坐了下来,米栗荡着两脚。“早上我起来,绕着阁道,走了一圈,感觉这地方,比我想象中的神仙居还要好。四周全是绿树,空气清新,环境优美,让人心旷神怡,真是过日子的好地方。我要在这里,好好过日子,享受、享受生活。”米栗说着,就靠到了石斛的肩膀上。“二表哥掐一掐我的手。”石斛轻轻地掐一掐米栗的手。

“我一直以为这是个梦。”

“不是梦。这是靠苟且换来的梦想。”

还在吃饭,尹似雪就派遣了一班娘子前来白榕别院布置洞房,准备晚上的婚礼。将近晌午,秋水、秋水前来白榕别院接走了米栗。吃了午饭,尹似雪就安排给米栗香汤沐浴。沐浴完毕,秋雨、秋水服侍米栗换上了大红宽袖对襟翟衣。坐在一面大铜镜前,尹似雪亲自给米栗梳头。当尹似雪说到“二梳梳到白发齐眉”时,米栗已经泪流满面。

米栗想起了父亲,想起了母亲,想起了家人。秋雨递来了手绢,米栗擦着眼泪。可惜眼泪就是止不住往外流。是喜是悲,米栗自己也分不清。梳好了发髻,尹似雪亲自给米栗带上凤冠,然后盖上红盖头。尹似雪含笑说:“耐心坐在床上等一会,新郎马上会来接。”米栗盘坐在床上耐心等。等了将近半个多时辰,仍不见新郎前来。

米粟不急，秋水急。

“妈，是不是二表哥忘记了时辰？”

“就你心急。”尹似雪含笑说：“你等不及，就送过去跟你二哥成婚。”

做新郎要沐浴更衣、梳洗打扮一通。神州有些地方的人，一辈子里面也就做新郎那回才真正算得上沐浴。徐榛亲自上阵和于苓一起给石斛打扮。尹如雪打量了一番石斛说：“斛儿就是随便穿一穿都像个新郎。”“二哥”，石竹说：“你这新郎还真是越做越有精神。”

“新郎做一两次就适可了，莫非还要一直做下去？”

“我看啊，你还有的做爽。”

“全靠你贤惠，斛儿才有可能再做新郎。”

“妈，他心已经生歪，儿媳怎么能拦得住？只好顺水推舟，送人情。”

“二嫂，你将来肯定会舒服。二哥对你不好，就告诉爸和妈。爸和妈一开口说两句，二哥马上会说孩儿谨记。别人面前，二哥像威风凛凛的猛士，在爸和妈面前，简直就是个唯唯诺诺的懦夫。当然，在我面前也一样，我只要说二哥过来一下，二哥马上得乖乖过来。”

石竹说得众人都笑了起来。徐榛上下左右看了一遍说。“妈你再仔细看一看，还有什么地方不妥。”尹如雪上上下下、前前后后审视了起来。“好像已经看不出有什么纰漏。斛儿横看竖看就是比他爸俊气！”尹如雪看了一遍含笑说。

“妈，雏凤清于老凤声。孩儿是妈和爸的儿子，爸是祖母和祖父的儿子，自然比爸俊气。”

“你这孩子！你祖母，妈可是见过，绝对是一代美人。妈哪比得上你祖母啊？”

“每次都能选上好种子，自然是一代好过一代！”

“少贫嘴！马上和曹老哥一起出发。”

曹全晟率领石斛、李邈、吕夷则等一支庞大的队伍前往尹似雪居住的甘菊别院。“新郎官来接新娘啰！”听到喜报，鼓乐声响彻别院前的庭院。尹似雪满面笑容，和众娘子一道出别院迎接。曹全晟双手呈上了迎亲书，尹似雪双手接过迎亲书，打开看了一眼，就放到舒容双手捧着的案子里面。秋雨和秋水搀扶着米粟走出了房门。曲柯撑开一把大大的红伞，接米粟踏着台阶，来到了庭院上。十六名尹似雪精选出来、同样着装的娘子不断地向天空和伞顶洒米粒。尹似雪亲手扶着米粟，手把手交给了石斛。

“以后好好疼惜，晓得吧。”

“自家表妹,外甥一定疼。”

石斛、米栗双膝着地,跪在尹似雪面前,给尹似雪叩头。“姨妈替米栗的亲生父母接受你俩的行礼。”石斛、米栗伏地给尹似雪连叩了九个头,才站起身子。秋雨和秋水搀扶着米栗,石斛身子一转,背对着米栗,向下一蹲。米栗一趴就趴到了石斛的背上。石斛背起了米栗,在曹全晟高高的一声“出发”中,秋水撑着红伞给石斛遮天,和十六名身着红色服装的娘子一道,如同抢劫,快速前往白榕别院。

“二表哥,你走慢一点,急什么。”秋水有点跟不上。“这是抢亲！不赶快抢回家,还等别人来抢?”石斛脚步飞快,秋水和伴娘几乎是小跑,没多久,这支庞大的迎亲队伍就到了白榕别院的入口。曲柯和石竹扶着米栗站到了阁道上。

透过红盖头,米栗看到阁道的栏杆绕着红绸,两旁的树木都飘着红绸。柯齐家的母亲许氏舒穆将一条扎有同心结的红带,一头递给石斛,一头递给米栗。这次来的人绝大部分家庭残缺。柯齐家父母齐全,身体健康,兄弟姐妹三人,在来的人里面算最完满了。石斛拉着米栗,一步跨过火盆,踩着红毯子上面象征着传宗接代的红布袋,一步一步地踏着阁道,前往栗屋。这一路,听到的只有热闹、悦耳的鼓乐。阁道每隔几步,就站着一名手提红灯笼的娘子。米栗仿佛进入一个红的世界,火的海洋。

米栗来到栗屋的屋檐下,秋水收起了红伞。栗屋堂内正面坐着石岩和尹如雪,东向坐着徐榛。狄生商主持仪式,就在栗屋,米栗和石斛拜了天地,拜了高堂。正当狄生商高声说“送入洞房时”,米栗突然来到徐榛跟前,身子一屈,就伏在了堂内的地板上。这让栗屋内外的所有人都想不到。徐榛连忙站了起来,上前俯身去扶米栗。

“姐姐,这可使不得!”

“妹妹是嫡夫人,姐姐拜上一拜理所当然。”

“妹妹是嫡夫人,姐姐也是嫡夫人。我们姐妹不分高下彼此。”

“米栗儿媳拜一拜以感谢徐榛儿媳宽容大度,徐榛儿媳就不用推让了。”

石岩发话,徐榛只得退回座位,接受了米栗一拜。徐榛起身,上前俯身扶起了米栗。狄生商高声说:“送新人入洞房!”鼓乐起鸣,伴娘簇拥着石斛、米栗,进入了洞房。石斛和米栗拉着红带进入了洞房。萧竹、茹若搀扶米栗在床沿上坐下。石斛拿起缠有红绸的喜秤,挑起米栗头上的红盖头。米栗仰起头,写在脸上的幸福顷刻溢出,淹没了洞房。

石斛放下喜秤,伸出双手去接米栗。米栗递给石斛一双能拉开三石弓的素手。

石斛轻轻一拉，米栗站了起来。几子上有一对已经盛满了酒的小瓢。秋雨和秋水各端起小瓢，捧给了石斛和米栗。两人开始喝合卺酒。合卺酒刚喝好，洞房的大门就被推开，外面涌进一大群娘子。秋雨和秋水来不及护驾，众娘子已经簇拥着石斛和米栗去婚宴的所在地居住地食厅。

曹其宸早上开始就让坑饪杀猪宰羊，准备晚上这场婚宴。可居住地那么多人在一起，肯定是挤不下。最后，分成好几个地方。石斛每个地方都去敬酒，也庆贺终于有了一个可以安身的居所。石斛回到白榕别院，早就已经有无数人在等候，个个摩拳擦掌准备大闹新房。闹新房的方法简直就是样样出人意表，项项穷尽智慧。石竹、曲柯更是兴奋异常，鬼主意是层出不穷。折腾到子时，众娘子才意犹未尽地离开了白榕别院。萧竹、茹若服侍石斛和米栗宽了衣，退出房间，阖上房门。石斛抱着米栗上了床。

“姨妈筹办的婚礼，你还满意吧？”

“岂止是满意？我感到今晚是世上最幸福的人。能穿上嫁衣嫁出去，一直是我的梦，是郎君帮我圆了这个梦！我现在还是阵阵激动。”

“你满意就好。不是只有你一个人，神州所有娘子都有这个梦。只是我从小就深受道家影响，不大注意形式。非爱其形也，爱使其形者也。我晓得你有个梦，姨妈说替你举办个形式，我赞同。举办个形式，也告诉别人，你是我的新妇，谁都别想改变事实。”

“谢谢郎君。”

“我是你郎君，不用谢。”

“没有郎君，我不可能穿着嫁衣嫁出去。我是什么样的人，而我又是在什么样的情况下遇到郎君。郎君早就有徐榛妹妹，我不可能从徐榛妹妹手中抢走郎君。当初，外婆要我和郎君在若水宫成婚，我心里很愿意，可不能这样做。郎君和我在若水宫成了婚，徐榛妹妹的父亲对郎君肯定非常不利。我也不想拆散郎君和徐榛妹妹的姻缘，伤了徐榛妹妹。我流浪一年多，许多沧桑能懂。当时，我最大的希望就是能够以小妾的身份跟在郎君左右。郎君，我真的很感激徐榛妹妹的宽容大度。郎君要多多疼她。她是朱雀门大县主，非常不容易。”

都统新婚，来贺喜的人是络绎不绝，石斛除了接待客人还是接待客人。“姑爷，县主肚子疼。”石斛正在蔓屋接待前来贺喜的人，紫苏跑了过来。“曲柯，快去叫孙执著医师。”石斛一边吩咐曲柯，一边跑向榛屋。徐榛正躺在床上“哎哟”、“哎哟”在叫着。“我先给你揉揉，医师马上来。”石斛在床沿坐下，轻轻揉起了徐榛的肚子。

“肯定是吃不好了肚子。”

“快扶我起来，我要去一下茅厕。”

“我抱你去。”

石斛两手捧起徐榛，朝茅厕飞奔过去，紫苏和文荷紧追在后。石斛站在前面给徐榛作茅坑柱，徐榛抱住石斛的腰。徐榛解完手，石斛将她抱回榛屋。房间内挤满了人，孙执著已经在等候。石斛将徐榛抱回到了床上，孙执著给徐榛把了脉，又看了看徐榛的舌头。

“没事。”孙执著说没事，房间内的人个个都宽了心。“不用吃药，喝一点盐茶就行。”孙执著站了起来。“仆先回去，有什么事，仆再过来。”孙执著提起药箱准备告辞。“谢谢孙医师。”石斛手一拱。“不客气。居住地所有人身体安康本就是仆的职责，何况是夫人。”孙执著手一拱，转身要离开房间。

“米栗，替我送一送孙医师。”

“哪能让夫人送？”

“孙医师，请。”

米栗和孙执著离开了房间。石斛将徐榛扶起，靠在自己的身前，从于苓手中接过一碗盐茶，盛起一调羹，吹吹冷，喂给徐榛。“留一个在房间就行了。全挤在房间里热不热？”于苓留下，其他人陆续退出了房间。“县主，好一点没有？”徐榛点了点头。一碗盐茶还只喂了一半，米栗来了。于苓从床沿站了起来，准备将位置让给米栗。

“夫人坐。”

“你坐，你坐！”

“就一个位置，别推来推去了。”

米栗笑着在床沿坐下。

“我看你最会推。”

“别说话，小心呛着了。”

石斛喂完了盐茶，将碗递给了于苓，扶着徐榛躺平，坐在床沿轻轻揉着徐榛的肚子。

“我来给妹妹揉。”

“我是她郎君，你不是，怎么能代替我？”

徐榛忍不住跟着米栗笑了起来。

石斛闲了一段时间，觉得应该考虑正事了。经过一番商量，确定居住地起初阶段以商业为主农业为副求生存的策略。在连抢都没地方可抢的居住地,必须保证食物的供应。当初,石斛让龚宰运来了三万多斛粮食。这三万多斛粮食是保证粮,不能随便动。平常食粮消耗只能买新粮换旧粮。石斛在希声社的基础上成立了大音社,先保证居住地生存,再求发展。

“仓廪实而知礼节,衣食足而知荣辱。只有不用担心饿死、冻死,人才有可能是人。几千年来,神州人之所以跟猪狗无异,主要原因之一就是天天担心饿死,冻死。为了不饿死,不冻死,人才会像猪狗一样不知廉耻,忍受屈辱。不是想蝇营狗苟,而是没有其他头路。我们要保证居住地所有人吃饱饭,穿暖衣。但是,我们不能将所有的事情都包下,更不能人人平均都一样。人终究是人,不是猪狗,除了吃穿,还有许多事情。想过上让自己满意的好日子,还得靠自己努力。要告诉所有人,吃饱没问题,想吃好,吃爽,得自己去努力。”

大音社一成立,第一件事情就是去浙东买粮食。手上有一支庞大的船队,有岱山岛一个基地,又有大把的铜钱,买到粮食不是一件困难的事情。石斛和石柏兄弟来居住地时带了大把的铜钱。这些铜钱,就坐吃都可以吃它几十年。不过,两地相隔遥远,只有手上有足够多的存粮才心不慌。石斛希望过两三年,居住地就能在粮食上自给。不能像在金陵时那样能活一天算一天,如今要细细考虑未来,属于自己的日子要好好把握住,绝不能随便浪费。

刚送走龚宰、曹其宸、江腾蛟,准备回蔓屋,李君惠来告诉石斛,鲁扬声想请他过去喝茶。来到流虬,就上次婚宴上见一面,两人都没好好聊一聊。石斛没回蔓屋,转身和李君惠一起去鲁扬声家。路上,石斛碰到了周胜殷的夫人李氏正准备来白榕别院看他。李氏一见石斛,身子一屈,就准备跪在阁道上行礼。石斛赶忙一箭步上前,双手扶住了李氏。

“夫人,这可绝对不行。”

“没都统,哪有今天? 行个礼,应该。”

“夫人言重了,我只是做了人应该做的事情。夫人准备去哪?”

“小妇正准备去白榕别院,不想碰到了都统。”

“夫人有什么事只管说,我定为夫人做主。”

“都统误会。”李氏连忙摆着手说。“小妇来,只是想表示自己的感激之情。”

“夫人客气了。没其他事,我们下次再聊,我这会刚好有点事情要出去一下。”

“那小妇就不打扰了。”

李氏转身,李君惠在前引路,三人沿着阁道,慢慢前行。

“夫人日子是否还满意?”

“小妇都不晓得该如何表达自己的满意。两个年幼的孩子和希声社家属子弟一起去了学塾,大女儿静静经狄主事绍介已经嫁给了戴盛行。”

“戴盛行,我一时对不上号,人怎么样?”

“原广陵分社曹副都统手下兄弟。希声社兄弟,哪有人不好?对小妇也很孝顺。”

“这就好。”

“小妇想请都统什么时候有空再来丁香别院看一看,也好献一杯清茶。”

“我一定会再去看一看。尤其是新组建的家庭,我还得一一拜访。”

“都统,小妇就先告辞。”走到一个岔道口,李氏辞别。

“那好。以后有什么事就直接来找我。”石斛拱了拱手,继续和李君惠前行。

鲁扬声原本不想来流虬,最后经受不住老友蒋奇蛊惑,就来了。经过这些年的经营,鲁扬声在金陵有一份厚厚的家产。鲁扬声本想独自一人和蒋奇来,李君惠不肯,执意要陪鲁扬声。鲁扬声家有仆役鲁南阳、鲁陬邑和鲁禹都,侍儿翕然和辟然,一个邓嬷嬷。鲁扬声给了邓嬷嬷一份厚厚的薪资,打发她回家。这份薪资,省一点,已经足够邓嬷嬷养老。鲁扬声出铜钱替鲁南阳、鲁禹都、鲁陬邑、翕然、辟然五人削籍,将身份从奴籍上除名从良,并准备将自己的家产送给他们五人。鲁扬声将自己的想法告诉他们,想听一听他们的意见。经过一天时间的考虑和私下讨论,翕然和辟然希望鲁扬声能带她们一起走。翕然和辟然都是鲁扬声去教坊游乐时花铜钱买来,就算还有亲人活在人世,也从未联系过。如今这个世道,一个无亲无戚的小女子,财产再多也守不住。说不定,还因财产而招祸。最后,鲁扬声将财产平分给了鲁南阳、鲁禹都、鲁陬邑三人,而带翕然和辟然一起走。八月十一,石斛特让吴留良派了一条帆船,送鲁扬声、蒋奇、李君惠、童戈、翕然、辟然先到岱山,再来流虬。

石斛跟着李君惠去了冬青别院。鲁扬声和蒋奇此时正坐堂内喝茶。当年,蒋奇因走投无路在复州做了土匪。几十年土匪做下来,儿子虽没有,女儿却有五个。其中四个女儿已经嫁了人。这次来流虬,除了二女人和二女婿,其他女儿、女婿都跟着来了。安排居住时,曹其宸依据需要,给了蒋奇七座别院。蒋奇和诸氏、谭氏、冉氏、颜氏住在一起,日子过得有滋有味。而鲁扬声和翕然、辟然住一座别院,李君惠夫妻住一座别院。两座别院相隔不到五十步。彼此来往相当方便,日子也算悠然自得。两人三十多年后重新聚首,连蒋奇都觉得在神州做土匪才是正途。鲁扬声来到流虬,曹其宸久闻其名,就请他给别院起名,方便寻找。在金陵,鲁扬声喜欢种花，让他起名，全是草木。鲁扬声自己住的别院，干脆叫冬青。这些时间，鲁扬声一直在忙起名。石斛分别向鲁扬声、蒋奇拱了拱手，脱鞋踏上堂筵，在儿子一侧坐了下来。李君惠已经给石斛拿来了茶杯，提起茶壶，给石斛斟了一杯清茶。

“是不是将老哥给忘了？”

“相呴以湿，相濡以沫，不如相忘于江湖。”

“来时，看到广漠无垠的大海，相呴以湿，相濡以沫，还真不如相忘于大海。海阔从鱼跃，天高任鸟飞。这份自由岂是人可比？老哥站在船上，望着大海，心里在想，当初为何不选择做鱼？做鱼，就可以在无垠的大海中畅游，无拘无束。”

“做鱼？还没游两下，就已经被大鱼给吞了。”

“做人还不是一样？这几十年，老哥看得最清楚，全都是大鱼吃小鱼。现在想想，人还不如鱼。鱼被吃掉之前，至少还可以游一游，而人呢？连动都动不了。老哥想了好久，说是人，只不过名叫人罢了，实质是牲口。《唐律》明文规定，奴婢贱人，律比畜产。贱人是畜产，良人何尝不是畜产？人之所以为人，首先是没有人能随便取你性命。牲口想宰就宰，人也一样。谁能摆脱被宰杀的命运？没有。几千年来，杀人从来就不用借口。老哥不去说乱世时期，和平时期还不是一样？欲加之罪，何患无辞？其次，牲口担心饿死，人也一样。整天忙忙碌碌，没日没夜，还不是担心有朝一日会饿死？第三，牲口想骂就骂，想打就打，想关就关，没有一点自由。人呢，完全一个样。朱温、徐温，没杀你，只骂一骂，打一打，关一关，已经是恩德了。连人身不受侵犯都做不到，怎么能称得上人？老哥还只说一说人跟牲口一样的。实际上，许多方面，人甚至还不如牲口。牲口叫几声，主人还不会将它怎么样。人说说看？一句不中听的话，车裂，腰斩，枭首，弃市都已经是客气，说不定还连累整个家族跟着死。几千年来，哪朝哪代，都像周厉王封堵人的嘴巴。牲口，大不了被宰杀；人呢，毁肌肤，断肢体，什么样酷刑都使得出来。老哥现在一说起，都毛骨悚然。”

“想不到，老哥也如此愤世嫉俗。”

“你不晓得，他这人年轻时就愤世嫉俗。”

“还好已经到了这里，愤世嫉俗就愤世嫉俗，谁也不会将老哥怎么样。”

“这倒是。在神州，老哥就是再愤世嫉俗，也只能放到肚子里面，不能在言行上表现出来。弄不好，就是一个大不敬罪。这还是在有王法的时候。没王法的时候，就别说了。说到王法，老哥突然想到，什么王法，全都是强盗之法。像朱温，自称皇帝以后，也颁布了律令格式。谋反，谋大逆，谋叛，恶逆，不道，大不敬，不孝，不睦，不义，内乱，这十恶，几乎是都犯了。怎么样？是不是先将朱温枭首？当皇帝都是罪犯时，还有没有公正的律令？当胜者王侯败者贼的时候，就不可能有规矩，也不可能有法律。所有的律令都是防备从他盗手中抢夺回来的江山社稷被他盗抢夺走。几千年来，神州从来就没有过公正和正义。”

“过去没有公正和正义，现在有就行。我正想制定一些律令，也好出现纠纷时，依律令办。牙齿和舌头再好，也有打架的时候。只要有人，就有利益；有利益，就会有争。过些时候，肯定会出现纠纷。我觉得，就由老哥来制定体现公正和正义的律令，再集思广益，然后颁布。老哥觉得怎么样？”

“这个主意我这个土匪赞成。神州乱了几千年，跟没有体现公正和正义的律令也有一定的关系。全有皇帝说了算，怎么可能有体现公正和正义的律令？更要命的是，几千年没几个皇帝不是混蛋。不以规矩，不能成方圆。有了规矩，再依规矩办事，事情就好办了。没有规矩，最后只能拳头说了算。”

“好，老哥答应你，制定一部人的律令。”

第九十九章　广莫

好遁，君子吉，小人否。

——《易》

还没来得及细细品味,时间已经过去了半个多月。

秦玄莹今天来香蒲别院问石柏一个玄虚的问题。“师叔,人活着到底为了什么?”这个问题秦玄莹已经想了好久,就是一直想不出答案。秦玄莹决定来石柏这要答案。见石柏一听就笑了起来,秦玄莹连忙问:“师叔,是不是师侄这个问题太无聊?”

“说无聊不无聊,说不无聊很无聊。人吃饱了饭撑着,容易问这个问题。天天在死亡线上挣扎,根本没时间问,除非实在难以活下去,活着实在太痛苦了,也容易问人活着到底为了什么。要是找不到活下去的意义,人容易结束自己的生命。猪不会,人会。”

“看来,师侄这个问题真是很无聊。”

“也不能说完全无聊。能问这个问题,至少说明他是一个人。没有猪会问,活着为了什么。吃喝拉撒睡,天天这样,日日如此。常言道,落水要命,上岸要财。人的处境不同,要求也不同。怎么才能活到怎么活,也是一种进步。连活都活不了,没时间谈活着的意义。神州人若是都像师侄那样去想这个问题,还会有人吃人?任何人,只有生和死两样事情完全相同。每个人都是母亲生,最后都会死,无论活多长。人虽然都会死,但生下来目的肯定不是为了死。生下来的目的是为了死,那肯定不会生。从出生到死亡,有一个很短暂但也很漫长的过程。生死每人都一样,但过程却很不相同。如此看来,活着的目的是为了过程。过程都相同,那世上为何要那么多人？师叔想啊，人活着就是为了创造一个与众不同的过程。”

“师侄要创造一个与众不同的过程。”

石柏至少八月十三那天离开金陵到现在没想过这个问题。到了岱山，龚宰给石柏换了一条船，没等石斛，就直接前往流虬。怕出现万一，龚宰让石柏和石岩分开，石柏和尹似雪一家一条船，石岩夫妇、曹全晟、朱寒梅一条船。米栗，石岩建议还是跟石斛一起走，经一经风浪，更有利于以后的日子。到了流虬，石柏没去帮曹其宸做事，俨然像一个雅士，每天不是带秋雨、秋水赏玩山水，就是在香蒲别院焚香弹琴，品茶读书，悠哉游哉过着日子。

湖水碧绿，鸟鸣清脆，秋水正在香蒲别院前的湖泊里面游泳。来到流虬，秋雨和秋水挑选别院时，看到香蒲别院，秋雨以为自己做了一个白日梦。湖泊，树木，花草，阳台，秋雨想要的物事都有。当晚，秋雨和秋水就住了进来。秋水仰看着蓝天，四肢轻轻划动，慢慢靠近湖滨。踏着由方木建造的上行阁道，秋水来到了临湖阳台上，拿起小木几上的浴巾开始擦起了身上的水珠。见秋雨和石柏仍并排靠在胡床上半闭眼睛晒着太阳，秋水旋即戏谑说：“姐姐，蓝天，白云，和风，丽日，青山，绿水，湖光，山色，想要什么就有什么。这么好的环境里面，私通起来，身体舒服，心情畅快。你不和大哥私通，实在是可惜啊！”

“就算是狗，也有发情的时间，不可能整天只想着私通。姐姐再怎么差，至少已经做了人。莫非你姐姐还不如狗？阳光和煦，清风拂面，靠在这里晒着太阳，看着天上飘过的朵朵白云，不用想，不去想，懒洋洋，软绵绵，不是私通胜私通。”

秋水没去接秋雨的话，左右侧着头，单脚跳了几下，抖掉了两只耳朵里面的水珠。秋水边擦着身上的水珠，边走到了石柏的身边。石柏没去理会，只管半闭着眼睛晒太阳。秋水蹲了下来，轻轻摸起了石柏的胸膛。石柏将秋水的手拿开，秋水重新站了起来。

“大哥才是真正的男人！”

“依你的说法，这世上还有假男人啰。”

“那是自然。”秋水双手拿着浴巾搓着头发说。“男人这个词，岂能随便乱用？长得像歪瓜裂枣不说，那干瘪的身子，连猕猴都自叹不如。个别胖的，俨然就是一头大肥猪。哪像大哥，厚实的肌肉，光胸膛，轻轻摸一摸，都让人感到舒服。”

“所爱其母者，非爱其形也，爱使其形者也。”

“大哥白白做了那么长时间的若水先生，连这点普通的道理也不懂。”秋水侧着身子两手搓着垂挂而下的头发。“娘子喜欢英俊的后生，后生喜欢漂亮的娘子。

这显然是女娲娘娘当初造人时已经设定好的通则。目的是让后代,后生越来越英俊,娘子越来越漂亮。人就是想违背女娲娘娘设定好的通则,也做不到。不信,就去神州的皇宫看看。后生不会无缘无故找嫫母,娘子也不会无缘无故找孙叔敖。至于哀骀它,肯定是南华真人瞎造。”

“生老病死,任何人都逃不掉。就是那些自称修炼得道的高人也不例外。以色交者,色落则渝。皇宫里面的嫔妃,青春年少的时候,得皇帝宠幸,人老色衰的时候,打入冷宫。刘彻不是换了一个又一个?女娲娘娘给人制定的通则,也是给其他禽兽制定的通则。人还没有做成,自然只能按照女娲娘娘的通则去行事。已经做成了人,至少也得依照人的规则去行事。南华真人讲的是人的规则,而不是禽兽的通则。南华真人用哀骀它只是想说明使其形者更重要。你现在光着屁股,按照孔丘的话来说,就是野哉秋水也。”

忽然,石柏一拉秋雨,身子一跃,一头扎进了阳台前的湖泊中。眨眼间,两条白鳍豚出现在了湖泊里面,相互追逐,时而并行,时而一先一后。秋水走到了阳台边上,举手遮住阳光,看着波光闪闪的湖泊,听到了远处传来姐姐嘎嘎嘎的笑声。秋水擦干了头发,穿好了衣裳,坐在胡床上等秋雨、石柏上岸。“姐姐”,秋水含笑说,“原来只有我笑哈哈,现在连你也笑哈哈起来了。”秋雨笑着说:“姐姐现在是在梦里面。”秋雨擦干身子,穿上衣裳,和秋水一起,前去看母亲。到了尹似雪居住的甘菊别院,尹如雪正好也在。

“妈,爸和妹妹呢?”

“你爸和曹大哥钓鱼去了。前几天突然心血来潮,出海去钓鱼。你爸回来说,发现了一个小岛。他已经给那岛,取了名叫什么钓鱼岛。你妹妹,兴奋得很,东奔西颠,不晓得又跑哪去了,说不定又带着小青和一班小娘子捡什么贝壳去了。家里的贝壳已经有一大堆,再捡回来,放都没地方放了。你弟弟这段时间到底在忙些什么物事,每天来看一下就匆匆走人。”

“姨妈,二哥家里娘子一大班,走一走动,后面就是跟着一大串。”

秋水说着笑了起来。

海浪拍打着沙滩哗的一声,紧跟着又是哗的一声。沙滩上的草亭下面,朱寒莓靠在胡床上吹着暖暖的海风,紫苏、郁芬埋在沙子里晒太阳。石斛和一大班娘子正在剔透的海水里游泳。笑语声不时飘进了朱寒莓的耳朵。住进白榕别院,石斛要做的第一件事情就是教会徐榛游泳。这是石斛曾经许下的诺言,要兑现。徐榛要下海,于苓、云蔓、紫苏、文荷、白荻都想跟。“干脆,所有人都下。”只有朱寒莓因担心身体还没有完全复原而没有和其他人一起下水。几天时间学下来,虽还像水中挣扎的鸡,但都已经不是秤砣了。

忽然,朱寒莓站了起来,踏上烫烫的沙滩。紫苏、郁芬也从沙堆里爬了出来,拍了拍身子的沙子,去草亭拿浴巾。石斛和一班娘子正从海水中走出来,上了海滨沙滩。"先擦干身上的水,免得冻着。"郁芬、紫苏各抱来了一叠浴巾。朱寒莓拿了一条递给石斛,石斛接过浴巾,伸手拿掉一片沾在朱寒莓发髻上的干草叶子。朱寒莓拿了一条递给米粟,再拿了一条递给白荻。丽日底下,每人各拿一条浴巾开始擦身上的水珠。

"曲柯,下次不要游出去很远,好吧。"

"我就想到深的地方去游,在浅滩上像狗样爬来爬去,没一点劲!"

"就熬一熬。这些地方,我们还不是很熟悉。说不定有鲨鱼、鲸鱼什么的。吞了你,怎么办?等我们熟悉了情况,驾着帆船出外海去游。"

"那要等到什么时候?"

"我们都已经来了,再等一段时间又有什么关系?"

"来的时候,看着那么蓝的海,我就想跳下去,好好游一通,无拘无束,自由自在。"

"鲨鱼、鲸鱼将你吞到肚子里去,看你是不是还自由自在?"

"哥哥就会说起来吓我。"

"哥哥什么时候吓过你?真出事了,怎么办?哥哥这人可不会哭。海那么大,又幽深不见底,你知道下面有什么物事?想自由自在也要看什么情况。这么大了,整天还像三岁孩童似的。每天花半个时辰左右的时间游一游,对身体肯定很有好处。"

"游一下,累是累一点,人却舒服得多,只是皮肤黑多了。"

"嫂嫂看我,差一点都要变成泥鳅了。"

"我看啊,都差不多。"

擦干了身上的水珠,披着浴巾,赤着脚,踩着柔软的金色沙滩,在叽叽喳喳声中,朝白榕别院走去。九月,天气虽已不像六七月那么热,丽日当头,没走几步就感到滚烫滚烫。身上的水汽一干,凝结在皮肤上的盐霜顿时清晰可见。娘子们个个怕晒黑,不自觉地加快了脚步,最后甚至变成了跑。朱寒莓心有余悸,不敢跑。"让她们跑去,我们慢慢走。"石斛跟着朱寒莓的步履,信步前行。"人好比草木,很需要太阳晒一晒。"渐渐地,两人落在了队伍的最后。石斛不在乎,步履依旧。两人边走边说，上了阁道。浓密的树阴遮去了阳光，顿时凉快了起来。过了栅栏门，两人继续慢悠悠地向别院深处走去。“哥哥，你也下来吗。”这一班人全都已经挤在别院的泳池里面。“哥哥不跟你们随队罗唣。寒莓，哥哥先去冲一冲。”石斛跟朱寒莓道了别，独自一人快步前往盥洗室冲凉。

“当初我担心他生活起居没人照顾，还准备送孔阳给他做侍儿。”

“若不是皇朝崩塌，家里的侍儿会更多。姐姐在神都那会，家里的侍儿就有数十人。随姐姐去江南的五名侍儿，全都在那次袭击中丧命。留在神都的侍儿，最后命运可能更惨。就照顾一下平常生活起居，实际根本不需要那么多侍儿。就像姐姐，烧了将近二十年的饭，早就已经习惯。刚刚住下，曹其宸就送来陈嬷嬷。原先家里还有他们兄弟俩，现在只有你姐夫和竹儿，倒反既有嬷嬷又有侍儿。弄得姐姐，现在一点事情也没有。”

“闲人忙不得，忙人闲不得。忙忙碌碌了几十年，突然闲下来，还真有些不适应。前几天，原分堂的堂主来找妹妹，要妹妹找点事给她们做一做。昨天，二郎和米栗来问安时，妹妹说到这件事，总算给她们找了点事。想想几千人在这里生活，日子过好，不容易。能帮点忙，还是要帮点忙，反正都闲着。”

“那倒是。光一天吃掉的粮食，就不晓得要多少。”

“粮食的事情，孩子特意问过弟弟。弟弟说了，已经储备了三万多斛粮食，而且现在每天都有船从浙东买了粮食回来，不会有问题。因谁开垦谁拥有，男女老少都在河谷开垦，明年应该就有收成。现在吃的蔬菜已经完全自给。”

“辛辛苦苦种，总不能白拿白要。”

“哪会白拿白要？弟弟先从他们手上买回来，再一一分配给每一户人家。弟弟筹建了大音社，下分商部、农部、渔部、牧部、工部等，将从神州带来的兄弟，依照各自的意愿，重新归到了大音社下面。弟弟自任都统，龚宰、李邈、曹其宸任副都统，下面是各部的主事和副主事。孩儿原本还想帮一点忙，弟弟叫孩儿只管歇息去，将来想到要做什么就做什么。孩儿想想，还是先歇息一段时间。孩儿将来有可能会去学一学航海。”

“说不定可以到扶桑，见到由子。”

“小肚鸡肠。”

尹似雪奚落了一句，秋水赶紧闭嘴。

“但也不能将自己累着。还像金陵，哪还行？”

“不会的。弟弟一向张弛有度。我们俩还准备好好切磋一下无道。”

“你兄弟俩,实际也没什么好担心。就是在翠竹湾那回,也是一样。”

“妈,金陵都没事,现在更不会有事。”

“这倒是。”

“秋雨、秋水陪妈和姨妈聊一聊,孩儿去看一下李清静。”

“李清静年纪并不是很大,柏儿去劝一劝她,成个家。来的人里面,年纪跟她差不多的也不是没有。一生没几年,一晃就过去。柏儿去劝劝。”

“大郎的话,李清静应该会听。”

石柏起身,前往寒兰别院看李清静。

舌头再好也有磕碰的时候。面对可能出现的纠纷,听了尹似雪、石岩的意见,又与众人商议了一番,石柏、石斛组建了一个三老会。三老会共有七名成员,分别是姑射真人手下弟子若静、守静、夷静、希静、玄静、妙静和柔静。李清静虽是大师姐,尹似雪认为年纪轻,应该成个家,而没有成为三老会的成员。来到流虬,天清派年长的以及不愿意还俗的道士都住在姑射观,相互切磋教义。姑射真人的二弟子尤希静任姑射观掌门。李清静由此也就成了似是而非的道姑。一人住在寒兰别院,不是弹琴赋诗,就是挥毫泼墨。

石柏出了甘菊别院,踏上了礁石铺地的小路,心无旁骛,低着头直奔寒兰别院。走了几百步,从岔路走上一条依林间缝隙而建的曲折阁道,进入一片小树林。寒兰别院掩映在树林中,环境极其清幽。当初,李清静就是看中了这一点选择了寒兰别院。石柏踩着咚咚作响的阁道,只走了几步,树林里面传来了悠扬的琴声。石柏怕惊扰了琴声,驻足静听。

等这首《清泉吟》结束,石柏才继续起步。“师弟!”石柏听到了李清静的招呼声,加快了脚步,来到了寒兰别院的阳台上。李清静双膝跪坐在琴几前,微笑着说:“快进来。”石柏脱去布鞋,进入了寒兰别院,双膝一屈,在草席上跪坐了下来。

“师弟是不是来一曲,让师姐听一听?”

“还是师姐弹,师弟听。方才那曲《清泉吟》,就像是师姐屋旁的那股清泉,听了后师弟都不敢高声,怕惊扰了韵律。”

“师弟喜欢听什么曲子,师姐给你弹。”

“师弟今天最喜欢听师姐的心曲!”

“师弟想什么样的心曲,师姐弹给你听。”

“天清六静中若静、守静、夷静、希静、玄静五位师姐和师父寄名弟子妙静、柔静两位师姐,都已经越过了门槛,她们准备在姑射观出家清修。她们的心曲师弟能听懂。师姐只比师弟大那么几岁，好像还不到清修的岁数。家母颇为不解。师弟今天来就是想听一听师姐的心曲。”

“师姐这首心曲，依理，师弟能懂。”

“夫骈于拇者决之则泣，枝于手者龁之则啼。师姐抑或决之？抑或龁之？”

“还在神州，师姐不想决，也得决；不想龁，也得龁。如今已经来到了无何有之乡，为何还要决之？为何还要龁之？彷徨乎无为其侧，逍遥乎寝卧其下。师姐还要决之、龁之，何逍遥之有？合者不为骈，而枝者不为歧；长者不为有余，短者不为不足。虽连无用之肉，树无用之指，师姐不会决之、龁之，无端让自己痛苦。师姐很小的时候就追随师父，在天清观一呆就差不多呆了二十年，几乎成了不食人间烟火的仙姑。师弟，师姐能弹得出什么样的曲子呢？”

“师弟听懂了师姐的心曲。”

吃了饭，徐榛在白榕别院的阁道上走了走，准备回榛屋睡觉。多年形成的习惯，徐榛不想改变，也不愿意改变。见徐榛要去睡觉，众人纷纷散离，各自回自己的屋去了。石斛没有午睡的习惯，喝了几口茶，准备去走访新组建的家庭。离开蔓屋，石斛去了莓屋。自将朱寒莓接到白榕别院以来，石斛每天都抽时间过来看一看。石斛晓得，朱寒莓心上的创伤一时间根本无法抚平。朱寒莓已经躺在床上正准备睡觉。见石斛进来，朱寒莓侧身一笑。石斛笑容一展，就在床沿坐下。“好好睡一觉！”石斛低头亲了亲朱寒莓的额头，站了起来。向朱寒莓笑了一笑，石斛转身出了房间，离开了莓屋。石斛刚离开白榕别院，石竹带小青就来了。

见曲柯不在，石竹前去栗屋。米栗正在树荫下的阁道上踱步。“二嫂，曲柯呢？”石竹问米栗。“可能在蔓屋跟云蔓学跳舞。”米栗告诉石竹。住进白榕别院没两天，曲柯就缠着云蔓教她跳舞。云蔓的舞姿白榕别院的娘子都见过。曲柯想学，紫苏、白荻、萧竹、文荷也想学。一个多一个，没几天时间，蔓屋就成了白榕别院的舞馆。“我去看看。”石竹转身去蔓屋。

“云蔓姐姐舞跳得真好看。”

“你想学，也去学。”

“萧竹已经走了，婢子再走，就没人陪县主了。”

“我走走就是，想学就去。”

“还是等她们都学会了，婢子再学。”

林中鸟雀啾啾。“这地方真是好。每天都让人感到心旷神怡。”米栗驻足，长长吸了一口气。“县主心情好，跟公子疼分不开。”米栗笑了起来。“年纪不大，好像什么都懂似的。走吧。我们也去瞧一瞧。”米栗起步，茹若紧跟在后，前往蔓屋。

徐榛刚一睡醒，于苓和白荻就来了。见于苓要动手服侍梳洗，徐榛含笑说：“真是积习难改。”于苓恭顺说：“婢子永远是县主的侍儿。”“你这个侍儿早就做出头了。还是让文荷来吧。”文荷服侍徐榛洗了一把脸，于苓陪着徐榛走出了榛屋。眼前仍是一片郁郁葱葱的树林。

“都九月了，天气还这么暖和。是不是六月的时候特别热？”

“这地方四周是海，又通风，应该不会热。只是不清楚十二月会不会冷。”

“今年的九月已经是去年的十月了。十二月不会冷到哪里去。”

屋前一株大树的枝桠上悬挂着秋千。徐榛坐上了秋千，于苓轻轻推动。“土匪石斛真会找地方，竟然找到这么一个好地方。住在这里，想心情不好，都做不到。现在再去想想，住在大宅院里面的日子怎么能过得下去？”

“县主，在你午睡时，云蔓姐姐送来了奇怪的水果，是不是尝一尝？”

“好吧。”于苓停下了秋千，徐榛站到了地上。

“好吃！”徐榛进入榛屋，尝了一口。

“叫什么名？”

“云蔓姐姐没说，婢子也不晓得。”

“这地方奇奇怪怪的水果还真多。”

“这些水果，婢子相信，连皇后娘娘也没吃过。”

“长在这个神仙居住地方的仙果，皇后娘娘肯定吃不着。”

“真是神仙居住的地方。石斛说我是丹凤仙子下凡，我越想越觉得有道理。”

“县主是丹凤仙子，婢子才有机会跟着县主来到这个神仙居住的地方享福。”

“和石斛一起生活的时间虽不长，嘴倒已经跟他一样伶俐。”

“婢子说的是实话。不信，县主问一问紫苏、文荷。”

“是因为跟了县主，婢子才能过上神仙的日子。”

“个个嘴都甜。”

吃了水果，洗了手，徐榛准备去看一下朱寒莓。就搬进白榕别院那天去了一下，徐榛都没去过。徐榛到莓屋时，朱寒莓正在中堂作画。出事之前，朱寒莓很喜欢丹青。没事，常常作画消遣。石斛叫狄生商找的侍儿郁芬虽算不上丹青高手，但至少已经入了门。朱寒莓怕琴声影响白榕别院的其他人，准备重新拾起旧爱好。朱寒莓将自己的想法跟石斛一说，石斛就去给她备办了画画的工具、材料。“县主！”朱寒莓抬头一看，连忙搁下画笔，前来迎接。徐榛走到了画案后，低头仔细看了看朱寒莓正在画的画。“以后你就叫我姐姐,你和我原本就是亲戚。”朱寒莓的大嫂谢悠然是徐榛的大嫂谢宛然的堂妹,朱寒莓和徐榛当然是亲戚。朱寒莓也晓得是亲戚,可朱雀门大县主好像处在云端,高不可攀。没想到,转啊转,两人竟然一起住在白榕别院。朱寒莓站在徐榛身旁,俯身说:“寒莓哪敢?”“你我原本是亲戚,现在是一家人,不叫姐姐,叫什么?”徐榛说着退离画案。“想不到,妹妹画画得那么好。”文荷前来告诉徐榛,宋如茨已经在榛屋等着了。徐榛问:“妹妹是不是来一起学?”朱寒莓想了一想,点头同意。于是,朱寒莓带着郁芬,跟着徐榛前往榛屋。

尹如雪和石岩坐在堂内下棋,薛霏霏站在一旁侍候。

“斛儿给你介绍的后生看了是否还满意?”

“婢子只管成家了,就没人侍候夫人和大家了。”

“有陈嬷嬷一个人就够了。我已经做了二十来年的家务,早就已经习惯了,而我又没到做不动的时候,不需要有人侍候着。你满意,只管成家。人一生没几年,转过头就没了。你挑两条黄鱼给斛儿送过去。那么大的黄鱼,烂掉了还真是可惜。”

薛霏霏去挑黄鱼,准备送给石斛。

“这地方的黄鱼怎么这么多?”

“小的我已经统统放回到海里了。看这几条确实大才拿回家。”

“神州的江湖里面也有那么多鱼,那几年灾荒的时候,庶民可以捞几条鱼吃一吃,也不至于跟着黄巢造反。”

“神州的江湖里面鱼并不少,可竭泽而渔,有再多的鱼最后也会没鱼。竭泽而渔,岂不获得,而明年无鱼。道理好像谁都懂,可一看到鱼,就不管大小一概捞尽。到最后什么都没了,只好人吃人。虫子吃掉了一张叶子,爬到另一张叶子上继续吃。人跟虫子不同,不仅会吃菜,还会种菜。只想着吃,不想着种,跟虫子有什么差别?”

薛霏霏挑了两条黄鱼刚走,石斛就来了刺竹别院。

“听妈说,爸准备写书,是不是真的?”

“爸是准备写书。准备将这几年想的心得写成书,告诫儿孙不要重蹈神州的覆辙。后人哀之而不鉴之,只能是后人复哀后人。几千年来,神州就像一头蒙着眼睛的毛驴,拉着磨不断重复转着圈,一朝又一朝,一代又一代。爸还准备编一本书给学塾的先生教孩童用,千万不要再将侵害灵魂的毒传给下一代了。灵魂一旦被毒害,想挽救可就难了。”

“还是先编一本书吧。现在先生就选几首诗给孩童诵通读读。”

“好。爸就先编一本书。”

石斛只说了几句，就起身回白榕别院。尹如雪晓得石斛杂七杂八的事情多，没有叫他继续陪着闲聊。石斛顺路看了一眼石柏，就径直回白榕别院。路上，碰到了正准备去白榕别院找他的林森寒。两人靠着阁道的护栏聊了近一炷香的时间才分手。到达别院栅栏门口时，太阳已经快要落水。石斛关上栅栏门，转身继续前行。走到通往栗屋的岔道口，石斛决定先去栗屋瞧一瞧。“不要将自己给累着。”米栗正由萧竹陪着坐在中堂刺绣，见石斛前来，站了起来。“刚拿上。去看看妹妹在做什么。马上要吃饭了。”两人出了栗屋，前去榛屋看徐榛。

“应该差不多了吧？”

“这种事不能急，乱点鸳鸯谱可不行。现在有些人是挑花了眼，正在犹豫。希声社的规矩他们懂，只要好过，一方想组建家庭就得组建家庭。不慎重，吃亏的是他们自己。一人做事一人当。这地方绝不允许吃后悔药这种事情发生。”

“这规矩是郎君定，还是其他人定。”

“我定的啊。希声社兄弟每个人都必须对自己的行为负责。这是希声社铁的规矩。任何人都不得违反，包括我在内。”

“双方相好又不愿意组建家庭呢？”

“那自便。只要自愿，黄盖和周瑜的事情，我向来就是不管。”

“好上几个怎么办？”

“只要对方知情又愿意，好几个就好几个。”

“对方不知情怎么办？”

“他们晓得我会用什么法子对付他们，不会的。”

忽然，米栗伸过头，对着石斛的耳朵轻轻地叽里咕噜了起来。石斛一听，笑了起来。“和尚和尚，终于轮到自己头上。赶快想个法子惩治一下我。”“什么事情怕被人听了去？”徐榛带着文荷出现在了两人眼前，石斛和米栗都笑了起来。

“不是怕被人听了去，怕被你惩治。”

“是不是做了什么坏事？”

“是不是坦白了就不用惩治？”

“不坦白，等会我将你拧乌青，看你坦白不坦白。”

徐榛笑了起来。还没有起步，云蔓过来叫吃了。“你们先去，我去洗一把手。”石斛去盥洗室洗了手到餐室时，白榕别院的所有人都已经在等。“你们只管先吃就是。”石斛说着坐了下来。曲柯抢先说：“哥哥是一家之主，当然要等哥哥。”“谁说的？”石斛含笑说：“你嫂嫂是东主，哥哥是掌柜。”徐榛含笑说：“先吃饭，吃了饭再扯！”徐榛一锤定音，众人开始吃饭。吃了饭，一班人很快将餐室清理完毕。石斛一家人出了白榕别院，沿着阁道，来到了海滨。西边一片通红，一轮金日慢慢下沉。海浪轻轻抚摸着沙滩，几只沙滩蟹在沙滩上飞快爬行。众人踩着柔软的沙滩，听着海涛的声音，吹着带腥味的海风，慢慢踱步。

“石斛，来这里后，你好像还是忙忙碌碌，一点也不逍遥。”

“刚刚来，很多事情还没有彻底安排稳妥，我作为都统，需要关注，毕竟人人好，我才能好。至于他们来白榕别院看我，都是些感激啊，问候啊什么的，没什么大事。逍遥不逍遥关键在于有没有束缚，而不是忙碌不忙碌。首先，我在这里敢想敢说。敢想别人未必会晓得，敢说别人就听得见。我在这里想怎么说，就怎么说，谁也管不着。你们想唱歌就唱歌，想跳舞就想跳舞，想光屁股就光屁股。这才最重要。”

“我看，你也只是说说，对人还不是照样笑脸相迎，说话客客气气。”

“那是做人应该有的最基本礼仪。在这里，我可以大声高喊，朱温荒淫无耻，应该拉出去腰斩。谁能将我怎么样？在大梁国试试看，马上九族。逍遥，最重要的是敢说，能说，愿说，而且说了也没有关系。我最痛恨的就是不能说不字。在这里我不愿意就说不。不想说就不说，不想做就不做，一切悉听尊便。谁也不会强迫你说，强迫你去做。自己决定自己的言行举止，说不说，做不做。我觉得，这才是真正的逍遥。在神州，你试一试看？不是你想不想，而是不允许想。不是说不说，而是不允许说。就算是不说，也不行。跪金銮殿上，不想说皇帝万岁、万万岁，也必须说皇帝万岁、万万岁。否则，腰斩，凌迟，车裂，九族。皇帝要你去做官，必须去做官；皇帝要你娶他女儿，必须娶他女儿。想不行，不想也不行。在这里想光屁股就光屁股，不想光屁股就不光屁股。谁也奈何不了你？在神州，你想光屁股，光光看，说不定就是沉潭。一切言行举止，自己都做不了主。想当初，我跟都督说，我就是希望能做一只小鸟，在树林里面飞来飞去。为何？想要一分自由。实际，在神州，怎么飞？还没有飞，已经被人射死。想逍遥，首先得摆脱死亡的恐惧。只有不用担心有人会弄死你，才能有逍遥的可能。人之所以为人，就是只有造物主能决定人的生死，而不是人。否则，跟狗有什么差别？看看神州，纯粹就是一个弱肉强食的丛林。到处是豺狼虎豹，黎民百姓谁不在惶恐中过日子？别说他们，我这个都督的侄女婿都惶遽惶恐。这里，谁敢威胁你？人只有没了恐惧，才能逍遥。想做什么就做什么，谁也管不着！”

踱了步，石斛没回白榕别院，就直接去给父母请安。因与苏怡静已经约好，跟父母没什么聊就准备走。来到流虬，苏怡静一直想来给石斛唱歌。昨天，石斛走访新组建的家庭时碰到了苏怡静。苏怡静再一次表达了想给石斛唱歌的意愿。因昨晚有事，约了今晚。石斛知道石岩对歌舞不感兴趣，还是问一问。“爸不去了。歌舞，爸年轻时就不感兴趣，现在更没一点劲。竹儿想听，你就带竹儿去听听。”离开刺竹别院，石斛吩咐石竹：“去大哥那，问一问秋雨、秋水想不想听。二哥去问一下姨妈。”到了甘菊别院，院门开着，尹似雪不在。等了好长一会，不见回来，只得离开甘菊别院。返回白榕别院时，解应宗已经陪苏怡静来了。“二哥，怎么这么慢？”秋水已经等急了。“二哥在等姨妈。”石斛向秋水解释。“我妈去姑射观了。”秋水告诉石斛。苏怡静来白榕别院只想唱歌给石斛听，石斛已经来了，那就开始。“就让云蔓给苏娘伴奏吧。”白榕别院会弹琴的人多，石斛找了云蔓伴奏。云蔓顺从，旋即低着头，猫着腰，迅速前去，双膝一屈，跪坐在了琴儿后。“奴先唱一首《越人歌》。”众人翘首等待苏怡静开唱。不一会，琴声响起，苏怡静歌声飘出蔓屋，弥漫在白榕别院的夜空。

苏怡静唱了近一个时辰的歌才结束，众人意犹未尽地离开蔓屋。就在岔道口，相互道了别，徐榛、米栗各自带侍儿回屋去歇息，曲柯热情高涨，和石斛一起送苏怡静、秋雨、秋水等出白榕别院。出白榕别院的栅栏门，石斛将灯笼给了石竹，就和曲柯一起折身返回，快步去盥洗室冲凉。居住地夜不闭户，极其安全，石斛很放心。“明天见。”等石斛换好了衣裳出现在蔓屋，曲柯才跟石斛告辞，起身回柯屋睡觉。“曲柯人漂亮不说，还可爱无邪。”石斛盘腿在几旁一坐，云蔓给石斛捧来一杯热水。

“曲柯可爱没错，有点傻。不过，我很喜欢。人啊，有时候还是傻一点好。你啊，很漂亮，有许多曲柯没有的优点，就是多了一份忧愁。像云蔓这般年纪原本就不该有。神州这鬼地方，让本应该天真烂漫的人早熟了。你不晓得，曲柯的身世实际没比你好，甚至更差。以后啊，多笑一笑。不要担心无人欣赏，我会欣赏。”云蔓笑了起来。“你笑起来更漂亮。至少我觉得，你一点也不比大县主逊色。将来，你的日子也未必一定比她差。在神州，无论如何没有这里安全，也没有这里自由。没有安全，没有自由，吃得再好，也是鸟笼里的鸟。没有哪只鸟愿意关在鸟笼里面过日子，何况人？等生活稍稳定，我会从神州找几个生活无着落的无后嬷嬷，来做一些烧饭、洗衣之类的杂务事。”

住进白榕别院，因石斛没请嬷嬷，于苓变相成了管家，安排一班侍儿做烧饭、洗衣这些杂务。不过，紫苏、白荻、文荷、郁芬烧菜技术都不是好，甚至很差，只能帮着烧烧火，洗洗菜，做一些次要的事情。于苓在朱雀门时间虽长，也没进过厨房，烧菜技术也差。随徐榛嫁过来后，于苓正在努力学。想烧出可口的菜，只能等将来，眼下还不行。烧饭的事情就压在了云蔓、曲柯、萧竹的身上，于苓让其他人多做一些洗衣、扫地这类杂务事。

“婢子是有了鱼想吃熊掌。实际婢子的日子已经很惬意，要求不应该那么高。”

“水往低处流，人往高处走。有了鱼想吃熊掌也是人之常情，没什么不好。尽全力让自己的生活变得更好，生活才会越来越好。只是不要拿自己跟人家比。不同的人，出身、际遇不一样，结果也会不同。比多了，容易将自己的心情弄不好了。”

“婢子现在已经不大跟人比了。”

“这就好。石壁上的野树没办法跟沃土上的苍松比，际遇决定。人重要的是解除心上的枷锁。没了枷锁，人才会轻松。心里感到幸福才是真幸福。我离开金陵时，已经托付吴留良寻找你的家人。他们还活在人世，也愿意来，就带来和你团聚。”

“无论如何，婢子先谢谢姑爷。就一般情形而言，活在人世的可能性不大。”

“凑巧活着也难说。尽量找吧。自黄巢造反以来，神州十户九空。能成为孤儿，已经算是运气。我只是希望你能消除留在心里的阴影。”

“婢子心里已经没什么阴影。”

“这就好。”

石斛摸摸头发已经干了，站了起来。穿上木屐，起身前往榛屋。云蔓提着灯笼，照着石斛到了榛屋前。道了别，直到石斛进了榛屋，云蔓才转身返回。石斛踏进房间时，徐榛坐在木榻上泡脚。徐榛头一抬，笑了起来。石斛走到跟前，蹲了下来，准备给徐榛搓脚。“这事哪能让姑爷来？”紫苏不禁一愣，抬头看了石斛一眼。“我做又有什么关系？你俩去将床被铺好，准备睡觉。”石斛袖子一掀，伸手进木盆给徐榛搓脚。紫苏站了起来，和文荷一起出房间，去洗手。“我的石斛越来越像仆役。”徐榛含笑看着石斛在低头搓脚。

“我原本就是仆役。”

“这一生能有你这个仆役，有好福气才行。”

“应该说能给你搓脚，有好福气才行。”

“你就喜欢哄人。”

“哪哄人了？别忘了，你是来到人间的丹凤仙子。没有好的福气，根本没有机会。”

“你真是佞人。听了就让人感到舒服。”

“听了感到舒服没用,重要的是脚搓起来是不是舒服。”

“听了感到舒服,脚搓起来也舒服。”

“以后我多给你搓。”

“还是免了吧。大音社都统给自家新妇搓脚,传扬出去,肯定给手下兄弟笑死。”

“哪会笑?他们只会羡慕我有机会给丹凤仙子搓脚。他们就是争着来给你搓脚,你会不会让他们搓?”

徐榛笑着推了一推石斛的额头。“佞人就是佞人,谁也说不过你。”紫苏和文荷已经洗了手,回房间开始铺床。“可以了。”徐榛抬起了脚。

“就这两下子?”

“留着些,以后慢慢享受。”

石斛一手拿着葛巾,一手拿着徐榛的脚,擦干了水珠。文荷拿来了锦屐,端走了洗脚水。石斛给徐榛穿上了锦屐,站了起来。徐榛站到了地上,含笑说:“我服侍好了,于苓不能撇在一边不服侍。总不能不去栗屋,就来榛屋。”“听你的。”石斛轻轻地抱了一抱徐榛。徐榛靠在石斛的耳边轻轻地说:“人家想你。”石斛贴了贴徐榛的脸颊,松开了徐榛,转身走出了房间。“姑爷,婢子照你过去。”文荷连忙提着灯笼跟了过来。“不用。你和紫苏也去准备睡觉。这点路,我认得。”石斛踏下步檐,沿着阁道,前往苓屋。

天上是满天的星斗,白榕别院非常静,石斛只听到脚踏阁道发出的声音。到苓屋时,于苓正在白荻的陪同下刺绣。“姑爷!”听到传来的脚步声,于苓连忙将手中的活一放,没有端灯,走出了房间,来到阁道上。“姑爷!”于苓厮磨起了石斛。白荻端着灯,紧跟在后,出了房间,照着石斛和于苓。石斛搂着于苓,踏上了步檐,进入了房间。“姑爷先坐一会。婢子去一下,马上回来。”于苓说着,就匆匆和白荻一起出了后门。

石斛在琴几后坐下,轻轻地拨动一下琴弦,琴声“丁”的响起。石斛张开手掌往琴弦上轻轻一放,站了起来。石斛走到绣架前,看了看撑在绣架上的刺绣。于苓正在绣的是《越女采莲图》。“绣得不好,姑爷可不要笑哦。”于苓已经从后门进入房间。石斛转过身说:“绣得很好。只是这越女没你漂亮。”于苓笑了起来。“姑爷还不是说婢子绣得不好。”石斛起步向床走去。“说话真是门艺术,轻重拿捏到位还真是不容易。我本想赞美你一句,结果露出一个大破绽。”吹了灯,宽了衣,上了床。于苓身子一侧,靠在了石斛的右胸前。

“姑爷!”

“叫郎君。”

“婢子不敢。”

“你其他都好,就是什么都不敢这一点很不好。”

“婢子之所以这样,姑爷应该能懂。”于苓轻轻摸着石斛的胸膛。

“我懂。我在金陵再呆它几年,结果肯定和你一样。主人面前,不敢多说一句,不敢多走一步,长年累月,就不敢了。我还是希望你以后能慢慢恢复本性。”

“婢子好多了,至少已经没了在朱雀门时的那分担心。县主对婢子虽然很好很好,但毕竟不是当家。一切大家一句话,想改变都改变不了。没了县主的庇护,婢子将是什么样的命运?婢子甚至连想都不敢想。婢子的一举一动,一言一行,不能不谨慎。”

“是啊!我深有同感。在不能说不的环境里面,这也是一种很无奈的生存之道。我也一样。多次想率性而为,最后还是不得不忍住。”

“婢子特佩服姑爷,无论什么样的情况下,都像江中的鱼,自在畅游。”

“那是我这个伪君子修为高。不说这些了,说起来让人难受。已经过去的事情就让它永远过去。从今往后,我们放开手脚做,敞开胸怀说。”

“婢子还是觉得,郎君应该是县主叫。”

“以你的说法,我来岂不是和你偷情?”

“婢子真感觉有偷情的味道。”

“那以后就叫情郎。”

“姑爷就是婢子的情郎。婢子叫姑爷,总感觉就是在叫自己的情郎。”于苓紧紧贴向石斛,石斛轻轻地抚摸着于苓的后背。“没有县主,婢子哪有现在的日子?做人要学会感恩的道理,婢子懂。县主在,婢子有些心里话根本不敢直说。”

“现在就我们俩,可以说了。”

“难为情死。”

“徐榛在,你不敢直说;徐榛不在,又怕难为情。还真没机会说。怕难为情,就咬着我的耳朵悄悄说。”

于苓咬着石斛的耳朵私语。石斛扑哧一声,也咬着于苓的耳朵私语。两人不时就是叽叽声、嘻嘻声、呵呵声、嘎嘎声、哈哈声……

石斛睁开眼睛时,仿佛在翠竹湾,苓屋外是一片唧唧喳喳的鸟鸣声。石斛原本就睡自己的觉不管别人的事，到了流虬更是一觉睡到自然醒。石斛轻轻下了床，穿上衣裳，出了房间。轻轻推上房门，离开了苓屋。天刚蒙蒙亮，白榕别院的人都还在睡觉。

沿着相互连接的阁道，石斛进入树林，来到了一处健身的台地。白榕别院有好几处健身的台地，蔓屋边上就有一处。石斛怕惊扰别人睡觉，特意选择了这处特别幽静的台地。踏上用方木建成的台地，石斛开始练无道。练了将近一个时辰的无道，石斛起步前去盥洗室冲身体。云蔓已经将衣裳和葛巾整齐地放在木榻上，榻前放着木屐。石斛在木榻上坐下，脱掉布鞋，换上木屐。静静地坐了一会，石斛站起来，脱掉衣裳，去盥洗室后冲山泉。

“哥哥！哥哥！”

石斛刚放下饭碗，就听到吕夷则的喊叫声。

石斛出了餐室，吕夷则跑了过来。

“夷则，满天叫的，什么事情？”

“罗湘嫂嫂刚刚生了一个儿子！”

“大喜事！还真是来流虬后的第一件大喜事！”

“龚老哥、李邈哥他们都已经去贺喜了！”

“喜事归喜事，但不能急。都已经生出来，急什么，慢慢去就是。”

石斛去盥洗室擦了一把脸，带着一大班人浩浩荡荡前往紫萍别院贺喜。“夷则”，徐榛关切问，“这些时间，有没有找上一个？”“嫂嫂，小弟还想再浪几年。”眼下马上找一个将自己束缚起来，吕夷则还真不愿意。“再不下手，这里的娘子就给其他人找光啰。”米栗一旁打趣说。“小弟就找一个，找不着，打死小弟也不相信。”新妇的事情吕夷则一向信心十足。“哥哥就喜欢夷则的脾气。”石斛插话。“找不到新妇的后生，根本就是废物。夷则是什么人，堂堂大丈夫，大音社外务部副主事。”“嫂嫂，哥哥就喜欢给自家兄弟吹。”石斛说得吕夷则忽然感到不好意思了起来。“不过，嫂嫂放心，将来找不着，小弟就到神州抢一个大县主。小弟正和杨千里在组建船队，替大音社的商船保驾护航。抢个把县主，不费吹灰之力。”

“石斛”，徐榛问，“不会准备做海盗头吧。”

“嫂嫂放心，小弟组建船队，只是防备有海盗抢夺我们的船队。”吕夷则和石斛一起在复州做过一段时间的土匪，希声社成立后又与土匪沆瀣一气，马上替石斛向徐榛解释。“嫂嫂可能不晓得，神州沿海地区有很多海盗。”

“夷则，你这只旱鸭子，怎么对付海盗？”

“到这之后，哥哥教了我几次，我早已经不是旱鸭子了。这些时间，我一直在潜心学游泳。我相信，再过一些时间，肯定也会像哥哥一样，水上、岸上武艺一样棒。哪个海盗敢打商船的注意，就让他们见识见识吕夷则是一个什么样的后生。”

“曲柯，你有没有听过，士别三日，当刮目相看。”

“还是等打赢了海盗，再刮目相看吧。”

皇甫子眉开眼笑，出别院迎接。“皇甫兄！”石斛拱手说：“恭喜！恭喜啊！”皇甫子像小娘子一般，只晓得抿嘴笑。石斛在皇甫子胸前擂了一拳，含笑说：“皇甫兄乐得都不晓得该如何说话了。走吧，让小弟好好瞧一瞧义子。”皇甫子在前引众人进入卧室。罗湘额头扎着绸缎躺在床上，臂弯内是正在襁褓里睡觉的婴儿。

众娘子个个像白鹤一般伸着脖子围着婴儿看。石斛说：“你们别光围着看，抱过来，先让义父抱一抱。”米粟刚要伸手，于苓说：“县主，让婢子来。”“我来，我来。”于苓还没有伸手，曲柯已经抢了先。石斛提醒说：“轻一点！”“啰嗦什么啊，我懂。”曲柯轻轻地抱出婴儿交给石斛。石斛接过，抱着怀中，仔细瞧了起来。

“哥哥，你那么喜欢，叫嫂嫂早些生两个出来让你抱抱就是。”

“你还是先管管自己吧！你弄两个出来，哥哥也做他们的义父。”

燕羽的脸不禁就是绯红。

“哥哥又没有说你生，红什么脸？”

众人哄堂大笑，燕羽赶忙用袖子遮住了自己的脸。

“皇甫兄，这孩儿的名字是让小弟这个做义父的取啰。”

“名字自然由都统来取。让他来取，肯定是黄鱼、带鱼、乌贼什么的。”

“哥哥，他是第一个诞生在流虬的孩子，一定要取一个有意义的名字哦！”

“放心！哥哥不会像老哥那样取什么逸仙、谪仙。”

房内的人都笑了起来。

“以我看啊，孩子就取名广莫，皇甫广莫。”

“石斛，为何要取名广莫？”

“爸不是说了吗，来到这个神仙居，已经跳出了神州轮回。神仙居是不夭斤斧、物无害者的广莫之野。从皇甫广莫开始，我们的子孙不再受神州轮回之苦！”

尾　声

翌年春天，朱友贞发动政变，朱友珪被杀。

过了一年，石斛和徐榛带着孩子回朱雀门省亲，住回到了云思苑。

“不舒服，一点也不舒服，我们还是早点回去。”

在朱雀门还只呆了两三天，徐榛就催石斛回流虬。

“你在这里都已经呆了差不多二十年了，只出去两年都不到，就不习惯了？”

“乱糟糟不说，一点也不自在。今天去见那个人，明天那个来见你，烦都烦死了。”

“我们来一趟不容易，就熬一下吧。”

勉勉强强呆了五天时间，石斛和徐榛离开朱雀门，返回流虬。临行前，徐渊说：“榛儿这次回去，就将黄芩带上。”徐榛出阁后，徐渊让总管徐福将黄芩嫁出去。可是，黄芩死也不肯，宁可一辈子不嫁人，生活在朱雀门做嬷嬷。徐榛遵从徐渊的建议，带上了黄芩。

又过了三年，钟夫人去世，因徐榛快要临盆，石斛只得独自一人回朱雀门奔丧。

又过了七年，徐渊病危，石斛和徐榛赶回朱雀门探望。幸运的是，石斛和徐榛赶到朱雀门时，徐渊还没有断气，夫妻两人给徐渊送了终。办完丧事，石斛和徐榛没有多留，就返回了流虬。徐渊去世后，石斛和徐榛卖了路，再也没有回过朱雀门。

过了十年，李存勖包围汴梁，朱友贞自杀，梁亡。

过了四年，李存勖被杀，假子李嗣源继位。

过了十年，李嗣源的女婿石敬瑭借契丹包围洛阳，李从珂自杀，唐亡。

过了十年，契丹攻克开封，石敬瑭的假子石重贵被俘，晋亡。……

过了十五年，潜伏在周皇朝内部的赵匡胤发动政变，皇朝名字改成了宋。自黄巢造反开始到徐知诰的孙子李煜被俘虏，长达一百年的人王争夺战中，神州人口从李唐皇朝末年的八千五百万降到了宋皇朝初年的一千五百万，真个是老鼠生儿替猫生！

过了一百六十九年，异族入侵，徽宗、钦宗被俘，所有皇宫里面的女人变成了军妓。赵匡胤和赵匡义兄弟两人的子孙多半白白生。漏网之鱼赵构逃到杭州，登基当上了皇帝。过了一百五十二年，异族入侵，开展神州史最为壮观的大屠杀。无路可逃的大臣背着小皇帝投海自杀。皇族几乎死光，神州人被杀超过七成。剩下的神州人当了神州史上最屈辱的九十二年亡国奴。异族刚刚被赶走，神州人旋即展开新一轮人王争夺战，和尚朱元璋胜出，皇朝的名字改成明。

过了二百七十六年，神州开始新一轮的人王争夺战。在李自成的铁骑包围下，明皇朝最后一位皇帝崇祯梅山上吊自杀。李自成皇帝位置还没坐暖和，就在神州人的帮助下，异族乘虚而入，开始对神州人杀戮和全面阉割。经过一轮屠杀，神州人减去将近五成。阉割后的神州人忘记了祖宗，恬然过起了奴才的生活，将奴才文化推上了巅峰！

过了二百六十七年，异族皇朝崩塌，皇朝的名字改成中华民国。